全本全译

勸戒錄全集

（一）

（又名《北东园笔录》《池上草堂笔记》）

〔清〕梁恭辰 著
王继浩 点校
王继浩 谢敏奇 车其磊 译

團結出版社

图书在版编目（CIP）数据

劝戒录全集 /（清）梁恭辰著；王继浩等译. — 北京：团结出版社, 2023.8

ISBN 978-7-5234-0093-7

Ⅰ. ①劝… Ⅱ. ①梁… ②王… Ⅲ. ①笔记小说—小说集—中国—清代 Ⅳ. ①I242.1

中国国家版本馆CIP数据核字（2023）第061341号

出版：团结出版社

（北京市东城区东皇城根南街84号 邮编：100006）

电话：（010）65228880　65244790　（传真）

网址：www.tjpress.com

Email：65244790@163.com

经销：全国新华书店

印刷：大厂回族自治县德诚印务有限公司

开本：145×210　1/32

印张：93.5

字数：2090千字

版次：2023年8月　第1版

印次：2023年8月　第1次印刷

书号：978-7-5234-0093-7

定价：328.00元（全五册）

《谦德国学文库》出版说明

人类进入二十一世纪以来，经济与科技超速发展，人们在体验经济繁荣和科技成果的同时，欲望的膨胀和内心的焦虑也日益放大。如何在物质繁荣的时代，让我们获得内心的满足和安详，从经典中获取智慧和慰藉，或许是我们不二的选择。

之所以要读经典，根本在于，我们应当更好地认识我们自己从何而来，去往何处。一个人如此，一个民族亦如此。一个爱读经典的人，其内心世界必定是丰富深邃的。而一个被经典浸润的民族，必定是一个思想丰赡、文化深厚的民族。因为，文化是民族之灵魂，一个民族如果不能认识其民族发展的精神源泉，必定就会失去其未来的生机。而一个民族的精神源泉，就保藏在经典之中。

今日，我们提倡复兴中华优秀传统文化，当自提倡重读经典始。然而，读经典之目的，绝不仅在徒增知识而已，应是古人所说的“变化气质”，进一步，是要引领我们进德修业。《易》曰：“君子以多识前言往行，以畜其德。”实乃读经典之要旨所在。

基于此理念，我们决定出版此套《谦德国学文库》，“谦德”，即本《周易》谦卦之精神。正如谦卦初六爻所言：“谦谦君子，用涉大川”，我们期冀以谦虚恭敬之心，用今注今译的方式，让古圣先贤的教诲能够普及到每一个人。引导有心的读者，透过扫除古老经典的文字障碍，从而进入经典的智慧之海。

作为一套普及型的国学丛书，我们选择经典，不仅广泛选录以儒家文化为主的经、史、子、集，也将视野开拓到释、道的各种经典。一些大家所熟知的经典，基本全部收录。同时，有一些不太为人熟知，但有当代价值的经典，我们也选择性收录。整个丛书几乎囊括中国历史上哲学、史学、文学、宗教、科学、艺术等各领域的基本经典。

在注译工作方面，版本上我们主要以主流学界公认的权威版本为底本，在此基础上参考古今学者的研究成果，使整套丛书的注译既能博采众长而又独具一格。今文白话不求字字对应，只在保证文意准确的基础上进行了梳理，使译文更加通俗晓畅，更能贴合现代读者的阅读习惯。

古籍的注译，固然是现代读者进入经典的一条方便门径，然而这也仅仅是阅读经典的一个开端。要真正领悟经典的微言大义，我们提倡最好还是研读原本，因为再完美的白话语译，也不可能完全表达出文言经典的原有内涵，而这也正是中国经典的魅力所在吧。我们所做的工作，不过是打开阅读经典的一扇门而已。期望藉由此门，让更多读者能够领略经典的风采，走上领悟古人思想之路。进而在生活中体证，方能直趋圣贤之境，真得圣贤典籍之大用。

经典，是古圣先贤留给我们的恩泽与财富，是前辈先人的智慧精华。今日我们在享用这一份恩泽与财富时，更应对古人心存无尽的崇敬与感恩。我们虽恭敬从事，求备求全，然因学养所限、才力不及，舛误难免，恳请先贤原谅，读者海涵。期望这一套国学经典文库，能够为更多人打开博大精深之中华文化的大门。同时也期望得到各界人士的襄助和博雅君子的指正，让我们的工作能够做得更好！

团结出版社

2017年1月

前 言

笔记体小说是中国古典小说的一种，是具有小说性质、介于随笔和小说之间的一种文体。笔记小说多以人物趣闻轶事、民间故事传说为题材，具有写人粗疏、叙事简约、篇幅短小、形式灵活、不拘一格等特点。笔记小说于魏晋时期开始出现，学界一般依鲁迅的观点概分为“志人小说”和“志怪小说”两种主要类型。中国古代的笔记小说，截至清末，大约不下于三千种，具有极高的史料价值，是一笔巨大的文化遗产。东晋干宝的《搜神记》、南朝宋刘义庆的《世说新语》、清代纪晓岚的《阅微草堂笔记》和蒲松龄的《聊斋志异》等，都是其中的代表作。

《劝戒录》，又名《北东园笔录》《池上草堂笔记》，为清代梁恭辰先生所著的笔记小说集。全书含《劝戒近录》《劝戒续录》《劝戒三录》《劝戒四录》《劝戒五录》《劝戒六录》《劝戒七录》《劝戒八录》《劝戒九录》《劝戒十录》等十集。每集六卷，共六十卷，一千四百余篇，六十余万字。

梁恭辰（1814-1887），字敬叔，福建福州人，清朝名臣、文学家、楹联学家梁章钜的第三子。道光丁酉（1837）举人，官浙江数十年，历任温州知府、宁绍台道、金衢严道、温处道、杭嘉湖道等职，政声卓著。著有《劝戒录》《楹联四话》《巧对续录》等书。

梁恭辰先生自幼即喜谈因果，凡有足资劝戒者，辄据事直书，又益以自所闻见杂袭成编，著为《劝戒近录》一书。《劝戒近录》初刻于道光癸卯年（1843），其后，作者又将最新闻见之事，及同人所录寄者，以次增录，随写随刻，相继刊出《劝戒续录》（1844）、《劝戒三录》（1845）、《劝戒四录》（1848）、《劝戒五录》（1860）、《劝戒六录》（1864）、《劝戒七录》（1878）、《劝戒八录》（1880）、《劝戒九录》（1884）。梁恭辰先生于光绪丁亥年（1887）仙逝以后，他的朋友江清骥等又根据其遗稿整理而成《劝戒十录》，并出资刊刻。自《近录》至《十录》，前后历时达四十五年。此书遂成鸿篇巨制，蔚为大观，凝聚了作者毕生的心血和愿力。

劝者，劝善也；戒者，戒恶也。《劝戒录》一书，颇仿蒲松龄《聊斋志异》、纪昀《阅微草堂笔记》之体例，专门记载作者耳闻目睹之轶事，所记多为清代嘉庆、道光、咸丰、同治、光绪年间事。“上自缙绅，下达闾巷，凡有关于世道人心者，莫不博采旁搜，汇成巨帙。其事近而可考，其言信而有徵，不但足资惩劝，且可多识前言往行，以蓄其德，洵非庄列寓言之比也。”此书包罗万象，事例丰富，叙事翔实生动，“可劝者足以感人，可戒者足以警世”。研读此书方知“彼苍之视听甚迩，鬼神之感格甚明”，足以触目惊心，使人知所趋避，善者取而法之，恶者取而戒之，改过向善之心油然而生。且语言典雅隽永，趣味盎然，引人入胜，极为精彩，诚为不可多得的善世奇书。可以想见作者用心之苦，度世之诚，不能以等闲之善书视之，而当视为处世之宝筏，立身之良箴也。此书一经问世，便引起极大反响，士民争相刊版印送、传阅流通，其觉世牖民、教化世人，有功于世道人心者，大矣哉！

惜卷帙浩繁，历时久远，完整流通，诚非易事。目前，坊间难得见到此书之全本，常见的是前四录并行，版本较多；自《五录》至《十录》，则较为罕见。民国辛酉年（1921）前后，丁福保居士（号济阳破衲）将《近录》至《九录》汇编整理校订，分类编次，析为三十二章，名曰《劝戒录类编》，而收录未全，仅摘录七百余则，《十录》未见收入。民国二十三年（1944）周惟寅、程祜卿重刊的《劝戒录全部十集》，属于相对完整的版本，然亦有删节，阙失少数篇目，对原书体例也有所改动。后又有王有宗评注的《劝戒录类编评注》等。

所幸的是，我们近期在山西梁学勇先生的支持下，获得了民国甲子年（1924）绍城聚珍斋翻刻本《劝戒全录》一书，线装十六册全，收录了《劝戒近录初二三四合编》《劝戒五录》《劝戒六录》《劝戒七录》《劝戒八录》《劝戒九录》《劝戒十录》。其中，前四录为汇编，《四录》为摘录，亦不全。《五录》至《十录》为全本，且保持原貌，非常难得。

孔子曰："人能弘道，非道弘人。"值此政通人和、民康物阜之际，为了响应国家大力传承弘扬中华优秀传统文化的号召，使先贤之文化遗产发扬光大，因此，我们特以此版本作为底本，并参照其他版本，将前四录补充完整，整理编订，录入重排，精心点校，并将全文译为白话，以方便阅读，使此书终成完璧，出版流通，以广其传。《劝戒录》初刊于道光二十三年癸卯（1843），今年是2023年岁在癸卯，时隔整整三个甲子，一百八十年后，此书重见天日，冥冥中的因缘不可思议。

《易·大畜》云："君子以多识前言往行，以畜其德。"《劝戒录》一书将儒释道三教的智慧，融入到一个个故事中。虽然个别篇目难免带有一定的时代局限性和神秘色彩，但是书中记述的大量的仁人善士、义人侠士、哲人智士等，他们的嘉言懿行，他们身上展现出的人性和道德的光辉，则是超越时空、光照千古的，值得后世学习和借鉴。而那些因贪嗔痴慢、杀盗淫妄等人性的弱点，而造成的悲剧，则是警钟长鸣，给世人以极大的警醒，使人知所敬畏，避免重蹈覆辙。从而启迪我们改过迁善，趋吉避凶，陶冶身心，涵养情怀，提升德行，完善人格，不断让灵魂得到升华；进而实现内圣外王，自觉觉他，为世间注入更多向上向善的正能量，让社会更加和谐美好。此即是"劝戒"之深意也，即是《劝戒录》之价值，也即是我们整理这部书的意义和愿景。同时，此书较为真实地反映了清代中后期当时的社会形态，具有较高的文献史料价值，可供学者研究之用。也可作为学习研究古代文学、了解近代历史文化的独特文本。故此，此书作劝善书读可，作文学书读可，作史书读亦无不可。

此次全面整理点校全译《劝戒录》一书尚属首次，点校所参考的版本，除上述《劝戒全录》《劝戒录全部十集》以外，还有光绪庚寅成都补刊《池上草堂笔记四录》，光绪庚辰星沙赖昌期重镌《劝戒录》，《丛书集成三编》第65册《北东园笔录》等。各版本之间相互参核比对，校雠考订，查缺补漏，精益求精，并对部分疑难字词进行注音，虽不敢自诩为善本，然必力求准确完善。译文以尊重原著为前提，以信、达、雅为原则，力求准确通顺流畅。因水平所限，不足之处在所难免，还请读者批评指正。

为便于阅读和检索，在点校时，对其中篇幅较长的篇目，基于文义或故事发展脉络进行了分段。同时，为每一则篇目赋予了一个编号，每个编号中有三个数字，分别代表“集次、卷次、篇次”，如“2.3.15”即表示《劝戒续录》第三卷第15篇，“9.6.2”即表示《劝戒九录》第六卷第2篇，依此类推。

二〇二三年岁次癸卯仲春

孔子初仕地后学王继浩谨识于苏州

总　目

第一册

劝戒近录

《劝戒近录》原序…… 3
《劝戒近录》自序…… 5
第一卷…… 10
第二卷…… 44
第三卷…… 94
第四卷…… 137
第五卷…… 196
第六卷…… 245

劝戒续录

《劝戒续录》自序…… 289

第一卷 …………………………………………………… 291
第二卷 …………………………………………………… 330
第三卷 …………………………………………………… 370
第四卷 …………………………………………………… 407
第五卷 …………………………………………………… 443
第六卷 …………………………………………………… 492

第二册

劝戒三录

《劝戒三录》自序…………………………………………… 547
第一卷 …………………………………………………… 549
第二卷 …………………………………………………… 591
第三卷 …………………………………………………… 637
第四卷 …………………………………………………… 683
第五卷 …………………………………………………… 731
第六卷 …………………………………………………… 782

劝戒四录

《劝戒四录》自序…………………………………………… 839
第一卷 …………………………………………………… 841
第二卷 …………………………………………………… 879
第三卷 …………………………………………………… 928

第四卷 …………………………………………………… 975
第五卷 …………………………………………………… 1021
第六卷 …………………………………………………… 1064

第三册

劝戒五录

《劝戒五录》自序…………………………………………… 1115
第一卷 …………………………………………………… 1117
第二卷 …………………………………………………… 1171
第三卷 …………………………………………………… 1227
第四卷 …………………………………………………… 1284
第五卷 …………………………………………………… 1335
第六卷 …………………………………………………… 1387

劝戒六录

《劝戒六录》自序…………………………………………… 1431
第一卷 …………………………………………………… 1433
第二卷 …………………………………………………… 1480
第三卷 …………………………………………………… 1536
第四卷 …………………………………………………… 1582
第五卷 …………………………………………………… 1635
第六卷 …………………………………………………… 1689

第四册

劝戒七录

《劝戒七录》自序…………………………………………………… 1743
第一卷 …………………………………………………………… 1745
第二卷 …………………………………………………………… 1806
第三卷 …………………………………………………………… 1852
第四卷 …………………………………………………………… 1902
第五卷 …………………………………………………………… 1959
第六卷 …………………………………………………………… 2009

劝戒八录

《劝戒八录》自序…………………………………………………… 2061
第一卷 …………………………………………………………… 2063
第二卷 …………………………………………………………… 2124
第三卷 …………………………………………………………… 2178
第四卷 …………………………………………………………… 2242
第五卷 …………………………………………………………… 2295

第五册

劝戒八录

第六卷 …………………………………………………………… 2345

劝戒九录

《劝戒九录》自序 …… 2407
第一卷 …… 2409
第二卷 …… 2457
第三卷 …… 2507
第四卷 …… 2563
第五卷 …… 2624
第六卷 …… 2663

劝戒十录

《劝戒十录》原序 …… 2711
第一卷 …… 2713
第二卷 …… 2754
第三卷 …… 2783
第四卷 …… 2816
第五卷 …… 2854
第六卷 …… 2881

第一册目录

劝戒近录

《劝戒近录》原序 / 3

《劝戒近录》自序 / 5

第一卷

1.1.1 阿文勤公 / 10

1.1.2 方恪敏公 / 13

1.1.3 曹宗丞 / 15

1.1.4 吴祭酒 / 17

1.1.5 昭勇将军 / 18

1.1.6 姚文僖公 / 21

1.1.7 彭庄二家惜字 / 23

1.1.8 潘氏厚德 / 25

1.1.9 尹文端公 / 28

1.1.10 纪文达公 / 30

1.1.11 孙春台中丞 / 33

1.1.12 毕秋帆宫保 / 35

1.1.13 余秋室学士 / 37

1.1.14 吴修撰 / 39

1.1.15 戴吴二公 / 40

1.1.16 李方伯冤狱 / 42

第二卷

1.2.1 万廉山 / 44

1.2.2 蒋阁老 / 51

1.2.3 钱南园侍御 / 53

1.2.4 徐总戎 / 55

1.2.5 孽海 / 56

1.2.6 奉《阴骘文》 / 59

1.2.7 孝子有后 / 61

1.2.8 租牛待赎 / 62

1.2.9 陶文毅公 / 64

1.2.10 关庙签兆 / 66

1.2.11 循吏获报 / 67

1.2.12 罗山冤狱 / 69

1.2.13 济渡自救 / 71

1.2.14 仪征盗案 / 73

1.2.15 骗贼巧还 / 77
1.2.16 孝友大魁 / 78
1.2.17 李翁义举 / 81
1.2.18 万近蓬视鬼 / 83
1.2.19 顾老绍酿酒 / 85
1.2.20 朱酉生述二事 / 86
1.2.21 甘肃藩署 / 88
1.2.22 沈东甫逸事 / 90

第三卷

1.3.1 谈相谈命 / 94
1.3.2 徐侍郎 / 97
1.3.3 钱三元 / 99
1.3.4 陈三元 / 100
1.3.5 季亢二家 / 102
1.3.6 太平王 / 105
1.3.7 放生 / 107
1.3.8 丙午科二事 / 108
1.3.9 白卷获隽 / 108
1.3.10 俞生 / 111
1.3.11 至孝感神 / 112
1.3.12 始吉终凶 / 114
1.3.13 朱别驾 / 116
1.3.14 节孝祠 / 118
1.3.15 山阳大狱 / 119
1.3.16 江都某令 / 122
1.3.17 刘映南 / 124
1.3.18 蒋封翁 / 125
1.3.19 陈鉴亭侍郎 / 130
1.3.20 戴太守报德 / 132
1.3.21 支某 / 134
1.3.22 嘉义令 / 135

第四卷

1.4.1 黄霁青述二事 / 137
1.4.2 陈海霞述二事 / 140
1.4.3 劝人惜字 / 143
1.4.4 贪吏不终 / 144
1.4.5 武冈州事 / 145
1.4.6 苏大璋 / 146
1.4.7 陈扶昇 / 147
1.4.8 佃户行善 / 150
1.4.9 代写离书 / 151
1.4.10 恩福 / 152
1.4.11 藉人雪仇 / 153
1.4.12 占坟恶报 / 156
1.4.13 贞女明冤 / 158
1.4.14 城隍显灵 / 160
1.4.15 宋龙图 / 162
1.4.16 孝心领解 / 164
1.4.17 廖思芳 / 166
1.4.18 凡戏无益 / 168
1.4.19 祝由科 / 169
1.4.20 贤妇保家 / 171

1.4.21 施药得报 / 172
1.4.22 某先达 / 174
1.4.23 救人不终 / 175
1.4.24 大吏好杀 / 178
1.4.25 贪酷吏善逢迎 / 180
1.4.26 盗胁官 / 184
1.4.27 曹循吏 / 185
1.4.28 清查浮数 / 187
1.4.29 修符 / 189
1.4.30 与鬼说情 / 190
1.4.31 与鬼讲理 / 193
1.4.32 淫报 / 195

第五卷

1.5.1 孟瓶庵先生 / 196
1.5.2 叶宫詹 / 198
1.5.3 陈尚书 / 202
1.5.4 五子登科 / 209
1.5.5 廖氏阴德 / 210
1.5.6 许氏阴德 / 212
1.5.7 官志斋征君 / 214
1.5.8 萨露萧农部 / 216
1.5.9 林状元 / 219
1.5.10 杨光禄 / 221
1.5.11 贫家赠米 / 222
1.5.12 拾遗不还 / 224
1.5.13 辛生 / 226
1.5.14 潘封翁 / 228
1.5.15 祝封翁 / 229
1.5.16 张解元 / 231
1.5.17 惜字速报 / 233
1.5.18 某秀才 / 234
1.5.19 棘闱遇鬼 / 237
1.5.20 陈衎娘 / 239
1.5.21 开坟凿棺 / 240

第六卷

1.6.1 某太史 / 245
1.6.2 林翰云先生 / 247
1.6.3 庸医 / 248
1.6.4 天道好还 / 250
1.6.5 赴席后至三事 / 252
1.6.6 周封翁二事 / 255
1.6.7 挞婢微言 / 257
1.6.8 买业微言 / 258
1.6.9 貤封异姓 / 259
1.6.10 丧心现报 / 261
1.6.11 贤母训子 / 263
1.6.12 救鱼不果 / 265
1.6.13 命案纳贿 / 267
1.6.14 《广爱录》 / 268
1.6.15 盗报恩 / 274
1.6.16 溺爱之害 / 277
1.6.17 林韶轩孝廉 / 278

1.6.18 五世同堂 / 280
1.6.19 明心受谴 / 282
1.6.20 林长娘 / 283
1.6.21 好占便宜 / 284
1.6.22 小血食 / 285

劝戒续录

《劝戒续录》自序 / 289

第一卷

2.1.1 金文简公 / 291
2.1.2 梁文定公 / 293
2.1.3 仁和孙文靖公 / 294
2.1.4 金匮孙文靖公 / 295
2.1.5 戴简恪公 / 297
2.1.6 史总宪 / 298
2.1.7 阮阁老 / 300
2.1.8 连平颜氏 / 304
2.1.9 潘氏阴德 / 306
2.1.10 茹氏阴德 / 307
2.1.11 汤氏阴德 / 309
2.1.12 梁督部 / 312
2.1.13 吴中丞 / 313
2.1.14 大魁出孝子家 / 314
2.1.15 行《功过格》 / 316
2.1.16 谢椒石观察 / 316
2.1.17 汪竺君比部 / 319
2.1.18 杨氏阴德 / 320
2.1.19 胡尚书 / 323
2.1.20 栗恭勤公 / 325

第二卷

2.2.1 馆陶令 / 330
2.2.2 陈曼生 / 331
2.2.3 蔡太守 / 333
2.2.4 良吏有后 / 334
2.2.5 侠客 / 335
2.2.6 借银代偿 / 336
2.2.7 持《金刚经》 / 339
2.2.8 持大士斋 / 341
2.2.9 持《大悲咒》 / 343
2.2.10 溺鬼自拔 / 345
2.2.11 盛封翁 / 348
2.2.12 幸灾乐祸 / 348
2.2.13 放雀获报 / 350
2.2.14 黑额人 / 351
2.2.15 纨绔子弟 / 351
2.2.16 叶生 / 353
2.2.17 某御史 / 355
2.2.18 雷击洋商 / 356
2.2.19 实心教学 / 357
2.2.20 蛇冤 / 359
2.2.21 负妻果报 / 361

2.2.22 赵太守 / 363
2.2.23 故祖首逆 / 365
2.2.24 仙画 / 367
2.2.25 李封翁 / 369

第三卷

2.3.1 江南举子 / 370
2.3.2 梁国平 / 371
2.3.3 张氏子 / 372
2.3.4 犯淫 / 374
2.3.5 张南珍 / 374
2.3.6 冥诛 / 376
2.3.7 试卷燬名 / 378
2.3.8 微行摘印 / 381
2.3.9 雷异 / 383
2.3.10 任幼植先生 / 385
2.3.11 顾郎中 / 386
2.3.12 述警 / 387
2.3.13 慢客招尤 / 389
2.3.14 周次立 / 391
2.3.15 请旌良法 / 393
2.3.16 江铁君述四事 / 396
2.3.17 烈妇释冤 / 400
2.3.18 牛戒 / 402
2.3.19 程大令 / 405

第四卷

2.4.1 冥判 / 407
2.4.2 某太守 / 408
2.4.3 冒籍冤狱 / 409
2.4.4 刘幕 / 412
2.4.5 孔生 / 414
2.4.6 三总督 / 416
2.4.7 匿情枉法 / 419
2.4.8 黟县二案 / 422
2.4.9 《海南一勺》数事 / 427
2.4.10 强暴稽诛 / 430
2.4.11 冥游确记 / 433
2.4.12 《慈生编》 / 440
2.4.13 某方伯 / 441

第五卷

2.5.1 庸师折禄 / 443
2.5.2 金银气 / 447
2.5.3 白发妇 / 449
2.5.4 传奇削禄 / 450
2.5.5 闱中怨鬼 / 452
2.5.6 索债子 / 453
2.5.7 附魂训子 / 454
2.5.8 雷击先插小旗 / 455
2.5.9 痴鬼 / 456
2.5.10 鬼畏节妇 / 458
2.5.11 鬼畏孝妇 / 459

2.5.12 鬼报德 / 461
2.5.13 郁翁报怨 / 462
2.5.14 雷殛三事 / 463
2.5.15 土地祠 / 465
2.5.16 京城尉 / 466
2.5.17 屠太守感梦录 / 468
2.5.18 毛封翁 / 470
2.5.19 佛姆化导 / 472
2.5.20 买牛放生 / 476
2.5.21 李副榜 / 477
2.5.22 王总戎 / 478
2.5.23 王县令 / 481
2.5.24 徐氏阴德 / 482
2.5.25 窝犯 / 485
2.5.26 状师 / 487
2.5.27 不作枪替 / 488
2.5.28 冒失鬼 / 489
2.5.29 鬼穿下棺时衣 / 490

第六卷

2.6.1 贫士收弃女 / 492
2.6.2 溺女弃婴恶报 / 494
2.6.3 陈宗洛 / 496
2.6.4 章开元 / 499
2.6.5 莱芜令 / 502
2.6.6 马翁 / 503
2.6.7 地师得梦 / 504
2.6.8 匿银丧命 / 506
2.6.9 侮师 / 507
2.6.10 湖州钮氏 / 507
2.6.11 肃宁令 / 509
2.6.12 彭孝廉 / 515
2.6.13 阎作梁 / 516
2.6.14 黄琴农述三事 / 518
2.6.15 蔡遇龙 / 521
2.6.16 杨光禄述三事 / 522
2.6.17 闵鹤亭父子 / 523
2.6.18 洪山桥 / 525
2.6.19 讼师恶报 / 527
2.6.20 蛮浸 / 527
2.6.21 丁封翁 / 530
2.6.22 妇人名节 / 531
2.6.23 罪谴难逃 / 532
2.6.24 林州牧 / 533
2.6.25 何秀岩 / 535
2.6.26 纂书获报 / 538
2.6.27 江右刘氏阴德 / 541

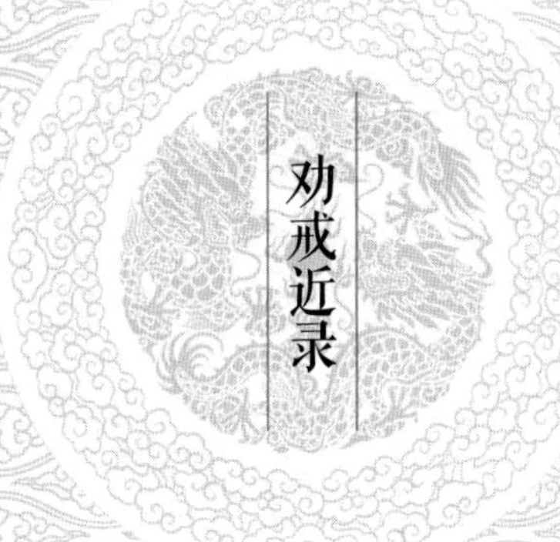

劝戒近录

《劝戒近录》原序

道光壬寅癸卯间，养疴南浦，长夏无事，每与儿辈覼(luó)缕丛谈以消炎暑。三儿恭辰喜言因果，凡遇有关劝戒者，辄私记之，又益以自所闻见杂袭成编。余阅而善之。自维半世丹铅屡烦梨枣，要皆腐儒结习，未必有裨于人。若兹所录百十条，直是暮鼓晨钟，足以警迷觉悟，且据事直书，妇孺皆可通晓。而旁谘博访，亦每与时事相关。因督其脱稿，速付梓人，以公同志。题之曰《劝戒近录》者，缘皆耳目所及近事。其间述余所述者，亦断自我生之初。忆先资政公四勿斋座右铭云："无益之事勿作，无益之言勿说，无益之书勿读，无益之物勿食。"今此录言虽浅近，其非无益之书则审矣，乃因书之成而先记其缘起如此。其有远近同人，许为录寄者，当即扩为续编云。

癸卯长至，退庵居士，识于北东园之池上草堂。

【译文】道光壬寅、癸卯(1842、1843)两年之间，我在南浦养病，因漫长的夏季闲来无事，于是经常与儿子辈等一起详细地讲述一些丰富多彩的故事来打发这炎热的时光。三儿子梁恭辰喜欢谈论因果，凡是碰到有劝善戒恶意义的故事，便自己记录下来，再加上自己的一些见闻，混杂在一起编辑成书。我看了之后觉得很好。回想自己半生以来也有不少著作，常常为校对文字、刊刻印刷的事情而操心，并且多次劳烦工匠辛苦工作，其中内容大多属于迂腐儒生喜欢舞文弄墨的习气，未必有益于世道人心。而像这本书中所辑录的一百多则故事，简直就像是寺院里的暮鼓晨钟，足以警醒迷惑的世人，使人觉悟；而且都是根据真人真事秉笔直书，妇女儿童看了都能明白了解。而且旁征博引，采集广泛，也大多与时事相关。因而督促恭辰尽快完成书稿，以便早日交付刻版印刷，以分享给更多志同道合的人。将这本书取名为《劝戒近录》，是因为其内容都是亲眼所见或亲耳所闻的近年来发生的事情。书中有记载我所讲述的事情，也是从我幼年以来发生的事。回忆起先父资政公（梁赞图，本名上治，字斯志，号翼斋，乾隆三十三年举人，历官知县、教谕，诰赠资政大夫）四勿斋的座右铭说："无益之事勿作，无益之言勿说，无益之书勿读，无益之物勿食。"现在这部书语言虽然浅显通俗，但非常确定的是，此书绝对不是无益之书，于是在书稿即将完成之际，先将其中的缘起记录在此。今后如有远近的同道中人，愿意记录投寄提供更多的事例，当即继续扩充此书，写成续编。

道光二十三年（1843）岁次癸卯夏至，退庵居士（梁章钜，字闳中，又字茝林，号茝邻，晚号退庵，官至江苏巡抚兼署两江总督，楹联学家），识于北东园之池上草堂。

《劝戒近录》自序

恭辰少习举业，溺于制义之学，读书不多。惟总角时即喜阅因果诸书，一接诸目，反复不忍释。当其时，或为之鼓舞，或有所创惩，恍身入其中而亲睹其事者。寻绎既久，渐觉如临其上，而质其左右。偶置其书于不阅，则故态复作，有稍纵即逝之机。信乎此心之不可无所恃，而因果诸书之益人匪浅也。自是随侍游学二十年，足迹几遍天下，凡所遇有可为劝戒者，皆私记之。

初读河间纪氏《阅微草堂笔记》，辄怦怦于中；嗣读长洲彭氏所辑《二十一史感应录》，尤服其用心之善，可以雅俗共赏。惟是纪氏所录，已经众著于人，彭氏所录，则其事益古，似不若见闻近接者，尤足以震悚而昭信。

遂于肄业之暇，诠次成编，随时以稿呈家大人点定。其间有得自家大人口授者，有由吉甫、平仲二兄各贶（kuàng）所以闻者，有得自各父执及朋辈所述者。楮墨既积，因承严命先付梓人，期以为寡过迁善之助，亦数年来区区初心所不能自默者，非敢云著书也。

夫"迪吉逆凶""福善祸淫"之语著于经，然特言其理耳。至《春秋左氏传》始备言鬼神之情状，而因果之说，虽衍其绪余，遂以补儒教所未及。昔何尚之对宋文帝曰：“百家之乡，十人持五戒则十人淳谨；千室之邑，百人持十善则百人和睦。行一善则去一恶，去一恶则息一刑。一刑息于家，万刑息于国，可以垂拱致太平。”此言致为深切。窃谓李林甫、秦桧，妇人孺子皆知其为大奸，乃当其时怙权窃位，安若泰山，厉鬼搏之而不惊，义士刺之而不中，竟获保首领于牖下以终。一若天之厚待小人百倍于君子，使后世佥壬转得效尤，而无所惩艾。迨闻其受报泥犁，又罚世世为牛为豕，即千载后未尝身被其殃者，亦无不鼓掌称快。《传》曰：“为恶于显，人诛之；为恶于隐，鬼诛之。”在天视之初无隐显，其为诛恶则同，特世人有知有不知耳。

此编之作，固不敢望人秘之枕中，尤不愿人束之高阁，庶几传观遍说触目惊心，其可劝者足以感人，可戒者更足以警世。特劝多而戒少，则善善从长之心，而非偏于劝而惮于戒也。既请家大人弁于卷端，而复疏其大意于后；广谘博采，尚拟扩为续编。“人之欲善，孰不如我？”夫惟大雅裨益而诲正之云尔。

道光癸卯冬至，福州梁恭辰敬叔氏书。

【译文】恭辰年少时为了应对科举考试，一直沉溺于学习写作专门应试的文章，所以读的书不多。只是自童年时起，就喜欢阅读关于因果法则的书籍，一旦接触到了这一类的书，便会反复阅读不忍放下。当沉浸于书中时，有时会因为书中的故事受到鼓舞，有时会因一些故事而有所警醒，恍然好像就是自己身临其境亲眼看到整个事件一般。如此反复探索推究的时间久了，便会渐渐觉得头顶三尺有神明在鉴察，并且随时在身边提醒。偶尔将书放下不看的时候，旧时的习气很快就又出现了，感觉那种好的状态稍微一放松就消失了。更加相信要想保持这种敬畏之心不能没有凭借，因此关于因果的书对人的助益作用确实很大。从这之后我跟随父亲开始游学至今已有二十年，足迹几乎遍及全国各地，每当遇到可以用来劝善戒恶的事例，都随时记录下来。

当初读到河间纪晓岚先生所著的《阅微草堂笔记》，总是心中受到触动；后来读到长洲（今江苏苏州）彭希涑先生所编辑的《二十一史感应录》，特别佩服他的良善用心，能为不同文化程度者共同欣赏。只是纪晓岚先生书中所记载的事迹，已经被大众所熟知；而彭希涑先生书中的记载，其中的事情更加久远，似乎不如亲眼所见或亲耳所闻的新近发生的事情，更加能够令人震骇警醒而且真实可信。

于是就在修习学业的闲暇时间，将这些故事经过筛选，编次排列，汇辑成书，随时将书稿呈给父亲修改。其中有父亲亲口传授的，也有吉甫（梁逢辰，字吉甫，道光五年举人，道光二十一年进士，梁章钜长子）、平仲（梁丁辰，字平仲，道光十九年举人，梁章钜次子）二位哥哥提供的见闻，也有听各位叔父和朋友们讲述的。文稿已经积累到了一定的数量，于是按照父亲的意见先行交付工匠进行刊印，希望能够作为人们改过向善的一种助力，也是这么多年来坚持不变的小小心愿，不能一直埋藏在心底，不敢说是著书立说。

“顺应天道则吉祥，违背天道则有凶祸”“天道赐福善人、惩罚恶人”之类的语句早就记载在儒家经典中了，然而只是讲到其中的道理而已。从《春秋左氏传》才开始比较详尽地描述关于鬼神的情形，而因缘果报的理论，虽然只是延伸出来的末节，却也能够弥补儒家学说所未涉及的方面。当初南北朝时期刘宋大臣何尚之曾对宋文帝(刘义隆)说:“有一百户人家的乡村,如果有十个人守持五戒(不杀生、不偷盗、不邪淫、不妄语、不饮酒),则十个人都会变得敦厚谨慎;有一千户人家的城邑,如果有一百个人守持十善(不杀生、不偷盗、不邪淫、不妄语、不两舌、不恶口、不绮语、不贪欲、不瞋恚、不邪见),则一百个人都会变得和睦友善。做一件善事,自然去除一件恶行;去除一件恶行,自然减少一桩刑罚。家庭减少一桩刑罚,推广到整个国家,则是减少成千千万万的刑罚,则可以垂衣拱手、无为而治而实现太平了。”这话说得十分深刻确切。我觉得像李林甫、秦桧之流,连妇女儿童都知道他们是大奸大恶之徒;而他们当时却能依仗权势窃居高位,而且官位极其平安稳固,就算恶鬼扑过来也毫无波澜,江湖侠义之士刺杀他也没成功,竟然保全性命,一生到老,得以善终。就好像上天厚待小人的程度超过君子百倍,使后世的奸佞小人争相效仿他们恶劣的行为,而无所顾忌。等到听说他们在地狱受到惨报,又被惩罚生生世世做牛做猪,即使千年以后不曾亲身遭受他们祸害的人,也无不拍手称快。《左传》中说:“在明处作恶的,会受到众人的谴责;在暗处作恶的,会受到鬼神的惩罚。”在上天的视角看来,本来没有什么明处、暗处之分,而是对所有恶行的惩罚都是一致的,只是世人有的知道、有的不知道而已。

我写作此书,当然不敢希望人们秘密收藏起来不肯轻易示人,更不希望人们将它束之高阁,但愿能够广为传阅普及、随时随地向人讲说,从而目光所及而心生警惕,使书中那些好人好事足以感动人心,恶人恶事足以警醒世人。只是书中鼓励居多而警戒较少,是因为要更多地吸取别人的长处,褒扬美德,而不是偏向鼓励而忌讳警戒。已经请父亲写了一篇序言放在书前,然后又陈述了大致的宗旨；今后将继续广泛收集事例，还打算扩充此书，编成续编。古语说："人们只要想做善事，谁都可以比我做得更好。"唯愿各位大雅君子多多帮助我并不吝赐教、批评指正。

道光二十三年（1843）岁次癸卯冬至，福州梁恭辰（字敬叔）谨识。

第一卷

1.1.1 阿文勤公

吾乡伊墨卿太守秉绶，在刑部日，以宽恕称。有后进请教者，必举阿文成公故事告之。当文成公未贵时，其父阿文勤公克敦方燕居，文成侍立。文勤仰而若有思，忽顾文成曰："朝廷一旦用汝为刑官治狱，宜何如？"文成谢未习，公曰："固也，姑言其意。"文成曰："行法必当其罪，罪一分，与一分法；罪十分，与十分法，无使轻重。"公大怒，骂曰："是子将败我家，是当死。"遽索杖。文成惶恐叩头谢曰："惟大人教戒之，不敢忘。"公曰："噫！如汝言，天下无全人矣。夫罪十分，治之五六已不能堪，而可尽耶？且一分之罪，尚足问耶？"其后文成长刑部，屡为诸曹郎述之，太守盖面受其说云。

按，文成之孙那文毅公彦成，家大人受知师也。其长刑部日，家大人以军机会审事常到部，每侍谈之顷，文毅曾以此语相勖，故余亦得转闻其详。庭训、官箴一以贯之，宜其柱石相承，簪缨未艾矣。

又闻家大人曰：乾隆年间，有冯廉访（廷丞）者，尝为大理寺丞，大理为三法司，主平反，自刑部权日重，大理不得举其职。冯在官，于罪名出入数有纠驳，多所矜恕，诸司皆怒。适大学士刘文正公总理部务，独心善焉。后冯亦由刑部郎洊擢至江西按察使。入觐，大学士于文襄公问冯以治狱之要，冯曰："夫狱者，愈求则愈深，要在适中而止，则情法两尽。"文襄嗟赏其言，告诸曹司以为法。此与阿文勤言正可相印证也。

【译文】我们福建的伊秉绶知府，字组似，号墨卿，在刑部任职时，因为待人宽厚仁恕而被人称道。后辈中有人前来请教时，便一定会将阿文成公（阿桂，章佳氏，字广庭，号云岩，满洲正蓝旗人，官至太子太保、武英殿大学士，封一等诚谋英勇公）的故事讲给他听。在阿文成公还没有成名之时，他的父亲阿文勤公（阿克敦）在家闲居，文成公在身边服侍。文勤公抬起头若有所思，忽然转头对文成公说："如果朝廷将来任用你担任司法官员负责审理案件，应该怎么做？"文成公推辞说自己还没有学过刑法，不敢妄言。父亲说："确实是的，不过姑且说说无妨。"文成说道："依法量刑必定要根据其罪行轻重，犯一分罪，给予一分的刑罚；犯十分罪，就给予十分的刑罚，不能轻罪重罚或重罪轻罚。"父亲听后大怒，骂道："你这孩子将来会把我们家败掉，真是该死！"然后找来木棒要打他。文成公诚惶诚恐地跪地叩头请罪，说："孩儿无知，还请父亲大人教导训诫，孩儿定当铭记于心，不敢稍忘。"父亲说："唉！假如按照你说的做，天下就没有健全的人了。犯了十分的罪，用五六分的刑罚来惩治已经不能承受了，怎么可以尽用呢？而且犯一分的罪，用得着去问责吗？"后来阿文成公主持刑部工作时，多次对部署各司的官吏讲述这件事，伊秉绶知府大概也是当面听他说的。

按，阿文成公的孙子那文毅公（那彦成），是我父亲的知遇恩师。他在刑部主持工作的时候，父亲由于军机会审的事务经常到刑部，每次谈话过程中，那文毅公也曾说起这番话来勉励父亲，因此我通过父亲之口了解到其中的详情。将祖先的训示，又作为对下属和学生的教导，可以说是一脉相承、一以贯之；这也难怪一家世世代代走出国家栋梁之材，高官显爵绵延不断。

又听父亲说：乾隆年间，有一位名叫冯廷丞（字均弼，号康斋，山西代州人）的按察使，曾任大理寺丞，大理寺为三法司（明清以刑部、都察院、大理寺合称为三法司，专审重大案件）之一，主要负责平反冤假错案，自从刑部的权力越来越大，大理寺很难开展工作、履行职责。冯廷丞先生在大理寺任职时，对于定罪量刑不适当的地方，多次进行纠举驳正，常常给予同情和宽恕，使得另外两个部门都很不满。当时适逢大学士刘文正公（刘统勋，字延清，号尔钝，山东诸城人，历任刑部尚书、工部尚书、吏部尚书、内阁大学士、翰林院掌院学士、军机大臣等要职）主管刑部事务，唯独心中对他非常认可。后来冯先生由刑部郎官提升至江西按察使。朝见皇帝时，大学士于文襄公（于敏中，字叔子，一字重棠，号耐圃，江苏金坛人）问冯先生处理刑狱、审理案件的关键是什么，冯先生说："所谓刑狱，越追究就越是深不见底，关键在于适可而止，则对于国法和人情都能兼顾了。"于文襄公对他的观点赞叹欣赏，并且转告给部署各司的官吏学习借鉴。这与阿文勤公的言论正好是可以相互印证的。

1.1.2 方恪敏公

乾隆五十余年春，巡畿甸，突有村民犯跸，手携兵器。为扈从侍卫所格，立被执。诘之，曰直隶人。纯庙震怒，曰："朕每年春秋两巡，累及近畿百姓，固应怨我。然两次所免钱粮积数十年计之，亦不为少，竟不足以生其感乎？是殆有主之者矣。"

时总督方恪敏公观承已于卡伦门外接驾，一闻此事，飞骑追上，而乘舆已前行。公疾趋伏道旁，大声呼曰："臣方观承奏明，此人是保定村中一疯子也。"上闻，稍回顾，而乘舆已入宫门。甫降舆，即传军机大臣入对。上曰："顷犯跸之人，据方观承奏是一疯子，不知究竟如何？"军机大臣碰头奏曰："方观承久于直隶，据所奏是疯子，自然不错。"上曰："既系如此，即交尔等会同刑部严讯，作疯子办理亦可。"军机大臣碰头谢出，即日在行帐中定案。

当是时，众情危惧，不知此案将如何株连。乃以恪敏公片语回天，其事骤解，如浮云之过太虚。真所谓："仁人之言，其利溥哉！"后恪敏公之子勤襄公（维甸）亦继武为直隶总督，国恩家庆，其原有自来矣。此事蒋砺堂节相为家大人所述，并云恪敏在直隶功德甚盛，此其逸事行状，墓志所不载，我辈宜笔之于书也。

【译文】乾隆五十年（1785）春天，乾隆皇帝在京城郊外的地方巡游，突然有一名村民冲犯皇帝的车驾队伍，手中还拿着兵器。

被皇帝身边的随从侍卫挡住，立刻就被抓住了。经过盘问，那人说是直隶人。乾隆皇帝听后大为震怒，说道："朕每年春秋两季巡游，确实连累了京城周边的百姓，这固然应当怨我。但是每年两次所免除的钱粮，几十年累积起来，算下来应该也不少了，竟然还不足以让他们生起一点感恩之心吗？这大概是有人在幕后指使吧。"

当时的直隶总督方恪敏公（方观承，字宜因，一字遐谷，号问亭，安徽桐城人）已经在卡伦门（清代在东北、蒙古、新疆等边地要隘，设置官兵戍守瞭望、兼管税收等事的处所）外接驾，一听说此事，便飞身上马追上，而这时乾隆皇帝的车驾已经往前走了。方公急忙下马跪在路边，大声喊话说："臣方观承启奏皇上，刚才冒犯皇上的村民，其实就是保定村中的一个疯子而已。"皇帝听了，稍稍回头看了一下，而这时车驾已经进入行宫大门了。于是刚一下车，皇帝便立即传召随驾的军机大臣来行宫答话。皇帝问："刚才在路上冲犯车驾的人，据方观承奏报说是一个疯子，不知真实情况究竟是怎样的？"军机大臣磕头奏道："方观承长期在直隶任职，对当地的情况十分熟悉，既然据他奏报说此人是疯子，那么应该错不了。"皇帝又说："既然这样，那么这人就交给你们会同刑部严加审讯，当作疯子处理也可以。"军机大臣磕头告退而出，当天便在行帐中结了案。

当时，大家都非常害怕和担心，不知道这个案子将会牵连到哪些人。竟然因为方恪敏公的一句话扭转了皇帝的心意，这桩事情顿时被化解于无形之中，就如同浮云飘过天空一般。正所谓："仁人君子的言语，其所带来的利益真是太大了！"（语出《左传·昭公三年》）后来方恪敏公的儿子方勤襄公（方维甸），也接续父亲的脚步继续担任直隶总督之职，国家的恩典，家族的福泽，其获得都是有原因的。这件事是蒋砺堂（蒋攸铦）相国向我父亲讲述的，并说方恪敏公在直隶地区功勋卓著、德望隆重，这只是他生平中的一件逸事，在墓志中没有记载，我辈之人应当将其记载在书中。

1.1.3 曹宗丞

曹慕堂宗丞（学闵），与纪文达公，同充翰林院办事。会有八九英俊与同馆争名相轧，同中蜚语，为院长所嫉，势且同挂弹章。时文达公亦负时誉，在危疑中，不能为申雪，惟坐清閟（bì）堂中，与同事相叹惜。宗丞乃奋起拍案曰："诸公以此事为真耶，则数人皆轻薄子耳，去之何足惜？如灼知其枉耶，则所办何事而噤口如寒蝉乎？"乃邀同人诣院长前，宗丞婉请曰："据公所闻，此数人者，褫（chǐ）不蔽辜矣，然公此语从何来？倘白简一上，事下刑曹，无证佐不能成狱。愿先示告者姓名，并列章中。"院长沉吟久之，事竟中止。后八九人者皆通显，无知此事缘宗丞得解者，而宗丞亦终身未尝自言。

又其同年陈裕斋侍御，年过四十无子，又有所阻格，不能置妾。宗丞倡率鸠资，买一女送其家，后举一子。侍御夫妇相继殁，有婿谋踞其余赀，百计媒蘖，孤儿孀妇势且旦夕不能自存。闻者扼腕，莫能为力。宗丞又率众同年，仗义执词，逐婿，子乃得安，今已读书成立矣。

宗丞子锡龄，由翰林擢侍御。孙汝渊，亦由庶常改刑部，人皆谓为宗丞隐德之报云。

按，宗丞《墓志铭》出朱文正公手，《神道碑》出钱竹汀先生手，此二事皆未及载，盖先叔祖太常公所亲闻于纪文达公者。锡龄为太常公乙未同年，汝渊为先伯曼云公己未同年，述其祖德，亦如此也。

【译文】宗人府丞曹学闵先生，字孝汝，号慕堂，与纪文达公（纪昀，字晓岚）一起在翰林院办事。当时正好有八九个能力出众的年轻人，与同馆的人争名夺利而相互排挤，同时遭到流言蜚语的攻击，被翰林院掌院学士嫉恨，正准备要上书弹劾他们。当时纪晓岚先生也身负众望，备受时人称誉，正处于被怀疑不信任之际，所以没办法为他们申辩表白，只能坐在清閟堂中，和同僚相互慨叹惋惜。曹学闵先生于是慷慨激昂地拍案而起说道："各位如果相信这事是真的，那么这几个人就真的都是轻薄之徒，离开了又有什么可惜的？如果明明知道他们是被冤枉的，那么我们到底办的什么事，有什么好顾忌的而不敢吭声呢？"曹先生于是便邀请了几名同事一起来到掌院学士面前，委婉地恳请说："按照大人您所听闻的，这几个人就算被革职了也无法弥补他们的过失，但是您是从哪听来的这些话呢？倘若弹劾的奏章呈了上去，将事情交由刑部处理，如果没有真凭实据的话，那么就不能定案。希望先将那些控告者的姓名，同时列示在奏章里。"掌院学士沉思了良久，弹劾的事最后就这样搁置了。后来这八九个人都通达显贵了，但他们并不知道这件事是曹学闵先生帮助他们化解的，而曹先生自己终生也未曾向人说起过。

又，御史陈裕斋先生，与曹学闵先生是同年（科举时代称同榜或同一年考中者），四十多岁了还没有儿子，又因为有一些阻碍和困难的因素，不能纳妾。曹先生带头，发动大家凑集资金，买了一位女子送到陈御史府上，后来生了个儿子。陈御史夫妇相继离世，有个女婿图谋霸占他们的遗产，千方百计借端诬罔构陷，孤儿寡母势单力薄，眼看都要活不下去了。人们听闻此事后很愤怒，却做不了什么。曹先生又挺身而出，率领几个同年友，主持公道，把女婿赶走，儿子才得以安生，现在已经读书成家立业了。

曹学闵先生的儿子曹锡龄，由翰林擢升到御史。孙子曹汝渊，也由翰林院庶吉士调动到刑部任职。人们都说这是曹先生施德于人而不求人知的回报。

按，曹学闵先生的《墓志铭》出自于朱文正公（朱珪）的手笔，《神道碑》出自于钱竹汀（名大昕）先生的手笔，这两件事都没有记载，大概是先叔祖太常公（梁上国，字斯仪,一字九山，梁章钜之叔父，乾隆四十年进士，官至太常寺卿）亲耳从纪晓岚先生那里听说的。曹锡龄与太常公是乾隆四十年（1775）乙未科同榜进士，曹汝渊与先伯父曼云公（梁运昌，初名雷，字慎中，一字曼云，又字曼叔，梁章钜之堂兄）是嘉庆四年（1799）己未科同榜进士，他们讲述先祖的功德，也是这样说的。

1.1.4 吴祭酒

吴谷人先生（锡麒）初通籍时，其家适以七月放盂兰会。事毕，老仆搬携杂物进内，有供寒林大士一半桌，尚置门外，偷儿乘间窃负而去。仆出，求桌不得，询诸家人。先生默坐厅事侧，应曰："适见一人负去矣。"仆曰："何以不呼？"先生曰："其人已负去，呼之奈若人何？"于是举家皆窃笑先生为不了事。先生负儒林重望，此其一端小节，已与"青毡吾家故物"同一风味。其后领成均，享耆寿，哲嗣或登鼎甲，或入枢廷，谓非厚德之报哉？先生与先叔祖太常公为乙未同年，家大人以所闻于太常公者，为余述之如此。

【译文】吴锡麒先生，字圣征，号谷人，刚开始做官时，有一年的七月十五日中元节，家中举行盂兰盆会佛事活动。法会结束后，老仆在将杂物搬进屋子里去时，有一张供奉寒林大士的半桌（相当于半张八仙桌大小的长方形桌子）还摆放在门外，被一个小偷趁机偷偷地背走了。老仆从屋子里出来，找不到桌子，便询问家人。吴先生正安静地坐在客厅的一侧，他回应说："刚才看见有一个人把它背走了。"老仆说："那为什么不喊人呢？"吴先生说："那人已经背走了，就算是喊了人又能怎么样呢？"于是全家人都暗中嘲笑先生不明白事理。吴谷人先生在儒家学者中身负重望，这只是其中一方面的小事，已经与晋代王献之"青毡我家旧物"的典故（晋人王献之晚上卧睡时，有小偷入房盗物，偷尽所有物品后，献之对小偷说："偷儿，青毡我家旧物，可特置之。"小偷受惊逃走。典出《晋书·卷八十·王羲之传》。）有相似的风格和趣味了。他后来执掌国子监，身享高寿，其子孙有的高中鼎甲（科举时代状元、榜眼、探花的总称），有的进入了朝廷中枢部门任职，这难道不是先生深厚德行带来的善报吗？吴谷人先生与先叔祖父太常公（梁上国）是乾隆四十年（1775）乙未科同榜进士，这件事是父亲从太常公那里听说，并这样转述给我的。

1.1.5 昭勇将军

仪征阮芸台阁老，余先伯曼云公己未座主也。兄之师，弟例亦称师，故家大人亦执弟子礼焉。道光壬寅，余随侍家大人寓邗上者三阅月，阁老方予告里居，时来燕谈，余得从旁窃窥道范。因私询家大人云："似此福慧具足一代伟人，其祖德宗功不知若何致此？"

家大人曰："汝未读吾师《研经室文集》乎？集中载吾师之封翁，有昭勇将军者，名玉堂，字琢庵，以武进士起家，侍卫内廷，外擢游击。乾隆初，以湖北苗疆九溪营游击，领九溪、沣州、洞庭、常德四营兵，随征湖南叛苗，身先士卒，转战皆捷。会总督张广泗，檄公进剿南山大箐屯贼，公以正兵佯攻于外，而自率奇兵由间道攀藤越岭而入，遂大捷。余党八百户退据南岭，粮尽出降，总督虑贼诈，不允；公力辩其诚，以死任之，保全无算。后又进剿横坡，搜获男妇数千人，总督欲尽诛之，公再四谏阻，不从，不得已，乃请曰：'壮丁能执兵抗拒者，戮之；妇女及男十六岁以下者，必宜宥免。'所活又无算。九溪有北山，周数十里，向为兵民所仰给。有明季指挥，豪姓子孙，讼为祖传旧地，委官勘讯，几为所夺矣。公慨然入省垣，力陈于大府之前曰：'地即豪姓地，亦前代事，今久为数万家葬窆樵牧之利，一旦夺之以归一家，如数万家何？'大府乃省悟。此非武弁分内事，而公能冒不韪争之，卒得挽回。其利民之事类如此。公身仅以游击终，今以孙贵，享八座之祀，膺一品之封，门下门生遍于天下，其食报也大矣。"

家大人曰："兵，凶器；战，危事。然必化凶为吉，转危为安，方于国事有济。若徒以逞杀邀功，于大局毫无裨益；国家焉用有是举，天地焉赖有是人乎？"昔人言："军旅之间，可济者惟仁恕最为有味。"汉飞将军李广，以诱杀降羌八百余人，坐是不得侯。广后以失道自杀。至其孙陵，且以降虏致族。与昭勇将军事，二千余年，遥遥反对，天道有何不可知哉？

【译文】仪征的阮芸台阁老（阮元，字伯元，号芸台，江苏扬州仪征人，官至体仁阁大学士），是我已故的伯父曼云公（梁运昌）嘉庆四年（1799）已未科会试的主考官。哥哥的老师，弟弟按照惯例也称呼为老师，所以我父亲便也用弟子之礼对待他。道光壬寅年（1842），我跟随父亲暂住在扬州三个月，阮阁老当时正退休在家闲居，时常来找父亲闲谈，我得以从一旁悄悄地一睹先生的容颜风采。于是就私下里询问父亲："像阮阁老这样福德智慧都很圆满的一代伟人，他祖上的道德功业不知道会是怎么样的呢？"

我父亲说："你没读过我老师所著的《研经室文集》吗？文集中记载，我老师的祖父被称为昭勇将军，名叫阮玉堂，字琢庵，以武进士出身，在皇宫中任侍卫，后外放升任游击之职。乾隆初年，以湖北苗疆九溪营游击的身份，统领九溪、沣州、洞庭、常德四营的士兵，随军征讨湖南反叛的苗民，身先士卒，转战各地均取得胜利。时任川陕总督张广泗，檄令昭勇将军进剿南山大箐屯的叛贼，昭勇将军派出主力部队在外面佯攻，而自己亲率奇兵从小路攀爬藤蔓翻山越岭而入，最后大获全胜。八百户叛贼残兵退而据守南岭，粮草用光后出城投降，总督疑虑叛贼有诈，没有接受。昭勇将军极力为他们投降的诚意辩白，并愿意以死担保，此举保全了无数人的性命。后来昭勇将军又进军清剿横坡的叛贼，搜获男女几千人，总督想将他们全部处死，昭勇将军再三劝谏阻止，总督都没有听从，不得已，昭勇将军只好请求说：'能手执兵器抗拒的壮丁，就将他们处死；妇女以及十六岁以下的男子，一定要宽恕赦免。'此次所救下的人命又有无数。九溪有一座北山，方圆数十里，一向是当地士兵和百姓民众赖以生活的来源。有户人家，是明末一位指挥使的后人，属于豪门大族的子孙，诉讼到官府，说那是他家祖传的旧地，委托官员勘察核验，几乎整座山都将被他占据。昭勇将军为此慷慨激昂地亲自前往省城，在总督、巡抚大人面前建议说："此地如果真是这个大户人家的土地，也是属于前朝的事；如今这里已经成为几万户人家殡葬、打柴、放牧的依靠，一旦被夺取而归于一家，那么这附近的几万户人家应该怎么办呢？"督抚大人恍然醒悟。此事并非武官分内的事，但是昭勇将军却能够冒着被处分的风险而据理力争，终于扭转了事情的态势。他所做的造福百姓的事，有很多都是类似于这样的。昭勇将军自己仅以游击的职务终身，如今因其孙而显贵，享受尚书级别的祭祀规格，荣膺一品封诰，门下的门生故吏遍满天下，他获得的回报确实是很大了。"

父亲还曾说："兵戈，是不祥之器；战争，是危险之事。然而一定要化凶为吉，转危为安，才能对国事有所帮助。如果只是靠逞强滥杀无辜来邀功，对国家大局毫无益处；那么，国家又为什么要采用这些举措，天地之间又怎么用得着这些人呢？"古人说："战争期间，能够对人有帮助的，只有仁爱宽恕最能体现出人性的光辉。"汉代的飞将军李广因为诱杀已经投降的羌兵八百多人，因此而终身不得封侯。李广后来因为迷路贻误战机而自杀。到他的孙子李陵，更是因为投降匈奴而导致被灭族。与昭勇将军的事迹相比，相隔二千多年，他们所选择的做法和取得的结果，可谓是截然相反，天道又有什么不可揣测的呢？

1.1.6 姚文僖公

湖州姚秋农先生（文田），为曼云公己未同年。是年元旦，其同郡某，梦至一官府，闻喧传曰："状元榜出矣。"朱门洞开，两绯衣吏擎二黄旗出，旗尾各缀四字曰：“人心易昧，天理难欺。”醒后，亦不知为何语。

及胪唱，姚为第一，人有以此梦告之者，先生思之良久，瞿然曰：“此先世高祖某公语也。公提刑皖江时，狱有二囚为怨家所诬，陷死罪，公按其事无左验，将出之。怨家献二千金，请必拟大辟。公曰：‘人心易昧，天理难欺。得金而枉杀人，天不容也。’屏不受，卒出二囚于狱。旗尾所书得无是欤？”呜呼！公庭片语而天听式凭，百年后卒使其云礽（réng）享大科之报，司民命者，亦可以兴矣。后先生历官至大宗伯，谥文僖。

【译文】浙江湖州的姚文田先生，字秋农，是先伯父曼云先生（梁运昌）嘉庆四年（1799）己未科的同榜状元。这一年正月初一，姚秋农先生的同乡某人，梦见到了一座官府，听到有喧哗声传出说：“状元榜已经放出来了。”接着红色的大门缓缓打开，两位身穿红色衣服的差吏举着两面黄色旗子出来，旗尾分别绣着四个字说：“人心易昧，天理难欺。”醒来后，也不理解这几个字是什么意思。

到了胪唱（科举时代，进士殿试后，皇帝召见，按甲第唱名传呼）时，姚秋农先生果然考了第一名。有人将他同乡所做的这个梦告诉了他，姚秋农先生思考了很久，然后很惊喜地说道：“这是我的先人高祖某公说过的话。他在安徽担任刑狱工作之时，狱中有两个囚犯被仇家诬告，判了死罪，我高祖公经过核查发现其事并没有确凿证据，就打算为两人开脱罪名。两人的仇家献上二千两银子，请求一定要判处两人死刑。我高祖公说道：‘人心易昧，天理难欺。如果收了银子而冤杀了人，天理不容！’因此严词拒绝了贿赂，最终将两人从监狱中释放出来了。同乡人梦中所见旗尾上所写的两句话不就是这个吗?”哎呀!公堂之上所说的只言片语,都被上天听得清清楚楚,成了决定子孙后代命运的依据,百年之后终于使得他的子孙后代享有高中状元的福报;掌管人民生杀大权的人,也可以以此为鉴并有所作为了。后来姚秋农先生历官至礼部尚书,逝世后赐谥号为“文僖”。

1.1.7 彭庄二家惜字

余以公车抵京,始屡晤彭咏莪(蕴章)。盖咏莪与吉甫伯兄为至交,故与余兄弟皆契好。稔知其累世科第,甲于吴中,间询其家门鼎盛之由,咏莪曰:“吾苏彭姓与武进庄姓,世皆称为积善之家。雍正丁未科,余曾祖芝庭公讳(启丰),与武进庄公名(柱)者同榜。庄母太夫人梦三神人议是科鼎甲,一神曰:‘论先世阴德,庄与彭相埒,惟本人惜字一节,庄不及彭。’一神曰:‘果尔,即改彭为第一可矣。’及胪唱后,始知庄本拟元,乃芝庭公则以第十卷改为第一。此事当时熟在人口,庄因此益专意惜字。后两子俱中鼎甲,长为方耕侍郎(存与),乾隆乙丑榜眼;次为本淳学士(培因),甲戌状元。此余两家惜字之报,可据者如是。而世人不察,辄谓予家专奉文昌,得练笔箓之术,遂于科第如探囊取物。余家自国初以来,虔奉文昌则信有之,笔箓事近渺茫,本非可以为训,未敢为吾子告也。”

按,彭芝庭尚书系雍正丁未会状;而其祖南畇侍讲(定求),实先为康熙丙辰会状。祖孙以会状相继者,海内无第二家。而其后嗣科第尚蝉联不断,仅就余所稔知者,如修田侍郎(希濂),曾典试吾闽;苇间太守(希郑),与家大人同官礼部;

远峰编修（蕴辉），与曼云公为己未同年；今咏莪亦成进士，入枢直，擢少京兆；其少子又于庚子中北闱副车。知其先世积德之深、食报之远，似尚不仅惜字之一端也。

【译文】我进京参加会试的时候，才开始几次遇到彭咏莪先生（彭蕴章，字咏莪，江苏长洲人，尚书彭启丰曾孙，清朝大臣）。因为彭咏莪先生与我大哥梁吉甫（梁逢辰）是至交好友，所以也与我们兄弟都有很好的交情。非常熟知他们彭家一门世代科甲连绵的盛况，在苏州一带是首屈一指的；偶尔问及他们家族家门鼎盛的根由，咏莪先生说："我们苏州的彭家与武进（今江苏常州）的庄家，世人都称为积善之家。雍正五年（1727）丁未科殿试，我的曾祖父芝庭公（彭启丰，字翰文，号芝庭，清朝大臣、学者，官至兵部尚书。雍正五年会试第一，殿试时本列为一甲三名，雍正帝亲拔为第一，成为状元。）与武进的庄公（庄柱，字书石，武进人，庄存与之父，雍正五年进士，官浙江海防道。庄柱与其子庄存与、庄培因皆进士及第，世称"父子文宗"，而庄存与、庄培因兄弟一中榜眼、一中状元，世称"兄弟翰林"，集状元、榜眼于一门，父子皆为进士之盛况在全国姓氏中也极为罕见。）同榜。庄公的母亲太夫人曾经梦到三位神人讨论这一次科考的名次，一位神人说：'如果论祖上积累的阴德，庄家和彭家不相上下；只是在其本人敬惜字纸这一方面，庄比不上彭。'另一位神人说：'如果真是这样，就把彭改为第一名吧。'等到放榜以后，才知道本来要将庄柱拟定为状元，而彭启丰则以第十卷改为第一名。这件事情在当时被人们所熟知，庄柱先生也从此更加一心一意地敬惜字纸。后来他的两个儿子都高中鼎甲（科举时代状元、榜眼、探花的总称，如一鼎之三足，故称鼎甲），长子为方耕侍郎（庄存与，字方耕，号养恬，官至礼部左侍郎)，是乾隆十年(1745)乙丑科榜眼；次子为本淳学士(庄培因，字本淳，号仲醇，官至翰林院侍读学士)，是乾隆十九年(1754)甲戌科状元。这是我们两家敬惜字纸的善报，事实确凿，有据可考，是显而易见的。而世人往往不理解，动不动就说我家专门供奉文昌帝君，得到了'练笔箓'的法术，所以求取科第功名如探囊取物。我们家族从清朝初年以来，虔诚供奉文昌帝君确实是有的，而'练笔箓'的说法就是无稽之谈了，本来就不能作为范例，更不敢传给子孙。"

按：彭芝庭尚书，是雍正五年(1727)丁未科的会元、状元；而在此之前，他的祖父彭南畇侍讲(彭定求，字勤止，一字南畇)，已经是康熙十五年(1676)丙辰科会元、状元。祖孙二人以会、状两元相继的，四海之内找不到第二家。而他们彭家的子孙后代也是科甲连绵不绝，就以我个人所熟知的来说，就有修田侍郎(彭希濂，字溯周，号修田，乾隆四十九年进士，历官刑部右侍郎、福建按察使等)，曾经主持我们福建省乡试；苇间太守(彭希郑，字雅田，号苇间，乾隆五十四年进士，官常德知府护常澧道)，曾经与我的父亲同时在礼部任职；远峰编修(彭蕴辉)与我的伯父曼云先生(梁运昌)为嘉庆四年(1799)己未科同榜进士；现在咏莪先生又中了进士，入翰林院，擢升为顺天府丞；他的小儿子又在庚子年，考中顺天乡试副榜。由此可知，彭氏祖先世世代代积累的福德之深厚，享受福报之长远，似乎不仅仅体现在敬惜字纸这一个方面吧。

1.1.8 潘氏厚德

苏州巨族，以潘姓为最，有富潘、贵潘两派。然富者不必贵，而贵者乃兼富，今芝轩先生家是也。其先世封翁某，居乡有盛德，凡扶危济困、矜孤恤寡之事，莫不本至诚恻怛以为之。尝于除夜，见厅事前有匍伏于黑暗中者，烛之，乃邻家子也。忸怩（niǔ ní）言曰："某不肖，好赌博，负人累累。今除夜，索逋者甚急，不得已，欲乘夜行窃。既被获，乞饶命而已。"翁悯之，曰："若干得了诸负？"曰："十金。"翁曰："何不早告我？"命之坐，出二十金与之，曰："以半偿负，以半作小经纪，但愿汝戒赌，勉为安分良民，我誓不以今夜之事告人也。"其人泣谢去。

后十余年，翁入山相一坟地，未知为何氏产。就村店沽饮，店主拜于前，乃即前除夜所见之邻家子也。盖其人得金后，感翁之德，来此为旗亭业，颇获利，娶妻生子矣。见翁大喜，款留下榻。翁亦喜，因询以顷所卜之地，则曰："此某所买，欲以葬先人者；恩人以为佳，请献之。"翁不可，再三恳允，乃厚偿其值而立券焉。

堪舆家见之，无不以为状元宰辅吉穴。葬后不数传，榕皋、铁华两先生，先后成进士。至癸丑，芝轩先生遂得大魁。乙卯，榕皋之子（世璜）探花及第。今芝轩先生子，又登科甲矣。彭咏莪曰："芝轩先生为人宽厚，其仆有过恶宜驱者，不面加呵斥，但粘一纸于僻处，令其自知而辞去。"余谓即此可征相度矣。

【译文】苏州的名门望族，首屈一指的就是潘氏家族，而潘家又分为富潘、贵潘两派。然而富有的不一定尊贵，但尊贵的往往同时会富有，现在潘芝轩先生（潘世恩，字槐堂，号芝轩，乾隆五十八年癸丑科状元，官至武英殿大学士、太子太保，加太傅）的家族就属于这种情况。他的祖上有一位封翁（因子孙显贵而受封典的人）某老先生，在乡里以深厚的德行待人接物，凡是遇到解救危难、接济贫困、抚恤孤儿、照顾寡妇之类的事情，他都会本着一颗至诚恳切之心去做。他曾经在一年的除夕之夜，发现有个身影匍匐在大厅前的黑暗中，用灯烛一照，原来是邻居家的儿子。那人扭扭捏捏地说道："我没出息，喜欢赌博，所以欠了别人很多赌债。今天除夕夜，讨债的人追得很急，迫不得已，我准备趁着夜色行窃。既然被您抓住了，只想请求能饶我一命。"潘老先生对他很怜悯，问道："需要多少钱可以还清欠债？"那人回答说："十两银子。"潘老先生说道："为什么不早点告诉我？"说完让他坐下，拿出二十两银子给他，并说道："你拿一半去还债，以另一半去做点小本生意，只希望你能戒掉赌博的恶习，勉力做一个安分守己的良民，我发誓不会将今晚的事告诉别人。"那人流着泪拜谢而去。

十多年后的一天，潘老先生进山实地考察一处坟地，但不知是谁家的产业。到村里的一家店里买酒喝，店主发现他后急忙上前来拜见，原来店主正是之前除夕夜所见到的那个邻居家的儿子。原来那人得到了潘老先生赠送的银子后，感激老先生的恩德，便来到这里开了这家酒店，收入非常可观，并且已经娶妻生子了。他见到潘老先生后非常高兴，热情地挽留他在这里住宿休息。老先生也很高兴，便向他打听刚刚考察的那块坟地的情况，那人回答说："那块地正是我买下的，准备用来安葬先人的；如果恩人觉得那块地好，我就送给您吧。"老先生认为不妥，那人再三请求，才答应下来，于是老先生以重金补偿给他，并且立下了字据。

风水先生见到这块墓地，都认为这是一块能荫庇子孙出状元、宰相的风水宝地。芝轩先生的先祖安葬在这里之后没传几代人，潘奕隽（字守愚，号榕皋）、潘铁华两位先生，便先后考中了进士。到了乾隆五十八年（1793）癸丑科，潘芝轩先生也高中状元。乾隆六十年（1795）乙卯恩科，潘榕皋的儿子潘世璜探花及第。现在潘芝轩先生的儿子，又进士及第了。彭咏莪先生（彭蕴章）说："潘芝轩先生为人宽厚，他的仆人中有犯了过错应当驱逐的，他都不会当面加以呵斥，只是在偏僻的地方贴一张纸条，让他自己知道而自行离去。"我认为从这一点就证明了先生确实具有宰相的度量。

1.1.9 尹文端公

赵瓯北（翼）曰：尹文端公节制两江，凡四度，德政固多；而最得民心者，在严禁漕弊一事。先是，有司收漕，以脚费为名，率一斗准作六七升。公初巡抚江南，奏明每石令业户别纳兑费钱五十二文，而斗斛听民自概；有遗粒在斛之铁边者，亦谓之花边，令民自拂去。后桂林陈文恭公抚吴，胡文伯为藩司，皆守成规，弗使丝毫假借。有某令戈姓者，每石加收一升五合，辄被劾坐绞。漕务肃清者凡四十年，皆文端遗惠也，宜吴人思公至今不替云。

家大人曰：文端公之清漕，被其泽者在江南；而文端公之治狱，被其泽者且在天下后世。凡强盗律，不论首从，皆斩。自分别法无可贷、情有可原两条，免死者遂不计其数。

余在吴中，与程梓廷先生清厘盗案，先生深以此条为非是，以为自有分别办法，而犯案者益多，非正本清源之道。余谓此例实发自尹文端公，仰蒙高庙允行，至今遵办数十年，合计各直省免死之人不下千万。此天地好生之德，国家宽大之恩，我大清亿万年景运之延洪，未必不由乎此。而尹文端公一家，韦平继起，珪组相承，即此已见其概，断非后人所当轻议矣。

【译文】赵翼先生（字云崧，一字耘崧，号瓯北，又号裘萼）说：尹文端公（尹继善，章佳氏，字元长，号望山，直隶顺天府大兴人，清朝大臣，东阁大学士兼兵部尚书尹泰之子）曾先后四次出任两江总督一职，实施了非常多的有益于人民的政策措施，政绩卓著；而其中最受人民欢迎和好评的，在于严禁了漕运弊端一事。在此之前，有关部门征收漕粮，以脚钱为名，征收一斗米粮大概只能按照六七升来算。尹文端公当初刚刚出任江苏巡抚时，便奏明规定每征收一石米粮让粮户另外交纳兑费钱五十二文，而且用斗、斛等量器量米时听凭百姓自己刮平；如有在斛的铁边上遗漏的米粒，也称之为花边，让百姓自行拂去带走。后来桂林的陈文恭公（陈宏谋，曾用名弘谋，字汝咨，号榕门，广西临桂人，官至东阁大学士，辑有《五种遗规》等）出任江苏巡抚，胡文伯担任布政使，他们都继续沿用和遵循尹公制定的办法，没有丝毫的更改与通融。有个姓戈的县令，因为在征收漕粮时要求每石加收一升五合（石、斗、升、合均为旧制容积计量单位，一石等于十斗，一斗等于十升，一升等于十合），很快便被弹劾判处了绞刑。漕运事务弊绝风清长达四十年之久，这都是尹文端公遗留的德惠和恩泽，所以江南地区的人民怀念尹公，直到现在也没有停止。

我父亲说：尹文端公厘清了漕运的弊端，受到其恩泽的是江南地区的人民；而尹文端公审理案件时的做法，受到其恩泽的人却是遍布天下且被及后世。从前凡是做强盗的，按律不论是首犯还是从犯，一律都处斩。自从尹文端公倡议根据情节轻重将其分为法无可贷与情有可原两种情况，因此得以免除死刑的人不计其数。我在江苏时，与程梓廷（名祖洛）先生一同清查有关盗贼的案件，程先生认为尹公的这种做法非常不合理，认为自从有了这种分别的办法，而犯案的人却越来越多，这不是正本清源的做法。我说这条规定确实是由尹文端公提出建议，并仰蒙乾隆皇帝批准施行，至今遵照办理已有几十年了，总计各省被免除死刑的人不下千万。这体现的是天地爱惜生命、养育万物、不嗜杀戮的美德，更是国家对人民宽宏大量、深仁厚德的恩泽；我大清长期以来国运昌隆、兴旺发达，今后也必将长治久安，未必不是由于这个原因。而尹文端公的家族，就像西汉韦平（西汉韦贤、韦玄成与平当、平晏父子的并称，韦平父子相继为相，世所推重）一样父子相继为相，高官显爵世代相承，从这一点已经可以观察出其端倪，断然不是后人所能轻易评论的。

1.1.10 纪文达公

纪文达公为当代名臣名儒，天下望之若泰山北斗。而好行方便，士大夫乃阴受其福而不知。家大人曾述其二事云：

一为嘉庆年间，实录馆奏请议叙，有以过优为言者。上以语公，公不置可否，但云："臣服官数十年，无敢以苞苴进者，惟亲友倩臣为其先代题主或作墓志铭，虽厚币无不受者。"上輾（chǎn）然曰："然则朕为先帝施恩，亦有何不可？"遂置不议。

又某科考试差后，外有宣布前十人诗句姓名者，御史某密以陈奏。上召公论其事，公奏曰："臣即漏泄者。"上问其故，对曰："书生习气，见佳作必久吟哦。阅卷时，或记诵其句，出而欲访其为何人手笔，则不免于泄漏矣。"上含笑，其事亦寝，士林颂之。

张南山(维屏)曰:或疑文达公博览淹贯,何以不著书?余曰:“公一生精力,具见于《四库全书提要》,又何必更著书?”或又言:“既不著书,何以又撰小说?”余曰:“此公之深心也。盖考据论辨之书,至于今而大备,其书非留心学问者多不寓目;而稗官小说、搜神志怪、谈狐说鬼之书,则无人不乐观之,故公即于此寓劝戒之意。托之于小说而其书易行,出之以谐谈而其言易入。然则《如是我闻》《槐西杂志》诸书,其觉梦之清钟、迷津之宝筏乎?”

按,近今小说家有关劝戒诸书,莫善于《阅微草堂笔记》。第以熟在人口,家有其书,不可复录;且时代稍远,与余书专采近事之例不合,故都从舍旃(zhān)也。

【译文】纪文达公(纪昀,字晓岚,别字春帆,号石云、观弈道人、孤石老人,直隶河间府献县人,清代文学家、官员,官至礼部尚书、协办大学士、太子少保,曾任《四库全书》总纂官)为当代著名的贤臣、学者,如同泰山北斗,受到天下人的仰望。他特别喜欢善巧方便地帮助他人,读书人往往默默地受到他的恩惠却还没有意识到。我的父亲曾对我讲述过有关他的两件事情:

一是嘉庆年间,实录馆(新帝即位后,为前一任皇帝开实录馆,取其起居注、日录、时政记等记注之作,并诏令章奏等,年经月纬,汇而成编)奏请对馆内考绩优异的官员,给予加级、记录等奖励,但有人向皇上奏言认为太过优厚。嘉庆皇帝为此征求纪先生的意见,纪先生不置可否,只是说道:“臣为官数十年,从来不敢接受别人的贿赂,只是亲友中有邀请臣为其先人题写神主牌位或写作墓志铭的，即使是丰厚的报酬，臣也无不接受。”皇帝笑着说：“如此说来，那么朕替先帝广施恩泽，又有什么不可以的呢？”于是把那人的奏议搁在一边不再讨论。

还有一件事是，某一科考试工作刚结束，还未放榜，考场外面就有人宣传前十名的诗句、姓名，一名御史将此事秘密奏报给了皇上。皇上因此召见纪先生讨论这件事，纪先生回奏说：“我就是那个泄漏的人。”皇上问是怎么回事，他回答说：“这是臣一直以来的书生习气，一见到佳作必定会长时间反复吟诵。阅卷时，有时会记诵这些词句，出来后就想打听这是出自何人的手笔，这样难免就被泄露了。”皇上听后含笑不语，这件事也就被搁置了，读书人为此纷纷称赞他。

张维屏（字子树，号南山）先生说：有人不理解纪晓岚先生既然如此博览群书、深通广晓，为什么不著书立说呢？我说：“纪先生一生的精力，都体现在《四库全书提要》中，又何必另外再著书？”又有人说：“既然不著书，那为什么又要写小说呢？”我说：“这恰恰是纪先生深远的用心啊。因为考据论辨之类的书，到现在已经非常完备了，这些书如果不是留心学问的人大多不会过目；而稗官小说、搜神志怪、谈狐说鬼一类的书，就没有人不喜欢观看，所以纪先生就借此来寄寓劝善惩恶之意。以小说的名义，则书容易推广流传；用诙谐的语言，则观点容易被人们接受。这么说来，那么《如是我闻》《槐西杂志》等书，难道不是让人从梦中觉醒的清钟、渡人走出迷津的宝船吗？”

按，近现代的小说家有关劝善戒恶的各种书籍，没有比纪晓岚先生所著的《阅微草堂笔记》（含《滦阳消夏录》《如是我闻》《槐西杂志》《姑妄听之》《滦阳续录》等五种）更好的了。只是因为其内容已经为大家所熟悉，家家户户都有这部书，所以不能再重复辑录；况且时代已稍稍有些久远，与我这本书专门收集近年之事的体例不太符合，所以也就一概舍弃不录了。

1.1.11 孙春台中丞

无锡孙春台中丞（永清），平叔宫保（尔准）之父也。为诸生时，入广东布政使胡公文伯幕中。值土司以争荫袭相讦告，验之，皆明时印玺，总督将拟以私造符信. 比叛逆律当斩，株连者尤众。公先具私稿，袖以见胡曰："土酋意在承袭，无他志，岂宜妄以叛逆坐之？"胡曰："是督抚意，且限迫，安能仓卒易稿？"公乃出所具示之。胡读竟大喜，陈于督抚，从之，得活者二百余人。

及公巡抚广西时，安南诸大校莫、黎、郑、阮各姓相吞噬久矣。先是黎氏残莫氏而据其国，其臣郑检寻篡之，阮惠复诛郑并逐黎氏。乾隆间，黎维祁叩关求内附时，朝廷已遣福文襄王总督两广。将议讨，公密陈曰："黎阮相吞噬，外夷之常。闻安南深慑天威，可以折箠（chuí）使也。"文襄然之。未几，阮惠果悔罪，自陈乞效职贡。纯庙嘉阮惠之恭顺，准其入觐，赐名光平，并赐改国号日"越南"，皆公之成其美也。公由举人中书入直枢禁，出掌封圻，常以未登甲科为憾。今平叔宫保由词林登制府，谥文靖。宫保之子又由进士出身，则公之贻谷也大矣。

【译文】江苏无锡的孙永清中丞（字春台，一字宏度，号契斋，官至广西巡抚），是孙尔准宫保（字平叔，官至太子少保，卒谥"文靖"）的父亲。孙永清先生还是秀才时，曾进入广东布政使胡文伯的衙门中做幕僚。当时正值当地的土司（元明清时期于西北、西南少数民族地区设置的，由当地民族首领充任并世袭的官职）因为争夺爵位继承权而相互攻讦诬告，经过查验，发现他们的印玺都是明代时所制的。于是两广总督打算以私造印信符玺的罪名，参照叛逆的律法将他们处斩，因此而被株连的人特别多。为此，孙先生事先拟好了秘稿，藏在袖中去见布政使胡文伯大人，说道："当地土著酋长只是为了承袭爵位，并无其他想法，怎么能轻易以叛逆罪来处置呢？"胡大人说道："这是总督、巡抚大人的意思，况且时间紧迫，仓促之间又怎么来得及改写文稿呢？"孙先生于是拿出了事先准备的文稿给胡大人看。胡大人读后非常高兴，然后将其交给督抚审阅，督抚采纳了其建议，因此得以活命的有二百多人。

当孙先生担任广西巡抚时，安南国（今越南）的各大军阀派系，以莫、黎、郑、阮四大姓势力最强，相互侵略吞并已经很久了。此前黎氏攻打莫氏并占据了莫氏的政权，黎氏的大臣郑检不久又篡夺了王位，而阮惠又诛灭了郑氏并且驱逐了黎氏。乾隆年间，黎维祁入境请求依附于大清国并派兵救援，当时朝廷已经派遣福文襄王（福康安，本名傅康安，富察氏，字瑶林，号敬斋，满洲镶黄旗人，清朝中叶重臣、外戚）担任两广总督，准备商议征讨阮氏。孙先生于是秘密向福康安建议说："黎氏、阮氏两族相互吞噬，这是外夷之间平常的事。听说安南国深深慑服于我大清国天威，可以轻而易举让他们折服。"福康安也赞同这一点。没过多久，阮惠果然悔过认罪，主动上书陈奏请求向朝廷效职进贡。乾隆皇帝嘉许阮惠的恭敬顺从，准许他入朝觐见，赐名阮光平，并恩赐改国号为"越南"。这些都是因为孙先生才促成的美事。

孙公以举人的身份担任内阁中书，又入直军机处，后到地方任职，逐步晋升至封疆大吏，经常以没能考中进士而感到遗憾。如今孙平叔宫保由翰林外放逐步升任至闽浙总督，逝世后赐予“文靖”的美谥。而孙平叔的儿子（孙慧惇）又被朝廷特赐进士出身，可见孙公对后人的遗荫真是太大了。

1.1.12 毕秋帆宫保

国朝状元鲜外任者，毕秋帆先生（沅），及史渔村先生（致光）两人，由府道洊历总督，而加宫保、赏花翎。勋名之盛，则毕公远胜于史。

公未第时，先由中书直军机。应庚辰会试，揭晓前一日，公与诸桐屿（重光）、童梧冈（凤三），皆在西苑。该班桐屿应夜直，忽语公曰：“今夕须湘衡（毕公字）代我夜直。”公问故，则曰：“余辈尚善书，倘获隽，可望鼎甲，须早回寓以待。若君书法，即中式，敢作分外想乎？”语竟，二人径去不顾。公怡然为代直。及日晡，适陕甘总督黄廷桂奏折发下，则言新疆屯田事，公夜坐无事，乃熟读之。无何，三人皆中。时新疆甫辟，上方欲兴屯田，及廷试，策问即及之。公屯田策独详核冠场，拟以第四本进呈，上改第一，桐屿次之，梧冈名在第十一。同直知其事者咸嗟叹。

赵瓯北曰：“倘揭晓之夕，湘衡竟不代直，则无由知屯田事。以书法断之，其卷必不能在十本内，而龙头竟属桐屿矣。”昔贤每教人学吃亏，至是而益信。亦湘衡之性度使然，而福命即随之欤！

【译文】本朝状元很少有外放到地方上任职的。毕秋帆先生（毕沅，字纕蘅，一作湘衡，小字秋帆，自号灵岩山人，乾隆二十五年状元，官至湖广总督），以及史渔村先生（史致光，原名步云，字青路，号渔村、葆甫，乾隆五十二年状元，官至云贵总督、都察院左都御史）两人，都由知府、道台逐步升任总督，而后加封太子少保，赏戴花翎。但论起勋业功名之隆重，则毕公要远胜于史公。

毕公还未中进士时，先是由内阁中书入直军机处。后来参加了乾隆二十五年（1760）庚辰科会试，在结果揭晓的前一天，毕公与诸桐屿（诸重光，字申之，号桐屿，乾隆二十五年一甲二名进士）、童梧冈（童凤三，字梧冈、鹤衔，乾隆二十五年二甲第六名进士），当时都在西苑的军机处值房工作。当班应当由诸桐屿值夜班，诸桐屿忽然对毕公说："今晚还须劳烦湘衡（毕公之字）代我值夜班。"毕公问起缘故，诸桐屿便说道："我们的书法还算可以，倘若考中了，还有希望争取前三名，所以须要早点回寓所等待放榜，并准备殿试。像先生您的书法，即便考中了，敢有这样不切实际的想法吗？"说完，诸桐屿、童梧冈二人便头也不回径直离开了。毕公高兴地代他值夜班。到了天将暮时，正好遇上陕甘总督黄廷桂的奏折被批准发下，说到了新疆屯田一事；毕公一夜坐着没什么事，于是将奏折的内容读得很熟了。没有多久，放榜时三人都考中了。当时新疆刚刚开辟，皇上正准备大兴屯田之事，所以到殿试时，策问中便涉及了这方面内容。唯独毕公的屯田策简要翔实而冠绝全场，考官原本准备将毕公以第四名的成绩进呈给皇上，皇上将其名次改为了第一，诸桐屿则排名第二，童梧冈排在第十一名。一同当值的人知道这事的，无不感叹。

赵瓯北（赵翼）先生说："倘若在会试结果揭晓前的那天晚上，湘衡最终没有代替诸桐屿值班，则无从得知屯田之事。本来以他的书法来推断，其答卷必定不可能排在前十名之内，那样的话状元便属于诸桐屿了。”古圣先贤常常教诲人们要学吃亏，从这件事来看更加让人相信这一点。这也是湘衡的性情和气度使他能自然而然这样做，而福报和机运也就随之而来了吧！

1.1.13 余秋室学士

余秋室学士（集），文采风流甲于两浙。初，榜下未得馆选，以纂修四库书，积劳擢至学士。余少时，闻其名，辄以为古人，后乃知家大人公车诣京时，曾及见学士，尝因间私请曰：“先生书法精妙乃尔，何以不得鼎元？”

学士笑曰：“此我生平一故事，微君问，亦将告汝。记得丙戌科榜下归班时，有广东吴某者来访，因延入，吴曰：‘君其出恭看书耶？’予怪之，吴曰：‘我亦犯此罪过。去岁曾大病，梦入阴司，自念母早寡，予以遗腹抚而成立，今先母卒，母将无依，痛哭求阎王放还，待母天年。王取生死簿阅之，顾判官曰：“彼阳寿尚未终，何以勾至？”判官曰：“此人出恭看书，已夺其寿算矣。”王命取簿，则一册，厚寸许，签书“出恭看书”四大字。王展阅，至予名，予方跪迎案前叩头哀泣，因得偷目视册，果减寿二纪。予之上名即君也，君名下注“浙江钱塘人，壬午举人，丙戌状元”，以下禄位注甚长，乃于“状元”字用笔勾去，改“进士”二字。王谓判官曰：“彼死惟以母为念，可谓孝子。且世间不知此罪最重，犯者甚多，无以劝谕，盍放之还，俾流布人世，有则改之，可以自赎。冀罪册中人不至太多，亦可贷寿一纪。然此十二年中亦须示薄罚，毋令其自适也。”于是判官以笔点予头，痛甚，大叫而苏，则已死去一昼夜矣。今顶间一疽，医亦罔效，大约即判官点处也。’时予闻吴言，方愕然痛悔，誓改前愆。方发誓愿时，正四库修书，诏下征召之日也。”

【译文】翰林院侍讲学士余秋室先生（余集，字蓉裳，号秋室，浙江仁和人，清代画家、藏书家；乾隆三十八年，曾与邵晋涵、周永年、戴震、杨昌霖同荐修《四库全书》，授翰林院编修，人称“五征官”），其文采风流（横溢的才华与潇洒的风度）在两浙地区可谓是首屈一指。当初，他在放榜之后没能被选任翰林院职务，因为参与纂修四库全书，累积了一些功劳，才被擢升为学士。在我年轻时，便听说过他的名字，起初还以为他是位古人，后来才知道我父亲在进京参加会试时，就曾见过余学士，并曾趁机私下请教学士说：“先生的书法如此精妙，为什么没能中状元呢？”

余学士笑着说：“这是我生平的一桩旧事，即使先生不问起，我也正准备告诉您。记得乾隆三十一年（1766）丙戌科榜放榜后归班（清制，凡进士不授以他项官职，而以知县铨选者）时，有个来自广东的姓吴的人前来拜访我，于是请他进来，吴某说道：‘先生难道也在上厕所的时候看书吗？’我奇怪他为什么这么问，吴某说：‘我也曾犯过这样的罪过。去年时我曾大病了一场，梦到自己进入了阴曹地府；但我自念母亲早年守寡，我作为遗腹子由母亲抚养长大成人，现在如果我先于母亲去世，母亲将无依无靠，所以我痛哭着请求阎王放我回去，以待母亲天年。阎王听后取出生死簿查阅，转头对判官说：“他的阳寿还未尽，为什么将他的魂魄勾到地府？”判官说：“这人因上厕所时看书，已被夺了寿命了。”阎王命人取来记录簿，是一寸多厚的一本册子，封面上签写着“出恭看书”四个大字。阎王展开册子查阅，查到了我的名字，我正面向几案跪地叩头哭泣哀求，因此得以偷偷用余光看到了册子，果然被削减阳寿二纪（二十四年）。排在我上面的名字就是先生您，在您的名字下标注着“浙江钱塘人，壬午举人，丙戌状元”的字样，后面关于禄位的记录还有很长，但是“状元”二字被用笔勾去了，改为“进士”二字。阎王对判官说：“这人死后唯独对母亲放心不下，可谓是个孝子。况且世间之人不知道这种罪过极为严重，违犯的人很多，没有办法来广泛劝导提醒，不如先放他回去，让他在人世间宣传此事，有则改之，同时也可以使人自行改赎。希望罪册中的人数不至于太多，也可以再还给他一纪的寿命。然而在这十二年中也必须要略微体现惩罚，不要让他太舒畅了。”于是判官便拿笔点了点我的头，很是疼痛，大叫着苏醒过来，其实当时我已经死去一天一夜了。现在我头顶上还有一个疮，求医问药也无效，大概就是判官用笔点过的地方。’当时我听了吴某的话后，大吃一惊，痛自改悔，发誓要改掉之前的过错。就在我发下誓愿之时，正好是因修四库全书，朝廷下诏破格征召我入四库馆的日子。”

1.1.14 吴修撰

先叔祖太常公，应乾隆乙未廷试，卷已拟元，旋改吴纯甫（锡龄）。是科三鼎甲皆不利，吴方二十四岁，逾年即逝；探花为沈鲁田（清藻），亦未及散馆而殁；榜眼汪东序（镛），以夜醉到迟，误却胪唱，未授职即罚俸。相传是日午门中门有煞应避，而状元与探花当之，榜眼以未到故免，后官四品，以寿终。又传吴前身为僧，募修桥道，吴之封翁倡捐甚力，工竣，见僧入房而生纯甫。优昙一现即作空花，然不归之因果不得也。

【译文】先叔祖太常公（梁上国，参见1.1.3），在参加乾隆四十年（1775）乙未科殿试的时候，试卷本来已经被拟定为第一名，但不久第一名就被改为吴锡龄（字纯甫）了。这一科考试的前三名都不是很顺利，状元吴锡龄才二十四岁，第二年就逝世了；探花为沈清藻（字鲁田，一作鲁泉），也是还没等到翰林院三年实习期满授职就亡故了；榜眼为汪镛（字东序），因为晚上醉酒迟到，耽误了皇上召见的时间，还没授职便被罚减俸禄。相传是当天午门的中门有恶煞应当避让，但是状元和探花却恰好冲犯到了；榜眼因为醉酒没到得以避免，后来官至四品，以七十几岁高寿善终。又有人传说吴纯甫先生前世是一名僧人，募化资金造桥修路，吴先生的父亲大力支持，帮助倡议募捐，在工程竣工后，见到僧人进入房间而后生下了吴纯甫。虽然就像优昙钵花一般，刚一出现转瞬之间就化为虚无，但不得不说也确实体现了因果。

1.1.15 戴吴二公

乾隆末，戴文端公（衢亨），及吴槐江公（熊光），尚为军机章京，两人适同夜直。夜半，忽有某省急递折至，上已披衣阅竟，宣召军机大臣甚急。内监奏军机大臣尚未到，只有该夜班之军机章京两人，已在直房祗候（zhī hòu）。上询两人姓名，即行召入，以折示之，并口授机宜，令即拟旨进呈。两人出，运笔如飞，立具草以进，晓畅周浃，悉如上意。适军机大臣已到齐入对，上以两人所拟示之，并询妥否，咸曰："甚妥。"于是上盛夸两人之能，命每日即随军机大臣入对。

时和珅方用事，恐分己权，奏曰："两人本军机处得力之员，即臣等撰拟，皆出其手。今可仍责成在直承办，与面承谕旨无异。若即令随同入对，则官职较卑，于枢廷体制，似有未协。"上微哂(shěn)曰："汝等不过计较官职之高低，朕又何难处分？汝等且出，即有旨谕。"和珅遂不敢再奏。未几，而朱谕已下——戴衢亨、吴熊光即赏加三品顶戴，在军机大臣上学习行走。和珅为之嗒然。小人之谋，无往不福君子，此之谓欤！

【译文】乾隆末年，戴文端公（戴衢亨，字荷之，号莲士，乾隆四十三年状元）以及吴熊光先生（字槐江），还在担任军机章京，一次两人正好一起值夜班。半夜时，忽然有某省的加急递送的奏折到了，皇上已经披衣起床看完了，非常着急地宣召军机大臣。当时太监奏报说军机大臣还没有到，只有当晚值夜班的军机章京两人在，现在已经在值班室恭候。皇上询问两人的姓名后，便命人将戴衢亨、吴熊光两人召入，将折子给他们看，并当面口授处理意见，令两人立即拟旨后进呈。戴、吴两人出来后，运笔如飞，立即草拟了圣旨呈送给皇上审阅，写得明白流畅且意思周到，完全符合皇上的意旨。这时正好军机大臣们已经到齐了，准备回答皇上的提问，皇上就将戴、吴两人所拟写的圣旨展示给他们看，并询问是否妥当，大臣们都说："非常妥当。"因此皇上强烈夸赞了两人的才能，命他们两人每天就随同军机大臣一起进宫回答问题。

当时和珅正在当权，担心戴、吴两人分解弱化了自己的权力，因此向皇上奏请说："戴、吴两人确实是军机处的得力人员，即便是臣等撰拟的公文，也都是出自他们的手笔。现在仍旧责成他们在军机处当值办事就可以了，这与当面接受皇上的指示没有区别。如果就让他们随同军机大臣一起入对，则他们的官职较为低微，从朝廷的体制来说，似乎有些不合适。”皇上听后微微冷笑说：“你们不过是计较他们官职的高低而已，这对朕来说又有什么难以处理的呢？你们先且出去，很快便会有谕旨下来。”和珅于是不敢再上奏。没过多久，皇上用朱笔批示的谕旨就下发了——戴衢亨、吴熊光两人即赏加三品顶戴，在军机大臣上学习行走。和珅见了之后为之懊丧不已。小人耍弄的阴谋诡计，往往都是阴差阳错反倒让君子得福，说的就是这种情况吧！

1.1.16 李方伯冤狱

李许斋方伯（赓芸）之狱，主持者汪稼门制府（志伊），激成者涂瀹（yuè）庄太守（以辀zhōu），左右委诺者王畹馨抚军（绍兰）。当狱急时，李本可自明，而涂承汪意指，必欲周内（nà）其事，当堂拍案呵斥，声色俱厉，李不能堪，遂自裁。

奏入，上震怒，发二星使勘实其事。李清望久著闻，吾闽人又感其德政，有副贡生林（光天）者，倡义合数百人讼其冤。星使据以上闻，狱遂白。涂谪戍，汪、王皆罢斥为民，闽人快之。

王一生宦迹不离闽省，由知县至巡抚皆汪一力扶持，而王故感汪至深，过于迎合，以有此错。汪则自命甚高，大有吃两庑特豚之意，而一意造作，群称为假道学。自以此案败，声名骤衰，将去任时，署中至白昼见鬼云。

【译文】福建布政使李赓芸（字许斋，又字生甫，号书田）先生的案子，当时是由闽浙总督汪志伊（字稼门）主持办理的，促成这桩冤案的是福州知府涂以辀（字燊轩，号瀹庄），从旁签字作证的人是福建巡抚王绍兰（字畹馨，号南陔）。当案情危急之时，李赓芸先生本来可以为自己申辩；但是涂以辀为了迎合汪志伊的意图，一定要罗织罪名、陷人于罪，因而当堂拍案威吓，对李先生大加呵斥，语气和神色都非常严厉，李先生不堪忍受其侮辱，于是自尽了。

案件奏报到朝廷，皇上得知后大为震怒，派出两位钦差使臣前往勘察复核此案。李赓芸先生高洁美好的声望早就远近闻名了，我们福建人又感念他的德政，有位名叫林光天的副贡生，发出倡议集合了几百人为他诉讼鸣冤。使臣根据以上考察到的实情，冤案于是得以平反昭雪。涂以辀被发配黑龙江充当苦差，汪志伊、王绍兰都被罢官为民，福建人民都为此拍手称快。

王绍兰一生为官都没有离开过福建省，从知县到巡抚都是汪志伊一力栽培扶持的；而王绍兰因为对汪志伊感激至深，所以过于迎合他的意图，从而导致了这种过错。汪志伊则自视甚高，大有妄图死后可以入祀孔庙吃两庑特豚（指祭祀先贤所用的猪）的意思，因而一味地矫揉造作、沽名钓誉，被大家称为假道学。自从因为这个案子而败落，汪志伊的声誉和名望便骤然衰落，在他即将离任时，其官署中甚至冷清得大白天都能见到鬼。

第二卷

1.2.1 万廉山

家大人曰：道光五年，清江浦运道阻梗，制府及河漕二帅皆易人。琦静庵节侯，由东抚擢督两江，驻浦筹办，时余以淮海道调署苏臬。琦初拟到浦即相见，及渡河，始知余已往苏州，而护道篆者为万廉山郡丞（承纪）。即大怒，谓："当此运务万紧之际，我到此，人地生疏，所恃者惟梁观察一人。盘运总局既设在淮海道署，而反将本任道调开，此必万丞欲护道任，挤之远 去。河帅为其所蒙，可恨之至。"次日，即奏调余带印回浦，并欲先将万丞撤任，经河帅再三缓颊，始允暂留。继查知所请盘运经费仅百一十万两，而合计二百万滞漕，现经盘运渡河者尚不及十分之一，已用去银二十七万两，未免任意开销。复将万丞奏摘顶戴。

时余已回浦谒见，琦曰："足下苏州此行，非为万丞所挤乎？"余笑曰："万丞有何势力，而能相挤？此自本道不谙河务，急欲避贤路，而兰渚中丞亦相需甚殷耳。"琦曰："虽然，此人断断不可用。渠前在百文敏公幕中，已被我看破矣。"自是每日进谒，除议论公事外，必有诋斥万丞之语。余虽多方为之排解，而终不见纳。久之，微露在江藩任内，万正在督幕，有傲睨相视情事。于是浦中上下，始皆知其为修私憾，而并非有公事龃龉（jǔ yǔ）也。

一日，旅见，琦忽曰："我以万丞为不好，而君等似皆重视之，究不知万丞有何好处？"余曰："万丞文章经济俱不让人，其前在百公幕中正值少年，兴高采烈，露才扬己，诚为可憎。今则老成持重，更事愈多，敛其精明，归于浑厚。窃谓现在河务中实为第一稔练之员。且万丞自因克家有人，专务树德，以培继起，事事为人道地，处处思积阴功。寅好中无不暗受其益。窃见执事待之严峻，外间无不为之担心者，人才难得，舆论可凭。愿执事格外保全之，庶几缓急有恃，幸甚！"琦乃瞿然曰："伊家尚有何人？"余曰："其长子名启昀者，现官刑部副郎，在秋审处甚得力。"琦曰："想是捐班。"余曰："非也，伊系进士出身，由内阁中书，曾为四川主考，推陞刑部，现已记名御史，月内即可转西台矣。"琦为默然者久之。

翼日，忽语余曰："余为万丞奏复顶戴，何如？"余曰："甚善，但如何措辞？"琦曰："必得大家商议。"时余管理盘运总局，二百万滞漕已去其十之九，仅用经费七十万有零。琦甚喜慰，余谓："可将此大概情形，先行具奏，以纾宸廑（jǐn）。其万丞开复顶戴一节，即可于摺尾带叙，必能邀准。"琦以为然。而余旋擢东臬，濒行之际，闻万丞以屡受磨折，急欲弃官，为汗漫之游；经河帅与同官力行劝阻而止。

次年春夏间，黄水仍高于湖水二尺许，而重运已衔尾而至。同官一筹莫展，琦亦焦切，莫可名言。万丞忽献倒塘套运之策，琦令试为之，重运果源源而济。于是，始渐重万丞。倒塘套运之法，东省闸河中屡用之，南河历来皆以清敌黄故，无人讲此。自道光六年以后，遵用至今，虽每次所费不赀，而运道赖以无阻，则不能不归功于万丞。余在东省，得琦手函，有"不料万丞竟大有裨于河漕"云云。未几，而万丞死矣。琦亦以开减坝失机，镌秩去矣。

谚云："得饶人处且饶人。"况关系如此之大，而可径情直行哉？录此亦足为居上不宽者戒也。

家大人又曰：减坝地属淮海道，自五年冬，即有议开减坝以泄黄流盛涨者。惟万廉山倡言断不可开。时余与廉山亲至其地，再三相度，博稽成案，亦渐悉其不可轻开之理。次年，琦侯来，惑于众说，意在必开。余以去就争之，琦曰："足下屡言不谙河务，何必独于此事持之甚坚？"余曰："本道实无所知，但以万丞之言为断耳。"琦益怒，曰："万言不可开，我则必开。君从我乎，从万乎？"余曰："必欲开之，惟将鄙人离了淮海，自当听人所为。若一日居此官，当一日守此坝也。"琦为艴然。次年，余在东臬任内，忽接廉山函，示云："减坝势在必开，卑职孤口难争，且已卧病，听之而已。"盖廉山缮此函之后，越三日，即辞世矣。又踰年，余擢苏藩，由东至浦。甫渡河，大非前年景象，旧道全失，满眼流亡。询之桃源令，乃知皆减坝开后冲决所致也。按，此与前一事，皆足征廉山之老成，而南河之大局系焉。因合记之。

【译文】我的父亲说：道光五年（1825），因为清江浦（位于今江苏淮安，运河由此出清口，为旧日水陆交通的转接点）运河航道堵塞不通，两江总督以及江南河道总督、漕运总督都换了人。琦静庵节侯（琦善，字静庵，博尔济吉特氏，满洲正黄旗人，世袭一等侯爵，历任山东巡抚、两江总督兼署漕运总督、四川总督、直隶总督、两广总督、协办大学士等）也由山东巡抚调升为两江总督，驻扎在清江浦主持办理河务。当时我也由淮海河务兵备道（驻淮安）调署江苏按察使（驻苏州）。琦善最初打算到了清江浦就与我见面，可等到准备渡河的时候，才知道我已经前往苏州，而署理淮海道的是原海防同知万承纪先生（字廉山，江西南昌人，乾隆五十七年举人，嘉庆初以军功任知县，官至海防同知，署淮扬道，善于治水）。随即他大发脾气，说："在目前漕运事务万分紧急之际，我到了这里，人生地不熟，所依靠的只有梁章钜观察一个人。盘运漕粮总局既然设立在淮海道衙门，却反而将原任的道员调走，这一定是万同知想要急于接任道员，因而排挤梁观察，使他调离。河道总督被他所蒙蔽，实在是太可恨了。"第二天，琦善便奏请朝廷批准调我带着官印回到清江浦，并且准备先将万大人撤职，经过河道总督的再三说情，琦善才答应暂时保留他的职位。经过进一步核查才知道所申请的盘运经费仅有一百一十万两，但总数达二百万石的滞留的漕粮，现经盘运渡过黄河（此为黄河故道，后于咸丰年间黄河改道由山东入海）的还不到十分之一，但经费已经使用了白银二十七万两，开销未免过于随意。于是他再次上奏朝廷将万大人革职。

当时我已经回到清江浦，拜见琦善时，他说："您这次苏州之行，不是被万同知所排挤的吗？"我笑着回答说："万同知有什么势力，能排挤我呢？这本来就是因为我作为道员不熟悉河务，急着想要让贤，而张师诚巡抚（字心友，号兰渚，晚号一西居士，历任江西、福建、江苏、广东、安徽等省巡抚）也迫切需要我辅助罢了。”琦善说：“即便是这样，这个人也绝对不可以重用。他以前在百文敏公（百龄）署中做幕僚的时候，已经被我看透了。”从此之后每天进见，除了讨论公事之外，一定会说一些诋毁指责万大人的话。我虽然多方替万大人排解，但最终没有被采纳。久而久之，渐渐透露出来他在担任江苏布政使期间，万大人当时在总督府做幕僚，曾稍稍以傲慢、轻视的态度对待他。于是清江浦各个衙门中的人，才都知道他其实是因为私人恩怨，并不是因为公事意见不合。

一天，众人一同进见，琦善忽然说：“我认为万同知不好，但你们似乎都很看重他，始终不理解万同知究竟好在哪里呢？”我说：“万同知的文章和经世济民之才都不比别人差，他以前在百文敏公幕中的时候正值少年，年轻气盛、言辞犀利，喜欢显露才能、表现自己，确实是很可恶。现在则是老成稳重，随着阅历的增长，逐渐隐藏起他的精明，变得越来越圆融淳厚。我认为在目前的河务工作中，他确实算得上是第一熟练、经验丰富的官员。而且万同知自从有了儿子可以继承家业，专门致力于培植道德，为子孙培福，事事给人留余地，处处考虑积阴功。有交情的同僚中没有人不暗中受到他的恩惠的。我看大人您对他颇为严厉苛刻，外面的人没有不为他担心的，人才难得，舆论也不能不重视。希望大人您能够特别保全他，这样遇到一些特殊或紧急的事情时，或许他也能帮得上忙，不是很幸运吗！”琦善惊喜地说：“他家中还有什么人？”我说：“他的长子名叫万启昀，现在担任刑部员外郎，在秋审处工作很得力。”琦善说：“想必是靠捐纳钱财得来的官职吧。”我说：“不是的，他是进士出身，由内阁中书做起，曾经担任四川乡试主考官，未经满考即升补到刑部任职，现在已经记名为御史，本月之内就可以正式转任到御史台了。”琦善听后沉默了很长时间。

第二天，琦善忽然对我说："我为万大人奏请恢复官职，怎么样？"我说："很好，但怎么样措辞呢？"琦善说："需要和大家讨论一下。"当时我管理盘运漕粮总局，滞留的二百万石漕粮已经转运出去十分之九了，而且仅使用经费七十万两多一点。琦善很欣慰，我说："可以将这大概情形，先行写材料上奏，来缓解一下皇上的殷切关注之情。然后为万大人恢复官职这件事，就可以在文章的末尾顺带叙述，一定能获得批准。"琦善同意我的建议。而我很快就被提升为山东按察使，临走之时，听说万大人因为多次遭受挫折，急切地想要辞官不做，开始云游四方；经过河道总督和同僚们极力劝阻才停止了这种想法。

第二年春夏之间，黄河水位仍然高出洪泽湖水位二尺左右，而重载运输船已经前后相接到来。同僚一筹莫展，琦善也很焦急，紧急的情况无法描述。万大人忽然提出了倒塘套运的策略（清道光年间开始的京杭运河中船只穿越黄河的方法。当时，清口处黄河淤积严重，淮河水入黄困难，黄河水位稍高即倒灌洪泽湖和运河。为此在临黄一侧以及临洪泽湖和运河口一侧各筑坝拦水，两坝之间称塘河。过船时，先开一坝，灌入清水进船，闭此坝，开另一坝出船，如同一座大船闸。），琦善下令试行，重载运输船果然能够源源不断地航行，非常成功。从这之后，才逐渐看重万大人。倒塘套运的方法，在山东省设闸的河段中多次使用，南河（清雍正七年改河道总督为江南河道总督，掌管防治江南（今江苏、安徽两省）境内的黄河、运河、洪泽湖、海口等。时称总督为南河总督，所管理诸河为南河。）历来都用蓄清敌黄的方法（筑堤提高淮河水位，使清水倒灌入黄河，冲刷黄河带入大运河的泥沙），所以没有人讲求这个方法。自道光六年（1826）以后，遵照这个方法沿用至今，虽然每次花费经费不少，但是运河航道赖此得以畅通无阻，则不能不归功于万大人。我在山东省时，收到了琦善的亲笔信，其中有“没想到万同知对河务和漕运竟然贡献这么大”等等话语。不久后，万廉山先生就去世了。琦善也因为在不符合条件的情况下擅自开启减水坝，降职离开了。

俗话说：“得饶人处且饶人。”何况关系这样重大，怎么可以任凭主观意愿径直行事呢？将这桩事情记录下来，也可以作为对那些身居高位却待人不宽厚的人的告诫了。

我父亲又说：减水坝所在的地区属于淮海道，从道光五年（1825）冬天开始，就有人提议开启减水坝来倾泻暴涨的黄河水。只有万廉山先生建议说一定不能开启。当时我和廉山先生亲自到现场，反复勘测，广泛查阅旧时的档案，也渐渐理解了不可轻易开启的道理。第二年，琦善大人前来，被众人的说法蛊惑，他的想法是一定要开启。我反复陈述其中的利害关系，琦善说：“您经常说自己不熟悉河务，何必唯独对这件事情如此坚持呢？”我说：“下官确实是什么都不懂，但是对万同知的判断是绝对相信的。”琦善更加愤怒，说：“万某说不能开，我就一定要开。你是听我的，还是听万某的呢？”我说：“您一定要开的话，只有将我调离了淮海道，自当任凭他人怎么做。而只要我这里为官一天，我就要守住这坝一天。”琦善非常不高兴，脸色大变。第二年，我在山东按察使任内，忽然接到万廉山先生的信件，其中写道：“减水坝势在必开，我职位低微且势单力薄，难以劝阻，而且我已经生病卧床，只能听之任之而已。”万廉山写了这封信之后，过了三天，就辞世了。又过了一年，我调任为江苏布政使，从山东路过清江浦。刚刚渡过黄河，远不是两年前的景象，旧河道完全消失，满眼都是流亡的百姓。询问桃源县令，才知道都是由于减水坝开启后洪水冲毁决堤所造成的。按，这件事与上面的事，都足以证明万廉山先生的老成练达，而关系着江南河道的大局。于是一并记录在这里。

1.2.2 蒋阁老

嘉庆末，蒋砺堂公（攸铦），总制两川。陶文毅公澍，方由给谏外授川东道，蒋力荐其可大任，遂洊擢臬藩，以至开府。陶感之至，执弟子礼甚恭。迨道光八年，蒋以内相总制两江，陶适为江苏巡抚，诸事奉教唯谨。蒋初莅江南，急于图治，而彰瘅（dàn）多不称上心，渐至悚惶失措。时家大人为苏藩，于督署事亦多所依违。陶曰："节相近日心事不佳，吾辈宜仰体之，毋屡触其怒也。"

家大人在京师时，于蒋亦有知遇之感。闻道光纪元之初，蒋所荐中外人才极多，每一单多至数十人。家大人自揣未必不在其列，闻陶言，亦诸事将顺之。咸以为老翁坐镇金陵，可毋廑南顾也。

乃不踰年，而事事相忤，啧（zé）有烦言。每昌言于众曰："陶云汀本一好人，自为江苏巡抚，竟大变其旧，殊不可解。即梁茝（chǎi）邻，亦是好人，自与陶朝夕共事，言听计从，亦遂不公正。"云云。家大人尝笑语同列曰："藩司为一省领袖，若不能公正，即是官邪，此岂可一日姑容，而但以空言从事乎？"时陶与家大人皆有戒心，江南北寅僚亦皆窃窃忧之，惟恐以乖气致戾也。

未几，而办理盐枭黄玉琳之案，意见相左。初督抚会摺，称黄玉琳应斩决，盐务摺例由督署拜发，蒋私附单衔一片，请责令黄玉琳，以拿获枭徒自赎，陶不知也。奏入，上大怒，以蒋为反覆险诈，不可与陶共事，革去大学士，令赴京另候简用，而陶即晋督两江。时蒋已抱病，遂卒于德州旅次。吴棣华先生（廷琛）曰：“此老暮气，我早已微窥之，初不料其决裂至是耳，惜哉！”

【译文】嘉庆末年，蒋攸铦先生（字颖芳，号砺堂，辽东襄平人，清朝大臣），担任四川总督。陶文毅公（陶澍，字子霖，一字子云，号云汀、髯樵，湖南安化人，清朝大臣），刚刚从六科给事中外放地方任职，被任命为川东兵备道，蒋砺堂先生极力推荐他可以担当大任，于是逐步擢升为按察使、布政使，直至巡抚、总督。陶公对蒋公非常感激，平时对他恭敬地施以学生之礼。到道光八年（1828）时，蒋公以内阁大学士出任两江总督；陶公当时正好担任江苏巡抚，所有事情的处理都认真地听取蒋公的指教。蒋公初到江南任职，急于在政治上有所作为，但在扬善惩恶方面大多不符皇上的意旨，渐渐感到有些惊慌失措、力不从心。当时我父亲担任江苏布政使，对于总督衙门布置的很多工作也往往有不同意见。陶公说：“蒋大人最近心情不好，我们应该体谅他，不要总是触犯他发怒。”

我父亲在京城的时候，也非常感激蒋公的知遇之恩。听说道光纪元初年的时候，蒋公所推荐的京城和地方的人才有很多，每一次名单多的有几十人。我父亲揣测自己也可能名列其中，听了陶公的话后，各方面事情也尽量顺着蒋公的意思。都认为有蒋老先生坐镇在南京，皇上对南方地区也就可以没有后顾之忧了。

只是没想到还不到一年，便事事不顺心，很多人开始议论纷纷，产生不满的情绪。蒋公常常当众对大家说：“陶云汀本来是一个好人，自从做了江苏巡抚，就完全改变了他过去的作风，真不可理解。就连梁茝邻（梁章钜，号茝邻），本来也是个好人，自从和陶澍每天在一起共事，对他言听计从，也就变得不那么公道正派了。”等等这些话。我父亲曾经笑着对同僚们说：“布政使作为一省的领袖，如果不能做到公道正派，就属于失职，这难道可以姑息容忍一天，而只用空谈来做事吗？”当时陶公和我父亲都有戒备之心，江南、江北的同僚们也都私下担忧，害怕不和之气会招致祸患。

不久，在处理私盐贩子黄玉琳的案件时，大家意见不一致。起初总督、巡抚会同起草奏折，称黄玉琳应该被处斩；按照惯例，涉及盐务的奏折应以总督衙门的名义发出，但是蒋先生却私自附上了一份单页，请求责令让黄玉琳以擒获暴徒来为自己赎罪；此事陶澍并不知情。奏折上报到朝廷之后，皇上大为震怒，认为蒋攸铦做事反复无常、阴险狡诈，不可以和陶澍合作，于是革除了他的大学士之位，命他回京城等候另外任用，而陶澍即日晋升为两江总督。当时蒋公已经抱病在身，在回京的途中病逝于德州。吴廷琛先生（字震南、公君，号棣华，江苏苏州人，嘉庆七年状元）说：“这位老先生迂腐老迈的状态，我早就有所觉察，只是当初没有想到竟然衰颓不振到这个程度，真是太可惜了！”

1.2.3 钱南园侍御

钱南园先生（沣），伉直有声，似御史。为军机章京时，和珅掌军机，屡龋龁（yǐ hé）之，弗屈也。钱劾山东巡抚国泰贿赂通行，秽名彰著；上命和珅驰往查办。和与国素相比，欲化其事为子虚，奏请与钱偕行。时值冬令，沿途送温裘、送珍食，凡可以结钱之欢者，备极殷勤。钱弗为动。比至济南，以众证确凿，不能不据实奏覆。和益衔之。

钱旋出为湖南监司，和密嘱本省大吏媒蘖其短，久之，不得间。最后，浦霖为巡抚，亦与钱龃龉（jǔ yǔ），乃以盐务陋规附会成狱，褫（chǐ）钱职，卒于京。启殡南旋，路过柴市，正值浦霖押赴伏法之时，灵轝（yú）与囚车相摩击而过，竟若预刻其时而巧使先生亲见之者。钱之交好为笔其事于书云。

【译文】钱南园先生（钱沣，字东注，一字约甫，号南园，云南昆明人，清代大臣、书画家），以为人刚直而著称，如同一位铁面御史。他在担任军机章京的时候，和珅主持军机处，多次打击排挤他，但他没有屈服。一次，钱南园先生弹劾山东巡抚国泰明目张胆收受贿赂，臭名昭著；于是皇上命令和珅前往查办。和珅与国泰一向关系亲密，想要将这件事大事化小、小事化了，于是便奏请皇上同意，与钱南园一同前往。当时正值冬季，一路上向钱南园先生又是送保暖的皮衣，又是送珍贵的食物，凡是能够讨好他的，都极尽殷勤之能事。钱先生没有为此而动摇。等到了济南后，由于各种证据确凿，不得不据实回奏。和珅因此更加对他怀恨在心。

钱南园先生不久后出任湖南监司，和珅秘密嘱托本省大吏抓住他的短处构陷诬害他，但很长时间过去了，也没能找到机会。最后，浦霖担任湖南巡抚，也与钱南园先生不和，于是就以盐务方面的陋规（不好的惯例，旧时多指不正当的收费常规）为名，牵强附会捏造成案件，剥夺了钱南园先生的官职，后来钱南园先生在京城去世。运送灵柩回南方时，路过柴市，正好碰上浦霖被押赴刑场正法，灵车和囚车擦身而过，竟像是预先安排好了时间要让钱南园先生亲自见证浦霖伏法一般。钱南园先生的好友将此事记录在书中。

1.2.4 徐总戎

东粤徐星溪总戎（庆超），虎头燕颔，辟易万夫，而说礼敦诗，居然儒将。以乾隆甲寅举于乡，故与家大人叙文武同年谊甚笃。工擘窠（bò kē）书，所到名山，辄有磨崖大字。有《涤研图画卷》，名流题咏殆遍，每出必以自随。

惟性嗜狗肉，厨中无日不烹狗，如常人之餍鸡豚，所过辄有群狗嗥之。官建宁镇时，以巡阅至崇安，登武夷山。适日晡，宿于九曲舟中，营弁杀狗以供，遂呼觞大嚼。次日，登天游观，甫入殿门，瞥见金光一道，遽仆地不语。众弁掖之起，则浑身瘫软如无骨者。视之，气已绝矣。观中道士蔡元莹曰："此座上王灵官显威也。凡食狗肉者，从不敢入此殿。某以大人，故不敢阻耳。"旧传被王灵官鞭者，全身骨节皆碎，睹此乃信。

【译文】广东的徐庆超总兵，字星溪，长得虎头燕颔，一副威猛之相，有万夫不当之勇，但却讲究礼仪，以《诗经》温柔敦厚的精神来为人处事，俨然是儒将风范。于乾隆五十九年（1794）甲寅科考中武举人，家父也是当年中举的，所以他们作为文武同年的关系而建立了良好的友谊。徐总兵善于写大字，每当游览名山，便会在山崖石壁上题刻大字。曾作《涤研图画卷》，其中有很多名人题写的诗词，每次外出时他必定会带在身上。

只是徐总兵特别喜欢吃狗肉，厨房里没有一天不烹煮狗肉的，就像平常人喜欢吃鸡肉、猪肉一般，他所到之处往往会引来群狗对着他嗥叫。在担任福建建宁镇总兵的时候，因为巡行视察来到了崇安县，顺便去攀登武夷山。适逢天色将晚，就住宿在九曲河船中，下属武官便杀狗给他吃，于是他一边喝酒、一边大吃狗肉。第二天，登上了天游观；刚一进殿门，他只见一道金光闪过，就倒在地上无法说话了。众官兵将他搀扶起来，他却浑身瘫软得像没有骨头一样。再看他时，已经没有呼吸了。观中的道士蔡元莹说："这是供奉的王灵官神威显灵了。凡是吃狗肉的人，从来不敢进入这座神殿。因为他是官员，所以我们没敢阻拦他。"过去曾有传说被王灵官鞭打的人，全身骨节都会碎裂，从这件事来看应该是可信的。

1.2.5 孽海

家大人维藩吴中时，石琢堂先生（韫玉），主紫阳书院讲席。每进署宴集，余得从屏后窥之。年近八十，而精神矍铄，健谈豪饮，常如五十许人。吴人盛传其为诸生时，家置一纸库，名曰"孽海"，凡见淫词艳曲坏人心术与夫得罪名教之书，悉纳其中而烧之；历数十年不倦，盖又不徒惜字而已。乾隆庚戌，以会魁胪唱第一，旋典试吾闽，继为湖南学政，历官至山东按察使，亦可谓报施不爽者矣。

至俗复传其偶阅叶绍翁《四朝闻见录》，内有劾朱文公一疏，不胜发指，拍案大呼，思欲尽购此书以付诸火。乃谋诸夫人，假奁饰金珠诸物易钱质库，遍搜坊肆，得三百四十余部，悉烬于"孽海"中。则未免言失其实。

按，此事又见沈桐威《谐铎》中，沈亦辨其不必然。盖所载疏草系胡纮（hóng）、沈继祖所为，与作是书者何涉？小人之污蔑君子，何所不可？既以为伪学，则亦无不可加之罪，明著之，正所以释人之惑，何足以病此书？《四库提要》称绍翁与真德秀皆游朱子之门，其学一以朱子为宗，故所论多持平。又谓南渡以后，诸野史足以补史传之缺者，惟李心传《建炎以来朝野杂记》及绍翁是录，则亦甚重其书。且书中所载“谥议”二则，于朱子表章甚力，并无异词，则是书亦何可轻毁？琢堂先生当少壮时，盛气轻举，容或有之。所谓扶翼名教者，当不在此。且苏州城中一时坊肆，又安得有三百四十余部之《四朝闻见录》，供其搜取而侈为美谈乎？闻家大人曾以此事面质先生，先生亦笑而不承也。

【译文】我父亲在苏州担任江苏布政使的时候，石琢堂先生（石韫玉，字执如，号琢堂，江苏吴县人，乾隆五十五年庚戌恩科状元，历官湖南学政、四川重庆知府、山东按察使等，曾主讲苏州紫阳书院二十余年），主持苏州紫阳书院的讲学事务。每次来到布政使衙门参加宴会之时，我可以在屏风之后窥见他。年近八十岁，而依然精神矍铄，谈吐自如、饮酒豪爽，就好像是五十多岁的人。苏州人盛传他在还是秀才的时候，家中设置一字纸库，取名叫“孽海”，凡是见到淫词艳曲、败坏世道人心以及不利于道德教化的书籍文章，全部收集起来投入其中，付之一炬；这样坚持了几十年而孜孜不倦，这又不仅仅是敬惜字纸了。乾隆五十五年（1790）庚戌恩科，以会试第一名，又在殿试高中状元；不久后即担任我们福建乡试的主考官，然后任湖南学政，历官至山东按察使，也可以说是善有善报、丝毫不爽啊。

至于世俗中又盛传，说他有一次阅读宋代叶绍翁所著的《四朝闻见录》一书时，发现里面有弹劾朱文公（朱熹，字元晦，又字仲晦，号晦庵，南宋理学家）的一篇奏疏，读了之后使他非常愤怒，痛心疾首，拍案大呼，想要将这本书全部买下来一把火烧掉。于是和夫人商量，将衣服首饰、金银珠宝等财物拿到当铺抵押换一些钱，把周边的书店搜寻了个遍，找到此书三百四十多部，全部投入“孽海”中烧掉。这件事不免有些言过其实。

需要说明的是，这件事又记载在沈起凤（字桐威）先生所著的《谐铎》一书中，沈先生也认为不一定是这样。因为所记载的奏疏草稿是胡纮、沈继祖所写的，与这部书的作者有什么关系呢？小人要污蔑君子，污蔑什么不可以呢？既然认为是伪学，这也没有什么不可以加罪的，明明白白写出来，正可以用来解释人们的疑惑，这本书能有什么可诟病的？《四库全书提要》称叶绍翁和真德秀都在朱熹夫子的门下游学，他们的学术一向以朱熹为宗仰，所以论事往往比较公允。又说宋朝南渡以后，各种野史能够弥补正史记载中缺憾的，只有李心传的《建炎以来朝野杂记》和叶绍翁的这部《四朝见闻录》，因此也非常重视他的书。而且书中所记载的关于谥议（古代帝王、贵族、大臣、士大夫等死后，下礼官评议其生平事迹并依据谥法拟定谥号）的两篇文章，对朱熹夫子也极力表扬和推崇，并没有不同的意见，那么这部书又怎么能轻易毁弃呢？石琢堂先生在年轻的时候，血气方刚，轻举妄动，可能是有的。但是要说护持道德教化，应当不是体现在这方面。而且苏州城内当时所有的书店加起来，又怎么可能有多达三百四十多部的《四朝见闻录》，供他搜取并且夸大为美谈呢？听说我父亲曾拿这件事当面向石琢堂先生求证，先生也只是笑笑并没有承认。

1.2.6 奉《阴骘文》

家大人观政仪曹日，与歙（shè）县程澄江先生（世淳）为同官。先生科分最早，尝于乾隆己亥，偕大兴朱文正公典试吾闽。先外祖郑苏年先生出其门，以故与家大人尤相笃厚。

喜谈旧事，自述："乾隆丁酉，与陈修撰（初哲），同典试秦中，已取定二十五卷送陈覆阅，内某号一卷疵谬颇多，陈欲去之，以备取卷顶补。忽闻鬼声四起，徐至窗外长嗥，寻入室，揶揄扰至黎明乃去。陈意考院久无人居，疑狐为祟，亦不以为怪。造余商酌去取，余不觉心动，谓陈曰：'忆先君子皓首文场，三次获隽，皆以正副主司意见不合抑落孙山之外。由今追昔，不觉感伤。至此卷之疵类，愚亦见之，其去取原无成见，第以愚念及之，情不能禁，或可格外录之。'陈勉从所请。榜后来谒，则一村学究祝振声也。余与陈历言其故，询以有何阴骘（zhì），祝自陈：'春夏务农，秋冬训课，不惟无暇为阴骘，亦不知何者为阴骘。'固问之，乃曰：'幼受《文昌阴骘文》，二十八岁时，每晨漱口焚香拜读一过。今五十八岁，行之已三十年不倦。生平惟有此事，他无所知。'余曰：'汝能读之，即能行之，即此已是阴骘矣。'"

逾年，公车到京，见其人朴诚无文，呐呐如不出诸口，其言或不诬也。

【**译文**】我父亲在礼部实习的时候，与安徽歙县的程世淳先生（原名清鹗，字端立，改字澄江）是同僚。程先生很早就考取了功名，曾经在乾隆四十四年（1779）已亥科，随同大兴的朱文正公（朱珪）主持福建省乡试。先外祖父郑苏年先生（郑光策，初名天策，字苏年，又字宪光、琼河，清代学者，梁章钜之岳父）是他的门生，因此他与我父亲交情尤为深厚。

程先生喜欢谈论过去的事情，据他自己讲述："乾隆四十二年（1777）丁酉，与翰林院修撰陈初哲先生（字在初，号永齐，江苏苏州人，乾隆三十四年状元），一同主持陕西省乡试，已经取定二十五份试卷呈送给陈修撰审阅，里面的某号一份考卷瑕疵和错漏之处很多，陈修撰想要将其换掉，用备用卷替补上去。忽然听到鬼叫声四起，慢慢移动到窗外大声吼叫，接着又进入房间，一直耍弄骚扰到黎明才离开。陈修撰心想考试院长期没有人居住，怀疑是狐狸作祟，也并不感到有什么奇怪的。然后找我商量关于那份试卷的取舍，我不觉心中一动，对陈修撰说：'回想起我父亲一生困于考场，直到满头白发还在考试，三次试卷获得推荐，都是因为正、副主考官意见不合而被淘汰，从而名落孙山。面对当前情景，追忆往事，不由得有些感伤。至于这份试卷的瑕疵，我也看到了，对它的取舍原本没有偏见；只是因为我想到从前的事情，情不自禁，或许是可以破格录取的。'陈修撰勉强听从了我的建议。发榜之后中举的考生前来拜见，原来是一位来自乡村的老学究祝振声。我和陈修撰向他讲述其中的缘故，问他积了什么阴德而能得到天地鬼神的保佑，祝振声自己说：'春夏季做农活，秋冬季教学生读书，不只是没有时间做善事，也不知道什么是阴德。'反复追问，他才说：'我小时候老师传授给我一篇《文昌帝君阴骘文》，自二十八岁起，每天早晨漱口焚香拜读一遍。今年五十八岁了，已经坚持了三十年没有间断。一生只有这件事，其他的都不知道。'我说：'你能坚持读，也必定能做到，这本身就是在积阴德了。’”

第二年，祝振声进京参加会试，见到这个人，都觉得他朴实诚恳，说话迟钝好像说不出口一样，他说的话应该不会虚假。

1.2.7 孝子有后

吴中徐少鹤侍郎（颋tǐng），其封翁兰石先生，本江南名下士，而性尤笃孝，中年孺慕不衰。值母病，侍奉汤药，衣不解带，及病亟，涕泣无措。计惟愿减己年以益母算，乃刺指血写疏，焚于灶神之前，求其上达。母病顿痊，而先生寻没，年才五十。人方痛孝子之不永年也。无何，少鹤以嘉庆甲子举于乡，乙丑联捷成进士，榜眼及第，官至内阁学士兼礼部侍郎。乃知孝子之不永年者，天所以成其志，而至性所感，不旋踵而报即随之矣。

相传江南甲子闱内，监试张古余（敦仁），梦古衣冠人告之曰：“今科有山东卷，须汝中之。”张自揣监试非阅卷者，且山东之卷，安得至江南？意良不然。次日，同考某令荐一卷，主司赏其渊博，已收之。某令以卷中所引用故实多非经传数见语为疑，适张登堂预观，亦悦其博奥，一一为之数典，卷遂定。及填榜，乃少鹤也，某令盖山东人云。

【译文】苏州的徐少鹤侍郎（徐颋，字述卿，一字直卿，号少鹤），他的父亲兰石先生，本来是江南享有盛名之士，而天性尤为孝顺，到了中年的时候还像孩子一样对父母依恋爱慕。当时正值母亲生病，兰石先生侍奉母亲服用汤药，晚上和衣而睡，等到母亲病危的时候，他痛哭不已，不知所措。心里只希望能减少自己的寿命来增加母亲的寿命，于是刺破手指，用血写下祈愿的疏文，在灶神像前焚烧，请求传达到天上。母亲的病果然立刻痊愈了，而兰石先生不久就去世了，年仅五十岁。人们痛惜这样的孝子居然寿命不长。不久后，儿子徐少鹤就在嘉庆九年（1804）甲子科乡试中举，第二年乙丑科以一甲第二名联捷成为进士，榜眼及第，官至内阁学士兼礼部侍郎。才知道孝子之所以寿命不长，是因为上天成全他的志愿，但是被他至诚的孝心所感动，不久后福报就降临了。

相传在嘉庆九年（1804）甲子科江南乡试考场内，监考官张敦仁先生（字古余），梦到穿戴古代衣冠的人告诉他说："今科考试有一份山东卷，你要让他考中。"张先生心里琢磨自己是监考官不是阅卷官，况且山东的试卷，怎么会到江南考场呢？心里很是不以为然。第二天，参加阅卷的某县令推荐了一份试卷，主考官很赏识这位考生学识之渊博，已经准备接收了。某县令又认为答卷中所引用的典故大多不是出自于常见的经传，感到有疑惑，恰巧张先生进来想提前观看一下，也很喜欢他的广博深奥，逐个将其中的典故解释了一番，于是决定录取这份试卷。等到填榜的时候，是徐少鹤的名字，某令原来是山东人。

1.2.8 租牛待赎

吴门董个亭封翁，琴南观察（国华）之父也。观察与家大人为素交，亦昔年宣南诗社旧侣。后家大人官吴中，复时从观察采风问俗，往来无间。稔知其家世积善，为乡人所称。

尝以岁歉，见农夫无力卒岁，以耕牛售诸屠肆，乃倡义邀绅士集赀，于城外辟一园，如所售之价，买牛而牧之。春作时，听本人取赎。每岁活牛无算。观察旋成进士，入翰林，转御史，为郡守监司；次子（国琛），亦登贤书。人皆谓封翁应得此善报也。

按，道光癸未，吴中大水洊饥，吾乡林少穆先生适为廉访，亦以冬买牛，春听赎，次年农事借以补苴（jū），远迩颂之。其法盖仿自董氏云。

【译文】苏州的董个亭封翁（因子孙显贵而受封典的人），是董琴南观察（董国华，字荣若，号琴南，江苏吴县人，官至广东雷琼道）的父亲。琴南观察与我的父亲是旧交，也是当年宣南诗社（清嘉庆、道光年间由南方在京官员、士大夫组成的文学结社）的老成员。后来我的父亲在苏州做官，又时常向琴南观察请教询问当地的风土人情，彼此往来没有间断。深知观察家中世代积德行善，被乡里人所称道。

曾经有一年因为粮食歉收，看到农民没有能力度过年关，把耕牛卖给各个屠宰场、肉店，于是带头倡议邀请乡绅集资，在城外开辟了一个园子，按照市场销售的价格，把牛买下来放养在园中。来年春耕时，听凭本人赎回。每年救活的耕牛不计其数。长子董国华，不久后就成为进士，进入翰林院，改任御史，又担任知府、监司；次子董国琛（字珍南，一字子珍，号琢卿），也乡试中举。人们都说董封翁获得这样的善报是理所应当的。

另外，道光三年（1823）癸未，苏州一带发生水灾，造成连年饥荒，我们福州的林少穆先生（林则徐）当时担任江苏按察使（驻苏州），也是在冬天买牛，春季听凭农民赎回，第二年的农业生产借此得以弥补，受到了远近之人的一致称颂。他的方法大概就是仿照董家的做法。

1.2.9 陶文毅公

前两江制府安化陶文毅公，与家大人为壬戌同榜进士，同官京师，最相契厚，两家内眷时有来往。先母郑夫人尝语余辈曰："陶家年母，右手之背有凸起一疣，问其故，则蹙然曰：'我出身微贱，少常操作，此手为磨柄所伤耳。'"先母亦不敢追问其详。

后家大人闻于楚南知好云，文毅少极贫，初聘同邑黄氏女。有富翁吴姓者，闻黄女姿色，谋夺为其子继室，以厚利啗（dàn）黄翁。黄顿萌异志，迫公退婚，公不可，黄女之母亦不愿。而女利吴之富，意已决，又其父主持甚力，遂誓不适穷生。家有养婢愿以身代，女之母许之，文毅亦坦然受之，初不相疑，即今之膺一品夫人诰命者也。

后吴姓恃富，又占曾姓田，两相雠斗。吴子被殴死，吴翁亦继卒。族中欺黄女寡弱，侵吞其田产殆尽。时文毅已贵显，以丁外忧归里，始悉其颠末，怜黄女在窘乡，赠之五十金。黄女愧悔欲死，日抱银号泣，而不忍用，旋为偷儿窃去，忿而自缢。闻文毅今尚每年周恤其家不倦云。

按，此事传闻情节小有岐互，而大致则同。忆文毅与家大人同官吴中时，朱文定公（士彦）由浙江学政还朝，亦壬戌同年也。舟过苏州，同官演剧，公觞之，文定令演《双冠诰》，文毅至泪承睫不能忍。文定私语家大人曰："此我失检，忘却云汀

(文毅字)家亦有碧莲姊也。”是日，上下观剧者百十人，无不目注文毅者，众口喧传其事，益信。

【译文】前任两江总督安化陶文毅公(陶澍，字子霖，一字子云，号云汀、髯樵，湖南安化人，清朝大臣)，和我的父亲(梁章钜)是嘉庆七年(1802)壬戌科同榜进士，同时在京城做官，交往最为密切，感情深厚，两家的女眷也时常有来往。我母亲郑太夫人曾经对我们说：“陶家你们的年母(对父辈同年女眷的尊称，即陶澍的夫人)，右手背上有一个凸起的疣子(皮肤上突起的小肉瘤)，问她原因，就皱着眉头说：‘我出身低微，年轻的时候时常劳作，这手是被磨柄所伤的。”先母也不敢追问详情。

后来我父亲听湖南的好朋友说，陶文毅公年少时极其贫困，起初已经和同乡黄家的女儿订婚了。有个姓吴的富翁，听说黄家女儿颇有姿色，谋划争夺过来给他儿子做继妻，并用丰厚的彩礼来诱惑黄老爷子。黄老爷子立刻萌发了二心，逼迫陶公退婚，陶公不同意，黄氏女的母亲也不愿意。而黄氏女因为贪图吴家的财富，心意已决，又因为她父亲极力坚持，于是发誓不嫁给穷书生。家中有一位收养的婢女愿意代替小姐出嫁，黄氏女的母亲同意了，陶文毅公也坦然接受了，没有丝毫疑虑；这位婢女就是如今荣膺朝廷封典的一品诰命夫人。

后来吴家倚仗富有，又霸占曾家的田地，两家结下仇怨、相互争斗。吴家儿子被殴打致死，接着吴家老爷子也死了。族中人欺负黄氏女孤儿寡母势单力薄，把她们家的田产侵吞殆尽。当时陶文毅公已经成为达官显贵，因为父亲去世奔丧回乡，才了解到事情的经过，可怜黄氏女身处窘境，赠送给她五十两银子。黄氏女惭愧悔恨得想要寻死，每天抱着银子哭泣，而不舍得使用，很快被小偷偷去，一气之下自缢而死。听说文毅公现在还每年不厌其烦地周济抚恤她们家。

另外，关于这件事的各种传闻在情节上稍有区别，但是大致内容一样。回想起陶文毅公和我父亲一同在苏州做官时，朱文定公（朱士彦）从浙江学政任上返回朝廷，他也是嘉庆七年（1802）壬戌科同榜进士（探花）。船经过苏州，同僚们请戏班演戏，陶文毅公设宴招待，朱文定公提议表演《双冠诰》（又名《双官诰》，传统戏曲剧目，讲述的是婢女碧莲守节教子、一举成名的故事），陶文毅公看了竟然忍不住流下眼泪。朱文定公私下告诉我父亲说："这是我的失误，忘记了云汀（陶文毅公的字）家也有一位碧莲姐啊。"这一天，在场看戏的有一百多人，无不注视着陶文毅公，众口盛传这件事，人们更加相信确有其事了。

1.2.10 关庙签兆

陶文毅公尝言：湖南有巡抚某，平时敬奉关帝，每元旦，先赴关庙行香求签，问本年休咎，无不应验。一年元旦，求签得"十八滩头说与君"之句，因有戒心。是年，虽遇浅水平流，亦必舍舟而轿。秋间，为侯七一案，星使按临，欲舟行，某不可，乃以关庙签语告之，星使勉从，而心不喜。

未几，贵州铅厂事发，有某受赃事，某不承认，而司阍之李奴必欲扳其主人。时李已受刑，两足委顿。主仆方争辨不休，星使厉声曰："'十八滩头'之神签验矣。李字，十八也；委顿于地，滩也；据供此银送与主人，是送与君也。关帝早知有此劫数，公何辨焉？"某始悚然款服，案遂定。某为吾乡大吏，甚有能声，所惜者近利耳。余尚及见其人也。

【译文】陶文毅公（陶澍）曾经说：湖南有某巡抚，平时敬仰信奉关圣帝君，每年正月初一，必定先去关帝庙进香求签，卜问本年吉凶，没有不应验的。有一年正月初一，求得一签，签文中有“十八滩头说与君”的语句，于是有戒备之心。这一年，即使遇到水位很浅、水流平缓的地方，也一定舍弃乘船而改为坐轿。到了秋季，由于侯七一案，朝廷派出的使者来巡视，想要乘船出行，某巡抚不同意，就把在关庙求的签语告诉他，使者勉强听从，但是心里不高兴。

不久后，贵州铅厂亏空案暴发，涉及某巡抚收受贿赂一事，某巡抚不承认，但负责看门的李姓家奴一定要扳倒他的主人。当时李某已经受到刑罚，两脚疲软，瘫倒在地。主仆二人正在争辩不停，钦差使者厉声说道：“‘十八滩头说与君’的神签应验了。李字，拆开就有‘十八’二字；疲软瘫倒在地上，就是‘滩’字；据他供认这银子就是送给主人的，就是‘送于君’。关帝早就知道会有这次的劫数，你还狡辩什么呢？”某巡抚才感到害怕，不得不服罪，终于结案。某巡抚是我们湖南的大官，有很能干的名声，可惜的是太贪图财利了。我还见过他本人。

1.2.11 循吏获报

桂林龙雨川（光甸）以孝廉为湖南知县，爱民如子，盛有循声。大府闻其廉能，力荐之，今已擢他省矣。其子翰臣（启瑞），甲午孝廉，端方谨饬，生平尤好义轻财，周给亲友无吝色。其同里闵鹤雏孝廉尝称之，谓余曰：“近年所交，得此一人焉。”

庚子礼闱揭晓，余与鹤雏、翰臣同报罢。次日，翰臣因鹤雏访余，一见即决其非凡品。盖温柔敦厚，君子人也。数日后，余出都而翰臣留京。及辛丑入都，访翰臣于内城，自后踪迹渐密，心欲效其为人，而自觉不逮。是年，翰臣考取中书，随成进士。其诗文楷法本优，人咸以翰苑相期。无何，竟得大魁。

是夏，余返桂林。适家大人调抚江苏，舟过长沙，龙雨川来谒。龙与余家本有世谊，盖其父与家大人同登甲寅乡榜者也。述及："客冬，新莅一县，署中有旧亭，已就芜废，乃捐俸重修之。适县南有一渠亦久湮塞，合邑绅民鸠工浚治，既告成，而署中亭工亦恰竣事。都人士来告曰：'故老相传，此渠若通，邑中必出殿元。今此亭适同日告成，请以启瑞为名而记其缘起，可乎？'旋以公制'启瑞亭'扁，择日悬挂矣。而余儿启瑞，状元之报适至，不应于民间而应于县署，为民父母者有余愧矣。"家大人谓此科名佳话，不可不记也，因附述于此。

【译文】广西桂林的龙雨川先生（龙光甸，字见田，号雨川），以举人在湖南做知县，爱民如子，以循良著称。上级官府听说他廉洁贤能，极力推荐他，现在已经擢升到其他省份任职了。他的儿子龙启瑞（字翰臣，道光二十一年辛丑恩科状元），是道光十四年（1834）甲午科的举人，为人端方正直、谨慎自律，平时特别看重情义、轻视财利，周济亲戚朋友毫不吝啬。他的同乡闵鹤雏举人曾对他大为称赞，对我说："近年来所结交的朋友，有这一个人就足够了。"道光二十年（1840）庚子科礼部会试结果揭晓，我与闵鹤雏、龙翰臣都落榜了。第二天，龙翰臣随同闵鹤雏一起来拜访我，一见面就断定他绝对不是普通人。确实是一位温柔敦厚的君子啊。几天之后，我离开京城，而龙翰臣留在京城。等到第二年辛丑再次进京，在内城拜访了翰臣，从那之后两人来往越来越密切，心里想要效法他的为人处事，但是自己感觉比不上他。这一年，翰臣考取内阁中书，随后成为进士。他的诗词文章、楷体书法都非常优异，人们都认为他能进翰林院。不久，龙翰臣果然高中状元。

这年夏天，我返回桂林。适逢我父亲调任为江苏巡抚，船经过长沙，龙雨川先生来访。龙先生和我家本来就有世交，因为他的父亲和我父亲是同时在乾隆五十九年（1794）甲寅科乡试考中举人的。他说道："去年冬天，我新到一个县任职，衙署里有一座破旧的亭子，已经荒废了，就捐献俸禄重新修缮它。恰好县城南边有一条水渠也长期被淤塞，全县士绅百姓召集工匠疏通治理，工程竣工时，官署中的亭子也恰好完工。有京城的人士来告诉我说：'老人们都互相传说，这条水渠如果疏通了，县里一定会出状元。现在这座亭子恰好在同一天完工，就请用"启瑞"二字为亭子命名，来记录其中的缘起，可以吗？'不久大家制作了一块'启瑞亭'的牌匾，选择吉日悬挂起来。而我的儿子龙启瑞，考中状元的捷报刚好到达，不应在民间却应在县衙，我这个做父母官的也是愧不敢当啊。"我父亲认为这真是科名佳话，不能不记录下来，于是附记在这里。

1.2.12 罗山冤狱

江南河帅黎襄勤公（世序）言：其乡有村翁，其子出外贸易，留媳于家。媳素贤，日以织纴佐炊。翁坐享之，无所事事，每出与村人赌博，负则取偿于媳，习以为常，媳亦不较也。

一日，媳小病停织，语其翁曰："我手力所入有限，以资菽水则仅可，以供博负则无余，翁以后可稍节赌否？"翁默然。是日微雨，饭后携伞径出，至夜不归。媳疑之。既三日不返，媳愈疑虑，乃向邻里告以故，嘱代觅之。值连日阴雨，河流暴涨，有邻妪来告媳曰："顷闻河里有一浮尸，旁有破伞，盍往验之？"媳急往视，则六十许老人，居然翁也，乃呼号欲绝。观者怜之，代为捞起殡殓。适里中有监生某，虎而冠者也。知媳家固贫，而媳之外家颇殷实，思借此吓诈。昌言于众曰："此事能不报官而遂了乎？"里中无应之者。某素习刀笔，乃以媳怨言逼翁投水鸣于官。拘媳严讯，媳不惯受刑，遽诬服，案遂定。

弃市日，其翁适自外归，仍携旧伞。沿途闻其媳将以冤死，亟奔法场，已无及矣，遂痛哭赴官自陈。县乃据实检举，而以监生抵罪，县亦褫职。邻妪有梦某媳冠帔来别者，云已为神矣。

此家大人官淮海道时闻公所述如此。公罗山人，述此时但云其乡前数年事，疑即罗山县案也。

【译文】江南河道总督黎襄勤公（黎世序，初名承惠，字景和，号湛溪，河南罗山人，清朝大臣）说：在他的家乡有一位老翁，他的儿子外出做生意，留儿媳在家。儿媳一向很贤惠，每天靠纺纱织布赚些钱来补贴家用。老翁坐享其成，无所事事，整天外出和村里人赌博，赌输了就问儿媳拿钱偿还赌债，习以为常，儿媳也不太计较。

一天，儿媳生了小病暂停纺织，对公公说："我靠纺织得来的收入有限，用来供给日常的粗茶淡饭才勉强够用，如果还用来供您还赌债则没有多余的钱财，您以后可以稍微节制赌博吗？"老翁沉默不语。这一天下着小雨，老翁吃过饭后带着伞直接出门，到了晚上也没有回家。儿媳对此很是疑虑。过了三天老翁还没回来，媳妇更加疑虑，就告诉邻居事情的前因后果，嘱托邻居帮忙寻找。正逢连日阴雨，河水暴涨，邻居有个老太太来告诉儿媳说："刚才听说河里有一具漂浮的尸体，旁边有把破雨伞，为什么不前往验看一下？"儿媳急忙去看，原来是个约六十岁的老人，显然就是公公，于是大声呼喊哭号几乎要昏死过去。围观的人可怜她，帮她把老翁的尸体打捞起来入殓埋葬。正好村里有某监生（在国子监读书或取得进国子监读书资格的人），是个像老虎一样凶残的人。知道媳妇夫家本来很贫寒，但是媳妇的娘家很富裕，想借此恐吓讹诈。当众对大家说："这件事怎么能不报官就这么不了了之呢？"乡里没有人回应他。某监生一向擅于舞文弄墨，就把媳妇以怨言逼迫老翁投水而死的罪名报告到官府。官府把媳妇抓起来严刑审讯，媳妇难以忍受刑罚，就屈服认罪，最终定案。

在媳妇被执行死刑这天，老翁正好从外面回来，仍旧带着那把旧伞。沿途听说他的儿媳将因冤屈而死，急忙跑向法场，已经来不及了，于是痛哭着去官府陈述。县衙里于是根据实情进一步调查核实，就以监生来抵罪，县令也被革职。有邻居家的老太太梦见这位媳妇身着凤冠霞帔来告别，说她已经升天成神了。

这桩事情是我父亲在担任淮海河务兵备道时，听黎襄勤公这样讲述的。黎襄勤公是河南罗山人，讲述这件事时只说是他的家乡前几年的事，怀疑就是罗山县的案件。

1.2.13 济渡自救

钱塘屠琴坞（倬zhuō），负文望而有吏才，以嘉庆戊辰庶常，出宰仪征，官声甚著。仪征渡江赴龙潭，向只小舟，猝遇风，往往覆溺。屠莅任，捐赀制二舟，仿镇江红船式以济渡，人咸赖之。

丁丑六月，屠以引疾，赴金陵请咨，即乘此舟。午后抵黄天荡，暴风陡作，时尚在北岸，即泊舟系缆下碇，以为万全矣。俄顷，雨益骤，风浪搏击，缆中断，舟漂出江心大溜中，如箭筈（kuò）脱，铁鹿亦浮，舟人仆从皆号泣。屠危坐舱中，祝曰："余造此舟济人，即以此舟溺，恐不足以劝善，若有神理，幸返吾舟。"祝甫毕，忽见水手及舆夫五人跃入巨浪中，竟曳断缆，瞬息抵岸，复下碇，舟始定。时浪高于山，一起伏可数丈，舟人曰："少缓须臾，此舟散矣。"询之，五人咸称跃入巨浪时各不相谋，昏昏然若有人掖之者。夫造舟济渡，非为己谋，而适以自救，信报施之不爽哉！后屠以丁忧回籍，道光初由本籍奉特旨擢守九江。

【译文】浙江钱塘（今杭州市）的屠琴坞先生（屠倬，字孟昭，号琴坞，一作琴邬，官至九江知府），在文坛负有声望而且有为政的才能，嘉庆十三年（1808）戊辰科进士，授予翰林院庶吉士，后出任江苏仪征县（今属扬州市）知县，政声卓著。从仪征渡过长江到对岸的龙潭（今属南京市），向来只有小船，如果突然遇到暴风，船只往往被掀翻沉没。屠琴坞先生上任后，捐资制造了两艘船，仿照镇江红船（旧时长江一带的救生船，凡江行遇风涛之险，均由红船任拯救之责）的样式来帮助人们渡江，人们都很依赖这两艘船。

嘉庆二十二年（1817）丁丑六月，屠琴坞因为打算托病辞官，去南京请示咨询，就是乘坐的此船。午后抵达黄天荡（长江下游的一段，在今江苏南京东北，古时江面辽阔，为南北险渡）时，突然暴风大作，当时船还在北岸，就停船系好船缆、抛下碇石，以为这样就万无一失了。不一会儿，又突然下起暴雨，在风浪搏击之下，系船的缆绳中断，船漂到江中心大急流中，像脱弦之箭一样飞快，连铁鹿（船上收放篷帆的铁辘轳）都浮起来了，船夫仆从都急得呼天喊地、哭泣号叫。屠琴坞先生在船舱里正襟危坐，祈祷说："我造这艘船来帮助人们渡河，如果就在这艘船上被淹死，恐怕不足以鼓励人们行善，如果还有天理神道，希望能够让我的船平安返回。"祈祷刚结束，忽然看到水手和轿夫五人跳入巨浪中，竟然拖着断了的船缆，转眼之间抵达岸边，再次抛入碇石，船才稳定下来。当时江浪比山都高，一个起伏可以高达数丈，船夫说："再稍缓片刻，这条船就散了。"询问他们，五人都说跳入大浪时互相之间没有商量，恍惚之中好像有人在扶持着自己。造船帮助人们渡江，不是为自己谋利，但正是因此而使自己得救，更加相信天道循环、因果报应是不会有差错的啊！后来屠琴坞先生因为父母去世回家乡，道光初年由原籍奉朝廷特旨被提升为九江知府。

1.2.14 仪征盗案

屠琴坞尝语人曰：善恶之报，如影随形，然有时出人拟议之外，而亦未始不在人意计之中。记得庚午冬月，仪征任内，有湖广回空粮船，夜出瓜州大江，三更入仪征境被盗。余连夜赴舟踏勘，即就本船水手究出端倪，旋将水手可疑者三人带回署中鞫讯，遂得首从主名八人，盖即本船水手通同勾引也。仪邑捕役懈弛已久，余到任后捐赀，自募健儿数十辈，遇有要案，重赏缉捕，无不立破。至是，乃选自募者八人，而以一家丁、一捕役领之，不分畛（zhěn）域，凡粮船所过，西至芜湖、太平，南至苏、松、杭州，迄无所获。复折而北，始于邳州、宿迁、沛县、济宁先后获四人，又于直隶武清获二人，其一赴水逸去，其一甫被缚而各粮船水手围拥数百人，方将夺犯。

适漕帅许秋崖先生至，停舆查询，命中军协拿，众始散，于是招解到省。苏臬发首府督同首县覆审，长洲某公忽欲改盗为窃，窜易供词，具禀臬司详巡抚，飞札调余晋省会审；盖案情甚重，若误入数人死罪未决，则黑龙江之行已不可免。家人咸咎余办事太拙，本来有级可抵，虽不获盗亦无碍。今以两年之久，往返数千里重赏踩缉，赔累至二千余金，案虽破，反致获咎，奈何？余笑曰："人人能似余拙，天下可无患盗矣。若顾虑后患，吝惜捕费，谁为国家任事者？"遂赴省会审，相持至一月未决。

同官有为余二人调停者，谓将案情改作"起意行窃，临时行强"，则余与长洲皆无处分。盖起意行窃，则长洲翻供为有因，已可出数人于死罪矣。余次日即以此情面陈于大府，且自认原办情节太过，大府遂命余且回任。

家人复咎余案情既无可疑，奈何不力争而迁就乎？余笑曰："曩盗犯到案即伏，以盗定案，是盗死于法。今有人必欲活之而以避处分，故必致之死，是不死于法而死于心矣。死于法，公也；死于心，私也。《书》曰：'罪疑惟轻。'今余不疑于案而疑于余心之介于公私也，故从轻。"

后月余，省中信来，知臬司过堂，盗仍吐实，臬司大惊，复照原招定案。盖巨盗恶贯已盈，不能幸逃国法，过堂时供出实情，有若或使之者，此可见稔恶者虽已出死入生，而仍不能幸免也。然“死于法”“死于心”二语，窃愿刑名家详味之。

【译文】屠琴坞（屠倬）先生曾经对人说：善恶的报应，如影随形，然而有时出乎人们的计划之外，但是又未必不在人们的意料之中。记得嘉庆庚午年（1810）的冬天，在江苏仪征任职期间，有从湖广返回的空粮船，在夜里从瓜州渡口（又作瓜洲，位于扬州京杭运河下游与长江交汇处）出大江，三更时分进入仪征境内时遭遇抢劫。我连夜赶到船上调查，就在这艘船的水手中发现端倪，立即将三名可疑的水手带回衙署中审讯，于是得到首犯、从犯共八个人的名字，原来就是船上的水手串通勾结作案的。仪征县衙负责缉捕的差役，长期以来松散懈怠，我到任后自己捐钱招募了几十名壮士，每当遇到重大案件，就重金悬赏缉捕，没有不立刻破案的。此案发生后，就挑选了自己招募的八名壮士，由一名家丁、一名捕役带领，不分区域界限，凡是粮船经过的地方，西到芜湖、太平，南到苏州、松江、杭州，四处搜寻，始终一无所获。又转向北方，才在邳州、宿迁、沛县、济宁等地先后抓获四人；又在直隶武清抓获两人，其中一人跳水逃走，另一人刚被绑起来但被各个粮船上的水手围困住，正要夺取犯人。

恰逢漕运总督许秋崖先生（许兆椿）来到，停车调查询问情况，命令中军（清代绿营兵制，分督、抚、提等标，各标的统领官称为中军）协助缉拿犯人，众水手才散开，于是录供后押送到省城复审。江苏按察使将此案交由首府、首县（省治、府治所在地）会同复审，长洲县（今苏州市）的某大人忽然想把抢劫改为偷窃，篡改供词，呈文禀报给按察使衙门，并向巡抚汇报，发急件调我到省城参加会审；大概因为案情很重大，如果错判几人死罪尚未处决，那么恐怕要受到处分，免不了被发配到黑龙江。家里人都埋怨我办事太笨拙，本来有品级可以抵罪，即使没有抓到盗贼也没有妨碍。现在用了两年的时间，往返数千里悬赏重金追捕，自己赔进去二千多两银子，案件虽然侦破，反而导致获罪，怎么办？我笑着说：“每个人都能像我一样笨拙，天底下就不用担心盗贼了。如果顾虑后患，吝惜缉捕的费用，谁来为国家担当大任呢？”于是前往省城参加会审，双方僵持了一个月都没有判决。

有同僚替我们二人调解的，说将案情改为“起初意图行窃，临时变成抢劫”，则我和长洲某大人都不会被处分。因为如果是起初意图行窃，则长洲某大人为他们翻供是有原因的，就可以救几个人免于死罪。我第二天就把这些情况当面向巡抚大人汇报解释清楚，而且自认为原来的办案情节太过于严厉苛刻，巡抚于是命令我暂且回到任上。

家人又责怪我既然案情已经没有可疑之处，为什么不力争而是选择迁就呢？我笑着说：“起初盗犯一被抓获到案就认罪伏法，以抢劫罪定案，这样盗犯属于死于国法。现在有人一定想要让他们活下来以避免处分，如果一定要置他们于死地，这属于不死于国法而是死于人心。死于国法，是出于公心；死于人心，是出于私心。《尚书》上说：‘疑罪从轻。’现在我不怀疑案件本身而怀疑我的心是出于公还是出于私，所以从轻处理。”

一个多月后，省城来信，知道按察使大人亲自审问，盗贼仍然吐露实情，按察使大人大吃一惊，还是按照原来的招供定案。这是大盗已经恶贯满盈，不能侥幸逃脱国法制裁，受审时供出实情，好像是冥冥中有一种力量在引导他们；由此可见罪恶深重的人即使已经有机会起死回生，但仍然不能幸免。然而“死于国法”“死于人心”这两句话，我希望掌管刑狱的人们能够仔细体味。

1.2.15 骗贼巧还

家大人扈跸(hù bì)沈阳，与无锡顾晴芬侍郎(皋)帐幄相接。公余时得晤谈，侍郎述其乡数年前一故事，云：

有华姓者，挟三百金将买货淮海间。舟过丹阳，见岸上负重囊一客，呼搭船甚急。华怜之，令停船相待。舵工摇手曰："此地匪人最多，免累为幸。"华固欲相待，舵工不得已，迎客宿于后舱。将抵丹徒，客负囊出曰："余为访戚来，今已近戚家，可以行矣。"谢华去。

顷之，华开箱取衣，则箱中三百金尽变瓦石，知为客偷换，懊恨无已。俄而天雨且寒，风又逆，舟不得进。华私念金已被窃，无买货赀，不如归家摒挡(bìng dàng)，再作计。乃呼篙工返棹(zhào)，许其值，仍如到淮之数。舟人从之，顺风张帆而归。过奔牛镇，又见有人冒雨负行李淋漓立，招呼搭船。舵工视之，即窃银客也，急伏舱内而令水手迎之。其人本不料此船仍回，天晚雨甚，急不及待，持行李先付水手，身跃入舱，见华在焉，大骇狂奔登岸，失足落水，众以篙筑之，遂沉。华发其行囊，原银三百宛然尚存，外有珍珠百十粒，价可数千金，而华从此富矣。

【译文】我的父亲在沈阳随侍皇帝出巡时，和无锡顾晴芬侍郎(顾皋，字晴芬，号缄石)的帐篷紧挨着。公务之余的时间能够常常会面交谈，顾侍郎讲述了他家乡几年前的一个故事，说：

有个姓华的人，带着三百两银子要去淮海一带购买货物。船经过丹阳，看见岸上站着一个客人，背负着很重的行囊，非常焦急地招呼搭船。华某可怜他，命令船家停下船等待他。舵工摇手拒绝说："这里是匪徒出没最多的地方，还是不要多管闲事，以免惹上麻烦。"华某坚持想要等待，舵工没有办法，迎接客人上船并安排在后舱住宿。船将要到达丹徒的时候，客人背着行囊出来说："我是来拜访亲戚的，现在已经快到亲戚家，可以走了。"谢过华某后就离开了。

不久，华某打开箱子拿衣服，发现箱中三百两银子全都变成了石头瓦块，才知道是被客人偷换了，懊悔不已。不一会儿，天降大雨，而且十分寒冷，又是逆风，船不能前进。华某心想金子已被偷盗，没有买货物的钱了，不如回家筹措一番，再作打算。于是叫船工调头返航，答应给他的钱，还和到淮海的数目一样。船夫听从了他的话，顺风挂帆返回。路过奔牛镇时，又看见有人冒雨背着行李全身湿透站在岸边，招呼搭船。舵工一眼看去，发现就是偷盗银子的那个客人，赶快埋伏在船舱里并让水手准备迎接。那人根本没有料到这条船会返回，天黑而且雨下得很大，那盗贼迫不及待地上船，拿着行李先交给了水手，跳进船舱，看见华某在那里，大为惊骇，狂奔上岸，失足落水，人们用船篙捣他，于是沉下去了。华某打开他的行李，自己的三百两银子还在，除此之外还有一百多粒珍珠，价值几千两银子，华某从此之后便富有了。

1.2.16 孝友大魁

苏州吴崧甫先生（钟骏），庚寅、辛卯间余随任苏藩，与仲兄同受业师也。藩署书屋故窄小，仲兄与师隔屋，余则晨夕笔砚相亲者二年有余。见其器度浑厚，绝无疾言遽色，聚谈时亦间有戏谑，而未尝不轨于正。生平无他好，惟喜聚书，至借贷以购，居常则手抄弗辍。师本壬午举人，己丑会试得誊录，自云如不中进士，将来由此途去矣。

有相士者，余兄弟私叩之，云：“贵师学问甚好，而外貌不扬，或可得教官耳。”辛卯冬，师将计偕北上，遂辞馆出，家大人赀其行。无何，师之兄于岁杪物故，家无余财，又逼岁暮，几至不能成礼，遂尽出行赀以敛之。而索屋租者旋至，窘迫困苦之境无以自存，余兄弟在署不知也。新正，师入署，颜色惨沮。余兄弟惊疑，询悉其故，师泫然曰：“计偕已无望，而馆地又已辞，断生计，将绝，可若何？”余亦怏然。时先母郑夫人岁暮略有所赐，俗所谓压岁钱也，余兄弟议以此再助之。而同受业者尚有余姊夫邱黎辉、林庆祐两君，闻之，亦欣然乐从，因集成洋银一百圆，因此得行。四月廿九日，遂得吾师大魁之报。其事遽闻于外，吴中以为美谈。

余谓由困而亨，理固宜，然未有如师之捷如影响者。脱使靳其所有不以敛兄，虽得行，未必捷；虽得捷，未必元也。甲午，师以修撰来闽典试；乙未，又典试湖南；丁酉，遂督闽学。近已由大司成晋宫詹、阁学，近闻又视学浙江。天之报施善人，正未有艾矣。

【译文】苏州的吴钟骏先生，字崧甫，在道光庚寅、辛卯（1830、1831）两年之间，我随侍父亲在苏州担任江苏布政使，和二哥一同跟随吴先生读书。布政使衙门的书房本来就很窄小，二哥和老师在隔壁屋，我得以每天和吴先生接触，一起与笔墨纸砚打交道有两年多时间。看到吴先生为人器量宽宏、朴实厚重，绝对没有急躁的言语和慌张的神色，和大家交谈时也偶尔会开开玩笑，但都很有分寸，不会脱离正道。吴老师生平没有别的爱好，唯独喜欢收藏书籍，甚至于借钱来买书，平时就手抄书籍没有停过。老师本是道光二年（1822）壬午科举人，道光九年（1829）己丑科会试得到誊录（清制于会试落卷中调取墨卷，选拔书法优秀者出榜晓示，称为“誊录榜”，誊录生可充任方略馆等机构缮写人员），自己说如果下次还是考不中进士，将来就放弃科举而走誊录这条路。

有一位算命看相的先生，我们兄弟曾私下请教他，他说：“你们老师的学问很好，但是其貌不扬，或许可以得到教官（府、州、县学教授、学正、教谕、训导等掌教诲晓谕之职者，通称为教官）的职务。”道光十一年（1831）辛卯冬季，老师打算北上进京参加第二年春天的会试，于是辞去教职出来，家父送给他一些钱作为路费。不久，老师的哥哥在年底的时候去世了，家里没有多余的钱财，又临近年底，几乎不能完成丧礼，于是就把我父亲赠送给他的路费全部拿出来用于安葬哥哥。但索要房租的人紧接着又到了，陷入窘迫困苦的境况，几乎不能养活自己，我们兄弟二人当时在布政使署中还不知情。新的一年（1832）正月，老师来到署中，面色凄惨沮丧。我和哥哥非常惊讶疑惑，急忙询问其中缘故，老师流着泪说：“赴京参加会试已经没有希望了，而且教书的工作又已经辞掉，断了生计，走投无路，这可怎么办呢？”我也非常难过。当时我母亲郑夫人在年底时给了我们一些钱，就是民间所说的压岁钱，我和哥哥商量着就用压岁钱再来帮助老师。而一同读书的还有我姐夫邱黎辉、林庆祐两个人，听说之后，也欣然乐意加入，于是凑集了一百元洋银，因此老师得以出行。四月二十九日，就收到了我老师高中状元的捷报。这件事很快在外面传扬，苏州人把这件事传为佳话。

我认为事物发展的规律是否极泰来，一个人穷困到了极点就会通达，道理本来就应该是这样，然而没有像我老师这样如影之随形、响之随声一般迅捷的。假如老师吝惜钱财而不舍得拿出来安葬他的哥哥，即使能够出行，也不一定能考中；即使能够上榜，也不一定能够高中状元。道光十四年（1834）甲午，老师以翰林院修撰的身份来福建主持乡试；道光十五年（1835）乙未，又主持湖南省乡试；道光十七年（1837）丁酉，出任提督福建学政。近年来已经由国子监祭酒晋升为詹事、内阁学士，最近听说又出任浙江学政。上天对善人的回报，正是没有止境的。

1.2.17 李翁义举

余随任桂林，与水部郎李芸圃先生（秉绶），过从最密。芸翁之先德，亶诚封翁，本江西临川人。少时极贫困，尝除夕避债族人家。值其家为献岁之供，就其岁盆温火，为奴辈所斥，负气出，以一袱、一伞谋食于粤西。稍得赢余，而素性任侠，随手辄罄其所有。后随客辗转至交趾，市肉桂归售于两粤间，往返数四，得八千金而归。

途遇太平郡某丞，素所善也，见其颜色惨沮，诘之，泫然曰：“我权某县时，因公挪移库项八千金，今为新任所揭，被檄至省，行将参革监追，身家性命恐不能保耳。”翁曰：“吾所携囊中金适符此数，君可将去，无戚戚也。”丞曰：“君半生辛苦始得此，则素手而归，我何以安？”翁曰：“我无此金，可图再举；君无此金，则身陷不测，将有不忍言者矣。”竟委金于丞，疾驰而去。丞得金，事遂解。

翁归，乃改为猗（yī）顿之术，不数年，富甲一郡。连举丈夫子十余人，芸翁其最少者。其长孙春湖先生（宗瀚），早岁成进士，以翰林出身，官至侍郎，尝典试吾闽，督学浙江，儒林丈人，天下仰之。

【译文】我跟随父亲在桂林任职时，和工部都水司郎中李芸圃先生（李秉绶，字佩之，号芸圃，江西临川人，寓居桂林，捐叙工部都水司郎中，后辞官回桂林，以诗画著称），彼此往来最为密切。芸圃先生的父亲李宜民老先生，字亶诚（一作丹臣），本是江西临川人。年少时极其贫困，曾于一年的除夕，到同族人家里躲债。恰逢族人家正在准备新年祭祀用的供品，就借着火盆取暖，被奴仆所呵斥，负气离开，带着一个包袱和一把雨伞在广西谋生。稍稍有了一些盈余，而因为一向慷慨助人、仗义疏财，所以随手就散光了钱财。后来跟随客商辗转到了交趾一带（今越南北部），购买肉桂回来出售给广东、广西两省的人，往返多次，赚到了八千两银子回来。

途中遇到了太平府（今广西崇左市）某郡丞，二人一向交好，看见郡丞面色凄惨沮丧，问他什么原因，他伤心地说：“我代管某县时，因为公务挪用库银八千两，现在被新上任的知县揭发，被举报到省里，将要被弹劾革职收监追缴，我的身家性命恐怕都不能保全了。”李老先生说：“我所带的行李中的钱正好符合这个金额，你可以拿去偿还，不用再担忧了。”某郡丞说：“先生半辈子千辛万苦才赚到这些钱，现在空手而归，我怎能安心呢？”李老先生说：“我没有这些钱，还可以再想办法去赚到；你没有这些金钱的话，恐怕就会有不测之祸，甚至有不忍心说出口的情况发生。”然后把银子丢给郡丞，自己径直飞奔离开了。郡丞得到这些钱，事情得以化解。

李老先生回来后，于是改行从事盐业生意，不到几年，就富甲一方。连续生下十多个儿子，芸圃先生是其中最小的。他的长孙李春湖先生（李宗瀚，字公博，号春湖，又号北溟，李秉礼长子，乾隆五十八年进士，官至工部侍郎），早年成为进士，以翰林出身，官至侍郎，曾主持我们福建省乡试，提督浙江学政，是一位学识渊博的前辈，受到天下读书人的景仰。

1.2.18 万近蓬视鬼

张兰渚侍郎云：吾乡有万近蓬（福）者，杭堇浦太史之弟子，性好道术，又目能视鬼神。尝设盂兰会，别为其师位荐之。至召请，某见太史来，相与话别后事甚悉。问近作何状，曰：“吾本观音大士座下奇灵童子转世托生，遂迷本性，颇增笔舌之过，以致不能还我本来。幸无他恶业，未堕三涂，冥中亦无拘束，尚能逍遥来往于风清月白时也。”

万因问陈勾山太仆近复何如，曰：“此君胜我多矣，彼故文昌宫中人，生平有善无恶，和易近人，人有寸美，爱不去口，有乐道人善之风，身后已归桂宫。即其子孙，他日亦贵显，吾何敢望彼哉？”

按，袁简斋《新齐谐》中亦载此事。袁与杭、陈皆同征友，当不以意为轩轾（zhì）。今数十年后，杭之后嗣极衰替；而太仆之孙香谷（桂生）位至巡抚，从孙荔香（嵩庆）位至侍郎，其曾孙宪曾近亦入翰林，则万之言不诬矣。

【译文】张兰渚（名师诚）侍郎说：我的家乡有个叫万福的人，字近蓬，是翰林杭堇浦先生（杭世骏）的弟子，生性喜好道家之术，而且眼睛能看到鬼神。他曾经举办盂兰盆会，专门为老师杭先生设立了一个牌位进行超度。等到召请鬼神来接受祭拜的时候，万某看到杭先生来了，相互谈论离别之后的事情，非常熟悉。问他最近情况怎么样，他说："我本是观世音菩萨座下奇灵童子转世托生，因为迷失本性，在笔墨口舌方面犯下了很多过错，以致不能回归本来面目。幸好没有别的恶业，没有落入三恶道，在冥间也没有拘束，还能在风清月白的夜里，自由往来于各地。"

万近蓬趁机又问太常寺卿陈勾山先生（陈兆仑）最近的情况如何，杭先生说："这位先生比我好多了，他本是文昌宫里的人，生平只有善业没有恶业，性情平易近人，别人有一点长处，他就赞不绝口，乐于称赞别人的善事，死后已经回到文昌宫。就连他的子孙，日后也会显贵，我怎么敢奢望和他相比呢？"

另外，袁简斋先生（袁枚）所著的《新齐谐》一书中也记载了这件事。袁简斋与杭堇浦、陈勾山三位先生，是同时参加乾隆元年（1736）博学宏词科考试的好朋友，应当不会刻意地分出高低。如今几十年过去了，杭堇浦先生的后代极其衰落；而陈勾山先生的孙子陈桂生（字坚木，号香谷，一作芗谷，官至江苏巡抚兼署两江总督）已经官至巡抚，侄孙陈嵩庆（字复盦，号荔香，一作荔峰）官至侍郎，他的曾孙陈宪曾最近也进入翰林院，看来万近蓬的话一点儿也不假啊。

1.2.19 顾老绍酿酒

吴江有顾老绍者，以酿酒为业。一日见酒缸中死一赤练蛇，心知酒已被毒，饮之当害人。而吝惜赀本，不肯弃去，仍与其伙严姓者，分贮十余瓮置墙下。将出售矣，忽震雷击酒瓮尽碎，无一存者，而人俱无恙。顾始大悔，每向人言之，以为幸逃天诛也。

夫酒瓮不以他故碎，而赫然碎之以震雷，使人不疑为适然、偶然，而后发其儆惧之隐。酒未售，人未伤，此人原可以不死，且必留此活口以证其事之根由；又以见事虽未行，而一念之不仁，已上达天听。天心之仁爱，阴律之森严，胥于一事寓之，亦奇矣哉！此系十余年前事，甚近且确，家大人闻之黄霁青太守，而太守又闻之潘寿生（眉）。寿生博学多闻，即作《三国志补注》者，家大人多采其说入《三国志旁证》中。

【译文】江苏吴江有个叫顾老绍的人，以酿酒为业。一天看见有一条赤练蛇死在酒缸里，心里知道酒已经有毒，喝了会害人。但他又吝惜本钱，不肯丢掉毒酒，仍然与伙计严某，分别贮存了十多坛酒放在墙下。正准备把酒拿出来卖的时候，忽然发生雷击，酒坛全部被击碎，一坛都没有剩下，但是人都没事。顾老绍这时才开始后悔，经常向别人说起这件事，认为自己侥幸逃脱了上天的惩罚。

那酒坛不是因为其他原因破碎的，而是光明正大地被震雷击碎，这就让人不会怀疑是巧合或偶然的，然后生出警惕畏惧之心。酒还没有卖出，人也没有受伤，这个人原本可以不死，而且一定要留下活口来证实这件事情的缘由；又可以说明事情虽然还没有实行，但是他只要产生了一个不仁的念头，就已经被上天鉴察听闻。天心的仁爱，阴律的森严，都从这一件事体现出来，也是十分神奇啊！这是十多年前的事情，时间很近而且事实确切，是我父亲听黄霁青（名安涛）知府讲述的，而黄霁青知府又是听潘寿生（名眉）先生讲述的。潘寿生先生博学多闻，就是《三国志补注》一书的作者，家父曾将其中的很多观点收录入《三国志旁证》一书中。

1.2.20 朱西生述二事

朱西生孝廉（绶），在家大人幕中，为余言：其友叶某，尝在某学使署中阅卷，有一卷文甚佳，而叶失手污墨几半；学使见之，不知为叶所污也，竟置四等。叶恐学使怒其粗率，亦不为之剖辨，听之而已。后传闻考四等者自缢死，密访之，则知其家甚贫，藉授徒糊口，自考四等后，生徒皆散去，几不能自存，遂怨愤而成短计也。叶自是甚咎悔，后凡乡试两次，皆有所见，而皆以污卷黜，遂不敢复应举。每语人曰：“此余无心造业、无心结冤，而衔恨已如此，当日何难一言自认，为此生解免哉！”

又言：其戚管静山名英者，工于时文，有声庠序。惟性颇放诞，喜为狭斜游。嘉庆丙子科，与余同往金陵乡试，三场甫毕，即颠倒于秦淮妓馆。旋得病，迟余十日始归。病革时，余往视之，慨然曰：“管英不中，无以为能文者劝；管英不死，无以为荒淫者戒。”越日，报中人果至；又一日，乃绝。西生谓此非静山所自言，乃鬼神凭之而言也。慧业文人，可以知所择矣。

【译文】朱酉生举人（朱绶，字仲环，又字仲洁，号酉生，道光十一年举人，曾佐梁章钜幕），曾在我父亲官署中做幕僚，他对我说：他的朋友叶某，曾经在某学政衙门中批阅试卷，有一份试卷文章很好，但是叶某失手把墨水打翻洒在试卷上，污染了几乎一半的卷面；学政看到之后，不知道这是被叶某弄脏的，最终将这份试卷评为四等。叶某害怕学政责怪自己鲁莽轻率，也不为这名考生解释分辨，任凭学政处置。后来听说这名被评为四等的考生自缢而死，叶某悄悄地去打听，才知道他家里很穷，通过教授学生读书养家糊口，自从考了四等后，学生们都散去了，几乎不能养活自己，于是心中怨愤而寻短见。叶某从此之后就非常内疚后悔，后来一共参加过两次乡试，在考场中都看到了一些情景（指考四等的考生的冤魂），而且都是因为试卷被污染而落榜，于是不敢再参加考试。常常对别人说："这并不是我故意造恶业、故意结冤仇，但是受害者已经怀恨到这种程度，当时为什么就没能说一句承认事实的话，为这个学生解围呢！"

又说：他亲戚中有个叫管英的人，字静山，擅长写作应试的文章，在学校很有名气。只是性情颇为放纵不羁，喜欢逛妓院。嘉庆二十一年（1816）丙子科，和我一同前往南京参加乡试，三场考试刚刚结束，就到秦淮河边的妓院里寻欢作乐。不久就生病了，比我晚了十天才回来。病危的时候，我去看他，他感慨地说："我管英如果考不中，则无法劝勉鼓励那些文章写得好的人；管英如果不死，则无法警醒告诫那些荒淫好色的人。"第二天，送考中喜报的人果然到来；又过了一天，管英就死了。朱酉生认为这不一定是管静山自己说的，而是鬼神借他之口说出来的。有文学天才并与文字结为业缘的人，可以知道如何抉择和取舍了。

1.2.21 甘肃藩署

甘肃藩署，有大堂而无二堂。大堂之后为大院，院之前即大库。每年西北各省，协济新疆饷银数百万，皆由甘肃转输，故藩库规制之崇宏，甲于各直省。库前有鸽子数千，每月支库中银若干，为饲鸽粮。间有深夜无故近库门者，鸽必丛集其身，碎其头面而后已。其遗卵或坠地，皆相戒不敢拾取。相传为守库神鸽，不知始自何年也。

家大人莅任后，闻老库吏言，乾隆末，有方伯某，值元旦朝贺，早起具朝衣朝冠，在大院登舆。适有阵鸽屎，污其朝冠及补服，旋退至内室，涤冠易衣而出，则督部已先至。方伯大怒，甫归署，即呼铳击鸽，伤者百十头。复灭其粮，剔其巢，毁其卵。越数日，而案头朱笔为鸽衔至空中掷下，既又衔其帽顶掷于客前，既又衔其朝珠散委于地，最后乃失其印。大索两日，于鸽巢中得之。如是喧扰者月余日，而方伯遂病。又逾月，竟以赃败。

家大人曰："此鸽屎之污人，或知其将败而儆之，或乘其衰气而弄之，自非偶然。乃不知恐惧修省，而与物为仇，庸有胜乎？"又曰："此鸽去来无定，闻我未到任之前，藩篆系伍实生廉访兼署，伍在臬署接印，鸽即随印而往，其留守藩库者不过百十头。迨我接印之日，乃全队归来，然则不但守库而兼守印矣。"

【译文】甘肃布政使衙门，有大堂但是没有二堂（官府中大堂后面办公之处）。大堂的后面是大院，大院的前面就是库房。每年西北的各省，协助补充新疆的饷银几百万两，都是由甘肃省转运，所以甘肃布政使衙门的库房规模之宏大，超过其他各省。库房前有几千只鸽子，每个月从库中支取若干银子，用于喂养鸽子粮食。偶尔有在深夜无缘无故靠近库门的人，鸽子一定会飞来聚集在他身边，不把他的头脸啄伤不算完。它们产的鸽蛋有的掉落到地上，人们都相互提醒不敢拾取。相传是守护库房的神鸽，不知是从哪一年开始的。

我父亲到任后，听老库吏说，乾隆末年，有一位前任布政使某大人，正值新年朝贺，早晨起来准备好朝服朝冠，在大院里登上车子。正好落下一阵鸽子屎，弄脏了他的朝冠和官服，马上退回内室，洗干净官帽、更换了衣服出门，这时总督大人已经先到了。布政使大怒，刚一回到衙门，就呼叫下属用火铳射击鸽子，打死了一百多只。又消灭了它们的粮食，捣毁它们的鸟巢，毁掉它们的鸽蛋。过了几天，布政使桌上的红笔被鸽子衔到空中抛下，然后又叼起他的帽子扔在客人面前，然后又衔着他的朝珠扔到地上，最后竟失去了他的官印。到处寻找了两天，在鸽子窝里找到了官印。像这样喧嚷烦扰了一个多月，方伯就生病了。又过了一个月，最终因贪污败露而倒台。

我的父亲说：“这次鸽子屎弄脏人，或许是知道方伯即将败落以此来警告他，或许是趁着他运气衰败捉弄他，自然不是偶然的。然而布政使不但不知道恐惧反省，反而和动物结仇作对，就算取胜又有什么用呢？”又说：“这群鸽子来去不定，听说我没有上任之前，布政使的官印由按察使伍实生先生兼管，伍大人在按察使衙门接下官印，鸽子就跟随官印前往，留守在布政使衙门库房的不过一百多只。等到我接掌官印的那天，于是鸽子又成群结队全部飞回来，由此看来鸽子不仅是守护库房而且同时守护官印了。”

1.2.22 沈东甫逸事

道光戊子、己丑间，余随侍江苏藩任。时署中书记友，为湖州沈巽帆茂才（一崴），尝述其族祖沈东甫先生（炳震）一事，云：

公尝昼寝书斋中，梦青衣者引至一院，立镜高丈许，请公自照前生，则方巾朱履，非本朝衣冠。方错愕间，又请照三生，则乌纱、红袍、玉带、皂靴，又非儒者衣冠。有苍头闯然入跪，叩头曰：“犹识老奴乎？曾从公赴大同兵备道任者也。”以文卷一册呈。公问其故，曰：“公前身在明嘉靖间，姓王名秀。今日青衣召公，乃地府文信王处，有大同任内五百鬼诉公，请质问耳。老奴记得杀此五百人非公本意，此五百人本刘七案内败卒，降后又反，故某总兵立意杀之，以杜后患。公曾有手书劝阻，总兵不从。老奴恐公忘却此书，难以辨雪，故袖此稿奉公耳。”

公亦恍然记前世事，与慰劳者再。青衣请曰：“步行乎？乘轿乎？”苍头呵之曰：“安有监司大员而步行者乎？”呼一舆，二夫甚华，掖公行数里许。前有宫阙，中坐王者，冕旒白须，旁吏绛衣乌纱，持文簿，呼兵备道王秀进。王曰：“且止，此应先唤总兵。”旋有戎装金甲者从东厢入。公视之，果某总兵，旧同官也。正与问答良久，语不可辨。随唤公，公揖王而立，王曰：“杀刘七党五百人，总兵业已承认。君有书劝止，吾亦知之。然明朝法，总兵亦受兵备道节制，君令之不从，平日懦恧（nǜ）可知。”公唯唯谢过。

时总兵在旁争曰：“此五百人非杀不可者也。况诈降复反，不杀则又将反，我为国杀之，非为私杀也。”言未已，阶下黑气如墨，声啾啾远来，血臭不可耐，五百头拉杂如滚球，齐张口露牙来啮总兵，兼睨公。王拍案厉声曰：“断头奴诈降复反，事有之乎？”群鬼曰：“有。”王曰：“然则总兵杀汝诚当，又何哓哓？”群鬼曰：“当日诈降者，渠魁数人，复反者，亦渠魁数人，余皆协从者，何可尽杀？且总兵意欲迎合嘉靖皇帝严刻之心，非真为国为民也。”

王笑曰：“说总兵不为民可也，说总兵不为国不可也。此事沉搁二百年，总为事属因公，阴官不能断。今总兵心迹未明，不能成神去；汝等怨气未散，又不能托生为人。我想以此事状上奏，听候玉帝处置。惟兵备道所犯甚小，且有手书劝阻为据，可放还阳，他生罚作富家女子，以惩其弱懦之过。”

五百鬼手持头叩阶曰：“惟大王命。”因命青衣复引公出，又至镜所，呼曰：“请照今生。”不觉惊醒，汗出如雨，见家人环哭，云已晕绝一昼夜矣。

【译文】道光戊子、己丑（1828、1829）年间，我随同父亲在江苏担任布政使。当时在布政使衙门中负责文书工作的幕僚，是湖州的沈巽帆秀才（沈一戚），他曾讲述他族中的一位祖辈沈东甫先生（沈炳震，字寅驭，号东甫，浙江归安人）的一件事，说：

沈东甫先生曾经白天在书房中睡觉，梦见一位身穿青衣的人将他引到一个院子，院中立着一面高一丈左右的镜子，青衣人请他照镜子看自己的前世，照出来是头戴方巾、脚穿红鞋的儒者形象，不像是本朝的服饰。正在仓促惊愕之际，青衣人又请他照出自己的三生，又看到头戴乌纱帽、身穿红袍、腰系玉带、脚蹬黑色靴子的形象，不再是儒者的装束了。有位老仆人闯进来跪下，向沈先生叩头说："您还记得老奴吗？我是曾跟随您赴任大同兵备道一职的人呀。"呈上一册文卷给他看。沈先生询问他为何而来，他说："您前世生在明朝嘉靖年间，姓名叫王秀。今天青衣人召请您前来，是地府文信王（文天祥，封信国公）那里，有您在大同任职期间的五百个鬼控诉您，请您去对质讯问。老奴记得杀死这五百人不是您的本意，这五百人本是刘七起义军的败兵，投降后又反叛，所以某总兵想要杀了他们，以绝后患。您曾亲笔写信劝阻，但是总兵没有听从。老奴恐怕您忘记了这封信，难以为自己分辩澄清，所以带着这封信来奉送给您。"

沈东甫先生恍然记起前世的事情，对老仆寒暄慰劳了一番。青衣人请示说："您是步行呢？还是乘轿呢？"老仆呵斥他说："哪里有身为监司大人却步行的道理呢？"叫来一顶轿子，两个轿夫衣着很华美，抬着沈先生走了几里路。前面有一座宫殿，中间坐着一位王者，头戴冠冕，须发花白，旁边的官吏身穿绛色衣服、头戴乌纱帽，手持文书簿册，呼叫兵备道王秀进见。王者说："暂且等一下，应该先叫总兵前来。"随即有一个身着军装、披着金色铠甲的人从东厢房进入。沈公看过去，果然是某总兵，是以前的同僚。王者对总兵讯问了很久，听不清他们在说什么。随后呼唤沈先生，沈先生向王者作揖后站立，王者说："杀死刘七同党五百人的就是总兵，他已经承认了。你写信劝阻，我也知道了。但是按照明朝法律，总兵也受兵备道的指挥管辖，你命令他却不听从，你平日的软弱可想而知。"沈先生连连应声并为自己的过错道歉。

当时总兵在旁边争辩说："这五百人是非杀不可的。何况他们假装投降后又反叛，不杀就又会造反，我为国家杀了他们，不是为自己而杀的。"话还没有说完，台阶下就出现了一团漆黑如墨的黑气，啾啾的声音从远处而来，血腥味难以忍受，五百颗人头杂乱无章就像滚球，齐齐张开嘴露出牙齿来咬总兵，同时斜着眼睛看沈先生。王者拍着桌子厉声说道："你们这帮断头奴，假装投降后又反叛，有这回事吗？"众鬼说："有。"王者说："那么总兵确实应该杀你们，你们又何必争辩不休呢？"众鬼说："当天假装投降的人，是几个首领，再次反叛的，也是那几个首领，我们都是被胁迫跟从的，怎么可以全部杀死呢？而且总兵只是想要迎合嘉靖皇帝严厉苛刻的心理，并不是真正为国家为百姓的。"

王者笑着说："说总兵不为百姓着想可以，但是说总兵不为国家着想是不可以的。这件事已经搁置了二百年，总归是因为这事情属于公事，冥官不能断案。如今总兵的心迹还未表明，不能成神离开；你们的怨恨之气还未排解，又不能托生为人。我想把这种情况上奏天庭，听候玉皇大帝处置。只是兵备道所犯的过错很小，而且有亲笔书写的劝阻信作为证据，可以放回阳间，下一世罚作富人家的女儿，来惩罚他软弱无能的过错。"

五百个鬼用手捧着头颅跪在台阶上说："愿意遵从大王的命令。"于是又命令青衣人引导沈先生出去，又到了镜子所在的地方，说道："请您照今生今世。"沈先生不禁一惊而醒，汗如雨下，看见家人围绕着自己哭，说自己已经昏过去了一天一夜了。

第三卷

1.3.1 谈相谈命

家大人官仪曹日，适金溪杨迈功中丞（䕶hù），由浙抚降为三品卿堂，再降为部郎，入仪制司。同官知其素精风鉴，群聚叩之。公但微笑曰："此自少年狡狯，尚且离合参半，今老眼昏花已甚，敢复自欺以欺人乎？"家大人诘之曰："君在浙抚，将离任之前，亦曾揽镜自相乎？"公曰："我明知此案既发，必至失官，而屡对镜揣摩，并无咎征，晦气不明，何故？"家大人曰："以封疆艰巨之任，而忽弛重担，仍还清班，岂得谓之咎征？亦有何晦气？然则先生之眼力仍不差矣。"公拱手曰："足下此论甚精，诲我多矣。足下既明此理，则何必复论相？且相随心改，命由心造，本非一成不变之局，亦何可刻舟以求吾侪？但当强善以迎之，居易以俟之而已。"

时孔荃溪方伯（昭虔）亦在坐，瞿然曰："相随心改，屡闻其事；命由人造，窃所未明，愿先生毕其说。"公曰："命与相相连而及，未有相佳而命丑，亦未有命好而相乖者也。君不闻李敏果公（卫）之事乎？李未达时，尝同一道士渡江，适有与舟子争诟者，道士太息曰：‘命在须臾，尚计较数文钱耶？’俄其人为帆脚所扫，堕江死。李心异之。中流风作，舟欲覆，道士禹步诵咒，风止得济，李再拜谢救，道士曰：‘适堕江者，命也，吾不能救；君，贵人也，遇危得济，亦命也，吾不能不救，何谢焉？’李又拜曰：‘领师此训，吾终身安命矣。’道士曰：‘是不尽然，一身之穷达当安命，不安命则奔竞排轧无所不至。不知李林甫、秦桧，即不倾陷善类，亦作宰相，徒自增罪案耳。至国计民生之利害，则不可言命。天地之生才，朝廷之设官，所以补救气数也。身握事权，束手而归命，天地何必生此才，朝廷何必设此官乎？君其识之。’后李常述此语以戒人。

“又山东国中丞（泰）尝扶乩，问年寿若干，乩判曰：‘不知。’问：‘仙人岂有所不知？’判曰：‘他人可知，公则不可知。修短有数，常人尽其所禀而已。若封疆重镇，操生杀予夺之权，一政善则千百万人受其福，寿可以增；一政不善则千百万人受其祸，寿亦可以减。此即司命之神不能预为注定，何况于吾？岂不闻苏颋（tǐng）误杀二人，减二年寿；娄师德误杀二人，减十年寿乎？然则年命之事，公当自问，不必问人矣。’此言皆凿然中理，与前说正相发明也。”

【译文】我父亲在礼部任职的时候，恰逢江西金溪的杨䕶（字迈功）巡抚，由浙江巡抚降为三品京堂，又降为礼部郎中，进入仪制司。同僚们知道他一向精通相面之术，大家出于好奇，都聚拢过来询问他。杨公只是微笑着说：“这是我年少时的游戏，那时聪明机灵，尚且准确率只有一半，现在已经老眼昏花得这样严重，还敢再自欺欺人吗？”我父亲追问说：“您做浙江巡抚，将要离任之前，也曾经对着镜子给自己相过面吗？”杨公说：“我明明知道这个案子发生后，一定会失去官职，但是反复对着镜子观察琢磨，并没有灾祸的征兆显现，晦气也不明显，这是什么原因呢？”我父亲说：“本来作为封疆大吏担负着艰巨的责任，却忽然放下重担，又回到清闲的职位，这怎么能说是灾祸呢？又有什么晦气呢？这样看来先生的眼力还是不错的。”杨公拱手说：“您的这番话很精辟，让我受益匪浅啊。您既然已经明白这个道理，那么又何必再讨论面相呢？而且面相随着内心的改变而改变，命运由内心的意念创造，本来就不是一成不变的局面，又怎么能像刻舟求剑那样来询问我们这些人呢？只应当坚持做好事来迎接命运，保持平常心来等待就可以了。”

当时布政使孔昭虔（字元敬，号荃溪）先生也在座，惊喜地说：“面相随内心改变，多次听说过这种事情；命运由人心创造，我还不太明白，希望先生再详细讲讲。”杨公说：“人的命运和面相是相互关联的，没有面相好而命运不像样的，也没有命好而面相不好的人。你没听说过李敏果公（李卫，字又玠，号恰亭，清代名臣）的事吗？李公还没有显达的时候，曾经和一位道士一同渡江，恰好遇到有个和船夫争吵的人，道士叹息说：‘性命就在片刻之间，还计较几文钱吗？’不一会儿，那个人果然被帆脚扫到，落江而死。李公心中感觉很诧异。江中心刮起大风，眼看船就要被掀翻，道士步罡踏斗（道士礼拜星宿、召遣神灵的一种动作，其步行转折，据说宛如踏在罡星斗宿之上，故称）念诵咒语，大风停息，船得以成功过江，李公连连拜谢道士搭救之恩，道士说：‘刚才落江而死的那个人，是他的命，我不能救；先生您，是贵人，遇到危险能够化险为夷，也是您的命，我不能不救，谢什么呢？’李公又拜谢说：‘聆听了大师您的这番教诲，我今后这一生就安于命运、随遇而安了。’道士说：‘也不完全是这样，一个人的穷困与通达应当安于命运，不安于命运就会到处奔走钻营、相互排挤倾轧，什么事情都做得出来。殊不知奸臣李林甫、秦桧，就算不排挤陷害好人，也能做宰相，只是白白地增加自身罪状罢了。至于关系到国计民生利害的事情，就不可以推说是命运。天地生成造就人才，朝廷设立官职，就是为了补救气数的。如果以一身而掌握做事的职权，却置身事外、束手旁观，凡事都归之于天命，那么天地何必生成这个人才，朝廷又何必设置这个官职呢？你要知道这个道理。’后来李公经常讲述这些话来告诫别人。

“还有，山东巡抚国泰（富察氏，满洲镶白旗人，清朝著名贪官）曾经进行扶乩，询问自己寿命多少岁，乩仙批示说：‘不知道。’又问：‘神仙怎么会有不知道的呢？’乩仙说：‘其他人可以知道，对您的却不知道。寿命长短有定数，普通人都是在获尽其所禀受的天年罢了。而对于镇守重要地方的封疆大吏，手握生杀予夺的大权，出台一项好的政策就可以让千百万人受到福祉，寿命可以增加；出台一项不好的政策也可以让千百万人受到祸害，寿命也可以减少。这种情况即使是主管命运的神明都不能预先注定，更何况是我呢？难道您没有听说过唐朝宰相苏颋因为错杀两条人命，被削减了两年寿命；娄师德错杀两条人命，被削减了十年寿命吗？那么，寿命的事，您应该问自己，不必问别人了。’这些话都确实合乎正理，与前面的说法正好可以相互印证阐释。”

1.3.2 徐侍郎

平湖徐辛庵侍郎（士芬），以嘉庆己卯进士，入翰林，跻九列。未达时，偕族兄士芳，同应戊寅乡试。逆旅中，检得一包裹，知为过客所遗。验其物，为妇人首饰。辛庵曰："此宜守而还之，意外之财，勿得也。"其兄漫应之，诡谓辛庵曰："弟但行，吾当守此。"辛庵信之不疑，遂先行。其兄即挟包裹竟去，先后至省。辛庵问之，设辞以对，无从质证其虚也。既兄弟同入场，辛庵文不惬意，已绝望矣。及填榜日，其兄士芳卷已拟中，方写至"芳"字草头，忽烛花适爆，落其卷面，亟拂去，已焚去一角。群谓："此人必有恶业，盍易之？"或谓："榜中姓名已具，如何？"监临曰："此却无妨，可以洗补。"乃急取备卷易之，及拆弥封，则辛庵卷也。于是众皆喜曰："是直无事洗补，于草头下添写一分字可耳。"善人获报之巧如此！

【译文】浙江平湖的徐辛庵侍郎（徐士芬，字诵清，号辛庵），在嘉庆二十四年（1819）己卯科考中进士，进入翰林院，跻身九卿之位。在还没有显达的时候，与族兄徐士芳，一同去参加嘉庆二十三年（1818）戊寅科乡试。在旅店中，捡拾到一个包裹，知道是过路的客人遗失的。验看里面的东西，是妇女的头饰。辛庵先生说："我们应该守在这里等失主回来将其归还，意外之财，不能占有。"他的哥哥随口答应着，对辛庵谎称说："弟弟你只管往前走，我来守在这里。"辛庵相信他并未怀疑，于是先走了。他的哥哥竟然拿着包裹直接离开了，他们两人先后到达省城。辛庵问他哥哥，他哥哥早就想好了托词来回答，没有办法对质证明他说的是假的。等到兄弟一同进入考场后，辛庵对自己写的文章不太满意，已经不抱希望了。到了填榜这天，他的哥哥徐士芳的名字已经拟定列在其中，当写到"芳"字的草字头时，突然蜡烛的烛芯正好燃爆，落在卷面上，急忙擦去，已被烧掉一角。大家说："这个人一定是做了坏事，为什么不换掉他呢？”有人说：“榜中姓名是早就拟定好的，怎么办呢？”监考官说：“这倒没有妨碍，可以涂改修补。”于是急忙取出备用卷更换，等到拆开密封条的时候，正是徐士芬的试卷。于是众人都惊喜地说：“这直接都不用涂改，在草头下加写一个‘分’字就可以了。”善人获得上天回报的方式，竟然如此巧妙！

1.3.3 钱三元

本朝以三元及第者，自长洲钱湘舲公（棨）始。为诸生时，初名起，因功令避前代名贤之同姓名者，易今名。幼以孝闻，其母高太夫人病笃，刲（kuī）臂肉和药以进，应手而愈。大魁后，以修撰直上书房，敬恭匪懈。值和珅当事，欲罗致之，坚不为夺。和衔之，故诗文楷法并精，屡司文柄，而终无由进一阶。和败后，始连擢至内阁学士。时诸近侍，党于和者，皆有所罣碍，公独倏然事外，时论高之。

按，钱之《墓志铭》为石琢堂先生所撰，而于不入和党大节独遗之，不知何故。又叙官阶只及修撰，而以后开坊历至阁学曾不见，亦载笔之疏也。（此文今载《独学庐文集》中。）

【译文】本朝读书人在乡试、会试、殿试中均考中第一名，以解元、会元、状元三元及第的，从江苏长洲县（今苏州市）的钱湘舲先生（钱棨，原名起，后因避唐代诗人钱起同名，遂改为现名，字振威，号湘舲，乾隆四十六年辛丑科状元，清代第一位连中三元的状元）开始。他在还是秀才时，原名钱起，因当时的法令要求姓名要避免与历朝历代的先贤雷同，就改为了现在的名字钱棨。幼年时以孝顺闻名，他的母亲高太夫人病重，就从手臂上割下一块肉配合药物给母亲服用，药到病除，母亲很快就痊愈了。高中状元之后，以翰林院修撰的身份入直上书房，做事恭敬谨慎，不敢懈怠。当时正值和珅当权，想要拉拢他，他坚持自己的志节，不为所动。和珅对他怀恨在心，所以虽然钱先生诗词文章、楷体书法都很精妙，多次掌握评定文章、考选文士的权柄，而他始终无法在仕途上更进一步。和珅倒台后，才连续提升到内阁学士。当时乾隆皇帝身边的近臣，凡是依附于和珅的，都或多或少受到了牵连，唯独钱先生超然事外、不受影响，当时的舆论对他评价很高。

另外，钱先生的《墓志铭》是石琢堂先生（石韫玉）所撰写的，而唯独遗漏了他不入和珅一党这样重要的情节，不知道是什么缘故。并且叙述官阶只提到了翰林院修撰，而对于之后的詹事府中允直到内阁学士的经历都未见载入，也是记载的疏漏。（这篇文章现在收录在石韫玉先生的《独学庐文集》中。）

1.3.4 陈三元

继钱湘舲而成三元者，为桂林陈莲史方伯（继昌）。初名守叡（ruì），尝梦泥金到门，乃“继昌”二字，诘以错讹，其人答云：“今年会状必是此名。”寤而更今名。桂林城外还珠洞，有石笋下垂，旧有“石笋到地，状元及第”之谚；至是，石果与地接。又洞中有磨崖诗刻，分嵌“继昌”二字，亦一奇也。

方伯为榕门相国文恭公元孙，其积累之深，栽培之大，所不必言。及第时，封翁蕉雪中翰（元焘）犹健在，寄以诗云：“祖宗贻福逮云礽，福至还期器可盛。好以文章勤职业，勉求学问副科名。出身岂为营温饱，得志从来戒满盈。有子克家宽父责，老怀不用日愁生。”似此庭诰，岂罗念庵之妇翁所能梦见乎？

按，方伯为嘉庆二十五年庚辰科会状，其廷试策首颂扬处有“道光宇宙”字。逾年，恰为道光元年，亦可谓几之先见者。己亥、庚子间，余与仲兄随侍桂林，值方伯在里养疴，最承青眼，尝集句手书楹帖见赠，云：“虚其心，实其腹；骥之子，凤之雏。”义兼褒勖，余兄弟甚感佩之。

【译文】继钱湘舲先生（钱棨）之后，在乡试、会试、殿试中连中三元（解元、会元、状元）的人，是桂林的陈继昌先生（原名守叡，字哲臣，号莲史，嘉庆二十五年庚辰科状元，官至江苏巡抚）。他原名陈守叡，曾经梦见报喜的人将泥金帖子送到了家门，写的是“继昌”二字，诘问他是不是写错了，报喜的人回答说：“今年的会元和状元一定是这个名字。”醒来后就改成了现在的名字陈继昌。桂林城外有一个还珠洞（在广西桂林伏波山麓），有下垂的石笋，从前有“石笋到地，状元及第”的谚语；到这时，石笋果然与地面接触。洞中的摩崖上面有雕刻的诗句，分别嵌入了“继昌”二字，也是一种奇观。

陈继昌先生是陈榕门相国文恭公（陈宏谋，曾用名弘谋，字汝咨，号榕门，广西临桂人，官至东阁大学士，清朝名臣）的玄孙，他家世代积累功德之深厚，栽培福报之巨大，自然是不必多说。状元及第时，他的父亲内阁中书陈蕉雪先生（陈元焘）仍然健在，寄给他一首诗说：“祖宗贻福逮云礽，福至还期器可盛。好以文章勤职业，勉求学问副科名。出身岂为营温饱，得志从来戒满盈。有子克家宽父责，老怀不用日愁生。”像这样的家训，哪里是明代罗念庵（罗洪先）诗中所说的妇人和老翁所能企及的呢？

另外，陈继昌先生是嘉庆二十五年（1820）庚辰科会元、状元，他的殿试策论试卷开头表示颂扬的段落中有“道光宇宙”的字眼。第二年，恰好是道光元年（1821），即道光皇帝登基改元之年，也可以说他是有先见之明的人。道光己亥、庚子（1839、1840）年间，我和二哥随侍父亲在桂林为官，适逢陈继昌先生在家乡养病，最受他青睐，曾经亲笔书写了一副集句对联字帖赠送给我们，说：“虚其心，实其腹；骥之子，凤之雏。”此联既有褒奖，又有勉励之意，我们兄弟非常感激和敬佩。

1.3.5 季亢二家

王葑亭通政（友亮），语余先叔祖太常公曰：国家巨富，有“南季北亢”之称，今殆无复知者。余居金陵，外兄罗履堂自江北归，为言泰兴有季家市，居人三百余家，半为季氏。相传市乃其先一家所居，环居为复道，每夕行掫（zōu）六十人。蓄伶甚众，又有女乐二部，稚齿韶颜，服饰皆值巨万。及笄（jī），或自纳，或赠人。有修撰某得其一，百方媚之，姬涕泣废飧（sūn），谓弗若其主家厮养，乃遣之。此与钮氏《觚（gū）剩》所载略相同。

余幼随先大夫之山西平阳任，屡游城外亢家园，中设宝座，盖康熙中尝临幸焉。园大十里，树石池台，幽深如画。间有婢媵（yìng）出窥，皆吴中妆束也。相传亢先世得李闯所遗辎重起家，康熙中，《长生殿》传奇新出，命家伶演之，一切器用费镪四十余万，他举称是。雍正末，所居火，凡十七昼夜，珍宝一空。计余往游时，亢已中落，规模仅存，今则荡然无人，园亦鞠为茂草矣。

余聆之，太息曰："盛衰相倚，天也，而人事居半焉。当两家盛时，不思殖德以培其后，骄奢淫佚，如出一途，转瞬之间，澌灭殆尽。今季氏尚知课子，有登第官侍御者，其家虽替，子孙犹得借儒业自存。亢氏以读书为苦，日惟声色博饮是耽，迨乎困穷，束手无策，忧伤短折，遂致馁而死，非父兄失教使然欤？世人崇货殖而薄诗书，观于此可憬然悟矣。"

按，葑亭先生为太常公所述如此。太常公自述弱冠时，就婚山西，亦曾游平阳之亢园，尚可想其梗概。及道光间，家大人过平阳，亦欲往一游，倩导游者则土人，以断垣丛甓（pì）毫无足观辞矣。

【译文】通政司副使王友亮先生（字景南，号葑亭、东田），对我的先叔祖父太常公（梁上国）说：我国首屈一指的大富之家，有"南季北亢"的说法，现在几乎不再有人知道了。我住在南京时，表兄罗履堂从江北回来，对我说泰兴有一个叫季家市的地方，有三百多户居民，一多半都姓季。相传季家市就是季家先祖一家所住的地方，房屋比邻环绕，形成上下重叠的道路，每天晚上巡夜打更的就有六十人。蓄养着很多优伶，还有两班女乐队，青春年少，容貌姣好，光服饰就价值上万两白银。等到女演员成年的时候，或者自己纳为姬妾，或者送给别人。有一位翰林院修撰曾得到其中一名女子，千方百计迎合取悦她，女子却整日哭泣，茶饭不思，说生活待遇还不如原来主人家中的仆役，于是就把她送走了。这与钮琇所著的《觚剩》一书中所记载的大致相同。

我小时候跟随先父到山西平阳任职，多次在城外的亢家园游玩，园中设有宝座，这是因为康熙年间皇帝曾经亲自到过这里。园子方圆十里，有树木、山石、池塘和亭台，像图画中一样幽深。看到偶尔有婢女进出，都是江南人的装束打扮。相传亢氏的祖先得到了李闯王（李自成）所遗留的财富和物资而起家，康熙年间，《长生殿》传奇刚出来，命令家里的优伶来表演，一整套行头装备置办下来，就花费了四十多万银子，其他的举动也和这个差不多。雍正末年，亢氏所住的地方发生火灾，一共烧了十七个昼夜，奇珍异宝都被烧毁一空。等到我去游玩的时候，亢家已经中落，只剩下空头排场，如今则是空无一人了，园子也已经荒草丛生了。

我听了之后，叹息着说："兴盛和衰败相互转化，虽然是天命，但人的行为也起到一半的作用。当季氏、亢氏两家兴盛的时候，不考虑积德行善来为后代培植福报，反而骄奢淫逸，两家的所作所为如出一辙，转眼之间，家业消灭殆尽。现在季家还知道督教孩子读书，子孙中有登科及第担任御史的，他们家虽然已经衰落，但是子孙还能凭借读书参加科举来生存。而亢家则认为读书太辛苦，整天只沉迷于声色犬马、赌博饮酒之中，等到陷入艰难窘迫的境地，无计可施，只能坐以待毙，忧伤夭折，于是导致饥饿而死，难道不是父母兄长缺乏对子弟的教育所导致的吗？世人崇尚物质财富而轻视读书，通过观察这桩事例应该可以幡然醒悟了吧。"

另外，王葑亭先生是这样讲述给太常公的。太常公自己说他刚成年时，在山西成婚，也曾游览过平阳的亢家园，还可以想象出园子之前大概的样子。到了道光年间，我父亲经过平阳时，也想要前去一游，请当地人做导游却被拒绝，因为他们说只剩下一些断壁残垣、破砖烂瓦，根本不值得一看了。

1.3.6 太平王

家大人与温朋梅学士（启鹏）同官仪部，申之以婚姻。温本山西太谷巨富，近稍减。家大人偶询之曰："山右多富族，如君家者尚有几姓？"学士曰："余家不足言，吾乡所称，本以太平县王姓为最。相传其先有一诸生，言信行果，而家极贫。教读邻村，岁暮撤馆归，辄将所衣之蓝衫质之典铺，以资度岁。新春必赎回，披以上馆，岁以为常。一年，持蓝衫往质，店伙嫌其敝，不纳。生具道春间必赎，年例如此，试查故簿自知。店伙仍斥之，生叹曰：'我若开典铺，有可以济人急者，虽死尸亦必受当。'乃负气披衫而返。途中为棘刺所钩，衣破，益悒悒（yì yì）。行数步，忽思岁除在即，此地来往颇多，恐棘复钩他人衣，乃返，脱衫徒手拔棘。棘坚不可拔，因拾道旁树枝刨土挖根，根尽而其中有空坎，白金见焉，检以归。正月焚纸镪其处以谢，则坎中藏金颇多，尽取之，乃开小典铺于前所质铺之对门。开张日，仍披蓝衫祀神，闻店前喧争声，出视之，有人裹一死孩来当。店伙呵詈，其人争曰：'汝家主人曾亲口许当。'心知为某铺所为，乃云：'语实有之，欲当几何？'答云：'一两。'如数给之，店伙无不怒且笑者。生持入后园中，掘坎埋之，坎底粲粲皆白金也；因以致富，甲于通省，远近悉称为太平王。恤穷周乏终身不倦，子孙皆守其训，闻至今破蓝衫尚存。"

【译文】我父亲和温朋梅学士（温启鹏）一同在礼部做官，

于是以婚姻之约相许。温学士家本来是山西太谷县的大富之家，最近家业规模略微减少。家父偶然询问他说：“山西有很多富家大族，像你家这样的家族还有哪几家呢？”温学士说：“我家根本不值一提，在我们当地能数得上的，要以太平县（今襄汾县）的王家为首屈一指。相传王氏祖先中有一名秀才，说话有信用，说到做到，做事坚决果断，但是家里极为贫穷。在邻近的村庄教学童读书，年底的时候放假回家，就将所穿的蓝衫抵押给当铺，得到一些钱来度过年关。新年的春天必定赎回，穿着到学馆，每年都是如此，已经习以为常了。有一年，王秀才又拿着蓝衫去抵押，当铺的伙计嫌他的衣服破旧，不肯接受。王秀才反复解释说到来年开春一定会赎回，每年都是如此，让伙计试着查阅一下往年的账簿自会知道。伙计仍然呵斥他，秀才感叹说：‘我如果开当铺，只要能帮助别人解决急难之事，就算是死尸我也一定会接受典当。’于是赌气披上蓝衫就回去了。路上被荆棘的尖刺钩住，衣服破了，更加闷闷不乐。走了几步，忽然想到除夕马上就要到了，这里来来往往的人很多，担心荆棘再钩住别人的衣服，于是转头回去，脱掉蓝衫徒手拔除荆棘。荆棘坚韧难以拔出，于是就拾取路旁的树枝刨土挖根，荆棘根被挖尽之后而其中出现一个坑穴，露出了白花花的银子，就捡起来收好带回家了。新年正月在发现银子的地方焚烧纸钱冥币表示感谢，发现坑穴中埋藏的银子还有很多，全部取出，于是在先前那家抵押蓝衫的当铺的对门开了间小当铺。开张那天，仍然穿着蓝衫祭祀神灵，听到店前有喧闹争辩的声音，出门一看，只见有人包裹着一个死孩子来典当。店铺伙计呵骂他，那人争辩说：‘你家主人曾亲口说死尸也可以典当。’王秀才心里知道是对门那家当铺干的，就说：‘我确实说过这话，你想当多少钱呢？’那人回答说：‘一两。’将钱如数给了他，店铺伙计无不感到又气愤又好笑。王秀才将死孩尸体拿到后园中，挖坑准备埋葬，只见坑底闪闪发亮，都是白银；因此而致富，富甲全省，远近的人都称他为太平王。他抚恤穷困，周济贫乏的人，终身都不懈怠；子孙都遵守他的训示，听说到现在那件破蓝衫还保存着。”

1.3.7 放生

会稽陶石梁、张芝亭，同过大善寺，见鳝鱼数万。陶谓张曰：“我欲买此放生，顾力不足，愿兄为倡，募众成之，何如？”张慨诺之，自出银一两，募众凑成八两，尽买而放之。

至秋，梦神告之曰：“汝本未得中，缘放生功大，得早一科放榜。”陶与张皆中式。

【译文】浙江会稽（今绍兴市）的陶石梁、张芝亭，一同路过大善寺，看见有人在卖鳝鱼，有几万条。陶石梁对张芝亭说：“我想把这些鳝鱼买下来放生，只是财力不足，希望和兄长一同带头倡议，向众人募集资金来共同做成这件事，怎么样？”张芝亭慨然答应，自己拿出一两银子，又向众人募捐，凑集了八两银子，将鳝鱼全部买下来放生了。

到了秋天，梦见神人告诉他说：“你本来今年是不应该考中的，但是因为放生鳝鱼的功德巨大，所以提前一科中榜。”陶石梁和张芝亭都考中了。

1.3.8 丙午科二事

乾隆丙午，顺天乡试，有大书于卷面者，曰“黄四姑娘”，开拆遂登蓝榜。

是科，江南闱中一士子于题纸下后高歌不辍，忽题一诗于号板云：“芳魂飘泊已多年，今日相逢矮屋前。误尔功名亏我节，当初错认是良缘。”踉跄而去。

【译文】乾隆五十一年（1786）丙午科，顺天府乡试，有一名考生在卷面上写大字，写的是“黄四姑娘”，拆开密封条后就将其姓名登入蓝榜（清制，凡考生试卷内有违式者，将试卷提出，并将考生名字贴出，谓之“蓝榜”）。

这一科，江南乡试考场中有一名考生在题纸发下后不停地高声唱歌，忽然在号舍桌板上题了一首诗，写道：“芳魂漂泊已多年，今日相逢矮屋前。误尔功名亏我节，当初错认是良缘。”跌跌撞撞地离开了。

1.3.9 白卷获隽

句容某生，博学能文，好行阴德。值乡试无资，得亲友赆仪十余金抵省，寓东花园地藏庵。闻邻舍有老妪失养，不得已而卖媳者，分离前夕，哭甚哀。讯其子，则多年远出矣。生恻然为辗转作计，诡作其子家书，言久商获利，将归，因结账暂留，先寄银十两以资家用，明发投之。老妪得银，事遂解。

生复借贷入闱，梦有神告之曰："子获隽矣，然必三场俱曳白乃妙。"醒而窃笑荒唐。题纸下，方欲握管，恍惚梦神呵止之曰："子欲落孙山外耶？卷有字，榜无名矣。"生仍不信，静坐构思。而心如废井，绪似棼（fén）丝，日已将夕，不能成一字。继且神思困惫，竟入睡乡。及觉，见提筐出场者踵相接，无奈何，亦交卷而出。闻蓝榜已揭，趋视无己名，乃勉入二三场，遂坦然曳白。迨揭晓，则已高标第二名。

正错愕间，有飞骑递某令札至，启视，则闱稿悉具。令固名进士，由庶常改外派作收卷官，深以不与衡校为恨，得闱题，技痒难禁，默成三艺，适接生白卷，袖归寝所，疾写发誊，欲以试内帘之眼力，而惟恐生之不再来也。继得二三场卷，俱一律曳白，益大喜，始终完其卷。填榜知已夺魁，意得甚，故密札以达之。

生诣谢，令笑问："君何惜墨乃尔？"生以梦告。问："有何阴德致此？"生谦言无之。固问，因微言场前寄银事。令拱手曰："是矣，子代人作家书，天遣予代子作场艺，又何谢焉？"报施之巧如此，遇合之奇又如此，梦中神语之不惮烦又如此。一善行之所系，不綦（qí）重哉！

【译文】江苏句容的某生，博学能文，喜欢施德于人而不求人知。准备去参加乡试却没有路费，得到亲人朋友临别时资助的十多两银子才得以抵达省城，借住在东花园地藏庵。听闻邻居家有一位老妇人失去生活来源，不得已之下打算卖掉儿媳妇，离别的前一天晚上，哭得很伤心。询问他儿子的情况，说是出远门已经很多年都没回来。某生听后心生怜悯，反复思索想出一个善巧方便的办法，假装以他儿子的名义写了一封家信，说长期在外经商获利不少，将要回家，因为结账暂时停留，先寄十两银子回来以供家中生活用度，第二天一早将书信和银子投寄出去。老妇人收到书信和银子，事情于是得以解决。

某生又借钱进入考场，梦到有神明告诉他说："你这次考试能得中，但一定要三场考试都交白卷才好。"醒来时自己感觉这件事荒唐可笑。题纸发下后，某生正想要动笔，恍惚之间梦见神明呵斥并制止他说："你难道想要名落孙山吗？试卷上如果有字，那么榜上就没有你的名字了。"某生仍然不相信，静静地坐着构思文章。但是头脑一片空白如同枯井，思绪杂乱如同一团乱麻，天色将晚，始终写不出一个字。而且接着精神困顿疲惫，竟然进入梦乡。等到醒来，看见其他考生都陆续提着筐子出考场了，没有办法，也交白卷出场了。听说蓝榜已经张贴出来，去看竟然没有自己的名字，才勉强进去继续考第二、三场，于是心安理得地交了白卷。等到发榜的时候，发现自己竟然以第二名的成绩考中了。

正在惊疑之际，有人骑着快马送来某县令的书信，打开一看，原来都是考场试卷文章的底稿。某县令原本也是有才名的进士，由翰林院庶吉士改任外派做收卷官，很遗憾自己不能参与批阅品评试卷，得到试题后，手痒难耐，默默写下三篇文章，恰好接到这名考生的白卷，于是将空白卷装进袖子带回卧室，快速地把自己的文章誊写在试卷上并上交，想要测试一下阅卷官的眼力，而且只担心某考生不再来参加第二、三场考试。接着又拿到了第二、三场试卷，一律都是白卷，更加大喜过望，才圆满写完他的文章。填榜时就知道已经高中了，非常得意，所以写了一封密信递送给某考生。

某生前往拜访道谢，某县令笑着问说："你为什么这样吝惜笔墨呢？”某生把梦境告诉他。某县令又问：“做过什么阴德之事竟然有这样殊胜的感应呢？” 某生谦虚地回答并没有做过什么。他反复追问，某生才稍微透露了进考场前给别人写信寄钱的事。某县令拱手说：“这就是了，你代人写家书，上天派我代你写作考场文章，又何必道谢呢？”上天对善人的回报，安排得如此巧妙，机缘巧合又如此不可思议，梦中的神明又是如此不厌其烦地反复指点。一桩善举所关系到的，难道不是极其重大吗！

1.3.10 俞生

江阴俞生，乾隆末乡试，入头场，于初十黎明即裹具欲出。邻号生知其未誊真也，怪而问之，色甚惨沮。力诘之，始告曰：“言之罪矣。先君宦游半世，解组而归，弥留时呼予兄弟四人泣嘱曰：‘吾平生无昧心事，惟任某县令时曾受贿二千金，冤杀二囚。昨诣冥司对案，法当斩嗣，以祖上有拯溺功，得留一子，单传五世，贫贱终身。吾地狱之苦已不能免，倘或子孙妄想功名，适增吾罪，非孝也。汝兄弟其各勉为善而已。’言讫而瞑。后兄弟相继死，惟我仅存。乡试二次，悉污卷，昨三更脱稿，倏见先君揭号帘指责曰：‘汝既不能积德累功，挽回天意，违吾遗嘱，致吾奔走，且重获罪。’随以手械一击，烛灭砚翻，遂失所在。予三登蓝榜，不足为恨，所痛先人负疚，拘系九幽，行当削发入山，学目连救拔亡灵耳。”众闻咋（zé）舌。同号陈扶青，作《归山》诗以送之。

【译文】江阴的俞生，乾隆末年参加乡试，进去考第一场，在初十那天的黎明就收拾东西想要出场（科举考试一般定在当月的初九、十二、十五三天，每闱三场，每场三昼夜）。相邻号舍的考生知道他还没有正式誊写，奇怪地问他，俞生面色很凄惨沮丧。反复追问俞生是怎么回事，他才告诉相邻考生说："说来也是罪过。先父在外做了半辈子的官，卸任回乡，弥留之际对我们兄弟四人哭泣着叮嘱说：'我一生没有做过昧良心的事，只有在担任某县令的时候，曾接受别人贿赂的两千两银子，冤杀了两名囚犯。昨天到冥司去对质案情，按照冥府的法律应当斩绝子嗣，因为祖上有拯救溺水者的功德，可以留下一个儿子，五代单传，而且终身贫贱。我在地狱的痛苦已经不能幸免，倘若有子孙妄想获取功名，反而会增加我的罪过，不是孝顺啊。你们兄弟所能做的就是各自努力行善而已。'说完就闭上了眼睛。后来其他兄弟相继死去，只剩下我一个。两次参加乡试，都弄脏了考卷，昨夜三更时分刚写好文章初稿，忽然看见先父揭开号舍门帘指责我说：'你既然不能积累功德，挽回天意，却违背我的遗嘱，致使我四处奔走，而且重新获罪。'然后用手铐一击，蜡烛熄灭，砚台被打翻，然后就消失不见了。我三次登上蓝榜，没什么可遗憾的，只是痛心先人还被拘禁在阴间受苦，感到内疚不已，我打算削发出家、入山修行，效法目连拯救亡灵了。"众人听后惊讶得说不出话。同号舍的考生陈扶青，作了一首《归山》诗给他送行。

1.3.11 至孝感神

兴于诗者，江都人，本姓孔，定南王后也。初业儒，不售，挈其子贸易于定陶县。嘉庆癸酉，教匪犯定陶，兴父子同奔。贼及之，将斫，子跪而请曰："幸斫我，忽斫我父。"贼径斫其父。子抱父颈连呼“斫我、斫我”，贼两斫之，皆殒。兴于瞀罔中，不知有昏晓，俄见其子，手足动而不能言；俄见其子，手据地起而仆，仆而复起，然亦不能言。又久之，自觉喉间有一缕气蒸蒸然，甚热，咳而言，其子亦言。初斫时，如有神人傅以药，许不死也。父子匍匐出积尸间，凡十有五日不食、不饮、不知痛，乃并不死。兴面受刀划，眼耳鼻各半。其子殊而未绝，今已归江都，饮食笑语并如恒人。朱酉生《知止堂文集》中记其事云。

【译文】有一个叫兴于诗的人，是江苏江都（今扬州市）人，本姓孔，是定南王（孔有德）的后裔。最初以儒学为业，考试没考中，带着他的儿子在山东定陶县做生意。嘉庆十八年（1813）癸酉，天理教教匪侵犯定陶，兴于诗父子一同逃跑避难。贼匪追上了他们，要砍死他们，儿子跪着请求说：“请砍我，不要砍我的父亲。”贼匪直接上前砍向他的父亲。儿子抱着父亲的脖子一直喊“砍我，砍我”，贼匪砍了两下，二人都倒地了。兴于诗在精神恍惚之中，不知道是白天还是黑夜，一会儿看见他的儿子，手脚能动但是不能说话；一会儿又看见他的儿子，手撑着地起身就向前倒下，倒下后又爬起来，但是也不能说话。又过了许久，自己觉得喉咙里有一股气在上升，很热，咳嗽着说话，他的儿子也能说话了。刚被砍的时候，好像有神人给自己涂了药，许诺说他们不会死。父子二人匍匐着从堆积的尸体中爬出来，一共有十五天不吃、不喝、不知道疼痛，然而并没有死。兴于诗的脸上被刀划伤，眼睛、耳朵、鼻子各被砍掉一半。他的儿子脖子都快被砍断了却没有死掉，现在已经回到江都，饮食言笑都和常人一样。朱酉生（朱绶）所著的《知止堂文集》中记载了这件事。

1.3.12 始吉终凶

陈枫阶（宸书）曰：陈光诏者，湖北人，与余同官湖南知县，声名甚平常。其长子秋舫（沆），登己卯大魁，典试广东；次子大云（沄），旋亦以翰林，典试广西。兄弟先后皆请假省亲到湖南任所，人咸艳之。大吏因是亦重视光诏，随擢用为州牧。或有疑其报应之或爽者，余曰："无疑也。尝闻其幕中老友云，陈曾于某任内得教匪联名册，私焚之，终不上闻。盖活人多矣，此所以报欤！"

后光诏亦恣肆，大吏廉其实，于计典黜之。旋里后，有堪舆家告以祖坟有水，光诏以铁签试之，水果旁涌。择期改葬，甫启石门，热气薰蒸，有二红鱼跃出，始悟吉穴。一鱼倏不知所往，一鱼为石压死，悔之无及。光诏目旋双瞽，无何，得都中信，知秋舫以覆车惊悸而卒；计其日，正启坟时也。时大云以御史奏直隶水利事，奉命驰驿往勘，沿途作威福，有呵斥道厅之事，蒋砺堂制府以状上闻，坐此罢废，其家骤落。

夫同此一人一家之事，乃始以种德，而其应如响；旋以怙恶，而不获令终。太上之言曰："祸福无门，惟人自召。"信哉！

【译文】陈枫阶（宸书）说：陈光诏，是湖北人，与我一同在湖南做知县，名声很平常。他的长子陈沆（原名学濂，字太初，号秋舫），高中嘉庆二十四年（1819）己卯恩科状元，曾主持广东省乡试；次子陈沄（字大云，嘉庆二十二年丁丑科进士，曾官陕西道监察御史），不久也以翰林身份，在广西主持乡试。兄弟先后都请假到父亲在湖南的任所探亲，人们都很羡慕他。上级大官因此也重视陈光诏，随即提拔任用他为知州。有人怀疑因果报应在他身上失灵了，我说："不用怀疑。曾听他衙门中的老幕僚说，陈光诏曾在某地任职期间得到了教匪的联名册，私下里焚烧掉了，始终没有上报。大概是无形中保全了很多人命，这就是他应该得到善报的原因吧！"

后来陈光诏变得更加恣意妄为、无所顾忌，上级大官考察到实情，在考绩时将其罢免。陈光诏回乡后，有风水先生告诉他说祖坟里有水，陈光诏用铁签去试，果然有水从旁边涌出。选择日期改葬，刚打开石门，发现热气蒸腾，有两条红色的鱼跃出，这才明白原来是风水绝佳的吉穴。一条鱼忽然不知道哪里去了，另一条鱼被石头压死，后悔也来不及了。陈光诏的眼睛很快就失明了，不久，收到京城的来信，得知大儿子陈沆因为所乘的车子翻掉受到惊吓而死；计算日期，正是开启墓穴的那天。当时二儿子陈沄作为御史参奏直隶水利的事情，奉命出差前往调查，沿途作威作福，有呵斥道厅官员的事情；蒋砺堂总督（蒋攸铦）将情况上奏朝廷，因此被罢免废黜，陈光诏家道突然中落。

同样是这一个人、这一家的事情，起初因为培植福德，而迅速感召善报；不久因为持续作恶，而没有得到善终。《太上感应篇》中说："祸福没有什么门路，都是人自己的行为感召来的。"确实如此啊！

1.3.13 朱别驾

家大人陈臬山东时，司刑名者绍兴岑可楼，老幕也，为述乾隆末茌（chí）平县有一奇案，云：

山西平阳令朱铄者，性惨刻，所莅之区，必别造厚枷巨梃。案涉妇女，必引入奸情。杖妓必去其小衣，以杖抵其阴，使肿溃，曰："看渠如何接客？"妓之美者加酷，髡其发，以刀开其两鼻孔，曰："使美者不美，则妓风绝矣。"语同寅官曰："见色不动，非吾冰心铁面，何能如此？"

后以俸满，推陞此间别驾。挈眷至茌平旅店，店楼封锁甚固，朱问故，店主人曰："楼中有怪，历年不敢开。"朱素愎（bì），曰："即开何害？怪闻吾威名，当早自退。"妻子苦劝之，不听。乃置妻子于别室，己独携剑秉烛登楼。坐至三鼓，有叩门进者，白发绛冠老人，见朱长揖。朱叱何怪，老人曰："某非怪，乃此方土地神也。闻贵人至此，正群怪殄（tiǎn）灭之时，故喜而相迎。"且嘱曰："少顷，怪当叠见，但须以宝剑挥之，某更相助，无不授首矣。"朱大喜，谢而遣之。

须臾，青面者、白面者以次沓来，朱以剑斫之，皆应手而倒。最后有长牙黑脸者来，朱以剑击，亦呼痛而奔。朱喜且自负，急呼店主至，告之状。时鸡已鸣，家人秉烛来视，则横尸满地，所杀者皆其妻妾子女也。朱大呼曰："鬼弄我矣。"一恸而绝。店主报官立案。后两年，余佐茌平幕时，曾亲检其卷阅之。

【译文】我的父亲在山东担任按察使的时候，主管刑事诉讼的人员是绍兴的岑可楼，是一位老幕僚，曾向他讲述过乾隆末年发生在茌平县的一桩奇案，说：

山西平阳县令朱铄，性情凶狠刻毒，所任职的地方，必定专门制造厚重的枷锁和巨大的刑棍。案件如果涉及妇女，必定在案情中引入奸淫的情节。杖打妓女时必定脱去她们的内衣，用刑杖抵触她们的阴部，使其肿溃，说："看她还怎么接客？"对貌美的妓女更加残酷，剃光她的头发，用刀划开她的鼻孔，说："让貌美的女子变得不美，那么娼妓之风也就消失了。"对同僚说："见女色而不动心，如果不是我心如止水、铁面无私，怎么能做到这样呢？"

后来因任职期满，依例升调，推升为本地通判。带着家眷来到茌平县的一家旅店，店里的楼房封锁很牢固，朱铄问其原因，店主人说："楼中有鬼怪作祟，多年来都不敢打开。"朱铄一向自以为是，说："就是打开能有什么危害？鬼怪听到我的威名，也应早早自动回避。"妻子苦苦劝他，他也不听。于是把妻子安置在别的房间，自己独自带着剑拿着蜡烛上楼。坐到三更天的时候，有人敲门进来，是一位白发苍苍、头戴红冠的老人，看见朱铄后长揖行礼。朱铄叱问他是什么怪物，老人说："我不是怪物，而是这个地方的土地神。听说贵人到此，正是一众鬼怪被消灭的时候，所以很高兴地来迎接您。"并且叮嘱他说："一会儿，怪物会反复出现，只需要挥动宝剑砍向它，我也会从旁边相助，就没有不被应手斩杀的。"朱铄非常高兴，向他道谢并送他离开。

过了一会儿，果然有青脸的人、白脸的人依次纷纷出现，朱铄挥剑便砍，都应手而倒。最后有一个长牙黑脸的人来了，朱铄用剑迎击，也大呼疼痛逃跑了。朱铄很高兴，而且自以为很了不起，急忙叫来店主，告诉他当时的情形。这时，天快亮了，家人手持蜡烛来查看，只见尸横满地，所杀的都是他自己的妻妾儿女。朱铄大喊说："鬼在捉弄我啊。"悲痛之下，顿时气绝身亡。店主报告官府立案。两年后，我在茌平县衙做幕僚时，曾亲自找出并查阅过当时关于这桩案子的案卷。

1.3.14 节孝祠

岑可楼又言：前在钜野县幕时，闻其县学有门斗某，典守节孝祠，即寄家于祠旁小屋。值秋祭，门斗夜起洒扫，其妻犹寝，似梦非梦，见祠门外坐二神将，金盔练甲，数鬼卒夹而伺。有妇女数十辈，联袂而入，中有旧识二贫媪，素知其未邀旌典，讶问其何以亦来。一媪答曰："人世表题，岂能遍及穷乡小户？湮没者不可胜数。鬼神矜怜苦节，虽未得请旌者，亦招之歆祀祠中；若冒滥恩荣者，虽已设位反不容入也。"按，冥漠之中，理合如是，偶借此门斗之妻以传播于世耳。

【译文】岑可楼又说：先前在钜野（今作巨野）县衙做幕僚时，听说他们县的学校有个门斗（旧日学官的仆役）某人，负责看守节孝祠，就寄住在节孝祠旁边的小房子里。时值秋季祭祀，门斗晚上起来打扫，他的妻子还在睡觉，像做梦又不是梦，恍惚之中她看见节孝祠门外坐着两位神将，头戴金盔，身着铠甲，几个鬼兵夹杂其中伺候他们。有几十名妇女，携手并肩进来，其中有两名贫穷的老妇人是以前认识的，一直知道她们并未受到过官方正式旌表，惊讶地问她们为什么也能来。其中一名老妇人回答说："人世间的旌表典礼，怎能遍及穷乡小户呢？湮没无闻、得不到表彰的烈女、孝妇数不胜数。鬼神怜悯苦守贞节的人，虽然没有得到朝廷表彰，也邀请她们入祠享受祭祀；如果不符合条件却滥竽充数获得荣誉的人，即使已经设立了牌位也不容许进入。”说明，冥冥之中，道理应该如此，只是偶尔借门斗的妻子传播给世人罢了。

1.3.15 山阳大狱

山左李皋言（毓昌），即墨人，嘉庆戊辰进士。以知县分发江苏，奉委赴山阳县查赈。至则遍历村舍，覆实稽考，殊多浮冒侵渔。将据实通禀，已具稿，山阳令王伸汉大惧，使阍人包祥以多金啖李之仆李祥、顾祥、马升等说其主，且许重贿，李坚弗从。事甚急，伸汉忽谓包祥曰：“此事期必济，听汝辈为之。”包祥还，与李祥等密商，于茶内入砒，夜深进之。李君毒发，颠仆狂吼，尚不即死，李祥等复以腰带扣颈悬床上，作自缢状，遂绝。

淮安守王毂者，本贪酷吏，有“王老虎”之号。先以赈事得伸汉金，竟以中恶自缢验报具详，返其柩于家，人亦无复疑者。数月后，有李君同学荆翁者，老诸生也，一日于郊外见李君仪从导引前来，遂凭附至家，呼家人具言受害状，且云已得请于上帝，悯其清正强直，死于民事，授栖霞城隍神。家人痛哭环听，启棺视，七孔血痕犹可验。于是李君之叔士璜赴控京师，事遂上闻，将王毂、王伸汉等俱拿解，交军机处会同刑部严审。

先是伸汉坚不承，一日熬跪倦极，忽乞茶饮，命左右与之，伸汉执茶杯瞪目良久，遂吐实，王毂亦款服。狱具奏上，李祥发李毓昌墓前凌迟处死，余皆弃市。睿庙有御制诗三十韵，悯毓昌，加知府衔，赐其子举人，一体会试。天下闻者皆额手称快。

按：王毂先任德州知州时，有二童子，一年十二，一年十三，在塾中戏相鸡奸，为人所见，两家父兄羞愤互讼。毂竟问实，律“凡奸十二岁以下无问男女皆论死，十二岁以上仅科奸罪”，于是十二岁童子以薄责发回，十三者论如律，瘐死狱中。后数年，十二岁者已及冠，出赴试，为十三岁之父兄所控阻，以为彼尝受污于我子，我子已问罪如律，彼何得复玷胶庠？十二岁者羞不自容，竟自戕死。其实两家童子当时皆知识初开，不必果有其事，两家父兄迫于人言嘲笑，愤而具控，亦不乐官之证实也。使当官者以两儿嬉戏，验讯无据，呼其父兄自行领回训责，不为纵法，而所全不已多乎？盖毂之天性刻薄如此。时孙渊如先生（星衍）为德州粮道，目击其事，甚为不平。后闻山阳案发，慨然曰：“若王毂者，虽无此事，死亦晚矣。”

【译文】山东的李毓昌先生，字皋言，即墨人，嘉庆十三年（1808）戊辰科进士。授予知县职务，分配到江苏任职，接受上级委派到山阳县（今淮安市淮安区）调查赈灾情况。到达后就走遍村庄，反复核实考察，确实存在很多虚报冒领、侵吞谋利的情况。他打算根据实际情况向上级禀报，已经拟写好汇报的文稿；山阳县令王伸汉非常害怕，派守门人包祥拿着很多钱去收买李毓昌的仆人李祥、顾祥、马升等人，去说服自己的主人不要这么做，并且承诺会给予重金作为酬谢，李毓昌坚决不从。事情很紧急，王伸汉忽然对包祥说：“希望这件事一定要做成，任凭你们怎样去做。”包祥回去后，和李祥等人偷偷商量，在茶内放入砒霜，趁着夜深人静之时送进李毓昌的房间。李毓昌毒性发作，跌倒在地，大喊大叫，尚未立即死去，李祥等人又用腰带勒住他的脖子挂在床上，伪装成是自缢而死的样子，然后李毓昌就气绝身亡了。

淮安府知府王毂，本来就是贪婪残暴的官吏，有“王老虎”的绰号。之前因为赈灾的事得到王伸汉的贿赂，竟然出具了李毓昌因中邪自缢身亡的验尸报告，派人将他的灵柩运送回家乡，也没有人起疑心。几个月后，李公的同学荆老先生，是一位老秀才，有一天在郊外看见有仪仗队簇拥着李公鸣锣开道前来，于是凭附在他身上回到家中，叫家人过来详细讲述了自己受害而死的情况，而且说已经向天帝请命，天帝怜悯他清正廉洁、刚正不阿，又是为百姓的事情而死，就授予他为栖霞城隍神。家人围绕聆听，痛哭不止，打开棺材看，七窍流血的痕迹仍然很明显，可以作为证据。于是李公的叔叔李士璜到京城去控告，于是事情被皇上知道了，将王毂、王伸汉等人全部逮捕归案，送交军机处会同刑部严加审讯。

起初王伸汉坚决不肯承认，一天，因长时间罚跪而疲倦至极，忽然请求喝茶，审讯的官员命令左右的人给他，王伸汉拿着茶杯瞪着看了很久，于是说出实情，王毂也供认不讳。案情上报给皇帝，李祥被押到李毓昌墓前凌迟处死，其余的人犯全部斩首示众。嘉庆皇帝亲自写了一首有三十句的诗，来追悼纪念李毓昌先生，追加知府的职衔，赐予他儿子举人身份，可以直接参加会试。天下的人听到后都拍手称快。

另外，王毂之前在担任德州知州时，有两名儿童，一个十二岁，一个十三岁，在私塾里嬉戏相互鸡奸，被别人看见，两家家长羞愤难当，互相起诉。王毂竟然坐实问罪，引用“凡是奸淫十二岁以下的儿童，无论男女都判处死刑，十二岁以上仅判为通奸罪”的法律规定，于是对十二岁的儿童轻微责罚后放回，十三岁的男孩按法律处死，在狱中因折磨而死。几年后，十二岁的儿童已经成年，外出参加考试，被十三岁儿童的家长举报阻止，认为他既然曾经被我的儿子侮辱，我的儿子已经被依法定罪，他怎能再玷污学校？之前十二岁的儿童羞愧地无地自容，最后竟然自杀了。其实两家孩子当时都是智识初开、懵懵懂懂，不一定真有其事，两家家长迫于人们的嘲笑，一时羞愤之下控告对方，也不乐意官方真正将事情坐实闹大。假如当官的认为两个孩子只是嬉戏玩闹，经查验审讯没有真凭实据，叫他们的家长各自领回批评教育，而不是滥用刑法，所成全的不是很多吗？大概是因为王毂的天性本来就是如此冷酷刻薄。当时孙渊如先生（孙星衍）担任德州督粮道，曾目击这件事，心里很是愤愤不平。后来听说山阳县的案子被揭发，感慨地说："像王毂这样的人，即使没有这件事，也早就该死了。"

1.3.16 江都某令

扬州卞竹辰方伯（士云）云：乾隆间，江都某令，以公事将往苏州，赴甘泉李令处作别，面托云："如本县有尸伤相验事，望代为办理。"李唯唯。已而闻其登舟后，夜三鼓，仍搬行李回署。李不解何事，探之，乃有报验尸者。商家汪姓，两奴口角，一奴自缢死。汪有富名，某令以为奇货，命停尸于大厅，故不即验。待其臭秽，讲贯三千金始行往验。又语侵主人，以为喝令，重勒诈四千金方肯结案。李令见而尤之，以为太过，某令曰："我非得已，适欲为儿子捐知县故耳。现在汪银七千已即日兑往京师上库署中，并未藏一金也。"未几，其子果选甘肃知县，擢河州知州。因赃私案发处斩，两孙尽行充发，家产籍没入官。某令惊悸，疽发背死。按，此事与吾闽厦防某丞事相仿，而其报更烈矣。

【译文】扬州的卞竹辰布政使（卞士云，原名荣贤，字光河，号竹辰、季青，官至浙江布政使、署理浙江巡抚）说：乾隆年间，江苏江都县的某县令，因为公事要前往苏州，到甘泉县（清代江苏县名，与江都同治扬州府，后并入江都县，今属扬州市）的李县令那里告别，当面嘱托说："如果本县有涉及人命死伤需要勘验的案件，希望您代为办理。"李县令答应了。不久听说他上船后，夜里三更时，就又搬着行李回到县衙中。李县令不清楚发生了什么事，就去打探，说是有人报案需要验尸。是姓汪的商人，有两名奴仆发生了言语上的争执，其中一名奴仆自缢而死。汪家是有名的富户，某县令认为奇货可居、有利可图，命人将尸体停放在大厅，故意不立即验尸。等到尸体腐烂发臭，讲好要给三千两银子才去验尸。又在言语之中，将东家汪某牵涉进来，暗示是他曾呵斥仆人导致其自杀，又以此勒索讹诈四千两银子才肯结案。李县令知道此事之后批评他，认为某县令做得太过分，某县令说："我也是迫不得已，正好想为儿子捐个知县所以才这样做。现在汪某的七千两银子已经当天兑付到京城的官库中了，我并没有私藏一两银子。"不久，他的儿子果然被选任为甘肃某地知县，又提升为河州（今临夏回族自治州）知州。因为贪赃枉法的案子被发现处斩，两个孙子都被充军发配，家产全部被没收充公。某县令受到惊吓，因背疽发作而死。说明，这件事与我们福建厦门海防厅某同知的事情类似，但是某县令的报应更加惨烈。

1.3.17 刘映南

江右刘映南，贾于吾闽之汀州，颇得利，乃买舟箧金归。中途被窃，号于众曰：“箧中有毛某所寄二百金，奈何？”众为追窃者，已望见矣，窃者始弃箧而逸。刘验之，狂喜曰：“寄银好在。”盖窃者弃其余以饵追者，刘银去而毛银存也。众问失银若干，曰：“四百。”问何以狂喜，曰：“寄银在，可以见吾友；失银，命也！”众咸嗟叹。是岁，贸利倍常时，适偿所失也。

此事在嘉庆六年辛酉，越十四年乙亥，有同乡某贾于归化者，忽患病。刘往收账，则责负人丛集店中，查检钱货，呶呶议分未决。而刘责负五十金，数最巨，乃语众曰：“病者尚可不死，若钱货骤分，则病者必死，是由吾辈死之也，且奈眷口何？我所责独多，今若此，盍共俟明春乎？”众唯唯而散，某病旋愈。刘回舟，中途有巨盗伺之，探知空手归，遂去。

【译文】江西的刘映南，在我们福建的汀州（今龙岩市长汀县）做生意，赚了不少钱，于是租船把银子装箱运送回家。半路上银子被盗了，哭着对众人说：“箱子里有朋友毛某寄存的二百两银子，该怎么办啊？”大家帮他追赶盗贼，已经看到身影了，盗贼才丢下箱子逃跑。刘映南开箱查看，极其高兴地说：“还好毛某寄存的银子还在。”原来是盗贼丢下一部分来迷惑追赶的人，窃贼拿走的是刘映南的银子，丢下的是毛某的银子。大家问他丢失了多少钱，回答说：“四百两。”问他为什么还这么高兴，回答说：“朋友寄存的银子还在，我还能向我的朋友交代；自己的银子丢失了，这是我的命数啊!”众人都赞叹不已。这一年,做生意获得的利润比平时多出数倍,恰好补偿了他所丢失的钱。

这件事发生在嘉庆六年(1801)辛酉,十四年后的乙亥年(1815),有一位同乡某人在福建归化县(今明溪县)做生意,忽然生了病。刘映南前去收账,只见要债的人云集在店里,在查验清点钱财货物,七嘴八舌议论如何分配,还未决定。而欠刘映南五十两银子,数额是最大的,于是对众人说:“病人还不会死,但如果钱财货物突然被瓜分,那病人一定会死,这就是我们导致他死亡的,况且他的家人怎么办呢?他欠我的最多,现在既然这样,我们何不一起等到明年春天再说呢?”众人表示同意,就散去了,这位同乡的病不久也痊愈了。刘映南回到船上,半路上有大盗在盯着他,探知到他是空手回来的,于是就离去了。

1.3.18 蒋封翁

铅(yán)山蒋适园封翁(坚),心馀太史(士铨)之父也。精法家言,以智侠自喜。七岁随其叔游法云堂,听僧诵经。庑下坐县捕数人,私语曰:“某寺僧被杀,不得主名,奈何?”蒋附叔耳语曰:“杀人者,堂上老僧也。”叔呵之,曰:“渠诵经而屡顾不在经,故疑之。”语为捕者所闻,竟牵僧去,一讯而服。

十七岁出游,阻风瑞洪镇。有少年同舟,舟人食,少年登岸;再食,再登岸。蒋疑而迹之,见其蹲古庙大钟下,诘之,则曰:“我南昌熊白龙,家贫告急于河口某戚不遇;反寄食于舟人,未偿其值。而又阻风,舟人将不余食,故避此。”言毕泣,蒋亦泣,强之回舟,与共食,并资以金。熊感谢归,邀过其家见母，誓为兄弟。居无何，熊来曰："我得弟金，获利三倍，今将贩缯临安，无所托母妻，故来。弟亦知吾父有养子曰蛟，平素无行，脱有故，弟善持之。"言毕去。

逾年，临安人来曰："熊某死矣，余金若干，濒死时嘱曰：'为我报蒋君。'"蒋阴计归熊丧非蛟不可，而蛟见金必叵测；乃函致临安主人授部署法，迟至十日始告熊母，母果遣蛟往。已而召蒋哭曰："蛟至临安，儿骸已焚，块然在桶，今舟人已负之纳我圊中，此外不余一钱，奈何？"蒋慰母再三，而身自往圊哭视。毕，走出，母牵蒋袍哭曰："闻临安主人以儿金寄君，金之来固由君，然贸易者与有劳，盍析其半以活老身，如何？"蒋未答，蛟突前，睆曰："此事须南昌厅主明之耳。"蒋叱之曰："何必南昌厅，召二三邻叟来即明也。"蛟即扃蒋而去，俄顷有庞眉者六七辈至，蒋曰："所以嗫嚅者，受亡人托，防蛟故也。今母见逼，不得不速明，请皆诣圊。"绕桶而号曰："白龙知我。"斧之，复底脱，皆熔金莹然，裹以簿券。众取视，皆感泣，叹老妪不知人而已。

游幕山右时，临汾令纵吏暴征，民弃家登山。抚军檄泽州牧佟往抚治，聘蒋同往。至其地，山上人如蠛蠓（miè měng），张旗树栅，汹汹然。蒋手令箭先行，环山呼曰："抚军知汝等皆良民，为奸吏迫而走，特遣佟使君来活汝，宜各宁尔家，有目者视此箭。"山上人噤不敢语，稍稍下，蒋导之入县庭，率犯法吏六人跪佟前，民环庭而嚣，欲殴之，蒋从旁大呼曰："勿妄动，有王法在。"乃搒（péng）吏至血流，民欢噪拜谢去，安堵如故。

后蒋以倦游家居，忽闻佟为负课事系狱，怃然曰："我不往，则难不解。”至泽州，佟方缺金五千，自分无全理，且老，不肯食；闻蒋至，为强一饭。曾太守有疑狱聘蒋，蒋曰：“若能助佟，我即助若。”太守喜，张示劝募州人负刀布麇（qún）至，三日而事集。佟行，蒋乃行。

蒋四十六岁始娶钟夫人，生心馀。捐馆时，犹及见心馀举于乡。后以心馀官编修，赠如其官。

【译文】江西铅山县的蒋适园封翁（蒋坚，字非磷，清代义士），是蒋心馀翰林（蒋士铨，字心馀，又字苕生，清代戏曲家、文学家）的父亲。蒋坚精通法家的学问，足智多谋，以行侠仗义自得其乐。七岁时跟随他的叔叔到法云堂游玩，听僧人诵经。堂下的走廊里坐着几名县衙的捕役，悄悄地说：“某寺的僧人被杀害，不能确定主谋的姓名，怎么办呢？”蒋坚附在他叔叔的耳边说：“杀人的人，就是堂上的老僧。”叔叔呵斥他，蒋坚说：“他诵读经书却多次转头张望，心思不在经书上，因此我怀疑是他。”蒋坚的话被捕役听到，最后拘押老僧而去，一经审讯就认罪伏法了。

十七岁时乘船外出游玩，在瑞洪镇被大风所阻。有一名少年与他同乘一船，船夫吃饭，少年就上岸；船夫再次吃饭，少年又上岸。蒋坚感到疑惑，就去跟踪他，看见他蹲在古庙的大钟下面，询问他，少年说：“我是南昌的熊白龙，因家里贫穷，到河口请求某亲戚援助，可是没遇到；反而是依赖船夫才吃上饭，没有补偿给他钱。而且现在被风所阻，船夫也将没有多余的食物了，所以我躲避在这里。”说完他就哭了，蒋坚也跟着哭了，强拉着他回船，和他一起吃饭，并拿钱资助他。熊白龙表示感谢后回家，邀请蒋坚到访自己家和自己的母亲见面，发誓二人结为兄弟。过了不久，熊白龙来找他，说："我得到贤弟送给我的钱，获得了三倍利润，现在将要去临安（今杭州市）贩卖缯布，没有可以将母亲和妻子所托付的人，所以来见你。贤弟也知道我父亲有个养子叫熊蛟，一向品行不好，如果有变故，请贤弟妥善处理。"说完就离开了。

一年后，临安来人说："熊白龙死了，留下了一些钱财，临死时嘱托我说：'替我报答蒋先生。'"蒋坚暗自思量能够运送熊白龙遗体回家并办理后事的人非熊蛟不可，而熊蛟如果见到这些钱一定会心怀叵测；于是写信给临安当地的东家，教他部署安排的方法，推迟到十天之后才将死讯告知熊母，熊白龙的母亲果然派遣熊蛟去了临安。熊母不久又召请蒋坚前来，哭诉说："熊蛟到了临安，我儿的遗骸已经被焚烧，孤零零地装在桶里，现在船夫已经背着我儿的骨灰放在了我家菜园里，除此之外没有留下一文钱，该怎么办呢？"蒋坚再三安慰熊母，而自己前往菜园中哭着去查看。看完后，走出来，熊母拉着蒋坚的衣服哭着说："听说临安那边的东家把我儿子的钱寄给了您，这钱本来就是依靠您的资助才得到的，但是经营的人也有功劳，何不分享一半让老身活下去，怎么样呢？"蒋坚没有回答，熊蛟突然上前，斜视着他说："这件事必须找南昌厅的官员做主弄清楚。"蒋坚呵斥他说："何必找南昌厅，请两三个邻居老翁来就明白了。"熊蛟就把蒋坚锁在屋里走开了，不一会儿就带着六七个老者来了，蒋坚说："刚才之所以吞吞吐吐没有明说，是接受了亡人的嘱托，为了防备熊蛟。现在被熊母逼迫，不得不尽快查明真相，请都到菜园来。"绕着骨灰桶哭号说："白龙你最了解我啊！"用斧子砍开木桶，两层桶底脱落，只见都是闪闪发亮的熔化过的白银，外面包裹着账簿和票据。大家拿出来一看，都感动得落泪，叹惜老妇人不了解人。

蒋坚先生在山西省做幕僚的时候，临汾县令放纵差吏横征暴敛，百姓们纷纷离开家到山上躲避。巡抚发檄文委派泽州知州佟某前去安抚处理，聘请蒋先生一同前往。到了当地，山上的人像小飞虫一样密密麻麻，扬着旗子，筑起栅栏，气势汹汹。蒋先生手持令箭走在前面，围绕着山喊道："巡抚大人知道你们都是善良的百姓，是被奸恶的差吏逼迫出走的，特地派遣佟使君来救你们，你们可以各自回家过安生日子，大家请看这支令箭。"山上的人噤声不敢说话，慢慢有人开始下山，蒋先生引导他们进入县衙大堂，带犯法的六名差吏上堂跪在佟某面前，人们围着公堂喧嚷吵闹，想殴打他们，蒋坚在一旁大喊："不要轻举妄动，自有王法惩治他们。"于是将违法差吏用棍棒打到流血，人们欢呼雀跃拜谢而去，相安无事，一切如常。

后来蒋封翁因为厌倦在外游历的生活而回家居住，忽然听说泽州知州佟某因为亏欠赋税的事情入狱，失落地说："如果我不去，他的困难就不能解决。"到达泽州，佟某正缺五千两银子，自己估量这次恐怕不能全身而退了，而且年纪大了，不肯吃东西；听说蒋先生到了，勉强吃了一顿饭。曾知府有疑难案件需要聘请蒋先生帮助处理，蒋先生说："如果你能帮助佟某，我就帮助您。"知府很高兴，张贴告示劝说招募州里的人带着钱财云集而来，三天后事情得以成功。佟某平安离开之后，蒋先生才回来。

蒋先生四十六岁才娶了钟氏夫人，生下儿子蒋心馀。去世时，还来得及见到心馀在乡试中考取举人。后来因为蒋心馀担任翰林院编修，朝廷封赠父亲相同的官衔。

1.3.19 陈鉴亭侍郎

嘉庆戊午，吾闽乡试，适新城陈鉴亭先生（观），以盐法道在贡院头门点名，并监视搜检。有应试广文某，怀挟一包裹，被兵弁所搜获，献之先生。时众目骇观，咸为广文担忧，广文已觳觫（hú sù）至无人状。先生乃取包裹置于坐椅之右，大声饬兵弁曰："既有怀挟，应仔细再搜。"兵弁不敢违，复将考篮及衣架重复检视，乃跪禀曰："无之。"观察咈（fú）然曰："汝既说有怀挟，如何又言无之？"仍饬再搜如初，复跪禀曰："实在无之。"观察目广文曰："既实在无之，汝不进去何待？"于是广文领卷径进，而兵弁乃瞠视无一辞。旁观者皆暗地称颂不置。

夫科举之搜检，自前代即有之，然功令不得不严，而奉行者则不可不存宽大之心，以全朝廷待士之体，以养士子廉耻之原。如观察者，可谓知政体矣。后观察历跻显秩，官至仓场侍郎。

按，江西新城陈氏，先世极寒微，有在富家佣工者，朴诚直谅，为主人翁所倚任，人咸称之为陈长者。厥后子孙繁昌，家道大起，如前少宗伯石士先生（用光），前少司寇钟溪先生（希曾），前侍御史玉方先生（希祖），今大廷尉子鹤先生（孚恩），皆鉴亭仓侍之群从行也。

当乾隆末年，吾闽亏空案发，自督抚以至州县，无不获咎者。由京拣发道府十六员，到闽补用。时抚署有老幕客，精风鉴，每于屏后伺十六员之来，遍相之，私语人曰："新到之道府率多刻核之才，而鲜浑涵之度。其精明而兼浑厚，将来能终保令名者，仅三人而已。”谓庆蕉园制府（保）、李荫原藩伯（长森）及鉴亭也，而鉴亭最称仁恕云。

【译文】嘉庆三年（1798）戊午科，我们福建乡试，适逢江西新城的陈观先生（字鉴亭）担任福建盐法道，负责在贡院的正门点名，同时负责监考搜身检查的工作。有一名考生某人，是学校教官，怀里揣着一个包裹，被士兵搜获，交给陈先生。当时众目睽睽之下，大家都惊讶地看着，都替这名考生担忧，考生已经吓得瑟瑟发抖没有人样了。陈先生把包裹放在座椅的右边，大声呵斥士兵说：“既然有携带的东西，应当再仔细搜查。”士兵不敢违背，又反复检查考篮和衣服架，于是跪着禀告说：“没有东西。”陈先生不悦地说：“你既然说有夹带，怎么又说没有呢？”仍然要求士兵像第一次那样再搜，士兵又跪下禀告说：“实在是没有。”陈先生看着考生说：“既然实在没有，你不进去还等什么呢？”于是考生领取试卷直接进入考场，而士兵目瞪口呆说不出一句话。旁观者都暗自称赞不已。

科举考试的搜身检查制度，从明朝开始就有了，但是法令不得不严格，而执行的人却不可以失去宽容厚道之心，来保全朝廷礼遇读书人的体统，来培养士子最基本的廉耻。像陈道台这样的人，可以说是理解为政的要领了。后来陈道台步步高升，跻身显宦，做到了仓场侍郎。

补充说明，江西新城的陈氏家族，祖上极其贫寒低微，其中有一位曾在富人家做雇工的先人，为人朴实诚恳、正直诚信，被东家所信任倚重，人们都称他为陈长者。后来，他的后代子孙昌盛发达，家道大为兴起，比如原礼部侍郎陈用光先生（字石士，一字硕士)，原刑部侍郎陈希曾先生(字集正，亦字雪香，号钟溪)，原侍御史陈希祖先生(字敦一，又字稚孙，号玉方)，现在的大理寺卿陈孚恩先生(字子鹤)等，都是仓场侍郎陈观先生的堂兄弟及诸子侄。

在乾隆末年的时候，我们福建亏空的案子发生时，从总督、巡抚到各州县官员，没有不受到处分的。由北京挑选十六名道府官员，分派到福建补用。当时巡抚衙门有位年老的幕僚，精通相面术，时常躲在屏风后面等待十六人到来，逐个观察他们的面相，私下对人说："新来的道府大多是性格苛刻的人才，而很少有浑厚包容的气度。而其中既精明强干又朴实厚道，将来能最终保全美名、获得善终的，只有三个人而已。"他说的就是庆蕉园总督(庆保)、李荫原布政使(李长森)和陈观先生啊，而陈观先生又是最以仁爱宽恕而著称的。

1.3.20 戴太守报德

吾乡侯官游心水太守(绍安)，在南安任时，大庾戴筤圃先生方以幼童应县试。戴本徽州产，众攻之不释，太守与大庾令孙卓峰(迈)力护之。孙亦闽人也。筤圃先生少颖异，县府试皆高标，故邑人益妒之。太守已于学使者前为之缓颊，院试日，太守预藏筤圃于舆中，四鼓即同入试院，学使者榜发，亦高标，众无奈之何，遂入籍。未几，筤圃、可亭、石士、莲士数先生踵起，蔚成韦平之业。筤圃先生临终时，嘱其后人云："吾家之兴，实游、孙二公之赐，他日当无忘报德也。"

越数十年后，游之后嗣不振，至无以自存；而戴崑禾太守(嘉谷)适莅福州，甫下车即访游、孙二家子侄。而游近居榕城，值陈叙斋侍御（功）里居，为之介绍覼（luó）缕，复其田庐，并延师课其孙曾，资之薪水，筹画备至，一时传为佳话。家大人曾作《报德歌》以美之。

【译文】我们福建侯官（今福州市）的游绍安知府（字鹤洲，号心水），在江西南安府任职的时候，大庾县的戴篑圃先生（戴第元）正作为童生参加县学考试。戴先生出生在安徽徽州，众人抓住他这一点不放进行攻击，游知府和大庾县令孙迈先生（字卓峰）极力保护他。孙迈先生也是福建人。戴第元先生年少时就聪颖卓异，县试、府试都名列前茅，因此县里人更加嫉妒他。游知府已经在学政面前为他说情，院试（由各省学政主持的考试）这天，游知府预先将戴第元藏在车中，四更天时就一同进入了考试院，学政张榜公布考试结果，戴第元又是名列前茅，大家没有办法，于是正式登记学籍，取得生员资格。不久，戴第元、戴均元（字修原，号可亭）、戴心亨（字习之,号石士）、戴衢亨（字荷之，号莲士）等几位先生相继崛起，像汉代韦、平父子（西汉韦贤、韦玄成与平当、平晏父子，相继为相，世所推重）那样成就了伟大的功业。戴第元先生临终的时候，嘱咐他的后人说："我们家的兴盛，实在是拜游绍安、孙迈两位先生所赐，今后一定不要忘记报答他们的恩德啊。"

过了几十年后，游绍安先生的后代不兴旺，到了无法靠自己生存的地步；而戴嘉谷知府（字崑禾）恰好来到福州任职，刚一到任就去拜访了游、孙两家的子侄后代。而游家的后人就居住在榕城（福州别称）附近，恰逢侍御史陈功先生（字叙斋）辞官回乡居住，为戴嘉谷知府详细介绍了事情原委；于是帮助游家恢复了田产房屋，并请老师督促教导游家子孙读书，资助他们薪水，筹划周到，一时间传为佳话。我父亲曾作了一首《报恩歌》来赞美这件事。

1.3.21 支某

镇江盐商支姓者，其家雄于赀，而富而好礼。余随侍家大人寓居邗上时，钱梅溪（泳）主其家，盖镇江、扬州各有一宅。余与梅溪为忘年交，数相往来于扬州宅，因识支。见其醇谨敦笃，绝无豪商习气。时英夷警报屡至镇江，绅富多先期迁避，莠民乘机拦抢者，不绝于途。支家方择日，令妇女带辎重将为江西之行，有莠民百十人约届日拦门劫之。支于起程日始闻其事，欲请官弹压，已弗及。突有乞徒三百余人攘臂登门，将莠民驱逐净尽，俟眷属行李尽数登舟，始各散去。盖支家平日以恤贫为务，待乞徒尤优，有求无弗应者，每朔望必大张酒饭以款之，使各尽欢而后罢，故终得一日之报云。

【译文】镇江有位姓支的盐商，他家财力雄厚，不仅富有而且讲究礼仪。我跟随父亲寄居在扬州的时候，钱梅溪先生（钱泳，字立群）曾借住在支家，原来支家在镇江、扬州各有一座住宅。我和钱梅溪是忘年之交，曾多次往来于他在扬州的住宅，于是认识了支某。只见他为人淳朴谨慎、敦厚笃实，丝毫没有富商身上常见的恶劣习气。当时英国入侵的警报多次传到镇江，当地的乡绅、富户大多提前迁移躲避，有乱民趁机拦路抢劫，路上不断出现这种事情。支家正准备选定日期，让家中妇女带着粮食等物资前往江西，有乱民一百多人约定在这天拦门抢劫他们的物资。支家人在起程的那天才听说这件事，想要请求官府镇压，但是已经来不及了。突然有三百多名乞丐捋起袖子、伸出胳膊上门，将这些乱民全部赶走，等到家眷行李全数安全上船之后，乞丐才各自散去。原来支家平时就以体恤贫穷之人为己任，对待乞丐更是优厚，只要他们有请求就没有不答应的，每月初一和十五一定大摆酒席来款待他们，让他们尽兴之后才停止，因此终有一天得到了他们的回报。

1.3.22 嘉义令

道光十二年，台湾陈办之乱，大抵为贪酷吏所激而成。有嘉义令某者，闻变逃入民舍，适堂后有空棺，遂卧其中。贼至，见虚无人，已相率去，有一贼以大便急独留后。某令以为贼去尽，又郁闷已久，微露呵欠声，为贼所觉，奔告前贼，遂返开棺，将某令曳出横加搒（bàng）掠，令其将某案得赃若干，逐案供明。凌虐移时，然后剚（zì）刃于腹焉，不知者方以为不屈被难也。时三山诗社以此命题，家大人有句云："固难擢发顾民罪，岂有甘心众母家？"可谓婉而讽矣。

【译文】道光十二年（1832），台湾发生了陈办之乱，大概是被贪图钱财、虐害百姓的官吏所激迫而造成的。嘉义的某县令，听说发生事变就逃入居民家中，正好堂屋后面有一具空棺材，于是就躺在里面。贼兵到达，发现屋内空无一人，便相继离去，有一名贼兵因为着急大便就独自留在后面。某县令认为贼兵都已经离开，又憋闷了很久，小声打了一声哈欠，被贼兵所察觉，跑去告诉前面离开的贼兵大部队，于是返回打开棺材，将某县令拖出来严加拷打，迫使他将在办理案件时得到的若干赃款，桩桩件件都交代清楚。虐待羞辱了他一段时间，然后用刀剑刺入他的腹部将他杀死，不知道的人还以为他是因坚贞不屈而殉难的。当时三山诗社以此事为主题来命题作诗，我的父亲有诗句说：“固难擢发顽民罪，岂有甘心众母家？”可以说是很委婉地讽刺了。

第四卷

1.4.1 黄霁青述二事

道光辛丑，家大人在上海防堵英夷，与黄霁青太守（安涛）相遇，昔年宣南诗社旧侣也。太守喜谈因果，述：其数年前魏塘（太守所居乡名）有周蕴超者，死时遍身青肿，作拷痕，阴囊肿如斗大，自以锥刺，溃烂若蜂窠。如是多日，垂毙，手足俱合，如桎梏（zhì gù）状。口呼冥卒及地保包为荣名，哀号泣怜，作悔恨声不绝，室内外锁链声琅琅然。其居与余邻，余亦闻之，询其戚党，是人生前究作何恶业？有人附余细语曰："是不可枚举，第就一二事言之，可知其人矣。里有姑嫂二人，皆孀居，稍有薄产。周初诱而奸之，数年后复将二妇诱卖，兼吞其赀，二妇皆郁郁死。数日前，周已自言为二妇所控，拘魂就鞫矣。又一尼庵有田数十亩，尼亦粗有姿者；其田为乾隆初施主所舍，勒碑殿门外。周阴使人磨去施主名而易己祖名，外涂泥沙以掩镵（chán）迹，旋使其侄诱尼奸，而自率无赖数辈密掩之，遂以不守清规逐尼而夺其田。摹碑呈官，冒称施主子孙，官亦无以难也。其他事率类此，欲不受其报，得乎？"太守又曰："包为荣者，生前曾充地保，人尚朴愿，未尝鱼肉乡民，不意其死后仍充是役也。"

霁青太守又述：其封翁退庵先生，家居乐善，济人以医，而自隐于诗，尝著《医话》八卷、《友渔斋诗集》若干卷。生平戒杀，凡祭祀宾客之用，无非沽诸肆者。一日，友人饷蟹二筐，霜螯肥美，旁观者咸思朵颐，先生时坐水阁中，倾筐投诸河。一湖州客适在座，谓先生酷类其乡张封翁，"张封翁者，兰渚侍郎之父也。其家戒杀放生已数世，侍郎兄弟咸登甲科，膺显仕。君能如此，行见诸郎贵显比张氏矣。"愈年，霁青旋以二甲第一人入翰林，典黔试，作守高州。按，兰渚侍郎抚闽时，家大人曾入其幕中。初不知其戒杀也，居将匝月，馆膳中未设一鸡，遇逢宴集，必蒸板鸭以饷客。询之，乃知其专食自死肉。合署皆奉其教，不敢违也。侍郎自奉甚清俭，每朔望黎明出署，但买两麦花啖之（俗称油札粿）。日奉莲池大师法门，以修净土念佛号为事。易箦（zé）之日，有人于南屏僧寮遇之，殆已生忉（dāo）利天矣。

【**译文**】道光二十一年（1841）辛丑，我父亲在上海防范阻挡英国人入侵，和当年在宣南诗社的老朋友黄霁青知府（黄安涛,字霁青,一字凝舆，浙江嘉善人）偶然相遇。黄知府喜欢谈论因果，他对我讲述说：在几年前，魏塘镇（黄知府所居住的乡镇）有个叫周蕴超的人，临死的时候全身又青又肿，像是被拷打的痕迹，阴囊肿得像斗一样大，他自己用锥子将其刺破，里面溃烂得就像蜜蜂蜂巢一样。就这样过了很多天，垂死之时，双手双脚都合了起来，就像是戴着手铐和脚镣一般。口中呼喊着冥府鬼卒以及地保包为荣的名字，哀求哭号恳求怜悯，不断做出忏悔的语气，房间内外锁链的声音听得非常清晰。他家和我家是邻居，我也听得到，向他的亲戚乡党询问，这个人生前究竟做了什么坏事？有人附在我的耳朵上，轻声对我说：“坏事多到无法一一列举，只从其中一两件事来说，就可以知道他的为人了。乡里有小姑子和嫂子两个人，都是寡妇，家中稍微有一些微薄的财产。周蕴超起初是诱骗并且奸污了她们，几年后又将两名妇人拐卖了，并侵吞了她们的财产，导致两名妇人都忧郁而死。几天之前，周蕴超曾说自己已经被两名妇人所控告，要拘摄他的魂魄去受审了。还有，一座尼姑庵有几十亩田产，里面的尼姑也有一些姿色；庵里的田产是乾隆初年一位施主施舍的，并在大殿门外立了石碑。周蕴超暗中派人去磨掉了石碑上施主的姓名，改成了自己祖先的名字，又在石碑表面涂了一层泥沙来掩盖凿刻改动的痕迹，接着又指使自己的侄子去诱奸尼姑，而周蕴超自己带着一帮无赖之徒偷偷去捉奸，于是便以不守清规戒律为由赶走了尼姑，夺占了庵里的田产。周蕴超拓印了碑文呈报给官府，假称自己是施主的子孙，官员也没有办法对他怎么样。其他的事情大多都类似于这种，想不受到报应，可能吗？”黄知府又说：“那个叫包为荣的人，生前曾经充任地保，为人还算比较朴实谨慎，不曾欺压乡民，没想到他死了之后在地府还是做这方面工作。”

黄霁青知府又说：他的父亲黄退庵先生（黄凯钧，字南熏，号退庵，清代名医），在家闲居时乐善好施，以医术来救助别人，而以写诗作为自己的爱好，曾著有《医话》八卷、《友渔斋诗集》若干卷。一生严守不杀生的戒律，凡是祭祀或宴请宾客需要用到肉食，都是从集市上买现成的三净肉（即眼不见杀、耳不闻杀、不为己所杀）。一天，朋友馈赠了两筐螃蟹给他，时逢霜降季节，极为肥美，旁观的人都想着这次可以大饱口福了，退庵先生当时正坐在水阁中，他将筐子里的螃蟹全部倒入了河中放生。一位来自湖州的客人恰好在座，见此情景便说退庵先生的行为与他家乡的张封翁特别像，他说："张封翁，就是张兰渚侍郎（张师诚，字心友，号兰渚，晚号一西居士，官至仓场侍郎）的父亲。他家坚持戒杀放生已经好几代了，张侍郎兄弟全都登科及第，荣任高官显位。先生您能做到这样，可以想见您家的子孙也会像张家的后人一般显贵。"第二年（嘉庆十四年己巳恩科），黄霁青便以二甲第一名的成绩考中进士，进入翰林院，后出任贵州乡试主考官，担任广东高州知府。说明，张兰渚侍郎在福建担任巡抚的时候，我父亲曾经在他的官署中做幕僚。起初并不知道他不杀生，居住了将近一个月，官署用餐也未曾安排过一顿鸡肉，偶尔遇上请客聚会时，才会蒸板鸭来招待客人。询问其中的原因，才知道他专门吃一些自然死亡的动物肉。整个官府的人都听从他的教导，不敢违背。张兰渚侍郎自己生活用度非常清素节俭，每逢初一、十五的黎明从官署出门，都只是买两个麦花（俗称油札粿）来吃。他平日修持莲池大师法门，以修行净土法门念佛号作为功课。他逝世的那天，有人曾在南屏寺的僧房中见到过他，大概他已经往生到忉利天（即三十三天，六欲天之一）了吧。

1.4.2 陈海霞述二事

陈海霞（标），吴江人，历司桂林抚署刑名，在家大人幕中最久，与余为忘年交。尝言：其同里某氏适邑中赵某，赵私一仆妇，有身。氏故有子，知其故，乃匿仆妇于内，诈为己孕，俟其产而留抚之，人鲜知者。后仆妇所生子名平章，中某科举人，选嘉定教谕，氏得封如例，而己所生子则夭亡久矣。向使不留仆妇子，宗祧不遂斩乎？天之所以报不妒者如此。

海霞又曰：有浙中皇甫某，乾隆某科进士，为某邑知县，罢归，来主吾邑笠泽书院。皇甫故长者，授徒有方，吾邑人士亦亲爱之。而暮年殊困顿，有一子，已登贤书而暴卒；惟老夫妇两口寄居吴江，亦相继而没。尝语人曰："吾平生有三快意事，而因一事错误致受恶报，此生无复他望，虽悔曷追？言之可为戒也。吾少年时步游郊外，见一丽人，心殊爱慕，后娶妇归，即曩时所遇之人，快意者一；会试放榜日，随众往观，苦短视不能及远，又人众挤不得前，瞥见地上遗一眼镜，试戴之，与眼恰合，一举首见己姓名正巍然高列，快意者二；某年，吾子初应乡试，即登贤书，快意者三。迨吾为某邑知县，有门生某有才无行，中乡榜后，嫌已聘妻贫，诬以有外遇，此女适病鼓胀，乃指为有孕，控于吾，乞断离。吾信之，拘此女讯于公庭，不容置辨。女性故烈，袖出刀自剖其腹，急救不及，遂死。于是事上闻，某门生抵罪，而吾亦坐是失官，心殊惴惴。无何，吾子白昼睹女来，卒死。今吾夫妇老而无依，行见为他乡馁而之鬼，报亦酷矣。"闻者无不酸鼻。当官者轻信之弊，至于如此，可畏也哉！

【译文】陈海霞先生（陈标），江苏吴江县（今苏州市吴江区）人，长期在桂林巡抚衙门主管刑事诉讼工作，跟随我父亲做幕僚的时间最长，和我成为忘年之交。他曾经说过：他的同乡有一名某氏女子嫁给了县里的赵某，而赵某与一名仆妇私通，并有了身孕。某氏自己已有一个儿子，她知道了丈夫与仆妇的事情后，便将仆妇藏匿到了自己的房间，谎称说是自己怀孕了，等到仆妇将孩子生下来，某氏便将孩子留下来自己抚养，很少有人知道这件事。后来仆妇所生的孩子取名叫赵平章，在某科乡试考中举人，被选任为嘉定县教谕一职，某氏也按照惯例得到了赐封；而她自己所生的孩子早就已经夭折了。假如之前没有留下仆妇所生的孩子，其家族不就绝嗣了吗？上天对不嫉妒的人的回报居然如此巧妙。

陈海霞又说：浙江金华一带有位皇甫先生，是乾隆年间某科的进士，曾在某地做知县，罢官回家后，来到我们吴江主持笠泽书院的教学工作。皇甫先生本来就是一位忠厚长者，加之教授学生也很有方法，所以县里的百姓和士子都非常喜欢他。然而，他晚年时却特别困顿，他有一个儿子，已经考中举人，却暴病而死。只有老夫妻两口寄居在吴江，也先后去世了。皇甫先生曾经对别人说：“我这辈子有三件称心如意的事，却因为一件事情做错了，导致受到了恶报，这辈子不再有其他的希望，虽然后悔又怎么来得及呢？说出来让大家引以为戒。我少年时曾经在郊外散步游玩，见到一位美女，心中特别爱慕，成年后迎娶新妇回来，一看原来就是上次所遇到的那位女子，这是第一件称心如意的事；会试放榜的那天，我跟随众人一起前去观看，可惜苦于眼睛近视，看不清远处，又因为人多挤不到前面去，瞧见地上有一副眼镜，试着戴了一下，和眼睛视力恰好符合，一抬头正好看见自己的名字赫然高居上方，这是第二件称心如意的事；某一年，我的儿子初次参加乡试，就一举高中，成为举人，这是第三件称心如意的事。等到我做了某县的知县，我的一个门生某有才华却品行不端，他乡试中榜以后，嫌弃自己的未婚妻出身贫家，就诬陷她有外遇；当时这名女子恰好生了怪病，肚子鼓胀，某生就指责她已有身孕，控告到我这里，请求官府判决离婚。我相信了他的话，把这名女子拘押过来，当堂审讯，不容许她辩解。不料这名女子性情本就刚烈，突然从袖子里拿出一把刀，自己把自己的肚子剖开，以此来自证清白，急忙施救已经来不及了，女子就死了。这件事被上级知道了，某生被判处死刑抵罪，而我也因为这件事丢了官，心里特别惴惴不安。不久后，我的儿子大白天看到一名女子来了，突然就死了。如今，我们老夫妻二人已经年老却没有依靠，眼看就要客死他乡成为孤魂野鬼，报应也真的是很残酷了。”听到的人无不感到心酸。做官的人轻信他人，带来的弊端竟然达到这种程度，真是太可怕了！

1.4.3 劝人惜字

朱坎泉者，钱塘诸生。客游他省，有某官延课二子。见其居民不知惜字，糊窗抹桌，践踏秽污，恶习相沿，恬不为怪，乃力劝居停，捐赀收买。或有不洁之纸，必手自洗涤焚烧。逢人劝谕，竟移其俗。不数年间，所收之字以百亿万计。及其归也，长子名澜，以嘉庆丁丑成进士，入翰林；次子瀛，亦以某科登乡荐矣。夫一人惜字，为善有限；能使人人惜字，则其善大矣，宜其获报之隆也。

【译文】朱坎泉，是浙江钱塘县（今杭州市）的秀才。在外省游历，有某位官员聘请他做家庭教师，教两个儿子读书。朱坎泉发现当地的居民不懂得敬惜字纸，经常用字纸糊窗户、擦桌子，践踏污秽得很严重，这种恶习相沿成俗，丝毫不觉得有什么问题。于是极力劝说东家，捐钱收买字纸。或者有不洁净的字纸，必定要亲手洗涤干净，晾干后焚化。遇到人就进行劝说，竟然渐渐改变了当地的陋习。没过几年，所收买的字纸就多达数以百亿万计。等他回到家乡，他的长子名叫朱澜，在嘉庆二十二年（1817）丁丑科，考中进士，进入翰林院；次子朱瀛，也在某科乡试中考中举人。独自一人敬惜字纸，为善的力量有限；如果能劝化人人惜字，则善功浩大，当然他获得的福报也是很隆重的。

1.4.4 贪吏不终

道光初，吾乡侯官令张姓者，湘阴人。其父本充县役，尝语人曰：“公门中好修行，吾侪（chái）随事皆可造福也。”生平喜为人解纷，不肯逼人于险，人咸称为张长者。因解犯至省垣，卒，即葬于城外官山。地势低窪，每春夏月，必为水潦所浸。家本贫，不能起迁，听之而已。后其子某由科目出身，又以此为吉穴，不肯起迁。及作令吾闽，声名狼籍，不恤人言，宦橐（tuó）既充，即遣所亲旋楚，将先墓之周围用土填高，以免水患。乃不数月，遽以不谨被劾去官，其乡人颇疑为修墓之故。或曰：“其地本鲇鱼穴，得水则活，水涸则死耳。”时陈枫阶摄令湘阴，闻之，慨然曰：“一胥役而行善，遂得贵子；一邑宰而贪墨，不免失官。天道无私如此，人不察天心之所在，而徒哓哓（xiāo xiāo）于地理，岂非颠哉？”

【译文】道光初年，我们福建侯官县（今福州市）的县令张某，是湖南湘阴人。他的父亲本来充当县衙的衙役，曾经对别人说：“公门之中好修行，我们这些人随时随地都可以方便善巧地帮助别人、培植福德。”平生喜欢帮助别人排解纠纷，不愿意逼迫别人陷入危险的处境，人们都称呼他为张长者。后来他的父亲因为押解犯人到省城，死在半路上，就埋葬在城外的官山。此处地势低洼，每年春夏两季，一定会被水淹没。但是他家里本就贫穷，无力迁葬父亲的棺木，只能顺其自然。后来他的儿子张某通过科举取得功名，又认为这个地方是风水绝佳的吉穴，不愿意再迁葬。等他来到我们福建做县令，名声非常不好，也不管别人的议论，已经通过做官积累了充足的钱财，就派遣亲信回到湖南，把父亲墓地的周围用土来填高，用来避免水患。但是才没几个月，他就因为做事不谨慎而被弹劾罢官，乡里人都很怀疑是整修墓地的缘故。有人说："那个地方本来是风水上所谓的鲇鱼穴，有水才能够存活，水干涸了也就死了。"当时，陈枫阶署理湘阴知县，听说这件事后，感慨地说："作为一名卑微的衙役能够做善事，从而得到贵子；贵为一个县的县令却贪赃枉法，不免丢了官职。天道如此公正无私，人不能够体察上天的良苦用心之所在，却徒然纠结于风水地理，难道不是颠倒吗？"

1.4.5 武冈州事

武冈州周某家，衣食稍足，而族丁寡弱，居舒、杨两大族之中。是年岁荒冬寒，舒姓有乞儿冻死郊外，距周宅半里余，周夜卧不知。天明，舒来见之，乃归约匪徒以人命图赖；周惧，贿金五十两求息，十六人共分之。前一班去，后一班又来，人数愈众，须银愈多，非数百金不办。周无奈，往请关圣像，并州城二郎神像，供于郊外，上疏祷之，众始惧而散。过数日，分金诸人内有一人忽颠狂，自来周门，跪拜曰："我只分得银若干，但愿汝明中去暗中回"云云。每日拜三次，数日而死。又一人继之，拜祝如前，连死七人。余九人惧，愿退还原金，求周代忏悔，周不敢允，而十六人尽死矣。此乾隆丁未年事，《暗室灯》（书名）载之。

【译文】湖南武冈州周某家，衣食还算丰足，但是家族人丁稀少、势单力薄，处在舒家、杨家两个大家族之间。这一年年景不好，又赶上冬季严寒，舒家有个乞讨的孩子冻死在郊外，距离周某家半里多路，然而周某晚上睡觉并不知情。天亮以后，舒家来人见此情形，于是回去约集了一伙匪徒，诬陷是周某害死了孩子，并借此讹诈钱财；周某很害怕，就贿赂了匪徒五十两银子请求平息这件事，十六名匪徒一起瓜分了这些钱。谁知前面一波匪徒刚刚离开，后面一波匪徒又来，人数越来越多，需要的银子也越来越多，没有几百两办不到。周某没有办法，就前去请来关圣帝君像以及州城的二郎神像，一并供奉在郊外，写了疏文向神像祝祷，匪徒开始害怕，都先后散去了。过了几天，分到银子的一伙人中有一个人忽然精神失常，自动来到周某家门口，跪拜祷告说："我只分到若干银子，但愿你明着去暗着回"等等。每天都来跪拜三次，几天后这个人就死了。又有一个人继续如此，像前面人一样跪拜祝祷，就这样一连死了七个人。其余九个人害怕了，愿意如数退还原来拿走的银两，请求周某代为忏悔，周某不敢答应他们的请求，最后这十六个人全部都死了。这是乾隆五十二年（1787）丁未发生的事情，在《暗室灯》一书中有记载。

1.4.6 苏大璋

乾隆间，有诸生苏大璋者，治《易》有声。梦天榜，中式第十一名。偶与同经友言之，友起妒心，诉于郡，谓苏有关节，预知名次，乞究治。及填榜时，郡守在座，第十一名果习《易》者，乃以状白。监临、试官俱曰："设如所言，何以自解？"拟以他备卷易之。议既定，拆弥封，则自备卷而中式者苏大璋，由中式而抑置者即诉郡之友也。一堂咋舌，士论快之。

【译文】乾隆年间，有一名叫苏大璋的秀才，修学《易经》很有名声。有一天，梦到天榜，自己考中第十一名。偶然和一个一同修学《易经》的同学说起这件事，同学产生了嫉妒的心理，就到府衙举报，说苏大璋有暗中行贿、请托的事情，得以预先知道了考试名次，请求追究治罪。等到填写中榜名单的时候，知府也在场，看到第十一名考生果然是主修《易经》的，就把这个情况当场讲出来。监考官、主考官都说："假如真的像知府所说的那样，我们该如何为自己澄清呢？"于是计划用其他备用的试卷来替换。商议已定，拆开密封条一看，发现以备用卷考中的是苏大璋，而本来要被录取却又被替换掉的考生就是那个向知府举报的同学。在场的人都吃惊得说不出话，读书人听说此事后纷纷拍手称快。

1.4.7 陈扶昇

湖北陈扶昇者，黄州府巨族也。通族有一祖山，俗呼蛇穴，其实乃水木芦鞭之龙，直来横受，穴闪一旁，而祖坟皆在尽头，所以不发。时扶昇方为父营葬，本房单弱，族人逞强，不容其占大穴。不得已，在横窝定穴，乃恰得真龙。葬后，生六子，皆聪明岸异，少年科第，各得显官。宅中奴婢如云，奈家法不整，凡仆妇之有姿者，恒用以伴宿。争相献媚，习以为常。及其生子，仍为奴仆所有。后有数家逃至江南，易姓改名，竟得大贵；而扶昇之嫡派仅一传即衰。虽访知其事，转畏势不敢往认，只说奴婢发达而不知为陈氏之正支也。

长沙贵中孚曰：此事余所亲见，吾乡中如陈氏者亦不知凡几。当其内乱之日，未尝不自鸣得意，岂知其受害如此之深哉？夫人情莫不欲后嗣之显荣，岂肯将大富大贵之子孙，平白断送与他姓？所以然者，私欲蔽之，而利害未明耳。若早有觉寤，而不通身汗下者，非人也。昔年衡山有谭姓者，由县官罢职而归，日享田园之乐。一日收租，见庄户之妇甚美，以言调之，不愿；再逼之，即走避，私告其姑。姑曰："似此富贵之家，谋其风水犹恐不得，今来就你，有何吃亏，而反不从耶？"妇曰："恐夫知见责耳。"姑曰："我先为你言之，可无虑也。"越日，谭复调之，便欣然相就，谭大喜。是夜入房，而妇适至，将解衣就寝，乃问之曰："我前再三相调，你决意不许，今一言甫出而遽相从，何前难而后易乎？"妇乃告以受姑之教云云。谭大醒悟，因假托出便，遂夜遁去。后谭连生数子，皆显达，今尚孙曾蔚起不衰。此所谓临坡勒马，撒手悬崖也。

观此，知富贵之家尤宜保重，真种一失，永不归还。纵有显亲扬名之子孙，徒误认他人为父祖。吉地之灵秀潜移，正支之嗣续寖（jìn）替，身后之追封不及，祠庙之祭享让人；父不能认其子，子不能识其父；而当局者反以为乐，不亦太可哀哉！

【**译文**】湖北有一个叫陈扶昇的人，他们家是黄州府的豪门大族。全族有一座祖宗坟地，俗称为蛇穴，实际上是水木芦鞭的格局，气机直来横受，真穴闪在一旁，然而祖坟都在尽头，所以子孙不兴旺。当时陈扶昇正在为父亲料理丧事，本支人丁乏少、势单力薄，族人逞强，不允许他家占有大的墓穴。陈扶昇没办法，只好在横窝选定父亲的墓穴，而恰恰得到真正的龙脉。安葬父亲之后，陈扶昇一连生了六个儿子，都聪明伶俐、独特不凡，少年时期即登科及第，各自都做到高官显位。后来陈扶昇家宅之中奴仆婢女众多，无奈家法不严整，但凡女仆中稍有一些姿色的，常常被要求陪侍主人过夜；女仆争先恐后献媚迎合主人，这种事情已经习以为常了。等她们生下孩子，孩子仍然归奴仆所有。后来其中有几家逃到江南，改名换姓，竟然取得大富大贵；然而陈扶昇本支的嫡派仅仅传了一代人就衰落了。陈扶昇虽然经过打听得知了这件事，反而因畏惧势力不敢前去相认，只是说奴仆婢女兴旺发达了，却不知道那些孩子正是陈家的血脉。

长沙的贵中孚先生说：这件事情是我亲眼所见的，我的家乡当地像陈家这种情况的也不知道有多少。当他们在家淫乱的时候，未尝不是自鸣得意，怎么能知道后来受到如此深重的危害呢？人之常情没有不希望子孙后代显贵繁荣的，怎么愿意将大富大贵的子孙，平白地送给别人家呢？之所以造成这样严重的后果，是因为被不正当的欲望所蒙蔽，从而不能明白其中的利害关系罢了。如果很早就有所觉悟，却没有吓出一身冷汗的，根本就不是个人。从前，衡山有一个姓谭的人，从县令的职位上罢官回家，每日享受田园生活的乐趣。一天下乡去收取地租，看到佃户的妻子十分美丽，用言语调戏她，妇人不愿意顺从；谭某又逼迫她，妇人立即跑开躲避，并且私下里把这件事告诉了婆婆。婆婆说道：“像谭县令这样富贵的人家，我们想要沾他家风水的光还怕求之不得呢，今天他主动来接近你，有什么吃亏的，反而不愿意顺从他呢？”妇人说：“恐怕丈夫知道了被责怪。”婆婆说：“我先替你跟他说说，不用担心。”第二天，谭某又来调戏她，她便欣然接受，谭某非常高兴。当晚进入房间，妇人也刚好到来，正要解衣上床睡觉，就问妇人说：“我之前多次调戏你，你坚决不从，今天我刚说了一句话你就立刻顺从，为什么前面那么难以接受而后来这么容易接受了呢？”妇人于是就把婆婆教他的话告诉了谭某。谭某一下子醒悟过来，因此借口出去方便，就连夜逃走了。后来谭某连续生了几个儿子，都显贵发达，至今他的孙子辈、曾孙辈的后人依然蓬勃兴起、蒸蒸日上，没有衰落的迹象。这真是在紧要关头悬崖勒马，义无反顾地选择了正确的道路。

由此观之，可以知道富贵人家尤其要保重，珍贵的种子一旦失去，永远都找不回来了。纵然有光宗耀祖、功成名就的子孙后代，也只能白白地错认他人为自己的父辈祖辈。风水宝地的钟灵毓秀之气悄悄地转移，正统嫡派的子孙后嗣渐渐地衰退，死后朝廷给予的封赠享受不到，宗祠家庙的祭祀供奉也让给别人；父亲不能与自己的亲生儿子相认，儿子不能认识自己的亲生父亲；身处其境的人反而认为是快乐，不也是太令人悲哀了吗！

1.4.8 佃户行善

有佃户钱益者，其主人因谋占邻田不遂，心生毒计，令益以稗（bài）子撒邻田中。益谓其妻曰：“竟撒则害人，不撒则逆主命，将奈何？”妻曰：“何不以蒸熟稗子代之？”益遂如法行。其主察之，见已撒而止，而邻田毫无所损。后益生子登进士第，夫妻皆受封，偕老焉。

【译文】有一位名叫钱益的佃户，他的东家因为图谋霸占邻居的田地没有成功，所以心里产生了恶毒的计谋，命令钱益把稗（一年生草本植物，长在稻田里或低湿的地方，形状像稻，是稻田的害草）的种子撒在邻居的田里。钱益对他的妻子说："直接去撒会害人，不撒又违背东家的命令，该怎么办呢？"妻子说："为什么不用蒸熟的稗子来代替呢？"于是钱益就按照这个办法去做了。他的主人经过查看，发现确实已经撒了，也就停止计较了，而邻居的田地其实并未受到丝毫损害。后来钱益所生的儿子进士及第，夫妻都受到朝廷赐封，白头偕老。

1.4.9 代写离书

宁波葛观察为诸生时，每赴学塾，过路旁一庙，必揖而去。神托梦于庙祝曰："葛状元过此必揖，我起立不安，其为我筑一屏于门。"庙祝将鸠工，复梦曰："无庸，葛代人写离书，已削其科名矣。"盖里有弃妻者，葛得其一金而代为之也。葛闻庙祝言，为力完其夫妇。后登乡榜，官至监司而止。

【译文】宁波的葛观察还是秀才的时候，每次前往学塾，经过路边的一座小庙时，一定会作揖之后再离去。后来神仙托梦给庙中掌管香火的庙祝说："葛状元每次路过这里一定会给我作揖行礼，我坐立不安，请你为我在门口修筑一道屏障。"庙祝将要召集工匠准备动工，又梦到神仙对他说："不用了，葛某代替别人写休书，他的科第功名已经被削减了。”原来是乡里有一个要抛弃妻子的人，葛某收了他一两银子，代替他写了休书。葛某听到庙祝说的话后，为此极力保全他们夫妻婚姻完整。后来葛某参加乡试中举，官位最高只做到道台。

1.4.10 恩福

恩福者，以满洲文举人，选山东陵县，颇有干才，而行同无赖。署中治事之暇，即鸠合僮仆差役等大开赌局，呼卢喝采，昼夜不绝声。其长女已及笄（jī），常一骑一仆出游，不知所往，夜亦不归。恩不能禁，亦不过问也。

教匪马进忠之案，本多附会，所株累至数十人。恩为承审官，将定案，株累者率不肯画供。诘其故，曰：“画即斫头，岂有不知？”恩谕之曰：“但画，我保汝不斫头。”众皆曰：“太爷哄我。”恩曰：“我若哄汝，汝索我命。”众诺之。翼日，皆骈戮矣。家大人莅东臬任，检马案，悉其冤，于是日思劾恩，旋擢任去，不果。至钟云亭（祥）为巡抚，始因案去之，大受挟制，且与其妻日持刀伺于途，钟至简出以避之。后因京控，上命文秋潭阁老往鞫之，文定案而恩入京翻控。复派阮芸台阁老，会刑部审，始定发遣，途中为群鬼所扼死。其妻子流落，不知所终。

【译文】有个叫恩福的人，以满洲乡试文举人，被选任为山东陵县（今德州市陵城区）县令，很有办事才能，但是行为却如同市井无赖。官署中办理公事的闲暇时间，就聚集门童奴仆差役等人一起大开赌场，欢呼胜利大声喝彩的声音，从早到晚没有停过。他的大女儿已经成年，常常骑着一匹马、带着一个仆人出去游玩，不知道去什么地方，夜里也不回家。恩福不能禁止她，而且也不去过问。

教匪马进忠的案子，本来有很多牵强附会的地方，所株连牵累的人达到几十人。恩福是主审官员，将要对案件作最后的判决，那些受到株连牵累的人都不愿意在供词上画押。恩福追问其中的缘故，那些人说："一旦画押就意味着会立刻被砍头，怎么会不知道这个呢？"恩福告诉他们说："只管画押，我保证你们不会被砍头。"众人都说："县太爷哄骗我们。"恩福说："我如果哄骗你们，你们来索我的命。"于是众人同意了。第二天，那些受株连牵累的人全部一并被杀死了。我父亲赴任山东按察使，复核马进忠的案子，知道了他们的冤屈，于是每天想着要弹劾恩福，不久因升迁离任，最终没有实行。等到钟云亭（钟祥）担任山东巡抚，才因为案件将恩福罢官，钟巡抚因此饱受恩福要挟和恐吓，恩福甚至和他的妻子每天拿刀在路上伺机刺杀钟巡抚，钟巡抚只好待在家里很少出门来躲避他们。于是后来钟巡抚赴京控诉恩福，皇上委任文秋潭阁老（文孚）前往审讯，文大人已经做出判决，但是恩福又进京反过来控诉钟巡抚。朝廷又委派阮芸台阁老（阮元），会同刑部一起审讯，才最终判决恩福流放边疆，在流放途中被一群厉鬼掐死了。他的妻子流落在外，不知道结局和下落。

1.4.11 藉人雪仇

泗州某生，薄游粤之琼州府，寓僧舍中，先有一客在焉。询知为江西刘某，与新太守有旧，因新太守未至，暂寓以俟。偶题诗壁上，牢骚惋恻。泗州生颇有怜才之意，邀之小酌，相见恨晚。因与晨夕晤对，唱和甚欢。未几，新太守已下车，促刘往谒，踟蹰（chí chú）不去。疑其衣敝履穿羞颜干谒，即假衣冠仆从，怂恿其行。至午后，去而复返。诘其故，惨然曰："旬日来，深感知遇之厚，屡欲诚告，恐骇听闻，而事难克济，尚须鼎力成全，不敢不陈心腹。余之访太守，实欲雪仇耳。太守前因诖（guà）误亏帑（tǎng），余为之借贷弥缝，复整产为之捐复，既得官零陵令。余往理索，则顿遭白眼，不但不承前欠，且以恶言相逐，使我进退无路，瘠死他乡。数年来屡欲得而甘心，奈渠出则吏胥为之排护，入则门丞户尉为之呵禁。君若肯伪作抽丰客，试往一拜，余当藏身扇匣中，但得进宅门即无阻矣。"泗州生大为不平，既而惊曰："然则君其鬼矣。"刘曰："然。"试于灯前月下验之，时已薄暮，即秉烛相照，果无影。泗州生大惧，枯坐神丧，默无一言。刘慰之曰："勿怖。日来蒙惠垂青，孤魂藉以不馁，顷复求仗鼎力，岂敢祟君？"良久，稍神定，许以所求。明日，如其语进谒，片刻即出。次日，忽喧传太守暴疾终矣。泗州生恐泄前事构祸，亟他去，而刘亦不知所之。

【译文】安徽泗州（今泗县）的某生，为寻求工作机会在广东琼州府游历，借住在寺院里，当时已经先有一名客人在了。经询问得知客人是江西的刘某，和新任知府有老交情，因为新知府还没有来上任，暂时借住在此等候。刘某偶尔题诗在墙壁上，充满了抑郁不平、忧愁哀怨之情。泗州某生有意爱惜人才，于是邀请刘某来小饮一杯，两人相见恨晚。因此和他从早到晚会面交谈，一唱一和十分愉快。不久，新来的知府已经上任，泗州某生催促刘某前去拜见，刘某却犹豫不定，想去又不敢去。泗州某生怀疑他是因为衣衫破旧、穿着寒酸不好意思去拜见，就将衣服帽子、奴仆随从借给他，鼓励他前去。到了午后，刘某去了之后又回来了。泗州某生追问其中的缘故，刘某凄惨地说："这些天来，我深深感激您的深情厚谊，多次想要诚恳地告诉您事情的真相，却又担心您听到后会害怕，然而事情很难办，还需要您的鼎力相助才能够成功，因此不敢不真心诚意地表达自己的想法。我之所以拜访新知府，实际上是想要报仇雪恨。知府之前因为被人蒙蔽而工作失误，亏欠了官银，我把钱借贷给他用来弥补亏空，又拿出全部家产帮他捐纳官复原职，于是得到零陵县令的官职。我前去找他索回借款，却顿时遭到他的白眼，他不但不承认前面的欠款，并且口出恶言赶我走，使我进退无门、走投无路，因贫病交加而死在他乡。多年来我多次想要找他报仇索命以解心头之恨，奈何他出门则有胥吏为他排查保护，进门则有门神为他呵斥制止。您如果愿意假装成一个攀附关系求取财利的抽丰客，试着前往拜会一次，我正好藏身在扇匣中，只要能进去宅门就没有阻碍了。"泗州某生很是愤愤不平，稍后又惊奇地说："原来你是鬼啊！"刘某说："是的。"泗州某生试着在灯光和月光下验证，当时已经是傍晚，就拿着蜡烛一照，果然没有影子。泗州某生非常害怕，呆坐在那里魂飞胆丧，沉默说不出一句话。刘某安慰他说："不用害怕。这些天以来承蒙您的关心厚爱，让我这个孤魂野鬼得以不用挨饿，刚才又请求仰仗您鼎力相助，怎么敢祸害您呢？"过了许久，泗州某生精神稍微稳定，就答应了刘某的请求。第二天，就按照刘某说的那样进去拜见新知府，一会儿就出来了。第三天，忽然外面哄传知府暴病而死的消息。泗州某生恐怕这件事被泄露而给自己招来灾祸，急忙前往其他地方，而江西刘某也不知道去哪里了。

1.4.12 占坟恶报

有卜葬者，信地师之言，以古坟为吉穴，合数冢之地，锄而平之，弃其朽骨，瘗（yì）其父母，谓陶朱之富，可操券致也。

居货海船，贸于东洋，忽遇风落漈（jì），数年始得出漈而返。初去年余，其家人忽见其仓皇夜归，曰："我在海被盗劫货，不能返，因亦在海为盗，劫杀多人。今事败幸逃，闻被执者已供我姓名里址，飞檄拘眷属，可速自为计，俱死无益也。"挥泪而窜。合家震骇，一夜星散。

次日，邻人怪其日午不开门，推之，乃虚掩，呼之，无一人，不明其故。地方具禀，有司检其什物，为造册封之。亲族疑虑，无敢出为理者。后此人旋里，见屋闭官封，询之，邻人告以久遁。乃呈官请给还屋物，官转诘以全家夜逃之故，邀邻族环保。所挟赀已耗尽，所领回之屋已破坏不堪，什物失其十之七八矣。

两年后，过镇江，遇其妻为人佣妪，乃述其故，流离亡去之子女尚不知所之。有知其占坟者，为人言之，鬼报之恶毒如此。

【译文】有一个人要为先人选择风水好的墓地，他相信了风水先生的话，把一处年代久远的坟地看作是风水宝地，就将这片坟地连同上面的几座坟冢，锄去杂草、整修平整，并且把腐朽的骨骸丢弃，用来埋葬他自己的父母，认为像陶朱公范蠡那样的富有程度，也极有把握可以达到。

后来这个人在海船上装载货物，出海赴东洋贩卖，忽然遇到大风落入海底深陷处（《元史·琉求传》："西南北岸皆水，至彭湖渐低，近琉求则谓之落漈。漈者，水趋下而不回也。"），多年后才得以从海底深陷处出来开始返程。起初在他离开家一年多的时候，他的家人忽然看见他在一天夜里匆匆忙忙回来，说："我在海上被海盗抢劫了货物，不能返回家中，因此也在海上做了海盗，抢劫杀害了很多人。如今事情败露，我侥幸逃脱，然而我听说被抓到的人已经供出我的姓名和住址，速递檄文拘捕家眷亲属，你们可以赶快想办法逃走，一起死犯不着。"说完就流着眼泪逃跑了。全家人都特别震惊和害怕，一夜之间各自分散逃命。

第二天，邻居奇怪他们家大中午还不开门，就推了一下门，门是虚掩着的，又大声呼喊他们，发现空无一人，不知道是怎么回事。地方基层人员把这个情况报告到官府，有关部门来检查清点家里的家什物品，登记造册后进行封存。亲戚族人虽有疑虑，却没人敢出面过问此事。后来这个人回到家里，看到自己家房门紧闭还贴着官府封条，就去询问其中的原因，邻居告诉他家里人早就逃走了。于是这个人就向官府呈报，申请归还房屋家什物品，官府转而质问他全家人一夜之间全都逃跑的原因，还邀请邻居族人共同作保。随身所带的钱财已经耗尽，领回来的房屋也已经破败不堪，家什物品丢失了十分之七八。

两年之后，这个人路过镇江，遇见他的妻子正在给人家做佣人，才相互讲述了其中的缘故，流亡在外的子女目前还不知道下落。有人知道他侵占坟地的事情，向别人说了这件事，才明白这一定是遭到了鬼们对他狠毒的报复。

1.4.13 贞女明冤

乾隆辛亥春，京师德胜门外一老人雇车往南城，未至而死。御者赴官报验，日暮未及检，命里甲二人守之。更深冷甚，守者各觅火向暖，既归，尸乌有矣。惧罪，计无所出，有黠者曰："吾见僻处厝一棺，已被挖，可偷其尸代之。"遂往发焉。黑夜间不复审视，匆遽将尸覆置验所。明日，官来检验，则女尸也，项有扼痕。共相骇愕，严鞫守者，迫于刑，遂吐实。亟拘尸主至，严讯之，盖西人某姓女。

其父娶一后妇，妇本有夫，以贫故，伪为兄妹，而卖之以度生。某贪其色，娶焉，前夫以亲故，时相往来。某业贾，每出必竟日，或越夕不返，其前夫得以交好如初。久之，为女所窥。惧发其私，谋并污之。与女婉商不允，至夜，强劫之。女号詈百端，妇计无所施，适其父以索逋赴通州，须十日方归，遂共扼杀以灭口。比某归，绐以暴病死，亦弗究也。至是，鞫得其情，以二人抵罪。

顾老人之尸乌有也，遍索弗获，姑系车夫与里甲以待。忽一日，有老人言于官曰："前日所失之尸即吾也，吾夙有痰疾，冷则发，发则如死。至中夜醒，见黑暗无人，意御者弃我而去耳，暗中寻路自返，孰意兴此大狱哉？"官出车夫及里甲验之确，并释之，案乃结。噫！此天之不欲淫凶漏网，抑贞魂烈魄假手于人以自明其冤欤！

【译文】乾隆辛亥年(1791)的春天，京城德胜门外面有一位老人雇车前往南城，还没到目的地半路上就死了。车夫立即前往官府报官验尸，然而因天色已晚还没来得及验尸，于是县官命令两名里甲(里长、甲首的合称，古代基层行政单位工作人员)看守尸体。深夜十分寒冷，守尸人各自去寻找柴火用来取暖，谁知回来一看，却发现老人的尸体已经不见了。两名里甲害怕获罪，一时也想不出办法，有个聪明而狡猾的人告诉他们说："我看见一处偏僻的地方停放着一具棺材，已经被挖开了，可以把里面的尸体偷出来代替。"两名里甲于是就前去发掘。因为是黑夜里也就没再仔细查看，就匆匆忙忙把尸体覆盖好放置在验尸的地方。第二天，县官来检查验尸，发现是一具女尸，脖子里还有用手掐的痕迹。在场的人都害怕惊愕，县官严厉讯问两名守尸的里甲，他们迫于刑罚，就吐露了实情。县官下令立即拘提死者的亲属到案，严厉讯问，才知道死者是山西、陕西一带某姓人家的女儿。

原来这名女子的父亲续娶了一个后妻，其实这个后妻本来就有丈夫，由于贫穷的缘故，夫妻两人伪装成兄妹，然后把她卖了换钱来维持生活。女子父亲因为贪恋后妻的美色，就将她娶回家，这样的话前夫就成了亲戚，所以经常往来家中。女子父亲以经商为业，每次出门都是一整天，有时候过夜也不回家，因此后妻与前夫得以像原来一样亲近交好。久而久之，这件事被这名女子发现了。后妻和前夫害怕他们的隐私被揭露出来，图谋让前夫将女子奸污以闭口。起初和女子婉言商量没有同意，到了夜里，两个人强行逼迫女子就范。女子大喊大叫、百般谩骂，后妻没有办法，适逢女子的父亲因为催讨欠债前往通州，需要十天才能回来，于是后妻和前夫就共同掐死了女子进行灭口。等到女子父亲回家，后妻欺骗他说女儿是突发急病而死的，女子父亲也没再追究。到这个时候，县官经过审问得知了其中的实情，将后妻和前夫抓捕归案并判处死刑来抵命。

但是老人的尸体还是没有找到，到处找了个遍也没有发现，姑且先把车夫和里甲关入牢里控制起来以等待事情的变化。忽然有一天，有一位老人家向县官报告说："前些天丢失的尸体就是我，我一直患有肺病，天冷了就会发病，一发病就像是死了一样。等到我半夜醒来，看到周围一片漆黑没有一个人，以为是赶车的车夫扔下我自己跑掉了，于是我在黑暗中摸索着沿着原路回到家里，谁曾想会惹出这么大的案子？"于是县官把车夫和里甲从牢里放出来经过辨认属实，就释放了他们，案子才了结。唉！这难道是上天不想让淫恶的凶手漏网，又或者是这位贞烈女子的英魂假手他人来为自己洗雪冤屈吗？

1.4.14 城隍显灵

吾郡城隍庙，本屏山地，层垒而上，形势巍峨，香火最盛。余周历各省，所见庙貌无此壮观也。

少闻莆田县有王监生一案，王素豪横，见田邻张妪田五亩，欲取成方，造伪契贿县令某，断为己有。张妪无奈何，以田与之，而中心甚愤，日骂其门。王不能堪，买嘱邻人殴杀张妪，召其子视之，即执以鸣官，诬为子杀其母。众证确凿，子不胜酷刑，遂诬伏。将请王命，登时凌迟矣。

总督苏昌闻而疑之，以为子纵不孝，殴母当在其家，不当在山野间，且通体鳞伤，子殴母必不至此，乃檄福州、泉州二知府会鞫于省中城隍庙。两知府各有成见，仍照前拟定罪。其子受绑，将出庙门，大呼曰："城隍爷爷，我家奇冤极枉，而神全无灵响，何以享人间血食哉？"语毕，西厢突然倾倒。当事者犹以庙柱素朽，不甚介意。及牵出最下一层庙门，则两泥塑皂隶忽移而前，以两梃夹叉之，人不能过。于是观者大噪，两知府亦悚然，重加研讯，始白其子冤，而王监生伏法。

城隍之香火从此益盛，而头门两皂隶前进香者亦不绝。此先祖资政公目击其事，为家大人述之云。

【译文】我们福州府的城隍庙，本来是依山而建，层层叠叠顺势而上，气势雄伟高大，香火最是旺盛。我曾游历各个省份，还没有见过如此壮观的庙宇建筑。

小时候听说莆田县有一桩关于王监生的案子，王监生素来强势蛮横，看见自家田地紧邻张老妇家的五亩田地，想要夺取过来变成一整块方地，于是就伪造地契并且贿赂某县令，希望县令裁判五亩地归自己所有。张老妇没办法，就把五亩地给了王监生，但是她心里十分愤怒，每天在王监生的门口谩骂。王监生受不了，就买通邻居将张老妇殴打致死，然后叫张老妇的儿子过来查看，王监生趁机把她儿子抓住扭送到官府，诬陷是张老妇的儿子杀死了自己的母亲。各种证据确凿，张老妇的儿子无法承受残酷的刑罚，于是无辜被屈打成招。即将恭请王命（清制，督抚等持王命旗牌，不等皇帝敕裁即可先行死刑、事后上奏报告），很快就要被凌迟处死了。

闽浙总督苏昌（伊尔根觉罗氏，满洲正蓝旗人，清朝官吏）听说了这件事之后产生了怀疑，认为儿子纵然不孝顺母亲，殴打母亲也应当在家，不应当在山野之间，并且母亲遍体鳞伤，儿子殴打母亲一定不会到这种程度，于是发文命令福州、泉州二位知府在省里城隍庙会审此案。两位知府各自已有先入为主的成见，仍然按照之前的结论来定罪。张老妇的儿子被绑着，将要走出庙门的时候，大声呼喊："城隍爷爷，我家遭受这么大的冤枉，但是神灵没有任何回应，凭什么享受人间的祭祀呢？"话刚说完，西边厢房突然倒塌。工作人员还以为是庙里柱子本来就容易朽烂，不太在意。等到牵着张老妇的儿子走出最外一层庙门时，只见两尊泥塑的皂隶像忽然自己向前移动，用两根棍棒相互交叉夹住，人不能过去。于是围观的人议论纷纷，两位知府也吓坏了，重新加以研究审讯，才洗刷了张老妇儿子的冤屈，还给他清白，而王监生终于被绳之以法。

城隍庙的香火从此以后更加旺盛，而且在正门前两位皂隶像前进香的人也络绎不绝。这件事情是先祖父资政公（梁赞图，本名上治，诰赠资政大夫）亲眼所见，并对我父亲讲述的。

1.4.15 宋龙图

同时，仙游县亦有王监生一案，时县令为嘉兴宋某，素性方严，以包老自命。某村有王监生者，奸佃户之妻，而嫌其本夫在家，乃贿算命者，告其夫以在家流年不利，必远游他方，庶免于厄。本夫信之，告王监生，王遂借之赀本，令贸易四川。三年不归，村人遂喧传某佃户被王监生谋死矣。宋素闻此语，欲雪其冤。

一日，过某村，有旋风起于轿前；迹之，风从井中出，遣人淘井，得男子腐尸，信为某佃。立拘王监生与某佃妻，严刑拷讯，俱自认谋害本夫，遂置之于法。邑人称为宋龙图，演成戏本，沿村弹唱。

又一年，某佃自四川归，甫入城，见戏台上演王监生事，就观之，方知其妻业已冤死。登时大恸，号控于省城。臬司某为之申理，宋知县以故勘平人致死抵罪。仙游人为之歌曰："瞎说奸夫杀本夫，真龙图变假龙图。寄言民牧须详慎，莫恃官清胆气粗。"此家大人读书仙游书院时，闻邑诸生所述，盖乾隆四十年间事。

【译文】同时，福建仙游县也有一桩关于王监生的案子，当时的县令是嘉兴人宋某，他素来性情方正严明，一直以包青天自居。某个村子里有一个王监生，奸污了一个佃农的妻子，又嫌弃她的丈夫在家，于是就贿赂算命先生，让算命先生告诉妇人的丈夫说在家流年不利，一定要出门去很远的外地，才能免除灾难。佃农相信了算命先生的话，随后把这件事告诉了王监生，王监生就借给他本钱，让他去四川做买卖。佃农三年没有回家，村里人于是哄传这个佃农被王监生设计害死了。宋县令多次听到这样的传言，就想要为这个佃农洗雪冤屈。

一天，宋县令乘坐轿子出巡，在路过某村子时，突然轿子前面刮起了一阵旋风；追踪旋风的源头，发现旋风是从一口枯井里吹出来的，于是派人下去淘井，发现一具已经腐烂的男尸，相信这应该就是那个佃农的尸体。于是立即拘捕王监生和佃农的妻子，经过严刑拷打讯问，两人都承认自己谋害了佃农，于是被绳之以法、处以死刑。县里人都称颂宋县令为"宋龙图"（宋代包拯以龙图阁直学士权知开封府，为官刚毅清正，后世称为"包龙图"），还将这件事改编成戏曲剧本，沿着村子巡回弹唱。

又过了一年，那个佃农从四川回家，才刚刚进城，就看见戏台上正在演唱王监生的事情，就坐下来观看，才知道自己的妻子已经蒙冤而死。佃农顿时大声痛哭，哀号着到省城去控诉。按察使某大人为佃农立案审理，宋县令因为平白无故冤杀人命而受到处分抵罪。仙游当地的人们就作了一首诗歌说："盲目以为奸夫杀害亲夫，真龙图变成了假龙图。寄语地方长官必须详细谨慎，不要倚仗为官清廉胆大气粗。"这是我父亲在仙游书院读书的时候，听县里的秀才所讲述的，大概是乾隆四十年（1775）间的事情。

1.4.16 孝心领解

袁简斋先生《新齐谐》中载：裘文达公典试福建，心奇解元之文，榜发后，急欲一见。昼坐公廨，闻门外喧嚷声，问之，则新解元与公家人为门包角口。公心薄之，而疑其贫，禁遏家人索诈，立刻传见。其人面目语言皆粗鄙无可取，心闷闷，因告方伯某，悔取士之失。方伯云："公不言，某不敢说。放榜前一日，某梦文昌、关帝与孔子同坐，朱衣者持福建题名录来，关帝蹙额云：'此第一人平生作恶武断，何以作解头？'文昌云：'渠官阶甚大，因无行，已削尽。然渠好勇喜斗，一闻母喝即止。念此尚属孝心，姑与一解，不久当令归土矣。'关帝尚怒，而孔子无言。此亦奇事。"未几，某亡。

按，裘文达公系乾隆己未进士，于丁卯典试湖北，壬申典试江南，庚午典试浙江，癸酉复典试浙江，己卯复典试江南，丙戌遂为会试总裁，并无典试吾闽之事。此所载有歧误，然其事则均可劝可戒矣。

【译文】袁简斋先生（袁枚）所著的《新齐谐》中记载：裘文

达公（裘曰修，字叔度，一字漫士，江西新建人，清代名臣、文学家、水利专家）在福建主持乡试时，心中好奇第一名解元的文章，发榜之后，着急想要见一见解元本人。裘公大白天正坐在官署中，忽然听到门外有喧哗吵闹的声音，向身边人询问是怎么回事，才知道原来是新科解元和裘公家里仆人在因为送给守门人的财物发生口角。裘公心里有点鄙视新解元，又怀疑他家境贫寒，于是禁止家里仆人勒索敲诈，立刻召见他。才发现新解元这个人面目语言都粗俗鄙陋，没有可取之处，裘公心里闷闷不乐，因此把这件事告诉福建布政使某大人，懊悔选取士人的失误。布政使说："裘大人您不说起，我还不敢说呢。放榜的前一天，我梦到文昌帝君、关圣帝君和孔子坐在一起，一名身穿红衣的人拿着福建省题名录来给他们过目，关圣帝君皱着眉头说：'这第一个人平生作恶多端、横行霸道，凭什么来做解元？'文昌帝君说：'他的官位品级本来很大，因为品行不端，已经被削除殆尽。但是虽然他喜欢逞强好胜、与人斗力比狠，但是一听到母亲呵斥他就会立即停止。念在这一点尚且属于有孝心，姑且给他一个解元，不久之后就应当让他魂归地下了。'关圣帝君还在发怒，然而孔子却没说话。这也是新奇的事情。"没过多久，这个人果然死了。

说明，裘文达公是乾隆四年（1739）己未科的进士，曾于乾隆十二年（1747）丁卯科主持湖北乡试，乾隆十七年（1752）壬申恩科主持江南乡试，乾隆十五年（1750）庚午科主持浙江乡试，乾隆十八年（1753）癸酉科再次主持浙江乡试，乾隆二十四年（1759）己卯科再次主持江南乡试，乾隆三十一年（1766）丙戌科出任会试总裁官，并没有主持福建乡试的事情。这里所记载的可能有错误，然而这件事则完全可以作为对世人的劝勉和警戒啊。

1.4.17 廖思芳

廖都转寅，以获教匪首犯刘之协功，由叶县知县擢镇江知府，又擢两淮盐运使。当时手擒刘之协者，实都转之子思芳，勇声闻天下，既复思以奇功自见，而所行多莽卤。

嘉庆癸酉，教匪林清之变，其党李文成起河南，陷滑县。事定，以次骈戮，而诸大头目中，有所谓祝现、刘第五者六人，皆逸去。上通饬各直省协拿，许以重赏。廖思芳乃攘臂其间，每出必从数骑。一日路经某县，日暮雨作，憩道旁店。店中故有伟男子，口掺齐音，袒坐露其髆（bó），有刀箭瘢。思芳震骇，迫视之，腰悬铁刀，急出呼骑上奴兜擒之。问其名，曰："刘第五。"遂送县定谳。已解刑部，而曲阜孔氏言诸朝，廖所获者，乃孔氏庄农刘第五，非教匪大头目刘第五也。上怒，集廷臣鞫之，如孔氏言，于是释刘第五而下思芳于狱，都转亦罢职去。未几，思芳瘐死狱中。

家大人曰："当日都中舆论谓刘之协之获，实出廖思芳，而思芳又实系得自他人之手。其人将部诉，故不敢归功思芳，而都转自尸之。思芳愤不能平，日夜思之，乃酿为刘第五之举。乖气致戾，此之谓欤！"

【译文】廖寅都转（盐运使的别称），凭借抓获教匪主犯刘之协的功劳，从河南叶县知县升任为江苏镇江知府，不久又升任为两淮盐运使。那时候亲手擒住刘之协的人，实际上是廖都转的儿子廖思芳，他以勇武的名声闻名于天下，一直想着要建立奇异的功勋来表现自己，但是所作所为往往属于鲁莽之举。

嘉庆十八年（1813）癸酉，天理教教匪林清发动兵变，他的同党李文成在河南起兵，攻陷滑县。事变被平定后，林清、李文成二人相继被处死，然而各个比较大的头目中，有名叫祝现、刘第五的等六个人都逃跑了。皇帝通令各个省份协助捉拿，并承诺给予重赏。得知这个消息，廖思芳激动振奋不已，每次外出都会带着几名骑士。一天，廖思芳路过某县，天色将晚，又下起了雨，一行人就到路边的小店休息。店里原先就有一个大汉，说话带一些山东口音，光着膀子坐在那边，肩膀上有刀箭的伤疤。廖思芳大为震惊，近前一看，发现大汉腰里挂着一把铁刀，廖思芳急忙出来呼喊几名骑马的随从围上来捉拿大汉。廖思芳询问大汉的姓名，大汉回答说："刘第五。"于是就把大汉押送到县衙审判定罪。大汉已经被押解到刑部，然而曲阜孔氏族人向朝廷进言，廖思芳所抓获的人，实际上是曲阜孔家的佃农刘第五，而不是教匪大头目刘第五。皇上大怒，召集朝廷大臣仔细审问，结果和曲阜孔氏所说的一样，于是释放了刘第五而把廖思芳关入监狱，廖都转也被罢官。没过多久，廖思芳病死在监狱里。

我父亲说："那一天京城中的舆论认为抓获刘之协，实际上出自廖思芳，而廖思芳实际上又是从别人手上得来的。那个人将要到部里控诉廖思芳抢夺功劳，因此不敢把功劳归于廖思芳，而廖都转自己承担了。廖思芳一直为此愤愤不平，每天想着要再立奇功，才酿成了抓捕刘第五的举动。不和之气招致灾祸，应该就是这样的吧！"

1.4.18 凡戏无益

廖思芳误擒刘第五之案，初至部时，士大夫日以此为谈柄。一日恭值上躬耕藉田，祭先农坛甫毕，驾诣具服殿小憩更衣，公卿百官皆祗（zhī）候于望耕台下。时刑部已讯出刘第五是曲阜孔氏庄农，尚未具奏，众官齐向大司寇韩桂舲先生询问原委。适诸城刘信芳先生与德州卢南石先生并立，桂舲先生戏谓二人曰："都是汝山东人不好。"刘未及答，卢目刘曰："都是他姓刘的不好。"刘应声曰："都是汝第五的不好。"（卢序五，京中常称为"卢五爷"）众皆大笑，其声讙（huān）然。时上已出具服殿，似有所闻。前引侍卫，飞趋前来，以手麾之，众始悚息。闻纠仪御史，欲列弹章，以事涉德州，有力阻之者，乃止；否则，罣吏议者恐不乏人矣。是日，家大人亦在坛监礼，目击其事，退为余兄弟辈述之，且曰："凡戏无益，矧咫尺天威乎？"录之，亦足为好谑者戒也。

【译文】廖思芳误抓刘第五的案子，刚刚交到刑部办理的时候，官吏每天都把这件事作为谈资。一天，正值皇上主持举行耕藉典礼（古时每年春耕前，天子举行仪式，亲耕藉田，种植供祭祀用的谷物，并以示劝农），刚刚在先农坛祭祀完毕，驾临具服殿休息并更换服装，朝中大臣、文武百官都恭候在望耕台下面。当时刑部已经审讯出刘第五是曲阜孔家的佃农，还未呈文上奏，一众官员纷纷向刑部尚书韩桂舲先生（韩葑）询问其中的原委。恰好诸城的刘信芳先生（刘环之）和德州的卢南石先生（卢荫溥）并排站立，韩桂舲先生开玩笑地对二人说："都是你们山东人不好。"刘信芳还没来得及回答，卢南石眼睛斜视着刘信芳说："都是他姓刘的不好。"刘信芳回应说："都是你第五的不好。"（卢南石排行第五，京城中常常称呼他为"卢五爷"）众人都欢快地大笑起来。当时皇上已经走出具服殿，似乎已经有所耳闻。在前面引导的侍卫，飞速奔跑过来，用手势来提醒大家肃静，众人开始因惶惧而屏住呼吸。这件事被纠察礼仪的御史听说了，想要上奏章弹劾开玩笑的这几人，因为这件事涉及军机大臣德州卢荫溥，有人极力劝阻他不要这么做，才没有弹劾；否则的话，被牵连而受到处分的官员恐怕不在少数。这一天，我父亲也在先农坛监礼，亲眼看见了这件事，回家后给我们兄弟讲述了整个过程，并且说："开玩笑是没有益处的，况且是在天子的身边并且是严肃的仪式场合呢？"把这件事记录下来，也足以使喜欢开玩笑的人有所警戒。

1.4.19 祝由科

赵瓯北与陈玉亭（绳祖）同直军机，两人皆少年，暇辄手搏相戏。玉亭有力，每握瓯北手，辄痛不可忍，瓯北受侮屡矣，时思所以报之。一日，在圆明园直庐，取凳一桄（guàng），语玉亭曰："吾闭目相击，若触吾桄而伤，非吾罪也。"盖瓯北自谓闭目，则玉亭必不敢冒险来犯；而玉亭又意冒险来，瓯北必不敢以桄击也。忽闻桄端搰（hú）突一声，玉亭已血满面，将毙矣。急以汤灌之，始苏。瓯北大惊悔，立呼车送之入城。是日散直，急骑马往视。甫入西直门，而马忽跳跃，瓯北遂跌仆地，死去半刻方醒。乃先回宅将息，明日始往见玉亭，玉亭故无恙。

后两家奴子互相议论，始知瓯北之跌，即玉亭所为。玉亭楚人，盖素习祝由科，能以伤移于人也。凡戏无益，此则不但无益，而且有损矣。

【译文】赵瓯北（赵翼）和陈玉亭（陈绳祖）一同在军机处当值，两个人都很年轻，闲暇时就以掰手腕来取乐。陈玉亭更有力气，每次握住赵瓯北的手，就疼痛难忍，赵瓯北因为多次受到戏弄，就时刻想着来报复他。一天，在圆明园的军机处值房，赵瓯北取来凳子的一条横木，对玉亭说："我闭着眼睛来挥击，如果你触碰到我的横木而受伤，不是我的罪过。"大概赵瓯北自认为闭着眼睛，那么陈玉亭一定不敢冒险来犯；而陈玉亭又认为如果冒险来犯，那么赵瓯北一定不敢用横木来敲打他。忽然听到横木一端清脆有力的一声，陈玉亭已经血流满面，都快要毙命了。赵瓯北急忙拿汤药来给他灌下去，然后陈玉亭才慢慢苏醒过来。赵瓯北特别惊恐悔恨，立刻叫来一辆车送陈玉亭进城医治。这一天值班结束后，赵瓯北急忙骑着马前去探望陈玉亭。才刚刚进入西直门，而马忽然跳起来，赵瓯北就跌下马来倒在地上，昏厥过去了半刻钟才醒过来。于是赵瓯北先回到自己家里将养休息，打算第二天再去看望陈玉亭，谁知陈玉亭已经没事了。后来两家奴仆互相议论，才知道赵瓯北的跌伤，就是陈玉亭造成的。陈玉亭是湖南人，因为平素掌握以祝祷符咒治病的方术，所以能够把伤病转移给别人。凡是玩笑逗乐都是没有益处的，从这件事来看不但没有好处，而且有损害啊。

1.4.20 贤妇保家

周才美，以刻薄起家，为子娶妇，初入门即付以斗、斛、秤、尺等物各两件，谕行入多出少之法。妇怪之，即涕泣求去，曰："翁所为有逆天道，后代必育不肖子破家，人谓妾所生，妾不受也。"才美悟，曰："然则改之何如？"妇问："用此几年矣？"曰："二十余载。"妇曰："必欲留妾，请反用二十余年，以偿昔日欺诈之数。"才美诺之，后生二子，皆登第。此妇既贤且智，以巾帼而能为干蛊之事，洵女丈夫哉！

【译文】周才美，依靠克扣、侵夺、剥削等不正当的手段发家，给儿子娶了媳妇，儿媳妇刚刚进门，周才美就把斗、斛、秤、尺等器具各两件交给她，告诉她如何运用重入轻出、短斤少两的办法。儿媳妇责怪他，当时就哭泣着请求离开，说："公公您的所作所为违背天道，后代一定会生育不成器的孩子来败家，到时人人都会说是我生的，这是我不能接受的。"周才美顿时有所醒悟，说："那么我改正怎么样？"儿媳妇问："用这个办法几年了？"周才美回答说："二十多年了。"儿媳妇说："如果一定想要我留下来，那么请用相反的方法二十多年，用来偿还过去欺骗讹诈的数目。"周才美答应了她，后来儿媳妇生了两个儿子，都科举考试中第。这位儿媳妇既贤惠又有智慧，身为弱女子却能够做到为父辈弥补过失的事情，真正是女中豪杰啊！

1.4.21 施药得报

广西陈桂舫（鏁），余丁酉同年也。余于榜后，即到桂林省亲，故三次计偕，皆由潇湘泛洞庭至汴梁，渡河北上。每谈及洞庭，桂舫辄怦怦然色变。或笑其胆怯，曰："非但胆怯，几乎胆碎，幸有天道也。"

因述：前数年，随其叔由河南归，路过洞庭，因风不利而泊，同泊船不下数百。适有流民小舟十数只，舟中人多死于病，桂舫舟中带有药丸（如藿香、六合之类），投之辄效，于是求药者不一而足。后药所剩无几，有不能遍给之势，其叔曰："药原所以救人，靳而不与，非义也。"乃倾所有给之，计救活者已数十人。

次早风转，各舟不约同开，波浪掀天，四望无际。及傍晚，离湘阴尚有十余里，风忽息，众心稍定，而船户则惴惴然谓恐其转风也。勉强趱（zǎn）行，约离口岸不及半里，而逆风已起，俄风力渐猛，兼以船大招风，不能拢进。不得已，约众水手及全船人由小舟登岸，用双条大缆牵之。船户嘱桂舫将柁握定，勿令偏向。众甫登岸而飓风怒发，船一起伏，约高丈余，人力难施，竟有飘至中流之势。正在仓皇，忽闻山后一簇人喊曰："快来相救。"七八十人随缆而泅，一呐喊间，船已收口矣。众方庆再生，询之，即昨日之流民也。盖流民船小，未起风时早已到岸。此若有神使之者，救人即所以自救，良不诬也。

【译文】广西桂林的陈桂舫先生(陈鑅),与我同为道光十七年(1837)丁酉科乡试的举人。我在乡试结束之后,就到桂林去探亲,所以三次赴京参加会试,都是从湖南乘船穿过洞庭湖到达河南开封,再渡过黄河北上进京。然而每当我谈到洞庭湖的时候,陈桂舫就紧张不安、脸色大变。有人笑话他胆怯,陈桂舫回应说:“不仅仅是胆怯,几乎要吓破胆了,幸亏冥冥之中有上天保佑。”

于是陈桂舫就讲述说:前几年,陈桂舫跟随他的叔叔从河南回家,路过洞庭湖,因为风向不利于行船,就临时停船,同时停泊在那里的船只还有好几百艘。恰好有十几只流亡灾民乘坐的小船,船上的人大多因病而死,正好陈桂舫船上带有药丸(比如藿香、六合之类),提供给病人服用很快就见效,于是前来求取药物的人越来越多。后来所剩的药丸数量不多了,看样子没有办法让所有人都能分到,陈桂舫的叔叔就说:“药物原本就是用来救人的,如果吝啬不给,是不符合道义的。”于是陈桂舫就把所有的药丸都给了那些人,估计已经救活了几十人。

第二天早上风向转变,各艘船不约而同地开船出发,而湖面上波浪滔天,四处远望看不到边际。等到傍晚,距离湘阴还有十多里路的时候,风忽然平息了,众人的心稍微安定了一些,但是船家却惴惴不安地说担心风向改变。尽力加速航行,大约在距离口岸不到半里路的时候,突然风向逆转,不一会儿风力逐渐猛烈,加上船大招风,无法靠岸。迫不得已,船家让各位水手以及船上所有人换乘小船上岸,再用两条巨大的缆绳牵引大船。船家叮嘱陈桂舫紧紧掌握住船舵,不要偏离方向。众人刚一上岸,突然飓风大作,船身上下起伏,有一丈多高,人力难以控制,眼看大船有要被顺风吹走飘到湖中央去的趋势。正在惊慌失措的时候,忽然听到山后面一群人大喊:“快来救援!”七八十个人沿着缆绳潜入水中拖住缆绳，在众人齐声呐喊之际，船已经收口靠岸。众人正在庆祝起死回生的时候，陈桂舫询问他们，才知道原来就是昨天获赠药物的流民。原来流民们的船只比较小，还没有刮起飓风的时候早就已经到达岸边。这其中好像有神灵在指引安排，拯救他人也就是拯救自己，这确实是真实不虚的。

1.4.22 某先达

某先达者，家本素封，角丱（guàn）时，即联姻富室。其尊人慷慨好施，罄其所积，临终时，惟以阴德遗公。公困甚，入泮后，借贷为娶妇计。而富翁嫌婿贫，阴背盟，而以青衣易之。青衣固端庄婉娩，公无由知其伪也。后往岳家，里中无赖子群以婢婿相揶揄。公密叩诸妇，妇直告焉。

先是，公尝梦至一所，朱阑碧瓦，迥异人间，有数女郎共绣一锦袍。问之，曰："新科状元服。"谛视，襟袖间朱书二字，乃己姓名。醒后颇自负，及知娶婢，恚甚，念他年富贵必欲改弦。

一夕，仍梦至前所，刺绣女郎漠不相顾，视襟袖间字，模糊将灭，急问其故，女郎漫应曰："此子近萌一弃妻念，上帝命易他人耳。"瞿然惊觉，深自悔厉。自此琴瑟益调，誓言偕老。不数年而大魁天下，洊掌封圻。

【译文】某位有道德学问的前辈，出身于富有堪比封君的家庭，童年时期就约定和另一户富有之家的女儿联姻。前辈的父亲为人慷慨大方、乐善好施，用尽了所有的积蓄，临终的时候，唯独把阴德遗留给他。前辈十分困顿，入学成为生员之后，为了娶媳妇四处借钱。然而富翁岳父嫌弃女婿贫穷，就暗地里背弃盟约，用一名婢女代替自己的女儿出嫁。婢女本就端庄温婉，前辈自然无从知晓她其实是假的。后来前辈前往岳父家里，乡里无赖之徒都嘲笑他是婢女的夫婿。前辈私下里询问妻子，妻子直接把事情的真相告诉了他。

在此之前，前辈曾经梦到自己来到了一处地方，朱红的栏杆、碧绿的屋瓦，和人间的景象大不相同，里面有几名女郎一起绣制一件锦袍。询问她们，女郎们回答说："这是新科状元的衣服。"仔细一看，衣襟袖口那里写着两个红色的字，居然是自己的姓名。醒来后颇为自命不凡，等知道了娶的是婢女，十分恼火，心里想着将来富贵之后一定要休妻另娶别人。

一天晚上，前辈又梦见自己来到了之前的那个地方，里面刺绣的女郎们对他很冷漠也不搭理他，再看衣襟袖口那里的字，已经模糊快要消失了，急忙询问其中的缘故，女郎们漫不经心地回应说："这个小子最近萌生了一个抛弃妻子的想法，天帝命令将状元换成别人了。"前辈突然从睡梦中惊醒，深深忏悔自己的过失并勉励自己。从此以后前辈和妻子更加恩爱，琴瑟和鸣，发誓一定要白头偕老。没过几年前辈果然高中状元，一步步做到了封疆大吏。

1.4.23 救人不终

闽县陈瀛仙（赓元），戊辰进士，选山东临邑县。陈本豪士，纵情诗酒，又不善理财，遂以计典去官。短交仓库正款，至万八千余金，应拟大辟，已收入府狱中。

道光五年，家大人陈臬山左，与陈为素交，日思所以解脱之。济南府锺云亭(祥)为陈戊辰同年,家大人与之极力摒挡(bìng dàng),缩其数至壹万以内,实亏九千余金;若能限内完缴,便可免罪,且准捐复原官。而妙手空空,别无计策。时方伯为讷近堂(讷尔经额),新抚军为陈心畬中丞(中孚),继锺为济南府者为家大人同年杨蓉峰(惠元)。中丞、方伯皆与陈厚,而杨则陈之姻也。数人同心,极力为之部署。

适潍县缺出,佥商接手之人,家大人乃谋诸抚藩,调署一人,令其于半年内补苴(jū)临邑亏数。潍县为通省第一优缺,于本人毫无所难,而陈得大受其益,且帑项不至久虚,一举而三善兼,众皆以为至妥。适中丞选一某令,并面告之故,某令极口担承。谒家大人及诸上官,亦无不再三谆嘱之,并无难色。

无何,而家大人擢苏藩,讷近堂擢漕帅,杨蓉峰回泰安任,陈中丞卒于山东。某令已莅任半年余,见原议之上官无一在眼前者,顿翻前说,一毫不拔。陈遂以限满无完,照例拟罪,卒于府狱。同官知此事者皆为不平,而无如之何也。未几,而潍县以逃犯故,将某令奏参革职。逃犯本不必即去官,盖上官闻陈事,恶其虚诈,故因案去之耳。逾年,某令始捐复,改发南省。过苏州藩署修谒,家大人征及前事,某令羞惭满面,至不能置一辞云。

【译文】福建闽县(今福州市)的陈瀛仙(陈赓元),是嘉庆十三年(1808)戊辰科进士,被选任为山东临邑县(清代属济南府,今属德州市)知县。陈瀛仙本来就是豪放任侠之士,纵情于赋诗饮酒,又不善于理财,于是就在三年一次的考绩之典中被罢官。并且因为少上交国库一万八千多两的税款,按律应当被判处死刑,已经被收押到济南府监狱中。

道光五年（1825），我父亲在山东担任按察使一职，和陈瀛仙一向交好，每天考虑着如何帮他解脱困境。正好济南知府钟云亭（钟祥）是陈瀛仙戊辰科的同榜进士，我父亲替陈瀛仙极力多方周旋，把短缺的库银数额缩减到一万两以内，实际上亏空九千多两；而且如果能在期限内完成缴纳，就可以免除罪名，并且允许捐银之后官复原职。可是我父亲和钟知府都是两手空空，没有其他的办法。当时山东布政使是讷近堂大人（讷尔经额，字近堂,费莫氏,满洲正白旗人，官至直隶总督），新任巡抚是陈心畬中丞（陈中孚，字元吕，号心畬，湖北武昌人，嘉庆六年进士，官至漕运总督署山东巡抚），后来接替钟云亭继任济南知府的人是我父亲的同年杨蓉峰（杨惠元）。陈心畬巡抚、讷近堂布政使都和陈瀛仙交情深厚，而杨蓉峰又是陈瀛仙的姻亲。几个人齐心协力，极力为陈瀛仙谋划布置。

适逢潍县知县一职空缺，众人商议接手的人选，我父亲就向巡抚和布政使建议，可以调动一个人代理潍县知县，命他在半年之内补足临邑县亏空的款项。潍县知县是全省第一待遇优厚的肥缺，对于知县本人来说没有丝毫难度，但是陈瀛仙却能够从中得到很大的助益，而且国库款项不至于长期空虚，一个举动可以同时得到三方面的好处，大家都认为这样做极为妥当。恰好巡抚推荐了某一位县令的人选，并当面告诉他其中的缘故，某县令满口答应，愿意承担此事。某县令来拜见我父亲和各位上级官员时，每个人也都是反复叮嘱他，他并没有为难的神色。

没过多久，我父亲擢升为江苏布政使，讷近堂擢升为漕运总督，杨蓉峰回到泰安府任职，陈心畬巡抚病逝于山东。某县令已经到潍县上任半年多，见原来商议的上级官员没有一个人在眼前的，顿时推翻之前的承诺，一文钱也不拿出来。陈瀛仙于是就因为期限已满却没有补上亏空，按照法律定罪，死在了济南府监狱中。同僚们知道了这件事后都为他感到不平，但是又无可奈何。没过多久，而潍县由于发生了犯人逃跑的事件，某县令被上奏弹劾革去职务。犯人逃跑本来不一定立即被罢官，大概是上级官员听说关于陈瀛仙的事情，厌恶他这个人的虚伪狡诈，因此借着案子罢免了他。一年之后，某县令通过捐纳恢复了官职，改派到南方任职。路过苏州时，到江苏布政使衙门来拜见我父亲，我父亲问及之前的事情，某县令羞愧满面，说不出一句话。

1.4.24 大吏好杀

吾闽乾隆末亏空之案，发于福州将军魁伦。司章奏者，为吾郡林樾亭先生（乔荫），士林耆宿也。时闽省吏治极敝，仓库皆空。魁伦镇闽日久，尽知其详；而先生文笔既雄，敷陈详尽。奏入，大动上听，立授魁伦为闽督，使穷治其事，遂成大狱。

逾年，魁伦以丁忧回京。先生亦赴部谒选，见故太傅朱文正公。先生本文正公高足，公于其来谒，私叩之曰："魁某兴大狱，汝何不阻之？"先生曰："劝之不从，奈何？彼谓亏空于理应办，不料清查之决裂至此耳。"公曰："汝代人捉刀，固不得已，若魁某之好杀，断无好结局，且静观之。"时樾亭先生在内城主魁伦家，在外城主先叔祖太常公家，此语亲为家大人述之。

无何，魁伦授四川总督，以教匪偷渡嘉陵江，失机伏法。樾亭先生时甫选四川彭县，调江津，旋被檄委办藏务，卒于西陲边外。

【译文】乾隆末年我们福建亏空的案子，是由福州将军魁伦（完颜氏，满洲正黄旗人，清朝将领）首先揭发出来的。负责起草文书的，是我们福州府的林樾亭先生（林乔荫），在读书人中德高望重。当时福建省的吏治极为混乱，各地仓库都有亏空。魁伦长期坐镇福建，非常了解其中的详情；而林樾亭先生文笔雄健，在起草的奏章中详尽地陈述了其中的情况。奏章呈报到朝廷，令皇帝大为震惊，立即任命魁伦为闽浙总督，命他彻底追查这件事情，于是逐步演变成为一桩大案。

一年之后，魁伦因为回家守丧回到京城。林樾亭先生也进京赴吏部应选，见到了已故的太傅朱文正公（朱珪）。林先生本就是朱文正公的高徒，朱文正公见林先生来拜见自己，私下里询问他说："魁某发动大案，你为什么不阻止他？"林先生回答说："我劝告过他但是他不听从，怎么办呢？他说亏空按理来说应该查办，没想到随着清查的深入，后来演变到了这般不可收拾的地步。"朱文正公说："你为别人代笔写文章，固然是不得已，而像魁某这样喜欢杀人，绝对不会有好结局，你姑且静观其变。"当时林樾亭先生在内城时借住在魁伦家里，在外城时借住在先叔祖太常公（梁上国）家里，这些话是他亲口向我父亲讲述的。

没过多久，魁伦被任命为四川总督，由于教匪偷渡嘉陵江，错失剿灭时机而被处以死刑。当时林樾亭先生刚刚被选任为四川彭县（今彭州市）县令，后来又调到江津县（今重庆市江津区）任职，很快又接到命令委派他办理西藏事务，最终死在偏远的西部边陲地区。

1.4.25 贪酷吏善逢迎

嘉庆初，有进士作令吾闽者，贪与酷兼，而才复足以济之。初任晋江县，适大吏以巡阅过境，距县尚数十里，即有村间民妇提筐跪献道左者。问其何以知我来，则曰：“小民那知有大人过此，昨闻本县官将到，官爱我等若子，又素不受馈赂，计惟田园中所有蔬果，可藉以展芹忱。今适遇大人，因思县有好官，皆出自大人之赐，理应先献大人，后再补送县官也。”大吏笑领之。如是者络绎数十起，乃悉令随舆至城中领赏。及至行馆，见某令，大奖异之。因筹所以赏提筐者，则某令已代备银牌百面，随传命分给之，各欢声雷动而去。大吏又大称快，而不知皆此令所预为之也。

不数月，即擢厦防同知，为吾闽第一优缺。莅任之日，适报一命案。有本辖富绅捐部郎者，因起造园亭，亲督工匠，自坐一圆椅，旁置灯火，以供吸食鸦片烟之用。俄一匠亦携潮烟筒向灯吸火，富绅叱之甚厉，匠负气去，乘仆从不在侧，携斧劈其背，立毙。匠亦旋被执送官，自认不讳。即收禁，牌示明日早堂听审，而夜遣人语匠，令供指使者。翼日，匠供主人之妾某氏。签拘某妾晚堂听审，某家急使客以万金赂得免。复使人语匠曰：“某妾不肯到官，恐指使别有人，明日覆讯，当另供。”又越日，覆供事出某妾而其意实起于其妻。签拘某妻，则复使客加赂万金，案遂定。盖受篆甫三日，已干没二万金，而于案情并无出入，于是人皆畏其贪酷，而亦群服其才。

大吏益贤之，旋擢守泉州。后屡缘事复递降为令，盖历任所为率类此，终至辗转褫（chǐ）职。有所任干仆，阴记其前后所入，不下五十万金，皆随手散去。罢废之后，两目旋瞽，两子皆纳赀为郡丞者，亦相继而亡，遂至贫无以自存，竟侘傺（chà chì）客死。俗所谓人财两空者，此令之谓矣。

同时有莆田令者，汉军人，亦工逢迎。值某大吏过境，午憩于涵江驿馆。莆中山水本佳，而涵江风景尤好；驿馆中一楼，最擅溪山之胜。某大吏颇喜吟咏，因即景成七言截句一首，书纸粘壁而去。越旬余，旋节，复憩此楼。见壁上有墨拓山水一横幅，结构颇佳，幅左有诗款，就视之，即前所作截句也。适某令进谒，大加称谢，并询墨拓，如有余纸，拟带数幅回省垣，以分贻知好。则早已拓成二百幅，精裱装成，随辎重发行矣。于是大吏复称谢不已，握手郑重而去。旋有兴粮厅缺出，已拟题陞某令，闻其暴卒而止。某令挥金如土，自奉极奢，而身后欠负累累。同寅极力襄助，仅得归去。近有吾乡公车为某宦带信物至京，亲交某令宅中者，则所居极湫（jiǎo）隘，仅一嫠（lí）妾应门而已。

【译文】嘉庆初年，有一名进士在我们福建做县令，这个人既贪婪又严酷，但是他的才智又足以使其应对自如。当初他刚刚上任晋江知县的时候，正逢有上级大官因为巡视路过此地，距离晋江县还有几十里时，就有村里的民妇提着筐子跪在路边迎接并献礼。大官问他们怎么知道自己会来这里，民妇回答说：“小民哪里知道有大人路过这个地方，昨天听说本县县官将要来这里，县官爱护我们就像爱护自己的子女一样，又从来不接受馈赠，考虑着也只有田园中的蔬菜水果，可以凭借这点微薄的东西来表达我们的心意。今天恰好遇到大人您，因此思量县里有好官，都是出于大人您的恩赐，理所应当首先敬献给大人，后面再补送给县官就可以了。”大官笑着接受了。像民妇这样献礼的人陆陆续续有几十拨，大官就命令让他们全都跟着车驾一起到城里领赏。等大官到了行馆，见到这位县令，认为他特别优秀而大力给予褒奖。于是考虑拿什么来赏赐提筐献礼的人，而这位县令早已经代为准备好银牌一百面，随即传令分发给献礼的人们，众人欢声如雷，高兴地离去了。大官感到极为畅快，却不知道这一切都是这位县令提前计划好的。

不出几个月，这位县令就被擢升为厦门海防同知，这个职位是我们福建第一待遇优厚的肥缺。他刚刚上任的那天，恰好有人报上来一桩命案。本辖区有一个富绅，曾捐了一个部郎的官衔，由于家里动工建造亭园，于是亲自监督工匠，自己坐在一把圈椅上，旁边放置着灯火，方便用来吸食鸦片烟。过了一会儿，一名工匠也提着潮烟（广东潮州一带出产的烟草）筒对着灯火点烟，富绅严厉地呵斥他，这名工匠气愤地离开，后来工匠趁着仆人随从都不在旁边，拿着斧头劈向了富绅的后背，富绅当场死亡。这名工匠也立刻被扭送到官府，他对自己的罪行供认不讳。县令于是立即将其关进监狱，并悬牌公示第二天早上过堂受审；但是当天夜里派人去告诉工匠，命令他供出幕后指使的人。第二天，工匠供出自己是被东家的妾室某氏指使的。县令就发签拘提富绅的妾室某氏晚上过堂听审，她的家人急忙派说客拿一万两银子贿赂他，才得以避免被牵连。县令又派人对工匠说：“妾室某氏不愿意到官府，恐怕幕后指使另有他人，明天再次审讯，应当供出另外的人。”又过了一天，工匠推翻了前面的供词，又供述说事情是妾室某氏做的，而杀人动机实际上出自于富绅的妻子。又发签拘提富绅的妻子到案，家人又派说客再贿赂一万两银子给他，案子才最终了结。上任刚刚三天，已经侵吞别人的钱财两万两，但是对于案情结果并没有任何影响，于是人们都畏惧他的贪婪和严酷，但是也都佩服他的才干。

上级大官对他更加赏识，很快就擢升他为泉州知府。后来多次因为事情又逐步被降职为县令，大概每次任上的所作所为都和前面的事情类似，最终导致一步步被革职。有他曾任用的一位能干的仆役，暗地里记录了他前前后后所得的收入，不少于五十万两银子，全都随手散去。罢官之后，不久就双目失明了；两个儿子都是通过捐官做了郡丞，也先后死亡；于是沦落到贫困无法生存下去的地步，最终在失意和绝望中客死他乡。俗话所说的人财两空，大概指的就是县令这样的人吧。

同时期有一位莆田县令，是汉军旗人，也是善于奉承迎合上级官员。正逢某位大官路过本地，午间在涵江驿馆休息。莆田的山水本来就很美，而涵江一带的风景更加优美；驿馆中的一座楼阁，其位置最有利于观赏溪山的胜景。这位大官特别喜欢吟诗作词，于是就以眼前的景物为主题，作了一首七言绝句，用纸书写下来并粘贴在墙上就离开了。过了十多天，返回官署的路上再次经过此地，大官又在这个驿馆休息。看见墙壁上有一幅横幅墨拓山水画，结构非常完整，横幅的左边有一首题诗，近前仔细一看，发现就是自己之前所作的那首绝句。恰好莆田县令进来拜见，大官对他大力表示感谢，并且询问墨拓，如果有多余的墨拓作品，准备带几幅回到省城，来送给知交好友。没想到莆田县令早已拓好两百幅，精心装裱好，随同辎重物资一起启程了。于是大官又不停地表示感谢，郑重握手之后离去。随后有一个兴粮厅的职位空缺出来，大官已经准备提升那位莆田县令，却听说他因暴病而死才作罢。某县令挥金如土，生活极其奢侈，但是死后负债累累。在同僚的极力帮助之下，才勉强使他的棺材得以运送回家乡。近来我乡里有人赴京参加会试，给某位官员捎带信件和物品，曾亲自交到那位县令家里，才发现他家所住的地方特别低湿狭小，只有一个守寡的妾室在看守门户而已。

1.4.26 盗胁官

有盗夜入某令家，露刃胁之曰："吾与若均盗也，以盗得盗物，不得谓之盗。吾之盗，得财而已，不必杀人；若之盗，常杀人以得财，与吾孰贤耶？夫盗之罪必死，吾知之。而乃冒死为之，徒以贫故，不得已出此计。所历若干家，所犯若干案，较若所为，曾未及半，而徒获盗名，甚无谓也。今独取若赀，吾可以归里买田，恂恂为善人，不犹胜若之终身为盗乎？"胠(qū)其箧千金径去。某令大惧，不敢泄其事。其邻有微闻之者，传播于众如此。此江南某县嘉庆初年事。

【译文】有一个盗贼半夜进入某县令家里，拿刀威胁他说："我和你都是盗贼，作为一个盗贼得到另一个盗贼的东西，不能算作偷盗。我偷盗，只是为了得到钱财而已，没有必要杀人；而你偷盗，常常要通过杀人来得到钱财，和我相比谁更有良心呢？盗贼犯罪一旦被抓必死无疑，我是知道的。而我却冒死去做，也只是由于贫穷的缘故，不得已才出此下策。我偷盗过若干户人家，犯下若干个案子，相比你的所作所为，其实还不到一半，反而白白地落得一个盗贼的名声，很没意思。今天专门来取你的钱财，我就可以回家买田置地，做个谦恭有礼、安分守己的善人，不也胜过像你这样终身做盗贼吗？”说完就撬开县令的箱子拿了一千两银子径直离开了。县令非常害怕，不敢泄露这件事。他的邻居隐约听到了这件事，就像这样传述给众人。这是嘉庆初年江南某县发生的事情。

1.4.27 曹循吏

曹怀朴（谨），河南解元，宝应朱文定公及陈恭甫编修所取士也。作令吾闽，有循声，为吾乡近来第一廉能之吏。

宰闽县时，值新廉访莅任。故事，闽县与侯官分办署中磁器。侯官费至洋银千圆，而曹以百圆了之。司阍者不纳，且毁其器之半。曹乃怀器单及各碗式，亲呈于廉访，曰：“以大人上下人等计之，无论侯官所办若干，即卑职此一单，已足敷厨房茶灶之用，今为阍人毁其半，亦愿补行送入。若必求多且精，只有取之于民，非卑职所敢出也。”廉访无如之何，转奖慰之。

一日，于途中遇两人争辨，执而问之，其一人曰：“某拾得银一封，约重五十两，持归家呈母，母曰：‘银数太多，倘此人急需此项，失之恐有他变，亟应守其地而归之。’某因到此守候，果遇此人寻至，即以原银还之。其人熟视许久，曰：‘尚有五十两，汝应一并还我。’盖其人即欲藉此讹诈也。”曹诘失银者曰：“汝所失银实是百两乎？”曰：“然。”又语得银者曰：“渠所失系百两，与此不符，此乃他人所失，今其人不来，汝姑取之。”复语失银者曰：“汝所失之百金，少顷当有人送还，可仍在此候之。”其拾银者持银竟去，失银者嗒（tà）然不能复置一辞。途中围观者咸称快。曹之断狱明决，类如此。

曹面貌枯槁而少须眉，相者谓其终身无子，今五旬外已举一子，且擢淡水同知，论者谓廉明之报云。

【译文】曹谨，字怀朴（原名曹瑾，字怀璞），是嘉庆十二年（1807）丁卯科河南乡试解元，是宝应朱文定公（朱士彦）和翰林院编修陈恭甫先生（陈寿祺）所录取的士子。后来曹谨在我们福建做县令，有循良的名声，是我们福建近年来首屈一指的清廉贤能的官员。

曹谨担任闽县知县的时候，正赶上新任福建按察使到任。按照惯例，由闽县和侯官县分别采办按察使衙门中所用的瓷器。侯官县花费了多达一千圆洋银，而曹县令只花费了一百圆了事。看门的人不接受，并且毁坏了一半的瓷器。曹县令就拿着瓷器采购单和各种样式的碗，亲自呈交给按察使，说："按照大人府中上上下下总的人数来算，先不说侯官县已经采办了多少件瓷器，就是卑职手中这一张单子上的，已经足够厨房茶灶之用；今天被看门的人毁坏了一半，也愿意补齐之后再送过来。如果大人您一定要求又多又好，那就只能取之于民了，请原谅卑职不敢出这么多钱。"按察使也拿他没办法，反而对他勉励安慰了一番。

一天，曹县令在路上遇到两个人在争辩，将他们控制起来并讯问原因，其中一个人说："我捡到了一封银子，大约重五十两，就拿回家交给我母亲，我母亲说：'银子数目太多，倘若这个失主急切需要这些钱，一旦丢失了恐怕会引起其他的变故，你要快回到捡到银子的地方等候失主来了把钱还给他。'于是我就来到这个地方等候，果真遇到这个人找过来，就把银子原封不动还给了他。那个人看了许久，说：'还有五十两，你应该一并还给我。'大概是这个人想要以此为借口来讹诈我。"于是曹县令质问丢银子的人说：

“你所丢失的银子确实是一百两吗?”那个人回答说:“是的。”曹县令又对捡到银子的人说:“他所丢失的是一百两,和你捡到的数目不符合,这个是别人丢失的,今天那位失主不来,你暂时拿着吧。”曹县令又对丢银子的人说:“你所丢失的一百两,过一会儿应当有人来送还,你仍然可以在这里等候他。”捡到银子的人拿着银子就离开了,而丢银子的人懊丧得再也说不出一句话。路上围观的人们都拍手称快。曹县令判决案件英明果断,大多都像这样。

曹谨面容憔悴、相貌消瘦,胡须和眉毛稀少,所以相面的人说他终身没有儿子,如今已经五十多岁了生了一个儿子,并且曹县令自己也擢升为台湾府淡水抚民同知的职位,谈论的人都说这是曹谨为官清正廉明带来的善报。

1.4.28 清查浮数

乾隆末年,吾闽亏空案发,州县伏法者二十余人;藩司以惊怖死;臬司以冤杀七命为人举发,时甫擢陕藩,已起行,复奉部文追回正法;道府俱褫(chǐ)职;总督伍拉纳、巡抚浦霖并逮问入京。纯庙震怒,廷讯日,施大刑,越日,即押赴市曹。时伍两目耿耿,犹能左右视,浦右腿已夹断,横卧车中,奄奄一息矣。此家大人公车在京时所目击也。

当日总理清查局者为田方伯(凤仪),天性峻刻,勾稽出入皆就现亏为断,又以迫促了事,就中应划应抵者,皆未及详慎分清。撤局后,总计库款,乃浮出数十万金,而死者不可复生矣。有古田令塔伦岱者,由满洲文举人出身,官声本好,亏项皆有款可抵,当时未及查出,遂拟绞决,人尤冤之。

方伯旋以丁艰归，已过山岭，将上江山船，忽见船头约有官衔伞灯七八对，最前一对上书“古田县正堂”，字可辨，心讶：“此闽员，何以送出浙界，又何由径入我船？”及登舟，乃并无一人，问之，仆从亦无所见，由是得心疾，郁郁以死。

【译文】乾隆末年，我们福建亏空案被揭发，州县官员被法办的有二十多人；布政使（伊辙布）因为受到惊吓而死；按察使（钱受椿）因为冤杀七条人命被人检举揭发，当时刚刚擢升陕西布政使，已经起程上路，又根据部里的公文将他追回按律处死；道台、知府都被革职；总督伍拉纳和巡抚浦霖一并被逮捕入京审问。乾隆皇帝震怒，在朝堂上审讯的那天，二人被施以严酷的刑罚，第二天就被押赴市曹（市内商业集中之处，古代常于此处决人犯）处斩。当时伍拉纳两个眼睛瞪得大大的，还能够左看右看；浦霖的右腿已经被夹断，横躺在车子里，奄奄一息了。这是我父亲在京参加会试期间所亲眼看到的。

当时全面负责清查局事务的是布政使田凤仪，他天性严厉苛刻，在审核考查账目支出和收入时，都是以现有的亏空数目作为判断依据，又因为迫切想要完成任务，其中应当核减或抵扣的部分，都没来得及详细谨慎地划分清楚。清查局任务完成解散之后，合计库款，竟然还多出几十万两，但是人已被处死不可能复活了。有一位名叫塔伦岱的古田县令，以满洲文举人出身，为官的声誉本来很好，亏空的部分都有其他款项可以抵扣，只是当时没来得及清查出来，也被判处绞刑，当时的人们都为他感到冤枉。

田凤仪随即因为丁忧回家，已经越过了山岭，将要登上去往浙江江山县的船，忽然看见船头隐隐约约有写着官衔的伞灯七八对，最前面的一对上面写着“古田县正堂”，字迹清晰可辨，心中惊讶：

"这是福建的官员，怎么会送出浙江的地界，又为什么直接进入我的船？"等上船之后，才发现里面空无一人，询问身边的仆人随从，仆人随从也说什么都没有看到，从此之后就得了心病，忧郁而死。

1.4.29 修符

家大人陈臬山左时，考课泺源书院，有海阳修生者，文颇佳。异其姓，因询家世，则读书旧家，其父修符者，曾中解元。并述其父来省赴试时，途次遇夫妇二人，携幼子，哭甚哀，诘之，则将鬻子以偿富家债者，修乃计其数倾囊与之。及入闱，题为"孔子于乡党"句，属思未就。忽梦一老人告之曰："此题若作两乡党，必元。"惊觉，即以宋、鲁分股。出闱后，遇一人泥首于地，视之，即将鬻子人也。坚请过其家，甫入门，见壁悬绘像，与梦中老人宛然无二，询之，为其父遗像也。榜发，果首选。

按，此事已载先大父天池公《书香堂笔记》中，家大人近复录入《制艺丛话》。忆张惕庵先生曾云："乡党自是昌平阙里，然《礼·儒行篇》云：'某少居鲁，衣逢（féng）掖之衣；长居宋，冠章甫之冠。'则宋、鲁并称乡党，非无据也。"

【译文】我父亲在山东担任按察使的时候，曾在济南泺源书院考核学子课业成绩，有一名来自海阳县的姓修的生员，写的文章非常好。我父亲对他的姓氏很好奇，于是就询问他的家世背景，原来也是有名望的书香门第，他的父亲名叫修符，曾经考中解元。并且讲述他的父亲修符来省城参加乡试的时候，途中遇到一对夫妇，带着幼小的孩子，哭得十分哀伤，就询问他们哭泣的原因，原来是要把儿子卖掉换钱用来偿还富人家的债务，修符于是就按照他们所需的数额把自己口袋里的钱全部拿出来给了他们。等到进入考场考试，有一道题的题目是“孔子于乡党”一句（语出《论语·乡党》：“孔子于乡党，恂恂如也，似不能言者。”），他想了很久也没有思路。忽然梦到一位老人告诉他说：“这道题如果分别以两个地方的乡党来论述，一定能高中解元。”修符从睡梦中惊醒，就按照孔子在宋国、鲁国两地的乡党分别论述。出考场后，遇到一个人跪在地上向自己叩头，仔细一看，原来就是上次帮助过的准备卖孩子的那个人。他坚持邀请修符到自己家做客，刚刚进门，就看见墙壁上悬挂的画像，竟然和梦中出现的老人一模一样，询问卖孩子的人，才知道这是他父亲的遗像。放榜后，修符果然名列榜首。

说明，这件事已经记载在先曾祖父天池公（梁剑华，字执莹，号天池）所著的《书香堂笔记》一书中，我父亲最近又将其收录入《制艺丛话》中。回想起张惕庵先生（张甄陶）曾经说过：“孔子的乡党自然是鲁国邹邑昌平乡阙里（今山东曲阜市城内孔庙东侧阙里街），但是《礼记·儒行篇》说：‘我少年时期居住在鲁国，穿着鲁国人常穿的宽袍大袖的衣服；长大后居住在宋国，戴着宋国人常戴的章甫（古代的一种礼冠，以黑布制成，始于殷代，殷亡后存于宋国，为读书人所戴的帽子）的帽子。’由此可见，宋国、鲁国并称为孔子的乡党，并不是没有根据的。”

1.4.30 与鬼说情

浙江某科，有温州某生在号舍中，遇女鬼索命甚急。邻舍生颇负胆略，往诘其故，某生噤弗能语，鬼附某生代应曰：“我本无邪念，彼百般挑我，正与目成，为夫所见，大遭诟辱，实未受污也。彼不但不为剖辩，反以风流自命，故作得意之状，使我无以自明，遂成短计。”邻生曰：“此人诚可恶，但能容我一言否？”鬼曰：“我自索命，彼自抵命，与君何干？”邻生曰：“我平生专喜解冤释恨，凡事总求有益于人。鬼之情状，与人当不悬殊，徒以抵命为快，又何益乎？”

鬼曰：“然则君将何以处我？”邻生曰：“汝有子否？”鬼曰：“我有一子，今年十八。”又问：“彼有子否？”则曰：“彼有一女，已及笄（jī）矣。”邻生曰：“今我令彼将女许汝为媳，汝愿从否？”则曰：“此固所愿，但此人无良，难保其不翻悔。此次若放他去，则再遇又不知何时耳。”邻生慨然曰：“我愿以一家保此事，如有翻悔，汝即向我索命可也。”鬼沉吟良久，曰：“姑从君命，切勿食言。”郑重而去，某生顿苏。

邻生告之故，遂满口应承，惟恐鬼之复至也。是夜，邻生甫就寝，即梦前鬼来谢曰：“蒙君为妾调停此事，已达神听。彼生本应此科中式，今已移与君，我特来贺。但一出闱，即当急了此事，勿因循也。”三场甫毕，邻生即寻至两家，各述颠末，数日之间，遂成吉礼。未几，榜发，而邻生已高标矣。盖邻生素在温州各属办理刑幕，亦微闻有此事，而未得其端倪；今既力为担承，如果翻悔，不难以访案竟其狱耳。此事为郭莲渚比部所述，时比部方随任浙中也。

【译文】浙江某科乡试，有来自温州的某生在号舍中，遇到一个女鬼来索命，十分急迫。相邻号舍的考生自信自己有胆有识，前去追问其中的原因，温州某生被吓得瑟瑟发抖、说不出话，女鬼附在温州某生的身上代为回应说："我本来没有淫邪的念头，他百般调戏我，正好与他四目相对之际，被我的丈夫撞见，我因此遭受了一通辱骂，然而我实际上并没有受到玷污。他不但不为我剖析辩解，反而自命风流，故意做出得意扬扬的姿态，使我无法证明自己的清白，于是我才自寻短见。"邻舍考生说："这个人确实可恶，但是可不可以允许我说句话呢？"女鬼说："我来索命，他来偿命，和您有什么关系？"邻舍考生说："我平生专门喜欢帮人化解冤仇、消除愤恨，凡事总是争取对人有好处。鬼的情形，和人应当差距不大，白白地以性命相抵来出气，又有什么意义呢？"

女鬼说："那么先生您想怎么安排我呢？"邻舍考生说："你有孩子吗？"女鬼说："我有一个儿子，今年十八岁。"邻舍考生又问："他有孩子吗？"女鬼说："他有一个女儿，已经成年。"邻舍考生说："现在我让他把自己的女儿许配给你的儿子做媳妇，你愿意答应吗？"女鬼说："这当然是我愿意的，但是这个人没良心，难保他不会反悔。这一次如果放他走，那么再次遇到又不知道什么时候了。"邻舍考生慷慨说道："我愿意用一家人的性命来担保这件事，如果温州某生反悔，那么你就来向我索命就行了。"随后女鬼沉思了许久，说："姑且听从您的安排，千万不能说话不算数。"女鬼说完之后郑重地告辞而去，温州某生顿时苏醒过来。

邻舍考生告诉他事情的经过，于是温州某生就满口答应，只怕女鬼再次找来。当天晚上，邻舍考生刚刚入睡，就梦到前面的女鬼来道谢说："承蒙先生为我调解这件事，已经被神仙知晓。温州某生本来应该这一科考试得中，现如今这个名额已经转移给您，我特地前来向您表示祝贺。不过您只要一出考场，就应当尽快了结这件事，不要拖延。"三场考试刚刚结束，邻舍考生就去寻访到两家人，分别向他们讲述了事情的来龙去脉，几天之内，就完成了婚礼。没过多久，考试结果公布，邻舍考生果然已经高中。原来邻舍考生向来在温州各个官署负责办理刑事案件，也隐约听说过这件事，却没发现其中的线索；如今既然已经极力帮他们承担责任，如果温州某生反悔，不难以调查案件的名义来了结这桩官司。这件事是刑部司官郭莲渚先生所讲述的，当时郭先生正在浙中随任（指旧时长辈做官晚辈随在衙署生活）。

1.4.31 与鬼讲理

鬼之情状，与人无殊，可以情动，亦可以理遣也。浙江某科，有赵生应乡试，既入闱，饭后假寐，一妇人揭帘入曰："误矣，非某人也。"言毕倏隐。赵生默记其姓名，时点名尚未竟，赵乃倚号口栅栏，逢人询问。旋遇一人，与所记姓名相符，语以故且讽其出。其人初不省，忆久之，复问妇人年貌衣饰，赵以所见对。

其人乃曰："果此人，吾弗惧矣。曩吾家有一舆夫，甚懦，为妻所制，日被殴辱弗敢较。一日，见舆夫被殴败面，吾怒斥之曰：'汝夫纲不振，一至于此，彼殴汝，汝独不能殴彼乎？'舆夫以一言激动，还殴其妻，其妻大恚，以为天下之大，有妻殴其夫而已，今乃反是，此天下之大辱也。哭詈终日，至夜而自缢。此妇可谓至愚极悍、倒行逆施者矣。吾持公论以斥其夫，并非迫此妇以自缢，乃欲执是以仇我，天岂容之乎？"

于是同号士子闻之，共起为文，向空焚之，剖说其理，使悟而自去，且曰："若再夜出为祟，当同诣明远楼诉诸关帝，押汝入无间地狱也。”是夜竟寂然。

【译文】鬼的情状，和人没有区别，可以用情感来触动，也可以用道理来说服。浙江某科乡试，有一位赵生去参加考试，已经进入考场，吃过饭后小睡，一个妇人掀开帘子进来说：“错了，不是某人。”妇人说完就忽然不见了。赵生默默地记下来妇人口中所说的那个人的姓名，当时点名还未完全结束，赵生就倚靠在号舍门口的栅栏上，见人就问是否认识此人。随即遇到一个人，和所记的姓名相符合，于是赵生告诉他其中的缘故，并且激他说出实情。那个人起初没有醒悟，回想了许久，又问那个妇人的年龄、相貌、衣着装扮，赵生把自己看到的情况告诉他。

那个人才说：“如果真的是这个人，我就不害怕了。从前我家有一个车夫，性格十分懦弱，被妻子严格管制，每天被妻子殴打辱骂也不敢计较。一天，我看见车夫又被妻子殴打，脸上都受伤了，我训斥他说：‘你夫纲不振，到了这个地步，她殴打你，你难道就不能殴打她吗？’车夫被我一句话激动，还手殴打了他的妻子，结果他的妻子大怒，认为天下这么大，只有妻子殴打丈夫的而已，如今竟然反了过来，这真是天下的奇耻大辱。车夫的妻子又哭又骂了一整天，到夜里竟然自缢而死。这个妇人可以说是愚昧凶悍至极、违背常理的了。我以公正的道理来斥责她的丈夫，并不是要逼迫这个妇人自杀，却竟然想抓住这一点来找我报仇，上天难道能容忍她这样做吗？”

于是同考场的考生们听说了这件事，共同起草了一篇疏文，对着天空焚烧，详细剖析阐述其中的道理，使她有所醒悟而自行离开，还说：“如果夜里再出来作怪，我们就一同到明远楼（明清各省试院称贡院，贡院至公堂前置高楼，名明远楼，考试时，巡察官登楼眺望，居高临下，监视考场，提防作弊）在关圣帝君神像前控诉，把你押入阿鼻地狱受苦。”这天晚上整夜安静无事。

1.4.32 淫报

杨雪椒光禄（庆琛），在山左藩任，闻其幕宾云：每岁泰山进香时，士女往来如织。有男女二人于半山僻处苟合，旋为人撞见，方思逸去，而下体已联为一，欲强分之，即痛不可忍。既而观者愈众，有识其为某处人者，告其家，往视之，则嫂叔也。其家人急以被裹二人舁（yú）回活埋之。夫人生一举一动，皆有鬼神鉴观，况名山显赫之区，而敢不顾伦常，肆行淫秽，得不受此恶报乎？

【译文】光禄寺卿杨雪椒先生（杨庆琛，原名际春，字廷元，号雪椒，嘉庆二十五年庚辰科进士），在山东担任布政使期间，曾听他署中的幕僚说：每年到泰山进香的时候，男女来来往往人流如织。有一男一女两个人在半山腰偏僻的地方野合，随即被别人撞见，正想着要逃跑，但是两人的下身已经连为一体，想要强行分开，就疼痛难忍。然后围观的人越来越多，有人认识他们是哪里人，跑去把这件事告诉了他们的家人，家人前去查看，才发现原来是嫂子和小叔子。家人急忙用被子把两人裹起来运回去活埋了。人一生的一举一动，都有鬼神鉴察，何况是在庄严神圣的名山，竟敢不顾伦理道德，肆无忌惮地做淫秽之事，能不受到这样的恶报吗？

第五卷

1.5.1 孟瓶庵先生

吾乡数十年来，绅耆负重望，实足为国人矜式者，莫如孟瓶庵公（超然）。公掌教鳌峰八年，家大人及诸伯叔父皆从受业。公家世寒微，封翁某充藩署茶役，而醇谨有士风。祖传戒杀之训，奉行惟谨，兼劝其侪偶，多信从之者。署中宴客，厨下宰杀无数，封翁必远避，不但不忍见，并不忍闻其声。方伯闻而喜之，亦以此化导其家人，为之减杀无数。

封翁知公善读书，加意培护之。公每往友人家会文，日未晡，封翁必篝灯候其门，并嘱出入人毋使某知，恐扰文思。后公自知之，每会文辄不待晡而毕。乡试揭榜日，封翁随官入内帘，缮至解元名，不觉大笑，众官询，知即其子，乃各起立拱贺，先送之出。公联捷成进士，入翰林，改吏部，典试粤西，督学川中，封翁尚健在。甫报政还朝，即乞养归，不出。子若孙皆联翩举于乡。公守先志，至今合族犹以杀生为戒云。

道光年间，有修辑《福建通志》之举，所有书中体例、局中经费，悉归陈恭甫编修主持。前志有“儒林”“道学”二门，盖沿《宋史》之例，同人拟仍其旧；编修谓“儒林”可以包“道学”，不必复立“道学”之名，毅然删之。时家大人请假里居，语同人曰：“道学莫盛于宋，亦莫盛于闽。此在他史可无，而在宋史则应有；在他志可无，而在闽志则应有，不可删也。”众皆然之。编修曰：“然则本朝何人可称道学？”家大人曰：“如瓶庵先生者，优入之矣。”众翕然无异词，编修不能夺也。

【译文】我们福州几十年来，绅士耆老中享有隆重的声望、确实足以成为国人楷模的，莫过于孟瓶庵先生（孟超然，字朝举，号瓶庵，乾隆二十四年乡试解元，乾隆二十五年进士，清代官员、学者）。孟瓶庵先生主持福州鳌峰书院八年，我父亲和几位伯父、叔父都曾跟随他学习。孟瓶庵先生出身于贫寒微贱的家庭，他的父亲孟封翁（孟宸篑，字廷韶，号赓亭）虽然只是在布政使衙门充当一名茶役，但是为人淳朴谨慎颇有士大夫的风范。祖上传下来戒杀放生的家训，孟封翁严格遵守奉行，并劝化他周围的人戒杀放生，有不少人相信并听从。衙门中每次宴请宾客，厨房里都会宰杀无数生灵，封翁一定远远地避开，不仅不忍心看见杀生的惨状，也不忍心听到动物被杀时凄惨的叫声。布政使大人听说后很受触动，非常高兴，也劝化教导自己的家人爱护生命，为此少杀了无数生灵。

孟封翁知道儿子瓶庵先生善于读书，便用心培养爱护他。瓶庵先生每次去朋友家探讨切磋文章，不到傍晚时，封翁就一定会提着灯笼等候在门口，并嘱咐出来进去的人不要让瓶庵先生知道，恐怕打扰了他写文章的思路。后来瓶庵先生自己知道了这件事，每次谈论文章不等傍晚就结束回家。乡试放榜的那天，孟封翁跟随官员一起进入阅卷场所，当填写到解元的名字时，不禁哈哈大笑，众位官员询问他为何发笑，才知道解元就是他的儿子，于是大家都起立拱手祝贺，先送封翁出来。后来孟瓶庵先生于第二年春天联捷成进士，进入翰林院，后调吏部，出任广西乡试副考官，提督四川学政，这时封翁还健在。瓶庵先生刚刚回到朝廷汇报政绩完毕，就请求辞官回家为父母养老，不再出仕。儿子和孙子都相继在乡试中考中举人。瓶庵先生坚守先祖的遗志，至今整个家族仍然将戒杀放生作为戒律。

道光年间，福建省设立机构、组织人员重修纂辑《福建通志》，所有书中的体例结构、机构的工作经费，全部由翰林院编修陈恭甫先生（陈寿祺）主持。前一部志书中设有“儒林”“道学”两个门类，大概是沿袭《宋史》的体例，同事们打算沿用旧有的体例；陈恭甫先生认为“儒林”可以包含“道学”，没有必要再单独设立“道学”的名目，果断将其删除。当时我父亲正请假在家居住，对同事们说：“道学最盛行的时代莫过于宋朝，最盛行的地区莫过于福建。这部分内容在其他朝代的史书中可以没有，但是在宋史中就应该有；在其他地方的志书上可以没有，但是在福建地方志上就应该有，不可以删除。”大家都表示赞同。陈恭甫先生说：“那么本朝什么人可以称得上是道学？”我父亲说：“比如孟瓶庵先生这样的人，完全可以入选道学之列。”众人一致表示同意，没有异议，陈恭甫先生也无法自作主张了。

1.5.2 叶宫詹

乾隆间，吾乡叶毅庵宫詹（观国），以儒林丈人，屡司文柄，廉勤尽职，至老不衰。督滇学时，诸城刘文正公适奉使至，见公，喜曰："吾见馆阁诸君，一出学差，无不面丰体胖。今君如此清癯（qú），半为校士清勤，半为官厨冷淡，不愧为吾门下士矣。"

在粤西时，值乙酉选拔之期，有某生为巨公婿，挟权要人手书，谆谆相托。得书立焚之，不置一辞。榜出，其人竟不与，阖属翕然。按试各郡，约束丁役，无额外縻费。比任满，代者以地方供应事酿成大案，竟罹重辟。抚臣劾奏，学臣某按临之处，较前任学臣叶某，多派人夫至七百余名。

在安徽时，年近七旬，大省卷帙繁多，而无一篇不过目。尝夏夜校阅，尽屏仆从，惟留一幼僮在身后挥扇，忽扇风灭灯，饬僮取火。宫詹每阅卷，必据大几，将卷居中央，取者置左，不取者置右。当灭灯顷，宫詹以两手各压两边卷上，乃暗中有一卷飞压左手之背。及灯至，覆阅之，则未过目之卷，其文实不佳，乃将此卷另行批抹，遍示幕客而不言其故，于是署中惊以为神。

平生凡四任学政，皆弊绝风清，心安理得。四十岁外，始连举丈夫子七人，长与三皆以优行贡成均；四与五皆以举人大挑知县；二与六与七并成进士。二以榜下知县分发广东，六与七皆入翰林，洊出为监司、郡守。孙数十人，有由翰林历吏部出为监司者，其成进士、举人、拔贡者，尚指不胜屈。吾郡簪缨之盛，一时莫之与京也。

同时吾郡出为学政者不一人，而清操隽（jùn）望，则惟宫詹与瓶庵吏部为伯仲之间。吏部督学四川时，总督某广纳苞苴（bāo jū）。值其寿辰，公手书楹联为祝，不受。公以已署双款为言，仍不受，且云："并非整寿，他处送者悉不敢收，不能不一律相待。"公即日携一椅坐总督头门外，凡各属有送寿仪者，悉为簿录而却之，曰："大人并不收礼，我送微物且不收，何况所属？有混行馈赂者，我必立揭部科。"凡坚坐三日而去，于是总督亦为屏息。至今蜀人能道其详，盖非公之壁立万仞，不能如此。同时有督学某省者，虽满载而归，不数年即罄尽，则等之自郐（kuài）无讥矣。

【译文】乾隆年间，我们福州的叶毅庵宫詹（叶观国，字家光，号毅庵，乾隆十六年进士，历任翰林院侍读学士、詹事府少詹事、会试总裁，云南、广西、安徽学政等），作为博学儒士，多次执掌评定文章、考选文士的权柄，清廉勤勉、尽职尽责，到老了也不曾懈怠。在提督云南学政期间，山东诸城的刘文正公（刘统勋）恰好奉命来云南办差，见到叶毅庵先生，高兴地说："我见翰林院的诸位先生，一旦外放地方出任学政，没有一个不变成面容丰满、身体肥胖的。如今你如此清瘦，一半是因为考评士子清廉勤苦，一半是因为官厨的饭菜清淡粗糙，不愧是我门下士子的作风。"

叶毅庵先生在广西担任学政期间，正逢乾隆三十年（1765）乙酉科选拔贡生的日子，有一名某生是高官家的女婿，带着一封权贵之人手写的书信，恳切请求叶大人能够优先录取他。叶毅庵先生拿到书信之后就立刻烧掉了，没说一句话。张榜公布结果，某生竟然不在其中，全体下属对叶先生一致称颂。到各府巡视考试工作时，严格管束随行的兵丁、差役，没有额外的资金浪费。叶先生任职期满后，接替他继任广西学政的官员（梅立本）因为向地方官员索贿的事情被揭发，酿成了重大案件，最终被处以死刑。巡抚在上奏弹劾梅某的奏章中说，学政梅某巡视地方所到之处，比前任学政叶某，多派差役达到七百多人。

叶毅庵先生在安徽任职的时候，已经年近七十，安徽作为科举大省试卷繁多，但是没有一篇不亲自审阅。曾经在夏天的夜晚批阅试卷，将仆人随从全部斥退，只留下一名幼童在身后扇扇子，忽然扇子的风吹灭了灯火，命令幼童取火点灯。叶毅庵先生每次批阅试卷，一定坐在一张大桌子边，把试卷放在中间，拟录取的放在左边，不录取的放在右边。当灯火熄灭的顷刻间，叶大人用两只手分别按在两边的试卷上，而黑暗之中有一份试卷飞来压住了左手的手背。等取来火点上灯，将这份试卷翻过来批阅，发现是还没有过目的试卷，文章实在不太好，就把这份试卷单独进行批注，给幕僚们看却不说明其中的缘故，于是署中的人认为很神奇。

叶毅庵先生一生先后四次担任学政，都是杜绝一切陈规陋习，营造良好的风气，行事合情合理，心中坦然无愧。四十岁之后，才开始接连生了七个儿子，长子叶申蕃和三子叶申蔚都因品学兼优贡入京师国子监，成为优贡生；四子叶申蔼和五子叶申芑都以举人的身份经大挑选任为知县（清制，挑选三科以上会试不中的举人，一等任知县，二等任教职，称为大挑）；二子叶申菜、六子叶申萬和七子叶申芗先后考中进士。二子叶申菜以榜下知县（指中进士后不经待选即出任为知县）分派到广东连山县任职；六子叶申萬和七子叶申芗都进入翰林院，逐步擢升出任为道台、知府。孙子几十人，有从翰林出身到吏部任职后出任道台的，那些成为进士、举人、拔贡的人，更是屈指难数。我们福州高官显宦之兴盛，一时之间没有人能与他家相比。

同时代我们福州出任为学政的不止一人，但是如果论起高风亮节、声望美誉，就只有叶毅庵先生和孟瓶庵先生（孟超然）不相上下。孟瓶庵先生在提督四川学政的时候，时任四川总督某大人大肆收受贿赂。正值某总督的寿辰，孟瓶庵先生亲手书写了一副楹联作为贺礼，某总督不接受。孟先生说已经署了双方姓名作为上、下落款，某总督仍然不肯接受，并且说：“并不是逢十的整寿，其他地方送的礼物也一概不敢收，不能不同等对待。”于是孟先生就每天带着一把椅子坐在总督府大门外，凡是下属各部门有来送寿礼的，全部帮他们登记在册然后推掉，说：“总督大人并不收礼，我赠送的小礼物尚且不收，何况各位大人呢？如有混迹在其中想要借机行贿的，我一定立刻揭发检举他。”就这样一共坐了三天才离开，于是某总督也被他吓得大气不敢出。至今四川人还能够详细讲述其中的情节，大概如果不是孟瓶庵先生淡泊名利、无欲则刚，是不能够做到这样的。同时期有个在某省做学政的人，虽然满载而归，没过几年就败光了，则相比之下根本就不值得评论了。

1.5.3 陈尚书

陈望坡尚书（若霖），本吾闽盛族，世居闽县之螺洲。江流环抱，沙土华滋，生其间者，每多巨人长德，而公尤为杰出。扬历中外数十年，皆以朴诚结主知，以仁恕孚人望。尝语人曰：“吾侪（chái）生当盛世，循分供职，有何奇才异能？惟能以人事君，则收效自远。”又曰：“吾侪治狱，不能惟明，遑（huáng）云克允。惟念唐虞之世，以尧舜为君，以皋陶（gāo yáo）为刑官，而一则曰‘罪疑惟轻’，再则曰‘宁失不经’，则其不敢自信可知，而宽严之间必有道矣。”

当陈臬楚北时，勘办秋录，以失出十五案，为部臣所指驳，奏入，上谓："陈若霖刑部老手，何至失出十五案之多？"坐降四品顶戴，拔去花翎。或有以此诮公者，公曰："此我平生第一心安理得事，君何尤焉？"掌刑部日，尤以汲引人才为务，鼓舞作兴，无一人不乐为之用者。近年刑曹中推能手，其外任司道，掌封圻，铮铮有声者，皆出公夹袋中也。

吾乡俗传老于刑部者，鲜能保全终始，而后人亦多不振。今公进退以礼，克永终誉，又享高年。其次子景亮，在兵部为长贰所倚任，又中庚子南元；三子景曾，以拔贡作令山西；孙承宽，亦登己亥乡荐。皆有蒸蒸日上之势，则公之食报可知矣。

又闻公早年困于童试，至二十八岁之春尚应岁试，仍不售，乃决意辍业为商，结伴同往苏州贩布，已登舟矣。螺洲距省城三十里而遥，舟至洪山桥必小泊（即省城之马头，过此则长行矣）。值连日大风，不能解缆，忽见岸上急足到，为公递家信，云昨学辕牌示即于日内赶办科考，嘱公速回应试。公笑曰："此所谓蛇足也。"漠不为意。其同伴皆促之回，亦不动，乃数人挽之上岸，将行李抛置路旁，时风已转，径扬帆去。公不得已，怏怏入城，旬日间遂入泮，是为乾隆丙午科；九月，举于乡。次年三月，成进士，入翰林，散馆改刑部，甫补缺即丁忧归，家居八年，始再出。公之澹于荣进如此。

公貌简口讷，不喜趋承，在刑部时，惟日坐司堂理牍，堂官从不识其面，公亦不求人知。时和珅初伏法，其仆刘秃者已拟远戍。故事，凡遣犯日，提牢官点交差役，解往顺天府衙门发配，司官弗与闻。是日，适公当月，念此系重犯，亲身押往，索取顺天府收文回。旋有科道参奏，遣犯刘秃声势尚赫，临行夹路饯筵，拥挤不绝，以致发配三日，尚未出京。上震怒，立召刑部各堂官，斥以所司何事。各堂官噤无以对，碰头出，即联骑入署，立传各司官诘之，司官亦皆茫然。时公方贸贸入司堂，问何事喧嚷，有老书吏告之故，且请公上堂。则堂官查出是日当月之员，已厉色相待。见公至，大声曰："汝于某日当月乎？"曰："然。"曰："刘秃之事发矣，汝尚不知乎？"曰："顷适知之，但咎在顺天府，与本部何干，与当月者又何干？刘秃于某日出禁，司官即于是日亲身押交顺天府衙门，并立取本日收到印文为据，尚何惧乎？"因就怀中出一纸呈上，各堂官皆辴（chǎn）然曰："是不难覆奏矣。"事遂解。于是合署上下无不知有福建陈老爷者。附录之，以见公之遇事详慎，有益于公家又如此也。

望坡尚书亦常劝人惜字，每言其无锡同年顾式度（钰），入礼闱时，梦见一人来索卷，大书一"惜"字而去，觉而恶之。题纸下，三艺援笔立就。及誊真，又自嫌首艺太短，场后意殊不慊（qiè）。及榜发，竟中会元，始悟卷中"惜"字乃其封翁勤于惜字之报，其族人皆异口同声也。

望坡尚书抚滇时，其夫人卒于官署，令长子景福扶榇归闽。濒行，带一副沙木寿板，为公所见，饬之曰："汝带此回去何用？"景福不能对，公笑曰："以汝身分，不配用此，自然是为我预备，且问汝真以我为能终于里第乎？果尔，则如天之福，吾闽木材亦不恶，何必多求？如当终于督抚任所，则又何难得一美棺乎？"因举一故事谕之曰："昔有张翁，最精心计。年六十时，自备一棺，旋嫌其材太薄；访有贫家治丧，仓卒不及办棺者，借与用之，约还时但索加厚一寸以为利息。如是展转数次，居然棺厚九寸，藏厢房内。一夕邻家火起，沿及厢房，急入扛取其棺，业已被焚，忙投之水塘中，火旋熄，拖起刨之，依然可用，但尺寸之薄，亦依然如前。张翁乃叹曰：‘此我命中只应得薄棺也。’夫棺之厚薄，尚有定数，又何必费无数之赀，求美材于万里之外乎？”闻者皆服其达观。

【译文】刑部尚书陈望坡先生（陈若霖，字宗觐，号望坡，乾隆五十二年进士，官至刑部尚书），出身于我们福建的名门望族，世代居住在福建闽县的螺洲（今福州市仓山区螺洲镇）。这个地方地理环境优越，江水环绕，沙土润泽，生长在这里的人，不少是德高望重的大人物，而陈望坡先生尤其杰出。陈望坡先生在朝廷和地方为官几十年，都能够以朴实真诚赢得君主的信任，以仁爱宽恕受到众人的仰望。他曾经对别人说：“我们这代人生逢太平盛世，当安守本分、恪尽职责，哪里需要凭借什么奇才异能呢？只要能够尽心尽力为国家举荐优秀人才，则自然能够收获深远的效果。”又说：“我们审理案件，如果都做不到明察，又怎么能实现公正呢？考虑唐尧虞舜的时代，以尧、舜这样圣明的君主，以皋陶这样贤德的司法官员，而首先强调的就是‘罪行有可疑之处应该从轻判处’，再者就是‘宁可失误，也不能乱杀无辜’，那么可以知道他们作为圣君贤臣也不敢对自己的判断盲目自信，但是在对从宽、从严的取舍之间必有一定的原则和方法。”

当陈公在担任湖北按察使的时候，核查办理秋审案件，因为有十五件案子轻判或未判，被刑部的大臣指摘驳斥，上奏给了皇帝，皇帝说：“陈若霖作为长期在刑部工作经验丰富的老手，为什么轻判或未判的案子竟然多达十五件呢？”因此受到处分，被降为四品官衔，拔去花翎。有人拿这件事来讥笑陈公，陈公说：“这是我这辈子第一桩心安理得的事情，您又有什么大惊小怪的呢？”主持刑部期间，尤其将吸收引荐人才作为重点工作，大家都欢欣鼓舞、精神振奋，没有一个人不乐意被他所用。近年来司法领域中能数得上的得力干将，尤其是在地方上出任司道、封疆大吏，且为人正直、名声很好的官员，大多都出自于陈公吸收引进的后备人才队伍之中。

我们家乡当地民间传说长期在刑部做官的人，很少有人能够善始善终，而且子孙后代也往往不兴盛。如今陈公体面从容地全身而退，保全了终身的名节和荣誉，又身享高寿。他的次子陈景亮，在兵部工作时被尚书、侍郎所器重，又考中道光二十年（1840）庚子科顺天乡试南元（清顺天乡试，无论何省人均可应试，惟第一名解元例属直隶省，第二名则必属南方人，故称南元）；三子陈景曾，以拔贡生在山西做县令；孙子陈承宽，也考中道光十九年（1839）己亥科乡试举人。都有蒸蒸日上的势头，那么陈公享受的回报也就可想而知了。

又听说陈公早年参加秀才考试不顺利，到了二十八岁那年的春天还在参加由学政主持的岁试，仍然没有考中；于是就下定决心放弃学业去经商，与人结伴同行去苏州做布匹生意，已经上船了。螺洲距离省城有三十里远，船只开到洪山桥一定会稍作停留（洪山桥就是省城福州的码头，过了这里就可以畅行无阻了）。正赶上连续几日的大风天气，不能解开船缆出发，忽然看见岸上有一个急行送信的人到了，递送给他一封家信，信中说昨天学政衙门挂牌公示即将于近日举办考试，叮嘱陈公赶快回去参加考试。陈公笑着说：“这就是所谓的画蛇添足。”漠不关心。他的同伴都催促他回去，也不为所动，于是几个人一齐拉他上岸，把行李扔下来放在路边，当时风向已转，同伴们径直扬帆开船而去。陈公没有办法，闷闷不乐地进城，十天之内就入学成了生员，当时是乾隆五十一年（1786）丙午科；当年九月，就在乡试中考中举人。第二年（1787）三月，考中进士，进入翰林院，三年期满后进入刑部任职，刚刚授职就因为亲人去世回家守丧，在家待了八年，才再次出来做官。陈公对功名利禄就是如此淡泊。

陈公相貌质朴、说话迟钝，不喜欢迎合奉承，在刑部的时候，只是每天坐在办公室处理案牍，长官从来不认识他，他也不希望被别人知道。当时和珅刚刚被治罪，他的仆人叫刘秃的已经准备判处将他发配边疆。按照惯例，凡是遣送罪犯的日子，由提牢官点验清楚交付给差役，由差役押解到顺天府衙门发配，刑部司官不参与也不过问。这一天，正好是陈公本月当值，考虑到这是重犯，就亲自押送到顺天府，然后向顺天府索要了接收犯人的文书回来。随后有科道（明清时，督察院所属的吏、户、礼、兵、刑、工六科给事中及十五道监察使的统称）官员向朝廷奏报说，遣犯刘秃声势依然显赫，临行时道路两边送行的宴席，拥挤不断，以致于发配了三天还没有走出京城。皇上大为震怒，立刻召集刑部的各位长官，斥问管的这是什么事。各位长官吓得说不出一句话，磕头后出来，立即骑马回到刑部衙门，立刻召集各司官员追问具体情况，司官们也都茫然不知。当时陈公正冒冒失失地来到办公室，询问发生了什么事情这么吵闹，有一位老书吏告诉他其中的原因，并且请陈公上堂。这时长官已经查出那天当值的人员，并表现出严厉的神色来对待。看到陈公来了，长官大声说：“那天是你当值吗？”陈公回答说：“是的。”长官说：“刘秃的事情被揭发出来了，你还不知道吗？”陈公回答说：“刚刚才知道这件事，但是责任在顺天府，和我们部门有什么关系，和当值的人又有什么关系呢？刘秃在那天被从监狱提出来，本司官就在当天亲自押送交给顺天府衙门，并且索取了当天接收犯人的盖印文书作为凭证，还有什么可怕的呢？”因此从怀里掏出一张纸呈上去，各位长官都说：“有了这个，就不难向皇上回奏答复了。”事情于是就解决了。于是整个刑部衙门上下没有人不知道福建陈老爷的。将这件事情附录在此，由此可见陈公对待事情详细谨慎，对公家发挥如此大的作用。

陈望坡尚书也经常劝人敬惜字纸，常常对人说起他的同榜进士无锡的顾式度（顾钰），进入礼部会试考场的时候，梦见一个人来索要他的试卷，在卷面上写了一个大大的“惜”字后就走了，醒来之后感到很厌恶。题纸发下来后，提笔很快将三篇文章的草稿写好。等到正式往试卷上誊写时，又嫌自己第一篇文章太短，出场后心里不太满意。等到发榜，竟然高中第一名会元，才恍然大悟试卷上的“惜”字应该是他的父亲勤于惜字的善报感应，他的族人也都异口同声这样说。

陈望坡尚书在担任云南巡抚的时候，他的夫人病逝于官署，派长子陈景福护送灵柩回福建老家安葬。临行前，带着一副沙木棺材，被陈公看见了，斥责他说：“你带这个回去有什么用？”景福不能回答，陈公笑着说：“以你的身份，不配用这副棺材，自然是给我预备的，况且我问你真的认为我能够在家乡寿终正寝吗？如果是这样，那真是天大的福气，我们福建的木材也不错，何必要从其他地方找呢？如果最后死在督抚任所，那么得到一副上好的棺材又有什么困难的呢？”因此举了一个例子告诉他，说：“从前有一个张翁，特别工于心计。六十岁的时候，自己准备了一副棺材，又嫌弃所用的木料太薄；打听到有一户贫困的人家办理丧事，仓促之间来不及置办棺材，张翁就把自己的棺材借给对方先用，约定归还的时候只要加厚一寸来作为利息即可。就这样辗转互换了好几次之后，棺材居然已经厚达九寸，张翁就把它存放在厢房中。一天晚上邻居家失火，火势蔓延到了自家厢房，张翁急忙进去把棺材扛出来，棺材已经被烧到了，急忙把棺材扔进水塘里，火立刻就熄灭了，又把棺材捞起来用刨子刮去烧焦的外层，发现棺材仍然可以用，但是已经变得很薄，厚度依然像最初那副棺材一样。张翁就叹气说：'这说明我命中注定只应该得到一副薄薄的棺材啊。'棺材的厚薄，尚且有定数，又何必花费无数的钱财，从万里之外求取上好的木材呢？"听说的人都佩服他的通透豁达。

1.5.4 五子登科

福州曾霁峰刺史（晖春），以进士官州牧。其祖本寒儒，尝与戚属某姓争坟地，地故曾物，争辨莫决，将断诸官。而某戚颇有力，预制墓碑，先一夜瘗（yì）诸地。次日官至，掘得墓碑，遂勒曾起棺改葬焉。曾随亦闻其计，无如何也。后历数十年，两家之科名仕宦皆相埒（liè），风水之说固不谬矣。

今则某氏之显者渐替，其子孙亦寥寥。曾氏则继起之书香愈盛：长子元基，乙未举人；次子元炳，己丑进士；三子元海，壬午进士，广西学政；四子元燮（xiè），戊戌进士，现官主事；五子元澄，辛卯举人。魏丽泉中丞制"五子登科"扁旌其间。而孙兆鳌，旋登庚子进士。科名之盛，一时莫之与京。可知人不患为人所欺，而但求为天所佑耳。

又闻曾氏自刺史之父又盘公（新），戒杀已历三代，百有余年，抑亦好生之报欤！

【译文】福州的曾霁峰知州（曾晖春），以嘉庆六年（1801）辛酉恩科进士，官江西义宁州知州。他的祖父本是贫寒的儒生，曾经和亲戚某姓家争夺坟地，坟地本来就是曾家的财产，两家争辩不决，将要请官府裁决。但是某姓亲戚相当有实力，预先制作了墓碑，头天夜里埋在坟地里。第二天官员到场，挖掘发现墓碑，于是勒令曾家挖坟起棺改葬到别处。曾霁峰随后也听说得知了某姓的计谋，但是也没有什么办法。后来几十年过去了，两家的科第功名、仕途官位都差不多，风水的说法确实不是荒谬的。

然而如今亲戚某姓家族中显赫的人物渐渐衰落，后代子孙也越来越稀少。而曾氏家族则读书的家风越来越兴盛，后起的人才不断涌现：长子曾元基，道光十五年（1835）乙未科举人；次子曾元炳，道光九年（1829）己丑科进士；三子曾元海，道光二年（1822）壬午科进士，担任广西学政；四子曾元燮，道光十八年（1838）戊戌科进士，现任工部主事；五子曾元澄，道光十一年（1831）辛卯科举人。魏丽泉巡抚（魏元良）制作了一块“五子登科”的匾额以示对曾家的表彰。孙子曾兆鳌，随即又考中道光二十四年（1844）甲辰科进士（此处原文误作“庚子”科，经查实际应为甲辰科）。科第功名如此兴盛，一时之间没有能与他家相比的。由此可以知道，人不必担心被别人所欺负，而只求被上天所保佑。

又听说曾家从曾霁峰知州的父亲曾又盘先生（曾新）开始，坚持戒杀放生已历经三代人，一百多年了，或许也是爱护生命感召的善报吧！

1.5.5 廖氏阴德

闽县廖氏，积有阴德，先母郑夫人常称之。先母为廖家之表侄女，故知之最悉。每谈旧事，述廖氏兄弟之父，群称廖太翁者，曾于台湾充郡署吏书，于某年私焚海盗案一册，盖活人以千计。生平又最敬惜字纸，每自背一篮，于穷街僻巷检之；其受污秽、不堪着手者，亦必拾回洗净焚化；行之数十年不倦，盖文人学士之所难者。其累代待婢女甚宽恕，恒及时遣嫁，凡俗所为试妆、回门之礼皆不废。人问之，曰："婢女亦女也，忍异视乎？"其厚德又如此。

此皆乾嘉间事，先母所目睹者。彼时廖家尚未发祥，今则兄弟相继而登科第：长鸿翔，嘉庆戊寅举人，广东知县；次鸿禧，道光乙酉举人；次鸿苞，嘉庆丁丑进士，江南同知；次鸿藻，嘉庆己巳进士，江西粮道；次鸿荃，己巳榜眼，现官尚书。鸿苞字竹臣，鸿藻字仪卿，鸿荃字钰夫，三人皆由翰林出身，亦近代所希有矣。

【译文】福建闽县（今福州市）的廖氏家族，长期积功累德而不求人知，我母亲郑太夫人常常说起并赞不绝口。我母亲是廖家的表侄女，因此了解得最详细。常常谈到过去的事情，她曾讲述说廖家兄弟的父亲（廖陆峰），人们都称呼他为廖太翁，曾经在台湾充任知府衙门的书吏，于某一年私下里烧掉了关于海盗案的一本名册，因此使得上千人的性命得以保全。生平又最重视敬惜字纸，每天自己背着一个篮子，沿着穷街僻巷到处捡拾字纸；那些受到污染、不堪用手接触的字纸，也一定捡回来清洗干净焚化；这样坚持了几十年从未懈怠，大概是文人学士也很难做到的。他家世代对待婢女十分宽恕，常常及时将她们出嫁，凡是当地风俗上所谓的试妆、回门等礼仪也都不省略。有人问起来，廖太翁就说："婢女也是女儿，怎么可以区别对待呢？”他的德行就是如此厚道。

这都是乾隆、嘉庆年间的事情，我母亲曾亲眼见过的。那时廖家还没有发迹，如今则廖家兄弟相继登科及第：廖陆峰的长子廖鸿翔，嘉庆二十三年（1818）戊寅恩科举人，在广东担任知县；三子廖鸿禧，道光五年（1825）乙酉科举人；四子廖鸿苞，嘉庆二十二年（1817）丁丑科进士，担任江苏苏州府同知；五子廖鸿藻，嘉庆十四年（1809）己巳恩科进士，担任江西督粮道；六子廖鸿荃（初名金城），嘉庆十四年（1809）己巳恩科榜眼，现任工部尚书。鸿苞字竹臣，鸿藻字仪卿，鸿荃字钰夫，三个人都是由翰林出身，也是近代以来所罕见的。

1.5.6 许氏阴德

侯官许荫坪进士（德树）自述：其先代本籍晋江，其曾祖母郑孺人，湖北郑鱼门巡抚女也。巡抚罢官，留修湖北省垣。孺人捐田产、衣饰，合得白金二百余斤，助工费，巡抚因得归。遂携子女从父居侯官，而弃其田庐之在晋江者，尽与夫之兄弟。泉州守义之，书门曰“巾帼君子”。而家日贫，偶念族中有男女二人流落异乡者，力措金寄赎之，值其绝粮已数日矣。

子端木（崇楷），乾隆己卯举人，山西翼城知县。孙继之（懿善），乾隆辛卯举人，广东陆丰知县。皆以治谱相嬗（shàn），有循声。陆丰君尤阔达好施与，其姑某氏贫，生二女，将溺之，悉收为己女，时君家已有五女矣。又某氏姑有二女，因贫将鬻为婢，公复携归，代为抚养，婚嫁婿家，皆各能成立。时城中称女贵者，必推许氏。

曾孙鹤舲（冠瀛），先成进士、入翰林；荫坪，亦成进士；又庆澜，继登乡荐。家大人与荫坪，少同受业于郑苏年先生之门，癸卯回福州，访荫坪，则荫坪之两子、两孙，皆方以秀才应乡试。书香之盛，同辈所仅见也。

【译文】福建侯官县（今福州市）的许荫坪进士（许德树，道光六年丙戌科进士）自己讲述：他的先祖原籍晋江，他的曾祖母郑孺人，是湖北巡抚郑鱼门先生（郑任钥，字维启，号鱼门，康熙四十五年丙戌科进士）的女儿。郑鱼门巡抚罢官之后，留在湖北省城修筑城墙。郑孺人捐出田产、衣服、首饰，总共得到了二百多斤白银，给父亲赞助工程经费，郑鱼门巡抚因此得以回家。于是郑孺人就带着子女跟随父亲居住在侯官，而把留在晋江的田地房屋全部送给了丈夫的兄弟。泉州知府赞扬她遵守道义，书写了"巾帼君子"四个字悬挂在她家门上作为表彰。后来家境日益贫困，有一次想到宗族中有男女两人还流落在外地，想尽办法筹措资金将他们救赎回来，其实自己家已经断粮好几天了。

儿子许崇楷，字端木，乾隆二十四年（1759）己卯科举人，担任山西翼城知县。孙子许懿善，字继之，乾隆三十六年（1771）辛卯科举人，担任广东陆丰知县。父子居官均有治绩，且相互影响，有循良的名声。许懿善先生尤其豁达大度、乐善好施，他的姑姑某氏贫穷，生了两个女儿，想要溺死她们，懿善先生将两个孩子收养为自己的女儿，当时先生家里已经有五个女儿了。又有某氏姑有两个女儿，因为贫穷将要卖给人家做婢女，懿善先生又将她们带回家，代为抚养，长大之后为她们择婿出嫁，都各自能够成家立业。当时城里以出女贵人而著称的家庭，一定首推许家。

曾孙许冠瀛，字鹤舲，先于道光二年（1822）壬午恩科中进士，进入翰林院；许德树，字荫坪，随后也于道光六年（1826）丙戌科中进士；又有许庆澜，紧接着考中举人。我父亲和许荫坪先生，少年时一同在郑苏年先生（郑光策，初名天策）门下学习，道光癸卯年（1843）回到福州，去拜访荫坪先生，当时荫坪先生的两个儿子、两个孙子，都正在作为秀才参加乡试。读书风气的兴盛，在同时代的人中可谓是绝无仅有的。

1.5.7 官志斋征君

侯官官志斋征君（崇），业盐筴（cè），世以忠厚称。后负官帑，志斋代其父系官者数月，复竭赀产以授代者，家遂破。志斋既贫甚，而善事其亲。从朱梅崖先生受作文法。乾隆己亥科，大兴太傅朱文正公，典闽试，从落卷中拔置第六。文极古淡，訾议纷起。文正公复命，上索闱墨观之，语公曰："前数篇皆佳，而第六名文尤有先正典型。"自是訾议者不敢鼓其喙（huì）。既试礼部，不第归。公为贻书闽中当事代谋馆谷，当事知某邑书院师未定，以告志斋，志斋曰："去岁主是席者，吾同学友某。倘夺彼与我，实不愿为。"当事复改筹某邑，志斋曰："适闻求荐某席者，吾中表兄弟也。"皆弗果就。

嘉庆元年，诏举孝廉方正，汪中丞稔志斋贤，诸夤（yín）缘少年皆被驳，而独举志斋以应。士论翕然。志斋以亲意勉就征，行至清湖病没。其友谢退谷孝廉（金銮），忽梦志斋来告曰："我寿数已终矣，上帝怜我恤师母、育遗孤，命为侯官县城隍神。"遂挟退谷偕之城隍庙，退谷请相依于此，志斋麾之归。侯官城隍庙在衙门中，少有知之者，明日访其地，果如梦境所历。未几而志斋讣至矣。先是，志斋之师某孝廉死，家无遗产，志斋迎养师母而抚育其孤，至成立始还其故居云。

【译文】福建侯官（今福州市）的官志斋征君（官崇，字述言，号志斋，乾隆四十四年举人；征君，又称征士，指学行并高而不出仕的隐士），以盐务为业，家世以为人忠厚著称。后来亏欠了官银，志斋代替他的父亲被关进监牢几个月，又拿出全部资产来交付给继任者，家里就破产了。志斋虽然已经非常贫穷了，但依然很周到地事奉双亲。跟随朱梅崖先生（朱仕琇）学习写文章的方法。乾隆四十四年（1779）己亥科，大兴太傅朱文正公（朱珪），主持福建乡试，将他从落榜的试卷中提拔到第六名。他的文章极其古朴淡雅，批评指责的议论纷纷而起。朱文正公回朝复命，皇上索要中榜的试卷观看，对文正公说："前几篇都好，而第六名的文章尤其有先贤的典范。"从此批评的人不敢再多嘴。不久志斋赴京参加礼部会试，落榜后回家。朱文正公帮助志斋致送书信给福建的当权者，委托代为寻找教书的工作，当权者知道某县书院的教师人选还未确定，就把这件事告诉了志斋，志斋说："去年主持这个讲席的，是我的同学好友某人。如果把他的职位夺过来给我，我实在不愿意做这样的事。"当权者又计划推荐他到另一个县，志斋说："刚刚听说谋求这个职位的人，是我的表兄弟。"后来果然都没有去就职。

嘉庆元年（1796），皇帝下诏命令各地推举孝廉方正（清代荐拔人才科目之一，由地方官特别推选保举，经考察后任用），汪巡抚（汪志伊）熟知官志斋品学兼优，其他攀附关系的少年都被驳回了，唯独向朝廷推举了志斋。当时的读书人一致称颂。志斋听从亲人的意见勉强接受朝廷的征召，走到清湖的时候因病去世。他的好友谢退谷举人（谢金銮），忽然梦见志斋来告诉他说："我的寿命已尽，天帝怜悯我体恤师母、抚育遗孤，命我做侯官县城隍神。”梦中志斋带着退谷一起到城隍庙，退谷请求陪伴他一起留在此地，志斋让他回家。侯官的城隍庙在县衙里面，很少有人知道，第二天谢退谷到那个地方去探访，果然和梦里所经历的情景一模一样。不久，志斋的讣告到了。在此之前，志斋的老师某举人去世，家里没有遗留的财产，志斋把师母接到家里照顾，并抚养老师的孩子，直到长大成人才让他们回到旧时的住所。

1.5.8 萨露萧农部

福州盐商，惟萨姓能世其家，自露萧农部（龙光）为总商，其名益盛。农部之父启源翁（知遇）本以忠厚起家，乐善好施。农部禀承家训，又雄于财，故数十年来，阳施夜行之盛，为吾闽称首。

乾隆庚子冬，农部方计偕北行，翁既厚给之赀，俾得沿途周济穷乏。辛丑春，适有引见官进京者，翁复兑寄三千金，函谕另箧存贮，候发榜后以分吾乡之报罢者。农部遵行惟谨，于是吾乡下第举子无一留滞他乡者。农部即于是科登进士，选庶常，散馆改户部。京曹多清苦，惟户部所入较优，农部悉留以资京寮之贫者，不足则捐赀以济。同郡之谒选及与计偕者，多馆于农部宅中。值乡宦某有迫于逋负，将以身殉者，倾囊助之，立解其厄。以丁忧归里，遂不复出。

时盐政日敝，农部左提右挈，所代承课额，不下数十万金。农部以一身肩之，推惠内外。凡鳏寡孤独贫苦无以嫁娶敛埋者，族戚之待以举火者，士子之赴省试、礼部试者，往往无半面之识，而莫不遂所求以去。有侯官令某，以亏空干吏议，并非素交，仓卒登门求助，慨诺之，某获复官。

又尝增置鳌峰书院书舍，整修洪山桥，建东街文昌祠，新鼓山涌泉寺。乙卯之赈饥，丁丑之浚河，皆赖倡输以集事。其实农部偶亦称贷于人，非尽有余而施不倦，人皆知之。尝语人曰："吾岂以财为德哉？视吾义所在而从之而已。必俟有余而后散焉，则为善无日矣。"

有子十五人，皆相继登秀孝之科，其孙辈至今登贤书者亦不绝。农部晚年无他嗜好，惟日喜为叶子戏。或议其荒于家政，然教子必以义方。尝持蔚州魏敏果公之训曰："败家子有二等：放荡赌博，骄奢淫佚，丧祖父之赀产，败其家门者，此愚顽不读书之人为之；妨贤病国，贪贿肥家，辱祖父之名节，败其家世者，此聪明读书之人为之。二者交讥，故知保赀产者，尤宜爱名节。"又尝诵关西张子《西铭》之语曰："富贵福泽，将厚吾之生，使之为善也轻。"然则农部之所学可想矣。

【译文】福州的盐商，唯独萨氏家族能世代传承家业，自从户部主事萨露萧先生（萨龙光，字肇藻，号露萧，乾隆四十六年进士）成为盐商首领，他们家族的声名日益显赫。萨露萧的父亲萨启源先生（萨知遇）本来依靠忠厚的德行起家，乐善好施。萨露萧遵奉家庭的教诲和训示，又因为财力雄厚，所以几十年来，众所周知的、不为人知的善行义举，在我们福建可谓是首屈一指的。

乾隆四十五年（1780）庚子冬天，萨露萧先生正准备北上赴京参加第二年春天的礼部会试，父亲就给他一笔丰厚的钱财，让他能够沿途周济穷苦贫乏的人。第二年（1781）辛丑春天，恰好有一位官员要赴京接受皇帝引见，父亲又委托这位官员捎带三千两银子给在京的萨露萧，并写信叮嘱萨露萧将这笔钱单独用箱子收藏好，等到发榜后用来分送给落榜的福建考生。萨露萧非常郑重地遵守父亲的命令，于是我们福建落榜的举子们没有一个人滞留在外地。萨露萧就在这一科考中进士，授翰林院庶吉士，三年期满后调到户部任职。六部属官大多清苦，只有户部收入比较优厚，萨露萧将所得的俸禄都留着用来资助那些贫苦的京官，俸禄不够就捐钱来救济。来自家乡福州的赴吏部应选的人以及参加礼部会试的考生，大多借住在萨露萧在京的住宅中。遇到一个退休居乡的某官员，迫于亏欠债务，想要自寻短见，萨露萧拿出全部的钱财帮助他，立刻解除了他的困境。后来因为父亲逝世而奔丧回到家乡，就不再出来做官了。

当时盐政日渐衰败，萨露萧极力扶持，所代为承担的赋税金额，至少有几十万两白银。萨露萧以一己之力独自承担，广施恩德，惠及家族内外。凡是无力嫁女娶妻或殓葬亡人的鳏寡孤独、贫穷困苦的家庭，依赖他的帮助来维持生活的亲戚族人，要去参加乡试、礼部会试的学子，往往从来没有见过他们，但无不让他们各遂所求而去。有位候官县令某人，因为亏空公款要被处分定罪，往常并没有交情，仓促之间登门请求帮助，萨露萧慷慨地答应了他，某人得以官复原职。

又曾经出钱扩建鳌峰书院的书房，整修洪山桥，修建东街文昌祠，翻新鼓山涌泉寺。乾隆乙卯年（1795）的赈济荒灾、救济饥民，嘉庆丁丑年（1817）的疏通河道，都依赖萨露萧的倡导捐资得以成功。实际上萨露萧有时也会向别人借贷，并不总是有富余的钱财，但还是孜孜不倦地施舍，人们都是知道的。他曾经对人说："我难道是拿钱做好事来让别人感恩戴德吗？只是我看到义所当为的事情然后只管去做而已。如果一定要等到有多余的钱之后再去布施，那就永远没有做善事的时候了。”

萨露萧先生有十五个儿子，都相继考中秀才、举人，他的孙子辈的后人中到现在依然不断有人考中举人。萨露萧晚年没有其他嗜好，只是每天喜欢玩纸牌。有人议论他说荒废了对家务事的管理，但是必定用正道来教育子孙。曾经引用蔚州（今河北蔚县）魏敏果公（魏象枢）的言论来教导子孙，说：“败家的子孙有两种：一种是吃喝嫖赌，骄奢淫逸，消耗祖父的资产，败坏家门的，这是愚笨顽固不读书的人做的事；另一种是阻碍贤者登进，危害国家，靠贪污受贿来发家致富，辱没祖辈父辈的名声，败坏家道传承的，这是聪明的读书人做的事。两种人互相嘲笑讥讽，所以知道相比保全资产，更应当爱惜名声气节。”又曾经诵读关西张载先生《西铭》中的话说：“高贵的地位、富足的财产，可以使我们的人生更加丰厚精彩，做起善事来也更容易。”那么萨露萧先生的学术宗旨也就可想而知了。

1.5.9 林状元

吾闽前明鼎甲最盛，三百年中，登状元者十一人，榜眼十二人，探花十人。本朝百余年来，屡得榜眼。乾隆间，有“四眼开，状元来”之谣。时邓允庭（启元）、赵秀山（晋）、吴剑虹（文焕）、林青圃（枝春），相继登榜眼，佥谓大魁可拭目俟。而韩城王文端公，适以修撰来视闽学，遂应其语。直至嘉庆己巳，廖钰夫（鸿荃）复登榜眼，而状元仍虚无人焉。

道光丙申，林勿村（鸿年）始得大魁，何杰夫（冠英）亦同登榜眼。勿村旋充册封琉球正使，加一品服。科名盛事，萃集一时。余谓状元在他省不足为奇，而在吾闽则为二百年来破天荒之事。勿村家世，余所未详，而里党啧啧其令祖封翁某一轶事，则发祥流庆有自来矣，因亟记之。

封翁某，尝薄游归，路过南台之中亭街，见路旁鱼货店中，喧扭一客，势欲拳殴，客至哀求不得脱，窘不可言。封翁诘知，因索偿欠负，询其数，则银洋四十元。封翁慨然曰："我身边适有洋银四十余元，可以代完此欠。"即出银付之，事骤解。客德之甚，详问封翁姓氏里居及其子孙名字，归家制一长生牌祀之，称曰"恩公"。如是者二三十年，至勿村登第，此客尚在，乃造庐启贺。时封翁已逝，诣其祖堂泣拜，并扬其事于众。盖至是勿村始自知其始末。隐德之报，信不诬欤！

【译文】我们福建在明朝以一甲前三名进士及第的人数最多，三百年之间，高中状元的有十一人，榜眼十二人，探花十人。清朝立国一百多年来，多次取得榜眼。乾隆年间，民间流传"四眼开，状元来"的说法。当时邓允庭（邓启元，雍正五年榜眼）、赵秀山（赵晋，康熙四十二年榜眼）、吴剑虹（吴文焕，康熙六十年榜眼）、林青圃（林枝春，乾隆二年恩科榜眼），先后考中榜眼，众人都说福建出状元可以拭目以待了。而陕西韩城人王文端公（王杰，字伟人，乾隆二十六年辛巳恩科状元），恰好以翰林院修撰的身份来到福建提督学政，正应验了"四眼开，状元来"的说法。直到嘉庆十四年（1809）己巳恩科，廖钰夫（廖鸿荃，榜名金城）又考中榜眼，但状元仍然没有出现。

道光十六年（1836）丙申恩科，林勿村（林鸿年）才高中状元，何杰夫（何冠英）也在同一科考中榜眼。林勿村不久后被任命为册封琉球国之正使，赐一品官服。科举功名的美事，一时之间集中出现。我认为状元在其他省份或许不值得称奇，但在我们福建则是二百年来破天荒的大事。林勿村的家世背景，我了解得不详细，但邻里乡党一直以来争相传颂他的祖父某封翁（林敏泰）的一桩事迹，由此可见家门兴起、子孙发达都是有来由的，绝非偶然，因此急切地记录在这里。

林封翁曾经为薄禄而宦游于外地，回家的路上，经过南台的中亭街，看见路边一间鱼货店里，老板正揪住一个客人对他吵嚷，看架势要挥拳殴打，客人一直苦苦哀求也没法脱身，窘迫的境地无法形容。封翁经询问后才知道，原因是索要偿还欠债，询问欠款金额，是银洋四十元。封翁慷慨地说："我身边正好有洋银四十多元，可以代他还清这笔欠款。"立即拿出钱交给他，事情立刻就解决了。客人非常感激他，详细问了封翁的姓氏、住址和子孙的名字，回家制作了一块长生牌位来奉祀他，称为"恩公"。就这样过了二三十年，到林勿村状元及第时，这位客人还健在，于是登门来表示祝贺。当时封翁已经逝世了，客人到他祭祀祖先的厅堂哭泣叩拜，并且把这件事当众讲述出来。大概到这时候林勿村才知道这件事的经过。做善事而不求人知，获得的善报更大，确实是真实不虚的！

1.5.10 杨光禄

杨雪椒光禄，嘉庆甲子登乡荐，至庚辰始成进士。是年，以公车过苏州，因乏川资，枉道至乍浦，因乡谊，集得洋银五十元。还苏小住旅店，见邻有卖女者，哭甚哀，一念不忍，出洋银二十八元赎而完之。有同乡怜其贫，复凑集十余金，遂孑然抵都，拮据入场。竟得中式，观政刑部。为大司寇陈望坡先生所赏识，不数年得京察典，以郎中出为监司，旋陈臬湘中，开藩历下，复入为光禄卿。此事雪椒先生并未自言，江苏有刊本《劝戒近事辑略》一书载之，吾乡人始知其事云。

【译文】光禄寺卿杨雪椒先生（杨庆琛，榜名际春），嘉庆九年（1804）甲子科乡试考中举人，到嘉庆二十五年（1820）庚辰科才成为进士。这一年，因赴京参加会试经过苏州，由于缺少路费，绕道到浙江平湖的乍浦镇，凭借同乡的情谊，筹集到了洋银五十元。回到苏州暂住在旅店中，看到邻近有一户人家要卖女儿，哭得很伤心，一时之间不忍心，拿出洋银二十八元将女孩赎回来，使得一家人团圆。有同乡的人可怜他贫穷，又凑集了十几两银子给他，杨雪椒先生孤身一人到达京城，好不容易勉强进入考场。竟然一举考中进士，分配到刑部实习，后来被刑部尚书陈望坡先生（陈若霖）所赏识，没过几年就通过京官考绩之典，以刑部郎中外放出任安徽徽宁池太广道，随后到湖南担任按察使，升任山东布政使，又召回京城任用为光禄寺卿。这件事杨雪椒先生自己并没有说过，江苏刊印的一本《劝戒近事辑略》的书中记载了这件事，我们福建人才知道了这件事的经过。

1.5.11 贫家赠米

廖仪卿观察言：其祖光禄公，曾官百夫长，家贫，岁暮萧然无办。日晡独坐，有学射生送年敬一函，启视之，钱票一千耳。自念我贫，尚有人送年敬，某亲串甫故，妻寡子幼，将何以卒岁？乃怀票牵马出门，往碓坊市米五斗余，装马背，躬送某亲串之门。其家讶曰："廖家甫送米来，何又送耶？"叩之，则其祖母王太夫人于清晨已送米五斗矣。归而询之，王太夫人乃言："实念伊贫，又以吾家亦非有余者，虑烦君心，故自典耳环购馈耳。"公大喜，以腊酒相慰藉曰："相夫当如是矣。"

又言：其父光禄公，奉侍王太夫人，务体亲心。尝有亲串某充县粮书，蚀官项，为官所系治，约以三日内不缴，当搒（péng）死。某妻持屋契，泣告于王太夫人，求以此为质，贷三百千。王太夫人语公曰："此好事，汝宜做。"公敬诺，立与三百千。越日，又来，云："屋本有余价，今官项尚不敷，求再贷一百千。"王太夫人又语公曰："救人须救彻，汝宜做。"公敬诺，复以百千益之。后征知其事真，而其契伪，请益之举，则其夫脱系后令妻试为之也，亦竟不问。

【译文】廖仪卿观察（廖鸿藻）说：他的祖父诰封光禄大夫廖公，曾经担任百夫长（统帅百人的低级武官），家里贫穷，年底景况冷清没钱过年。傍晚独自坐着，有跟他学射箭的学生送来年礼一封，打开一看，原来是钱票一千文。自己心想我虽然贫穷，还有人送年礼，某亲戚刚刚过世，妻子守寡儿子年幼，将如何度过年关呢？于是祖父怀揣着银票牵马出门，去磨坊买了五斗多米，装好放在马背上，亲自送到那个亲戚的家里。亲戚的家人惊讶地说："廖家刚送米来，为什么又送呢？"经询问后才知道，原来是祖母王太夫人在清晨已经送来五斗米了。祖父回家后询问妻子，祖母王太夫人就说："实在是考虑到他们家特别贫苦，又因为我们家也不是富余的人家，也就不劳烦你操心，所以我自行典当耳环换了些钱买米送给他们了。”祖父非常高兴，敬献腊酒来慰劳王太夫人说：“辅佐丈夫应当是这样的。”

廖仪卿观察又说：他的父亲诰封光禄大夫廖陆峰公，奉侍母亲王太夫人，总是能够理解母亲的心意。曾经有某亲戚在县衙充任管理粮食的书吏，侵占了官银，被官府拘禁治罪，约定如果在三天之内不缴还官银，就当场打死。某亲戚的妻子拿着房契，把这件事向王太夫人哭诉，请求用房契作为抵押，借钱三百千。王太夫人对儿子陆峰公说：“这是好事，你应该做。”陆峰公遵命，立刻给她三百千钱。第二天，某亲戚的妻子又来了，说：“房屋本来就值更多的钱，现在偿还官银还不够，请求再借贷一百千钱。”王太夫人又对陆峰公说：“救人必须救到底，你应该做。”陆峰公遵命，又增加了一百千钱。后来经打听才知道，某亲戚家的事情是真的，但是房契是假的，请求增加借款的举动，则是某亲戚脱罪之后让妻子进行试探的，廖家最终也没有过问。

1.5.12 拾遗不还

廖仪卿又言：其家旧在城北之夹道坊，对门江西人开茶食店。一日，有人装束类衙署长随者入食，食毕匆匆出店，主人敛食器，则案上遗一小布包，解视之，当票二纸，钱票五百余千，密怀入内。少顷，其人踉跄至，遍觅上下，颜色沮败，谓主人曰：“我本某公馆家人，今晨本官付我皮箱二只，命我质钱，我在长生当店中质得钱五百四十千，并当票包在白布手巾中，忙遽遗此，求主人赐还，没齿不敢忘德。”主人作色曰：“此地人山人海，知谁检去？”其人泣且跪曰：“我若不得此物，将何面目见本官，惟有投水死耳。”时观者如堵，咸注目主人，主人指天日誓曰：“我若拾得不还，亦必死于水。”众乃释然。其人起，垂涕迳去。

主人以其赀稍稍营运，贩漆器于延平，往来大获利。逾岁，携其子罄所有置货往延平贸易，满载而归，过南蛇滩，舟撞蛇颈立碎，片板无存，父子并溺，死水之言竟验。

【译文】廖仪卿（廖鸿藻）又说：他家过去住在福州城北的夹道坊，对门有一家江西人开的茶食店。一天，有个穿着打扮像是衙署仆役的人进来吃东西，吃完之后匆匆走出了店，主人收拾餐具时，发现桌子上落下了一个小布包，解开一看，有两张当票、五百余千文的钱票，主人偷偷地收起来拿到内室藏好。不一会儿，那人慌慌张张地来了，到处找了个遍，神情沮丧地对主人说：“我本是某公馆家人，今天早上主官交给我两只皮箱，命我去抵押换钱，我在长生当铺中抵押换得五百四十千钱，连同当票一起包在白布手巾中，匆忙之中遗忘在这里了，请求主人赐还，终身不敢忘记您的大恩大德。”主人故作愤怒的神色说：“这里人山人海，怎么知道被谁捡去了？”那个人哭着跪下说：“我如果找不回这些东西，还有什么面目去见主官，只有跳水去死了。”当时围观的人很多，像一堵墙一样水泄不通，全都注视着主人，主人指着天空和太阳发誓说：“我如果捡到不归还，也必定死在水中。”众人就释然了。那个人站起来，哭着走了。

主人用这些钱慢慢开始经商，在延平做漆器生意，往来经营获利很多。一年后，带着他的儿子拿出所有的钱财采办货物去延平贸易，满载而归，路上经过南蛇滩时，船撞到蛇颈立刻粉碎，一块完整的木板都没留下，父子一同溺水，死在水中的誓言竟然应验了。

1.5.13 辛生

仙游辛生者，素有文名，并工刀笔，凡邑中健讼者，皆归焉。以此积有余赀，而每遇歉年，戚党之待炊者不能沾丐其一粟，众忿之。

年过四十无子，祷于神，愿以毕生福命易一子。梦神叱之曰："汝所作讼牍，变乱黑白，破人产，诈人财多矣，逃祸不暇，尚望子乎？"辛曰："业此多年，悔之已晚，如何？"神手书"放下厨刀，立地成佛"八字示之。辛觉而汗下，立誓改辙，虽啗（dàn）以重金不顾，而反为人排解息讼，前后竟如两人。

如是者年余，复祷于神，梦神谕之曰："汝近来所为甚好，但汝生平尚有恶孽，独不自知乎？"因手书"能与贫人共年谷，必有明月出蚌胎"十四字示之。辛心领其意，悚然而寤，而不知此二句所从来。时先祖资政公掌教金石书院，辛固院中高才生，因以梦质公，公曰："此黄山谷诗句，神若曰果能分粟济贫，自不难得子耳。"辛乃罄所藏以施，济之以平粜（tiào），如是者又年余，乃梦神告之曰："汝年来积善已达天曹，观音大士行将送子与汝矣。"

逾数日，果梦一白衣妇人抱一婴孩自对岸来，正思往迎，突有大牛横亘于前，白衣妇人遽回身去。懊恨而醒，悟为平日食牛肉之故，因合家誓戒食牛，后果生子，且游庠矣。

【译文】福建仙游县的辛生，素来以文章写得好而闻名，并且擅于舞文弄墨、代人写诉状，凡是县里喜好打官司的人，都和他走得近。因此积攒下了可观的钱财，而每当遇到收成不好的年份，亲戚朋友因缺粮而断炊的也不能从他那里沾光借到一粒粮食，众人都很气愤。

辛生年过四十还没有儿子，就向神灵祈祷，愿意用一生的福运换一个儿子。梦见神灵斥责他说："你所写的诉状，颠倒黑白，破人家产，讹人钱财太多了，逃祸都来不及，还奢望有儿子吗？"辛生说："我从事这个已经多年，现在后悔已经晚了，该怎么办呢？"神灵亲手书写了"放下厨刀，立地成佛"八个字给他。辛生一惊而醒，汗如雨下，立刻发誓改邪归正，即使别人拿很多钱来诱惑也不屑一顾，反而帮助别人排解纠纷、平息争讼，前后竟然判若两人。

像这样过了很多年，再次向神灵祈祷，梦见神灵指点他说："你近年来所做的事都很好，但你平生还有一些恶孽，难道你自己不知道吗？"于是神灵又亲手书写了"能与贫人共年谷，必有明月出蚌胎"十四个字给他看。辛生心中领会了这话的意思，突然惊醒过来，却不知道这两句话的来历。当时先祖父资政公（梁赞图，本名上治，诰赠资政大夫）在仙游金石书院讲学，辛生本来是书院里的高才生，因此向资政公请教梦里那两句话的含义，资政公说："这是宋代黄山谷（黄庭坚）的诗句，神仙好像在说如果你能够把粮食分出来救济贫困的人，自然不难得到儿子。"辛生于是把自己储藏的所有粮食施舍出去，或者平价出售，像这样又过了一年多，又梦见神灵告诉他说："你近年来所累积的善行功德已经上达天庭，观音大士即将送一个儿子给你了。"

过了几天，辛生果然梦到一位白衣妇人抱着一个婴儿从对岸走来，正想去迎接，突然有一头大牛横卧阻挡在前面，白衣妇人就转身回去了。辛生在懊丧悔恨中醒来，醒悟到这是平时吃牛肉的原因，于是全家发誓不再吃牛肉，后来果然生了一个儿子，而且已经入学成为生员。

1.5.14 潘封翁

同安潘文岩封翁（振承），少孤家贫，附估舶泛海，遇飓风，飘荡不知所之。死生已置于度外，惟念家有老母，日夕哀号而已。越日，风忽转，数刻间遂泊番禺。又越日，前舟再发，复遇风，竟溺，独君以恋母不行获免。所赍（jī）货适腾贵，得利数倍，人以为孝思所感，由是以赀雄岭海间。

广州饥，捐米万石助赈。会大疫，施棺五十余具。修华圃书院及紫阳祠，增餐钱，供远来学者，他义举多称是。乾隆中，以剿金川助饷，叙军功三品衔。卒年七十有四。嘉庆末，自岭南归葬同安。子七人，皆有位于朝，孙多登科第者。同里陈恭甫编修为之传。

【译文】福建同安县的潘文岩封翁（潘振承，又名启，字逊贤，号文岩，清代首富），少年丧父，家境贫寒，一次他搭乘商船出海贸易，遭遇飓风，船只随风飘荡于海上，不知要飘到哪里去。他已经把生死置之度外，只是想到家中还有老母亲，只能日夜哀号痛哭而已。第二天，风向忽然转变，几刻钟的功夫船只就停泊在了广东番禺。又过了一天，这艘船再次出发，路上又遇到飓风，船上的人都溺死，只有潘先生因为放心不下母亲并未成行而得以幸免于难。所携带的货物正好涨价，因此获得几倍的利润，人们都认为这是他孝心的感应，从此之后以雄厚的资产称雄于广东地区。

当广州发生饥荒的时候，他捐出了上万石大米来赈济灾民。又赶上严重的瘟疫，他又施舍了棺材五十多副。又出资整修了漳州华圃书院及紫阳祠，增加餐费，供给远道而来的求学之人，其他的善行义举大多与此类似。乾隆年间，朝廷围剿金川叛军的时候他积极捐资来暂助军饷，论军功赐三品官衔。享年七十四岁。嘉庆末年，他的灵柩从广东运回家乡同安县安葬。有七个儿子，都在朝中做官，孙子辈中有很多登科及第的。同乡的翰林院编修陈恭甫先生（陈寿祺）为他写了传记。

1.5.15 祝封翁

浦城富而好礼之家，首推祝氏。余长姻东岩太守（昌泰）之嗣父恕亭翁（荣封）者，慷慨多义举。邑之南浦书院，膏火无出，翁独力捐资，至今士林颂其惠。时省城鳌峰书院，经费亦告匮，翁复捐助之。合两书院损数不下数万金。

太守之本生父和亭翁（乾封）者，亦好义，而早卒。其继妻徐太恭人体其志，捐膳产数万金修复全城，并修刊县志，皆祖舫斋尚书董其成。大吏为闻于朝，今吾闽志乘并载其事。

太守之季父简亭翁（缔封）尤疏财仗义，济人之急，戚党中无不被其恩者。喜为人排难解纷，无论识与不识，有来质者，辄相悦以解。近有人自四川来者，相传为蜀中某县城隍。今浦中祝氏子姓繁盛，簪缨不绝，其源有自来矣。

同时有季子骏明经（新元）者，乐善好施，为里党所推服。道光四年，邑中荒歉，常自橐（tuó）数千金，往邻省买米，回浦减价出粜（tiào），所全活甚多。近亦闻其为广东大埔县城隍。季与祝为世亲，子骏又与家大人善，因并录之。

【译文】福建浦城县富有而崇尚礼义的人家，首推祝氏家族。我的姻亲祝东岩知府（祝昌泰，字躬瞻，号东岩，官直隶知府，过继给伯父祝荣封为嗣）的嗣父祝恕亭先生（祝荣封），为人慷慨，有很多善行义举。浦城的南浦书院，维持运行的经费不够，恕亭先生独力捐资助学，到现在读书人都在赞颂他的恩泽。当时省城福州的鳌峰书院，经费也匮乏告急，恕亭先生又捐资赞助。合计向两个书院捐款的数额不下几万两银子。

祝东岩知府的亲生父亲祝和亭先生（祝乾封），也是急公好义的人，而去世较早。续娶的继妻徐太恭人（四品命妇封号曰恭人）善于体贴理解丈夫的志愿，捐出生活费几万两银子用来修复全城城墙，并且出资编修刊印县志，都是由祖舫斋尚书（祖之望）主持完成的。上级大官将他们的事迹向朝廷报告，现在我们福建的方志一并记载了他们的事迹。

祝东岩知府的叔父祝简亭先生（祝缔封）尤其看重义气、轻视财利，救人于急难之中，亲戚中无人不曾受到过他的恩惠。他很乐意帮人排除危难、化解纠纷，不论认识不认识，有来找他作主主持公道的，总是和颜悦色地帮忙解决。最近有人从四川过来，传说祝简亭先生已经做了四川某县的城隍神。如今浦城县祝氏子孙繁衍昌盛，出仕为官的人源源不断，其中都是有其根源和来历的，绝非偶然。

同时有一位季子骏贡生（季新元），乐善好施，受到邻里乡党的推重佩服。道光四年（1824），县里发生饥荒，他曾自己带上几千两银子，去邻近的省份买米，回到浦城减价出售，救活了很多人。最近也听说他做了广东大埔县的城隍神。季家和祝家是世代的亲戚，季子骏又和我父亲交好，因此一并把他的事迹记录在此。

1.5.16 张解元

浦城张陟（zhì）庵孝廉（翘），祖墓为江山黄姓所占，已倒棺弃骸矣。张合族中子姓控于郡，郡伯赵某受黄贿，勒张诬服，张坚不从，至熬刑夹腿，晕绝不少悔。时值辛酉乡试，张求赴省应试，郡伯不肯，丐人再三请，勉从之曰："看他到省中解元去。"

是科，吾闽主考为姚文僖公，至八月杪（miǎo），尚未得元。一日睡中，闻堂前履声橐橐（tuó tuó），又闻嗟叹声起，迹之，实无人。时同考官皆披衣起，因饬各覆检落卷。有同考官丁曰恭者，是夜梦有人偷其印，心甚恶之。丁每阅卷，录取者必盖用"道心惟微"小印为识。适得张卷，讲中有"道心惟微"语，大笑曰："此殆即偷印之征乎？"急荐之姚，一展视，即大激赏。先将张卷别录一纸，遍示同人曰："此我拟作，乞诸君子正之。"诸同人曰："若得似此精理名言，真堪压榜矣。"姚乃出袖中张卷示之，即日定元。

揭晓后，郡伯以事罢去，讼亦得直。于是浦中人皆称为张孝子。未几而张之从弟（梦魁）、张之子（廷书）相继登乡荐，皆当日同在讼庭受威吓者也。此事姚文僖公为张之封翁作寿序曾述及之，而梦魁、廷书皆曾在南浦书院受业于家大人者，故得闻其详如此。

【译文】福建浦城县的张陟庵举人（张翘），祖坟被浙江江山县的黄某霸占，已经打开棺材丢弃骨骸了。张陟庵联合族中子孙控诉到府衙，知府赵某收受了黄某的贿赂，勒令无辜的张陟庵认罪，张陟庵坚决不答应，甚至经受了夹腿的刑罚，痛得晕厥过去也毫不动摇。当时正值嘉庆六年（1801）辛酉科乡试，张陟庵请求前往省城参加考试，起初知府不同意，张陟庵又托人再三求情，知府总算勉强答应，用讥讽的语气说："看他到省城中解元去。"

这一科乡试，我们福建的主考官是姚文僖公（姚文田），到了八月底，解元的人选还未确定。一天在睡觉的时候，听到堂前有脚步声，又听到叹气声，出门察看，发现其实并没有人。当时同考官都披上衣服起来，于是命他们各自检查未被录取的试卷。有一位叫丁曰恭（乾隆六十年乙卯恩科进士）的同考官，当天夜里梦到有人偷他的印章，心里感到非常厌恶。丁曰恭每次批阅试卷，在录取的试卷上都会盖一枚刻有"道心惟微"的小印章作为标记。恰好拿到张陟庵的试卷，文章中有"道心惟微"的字句，大笑着说："这大概就是偷印的征验吧？"急忙推荐给姚文僖公，打开一看，就大为赞赏。先将张陟庵的试卷誊写在一张纸上，展示给考官们说："这是我模仿别人风格所写的文章，请各位先生批评指正。"各位同考官说："如果能得到像这样精妙的至理名言，完全可以名列榜首了。"姚文僖公于是从袖子里拿出张陟庵的试卷展示给大家，当天就确定了解元。

放榜后，知府赵某因为事情罢官离去，案件也得以伸雪。于是浦城县的人们都称他为张孝子。不久，张陟庵的堂弟张梦魁、儿子张廷书相继乡试中举，两人都是当天一同在公堂受到知府赵某威吓的。这件事姚文僖公在给张陟庵的父亲书写祝寿词的时候曾经讲到过，而张梦魁、张廷书都曾在南浦书院跟随我父亲学习，所以如此详细地听闻了事情的经过。

1.5.17 惜字速报

余侍居浦城，倡为惜字之举。凡检拾焚化诸冗务，悉陈莲航茂才（溶）力任之，日与检拾佣工相交接，不惮烦也。莲航本居福州，携其子授读于浦城。一日其子得狂疾，跳而出，夜行依依，几为路鬼所揶揄。有拾字佣素识之，时夜已深，乃掖之入粤山道院，而使人通知莲航。凌晨引归，疾亦寻愈。当日寻觅者皆注力于城外溪边，而不知其近在市里之内。向使不遇此佣，恐当夜即有变故；向使此佣与莲航父子不相习，则亦未必即引之使归。佥曰："此惜字之功也，事方创始而已有食其报者，可以劝矣。"

按，惜字局中有司事孟姓者，其人向不读书而偏知惜字，自言十许岁时即沿途拾取，乐此不疲。每年于所检字纸中辄有所得，或银钱，或首饰，数虽不多而贫家则不无少补。一年于小除日合计本年，却无所得，亦不以为意。次日除夕，值各家扫除之残纸沿街堆积，孟耐心寻检，果有字纸，持归审视，则中有钱票一纸，载钱五千文云。

【译文】我随侍父亲居住在浦城期间，发起敬惜字纸的善举。凡是捡拾、焚化字纸等各种繁杂事务，都是由陈莲航秀才（陈溶）承担的，每天同捡拾字纸的雇工打交道，不怕麻烦。陈莲航本来住在福州，带着他的儿子在浦城教书。一天他的儿子得了疯癫的病症，跑跳着出去了，夜里走迷了路，差点被路上的鬼捉弄。有一名捡拾字纸的雇工认识他，当时已经夜深了，就把他带到了粤山道院，然后派人通知陈莲航。凌晨的时候带他回来，疾病也好了。当天找孩子的人，都主要是在城外溪边寻找，而不知道孩子就近在城里，假如没有遇到这名雇工，恐怕当夜就会出事，假如这名雇工和陈莲航父子不熟悉，也不一定会把他送回来。大家都说：“这就是惜字的功德啊，善举才刚开始创办，就有获得福报的了，可以用来劝人了。”

另外，惜字局中有一位办事人员孟某，他向来不读书，却偏偏懂得敬惜字纸，自己说十几岁开始就沿路捡拾字纸，并乐此不疲。每年在所拾到的字纸中多有所得，或是银钱，或是首饰，数量虽然不多，而对于贫困之家多少有所帮助。一年在除夕的前一日，合计本年的收获，了无所得，也不放在心上。第二天是除夕，家家户户扫除出来的废纸沿街堆积，孟某耐心寻找，果然有很多字纸，拿回来检查，发现其中有一张钱票，面值五千文。

1.5.18 某秀才

浦城某生，颇有文名，书法亦秀整，又精星命之学，风度恬雅，言辞婉畅。前邑侯周赓廷（虎拜）优待之。周政尚猛，待士尤严，而独与某生厚，出入无禁，言听计从，合邑为之侧目。又与某富翁善，某生之父本名宿，某翁曾受业其门，近又延某生课其二子，故情谊尤笃，外事惟某生之言是听，凡田产交接悉付某生主持，某生家本赤贫，至是而渐裕，蜚语亦渐起，某翁虽闻之，弗较也。既而干没之实迹日渐宣露，某生不自安，辞馆出，复移家于远乡，以避讥讪。所积既多，乃就宅边开一典铺，仍函乞某翁佽（cì）助，某翁慨赠以千金。未几，病卒，弥留之际，尚以手嘱付某妻持往某翁家求助丧费，语有所挟，某翁仍以三百金遗之。自是两家不相往来，而某生负某翁之名遂播于人口矣。

逾年，所开典铺忽遭回禄，延及所居，悉归一烬。数子皆不才，流落至无以自存。其妻旋自缢，先一日告人曰："我昨夜梦至一官府，见吾夫裸身囚首，跪于庭隅，我问其何以至是，则曰：'生前所为种种恶孽，至此皆破露，夫复何言？'"合邑之人咸谓报应之显无逾此者。

或又云，某生乡居日，尤无利不钻。有所善某监生，家有余赀，自负其相必贵，而嘱某生以星命合之，某生叩以必贵之故，则曰："我有阴相，肾囊中有一黑痣，此外人所不知也。"某生因与所私邻妇言之，嘱邻妇声称与监生有旧好，今贫无食，愿依监生为妾。监生愕然，谓从未识面，何得相诬？则以私痣为证，监生语塞，某生乃出为调停，以六百金与邻妇，而某生阴分其半。监生旋悟漏言之故，遂与绝交。某生尝自推星命，谓当得六十二岁以血疾终，乃于五十二岁，暴患血淋，遽卒。盖亦多行不义，阴夺其算欤！

【译文】浦城县的某生，以很有文才而闻名，书法也秀丽工整，还精通星相命理的学问，气质沉静文雅，言辞婉约流畅。前任县令周赓廷（周虎拜）对待他颇为优厚。周赓廷为政崇尚威猛，对待读书人尤其严厉，但是唯独和某生亲厚，出入没有禁止，对他言听计从，全县的人都不敢正眼看他。某生又和某富翁交好，某生的父亲本来是有名的宿儒，某富翁曾经在他父亲门下学习，近来又邀请某生教自己两个儿子读书；因此情谊特别深厚，外面的事情完全按照某生说的话去办，凡是田产的交接都托付给某生主持，某生家本来一贫如洗，到这时却日渐富裕，关于某生私下贪占财产的流言蜚语也渐渐传播开来，某富翁虽然有所耳闻，但也不去计较。后来某生暗中侵吞富翁财产的事实日渐显露，某生自感心中不安，辞职离开，又搬到偏远的乡村居住，来躲避对他的讥讽。积累的财产已经很多，于是就在住宅附近开了一家当铺，仍旧写信给某富翁请求资助，某富翁又慷慨赠给他一千两银子。没过多久，某生病死，弥留之际，还用纸手写了一份遗言，嘱咐妻子拿着纸条前去某富翁家里请求资助丧葬费，某生的遗言带有要挟的语气，某富翁仍然拿出三百两银子送给她。从此以后两家不再往来，而某生亏负背叛某富翁的恶名就在人们中间传播开来了。

第二年，某生开设的当铺忽然遭遇火灾，蔓延到居住的房子，全部一把火烧为灰烬。几个儿子都不成才，穷困潦倒无法自己生存。某生的妻子随后自缢而死，自尽前一天告诉别人说："我昨天夜里梦见自己来到了一处官府，看见我的丈夫身体赤裸、头发蓬乱，跪在庭院的角落，我问他怎么会落到如此地步，他说：'活着的时候所做的种种罪恶的事情，到这里全部都败露了，我还有什么话可说呢？'"全县的人都说报应这么明显的没有超过这个人的。

又有人说，某生在乡里居住的时候，尤其喜欢钻营，什么好处都想贪占。有一个和他交好的某监生，家中资产富余，自认为按照他的相貌必定大富大贵，于是就嘱托某生为他算命，某生叩问监生自认为会大贵的原因，监生就说："我有不为人知的异相，阴囊中有一颗黑痣，这是外人都不知道的。"某生就私下里跟与他有私情的邻居妇人说了这件事，叮嘱邻妇宣称自己和监生是老相好，如今贫困生活没有着落，愿意嫁给监生做妾室。监生很惊讶，说从来没见过面，为什么要诬陷我？邻妇就以知道他私处有黑痣作为证据，监生一时无话可说，某生就出面帮忙调停，监生给了邻妇六百两银子来息事宁人，而被某生暗中分去一半。监生一下子明白是私底下的话被泄露出去的缘故，于是就和某生绝交。某生曾经自己给自己推算命运，认为应当在六十二岁时因血病而死，而到五十二岁时就突然患上了血淋病，很快就死了。大概也是由于多行不义，冥冥之中寿命被削减了吧！

1.5.19 棘闱遇鬼

孟瓶庵先生云：吾乡乾隆己亥乡试，首场有三怪事。其一人首场交卷毕，忽发狂，出棘闱入市中，遇人辄搏击。其一人甫领卷入号舍，忽狂叫曰："我只能为呈辞，使人相攻陷，胡强我作八股艺为？"尤异者，"推"字号泉州某生，日将夕，大叫疾趋出号舍，号军四五人挽之不可得，但呼曰："觅汝五年，今始获遇汝，汝不得他去。"既乃奔出庭中，监临命以水沃之，如故。寻跳跃不可制，因缚之守于二门内，门开乃移于贡院官厅。目直视，其两手与鬼搏，尽肿。

余儿子与邻号亲见之，归以告余，且曰："大人旧稿中，不有《癸酉笔记》乎？"余曰："阅二十余年，已失之矣。"因忆癸酉第二场，余亦坐"推"字号，甫入号，号军相与偶语，微怪之。次日将出，号军曰："昨欲告官人，恐惊惧也。首场有外郡人，已完卷，忽据案摊卷，危坐若作校阅状者，某视其神色有异，曰：'卷已完，可以出矣。'不应，则浓墨自圈其文讫，寻又涂勾之，愈益怒，则拍案扯破之，奋然出，若有驱之者。"此非鬼为祟而何？

夫作不善者，方自谓无人知觉，幸免刑诛，而孰知冥冥之中，乃于大廷广众显示其报，可畏也。或曰，故事凡贡院启门时，主者先召鬼入，故恩怨之报尤显异云。按，召鬼之说历来相传如此，京城贡院明远楼四角高插蓝旗，闻亦系为召鬼而设。而余随任粤西，值家大人三次监临乡闱，并未闻有召鬼之举，岂边省独不行乎？然历来场中果报之事则层见叠出，亦与他省无殊也。

【译文】孟瓶庵先生（孟超然）说：我们福建乾隆四十四年（1779）己亥科乡试，第一场有三件奇怪的事情。其中一名考生第一场交卷完毕，忽然发狂，闯出考场来到街市上，遇到路人就要和人家打斗。另外一名考生刚刚领取试卷进入号舍，忽乱喊乱叫说："我只能写作告状的呈文，使人们相互攻陷，为什么要强迫我作八股文呢？"更加奇异的是，坐在"推"字号考舍的来自泉州的某考生，在黄昏时分，大喊大叫着快速跑出号舍，四五个监考人员都拉不住他，又呼喊说："找了你五年，现在才遇到你，你不能到别处去。"说完就奔出庭院，监考官命人用水泼他，还是原来的样子。接着不停跳跃没办法制止，于是把他绑在第二道门内派人看守，门开了之后又把他移到贡院官厅。眼睛直直地瞪着，两只手和鬼搏斗，全部都肿了。

我儿子和相邻号舍的考生都亲眼看见了这些事，回来之后告诉了我，还说："父亲旧时的著作中，不是有一篇《癸酉笔记》吗？"我说："过了二十多年，已经找不到了。"因此回想起乾隆十八年（1753）癸酉科乡试第二场，我也坐在"推"字号考舍，刚刚进入号舍，监考员相互窃窃私语，我感到有点奇怪。第二天将要出场，监考员说："昨天本来想要告诉官人，又担心你听了害怕。第一场有个外府的考生，已经答完试卷，忽然坐在桌案前摊开卷子，正襟危坐像在批阅试卷的样子，我看他神色有异常，提醒他说：'卷子已经答完，可以出场了。'那人没有回应，就用浓墨自己圈点自己的文章，然后又涂涂勾勾，越来越愤怒，最后拍着桌子，撕破了试卷，气势汹汹地出去了，好像有人在驱赶他。"这不是冤鬼报仇又是什么呢？

做坏事的人，自以为没有人知道，侥幸逃脱了国法的惩治，但是谁料冥冥之中，竟然在大庭广众之下显示报应，真是可怕啊。有人说，按照惯例凡是贡院开启大门的时候，主考官会先行召请报仇的冤鬼入内，因此科举考场中的恩怨报应尤其明显灵异。说明，召请冤鬼的说法历来都有这样的传说，京城贡院明远楼四个角上高高地插着蓝色旗子，听说也是为了召请冤鬼而设置的。但是我随侍父亲在广西任职时，正赶上我父亲三次监考乡试，并没有听说过有召请冤鬼的做法，难道唯独边远省份不这样做吗？然而历来考场中因果报应的事情层出不穷，也和其他的省份没有差别。

1.5.20 陈衎娘

晋江陈笋湄太常（大玠），为诸生日，里中有妇陈衎（kàn）娘者，夫出独居，中夜暴死。太常廉知为不从某甲逼胁也，语其夫："若鸣诸官，吾当为尔具状。"其夫懦，以无左验，不能行。复语诸衎娘外家，则已受某甲赂矣。太常忿甚久之，至福州告于分司某，某亦以事久不能为力也，信太常语，书"火烈冰清"四字扁送其家。

寻甲辰乡试应举，首题为："能行五者于天下，为仁矣。请问之，曰：'恭、宽、信、敏、惠。'"太常素豪爽，不喜作理题，构思甚苦。越日晨起，见有揭其号舍帘者，一妇人，衣蓝布袄，曰："吾陈衎娘也。"摊卷不觉文思沛然，是年中式。

【译文】福建晋江的陈笋湄太常（陈大玠，字元臣，号笋湄，雍正二年进士，官至太常寺少卿），在还是秀才的时候，乡里有一名叫陈衎娘的妇人，丈夫外出独自居住，半夜突然死亡。陈太常经访查得知陈衎娘之死是由于不顺从某甲的逼迫威胁而致的，就对陈衎娘的丈夫说："如果你鸣冤报官，我可以帮你写状子。"陈衎娘的丈夫懦弱怕事，因为没有确切的证据，一直不敢报官。陈太常又告诉了陈衎娘的娘家，却发现娘家已经收取了某甲的贿赂。陈太常为此事愤愤不平了很久，到福州把这件事告诉了盐运使分司某官员，某官员也因为事情过去太久了出不上力，但是他相信陈太常说的话，就书写了"火烈冰清"四个大字制作成匾额送到陈衎娘家中。

不久后参加雍正二年（1724）甲辰科乡试，第一道题目是："能行五者于天下，为仁矣。请问之，曰：'恭、宽、信、敏、惠。'"（语出《论语·阳货》）陈太常为人一向豪爽，不喜欢做理学题目，苦思冥想也没有思路。第二天早晨起来，看见有人掀开他号舍的帘子，原来是一个妇人，穿着蓝色布袄，说："我就是陈衎娘。"陈太常摊开试卷不禁感到文思泉涌，这一年考中了。

1.5.21 开坟凿棺

近日，浦城开坟凿棺之案层见叠出，然皆不开男棺而开女棺，则女棺多厚殓之故也。浦俗，殓其妇女，虽贫家亦必附银器首饰，富家则金珠宝玉充身矣。余伯兄之继嫂没于浦寓，伯兄请家大人视含殓，守平日家诫，金银器毫不入棺。外人传为笑柄，以为如此门第而薄待亡人如是。家大人怜其愚，嗤其妄，曾作《厚殓说》一首，冀稍有挽救，而浦人之省悟者仍寥寥也。

闻近年有数月之间，报控凿棺至数十案者，邑令某愤然曰："谁叫汝作孽以致此乎？"置之不理，控者无奈之何。

又闻近有旧家子某者，其祖父皆孝廉，至某而家计日窘，无以自存。忆其母殓时，尚有银器附棺，乃托言墓中有水，应迁葬，遂开墓凿棺，取其首饰数事，而将遗骸火葬，闻者皆不忍言。未几而某暴亡，其家遂绝。呜呼！天理绝矣，人事又焉得不绝哉？

家大人《厚殓说》曰：客有询于余曰："州县患盗，而其祸莫烈于斫棺，比年此案叠出，巨绅富户尤惴惴焉，何以止之？"余曰："惟礼可以止之。"或迂其言，余晓之曰："死者必殓，礼也。古字'殓'本作'敛'，取'敛首足形'而已。今《会典》及《通礼》并载官员丧礼：越日小殓，三品以上含用小珠玉五，七品以上用金玉屑五。又云加殓衣，三品以上五称，複（fù）三禪（dān）二；二品以上三称，複二禪一；六品以下二称，複一禪一。过此则逾制而悖礼。夫珠玉而云'小'，金玉而云'屑'，但取容口可知。其言殓衣，至七品以下；而言含，但称七品以上，其以下之不得用含可知。含之用尚有制也，其肯如今之金银压首、珠玉周身乎？闻比年破案者，率系女棺，不及男棺，然则以厚殓而招盗，亦彰彰明矣。而凡子孙之殓其亲，父母之殓其子女，家长之殓其卑幼，犹必曰宁厚而无薄，是名为爱之，适所以戕之，无益于死者之毫末，而贻之以身后之灾。剥肤之惨，在子孙为不孝，在父母家长为不仁，而推其原则，由于不合礼而已。故吾曰：惟礼可以止之。夫循礼，自可以消患于无形；不循礼，其祸即极于不孝不仁而无以自解。然则仁人孝子，可不知所变计哉？”

按，家大人寓居浦城，手撰《停葬说》《锢婢说》《厚殓说》三篇，皆此邦积惯颓风，不惮大声疾呼，以期家喻户晓。而《厚殓说》尤为切要，惟望劝回一家即免一家之祸，劝回一人即免一人之愆（qiān），苦口婆心，非可以寻常文字视之也，因谨附录于此。

【译文】近年来，福建浦城县挖坟开棺盗取陪葬品的案件层出不穷，但是都不开男子的棺木，只开女子的棺木，这是由于女子棺中往往陪葬品更丰厚的缘故。浦城的风俗，入殓亡故的妇人时，即使是贫穷的人家也必须戴上银器首饰，富贵的人家则是满身的金珠宝玉了。我大哥的继嫂死于浦城寓所，大哥请我父亲主持入殓仪式，父亲坚守平日家庭的训诫，没有把一件金银器物放入棺材。外人把这件事传为笑柄，认为这样富贵的门第竟然如此亏待亡故的人。我父亲可怜他们的愚昧，对他们的妄言嗤之以鼻，曾经写作《厚殓说》一篇，希望对恶劣的风俗稍微有所挽回，但是浦城人能够醒悟的仍然寥寥无几。

听说近年来有短短几个月时间，报官控告开棺盗墓的案件就多达几十起，县令某大人气愤地说：“谁叫你们作孽才导致这种后果呢？”对这些案件置之不理，控告的人也无可奈何。

又听说近来有个世家子弟某人，他的祖父、父亲都是举人，到某人这一代家中生计日益窘迫，没办法自己生存。回忆起自己的母亲入殓的时候，尚且还有银器放入棺材，就托词说墓穴中有积水，应当迁移重新埋葬，于是挖开墓穴凿开棺材，取出来首饰数件，然后把母亲的遗骸一把火烧毁了，听说这件事的人都不忍心说出口。没过多久，这个人暴病而死，他家就绝户了。哎呀！天理灭绝，人事又怎能不灭绝呢？

我父亲所作的《厚殓说》说道：有客人向我询问说："州县发生盗贼的祸患，最惨烈的祸患莫过于凿棺盗墓，近年来这一类案件层出不穷，官绅富户尤其惴惴不安，怎么才能防止这种事情呢？"我说："只有遵守真正的礼法才可以防止。"有人认为我说的话很迂腐，我向他阐释说："死者必须入殓，礼法上应当如此。古时候'殓'字本来写作'敛'，取其'敛首足形'之义而已。(《礼记·檀弓下》：敛手足形，还葬而无椁，称其财，斯之谓礼。孔颖达疏：敛手足形者，亲亡但以衣棺敛其头首及足，形体不露，还速葬而无椁材，称其家之财物所有以送终。) 如今《会典》和《通礼》中一并记载官员的丧葬礼仪：第二天小殓，三品以上的官员口含小珠玉五件，七品以上的官员用金玉屑五件。又说添加殓衣，三品以上五件，其中夹衣三件、单衣二件；二品以上三件，其中夹衣二件、单衣一件；六品以下二件，其中夹衣一件、单衣一件。超过这个程度就属于逾越制度违背礼仪。珠玉而称'小'，金玉而称'屑'，只是取其大小能够含入口中即可。关于入殓的衣服，其范围说到七品以下；关于口含的器物，其范围只说到七品以上，由此可见七品以下是不可以口含器物的。口含之物尚且有制度，又怎么可能像现在这样金银压头、满身珠玉呢？听说近年来所破获的盗墓案件，被盗的全都是女棺，不涉及男棺，这样看来就是因为入殓的陪葬品过于丰厚导致招来盗贼，也是很显然的了。凡是子孙收殓自己的亲人，父母收殓自己的子女，家长收殓家中卑微幼小的死者，如果还是一定要说宁可厚葬不可薄待，那么名义上是爱护他们，恰恰却是在戕害他们，对死者没有一丁点的好处，反而埋下了身后的灾祸。灾祸迫及其身的惨状，对子孙来说属于不孝，对父母家长来说属于不仁，而推究其中的根源，就是由于不符合真正的礼法而已。所以我说：只有遵守真正的礼法才可以防止。遵循礼法，自然而然可以在无形之中消除祸患；不遵守礼法，就会发生陷人于极端不孝、不仁的祸患却没有办法自己解决。那么仁人孝子，怎能不知道考虑有所转变呢？”

说明，我父亲客居在浦城时，亲手撰写了《停葬说》《锢婢说》《厚殓说》三篇文章，都是由于这个地方积重难返、司空见惯的恶劣风俗，因此不厌其烦地大声呼吁，以期能够家喻户晓。其中《厚殓说》尤其切中要害，只希望劝回一家就免除一家的祸患，劝回一个人就免除一个人的罪过，真是苦口婆心，不可以看作寻常的文字来对待，因此郑重地附录在这里。

第六卷

1.6.1 某太史

乾隆末年，吾乡某孝廉留京过夏。孝廉家本小康，以年少登科，鲜衣美食，宴游吟啸，习以为常。凡九上公车，而家计遂落。京居多所称贷，岁暮，索负者盈门。孝廉素矜惜颜面，计无所之，竟自缢，为两仆所救而苏。时同乡官及同公车者咸往慰视，有某太史与孝廉行径正同，往来素密，亦随众至，乃瞠无一语。及退，语人曰："此某欲自拔苦海耳，何以救为？救之适所以苦之矣。"众皆怪其持论之乖。逾数月，而某太史亦自缢，群救之不苏。时家大人在京，目击其事。

先叔祖太常公曰："论此事，孝廉原可以不死，而某太史之为此言，则其心已早死。孔子曰：'哀莫大于心死，而人死次之。'此孝廉所以更生，而太史所以不救也。然太史本翩翩佳公子，又已登清华之选，衣帽闲雅，笔研精良，断不似以非命死者，而竟如此，此吾乡士大夫之耻，宦运之衰也。"家大人曰："此中必有因果，特人有知有不知耳。"

近日士大夫可惊可愕之事有甚于此者，自李许斋方伯开其端，而王小华廉访继之，某监司又继之，某运使又继之，某学政又继之，甚之以状元而不免此，以宰相而不免此。二十余年之间，此事乃层见叠出，论者率谓其人之命运使然，非必尽关因果，其然，岂其然乎？

【译文】乾隆末年，我的同乡某举人留在京城度过夏天。举人家本是小康水平，因为年纪轻轻就中举，所以穿着华丽的衣服，吃着美味的食物，整日休闲游乐、吟诗唱歌，习以为常。他前后九次赴京参加会试，从而家道渐渐中落。住在京城时多次向人借贷，年底的时候，索还欠债的人充满了门庭。举人平素爱惜脸面，没有办法之下，竟然自缢了，被两个仆人救下，并且苏醒过来。当时和他同乡的官员以及和他一同赴京应试的人都一起去探望慰问他，其中有某翰林和举人的所作所为差不多，他们平日往来频繁，某翰林也跟随众人一起来了，他竟然只是看着某举人没说一句话。等到退出后，某翰林才告诉别人说："这是某举人他自己想要脱离苦海，为什么要救他呢？救他就是害他更加痛苦。"众人都对某翰林所持观念的荒谬反常感到奇怪。过了几个月，而某翰林也自缢而死了，一群人急忙施救却没有苏醒过来。当时我父亲在京城，亲眼看见了这件事。

先叔祖太常公（梁上国）说："说起这件事，举人原本可以不死，但是某翰林说出这番话，说明他的心早就已经死了。孔子说：'一个人最大的悲哀在于心如死灰，而身体的死亡还在其次。'这就是某举人之所以能够死而复生，而某翰林却救不回来的原因。可是某翰林本来就是风度翩翩的美公子，又已经荣任了清高显贵的官职，衣冠安舒高雅，笔砚精美优良，绝对不像是遭遇意外灾祸而死的人，但他最后却是自杀而死的，这是我们家乡士大夫的耻辱，象征着官运的衰落。"我父亲说："这其中一定有因果，只是有的为人所知、有的不为人知罢了。”

近期以来士大夫们做出的令人震惊骇愕的事情有比这个更加严重的，自从李许斋布政使（李赓芸）开了个不好的头，而王小华按察使（王惟询）紧随其后，然后是某道台，然后是某盐运使，然后是某学政，甚至于就连状元都免不了做出自杀这种事情，就连宰相也不免做这种事。二十多年之间，这种事情竟然层出不穷，评论的人都认为这是他们的命运造成的，不一定都和因果报应有关，似乎是这样，可是难道真的是这样吗?

1.6.2 林翰云先生

林翰云先生（楚），中乾隆甲寅榜副车，故于家大人，亦有同年之谊。后以甲子举人，大挑二等，归时，家大人陈臬山左，邀留署中，授余兄弟辈读。工时文，善讲贯，听者忘疲。

惟胆过怯，尤惧雷，一闻虩虩（xì xì）声，即神色俱变，独坐室内战兢而已。若在稠人广众之场，则必跳往空处立。众诘其故，笑曰：“我三十岁以前，尚不至如此之惧。一日，由福州至连江，坐一舟，同舟者十余人，中有父子二人相诟詈者，继而子声益厉，其父遽走后舱避之，尚呶呶（náo náo）不休，同舟者相怒以目。忽一声霹雳，从船桅下击，其子立毙，桅为之断，舟旋转浪中几覆。时余已惊绝去，半晌始苏，自是胆为之碎，其所以必跳立空处者，尚恐为人带累耳。”

【译文】林翰云先生（林楚），考中了乾隆五十九年（1794）甲寅科乡试副榜贡生，因此他和我父亲也算是有同年的情谊。后来作为嘉庆九年(1804)甲子科举人，大挑二等(清制，挑选三科以上会试不中的举人，一等任知县，二等任教职，称为大挑)，他回来的时候，我父亲在山东担任按察使，邀请他留在官署中，教授我们兄弟读书。林先生擅长科举应试文章，且善于讲习，听他讲课的人往往忘记疲劳。

只是林先生特别胆怯，尤其是害怕打雷，只要一听到雷震的声音(《易经·震卦》:“震来虩虩，笑言哑哑。”)，当即神色大变，自己一个人坐在屋里瑟瑟发抖而已。如果是在人数众多的场合，就一定会跳到空旷的地方站立。众人追问他原因，他笑着回答说：“我三十岁以前，还不会害怕到这种程度。有一天，我从福州到连江，乘坐一艘船，同船的人有十多人，其中有一对父子互相诟骂，接着儿子的骂声更加厉害，他的父亲就走到后舱躲避，儿子还在唠唠叨叨说个不停，同船的人都用非常愤怒的眼神看着他。忽然霹雳一声，雷电沿着船的桅杆直击下来，儿子当场被击死，桅杆也断了，船在波浪中旋转几乎要倾覆。当时我已经被吓得晕过去，半天才苏醒过来，从这之后我就被吓破胆了，之所以一定要跳到空旷的地方站立，是因为还怕连累别人或被人连累而已。”

1.6.3 庸医

先外祖苏年先生，卧病时，医者日数人，皆庸手。有郑姓者，其名最盛，而其技实最庸。每与众医互相标榜，商立医案，迁延月余日，而先生病遂深。适陈修园邑侯(念祖)新归，家大人自往延之，遍视旧方，叹曰：“皆此等庸医所误。”而于郑所立医案尤切齿，批其后云：“市医伎俩，大概相同。”越日，众医至，阅陈所批，皆气沮，郑啧（zé）曰：“陈某何以呼我辈为市医？”闻者莫不匿笑，而先生卒不起。不逾年，此数医亦相继殂。时号郑为市医先生云。

又有某姓者，本名医之子，而其术不逮父远甚。每诊妇女脉，必揭帐熟观，曰：“问、闻、望、切，必先望而后切，此古法不可不遵也。”后为一少妇治病，竟以目成私合。其夫愤甚，延妖鬼捉其魂。一日晡归，甫入门即仆地谵（zhān）语，自述其生平阴恶，喃喃不休，逾时遂绝。同时业医者，无不引以为戒。

家大人曰：“昔人有言，士君子无以刀杀人之事，惟庸医杀人，其惨即无殊手刃；若复包孕邪心，乱人闺阃，则其孽愈重。某之暴卒，非妖鬼之能作祟，实其人之自犯冥诛。”纪文达公尝戏为集句以赠医者，有“医来寇至”之对，其言不为苛矣。

【译文】先外祖父郑苏年先生（郑光策，初名天策），生病卧床的时候，每天都有几名医生来看病，但都是医术平庸之人。有个姓郑的医生，他的名气最大，但是他的医术其实是最平庸的。每次都和其他医生相互夸耀吹嘘，商议制订治疗方案，这样拖延了一个多月，导致先生的病情日益加深。恰逢陈修园县令（陈念祖，字良友、修园，号慎修，清朝官吏、名医）刚回来不久，我父亲亲自去邀请他来看病，陈先生把原来的方子看了一遍，叹息道：“都是被这样的庸医把病情耽误了。”并且对于郑医生所制订的治疗方案尤其愤怒，在后面批注说：“市医（市井中行医者）伎俩，大概相同。”第二天，一众医生来了，看到陈修园的批语，都垂头丧气；郑医生叹气说：“陈某为什么称呼我们为市医呢？”听说的人没有不窃笑的，然而外祖父的病最终还是没好。不到一年，这几名医生也都相继去世了。当时人们称郑医生为市医先生。

又有某姓医生，本来是名医的儿子，但是他的医术远远不及他的父亲。每次给妇女诊脉的时候，一定会掀开帏帐仔细观看，说："问、闻、望、切，一定是首先观察病人气色然后再切脉，这是古代流传下来的方法，不能不遵循。"后来他为一名少妇治病时，竟然因为与少妇眉来眼去而产生奸情。少妇的丈夫非常愤怒，请妖鬼捉拿这个医生的魂魄。有一天下午回来，刚一进门就倒在地上胡言乱语，自己说出自己平生不为人知的恶行，一直说个不停，不一会儿就气绝身亡了。当时以从医为业的人，没有不引以为戒的。

我父亲说："古人曾经说过，读书人没有持刀杀人的事情，不过医术低劣的医生害人性命，其中的惨烈不亚于持刀杀人；假如又心里藏着淫邪之心，骚扰侵犯别人家的妇人女子，那么他的罪孽就更加深重。那个医生的暴毙，并不是妖鬼能够祸害到他，其实是他自己受到了冥司对他的惩罚。"纪文达公（纪昀，字晓岚）曾经开玩笑作了一副集句对联来赠送给医生，其中有"医生来贼寇到"这样的句子，这话不能算是苛刻。

1.6.4 天道好还

林于川先生（雨化），先祖资政公戊子同年也。性刚直，司铎宁德。有某生，家颇裕，而所为多不善，先生屡戒饬之；某生衔恨，诬先生以他事，控于府。太守全某与某生比，先生面诉于太守，词又戆（zhuàng）直，太守恨之。某生欲因此逐先生，乃献洋银五百于太守，控先生得赃，送省委审。委员又袒护全守，呵斥甚厉，先生曰："此事若不得直，我当京控。"亦呵斥委员甚厉。大府闻而恶之，上下锻炼成狱，遣戍乌鲁木齐。此乾隆六十年事。

逾年，而全守亦以遣罪至。时先生以嘉庆元年恩赦释回，戒行之日，全守适到。先生具旧属手版，到门问起居，并禀明即日东行，于手版中夹呈一诗笺云："五百花边亦小哉，忍将名教扫尘埃。好还天道君知否，我正归时汝却来。"全某正早餐，阅之且噎且吐，晕倒于地，几至不起。

【译文】林于川先生（林雨化），是我的祖父资政公（梁赞图，本名上治，诰赠资政大夫）乾隆三十三年（1768）戊子科的同年举人。性情刚正直爽，在宁德县担任教谕。有某生，家境富裕，但所作所为大多不是什么好事，林先生多次批评告诫他；某生怀恨在心，用其他事情诬陷先生，控告到府衙。知府全某和某生关系亲近，先生当面向知府控诉，言语又非常耿直，知府于是对先生怀恨在心。某生想要趁这个机会赶走先生，于是向知府献上洋银五百元，控告先生贪赃，将先生送交省里委派官员进行审讯。委派的官员又袒护知府全某，对先生严厉呵斥，先生说："这件事如果得不到伸张，我要去京城控告。"先生也严厉地呵斥委派的官员。总督、巡抚等大员听说后对先生心生厌恶，上下一气罗织罪名，先生蒙冤入狱，后来被判流放乌鲁木齐。这是乾隆六十年（1795）的事情。

一年后，知府全某也因罪被发配到这里。当时先生正逢嘉庆元年（1796）的大赦得以释放回家，出发上路的时候，知府全某刚好到达这里。先生拿着过去拜见上司所用的名帖，到知府的住所问安，并且禀报说即将东行返回家乡了，并在名帖中附上了一首诗，写道："五百花边亦小哉，忍将名教扫尘埃。好还天道君知否，我正归时汝却来。”全某正在吃早餐，读后又噎又吐，晕倒在地上，几乎病倒了。

1.6.5 赴席后至三事

林樾亭先生胸罗列宿，口若悬河，每当谯集时，高谈雄辨，四座倾倒。家大人以通家子弟，最喜亲炙侍谈，藉挹其言论风采。一日，随先生为伊墨卿比部招饮，至则法时帆祭酒、游彤卣（yǒu）侍御已先在座。因候一公车客，久不至。时先生馆内城魁伦宅，祭酒居厚载门外，皆欲早归，而晷已加申，因匆匆呼肴促酒。

食次，先生忽举一故事，云：某科乡试，有同考官阅一文甚不佳，因弃去。俄顷，其卷复还几上，如是者数回，不得已，姑荐之，竟得中榜。后见某生，语之故，并诘以平生有何阴骘（zhì），某生无以对。固询之，则曰：“虚度四十余年，实无一善事可纪。惟历数半生，凡遇人招饮，无一次不先，惟恐烦主人守候，或即此亦可为方便乎？”言甫竟，而阍者报公车客至，乃大笑而散。

余谓此先生触机戏谑耳，而应酬世故中亦实有此可厌之事。夫一饭之顷，本不甚费日力，如果忙不能至，即应早辞；既不肯辞，即应为主人计，为众宾计。乃装模作样，颟顸（mān hān）不前，徒使主人蒿目以须，坐客枵（xiāo）腹相向，僮仆愠形于色，厨子叉手而嬉。如果系尊师贵宦，尚不免局外讥评，况同此平等耦俱，何可不稍加体谅？其最可恨者，入觐之外官，假装忙状；要津之热客，力避闲名。此两种人赴席，无有不后至者。长安道中积成恶习，虽名场之小节，抑亦君子所深讥欤！

记在京时，家大人尝告余辈曰：昨为门人祝云帆中翰（春熙）招，同程晴峰（矞采）、达玉圃（麟）两仪部，李兰卿中翰（彦章）往其家，陪新任金华太守杨古生（兆璜），候至灯时，古生尚未到，云帆大怒，见余四人有饥色，乃先入座畅饮，且曰："古生必不来，即来亦当不理他。"饮至三鼓，肴核已尽，而古生忽来，云帆乃侈口肆骂，声色俱厉，仅以一羹一饭了之。古生大惭沮而去，闻者皆以为快。

又一日，为闻春台侍读（人熙），邀同程春庐驾部（同文），陪一外官早饭，待至日将晡，客尚不到。时余三人皆在军机行走，春台又因明日本班，须早入，皆不能久待，遂大恣饮啖而散。甫上灯，春台即闭门睡。须臾，客到，阍人传命曰："主人明日早直，陪客皆须入城，不及相待，改日另请可也。"客亦大惭沮，噤无一词，京官传为笑谈。此二事虽琐鄙不足道，记之亦可为戒云尔。

【译文】林樾亭先生（林乔荫）学识渊博，胸罗万卷，口才敏捷，滔滔不绝，每当宴饮聚会的时候，高谈阔论，能言善辩，在座的人为之折服。我父亲作为世交之家的子弟，最喜欢侍奉在先生身边，亲耳聆听教诲，借此领略汲取他言论的风采。一天，父亲跟随林先生参加刑部郎中伊墨卿（伊秉绶）召集的宴会，到场的时候看到法时帆祭酒（法式善）、游彤卣（游光绎）侍御二人已经先在座了。于是等候一位来京参加会试的客人，很久都没到。当时林先生借住在内城魁伦的住宅中，法祭酒居住在厚载门外，都想早点回去，而且日晷已到申时（下午三点至五点），于是匆匆招呼上菜上酒。

席间，林先生忽然讲了一个故事，说道：某科乡试，有一位同考官批阅一篇文章感觉写得很不好，因此将试卷丢在一边。过了一会儿，那份试卷又回到了桌案上，像这样来来回回好几次，没办法，姑且推荐上去，最后竟然中榜了。考官后来见到了那名考生某生，告诉他其中的缘故，并追问平生有什么阴德，这名考生不知该怎么回答。再三询问后，考生才说："虚度光阴四十多年，实在没有一件值得提起的善事。回想这半生，只有凡是遇人招请宴饮，没有一次不提前到场，惟恐劳烦主人久等守候，或许就是这一点也可以算是做好事吗？"刚说完，守门人禀报说参加会试的客人来了，于是大家在笑声中一哄而散。

我想这只是林先生趁机开玩笑的寓言而已，然而在应酬交际、人情世故中也确实有这种令人讨厌的事情。一顿饭的功夫，本来也耗费不了多少时间精力，如果事情繁忙不能到场，就应该早点推辞；既然不愿意推辞，就应该多为主人着想，多为宾客们着想。却装模作样，稀里糊涂一直不来，徒然地使主人极目远望焦急等待，在座的客人饿着肚子面面相觑，童仆满面愤怒，厨子叉手嬉戏。如果是尊师贵官迟到，尚且免不了被局外人讥讽议论，何况大家都是地位平等、相处融洽的人，为什么就不能稍微体谅一下呢？还有最可恨的，入朝觐见的地方官，假装成很忙的样子；那些权贵眼前的红人，极力避免被人认为很空闲。这两种人赴宴，没有不迟到的。名利场上渐渐累积而成的这些恶习，虽然只是小事情，但也是君子所深深厌恶的！

记得在京城的时候，我父亲曾经告诉我们说：昨天被门人内阁中书祝云帆（祝春熙）邀请参加宴会，与程晴峰（程裔采）、达玉圃（达麟）两位礼部官员以及内阁中书李兰卿（李彦章）一同前往他家，陪同新任金华知府杨古生（杨兆璜），等候到上灯之时，杨古生还没有到场，祝云帆大怒，看见其他四人都面有饥色，于是就邀请大家先入座畅饮，并且说："古生一定不会来了，就算来也不要理他。"喝到三更天，菜肴都吃光了，这时候杨古生忽然来了，祝云帆对他破口大骂，声音和神色都很严厉，最后只用一碗汤、一碗饭来招待他。杨古生非常惭愧沮丧地离开了，听说这件事的人都感到快意。

又有一天，被闻春台侍读（闻人熙）邀请，与兵部主事程春庐（程同文）一同，陪同一位地方官吃早饭，等到快傍晚的时候，客人还没到。当时我们三个人都在军机处当差办事，春台又因为第二天轮到值班，必须早点进去，都不能等待太久，于是大吃大喝一顿后各自散去。刚入夜，春台就闭门入睡了。不一会儿，客人来了，守门人传达命令说："主人明天早起当值，陪客都须要进城，来不及招待，改天另请就可以了。"客人也非常惭愧沮丧，闭口说不出一句话，这件事被京官们传为笑谈。这两件事虽琐碎粗鄙不值得一提，不过记录下来也可以让大家引以为戒。

1.6.6 周封翁二事

浦城周封翁（之缙），兄弟五人，翁其季也。稍长，即贩运于福州，辄获利。其第三兄妒之，效其贸易，辄失利。因侦弟所置货物及行期，必与同，翁亦乐为兄伴。于是各运米至省，半途翁船破，应修治；客有传省城米贵者，兄遂别翁先往，果获利，复市他货旋浦。翁方至省，则价倍长，更获利无算。其兄叹其福厚，妒心顿消。后因运米至省，登陆后，见船底一大孔，为巨石横塞，如人工嵌成者，乃悚然曰：“贪天之功，不如知足。”遂不复贾。每与人清厘账项，凡分应归己者，必扫去尾数，佯为不知。或以误告，翁笑曰：“不误，吾为子若孙留余也。”以孙凤雏，得貤（yí）赠四品衔。

凤雏，字仪轩，由邑庠生入赀为盐运同，喜书画，善鉴藏。家大人掌教南浦书院日，与讲论此事，遂相交好。仪轩慷慨好施与，日以济物为心，而尤有功于桑梓。县城东祝家冈为地脉所关，自因修城凿石其巅，大有高岸深谷之惧；乡试亦屡脱科。时令浦城者，为金溪陈士竹（甡shēn），与绅士谋所以补苴（jū）之者，屡不得当。仪轩乃慨然独任之，不半年而工竣，费白金一千有奇。逾年，而县人登乡荐者至五人之多，前此所未见也。又逾年，而仪轩之子启丰、启棠，相继游庠，而启棠即登乡荐。见义必为，旋自食其报，陈士竹为勒其事于碑。

【译文】福建浦城的周封翁（周之缙），兄弟五人，封翁是最小的。稍微长大后，就到福州贩运货物，每次都获利不少。他三哥非常嫉妒他，也模仿他去做生意，却每次都赔钱。因此探知弟弟置办的货物种类和出发日期，每次必定与他事事相同，周封翁也乐意给哥哥做伴。于是各自运米到省城，半路上周封翁的船破了，须要修理；有客人传说省城米价昂贵，三哥于是辞别周封翁先行前往省城卖米，果然获利不少，又采买了其他的货物返回浦城。这时周封翁刚刚到省城，米价又涨了一倍，获利更多。这下三哥不禁感叹弟弟福报深厚，妒忌心顿时消失了。周封翁后来因为运米到省城，上岸后，发现船底有一个大洞，恰好被巨石塞住，如同人工嵌入进去的一样，后怕地说：“贪图上天成就之功以为己有，不如知足常乐。”于是不再经商。周封翁每次与人清算账项，凡是应当归自己所得的，必定抹去零头，假装不知道。有人告诉他出错了，周封翁笑着说：“没有错，我只是为子孙留下余地而已。”周封翁也祖以孙贵，凭借孙子周凤雏的官位，得以诰封四品官衔。

周凤雏，字仪轩，由县学生员通过捐纳做了盐运同知，喜好书法绘画，善于鉴赏收藏。我父亲主持南浦书院教学事务的时候，与他探讨这方面的事情，于是互相交好。仪轩为人慷慨，乐善好施，每天都想着救助别人，特别是对家乡做出了巨大贡献。县城东边的祝家冈关系到地脉和风水，自从因为修城墙时在冈顶上凿石取材，使得高处变低、低处变高，地形地貌发生了巨大变化，令人感到畏惧；浦城县人在乡试中也多次无人上榜。当时担任浦城县令的，是江西金溪的陈士竹先生（陈甡），和县里的绅士谋划如何来弥补缺陷，多次都不得法。周仪轩于是慷慨地独自承担，不到半年就竣工了，耗费了白银一千多两。第二年，县里考中举人的就有五人之多，这是前所未有的事情。又过了一年，周仪轩的儿子周启丰、周启棠，相继入学成为生员，而周启棠很快又考中举人。看到合乎正义的事情就奋勇去做，很快就获得了善报，陈士竹把这件事镌刻在了石碑上。

1.6.7 挞婢微言

先妣郑夫人，性宽慈，不得已而挞婢，每不着痛养，而转为黠婢所侮，先妣明知其然，亦不较。其待乳媪灶妪，往往受其倒持，而家道乃蒸蒸日起。弃世之日，婢媪无不哭失声者。尝喜述一故事，云：有亲串喜挞婢者，婢脱走，手藤鞭盛气逐之，婢逃出厅事，适庭前有裁缝工数人，婢呼曰："司父救我！"（土俗呼做活计人为司父）一工人笑曰："汝是自作自受，非我所能救，谁叫汝前生喜挞婢乎？"挞婢者手顿软，鞭坠于地而返。按，此是笑谈，然简而能中，殊有古人谲（jué）谏之意。其事不必有，而其理则不磨矣。

【译文】我母亲郑夫人，性情宽厚慈爱，不得已之下须要鞭打婢女时，每次都打得很轻、不痛不痒，却反而被狡诈的婢女所侮辱，母亲明明知道其中的缘故，也不去计较。她总是善待家中的乳母、厨娘，有时反而被她们抓住弱点相要挟，但是家道却是蒸蒸日上。母亲离世那天，家中的婢女老媪没有一个人不失声痛哭的。母亲曾经高兴地讲述过一个故事，说道：有一家亲戚喜欢鞭打婢女，婢女逃脱了，手里拿着藤鞭怒气冲冲地追赶，婢女逃出厅堂，刚好庭前有几名裁缝工，婢女大喊："司父救我！"（本地风俗称呼做活计的人为司父）一名工人笑着说："你是自作自受，不是我所能救得了的，谁叫你前世喜欢鞭打婢女呢？"鞭打婢女的那个人手顿时没了力气，鞭子掉在地上回到屋里去了。说明，这虽然是笑谈，但是道理简单且能切中要害，特别有古人委婉劝谏的意趣。其中的事情不一定真有，但是其中的道理却是不可磨灭的。

1.6.8 买业微言

常州某观察，富而多吝，尝买一菜园，反覆播弄，欲减其价，卖者情急，则愈加刻剥。其子在旁，甚不过意，乃大言曰："大人可稍增价，使儿辈他日卖去，亦可得善价。"其父愕然，自此稍悟。后观察死，其子改从厚道，一反父所为，因幸保未败。此子可谓干蛊，其触机片言，真足醒世矣。

【译文】江苏常州的某观察（道员的别称），家境富有但是很吝啬，曾经要买一片菜园，反复播弄，想要压低价格，卖家急用钱所以着急出手，某观察就趁机更加苛刻。某观察的儿子在一旁，特别看不过去，于是高声说道："父亲大人可以稍微加一点价，让儿子我今后卖出去的时候，也能有一个好价钱。"他父亲非常吃惊，从此以后稍稍悔悟。后来某观察去世，他的儿子凡事务必遵从厚道，一反父亲的所作所为，因此有幸保全了家业没有败落。这个儿子可以说是能够弥补父辈过失的贤德之人，他当时随机而发的只言片语，确实足以警醒世人了。

1.6.9 貤封异姓

浦城吴世熹（式丹），祖舫斋尚书之母舅也。尚书家本有恒产，其封翁（率英）为邑诸生，勤于读书，不善理生计。而世熹工于营运，常贩鬻（yù）苏州，辄得利。封翁因出己赀，求世熹代为经理，二人亲串，本相得，世熹慨允之。浦产诸物，岁至苏州者，如茶叶、莲子、香蕈（xùn）诸物，获利颇厚。

而系为封翁代运者，每不得利；世熹所自运者，则倍获如常。封翁初不以为疑，而世熹则大以为歉，乃另定章程，一年划为两次，以祖赀悉归春运，以己赀悉归秋运，则是年春运尽绌而秋运极赢。次年，易己赀为春运，以祖赀入秋运，则又春赢而秋绌。再次年，仍祖春运，而吴秋运，而春绌秋赢又如之。浦城人常以为笑柄。

于是世熹语封翁曰："君非商贾中人，可不必事此，但专勤本业，尽心课子，所有生计，吾当任之。"时吴家日起，富甲一乡。乾隆丁酉，尚书举于乡。世熹令封翁挈之进京，长途资斧、京居薪水悉为筹备。次年，尚书遂成进士，入翰林，改刑部，世熹皆厚资之，岁以为常。后尚书请于朝，以侍郎任内加一级一品封诰貤（yí）赠世熹，浦人荣之。嘉庆间，重修县志，尚书属家大人为之传，时家大人方主南浦书院讲席也。

【译文】福建浦城的吴世熹先生（吴式丹），是祖舫斋尚书（祖之望）的舅舅。祖尚书家本来有一些固定的产业，他的父亲祖率英封翁是县里的秀才，勤奋读书，不善于经营生意。但是吴世熹善于经营贩运，常常在苏州贩卖货物，总是能获利。率英封翁因此自己出资，请求世熹帮忙代为经营管理，两人是亲戚，本来就彼此投合，于是世熹慷慨答应了。将浦城出产的各种东西，比如茶叶、莲子、香菇等等，每年运到苏州贩售，从中获得了颇为丰厚的利润。

而属于是帮助率英封翁代为贩运的，往往都赚不到钱；而世熹自行贩运的，则会像往常一样获得几倍的利润。率英封翁一开始并没有多想，但是世熹则感到非常过意不去，于是另行制定章程，一年划分为两次，以率英封翁所出的资金用作春季营运，以自己所出的资金用作秋季营运，然而这一年春运没有获利但是秋运获利很多。第二年，换成世熹自己出钱作为春运，率英封翁出钱作为秋运，则又是春运获利而秋运赔钱。又一年，仍旧是率英封翁作为春运，世熹自己作为秋运，结果又像之前一样春运赔钱而秋运获利。浦城人常常拿这件事当作笑柄。

于是吴世熹对率英封翁说："您不是生意中人，可以不必再从事这一行，只要专心在学业上勤下功夫，尽心教育儿子，所有生活上的事情，都由我来负责。"当时吴家的家业蒸蒸日上，成为乡里首屈一指的富户。乾隆四十二年（1777）丁酉科，祖率英的儿子祖之望在乡试中考中举人。吴世熹让率英封翁带着儿子进京参加会试，一路上的路费以及在京城居住期间的生活费全都帮他们准备好。第二年，祖之望就考中了进士，进入翰林院，期满后改任刑部主事，这期间吴世熹都出了很多钱资助他，每年都是如此。后来尚书向朝廷请求，将侍郎任内加一级一品封诰的荣誉转赠给舅舅吴世熹享受，浦城人以这件事为荣。嘉庆年间，重修浦城县志时，祖之望尚书嘱托我父亲为吴世熹写作传记载入县志中，当时我父亲正在主持南浦书院讲学事务。

1.6.10 丧心现报

丙申春，仲兄挈嫂祝氏，由省垣归宁浦城。嫂氏多子女，故所带乳媪亦多。有江氏者，其夫江国宝亦随行，途中病卒，仲兄出赀使二役买棺敛之。二役者，即闽县所派护送之差也，将其敛赀侵吞过半，棺既恶薄，并其随身衣服，剥去殆尽，而余兄与嫂皆不知也。二役本当回省，故国宝之柩即与之同回，未到省时，一役之父梦见国宝云："汝儿狠忍已极，渠所着之套裤，予物也，予当诉之地下矣。"国宝之父亦梦其子云："儿已死，惟二役忍心害理，必有以报之。"国宝父得此梦后，即来余家探问，及差回，则知其子果死矣。一役见父，父询所着之套裤何来，初不以实告，其父曰："予早于梦中知之。国宝在地下候汝，汝必不免。”役始惶恐，随于是夜发寒热卒；其一役亦于旬日内相继而亡。

此事予家内外皆能道其详。其事至小，而报应最速，尤最显。此鬼神幽明之道，确然示人以可见者，亦可为下流说法矣。或曰：“天下劫夺人财者不乏，此何以必宜死？”余曰：“观此一事，二役良心早已丧尽，其为素行不义者可知，非即为此事而死，此事特其一端耳。”

【译文】道光丙申年（1836）的春天，二哥带着嫂子祝氏，从省城福州回浦城探亲。嫂子的儿女很多，所以带的乳母也很多。有一名乳母江氏，她的丈夫江国宝也随行，途中生病而死，二哥出钱派两名差役为他买棺材入殓。两名差役就是闽县所派来护送的差役，将棺殓的资金侵吞了一大半，买的棺材质量不好而且很薄，并且把江国宝的随身衣服，也几乎剥光了，而二哥与嫂子都不知道这件事。两名差役原本就要回省城，所以江国宝的灵柩也跟随他们一同运回，还没到省城的时候，一名差役的父亲梦见江国宝说：“你儿子狠毒残忍到了极点，他身上所穿的套裤，是我的衣服，我要在地府控告他。”江国宝的父亲也梦见儿子说：“儿子我已死，只是两名差役心地残忍、伤天害理，一定会有报应的。”江国宝的父亲做了这个梦之后，就来到我家探问，等到差役回到省城后，才知道他的儿子果真死了。一名差役见到自己的父亲，他父亲询问他所穿的套裤是从哪里来的，一开始差役不肯说实话，他父亲说：“我早就在梦中知道了真相。国宝在地下等你呢，你肯定逃不掉了。”这名差役才开始惶恐，随即就在当天夜里发烧死了；另一名差役也在十天之内相继而死。

这件事我家里里外外的人都知道得很详细。这件事情虽然很小，但报应却极为迅速，也最明显。鬼神阴阳、善恶果报的道理，以有目共睹的方式展示给人看，也可以说是为下等根器的人讲说道理。有人说："天下劫掠侵夺别人钱财的人不少，为什么偏偏是他们一定要死？"我说："通过这一件事可以看出，两名差役良心早已丧尽，可以知道他们平时必定就是多行不义的人，不只是因为这一件事而死，这件事只是其中一个方面而已。"

1.6.11 贤母训子

吾郡郭寿川邑侯（昌年），少孤而贫。其封翁（贻斗）业儒，兼学医，尝语人曰："医为九流之一，其意专务活人，若依以为利，则与市侩何别？"每为戚党治病，虽极窘，亦不名一钱。富室有感其活者，厚资之，必再三辞而后受，则即以其钱贾善药，合丸散，以济贫病者。中年而卒，家无担石（dàn）储。易箦（zé）时，握寿川及其妾许氏手，目直视不语，许问所欲言，久而呜咽曰："吾半生读书而不能成名，惟愿此子酬吾愿耳。"许颔之而瞑，时寿川年甫十二，许即其所生母也。

殡殓粗毕，许即集亲党告之曰："诸君皆曾受先人医药之惠者，今未亡人家徒壁立，弱子伶俜（líng pīng），无以自存，愿诸君鸠赀以为生计，不敢奢望，只集得三十金足矣。"众皆慨诺，各书单如数付之，既而曰："尔得此金，究竟作何布置？"许曰："以为孤子书本耳。"（俗以童子入学从师之资为书本）众喈（jiè）曰："吾等以尔得此金，将谋一小经纪，岁取子钱以度日，若专为书本计，则有出无归，此钱立尽，后将何继？且此子年已长大，未见其后必有成也。”遂将前单收回，一哄而散。

许闻之，号天大哭，寿川亦哭。邻媪见而悯之，曰：“尔等且毋哭，吾恰有余钱千文，尔携去压花会，或死者有灵，得当亦未可知。”许乃拜受，即托邻媪料理。逾夜，竟得偿钱三十千以归。许乃将钱托所亲生息，而自以针纫佐之，日督寿川入塾读书。不数年，即入泮；道光戊子，举于乡；己丑，联捷成进士，作令山东。逾年，遂以养亲乞归，为其母请七品封典。闻今尚康强，邻媪亦时往来其家，如至戚云。

【译文】我们福州的郭寿川县令（郭昌年，道光九年进士）少年丧父，家境贫困。他的父亲郭贻斗封翁以儒学为业，同时学习医术，曾经对人说：“医家是九流之一，其意义专门在于救死扶伤，如果把这个当作谋利的工具，那与市井中唯利是图的商人有什么区别？”每次为亲戚治病，虽然自己特别窘迫，却也从来不收一文钱。有富裕人家为了感谢他的救命之恩，出钱资助他，他必定反复推辞不得已才收下，就用这些钱购买上好的药材，配制成丸药、粉剂，来救济贫穷的病人。郭封翁中年就去世了，家里没有一石（容量单位，十斗为一石）的存粮。临终的时候，封翁握着儿子寿川和妾室许氏的手，眼睛直视着他们也不说话，许氏问封翁想要说什么，过了很久才伤心哽咽着说：“我读书半生却没能成就功名，但愿这个儿子能够实现我的愿望。”许氏点头之后封翁就闭上了眼睛，当时寿川刚刚十二岁，许氏就是他的亲生母亲。

丧葬事宜基本完成后，许氏就召集亲戚族人告诉他们说：“各位都曾接受过亡夫看病施药的恩惠，现在我们孤儿寡母家徒四壁、一贫如洗，年幼的儿子孤苦伶仃，没有办法自己生存下去，希望各位能伸出援助之手帮我们渡过难关，不敢奢望太多，只需凑集三十两银子就足够了。”大家都慷慨地答应了，各自书写单据并按照所写的数目交付给许氏，然后问她说：“你得到了这些钱，到底打算怎么来安排？”许氏说：“以此作为儿子的书本。”（当地俗称小孩入学拜师的学费为书本）众人叹气说：“我们以为你拿到这些钱，将要打算着做一桩小生意，年底可以得到一些利息来过日子，如果专门为了读书，肯定是有去无回，这些钱很快就花完了，以后该怎么办？况且这孩子已经这么大了，看不出来他以后一定有什么成就。”于是众人把钱和单据收回，一哄而散。

许氏听到后，仰天号哭，寿川也哭。邻居老妇人看他们很怜悯，说：“你们先别哭，我恰好有多余的钱一千文，你们拿去押花会（清朝时民间流行的一种赌博游戏）吧，或许死者在天有灵能保佑你们，碰巧中彩也说不定呢。”许氏于是拜谢并且接受了，就委托邻居老妇料理。过了一晚，竟然赢得了三十千钱回来。许氏于是将钱托付给亲戚经营产生利息，自己再做些针线活来贴补家用，每天督促寿川进入学塾读书。没过几年，寿川就进入县学成为生员；道光八年（1828）戊子科，参加乡试考中了举人；道光九年（1829）己丑科，联捷考中了进士，在山东担任县令。一年后，就以孝养母亲为由辞官回家，为他的母亲许氏申请七品封典。听说许氏如今还健在，身体强健，邻居老妇也时常往来于她家，如同关系最近的亲戚。

1.6.12 救鱼不果

侯官某孝廉，曾与家大人同受业于林畅园先生（茂春）之门，体貌丰伟，文笔亦雄杰，群以远到相期。先举拔萃科，复登乡荐。某科以公车北行，于江南舟中夜梦一金甲神求其护助，曰："汝若救我，我必救汝。"醒而忘之。

午后，见渔舟以一大赤鲤求售，索价二千，某许以千钱，不谐而去；忽忆夜梦，急令舟人增价售之，而先为邻舟所得，已斫其项，批其鳞矣。同人皆诮让之，某由是骤得心疾，遽卒于京师。

家大人曰："凡为民物所托命之人，其器量未有不宏且大者，此鱼坐不知人而遂无以自救，鱼之负人欤，抑人之负鱼也？"

【译文】福建侯官县（今福州市）的某举人，曾经和我父亲一同在林畅园先生（林茂春，字崇达，号畅园，以举人历官教授，精通经史）门下学习，他身材魁梧、体貌健壮，文笔也十分雄健突出，大家都认为他前途不可限量。先是被选为拔贡生（由各省学政选拔文行兼优的生员，贡入京师，称为拔贡生，经考核授予相应职务），后又参加乡试考中举人。某一科，北上赴京参加会试，途径江南一带时，在船上夜里梦到一位身着金色铠甲的神灵请求他救护帮助，说："你如果救我，我一定救你。"某举人醒来后就忘记了这件事。

午后，看见渔船上正在出售一条红色大鲤鱼，要价二千钱，某举人只答应给一千钱，没有成交就离开了；忽然回忆起来夜里做的梦，急忙同意让船上的人加价出售，但是却被邻舟的人抢先一步买下，已经砍下鱼头，在刮鱼鳞了。同行的人都埋怨他，某孝廉因为这件事突然得了心病，就死在了京城。

我父亲说："凡是被人民、万物所托付生命的人，他的器量没有不宽宏且大度的，这条鱼因为不了解人、所托非人，所以没能让自己成功得救，这是鱼辜负了人呢，还是人辜负了鱼呢？”

1.6.13 命案纳贿

永福江心葵邑侯（景阳），于余家为世交。以乾隆己酉举人大挑，分发云南，补宜良县，官声甚好。值檄委运京铜离任，绅民皆依恋不舍，合制一楹帖赠之云：“不负国，不负民，不负所学；能为父，能为母，能为人师。”纪其实也。铜差竣，仍回本任候升。

有一命案，死者之家势弱，而凶手饶于财，欲赂以免，心葵不为动。值卧病，其子暗纳其贿，遂以误伤结案，而心葵不知也。又数月，乞养归，起造园亭，就山伐石，令其子督工，竟为大石所压死。心葵恸甚，有所亲知在滇纳贿颠末，私叹曰：“此子死晚矣。”为心葵所闻，不能隐其事，乃播于外，而心葵之痛亦遂纾矣。

【译文】福建永福县（今福州市永泰县）的江心葵县令（江景阳，字以通，号心葵），和我家是世交。作为乾隆五十四年（1789）己酉科举人，经过大挑（清制，挑选三科以上会试不中的举人，一等任知县，二等任教职，称为大挑），分发到云南任职，补授宜良县知县，政声良好。正逢奉上级命令委派他负责运送京铜而离开任上，当地乡绅百姓都依依不舍，共同制作了一副楹联赠送给他，写道：“不负国，不负民，不负所学；能为父，能为母，能为人师。”非常实在地抒写了他的事迹和为人。运送京铜的差事完成之后，仍然回到原来的任所等候升迁。

曾有一桩命案，死者的家庭势单力薄，但是凶手财力富饶，打算向江心葵县令行贿以求免罪，心葵不为所动。正赶上心葵卧病在床，他的儿子暗地里接受了凶手的贿赂，就以误伤为结论代为定案，但是心葵并不知情。又过了几个月，心葵向朝廷请求退休回到家乡，动工建造园亭，就近开山凿石取材，心葵让自己的儿子监督工程，儿子竟然被大石头压死了。心葵十分悲痛，有亲戚知道他在云南收受贿赂的前后经过，私下里叹气说："这孩子早该死了。"被心葵听到了，事情无法再隐瞒，于是就在外传播开来，心葵的丧子之痛也就稍微得以缓解了。

1.6.14 《广爱录》

孟瓶庵先生，戒杀本于家传，尝辑古今戒杀事为一卷，名曰《广爱录》，中有数条，皆吾乡数十年间遗言近事，因汇录之。

云：张惕庵先生（甄陶）有《家政须知》一卷，中一条曰："古人不常杀生，亦不皆食肉。观《戴记》'无故不杀'之文，则知不常杀生也；观文王七十食肉之政，则知不皆食肉也。今市肆品味甚多，何必更多宰杀以求备物？食者甚甘，死者甚苦。纵云敬客，亦当稍存爱物之心也。"按，此语通达和平，可使饮食之人无所藉口。今先生长嗣经邦，已中解元、成进士矣。

又云：何念修侍郎（逢僖）言，苏州有一鳝鱼面店，获利数倍于他店。其法以铁针环钉蒸笼上，使鳝鱼环走，自刳（kū）出血以和面，味甚美。后数年，晚出，忽不归，其子沿河岸觅之，行数里，则已死于水。将负归，见鳝鱼数万环绕其腰腹间，此亦报应之最显者也。

又云：陈剑城给谏（化龙）言，吾乡前辈张无闷先生（远）有《和曹秋岳开笼行序》云："秦景天自连江笼鹧鸪（zhè gū）寄曹，曹悉放之，作《开笼行》，余和之，结语有'开笼放入青霄去，还尔悠悠天地身'之句。"余每读而慕之。世人既以鸡凫（fú）为常馔，而于野雀、鸽子、鹧鸪、鹌鹑之类，复掩取无遗，以为适口，或谓之野味，或谓之山味。又谓必生拔其毛方得净尽，惨酷不可名状，登俎无几，而罪业有邱山之重矣。给谏为此言时，旁有哂其迂者，今给谏二子皆联科登乡荐。

又云：余己丑岁在成都，得疾，医云必得鹿胎合药，方可速愈。巡检潘某谓取之松潘，半月可得，余函止之。后复患痰喘，医者欲制霞天丸，以牛肉熬成膏，合半夏粉，可立效。余以家世不食牛，亦不从，然余病亦寻愈也。大凡诸杀戒中，耕牛最重。余曾另编《戒牛集览》一卷。昔程子尝谓客曰："甚矣，小人之无行也，资牛之力，老则屠之。"客曰："老牛不可用，屠之犹得半价。"曰："尔之言，知计利而不知义者也。为政之本，莫大于使民兴行。民俗善而衣食不足者，未之有也。水旱螟虫之灾，皆俗不善之所致也。"此言从本原上说来，大有关系，有世道人心之责者，不可不知。

又云：先君子于畜犬，冬寒必为择寝处之地，死必以钱雇人埋之。壬辰二月，先君子病亟，犬忽奔突入床下，驱之出，流泪不止。此侍疾诸人所共见者，孰谓畜类无知哉？

又云：畜产自牛犬断不可食外，驴马肉亦不可食。往在都门，见西城某胡同鬻（yù）驴肉者，云传之数代，然面狭而长，宛然驴形也。至马肉，则皆病而不堪乘骑者始就杀，食马肉者往往患马钉疮。又瘟疫盛行之年，得病而死者皆系素食牛马之人，何苦为口腹而受此苦报哉？

又云：余官京师，生日，有同宗某馈一羊，厨人问："杀以宴客乎？"余许之，遂出门。洎（jì）归，仆人告曰："羊已杀，腹中有胎。"余甚懊悔，遂不能下箸。壬辰归里，为儿子成婚时，先君子早已戒杀，旧交十数人公送羊酒，先君子曰："此不可却。"受而畜之鼓山涌泉寺。先君子之慈心及物，而处置得宜如此。

又云：有好食鼠者，家甚饶，故纳鼠放仓廒中，恣其食，肥甚，乃掩取之，炮炙以为美味。此暴殄五谷而兼杀生者也。后其人死于水。先祖朝议公一生持杀戒，常劝人不必畜猫。一日立门外，有数鼠疾走，众欲扑之，朝议公力阻而止，众哗然笑，以为迂阔书生也。先君子偃卧时，鼠或窥床箦（zé）间，器物一无所毁。尝谓人曰："吾家百年不畜猫，我不害鼠，鼠宁残我物乎？"此虽小事，亦所当守为家法者也。

又云：少闻长老言，有一县尹，喜食鹅掌者，炽火于铁片之下，笼鹅令跳跃其上，久之，两掌渐厚，乃取而烹炙之。又系羊于橛，令庖人刲胁，以手取其心。后患恶疮，展转床蓐乃死。时人以为报应无爽云。

【译文】孟瓶庵先生（孟超然），戒杀放生的习惯出自于祖传，曾经搜集古往今来关于戒杀放生的事迹汇编成一本书，取名为《广爱录》，其中有几条，都是我们家乡当地几十年来前辈留下的言论和近期发生的事情，因此汇辑记录在此。

书中说：张惕庵先生（张甄陶）著有《家政须知》一书，其中有一条说："古人不经常杀生，也不都吃肉。我们看《礼记》中有'君无故不杀牛，大夫无故不杀羊，士无故不杀犬豕'的文字，就知道古人不经常杀生；看周文王制定的七十岁才可以吃肉的政策，就知道古人不都吃肉。如今市场上各种食品非常丰富，何必宰杀更多生灵来准备食物？吃肉的人十分享受，而被杀的动物却十分痛苦。纵然是为了款待礼敬宾客，也应当稍微存有一些爱护动物的心意。"说明，这番话通达平和，可以让吃肉的人找不到借口。如今张先生的长子张经邦，已经于乾隆四十四年（1779）己亥恩科乡试考中解元，又于乾隆五十四年（1789）己酉科成为进士了。

又说：何念修侍郎（何逢僖，字敬儒，号念修，乾隆十六年进士，官至礼部侍郎）曾讲，苏州有一家鳝鱼面店，所获得的利润是其他店铺的几倍。这家店的做法是把铁针环绕着钉在蒸笼壁上，使得鳝鱼沿着蒸笼壁游走，自己割破身体流血用来和面，味道十分鲜美。几年之后，店主有一天晚上出去，忽然没回家，他的儿子沿着河岸寻找，走了几里路，发现他父亲已经死在水里。将要把他的尸体背回家，只见有几万条鳝鱼环绕在他的腰部腹部，这也是极其明显的报应了。

又说：刑科给事中陈剑城先生（陈化龙，字剑城，一字丰有，乾隆三十七年进士）曾说，我同乡的前辈张无闷先生（张远，字超然，号无闷道人，康熙三十八年举人，官云南禄丰知县）曾作有一篇《和曹秋岳开笼行序》，说道："当初秦景天从连江县捉了一笼鹧鸪寄给了曹秋岳（曹溶），曹秋岳将它们全都放生了，并写了一篇《开笼行》，我以此为主题和了一首诗，结尾有'开笼放入青霄去，还尔悠悠天地身'的句子。"我每次读到都对他仰慕不已。世人既然已经将鸡鸭作为日常食物，但是对于野雀、鸽子、鹧鸪、鹌鹑之类的禽鸟，又毫无保留地获取，认为是可口的美味，有人称为野味，有人称为山味。又说一定要活生生拔毛才能够彻底干净，残忍酷烈的情状无法用语言来形容；真正登上案板的肉没有多少，但是已经造下了像邱山一般沉重的罪孽。陈剑城先生说这番话的时候，旁边有人讥笑他迂腐，而如今陈剑城先生的两个儿子都相继考中了举人。

又说：乾隆己丑年（1769），我当时在四川成都，得了疾病，医生说一定要用鹿胎来调配药物，才可以快速治愈。巡检潘某说鹿胎可以到松潘县去取，半个月就可以获得，我急忙写信阻止了他。后来又患上了痰喘病，医生想要制作霞天丸，用牛肉熬成膏，加入半夏粉，可以立刻见效。我因为家中世代不吃牛肉，也没有听从，但是我的病也很快就痊愈了。所有关于杀生的戒律当中，以宰杀耕牛的罪孽最为深重。我曾经专门编辑了《戒牛集览》一书。当初程颐先生曾经对客人说："太过分了，小人真是没有良心，耕牛出了一辈子力气帮他干活，到老了却把它宰杀了。"客人说："老牛不中用了，屠宰之后还可以得到半价。"程先生说："你说的这话，是只知道算计利益却不懂得道义。为政的根本，最重要的莫过于使老百姓受到感发而行善。民间风俗向善但是衣食不足的情况，从来没有过。水灾、干旱、蝗虫等灾难，都是由于风俗不善所导致的啊。"这番话是从根本上论述的，非常重要，对世道人心负有责任的人，不能不知道。

又说：我父亲对于养狗，寒冷的冬天一定会为狗选择温暖舒适的睡觉地方，狗死了之后一定出钱雇人将其妥善埋葬。乾隆壬辰年（1772）二月，父亲病危，狗突然跑来冲到床下面，驱赶它出去，狗流泪不止。这件事是在父亲身边照顾的每个人都一同看见的，谁说动物没有灵性呢？

又说：畜类之中除了牛肉、狗肉绝对不可以吃之外，驴、马的肉也是不可以吃的。过去在京城，看到西城某个胡同有卖驴肉的人，说是驴肉生意已经传了几代人了，但是那人的脸部又窄又长，很像驴子面部的形状。至于马肉，则都是因为生病不能用来乘骑的才杀掉，因此吃马肉的人往往会患上马钉疮。另外，瘟疫盛行的时期，得病而死的往往都是一向吃牛肉马肉的人，何苦为了口腹之欲而受到这样痛苦的果报呢？

又说：我在京城做官时，一次过生日，有和我同姓的某人赠送了一只羊，厨师问："杀了用来招待客人吗？"我同意了，然后就出门了。等到我回来，仆人告诉我说："羊已经宰杀好了，肚子里面有小羊羔。"我十分懊悔，根本不忍心下筷子夹菜。乾隆壬辰年（1772）回老家，给儿子举办婚礼时，我父亲早就已经戒除杀生，十几个老朋友共同送了羊羔和美酒，父亲说："这个不能拒绝。"就接受了，把羊羔放养在鼓山涌泉寺。父亲的慈爱之心惠及到了动物，而且遇到事情都能像这样处置得非常得当。

又说：有个喜欢吃老鼠肉的人，家里非常富裕，所以把老鼠放在粮仓中，任凭老鼠吃粮食，等老鼠长得非常肥壮，就抓过来，将鼠肉烧烤来吃，认为非常美味。这属于是浪费粮食和杀生双重罪过。后来这个人死在了水中。我祖父朝议公（孟传德，诰封朝议大夫）一生坚持戒杀放生，经常劝人不要养猫。一天站在门外，有几只老鼠快速奔跑，众人想要扑杀它们；祖父极力阻止，他们才停下来，众人哈哈大笑，认为他真是一个迂腐的书呆子。我父亲卧病在床的时候，老鼠有时会在床席之间窥探，但没有损坏任何器具物品。父亲曾经对人说："我家一百年来不养猫，我也不伤害老鼠，老鼠怎么会破坏我的东西呢？"这虽然只是小事，但也应当作为家法来坚守。

又说：少年时期听长辈说过，有一个县令，喜欢吃鹅掌，在铁片的下面生火，把鹅关在笼子里，放在铁片上烤，鹅就不停地跳跃，时间长了，两个鹅掌逐渐变厚，才割取鹅掌烹烤来吃。又把羊绑在短木桩上，让厨子剖开肋部，伸手取出羊的心脏。后来这个县令患上了恶性的毒疮，在床上翻来覆去痛苦呻吟了许久才死。当时的人都认为报应没有差错。

1.6.15 盗报恩

甲与乙皆福州南台人，素相善。乙偶辞甲去，不知所往，甲思之甚。甲精于贾，家渐裕，广厦连云，食指数百。门前开酒店，日坐其中稽出入焉。一日，乙过其门，甲大喜，挽入店中叙契阔，且曰："比余家计日繁，必须相助为理。"乙难之，强而后可。甲优待之如亲兄弟，亦日坐店中。

有挈磁瓶来沽酒者，就垆(lú)头饮，瓶将罄，复沽益之，而已入醉乡。乃携瓶去，不数武，跌于墙边，瓶碎酒泼墙，不顾而去。乙熟视之，问曰："墙内有室否？"曰："有。"曰："今夜须防贼。渠之醉跌皆伪也，墙土得酒而松，易于掘耳。"乃篝灯于室伺之。

夜过半，果闻墙外登登声，俄而墙穿，一腿先进。遽持其腿，而开门捉贼，则一无头人横卧墙外，众皆骇。乙令速将死人碎为数段，装大酒坛中，连夜抬至江边沉之，仍关门睡至天明。乙告甲曰："此三日内，宅中人不许擅出，外来者无论何人，作何事干，皆须一一告我。"越三日，甲告乙曰："前两日并无人出入，惟今晨有村农来议购粪事，缘宅墙尽处有一厕坑，约明日早晨来盘粪，已许之矣。"乙默然。待至夜深，即率宅中人先盘粪，粪尽而人头见。乃取头出，尽复其粪，而以囊盛头，加石而投之江。翼日，果有村农五六人来盘粪，事毕，无所见，相率去。于是乙告甲曰："此后可高枕无忧矣。"

居无何，乙复辞去，苦留之不可，诘其所往，则模糊以应。时吾乡海寇正炽，被获者辄斩，每案至少亦十余人。一日有押海案赴市曹者，则乙在焉。甲大惊愕，就抱之而哭，押者皆侧目。乙忽举脚踢甲曰："便宜了汝，我正想诬攀汝，今无及矣。"甲被踢，晕绝仆地，久而始苏，徐悟乙以一踢数言救之，否则海寇之党，鲜不被逮矣。乃感乙之恩，越日，私往收其尸，而经纪其家室焉。古言盗亦有道，信矣。而如乙之智术，乃能救人，何不能自救？此盗之所以为盗欤。

【译文】甲和乙都是福州南台人，一向彼此交好。乙有一次向甲辞行后离开，不知道去哪里了，甲非常思念乙。甲擅长做生意，家境日渐富裕，宽广高大的房屋连成一片，家中人口有几百人。在门前开了一家酒店，每天坐在里面核算收入支出。有一天，乙经过甲的门前，甲非常高兴，拉着乙进到店里一起畅叙久别之情，并且说："近来我家里生计日益繁忙，必须请你来帮助我打理。"乙感到为难，甲反复恳求他才勉强答应了。甲对乙格外优待，如同对待亲兄弟一样，乙也每天坐在店里。

有一个人提着瓷瓶来买酒，就在酒店柜台边上喝酒，瓶里的酒快喝完了，又买酒加满，而他这时已经喝醉了。就提着瓷瓶离开，没走几步，就跌倒在墙边上，瓶子被摔碎，酒泼在了墙上，他也不管不顾径直离开了。乙认真观察了一番，问道："墙里面有房间吗？"甲回答说："有。"乙说："今天晚上一定要提防盗贼。那个人喝醉跌倒都是假装的，墙上的土被酒浇泼过，变得松软，就更容易被挖掘了。”于是就置灯于笼中，甲乙二人在屋里侦候。

等到后半夜，果然听到墙外面有登登的声音，不一会儿墙就被挖穿了，一条腿先伸进来。甲乙立刻抓住了那条腿，然后开门捉贼，竟然看见一个没有头的人，横卧在墙外面，众人都十分惊骇。乙命令大家赶快将死人碎成几段，并装入大酒缸中，连夜抬到江边沉入水中，仍然关门睡到天亮。乙告诉甲说：“这三天之内，家宅里所有的人都不许擅自外出，外来的无论是什么人，要干什么事，都必须一一向我报告。”过了三天，甲告诉乙说：“前两天并没有什么人出入，只有今天早晨有一个村民来商量买粪的事情，因为宅子墙壁尽头有一处粪坑，约好了明天早上来掏粪，已经答应他了。”乙默然不语。等到了深夜，就率领家宅里的人先行掏粪，粪掏完之后出现一个人头。于是就把人头取出来，又把粪填回去，用口袋把人头装好，加上石头又投入了江中。第二天，果然有五六个村民来掏粪，掏完之后什么也没发现，相继离开了。于是乙告诉甲说：“从此以后可以高枕无忧了。”

居住了不多久，乙又告辞离去，甲苦苦挽留他也不同意留下，问乙要去什么地方，乙只是含糊回应。当时我乡里海盗正猖獗，被抓住的海盗立刻斩首，每一桩案件至少涉及十多个人。一天，将一批海盗案犯押赴位于集市上的刑场处斩，发现乙竟然在其中。甲非常惊愕，就上前抱住乙痛哭，押送的人都不忍心看。乙忽然抬脚踢甲说：“便宜了你，我正想诬陷你，把你牵连进来，现在来不及了。”甲被重重一踢，晕倒在地上，过了好一会儿才开始苏醒过来，慢慢醒悟到原来乙是在用脚踢这一下和说的那几句话来救他，否则，作为海盗的党羽，免不了要被逮捕。于是甲特别感激乙的恩德，第二天，私下里前去给乙收尸，并帮助照料他的家人。古人说盗亦有道，这话不假。但是像乙这样的智谋和能力，他能够救别人，为什么不能救自己呢？这大概就是盗贼之所以是盗贼的原因吧。

1.6.16 溺爱之害

吾乡有胡姓者，精堪舆之学。一日为人寻地，小憩邮亭，见一乞人年将四十，带一七八岁儿在亭侧煮饭。胡斥之曰："观汝壮健，何不佣工，乃作此事耶？"乞人曰："是我娘害我。"诘其故，答曰："我本富家，当我幼时，我祖督我读书学技，我娘护持不肯，又事事顺我，凡饭食必供我快意。及我祖没，我一事不知，日同匪类往来，弄出祸事，将家产卖尽，妻亦嫁人，仅遗此子。今欲佣工，又不晓耕种，故带子觅食，岂非我娘害我乎？"呜呼！此人以不孝彰其亲之过，固不足责；而世之一味为慈母者，亦可以思矣。

【译文】我乡里有一个姓胡的人，精通风水之学。一天给别人寻找吉地，在邮亭稍事休息，看见一个年近四十岁的乞丐，带着一个七八岁的孩子在亭子旁边煮饭。胡某斥责他说："看你身强体壮，为什么不去受雇帮人做工赚钱，竟然要做乞讨这样的事呢？"乞丐说："是我娘害了我。"胡某追问其中的缘故，乞丐回答说："我本来是富家子弟，在我年幼的时候，我的祖父督促我读书学习技能，我母亲一味护着我不愿意让我去学，又什么事情都顺着我，凡是吃的喝的一定会让我称心如意。等到我祖父去世，我什么事情也不知道，每天跟匪类往来，弄出了祸事，后来把家产全部变卖一空，妻子也改嫁给别人，只剩下了这个孩子。如今想要去受雇做工，又不懂得如何耕种，因此只能带着儿子乞讨要饭，难道不是我娘害了我吗？”唉！这个人自己不成器却怪罪到母亲头上，宣扬母亲的过错，属于不孝，当然也不值得责备；但是世上那些一味做慈母的人，也可以有所反思了。

1.6.17 林韶轩孝廉

闽县林韶轩（缙），吉甫伯兄乙酉同年也。夙称孝友，尤好行方便事。相传其于道光甲申年，结同人为文社。年已过半百，乡试屡荐不售，志不少馁。时有以大古砚求售者，韶轩审视之，知为唐陈观察墓碑石，遂不吝价买之。寻访得其墓，集同人为之重修，即以砚石树其前，复为设祠越山，春秋致祭，一时传为佳话。虽事出公举，而韶轩之力居多也。

逾年，忽梦至一所，殿宇巍峨。历阶级而上，见南面一神，垂旒端坐，似人世所奉文昌帝君。又一人旁坐，古衣冠，容甚温霁，呼韶轩至前，谓之曰：“我即唐旧观察使陈某也，承子相待厚，我必有以相报。”遂引至帝君前，若有所请者。旋即醒，为人述梦境，犹历历如绘也。是秋，遂中式。

按：唐黄璞撰《陈观察墓志》载，墓在闽县兴业乡太平里。考宋太平兴国中，割敦业等乡，置怀安县，明万历中裁归侯官，则陈墓实在今侯官三十四都崇业乡，不知毁于何代。黄所撰志铭，于康熙四十三年，出于北郊乡农黄福屋后，为林来斋吉人兄弟所得，始知公墓所在。至康熙六十年，林氏与里中李君范等，始捐赀修葺，归铭于圹（kuàng）。雍正三年，里人陈祁广等，复请于官，岁拨侯官租八金，以供祀事。考公志铭著录《来斋金石考》中，乾隆末，里人郑杰始得其拓纸，计千百四十字。石约高三尺二寸，宽二尺，书石者“安定胡”三字下磨灭不可辨，依《来斋金石考》补“兆祉”二字，其余缺者尚百余字。志铭于康熙末归圹，碑石于道光初归墓，前后皆出林氏，亦吾乡一故实，因附记之。

【译文】福建闽县（今福州市）的林韶轩（林缙），是我大哥梁吉甫（梁逢辰）道光五年（1825）乙酉科乡试的同科举人。素来以孝顺父母、友爱兄弟著称，尤其喜欢行方便做善事。相传他在道光甲申年（1824），和志同道合之人结成文社。已经年过半百，参加乡试，文章曾多次被推荐却最终未被录取，但他从未灰心丧气。当时有人在出售一方硕大的古砚，林韶轩仔细观察了一番，发现这是唐代福建观察使陈岩的墓碑石，就不惜花费高价将其买下。寻访到陈观察的墓地，召集志同道合的人一同为他重新修缮，就将那方砚石树立在墓前，又在越山为他修建祠堂，每年春秋二季前去祭祀，一时之间传为佳话。虽然这件事是众人共同完成的，然而林韶轩出力最多。

第二年（1825），林韶轩忽然梦到自己来到一处地方，殿堂高大雄伟。于是顺着台阶往上走，看见一位神灵面南而坐，头戴冕旒（古代帝王的礼冠，前后垂有用丝绳串成的玉穗），端身正坐，好像是人间供奉的文昌帝君。还有一个人坐在旁边，穿戴古时候的衣服帽子，神色非常温和，招呼韶轩到跟前，对他说：“我就是唐代原福建观察使陈某，承蒙您对我格外厚待，我一定会有所报答。”于是就引导韶轩来到文昌帝君面前，好像有所请求。韶轩随即从睡梦中醒来，给别人讲述了自己的梦镜，仍然历历在目。这一年秋天，就考中举人了。

说明：唐代黄璞撰写的《唐故福建观察使检校司徒兼御史大夫颍川郡陈府君（岩）墓志铭》记载，陈观察的墓地位于闽县兴（敦）业乡太平里。经考证，北宋太平兴国年间，划割敦业等乡，设立怀安县，明代万历年间划归侯官县，那么陈观察墓实际上应该在今侯官县三十四都崇业乡，不知道是在什么年代损毁的。黄璞所撰写的墓志铭，在康熙四十三年（1704），出土于北郊村民黄福的屋子后面，被林来斋（林侗，字同人，号来斋）、林吉人（林佶，字吉人，号鹿原）兄弟获得，才知道陈公墓地所在的位置。到康熙六十年（1721），林氏和同里的李君范等人，才捐钱修缮，将墓志铭安放入墓穴。雍正三年（1725），乡里人陈祁广等，又向官府申请，每年拨发侯官县租金八两，作为祭祀的费用。经考证，陈公的墓志铭著录于《来斋金石考》（林侗撰）一书中；乾隆末年，同里人郑杰得到陈公墓志铭的拓纸，共计一千一百四十个字。碑石高约三尺二寸，宽约二尺，书写碑文的人“安定胡”三个字下面磨损无法辨认，根据《来斋金石考》补上“兆祉”二字，其余缺损的还有一百多个字。墓志铭于康熙末年重新归入墓穴，墓碑石于道光初年重新立在墓地，前后都出自于姓林的人，也是我乡里的一段史实典故，因此附记在这里。

1.6.18 五世同堂

侯官高允培（城），与家大人同结诚交社文课有年，又同举于乡，交谊最笃。家世忠厚，初以开焕章号缎匹店发家，城内外皆称为高焕章。其同怀弟霁亭封翁（腾）尤质直好义，凡里中有善举，无不与者。霁亭之子鸿湘，中嘉庆己卯举人；其孙镜洲(明远)，年甫弱冠，于甲午、乙未，联捷成进士。众皆以为厚德之报。

又闻镜洲完娶后，房中有一操作之妇，颇有姿，欲去之，白诸霁亭，霁亭曰："心中无之，但留何妨？"镜洲意谓留之终觉未妥，乃再请于霁亭，竟去之。少年遇色，即以礼自持，宜其早登科第矣。

当霁亭祖母在堂时，镜洲已生，群谓五世同堂，世所希见。今则霁亭健在，而镜洲得孙，又居然五世同堂。此不但为吾乡美谈，即薄海以内，恐亦不数见也。

【译文】福建侯官县(今福州市)的高允培(高城)，和我父亲一道发起成立了诚交社，以诗文学业相交多年，又同时在乡试考中举人，友谊最为深厚。他家世代以忠厚传家，起初凭借开焕章号绸缎布匹店发家，城内城外的人都称呼他为高焕章。他的同胞弟弟高霁亭封翁(高腾)尤其朴实正直、急公好义，凡是乡里面发起善行义举，没有不积极参与的。高霁亭的儿子高鸿湘，考中嘉庆二十四年(1819)己卯科举人；他的孙子高镜洲(高明远)，刚到二十岁弱冠之年，就在道光十四年(1834)甲午科乡试中举，紧接着在第二年(1835)乙未科，联捷成为进士。众人都认为这是他深厚的德行带来的福报。

又听说高镜洲娶妻之后，房里有一名做杂活的妇人，颇有姿色，镜洲想要打发她离开，向祖父霁亭封翁请示，霁亭封翁说："如果你心中没有邪念，留下她又有什么关系？"镜洲考虑留下她始终感觉不妥，就再次向霁亭封翁请示，最终还是打发她离开了。

少年时遇到美色，就懂得用礼法自我克制和把持，也难怪他能这么早就登科及第了。

当时霁亭的祖母还健在，霁亭的孙子镜洲已经出生了，大家都说是五世同堂，世所罕见。如今霁亭还健在，而镜洲已经有了孙子，居然又是五世同堂。这不但是我们家乡当地的美谈，即便放到全天下，恐怕也不多见。

1.6.19 明心受谴

侯官某孝廉，本与家大人为忘年之交，继复修年家子礼甚谨。矜奇嗜古，兼精分隶，有桂未谷、伊墨卿遗规。而狂放不羁，都人士多侧目相视，惟家大人优待之。壬辰乞假里居时，每招致之，而屡不来，探其故，则为乡人倡议修洪山桥，与其友某合为首事，日在洪塘一带募捐。有蜚语议其侵匿者，其友拉某同入城隍庙明心，约各具密疏一通。某孝廉初不欲往，众人强之行。初入庙门，某孝廉即绊足而跌，及二人各跪焚疏，忽大风骤起，揭某孝廉疏于空中，众接观之，中有“为贫之故，望神涵宥”等语，众一哄而散。某孝廉即于是日得病，杜门不出者两旬余。家大人命余往视之，则已于前夜逝矣。

【译文】福建侯官县（今福州市）的某举人，本来和我父亲是忘年之交，后来又恭敬地向我父亲施以作为年家子（科举时代称有年谊者的晚辈）身份的礼数。他夸耀新奇，喜好古代的事物，同时精通八分书和隶书，有桂未谷（桂馥）、伊墨卿（伊秉绶）留下来的法度和风格。但是他性情狂妄放纵、不受约束，京城的人士大多都看不上他，只有父亲对他以礼相待。道光壬辰年（1832），父亲请病假在家居住期间，曾多次派人去请他来家做客，他却每次都不来，探问其中的缘故，原来是乡里人发起整修洪山桥，他和某朋友一起带头，每天都在洪塘一带募捐。有传言说他有贪占善款的情况，他的朋友拉着他一起去城隍庙表明心迹，相约各自准备密疏一份。起初某举人不愿意前往，大家强行让他去。刚进入城隍庙门口，某举人就绊脚跌了一跤，等到两人各自跪在神前焚烧密疏的时候，忽然刮起了大风，把某举人的疏文吹到了空中，众人接住疏文一看，其中写着“由于贫穷的缘故，还望神明海涵宽宥”之类的话，众人一哄而散。某举人就在当天得病了，二十多天闭门不出。我父亲命我前去探望他，原来他已经在头天夜里病逝了。

1.6.20 林长娘

德化县女林长娘，及笄（jī）未字，父鳏而弟幼，家资累万。父遘（gòu）疾，弥留，以子幼为忧，长娘泣曰：“父无忧，弟虽幼，儿不幼也。”父瞠（chēng）视之，则矢终身不嫁，以保弟保家，父遂瞑。弟既长，授室，夫妇德长娘，欲厚嫁之。长娘闻之怒，悬父影神于中堂，跪而泣曰：“儿何忍食言？”责其弟曰：“而姊有不肖，为弟所窥耶，何敢议此？”弟夫妇泣谢不敢，曰：“姊天人也，弟以人测姊，罪当万死。”后长娘卒死于林家，其弟上事于有司，得祠祀焉。嘉庆丙辰，邑大水，祠中壁墙四倒，而长娘神龛不坏，人皆神之。

【译文】福建德化县有一名女子名叫林长娘，已经到了适婚年龄还没有许配人家，父亲丧偶鳏居，弟弟还年幼，家中的资产有上万两的规模。父亲生了重病，在弥留之际，为儿子年幼感到忧虑，长娘哭着说："父亲不用担忧，弟弟虽然年幼，但是女儿我不年幼了。"父亲瞪大了眼睛看着她，长娘就发誓说一辈子不嫁人，来照顾弟弟、守护家业，父亲就闭上了眼睛。多年后，弟弟已经长大，娶妻结婚，弟弟夫妻二人感激长娘的恩德，愿意拿出丰厚的嫁妆让长娘出嫁。长娘听说后非常愤怒，厅堂里挂着父亲的遗像，长娘跪在父亲像前哭着说："我怎么能说话不算数呢？"责备弟弟说："你姐姐我是有做得不好的地方，被弟弟看见了吗，为什么敢提起这件事？"弟弟夫妻二人哭着说不敢，并道歉说："姐姐不是凡人，弟弟以凡人的想法来揣测姐姐的境界，罪该万死。"后来长娘最终逝世于林家，弟弟将姐姐的事迹上报到官府，经官府批准为她专门建立祠堂来祭祀和纪念。嘉庆丙辰年（1796），县里发大水，祠堂的墙壁向四面倒塌，而长娘的神龛却没有损坏，人们都认为很神奇。

1.6.21 好占便宜

同年林梅友（国士）尝述：其某姓戚，素狡黠，好占便宜。尝搭渡往乡收租，舟狭人众，坐起不便。某适欲溺，恐去之而失其坐，因将胯下舱板私挪一缝，就而溲焉，不顾舱底之尚有货物也。会舟中有所迁移，挪合板缝，某阴受夹，疾声叫号。舟中人莫知颠末，奔问喧杂，语音莫辨；久之，始悉其故。复受众人骂，莫置一辞。是可为好占便宜者戒也。

【译文】同科举人林梅友（林国士）曾经说：他有个某姓亲

戚，一向狡猾诡诈，喜欢占小便宜。曾经搭乘渡船下乡收租，船舱狭小而乘客很多，非常拥挤，起立坐下都很不方便。戚某正好想要小便，担心离开再回来就没座位了。于是他将胯下的舱板偷偷挪开一条缝，就地对着缝隙小便，也不管舱底还有很多货物。恰巧船上有人在搬动东西，地板滑动，缝隙突然被合上，某人的生殖器被夹到了，疼得大喊大叫。船上的乘客不知道是怎么回事，相互奔走询问，声音嘈杂，都听不清在说什么；过了好一会儿，才弄清楚其中的缘故。某人又受到众人一顿臭骂，说不出一句话。这件事可以作为对那些好占便宜的人的警戒。

1.6.22 小血食

浦城史华庭秀才（文邦）言：道光二十二年，其子某，在建宁府季存仁典铺内，夜梦与素识聂连弟者，相遇于大市街，询其何往，曰："我要到城隍庙投递公文，即赶回水吉去。"询到水吉何事？曰："我有小血食在彼。"某初不解"血食"二字为何义，匆匆不暇细问而别。

数月后回浦城，见华庭，始知聂已于上年以微疾逝。问何为"小血食"，华庭曰："闻其死后托梦于其家人曰：'我须往水吉作土地。''小血食'者，殆即村间宰牲烧纸之谓也。"

按，其人生平以谨愿闻，别无表见，惟里党间啧啧称其孝。孝，大德也，其没而为神也宜哉！

【**译文**】福建浦城县的史华庭秀才（史文邦）说：道光二十二年（1842），他的儿子史某，在建宁府季存仁的当铺中，夜里梦到和向来认识的一个叫聂连弟的人，在大市街相遇，就问聂连弟要到什么地方去，聂连弟回答说："我要到城隍庙投递公文，随后就赶回水吉(今福建南平市建阳区水吉镇)去。"问他到水吉去有什么事？聂连弟回答说："我有小血食在那里。"史某起初不太明白"血食"两个字的含义，仓促之间来不及详细询问就分别了。

几个月后史某回到浦城，见到了父亲华庭秀才，才知道聂连弟已经于去年因为轻微的疾病去世。史某请教父亲什么是"小血食"？华庭回答说："听说聂连弟去世之后曾给家人托梦说：'我须要去水吉做土地神。'所谓'小血食'，大概就是村里人祭祀土地神时宰杀牲畜、焚烧纸钱之类的吧。"

需要说明的是，聂连弟这个人生平以谨慎诚实著称，没有其他特别突出的事迹，只是邻里乡党都连声称赞他的孝顺。孝顺，是最重要的美德，他死后成为神灵也是理所应当的啊！

劝戒续录

《劝戒续录》自序

《劝戒近录》一书，大半皆旧所见闻，而同人录寄者尚少，本拟俟卷帙稍夥始行汇刊。家大人谓必先有成书，而同人之助我采访者始至。书成后，分送远近，均以为足资劝惩。不数月，而吴门遂有翻刻袖珍本出。时阅十月，复得数十事，益以同人所录寄者，又可编次成书。乃仍前录，分为六卷，即以《劝戒续录》名之。昔宋洪迈成《容斋随笔》后有《续笔》《三笔》《四笔》《五笔》；张端义《贵耳集》有《二集》《三集》；沈括《梦溪笔谈》有《补笔谈》《续笔谈》；周密《癸辛杂识》有《前集》《后集》《续集》《别集》；明杨慎《丹铅余录》外有《续录》《摘录》《总录》。古人编纂，与时俱积，原不必一蹴而成。此后如续有闻见，及师友裒（póu）益而来者，仍当以次增录，将以新人之耳目，即期以益人之身心，岂炫奇示博已哉！

道光甲辰九秋，敬叔氏识于南浦新居之北东园。

【译文】《劝戒近录》一书，记载的大半都是旧时所见所闻的事实，而志同道合的人收集投寄的还很少。本打算等到卷帙稍微多一些再进行集中刊印，然而我父亲说必须先有成书，然后志同道合能够助我采访的人才会被吸引来。书成后，分送给远近的友人，都认为足以用来阐明劝善惩恶之意。不到几个月，苏州就有翻刻的袖珍本出现了。又经历了十个月，又收集到了几十件故事，再加上志同道合之人投寄提供来的内容，又可以编辑成书。于是仍然按照前录的体例，分为六卷，就用《劝戒续录》命名。当年宋代洪迈写成《容斋随笔》后又有《续笔》《三笔》《四笔》《五笔》；张端义所著的《贵耳集》有《二集》《三集》；沈括所著的《梦溪笔谈》有《补笔谈》《续笔谈》；周密所著的《癸辛杂识》有《前集》《后集》《续集》《别集》；明代杨慎所著的《丹铅余录》之外有《续录》《摘录》《总录》。古人编纂书籍，随着时间的推移而不断积累，原本不必一次性完成。此后如果陆续再有新的见闻，以及师友收集提供来的素材，仍当按照次序增录，能够一直让读者感到新鲜有趣，也期望有益于人之身心，难道是为了炫耀新奇、夸示渊博吗！

道光二十四年（1844）岁次甲辰九月，梁恭辰（字敬叔）谨识于南浦新居之北东园。

第一卷

2.1.1 金文简公

吴江金文简公(士松),少时寒苦,恒随其封翁外出读书。翁常馆同邑某氏,一年至除夕始放学,主人讶其迟。翁曰:“明年正月下旬为子聘妇,恐稽时日,故于今岁预补其不足耳。”又曰:“寒士举事不易,纳币费实无所出,欲预支明年两月束修,可乎?”主人如言付之归。

届期备礼延宾,冰人赵某,旧交也,饮酒欢甚。赍币至女家,徐姓,号素封,见赵色变,愤然曰:“几为君误,今而知金氏赤贫,吾女奈何适窭人子乎?”赵谓:“君业已许之,岂能食言?”徐坚不允,词气俱厉。赵无奈何,还白翁;时宾朋满座,见事中变,咸默然。翁惭甚,谓:“赵君作蹇(jiǎn)修而事至此,奈贻笑何?”赵俯思久之,乃曰:“我与君旧交,家有息女,年与郎君相若,即以缔姻,何如?”翁喜诺,立浼(měi)座客执柯,以币纳赵,应期成礼焉。

后文简官至大司马,赵封一品夫人,而徐女不知何往矣。

【译文】江苏吴江的金文简公(金士松,字亭立),小时候家境清寒贫苦,常跟随着他父亲金老先生外出读书学习。他父亲在本县某姓家中做家庭教师。有一年,教到除夕才放假,主人很惊讶地问为什么到这么晚。金老先生说:“我明年正月下旬准备为儿子订婚,担心会耽误上课时间,所以在今年提前补一补未学的内容。”老先生又说:“贫穷的读书人操办婚事非常不容易,聘礼的费用实在拿不出,想要预支明年两个月的报酬,可以吗?”主人听后按照他说的支付了薪水让他回家了。

到了预定的日期,准备好了聘礼,举办订婚仪式,宴请宾客。媒人赵某,是金老先生相交已久的朋友,席间饮酒非常欢畅。然后由他带着聘礼来到女方家,女方家姓徐,号称素封之家(无官爵封邑,而资财丰厚的富人),一看到媒人赵某,就变了脸色,生气地说道:“差点被你耽误了,现在才知道金家穷得一无所有,我的女儿怎么能嫁给贫穷人家的子弟呢?”赵某对他说:“您先前已经答应了婚事,怎么能不守信用呢?”徐某还是坚决不同意,言词、语气都很严厉。赵某无可奈何,只能回去告诉了金老先生;当时宾客朋友坐满了席位,听说事情中途有变,都默然不语。金老先生非常惭愧,说:“赵先生替我家做媒也没想到事情演变到这一步,被大家耻笑又能怎么办呢?”赵某低头沉思了一会儿说:“我和你是老朋友,我家里有一个小女儿,年纪和你儿子差不多,把她许配给你儿子,我们两家联姻,怎么样?”老先生很高兴地答应了,立刻请在座的宾客帮忙做媒,就把准备好的聘礼给了赵家,并如期完成了婚礼。

后来金文简公官至兵部尚书,夫人赵氏也受封为一品夫人,而徐家女儿不知到什么地方去了。

2.1.2 梁文定公

会稽梁文定公（国治），其封翁某，尝官刑部司狱。向来诣狱者，狱官辄有所索，遇官犯，所索尤赊。公独屏不受，一无所染。督狱卒洒扫洁清，一切可以方便者，必多方调护之，数十年如一日。洊擢刑部主事，一日就乩坛询宦途所至，批曰："司狱有功，前程远大。"曰："然则可外擢道府乎？"曰："不止。""然则递升两司或开府乎？"皆曰不止。"然则内跻九列乎？"曰："尚不止。"封翁大笑曰："然则拜相乎？"则批曰："真者不能，假者可得。"后诞文定公，由状元起家，官东阁大学士，封翁果赠如其官。

【译文】浙江会稽（今绍兴市）的梁文定公（梁国治，字阶平），他的父亲梁老先生，曾经担任刑部司狱。一直以来，对于来到监狱的犯人，狱官往往都会勒索一定的好处，如果遇到犯罪的官员，勒索的就会更多。唯独梁老先生甘愿摒弃陋习不接受贿赂，分文不染指。时常督促狱卒做好牢房的洒扫清洁工作；对于那些需要且有能力给予帮助的犯人，必定善巧方便地多方照顾保护，几十年都是这样。后来被举荐提拔至刑部主事，一天，在乩坛（扶乩所设的神坛）向乩仙询问仕途能够达到什么高度；乩仙批示道："你管理牢狱有功德，前程远大。"又问："那么能外放升任道台、知府吗？"回答说："不止于此。"又问："那么能再进一步提升为布政使、按察使或者总督、巡抚吗？"依然回答不止于此。又问："那么能在朝廷位列九卿吗？"回答说："也不止于此。"梁老先生大笑着又问："那么是要做宰相吗？"乩仙批示说："真的不能，假的可以。"后来生了儿子，就是梁文定公，乾隆十三年（1748）戊辰科高中状元，由此步入仕途，后官至东阁大学士，其父梁老先生果然被朝廷封赠了同样的官衔。

2.1.3 仁和孙文靖公

孙补山公（士毅），先世有业农者，家小康。乡之虎而冠者，以其愚弱有财，谋所以倾陷之。适有盗案，攀入其名，拘讯屈招，定为死罪矣。乃有乡人伪为矜悯救援之状，向其妇曰："虽断死刑，尚可谋赎。"妇方哀其夫之不赦而请托无门也，闻之大喜，尽鬻（yù）其田产付之。

数日后，业农者释系出禁，踵门谢之。询其所以解脱之故，答曰："将尔罪嫁与某人，尔方得生也。"农骇曰："我幸以有救而得生，渠转以无故而致死，是可伤更甚于予也。况渠代予死，可不谋救之乎？"恳再为设法，其乡人曰："非财无以为也。"农归，与其妇谋，将祖上祭田并其住屋尽弃之，以为营救之资，而不知悉饱乡人之橐（tuó）也。

其忠厚恻怛（cè dá），甘受人欺如此。后公由进士出身，内历翰部，外掌封圻（qí），晋封公爵，赐谥文靖，其勃兴也宜哉。

【译文】孙士毅先生，字补山（一字智冶），先祖中有一位以务农为生的人孙老先生，家境小康。同乡有一个作恶多端凶残如虎的人，因为觉得孙老先生愚昧软弱且有钱，就谋划陷害他的方法。

恰好有一桩强盗抢劫财物的案件，就把孙老先生的名字牵连到案件中，逮捕后立即开始审讯，严刑拷打，迫使他招认了罪状，判了死罪。此时有一个乡人，假装怜悯并想要救援他的样子，对孙老先生的妻子说："虽然被判了死刑，尚且可以想办法赎命。"他的妻子正在哀叹丈夫不能得到赦免而且不知去请托何人相助，听乡人这么一说非常高兴，就把所有田产都变卖掉得了一些钱交付给了他。

几天后，孙老先生结束了关押从牢房里释放出来，到乡人那里登门拜谢。询问他自己能够从狱中解脱的原因，乡人回答说："将你的罪状转嫁给了别人，你才得以活着回来。"孙老先生惊骇地说："我侥幸因为有人搭救才得以生还，他却无缘无故负罪而死，这比我更可怜。况且他代我受死，怎能不想办法救他呢？"孙老先生恳请乡人再想想办法，乡人说："没有钱办不到。"孙老先生回家，和妻子商议，将祖传的用于祭祀的田地和所住的屋子全部变卖，作为营救的资金，却不知道都进了乡人的口袋。

孙老先生为人忠厚诚恳且有同情心，竟心甘情愿承受别人的欺骗到这种程度。后来他的后人孙士毅先生由进士出身，在朝中先后历任翰林院编修、太常寺少卿、兵部尚书、军机大臣等，在地方上先后署理或担任两广、四川总督等封疆大吏，加封一等谋勇公的爵位，死后赐予谥号文靖，孙氏一门的蓬勃兴起也是理所应当的。

2.1.4 金匮孙文靖公

孙平叔先生，久宦吾闽，有遗爱，由汀州守洊晋连圻，身后亦谥文靖。故世称数十年间，江浙有两孙文靖公。

有无锡幕客吴勖亭者，言公有二子而尚无孙，时二子亦日以得子为急，欲以慰乃翁之心。然以公之德性卜之，其必有后无疑也。

相传公未释褐时，乡邻有老嫠（lí）妇，不戒于火，延烧十余家，嫠妇以无救焚死。家乏余丁，烬余之尸任其暴露矣。其十数家被烧者，旋复营造，将残砖破瓦悉堆砌于嫠妇遗骸之上。公见而伤之，独出数十缗，令匠人移去砖瓦，起出遗骸，买棺敛埋之。又值邑中荒歉，粮价腾踊，饿莩载途。官方议行平粜（tiào），而富户吝于出谷，互相推诿。公时家中落，将古瓶一对售得数百缗，于前后门各设一厂平粜。由是殷实之家感愧，竞相设厂开粜，藉以存活者无算。次年，公遂成进士，入词垣。

【译文】孙尔准先生，字平叔，长期在我们福建为官，他的德政和仁爱留于后世而被当地人追怀，由汀州知府逐步提升为闽浙总督，去世之后也得赐谥号“文靖”。所以世传几十年之间，江浙地区出了两位孙文靖公（另一位为杭州孙士毅）。

有一位来自无锡的幕僚吴勖亭，谈及孙公有两个儿子但还没有孙子，当时两个儿子也整日为此而心急，想要让父亲安心。然而以孙公的德行来预测，他是毫无疑问必定会有子孙后代的。

相传孙公还未外出做官时，同乡邻居中有一位老寡妇，不小心失火，火势蔓延燃烧到十几家房屋，老寡妇因无人救助而被火烧死。家里没有其他人（替她收殓），只能任由被焚烧后的尸身暴露在灰烬之中。另外十几家房屋被烧毁的，不久就开始重新建造，把残砖碎瓦都堆在了老寡妇的遗骸上面。孙公见此情形感到很可怜，自己拿出十缗钱（十串铜钱为一缗，一般每串一千文），让匠人移走砖瓦，挖出遗骸，买了棺材收殓埋葬。又恰逢县里发生灾荒收成减少，粮价飞涨，饿死的灾民充满道路。官府商议实行平粜政策，把粮食平价卖给百姓，但那些富有的大户人家却不舍得拿出粮食，相互推托，不负责任。孙公当时家道中落，就把一对古董瓶子出售，得到几百缗钱，在前后门分别设立了场所平价向百姓出售粮食。那些富裕殷实的人家因此而感到很惭愧，争相设立场所平价出售粮食，依靠他们的帮助而存活下来的人不计其数。第二年，孙公考中进士，进入翰林院。

2.1.5 戴简恪公

开化戴简恪公（敦元），家本贫。其封翁年五十无子，仅有田三顷。值衢州河涨，溺毙人口无算。翁以地契质富家，得钱若干，救活者颇多，事过而田已去其三之二。逾年即生简恪，五龄能写大字，书籍甫过目即成诵，时号为神童。翁携之杭州，时齐息园先生家居，称博雅耆宿，与之谈艺，不能相难。早登科甲，值出痘未殿试，次科乃补试。入翰林，改刑部。丁艰，归居天竺寺十年。仪征阮宫保抚浙，乃敦促入都。简恪之先德，人鲜知者，其同郡余朗山侍御（本敦）始为人述之。

【译文】浙江衢州府开化县的戴简恪公（戴敦元），家里原本很贫穷。他父亲戴老先生五十岁了还没有儿子，只有三顷田地。有一年碰到衢州河水上涨，淹死的人不计其数。戴老先生把地契抵押给有钱人家，得到了一些钱财，救活了很多灾民；事情过去后田产已经消耗了三分之二。一年后就生了儿子，就是戴简恪公，五岁就能写大字，书籍刚刚看过就能背诵出来，当时号称神童。戴老先生带着他到了杭州，当时齐息园先生（齐召南，字次风，号琼台，晚号息园，浙江天台人，清代地理学家）辞官在家闲住，他学识渊博、品行雅正，年高而有德望，和简恪公谈论诗文书画等方面，都难不住他。早年就参加会试成为贡士，却因为患痘疹没能参加殿试，于是在下一科补考。进入翰林院，又改入刑部任职。后因亲人之丧回家守孝，在天竺寺居住了十年。仪征的阮宫保（阮元）当时担任浙江巡抚，就敦促简恪公尽快回京。简恪公先人的德行，很少有人知道，这还是同郡的余朗山先生（余本敦，原名本焞，字上民，号立亭，亦作立庭，一号朗山，浙江衢州人，官至内阁侍读学士）向大家叙述的。

2.1.6 史总宪

山阴史渔村先生（致光），原名步云，字郯师。乾隆丁酉选拔，官广文，登乡荐后始易今名。其祖母周太夫人早寡，喜行善事。族人因有争葬坟山，几至酿命，太夫人闻之，即质衣饰出资为之解和，事得寝。

先生于乾隆丙午科登北闱乡榜，丁未入礼闱之先一夕，梦神语之曰："尔祖父以救活人命，阴德不轻，故列尔名于榜首，以示果报。汝若再能谨慎承家，则前程不可量矣。"揭晓，有名。及胪唱，果第一。

先生性极恬澹，虽扬历中外，而循循如书生。后由云贵总督内召为总宪。入都时，家大人为荆州知府，接见于郊外行馆，因请教居官之要。先生曰："我辈勿论官京官外，但须做二等官，切不必见好。一见好，即有不好伏其中。愿高明人审之。"

家大人深佩其言。

逾年，家大人擢淮海道，时先生已引年矣，予告出京，复相见于清江浦。殷勤握手曰："犹记荆州城外絮谈之语否？"家大人曰："谨识不敢忘。"先生曰："我昨亦以前语告莲翁，竟是如水投石，可若何？"莲翁即张莲舫河帅（文浩），先生之戚也。是冬，高堰失事，莲翁遂出塞。于此见老成典型，瞻言百里，未可以轻心掉之也。

【译文】史致光先生，号渔村，浙江山阴（今绍兴市）人，原名步云，字郑师。乾隆四十二年（1777）丁酉，由拔贡经过铨选，担任汤溪县教谕，乡试中举后才改为现在的名字。他的祖母周太夫人早年守寡，喜欢做善事。有族人因为争抢坟地，差点儿酿出人命，太夫人听说后，就抵押衣服首饰出钱帮助他们和解，事情才得以平息。

先生于乾隆五十一年（1786）丙午科顺天府乡试中举，第二年丁未参加会试的前一晚，梦到有神明对他说："你祖父因为救活人命，阴德浩大，所以把你的名字排列在榜首，来昭示因果报应。如果你能再小心谨慎地承继家道，那么就前途不可限量了。"结果揭晓后，果然榜上有名。等到殿试后胪唱时（古代进士殿试完毕，按甲第唱名传呼召见），果然高中头名状元。

史先生的性情极为清静淡泊，不慕名利，虽然历任朝廷内外，宦途遍布全国各地，但始终谦恭有礼，保持书生本色。后由云贵总督召还京城任职，授予都察院左都御史。入京时，我父亲任荆州知府，在郊外的行馆会见了史先生，并借此机会向先生请教为官的要点。先生说："我们不论在京城做官还是在地方做官，只需要做到二等官就好，切记不要夸示自己的好处。一旦夸示好处，就会有不好的事情隐藏在其中。希望您这位高明之士能够了解这一点。”我父亲深深地佩服他说的话。

第二年，我父亲擢升至江苏淮海河务兵备道，那时史先生已经辞官了，告老出京回乡，又在清江浦相见。史先生热情地握着我父亲的手说：“还记得在荆州城外闲谈时所说的话吗？”我父亲说：“谨记在心，不敢忘却。”先生说：“我昨天也把同样的话告诉了莲翁，可是就像用水泼在石头上，滴水不透，他完全听不进去，可怎么办呢？”莲翁就是河道总督张文浩（字莲舫），是先生的亲戚。这一年冬天，高堰十三堡溃堤，莲翁因此受到处分，被遣戍新疆。由此可以看出史先生确实是老成练达、高风亮节，说的话很有远见，不能轻视而漫不经心啊。

2.1.7 阮阁老

扬州黄右原比部，告余曰：君前集载吾师芸台公之祖昭勇将军，以不杀降功德，笃生平章，甚足劝世。不知公本身之功德亦复不浅，从前蠢子数皆言公寿不满七十而必为枢廷宰相，此系三十岁许所推。后公抚浙督粤，泽被东南。从前浙江灾歉，并无办赈之案，浙赈自公始，其时一赈所存活，已不下数万人。后抚浙者，踵而行之，又不知存活数十百万人。今公寿届八旬，精神强固，虽百岁可期。即未入枢廷，而宰相固已得之矣。此亦可补入《劝戒录》也。

按，芸台阁老在浙功德尚多，其兼管盐政，所有盐务陋规一概不取，责令补苴（jū）旧欠。行之数年，浙盐遂日有起色。其督粤时，抚驭夷商，机宜悉协，一尘不染，十年晏然。今英夷追恨前政，每语多龌龊（wò chuò），而惟公无一字牵涉，非实足以服其心，何能致此？

又闻家大人言：嘉庆十九年间，江北旱灾，流民充斥道路。公时为漕帅，由淮城催漕至袁浦，中途有饥民万余，拦舆乞食，势甚汹汹。时漕艘衔尾而北，水浅船迟，公立发令箭，传谕各押运文武官，令每船派添二十人帮纤。适江南十余帮在境，恰有五百余艘。俄倾之间，万余饥民皆安插得食，欢声雷动。此所谓“猝然临之而不惊”者，而处置裕如，已隐成莫大之阴德。他人当此，鲜有不张皇失措者矣。

又公有表弟林报曾者，为中州末僚，言阁老之封翁湘浦先生，信善人也。屡行阴德，不可殚述。有友人买一鼋（yuán），重可数斤，方欲宰而烹之。翁适往，见鼋畜于盆，昂首视翁者良久，异之。友人曰：“汝喜可持去，不必论值。”翁曰：“予明日治餐相邀，即以此奉敬。”翌日，翁以红线纫鼋足为记，诣江放之。他日语友曰：“予已烹鼋食之，不获奉邀，恕罪。”乃偿其值以归。越数日，翁复见红线鼋悬诸市，仍买而放之。越数月，又有持鼋鬻于市者，翁熟视红线犹存，复买而远投之深渊。是夕，梦有黑身戴尖帽者稽首于前曰：“予奉命巡江，三次遭劫，幸蒙数救，赖以生全。今脱离矣，后当相谢。”

及阁老告退时，心切救人，尝创制红船多只，护送渡江者，活人无算。一日，阁老往镇江，遇飓风，折桅，舟几覆。正仓皇莫措，忽一大鼋带数十小鼋，拥舟至岸而免，此其所以报欤！

【译文】扬州的黄右原（黄奭shì，字右原，原名黄锡麟），担任刑部司官，他告诉我说：您的《劝戒近录》第一集里记载了我老师阮芸台先生（阮元）的先祖昭勇将军的生平事迹（参见1.1.5），因为不杀降兵之功德，得天独厚，生下了做宰相的儿子，完全足以劝勉世人。却不知道芸台公本人的功德也不小，从前用蠢子数（民间一种算命术数，又叫“愚子数”）算命的都说芸台公不到七十岁必定可以入军机处、成为宰相，这是在他三十岁左右的时候推算的。后来芸台公先后出任浙江巡抚、两广总督，恩泽惠及东南地区。从前浙江每逢灾荒、粮食歉收，并没有办理赈灾的惯例，浙江实行赈灾是从芸台公开始的，当时一次赈灾所救活的灾民，已经至少有好几万人。后来出任浙江巡抚的官员，沿用芸台公的政策实行，又不知道救活了多少人，恐怕有几十上百万人之多。如今芸台公已经八十多岁，精神强健稳固，即使活到百岁都有希望。虽然还没有进入军机处，但已经是内阁大学士了。这也可以补录入《劝戒录》一书了。

另外，芸台公在浙江还有很多功德，他监管盐政，所有和盐务有关的陋规（不好的惯例，旧时多指不正当的收费常规）都一概不收，还责令弥补之前的亏空。如此实行了好几年，浙江的盐务于是渐渐有了起色。在他担任两广总督时，安抚管理外国商人，协调处理各类事宜都能妥善周到，为官廉洁，一尘不染，十年来都很安宁。现在英国人回过头来埋怨指责前任的官员，每次都会说一些不好听的话，但只有芸台公连一个字都没有涉及，如果不是真正让他们心服口服，怎么能做到这样呢？

又听我父亲说：嘉庆十九年（1814）间，江北发生旱灾，流落的灾民充塞道路。芸台公当时为漕运总督，从淮安督催漕船到袁浦（今属浙江杭州），中途有一万多名饥饿的灾民，拦住芸台公的车子讨要食物，声势非常猛烈，情势万分危急。当时漕船首尾相接向北航行，由于水位较浅而行船缓慢，芸台公立刻发出令箭，传令各个押运的文武官员，命令每艘船都从饥民中挑选二十人帮忙用纤绳拉船前进。当时恰好江南十几个船帮都在当地，共有五百多艘船。片刻之间，一万多名饥民都得到工作安排，吃得上饭了，欢呼之声像打雷一样震天动地。这就是所说的"遇到突如其来的紧急情况却能毫不惊慌"的人，而从容不迫地妥善处置，已经默默成就了巨大的阴德。如果换作别人面对这样的情况，很少有人能做到不惊慌失措的。

还有，芸台公有一个叫林报曾的表弟，在河南做一个小官僚，说芸台公的父亲湘浦先生（阮承信），是一位信佛好善的人。经常做善事，多次积阴德，所做的善事说也说不尽。有一次，一位朋友买了一只鼋，有好几斤重，正要把鼋宰杀烹食。恰逢湘浦先生来拜访，看到养在盆里的鼋，而鼋也抬起头看着湘浦公，许久不动，湘浦公对此感到很诧异。朋友说："你喜欢这只鼋的话可以拿回去，不用谈什么钱。"湘浦公说："我明天准备一桌饭菜邀请你，就用此物来款待。"第二天，湘浦先生用红线系在鼋的脚上作为记号，拿到江边将其放生了。后来对他的朋友说："我已经把鼋烹煮吃掉了，没能邀请你，还请恕罪。"于是补偿了他一些钱后就回去了。几天后，湘浦先生又看到系着红线的鼋悬挂在集市上售卖，仍然买下来将它放生。几个月后，又碰到一个拿着鼋在集市上叫卖的人，湘浦先生仔细一看那条红线还在，再次买下来远远地将它投放到了深水中。当天夜里，湘浦先生梦到一个黑色身体、带着尖帽子的人跪拜在自己面前说："我奉命巡视江河，三次遭遇劫难，幸好承蒙您数次搭救，才得以保全生命。现在要离开了，以后定当表示感谢。"

等到芸台公告老辞官时，心里还想着救人，曾经创制了很多只红船（旧时长江一带的救生船，凡江行遇风涛之险，均由红船任拯救之责），护送渡江的人，保护了无数人的生命安全。一天，芸台公前往镇江，遇到飓风，桅杆折断了，船几乎倾覆。正在仓皇无计的时候，忽然一只大鼋带着几十只小鼋，簇拥着船只安全靠岸，从而幸免于难，这应该就是那只大鼋在报恩吧！

2.1.8 连平颜氏

道光乙酉，家大人在淮海道任，督运淮南滞漕二百万石。时连平颜惺甫先生（检）为漕帅，日有交涉公务，无时不晤接。漕帅尝抚吾闽，其弟某又与家大人同登甲寅乡荐，本相契好。燕谈之顷，述其祖德甚详。

盖颜氏本由吾闽龙岩州迁居粤之连平州，其始祖秉亨翁，年百有四岁，群呼为百岁翁。素精堪舆之术，距城二十里，土名鸿坑，有人送坟一穴，百岁翁用钱数千买得之，因葬其祖。临时掘土，数寸下即见一棺，翁曰："此地前人已葬，何忍迁移，使前人暴骨？"急命掩之。夜间，梦有古衣冠人来谢曰："掘土见棺者，即我也。我葬此不得真穴，致有此厄。其真穴在左畔，汝何不择某字向葬之？念汝见棺不迁，仁人用心，特为指示。但使我坟能春秋附汝祭扫无阙，受赐多矣。"翁觉，如所指葬之，仍树碑于右畔，立约后人附祖茔春秋祭扫不绝。

厥后翁家渐起，至元孙瀞亭中丞（希深），由同知起家，仕至贵州、湖南巡抚。中丞之长子即惺甫先生，由拔贡仕至河南、福建巡抚，闽浙、直隶总督，再起为漕运总督。今先生之子鲁舆先生（伯焘），由编修仕至云南巡抚，继为闽浙总督。其旁支之成进士、入翰林，由县令历牧守者，踵相接。相传百岁翁尚见潵亭中丞为臬司云。粤中，国朝二百年来，衣冠之盛，未有如连平颜氏者也。

【译文】道光五年（1825）乙酉，我父亲当时正担任淮海河务兵备道，督理转运淮南一带滞留的漕粮二百万石。当时广东连平州的颜惺甫先生（颜检，字惺甫，号岱山，又号岱云，别号槎客，云南巡抚颜希深之子）是漕运总督，和我父亲每天都有大量公务交涉，随时都在会面接洽。颜先生曾任福建巡抚，他的弟弟颜某（颜楧、颜樾）又和我父亲同时在乾隆五十九年（1794）甲寅科乡试中举，本来就交情很好。会面闲谈之际，非常详细地讲述了颜先生祖上的功德。

原来颜氏家族是从我们福建龙岩州迁居到广东连平州的，颜氏始祖是延秉亨老先生，活到一百零四岁高寿，大家都称呼他为百岁翁。向来精通相地形、看风水的技艺，距离县城二十里，有一块名叫鸿坑的地方，有人送了一处风水绝佳的坟地，颜老先生用几千钱将墓穴买了下来，准备用来安葬先人。临时挖土，刚挖几寸深就看见一口棺材，颜老先生说："这个地方已经有前人埋葬，怎么忍心将其迁移，让前人的尸骨暴露呢？"急忙让人掩埋了棺材。夜里，梦到一位身着古代冠服的人前来表示感谢，说："白天挖土见到的那具棺材，里面就是我。我没有埋葬在真正的穴位上，导致遭受此次棺木暴露的灾厄。真正的穴位在左边，你为什么不选择一个坐向安葬祖先呢？感念你见棺不迁，心有仁德，特地为你做出指示。如果你能在每年春秋二季祭扫祖墓之时顺便祭扫一下我的坟墓而不间断，我将更加感激不尽。"颜老先生醒来后，果然照他所指示的地方安葬祖先，还在右侧竖立了一块碑，定下规矩告知后人每年春秋二季祭扫祖墓之时要同时祭扫右边的坟墓，不能忘却。

从此之后颜老先生家境渐渐兴盛起来，到了玄孙澥亭中丞（颜希深，字若愚，号静山，又号浚溪）这一辈，从太原府同知开始做起，官至贵州、湖南巡抚。颜希深中丞的长子就是惺甫先生颜检，以拔贡生身份步入仕途，先后历任河南、福建巡抚，闽浙、直隶总督，再度起用后担任漕运总督。如今惺甫先生的儿子颜伯焘（字鲁舆），从翰林院编修一直做到云南巡抚，之后成为闽浙总督。而且家族旁支子孙中成为进士、进入翰林院，从县令到担任知州、知府的人，接连不断。相传百岁翁还亲眼见到了玄孙澥亭中丞（颜希深）做到按察使。广东地区，清朝立国二百多年来，论起人才辈出、功名显赫的名门望族，还没有能比得上连平颜氏家族的。

2.1.9 潘氏阴德

孟莲友茂才（经国）曰：潘芝轩相国，其祖某翁，业鹾，家裕。每腊月中旬后，取白金二三百两，各称小包，三五两不等。身被旧褐衣，走乡中僻巷，察其无计度岁者，量给与之，人不知为谁也。奉行《感应篇》，终身不倦。尝获吉壤，地师以为必发鼎元。翁乃语人以：“风水在心不在地。《感应篇》即风水书，奉而行之，无不可期子孙昌大也。”按，潘氏以吉地发祥，已详前录，此条当可参观。

【译文】孟经国（字且愚，号莲友）秀才说：军机大臣、武英殿大学士潘世恩（字槐堂，号芝轩），他祖上有一位潘老先生，以贩盐为业，家庭富裕。每年腊月中旬后，就会取出二三百两银子，称重后用小包装好，每包三到五两不等。穿着破旧的粗布衣服，行走在乡间偏僻的街巷里，看到那些因贫穷而无力度过年关的人，酌量给予资助，别人都不知道他是谁。平时信受奉行善书《太上感应篇》，终身不倦怠。曾经获得一块风水很好的坟地，风水先生认为此地能荫庇后人高中状元。潘老先生于是对别人这样说道："风水在心不在地。《太上感应篇》就是最好的风水书，遵照此书实行，子孙后代不可能不会兴盛发达。"需要补充说明的是，苏州潘氏家族因为风水吉地而兴起的故事，已经在前录中详细叙述过，这一条可以作为参考。

2.1.10 茹氏阴德

孟莲友曰：茹古香尚书（棻）之尊人三桥先生，为县令时，设"自新所"，专羁邑中窃匪。按名日给口粮半升、盐菜钱三文，以典史总其事；不时亲自稽查，或提至中庭，谆切开导，十年如一日。多知感悔，审释为良民者，不可胜计。古香由大魁官一品，其食报也隆矣。

按，闻春台太守（人熙）与尚书为同乡亲谊，尝语家大人曰：三桥先生，素有隐德。尝在京中遇某异人，相得甚欢。将南旋，往别之，某忽问曰："君得子否？"曰："我有天阉之疾，不作此想久矣。"某曰："相君神采焕然，满面阴骘（zhì）纹发现，不但可得子，并应得贵子。"因询水陆行途，先生曰："我阙于盘资，拟搭运河长船归去。"某拍手曰："得之矣，君登舟即静坐，行左右转睛法。每日无论数千转，愈多愈妙。比抵家，必有效验。"如其言，及到家，阳事忽举，遂诞尚书，然只此一索而止矣。

【译文】孟莲友（名经国）先生说：兵部尚书茹棻（字稚葵，号古香，浙江会稽人，乾隆四十九年甲辰科状元）的父亲三桥先生（茹敦和，字三桥，一作三樵），在做县令的时候，设立了劝导犯人改过自新的“自新所”，专门羁押本县的窃匪。按照名单每天发给半升口粮、三文钱生活费，委派典史（知县下掌管缉捕、监狱的属官）总管具体事务；时常亲自检查工作，有时把犯人带到中庭，真诚恳切地开导他们，十年如一日，一直坚持这么做。很多犯人受到感化并对自己犯的错误感到悔恨，经审查释放后一直坚持安分守己的人，数不胜数。儿子茹棻高中状元，官至一品；因积德行善而获得的善报可以说是相当隆重了。

另外，闻春台知府（名人熙）与茹棻尚书是同乡且有亲戚关系，他曾经对我父亲说：三桥先生，向来施德于人却不求被别人知道。曾经在京城遇到一位奇人异士，两人相处十分融洽愉快。将要返回南方，前往辞别，异士忽然问道：“您有儿子了吗？”三桥先生说：“我有天阉之疾（男子生殖器官畸变而无生殖能力），早就不抱这方面的希望了。”异士说：“我看您神采奕奕、精神焕发，满脸阴骘纹（指面相中位于两眼下卧蚕内的部位，在十二宫中为男女宫所在处，主管子嗣的有无）出现，不但可以有子嗣，而且应得贵子。”于是询问走水路还是陆路，三桥先生说：“我缺少路费，准备搭乘运河长船回去。”异士拍手说：“这样正好，您坐上船就立即静坐，实行左右转睛之法。每天至少几千转，越多越妙。等回到家乡，必定有效果。”按照他所说的那样去做，等到家之时，忽然恢复了生殖能力，于是生下了一个儿子，就是茹棻尚书，但是只生下一子后就停止了。

2.1.11 汤氏阴德

萧山汤敦甫阁老（金钊），为先伯父曼云公己未同年，又为家大人甲寅同年。与家大人以文章道义相切劘（mó），虽在礼部有堂属之分，而略分言情，交谊最笃。

尝闻人述，其先世寒微，曾大父某翁，开一小店于乡隅，生意甚微薄，而勤于伺应，客多乐就之。一日，有客遗银包而去，检而藏之。久不来取，因启其包，约有数十金。偶借用之，辄得利。旋积足其原数，封贮之。数年，是客复至，询悉而奉还之，并告以借用得利，积足归完之故。客大喜而誉之曰："不还不足以为仁，不用不足以为智。子所为，殆仁且智也。如此大才，岂区区所能尽其量？"复付以三千金，俾得扩充其业。翁恐倘或失利，数大难偿，再三却之，客不允，竟委金而去。十余年间，遂至巨万。

萧山学额本二十名，乾隆间恭逢皇太后南巡，特恩加增五名，以部费无出，未得奉文准行。时翁家虽稍丰，尚无子弟应试，见绅衿退缩不前，奋然先提千金为倡，其事始得举行。

其时，翁以家计渐充，谋营屋宇，为乡里无赖子所阻挠，至吹求无所得，乃造言生事，谓："上梁时日必归乡耆定择，上梁须贴'十恶大败'四大字，庶无碍一乡风水。"翁一一从之。适其日，邑尊因公下乡，舆从过其门。邑尊素谙阴阳选择，闻剥啄声，知系上梁，以是日时辰极凶，怪而入询之。见梁间字益骇，翁据实以对。邑尊立拘日者，诘责之，答云："时虽破败，有文曲星降临，得以化凶为吉。”文曲星，盖暗指邑尊。邑尊闻而释然，谓翁曰：“有大度者必有大福，固非凶神恶煞之所能灾也。”

孟莲友曰：汤氏世有隐德，敦甫阁老督学江苏时，其封翁令在苏捐赀设局施药，计三年内所活不下万人。当时药局事务，皆以鄞（yín）县名医张又新主之，人多不知为学署所施。后封翁年逾八秩，膺一品封。

【译文】浙江萧山的汤敦甫阁老（汤金钊，字敦甫，官至吏部尚书、协办大学士，加太子太保），是我伯父曼云先生（梁运昌）嘉庆四年（1799）己未科同榜进士，又是我父亲乾隆五十九年（1794）甲寅科同科举人。与我父亲常常在文章道义上相互切磋修正，虽然在礼部有堂官和属员上下之分，但是忽略身份、只讲情分，交情最为笃厚。

曾经听闻别人讲述，汤氏先祖出身寒微，曾祖父汤某翁，在乡村偏僻处开了一家小店，生意收入很少，但服务客人很勤快周到，客人大多乐于光顾。一天，有客人离开时遗落了一个银包，便捡起来收好。很久都没人来认领，于是打开银包，里面大约有几十两银子。偶尔借用银包里的钱用于生意，每次都能借此获利。不久后就积攒够了银包里起初的数额，补足之后又封存了起来。几年后，这位丢钱的客人再次来到店里，询问清楚之后就把银包如数奉还给了他，并告诉他曾借用钱财得利，后又补足原数封存的情形。客人非常高兴地赞誉道：“不归还钱财称不上有仁德，不借用钱财称不上有智慧。您的所作所为，实在是既有仁德、又有智慧啊。这样的大才，区区小店怎能完全施展呢？”又付给他三千两银子，帮助汤翁扩充生意。汤翁担心假如因经营不善而亏本，数额太大难以偿还，再三推辞，客人不答应，最后竟然留下钱财直接走了。十几年的时间，家业规模达到数万两。

萧山县县学生员名额本来只有二十人，乾隆年间恰逢皇太后巡视江南，特别恩准增加五个名额，因为经费没有渠道，没能按照文件落实执行。当时汤翁虽然家资稍稍丰裕，但还没有子弟参加科举考试，见当地士绅生员都退缩不积极，激愤之下自己先拿出一千两银子带头倡议，这件事才得以落实推行。

那时候，汤翁因为家计渐渐充裕，打算建造房屋，却被乡里的无赖之徒所阻挠，故意挑剔毛病却找不到，于是制造谣言，挑起事端，说："上梁的日期和时间必须由乡里德高望重的老人选择确定，上梁时必须贴上'十恶大败'四个大字，这样才不妨碍我们一乡的风水。"汤翁一一顺从。恰好这一天，知县大人因公务下乡，车马随从经过汤翁的家门。知县向来精通阴阳择吉之事，听到了敲敲打打的声音，知道是在上梁，因为这一天时辰极为凶恶，感到奇怪就进入询问。看到房梁间的字更加惊骇，汤翁如实相告。知县立刻拘拿阴阳先生，责问他，那人回答说："时辰虽然破败，但有文曲星降临，得以化凶为吉。"文曲星，是在暗指知县大人。知县听了之后而心中释然，对汤翁说道："有大度量的人必定有大福气，本就不是凶神恶煞所能祸害到的。"

孟莲友（名经国）先生说：汤氏家族世世代代积德行善而不求人知，汤敦甫阁老在担任江苏学政时，他父亲命他在江苏捐钱设立机构施舍药物，三年之内累计救活了至少上万人。当时药局的事务，都是由浙江鄞县的名医张又新在主持，人们大多不知道是学政衙门施舍资助的。后来他父亲活到八十多岁高寿，也荣膺朝廷一品封衔。

2.1.12 梁督部

梁晚香先生（肯堂），任直隶总督时，幕宾有周疯子者，精于天文占测。一日，仰天忽言："天牢开矣。"先生素信其言，立往查臬司监，则皆以磁碗破锋，互相剃发，将于是夕越狱群逃，以有备而止。先生寝其事，所全活甚多。是时，尚未得孙也。

先生之长子某，尝祷于泰山碧霞元君祠，而生小槎，后由部郎出守顺德。凡祷于碧霞君者，例以祠中土偶归供宗祠中。年久，土偶为雨所漏淋，卸其肩之一角，而太守旋患臂痛。后将土偶装塑完好，而臂疾亦痊。今先生之曾孙翰芊太史（敬事）又中丙申进士，入翰林矣。

【译文】梁晚香先生（梁肯堂，字构亭，一字石幢，号晚香、春淙，浙江钱塘人），在担任直隶总督时，幕僚中有一个叫周疯子的人，精通天文占测。一天，忽然仰天说道："天牢开了。"先生向来相信他的话，立刻前往按察使监狱探查，发现犯人用打碎瓷碗形成的锋利断口，互相剃了头发，准备在当天夜里集体越狱逃跑，因为有所防备才没能成功。梁先生对这件事没有进一步追究和声张，保全救活了很多人。当时先生还没有孙子。

先生的长子梁某，曾经在泰山碧霞元君祠祈祷求子，然后生下了梁小槎（chá），后来由六部郎官出任广东顺德知府。凡是在碧霞元君祠祈祷求子的人，按照惯例要从祠中带一个土偶回去供奉在宗族祠堂中。时间久远，土偶因房屋漏雨而被淋湿，肩膀一角脱落了，而梁小槎知府不久就患上臂痛的疾病。后来把土偶修补塑造完好，臂痛的疾病也痊愈了。如今先生的曾孙梁翰苹翰林（梁敬事），又考中道光十六年（1836）丙申科进士，进入翰林院为官了。

2.1.13 吴中丞

南海吴荷屋中丞（荣光），与家大人同直枢廷，最称契厚。每于夜直燕谈之顷，悉其少年逸事一端，录之以为后生小子简性闲情之一助也。

中丞云："余有同居中表妹，自幼起坐言笑，耦俱无猜，然抹牌、象戏外落然也。及余订姻他姓，妹属疾恹恹，蹑于余成婚之夕，奄然而逝。闻亲串有述其病笃时，呼余小字，长叹含泪情状，余为黯然，旋亦置之。一日夜卧，朦胧间，似有传唤入衙署者。见一官袍服据案坐，余不觉俯伏，据案者顾余曰：'知有人控诉尔者耶？'余愕然，则隶卒掖一女子向案跪，视之，表妹也。方悟其已死，据案者为冥官也，第未知被控何因。女子若有申诉，音细不可辨。顷之，闻冥官拍案，似斥女单情致夭妄诉者，令捽（zuó）之去。谓余：'本无他肠，此事已明，好好读书，希图上进，勉之。'命隶送余归，及门而寤，汗已渍衾枕矣。怵息寻思，深以前此之落然为幸。倘不自检，入冥对簿，正不知作何光景，可不惧耶？"盖谈次犹不胜感喟云。

【译文】广东南海县的吴荷屋巡抚（吴荣光，原名燎光，字殿垣，一字伯荣，号荷屋、可庵，官至湖南巡抚兼署湖广总督），与我父亲同在军机处当值的时候，两人交往密切，情谊深厚。常常在值夜班时闲谈，因此我父亲知道了吴巡抚少年时的一桩逸事，记录下来作为后生小子处理男女感情的一个参考。

吴巡抚说："我有一个表妹，一直住在我家，从小一起生活，每天出入谈笑，相处融洽，没有猜忌，除了打牌、下象棋外，心地清净坦然，没有其他的非分之想。等我和别家女子订婚时，表妹就生了病，精神萎靡不振，到了我结婚的当晚，忽然离世。听亲戚说表妹病重时，呼喊着我的小名，双眼含泪，长声叹息，我听闻后感到很难过，神情沮丧，但是不久也把这件事放下了。一天夜卧在床，朦朦胧胧之间，好像有人将我传唤进入了一座衙署。看见一位身着袍服的官员端坐在公案前，我不知不觉就俯首跪地，官员看着我说：'知道有人控诉你吗？'我很吃惊，只见吏卒搀扶着一名女子面向公案跪下，注目一看，竟然是表妹。这才想起来表妹已经离世了，坐在公案前的是冥司官员，只是不知道是由于什么原因被控诉。女子好像在申诉，声音很小听不清楚。过了一会儿，只听冥官拍击桌面，似乎在斥责表妹因为单相思导致夭亡却胡乱申诉，下令把她揪出去。对我说：'本来没有什么恶意，这件事已经明了，好好读书，追求上进，希望你努力。'命令差役送我回来，走到门口一惊而醒，汗水已浸透被子和枕头了。后怕得大气都不敢出，深深地为之前和表妹相处时能做到清净坦荡而感到幸运。如果自己当时不检点，进入冥间对簿公堂，还不知道会发生什么情况，怎能不害怕呢？"言谈之际依然深有感触叹息不已。

2.1.14 大魁出孝子家

秦簪园修撰（大成），幼失怙，事母纯孝，先意承志。母稍不悦，则长跪请罪。家素贫，躬啖藜藿（lí huò），奉母必甘旨。比长，授徒某氏，距家四五里，晨昏定省，寒暑无间。以是母忘其贫而乐其子之贤也。

同时，吴县张西峰先生（书勋），亦以孝闻于乡。乾隆癸未岁元旦，张母某太夫人梦金甲神谓曰："汝子孝行素著，今春固当大魁天下，但嘉定秦某之孝尤笃，且贫甚，当先秦。"

是科礼闱，张文已中第三，主司嫌盂艺后路大率，欲易之，忽获秦卷，大加叹赏，遂黜张而中秦。廷对，果大魁。次科丙戌，张亦胪唱第一。

【译文】翰林院修撰秦大成先生，字澄叙，号簪园，江南嘉定（今上海市嘉定区）人，自小父亲离世，侍奉母亲非常孝顺，不等母亲表明意愿就能事先顺应母亲的心意去做。母亲稍稍不高兴，就跪在地上主动请求责罚。家里向来贫穷，自己吃粗劣的饭菜，而用美味的食物供养母亲。等到长大以后，在某姓家中做教书先生，距离家中约有四五里，晚间服侍母亲就寝，早上省视问安，始终没有间断。因此母亲为儿子如此贤德而感到高兴，从而忘记了贫穷。

同时，江苏吴县（今苏州市）的张书勋先生，字在常，号西峰（一作酉峰），也因为孝顺在乡中闻名。乾隆二十八年（1763）岁在癸未正月初一，张先生的母亲某氏太夫人梦到一位金甲神对她说："你儿子因为孝行素来显著，今年春天本来应该大魁天下，状元及第。但嘉定秦某的孝心更加诚笃，且非常贫穷，应当让秦某先中状元。"

这年礼部会试，张书勋的文章已经被列为第三名，但主考官嫌弃他首场所作的第一篇文章结尾落笔太过草率，想要替换掉他，忽然看到秦大成的卷子，大加叹赏，于是将张书勋淘汰而选中了秦大成。秦大成继续参加殿试，果然获得第一名，状元及第。下一科是乾隆三十一年（1766）丙戌科，张书勋也高中状元。

2.1.15 行《功过格》

苏州吴太史（廷珍），幼聪颖，喜读书而苦恇怯（kuāng qiè）。十余岁时，梦神人语之云："子无功名分，且恐促寿，虽读书无益也。"吴泣请曰："数可逃乎？"神出金字《阴骘（zhì）文》示之，愕然而醒。自后日课《功过格》，不敢稍懈。辛未，探花及第。癸酉，典试滇中。

【译文】苏州的吴廷珍翰林，自小聪明颖悟，喜爱读书，但是因性格胆小怕事而苦恼不已。十多岁时，梦见神人对他说："你没有获得功名的希望，而且恐怕会短命，即使读书也没有用处。"吴翰林哭着请求说："定数可以逃脱吗？"神人拿出用金色字书写的《文昌帝君阴骘文》给他看，忽然惊醒。从此以后每天受持《功过格》（逐日登记行为善恶以自勉自省的簿格），不敢稍有懈怠。嘉庆十六年（1811）辛未科，考中一甲第三名进士，探花及第。嘉庆十八年（1813）癸酉，出任云南乡试主考官。

2.1.16 谢椒石观察

南康谢椒石先生（学崇），与家大人同登嘉庆壬戌进士。三百名中，公年最少。既入翰林，司文柄，声誉赫然。时公之尊人蕴山先生，方为广西巡抚。公与其弟（学垌）同膺京秩，香囊麈（zhǔ）尾，居然王谢家风，同辈望之如神仙。不数年，出守陈州，旋擢开归道；乃弟亦出守潮州，需次观察。未几，而兄弟同中蜚语，改授部郎，潮州君旋即物故。公既不能补官，全家数十口，寄居邗上，二十余年，藉馆谷自给。有丈夫子七人，多聪慧者，而皆屡困棘闱。道光壬寅，避夷淮上，公触暑道卒。迨事平，眷口复回邗上，而生计荡然矣。邗上人咸啧啧疑公生平和平宽厚，居官亦清正有声，不应如此结果。

或云，蕴山中丞在山西任内，清查亏空，曾杀山西知府，事后亦颇自悔，盖种因于数十年以前乎？或又言，公在开归道任内，一日午倦假寐，梦一黑丈夫，伟然岸异，跪而求生，公颔之。既觉而不甚省记。翌日，有馈大鼋（yuán）者，付庖人烹之，味极劣。是夜，仍梦黑丈夫，血淋漓遍体，挺立于前，大言必藉手以报。公悚然而寤，汗流浃背。其即此恶缘，未可知也。

家大人曰：前官京师时，日在苏斋谈艺，闻翁覃溪师言，康熙末，西山有高僧，精风鉴，曾在京中谈相，每言人休咎，无不奇中。后宪皇帝闻之，敕此僧以后不准再与人谈相。此僧遂自扃（jiōng）一小楼中，不与人交接。至乾隆中尚存。时蕴山先生初入翰林，一日随苏斋师同游西山，欲见此僧，令他僧通意。僧素仰苏斋重名，允一人上楼，苏斋师言因脚力不便，必须一弟子扶侍，请与俱，强而后可。及接见，僧熟视二人，曰："翁先生虽贵，不过文学侍从。此位高徒，将来必掌生杀之权，但老僧有一言奉劝，切莫好杀也。"语毕，即默然。则山西之事，高僧早已见及，而谈言微中，惜蕴山先生不能服膺其言耳。

【译文】江西南康的谢学崇先生，字仲兰，号椒石，和我父亲是嘉庆七年（1802）壬戌科同榜进士。中榜的三百名考生中，谢先生年龄最小。进入翰林院后，执掌评定文章、考选文士的权责，名誉声望显赫。那时谢先生的父亲谢蕴山先生（谢启昆），正在担任广西巡抚。谢学崇先生和他的弟弟谢学垌（一作坰），同时荣任京官，像魏晋名士那样身佩香囊、手执麈尾，风流文雅，俨然有晋代王、谢家族的风范，同辈人都很羡慕他们，如同神仙中人。不出几年，出任河南陈州知府，不久后提升为开归陈许道；他弟弟也出任广东潮州知府，候补道员。不久，兄弟二人同时因为一些传言被弹劾，改授为六部郎官，在潮州任职的弟弟不久后就亡故了。谢先生已经不能补授官职，全家几十口人，寄居在扬州，二十多年，靠着教书的薪水勉强维持生计。有七个儿子，大多都很聪慧，但都曾多次参加考试而不中。道光壬寅年（1842），为了躲避英国军队的追捕而到淮上（今安徽蚌埠市）避难，谢先生因中暑而逝世在路上。等到事情平息，家属又回到扬州，但已经失去了生计。扬州人都啧啧叹息，疑惑谢先生一生为人温和平易且宽容厚道，为官也清正廉洁有很高的声望，不应落得这样的结果。

有人说，其父谢蕴山在担任山西布政使期间，因清查亏空，曾经杀了山西一名知府，事后自己也非常后悔，难道是由于几十年前种下的这桩恶因吗？又有人说，谢学崇先生在开归陈许道任内，一天中午困倦小睡之际，梦到一名黝黑的男子，身材魁梧挺拔，卓异出众独特不凡，跪着向谢先生请求救命，谢先生点头同意了。醒来后却记不太清楚了。第二天，有人给谢先生送来了一只大鼋，交由厨师烹煮，吃起来味道非常差。当天夜里，又梦到那个黝黑的男子，浑身鲜血淋漓，直挺挺地站在谢先生面前，大声地说必定会借别人之手报仇。谢先生因害怕而惊醒，汗水湿透了背上的衣服。或许就是这段恶缘，也说不定。

我父亲说：之前在京城为官之时，每天在苏斋谈论诗文书画，听翁覃溪老师（翁方纲，字正三，号覃溪，一号苏斋，官至内阁学士，创有苏斋学派）说，康熙末年，西山有一位高僧，精通相面术，曾经在京城中谈论相术，每次预言人的吉凶祸福，没有一次不精准的。后来雍正皇帝听说了这件事之后，下诏命令这位僧人以后不准再跟别人谈论相术。这位高僧于是把自己关在一座小楼中，不与别人交谈接触。到乾隆年间尚且在世。当时谢蕴山先生刚刚进入翰林院，一天随翁苏斋老师同游西山，想要见一见这位高僧，让其他僧人代为传达意愿。这位高僧向来仰慕翁苏斋先生的大名，只允许他一个人上楼，苏斋老师说因为腿脚不方便，必须要一位弟子搀扶照应，请让他和自己一起面见高僧，反复请求后才得到同意。等到接见时，高僧仔细观察二人，说："翁先生虽身份高贵，不过文学侍从之官。这位高徒，将来必定掌握决定人生死的权力，但老僧有一句话奉劝，一定不要轻易杀人。"说完，就沉默不语。那么山西的事情，高僧早已预料到，而说的话委婉且切中要害，可惜蕴山先生没能把高僧的话记在心中。

2.1.17 汪竺君比部

镇洋汪竺君比部（元爵），为持斋先生（廷玙）之孙、杏江先生（学金）之子，而刘金门先生之快婿也。祖父皆以鼎甲起家，而君仅登乙科，然体貌丰腴，文笔敏赡，领班枢直，行将擢用外台，忽以瘍卒，朝士皆惜之。

先是，有推算蠢子数者，决其于某年某月，当受骈首之诛。坐是日惴惴，尝随穆鹤舫阁老谳狱淮上，多所保全，后竟考终牖下，似为善可以逃数矣。然闻其疡初生于项，后绕匝至项前而溃烂，名断头疮，则亦与骈首无异。黄右原曰：“此一以见，为善原可回天；一以见，国法可趋避，而阴律犹必正名也。”

【译文】镇洋（今江苏太仓）的汪元爵先生，字伯孚，号竺君，官至刑部郎中，是持斋先生（汪廷玙，乾隆十三年戊辰科探花）的孙子、杏江先生（汪学金，乾隆四十六年辛丑科探花）的儿子，也是刘金门先生（刘凤诰，乾隆五十四年己酉科探花）称心合意的女婿。祖辈、父辈都是以鼎甲（科举制度中状元、榜眼、探花之总称）步入仕途，而汪竺君先生仅考中举人；但是体貌丰满富态，见识敏捷，文笔富丽，领班军机处章京，即将擢升外放出任地方长官的时候，却忽然因为生毒疮病而死，朝廷官员都为他感到可惜。

在此之前，有一位善于推算蠢子数（民间一种算命术数，又叫“愚子数”）的人，断定汪君于某年某月，将会因受到牵连和别人一并被斩首。因此每天惴惴不安，曾经跟随穆鹤舫阁老（穆彰阿）在安徽查办案件，保全救活了很多人，后来竟然在家中善终，似乎做善事可以逃脱命定的劫数。但听说他的毒疮一开始生在脖颈后面，而后绕了一圈到脖颈前溃烂，叫作断头疮，这就和砍头没有区别了。黄右原先生（黄奭）说：“由这件事情可以看出，为善原来确实可以挽回天意、扭转命数；也可以看出，即使可以逃避国法的制裁，而阴间的法律必定要辨正名义。”

2.1.18 杨氏阴德

余外舅杨竹圃方伯公（篑），本藉连城，先世贩运木植，寓居福州之新道马头，因家焉。其封翁（发泗）与弟（德广）手足之谊最笃，德广翁善经纪，帐簿必请发泗翁掌之。新道地滨江，翁结浮宅其上。某年大水，并浮宅亦冲散，合家不能相顾，发泗翁手握帐簿，露立水中者数昼夜。德广翁度帐簿必早失，但以兄之存否为念。一日，望见兄立水中，急救之，悲喜交集，旋知帐簿在兄怀中，为之感泣。盖簿失则外挂之资悉不能归，簿存水退，故业仍可无恙。厥后，德广翁生计日隆，积赀本至数十万金，皆基于此。谚所谓"兄弟同心土变金"者，此之谓欤！

又闻发泗翁之父兰起翁，读书未成，而独严于义利之辨。其少子发浩颇豪宕，翁所不喜，顾以其善读书也，而姑容之。发浩登乾隆辛卯乡荐，翁益喜，纵其所为，家计日蹙（cù）。发浩之房师某，适任台防同知，谓发浩曰："汝父清苦如斯，汝乃一筹莫展，于心安乎？此后如有关涉防署之案，于理无碍者，汝代为请托，我必准行，汝藉得谢金以救贫，未为不可。"发浩因觅得一案可得四百金者以告，允而成之。因将所得金先呈于师，师曰："本以济汝之窘，可归奉汝父。"发浩如其言，翁大怒，杖而逐之，并禁其投足师门焉。

又家有法码甚准，人多来借兑。一日，有客兑毕而去，遗二百金于案。翁检藏之，戒儿辈曰："此两包银，我与某借未定，切勿轻开。"后客来，将原封还之，客欲均分之，翁不可；欲少留之，复不可。曰："物各有主，吾不取非分之财也。"其耿介不苟如此。

今方伯公以进士起家，外掌藩条，内践卿秩；而公之诸弟及子侄辈洊登科第，尚未有艾。积善之家，必有余庆，允哉！

【译文】我的岳父杨簧先生，字履春，号竹圃，官至江苏巡抚兼署两江总督，祖籍福建连城县，祖先贩运木材，寄居在福州的新道码头，于是在这里定居。他的父亲杨发泗和弟弟杨德广兄弟二人感情最为深厚，德广先生善于做生意，账簿必定请发泗先生掌管。新道地处江边，发泗先生就在水面上建造了一座房屋用来居住。某一年发了大水，把水面上的房屋都冲散了，全家人不能互相照应；发泗先生手里拿着账簿，在水中站了几天几夜。德广先生料想账簿肯定早就丢失了，心里只想着兄长能不能活下来。一天，远远望见兄长站在水中，急忙上前营救，又惊又喜之际又得知账簿仍在兄长怀中并未丢失，感动得流下了眼泪。因为账簿一旦丢失，那些挂在外面的资金就都无法收回了，现在账簿还在，大水退去后，原有的产业仍然可以安然无恙。其后，德广先生的生意越来越兴隆，积累的资本达到几十万两，都是从这件事开始的。谚语所说的“兄弟同心土变金”，说的就是这种情形吧！

又听说发泗先生的父亲兰起先生，读书没有成就功名，却唯独崇尚道义，轻视财利，在这方面对自己的要求特别严格。他的小儿子杨发浩，性格豪放不受拘束，兰起先生因此不太喜欢他，但因为他又善于读书，所以对他很包容。发浩考中乾隆三十六年（1771）辛卯科举人，兰起翁更加高兴，对他的所作所为更加放纵，家计因此一天比一天紧迫。发浩的房师（科举中式者对分房阅卷的房官的尊称）某先生，当时担任台防同知，对发浩说：“你父亲如此清苦，你却一点办法也没有，能够心安吗？此后如果有牵涉到台防同知衙门的案件，在情理上没有妨碍的，就委托你代为处理，我必定准许，你借此得到一些谢资来缓解贫困，这样也未尝不可。”发浩后来揽到一件可得四百两银子的案子告知房师，在他的准许下成功了。于是将所得的钱先呈送给房师，房师说：“本来就是为了救济你的窘况的，可以拿回家奉养你父亲。”发浩听了他的话，父亲知道后非常生气，用棍子打他并将他赶了出去，并且禁止他再到房师那里去。

还有，兰起先生家里有一套砝码（以天平称物时，用来计算重量的标准器，用铜铅等金属制成，有轻重大小的差别），非常准，有很多人来借用。一天，有一位客人借用后，遗忘下二百两银子在桌案上。兰起先生捡起收藏了起来，告诫儿子们说：“这两包银子，是我与某人借的，还没有确定，不要轻易开启。”后来客人返回，将钱财原封不动还给了他，客人非常感谢并想要分一半给兰起先生，兰起先生不要；想要少留一点给他，还是不要。他说：“物各有主，我不能要不属于我的钱财。”由此可见他的正直不阿、严格自律。

如今杨簧先生以进士步入仕途，在地方上担任封疆大吏，在朝廷中位列卿秩；而且他的弟弟们和子侄辈相继登科及第，功名显赫的势头没有止境。修善积德的家庭，必然有连绵不断的吉庆，确实如此啊！

2.1.19 胡尚书

家大人曰：余初官礼部时，大宗伯为通州胡西庚先生（长龄），相待颇优。盖先生与吾乡游彤卣（yǒu）侍御，为己酉同年。余初上公车，与侍御同寓，遂得亲炙。侍御尝私语余曰：“此人必大显，我不知相术，但见其耳白于面，如欧阳公之语耳。”审视之，果然。时先生方为修撰，不数年遂跻九列。

余尝询先生于同官李雪岩（芳梅），李曰：“此公家有阴德，宜其贵也。盖其封翁某，尝为州吏，承行盗案，犯供纠众自大门入，已定谳（yàn）矣。某知各犯皆因贫苦偶作窃，非真巨盗也，言于官曰：'此到案而即承认盗情，必非平日惯为盗也。惯为盗者，无不避重就轻。今此案用"不论首从皆斩"律，似失入矣。'官以招册皆已缮成，上台催督甚迫，无暇更改为辞。某请于大门大字上添一点，为自犬门入。且言某仰体恩宪平日好生之心，并无一毫私弊也。官悟而从之，得免死者十余人。即此一事，已应食报于后人矣。"后闻徐树人（宗干）观察所述同此。李与徐皆通州人，当得其实也。

【译文】我父亲说：我刚到礼部任职时，礼部尚书是通州（今江苏南通）的胡长龄先生（字西庚，乾隆五十四年状元），待我非常好。原来胡先生和我的福建同乡游光绎（字彤卣）御史，是乾隆五十四年（1789）己酉科同榜进士。我初次进京参加会试时，和游御使同住一处，于是得以当面聆听他的教诲。游御史曾经私下对我说："胡先生这个人将来必定功名显赫，我不懂相术，但看见他的耳朵比脸白，就像宋代欧阳修所说的，曾有一名僧人给他相面，说他'耳白于面，名满天下'。"仔细一看，果然是这样。当时先生还只是翰林院修撰，不几年就跻身九卿之位。

我曾经询问过胡先生的同僚李雪岩先生（名芳梅），李先生说："胡大人家祖上世世代代施德于人而不求人知，子孙大富大贵也是理所应当的。原来他的父亲胡某老先生，曾经在州衙做书吏，承办一桩盗案，犯人供称是纠集同伙从大门进入的，已经定案了。胡老先生知道这些犯人都是因为贫苦偶尔偷窃，不是那种真正的江洋大盗，就对长官说：'这些人一到案就承认了盗窃的情节，必定不是平日惯于偷盗的。如果是惯犯，都会避重就轻不肯承认。现在这件案子引用“不论首犯、从犯一律处斩”的法律条款，似乎量刑过重了。’长官认为记录案件始末及犯人供词的招册都已经誊写完成，且上司催促得非常急迫，没有时间再更改，以此为借口而推辞。胡老先生请求在‘大门’的‘大’字上添加一点，变成‘犬’字，供词则改为‘自犬门入’。并且说他这是敬仰并体察长官爱护民命的心意，并没有一丝一毫营私舞弊的想法和行为。长官有所醒悟并且听从了他的建议，十几个人的性命得以保全。只此一事之功德，就已经足以荫庇后人享受到丰厚的回报了。”后来听徐树人（徐宗干，字树人，又字伯桢，江苏通州人，官至福建巡抚）观察也讲过这件事，所说的内容一致。李雪岩与徐树人都是江苏通州人，他们所了解到的应当是实情。

2.1.20 栗恭勤公

栗恭勤公（毓美），为河东总督，殁于工次。恤典优渥，有“持躬端谨、办事实心”之褒，近年河臣中所仅见也。尝梦入河神庙，见三神并坐，公问何人？庙祝云：“中为某大王，左为某大王。”其右一神，朝服便顶尖靴，以帛蒙面，问之则不答。旋有人语公曰：“尔勿到胡家屯（工次行馆）也。”公唯唯而出。行至胡家屯，见一片波涛汹涌，遂惊寤。后逐年防汛，来往河上，总不宿胡家屯。

庚子年，值有钦使赴东河查料，公随行至工次，各行馆皆已备星使供帐，不得已小住胡家屯。方午食，忽尔呕吐痰壅，遂不能言。时随行者惟二仆一弁，仓皇无措，公执弁之手而自指其衣，弁知其欲更衣也，及开竹笥检之，朝服悉具。时方奉大行皇后国讳，且工次亦无用此礼服，似公预知其不祥而备之者。于是便顶尖靴，仅用朝服一袭而敛。盖昔日梦中所见之相，即公之幻相也。

逾年而祥符口决，城垣岌岌将圮，忽有少年者大呼曰：“当拆南城楼砖瓦，填塞某处。”如法行之，见金甲神涌大溜改道傍走，人皆谓公之灵佑。公生平治河，得力于砖工，故身后显灵仍令用砖也。

家大人曰：治河用砖，前无所承，自公创行之，实大有裨于修防，而大不利于料贩。于是多方阻挠，众口沸腾，朝议几为所夺。丙申，余由京赴任粤西，道出开封。公从百里外，策骑访余于旅店，时公方以砖工在危疑震撼中，知余在南河时颇不为牙侩所惑，且欲探知中朝舆论何如。余告以：“东河之砖工，即南河之碎石工。南河有石可采；东河无石，则以砖代之，有何不可？黎襄勤公初用碎石，时亦众口交攻，大半皆为料贩所使。襄勤尝早起，于船头，见一对联云：‘秦始皇抽梁换柱，黎世序碎石填河。’襄勤一笑置之，而浮议亦旋息。此余所目击之事。今去襄勤已十余年，碎石并无流弊，则东河仿而行之，正所谓前事之师。君但坚忍持之，勿为簪说所动、利口所摇可耳。”公闻余言，乃欢然曰：“余志已定，君之贶我实多。”遂郑重订交而别。终公之任，砖工亦并无流弊。即今东河屡决，糜帑无数，参官无数，未闻一言归咎于砖工者，则公亦可以含笑于九原矣。

相传黄河工次，金龙四大王，每幻为蛇身出现，河上官民皆能识认。近年有栗色者，各官环拜，或免冠于地而跪，祷之曰:"如公有灵,即上吾帽。"乃盘旋于帽,少顷即不知所往。此众目所共见者。盖如公之聪明正直,其没而为神也宜矣。附记于此,以谂后之治河者。

【译文】栗恭勤公(栗毓美,字含辉,又字友梅,号朴园、箕山,山西浑源人),担任河南山东河道总督时,逝世在工地上。朝廷给予的抚恤典例非常优厚隆重,得到了"持躬端谨、办事实心"的褒奖评语,这在近年来的河务大臣中是很少见的。他曾经梦到进入了河神庙,看到有三尊神像并排而坐,栗公问他们是什么人?庙祝(主管庙内香火事务的人)回答说:"中间是某大王,左边是某大王。"右边的一尊神像,身着朝服,头戴便帽,脚穿尖靴,用布帛蒙着脸,问他是谁却不回答。接着有人对栗公说:"你不要到胡家屯的工地行馆(旧时官员出行在外的临时居所)。"栗公连声答应然后就出去了。走到胡家屯,看见一片汹涌的波涛,于是一惊而醒。从此之后每年防汛,往来于河道上下,从来不在胡家屯住宿。

道光庚子年(1840),恰好有钦差来东河(清雍正年间改河道副总督为河南山东河道总督,通称河东河道总督,专司河南山东两省境内黄河、运河等的防治事宜,其所管辖的诸河流统称"东河")查验材料,栗公陪同来到工地上,各个行馆都已经准备用来作为钦差住宿的地方,迫不得已只好在胡家屯小住。正在吃午饭时,忽然呕吐,痰阻塞了气管,于是不能说话了。当时随行的只有二位仆人和一名武官,因事出突然,匆忙慌张之际都不知道该怎么办,栗公一边握着武官的手一边指着自己的衣服,武官知道他想要更换衣服,等到打开盛放衣物的竹箱检看,朝服全都在里面。当时因为皇后刚刚去世全国正举行国丧,况且工地上也用不到这样的礼服,似乎栗公预先知道会发生不祥因而提前准备好了衣服。于是头戴便帽、脚穿尖靴，仅仅用一身朝服入殓。原来当初梦中所见的神像，正是栗公去世时的样子。

第二年，黄河在祥符决口，城墙岌岌可危即将倒塌，忽然有一位少年大喊道："应当把南城楼拆掉，用拆下来的砖瓦填塞在某个地方。"按照这个办法实行，看见金甲神引导迅急的水流改道从旁边流走，人们都说是栗公在显灵保佑。栗公平生治理河道，善于采用砖砌工程，很有效果，所以去世后显灵仍然让人们用砖堵缺口。

我父亲说：治理河道用砖工，从前没有人这么做过，这种方法是由栗公开创实行的，对修堤防洪发挥了很大的作用，但对于做建筑材料生意的商贩来说却没有什么好处。于是多方阻碍干扰，议论纷纷，反对的意见很大，朝廷的决议几乎被他们所动摇。道光丙申年（1836），我从京城赴广西上任，途经开封。栗公从百里之外，骑马到旅店来拜访我，当时栗公正因治河用砖工处于饱受非议而自我怀疑动摇的状态，知道我在江南河道任职时根本不会被商人买办所迷惑，而且想要探知朝廷中舆论怎么样。我告诉他说："河南山东河道的砖工，就相当于江南河道的碎石工。江南河道有石头可以开采；河南山东河道没有石头，那么用砖代替，有什么不可以呢？黎襄勤公（黎世序）当初用碎石，那时也遭到众人的攻击和非议，多半都是被做建筑材料生意的商贩唆使的。黎襄勤公曾经有一天早起，在船头，看见一副对联写道：'秦始皇抽梁换柱，黎世序碎石填河。'黎襄勤公一笑置之并不拿它当回事，很快那些没有根据的议论都消失了。这是我亲眼看到的事。如今距离黎襄勤公治河已十多年过去了，碎石工程并没有出现什么弊端，那么河南山东河道效仿实行，正是吸取前人的经验作为借鉴。您只要坚持自己的想法，不要被不通事理的言论、伶俐的口齿所动摇就可以了。"栗公听了我的话，这才愉快地说道："我的主意已定，您这番话对我的帮助很大。”于是郑重建立交情后辞别而去。一直到栗公在任上逝世，砖工也没有出现任何弊端。即使现今河南山东河道常常决口，耗费了无数国家财政资金，无数官员被参劾而受处分，也没听说过一句把责任归咎于砖工的话，那么栗公也可以含笑于九泉之下了吧。

相传黄河工地，有金龙四大王，常常变幻为蛇身出现，河上的官民都能认出来。近年有一条栗色蛇，各官员环绕礼拜，有人脱帽跪在地上，祈祷说：“如果是栗公您在天有灵，就游上我的帽子。”于是盘旋在帽子上，不一会儿就不知所踪了。这是大家亲眼看见的。像栗公这样聪明正直的人，他去世后成为神也是应该的。附记在这里，用来劝告今后治河的人。

第二卷

2.2.1 馆陶令

姚伯昂先生(元之)尝述:其同年张琦者,为山东馆陶令,死即为馆陶城隍。将卒之前一夕,其子请以身代,焚书于馆陶城隍庙。无一人知者,署中惟一洒扫夫,素为"走无常"者知之,云:"我太爷阳寿虽未终,无如旧城隍已升作济南府城隍,只好请太爷前去,阳寿另有处分也。"张到城隍任后,忽于演戏日擒一生员跪神像前,于是众目不观戏而观城隍,则俨一张太爷也。生员尝以唆讼受责于张者七次,县中皆有案可稽,是日盖责其怙恶不悛云。

按,前熟闻家大人言,官山东臬使时,有张汉峰(琦)者,最为循吏,古貌古心而善于听断,学问亦好。当时甚赏异之,每举以为诸令长钦式。初不料其身后之为城隍也。聪明正直,其为神也宜矣!

【译文】姚元之先生(字伯昂)曾经讲述:他有一个叫张琦的同年(科举时代称同榜或同一年考中者),担任山东馆陶县令,死后就成为馆陶城隍。将要去世的前一天晚上，他儿子请求让自己代替父亲，写了一篇疏文在馆陶城隍庙焚化。没有一个人知道，县衙里只有一位打扫卫生的工人知道，这名工人素来“走无常”（谓活人以生魂到阴间当差，事讫放还），他说：“我们县太爷阳寿虽然还没终了，怎奈前任城隍已升为济南府城隍，只好请县太爷前去接替，阳寿另有安排。”张琦到任城隍之后，忽然在演戏的这天捉拿了一位生员跪在神像前，于是众人不再看戏都看着城隍，俨然就是一位张太爷。这个生员曾经因为教唆别人打官司被张琦责罚了七次，县衙中都有案卷可查，这天大概是惩罚他作恶多端、不肯悔改。

另外，前几年一直听我父亲说起，在山东担任按察使时，有一个叫张汉峰（名琦）的人，是非常守法循理的官吏，容貌、性情都有古人的风范，而且善于听讼断案，学问也很好。当时对他格外赞赏称异，常常举他为例让各府州县官员学习效法。当初也没料到他去世之后成为城隍神了。聪明正直的人，成为神也是应该的！

2.2.2 陈曼生

陈曼生郡丞（鸿寿），以名下士，官南河同知。文采意气，倾其流辈。未第时，家甚贫，岁暮，索逋者盈门。有馈以二十金者，计还债仅及三分之一。正在踌躇间，有友人向其告急，其数适与所馈相符，即举以畀之。其妻闻而愀（qiǎo）然，颇有怨声。郡丞多方宽解之，语未终，有人叩门，赠以百金者。偿负之外，尚有盈余，郡丞慨然曰：“此所谓得帮人处且帮人也。”

忆家大人官京师时，每度岁率皆拮据，然当岁除前后，必强划出数金，扃（jiōng）置别箧，适一年所入较丰，因得百金，另行缄固。家人请其故，则曰："正月观厂，是冷京官一最乐生涯，例须数金，以收几种旧书旧字耳。"既而除夕甫晡，有同部友来告贷者，情甚迫切，遂将所缄金应之。其人甫去，而即有馈百金来者，家大人笑谓余兄弟辈曰："天无绝人之路，信哉！"此与曼生郡丞事真如规周矩值也。

【译文】陈曼生郡丞（陈鸿寿，字子恭，号曼生），作为享有盛名之士，担任江南河工同知。才华气概，超过同辈的人。他在还没有应试中举之前，家里非常贫穷，有一年年底，催讨欠债的人塞满门庭。有人赠送给他二十两银子，仅能偿还三分之一的欠债。正在犹豫不定之际，有朋友向他请求紧急救助，所借数目恰好和获赠的数目相符，就把钱全给了朋友。他的妻子听了之后脸色大变很不高兴，说了很多埋怨的话。陈郡丞多方宽慰劝解妻子，话还没有说完，就有人敲门，又赠送给他一百两银子。除了还清欠款之外，还有盈余，郡丞感慨地说："这就是所谓的能够帮助别人的地方就要帮助别人。"

回想起我父亲在京城为官时，每次过年都是经济上非常窘迫，但是每当除夕前后，必定争取拿出一些钱，单独放在一个箱子里，适逢这一年收入比较丰厚，就单独拿出一百两银子，另行封装收存好。家人请问其中的缘故，父亲说："每年正月里逛琉璃厂，是清冷的京官最快乐的时光，照例需要准备几两银子，来收买几种旧书籍、旧字画。"然后到了除夕当天申时（下午3点至5点）初刻，有和父亲同在一个部门工作的友人前来借贷，看样子非常急迫，于是就把收存的钱财拿给他应急。那个人刚刚离开，就有人来馈送了一百两银子，我父亲笑着对我们兄弟说："天无绝人之路，这话是真实不虚的！"这件事和陈曼生郡丞的事情真是严丝合缝、完全一致。

2.2.3 蔡太守

杭州蔡太守（澄），官四川保宁府，兼摄川北道。时值金川用兵，所调索伦兵势张甚，沿途抢掠，州县不敢诘。公召其统兵官，谓之曰："兵以戡乱，若如此是创乱也。余止知保护我民耳，汝再不戢，余惟白之大帅，且兵备亦可按军法也。"兵竟肃然。是役也，川中颇骚扰，惟川北一境帖然。

又制宪某素黩货，时公以军功将得保举，制府先期语之，且曰："保宁产绸甚好。"公伪为不知者，竟送绢二匹。制府大恚，以年老劾去。去官日，人争出钱立碑，至今川中庙祀之。

公之孙名任者，辛酉进士，官直隶知县，慈祥恺悌，有"佛子"之称。其子炳墉，患重疾，恍惚中入冥府，遇其父，执引至一所，香案供一生位，指谓曰："汝父居官仁慈，此间亦敬礼之。"是年，为辛卯科，其子无力应试，屡梦其先人，告以："今科必须进场。余系总理科场事务，上帝以我家忠厚，赐汝登科，不得以艰于措置，因循不赴试也。"于是竭力摒挡进场，果中式。

【译文】杭州的蔡澄先生，担任四川保宁府知府，兼署川北分巡兵备道。当时正逢朝廷派兵平定大小金川叛乱，所调集的索伦（对散居于黑龙江、兴安及新疆境内鄂温克、达斡尔、鄂伦春等部族的总称）士兵气焰非常嚣张，一路上抢掠百姓，州县官员都不敢责问。蔡公召见统率索伦兵的军官，对他们说："军队是用来平定叛乱的，如果像你们这样做就是制造祸乱。我只知道要保护我的百姓，如果你们再不收敛停止，我只能去禀告总督大人了，而且我作为兵备道官员也有权力按照军法进行处置。”士兵们从此变得严肃清静。这一场战争期间，川中一带颇受骚扰，只有川北境内比较安宁。

还有，某总督向来贪财，当时蔡公因立下军功即将获得保举，总督在此之前向蔡公打招呼，并且说：“保宁府所产的绸缎非常好。”蔡公假装不知总督的用意，竟然送了二匹绢布给他。总督大为愤恨，以蔡公年老为由弹劾去职。离任的这天，当地的人们争相出钱为蔡公立碑以纪念他的德政，至今川中的寺庙还在祭祀他。

蔡公的孙子蔡任，是嘉庆六年（1801）辛酉科进士，在直隶省担任知县，为人慈祥和乐、平易近人，被称誉为“佛子”。他的儿子蔡炳墉，身患重病，恍惚之中进入了冥府，遇到他父亲，拉着他的手引导来到一个地方，香案上供奉着一个生人牌位，指着对他说：“你父亲为官仁慈，冥府这里也礼敬有加。”这一年，是道光十一年（1831）辛卯科考试，他儿子没有能力去参加考试，多次梦到先人，告诉他说：“今年科考必须进场。我现在总管科举考场事务，上帝因为我家世代忠厚，恩赐你登科中举，不能因为怕麻烦，就拖延不去参加考试。”于是尽力料理好一切事务进场参考，果然中榜了。

2.2.4 良吏有后

嘉庆十八年，河南滑县教匪滋事，夺城戕官，其势甚张。浚（xùn）县密迩邻封，势甚危急。时知县事者为桂林朱蕴山先生（凤森），坚壁清野，力捍孤城，全活生灵不啻亿万，以叙功加同知衔。

其长嗣濂甫太史（琦），应辛卯乡试，主司得其卷，满纸如云烟，悉现圈形，遂以定元。是科北闱解首董似谷，即同时守城县尉之子，亦成进士，入词垣矣。濂甫近已转西台，其弟容庵（辂）亦登乡荐。先生于事平后即辞官去，家大人尝题其遗照云："贼平身退若无事，鸿鹄飘然日高举。回首漓江旧草堂，玉树千寻切琼宇。"盖纪实也。冥冥中报功之典，固如是昭彰哉！

【译文】嘉庆十八年（1813），河南滑县天理教教匪滋生事端，夺取城池，杀害官员，气焰十分嚣张。而浚县紧邻滑县，情势非常危急。当时担任浚县知县的是桂林的朱蕴山先生（朱凤森），他下令加固壁垒，清除郊野，全力捍卫这座孤城，全活的人命不计其数，朝廷记录他的功勋，加封为同知职衔。

他的长子朱琦，字濂甫，参加道光十一年（1831）辛卯恩科乡试，主考官看到他的试卷，整篇文章如同云气和烟雾，都现出圆圈的形状，因此定为第一名。这一科顺天乡试的解元为董似谷，就是当时同时保卫县城的县尉的儿子，后来也考中进士，进入翰林院。濂甫先生近来已转任御史台，他的弟弟朱辂（字容庵）也乡试得中，成为举人。先生在这件事平定之后就辞官去职了，我父亲曾经为他的遗像题诗说："贼平身退若无事，鸿鹄飘然日高举。回首漓江旧草堂，玉树千寻切琼宇。"所说的都是实情。冥冥之中对功德的回报，是有章可循的，本来就是这样显著啊！

2.2.5 侠客

嘉庆间，苏州某商，挟重赀归，舟行遇雨，见有冒雨呼搭船者，衣衫淋漓，商悯而许之。引入舱，易以缊（yùn）袍，给以酒食，其身外无长物，恣意饮啖，而商亦略无厌倦。数日后，忽有盗十余人，持械登舟肆劫。舟人皆哭，计无所施，惟束手待尽而已。忽搭船人大呼曰："有我在，毋恐也。"跳出船头，连击数人落水，盗遂引去。其人珍重一声，瞥然登岸，不知所之。桂林周熙桥孝廉目击其事，作《侠客传》纪之。夫客固侠矣，而某商之遇险不险者，则不忍之一念为之也。

【译文】嘉庆年间，苏州有位商人某，挟带着巨款回乡，船行途中遇到大雨，看见岸上有一个人，冒雨招呼请求搭船，身上的衣服都湿透了，雨水直往下滴，商人心生怜悯因而同意他上船。接引进入船舱，给他换上麻布袍子，又拿出酒食来招待他；那人除了自身以外再没有多余的东西，在船上尽情吃喝，而商人也没有任何厌倦之意。几天后，忽然有十几个强盗，带着武器登上船来肆意劫掠。船上的人都在哭泣，想不出一点办法来，只能任凭他们把财物全部抢走。忽然那个搭船的人大喊道："有我在，不用害怕。"跳出船头，接连把好几个强盗击落水中，强盗于是退去。只听那个人说了一声珍重之后，就迅速地登上岸去，不知道去了哪里。桂林的周熙桥举人亲眼看到了这件事，写了一篇《侠客传》来记录这件事。那位客人固然是行侠仗义的侠客，而这位商人遭遇危险却能化险为夷，则是因为他有一颗同情心啊。

2.2.6 借银代偿

余前录载，徐辛庵侍郎与其族兄，科名互换事。时浦城令郭少汾邑侯，与侍郎为儿女亲家，尚未知有此事，颇以为疑。兹余复从福州闻浙人述侍郎事，情状又异，因并录之，其足为劝则一也。浙人云：

今少司空徐辛庵先生，嘉庆戊寅科浙省解元也。秋闱前，偶与族兄游城隍山，适有妇人入庙求签，以签文求道士指示。道士令请教先生，先生询其所问何事，妇人曰："予夫病重，医言须服人参方有转机，予家贫，不得不重息称贷，以为参价计。夫病能挽回，偿债自易；否则累上加累，身实难当。故决之于神，相公为我剖之。"先生以好言慰之而去。其族兄忽于神案旁，检得一布包，解之有银约二十余两，笑向先生曰："今夕不患无酒资矣。"先生曰："此必顷妇人所遗，汝既闻其言，而忍取之乎？"族兄以为迂谈，竟自携去。须臾，妇人踉跄复至，寻觅不见银包，号啕大哭曰："予此物遗失，与吾夫性命俱休矣。"先生解之曰："物已落他人手，不可复得。汝向告予言，予深知汝苦，予不能力止人之携去，是予劣也。今愿代赔，故在此候汝。汝可告我姓氏住址，我下山为汝设措，下午当如数送至汝家。"妇人始不肯信，后思无可如何，只得先回。侍郎立向各亲友借凑成数，亲送其家付之。

是科发解，次年己卯会试连捷，入词林，跻九列。壬午科主试江南；本年又作会试总裁、江南学政。不可谓非厚德之报也。

【译文】我在前录中曾经记载过，徐辛庵侍郎（徐士芬，字诵清，号辛庵，浙江平湖人）和他的族兄，科名互换的事情（参见1.3.2）。当时的浦城知县郭少汾邑侯（旧时对县令的尊称），与徐侍郎是儿女亲家，还不知道有这回事，很是疑惑。现在我又在福州听闻浙江人讲述徐侍郎的事情，具体情节稍有不同，于是一并记录在此，但是足以用来劝勉世人则是一致的。浙江人说：

现在的工部侍郎徐辛庵先生，是嘉庆二十三年（1818）戊寅科浙江省乡试的解元。在参加秋季乡试前，偶然间和族兄同游城隍山，适逢有一位妇人进庙求签，把签文拿给道士看请求解签指示。道士让妇人去请教徐辛庵先生，先生询问妇人想求问什么事情，妇人说："我丈夫病重，医生说必须服用人参才能有转机，我家中贫穷，不得不以很高的利息去借钱，用于购买人参。丈夫的病如果能好转，偿还债务自然容易；否则雪上加霜，又多一重拖累，我自己实在难以承受。所以请神明替我决断，麻烦先生您为我解签。"先生用好话宽慰妇人后她便离开了。族兄忽然在神案旁，捡到一个布包，解开发现里面大约有二十多两银子，笑着对先生说："今天不用担心没有买酒的钱了。"先生说："这一定是刚才那个妇人遗忘的，你既然听到了她刚才说的话，忍心把钱拿走吗？"族兄认为这是很迂腐的话，自顾自把钱拿走了。不一会儿，妇人踉踉跄跄又回到这里，寻找不到银包，号啕大哭着说道："我把这件东西弄丢了，我和我丈夫的性命都完了。"先生安慰她说："东西已经落入他人手中，不可能再重新得到。通过你之前告诉我的话，我深知你的难处，我没能尽力阻止别人把银包拿走，是我的过错。现在我愿意代为赔偿，所以在这里等你。你可以告诉我你的姓氏和住址，我下山后为你筹措，下午一定如数送到你家。"妇人起初不肯相信，后来想着反正也没有什么其他办法，只得先回去。徐侍郎立刻向各位亲友借贷凑足数目，亲自送到妇人家交付给了她。

这一科乡试高中解元，第二年（1819）己卯科会试连捷，进入翰林院，跻身九卿之位。道光二年（1822）壬午科，主持江南乡试；今年（1844）又出任会试总裁官、提督江南学政。不能说这不是徐先生厚重德行的回报。

2.2.7 持《金刚经》

持诵《金刚经》之灵异，自晋宋以来，备著传记，至唐益显。段成式家世持诵，历受其益，有《金刚经鸠异摭（zhí）拾》，至二十余则，皆当时目击情事，非子虚也。

余少随侍京师，见翁覃溪先生，年逾八十，犹每年于先人忌日，必用精楷书《金刚经》全册，分送各名刹及诸交好。家大人时在苏斋谈诗，亦乞得一册。每疑先生素不佞佛，何以亦矻矻（kū kū）于此。先生尝言："金刚乃佛家木强之神，党同伐异，有呼必来，有求必应，全不顾理之是非曲直也。故佛氏坐之门外，为壮观御侮之用。乾隆间，有某司寇之戚，徐姓者，能持《金刚经》。司寇卒后，徐为作功德，诵经日每百遍。一夕，病中忽梦为鬼役召至阎罗殿，上坐王者谓曰：'某司寇办事太刻，奉上帝檄发交我处，应讯事甚多。忽然金刚神闯门入，大嚷大闹，不许我审，硬向我要某司寇去。我系地下冥司，金刚乃天上神将，我不敢与抗，只好交其带去，金刚竟将他释放。我因人犯脱逃，不能奏覆上帝，只得行查到地藏王处；方知是汝在阳间多事，替他念《金刚经》所致。姑念汝也是一片好意，无大罪过；然妄召尊神，终有小谴，已罚减阳寿矣。特召汝告此情节，仍放汝还阳，俾知此经非可妄持。其某司寇，已蒙地藏王重复解到听审矣。"

按，此覃溪先生为家大人所述如此，不知受自何人。先生非妄言者，即此一事，足见佛力无边，天条难犯，两者盖并行不悖云。

【译文】受持读诵《金刚经》的灵验和感应，自晋宋时期以来，在各类传记中记载很完备，到了唐代更加显著。唐代的段成式家世代持诵，历来受到很多利益，著有《金刚经鸠异摭拾》一书，事例多达二十多则，都是当时亲眼目击到的事情，并非子虚乌有。

我年少之时随侍父亲在京师为官，看到翁覃溪先生（翁方纲，参见2.1.16），已经八十多岁高龄，仍然每年在先人忌日这天，必定用工整的小楷书写《金刚经》全册，分别送到各个名寺和诸位朋友那里。我父亲当时在翁先生的苏斋谈论诗文，也求得一册。时常疑惑翁先生向来不迷信佛教以求福，为何也在这上面勤勉不息。翁先生曾经说："金刚是佛家质直刚强的神，一贯保护同类、攻击异己，有呼必来，有求必应，全然不顾道理的是非曲直。所以佛门寺庙安排他们坐在门外，起到壮大观瞻、抵御外侮的作用。乾隆年间，某刑部尚书有一个姓徐的亲戚，能持诵《金刚经》。尚书死后，徐某为他作功德，每天诵经百遍。一天夜里，病中忽然梦到被鬼役召唤到阎罗殿，上坐的王者说道：'某刑部尚书办事太过于苛刻，奉上帝之命发交到我这里受审，需要审讯的事情还有很多。忽然金刚神闯进门来，大吵大闹，不许我审问，强行向我索要刑部尚书并且带他离去。我是地下冥司的官员，金刚是天上的神将，我不敢与他抗衡，只好把人交给他让他带走了，金刚神竟然把他释放了。我因为人犯脱逃，无法向天帝回禀交差，只得到地藏王菩萨那里访查；才知道是你在阳间多事，每天替他念《金刚经》所造成的。姑且念你也是一片好意，没有大的罪过；但是胡乱地召唤尊神，不免小小地责罚一下，已经惩罚削减你的阳寿了。特地召你前来告知事情的经过，仍然放你回归阳间，让大家知道《金刚经》不可以随意持诵。对于某刑部尚书，已经承蒙地藏王菩萨再次押解到案听候审讯了。”

这件事是翁覃溪先生为我父亲这样讲述的，不知道听何人所说。翁先生不是妄语的人，就这一件事，足以见得佛法的力量无穷无尽，天地的律法也不能触犯，这两点互相之间并不冲突。

2.2.8 持大士斋

里中寡妇某氏，家极贫，以女红鞠二子，素持大士斋甚谨。初，其次子病目，久不愈，势将瞽矣；妇日夕祷所供大士前。一日，夜梦一妪曰：“汝欲儿愈，盍诵《大士救苦经》乎？”妇以不识字对，妪教之念，醒而了了不忘。明日，诵以问人，果《救苦经》也。遂日夜持念，子目渐愈，由是持斋益虔。然日中有所为，夜辄见金甲神谯呵之。

一日，邻家豕溺其门，妇持帚驱之。夜寐中，闻神语谴曰：“尔何等人？敢以物击豕。”妇力辨为驱之，而未尝击也。神怒不已，其子再四代哀之而醒。

又尝过邻家，见其烹鱼，鱼跃釜外，妇从旁曰：“盍盖之？”是夜，复梦神盛怒责之曰：“人家烹鱼，尔不劝之放生，罪矣；又教之加盖，罪若何？”遂于床上起跪，两手反接，哀号痛楚，若被杖状，良久乃苏。

后其子渐长，能营生，尝于斋日买油一斤，熬熟，沃瓜食之。是夕甫寝，即闻神大詈曰：“尔称持斋，有如许受用者乎？”手即捽妇发，以匕取沸油浇其顶，痛不可忍，号声彻于四邻，其子力呼而苏，首尚痛不可耐。稍定，复寐，则见神将复擒治，乃急走之草间伏焉。旋见白兔数十成群，争舐其首，不觉爽然，顶痛尽愈。徐出视，则神已去，有一老妪立其旁，指成群者曰：“汝知此何物乎？”妇以白兔对，曰：“非也，此白猿，吾驱之来救汝也。”自是不敢他有所嗜，然偶有言语之过，辄于夜间受鞭挞，日以为常。今犹健在，不知其究竟何如也。

按，此林樾亭先生杂稿中所载，盖乾隆末年事，未详其何里何氏。先生早归道山，无从质证，然足见持大士斋者，甚非可以率尔从事矣。

【译文】乡里的寡妇某氏，家里非常贫穷，靠做针线活抚养两个儿子，向来恭敬谨慎地受持观音大士斋。起初，她小儿子患上眼病，很久都没有痊愈，再继续发展下去将会失明；寡妇在供奉的观音大士像前早晚祷告。一天，夜里梦见一位老妇人说：“你想要儿子痊愈，为什么不持诵《大士救苦经》呢？”寡妇回答说不识字，老妇人教她记诵，寡妇醒来后仍然记得清清楚楚没有忘记。第二天，背诵出来请教别人，果然是《救苦经》。于是日夜持诵，小儿子的眼病渐渐痊愈，从此持斋更加虔诚。但如果白天做了一些错事，夜里就会看见金甲神呵斥她。

一天，邻居家的小猪在寡妇门口撒尿，寡妇拿着扫帚驱赶它。夜里睡觉时，就听到神说话责备她：“你是什么样的人？敢用东西击打小猪。”寡妇极力辩解只是在驱赶它，没有击打它。神愤怒不已，她儿子反复代为哀求，这才醒了过来。

又有一次曾经路过邻居家，看见邻居在煮鱼，鱼跳到锅外面了，寡妇在旁边说："为什么不盖起来呢？"这天夜里，又梦到神大怒着责备她道："人家在煮鱼，你不劝他放生，已经是罪过了；又叫他盖上盖子，该当何罪？"于是在床上起身跪着，双手反绑，痛苦地哀号着，像是在被杖责一样，过了很久才醒。

之后她的儿子们慢慢长大，能自谋生活了，有一次寡妇在斋日买了一斤油，熬熟后用来泡瓜吃。这一晚刚刚睡下，就听到神大骂道："你号称是在持斋，持斋的人有这么享受的吗？"就用手揪住寡妇的头发，用勺子舀起热油浇在她头顶，痛不可忍，号哭声响彻左邻右舍，她儿子奋力把她叫醒，仍然头痛得不得了。稍稍安稳，看见神又要来抓捕惩治自己，于是急忙跑到草丛里躲藏。接着看见几十只白兔成群结队，争着舔舐她的头顶，不禁觉得爽快舒畅，头顶剧痛都消失了。慢慢出来查看，则神已经离开了，有一位老妇人站在旁边，指着成群的兔子说："你知道这是什么东西吗？"寡妇回答说这是白兔，老妇人说："不是，这是白猿，是我驱使它们来救你的。"从此不敢有其他嗜好，但是偶尔有言语上的过错，就会在夜间受到鞭挞，慢慢地也就习以为常了。至今还健在，不知道她究竟怎么样了。

需要说明的是，这是林樾亭先生（林乔荫，字樾亭，一字育万）杂稿中所记载的，是乾隆末年的事情，没有写明寡妇的具体住址和姓氏。先生早就已经仙逝了，没有办法质询验证，但是足以看出受持观音大士斋的人，不可以草率从事。

2.2.9 持《大悲咒》

家大人曰：叶健庵中丞（世倬），由吾闽监司廉访洊晋巡抚。道光元年，入觐京师，于宫门外待漏时，与余晤谈良久。旧闻中丞持诵《大悲咒》甚得力，因叩其说。中丞曰："余二十许岁时，尝患疟甚重，其寒热交战时，苦不可言。医言下次当更重，忧惧几不欲生。忽见书架有《大悲咒》一卷，自念持诵或可稍减病苦，且借以却疟鬼。遂发心，以次日焚香祷誓佛前，摄心虔诵，而疟恰以是日顿止。于是连日诵之，疟竟不发。故自通籍以来，数十年持诵不辍也。"

按，《大悲咒》列于密部，即《陀罗尼经》。屠琴坞曰："观世音菩萨告梵王言：'大慈悲心是，平等心是，无为心是，无染着心是，空观心是，恭敬心是，卑下心是，无杂乱心是，无见取心是，无上菩提心是。'菩萨已将八十四句咒义诠释明白。持诵者须将慈悲、平等、无为、空观等心十句，细心寻绎，身体而力行之，即可到应时身生千手千眼地位。极之八万四千陀罗尼手眼，皆不出此十句妙用，故曰：'当知此咒，犹如妙药，名阿伽罗，一切诸病无所不治也。'今人多信奉《金刚经》，而不敢轻持《大悲咒》，辄谓此咒妙谛真诠，在语言文字之外，持之不谨，反恐致殃，则亦未尝笃信力行之过耳。"

【译文】我父亲说：叶健庵巡抚（叶世倬，字子云，号健庵，江苏上元县人，官至福建巡抚兼署闽浙总督），从我们福建省按察使晋升为巡抚。道光元年（1821），进京觐见皇帝，在宫门外等待朝见时，和我面对面交谈了许久。曾听说叶巡抚持诵《大悲咒》很有效验，因此向他询问具体情况。巡抚说："我二十多岁时，曾患上严重的疟疾，发病时寒热交替，苦不堪言。医生说下次发作可能会更加严重，忧虑惧怕之下几乎不想活了。忽然看见书架上有《大悲咒》一卷，想着持诵或许可以稍微减轻一下疾病带来的痛苦，而且可以借此祛除作祟的疟鬼。于是发心，就在第二天在佛前焚香祈祷发愿，收敛心神虔诚持诵，而疟疾恰好在这一天停止发作。于是连续几天持诵，疟疾竟不再复发。因此自出仕为官以来，几十年坚持持诵从未间断。”

说明，《大悲咒》收录于《大藏经》密教部，就是《千手千眼观世音菩萨广大圆满无碍大悲心陀罗尼经》（“陀罗尼”为梵语的译音，意译为“总持”，谓持善法而不散，伏恶法而不起的力用，今多指咒，即秘密语）。屠琴坞（屠倬）说：“观世音菩萨告梵王言：‘大慈悲心是，平等心是，无为心是，无染着心是，空观心是，恭敬心是，卑下心是，无杂乱心是，无见取心是，无上菩提心是。’菩萨已经将八十四句咒文的含义诠释明白了。持诵的人须要将关于慈悲心、平等心、无为心、空观心等心的这十句，细心探索推求，亲身体验，努力实行，即可达到立刻自身生出千手千眼的地步。推而广之，八万四千种陀罗尼手眼，都不出这十句之妙用，所以说：‘当知此咒，犹如妙药，名阿伽罗，一切诸病无所不治也。’现在的人大多信奉《金刚经》，而不敢轻易持诵《大悲咒》，往往会说《大悲咒》的精妙真谛，体现在语言文字之外，如果持诵不谨慎，反而恐怕招来罪过；这是因为没有做到深信不疑并身体力行的缘故。”

2.2.10 溺鬼自拔

吴江有渔者李正，所居一港甚僻。一夕得鱼，沽酒独酌。俄有一人立门外，李曰：“子何来？”曰：“予，鬼也。溺此港中数年矣。见翁独酌，欲分一杯，可乎？”李曰：“子既欲饮，可入坐。”鬼遂对酌，后因常至。

越半月，鬼谓曰：“明日代我者至，我将去矣。”问何人？曰：“驾船者。”明日伺之，果一人驾船来，并无他故而去。及夜鬼至，李曰：“何以不汝代？”曰：“此人少年丧父，养一幼弟，吾害之，彼弟亦不能生矣，故释之。”

又半月，鬼又曰：“明日代我者至。”次日，果一人到岸边，徘徊数次而去。其夕鬼至，复问何以不代？鬼曰：“此人家有老母，死则无依，故释之。”李曰：“汝如此存心，岂久堕泉下者哉？”

又数日，鬼曰：“明日有一妇人代我，我特来告别。”次日伺之，傍晚有妇人临岸，意欲下水，复循岸去。鬼又至，李曰：“何以又舍此妇？”曰：“此妇怀孕在身，若不阻之，是丧二命也。予为男子，没水滨数年，尚无生路，况此孕妇，何日超生？故又舍之。任予魂消魄散于水中，誓不敢丧人二命也。”潸然泪下。

别数日，鬼忽绯袍冠带、侍从甚众来辞李，曰：“上帝以吾仁德好生，敕为本方土地。”言讫不见。

按，此条载《感应篇旁证》，盖嘉庆初年事。后评云：“宁自忍而不忍人，一而再，再而三，此心不变，善根定矣。堕鬼道者犹能格天，况生人哉？”

【译文】吴江有一位叫李正的渔民，居住在一处很偏僻的水港。一天捕到了鱼，就买来酒独自一人饮用。不一会儿看见有一个人立在门外，李正问道：“你从哪里来？”门外的人回答说：“我，其实是鬼。溺毙在这水港中好几年了。看见您独自在喝酒，想要分享一杯，可以吗？”李正说：“你既然也想要喝一杯，就请入座吧。”于是鬼和李正对饮起来，此后常常来这里喝酒。

半个月后，鬼对李正说：“明天替代我的人就要来了，我将离开了。”询问是什么人替代他？鬼回答所：“是一个驾船的人。”明日守候在旁边，果然看到有一个人驾船来了，但并没有发生什么变故而平安离开了。等到夜里鬼来了，李正问道：“那个人为什么没有替代你呢？”鬼回答说：“这个人少年时丧父，抚养着一个年幼的弟弟，如果我害了他，他弟弟也不能存活了，所以放他回去了。”

又过了半个月，鬼又说：“明天替代我的人到了。”第二天，果然有一个人来到岸边，徘徊好几次后就离开了。当天晚上鬼来了，李正又问那个人为什么没有代替他。鬼回答说：“这个人家里有老母亲要奉养，他死了老母亲就没有依靠了，所以让他走了。”李正说：“你有这样善良的心地，怎么会长期困于黄泉之下呢？”

又过了几天，鬼说：“明天有一名妇人将要代替我，我特地来这里向你告别。”第二天在岸边等候，傍晚果然有一位妇人靠近河岸，想要下水，结果又沿着河岸离开了。鬼又来了，李正问道：“为什么又舍弃这个妇人没让她代替你呢？”鬼回答道：“这个妇人有孕在身，如果不阻止她，就会失去两条生命。我作为男子，在水边逗留了好几年，尚且没有生路，何况这个孕妇，假如她死在这里什么时候才能超生呢？所以这才又放她离去。即使我在水中魂消魄散，也绝对不敢去祸害别人母子两条性命啊。”说完之后眼泪止不住地流下来。

一别几天不见，鬼忽然身着红色官服，头戴官帽，腰系玉带，带着很多侍从来向李正辞别，说道：“上帝因为我仁德好生，敕封我成为这里的土地神。”说完就不见了。

说明，这件事记载于《感应篇旁证》一书中，大概是嘉庆初年的事情。后面评论说："宁愿自己忍受苦楚也不忍心伤害别人，一而再，再而三，连续好几次，这种善心都没有变化，说明善根已经坚定不移了。堕落入鬼道者尚且能以善心感通上天，何况是活着的人呢？"

2.2.11 盛封翁

浙中盛陶邨（唐），嘉庆乙丑进士。相传其祖越湖封翁，在杭州开盐厂。一日，有桐庐县诸生投之，初不相识也。留住数月，始知其被仇陷害，缉捕将至。封翁急挈之归家，藏夹墙中。年余，其妻子亦逋逃继至，封翁并收之。聚居年余，事平始送回，而陶邨得馆选矣。

【译文】浙中的盛唐先生，号陶邨，是嘉庆十年（1805）乙丑科进士。相传他的祖父盛越湖封翁（因子孙显贵而受封典的人），在杭州开了一家盐厂。一天，有一位桐庐县的秀才投奔他，一开始并不认识。留他住了几个月后，才知道他是被仇家陷害，缉捕他的人就快来了。越湖封翁急忙把他带回自己家，藏在夹墙里躲避。一年多之后，秀才的妻子、孩子也相继逃亡到这里，越湖封翁一并收留了她们。后来在一起居住了有一年多，事情平息后才送他们回去，而孙子盛陶邨先生就在这时被选入翰林院任职了。

2.2.12 幸灾乐祸

甘肃有两县令，甲强而乙弱，皆劣员也。值家大人在藩任，办理计典，将劾乙以疲软，外间以揣摩及之。甲与乙素有隙，闻而大喜，即于公庭面诋之，乙怒形于色而隐忍不敢较，众皆为不平。未几，计典榜发，则甲适亦以浮躁被劾；乙乃反唇相讥，闻者快之。甲两颧发赤，几欲戟手而前，为众所格。而愤跳愈不可耐。时成兰生方伯（世瑄）为兰州守，目击其事，令仆役挟之归寓，遂成狂易之疾以终。

方伯笑语人曰："昔有人自言，今早登黄鹤楼，欲观江中覆舟以为乐，竟无一舟覆者。归见荷磁器者入城，失足尽碎，差快人意。似此幸灾乐祸，心术阴恶，其言至令人不忍闻。此在市井无赖之徒，或所不免；不料士大夫于功名得失之际，竟有蹈此辙者，宜乎灾及其身也。"

【译文】甘肃有两位县令，甲县令强势而乙县令懦弱，都是违法乱纪、劣迹斑斑的官员。当时我父亲担任甘肃布政使，负责对官吏三年考绩的计典，将弹劾乙县令为官不力、软弱无能，外面的官员已经揣测到了这一点。甲县令和乙县令向来有嫌隙，听说乙将要被弹劾非常高兴，就在大庭广众之下当面诋毁乙县令，乙县令满脸怒气但又默默忍耐不敢与甲县令计较，众人都为乙县令感到不平。不久，计典结果公布，则甲县令恰好也因为轻浮急躁被弹劾；乙县令于是反过来讥讽甲县令，听到的人都感到十分快意。甲县令气得脸颊赤红，恨不得要伸出手指上前指着对方叫骂，被大家给拦住了。更加怒不可遏，气得直跳脚。当时担任兰州知府的是成世瑄先生（字师薛，号兰生、琨圃，贵州石阡人，官至江宁布政使、署理两江总督），曾亲眼目击这件事，命令仆役带甲县令回寓所，甲县令后来变成精神失常的疾病，不久就死了。

成世瑄先生笑着对别人说："从前有人自己说，今早登上黄鹤楼，想要观看江中的船倾覆并以此为乐，竟然没有一艘船翻掉。回去的时候看见挑着瓷器的人入城卖货，不慎摔倒导致所有的瓷器都碎了，勉强能使人快意。像这种幸灾乐祸，心术阴险恶毒的人，说的话至今让人不忍听闻。这种幸灾乐祸的毛病，对于市井无赖之徒来说，或许是难免的；不料士大夫在事关功名得失的时候，竟然有人会犯同样的错误，难怪灾厄会降临到他身上呢。"

2.2.13 放雀获报

镇江范某，其妻病痨瘵，濒死，有医者教之曰："用雀百头，制药末饵之，又于三七日服其脑，当痊。然一雀不可减也。"范依言聚雀而笼之。妻闻之，恚曰："以吾一命，残物百命，虽死，决不为也。"开笼放之。未几，病自痊，且得妊，生男。男两肩上各有黑斑如雀形。

【译文】镇江的范某，他的妻子患上了肺痨病，濒临死亡，有一位医生告诉他说："用一百只麻雀，制作成药末服用，另外在二十一日内服用雀脑，一定能够痊愈。谨记一只麻雀都不能少。"范某依照医生的话收集了一百只麻雀，把它们关在笼子里。妻子听说了之后，生气地说道："因为我一条命，而残杀一百条动物的生命，即使我死了，也坚决不能这么做。"于是打开笼子放飞了它们。不久，疾病自然痊愈了，而且后来有了身孕，生了一个男孩。男孩双肩上各有一块黑斑，如同鸟雀的形状。

2.2.14 黑额人

金陵有数十人共一舟渡江者，中流风骤起，忽闻空中语曰："黑额人。"中有黑额者，自思空中既指我，何为累人，遂跳入水。舟随覆，无一得免者。惟黑额人先附一巨木，漂水至岸，独不死。

【译文】南京有几十个人共同乘坐一艘船渡江，船行到江心时突然刮起大风，忽然听到空中传来声音说道："黑额人。"乘客中正有一个黑额的人，自己思量那个声音既然指的是我，为什么要连累别人呢，于是跳入水中。船即刻就倾覆了，没有一个人得以幸免。只有黑额人跳入水中先抱住了一根大木头，浮在水面上漂到了岸边，得以幸存。

2.2.15 纨绔子弟

家大人曰：余十一岁即随先资政公游学厦门，馆于厦防厅署，东人为汉军刘某。时台湾林爽文滋事，军兴梗阻，留滞三年始归。厦防厅为吾闽第一优缺，海舶麇（qún）集，市廛（chán）殷赡，官廨尤极豪奢，大堂左右设自鸣钟两架，高与人齐。内署称是，署中蓄梨园两班，除国忌外，无日不演唱。

馆中学徒六人，二弱冠，余则十三四岁不等，无人不佩时辰表者。十三四岁者，遇岁时必盛服，头上必红顶花翎，腰间必荷囊素帉（即飘带），日与梨园子弟相追逐。但一近书馆门，辄为资政公所呵禁，不令入。学徒在馆中尚知严惮，一出馆门，则无所不为。东人常令司阍者缚其子至馆，请施夏楚，而内东旋入馆面求宽免，以故学徒皆无所顾忌。

余每望而畏之，资政公常饬之曰："汝不必畏他，亦不必慕他，此古人所谓纨绔（wán kù）子弟也。杜诗有云：'纨绔不饿死。'若此辈者，十年之后，吾真恐其饿死也。"后东人以军功擢嘉兴守，入觐。和珅知其在厦防缺久，索贿四十万，不应，遂摭（zhí）其冒功蚀饷状，籍没之。

余初次公车至京，访之，则已散居各庙庑，萧条无以自存。后余官京师，再访之，仅存一名四格者，与其所生母僦（jiù）居草屋中，蓝缕不堪。余每月以制钱二千资之，复令其以佣书津贴，其笔法尚是资政公当日所授也。迨余出守荆州，荆州将军某者，宗室公也，与刘有亲谊，余犹因将军寄资之。未几，余擢淮海监司去，将军亦物故，此后遂不知其所终。

【译文】我父亲（梁章钜）说：我十一岁时就跟随先父资政公（梁赞图）在厦门游学，在厦门海防厅衙门设馆教学，东家是汉军刘某。当时台湾的林爽文滋生事端，因为军事行动而交通阻塞，滞留了三年才回来。厦门海防厅是我们福建的第一肥差，地位高且待遇优厚，海船聚集，市中店铺林立、商品丰富，官署极其豪华奢侈，大堂左右摆设了两架自鸣钟，有一人高。内衙与此相当，当中蓄养了两班戏班子，除了国忌日（旧指帝、后逝世的日子）外，没有一天不在演唱。

学馆中有学徒六人，其中有二人刚刚成年，其他的都是十三四岁不等，没有人不佩戴着时钟表。十三四岁的，遇到岁时节令必定身穿华丽的服饰，头上必定戴着红顶花翎，腰间必定系着荷包、飘带，每天和梨园子弟相互追逐打闹。只是一接近书馆门口，就会被资政公所呵斥制止，不准进入。学徒们在馆中尚且知道畏惧害怕，一旦出了馆门，就什么事都敢做。东家常常命令守门者绑着他的儿子到学馆，请求加以责罚，东家夫人就立即入馆当面请求宽恕孩子，因此学徒们都无所顾忌。

我每次看见他们都会感到畏惧，资政公常告诫说："你不必畏惧他们，也不必羡慕他们，他们这种就是古人所说的纨绔子弟。杜甫的诗中说：'纨绔不饿死。'像这些人，十年之后，我真的恐怕他们会饿死。"后来东家因军功擢升为嘉兴知府，入京朝见皇帝。和珅知道他在厦门海防厅任职已久，索取贿赂四十万两，东家没有应允；和珅于是收集他假冒功绩浪费军饷的罪状进行弹劾，东家因此被罢官抄家，家产全部被没收充公。

我初次进京参加会试时，曾寻访他们，已经分散居住在各处寺庙殿堂中了，孤寂冷落，无力自谋生计。后来我在京城为官，再次寻访他们，只剩下一个名叫刘四格的，和他母亲租住在草屋中，衣服破烂不堪。我每月拿出制钱二千文资助他们，又让他受雇替人抄书写字赚一些钱贴补生活，他的笔法还是资政公当时所传授的。等到我出任湖北荆州知府，荆州将军某大人，是皇室成员，与刘家有亲戚关系，我还曾托请将军寄钱资助他们。不久，我调升江苏淮海道离开此地，将军也亡故，从此之后就不了解他们的情况了。

2.2.16 叶生

南海叶秀才，家贫废学，往粤西办理盐务，久已无志习举业矣。历年给家用外，铢积寸累，仅余三百余金。适道光癸巳年，粤东大饥，闻之心极不忍。念本乡之贫乏者，何以能全活也，急倾囊尽，将所给付交绅士，设法赈济。一人倡之，众人和之，遂成美举，人皆德之。

越乙未，因公返省，赴乡试焉。识者谓，此生今科必获隽。或笑曰："茅塞十年，何以中为？"曰："其文字吾不知，忆前救饥一事，出于诚心竭力。今见其丰姿大异，是以卜之，子姑拭目以俟。"及榜发，果然。时尚未有嗣，次年始举一子。自此家道渐裕，得享康宁。

夫饥荒赈济，有捐资千万者，何以不闻有若是之速报？因其寒士也，而能此，尤为难得。天予之名，赐之子，不亦宜乎？

【译文】广东南海县的叶秀才，因为家里贫穷辍学谋生，去广西办理盐务，已经很久没有读书参加科举的想法了。历年的收入除去补贴家用之外，一点一滴地积累，仅剩余三百多两银子。道光十三年（1833）癸巳，广东发生大饥荒，叶秀才听说灾情之后心里很难过。考虑到本乡那些贫穷匮乏的人，不知靠什么才能活下去，急忙倾囊相助，将所有的钱财都拿出来交付给乡绅，设法救济饥民。一个人提倡，大家都跟着响应，于是成就了一桩大善举，人们都非常感激他。

到了道光十五年（1835）乙未，因公事返回省城，顺便参加了乡试。有认识的人说，叶秀才今科乡试必定得中。有人笑着说："他的学业已经荒废了十年，怎么可能考中呢？"那人说："他的文字水平如何我不知道，想起之前救济饥民一事，他是诚心诚意、尽心竭力去做的。如今看见他的风度姿容已经和往日大不相同，因此才这样料定，你们姑且拭目以待吧。"等到放榜，果然考中。当时还没有子嗣，第二年才生下一个儿子。从此家道渐渐宽裕，享受健康安宁的生活。

赈济饥荒，救助灾民，有捐资千万的人，为什么没听说过有这样迅速的果报？因为他是贫寒的士子，却能做到这样，格外难得。上天赐予他功名，赐予他子嗣，不也是应该的吗？

2.2.17 某御史

有御史某者，在京宦，薄有文名。改御史，即专以搏击为事，为所中伤者多矣。其父某，尝游幕外省，偶一大吏，有所干请，而不获遂其欲，抱憾而归。摭（zhí）拾该省近事，寄其子，登之白简，遂兴大狱，抚臬皆罢职为民。无何，而某出为监司，驰书至家，迎其父就养。其父星夜赴京，而某已出京，乃暂寓乡馆中，乡人醵（jù）饮之，夜过半始就寝。次晨，日高不起，其仆踹门入视，则已死矣。某到任甫两日，即闻讣归。越三年服阕，复授某省监司。某自通籍，工于谋利，囊中本有余赀，既得缺，即尽出数千金，为分送别敬之所用，部署甚周，金亦垂罄。一夜暴卒，仅余旧仆二人，扶榇（chèn）南旋。都下士大夫闻之，咸怵然曰："此君果有此报乎！"

【译文】有一位御史某人，在京为官，在文才上小有名气。改任为御史后，就专门以攻讦争斗为事，被他打击诬陷的人有很多。他的父亲某，曾到外省做幕僚，偶然遇到一位大官，有所请托，但大官没有满足他的要求，抱憾而归。其父于是收集该省近期发生的事情，寄给在京做御史的儿子，写奏章弹劾那位大官，于是兴起大案，该省巡抚、按察使都被罢职为民。没过多久，而某御史外放出任某地监司，急速写信回家，要迎接他父亲到任职的地方奉养。御史的父亲连夜赶赴京城，而某御史已经出京了，于是暂时寄居在乡村旅馆中，乡人凑钱邀请御史父亲饮酒，过了半夜才上床睡觉。第二天早晨，太阳都老高了还不见他起床，仆人踹门进去一看，御史的父亲已经死去多时了。某御史刚刚到任两天，就听闻了父亲的死讯回家奔丧。过了三年守丧期满，重新授予某省监司。某御史自从出仕做官以来，善于谋取私利，囊中本有一些余资，得到实际的职缺之后，就拿出全部的几千两银子，用来分送给各级官员上下打点，安排得非常周密，资财也消耗用尽。一夜之间突然死去，只留下两位老仆，运送灵柩返回南方。京城的士大夫听说这个消息后，都害怕地说道："这位先生果然有这样的报应啊！"

2.2.18 雷击洋商

英吉利滋事之初，尚有所畏忌于国中。其暗中羽翼而保护之者，则粤东洋商之罪不容诛也。

当林少穆先生总制两粤时，日思以计擒其酋义律，而洋商辄侦知之。一日，制府以事招义律谕话，即将羁之。义律乘轿诣督署，已入外辕门，适有洋商伍绍琼者，由督署出，即于轿中以手摇挥之。义律会意，遽回轿。迨制府闻而追之，则出城已远矣。此粤东人众目所共瞻，切齿所同恨者也。

先是，英夷有数百万金，寄在洋商家，至是取还，皆伍绍琼密为布置。无何，雷起洋商屋后，将伍绍琼从第四进厅事，提至头进庭中，轰击毙之。众洋商暨英夷始稍知畏惧。余时随侍桂林，不数日即闻其事，盖无不抚掌称快者。

【译文】英吉利刚开始在中国制造事端的时候，尚且有所畏惧和顾忌。而在暗中勾结并保护那些英国人的，是那些罪不容诛的广东洋商。

当林少穆先生（林则徐）担任两广总督时，每天思考用计谋抓住他们的首领义律，而洋商们暗中探知了此事。一天，总督因事招义律前来接受训话，准备趁机将他羁押。义律乘坐轿子来到总督衙门，已经进入了外辕门，恰好有个叫伍绍琼的洋商，从总督衙门里出来，就在轿中摇手示意，暗示义律不要进去。义律领会了暗示，立刻退回轿中。等到总督听闻动静出来追赶，义律早已逃出城外很远了。这件事广东人当时有目共睹，人们都对此感到切齿痛恨。

在此之前，英国人有几百万两银子，寄存在洋商家中，到这时取还，都是伍绍琼暗中代为布置安排的。没过多久，洋商的房屋附近雷电大作，将伍绍琼从第四进院子的厅堂，提到第一进庭院中，震击而死。一众洋商和英国人这才稍微知道敬畏害怕。我当时随侍父亲在桂林任职，没过几天就听说了这件事，众人没有不拍手称快的。

2.2.19 实心教学

侯官谢退谷学博曰："今人读书，多不免于处馆，或以为迫于贫而妨于学，其实非也。既处馆，则当以误人子弟为忧，如教童子读四书、读经书，必与讲解，自家不了然于口，不得不先自用心研究。且有看书时自谓已晓，及至与人讲解，反觉口中辞理不顺者，则又不得不加研审一番。如此反覆，则弟子所得者仅二三分，而师之所得已六七分矣。惟身虽处馆，而以子弟之功课为厌物，苟且了事，频年处馆，弟子无得，师亦无聊，不数年间，以求馆之难为怨望矣。故贫士处馆，而立身行己，于此觇（chān）焉；前程通塞，于此定焉。圣人不厌不倦，是彻上彻下之事，以圣人为之，终身不过如是；以初入门学者为之，亦必如是。”此言最为确切。

【译文】福建侯官（今福州市）的谢退谷学博说：“现在的人读书，多数免不了会去私塾教学，有的人认为这是被贫穷所迫，会妨碍自己的学业，其实不是这样的。既然在私塾中教书，就应当时刻忧虑不要误人子弟，比如教儿童读四书、读经书，必须给他们讲解，如果自己没有做到非常明白，不得不先自己用心研究。还有那些看书时自认为已经通晓，等到给别人讲解的时候，反而觉得语言表达上辞理不顺的，则又不得不加以研究探求一番。这样翻来覆去多次，那么弟子收获的仅有二三分，而老师所得已经有六七分了。只是虽然在私塾中教书，但把学生的功课当作厌恶的事情，敷衍了事，连续几年在私塾中教书，学生们没有收获，老师也觉得空虚无聊，几年之内，就会因为难以谋求教书的职位而埋怨愤恨了。所以贫士如果在私塾中教书，他修养身心、行为有度的情况，从这里可以观察出来；前程的通畅与阻塞，在这里就决定了。圣人学而不厌、诲人不倦，是承先启后、继往开来的事情，以圣人的身份这么做，终身不过如此；以初入门学者的身份这么做，也应该像这样。”这话最为确切。

2.2.20 蛇冤

黄霁青先生尝语家大人曰：道光丁酉夏，予于南园观叠石，见一螳螂飞扑奴子笠檐上，双撑怒臂，若欲搏击然。奴将捉而杀之，时木渎卖花人顾姓在旁，摇手戒勿杀，曰："物有知也，安可与之结怨对耶？"

予闻其语，异而诘之，顾因言：数年前，伊戚王姓者，尝以花木易米，往来湖广。一日，舣船汉阳村落间，忽来一小青蛇，沿跳板（舟人停泊，布木板以便上下，名跳板）作叩头状，王异之。寻缘隙入头舱泥中而蛰，因其非毒螫（shì）者，听之。后返棹至江宁之浦口，刚系缆，则蛇出，仍缘板登岸，回顾叩头如前状。益诧异，伺其所之。蜿蜒半里许，瞥入道旁人家篱下，匿不复见。

越日，闻有人为蛇啮毙者，心知其异。往视则一少年，衣冠甚都，倒前蛇匿处，似营县奉差人也。其仆方往来无措，叩之，知毙者策骑过篱下，鞭忽堕，勒马俯而拾之，一小青蛇突出啮其指，嗷然失声，滚地呼痛，顷之遂绝，而蛇迹杳然矣。视其所啮，则右手食指青黑而肿，似中毒甚深者。王不胜叹异，归以语顾者如此，顾因所闻推以儆奴子耳。

按，小青蛇即俗所谓青条蛇，我乡人家屋宇及田野阡陌间所在都有，非如赤练、寸银（皆蛇名）之毒也，从未闻有啮人至死者。汉阳小青，不远千里，吁求附舟，择地潜匿，若早知其人之必由此路，有堕鞭之事，欲得而甘心者。苟非积仇宿怨，曷至此？愿世人多结善缘，勿留孽果。乃或谓此段公案，适然遭逢，若雷出地奋，触之者毙。亦安知天下之广大，人物之蕃庶，胡为而适然遭逢耶？盍亦思其故矣。

【译文】黄霁青先生（黄安涛）曾经对我父亲说：道光十七年（1837）丁酉夏天，我在南园观赏叠石，看见一只螳螂飞扑到奴仆的帽檐上，极力撑开双臂，一副想要搏击的样子。奴仆即将要把它捉住并杀死，当时一位来自苏州木渎镇的卖花人顾某恰好在旁边，摇着手告诫奴仆不要杀生，说道："动物也是有灵性的，怎么可以与它结成冤家对头呢？"

我听了他的话，感到很惊异而询问他，顾某于是说道：几年前，他的亲戚王某，曾用花木交换大米，往来于湖北、湖南等地。一天，把船停泊在汉阳一个村落附近，忽然来了一条小青蛇，沿着跳板（舟人停泊，摆放木板以便于上下，名叫跳板）做出叩头的样子，王某很惊异。然后小青蛇沿着缝隙进入头舱的泥土中蛰伏起来，因为它不像那些会蜇人的毒虫，也就听之任之不去管它。之后调转船头返回走到江宁浦口（今南京市浦口区）的时候，刚停船系好船缆，小青蛇就爬出来了，仍然沿着跳板登岸，回过头来还像之前那样做出叩头的样子。更加诧异，跟踪观察它要去什么地方。蜿蜒曲折地爬行半里多，看见它钻进路旁人家的篱笆下，藏匿起来看不见了。

第二天，听说有一个人被蛇咬死了，心中知道有异常。前往探察，原来死者是一名少年，衣冠华美，倒在之前小青蛇藏匿的地方，好像是来自营县奉命出差的人。仆人正来回徘徊不知该怎么办，询问之后，才知道死去的少年骑马经过篱笆下，马鞭忽然掉落，停步下马俯身拾取马鞭，一条小青蛇突然钻出咬到了少年的手指，随即哀号失声，满地打滚喊痛，不一会儿就气绝身亡了，也不见了小青蛇的踪迹。看少年被咬的地方，右手食指青黑浮肿，好像中毒很深。王某惊叹不已，回去后像这样讲述给了顾某，顾某又把这件事告诉仆人作为警示。

说明，小青蛇就是人们俗称的青条蛇，我们当地人家的房屋和田间小路上时常出现，并不像赤练、寸银（都是蛇名）之类的毒蛇毒性那么强，从来没有听说过有人被小青蛇咬伤中毒致死的。汉阳的小青蛇，不远千里，叩头恳求搭乘船只，自己找地方潜匿起来，好像早就知道少年必定经过这条路，马鞭会掉在地上，想要找机会报仇雪恨才感到痛快。如果不是宿世以来积下的怨恨，怎么会这样呢？但愿世人多结善缘，不要留下孽果。也有人说这段公案，只是偶然遭遇的，就像雷电轰击、大地震动，接触到的人被击毙。又怎么知道以天下之广大，人物之繁盛众多，为什么只有他会偶然遭遇这样的事情呢？也应该思考一下个中缘故吧。

2.2.21 负妻果报

道光戊子科顺天乡试，首场有拔贡生某者，入号后垂帘偃卧，不饮不食。诘朝，题纸下已久，日且高，某亦无声息。号军及邻舍疑其病也，更迭觇（chān）之，见其欻（xū）起，撤所卧板，移矮杌（wù）向内坐，始喃喃语不可辨，继而自批其颊。号军虑不测，禀巡绰（chuò）官入号看视，某辄言貌如常。官去，仍垂帘寂然矣。有顷伺之，则已自绞死，所缢绳两端悬于壁钉，绝无圈结，仅络项而已。而项间则爪痕稠叠深陷，若遭痛掐者然。

时有识其人、知其事者，云：生幼孤寒，伶仃无依，拾马通换胡饼以延喘，而质颇聪慧，时于村塾间听群儿读，辄能依样记诵。其乡有某翁者，家小康，怜而异之，招至家，给其饮食，具束修，命之就傅。且以女年相若，遂许字焉。生成童游庠，及冠，与拔萃科，声名鹊起。生与女素不避面，意得后，遂乘间偷合，翁不知也。嗣入都久，翁信问婚期，生自负才名，不患无富贵良姻，而顾与田舍翁缔婚乎？竟萌悔意，覆书言"其女不贞，难怪背盟"之语。翁接阅恚甚，诘责其女，遂吐实。复浼(měi)媒宛转，而生坚不可回，翁无奈，频啧于室，女竟衔愤投缳。此其辜恩负心之报乎！

【译文】道光八年(1828)戊子科顺天乡试，考第一场时有一名拔贡生(各省学政选拔文行兼优的生员，贡入京师，称为拔贡生)某人，进入号舍后就放下帘子仰卧在桌板上，不吃不喝。第二天清晨，题纸下发已经很久了，太阳也已经老高了，某生还是没有动静。监考的官兵和邻舍考生都怀疑这个人生病了，轮流观察他的情况，见他忽然起身，撤掉所仰卧的桌板，搬小矮凳向内而坐，一开始喃喃自语听不清楚，接着自己打自己耳光。监考的官兵担心会发生意外的事情，于是禀报巡视考场的官员进入号舍查看，则某生的言行举止即刻恢复正常。巡考官员离开后，仍然放下帘子悄无声息。过了一会儿再去查看时，发现某生已经自缢身亡了，上吊的绳子两端悬挂在壁钉上，没有绕结，只是挂住脖子而已。而脖子间有重叠深陷的爪痕，好像是被人用手狠狠掐过一样。

有认识这名考生并了解他的事情的知情者，说：某生自幼父母双亡成了孤儿，家境贫寒，孤苦无依，靠捡拾马粪换取胡饼来维持生存，但天资非常聪慧，时常在村里私塾旁听学童读书，就能依样记诵下来。乡里有一位老翁，家境小康，很可怜他并惊奇于他的才智，招到家中，供给吃喝，置办学费，让他从师学习。且因为女儿年纪和他相仿，就许配给了他。某生十五岁入县学成为生员，到二十岁时，参加了拔萃科，名声大噪。他与老翁女儿向来没有避嫌不见面，志得意满后，于是趁机偷偷会合，老翁并不知情。进京之后久无音讯，老翁写信询问婚期，某生倚仗自己的才华和名声，不担心没有富贵的好姻缘，为什么还要与乡村老汉的女儿结婚呢？竟然萌生了悔意，回信说"你家女儿不守贞洁，不要怪我违背盟誓"这样的话。老翁看了回信后很生气，诘问责备自己的女儿，于是吐露了实情。又托请媒人宛转说情，但某生坚持不肯回心转意，老翁无可奈何，整日在屋里唉声叹气，女儿竟然含恨自缢而死了。这应该就是他忘恩负义的报应吧！

2.2.22 赵太守

桂林赵复斋太守（宜本），为诸生时，偶行市中，遇老人呼其名曰："汝祖德厚，立品亦端，今科当中第，牛犬肉尚宜戒食，毋忽！"赵方疑讶间，见其径登鼓楼，亟蹑其后，闲寂无人。是科果获售，榜后，复梦老人让曰："何忘吾言？"赵自念持戒甚力，惊醒，遍告家人，始知日间以犬肉祀都鲁神也。相传都鲁为元裨将，兵败匿山谷中，因犬吠为敌所觉，遂遇害。后为神，威灵赫濯，故土人祀必以犬云。

闻太守之尊人精申韩学，主粤东西大幕。值其卧病濒危，适有疑狱，大府亲至其居，叩之床榻间，力疾定谳（yàn），所全活者众。太守登第后，分职秋曹，本其家学，为时所推重。有昏夜辇千金嘱托者，峻却之。今四子皆入仕版，少子以贤书出刺山西隰（xí）州，时州治背山，荒僻殊甚。一日，微行遇虎，长揖祷祝而虎竟退。今州人立赵公祠于遇虎处，则其人、其政均可想见矣。

【译文】广西桂林的赵宜本知府（字复斋），还是秀才的时候，有一次行走在街市上，遇到一位老人叫着他的名字说："你祖上积累的功德深厚，培养品行也很端正，本次科举考试一定能金榜题名，不过牛犬肉还是应当戒食，不要不重视这一点！"赵知府正在疑惑惊讶之际，看见这个人径直登上鼓楼，急忙放轻脚步跟在后面，却发现楼上空荡寂静没有人影。后来这一科考试果然得中，放榜后，又梦到老人责备道："为何忘了我说的话？"赵知府自认为持戒很尽力，一惊而醒，遍告家人，才知道白天用狗肉祭祀都鲁神了。相传都鲁为元朝的副将，兵败后藏匿在山谷中，因为狗叫被敌人所发觉，于是遇害。之后成为神灵，威势显赫，所以本地人必定用狗肉来祭祀他。

听闻赵知府的父亲精通刑名之学，长期在广东、广西高官的衙门中做幕僚。当他卧病濒危的时候，恰好有一桩疑难案件，高官亲自到他的住所，在床榻间咨询他，勉强支撑病体书写定案，保全存活了很多人。赵知府科举登第后，分配到刑部任职，得力于家传的学问，被当时的人所推崇看重。有人趁夜里运送一千两银子有所请托于他，赵知府严厉地拒绝了。现在四个儿子都步入了仕途，小儿子以举人出任山西隰州知州，当时隰州州衙背靠大山，非常荒凉偏僻。一天，便衣出行时遇到了老虎，长揖行礼祈祷后老虎竟然自动退却了。如今州人在他遇到老虎的地方修建了赵公祠，那么他的为人、为政都可以想见了。

2.2.23 故祖首逆

湖州戴氏子，自幼失欢于父，被逐出外，流佣积年，小有赀蓄。逾冠，能营生而娶妻矣。其父穷老无依，闻之来探，且冀收养焉。至则其子作白眼，谓："昔不我子，而今欲父事耶？"恝(jiá)置之，不留餐宿。父丧气，垂涕归。已阅时矣，一日，其子忽具舟迎父，叩首悔过。自是，骨肉完聚，奉养无稍懈，始逆终顺，若出两人也。

有知其事者，言其父归后，值四月四日，邑人奉城隍神出游。子方倚门观，蹶然倒地，口喃喃作官语；继复呼痛乞恩，了了可辨，似其已故之祖以忤逆乃父诉诸吴兴冥司，邑神准移，适摄魂而惩责也。及苏，询之，虽讳不复承，然观其率然改行而为父子如初者，众目昭昭，阴阳相证，知其悔悟为有因矣。

按，戴氏子之忍于其所生，乃父不明首于官，而厥祖顾代诉诸幽阴，卒使其孙为顺孙，不为逆子，冥冥中之挽回，非犹是生前一腔慈爱耶？世人于亲族稍疏者，每谓去祖已远，视如陌路。岂知由子孙观之，则枝分叶散；由祖宗观之，固一本同源也。后嗣之于贤不肖有异视，先代于后嗣之贤不肖无异视也。观此可油然生孝弟之心矣。

【译文】浙江湖州的戴氏子，从小不得父亲的欢心，被赶出了家门，多年来一直流亡在外受人雇佣，积蓄了一些钱财。过了二十岁的时候，已经能够独立谋生并且娶妻了。他父亲年老贫穷又无依无靠，听说了儿子的消息前来探望，希望能够被儿子收留赡养。到了后儿子翻着白眼，说："从前不把我当作儿子，现在想要我把你当作父亲一样侍奉吗？"对他父亲置之不理，也不给他父亲安排吃住。他父亲垂头丧气，哭着回去了。过了一段时间，一天，他儿子忽然准备了船来迎接他父亲，叩头忏悔过错。从此，骨肉团圆，奉养父亲时没有一丝懈怠，起初忤逆、最终孝顺，简直是判若两人。

有知道事情原委的人，说戴某的父亲回去后，恰逢四月初四日，乡人簇拥着城隍神像在街上巡游。戴氏子正倚着门观看，忽然倒地，口中喃喃自语说着官话；然后又喊痛乞求开恩饶恕，说的话清晰可辨，好像是他已故的祖父以他忤逆父亲的罪名向吴兴县冥司控诉，县城隍神准许移交本地办理，刚才是摄取戴氏子的魂魄并进行责罚。等他苏醒后，询问他，虽然忌讳不敢承认，但看他短时间内就改变了不孝的行为，父子和好如初，大家都有目共睹，阴间阳世相互印证，知道他的悔悟一定是有原因的。

说明，戴氏子硬着心肠不认生父，他父亲也没有向官府控告，却是他的祖父代为向冥司控诉，最终让他的孙子变成了顺孙，不做逆子，冥冥之中的挽救，难道不是生前的一腔慈爱吗？世人对于稍微疏远一些的亲戚族人，常常说离祖宗已经很久远了，视同路上的陌生人。殊不知从子孙角度看来，各自就像分散的枝叶；而从祖宗角度看来，始终是同一根本、同出一源啊。后代子孙对于成不成器、有没有出息会用不一样的眼光看待，而祖先对于后代子孙无论成不成器、有没有出息都是一视同仁的。这样来看我们就可以自然而然地生起孝顺父母、友爱兄弟的心了。

2.2.24 仙画

道光初，常州杨姓，母子二人，母衰老，子年十五六，担卖鲜果为生，孝养无缺。尝遇母疾笃，侍奉不离，既乏生理，医药益艰。一日，持方向肆赊贳(shì)，再三哀恳，肆中人以所负多，不复许，忧危无措。

适一蓝缕道人过，询状，旋乞得肆中包裹素纸，长三寸许者，并索笔砚，倚柜台画柳下一老翁坐船头，手把一卷，卷端书“雪舟渔唱”四字，眉目须髯，勾点写意而已。掷笔，付其子曰：“若计医药费及经营赀，当几许耶？”子曰：“十贯钱够矣。”曰：“若将此至某门外官塘石桥侧，张画，就盘陀坐。有问价者，如数售之可也。”时市人聚观，谓此草草笔墨，又无装潢，谁其出重赀以购耶？率嗤为妄。

其子见道人意良善，且计无复之，姑如所指往俟(sì)。良久无遇，懊怅欲归，则远远闻鸣锣声，顷三四大舸，旗枪鲜明，类官舫者，至桥，倏尔停泊。一短衿袍褂俨然贵人，出舱四眺，睹所张画，急上岸趋视，把玩而不能释，问：“欲售耶？”曰：“然。”问值，以十贯对。微怪其昂，遽携入舱，呈一老妇。妇捧卷而笑，若不胜其喜者。招其子询所自来，叹曰：“此仙笔也。”命仆囊钱如数送其家而去，市人咸惊异，信为孝行之报也。其子由是顿偿药债，母病旋愈，生理欣欣，竟得小康云。

【译文】道光初年，常州的杨姓人家，母子二人，母亲衰老，儿子十五六岁，靠挑着担子卖新鲜水果为生，平日里对母亲非常孝顺，用心奉养无所缺疏。有一次母亲病重，杨氏子在身边服侍，寸步不离，本就缺乏生计，求医问药则更加困难。一天，杨氏子拿着药方向药店赊药，再三哀求恳请，药店里的人因为他拖欠得已经很多，不再同意，忧虑惶惧之际不知所措。

恰逢一位衣衫褴褛的道人经过，询问情况，随即要来店中用于包装物品的素纸，长约三寸，又借用笔砚，倚着柜台作画，画的是柳树下一位老翁坐在船头，手里拿着一册书卷，卷端写有“雪舟渔唱”四个字，眉毛眼睛胡须，只是简单勾点示意而已。丢下笔，把画交给杨氏子说：“如果计算一下医药费和经营生计的钱，大概需要多少呢？”杨氏子说：“十贯钱就足够了。”道人说：“你拿着这幅画到某门外官塘石桥旁，把画铺展开，靠着石头坐着。有问价的人，就照着这个数额卖给他就行了。”当时集市上的人聚在旁边围观，都说这么潦草的笔墨，又没有装裱，谁会出高价来购买呢？都讥笑他荒唐。

杨氏子见道人也是出于好意，而且也没有别的办法，姑且去他所指的地方等等看。很久都没有遇到什么人，懊恼惆怅之际便想要回去，忽然远远地听到了敲锣声，不一会儿看到有三四艘大船驶来，旗杆鲜明，好像官船，航行至桥边，很快停靠在这里。一位身着短衿、长袍马褂俨然贵官模样的人，走出船舱四下张望，看到杨某铺展的画，急忙上岸近前查看，把玩之后爱不释手，问道：“这画要卖吗？”杨氏子回答说：“是的。”又问价钱，回答说十贯。稍微嫌贵，连忙拿着画进入船舱，呈给一位老妇人观看。老妇人捧着画卷笑了起来，似乎高兴得不得了。招呼杨氏子近前询问画从哪来的，问明后感叹道：“这是神仙手笔啊。”命令仆人用袋子装好钱如数送到了杨家，街市上的人都感到惊异，相信这是杨氏子的孝行得到的回报。杨氏子因此立即偿还了药债，母亲的病也很快痊愈了，生计也越来越好，后来过上了小康生活。

2.2.25 李封翁

临川李亶诚封翁，以义举起家，已载前录。兹复得其遗事一条，云：封翁始至粤西，投酒肆为贱役，主人以其笃诚，识拔之，令司帐务。主人本家山西，一日病重，召李语之曰："我病势殆不起，此店计可收得千余金，身后托汝为我殡殓周妥，并运柩回山西，付与吾儿，余金即为汝酬劳。"李诺之，如命运至其家，将遗书与余银悉交还其子。子以父书中有遗金酬劳之语，坚不受金。李委之而去。忠诚任恤，于此已见一斑矣。

【译文】江西临川的李亶诚封翁（因子孙显贵而受封典的人），通过善行义举起家，他的事迹在前录中已有记载（参见1.2.17）。现在又得知他的另一桩事迹，说：李亶诚封翁刚到广西之时，投身酒店做打杂的仆役，东家因为他忠厚诚实，赏识并提拔他，让他管理账务。东家本是山西人，一天病重，叫李封翁近前嘱托道："我病势沉重恐怕快不行了，这间店铺共计可收得一千多两银子，我死后委托你帮我妥善料理后事，并且把棺材运回山西，交付给我儿子，剩下的钱就作为你的酬劳。"李封翁答应了他，按照东家的遗命把棺材运回了他的老家，把遗书和剩余的钱都交还给东家的儿子。东家儿子因为父亲的遗书中交代了剩下的金银作为酬劳这样的话，坚决不肯接受。李封翁丢下钱转身就走了。李封翁忠厚诚信，全心全意帮助别人，从这件事就已经可见一斑了。

第三卷

2.3.1 江南举子

江南近科乡试，有数举子，于寓楼连夜闻邻居似妇女泣者，声甚幽咽。视屋梁有穿漏处，一人叠几上窥，见小楼中设灵座，孤灯荧荧，一缟衣妇，年稚状姣，以巾揾泪而哭。其人招众毕登，倚壁摩肩，尘土索索下；妇若觉之者，仰首长叹一声，颜色惨变，吐舌三寸许，欻（xū）然卷灯灭影。众骇绝，堕若累棋，有破额伤股者，各惊悸，蒙头而卧。翌日，访其邻，则室无居人。或言，数月前有某氏妇，因夫死而自缢以殉者，众皆懊丧，并以破伤不及终试事归。

此事潘寿生为黄霁青先生所述，先生曰："此妇生前节烈，死后犹凄恋故夫，光景何等可怜？乃闻声而为穴隙之窥，睹状而甚飞梭之掷，乐因哀感，惧以喜招。然则贞魂三寸之舌，即谓之广长说法可也。彼子衿佻达者，可不引以为戒哉？"

【译文】最近一次的江南乡试，有几名举子，在寓所楼房连续几夜都听到隔壁传来像是妇女哭泣的声音，哭声低沉微弱。见屋梁上有漏孔，一个人叠起桌子爬上去窥视，看见阁楼中设立了牌位，一盏孤灯闪动着微弱的光焰，一位身穿一袭白衣的女子，年纪很轻且容貌姣好，一边哭一边用手巾擦着眼泪。那个人招呼大家都爬上屋梁偷看，大家倚着墙壁一个挨着一个，尘土索索地往下掉；女子好像有所察觉，抬头长叹一声，脸色惨变，吐出约三寸长的舌头，忽然卷灭了灯烛消失不见。众人惊骇到极点，像堆叠的棋子一样摔下来，有的摔破额头，有的伤了大腿，每个人都吓得不轻，蒙着头卧在床上。第二天，去隔壁打探，则屋里并没人居住。有人说，几个月前有某氏妇人，因为丈夫死了自缢而死以身殉夫，众人听后都很懊恼沮丧，并因为受伤没等考完最后一场就回去了。

这件事是潘寿生对黄霁青先生（黄安涛）讲述的，先生说："这位妇人生前贞节刚烈，死后仍然凄切眷恋故去的丈夫，这样的情景是何等可怜？听到声音而透过洞隙偷窥，看到的形象如飞梭般瞬间发生变化。快乐往往是因为哀伤所感，恐惧常常是由于喜悦招致的。那么贞节烈女魂魄的三寸之舌，当作是以广长舌善说教法就可以了。那些平日里惯于轻薄放荡的学子，难道不应该引以为戒吗？"

2.3.2 梁国平

广东东安县梁国平，一生忠厚正直，急人之难，多所矜全。殁后，见梦于其戚曹盈中者，谓："蒙天鉴，为他省冥官，死生路隔，难忘故情，特来作别。"云云。曹醒，疑信参半。

逾岁，又梦与国平晤叙，如平生欢。云："复荷上帝加恩，迁擢甘肃靖远县城隍，已于某月日赴任矣。"曹问："前任之神何以更替？"国平言："旧神亦系同省高州府信宜县人，姓雷名鸣邦，新升甘肃都城隍，故我得膺是选。”临别作四诗为赠，记其二云：“聪明正直始为神，嘱尔诸昆好敬亲。从古吉门多衍庆，和平终属一家春。”“处世须成大丈夫，无骄无谄是真儒。田园世守诗书业，耕读人家泽自腴。”词虽浅近，而义关劝勉。此嘉庆戊寅三月二十五日夜，曹所记第二次梦也。

【译文】广东东安县的梁国平，一生忠厚正直，能热心地帮助别人解决困难，有不少人得到他的怜惜和保全。去世后，托梦给他的亲戚曹盈中，说：“承蒙上天鉴察，成为别省冥官，死生之间难以相通，难忘往日的情谊，特地来这里作别。”等等这些话。曹盈中醒来后，半信半疑。

一年后，又梦到和梁国平见面叙谈，像平日在一起时那样高兴。梁国平说：“又承蒙天帝加恩，提升为甘肃靖远县城隍，已经在某月某日赴任了。”曹盈中问：“前任城隍神为什么被更替呢？”梁国平说：“之前的城隍神也是同省高州府信宜县人，名叫雷鸣邦，最近升任为甘肃都城隍，所以我得以荣任此职。”临别时作了四首诗相赠，记下其中二首，说：“聪明正直始为神，嘱尔诸昆好敬亲。从古吉门多衍庆，和平终属一家春。”“处世须成大丈夫，无骄无谄是真儒。田园世守诗书业，耕读人家泽自腴。”词句虽然浅显易懂，但具有深刻的劝勉意义。这是嘉庆二十三年（1818）戊寅三月二十五日晚上，曹盈中所记的第二次梦。

2.3.3 张氏子

浙有张氏子，年少解音律，素行佻达。每值清明、中元，妇女野祭夜哭时，辄窥伺窃听，乐此不疲，意盖希邪缘凑合也。后于七月望夜，乘月信步入曲巷，闻有哭声达户外，凄惋绵挚，知为新孀。倾听良久，魂荡神怡。因其地去家近，亟返携所吹箫至，则哭犹未已。乃当门负墙而立，鼓唇按指，觉乌乌声入孔相应。方快适间，忽若有从背后批其颊者，所吹箫堕地如裂，遽负痛抱首归，气续如缕。向其妻述先后所遇，曰："吾平日以此为乐，岂知今乃遘（gòu）大苦耶？"视所批处，由红肿而紫烂，不日竟以此殒。其妻每临哭，必先觇（chān）户外，阒（qù）其无人乃发声，惟恐有人窃听似其夫者。顾不能守，未终丧而醮矣。

【译文】浙江的张氏子，年少时就通晓音律，平日里言行轻薄放荡。每当清明节、中元节，妇女在上坟祭扫、哀思夜哭之时，就在一旁暗中窥视偷听，乐此不疲，其实是希图勾引女子、促成艳遇的邪缘。后来在七月十五日这天晚上，借着月光信步走进一条曲折小巷，听到有哭声传到户外，凄切哀伤、婉转悠长，知道是丈夫刚刚去世的寡妇。偷听了很久，不禁神魂摇荡。因为这里离自家很近，急忙回去拿了平日所吹的箫又回到这里，女子的哭声仍未停止。于是挡着门靠墙而立，鼓动嘴唇按压音孔，呜呜哭泣声和箫声相互应和。正觉畅快舒适之际，忽然好像有人从背后打了他一巴掌，所吹的箫掉在地上摔裂了，急忙忍痛抱着头跑回了家，气喘吁吁，上气不接下气。向他妻子讲述了自己前后所遭遇的事情，说："我平日以这种事为乐，谁知今天会因此而遭受这么大的苦头呢？"看被打的地方，从红肿到发紫溃烂，没几天竟因此而死去。他妻子每次举哀哭祭之前，必定先观察一下门外，确认门外寂静无人的时候才敢出声哭泣，惟恐有人像她丈夫一样在门外偷听。而后来没有守寡，丧期还没结束就改嫁了。

2.3.4 犯淫

道光甲午，湖南乡试，有士子题一律于明远楼下，云："千里来观上国光，卷中暗被火油伤。半生只为淫三妇，七届谁怜贴五场。始信韶颜为鬼蜮，悔从蓦地结鸳鸯。寄声有志青云士，莫道闲花艳且香。"可为淫人闺阁者下一针砭。时杨雪椒先生官湖南，为予述之如此。

【译文】道光十四年（1834）甲午科，湖南乡试，有一名考生在明远楼（明清科举各省试院称贡院，贡院至公堂前置高楼，名明远楼，考试时，巡察官登楼眺望，居高临下，监视考场，提防作弊）下题了一首诗，写道："千里来观上国光，卷中暗被火油伤。半生只为淫三妇，七届谁怜贴五场。始信韶颜为鬼蜮，悔从蓦地结鸳鸯。寄声有志青云士，莫道闲花艳且香。"可以用来规劝那些喜欢拈花惹草、言行放荡、淫人妇女的人，认识到错误，痛改前非。当时杨雪椒先生（名庆琛，榜名际春）在湖南为官，为我讲述了这件事。

2.3.5 张南珍

嘉善县城隍庙，神座傍分塑书役像，皆生前肖形所为。有库吏张南珍者，亦厕其间。一日，以事偕友入庙，有指像戏语曰："尔尚未当差耶？"张曰："老爷不见唤耳。"

散后，越日，张午倦伏枕，瞥见皂衣人来，若促其趋公者。起随之行，至一衙署，穿石牌楼，过池上平桥，越厅事，到后堂，不知为何地也。伫立良久，皂衣人曰：“官升座矣。”则见短身、白须、蓝袍、短褂而顶戴者，据案坐，旁一吏侍，张膝地叩头，官问：“尔张某耶？尔谓我不唤尔当差，今来此何如？”张始悟为城隍神，以昨戏言故也。意颇惶窘，复叩头称愿执役，但有心事未了，吁恳宽限。神诘其为何，张以三柩尚未葬诉。神颜似不怿，曰：“尔年已七十三矣，此事不应早了耶？”张复以家寒无力诉。神旁顾吏捧巨册进，略一展帙，遽色霁点首曰：“尔尚有一点好生之心，合多活十年，届时来当差可也。”麾之出，遇故隶马丹书者，谓之曰：“尔何不速归耶？”拍其肩，遂醒，则僵卧已三昼夜，妻子环泣，以心头尚温，未即棺殓耳。

张为人和易，管库日，有蠹（dù）吏伙造伪串冒征事发，曾为设法补苴，吁求当局多方开释，卒免骈诛，得从末减，盖其力也。神所云一点好生之心，其谓是耶！

【译文】浙江嘉善县城隍庙，神座旁边分别设有管办文书的书役塑像，都是照着生前的样子刻画雕塑的。有一个叫张南珍的库吏，以他的样子所塑的塑像也混杂在其中。一天，因为有事和朋友一起入庙，有人指着塑像对他开玩笑说：“你还没去当差吗？”张南珍说：“老爷还没有召唤我呢。”

各自散去后，第二天，张南珍中午因困倦伏枕小睡，瞧见有黑衣人前来，像是在催促他尽快到公堂。起身跟随黑衣人前行，来到一座衙署，穿过石牌楼，经过池上平桥，越过厅堂，来到后堂，不知道这里是什么地方。站立了良久，黑衣人说：“官老爷上堂了。”

看见一位身材短小、须发花白、身着蓝袍短褂且头戴官帽的人，坐在公案旁，一位吏员在旁服侍，张南珍跪在地上叩头，官员问：“你是张某吗？你说我不唤你当差，今天就来这里怎么样？”张南珍这才明白眼前的就是城隍神，来到这里是由于昨天开玩笑的缘故。心中颇为惶恐窘迫，又叩头说愿意服役，但还有心事尚未了结，请求宽限时日。城隍神询问他是什么事，张南珍说三位先人的灵柩还没有安葬。城隍神脸色似乎不悦，说道：“你已经七十三岁了，这件事不应该早就了结吗？”张南珍又回答说因为家里贫寒无力安葬。城隍神转头命令吏员捧着一本巨大的册子进来，略微翻看，立刻脸色缓和下来点着头说：“你尚且有一点好生之心，应该多活十年，到那时再来当差就可以了。”命令让他出去，遇到了原来的衙役马丹书，对他说：“你为何还不快点回去呢？”拍了拍他的肩膀，于是苏醒过来，原来僵卧在床已经三天三夜了，妻子孩子围绕在床边哭泣，因为心头还有温热，所以没有立刻入殓。

张南珍为人平易谦和，管理库房的时候，曾有害民的官吏伙同勾结伪造票据冒领库银的事情被揭发，他曾为此设法弥补，呼吁请求当局多方开恩宽宥，最终这些人免于被一并诛杀，得以从轻论罪和减刑，这都是他的功劳。城隍神所说的一点好生之心，说的就是这个吧！

2.3.6 冥诛

吴江举人周某者，素无赖，阳施阴设噬人，以填其欲壑者，不知凡几。某年冬，将为入都计，邑令虑其生事，馈金劝驾，可成行矣。未几，得疯癫疾，纵饮歌哭，举止改常，家人防闲之，久而渐懈。一日晓起，于屋后见浮尸，捞视，周也。颈上隐隐有红缕，若刀划然，究莫知其死状若何。

先一夕，有县役，于初昏时，闻听差传呼声，意邑署比较也，往返趋视，厅事寂然。及谛听，则声出自城隍庙。因赴庙，遇素识之术士于门，摇手止之。暗中共阚（kàn），见堂上灯火照曜，阶下鬼影丛丛，神视事处分，茫昧不可辨。继闻呼周某名，鬼卒捽（zuó）一人前，琅珰（láng dāng）般耳。神拍案怒，遽命曳出斩之，觉阴风飒然，拂面而过，冷沁毛骨，而堂上影响灭矣。骇异归，比晓，闻其淹毙。

先是，富家某姓正室死，有疑其妾致毙者。周与某姓素无交谊，因是往吊，以危言惊其主人。某姓惶惧，浼（měi）馈以塞其口；顾声闻四播，从而觊觎（jì yú）者众，被诬入官。及检验无故，事得白而家半破。又某氏婢死不明，周为之强制其亲属，致有衔忿自沉者。就此二事，其被冥诛也宜哉！

【译文】江苏吴江有个举人周某，一向刁滑强横、蛮不讲理，常常当面一套背后一套耍弄阴谋诡计来害人，以满足自己无止境的贪欲，不知道害了多少人。某年冬天，准备赴京参加会试，县令担心他在家惹是生非，赠送给他钱财劝他赶快动身，可以出发了。没多久，得了疯癫的病症，纵情饮酒，一会唱歌一会大哭，举止失常，家人起初对他加以防备约束，时间久了渐渐松懈了。一天早晨起来，在屋后看见一具浮尸，捞起来一看，原来是周某。脖颈上隐隐约约有红丝，像刀划的样子，最终也不知道他为何是这样的死状。

前一天晚上，有一名县里的差役，在黄昏时分，听到了衙役的传呼声，以为是差役没能在限期内完成差事而被杖责，反复近前探看，厅堂一片寂静。再仔细听，发现声音来自城隍庙那边。于是又前往城隍庙，在庙门口遇到平日相熟识的术士，摇手阻止了他。暗中共同张望，看见堂上灯火通明，阶下鬼影丛集，城隍神当堂办公审理案件，一片模糊不能辨别清楚。然后听到呼叫周某的名字，鬼卒揪着一个人上堂，镣铐叮当作响的声音充斥在耳边。城隍神拍案怒喝，即刻命令将周某拖出去斩了，忽然感觉一阵阴风吹来，拂面而过，冰冷刺入骨髓，而堂上的鬼影、响声都消失了。惊骇讶异不已，就回家了，等到天明，就听说周某淹死了。

在此之前，富家某姓主人的妻子死了，有人怀疑是被小妾害死的。周某和某姓向来没有交情，却趁机前去吊唁，用耸人听闻的话威吓这家主人。主人惶恐害怕，馈送钱财并恳请他不要声张；但是消息还是四下传开了，因此很多人都产生了不良企图，希望趁机捞取好处，主人最终遭到诬陷被卷入官司。后来经过勘验并无异常情况，事情虽然得以澄清而家业已经破耗一半了。又有某家的一名婢女死因不明，周某趁机强行逼迫诬赖他家的亲属，导致有人含恨投水自尽。从这两件事来看，周某被冥司诛杀也是应该的！

2.3.7 试卷煨名

嘉庆丁卯浙江乡试，点名日，三场适值大雨，应试者浑身濡湿，挨挤踉跄，落后搀先，无复鱼贯，而头场尤甚。钱塘张某，于人丛倒地，为履齿践踏，以致惨殒。他如摩肩堕筐、蹑踵遗履者，纷纷藉藉。

黄霁青太守适应乡试三场，因失履袜而泥行，坐女字四十号。此舍先为号军堆积杂物，黄将考具暂置于右间之三十九号，出借同试之穿靴而备鞋者。再入号，则油帘坐褥，号军已代为安顿。呷（xiā）茶偃卧，刚息余喘，闻呼三十九号者至矣。起视壁间字，方知越次，顾疲甚，倦于搬挪。且念两舍毗连共一号军，无关弊窦，不如通融易坐之为便也。因向本号者告之误，且与之商再三，乃允。

其人武康王姓，谈次颇自负闱艺，意气甚雄。盖幕游归而应举者也。十四日，黄晚睡方熟，欻（xū）见一披发女子，掀帘扑压，王闻惊呼，唤黄觉，知梦魇耳，寻常置之。俄顷，则王亦魇喊，黄呼之醒，询其状，与所见同。时黄病目赤，眵（chī）昏特甚。中秋夕，未暝即寐。夜半，闻王失声唶（jiè）曰："误矣。"起视其卷面，烧一孔，大如鹅眼钱。云适欲如厕，刚掩卷，蜡煤爆落致此。因告巡绰官，乞换卷。监临谕以毋庸换给，不干贴例也。王回号，仍欣然誊写。未几，复闻呼声更厉。视之，则卷面烧痕细如线香，而姓名燬矣。盖其五策已钞毕，将收拾交卷，忽遭此厄也。再以换卷请，监临责其粗心屡渎，坚不之许。乃顿足涕泗而出，竟登蓝榜。意者红莲幕下有以召游魂之变耶，受之者当自知耳。

【译文】嘉庆十二年（1807）丁卯科浙江乡试，点名进场的那天，三场考试都正好赶上天下大雨，应试的考生浑身淋湿，拥挤不堪，跌跌撞撞，后面的想挤到前面，不再排队了，第一场考试尤其混乱。钱塘县（今杭州市）的考生张某，在人群中倒地，被钉鞋踩踏，以致不幸惨死。其他由于摩肩接踵而被挤丢考篮、鞋子的人，还有很多，什么情况都有。

黄霁青知府（黄安涛）刚好参加这次乡试，在考第三场时，因丢失了鞋袜赤脚行走在泥泞中，进场后坐在女字四十号号舍。这间号舍起初被监考人员用来堆放杂物，黄霁青将考具暂且放在右边一间的第三十九号号舍，出去向穿了靴子并有备用鞋子的考生借鞋子。返回号舍时，则油布帘子、坐垫被褥等，监考人员已经代为整理好了。小口地喝着茶仰卧休息，刚刚歇一口气，听到有人呼喊三十九号考生到了。起来一看墙上的号码，才知道坐错位子了，只是实是太疲倦了，不想再搬来搬去。而且考虑两间号舍连在一起又是同一位监考人员监管，并不违规，不如通融一下交换位子而坐比较方便。于是向这间考舍的考生告知失误之处，并且和他再三商量，才答应。

这名考生来自武康县（今属德清县），姓王，交谈之间，他对自己考场所作的文章颇为自信，得意扬扬。原来是在外地做幕僚回来参加考试的。八月十四日晚上，黄霁青正在熟睡的时候，忽然看见一名披头散发的女子，掀开帘子一下子扑过来，王某听到了惊叫声，把黄霁青喊醒，知道是在做噩梦，并没有太在意。过了一会儿，王某也做噩梦大喊大叫，黄霁青喊醒了他，询问梦境，和自己刚才梦到的情景一样。当时黄霁青正患有红眼病，眼垢很多，视力很模糊。八月十五日这天晚上，天还没黑就睡觉了。半夜，听到王某大声叹息说："坏了！"起来看他的卷面，烧了一个洞，像鹅眼钱（一种劣质的古钱）那么大。他说是刚才想去上厕所，刚合上卷子，蜡烛灯芯燃烧的余烬掉落在卷子上导致这样。于是报告监考官，请求更换卷子。监考官告诉他无须更换，并不违犯规定，不会被贴出。王某回到号舍，继续安心誊写。不一会儿，又听到他呼喊的声音，更加凄厉。再一看，卷面上出现像线香一样细长的烧痕，写姓名的地方都烧毁了。他五篇策问已誊写完毕，准备收拾东西交卷了，却遭遇这样的厄运。再次请求更换试卷，监考官责备他粗心大意多次轻慢，坚决不同意。遗憾得以脚跺地，流着眼泪出场了，名字被登入蓝榜（清制凡考生试卷内有违式者，均将试卷提出，并将考生名字贴出，谓之蓝榜，即被取消录取资格）。大概是因为做幕僚时办案不慎造成的冤魂来报仇吧，当事人自己应该是知道的。

2.3.8 微行摘印

长牧庵阁老（麟）巡抚浙江时，访得某邑令，颇著墨声。一夕微行，遇令于道，公直冲其前道，问将安往？令降舆答以巡夜。公曰："时方二鼓，毋乃太早？且巡夜所以察奸也，今汝盛陈仪卫，奸民方避之不暇，何以察为？无已，其从予行。"乃悉屏其从者，携令手偕行数里。

至一酒家，谓令曰："得毋劳乎？且与子饮酒。"遂入据坐，问酒家迩来得利如何？对曰："利甚微，重以官司科派，动多亏本。"公曰："汝细民也，何科派之有？"对曰："父母官爱财如命，不论茶坊酒肆，凡买卖者，每月悉征常例钱。蠹（dù）役因假虎威，加倍勒索，是以小民殊不聊生。"因缕述某令害民者十余事，不知即座上客也。公曰："据汝言，上司独无觉察乎？"对曰："新巡抚号称爱民，然一时不能尽悉，小民亦何敢控诉？"公笑饮数杯，输值讫。出谓令曰："小人多已甚之言，我不敢轻听，汝亦勿怒也。"复行数里，曰："我今夕正可巡夜，盍分路而往？"令即去。公复回至酒家，叩门求宿，酒家对以非寓客处。公曰："汝今宵当被横祸，我此来非为寄宿，盖护汝也。"酒家异其言，遂留之。

至夜半，闻剥啄声甚急，则里胥县差持朱签拘卖酒者。公出应曰："我，主人也。有犯，我自当之，与某无涉。"里胥不识公，嗔曰："本官指名索某，汝何为者？"公强欲与俱，遂连拽以行。酒家丧魄，不知所指。公慰之曰："有我在，无恐，会即释汝也。"至则令升座，首唤酒家，公以毡帽蒙首，与酒家并绾锁登堂，令一见大骇，亟免冠叩颡（sǎng）。公升其座，笑曰："吾固知汝之必逮酒家耳。"遂怀其印以去，曰："省却一员摘印官也。"

【译文】长牧庵阁老（长麟，爱新觉罗氏，字牧庵，满洲正蓝旗人，官至协办大学士）担任浙江巡抚的时候，经访察得知某县令，颇有贪腐的名声，备受舆论批评。一天夜里，身着便服出行，在路上遇到了某县令，长公直接冲到县令的仪仗队伍前面，问他要去什么地方？县令落下轿子回答说是在巡夜。长公说："现在才二更天，不是太早了吗？况且巡夜是为了纠察违法乱纪之事，现在你带着仪仗队招摇过市，作奸犯科之徒躲避都来不及呢，能纠察出什么呢？算了，你还是跟着我走吧。"于是将随从全部屏退，长公拉着县令的手一起走了几里路。

来到一家酒馆，长公对县令说："有点累了吧？和你一起喝杯酒。"于是各自坐下，长公问酒家近来生意如何？酒家回答说："利润本来就很微薄，再加上官府要求摊派的苛捐杂税太多了，所以常常亏本。"长公问："你是小老百姓，哪有什么苛捐杂税要摊派的呢？"店家回答说："本县父母官爱财如命，不论茶馆酒店，凡是做买卖的，每个月都要征收常例钱。那些害人的差役从而狐假虎威，加倍勒索，所以小老百姓都快活不下去了。"接着详细讲述了十几件危害老百姓的事情，却不知说的就是身边在座的客人。长公又问："按照你所说的，难道上级官府就没有觉察到吗？"店家回答说："新任巡抚大人据说爱民如子，但短时间内也不可能了解得那么透彻，我一个小老百姓又怎么敢去控诉呢？"长公笑着喝了几杯酒，付了酒钱。出来后对县令说："小老百姓说话往往夸大其词，我不敢轻易听信他的话，你也不要动怒。"又走了几里路，长公对县令说："我今晚正好可以巡夜，咱们就分头行动吧。"县令就离开了。长公又回到刚才那家酒馆，敲门请求住宿，店家回答说店里不提供住宿。长公说："你今天晚上可能会遭遇横祸，我这次来不是为了借宿，是为了保护你。"店家对长公的话感到很奇怪，就留他住下了。

到了半夜，听到了一阵急促的敲门声，原来是乡里的胥吏和县里的公差拿着朱签要拘捕卖酒的店家。长公出来回应说："我是这里的主人，如果犯了什么罪状，我独自一人承担，与某人无关。"公差不认识长公，气愤地说道："县官指名道姓要捉拿某酒家，你是干什么的？"长公硬要和店家同去，于是一并被抓走了。店家失魂落魄，不知道为什么会这样。长公安慰他说："有我在，不用害怕，很快就会把你释放了。"到了县衙，县令升堂，首先传唤酒家，长公用帽子蒙着头，和酒家被锁在一起带上公堂，县令一看到惊骇万分，急忙摘掉帽子跪地叩头。长公坐上县令的座位，笑着说："我就知道你一定会逮捕这个店家。"于是把县令的官印揣在怀里拿走了，说："省了一名摘印官了。"

2.3.9 雷异

嘉庆壬申，广东新宁县某村兄弟二人，有妹，已适人。兄四十未娶，弟曰：“兄不娶将绝嗣，盍鬻（yù）弟以娶妇？”兄曰：“得妇而失弟，不可以为人，不如其无妇也。”村中有富翁，闻而义之，语兄曰：“吾正需佣，今与若三十金，若弟为我佣而当其息。弟得食，若得妇，不两利乎？他日有金，可赎也。”从之。新妇入门，久之，窃疑夫故有弟，今何在？夫泣语以故，妇曰：“得妇而失弟，不可以为人，不如其无妇也。”妇谋诸父，展转得三十金，藏诸笥，将促其夫赎弟。既而索之，亡矣，愤而自缢。葬日，其小姑哭送之，忽雷震棺开，妇活而小姑死，金掷诸地。盖小姑归宁，知嫂藏金处，阴窃之，而嫂不疑也。遂以棺葬小姑，而以金赎其弟。事见吴鸿来孝廉（应逵）《雁山文集》。

【译文】嘉庆十七年（1812）壬申，广东新宁县某村有兄弟二人，有一个妹妹，已经嫁人了。哥哥四十岁了还没有娶妻，弟弟说：“哥哥你再不娶妻生子我们家就绝嗣了，何不卖了我得到一笔钱娶媳妇呢？”哥哥说：“有了媳妇却失去了弟弟，这么做的话不能算得上是人，倒不如没有媳妇呢。”村中有一位富翁，听说了这件事后很敬佩哥哥，对哥哥说：“我正好需要雇工，现在给你三十两银子，你弟弟帮我做工作为利息。弟弟有饭吃，你也能娶妻，不是两全其美吗？将来有了钱，随时可以替他赎身。”兄弟两人听从了。新妇娶进门，一段时间后，暗自疑虑丈夫原本有一个弟弟，现在在哪里呢？丈夫哭着告诉了她其中的缘故，妻子说：“有了媳妇却失去了弟弟，这么做的话不能算得上是人，倒不如没有媳妇呢。”妻子向自己的父亲求助，辗转得到了三十两银子，藏在竹箱里，以备为弟弟赎身之用。不久取用的时候，钱却不见了，一时想不开自缢而死。埋葬的这一天，小姑子哭着送行，忽然雷电震开了棺材，妻子复活而小姑子被震死了，银子洒落一地。原来是小姑子回娘家省亲之时，知道了嫂子藏钱的地方，偷偷把钱拿走了，嫂子也没有怀疑到小姑子。于是用那口棺材殓葬了小姑子，用钱财赎回了弟弟。这件事记载于吴鸿来孝廉（吴应逵，字鸿来,号雁山，广东鹤山人）的《雁山文集》中。

2.3.10 任幼植先生

家大人曰：江南任幼植先生（大椿），为礼部前辈，礼学、小学俱精，记诵博洽，一时无两。翁覃溪师称为畏友。而以乾隆己丑传胪，浮沉郎署，晚年始得记名御史，未拜即归道山。本朝二甲传胪，鲜不入词馆者，人皆为先生惜之。先生自言十五六时，偶为从父侍姬以宫词书扇，从父疑之，致自缢死。其魂讼于地下，先生遂奄奄卧疾，魂亦被摄拷问，阅四五年，冥官亲鞫七八度，始辨明出于无心，然卒坐以过失杀人，减削其官禄，故仕途偃蹇如是。

纪文达师尝曰："冥官治是狱者，即顾郎中（德懋），二人先不相知，一日相遇，彼此如旧识。时同在座，亲闻其追话冥司事，幼植对之，犹栗栗也。"

【译文】我父亲说：江南的任幼植先生（任大椿，字幼植，一字子田，江苏兴化人），是礼部的前辈，精通礼学、小学，知识丰富，见闻广博，一时间没有人可与他相比。我老师翁覃溪先生（翁方纲）称他是品德端重、值得敬畏的朋友。作为乾隆三十四年

（1769）己丑科二甲第一名进士，之后却一直在礼部郎官职位上浮浮沉沉，晚年才得以记名为监察御史（清制，官吏有功绩，交吏部或军机处记名，以备提升），还没正式上任就逝世了。按照本朝惯例，二甲第一名进士很少有不入翰林院的，大家都为任先生感到惋惜。先生曾经自述在他十五六岁时，偶然有一次为叔父的侍妾在扇面上题写宫词（专咏宫中琐事的诗，常表现宫女抑郁愁怨的情怀），叔父便怀疑侍妾，侍妾因此自缢而死。侍妾的魂魄在阴司诉讼，先生因此卧病在床，奄奄一息，魂魄也被摄至阴司拷问，前后历时四五年，冥官亲自审问了七八次，才辨明是无心之过，然而最终因过失致人死亡而被治罪，削减了他的官禄，所以仕途才会这样困顿。

纪晓岚先生曾说："审理这桩案件的冥官就是顾德懋郎中，他们二人起初并不认识，一天相遇，彼此感觉似曾相识。当时我也在座，亲曾耳听到他们回忆讲述冥司的事情，任幼植先生面对他的时候，仍然紧张害怕不已。"

2.3.11 顾郎中

有客问顾郎中以冥王果报之事，曰："阴间判狱，仍用王法乎？抑用佛教乎？"顾曰："不用王法，亦不用佛教，但凭人心。人但问心无愧，即冥中所谓善；问心有愧，即冥中所谓恶。公是公非，不偏不倚；幽明一理，儒佛无分。"按，此说平易近情，天堂地狱，原听人趋避也。

【译文】有客人曾向顾郎中询问阴司冥王、因果报应之事，说："阴间判案，仍然用人间的王法吗？还是用佛法呢？"顾郎中说：

“既不用人间的王法，也不用佛法，只是依据人心而已。人只要能做到问心无愧，就是冥司中所说的善；问心有愧，就是冥司中所说的恶。是非黑白绝对公正，绝不会有任何偏私；阴间阳世道理一致，并不区分儒家佛家。”说明，这种说法平实恰当、合乎情理，天堂地狱只在一念之间，本来就是任凭人自己如何抉择和取舍。

2.3.12 述警

乾隆间，福州某甲震死。久之，或传其在逆旅，尝负乡人客死者千金之托，致其举家窘死，此雷所以报也。

同时同郡甘蔗洲民某乙，弟病瘵（zhài），利其赀，赂医药杀之。医度其弟疾本必死，而赂可计取也，乃请缓图，而谬其症与药，以愚某乙。弟死，医如约责赂。既而医偕某乙入城，舟行傍江浒，有虎跃登其舟，衔某乙去，而爪败医面，罄所得赂求药乃愈。

客或以此事告家大人者，曰：“使天所显戮，咸若是雷是虎，天下孰敢为不善？惟其不尽然也，人乃疑之耳。”家大人曰：“人世议狱，固有狱具辄刑，不俟奏报者，如重案请王命，即行正法者是也；有奏当报可而后行者，如朱批即行正法者是也；有迟之又久而不之刑者，如缓决、减等者是也；而矜疑之狱，八议所宽者，亦时时有之。彼遭雷虎显戮者，其不俟奏报而即刑者欤！其他报有迟速，而或疑其爽，安知非迟而有待而报之终爽者？又安知非如人世矜疑八议之比，冥漠中别有权衡者欤？”

【译文】乾隆年间，福州的某甲被雷电击死。过了一段时间，有传言说某甲在旅馆中，曾接受一位客死异乡的同乡人的嘱托，将一千两银子的积蓄带回家，而他却背信弃义，将银子贪污，导致同乡人全家因失去生计而死去，因此遭到雷殛的恶报。

同时，同为福州的甘蔗洲的居民某乙，弟弟得了痨病，某乙企图贪占弟弟的财产，贿赂医生用药物害死弟弟。医生推测他弟弟的病本来就会死，不需要自己动手，但是可以用计谋得到这笔贿赂，于是建议说此事可以从长计议，但故意说错病症和所开的药方，来愚弄某乙。弟弟死后，医生按照约定索取贿赂。不久医生和某乙一起进城，乘船靠近江边的时候，有一只老虎跳上了他们的船，把某乙给叼走了，又用爪子抓伤了医生的脸，医生花光了之前通过贿赂得来的钱财求药才治好。

有客人把这两件事情告诉我父亲，说："如果上天能够明白昭彰、显而易见地诛杀恶人，就像上面所说的雷殛虎咬一般，天下谁还敢做坏事呢？正是因为不完全是这样，人们才会有所怀疑。"我父亲说："人世审理案件，本来就有一旦定案就执行刑罚，不等奏报的，比如遇到重大案件只需恭请王命（清制，督抚等持王命旗牌，不等皇帝敕裁即可先行死刑、事后上奏报告），就可立即处决的；有应当奏请朝廷批准之后再执行的，比如得到皇帝朱批的谕旨后即可处决的；还有推迟了很久也没有执行刑罚的，比如缓刑、减刑等等；对于那些其情可怜、其罪存疑的案件，以及八议（针对八种特殊身份者所订的减刑法律，即议亲、议故、议贤、议能、议功、议贵、议勤、议宾）需要从宽减免的情况，也常常会有。那些遭到雷殛虎咬这种明显报应的人，大概就相当于不等奏报就立即处决的情况吧！其他的报应有快有慢，而有人因此怀疑出了差错，又怎知不是因故需要等待处理但到最后报应不会有任何差错的情况呢？又怎知不是像人世存在的矜怜、存疑、八议等情况，冥冥之中需要特别进行权衡考量呢？”

2.3.13 慢客招尤

余随任桂林时，闻前政某中丞，性简傲，每日必午睡半晌，不许家人惊扰。一日，某学使来拜，大门外已传鼓矣。中丞方偃蹇（yǎn jiǎn）在床，司阍者持名柬启请，勉而后起。时方暑热，呼汤盥身面再四，又俟其通体凉干，然后着衣冠徐徐出迎，则日晷已移六刻。署中宾朋咸窃笑之。学使在舆中热不可耐、愤不可言。相见后，草草数言即别，两家仆从皆知其不欢而去，而中丞懵然也。

越日，中丞往学署谢步，亦在大门外苦守一时许，而后获进。是日，天愈酷热，中丞坐舆中久，已经中暑，及至厅事，言语失次，竟至踉跄而回。卧病旬余日而后出。有学使伻（bēng）来问病者，私语人曰：“是日中丞到门，司阍者实相戒不传鼓，盖仆从等暗修前日之怨，故使主人迟久而后出也。”

按，此事虽小而招怨甚大。昔《史记》载：“郑当时戒门下，客至无贵贱，无留门者。”颜之推《家训》云：“门不停宾。”又云：“失教之家，阍寺无礼。或以主君寝食嗔怒，拒客未通，江南深以为耻。黄门侍郎裴之礼号善待士，有如此辈，对宾杖之。”此皆不以为小节而忽之也。若某中丞之事，则愈当引以为戒矣。

【译文】我随侍父亲在广西桂林任职时，听说前任广西巡抚某大人，性情傲慢，每天必午睡好大一会儿，不许家人惊扰。一天，某学政前来拜访，在大门外就已经击鼓通报了。巡抚还安卧在床，看门的人拿着名帖报请，才勉强起床。当时正值酷热的夏天，让家人端来清水反复洗脸洗身体，又等到全身晾干，才穿戴好衣冠慢慢出去迎接，这时已经六刻钟（古时将一昼夜分十二时辰、一百刻，清代改为九十六刻，故一刻钟等于十五分钟）过去了。官署中的宾客朋友都在偷偷笑他。学政在轿中酷热难耐、怨愤难言。见面之后，简单说了几句话就告别了，两家仆从都知道学政不欢而去，只有某巡抚自己还糊涂不知。

第二天，某巡抚去学政衙门回拜致谢，也在大门外苦等了一个时辰左右，而后才得以进门。这天，天气更加酷热，巡抚在轿子里坐了很久，已经中暑，等进了客厅，说话语无伦次，最后跌跌撞撞地回去了。卧病在床十多天才出门。学政派使者前来问病，私下对别人说："那天巡抚到学政衙门门口时，是看门的人相互约定不击鼓通报，原来是仆从等人暗地里报前日的怨气，故意让主人过了很久才出来。"

说明，这件事虽然小但招来了很大怨恨。从前《史记》中记载："郑当时告诫看门人，只要客人来，不论地位贵贱都不要让人在门外等候。"颜之推《颜氏家训》中说："不让宾客在门口等待。"又说："缺失家教的家庭，看门人往往无礼。有时因为主人正在睡觉吃饭而嗔怒，拒绝客人不肯通报，江南深感以此为耻辱。黄门侍郎裴之礼号称善于礼待士人，如果下人有这种情况，就当着宾客的面杖责他。"这说明他们都没有认为这是微不足道的小事情而忽略。像某巡抚这种情况，就更加应当引以为戒了。

2.3.14 周次立

家大人曰：周次立邑侯（以勋），宰丹徒时，江浙大旱，所办荒政最好。地处四冲，大吏过境者络绎，供帐饮食率用六簋（guǐ），不设海味，所费不过二金。当时州县谒督抚，不送门包者，惟次立与陈曼生（鸿寿）两人，虽索亦不应。嘉庆甲戌，余挈家进京，过镇江，次立亦以六簋饷余，曰："毋嫌其薄，数年来自督抚至道府，皆一律此物也。"余笑谢之。

忙中告余曰："某坊里甲昨报客寓一人猝死，以无亲属当诣验，见其人斜倚椅上，一手犹执烟筒，目睛突出，坐而毙。有一随伴小僮，言昨日初到此，向在某官处为长随，以事逐出，云当往京师提督府具控，毫无疾病。方坐椅上吸烟，忽若有所见，自呼曰'我该死'，立时气绝。问以所控何事，答云不知。验其身，实系中恶死，无他故。检其箧，忽得一控状稿底，又一册罗列主人阴事多款。余念此册不可留，是将兴大狱者，乃袖回署中焚之。"且曰："册中多款虚实不可知，然此辈阴刺主人劣迹以为挟制之具，挟制不得则反噬倾陷，且将罗织多人，丧心昧良，宜鬼神之立殛之也。"

或曰："某官故丹徒人，其祖宗墟墓在此，殆阴灵不泯而为是欤！"余谓次立此举，必有善报。后十余年，余官吴门，闻人言次立为丹徒城隍，确有所据。或曰得自张真人，语殆不诬矣。

【译文】我父亲说：周次立县令（周以勋，举人，浙江嘉善人)，担任江苏丹徒知县的时候，江浙地区发生大旱，他主持办理的救济饥荒的政务最为完善。地处控扼四方的要地，过境的高级官员络绎不绝，接待的饮食一律使用六个菜，不设海鲜，花费不超过二两银子。当时州县官员拜见总督和巡抚，从来不送财物贿赂守门人的，只有周次立与陈曼生(名鸿寿)两个人，即使索要贿赂也不应允。嘉庆甲戌年(1814)，我携带着家眷进京，经过镇江，次立也用六个菜招待我，并且说："不要嫌弃寒酸，这么多年以来从总督、巡抚到道台、知府，一律都是用这些东西招待。"我笑着向他表示感谢。

周次立百忙之中曾告诉我说："某街坊的里长、甲首昨天报告说有一个人猝死于客店中，因为没有亲属在场，所以需要前往现场勘验，只见那名死者斜着身体倚靠在椅子上，一只手还拿着烟筒，双眼的眼珠突出，坐着死去。有一个随伴小童，说昨天刚刚来到这里，原来在某位官员那里做长随，因为事情被赶了出来，还说要去京师提督府控诉，没有什么疾病。正坐在椅子上吸烟，忽然好像看见了什么，自己喊着'我该死'，立刻就气绝身亡了。问想要控诉什么事，小童回答说不知道。勘验死者尸身，确实是得暴病而死，没有其他缘故。检查他的行李箱，发现一张控诉状底稿，还有一本册子，罗列了主人多件私密事情。我想着这本册子不能留下，这是能够酿成大案危害很多人的东西，于是揣在袖子里带回署中烧掉了。"又说："册子里很多事情实在不能确定虚实，但这个人暗地里刺探主人的劣迹作为要挟的筹码，要挟不成功就反咬一口、设计陷害，而且会牵连到很多人，丧失了良心，也难怪即刻遭到鬼神的诛杀。"

有人说："那位官员本来就是丹徒人，他祖宗的坟墓就在此地，大概是祖宗地下有灵，为了保佑子孙才这样做的吧！"我看次立这个举动，必定有善报。十多年之后，我在苏州为官，听人说次立去世后已经成为丹徒城隍神，的确是有来历的。有人说是张真人说的，这话大概不假吧。

2.3.15 请旌良法

安化陶文毅公，抚苏时，以一疏请旌常州府属武进、阳湖两县贞孝节烈妇女三千十八人，一疏请旌江宁府属上元、江宁贞孝节烈妇女五百余人，各建总坊以表之，其总祠则听地方绅士之自为。在朝廷不过费帑六十金，而潜德幽光阐发，至三千五百余人之多，微特世所未闻，亦古所未有也。

时家大人在江苏藩任，襄办其事，因念法属创举，虑各直省之不克周知，请宫保将此全案付梓，咨行各直省照办。复虑各省虽奉咨，收掌仍在吏胥，未必能家喻户晓，并嘱各牧令照刊一册，广为分送。乙未，重过吴下，果有《旷典阐幽录》一书通行，为之欣慰不已。

夫各直省之待旌者，不可以数计，寒闺嫠（lí）妇，编户为多。国家慎重科条，维持风化，法良意美，至深且远；而胥吏即借为需索之端，一妇得旌，费须百余金，视所领坊银，加至数倍。穷檐苦节，其何以堪？今则普天之下，官府闾阎，各有此册，绅士牧令即可据此册，照案请行，而不虞吏胥之阻隔。将见两间无郁而不宣之气，名节日尊，风俗日美，则此册之功德亦讵有涯哉？

余侨居浦城，适周芑（qǐ）源广文（启丰），亦总建宁府七属之贞孝节烈妇女雷李氏等三千一百余名口，合为请旌，如江南之例。余亦劝其俟奉覆准后，即为刊册广颁。盖总祠之成，总坊之建，皆尚需时日。而祠中牌位既繁，坊上姓氏尤密，殊不便于览观，不若寻诸枣梨，俾得人人寓目。因备述此事之缘起以示之。

广文性好善事，合浦邑千万人中，所熟视无睹、绝口不谈者，不惮采访笔墨之劳，不惜州府吏胥之费，以独肩此义举。闻广文年过五十无子，自举此事，逾年即得一男，其亦可以劝矣乎！

【译文】湖南安化的陶文毅公（陶澍），在担任江苏巡抚时，以一篇疏文上奏朝廷申请旌表常州府所辖的武进、阳湖两个县的贞孝节烈妇女共计三千零一十八人，又以另一篇疏文申请旌表江宁府所辖的上元、江宁两县的贞孝节烈妇女共计五百多人，分别建立总坊以示表彰，修建总祠的事情就由地方绅士自行办理。对朝廷来说不过耗费财政资金六十两，使那些鲜为人知的美德懿行得以发扬光大，一次性表彰典型人物多达三千五百多人，不但当代从来没有听说过，也是自古以来所没有的。

当时我父亲担任江苏布政使，协助办理这件事情，因为觉得这样的表彰办法是一种创举，考虑到各省不能普遍知晓，就请陶澍宫保将这件事的全部方案刊印出来，发咨文通行各省仿照办理。又考虑到各省即使收到咨文，收存掌管仍然由差吏具体办理，未必能做到家喻户晓，又嘱托各地知州、县令仿照刊印一册，广为分送。道光乙未年（1835），再次经过苏州时，果然看到有《旷典阐幽录》一书刊行流通，为此感到欣慰不已。

各省等待朝廷旌表的典型人物，不计其数，凄苦守节的寡妇，以平民百姓居多。国家严谨慎重地制定了关于旌表的条例规章，对于维持风俗教化具有重要意义，办法优良、用意美好，影响非常深远；但地方上的胥吏往往借此作为勒索的由头，一名妇女获得旌表，前后须耗费一百多两银子，相比所领取的朝廷奖励用来建坊的资金，已经超出了好几倍。对于那些家境本就贫寒而苦守贞节的妇女，怎么能够承受呢？如今全国各地，不论官府还是民间，都持有这本名册，当地的绅士、官员就可以根据这本名册，依照方案申请执行，而不用担心胥吏从中作梗。将会看到天地之间没有了郁结不畅之气，名节越来越受到尊崇，风俗越来越美好，那么这本名册的功德又怎么会有边际呢？

我客居在福建建宁府浦城县，适逢教谕周艺源先生（名启丰），也在统计汇总建宁府所辖七个县的贞孝节烈妇女雷李氏等三千一百多人，统一为她们向朝廷申请表彰，就像江苏省那种方式。我也劝他等朝廷批复同意后，就立即刊印名册广为颁发，因为总祠的落成、总坊的修建，都需要较长的一段时间。而且祠堂中的牌位繁多，牌坊上的姓名又特别密集，实在不便于阅览观看，不如刊印成书册，使得每个人都能很方便地看到。于是详尽叙述这件事的缘起来让大家知晓。

周艺源教谕喜好做善事，整个建宁府千千万万人之中，有不少美德典型人物，是人们时常见到却又漠不关心、很少提起的，他不厌其烦地挖掘搜集、采访记录，不吝惜州府官员胥吏所需的工作经费，独自承担这项义举。听说周教谕本来年过五十还没有儿子，自从完成这项工作后，第二年就生了一个儿子，这也可以用来劝勉世人了！

2.3.16 江铁君述四事

吴中江铁君（沅），艮庭先生孙也。始弃儒为僧，后复返初服。家大人藩吴时，与为文字交。尝闻其杂述数事。

一为娄东王明经树获，言其乡人某，阖门燔死，少长无遗，并来未半月之婢亦与焉。邻里以其生平无横暴行，不测其何隐恶而天罚之酷，且及婢之初来也。适有请乩仙者，以其事叩之，乩示曰："其家散弃五谷太甚，纵小儿女食且弃，妪婢亦共为污秽，每掷弃之。上帝为其无恶也，拟俟其悛，以小灾警之十年矣，而狼籍如故，乃付雷部。雷部覆奏，以为轻；又付瘟部，瘟部亦如之；遂付火部。婢本不在劫中，三日前，主与残食，抛窗外落粪堆中，而秘不言，故并殛之。"

又言：有书贾周某，端且谨，出纳不苟。一日语予曰："某贾书市中，有儒生携一少年求小说，所谓《肉蒲团》者。某正色言曰：'君读书人，所携者非子弟即学徒也，奈何问此，何以训后生，何以作士子乎？吾虽市井，不屑售此也，君勿复尔。'其人愧甚，揖谢曰：'某失言，谨受教，当书绅也。'踧踖（cù jí）而去。"予曰："此人闻法言而受，必改过矣，亦善士也。"因忆有朱姓者，以鬻（yù）书，家渐起，后忽自刻小曲售之。予谓之曰："尔鬻书，因与我辈往还；若售此，则与负担厮役往还矣。后毋如是。"朱曰："我贪好价耳。"予曰："尔贪目前之利，以此坏人心术，必有冥诛，可速改之。"不听。未及一年，其子窃资淫于外，乃为之娶而分室居之，子旋死；幼子亦然。家遂罄，肩残书鬻于市，旋死于街亭。

又言：慈溪北乡有瞽者，贫，欲遣其妻，妻不可。瞽者曰："若去，则俱活；若不去，且俱死矣。不如我先死，若自可去。"遂欲自死，妻不得已改适，谓其后夫曰："瞽者无所赖，吾当月再往，为之缝纫洗浣，不宿即归也。"后夫许之。瞽者因得卖妻洋银，以其羸，夜弄之有声。旁塾童子艳之，尽窃去，瞽者遂缢。越日，其妇至，惊哭，亦缢。后夫次日往视之，痛人与金两失也，赴水死。其母闻之，又缢。某日，天大雷雨，震死塾中学子十六人，盖与闻其事而均分其银者。塾师不与知，小生不得分，故免。时道光庚寅某月也。

又云：劝善惩恶之言，或书本，或单片，流通于世，功德无量。即有弃掷或轻亵者，得一人奉行，便灯传无尽；一人惊觉，便转败为功。曾闻有中表兄妹，俱为旧族名门，才貌双绝，各有慕悦之意。虽得数面，而俱有尊长在前，不能达也。后值演剧盛宴，堂设珠帘屏隔内外，其表兄避酒潜探后堂，见其表妹不在席，乃东西散步，到一书房，值其醉憩小榻，颓然粉融脂散。喜极，昵近，忽触壁间小轴堕地，取视之，乃《戒淫文》也，语言危厉，读之悚然汗下，疾趋而去。虽此少年本有善根，亦全赖此当头棒喝矣。

【**译文**】苏州的江铁君先生（江沅，字子兰，一字伯兰，号铁君、韬庵），是江艮庭先生（江声）的孙子。起初放弃儒学出家为僧，后来又回归儒家。我父亲担任江苏布政使（驻苏州）时，和他是以诗文相交的朋友。曾经听他零零星星地讲述过几件事。

第一件事是太仓的王树荻贡生所讲述的，说他的同乡人某，全家都被火烧死，一家老小没有剩下一个，就连刚来不到半个月的婢女也没能幸免。邻居乡党都说这个人生平并没有强横暴戾的行为，不知道他有什么不为人知的恶行而遭到上天如此残酷的责罚，还牵连到刚来的婢女。刚好有人请乩仙卜算，就拿这件事来叩问乩仙，乩仙批示说："他们家随意抛弃浪费五谷粮食太过严重，纵容小儿女一边吃一边玩弄，老妈子、婢女也一同糟蹋粮食，常常随意丢弃扔掉。天帝认为他没有其他的恶行，打算等他悔改，已经用小灾小祸警示他十年了，却依然像从前那样糟蹋，于是交付给雷部处置。雷部回复，认为雷击太轻了；又交付给瘟部，瘟部说感染瘟疫也太轻了；于是交付给火部。婢女本来不在火劫中，三天前，主人给了她剩饭，她把剩饭扔到窗外掉落进粪堆里了，却闭口不言，所以也一并被惩罚。"

又说：有一位书商周某，为人正派且做事谨慎，对于钱财的出入一丝不苟。一天他对我说："我在书市中卖书，有一名儒生带着一名少年寻求小说《肉蒲团》。我严肃地对他说：'你是读书人，带领的不是子弟就是学徒，为什么要问这个，这样的话怎么来教导后生，怎么做一个读书人呢？我虽然只是市井小生意人，不屑于售卖这类书籍，你不要再这样了。'那名儒生非常惭愧，作揖致歉说：'我失言了，接受您的教诲，我会牢记您的话。'十分恭敬又略带不安地离开了。"我说："这个人听到合乎礼法的言论就虚心接受，必定要改正错误，也是品行端正之士。"回想起有个朱某，靠着卖书，家业渐起，后来忽然自己刻印小曲（指淫词艳曲）售卖。我对他说："你因为卖书，得以和我们读书人来往；如果售卖小曲，就只能和贩夫走卒、奴仆杂役来往了。今后不要再这样了。"朱某说："我只是图个好价钱而已。"我说："你贪图眼前的小利，却因此败坏他人的心术，必定会受到冥司责罚，应该赶快改掉。”他没有听从。不到一年，他儿子偷钱在外纵情声色，于是为儿子娶妻，父子分家居住，儿子不久就死了；小儿子也是这样。家业败光后，背着剩余的书在集市售卖，没过多久也死在街亭。

又说：慈溪北乡有一个瞎子，家中贫穷，想把妻子休弃，妻子不同意。瞎子说：“你如果离开，我们就都能活下来；如果不走，都要饿死了。不如我先死，你自然可以离开。”说完就要寻死，妻子不得已就改嫁了，对她的后任丈夫说：“瞎子无依无靠，我这个月再去一趟，为他缝纫浣洗衣服，不过夜就回。”后夫同意了。瞎子因为得到了卖妻换来的洋银，并以此获得利息，夜晚摆弄银钱的时候发出了响声。旁边私塾的童子听到了非常羡慕，把钱都偷走了，瞎子想不开就自缢而死了。第二天，前妻来家，一见惊骇得大哭起来，也自缢了。后任丈夫见妻子未回，第二天前去查看，痛心人财两失，也投水而死了。后夫的母亲听说了，也自缢了。某天，雷雨大作，雷电击毙了私塾里的学子十六人，原来他们就是知道这件事并瓜分瞎子钱财的人。私塾的老师并不知情，年龄小的学生没有分得钱财，因此得以幸免。这是道光庚寅年（1830）某月发生的事。

又说：劝善惩恶的文字，不论是书本，还是单页，只要在世上流通，都是功德无量的。即使有人随意丢弃或轻视怠慢，哪怕有一个人尊重奉行，也能像灯火一样，灯灯相继、传之无穷；哪怕有一个人警醒觉悟，就能转败为功、转祸为福。曾经听说有表兄妹二人，都是旧时的名门望族之后，才学相貌都很优秀，彼此各有爱慕之意。虽曾多次见面，但都碍于有尊长在面前，不能传达情意。后来有一次恰逢演唱戏剧、举办宴会，厅堂布置了珠帘隔断内外，表兄避酒离席悄悄来到后堂探看，见表妹不在宴席上，于是四处散步，来到一间书房，刚好看到表妹醉酒在榻上休息，佳人醉卧吐娇兰，粉融脂散似天仙。大喜过望，正要上前亲热，忽然触碰到墙壁，一卷小轴掉在地上，拾起来打开一看，原来是《戒淫文》，语言严厉，令人警醒，读后不禁吓出一身冷汗，急忙跑着离开了。虽然这位少年本来就有善根，但也全靠这一刻的当头棒喝啊。

2.3.17 烈妇释冤

江铁君又言：江南某科乡试，有某生者，闻邻号哗声，视之，一生碎碗割面，流血滂然。某问其故，则有鬼附其体，言："妾夫妇贫贱，携子佣此人家，此人窥我色，屡调我不遂。陷我夫客死，复凌逼我，我遂投缳，今来取其命耳。"某曰："然则烈妇也，可敬，若子今在否？"鬼曰："我死后丐于路耳。"某曰："若取其命，而子丐如故，恐不免沟壑，奈何？苟贷其死，命以田产若干给尔子，俾娶妻生子，死者有祀，生者有后，可乎？"鬼曰："如此甚善，但彼未必从，且我奉冥牒但追命也。"某曰："彼畏死，必从。我为若成之，否则仍取命可也。"鬼曰："甚善，君为我要之。"鬼去，其人遂苏。某问之信，且告之故，其人唯唯。既出闱，至其人寓，其人作一议焚之，曰："我归即办此事，俟君来证也。"

某三场甫终卷，忽见前鬼现形，明靓有喜色，谢曰："赖君一言，死者得所，生者得安，才德士也。妾为君请于神，早登两科，今即捷矣，勉成吾事可也。"某归，诣其人家，则已求得其子，分产授之，且成其家室，合窆其夫妇。某是科果捷，明年成进士。此亦王明经树获，壬申年为予所述，俱有姓名，今忘之矣。

按，此与前编所录浙闱与鬼说情一条相类，但彼是浙江事，此是江南事；彼是乾隆间事，此是道光间事。亦可见天下无不可解之冤也。

【译文】江铁君先生（江沅）又讲述：某一年江南乡试，有一名考生某人，听到隔壁号舍有喧哗吵闹之声，一看，那名考生把碗摔碎用瓷片割伤了脸，流了很多血。某生询问缘故，这时有女鬼附在他身上，开口说道："我们夫妇贫贱，带着孩子在这个人家里做佣工，这个人贪图我的姿色，屡次勾引我都没有成功。他设计陷害我丈夫致使客死异乡，又欺凌逼迫我，我坚决不从于是自缢而死了，今天来索取他的性命。"某生说："那么你是一位贞洁烈妇，值得敬佩，你儿子现在还在吗？"女鬼回答说："我死后他就在路边乞讨为生了。"某生说："如果取了他的性命，那么你儿子还是在路边乞讨，恐怕将来难免死于沟壑，怎么办呢？如果暂时饶恕他的死罪，命令他分出若干田产给你儿子，使他能够娶妻生子，这样的话死者可以得到祭祀，生者也可以成家立业、生儿育女，这样可以吗？"女鬼回答说："这样的话真是太好了，但他未必肯这么做，况且我是遵奉冥牒之命只管索命。"某生说："他因为怕死，一定会听从。我为你促成这件事，否则仍然听任你索取性命就可以了。"鬼说："很好，您替我转达一下。"鬼离开后，那个人就苏醒了。某生向他询问情况，并且告诉他其中的缘故，那个人恭敬地答应了。出了考场之后，一同到了那人的寓所，那人提笔写了一封协议书焚烧了，说："我回去后就把这件事办好，到时候请您来作证。"

某生考第三场时刚刚答完试卷，忽然看到之前那名女鬼现形，装扮鲜亮，面带喜色，说："多亏您一句话，死者得到宽慰，生者得到安顿，您真是有才有德之士。我为您向神明请求，提前两科考中，这次就可以金榜题名了，还望您努力促成我的事情。"某生回家，到那人家里拜访，看到他已经把女鬼的儿子找到了，分了田产给他，而且帮助他成了家，又合葬了他父母。某生这一科果然考中，第二年成为进士。这也是王树获贡生，于壬申年给我讲述的，本来都有姓名，现在忘记了。

说明，这件事和前录所记载的浙江乡试考场《与鬼说情》（参见1.4.30）一则情节类似，但那是浙江考场的事，这是江南考场的事；那是乾隆年间的事，这是道光年间的事。也由此可见天下没有不能化解的冤仇啊。

2.3.18 牛戒

余家世不食牛肉，已相传二百余年矣。家大人以公车报罢南旋，在浙江患疟，沿途抱病而回。自秋徂（cú）冬，每日一疟，已至百余次，虚羸（léi）殆不可言状。先大父怜其饮食少进，间以厚味滋益之。一日，有相好某广文，以丁祭所余牛肉相饷，医者言虚疟最宜啖牛肉，盖大有益于脾。家先大父精治之，谓家大人曰："此丁祭之余，本可食。况以治病，尤无妨也。"家大人本不欲食，惮违严命，勉下一箸，旋大吐，并宿痰一齐涌出，其日疟遽止，其实牛肉并未下喉也。

因忆施愚山先生《矩斋杂记》中有一条云：庾楼，字木叔，三代不食牛肉。会病，以牛脑合药，间有馈牛肉者，则以给奴仆。自谓可幸无罪。忽梦冕服绯衣者曰："汝岂食牛者耶？何腥闻若是？"庾亟以未食对。绯衣者命从官检簿，瞑目曰："汝虽未食牛，然借病破戒，且以啖奴仆，当夺一纪。念汝有悔心，能劝得百十家不食，徐还汝算。"庾默念："世人信戒者少，设有饷以牛肉，可奈何？”绯衣人微哂曰：“瘗（yì）之土可也。只愁念不坚，何忧行不广？”庚惊寤，特笔其事。

门人黎同吉，字亦仲，亦持牛戒。偶患疟，为所亲强举一匕。夜梦少年黄姓者，持剑怒詈，谓啖伊母肉。晨起，询所饷，果黄牝（pìn）牛肉也。

或谓食牛细过，二子既累世不食，因病稍啖，而阴谴乃尔；彼椎牛炮羔，不知餍（yàn）者，何以复加？坐客曰：“黑面老子自有处分。且如彼凶人，说因果不信，并此鬼神警惧之梦，亦自侥幸不得也。”或又疑食与杀有异，不知人皆食牛，则牛如八珍，世未有见八珍不割而鬻（yù）诸市也；人皆不食牛，则牛如粪土，世未有取粪土割而鬻诸市也。是杀与食犹梃与刃也。此言极为痛切，可录可劝云云，因备载之。

【译文】我家世世代代坚持不吃牛肉，已经相传二百多年了。我父亲去京城参加会试，落榜后回南方，在浙江染上了疟疾，带病赶路回到了家。从秋天到冬天，每天都发一次病，累计发病一百多次了，虚弱到形销骨立，难以用语言形容。我祖父可怜他饮食太少，偶尔用一些美味的食物给他滋养补益身体。一天，有一位要好的朋友某教谕，带来祭孔时剩余的牛肉相赠，医生说疟疾体虚最适宜吃牛肉，因为对脾胃有很大的补益。我祖父也精通医术，对我父亲说：“这是祭孔时剩余的牛肉，本来就可以吃。况且是用来治病，更没有什么妨碍了。”我父亲本来不想吃，但恐怕违背父亲的命令，勉强用筷子夹了一点入口，接着就呕吐了，连着宿痰一齐涌出，这天疟疾就停止发作了，其实牛肉并没有咽下喉咙。

因此想起施愚山先生（施闰章）《矩斋杂记》一书中有一条

记载：庚楼，字木叔，家中已经三代不吃牛肉。有一次生病了，用牛脑调配药物，偶尔有人赠送牛肉给他，就把牛肉给了奴仆。自认为这样做应该没有什么罪过。忽然梦到一位头戴冠冕、身穿红衣的人对他说："你难道是吃牛肉的人吗？为何如此腥臭呢？"庚楼急忙回答说自己没有吃。红衣人命令侍从官检看簿籍，闭着眼睛说："你虽然没有吃牛肉，但是借病破戒，而且把牛肉给奴仆吃，应当削减寿命一纪（十二年）。念在你有悔改之心，如果能劝说百十家不吃牛肉，再慢慢将寿命还给你。"庚楼心中默想："世间信奉戒律的人很少，假如有人赠送牛肉或用牛肉招待，该怎么办呢？"红衣人微微冷笑着说："埋到土里就可以了。只需要担心信念不坚定，哪里需要担心落实的方法不多呢？"庚楼一惊而醒，特地记录下这件事。

门人黎同吉，字亦仲，也持守不吃牛肉的戒律。有一次染上疟疾，被家人强迫着吃了一勺。夜里梦到一个姓黄的少年，持剑怒骂，说吃了他母亲的肉。第二天早晨起来，询问吃的是什么肉，果然是一头黄色母牛的肉。

有人说吃牛肉只是细微的过失，故事里的两个人已经世代不吃牛肉，只是因病稍微吃了一点，冥冥中就遭受到如此严厉的谴罚；那些杀牛宰羔，贪图口腹之欲而不知满足的人，又该如何呢？在座的一位客人说："阎罗王自有处分。而且像那些凶恶之人，说因果他们不信，连这些鬼神为警惕告诫世人而示现的梦境，也存有侥幸心理认为自己不会遇到。"有人又疑虑吃牛肉与杀牛的罪过应该程度不同，殊不知如果人人都吃牛肉，则牛肉如同八珍（传说中龙肝、凤髓等八种珍贵的食品），世上还没有人看见八珍而不割取拿到市上售卖的；如果人人都不吃牛肉，则牛肉如同粪土，世上还没有人割取粪土拿到市上售卖的。因此杀牛与吃牛肉就像棍棒与刀剑。这种说法极为痛切，可以记录下来作为对世人的劝诫，因此详细记载在这里。

2.3.19 程大令

同年何小汀（良裘）曰：江苏赣榆县，有程姓者，以忠厚称，由商贾致富。素与其戚郑某善，晚年一切贩运，悉归经理。程某物故，其子（义勋）者，道光乙酉科举人，以父所信任之人，不敢更易。郑乘义勋计偕入都，其幼弟方习儒业，遂将其生理罢止。大凡贸易，不能悉属现赀，时有所称贷于人，亦或为人所负。其时程合计子母，实有赢无绌，第生理既罢，为人负者皆归乌有，而贷诸人者，索取盈门，甚至构讼。义勋虽挑得知县，羁于讼事，不能赴官。而郑转置身事外，亲友咸为不平。后郑子院试，已录送，招覆日以笔误被黜，所补之人即义勋少子也。群以为天道有知云。

按，小汀之尊人（恒键），于嘉庆末任赣榆令，义勋即其县试所拔取者。道光间，小汀之从弟（森林）复官是县，因得悉其前后颠末，为余述之。

【译文】与我同科中举的何小汀（名良裘）先生说：江苏赣榆县，有一个姓程的人，以忠厚被人称道，通过经商发家致富。向来和他的亲戚郑某交情很好，晚年时候一切贩运事务，都交给他经营管理。程某亡故，他的儿子程义勋，是道光五年（1825）乙酉科举人，因为郑某是父亲所信任的人，所以不敢更换掉他。郑某趁着义勋入京参加会试，义勋年幼的弟弟又刚刚开始修习读书应举之业，于是将生意停止。大凡做生意，不可能全部都是现金交易，时常会向别人借贷，或者借贷给别人。那时程某合计本金和利息，实际上应该有赢余而不会不足，现在生意停止后，借贷给别人的钱都化为乌有了，而向别人借贷的，讨债者挤满了家门，甚至造成了诉讼。义勋虽然经过大挑（清制，挑选三科以上会试不中的举人，一等任知县，二等任教职）得到知县的官职，由于被诉讼的事务牵绊，不能上任。而郑某反而置身事外，亲友们都为义勋感到愤愤不平。后来郑某的儿子参加院试（清代由各省学政主持的考试），已经被录送，复试这天因为笔误被淘汰，候补的人就是义勋的小儿子。大家都认为天道有知。

说明，何小汀的父亲何恒键（字关承，号兰汀，嘉庆六年辛酉恩科进士），在嘉庆末年担任赣榆县令，程义勋就是他主持县学考试时所拔取的人。道光年间，何小汀的堂弟何森林（道光十三年癸巳科进士，官镇江知府）也曾在这个县为官，因此得悉这件事的前后经过，对我讲述了这件事。

第四卷

2.4.1 冥判

吾乡杨允清邑侯（金华），与先祖资政公交好，其父有“活无常”之称（凡当冥司差役者，名为“活无常”，或曰“走无常”）。家大人少时，常因侍侧，泥邑侯问鬼神情状，邑侯曰：“窃闻人间居室，处处有鬼。鬼所最畏者三种人，一为节妇，二为营兵，三为醉汉。骤遇之而不及避，其魂必被冲散。盖节妇之正气，营兵之悍气，醉汉之旺气，皆足以冲之也。”

又言：近日有某甲在舟中，忽有自后呼之者，则其邻也。甲曰：“忆汝已死，何事至此？”鬼曰：“我因客死，魂游甚苦，欲附尔归耳。”甲素相熟，不怖，竟使登舟闲谈久之。问：“阴间最重何事？”鬼曰：“最重是吃牛肉。吃牛之人，吉神避之，恶煞随之；戒牛之人，吉神随之，恶煞避之。”甲曰：“信如汝言，我从今誓不食牛矣。”有顷，鬼忽大哭，甲问何故？鬼曰：“本欲附归，忽见福禄寿三星拥护尔身，我不敢近，归不成矣。”踉跄登岸而去。

【译文】我家乡的杨允清县令（杨金华）和我的祖父资政公（梁赞图）交好，他的父亲被人们称作“活无常”（凡是以生魂在冥司当差的人，叫作“活无常”，也叫“走无常”）。我父亲年少时，曾因为在旁边侍奉，缠着杨县令询问鬼神的情形，杨县令说：“我听说人们居住的房屋，到处都有鬼。鬼最害怕的是三种人，第一种是贞节烈妇，第二种是军营士兵，第三种是醉汉。如果突然遇到这三种人来不及躲避的话，鬼魂就会被冲散。大概是贞节烈妇的刚正之气，军营士兵的强悍之气，醉汉的旺盛之气，都可以把鬼魂冲散。”

又说：最近，有个人某甲，他在船上，忽然听到有人在背后叫他，回头一看原来是他的邻居。某甲说：“我记得你已经死了，为什么会在这里呢？”鬼说：“我因为客死于他乡，魂魄四处游荡非常苦恼，所以想跟着你回家。”某甲和他以前很熟悉，并不害怕，竟然让鬼魂上船与他闲聊了很久。问道：“阴司最重视的是什么事情呢？”鬼说：“最重视的是吃牛肉这件事。吃牛肉的人，吉神会远离他，恶煞会跟随他；不吃牛肉的人，吉神会跟随他，恶煞会远离他。”某甲说：“如果真的如你所说，我发誓从今天开始不吃牛肉了。”过了一会儿，鬼忽然大哭，某甲问他为何大哭，鬼说：“我本来想跟着你回家，忽然看见福、禄、寿三星都拥护着你的身体，我不敢靠近你，这下回不成家了。”跌跌撞撞地上岸离去了。

2.4.2 某太守

贵筑周石藩（际华），与家大人相遇于扬州，有循吏之目，善谈论。尝语家大人曰：吾乡有苏君某，某太守之爱婿也。苏以气质粗暴见忤于父，其父赴官首之，太守为之周旋，乃得免。嗣苏以纳妾故，与太守女反目，女诉于太守，太守怒甚，白其横暴之状于官，揭其旧案而周内之，遂下狱。苏愤极郁积，疽发对口而死。时论以太守之徇其女而毒其婿也，不旋踵而太守亦以对口疮毙，此非苏之能为厉也，但苏初忤父当死，太守既庇之；旋以女故置之死，则苏无死法，其为厉也亦宜矣。

【译文】贵州贵筑县（今贵阳市）的周石藩先生（周际华，榜名际岐，嘉庆六年辛酉恩科进士，历官江都知县署泰州知州）和我的父亲曾在扬州相遇，他被视为善良守法的官吏，非常健谈。他曾经对我父亲说：我们家乡当地有一个姓苏的人，是某知府的女婿。苏某由于脾气粗暴常常忤逆他的父亲，他父亲到官府去控诉，知府帮他周旋，才得以赦免。后来苏某由于纳妾的缘故，和知府的女儿发生矛盾，女儿向知府哭诉，知府大怒，向官府报告苏某蛮横粗暴的行为，揭发他旧时的案底一并罗织为罪状，于是苏某被投入监狱。苏某非常愤恨，积郁成疾，脖颈后生了对口疮而死。当时的人们议论说是因为太守徇私偏袒女儿，而毒害了女婿，没过多久知府也因生对口疮而死，这并不是苏某能化为厉鬼报仇，只是苏某当初忤逆父亲罪应处死，太守既然已经包庇；不久却因为女儿的缘故将他置于死地，那么苏某死非其罪，难怪他变成厉鬼报仇。

2.4.3 冒籍冤狱

周石藩又言：其弟南坪，在刑部四川司主稿时，四川有擅杀案，回堂，拂堂官意，遂疾之。道光壬午春闱，揭晓，有姚廷清者中式。姚本浙人，游幕于黔，与予旧识，洎（jì）后遂冒黔籍领乡荐。来京未拜同乡，及联捷，乃遍拜，皆弗纳。闻予住贵州西馆，不告阍人，直至予寝所相见，求予弟印结，因与弟熟商。集同乡官共议，座满人多，予避去。弟白于众曰："彼固由乡试来也，家乡人不及攻，因其连捷而攻之，已成之名殊可惜也。且攻之亦不能更补一黔人矣。"座中水部宋某云："令彼出金三百，修理会馆何如？"众弗应，弟亦未言可否。少顷，农部某与西曹某某皆含愤而散。予自外归，弟述其状，且曰："吾先有礼于众矣，姑出之，容异日徐图可也。"乃召姚而与之结。

某某议论腾沸，有孝廉乌姓力撺之，即使某之弟革生名清者，赴都察院具控。奏交刑部审办，审系由贵州乡试来者，乃定议行查。忽清又以南坪弟受姚贿五百金再控，堂官修前隙，奏请革职严讯。讯十日，无端倪，复白于堂官，不许。乃锻炼姚，使以捐金三百修馆之说诬弟，姚不忍也。熬审不支，乃从其诬。随召弟鞫之，三日不能成谳，并票传予同讯。予度其情事，知堂官之必与弟为难也，乃语弟曰："彼不过欲夺尔职耳，拚一革职，何堪受此折磨也？"弟乃诬服。覆奏曰："周某系管理会馆之人，如此项银两入手，虽非侵蚀，亦可挪用。前已奏请革职，毋庸议。"此案一出，都人士莫不以为冤。

未几，而革生清者，以恶诈不遂而致狱，狱成而归，死于道路。其兄西曹某，死于京，仆妾背逃。承审官某，以别案坐赃出西口，死异域。乌姓者补县令，西曹某得知府，同时革职。乌尚回黔，某知府更不知所究竟。无何，而主是狱者，其势焰亦尽，获戾益深。予所见报应之事，未有如此之速、一无所漏者。盖不必皆为此事，而不啻其为此事者。彼苍者天，胡不惴惴耶？

【译文】周石藩先生（周际华，榜名际岐）又说：他的弟弟周南坪，在刑部四川司负责文牍工作时，四川有一起未经批准而擅自杀人的案件，回堂复审时，违逆了刑部长官的意思，长官对他怀恨在心。道光二年（1822）春季壬午恩科会试，结果公布，有个叫姚廷清的人中榜了。姚廷清本来是浙江人，在贵州做幕僚，和我相识，到后来于是就冒充贵州籍贯参加乡试考中举人。他刚来到京城时没有拜访同乡，等到联捷成进士后，才去逐个拜访所有的同乡，都不接纳他。听说我住在贵州西馆，没有告诉守门人，直接来到我住的地方相见，请求我弟弟为他出具一份免罪保证书，于是和我弟弟好言相商。召集了同乡官员共同商议，座位上坐满了人，我就避开了。我弟弟当场告诉众人说："姚廷清原本是通过贵州乡试来的，当时家乡人没有攻击他，现在因为他连捷成进士后才攻击他，已经考取的功名太可惜了。况且就算攻击他也不可能再补上一个贵州人的名额了。"在座的工部都水司官员宋某说："让他出三百两银子，用来修理贵州会馆怎么样呢？"众人没有回应，我弟弟也没说行还是不行。过了一会儿，户部的某人和兵部的某人都很气愤地离开了。我从外边回来，弟弟告诉我刚才的情形，并且说："我已经先对大家以礼相待了，姑且随他去吧，等以后慢慢再想办法就可以了。"于是叫来姚某给他写了保证书。

众人议论纷纷，有一名姓乌的举人极力撺掇，就让兵部某人的弟弟被革除功名的生员某清，到都察院呈文控告。此案奏请朝廷后交由刑部审办，经审问是由贵州乡试来的，于是决定进行调查。忽然某清又以我弟弟收受姚廷清贿赂五百两为由再次控告，刑部长官为了报复前次的怨仇，上奏朝廷请求把我弟弟革职并严加审问。审讯了十天，并没有发现什么可疑的线索，又将实情向刑部长官报告，不肯接受。于是又严厉拷问姚廷清，指使他以捐银三百两修理会馆的说法来诬陷我弟弟，姚廷清不忍心这样做。但因连日严刑审讯而难以支撑，就听从了某清的指使诬陷我弟弟。随即召唤我弟弟进行审问，三天过去都没有定案，并且传唤我一同接受讯问。我考虑当时的情势，知道刑部长官一定会为难我弟弟，就对弟弟说："他不过是想剥夺你的官职而已，大不了被革职，为什么要承受这样的折磨呢？"弟弟就认了对自己的诬陷。奏请朝廷后得到批复说："周某是管理会馆的人，假如这项银两入手，虽然没有贪污侵占，但也有挪用的嫌疑。之前已经奏请将其革职，无须再议。"这桩案件一出，京城的人士没有不认为是冤枉的。

不久，被革除功名的生员某清，因恶意讹诈不成而导致案发，案件结束后被释放回家，死在了路上。他的哥哥兵部某人，死在了京城，家里的仆人和侍妾都席卷财物而逃。负责审理这桩案子的官员某人，因为其他案件涉及贪赃枉法被处分发配西域，死在了异乡。乌某补授为县令，兵部某人得到知府的职位，同时被革职；乌某还可以回贵州，某知府则不知道最后怎么样了。不久，主导这桩案件的人，其嚣张气焰也已经灭尽，受到的谴责更加严重。我所见过的报应之事，从来没有如此迅速而且不漏一人的。大概不一定完全是因为这件事，但也不仅仅是因为这件事，苍天在上，怎么能不戒慎恐惧呢？

2.4.4 刘幕

山左吴邑侯（敬森），知贵州桐梓县，因案进省，与其幕宾刘某者，同住杨家客寓。一日，吴赴饮遵义县署，二更时归寓。甫入门，闻搏击声，疑谁与刘幕斗也。推其寝门，视之挥拳如雨，脚亦飞扬。捺之使言，嗒（tà）然若丧，固诘其故，则曰：

“某氏率其女将与我为难也。”

先是，桐邑有童生某赘于岳家，衣服饮食皆资于岳，于是妇有骄色，虽生女已三龄，而反目之端已非一日。某日，其妻虐遇之，生恚甚，持锄柄击之死。其女哭而呼之，并一击而死。

案到官，吴以其寒士，并壮其志气，欲加怜恤。刘为谋删去其女，俾得稍从末减。刘正缮此稿，而冤魂随之耳。夫人命至重，律案难诬，刘不过以一念好生，仅求末减，且受鬼谴，况以赃私出入人罪者乎？此亦周石藩目击之事。

【译文】山东的吴敬森县令，担任贵州桐梓县知县，因为办案到省城，和他的幕僚刘某一起住在杨家客店。一天，吴县令去遵义县衙赴宴，二更时才回到客店。刚进门就听到了打架斗殴的声音，怀疑是谁在和刘某打斗。推开房门一看，只见他挥拳如雨，脚也踢个不停。吴县令按住刘某并让他有话好好说，他表现出非常懊丧的神情，吴县令反复追问其中的缘故，才说：“某氏女带着她的女儿将要为难我。”

在此之前，桐梓县有个童生入赘到岳父家，吃穿用度都来源于岳父，因此妻子对他的态度越来越轻慢，即使生的女儿已经三岁，但是二人之间的矛盾已经不是一天两天了。某一天，他的妻子虐待他，童生恼怒至极，拿着锄柄将她打死了。他的女儿哭着大喊大叫，也一下子把女儿给打死了。

案子上报到官府，吴县令因为童生是贫寒的士子，并为了壮大他的志气，想要可怜体恤他。刘某给吴县令出主意，在文书中删去他杀死女儿的记录，使他能够稍稍减刑。刘某正在誊抄这份文书，而妻女的冤魂就紧接着来了。人命关天，案情不容捏造，必须实事求是，刘某不过出于一丝怜惜童生性命的念头，仅仅想为他争取减刑，尚且被鬼魂谴责，更何况因收受贿赂、贪赃枉法，而故意赦免罪人、冤枉好人呢？这也是周石藩（周际华，榜名际岐）亲眼见到的事情。

2.4.5 孔生

有孔生某者，在黔中为梨园子弟。时周石藩馆于太守赵芦州幕中，值署中演剧，见之。骇其姓，因诘之，据言祖籍山东，其先代官都阃，没于黔，遂家焉。门庭渐落，因岁歉鬻身，价青蚨一千四百文，今十四岁矣。耻隶是役，欲脱无缘。言次，涕泪随之，并求教之以字。石藩怜之，惟念广文冷宦，欲从孽海航人，大不容易。姑叩其赎身之数，则非百金不可。乃述其事于县尉陈君复庐，陈亦心动，许以五十金赎之，班长不可，急挟之遁于滇中。适昆明太守见而异之，并得其颠末，慨然曰："百金，易事耳。"呼班长，立致之。班长又欲倍其值，太守怒白于大府，迫之以刑，乃得赎。

制府伯公，以属通海令，使课之，盖其山东同乡也。有明经张君者，自荐，不取修脯，而自为之师。期年，即读竟《四子全书》，并朱注悉熟。又三年，旋黔，从蒲孝廉学为文，亟谒石藩，执弟子礼。石藩又为达于遵义令张君岱庵，张月给三金以资薪俸；复陈其前状于胡梁园学使（枚），遂入泮。制府伯公喜甚，佽之千金，为购薄产。癸酉，已登拔萃科矣。

石藩曾记其事，或曰是不可记，恐为孔生玷。石藩曰："渠始十二三，如赤子入井，少长即耻求去，其志气已足千古。记之所以哀其志而幸其遇也，何玷之有？”予曰：“此生以克自振拔，不辱其宗，正宜急述之以为人劝。而诸君子所以扶植之者，其功尤不可掩。今石藩家门鼎盛，而张明经、蒲孝廉者，皆已成进士，不必言果报，而果报在其中矣。”

【译文】有一名姓孔的书生某，曾在贵州做戏曲演员。当时周石藩（周际华，榜名际岐）在知府赵芦州的署中做幕僚，正赶上官署里在演戏，见到了孔生。周石藩对他的姓氏非常惊讶，于是追问他，据他说祖籍在山东，他的祖先曾是统兵在外的将帅，逝世在贵州，于是就在这里安家了。家道逐渐没落，由于荒年收成不好，为了生活不得不卖身，价格是一千四百文铜钱，今年十四岁了。虽然以做这个工作为耻，但想要摆脱却没有机会。说着说着，不禁涕泪交流，并请求周石藩教他认字。周石藩可怜他，但考虑到自己只是个教书的闲散官职，想要救渡孔生脱离苦海，实在是很不容易。姑且询问他赎身需要多少钱，他说没有一百两银子是办不到的。周石藩于是向县尉陈复庐先生讲述了这件事，陈先生也有意向想要帮助孔生，答应出五十两银子赎出他，戏班的班主不同意，急忙带着孔生逃到了云南。恰好昆明知府看到孔生也觉得很惊异，了解到事情的来龙去脉之后，慷慨地说：“一百两银子，此事不难。”把戏班班主叫来，立刻把钱给了他。班主又想加倍索要赎金，知府大怒，向上级官府禀告，用刑罚对班主采取了一定的强制措施，才得以为孔生赎身。

云贵总督伯公（伯麟）将孔生的事情委托给通海县令，让他教孔生读书，因为通海县令与孔生是山东同乡。有一位贡生张先生，毛遂自荐主动要求做孔生的老师，并且不收取学费。一年时间，就读完了四书，并且都熟悉了朱熹所做的注解。又过了三年，回到贵州，跟着蒲举人学习写文章；不久去拜访周石藩，孔生向他行以弟子的礼节。周石藩又把孔生的事情告知遵义县令张岱庵先生，张县令每月拿出三两银子作为给蒲举人的薪水；又将孔生从前的情况汇报给贵州学政胡梁园先生（胡枚），于是得以正式入学成为生员。总督伯公非常高兴，资助了他一千两银子，帮他简单购置一些产业。嘉庆十八年（1813）癸酉，已经考取拔贡生了。

周石藩曾经将这件事记录下来，有人说这个不能记，恐怕会成为孔生的污点。周石藩说："他那时才十二三岁，就像初生的孩子爬行掉入井中一样，不是他的错，年龄稍大一些就以此为耻辱，并争取离开，他的志气足以流传千古。之所以记录他的事迹，正是因为感叹他的志气并庆幸他后来的机遇，怎么会成为污点呢？"我说："孔生因为能够努力要求进步、自己振作起来，从而没有辱没自己的祖先，正应该尽快记述下来作为对世人的劝勉。而几位曾经扶持帮助过他的君子，尤其功不可没。如今周石藩家道昌盛、门庭兴旺，而张贡生、蒲举人也都成为进士，虽然他们不要求回报，但是善报已经在其中了。"

2.4.6 三总督

林于川先生，自西域释回，人益轻健，仍在福州授徒讲学，日与家大人过从谈艺，并旁及时事之可惊可喜者。一日，语家大人曰：乾隆庚子，予公车北上，附三总督（宝）眷船由衢至杭，有一仆守船。予偶问："大人有几子？"答云："止一子，初生甫数月。"

因述大人原有两子，巡抚山西时，有县令出，适一骑前行，前导呵之不下；令挥擒之，其人即抽佩刀以拒，刀为前导所夺，询之，则辖下武进士。令以刀诬控，大人遂论死。临刑，其魂即到巡抚署内大诟，满口称冤，扼杀大人之长子，又欲杀其次。大人惧，恳曰："我为令误，何不仇令而仇我乎？"曰："令何能杀我，杀我者汝也，我必绝尔嗣。"又扼杀之，曰："我今且杀令。"遂到令署，亦大诟称冤，谓令曰："汝冤杀我，我必杀汝。"令伏地乞命久之，乃曰："汝行当获罪，姑饶汝。"遂去。无何，令果以罪去官，遣回家眷。甫出郭门，令之妻女忽发狂，自褫其衣至尽，赤体呼冤，万众骇观。其为厉如此！

以《传》载伯有之事观之，非不可信也。予尝述以诫人。及余到新疆，同事王君笃祜，全椒人，有才学，与予同寓州学官舍，唱酬甚洽。谈次，余为述及此事，王独默然。予又述其事于河南李君时景，李曰："汝未知乎？此即王某事也。"予挢（jiǎo）舌久之，曰："甚哉！世路之仄也。予向固尝为王君言之。噫！予之闻是事也，固不知为谁何之人，而漫述之以为戒耳。孰知远在万里外，邂逅相遇，偶述数十年前传闻之语，乃适亲为其事之人乎？益知事不可妄为，言不可妄发。王君之事往矣，而我乃面暴之以触其所讳；我述王君之事屡矣，乃适述之于王君，而悔其所难追。甚矣，言行不可不慎也。然非李君之言，则亦不知为王君之事矣。此中若有天焉，以戒王君，并以戒予也。"

【译文】林于川先生（林雨化，字于川，一字希五，福州螺洲人，乾隆三十三年戊子科举人，历任惠安、韶安、南平、宁德等地教谕）当初蒙冤被流放新疆，被释放回来后，身体变得更加轻盈健壮，仍然在福州教授弟子讲学，每天和我的父亲来往谈论诗文，也会提及近期发生的一些让人惊奇或高兴的事情。有一天，他对我父亲说：乾隆四十五年（1780）庚子，我北上赴京参加会试，搭乘三宝总督（三宝，人名，伊尔根觉罗氏，满洲正红旗人，清朝大臣）的家眷船从衢州到杭州，有一名仆人在看守船只。我偶然问起："大人有几个孩子呢？"仆人回答说："只有一个儿子，刚出生几个月。"

这名仆人于是说起三宝大人原本有两个儿子，大人在担任山西巡抚时，有一位县令出巡，恰好遇到一个人骑马前行，县令的前导大声呵斥让那人让一下路，那人不听；县令指挥手下把那人抓起来，那人就抽出佩刀来抵抗，佩刀被前导夺过去，经过询问，原来是县令治下的一名武进士。县令用佩刀作为罪证向上级官府诬陷控告武进士，三宝大人于是将其判处死刑。行刑的那天，武进士的魂魄就游荡到了巡抚衙门内大肆谩骂，满口喊冤，掐死了三宝大人的长子，又想要杀死他的次子。三宝大人害怕了，恳求他说："我是被县令误导的，你为什么不去找县令报仇而来报复我呢？"武进士说："县令哪里能杀死我，杀我的人是你，我必定要让你绝后。"他又把三宝大人的次子掐死了，说："我现在就去杀县令。"于是武进士的鬼魂到了县衙，也是大骂喊冤，对县令说："你让我蒙冤被杀，我一定要杀了你。"县令跪地乞求饶命很久，武进士才说："反正你很快就要获罪了，姑且先饶过你。"说完就离开了。不久，县令果然因罪被罢官，派人送家眷回老家。刚出城门，县令的妻子女儿忽然发狂，自己脱光了自己的衣服，光着身子大声叫冤，引起许多民众惊骇围观。这是武进士死后魂魄化为厉鬼报仇索命，真是太可怕了！

根据《左传》中记载的伯有为厉（春秋时郑大夫良霄，字伯有，他主持国政时，和贵族驷带发生争执，被杀于羊肆；传说他死后变为厉鬼作祟，郑人互相惊扰，以为“伯有至矣！”后以伯有代称受屈或含冤而死的人。）的事情来看，此事不是不可信的。我曾经向别人讲述这件事来作为劝诫。等我到了新疆，当时的同僚王笃祜先生，他是安徽全椒县人，非常有才华和学问，和我一同住在州学官舍中，我们互相作诗相酬和，相处十分融洽。一次交谈之间，我给他讲述了这件事，他却只是沉默不语。我又把这件向河南的李时景先生讲述，李时景说：“你不知道吗？这就是王先生的事情啊（当事的山西县令就是王笃祜）！”我惊讶得许久说不出话，然后感叹说：“哎呀！世上的道路真是太狭窄了。我过去本来曾向王先生讲述过这件事。唉！我只是听说了这件事，本来不知道当事人是谁，就随时随地讲给别人听，为了让他们引以为戒罢了。谁知道竟然远在万里之外，邂逅相遇，并偶然间讲起几十年前传闻的事情，恰巧听我讲的人就是传闻中的当事人呢？现在更加知道了事情不能乱做，话不能乱说。王先生的事情已经过去了，但我还是当面暴露触犯了他的忌讳；我曾多次讲述王先生的事情，这次正好讲给王先生本人听，使他再次生起无法挽回的悔恨之情。真是太可怕了，说话做事真的不能不慎之又慎啊。如果不是李先生对我说，我也还不知道这就是王先生的事情呢。其中好像有天意，不但是在警戒王先生，也是在警戒我。”

2.4.7 匿情枉法

林于川先生又云：平湖某翁者，老而鳏；一子充驿卒，妇有姿色。门列酒舍，聚无赖子赌。有贵人俊仆，数过其舍，翁悦之，遂以妇饵，有日矣。仆欲长据其妇，与翁谋杀其子。适子从驿晚归，促之行，不可，因坚留之，妇不敢泄。仆已贿里中酒徒，具凶械匿于家。至夜，翁挟肴酒与子饮，且酣，匿者从背后奋大椎击之，跃起丈余，脑裂，血淋漓不死。妇惶恐，早匿楼上，翁乃以绳系颈，命妇勒之，妇不可，因挥绳楼上，劫妇引之，自以两手勒死。

先是，无赖中有某甲，日夜从翁舍赌，忘归，其家束之严，昏夜不得出。翁诘知其故，曰："岂有男儿而受制妇女哉？"乃诱卖其妇。甲既得金，遂纵赌无忌，金随尽。甲既失妇，又亡金，乃大衔翁，早知翁与仆情，是日见往来耳语状，疑之。伺夜潜从窗隙窥之，自其始饮以及行凶之形，历历在目也。

晨起，即扬于众，且首官。贵人密以札与令，寝其事。众怒哄然，因敛钱付甲，驰杭城鸣锣，沿街卖新闻，为官所执。问得其实，悉置之法，而令亦以匿情枉法论死。盖令事发时，贵人亲诣令，诱怀其札，故令欲分其罪而无从也。夫某翁之穷凶极恶不足论，奈何居民上者，徒慑于贵人之势，而纵滔天之恶，以殃及其身哉？

【译文】林于川先生（林雨化）又说：浙江平湖有个某老翁，年老而丧妻；有一个儿子充任驿站士卒，儿媳颇有姿色。老翁在门前开了一间小酒馆，聚集了很多无赖之徒赌博。有贵人的俊仆（男宠的别称），多次光顾他家的酒馆，老翁喜欢他，于是以儿媳妇作为诱饵，这样有些日子了。俊仆想要长期占有驿卒的妻子，就和老翁一起谋划要杀掉他儿子。正好儿子从驿站很晚才回来，妻子催促他赶紧走，驿卒不听，于是坚持留下来过夜，妻子不敢泄露。俊仆已经买通了乡里的酒徒，准备好凶器提前藏在他家里。到了晚上，老翁带着美酒佳肴和儿子共饮，等喝到畅快之时，在家中藏起来的那个人从驿卒的背后抡起大锤用力砸他，跳起来有一丈多高，头颅都裂开了，鲜血淋漓但是没有立即死去。他的妻子很惊慌害怕，早就藏在楼上，老翁于是用绳子系在驿卒的脖子上，让儿媳用力勒绳子，儿媳不愿意，老翁于是把绳子头扔到楼上，强迫儿媳拉住绳子头，而自己用两手勒死了儿子。

在此之前，赌博的无赖中有一个人某甲，一天到晚都在老翁的酒馆里赌博，竟忘记了回家，他的妻子对他管束得很严，使他晚上不能出家门。老翁询问他而知道了其中的缘故，说："哪里有堂堂男子汉被妇女控制的道理？"于是教唆某甲卖掉了自己的妻子。某甲拿到钱后，更加放纵赌博毫无顾忌，钱很快就被赌光了。某甲既失去了妻子，又没有了钱，于是怪罪老翁，他早就知道老翁和俊仆的事情，这天看到他们两个窃窃私语的样子，就心生怀疑。趁夜间悄悄地从窗户的缝隙中窥视，从老翁和驿卒开始饮酒到老翁行凶的场景，他都历历在目。

第二天早晨起来，某甲就向众人宣扬这些事情，并且举报到县衙。贵人秘密地给平湖县令写了一封信，让他平息这件事。众人对此愤愤不平且议论纷纷，于是大家凑集资金交给某甲，让他到杭州城内敲锣打鼓，将这件事作为新闻沿街叫卖，被官吏抓捕起来。经过讯问得知了这件事的实情，将一干当事人全部依法处置，而县令也因知情不报、贪赃枉法被处死。县令的事情败露时，贵人亲自拜访县令，诱惑他交出那封信自己带走了，使县令想要减轻自己的罪责也没有办法。某老翁的穷凶极恶不值得多说，奈何作为百姓的父母官，却因畏惧于贵人的势力，纵容滔天的罪恶，以至于白白地使自己受到牵连呢？

2.4.8 黟县二案

乾隆间，徽州黟（yī）县，有男子娶妇后，父母俱亡，弟幼，兄嫂育之。兄营生于外，后弟年长，兄自外归，嫂置酒慰劳之，呼叔同饮。席间先敬叔，后敬其夫，兄惑焉。终一宿，凌晨即起，顾谓妻曰："我贮货他处，须往发，必半月始归。"言已而去。嫂谓叔曰："尔兄向日还，温言絮语，家人契阔，固应尔尔。昨归后神气索然，剧可疑。今我还家视我父母，必尔兄归而后归也。箱箧皆封键，叔为我谨守房户可矣。"叔诺之而送于门。

夜卧更余，闻叩门声甚急，起出讯之，不辨何人。启户，则裸妇也，急欲闭户，而妇涕泣跪槛前，云："有急难，非君嫂莫救。"曰："嫂已归宁，家中只我一男子，不可留也。"妇紧持户，乞怜不已。无奈，解衣遥掷之，令衣而入，宿嫂空房。已乃喟然曰："我一男子，而深夜纳一妇人，何以自解？且渠无衣，天明又将何以遣之？"于是锁重门而出，嫂父家不远，寅夜往告之使归，与之衣而遣之。嫂曰："夜已半，我不可以归。"时嫂父在堂，曰："若然，叔亦暂留吾家，晨当同归，善遣之。"叔遂归钥于嫂，而自寝别室。

嫂之弟闻而生心焉，遂窃其钥而往，仓忙入户，不及键，与妇抱卧。适兄夜归，推门已启，侧身潜进，历重门，伏于房外，闻秽亵声。怒甚，操刀而入，尽杀之。而奔告于妻家曰："尔女与叔通，我皆杀之矣。"妻父曰："尔何言？女与叔咸在是。"悉呼至，兄愕然曰："然则妇何人？"嫂与叔齐述夜间事，兄憬然曰:“误矣。然则男何人?”嫂环顾一家,不见弟,急索钥,不可得。曰:“是必弟不肖,已为刀下鬼矣。”群奔至家,验之良是,而不知妇所从来。无何,有杀奸而逸其妻者,喧传遍索,导之使验,曰:“嘻,是也,幸代歼之矣。”乃共闻于官,令各掩埋而释之。

黟县又有姊妹二人,所适夫家相去不远,每归宁,妹常便道至姊所,邀与俱归,暮则宿姊所,习以为常。一日,将祝父寿,约同往,姊置馔候之。日晡不来,谓其叔曰:“此去涉岭路艰,势难久待,我先往,妹至留宿我空房中,待旦而行可矣。”良久,妹至,叔迎门述嫂意止之,款而宿焉。薄暮未暝,叔不耐卧,反扃其门而游于市。过日间沽酒肆,呼与语,问:“何客来,须置酒?”叔告之故,肆人曰:“然则子不便归,留此共酌可乎?”叔诺之,于是列佳肴、斟美酝,长谈畅饮。叔沉醉,隐柜而卧。

肆人窃其钥,悄然往。入门,瞰空房户牡,以锥剔之,妹闻户有声,曰:“叔向端谨,何忽有此举?”计床后有板扉,潜启而逸,匿于柴室丛中。肆人入户,登其床,虚无人也。曰:“从他遁,我且伏而伺之。”月微明,见屋间有妇匍匐而下,拥而纳诸床。事已,询妇,曰:“吾某邻妇也,乘间思窃其物,尔音非叔,果何人乎?”肆人述其由,妇曰:“素识也,可频来。”肆人患其扰,恶而贼之,潜归,叔犹然酣卧也。纳钥,呼之起,曰:“天将明矣。”

黎明苍皇返,适妹自柴中出,让叔曰:“汝何遽无良,剔我户牡?”叔力辨其无,妹举脱牡为证。叔讶而入,见尸于床,曰："此邻妇也，何自来哉？抑孰贼之？"乃鸣之官，官验讫，详讯夜来情状，曰："是必有异。"立拘肆人严鞫之，吐其实。乃定罪案，而叔之无辜以雪，妹亦免于难，以保其身。

【译文】乾隆年间，在安徽黟县，有一名男子娶妻之后，父母双亡，弟弟还年幼，哥哥和嫂子抚养他。哥哥在外做生意，后来弟弟长大了，哥哥从外地回来，妻子准备了好酒好菜犒劳他，叫小叔子一起来喝酒。席间妻子先向小叔子敬酒，再向丈夫敬酒，丈夫很疑惑。哥哥休息了一夜，凌晨就起床，回头对妻子说："我把货物贮存在了其他地方，现在要去发货，至少需要半个月才能回家。"说完就离开了。嫂子对小叔子说："你哥哥从前回来，总是对我温声细语，家人久别重逢本来就应该这样。昨天回来后他兴致索然，非常可疑。今天我回娘家看望我的父母，一定要等你哥哥回来之后我再回来。箱子都封锁好了，你帮我小心看好门户就可以。"小叔子答应并送她出门。

晚上睡到一更天时分，突然听到很急促的敲门声，起身出来询问敲门的人是谁，听不清楚是什么人。打开门一看，只见是一个光着身子的女子，急忙想要关上门，妇人哭着跪在门槛前，说："我现在遇到了急难，除了你家嫂子没人能救我。"弟弟说："嫂子已经回娘家了，家中只有我一个男子，不方便留你。"妇人紧紧地抓着门，不停地乞求怜悯。无奈之下，他脱下自己的衣服远远地扔给了她，让妇人穿上衣服进来，借宿在嫂子的空房间。自己感叹说："我一个男子，半夜三更收留了一名女子，怎么来证明自己的清白呢？况且她又没穿衣服，天亮了又如何让她离开呢？"于是锁上了两道门出去了，嫂子的娘家离这不远，连夜赶去将这件事告诉嫂子，让嫂子回来给那名女子衣服并打发她离开。嫂子说："现在已经是半夜了，我不可以回去。”当时嫂子的父亲在屋里，说：“如果这样，小叔子也暂时留宿在我家吧，明天早晨一同回去，妥善地打发她走。”小叔子于是把房门钥匙还给嫂子，然后自己到别的房间休息。

嫂子的弟弟听到他们的谈话后起了色心，就偷了姐姐的钥匙前往，匆忙进门，还没等锁好门，就迫不及待地去搂抱那名女子。正好姐夫晚上回家，推门发现门是开着的，于是侧着身子悄悄进门，经过两道门后，埋伏在房门外，听到屋里男女调笑的声音。顿时大怒，拿着刀进去，把两个人都杀了。然后跑到妻子的娘家对岳父说：“你的女儿和我的弟弟私通，我把他们都杀了。”妻子的父亲说：“你何出此言呢？我的女儿和小叔子都在这里呢。”把他们都叫过来，兄长惊愕地说：“那么房间里的那个女的是谁？”妻子和弟弟一起把晚上发生的事讲述了一遍，兄长恍然大悟说：“原来是误会啊。那么房间里的那个男的又是谁呢？”妻子在屋内环顾一周，没有看见自己的弟弟，急忙寻找钥匙，没找到。说：“这一定是我不成器的弟弟，现在已经成为刀下之鬼了。”几人一起跑回家，经过查看发现果真是这样，但并不知道女子是从哪里来的。不久，有人声称捉杀奸夫淫妇时妻子逃跑了，到处宣传并寻找妻子的下落，有人引导他前来验证，说：“嘿，就是她，幸好你们帮我杀了她。”于是一同去报官，官员让他们各自埋葬死者并放他们走了。

黟县又有姐妹二人，两人所嫁的夫家相距不远，每次回娘家，妹妹通常顺道先去姐姐家里，邀请姐姐一起回娘家，晚上回来就住在姐姐家里，已经习以为常。一天，两人将要为父亲祝寿，相约同去，姐姐准备好饭菜等候妹妹。到了下午还没来，对她的小叔子说：“这一去跋山涉水、路途艰难，势必不能再等了，我先回娘家，等我妹妹来了就让她住在我的房间休息一晚，等第二天早上再出发就可以了。”很久之后，妹妹到了，小叔子将她迎进门并转达了嫂子的意思，款待并留她住下。傍晚天还没黑的时候，小叔子不愿躺在床上，把门反锁上之后去集市上闲逛。经过白天买酒的酒店，店主跟他打招呼并说话，问道：“家里来了什么客人，需要准备酒水呢？”小叔子把事情的原委告诉他，店主说：“那么你确实不太方便回家，留在这里一起喝杯酒怎么样？”小叔子答应了，于是店主准备佳肴，倒上美酒，二人畅谈酣饮。小叔子喝得大醉，靠着柜台睡着了。

酒店店主从小叔子身上偷拿了钥匙，悄悄地前往他家。进门后，看到房门上插着门闩，正用锥子撬开，妹妹听到门外有动静，说：“叔叔一向端正谨慎，为什么忽然有这样的举动？”她想到床的后面有扇板门，偷偷打开逃出去，藏在了柴房的草堆里。店主进入房间，发现床上已经没有人了，心说：“从其他的地方逃走了，我暂且藏在这等她回来。”月光稍微明亮的时候，看到屋里有个妇人趴在地上，店主抱起她放到了床上。事情结束之后，询问妇人，妇人说：“我是这家的邻居，趁机想来偷他家的东西，听你的声音不是小叔子，那你是什么人呢？”店主说了其中的缘由，妇人说：“本来就认识，以后可以经常来往。”店主担心她骚扰自己，非常厌恶就把她杀了，偷偷回到酒店，小叔子还在酣然大睡。店主把钥匙放回去，把他叫起来，说：“天快亮了。”

黎明时分，小叔子匆忙返回，正好撞见妹妹从柴草堆里出来，责备小叔子说：“你怎么这样没安好心，大晚上撬我的门闩？”小叔子极力辩解自己没有做过此事，妹妹拿出脱落的门闩为证。小叔子惊讶地进入房间，看见床上有一具尸体，说：“这女的是我家的邻居，她怎么会在这里？又是谁杀死了她呢？”于是去报官，官员勘验完毕，仔细地询问昨天夜里以来的情况，说：“这一定有异常情况。”立即抓捕酒店店主严厉审讯，他吐露了实情。于是定罪结案，小叔子的无辜得以澄清，妹妹也幸免于难，保全了自己的名节。

2.4.9 《海南一勺》数事

广丰徐白舫吏部（谦），奉持观音大士经咒甚虔，尝辑《海南一勺》内外函数十卷，备述灵感之迹。中有近事数条，尤信而可征，兹特录出。

如云：海阳周武堂明府，尝言《高王观世音经》及《大悲咒》，遇难默诵即能免厄。嘉庆六年八月初八夜，余偕明府从陆路兼程进省，至惠阳始登舟，舟人满挂蒲帆，从月色昏黄中行至番禺鹿步滘（jiào）。适狂飓覆舟，余坠深渊，觉水底有物托余足而上。明府及同舟者亦俱坠而获救，其衣服文书全行湿透，惟所藏之《高王经》外湿内干。吁，亦异矣！

又云：桂林粟孝廉（楷）之父某，客维扬，以七月七日渡江。怪风骤起，时同行舟半覆溺，其舟亦篷转江心。某惟默诵《观音宝咒》不绝，并设愿印施一万二千卷，俄而飘往关口，得无恙。自苏旋扬时，届重九，甫出镇江口，涛头扑舟，舟子力阻旋舟，某亦默诵《观音咒》，亦径渡无恙。

又云：滇南陈太守（廷堉），素奉大士最虔，日诵《大悲咒》，虽忙迫不少辍也。道光癸巳秋，以同知擢永昌守，由汉江入都。一日，偶出船眺望，适榜人转帆，失足坠江。时值风驶，瞬息间船已去里许。自言坠江时，浪花掀天而水仅及膝，两足如有物夹持者，不遽沉，亦不能动，惟袍襟飘荡水面而已。急诵《大悲咒》，未三遍而救者至，身以上未尝沾湿也。

又云：是年有浮梁程孝廉（昭）者，以公车报罢，返棹至大江，怒涛覆舟，随舟漂荡至十余里。苍黄之际，惟一心虔诵《心经》，忽得抱舷于覆舟之下，若有物承其足者，转藉得微坐。及闻人声喧哗，乃急呼救，遂登岸焉。

又云：上海陈茹征为余言，乾隆壬寅十一月，其里人俞宗妻忽寒战谵语云："我婆媳两人行路经此，饥甚，必以酒食饷我。"喃喃不已，审其音，无锡人也。邀其邻医郁在中就视诊之，无脉，曰："此不可药治，疑有祟，盍延观音堂僧诵经解之？"俞即延僧为诵《心经》《大悲咒》《金刚经》，甫一周，即闻病者诮让云："我初不肯入，汝必欲来此，今何如？遍体皆飞刀刺我，痛不可忍，其速去。"媳唯唯，已而寂然。乃不复寒战，惟神气稍呆。越宿而起，则已愈矣。

【译文】江西广丰的徐白舫吏部（徐谦，字益卿，号白舫，又号鹤子、鹤洞子、四香老人等，世称徐太史，嘉庆十六年辛未科进士，清代官员、学者，致力于编刊善籍，著有《悟雪楼诗存》《孝经讲义》《桂宫梯》《物犹如此》《海南一勺》《关帝阐化编》《灵山遗爱录》《恐惧修省录》《蕊榜捷报录》等约六十余种），非常虔诚地信奉持诵观世音菩萨的经文咒语，曾经编辑《海南一勺》一书，全书分为内函、外函，共有几十卷，完备丰富地记述了观世音菩萨灵验感应的事迹。其中有几则最近发生的事例，非常真实可信而且有证可考，因此特地辑录在这里。

比如说：广东海阳县（今潮州市潮安县）的周武堂县令，曾经说遇到灾难和危险时，默默念诵《高王观世音经》和《大悲咒》，就能免除灾厄。嘉庆六年（1801）八月初八日的晚上，我和周县令一起从陆路连夜赶路前往省城，到惠阳县才上船，船夫张满了船帆，在昏黄的月色下行驶到番禺县的鹿步滘。恰逢一阵狂风将船掀翻，我掉入海里，感觉水下有东西托着我的脚将我托起来。周县令和船上的人也都坠入海里然后被救了上来，他的衣服文书全都湿透了，只有随身珍藏的《高王经》外面潮湿而里面干燥。唉，也真是神奇啊！

又说：广西桂林的粟楷举人的父亲粟某，客居在扬州，在七月七日这天要渡江。忽然刮起一阵怪风，当时同行的船有一半都被掀翻沉没了，他的船也随风飘转到江心。粟某只是不停地默默念诵《观音宝咒》，并许愿如果得救就印送施舍《观音宝咒》一万二千卷，不一会儿他的船就飘向了港口，得以平安无恙。从苏州回扬州时，正值重阳节，刚出镇江口时，大浪扑向自己的船，船夫极力阻止翻船，粟某又默念《观音咒》，也是直接安全渡江。

又说：云南的陈廷堉知府，一向虔诚地信奉观音大士，每天念诵《大悲咒》，即使有时公务繁忙时间紧迫也从不懈怠。道光癸巳年（1833）的秋天，由同知升任为永昌知府，从汉江进京。一天，偶然走出船舱在甲板上远眺，恰好船夫转动船帆，陈知府被船帆扫到失足掉入江水中。当时正赶上顺风行驶，瞬间船已经向前行驶了一里多。他自己说坠入江中时，浪花滔天但是江水却刚没到膝盖，双脚就像有东西在支撑着，不会立即沉下去，也不能动弹，只是衣服的襟带漂在水面上而已。急忙背诵《大悲咒》，还没有背完三遍救他的人就来了，整个上半身都没有被水沾湿。

又说：这一年，有一名江西浮梁的举人程昭，因为会试落榜，从京城返家，坐船渡江时，汹涌的波浪把船掀翻了，程举人随着船一起飘荡了十多里。惊慌之际，只能虔诚地背诵《心经》，忽然得以在翻了的船下抱住了船舷，好像有东西托着自己的脚，然后借以能够稍微坐一坐。等到听见有人吵闹说话的声音，就急忙大喊救命，于是被救上岸。

又说：上海的陈茹征对我说，乾隆壬寅年（1782）十一月，他的乡里人俞宗的妻子忽然浑身发抖说胡话："我们婆媳二人赶路经过此地，非常饥饿，一定要准备酒菜来招待我们。"一直喃喃自语说个不停，仔细辨别她的口音，听起来像是无锡人。邀请邻居的医生郁在中前来诊治，发现没有脉象，说："这不是用药物可以治疗的，我怀疑是有鬼祟，为何不邀请观音堂的僧人诵经化解呢？"俞宗就请僧人为妻子念诵《心经》《大悲咒》《金刚经》，刚一周过去，就听见患病的妻子讥讽责备说："当初我不肯进来，你一定要来这里，如今怎么样？全身好像被飞刀所刺，疼痛难忍，还是快走吧。"又以儿媳的语气连声答应，一会儿就没有动静了。于是妻子不再发抖，只有神情稍显呆滞。睡了一晚，第二天起来就已经痊愈了。

2.4.10 强暴稽诛

新安富姓某者，商于江右，性淫暴。尝偕客游松门，途遇浣女娟好，命僮仆促入丛林深处，欲污之。女滚地哭骂，抵死不从。某将纵之去，有刘姓客者，趣缚而轮污之，惨死林下。女家得尸，控于官，捕凶久不获，案遂寝。

某一子蠢而劣，年二十一；女美而慧，年十八，未字。同伴入山采茶，雨骤至，失伴，独立岩下，忽闻石壁中有唤其闺名者，大怖。石中曰："汝无怖，我山神也。汝父客中逞暴，污一良家女致死，女已诉之冥司，将报之汝身。观音大士念汝母贤淑，日诵经咒甚虔，且长斋戒杀，发大慈悲，令解汝厄。汝父作恶不悛，大厄将至。汝当速归，此非善地也。”女踉跄冒雨行，寻见女伴聚立山亭，旋有四五恶少至，指女笑曰：“不在岩下，何故狂奔至此？”饱眼而去。女始悟非善地之言，微神言，几遭狂暴，默诵观音号不绝。

归白母，母叹且泣曰：“以汝父素行，何事不为，神佛岂欺人哉？”自此戒律弥严，女亦诚心奉大士。其子未婚，常梗母命。一日为人所诳，谓世间惟太监最乐，因自阉而死。未几，某归，妻以女之事、子之死详告之。某仰首呵斥曰：“妇人畏鬼信佛，乃欲以冥报吓我。如果有地狱，吾将遍历所谓刀山剑树者以广见闻，何惧之有？”妻哂曰：“以若所为，恐十八重地狱尽当奉屈一游，但恐流连忘返，不能再入人世耳。”某怒，乃析宅而居。

仅月余，遂病，日见前死女子，或立榻前，或坐室中，若有所俟者。凡数夕，女又引两青衣械一人至，则前趣缚之刘客也。某凄怆不胜，呼妻女至前，恸哭告所见，乞为诵经忏悔。言未终，忽声喘如牛，大叫“我去，我去”而死。后有人从江右来言，刘客于某月日自刃而死，甚惨。正某死之前一日也。

徐白舫曰：“庶女一呼，雷霆下击。此女正气喷薄，百折不回，可怜，可敬。犹恨强暴之报迟迟，窃谓未快人心也。”此嘉庆年间事。

【译文】浙江新安县有一个富翁某人，在江西经商，性情荒淫残暴。曾经和客人一起去松门游玩，路上遇到一名在水边洗衣的女子，姿容姣好，命令随行的奴仆将女子拖入树林深处，想要奸污她。女子满地打滚又哭又骂，拼死不从。某人见状准备放她走，有一个姓刘的客人上前绑住女子，然后轮流将其奸污，致使女子惨死在树林中。女子的家人找到了她的尸体，向官府报案，官府长期未能将凶手抓获归案，这件案子就搁置了起来。

某人有一个儿子，愚蠢且顽劣，现年二十一岁；还有一个女儿，美丽而聪慧，现年十八岁，还未出嫁。女儿和她的同伴一起进山采茶，突然下起了雨，和同伴走散了，独自站在岩壁下避雨，忽然听到石壁间有人在叫自己的闺名，非常害怕。石壁间的声音说："你不要害怕，我是山神。你的父亲在外地行凶作恶，奸污了一名良家女子导致其死亡，女子已经在冥司控诉，将要报应在你身上。观音大士考虑到你的母亲贤良淑德，每天非常虔诚地诵经持咒，而且长期持斋戒杀，因此发大慈悲心，命我来帮你化解厄难。你的父亲长期作恶，不思悔改，大难将要临头。你快回家去，这里不是什么好地方。"女儿冒着雨跌跌撞撞地往回跑，然后看到女伴们一起站在山间凉亭中避雨，紧接着有四五个无赖少年到了，指着女子调笑说："不在岩壁下避雨，为何狂奔到这里呢？"无赖少年盯着女子看了个够之后就走了。女儿才明白山神所说的这里不是好地方的话，如果不是山神告诉她，差一点就要被强暴，感到非常后怕，不停地默念观世音菩萨的名号。

女儿回到家后把经历的事情告诉了母亲，母亲一边叹息一边哭着说："以你父亲平素的所作所为，什么事情做不出来呢？神佛怎么会欺骗人呢？"从此以后母亲持守戒律更加严格，女儿也诚心信奉观音大士。他的儿子还没有成婚，经常违背母亲的教导。一天被别人哄骗，说世间只有太监最为快乐，因此自己阉割了自己而死。不久，某人回家了，妻子把女儿的经历和儿子的死因都详细地告诉他。某人抬着头呵斥她说："妇道人家怕鬼信佛，还想拿冥司报应来吓唬我。如果真有地狱，我打算把所谓的刀山剑树都经历一遍来长长见识，有什么可怕的呢？"妻子讥笑他说："以你的所作所为，恐怕十八层地狱都要委屈你游历一遍，只怕你流连忘返，不能再回人间了。"某人大怒，于是和妻子分开居住。

仅仅过了一个多月，某人就生病了，每天看到之前死去的洗衣女子，有时站在床前，有时坐在屋里，好像在等待什么人一样。这样过了几个晚上，女子又引导两名差役拘押着一个人来了，就是之前上前绑住女子的刘某。某人不禁惊惧悲痛，叫妻子女儿到跟前，然后大哭着告诉她们自己见到的情景，请求她们为自己诵经忏悔。话还没说完，忽然气喘如牛，大叫着"我去，我去"就死了。后来有人从江西捎信来说，某月某日刘某突然自己拿刀把自己捅死了，死状很惨。正是某人死的前一天。

徐白舫先生(徐谦)说："平民女子遇难喊冤，天雷下击惩凶除恶。这名女子正气迸发，百折不挠，既可怜，又可敬。只是遗憾恶徒的报应来得太迟，我认为这个结果不够大快人心。"这是嘉庆年间的事情。

2.4.11 冥游确记

长洲朱生(兆庚)自述：其妻程氏，素有肝疾，上年五月疾大作，兼病暑，时作鬼语。乞予诵《大悲神咒》以资超度。予为庄诵七遍，病者神气稍定。予问鬼与病者有夙冤否？曰："无。"然则病无妨否？曰："无妨，至诚念佛，可即瘳(chōu)耳。"异日，余赴塾为友言之，疑信者各半。余为晨夕诵《大悲咒》，氏病竟痊。

今岁八月初旬，前疾复作，仍谵语。然病至二十余日，水米不入口，气息奄奄，而口中仍喃喃念“阿弥陀佛”至千百遍，气尽力竭，不敢少休。延至九月初五日酉刻，忽发狂叫云：“人唤我去矣，船已在门前矣，奈何？”遂不知人事，惟念佛不绝声。良久自言曰：“此何处？”即复作老妪声口应曰：“此东岳也。”遂作进见礼拜状，形色股栗。须臾又至一处，复作老妪声曰：“此地小立，且俟开门。”既又作皂隶喝道声，鸣锣放炮击鼓声。

顷之，又言：南面者登座矣。冥王冕冠紫袍；两旁判吏，自堂上排至廊下，皆长桌子；阶下军隶站班者约二百余。又见书架无数，上置簿子几万本；另有卷案，似阳间手卷式。审问事件甚夥，审毕将案卷发出。

所审第一起，系秀才，着蓝色衣，腰挂秋香手帕，从中门进；俄而出，衣衿悉褫（chǐ），垢面蓬头，遍身皆血，体无完肤。问之吏，乃云：“秀才好食牛肉，故受拷掠也。”

第二起，是一乞丐，携断竹破篮，下体仅遮敝席一片，伛偻上堂。略问数语，即下。笑容可掬，口惟念佛，蹑空而哂。旁一吏云：“是人以夙业，生前罚为乞丐，平日不食荤酒，常念阿弥陀佛，梦中不绝声。冥王嘉其笃志，将历劫罪障悉除，兹径往西方，是以喜形于色耳。”

第三起，见四人舁（yú）肩舆至，中坐一媪，冥王出座，一揖而别。舆后有鳝鱼十三担，又田鸡、螺蛤、虾蟹无数。旁吏谓诸犯曰：“此婆婆年八十三岁，自廿三岁念佛持斋，至老不倦。随舆者，皆生前所放物命也。”

第四起，见群羊腥膻难近，一人裸身而前，羊齐啮其足。吏云："是人在生为羊贩者。"

每审一案，刑甚惨，号啕之声震于外。氏私问吏曰："今日所审，何只问杀生事？其余不孝、不慈及谋财害命等情，岂无一人犯者耶？"吏曰："他案各有掌管衙门，不在此审讯；且忤逆劫盗，阳律可畏，犯者犹少。惟杀生一节，世人肆贪口腹，恬不为怪，但嗜己之肥甘，谁顾物之冤苦？岂知一到此间，生前杀孽，丝粟有报。汝若还阳，须将今日所见，一一说与人知也。"

候至第十六起，始唤程氏，乃从第七层阶前跪下。自禀程姓，翁已故，姑六十二岁，父母俱亡。夫业儒，年三十二，五月生，其日时全不记得。堂上者喝曰："已知之，不必多说。"见案上簿子长三尺余，阔二尺余，字如人世洋钱大。所注"朱门程氏"名下有五行半大字，红圈二个。旁黑面判官曰："汝幸少杀业，故案簿上字寥寥数行，自后照常为人，尚有好处。冥司最重《金刚经》及《大悲咒》，纵有罪孽，亦可忏悔。汝记之，慎勿随众杀生，造无量冤孽也。"寻命起而下阶，不知所审何案，亦不见质审之人。

心中惶恐，急欲归家，奈铁栅封钥。有一人领至刀山，见刀剑插空，刀上人穿胸洞胁，血肉淋漓，且皆无耳，氏不忍视，急趋而出。小憩青石上，回望东首，都是惨惨可怜人；因西向视之，则皆游行自在，多欣喜容。又见中庭堆衣如山，旁人谓此剥衣亭也，临终衣服如系僭越，不论有罪无罪，至此必剥去。小顷，遂开栅门，拥挤出者纷纷，小路有千万条，有一人领之，从西边排巷走，内黑暗如漆，走出即见停船所，仍下船归家而醒。

（从“此何处”起，至此句止，皆病人口说。）

醒后问之，皆了了，与昏愦时所言无二，时漏下三鼓矣。遂索粥饮即睡，至晓寂然，病势亦渐减。此予与薇卿五弟及女子仆妇同在床前，历历在余耳中，即不啻历历在予目中。因序其颠末，不敢增减。惟愿善信者，悟阴阳之一理，惕果报之难逃，痛戒杀生之孽，免堕轮回；力行念佛之功，往生净土。即以《冥游确记》名其篇。

徐白舫曰：“此道光十三年的的实实新果报，是年予客江苏，林少穆同年招之节署，其门下士刘秀才嗣龙贻此帙，朱与刘同年友也。因亟录编中，俾世人共见共闻之。”

【译文】江苏长洲县（今苏州市）的生员朱兆庚（字曜文，号吟白）自己讲述说：他的妻子程氏，一直患有肝病，去年五月肝病发作得非常厉害，再加上因天气炎热而中暑，不时地说一些胡话。请求我念诵《大悲神咒》来帮助她超度冤鬼。我替她庄重地念诵了七遍，病人的精神和气色稍微安稳下来。我问那个鬼和病人往昔是否有过冤仇？鬼回答说：“没有。”又问病情是否没有大碍？鬼回答说：“无妨，只要诚心念佛，就可以痊愈了。”第二天，我到学塾把这件事说给朋友们，相信的和怀疑的各占一半。我继续为她每天早晚念诵《大悲咒》，妻子的病竟然痊愈了。

今年八月上旬，程氏的病又发作了，依旧是说胡话。然而病了二十多天，滴水未进、粒米未食，气息奄奄，但是口中仍然不停地念着“阿弥陀佛”，多达千百遍，用尽气力也不敢稍有懈怠。这样的状况一直持续到九月初五日的酉时，她忽然发狂大叫：“有人叫我过去，船已经在门外了，该怎么办呢？”于是便不省人事，只是念佛依然没有停止。过了许久自己又说："这是什么地方？"立刻变成老妇人的声音说："这里是东岳大帝府。"于是做出进见参拜的样子，神色严肃，令人不寒而栗，瑟瑟发抖。不一会儿又到了一个地方，又以老妇人的声音说道："在这里稍微站一会儿，等候开门。"又做出衙门差役呵斥开道的声音，以及敲锣、击鼓、放炮的声音。

过了一会儿，又说：一位面南而坐的人登上了高座。冥王头戴冠冕、身着紫袍；两旁的判官，从堂上一直排到了走廊，都是长桌子；台阶下站班的军士、隶卒有二百多人。又看见无数个书架，上面放置着几万本簿册；另外还有案卷，好像是阳间的手卷（只能卷舒而不能悬挂的横幅书画长卷）式样。审问的案件有很多，审完之后就将案卷发出去。

所审理的第一起案件，是一名秀才，穿着蓝色的衣服，腰间挂着秋香手帕，从中门进入；不久出来了，衣服都被剥光，蓬头垢面，满身是血，体无完肤。询问判官，回答说："这名秀才爱吃牛肉，所以受到了严刑拷打。"

第二起案件是一个乞丐，拿着断竹竿，挎着破篮子，下身只用一片破席遮挡，佝偻着身子上堂。稍微问了几句话，就下来了。笑容满面，口中只是在念佛，双脚凌空飞往西方去了。旁边一个判官说："这个人因为宿世的恶业，生前被罚为乞丐，平时不喝酒吃肉，经常念诵阿弥陀佛名号，梦中也不停止。冥王嘉许他坚定的心志，将他多生多劫以来的罪业和孽障都消除了，现在径直往生西方极乐世界，因此喜形于色啊。"

第三起，看见四个人抬着一顶轿子到了，里面坐着一位老妇人，冥王起身离开座位，向她作了一个揖后告别。轿子后有鳝鱼十三担，又有田鸡、螺蛳、蛤蜊、虾、蟹之类不计其数。旁边的判官对众犯人说："这位老婆婆现年八十三岁，从二十三岁起就开始念佛、守持斋戒，到年老也没有懈怠。跟随在轿子后面的，都是她生前所放生的物命。”

第四起，看见一群羊，腥膻气味很重，难以靠近，一个人裸着身子上前，群羊一起咬他的脚。判官说：“这个人生前是买卖羊的商贩。”

每审一桩案子，用刑极为残酷，犯人号啕大哭的声音传到外面。程氏私下里问判官说：“今天所审理的案件，为什么只问关于杀生的事？其他的比如子女不孝、父母不慈和谋财害命等罪过，难道就没有一个人犯吗？”判官说：“其他类型的案件各自都有掌管的衙门，不在这里审讯；况且忤逆、抢劫、盗窃，阳间的法律规定严厉可怕，犯的人很少。只有杀生这一项，世人肆意贪图口腹之欲，满不在乎不以为怪，只顾满足自己对美味的贪欲，谁会顾及动物的冤苦呢？哪里会知道一到这里，生前的杀生罪孽，即使一丝一毫都有报应。你如果返回阳间，必须将今天所见到的一切，一一说给世人知晓。”

等审到第十六起案件，才叫到程氏的名字，于是就在第七层台阶前跪下。自己禀告自己姓程，公公已经去世，婆婆六十二岁，自己的父母都去世了。丈夫是个读书人，今年三十二岁，五月出生，具体的日子和时辰已经不记得了。堂上的人大声喝道：“这些都已经知道了，不必多说。”看见桌案上的簿子长三尺多，宽两尺多，上面的字像人世间的洋钱一样大，在“朱门程氏”的名字下面标注了五行半大字，两个红圈。旁边的黑面判官说：“幸亏你的杀业比较少，所以案簿上的字只有寥寥几行，从今往后照常做人，且还会有其他好处。冥司最看重《金刚经》和《大悲咒》，即使有罪孽，也可以忏悔。你要记住，千万不要跟随众人一起杀生，造下无量无边的冤孽。”然后让她起身走下台阶，她不知道接下来所审的是什么案件，也没看见审问的人是谁。

程氏心中惶恐不安，急切想要回家，奈何有铁栅栏封住并上锁。有一个人领着她到了刀山，看见刀剑插向空中，刀上的人胸肋部位洞穿，血肉淋漓，而且都没有了耳朵，程氏不忍心看，急忙快步离开。在青石上稍作休息，回头向东看，都是凄凄惨惨的可怜人；又向西看，则都是来去自由自在，脸上大多是快乐喜悦的表情。又看见庭院中间衣服堆积成山，旁边的人说这是剥衣亭，临终时所穿的衣服如果超越本分，不论有罪还是无罪，到了这里都必须剥掉。过了一会儿，铁栅栏门打开了，很多人拥挤着出去，有千万条小路，有一个人领着他们，从西边一排排的巷子走去，里边漆黑一片，走出来就看见停船的地方，然后下船回到家后就醒了过来。（从“此何处”起到这句为止，都是程氏自己口述的）

醒来后问她所见所闻，都记得清清楚楚，和她昏迷时所说的没有两样，当时已经是三更天了。于是向家人要了一碗粥，喝完就睡了，直到天亮都很安静，病情也逐渐好转。这些都是我与五弟薇卿以及女儿、儿子、仆妇一同在床前亲耳听到的，她所说的话还清清楚楚盘旋在我的耳朵里，所描述的情景就如同清清楚楚地呈现在我眼前一样。于是将自始至终的经过情形原原本本记录下来，不敢有所增减。但愿各位善男信女，能够从中明白阴间阳世的道理是相通的，警惕因果报应是难以逃脱的，下定决心戒除杀生的恶业，以免堕入轮回；极力落实念佛的功德，往生净土。于是将这篇故事起名为《冥游确记》。

徐白舫先生（徐谦）说：“这是发生于道光十三年（1833）的真实的最新的因果报应事例，这一年我客居于江苏，与我同榜考中进士的林少穆先生（林则徐）邀请我到巡抚衙门，他门下的幕僚刘嗣龙秀才把这本小册子赠送给我，朱兆庚和刘秀才是同一年考中的朋友。于是就把这件事辑录在书中，让世间人都能够看到、听到。”

2.4.12《慈生编》

张辛田邑侯(用熺)奉差过浦城，家大人留饭于北东园，以《慈生编》一册赠余。中有一条最可警世者，云：人情于诞日、生子日、婚嫁日，大会宾朋，莫不步步求吉祥称意。或率然堕一瓶、断一钗，必籍籍疑不利。而庖人几上刳(kū)肠抉胃，肉血淋漓，此之不祥，视他不祥孰大？至于疾病，皆关定数，惟有开笼放雀，解网纵鱼，差冀可消夙孽。今反烹宰求禳，听命于巫祝，一祷不应，至再至三，徒戕物命，增杀业，其无益有损也明矣。按，此山左赵序堂先生(未彤)之言，家大人曾于京邸闻而记之。

【译文】张辛田县令(张用熺)奉命出差经过浦城，我父亲留他在北东园吃饭，他把一本《慈生编》赠给了我。书中有一则内容，最可以用来警醒世人，说：以世上的风俗习惯，人们往往会在生日、生子日、婚嫁日等，大摆宴席招待亲戚朋友，无不是为了图个步步顺心、吉祥如意。有时不小心打碎一个瓶子、折断一支发钗，必定会议论纷纷，怀疑不吉利。然而厨师在案板上将鸡鸭鱼猪剖腹刮肚、摘肠去胃，血肉模糊，鲜血淋漓，这其中的不吉祥，相比于其他的不吉祥，哪一种更严重呢？至于疾病，都和命运定数有关系，只有打开笼子放飞鸟雀，解开渔网放生鱼儿，或许才有希望可以化解宿世的冤孽。如今反而宰杀牲畜并烹煮其肉来祭祀祈神以消解灾祸，听从巫婆神汉的摆布，祈祷一次不灵验，那就两次、三次甚至多次，白白地戕害动物的生命，增长自身的杀业，这样做没有好处只有害处也是很明显了。说明，这是山东的赵序堂先生（赵未彤，乾隆五十五年庚戌恩科进士）说过的话，我父亲曾经在京城听到并记录下来。

2.4.13 某方伯

张辛田又曰：近有某方伯者，好作威福，平时为两府所制，愤不能平。适督部引疾去，抚部兼理督篆，因须出驻海滨，于省城诸务不能兼顾，奏将抚篆交藩司护理。某方伯意得甚，未及一月，欲甄别实缺知县十六员，并请拣发知县二十员听用，开单嘱两司具详，两司难之。而某方伯意已决，遽厉声曰："吾疏稿已具，公等即不具详，日内亦定出奏也。"时大小官僚皆惶恐罔措，未几即奉到部檄，则以某案事发而方伯已革职矣。

翌晨，两司入谒，某方伯尚秘而未宣，而署督部因先奉到部咨，即日要回省取回抚篆。两司已知其事，故从容请曰："前奉宪台令具甄别十六县详文，适有两县已因另案撤任，只有十四员应入详，不知仍须凑成十六员否？"某方伯乃愀然出部文相示曰："我躬不阅，遑恤我后，诸公休矣。"于是两司默然而出，哄传其事，咸以为快云。

【译文】张辛田（张用熺）又说：最近有一位布政使某大人，一向作威作福，平常被总督、巡抚所压制，总是愤愤不平。恰逢总督告病离任，由巡抚兼署总督职务，因为须要外出驻扎在海边，对省城的各项事务无法兼顾，经奏请朝廷同意，将巡抚职务交由布政使代理。某大人非常得意，代理巡抚不到一个月，就想要考核鉴别实职知县十六人，并且请求挑选分发候选知县二十人，开出名单指示布政使司和按察使司出具考核鉴定意见书，两司对此感到为难。但是某大人已经打定了主意，就以严厉的语气说："我的奏疏已经拟好，各位大人即使不出具考核意见，今天我也一定会将奏疏发出去。"当时的大小官员都惊慌失措，而不久就接到了吏部发来的公文，原来是因为某个案子事发而某大人已经被革职了。

第二天早上，两司来拜见，某大人尚且保密没有公布这件事，而代理总督因为提前接到吏部的公文，当天就要回省城取回巡抚印信。两司已经知道这件事情，所以从容地请示说："前次根据大人您的命令要出具十六位知县的考核鉴定意见书，正好有两位知县已经因其他的案子被撤职，只有十四位知县应该列入文书中，不知道是否还需要凑齐十六人呢？"这时某大人才不情愿地拿出吏部的公文给他们看，说："如今我自己都不被接纳，哪里还有心思顾及后面的事情呢？你们算了吧。"于是两司默默退出去了，这件事传得沸沸扬扬，众人都觉得大快人心。

第五卷

2.5.1 庸师折禄

鄞县某生，颇工文，而偃蹇不第。忽梦至冥司，遇一吏，乃其亡友，因问己功名寿数。吏为稽籍，曰：“君寿未尽而禄已尽，将不久堕鬼趣，更何望于功名？”生言：“平生以馆谷糊口，无过分之暴殄，禄何以先尽？”吏太息曰：“正为受人馆谷而疏于训课，冥法无功窃食，即属虚縻，销除其应得之禄，补所探支。有官禄者减官禄，无官禄者减食禄也。”醒而恶之，旋病嗝食，逾年死。

按，阮吾山侍郎（葵生）尝言：士君子无持刃杀人之事，惟庸医误人性命，庸师误人子弟，其罪无殊于手刃。周赞醇观察（廷夔）尝为年大将军塾师，年威权势焰，蔑视百官，而独折节于教读西宾。于塾门悬一联云：“怠慢先生，天诛地灭；误人子弟，男盗女娼。”语虽粗暴，然不知世之为师与延师者闻此，其各悚惶否耶？

按，吴人最知尊敬塾师，故科甲之盛，冠于各省。家大人在苏藩任内，常闻韩桂舲尚书（崶）言，其乡先辈王文肃公（锡爵）二事。一为公韶稚时，有塾师某，仅摄馆十九日而去，久且忘之矣。公登第后，未尝踵门一叩。及归田，有佃以贫负租，家丁系其父子归。其老家主，即摄馆之塾师某也，年九十余，不关家政。因其子若孙被系，其媳请救于翁。塾师不得已，躬挟刺以投，公见刺而惊曰："师犹在乎？向久忘之，某罪多矣。"疾趣迎之入，曰："缺于侍奉，罪甚。"掖入书斋，请款留，而亲释其子若孙使归，留数月余，奉侍甚优。塾师不自安，辞归，公固留之，塾师曰："余老人也，坐卧须人，府中使令虽备，不若吾子若孙之适吾意也。"乃送之归，至则峻墉崇宇，丹垩焕如。塾师惊曰："此殆非是。"曰："太师命改筑也。"遥见男女皆衣文绣，簇拥而来。仓皇欲退，及至前，皆家人也。问何遽若是？曰："太师赐也。"塾师太息不已，索笔书数语，藉使以谢云。

又言：文肃公曾聘嘉定布衣唐叔达，于家塾训其子缑山公（衡）。缑山领乡荐，物议沸腾。公奏言："臣向延名师诲子，今臣子衡发解，滋众议，臣甚悚惶。乞陛下遴选亲信重臣，提衡覆试，如不副其实，请治臣父子之罪。"上敕令从严覆试，文益佳。由是名愈著，旋以第二人及第。后公殂谢，葬于苏州来凤桥之左。将点木主时，冠冕云集，无不引领遥望，窃议相国门第，非等闲人所可执笔而临也。及舆至，则宽袍大袖、岸然高坐者，乃布衣唐叔达其人焉。乃共叹以德不以爵，所见过人甚远。而缑山之醇谨克守家风，亦可见矣。

【译文】浙江鄞县的某书生，特别擅长写文章，但是功名不顺、屡试不第。忽然梦到自己去了冥司，碰到一位判官，是自己已经亡故的朋友，趁机询问自己的功名和寿命。判官替他查阅簿籍，说："您的寿命还未终了，但是福禄已经耗尽，不久之后就要堕入鬼道，还有什么希望获得功名呢？"某生说："我平生以教书得到一点微薄的薪水来养家糊口，并没有过分的浪费，为什么福禄已经耗尽了呢？"判官长叹一口气，说："正是因为你接受别人的酬金却不认真授课，按照冥间法律，没有功劳却窃取俸禄，这就是属于白白地浪费，必须扣除他本应得到的俸禄，来补偿预支的部分。有官职俸禄的则削减其官职俸禄，没有官职俸禄的则削减他应该享用的食物。"醒来后感到很烦恼，不久就患上了消化不良的病症，第二年就死了。

说明，阮吾山侍郎（阮葵生，字宝诚，号吾山，江苏淮安人，官至刑部侍郎）曾经说：士大夫不会做持刀杀人的事情，只是医术低劣的庸医会耽误人的性命，尸位素餐的庸师会误人子弟，他们的罪过和持刀杀人没有区别。周赞醇观察（周廷燮，江苏吴县人，雍正二年进士）曾经在年大将军（年羹尧）府中做私塾教师，年大将军权势显赫、气焰熏天，看不起文武百官，而唯独对家中聘请的教书先生礼遇尊敬有加。他曾在私塾门前悬挂一副对联，说："怠慢先生，天诛地灭；误人子弟，男盗女娼。"这话虽然粗俗，但是不知道世间做老师的和聘请老师的人听到这话，会不会各自惶恐不安呢？

据了解，苏州一带的人最懂得尊敬教书先生，所以科举功名之兴盛、人才之众多，在全国各省都是首屈一指的。我父亲在江苏布政使任内，经常听韩桂舲尚书（韩崶，字禹三，号旭亭、桂舲，江苏苏州府元和县人，官至刑部尚书）说，他的同乡前辈王文肃公（王锡爵，字元驭，号荆石，明代南直隶苏州府太仓州人，嘉靖四十一年榜眼，明朝内阁首辅）的两件事。一件事是王文肃公年幼时，有一位私塾老师某先生，仅仅代理授课十九天就离开了，时间久了也就忘记这回事了。王文肃公科举中第后，不曾到那位老师家中登门拜访过一次。等到告老还乡的时候，有佃农因为贫穷交不起田租，家丁把佃户父子二人绑来。他们的老家主，就是原来代过课的那位私塾老师，已经九十多岁了，不太过问家务事了。因为他的儿子和孙子被抓起来，他的儿媳向公公求救。老先生迫不得已，亲自带着名帖来拜访王文肃公，王公一看到名帖惊讶地说："老师您还在啊？这么久我都把您忘记了，我的罪过太大了。"快步走上前将老师迎进屋里，说："对您侍奉不够，真是罪过。"搀扶着老师进入书房，请他留下并款待他，并亲自释放了他的儿子、孙子让他们回去，留老师住了几个月，款待侍奉非常优厚。老先生感到过意不去，告辞回家，王公坚持挽留，老先生借口说："我是老人了，行住坐卧都需要人照顾，你府上虽然下人很多，但是不如我的儿子孙子能够合我的心意。"于是派遣使者将老师送回家，回到家一看，只见高墙大屋拔地而起，油漆粉刷焕然一新。老先生惊讶地说："这恐怕不是我的家。"使者说："这是王太师下令改建的房屋。"远远地看见一群男男女女，都穿着刺绣华美的衣服，簇拥着走来。老先生仓皇失措想要退避，等到了跟前一看，原来都是他的家人。问他们为什么突然穿成这样？家人回答说："这是王太师赐予的。"老先生不停地叹息，拿起笔写下几句话，委托使者带回去给王太师，借此来表示感谢。

又说：王文肃公曾经聘请嘉定的布衣（没有做官的读书人）唐叔达先生，在家中的私塾教导他的儿子缑山公（王衡，字辰玉，号缑山，万历二十九年榜眼）读书。万历十六年（1588），缑山参加顺天府乡试取得第一名，众人议论纷纷，认为有作弊嫌疑。王文肃公向皇帝上奏说："臣王锡爵一直以来聘请名师教育自己的儿子，现在臣的儿子王衡考中第一名解元，引起众人议论，令臣惶恐不安。

乞求陛下您慎重挑选亲信重臣，召王衡前来当场复试，如果他名不副实，请您治我们父子二人的罪。”皇上命令严格进行复试，结果王衡文章写得更好。因此王衡的名声更加显著，后来以第二名榜眼的成绩进士及第。后来王文肃公逝世，埋葬在苏州来凤桥的左侧。将要为牌位点主（旧丧礼，人死后，立一木牌，上写死者衔名，用墨笔先写作“某某之神王”，然后于出殡之前请有名望者用朱笔在“王”字上加点成为“主”字，谓之“题主”，亦称“点主”）时，现场高官显贵云集，无不伸长了脖子观看，众人私下议论如此显赫的相国之家，能够有资格亲自为首辅大人执笔题主的人，决非等闲之辈。等车子到了，发现穿着宽袍大袖的礼服、端坐高位的，原来就是布衣唐叔达先生啊。于是众人无不感叹王相国之家看重的是道德而不是官爵，见识已经远远地超过一般人了。而缑山公能够以淳朴谨慎的德行，守护和传承父亲树立的良好家风，也由此可见一斑了。

2.5.2 金银气

松江马质国（晋）曰：忆前年夜行，遇一亡友，本与相善，殊不怖畏。询其所往，曰：“余身后沉沦业满，今将往城隍庙探转生信耳。”因偕行间，指一蓬门，曰：“此中乃有金银气。”余问：“何以知之？”鬼曰：“凡人诡计阴谋，贪黩聚敛，或逐膻附臭，积得多金，全无辉光，但觉秽气触鼻。惟躬耕力作，不事营求者，偶有盈余，虽仅积三五金，即有白光三四尺，人不能见，但鬼神知之耳。”

余曰：“然则仆授徒舌耕，所藏束金当亦有光乎？”鬼曰：“否否，君尸位绛帷，于人家子弟毫无裨益；间或自作书画，赝款以欺俗眼。此亦与隶胥市贩者相等，便有千百金，亦只作一缕黑烟，腥臭迫人而已。”余闻其言，嗒（tà）不能应。明日，走诣所指金银气处探之，乃一寡妇，晨夕纺绩，积钱四贯，将易银付孤子送其塾师也。

按，此事或疑为马生寓言，然不自匿其短，于理未必子虚，录之亦足当守财虏一剂清凉散云尔。

【译文】江苏松江府（今上海市）的马质国（马晋）说：回忆起前年的一天夜里出行，遇到一个亡故的朋友，本来生前与他交好，所以并不害怕。询问朋友要去什么地方，他说：“我死后沦落鬼道，如今因罪业受苦已满，现在要去城隍庙探问关于转生投胎的消息。”于是和他一同前行，在路上他指着一户贫寒人家的蓬草门说：“这家竟然有金银之气。”我问：“你是怎么知道的呢？”鬼说：“凡是世人通过耍弄阴谋诡计，贪污聚敛的财富，或者是攀附权贵，追逐私利，积累下很多钱财，都不会散发一点金银的光彩，只闻到刺鼻的臭秽之气。只有亲自耕耘、辛勤劳作，不去到处钻营、谋求私利的人，偶尔有一些富余的钱，即使只积累了三五两银子，也会散发出三四尺的白光，世人看不见，但鬼神是知道的。”

我说：“然而我以授徒教书维持生计，所收藏的酬金也应当有金光吧？”鬼说：“不是不是，你身为老师却尸位素餐，对人家的子弟毫无助益；偶尔自己写字作画，却伪造成名人的落款来欺骗不懂行的人。这样的所作所为与官府中的衙役、市井上的小贩没有两样，即便拥有千百两金银，也只是冒出一缕黑烟，腥臭逼人罢了。”我听完他说的话，懊丧得不知该怎么回答。第二天，走到鬼所指的有金银气的地方探寻，原来是一个寡妇在居住，每天早晚纺织，积攒下四贯铜钱，打算换成银子让孩子拿去送给他的私塾先生。

说明，这件事有人怀疑是马质国先生虚构的寓言故事，但是他并没有掩饰自己的缺点，按理说未必是子虚乌有，将这件事记录下来也足以作为那些守财奴的一剂清凉散吧。

2.5.3 白发妇

吴人朱元蕙，乾隆间应江宁乡试。首艺初创稿，见邻舍一生三艺俱已誊清，未几而己之诗文俱就，闻邻生犹作咿唔（yī wú）声，盖八韵诗颈联犹未对也，遂与捉刀了之。邻生大喜，同出玩月，因互通姓名，知为高邮刘敬，年五十四，应乡试已十二次矣。且言：入场辄见一白发妇，携绣绷小儿血满襟袖者，神即昏瞀（mào）若梦，妇去始渐清爽；平时文思泉涌，至此不能成一字，往往曳白而去。有一科，妇迟至，诗文俱就，方沾沾自喜。而妇忽来，以小孩置卷上，遂至为油墨所污。又一科，卷中竟沾鲜血，为收卷官所诘，托词呕血而免。素拙吟咏，构八韵诗如作《三都赋》。前科鬼妇未至，文颇得意，又以诗句不全贴出。今日文锋亦利，诗赖鸿才助我。伏思元魁有足下在，不敢妄冀；要知贱名，定不再落孙山。方共互读所作未竟，而邻生忽面色如土，张皇四顾。众询之，但摇手乱指，遂发痫出。二场不到，想又见白发妇矣。

【**译文**】苏州人朱元蕙，乾隆年间去江宁（今南京市）参加江南乡试。第一篇文章刚打好草稿，看见隔壁号舍的考生三篇文章都已经誊写完毕，不久自己的诗文也都完成了，听见隔壁考生还在发出吟诵的声音，原来是八韵诗（清代科举考试用的一种诗体，又叫试帖诗，与八股文同试，初为五言六韵，后为五言八韵，格式要求极严）的第三联还没有对出来，于是帮他代笔完成。隔壁考生非常高兴，两人一起出去赏月，于是互通姓名，得知他是来自高邮的刘敬，今年五十四岁，参加乡试已经十二次了。而且他说：每次一进考场就看见一个满头白发的妇人，带着一个穿着肚兜的小孩，衣服上都是血，自己的神志立刻昏乱不清，好像做梦一样，妇人离开后他才逐渐清醒；刘敬平时文思泉涌，到这时候写不出来一个字，往往交白卷出场。有一次考试，妇人来得晚，他的诗文都已完成，正在沾沾自喜。但是妇人忽然出现，把小孩放在他的试卷上，于是导致试卷被油墨弄脏。还有一次考试，试卷中竟然沾染了鲜血，被收卷的考官责问，借口说自己吐血才免于被处分。一向不擅长吟诗作词，写八韵诗就像写《三都赋》一样困难。前一次考试鬼妇没有来，刘敬对自己写的文章很满意，又因为诗句没写完整而被取消录取资格。今天所作的文章也很犀利，如有锋芒；诗句多亏了有您这位大才子帮助我，才得以完成。考虑到头名解元自有您在，我不敢妄求；但是我料想自己，一定不会再名落孙山了吧。正在一起互相拜读对方的文章，还没读完，而隔壁考生忽然面色如土，惊惶地四下张望。众人询问他，他只是摇着手乱指一通，于是因为癫痫发作而被请出考场。第二场考试他没有来参加，想必是他又看到白发妇人了吧。

2.5.4 传奇削禄

吴中彭兰台孝廉（希涑），芝庭尚书之孙，彭咏莪京兆之封翁也。淡泊功名，精于内典，倏（shū）然有出尘之致。尝手辑

《二十二史感应录》，摘叙正史中果报之事，足以启聩振聋，读者并可收温史之益。

适所亲朱蕉圃（海），喜游戏翰墨，著有《钗燕园传奇》，颇传于世。封翁斥之曰：“此桑间濮上之词，最足坏人心术，虽系假托名姓，然宇宙之广，必有相同。诬人闺阃之愆，万不可逭（huàn）。吾乡尤西堂太史（侗）《杂俎》中仅载《钧天乐》《吊琵琶》《黑白卫》《登科记》，尚有数种艳情丽事，匪夷所思；曾因才鬼降乩，告以冥中削禄。以西堂太史之根器才望，犹未免于冷宦不迁、子孙不振。吾曹可不知所儆醒哉！”后朱亦潦倒终其身。

【译文】苏州的彭兰台举人（彭希涑），是兵部尚书彭芝庭（彭启丰）的孙子，顺天府丞彭咏莪（彭蕴章）的父亲。淡泊功名利禄，精通佛教经典，为人潇洒飘逸，有超脱尘俗的气象。曾经亲手编辑《二十二史感应录》一书，摘取并叙述正史中关于因果报应的事例，足以振聋发聩、警醒世人，读者同时可以收获温习历史的效果。

恰逢他要好的朋友朱蕉圃（朱海），喜欢舞文弄墨，著有一部《钗燕园传奇》，在世上广为流传。彭希涑先生批评他说：“这种描摹男女幽会的淫词艳曲，最能败坏人的心术，即使是虚构的人名，但是世界之大，一定会有同名的人。诬陷人家妇人女子名节的罪过，是万万不能避免的。我们苏州的前辈尤西堂太史（尤侗，字展成，一字同人，号三中子、悔庵、艮斋、西堂老人、鹤栖老人、梅花道人等，苏州府长洲县人，明末清初诗人、戏曲家）仅仅在他所著的《杂俎》中记载了《钧天乐》《吊琵琶》《黑白卫》《登科记》等几部传奇，还有几种令人匪夷所思的艳情丽事；因此就曾经有一次在才鬼降乩时，被告知冥司已经削减了他的官禄。凭借尤西堂太史非凡的根器、才华、名望，尚且没能避免长期在清冷的官位上而得不到升迁、子孙后代不兴盛的遭遇。我们这些人怎能不知道从中吸取教训而有所警醒呢！”后来朱蕉圃也是终身穷困潦倒。

2.5.5 闱中怨鬼

家大人任苏藩时，张莳塘邑侯（吉安），已引退回里，以诗酒相往还甚熟。闻邑侯自言，前应乡闱，有同号舍一生，忽作手抱琵琶状，弹唱《满江红》小调，淫声戏嬲。陡然痛哭，又呼“害奴好苦”，奇变百出，若有鬼凭之，合号哗然。一老儒正色叱曰：“冤魂报怨，任汝为之，毋得扰乱他人文思。”生瞪目不语。少顷，取卷拭泪，昏昏睡去。次早，狼狈出场。同时目击者，皆不言而喻矣。

【译文】我父亲担任江苏布政使（驻苏州）的时候，张莳塘县令（张吉安，字迪民，号莳塘，江苏苏州府吴县人，官浙江象山知县）已经告病辞官回乡了，二人常常以饮酒赋诗相往来，交情越来越熟。听张县令自己说，先前参加乡试的时候，有同考场的一名考生，忽然作出手抱琵琶的姿态，好像是在边弹边唱《满江红》的小调，歌词和曲调低俗，带有嘲弄轻侮的意味。突然大哭起来，又大声呼喊“害奴好苦”，奇怪的花样层出不穷，好像有鬼魂附身一样，整个考场为之惊动。有一名年老的考生严肃地斥责说：“冤鬼想要报仇，随便你怎么去做，但是不要扰乱他人写文章的思路。”这名考生睁大眼睛不再说话。过了一会儿，他拿试卷擦眼泪，昏昏沉沉地睡着了。第二天早上，狼狈地跑出考场。当时亲眼目击这件事的人，虽然没有明说，但都明白这名考生曾经做了什么事情。

2.5.6 索债子

顾南雅先生（莼）与家大人同年相好，尝谓家大人曰：乾隆间，有上海王月樵上舍（芳泽）者，为同邑郭孝廉（体乾）之婿，因相距二百余里，来苏州必信宿而后返。一夕就寝，忽见其幼子拜于床下，即不见。讶其半夜至此，为之心动，终夜无寐。次晨，呼棹急返。途遇家人来报，其子因骤病已不救矣。释氏谓子之幼殇者，皆索前生债负者也。债完即去，父母为之痴哭，彼自脱然恝（jiá）然。此子死而来拜，殆亦索债而复种未了之缘者乎？家大人曰："即以还债论，理亦应拜谢而去，此鬼其犹讲礼者哉！"

【译文】顾南雅先生（顾莼，字希翰，一字吴羹，号南雅、息庐，江苏苏州府吴县人，清朝官吏、学者）和我父亲是嘉庆七年壬戌科同榜进士，二人交情很好，他曾经对我父亲说：乾隆年间，上海有一名监生王月樵（王芳泽），是本县郭体乾举人的女婿，因为相距二百多里地，每次来苏州后一定会连住两夜后再返回。一天晚上睡觉，忽然看见自己的小儿子在床下跪拜，随即就不见了。王月樵惊讶儿子为何半夜来到这里，因此放心不下，整夜都没睡着。第二天早晨，叫了一条船急忙返回。中途遇到家人来报信，说他的儿子由于患上急病已经不治身亡了。佛家认为幼年夭折的孩子，都是来索取前生的欠债的。把前生的债还完就离开了，他的父母为其痴情痛哭，可他自己早就自在解脱、漠不关心了。这个孩子死后还来向父亲拜别，这难道是索债之后又种下了未来的缘分吗？我父亲说："就算是根据还债的说法，照理也应该拜谢父亲之后再离开，这还是一个讲究礼节的鬼呢！"

2.5.7 附魂训子

南雅先生又曰：吴中李沧云（曾誉），以赀为官，分发浙江。将赴任，其子之乳妪忽仆而起，坐呼沧云曰："吾名场不利，赍（jī）志黄泉。尔捐官亦好，贪廉之辨，尔自知之。但须知为官而贪，民尚有生路；廉而刻，则民之生路绝。贪固不可，廉亦宜廉于己，不可刻于下。古今清白吏子孙，或多不振，正坐刻耳。"沧云唯唯受命。妪甦，茫无所知。其声口绝似乃翁。可见前辈义方之训，死尚拳拳也。

【译文】顾南雅先生（顾莼）又说：苏州的李沧云先生（李曾誉），出钱捐纳了一个官职，分配到浙江。即将赴任的时候，他儿子的奶妈忽然倒地又起来，坐着叫李沧云近前对他说："我科举考试不顺利，怀抱着未遂的志愿魂归黄泉。你出钱捐官也挺好，对于贪污还是廉洁的取舍分辨，你自己是知道的。但是要知道做官而贪污，百姓尚且有活路；廉洁却苛刻，那么百姓的活路就断绝了。贪污固然不可以，廉洁也应该要求自己廉洁，不能对下面的人苛刻。古往今来那些标榜清白的官吏，他们的子孙后代往往不兴盛，正是因为他们对人太过于苛刻了。"李沧云恭敬地连声答应。奶妈苏醒过来，对刚才的事情完全不知道。她说话的声音和语气酷似李沧云的父亲。由此可见前辈对于子孙为人处世的教导，死后尚且念念不忘。

2.5.8 雷击先插小旗

汪铭甫明经（恭寿）曰：浙中有某甲，善用铜银。其子甫七岁，于除夕忽惊啼，告母曰："有青面獠牙人自天降下，以小旗插爷头上而去。"未几，雷震甲死于通衢，犹手执用剩铜银。

亲邻有知其事者，缘郊外某农，以鸡遣子售于市，为卒岁之需。甲以铜银向买，农子贪其价贵，孰知无可兑钱。归被父责，投河自溺。盖甲虽未杀农子，而农子实由甲而死。国宪不及加，天雷殛之耳。

尝闻父老言，被雷殛者，阴司先有小旗插其首。曾有人因晨起盥沐，见盆水中头插小旗，大惊，时欲药死孤侄而吞其产，乃亟弃其药而愈善抚其侄，后竟获免。此可见阳律有自首之条，天诛亦容人忏悔也。

【译文】汪铭甫贡生（汪恭寿）说：浙江金华有个某甲，惯于使用掺铜的假银。他的儿子刚刚七岁，在除夕那天忽然受到惊吓而啼哭不止，孩子告诉母亲说："有一个青面獠牙的人从天而降，把小旗子插在父亲的头上就走了。"不久，这个人在大街上被雷电击中而死，死时手上还拿着用剩下的假银。

亲戚邻居中有人知道事情的缘由，起因是郊外的某位农民，派他的儿子拿着鸡去集市上售卖，换点钱用来度过年关。某甲用掺铜的假银向农民的儿子买鸡，农民的儿子贪图给的价格高，谁知道根本无法兑换成铜钱。孩子回去后被父亲责备，一时想不开竟投河自杀了。大概是某甲虽然不是亲手杀死农民的儿子，但是农民的儿子确实是由于某甲而死。国家法律虽然来不及治他的罪，天雷却将他处死偿命了。

曾经听乡亲父老说，被天雷击死的人，阴司提前会在他的头上插上小旗。曾经有人因为早上起来洗漱，在水盆里的倒影看见自己的头上插着一面小旗，大吃一惊，当时这个人正想着要毒死自己已成孤儿的侄子然后侵吞他的家产，于是赶紧扔掉毒药，更加好好抚养他的侄子，后来竟然避免了被雷击。由此可见，阳间的法律有关于自首从宽的条款，上天的惩罚也会容许人们悔过自新。

2.5.9 痴鬼

朱蕉圃曰：闻山西锅匠某，贫甚，而求富之心，念念不忘。里有古塚，岁时伏腊必以杯酒、豆糕致祭，已历数年。忽愠而祝曰："君无子孙，而我代为享祀，独不稍为我计乎？"是夜，有一叟踵门谢曰："感承厚贶，沉魂赖以不馁，谊当有报。第尔福命殊薄，仅可小康。"因留赠金钱十五枚。某知为古塚鬼，喜祷之有灵，殊不怖畏。其母亦感其意，作炊必享。由是叟夜夜至，凡其家事，并为筹居积，无不亿中。累聚数千金，某终不餍（yàn），时时向叟祷请。又年余，叟请曰："我与生人习久，渐染阳气，若再以猪羊血饮我，竟得白昼现形，人不辨为鬼也。"乃居货同往河南，来回数次，皆获倍蓰（xǐ）之息。复为谋娶富家女，奁赠优厚。于是，大起屋宇。叟欲静适，因别建一楼处之。未一年，叟忽遭雷殛，楼仅存其半，余屋旋焚，资财罄尽。

某生计日退，不久仍为窭人云。

按，某福命之薄，此鬼固早知之，但贻金钱，使之小康，亦可以报德矣。乃违天逞能，必致满盈，卒遭雷祸，真是痴鬼。较凡人之百计积聚、为儿孙作马牛者，殆有甚矣。

【译文】朱蕉圃先生（朱海）说：听说山西有个打锅匠某人，非常贫穷，但是他求取富贵的心思，一直念念不忘。乡里有一座古墓，每年的伏祭和腊祭之日一定会带着酒和豆糕去祭祀，已经坚持了好多年。忽然怨恨地对着古墓祷告说："您没有子孙，而我每年代为祭祀，为何就不能稍微为我想想办法呢？"当天晚上，有一个老者登门道谢说："承蒙您丰厚的馈赠，让我这沉沦的孤魂得以不挨饿，这份恩情理应报答。只是你命中的福分特别浅薄，最多只能到达小康水平。"于是留下十五枚金钱赠送给他，然后就离开了。某人知道老者就是古墓里的鬼，认为自己的祷告灵验而大喜，根本不感到害怕。某人的母亲也感激老者的心意，每次做好饭一定会供奉一下。从此之后，老者每天晚上都来，凡是某人家里的事情，都帮他提前谋划并筹集资金，没有一次料事不中的。渐渐积聚了好几千两银子，而某人始终都不满足，时时刻刻向老者祷告请愿。又过了一年多，老者请求说："我和活人在一起久了，逐渐吸收了阳气，如果再以猪羊的血给我饮用，我就能够在白天现形，人们不会认出我是鬼魂。"于是某人和老者囤积了货物一同去河南售卖，来回几次，都获得了数倍的利润。老者又替他谋划求娶富人家的女儿，陪嫁的财物非常丰厚。因此，某人开始大规模地建造房屋。老者想要住在清净舒适的地方，所以单独建了一座楼房给他居住。不到一年，老者忽然遭到雷击，楼房只剩下了一半，其余的房屋很快被烧毁，资产财物都没有了。某人的生意日渐衰退，不久之后仍旧变成了穷人。

说明，某锅匠命中的福分非常浅薄，这个鬼本来早就知道，只要赠送给他一些金钱，让他稍有资财，可以自给自足过生活，也足以报答恩德了。而却违逆天命，炫耀才能，一定要追求全部满足，最终遭到雷击之祸，真是愚蠢的鬼。相比较于那些千方百计积聚钱财、为儿孙当牛做马的人，恐怕有过之而无不及啊。

2.5.10 鬼畏节妇

沈秀才（成言），昔年自京来杭访亲，途次武清旅店。月色甚佳，独出散步。遥见一小招提，门外有十余人席地赌博，隐闻喧呶声，俄招提内似有人提灯出望，博者即鸟兽散。时万籁俱寂，四野萧寥，有三四人奔来互咎曰："何处不可开场，要邻近倪节妇？"一曰："彼处开场久，尔等不喧嚷，倪节妇亦不出来。"相距咫尺，语毕倏灭，知为见鬼，遂返旅舍。

次日，诣招提访问，乃一尼庵，果有尼之祖母倪媪寄食庵中。夜闻人声嘈嘈，疑有火警，因出视；无影，即闭户安寝。倪媪自言三十而寡，舅姑欲嫁之，以死自誓，即遭怒逐，携二子一女织草笠度活。流离困苦，惨不可言，幸子女皆已婚嫁，而子若婿又皆不才，赖女孙度为尼，乃依栖于此。年已八十，虽鸡皮鹤发，犹耳聪目明也。嘻！匹妇矢节，而无赖恶鬼犹知钦敬如此。惜其湮没蓬蒿，不能上邀旌典也。

【译文】沈成言秀才，前几年从京城来杭州探亲，途中停留在武清（今天津市武清区）的一家旅店。月色皎洁，独自一人出门散步。远远地看见一座小寺院，寺院门外有十几个人席地而坐，聚在一起赌博，隐隐听到喧哗吵闹的声音，过了一会儿，寺院里好像有人提着灯出来张望，赌博的人顿时像受惊的鸟兽一哄而散。当时万物无声，一片寂静，四周旷野萧瑟寂寥，有三四个人跑来互相指责说："什么地方不可以开场，而非要紧挨着倪节妇呢？"其中一个人说："那个地方开场很久了，你们如果不大声吵闹，倪节妇也不会出来。"和他们相距很近，说完就忽然消失不见了，沈秀才知道这是见到鬼了，于是赶紧返回旅舍。

第二天，到寺院去拜访探问，原来是一座尼姑庵，果然有一位小尼姑的祖母倪老太寄住在庵里依靠孙女过日子。倪老太昨天夜里听见有嘈杂的说话声，怀疑是附近发生了火灾，因此出门查看；什么都没有看到，就关上门安然入睡了。倪老太自己说她三十岁开始守寡，公公婆婆想要让她改嫁，她发誓宁死不愿改嫁，公婆大怒随即把她赶出家门，她带着两个儿子、一个女儿靠编草帽维持生活。这期间颠沛流离，饱受困苦，凄惨的遭遇无法用语言描述，幸好如今儿女都已成婚，然而儿子和女婿又都不成器，只好依赖做尼姑的孙女生活，因此寄住在这里。倪老太今年已经八十岁了，虽然满脸皱纹、满头白发，但是仍然耳聪目明。哎呀！一位矢志守节的平民妇女，而无赖恶鬼尚且知道钦佩敬重到这种程度。可惜她的事迹被埋没于草野之间，未能获得朝廷的旌表典礼。

2.5.11 鬼畏孝妇

苏州城隍庙，向有道士住持。乾隆间，有袁守中者，杭州春圃方伯之族裔也，工诗词，善小楷，其徒皆敬畏之。有某徒私出游山，半夜始归，不敢叩院户，即坐殿上假寐。逾时，闻一鬼曰："奉牒拘某妇，乃恋其病姑，念念固结，神不离舍，不能摄取，奈何？"一鬼答曰："精诚固结，以恋病姑，此孝妇也。与强魂捍拒者不同，不可率夜叉去。宜禀请东岳帝，议延其寿，慎勿孟浪。"语毕，似偕入内殿，去即寂然。其徒惶惧，急叩院户而进。

朱蕉圃曰："世人未有不思延寿者，孰知孝之延寿，盖有不求而自得者哉？"

【译文】苏州的城隍庙，向来有道士住持。乾隆年间，有一位叫袁守中的道士，他是杭州袁春圃布政使的族人，擅长写诗作词，工于小楷书法，他的徒弟都敬畏他。有某个徒弟私自出门去山上游玩，半夜才回来，不敢敲院门，就坐在城隍庙大殿里小睡。过了一会，听到一个鬼说："我奉命去拘捕某妇人，而她因为挂念生病的婆婆，恋恋不舍，念念不忘，意识坚固、牢不可破，神识离不开身体，所以不能摄取她的魂魄，该怎么办呢？"另一个鬼回答说："至诚恳切之心无法撼动，是因为恋恋不舍、放心不下生病的婆婆，看来这是一位孝妇。和那些故意抗拒拘捕的强魂悍魄不同，不可以带着夜叉去强行摄取。应该向东岳大帝禀报请示，建议延长她的寿命，千万不可草率从事。"说完之后，二鬼好像一起进入了内殿，离开之后就寂静无声了。这名徒弟惶恐不已，急忙敲院门进去。

朱蕉圃先生（朱海）说："世人没有不想延长寿命的，谁知道孝心就可以延寿，而且是不用刻意追求就可以得到呢？"

2.5.12 鬼报德

乾隆五十三年，苏州荒疫，饥民路毙者遍道路。值溽(rù)暑淫潦(liáo)，血水横流。有李连玉者，捐西郊高壤百弓，为义冢，以瘗之。工甫竣，一夜自乡催租归，不及进城，姑泊舟近港。夜半，忽有盗三五辈登舟搜劫，公然行强，持刀相向。方危急间，闻岸上有数百人叫嚣诟谇(gòu suì)声，群盗惊疑，狼狈而遁。其实丛莽蔽野，无一人也。心知为义冢鬼报德。异日，具酒肴赴其地，酹(lèi)谢之。

【译文】乾隆五十三年(1788)，苏州发生饥荒瘟疫，死在路上的饥民尸体充塞道路。当时正值潮湿闷热的夏季，路上有许多积水，于是血水横流。有一个名叫李连玉的人，捐出西郊一百弓高地(弓为丈量土地的计量单位，一弓为五尺，三百六十弓为一里)，作为义冢，来埋葬这些灾民的尸体。义冢刚竣工，一天晚上从乡下催收田租回来，还没来得及进城，暂且将船停泊在附近的港口。夜半时分，忽然有三五个强盗登船搜刮打劫，公然强抢，持刀相向。正在危急之际，听到岸上有几百人大声喧嚷吵闹辱骂的声音，几个强盗惊慌疑惑，狼狈地逃跑了。实际上在这草木丛生的荒郊野外，并没有一个人。李连玉心里知道这一定是义冢里的鬼在报答自己的恩德。第二天，带着美酒佳肴去了义冢，以酒洒地而祭，对他们表示感谢。

2.5.13 郁翁报怨

吴人卫某，少贫，其邻郁翁者，年老无子，爱其俊秀，以家资千金畀(bì)之，曰："吾无他望，惟殁后求不为饿鬼而已。"郁翁死，卫谨记之。后补弟子员，家渐饶，忽渝其初志，谓："我卫氏子，安得祭郁氏鬼耶？"自后鬼为厉于室，无一夕之安。延师作法，驱之乃止。

越数载，读书侧厢，恍见郁翁自外入，妻即于是日举一子。时卫累赀巨万，惟以乏嗣为忧，得儿喜甚。及长，恃爱耽博，不能禁。数年之间，家业萧然矣。呜乎！得其财，废其祀，谓死者可欺耳；乃不转瞬，竟什百而偿之，死者其果可欺乎哉？

【译文】苏州一带的人卫某，年少时家里贫穷，他家的邻居郁翁，年老膝下没有子女，见卫某容貌俊美、才智出众，非常喜爱他，将家中千金资产送给他，说："我没有其他的愿望，只求死后不要变成饥饿之鬼而已。"郁翁死后，卫某郑重地记住了他的话，按时祭祀郁翁。后来补为县学生员，家中逐渐富裕起来，忽然违背了当初的约定，他说："我是卫家的子孙，怎么能够祭祀郁家的鬼呢？"从此以后，郁翁的鬼魂便在卫某家中作乱，每天晚上都不得安生。卫某请法师作法，将他的鬼魂驱赶出去才平静下来。

又过了几年，卫某在厢房里读书，恍惚间看见郁翁从外面进来，卫某的妻子就在这一天生下了一个儿子 。当时卫某已经积累了上万两的财产，唯独因为缺少子嗣而忧心，得到儿子后他非常高兴。等到儿子长大后，仗着父母宠爱沉迷于赌博，卫某无法制止他。几年之内，偌大的家业已经被败散殆尽。唉！卫某得到了郁翁的财产，却废止了对他的祭祀，认为死了的人可以欺骗；但是转眼之间，竟然十倍百倍地偿还给他，死了的人难道果真可以欺骗吗？

2.5.14 雷殛三事

乾隆乙巳年四月，金匮县松山之麓有村人某，往邀其外姑至家，令妻预烹一鸡以待，妻往河干浣衣。时邻妇失鸡，觅之不获，一媪突至某家，入其厨，见釜有熟鸡，遂奔告邻妇。妇疾来，值婴孩卧于灶旁，遂取鸡，以孩投釜，覆盖而去。妻返，以鸡之未熟也，纳薪炊之，偶揭盖，则婴孩烂焉。惊惨无可说，遂自经。及某与外姑至，不见妻，入厨见孩烂死，妻悬梁间，骇极，频顿足。外姑闻而趋至，抢地长号，曰："汝灭吾女，为此惨毒，此恨岂能解乎？"某默不能语，遽頫（fǔ）首入房，外姑趋入拽之，则又缢死。乃仰天大呼曰："天乎，将何罪乎？"霎时黑云弥漫，疾雷数声，邻妇殛死于庭，媪半体陷土中，自陈颠末已，乃死。而村人夫妇皆复苏。

又同时有某家，佃水田中多稗，芸不能尽，方怏怏间，闻有人为雷击死，恍然曰："去秋是田乃渠所耕者，今吾佃是，彼必恨我，乃设此策以快其意耳，而谁知天道之难容也！"

又邻近郁某者，家有田数亩，本为周寿所佃，积岁负租，乃易佃。次年布秧水中，甫插脚，即呼痛，骤起视之，则角刺遍田中。于是捞至日暮，累累盈筐，乃知为周寿所密置也。逾年而寿亦为雷震死。以上二事相类，因并志之。

【译文】乾隆乙巳年（1785）四月份，江苏常州府金匮县（今无锡市）松山脚下有一名村民某人，出门去邀请他的岳母来家里，让妻子预先烹煮一只鸡来招待，妻子去河边洗衣服。当时邻居家妇人丢了一只鸡，到处找没有找到，一个老妇突然来到某人家中，进入厨房，看到锅中有煮熟的鸡，于是跑去告诉邻居家妇人。邻妇飞快地跑来，刚好看见一名婴儿躺在灶台旁边，于是她拿出熟鸡，把孩子扔到锅里，盖上盖子就走了。某人妻子回来，以为鸡还没有熟，又往灶中添柴继续炊煮，揭开锅盖一看，发现竟然是自己的孩子，已经煮烂了。其惨状简直无法用语言形容，惊恐悔恨之下，于是自缢而死。等到某人和岳母来到家，没有看到妻子，进去厨房看见孩子已经烂死，妻子挂在房梁上，惊骇至极，频频捶胸顿足。岳母听到声音快步进来，以头抢地大哭，说："你害死了我的女儿，为什么如此狠毒，这样的仇恨怎么能解开呢？"某人沉默说不出话，低着头进入房间，岳母赶快进去拉住他，结果他也自缢而死。岳母于是仰天大声哭号："老天爷啊，这是造了什么孽啊？"片刻之间天空黑云密布，连续几声响雷，邻居家妇人被雷击死在庭院中，那名老妇半个身子陷入土中，自己将事情的经过讲述了一遍之后，才死掉。而村民某人夫妇都复活了。

与此同时又有一户人家，所租种的水田中有许多稗草，怎么也清除不尽，正在烦恼的时候，听到有人被雷击而死，恍然大悟说："去年秋天这块田是他家耕种的，现在我租种了，他一定恨我，才使用这样的阴谋诡计来出气，然而谁能想到天道不容许他这样做呢！"

还有邻近的郁某，家中有几亩田地，本来被周寿所租种，多年亏欠田租，于是换了租户。第二年在水中插秧的时候，刚一下脚，就大声喊疼，急忙抬脚一看，发现满地都是角刺。于是打捞水中角刺直到天黑，最后捞了满满一筐，才知道原来是周寿偷偷放进去的。

第二年，周寿也被天雷击死了。以上两件事情情节类似，因此一并记录在这里。

2.5.15 土地祠

嘉定西城外三里，曰青冈墩，其旁有土地祠，相传为宋梁状元灏，常著灵异。时城西有应童子试者，其妻晨起盥沐，失金指环，意婢窃之，鞭挞数四，惧而逃之祠，匿神坐下。夜阑闻叩门声，老妪出启之，一叟也。妪曰："归何晚？"曰："顷在城隍司注弟子员册，四方各举士人以荐，我将以城西某生进，踌躇未果，神讯之，我以某纵妻枉婢窃环对，司仍命注名于册，曰待某不悛，除之未晚也。"妪曰："然则环果何在？"曰："为鸭所吞耳。"婢闻之喜，狂奔至家，以实告。遂剖鸭得环，某生悔而谢过，是岁果游庠。

【译文】江苏嘉定县（今上海市嘉定区）西城外三里远的地方，叫作青冈墩，附近有一座土地祠，相传供奉的是宋代的状元梁灏（字太素，宋太宗雍熙二年（985）乙酉科状元，官至开封府尹），经常显示灵验事迹。当时城西有个参加秀才考试的人，他的妻子早晨起来洗漱，发现丢失了金指环，以为是婢女偷的，将她鞭打多次，婢女因害怕逃到土地祠，藏在神座之下。到了夜深人静时听到敲门声，一位老妇人出去开门，敲门的是一个老先生。老妇人说："今天怎么回来这么晚？"老先生说："刚才在城隍司登记生员的名册，四方各地都推荐士子上来，我原本打算推荐城西的某生，但还犹豫未决，城隍神问我具体情况，我将某生放纵妻子冤枉婢女偷窃金指环的事情如实禀告，城隍司仍然命令暂且将他的名字登记在名册上，说等到这个人继续作恶不思悔改的时候，再除去他也不晚。”老妇人说：“那么金指环到底在哪里呢？”老先生回答说：“是被家里的鸭子吞掉了。”婢女听到后非常高兴，狂奔回家，将她听到的消息如实转告给某生和他的妻子。于是某生杀鸭剖开鸭肚，果然找到了金指环，他后悔冤枉了婢女并且向她道歉，这一年果然考取县学生员，成为秀才。

2.5.16 京城尉

绍兴某，以部吏考满，为京城尉。夏月，以事出城，休于道旁树下，见一骑西来，亦息此。询所自，曰：“奉帝命，将往摄人。”出牒示之，尉名与焉。惊曰：“追摄我来耶？”曰：“未也，首城东老人，次为山左人，三为女子，君其四也。”言已，遂失所在。尉踉跄归，以告家人。诘旦，至城东，见一老人方启门呼买菜，踣于地不起，乃信前言之不爽。急归，饬家人办丧具。

翌日，复至郊外，闻哭声甚哀，寻其踪，见一舆尸抚之而哭者，少妇也。就问之，曰：“吾夫世居济南，家贫，访旧京都，不遇而反，暴死，无以敛，故深悲耳。”尉恻然曰：“我为若殡。”乃导舆之空地，悉以所备丧具赙(fù)之，且赠金三十两，令扶榇归。妇泣谢去。

尉归家，复饬办丧具如前，盥沐更衣，端坐而俟。人定后，忽闻叩门声甚亟，启之，揖以入，坐语移时，再拜而去。入谓家人曰：“余不死矣，上帝以予本日行一阴德，增算一纪。此人顷来相告耳。”后果无他。

【译文】浙江绍兴的某人，因为担任六部吏员考绩期满，被任命为京城尉。一年夏天，因为事情出城，在路边的树下休息，看见一个人骑马从西边过来，也在此处歇息。询问那个人是从哪里来的，他说："我奉帝君的命令，将要前去摄取人的魂魄。"并拿出公文给某人看，他看到自己的名字也在上面。惊讶地说："难道是来摄取我的吗？"回答说："不是的，首先是城东的老人，第二个是一个山东人，第三个是一名女子，你是第四个。"说完，那人就消失不见了。京城尉跌跌撞撞地回到家，把遇到的事告诉家人。第二天早晨，到城东探访，看见一个老人正开门说去买菜，突然倒在地上起不来了，于是更加相信之前碰到的那人说的话是真的。急忙回家，让家人置办丧葬所用的东西。

第二天，又到了郊外，听见极其哀痛的哭声，寻找哭声的来源，看见一辆车运载着尸体，一名少妇用手抚摸着车上的尸体在哭。走过去问她，回答说："我丈夫世代居住在山东济南，家中贫穷，来京城寻访老朋友，没有遇到所以就先返回，路上突然暴病而死，我没有钱进行殓葬，所以如此悲伤。"京城尉怜悯地说："我来替你殓葬。"于是将车子推到一片空地上，把自己准备的丧葬用具都送给她，并且又赠给她三十两银子，让她护送灵柩回家。妇人哭着拜谢而去。

京城尉回到家，又让家人像之前一样重新准备好丧葬用具，沐浴更衣，端坐着等待。夜深人静时，忽然听到一阵急促的敲门声，打开门，向来人作揖请他进来，坐着说了一会儿话之后，又行礼送他离开。京城尉进去对家人说："我不会死了，上帝因为我今天做了一件积阴德的事，增加了我十二年的寿命。刚才那个人就是来告诉我这个消息的。"后来果然安然无事。

2.5.17 屠太守感梦录

林少穆先生（则徐）曰：余友钱塘屠琴坞太守，于辛巳秋得危疾，医者误投药，几殆。自誓以利人济物为忏悔地，他事一不系怀。一夕，观音大士应感入梦，谓太守："夙世为楚中某官，遇事公而刻，殊伤仁厚，虽无私，亦减禄位。又多戕物命，宜得短命报。幸病中誓愿坚固，念念以利济为怀，无毫发怨尤，冥中以他福德折除，当可益算。阴律惟救生可延生，且加禄，当益勉之。"寤后，遂举家戒杀，且买物放生。是冬，叠拜袁州、九江太守之命，即蒙起用，邀不次殊恩。明年春，病亦顿愈。

太守念佛法以自利利他为大愿，欲人人咸获戒杀放生福报，而又虑人人之不尽征信也，故为《〈放生录〉书后》一篇，第畅明吾儒不杀之理，而于感梦一事未尝及之。其于立言之体固当，而于觉世之意或有未尽，余故复为详述之，使人知感应之故，非荒幻也。

近时风俗奢靡，无故饮食酬酢，刀几必赤，惟归安张兰渚中丞独守此戒，前抚吴日，尝为《戒杀文注释》以劝吏民。有议之者曰："大臣行政，以己饥己溺为量，煦煦之仁，似非急务。"闻者疑之，独太守折之曰："惟仁民者乃能爱物，未有爱物而不仁民者。吾方以中丞为师法，何疑焉？"盖太守之笃信，非一日矣。

余又闻太守之先德封翁，中年始得子，即立愿戒杀放生，冀其子以文学科名显。太守果以翰林起家。今太守复于病中感梦大士，盖福德种子有自来矣。愿览其文者，人人勉行之，则于变风行，太和翔洽，于世道既有裨益，而文学科名之报，与夫延生起疾，亦正有如响斯应者在也。按，此条见徐白舫《海南一勺》中。

【译文】林少穆先生（林则徐）说：我的好友屠潜园知府（屠倬，字孟昭，号琴邬，晚号潜园老人），在道光辛巳年（1821）秋天得了重病，医生误用药，几乎要不行了。自己发誓从此以济人利物为己任，以此作为忏悔，别的事一概不再挂怀。一天，感应到观世音菩萨前来入梦，菩萨对他说："你前世在湖南某地做官，处事虽然公正，却过于苛刻，有伤忠厚，虽然不是为私利，也应当削减福禄、官位；又因为过多杀生害命，应得短命的果报。幸亏病中誓愿坚固，念念不忘济人利物，不曾有过任何的怨天尤人。地府用别的福报折除，应该可以延长你的寿命。阴律中说放生可以延长寿命、增加福禄，你要努力啊。"醒后，于是命令全家戒杀，大量放生。当年冬天就先后被任命为江西袁州、九江知府，再次蒙受朝廷起用，实在是格外的恩遇。第二年春，病就痊愈了。

太守了解到佛法以"自利利他"为大愿，希望人人都能获得戒杀放生的福报，却又担心人们不相信，所以写下《好生录书后》这篇文章，用来阐明我们儒家也要奉持戒杀放生的道理，而对于感应观音菩萨入梦这件事，不曾提及。太守写的这篇文章，体例严谨，但是在劝世的意义上，还有不全面的地方。所以我在这里把这件事叙述清楚，使人知道因果感应的道理，并不是没有依据的。

近来风俗奢侈靡费，随便吃喝饮宴，就要杀生害命。只有归安的张兰渚巡抚（张师诚），独自坚守不杀生的戒律。他在担任江苏巡抚的时候，曾经写过《戒杀文注释》一文，用来劝戒百姓。有人议论说："大臣应当以百姓疾苦为己任，妇人之仁，好像不是那么迫切。"听说的人都心生疑虑，唯独屠知府辩论说："只有对人民仁爱的人，才能爱护生命，没有爱护生命而对人民不仁爱的道理。我现在正要向张巡抚学习，你们疑惑什么呢？"原来屠知府的坚定信念，已经不是一朝一夕了。

我还听说屠知府的父亲，中年才得子，就发愿戒杀放生，期望自己的儿子以文学科名而显达。知府果然以翰林起家，现在知府又在病中感得观音大士入梦，看来福德善根种子早已经种下了。希望读到屠知府文章的人们，人人勉力奉行，那么，仁爱之风盛行于世，祥和之气扩充宇宙，对于世道人心大有补益。而文学科名的福报，延寿病愈的效果，如此殊胜的感应，也绝非偶然了。说明，这一条见于徐白舫先生（徐谦）《海南一勺》一书中。

2.5.18 毛封翁

长洲毛春门吏部（鼎亨）之父琢轩封翁，六岁而孤，家素奉关帝像甚虔。封翁因贫弃儒，依舅氏习布业。念孀母谢苦节积劳成疾，期早自振拔，以宽慈怀。乾隆己卯春，赴阊门外普安桥关帝庙叩终身菀（yù）枯，得第九签，有"望渠消息到长安"句。二十余岁，挟赀商于凤阳、怀远等县，亏折过半。寻丁母忧归，因戴星而行，霜露侵肺，患痰哮，至十余年，医治罔效。于是发愿诵《观音大士咒》《觉世真经》，宿疾顿愈，信奉弥坚。

三十一岁始得一子，即春门吏部，工书。翁令书《觉世真经》广施，复刊板，随时印送。吏部在官，因无昆弟，急欲迎养，祈签正阳门外关帝庙，亦得第九签。翁悟签旨，允迎养，于壬申六日抵京。见其子洊升郎中，受正四品封诰，寿至八十四。一日，预戒治后事，无疾端坐而逝。

【译文】江苏长洲县（今苏州市）毛春门先生（毛鼎亨，字溯汾，号春门，嘉庆十六年辛未科二甲第一名进士，历官吏部郎中、按察使衔分巡台湾兵备道、台湾府知府等），在吏部任职，他的父亲毛琢轩封翁（因子孙显贵而受封典的人尊称封翁），六岁的时候父亲就去世了，家中一向非常虔诚地供奉关圣帝君像。封翁因为贫穷放弃了读书科举，跟着舅舅学习从事布料生意。考虑到自己守寡的母亲谢氏苦守贞节、积劳成疾，期盼着早日振奋自立，来让母亲得到宽慰。乾隆己卯年（1759）的春天，到苏州阊门外的普安桥关帝庙叩问自己一生命运的兴衰穷通，求签抽到了第九签，签文中有“望渠消息到长安”的句子。二十多岁时，带着本钱去安徽凤阳、怀远等县做生意，亏损过半。不久，得知母亲去世后回家奔丧，因为连夜赶路，寒气侵入心肺，患上了咳痰哮喘的疾病，迁延了十多年，始终医治无效。于是发愿念诵《观音大士咒》《关圣帝君觉世真经》，多年的旧病顿时就痊愈了，因此对关帝的信奉更加坚定。

毛封翁三十一岁时才有了一个儿子，就是毛春门吏部，擅长书法。他的父亲让他抄写《关圣帝君觉世真经》广为施送，又刻成书板，随时印刷施送。毛春门在吏部做了官，因为没有兄弟，急切想要迎接父亲来到京城一同生活，以便孝养，便在正阳门外关帝庙求签，抽到的也是第九签。封翁恍然领悟了签文的含义，同意接到京城生活，在嘉庆十七年（1812）壬申六日（原文此处为干支年后直接缀日的用法，一般认为应为正月初六日或六月初六日，留待进一步考证）抵达京城。后来亲眼见到儿子进一步被提升为吏部郎中，自己也受到朝廷正四品的封诰，活到了八十四岁高寿。一天，预先告诉家人准备治理后事，身体没有疾病端坐而逝。

2.5.19 佛姆化导

彭尺木先生（绍升）曰：近十余年来，现优婆夷身，虔修净业者，推南濠镜智道人。道人汪姓，归李景禧为继室，年二十六而寡。发出世心，以菩萨戒，倡导乡里。尝刺舌血写《法华经》《阿弥陀经》《梵网戒品》各一通。年三十八，病痢，一日起沐，合掌趺坐念佛而逝，时乾隆四十九年也。

后三载，同里何氏女病热，见其亡叔某，赤体披发，言："在生种种作孽，死后拘黑暗地狱八年，日受恶鬼铁棒；近幸观音大士降临，跪求慈拯，忽得离暗而出。适有道人自西方来，为冥王师，即上年念佛坐逝者也，因与吾家有旧，乞暂放还。急为我修福，俾得生人道。"兄子性三，为持佛名一万，仍许请僧诵经荐拔，乃去。

是夕初更，何氏女忽闷绝，至三更而苏。言："有群众执红灯，以大轿舁（yú）我去，路迢遥，诣一大庙，出轿，趋殿下，见一靛（diàn）面王者中坐，傍有小鬼，各执钢叉、铜锤左右立，便命取锤打我。慌惘之际，忽见金童、玉女持幡幢自内殿出，中拥道人，离地丈许，握白拂，摄云履，严洁无伦。视之，即万年桥李姆也。往尝一宿其家，仿佛可识，然光彩迥绝矣。"姆声言"止、止"，王遽释我。

姆垂手援我，引入内殿，光明洞然，几席靓整，案上供佛经。令设茗果饷我，果似苹婆，香甚烈。云从西方来，引我历观地狱。先见血河浩渺无涯，有诸女人，或倒浸河内，或蓬发上指，或侧身横睡，血流遍体。复见刀山，高矗云宵，百万雪刃，互相撑拄，中有罪人，横斜刀上，既死复活，活而又死。更令左右携灯，照我入黑暗狱，见众鬼皆盲，头大如斗，颈细似管，鼻液长尺许，若醉若寐。从黑狱出，见旋磨中血肉下坠，鸡鸭啄食，黑风吹余肉，复变为人，鬼卒寸磔其肉，重磨作粉，化蝇蚊蚁子，一一散去。

我心酸泪下，问姆："何不救之？"答曰："罪大障深，安能即出，汝知怕否？人身难得，可勿持戒念佛，求生西方哉？汝能一心念阿弥陀佛，吾当携汝直往西方，汝意云何？"我未及答，姆曰："因缘未到，姑俟（sì）异日。来此已久，恐家中惊惶，可速归，好好持斋念佛，一意西方，时至迎汝。勉之，勉之。"仍命轿送我，蹶然而觉。翌日，汗出，病良已。性三亲闻其事，述于予，为书而传之。

徐白舫曰："此姆苦心，望人同修净业，谆谆如此，慈悲化导，真天人师也。地狱罪苦诸囚，若生前各早回首，安有刀山、血池之设哉！"

【译文】彭尺木先生（彭绍升，法名际清，字允初，号尺木、知归子、二林居士，江苏苏州府长洲县人，乾隆二十六年辛巳恩科进士，清代文学家、著名佛教居士）说：近十多年来，示现女居士的身份，虔心修行净土法门的，首推苏州南濠的镜智道人。道人本姓汪，嫁给李景禧作为继妻，二十六岁时成了寡妇。生出超脱世俗的心愿，受持菩萨戒，在乡里倡导佛法。曾经刺破自己的舌头用血书写

《法华经》《阿弥陀经》《梵网戒品》各一遍。三十八岁的时候，得了痢疾，一天早起沐浴，双手合十结跏趺坐念佛而逝，当时是乾隆四十九年（1784）。

三年之后，同乡的何氏女得了热病，看见她已经死去的叔叔某，光着身子披头散发，说：“我生前种种作孽，死后被拘押在黑暗地狱八年，每天被恶鬼用铁棒击打；最近幸亏观世音菩萨降临，我跪求菩萨大发慈悲拯救我，忽然得以出离黑暗地狱。适逢有一位道人从西方而来，成为冥王之师，也就是前年念佛端坐而逝的女居士，因为她和我们家有交情，她代为向冥王请求暂时放我回来。你们要赶紧为我修善积福，使我能够转世投胎做人。”哥哥的儿子何性三，为他念诵佛号一万遍，又答应请僧人帮他诵经超度，然后才离开。

当天晚上一更时分，何氏女子突然胸闷气短，昏厥过去，到三更才苏醒。她说：“有很多人手提红灯，用大轿子抬我过去，路途遥远，到了一座比较大的庙宇，我从轿子上下来，快步走到殿前，看见一位青面王者端坐在中间，旁边有小鬼，分别手持钢叉、铜锤左右站立，就命令小鬼用铜锤打我。正在惊慌疑惑之际，忽然看见金童、玉女手持幡幢从内殿里出来，中间簇拥着一位道人，离地面约有一丈高，手握白色拂尘，脚穿祥云花纹的鞋，庄严高洁的形象无与伦比。我仔细一看，原来就是万年桥的李姆。从前曾经在她家借宿过一晚，好像还认识，但是现在的光彩夺目的形象跟以前已经迥然不同了。”李姆说“止、止”，青面王者才把我放了。

李姆伸手拉我，将我引入内殿，里面非常明亮，几案席子干净整齐，桌案上供奉着佛经。命人准备茶水和瓜果给我吃，果子像是苹果，香味很浓烈。说是从西方而来，引导我逐一观看地狱。首先看见一条浩渺无边的血河，有很多女人，有的头朝下浸泡在河里，有的蓬头垢面、头发直竖，有的侧着身子睡着了，浑身流血。又看见刀山，高耸入云，数以百万计雪白的刀刃，互相支撑着，其中有罪人，横七竖八地斜插在刀上，死了之后又活过来，活过来又被扎死。李姆又让左右的人提灯，替我照明进入黑暗地狱参观，看见众鬼的眼睛都瞎了，头像斗一样大，脖颈像管子一样细，鼻涕约有一尺长，都是似醉非醉、似睡非睡的样子。从黑暗地狱里出来，看见正在旋转的磨盘中有血肉在往下掉，鸡鸭都来啄食，一阵黑风吹过剩下的血肉，又恢复变成人形，鬼卒又一刀一刀割下他的肉，重新磨成粉，变成蚊蝇蚂蚁，四散而去。

我看到这些惨状不禁心酸落泪，问李姆："您为什么不救他们呢？"回答说："他们罪孽深重，怎么能这么快就出离呢？你知道害怕了吗？人身难得，怎能不持戒念佛，求生西方极乐世界呢？你如果能够一心称念阿弥陀佛，我可以带你直接往生西方，你觉得怎么样？"我还没来得及回答，李姆说："机缘还没到，姑且等待他日。你来这里已经很久了，恐怕家人担心害怕，可以赶快回去，好好持斋念佛，一心一意求生西方，到时候我会来迎接你。切记，切记！"还是命令轿子送我回来，突然一惊而醒。第二天，出了一身汗，病已经好了。何性三亲耳听到这件事，并转述给我，我将其记录下来流传于世。

徐白舫先生（徐谦）说："这位李姆的苦心，希望人人一同修习净土法门，如此苦口婆心、至诚恳切，慈悲教化引导世人，可谓是真正的天人之师。那些罪孽深重堕入地狱受苦的囚犯，如果活着的时候能够尽早回头、改恶从善，哪里还用设置刀山、血池让他们受罪呢！"

2.5.20 买牛放生

福州省城旧俗，凡同文课之友人，遇有入泮登科者，例须捐喜金若干，称家之丰啬，以为同会被黜者聚饮解闷之资，所谓会例也。被黜者，当新贵簪挂前后之间，将此捐金，觅一清旷处所，群相畅饮，藉消抑郁之怀，故俗又谓之避气。

侯官陈星垣（经）郡丞尝言，其昔年应童试不遇，赴西湖书院会例之宴；偶闲步出院门，见有牵牛者，以牛不肯前行，鞭挞不已。郡丞就近往视，牛泪涔涔下。知其将牵往屠所，为之恻然，问其值，曰十五缗。乃退而与座中诸友议曰："例金尚有赢余，何不以买牛放生，同诸君作一阴德事乎？"中有不乐从者，谓若此便无消遣之资矣。郡丞论之曰："此事颇关阴骘（zhì），消遣不过一时。若愁簪挂日无宴聚资，我当独治具，延诸君于舍间小酌，可乎？"众不得已，应允，乃将牛价交割，送牛至西禅寺放生；并将余金付僧人，嘱其随时照料。归即谋诸闺中，典衣饰为簪挂日宴饮之费，以践前言。

次年，郡丞即入泮，旋登乡荐，由大挑知县，升海门司马，加知府衔，权守苏州云。

【译文】福州省城旧时有一种习俗，凡是一同习文考课的朋友，每当有人考中秀才、举人、进士时，按照惯例必须捐出一些喜钱，喜钱多少和家庭经济情况相匹配，作为一同考试但落榜的人聚会饮酒解闷的资金，这就是所谓的会例。落榜的人，在新科贵人簪花挂彩（科举时代为中式者集体举行的一种仪式）之日前后，用所捐的这些钱,寻找一处清净空旷的地方,大家聚在一起畅饮叙谈,借此消散抑郁失落的心情,所以又俗称避气。

侯官县的陈星垣(陈经)郡丞曾经说,他当年参加秀才考试落榜后,去福州西湖书院参加会例宴席;偶然间散步走出了院门,看见有一个牵着牛的人,因为牛不肯向前走,不停地鞭打它。郡丞走近去看,那头牛泪如雨下。知道这个人是要把牛牵去屠宰场宰杀,不禁为它心生怜悯,问那人牛的价钱,说是十五串铜钱(每串一千文)。于是回去和参加宴会的朋友们商量说:"会例钱还剩余一部分,为什么不用这些钱将这头牛买下来放生,我们大家一起做一件积阴德的事呢?"其中有人不情愿,说如果是这样就没有供消遣的钱了。陈郡丞进一步建议说:"这件事特别关乎阴德,消遣不过是一时的快乐。如果担心簪花挂彩之日没有聚会宴饮的资金,我来独自准备东西,请诸位朋友来我家小酌几杯,这样可以吗?"众人不得已,就同意了,于是将牛的价钱交付给了牵牛人,然后把牛送到西禅寺放生;并把剩下的钱交给寺里的僧人,嘱托他们随时饲养照料。回去就和妻子商量,典当了衣服饰物换钱作为簪挂日宴饮的经费,来兑现之前的承诺。

第二年,陈郡丞就入学成为生员,不久又考中举人,经过大挑(清制,挑选三科以上会试不中的举人,一等任知县,二等任教职,称为大挑)被任用为知县,后升任江苏海门厅同知,加知府衔,又署理苏州知府。

2.5.21 李副榜

浦城有李某者,与其邻嫠(lí)妇通,外人不之觉也。应某科乡试,已拟中第五名,以他故降为副榜。时邑中屡脱科,虽副榜亦足为荣，报喜者至门，乡里聚观，嫠妇亦至，不觉喜形于色，拍李肩而笑："我素料汝必有出息，故不惜以身相许耳。"其语为人所闻，遂播于众，各匿笑而散。或谓正榜之降为副榜，职此之故。其犹得留副榜者，以其根器本深耳。余曰："倘此人不得副榜，则此事从何而破？俗谓天不藏奸，信哉！"

【译文】浦城有个李某，和邻居寡妇私通，外人没有察觉。去参加某科乡试，已经初步拟定让他以第五名的成绩中榜，因为其他原因降为副榜（科举乡会试因名额限制，未能列于正榜而文字优良者，于发榜时别取若干名，列其姓名于正榜之后，称为副榜）。当时县里已经多年无人中榜，即使是副榜也足够引以为荣，报喜的人上门，乡里人聚在一起围观，寡妇也来了，抑制不住内心的喜悦之情，拍着李某的肩膀笑着说："我早就料到你一定会有出息，所以不惜以身相许。"她的话被别人听到了，于是在众人间传播开来，各自偷笑着散去。有人说李某之所以由正榜被降为副榜，大概就是这个原因。他尚且可以留在副榜，是因为天赋本来就很深厚吧。我说："倘若这个人没能登上副榜，那么这件事又从何被揭穿呢？俗话说上天不会隐藏奸邪之事，确实如此啊！"

2.5.22 王总戎

道光辛丑，英夷滋扰江浙。家大人以江苏巡抚兼权总督篆务，带兵赴上海防堵。时提督陈忠愍公（化成），驻吴淞口；徐州镇总兵王某，驻上海城外。王，蜀人，躯干英伟，谈论晓畅，下榻城外天后宫楼上，日手《洴澼（píng pì）百金方》诵之，略能通贯，家大人颇优待之。

既思吴淞口岸直达宝山，绵亘数十里，兵将稍单，而城中呼应较灵，兼可控制城外，拟调王总戎移驻吴淞，与陈提戎成犄角之势，较可放心。曾乘间以此探王意，王谓一动不如一静。家大人复以己意驰往吴淞，与陈熟商，陈亦不以为然，似言多此一人亦无甚关系者。未几，而家大人即卸督篆回苏，遂听之。

逾数月，夷船陷宝山，直驶吴淞，陈提戎以孤立无援，血战而亡，而上海亦陷。时王总戎已挟所部兵遁松江郡城，即以暴病卒。有参劾其坐视上海之破，不出一兵不发一矢者，旋奉严旨。以既伏冥诛，尽革去生前官职，并饬查其子孙有功名者，尽行革退；无功名者，一概不准应考出仕。江南军民快之。时家大人已引疾归里，于邸报中悉其事，瞿然曰："陈忠愍可谓知人矣。"

按，湖南罗提戎（思举），亦蜀人，临阵不避枪炮，所服战袍，为铅丸火烧圆孔无数，然卒不死。尝云："自顾何人，官爵至此，若得死于疆场，则受恩当更渥，苦我无此福分耳。"以不能死于兵为无福，洵忠勇之言也。相传战阵之间，巧于避死者，往往即死；屹然不畏死者，往往不死。合王总戎、罗提戎并论之，可以劝矣。

【译文】道光辛丑年（1841），英国军队在江浙一带制造事端。我父亲当时担任江苏巡抚兼署两江总督，带兵前往上海防范阻遏英军侵扰。当时的江南提督陈忠愍公（陈化成），驻扎在吴淞口；徐州镇总兵王某（王志元），驻扎在上海城外。王某是四川人，身材高大魁梧，谈吐通达流畅，住在城外天后宫楼上，每天手捧一部《洴澼百金方》(清代军事著作)诵读，粗略通晓其中大意，我父亲对他颇为优待。

不久考虑到从吴淞口岸可直达宝山县，绵延几十里，布防的兵将力量稍微薄弱，但是城中指挥调动很快，可以同时控制城外，打算调王总兵移驻吴淞口，与陈提督形成犄角之势，这样才可以比较放心。我父亲曾经趁机以这个想法来试探王总兵的意思，王总兵说一动不如一静。我父亲又带着自己的想法骑马前往吴淞口，和陈提督深入商议，陈提督也不太认同，好像说多这一个人也没有太大作用。不久，我父亲就卸任代理总督职务回到了江苏，于是也就没再过问此事。

几个月之后，英国的舰队攻陷宝山县，径直驶向吴淞口，陈提督因为孤立无援，血战而死，上海县城也被攻陷。当时王总兵已经带着自己部下的军队逃往松江府城，不久就暴病而死。有人上奏弹劾说他坐视上海被攻破，不出一兵不发一箭，紧接着朝廷下旨严厉处分。因为已经受到冥司惩罚而死，就将其生前的官职一概革去，并且彻查他的子孙中如果有功名的，也一概革除取消；没有功名的，一概不准参加科举考试或出仕做官。江南的军民都拍手称快。当时我父亲已经告病辞官回到家乡，通过朝廷官报了解到这件事，惊骇地说："陈忠愍公可以说是善于识人的人了。"

值得一提的是，湖南的罗思举提督，也是四川人，临阵不逃避枪炮，所穿的战袍被铅弹火烧出无数个圆洞，然而最后都没有死。他曾经说："想想自己是个什么人，官职爵位已经到了这个份上，如果得以战死疆场、以身殉国，则所受的恩遇会更加优渥，只怕我没有这个福分而已。"他认为不能死在战场上是没有福气，确实是忠诚勇敢之士才能说出的话啊！相传在战场阵地之间，千方百计逃避死亡的人，往往会先死；坚守阵地不怕死的人，往往不会死。将王总兵和罗总兵对比来看，就可以有所启发了。

2.5.23 王县令

江西有某县令王姓者，酷烈任性，禁赌博尤严。有富家孤子，方十五岁，为奸徒诱赌，输银一百两，索取甚厉。孤子之祖母不得已，鸣于官。王以重刑责奸徒讫，将责孤子，其祖母愿以金赎，王不许，即以责奸徒者责孤子，毙于杖下。其祖母见孙已亡，触壁而死。孤子之母闻之，亦缢死。

未几，王得行取。将登舟，忽自呼曰："我已离任，不须叫冤。"众视无人，王曰："二妇人，一少年。"王旋患头痛，口鼻流血而死。王亦一子，方迎柩于家，亦患头痛，其母令藏于婿万某家。万与同床卧，至夜半，觉有手入被中，其冷如冰，旋缩出，曰："误矣。"万亦大惧，送之归，至中途，亦口鼻流血而亡。

夫犯赌非无罪，以童子被诱，薄责之可也。然一时固执任性，其受报如是之惨，况用刑而误者乎！窃谓尊长首子弟被诱赌博者，审实免责其子弟，法良善也。

【译文】江西某县的县令王某，性情残酷暴烈，任性妄为，禁止赌博格外严厉。有富人家的孤子（少年丧父者），刚刚十五岁，被奸恶之徒诱惑参与赌博，输了一百两银子，债主索要得很急迫。孤子的祖母不得已，报了官。王县令用重刑惩罚完赌徒，将要惩罚孤子，他的祖母愿意出钱来替孙子赎罪，王县令不同意，就用惩罚奸徒同样的重刑来惩罚孤子，将他打死在杖下。他的祖母看到自己的孙子已经死亡，以头撞墙而死。孤子的母亲听说了事情，也自缢而死。

不久，王县令得以行取（明清时，地方官经推荐保举后调任京职）。将要上船的时候，忽然自己呼喊："我已经离任，不需要再向我喊冤了。"众人四下张望并没有人，王某说："有两个妇人，一个少年。"王某随后就得了头痛的病，口鼻流血而死。王某也有一个儿子，正护送灵柩到家，也患上头痛病，他的母亲让他藏在女婿万某家中。万某和他同床而眠，半夜的时候，感觉到有手伸入自己被子里，冷得像冰一样，很快就缩回去了，有声音说："错了。"万某也很害怕，送他回去，中途的时候，王某的儿子也口鼻流血而死了。

赌博并不是无罪，孩子是被诱骗而参与的，略施惩罚即可。但是王某一时固执任性，他所受的果报都像这样惨痛，更何况那些错将无辜的人用刑的呢！我认为如有长辈举报子弟被诱骗赌博的，经审查属实可以对其子弟免于责罚，确实是用意美好的法律。

2.5.24 徐氏阴德

徐树人观察，官泰安令时，家大人陈臯山左，曾以循良荐举，观察遂执贽称弟子，并述其先德甚详。盖其封翁松门先生名蔚者，年十二而孤，值母陈太恭人病笃，封翁侍奉汤药，刲（kuī）右臂肉入药奉之，乃瘳（chōu）。入书塾中，不能作字，塾师责之。及归，太恭人又责之。托言疮疾，终不以语人。太恭人寿至七旬有余，封翁始入庠食饩（xì）。以母老多病，一弱弟已殇，因绝意科名，授徒里中以便侍养。及门中成秀孝者，至百十余人，皆封翁所培植也。

嘉庆年间，海门厅沙民，与通州争学额，求拨二名，各自立学，历呈督、抚、学三大宪，封翁率诸同人力持之，卒未能夺，至今士林感之。观察于嘉庆庚辰成进士，其仲弟宗勉以是年广额补诸生，而殿于末，在补额二名之内，一时舆论咸谓封翁争学额之报也。宗勉旋于道光乙未中副榜，癸卯中举人。闱中皆梦封翁至号舍中训戒之。

观察又言：其母季太恭人，最信因果。观察兄弟三人幼时，自书塾归，有写完影字一本，必索而焚之，曰："毋使留存，致为妇女夹花样，婢仆糊窗拭桌也。"仲子宗勉、季子宗祥，先后补诸生，其坐号同为果字四号，戚族咸以为惜字纸之果报云。有仆人夜间启柜窃米，将锁翅用线束住。侦而知之，次日请领管钥，仍旧与之，而以他事却之去，曰："我自不用之耳，何必暴其恶，而使之无路谋食也？"观察尝迎养至泰安县署，署中惟一老妪，夜则不遣使，或自取携。妪曰："何不唤我？"曰："尔老矣，吾儿若非做官，则与尔一般耳。"妪合掌曰："阿弥陀佛。"

又曰：家慈兄弟姊妹本十人，今仅存干城舅氏一人（桓），因外祖母哭子女失明，誓茹素求母目复明。一日，舟行至焦山边，暴风大作，将舟柁（duò）撞破，舟人皆哭，束手待毙，舅亦昏瞀（mào）不知所为。忽梦中有匠人，一手执三角木尺，一手执斧踏浪而来，以木尺架于船尾，曰："念尔三十余年不食荤腥，保全物命甚多。"以斧击柁，顷刻舟随风入港。是日溺沉者甚多，独此舟得无恙。人皆异之，舅氏亦不言其故也。

【译文】徐树人观察（徐宗干，字树人，江苏通州人，嘉庆二十五年进士，官至福建巡抚），在山东泰安县（今泰安市）做县令时，我父亲担任山东按察使，曾经因为奉公守法举荐过他，徐观察于是持礼物前来拜见我父亲，自称弟子，并且非常详细地讲述他祖先的德行。他的父亲松门先生名叫徐蔚，十二岁时丧父，正赶上他的母亲陈太恭人（明清四品命妇封恭人）病重，徐封翁侍奉母亲服用汤药，割取右手手臂的肉来入药献给母亲喝下，于是痊愈了。去书塾上学，因右手臂疼痛不能写字，私塾先生责备他。等他回到家，他的母亲又责备他。他借口说自己右手臂生疮，最终也没有告诉别人。陈太恭人活到七十多岁的时候，徐封翁才进入学校成为廪膳生员。因为母亲年迈多病，一个幼小的弟弟已经夭折，因此断绝了考取功名的想法，在乡里教授学生以便于侍养母亲。他门下的学生中成为秀才、举人的，多达一百多人，都是徐封翁悉心培养造就的。

嘉庆年间，江苏海门厅沙田上耕作的民丁，与通州争夺生员名额，请求拨给两名，各自单独设立学校，并将建议呈交总督、巡抚、学政三大衙门，徐封翁带领志同道合的朋友极力坚持，最终未被夺去名额，到现在当地的读书人依旧感念恩德。徐树人观察在嘉庆二十五年（1820）庚辰科考中进士，他的二弟徐宗勉在这一年因放宽录取名额成为县学生员，而排名在末尾，正好在增补的两个名额之内，一时间人们都说这是徐封翁当年争夺生员名额的回报。徐宗勉不久后在道光十五年（1835）乙未科考中副榜，道光二十三年（1843）癸卯科考中举人。在考场中时都曾梦见徐封翁亲自到号舍中教导训诫。

徐观察又说：他的母亲季太恭人，最相信因果报应。徐观察兄弟三人年幼时，从书塾放学回家，每当临摹习字写完一个本子，母亲一定会要来烧掉，说："不要使这些留存下来，不然会被妇女用来夹花样，被奴婢仆人拿来糊窗户、擦桌子。"二子徐宗勉、三子徐宗祥，先后补为生员，他们考试时的座号同样都是果字四号，亲戚族人都认为这是母亲敬惜字纸的果报。有个仆人在夜里开柜偷米，用线把锁翅束住。母亲察觉并知道了，第二天仆人请求领取锁和钥匙，仍旧给他，而以其他的理由将他辞去，并说："是我自己不想用他做仆人了，何必暴露他做的坏事，让他没有办法谋生呢？"徐树人观察曾经迎接母亲到泰安县衙孝养，县衙中只有一名老妇，晚上就不差遣她做事，有时需要拿东西就自己动手。老妇说："您为什么不叫我呢？"母亲说："你年纪大了，如果不是我儿子做了官，我就和你是一样的。"老妇双手合十说："阿弥陀佛。"

又说：我母亲的兄弟姐妹原本有十人，现在只剩下舅舅季干城（季垣，一作桓）一人，因为外祖母长期为子女的死哭泣而失明了，舅舅誓愿吃素以祈求自己的母亲眼睛复明。一天，乘船航行到焦山附近，忽然狂风大作，将船舵撞破，船上的人都哭了，束手无策只能等死，舅舅也神志昏乱不知道该怎么办。忽然梦中见到一位匠人，一只手拿着三角木尺，一只手拿着斧头踏浪而来，把木尺架在船尾，说："这是念你三十多年来不吃荤腥，保全了很多动物的生命。"用斧头敲击船舵，顷刻之间船就随风进入港口了。这一天沉船淹死的人很多，唯独这条船得以安然无恙。人们都感到很惊奇，舅舅也不说其中的缘故。

2.5.25 窝犯

徐观察又言：令泰安最久，所治与兖、沂交界，山庄多窝匪者。一日，缉获窝犯某，提讯之，曰父某、祖某，补佐杂有年，升县令有年，升州牧复捐升郡守有年。现有祖母在堂，亲戚亦多绅宦，有现任为寅僚者。即前任兹邑者，亦其至戚。伊亦曾进署中，署中人亦尚有能识之者。

次日，其祖母踵至，询其子，曰某某现有职衔，托其妻子于友而之楚游矣。妻妾尚有五人，子女七人，终日仰屋，匪类窃得赃物，利其可以窝留而俵（biào）分之。所起赃物甚多，软梯、绳鞭、刀械悉具。问其何来，曰："窃盗某某之物，向藏寄吾家。"至有不忍究诘者。

岂其先代为官即如为盗，而获此报欤？抑纵盗害民，亦合有此报欤？否则治盗或不免枉屈，而报及其子孙欤？署中有老幕宾曰："吾曾亲见其父，由首剧升州牧，缉捕最有能声。"想多枉滥，故有此果报云。

【译文】徐树人观察（徐宗干）又说：我在泰安做县令的时间最长，所管辖的区域和兖州、沂州交界的地方，山中的村庄往往有很多窝藏的土匪。一天，缉拿抓获窝藏罪犯某人，提审问讯他，说他的父亲、祖父，在县衙内充任佐杂（清代州县官署内助理官吏佐贰、首领、杂职三者的统称）多年，升任为县令多年，升任为知州又捐升到知府多年。现有祖母健在堂上，亲戚中也有很多乡绅官宦，有现在还和我是同僚的。就是前任泰安县令，也是他家关系很近的亲戚。他本人也曾经进入到县衙中，县衙里的人也还有能认出他的。

第二天，他的祖母接着就来到了县衙，询问她的儿子，说儿子某某现在有官衔，把他的妻子和孩子委托给朋友照料就去湖北、湖南一带游玩了。妻妾还有五人，子女有七人，每天抬头仰望屋顶，穷困得想不出办法，有匪类偷到赃物，利用他们家的有利条件作为窝藏赃物的地方，然后按人头分赃。经搜查发现的赃物有很多，软梯、绳鞭、刀具器械等都很齐全。问他是从哪里来的，说：

“这是盗匪某某的东西，一直寄存在我家。”有些难以想象的情节，甚至都不忍心继续追究盘问下去。

难道是他们家的先人做官就像做盗贼，才导致获得这种报应呢？又或者是为官纵容盗贼侵害百姓，也应该有这样的报应呢？不然就是治理盗贼有时免不了冤枉好人，才报应到子孙身上呢？官署中有一位年老的幕僚说：“我曾经亲眼见过他的父亲，从首领官（州县中的典史、吏目之类的属官）迅速升任为知州，缉捕罪犯最是以能干著称。”想来其中多有冤枉失实的情况，因此才会有这样的果报吧。

2.5.26 状师

徐观察又曰：泰安有某生，文才极优，而工刀笔，众皆呼之为状师。入场之日，神思昏倦，凭号板而坐。灯光下，忽见魁星立于前，曰：“尔来年状元也。”伸手令写“状元及第”四字，生欣然濡毫，方写一“状”字，魁星遽以手翻印其卷面，因被贴。此后遂不复应试，以潦倒终其身。或曰：“魁星即冤鬼之幻相也。”嗟乎！尝见世之为状师者，其才情无不极优，苟正用之无不可擢高科，而每以刀笔自误也，惜哉！

【**译文**】徐树人观察（徐宗干）又说：泰安县有一名某书生，文才特别优秀，而擅于舞文弄墨帮人写状子，众人都称呼他为状师。进入考场那天，精神迷惘困倦，倚靠着号舍桌板坐下。在灯光下面，忽然看见魁星（传说中掌文运的神，本作奎星，俗就“魁”字取象，造为鬼举足而起斗之像）站在面前，说：“你就是来年的状元。”伸手让他写下“状元及第”四个字，某生很高兴地以笔蘸墨，刚写完一个“状”字，魁星突然用手翻印他的卷面，因此被贴出（清制凡考生试卷内有违式者，均将试卷提出，并将考生名字贴出，谓之蓝榜，即被取消录取资格）。从此之后就不再参加科举考试，穷困潦倒过完一生。有人说：“魁星就是冤鬼所幻化出的形象。”哎呀！曾经看见世上的状师，他们的才华都是极为优秀的，如果将才华用在正道上肯定能在科举考试中名列前茅，但常常因舞文弄墨耽误了自己的前程，真是太可惜了！

2.5.27 不作枪替

徐观察又曰：泰安冯生，误娶有夫之妇，及知情而后弃之，妇家讼于官。时余方为泰安令，庭讯已结，冯生本有应得之罪，将杖之。因念考试在即，姑从宽免。及试后，新进诸生来谒，则冯生亦肩随焉。询其平居作何状，自言家极寒苦，惟平日誓不于文闱中以枪替渔利耳。殆即此一念，而遂邀神佑，而免刑诛。盖庸流多一幸进之人，即真才多一屈抑之士，所系固靡轻也。然则吾辈之以枪手自雄者，其亦可以返乎！

【译文】徐树人观察（徐宗干）又说：泰安的冯生，错娶了一个有夫之妇，等到知道实情后就休弃了她，妇人娘家向官府提出诉讼。当时我正是泰安县令，庭讯已经结束，冯生本来有应该受到惩罚的罪行，将要杖责他。但考虑到他考试在即，姑且从宽免于刑罚。等考试结束后，新录取的秀才前来拜见，冯生也在其中。询问他平时的生活情况如何，他说家中极为贫寒困苦，但一直誓愿坚决不在考试中给别人替考来谋利。大概就是凭借这一个信念，于是受到神明保佑，而得以免除了刑罚。因为如有替考的行为，则平庸的俗人中多了一个侥幸进身的人，那么有真才实学的人中就多了一个压抑委屈的士子，其中所关系到的可不轻。那么我们这些人当中以给他人当枪手替考而感到自豪的，也可以回头是岸了！

2.5.28 冒失鬼

嘉庆丙辰，家大人应会试，次场与王惕甫广文（芑孙）同号舍。广文言，其邻家子，有为鬼所凭者。其父母恐惧，已备牲醴，将延僧道超度祭享。适腊底，乞丐循乡间遗风，有装作跳灶王者，头戴破金冠，身披烂蟒衣，登门索钱。鬼惊惶曰："神将到矣，速开后门，容我逃去。"遂寂然。病者竟免祟。此真所谓冒失鬼也。时韩芸舫先生（克均）亦在号中，闻之大笑曰："少所见，多所怪，世上人亦岂少此冒失鬼哉？"

【译文】嘉庆元年（1796）丙辰科，我父亲参加会试，第二场和王惕甫教谕（王芑孙，字念丰，号惕甫，江苏苏州府长洲县人，清代文学家）在同一个考场。王教谕说，他邻居家的孩子曾经被鬼附身。他的父母非常恐惧，已经准备好祭祀的供品，将要请僧人、道士来做法事超度祭祀。当时正好是腊月底，有乞丐遵循乡村间的风俗，装扮成灶神的形象，头戴破金冠，身穿烂蟒衣，上门来讨钱。鬼魂惊惶地说："神将要到了，赶快打开后门，让我逃走。"于是安静下来。生病的孩子竟然因此免于受到鬼的祸害。这真是人们所说的冒失鬼啊。当时韩芸舫先生（韩克均，字德嶷，号芸舫，山西汾阳人，嘉庆元年进士，官至巡抚）也在号舍中，听到这件事后大笑说：“见闻少，则遇事容易感到奇怪，世上的人们也哪里少得了这样的冒失鬼呢？”

2.5.29 鬼穿下棺时衣

吾闽台湾林爽文之乱，有杂职蒋某者，吴人也，死于难。同寅为殓厝，未通音耗。蒋之弟在家，忽一日见兄惨沮而回，身穿红青褂，有旧钉补子痕，布裹其头，曰：“我被贼匪伤害，棺厝台湾府城西僧寺，上有标题衔姓，易于寻觅。汝可取归，与汝嫂合葬。我无后，应分老屋器皿与尔子，为我双祧（tiāo）可也。”倏不见。后其弟往扶榇，遇其旧仆，言下棺时服色无异。时弟有二子，以长继立。不久，次子死，竟应双祧之语，鬼其先知矣。按，此是死难之鬼，精灵不昧，故能从容嘱咐如此，虽末秩，亦自与顽鬼不同也。

又按，鬼所穿衣，常以下棺时为定。有罗掌纶者，亦吴人，家中值中元节祭祀。新雇一无锡小僮，方十岁，忽大言曰：“今日庭中好多客，男女俱着棉衣，还有穿蟒袍补褂之老爷，有着凤冠霞帔之太太，并有披绣花袄之新娘，如此大热天，何以不换纱葛？”云云。众呵之，乃止。其为死人常穿下棺时衣服无疑。观此，亦可以知鬼神之情状；而古人附身附棺不敢不慎之精义，亦即是而昭然若揭矣。

【**译文**】我们福建台湾府林爽文发动叛乱，有一个从事杂务的蒋某，是苏州人，死于动乱中。同僚为他棺殓并把灵柩暂时停放待葬，还没有把他去世的消息通知到他的家人。蒋某的弟弟在家，忽然有一天看见哥哥忧伤沮丧地回到家，身上穿着红青褂，有以前钉补子（明清时官服上标志品级的徽饰，以金线及彩丝绣成，文官绣鸟，武官绣兽，缀于前胸及后背）时留下的痕迹，头上裹着布，说："我被贼匪所害，棺材暂时停放在台湾府城西边的寺院，上面标记着我的姓名、官衔，很容易就能找到。你可以去把棺材运回来，与你的嫂嫂合葬。我没有儿子，应该把老房子和家具物品分给你的儿子，让他一个人同时作为两家的继承人就可以了。"忽然就消失不见了。后来他的弟弟前往运送灵柩回家，遇到以前的仆人，说看到的样子和遗体入棺时的衣服样式、颜色完全一样。当时他的弟弟有两个儿子，就把长子过继给伯父作为继承人。不久，次子死了，竟然真的应验了所说的一人作为两家继承人的话，鬼确实有预先知道未来的能力。由此可见，这是因为死于国难的鬼，精魂英灵不会湮灭，所以能够像这样从容地嘱咐后事；虽然只是低级官吏，但也自然和一般冥顽不灵的鬼不同。

另外，鬼所穿的衣服，通常就是遗体入棺时穿的衣服。有一个叫罗掌纶的人，也是苏州人，有一年的中元节，家中举行祭祀活动。新雇的一名来自无锡的小童，刚十岁，忽然大声说："今天庭院中有好多客人啊，男男女女都穿着棉衣，还有穿着蟒袍补服的老爷，有身着凤冠霞帔的太太，还有穿着绣花袄的新娘子，这么大热的天气，为什么不换上薄的纱衣葛衣呢？"等等。众人呵止他，他才不说了。看来鬼魂穿的常常是遗体入棺时所穿的衣服，应该是真的了。由此观之，也可以大致了解鬼神的状态了；也就更加清楚明白地理解了，古人为什么特别重视对死者身体和棺木的布置必须要慎重这些精妙的道理。

第六卷

2.6.1 贫士收弃女

四明袁道济，家贫乏赀，不赴秋闱。七月望前，犹在家。有戚友赠以三金，劝之往，乃行。路遇一弃婴，莫肯收养，啼饥垂毙。袁恻然，即以三金托豆腐店夫妇善抚之。至省，同乡友憎其贫，不纳。独旧识一僧，勉强留之。僧夜梦各府城隍齐集，以乡试册呈文昌帝君，内有被黜者，尚须查补。宁波城隍禀曰："袁生救人心切，是可中。"帝君命召至，见其寒陋，曰："此子貌寝，奈何？"城隍禀曰："易耳，可以判官须贷之。"僧寤，骇甚。次早，正欲告袁，及相晤，见其向本无须，一夕间忽两腮萌动，笑吃吃不止。袁问故，僧具言之，与袁所梦合，互相惊叹。后榜发，果中式。

又沔阳王煊，家赤贫，遇考试，辄卖卜于市。妻张氏性慈善，邻有生女欲溺者，强抱养之，如是者再。乾隆甲寅春，同乡某生梦神告曰："今科本省解元是育婴。"醒以为异，及揭晓，领解者乃王煊也。某生细询，煊乃恍然于神示之不爽云。

【译文】四明县（今浙江宁波市余姚市）的袁道济，家中贫困缺钱，没有办法去参加秋季的乡试。七月十五日之前，还在家里。有亲戚朋友送给他三两银子，劝他去参加考试，这才勉强动身上路。路上遇到了一名被抛弃的婴儿，没有人愿意收养，因为饥饿啼哭不止几乎要死去。袁道济看了很不忍心，就把身上带的三两银子交给开豆腐店的一对夫妇，委托他们妥善抚养。到了省城，同乡的朋友嫌弃他贫穷，不接纳他。只有一位以前认识的僧人，勉强收留了他。僧人夜里梦见各府的城隍神都到齐了，把乡试的名册呈报给文昌帝君，其中有被淘汰的人，尚且需要核查递补。宁波府城隍禀报说："袁生救人心切，可以让他考中。"文昌帝君命令召他前来，看见袁道济外貌寒酸简陋，说："这个人其貌不扬，怎么办呢？"城隍禀报说："这个容易，可以把判官的胡须借给他。"僧人一觉醒来，非常惊骇。第二天早晨，正想要告诉袁道济自己的梦境，等到一碰面，见他原先从来没有胡须，一夜之间忽然两腮都长出了胡须，僧人嗤嗤地笑个不停。袁道济问他为何发笑，僧人详细地告诉了他昨夜的梦境，和袁道济梦到的相符，二人互相惊叹。后来发榜，袁道济果然考中了。

又有沔阳县（今湖北仙桃市）的王煊，家中一贫如洗，每逢科举考试，就在街市上靠给人占卜算卦挣一点钱。他的妻子张氏性情善良慈爱，邻居家生了个女儿想要把孩子溺死，张氏极力劝阻并自己抱过来抚养，像这样的事情已经做过不止一次了。乾隆甲寅年（1794）的春天，同乡的某生梦见神灵告诉他说："这次本省乡试的解元是育婴人。"醒来感觉很奇怪，等到考试结果公布，发现解元是王煊。在某生的仔细询问下，王煊才恍然大悟神灵的指示果然真实不虚。

2.6.2 溺女弃婴恶报

莫谭，饶州人，家计颇裕。年四十，妻已生五子。因粗识字，学星命之术。凡本家以及近邻生女时，即邀查其八字，女命不佳者，俱劝人溺之。人信其言，而溺死其女者已不少。无何，而己之五子，连夭其四，存者亦瞎目。

未几，莫旋死于痨，绝而复苏，哭告家人曰："适奉拘至阴司，冥王大怒，曰：'古无命学，亦无义败扫禄之说。自汉唐时，因外国请和亲，而难于辞绝，故托是说以塞其求，各命书中已论及。尔全不识，乃敢妄言，况此女即使将来果败，亦是注定者，纵能溺死一女，又要生出一女。故凡算女命者，但当以好字应之，免其遭嫌难嫁，才合天理。岂可我于簿上放生，尔于口中判死乎？姑押回阳，广传此说，庶世人咸知改过，或可略减罪孽也。'"徐白舫曰："此余近年眼见之事。"

徐白舫又曰：乾隆四十年乙未，长沙农民米上西，晨出，见道旁置一小箩，内贮女婴，并布一匹、银十两，附生年月日一纸。此盖势必难留，作此曲全之术，令遇者或收回抚养，或送入育婴堂，俱可。讵料米竟沉女于河，取银布以归。未过百日，为震雷击死。吁！杀人取财，有不上干天怒者乎？

【译文】莫谭，江西饶州（今鄱阳县）人，家境相当富裕。四十岁时，他的妻子已经生了五个儿子。因为他粗略识一些字，所以学习星相命理之术。凡是本家族以及附近邻居家生了女孩时，就邀请他到家里查算女孩的生辰八字，如果算出女孩命运不好的，都劝他们把孩子溺死。人们都相信他的话，在他的教唆下，已经有不少人家将所生的女婴溺死。不久，莫某自己的五个儿子，接连夭折了四个，剩下的一个也眼睛瞎了。

不久，莫某死于痨病，死后又活过来，哭着告诉家人说："刚才我被下令拘拿到阴司，冥王大怒，说：'古时本来没有命理之学，也没有什么义败扫禄的说法。从汉唐开始，因为外国请求和亲，但是又难以推辞拒绝，因此以这种说法为借口来搪塞和亲的请求，各种命书中已经提到。你根本不知道真实情况，就敢胡言乱语，更何况这个女孩即便将来果真遭遇败运，也是注定的，纵然能溺死一个女孩，还会再生出一个女孩。因此凡是帮人推算女孩命数的，只应用好的字眼来回应，以免她被人嫌弃难以出嫁，这样才符合天理。怎能我在生死簿上放她出生，你在嘴上判她死刑呢？姑且押你重回阳间，广泛地将我这番话传述给世人，让世人都知道改正错误，或许可以稍微减少你的罪孽。'"徐白舫先生（徐谦）说："这是我近年来亲眼见到的事情。"

徐白舫先生又说：乾隆四十年（1775）乙未，湖南长沙有一个叫米上西的农民，早晨出门，看见路边放着一个小箩筐，里面有一名女婴，还有一匹布、十两银子，附带着一张写有出生年月日的纸条。这一定是她的亲生父母遇到难处不能抚养，不得已才采取了这种委曲求全的办法，让遇到孩子的人或者收留抚养，或者送到育婴堂，都是可以的。没想到米上西竟然把女婴沉入河里淹死了，只将银子和布匹拿回家。没过一百天，米上西就被天雷击死了。唉！杀人性命，取其财物，有不触怒上天的吗！

2.6.3 陈宗洛

桃源县秀才陈宗洛，秉性慈善，家极贫。其乡旧有育婴堂，因缺资久废，陈欲募修，就里中劝捐。有一守财虏，不特靳于解囊，且对陈谩骂，曰："一介酸儒，殊不量力。我等之钱，岂是铳打来者，肯与若修五脏庙乎？"陈气忿而归，对家人曰："愧吾之志不能行于一乡，愿一家之中妻妾子女及弟侄等，体吾志而行之。"皆应曰："谨受教。"陈曰："自吾父派下男女，世世子孙，共守今日之誓。"

凡得人遗弃之女，必收付有乳者养之。若有乳者怀中已满，不得已付无乳者，以蜜饼饲之。（蜜饼养成者，已七名，且体气充实，非若俗说欠乳者多孱弱云。）至周二三岁时，有贫乏而忠厚者，或愿取作童养之妇，听之，只要将本姓上加一字曰"陈某氏"，盖欲如陈氏所出。约此女长成，仍要分乳不育之女，是以绵绵滋蔓，救活甚多。

陈举行时，年三十六，前年九十寿诞，子孙富贵双全。所称"陈某氏"者，都如亲戚，称觞膝下，已有一百七十六名。陈对客大笑曰："古云为善最乐，不信然乎？人情爱拜干儿女，能如寒家所称之'陈某氏'否？惜当时骂我者，已死三十余年，欲拜谢其激成之恩，不可得矣。"客曰："前骂君者自系谨守之家，未知今其后人尚能保其富否？"陈曰："说也可怜，此人五十外，三子尽夭，疾病、死亡、讼事、盗贼接踵而至，家财耗散，贫乏不能自存。某年，余馆于绿萝山，因与同乡乞为馆僮。余亦不念旧恶，怜而收之，卒之不甘为人下，至十月而去，后竟沿门觅食。”客曰：“倘当时反谩骂之意，转为乐善之心，后虽贫乏，君亦必谋所以全之。”陈曰：“不然，夫富者，天之所以助人为善，倘此人乐善，天必不夺其富，又奚待余全之？”客曰：“非君，见不及此，愿长持此说，勉人法陈君之贫而富，无若骂陈者之富而贫也。”

【译文】湖南桃源县的秀才陈宗洛，生性慈悲善良，家中极为贫穷。他所在的乡里以前有一座育婴堂，因为缺少资金荒废很久了，陈宗洛想要募集资金进行修缮，就在乡里发起倡议号召大家捐款。有一个人是个守财奴，不但不愿意捐钱，而且对着陈宗洛一通谩骂，说：“你不过是一介穷酸书生，也不掂量掂量自己的能力。我们这些人的钱，难道是用火铳打下来的吗，怎么肯给你拿去修五脏庙呢？”陈宗洛非常气愤地回家了，对家人说：“我很惭愧自己的志愿不能在乡里得到推行，但愿家中的妻妾子女和兄弟子侄等，能够深切体会我的志愿并付诸行动。”家人都回应说：“恭敬遵守教诲。”陈宗洛说：“从我父亲这一派往下的子女，世世代代的子孙，共同遵守今天的誓愿。”

凡是遇到被人遗弃的女婴，一定会收留并交给有奶水的妇女抚养。如果有奶水的妇女已经有两个吃奶的孩子，不得已的情况下可以托付给没有奶水的家庭成员，用蜜饼喂养她。（用蜜饼喂养长大的孩子，已有七名，而且身体健康气血充足，并不像世俗传说的缺少奶水的孩子往往身体孱弱多病。）等到这些女孩长到两三周岁时，有贫穷但是为人忠厚的家庭，或者愿意收留作为童养媳，是完全可以的，只要在女孩的本姓前加上一个陈字叫作“陈某氏”，就好像从陈家出生的一样。约定这名女孩长大成家之后，仍然要负责养育那些被父母抛弃的女婴，就这样绵绵不绝、繁衍扩大，救活了很多女婴。

陈宗洛开始实行这项善举的时候是三十六岁，前年刚过完九十大寿的寿辰，膝下子孙都是富贵双全。叫作“陈某氏”的女子，都像亲戚一样往来走动，前来向老爷子举杯敬酒祝寿，已经有一百七十六人。陈宗洛对客人大笑着说：“古人说做善事最快乐，真是太对了！世俗人之常情喜欢认干儿女，能有像我家这样叫作‘陈某氏’的吗？可惜当时骂我的人已经死了三十多年，我想要拜谢他激发我做成这件事的恩德，也不可能了啊。”客人说：“之前骂您的人自然是属于谨慎守护财产的家庭，不知道现在他的后人还能保守住他家的财产吗？”陈宗洛说：“说起来也可怜，这个人五十岁后，三个儿子都夭亡了，疾病、死亡、官司、盗贼等各种灾祸一个接着一个发生，家中财产都耗尽了，贫穷到不能自己生存。某一年，我在绿萝山设馆教书，因为是同乡所以他向我请求在书馆做个童仆。我也不计较过去的嫌怨，可怜并收留了他，最终他不甘心在别人手下做事，做了十个月就离开了，后来竟然沿路挨家挨户讨饭吃。”客人说：“倘若他当时改变自己谩骂的想法，转变成乐善好施的心意，即使后来会贫穷，您也一定会想办法保全他。”陈宗洛说：“不是这样的，财富是上天给人用来帮助人做善事的，倘若这个人乐善好施，上天必定不会夺去他的财富，又哪里等着我来保全呢？”客人说：“如果不是您，我不会想到这个层面，我愿意一直拿这个观点，勉励别人效法陈先生您从贫穷到富有，而不要像辱骂陈先生您的人一样从富有到贫穷。”

2.6.4 章开元

南丰武举章开元，嘉庆二十五年，以骑射课徒。三月十九日，试期，赴教场，为徒发马，用力太猛，仆地。众扶返寓，呻吟床蓐，见一吏执朱票银铛而负梃者，突前曳之。方仓皇无措，忽身后一人挽而呼曰："勿尔，此人奉行《敬信录》，持《观音经》甚虔。嘉庆二十三年，曾于《敬信录》内摘出易犯者数条，抄写十余本，给人解说，且许心愿刊印。若仍短命，何以劝善？"役曰："奉上官命，安知其余？"曳如前，而挽者益力。役释手，怒甚，以梃掠章足而去。宛转呼痛，莫辨晨昏。甫交睫，役又来曳，身后人复挽而争。心念挽者何人，得无神明垂救乎？回顾，则或左或右，不可见。

役既去，谓章曰："渠虽去，明日系廿八卯期，必又至，汝其殆矣。吾指汝，到南海求救于大士。"章虑蹒跚（pán shān）难行，曰："但合掌端坐，诚心念南无阿弥陀佛，及大慈大悲救苦救难观世音菩萨宝号，倘睹可好者，切勿动心。"章如教，觉身如风萚（tuò），飘空而起。未几，见深巷当泸者，并佳丽，争来勾引，冥情弗顾，则又无所见。而奔涛接天，海立眼前矣。海上有岛，往来皆道路，了了可辨。章伏岸傍，宣佛号良久。见两三白发叟，携一人下山，貌肖己。身后人谓曰："此汝魂也，速礼菩萨叩谢。"

忽前役又至，梃章足而去。身后人曰："汝勿悸，今蒙菩萨赦宥矣。盍游阴府，遍观善恶两途？"遂导至一所，见无数疯瘫乞丐，及人面兽身者，内有数人，为章所熟识。又至一厅，中多鹤发翁媪，握念珠趺坐。逡巡间，倏至大宅，堂上皆贵官，冠带尊严，阶下披枷带锁，剖心拔舌，备诸惨刑。最后一舍，有童男女环走。身后人言："此为善，此为恶，此为无善无恶，此为罪大恶极。汝今归去，当坚持前念，自修以训人，毋怠厥志。"章唯唯，顿觉奔波神疲，蘧（qú）然而苏，身仍在床，一灯如粟，邻鸡喔喔矣。

天明，即披衣步门外，足疾顿失，同舍咸惊异。不日而精神如旧，然终不悟挽而救者为何神也。

【译文】江西南丰县的武举人章开元，在嘉庆二十五年（1820），教授徒弟骑马射箭。三月十九日，是考试的日期，章开元前往考试的教场，帮徒弟发马，因为用力太猛，倒在地上。众人扶着他返回住所，他疼得躺在床上不停呻吟，看见一名差吏，手持用朱笔书写的传票和银色的锁链，背上背着棍棒，突然上前来拉自己。正在仓皇不知所措的时候，忽然身后有一个人挽住自己并大声说："不要这样做！这个人信奉遵行《敬信录》，持诵《观音经》非常虔诚。嘉庆二十三年（1818），曾经在《敬信录》中摘录出世人容易犯的几条罪过，抄写了十多本，向人解说其中的道理，而且在心中许愿要刊印流通。他这样的人如果仍然短命的话，拿什么来劝化世人向善呢？"差役说："我只是奉上官的命令，不知道其他的。"仍旧要把章开元拉走，而身后的人更加用力挽住他。差役放手了，非常愤怒，用棍棒敲打了章开元的脚之后离开。翻来覆去喊痛，也不知道现在是早晨还是晚上。刚刚闭上眼睛，差役又来拉他走，身后的那个人又来挽留并替他争辩。章开元心里在想挽住自己的人是谁，难道是神明出手相救吗？回头看时，则那个人时而在左边，时而在右边，看不到他的模样。

差役已经离开了，身后的人对章开元说："他虽然离开了，明天是二十八日点卯的日期，一定会再来的，到时你就死定了。我给你指一条生路，去南海向观音大士求救。"章开元担心自己腿脚不方便难以行走，又说："你只要双手合十端身正坐，诚心诚意地念诵南无阿弥陀佛，以及大慈大悲救苦救难观世音菩萨的宝号，倘若看见惹人喜爱的情景，千万不要动心。"章开元听从那人说的去做，只觉自己的身体就像风吹落叶，飘空而起。不久，看见深深的巷子里有卖酒的人，还有很多美女，争相来勾引，他收摄心神不去看她们，然后又什么都看不到了。这时只见波浪汹涌滔天，大海立刻出现在眼前了。海上有一座岛，来来往往的都是道路，清晰可见。章开元跪伏在岸边，大声念诵佛号很久。看见两三位白发老叟，带着一个人下山，那个人长得很像自己。身后的人对他说："这是你的魂魄，快快向菩萨礼拜叩谢。"

忽然之前的差役又来了，用棍棒击打了章开元的脚后离开。身后的人说："你不要害怕，如今你已经承蒙菩萨赦免宽宥了。为什么不参观一下地府，将善恶两种人的结果都去看一看呢？"于是引导他到了一处地方，看见无数个疯癫瘫坐的乞丐，以及人面兽身的人，其中有几个人，都是章开元熟识的。又到了一间厅堂，里面大多都是满头白发的老翁老妇，手里拿着念珠盘腿而坐。正在徘徊之间，忽然又到了一座大宅子，堂上都是贵官，衣冠整齐表情严肃，堂下的犯人身上都套着枷锁，有的被挖出心脏、割下舌头，各种各样残酷的刑罚。最后一间屋子，有许多童男童女围成圈在走。身后的人说："这是善人，这是恶人，这是无善无恶的人，这是罪大恶极的人。你今天回去之后，应该坚持之前的信念，自己修行并劝化他人，不要懈怠了你的志向。”章开元连连答应，顿时感觉奔波劳累、身心俱疲，一惊而醒，发现自己仍然躺在床上，灯火如豆，邻居家的公鸡已经在啼叫了。

天刚刚亮，就披上衣服走到门外，脚上的伤也顿时好了，同住的人都感到惊奇。没过几天章开元的精神就恢复到像以前一样，然而最终也不知道在身后挽救自己的是哪位神灵。

2.6.5 莱芜令

莱芜令，素有能声，而地方积疲已久，治之过骤。一日，因征粮激变，几成大狱。上宪檄委邻封新泰某令往查办，某令即单骑前往弹压。乡民持械，蜂拥而前。某令独立牛车上，剀切劝谕，众始知其为邻县某父母也。数语解纷，舆情帖然，其事遂解。未几，莱芜令擢任去，旋以贪墨败。新泰令，即今浙中梁楚香中丞也。

【译文】山东莱芜县（今济南市莱芜区）某县令，一向以有才干而闻名，但是地方治理长期无力，施政太过急于求成。一天，因为征收公粮的事情激起民变，几乎酿成重大的案件。上级发檄文委命邻近的新泰县令前往查办，新泰县令立即自己骑马前往平息此事。村民们手持器械，蜂拥而上。新泰县令独自站在牛车上，恳切地劝说晓谕老百姓，众人才知道他是邻县的父母官。几句话就化解了纠纷，百姓都很顺服，这件事情就解决了。不久，莱芜某县令擢升离任而去，不久就因为贪污的问题被揭发而身败名裂。那位新泰县令，就是现在的浙江巡抚梁楚香（梁宝常）。

2.6.6 马翁

济宁州属有马翁者，年少不得志，曾混迹绿林中；后乃改行，教子读书。子且贵矣，翁福寿兼备，里中人皆谓天之报施不可知。一日，请乩，问科名，并问及马翁之子何以显贵。乩大书“窗前白镪，笼里红裙”八字，皆不解其故。有黠者，径述乩语以问翁。

翁固蔼然长者，微哂曰：“此非人所知，我实告汝，汝勿笑也。我少年流落四方，为群盗裹胁同行。偶至一家，有妇人哭甚哀，我隔窗问之，妇大惊，我曰：‘我来问汝疾苦，无他意。’妇曰：‘吾夫为某豪家佃户，积欠若干金，无力缴偿，今欲以妾身抵欠缓追，以是哭耳。’我乃就群盗所存赃内，提银若干，置其窗外，呼而与之，彼亦终不知银所自来也。又乡里中有巨室，为富不仁者，群盗直入其室，仆妇皆遁去；帏中有一弱女子，裸体，不得出。盗曰：‘俟搜赃毕，再搂而取之可耳。’时群盗方搜括衣物，我乘间以被蒙此女，令伏于鸡笼下，自执火立其上，招挥群盗席卷衣物。移时，有盗问女所在，我曰：‘早逃去矣。’俟群盗全出，我乃逸，女幸而免。乩语殆指是欤！”观此，则何人不可为善，亦何地不可为善乎？

【译文】山东济宁州所辖的地方有一位马翁，年轻的时候不得志，曾经加入过强盗团伙；后来才改行，教育儿子读书。他的儿子如今富贵了，马翁也福寿双全，乡里的人都说上天的报应不可捉摸。一天，有人扶乩请仙，求问自己的功名，并且还问到马翁的儿子凭借什么得以显贵。乩仙书写了“窗前白镪，笼里红裙”八个大字，在场的人都不理解其中的缘故。有个聪明而狡猾的人，直接转述乩仙的话来询问马翁。

马翁本来就是和蔼可亲的长者，稍微冷笑了一声，说道：“这是别人不知道的，我实话告诉你，你不要笑。我年少的时候流落四方，被一群强盗胁迫入伙和他们一起干。有一次到了一户人家，听见有妇人哭得很哀伤，我隔着窗户问她为何而哭，妇人大吃一惊，我说：‘我只是来问问你遇到了什么困难，没有其他的意思。’妇人说：‘我丈夫是某地主家的佃户，拖欠了很多租金，无力偿还，现在想把我送给地主来抵债，因此哭泣。’我于是就从强盗们存放的赃款中，取出一些银子，放在妇人的窗外，把她叫出来指给她，那个妇人也始终不知道银子是从哪里来的。还有乡里有一个大户人家，但是为富不仁，一众盗贼直接闯入他家，仆人和婢女都逃跑了；帐子内有一名弱女子，身体裸露，没来得及逃出。盗贼说：‘等我们搜寻完财物之后，再把她掠走就可以了。’当时盗贼们正在搜寻衣物，我趁机用被子蒙住这个女子，让她藏在鸡笼下面，我拿着火把站在上面，招呼指挥盗贼们席卷衣物。过了一会儿，有盗贼问那个女子在哪，我说：‘早就逃跑了。’等到盗贼们都出去后，我才逃跑，女子有幸逃过一劫。乩仙的话大概指的就是这个吧！”从马翁的事迹来看，那么什么样的人不能行善，又在什么样的处境下不能行善呢？

2.6.7 地师得梦

六合某氏，父为县令，延地师仰思忠者卜窀穸（zhūn xī）。寻得一吉地，方点穴间，雨骤至，遂下山，约俟天晴再往。是夜，地师梦一老人问曰："今日之地佳乎？"曰："佳。"曰："此地切勿与此人，此人生前为考官时，卖三举子，当有阴祸。若葬此穴，当荣其子孙，非天意也。"明日，问六合尹林克正曰："某大令居官何如？"林曰："闻其先为教谕，后选此官，不久即卒。但传其为考官时大通关节，得贿甚多，乡评以是少之。"思忠惕然，因托故辞归。越二三年，遇其乡人，问某大令葬否，其人曰"某大令家，因与势豪，争坟致死，官事牵缠，家业凋落，至今尚未归土"云。

【译文】江苏六合县（今南京市六合区）的某姓人，他的父亲生前是县令，他邀请风水师仰思忠先生为父亲选择风水好的墓地。找到一处好地方，正在点穴（堪舆家称地脉停落之处为龙穴，择龙穴结聚之处为墓地，称为点穴）的时候，突然下起大雨，于是下山了，约好等到天气放晴再一同前去。当天晚上，风水师梦到一位老人问他说："今天选的墓地风水好吗？"风水师回答说："好啊。"老人说："这处墓地千万不要给这个人，这个人生前做考官的时候，曾经卖掉了三个举人的名额，冥冥之中将要受到惩罚。如果葬在这处墓穴，使他的子孙后代显贵荣耀，这是违背天意的。"第二天，风水师向六合县知县林克正询问说："某县令为官情况如何？"林克正说："听说他起初担任教谕，后来被选任为此官，不久就死了。但是传说他做考官的时候大肆打通关系，暗中接受请托，收受了很多贿赂，因此公众对他的评价很低。"仰思忠听完之后恍然醒悟，于是找了个借口向某人告辞回去了。两三年后，遇到了某人的同乡人，询问某县令是否已经下葬，那人说"这个县令家，因为和有势力的豪门大族争抢坟地而导致有人死亡，官司缠身，家业衰败，至今尚未下葬”等等。

2.6.8 匿银丧命

道光辛丑夏，河决祥符口，城内外皆成泽国，田庐、男妇漂没者，不可数计。大府发银赈济，使某丞任其事。某领银四万，先将二万匿于家，以二万驾舟往。时遍地皆水，由城堞上登舟，忽遇暴风舟覆，救者得某丞尸，失其左腿，银则尽数捞出。核之领数，仅得其半，其事遂上闻。大吏委员察其寓中，则二万银在焉。时吾乡叶小庚先生（申芗）守河南，与某丞有旧，凡在长江大河因公身没者，例得恤典，某丞之子求叶代请于大府。既入省垣，稔知其颠末，乃叹曰：“此孔门所谓‘以身发财’也，死已晚矣。”此事闻之小庚之子旭昌，盖目睹其事，且云某丞李姓也。

【译文】道光二十一年（1841）辛丑夏天，黄河在河南祥符决口，城内城外都变成一片汪洋，被淹没、冲毁的田地房屋、男女老幼不计其数。上级官府拨发官银赈济灾民，委派某同知负责赈灾工作。某同知领取了赈灾银四万两，先将其中二万两藏在家里，带着二万两驾船前去赈灾。当时遍地都是大水，从城墙的垛子上登船，忽然遇到一阵大风，船被吹翻了，搜救的人找到了某同知的尸体，他的左腿已经不见了，带的银子全数被捞出。比照已领取的数目进行核对，发现只有其中一半，于是把这件事向上级汇报。大官委派人员到某同知的家中察看，发现另外的二万两银子果然在。当时我的同乡叶小庚先生（叶申芗）在河南做知府，和某同知有交情，凡是在长江大河中因公殉职的官员，按例都可以得到朝廷的抚恤之典，某同知的儿子请求叶知府为他父亲向上级申请恤典。叶小庚已经进了省城，清楚地知道了整个事情的经过，才叹息说："这就是儒家经典所说的以身家性命来发财的人（《礼记·大学》："仁者以财发身，不仁者以身发财。"），早就该死了啊。"这件事是听叶小庚的儿子叶旭昌讲述的，大概是曾亲眼看到了这件事，并且说某同知姓李。

2.6.9 侮师

新安汪某者，天资颖异，过目成诵，八岁能文。但自恃其才，侮慢师长。一日呵欠，口中忽跳出一物，形如人，指汪曰："汝本状元，因侮慢师长，阴司已削去，吾亦不随汝矣。"言讫不见。次日翻卷，不识一字，穷饿终其身。

【译文】新安县的汪某，天资聪慧过人，记忆力很强，读的书看过一遍就能背诵出来，八岁就会写文章。但是他倚仗自己的才华，轻慢欺侮自己的老师。一天打哈欠的时候，口中忽然跳出一个东西，形状像一个人，指着汪某说："你本来要高中状元，因为轻慢师长，阴司已经将你的功名削除，我也不会再跟着你了。"说完就消失不见了。第二天翻书，一个字也不认识了，一生穷困潦倒、忍饥挨饿。

2.6.10 湖州钮氏

湖州钮氏，世有隐德，树槐封翁（之瑜），寿逾八旬，乐善不倦，里中义举，无不竭力首倡，累代施衣施棺，放生戒杀，各善事不胜枚举。其曾孙平斋仪部（芳治），始中辛酉进士；平斋之弟诣津（芳题）、赓云（芳图），先后登贤书。晴岚明经（芳鼎），精歧黄术，贫不能医者，恒不吝重赀，合药济之；邑文庙倾圮，独自承修；积德乐善，克承先志。其子松泉（福保），遂以戊戌得大魁，屡典文衡。昆季辈甲午榜同捷者二人，己亥榜同捷者三人。松泉之子（承锜），又于癸卯登贤书矣。

或又传其先世有为藩署幕友者，遇乡民巨案，株连千余人，隐为裁减卷册消弭，全活无算，至今云礽繁衍，甲于浙西，咸谓食报由此云。松泉当得大魁时，尝语人曰："岂吾之学问足以致此哉？乃阿爹所为之事发觉耳。"远报在儿孙，谅哉！

【译文】浙江湖州的钮氏家族，世代积德行善而不求人知，钮树槐封翁（钮之瑜，字士怀，号树槐）年过八十，依然乐善好施，孜孜不倦，乡里的各种善行义举，每次都是尽心竭力带头倡议，世代施舍衣服、施舍棺木，戒杀放生，各种善事不计其数。他的曾孙钮芳治（字掌均，号平斋），考中嘉庆六年（1801）辛酉科进士，官至礼部郎中；钮芳治的弟弟钮芳题（字品佳，号诣津）、钮芳图（字羲箓，号赓云），先后考中举人。钮芳鼎贡生（字晴岚），精通医术，遇到贫穷无力求医的人，他总是不惜重金给予资助，配制药品来救治；县里的文庙坍塌，他独自承担修缮的任务；积德累功，乐善好施，能够继承先人的志愿。钮芳鼎的儿子钮福保（字右申，号松泉），终于在道光十八年（1838）戊戌科高中状元，多次执掌评定文章、考选文士的权力。钮福保的同辈兄弟中，在道光十四年（1834）甲午科乡试中榜的有两人，道光十九年（1839）己亥科乡试中榜的有三人。钮福保的儿子钮承锜，又于道光二十三年（1843）癸卯科乡试中举。

有人又传说钮家的祖上有一位先人曾在布政使衙门做幕僚，遇到一桩涉及很多村民的重大案件，牵连一千多人，他暗中将案卷、名册裁切掉一部分，消除记录，无形之中保全救活了无数条人命，至今子孙繁衍、人丁兴旺，在浙西地区是首屈一指的，都说钮氏家族子孙后代享受福报是缘于这件事的功德。钮福保在高中状元时，曾经对人说："这哪里是我的学问能够达到这样的程度呢？其实是我的祖先所做的事情感召来的而已。"祖先积累的功德，会长期回报在子孙后代身上，确实如此啊！

2.6.11 肃宁令

余于甲辰春应礼部试，闱前，以制义质冯景亭（桂芬）先生，因受业焉。景亭师言："日内新到一大令孙公，渠有一大因果，不可不记。"因为余述曰：

孙兰皋（翘江），贵州黄平州人，乙未进士，癸卯十二月，选授直隶肃宁县，于二十日履任视篆。甫三日，睹一白衣女子，相随不离。晚即晕仆于地，久之始苏。时各幕友闻之，群趋入视，孙泣而言曰："是殆夙业也。女子为阜城人，许聘某家，因患痞腹大，婿家疑孕辞婚。女故烈，遂自经。女父母讼于官。余前生姓黄，亦为肃宁令，以腹坚竟断为失节。贞魂含冤，相寻五十余年矣。"幕友劝孙诉诸城隍神，孙作牒焚诸城隍。

后于二十七日夜，又晕仆如前，盖女鬼自被牒后，诉诸府城隍，摄孙生魂对质。神亦为孙排解，言："孙过出无心，前世做官甚好，今世事亲颇孝，不犯淫戒，未便索命。且查禄籍，官至四品，今将可得官禄全行削抵，姑准改教，以奉双亲余年。”女鬼不得已而允。

孙醒后，即促幕友作改教文书，幕友迁延未作，鬼知之，来促孙自作禀。禀成后，又以驿中压滞未发，鬼强孙同往河间府。守河间者，为熊虚谷（守谦），江西新建人，丙戌进士。孙晤熊，以情告，熊曰：“渠不过欲表扬名节，我辈虽不能闻诸朝廷，然为之作传表碣，亦可传诸不朽。以此劝之，或可解释。君甫到任，何必遽行改教？”孙商之鬼，鬼不允，曰：“汝仍恋此一官，是不遵神判，予今仍索汝命。”即授以黄带，迫其自经。孙即作自缢状，众人婉劝始止，而孙公顶发已揪去一绺（liǔ），黄带亦现在，人皆见之。鬼曰：“若不速改教，仍索汝命。”孙因偕熊同见鬼，鬼附孙体，称熊为大人，熊复面为劝解，鬼曰：“虽为无心之过，若非神断，岂肯饶他？请问大人，此案若阳律失入，应得何罪？岂止改教而已乎？”熊询其何以称大人，鬼曰：“大人他日当开府，惟武备须留心耳。”并有一鬼诗，语甚俚，熊不得已，遂为转详改教。

孙在署，检得乾隆五十一年一案，与此恰符，官果姓黄，署中有老吏能详之。

附录禀稿云：敬禀者，江前世亦为肃宁令，有良家女子，误拟以失节，致伊抱不白之冤。兹伊冤魂特来缠扰，口称系北直人，已请命于上下神祇，必不使江复作此官。去岁十二月二十三日夜，江与伊对质于城隍神前，蒙神掷册示江云：“查江生平，稍知尽孝，颇不犯淫，注江教授终身，准免饥寒之苦而已。”嗟乎！误在前生，孽随隔世，虽已当场出丑，并非今生之愆。牧民者慎之哉！现在合眼即见一白衣女子，或笑或骂，以手按江，便自不能言语。若许以不官此地，形影即消。伏乞大老爷迅赐委员往摄肃篆，江实不敢回署，恐有性命之虞。江家贫亲老，如蒙大老爷即日代江出详改教职，俾得稍遂仰事俯育之私，感且不朽。并祈将此段罪案发刊示众，庶几慰彼冤魂，恩同再造。大老爷将来位至开府，最宜留心武备。江在下风，敢布腹心，不胜惶悚待命之至。肃宁县知县孙翘江谨禀。

又一禀云：哭禀者，江昨夜二更后神情恍惚，眼能睁而口不能言，倏见冤女以手提江顶发而言曰："好了你，好了你，你不在此为官，我又何多求？"江随询其姓氏，并示以大老爷之意："要与你详达上台，题请旌表，以慰贞魂，而为天下后世之听讼不慎者戒。"冤女摇首云："我事迹早已明白，无劳熊大人如此费心。且我之来意，并非求名也。"江又许以诵经超度，女又云："我非求和者也，你前生以不明不白之事误我，我今亦以不明不白之事误尔。"言毕，怒目相向，实在可怕。须臾而退，曰："我去矣。"江此番情愿改教，求升斗之禄以奉亲，伏乞大老爷格外成全，不必饬江回任，恐此后神气愦乱，办公错谬，虽逃阴诛，又遭阳谴，反辜负大老爷一片培植慈心也。江到任数日，一切仓库、钱粮、词讼，均未经手，统祈俯鉴。

读书二十年，奔驰七千里，上有父母，下有妻子，痛哉！余谓此段公案，众目共见，众口喧传，可戒而兼可劝。一以见谳狱之不慎，虽隔世而无可解之冤；一以见小孝之感神，虽夙孽而亦可从末减也。

【译文】我在道光二十四年（1844）甲辰春天参加礼部会试，入场考试前，向冯景亭先生（冯桂芬）请教关于应试文章的问题，因此跟随他学习。冯景亭老师说："最近几天新上任的一位县令孙公，他身上有一桩大的因果报应事件，不可以不记录下来。"因此对我讲述说：

孙翘江，字兰皋，贵州黄平州人，道光十五年（1835）乙未科进士，于道光二十三年（1843）癸卯十二月，被选任为直隶省河间府肃宁县（今属河北沧州市）知县，并于当月二十日正式上任、掌印视事。刚过了三天，就看到一名白衣女子，总是跟随在他身边，不离左右。晚上就晕倒在地，很久才苏醒。当时县衙里的各位幕僚听说后，大家一起前去探望他，孙县令哭着说："这大概是宿世的冤业啊。这名女子是阜城县（今属河北衡水市）人，已经和某家订婚，因为患上了痞病（中医指慢性脾脏肿大，腹内如生硬块；或称腹胸间气血阻塞不顺畅的症状）而肚子变大，未婚夫家的人怀疑她怀孕了想要退婚。这名女子本就性情刚烈，于是自缢而死。女子的父母向官府控诉。我前世姓黄，也是肃宁县令，以腹部坚硬为由，竟然判定她是失节。使得贞节烈女含冤于地下，她的鬼魂已经寻找我五十多年了。"幕僚建议孙县令求助于县城隍神来解决此事，孙县令于是写了一篇疏文在县城隍神前焚化。

后来在二十七日晚上，孙县令又像之前一样晕倒在地，大概是女鬼自从她被焚疏起诉后，就向上一级的河间府城隍神申诉，随即摄取了孙县令的魂魄前来对质。府城隍神也帮孙县令调解，说："孙某的罪过乃是出于无心，前世做官做得很好，这一世事奉父母很孝顺，没有犯过淫戒，不方便索取他的性命。而且查阅了一下他的禄籍，官能做到四品，现在可以将他本应得到的官位福禄全都削除用来抵罪，姑且准许他改为教职，来为父母养老吧。"女鬼不得已只好同意了。

孙县令醒来后，就催促幕僚帮他写一篇申请改任教职的呈文，幕僚拖延了很久都没有写，女鬼知道了之后，就来催促孙县令亲自写。呈文写好后，又因为在驿站中积压停留，迟迟没有发出，女鬼强迫孙县令跟她一同前往河间府询问。当时担任河间府知府的是熊守谦（字虚谷），江西新建人，道光六年（1826）丙戌科进士。孙县令见到熊知府后，把实情都告诉他，熊知府说："她不过是想要朝廷表彰她的名节，我们虽然没有办法上报到朝廷，但也可以为她树碑立传，也能够让她的事迹传之后世、永垂不朽。你这样劝说她，或许可以解释得通。你刚刚上任，何必突然改为教职呢？"孙县令就这样和女鬼商量，女鬼不同意，说："你还是贪恋不舍这个官位，这是不遵守城隍神的判决，我今天还是要索你的命。"随即就扔给他一条黄色带子，逼迫他自缢。孙县令就做出自缢的动作，众人委婉劝阻才停止，但是孙公头顶上的头发已经被揪去一绺，黄色带子也显现出来，众人都看到了。女鬼说："如果不尽快改为教职，我还会继续索你的命。"孙县令于是和熊知府一起见女鬼，女鬼附在孙县令身上，称呼熊知府为大人，熊知府又当面替孙县令劝说调解，女鬼说："即使他是无心之过，如果不是城隍神从中裁决，我哪里肯饶过他？请问大人，这个案子如果按阳间的法律，将无辜的人判定为有罪，孙某该当何罪？难道仅仅是改任教职而已吗？"熊知府询问她为什么称呼自己为大人，女鬼说："大人他日会官至督抚，只是在军备方面须要特别留心。"并且还送给他一首诗，语言非常俚俗，熊知府不得已，于是帮孙县令出具文书转报上级，经批准改任为教授（古时设置在地方官学中的学官，掌学校课试等职）。孙县令在官署，曾发现乾隆五十一年（1786）的一桩案件，与这件事的情节恰好符合，当时的县官果真姓黄，官署中有年老的差吏还能清楚地知道当年的事情。

附录禀稿说：我恭敬地禀报的事情如下，卑职孙翘江的前世也是肃宁县令，将一名良家女子，误判为失节，导致她蒙受不白之冤。如今那名女子的冤魂特地来纠缠骚扰，自称是北直隶人，已经向天上地下的神明请命，一定不让翘江再做这个官了。去年十二月二十三日的夜里，翘江和女子在城隍神面前对质，承蒙城隍神把册子扔给翘江看并说："经查，孙翘江的生平，还比较知道对父母尽孝，没有犯过淫戒，因此注定孙翘江以教授的职务终其身，准许免予受到饥寒之苦而已。"哎呀！在前生犯的错，罪孽跟随到下一世，虽然已经当场出丑，但并不是今生的过错。治理百姓的官吏必须要谨慎啊！现在一闭眼就能看见一名白衣女子，或笑或骂，用手按住翘江，就说不出话了。如果答应她不再在此地做官，她的身影就消失了。跪请大老爷尽快委派官员前来代理肃宁县令，翘江实在不敢再回到官署，恐怕会有性命之忧。翘江家中贫穷，双亲年老，如果承蒙大老爷即日代替翘江出具呈文改任教职，能够使我稍稍实现侍奉父母、养活妻儿的私愿，将感激不尽，永远铭记您的恩德。并且祈求您将这段罪案发布刊印出来让世人知晓，或许能让那些冤魂得到些许慰藉，如同再造之恩。大老爷将来官至督抚，最是应当留心军备。翘江处于下位，冒昧抒发肺腑之情，不胜诚惶诚恐之至，期待得到您的指示。肃宁县知县孙翘江谨呈。

还有一份禀稿说：含泪向您禀报的是，卑职孙翘江昨天夜里二更天后神情恍惚，眼睛可以睁开但是口中说不出话，忽然看见含冤的女鬼用手提着翘江的头发说："好了你，好了你，你不在这个地方做官，我哪里还有更多的要求呢？"翘江随后询问她的姓氏，并将大老爷的意思转告给她："将你的事迹详细地向上级禀报，为你申请旌表之典，来告慰贞节烈女的在天之灵，而且可以使天下后世的那些不谨慎处理诉讼的官吏引以为戒。”冤女摇头说：“我的事迹早已清楚明白，不用劳烦熊大人如此费心。而且我来的目的，并不是为了追求名誉。”翘江又答应会为她诵经超度，冤女又说：“我不是来求和解的，你前生因为不明不白的事情耽误了我，我现在也用不明不白的事情来耽误你。”话说完，便对我怒目相向，模样实在可怕。不一会儿她就退出了，说：“我走了。”翘江这次情愿改任教职，只求些许的俸禄来奉养父母，跪求大老爷格外成全，不用再命我回到任上，不然恐怕从此之后自己会神志不清，办公出错，即使逃脱了阴司的诛罚，假如再遭遇国法的谴责，反而辜负了大老爷一片栽培扶植的心意。翘江到任的这几天，一切的仓库、钱粮、诉讼案件，都还没有经手，一并希望您明察。

读书二十年，奔波七千里，上有父母，下有妻子儿女，真是痛心啊！我认为这段公案，众人有目共睹，口口相传，可以让世人引以为戒也可以用来劝勉世人向善。一方面可以知道，如果处理刑狱诉讼不认真谨慎，即使到了下辈子冤孽都难以化解；另一方面可以知道，小小的孝行也可以感动神明，即使有夙孽也可以从轻处理。

2.6.12 彭孝廉

余于甲辰会试后，往谒彭咏莪京兆。适其族弟名蕴炜者，亦在座，则新科会试者也。京兆告余曰：“去年吾乡乡试，余弟寓中，有鬻其女以偿债者。余弟为之恻然，因竭资助之，其事得寝。询其祖，则秀才也。后榜发，余弟遂中式第四名，人以为救急之报也。”

【译文】我在道光二十四年(1844)甲辰科会试之后，前往拜访顺天府丞彭咏莪先生(彭蕴章)。正好他的一位族弟彭蕴炜也在座，也是参加本科会试的考生。彭咏莪先生告诉我说："去年我弟弟到南京参加江南乡试，在所住的旅馆中，看见有一个人为了偿还债务而准备卖掉女儿。我弟弟不忍心，因此将自己的钱全部拿出来尽力资助他们，这件事情得以解决。经询问，那个卖女的人的祖父，原来也是秀才。后来乡试放榜，我弟弟以第四名的成绩考中了，人们都说这是他救人急难的善报。"

2.6.13 阎作梁

文闱中遇鬼索命之事，往往有之，然多见于乡场，而会场则鲜有之。甲辰会试，余于二场坐西"阙"字号。十一日，同号皆闻鬼叫。十二日戌刻，忽闻有人缢死，盖"号"字六十八号，即"阙"字前一号也。次日，余于辰刻即交卷出闱，见西墙下拥挤多人，则其尸正由墙头吊出，而尚未详其所以缢死之由。后于三场，遇吴硕夫(骏昌)，则即二场同在"号"字号内者。

据云，其人为阎作梁，甘肃人，年五十三岁，自入本号后，嗟叹之声不绝，并自言："联奎何必苦苦寻我，岂竟不能缓至场后？"云云。次日，则神色惨沮。薄暮，向号军云："我不久即死，你速请都老爷来。"话甫毕，即奔至巷末厕舍中，将带向颈上一套，登时气绝。同号者见其题纸上书一诗，云："迢迢万里为何因，只为高堂有老亲。寄语三江诸旧友，休将戏笑认为真。"款云："一塘杨联奎未定草。"又见其卷上写四语，云："刀笔杀人者三，鸡奸致死者一，此即经文，请大人正法。"又闻此人系惯放重债者，罪恶多端，一死不足以蔽辜，而天必死之于耳目昭彰之地。吁，可畏矣！

【译文】科举考场中往往会有考生遇到冤鬼索命的事件，然而大多出现在乡试考场，但是会试考场中则很少看到。道光二十四年（1844）甲辰科会试，我考第二场时坐在西侧“阙”字号考场（旧时科举考场号房以《千字文》排序，如“天”字第一号，又如此处的“阙”字来源于“剑号巨阙”一句）。二月十一日那天，同号舍的考生都听到了鬼叫的声音。十二日的戌时（晚上七点至九点），忽然听说有人自缢而死，大概是“号”字第六十八号考生，就是“阙”字前面一号的考场。第二天，我在辰时（早上七点至九点）就交卷出场了，看见西墙根下围着很多人，走近一看，原来是工作人员正在将那名考生的尸体从墙头上吊出来，但是尚未查明这名考生自缢而死的原因。后来在考第三场时，遇到了吴硕夫（吴骏昌），他在考第二场时和死者同在“号”字号考场。

据他说，死者名叫阎作梁，甘肃人，今年五十三岁，自从进入自己的号舍后，就不停地唉声叹气，并且自言自语说：“联奎你何必苦苦找我，为什么就不能等我考完之后呢？”等等。第二天，他的神色凄惨沮丧。黄昏时分，他对监考人员说：“我很快就要死了，你快去请都老爷（明清时对都察院长官的俗称）来。”话刚说完，就跑到巷子尽头的厕所中，把腰带往脖子上一套，立刻就气绝身亡了。同号舍的考生看见他的题纸（写有考题的试纸）上写着一首诗，说：“迢迢万里为何因，只为高堂有老亲。寄语三江诸旧友，休将戏笑认为真。”落款是：“一塘杨联奎未定草。”又看见他的考卷上写着四句话，说：“刀笔杀人者三，鸡奸致死者一，此即经文，请大人正法。”又听说这个人惯于放高利贷，作恶多端，一死不足以抵偿他的罪孽，但是上天一定让他死在有目共睹、众耳所闻的显而易见的地方。啊，真是太可怕了！

2.6.14 黄琴农述三事

永福黄琴农（羲）为余言：其祖海涛封翁，系莘田先生之犹子，随同怀兄心庵邑侯，在江西高安县署料理，一毫不苟。心庵引疾回闽，封翁将所挟余银，购东茶奉兄，其友爱如此。尝制一大袖布袍，饭后即出，沿街检拾残字，日以为常。污秽中有字，尤必细检回家，亲自洗涤。常捡有银物、钱票等件，仍以易钱雇人帮捡。值李方伯（赓芸）莅闽，呈请严禁靴鞋中贴写字迹，大蒙嘉奖。自江西归时，年方五十，无日不以惜字为事。寿至八十二而终，盖三十余年如一日也。未几，其子养九公，由举人大挑一等，改教职，寿亦至七十余。两孙均游庠，一即琴农。余延在家授读，所述如此。

琴农又言：福州惜字社最多，而缘此获报者，指不胜屈。其尤速效者，如介石社之首事林星航（锡赓），家甚贫，每质物雇人捡拾字纸，并力邀同志鸠集工赀，每日以收得百斤为率。不及数，必于次二三日力补足之。行之仅三四年，而星航即于癸卯科登乡荐，甲辰科连登进士。方入乡闱时，有某友知其失馆贫困，为之指引，为某生捉刀，因号军阻碍不果，冥冥中若有主之者。同社内如杨姓、吴姓、方姓，亦先后获隽云。

琴农又曰：吾闽永福县文庙，久破损。道光戊子，阖邑捐修，甚崇丽。报部后，邑令加级，董事之子弟多入庠者。壬辰、癸巳、乙未三科，连中进士三人，二黄姓、一林姓，武举一榜，共中三人，盖吾邑从无此盛事。又余尝随宦连城学署，亲见该邑鼎新文庙，辛巳乡榜，中至六人。道光初，蒙赐“圣协时中”匾额。有童姓者，独力精制金匾悬挂，即于乙酉科得拔贡生。可知敬圣者，一人获吉，即阖邑亦与有荣。尝见有力之家，每于淫祀野庙，无不勉力捐修，为求福计。独至义举当为之事，推诿不前，其子孙不振，宜欲求一衿而不可得也。

【译文】福建永福县（今永泰县）的黄琴农先生（黄羲）对我说：他的祖父黄海涛封翁（因子孙显贵而受封典的人），是黄莘田先生（黄任）的侄子，跟随同胞兄长黄心庵县令，在江西高安县衙门做事，十分认真，一丝不苟，对于非分的财物分毫不取。心庵先生告病回福建，海涛封翁将所带的剩余的银子，购买东茶送给哥哥，他们兄弟如此友爱。曾经做了一件袖子宽大的布袍，吃饭后就出门，沿街捡拾废弃字纸，每天都是如此。在污秽的地方有字纸，更是必定仔细地捡拾回家，亲自洗涤干净。常常捡到银器、钱票等东西，又换成钱雇人帮忙捡拾。在李赓芸先生担任福建布政使期间，曾经向上级建议下令严禁在靴鞋中贴写字迹，受到大力嘉许表扬。海涛封翁从江西回来时，刚刚五十岁，没有一天不把敬惜字纸作为重要的事情来做。享寿八十二岁高龄，真是三十多年如一日啊。没过多久，他的儿子黄养九先生经过大挑（清制挑选三科以上会试不中的举人，一等任知县，二等任教职）一等，改任教职，也享寿七十多岁。两个孙子也入学成为生员，其中一个就是琴农。我请他在家教儿子们读书，这是他对我讲述的。

琴农又说：福州的惜字社最多，而因此获得福报的，屈着手指也数不过来。其中感应最为迅速的，比如介石社的发起人林星航先生（林锡赓，道光二十四年进士），家境很贫穷，经常抵押东西换钱雇人捡拾字纸，并且极力邀请志同道合之人募集工钱，每天要以收得一百斤为标准。如果不够数，就在后两三天内补齐。这样实行了仅仅三四年，林星航就在道光二十三年（1843）癸卯科乡试中举，第二年（1844）甲辰科接连考中进士。即将参加乡试之前，一个朋友知道他失去教职家中贫困，推荐他为某位考生替考，因为被监考人员阻止而没成功，冥冥中似乎有所主宰。同社内参加惜字的杨某、吴某、方某，也先后考中了。

琴农又说：我们福建永福县的文庙，年久失修，破损严重。道光八年（1828）戊子，全县人民共同募捐修缮，翻修后的文庙很是高大壮丽。上报到上级部门后，县令升官，主持修庙事务的人家中的子弟很多都进入县学成为生员。道光十二年（1832）壬辰恩科、十三年（1833）癸巳科、十五年（1835）乙未科这三次的科举考试，接连考中了三名进士，两名姓黄，一名姓林；武科乡试一榜就考中了三人，大概我们县从来没有出现过这样的盛事。另外，我曾经跟随父兄在连城县学署任职，亲眼看到该县翻新文庙，道光元年（1821）辛巳恩科乡试发榜，一次性就考中了六人。道光初年，蒙皇帝亲赐“圣协时中”的匾额。有一个姓童的人，独力精心制成金匾悬挂于文庙，随即就在道光五年（1825）乙酉科入选为拔贡生。由此可知崇敬圣人的人，不仅本人获得吉祥福祉，就是全县人民也都感到荣耀。曾经看到一些有能力的人家，常常对于不合礼制的祭祀、荒郊野外的庙宇，没有不尽力捐钱修缮的，无非是为了求得福报。唯独到了真正义所当为的事情时，却互相推诿，止步不前，也难怪他的子孙后代不兴盛，就算是想要求一个秀才的功名也得不到啊。

2.6.15 蔡遇龙

湖州蔡君遇龙，壮岁游幕远方，与东人春司马极相投契。未几，司马卒于官。司马系旗籍，家于京师，眷口俱未随任，身后仆从星散，柩不得归。君独毅然身任，不惮数千里，送其柩回京师。

晚年，家小裕，性好施济，开一米肆，尽以其钱米贷给乡人，而不取息。有乡民负君钱数十千，一日，君偶至其家，乡人喜容可掬，曰："今岁丰收，家有余谷，可先偿君十余石矣。"坐未定，忽有乡豪数人亦来取债者，将其家所有藏谷倾筐倒箧而去，乡民举家号咷。君恻然泪下，即将自己帐簿勾去，并将己家所收租米周给之，观者皆为感涕。其行事大率如此，后寿至七十有六。其次子瀛升，已登庚子科乡荐矣。

【译文】浙江湖州的蔡遇龙先生（字友夔,号鲸波），壮年时期游历于外地做幕僚，和东家春司马（清代府同知俗称司马）特别投合，相处融洽。不久后，春司马逝世于任上。司马是旗人的籍贯，老家在京城，家属都没有跟随在身边，死后仆人随从都各自散去了，灵柩无法运回京师。蔡先生毅然决定独自承担这个任务，不怕几千里之遥，护送春司马的灵柩返回京城。

晚年的时候，家中小有积蓄，性情乐善好施、乐于助人，开了一家米店，把店中的钱米都借贷给乡里人，而不收取利息。有个乡民曾欠蔡先生几十千钱，有一天，蔡先生偶然来到他家，乡民笑容可掬，说："今年我种的庄稼大丰收，家中有富余的粮食，可以先还给您十多石了。”还没有坐定，忽然来了好几个乡里的豪绅，也是来索债的，将他家中储存的粮食全部倾倒一空搬走了，乡民全家号啕大哭。蔡君见此情景心中不忍，潸然泪下，随即就将乡民欠自己的债在账簿上一笔勾销，并且拿自己家所收的租米来接济他，看到的人都感动得流下了眼泪。蔡先生为人处事大概就是这样，后来活到了七十六岁高寿。他的二儿子蔡瀛升（字步卿，号耕石）在道光二十年（1840）庚子科乡试中考中举人。

2.6.16 杨光禄述三事

杨雪椒先生，喜言科场果报事，尝告余曰：乾隆癸丑间，陕西一举子应礼部试，于号舍遇鬼，遂发狂疾。众掖出归寓，鬼亦随至，自以首触壁，皮骨皆破。避至外城，鬼又随之，乃手书“天网恢恢，疏而不漏”八字，付其友，以刃自刺死。

又曰：安徽宿松令朱某，分校江南乡闱，得一卷，拟首荐。夜梦神人谓曰“此人不可中”，手书一“淫”字示之。次日忘却，以卷呈主司。初加奖赏，后忽抹“险阻”二字，朱请曰：“中卷有此二字者甚多，似不应抹。”即命朱洗去，及洗而墨迹渍透数层矣，竟被摈（bìn）。

又曰：汉阳诸生蔡某，少有文名，后值试期，不肯进场，其友诘之，蔡曰：“吾少时读书，某邻有好女，每浴时常隙而窥之，自是每入场，双目辄朦然罔见，出则如旧。”遂坎壈（lǎn）终其身。

【译文】杨雪椒先生（名庆琛，榜名际春），喜欢讲述科举考场里发生的因果报应事件，他曾经告诉我说：乾隆癸丑年（1793），陕西的一名举子参加礼部会试，在号舍中遇见了冤鬼，于是就发疯了。众人扶他回到住所，鬼也跟着来了，这个人就自己用头撞墙，头皮头骨都撞破了。他又逃到外城躲避，鬼又跟了上来，于是手写了“天网恢恢，疏而不漏”八个字，交给了他的朋友，然后自己用刀刺死了自己。

又说：安徽宿松县令朱某，被任命为江南乡试阅卷官，发现一份优秀试卷，本来打算优先推荐上去。夜里梦到神人对他说“这个人不能让他考中”，并用手写了一个“淫”字给他看。第二天，朱某忘记了梦中的事情，依然将这份试卷呈荐给主考官。起初还加以赞许欣赏，后来忽然涂抹掉“险阻”二字，朱某请示说：“录取的试卷中出现这两个字的有很多，好像不应该抹掉。”随即就命令朱某将涂抹的墨迹清洗擦除，等到洗的时候发现墨迹已经浸透好几层了，最终还是被舍弃不予录取。

又说：湖北汉阳（今武汉市）的秀才蔡某，年少的时候写文章很有名气，后来到了考试的日期，他不肯进考场，他的朋友追问他是什么原因，蔡某说：“我年少的时候读书，邻居家有一名姣好的女子，每当她沐浴的时候我都会在缝隙中偷窥，因此每当进入考场，双眼就朦胧看不见东西，出了考场就又恢复正常。”于是终身坎坷不得志。

2.6.17 闵鹤亭父子

桂林闵逢源（三江），耆儒也，工属文，而好行善事。乾隆年间，城中时疫大作，闵故知医，率一老仆，负药囊，比户诊视，令仆调药，遍饮之，所全活甚众。未几，其次子鹤亭（锡爵）以供事军机处得官，其孙鹤雏（光弼）旋登丁酉乡荐。

相传翁乡试时，曾两次拟元。初次，主司得卷甚喜，传观毕，置帐顶间，后遍觅不得。或传主司阅此卷时，辄见大黑影在前，遂置之，盖其家有经纪牛牙者。翁遽令辍业，而合家誓不食牛犬。行之数十年，今鹤雏又以大挑得外翰矣。

家大人守荆州时，闵鹤亭方为磨盘洲巡检，值荆江秋涨甚急，鹤亭悉力堵御，工无可施，彷徨四顾，见有禹王庙，遂往默祷。四壁颓然，仅存古钟一座，遍镌梵字。鹤亭命丁役舁（yú）镇水口，自据钟纽，呼曰："数万生灵，惟神庇佑。工若不就，当以身殉。"祝毕，即下桥抛石，而堤遂成。时有从堤下过者，偶以碎砖击钟，钟大吼，其人遽病，祷之乃愈。由是牲牢报赛无虚日。家大人初莅任，巡堤见钟，诘之，始知其由。及巡抚桂林，鹤亭犹健在，为覼缕旧事，付鹤雏记之。

【译文】广西桂林的闵逢源先生（闵三江，字逢源，世称南川先生），是一位年高德劭的儒者，善于写文章，而且喜好做善事。乾隆年间，城中流行性瘟疫大作，闵逢源本来就懂得医术，带着一名老仆，背着药包，挨家挨户视察病情，命仆人调配药汤，让病人都服用，救活了很多人。不久，他的二儿子闵鹤亭（闵锡爵，字修之，号鹤亭，曾任湖北巡司）因为在军机处供职获得了官位，他的孙子闵鹤雏（闵光弼）很快在道光十七年（1837）丁酉科乡试考中举人。

相传闵逢源先生参加乡试的时候，曾经两次被拟定为解元。第一次，主考官看到他的试卷后非常高兴，让众考官传阅完毕之后，放在了帐顶间，后来到处找也没找到。有人说主考官批阅这张试卷的时候，就看到有大黑影在面前，于是把试卷弃置在一边，原来是因为他家有做牛牙生意的。闵逢源先生就命令他改行，而且全家发誓不吃牛肉和狗肉。这样行持了几十年，如今孙子闵鹤雏又经过大挑（清制，挑选三科以上会试不中的举人，一等任知县，二等任教职）获得了平南县教谕的职位。

我父亲在担任荆州知府时，闵鹤亭当时正是磨盘洲巡检，当时正赶上荆江秋季涨水很急，闵鹤亭带人竭尽全力防堵抵御洪水，还是没有办法施工，正在徘徊不定、四下张望之际，看到了一座供奉大禹的禹王庙，于是前去默默祈祷。看到禹王庙内四周墙壁破败，只有一座古钟，上面刻满了梵文。闵鹤亭命令丁役们将古钟抬过去堵住水口，自己抓住钟钮（钟的最上面可以系绳带悬挂的部分），大声呼喊："数万百姓生命，希望神明保佑。如果工程不成，我当以身殉职。"祈祷完毕，就打下木桩、投入石块，很快堤坝就建成了。当时有人从堤坝下面经过，偶然用碎砖块扔向古钟，钟大声鸣叫，那个人就生病了，对着古钟祈祷后才痊愈。从此之后围绕古钟的祭祀酬神活动每天不断。我父亲刚到任的时候，巡视堤防时看见了古钟，询问下属，才知道其中的缘由。等到在桂林担任广西巡抚的时候，闵鹤亭还健在，详细叙述了以前的事迹，并让鹤雏记录下来。

2.6.18 洪山桥

王尗（shú）兰（道徵）曰：吾郡西关外之洪山桥，与南门外之大桥，其长相埒（liè），皆千万人来往所必由者。某年，洪山桥为水所圮，众议修建，有某甲列其戚某绅，及同人姓名，往各当事衙署题捐，得若干金，日夕为狭斜之游，销耗殆尽，而久无兴工之期。事发，官欲穷治其事。时鳌峰山长某，与官相善，某甲托绅求援于山长，为之缓颊，其事乃解。闻此举凡十六人，其后十四人皆绝嗣，惟某甲与绅各存一子。而绅子忽于去岁暴卒，某甲乃自夸曰："是役也，惟余可以对人耳。"数日后，某甲子亦竟痘殇。或疑绅为人坦易可亲，生平无他过恶，不应得报之烈如此。而不知绅于其中，实有染指也。吁！亦可畏矣。

【译文】王朩兰先生（王道徵，字朩兰，一作叔兰、菽兰）说：我们福州的西关外有一座洪山桥，和南门外的大桥，长度差不多，都是成千上万的人往来的必经之路。某一年，洪山桥被洪水冲塌，众人商议重新修建，有个某甲列举他的亲戚某乡绅，以及一帮参与此事的人的姓名，联名前往各个管事的衙门募捐，得到一笔钱，却用这些钱每天吃喝嫖赌，把筹得的钱几乎花光了，而很长时间都没有开始着手动工。事情被揭发之后，官员想要将这件事追查到底。当时鳌峰书院的山长某人和官员交好，某甲拜托某乡绅向山长求助，替自己求情，这件事才没有继续追究。听说这件事总共牵涉到十六人，后来其他的十四人都绝嗣了，只有某甲和某乡绅各剩下一个儿子。但是某乡绅的儿子在去年暴病而死，某甲于是自夸说："这项工程，也就只有我可以问心无愧了。"几天之后，某甲的孩子也患痘疹夭折了。有人怀疑某乡绅平日为人坦率平易、和蔼可亲，生平也没有其他的过恶，不应该得到如此严重的报应。却不知道某乡绅对于挪用修桥善款的行为，实际上也参与其中了。唉！也真是太可怕了。

2.6.19 讼师恶报

王朩兰又曰：讼师未有得善报者，余所目击已三人矣。一为某明经，少聪颖，诗文字俱佳；中年乃弄刀笔，被其害者无以自明，祷之于神，因某案发，为官所治，瘐死狱中。又一友自负能诗，一友自负工书，皆托业于此；未几妻子俱亡，同以穷饿终。余能详其事而不忍举其名也。

【译文】王朩兰先生（王道徵）又说：讼师没有得到好结果的，我亲眼所见的就有三个人了。一个是某贡生，年少时聪明颖悟，诗词、文章、书法都很好；中年开始给人写诉状，被他所诬害的人无法证明自己的清白，就向神明祈祷，因为某件案子被揭发，被官员究治，在狱中受折磨而死。还有一个朋友因为擅长写诗而自命不凡，另一个朋友因为精通书法而自命不凡，却都以做讼师为业；不久后，他们的妻子儿女都死了，两人都因穷饿而死。我能够清楚地知道他们的事情而不忍心说出他们的姓名。

2.6.20 蜜浸

家大人在浦城，作《停葬》《锢婢》《厚殓》三说，以寓劝惩。沈荫士师，见而喜之，尝谓恭辰曰："此三篇文字，大声疾呼，不但有益于浦城，偷俗颓风，到处有之，特浦城为甚耳。"然余闻浦城溺女之风，亦甚于他处。

忆道光丙戌，公车报罢，南旋至浙。同舟中有浦人，忘其姓氏，谈次间，询其家中眷口，云有一子三女。因叹息曰："吾浦罕有二女之家，若余之三女，同邑每托为异事。盖浦俗，嫁女必用蜜浸果品，以多为贵，至少亦须数百瓶。此物无买处，必须家自配制，又极费事。嫁期数月以前，即须备办，殚日夜之勤，穷工极巧。天时人工，一不相凑，色味便差。婿家往往以蜜浸之精粗，卜来妇之吉祥与否。贫寒之家，虑遣嫁之难，而举女不敢多留者，半由于此。予妇行居次，生时，亦将溺之。适其母舅至，再三劝解，乃勉留之。因是感誓，生女虽多不弃云。"予告之曰："君举于乡，行诣即当为一乡之表率。今既育女不弃，足以劝慈。将来嫁女，务先捐此蜜浸之陋习，以塞祸胎，为一乡示效，则功德必非浅鲜也。"其人闻之，颇以为然。今不知此风尚仍旧否。

余曰：近日浦城溺女之风稍差，而蜜浸之习未革。然余长姻祝东岩太守，本有不用蜜浸之议，余伯姊即其家冢妇，近日嫁女于孟家，独排众议，不用蜜浸，省却许多葛藤。近闻有嫁女之家，其家长亦立意不用，而妇女辈仍于背地偷送者，陋习之固结如此。今浦城大小宴集，以及新正款客，新宾登门，无不需此。而家大人但捧杯一拱，从未沾唇，盖亦本无滋味之可耽也。大抵溺女之风起于吝财，而吝财之弊由于厚嫁，蜜浸特其一事。而作无益害有益，举国趋之若鹜，实不可解。且近闻有一新妇在家，因竭力配制蜜浸，致成痨疾者，是诚不可以已乎？

【译文】我父亲居住在浦城期间，写了《停葬说》《锢婢说》《厚殓说》三篇文章，用来劝勉告诫世人。沈荫士老师（沈廷槐），看见了这三篇文章非常高兴，曾经对恭辰说："这三篇文章，大声疾呼，不仅仅对浦城有益处，浇薄的习俗、颓败的风气到处都有，只是浦城情况更严重而已。"

回想起道光六年（1826）丙戌科，我参加会试落榜后，南下返回浙江。同船的乘客中有一个浦城人，忘记了他的姓氏，谈话间，询问他家中有几口人，他说有一个儿子、三个女儿。他于是叹气说："我们浦城那边很少有两个女儿的人家，像我有三个女儿，同乡人常常认为是稀奇的事。因为浦城的风俗，嫁女儿的时候一定要用蜜浸果品（一种用蜂蜜水或糖水浸渍水果制作的食品，类似于今天的罐头）作为嫁妆，越多越可贵，至少也须要几百瓶。这个东西没地方买，必须要自己在家配制，而且极其费事。在婚期的几个月之前，就必须准备置办，日夜不停地辛勤制作，采用的工艺又极其精巧。天时和人工，如果有一个环节不凑巧，外观和味道就不好。夫家往往用蜜浸的精细还是粗糙，来推测新媳妇是否吉祥。贫苦人家担忧女儿出嫁困难，生了女儿不敢多留下来养活，有一半的原因就是由于蜜浸。我的妻子是二女儿，在出生时，她的父母也准备将她溺死。正好她舅舅来了，反复劝说，才勉强留下了。因为受到这件事的触动，所以发誓即便生下再多女儿也不会遗弃她们。"我告诉他说："您作为一名举人，行为事迹就应当成为乡里的表率。如今既然养育女儿绝不遗弃，足以带动慈爱的风气。将来女儿出嫁的时候，一定要首先废除这种蜜浸的陋习，来堵住祸患的根源，为一乡的百姓做榜样，那么功德必定不小。"这个人听了之后，认为我说得很对。如今不知道这种风俗还存不存在。

我说：近年来浦城溺死女婴的风俗稍微有所收敛，但是蜜浸的习俗还是没有改观。然而我家的亲家翁祝东岩知府（祝昌泰，字躬瞻，号东岩），本来就有不用蜜浸的提议，我大姐就是他家的大儿媳妇，近日要把女儿嫁到孟家，也是独自力排众议，不用蜜浸，省去了很多麻烦。近来听说有女儿出嫁的人家，她的家长也决定不用蜜浸，但是家里的妇女们还有背地里偷偷送的，陋习就是这样根深蒂固。如今浦城大大小小的宴饮聚会，以及新年款待客人，新客人上门，没有不用蜜浸的。然而我父亲只是举杯一拱手，从来没有沾过嘴唇，其实也没有什么可以沉迷的滋味。大致来说，溺死女婴的风气起源于吝惜钱财，而吝惜钱财的弊端又是由于嫁女需要丰厚的嫁妆，蜜浸只是其中的一个方面。然而为了做毫无意义的事情却反而危害到真正有益的事情，举国上下都争相追逐，实在不能理解。而且最近听说有一个新媳妇在家，因为竭力配制蜜浸太过劳累，导致得了痨病，难道真的不能停止这种做法吗?

2.6.21 丁封翁

吾郡丁封翁名嵩者，兄弟三人，岱居长，次翁，次岳。岱治家，翁外经营，岳在家读书，兄弟和好无间言。岱生四子，岳生五子，翁只一子，甫四龄。岱一日谓两弟曰：“食指渐繁，盍析产为三，各觅生计乎？”翁曰：“吾家九世未分，为世所称。我辈不能勉法前人，已为可愧。今兄四侄、弟五侄，我惟一子，不忍诸侄啬而我独丰。若必分产，请析为十。”兄从之。

翁贸易湖广，有索回外欠千金，岱与岳所未知，翁如数出之。回家适大病，口不能言，但指银与诸侄手作十字而逝。兄不忍利其有，尽归翁妇。是夕，妇梦翁曰：“速出前银。”妇如言，仍析为十，分之。丁系白屋，未几，翁之子弱冠即成进士，嗣科第不绝，今为榕城世家矣。

【译文】我们福州有位封翁（因子孙显贵而受封典的人）名叫丁嵩，兄弟三人，丁岱是老大，老二是丁嵩封翁，老三是丁岳。丁岱管理家中事务，丁嵩封翁外出做生意，丁岳在家读书，兄弟之间友爱和睦没有嫌隙。丁岱生了四个儿子，丁岳生了五个儿子，丁嵩封翁只有一个儿子，刚刚四岁。丁岱有一天对两个弟弟说："我们家人口越来越多，何不把家产分成三份，各自寻求生活出路呢？"丁嵩封翁说："咱们家九代都没有分家，被世人所称赞。我们这一代不能勉力效法祖辈，已经很惭愧了。如今大哥家有四个侄子，三弟家有五个侄子，我只有一个儿子，不忍心各个侄子分到的很少而唯独我儿子分到的很多。如果一定要分家产，请分成十份。"大哥同意了。

丁嵩封翁在湖北、湖南一带做生意，有一次从外面要回了一千两银子的欠款，丁岱和丁岳都不知道，封翁也如数交出来归公。回家后正好生了一场大病，说不出话来，只是用手指着银子和侄子们用手比画了个"十"字就去世了。他的大哥不忍心占有他赚到的钱，把这些钱都给了封翁的妻子。这天晚上，妻子梦到封翁说："快把之前那些银子拿出来。"妇人按照他梦中的话，仍然把这笔银子分成十份，分给兄弟和侄子们。丁家本来是平民人家，不久，丁嵩封翁的儿子刚刚成年就成为进士，从此以后子孙后代中不断有人登科及第，如今已经成为福州赫赫有名的官宦之家了。

2.6.22 妇人名节

廖仪卿先生曰：凡作地方官，杀人不可枉。而有关妇人名节者，尤宜慎之。余为江右监司时，某县有本夫告其妻被杀，并述其妻将死之时，言与某有奸，拒之而被杀云。夫有奸而何以拒之？曰："本夫在家也。"既因本夫在家而拒之，至奄奄将毙之时，又安肯直言无隐？此其中情节，大有可疑。后其奸夫自缢身死，案亦议结。万一此妇人守节被戕，即据本夫之言，率定爰（yuán）书，是此妇人不冤沉海底乎？闻某县令出详之日，即病故开缺之日。余尝批驳，以“明有王法，幽有鬼神”云。而岂知已为鬼之所殛耶？

【译文】廖仪卿先生（廖鸿藻）说：凡是做地方官的人，不可以冤枉杀人。而有关妇女名誉贞节的案子，尤其应当谨慎处理。我在江西做道员的时候，某县有丈夫控告妻子被杀害，并且陈述他的妻子在死之前，说她和某人通奸，因为自己拒绝而被那人杀害等情节。既然有奸情为什么还要拒绝呢？回答说：“自己的丈夫在家。”既然因为自己的丈夫在家拒绝了奸夫，到了奄奄一息将死之时，又怎么肯直言不讳说出自己的隐私呢？这其中的种种情节，都非常可疑。后来那个奸夫自缢身亡，案子也就这样草草了结了。万一是这名女子因守节而被戕害，如果就按照她丈夫的话，草率地拟定判决书，那么不就使这名女子冤沉海底了吗？听说某县令出具报告书的那天，他就病故了，职位空缺出来。我曾经用“明有王法，幽有鬼神”这样的话来批评该县令的报告并驳回。哪里知道他已经被冤鬼诛杀了呢？

2.6.23 罪谴难逃

仪卿先生又曰：在江右日，因督粮，舟泊鄱阳湖，忽遇大风，余座船吹至滩上，余船覆没者百余号。有前会昌县某故令灵柩在船，眷属同行。前一夕，舟人见蟒衣补服者往来船头，叹息之声不绝。是日，全家覆没。柩浮至某地，人以为柜物也，见前和题衔名，乃返之。夫某令现形于舟人，而独不见形于家属。闻此令居官本有浮议，其亦自知罪谴之必不可逃欤！

【译文】廖仪卿先生（廖鸿藻）又说：在江西任职的时候，因为督运粮食，船只停泊在鄱阳湖时，忽然遇到了大风，我乘坐的船被吹到了沙滩上，其他的船倾覆沉没的有一百多艘。有一艘船上搭载着已故的前任会昌县某县令的灵柩，他的家眷也扶柩同行。前一天晚上，同船的人看见一个身穿蟒袍官服的人在船头走来走去，不停地唉声叹气。这一天，所在的船倾覆沉没，全家都溺水而死。某县令的灵柩漂浮到某个地方，人们以为是柜子之类的东西，看见棺材前头题写的官衔和姓名，才知道是某县令的灵柩，就把棺材送回去了。船夫看到某县令现形，而唯独县令的家人看不到他现形。听说这个县令做官时本来就备受争议，难道他自己早就已经知道无法逃脱上天的谴责吗！

2.6.24 林州牧

林梅甫州牧（靖光），宰直隶定兴时，将赴任所，距城二十里之北河店，杨椒山先生坟茔在焉。林拜祷于坟下，云：“惟公忠国爱民，某甫莅兹土，誓以兼爱立心，如有稍涉贪残，惟神鉴之。地方公事，力有不逮之处，惟求神灵默助。”适天晚，即宿公坟祠中，而迎接之吏役俱不知也。

莅任未几，有贡生某呈控，伊邻某鸡奸其孙六岁幼童，血衣具在。该犯已闻风远扬，贡生叠次喊禀，援律请办，四捕无踪，及寻至邻境，见一人贸贸然来，形迹可疑，诘之，即邻某也，遂锁拿抵县。当堂直供不讳，林本欲开之，谓贡生曰："汝子现无恙，鸡奸六岁幼孩，必无之事，汝子将来或有成就，岂可污其终身？"贡生坚执不允，邻某亦坚认不移。不得已，据情详解，旬日即正典刑。

讯时，问其既逃，何以复返？据云，行至某村，途遇一六十余岁老人，身颀而长，青脸白须，呼其名曰："汝非某处人乎？吾特为汝而来，幸勿隐也。"乃以实告，老人曰："汝事幸未酿命，官司已息。汝家父母嘱我传信与汝，回家可勿虑也。"不料甫入境，即被获。察其所供形状，即祠中所拜忠愍像也。立志为好官者，其阴得神助如此。

【译文】林梅甫知州（林靖光），在担任直隶省定兴县（今属河北省保定市）知县时，即将前往任职的地方，走到距离定兴县城二十里的北河店，明代杨椒山先生（杨继盛）的坟墓就在这里。林梅甫在杨先生的墓前叩拜祈祷，说："杨公您忠于国家、爱护百姓，我林某人刚刚来到这片土地为官，誓愿平等爱护每一个百姓，如果涉及丝毫贪污残暴的行为，惟愿神明鉴察。地方上的公务，如有力量达不到的地方，也祈求神灵冥冥之中给予帮助。"这时天色已晚，就借住在杨椒山先生墓旁的祠庙里，而迎接他的差役都不知道。

上任不久，有一名贡生某上呈控诉，说他的邻居某人鸡奸他六岁的孙子，带有血迹的衣物都在。这个罪犯已经听到风声远远逃跑了，贡生多次报官鸣冤，请求按照法律缉拿惩罚犯人，四处搜捕也找不到踪迹，等寻找到邻县境内的时候，看见一个人冒冒失失地前来，形迹可疑，经盘问发现，该人就是那个邻居，于是给他戴上枷锁捉拿回县。该人在堂上对自己所犯罪行供认不讳，林梅甫本来想为他开脱，对贡生说："你孙子现在没有大碍，强奸六岁幼童，一定是没影的事，你孙子将来或许会有一番成就，怎么能终身留下这种污点呢？"贡生坚决要求严惩邻居不同意和解，邻居某人也是供认不讳、坚决服罪。不得已的情况下，根据案情向上级出具报告、解送案犯，十天之内案犯就被依法处决了。

审讯时，问案犯既然已经逃跑，为什么又回来？据案犯说，走到某个村子，路上遇到了一个六十多岁的老人，身形修长，青色脸庞、白色胡须，叫着案犯的名字说："你不是某个地方的人吗？我特地为你而来，你不要再隐瞒了。"于是案犯以实情相告，老人说："你的事所幸没有酿出人命，官司已经平息。你家父母嘱托我传信给你，可以回家不用担心。"没想到刚进入县境就被抓住了。林梅甫思索案犯所供述的老者的样貌，发现就是祠庙中供奉的杨椒山先生的塑像。立志做好官的人，冥冥中得到神灵相助竟然达到这种程度。

2.6.25 何秀岩

嘉庆间，吾郡鹾（cuó）商之好行其德者，首推萨露萧农部，已于前录详之。兹阅王朮（shú）兰《避暑录》中，又得一人焉。其言曰：

乾嘉间，吾乡论孝友好施而品行端谨者，群称闽县何氏翁。翁名蔚然，字秀岩，生六岁而孤，母教之学。家贫无书，借人阅视，雪钞露纂，右手胝（zhī）而弗辍。作文无速藻，尝与陈滋田太守，同应郡县试，有"何通宵、陈达旦"之目。乾隆乙酉，冠郡试籍诸生。是秋，遂举解。嗣因食指繁，勉就鹾馆，代馆东承受商名。后遂独任。

奉母与兄极孝友，爱某甥，恣其所欲，折阅计万金。恐撄母怒，默不敢较。帮务中虽值繁冗，夜必归视母膳。母年九十二卒，凡母所嗜物，皆不忍食。三兄皆早卒，抚从子，慈笃备至。

门多杂宾，三党故旧，赖以衣食、嫁娶、丧葬者数十家。素不相识者，浼（měi）人求助，无不如其意。居城西，筑西郊草堂，购书十万卷，进郡中寒畯，与诸子同砚席，饮食教诲之，多得科第以去者。岁大饥，则为粥以食饿者，兴工作以资民之无业者，所全活无数。西湖书院滨水易圮，翁三度葺之。他若坏城垣、修庙学、成桥梁，所费皆不赀，而乐为之不倦。

自奉如寒士，不买妾，不嗜酒，不耽博奕，并不营生产。尝语诸子曰："吾本天仙化人，暂谪人间，忽而来，忽而去，不能为子孙计也。"年六十八，无疾而逝。子岐海（治运），孙肫（zhūn）迈（广熹），相继为名孝廉。天之所以报善人者，远矣。

家大人曰：萨、何二家之好施，皆余所目击。萨以素封继志，何以寒士起家，何尤为其所难，而诗书之泽较远。今郡中何尝无盐商，而此风杳不可追，帮务商情亦日趋而日下，此则可为浩叹者矣。

【译文】嘉庆年间，我们福州喜好行善积德的盐商，首推户部主事萨露萧先生（萨龙光），已经在前录中详细记述过了（参见1.5.8）。现在阅读王朩兰先生（王道徵）所著的《避暑录》一书时，又发现了另外一个人。其中说道：

乾隆嘉庆年间，我们乡里评论孝顺父母、友爱兄弟、乐善好施而且品行端正的人，众人一致推称闽县的何老先生。老先生名叫何蔚然，字秀岩，六岁的时候父亲就去世了，母亲教他读书。家中贫困没有书籍，就借别人的书来阅读观看，勤于收辑抄写，昼夜寒暑不停，右手生出了茧子也不懈怠。写文章不追求速成，曾经和陈滋田知府一同参加府试、县试，因写文章慢，被戏称为“何通宵、陈达旦”。乾隆三十年（1765）乙酉，在府试中夺得第一名，成为生员。当年秋天，就考中了解元。后来，因为家中人口渐渐增多，勉强担任盐务官员的幕僚，代替东家承受盐商的名义。后来就独自担任盐商了。

何蔚然事奉母亲极其孝顺，对兄长友爱尊敬；母亲偏爱某外甥，满足他所有的要求，花掉的钱财累计有上万两银子。何蔚然害怕惹母亲生气，沉默不敢和某外甥计较。帮办盐务时即使赶上事务繁忙冗杂，晚上一定回来陪着母亲吃饭。母亲九十二岁时逝世，凡是母亲生前喜欢的食物，自己都不忍心吃。三个哥哥都英年早逝，何蔚然承担起抚养侄子们的任务，慈爱笃厚备至。

家中常常有各色各样的宾客来造访，父亲、母亲和妻子面上的亲戚以及故交旧友，依赖何蔚然穿衣吃饭、嫁女娶妻、殡殓丧葬的人家有好几十家。即使素不相识的人，托人向他求助，也没有不让他们称心如意的。何蔚然居住在城西，修筑了西郊草堂，购买了十万卷书籍，将郡中贫寒的士子邀请进来，和自家的子弟们一同读书学习，给他们提供饮食，亲自教导他们，其中有很多登科及第从这里出去的。有一年发生大饥荒，何蔚然施粥给挨饿的人，大兴土木工程来为那些无业的人提供工作岗位，在他的帮助下得以存活的人不计其数。西湖书院靠近水边，容易坍塌，何老先生三次修葺书院。其他的比如修复损坏的城墙、修缮庙宇学堂、建造桥梁等等事情，所花费的钱财都不是小数目，但是何老先生总是乐意去做，孜孜不倦。

何老先生自己日常生活非常节俭，如同贫寒的士子，不买小妾，不爱喝酒，不沉迷赌博，也不经营生产。曾经对子弟们说："我本来是天上的神仙化作凡人，暂时被贬到人间，忽然来了，忽然就走了，不能为我的子孙作打算。"六十八岁时，无疾而终。他的儿子何治运（字岐海，一作郊海），孙子何广熹（字朓迈），相继成为有名的举人。上天对善人的回报，是极其深远的。

我父亲说：萨龙光、何蔚然两家的乐善好施，都是我亲眼所见的。萨家以堪比封君的殷实家境继承前人的遗志，何家作为贫寒的士子白手起家。何家更是难能可贵的，所以在诗书文化方面遗留给子孙的德泽更加深远。现在我们福州何尝没有盐商呢，但是这种乐善好施、见义勇为的良好风尚已经消失不见了，帮办盐务的生意情况也是江河日下，这真是令人感慨深长、大声叹息的了。

2.6.26 纂书获报

王尗（shú）兰曾受业于曼云先伯，笃信师说，而安贫嗜学，尤能不愧薪传。尝语人曰：刊刻善书劝人，其积功最大，食报亦最速。余年逾三十，尚未得男，因忆癸巳岁，与石君孺怀，同梓有《七曲原本文昌孝经》离句板，刷印不多。乃祷于文昌神前，愿递年印送一百部，求赐丈夫子，果于次年辛丑得男兆麟。

又寒家向藏有先正诗文，零缣断简颇多，前年借此劝惩，纬以论说，撰成《消寒录》《避暑钞》二种。甫梓行，而连夜梦中，屡有巾冠数辈陆续来谢。尤异者，一夕朦瞳中，见古貌伟躯、长须丰颊，扶杖告余曰："吾，莲花洞仙翁也。君所刻二书，足见留心风化，且所收著作多系零落遗稿，其用心尤见淳厚，但未经搜辑者尚复不少。幸终前志，无废成功。君现在所辑《东越樵书》，其逸事美谈尤足资文献，可急付手民以传于世。”余以梓费未集辞。仙翁曰：“君畏难耳，吾当为君筹之。”飘然辞去。未知后验如何。但此梦甚异，记之以见拾残补阙，薄有微功，其即能感动幽冥如此。

按，此语颇闻于人，有窃哂其诞者，家大人曰：“此事可劝，此理亦不诬。昔人有言，收拾前人遗诗文者，如哺路弃之幼孩，瘗荒原之枯骨，其功甚大。吴人顾侠君撰《元诗选》各集成，梦古衣冠百十辈来谢，此事传播艺林。卞兰之志何以异是？俗流鲜见寡闻，又不乐道人善，所谓己则无礼，而反笑人何故行礼，此圣人所谓末如之何者也。”

按，余续辑是录，时家大人适为先伯父曼云公校编《秋竹斋诗存》，吉甫伯兄侍旁，多所参酌，每至夜分不倦。一夜，伯兄梦曼云公来与家大人及伯兄叙谢。晨起，言之历历，家大人谓此偶然梦幻耳。曼云公早世，惟伯兄尚及接音容，故精神所趋，形于梦寐，非必真有灵感相通。余窃读曼云公自序，一生心血半在此编，其属望于家大人者甚切，乃迟至二十年始克酬其素愿，则冥冥中之且慰且感，正非无因。谨附记之，俾后人之珍护遗文、阐扬旧德者知所劝焉。

【译文】王卞兰先生（王道徵）曾经跟随我的伯父曼云公（梁运昌）学习，严格遵循老师的教诲，安贫乐道，勤奋好学，可以说是无愧于老师的栽培和教导。他曾经对人说：刊刻印送善书用来劝化世人，这样积累的功德是最大的，享受善报也是最快的。我年过三十岁，还未得子，于是回想起，在道光癸巳年（1833），曾经和石孺怀先生一起，刊刻过《七曲原本文昌孝经》离句版的书板，印刷的数量不多。于是在文昌帝君神前祈祷，发愿以后每年印送一百部，求赐生一个儿子。果然在第二年辛丑年（1841），生了一个儿子，取名叫王兆麟。

我家中一直收藏着一些前人的诗文著作，零零碎碎的断简残编有不少。前年为了劝化世人、慰藉前人，并以此消磨时光，对这些零碎而又珍贵的文字进行编辑整理，并加上自己的一些评论，撰写而成了《消寒录》《避暑钞》这两部书。刚刚刊印行世以后，就接连每天晚上做梦，梦中不断有身着古代式样的头巾、衣冠的人，陆陆续续前来道谢。更为奇异的是，一天晚上，在朦朦胧胧中，看见有一位相貌古朴、身材伟岸、胡须修长、面颊丰润的人，拄着拐杖来告诉我说："我是莲花洞的仙翁。先生所刻印的两部书，足见对世道人心、风俗教化特别关注和留心，而且所收录的著作，大多属于零落的遗稿，更加体现你的用心厚道。但是尚未采集收录的，还有不少。但愿你能够继续坚持原来的志向，不要荒废了已经成就的功劳。你现在所辑录的《东越樵书》，其中的逸闻趣事、佳话美谈，更是具有珍贵的文献价值。可以尽快付印，使其流传于世。"我推辞说尚未筹措到刊印的经费。仙翁说："先生只是害怕困难罢了，我会帮助先生筹措。"飘然告辞而去。也不知道后面会不会得到验证。但是这个梦境非常奇异，把它记录下来，以证明搜集整理前人遗留下的文字，采录遗逸的事迹，有不小的功德，而能感动前人的在天之灵，没想到在冥冥中得到这样的感应。

后来，有人听说这件事以后，私下里嘲笑这件事的荒诞。而我父亲说："这件事有劝世的意义，其中的道理也不是虚妄的。古人曾经说过，收拾整理前人遗落的诗文著作，好比是哺育被遗弃在路边的婴儿，殓埋流落在荒野的枯骨，功德很大。苏州人顾侠君（顾嗣立，字侠君）编撰《元诗选》各集完成以后，梦见身着古式衣冠的百十余人，前来拜谢，这件事在艺林中被传为美谈。卡兰先生的志趣又有什么不同呢？庸俗之辈见识短浅、学识贫乏，又不愿意称道别人的善行，所谓自己无礼，反而笑话别人为何要行礼，这就是圣人所说的无可奈何的人了。”

我编辑这部《劝戒续录》的时候，当时父亲正在为伯父曼云公编辑校对《秋竹斋诗存》一书。当时我大哥吉甫（梁逢辰）在边上侍奉，提出了很多参考意见，往往讨论到半夜，不知疲倦。一天晚上，大哥梦到伯父曼云公前来，向父亲和大哥表示感谢。第二天早晨起来，大哥讲述梦境，仿佛历历在目，父亲说这只是偶然的梦幻而已。伯父曼云公早年去世，只有大哥亲眼见到过他的音容笑貌，所以精神所聚，见之于梦寐之中，未必真的是有灵感相通。我曾经读过曼云公自己为《秋竹斋诗存》所作的序言，可以看得出，其一生的心血大半在这部诗集，他对于父亲的期望非常恳切，而在离世二十年之后才得以达成素愿，诗集得以刊印出来，那么伯父冥冥之中在天有灵，也必定会感到欣慰和感动，这不是没有原因的。于是郑重地记录在这里，作为对后人珍护前人遗文、阐扬先贤德行的一种劝勉和鼓励。

2.6.27 江右刘氏阴德

刘容轩封翁，江右新昌人，以孝廉举于乡，豁达有大度。村中有无赖子某者，素狡黠，不事正业。一日，遇翁于途，指骂欲殴。翁佯若弗闻，亟走避之。旁观代为不平，往白翁家。其家人汹汹欲出。翁止之，曰：“无之，彼焉敢然者？”家人咸谓翁怯。不移时，有走告者曰："无赖某仆地死矣。"

先是，某与翁有小隙，适因与人赌博，负债累累，窘极，服毒而寻翁诟骂，冀以斗殴致死，贾祸翁家。翁不较，遂技穷，毒发而死。翁闻之，惊曰："彼横逆无端而来，使吾少与之争，祸立至矣。"人皆服翁雅量。生子七，孙曾蕃衍，不数世成几百户。科甲蝉联，至今益盛。

又其孙夔典封翁，亦好善乐施，见贫而鬻妇者，必解囊相助，以全夫妇。力或不足，虽称贷无吝色。族中一大支仅存一丁，孤苦无以为家，悯之，为之娶妇。今已子孙众多，其得以接续宗支者，夔典之力也。夫人蔡氏，亦能助夫为善，恒典簪珥以济贫。其子拱宸，已于甲辰捷南宫，筮仕豫省矣。

【译文】刘容轩封翁（因子孙显贵而受封典的人），是江西新昌人，在乡试中考中举人，为人豁达大度。村中有个无赖子某人，一向狡猾诡诈，不务正业。一天，在路上遇到了刘封翁，指着封翁辱骂还想要动手殴打。封翁装作没有听见，快步离开躲避。旁边看到的人都替刘封翁打抱不平，前去告诉封翁的家人。他的家人气势汹汹地想要出门找无赖子算账。刘封翁制止了他们，说："没有的事，他怎敢如此呢？"家人都说刘封翁胆小怕事。不多时，有人来报告说："那个无赖子倒在地上死了。"

在这之前，无赖子和刘封翁有些小嫌隙，适逢无赖子因为和别人赌博，负债累累，极度困窘，喝下毒药后找刘封翁进行辱骂，企图在和他打斗的过程中毒发身亡，借此嫁祸给刘封翁。刘封翁不和他计较，于是无赖子无计可施，毒发而死。刘封翁听说后，惊讶地说："他平白无故地来无理取闹，假如我稍微和他发生争执，大祸马上就临头了。”人们都佩服刘封翁的雅量。生了七个儿子，子孙后代繁衍生息，还没过几代就有了几百户后人。不断有人在科举中考取功名，到今天更加兴盛。

刘容轩的孙子刘夔典封翁，也是乐善好施，看到因为贫穷而卖掉妻子的人，一定会解囊相助，来保全人家的婚姻家庭。自己的力量不够的时候，即使借钱助人也毫不吝惜。家族中有一支族人仅剩下一个男丁，孤苦无依，没有家庭，刘夔典可怜他，帮他娶妻成家。现在已经子孙满堂，他能够延续宗嗣，都是依靠刘夔典的力量。刘夔典的夫人蔡氏，也能够帮助丈夫做善事，一直典当首饰来接济穷人。他的儿子刘拱宸（字星平，号伯垣、伯瑗，曾任河南陈州、南阳知府）已经在道光二十四年（1844）甲辰科考中进士，现在在河南省做官了。

全本全译

勸戒録全集

（二）

（又名《北东园笔录》《池上草堂笔记》）

〔清〕梁恭辰 著
王继浩 点校
王继浩 谢敏奇 车其磊 译

團结出版社

图书在版编目（CIP）数据

劝戒录全集 /（清）梁恭辰著；王继浩等译. — 北京：团结出版社, 2023.8

ISBN 978-7-5234-0093-7

Ⅰ. ①劝… Ⅱ. ①梁… ②王… Ⅲ. ①笔记小说—小说集—中国—清代 Ⅳ. ①I242.1

中国国家版本馆CIP数据核字（2023）第061341号

出版：团结出版社

（北京市东城区东皇城根南街84号 邮编：100006）

电话：（010）65228880 65244790 （传真）

网址：www.tjpress.com

Email：65244790@163.com

经销：全国新华书店

印刷：大厂回族自治县德诚印务有限公司

开本：145×210 1/32

印张：93.5

字数：2090千字

版次：2023年8月 第1版

印次：2023年8月 第1次印刷

书号：978-7-5234-0093-7

定价：328.00元（全五册）

第二册目录

劝戒三录

《劝戒三录》自序 / 547

第一卷

3.1.1 桐城张氏阴德 / 549

3.1.2 杭州许氏阴德 / 553

3.1.3 南昌万氏阴德 / 555

3.1.4 方勤襄公 / 558

3.1.5 胡中丞 / 560

3.1.6 陈方伯 / 562

3.1.7 孙观察 / 564

3.1.8 黄封翁 / 567

3.1.9 彭咏莪宗丞述二事 / 568

3.1.10 回煞 / 570

3.1.11 嗣子起家 / 573

3.1.12 四美 / 574

3.1.13 江山巨族 / 575

3.1.14 某廉访 / 576

3.1.15 某太守 / 578

3.1.16 冥中重苦节 / 581

3.1.17 不孝谴重 / 583

3.1.18 枉杀 / 585

3.1.19 关帝签 / 586

3.1.20 满招损 / 587

第二卷

3.2.1 漳州城隍 / 591

3.2.2 姚伯昂先生述二事 / 593

3.2.3 贫女报恩 / 596

3.2.4 神庙香火资 / 600

3.2.5 晋宁科甲 / 602

3.2.6 龙溪令 / 604

3.2.7 刑官夙孽 / 605

3.2.8 妄念辱身 / 608

3.2.9 欠债 / 610

3.2.10 劝孝 / 612

3.2.11 孝鬼草 / 613

3.2.12 宿冤索命 / 614
3.2.13 醵金赎女 / 615
3.2.14 解砒毒方 / 616
3.2.15 负债为驴 / 617
3.2.16 戒戏言 / 618
3.2.17 杀尼姑巷 / 620
3.2.18 救难巧报 / 622
3.2.19 鬼畏孝子 / 624
3.2.20 医地 / 626
3.2.21 薛二 / 628
3.2.22 谈诗 / 630
3.2.23 戒食鳖 / 632
3.2.24 鸦片 / 633
3.2.25 钱学士 / 634

第三卷

3.3.1 会场孽报 / 637
3.3.2 诉冤鬼 / 638
3.3.3 托生报德 / 640
3.3.4 见鬼 / 642
3.3.5 仙桃草治伤 / 643
3.3.6 杀业果报 / 644
3.3.7 污蔑人 / 645
3.3.8 食廪饩 / 647
3.3.9 孝媳 / 649
3.3.10 损人益己 / 651
3.3.11 效职冥中 / 652
3.3.12 科名前定 / 655
3.3.13 生日做功德 / 664
3.3.14 雷殛 / 665
3.3.15 柳州牧 / 666
3.3.16 黑巨川 / 668
3.3.17 头脱 / 669
3.3.18 魔餐孽种 / 671
3.3.19 贞女奇遇 / 674
3.3.20 魂守金 / 675
3.3.21 妻祟薄幸 / 677
3.3.22 滕县吏 / 679
3.3.23 讳不知 / 681

第四卷

3.4.1 书记为僧 / 683
3.4.2 经忏不如施舍 / 686
3.4.3 鬼畏老儒 / 687
3.4.4 鬼乞伸冤 / 688
3.4.5 轮回 / 692
3.4.6 忍辱解冤 / 694
3.4.7 鬼打墙 / 695
3.4.8 鬼仇讦私 / 696
3.4.9 阴恶堕犬报 / 697
3.4.10 罗氏双节 / 698
3.4.11 怨鬼托生 / 699
3.4.12 财色 / 700
3.4.13 孝力 / 703

3.4.14 后身应誓 / 704
3.4.15 天诛 / 706
3.4.16 蝙蝠撞钟 / 707
3.4.17 神批伪官 / 708
3.4.18 鬼知节妇 / 709
3.4.19 势利鬼 / 710
3.4.20 牛报恩 / 712
3.4.21 为师恶报 / 714
3.4.22 一念解脱 / 715
3.4.23 延寿 / 717
3.4.24 亵经削禄 / 719
3.4.25 金太婆 / 721
3.4.26 高僧夺舍 / 723
3.4.27 迁葬宜慎 / 725
3.4.28 鬼捉人 / 728

第五卷

3.5.1 文闱犯鬼 / 731
3.5.2 陈天简 / 733
3.5.3 杨启元 / 735
3.5.4 践坟惨报 / 737
3.5.5 犯淫 / 738
3.5.6 不敬天怒 / 739
3.5.7 杨蔡二封君 / 740
3.5.8 张封君 / 741
3.5.9 刘巡司 / 742
3.5.10 不孝罪不在大 / 743
3.5.11 淫报 / 745
3.5.12 污辱佛门 / 746
3.5.13 雷震卖豚人 / 747
3.5.14 不孝极恶 / 749
3.5.15 厚殓祸 / 750
3.5.16 吴元长 / 752
3.5.17 恶念丧身 / 753
3.5.18 杨宗潮 / 754
3.5.19 不敬字迹二事 / 755
3.5.20 慢神 / 757
3.5.21 李寡妇 / 758
3.5.22 劫盗还债 / 760
3.5.23 陈茂才 / 762
3.5.24 吴天爵 / 763
3.5.25 瓯宁黄氏 / 764
3.5.26 梁艺圃 / 766
3.5.27 叶大林 / 767
3.5.28 麂报 / 768
3.5.29 黄邦泰 / 769
3.5.30 叶焕金 / 771
3.5.31 灌阳凶案 / 772
3.5.32 怀集命案 / 773
3.5.33 黄璧庵述六事 / 775
3.5.34 李二夫妇 / 779

第六卷

3.6.1 宿孽 / 782

3.6.2 江西某 / 784
3.6.3 鬼妻索命 / 785
3.6.4 富贵旧家 / 787
3.6.5 廖王太夫人 / 789
3.6.6 林敬堂述三事 / 790
3.6.7 陈霁庭述二事 / 793
3.6.8 鬼讹诈 / 796
3.6.9 虐婢报 / 797
3.6.10 茶司报恩 / 799
3.6.11 借躯托生 / 801
3.6.12 打银匠 / 803
3.6.13 罗某 / 804
3.6.14 火葬 / 805
3.6.15 欺凌孤寡 / 806
3.6.16 公门阴德 / 807
3.6.17 妇女少出门 / 809
3.6.18 处州城隍 / 811
3.6.19 鬼掳掠 / 812
3.6.20 一念之差 / 814
3.6.21 刘武生 / 815
3.6.22 王四耕 / 817
3.6.23 王喜 / 818
3.6.24 悔过 / 819
3.6.25 厨役索命 / 820
3.6.26 鸟报 / 820
3.6.27 犬报 / 821
3.6.28 林梅友述二事 / 822
3.6.29 敬师 / 824
3.6.30 一生不破口 / 826
3.6.31 请雷 / 826
3.6.32 婢报冤 / 828
3.6.33 高恒猷述二事 / 829
3.6.34 平阳二事 / 831
3.6.35 刘家隐德 / 833

劝戒四录

《劝戒四录》自序 / 839

第一卷

4.1.1 五房六宰相 / 841
4.1.2 吴门蒋氏 / 844
4.1.3 长洲彭氏 / 845
4.1.4 太仓李氏 / 847
4.1.5 吴县严氏 / 849
4.1.6 秦封翁 / 850
4.1.7 费封翁 / 851
4.1.8 李书年宫保 / 852
4.1.9 陶云汀宫保 / 858
4.1.10 秦簪园学士 / 861
4.1.11 孟封翁 / 863
4.1.12 颜军门 / 866
4.1.13 陈默斋总戎 / 869
4.1.14 许氏积德 / 871

第二卷

4.2.1 李方伯 / 879
4.2.2 福观察孙刺史 / 881
4.2.3 钱孝廉 / 883
4.2.4 某明经 / 886
4.2.5 百文敏公 / 887
4.2.6 节妇请旌 / 890
4.2.7 某孝廉 / 893
4.2.8 雷击负心 / 894
4.2.9 千员果报 / 896
4.2.10 雷州太守 / 899
4.2.11 放焰口 / 901
4.2.12 雷击产妇 / 904
4.2.13 王文虎 / 905
4.2.14 虔奉大士 / 906
4.2.15 淫报 / 909
4.2.16 广东火劫 / 910
4.2.17 欧某 / 915
4.2.18 周廉访述六事 / 918

第三卷

4.3.1 李凤冈太守 / 928
4.3.2 孽龙行雨 / 930
4.3.3 顾宦 / 931
4.3.4 沈曲园 / 934
4.3.5 黄君美 / 936
4.3.6 左富翁 / 937
4.3.7 陈生 / 939
4.3.8 潘生 / 942
4.3.9 丁生 / 944
4.3.10 义犬 / 946
4.3.11 前生城隍 / 947
4.3.12 王将军马 / 949
4.3.13 变牛还债 / 951
4.3.14 戏言冥报 / 954
4.3.15 游戏示警 / 955
4.3.16 盗妹 / 957
4.3.17 蒋荣禄华表 / 960
4.3.18 逆妇变猪 / 960
4.3.19 逆妇变驴 / 962
4.3.20 逆子被烧 / 962
4.3.21 天赐孝子米 / 963
4.3.22 山阴秀才 / 964
4.3.23 生变猪 / 966
4.3.24 改恶 / 968
4.3.25 见财不苟 / 970
4.3.26 齐观察 / 972

第四卷

4.4.1 江右黄氏 / 975
4.4.2 江右李氏 / 976
4.4.3 徽州程氏 / 977
4.4.4 六安张氏 / 978
4.4.5 四明张氏 / 979

4.4.6 金陵曹氏 / 980
4.4.7 湖北韩氏 / 981
4.4.8 安庆赵某 / 982
4.4.9 江西滕某 / 983
4.4.10 常州胡某 / 984
4.4.11 贵阳施某 / 984
4.4.12 南昌罗某 / 985
4.4.13 广东尹某 / 986
4.4.14 山东傅某 / 987
4.4.15 雷李至交 / 988
4.4.16 孙文至交 / 989
4.4.17 王茂才 / 990
4.4.18 陈茂才 / 991
4.4.19 上洋童子 / 992
4.4.20 《西厢记》 / 994
4.4.21 《红楼梦》 / 996
4.4.22 淫书版 / 998
4.4.23 妇人惜字 / 1000
4.4.24 贞女感神 / 1001
4.4.25 汪李氏 / 1002
4.4.26 《双冠诰》 / 1004
4.4.27 南海贞女 / 1005
4.4.28 中州某氏 / 1007
4.4.29 邹顾氏 / 1008
4.4.30 忠仆报冤 / 1009
4.4.31 不孝而吝 / 1010
4.4.32 秀水盛生 / 1013
4.4.33 商城周氏 / 1015
4.4.34 桃花好苦 / 1017
4.4.35 损人无益 / 1018
4.4.36 牛求救 / 1018

第五卷

4.5.1 折福 / 1021
4.5.2 舵工许某 / 1022
4.5.3 邵孝廉 / 1023
4.5.4 方太守 / 1024
4.5.5 钱文敏公 / 1025
4.5.6 雅中丞 / 1027
4.5.7 汪店 / 1029
4.5.8 蔡礼斋 / 1030
4.5.9 鹾商女 / 1031
4.5.10 隆庆 / 1032
4.5.11 徐北山 / 1032
4.5.12 夏源泰 / 1033
4.5.13 膈翁 / 1034
4.5.14 石鲁瞻 / 1035
4.5.15 长乐两生 / 1036
4.5.16 酷淫之报 / 1037
4.5.17 误奸之报 / 1038
4.5.18 僧允中 / 1040
4.5.19 换棉花 / 1042
4.5.20 东平王马夫 / 1043
4.5.21 讨债鬼 / 1045

4.5.22 写婚书 / 1046
4.5.23 刘天佑 / 1047
4.5.24 倪瞎子 / 1048
4.5.25 扬州赵女 / 1050
4.5.26 武林胡女 / 1052
4.5.27 虎口巧报 / 1054
4.5.28 大娘娘 / 1055
4.5.29 戒赌气 / 1056
4.5.30 马禹平 / 1060

第六卷

4.6.1 高邮苏某 / 1064
4.6.2 霍节妇 / 1066
4.6.3 贾某 / 1067
4.6.4 摆摊盘 / 1067
4.6.5 嵩明州牧 / 1069
4.6.6 章邱孝子 / 1071
4.6.7 浦城痴翁 / 1072
4.6.8 雷殛不孝 / 1073
4.6.9 台湾唐某 / 1075
4.6.10 马疡科 / 1075
4.6.11 顽师显报 / 1076
4.6.12 银作祟 / 1077
4.6.13 逆子 / 1078
4.6.14 湖北夏某 / 1079
4.6.15 地师 / 1080
4.6.16 湖南熊某 / 1081
4.6.17 破人婚姻 / 1082
4.6.18 钱梅溪述孽报七事 / 1083
4.6.19 常熟某甲 / 1087
4.6.20 不养猫 / 1088
4.6.21 狐报恩 / 1089
4.6.22 狐报仇（一） / 1091
4.6.23 狐报仇（二） / 1092
4.6.24 蛇报 / 1093
4.6.25 食鳖食鼋 / 1094
4.6.26 放生诗 / 1095
4.6.27 驴偿债 / 1096
4.6.28 獭索命 / 1097
4.6.29 鳝索命 / 1099
4.6.30 鲈香馆 / 1100
4.6.31 金陵不孝妇 / 1101
4.6.32 采生案略 / 1104
4.6.33 吴探花 / 1106
4.6.34 许司马 / 1107
4.6.35 金陵周氏 / 1110

劝戒二录

《劝戒三录》自序

《劝戒近录》之刻，成于癸卯冬季，踰年，而吴中遂有翻本，板楮（chǔ）益精。《劝戒续录》之刻，成于甲辰秋月，近闻岭西亦已有翻本。不胫而走如是，人情固不甚相远哉！今春在京中，姚伯昂总宪惠示《竹叶亭杂记》；夏间归浦城，徐树人观察由漳州封寄《求福新书》一帙；黄壁庵刺史又杂录西瓯近事数十条，皆义关劝惩，为前二录所未载者，喜之不胜。因附益以近所闻见，重为诠次，呈家大人鉴裁之。甫得成书，时知好中又续有录寄者，因亟定为六卷，如前书之数，先付梓人，题曰《劝戒三录》；以见余之撰此书未有倦心，其助余之成此书者亦未有倦心，而从此为四录、为五录，皆当作如是观矣。“民之秉彝，好是懿德。”古人信不我欺也！

道光乙巳腊月八日，敬叔氏记于浦城之北东园。

【译文】《劝戒近录》的刻印，完成于道光癸卯年（1843）的冬季，一年后，苏州一带就出现了翻刻的版本，版式纸墨更加精良。《劝戒续录》的刻印，完成于道光甲辰年（1844）的秋季，最近听说广西也已经出现了翻刻的版本。这两本书传播得如此迅速，可见各地的世态人情本就相差无几啊！今年春天在京城，都察院左都御史姚伯昂先生（姚元之）很热心地将他所著的《竹叶亭杂记》送给我看；夏天回到浦城的时候，徐树人观察（徐宗干）从漳州寄来了《求福新书》一套；黄壁庵知州（黄文瑄）又搜集汇编了近年发生在广西一带的几十件事，都具有劝善惩恶的意义，是前面的《劝戒近录》和《劝戒续录》中所没有记载的，这使我抑制不住内心的喜悦之情。于是再加入我近期听到、看到的一些事情，重新编次排列，呈送给家父审阅鉴定。刚刚完成书稿，当时又有知己好友陆陆续续寄来一些事例，因此急忙编定为六卷，如同前面二书的体例，先交付给工匠进行刻印，取名为《劝戒三录》；以此来表达我撰写这部书并没有倦怠之意，其他帮助我完成这部书的人也没有倦怠之意，而此后将陆续完成四录、五录，也都应该抱有如此的看法。《诗经·大雅·烝民》中说："人之常情，无不喜好美德。"古人所说的话确实是真实不虚的！

道光二十五年（1845）岁在乙巳腊月初八日，梁恭辰（字敬叔）写于福建浦城之北东园。

第一卷

3.1.1 桐城张氏阴德

桐城张息畊（元宰），与家大人壬戌同年，同登馆选。家大人于壬戌秋，奉讳归里，故同年中虽觌（dí）面多不相知。迨乙丑，入京散馆，始渐款洽，而于息畊尤契厚，若素交。尝问息畊：“君家韦平济美，至今尚簪绂（zān fú）相承，其先必有莫大之隐德。”

息畊曰：“余家有‘竹立城’，君闻之乎？余家先代某翁，文端公之祖也，尝于雪夜见盗隐屋脊间，悯其冻，以梯掖之下。视之，则邻也，携入书斋，挈壶飧（sūn）以食之，并赠数金，遣之去，初不令家人知也。邻感翁甚，常思所以报。后夫妇以力耕置田五六亩，一日往田间，见富家子与葬师诣一所，相度良久，曰：‘佳哉，此卿相城也。’问有何验，葬师曰：‘试插竹其间，竹越宿则萌矣。’邻闻之，归述于妻，妻曰：‘向者急于图报张翁，今其可矣。’邻问其故，妻曰：‘如是，如是，不亦可乎？’邻诺之。旦赴其地，竹果萌，乃去之，易以枯枝。顷，葬师复来，讶其言之不应也，爽然去。邻以计买之，而归之翁，翁曰：

‘不可，贪天必厚祸。’邻曰：‘非公盛德，不足当此。’敦请不已，乃受之，而偿其直。后人遂呼此穴为‘竹立城’云。”

家大人曰：“堪舆之说不可不信。君亦闻吾乡安溪李文贞公之事乎？文贞公之父某翁为某翰林佃户，翰林延葬师卜地，得一穴，曰：‘此必出三公也。’筑将半，有某葬师阻之，不果筑。前葬师恚甚，时已薄暮，立辞去。本与李翁素识，遂借宿其家，具以谗告。李敬奉之，乃问：‘君父母归土乎？’李辞以未，曰：‘然则盍求某翰林弃地而葬之乎？我为君乞之。’明日，以状呈某翰林，某翰林正欲征验其地，许之。葬师喜，为诹（zōu）日卜葬。事毕，将行，告李曰：‘三年后，我必来覆视也。’后李耕倍获，家业渐裕，某翰林异之，召后葬师问故，对曰：‘祸本未成，如于墓旁环以河，祸将立至。’某翰林即凿河以试其言，河成而文贞公生矣。一日，前葬师至，李以凿河告，曰：‘福萃于兹矣。’忽闻内室呱声，曰：‘君得丈夫子乎？’请出视之，方额直准，葬师曰：‘此一座台星也，恐彼葬师知之，当远徙，毋速祸。’乃合族迁居。某翰林知之，命他佃护其墓。文贞公年十二，随父归省墓，德某翰林，往谢之。翰林惊曰：‘何来此儿，是他日公辅器也！’遂留于家，延明师训之。此亦安溪相公家发祥之故事也。”息畊为之嗟叹。

时座中有江右同年某友，以葬事与族邻争控不已，闻两人纵谈，乃慨然曰：“吾乡谚云：‘福地福人来。’何争之有？余本拟散馆后急乞假回家了此事，今不复尔矣。”众叩之，亦莫详其颠委云。

【译文】安徽桐城的张息畊先生（张元宰，字锡赓，号息畊，嘉庆七年壬戌科进士，大学士张英玄孙，后英年早逝）和我父亲是嘉庆七年（1802）壬戌科的同榜进士，一同被选入翰林院任职。我父亲在当年秋天就因奔丧回到家乡，因此和同榜考中的进士虽然见过面但大多并不认识。到嘉庆乙丑年（1805），我父亲回到京城，参加三年期满的考试，才开始渐渐和这些同年深入交流，而和张息畊尤其交往密切、情谊深厚，就像老朋友一样。我父亲曾经问张息畊："您家就像西汉的韦贤、韦玄成与平当、平晏父子一样，父子相继为相，世所推重，到现在还世代显贵、人才辈出，您的先人一定是积累了巨大的不为人知的功德。"

张息畊说："我家有'竹立城'，您听说过吗？我家祖上某老先生，就是文端公（张英）的祖父，曾经在雪夜里看见一个盗贼隐藏在屋梁上，可怜他受冻，便用梯子把他扶了下来。仔细一看，原来是邻居，就带他进了书房，拿热汤饭给他吃，并送给他几两银子，然后打发他走了，起初不想让家里人知道。那个邻居对老先生特别感激，常常想着要找机会报答。后来，邻居夫妻靠辛勤耕种置办了五六亩田地，有一天去田里，发现一个富家子和一个墓葬风水师走到一处地方，观察了很久，说：'太好了，这里是能让子孙出公卿宰相的墓地。'问他如何来验证，风水师说：'试着把竹子插在里面，过一夜竹子就会发芽。'邻居听后，回家讲给了自己的妻子，妻子说：'你不是一直急着想要报答张老先生的恩德吗？现在机会来了！'邻居问妻子为何这样说，妻子小声说：'如此如此，这般这般，不就可以了吗？'邻居同意了。第二天一早赶到那个地方一看，竹子果然发芽了，他便把发芽的竹子给拔了，换上枯萎的竹子。过了一会儿，风水师又来了，惊讶自己的判断居然失灵，就失落地离开了。邻居想办法将那块地买了下来，然后想要送给老先生，老先生说：‘使不得，贪天之功必有大祸。’邻居说：‘只有像您这样德行深厚的人，才值得拥有这样的福地。’邻居反复诚恳地请求老先生一定要收下，老先生这才接受了，并且偿还了邻居买地的钱。后人于是就称呼这处墓地为‘竹立城’。”

我父亲说：“风水的说法是不能不信的。您听过我们福建安溪县李文贞公（李光地）家的故事吗？李文贞公的父亲李老先生是某翰林的佃户，某翰林请风水师选择墓地，得到了一处墓穴，风水先生说：‘这里是一定能出三公的地方。’墓穴刚修建了一半，有另外一个风水先生来阻止，就没建成。前面那位风水师知道之后非常气愤，当时天色将晚，就告辞离去了。他本来和李老先生是旧交，就借宿在李老先生家，并且把另外一个风水先生进谗言挑拨离间的事情告诉了李老先生。李老先生恭敬地招待风水师，风水师问他：‘您父母的灵柩入土安葬了吗？’李老先生说还没有，风水师说：‘既然这样，何不把被翰林舍弃的那块墓地要过来安葬您的父母呢？我帮您去求他。’第二天，风水师便写了一封信呈送给某翰林，某翰林也正想验证一下这块地到底怎么样，就同意了。风水师很高兴，帮助李老先生选择吉日安葬了父母的灵柩。事情办完，风水师临走前，告诉李老先生说：‘三年后，我一定会回来验看的。’后来，李老先生家的收成成倍增加，家业渐渐富裕起来了，某翰林感到很惊奇，就把后面的风水先生叫来询问其中的原因，风水先生回答说：‘灾祸还没形成，如果在墓穴旁边挖一条河来围住，灾祸将立刻降临。’某翰林便挖了条河来验证他的说法，河刚挖好，李文贞公就降生了。一天，前面的风水师回来了，李老先生就把某翰林挖河的事情告诉了他，风水师说：‘福气开始聚集在这里了。’忽然听到房间里有婴儿的啼哭声，就问：‘您是得了一个儿子吗？’风水师让李老先生把孩子抱出来看，只见这孩子额头方正、鼻梁挺直，风水师说：'这孩子是三台星（《晋书·天文志上》："三台六星，两两而居，起文昌，列抵太微……在人曰三公，在天曰三台，主开德宣符也。"因以喻指宰辅。）之一，将来要做到宰辅之位，恐怕被另外一个风水先生发现，你要赶快远远地搬走，不然会招来灾祸。'李家于是全家都搬走了。某翰林知道了这件事，就派其他的佃户看护那处墓地。李文贞公十二岁的时候，跟随父亲回老家扫墓，因为感念某翰林的恩德，就前往拜谢。翰林惊喜地说：'这孩子哪来的，这是将来做公卿宰辅的人才啊！'翰林于是把李文贞公留在了家里，并且聘请优秀的老师来教他读书。这就是安溪县李相公他们家发迹的故事。"张息畊听完之后为之感慨不已。

当时在座的有一位江西的同年某友，因为墓葬的事情和族里的邻居相互争执控诉不停，听完二人这番长谈，便感慨地说："我老家有句谚语：'福地福人来。'有什么好争的呢？我本来打算考完以后就赶紧请假回家处理这件事，今天听你们这么一说，我想还是算了吧。"众人问他具体是怎么回事，他也没有细说其中的原委。

3.1.2 杭州许氏阴德

钱塘许滇生尚书家，四世科第，每届乡会试，支属群从必有人登科第者。相传，其封翁乐亭先生为申韩老手，即滇生尚书之曾祖也。初就幕于陕甘两省，后督部方恪敏公以厚币延之。公办事精敏，时平凉、庆阳数府洊（jiàn）饥，卧殣（jìn）相属。封翁闻而悯之，私具一折稿，请公入告，并请发帑银二十万两赈济平凉等府饥民。

迟之数日，折尚未发，封翁即襆被辞馆，公亲至问故，曰：“待先生并无敢慢，今忽然辞馆，想为请币二十万之折迟疑未发耶？”封翁曰：“此折果发，必不辞馆。”公诺之，即日拜发。去后，公意终惴惴，谓所请过多，恐不能邀准。

一月后，奉回朱批，乃大蒙嘉奖，并以二十万两恐尚不敷，加赈二十万两。公大喜过望，即诣封翁谢过。于是平凉等府数十万生灵，得免转于沟壑矣。不数年，封翁之哲嗣即领乡荐，文孙学范、学曾均接踵成进士，迨“乃”字排行，益复昌盛。人谓许氏阴宅甚佳，讵知封翁之功德，曾活数十万生灵之所致哉？戴君槐谷为许氏姻亲，所述如此，当得其实也。

【译文】浙江钱塘（今杭州市）的许滇生尚书（许乃普，字季鸿，号滇生，嘉庆二十五年一甲二名进士，官至吏部尚书）所在的家族，已经连续四代都有人科举中第，每到乡试、会试，同宗各个支派的堂兄弟及诸子侄一定会有人登科及第。相传，因子孙显贵而受到朝廷封典的许乐亭先生（许尧堂）是一位精通刑名之学的行家里手，就是许滇生尚书的曾祖父。乐亭先生起初在陕西、甘肃两省做幕僚，后来陕甘总督方恪敏公（方观承）用重金聘请了他。方恪敏公办事精细敏捷，当时平凉、庆阳等几个府连年饥荒，饿死的饥民到处都是。乐亭先生听说了这件事后心生怜悯，私下里拟好了一份奏折文稿，呈请方公尽快上奏朝廷，并且申请拨发库银二十万两用来赈济平凉等府的饥民。

拖延了几天，奏折还没有寄发出去，乐亭先生就卷起铺盖说要辞职，方公亲自来问他辞职的原因，说道：“我对待先生并不敢怠慢，今天忽然提出辞职，想必是由于那份申请二十万两银子赈灾款的奏折迟迟没有发出的原因吗？”乐亭先生说：“如果这份奏折真的发出去了，我肯定不会辞职。”方公答应了，第二天焚香礼拜后就郑重发出了。奏折发出去之后，方公心里始终惴惴不安，认为申请的数额太多了，恐怕不能被批准。

一个月后，收到了皇帝的朱批，竟然被极力地赞许表扬，并且皇帝认为二十万两恐怕还不够用，又追加了二十万两。方公大喜过望，马上前去向乐亭先生表示感谢并致歉。因此，平凉等府的几十万百姓，得以免于沦为饿殍尸填沟壑。没过几年，乐亭先生的儿子（许钺）就考中了举人；孙子许学范、许学曾都接连考中了进士；到“乃”字辈这一代时，家族就更加昌盛了。人们都说许家的祖坟风水好，他们又哪里知道其实这是乐亭先生曾救活几十万条人命的功德所致的呢！戴槐谷先生是许家的姻亲，这件事是他给我讲述的，应当是了解到了实情。

3.1.3 南昌万氏阴德

家大人官南河监司时，南昌万氏兄弟，如廉山（承纪）、渊北（承紫），皆本辖厅官，往来最熟。稔闻其家门鼎盛，询厥由来，则皆其尊人梅皋先生之世泽也。

先生名廷兰，字梅皋，乾隆壬申春乡秋会联捷进士，由庶常改知县，授直隶怀柔县，调宛平县，擢通州牧。以东路厅事牵涉，罢官抵罪者甚众，案狱者日事刑求，众皆不知所措。先生独恻然，以一身任之。一年狱成，拟大辟，余官皆得免。未几，朝廷亦微知其非罪也。戊子秋谳（yàn），蒙恩免勾。

丁酉春，銮驭东巡，过通州，见崇墉屹然，问此城工何人承办；大吏以前任州牧万廷兰对。遽蒙恩，改缓决。壬寅年，忽奉特旨出狱，计系保阳狱者十六年矣。时同案各官，皆已旋里，各出厚资来助归计者，不约而同，先生悉笑却之。

归里后，优游林下几三十年，至嘉庆丁卯寿终，享年八十有九。梁山舟先生为集元遗山诗句，作挽联云："千丈气豪天也妒，一生诗在事堪传。"有《计树园诗存》行世。今先生之幼子承绛，以道光甲辰进士，官山西知县。先生之孙启昀，以嘉庆己巳进士，历官御史；启封，以嘉庆癸酉副举人，官浙江知县。曾孙立锦，又中道光庚子举人。目下孙、曾不下百余人。呜呼，盛矣！

【译文】我父亲在担任江南淮海河务兵备道的时候，南昌的万氏兄弟，像万承纪（字廉山）和万承紫（字渊北，又字荔云、俪云、荔昀，周恩来总理外曾祖父），都是所辖的厅官，彼此常相往来，都非常熟悉。我父亲一直听说他们万氏家族门第鼎盛，就询问其中的由来，万家兄弟说这都是他们的父亲万梅皋先生遗留的德泽。

先生名叫万廷兰，字梅皋（一字芝堂），乾隆十七年（1752）壬申恩科春季顺天乡试考中举人，同年秋季会试联捷成进士，授翰林院庶吉士，三年期满后改任知县，被任命为直隶省怀柔县知县，后调任宛平知县，又擢升为通州知州。因为东路厅（清代行政区划，属顺天府，领通州、蓟州及三河、武清、宝坻、宁河、香河等县）的事情被牵连，被罢官抵罪的有很多人，刑部来查案的人每天严刑拷打，大家都不知道怎么办才好。唯独梅皋先生心中不忍，独自一人承担罪责。一年后案件审理完毕，先生起初被拟定判处死刑，其他的官员都得以免罪。不久后，朝廷也慢慢了解到先生是被冤枉的。乾隆三十三年（1768）戊子秋审，蒙受皇帝开恩免勾（旧制判决死刑罪犯，须经御笔予勾，始行处决，谓之勾决；其未经予勾者，改为监候，谓之免勾。清时官犯经十次免勾，常犯经两次免勾者，则改为缓决），改为监候。

乾隆四十二年（1777）丁酉春天，乾隆皇帝御驾东巡，经过通州时，见到高大的城墙巍然耸立，就问这座城墙是谁负责修建的；旁边的大吏回答说是前任知州万廷兰。当即蒙受皇恩，改为缓决（已判死刑的犯人，经处决宣告后，依据特定情形，在一定期限内，暂缓处决）。到了乾隆四十七年（1782）壬寅，突然接到皇帝下达的特旨，先生被释放出狱，前后被关押在保定府监狱长达十六年。当时同一桩案件的其他官员，都早就回到了家乡，听说先生出狱的消息后，不约而同地拿出重金来资助先生返回家乡，先生都笑着拒绝了。

先生回到家乡后，度过了近三十年闲适自在的隐居生活，到嘉庆十二年（1807）丁卯寿终正寝，享年八十九岁。梁山舟先生（梁同书，字元颖，号山舟，大学士梁诗正之子，清代书法家）为他辑取了元遗山（元好问）的诗句，作了一副挽联："千丈气豪天也妒，一生诗在事堪传。"著有《计树园诗存》流传于世。如今先生的小儿子万承绛，作为道光二十四年（1844）甲辰科进士，在山西担任知县。先生的孙子万启昫，作为嘉庆十四年（1809）己巳恩科进士，担任御史；万启封，作为嘉庆十八年（1813）癸酉科副榜举人，在浙江担任知县。先生的曾孙万立锦，又考中了道光二十年（1840）庚子科举人。眼下万氏家族的孙辈和曾孙辈加起来不下于一百多人。哎呀，真是太兴盛了！

3.1.4 方勤襄公

吾闻台湾林爽文之乱，福节相康安来平之。随带军机章京二员，一为方葆岩（维甸），一为范叔度（鏊），节相倚之若左右手。命方专司讯鞫，范专司文奏。收复诸罗日，在番山中搜出逆民千余人，节相欲尽置之法，姑付方讯录供词。方逐名细加研鞫，则皆被胁从者，欲并释之，节相不可，方持之益力，后竟得尽活。此后搜山所得，悉仿此办理，所全殊多。时论谓方之功德甚大，宜有报。后果扬历封圻，终于直隶督任，谥勤襄。

家大人曰："葆岩两世为直隶总督，其父恪敏公积厚流光，尝以片言释保定疯民犯跸之案，最著人口。"（事详前录）

又闻姚姬传述：公五十外尚未有子，抚浙时，使人于金陵买一女子，公之女兄送之至杭，择日将纳矣。公偶至女兄所，见诗册有相知名，问知此女携其祖父作也。公曰："吾少时与此女祖以诗相知，安得纳其孙女乎？"即还其家，助资嫁之，时公年六十一矣。是年，室中吴太夫人即生葆岩。今复为尚书总督，继公后。呜呼！此恪敏公之隐德，人鲜知者。闻勤襄公尝言家门鼎盛，乃皆不由翰林出身为憾；今公子传穆，已由词林出守，洊擢监司矣。

【译文】乾隆五十二年（1787），我们福建台湾府发生林爽文叛乱，嘉勇侯、大学士福康安作为主帅统兵前往平叛。随军出征的有两名军机章京（清代称军机处或各衙门办理文书的官员），一位是方葆岩（方维甸，字南耦，号葆岩，方观承之子），另一位是范叔度(范鏊),福康安倚重他们如同左膀右臂。命令方葆岩专门负责审讯工作,范叔度专门负责文书工作。收复台湾诸罗县(后更名嘉义县)的时候,在番山(今香山)中搜出一千多名参与叛乱的平民,福康安打算将他们全部就地正法,姑且将他们交给方葆岩进行审讯并记录口供。方葆岩逐个进行详细审讯,发现他们都是被胁迫相从的,打算将他们全部释放,福康安不同意,在方葆岩的强烈坚持下,终于让他们都活了下来。从此以后,凡是搜山过程中发现的人员,一概参照这样的方式来处理,因此而保全了很多人的性命。当时的舆论普遍认为方葆岩所做的这件事功德浩大,理应获得善报。后来他果然历任朝廷内外,官至封疆大吏,寿终于直隶总督任上,赐谥号为“勤襄”。

我父亲说:“方葆岩一家两代人都是直隶总督,他的父亲方恪敏公(方观承)积德深厚,遗泽深远,曾经凭借只言片语就化解了保定疯民冲撞皇帝銮驾的案件,最为人们称道。”(关于此事可以参考前录,见1.1.2)

又听姚姬传先生(姚鼐,字姬传)讲述:方恪敏公五十多岁时还没有儿子。在担任浙江巡抚期间,他曾派人到金陵(今南京市)买回来一名女子,由恪敏公的姐姐将这名女子送到杭州,并准备选择良辰吉日将她纳为妾室。恪敏公偶然来到姐姐的住处,见到一本诗册上有认识人的名字,经询问得知这是那名女子携带的她祖父的作品。恪敏公说:“我年轻的时候曾经和这名女子的祖父以诗文相识,又怎么能够纳他的孙女为妾呢?”于是就把这名女子送回她自己的家中,并资助她出嫁,当时恪敏公已经六十一岁了。这一年,恪敏公之妻吴太夫人便生下了方葆岩。继恪敏公之后,如今儿子方葆岩也成为尚书、直隶总督。哎呀!这件事是恪敏公的阴德,几乎没有人知道。听勤襄公曾经说自己家虽然家门鼎盛,但都不是由翰林出身，为此感到遗憾；如今儿子方传穆，已经由翰林院编修外放地方出任知府，又一步步擢升为道员了。

3.1.5 胡中丞

鄱阳胡果泉（克家）先生，为家大人乙卯会试荐卷师，相待极好。初拟拣发吾闽道府，相订同出京，谓有还乡省亲之乐也。旋放广东惠潮嘉道，乃命家大人留京夏课，不必出京。

在刑部，以仁恕为主，不肯稍涉私心。得观察，谢恩之日，夜起尚早，坐而假寐，见一青衣来请入署，胡曰："顷当进内，不能去。"青衣曰："去来不误。"因命驾舆，答言已备。不觉出门，登车疾驰而去。过一门，黑如漆而有光；再进，则光明绿瓦大殿矣。入则中坐者三，见其来，皆起而拱，先生上前揖毕。阶下跪一人，两臀溃烂。上坐者曰："此人当暑应缓杖，控言未缓而决，因伤溃死，是否？"胡答以："杖罪系某照例审断，决则某已病假，不知也。"遂检查册子，其时果在假中。又一人捧首而前，言罪当缓决，误入情实。胡答以："斩缓系我所定，情实则堂官所改。"于是上坐者乃命设坐，好语勉慰之。既出，仍登车而回。

路遇旧吏某，乃数日前死者，舆前叩首，称："某母老家贫，殡不能归，书室字纸篓乱纸堆中有银三十两，乞检付其家人。又某吏曾用银三百两，以相好故无券无利，今将不还，求饬其速行归结。"时先生忽忆递折误矣，吏曰："有人已为奏请病假，无虑也。"先生乃醒。次日，自至吏家，向纸篓检之，果得银三十两。更召某吏至，语以故，某吏大惊，不数日即将前项筹还。

冥冥固不可欺，非先生之仁心为质，亦不能整暇周至若斯也。先生由外台扬历开府皖中，每为人述前事如此。

【译文】江西鄱阳的胡克家先生（字果泉，乾隆四十五年进士，官至江苏巡抚），是我父亲参加乾隆六十年（1795）乙卯科会试时的阅卷官，试卷得到他的推荐但最后未被录取，他待我父亲特别好。起初朝廷打算将他分派到福建担任道府官员，因此二人相约一起离开京城，认为这样可以顺道回老家探亲。不久胡先生被外放出任广东惠潮嘉道，于是就叮嘱我父亲留在京城夏课（应试举子落第后寄居京师过夏，课读为文，谓之“夏课”），不用出京了。

胡先生在刑部任职时，始终坚持仁厚宽容的原则，不肯有丝毫的私心。被授予道员后，入朝觐见谢恩那天，凌晨就起床了，时间还早，就坐着小睡一会儿，梦见一名差役前来请他去官署。胡先生说：“马上就要进宫了，来不及去。”差役说：“一去一回，时间很快，耽误不了事情。”于是就命人准备马车，差役回答说已经准备好了。不知不觉就跟着出了门，上车飞速奔驰而去。经过一道门，颜色漆黑却有光；再进一道门，发现里面就是一座宽敞明亮的绿瓦大殿了。进去之后看到里面坐着三个人，看见胡先生来了，都站起来拱手行礼，胡先生也上前作揖。台阶下跪着一个人，两臀都溃烂了。坐在上首的人说：“这个人因为正值暑期所以应该暂缓执行杖刑，他控诉说自己没有得到缓刑而是直接被执行杖刑了，因伤势过重，伤口溃烂而死，是不是这样呢？”胡先生回答说：“他的杖刑是我按照法律规定判定的，但是执行杖刑时我已经请病假了，所以不知道情况。”坐着的那人就检查了一下簿册，发现胡先生当时果然是在病假中。又有一个人手捧自己的头颅上前，说按照自己的罪行应该判处缓决（已判死刑的犯人，经处决宣告后，依据特定情形，在一定期限内，暂缓处决），可是却被错判为情实（清代死刑判决的一种，谓认定罪行属实，将付诸执行，与缓决对言）。胡先生回答道："斩首缓决是我判定的，但是情实则是刑部长官改判的。"于是坐在上首的人就命人安排座位，请胡先生坐下，并说了些好话来勉励安慰他。胡先生出来后，仍然上车回去了。

回去的路上遇到了一名以前的属吏，原来是前几天去世的人，在车前磕头，说道："我母亲年迈，家中贫穷，我的灵柩无法运回老家。我书房的字纸篓乱纸堆中有三十两银子，请您前往找出来并交给我家人。还有，某吏曾经向我借用了三百两银子，因为我们关系好，就没有写欠条也没有要利息，如今他不准备还钱了，求您前去督促他赶快还清。"当时先生忽然想起来要耽误呈递奏折的时间了，属吏回答说："有人已经替您奏请了病假，不用担心。"先生于是就醒了。第二天，他亲自到那名属吏家里，向纸篓里查看，果然发现了三十两银子。又把欠钱的某吏叫过来，告诉他其中的缘故，某吏大惊失色，没几天就把之前的欠款筹集还清了。

冥冥之中固然无法隐瞒任何事情，如果不是先生以仁爱之心作为本色，也不能把各种事情处理得如此严谨周到、从容不迫。先生从地方官历任多职直至担任安徽巡抚，常常像这样给人讲述以往的事情。

3.1.6 陈方伯

江西德化陈东浦方伯（奉兹），初以进士为四川知县。当金川作乱，大兵过境。上宪多委以苦差，公主炮局及修葺兵兴桥路，常居口外山谷间，濒危者屡矣。同僚亦不之恤，上宪更不垂怜也。

有三杂土司者，地当进攻金川之孔道，官兵猝至，三杂长卓尔码，妇人也，疑且伐之，闭门相拒。将校大哗，谓三杂畔矣，宜先攻破之。公疾行，告将军曰："三杂非畔，未知国家意耳，请以单骑往察而谕之。"将军从公策。公至，数语间，卓尔码即散守者，具状上谢，且奉军过甚谨。后得诏，加封"贤顺"。卓尔码谓："惟公能活我，又予我以荣也。"至今铸像事之。公在蜀中二十七年，至是，以军功洊擢至江苏布政使。

【译文】江西德化的陈东浦布政使（陈奉兹，字时若，号东浦），作为乾隆二十五年（1760）庚辰科进士，初任四川阆中、蓬山等地知县，擢茂州知州。当时正值金川土司叛乱，大军从陈公所辖州县境内经过。上级部门总是把苦差事委派给陈公，陈公负责炮局事务以及修缮行军打仗需要经过的桥梁、道路，经常夜晚住宿在关口之外的荒山野岭之间，多次濒临危险。同僚们也不体恤他，上级官员就更不加怜悯了。

当地有个三杂谷土司，所辖的区域正好处于进攻金川的要道上，官军突然到来，三杂谷的首领卓尔码，是个妇女，怀疑官军要讨伐他们三杂谷，便关上大门，拒绝让官军进入。军中的将士一阵哗然，纷纷传说三杂谷已经叛变了，应当首先将此地攻下。陈公闻讯飞速赶来，向将军禀告说："三杂谷不是反叛，他们只是不知道国家的用意而已，请让我独自一人骑马前去察看并向他们解释清楚。"将军听从了陈公的建议。陈公到三杂谷之后，三言两语之间，卓尔码就命令把守的人散开让路，将实际情况写成文书上奏朝廷表示谢罪，并且恭谨地迎送官军过境。后来卓尔码接到皇帝诏书，赏加封号“贤顺”。卓尔码说：“只有陈公您能救我，又给予我荣耀啊！”到现在还给陈公铸了雕像来供奉纪念。陈公在四川为官二十七年，到现在，凭借军功累升至江苏布政使。

3.1.7 孙观察

孙伯渊先生（星衍），耿介自持，不随流俗。以一甲进士，授编修。时和珅当国，一时英俊，多屈收门下。公硁硁（kēng kēng）自守，独不相往来，和衔之。公散馆，试《厉志赋》，用《史记》“匔匔（gōng gōng）如畏”语；和指为别字，抑置二等，以部员改用。故事，一甲进士散部，或奏请留馆。时和方掌院事，欲公至面商，公卒不往，曰：“吾宁可得上所改官，不受人惠也。”又由编修改官可得员外郎，前此吾闽吴文焕有成案。或谓：“君但往一见，即可仿办。”公曰：“主事终擢员外，何必汲汲求人。”自是，编修改主事遂为成例。

补刑部直隶司主事，时领部务相国阿文成公、大司寇胡庄敏公皆刮目相待，派入总办秋审处。同人皆目君为书呆，不相浃洽，惟同年张鞠园（祥云）素与公以古学相切劘（mó），既同官相得，而议狱多龃龉（jǔ yǔ）。鞠园主精明，公主仁恕，往往依古义以求平，多所全活，为长贰所爱敬。久之，同人亦渐无后言。

是年，伊墨卿先生新入部，其尊人云林光禄饬之曰：“治狱最难，吾愿汝法伯渊可耳。”公自改官后仅六年，即由京察出为兖沂曹道，权臬事七越月，平反至数十百条，活死罪诬服者十余案。亦不以之罪县官，曰：“县官岂能尽明刑律，皆幕僚误之也。”

解组后，侨寓白门，专以揄扬后进为事，座客恒满，人目为陈太邱。尝与人论一前辈，云：“彼之不爱才，毕竟自家才识有限耳。”时服为名言。近相传其身后主管栖霞山。聪明正直，宜其为神。可以理信之矣。

【译文】孙伯渊先生（孙星衍），为人正直不阿，廉洁自持，不与人同流合污。作为乾隆五十二年（1787）丁未科一甲第二名进士（榜眼），被授予翰林院编修。当时正值和珅执掌朝政，一时间的优秀人才很多都屈服于和珅，被他收入门下。然而，孙先生始终很坦然地安分守己、坚持节操，唯独不与和珅来往，和珅因此对他怀恨在心。孙先生在翰林院三年期满考试的时候，考试题目是《厉志赋》，孙先生在自己的文章中引用了《史记》中的“匑匑如畏”这句话（语出《史记·鲁周公世家》：“北面就臣位，匑匑如畏然。”）；和珅指出其中的“匑匑”是错别字，将孙先生的排名压低到第二等，只能改任为部员职务。按照惯例，一甲进士散馆后可以分派到各部任职，也可以经奏请皇帝批准留任翰林院。当时和珅正兼任翰林院掌院学士，想要让孙公来到自己面前商议。孙公始终不肯去，并且说：“我宁愿经皇上批准被改任为部员，也不愿意接受别人的恩惠。”还有一种办法，就是由翰林院编修也可以改任为六部员外郎的职务，之前我们福建的吴文焕就是这样。有人对孙先生说：“您只要前去与和珅见个面，就可以仿照这种先例来办理”。孙先生说：“反正主事早晚可以被提拔为员外郎，何必急切地去求人呢？”从此之后，翰林院编修期满改任为六部主事就成了惯例。

孙先生就被补授为刑部直隶司主事，当时主持刑部事务的是相国阿文成公（阿桂）、刑部尚书胡庄敏公（胡季堂），他们都对孙先生刮目相看，将他分派到总办秋审处工作。同事都把孙先生当成书呆子，相处并不融洽，只有同科进士张鞠园先生（张祥云）平时和孙先生一起以古学相互切磋修正。他们二人虽然作为同事相处得很好，但是断案时常常意见不合。张鞠园主张精细明察，孙公主张仁爱宽恕，往往依照古代的义理来争取更加公允的结果，在他手中获得一条生路的人有很多，受到了尚书、侍郎的喜爱敬重。久而久之，同事们也渐渐不再说什么闲话了。

这一年，伊墨卿先生（伊秉绶）刚刚进入刑部，他的父亲云林光禄（伊朝栋，初名恒瓒，字用侯,号云林，官至光禄寺卿）告诫他说：“审理案件最不容易，我只希望你效法孙伯渊就可以了。”孙先生自从改官后，仅仅过了六年，就通过京察（旧时定期考核京城官吏的制度，清代三年一次）考绩合格后外放地方出任山东兖沂曹道，兼任署理按察使职务，短短七个月就平反了几十上百条冤假错案，使十多名被屈打成招、无辜而服罪的死刑犯得以活命。孙先生也没有因此怪罪县官，他说：“县官哪里能够掌握所有的刑律呢，都是那些幕僚误导了他们。”

孙先生辞官后，客居在南京，专门称扬引进后辈的人才，家里总是宾客满座，当时的人把他视为陈太丘（陈寔，字仲躬，东汉名士，以清高有德、礼贤下士著称，曾任太丘长，故称）。孙先生曾经和别人谈论一位前辈，说道：“他不爱惜人才，毕竟是因为他自己的才智器识有限罢了。”当时的人对这话很佩服并视为至理名言。最近有人传说他死后成为主管栖霞山的神明。以孙公的聪明正直，成为神明是当之无愧的。 从理上来说，这个说法是绝对值得相信的。

3.1.8 黄封翁

嘉善黄南薰封翁（凯钧），霁青太守之父也。少攻帖括，甫冠而孤，度不能自存，乃弃去课，治农亩。今《友渔斋诗集》有咏农器诗十余首，每首一器，并详为之注。使不耕而食者读之，可以知农功辛苦、稼穑艰难焉。

嘉庆甲子，浙西大水，禾稼淹没，米价骤腾，县官行平粜（tiào）政，众多避匿。翁独以身倡，大暑烈日，持盖步行，按户之上下，罔有漏失，所全活甚多。尝以屋旁隙地假人，后久假不归，且反唇焉。翁笑置不问。又买邻人之屋，而其屋先已赁人为店，翁虑其他徙失利，垂立券而毁之，让为店者。其好行其德如此。

未几，霁青入翰林，掌文枋（bǐng），历郡守。里人以为封翁仁厚之报云。

【译文】浙江嘉善的黄南薰封翁（黄凯钧），是黄霁青知府（黄安涛）的父亲。黄封翁少年时期致力于学习科举应试文章，刚刚成年就失去了父亲，料想不能维持生计，于是就放弃了读书科举之路，改业去种田。在他所著的《友渔斋诗集》中，有十几首专门歌咏农具的诗，每首描写一种农具，并且详细作了注释。让那些不用耕作就吃上饭的人读了之后，可以知道农事劳作的辛苦和艰难。

嘉庆九年（1804）甲子，浙西地区发大水，庄稼被淹没，米价突然上涨，县官下令实施平价出售粮食的政策，众人大多因为不赚钱纷纷躲避，把粮食囤积起来。唯独黄封翁带头倡议，正值炎热的夏季，烈日当头，他顶着伞盖步行街头，挨家挨户按照实际情况给予周济，不漏一户，因此得以存活的人有很多。黄封翁曾经把自己屋子旁边的一片空地借给别人，后来那人不但长期借用不还，反而恶语相向。黄封翁一笑了之，不再过问。还有一次，购买邻居的屋子，可是这屋子之前已经租给了别人开店，封翁考虑到店家如果搬到别处生意可能会受损，正要订立字据就放弃了，将屋子让给了那个开店的人。黄封翁就是这样喜欢施德于人。

不久后，儿子黄霁青进入翰林院，执掌评定文章、考选文士的权柄，历官知府。乡里人都认为这是黄封翁仁爱厚道的德行带来的善报。

3.1.9 彭咏莪宗丞述二事

彭咏莪宗丞云：吴中乡饮大宾彭惕斋讳正乾者，芝庭尚书之封翁也。尝因造屋，闻有碍东邻风水，命匠人断柱木，各短三尺，其屋甚卑，不称巨室。里中人称其盛德。后膺一品封，夫妇皆跻上寿。阅数十年，而东邻之屋尽入于彭，为其子孙所分居矣。

又云：吴中朱广文应潮之父，名宏基者，居枫桥贸易。尝有偷儿入其室，视之，则邻舍某也。其人惧执，跪而求免。朱出白金十两给之，曰："持此，自觅生计，毋再作贼也。"其人竟改恶从善，朱亦终不言其姓名。后应潮于乾隆乙卯试顺天乡闱，房官已掷其卷矣，恍惚梦一人云："请再看。"房官觉，勉强覆看，仍不惬意，掷卷就寝。忽有人推其床，曰："起，起，再看。”即惊醒，随取卷加圈。次日，呈荐主司，即取中。后官桐城教谕。

【译文】宗人府丞彭咏莪先生（彭蕴章）说：苏州有一位乡饮大宾（乡饮酒礼的宾介，是由乡里举荐、皇帝恩准的德高望重、齿德俱优的贤能之人，为旧时耆老乡绅之殊荣）彭惕斋先生，名叫彭正乾（字存诚，号惕斋，状元彭定求次子），就是彭芝庭尚书（彭启丰）的父亲。曾经有一次建造房屋，因为听说房屋太高会妨碍东边邻居的风水，就命令工匠把木柱锯掉一截，各自短了三尺，所以他家的房屋看上去特别低矮，和大户人家不相称。乡里的人因此都称赞他的厚德。后来荣膺一品封典，夫妻二人都活到高寿。几十年过去了，东边邻居的屋子都被彭家买下了，分给子孙居住。

又说：苏州的朱应潮广文（明清时教授、教谕等教官别称广文），是苏州人，他的父亲名叫朱宏基，居住在枫桥做生意。曾经有一个小偷闯进他家，仔细一看，原来是隔壁某邻居。那人怕被抓到官府，就跪下求饶。朱宏基拿出十两白银给了他，说道：“拿着这个，自己去寻个生计，不要再做贼了。”那人竟然自此以后改恶从善，朱宏基也始终没有说出那人的姓名。后来儿子朱应潮参加乾隆六十年（1795）乙卯科顺天乡试，阅卷官已经把他的试卷丢在一边了，恍惚之间梦见一个人说：“请您再看看他的试卷。”阅卷官醒来，不情愿地又看了一遍，还是觉得不满意，把试卷丢在一边又睡了。忽然感到有人推了推他的床，说：“起来，起来，再看看。”阅卷官一惊而醒，然后把试卷拿过来批改圈点。第二天，把这份试卷推荐给主考官，就被录取中榜了。后来朱应潮官至安徽桐城县儒学教谕。

3.1.10 回煞

姚伯昂先生《竹叶亭杂记》云：凡人死后有回煞之说，北方谓之出殃。闻友人常云麾言：地安门外某家，有新死者，延阴阳生检出殃日。生检查，告以期，且曰："此殃大异于寻常，必为大厉，合家徙避，仍恐不免于祟。唯有某鸦番乌克神（即看街兵之称）胆大能敌，当邀至家以御之。"其家甚恐，至日，奔访某鸦番乌克神，邀之酒食，食毕，告以故。某亦素负其胆，不肯辞。至夜，闻棺盖作声，视之，则盖已离开，棺中人欲起矣。急跃棺上，力按之，相持竟夜，闻鸡鸣，棺中人始帖然。某仍合其棺。及其家人至，问夜来情景，某不言，但以无事答之而归。

其家乃以无事告阴阳生，生愕然，曰："吾前检日误矣。其实殃之归，正在今日耳。然其厉不可言状矣，欲御之，仍非某不可。"其家复至某处，求其再来。某心欲却，而恐失胆大名；欲去，恐力不敌。姑应之，而心自疑虑。偶至街前，见一测字者，卒然问曰："尔有何心事，当告我，可为筹之。"某怪其无因而先知，乃告之故，测字者曰："鬼甚厉尔，将不敌，我有爆竹三枚相赠，但至事急时，放一枚，三放可无事矣。然不可在屋中，当登屋以俟。"某如测字者所指。

及夜半，棺盖裂声甚猛，果不似前夜。盖方裂而尸已出，四望无人，即出院中。复四望，见某在屋上，跃而登，将及矣，某放一炮，应声而倒。少顷，复起。如是者三，炮尽而鸡鸣，尸不复起矣。其家人至，备悉其状，舁（yú）尸复殡。

往告阴阳生，生已暴死，身若火燃者，硝磺气犹未散也。其人大骇。后询知此生素恨某，欲因此杀之，且以神其术也。夫欲图人而使亡者先受暴露之苦，冥中自不能恕之，其为火所毙，固天道宜然。此等术士之能为祸，亦复可惧。测字者不问先知，是亦可疑矣。

【译文】姚伯昂先生（姚元之）所著的《竹叶亭杂记》一书中记载：相传凡人死后有回煞（人死后若干日，其灵魂回家一次）的说法，在北方被称为“出殃”。听朋友常云麾说：京城地安门外的某户人家，家中刚刚有人过世，邀请阴阳生（元代设阴阳学，教授星命、占卜、相宅、相墓诸数术，学习这种课业的称为阴阳生，后成为丧葬星士的专称）推算出殃的日期。阴阳生经过推算考查，告诉他们日期，并且说：“这次的出殃和以往大不相同，一定是大恶鬼，你们全家搬家躲避恐怕都免不了被祸害。只有某个鸦番乌克神（就是看街兵的名称）胆大可以与之抗衡，你们应该把他邀请到家里来抵御。”那家人特别害怕，到了那天，就奔走前去拜访那个鸦番乌克神，邀请他来家，用好酒好菜来招待，吃完后，把其中的缘故告诉他。某人平素就自负胆大，没有推辞。到了夜里，听到棺材盖有动静，一看，棺材盖已经被打开，棺材里的人想要站起来。某人赶紧跳上棺材盖，用力按住，和厉鬼相互对峙抗衡了一整夜，听见鸡叫后，棺材里的人才开始消停下来。某人仍然把棺材盖合上。等到那一家人来了，问起夜里的情况，某人没有明说，只是告诉他们没什么事就走了。

那家人就跟阴阳生说什么事也没发生，阴阳生很惊讶，说：“我上次推算的日期错了。其实回煞之夜，正是在今天啊。然而其中的厉害都没有办法描述，想要抵御，还是得请那位鸦番乌克神不可。”那家人又去了某人那里，请求他再来一趟。某人心中不免犹豫，如果拒绝的话，恐怕失去了胆大的名声；如果要去的话，又恐怕自己的力量无法抵挡。姑且还是答应了，但是心里还是犯嘀咕。偶然走到街上，看见一个测字先生，突然问他：“你有什么心事，可以告诉我，我来帮你想办法。”某人奇怪他平白无故就知道自己有心事，于是就把其中的缘故告诉了测字先生，测字先生说：“这个恶鬼非常厉害，你可能对付不了，我这里有三枚爆竹送给你，只要到了事情紧急之时，就燃放一枚，三枚放完后就没事了。但是你不能在屋里，应当登上房顶等待。”某人按照算命先生的指点去做了。

到了半夜，棺材盖裂开的响声更加剧烈，果然不同于前一天晚上。棺材盖刚刚裂开，尸体已经出来了，那尸鬼四下张望看到屋里没人，就走到了院子里。又向四周张望，看见某人在屋顶上，就往屋顶上跳，眼看就要到跟前，某人急忙放了一枚爆竹，那尸鬼应声倒地。不一会儿，就又爬起来了。像这样来回三次后，鞭炮放完，鸡已经叫了，尸鬼就再起不来了。等到那家人来了后，某人详细地把前后经过讲给他们，那家人抬起尸体又放进棺材等待下葬。

那家人前去向阴阳生报告情况，而阴阳生已经突然死了，身体像是被火烧了，硝磺的气味还没完全消散。那家人非常惊骇。后来经打听才知道这个阴阳生一向仇恨某鸦番乌克神，想要趁此机会害死他，同时来显示自己法术高明。他企图谋害人命而使亡人遭受遗体暴露之苦，冥冥之中自然不能饶恕他，他被火烧死了，天道本就应该如此。这一类的术士能够制造祸端，也确实很可怕。那位测字先生不经询问就能提前知道还未发生的事，这也是很奇怪的。

3.1.11 嗣子起家

卓海帆阁老云：闻吴中某封翁者，五岁时为伯父嗣，后嗣父宠婢连生五子，遂憎厌封翁。庶出子居长者，更狡险，娶妻某氏，尤极凶悍阴毒。日事谗构封翁，事事掣肘，隐忍顺受者数十年。家本殷富，析箸时，诸弟俱拥厚赀，封翁所得不及每股之半。家渐落，封翁素节俭，生平不妄用一钱。嗣父没后，诸弟益肆淫荡，禁之不止，遂觅屋异居。后诸弟与人构讼累年，已耗其家赀之半。长者夫妇俱暴卒，子四人连夭其三，其余亦死丧叠见，生计萧然。而封翁两子俱登科第，官清要，夫妇齐眉，孙曾林立。知其事者，咸啧啧于天道之不爽也。

【译文】卓海帆阁老（卓秉恬，字静远，号海帆，四川人，官至武英殿大学士）说：听说苏州有一位封翁（因子孙显贵而受封典的人），五岁时过继给了伯父为嗣子，后来嗣父宠幸婢女一连生了五个儿子，于是开始讨厌封翁。婢妾所生的那个大儿子更是阴险狡诈，娶妻某氏，尤其凶悍阴毒。每天想着谗言构陷封翁，事事刁难扯后腿，封翁就这样默默忍受了几十年。家境本来殷实富足，分家的时候，弟弟们都得到了不菲的家产，而封翁分到的家产还不到每个弟弟家的一半。家道渐渐败落，而封翁一向生活节俭，平生从来不乱花一文钱。嗣父去世后，几个弟弟更加肆无忌惮地淫乱放荡，无法制止他们，于是就找了房子分开另住。后来几个弟弟和别人长年累月互相构陷诉讼，已经消耗了家产的一半。最大的那个弟弟夫妻二人都暴病而死，他们的四个儿子也连续夭折了三个；其他几个弟弟家里也是死丧之事接连不断，生计萧条。然而封翁的两个儿子都科举登第，担任清高显要的官职，夫妻白头偕老，子孙众多。知道这件事的人都啧啧称奇，感叹天道循环，果报不爽。

3.1.12 四美

卓阁老又云：道光乙酉冬，余在京，闻江南乡试二场，有题诗卷面者，系七律一首，后四句云："薄采慈姑吟怨句，漫煎益母治相思。临行互剪罗衫袖，珍重啼痕好护持。"末书"寒九王复题"，盖坐"寒"字九号也。是科闱中有两王复，一安徽人，一江苏人。后乙未岁，余以阁学典江南试，得一卷，已定前列，因诗结联用"四美"两字，嫌其不甚庄重，遂斥之。及拆弥封，阅其名，乃王复也。

【译文】卓海帆阁老（卓秉恬）又说：道光五年（1825）乙酉冬天，我在京城，听说江南乡试考第二场时，有一名考生在卷面上题诗，是一首七律，诗的后四句写道："薄采慈姑吟怨句，漫煎益母治相思。临行互剪罗衫袖，珍重啼痕好护持。"后面落款"寒九王复题"，原来他是坐在"寒"字第九号考场。这一次乡试中有两名叫王复的考生，一个是安徽人，一个是江苏人。后来，道光十五年（1835）乙未，我以内阁学士的身份主持江南乡试，发现一份优秀试卷，本来打算排在靠前的名次，又因为试卷中一首律诗的尾联用了"四美"两个字，我嫌弃这种写法不够庄重，于是就将这份试卷摈斥了。等到拆开密封条，一看名字，居然就是王复。

3.1.13 江山巨族

江山县绅户，近日以王家为最盛。相传其先人某，居北门外，只有茅房一间，为其祖业。一日早起，打扫茅屋，见有小包裹一个，检视之，内有五十金，知为过客所遗，坚坐门首待之。俄有一人踉跄号哭而来，诘其故，则即遗金者。自述："金系假贷而来，缘其戚为人诬扳入狱，拟以此金分赂守者，始得释。今不得金，则某戚行将毙狱，其妻与子皆无以自存，我无以对某戚，又何敢独活？此金实关系四命，故如此仓惶耳。"语毕，复哭。某即出前物，还之。其人详询姓名，拜谢而去。逾年，某葬亲。届期，扶柩而行，距穴地仅半里许，适大雷雨，水暴涨，柩不得前，即安放于中途隙地。而雨愈暴，水愈大，走视坟穴，已被水冲破，不堪葬。不得已，即就隙地累土成坟。逾年，其家骤起，入泮宫、登乡荐者接踵而来。佥以为某还金之报，今已成城中巨族矣。

【译文】浙江江山县的大户人家之中，近年来以王家最为兴盛。相传他家的一位先人某老先生，居住在北门外，只有一间茅草房，是祖上留下的家业。一天早起，打扫茅屋时，发现一个小包裹，打开一看，里面有五十两银子，知道这是过路的客人遗失的，坚持坐在门口等待失主回来。不一会儿，果然有一个人跌跌撞撞地号哭着跑来，询问他缘故，就是那个丢失银子的人。他自己说道："这些银子都是我借贷来的，原因是我的一个亲戚被人诬陷进了监狱，想要用这些钱来分别贿赂看守的人，才能得到释放。今天要是丢失了银子，那么我那亲戚势必要死在监狱里，那他的妻子和孩子也活不下去，我也没有办法面对我的亲戚，又怎么能独自苟活呢？所以这笔钱实在是关系到四条人命，因此才这么急迫慌张啊。”说完之后，又哭了。王老先生就把之前捡到的包裹拿出来，还给了他。那人详细询问了老先生的姓名，拜谢之后就离开了。一年后，王老先生择日安葬亲人。到了预定的日子，护送灵柩往前走，距离墓地只有半里远的时候，忽然雷雨大作，水位暴涨，灵柩不能前行，就安放在了半路上的一处空地。而雨越下越大，水也越积越多，王老先生走到墓穴处查看，发现墓穴已经被雨水冲破了，没办法下葬。没办法，只好就在那块空地上堆土成坟。又过了一年，他们家突然发达起来，子孙中入学成为生员、乡试考中举人的接连不断。大家都说这是王老先生拾金不昧带来的善报，如今他们家已经成为城中的豪门大族了。

3.1.14 某廉访

楚南按察使某，浙人也。以善理苗功，由同知洊擢至廉访，加二品衔，并戴花翎，骎骎（qīn qīn）开府矣。明白有才干，省中事听其主持。

会粮道出缺，有候补道某应补，抚军与廉访商，不之与。某道饮恨。廉访平苗时，有苗田若干顷，名为充兵饷，实则廉访主之，每年至苗地一次，号称巡查，其实收租而已。某道知之详，常向人言，欲发之。廉访大恐，思先陷之。某道前曾署岳常澧道，鞫小钱一案，有苞苴（jū）。廉访欲实之，而无左证，乃使人以贿诱钱主之妇，得其实，飞章劾之。得旨，褫某道职，严讯。廉访主其事。某道初上公堂，犹以廉访有同僚谊，痛哭诉求。廉访大怒，以为咆哮公堂，令加刑具。及送之狱，又对某道惋惜嗟叹，如旧寅好，被以己之褐，坐以己之肩舆而出。盖虑人议其加刑具而故掩饰之也。及某道入狱，则复令狱吏严禁，不与人通，若系大盗者。狱成，以赃私律论绞。

无何，廉访入觐，旋楚，宿汝州旅店。入座，命仆送茶二瓯。其仆怪之，旋闻室内诘辨声，乃主人与某道辨论，但闻其声，不见其人。及返署，甫入室，惊曰："某道台胡为乎来哉？"旋见某道击其背，疽发而死。廉访奸险极矣，死有余辜。然某道之轻言招祸，亦足戒也。

【译文】湖南按察使某人，是浙江人。因为善于治理苗民有功，从同知逐步提拔到按察使，加二品头衔，并赏戴花翎，眼看很快就要升任总督、巡抚。此人聪明有才干，省里的事都听凭他来主持。

当时督粮道一职空缺出来，一名候补道员申请补缺，巡抚和某按察使商议，没有同意这名道员的请求。道员因此怀恨在心。按察使平定苗民叛乱的时候，没收了苗民的田地若干顷，名义上是充作军饷，实际上是由按察使自己来经营管理，他每年都要去苗地一次，号称是巡查，其实是去收田租而已。那名道员知道其中的详情，常常向别人说起，想要揭发他。按察使极为惶恐，寻思着得抢先一步陷害道员。道员之前曾经署理岳常澧道，在审理一桩私铸小钱的案子时，有收受贿赂的行为。按察使想要坐实这件事，却又没有确凿的证据，于是就命人贿赂买通私铸小钱者的妻子，掌握到了其中的实情，紧急上奏弹劾道员。接到圣旨，革去候补道员的官职，严加审讯。即由某按察使负责审讯道员的工作。那道员刚上公堂的时候，还以为按察使会念及同僚的情谊，痛哭流涕陈诉冤情。按察使十分愤怒，认为他是咆哮公堂，命令衙役施加刑具。等到送道员入狱的过程中，按察使又对道员不停地惋惜感叹，如同有老交情的同僚，把自己的衣服披在他身上，把自己的轿子让给他乘坐。其实是担心别人非议他动用刑罚，而故意掩人耳目的。等到道员进了监狱，就又命令狱吏严加看管，不许别人探监，好像对待凶悍的强盗一般。最终案件被坐实，道员被以贪赃徇私的罪名判处了绞刑。

不久后，按察使进京朝见皇帝，返回湖南的路上，寄宿在河南汝州的旅店。坐定后，命令仆人端两杯茶上来。他的仆人感到很奇怪，随即听到屋内有相互质问争辩的声音，原来是主人和某道员在辩论，只听到说话的声音，看不到人影。等回到按察使衙门时，刚一进屋，就吃惊地说："某道员来干什么？"接着看到某道员击打他的后背，然后就患上了背疽而死。某按察使奸诈阴险至极，一死不能抵偿他的罪恶。然而某道员言语不慎招来灾祸，也值得人们引以为戒。

3.1.15 某太守

道光间，有某太守，以刑名起家。初以同知分发来闽，洊擢太守，小有才，为制府所倚任，虽补有本缺，实经年在省审案也。而招摇恐吓，声势甚张，省中官无不侧目者。台湾戕官一案，制府命随往，获犯百六十余人。制府初欲分别办理，某曰："台湾民情浮动，此案犯若不死，恐难安静。且系大人所核之案，将来此辈有事，恐大人亦难辞咎也。"于是尽斩之。

及内渡，甫登舟，某见鬼无数攀其舟，舟将覆，急登制府舟，乃免。时史望之大司寇督闽学，深恶之，绝不假以词色。及贺耦耕先生奉命为闽藩，亦熟闻某之名；贺履任后，某请私谒，乃不礼之。某怒甚，归，掷其帽，曰："不官矣。"是日，首府因某未入署审案，遣人要之，某辞以疾。其徒有以军功候补通判某及候补县丞某，同往视之，见某通判曰："台湾之案，后三四十人皆汝等定谳（yàn），今皆到我处厮闹，室几不能容矣。"二人疑其病狂也，无语而退。次晨，探之，死矣。

是案固尽当置法，而制府有分别一念，未始不可于死中求生，因某一言，皆为无头之鬼，其恨之也宜哉！

按：乙未年，贺耦耕先生与家大人同被召复出，贺先到京，即授闽藩。家大人北上，于天津舟次相遇。贺详询闽省吏治，且曰："我素知福建有两郡丞，一时派，一龌龊（wò chuò）。"时派指陆莱臧，龌龊则指某也。然则贺之精明洞察，某即不死，其何以自容哉？

又按：此条余闻于福州同时诸当事，嗣阅姚伯昂先生《竹叶亭杂记》，所载略同。是非之公，知不能关众口也。

【译文】道光年间，有一位某知府，凭借刑名之学出仕为官。起初以同知的官衔被分派来到福建，逐步升任知府，小有才干，被总督大人所倚重信任，虽然补授了实职，但实际上长期在省里帮忙审理案件。此人为人张扬跋扈，仗势恐吓他人，声势非常嚣张，省里的官员都不敢正眼看他。台湾府发生了乱民杀害官员的案件，总督命他随同前往处理，抓获了嫌犯一百六十多人。总督起初打算根据情节轻重分别处理，某知府说："台湾人心浮动，这些案犯如果不处死，恐怕难以平静稳定。而且这是大人您亲自经办核查的案件，将来这些人如果闹事，恐怕您也难辞其咎。”于是将一百六十多人全部处斩。

等要渡过海峡回内地的时候，刚上船，某知府就看见了无数的鬼魂在攀爬他的船，眼看船就要倾覆，急忙登上了总督的船，才得以幸免于难。当时刑部尚书史望之先生（史致俨）提督福建学政，特别厌恶他，不给他一点好脸色。等贺耦耕先生（贺长龄）奉命担任福建布政使时，也经常听说某知府的恶名；贺先生到任后，某知府请求私下拜见，贺先生不理他。某知府非常愤怒，回去之后，把帽子一扔，说：“这官不当了！”当天，首府福州知府因为没看见他来衙门审理案件，就派人去邀请他，某知府以生病为借口推辞。他的伙伴中有一个凭借军功授职的候补通判某人和候补县丞某人，两人一同前往探视，某知府看到通判，对他说：“台湾的案子，排在后面的那三四十人都是你们判决定罪的，现在他们都到我这里来吵闹，房间都快容不下他们了。”两人都怀疑他已经得了疯病，就默默退出去了。第二天早晨，再去探望的时候，发现他已经死了。

这个案子论罪固然应当将犯人就地正法，可是总督大人既然有了区分处理的想法，那么未尝不能使那些原本必死的人求得一线生机，因为某知府一句话，那么多人都成了无头之鬼，也难怪他们对某知府恨之入骨啊！

说明：道光十五年（1835）乙未，贺耦耕先生和我父亲同时被起用复出，贺先生先抵达京城，随即被授予福建布政使，南下赴任。我父亲正在北上赴京途中，二人在天津的船上相遇。贺先生向我父亲详细询问福建的吏治情况，并且说：“我素来知道福建有两个同知，一个贤德正派，一个品行卑劣。”贤德正派的指的是陆莱臧（陆我嵩），品行低劣的则指的是某知府了。既然这样，那么以贺先生的精明洞察，某知府就算不死，又怎么来安身立足呢？

另外，这一条是我听福州当时的几位当事者所说的，后来在阅读姚伯昂先生（姚元之）所著的《竹叶亭杂记》一书时，发现其中也记载了这件事，内容大致相同。由此可知，是非黑白自有公论，想要堵住众人之口是不可能的。

3.1.16 冥中重苦节

吕农部某，道光乙酉举人，丙戌进士。有袁大尹俊，为其乡试同年。春闱前，袁之兄梦一老人，知其为祖也。有客来访，坐，谓其祖曰："有事相商，肯乎？"祖问何事，客曰："肯而后言。"祖曰："必肯。"客曰："令孙今科会试当中，然只得一缺，当中者二人。有吕某，两代苦节，请让之。"其兄闻言，急询客之姓名，欲殴之，客以汤某对。其兄亦久知敦甫尚书名，即不敢殴。祖送客去。

其太夫人素奉神，梦在神前上香，为子求功名。香将上，旁有一少年击堕之而醒。榜发，闻吕某中若干名。母问吕年岁，方二十余，憬然曰："梦中击堕我香者，即此人也。"

及谒，房师告曰："汝卷已为卢总裁弃去，汤总裁极赏识，乃得中，此中岂有缘耶？"袁以己丑成进士，果后一科。冥中之重守节如此。但吕母孀居时年近三十岁，推其祖殁时年方四十余，朝廷例不与旌者，冥中即以苦节称之。甚矣，守节之可贵也！

【译文】户部官员吕某（据汤用中《翼駉稗编》，此处应指吕振麒，榜名振骐，字季英，号缄三），是道光五年（1825）乙酉科顺天乡试举人，道光六年（1826）丙戌科进士。有一位名叫袁俊的知府（袁俊，字素珊，又字叔英，号秋沚，道光九年己丑科进士），和吕某是道光五年（1825）乙酉科乡试同科举人。道光六年，参加礼部会试前，袁知府的哥哥梦见一位老人，心中知道这就是他的祖父。有一位客人来访，坐下后，对他的祖父说："我有事要和您商量，不知您是否愿意？"祖父问他什么事，客人说："你先答应我再说。"祖父说："肯定答应。"客人说："您孙子参加这一次的会试一定会考中，然而只有一个空缺的名额，应当考中的有两个人。有一名姓吕的举子，他的祖母和母亲两代守寡，苦守贞节，想请您把名额让给他。"袁某的哥哥闻听此言，急忙询问客人的姓名，想要殴打他，客人回答说是汤敦甫（汤金钊）。他哥哥也早就知道汤敦甫尚书的大名，也就不敢殴打了。他的祖父送客人离开。

袁知府的母亲太夫人平日信奉神明，一天梦到自己在神像前上香，为儿子祈求功名。点好香正要插上时，旁边有一名少年出手把她手中的香打落在地，母亲一惊而醒。放榜后，听说吕某以第多少名的名次考中了。母亲询问吕某的年龄，听说才二十多岁，于是恍然大悟说："梦中打落我的香的就是这个人啊。"

等到吕某去拜见考官时，阅卷官告诉他说："本来你的试卷已经被卢总裁淘汰掉了，但是汤总裁极为赏识，你这才得以考中，这里面难道有什么特殊的机缘吗？"而袁知府也在道光九年（1829）己丑科考中进士，果然是在下一科。冥冥之中对守节一事竟然如此地看重。然而吕某的母亲开始守寡时不到三十岁，往前推算他的祖父去世时刚刚四十多岁，按照朝廷惯例不符合旌表条件。虽然未获得朝廷表彰，但是冥冥之中仍然对她的苦节极力称赞。可见守节真的是难能可贵啊！

3.1.17 不孝谴重

《竹叶亭杂记》云：卓某，汉军人，以资为太守，分发广东。贷一洪姓财数千两，许其人司阍，随之登舟。一夕，其人登跳板大解，舟子撤板，其人堕水，群趋救之，得不死。卓虑其受寒，以己衣衣之，群谓主人之过厚也。

舟至高邮，小仆及婢在舟中方侍夫人食鸡子，忽闻雷声从空一震，仆、婢皆昏仆。及醒，卓与妻俱死矣。舟子先亦震死，继而苏，乃言："某之堕水，系卓以百金贿我死之也。"言讫，复僵。

或谓洪尚未死，其罚似重。比闻卓夫妇皆不孝。卓旧为佐领，有母在堂，先于本旗册档将己名改窜于伯之夫妻俱殁名下，为异日之无丧地也。将行，向一戚称贷，云为留其母日食资。得财，乃阴作假票与其母而去。始知天谴盖为此不为彼矣。若舟子者，实有贪甲之财，必致乙死之心。苏而复死，亦诛心之罚也。

按，此事记在道光九年间，时余随侍家大人苏州藩署。初传闻至苏，众皆莫测其故，以为未履任之官，何至有此重罚。即负财害命一节，何以夫妇并受其殃。及高邮牧至苏谒见，向家大人言之，历历如绘，皆出诸仆婢之口。乃群喟然曰："此人之死晚矣。"高邮牧之来，为鸠赙（fù）资，故得悉其详。

【译文】《竹叶亭杂记》一书中记载：卓某，汉军旗人，通过捐纳得到了一个知府的官衔，被分派到广东任职。他向一个姓洪的人借贷了几千两银子，答应可以让他做个看门人，就随同他上了船。一天晚上，洪某登上跳板（放在船与岸之间或船与船之间供人走的长板）大便，船夫突然抽掉跳板，洪某落水，众人赶紧上前捞救，洪某得以不死。卓某还担心他受寒，把自己的衣服给他穿上，大家都说卓某作为主人对待下人实在是太好了。

船行驶到江苏扬州府高邮州的时候，小仆和婢女在船上正在服侍卓某的夫人吃鸡蛋，忽然听到空中响起一声炸雷，小仆和奴婢都被震得晕倒在地。等到他们苏醒过来，发现卓某和妻子都被雷电震死了。船夫一开始也被震死了，过了一会儿又苏醒过来，就说道："洪某之所以落水，是因为卓某拿一百两银子贿赂我，让我除掉他。"说完，就又死去了。

有人说，洪某还没被害死，上天对卓某的惩罚似乎过重。近来听说卓某夫妻二人都不孝顺。卓某以前是一名佐领（清代八旗组织基本单位名称，掌管所属户口、田宅、兵籍、诉讼等），有老母亲在堂，卓某提前在本旗的户籍册档案中，私自将自己的名字改动到已故的伯父伯母的名下，是为了将来不用负责母亲的丧葬做打算。卓某临行前，向一个亲戚借钱，说是要留给母亲作为每天的生活费。卓某拿到钱后，居然偷偷地伪造假票给了自己的母亲就走了。才知道卓某遭天谴是因为他不孝的行为，并不完全是因为谋害洪某的事。而像那个船夫，他肯定是有贪图卓某的钱财，一定要置洪某于死地的心思。让他醒过来又死掉，也是为了揭露并惩罚他的恶念。

说明，这件事我记得发生在道光九年（1829）前后，当时我正跟随父亲在苏州的江苏布政使衙门里。这件事刚刚传到苏州的时候，大家听到之后都觉得有些莫名其妙，认为卓某作为一名还未上任的官员，怎么就遭到这么严厉的惩罚呢？即使有谋财害命的事情，那为什么夫妻二人一并遭受灾殃呢？等到高邮州知州来到苏州拜见时，他向我父亲说起这桩事情，讲述得绘声绘色，都是从那些仆人、婢女口中听到的。于是大家纷纷感叹说："这人早就该死了。"高邮州知州这次前来正是想要帮卓某等死者募集一些丧葬费，因此知道其中的详情。

3.1.18 枉杀

嘉庆戊午科，浙江乡试二场之次日，有士子发狂疾，监试蒋观察令供给所李照磨押令出号。狂生自言，本年元旦，梦一京兆人披发泣血，言为其父枉杀，报在子孙，黜其科名，不许应试。今甫脱稿，此鬼即来作祟。言次，跳跃叫号，无所不至。适顾见海宁张令，言："父台救我！"细询之，始知其祖尝为显宦，父现作令直隶。该生学业素优者也。乃带出号舍，饮以米汤，渐就清爽。求复入号，李照磨引至至公堂，为朱倅者所阻。求之至再，始准入，而蒋监试忽大声曰："迟矣。"出示其卷，已书废卷，墨迹犹未干也。遂扶出。次日，主司调取二场卷，殆首场已中式矣。一事枉法，遂致后人不振，为民牧者可不慎哉！

【译文】嘉庆三年（1798）戊午科，浙江乡试第二场考试的第二天，有一名士子发了疯病，监考官蒋道台命令供给所（清代科举考试期间所设临时机构，掌供给试场中所需一切食品、饮料、灯火、杂物等事宜）的照磨官李某（照磨，官名，元代以后设置的掌管宗卷、钱谷的属吏，清代提刑按察使司、各府都置照磨，从九品）

将他押出号舍。据这名发疯的考生自己说，今年正月初一，梦到一个来自京城的人，披头散发，哭到流血，说是被考生的父亲冤枉害死的，要报应在其子孙的身上，要剥夺考生的功名，不许他参加考试。现在刚刚写完试卷，那个冤鬼就来作祟了。这名考生言谈之间，还在不停地手舞足蹈、大喊大叫，各种怪异的行为举止都有。该名考生正好一回头看到了海宁张县令，就说道："父母官救我！"经仔细询问，原来这名考生的祖父曾经做过大官，他父亲现在在直隶省做县令。这名考生学业一向非常优秀。于是把他带出号舍，给他喝了一些米汤，渐渐清醒过来。他请求再回到号舍继续考试，李照磨就把他带到了至公堂（科举时代试院中的大堂），被副官朱某拦住。反复恳求，这才放他进去，但是监考官蒋道台忽然大声说道："晚了！"把他的试卷拿出来给他看，原来已经被写上了"废卷"二字，墨迹还没干。于是又扶他出去了。第二天，主考官想要调取该考生第二场的试卷，原来他第一场的试卷已经被取中了。就因为在一件事上歪曲了法律，导致后人不能出头，治理百姓的地方官怎能不谨慎呢！

3.1.19 关帝签

有关中某孝廉，久病不起，日卧床箦（zé）。一日，忽梦关帝告之曰："汝明年中矣，明日即可起身。"诘朝，遽能起。商之母曰："县中水脚银先已领用，奈何？"徐思之，曰："父在日有某人欠银若干，父许其不追矣。今无所出，盍控县追之？"于是呈县理前欠，县为严拘追付。既上公车，放榜，不中，疑之，往前门关帝庙求签，签云"我曾许汝事和谐，谁料修为汝自乖"

等语。大抵神无诳语，所以应中而不中者，即是强追许免之银，为伤天理而结人怨也。

【译文】陕西有一名某举人，长期患病，每天卧床不起。一天，忽然梦到关圣帝君告诉他说："你明年能考中进士，明天就可以动身出发赴京赶考了。"第二天早上，突然就能起床下地了。和母亲商量说："县里发给的赴京应试的路费之前已经领取用掉了，该怎么办呢？"他母亲想了许久，说："你父亲在世的时候，有一个人曾经向我们家借了若干银子，你父亲答应不再向他追偿了。现在既然无处筹钱，何不控告到县衙索回欠款呢？"于是某举人赴县衙呈控追理以前的欠款，县令把欠钱的人拘提到案，严厉审讯，成功追回了欠款。然后得以赴京参加会试，放榜后，发现自己没考中，心中疑惑，就到前门的关帝庙求签，签词中有"我曾许汝事和谐，谁料修为汝自乖"这样的语句。大概神明是不会说假话的，之所以应该考中却没有考中，就是因为他强行追回已经答应免除的欠债，从而伤害了天理、结下了人怨。

3.1.20 满招损

姚伯昂先生曰：王春亭刺史（照）言，某科山西副考官差旋，时本省官出郭送行。向例州县官送主司，去肩舆前及丈，公揖；主司驻舆出阑，众官趋进；辞之，复入舆而行；众官仍前数武，公揖。是时，众官拜揖，某副考但在舆中欠伸而已。有金明府者，副考同年也，愠甚。俟肩舆去远，令人飞奔及之，声称某县请少驻，有禀。某副考不获已，降舆。金明府俟其出舆，乃言向所嘱磨勘卷子已讫，余无他言。副考知其戏也，惭而去。“满招损”，古人诫之。

家大人言：掌教浦城日，有新任某学政入境，时东莱周赓廷邑侯（虎拜），出郭候迎；某学政但于舆中一拱，并不降舆。周大怒，至候馆，不禀谒，声言夫马当照兵部勘牌例给，不能多发一名。学政委巡捕官再三谢过，竟不欢而去。

又有新班援例某巡道入境，所属郡守为李松云先生（尧栋）。于道左候接，亦不降舆。先生大怒，以事锁其门丁，不释。某巡道不久即引疾归。

又言：昔年官河上日，有入觐某将军，舟过淮安，时漕帅为魏爱轩先生（元煜）。入舟相见，辞出，将军只送至舱门口，即退。魏登岸，至舆前，回顾，旁无主人，始爽然若失。即日至袁浦，为孙寄圃节相述之，节相笑曰：“此自君不老气耳，我当有以处之。”翼日，将军至袁浦，节相入舟相见。辞出，直沿跳板登岸，至舆前，回顾，不见将军。立命武巡捕至舟，曰：“我适有要语，忘却交代，请将军登岸一言。”及其将军至舆前，则曰：“并无他语，但于礼君宜送我至此也。”遽登舆去，将军亦嗒（tà）然而退。此皆所谓“侮人者，人恒侮之”也。

【译文】姚伯昂先生（姚元之）说：王春亭知州（王照）曾讲过一件事，有一次山西乡试结束后，某副考官完成任务回京交差，当时山西省的官员出城送行。按照惯例，地方上州县的官员为主考官送行，距离轿子前约一丈远时，众官员同时作揖；然后主考官停住轿子走出轿栏，众官快步上前；主考官向众官告辞，再回到轿子里起轿前行；众官再跟着向前走几步，同时作揖。这个时候，众官作揖行礼，某副考官只是在轿子里身体微微前倾示意而已。有一位金县令，是该副考官的同年（科举时代称同榜或同一年考中者），很是愤怒。等到该副考官的轿子走出去很远了，他派人飞快追上去，当众对副考官报告说，某县县令请他稍作停留，有事情要禀报。某副考官不得已，只好停轿。金县令等他走出轿子，就对他说他之前嘱咐的复核试卷的事情已经完成，没有其他的话。副考官知道这是在戏弄自己，惭愧地离开了。“骄傲自满招致损害”，古人早就告诫过我们了。

我父亲说：在浦城县南浦书院讲学期间，有一位新上任的福建某学政要来浦城，当时的浦城县令是东莱（今山东龙口市）的周赓廷先生（周虎拜），他出城前去等候迎接；某学政只是在车里拱了拱手，没有下车。周赓廷非常愤怒，到了接待的驿馆，也不去拜见，并扬言说夫役车马应当按照兵部核准的定例拨给，不能多发一名。某学政委托巡捕官向周赓廷再三表示歉意，最终还是很不愉快地离开了。

还有一次，有一位按照惯例新近归班授职的某巡道（官名，唐代遣使分道出巡，称分巡某某道；明代各省按察司除按察使外，还有按察副使、按察佥事等，负责巡察州府县的政治、司法等事宜，称分巡道、兵巡道等；清废副使、佥事等官，简称巡道）要来浦城，当时所属的建宁府知府是李松云先生（李尧栋）。李先生在路边等候迎接时，某巡道也没下车。李先生很愤怒，找了个理由把某巡道的看门人关押起来了，不予释放。不久之后，某巡道就告病辞官回乡了。

又说：当年在江南河道（驻江苏淮安清江浦）做官的时候，有一位某将军赴京觐见皇帝，乘船经过淮安，当时漕运总督是魏爱轩先生（魏元煜）。魏先生上船和某将军见面，告辞退出船舱，某将军只送到了船舱门口，就退回去了。魏先生上岸，走到轿子前，回头一看，竟然空无一人，感觉很失落。当天回到清江浦，把今天的遭遇告诉给了孙寄圃节相（孙玉庭，字佳树，号寄圃，山东济宁人，官至体仁阁大学士），孙节相笑着说："这是您自己处事不老到，我自有办法来应对他。"第二天，某将军来到清江浦，孙节相上船见面。告辞出来的时候，直接沿着跳板上了岸，走到轿子前，回头一看，果然没看到某将军出来送行。孙节相立即命令武巡捕上船，转告某将军说："我恰好有要紧的话，刚才忘了交代，还请将军上岸说句话。"等到某将军来到轿子前，孙节相说："其实并没有其他的话，只是按照礼数您应该送我到这里。"孙节相说完就上轿离开了，某将军也懊丧失落地回到船上去了。这些故事都证明了《孟子》中所说的："侮辱别人的人，别人也经常侮辱他。"

第二卷

3.2.1 漳州城隍

福建漳州府城隍神，相传即李许斋方伯(赓芸)，威灵甚显。戴昆禾太守(嘉谷)知漳州时，延刑名友沈小隐，绍兴人，相处数年，极称相得。及戴调福州，要沈同往，沈不可，戴颇愠之。一日，语家人辈曰："沈师爷帮我数年甚好，我待之亦不错。我今调首府，事更烦多，自以相信者同往为放心，乃竟不肯同去，殊为可恼。"有一家人徐答曰："沈师爷不去，主人之福也。"戴愕然，问故，其家人乃以所知得赃枉法数事对。戴密访，不诬。

及启行日，戴潜于书房书一疏，自咎误用匪人，并白其一无所染之情，谒城隍庙焚之。是日，沈尚未移寓也，晡时即病，其家以为虚弱所致，煎高丽参汤饮之，不效。更延漳之名医某诊之，某至，甫及门，遇一人自内出，卒然问曰："汝来医沈某耶？"曰："然。"其人曰："是人不可治，医之若效，尔即不利。"某惶然，熟视不见，某知其不可治，入诊之，不为立方。其妻急欲煎人参饮之，至外室，见三人，一颀而长，二微短。

其长者手执铁索，再视，则以纸为者；其二人一持牌，一持扇，迳入内。其妻急反，而灯骤灭，沈已卒。始恍然所见三人，即闽中所谓“走无常”也。神之不缓须臾如此。

【译文】福建漳州府城隍神，相传就是原福建布政使李许斋先生（李赓芸），威灵甚是显赫。戴昆禾先生（戴嘉谷）在担任漳州知府时，所聘请的主管刑事诉讼工作的幕僚沈小隐，是绍兴人，一起共事多年，相处极为融洽。等到戴昆禾先生调动到福州任职时，邀请沈小隐一同前去，沈小隐不同意去，戴昆禾特别生气。一天，戴昆禾对家里人说：“沈师爷帮我做事这么多年，做得很好，我待他也不错。如今我就要调到省城福州，事务会更加烦多，本来以为他作为我信任的人一同前去可以更加放心，结果他竟然不肯一起去，真是太让人生气了。”有一个家人想了很久回答说：“沈师爷不去，才是主人您的福气啊。”戴昆禾感到惊愕，问他此话怎讲，那个家人就把自己知道的沈师爷贪赃枉法的几件事说了出来。戴昆禾秘密地调查了一番，果然不假。

到起程出发的那天，戴昆禾悄悄地在书房里写了一篇疏文，主要内容是检讨自己错用了坏人，并表白自己没有任何贪赃枉法的情况，写完就到城隍庙拜谒并将疏文焚化。当天，沈某还没搬家，申时（下午三点至五点）就生病了，他的家人还以为是身体虚弱导致的，煎了高丽参汤给他喝，没有效果。又请来了漳州的某位名医来诊断，某医生到了，刚走到门口，遇到一个人从里面出来，突然问他说：“你是来给沈某看病的吗？”医生说：“是的。”那人说：“这人不能救，你要是治好了他，则对你不利。”医生惶恐不安，定睛一看，那人又消失不见了，心里知道这人确实不能救，进门诊断了一下，没有给他开药方。沈师爷的妻子着急想要煎人参给他喝，到了外屋，看见了三个人，其中一个身材修长，另外两个稍微矮一些。高个子的那个人手中拿着铁链子，再一看，原来是用纸做的；另外两个人一个拿着牌子，一个拿着扇子，径直走进屋内。沈师爷的妻子急忙回屋，这时灯突然熄灭，沈某已经死了。这才恍然大悟，刚才看见的那三个人就是福建人所说的“走无常”。城隍神的灵感竟然如此迅速，片刻时间也不拖延。

3.2.2 姚伯昂先生述二事

姚伯昂先生曰：门人汤海秋侍御（鹏）之夫人唐氏，以产难殁。是日，适有摺差回湖南，汤作家书，时迫，草草数行致其外舅，不及叙病之颠末。其外舅乡居，去城远。得书，痛女甚悲，而不得病原。是夕，设乩问焉。少顷，乩动，则女至，言海秋前生为四川绵竹令，渠为幕友，宾主极相得。曾用主人银，将及万，今世应转男子身，以主人之银未还而情未答也，特现女子身以报。今缘尽当死，不可留也。病之原委，叙之特详。此道光甲午年事也。

世谓人世妻子有还账者，有索账者。余因忆前有妹，五岁痘危，呻吟甚哀，数日夜不绝声。张太夫人谓其何不早去，乃大言曰：“尚负八千文，未曾偿清，我即去耶？”先赠光禄公遣余告之曰：“必以此钱为之棺殓，再加千文为焚楮镪（chǔ qiǎng），是宜速去，何茹苦乃尔？”余告之，是夕即死。然则还账索账之说不爽也。

又曰：河南彰德营参将，忘其名，得奇疾，医不知为何病。日惟自语诟詈，若索债者。其属穆守备齐贤有口才，往解之，病者大呼曰："我前世为四川总督，某为总兵，负我万金不偿。物色之数十年，今始迹得之。某负心实甚，不能解也，必索其命。"穆曰："参戎负债不偿，无怪大人之怒，但隔世事，今参戎一贫至此，焉能偿？即索其命去，于大人有何利焉？不如令其备冥镪如数，焚以奉偿，可乎？"病者许诺。乃购冥镪焚之，病者曰："银色太差，平亦太短，不能抵也。"穆乃集赀购金银箔，属众折为锭焚之。病者曰："此次银色大好，惟尚短平若干。"穆请再补，病者曰："不必，君此番亦辛苦，短者即以酬劳。"道谢而去，参戎病亦愈。然则冥镪其可抵真银乎？

【译文】姚伯昂先生（姚元之）说：我的门人汤海秋御史（汤鹏，字海秋，湖南益阳人，道光二年进士，曾官山东道监察御史）的夫人唐氏，因为难产而死。当天正好有专门递送奏折的差役要回湖南，汤海秋就写了一封家书委托他捎回家，时间紧迫，草草写了几行给他的岳父，来不及详细叙述病情的始末。岳父住在乡下，离城市很远。岳父收到书信后，因为女儿的死而感到非常悲痛，只是不知道病情的缘由。这天夜里，扶乩请仙卜问。不一会儿，乩笔动起来，原来是女儿的鬼魂到了，说："海秋前世是四川绵竹县县令，我是他的幕僚，宾主二人相处融洽。我前世曾经借用了主人近一万两银子，今生本应该转世为男子身，但是因为前世借主人的银子还未偿还，恩情还未报答，所以特地转化为女子身来报恩。如今缘分已尽，死期已到，不能久留。"并且把病情的原委，详细地讲述了一遍。这是发生在道光甲午年（1834）的事情。

世人传说人世间的妻子、儿女有的是来还债的，有的是来讨债的。我因此回忆起之前有个妹妹，五岁时患了痘疹，病情危重，因痛苦而呻吟，一连几天几夜都不停。母亲张太夫人对她说为什么不早点走，妹妹大声说："你家还欠我八千文钱，未曾还清，难道我就这么走了吗？"父亲光禄公（姚元绶，诰赠光禄大夫）派我前去告诉她说："一定会用这些钱为你买棺入殓，而且再加一千文钱为你焚烧香烛纸钱，尽快走吧，何必要受这么大的苦呢？"我把这话告诉给她之后，她当晚就死了。这样看来还债讨债的说法不是假的。

姚伯昂先生又说：河南彰德营有一位参将，忘了他叫什么名字了，他得了一种怪病，医生都不知道是什么病。每天只是自言自语、侮辱谩骂，好像是讨债的。他属下的一名守备穆齐贤口才很好，前去劝解，病人大喊说："我前世是四川总督，这个人是总兵，他欠了我一万两银子不还。我找了他几十年，如今终于被我发现了。这个人实在是忘恩负义，没有办法和解，一定要索取他的性命。"穆齐贤说："参将欠钱不还，不怪大人您生气，但是事情已经隔了一世，如今参将贫穷到这种地步，拿什么来偿还呢？就算是要了他的命，对大人您又有什么意义呢？还不如叫他准备相同数额的纸钱，焚化给您作为偿还，可以吗？"病人答应了。于是就买来纸钱焚烧了，病人说："这银子的成色太差，分量也太少，抵不了债。"穆齐贤于是筹集资金购买了金银箔纸，让大家一起折成元宝焚烧了。病人说："这次银子的成色很好，只是还少了若干分量。"穆齐贤请求继续增补，病人说："不用了，您这次也很辛苦，还差的那部分就作为给您的酬劳了。"那冤鬼道谢之后就离开了，参将的病也好了。那么，难道冥币纸钱真的可以用来抵偿真金白银吗？

3.2.3 贫女报恩

凡人烟辐辏之区，遇吉日，嫁娶恒十余起。一日，两家俱嫁女，一巨富，一极贫。至中途相值，雨甚至，舁（yú）者各以彩舆置邮亭中，四散为避雨计。贫女于舆中哭甚哀，久之，富家女亦心动，遣媵（yìng）婢问之曰："女子适人，离父母远兄弟，诚大苦，然何至伤恸乃尔？"贫女曰："我母家故穷，所适又乞人子，明日即不知何若，以是悲。"富家女为之恻然。俗于嫁娘两袖中必置坠重物，谓之压袖；富家女袖贮荷囊二，各缄金锭一，约重二十余两，乃出，使婢纳诸贫女之怀，语以："萍水相逢，无可为赠，持此谋饘（zhān）粥，或不致遽冻馁。"贫女受之，正欲问姓名，适雨霁，舆夫坌（bèn）集，两两分路。

贫女嫁后，出所赠金，俾其夫权子母，逐什一之利，遂臻饶裕，乃行大贾，家骤起，广市田园。然所置产，田必两庄，屋必两所，本资与所获利必相埒（liè），众莫解其意之所在。性好施予，一乡称善人。顾艰于嗣息，逾十载始生男，视若掌珠，择乳媪哺之。媪来时，诸婢仆指示屋后楼三楹，云："每清晨，主母盥洗毕，即捧香屏从人诣其上；汝慎勿登，违则必不恕也。"问何故，众言："我辈来此有十余年者，皆不知，但谨守条约而已。"媪所哺子，渐能行走，忽攀跻欲上，媪阻之，则号跳。不得已，从之登入，其中则空洞无物，惟设香案，南向一龛，障以幕。媪揭视久之，不觉失声哭。众闻声，告主母，争讯之，媪伏罪，言："小郎欲登，恐其蹉跌（cuō diē），匆促间不及细思，致干犯。应如何示罚，惟主命。”问何为哭，媪又挥涕曰：“适见其中所悬荷囊，与我嫁时压袖者相似，是日行至途中，并所贮金赠一嫁娘尔。时母家、夫家皆极盛，初不介意，亦不知其可贵也。不图今日落魄至此。”语罢复泣。诸婢喝之止。主问：“汝嫁为何时？”媪以某年月日对，问：“是日遇雨否？”媪曰：“不雨，则我之荷囊固在也。”主闻而默然，亦不之罪，但寻其夫来。媪以为将遣己也，益悲不自胜。

次日，主家张灯彩，召梨园，若将宴贵客者，并召其族人皆至。届时，堂中排二席，设两坐，旁列二几，堆簿籍高尺许。媪之夫在外厢，命四仆引入，四妇自室中拥媪出，令各按二人上坐，勿使动。主人、主母倒身下拜，拜已，起而言曰：“曩蒙赠金者，乃我贱夫妇。非媪，无以有今日。藏庋（guǐ）荷囊，示不忘也；日日顶礼，冀相遇也；财分为二，不敢专利也。今幸天假之缘，不致负恩没世。此田产簿二分，愿存其一而以一归翁媪。”并示族人，不得有异说。

翁媪慌遽，惟同声连称“不敢、不敢”而已。主乃促坐定，奉酒卮（zhī），筵开乐作。至二鼓，挑灯送归所居之东院宿，凡几案衾榻，与主居无少异。翁媪本富家出身，亦安之若固有。媪初生女，寄养他人而身出为佣，至是迎归，后长成，遂以字其所乳子。两家世为婚姻，如朱陈村焉。世或疑翁媪坐享其成，几于倖获，不知皆其赠金时恻隐之一念所感召也。而贫女暴富即矢图报心，宜天之阴相之矣。造物岂妄予人以福泽哉？

【译文】凡是人口密集的地区，每逢良辰吉日，常常一天之内同时有十几家嫁女或娶妻的。一天，两家人都嫁女儿，一家非常富有，一家极度贫穷。半路上，两家送亲的队伍相遇，当时突然下起大雨，轿夫就各自将花轿放在邮亭里，四下散开去找地方避雨了。贫家女在轿子里哭得很伤心，哭了许久，富家女也被触动，就派随嫁的婢女过去问她，说："女子嫁人，远离父母兄弟，确实很难过，但是为什么伤心痛哭到这种程度呢？"贫家女说："我娘家本来就穷，这次又是嫁给乞丐的儿子，明天就不知道会怎么样了，因此悲伤。"富家女听了为她感到可怜。按照风俗，在新娘的两个袖子里必须放上有分量的物件，叫作"压袖"；富家女袖子里放着两个荷包，每个荷包里放了一枚金锭，大约有二十多两重，于是就拿出来，让婢女塞到贫家女的怀里，说道："你我萍水相逢，没什么可以相赠的，拿着这个来维持生计，或许不至于立刻受冻挨饿。"贫家女接受了，刚想要问富家女的名字，正好雨过天晴了，轿夫们纷纷聚集过来，抬起轿子朝不同的方向出发了。

贫家女出嫁后，拿出获赠的金子作为本钱，让他的丈夫经营获利，或借贷给别人收取利息，家境渐渐富裕，然后又做大生意，家业突然兴盛起来，于是广泛购置田地、房屋。然而置办产业时，田庄一定要两处，房屋一定要两所，本钱以及所获得的利润必须相近，众人都不理解其中的用意是什么。贫家女夫妻二人乐善好施，被乡里人称为善人。只是在子嗣方面不太顺利，结婚十多年后才生了儿子，把这个孩子视为掌上明珠，给他找了奶妈来喂养。奶妈刚来的时候，婢女仆人们指着屋后的三间楼房，对她说："每天早晨，主母洗漱完毕，就捧着香，斥退下人，自己登上阁楼。你千万别上去，否则一定饶不了你。"奶妈问其中的缘由，大家都说："我们这些下人中有人来了十多年，都不知道怎么回事，你就严格遵守这条规矩就行了。"奶妈所哺育的孩子，渐渐能走路了，忽然想要攀爬上楼，奶妈急忙阻止，孩子就又哭又闹。奶妈没办法，就跟着他一起上楼去了，看见里面空无一物，只有一个香案，供奉着朝南的一座神龛，用布帘遮盖着。奶妈掀开布帘，看了好一会儿，不禁失声痛哭。众人听到哭声，就告诉了主母，纷纷质问奶妈，奶妈认错，说："小少爷想要上楼，我怕他摔到，匆忙之间来不及细想，不小心冒犯了规矩。该怎么样处罚，甘愿服从主母之命。"又问她为什么哭泣，奶妈擦了擦眼泪说："刚才看见龛里悬挂的那个荷包，和我出嫁时用来压袖的荷包很相似，当天走到半路上，我把荷包连同里面的金子赠送给了一个出嫁的新娘。当时我娘家和夫家都非常兴盛，起初并不介意，更不知道这个有什么可贵的。不曾想如今穷困潦倒到这个地步。"说完就又哭了。婢女们呵斥她叫她别哭了。主母问："你出嫁是在什么时候？"奶妈回答说是某年某月某日。主母问："那天是赶上下雨了吗？"奶妈说："如果不是下雨，那么我的荷包肯定还在。"主母听了没说话，也没有怪罪她，只是派人把奶妈的丈夫请来。奶妈以为主母要把自己赶走，更加抑制不住悲伤之情。

第二天，主人家里张灯结彩，请来了戏班子唱戏，好像是准备宴请尊贵的宾客，并且把族人都召集过来了。当时，堂上摆设了两桌宴席，设有两个上座，旁边摆放了两张长桌，上面堆放着约一尺高的账簿册籍。奶妈的丈夫在外间，命令四名仆人延请他进来；四名婢女簇拥着奶妈从内室出来，又命他们各自把二人按住坐在上座，不要乱动。主人和主母俯身跪拜，二人拜完站起来说道："当初承蒙赠送金子的，就是我们这对贫贱夫妻。不是您，就没有我们的今天。将荷包妥善保管，是为了表示没有忘记恩情；每天顶礼膜拜祈祷，是希望有一天能够再次相遇；财产全部分成两份，是表示不敢独自享用利益。如今幸亏上天促成这次的缘分，不至于带着不能报恩的遗憾离开人世。所有田产的簿册都在这里，分成两份，我们留一份，另一份归您二位所有。”并且请族人作证，大家都没有异议。

奶妈夫妇二人一时之间惊慌未定，只是异口同声一直说“不敢、不敢”而已。主母夫妇劝慰她们安心坐定，捧杯敬酒，奏乐开席。一直吃喝到二更时分，提着灯笼送她们到东边的院子住下，凡是家具陈设、床榻被褥等都一应俱全，与主人房里没有区别。奶妈夫妇二人本来是富家出身，也没有什么感到不适应的。奶妈所生的大女儿，当初寄养在别人家，而自己出来做佣人，这时迎接回家，后来长大成人，就把她嫁给哺育过的主母的儿子。两家世代结为婚姻，如同白居易笔下的“朱陈村”（该村住家仅朱陈二姓，世世代代缔结婚姻，唐白居易有《朱陈村》诗）。世上有人怀疑奶妈夫妇坐享其成，几乎是侥幸获得，殊不知这都是她当初赠送金子时一念恻隐之心所感召的。而贫家女一旦发家致富就知恩图报、矢志不渝，无怪乎上天在冥冥之中保佑成全她。造物主怎么会随随便便给人富贵福泽呢？

3.2.4 神庙香火资

山西解州关帝庙，在西门外，灵应异常。庙中旧存香火捐资银二万两，有胡州牧者，知是州，假用三千，欲不归矣。及罢官，新任者至，胡移居馆舍。夜有人扣门，问之，答曰：“西门外姓周者，向官索欠。”如是者三夜，每夜如是者三。胡心知其故，而终吝之。濒行前夕，又至，且曰：“此项将有公事须用，宜速还，否则未便。”辞殊委婉，胡惧，乃如数归款。

未几，刘松岚（大观）观察河东，将莅任，行至平定，夜梦关帝至，前有红旂，大书“汉寿亭侯”。刘俯伏前迎，神谓之曰：“河东，吾乡里也，行将有难，汝宜善视之。”刘寤，不知所谓。岁甲子、乙丑、丙寅间，解州大旱，刘请于上司，设粥以赈，赈厂即设于庙前。公费将完，欲请奏益，又须时日，心甚忧之。夜梦周将军语之曰：“赈费不足，何不借庙中存款耶？”刘觉，乃借庙中存银三千备用，则即胡州牧所还之原封也。人乃悟前索胡欠，言有公事须用，即此。刘因修庙，作文勒碑记之。

夫人不可欺，而况神乎？债不可负，而况香火资乎？周将军可谓处置尽善矣。俗传周将军气多刚猛，而于此事辞气委婉，殊不类其生平。世之冠带人，以索欠而负气相对、反目成仇者，亦可愧矣。

【译文】山西解州（今属运城市）关帝庙，坐落于州城西门外，一向非常灵验。庙中原来存有信众捐助的香火银二万两，有一位胡知州，在担任解州知州时借用了三千两，不打算归还了。等到他罢官后，新任知州到任，胡某就搬到了馆舍居住。夜里有人敲门，胡某问是谁，那人说：“我是西门外姓周的，前来向您索回欠款。”胡某不给。连续三天晚上都是如此，每天晚上来要三次。胡某其实心中知道其中的缘故，却一直吝啬不肯还。临走的前一天晚上，那人又来了，并且说：“这笔钱将有公事须要用到，应该尽快归还，否则不方便。”措辞语气十分委婉，胡某害怕了，这才如数归还欠款。

不久后，刘松岚先生（刘大观，字正孚，号松岚，一作崧岚）被任命为山西河东兵备道（辖蒲州府、平阳府、解州、隰州、霍州等地），在赴任的路上，走到平定县时，晚上梦到关圣帝君来了，身前有一杆红旗，写着“汉寿亭侯”几个大字。刘先生俯首伏地上前迎接，关帝对他说：“河东是我的家乡，即将有灾难发生，你应该妥善应对处理。”刘先生醒来，不知道指的是什么。嘉庆甲子（1804）、乙丑（1805）、丙寅（1806）年间，解州发生大旱，刘先生向上级申请经费，开设粥厂赈济灾民，粥厂就设在关帝庙前。赈灾的经费即将用完，想要上奏申请追加，又需要一段时间才能拨下来，心中甚是忧虑。夜里梦到周仓将军对他说：“赈灾经费不够，何不先借用关帝庙里的存款呢？”刘先生醒来，就借了庙里的三千两存银备用，这笔钱正是前任的胡知州归还的钱，原封未动。人们这才恍然大悟，之前周将军找胡某索债时，所说的有公事要用，原来指的就是这个。刘先生于是修缮了关帝庙，并作了一篇文章刻在石碑上来记录其中的缘起。

人都不能欺骗，更何况是神明呢？一般的债都不能欠，更何况是香火钱呢？周将军对这件事的处理可以说是非常妥善了。民间相传周仓将军刚强勇猛，但是在这件事上措辞语气如此委婉，特别不像他的风格。世上的读书人，因为讨债而相互赌气、反目成仇的，不应该感到惭愧吗！

3.2.5 晋宁科甲

叶庶常（桂），甘肃晋宁州人。其先德官把总，自以不能读书，望子尤切，因子久困场屋，郁郁以终。某科乡试，初八夜，叶梦其父来，责之曰：“屡试不第，总由尔不用心之故。某、某今已中了，尔若努力，今科亦有望。勉之，勉之！”语方毕，号军已唤接题纸矣。叶惊晤，犹惴惴也。然梦中所举获隽之两人，绝不记其名。榜发，晋宁获第者三人，而叶与焉。其二人为刘伯鸥、王汝舟，梦中所举，盖即是人。

晋宁自国朝以来，无一科中三人者，此为权舆，故其先德欣喜之而因勉之也。壬午春，叶成进士，出毛春门礼部（鼎亨）门下。授庶吉士日，毛梦一人前致辞曰："叶某，我之子也。荷蒙成全，特来拜谢。"毛以语叶，且为述梦中人风采举动，一一肖其生前。平生结念，一旦得遂，至不远数千里犹致感焉。然则孝子慈孙，有显扬之愿者，当何如奋勉哉？然则彼孙山之外，冥冥之中不胜流涕欷歔者，又不知凡几矣。

【译文】翰林院庶吉士叶桂，是甘肃晋宁州人（实际应为静宁州）。他的父亲曾任把总，因为自己不能读书，所以对儿子抱有很高的期望，但是由于儿子科举考试不顺利，屡试不中，后来在忧郁苦闷中死去。某科（应为道光元年辛巳恩科）甘肃乡试，初八的晚上，叶桂梦见他父亲来了，责备他说："屡试不中，总是由于你不用心的缘故。某人和某人今年已经考中了，你要是努力，这一科也有希望。努力，努力！"话刚说完，监考人员已经在招呼领取题纸了。叶桂一惊而醒，心里还感到惴惴不安。然而梦里父亲所举的考中的两人，已经完全记不起他们的名字了。放榜后，晋宁有三个人考中，其中就有叶桂。另外两个人分别是刘伯鸥、王汝舟，梦里父亲所说的应该就是这两人。

晋宁自从清朝开国以来，从来没有一场科考有三人同时上榜的，这是破天荒第一次，所以他父亲很高兴于是托梦勉励他。道光二年（1822）壬午年春天，叶桂考中进士，是被礼部官员毛春门先生（毛鼎亨）选拔取中的。授予翰林院庶吉士那天，毛春门梦到一个人前来致谢，说："叶桂，是我的儿子。承蒙您成全，特地前来拜谢。"毛春门把梦境告诉了叶桂，并且描述了梦中人的外貌和举止，和他父亲生前一模一样。平生念念不忘的心愿，突然有一天得以实现，以至于不远数千里前来表达感激之情。然而那些有显亲扬名的愿望的孝子贤孙们，又该如何奋发努力呢？然而那些落榜的士子，冥冥之中为他们痛哭流涕、唉声叹气的人，又不知有多少啊！

3.2.6 龙溪令

龙溪，漳之首邑也，俗悍喜斗，故多命案。婺源程某宰是邑，延李森图司刑席。时锺云亭制军（祥）总督闽浙，嗔各属鞫案因循，多以缉凶为辞，不肯结案，因下令州县："结案不得迟延，不得借口缉凶。"程急欲见长于上官，有一案正凶不实，程即欲定案。李致说帖于程，言非真凶，不可定谳（yàn）。程答曰："亦知非真，奈上宪督责严，不得不尔。"李复曰："君九案已结其八，此案少缓，未为迟也。"程对以："有冤我当之，与君无与。"因定谳，上之。程旋以事去官，李解馆，因疏于城隍以自白。是夜，程梦至冥司，对案俯首认罪。程宦囊丰富，多营运于苏州，因挈眷至苏。未几，病作，自刎而死。本籍所营田园宫室，不得一日安享也。论者曰："李食程俸，知囚之冤，争之不从而不能去，亦不得为无过云。"

【译文】福建龙溪县，是漳州府的首县，该地民风彪悍喜欢打斗，因此常常发生人命案件。江西婺源的程某担任龙溪县令时，聘请李森图主管刑事诉讼工作。当时钟云亭先生（钟祥，字云亭，汉军镶黄旗人）担任闽浙总督，嗔怪下属们办案迟延拖拉，往往以还在缉捕凶犯作为理由，不愿意结案；于是向各州县下令："结案不得迟延拖拉，不得以缉捕凶犯为借口。"程某急于想要在上级面前表现自己，有一桩案件的真凶还没坐实，程某就想定案。李森图给程某写了一张便帖，说目前的嫌疑犯不是真凶，不能定案。程某回答说："我也知道这不是真凶，无奈上级督促得严紧，不得不如此。"李森图又说："您九件案子已经办结了八件，这件案子稍微缓一缓，耽误不了。"程某回答说："有什么冤情我自己承担，和您没关系。"于是就这样定案呈报上去了。程某随即因事被罢官，李森图也失去了幕职，于是到城隍庙上疏来自证清白。当天夜里，程某做梦到了地府，面向桌案低头认罪。程某为官期间获得了丰厚的财富，大多投资在苏州运营生息，因此带着家眷去了苏州。不久后，程某疾病发作，自刎而死。自己在老家所经营置办的那些田地、庄园、房屋，一天都没能享受到。有人议论说："李森图作为幕僚，享用程某的俸禄，明知囚犯的冤情，据理力争而建议不被听从，却不离职而去，也不能说没有过失。"

3.2.7 刑官夙孽

《竹叶亭杂记》云：刑部一老皂隶，梦至一处，宫殿巍峨，上座若东岳庙之塑像者，阶下列鬼无数。少顷，引一人至，问答有词，但听不了了耳。上座者怒曰："罪当绞。"隶细视之，则本衙门秋审处提调张某也。俄又引一人至，问答如前，上座者曰："当斩。"隶细视之，则又本衙门秋审处提调吴某也。俄又引一人至，体貌甚伟，上座者怒似稍霁，令去两目，隶审视之，则本部尚书长牧庵相国麟也。隶股栗而醒。

无何，张出为观察。一日，有红衣两女子为祟，百计治之不去，观察避于太夫人室，鬼不敢入。太夫人者，节妇也。后伺太夫人寝，突入，拉杀之。吴后知某府，颈生疮，世所谓断头疮也，以是卒。长相国仅以失明止。理刑者可不慎乎哉！

家大人曰：长牧庵阁老为先叔父太常公乙未同年，似不失为正人君子。乾隆间，公巡抚山东，时每岁某关有解抚署公费若干金，公欲奏归公。其长公子怀亦亭云麾（新）方十余岁，以为不可，曰："大人不取此项，不足为廉，若一奏入，瓜代者至，必仍旧贯，是令司关者倍出之矣。"不听，后果如公子言。公亦稍悔所见之不远也。

及为喀什噶尔办事大臣，则所为深得大体。先是，新疆奠定之初，一切赋税较之准噶尔时有减无增，回民悦服。其喀什噶尔回民，内有伯德尔格一种，素皆贩运营生，绝无恒产，岁例税金十两、金丝缎三匹。乾隆二十七年，有知府名莫萨者，于正供外索普尔钱二十千文。办事大臣海明查出，即将此钱作为正赋，公具奏，以为既非赋课旧有，即应革去。又伯德尔格初只八十余户，迨乾隆四十五年，有四百余户。办事大臣玛兴阿，议增贡金四十两；公以为无论中外百姓回民，生齿日繁，则生计亦日难，从无计户增赋之例，即为裁去。又喀什噶尔看管果园回民，岁进葡萄一千斤，办事大臣永贵，议以徒劳台站，只收二百斤，余八百斤每斤作钱十文，折价存库；公以事虽细微，体制不合，一切免之。凡此，皆深得治边之体。似此廉明通达，其在刑部必不致过有枉纵，可知也。

【译文】姚元之先生《竹叶亭杂记》中记载：刑部有一名老皂隶，梦见到了一个地方，宫殿高大雄伟，上面座位上坐着的那个人好像东岳庙里的塑像，台阶下排队站着无数鬼魂。片刻之后，一个人被带上堂来，上座的人和他有问有答，但是听不清楚在说什么。上座的人愤怒地说："论罪当处以绞刑。"皂隶仔细一看，原来是自己所在衙门秋审处的提调官张某。过了一会儿，又有一个人被带上堂来，像前面一样有问有答，上座的人说："论罪应当斩首。"皂隶仔细一看，原来又是自己衙门秋审处的提调官吴某。过了一会儿，又有一个人被带上堂来，身材魁梧，体貌丰伟，上座的人怒气稍微有所缓和，下令挖去他的双眼，皂隶仔细一看，原来是刑部尚书长牧庵相国（觉罗长麟，爱新觉罗氏，字牧庵，满洲正蓝旗人，清朝大臣）。皂隶吓得两腿发抖，一惊而醒。

没过多久，张某外放出任某地道员。一天，有两个红衣女鬼来作祟，用尽各种方法来对治都赶不走，张某便躲在母亲太夫人的房间，女鬼就不敢进了。原来太夫人是一位守寡的节妇。后来女鬼趁太夫人入睡时，突然闯入，将张某拉出去害死了。吴某后来出任某地知府，脖子生了毒疮，就是民间所说的断头疮，因此死了。长牧庵相国（长麟）幸免于死，但是双目失明了。审理刑事案件的人能不慎之又慎吗！

我父亲说：长牧庵阁老（长麟）是我的叔父太常公（梁上国）乾隆四十年（1775）乙未科的同榜进士，似乎还称得上是一位正人君子。乾隆年间，长公出任山东巡抚。当时，某税关每年都要往巡抚衙门解送一笔款项作为办公经费，长公想要奏请将这笔钱归于国库。他的大儿子觉罗怀新（字亦亭）将军，当时才十多岁，认为不应该这么做，他说："父亲大人您就算不收这笔款项，也算不上廉洁；如果一旦上奏归入国库，等后面的继任者一来，一定沿袭以往的惯例，您这是让管理税关的官员加倍出钱啊。”长公不听，后来果真像公子所说的那样。长公也比较后悔自己看问题不够长远。

等到长公担任喀什噶尔办事大臣时，处理事情就特别得体，能够顾全大局了。在此之前，新疆刚刚成立，一切赋税相比较于准噶尔部统治时期有减无增，回民心悦诚服。其中喀什噶尔的回民里有一支伯德尔格人，一直以来都以做买卖为生，没有任何固定的产业，按照惯例每年要缴纳税银十两、金丝缎三匹。乾隆二十七年（1762），有一位叫莫萨的知府，除了正常的税项还额外索要二十千文普尔钱（清代新疆、西藏地区通行的钱币）。首任办事大臣海明查访发现后，就将这笔钱作为正式的税项；长公向朝廷奏请，认为这笔钱既然不是原有的税赋项目，那么就应该取消。还有，伯德尔格人起初只有八十多户居民，到乾隆四十五年（1780），已经增加到四百多户。办事大臣玛兴阿，提议加收贡银四十两；长公认为不论是哪个地方的百姓，包括回民在内，随着人口的日益增加，生计也就越来越艰难，从来没有按照户数增加税赋的惯例，于是就把增加的贡银裁撤了。还有，喀什噶尔看管果园的回民，以往每年要进贡葡萄一千斤；办事大臣永贵认为徒然给驿站增加负担，提议今后只收二百斤，其余的八百斤按照每斤十文折算成钱，存入官库；长公认为这件事虽小，但是于体制不合，将上贡葡萄的做法一律取消了。这些举措，都完全抓住了治理边疆地区的要领。长公如此清正廉明、通情达理，那么可以推知，他在刑部为官时一定不至于出现过分冤枉无辜或放纵有罪者的情况。

3.2.8 妄念辱身

怀亦亭云麈言：其同寅某戚家，花园有狐居之。某尝过戚家饮酒，其仆随往，恒潜于园之隙处默祝，冀仙之一遇也。一日，竟见美人翩翩而来，喜出望外，即欲止之于亭。美人意不欲，曰："亭近外廊，恐有人知；此间后轩极幽僻，人迹所不经，非此恐乐之不畅也。"僮随之行，三折至一小穿堂，长榻莹然；令僮先解衣而卧，美人襦甫脱，则伟然皓首庞眉一老丈夫也。按其臀而刺之，力挣不得脱，痛声与恨声俱厉，竟不闻于外。迨翻身却坐，但觉股下茸茸（qì qì）然，如坐于新絮间，而老丈已不见矣。委顿出园，猝遇宅中人，竟不能掩其事。自此，谷道旁有白毛，周围一丛。尝以示人，亦不自讳。是可为有妄念者戒也。

【译文】怀亦亭将军（觉罗怀新，字亦亭，长麟之长子）说：他某个同僚的亲戚家，花园里有狐仙居住。某同僚曾经去那个亲戚家做客喝酒，他的仆人随同前往，仆人一直偷偷地藏在花园里僻静之处默默祷告，希望能够和狐仙一遇。一天，仆人竟然看见一位美女步履轻盈地来了，喜出望外，就想把她留在亭子里幽会。女子不想留在这里，说："这个亭子靠近外廊，恐怕被别人发现；这里的后园有一间小屋，特别幽静偏僻，没有人经过，不去那里恐怕不能尽兴。"仆人就跟着去了，转了三个弯来到一间小穿堂，里面有一张床榻，干净整洁；女子让仆人先脱了衣服躺在床上，然后自己脱衣，刚脱下短衣，竟然变成了一个身材伟岸、眉发尽白的老头。老头按住仆人的臀部，一通乱刺，仆人怎么用力也无法挣脱，又是疼痛又是悔恨，喊叫的声音很大，但是外面却听不到。等到仆人翻身呆坐在那里，只觉得屁股下面毛茸茸的，好像坐在新的棉絮上，而那个老头已经消失不见了。仆人颓丧地走出园子，突然遇到了宅子里的人，最终没能隐瞒此事。从此之后，仆人的肛门旁边就长了白毛，四周围成一丛。他曾经给别人看过，他自己倒也不隐讳。这件事可以用来警戒那些有妄念、邪念的人。

3.2.9 欠债

李进士贡南，光州人。未第时，得狂疾；既愈，辄能役鬼，往往先事预言，无不奇中。人有寄之书者，书未至，已能道其书中语，然皆托之梦也。授读于固始曾舍人资见家。

固始有吴秀才图南者，贫而死，遗妻及弱子，几不能自存。其妻茹苦守志，族中人皆悯之。舍人有族弟曾某者，与李善，与吴秀才亦为莫逆交，恒以其家贫为念。一日，问李曰："知君能役鬼，我欲致书与吴图南，可乎？"李曰："可。"曾密封一函与之，李乃朱书"李翼"二字于封面之右，其左书"仰值日功曹查送"，取火于书室院中焚之。

及晚，李忽为作复书，叙答甚详。观者意李托之鬼也，李言乃吴浼（měi）其作答。然李固未见前书，而所答不差。书中念其妻之贫甚耿耿，谢曾之垂念又甚殷殷。书末，将其生前戚友中所负之钱，某某三千、某某二千，一一开列，属其妻索，得之即可存活，计钱九十七千余文。曾以其书示吴之妻，妻初不信，姑持书示负者家，皆悚然归之，果如其数，其家遂赖以存。

此事曾舍人亲为人言之，足见债不可负，阴间所存记，一一不差。惟李名贡南，而书面所书乃为"李翼"，岂阴阳有二名耶？

【译文】李贡南，是嘉庆十三年戊辰科(1808)进士，河南光州(今潢川县)人。他在还没有进士及第之前，曾经得过疯病；痊愈后，居然拥有役使鬼神的能力了，常常能够预言未来的事情，每次都神奇地应验。有人寄给他书信，信还没到，他就已经能够说出信里的内容了，但都借口说是在梦中得知的。他曾经在固始县的曾资见舍人家开馆授徒。

固始县有一名叫吴图南的秀才，在贫困中死去，留下妻子和年幼的儿子，孤儿寡母几乎无法生存下去。他的妻子含辛茹苦、立志守节，家族里的人都很怜悯她。曾舍人有个族弟叫曾某的，和李贡南关系很好，和吴秀才也是莫逆之交，一直将吴秀才家里贫穷的境况放在心上。一天，他问李贡南说："我知道您能够役使鬼神，我想给吴图南写一封书信，可以吗？"李贡南说："可以。"曾某将一封信密封好后交给了李贡南，李贡南就用红笔在信封右侧写上"李翼"二字，又在信封左侧写上"仰值日功曹查送"几个字，并拿火在书房的院子里烧掉了。

到了晚上，李贡南忽然写了一封回信，叙述旧情、回答问题都十分详细。围观的人认为他是假托鬼神的名义自己写的，李贡南说是吴秀才恳托他代写的。然而李贡南本来并没见过曾某所写的前一封书信的内容，但是回答问题都很对，所答即所问。信中对自己妻子的贫穷特别耿耿于怀、放心不下，对于曾某的关怀表达了殷切的感谢之情。信的结尾，将他生前被亲戚朋友拖欠的钱，如某某三千文、某某两千文等等，一一列举，嘱咐他的妻子去讨要，只要拿到钱，生活下去就不成问题了，共计是九十七千多文钱。曾某把这封书信拿给吴秀才的妻子看，他妻子一开始不相信，姑且拿着书信到那些欠钱的人家里给他们看，那些人都很害怕就还了钱，数目果然也都符合，吴秀才的家人因此依靠这些钱生活下去。

这件事是曾舍人亲自向别人讲述的，足见千万不能欠钱不还，就算债主已经死亡，到阴间都不会忘记，一笔一笔记得清清楚楚。只是李进士名叫李贡南，而他在信封上写的是“李翼”，难道阴间阳间用的是不同的两个名字吗？

3.2.10 劝孝

杭州有某甲，病，魂离舍，至冥司，遇一吏，乃其故友。为检籍，蹙眉曰：“子忤逆父母，法当付汤镬（huò）狱，幸寿未终，且去，俟寿终再来。”甲惶怖求解，吏曰：“此罪至重，佛亦难度，我何能哉？”甲泣求不已，吏沉思良久，曰：“谚云，解铃还要系铃人。得罪父母，亟以孝顺父母忏悔，或可挽回耳。”送之反，汗出而愈。即向父母备陈所遇，从此婉容愉色，侍奉惟谨，并戒妻温凊（qìng）无懈，颇得父母欢心。及父母故，丧葬如礼。后年逾七十寿终，想缘孝顺挽回也。

【译文】杭州有个某甲，生了病，魂魄脱离了躯体，到了地府，遇到一名阴吏，居然是他的老朋友。阴吏帮助他检阅簿籍，皱着眉头说：“你忤逆父母，依法应该交付汤镬地狱受罪，所幸阳寿还未终了，姑且先回去，等到阳寿终了再来。”某甲很惶恐，恳求解脱方法，阴吏说：“这种罪过最为严重，佛祖也难度你，我能有什么办法呢？”某甲痛哭流涕，反复恳求，阴吏思考了许久，说：“谚语说，解铃还须系铃人。既然是由于得罪了父母，那么赶紧忏悔改过，好好孝顺父母，或许还有挽回的余地。”送他返回阳间，出了一身汗病就痊愈了。随即就向父母详细陈述自己经历的事情，从此之后就以柔顺和悦的态度对待父母，恭敬谨慎地侍奉父母，并且告诫妻子冬温夏凊，照顾好二老的生活起居，不要懈怠，从而颇得父母的欢心。等到父母去世后，按照礼法处理后事。后来活到七十多岁，想必是因为他的孝顺挽回了罪过。

3.2.11 孝鬼草

姚舜宾，无锡人，忠诚笃实，乡里目为长者。家綦贫而孝，母年七十，训句读以养，极婉容愉色，不敢懈缺菽水。乾隆五十年，岁大饥，生徒既散，日不给饘（zhān）粥，焦劳拮据。未几，病死。不能殡，瘗于屋后隙地。次日，见土上忽生一草，形似山药，结子累累，香甘而糯。妻采食之，终日不饥，遂以供姑。晨采午生，取之不竭。草长四五尺，母抚而哭，即伏地摇摇如拜。邑中播闻，观者如堵，皆嘉其孝，各出甘旨以赡其母焉。孝心所感，生死不回，此经所谓“不匮”也。

【译文】姚舜宾，是无锡人，为人忠厚诚实，被乡里人称为长者。虽然家里极度贫穷，但很孝顺，母亲七十岁，他通过教授学童读书来赡养母亲，对母亲极为和颜悦色，不敢松懈而使母亲缺衣少食。乾隆五十年（1785），发生了大饥荒，所教的学生都各自散去了，每天连稀饭都吃不上，每天焦心劳神，境况窘迫。不久后，姚舜宾因病去世。因为无力殡葬，就埋在了屋后的空地。第二天，只见那块地上忽然长出一株草，外形像山药，结出累累的果实，吃起来香甜软糯。他的妻子采下来吃了之后，一整天都不饿，于是拿这个果子供养婆婆。早晨采下，中午就又长出来，取之不尽，采之不竭。这棵草有四五尺高，老母亲一边抚摸一边哭泣，这棵草就倒伏紧贴地面，好像是在跪拜的样子。这件事在县里传播开来，前来观看的人围成一堵墙，纷纷称赞姚舜宾的孝心，并各自拿出自己家中美味的食物来赡养他的母亲。孝心的感应，至死不渝，这就是经书中所说的“孝子的孝心永不枯竭”吧（语出《诗经·大雅·既醉》：“孝子不匮，永锡尔类。”）。

3.2.12 宿冤索命

苏州史家巷蒋孝廉（东吉），有子，娶徐氏，伉俪甚笃。一日，忽置酒，与婿把盏，曰：“吾宿冤已到，势难挽回，劝君更尽一杯为别，此后幸勿相念。”掩袂大恸。蒋生抚背劝慰，无何，氏忽竖眉瞋目，大呼曰：“汝记万历十二年，两人设计，惨杀我于影光书楼乎？”手自批颊，又以剪刀遍刺其体，口音似山东人。一家伏跪哀求，卒不解。

中街路吉祥庵有僧，名莲台，素著道行，遣人召之至。徐氏踧踖（cù jí）曰：“秃奴可怖，且去，且去。”及僧出，又詈曰：“汝家媳妇房中，能朝夕住和尚耶？”僧曰：“前世冤业，二百余年才得寻着；稽愈久，恨愈深，报亦愈急，老僧无能为也。”僧辞去，徐氏即剪耳、刺手、掐身，无完肤而死。

【译文】苏州史家巷的蒋东吉举人，他有个儿子，娶妻徐氏，夫妻二人感情很好。一天，徐氏忽然置办了一桌酒菜，向丈夫敬酒，说：“我宿世的冤孽已经到了，势必难以挽回，劝夫君喝干这杯酒作为告别，从今以后希望你不用再挂念我。”说完就以衣袖拭泪，伤心痛哭。蒋生抚摸着她的后背好言安慰，不一会儿，徐氏突然眉毛直竖，瞪大眼睛，大喊大叫说：“你记得万历十二年(1584)，你们二人谋划算计，将我残忍地杀害于影光书楼吗？”徐氏用手自己打自己耳光，又用剪刀刺遍全身，听说话的口音像是山东人。一家人下跪苦苦哀求，也没有用。

中街路吉祥庵里有一位僧人，法名莲台，平素以道行高深著称，蒋家派人把他请来。徐氏坐立不安地说道：“这秃驴太可怕了，赶紧走，赶紧走。”等到僧人出去，她又骂道：“你家媳妇的房间里，能一天到晚住着个和尚吗？”僧人说：“这是前世的冤孽业障，二百多年才找到；迁延的时日越久，对她的仇恨也就越深，报仇之心也就越迫切，老衲我也无能为力了。”僧人告辞而去后，徐氏就剪下耳朵，刺伤双手，掐遍全身，最后体无完肤而死。

3.2.13 醵金赎女

吴县许也秋进士(大鋐)，以进士需次在籍。见亲戚中有买妾者，日以肩舆抬女到家视。一日，见两女有大家风，询之，父系贡生，某兄亦孝廉。为之心恻，乃醵金以赎，认为义女，先后择士人嫁之。此事在道光庚寅年。

再逾年，而也秋之子达泉(源)即领壬辰乡荐；丙申，成进士，出知某县，已大著循声矣。

【译文】江苏吴县(今苏州市)的许也秋先生(许大鋐，原名钰)，是嘉庆二十五年(1820)庚辰科进士，授职后在原籍候补职缺。他看见有一个亲戚要买小妾，每天用轿子抬着不同的女子来家里挑选。一天，许先生看见有两名女子有大户人家的风范，经过询问，原来她们的父亲是贡生，有一个哥哥也是举人。许先生为她们心生怜悯，就凑钱为她们赎身，认作自己的义女，先后为她们选择读书人为婿出嫁。这件事发生在道光庚寅年（1830）。

第三年（1832），许也秋先生的儿子许源（字达泉）就在壬辰科乡试中考中举人；道光十六年（1836）丙申恩科，成为进士，出任某地知县，已经以为官循良而著称了。

3.2.14 解砒毒方

歙医蒋紫垣，有秘方，解砒毒立验。然必邀取重资，不满所欲，坐视其死。一日，行医献县，中夜暴卒。见梦于居停主人曰："吾以耽利之故，误人九命，死者诉于冥司，冥司判九世服砒死，今将赴转轮。我赂鬼卒，来以解砒毒方相授。君为我活一人，则我少受一世业报。若得遍传利世，君更获福无量。"言讫，涕泣而去，曰："吾悔晚矣。"其方，以防风一两研末，水调服，并无他药。南城邓葵卿（晅）《异谈可信录》又载："冷水调石青，解砒毒如神。"幸善知识，心存普济也。因并志之，以传世云。

【译文】安徽歙县的医生蒋紫垣，有一种秘方，解除砒霜的毒性非常有效。但是一定要索取重金，他才肯给人家治疗，如果不能满足他的要求，他便袖手旁观，眼睁睁看着人家死去。一天，他在河北献县行医时，半夜突然死了。他的魂魄托梦给寄住的东家说："我由于贪图财利的缘故，耽误了九条人命，死者在冥府控告我，冥府判我轮回九世都会因中砒霜毒而死，如今我就要转世投胎去了。我贿赂了鬼卒，专门过来将解砒霜毒的秘方传授给您。您帮我多救活一个人，我就会少受一世的业报。如果能够广泛流传、利益世人，那么您更是功德无量。”说完，哭着走了，说：“我后悔也晚了！”他的方子，就是用防风（中药名）一两研磨成粉末，用水调和服用，并没有其他的药材。江西南城县的邓葵卿（邓晅，字葵卿，一作葵乡）所著的《异谈可信录》中又有记载：“用冷水调石青，解砒霜之毒有神效。”希望各位善知识，心存普利众生的志愿，广为流传。因此一并记录下来，流传于世。

3.2.15 负债为驴

吴人薛端书（楷），自城西夜归，途次，小憩桐桥阑上。遇一皂隶縶囚先坐，见囚啜泣不止，隶鞭楚之，意觉不忍，从旁劝解。隶曰：“此南濠牙侩，吞负客钱盈千累百，逋逃时犹在狭斜淫乐。居然一牙户，空拳赤手，享用埒（liè）素封；谁念客之履艰涉险，撇妻子以性命博此阿堵物？今冥司判为山东道上驴，押之往生，又累吾行远路。生前以客资挥霍如粪土，今日独无一纸钱饷吾沽杯酒，尚淹留不肯去耶！”端书竦然起，隶囚俱不见矣。

【译文】苏州人薛楷，字端书，夜晚从城西回家，半路上，倚靠在桐桥（位于苏州山塘河上）栏杆上休息。遇到了一名皂隶绑着囚犯先坐在那里，看到囚犯不停地哭泣，皂隶还在鞭打囚犯，薛楷感到不忍心，在一旁劝解。皂隶说：“这是南濠街的说合买卖的经纪人，私吞了客商几百上千的钱，逃跑的时候还在妓院里淫乐。一个小小的经纪人，赤手空拳，竟然享受着富比封君的生活；他哪里会想到远道而来的客商，为了赚一点钱，冒着巨大风险，离开妻子儿女，甚至拼上身家性命呢？如今冥府判他转生为山东道上的驴，现在押他去投胎，还连累我走这么远的路。他活着的时候拿着人家客商的钱挥霍如粪土，到如今连一张纸钱都拿不出来请我喝杯酒，还在这磨磨蹭蹭不肯走！”薛楷回过神来，吓得连忙起身，发现皂隶和囚犯都消失不见了。

3.2.16 戒戏言

湖南浏阳县有欧阳生者，为人轻薄，与某生同塾读书。时某生新娶，欧阳生以某生所娶新妇如何美貌，与伊熟识往来，常与相狎。某生素性迂拙，不知其戏己也。归与其妻寻事吵闹，因此不睦，而其妻亦不知所由来。后某生声言以妻在母家闺门不谨，其妻无从剖白，即投缳殒命。同塾闻之，皆以戏言误事共咎欧阳生，而欧阳生以同窗戏谑，不为介意，旋亦息事。

乾隆戊申岁秋闱，欧阳生赴科应试。入闱，系某字第一号，因号外嘈杂，与第八号之某翁调换，某翁因茶水近便，亦即应允。是夜三更后，忽有女子搴帘而入，讶曰：“何号是而人非也？”疑讶间，忽即退出，徘徊帘下，作呜咽声。某翁知其有异，因诘之，曰：“汝有冤相报，欲寻何人耶？何不告我，我当为汝计之。”女以欧阳生事向诉，且言欧阳生今科当中，故来相阻，以报夙冤。某翁云：“此乃戏言误听，并非有心，可以原谅。但汝之死固冤，令其超荐七七四十九日道场何如？”女曰：“此自可从，但欧阳生为人无信。”翁曰：“我当为汝谋之。”留女少待，翁即往告欧阳生曰：“某生之妻某氏来寻汝矣。”欧阳生闻言失措，喑不能语，翁因为慰解，告以今科必隽，出场后当作七七道场，方可解释。欧阳生唯唯。翁恐其无信，索写契据一纸，回告女鬼。某氏见字，半信，欲翁作保，翁为写一保字，将纸烧化。女即垂泪，裣衽谢曰：“只是便宜了此人而已。”

后生出场，即为作道场。及榜发，果中式。是科首题“夫子圣者欤，何其多能也”，欧阳生错写“夫子圣矣乎”，磨勘罚停三科，以一举终其身。

【译文】湖南浏阳有一个姓欧阳的书生，为人轻浮不庄重，他和某生在同一间私塾读书。当时某生刚刚娶了新媳妇。欧阳生就对某生开玩笑，说某生娶的新媳妇如何如何美貌，和他是老相好，常相往来，以前经常在一起玩乐。某生一向性格迂腐笨拙，没听出来欧阳生是在开玩笑。某生回到家后就和妻子生事吵闹，夫妻因此不和睦，而他的妻子也不知道怎么回事。后来某生到处宣扬说自己的妻子在娘家的时候生活作风不检点，他的妻子没办法自证清白，因此自缢而死。私塾的同学们听说了之后，都怪罪欧阳生开玩笑过头造成这么严重的后果，但是欧阳生还认为只是同学之间开玩笑，也不当回事，不久事情也就平息了。

乾隆五十三年(1788)戊申科秋季乡试，欧阳生去参加考试。进入考场后，坐在某字第一号号舍，因为号舍外面人声嘈杂，他就和第八号的一位老先生商量调换座位，老先生觉得第一号号舍饮用茶水近便，也就同意了。当天夜里三更后，忽然有一名女子掀开帘子进来，惊讶地说：“怎么考号是对的，人不对呢？”女子正在疑惑惊讶间，忽然又退了出去，在帘子下面徘徊，发出了抽泣声。老先生知道有异常情况，就质问她，说："你是来报仇的吧，想找什么人呢？为何不告诉我，我来帮你谋划。"女子就把欧阳生的事情告诉给他，而且还说欧阳生这次能考中，因此过来阻挠，来报复往日的冤仇。老先生说："这本来就是玩笑话，误听误信，并不是故意的，可以原谅。但你的死确实很冤枉，让他给你做七七四十九天的道场来超度你，怎么样呢？"女子说了："这当然也不是不行，但是欧阳生这个人言而无信。"老先生说："我会帮你谋划的。"他让女子稍等，就立刻去找欧阳生，对他说："某生的妻子某氏来找你了！"欧阳生闻听此言惊慌失措，说不出话；老先生于是对他安慰劝解了一番，告诉他这次考试肯定能中，但是考完出场后要做七七四十九天的道场，才可以化解冤孽。欧阳生连连答应。老先生恐怕他不守信用，让他写了一张字据，拿回去告诉女鬼。女子看到字据，半信半疑，想要老先生从中作保，老先生又为她写了一张保证书，当场焚化了。女子就流下眼泪，施礼表示感谢，说："只是便宜了这个人而已。"

后来欧阳生出了考场，立即就为她做道场。等发榜后，果然考中了。这次考试的第一道题目是"夫子圣者欤，何其多能也"（语出《论语·子罕》），欧阳生写成了"夫子圣矣乎"，复核试卷的时候被发现，因此被罚三次不得参加礼部会试，终其一生都只是举人的身份。

3.2.17 杀尼姑巷

嘉善县北门内有杀尼姑巷，莫知其所由名。相传巷中向有尼庵，一尼先与屠者私，复有他好。屠妒奸，乘夜入室杀之；希灭迹，支解其尸，纳诸袋负而出北门，将沉之河。时尚五更也，门者诘之，以婚家供神所宰对，遂混而出。至吊桥，瞥睹黑而胡者持刀立桥心，惧不敢过，往返踯躅（zhí zhú）数次，天渐明。乡人入市者，见袋口血漉漉下，询之，如对门者言。顾神色慌张，类有异，强解所负，视之，则一光圆女首，四肢分截，骇为尼尸也。号执赴官，一鞫吐实，按律处斩，而毁其庵。人遂以杀尼姑名巷云。

按，北门外柳洲亭有关圣庙，黑胡持刀者，盖周将军之灵，路截淫凶，俾无漏网，亦足见神威之显赫矣。

【译文】浙江嘉善县的北门内有一个巷子叫杀尼姑巷，大家都不知道名字的由来。据说巷子里从前有一个尼姑庵，里面的一个尼姑一开始和一个屠夫私通，后来又有了新欢。屠夫因为奸情而产生嫉妒心理，趁着夜晚进入房间将尼姑杀死；他又希图毁尸灭迹，肢解了尼姑的尸体，装进袋子里背出北门，准备将尸袋沉入河中。当时还是五更天，看门的人盘问他袋子里是什么，屠夫回答说是为结婚的人家供奉神明而宰杀的牲畜，于是就混出去了。走到吊桥，瞧见了一个肤色黝黑留着大胡子的人，手持大刀站在吊桥中央，因此害怕不敢过桥，来回徘徊了好几次，天色已经渐渐明亮。有赶集的乡民，看见袋口不断有血滴下来，就询问他，屠夫把对看门人说的话又说了一遍。乡人看他神色慌张，极为可疑，就强行解开了袋子，一看，里面有一个又光又圆的女子脑袋，以及被分割截断的四肢，竟然是尼姑的尸体，大为惊骇。乡民号召众人一起，就把屠夫抓起来，扭送到官府，一经审讯就吐露了实情，按照法律被判处斩首，然后将尼姑庵捣毁废弃。人们从此以后就称呼这条小巷为杀尼姑巷。

说明，北门外的柳洲亭有一座关帝庙，那个黑面大胡子拿刀的人，应该就是周仓将军的英灵，在路上拦截奸淫又杀人的凶犯，使他无法侥幸逃脱法网，也足以证明关帝和周将军的赫赫神威了。

3.2.18 救难巧报

山阴陈某，逸其名。赴省试，舟泊萧山之西兴驿。忽闻街市火起，登舟往观，见避者纷纷，火光中一女子身无半缕，蹲伏于地，羞惧无以自容。陈急取一袍，掷与之，女得衣蔽体，而家人星散，号泣无所归，哀陈求救。陈使宿其舟之头舱，终夜不交一语。晨起，访其母家，掖之归，彼此匆匆不暇问姓名，衣亦未还，陈即渡江去。

及入场，题纸既下，文思甚涩，一字俱无。正窘迫间，闻邻号呻吟声，窥之，见一生病甚笃。谓陈曰：“余病矣，文成而不能写，惟交白卷求出场而已。子其为我点检考具，感且不朽。”陈为之料量毕，生问：“君文如何？”陈告以故。生曰：“余文已无用，感君之义，即赠君。”陈既受文，遂扶生出。归号，全录其文。揭晓，竟中式。亟访某生，无知者，久亦置之。

后陈以大挑，分发安徽，晤一候补令，似曾相识。谛视之，即向日之患病某生也。各叙往事，乃知某即萧山人，是年出场后，病旋愈，次科亦获隽，昨甫到此。陈谢之，偶一回首，见檐下有晒衣，则前赠女子之衣在焉。不觉屡顾，某疑而问之，陈言其始末，且询得衣之由。某恍然曰：“信哉！君所见女子，即内子也。遭回禄时尚未嫁，及归余，笥中见此衣，内子为余言，昔遭火厄，幸遇一士子掷一衣，得蔽体而归，彼此匆匆不暇问名姓，衣亦未还，每呼负负。故夏日必晒而藏之，将以报也。盖君之遇我，我之赠君，悉君之阴德所致。冥冥中假予手以报之，非偶然矣。”语毕，呼妻出谢，从此来往如通家。此嘉庆初年事。

【译文】浙江山阴（今绍兴市）的陈某，不记得他叫什么名字了。他赶赴省城参加乡试时，所乘的船停泊在了萧山的西兴驿。他忽然听说街市上着火了，上船观看，看到避火的人们纷纷四散奔逃，在火光中看到一名女子，光着身子蹲伏在地上，羞愧恐惧得无地自容。陈某赶紧拿出一件袍子，扔给了她，女子有了衣服遮盖身体，又因为和家人走散，哭诉自己无家可归，哀求陈某搭救自己。陈某让她先住在自己船上的头舱，一整晚没有和她说一句话。等到早晨起来，陈某寻访到了女子母亲家，送她回去，匆忙之间双方都没来得及互问姓名，衣服也没有归还，陈某就渡江而去了。

等到进了考场，试题纸发下来后，陈某文思枯竭，一个字都写不出来。正在窘迫间，听到隔壁号舍有呻吟声，陈某悄悄一看，发现一名考生病得很严重。那名考生对陈某说：“我病了，文章草稿已经写好，可是已经无力提笔誊写，只好交白卷早点出场而已。您帮我检查一下考试用具吧，永远感激您的帮助。”陈某帮他收拾整理好了之后，那名考生问：“您的文章写得怎么样了？”陈某告诉他自己的情况。考生说：“我的文章已经没用了，感谢您的情义，就赠送给您吧。”陈某接受他的文稿后，就扶着他出了考场。等回到号舍，陈某把他的草稿原样照抄在试卷上。结果公布后，竟然考中了。陈某急切想要寻找到那名考生，却没人知道，时间长了也就没有再关注此事。

后来陈某经过大挑（清制，挑选三科以上会试不中的举人，一等任知县，二等任教职，称为大挑），被分派到安徽任职，遇到一位候补县令，好像曾经在哪见过。仔细一看，原来正是之前那名在考场生病的考生。两人各自追述往事，才知道那名考生就是萧山人，当年出了考场后，病很快就痊愈了，在下一次的乡试中也考中了举人，昨天刚来到这里。陈某向他表示了感谢，偶然一回头，发现屋檐下有晾晒的衣服，发现自己之前赠送给女子的那件衣服也在其中。他不由得一看再看，萧山举人很疑惑地问他为什么一直瞧那件衣服，陈某便把当时搭救女子的前后经过告诉了他，并且询问他是怎么得到这件衣服的。萧山举人恍然大悟说："真是难以置信！您看到的那名女子，正是我妻子。她遭遇火灾时还没出嫁，等嫁给我之后，在衣箱中发现了这件衣服，妻子对我说这是之前遭遇火灾时，有幸遇到一名士子扔给她的，才得以遮蔽身体回到家中，可是匆忙之中没来得及互问姓名，衣服也没有归还，她常常为此感到惭愧对不住人家。因此每到夏天一定拿出来晾晒并收藏好，希望将来有机会报答。我想您遇到我，我送给您文章，都是您保全女子名节而不乘人之危的阴德所感召的。冥冥之中借我之手来回报您，绝不是偶然的。"说完，他叫妻子出来向陈某表示感谢，从此之后两家常相往来，如同亲戚。这是嘉庆初年的事情。

3.2.19 鬼畏孝子

吴中屠者刘四，有胆，中年积资数千金，遂纳监，列衣冠。虽放下屠刀，未能成佛，日与诸恶少饮博恶噱，无所不为，士林羞与伍也。然事母甚孝。一日，其徒语及郊外某舍有厉鬼，人莫敢居，遂与刘四约，如敢止宿，当醵酒食以啖。刘四欣然独往，众恐刘为鬼困，率伏户外以护。雾色苍茫，月光黯淡，乌啼鬼叫。方共惴惴战栗，草木皆兵，忽听有人高唱《莲花落》，前往推户，一鬼忽从人衣袂下突前，止之曰："刘孝子在内，我辈只可露宿；杯酒尚未温，子速归休。"唧唧数声而去。众更骇，牵衣奔返，群鬼相逐，尘沙染衣，有堕道旁溷（hùn）者，满头遍插木樨花而去。

【译文】苏州有个叫刘四的屠夫，胆子很大，中年时已经积蓄了数千两银子的资财，就出钱捐纳了一个监生的资格，跻身于士绅行列。虽然他已经放下了屠刀，却还没有立地成佛，每天和恶劣少年们一起饮酒赌博恶作剧，什么事都干，读书人羞于与他为伍。然而他事奉母亲非常孝顺。一天，他的同伴说起郊外某处房屋里有厉鬼作祟，没人敢住在里面，于是和刘四约定，如果敢在里面过夜，就凑钱请他喝酒吃饭。刘四二话不说，很高兴地自己一个人就去了，大家恐怕刘四被厉鬼困住，也都悄悄埋伏在门外作为掩护。当时，雾气茫茫，月光黯淡，乌鸦啼鸣，鬼声啾啾。正当众人都惴惴不安、瑟瑟发抖时，只觉草木皆兵，忽然听到有人高唱《莲花落》（旧时乞丐所唱的歌曲），正要上前推开门，一个鬼突然从大家衣服底下蹿了出来，喝止说："刘孝子在里面，我们只能露宿在外；如今杯中酒尚未温热，你们赶紧回去吧。"唧唧叫了几声就走了。众人更加害怕，互相拉着衣服往回跑，一群鬼在后面追赶，衣服上都是尘土，有人掉进了路边的粪坑里，头上沾满了粪尿狼狈而去。

3.2.20 医地

人生邀福之心过甚，则事之断无是理者，亦遽信之而不疑。青乌之说，自不可废，然一为所动，则必终为所愚。

京中有赵八疯子者，创为医地之说，此亘古奇谈，而竟有信之者。尝为武清一曾任县令者卜地，告之曰："适得吉壤，在某村某家之灶下，去其屋则得吉穴。"某令遂别购地造屋，迁其人而购其室。及毁灶，赵又熟视曰："此地惜为灶所泄，地力弱矣。"某令曰："为之奈何？"曰："医之自能复元，药当用人参一斤、肉桂半斤。俟得此二物，付我，余药我自为合之。"某令如其教，备参、桂授之。

越日，掘地下药，又告曰："三日后夜半，立于一里之外，若遥见此地有火光浮起，则元气大复矣。"乃潜施火药于地外，阴令人往，约以某夜远见有笼烛前行者即燃之。及期，至某令家邀其夜中笼烛往视。漏三下，曰："是其时矣。"遂同往。久之，遥望其地，果有火光迸起。狂喜曰："君家福甚大，不意元气之复若是之速也。"某令亦大喜，然为药物故，家资已消耗过半。赵售其参、桂，家称小康。

无何，赵子俱亡，赵亦得奇疾，身如已死，但能饮食而已。始大悔。平生所愚者不止某令，而所售参、桂之资亦归于尽。身受其报，天道当然。而为所愚者，绝不思理之有无，又愚之愚者也。

【译文】 人生如果贪求福报的心态过重，那么就算是完全没有道理的事，也会深信不疑。风水的说法，固然不可否定，但是一旦过度执着于此，那么终将被人所愚弄。

京城中有一个赵某，外号赵八疯子，创造了医地的说法，这种亘古未有的奇谈怪论，居然还真有人相信。赵某曾经为武清县（今天津市武清区）的一个曾经当过县令的人选择墓地，告诉他说："刚刚发现了一处吉地，在某村某家的灶台下，把他家的屋子拆掉就能得到上好的墓穴。"某县令于是就另外购买了一块土地造好房屋，让那家人搬到新房居住，买下了他们的老房子。等到把灶台拆除后，赵某又仔细一看，说："这地可惜被锅灶泄了地气，地的力量已经很微弱了。"县令问："该怎么办呢？"赵某说："医治一下自然能够恢复元气，所需要用到的药物有人参一斤、肉桂半斤。等你准备好这两样东西，交给我，其他的药物我自行为你调配。"某县令按照赵某说的，如数准备了人参、肉桂交给他。

第二天，挖开地面，埋下药物，又对县令说："三天后的半夜时分，站在一里地外，如果远远望见这个地方有火光浮起，那就说明元气已经大大恢复了。"于是赵某偷偷地在地面撒上火药，并悄悄地让人提前前往那里，约定在某天夜里远远看到有人提着灯笼走过来，就点燃火药。到了约定的那天，赵某到县令家邀请他夜里提着灯笼前去视察。半夜三更时分，赵某说："时候到了。"于是就一起前往。过了许久，远远望见那个地方，果然有火光涌起。赵某欣喜若狂地说："您家福气太大了，没想到元气恢复得这么迅速。"县令也非常高兴，然而由于购买药材的原因，他家的资财已经消耗了一大半。赵某私下将那些人参、肉桂挖出来卖掉，竟然因此家境实现了小康。

不久，赵某的儿子都死了，赵某也得了怪病，身体好像死了一样，只能喝水吃饭而已。这才大为悔恨。平生被他愚弄欺骗的不只县令一人，靠卖人参、肉桂所得的钱也都消耗一空。他现世受到这样的报应，是理所当然的天道因果循环。但是那些被他愚弄的人，从来也不会思考一下其中是否合理，可谓是愚人之中的愚人了。

3.2.21 薛二

蒋伯生大尹（因培）云：山东试用薛大尹（定云），无锡人。一日，坐公馆中，方食汤面，忽有一卒至前，问曰："尔姓薛乎？"曰："然。""行二乎？"曰："然。"卒曰："我老爷令我唤你。"薛曰："尔老爷为谁？"答曰："见便相识。"欲俟食毕往，卒曰："归食未晚也。"薛遂不觉，随之去。

至一座落，见一官，衣冠与州县等，卒然问曰："你为薛二耶？"薛应之，心方怒其官相等，何乃遽如此相呼。上坐者呵曰："见我，何以不跪？"辄令牵下，掌责二十。薛又念能责我者，官当胜我，然不自知所触犯何事。乃大言曰："大老爷乞查明卑职以何事犯责。"上座者亦大言曰："尔何人，敢称卑职耶？"薛乃述现为试用知县。上座者推案起，遽前谢过，因问何人相请至此，卒乃跪以对。乃大杖其卒三十，令送薛归。出门回顾，则里中土城隍祠也。比到公馆，其面尚未冷，而两颐遽肿，乞假十日乃愈。

是日，薛之邻居僚友，有长随薛二暴卒，盖缘误勾。逾日而土城隍祠忽毁于火。薛未半岁亦卒。盖其精气已委顿，俗所谓火焰不高，故鬼卒得以近前。而上坐者不察其罪，遽行施刑，致无辜之人误被掌责。聪明正直之谓何，宜其旋受冥罚矣。

【译文】蒋伯生县令（蒋因培，字伯生，江苏常熟人，乾隆四十九年举人，历知山东泰安、齐河等县）说：山东试用知县薛定云，是江苏无锡人。一天，他坐在公馆里，正在吃汤面，忽然有一名差役来到面前，问他说："你是姓薛吗？"他回答说："是的。"又问："你是排行老二吗？"回答说："是的。"差役说："我家老爷命令我来叫你过去。"薛知县说："你老爷是谁？"差役回答说："你见了就知道了。"薛知县想要等吃完饭再去，差役说："回来再吃也不晚。"薛知县于是不知不觉就跟他去了。

来到了一座建筑，看到了一位官员，穿着打扮类似于州县官员，突然问自己："你就是薛二吗？"薛知县说是，心中暗想明明二人官位相当，为何他居然这样称呼自己，颇感气愤。上面坐着的官员又呵斥道："看见本官，为什么不下跪？"于是命人把他拉下去，掌责二十下。薛知县心想，能够处罚我的，官位一定高于我，只是不知道自己到底触犯了什么罪。于是薛知县大声说道："卑职到底犯了什么事而受到责罚，请大老爷明察！"上座的官员也大声说道："你是什么人，也敢自称卑职？"薛知县于是说自己目前是试用知县。上座的官员推开桌案站了起来，立即上前道歉，然后问道，是谁把薛知县带过来的，之前那名差役跪下来说是自己带他来的。于是命人重重杖责差役三十下，又令人将薛知县送回。薛知县出门后回头一看，原来是乡里的土城隍庙。等回到公馆，他的面还没有凉，但是两腮都肿了，请假在家休息了十天才好。

当天，薛知县的邻居同僚，有一个叫薛二的长随，突然死了，大概之前是因为重名而被误勾。过了一天，土城隍庙突然失火被烧毁。薛知县没过半年也死了。大概是他的精气神已经衰退了，正像民间所说的身上的火焰不高，所以鬼卒得以近身。而那位冥官在没有明察其罪行的情况下，就贸然加以刑罚，导致无辜的人误被掌责。那么他能算得上是聪明正直的神灵吗？也难怪这么快就受到了天曹地府的责罚。

3.2.22 谈诗

家大人官京师时，公余常至翁覃溪先生宅谈诗。一日，与刘芙初、吴兰雪、李兰卿诸先生同侍坐诗境轩中。忽阍人持一柬来报，有某大老爷求见，已闯入外厅事矣。因闻有客在内谈诗，即拂衣径去。同人皆默然。

覃溪先生笑曰："我数日前，甫闻客谈一事，今正可为诸君述之。杭州涌金门外社庙下，多泊渔舟。比有渔人，夜深闻祠中人语嘈杂，似有人控诉声。神呵曰：'何物野鬼，敢辱文士？当笞。'又闻剖诉曰：'月明人静，幽魂暂游水次，聊解穷愁。此二痴措大，刺刺论诗，众皆不解。厌闻隐退则有之，未敢触犯也。'神默然良久，曰：'论诗雅事，亦当择地择人，先生休矣。'祠中燐火络绎而出，遥闻吃吃笑声不已云。今青天白日，不宜有此。诸君若当清夜，则毋宁慎之，免死鬼厌闻也。"

吴兰雪曰："诚如是言，则不但择人择地，并须择时。世路愈窄，人多于鬼，可若何？"先生曰："我所言戏之耳。若吾子所言，则狂奴故态也。夫痴不过招厌，狂则必招忌。人诚多于鬼，吾子既不能超出世路，则无宁慎之，免使鬼笑人也。"家大人归，为余兄弟述之曰："此劝世文也，尔等识之。"

【译文】我父亲在京城做官的时候，公务之余常常去翁覃溪先生（翁方纲）家里谈诗。一天，和刘芙初（名嗣绾）、吴兰雪（名嵩梁）、李兰卿（名彦章）等几位先生，一同陪侍覃溪先生坐在诗境轩中。忽然，门房拿着一张名帖来禀报，说有一位大老爷求见，现在已经闯进外厅了。因为听到有客人在里面谈诗，就甩了一下衣袖径直离去了。在座的人都沉默不语。

覃溪先生笑着说："我几天前，刚听客人谈到一件事，今天正好可以讲给大家听听。杭州涌金门外的土地庙下面，常常有渔船停泊。近日有一个渔夫，在深夜听到土地庙中有人声嘈杂，好像是有人在控诉的声音。神明呵斥道：'哪里来的野鬼，竟敢侮辱读书人？该打。'又听到有人辩解倾诉说：'月明人静之时，我这孤魂野鬼暂时在水边游荡，聊以排解穷苦愁闷之情。这两个书呆子，刺刺不休地论诗，大家都听不懂。我因为厌恶听他们说话而悄悄离开确实是有的，但是绝不敢冒犯。'神明沉默了许久，说：'论诗确实是文雅之事，但也应该选择地方和对象，先生算了吧。'只见有一团团的磷火（夜晚在野地里常见的忽隐忽现的青色火光，俗称鬼火）从土地庙中相继退出，还远远听到有嗤嗤的笑声连续不停。现在是青天白日，不会有这样的事。大家如果在深夜，那么宁可谨慎一些，以免让死鬼不愿意听到。"

吴兰雪说："真要是像您说的这样，那么不但要选择地方和对象，并且须要选择时辰。如今世路越来越窄，人比鬼多，它们能拿我怎么样呢？"覃溪先生说："我说的只是玩笑话而已。但像您说的，则是狂傲读书人的老毛病。痴呆不过惹人厌恶，狂傲则必定惹人忌恨。人确实比鬼多，但您既然不能超越世路，那么不如谨慎一些，免得让鬼笑话人。"我父亲回来后，给我们兄弟几个讲述了此事，并说："这有劝世的意义，你们记录下来吧。"

3.2.23 戒食鳖

新建渔人获一鳖，特巨，背列八卦形。观者异之，劝释放。渔蠢而狠，曰："犹是鳖也。"竟烹食之。越日，复渔于江，则鳖群无数，绕舟浮游，众渔竞前捕捉，遂致争斗。前获巨鳖之渔毙焉，而鳖群散矣。

噫！鳖而有文，非凡介矣，顾不能避豫且之醢（hǎi），岂智有所昧哉？老杜《义鹘诗》云："物情有报复，快意贵目前。"渔者见报于其族类，可为妄杀者戒。甚矣，怨毒之所归也。此嘉庆己卯冬事。

【译文】江西新建县（今南昌市新建区）有个渔人捕获了一只鳖，体型特别巨大，背上还有八卦形状的花纹。围观的人都感到奇异，劝渔人将它放生。这个渔人愚蠢顽固而且凶狠残忍，说："说到底也还是一只鳖而已。"然后渔人竟然把它宰杀烹煮吃掉了。第二天，他又到江上捕鱼，有一群鳖，不计其数，围绕着渔船浮游，渔人们争相近前捕捉，于是导致相互争斗。之前捕获巨鳖的渔夫在混乱中被打死，然后鳖群就散去了。

哎呀！鳖的背上有特殊的花纹，绝不是普通的生灵，但是没能躲避渔人的酷刑，难道是智慧还有所欠缺吗？杜甫的《义鹘诗》中写道："物情有报复，快意贵目前。"渔人被巨鳖的族类报复，可以让那些随意杀生害命的人引以为戒。动物因生命被剥夺而产生的怨恨是极其深重的。这是发生在嘉庆己卯年（1759）冬天的事情。

3.2.24 鸦片

朱某言：仕宦场中，多嗜鸦片烟者。或云疲于案牍，食之，振起精神，则为花柳场中游荡之助。若花柳场中男子妇人，亦有食者。朱尝于苏州宴会间，问一老妓，言食此之弊甚详。言男子初食此烟，房事可以鏖战数倍；妇人食者，正可与敌。及其久也，男子之势伤，日缩，渐至于尽，不但不能战，并战具而无之。妇人食此久，精血过伤，以合房事为苦事。则苦况尤不可言状，恐人未能尽知也，故记之以示警戒耳。

【译文】朱某说：官场中，许多人有吸食鸦片烟的癖好。有人说，每天忙碌于公务文书而疲惫不堪，吸食鸦片烟后，可以提振精神，但是又助长人的欲望，使其不禁游荡于花柳场所。像那些花柳场所里的男子女人，也有吸食鸦片的。朱某曾经在苏州参加一场宴会时，询问一个老妓女，她很详细地讲述了吸食鸦片的危害。据她说，男子刚开始吸食鸦片烟的时候，房事能力可以提高好几倍；女人吸食之后，正好可以与之匹敌。等吸食时间久了，男子的生殖器受伤，日益萎缩，渐渐就消失了，不但不能行房，连工具都没了。女人如果长期吸食鸦片，则精血严重受损，以行房事为苦差事。其他惨痛的状况无法用语言形容，恐怕人们不一定都知道这回事，所以记下来以引起世人警惕。

3.2.25 钱学士

钱金粟学士（林），每年常入冥判事，众所共知。道光甲申，尝与同年宫辛楣洗马（焕）闲谈，宫方以大考为虑。钱曰："无虑也，考得着即妙。"后宫至七月物故，而九月始大考。当宫病时，钱未往视，及病亟，始至卧榻前，袖出一纸，焚之而去。宫之子从火中攫之，只存烬余，外签有"某时封"三字，宫即以其时没也。

大考擢官后，又有闻其入冥者。问之，则曰："只八月廿七一度耳。"问何事，则曰："勾人名耳。"问何所据，则曰："凭其册注，大抵昧财者居多，然亦有昧至盈千累万而不勾者。"问何故，则曰："亦不自知，但其时觉其可不即勾耳。阅册时，有吏在旁，指册中二人应勾者，余恶其多言，复疑其有弊，独不勾。事毕，有衣冠显者据案，收册者因献以册。其人阅毕，言所勾极合，惟漏却二人耳，即前吏所指也。余请补勾，显者曰：'奉旨请尔来办此，勾由尔，饶亦由尔，不能补也。'"

时家大人与程春庐先生（同文）同在盘山行帐中，亲闻学士述此。是冬，学士即归道山矣。程曰："疑吏有弊，独宥两人，殊不知即堕此吏计中也。然则幽明殆无别欤？其所谓昧财至盈千累万而不勾者，当必别有大处分，不第以一勾了事也。"吁，可畏哉！

【译文】翰林院侍读学士钱金粟先生（钱林，原名福林，字东生，一字志枚，号金粟，嘉庆十三年戊辰科进士），每年常常进入地府帮助判案，这是大家都知道的。道光四年甲申（1824），他曾与同科进士、司经局洗马宫辛楣先生（宫焕）闲谈，宫辛楣当时正在担心大考（清代翰林、詹事的升级考试）的事情。钱金粟说："不用担心，能考得着就很好。"后来宫辛楣到七月就去世了，而到九月才开始举行大考。当宫辛楣生病的时候，钱金粟没有去探望；等到宫辛楣病危时，钱金粟才到他的床前，从袖子里拿出一张纸，烧掉后就离开了。等宫辛楣的儿子从火中捞取时，只剩下残余的灰烬，隐约看到信封上标注有"某时封"三个字，宫辛楣正是在这个时辰断气的。

钱金粟经大考一等被提升官职后，又有人听说他进入地府办事。询问他，钱学士就说："只有八月二十七日去过一次而已。"又问是因为什么事，钱学士就说："勾决人的姓名而已。"又问他依据什么来勾决，钱学士就说："根据册籍中的标注，基本上都是贪占别人钱财的人居多，不过也有贪占了成千上万的钱财却不在勾决范围内的。"问这是什么原因，钱学士就说："我也不知道，但当时感觉到他可以不用立即被勾决。翻阅册籍的时候，有冥吏在一旁，指着册籍中两个应该被勾决的人，我讨厌他话太多，又怀疑其中可能有营私舞弊的行为，所以就独独不予勾决。事情完成后，有一个衣冠显赫的人坐在桌案边，收集册子的人把册子呈给他看。那人看完后，说我勾决得特别准确，但是唯独漏掉了两个人，正是之前那名冥吏指出的那两人。我请求补勾，那人说：'奉天帝旨意，请你来办理此事，勾决由你决定，饶恕也由你决定，不能补勾了。'"

当时我父亲和程春庐先生（程同文）一起在盘山行帐中，亲耳听到钱学士讲述此事。当年冬天，钱金粟学士就仙逝了。程先生说："怀疑冥吏有营私舞弊的情况，唯独宽宥了两个人，殊不知这正是落入那名冥吏的圈套中了。那么难道阴阳两界没有区别吗？那些贪占了成千上万的钱财却不被勾决的人，一定会有另外的更大的处分等着他，不只是一勾了事。”哎呀，太可怕了！

第三卷

3.3.1 会场孽报

吴中某生，年十二入泮，十六领乡荐，才貌兼擅，群相慕悦，为某富室赘婿，与其次婿同馆肄（yì）业。次婿，年十五，丰姿韶秀，宛如璧人。某于酒间语次，每调谑之，意颇含愠，以父母推重之，辄复隐忍。某生以为可诱，一夜乘其醉卧，裸而淫之。及醒，羞忿，逃往天台，剃发为僧。家中人寻得之，誓死不肯返。未久，圆寂寺中。后父母知其故，自惜颜面，亦寝其事。

某生于会试场中，忽见连襟婿如同馆时，大喜，竟忘其死，复谑之曰："弥子之妻与子路之妻，兄弟也。"遂以前二语大书卷上。后屡试见之，曾未毕三场。缘早岁登科，年方强仕已截取知县，比报到，忽癫痫而死。

【译文】苏州的某生，十二岁入学成为生员，十六岁考中举人，才貌双全，大家对他都很仰慕喜爱，入赘某富家为婿，和富家二女婿（也就是连襟）在同一个学馆学习。二女婿，十五岁，相貌清秀，如同美玉。某生在酒席言谈之间常常调笑戏弄他，二女婿心中颇有愤恨之意，但是因为父母偏爱某生，只好默默忍受。某生以为他可以引诱，一天夜里，趁他醉酒卧床之际，就脱掉他的衣服将他鸡奸。二女婿醒来之后，又羞愧又恼怒，逃到天台山，削发出家为僧。家里人找到他后，他誓死不肯回去。不久后，就在寺庙中圆寂了。后来父母知道了其中的缘故，因为爱惜脸面，也极力掩盖此事。

后来某生在会试考场中，忽然看见了自己的连襟，还是原来在学馆读书时的模样，特别高兴，竟然忘记他已经死了，又开玩笑说："弥子之妻与子路之妻，兄弟也。"（语出《孟子·万章上》，意思是弥子的妻子和子路的妻子是姐妹。）于是竟然把这两句话用大字写在了试卷上。后来每次考试都会看到二女婿来了，从来没有一次考试能够坚持考完全场。不过由于他早年就考中举人了，刚四十岁时就经过截取（举人于中试后经过三科，由本省督抚咨赴吏部候选，称为"截取"）被选任为知县，刚一收到这个喜报，忽然癫痫发作而死。

3.3.2 诉冤鬼

衡水某妇，有与豪右通，而谋杀其夫者。尸侄首官，豪以金赂仵作，相尸无伤，转坐诬。复诉之廉访，委某令邓公往按之。反覆相验，亦无证据。夜宿馆舍，披阅供语，思维间，漏已三下，从者尽鼾寝。骤觉烛光黯淡，阴风窣（sū）律，壁角一人乍前乍却，倏（shū）跪案下，微啜泣声，若有所请。公心悚口噤，凝神谛视，审知日间所相尸，右耳畔垂一物，如白练状，大悟，乃大言："尔去，吾必雪尔冤也。"其鬼稽首而灭，烛亦骤明。遂折柬，邀衡水尹督责吏仵，复至尸所覆验。衡水尹笑曰：

“人谓邓公书痴，良不诬也。作令十年，家无寸储，其才可想矣。似此公案，岂拙宦所能办哉？”勉强复往。邓叱检视右耳孔，仵作即失色，乃于耳中取出水湿棉絮，约累半斤。告衡水尹曰：“此奸夫淫妇之所以得志也。”遂搒（péng）掠之，尽得其前后奸状，置之法。

【译文】衡水县（今河北衡水市）有个某妇人，和豪门大族私通，然后谋杀了亲夫。死者的侄子向官府告发，豪门出钱贿赂验尸的法医，法医作出了尸体无伤的结论，因此侄子反而被扣上诬告的罪名。侄子又上诉到按察使衙门，按察使委派某县县令邓公前往调查。邓公反复勘验，也没有发现什么确凿的证据。邓公晚上住在馆舍里，批阅供词，正在思考之间，不觉已到三更时分，随从都已熟睡。邓公突然感觉烛光一下子暗淡下来，阴风瑟瑟，墙角有一个人忽进忽退，突然跪倒在桌案前，低声抽泣，好像有事要请求。邓公心中害怕，牙关紧闭，聚精会神仔细审视，发现他与白天所勘验的尸体长得一模一样，而且右耳边垂有一物，如同白色绢条的样子。邓公恍然大悟，于是大声说道：“你去吧，我一定会为你洗雪冤屈。”那鬼魂磕头表示感谢，然后就消失了，烛光也一下子明亮起来。于是裁纸写信，邀请衡水县令督责差吏和法医，再次到停尸的地方重新勘验。衡水县令笑着说：“人家都说邓公是书呆子，看来确实不错。当了十年的县令，家里没有一丁点积蓄，他的才能可想而知了。像这个案子，岂是这等笨拙的官员所能办到的？”勉强回了信，前往现场。邓公叱令法医检查右耳孔，法医当即脸色大变，竟然从耳朵中取出了用水浸湿的棉絮，大约有半斤重。邓公对衡水县令说：“这就是那对奸夫淫妇能够得逞的原因。”于是对两人严刑拷打，将他们通奸杀人等前后罪状一一坐实，依法惩治。

3.3.3 托生报德

顾小韩方伯（学潮）言：杨乘时（溥），无锡诸生，文名甲于邑。奈屡试辄落孙山，年过五十，所育非男，闺中但有五女，因娶妾焉。娶之日，宾客谯贺者未散，主人入房，见新姬呜咽镜籢（lián）次，慰之不止。诘其由，乃曰："忆儿家阿父为南浔通判时，尝置多妾，后为阿母不容，鞭箠极楚，逐出，后甚有流为娼者。阿父闻而不忍，使苍头持金嫁为厮养妇，或送空门。今不幸父兄俱成黔疆，母妹早年丧失，孑身异路，遭媒侩居奇，侍巾栉（zhì）于君子。抚今追昔，不觉悲从中来。"杨为之泫然，曰："毋泣，我之祧嗣有命存焉，何忍以宦家女为媵（yìng）妾？尔其为我女，当为择一佳婿。"女再拜，遂命与诸女寝，隶姊妹行。出谓客曰："君辈且留，不意今夜复得一女，请再作汤饼会。"具述前事，众客颂其盛德。

明年，夫人举一子。临蓐时，公坐堂上，蓦见二隶导一官进，方欲迎迓，官遽趋内室，与二隶俱不见。觇其面貌，女谓酷似其父也。公年九十余终，子为名孝廉，诸婿俱显贵，义女婿后亦得官，貤（yí）赠公为中宪大夫焉。

【译文】顾小韩布政使（顾学潮）说：杨溥先生，字乘时，是江苏无锡的一名秀才，文才的名气在当地首屈一指。无奈多次参加科举考试都名落孙山，年过五十岁，还没有儿子，只有五个待字闺中的女儿，于是准备纳妾。娶妾的那天，前来贺喜的宾客还没散去，主人进入洞房，看见新妾坐在梳妆台前抽泣，劝慰了一番她还是哭个不停。杨公就追问她哭泣的原因，女子这才回答说："我回想起我父亲在做南浔通判的时候，曾经纳了几个妾，都不被我母亲所容纳，残酷地鞭打她们，还把她们赶出去，后来甚至有沦落为娼妓的。我父亲听说后心中不忍，就让仆人拿钱将她们嫁给人家作厮养妇，有的送入寺庙出家。如今我的父亲和哥哥都不幸被发配流放到贵州边疆，母亲和几个妹妹也早都死的死、失踪的失踪，而我自己孤身一人走投无路，被媒人和中介当作奇货，卖给您做婢妾来侍奉您。触景生情，追忆往事，不禁悲从中来。"杨公不禁受到触动，也跟着落泪，说："不必哭泣，我的传宗接代问题自有天命在其中，怎么忍心纳官宦家的女儿做姬妾呢？你就做我的义女吧，我会给你找一个好人家出嫁的。"女子拜了又拜，于是就让她和自己的女儿们一起住，和亲姐妹一样。杨先生出来对客人们说："大家暂且留步，没想到今天又得了一个女儿，请大家继续参加汤饼会（旧俗寿辰及小孩出生第三天或满月、周岁时举行的庆贺宴会，因备有象征长寿的汤面，故名）。"然后杨公详细地给大家讲述了事情的经过，客人们都称颂他深厚的德行。

第二年，杨公的夫人就生了一个儿子。夫人临产的时候，杨公坐在堂上，突然看见两名隶卒引导着一名官员走了进来，正要起身迎接，官员突然快步走进内室，和两名隶卒一起消失不见了。观察新生儿的长相，义女说酷似自己的父亲。后来杨公活到了九十多岁高寿，儿子成为有名的举人，几个女婿也都显达富贵，义女婿后来也做了官，以此貤赠（谓将本身和妻室封诰呈请朝廷移赠给先人）杨公为中宪大夫（文职正四品封阶）。

3.3.4 见鬼

乾隆间，京师有宦家子，年十六七，聪隽秀丽。遇社会观戏，不觉夜深，途中求饮民舍；其家惟一少妇，即留小坐，流目送盼，言其夫应官外出，须明日方归。男婉女媚，遂相燕好。临行赠以金钏，泣嘱后勿再来。次日视钏，铜青裹满，似出土中。忆念不忘，复至其地，并无屋宇，徘徊寻视。突有乱髯黑鬼，批颊诟厉，踉跄奔归，鬼亦随至，以是发狂谵语，吐陈前由。父母诣墓，设奠埋钏。其子忽瞑目曰："我妇失钏，疑有别故，因无确据，仅鞭责鬻卖，今汝还钏，可知为汝所诱。此何等事，可以酒食钱帛谢过？"颠痫两月，竟以不起。

谚云："奸近杀。"钻穴逾墙之事，实以性命相搏。虽幽冥奇遇，祸患亦复如是，可不慎哉！

【译文】乾隆年间，京城有一个少年，是官宦家子弟，大概十六七岁，聪明俊秀。有一次参加社日庙会看戏入迷，不知不觉夜已经深了，回家的路上经过一处民居，就进去讨口水喝；这户人家家里只有一个少妇，于是就留下来小坐，少妇流转目光、以目传情，她说自己的丈夫外出应付官府的差事，第二天才能回来。孤男寡女，男有情女有意，于是就发生了关系。少年临走的时候，少妇赠送给他一对金镯子，哭着嘱咐他千万不要再来。第二天一看金镯子，裹满了铜锈，好像是从土里挖出来的。少年念念不忘，又来到那个地方，发现那里并没有屋子，在附近徘徊寻找。突然有一个胡须乱蓬蓬的黑鬼过来，打他的耳光，严厉地责骂他；他跌跌撞撞地跑回家，黑鬼也尾随而至，他因此精神失常说胡话，将之前的事情吐露了出来。他的父母找到那处坟墓，陈设供品祭奠墓主，并将金镯子埋回去。他们的儿子忽然闭着眼睛说："我妻子丢了金镯子，我怀疑有别的原因，但是没有确切的证据，只是鞭打了一通后把她卖了，如今你来归还金镯子，可想而知一定是被你勾引的。这是什么事，用一些酒食纸钱就能弥补罪过吗？"少年发了两个月的癫痫之后，最终死掉了。

有谚语说："奸淫接近于凶杀。"男女偷情之事，实在是拿自己的生命在冒险。虽然是人鬼之间的邂逅，但是招致的祸患同样如此严重，能不警惕吗！

3.3.5 仙桃草治伤

徽人汪德隆，因父被殴重伤，奄奄垂毙。漏夜觅医，山路迷径，见道旁茅舍坐一老者，遂投问津，且告以故。老者乃出药一包与之，曰："以水调服，无须医也。"询其何药，云："名仙桃草，其草四月间在麦田中蔓生，叶绿茎红，实大如椒，形如桃，中有一小虫者，即是。宜小暑节十五日内取之，先期则虫未生，后期则虫飞出。趁未坼（chè）采之，烘干研末，藏贮磁器。一切跌打损伤，服一二钱，可以起死回生。"遂引路，送至大道。乘月归家，服之立愈。越日，市豚酒往酬，至则仅一坵垅（qiū lǒng），并无茆舍，遂拜祭坟前而返。是鬼悯其孝欤？抑好善济人至死不倦欤？

【译文】安徽人汪德隆，他的父亲被人殴打导致重伤，奄奄一息快不行了。汪德隆于是深夜找寻医生，在山中迷了路，看见路边的茅屋前坐着一位老人。汪德隆于是走过去问路，并把原因告诉了他。老人于是拿出一包药给他，说："用水调服，不用找医生了。"汪德隆问他是什么药，老人说："此药名叫仙桃草，这种草每年四月份在麦田中蔓延生长，叶子为绿色，枝茎为红色，果实大小如花椒，形状如桃子，中间有小虫的，便是。应当在小暑节气的十五天内摘取，过早则虫子还没生出来，过晚则虫子就飞走了。趁着还没破裂的时候采摘下来，烘干后研磨成粉末，贮藏在瓷器里。任何跌打损伤的情况，只要服用一二钱，就能起死回生。"老人于是为他带路，送到了大路上。汪德隆趁着月色回家，父亲服用之后很快就好了。第二天，他买了酒肉前往酬谢，到那地方一看，只有一座坟墓，并没有茅屋，于是把酒肉摆在坟前祭拜之后就回家了。这是鬼神怜悯他的孝心吗？还是老人乐善好施、乐于助人，到死后也不知疲倦呢？

3.3.6 杀业果报

乾隆末，苏州忽传有飞虫夜伤人，互相惊惕，谯（qiáo）鼓未起，家家闭户。儿童见莎鸡蚕蛾，辄噭（jiào）然啼泣。既而画图传视，好事者指为射工，以是妖由人兴。

黄鹂坊有张媪者，寡，守妾之遗腹子，时年十岁，因见螳螂，惊痫而死。媪怅怅，日购螳螂，槌杀以祭。一日，所市螳螂千百贮笼，忽闻笼内作儿哭声。媪骇异，开笼审视，忽见儿现形曰："娘勿杀螳螂，冥司以儿好杀虫蚁，伤戕生命；今母以儿故，又杀螳螂至万计，罪业深重，罚儿化螳螂五百劫矣。"语罢，牵衣大恸，媪抚之，乃一螳螂在衣，侧首凝视而已。

【译文】乾隆末年，苏州忽然传说有飞虫在夜间伤人，人们互相警惕，谯楼上更鼓还没响起的时候，家家户户就都关门了。小孩看见纺织娘、蚕蛾子之类的飞虫就吓得大声啼哭。不久有人又画出飞虫的图像相互传阅，好事者煞有介事地说这是射工（传说中的毒虫名，能在水中含沙喷人的倒影，使人得病，又叫"蜮"），从此之后由于人们的恐慌心理反而造成了一些怪异的事情。

黄鹂坊有一位张老太，寡居，看护着妾所生的遗腹子，这孩子才十岁，因为看见螳螂，受到惊吓而死。张老太很失落，每天购买很多螳螂，用棒槌打死来祭奠孩子。一天，她又买了数百上千的螳螂，关在笼子里，突然听到笼子里传出小孩子的哭声。张老太感到很惊奇，打开笼子仔细查看，忽然看见儿子显出形象，说道："娘不要再杀螳螂了，冥府因为我喜欢杀死虫蚁，戕害了很多生命；如今母亲因为我的缘故，又杀死了数以万计的螳螂，因此罪业深重，冥府已经罚我化为螳螂五百劫了。"说完，孩子拉着母亲的衣服大哭，张老太用手抚摸他，发现原来是一只螳螂，趴在衣服上，侧着头注视着自己而已。

3.3.7 污蔑人

长洲蒋镜斋（溶）茂才，日讲性理，侃侃硁硁（kēng kēng），无一语与人阿合。其书斋临河，因邻有少女，隔水而居，欲避嫌疑，斋窗终岁扃闭，虽炎歊（xiāo）郁蒸，终不启。有同学弹破其纸，将窥之，即赤頳呵斥。年二十余，病死。

先是，郡之武庙文昌阁，结有惜字社，诸士子捐资雇夫四处收拾字纸。每月朔，司事者汇焚之，士子毕集拈香，亦藉以会友，或出近作文，互相就正。镜斋每至，众以其迂，恒鲜问答。有龚浩庭者，尤不以镜斋为然，恒轻侮之。镜斋忿懑，期期艾艾，不吐一词相报，众为之哗然笑解。

镜斋既死，有友在社，语及镜斋为人虽迂阔不合时宜，亦自不为恶，使人尽如此，幽冥当可不设地狱。浩庭曰："无间地狱正为此辈而设。彼对河邻有少女，终岁闭窗，岂自制其邪萌哉？安知非其私偶，而吝与同侪（chái）见耳？"将再有语，忽面色如土，向空鞠躬屈膝，喃喃引咎，惘惘如痴。吴俗，人言或遇祟，批其颊可以苏醒，众竞批之，两颧红肿，良久始定。告人曰："忽见蒋镜斋谓我诬其私邻女，力曳去投质文帝，余再四引咎，幸渠即释手，若被曳去，性命休矣。"

【译文】江苏长洲（今苏州市）的蒋镜斋（蒋溶）秀才，每天讲求性理之学，为人耿直固执，从来没说过一句讨好别人的话。他的书房位于河边，因为住在河对岸的邻居家有一位少女，他想要回避嫌疑，所以书房的窗户一年到头关着，即使天气炎热，也从不打开。有同学弹破他的窗户纸，想要窥视，立刻被镜斋红着脸呵斥。二十多岁时，镜斋就因病而死了。

在此之前，在苏州府的武庙文昌阁，志同道合的人们组织起来结成惜字社，士子们捐钱雇人到处收集捡拾字纸。每月的初一日，主事的人将字纸汇集起来焚化，士子们悉数到场上香祈祷，也是借此机会以文会友，有人拿出最近写的文章，大家互相交流指正。蒋镜斋每次前来，大家都认为他迂腐，很少与他答话。有个叫龚浩庭的，尤其不把蒋镜斋当回事，常常轻慢欺辱他。蒋镜斋虽然愤恨不平，但是结结巴巴，说不出一句话来反击，大家都七嘴八舌说笑着为他解围。

蒋镜斋死后，有朋友在惜字社里谈起他，说他为人虽然迂腐不合时宜，当然也从来不作恶，如果人人都像他一样，那么阴间就不用设置地狱了。龚浩庭说："无间地狱正是为这种人准备的。他河对岸的邻居有一名少女，他一年到头关着窗户，难道是为了自我克制邪念吗？怎么知道他不是在和少女私会，不想让同辈看到呢？"龚浩庭还想再说话，忽然面如土色，对着空中鞠躬下跪，喃喃自语，引咎自责，精神恍惚就像痴呆一样。按照苏州风俗，人们说如果有人遇到鬼怪作祟导致中邪，打他耳光就可以苏醒过来；大家竞相打龚浩庭的脸，两颊被打得又红又肿，很久才安定下来。龚浩庭告诉大家说："我忽然看见蒋镜斋说我诬陷他私通邻家女，用力拉着我到文昌帝君面前对质，我反复认错道歉，幸亏他随即就放手了，如果被他拽过去，恐怕就没命了。"

3.3.8 食廪饩

华亭姜小枚（皋）尝告予曰：吾乡诸生有诸雪堂、赵渔塘者，皆嗜古力学，齐名黉（hóng）序间。一日，同应科试，雪堂夜梦渔塘操一米舟至，雪堂以为己米也，呼之，渔塘曰："君米尚在后。"寤而不解其故。未几，揭晓，招覆者四人，雪堂与焉；翼日黜之，而渔塘补其缺，由是渔塘食饩（xì）。雪堂曰："嘻，吾无望作廪生矣！"

越十余年，雪堂科试始列前茅，时渔塘以岁贡出廪，雪堂补之。梦兆始一一不虚，食饩之攸关定数如此。

古人言："一饮一啄，莫非前定。"允哉！家大人曰："天府之粟，非可倖邀。尝闻推算子平家言，八字中有天厨星者，必当食廪饩。验之，皆不爽。余八字中确有天厨星，而未经补廪，即登贤书。询之推算者，皆不能自伸其说。然余自念入直枢廷，日饱大官之膳，受客食之颁，其为天厨星照命，又岂区区廪饩之足云。然则子平家固未见及此，而其说则未可尽非也。"

【译文】华亭县（今上海市松江区）的姜小枚先生（姜皋）曾经对我说：我家乡有两名生员诸雪堂和赵渔塘，他们都嗜好古学，努力读书，在学校中名声相当。一天，他们同时参加科试（明清科举制度，各省学政周历各府州，从童生中考选秀才及甄试欲应乡试的生员），诸雪堂夜里梦见赵渔塘划着一条装米的小船过来，诸雪堂还以为是自己的米，就招呼他，赵渔塘说："你的米还在后面。"诸雪堂醒来之后不理解什么意思。不久，考试结果公布，有四人进入复试，诸雪堂在其中；第二天诸雪堂又被淘汰了，赵渔塘替补了空缺的名额。因此赵渔塘取得了廪膳生员资格，开始享受公家发给的廪米。诸雪堂说："嘻，我没有希望做廪生了！"

过了十多年，诸雪堂在科试中才开始名列前茅，当时赵渔塘被选为岁贡生（科举时代贡入国子监的生员的一种，明清时期每年或两三年从府、州、县学中选送廪生升入国子监肄业，故称），空出一个廪生名额，诸雪堂替补上去。梦中的预兆这才一一实现，享受廪米竟然关乎定数到这种程度。

古人说："喝一口水、吃一口饭，无一不是命中注定的。"确实是这样啊！我父亲说："天子府库中的粮食，不是能够侥幸求取的。

我曾经听通过八字推算命理的人说过，八字中有天厨星的人，一定能成为廪生。经过实际验证，果然没错。我八字中也确实有天厨星，但是还未经过补为廪生，就考中了举人。向算命的人询问，都没有能够自圆其说的。然而我自己琢磨，入值军机处的时候，每天和大官一起用餐，经常被赏赐宫中的饮食，这难道不是天厨星眷顾吗，又岂是区区一些廪米所能比得上的？如此说来，算命的人固然见识不到这一层，但是他们的说法也不是完全没有道理。”

3.3.9 孝媳

绍兴山阴县双奔地方，有祝姓者，年六十余，鳏居，家有孀媳孤孙。后孙亦死，只有翁媳二人。媳至孝，多病；翁亦心伤，病卧。家无应门人，茕(qióng)独无依。媳忧甚，接其妹来家，代为操作，摒挡(bìng dàng)琐事，并代为服侍其翁。妹年仅十六，因姊命，亦甚勤谨。姊日以翁病难愈为虑，妹云：“翁病无妨，精力尚健，将来可望嗣续。”姊诘其故，妹云：“每以灰桶盛小便，翁似有力直冲桶底。闻之父云：‘凡年老人小便有力直冲而不散者，尚能举子。’以故知之。”

姊闻言甚喜，日日盼翁病痊，惟以无力再娶为虑。因思妹晨夕奉翁不离左右，何不即以此妹与翁为继室，情愿奉妹为姑，为祝姓续嗣，但不知妹意如何。私向妹商之，妹亦不甚辞，但云惟姊命是从。姊甚喜，拟俟翁病痊，商之父母再定。嗣翁病痊，妹亦回家，姊即归告其父母，父以辈行年岁俱不相称，甚有难色。姊再三言之，父问妹愿否。妹云：“惟父命是听。”父见其情愿出于真诚，且得姊妹同处，亦即允许。姊遂回禀其翁，亦欣然乐从。

遂邀媒说合过门，成婚数年，连举三子，皆读书入泮成名。翁年九十余卒，至今书香不绝，子孙繁衍。人以为孝媳感天，得延祝姓一脉也。

【译文】浙江绍兴府山阴县的双奔地方，有一个姓祝的人，六十多岁，妻子已去世，家里只有守寡的儿媳和小孙子。后来小孙子也死了，只剩下公媳二人。儿媳特别孝顺，但是经常生病；公公也很伤心，卧病在床。家里没有照看门户的人，孤单冷清无依无靠。儿媳特别担忧，就把她妹妹接到家里来，代为操持家务，料理琐事，并且代为服侍自己的公公。她妹妹才十六岁，因为听从姐姐的命令，也十分勤劳谨慎。姐姐每天担心公公的病情难以痊愈，妹妹说："公公的病没有大碍，精力还很强健，将来甚至有希望生儿育女。"姐姐追问其中的原因，妹妹说："我每次用灰桶给他盛小便，公公好像有力量直冲桶底。我曾听父亲说：'凡是老年人小便时有力直冲而不散开的，就还有生育能力。'所以我才知道。"

姐姐闻听此言，非常高兴，每天都盼望公公病愈，只是担忧无力续娶。于是她想到自己的妹妹每天早晚服侍公公，不离左右，那么为什么不就让妹妹嫁给公公作为继妻呢？她自己情愿尊奉妹妹为婆婆，来为祝家传宗接代，但不知道妹妹意下如何。她私下里和妹妹商量，妹妹也没有特别推辞，只是说全凭姐姐吩咐。姐姐非常高兴，准备等公公病好了，和自己的父母商量后再定。后来公公病好了，妹妹也回家了，姐姐就回去把自己的想法告诉了父母，父亲认为辈分和年龄都不般配，感到很为难。姐姐再三劝说，父亲就问妹妹是否愿意。妹妹说："一切听从父亲的安排。"父亲看她心甘情愿且真心诚意，并且能够一直和姐姐在一起，也就同意了。姐姐就回去禀告了公公，他也欣然答应了。

于是邀请媒人说合，迎娶过门，成婚几年后，一连生下三个儿子，都读书入学，成就了功名。公公活到九十多岁，到现在还是以书香传家，子孙繁衍不绝。人们都说这是儿媳的孝顺感动上天，得以延续祝家的血脉。

3.3.10 损人益己

桐城光孝廉某，行五。卜葬古塘马家玉屏庵左，地邻方氏坟。地师曰："此地若葬，大不利于有坟者之家，其家必绝，改卜之便。"光曰："但期我吉，何必问人家之绝不绝也。"葬之。方氏两代孀居，只一子，年十五，未数月而夭。将死，呼曰："我死，终不放光五也。"时光在城内，寓其戚李宅，日中出溺，久不返。其仆异而觇之，口喃喃，若辨葬地事。骇，入室奔告，众人趋视，则已仆地绝矣。有弟，游幕浙江龙泉署，未半年亦亡。此事有戚何氏先怂恿之，一年而何氏子亦亡。一念之差，至于此极，人其可以径情直行乎？

【译文】安徽桐城有一个举人光某，排行老五。他在古塘马家玉屏庵的附近选择了一处墓地，与方家的坟墓邻近。风水师说："如果葬在这个地方，将极为不利于旁边已经有坟头的人家，他们家肯定会绝户，还是另选一处为妥。"光某说："只要我家吉利就行，何必管别人家绝不绝户呢？"于是就下葬了。方家两代都是妇女守寡，只有一个儿子，才十五岁，没过几个月就夭折了。孩子临死之前，呼喊道："我死了也不会放过光五。"当时光某在城里，寄住在亲戚李某家，中午出去小便，很久都没回来。他的仆人感到奇怪就去查看，只见光某正在喃喃自语，好像为葬地的事在争辩。仆人很害怕，奔跑回屋告诉大家，众人赶紧过去看，发现光某已经倒地身亡了。光某有个弟弟，在浙江龙泉县衙做幕僚，不到半年也死了。这件事有个亲戚何某之前也从中鼓动，一年后何某的儿子也死了。一念之差，竟然造成如此严重的后果，人生在世，难道可以任着性子想干什么就干什么吗？

3.3.11 效职冥中

《竹叶亭杂记》云：郭孝廉汪灿，湘潭人，嘉庆甲戌进士，本姓汪，因加原姓为郭汪灿。自言未释褐时，曾效职冥中，若各馆供事者，然其屋轩厂高大，中设长案，多人列坐，又若考棚童生之应试也。所司之册甚大，皆毛头纸装订，每页界为三段，上注其人之生前衣禄，中注其善恶，下注其归结及年寿。其人若将有不善之念，必有人持小纸来报，即书于册；阅日改悔，又来报，即勾销之。事之纷烦，日不暇给。

所在去一大官署不远，不知何官何署也。一日，见一人跪阶下，上坐者判数语，即命斫其腿，狱卒即斫腿，仍乘以盘，献于堂上。郭方惊愕间，又见其窗友某，亦跪于阶，闻亦有斫腿之命。郭仓皇逾阶而前，跪于堂上，叩首乞免，上坐者曰："此冥刑耳，其人在阳世不过一跌残伤，不死也。"郭坚为请，上坐者曰："已奉旨，不可违也。"郭叩首不已，上坐者乃曰："念汝一念之诚，当恕之。"郭问："方言奉旨不可违，何也？"上坐者曰："至诚所感，可为奏请，当蒙宥也。"

因命吏取册示之，吏误以三品册进，其册水红绫面。郭急偷阅，见其旧友之子列名其中，注曰："十九岁入学，提督学院某，文题、诗题某某；二十二岁中式若干名，正考、副考、房考某某，文题某某。"考官只载姓，无名耳。上坐者怒吏之误与也，急取之，郭惊寤。其时此子方两岁也，可知科名有定；文题及出于某试官之门，亦由前定，妄想者当知自反矣。

郭又言，曾经一处，见有宫殿巍然，人称为文昌宫。庚午五月某日，闻宫中议论纷然，良久乃散，有同事自宫出，问之，曰："更换本榜第三名耳。"问其故，曰："查出是儿八岁时，以好弄，触怒其祖，将捶之，奔而逃，其父追及之，按于地，骑其背，俾其祖之捶之也。亟跃而起，致跌其父。"郭自外大言曰："八岁无知，避打而推跌其父，亦出无心，无知无心乃科其罪耶？"其人曰："所议正为此，故但停一科，否已斥去矣。"

郭在梦中，每有见闻，寤辄挑灯记之，扃于匣内，意欲积久成书，刻以劝世也。后以多言为冥官所逐，欲刻所记，启视，一无存者，封锁依然，不知其纸之从何失也。

【译文】姚元之先生所著的《竹叶亭杂记》一书中记载：郭汪灿举人，湖南湘潭人，是嘉庆十九年（1814）甲戌科进士，本来姓汪，因此把原姓"汪"字加入名字中，改为郭汪灿。他自己说当他还没有做官的时候，曾经在冥府当差，就像在人间各个官署中供职，然而冥府的建筑物更加宽敞高大，中间设有长桌，很多人依次而坐，又像童生们在考棚里参加考试的情景。所管理的册籍非常大，都是用毛头纸（一种纤维较粗、质地松软的白纸，多用来糊窗户或包装）装订而成的，每页分为三段，上面一段记录某个人生前的衣食福禄，中间一段记录他的善行和恶行，下面一段记录他死后的去处和寿命。如果这个人动了做坏事的念头，那么一定会有人拿着一张小纸条过来报告，就立刻记录在册；如果日后哪天改正悔悟，又会有人来报告，就把原来的记录勾销掉。事情繁多复杂，每天都来不及处理。

所在的地方距离一座高大的官署不远，不知道是哪位官员、什么衙门。一天，看见一个人跪在阶下，上面坐着的人宣判了几句话，就命令砍断该人的腿，狱卒就砍断了他的腿，然后把断腿放在盘子里，呈给堂上的官员。郭汪灿正在惊骇之际，又看见他的同窗朋友某人，也跪在阶下，也听到了砍腿的命令。郭汪灿匆忙越过台阶上前，跪在堂上，磕头请求饶恕朋友，上坐的官员说："这是冥间的刑罚，他在人间不过就相当于是跌一跤被摔伤，但不会死。"郭汪灿坚持为他求情，上坐的官员说："已经接到了旨意，不能违背。"郭汪灿不停地磕头，上坐的官员于是就说："念在你的一片诚心，就饶了他吧。"郭汪灿问："刚才您说奉旨不能违背，这指的是什么呢？"上坐的官员说："我被你的至诚之心所感动，可以帮你奏请天帝，应该能够得到宽恕。"

上坐的官员于是命令差吏拿来名册给他看，差吏错将三品官员的名册拿来，这本名册是水红色绫布封面。郭汪灿赶紧偷偷翻阅，看见了他一位老朋友的儿子的名字也在其中，上面记载着："十九岁入学，提督学政某人，文题、诗题分别是什么；二十二岁中式第多少名，正主考官、副主考官、本房阅卷官分别是某某人，文题是什么。"考官只记载了姓氏，没写名字。上坐的官员怒斥差吏拿错了，急忙收了回去，郭汪灿一惊而醒。当时这个孩子才两岁，由此可知科举功名都是有定数的；考试题目以及从哪位考官门下被录取，也是早就注定的，那些有非分之想的人应当知道反省自己了。

郭汪灿还说，曾经路过一个地方，看见有一座高大雄伟的宫殿，人们称之为文昌宫。嘉庆庚午年（1810）五月的某天，听到文昌宫中议论纷纷、人声鼎沸，过了许久才消散，有同事从宫中出来，我问他在讨论什么事，他说："要更换本科考试榜单的第三名了。"问他是什么原因，那人说："现在查出来这名考生八岁的时候，因为贪玩，惹恼了自己的祖父。祖父要打他，他逃跑了，他父亲追上了他，把他按在地上，又骑在他背上，让祖父打他一顿。他一下子跳起来，导致他父亲摔在地上。"郭汪灿在外面提高声音说道："八岁的孩子是无知的，为避免被打而使父亲摔倒也是无心之过，难道这种无知无心的行为也要被治罪吗？"那人说："我们之所以反复讨论就是因为这个缘故，因此只是让他推迟一科考中，否则已经剥夺他的功名了。"

郭汪灿在梦里，每当有所见闻，醒来后就挑灯连夜记录下来，然后封锁在小匣里，起初是想着时间长积累多了之后，汇编成书，刻印出来劝化世人。后来他因为多说话被冥官驱逐了，想要把之前记录的内容刻印出来，结果打开小匣一看，所保存的纸张全都不见了，匣子一直封锁完好，不知道那些纸张是怎么消失的。

3.3.12 科名前定

科名有定数，其幸得者，未必尽系乎夤（yín）缘；其终失者，尽可相安于义命。尝闻姚伯昂先生，善谈因果，且喜为人述场屋近闻，尤可警世。自言：嘉庆戊辰，奉命典试陕甘，时程小鹤同年家督为副。小鹤尊人鹤樵先生国仁，上年丁卯科，充陕西正考官。父子连科典试一省，亦佳话也。榜发，有张树德者，上科文已入彀（gòu）附刻矣，因二场不合例而黜。鹤樵先生爱其文，因已刻，不忍去之，为加评语以志惋惜。及次年，乃得第。盖张不当出鹤樵先生门，必待小鹤而后举，信乎科名之关定数也。榜发来谒，语毕爽然。

又云：九江府李孝廉标，多须髯。未第时，梦中见一榜，大书“第十四名李标”，欣然以为得第矣；名下有小字，谛视，注曰“无须”，愯（sǒng）然以为别一人也。屡试不第，道光辛巳春，梦其先德示之曰：“剃去尔须，当获隽矣。”久之复梦，李固于思也，而年逾五十，思欲剃之，恐为人笑，乃不剃。及秋，附舟入省，舟中有售琉黄者，展包检视，李适在侧，烟火落黄中，灼然一烬，李须无一茎存者，俨然一无须之李标也。榜发，中式，名次一如梦云。

又云：江西辛巳乡试，第一吴廷珪，浮梁人。当嘉庆辛酉乡试，主司极赏其文，拔第一，及将发榜，忽失其卷，遍搜不获，乃易一人。撤闱后，主司检行李，于帐顶得一卷，乃初中第一之卷也。懊恨久之，自是试辄不利。越二十年，仍获解首。冥中有临场查对善恶之举，或有过失罚科耶！

又云：吾乡吴进士廷辉，以困于棘闱，更名泰临。某年应试金陵，甫出场，遇吾家袖江先生，先生素善谑，问吴曰：“闻君更名，请道何名。”吴告之，遽然曰：“‘至于八月有凶。’君欲第，其将九月入场乃利耳。”乡试例以八月，其言九月者，谓吴将终不得第也。吴殊恶其言，又久之，仍不第，乃北来应顺天试。值嘉庆辛酉都中大水，号舍苦于水，乃奏改九月八日入场，吴以是科获隽。一语之戏，乃适为谶（chèn），岂亦默有所使耶?

又云:吾乡叶孝廉佩珩,道光辛巳获第后,忽一日梦有旌旗迎之者,坐肩舆,舆前张大灯,书“山西绛州府正堂”字。行至一处,官署森严,盖绛州府也。遂升座,旁有州同焉,有州判焉;州同不与言,呈案牍而白事者,州判也。叶自念家有老母,无人侍养,何遽至此?州判似知之,白以:“勿虑,当即归,有事暂往来耳,不守此也。”叶初视案牍,茫然不解,州判略为具言,辄了了洞悉。自此六日一莅,去必肩舆,返则退堂,即醒,依然卧所也,惟大汗雨下,顿觉惫甚耳。初时,寤必与人言所判某某事若何。一日莅任,则铁锁絷项坐舆中,升座亦不之释,自是惧而不敢告人。壬午正月四日,莅任,簿书中见有二册,白册黑字,黄册朱字,画诺后以问判,答曰:“此春榜题名录耳。”悔未之视。及二十六日,复有一册请画押,册之外签书曰“进士录”;叶欲观,判遽以两手掩其册,曰:“本应请查核,然恐天机预露,故不敢请视。”叶时已丁忧,因问:“吾乡有中者否?”判答曰:“小恒子中。”叶寤,以语人,且讶乡人计偕无名恒者。或谓,方孝廉宝庆,小名恒,当是方。或谓,恒以小称,盖有所承而言;余侄婿张子畏寅,父字伊恒,子畏乃恒之子,当是张。榜发,张获隽,其言果验。叶前所见二册,其白纸者盖会试榜,黄纸者盖殿试榜也。然则除夕迎天榜,或信有之,岂天榜定必颁其册于各府耶?叶所见之进士录,据判官云:“此乃临场发各地方查对善恶,为期已迫,请先画行。”盖临场甄别耳,孰谓功名可幸致哉?

又云:仕宦之通塞,实有子平所不能推者。休宁汪薰亭阁学滋畹，推子平者皆言官不过同知。后汪困顿场屋，始就盐场大使。乾隆戊申，赴部候选，自分风尘梦，不作大罗天上客矣。候选者，例每月朔到部投供，阁学平生喜斗马吊，一日欢会，继之以夜，次日为月朔，不忍舍之，同室人有投供者，请之代。同室人到部，忘之，是月出缺，汪以月朔未投供也，不得选。懊恨无及，不得已入闱应试，是科获隽，联捷成进士，官翰林，不二十年至内阁学士。使同室者一为投供，则早已执手版，听鼓辕门矣。然平生不知几经术家推算，竟无一许其为木天人也，亦异矣哉！或曰："凡乡居无日晷，即有之，或遇阴晦，则诞生之时多由意度，盖时辰不得真也。"理或然与！

又云：每月御门，吉礼也，故向无左迁者。每岁入春初次，例不进刑部本，谓其非吉事耳。丙戌二月十六日御门，同年朱大京兆为弼调补府丞，盖宗人府丞三品，京兆亦三品，上以对品，故调之。然以宗丞较大京兆，则差二阶矣。后有推子平者张云徵至都，朱之子以八字属推，张云："本年官运颇不利，虽不见风波，亦当镌二级。"盖其命定如此，然御门降官，向所少有也。

又云：朱文正公之为掌院学士也，上忽问以衙门中有学问最优者否。文正误以为内阁衙门，乃以叶云素舍人继雯对，又适忘其名，辄以字对。叶时为中书，充军机章京，余同年叶芸潭绍本时为编修，一日忽有督学福建之命。入谢，蒙问官中书几年，充章京几年，典试几次，同考几次，时翰林中叶姓只一人，上意朱所奏者，即其人矣。芸潭到闽，已过岁试，例得留任，在闽凡五年。云素由部郎改御史，以言事降职，遂不得补官。一幸得，一终不得，皆其命也。人谓君相造命之说未确，余曰此正足见君相之造命也。

【译文】一个人一生的科第功名是有定数的，那些有幸取得功名的人，未必都是靠攀附钻营；那些最终失去功名的人，完全可以安分守己、听天由命。曾经听说姚伯昂先生（姚元之，字伯昂，安徽桐城人，嘉庆十年进士，官至都察院左都御史、内阁学士）善于谈论因果，而且喜欢向人们讲述一些发生在考场中的新闻，尤其可以用来警醒世人。他曾自述说：嘉庆十三年（1808）戊辰科，姚先生奉命出任陕西乡试正考官，当时他的同榜进士程小鹤（程家督）为副考官。程小鹤的父亲程鹤樵先生（程国仁），在上一年的丁卯科时，担任陕西乡试正考官。父子连续出任同一个省份的乡试考官，也是一段佳话了。放榜后，有一名叫张树德的考生，上一科考试时文章已经被初步选中准备刻印传阅了，但因第二场的答卷有违规之处而被除名了。程鹤樵先生喜爱他的文章，因为已经刻印出来，不忍心删去，于是为他的文章加注了评语以表示惋惜之情。到了第二年，才考中。这大概是张树德不应该出自鹤樵先生门下，一定要等到小鹤先生主考时才能得中，相信科举功名都是关乎定数的。发榜后张树德来拜见程小鹤先生，交谈之后不禁恍然大悟。

又说：江西九江府的举人李标，长有很多胡须。在他没有中第之时，曾在梦中看到有一张榜单，上面用大字写着“第十四名李标”，一开始他非常高兴，以为自己中榜了；又发现名字下面还有小字，仔细一看，标注的是“无须”二字，顿时惶恐不安，以为是另外一个人。后来他屡试不中，道光元年（1821）辛巳春季，李标梦见他的父亲指示他说：“剃掉你的胡须，就能考中了。”一段时间后又做了同样的梦，李标本来胡须极多，而当时已经五十多岁了，考虑如果剃掉胡须，恐怕会被人笑话，于是便没有剃。到了当年秋天，他乘船前往省城，船上有人在卖硫黄，正打开包装验看，李标正好坐在旁边，有烟火落到了硫黄中，硫黄一下子爆燃，而李标的胡须一下子全部被烧光，一根不剩，俨然成了一个无须的李标。乡试发榜后，李标得中，名次与梦到的一样。

又说：道光元年（1821）辛巳科江西乡试，第一名吴廷珪，是浮梁县人。当嘉庆六年（1801）辛酉科乡试时，主考官极其欣赏他的文章，准备将他录取为第一名，可是将要发榜时，他的试卷却忽然不见了，到处寻找也没找到，于是只得换成另外一人。考试结束准备撤出考场时，主考官检查行李，在帐顶上发现了一份试卷，正是起初准备列为第一名的试卷。因此懊丧悔恨了很久，从此之后每次参加考试都不顺利。直到二十年后，仍然考中了头名解元。冥冥中有鬼神在考前核查考生的善恶行为，或许是有过失被处罚推迟考中吧！

又说：我同乡的进士吴廷辉，因为参加科举考试一直不顺利，改名为吴泰临。某年在南京参加江南乡试时，刚一出场，就遇到了我们本家的袖江先生，袖江先生素来喜欢开玩笑，便问吴廷辉说："听说您改名字了，请问改成什么名字了呢？"吴廷辉便告诉袖江先生说改名为"泰临"，袖江先生突然对他说道："'到了八月会有凶险。'（语出《易经·临卦》："临，元亨利贞，至于八月有凶。"）您如果想要中第，要等到九月再入场才会顺利。"乡试时间按照惯例是在每年八月，袖江先生说让他到九月参加，意思是说他永远不会考中。吴廷辉对袖江先生说的话特别反感，又过了很久，仍然没能考中，于是北上参加顺天乡试。当时正值嘉庆六年辛酉（1801），京城发大水，考场因为被水淹，于是经奏请朝廷批准改为九月八日开始入场，而吴廷辉也终于在这一科得中。当时袖江先生的一句玩笑话，竟然一语成谶，成为预言成功应验，难道是冥冥之中有一种力量在指引吗？

又说：我同乡的叶佩珩举人，在道光元年（1821）辛巳科乡试中第之后，忽然有一天梦见有人举着旗帜前来迎接他，他坐在轿子上，轿前挂着大灯笼，上边写有“山西绛州府正堂”的字样。来到一处地方，衙门侍卫森严，原来是绛州府大堂。于是他登堂升座，旁边有州同知，有州通判。同知没有与他说话，呈递公文汇报事务的，是州通判。叶佩珩自己心想，家中还有老母亲无人侍奉照顾，为什么这么匆忙就来到这里了呢？通判似乎知晓他的心思，便对他说：“不必多虑，很快就能回去，只是有事暂时往来处理而已，不用守在这里。”叶佩珩初次阅看公文，还茫然不解，州通判稍微为他解释了一下，就完全明白了。自此之后，他每六天赴任一次，去时必定是坐轿子，回来时就退堂，然后就醒来了，发现自己依然躺在家中卧室里，只是浑身大汗淋漓，顿时感觉疲惫不堪。起初每次醒来后一定会对别人说他所判的某某事是怎么样的。有一天他梦见前往府衙办公，发现自己脖子上套着铁索坐在轿子中，升堂之后也没有解开，从此开始害怕起来不敢再告诉别人。道光二年（1822）壬午正月初四日，再次赴任，在簿册中发现有两本册子，一本是白纸黑字，一本是黄纸红字，签字画押后便向通判询问，通判回答说：“这是春榜的题名录。”叶佩珩后悔没有翻看。等到正月二十六日，通判又拿来一本册子请他签字画押，册子的封面上写着“进士录”；叶佩珩想要观看，通判急忙用两手掩盖住了册子，说道：“本来应该请您查核，但是恐怕泄露天机，所以不敢请您观看。”叶佩珩当时正丁忧在家，于是问道：“我们乡有人考中吗？”通判回答说：“小恒子可以考中。”叶佩珩醒后，将此事告诉了别人，且奇怪乡人中前往京城参加会试的人中没有名叫“恒”的。有人说，方宝庆举人，小名恒，应当是他。还有人说，在“恒”字前面加个“小”字来称呼，大概是针对有所传承而言的；我的侄女婿张子畏（张寅），他的父亲字伊恒，子畏乃是伊恒之子，应当是指张子畏。发榜后，果然是张子畏中榜了，那人的话得以应验。叶佩珩之前所看见的两本册子，那本白纸黑字的大概是会试的名册，黄纸红字的大概是殿试的名册。如此说来民间所传的除夕迎接天榜的说法，或许确实是有的，难道天榜一定会将名册颁发到各府吗？叶佩珩所见的进士名录，据判官说：“这乃是考前发放到各个地方用来查对善恶的，时间已经非常紧迫，请先签字画押再说。”大概临考试之前还要继续审查鉴别，谁说功名能够侥幸取得呢？

又说：一个人仕途是否通畅顺利，确实有时是通过八字命理所推算不到的。内阁学士汪薰亭先生（汪滋畹），安徽休宁人，算命的都说他的官职最高不超过同知。后来汪薰亭考试不顺利，屡试不中，才就任了盐场大使。乾隆戊申年（1788），他赴吏部候选职缺，自觉功名利禄不过红尘一梦，不再奢求高官厚禄了。候选的人按照惯例每月的初一日到吏部投递履历，而汪薰亭平时喜欢打纸牌，一天他打得正高兴，玩了一通宵，第二天就是初一日了，依然不舍得离开牌桌，同室也有个要投递履历的人，他就请这位室友代为投递。室友到了吏部，把这事给忘了，这个月正好有职位出缺，汪薰亭因为未曾投递履历，就没有被选上。他懊悔不已，没办法只好再次入场参加乡试，这一科竟然考中了，又联捷考中进士，进入翰林院，不到二十年就官至内阁学士。假如之前那个室友一旦帮他投递了履历，那么他早就补上职缺，拿着名帖到衙门侍候上官去了。然而他平生不知道多少次经过算命先生推算，竟然没有一个说他是翰林院中人的，也是很奇怪的了。有人说：“乡村通常没有计时的日晷，就算有，如果遇到阴雨天气，那么新生儿的出生时辰往往是估算的，所以大概时辰不准确。”或许就是这个原因吧！

又说：每月的御门听政，属于吉礼，因此向来没有在这天被贬官的。每年开春第一次御门听政，按照惯例，不接受刑部的奏章，认为这并不是什么吉祥的事情。道光丙戌年（1826）二月十六日御门听政，我的同榜进士朱为弼当时担任顺天府府尹，被调补为宗人府府丞，大概宗人府丞是三品，顺天府尹也是三品，皇帝以为品级相当，因此这样调动。然而宗人府丞比顺天府尹，还是低了两个级别。后来有个叫张云徵的算命先生来到京城，朱为弼的儿子拿着父亲的八字找他推算，张先生说：“今年官运颇为不利，虽然不会出什么乱子，也会被降两级。”大概他的命数该当如此，然而御门听政时贬官，这是向来少有的事。

又说：朱文正公（朱珪）担任翰林院掌院学士的时候，皇上忽然问他衙门里有没有学问最优秀的。文正公误以为皇上指的是内阁衙门，就回答说是内阁中书舍人叶云素（叶继雯，字桐封，号云素，湖北汉阳人），又一时忘记了叶继雯的名字，只用他的字来回答。叶云素当时是内阁中书，充任军机章京；我的同年叶芸潭（叶绍本，字仁甫，号芸潭，一作筠潭，浙江归安人）当时是翰林院编修，一天忽然接到被任命为提督福建学政的命令。叶芸潭入朝谢恩，皇上问他做内阁中书几年，做军机章京几年，担任主考官几次，担任同考官几次。当时翰林里姓叶的只有他一人，皇上认为朱文正公所奏的人就是叶芸潭。叶芸潭到了福建之后，已经错过了岁试（各省学政每三年考试生员一次，分列等级，称为岁试），按照惯例得以留任，在福建任职有五年时间。叶云素由刑部郎中改任御史，因为言事不当被贬官，于是没能补授官职。一个幸运得到官职，一个最终得不到官职，这都是他们的命啊。人们都说君相造命的说法没有依据，而我认为这件事恰恰足以证明国君和国相可以改变人的命运啊。

3.3.13 生日做功德

无锡有许长生者，家称小康，早年丧偶，未续，时年六十，亲友劝之曰：“凡过生日者，必做一桩功德，方不枉人生一世。”许问以所费几何，亲友对以约计三百余千文，许允诺。即于生日前数日，将钱如数分写钱票若干张，先赴贫穷各亲友家散送，后即赴乡间某佃户家避生日，并告以散钱做寿，嘱其本年不必完租，佃户欢欣感激。时佃户有女，年甫十六，麻而黑胖，在旁咨嗟叹息，谓：“此人将来必有好报。”其父以许鳏居孤独，焉能再有好处。其女力争必有好报，其父诮之曰：“汝欲嫁彼耶？”女曰：“惟父母之命。”其父即向许述及婚事，许以年老力辞，不肯。其女情愿相从，许心窃异之，允诺订婚，诹吉迎娶过门。

后许连举五子，有孙三人。年八十时，亲友复为做寿，公送对联云：“花甲初周，无妻无妾；杖朝八十，有子有孙。”县令为之给扁旌奖。后其妻先许而故，许寿至九十有余。至今子孙繁衍，门户隆隆，咸称为善人有后云。

【译文】无锡有个叫许长生的人，家境算得上小康，早年丧妻，一直没再娶，六十岁那年，他的亲朋好友劝他说：“凡是过生日的，一定要做一桩功德，这才不白白地来人世间走一遭。”许长生就问需要花多少钱，亲友回答说大约需要三百多千文钱，许长生同意了。就在自己生日的前几天，许长生按照数额大小分别写成了若干张钱票，先是去到那些贫穷的亲友家分送钱票，然后就下乡到某佃户家躲生日，并且告诉佃户自己是在散财做寿，嘱咐他今年不用交租，佃户特别高兴，感激不已。当时佃户有一个女儿，刚到十六岁，一脸麻子，而且又黑又胖，在一旁赞叹不已，说："这个人将来一定有好报！"他的父亲认为许某丧妻独居，哪能再有什么好处。他的女儿极力争辩许老先生一定会有好报，他父亲就讥讽她说："你想嫁给他吗？"女儿说："一切听从父母做主。"他父亲就向许长生提出婚事，许长生以自己年老为由极力推辞，不肯答应。但佃户的女儿心甘情愿跟从他，许长生心中暗自感到奇怪，就答应了订婚，选择了良辰吉日迎娶过门。

后来许长生接连生了五个儿子，有三个孙子。到了他八十岁的时候，亲友们再次为他做寿，大家赠送给他一副对联："花甲初周，无妻无妾；杖朝八十，有子有孙。"县令为他颁发匾额以示表彰。后来他的妻子在他前面去世，许长生活到了九十多岁。至今子孙繁衍，家道兴盛，大家都认为善人果然后继有人。

3.3.14 雷殛

舆夫张林，武清人，御大车为业。尝由王家营载一举子，应礼部试，一仆坐于车前。将至临城驿，冒雨前行，忽风雷暴至，摄其仆掷于数十步外，拔举子一靴掷于车旁，张林亦昏仆于数武之外。少顷，呼臀痛甚剧，举子下视之，见其裤碎裂，左臀割去肉一条，血淋漓，不辨深浅。其仆终不醒，趋视，则仰天而卧，已刓心而死矣。举子为之买棺，复延医治张林疮，愈而后行。张林归，自是不敢出门。有知其事者，问之，则解衣而示其股伤处，长五寸余，深将及寸，居然如沟洫（xù）焉。

姚伯昂先生曰："此仆盖罪大恶极，故受此重罚。张林之夷于左股，殆亦隐恶焉，薄乎云尔，雷公未必牵连无辜也。"

【译文】有一个名叫张林的车夫，是武清（今天津市武清区）人，以赶大车为职业。张林曾经从王家营搭载一名举人去参加礼部会试，有一个仆人坐在车前。快走到临城驿的时候，冒雨赶路，忽然狂风大作、电闪雷鸣，雷电将那仆人摄起来，扔到了几十步开外的地方，又把举人的一只靴子扔在了车旁，张林也倒在几步之外的地方昏迷过去。过了一会儿，张林呼喊自己的臀部疼得厉害，举人下车查看，只见他的裤子已经破裂，左臀被割掉一条肉，鲜血淋漓，看不出深浅。他的仆人一直没有苏醒过来，快步走过去一看，发现仆人仰面朝天倒在地上，已经被挖去心脏而死。举人为他买了棺材，又请医生医治张林的疮口，痊愈后才出发。张林回家以后，从此不敢出门了。有知道这件事的人，就问他，张林就解开衣服给他们看自己臀部的伤口，长度有五寸多，深度接近一寸，明显像田间的水沟。

姚伯昂先生（姚元之）说："这个仆人一定是罪大恶极，因此才受到这样严重的惩罚。张林左侧臀部受伤，大概也是有什么不为人知的罪过，只是比较轻微罢了，雷神一定不会牵连无辜之人的。"

3.3.15 柳州牧

伯昂先生又云：旧友杨天玉，嘉庆丙子秋，赴金陵录科。前一岁，丁本生母忧，是时降服已阕，而学官未之申明，格不能试，附船而归。及燕子矶，风浪大作，舟覆，同舟十四人皆没于水。江故有救生船，因浪大，俱袖手坐视。潜山柳舍人际清，寒士也，时为诸生，赴金陵应试，适见之，泊舟，悬赏以募救者。获起七人，杨君与焉。柳为之解衣，赠路资，七人由是得生。而柳之试资已罄，竭蹶至金陵，称贷以毕试事。是科获隽，连捷成进士，授中书。柳之释褐在救人之后，实阴骘（zhì）有以致之也。

按，柳后以中书改就知县，在广西颇著循声。适家大人为巡抚，奏调宣化县，并专折奏荐，以州牧擢用，实岭西一好官也。

【译文】姚伯昂先生（姚元之）又说：我的老朋友杨天玉，在嘉庆二十一年（1816）丙子秋天赴南京参加录科（清制凡科考一二等，及三等小省前五名、大省前十名准送乡试外，其余因故未考者，及在籍之监生、荫生、官生、贡生名不列于学宫，不经科考者，均由学政考试，名为录科，经录科录取者即可参加乡试）。前一年，他为本生母守丧，当时已经降服守丧一年期满（丧服降低一等为降服，如子为父母应服三年之丧，其已出继者，则为本生父母降三年之服为一年之服），但是学官并没有提前为他申明，因此被取消了考试资格，只能乘船返回。船行驶到南京燕子矶的时候，风浪大作，船只倾覆，船上的十四个人都掉进了水里。虽然江上有救生船，但是因为风浪太大，他们都袖手旁观。当时安徽潜山的柳际清舍人，是贫寒的读书人，当时也是秀才，前往南京参加考试；他恰好看到这一幕，就停下自己的船，出钱悬赏招募救人者。因此有七个人获救，其中就有杨先生。柳际清又慷慨地帮助他们，赠送了路费，七个人因此死里逃生。但是柳际清参加考试的经费都耗尽了，一路跌跌撞撞，勉强支撑着到了南京，靠借贷才得以完成考试。这一科考试中榜了，又联捷考中进士，授予内阁中书。柳际清出仕做官是在救人之后，实在是他的阴德所感召的。

说明：柳际清后来由内阁中书改授知县，在广西任职时以循良著称。当时正好我父亲担任广西巡抚，奏请朝廷批准调动他为宣化县（今南宁市）知县，并且专门上奏折举荐他，被提拔任用为知州，确实是广西的一位好官啊！

3.3.16 黑巨川

李鼎和云：临清黑巨川，祖业甚富，有质库、陆陈诸行。巨川性侈而复色荒，时招青楼至家，命其妇巡酒，妇不胜忿，归母家，与之绝。未几，黑之田产俱属他人。未几，行店亦属他人，独余住室。其家人劝之曰："家已如此，所恃者只此室，可直数百千钱耳。再勿浪费，或尚可终余年。"巨川曰："谨受教。"但性嗜食，未能自禁，众曰："徒食尚可给也。"

自是，巨川每日必至王老饺子店食饺子，其食但取其馅少许，余则弃之；王老每拾其余，暴于日中令干，以米囤聚而藏之。无何，囤满，再易一囤。无何，巨川之屋尽入于腹矣。遂为丐，每乞食至王老门，王老即以所暴之饺子食之，无何而干饺亦尽。巨川遂饿死。

夫巨川以一小人暴殄至此，死其自取；而其败家，毋亦其祖致富不以其道欤？独王老拾其所余，储为他日之食，其用心殊可嘉矣。

【译文】李鼎和说：山东临清有个叫黑巨川的人，祖上传下的家业非常富厚，开有当铺、缸坊等多家商行。巨川生活奢侈无度而且沉迷于女色，时常把青楼女子招至家中，命令自己的妻子依次斟酒，妻子愤恨不已，回到了娘家，和他断绝了关系。不久后，黑家的田产就都已归他人所有。又过了没多久，他家的商行店铺也都归了他人，只剩下了目前所居住的房子。他的家人都劝告他说："家业已经败坏到这个地步，所能倚靠的只剩下这座房子，还能值几百千钱。千万别再浪费了，或许还能勉强度过晚年。"巨川说："谨遵您的教诲。"但是他生性贪吃，不能克制口腹之欲，大家说："只是喜欢吃，应该还能勉强支撑吧。"

从此之后，黑巨川每天一定去王老饺子店里吃饺子，但他只吃一点饺子馅，其余部分都扔掉；王老每次都把他扔掉的捡起来，在阳光下晒干，然后放在米缸里储藏。不多久，米缸满了，就再换一个米缸。不久，黑巨川的房子就这样被他吃进肚子里了。于是巨川沦落为乞丐，每天都到王老的门前讨饭，王老就用他之前晒干的饺子皮给他吃，不久这些干饺子皮也都吃完了。巨川于是就饿死了。

话说黑巨川作为一个品行不端的小人，奢侈浪费、暴殄天物到这种程度，他的死是自作自受、咎由自取；然而他的败家，难道不是由于他祖上致富是通过不正当手段的果报吗？唯独王老把浪费的食物收集起来储存好，留作他日的口粮，他的用心是特别值得嘉许的。

3.3.17 头脱

姚伯昂先生云：某太守，贵州人，须多连鬓，人称之为"某胡子"，绰号"双料曹操"。两任广州太守。其初任，财尚不丰；

再任，人传其有纳贿，故入人斩决一案。其人处决之日，署中即见其人，群放爆竹以吓之，某亦寻告归。其归也，赫然一大富翁还乡矣。至家，鬼亦至，某日呼其名而丐其恕罪焉。鬼不去，扰之甚，常命家人具酒肴以飨之。鬼或醉，乃不扰，少顷如故。某固多须，一日，得怪疾，须之孔生疮，一须一疮，百计不效。于是糜烂及颈，及喉，而头脱。家中以金五十，请皮匠缝其首，皮烂不受针线，乃以猪皮联之。及入棺，头复脱，无可如何，但纳诸棺而已。

出殡日，旌旗耀目，道必历大浪坡、二浪坡、三浪坡，出巷而后至大街。三浪坡有磴道，道固宽而平也，殡至此，绋忽断，棺堕地，若辘轳疾转，直及巷口，棺止，盖开，其首复出。巷口至大街尚有一箭之遥，其首忽又若球圆转，至大街乃止。观者如堵。岂冥冥亦有枭示刑耶？此乾隆末年事，黄兑楣（安泰）亲见，为予言之，犹凛凛畏人也。

【译文】姚伯昂先生（姚元之）说：某知府，是贵州人，长着一脸络腮胡，人们都叫他“某胡子”，还有个外号叫“双料曹操”。他曾先后两次出任广州知府。第一次担任时，他的财富还不丰裕；第二次担任时，人们传说他之前在办理一桩案件时，收受贿赂之后，故意将罪不至死的人判处了斩首。那人被处决的当天，在官署中就看到了那人的鬼魂现形，大家燃放鞭炮来吓唬他，某知府也随即辞官回家。他回家时，俨然是一个大富翁衣锦还乡。他回到家，那鬼魂也跟了过来，某人每天呼喊着那人的名字请求恕罪。那冤鬼一直没有离开，大肆骚扰，某人常常命令家人准备好酒菜来祭奠冤鬼。有时冤鬼喝醉了，就不再扰乱了，过了一会儿酒醒后依然还是老样子。某人本来有很多胡须，一天，得了怪病，胡须的毛孔里生了毒疮，一个毛孔生一个疮，怎么都治不好。后来糜烂部分蔓延到了脖子、喉咙部位，最终脑袋脱落了。家里人拿出五十两银子，请皮匠过来要把他的头缝合上去，但是皮肤烂得不成样子，无处下针，于是就用猪皮给缝合在了一起。等到装棺入殓时，脑袋又脱落了，没有办法，只能这样直接放进棺材里了。

出殡那天，旗帜招展，一路上必须要经过贵阳城中的大浪坡、二浪坡和三浪坡，走出巷子口然后到大街上。在三浪坡上有一层一层的台阶，道路本来又宽又平，出殡队伍走到这里时，抬棺的大绳突然断了，棺材掉落在地，像水井上的辘轳一样快速滚动，一直滚到巷口才停下，棺材盖开了，他的脑袋又滚出来了。巷口到大街还有一箭的距离，他的脑袋忽然又像圆球一样滚到了大街上才停下来。现场围观的人有很多。难道是冥冥中也有斩首示众的刑罚吗？这是乾隆末年的事情，是黄兑楣先生（黄安泰）亲眼所见，并对我讲述的，说起来还是非常恐怖吓人。

3.3.18 魔餐孽种

上天竺有老僧某，尝入冥，见鬼卒驱数千人在一公廨外，皆褫衣反缚。有官南面坐，吏执簿唱名，一一选择精粗，揣量肥瘠，若屠肆之鬻羊豕。意怪之，窃问一吏，答曰：“诸天魔众，皆以人为粮，爰是人间常多瘟疫水灾，及甫产即殇者。如来运大神力，摄伏魔王，皈依五戒。而部族繁夥，叛服不常，皆言自无始以来，魔众食人，如人食谷，佛能断人食谷，我即不复食人。即此哓哓，魔王亦不能制。佛以孽海洪波沉沦不返，无间地狱已无隙处，乃牒下阎罗王，移此狱囚充彼啖噬。彼腹得果，可免荼毒生灵。十王共议，以民命所关，无如守令，造福最易，造孽亦深。惟是种种冤愆，多非自作，业镜有台，罪归元恶。其最为民害者，曰吏、曰役、曰官亲、曰仆隶。是四种人，无官之责，有官之权。官或自顾考成，彼则惟图牟利，依草附木，狐假虎威，足使人敲髓沥膏，吞声泣血。四大部洲内，惟此四种恶业至多，用以供其汤鼎，亦藉清我泥犁。以白皙者、柔脆者、膏腴者充魔王食，以粗材充众魔食，故为差别发遣。其间业稍轻者，一经脔割烹炮，即化为乌有；业重者，啖余残骨，吹以孽风，复还本相，再供刀俎，自三五度至百十度不一；业最重者，乃至一日化形数度，刲剔燔炙无有已时。”

僧问：“其官无罪乎？”吏曰：“故纵者，同罪；陷于不知者，则转生受报痴呆盲哑。”僧额手曰：“诚不如削发出尘，可免此苦。”吏曰：“不然。其权可以害人，其力即可以济人。灵山会上，原有宰官；即此四种人，亦未尝无逍遥莲界者也。”语讫，忽寤。僧有侄在一县令署，急驰书促归，劝使改业。

朱蕉圃曰：此事宏恩寺僧明心，尝先告晓岚大宗伯，已纪入《滦阳消夏录》，犹谓是警世苦心，聊作寓言。今春登上天竺，与僧良发谈前事，将讯其有无。余从一轿夫名哑张三者，在阶下窃听，忽咿咿哑哑，自指其鼻，复拱手摇摆，作态万状。众为之欢笑，良发合掌曰：“果报现前，不必究其寓言与否也。”

【译文】杭州的上天竺寺有一位某老僧，曾经进入冥府，看见鬼卒驱赶着几千人在一座官署外，那些人都被剥掉了衣服双手反绑着。有一位官员，面南而坐，有小吏拿着名册点名，逐个甄选精粗，衡量肥瘦，像是屠宰场里买卖的待宰的猪羊。老僧觉得很奇怪，悄悄地问一名小吏，小吏回答说："诸天的魔众，都把人类作为粮食，因此人间常常发生瘟疫水灾，还有刚出生就夭折的婴儿。我佛如来运用大神通力，降服了魔王，使他们皈依了五戒（不杀生、不偷盗、不邪淫、不妄语、不饮酒）。但是魔众部族成员日益繁多，时而反叛，时而服从，他们都声称，自从无始劫以来，魔众吃人，就像人类吃五谷粮食一样，如果佛祖能禁止人吃五谷杂粮，我们魔众就不再吃人。像这样不停地吵闹争辩，魔王也没有办法制止。佛祖因为世人在罪恶的世界中日益沉沦、不肯回头，无间地狱已经没有空隙，于是向阎罗王下令，将无间地狱的囚犯转移过来给魔众们吞食。魔众们得以填饱肚子，可以避免他们祸害人命。十殿阎王共同商议后，认为与老百姓的生死关系最为重大的，莫过于知府、县令等地方父母官，如果为民造福，积功累德最容易；如果枉法作恶，所造的罪孽也最深重。只是种种的冤孽罪愆，大多不一定是亲手造作的，有业镜台可照善恶，照出首恶元凶后，由他们承担罪责。其中对民众危害最大的有四种人，就是：胥吏、差役、官员的亲戚和奴仆。这四种人，没有官员的责任，却有官员的权力。有的官员自己忙碌于追求政绩，而他们就趁机唯利是图，倚仗权势，作威作福，狐假虎威，足可使老百姓倾家荡产，忍气吞声，哭出血泪。四大部洲（佛教认为在须弥山周围咸海中的四大洲，分别为东胜神洲、西牛贺洲、南赡部洲、北俱芦洲）中，唯有这四类恶业的人最多，用他们来供给魔众食用，也可以借此减轻地狱压力。把他们这些人中皮肤白皙的、肉质松软酥脆的、油脂肥美的供给魔王食用，把皮糙肉粗的给一般魔众食用，所以要初步区分之后分别派发。其中罪业稍轻的人，一经切割烹煮炮制，就立刻化为乌有；罪业重的，被吃得只剩骨头之后，再用孽风吹拂，又恢复到原形，然后再次被宰割，从三五次到百十次不等；罪业最为深重的，甚至在一天内如此反复无数次，被切割剖解、烹煮烧烤没有停息的时候。”

僧人问：“那么那些官员就没罪了吗？”小吏说：“知情而故意放纵不管的，同罪；被蒙蔽而不知情的，就转世投胎为痴呆、瞎子或哑巴作为报应。”僧人以手加额，庆幸地说：“真不如削发出家，脱离尘网，可以免受这种苦楚。”小吏说：“话也不能这么说。他们的权力虽然可以害人，但也可以救人。灵山法会上，原本就有宰官；即便是这四种人，也未尝没有在西方极乐世界逍遥自在的。”说完，僧人一惊而醒。僧人有一个侄子在一位县令的衙门里当差，急忙写信催促他回家，劝他改换职业。

朱蕉圃（朱海）说：宏恩寺的僧人明心，早年曾经把这件事讲述给礼部尚书纪晓岚先生（纪昀），纪先生已经写进了《滦阳消夏录》，还以为是僧人出于一片警世苦心，姑且所作的寓言故事而已。今年春天我到了杭州上天竺，和僧人良发谈起之前的事，正要向他询问到底有没有这回事。当时跟我来的一个叫哑张三的轿夫，正在阶下偷听，他忽然咿咿哑哑，自己指着自己的鼻子，又拱手摇摆，做出种种怪异的姿态。大家哄堂大笑，良发双手合十，说：“眼前就是果报现前的例子，不必追究那个故事是不是寓言了。”

3.3.19 贞女奇遇

林爽文滋扰台阳时，有凤山陈氏女，为贼所掠，逼之不从，鬻于镇卒，复坚自守。有军官义之，时方醵金赎难民，知陈女之贞，群欲得之。忽其友某赎一童子至，询之，即陈之议配夫也。翼日，赎一妪至，乃陈之母也。继又赎一妪至，则陈之姑也。俄有两老者觅妻，踉跄至门，即陈之父及童子父也。两家骨肉，一时团聚，遂为之合卺（jǐn），办装而归之。

【译文】林爽文滋扰台湾的时候，凤山县（今台湾省高雄市凤山区）有一名陈氏女，被贼匪掳掠而去。贼匪逼她就范，她坚决不从，又把她卖给镇守的士兵，还是坚定自守。有一位军官很佩服她的节义，当时人们正在凑钱赎回难民，因为都知道陈氏女的忠贞，大家都想要得到她。忽然军官的某个朋友赎回来一名童子，一问，原来正是陈氏女许配的未婚夫。第二天，又赎回来一个老太太，原来是陈氏女的母亲。接着又赎回来一个老太太，是陈氏女的婆婆。不久有两个老头来找寻妻子，跌跌撞撞地走到门口，就是陈氏女的父亲和他未婚夫的父亲。这两家人，一时之间骨肉团聚，于是就为他们完婚，置办好行装送他们回家。

3.3.20 魂守金

楚人戴香树（三锡），从父游幕浙江，父死，贫不能归，遂继父业，其实申韩学未明也。幸归方伯（景照）与其父有旧，因荐于丽水令。方虞蚊负，赖居停，徇上游面，不辞。

一日，有巨案，经营三日夜，罔措科罪谳（yàn）语。晨起，将托故归，收拾文稿，忽见涂抹淋漓，凡未能办详各案，悉已就绪。遽发出，主人折服其才，置酒酬酢。是夜，扶醉寝，迨三更酒醒，口渴，搴（qiān）帐骤起，方欲挑灯，突见一老，庞眉皓齿，坐于研北，搦（nuò）管手批文牍。谛视之，署中并无此老，惊问之，老人避舍，曰："君远坐，勿讶，仆亦楚人，死于此三十余年矣。因积资千金埋床下，人无知者，故尸归而魂未归也。今以足下桑梓谊，知诚实忠信，将去馆，故仿足下笔迹分效微劳。幸他日归楚，携银交吾子某某。后此文牍，足下但置案早眠可也。"香树汗栗拜谢，复安寝，隔帐视灯如燐。及老人不见，始眠。次日，私发床下金，果如数。自此每夜见之，越三载，香树计馆谷，小有所积，遂并床下金归楚，如约送还。

【译文】湖北人戴香树（戴三锡），跟随自己的父亲到浙江做幕僚，父亲不幸去世，因贫困无法返回家乡，于是选择继承父亲的事业，但实际上他对刑名之学尚未精通。幸亏时任浙江布政使归景照先生与戴香树的父亲是旧交，于是将他推荐给了丽水县令。正担心他力小而任重，有赖于东家，看在上级的面子上，也就没有辞退他。

一天，有一桩大案，办理了三天三夜，戴香树不知该如何着手定罪下判词。第二天早晨起床之后，打算找个理由辞职回去，正在收拾整理文稿的时候，忽然看到文稿上墨汁淋漓，已经被涂改一过，凡是之前没能理出头绪的案子，都已经处理妥当。他立刻把文稿发了出去，县令佩服他的才能，置办了酒席来犒劳他。当晚，醉酒入睡，到三更时分酒醒了，感到口渴，掀开帷帐猛然起身，正要挑亮灯火，突然看到一位老人，眉毛灰白，牙齿洁白，正坐在砚台北面，手中握笔批阅公文。戴香树仔细一看，衙门中并没有这个老人，他惊奇地问他是谁，老人急忙起身后退，说："您坐远点，不必惊讶，我也是湖北人，死在这里三十多年了。因为我积蓄的一千两银子还埋在床底下，没有人知道这件事，因此我的尸体虽然已经运回去而魂魄并未跟着回去。如今因为和您有着同乡的情谊，知道您是诚实忠信的人，打算要辞职，所以我模仿您的笔迹为您分担些许辛劳。希望您将来有一天回到湖北的时候，带上银子交给我的儿子某某。今后这类的文书案卷，您只要放在案头早些入睡就行了。"戴香树一身冷汗、瑟瑟发抖地向老人拜谢，然后又去睡下了，隔着帐子看到灯光呈现出像磷火一样的青绿色。等到老人不见了，他才睡着。第二天，他悄悄地挖出了埋在床下的银子，果然符合老人所说的数目。从此以后，每天晚上都能看到老人，过了三年，戴香树合计做幕僚所得的收入，已经小有积蓄，于是一并带着床下的银子回到了湖北，按照约定送还给了老人的儿子。

3.3.21 妻祟薄幸

刘研渠广文（萼棣）言：其乡宋某，娶妻何氏，通文墨，贤淑成性，第貌不扬，失伉俪欢。宋又轻佻，常作狭邪游，陨越先绪；弃妻母家，出门，不通音信。妻弟舌耕糊口，事母不遑，乃赖针黹（zhǐ）苟活。

逮及二十年，适有戚自滇中来，见宋已得官，为曲靖经历，另娶妻生子，车马衣服丽都。谂（shěn）其妻之困厄，临行，劝其寄书接眷，弗听。甚不平之，爰告其内弟，弟告姊，姊泣曰："远官数千里，不接眷而娶妾，犹未失伦常。今弃置如遗，薄幸无良，尚可言哉！"抑郁数日，竟自缢死。

值其戚复往滇，向氏弟辞行，见氏柩，大忿曰："我疏远之亲，不能控其弃妻再娶，君又萱堂年老，不可远行，奈何？"咨嗟而别。戚启行，后恒闻唧唧鬼泣甚悲。心疑何氏，祝曰：

“若是何娘子，当送一见薄幸郎可也。”于是枉道晤宋，寒暄未毕，忽自批其颊曰：“诚薄幸，诚薄幸！”昏仆于地。戚遽退，次日往侦，夜间宋已死。

噫！昔人言：“贫贱之交不可忘，糟糠之妻不下堂。”此宋氏故事也，何竟忘之乎？

【译文】刘研渠教官（刘萼棣）说：他的家乡有个宋某，娶妻何氏。何氏粗通文墨，天性贤淑，只是因为其貌不扬，所以不能获得丈夫的欢心。宋某为人轻浮，时常出去寻花问柳，败坏祖先留下的家业。他把妻子遗弃在娘家，自己离开家门，从此不通音信。妻子的弟弟靠教书养家糊口，养活母亲都还不够，于是何氏靠着做针线活补贴家用勉强生活下来。

等到二十年之后，正好有个亲戚从云南回来，见到宋某已经当上了官，担任曲靖经历，另外娶妻生子，车马齐备，衣服华丽。亲戚知道他妻子何氏的困境，在临走之前，劝说他往家里寄封书信，把家人接过来一起生活，宋某不听。亲戚愤愤不平，于是把这件事告诉了何氏的弟弟，弟弟又告诉了姐姐，姐姐哭着说：“远在数千里之外做官，无法迎接家眷而纳妾，尚且不失伦理。如今他完全抛弃不管，一丢了之，如此薄情寡恩、良心丧尽，还有什么可说的呢！”她抑郁了几天后，竟然自缢而死。

正巧那个亲戚将再次前往云南，向何氏的弟弟辞行，看到了何氏的棺材，非常气愤地说：“我属于远房亲戚，没有名义去控诉他抛弃原配再娶，您又因为母亲年迈，不能远行，怎么办呢？”叹息着告别了。亲戚出发后，一直听到后面传来唧唧的鬼哭声，听上去十分悲戚。他心里怀疑是何氏，祷告说：“如果你真的是何娘子，我可以送你去见薄情郎一面。”于是绕道去拜访宋某，还没有寒暄完毕，忽然看见宋某自己打自己的脸说：“真是薄情，真是薄情！”宋某昏倒在地。亲戚急忙退出，第二天再去探视，发现宋某头天夜里就已经死了。

哎！古人说：“贫贱之交不可忘，糟糠之妻不下堂。”这正是西汉宋弘的故事，同样是宋家人，怎么就忘了先人的教诲呢？

3.3.22 滕县吏

喻蔼人（星）者，南昌人，有从兄某，官滕县尹。时一吏为城隍案吏，往往赴阴办公，即僵卧如死，自一二日至三五日方苏，谓之“过阴”。既苏，则饮食起居如常，赴署供役，亦无异。其冥事，箝（qián）口不敢一语。缘以过阴误卯，怒其妄息，责令以后过阴，查检本官所作为，言如不符，即将以妖人治之。

越日，闻吏又过阴，滕尹乃独居内室，闭户却绝家人，省躬思过。夫人邀请饔飧（yōng sūn），俱不应。迨更余，夫人虑其饿损，煮鸡子两枚，从棂眼中亲饷，不忍拒，乃食之。次日，吏来见，询所查检，答曰：“昨一日无善恶事录报来冥，但绝粮终日，代公乞赐禄食，神止准给鸡子两枚，未敢多求。虑公得毋太饿乎？”此闺中事，外人无有知者，以其符合，置不究。

逾年，吏忽自备棺衾，告儿辈某日当殓，即作过阴状。至期，冀其复苏，不敢遽殓。逾七八日，觉尸变，遂殓之。是亦“走无常”也。

噫！人每自谓深居闭户，而不知冥中如觌（dí）晤。然一饮一食，皆操于神，而神目如电如此，敢不慎独知于衾影哉！

【译文】喻蔼人（喻星），是江西南昌人，他有一个堂兄某人，在山东滕县（今滕州市）做县令。当时他手下有一名书吏也在城隍神手下做书吏，常常以生魂进入阴曹办公，然后就僵卧在床，如同死去一样，要等一两天甚至三五天之后才能苏醒过来，被称为“过阴”。苏醒之后，饮食起居就和平常一样，到官署上班，也没有什么异常。关于冥府的事情，他守口如瓶不敢透露一句话。有一次他因为过阴耽误了点卯，县令怒斥他荒唐怠惰，责令他以后再过阴的时候，要顺便查看本官的所作所为，如果说的不符合事实，那么要将他当作妖人来惩治。

第二天，听说书吏又去过阴了，滕县县令于是就自己一个人待在房间里，关上门不让家人进来，反躬自省、静思己过。等到过了一更天，夫人担心他饿坏了身体，就煮了两个鸡蛋，从窗棂孔中亲自喂给他吃，他不忍心拒绝，于是就吃了。第二天，书吏来见他，县令询问书吏检查的情况，书吏回答说：“昨天一天没有一件善事或恶事的记录报来冥府，只是应该断粮一天，我就代替您祈求神明赐予一些食禄，神明只准许给予两个鸡蛋，就没敢再多求。我担心您会不会太饿呢？”这是夫妻之间私密的事，外人不可能知道的，县令因为书吏说的完全符合，就没有追究。

第二年，书吏忽然为自己提前准备好棺材寿衣，告诉儿子们，到某天要为自己入殓，然后就做出了每次过阴时的状态。到了预定的日子，儿子们还希望他能够再次苏醒过来，不敢立刻入殓。过了七八天，发现尸体已经开始腐烂了，于是将他入殓。这也是所谓的“走无常”。

哎！人们往往自以为关起门来深居独处就没人知道自己在做什么了，却不知道冥冥之中鬼神鉴察如同面对面，看得一清二楚。然而人的一饮一食，都由神明操控，而神明的眼睛如同闪电在注视着一切，闲居独处、无人监督之时，怎敢不恭敬谨慎、严格自律呢！

3.3.23 讳不知

圣人面授贤者之训，亦不过曰："知之为知之，不知为不知。"今人多有强不知以为知者，并有讳不知以为知者。强之害重，讳之害轻，其为害则一也。

尝闻有一南客，不食鸡卵。初至北地，早尖，下舆入店，呼店伙甚急，其状似甚饥，开口便问："有好菜乎？"答曰："有木樨肉（北方店中以鸡子炒肉，名木樨肉，盖取其有碎黄色也）。"客曰："好好，速取来。"及献于几，则所不食者也，虑为人所笑，遂不敢言。又问："别有佳者乎？"答曰："摊黄菜何如（即南方摊鸡子也）？"客曰："早言有此，岂不大佳？"及献于几，则仍所不食者。阳举箸，复辍，称言尚饱，不欲食。其仆人言前程甚远，恐路中饥，客曰："如此，但食点心可耳。"因问："有好点心乎？"答以窝果子（南方所谓荷包蛋）。客曰："多持几枚来。"及献于几，则仍所不食者也。且惭且怒，忍饥而行，遂至委顿。夫天下事不知者多矣，不知何害，此客必欲讳不知以为知，甘作负腹将军，腹亦何辜哉！

【译文】孔子作为圣人在当面教导贤者子路时，也不过只是说："知道就是知道，不知道就是不知道。"现在有很多人明明自己不知道却逞强装作知道，还有很多人明明自己不知道却不肯承认不知道。逞强装懂的危害重，不肯承认的危害轻，但同样都是有害的。

曾经听说有一个南方的客人，不吃鸡蛋。他刚到北方时，一天早上吃早餐，下车进入一家饭店，非常急切地招呼店小二，看他的样子也是非常饥饿，开口便问："有好菜吗？"店小二回答说："有木樨肉（北方的饭店中把鸡蛋炒肉，叫作木樨肉，大概是因为其中有碎黄的颜色）。"客人说："好好，赶快拿来。"等店小二端上桌，一看才知道是他不吃的鸡蛋，又害怕被人笑话，也不敢说出来。他又问："还有别的好菜吗？"店小二回答说："摊黄菜怎么样（就是南方的摊鸡蛋）？"客人说："早说有这个，难道不是更好吗？"等到端上桌，一看还是自己不吃的鸡蛋。他佯装举起筷子，又撂下，声称自己还饱，不想吃。他的仆人说前面的路途还很遥远，恐怕路上会饿。客人说："既然这样，那就只吃一些点心就可以了。"于是问道："有好点心吗？"店小二回答有窝果子（也就是南方说的荷包蛋）。客人说："多拿几个过来。"等到端上桌，一看仍然是他不吃的鸡蛋。他又羞惭又气愤，忍着饥饿上路了，于是导致疲乏不堪。我们说天下之大，不知道的事情太多了，不知道又有什么关系呢？这个客人明明不知道却一定要掩饰自己而不肯承认，甘愿忍饥挨饿，可是他的肚腹又有什么罪过呢！

第四卷

3.4.1 书记为僧

苏州某书记，游幕湖北，稍有蓄赀，归里，改业贸迁。嘉庆十八年夏，将之京师，至山东境，薄暮抵宿。下车，欻然倒地，如中恶状，夜半始苏，神色惨沮。仓皇回车，至扬州一佛寺，剃发为僧，僮仆劝沮，弗听，且莫测其故也。信至家，其子奔视，涕泗挽归，某泣曰："残喘幸留，勿复多事。若还俗，则无死所矣。"

因言是日于道中，见二皂衣人在车前，俄顷即为所摄去，谓有事须对簿。自念不知何因，姑随之行。至一所，类官府，入门，则隶卒列阶下，凶恶可怖。堂上巍坐者，若冥王状。皂衣人跪禀某到，始知非人间也。堂上者拍案怒曰："汝在某县敢妄杀人也。"辨无之。掷状下，则向所书某县擒获教匪，审明解营正法禀也。某曰："此诚某书，但系刑名某所撰。当时亦曾疑其冤，始未允书，后因东道逼迫发怒，谓'即有罪过，余当之，且尔不书，终有人书'云云。遂为之书。"

堂上顾左右拿某某来，鬼卒噭（jiào）然齐应，旋见捽（zuó）二黑影至案前，类浓烟笼罩者。鬼卒持扇扇烟，约略露面目，则邑令与刑名友也。堂上者呵问之，声呦呦然，承伏如某所对。仍捽之去，复顾左右曰："渠虽非造意，但明知数十生灵无事就戮，恋馆徇情，不以去就争之，亦难轻恕，宜何罪？"左右者曰："秋间付山东司按罪可也。"堂上者遂叱某出。正惊悸间，见故友某，因述被摄对簿事，且求拯救。曰："大数难逃，惟速行南旋，投空门托身，或可免耳。"故友送行数十武，拍肩曰："归休。"遂苏，则晕去已半日矣。

并言："曩日川陕楚三省教匪滋事，牧令多有以擒贼得功者。某县令绝冀升阶，而无机会。一日，有报难民数十人窜至城外者，令以为奇货，刑名赞成之，某强为缮。令迁官，后与刑名相继暴亡，岂知结此一重冥案耶？"言讫，捶胸浩叹，子垂涕而归。

【译文】苏州的某书记（旧称从事文书工作的人），到湖北去做幕僚，小有积蓄，便回到家乡做起了买卖。嘉庆十八年（1813）的夏天，他要去京城，到了山东境内，傍晚时分来到了住宿之所。一下车，他突然就倒在了地上，好似中邪一般，到了半夜才苏醒过来，神色凄惨沮丧。随即匆忙调头返回，到扬州的一座佛寺削发为僧。他的家童、仆人极力劝阻，但是他不肯听从，没人知道他为什么要出家。消息传到家中，他的儿子急忙前来看望，泪流满面地挽留，想要带他回家。他哭着说道："我侥幸活了下来，苟延残喘度过余生就行了，就不要再多生事端了。如果还俗，恐怕会死无葬身之地啊。"

于是某书记说道，当天在途中看到两个身穿黑衣的人站在车前，不久便被他们带走了，说有事情需要当面对质。他自忖不知有何缘故，便姑且跟他们同行。到了一个地方，有一座类似于官府的建筑，进了门，则衙役、士卒在台阶下列站，面目凶恶可怕。在堂上，有一人正襟危坐，好像冥王。黑衣人跪下禀告某某带到，他才知道此处并非人间。坐在堂上的人拍案大怒道："你在某县竟然胆敢肆意杀人！"他辩解说没有此事。堂上的人将状子扔到堂下，他一看，原来是之前所写的"在某县抓获教匪，案情已经审清，押解到营中正法"的报告。他说道："这确实是我书写的，但是这是刑名师爷所起草的。我当时也曾怀疑过他们有冤情，一开始没有答应书写，后来因为东家逼迫，并怒气冲冲地说'即使有什么罪名，由我承担，况且你不写，还有别人写'等等这类的话。因此我才替他书写了。"

堂上的人示意左右将某人、某人抓来，鬼卒们纷纷答应，随即看见鬼卒揪住两个黑影来到案前，像是有黑烟笼罩着的。鬼卒拿着扇子驱散烟雾，才约略露出面目，某书记一看，原来是某县令和刑名师爷。堂上之人呵斥、讯问他们，声音尖细、断断续续，二人低头认罪、供认不讳，回答的和某书记所说的情况完全符合。堂上之人又命鬼卒将他们带走，对左右说道："这虽然不是出于他的本意，但是他明知几十条性命无辜被杀，却因为贪恋职位，不肯用职位去留据理力争，也是难以轻易饶恕他的，应该判他个什么罪名？"左右的人说道："到了秋天把他交给山东有司判罪就可以了。"堂上之人就叱令他退出去了。正在惊慌无措之时，忽然看到一个老朋友，便讲述了被带到公堂对质一事，并且请求帮忙搭救。老朋友便说道："你如今在劫难逃，只有赶快返回南方，寄身于佛门，或许可以避免。"老朋友送行了几十步，拍了拍他的肩膀，说："回去休息吧！"于是苏醒过来，此时已经昏迷半天了。

某书记还说："当初四川、陕西、湖北三省教匪滋生事端，当地的知州、县令等地方官很多都因为抓捕匪徒而立功受赏。某县令一心希望升官，但是一直没有机会。有一天，有人报告有几十名难民窜逃到城外，县令把他们看作一块肥肉，刑名师爷也赞成此举，我也只好勉强帮他们缮写文书。县令获得升迁，后来和刑名师爷相继暴死，哪里知道在冥府结下了这样一桩重大案件呢！”说罢，捶胸顿足，慨然长叹，他的儿子哭着回家了。

3.4.2 经忏不如施舍

嘉庆丙子岁，吴中岁歉，南濠李文璧父故，广延僧道修醮拜忏。一夕，伊父凭孙女福全，语文璧云：“尔固孝我，但当此荒年，有此钱财，何不施济饥寒，较为有益。延酒肉僧道礼拜经忏，非但于我无补，更加我以罪愆。若肯施济贫穷，功德比经忏胜百倍也。”李从命惟谨，日施饥人，每人钱一百廿文，共用七百余千。未几，伊父又凭福全，语文璧云：“尔之孝思已动幽冥，冥府已加增福寿，我今亦往生富贵人家去矣。”

【译文】嘉庆丙子年(1816)，苏州一带发生饥荒。南濠李文璧的父亲逝世，李文璧广泛邀请僧人、道士设坛做法事，诵经拜忏。一天晚上，他父亲的魂魄附在孙女李福全身上，对李文璧说：“你固然是为了孝顺我，但是值此饥荒之年，有这些钱财，为什么不施舍周济那些挨饿受冻的人，不是更有意义吗？请来这些喝酒吃肉的僧人道士磕头礼拜、念经拜忏，不但对我没什么用处，反而是增加了我的罪过。如果你能施舍周济那些穷苦之人，功德比经忏法事强过百倍。”李文璧恭敬遵守父亲之命，每天向饥民施舍，给他们每人一百二十文钱，共用了七百多千钱。不久，他父亲又附在孙女李福全身上，对李文璧说：“你的孝心感动了幽冥界，冥府已经给你增添了福禄和寿命，我如今也要转生投胎到富贵人家去了。”

3.4.3 鬼畏老儒

盛孟岩中丞（惇崇）言：某乡有某甲，幼子为鬼所凭，索酒食冥资无餍（yàn）。延道士，符咒不能禁。某豪，拥金百万，人目为财星，因邀以制，辄被秽詈。适有老儒过其门，进询之，鬼避舍去。老儒出，鬼复来。或以问鬼，答曰：“老儒虽淹蹇寒衿，已五世为人，三魂六魄俱全。若某豪，初轮回人道，吾何畏之！近世孽生太繁，魂魄全者甚少，故愚蠢乖戾者多。凡蔑三纲、夷五伦，无恻隐、羞恶、辞让、是非之心，皆甫脱毛角者也。读书少即了了，乃前生读过，今生温故而已。”

或又问：“梨园子弟，数龄即能演唱，殆亦前世习之乎？”鬼曰：“莺歌燕舞，非其本质欤？”言虽恶谑，理或有之。

德清蔡生甫太史（之定），忠信慈爱，出于性成。幼即持《大悲、楞严咒》，每日必诵一遍，今殆数十年，行住不辍。自知前生为杭州盐桥念佛老妪，故京师同官戏呼为蔡老太婆。可见人之秉性善恶，实由本来面目也。

【译文】盛惇崇中丞（字孟岩，又字士膺，号柳五，江苏阳湖人，乾隆四十六年进士）曾经说过：某乡有个某甲，他的小儿子被鬼魂附身，索要酒食和纸钱不知满足。邀请道士前来解决，但是符咒也不起作用。当地有一位某富豪，家有百万资产，人们都视其为财星下凡（旧谓天宫有主财的星宿，此星照临，财运就兴旺），某甲于是邀请富豪前来制服鬼魂，结果却被辱骂。正巧有一位老儒经过某甲门前，进门询问情况，鬼便躲避离家而去了。老儒一出门，鬼又回来了。有人便以此问鬼，鬼回答道："这位老儒虽然是艰难窘迫、坎坷不顺的贫寒书生，但是已经在人间轮回了五世，三魂六魄俱全。而像那个富豪，是第一次投胎做人，我有什么好怕的！近年来繁衍生息的人类太多，三魂六魄俱全的很少，因此愚昧无知、性情乖戾的人很多。凡是那些蔑视三纲、灭弃五伦，没有恻隐之心、没有羞耻之心、不懂谦让、不辨是非的人，都是刚刚脱离畜生道转世为人的。读书稍微一读就能明白，是前生已经读过，今生不过是温习一遍而已。"

又有人问："梨园子弟，有的几岁就能演唱，大概也是前世就学过吧？"鬼回答说："莺歌燕舞，不就是他们的本来面目吗？"这话虽然是令人难堪的玩笑话，但不无道理。

浙江德清县的蔡之定翰林（字麟昭，号生甫，乾隆五十八年进士），为人忠厚诚实、慈悲仁爱，出于天性。他从小就开始持诵《大悲咒》《楞严咒》，每天都要诵读一遍，至今大概有几十年了，不论在家还是出门从未间断。他知道自己前世是杭州盐桥念佛的老太太，因此京城的同事们都开玩笑叫他蔡老太婆。可见人的天性是善是恶，实际上是根源于他的本来面目。

3.4.4 鬼乞伸冤

余侍宦袁浦时，闻幕中友沈香城（廉）言：乾隆末年，山东陶某，年十八，无父母兄弟，从戚习幕。戚死，流落淮安，充某邑刑胥。遂赁屋为家，买幼婢执炊，情如父女。越数年，稍有蓄，娶妻，时婢已及笄（jī），妻欲卖之。陶某不忍，乃赠奁具，嫁一民壮，并常恤其家。陶某疑妻之妒也，亦不与言。

年余，邑署前寓一星士，推测富贵寿夭多有验，适公暇，过而问焉。星士决其立冬日必死，为之忧疑不释。妻劝慰，亦不解。迨秋杪（miǎo），陶某虽无疾而忧甚。妻曰：“恐或有无妄之灾，盍赴县乞假勿出户，且邀平日故交为伴。”陶某从之，招友欢呼畅叙，流连晨夕。至立冬日，幸如故。及更余，客皆半酣，主人连日酬酢，极困倦；因留客再饮，自退内室少息。逾时，忽闻其室轰如雷电，众惊而趋，见陶某头面俱破，血流满衣，披发夺户而出。众共追之，行甚疾，竟投河而没。打捞数日，亦无弋获。莫不以星士如神，谓陶负前生宿孽也。

陶某妻无所依，即再醮某甲。平日与陶某交好者，皆听之。而旧嫁民壮之婢，一夜夫供役未返，忽闻鬼哭声，渐见陶某，谓曰：“我为人谋死，含冤莫伸，尔当为我报之。”婢惊啼，鬼即灭。告于夫，不信。未数日，民壮复路遇陶某泣血而前，责负往日情，不代报冤。遂以夫妇所见状禀白本官。适某进士为令，年少有治才，极留心民隐。陶某旧住屋，尚无人居住，勘之，壁脚有未净血痕，周视内外，徘徊半日，觉房后地有松处，命畚（běn）掘，竟得陶某尸。

拘究其妻，乃知所醮某甲素善泅水，少即私通，嫁后仍往来。先嘱星士惑之，并谂陶某每至二更，神倦不可支，必就寝。乃藏某家，乘机杀死，自穿其血衣，披发蒙面夺户投水。妻劝招故交饮酒为伴，实使为证。嘱陶某卖婢，亦碍见甲之来耳。立拘某甲，到供无二，遂同置诸法。凡谋杀亲夫，诡计百出，未有如此周密者。卒之鬼能鸣冤，贤令尹又能实心查勘，人可欺，天可欺哉?

【译文】我跟随父亲在江苏淮安清江浦做官的时候，听幕僚沈香城(沈廉)说：乾隆末年，山东的陶某，年方十八，没有父母兄弟，便跟着亲戚学习幕僚之事。亲戚死后，陶某流落在淮安，在某县县衙充任刑房吏。陶某便租房在此安家，买了一名年幼的婢女帮忙生火做饭，情同父女。过了几年，稍微有了些积蓄，娶了妻子，当时小婢女已经到了结婚年龄，妻子想要将小婢女卖掉。陶某不忍心，于是为小婢女备办了一套嫁妆，嫁给了一名衙门的卫兵，并且经常周济他们家。陶某恐怕妻子会有妒忌心理，也不怎么和她说起。

一年多后，县衙前住着一个算命先生，推测生死富贵往往应验，正值公务之余，就前去拜访问卦。算命先生斩钉截铁地说陶某立冬日那天必死无疑，陶某为此担惊受怕，无法排遣。陶某的妻子劝慰他，也不能排解。到了秋末，陶某虽然没病没灾，但是一直忧心忡忡。妻子说道："如果你担心遭受无妄之灾，为什么不到县里请个假不出门，并且邀请平日的故交好友做伴呢？"陶某听从了妻子的建议，便召集朋友欢饮畅谈，从早到晚，留恋不舍。到了立冬日这天，所幸一切正常。刚过一更天时，客人们都喝得半醉半醒，主人连续多天招待客人，极为困倦疲惫；便留客人继续喝酒，自己则退回内室稍作休息。过了一会儿，忽然听到内室中像雷电一般隆隆作响，众人大惊，急忙跑过去查看，只见陶某头部和面部都受了伤，鲜血流得满衣服都是，披头散发夺门而出。众人一齐追赶，陶某跑得飞快，一头跳进河里溺水而死。众人打捞了几天，也没有发现他的尸首。因此众人都认为算命先生说的神准无比，说陶某身负前世的冤孽。

陶某的妻子失去了依靠，便改嫁给了某甲。平日和陶某交好的人，也都没有过问，听任她改嫁。而之前嫁给卫兵的婢女，一天晚上丈夫当差还没有回来，婢女忽然听到鬼哭声，渐渐看清原来是陶某，陶某对她说："我被人谋害，沉冤无处伸张，你要为我报仇啊！"婢女吓得大哭，鬼影便消失不见了。婢女把此事告诉丈夫，丈夫不相信。没几天，卫兵又在路上遇到陶某泣血上前，责备他们夫妇辜负往日的恩情，不肯替他报仇。卫兵于是将他们夫妇所见到的情景向县官禀告。当时做县令的是某进士，年轻有为，颇有为政之才，特别留心于民间的隐情。陶某之前所住的屋子，还没有人居住，县令便前往勘验，发现墙角还有尚未清理干净的血迹，并将房子四周里里外外仔细巡视了一遍，徘徊了半天，发觉屋后有一块空地土质松软，便命人取来工具挖掘，竟然发现了陶某的尸体。

县令将陶某的妻子拘捕审讯，才知道陶某妻子所改嫁的某甲向来擅长潜水，从年轻时就和他私通，嫁给陶某之后二人仍有往来。妻子便提前嘱托算命先生迷惑陶某，她自己熟知陶某每到二更时分，便精疲力尽，无法支撑，一定会入睡。于是教某甲藏在陶某家中，乘机杀死了陶某，自己穿上他的血衣，披头散发，遮盖住脸，夺门而出，投入水中。陶某的妻子劝说陶某招请朋友前来饮酒做伴，实际上是想让他们目击作证。之所以叮嘱陶某把小婢女卖掉，也是怕她妨碍了某甲来家私会。县令立即拘捕了某甲，到堂之后，供认不讳，和陶某妻子说的完全符合，于是将陶某妻子和某甲二人一并依法处决。凡是谋杀亲夫的案件，即使诡计多端，也没有见过计划如此周密的。最终冤鬼能为自己鸣冤，贤明的县令又能认真勘验调查，终于真相大白，人可以被欺骗，但是天能被欺骗吗？

3.4.5 轮回

家大人在军机日，熟闻富阳董蔗林阁老家，一老仆王某，性谦谨，善应门，数十年未忤一人。尝随公斋宿署中，月夜据石纳凉，遥见一人仓皇隐避，一人遽遮止之，捉臂共坐树下，曰："以汝生天久矣，乃在此相遇耶！"因先述相交契厚，次责任事负心，历数"某事乘我急需，故难其词以勒我，中饱若干；某事欺我不谙，虚张其数以绐我，干没又若干"。凡数十事，一事一批其颊，怒气坌（bèn）涌，欲相吞噬。

俄一老叟自草间出，曰："渠今已堕饿鬼道，何必相凌，且负债必还，何必太遽？"其人弥怒曰："既已饿鬼，更何还债？"叟曰："业有满时，则债有还日。冥律凡称贷子母之钱，来生有禄则偿，无禄则免，为其限于力也。若胁取诱取，虽历万劫，亦须填补。其或无禄可抵，则为六畜以偿，一世不足抵，则分数世。今夕董公所食之豚，非其干仆某之十一世身耶？"其人怒略平，释手各散。意叟是土神也。

程春庐曰："此事记得说部中已有之，似是文恪公事。拟乘暇面向阁老质实其事，匆匆未果，而阁老遽骑箕去矣。"家大人曰："文恪、文恭相距不过数十年，此事无论孰前孰后，均可为戒也。"

【译文】我父亲在军机处任职的时候，常常听说富阳董蔗林阁老（董诰）家有一位老仆人王某，为人谦虚谨慎，善于照管门户，几十年间从来没有和人起过冲突。王某曾经跟随董公在官署里斋宿（在祭祀或典礼前，先一日斋戒独宿，表示虔诚），在月夜靠着石头纳凉，远远望见一个人匆匆忙忙躲藏，另外一个人立刻挡住了他，抓住他的胳膊一起坐在树下，说："我以为你早就往生天道了，没想到竟然在这里相遇了！"于是先述说交情十分深厚，然后责备他做事负心，一一历数"某件事趁我急需之时，故意用言词刁难来勒索我，以此将若干钱财中饱私囊；某件事欺骗我不熟悉，虚报数目来欺骗我，又贪污了若干"。总共几十件事，说完一件事打他一耳光，怒气冲冲，恨不得要把他吞吃了。

不一会儿，一个老头从草丛中走出，说道："他如今已经堕入饿鬼道，又何必再欺凌他呢？况且欠债是一定要还的，何必太急呢？"那人更加气愤地说："既然他已经变成饿鬼了，又拿什么还债呢？"老头说："罪业有满盈之时，那么欠债必有偿还之日。按照阴间的法律，凡是借贷的本金和利息，来生如果有福禄则抵偿，没有福禄则免去，因为要根据其能力的大小。如果是胁迫、诱骗所得的钱财，即使经历无数劫，也必须还清。如果没有福禄可以抵偿，就变成六畜来偿还；一世还不清，就分几世还清。今天晚上董公所吃的猪肉，不就是他家某位能干的仆人第十一次转世的后身吗？"那人的怒气才稍稍平息，放开手各自散去。王某猜测这位老头应该是土地神。

程春庐先生（程同文）说："此件事我记得前人小说中也有记载，似乎是董文恪公（董邦达，董诰之父）的事情。我当初打算抽空当面向董阁老求证此事，因事情匆忙还没有去成，结果董阁老已经仙逝了。"我父亲说："董文恪公（董邦达）、董文恭公（董诰）父子前后相距不过几十年，此事无论谁在前谁在后，均可以警醒世人。"

3.4.6 忍辱解冤

徐受天，吴中阊门人。尝于市上遇担粪者，倾污满身。徐念担粪穷民，谅不能赔其衣履，含忍欲走；担粪者反诬其撞翻，挥拳大骂。挣脱而窜，犹追逐里许。众为之不平。徐狼狈至家，更衣浣体，妻孥怨怅，以为不祥，徐亦怏怏，无如之何。

至半夜，忽闻叩户声甚急，启视之，则担粪者汹汹而前，嗫嚅不语，徐讶曰："吾不责汝赔衣履，殴我骂我，忍而避之，亦可已矣。奈何又夤（yín）夜而来？"答曰："吾与君有宿世仇，日间以君相避，我恨已消。今我已死，我家贫，无棺以殓。君能殡我，请即解此仇。若得更恤我妻子，且当报德矣。"言罢大哭，灯光惨碧，相对寒凛，徐已战栗，闻其为鬼，益惧。因曰："当如汝言。"担粪者遂告其姓名里址，大啸而去。

徐次日往访，果如其语，遂厚殓之，并贻其子十金，营小贸贩以赡母。尝以此事告人曰："苟逞一时之忿，不忍辱远避，则担粪者死于吾手，吾已缳首市曹矣。"

【译文】徐受天是苏州阊门人。他曾经在街市上遇见一个挑粪的人，被洒了一身粪。徐受天念在挑粪的人穷苦，想必赔不起他的衣物鞋子，便默默忍受想要离开；那个挑粪的人反而污蔑是被徐受天撞翻的，挥拳大骂。徐受天挣脱逃走，挑粪的人还追了一里多路。众人都为他感到愤愤不平。徐受天狼狈地回到家，换了衣服，洗了身体，妻子、孩子都埋怨不已，认为是不祥之兆；徐受天也闷闷不乐，但是也无可奈何。

到了半夜，徐受天忽然听到一阵急促的敲门声，开门一看，原来是那个挑粪的人气势汹汹地前来，好像有话又不敢说，徐受天惊讶地问："我不让你陪我的衣服和鞋子，你打我骂我，我只好忍让躲开，也就罢了吧。大半夜又来做什么？"挑粪的人回答说："我和您有宿世的冤仇，白天的时候因为您避让，我心中的恨意已经消解。现在我已经死了，我家贫穷，没有棺材收殓尸体。如果您能将我殓葬，那么我们宿世的冤仇从此一笔勾销。如果您更能抚恤接济我的妻子儿女，我将会报答您的恩德。"说完之后，挑粪的人便大哭起来，灯光呈现暗绿色，看上去寒气森森，徐受天已经瑟瑟发抖，一听说他是鬼，更加害怕。于是说道："就按你说的办吧。"挑粪的人便把自己的姓名地址告诉了徐受天，大声喊叫着离开了。

徐受天第二天前往寻访，果然和挑粪之人所说的情况一致，于是将他厚葬，并送给他儿子十两银子，让他做些小买卖赡养母亲。徐受天曾经把这件事告诉别人，并说："如果我当初逞一时之愤怒，不肯忍辱躲避，那么挑粪的人必定死在我手上，那恐怕我已经在街市上当众被处以绞刑了。"

3.4.7 鬼打墙

蒋味村（承培），杭城人，言：某甲以种菜为业，小有家赀。平生惜字，遇街路墙壁所贴告示、招纸，为风雨飘摇欲坠者，检藏回家，汇焚惜字社洪炉中。年九十余不倦。一夜，遇祟迷路，奔走三更，辄遇墙阻，谚所谓遭"鬼打墙"也。摩摸间，似有纸飘摇，即揭取之，顿觉手中发光，隐约知是村中社庙，因得循其门而扣之，遂止宿焉。

夫仓颉造字，天雨粟，鬼夜哭，何等郑重。某甲手揭字纸，即鬼不能迷，岂非显证？尝闻太上垂训："惜字十万，延寿一纪。"彼种菜者年逾九十，谓非惜字之报欤？

【译文】蒋承培，号味村，是杭州人，他说：某甲以种菜为业，小有积蓄。平生特别注重敬惜字纸，每次遇到街上路边墙壁所贴的告示、招贴等，被风吹雨淋摇摇欲坠的，便妥善揭取下来，带回家贮藏好，收集汇总起来拿到惜字社的大火炉中焚化。九十多岁了依然孜孜不倦、从未懈怠。一天晚上，某甲遇到鬼怪作祟迷了路，奔跑到半夜，一直都被墙挡住了去路，就是民间传说的"鬼打墙"。正在摸索之际，某甲感觉好像有字纸飘摇欲坠，随即揭取下来，顿时觉得手中的字纸发出亮光，隐约知道这是村里的土地庙，某甲于是摸到庙门敲门，就借住在了庙里。

我们说当初仓颉先师造字的时候，天上降下粮食，鬼在夜里哭泣，这是何等惊天动地的事情啊！某甲以手揭取字纸，鬼便无法迷惑，难道不是明显的验证吗？曾经听太上老君传下训示说："每惜字十万，则延长寿命一纪（十二年）。"那位种菜的某甲活到九十多岁，难道不是敬惜字纸的善报吗？

3.4.8 鬼仇讦私

汪铭甫明经（恭寿）曰：乾隆间，苏州有赵延洪者，性爽直嫉恶。偶见邻妇与少年调笑，遽告其夫。侦之有迹，诡托远出，窃伺其寝，骈杀首官。依律勿论。越半年，赵忽发狂，作邻妇语索命，引刀自斫。家人力救，仍啮舌而死。

夫窃谈闺阃，已伤阴德；况邻妇有奸，并非亲属应执。遽以不干己事，致毙两人。“我虽不杀伯仁，伯仁由我而死。”是诚何心哉？游魂为厉，殆其自作之孽也。

【译文】汪铭甫贡生（汪恭寿）说：乾隆年间，苏州有一个叫赵延洪的人，性格直爽，疾恶如仇。赵延洪有一次见到邻家妇人和一名少年调笑，便立刻告诉了妇人的丈夫。丈夫探查一番，果然发现了迹象，假托出远门，悄悄趁着妇人和少年通奸之时，将二人一并杀死，并到官府自首。官府依法不予追究。半年之后，赵延洪忽然发狂，用邻家妇人的语气在说话，说是前来索命，拿刀自己砍自己。家人极力抢救，最后还是咬舌而死了。

我们说背地里谈论别人家妇女之事，已经有伤阴德；况且邻家妇人有奸情，并非是亲属所应该管的事情。赵延洪却因为跟自己没关系的事，导致害死两条人命。“我虽然没有亲手杀死伯仁，但是伯仁却是因我而死。”（出自《晋书·列传三十九》）这是什么居心呢！妇人的魂魄化作厉鬼，这也是赵延洪自己作的孽。

3.4.9 阴恶堕犬报

有某甲，守父成业，家日饶裕，一乡以为肖子。死后，甲子见二隶押甲缧绁（léi xiè）而来，曰：“我平生未修一善，五伦但知妻子，重富欺贫，绝情忘义。周亲世谊，一至困乏，先戒阍者，来即拒却。凡有作为，一味取巧，功归于己，咎委他人。冥司责我阴恶，谓犬最欺贫，饲之则摇尾效媚，拂之则反噬无情，今将堕为西邻白蹄黄犬。愿尔勿惜家财，广行阴骘，以赎我愆，亦赀尔福。”呜呜而去。越日，果见邻有黄犬，四啼全白，心动，取以畜之，终岁不吠人。其悔前生过恶欤？吁，悔之晚矣！

【译文】有一个某甲，继承了父亲留下的家业，家境越来越富裕，乡里人都认为某甲有父亲的风范。某甲死后，某甲的儿子见到两名差吏押着某甲披枷带锁而来，说道：“我平生没有做过一件善事，五伦之中只知道妻子、儿女，尊重富人，欺压穷人，不念旧情，忘恩负义。周边的亲戚、世交，凡是陷入贫困的，我便提前告诉守门的人，只要来了就一概拒之门外。我一切的所作所为，都是一味投机取巧，把功劳归于自己，把过错归于他人。冥府谴责我阴险恶毒，认为狗最是嫌贫爱富，喂养它则摇着尾巴献媚，不顺着它则反咬一口、翻脸不认人，如今我即将投胎为西边邻居的白蹄黄狗。希望你不要吝惜家里的钱财，多行善事，广积阴德，来替我赎罪，也能增加你自己的福报。”便哭着离开了。第二天，某甲的儿子果然见到邻居家有一只小黄狗，四只蹄子都是白的，内心为之一动，便要过来饲养，这只狗一年到头从未对着人吠叫过。大概是悔恨前生的过错吧！唉，后悔也已经晚了！

3.4.10 罗氏双节

粤东仁化县有罗氏双节妇，例应入祀，广文需索不遂，屡次阻格。邑令洪某询其故，广文曰：“祠在文庙，妇人不应入也。”邑令曰：“向所祀者皆非妇人耶？”遂入祠。越日，邑令赴乡催科，止罗氏村；午后，把门役卒，见二媪飘忽进，索之不获。邑令适梦二媪来谢从祀，乃知贞妇之魂不能泯也。未几，而广文暴卒。

【译文】广东仁化县有两位罗氏节妇，按例应该入祀节孝祠，当地县学教官因为勒索钱财不成功，便多次阻挠入祠一事。县令洪某询问原因，教官说道："节孝祠在文庙内，妇人不应该进入。"县令说道："难道之前所供奉的不是妇人吗？"于是责令二位罗氏节妇入祠供奉。第二天，县令下乡催收租税，借住在罗家村；午后，看门的差役，见到两位老妇人飘荡着进来，到处找也没有找到。县令恰好刚刚梦到两名妇人前来感谢批准入祀一事，才知道贞节妇人的魂魄不能泯灭。不久，那位教官就暴病而死了。

3.4.11 怨鬼托生

张补梧孝廉（邦弼）言：公车途次，闻有淮民陆氏，奸恶素著，复横侵其邻郑氏产，撤为己室，惟存嘉木一株。晚岁得子而喑，一日游于庭，指树忽言曰："树乎，尔犹在耶！"家人大惊，已而复喑，百方诱之，终不出语。及长，荒淫放荡，靡所不为，家罄室售乃死。殆郑氏怨鬼托生也。

【译文】张邦弼举人（字清臣，号补梧）说：他在赴京参加会试途中，听说有一名安徽人陆某，一向以奸恶闻名，又强行侵占邻居郑某家的财产，据为自己的住房，只给邻居剩下一棵大树。晚年生下一个儿子，是个哑巴，一天在庭院里散步，忽然指着那棵树说道："树啊，你还在这吗！"家人大吃一惊，然后孩子就又变成哑巴了。家人百般引导他说话，最终也没有说话。等孩子长大了，荒淫放荡，无所不为，把家产都败光、房子都卖了才死。大概是郑某的冤魂投胎而来的吧。

3.4.12 财色

家大人在苏州时，与尤春樊中翰，为文字之交。闻其家有诸生尤敬庭（世纶）者，为西堂先生之文孙，淹通经史，搜览百家。年七十余，掩卷诵《离骚》，犹能倒读。所著作刻意于古，以是不遇赏音，潦倒一青衿。家綦贫，居葑泾西堂先生之遗宅，萧然不蔽风雨。授生徒糊口，恒无儋（dàn）石储。尽日铅黄棐（fěi）几间，不改其乐。亲故来往，从未以贫故言一钱。

曾述其早岁读书南禅寺时，寺宇荒废，榛莽四围，阴雨晦冥，鬼声达旦。寓斋比舍有轩三楹，颇幽洁，一人赁居，未几病头痛死。后复居一人，病心痛死。越数日，一壮夫来僦（jiù）其居，半夜又呼头痛死。从此人目为凶宅。

敬庭独以贱值赁之，即携琴载书于其中。夜分忽有叩扉声，启视，则有少女妖冶眩目，进而裣衽。讯所来，曰："妾邻姬也，见妒于妻，常苦鞭挞。知君无室，不羞浥露之嫌，宵夜私奔，愿侍巾栉。"既正拒之，且亹亹（wěi wěi）诲诫，而女终不去。乃盛气呵斥之而灭。

次夜，门未闭，女又来，出黄金，语曰："知公义丈夫，盗得主人镪，奉以为寿，但请设方略脱罗网。"又拒之，且以金掷弃门外，谓曰："书生不解预人闺阃事，毋饶舌。"乘女门外取金，即扃户。

回视，女仍在室，化一丑鬼，狰狞踞床，曰："我实鬼也，得神仙术，食生人心脑，至七具，可复生。故以财色诱饵之。尔硬心如木石，不可诱，我岂不能力取耶？"伸一掌，如巨扇，前来猛攫。惶窘间，遂以案上书乱击之，即应手而灭。及明，走告宅主，掘地得白骨一骸，遍生黄毛，申有司，火之。始知向之头痛心痛而死者，皆此鬼之祟。

噫！观此可见，非礼之色，非义之财，莫不与身命相关。彼前之心痛头痛而死者，职是之故耳。

【译文】我父亲在苏州的时候，和内阁中书尤春樊先生，以文字相交。听说尤家有一位秀才尤世纶，字敬庭，是尤西堂先生（尤侗）的孙子，学识渊博，通晓经史，广泛涉猎诸子百家之书。尤世纶七十多岁时，合上书背诵《离骚》，还能倒背如流。他的文章刻意保持古风，因此没能遇到能够赏识他的知音，终身只是一个秀才，穷困潦倒。家境极度贫穷，居住在葑泾西堂先生留下的老宅里，空荡简陋，甚至无法遮风挡雨。尤世纶以教书糊口，家中没有余粮。整日埋头桌案校勘书籍，乐此不疲。和亲朋好友来往，从来没有因为贫穷开口借过一文钱。

尤世纶曾经讲述说他早年在南禅寺读书的时候，寺庙荒废，四周荒草丛生，阴雨连绵，天色昏暗，鬼叫之声通宵达旦。尤世纶所住的书斋旁边有三间小屋，特别幽静整洁，曾经有一个人在此借住，不久就因为头痛病而死。后来又有一个人居住，因为心痛病而死。过了几天，又有一名壮汉租来居住，半夜又呼喊着头痛而死。从此人们都把这个地方视为凶宅。

尤世纶偏偏用低价租下来，就带着古琴和书籍住进来。半夜忽然听到有敲门声，开门一看，只见是一名妖媚迷人的女子，进门施礼。尤世纶问女子从哪里来，女子说：“我是邻居家的姬妾，被正妻妒忌，经常遭受鞭打。我知道您没有家室，不惜冒着被认为举止轻浮的嫌疑，连夜私自投奔您，愿意做您的婢妾。”尤世纶严词拒绝，并且苦口婆心、不厌其烦地教导女子，但是女子始终不肯离去。尤世纶于是大怒，厉声呵斥，女子才消失不见了。

第二天夜里，门没有关，女子又来了，拿出黄金，对尤世纶说：“我知道您是大义凛然的丈夫，我偷了主人的金锭，献给您作为寿礼，希望您能设法帮我逃脱罗网。”尤世纶依然严词拒绝，并且把黄金扔到门外，对女子说道：“我一介书生，不懂得干预别人家妇女闺房内的事情，不要再啰嗦了。”便趁着女子到门外取金子，就关上了门。

尤世纶关门后回头一看，女子仍然在房间里，已经变成了一个丑陋的恶鬼，面目狰狞地蹲坐在床上，说：“我其实是鬼，习得了神仙之术，吃活人的心脏和脑子，吃到七具之后，就可以死而复生。因此就用金钱和美色作为诱饵来引诱。没想到你的心肠坚硬如铁石，无法引诱，难道我不能用力量来取胜吗？”随即伸出一只手掌，像扇子一样巨大，上前猛地抓住尤世纶。尤世纶在惊慌窘迫之际，便拿起桌上的书乱打一通，那鬼就应手而灭。等到天亮，尤世纶跑去告诉宅子的主人，从房子的地下挖出一具白骨，长满了黄毛，报官之后，将骨骸火化。这才知道之前那几个因头痛、心痛而死的人，都是因为这个鬼在作祟。

哎！由此看来，不合礼法的美色、不正当的钱财，都和身家性命息息相关。那些之前因心痛头痛而死的人，应该就是由于这个原因吧！

3.4.13 孝力

乾隆间，河南彰德府，有一马军，名曰马皮条，以孝闻。家有寡母，奉事惟谨。一日，祷于关帝庙，曰："贫无以养，愿神赐之力。"是夜，梦神命周将军拍其肩背，遂勇力绝人，于是马皮条之名大著。市豪洎（jì）绿林，无不避其锋者。有一人郊行遇二盗，其人伪称马皮条，盗旋逸去。适与马皮条遇，二盗转疑其伪，以械击之，始笑而受，再击之，乃怒曰："始吾以汝为戏耳。"乃擒甲乙盗，对扑之，一举而二盗毙矣。后其母死，其力顿灭，如初时。

家大人曰："神非可以妄干，力非可以骤假，乃为孝思所迫，神亦不难徇其所为。迨母死，复初，神又未尝漫无限制。孝之能感神，固如是哉！"

【译文】乾隆年间，河南彰德府有一名骑兵，人称"马皮条"，以孝顺闻名。马皮条家中有位守寡的老母亲，他事奉母亲毕恭毕敬。一天，他到关帝庙祈祷，说道："我因家贫，无力奉养母亲，但愿神仙赐给我能力。"当晚，马皮条梦到关帝命令周将军拍了拍他的肩膀、后背，于是勇力过人，从此马皮条的名声广泛传扬。从市井土豪到绿林好汉，无人不避其锋芒。有一人在郊外行走遇到两个贼人，那个人谎称自己是马皮条，贼人便落荒而逃了。正巧贼人与马皮条相遇，两个贼人转而怀疑马皮条是假的，便用武器攻击他，马皮条起初只是笑笑不还手，贼人第二次攻击，马皮条于是大怒道："我一开始还以为你们是在开玩笑。"便抓住两个贼人，让他们互相对撞，一下子两个贼人都死了。后来马皮条的母亲去世，他的勇力顿时消失，和当初一样了。

我父亲说：“神明不可以妄加干求，勇力不可以突然获得，这都是因为被马皮条的孝心所感动，神明也不难顺从他的心愿。等到他的母亲去世之后，他又恢复原状，这说明神明也不会滥施恩惠、不加限制。孝心感动天神，竟然能达到这种程度！”

3.4.14 后身应誓

吴中郭凤岗言：有某甲，负其千金，持券往索，甲醉以酒而窃其券。越日，甲遽言债已还。凤岗知醉酒窃券也，乃誓曰：“吾虽失券，若债已收而复索，则世世妻女当再醮。”甲亦誓曰：“我若负债，则妻必为娼以偿。”月余，甲妻死，不复继娶。知其事者，以为天道无知，竟至漏网也。

逾十余年，凤岗薄游白门，适有妓梨云者，艳名噪誉，为烟花冠。乌衣公子，日拜石榴裙下。凤岗一见倾倒，互相爱悦。梨云绝不以倚红偎绿为嫌，即出私蓄千金密赠之，约向鸨儿买为妾。鸨以为钱树子，执不肯。梨云遽无疾而逝，凤岗懊丧，即以赠金营窀穸（zhūn xī），封阡树碣，极其美焕。一夜，忽见梨云来谢曰：“儿本某甲妻之后身也，所蓄缠头，原为某甲偿债，今蒙泽及枯骨，当又结后身缘以报矣。”倏忽不见。

嘻！古人以誓明心；近日狡狯之徒，比比以誓为饰诈文过之赀。孰知报应昭昭，无不与誓吻合者！幸免今世，不免后身。如甲誓妻为娼以偿债，或其父有隐德，不应有为娼之媳妇，乃速甲妻死，以其后身应为娼之誓。彼苍者天，岂愦愦哉？

【译文】苏州的郭凤岗说：有一个某甲，欠郭凤岗一千两银子。郭凤岗拿着借据前去索债，某甲用酒将郭凤岗灌醉，把他的借据偷走了。第二天，某甲便说自己已经还过钱了。郭凤岗知道某甲趁自己醉酒偷走了借据，便发誓说："我虽然失去了借据，但如果我已经收过债又再次收取，那么我生生世世的妻子、女儿都改嫁。"某甲也发誓说："如果我还欠你的债，那么我的妻子必定做娼妓来还债。"一个月后，某甲的妻子死了，某甲便不再续弦。知道此事的人，都认为天道不可信，竟然让某甲成了漏网之鱼。

过了十多年，郭凤岗到白门游玩，当时有一个叫梨云的妓女，美艳的名声广泛传扬，是烟花女子里的头牌；那些富贵人家的公子哥，整日拜倒在梨云的石榴裙下。郭凤岗一见到梨云，也被她迷倒，二人互相爱慕。梨云也心甘情愿嫁给郭凤岗做妾，便拿出自己私下积攒的一千两银子秘密赠送给郭凤岗，约定向老鸨商议替她赎身为妾。老鸨因为把梨云当作摇钱树，坚决不肯。梨云不久便无疾而死，郭凤岗十分懊丧失落，就用梨云相赠的钱为她料理后事，修造了豪华的墓地，平整了墓前的道路，竖立了石碑，美轮美奂。一天夜里，忽然梦见梨云前来道谢说："我本是某甲妻子转世而来的，所积蓄的缠头钱（宾客送给歌伎或妓女之财物称为缠头），原本就是替某甲还债的，如今我死后承蒙您的恩情，如此又结下了后世缘分，等将来再图报答了。"转眼之间就消失不见了。

哎！古人用誓言来表明心迹；而近世的那些狡猾诡诈之徒，却往往把发誓作为文过饰非的手段。谁知报应昭彰，结果没有不与誓言吻合的。即使今生侥幸避免，后世也无法逃脱。就像某甲发誓说让自己的妻子变成妓女来还债，或许是某甲的父亲有阴德，不应有做妓女的儿媳，于是让某甲的妻子很快死去，让她的后身去应验做妓女的誓言。苍天在上，难道是昏聩糊涂的吗？

3.4.15 天诛

番禺某甲，家素丰，出外贸易，唯其妇独处，孕数月矣。有从叔婶异居而贫，常往来。及分娩，邀婶接生。既产生，婶告妇曰："育一女，气已绝，不能活也。"其妇疲乏中亦不及审视。婶以絮塞口，将竹筐贮之，弃而归。

忽家所畜犬，嗥跳入房，口牵妇衣，似欲其外出者。妇异之，强起，随犬行里许，犬忽跃田塍（chéng）下，以脚爬地，露黄色布，一婴贮筐内，肉温而动，男也。验布，知所自产，抉口中絮，抱归，遂呱呱发声。阴念婶恶意，不敢扬。

越数日，婶偕叔同至，始入户，犬扑向叔，狠啮之，伤足。正呼急间，忽霹雳轰然，妇出视，则叔婶均毙于庭，各有字在背，篆文不可辨。远近喧观，或知叔夫妇谋产绝嗣。倘非天诛，或别将肆毒，殆叵测也。

【译文】广东番禺的某甲，家境一向富裕，他外出做生意，只有他的妻子一个人在家，怀孕好几个月了。有个堂房叔叔和婶婶，分家另住，生活贫困，两家经常来往。等到某甲妻子分娩的时候，邀请婶婶来帮忙接生。孩子出生了，婶婶告诉妇人说："是个女孩，已经气绝，活不了了。"妻子因为身体疲惫，也来不及仔细检查。婶婶用棉絮塞住孩子的嘴，装在竹筐中，遗弃之后回来了。

忽然家里养的狗，大声嚎叫跳跃着进入房门，用嘴衔住某甲妻子的衣服，好像想让她出门似的。某甲妻子觉得很奇怪，勉强起身，跟着狗走了一里多路，狗忽然从田埂跳下，用双脚扒地，露出了黄色的布，一个婴儿装在竹筐里，身上温热，还能动，是一名男婴。某甲妻子一看那块黄布，知道是自己刚生的孩子，便拿出嘴里的棉花，赶快抱回去了，男婴便开始有了啼哭声。想到婶婶怀有恶意，也不敢张扬。

过了几天，婶婶和叔叔一同前来，刚进门，狗就扑向叔叔，狠狠地咬他，咬伤了他的脚。正在紧急呼救之际，忽然雷声隆隆，霹雳一声，某甲妻子出去看时，只见叔叔婶婶全都被雷击死在庭院里，后背上都有字迹，是篆体字，难以辨认。远近的邻居纷纷前来观看，有人知道这肯定是堂叔夫妇二人企图谋夺财产，而加害于某甲的孩子，想让他绝后。如果不是老天将他们诛杀，可能还会做出别的阴毒的事情来，恐怕就难以预料了。

3.4.16 蝙蝠撞钟

嘉应饶氏为望族，有李淑人卒，殡敛甚厚，诸事皆委家丁钟福，福垂涎其赀。葬后，其孙至坟，觉碑有异，手按之，碑仆，见碑内穴开而尸裸矣。立诉之官，时州牧为王公（仕云），积月不得其状，乃焚表城隍庙，与其子孙斋戒宿庙。一夜，闻钟自鸣，视之，乃蝙蝠以头撞钟作声。公祝曰：“果是阴灵，蝠当来撞我。”言已，蝠竟来撞王公头。公即设备刑杖，在庙审鞫，问其子曰：“有姓钟名蝠其人乎？”子指在后家丁曰：“此即钟福。”公唤前问之，不刑自供，随置之法。

【译文】广东嘉应州（今梅州市）的饶家是当地的名门望族，有一位李淑人（三品命妇的封号）去世了，葬礼规模隆重，陪葬品特别丰厚，各项事宜都委托给家丁钟福负责，钟福艳羡于东家的财宝。下葬之后，李淑人的孙子到坟边，发觉石碑有异常，便用手按了按石碑，结果石碑倒塌，只见碑后面的墓穴已经被打开，尸体裸露。李淑人的孙子立刻去官府控诉，当时知州是王仕云先生，调查了一个月也没能发现线索，于是写了一篇疏文，到城隍庙焚化，和饶家的子孙一同斋戒住在庙里。一天夜里，王公听到钟自动鸣响，仔细一看，原来是蝙蝠用头撞钟发出的声音。王公祷告说："如果真的是李淑人的阴灵，就让蝙蝠来撞我！"说完，蝙蝠果然来撞王公的头。王公便准备好刑杖，就在庙里当场审讯，问李淑人的儿子说："有没有姓钟名蝠的人？"儿子指着后面的家丁说："这就是钟福。"王公把钟福叫到前面问话，钟福不打自招，随即被绳之以法。

3.4.17 神批伪官

颜鸣皋，于乾隆间为台湾总兵官，值巡海，衙门事委表亲杨奇。奇素好谑，一日，署中因祝寿会饮，酒醉，谓众曰："吾为大家乐，可乎？"皆诺，即出总兵袍冠被体，传呼材官，排衙吹打。云板一声，暖阁门启，奇将就官座，忽仆地不省人事，昏卧三四日乃稍苏。众询其故，曰："就座时，左右似有二金甲人肃立左右者，举掌如箕，向我批颊而倒。"后其颊终身深黑如初伤者。

《寒梧埜（yě）录》云："凡任封疆者，皆有煞神直宿拥护，故出而英威，令人惮畏。"观杨奇事，信之矣。

【译文】颜鸣皋（字丹崖，乾隆十三年戊辰科武科进士，官至福建台湾镇总兵，诰封武显将军），在乾隆年间担任台湾镇总兵官（全称福建台澎水陆等处地方挂印总兵官），正值巡视海疆，便将衙门的事务委托给表亲杨奇代管。杨奇一向喜欢开玩笑，一天，衙门中因为祝寿聚会宴饮，杨奇喝醉了，对众人说道："我给大家找点乐子，可以吗？"大家都答应了，杨奇便拿出总兵的官服官帽，穿戴在身上，传唤武卒，排班奏乐。刚敲了一声云板，大堂设案之暖阁的门就打开了，杨奇正要坐在总兵的位子上，忽然倒在地上不省人事，昏迷在床三四天才渐渐苏醒。众人问杨奇是怎么回事，杨奇说："我刚要坐下的时候，左右似乎有两个身穿金甲的人，恭敬严肃地站立在左右，举起像簸箕一样大的手掌，朝我脸上打来，然后我就倒地了。"之后杨奇的脸终身是深黑色，就像刚被打时一样。

《寒梧埜录》中说："凡是担任封疆大吏的人，身边都有煞神、星宿值守拥护，因此出行的时候才英武无比、威风凛凛，让人忌惮。"从杨奇的事情看来，此言真实不虚。

3.4.18 鬼知节妇

嘉应州颜提督（鸣汉），祖母杨夫人，年二十而寡，守一子，纺织度日，足不出户限。其室北窗外有荒圃，乱石堆积，闻明季士弁于此为杀人地。每当天阴雨湿，冷风一起，石随以飞，交击空中，砰訇（pēng hōng）可骇。杨夫人出手窗外，麾曰："勿如此，惊我孤儿寡妇。"石立寂然。

一日，其表妹来，值石复起击，表妹昂首窗外，詈曰："是何妖怪，当聚粪火烧之。"言未已，空中掷一石下，伤其颊，移时不能苏。杨夫人闻鬼语曰："吾以为夫人止我，不知是尔村妇大胆耳，速奉一千大锭来，乃饶尔。”如数焚之，乃苏。

夫人闻后，每曰：“吾家当有兴者矣。”后两孙皆贵，鸣皋为台湾总兵，鸣汉为福建提督。

【译文】广东嘉应州的颜鸣汉提督（字济川，乾隆二十八年癸未科武科进士，官至福建水陆提督，诰封振威将军），他的祖母杨夫人二十岁时就开始守寡，抚养一个儿子，通过纺织维持生活，每天足不出户。杨夫人家北面的窗户外有一片荒废的园子，堆满了乱石，听说这里是明末的士兵们杀人的地方。每当阴雨天气，冷风一起，乱石便四处乱飞，在空中相互碰撞，砰砰作响，令人害怕。杨夫人把手伸出窗外，挥了挥手说：“不要这样，惊扰了我们孤儿寡母。”石头便立刻安静下来。

杨夫人的表妹来拜访，正赶上石头乱飞，表妹便抬头面向窗外，骂道：“哪里来的妖怪，我要堆积干粪，点火烧它们。”话还没说完，空中忽然扔下一块石头，砸伤了表妹的脸，过了好一会儿也没苏醒过来。杨夫人听鬼说道：“我以为是夫人在阻止我，没想到是你这个大胆的村妇，赶紧拿一千个银锭献上，才饶了你。”杨夫人如数焚烧纸锭，表妹才苏醒过来。

杨夫人听说这话之后，常常说：“我家要有人飞黄腾达了。”后来杨夫人的两个孙子都官高爵显，颜鸣皋官至台湾总兵，颜鸣汉官至福建提督。

3.4.19 势利鬼

王月溪（彦曾），吴县诸生，本旧家子。嘉庆间，家道零落，居升平坊相国旧第。目能见鬼，尝言街市道路，往往联肩接踵，究竟虚无缥缈，所以无碍人行。其势利殊可笑，若见人衣冠济楚，气宇轩爽，辄让道而避。人或偃蹇潦倒，衣敝履穿，岂惟揶揄之？或牵衣不与行，或绊之使跌，且以秽物，污其头面手足，引蛛网尘埃蒙其眼。若持金帛行者，则望尘而拜矣。且喜伺听人言语。曾有一友，从蜀中归，途次把臂诉契阔，方缕述比来艰苦状。两鬼觇听已悉，即拍手笑，以柴薪挽结悬其帽檐。及述游怀已倦，幸囊尚有五百金，欲市半顷田灌花课子，以尽余年。鬼即再叩，若谢过状。友胡须落腮，言次涎沫星星，鬼为之拂拭。及去犹跪拜于后，良久而起。

噫！陌路同行，毫无干涉，作此恶态，殊令人不解。月溪比岁家徒四壁，手上金跳脱粲然而黄，知好者恒劝易钱谋生计，皆不应。盖以此金物，御鬼之侮弄耳。

月溪又言：人家厕间厨下，恒有鬼。是固不但势利鬼满道路，逐臭鬼、偷饭鬼，亦何处无之？

【译文】王彦曾（号月溪）是江苏吴县（今苏州市）的秀才，本是旧时官宦人家子弟。嘉庆年间，王家家道中落，居住在升平坊相国的老宅。王彦曾的眼睛能看见鬼，他曾经说街市道路上，到处都是鬼，也是肩并肩、脚碰脚，拥挤不堪，但毕竟没有形体、若隐若现，所以不会妨碍人行走。这些鬼势利（指以地位、财产等分别对待人的恶劣表现或作风）的样子十分可笑，如果看见衣冠整齐华美、气宇轩昂的人，就会让路回避。如果看见穷困潦倒、衣鞋破旧的人，就不只是嘲弄戏侮了。或者是牵着衣服不让他走，或者是把他绊倒，还用脏东西弄脏他的头脸手脚，甚至用蜘蛛网、灰尘迷住他的眼睛。如果见到拿着钱物走路的人，那些鬼远远望见就下跪礼拜。它们还喜欢偷听人们说话。王彦曾曾经有一个朋友，从四川回来，路上握着手倾诉久别重逢之情，正在一一说起自己近来艰苦的情况。两个鬼在旁边偷听，听明白之后，就拍手大笑，把柴草打结系在这位朋友的帽檐上。等到朋友说起已经厌倦了在外游历的生活，幸好自己口袋里还有五百两银子，想要买半顷田地灌园种花，教子读书，以此度过晚年。鬼便反复叩头，像是在谢罪的样子。这位朋友长着络腮胡，说话之间胡须上沾满了唾沫星，鬼便帮他擦拭。等到这位朋友离开了，鬼还在后面跪拜，很长时间才起来。

唉！陌生人一同行路，没有任何关系，却表现出这种丑态，实在是令人难以理解。王彦曾近年来一贫如洗，家徒四壁，只有手上的金手镯闪闪发光，朋友们常常劝他把金镯子卖掉换钱谋求生计，王彦曾都不同意。大概是他要凭借这黄金物品，来防备被鬼侮辱戏弄吧。

王彦曾又说：人家家里的厕所、厨房，到处都有鬼。这么看来不只是势利鬼充满了道路，而逐臭鬼、偷饭鬼，又哪里没有呢？

3.4.20 牛报恩

刘老者，逸其名氏里居，途遇一牛将就屠，怜其觳觫（hú sù），解衣质钱赎归，畜之外厩。明年疫死，家人欲取其革，不许，瘗（yì）于废圃。后被盗挥斧破户，发箧搜财，一家遭其捆缚，烙炙遍至。刘老潜伏深林草莽中，听所为而已。盗即里中无赖，知刘老有窖金，遂遍觅之圃中。忽涌出黑气一团，盘旋不定。有病犬卧檐下，已濒死，闻盗警，力奋不起，瞠目哮狺

（yín），声亦渐嘶。黑气触之，即腾啮跳掷，怒吼而前，盗梃刃交下，略不稍避，盗竟负伤窜逸。追至门外，触仆一盗，仅以蹄压之，盗不能转动。迨天明，邻舍共至，执盗，踪缉，悉获伏法。刘老乃免于难。而病犬尪（wāng）瘠，仅存皮骨，呼之返，一步一蹶。其夜间之猛如哮虎，殆所瘗之牛魂附于犬也。

夫牛犬之报德者数矣，冥司以人不食牛犬为持半偈，况发大慈悲力相救护，而终受其报。孰谓人物之不相涉，幽明之不可知哉？

【译文】刘老先生，记不清他的名字和住址了。刘老先生有一次走在路上，遇到一只牛即将被宰杀，他看到这头牛因恐惧而发抖的样子，心中不忍，便解下衣服抵押换钱把牛赎回，畜养在外面的马厩。第二年，这头牛感染了瘟疫而死，家人想要剥下它的牛皮做成皮革，刘老先生不同意，把牛埋在了一处废弃的园子里。后来刘老先生家被盗贼挥着斧头破门而入，翻箱倒柜搜索财物，一家人都被捆绑起来，被盗贼拿烙铁烫了个遍。刘老先生潜伏在树林深处的草丛中，只好听任盗贼为所欲为而已。盗贼其实就是乡里的无赖之徒，知道刘老先生家中埋藏有金银，于是在园子中到处寻找。忽然，一团黑气涌出，盘旋不定。有一只病狗趴在屋檐下，已经快死了，听到有盗贼，但是拼尽力气也没能起身，只是瞪着眼睛咆哮狂叫，声音也渐渐嘶哑。那团黑气一触碰到病狗，狗便一下子站起来，跳跃撕咬，怒吼着上前与盗贼搏斗，盗贼们刀枪棍棒一齐打下，狗完全没有躲闪，最后盗贼竟然受伤逃窜。追到门外，狗将一个盗贼撞倒在地，只用蹄子踩在盗贼身上，那盗贼便动弹不得。等到天亮，邻居们都来了，抓住了盗贼扭送到官府，又去追捕其他盗贼，全部抓获并绳之以法了。刘老先生因此得免于难。而那只病狗跛脚瘦弱，只剩皮包骨了，刘老先生把狗唤回，它一瘸一拐地回来了。它在夜间勇斗盗贼，凶猛如咆哮的老虎，大概是所埋葬的牛的魂魄附在了狗的身上。

世间所传的牛、狗报恩的事情不计其数，冥府把不吃牛肉、狗肉的功德等同于持诵半偈（指“诸行无常，是生灭法；生灭灭已，寂灭为乐”一偈之后半偈，据北本《大般涅槃经》卷十四谓，释迦如来于过去世为凡夫时，入雪山修菩萨行，从帝释天所化现之罗刹闻前半偈，欢喜而更欲求后半偈，罗刹不允，乃誓约舍身与彼，而得闻之，故亦称雪山半偈，或雪山八字）的功德，更何况是发大慈悲心救护生命，因而最终得到了善报。谁说人和动物毫不相关，冥冥之中的事情不可得知呢？

3.4.21 为师恶报

乾隆间，有杨御史某，在京时与一道士善。道士能见鬼，言午后鬼出，或大而长，或小而短，或老或少，无处不有。或食烟，或吸气吸精，或啜人畜所食之余，正《法华经》所云“随其所作而受业报”者，此也。

一日，来杨馆，笑曰：“君厨下有偷食小鬼，今投生矣，特不知何家偿其债耳。”杨因言近日得一子，令媪抱出，道士审视，愕然无言。杨怪之，延入幄，密叩再三，道士歔欷曰：“君曾作何业，偷食鬼为尔子矣。”杨曰：“吾自信无大过，但微时为童子师，稍懈怠耳。”道士拍其背曰：“妄食东人粥饭，废却子弟岁月，尚不为大过乎？”道士拂衣出。后此子长，日事酒色，田尽则掘屋砖换酒，竟不识一丁而终。

【译文】乾隆年间，有一位杨御史，在京城的时候和一位道士交好。这位道士能看见鬼，说中午之后鬼便开始出没，有的身材高大，有的身材矮小，有年老的，有年轻的，到处都有。有的吸食香火，有的吸食人的精气，有的吃喝人和动物吃剩的食物，正如《妙法莲华经》中所说的“根据他们的所作所为而受到相应的业报”，就是指的这个。

一天，道士来到杨御史的府上，笑着说：“您家厨房有一个偷吃的小鬼，如今投胎去了，只是不知道是哪家人家来偿还他的业债。”杨御史于是说自己家最近添了一个孩子，让家里的保姆抱出，道士仔细一看，非常惊讶，默不作声。杨御史觉得很奇怪，将道士请到帷帐里面，秘密地反复叩问，道士长叹一口气说：“您之前曾经做过什么恶业，如今偷吃的小鬼已经投胎成为你的儿子了。”杨御史说：“我自信没有犯什么大的过恶，只是微贱的时候，曾经做教书先生教童子读书，稍微有所懈怠。”道士拍了拍杨御史的后背，说：“白白地享受东家发给的薪水，吃东家的饭食，却耽误了人家子弟的大好时光，这还不是大罪吗？”道士便甩了甩衣袖而去。这个孩子长大后，每天只知道沉湎于酒色之中，田产被变卖一空，然后就把房子的砖挖出来换酒喝，终其一生大字不识一个。

3.4.22 一念解脱

杭州长庆寺，静缘和尚，金陵人。自言未出家时，尝山行失路，宿一破庙。半夜，忽见一僧来与语，相对神即惘惘，少顷，渐觉百脉倒涌，肌肤寸裂，肠胃中烈火燔烧，遍身痛如刀割，良久稍定。凝神审视，月光射窗，则见腰间丝带，已作双缳，自缢棂上。

忽前僧来为之解缳。大骇曰："夙无仇隙，身畔又无财可贪，何遽谋害？"僧答曰："佛家无诳语，身实缢鬼，本欲以君替代。回念生前自缢时苦楚万状，恻然不忍，故复来解救，毋怪唐突也。"言讫不见。乃探首出缳，再拜佛前，惕惕然，虑鬼又来扰。

忽听前僧在地下曰："我以一念之修，伽蓝许从解脱。君夙业沉重，但自忏悔，可不堕于恶趣。姑安寝，且毋多虑也。"至晓回家，终无他异。以是因缘，遂剃发报恩寺云。

【译文】杭州的长庆寺有一位静缘和尚，是南京人。静缘和尚说自己还没有出家的时候，曾经在山间迷了路，住宿在一座破庙里。半夜里，忽然见到一位僧人来和自己交谈，一见面，自己就感觉迷迷糊糊，不一会儿，渐渐觉得血脉倒流，肌肤碎裂，肠胃中像烈火灼烧一样，全身都像刀割一样疼痛，过了许久才安稳下来。再定睛仔细一看，只见月光照进窗户，发现自己腰间的丝带已经被系成环状，身体吊在窗棂上。

忽然之前的僧人又过来，把绳子解开。静缘和尚大为惊骇，说："我与你往日无冤，近日无仇，我身边也没有什么财产可以贪图，为什么要谋害我呢？"僧人回答说："佛门不打诳语，我其实是一个吊死鬼，本来想让你作为替代。但是转念一想生前我自缢时候万般的痛苦，心中不忍，因此又来解救你，不要责怪我唐突。"说完之后，就消失不见了。静缘和尚便把头探出丝带，到佛前拜了又拜，依然惊魂未定，担心鬼又来骚扰。

忽然，静缘和尚听到之前那位僧人在地下说道："我因为一念之善的功德，伽蓝菩萨允许我从此解脱。您宿世的业障深重，只要自行忏悔，就不会堕落于地狱、饿鬼、畜生三恶道。先好好睡觉吧，不用多想。"到了第二天早上，静缘和尚回到家里，也没有出现什么异常情况。因为这一桩因缘，于是到报恩寺剃度出家。

3.4.23 延寿

上虞顾华亭（大年），初在户部则例馆，忽遇一似旧识者，谓曰："子寿不过三十六，今止四五年，曷不早归摒挡（bìng dàng）家事？"欲与语，倏不见。惘惘如梦，心甚恶之。迨馆满议叙，拣发福建，年正三十六。途中患病，危于呼吸，医者咸缩手，日夜瞑然若死，但四肢温软。魂摇摇不定，所见多冥中状，恍惚有人抚之曰："嘻！惫矣，亟服白虎汤。"遂自呼家人，速市白虎汤来。以其数日噤不语，众皆大喜。而医者又谓是汤与脉症不甚宜，以其呼之急，姑调剂以进，即时愈。乾隆间尚官于汀州，竟无恙。

闻其先一年，有梓乡某，应礼闱试落第，即馆于京师，娶妻生一子。家有母，屡欲归，而苦囊涩。后某死，其妻将自鬻为人妾，以赀遣幼子归依孀姑。有人以华亭与乡故，乃以子托之，华亭即往告其妻曰："果欲子归延宗嗣，奉迈姑，则非不能守节者，毋自鬻也。母子扶榇归里之需，余当肩任之。"其妻大哭曰："天乎！未亡人岂不知礼法哉？因无父母兄弟，自维年逾三十，多病，恐不久溘（kè）朝露。彼茕茕（qióng qióng）孤子，流落数千里外，不为仆隶，即填沟壑，天实为之矣。”听者莫不酸鼻。华亭以已将得官，双亲在京，方欲先送南旋，遂慨然白于父，携其母子并某旅榇返里，更周恤之。有此盛德，宜天增其算矣。

【译文】浙江上虞的顾大年（字华亭），起初在户部则例馆（负责编纂行政法规条例的内设机构）任职，一天忽然遇见一个似曾相识的人，对他说：“您的寿命不超过三十六岁，如今只剩下四五年了，为什么不早点回家料理家事？”顾大年还想继续和他交谈，那人转眼之间消失不见了。顾大年恍恍惚惚如在梦中，心中对此特别反感。等到任职期满议叙（清制对考绩优异的官员，交部核议，奏请给予加级、记录等奖励，谓之议叙），顾大年被分派到福建任职，当时正好三十六岁。在赴任的路上患病，呼吸困难，医生都束手无策，他整日闭着眼睛，好像死了一样，但是四肢还温热柔软。顾大年的魂魄飘摇不定，所见到的大多是冥间的情景，恍惚之中好像有人抚摸着他，说道：“唉！你太累了，要赶快服用白虎汤。”顾大年便开口呼叫家人，赶紧买白虎汤来。家人因为他已经几天没说话了，一听到他开口说话，都非常高兴。然而医生又说白虎汤和他的脉象症状不太符合，但是因为他要得很急，家人们姑且买来调配好给他服下，随即就痊愈了。顾大年在乾隆年间还在汀州做官，一直安然无恙。

听说此前一年，顾大年有一个同乡某人，参加礼部会试落榜，就留在了京城居住，娶了妻子，生下了一个儿子。家中还有老母亲，多次想要回家，但是苦于囊中羞涩。后来这个同乡去世了，他的妻子准备自己卖身给人家做妾，用得到的钱派自己年幼的儿子回南方跟随寡居的婆婆生活。有人因为顾大年和死者是同乡，便把这个孩子托付给顾大年。顾大年随即前往告诉同乡的妻子说："如果你真想让孩子回去继承家业，侍奉年迈的婆婆，说明你不是不能守节的人，不要卖身。你们母子护送棺材回乡所需的钱，由我来承担。"同乡的妻子大哭，说："天啊！我这个未亡人怎么会不懂得礼法呢？只是因为我没有父母兄弟，自念已经年过三十岁，体弱多病，恐怕我这条命就像早晨的露水一样，转瞬即逝。可怜这个孤苦伶仃的孩子，流落在数千里之外，不做人家的奴仆，就要饿死街头，这都是命啊！"听到的人无不心酸。顾大年因为自己即将获得官职，父母双亲还在京城，正想要先把父母送回南方老家，便毫不犹豫地将此事向父亲请示，带着母子二人和同乡的棺材同行返回家乡，并出钱周济抚恤她们。顾大年有如此大德，上天增加他的寿命也是理所当然的了。

3.4.24 亵经削禄

徐上舍（本敬），负才不羁，好作歇后语，每以经文断章取义，或涉秽亵。曾在某督学幕中，作集《四书》歇后诗曰："抛却刑于寡（妻），来看未丧斯（文）。止因四海困（穷），博得七年之（病）。半折援之以（手），全昏请问其（目）。且过子游子（夏），弃甲曳兵而（走）。"才大心灵，可以概见。乃竟偃蹇不第，未及中寿死。家贫无子弟，又乏嗣，无可继。孀妻刺绣糊口，每念宗祧无望，屡欲自戕。

一日，忽见形，谓其妻曰："吾本名列清华，位应显要，皆因亵渎圣经，禄籍削尽，尚有余谴。冥王以吾好作歇后语，乃罚绝后，幸祖宗有阴德，不斩大宗，吾弟将有子也。善抚继子，勿戚。”妻涕泣，欲与语，倏灭影。明年，其弟孪生二子，乃以一继嗣焉。

朱蕉圃（海）曰：“亵渎圣经，冥罚如此之重。余于童年曾集《四书》句，戏作男女居室题文。即此罪案，致陨越先绪，千里飘蓬，艰苦备尝，坎坷不偶功名。惟送人作郡，家计则假贷为生，岂非孽由自作。尚有目不识丁之子，殆犹祖父之泽不斩其嗣欤？悔及噬脐，但向隅一哭而已。”

【译文】 有一个名叫徐本敬的监生，倚仗自己有才，放纵不羁，喜欢编造歇后语（谓隐去句末之词，暗示其义），经常把经文断章取义，有时还会带有一些淫秽色彩。徐本敬曾经在某位学政衙门中做幕僚期间，汇集《四书》中的语句作成一首歇后歌，是这样写的：“抛却刑于寡（妻），来看未丧斯（文）。止因四海困（穷），博得七年之（病）。半折援之以（手），全昏请问其（目）。且过子游子（夏），弃甲曳兵而（走）。”徐本敬才华之高超、心思之敏捷，由此可见一斑。但是他始终科举不顺利，屡试不中，还没到中年就去世了。家境贫穷，没有其他子弟，自己也没有子嗣，没有人可以继承家业。寡居的妻子以刺绣来糊口，每当念及祖宗香火没有希望了，多次想自寻短见。

一天，徐本敬的魂魄忽然现形，对妻子说道：“我本来应该名列清高显贵的官职，身居显赫的地位，只因亵渎圣贤经典，使我的福禄、功名全部被削除一空，还有额外的惩罚。冥王因为我喜欢作歇后语，所以罚我绝后，幸亏祖宗有阴德，不会让整个家族的后人断绝，我弟弟即将有儿子了。你好好抚养继子，不要再悲伤了。”妻子痛哭流涕，想要和徐本敬继续说话，而转眼之间他已经无影无踪了。第二年，他的弟弟生了一对双胞胎，便将其中一个过继给哥哥作为继承人。

朱蕉圃先生（朱海）说："亵渎圣贤经典，冥冥之中的惩罚竟然如此严重。我童年的时候曾经汇集《四书》中的语句，开玩笑地作成男女居室的题文。就因为这条罪过，导致泯灭了祖先的功业，像蓬草一样漂泊于千里之外，尝尽了各种艰难困苦，坎坷不顺，机缘不凑，始终没有考取功名。只能为他人做嫁衣裳，靠借钱维持生计，难道不是咎由自取吗？还有一个目不识丁的儿子，大概是祖辈父辈尚有遗留的阴德，不至于斩绝后嗣吧！如今后悔也来不及了，只能对着墙角默默哭泣一场而已。"

3.4.25 金太婆

吴有金媒媪者，奔走巨室，晚年家甚丰，邻里呼为金太婆。便佞口给，与人货售珠翠，无不成，而垄断其利，猾于牙侩。一夜，自提竹丝灯，从葑泾归家，路远步蹇，微雨复来。正惶遽间，黑暗中突出一人，揽其袂曰："金太婆，还我碧霞犀手串来。"金大骇，举灯瞩视，殊不识认，而面色黄瘦，双眼落窠，相对凛凛，肌生寒栗。答曰："子为谁，未之见也，我何时取尔碧霞西、碧霞东耶？"其人即怒而殴，灯亦扑灭。金狂呼："强盗杀人，地邻救命！"又遭土塞其口，声嘶不响。披发相挣，撞殴愈急。良久，一人前劝云："已矣！尔妻不思改适人，彼亦无由得尔物。"

先是，某豪有少妇，孀守三五年，金为之媒，再醮，妇以碧霞犀手串酬之。闻此语，始知为鬼，叩头乞命。少顷，巡更者至，见金抢地哀告，状如癫痫。呼苏，送归。从此不复敢为孀妇媒再醮、图重酬矣。夫少年嫠（lí）妇，苟不为饥寒所迫，尽易守节抚孤而卒。至卒再醮失身，其为花婆恶媪图财诱惑之，盖十之四五也。古人设立家诫，不许三姑六婆入门，所虑深远矣。

【译文】苏州有一个金媒婆，经常在大户人家之间奔走，晚年家境十分富裕，邻里都称呼她为金太婆。金太婆能言善辩、巧舌如簧，向人出售珍珠翡翠，没有不成功的，因此垄断这一行，独得其利，比市井中那些专门说合买卖的经纪人都要狡猾诡诈。一天晚上，金太婆自己提着竹丝灯笼，从葑泾回家，路途遥远，行路困难，又下起了小雨。金太婆正在惊恐慌张之际，从黑暗中突然窜出一个人来，抓住金太婆的衣袖，说："金太婆，快把我的碧霞犀手串还给我！"金太婆十分害怕，举起灯仔细看，根本就不认识，只见那人面黄肌瘦，眼窝深陷，面对他只觉寒气森森，浑身起鸡皮疙瘩。金太婆回答道："你是谁，我怎么没见过你，我什么时候拿你的什么碧霞西、碧霞东了？"那人随即大怒，上来对金太婆一通殴打，灯火也被扑灭了。金太婆大声呼救说："强盗杀人啦！乡亲们救命啊！"又被那人用泥土塞入口中，声音嘶哑，喊不出声。金太婆披头散发拼命挣扎，那人殴打得更狠了。过了许久，一个人上前劝说："算了吧！如果你的妻子不想着改嫁给别人，她也不可能得到你的东西。"

在此之前，某富豪家有一个少妇，寡居了三五年，金太婆给她做媒，改嫁他人，妇人把碧霞犀手串送给金太婆作为谢礼。金太婆听到这话，才知道那人是鬼，叩头请求饶命。过了一会儿，巡夜的更夫来了，只见金太婆以头抢地，苦苦哀求，好像抽风的样子。便把金太婆叫醒，送她回去。从此以后，金太婆再也不敢给寡妇说媒改嫁，以谋取重金酬谢了。话说那些年轻的寡妇，如果不是被饥寒所迫，完全容易守节抚养孤儿终老。至于最终改嫁失身，大概有十分之四五都是被那些恶劣的媒婆为图财而诱惑的。古人设立家训，不允许三姑六婆进家门，考虑得实在是太深远了。

3.4.26 高僧夺舍

钱塘王翁，逸其名，家虽贫而乐善不倦。年五十，犹无子，里人有伯道之叹。清明扫墓归，夜坐室中，忽见故父杖策而前，谓曰："我德薄，应绝后，赖尔广种福田，向镜山寺求子，可得也。"言毕即不见。因如其言，次年果得一子。幼即颖慧，十二入泮，十六举孝廉，再试礼闱不第。

有戚官部曹者，留之读书。一日，忽语其戚曰："吾镜山寺僧也，修持戒律，大道垂成，惟心艳少年登科，又未尽华富之慕，尚须两世堕落。明日，吾当托生富家，了结业案。"

乃作《别父书》，嘱戚寄归，其略曰："儿不幸客死数千里外，又年寿短促，遗少妻弱息，为堂上累。然儿非父母真儿，孙乃父母真孙也。吾父曾忆昔年与镜山寺僧茶话乎？儿即僧也。儿与父谈甚洽，心念父忠诚谨厚，何造物者不与之后？一念之动，遂来为儿。儿妇亦是幼年时小有善缘。镜花水月，都是幻景，聚何能久处？父幸勿以真儿相视，速断情牵，庶免儿之罪戾。"云云。

戚劝慰之，答曰："去来有定，障限有期。"问转生何处，曰："即顺承门外姚姓也。"明日，鼻垂双柱而逝。既而访之姚家，是日果举一子。姚翁富甲里闬（hàn），亦乐善好施，晚年遂得此子，竟如天赐。

异哉！贫而乐善不倦，富而慷慨好施，何患晚岁无儿，自有高僧夺舍也。

【译文】钱塘的王老先生，不知道他叫什么名字，家境虽然贫穷，但是喜好行善，不知疲倦。王老先生五十岁时，还没有儿子，乡里人都叹息他像晋代的邓攸（字伯道）那样贤德却没有子嗣。王老先生清明节扫墓回来，夜晚坐在屋里，忽然看见已故的父亲拄着拐杖前来，对他说：“我德行浅薄，本应绝后，幸赖你极力培植福德，如今你前往镜山寺求子，就能得到儿子了。”说完就不见了。王老先生于是按照父亲的话去做，第二年果然生了一个儿子。从小就聪慧，十二岁入学成为生员，十六岁考中举人，然后两次参加礼部会试都没有中榜。

王老先生家有一亲戚，在京城担任六部司官，便留王老先生的儿子在京读书。一天，王家儿子忽然对亲戚说：“我是镜山寺的僧人，修持戒律，大道将成，只是心里还艳羡少年登科的荣耀，又没能完全看破放下对荣华富贵的贪恋爱慕，因此还须要堕落两世。明天，我就要投生到富贵人家，来了结往昔的业缘了。”

王家儿子便写了一封《别父书》，嘱托亲戚寄回，信上大致是这样说的：“儿子我不幸客死于数千里之外，而且寿命短促，留下年轻的妻子和幼弱的孩子，拖累了父母大人。然而儿子我不是父母真正的儿子，孙子却是父母真正的孙子。父亲您还记得当年和镜山寺的僧人在一起喝茶聊天吗？我就是那个僧人。当时我和父亲相谈甚欢，心中默想父亲为人如此忠诚厚道谨慎，却为什么天地鬼神不赐给您子孙后代呢？就动了这一个念头，于是就来投胎做您的儿子了。您的儿媳妇也是幼年时结下的善缘。这一切都如同镜中花、水中月，都是梦幻泡影，即使相聚一处，又怎么能长久呢？希望您千万不要把我当成真正的儿子来看待，赶快斩断情感上的牵挂，这样或许可以为儿子我减轻一些罪过。”等等。

亲戚好言劝慰王家儿子，王家儿子回答说：“来去都有定数，业报也有期限。”又问他将转生到哪里，回答说：“就是顺承门外的姚家。”第二天，流下两条长长的鼻涕就去世了。然后亲戚到姚家探访，当天果然生了个儿子。姚老先生富甲一乡，也乐善好施，晚年才得到这个儿子，就像老天赐给他的一样。

太奇异了！贫穷却喜好行善、孜孜不倦，富贵而慷慨解囊、乐善好施，又何必担心晚年没有儿子，自然会有高僧夺舍入胎而来。

3.4.27 迁葬宜慎

嘉善潘溧泉孝廉（栋），悼亡后，其妻厝棺于田数年矣。嗣簉（zào）室得子艰，堪舆谓厝地不吉，因决意改卜。及拆亭（吴下浮厝者，每筑数椽庇藏，名为棺亭），则棺下有一坎，双鲫泼泼于中，意得地气之灵也。悔之，欲仍旧，顾穴已泄露，虽佳无益，竟他徙焉。溧泉美而多文，齿又壮，逾年亦亡。同辈咸惜其才而咎地师之言之妄听也。

黄霁青先生曰：潘孝廉修文赴召，或限于时命，不得专以移厝咎之。况暂时渴葬，终须入土为安耶？顾以艰于嗣续，而欲乞灵朽骨，斯未免惑耳。

予夙闻家笑士先生言：小华殿撰，与阁学讳腾达，叔侄也，誉擅竹林，云衢联步，依流平进，鼎台亦意中事。乃以青乌家言，谓祖茔挪移数武，迁改某向，公卿可以立致。如其言，而未几竟相继徂谢云。

近时湖北陈秋舫状元，暨大云御史兄弟，并登甲科，对掌华近，此人世希觏（gòu）之荣也。乃秋舫旋以风疾殒，大云继以左官卒。说者亦谓其迁葬所致。

要之，阴地宜静而不宜动者也。魂妥佳城，神栖幽宅，亡人安则生人亦安。即谓贵贱贫富、寿夭衰旺，系乎风水，亦既通籍显荣，则其吉可知。居易俟（sì）命，焉知来者之不如今乎？狐埋狐搰（hú），人类訾（zǐ）之。试思閟若牛眠、巍然马鬣（liè），夜台长卧，方谓安且吉兮；而乃锹钁（jué）掀泥，松楸拔本，抉黄泉而见白日，此举果奚为者耶？更张觊觎（jì yú），谈者固妄而听者实愚矣。况乎奕视先人之骸，海量后昆之福，是谓悖德。天下焉有悖德而天降之泽、地效其灵者乎？噫嚱（xī）！怨恫谁知，方作啾啾之哭；昏痴若梦，犹冀欣欣之荣。以顺逆推之，必无是理。前鉴具在，盍亦反而思其本矣？

【译文】浙江嘉善的潘溧泉举人（潘栋），他的妻子去世后，棺材停放在田野待葬已有多年了。后来他的妾室一直没能生子，风水先生说是因为棺材安放的地方不吉利，潘举人于是决定择地改葬。等到拆掉棺亭（江南地区在停放棺木的时候，往往用几根木头作为支撑搭建成小亭，叫作棺亭）时，发现棺材下面有一个水坑，水坑中有一对鲫鱼活蹦乱跳，想必这里正是凝聚地气之精华的地方。潘举人十分后悔，想要恢复原状，只是穴位的地气已经泄露，虽然是风水宝地，但已经没有用了，最终还是改葬到了别的地方。

潘举人相貌堂堂而又才华横溢，并且正值壮年，没想到第二年就去世了。同辈们都惋惜他的才华，并怪罪他轻易听信风水先生所说的话。

黄霁青先生（黄安涛）说：潘举人英年早逝，或许是受天命和时运所限，不能完全归罪于迁移棺材。何况只是暂时停棺待葬，早晚都须要入土为安呢？只是因为子嗣艰难，却妄想乞求腐朽的白骨显灵，这就不免太过迷信了。

我早就听我家黄笑士先生说过：翰林院修撰黄小华（黄轩，字小华，乾隆三十六年辛卯恩科状元）和内阁学士黄腾达，是叔侄，叔侄二人誉满文坛，先后入朝为官，按照资历步步高升，位居三公都是有希望的。二人竟然听信风水先生的言论，说祖坟迁移几步，朝向改到某方向，三公九卿之位可以立刻获得。按照风水先生说的去做，不久后二人竟然相继去世了。

近年来，湖北的陈秋舫状元（陈沆，嘉庆二十四年己卯恩科状元）和陈大云御史（陈沄，嘉庆二十二年丁丑科进士）兄弟二人，相继高中进士，成为皇帝身边的近臣，这是人世间罕见的荣耀。然而陈秋舫不久因为风病去世，陈大云也随即因贬官忧郁而终。议论者都说是由于他们改葬所导致的。

总而言之，墓地应当以平静为主，不可随便移动。让先人的魂魄得到妥善安置，神灵有所栖止和归宿，亡人得以安宁，则活着的人也会安生。即使说富贵贫贱、长寿夭折、衰落兴旺这些，和风水确实有关，那么既然已经入仕为官、显贵荣耀，那么墓地之吉利可想而知。保持平常心等待天命，怎么知道未来不如现在呢？狐狸生性多疑，总是刚把东西埋下就又挖出来看看，因此而被人类指责嘲讽。试想在那幽静的牛眠地（晋陶侃遭父母丧，家中老牛出走卧于山冈之上，指示埋葬的风水宝地，后形容卜葬的吉地）、高耸的马鬣封(坟墓形状像马鬣的封土),先人正在坟墓中安卧长眠,感觉安宁祥和的时候;突然铁锹、镢头齐下,挖开泥土,护墓的松树与楸树被连根拔去,久藏地下的尸骨被暴露在光天化日之下,这到底是在干什么呢!无非是助长了非分的企图和贪欲,谈论风水的人本来就是随便乱说,而听信的人实在是愚昧无知、迷惑颠倒。况且紧紧盯住先人的遗骸,妄想以此为子孙后代带来无量的福气,这是违背道德的行为。天下哪有违背道德的人,却能被上天赐予福泽、大地显示灵应的呢?哎呀!地下的先人因为怨恨哀痛而哭泣不已,有谁能够知道;却还妄想荣耀兴盛,真是痴人说梦。用事物的正邪来推断,绝对没有这种道理。前车之鉴都在,为什么不回过头来思考一下其中的根源呢?

3.4.28 鬼捉人

沭阳令姚储,有一仆,俗所谓“走无常”者也。一日午睡,久不起,众诧之,良久乃醒,状甚狼狈。问之,因言:“顷有差人十名,邀之同捉臬司张正夫四大人。及到臬署门首,四大人正回署。闻大锣声,十人者俱战惧无似,惟我不怕。顷之,见张四大人,坐轿中喝道进署,我等欲随入,而头门金甲人枪棍齐下,十人者极力抵当,终不能胜。无如之何,首领一人,乃探怀取一牌票,向金甲人舞示,枪棍乃稍止,遽乘间入。然我已被金瓜击数下矣。至仪门及宅门,则愈进愈甚,竭尽平生之力,亦难进步,亦取牌票舞示。久之,乃得门而入焉,力已尽矣。及入,见四大人与一蓝顶客坐。十人者不敢近前,首领者与我一绳环,令我向前套之,总不能中。首领者乃取怀中牌票,远向张四大人舞示。四大人乃渐如渴睡，蓝顶者见其倦，乃辞去。主人送至门而回。首领者乃以牌票左右舞以相向。四大人乃作嚏不已，声称头疼，脱其帽而捽（zuó）之。一捽帽间，绳环猝加，十人者乃系去焉。向来捉人，从无如此之难者也。”

按，张正夫，名曾谊，陈臬浙江。一日，上院回署，首府谒见，张会谈之顷，忽称倦不能支，客话未毕遽退。张继即头痛，顷刻而卒，初无疾也。

【译文】江苏沭阳县县令姚储，有一个仆人，是民间传说“走无常”（活人以生魂到阴间当差，事讫放还）的人。一天，仆人午睡，许久都没有起来，众人十分诧异，过了很长时间，才苏醒过来，看上去特别狼狈。大家问仆人怎么回事，仆人于是回答说：“刚才有十名差役，邀请我一同前去捉拿按察使司的张正夫张四大人。等走到按察使司衙门前，张四大人正好回衙。听到敲大锣的声音，那十名差役都吓得不像样，只有我不害怕。过了一会儿，我们看见张四大人坐在轿子里，手下吆喝着开道进入衙门，我们也想跟着进去，但是站在正门把守的金甲神人手持枪棒一齐打来，十名差役极力抵抗，最终还是没能取胜。无奈之下，带队的一名差役，就从怀里摸出一张公文，向金甲神人挥舞出示，挥舞的枪棒才稍微停歇，我们便趁此时机进入。然而这时候我已经被金瓜打了好几下了。到了仪门和宅门，则越往里走越困难，我们用尽了九牛二虎之力，也难以再前进一步了，也拿出公文挥舞示意。过了很长时间，才找到门进去了，这时已经筋疲力尽了。等到进入内衙，只见张四大人正在和一位蓝色顶戴的客人坐着说话。十名差役不敢上前，带队的差役给我一个绳套，让我上前套住张四大人，总是套不中。带队的差役于是取出怀里的公文，远远地向张四大人挥舞展示。张四大人就渐渐像是要睡觉一样，蓝色顶戴的客人见张四大人困倦了，便告辞离开了。张四大人把他送到门口就回来了。带队的差役又用公文左右相对挥舞。张四大人便不停地打喷嚏，说自己头疼，便摘下官帽放在一边。在脱帽子的瞬间，我突然把绳套套在了张四大人的脖子上，十名差役才把张四大人绑去。向来捉捕生人，从来没有像这次这么艰难的。”

说明，张正夫大人，名叫张曾谊（字正夫，号励堂，大学士张廷玉之孙，刑部尚书张若渟之子），官至浙江按察使。一天，张大人从巡抚部院回到按察使衙门，首府杭州知府前来拜见，张大人正在和他会谈的时候，忽然说自己十分疲倦，难以坚持，客人谈话还未结束就告退了。张大人随即感到头痛，不一会儿就去世了，其实原来并没有什么疾病。

第五卷

3.5.1 文闱犯鬼

文闱中报德报冤之事，前录已屡载之。余以道光丁酉登乡荐，本科场中，酷热异常，忆当时三场中所闻士子犯病及犯鬼者，不一而足，未暇详询原委。近阅《修福新编》中所载两条，正是科事，因补录之。

云：道光丁酉福建乡闱，训导某进场。次日，题纸甫下，即发狂疾，呼曰："十年前鸦片案发矣。"语刺刺不休，亦不可辨。旋引小刀自刺其颈，同号惊救，见其神色俱变，凶不可近，血溃出不止，须臾气绝矣。佥谓彼非假公毒害，即袭取非义之财，陷人性命可知。不然，胡必于官府共闻、耳目众著之地，报之如此其烈乎？

又云：是科周生某，首场甫交卷，才转身，忽旋风扑面，遂瞶眊（kuì mào）不知所为。平地跌倒，额破血流，众方扶救，气已绝矣。

按，此两事皆隐其名，而一详其官，一纪其姓，其非子虚乌有可知也。又按，《修福新编》系近年吾闽泉、漳人所辑，不著姓名，叙例中但自称“补过堂”而已。所录皆本朝可劝可惩之事，中有余所已录者，其乾隆四十年以前事，亦与余书体例不符。兹就近来数十年，节取二十余条，皆吾闽新事，信而有征者，分别存之。

【译文】科举考场中鬼魂报恩、报冤之类的事情，我在前录中已经记载了不少。我于道光十七年（1837）丁酉科乡试考中举人，这次乡试考场中，酷热异常，回想起当时三场考试期间所听说的考生犯病以及遭遇鬼祟等情况，不胜枚举，来不及仔细询问其中的前因后果。近日我在阅读《修福新编》一书时，发现其中记载的两条，正好是这次乡试考场中的事情，因此补录在此。

书中说：道光十七年（1837）丁酉科福建乡试，某一位训导（明清于府设教授，州设学正，县设教谕，职司教育学生，其副职皆称为训导）入场参加考试。第二天，试题纸刚发下来，某训导就发了疯病，大声呼喊说：“十年前的鸦片案被揭发了！”接着便不停地自言自语，也听不清他在说什么。然后用小刀扎自己的脖子，同号的考生大为震惊，上前急救，只见他神情脸色大变，气势汹汹无法靠近，鲜血不断涌出，片刻之间就气绝身亡了。大家都说他不是假公济私坑害别人，就是趁势夺取不义之财，陷害他人性命，是可想而知的。不然的话，为什么一定要在官府都能看到、众耳所听、众目所见的地方，遭到如此惨烈的报应呢？

又说：这次乡试有一名考生周某，第一场考试刚交卷，才一转身，忽然有一阵旋风扑面吹来，周某便迷迷糊糊不知道自己在干什么。平地走路无缘无故跌倒，摔得头破血流，众人正要扶他起来救治，周某已经气绝身亡了。

说明，这两件事都隐去了当事人的名字，而一个保留官职、一个保留姓氏，可知此事并非子虚乌有。另外，《修福新编》一书是近年来我们福建泉州、漳州人氏所编辑的，没有署名，在叙言、凡例中只是自称“补过堂”而已。书中所记载的都是本朝具有劝善惩恶意义的事情，其中也有我已经记录下来的，其中乾隆四十年以前的事情，也和我这部书的体例不太符合。因此我就从该书中最近几十年来发生的事情中，节选了二十多条，都是我们福建新近发生、真实而有依据的事情，分门别类存录于此。

3.5.2 陈天简

海澄陈天简，慷慨好施，为人佣赁药材生理。其主家亦陈姓，富甲一邑。乾隆间，绅士谋新文庙，诸同事以陈某巨富，嘱天简向某劝为捐首。天简询以公酌数应若干，众以千金答。天简即请册署某名，白诸某；某恶其为人迂愚，且自专，决不坐账。天简不与较论，慨然改署己名，自罄物产，如数交清，遂以第一名勒石。

是年科试，其子入泮，明年登贤书，群以为敬圣人之报如此其速。然自是家日窘。诸富室素耳其为人，鸠金四千有奇，使为北上蓡（shēn）客。有汀郡故太守子某，扶榇回江苏，沿途或前或后，或同止宿，由是与天简相得甚欢。某中途忽止其驾，天简问故，某以囊金尽告。天简闻言，即以黄白凑合四百金付用。及抵家，邀天简道谢，并还璧。始知某为巨富家。适京师有库参三箱发卖民间，天简金本短，有忧色。某侦知之，悉为纳财结清。天简束装至京，时参价昂甚，争市之，除缴还江苏某项，及诸主家外，尚获利十倍，遂暴富。

现家漳郡城，子孙蕃盛，同入郡庠食饩者，多至百余人。夫敬圣人本万古同然之理，乃一念之真诚，食报若此，可以劝矣。

【译文】福建海澄县（今漳州市）的陈天简，为人慷慨大方，乐善好施，受雇于做药材生意的商人为生。他的东家也姓陈，富甲一方。乾隆年间，当地士绅们提议修缮文庙（奉祀孔子的庙宇），一同参与此事的人们因为陈某十分富有，就嘱托天简劝请东家陈某带头捐款。天简询问估计需要多少钱，众人说需要一千两银子。天简就自作主张请求在名册上签署东家陈某的名字，然后将此事告诉了陈某；陈某厌恶天简为人狂傲愚蠢，而且独断专行，坚决不肯出钱兑现。天简不和陈某计较争论，毫不犹豫地改签为自己的名字，自己变卖家产，足额交清捐款，于是作为第一名功德主被刻在石碑上。

当年的科试（明清科举制度，各省学政周历各府州，从童生中考选秀才及甄试欲应乡试的生员，称为科试），陈天简的儿子被录取入学成为生员，第二年参加乡试中举，众人都认为陈天简敬奉孔圣人的善报来得如此迅速。然而从此陈家的家境日益窘迫了。当地的各个富裕人家对陈天简的为人素有耳闻，便筹集了四千多两银子，让他到北方去贩卖人参。有一位原任汀州知府的儿子某人，正护送父亲的棺材回江苏，两家正好同行，时而走在前面，时而走在后面，有时一同住宿休息，因此和陈天简相处极为愉快。一天，知府的儿子半路上忽然停下不走了，天简问他什么原因，他回答说随身携带的路费已经用光了。天简闻听此言，便将自己所带的黄金白银，凑合了四百两交给他使用。等到知府的儿子回到家，邀请天简来家表达谢意，并把钱还给了他。天简才知道他们家中十分富裕。正巧京城的官库有三箱人参要出售到民间，天简的钱不够，面带忧色。知府的儿子得知此事，便出钱帮天简全部买了下来。天简收拾行装赶到京城，当时人参价格非常昂贵，人们争相购买，除了还清知府儿子的钱，以及家乡那些富裕人家所凑的钱之外，还获得了十倍的利润。陈天简因此暴富。

如今陈家居住在漳州府城，子孙繁衍兴盛，同时进入府学成为廪生的，多达一百多人。敬奉圣人本来就是亘古不变的道理，竟然因为一念真诚之心，享受到如此丰厚的回报，此事可以用来勉励世人了。

3.5.3 杨启元

杨启元，原籍同安，入台湾嘉义学，课读治生，初一寒士耳。嘉庆庚午，适重修文庙，元自诣公所，请以是年馆金百员，悉数捐题。人皆以戏言视之，盖稔知生本寒素家，不应为是意外之事，且疑其诳也。元以本心告曰："善愿由人，曷可拘拘贫富间耶？"众咸义之。是科秋闱，报捷。今年六旬余，其子经复受知于学使者，游邑庠，家计亦渐裕矣。

又，道光庚寅，彰化重修文庙，梁济时以重赀倡首，修葺完缮。是年即刘次白观察主科试，时与其选。先是，彰邑揭正场榜，时文以额满见遗。明日复试，时方噤然不言，而戚友劝慰者贸贸然来也。日已酉，倏飞报至，一座错愕，问之，乃知时升补革号，皆为转喜惊贺。明年辛卯，时中式第五十二名。

夫至圣咸知尊敬，然至挥金倡义，则每观望不前。此关参不破，到底非福人，又何善之能为耶？

【译文】杨启元，原籍福建泉州府同安县（今厦门市同安区），进入福建台湾府嘉义县学校读书，后以教书维持生计，本来只是一名贫寒的读书人而已。嘉庆十五年庚午（1810），适逢嘉义县重修文庙，杨启元亲自到办事的地方，请求把当年教书所得的薪水一百圆，全部捐出用于修庙工程。人们都认为他在开玩笑，大概是熟知杨启元家境贫寒，不应该做出这种出人意料的事，并且怀疑他是说大话。杨启元便把内心的想法告诉众人说："善愿由每个人自己做主，怎么能拘泥于贫穷或者富有呢？"众人都很佩服他。当年秋季乡试，杨启元金榜题名，高中举人。杨启元今年已经六十多岁了，他的儿子杨经又被学政大人赏识，进入县学读书，家境也渐渐富裕起来。

还有，道光十年庚寅（1830），福建台湾府彰化县重修文庙，梁济时先生出重金带头捐款，将文庙修缮一新。当年就是由时任台湾兵备道兼提督台澎学政刘次白先生（刘鸿翱）主持科试（明清科举制度，各省学政周历各府州，从童生中考选秀才及甄试欲应乡试的生员，称为科试），梁济时被录取。在此之前，彰化县发布正场名榜的时候，梁济时的文章因为名额已满而被排除。第二天复试，梁济时因心情不好而沉默不语，亲戚朋友们纷纷来劝慰他。黄昏时分，忽然中榜的捷报传来，在场的人都十分惊讶，经过询问，才知道梁济时因为前面有人被除名而被递补上去，大家都为之惊喜，转而向梁济时表示祝贺。第二年（1831）辛卯科乡试，梁济时以第五十二名的成绩考中举人。

孔子作为至圣先师，人们都知道尊敬，然而一旦到了需要仗义疏财的时候，就往往徘徊观望，不肯踊跃上前。这一关如果看不透，到底不是有福之人，又能做出什么善事呢？

3.5.4 践坟惨报

漳州之邺山书院，即前明黄石斋先生讲学地也。院门前有六堆废坟，夹杂当衢。乾隆间，掌教黄某子，名衍，赋性桀骜，年几弱冠矣。出入间，以废坟碍行走，尝以靴尖踢诸坟土。久之，践如平地，白骨暴露。一日，适友人见之，急以善言劝阻，衍稍知悔。无何，归家娶妻，竟不复记忆。明年，产一男；周岁余，其妻又胎孕，生男；如是连举六子。衍喜若狂。及渐次长成，日习赌荡，始犹盗取小物，赔偿戏债，继则抢夺强分，无所顾忌。衍反惧其凶，终不敢一言叱责。家赀破耗殆尽。子由是多病亡，其存者亦莫知所之矣。戚友劝衍螟蛉一子，衍泣言从前毁坟夙孽，适符六子之数，宜受此报；养子恐亦无成。未几，夫妇相继殁矣。

夫无主之坟，有力者崇而封之，无力者从而掩之，乃矜恤同类之道。恶可以枯骨无知，视若草芥耶？卒之我能使鬼一死而再死，鬼亦能使人有嗣而绝嗣。呜呼，报亦惨矣！

【译文】福建漳州的邺山书院，是明朝黄石斋先生（黄道周）讲学的地方。书院门前有六座废弃的坟墓，夹杂在当街。乾隆年间，书院主讲人黄某，他的儿子名叫黄衍，生性桀骜不驯，快成年了。每次出入书院的时候，因为废弃的坟墓妨碍行走，常常用鞋子的尖头踢坟头的土。时间长了，坟头渐渐消失，被踩踏成了平地，白骨暴露出来。一天，正巧黄衍的朋友看到了，急忙好言劝阻，黄衍稍稍知道悔悟。不久后，黄衍回家娶媳妇，便把此事忘在脑后。第二年，妻子生下一个男孩；一周岁多时，他的妻子又怀孕，又生了一个男孩；像这样接连生了六个儿子。黄衍欣喜若狂。等到儿子们渐渐依次长大成人，每天沉迷于赌博游荡，一开始还只是偷取家里的小东西，换钱赔偿赌债，接着便是明抢，强行要求分家产，无所顾忌。黄衍反而害怕儿子们的凶悍，始终不敢说一句叱责的话。家产几乎被消耗一空。儿子们从此大多相继因病而死，活着的也不知道到哪里去了。亲戚朋友都劝黄衍领养一个义子，黄衍哭着讲述从前破坏六座坟墓的罪孽，正好符合六个儿子的数目，难怪受到这样的报应；领养孩子恐怕也不会成功。不久后，黄衍夫妻相继去世了。

话说对于那些无人看守的孤坟，有能力的人可以翻新修缮，能力不够的人顺手掩埋尸骨，这是怜悯抚恤同胞的善行。怎么能因为枯骨没有知觉，就不屑一顾呢？终于，我能使鬼一死再死，鬼也能让人有后再绝后。哎呀，报应也真是太惨烈了！

3.5.5 犯淫

乾隆末，厦门某生籍龙溪者，有夙慧，品格亦潇洒不群，同辈咸器重之。年十五，赴郡应试，居停主人柴姓，适有仆妇在门前买柴。友人戏出对云："柴妈买柴，大担小担。"（皆厦门地名）某应声曰："篾片破篾，长掩短掩。"（皆漳州地名）盖座中适有惯作中媒者，人皆戏呼之为"蔑片"，因借对嘲之，一堂皆为之拍案叫绝。是岁，即游庠，旋食饩。秋闱，亦屡膺首荐。

三十许岁时，忽语人曰："余曾淫三室女、两寡妇，天谴将至，且生平蚊蝇从不着体，今麾之不去，知不能久留矣。"未几，寻卒。因此知“风流名士”四字之误人不浅也。

【译文】乾隆末年，厦门的某书生，原籍龙溪县（今漳州市），赋性聪慧，为人潇洒豪迈，卓异不凡，同辈的人都很器重他。书生十五岁时到府城参加考试，寓所的东家姓柴，正巧有一名女仆在门前买柴火。朋友开玩笑出了个对子，说：“柴妈买柴，大担小担。”（大担、小担都是厦门的地名）书生应声回答说：“篾片破篾，长拖短拖。”（长拖、短拖都是漳州的地名）当时在座的人中正好有个惯于做中介帮人说合事情的人，人们都戏称他为“篾片”（旧时称帮闲以谋取好处的人为“篾片”），于是书生借对对子来嘲讽他，满堂的人都为书生的才思敏捷拍案叫绝。当年，书生就入学成为生员，很快又成为廪生。秋季乡试，他的试卷也多次获得推荐。

书生三十多岁时，忽然对人说：“我曾经奸淫了三名处女、两名寡妇，如今天谴即将降临；而且平时蚊子、苍蝇从来都不近我身，如今怎么赶也赶不走，我知道我不能久留人世了。”不久，就死了。由此可知，“风流名士”四个字实在是误人不浅啊。

3.5.6 不敬天怒

乾隆甲戌，台湾大风，瓦屋皆鸣。有童儿骂风伯不仁者，忽被狂风吹仆，神色大变，而口眼已歪斜矣。叩天谢罪，迟久而始如故。窃思彗孛（bó）飞流、日月薄食、迅雷烈风、怪云变气，此皆阴阳之精，其本在地，而上发于天。古来天子尚须修德修刑，以体天意；即圣人亦有“必变”之文。岂微末民人，顾可肆其愤骂乎？此事人多易忽，因谨录之。

【译文】乾隆十九年甲戌(1754),福建台湾府刮起大风,房顶上的瓦都被振动作响。有一名儿童谩骂风神不仁,忽然被狂风吹倒,神色大变,而且已经口歪眼斜了。儿童对天叩头谢罪,但过了许久依然还是老样子。我私下里思考,彗星孛星流星、日食月食、雷电暴风、奇怪的云气等等,这些都是阴阳二气之精华凝结而成的,其本源在于大地,而显发于上天。自古以来天子每当遇到这些现象尚且需要修养道德、慎重刑罚,以此来体察和顺承上天的意旨;即使圣人也有“迅雷风烈必变”(语出《论语·乡党》,大意为遇见迅雷大风,一定要改变神色以示敬畏)的训示。哪里是微不足道的小民,可以肆意泄愤谩骂的呢?这件事人们往往容易忽略,因此郑重地记录在此。

3.5.7 杨蔡二封君

南安塘上杨封君,值岁饥,发粟三千石赈济。子崇泽,邑诸生,病足几废。一日,封君祷于神,乩示一方,用芋头数颗,剖开焙(bèi)热,推捺(nà)两腿上。如是三日,步履渐复如初。是年,捷乡闱,旋登进士第,授陕西知府。孙芳,乾隆庚寅举人。芳之孙绍祖,道光辛巳举人。

同时晋江安海蔡飞凤之父,家不甚丰,生平敬师好儒,闻杨封君事,亦慨然以三千石谷助给贫乏,时斗米千钱也。飞凤先不能文,自是文思大进,旋入泮,榜姓王。子万青,孙日起,皆为名诸生。

【译文】福建南安县塘上村的杨封君(因子孙显贵而受封典

者），适逢当年发生饥荒，分发了三千石粮食用来赈济灾民。他的儿子杨崇泽（榜名杨宗泽，康熙四十五年进士），是县学生员，患有腿脚方面的疾病，几乎要变成残废了。一天，杨封君向神明祈祷，神明通过乩笔开示了一个方子，用几颗芋头，剖开烤热，放在两腿上来回推按。像这样操作连续三天，行走渐渐恢复到原来正常的状态。这一年，杨崇泽乡试中举，紧接着进士及第，被任命为陕西知府。杨封君的孙子杨芳，是乾隆三十五年（1770）庚寅科举人。杨芳的孙子杨绍祖，是道光元年（1821）辛巳恩科举人。

同时，晋江县安海镇的蔡飞凤的父亲，家境并不很富裕，生平尊敬老师、仰慕儒者，听说杨封君的事迹后，也慷慨地拿出三千石粮食资助生活困难的人，当时一斗米要一千钱。蔡飞凤起初不会作文章，从此之后文思如泉涌，随即入学成为生员，榜名作王姓。蔡飞凤的儿子蔡万青、孙子蔡日起，都是有名的秀才。

3.5.8 张封君

安溪龟塘乡张某翁，家素封，乐善好施。乾隆乙卯年，大饥，贫家鬻子女以易食，甚有绝粒死者。某怆然轸怀，思一急就计周济之，附近乡里欢呼，共指为续命之田也。初诸家禾稼，尚介青黄生熟之间，惟某一派腴田独成熟，至是分票谕知，约于明日齐赴田间刈获，每人摊分粟十余斤，自行取去。乡人赖此数日粮，遂得果腹不死。是年，其孙际青遂登乡解。

【译文】福建安溪县龟塘乡的张老先生，家境富裕堪比封君，乐善好施。乾隆乙卯年（1795），当地发生饥荒，穷人家卖儿卖女来换取食物，甚至有人因绝粮而被饿死。张某十分心痛，想到了一个应急的办法来救济饥民，附近的乡亲都欢呼雀跃，一致认为这简直是续命的田地。起初各家的庄稼还都在青黄不接、半生不熟之间，只有张老先生这一片良田中的庄稼成熟了，因此书写小票分发告知附近饥民，约定在第二天一齐到田里割稻收获，每人分摊到十多斤粮食，自行拿走。乡民靠着这几天的粮食，于是得以填饱肚子不被饿死。当年，张老先生的孙子张际青就在乡试中高中解元（道光十一年辛卯恩科）。

3.5.9 刘巡司

嘉庆初年，厦门石浔巡司刘天祐，号苍来，为人仁恕，不吝赀财，与人谈，辄以善事相劝勉。又精于医学，附近贫民无力疗病，恳门上传禀，即徒步往视，不少缓。遇有危证，须用参，而贫不能备者，每以参合药与之，不取直也。在任六载，如是不倦。

临殁前一夕，梦一吏赍（jī）文书来，启视之，则天帝嘉其居官好善，命作某处土地。醒时，遂治后事，遗谕妻儿毕，沐浴更衣而逝。数年后，有厦民某至石码会数，薄暮，见舆马喧阗（tián），簇拥一官长。注目睇之，即巡司刘公也。某骇刘公已死，趋问从人，答曰：“将到此间赴任矣。”明日，某偶出散步，见一庙宇新妆伽蓝尊神，询之，庙祝言：“昨宵酉刻始塑此像。”乃知公又升迁此地矣。

【**译文**】嘉庆初年，厦门石浔巡检司（明清时，凡镇市、关隘要害处俱设巡检司，归州县官管辖）刘天祐，号苍来，为人仁厚宽恕，不吝惜钱财，和人谈话时，常常劝勉别人做善事。刘天祐还精通医学，附近贫苦百姓没钱治病的，只要恳求守门的人通禀一声，刘天祐便步行前往看病，从不迟延。如果遇到危重的病症，需要用到人参，而病人家贫无法准备，刘天祐便用人参配制药剂送给病人，不收取任何费用。刘天祐在任六年，一直这样做，不知疲倦。

刘天祐临终前一天晚上，梦见一名差吏手持文书而来，打开一看，原来是天帝嘉奖刘天祐为官期间喜好行善，命他担任某处的土地神。醒来后，刘天祐便准备后事，留下遗言嘱咐妻子儿女之后，沐浴更衣，安详而逝。几年后，有一名厦门居民某人到石码镇（今属漳州市龙海区）会账，傍晚时分，看到一队车马喧哗热闹，簇拥着一位官长。定睛仔细一看，原来正是巡检司刘公。某人知道刘公已经去世，大为惊骇，便快步上前询问随从，随从回答说："即将到此地上任了。"第二天，某人偶然出门散步，看见一座庙宇新塑了一尊护法神，询问了一下，庙里管香火的人回答说："这尊像是昨天晚上酉时（下午五点到七点）才塑好的。"才知道刘公又升迁到这个地方担任神职了。

3.5.10 不孝罪不在大

嘉庆某年，泉州乡间士人某，少失恃，父素严督不贷，令就蒙馆近地，以获教学之益。娶室后，某偶回家，父辄促就馆。某以父命不敢违，然心窃窃疑之。一夜潜归，漏三下矣，值其父忽患哑痧病，披短衣起，急扣妇房门，思索汤药。某错愕，微窥之，见其妇披亵衣启视，父手指口画，无所言。某怒，以烟筒向父头上作捶击势，盖以翁戏妇也。及父病旋止，自忖涉瓜李嫌，不敢言。某觉其误，亦不敢言，无有知者。

有锦宅黄生，某同研友也。一日暴卒，其魂已到阴府，适阎王升殿，传进跪伏。俄闻一吏呈册云："此生未有恶迹，数亦未尽。"王命遣归。方转身走，见某正受炮烙刑，黄生讶其死，问故，某泣言："夜间击父罪，故先被拘魂谴责，不久当入鬼录矣。"黄生惊寤，急造其馆，缕述奇梦。某惶恐失措，随以误告，且言由此两手无故自痛状。逾月竟卒。

嗟夫！父，天也，获罪于天，岂复有生理？一过误间，而冥中伺察立至。可见为子者罪不在大，宜何如警省也！

【译文】嘉庆年间的某一年，泉州乡间有一名读书人某人，少年时母亲去世，他的父亲一向对他严加管教，命他到学馆附近住下，方便读书学习。某人娶妻之后，偶然有一次回家，父亲总是催促他回到学馆。某人因为是父亲的命令，不敢违背，但是心里却暗自怀疑。一天夜里，某人悄悄回来，当时已经是三更天了；正赶上他的父亲嗓子沙哑了，披着短衣起来，急促地敲儿媳妇的房门，想要一碗汤药。某人仓促之间大为吃惊，悄悄地在旁边窥视，只见他的妻子穿着内衣开门去看，父亲用手指着自己的嘴比画，说不出话。某人大怒，便用烟筒朝父亲头上做出捶打的架势，大概是以为父亲在调戏儿媳妇。等到父亲的病很快好了，自觉可能会引起不必要的嫌疑，不敢再提起此事。某人觉得其中有误会，也没敢说，因此这件事就这样过去了，没有其他人知道。

锦宅村有一名姓黄的书生，是某人的同学友。一天，黄生突然死去，他的魂魄已经到了地府，正赶上阎王升殿，传唤黄生进殿，跪在地上。不一会儿，听到一名书吏呈上簿册，并说道："黄生没有恶行，寿数也没有终结。"阎王命令将黄生送回去。黄生正要转身离开，只见某人正在遭受炮烙之刑，黄生惊讶于他为什么这么快就死了，向他询问原因，某人哭着回答说："我夜间打了父亲，因此地府先把我的魂魄抓来受罚，不久也要一命归阴了。"黄生一惊而醒，急忙到某人家中拜访，把这个奇特的梦境从头到尾向某人讲述。某人惊慌失措，便把自己因误会而犯的罪过告诉黄生，并且说了自此之后两只手无缘无故疼痛的情况。过了一个月，某人竟然死了。

唉！父亲就是天，获罪于天，怎么还有活路呢？一次因误会而犯下的过失，但是已经被冥间鉴察，谴责立刻降临。由此可见，作为子女，不孝顺父母的罪过不在于事情很大，因此无论如何警惕反省都不为过。

3.5.11 淫报

泉州一士人陈姓，少年力学，颇有文名。但生性好淫，善谐，值朋友聚谈，率以所污妇女秽事，藉为博笑之端。赴郡，租寓，见主人有少艾，或中年有姿色者，往往不吝赀财，赁居其家，务遂其欲，乃快心焉。

郡邑试常列前茅，及院试日，四体若为重物所压，昏瞶不知所为。或落题字，或墨污卷，或潦草不成文理，以是坐黜，忧忿成疾。嘉庆庚辰，上郡应试，甫十日，竟为疫症传染而死。复苏，语诸友曰："余素有淫行，以致郁郁困盐车，今复作他乡之鬼，天道报应，如是不爽。"言讫，呜咽而逝，时二十七岁也。经四昼夜，臭不可闻，家人至，始为治具焉。

【译文】福建泉州有一个书生陈某，从小努力学习，以有文才而小有名气。但是陈生生性贪淫好色，还喜欢开玩笑，每当朋友聚会聊天时，陈生经常把自己奸污妇女的淫秽事，当成逗笑取乐的话柄。陈生每次到府城租赁寓所时，只要看到东家有年轻貌美或者中年有姿色的女子，往往不吝惜钱财，租住在他们家，一定要满足自己的淫欲，才感到心中畅快。

陈生在府县考试中经常名列前茅，等到参加由学政主持的院试的时候，陈生的四肢就好像被重物压住，昏昏沉沉不知道自己在干什么。要么是遗漏了题目中的文字，要么是被墨汁污染了试卷，要么是字迹潦草、文理不通，因此被淘汰，忧愤成病。嘉庆庚辰年（1820），到府城参加考试，刚十天，陈生竟然感染了瘟疫而死。又苏醒过来，对朋友们说："我一向有邪淫的行为，以至于郁郁不得志，如今又客死他乡，成为孤魂野鬼，天道报应，如此丝毫不差。"说完后，就哭着死去了，年仅二十七岁。过了四天四夜，尸体开始腐烂，臭不可闻，家人到了，这才为他买棺入殓。

3.5.12 污辱佛门

厦门庠生杨城，积学士也。嘉庆年间，应试秋闱，首场初九夜，方兀坐构思，忽烛影摇红，几于扑灭者再。一绰约女僧揭廉入，攀城肩俯窥曰："误矣。"即抽身去。城骇甚，俄闻邻号有笑语声，有啜泣声，有乞哀声，既而阒寂若无人。城语众，共趋视之，则某僵卧死矣。度某有淫行，必始乱之、终弃之，以致饮恨九泉，惨报若此。杨生则谓污辱佛家弟子，世多忽之，岂知为祸尤烈，实不可不深思而炯戒也。

奸淫官婢，早有天谴明条；狎昵名娼，不免风流罪过。况玷释教，破禅规，顿使清净法门变作烟花境界。孽由自造，悔其奚追？自爱名流，万勿谓阿堵通神，何事不可作也。

【译文】厦门的生员杨城，是一位饱学之士。嘉庆年间，杨城参加秋季乡试，考第一场时，初九日那天晚上，杨城正端坐构思文章，忽然烛光摇曳晃动，几次差一点扑灭。一名体态柔媚的尼姑掀开帘子进来，用手按住杨城的肩膀低头注视，说："错了！"随即抽身离去。杨城很害怕，不一会儿听到相邻号舍中时而有说笑的声音，时而有低声抽泣的声音，时而有苦苦哀求的声音，之后便寂静地像没有人一样。杨城把听到的情况告诉众人，众人急忙上前查看，只见某考生已经身体僵硬，倒在地上死了。想必是该考生有淫恶的行为，一定是对女子始乱终弃，以至于女子含恨而死，才遭到如此严重的报应。而杨城则说主要是因为他污辱了佛门弟子，世人往往忽略此事，哪里知道此事的罪孽尤其严重，实在不能不深刻反思、引以为戒。

奸淫官婢（古时因罪没入官府作奴婢的女子），早就有明明白白的条例告知会遭天谴；玩弄娼妓，也不免背上风流孽债。更何况玷污佛门，破坏清规戒律，顿时使佛门清净之地变成了烟花场所。自己作孽自己承受苦果，后悔又有什么用呢？那些以风流自居的人，千万不要认为钱能通神，就什么事都敢做。

3.5.13 雷震卖豚人

嘉庆年间，永春州有卖小豚者，至一孤村，有妇人以二金买两豚。已付金，忽闻儿啼声，入室抱儿出。卖豚者径去，妇追呼曰："若取我二金，奈何不与我豚？"其人佯答曰："豚两头，欲卖四金，二金不卖也。"举步如飞，妇追不及。路侧有水碓（duì），即其小姑视舂。妇置儿于碓室，复追之。小姑方筛米，闻言未及接抱，儿爬至碓下，舂如泥。须臾，小姑回视，见残骸委弃狼藉，惊悼欲绝，哭曰："我何以见吾嫂哉？"遂解绳自缢。嫂还，方叹恨财物两失，忽见儿死碓下，小姑悬梁上。蓦地不知其由，亦缢于碓室。卖豚者行未数里，白日无云，为迅雷震死矣。

【译文】嘉庆年间，福建永春州（今永春县）有一个卖小猪的人，来到一个偏远的村庄，有一个妇人出二两银子要买两只小猪。已经付过钱了，忽然听到孩子啼哭的声音，进屋把孩子抱出来。卖猪的人直接溜走了，妇人一边追赶一边呼喊说："你拿了我二两银子，为什么不给我猪？"卖猪的人谎称："我这儿有两头猪，想卖四两银子，二两银子不卖！"便飞快地跑掉了，妇人追赶不上。路边有水碓（靠水力来舂米的器具），妇人一看，是自己的小姑子正在舂米。妇人便把孩子放在了碓房里，又去追赶卖猪的人。小姑子正在筛米，听到妇人说话，没来得及放下手中的活抱起孩子，结果孩子爬到了碓锤下面，被捣成了肉泥。不一会儿，小姑子回头一看，只见孩子的尸骨已经七零八落满地都是，大为震骇，心碎欲绝，大哭着说："我怎么向嫂子交代呢？"于是解开绳子自缢而死。嫂子回来了，正因财物两失而叹息愤恨，忽然看到孩子死在水碓下，小姑子吊在房梁上。大出意料之外，茫然不知到底是什么原因，也在碓房自缢而死了。卖猪的人没走几里路，本来天气晴朗万里无云，突然被迅疾的雷电击毙了。

3.5.14 不孝极恶

厦门道署，有一客陈某，暴厉居心，而善权子母，一出十偿，以是成家。有老母，年五十余，某叱咤指使，若奴隶然。稍不如意，辄骂詈百出，不可名状。母泫然背泣者屡矣。邻友闻之，为讽刺曰："为母也，子者顾如是乎哉？"某不答，仍訑訑（dàn dàn）不为怪。一日，有事晏归，腹惄（nì）如，供食稍迟，怒目侧视，厉声曰："炊一顿饭，尚不能，不死何为？"言讫，忽天黑，风雨骤至，一声霹雳，闻者胆碎，而某已震死。面有小字云："不孝极恶之报。"此道光八年四月事也。

夫孝可格天，则不孝断不能逭天怒，况如此极恶乎？

【译文】厦门道台衙门有一名买办陈某，心地暴戾凶狠，善于出借高利贷，借一还十，因此发家致富。陈某家中有老母亲，五十多岁，陈某总是对她呼来喝去、随意使唤，像对待奴隶一样。稍微不让他满意，陈某便对老母亲百般辱骂，简直无法用语言来形容。母亲在背后默默哭泣已经很多次了。邻居和朋友听说了，就委婉地劝告他说："这是你的母亲，做儿子的哪能这个样子呢！"陈某没有回答，依然洋洋得意、满不在乎。一天，陈某有事回来得晚，肚子饿了，母亲做饭稍微晚了些，陈某就对母亲怒目而视，大声谩骂说："连一顿饭都做不了，怎么还不死呢？"说完之后，忽然天昏地暗，风雨大作，霹雳一声炸雷，听到的人都吓得心胆俱裂，陈某已经被天雷击毙。脸上还留有几个小字："不孝极恶之报。"这是道光八年（1828）四月的事情。

我们说至诚的孝心可以感天动地，那么不孝的行为也断然无法逃脱上天的怒责，更何况像这样极端恶劣呢！

3.5.15 厚殓祸

厦门蔡某，专以掘墓为生，久之仍不见败露。一夜，发林家坟，凿空棺头，伸手入搜首饰等物。忽被鬼摄迷，手节任拔不出。天明喧传，聚观者皆叹为阴魂有灵。地保禀官诣视，救醒后，拷掠备至，诸罪尽服。乃削十字木架，插大道之侧，令某昂立其中，两手分开，锁住示众，不准人给汤饭，六昼夜叫号而死。此道光庚寅年事也。

补过堂主人云：余每怪富厚之家殓亲时，辄以珍珠美玉及金宝重器为殉，以为如是乃尽子之心也。吾则谓适以贻亲之累耳，何也？彼重物殉葬之家，戚属则触目生心，奸民则闻风思逞，即不然，保无不肖子侄发冢自盗者乎？致使山灵走气，骸骨乱次，死者隐抱再死之痛，此罪将谁归也？后周太祖遗嘱以布衣葬，后梁、唐、晋、汉诸陵皆被盗发，而太祖安堵无患。然则后人当知所法矣。

按，浦俗屡因厚殓而致毁棺，家大人曾有《戒厚殓说》，余于前录中已详言之。此条虑及不肖子侄发冢自盗之事，前录中未详载其事。然则掘墓者固罪不容诛，而厚殓者自为厉阶，其罪尤大。自古及今，数不孝之尤者，舍是将谁属乎？

【译文】厦门的蔡某，专门以盗墓为生，很长时间也没有败露。一天夜里，蔡某去挖掘林家的坟墓，把棺材的头部凿空，伸手去搜摸首饰等陪葬品。忽然，蔡某被鬼控制迷住了心窍，手臂怎么都拔不出来。天亮之后，此事被哄传开来，前来围观的人都感叹是阴魂有灵。地保向官府报告，官员到场查看，蔡某被救醒后，被严刑拷打，对自己各项罪行供认不讳。官府于是削木做成十字架，插在大路旁边，令蔡某挺直地站在中间，把两手分开，锁起来示众，不允许人给他汤饭，蔡某号叫了六天六夜而死。这是道光庚寅年（1770）的事情。

补过堂主人说：我每每感到奇怪的是，家境富裕的人家在收殓故去的亲人时，往往用珍珠美玉、金银宝物、珍贵器物等作为陪葬品，认为这样才算是尽了做子女的孝心。我却说这恰恰是给亲人带来了拖累，为什么这么说呢？那些用珍贵器物陪葬的人家，亲戚族人看到了就会产生嫉妒和惦记的心理，奸猾的刁民听到风声也会产生不良的企图，即使这些情况都没有，又怎么能保证没有不肖子孙挖掘坟墓自己盗取呢？以至于使坟山的灵气泄漏，骸骨乱摆，死者于九泉之下心怀再死一次的痛楚，这些罪过由谁来承担呢？后周太祖（郭威）留下遗嘱，自己死后用粗布衣服下葬，后梁、后唐、后晋、后汉等朝代皇帝的陵墓都被盗掘，只有后周太祖的陵墓安然无恙。这样看来，后人应当知道要向谁学习了。

说明，浦城县经常因为厚葬的风俗而发生掘墓毁棺的事情，我父亲曾经写过一篇《戒厚殓说》，我在前录中已经详细论述过了（参见1.5.21）。之所以辑录此条，是因为考虑到可能会有不肖子孙挖掘自家祖坟的事情，前录中没有详细论及此事。然而盗墓的人固然是罪不容诛，但是厚葬者自己留下祸端，罪过尤其严重。从古至今，论起最最不孝的人，除了这类挖自家祖坟的人之外还能是谁呢？

3.5.16 吴元长

金门吴元长，家巨富，告贷者有求辄应，或百金，或数百金，积券盈箧。适病间默思，劳劳计较，将为子孙福，适为子孙祸。爰召逋债之家，诣视焚券，示不责偿也。捐资数千，充入浯（wú）江书院，束修薪水、生童膏火之费，皆取资焉。是年开期第一课为“东里子产”题，及甄别甲乙童卷上取，其长子漪澜文亦与焉。道光庚寅岁，澜赴郡应院试，恰是书院开课题。澜恍惚神助，一挥而就，遂以是获隽入邑庠。盖利物修福，非如此显示果报，不见造物之奇也。

【译文】福建泉州府同安县金门岛的吴元长，家境特别富有，只要有人向他借钱，他每次都有求必应，有借一百两的，有借几百两的，借条都积攒了满满一箩筐。吴元长有一次生病期间，心里暗自思忖，辛劳忙碌一辈子，斤斤计较，本想为子孙造福，反而给子孙带来祸患。于是召集欠债的人家前来，当着他们的面把借条一把火烧掉，表示不再要求他们偿还。吴元长又捐款几千两给浯江书院作为经费，教师的工资、学生的生活费等都从这里面支出。当年开学第一次考课，考试题目是“东里子产”（语出《论语·宪问》），等到甄别童生文章等次向上推荐的时候，他的长子吴漪澜的文章也在其中。道光庚寅年（1830），吴漪澜到泉州府城参加由学政主持的院试，考题恰好是书院考课的题目。吴漪澜恍惚之间，如有神助，文章一气呵成，因此得以进入县学成为生员。大概对于济人利物、修福积德的人来说，如果不是像这样明白显著地显示果报，就体现不出天地造化的神奇。

3.5.17 恶念丧身

厦门莲坂乡某者，年二十二，性谨厚，力穑(sè)人也。门口一井，出泉不涸，乡人待食此井者数十家。道光丙申，天不雨几九阅月，聚汲益夥。某厌其喧呶，叠次哄阻，众皆以水火细故，不与辨，亦不怪也，贸贸然往来如故。某倏生恶念，将牛粪暗施井中，盖使食者恶此味而他取也。明日潮退时，族中二人招某赴海同渔。忽平地起雷，击某死，而同伴俱无恙。一念之毒，即祸及身。吁，可畏哉!

【译文】厦门莲坂乡的某人，二十二岁，性格谨慎敦厚，是勤于耕作的人。他家门口有一口水井，源源不断地涌出泉水，乡里有几十户人家都依赖这口井吃水。道光丙申年(1836)，差不多有九个月没有降雨，到门口打水的人越来越多。某人因为厌烦人声嘈杂，便多次驱赶阻挠他们打水，众人都因为这是小事，也就不和他争辩，也没有怪罪他，依然纷纷往来打水。某人忽然心生恶念，暗中将牛粪投入井中，大概是想让吃水的人厌恶气味而到别处取水。第二天退潮的时候，族中两个人约他一同出海捕鱼。忽然平地一声雷，把某人击毙，而同伴都安然无恙。一念恶毒之心，就祸及自身。唉，真是太可怕了!

3.5.18 杨宗潮

同安诸生杨宗潮，为人诚笃可风，尤惓惓诱进后辈。一时游庠食饩者，多出其门。同里有曾姓名德基者，家极窘，而性嗜学。杨一见，物色之，遂招入馆中受业，资以衣食，俾得肆力文章。由是学业日进，遂入南靖邑庠，旋登道光乙酉拔萃科，廷试考授儒学。皆谓杨公相士有识云。

晚年上郡，渡江时，有某溺水，杨疾呼曰："若救得此人，谢银四元。"众争救之，某得不死。一日病笃，时年六旬矣，梦入冥，遇一判官，谓杨曰："汝寿数应尽，幸有阴德可救。"即以册子付阅，见己名下朱书云："曾救一人，增寿一纪。"阅完，被判官一推而寤。病渐瘥（chài），后果如数善终。

【译文】福建泉州府同安县的秀才杨宗潮，为人诚实忠厚，可为风范，尤其念念不忘引导栽培后辈。一时之间考中秀才、成为廪生的人，大多出自杨宗潮的门下。同里有一个叫曾德基的人，家境极为贫困，但是赋性好学。杨宗潮一见曾德基，对他打量了一番，于是将他招入学馆中教他读书，还出钱资助他衣食，使他能够全身心投入学业。曾德基自此以后学业日益进步，于是进入南靖县学成为生员，随即在道光五年（1825）乙酉拔贡科考试中被录取为拔贡生（由各省学政选拔文行兼优的生员，贡入京师，称为拔贡生，简称拔贡；经廷试合格，入选者一等任七品京官，二等任知县，三等任教职），并经廷试合格被授予教职。人们都说杨宗潮有识人之明。

晚年有一次前往泉州府城，渡江的时候，看到有一个人溺水，杨宗潮大声疾呼：“如果谁能将这个人救上来，酬谢四块银元！”众人争相上前捞救，溺水的人得以不死。一天，杨宗潮病势沉重，当时已经六十岁了，梦见自己进入冥府，遇到了一位判官，对杨宗潮说：“你的寿数将尽，幸好你积了阴德，可以因此得救。”便把册子拿给杨宗潮看，只见自己的名字下面用红色的字写着：“曾经救了一条人命，增加寿命一纪（十二年）。”看完之后，被判官一推，就惊醒了，病也渐渐痊愈了。后来杨宗潮果然又活了十二年，寿终正寝。

3.5.19 不敬字迹二事

安溪李家妇某氏，某翁为邑诸生，去世已久，家中书籍盈架。氏生儿，甫周岁，每值儿下便，即折册页拭秽。一夜，适夫他往，氏闭户睡，醒，失儿所在。欲起寻觅，忽被雷震死。明日，族人出操作，路经氏门，见呱呱小儿，知为氏子，不解何故掷置门外，遂抱入怀。及日卓午，门仍紧闭，不闻人声，众破门入，惊视，册页成堆，皆沾秽物，氏尸在焉。每怪世人抛弃字纸，辄自解曰：“我非读书家。”遂至践踏无忌，上干天怒，如氏者可胜道哉！不知朝廷非字道不尊，官吏非字事不治，士民非字名利不成，振古如斯，其所维系者甚大，而其理甚明也。是故天下不可一人不识字，即不可一日不敬字。

又道光十三年二月初三日，同安洋宅陈姓者，累日赌输，移怒赌具之害，尽投粪缸中。薄暮，某还过其地，心头一悚，被雷打死，并碎其缸，无一人知者。是夜，大雨倾盆，漂尽污秽。及天明，众视某尸横地，见赌具尚在破缸之底，纸牌叶叶可数，方悟为不敬字迹之报也。

【译文】福建安溪县李家有个妇人某氏，她的公公曾是县里的秀才，去世已经很久了，家中书籍摆满书架。某氏生有一个儿子，刚满一周岁，每次孩子大便的时候，就撕下书籍册页用作手纸。一天夜里，丈夫外出，某氏在家中闭门睡觉，醒来后发现孩子不见了。正要起来寻找，某氏忽然被天雷震死。第二天，有族人出来干活，路过某氏家门口，看见小孩子在啼哭，认识这是某氏的儿子，不知何故被丢在门外，就抱在怀里。等到中午时分，仍然是大门紧闭，听不到人声。大家破门而入，惊奇地发现书籍册页成堆，沾满了屎尿秽物，某氏的尸体就躺在一旁。常常感叹世人抛弃字纸，动不动就说“我们不是读书人家”，于是随意践踏污秽字纸，肆无忌惮，触怒上天，像某氏妇人这样的，不计其数。殊不知朝廷没有文字则王道不能尊崇，官吏没有文字则政事无法治理，读书人和百姓没有文字则无法取得功名利禄，自古以来就是这样，此事干系重大、影响深远，其中的道理也非常清楚明白。所以天下不可有一人不识字，也就不可有一天不敬字。

另外，在道光十三年（1833）二月初三日，同安县洋宅有个姓陈的人，连日赌博都输了，迁怒于赌具带来的危害，全部扔到粪缸里。黄昏的时候，陈某回来还经过此地，忽然心头一惊，被天雷打死，同时粪缸被击碎，当时没人知道此事。当天夜里，大雨倾盆，污秽被冲刷干净。天亮以后，众人看到陈某的尸体横卧在地上，见赌具还在破缸的底部，纸牌张张可数，才醒悟到原来是不敬字迹的恶报。

3.5.20 慢神

台湾鹿港监生林某，富累万金，生性嗜赌，暇时辄携数百金入赌场，金尽乃已。继见累次失利，每欲出门，必默祷家中神明，然仍赌输如故。数年间，黄白物已几几乎罄矣。忿恨祷祝无灵，将供奉诸神金身，持斧斫碎。由是妻儿相继病故，奴婢多辞去。一日下乡收租，因索租太急，被佃户某冷语相侵，怏怏而归。越数日，某佃将至林家谢罪，而林某适遇诸涂，恍惚间见某佃率十余人，手执凶器，不可迫视，疑某纠众杀己，急拔小腰刀向某佃当胸一刺，某佃不及防，即仆地死。林睁目谛视，竟杳无一人，始知为鬼物播弄，然悔无及矣。邻右恐相累，扭送地方官，至今系狱候决。此可为慢神者戒也。

【译文】台湾陆港有一名监生林某，家中积累的财富数以万计，生性酷好赌博，闲暇的时候常常带着几百两银子进入赌场，一定要把钱花光才算完。后来因为多次赌输，每次出门赌博之前，必定会向家中供奉的神明默默祷告，但是仍然像以前那样赌输。几年间，家里的黄金白银已经几乎被消耗一空了。林某愤恨于祷告神明不灵验，于是将供奉的各尊神明的金身塑像，全都拿着斧子砍碎了。从此之后，林某的妻子儿女陆续因病去世，家里的奴仆婢女也大多告辞离去了。一天，林某下乡收田租，因为索要田租太急，被某佃户讥笑讽刺，林某闷闷不乐地回去了。过了几天，某佃户将要到林某家谢罪，而林某正好在路上遇到该佃户，恍惚之间见到佃户带着十多个人，手里拿着凶器，没办法靠近紧盯着看，怀疑佃户聚众要杀了自己，急忙拔出小腰刀向佃户胸前刺去，佃户仓促之间来不及防备，当场倒地身亡。林某睁大眼睛仔细看，竟然空空荡荡没有一个人，才知道是被鬼怪捉弄，然而后悔也来不及了。左邻右舍恐怕连累到自己，便抓住林某扭送到当地官府，到如今还拘押在狱中等候处决。这件事可以用来让那些侮辱怠慢神明的人引以为戒。

3.5.21 李寡妇

同安李姓寡妇某氏，家富累万金，性喜施济，而勤俭有度。常端坐，词色无所假。失所天时，儿才八阅月。及长，娶室，次年弄孙，氏始有喜色。时氏四旬矣。

一日蚤起，触见族人某，潜踪内庭，盖某饥寒迫体，冀以剽取储粟也。氏惊愕叱问，某始而愧恧（nǜ），继以实告。氏心戚之，有留为供役意，因与语，某辞曰："幸蒙宥罪，兹复畀（bì）我生路，焉敢方命？但某壮岁鳏夫也，倘日近侍婢，有不可言处。某有亏行事，累尔亦蒙不白之名。"氏憬然为改容，即命某出。明日，遣其子往赠二十金，劝其营为正业。某果赴厦门，置货度洋，其地适值瘟疫，诸伙折本求售，某独以药材抬估，及梨枣什物，多争购之，获利无算而归，遂致富。往谢氏，时氏六十余矣。

临终，顾子妇曰："寡守三戒，一不可令外戚出入，次不可畜奴仆，三不可自暇逸游寺观。汝曹其传之。"斯言简而切中，有关世教，故备录之。夫全人名节，只此防微一念。然则某有善心，应享善报。而氏亦女中人杰哉！

【译文】福建同安县李家寡妇某氏，家中的财产达到上万两规模，为人乐善好施，而又勤劳俭朴，处事有分寸。某氏常常正襟危坐，不说话，也不流露感情。丈夫去世的时候，儿子才八个月。等到儿子长大，娶了妻室，第二年就抱上了孙子，某氏这才面带喜色。当时某氏已经四十岁了。

一天早起，某氏碰见一个族人，偷偷摸摸地躲藏在内庭，大概是族人饥寒交迫，想要窃取她家的存粮。某氏十分惊讶，叱问族人，族人才面带羞愧，接着把实情告诉了某氏。某氏很可怜他，想要让他留下来作奴仆，于是把自己的想法和族人说了，族人推辞说："幸而承蒙您赦免了我的罪过，现在又要给我一条生路，我怎敢违命呢？但是我作为一个壮年鳏夫，倘若每天跟婢女接触，有些事情不好说。假如我有失德的行为，也会连累您蒙受不白之名。"某氏恍然有所醒悟，改变了神色，随即叫族人离开了。第二天，某氏派他的儿子去送给族人二十两银子，劝他经营正经的生意。族人果然前往厦门，置办货物出洋贩售，适逢当地发生瘟疫，伙伴们的货物都亏本求售，唯独族人因为卖的是药材，所以抬高价格出售，还有一些梨枣等物，大家都争相购买，族人因此获利无数而归，于是发财致富。族人前来向某氏致谢，当时某氏已经六十多岁了。

某氏临终前，对儿媳妇说："寡妇应当遵守三条戒律，一是不能让外戚（指母亲和妻子方面的亲戚）随便出入，二是不能蓄养奴仆，三是不能自己贪图闲适安逸而游逛寺院道观。你们要传下去。"这话简洁而切中要害，有关于风俗教化，因此记录在这里。我们说成全别人的名节，往往就在于这防微杜渐的一个念头。既然如此，那么说明某族人有善心，所以应该享受善报。而某氏寡妇也可以说是女中豪杰了！

3.5.22 劫盗还债

泉州郡城外陈地乡丁某，贫无立锥，娶妻某氏。入门一见其夫，便股栗不自禁。自是语意稍拂，某辄加杖责，怒时即持白刃刺氏肤，血溅衣乃已。及连产四子，仍如是，不少贷。氏病骨奄奄，面目若鬼，然终无怨心，日事纺绩供朝夕。

一日，有友来招某渡洋经商，某诺之，并不告辞妻子，出门径去。后氏经纪弥勤，家计渐丰。先是，某有屋后隙地，富人以百金购求，氏得金，营运生息。垂二十余年，遂成富室。

道光壬午岁，某忽归家，见旧宅轮奂一新，心骇不敢前。适有族人识某音容，报知伊子趋迎。时氏已故，子皆成立有室矣，各命其妇出拜翁。某问其致富原由，子具道起家情事，并其母勤俭苦况。某凄然感泣，思再见氏而不可得。闻张天师知冥事，即日具装自往广信府拜恳天师，缕述乞见故妻苦衷。天师许来日当相见，且嘱令勿怖。明日，引入暗室，见一黑面大汉，执刀怒视，大喝一声。某颓然仆地，众扶出。醒后，以为所见非所愿也。天师笑曰："不差，即是人也。汝前世贩布为生，路过山东，被一响马劫杀，盗即尔妻也。今生耐苦还债，自是定理，尔亦徒多此一见耳。"某乃大悟果报所由来，回家遂不复介意矣。

【译文】福建泉州府城外陈地乡的丁某，家中贫穷，无立锥之地，娶妻某氏。某氏进门一见到丈夫，便不受控制地瑟瑟发抖。从此某氏稍有一句话说得不合丁某的心意，丁某就对妻子棍棒相加，愤怒的时候就拿刀去刺丁氏的皮肤，鲜血溅到衣服上才肯罢休。等某氏接连生了四个儿子之后，丁某仍然如此，不曾丝毫宽恕。某氏骨瘦如柴、气息奄奄，面貌如鬼一般，然而始终没有半点怨恨之心，每天从事纺织来养家糊口。

一天，有个朋友约丁某一同出洋做生意，丁某答应了，也没有跟妻子儿女告别，径直出门而去。后来某氏更加勤苦经营家业，家境渐渐富裕起来了。在此之前，丁家屋后有一片空地，有一富人出银一百两请求将空地买下，某氏拿到这笔银子，开始经营生息。就这样二十多年过去了，于是成为富家。

道光壬午年（1822），丁某忽然回家，只见自家的房子已经焕然一新、美轮美奂，心中惊骇，不敢近前。正巧有族人认出了丁某的声音和容貌，便报知丁某的儿子出门迎接父亲。当时母亲丁氏已经去世，儿子们都已各自成家立业了，各自命他们的妻子出来拜见公公。丁某询问发家致富的缘由，儿子们详细地讲述了白手起家的过程，以及母亲勤俭持家、辛苦经营的境况。丁某不禁凄凉悲伤、感动落泪，想要再见妻子一面却已经不可能了。丁某听说张天师能得知冥间的事情，当天便准备行装亲自前往江西广信府龙虎山拜求张天师，一五一十地陈述了自己迫切想见妻子一面的苦衷。张天师同意让丁某第二天可以和妻子见面，并且交代丁某不要害怕。第二天，张天师把丁某带进一间暗室，见到一个黑面大汉，拿着刀怒目而视，大喝一声。丁某吓得瘫软倒在地上，众人把他扶了出来。丁某醒后，以为看到的根本不是自己的妻子。张天师笑着说："没错，就是这个人。你前世以贩布为生，路过山东时，被一个响马（北方乘马拦路的强盗）劫杀，这个强盗就是你的妻子。今生吃苦耐劳来还债，自然是定理，你见这一面也不过是多此一举而已。"丁某这才恍然大悟其中果报的由来，回家后也就释怀了。

3.5.23 陈茂才

同安陈某，肆力文章，而屡困不售。赴郡试时，友人招饮娼家，见一及笄（jī）女子，举止端方，非复妖冶伎俩。某怪问至再，女始答以家贫，十岁为母鬻身此地，今七载矣。某诘曰："此间乐乎，抑从良乐乎？"女泣视不语。某恻然，自维无力，爰归，谋诸友，鸠集身价五十金，赎女还，嘱令其母嫁之。母乃招婿赘其家。是年，某入院试，入场假寐见黄发老人，向某谢曰："蒙为小女超脱火坑，特来为君报喜。"某觉而异之。明日揭榜，果举茂才。

【译文】福建同安县的陈某，致力于文章，但是多次参加考试都没考中。有一次去府城参加考试时，有朋友约他到妓院饮酒，见到一名刚成年的女子，举止端庄大方，没有妖冶的姿态。陈某感到奇怪，反复询问女子，女子才回答说因为家里贫穷，十岁的时候就被母亲卖身到这里，如今已经七年了。陈某追问说："是这里快乐，还是想要从良呢？"女子哭着看他，没有说话。陈某很同情女子，自忖没有能力为女子赎身，便回去跟朋友们商量，凑集了五十两银子，将女子赎回来，并交代女子的母亲好生将女子出嫁。母亲便招了一个上门女婿。当年，陈某参加由学政主持的院试，进场后小睡，梦见一位黄发老人（人老后头发由白而黄，是高寿的象征），向陈某表示感谢说："承蒙您帮助小女脱离火坑，特此前来为您报喜。"陈某醒后感到诧异。第二天发榜，陈某果然考中，成为秀才。

3.5.24 吴天爵

吴天爵，字愧尊，南安龙水人，为人诚实，慎取与。家贫，舌耕糊口。乾隆六十年，岁大祲（jìn），外出觅馆，拾遗橐（tuó）于路，内有五十金，重重破布包裹，知为贫人所遗，坐俟（sì）之。须臾，见有夫妇号哭而至者，问之，曰："某惠安人，岁荒负债不能偿，卖女于某乡为婢，至此失之。"天爵遂偕至某乡，询问不爽，出金还之。主人惊异，问："先生何处人，何因至此？"答以觅馆，主人因留课子弟。府试届期，教读如故，主人知其乏赀，未应县试，乃代纳县卷，促就道，其年遂入泮。覆试日，有同案者病，不能完卷，遂代笔，其人谢金适符五十之数云。

【译文】吴天爵，字愧尊，是福建南安县龙水人，他为人诚实，对于财物的取舍严谨不苟。家境贫穷，以教书养家糊口。乾隆六十年（1795），发生大饥荒，吴天爵在路上捡到一个别人遗失的袋子，里面有五十两银子，外面还用层层破布包裹着，知道一定是穷人丢失的，就坐在原地等待失主回来认领。不一会儿，就看到有一对夫妇哭着来了，经询问，二人回答说："我们是惠安县人，因为饥荒，欠了人家的债还不上，便将女儿卖到某乡作婢女，到这儿把钱丢了。"吴天爵于是和夫妇二人一起来到某乡，经过询问发现所说的情况完全属实，就把钱还给了他们。买婢女的主人感到惊奇，问道："先生是哪里人，怎么会在这里？"吴天爵回答说要找一份教书的工作，主人于是把吴天爵留下，教自己家的子弟读书。府试的日期已到，吴天爵依然像平时一样教学，东家知道他没什么钱，没有去参加县里的考试，便代他把平时的习作呈交到县里，因此获得了考试的资格，催促他动身去应考，当年就被录取入学成为生员。复试的那天，有一个同桌的考生病了，无法完成试卷，于是请吴天爵代笔，那名考生给的酬金正好是五十两银子。

3.5.25 瓯宁黄氏

余随任粤西时，权首邑者为同乡黄璧庵进士（文瑄），有循良之目。久之，方知其先代有隐德。盖璧庵所居，为瓯宁之龙湾，距郡城百里而遥。璧庵之祖处士公，名孔行者，以耕读为业，虽不应试，而礼贤重士，如恐不及，远迩翕然仰之。生子，甫弥月，手植杉树于陇首，语家人曰："俟吾子成名，用作华表。"历三十三年，其子岁贡，果以此树为旗杆于祖茔之上。

举一子，即一轩广文（榜书），少与从兄同居共产。从兄分爨（cuàn）时，计所积赢，不下数千金，欲均分之。一轩力辞不受，只收本业所应得者，合乡称其善让。旋以岁贡司铎侯官。初一轩以十四岁入庠，后其长子（文卣[yǒu]）亦十四岁入庠，次子（文中）、三子（文瑄）、四子（文登），及孙曾若干人，无不以少年入庠者。而（文瑄）且以名进士出宰，历任繁区，皆有政绩，今已擢直隶州。

家大人尝语余兄弟辈曰："黄璧庵不特为循吏，其一家孝友，实足以风。闻其昆季文卣、文中二君来署，见璧庵坐衙用刑，辄不乐，屡阻之而不得，咈然曰：'我不料老三近日如此狠心，我没奈他何，只好接老母来此训饬之。'后二人同回闽乡试，璧庵以百金赀之，又咈然曰：'由此至闽，不过四十千钱可达，何用如此多金？此老三从三木中得来的，我实不忍用此狠钱。’两人仅挟四十金去。近闻其太夫人亦至署，以不惯听敲朴声，即要回闽。璧庵不久，闻亦将乞假奉母回去。似此一门孝友，求之古人中亦难得，宜其家门之鼎盛也。”

【译文】我跟随父亲在广西任职的时候，代理首县（旧称省治或府治所在之县，此处指临桂县）知县职务的是福建同乡黄璧庵进士（黄文瑄，道光十二年壬辰恩科进士），他以奉公守法而著称。过了许久，慢慢才知道他的祖先有阴德。大概黄璧庵家所住的地方，在建宁府瓯宁县（今建瓯市）的龙湾，距离建宁府城约有百里之远。黄璧庵的祖父处士公，名叫黄孔行，以耕种读书为业，虽然不参加科举考试，但是礼遇贤者、尊重读书人，唯恐比不上别人，因此远近之人一致仰慕黄孔行老先生的为人。生了一个儿子，刚满月，便亲手在山头种下一棵杉树，对家人说道："等到我儿子功成名就，就用此树作为华表。"三十三年之后，他的儿子成为岁贡生（科举时代贡入国子监的生员的一种，明清两代每年或两三年从府、州、县学中选送廪生升入国子监肄业，故称），果然用这棵树制作成功名旗杆，竖立在祖坟前面。

黄孔行老先生所生的儿子，就是黄一轩教官（黄榜书），从小和堂兄住在一起，共用家产。等到堂兄分家的时候，算了一下积攒的余钱，不少于几千两银子，想要和一轩先生均分。一轩先生坚决推辞，不肯接受，只收下了自己家本业相关所应得的部分，一乡之人都称赞黄一轩有谦让的美德。随即以岁贡生的身份出任侯官县（今福州市）儒学教官。当初，一轩先生十四岁就进入县学成为生员，后来他的长子黄文卣也在十四岁进入县学成为生员，二儿子黄文中、三儿子黄文瑄、四儿子黄文登，以及孙子、曾孙等多人，都是在少年时就入学成为生员的。而黄文瑄更是作为有名的进士出任地方官,历任政务繁重的地区,都能做出一番政绩,如今已经升任为直隶州(明清时期直属于省的行政建制,地位略次于府,有下属之县)的知州。

我父亲曾经对我们兄弟说:"黄壁庵不仅是循良的官吏,而且他们一家孝顺父母、友爱兄弟,实在足以作为风范。我听说黄文卣、黄文中兄弟二人来到三弟壁庵所在的官署,看到壁庵坐在堂上对犯人用刑,总是不高兴,多次劝阻他都没有成功,不高兴地说:'我没想到老三最近如此狠心,我拿他没办法,只好把老母亲接过来训斥他。'后来二人一同回福建参加乡试,文瑄拿出一百两银子送给他们作为路费,二人又不高兴地说:'从这里到福建,只需用四十千钱就能到达,哪里用得了这么多钱!这是老三靠刑讯逼供得来的,我实在是不忍心用这些狠心钱。'两人只拿了四十两回去。最近听说黄壁庵的母亲太夫人也来到了官署中,因为听不惯打人的声音,就要回福建去。不久后,听说黄壁庵也要告假陪同老母亲返乡。像黄家这样一家都是孝顺友爱之人,即使是在古人中间寻找也很难得,也难怪他们家家道如此兴盛。"

3.5.26 梁艺圃

黄明经[文卣(yǒu)]曰:建阳梁艺圃,家本素封,而好施与,遇人急难,辄赀助之。每年腊底,取数百碎金分为小封,见贫苦人路过者,潜掷路旁,欲令拾去。有廉介不苟取者,遂于黑夜阴置其门下,务使穷人普得之而后慰。

年六十余,苦无子,谒梦于佛寺,梦一马生二角。及觉,愀

(qiǎo)然曰："马头生角，其必无之兆乎？"以告友，友曰："马长角，'冯'字也，姑俟之。"后得子，娶妇，适冯氏女，得五丈夫子，遂开大族。今子孙蕃衍，且贤贵世其家不替云。

【译文】黄文卣贡生说：福建建阳县（今南平市建阳区）的梁艺圃，家境本来富裕堪比封君，而乐善好施，遇到别人有急难之事，总是资助他们。每年腊月底，梁艺圃就拿出几百两碎银子，分装成小包，见到路过的贫苦人，就悄悄地扔到路边，故意想让穷人捡走。对于那些为人清廉耿介、不随便取财的人，梁艺圃就趁夜间暗中放在他们家门下，一定要让穷人普遍得到实惠才感到安心。

梁艺圃六十多岁时，还因为没有子嗣而苦恼，到佛寺祈求示梦，梦见一匹马生了两只角。醒来后，闷闷不乐地说："马头生角是不可能的事，难道是不可能有后代的征兆吗？"便把这个梦境告诉了朋友，朋友说："马长角，是一个'冯'字，姑且再等等看吧。"后来梁艺圃生了一个儿子，娶了儿媳妇，正好是冯家的女子，生了五个孙子，从此成为一个大家族。如今梁家子孙繁衍生息，而且都贤德富贵，能够继承家业，没有衰落的迹象。

3.5.27 叶大林

黄广文（文登）曰：瓯宁回龙叶大林，生平慷慨好施，时以周急拯危为乐。其妻翁氏尤仁厚，岁饥平粜(tiào)，凡有贫民籴(dí)升斗米者，必暗将来钱置米中，阴受其惠者无算。子六人，皆列黉(hóng)序，贡成均；孙二十七人，亦多游庠者。叶至八十余，无疾而卒。翁氏逾二年卒，柩停于堂。未几，居邻失火，延烧数十家，将及氏屋，里人感恩，急相与移柩，不能动，子孙惊惶莫措。里人呼曰：“为善宜获福，今若遭此惨毒，天道其无知乎？”无何，风旋火熄。叶宅近邻周围俱为煨烬，而此屋以停氏柩独存。

【译文】黄文登教官说：福建瓯宁县回龙村（今属南平市建阳区）的叶大林，生平为人慷慨、乐善好施，时常以周济急难、解救危困为乐。叶大林的妻子翁氏尤其仁慈宽厚，发生饥荒时平价卖米，凡有贫民来买少量的米，定会暗中把他们带来的钱又藏在米里给他们带回去，暗中受到恩惠的人不计其数。夫妻二人育有六个儿子，都名列学校，贡入国子监学习。有二十七个孙子，也大多入学成为生员。叶大林活到八十多岁高寿，无病而终。翁氏两年之后也去世了，灵柩停放在堂屋。不久，邻居家失火，蔓延烧到了几十家，眼看要烧到翁氏的房屋，乡里人感激翁氏的恩德，赶紧一起来帮忙转移灵柩，却根本搬不动，子孙们都惊慌失措。乡里人呼喊道：“做善事的人应当获得福报，如今却要遭此惨祸，老天爷难道茫然无知吗！”不久，风向调转，火被吹灭。叶家住宅附近的邻居周围全都化为灰烬，只有这座房屋因为停放着翁氏的灵柩而岿然独存。

3.5.28 麂报

黄广文又曰：瓯邑西乡张某夫妇，好善，尤不轻残物命。一日，有猎者驱一麂（jǐ）走至其家，张妇急以旧衣覆之，猎者寻至，不见，遂去。张妇见猎者已远，因放麂走。麂似有知，首肯数四而出。

次年春，忽见是麂走入中厅，将张之幼子用角犄去。张妇踉跄出，逐至田坪中。瞥见麂将幼子放下，而麂不见。张妇始抱子回，方疑此物不知报恩，且不知此麂即前之所救否。甫入门，见家中屋栋，被屋后大树压倒，墙颓瓦碎，鸡犬皆毙，而是妇母子以逐麂而存。此可见一念慈祥，虽微物亦无不知感矣。

【译文】黄文登教官又说：福建瓯宁县西乡的张某夫妇，喜欢行善，特别是不随意轻贱残害动物的生命。一天，有一个猎人追赶一只麂子（一种哺乳动物，像鹿而比鹿小，似犬而较大，腿细而有力，善跳跃，雄麂有獠牙、短角）来到他们家，张氏妇人急忙用旧衣服盖住麂子，猎人很快追过来，没看到麂子，就离开了。张氏妇人见猎人已经走远了，便把麂子放走。麂子好像有灵性，不停地点头，然后就走了。

第二年春天，忽然看到这只麂子跑进中堂，把张某的小儿子用犄角叉走，张氏妇人跌跌撞撞地追出去，追到了田野中的一块平地。望见麂子把孩子放下，麂子就消失不见了。张氏才把孩子抱回去，正怀疑这东西不知道报恩，而且不知道这只麂子是不是自己之前救的那只。刚进门，只见自家的房子已经被屋后的大树压倒，墙壁倒塌，屋瓦粉碎，鸡和狗都被压死了，而张氏妇人母子却因为追赶麂子而得以幸存。由此可知，一念的慈爱之心，即使是微小的动物也没有不懂得感恩的。

3.5.29 黄邦泰

黄广文又曰：建安黄孝廉（理坤），为诸生时，一日出门，在路上捡票一纸，载银一百二十两。孝廉生平不苟取，而尤体恤贫寒，乃即其地坐待。及索票者至，还之，失票人喜出意外，偿以二十金。孝廉曰："余不取百二十金，而反受此二十金耶？"坚辞之去。

次年元旦，往黄华山拜佛，神前香炉下忽有银一百二十两，孝廉奇之，因急募董事，如数付之，令为修庙之费。不数月，焕然一新。

次年为道光戊子科，闱前梦见卖题名录者，问："今科举人榜有黄理坤否？"答曰："无之，只有第六十四名是黄邦泰。"因查建安诸生，更无名邦泰者，乃于考录时更名邦泰。榜发，果中式六十四名。

【译文】黄文登教官又说：福建建安县（今建瓯市）的黄理坤举人，还是秀才的时候，一天出门，在路上捡到了一张银票，记载面额一百二十两。黄理坤生平对待钱财严谨认真，从不随意取财，而且特别体恤贫寒之人，就坐在原地等待失主。等到找银票的人来了，黄理坤便把银票还给他，失主喜出望外，拿出二十两银子作为酬谢。黄理坤说："我不拿一百二十两银子，难道反而要接受这二十两吗？"坚决推辞不受，然后就离开了。

第二年正月初一，黄理坤前往黄华山（位于福建省建瓯市城东北）拜佛，忽然发现在神前香炉下面有一百二十两银子，黄理坤十分惊奇，便急忙招来寺庙的主事者，把钱悉数交付给他，作为修庙的经费。没过几个月，寺庙焕然一新。

第二年，正值道光八年（1828）戊子科乡试，入场考试之前，黄理坤梦见有人在卖考试中榜名录，便问道："本科乡试举人榜单上有没有黄理坤的名字?”那人回答说:“没有,只有第六十四名是黄邦泰。”黄理坤于是查阅了建安县生员的名单,并没有叫黄邦泰的,于是在报名登记时把自己的名字改为黄邦泰。发榜后,果然考中了第六十四名。

3.5.30 叶焕金

黄广文又曰:吾乡回龙村叶焕金家,好行善事,生平撑渡为业,于人众往来,随其给付,概不刁索。而素习水性,每有溺水者,辄赴捞救,活人无算。不索谢,亦不居功也。

一日,溪滨坊遭回禄,火势炎炽,虽峻墙之屋,皆被焚烧。而叶屋桑户蓬枢,救火者但见火焰至叶屋壁,便觉有数十人浇水救之。及火熄后,四邻皆成焦土,而叶屋独存。

【译文】黄文登教官又说:我们福建瓯宁县回龙村(今属南平市建阳区)的叶焕金家,喜欢做好事,生平以撑船摆渡为业,对于往来渡河的人们,听从他们自愿给多少钱,从来不趁机刁难勒索。叶焕金一向水性很好,每当看到有人溺水,总是前往捞救,救活的人不计其数。既不索取报酬,也不自夸功劳。

一天,溪滨坊一带发生火灾,火势猛烈炽热,即使是高墙大屋,都被烧毁。而叶焕金家的屋子是桑枝为门、蓬条为枢的茅草屋,救火的人只看到当火焰蔓延到叶家房子的墙壁时,就发觉有几十个神人在浇水救火。等大火熄灭之后,四周邻居都化为焦土,只有叶焕金家的屋子岿然独存。

3.5.31 灌阳凶案

道光丁酉，家大人委黄璧庵署临桂县。有全州、灌阳一械斗案，屡以翻控发审。初缘全州、灌阳界，连一荒山，灌阳蒋姓恃其巨族，据为己有，全州人不依，遂各纠众斗殴。蒋姓族众，议殴死人者，众雇抵命；被人殴死者，众赡其家。无何，蒋姓殴死全州人，案成解省，而尸亲以正凶系是武举某，县中未办，屡次上控。某亦恃无证据，坚不承招，是以发审数年，未能议结。

璧庵接任后，因某武举恃符逞刁，遂面回各大府，将武举暂革严讯。顺路到城隍庙行香，默祷。是夜，邀集同寅会审，将某武举跪案研鞫。到更深时，某举汗下如雨，其额上隐隐现一刀伤痕，人人共见。遂据此究之，始知该武举殴毙人时，身亦受伤，此乃确证，而某武举哑口无言矣。案遂定。及家大人提勘过堂时，细察其额，痕已将平复。倘稍迟数日，便无可辨识。于此叹神之有灵，而璧庵之能声愈著矣。

【译文】道光十七年丁酉（1837），我父亲委任黄璧庵（名文瑄）署理广西桂林府临桂县（今桂林市临桂区）知县职务。当时全州县和灌阳县（均为桂林府辖县）两县交界的地区发生了一桩械斗案件，多次因为翻供发回重审。起初由于全州、灌阳二县交界的地方，横跨着一座荒山，灌阳县蒋姓倚仗他们是大家族，便将荒山据为己有，全州人不愿意，于是双方各自纠集了一伙人互相斗殴。蒋姓家族人多势众，他们已经商议好如果打死了对方的人，众人就雇人抵罪偿命；如果有人被对方打死，众人就赡养他的家人。不久，蒋姓族人打死了全州人，案件审结后解送到省里复审。而死者亲属认为真正的凶手是某武举人，县里并未将其法办，因此反复上诉。武举人也倚仗没有确切证据，坚决不肯招认。因此反复审理了好几年，也没能最终结案。

黄壁庵接任之后，因为某武举人倚仗有功名作为护身符撒泼耍赖，于是当面回禀督抚等上级官员，将武举人暂时革去功名严加审讯。并顺路到城隍庙进香，默默祷告。当天晚上，邀请同僚会审此案，将武举人带到公堂跪在案前受审。到夜深时，武举人汗流如雨，他的额头上隐隐现出一处刀伤的疤痕，人人都看到了。于是从这一点进行突破，深入追究，才知道武举人把人打死的时候，自己身上也受了伤，这便是确凿的证据，武举人便哑口无言了。于是得以定案。等到我父亲再次提审武举人过堂的时候，仔细察看他的额头，伤痕已经快恢复了。假如再稍微迟延几天，就看不出来了。于是感叹神明威灵显赫，而黄壁庵贤能的名声越来越显著了。

3.5.32 怀集命案

怀集县多山，居民培植树木，最易兴讼。有徐姓巨族中落，曾将山田卖邻村梁姓管理。梁姓种树十年余，将伐木出售，约值千金。徐姓见其弟兄皆文弱秀才，谓可鱼肉，屡次索诈，互控多年。

一日，徐姓以命案报。时黄壁庵方任县事，即日趋验，见山坡下尸身侧卧，所有伤痕概系右手，其山上又无蹂躏形迹，心甚疑之。询之邻保，亦未有以斗殴供者。而远远闻有妇人哭声，又未到场。愈生疑窦，询悉，为死者之妻，该族内不令到场，恐其冲撞官府云云。随将原告带回集讯，一鞫而真情毕露，遂定案焉。

缘徐姓索诈不遂，乃择族内一贫而丐者，给之食，并许其妻以养赡终身，哄之登山，族众拉其左手，共殴毙命。弃尸报官，以为图财之计。检验时，其妻始知被骗，欲出而呼冤，而为众所阻也。案经审实，办一主谋、两凶手，正解省定罪，而沿途俱病毙矣。璧庵语人曰："此等案少不细心，良民必多受累，鲜不堕小人计中矣。天网恢恢，小人亦何尝能漏网哉？"

【译文】广西怀集县有很多山，居民在山上栽种树木，特别容易引起诉讼。有徐姓的豪门大族家道中落，曾经将山地卖给了邻村的梁家管理。梁家种了十几年树，将要把树砍伐下来卖掉，大约价值一千两银子。徐家见梁家兄弟都是文弱秀才，认为软弱可欺，屡次敲诈勒索，两家互相控告了很多年。

一天，徐家报称发生了命案。当时黄璧庵（名文瑄）正担任知县职务，当天就赶赴现场勘验，只见山坡下有一具尸体侧躺着，所有的伤痕都在右手上，山上也没有践踏的痕迹，心中甚是疑惑。又向邻居和地保询问，也都说没看到或听到有人斗殴。并且远远地听到有妇人的哭声，她人却没到现场，更加令人生疑，经询问得知，哭的人是死者的妻子，族人不允许她到场，说是恐怕她冲撞了官府如何如何。随即把原告带回衙门集中讯问，只审讯了一次，就真相大白了，于是得以定案。

原来是徐家敲诈勒索不成，便选择族里一个贫穷以乞讨为生的人，给他食物，并答应他的妻子可以养活她一辈子，哄骗乞丐上山，族人拉住他的左手，一起把乞丐打死。又把尸体丢弃后报官，以此来诬陷梁家，图谋勒索钱财。检验尸体时，乞丐的妻子才知道自己被骗了，想要出去喊冤，却被众人阻拦。此案经审讯坐实后，将一名主谋和两名凶手法办，正在押解到省里复核定罪时，在路上全都病死了。黄壁庵说道："这种案件如果稍微不细心，良民一定会受到极大牵累，很少不会落入小人的圈套中。天网恢恢，小人又怎么可能漏网呢？"

3.5.33 黄壁庵述六事

黄壁庵云：瓯宁县水吉地方，乡村最盛。有游贡生名廷佐者，家素丰，好行善事。嘉庆间，浦城水灾，尸骸满河，廷佐为之恻然，因雇人捞埋。初用棺柩，市肆一空；继以布被，不足；又继以布疋（pǐ）。计所殓不下数百具，其义冢至今犹岿然。次年冬，有乡之无赖子，索诈不遂，寻短计，于半夜潜往廷佐门首自缢。至天明，竟为人所救，不死。询之，据云上绳时，有无数男女紧抱其足不放，气遂不绝。里人共知为拾骸之报云。

又云：建阳县乡间，有甲与乙居同村，且至好。甲业儒，年少轻狂；乙开酒肆，其妻颇有姿。一日，数人醵酒宴会，甲与乙皆与焉。至夜半，甲复沽酒于乙铺，乙已入醉乡，遂与乙妻奸好，竟有孕；其夫不知，外人亦更无知之者。无何，甲病将危，时适乙妻临产，甲自言当往生乙家，其房门有老母看守，不敢遽进。闻者至乙家，视之果然，因以计使母避去，而房内已呱呱泣矣，甲亦于是时遂亡。乙子稍长，不独貌似甲，兼且神似，至今俨然一甲之后身，其事遂昭著，于两家俱不能讳。天之弄人，亦巧矣哉！

又云：建阳城内有在城隍庙前开豆腐店者，于元旦黎明开门，见照墙挂一人学榜，榜上有其甥名，与甥之同窗友某亦与焉。因亟整衣往二家贺年，并道喜。是年春，二人同赴院试，皆未应府考者。行至北津地方，离城二十里，日将晚，又闻学院已入城，其甥急于应考，径渡而去。某恋恋于店妇，遂留宿焉。越日，大雨，水涨，不得渡者数日。某入城而府册已送矣。及揭榜，其甥果获售，某遂郁郁而归，以白丁终。一念之差，显报如此，可不悟哉！

又云：闻我郡前次修府志时，行文各县，查取节孝。松溪县有一妇人，夫死后有外好，相订终身，其翁姑促之改嫁，另许他姓，妇不允，遂自缢而亡。当事者未审其原委而以为节也，开列事实以闻，恩准建坊，逾年竟为雷火击碎。吁！人可欺，天亦可欺耶？

又云：政和县东乡一屠牛者，少获薄赀，及老而子，仍守故业。大门外常设一木砧，以破牛头，历有年矣。一夜，其木砧忽变为牛头，沿街旋滚，有见之者。次夜，其堂屋有无数牛斗声，彻于乡里。至第三日，其子以卖牛肉，与营兵争价，殴死营兵。其父年老吓死，子亦照例抵偿。其家缘案，遂至一贫如洗。此嘉庆末年事也。至今，杀牛者皆引以为戒焉。

又云：嘉庆初年，广西怀集县，有一小卒马姓者，无赖子也。一日出城，至南门，捡一钱票，载钱数百千，不知为何人所遗失者，因日持票俟于门之左右焉。无何，有铁商某仓皇而来，遍觅此票，马卒询得其实，慨然付还。与之分半，坚辞不受。商曰："此好人也。"亟思所以报之。时适铁厂缺人，因延之代管，且分一干股作本。越数年，某商以广东人年老路远，愿收本回家。其厂中出息，全付马料理。不数年，获利至数十万金，竟成巨富。虽其家世式微，富亦及身而止，然天之报施，可不谓厚且速哉！

【译文】黄壁庵（名文瑄）说：福建瓯宁县水吉地方（今属南平市建阳区），乡村最为繁盛。有一位名叫游廷佐的贡生，家境素来富裕，喜好做善事。嘉庆年间，浦城县发生水灾，尸骸充满河道，廷佐为此心生哀怜，于是雇人打捞埋葬。起初用棺材下葬，市场上的棺材都被买空了；接着用布被裹尸下葬，还是不够；然后又直接用布匹裹尸掩埋。累计所殓葬的尸体不少于几百具，当时掩埋尸体的义冢至今还巍然耸立。第二年冬天，乡里有个无赖之徒，因敲诈勒索不成，想要自寻短见，就在半夜偷偷地跑到廷佐家门口自缢。到天亮后，竟然被人救下，没有死成。经询问，无赖之徒说上吊的时候，有无数男女紧紧抱住他的脚不放，因此才没有断气。乡里人都知道这是游廷佐殓葬尸骸所感召的善报。

又说：福建建阳县（今南平市建阳区）乡间，有甲和乙住在同一个村庄，而且是至交好友。甲是一名书生，年少轻狂；乙开了一家酒馆，他的妻子颇有姿色。一天，几个人聚会饮酒，甲和乙都在其中。到了半夜，甲又到乙的酒馆打酒，当时乙已经醉入梦乡，甲于是和乙的妻子通奸，竟然怀孕了；乙并不知情，外人更是没有知道的。不久后，甲生病垂危，当时正值乙的妻子临产，甲自己说要投胎到乙家，因为房门口有老母亲看守，不敢贸然进入。听说的人到乙家，一看果然如甲所说，便想办法让老母亲避开，这时房里已经传出婴儿的啼哭声了，甲也正是在这时死去了。乙的儿子渐渐长大，不仅相貌酷似甲，而且神态举止极为相似，到现在一看完全就是甲的孩子，此事便传扬开来，两家都无法隐瞒。造化捉弄奸恶小人，也太巧妙了吧！

又说：福建建阳县（今南平市建阳区）城里面有一个在城隍庙前开豆腐店的人，在正月初一那天黎明开门，只见影壁上挂着一幅入学榜，榜上有他外甥的名字，外甥的同窗好友也在其中。此人于是急忙穿戴整齐到两家贺年，并且提前道喜。当年春天，外甥和同学两人一起去参加由学政主持的院试，都还没有参加府里的考试。走到北津（今属建瓯市）地方境内，距离府城还有二十里路，天色将晚，又听说学政大人已经进城了，他的外甥急于参加考试，径直渡河而去。但是同学却对旅店的老板娘恋恋不舍，于是继续在店中留宿。第二天，下了大雨，水位暴涨，连续几天不能渡河。等同学进城的时候，本府应考的生员名册已经报送上去了。等到发榜一看，他的外甥果然中榜，而同学只好失落地回去了，终身只是没有任何功名的白丁。一念之差，果报如此分明，怎么能不醒悟呢！

又说：听说我们建宁府上次重修府志的时候，向各县发布公文，调查访求节妇和孝子等美德事迹。松溪县有一个妇人，丈夫死后她在外面有了相好的人，私定终身，她的公婆催促他改嫁，但是许配的是别家，妇人不同意，于是自缢而死。主事的人员不知道其中的原委，误认为是节妇，便将她的事迹列在其中上报，经朝廷批准建立牌坊，第二年牌坊竟然被雷电击碎。唉！人可以欺骗，难道天也可以欺骗吗？

又说：福建政和县东乡有一个宰牛的人，小有积蓄，到老生了一个儿子，仍然子承父业。家里大门外一直设有一个木头砧板，用来破拆牛头，有很多年了。一天夜里，木头砧板忽然变成了牛头，沿街旋转翻滚，有人看到了。第二天夜里，他家的堂屋里又有无数的牛在争斗的声音。到第三天，他的儿子因为卖牛肉，和驻防军营的士兵讨价还价，一怒之下打死了士兵。他的父亲年老被吓死了，儿子也依法抵罪偿命。他们家因为这桩案子，以至于一贫如洗。这是嘉庆末年的事情。到今天，杀牛的人还引以为戒。

又说：嘉庆初年，广西怀集县，有一个小卒马某，本是无依无靠的人。一天，马某出城，到南门，捡到一张钱票，上面记载面额数百千钱，不知道是什么人所遗失的，于是即日拿着钱票在门边等候失主，不久后，有一个开铁厂的商人慌慌张张地跑来，到处找这张钱票，马某经询问情况属实后，毫不犹豫地还给了商人。商人要分一半钱给他，马某坚决推辞，不肯接受。商人说："这真是一个好人。"就想着怎么样来报答。当时正赶上铁厂缺人，商人便邀请马某代管，还分给他一份原始股作为本钱。几年后，商人因为是广东人，考虑到自己年老，离家路途遥远，希望收回成本回家。于是把铁厂的生产，全部交给马某料理经营。没过几年，获利达几十万两，竟然成了大富翁。虽然现在马家已经衰落了，仅仅马某这一代享受到了富贵，然而上天对拾金不昧者的回报，难道不是既丰厚又迅速吗！

3.5.34 李二夫妇

台湾镇某总戎，有仆福州李二，娶妻张氏，亦小家女。李二科敛刻薄，颇有家赀，遂畜童婢。张氏骄悍酷虐，鞭挞童婢之具，恒及其夫。有两婢，稍不如意，扑责至数百。疑李二私嬖（bì），下体椓（zhuó）以非刑，日给一盂粥，饥冻不可忍。屡欲逃窜，以链锁之，李二不能禁，相继磨灭死。未几，张氏因所欢远客，积思病瘵（zhài），恍惚见二婢索命而死。

后年余，张氏见梦于李二，曰："我为婢讼，冥王罚我为牛，明日市有牛贩牵一白项犊，可买归，免我将来烹宰。如不从，即啮杀汝。"醒而异之。次日，市中果遇牛贩带一犊，白项。欲不买，犊即咆哮奔逐，李惧，因购归，畜之后圃。放逸不治耕，常奔与邻牛媾。且饲必饭，与以草，即践踏门窗器皿。邻人有挟李二刻薄积怨者，隐知其故，用毒药饲之。李二以牛槁（gǎo）葬，复窃剥其皮。

嗟夫！死堕畜道，犹怙恶不悛（quān），卒不免于剥皮之惨，能无悔欤，能无惧欤？然两间人物如张氏者，正复不少，特其报有不能如是之速者。人遂疑天网恢恢，有时亦漏。噫！此殆未之见耳，岂真有漏者哉？

【译文】台湾镇总兵（全称镇守福建台澎等处地方挂印总兵官）某大人，有一个仆人名叫李二，是福州人，李二娶妻张氏，也是小户人家的女儿。李二向百姓搜刮钱财十分刻薄，家里积蓄的财产相当可观，于是蓄养了一些童仆、婢女。张氏性情骄横凶悍，残酷虐待下人，鞭打婢女的器具，甚至会施及她的丈夫。家里有两个婢女，稍微让张氏不满意，便被责打好几百下。她怀疑李二私下宠幸婢女，于是用非人的刑罚折磨婢女的下体，一天只给一碗粥，又冷又饿，无法忍受。两名婢女多次想要逃走，张氏便用铁链锁住她们，李二也无法禁止，二人先后被折磨而死。不久，张氏因为和自己相好的人出远门而相思成疾，患上了痨病，恍惚之间看到两名婢女前来索命，然后就死了。

一年多后，李二在梦中看到了张氏，张氏说："我被婢女控告，冥王罚我投胎做牛，明天市场上有一个牛贩子牵着一头白脖子的牛犊，你可以买回来，以免我将来被屠宰烹煮。如果你不听从，我就把你咬死。"李二醒后感到很奇怪。第二天，果然在集市上遇到一个卖牛的，牵着一头牛犊，脖子是白色的。李二本来不想买，牛犊便咆哮着狂奔追赶李二，李二害怕了，于是把这头牛犊买回来，养在后园。这头牛犊十分放纵逸乐，不肯耕地，经常跑去与邻居家的牛交配。而且必须得用饭喂养，如果给它吃草，它就肆意践踏门窗器皿。有个邻居因为李二刻薄而对他怀恨在心，隐约了解到其中的缘故，便用毒药把牛犊给毒死了。李二把牛的尸体草草埋葬，邻居又偷偷地把牛挖出来剥下牛皮。

唉！死后已经堕入畜生道，还继续作恶不肯悔改，最后不免遭受被人剥皮的惨苦，难道不知道后悔吗，难道不知道害怕吗？然而天地之间像张氏一样的人物，应该还有不少，只是报应可能没有如此迅速的。人们于是怀疑虽然天网恢恢，但有时也会有遗漏。哎呀！这大概是报应还没显现或者不明显，哪会真有遗漏呢？

第六卷

3.6.1 宿孽

焦孝廉妻金氏，门有算命瞽者过，召而试之，瞽者为言往事甚验，乃赠以钱米而去。是夜，金氏腹中有人语曰：“我师父去矣，我借娘子腹中且住几日。”金家疑是樟柳神，问：“是灵哥儿否？”曰：“我非灵哥，乃灵姐也，师父命我居汝腹中为祟，吓取财帛。”言毕，即捻其肠，痛不可忍。

焦乃百计寻觅前瞽者，数日后遇诸涂，拥而至家，许除患后谢以百金。瞽者允诺，呼曰：“三姑速出。”如是者再。内应曰：“三姑不出矣。余前生姓张，为某家妾，被其妻某凌虐死。某转生为金氏，我之所以投身师父为樟柳神者，正为报此仇故也。今既入其腹中，不取其命不出。”瞽者大惊，曰：“此乃宿孽，我不能救。”遂逃去。

焦悬符拜斗，终于无益。每一医至，腹中人曰：“此庸医也，药亦无益，且听入口。”或曰：“此良医也，药恐治我。”便扼其喉，药吐而后已。又曰：“汝等软求我尚可，若用法律治我，我先啮其心肺。”嗣后每闻招僧延巫，金氏便如万刃刺心，滚地哀叫，且曰："汝受我如此煎熬，而不肯自寻一死，何看性命太重耶？"

焦故南昌彭文勤公门士，彭闻之，欲入奏，诛瞽者。焦不欲声扬，求寝其事，而金氏竟以此毙矣。此乾隆四十六年夏间事。

【译文】焦举人的妻子金氏，门前有一个算命的盲人路过，金氏叫他进来，想试试他算得准不准，盲人说了一些以前发生的事，都很准确，便送给他一些钱米，盲人就离开了。当天晚上，金氏肚子里竟然传出人说话的声音，说道："我师父离开了，我暂时在娘子的肚子里借住几天。"金氏怀疑它是樟柳神（旧时星相术士所用的占卜之具，以木雕成小儿形状，用樟木雕成的称为"灵哥"，用柳木雕成的称为"灵姐"），便问道："是灵哥儿吗？"那声音回答道："我不是灵哥儿，我是灵姐。师父命我待在你肚子里作祟，通过恐吓诈取你的钱财。"话刚说完，灵姐便捻她的肠子，疼痛难忍。

焦举人于是千方百计地寻找之前那个算命的盲人，几天之后，在路上遇到了他，把他招呼到家里，答应除去肚子里的祸患之后用一百两银子来答谢。盲人答应了，便呼喊道："三姑，快出来吧！"像这样连着呼喊了两遍。肚子里的声音回应说："我不出来了。我前世姓张，是某人的妾，被他的妻子凌虐致死。他的妻子转世为金氏，我之所以投身到师父门下做樟柳神，正是为了报这桩冤仇。如今我既然进了金氏的肚子里，不索取她的性命我是不会出来的。"算命的盲人大惊，说道："这是宿世的冤孽，我也无能为力。"就逃走了。

焦举人悬挂符咒、礼拜北斗，始终也没有什么效果。每次请医生前来，肚子里的人就说："这是庸医，服药也没有用，尽管吃吧。"有时又说："这是良医，这药恐怕对我有效。"便掐住她的喉咙，逼她把药吐来才罢休。又说道："你们如果好言求我还行，如果用法术和禁令来治我，我就先咬她的心肺。"从此之后，灵姐每次听说招请僧道、巫师前来，金氏便如同万刃穿心一样，疼得满地打滚哀号。灵姐还说："你被我折磨成这个样子，却不肯自己一死了之，为什么把性命看得这么重呢？"

焦举人本是南昌彭文勤公（彭元瑞）的门人，彭文勤公听说此事后，想要奏请朝廷，将那个算命的盲人绳之以法。焦举人不想声张，请求平息这件事，而金氏最后因此去世了。这是乾隆四十六年（1781）夏天的事情。

3.6.2 江西某

许画山《青阳堂文集》中，有《江西某传》一篇，盖近事也，故讳其名。传曰：江西某，积恶两世矣。成进士，家居需次，念所以自忏者，乃改行，期年而双目盲。愤然曰："吾积恶而第，积善而盲，是天之果不欲吾为善也。不然，何天之福淫而祸善也？"卒为恶如初。自是得良医，而双目豁然矣。某素以文字自雄者也，以瞽废，及复明，故技毕作，终以为某寿序，坐蜚语弃市。时乾隆甲寅四月十一日。

邓苑华云："某，江西之南丰人。"许子曰："当其第也，是祸之基也；及其瞽也，是福之堂也。天将以瞽薄其罚，某不悟，卒以两目易其元。"悲夫！书之以为稔恶者戒。

【译文】许画山（名作屏）所著的《青阳堂文集》中，有一篇《江西某人传》，大概是近年来的事情，因此隐去当事人的姓名。

该传记中写道：江西某人，从他的父辈到他这一辈两代人长期作恶。考中进士之后，在家候补职缺。回想自己以往的过恶，生起忏悔之心，于是一改往日的行为，一年之后竟然双目失明了。某人愤恨地说："我做尽恶事，却进士及第；如今积德行善，却双目失明，这是上天确实不想让我行善。不然，为什么上天要让作恶的得福、行善的得祸呢？"最终还是像当初那样继续作恶。从此之后，便找到了一位良医，双目被治好复明了。某人一向以自己的文字水平为傲，双目失明后便废弃了笔墨，等到复明，又开始重操旧技，最终因为给一个人撰写祝寿序文，被流言蜚语牵连而被判处斩首示众。当时是乾隆五十九年（1794）甲寅四月十一日。

邓苑华说："某人是江西南丰县人。"许画山说："当他进士及第时，正是灾祸的发端；当他双目失明时，恰恰暗藏着福气。上天将以让他失明减轻对他的谴罚，他没有领悟，最终用一双眼睛换走了自己的性命。"太可悲了！记录下来作为对那些长期作恶而不知悔改之人的警戒。

3.6.3 鬼妻索命

浙江某邑令谭某，与妻不睦，因角口批其颊，妻愤而缢。三日后见形为祟，伺谭与妾卧，便揭其帐以冷风吹之。谭怒，请道士作法持咒，摄鬼于东厢，而以符封其门，加官印焉。鬼竟不至。

无何，谭调繁缺，后任官到署，开厢房，鬼得出，遂附小婢身作祟。后任官呼鬼，询悉其故，乃曰："夫人与谭公有仇，与小婢无涉，何故相害。"鬼曰："非敢害丫鬟，我特借附他身以便求公耳。”问何所求，曰：“送我到调任谭处去。”曰：“夫人何不自行？”曰：“我枉死之鬼，沿路有河神拦截，非公用印文关递不可。并求签两差押送。”问差何人，曰：“陈贵、滕盛。”二人者，皆已故役也。后任官如其言，焚批文送之。

一日，谭某方在寝室晚饭，其妾忽仆地，大呼曰：“汝太无良，汝逼我死，乃禁我于东厢受饿，我今已归来，不与汝干休。”自此，其署中日夜不安。谭不得已，再请道士作法，加符用印，封之本县狱中。鬼临去，曰：“汝太丧心，前封我于东厢，犹是房舍，今我何罪而置我于狱乎！我有以报汝矣。”未逾月，狱中有重犯自缢死，谭因此被劾罢官。大惧，誓将削发为僧，云游天下。同寅官有相资助其衣钵者，未及行，暴病卒。

【译文】浙江某县县令谭某，和妻子不和睦，因为发生了一些口角，谭某打了妻子的脸，妻子愤而自缢。三天后，妻子现形作祟，趁着谭某和妾室睡觉的时候，便掀起床帐吹冷风。谭某大怒，便请来道士作法念咒，将鬼关在东厢房，又用符咒封住了门，加了官印。鬼竟然不来作祟了。

不久之后，谭某被调到了公务繁忙的地方任职，后面继任的官员来到官署，打开厢房，鬼得以出来，于是附在小婢女身上作祟。继任官员和鬼打招呼，问清楚来龙去脉，于是说道：“夫人和谭公有仇，却和婢女无关，为什么要加害婢女呢？”鬼说：“不敢加害丫鬟，我只是借助附身婢女以便向您请求。”官员问有什么请求，鬼说：“希望您能送我到调走的谭某那里。”官员问：“夫人为什么不自行前往呢？”鬼说：“我作为非正常死亡的鬼魂，沿路会有河神拦截，一定要用您盖过官印的通关公文才行。并且请求您签派两名差役押送。”问她需要派何人押送，鬼说：“陈贵和滕盛。”这二人都是已经亡故的差役。继任的官员按照鬼说的话，写了一张批文焚化掉。

一天，谭某正在寝室吃晚饭，他的妾忽然倒在地上，大喊道：“你太没良心了，你把我逼死，还把我关在东厢房里挨饿，我如今已经回来了，一定不与你善罢甘休！”从此，谭某的官署中日夜不得安宁。谭某不得已，再次请来道士作法，用符咒镇压，加盖官印，把鬼魂封在了县衙监狱里。鬼临走前，说道：“你实在是丧尽天良，之前把我封锁在东厢房，至少还是一个房间；如今我犯了什么罪，竟然把我关到监狱里！我有办法向你报仇了！”没过一个月，监狱里有一名重刑犯人自缢而死，谭某因此被弹劾罢官。谭某十分害怕，发誓要削发为僧，云游四方。同僚的官员中有人资助给谭某一些费用，谭某还没来得及动身云游，就暴病而死了。

3.6.4 富贵旧家

费炳文曰：吾闽近年称富贵旧家者，首推安溪李氏、永春黄氏，而不知其先代积德之报，非偶然也。安溪李文贞公之祖，远商江南，罄其赀本佐官赈饥，又借官库继之。事毕，委员同其回家取银归库，其实家无余资，正踌躇到家如何措置，乃其嫂于数日前园中锄菜，已先获窖藏，遂得立还官镪。今百余年来，科甲不绝，簪仕者接踵于途也。

又如黄镜塘之祖黄公，常在永春贩布经营，适值州中大饥，公将所带资本呈官助赈，行将空手回家矣。主人观其罄本施舍，必非负心之人，自请将布赊公贩回。其时一路饥民抢劫夺食，喧传黄公罄本赈济，货非己资，群相约誓，纵其来往不劫，而他商一概断绝。贩归一人，贾盈三倍，辗转数次之间，遂成巨富。以子贵，得二品诰封。天之报施善人不爽如此。一贵、一富，岂无因哉！

【译文】费炳文说：我们福建近年来可以称得上是富贵世家的，首推安溪县的李氏家族和永春州（今永春县）的黄氏家族，人们却不一定知道这其实都是他们的祖先积德行善带来的福报，不是偶然的。安溪县李文贞公（李光地）的祖父（李先春），远在江南一带做生意时，拿出他所有的资本帮助官府赈济饥民，又借贷官银来继续赈灾。事后，官府委派人员和他一起回家取银归还官库，其实家里也没有余钱了。李老先生正思量到家怎么筹措，正巧他的嫂子几天前在园子里锄菜时，发现了一笔埋藏在地下的银子，才得以立刻还上了官银。至今一百多年来，李氏一族在科举中考取功名的后人接连不断，出仕做官的相继不绝。

再比如黄镜塘的祖父黄公，曾在永春州做生意。正赶上州中发生饥荒，黄公把所带的本钱全都捐给官府，帮助赈济灾民，准备空手回家了。东家看黄公倾尽本钱施济饥民，认定他绝不是背信弃义之人，于是自愿把布匹赊给黄公往来贩卖。当时一路上都有饥民拦路抢劫夺取钱粮，都互相转告说黄公倾尽本钱赈济饥民，所贩运的货物不是他自己的，众人共同约定，放黄公随意往来，不得劫夺，而其他的商人一概不许通行。货物每贩售一次，便获得三倍利润，这样辗转贩售多次，于是成了大富翁。后来黄公父以子贵，得到了二品的诰封。上天对善人的回报如此丝毫不差。一家贵，一家富，难道没有原因吗！

3.6.5 廖王太夫人

吾乡廖氏，以阴德发祥，前录已详述之。近廖钰夫尚书，由京旋里，过浦城，与家大人坐谈之顷，复述其祖母王太夫人者，本贫家女，归吾祖，随任台湾，饱历风涛之险。时时以济物为心，家居，每训子侄以“莫作自了汉”。后余表兄郑苏年师每述此语以授门徒，谓出自王太夫人之遗训也。

平日尝谓家人曰：“汝等怕雷，而我独怕风。”众皆莫喻其故。然每遇非常大风，太夫人必斋肃长跪庭中，口喃喃若有所祝。即深夜寒宵，亦必披衣肃跪默祝不辍，直至风息始起。家人有窃听之者，似云侬家内外亲串，现在并无求利求名浮江泛海者，而在江海舟中因风惊恐死生呼吸者，天下定不乏其人，愿风神及早息怒，以全人命云云。事后问之，亦不言其所以然。盖行之数十年如一日焉。

家大人闻之，肃然曰：“此真圣贤立达同人、饥溺由己之公心，不谓于女流中得之。漆室鲁女之忧，不是过矣。”不再传而以科第起家，簪绂辅世，宜哉！

【译文】我们福州的廖氏家族，凭借阴德发迹，其事迹已经在前录中详细叙述过了（参见1.5.5）。近日，廖钰夫尚书（廖鸿荃）从京城返乡，路过浦城，和我父亲会谈之际，又讲述说：我的祖母王太夫人本来是贫家女子，后来嫁给了我祖父，随同祖父到台湾任职，因为需要渡海而饱经风浪颠簸的凶险。时时刻刻把济人利物放在心上，居家时常常教导子侄“不要做（只顾自己而不存济世利人之心的）自了汉”。后来我的表哥郑苏年先生（郑光策，原名天策）每每用这句话教授门徒，说是出自王太夫人的遗训。

王太夫人曾对家人说：“你们怕雷，而我偏偏怕风。”众人都不理解其中的缘故。然而每次遇到异乎寻常的大风天气之时，王太夫人必定会斋戒，庄重肃穆地长跪在庭院中，口中喃喃自语，像是在祷告什么。即使是寒冷的深夜，也一定会披着衣服起来郑重地跪地默默祷告，从不懈怠，直到风停了才起身。家里有人悄悄偷听，王太夫人好像是在说虽然我们家里里外外的亲戚，现在并没有人为了求取名利而乘船在江河湖海上漂泊，但是那些在江河湖海的船上因为风浪而惊魂未定、命悬一线的人，天下一定还有很多，但愿风神尽早息怒，以保全无数人的性命。事后人们向王太夫人问起，王太夫人也不肯说出其中的缘由。王太夫人几十年如一日地这样做。

我父亲听说此事后，肃然起敬地说：“这真是圣贤‘己欲立而立人，己欲达而达人’‘人饥己饥，人溺己溺’的大公无私之心，没想到得之于女流之中。当初鲁穆公时国事危急，漆室之女对国家深感忧虑（典出《列女传·仁智传》），也不过如此而已。”到王太夫人孙子这一辈，廖氏家族就凭借科举功名发家，子孙纷纷步入仕途，辅佐国君、治理人民，是理所应当的啊！

3.6.6 林敬堂述三事

同里冯某，少年浮薄，赘于曹氏，曹家固豪富。聚戚属中游惰者数人，奉吕仙乩，乩词俚鄙，多出于冯某之作伪。曹本市井人，不辨也，有事必从祈请，为所颠倒者屡矣。会曹之表侄薛某，以初夏患少阴症，祷于乩。某臆其时疫也，予以攻破之剂，一服而毙。后某夜归，有自后呼其名者，则薛也，惊号几失魄。是夜，即梦薛来曰："尔以儿戏杀人，予得请于神矣。"自是觉精神消减，逾年遂以痨疾死。某之将毙也，梦二鬼差持签来拘之，乘间逸去，差曰："今即尔恕，某日不可饶矣。"及期，又梦前鬼差持链来锁其颈。惊醒，述其事于家人，至夜而逝矣。

又明经吴某，工刀笔，健讼，常串通胥吏与为表里。闾里稍有不谨事，即从而讹诈焉，必遂所欲而后已。虽其至亲，畏之如虎也。会某之所厚涉讼事，某为之谋主，官侦知之，拘至案，通详拟暂革。时程梓庭制府，方痛惩刁讼，即易详文中暂革为斥革。某素吃洋烟，以不耐讯鞫之苦，毙府狱中。闻者快之。

又，甲辰夏仲，余自都门南旋，至台儿庄，阻水，乃买舟由运河归。路经天妃闸，因忆数年前何松亭同年（承元）所述惠济祠大鱼骨之异，入庙访之，果见鱼肋骨，广约四尺，长约二丈余。壁间有麟见亭河帅（庆）碑记，数年前巡河，至河流入海处，风潮大作，有巨鱼搁于浅，其目已失，血泪盈眶。高四丈余，长十八丈余。土人以其阻隘不动也，群登其脊，脊有朱书："此为鳏鱼，一千四百年矣，以伤生过多……"下文字不可辨。因争取其肉数千斤回，而一肋见，河帅命藏而贮于此。夫鳏鱼，蠢然耳，犹遭神谴。天道好生，残忍者，亦知所戒欤！

【**译文**】同乡的冯某，少年时为人轻浮，入赘于曹家，曹家本来有钱有势。冯某召集了亲戚中几个游手好闲的人，扶乩向吕仙（吕洞宾）问卜，判词极其粗俗，大多是冯某假托乩仙的名义伪作的。曹某本来是市井粗人，不能辨别真伪，有事必定找冯某扶乩问卜，已经多次被冯某蒙混欺骗了。正赶上曹某的表侄薛某，在初夏时节患上了少阴之症（中医指伤寒六经病变的后期出现心肾功能减退，全身阴阳衰惫的虚寒病证），就让冯某向乩仙祈祷。冯某想当然地认为是时下流行的疫病，便给薛某使用攻下的药剂，只服用了一剂就死了。后来冯某一天夜里回家，听到有人在后面叫他的名字，一看竟然是薛某，冯某惊骇大叫，几乎被吓掉了魂。当晚，冯某就梦到薛某前来，对他说："你用儿戏害我性命，我已经向神明控诉了。"从此，冯某便觉得精神慢慢减退衰弱，第二年就因痨病而死。冯某临死前，梦到两名鬼差拿着签票来拘捕自己，冯某趁机逃走，鬼差说："今天姑且饶了你，到某天就不能再饶你了。"到了那天，又梦到上次的鬼差拿着铁链来锁住他的脖子。冯某一惊而醒，把这些事告诉了家人，到了当天夜里就去世了。

还有一名贡生吴某，善于代人写状纸，喜好打官司，常常串通勾结县衙的胥吏里应外合、沆瀣一气。乡里稍微有一些不严谨的事情，吴某等人就抓住把柄百般讹诈，一定要达到目的才肯罢休。即使是吴某的近亲，也像怕老虎一般害怕吴某。有一次正赶上和吴某交好的人牵涉到一桩案件，吴某正是此案的主谋，官员经调查得知了这个情况，便将吴某拘捕到案审讯，并向上级请示，拟将吴某的功名暂时革除。时任闽浙总督程梓庭（程祖洛），正在严厉惩治颠倒黑白、诬陷勒索的恶意诉讼，就把公文中的"暂革"改为了"斥革"。吴某一向喜欢吸洋烟，因为受不了刑讯之苦，死在了府衙监狱中。听说的人都拍手称快。

还有，道光甲辰年（1844）的仲夏，我从京城南下回福建，走到山东台儿庄时，被洪水所阻，于是雇船从运河继续南下。路过天妃闸（又名新庄闸，位于今江苏淮安市淮阴区码头镇，为运河入淮之口，附近有惠济祠，原名天妃庙，故称）的时候，于是回想起几年前我的同科举人何松亭（何承元）所说的惠济祠内的奇怪的大鱼骨，便进入祠中寻访，果然见到了大鱼的肋骨，宽约四尺，长约两丈多。墙壁之间嵌有江南河道总督麟见亭（麟庆，完颜氏，字伯余、振祥，号见亭，满洲镶黄旗人）题写的碑文，说几年前巡视河道时，来到河流入海口，风浪大作，潮水拍案，有一条巨大的鱼搁浅在海滩上，已经失去了眼睛，血泪充满了眼眶。这条大鱼高约四丈多，长约十八丈多。当地人因为这条鱼搁浅无法动弹，便纷纷爬上它的脊背，只见鱼背上有红字，写道："这是鳏鱼（鱼名，即鲩鲲），一千四百年了，因为杀生过多……"下面的文字已经无法辨认。当地人于是争相割取它的肉回去，割掉几千斤肉后，露出一根肋骨，麟总督便命令收藏在惠济祠中。话说鳏鱼作为蠢笨的动物，尚且遭到冥冥之中的谴责。上天有好生之德，那些残忍杀生害命的人，也应该知所警戒了吧！

3.6.7 陈霁庭述二事

福州有张姓者，佐幕有年，而家奉三官斋甚谨。于道光辛丑十月，应霞浦令董公钱谷之聘，挈眷同行。于十四日到飞鸾渡，船家以当官差，必欲揽载多人而后开船。是日，行人适少，遂欲延至次夜方开，而船中客呶呶不已，不得已于二鼓后开船。约行二十余里，暴风大作，盖十五日为水官神诞，是夜即三官暴。水手咸请于舵主曰："风势甚猛，须落半篷否？"舵主曰："我本不开船，而渠等必欲行，若不将全船覆在海中，亦不见我舵工手段。"言未已，忽篷桅随风而折。此桅若折于左，则船必随左而倾；折于右，则亦随右而覆。乃独望后压倒，适击舵主之首而脑裂矣。于是船以无桅而乱旋，舟中人齐声喊救，倏又一阵风，船随浪起，屹然不动，视之，则已搁在沙坡之上。至次晨，另换船而渡焉。

又，福州南台有某姓嫠（lí）妇，以放债为业。朝放暮收，既不惮其烦，而悍恶特甚，人无能短其分毫者。挞婢尤酷，每至血流肉绽。惟膝前一子，心甚不以为然，而无如何。然于欠户之实无力措还者，每窃其券而焚之。于其挞婢时，亦多方调护之，而其母略无悛志。竟有债户以年老被迫自经者，婢有立死于捶楚之下者，且欲抛其尸于江，其子力谏，私买棺以葬焉。家业颇充，遂为其子援例入监。于道光己亥科应试入场，甫进头门搜检时，即见其婢遥以一手挥之使出，以一手指二门内，则见被迫自缢之老者在焉。遂即携考篮而出。凡场中遇鬼，鲜不死者，而彼竟幸而免，殆亦其平日居心，有足留以示劝者欤？

【译文】福州有一个姓张的人，做幕僚很多年了，全家都非常恭敬地奉持三官斋（道教有天官赐福、地官赦罪、水官解厄之说，三官大帝圣诞日分别在正月十五上元节、七月十五中元节、十月十五下元节，民间于正、七、十月斋素谓之吃三官斋）。道光辛丑年（1841）十月，张某应霞浦县令董公聘请他担任钱粮师爷，便带着家人一同前往就职。于十月十四日，抵达飞鸾渡（在今宁德市蕉城区），船家因为当官差，一定要招揽足够多的乘客之后才肯开船。当天，行人正好稀少，于是想拖延到第二天夜里才开船，而船上的客人都在喋喋不休地抱怨，船家不得已只好在当晚二更（晚上九点至十一点）时开船。大约航行了二十多里，忽然狂风大作，大概是因为十月十五日是下元水官大帝的神诞日，当天晚上正是三官暴期（东南沿海渔民根据经验预测在每年一些固定的日期会出现大风，称为暴头或暴期）。水手都向舵主请求说："风势非常猛烈，需要降下半帆吗？"舵主说："我本来不想开船，而他们一定要让我开，如果我不将船整个翻在海里，他们就见识不到我舵工的手段。"话还没说完，忽然桅杆随风折断。桅杆如果向左折断，则船必定会向左倾覆；如果向右折断，则船也会向右倾覆。桅杆却偏偏向后倾倒，正好砸在舵主的头上，脑浆迸裂。于是船因为没有桅杆而乱转，船上的人齐声呼救，忽然又起了一阵风，船随着风浪而起，屹立不动，再一看，发现船已经搁浅在沙滩上了。到第二天早晨，人们于是换乘另外的船渡海。

又，福州南台有某姓的寡妇，以放贷为业。早上借出去，晚上就要收回来，从来不厌其烦，而又特别凶悍蛮横，没有人能拖欠她一分一文。寡妇对待家里的婢女尤其残酷，常常打到血流模糊、皮开肉绽。寡妇膝下只有一个儿子，儿子对母亲的所作所为很是看不过去，但是也无可奈何。然而对于那些实在无力筹钱偿还的借户，儿子便私下里将借据找出来烧掉了。在母亲鞭打婢女的时候，也想方设法、善巧方便地求情保护，但是他的母亲还是没有一丝悔改的意思。后来甚至有年老的借户被逼无奈自缢而死的，有婢女被当场打死的，寡妇还想将他们的尸体抛入江里，儿子便极力劝阻，私下买了棺材将他们安葬。家业相当充裕，于是为她的儿子按例出钱捐纳为监生。儿子于道光十九年（1839）己亥科，入场参加乡试，刚进入第一道门搜身检查的时候，就看见那个婢女远远挥手让他出去，又用另一只手指着第二道门内，只见那个被逼自缢的老者在里面。儿子便带着考篮出场了。凡是在考场中遇到冤鬼报仇的，很少有不死的，而寡妇的儿子竟然能够幸免，大概也是他平日存心厚道善良，留下来足以用来劝勉世人吧！

3.6.8 鬼讹诈

杭州孙某，伉俪甚笃，妻病不起，抑郁无聊。道光二十四年夏，赴友人家小酌，散已夜半，手执火枝，独行归去。中途忽发一噤，贸贸然归，抵家后，家人见其神色改常，问之不语，所执火枝尚余寸许。时着单衫二件，其手渐缩，似欲藏火枝于袖内者。忽而口作女音云："我母女二人同行，见汝从对面至，携女急避，汝不但不让，且举足将我女践毙，特跟汝归家索命。"家人知其中邪，以正言责之，曰："阴阳阻隔，汝能见人，人不能见汝，无心之过，岂能偿命？"鬼复大闹云："我只知一命还一命，不知其他。"孙某即时栽倒，口沫流出，不省人事。

正惶遽间，而孙某亡妻之魂附于孙某之体，当即立起云："我适闻此事，特来解纷。"随向女鬼云："阴阳一理，不知者不罪。汝女不过受伤，亦并不死。依我劝解，酒食银钱唯尔所欲。否则，我先往城隍处喊告，治尔讹诈之罪。"因令家人即用黄纸写明原委，至城隍庙中焚化。女鬼顿然气沮，哀求息事，乃命焚纸锭数千，并备羹饭送出大门，而孙某醒矣。问之，茫然无知，大病一月而愈。此事孙某每逢人历历言之，闻之使人伉俪之情油然而生。

【译文】杭州的孙某，夫妻特别恩爱，后来妻子因病去世，孙某抑郁不乐、百无聊赖。道光二十四年(1844)夏天，孙某到朋友家赴宴，散场时已经是半夜了，手持火把，独自步行回家。半路上忽然打了个冷战，昏昏沉沉地回去了。到家之后，家人见他神色异常，问他也不说话，手持的火把还剩一寸多。当时孙某穿着两件单衫，他的手慢慢缩进去，好像是想将火把藏到袖子里。忽然，孙某口中用女子的声音说道："我们母女二人一同走路，看到你从对面过来，我便带着女儿急忙躲开，你不但不让路，还举起脚将我女儿踩死，因此跟着你回家索命。"家人知道他中邪了，便用严肃的语气斥责女鬼，说："阴阳相隔，你能看见人，人不能看见你，这是无心之过，怎么能偿命呢？"鬼又大闹说："我只知道一命抵一命，不知道其他的。"孙某立刻栽倒在地，口吐白沫，不省人事。

家人正在惊慌失措之际，孙某已故的妻子附在孙某身上，当即站起，说道："我刚听说这件事，特地前来排解纠纷。"随即对女鬼说："阴间与阳间是同样的道理，不知道的人没有罪过。你的女儿不过是受伤，也并没有死。如果依从我的劝解，酒食、银钱任凭你取用。不然的话，我先去城隍神那里告状，治你敲诈勒索之罪。"于是让家人即刻用黄纸写明事情的原委，到城隍庙中焚化。女鬼忽然灰心丧气了，哀求息事宁人，孙某妻子于是又命家人焚烧了几千枚纸锭，并准备了汤饭送出大门外，而孙某就清醒了。家人问孙某，他一脸茫然，什么都不知道，大病了一个月才痊愈。孙某常常对人详细地讲述此事，人们听说之后，夫妻恩爱之情油然而生。

3.6.9 虐婢报

仁和顾某，本世家子，娶某氏。御下严，待婢尤虐。一日，失栗子数枚，疑婢窃食，询之不承，加以捶楚，婢畏痛，匿于床下。某氏令一媪用木棍戳之，匍匐而出。复令张口视之，婢甫开口，遽以花剪断其舌，绝而复苏，然已不能饮食，越日毙命。婢系卖绝，向无母家人往来，埋之而已。

不数月，某氏遂病，以手自批两颊，见婢来索命，不令饮食，困苦万状。顾某笃于伉俪，代为婉求，并许以功德超度，婢似首肯。逾时，又云："主人如此，我亦愿遵命，不料我已告准，不能自主。"且云："某氏在母家曾杀一婢，无人知者。今二罪俱发，必无生理。"顷之，又云："老爷来矣，身穿蓝袍，至厨房与灶神会话，灶神穿黑袍。"老爷者，顾某之父，生前业盐，捐有顶戴也。先是，伊三叔父逝世，柩尚在家，婢又云："三老爷出来，要见老爷，因与灶神会话，白衣人不便相见。"无何，顾某之父知其事无可挽回，太息而去。某氏遂死。越日，用木棍之媪亦死，想干证必须到案，且加功之罪亦无可逃也。此道光二十四年事。

【译文】浙江仁和县（今杭州市）的顾某，本来是官宦人家子弟，娶妻某氏。某氏管理下人极其严苛，对待婢女更是暴虐。一天，丢失了几枚栗子，某氏怀疑是被婢女偷吃了，向婢女质问，婢女没有承认，妻子就开始鞭打婢女，婢女因为怕痛，藏在床底下。某氏命令一个老妇人用木棍来捅婢女，婢女爬着出来了。某氏又令婢女张开嘴查看，婢女刚一开口，某氏就用花剪剪断了她的舌头，随即昏死过去，然后又苏醒过来，但是已经不能吃喝了，第二天就去世了。婢女是被卖身而且不能赎回的，从来都没有娘家人来往，只是将她的遗体埋葬了而已。

没过几个月，某氏就生了病，用手自己打自己的脸，看到婢女前来索命，不让自己吃饭喝水，万般困苦。顾某出于夫妻之情，代替妻子委婉求情，并答应做功德来超度，婢女似乎点头同意了。过了一会儿，又说："主人既然如此说，我也愿意遵命，不过我的控告已经被批准，自己做不了主。"并且说："某氏在娘家时也曾经杀害了一名婢女，没有人知道。如今两罪一并被揭发，必定没有活命的机会了。"过了一会，又说："老爷来了，身穿蓝色袍服，到厨房和灶神爷会谈，灶神爷身穿黑色长袍。"老爷就是顾某的父亲，生前经营盐业，捐有官衔。之前，顾某的三叔去世，灵柩还停放在家里，婢女又说道："三老爷出来要见老爷，于是也和灶神爷会话，平民不便相见。"不久，顾某的父亲知道此事已经无法挽回，就长叹了一口气离开了。某氏就死了。第二天，用木棍捅婢女的老妇人也死了，想必是相关的证人必须到案，而且加功（古代法律谓以实际行动帮助杀人的犯罪行为）的罪名恐怕无法逃避。这是道光二十四年（1844）的事情。

3.6.10 茶司报恩

仁和汪姓，世业鹾（cuó），家道殷实。一日，为子完姻，亲朋咸集。三鼓，客散闭门。主人持灯赴各处照看火烛，至二厅厢房，闻门凳中悉索有声，移而视之，有人藏焉；烛之，则茶司也。（杭俗，有红白事，皆用茶厢，四人为一副，器具毕备，并卖酒也。）其人惶急无地，家人皆云缚而守之，俟明日送官究治以儆将来。汪君曰："不可，渠不过为贫故，偶尔小见，送官则终身不可为人。"其人叩头而已，默无一言。汪君又曰："若天明放汝回去，众目共睹，亦难以见人。我给汝大钱千文以救汝穷，将来断不可复蹈故辙。事可一，不可再，且未必人人如我也。”其人感泣自誓。汪君即给钱令归，且嘱家人毋漏言。

数年后，所娶之妇生子，冬日楼居，以铜火炉烘焙小孩之物。不料火多铜化，烧穿楼板，落于厅屋，一家睡熟，绝无知者。前所放之茶司在别姓家筵散而归，路经汪宅，见大门未闭，并无一人，亦无灯火，不解所由。大呼管门之人询之，则茫然不知何以忘却关锁也。茶司云：“夜已深矣，恐有小人藏匿。”即以所持灯笼偕往各处查看，至二厅，见地上炭火一堆甚旺，仰而视之，楼板犹红，乃大声疾呼，举家惊起，急救灭之。汪君细问原委，不禁惊叹，管门人之忘却关门，茶司之适经是路，殆有鬼神，否则不先不后能如是之巧合耶？一念之善，一事之厚，福及一家，扩而充之，道在是矣。

【译文】浙江仁和县（今杭州市）的汪先生，世代从事盐业，家道富裕。一天，汪先生给儿子完婚，亲戚朋友都来参加婚礼。三更时分，客人散去，关闭大门。主人拿着灯到家中各处查看火烛，走到第二进堂屋的厢房的时候，听到门口的大板凳中有动静，把板凳挪开一看，有一个人藏在里面；用蜡烛一照，原来是茶司。（杭州风俗，家中办喜事或丧事，都用茶厢负责茶水事宜，四人为一组，器具都是他们自己带过来的，并且卖酒。）这个人恐惧慌张、无地自容，家人都说把他绑起来看好，等到第二天扭送到官府调查处治，使他吸取教训、后不再犯。汪先生说：“不可以，他不过是由于贫穷的缘故，偶尔见识短浅，送交官府之后，他就终身难以做人了。”那个人只是不停地磕头而已，沉默不说一句话。汪先生又说：“如果天亮再放你回去，众人有目共睹，也难以见人。我给你大钱一千文来救济你的贫穷，将来断然不能再犯类似的错误。事情可以做一次，但是不能做第二次，况且未必人人都会像我这样。”这个人感动落泪，并发誓后不再犯。汪先生就给了他钱，让他回去了，还嘱咐家人不要对外人透露此事。

几年之后，所娶的儿媳妇生了孩子，冬天住在楼上，用铜火炉烘烤小孩的衣物。没想到炭火太旺，铜被烧化，烧穿了楼板，落在了堂屋，当时一家人都已经睡熟，没有一个人发现此事。正巧之前放走的茶司在别的人家参加宴席回来，路过汪家宅院，看到大门没关，并没有一个人，也没有灯火，不知道为什么。于是大声呼叫看门的人询问，看门的人也一脸茫然地不知道为什么忘了关锁大门。茶司说：“夜已深了，恐怕有坏人藏匿在家里。”就拿着手里的灯笼和看门人一起到家中各处查看，到了第二进堂屋，看到地上有一堆炭火烧得正旺，抬头一看，楼板还红着，于是急忙大声呼喊，全家人都被叫起来了，赶紧把火扑灭。汪先生详细问明了事情的经过，不禁惊叹，管门的人忘记关门，茶司正好从门前路过，大概是有鬼神指引，否则怎么能不先不后如此的巧合呢？一念的善心，一事的厚道，给一家人带来福气，由此扩充开来，天道就在其中了。

3.6.11 借躯托生

某甲素封，放债私质，颇事刻剥。年六十余，妻妾既丧，仅一幼子，病亟濒死。漏三下，有人持镪赎物，怒其黄（yín）夜剥啄，人曰：“迨天明，吾物不得返，亏折数缗钱，吾故罗雀掘鼠以副限期。”某甲怃然，念儿死，焉用多金，悔剥算籍没之病民也，明日悉举各家所质田产衣物，召而给之，债券亦焚去。

儿既死，夜半犹抚尸饮泣，突见一人排闼而入，识素负欠者，谓某曰："勿悲，此讨债者，债偿自死。念尔无后，吾蒙焚券高义，请为尔子以奉余年。"忽不见，儿竟渐苏，病旋愈。访之某家，某乃是夜死，知借躯托生也。此福建南平诸生姚格亭（学信）所言。

吁！结怨施恩，皆人自作，一念之悔，遂使已绝之嗣复续。讨债儿去，还债儿来，即在一身。借因结果，善恶之报，捷于影响如此。

【译文】某甲家境富裕堪比封君，放高利贷并向借户索取抵押物作为担保，特别刻薄并趁机剥削诈取钱财。某甲六十多岁时，妻妾都已去世，只有一个小儿子，也生病垂危，奄奄一息。三更时分，有人拿着银子来赎回抵押物，某甲怒斥他大半夜来敲门，那人说："等到天亮，不但我的东西拿不回来，而且又得多付几吊钱利息，因此我才千方百计筹措钱财，以免逾期。"某甲心情低落，想到如果儿子死了，哪里还用得着这么多钱，后悔自己剥削盘算、讹诈勒索，害了很多人，第二天就把各家借户所抵押的田产衣物等，召集借户过来全部还给了他们，把借据也烧掉了。

儿子死了之后，某甲半夜还抚摸着儿子的尸体抽泣，突然看见一个人推门而入，某甲认出来是一向欠钱的人，那人对某甲说："你不必悲伤，这个儿子是来讨债的，债还完自然就死了。考虑到你没有后人，我蒙你焚烧借据的高义，愿意做你的儿子来陪你度过晚年。"忽然，那人消失不见了，儿子竟然渐渐苏醒过来，病也很快痊愈了。某甲前去那人的家里打听，原来那人果然已在当天夜里死了，才知道这是借尸托生。这件事是福建南平县的秀才姚格亭

(名学信)所说的。

唉!害人结怨、助人施恩,都是人自作自受,一念忏悔之心,就让已经断绝的子嗣重新接续。讨债的儿子走了,还债的儿子来了,都是同一个身体。种什么因得什么果,善有善报,恶有恶报,比影之随形、响之随声还要迅速,竟然达到这种程度。

3.6.12 打银匠

近日,浦城文童,纷纷赴建宁郡城应试。凡府县试以第一名录送者,院试必准入庠,故人人家中皆望得案首。忽学中门斗,报到第一名系达聪。余不识其人,知其堂叔玉圃郎中(麟),与家大人同部相好,余因询此人文艺果可为一邑之冠否?客曰:"不过一寒儒耳,且其父现业打银,并非读书种子也。"又一客忽曰:"渠之打银,非犹夫人之打银也。浦中打银,无不以铜铅杂银者,惟渠数十年从无此弊,妇女皆信之。"家大人闻而瞿然曰:"有是哉,义利之辨如此!此子早应冠军矣。"此士大夫之所难,而偏得之执技末流,能无表之以励俗哉?达聪之父名允钟,其侄达于邦云。

【译文】近日,浦城的童生纷纷前往建宁府城参加考试。按照惯例,凡是在府里、县里考试中以第一名录取报送的,参加由学政主持的院试后一定准许正式入学成为生员,因此人人家中都希望考取第一名。忽然学校里的看门人报告说,第一名是达聪。我不认识这名学生,但是知道他的堂叔礼部郎中达玉圃(达麟,字为昭,号玉圃,嘉庆六年进士),曾经和我父亲同在礼部任职,交情很好,我于是询问这个叫达聪的学生，他的文章是否真的可以作为一县之首？客人说："他不过是一个贫寒书生而已，而且他的父亲是个银匠，并不是读书的材料。"又有一个客人忽然说："他制作银器，和别人不一样。浦城县的银匠，没有人不把铜、铅掺杂在白银中的，只有他几十年从来没有这种恶习，妇女们都很信任他。"我父亲听说之后非常惊喜地说："竟然还有这样的人吗，能够如此清楚明白地分辨道义和财利之间的关系。他家的孩子早就应该得冠军了。"正确对待道义和财利的取舍，这对士大夫来说都是很难做到的，却偏偏得之于这种市井小手艺人之中，上天能不对他大力表彰来激励世俗之人吗？达聪的父亲名叫达允钟，他的侄子名叫达于邦。

3.6.13 罗某

江州罗某，有子五六岁，从乳妪过河干，为狗所骇，误堕于河。妪慌窘，呼救，有某甲见而恻然，遂投江内汩没水底救起，幸无恙。而某甲以是中寒，不久死。甲鳏而无子，亲族为殓，妪往痛哭，如丧所天。罗某富而鄙，不以为德，以儿失一帽上缀银罗汉，颇值微资，疑甲窃去，晨夕詈妪，及于甲。

一日，忽起，骂曰："我一时恻隐，舍命救尔子，转以我为盗耶？我家虽无儋（dàn）石储，不若尔富翁视一钱如车轮大，得一银罗汉便听老婆舌头舐人口中去也。"呵呵拍笑不止，逾时始苏。有问罗某银罗汉系何人所馈，惭沮不语而已。

【译文】江西江州（今九江市）的罗某，有一个五六岁的儿子，跟着乳母走过河边时，被狗吓到，不小心掉到了河里。乳母惊慌失措，大声呼救，有某甲看到之后心中不忍，便跳入江中潜到水底将孩子救起，幸好并无大碍。然而某甲因此中了寒气，不久就去世了。某甲是个鳏夫，没有儿子，亲戚族人为他收殓，乳母前往痛哭哀悼，像死了丈夫一样。罗某富有，但是卑鄙无耻，不知道感恩，因为儿子丢了帽子上的一个银罗汉挂坠，很值几个钱，怀疑是被某甲偷去，从早到晚辱骂乳母，有时连带某甲一起骂。

一天，罗某忽然起来，骂道："我出于一时恻隐之心，舍命搭救你的儿子，反而却认为我偷了你的东西吗？我家里虽然没有一丁点余粮，却不像你这个富翁把一个铜钱看成车轮一样大，得到一个银罗汉便听任自己老婆的舌头舔到人家嘴里去了。"说完之后一边拍手一边呵呵笑个不停，过了好一会儿才苏醒过来。有人问罗某那个银罗汉是谁送的，罗某惭愧哭泣，只是羞愧沮丧、沉默不语而已。

3.6.14 火葬

杭俗尝有不葬其亲，亲死，以火焚之，收其骨置于缶而瘗（yì）之。相传太仓王二尹（耘）署诸暨令，因公在武林，夜暮城闭，泊舟候潮门外。时明月如水，清露未下，登岸独自散步，见有夫妇相持痛哭，旁有一叟慰藉之曰："江干有瑜珈会，且去索杯酒作乐。"答曰："烈火之惨即在明朝，念之战栗，复何心饮酒耶？"因询之，叟与夫妇忽不见。视其侧，有三棺暴露于道。次日进城谒上宪，出见二棺架火焚已烬。因乞诸上司，严禁火葬之俗，惜政虽慈而令不行也。

【**译文**】杭州曾有一种风俗，不是将亲人安葬入土，而是在亲人死去之后，用火焚烧尸体，将骨灰收集起来放入瓦罐中掩埋。相传江苏太仓的王耘县丞曾代理浙江诸暨县令，因公事前往杭州，当时天色已晚，城门已经关闭，就停船在候潮门（杭州古城门之一）之外。当时月光如水，露水还没有凝结，王耘登上岸边独自散步，看到一对夫妇相抱痛哭，旁边有一个老头安慰他们说："江干（杭州地名）正在举办瑜伽焰口法会（施食超度饿鬼、追荐亡者的佛事活动），我们不妨去那边讨杯酒喝，乐和乐和。"夫妇回答说："烈火焚身之苦就在明天，一想到就瑟瑟发抖，哪里还有心思喝酒呢？"王耘于是上前询问，老头和夫妇忽然消失不见了。王耘一看旁边，有三具棺材停放在路边。第二天进城拜见上级官员，出来看到其中两具棺材已经被架在火上烧毁了。王耘于是向上级官员建议，严禁火葬的风俗，可惜的是政策虽然仁慈，但是却没能得到推行。

3.6.15 欺凌孤寡

朱蕉圃曰：无锡庠生邹梦兰，年少能文，有名场屋。兄孝廉梦桂早卒，不礼于嫂，欺凌孤侄，家产多半侵渔。一夕，梦兄持鱼骨示之，曰："汝所为不道，将以哽死。"觉而恶之，一切鱼属戒不入口。

无何，耿学政按临常州，耳中隐闻"邹梦兰欺凌孤寡"七字，侦之，无一人，又非梦也。因廉得其事，褫衿重杖，檄有司追返其产。梦兰乃忿懑而死。徐西瀍（chán）茂才（泗芹）为余言。

【译文】朱蕉圃先生（朱海）说：江苏常州府无锡县（今无锡市）县学生员邹梦兰，少年时就善于写文章，在考场上小有名气。

邹梦兰的哥哥邹梦桂举人早年去世，邹梦兰对嫂子无礼，欺凌失去父亲的侄子，家产多半被他侵占。一天晚上，邹梦兰梦见哥哥拿着鱼骨头给他看，说："你的所作所为违背道德，将来会被鱼刺哽死。"邹梦兰醒来后十分厌恶，一切鱼类一概不入口。

不久，江苏学政耿大人（"耿"与"哽"谐音）到常州府巡视，耳中隐约听到"邹梦兰欺凌孤寡"七个字，四下张望了一下，发现并无一人，又不是做梦。耿学政经过调查得知了邹梦兰的情况，随即把邹梦兰的秀才功名革除，并重重杖责，并责成相关部门追回邹梦兰所侵占的哥嫂的家产。邹梦兰因此在愤恨不平中死去了。这件事是徐西瀍秀才（徐泗芹）向我讲述的。

3.6.16 公门阴德

淳安幕中绍兴周沙舟言：其族人在杭州旅馆，忽梦见二隶持票来唤，一系钱塘县添差，私讶令与素交，不解何事，竟弗稍徇情面。添差协解，身不自主，芒芒随去。见黄沙蔽天，耳畔轰轰，如御大风，途中所见城市，皆非平生经过。抵一大署，门额"楚江王府"，隶另交人看守辕门号舍。心知已死，无可奈何，亦姑听之。

良久，同十余人并进，堂上一官，亦时世装，侍从森严，势甚赫奕。唱名，押跪墀（chí）下，吏抱红黑文卷，用算盘互相乘除，似稽生前善恶功过。堂高墀远，官吏言语不闻，但分别"轮回六道，押付地狱"高声传语，心正惴惴，忽传上堂，觳觫（hú sù）匍匐而前。官霁颜曰："汝免追佃欠，脱累多人，应延寿一纪，增注食禄。"命卒速送回阳，卒即挟其疾行。黄沙眯目难开，逾时似被空中抛掷，豁如梦醒。乃知死已三日，仆人报家，亲丁未到，故未殓耳。其免追佃欠，盖在嘉兴县幕司度支，办抄案，抽减各佃户欠册，免其株累。俗言："公门中好修行。"信哉!

【译文】绍兴的周沙舟在淳安县衙里做幕僚，他说：他的族人在杭州的一家旅馆，忽然梦见两名差吏拿着传票来传唤，其中一名是钱塘县额外的差吏，暗自惊讶钱塘县令和自己素来有交情，不知道是因为什么事情，竟然一点情面都不讲。差吏协助押送，族人顿时感觉身体不由自主，稀里糊涂就跟着去了。只见黄沙遮蔽天空，耳边轰轰作响，就好像乘着大风一样，途中所见到的城市，都不是平生经历过的。抵达一座高大的衙署，门上的匾额写着"楚江王府"，差吏把他交给另外的人看管在辕门的号舍中。族人心里知道自己已经死了，无可奈何，也只好听从安排。

过了许久，族人和十多个人同时上堂，堂上坐着一位官员，也是穿着时下的服装，侍卫森严，威势显赫。点名后，被押着跪在台阶下，有吏员抱着红色和黑色的文书，用算盘互相加减乘除，好像是在核算平生的善恶功过。从台阶到堂上相距甚远，官吏们说的话都听不清，但是在高声传呼"轮回六道，押付地狱"这些话的时候听得很清楚，族人心里正惴惴不安的时候，忽然听到传唤自己上堂，于是瑟瑟发抖地爬到前面。官员和颜悦色地说："你免收佃户的欠租，使很多人摆脱了负累，应该延长寿命一纪（十二年），同时增加食禄。"说完便让鬼卒立刻将他送回阳间，鬼卒就带着他飞速行走。黄沙眯眼，难以睁开，过了一会儿好像被从空中抛下，族人忽然如梦初醒。这才知道自己已经死了三天了，仆人已经向家里报告，家人还没有到，因此没有入殓。他免收佃户欠租的事情，大概是在嘉兴县衙门负责出纳工作的时候，办理抄税案卷时，抽减了各个佃户拖欠租税的名册，使他们免受牵连拖累。俗话说："公门里面好修行。"确实如此啊！

3.6.17 妇女少出门

凡妇女之喜应酬者，每易招尤悔，而当官眷属，尤宜慎之。家大人与长沙陶文毅公，同年至交，而同官吴下四年之久，内眷并无往来。手修沧浪亭旧迹，亭馆丽都，倾城士女往观，而藩署内眷从未一踏其地，吴人至今能道之。忆闻徐星伯述楚南一笑谈，每举以为戒，云：

长沙丁令死，善化安令之夫人，欲往慰丁之夫人。安晨出，令其仆备夫人肩舆，诣一官署。阍者肃客入，则见丝绣盈门，夫人惶然。及登堂，则有补服者迓客，堂以上无不补服者。群见夫人素服，疑且骇；夫人见群客非素服，亦疑且骇。遇一年长者，卒然问为谁，厉声答曰："我现任臬司之妈也。"闻其言不逊，愈失措，因别问："主灵何在？"群不解其音，以"灵"为"人"，意其问主人也，应曰："坐堂上者即是。"夫人趋而就见，大愕，一堂哗然。

有本府夫人，忽悟其事，急前止曰："客殆将唁长沙丁夫人者耶？此非是，宜急行。"曳之出。盖是日为观察太夫人寿辰，各官内眷多往祝。安夫人出门，仆与舆夫谓必为祝寿出也，遂直造观察之署；司阍亦谓必为祝寿来也，遂请客直上其堂。夫人惭且怒，出道署，登舆，大哭而归。安令为重杖舆夫，而逐其仆。而楚人已至今传为笑柄矣。

【译文】妇女如果喜好应酬交际，往往容易招来过失和悔恨之事，而官员的家属更应该谨慎。我父亲和长沙的陶文毅公（陶澍），是嘉庆七年壬戌科同榜进士，又是至交好友，而且同时在苏州为官长达四年之久，但是女眷之间并无往来。父亲主持修缮沧浪亭古迹，整修后的亭馆富丽堂皇，全城的男女都前往参观，而布政使衙门的女眷从来没有涉足那个地方一步，苏州人到今天还称道此事。记得曾经听徐星伯先生（徐松）讲述过湖南的一桩笑谈，常常举此事为例让人们引以为戒，他说：

长沙县丁县令去世，善化县（今长沙市）安县令的夫人想要去慰问丁夫人。安县令早晨出门，让他的仆人给夫人准备好一顶轿子，来到一座官署。看门的人郑重地请客人进来，只见到处悬挂着彩色丝带，安夫人有些惶恐不安。等到登堂入室，只见有身穿缀有补子的礼服的人前来迎接客人，堂上的人没有不穿礼服的。众人看到安夫人穿着素色衣服，又疑惑又惊骇；安夫人看到众人穿的都不是素服，也是又疑惑又惊骇。安夫人遇见一位老妇人，贸然地问这是谁，老妇人用严厉的语气回答说：“我是现任按察使的母亲。”安夫人听她出言不逊，就更加惊慌失措，于是又问：“主灵在哪里？”众人听不清她的口音，把“灵”听成了“人”，以为她是在问主人在哪，就回答说：“坐在堂上的就是。”安夫人小步上前拜见，大为惊骇，满堂的人议论纷纷。

有一位长沙知府的夫人，忽然明白了是怎么回事，急忙上前制止说：“客人大概是要去吊唁长沙县的丁夫人吧？不是这里，你赶紧走吧！”便拉着安夫人出来了。原来当天正是按察使的母亲老太夫人的寿辰，各个官员的夫人纷纷前往祝寿。安夫人出门时，仆人和轿夫以为安夫人肯定是去祝寿，便直接抬到了按察使衙门；看门的人也以为一定是为祝寿而来的，于是直接请客人上堂。安夫人又惭愧又气愤，走出按察使衙门，上了轿子，大哭而回。安县令为此重重杖责了轿夫，赶走了仆人。湖南人至今还把此事传为笑柄。

3.6.18 处州城隍

吴县诸生金月江（升），病中似若被人控官，有二役押至一公廨，立墀下候质。见显者上坐审谳，堂宇深邃，吏役山拥，音语不甚明了。仪门外先枷十余人，多三、四、五品顶带，中有素识者，传进各讯供语，随遣出。忽又传处州府进，即见一蓝顶蟒服者祗（zhī）谒案前；显者拍案怒，褫（chǐ）其衣顶跪地，旋有数吏上前，执抱文牍数百卷，持秤权之，朗声具报四两五钱，上下争辨，显者色少霁。复有一吏取一牍仅五六页，另权之，秤锤即堕地，重若不胜。显者遽出座扶起，亲具衣冠送至檐下，闻庑间先已喧呼吏卒，迎送处州城隍去。

月江惴惴，立至良久，见有男女十余辈，仿佛相识，俱不能忆姓名，敲扑殆遍，缧绁（léi xiè）而出。二役促令月江归，从此病渐愈。月余后，闻处州太守杨公成龙已逝，有妾抚尸而哭，额上忽发白光，冲幕而去。计月江梦冥司讯问之时，即太守尸放白光之候也。

【译文】江苏吴县（今苏州市）的秀才金月江（金升），病中仿佛是被人控告到官府，有两名差役把他押到一座公堂，站在台阶下等候对质。只见一位显官坐在堂上审理案件，殿堂深邃，吏役簇拥如山，听不太清他们在说什么。仪门外面已经有十多个人戴着枷锁，大多是三、四、五品的顶戴，其中有自己一向相识的人，逐个被传唤进去审讯招供，随即被遣送出来。忽然又传唤处州府（今浙江丽水市）知府上堂，只见一个蓝色顶戴、身穿官服的人恭敬地到案前拜见；上面坐着的显官拍案大怒，剥去他的官服和顶戴，叫他跪在地上，随即有几名差吏上前，捧着几百卷文书，用秤称重，差吏大声报告说四两五钱，反复争辩，上面坐着的官员脸色稍微缓和了一些。又有一名差吏取出一份文书，只有五六页，另行称重，秤砣便掉在了地上，似乎重得无法称量。上面坐着的显官立刻离开座位，把处州知府扶了起来，亲自为他准备衣冠，送到屋檐下，听到厢房中早已传出呼叫吏卒的声音，说是要送处州城隍前去上任。

金升在下面惴惴不安，站了许久，只见有十几个男女，好像认识，但是都想不起他们的姓名了，全都被打了个遍，然后被绑着送了出来。两名差役催促让月江赶快回去，从此病情逐渐好转。一个多月后，听说处州知府杨成龙先生已经去世，他的妾抚摸着他的尸体哭泣，忽然看见他的额头上发出白光，冲出帷帐而去。算来金月江梦到冥司审问的时候，正是杨知府尸体放出白光的时候。

3.6.19 鬼掳掠

有恶丐死于路，附近居民因其生前索诈未遂，虑为祟，施舍冥资其侧，地方报官，守尸候验。守者夜见数人对尸羡曰：“好暴发财主！”呵之，若弗闻，掳掠冥资，作鬼啸而去。此丐所得冥镪，实由生前索诈而来。货悖而入，亦悖而出，宜乎旋遭掳掠也。

尝闻父老言：里有鄙夫某，刻薄成家，居积累万。于城隍庙见大算盘，标题“人有千算，天只一算”；楹帖有“刻薄成家，难保儿孙久享”。心惕然动，询一邻叟：“何以别善恶？”叟曰：“吾之快意，人之不堪；吾所利益，人所难忍，皆吾之为恶也。善更条目纷繁，巨细不等，惟以《帝君阴骘文》奉持力行，诚实无伪，不稍退悔，自绝为恶之萌，不待去其恶也。”某由是矜孤恤寡，贫穷亲故赖其举火者数十家，遇事宽厚，从善如登。向之切齿者，莫不感激。子孙继兴，至今为里中巨族云。

【译文】有一个凶恶的乞丐死在了路上，附近的居民因为在乞丐生前曾被他敲诈没成功，恐怕乞丐的鬼魂作祟，便在他旁边施舍一些冥钱烧给他，地方上报告官府，并派人看守尸体等候检验。看守尸体的人夜里见到几个人对着尸体羡慕地说道：“好一个暴发的财主！”呵斥他们，他们好像没有听到一样，掳掠冥钱，发出鬼叫声就离开了。这个乞丐所得到的冥钱，实际上是由于生前敲诈勒索得来的。通过不正当手段得来的财货，也会通过不正当手段失去，也难怪他得到的冥钱很快就又被掳掠而去。

曾经听长辈说：乡里有一个品格卑劣的某人，通过剥削别人发家，累积了数以万计的财富。他在城隍庙里看到大算盘，上面写着“人有千算，天只一算”；对联写着“刻薄成家，难保儿孙久享”等等之类的话。心中有所警惕和触动，向一位邻居的老者询问说：“如何区分善行和恶行呢？”老者说：“我自己快意，别人却承受不了；对我自己有利益，别人却难以忍受，这样的事情，都是我自己在作恶。善行更是种类繁多，大小不等，只要以《文昌帝君阴骘文》为规范，遵循奉行，竭力实践，真心诚意不作假，不退缩，不懈怠，自然断绝恶念的萌发，不需要等待专门一条一条改除恶行。”某人从此之后怜悯、抚恤孤寡之人，贫穷的亲戚朋友依赖他吃饭的有几十家，处事宽容厚道，努力向善。向来对他切齿痛恨的人，如今无不对他感恩戴德。子孙持续兴盛，至今还是乡里的豪门大族。

3.6.20 一念之差

丁虎臣上舍（廷枢）言：枞阳殷孝廉（翼），未第时，其家每值元旦必向黄公山祀黄侍中。一岁，庙祝谓其先德曰：“汝来欲卜长公子科名乎？吾夜梦侍中填榜，长公子已列名。旁批云：‘殷翼以红线系蛋，暂停一科。’今秋当不得第也。”其先德归，怪问孝廉。孝廉自述前岁馆于某家，其主人妇孀居，与殷约，俟得间，当以红线系鸡卵食汝，以是为期。越日果然，殷初甚喜，转念以为不可，遂逃归。一念之差，孰知冥冥中已详记之，使非转念，岂不自弃青袍乎？可知神道亦终与人以为善也。

【译文】丁虎臣监生（丁廷枢）说：安徽枞阳的殷翼举人，没考中的时候，他们家每到新年正月初一，必定要到黄公山去祭祀黄侍中（黄侍中即明代黄观，字澜伯，又字尚宾，为洪武年间连中三元的状元，建文年间官至礼部右侍中，靖难之役后，率妻女投江殉难）。有一年，庙里管香火的人对殷翼的父亲说道：“您此来是要卜问大公子的科举功名吗？我夜里梦见黄侍中填写名榜，您家大公子已经名列其中，然而旁边有批语说：‘殷翼用红线系在鸡蛋上，暂停一科。’看来今年秋天或许考不中。”殷翼的父亲回到家，觉得十分奇怪，就问殷翼怎么回事。殷翼承认说前年在某家设馆教书，这家的东家是个寡妇，和殷翼约定幽会时间，说等到有机会，便用红线系住鸡蛋送给殷翼吃，以此来暗示日期。第二天，寡妇果然这样做了，殷翼一开始很高兴，转念一想，觉得不能这样做，于是逃回了家。一念之差，谁知道冥冥之中，已经详细记录了下来，假如不是转变了念头，难道不是自己放弃了功名吗？由此可知，天道也终究是赞成世人向善学好，给人改过自新的机会。

3.6.21 刘武生

新阳武生刘某，素豪横。乾隆四十三年，学使按临至玉峰。刘率武童十数人，骑射于教场。崇明千户某，罢职家居，携其徒至，是日亦于教场走马。刘与争道，先策马而驰，千户自后纵送，刘怒，呼众捽（zuó）之下，共鞭之。千户被创，负痛归邸，无何病殁。

越数月，刘之友人孙元复者，亦武庠也，病中见二卒至，云："从令唤君录供。"遂掖之前行。入新邑城隍庙，诣舒啸堂前，见达官南面而坐者三，潜问二卒何官。曰："东西昆、新两司，中则从令也。"孙进，跪于阶，令曰："今者讯某千户控刘某事，忆吾宰新时，汝祖为供招吏，业托生他所，权呼汝代之。"遂命逮刘某人，令指案间积卷，瞋目叱刘曰："此三十余牒，皆汝罪状，且勿问，第问汝与千户何仇，而重殴之？"刘支吾，不肯承。令命火铁烧极炽，刺其唇，刘不胜楚，遂服辜。孙从旁录其供焉。令顾二司曰："律应充边，即此足矣。"乃散。

孙随邑司留庙中，而刘某倏于是夕，寒热交战，唇突生疔，数日势益沉。家人为迎城隍司像于堂，隆礼以祷。孙恍惚随司至其家，役众从之。时孙不知己之入冥也，见所陈设，讶曰："何故以牲牢飨？"少顷，一道人拜祝案头，愈惊疑，遽外走，俄见众卒以绳拽刘某，杂沓而出，乃遣孙还。即惊醒，淡月临窗，孤灯斜灺（xiè），依然身在床蓐也。

当孙之晕迷也，家人闻其谵（zhān）语，俱不解。至是，神清，备言之。遣人询刘，果得疾，于某日祷神，甫竟而死矣。惟从令不省为何神，质诸故老，知雍正八年曾有从公者作新邑宰，而孙之祖为其供招吏云。

【译文】江苏新阳县（雍正二年分昆山县置，属苏州府，与昆山县同城而治，治所即今昆山市）的武生员刘某，向来仗势欺人。乾隆四十三年（1778），学政来到玉峰书院巡查。刘某带着十多名武童生，在教场骑马射箭。原崇明千户某人，被罢官后闲居在家，带着他的徒弟来了，当天也在教场跑马。刘某和千户争路，先行策马奔驰，千户在后面奔驰。刘某大怒，呼叫一众武童把千户拉下马，一起鞭打他。千户受了伤，忍痛回到家中，不久后因病而死。

过了几个月，刘某的友人孙元复，也是武生员，在病中见到两名差役前来，说道："从县令（姓从的县令）请您录口供。"差役便拉着孙元复前行。来到新阳县城隍庙，走到舒啸堂前，见到三位显赫的官员面南而坐，便偷偷向两名差役询问上面坐着的是什么官。差役回答说："东、西分别是昆山、新阳两县城隍司，中间就是从县令。"孙元复进见，跪在台阶上，县令说道："今天审讯的是某千户控告刘某一案，记得当初我担任新阳知县的时候，你的祖父是录供的书吏，如今他已经托生到别的地方去了，权且叫你前来接替他。"于是下令带刘某上堂，从县令指着桌子上堆积的案卷，瞪着眼睛呵斥刘某道："这三十多份公文，都是你的罪状，暂且不问；我只问你，你和千户有什么仇怨，为什么要下重手殴打他？"刘某支支吾吾，不肯承认。从县令命吏卒把烙铁烧到通红，去烫刘某的嘴唇，刘某受不了疼痛，于是认罪。孙元复在旁边记录他的供词。县令转头对二位城隍司说："按律，应当将刘某流放边境，这样就够了。"于是退堂，各自散去。

孙元复随同县城隍司留在了庙里，而刘某忽然在当天晚上又是怕冷又是发烧，嘴唇上突然长了恶疮，几天之后，病势愈加沉重。家人为他将城隍神像迎请到家中，供奉在堂上，用隆重的礼仪来祷告。孙元复恍惚之间随同城隍司来到了刘某家中，一众差役也跟在后面。当时孙元复不知道自己已经进入冥府，见到刘某家人陈设的供品，惊讶地说："为什么要用祭祀用的牲畜来招待呢？"不一会儿，一个道士在案前叩拜祷告，孙元复更加惊疑，赶紧往外走，不一会儿看到众差役用绳子拽着刘某，纷纷从刘某家中出来，于是将孙元复送回来了。孙元复随即一惊而醒，只见淡淡的月光照进窗户，一盏残烛歪斜将熄，而自己依然躺在床上。

当孙元复昏迷的时候，家人听到他胡言乱语，都不知道是怎么回事。至此，孙元复神志恢复清醒，就把自己所见的情景一一道来。派人去打听刘某的近况，果然得了病，在某天祈祷神明，刚刚结束人就死了。只是不清楚那位从县令是哪位神明，便向长辈询问，得知雍正八年（1730）曾经有一位从大人担任新阳县令，当时孙元复的祖父在县衙做录供的书吏。

3.6.22 王四耕

嘉定沙冈桥王四耕者，偶于杨公墓侧获金一枚，计直十两许。初疑为铜，遍示人，人多诳之。复问销银匠，匠曰："金色黄，此带黑，销之则真伪可辨也。"王许之，匠私窃其半，而以半销之，加以汞，色如真金。王货于识者，其人曰："此与汞同炼，其价当少减于真金。"以钱四贯易之。王故贫，无端获此，喜甚。数日而疽发肱，几不起，罄其所获乃愈。噫！无妄之福，即其祸欤？

【译文】嘉定县（今上海市嘉定区）沙冈桥的王四耕，偶然在杨公墓旁边拾获一枚金锭，估计有十两左右。一开始怀疑是铜，拿给很多人看，人们大多哄骗他。王四耕又去问销银匠，匠人说："金子是黄色，这个看起来带有黑色，将其熔化就能辨出真伪了。"王四耕同意了，匠人私下窃取了其中的一半，将另一半熔化之后，掺入水银，颜色如同真金一样。王四耕把它卖给了识货的人，那人说："这是和水银一起炼的，价值应该比真金低一些。"就用四贯钱买下了。王四耕本来贫穷，平白无故得到这些钱，非常高兴。几天之后，王四耕胳膊上生了毒疮，差点都不行了，把得来的钱全都花光了才痊愈。唉！不期而得的福气，往往伴随着灾祸。

3.6.23 王喜

嘉定匪人王喜，罹徒罪，遇赦归，卒不悛（quān）。乾隆辛卯春，有贩菰（gū）者，亏其本，欲自经，主人怜之，更与之货，使牟利焉，以补其不足。贩者载至嘉城，易钱六贯，反棹（zhào），由祁里之龙德桥宿焉。喜窃之，贩者仰天而呼，泣数行下，曰："天乎！余之命蹇一至此乎？"归家，仍自经。月余，喜盗犬，为豢犬者所殴，寻毙，家人收瘗焉。越三年，有黑犬突至喜坟，且跃且吠，以足抓泥，发其棺，啮骨至碎，委诸水而去。疑即向之贩者，托以雪其冤也。

【译文】嘉定县（今上海市嘉定区）有一个作恶多端的人名叫王喜，被判处徒刑入狱，遇到大赦被释放回来，依然继续作恶，不肯悔改。乾隆辛卯年（1771）的春天，有一个卖菰（茭白，或指蘑菇）的商贩，亏了本钱，想要自缢，东家可怜他，又给他一些货物，让他能够获利，以弥补亏损。商贩把货物运到嘉定城，卖了六贯钱，调转船头返回，在祁里的龙德桥住宿。王喜把商贩的钱偷走了，商贩仰天大喊，痛哭流泪，说："老天啊！我的命运这么苦吗！"回到家，仍然自缢而死了。一个多月之后，王喜去偷狗，被养狗的人殴打，不久就死了，家人把他的尸体收殓埋葬了。三年之后，有一只黑狗突然跑到王喜的坟墓，又跳又叫，用爪子刨土，打开王喜的棺材，把他的骨头咬个粉碎，扔到水里才离开。人们怀疑这就是之前的那个商贩，凭借这只黑狗来报仇雪恨。

3.6.24 悔过

有钱某者，自言于近村作离婚书，以室中无几也，陈砚于地，而布纸于股以书之。归后，股微痛，审视之，隐隐见指痕，色青紫。少焉，沉痛不可忍，因悟离婚者之为祟也。悔之，驰至某家，绐（dài）取其书而毁焉，痛遂息。

【译文】有一个钱某，说自己在附近的村子代人写作离婚书的时候，因为屋里没有桌子，便把砚台放在地上，蹲下来把纸铺在大腿上写离婚书。回去之后，大腿微微作痛，仔细一看，隐隐约约看到手指的抓痕。过了一会儿，疼痛难以忍受，于是醒悟到这应该是离婚女子已故的丈夫在作祟。钱某很后悔，赶紧来到某家，将离婚书诱骗过来毁掉了，疼痛也就停止了。

3.6.25 厨役索命

苏州富翁某，性凶暴，妾生一子，爱护甚至。娶媳时，演剧宴客者累月。偶怒一厨子，以足踢伤其小腹，是夕，归而自缢。家惟一母，畏其势焰，不敢较。后其子成婚未逾月，忽见厨子立床前，惊痫以死。今姑讳其名云。

【译文】苏州的某富翁，性情凶悍残暴。他的妾室生了一个儿子，百般疼爱呵护，无微不至。给儿子娶媳妇的时候，演唱戏剧、宴请宾客近一个月。有一次对一个厨子生气，用脚踢伤了厨子的小肚子，当天晚上，厨子回去自缢而死了。厨子家里只有一个老母亲，畏惧于富翁家的势力和气焰，不敢计较。后来富翁的儿子成婚不到一个月，忽然见到厨子站在床前，受到惊吓抽风而死。这里姑且隐去他的姓名。

3.6.26 鸟报

宝山李某，居殷家弄，性好狭斜。地濒海，绕宅种竹，以捍潮患，群鸟巢其间。某方数岁，即作火枪以毙鸟，后遂畜马置罘(fú),日与兵为伍,从事于猎。鸟之被其虐者,不下数万。迨年五十余,晨起,忽以双手掩额,呼曰:“啄甚痛!”未几,又掩其颈。又未几,而掩其肩背。后遍体交掩,旋作呵呀声,手足挛拘,类鸟将死状。数日而殁。

【译文】宝山县(今上海市宝山区)李某,居住在殷家弄,喜好出入烟花场所。李某家地处海边,围绕家宅栽种竹子,以此抵御海潮之患,有很多鸟在竹林中筑巢。李某刚几岁的时候,就制作火枪来打鸟,后来又养马、张网,每天和士兵结伴,以打猎为事。被李某虐杀的鸟类,不下几万只。到五十多岁的时候,有一天早晨起来,忽然用双手捂住自己的额头,喊道:“啄得太疼了!”不久,又用手捂住自己的脖子。又过了一会儿,又捂住肩膀和后背。后来李某全身疼痛,来不及用手捂住,随即发出“啊呀、啊呀”的呻吟声,手脚蜷缩,酷似鸟类将死的样子。几天后就死了。

3.6.27 犬报

嘉定南翔镇民蔡六,自浦东来,居白鹤寺,前以屠狗为业。乾隆末年春薄暮,屠一犬,盛于缸,以水鼓气去毛;而犬头忽竖起,尽力啮臂,遂委于地,呼痛不已。或以棒格之,齿坚如铸,不可起,至死而后释。

越数年,里之冈南有曹升元者,亦常屠狗。一日,狗于盎中猝跃高尺许,咬升元项,溃烂。二三月,昼夜叫号,乃毙。

【译文】嘉定县(今上海市嘉定区)南翔镇居民蔡六,来自浦东，居住在白鹤寺，从前以杀狗为业。乾隆末年春季的一天傍晚，蔡六正在杀一只狗，放在缸里，浸入水中吹气去毛；这时狗头忽然直立起来，用力咬住蔡六的手臂，他便倒在了地上，不停喊疼。有人用木棒击打狗头，狗牙紧紧咬住如同铸上去一样坚固，无法分离，一直到蔡六死了才肯松口。

几年后，该县的冈南地方有一个叫曹升元的人，也经常杀狗。一天，狗在盆子里突然跳起一尺多高，咬了曹升元的脖子，导致溃烂。两三个月间，曹升元痛得日夜喊叫，后来死了。

3.6.28 林梅友述二事

长乐某村，有某姓童子，赴邻乡籴（dí）取麦种者，手一篮贮钱而走。途次，被无赖子攫去，追夺不及，哭而返。将至家，不敢入门，近舍妇人闻声出视，询其故，童告以母性严，归告必遭重责；且家贫，无从再办此钱。妇问籴麦需钱几何，曰：“六百文。”妇悯之，解箧中所积女红（gōng）余资给之，童谢去。时在旁见者唯邻妪耳。妪素与妇有微隙，见此童年约十四五岁，姿容颇端正，伺妇夫返，阴以少妇美童互相爱悦，他日防其涉私等构之。夫怨讪妇，妇莫辨其诬，夜自经死。某童闻妇死之涉己也，亦投溪以殉。顾远近无有知其冤者。未几，昼大雷雨，邻妪震死，背有朱书“害人男女二命”六字。乡邻始知妇与童子之祸，皆此妪所诬构也。其冤乃白。

长乐滨海地，有某姓农人，因海涨，田舍漂没，遂挈其妇投寡姊家。姊家稍裕，给与园地十余亩，种植过日。邻有佣工者，与渐熟，时来佐某力作事。久之，结为兄弟，来往若一家。

会某染疟缠绵，苦延医路远，佣代出求截疟药草投之，寻卒。妇与姊固不知其毒害也。逾时，佣托人向姊关说，将处其室而购其园。姊见弟死无子，妇罔依，亦姑听之。一日，忽有丹喙（huì）绿脚鸟，自空下攫坠佣毡帽，旋用喙直盬（gǔ）其脑，立毙。邻人有知某死颠末者，咸谓此鸟盖报冤云。后壶井某氏，又聘妇为妻，鸟又至，日在庭中上下飞鸣。某虑蹈佣故辙，生悔心，不得已乘其飞鸣时，以“已系明娶，非同谋占，既孤魂无依，当令妇岁时致祭，幸勿相仇”之意向鸟祝之，鸟倏不见。

【译文】福建长乐县（今福州市长乐区）某村，有一个某姓的童子，到邻乡购买麦种，提着一个篮子把钱放在里面就去了。半路上，钱被无赖之徒抢走了，童子追赶不上，哭着往回走。快到家时，不敢进门，邻居家妇人听见声音出来看，问童子为什么哭。童子回答说母亲性情严厉，回去告诉母亲钱丢了一定会被重重责打；而且家里贫穷，没办法再筹措这些钱。妇人问童子买麦种需要多少钱，童子说：“需要六百文。”妇人同情他，便打开箱子，拿出自己做女红所得的余钱给了童子，童子道谢后离开了。当时在旁边目击此事的只有邻家的老妇而已。老妇一向和妇人有些小摩擦，看到这个童子年纪约十四五岁，相貌端正，便趁妇人的丈夫回来，偷偷告诉她的丈夫，说年轻的妇人和美貌的童子互相爱慕，他日要谨防他们发生奸情等等这些话，以此构陷妇人。丈夫因此埋怨指责妇人，妇人无从澄清自己的清白，夜里自缢而死。童子听说妇人是因为自己而死的，也投河而死。只是远近没有人知道妇人和童子二人的冤情。不久后，一天白天，雷雨大作，邻家老妇被雷劈死，后背上有雷神留下的红字，是“害人男女二命”六个字。乡邻们才知道妇人和童子的祸事，都是起因于这个老妇的诬陷。他们的冤情这才得以昭雪。

长乐县沿海地方，有一个某姓的农民，因为海水上涨，田地和房屋都被冲毁淹没，便带着自己的妻子到守寡的姐姐家借住。姐姐家比较富裕，给了他们夫妻十几亩园地，种植作物来过日子。邻家有一个以受雇为人做工为生的人，和某农民渐渐熟悉，时常来给农民帮忙干活。时间长了，二人于是结为兄弟，互相来往，亲如一家。后来赶上某农民染上了疟疾，久病不愈，又苦于邀请医生路途遥远，佣工代为出去寻求治疗疟疾的草药，给农民服用，不久农民就死了。妻子和姐姐当然不知道是被佣工毒害的。过了一段时间，佣工托人向农民的姐姐请求，要娶农民的妻子，并买下他家的园地。姐姐见自己弟弟已经死了，也没有儿子，妻子无依无靠，也姑且听从了佣工的请求。一天，忽然有一只红嘴绿脚的鸟，从空中俯冲下来抓掉了佣工的毡帽，随即又用嘴直接啄开并吸食佣工的脑袋，佣工立刻死亡。邻居有知道农民的死因的，都说这个鸟是来报冤的。后来壶井村的某姓人，又聘娶妇人为妻，那只鸟又来了，每天在庭院中盘旋鸣叫。某姓人担心重蹈佣工覆辙，心中产生了后悔的意思，不得已，趁着鸟在飞鸣的时候，向鸟祷告说“我是明媒正娶，和阴谋霸占性质不同，你既然孤魂无依无靠，我会让妇人每年祭祀你，希望不要向我寻仇”等等这些话，鸟忽然就不见了。

3.6.29 敬师

吾邑有木匠陈姓者，素朴诚，以小艺积有薄资。年四十余，始授室，生子七，延师课读。陈以自非读书人，于上学日，一见师面即他去，非有事不敢入也。师颇好客，某故敬师，因及客。每伺师有客到，即命家人治酒食，备极丰洁。去市颇远，每亲提竹篮往市。如是者数十年弗衰。

厥后孙曾同时与小试者十六人，邑侯为武进杨(清轮)，循吏也，每奖誉之，拔前茅者四五人，一时以为盛事。翁没时年八十余，四代同堂。子孙登贤书者二人，入泮者五人，现与试者尚有十余人，家亦小康。人皆以为敬师之报云。

【译文】我们福建长乐县有一个姓陈的木匠，为人一向朴实忠诚，凭借小手艺小有积蓄。四十多岁时，才娶妻，生了七个儿子，聘请老师来教他们读书。陈某因为自己不是读书人，每当上学的日子，陈某一见到老师就离开回避，没有要紧事情不敢闯入。陈某请来的老师特别好客，陈某本就尊敬老师，因此对老师的客人也很恭敬。每当老师的客人到了，就命家人准备酒食，极为周到丰盛。家里离集市很远，但是陈某每次都是亲自提着竹篮去买菜。像这样做了几十年没有懈怠。

后来陈某的孙子、曾孙辈中同时参加小试(童生应学政、府县之考试)的有十六人，当时担任长乐县知县的是江苏武进(今常州市)的杨清轮先生(乾隆四十九年进士，官至福建汀州知府)，是一位循良的官吏，经常奖赏称赞他们，将他们中的四五人拔取到前列，一时之间传为美谈。陈老先生去世的时候八十多岁，四代同堂。子孙之中考中举人的有两人，入学成为生员的有五人，目前还在参加考试的有十多个人，家境也颇为富裕。人们都认为这是陈家尊敬老师的回报。

3.6.30 一生不破口

吾乡有封翁某，素谨厚，出身微贱，不能自给，杂佣作中糊口而已。然翁虽非文人学士者流，而言动雅饬，迥异同侪（chái）。吾乡执贱役者，出口秽骂，人率以为常。翁一生独无破口，有闻人秽骂人者，辄掩耳却走，盖数十年如一日。晚年始有室，甚以不读书为耻。生子一，幼即送入义塾，求塾师先以敦礼义、尚廉耻为训。没时年八十余，尚及见其子成进士、入翰林也。特以出身微贱，姑隐其名云。

【译文】我们乡里有一位某封翁（因子孙显贵而受封典的人），一向谨慎敦厚，出身低微，不能自给自足，只好混迹于佣工之中帮人做工来糊口。然而封翁虽然不是文人学者，但是言行举止文雅严正，和一起做事的人迥然不同。我们当地从事卑贱职事的人，往往随意开口骂人，满嘴污言秽语，人们大多已经习以为常。唯独封翁一生从来不会骂人，听到别人说脏话骂人时，总是捂住耳朵避开，几十年如一日。晚年才有了妻室，特别以没有读书为耻。生了一个儿子，从小就送入义学读书，请求学塾老师首先教导孩子崇尚礼义廉耻。封翁活到八十多岁逝世，还亲眼看到自己的儿子考中进士、进入翰林院。只是因为出身微贱，姑且隐去他的姓名。

3.6.31 请雷

叔父灌云公述其同居某者，年七十矣，子早卒，仅遗一媳一孙。孙素悖逆，某钟爱之。稍长授室，无何而孙媳亦亡。某素豪饮，一日自外醉归，渴而呼茶，孙故闻之不至，且隔房叱曰："尔欲人事尔耶？其如尔之子亡矣，且尔孙媳为尔刻责而殁，尔又何扬气之为？"某闻之忿极，因焚香，当天跪诉曰："某若有不孝于祖父，应获此不孝报，某何敢怨？某若无不孝之事，雷而有灵，请立殛此孙，某不惜也。"言方已，大雨如注，电光闪然，霹雳自空下。孙惧，面失色，誓改前愆，匿母怀求救。其母代为恳于翁，翁念似续之故，且以其孙知惧，怒稍缓，复祷天求免，而雷声渐息。此道光二十四年五月事。

天雷，神物也，无端可请之使来，又可祷之使去，抑亦真诚之所感耶？向使其孙怙恶不悛，其被殛必矣。及其悔罪，亦即赦之。皇天诛恶，不加悔罪之人，睹此而益信矣。

【译文】我的叔父灌云公曾讲述说，和他同住一处的某翁，七十多岁了，儿子早年去世，家里只剩一个儿媳、一个孙子。他的孙子向来乖张忤逆，但是某人对他很溺爱。等到孙子长大后，为他娶妻，不久后孙媳也亡故了。某翁素来纵情饮酒，一天从外面醉酒回来，因口渴而叫孙子端茶，他的孙子听到了，但是故意不来，还隔着房间呵斥说："你还想要别人服侍你吗？怎奈你的儿子已经死了，而且你的孙媳妇被你苛责而死，你现在又趾高气扬什么呢？"某翁听了之后极为愤恨，于是焚香，对天跪下祷告说："我如果有不孝顺自己的祖父、父亲的地方，那么应该受到这种不孝的报应，我怎敢有怨言呢？我如果没有不孝的事，雷神如果有灵，请立刻击杀我这个孙子，我不觉得可惜。"话刚说完，突然大雨如注，电光闪闪，雷电自天空向下击。孙子害怕了，大惊失色，发誓一定痛改前非，躲在母亲的怀里求救。母亲代儿子向公公恳求，某翁看在传宗接代的份上，再加上孙子已经知道害怕了，怒气稍微平复下来，又对天祷告，祈求赦免孙子的罪行，而雷声于是渐渐平息。这是道光二十四年（1844）五月的事情。

天雷是神圣的事物，而某翁作为平民百姓可以轻易呼之使来，又祈祷使其离开，大概也是至诚之心所感吧？假如他的孙子坚持作恶、不肯悔改，他被雷劈是一定的了。等到他的孙子悔过，也随即赦免了他。皇天惩罚恶人，不加罪于真心悔过的人，由此事看来，更加知道这话是真实不虚的了。

3.6.32 婢报冤

同邑陈海门孝廉（学澜）言：其乡友林姓者，文笔甚优，未弱冠即已游庠，咸以远大期之。家有一婢，年十四，偶因过犯被责，邂逅致死，不胜懊悔。此后秋闱，每至头门，辄望见此婢，在场中以手招之。林惧不敢入，遂以一衿终其身。尝亲为人言之，以为不索命已属万幸矣。

【译文】我们福建长乐县（今福州市）的陈海门举人（名学澜）说：他的同乡有一个姓林的朋友，文笔很好，不到二十岁就已经入学成为生员，人们都认为他前程远大。林某家里有一个婢女，十四岁，偶有一次因为犯了过错被责罚，没想到因此致其死亡，林某不胜懊悔。从此之后每次入场参加乡试，每当走到考场第一道门的时候，林某就会看到这个婢女，在考场中向他招手。林某十分害怕，不敢进场，于是终身只是一个秀才的身份。林某曾经亲口对别人讲述此事，认为自己没有被婢女索取性命已经属于万幸了。

3.6.33 高恒猷述二事

吾闽漳平贡生某者，家素裕，患童试遇雨之苦，因而辍业，遂捐资置产。每学使至，搭棚于考院之前以备风雨。道光丙戌，生子某，有夙慧，十一岁入泮。漳平某姓，自前明至今，无发科者。某特为子择师，延余至家，日夕讲贯。余复为谈因果事，述吾闽林氏捐修西湖书院奎阁，科甲不绝；又郑雅川孝廉（德启）倡修西关武庙，乡闱获隽。时西湖奎阁正待重葺，武庙经费尚须扩充，某心艳其事，嘱余致书于西湖董事陈、武庙董事郑，代为申祷，许以父子同中，共捐三百金修葺。次年，某即举己亥乡榜；又次年，其子举庚子乡榜。陈、郑遂屡移书某家父子，催还前愿，至再至三，靳而不与，竟似有意负盟者。壬寅，漳平出蛟，举家淹浸水中，某年未四十，其子年未弱冠，皆死于水。闻者为之咋（zé）舌云。

又闽邑洋屿贡生林某，富甲其乡，乡人有鸠资建奎阁者，至林家，林母出应曰："吾家但知供奉财神土地，子孙不曾读书，何知有文昌帝君也？"有耆宿郑姓者，笑语之曰："尔家生财藉财神，将来保家须藉帝君也。"林母不悟，其子复从而附和之。后林生数子，长与四皆流荡失业，无以自存；二、三亦目不识丁。乡人无不知其前事，遂群不齿之。林某遽悒郁死，家产为戚某所侵殆尽。

【译文】我们福建漳平县（今龙岩市漳平市）的某贡生，家境一向富裕，因为参加童子试（科举时代童生的进学考试，包括县试、府试和院试三个阶段的考试）时遇到下雨，深以为苦，因而停止学业，于是捐资置办产业。每当学政前来主持考试，某贡生便在考试院的前面搭建棚子，以此遮蔽风雨。道光丙戌年（1826），生了一个儿子，赋性聪慧，十一岁就入学成为生员。漳平某姓，自从明朝到现在，没有一个科举中第的。某贡生特地为他的儿子选择老师，邀请我到他家中，每天早晚讲习学业。我又跟他们谈论因果之事，举例说我们福建的林家捐资修建西湖书院的奎阁（供奉文昌帝君或魁星的庙宇，或指收藏珍贵典籍文物的楼阁），之后家里便不断有人考取科举功名；还有郑雅川举人（郑德启）带头倡议重修西关的关帝庙，很快在乡试中考中举人。当时西湖书院的奎阁正有待于重新修缮，关帝庙的经费还需要扩充，某贡生心里羡慕此事，嘱托我给西湖书院的董事陈某、关帝庙的董事郑某写信，代为申请祷告，许愿说如果他们父子一同考中，就一共捐出三百两银子作为修缮经费。第二年，某贡生就在道光十九年（1839）己亥科乡试中榜；第三年，他的儿子在道光二十年（1840）庚子恩科乡试中榜。陈某和郑某于是多次给某家父子写信，催促他们还愿，但他们一拖再拖，吝惜钱财不肯捐出，竟然好像是想要背弃约定。道光壬寅年（1842），漳平县发大水，某贡生全家都被水淹没，某贡生还不到四十岁，他的儿子还不到二十岁，都被溺死于水中。听说的人都为他们感到震惊。

还有闽县洋屿村（今属福州市长乐区航城街道）的贡生林某，富甲一乡，乡里有人倡议集资修建奎阁，募捐的人来到林家，林某的母亲出来回应说："我家只知道供奉财神爷、土地爷，子孙未曾读书，哪里知道有什么文昌帝君呢？"当时有一位姓郑的老者，笑着对她说："你们家发财致富是靠财神爷，但是将来保住家业却要靠文昌帝君。"林某的母亲始终没能醒悟，林某也从旁边跟着附和。后来林某生了几个儿子，大儿子和四儿子都四处游荡、没有工作，无法独立生存；二儿子和三儿子也是一个字都不认识。乡人没有不知道他们家之前的事，众人对他们家纷纷鄙视、羞与为伍。林某后来抑郁而死，家产也被某亲戚几乎侵吞一空。

3.6.34 平阳二事

浙江平阳县村民某，夫妇二人素行善事，中年无子，祷于神，甫得一男。其妇未产之先一月，村民以事须出外，留洋银十元付妇，以备生产之用，妇藏之橱中。次月，妇娠得男，延稳婆收生，稳婆向妇乞一旧衣为谢。妇曰："我不能下床，汝自向橱中取一领去。"稳婆开橱，适见银，遂暗窃其五而去。次日，其夫归，检银失其半，妇知为稳婆所偷。第三日，稳婆以洗儿来，向之索银不承，遂至口角。稳婆怀恨暗以小针插入儿发际，儿啼哭不休，既而奄奄一息。妇愤极而缢，幸邻妇急救而苏。是日，天气清明，忽阴云四合，雷电交作，则稳婆某跪于门外，手执洋银五元、针一枚，自首曰："余实窃某洋银，不应将针刺入儿囟（xìn）门，今拔之可活也。"言方已，竟击毙户外矣。于是喧传其事，达县署，并据地邻报县收埋。时知县事者，为浦城刘宝树（钟琪），三十年前家大人掌教时旧徒也。此道光二十四年夏间事。是冬，宝树引退归里，因得闻其详云。

宝树又云：平阳县内有某氏兄弟二人，家颇饶裕，而妯娌不睦。妯有子而娌尚未育，年届四旬，怀孕，忽丧所天。妯恐娌生男而分其产也，乃谋诸收生婆某曰："若女则致生之，若男可致死之。愿以洋银十二元为谢资。"及产，则男也，收生婆某于断脐时，将手指掐入儿脐中，立毙。产妇痛儿之不育，遂自经。因谋产而顷刻杀二命，虽假收生婆之手，实则某妯杀之也。越日晚，雷电交作，收生婆某与某妯，同时被雷击。天以二命偿二命，天之报施不爽如此。然则平阳之收生婆甚可畏哉！此二十四年七月十四日事也。

【译文】浙江平阳县的某村民，夫妇二人向来喜欢做善事，到中年时还没有儿子，向神明祈祷，刚刚生了一个儿子。村民的妻子没生产之前的一个月，村民因为事情须要外出，便留下十元洋银交给妻子，以备生产之用，妻子把这些钱藏在了橱柜里。第二个月，妻子生下了一个男孩，找接生婆来接生，接生婆向妻子要一件旧衣服作为酬谢。妇人说："我无法下床，你自己到橱柜里拿一件去吧。"接生婆打开橱柜，正好看见洋银，于是暗中偷走了其中的五枚离开了。第二天，丈夫回来，一检查洋银，发现少了一半，妻子知道肯定是被接生婆所偷的。第三天，接生婆来到村民家给新生婴儿洗澡，向她索还洋银，她不肯承认，于是发生了争吵。接生婆怀恨在心，暗中用小针插入婴儿的发际，孩子不停地啼哭，不久就奄奄一息了。妻子愤而自缢，幸亏在邻家妇人的急救之下，苏醒过来。当天，本来天气晴朗，忽然阴云密布，雷电交加，只见接生婆跪在门外，手里拿着五元洋银和一根针，自己承认说："我确实偷窃了村民家的洋银，不应该把针刺进孩子的囟门，现在只要把针拔掉孩子就能活了。"刚说完，就被雷电击死在门外。于是这件事传扬开来，县衙得知了此事，并且根据地保和邻居的报告，将接生婆收尸埋葬。当时担任平阳知县的是浦城的刘宝树（刘钟琪），是三十年前我父亲在浦城南浦书院讲学时的弟子。这是道光二十四年（1844）夏天发生的事情。当年冬天，刘宝树辞官回乡，于是从他那里听闻了此事的详情。

刘宝树又说：平阳县里某姓兄弟二人，家境相当富裕，但是妯娌之间不和睦。嫂子有儿子，弟媳还未生育。四十岁时，弟媳怀孕了，却突然没了丈夫。嫂子恐怕弟媳生了儿子之后分走家产，于是跟某接生婆密谋说："如果是女孩就让她生下来，如果是男孩就把他弄死。我愿意出洋银十二元作为酬谢。"等到弟媳生产的时候，接生婆一看是个男孩，就在剪断脐带的时候，把手指掐进孩子的肚脐里，孩子当时就死了。弟媳因儿子没能存活而悲痛不已，于是自缢而死。为了企图独占家产，顷刻间害死两条人命，虽然是假借接生婆之手，实则是嫂子害死弟媳母子的。第二天晚上，雷电交加，接生婆和嫂子，同时被雷劈死了。上天用两条人命抵偿两条人命，报应如此丝毫不差。那么，平阳县的接生婆也实在是太可怕了！这是道光二十四年（1819）七月十四日的事情。

3.6.35 刘家隐德

刘士可封翁，即宝树之高祖也，乐善好施，每隐其事而不欲令人知。尝于岁暮，遣诚实家仆，周历僻巷中，探访人家有无急迫不可解之事。适某甲负某乙金，甲谋诸妇，欲卖妻以偿；妇抱幼子，终夜泣甚哀。仆归以告。翌晚，封三十金使仆伪叩其户，而以金掷其户阈（yù）中。某甲启户，见金，而仆已远去。由是夫妻仍得团聚，于偿债外，尚多十余金以谋生云。生平所为，大率类是。

后其子爽斋（廷棉）、箬村（廷梧）兄弟，相继登贤书。箬村联捷成进士，擢刑部郎。孙雪堂，由进士入词垣；慧生、云光，又相继登贤书。为浦城甲族云。

又，其子澹庵明经（源远），亦以济困扶危为务。每于岁暮，将通年租谷所入之金，内有零件，不计多寡轻重，别贮一盘，俟腊月廿三夜祀灶，将所存之金默祷诸神，以明周恤贫乏之意。祀灶毕，分作百余包，每包二三两不等，用纸封固，察看往来行人有窘迫无以卒岁者，将包暗掷户外。拾者见金，有执而问者，恒答以不知此事。行之二十余年，遂至阖邑周知。盖恪守士可翁之家教。今宝树以孝廉历宰浙东西，方兴未有艾矣。

【译文】刘士可封翁（因子孙显贵而受封典的人），就是刘宝树（名钟琪）的高祖父，乐善好施，而且每次做了善事都隐秘不想让人知道。曾经在一年年底，派出一个诚实可靠的家仆，走遍偏僻的街巷，探访谁家是否有急迫不能解决的困难。正好遇到一家，某甲欠了某乙的钱，某甲和妻子商量，打算把妻子卖掉来还债；妻子抱着幼小的孩子，整夜痛哭不舍，极其悲凄。家仆回去把此事告诉了刘士可。第二天晚上，他就封了三十两银子，吩咐家仆拿着假装去某甲家敲门，然后把银子扔进他家的门槛内。某甲听见敲门声，打开门看到了银子，而家仆已经远去。某甲夫妻因此仍然得以团聚，母子不用分离，除了偿还欠债之外，还剩余十多两银子可以用来谋生。刘士可平生的所作所为，大多与此类似。

后来刘士可的儿子刘爽斋（名廷棉）、刘箬村（名廷梧）兄弟二人，相继在乡试中考中举人。刘箬村联捷成进士（经查，刘廷梧，字升碧，乾隆十八年举人，次年登会试明通榜），擢升为刑部郎官。孙子刘雪堂（刘炘，廷棉之子），以乾隆四十九年甲辰科进士，进入翰林院；刘慧生、刘云光又相继考中举人。刘家成为浦城的世家大族。

还有，其子刘澹庵贡生（刘源远），也是以济困扶危为己任。每到年底，将全年收取佃租所得的银子，其中的零碎银两，也不计较多少轻重，另外存放在一个盘子里，等到腊月二十三晚上祭祀灶神时，他就将所存的那些银子拿出来，向灶神默默祈祷，以表明自己要广泛周济体恤贫困之人的心愿。祭祀灶神完毕，就将银子分装成一百多个小包，每包二三两银子不等，用纸封好，观察往来过路的行人中，如果有窘迫难以度过年关的人，就将包好的银子暗中放在他们家的门外。有的人拾到银子，就拿过来询问，澹庵先生总是回答说不知道这回事。就这样默默地做了二十多年，渐渐地全县的人都知道了他的事迹。大概是在恪守刘士可封翁传下的家教。如今，刘宝树以举人先后在浙东和浙西担任地方官，家道蒸蒸日上，没有止境。

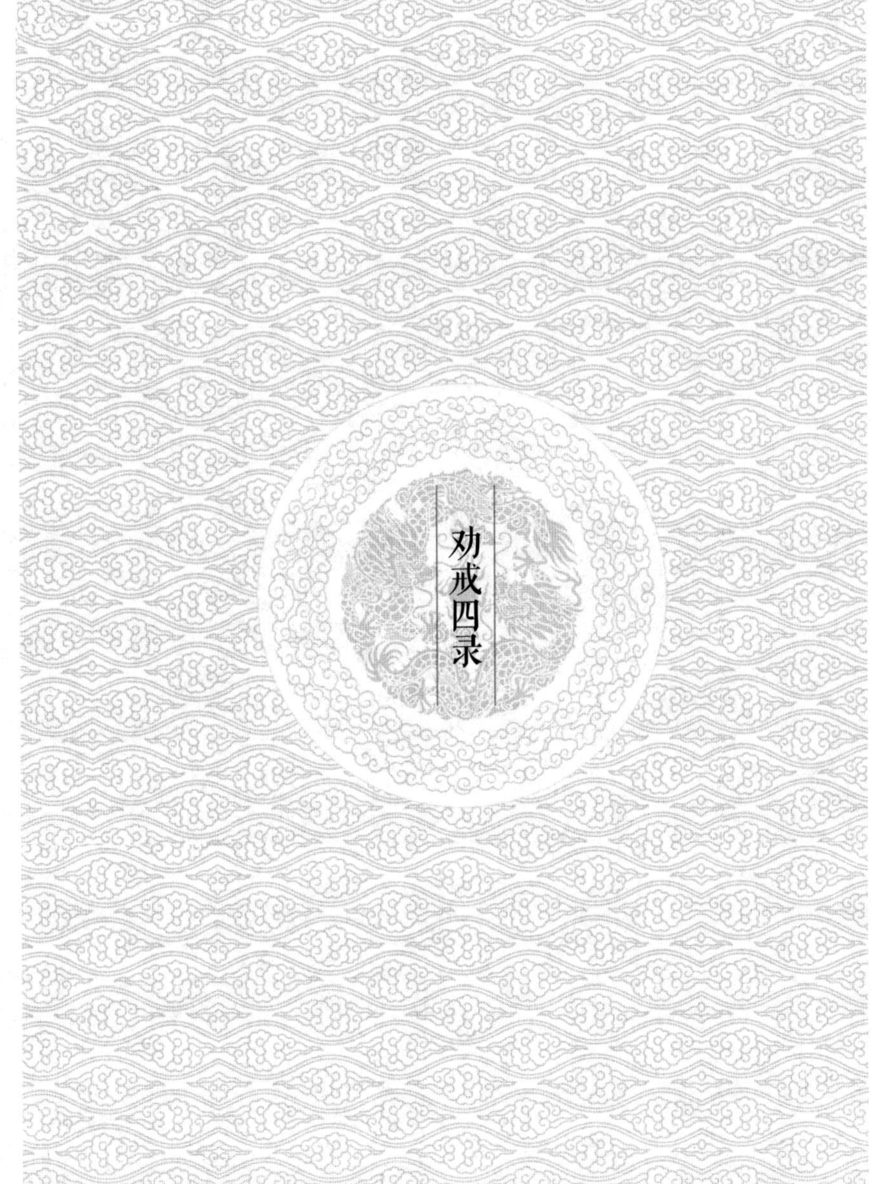
劝戒四录

《劝戒四录》自序

余前辑《劝戒三录》，付梓毕，同人即怂恿为《四录》，以尚有续示之事，《三录》所未收也。而余自丙午春，由浦城至杭州、至苏州，五月复至扬州。度岁后，入春即入都引觐，五月到浙需次，仆仆道途，嗣又奉公，无暇晷，是冬即奉檄权温州府事。戊申春补考泰顺岁试，旋又提调试事，夏又因公进省，秋中复行科试事。通计前后三载皆无暇料检笔墨，而《四录》迄不得成。兹岁晚少闲，回忆三年中，所历万里程途，所得同人议论，已盈箧笥。因复稍加厘定，而编次之，遂成《四录》。客曰："是录记事无多，成书尚易，何迟至三年乃出，其殆有倦心乎？"余曰："不敢也。若吾子有新闻相贶，则又将成《五录》以相质。盖可劝戒之事，日出而无已；则余之为此录，方日起而有功。余方与客共勉之而已，又何倦焉？"是为序。

道光戊申长至，福州梁恭辰识于温州郡署之树德堂。

【译文】在此之前，我辑录了《劝戒三录》，已经交付刊印完毕，一些志同道合的朋友就鼓励我继续编辑《劝戒四录》，因为还有后续需要阐示的事情，《三录》都还没有收录进去。而且自从道光二十六年（1846）丙午春天，我就从浦城出发到达杭州，又来到苏州，五月份又再次来到扬州。过完年后，一开春便进京由吏部引导朝见皇帝，五月份到浙江候补职缺，风尘仆仆，旅途劳累，其后又被委派公务，没有空闲的时日，这一年冬天就奉命署理温州知府。道光二十八年（1848）戊申春天，主持泰顺县岁试补考，接着又指挥调度考试的事务，夏天又因公事赴省城杭州，秋季又再次忙于科举考试事务。总计前后三年，都没有时间料理笔墨，因此《四录》始终没有完成。现在到了年底，稍微有些闲暇时间，回忆这三年来，历经了上万里的路途，所收集到的同道中人提供的事例和言论，已经积攒了满满一竹箱。因此稍加整理，并且编排次序，于是辑成了《四录》。有客人问道："这部《四录》记载的事情并不多，编辑成书比较容易，为何等到三年后才出炉，难道是有了懈怠之心吗？"我说："不敢不敢。如果您有最新的见闻提供给我，则很快就可以完成《五录》请您批评指教。因为有劝善戒恶意义的事情，每天都会出现，无穷无尽；那么我编辑这部劝戒录，每天都奋发不懈，终会有成绩。我正要和客人相互勉励、共同努力，又怎么会厌倦呢？"以此为序。

道光二十八年（1848）岁在戊申夏至，福州梁恭辰写于温州府署之树德堂。

第一卷

4.1.1 五房六宰相

百菊溪先生(百龄),与先大父资政公及先叔祖太常公,为乾隆戊子乡试同年,在春明时,有唱和之雅。家大人于嘉庆初,公车留京过夏,曾以年家子礼修谒,一见而已。迨公扬历封圻,以公事镌秩,赏给六品顶戴,发吾闽交督抚差遣时,家大人由京员乞假里居,与公寓馆只一街之隔,过从始密。

家大人在兰渚中丞幕中,公与中丞叙同宗之好,家大人尝疑之,公曰:“汝不知我本汉军张姓乎?我先世系江西人,自元以来,积德累世,人无知者。某公精堪舆,尝卜一地葬其先人,葬毕,叹曰:‘吾子孙如不坠先业,后必出三公。’有邻某私闻之,谋占某地,以祖骸装一小罐,偷瘗于坟前。公知之,语邻某曰:‘分我美荫,所不敢辞,但愿稍远而偏,使两家并享其利,则幽明均感矣。’邻某感公之盛德,一一如约而行。其家人有诮让公者,某公曰:‘此大风水地,恐我家不克独当,必有暗分之者。庶几其应愈远,其发愈长耳。’葬后,生子五人,长曰振,次曰贤,次曰昭,次曰简,次曰铎,分居五处。其一居湖广,后为江陵相国（居正），谥文襄。其一居四川，入本朝为遂宁相国［鹏翮（hé）］，谥文端。其一居江南，为京江相国（玉书），谥文贞。其一居安徽，为桐城两相国：英，谥文端；文端子廷玉，谥文和。其一居长白山，入汉军，即吾先代也。”

按，公于嘉庆十八年，以两江总督、协办大学士，谥文敏。合计一支五房而出六宰相。江陵一房最先发，而先生最后起，最盛者为桐城一房，今尚科甲蝉联，卿贰接踵。其初亦以盛德坐获吉壤，世所传为竹立城者。（事已详《三录》中）谚称福地福人来，信不诬矣。

【译文】百菊溪先生（百龄，汉军正黄旗人，张氏，字菊溪，清朝大臣），与我的祖父资政公（梁赞图，本名上治，诰赠资政大夫）和先叔祖太常公（梁上国，官至太常寺卿），是乾隆三十三年（1768）戊子科乡试同科举人，在京城时，有以诗词唱和相交往的情谊。我父亲在嘉庆初年，进京参加会试，落榜后留在京城度过夏天，曾经以年家子（科举时代称呼有年谊的后辈）的礼仪拜见百菊溪先生，当时只见过那一次面。后来菊溪先生历官朝廷内外、出任封疆大吏，后又因公事而被降职，由总督降为六品顶戴，被分派到我们福建交由总督、巡抚差遣任用，当时我父亲从京城告假回乡居住，和菊溪先生的寓所只隔着一条街，相互往来开始密切。

我父亲在张兰渚巡抚（张师诚）幕府中时，菊溪先生曾与张巡抚叙同宗之谊，我父亲有所疑惑，菊溪先生说：“你不知道我家本是汉军旗人，姓张吗？我祖上是江西人，自元朝以来，就世代积德累功，很少有人知道。有一位祖先某老先生精通风水之术，曾经选择了一块地，来安葬先人，葬事完毕后，感叹说：‘我的子孙，只要能够不废弃祖先的德业，后人中一定会出三公。’有一个邻居悄悄听说这件事情后，图谋占有那块地，就把祖先的遗骸装入一个小罐，偷偷埋葬在张家坟墓前。张老先生知道后，对邻居说：‘您想要分享我家风水的庇荫，我不敢推辞，只希望可以埋葬得稍微偏远一些，让我们两家人一同享受到福地的利益，则阴间和阳间的人都感激不尽。’邻居感激老先生的厚德，一一按照约定而做。家里有人因此来责问老先生，老先生说：‘这是风水绝佳的宝地，恐怕我们一家独自承受不起，必定会有暗中分享的人。这样或许应验得越远，兴盛的时间也就越长久啊。’埋葬后，生了五个儿子，长子名叫张振，次子名叫张贤，三子名叫张昭，四子名叫张简，五子名叫张铎，分别迁居到五个地方。其中一支迁居到湖北江陵（荆州），后人中出了一位相国张居正，谥号文襄。另一支迁居到四川遂宁，进入清朝后人中出了一位相国张鹏翮，谥号文端。另一支迁居到江南京江（江苏镇江），后人出了一位相国张玉书，谥号文贞。另一支迁居到安徽桐城，后人中出了两位相国，一位是张英，谥号文端；文端公的儿子张廷玉，谥号文和。另一位迁居到长白山，入汉军八旗，就是我的先祖。”

说明，百菊溪先生在嘉庆十八年（1813），被任命为两江总督、协办大学士，两年后逝世，赐谥号为文敏。合计张氏一门五房就出了六位宰相。湖北江陵一房最先发迹，而菊溪先生家是最后崛起的，最为鼎盛的是安徽桐城一房，至今后人中不断有人在科举中考取功名，做到仅次于卿相的高官。菊溪先生的祖先起初也是因为厚德阴差阳错地得到了风水宝地，就是世人所传的被称为“竹立城”的地方。（事迹已经详细记载在《三录》中，见3.1.1）有谚语说有福的地方会感召有福的人来居住，这话确实不假。

4.1.2 吴门蒋氏

吴门蒋氏，科目最盛，然其发必以丁年。自光禄少卿（文澜），举康熙丁巳科；礼部主事（文淳），举康熙丁卯科，此后孙曾逢丁年成名者踵相接。

至乾隆丁酉顺天乡试，蒋氏一门有三世同榜者。时少司马（元益），自江西学政任满还朝，朝士贺之，公曰："此吾高祖母一言种德之余泽也。"

或请其说，公曰："我先代宪副公，改葬贞山时，堪舆家云：'此穴诚吉，惟大不利于长房。'时公之冢媳盛夫人闻其言，即呼其子荣禄公（之逵）告之曰：'子姓至多，若仅不利于我，无妨也。'荣禄公素孝，即以母语达于各房，定为宪副公改葬。时盛夫人弟侍御公（符升）曰：'此一言已种阴德，堪舆之说且将不验。'论时日生克，当于丁年发长房，后果如其言。"

【译文】苏州的蒋氏家族，科举功名最为兴盛，然而他们家的子孙每次发甲必定是在天干为"丁"的年份。自从光禄寺少卿蒋文澜先生（字葭友，号紫峰），于康熙十六年（1677）丁巳科乡试中举；礼部主事蒋文淳先生（字虞友，号怀民），于康熙二十六年（1687）丁卯科乡试中举，自此以后的子孙中每逢天干为"丁"的年份而考取功名的人前后相接，不曾中断。

到了乾隆四十二年（1777）丁酉科顺天乡试，蒋氏一门有三代人同时上榜的。当时正值兵部侍郎蒋元益先生（字希元，一字汉卿，号时庵，乾隆十年进士），从江西学政任满返回朝廷，朝中的同僚都来向他表示祝贺，蒋元益先生说："这是我高祖母一句善言种下的福德，并遗留给后人的德泽。"

有人就请问其中的缘由，蒋元益先生说："我的祖先宪副公（蒋灿，字韬仲，号雉园、慕皆，明崇祯进士，官天津兵备道、布政使司参议），改葬到苏州浒墅关贞山（今名真山）的时候，风水师说：'这处墓穴非常吉利，只是对长房一家非常不利。'当时宪副公的大儿媳盛夫人闻听此言，随即叫自己的儿子荣禄公（蒋之逵，诰赠荣禄大夫）对他说：'后辈的子孙众多，若仅仅是不利于我家，也没有关系。'荣禄公向来孝顺，随即把母亲说的话转达给各房的族人，决定为宪副公改葬。那时候盛夫人的弟弟侍御史盛符升先生说：'这一句话已经种下了阴德，风水师的说法，恐怕不会应验了。'推论时日干支和五行生克，应当在天干为'丁'的年份，长房可以发达，后来果然如此。"

4.1.3 长洲彭氏

余家与长洲彭氏，世有交好。三叔祖岱岩公，薄游吴会，与尺木先生（绍升），以禅悦相结契。四叔祖九山公，官翰林，与镜澜先生（绍观），以学问相切劘（mó）。三叔父曼云公，与远峰先生（蕴辉）同年，同入词馆。家大人官京师时，与修田先生（希濂）为道义交，又与苇间先生（希郑）同入仪曹，谈艺最相得。而余兄弟与咏莪副宪（蕴章）更称莫逆，副宪又与家大人先后直枢廷，敦纪群之好，故知其家世最详，闻其隐德亦最悉。

家大人尝在吴门购得扇面汇册，中有彭珑一幅，字极挺秀，举以归余，而不知彭为何许人。偶以示咏莪副宪，副宪肃然曰："此余先六代祖也，字一庵，又字云客。尝举京兆试，谒选留都，忽心动，急南还，父病正笃，阅五昼夜而没，人以为诚孝所感。服阕，补长宁令，洁己爱民，以民事与上官相争，被诬，几不测。子南畇公（定求）闻难赴粤，焚香吁天，事得白。公脱然回籍，殡葬父母毕，悬亲遗像于书室中，寝兴出入必拜告，终其身。后南畇公，中会元、状元。先曾祖芝庭公（启丰），亦中会元、状元，官至大司马。三传以至于今，科甲簪缨不绝，皆一庵公之遗泽，而世鲜有知者，故因吾子之问而敬述之如此。"

按，彭氏惜字之报，余已详载前录中。此一庵先生逸事，世所鲜传，因更录之。

【译文】我家和江苏长洲（今苏州市）的彭家，世代交好。三叔祖岱岩公（梁上泰，字斯明，号岱岩），为薄禄而宦游于江南地区的时候，与彭尺木先生（彭绍升），因为共同探讨佛法、修习禅定结下了深厚的情谊。四叔祖九山公（梁上国，字斯仪，号九山），在翰林院任职时，与彭镜澜先生（彭绍观），在学问方面相互切磋修正。三叔父曼云公（梁运昌），与彭远峰先生（彭蕴辉）为嘉庆四年（1799）己未科同科进士，一同进入翰林院。我父亲在京城做官的时候，与彭修田先生（彭希濂）是以道义相交的好朋友，又与彭苇间先生（彭希郑）一同进入礼部任职，谈论诗文最为投合。而我们兄弟与都察院左副都御史彭咏莪先生（彭蕴章）更可谓是莫逆之交，咏莪先生又与我父亲先后入直军机处，赓续世代深厚的交情，所以对他们家的家世背景知道得最清楚，对他们家不为人知的功德也了解得最全面。

我父亲曾经在苏州买到了一套扇面汇册，其中有署名为彭珑的一幅扇面，字体极为秀异出众，拿回来送给我，并不知道作者彭珑是什么人。偶然一次将扇面拿给彭咏莪先生看，咏莪先生肃然起敬地说："这是我的六世祖啊，字一庵，又字云客。曾经参加顺天府乡试，为了赴吏部应选就留在了京城，忽然有一天内心有所触动，急忙南下回家，原来是父亲正在病危，过了五天五夜父亲就去世了，大家都认为是至诚的孝心带来的感应。守丧期满后，补授为广东长宁县令，行为端谨，爱民如子，因为民众的事情和上级官员发生争执，而被诬陷，险些遭遇不测。儿子南畇公（彭定求）听闻父亲遭遇厄难便赶赴广东，焚香祷告天地，最终事情得以澄清。一庵公如释重负地返回家乡，安葬父母完毕后，将父母的遗像悬挂在书房中，每天早晚出入的时候，一定会叩拜告知，一生都是如此。后来儿子南畇公，高中会元、状元。先曾祖芝庭公（彭启丰），也高中会元、状元，官至兵部尚书。传了三代人直到今天，登科及第、官高爵显的子孙接连不断，这都是一庵公遗留下的德泽，但是世上很少有人知道，因此借着您提问的机会便把这件事恭敬地讲述出来。"

另外，彭家敬惜字纸的善报，我已经详细地记载在前录中（参见1.1.7）。这是彭一庵先生不为世人所知的事迹，因此补充记录在此。

4.1.4 太仓李氏

太仓李氏，科名鼎盛。蘅塘太史，精于制义，时操选政，艺林奉为圭臬。授徒甚广，藉此掇巍科者，不知凡几。或谓其先德式微，至太史而始振，殊未核也。

钱梅溪《履园丛话》中载：太仓李壆（xué），字仁山，父维德，以清俭起家，力行善事。仁山有父风，见人缓急必周济之，尤能推诚相与，以积德行善相劝，人多化之。延师课子，必敬必恭。生五子，长即蘅塘，名锡恭，中嘉庆丙辰进士，官翰林；次锡信，乾隆癸卯举人；锡瓒，己酉举人；锡惠、锡晋，又于嘉庆辛酉同登乡荐。今推为江南望族。然则培植家风积累已久，梅溪及交仁山，所言当不妄矣。

【译文】江苏太仓的李氏家族，科举功名非常兴盛。李蘅塘翰林，精通应试文章，时常负责编选文章范本的工作，被读书人奉为标准。教授的弟子非常多，在李翰林的指点下科举考试名列前茅的人，不知有多少。有人说他家祖德衰微，到了蘅塘翰林这一代才开始振兴，这话其实并不确切。

钱梅溪先生（钱泳）所著的《履园丛话》中载：太仓的李壆，字仁山，父亲李维德，以清廉俭朴的德行兴家立业，尽心竭力做善事。仁山有父亲的风范，见人遇到急难之事，一定会给予接济救助，尤其在与人相处时，能够真心诚意地相待，恳切地劝人积德行善，有很多人受到感化。聘请老师教自己的孩子读书，毕恭毕敬。生了五个儿子，长子就是蘅塘先生，名李锡恭，考中嘉庆元年（1796）丙辰科进士，官至翰林；次子李锡信，乾隆四十八年（1783）癸卯科乡试举人；李锡瓒，乾隆五十四年（1789）己酉科举人；李锡惠、李锡晋，又在嘉庆六年（1801）辛酉科乡试中同时考中举人。如今被推重为江南地区的名门望族。如此说来他们家培植家风、积德累功已经很久了，钱梅溪先生与李仁山先生有交情，他所说的话应当不是虚妄的。

4.1.5 吴县严氏

吴县东洞庭山严氏，明季以赀雄于乡。顺治乙酉，以赈济难民倾其家。至其孙严晓山者，家业又裕。乾隆乙亥岁大祲（jìn），晓山倡捐谷米，同诸善士放赈，四鼓即起，始终经理其事，从不假手他人。忽梦神告曰："汝家乙年种德，当于乙年受报。"至乙未岁，晓山子福，中会元，入翰林。乙卯岁，福子荣，亦入翰林，官至杭州太守。道光乙酉岁，荣子良裘，又中举人。良裘胞弟良训，又于辛卯、壬辰乡会联捷，入翰林，今良训已陈臬甘陇矣。

【译文】江苏吴县（今苏州市）东洞庭山的严氏家族，明代时以雄厚的财力富甲一乡。顺治二年（1645）乙酉，为了赈济灾民用尽全部家产。到了孙子严晓山这一代，家业又开始富裕起来。乾隆二十年（1755）乙亥发生大饥荒，严晓山带头倡议大家捐粮食，联合善士一同赈济饥民，四更天（凌晨一点到三点）就起来，自始至终料理赈灾的事宜，亲力亲为，从不托付给他人。忽然有一天，梦到神明告诉他说："你家在乙年种下阴德，也会在乙年的时候享受福报。"果不其然，到了乾隆四十年（1775）岁在乙未，严晓山的儿子严福，高中会元，进入翰林院。乾隆六十年（1795）岁在乙卯，严福的儿子严荣，也中了进士，进入翰林院，后官至杭州知府。道光五年（1825）岁在乙酉，严荣的儿子严良裘，又考中举人。严良裘的同胞弟弟严良训，又在道光十一年（1831）辛卯科乡试中举，道光十二年（1832）壬辰会试联捷成进士，进入翰林院，如今严良训已经在陕西担任按察使了。

4.1.6 秦封翁

兰州秦晓峰先生（维岳），乾隆庚戌进士，由翰林御史出为监司；其弟某亦由孝廉官山西知县。

其封翁某，自幼出门谋生，为某中丞所器，使掌出入。日积月累，家颇饶裕。年过四十无子，忽自省曰："吾以家资数万，将与谁耶？"遂携万金至京，将捐道员，又自念曰："官场如戏场，一朝下台，皆非我有，不如不官之为美也。"尽以橐（tuó）中金购买书籍，捆载而回。一到家，先立义学，以教邻里之不能举业者；每朔望，亲诣学舍，辄以笔墨纸研，给与诸生，以鼓励之。并立行仁堂，以济贫乏，凡施衣、施棺、施药之事，靡不周至。未几，连生二子，长即晓峰先生。后年逾九十，亲见簪缨之绕膝也。

家大人官甘藩时，亲悉其事。时先生所居距兰城尚三十余里，家大人以馆后辈礼往见，采风问俗，相得甚欢。惜封翁甫于数年前考终，但熟闻其嘉言懿行而已。

【译文】甘肃兰州的秦晓峰先生（秦维岳），是乾隆五十五年（1790）庚戌恩科进士，由翰林院庶吉士，改都察院江南道御史，后外放地方出任湖北盐法道；他的弟弟秦维峻也由举人，担任山西阳城知县。

他们兄弟的父亲秦基贵封翁（因子孙显贵而受封典的人），从小就外出谋生，受到某巡抚的器重，让他掌管财务支出与收入。经过日积月累，家境也变得富裕起来。四十多岁了还没有儿子，忽然自己醒悟道："我这几万两的家产，将来给谁呢？"于是就带着一万两银子来到京城，打算捐纳一个道员的官职，又自言自语道："官场就如同是戏场，哪一天我一下台，都不是我的，还不如不当官为好。"就把口袋里的钱财全部拿出来用于购买书籍，捆绑好，运送回家。一回到家，首先建立义学堂，用来教导邻里乡亲中无力读书的子弟；每到初一、十五，亲自前往学舍，常常将笔墨纸砚，发给学生们，用来鼓励他们学习。并且还建立了行仁堂，用来周济贫乏的人，凡是施舍衣物、施舍棺木、施舍药物的事情，没有不周到备至的。不久后，接连生了两个儿子，长子就是秦晓峰先生。后来秦封翁享寿九十多岁，亲眼见到儿孙们成为高官显宦，围绕在自己身边。

我父亲在担任甘肃布政使的时候，亲耳听到这件事。那时秦晓峰先生居住的地方距离兰州城还有三十多里，我父亲以馆后辈的礼节前往拜见，采集访问当地的风俗，彼此相处极为愉快。遗憾的是秦封翁刚刚在几年前逝世，只能通过听闻他老人家的嘉言善行来想见他的风范了。

4.1.7 费封翁

今江西方伯费鹤江先生（开绶），由嘉庆庚辰翰林历今职。其父欧余先生由乾隆丙午副举人，官至陕西观察。观察之父某，则常州府中书吏也，为人肝胆，有智略，状貌奇伟。

乾隆间大旱，有江阴饥民千余人结党滋事，大吏欲坐以叛案，将入奏矣。费翁悉其情，私将文书名簿诈称失火，尽行烧毁，而自首于府中。太守知其贤，置不问。此案遂得从轻发落。

事隔二十余年，而其子孙蒸蒸日起，毗陵人士皆能悉其颠末也。按，此与吾乡廖东山封翁故事相仿。谚云“公门中好修行”，此之谓也。

【译文】现任江西布政使费鹤江先生（费开绶），由嘉庆二十五年（1820）庚辰科进士，入翰林院，历任数职，直到现在的官职。他的父亲费欧余先生是乾隆五十一年（1786）丙午科副榜举人，官至陕西道员。欧余先生的父亲某老先生，是常州府衙里的书吏，为人真诚讲义气，有才智和谋略，相貌奇异，气宇不凡。

乾隆年间当地发生旱灾，在江阴县有饥民一千多人结党闹事，上级大官打算以谋叛的罪名来处置他们，即将向朝廷上奏。费老先生了解到其中的实情，就谎称失火，私下将关于闹事饥民的文书名册全部烧毁了，并且主动承认了自己的罪责。太守知道他是贤德的人，便没有再过问。这件案子也就得以从轻处理了。

事情过去了二十多年，费老先生的子孙蒸蒸日上，常州的人士都能知道其中的前后经过。说明，这件事与我们福州的廖东山封翁的故事类似。谚语说“公门之中好修行”，就是这个意思。

4.1.8 李书年宫保

霍邱县民范二之者，家贫，父为别村雇工，范赘于某村魏媪家为婿。媪惟一女，家亦贫，卖馄饨为生。范入赘几一载，次年正月十四日忽不见，媪使义子韩三及邻人各处寻觅无踪。范父疑其被害，屡至媪家寻闹，语侵韩三，为韩推跌，遂以词控县。县令王某集讯数次，未得其情，适署内雇一乳妇至，即魏媪同村人也，询其知媪婿事否？曰："知之，闻之邻家，似是因奸致命。"王因此有成见在胸，日以重刑严讯，据称范魏氏与韩三有奸，韩起意与其母女将范二之杀死灭口。诘其尸所在，则云当下将尸支解入锅煮化，泼入土坑，将骨锉碎，以期灭迹。数人异口同声，案情遂定。招解至府，亦无异词。

是时，秉皖臬者为夏邑李书年先生（奕畴），提勘时，见犯供皆顺口而出，若默记熟诵者，屡诘驳之，均矢口不移，然不能无疑，因此不敢详院。首府因逾限，请详甚力，否则请仍发府审。先生不听，因另委高太守某复讯。嘱云："此案据供肉煮骨锉，而肺肝肠肚尚无着落，似可从此跟究，或另有端倪。"高从之，犯果愕眙（yí），皆称不知，语甚支节。

先生又命提原差严刑考讯，据供初奉县票查寻范二之时，知范有两家亲戚，先寻至其姑母家，据云："既系正月十四日被害，何以十五日尚在我家吃元宵？"又寻至其表伯母家，亦云："伊十八日犹在我家住歇，何以称十四日被害？"彼时小人已疑范二之不死，拟回县即禀明此节，值案已问明，私告之司阍者，反遭斥骂，谓小人不应混禀，因此不敢多言。

先生已微闻之。慨然曰："此案真有冤，断不可详院矣。"早作夜思，惟饬属责令范父，再行找寻，此事遂延搁不办者半载。一日，突有人至臬署大堂啼哭喊叫，自称范二之，从前因赌欠债，被人逼迫，潜逃外省，昨遇邻人告以家难，故赶来自投。先生即亲提确讯再三，无异，置于别室。随提狱中三犯，隔别诘其谋杀情状，并谕以："明日即招解上院，尔等皆当伏法矣。"三犯者仍各自点首，并无戚容，及召范二之与之相见，众始错愕。范魏氏首先上前扭住哭云:“你倒底是人是鬼,一向在何处?累我们至此。”哭声震天。魏媪曰:“我已拚一家性命断送汝手,汝今日又何必生还?”一恸欲绝。惟韩三仰面哈哈大笑,一时堂上堂下无不为之掩袂。窃视先生坐堂座中,亦嗒然若失,不发一言。

久之,始诘三犯曰:“既系如此奇冤,前过堂时何以并无一语翻异?”三犯齐声泣曰:“小人因此案历过府县堂已十余次,诸刑备受,此供悉是县差所教,并云倘上司因翻供驳审一回,则汝等悉照前此多受苦一回。小人心胆已碎,惟望早日结案,又何敢再求伸冤乎?”先生正在嗟叹,忽见府县两人踉跄自外闯入,伏地呜咽曰:“惟大人救我。”先生乃好慰之,曰:“君等平日但笑我多疑不断,今亦知此案却系我多疑之力乎?若悉依君等所为,则魏媪母女及韩三皆应伏极刑;范父之诬告、府县之失入,皆应拟抵,合计应死者六人。而抚臬之谴戍又其小矣。”时沉冤骤释,城中万口称颂,如披云雾而睹青天,以为是大阴德,必有厚报。

是年,先生五十余矣,尚缺嗣;次年,遂举一子,名铭皖,以地志也。后又连举数子,共六人。铭皖,中庚子进士,现任刑部主政;铭舒,中癸卯举人;铭霍、铭桀等,皆有声庠序间。论者谓是狱平反,免死者六人,而先生得子之数适相符合,果报昭然,天道不爽如此,岂不奇哉!

先生本乾隆庚子进士,铭皖恰于道光庚子成进士,是科先生年八十余,父子先后相隔六十载而作进士同年,艺林佳话,举世无两。先生以重宴鹿鸣、重宴琼林,皆蒙恩赉(lài)研蕃，晋衔宫保。天之报施善人，正未有艾也。

按，先生由词林改官仪部，家大人俱步后尘，先生巡抚两浙时，家大人曾谒见于武林节署，已微闻先生有平反盛德，未得其详。今岁余观政杭州，与先生令弟见斋邑侯（道融），晨夕相见，见斋为余备悉言之，因谨著于录，以志钦仰云。

【译文】安徽颍州府霍邱县有个叫范二之的村民，家里贫穷，父亲在别的村子做雇工，范某入赘到某村魏老太家为女婿。魏老太家只有一个女儿，家里也很贫穷，以卖馄饨为生。范某入赘将近一年，第二年正月十四日忽然失踪不见了，魏老太就让自己的义子韩三和邻居到各处去寻找，但没有发现踪迹。范某的父亲怀疑儿子已经被害了，多次到魏老太家寻事吵闹，言语之间侵犯到了韩三，被韩三推倒，于是范某的父亲一纸诉状告到县衙。县令王某集中审讯了很多次，都没有得到其中的实情，正好县衙内所雇请的一名奶妈来了，她和魏老太是同村人，询问她是否知道魏老太女婿的事情？奶妈说："知道，听邻居家说，好像是因为奸情导致丧命。"王县令因此心中有了成见，每天严刑拷打进行审讯，据几名当事人供称，范二之的妻子范魏氏和韩三有奸情，韩三便生出念头，联合魏老太和范魏氏母女二人，将范二之杀死灭口。追问范二之的尸体现在何处，他们供称杀死后当场就将他的尸体肢解，放入锅中煮化，然后泼入土坑，又将他的骨头锉碎，企图毁尸灭迹。几个人异口同声，案情就这样被定下。将已招供的人犯解送到颍州府衙复审，也没有任何异议。

当时，担任安徽按察使的是河南夏邑的李书年先生（李奕畴，字书年，乾隆四十五年进士，官至漕运总督），提审复核的时候，见犯人的供词都是脱口而出，就像是默默记住熟练背诵下来的，反复进行问难和辩驳，都众口一词、坚定不移，然而不能不令人感到疑惑，因此不敢呈文上报督抚。首府安庆知府因为超过期限，极力建议尽快呈文上报，否则仍然发回颍州府重审。李先生不听，于是另外委派知府高某重新审讯。并叮嘱道："这件案子，根据案犯供称肉被煮烂，骨头被锉碎，可是肺、肝、肠、肚等还没有着落，似乎可以从这个地方入手深入追究，或许另有线索。"高某听从了，案犯果然只是惊讶地看着，都说不知道，说的话支离琐碎。

李先生又命人将当最初承办此案的差役拘提到案严刑审讯，据差役供称，一开始接到县衙的命令查找范二之下落的时候，知道范某有两家亲戚，先是找到他姑母家，据其姑母说："既然是正月十四日被害的，怎么十五日还在我家吃元宵呢？"又找到他表伯母家，也说："他十八日还在我家住下歇息，怎么就说十四日被害了呢？"那个时候小人已经怀疑范二之并没有死，打算回县衙禀明这个情况，正好赶上案件已经审问明白了，私下告诉守门的人，反而遭到斥骂，说小人不应该再胡乱禀报了，因此才不敢多说话。

李先生已经心中有数了。果断地说："这个案子果真有冤枉，断然不能就这样呈文上报。"从早到晚反复思考，只能先命下属责令范某的父亲再去寻找，这件事情就这样拖延搁置不办有半年时间。有一天，突然有人来到按察使衙门大堂哭泣喊叫，说自己就是范二之，以前因为赌博欠了债，被人逼迫，潜逃到外省，昨天遇到邻居告诉我家里的变故，因此赶紧过来自首。李先生立即亲自提审范二之，并反复确认，确定没有异议，将他安置在其他房间。随后便提审了狱中的三名犯人，将他们单独隔离分别追问他们谋杀的情形，并且告诉他们说："明天就要解送上官复审，你们都要被处决了。"三名犯人仍然各自点头，并没有忧愁悲凄的神色，等到传令范二之到场和他们相见，几个人这才感到非常惊愕。妻子范魏氏首先上前揪住他哭着说："你到底是人还是鬼，这段时间你跑哪去了？连累我们到这个地步。"放声大哭，声音震天动地。魏老太说："我已经拼上一家子的性命，断送在你的手中，你今天又为什么要活着回来呢？"哭声悲痛到了极点。只有韩三抬起头哈哈大笑，一时间堂上堂下没有人不以衣袖拭泪。悄悄地看到李先生坐在堂座中，也非常懊丧失落，不说一句话。

过了好一会儿，才继续追问三名犯人说："既然是如此天大的冤枉，前面过堂审理的时候，为什么没有一句翻供的话？"三名犯人异口同声地哭着说："小人因为这个案子已经在府衙县衙过堂受审十几次了，受尽了各种各样的刑罚，这些供词都是县衙的差役教我们这么说的，并且对我们说如果上司因为我们翻供而驳回重审的话，那你们都要把前面所受的苦再受一遍。小人已经被吓破了心胆，只希望能够早日结案，又哪里敢再奢求为自己申冤呢？"李先生正在感叹的时候，忽然看见颍州知府、霍邱县令两个人跌跌撞撞地从外面闯入，跪在地上低声哭泣着说："请求大人救救我们。"李先生于是好言安慰了他们一番，并且说："你们平日里，都笑话我多疑没有决断，今天也知道这个案子不就是凭借我多疑的力量吗？如果都按照你们的所作所为，那魏老太母女和韩三都应该被处以极刑；范某的父亲因为诬告，知府、县令因为误将无罪之人判刑，都应该偿命，合计下来要死六个人。而巡抚、按察使要受到处分被发配流放，倒属于是轻的了。"一时之间，长期难以昭雪的冤屈得以真相大白，城中的百姓众口称颂李先生的英明，就像拨开云雾而看见青天，都认为这是极大的阴德，将来一定会有厚重的善报。

那一年，先生已经五十多岁了，还没有儿子；第二年，就生了一个儿子，取名李铭皖，以出生地命名作为纪念。后来又连续生下几个儿子，一共六人。李铭皖，考中道光二十年（1840）庚子科进士，现任刑部主事；李铭舒，考中道光二十三年（1843）癸卯科举人；李铭霍、李铭桀等，都在府县学校中小有名气。谈论这件事的人都说，这桩案子得以平反，总共六个人幸免于死，而李先生得到六个儿子，数目恰好相符，因缘果报如此明白显著，天道循环不会有任何差错，难道不是很神奇吗？

李书年先生本来是乾隆四十五年（1780）庚子科进士，儿子李铭皖恰好是在道光二十年（1840）庚子科考中进士，当时先生已经八十多岁了，父子二人先后相隔六十年，并同在庚子年考中进士，这件事被当时的读书人传为佳话，全天下没有第二例。先生得以重赴鹿鸣宴，重赴琼林宴（清代举人、进士于乡试、会试考中后满六十周年，与新科举人、进士同赴恩荣宴的仪式，分别称为“重赴鹿鸣”“重赴琼林”），都蒙朝廷恩赐繁多，加封太子少保衔。上天对善人的回报，是没有止境的。

说明，李先生由翰林期满后改任为礼部主事，我父亲也是一样的情况，李先生担任浙江巡抚的时候，我父亲曾经在杭州的官署拜见先生，当时已经听说先生曾有平反冤假错案的大功德，但是还没有了解到详情。今年我来到杭州为官，和先生的弟弟李见斋县令（李道融），每天早晚都会见面，见斋县令向我详细地讲述了事情的经过，因此郑重地记录在此书中，以表达钦佩仰慕之情。

4.1.9 陶云汀宫保

安化陶文毅公，以巾卷寒门，骤致通显，余前录中但述其微贱另婚一事，而于其先人隐德未之详也。后阅于莲亭观察（克襄)《闻见录》,始知其积累之厚,不可不详载之以劝后人云。

盖文毅公之太高祖伯含公(耀祖),多阴德。当前明之季,乡里多严自卫,有缚窃匪就溺者,适公过,贼哀呼曰:“公救我,我誓不复为贼。”公为请释于众已,虑其故志复萌,乃施小舟于渡口,使济人以安其生。终公世,施舟八,其人俱改行为善。公每出,则携小筐,遇碎磁瓦砾,必拾之,以利行人;及卒之年,空室所积之碎磁瓦砾,与屋齐矣。

又其曾祖文衡公(崇雅),亦长者。尝有雪夜入室盗米者,迹之,得其居,乃其所素识者,寂然而返,终不言其人。没后三十余年,其配彭氏太夫人偶举以示子孙,始知其事,犹隐其姓名焉。康熙戊子九月,邻舍不戒于火,焚烧悉尽,而其宅无恙。其仓在邻舍中者亦独存,隔江来救火者,见有红衣人,长袖持扇立墙上扇之,故火至墙而止,墙且为之烁。彭太夫人尽以仓所贮,与诸被火者。

又其祖寅亮公(孝信),性淡泊,无所营,家中落。一日,偶步江滨,得遗金,俟之终日,见一人仓皇至,面色如土,俯视砂砾中,不胜其戚。诘之,则曰:“佣工未归数年矣,家有老母,今积数年身价,将归养,而尽失去,是以悲耳。”叩其金数,悉合,遂尽付之。其人请分半,公曰:“吾分若金,吾不俟若矣。”笑而遣之。其人叩头去。

至其太翁乡贤公萸江先生(必铨),义举尤多,则具见宫保文集中。积德宏深,故有此福报。欧阳文忠谓:“不于其身,必于其子孙。”信哉!

【译文】湖南安化县的陶文毅公（陶澍），作为寒门学子，突然之间飞黄腾达、官高位显，我在前面的初录中只是叙述了他微贱时被退婚另娶婢女的故事（参见1.2.9），当时对于他祖先的阴德了解得还不多。后来阅读于莲亭观察（于克襄，字莲亭，山东文登人，嘉庆十年进士，官至湖北盐法道）所著的《铁槎山房闻见录》一书时，才知道他们家积德累功之深厚，不能不详细记载下来，用以劝勉后人。

陶文毅公的太高祖父伯含公（陶耀祖），常常施德于人而不求人知。在明朝的时候，乡里人往往严密保卫地方上的治安，有人抓到了窃贼捆绑起来准备溺死他，恰巧伯含公经过，窃贼哀求说："请求您救救我，我发誓再也不做贼了。"伯含公替他向众人求情，得以被释放，又担心他偷窃的老毛病再犯，便施送给他一只小船，让他在渡口用船来摆渡帮人过河，也能靠踏实劳动养活自己。伯含公一生，像这样累计施送了八只小船，受助的人都洗心革面、改恶从善。伯含公每次出门，都带着小筐，遇到破碎的瓷片、砖头瓦块，一定会拾起来，以便于路人行走；到伯含公去世的那年，空房间里所堆积的破碎瓷片、砖头瓦块，都快碰到房顶了。

还有陶文毅公的曾祖父文衡公（陶崇雅），也是一位忠厚长者。曾在下雪的夜晚，家里进了偷米的窃贼，文衡公顺着足迹去追踪，找到了窃贼的住处，发现是自己平素认识的人，就静悄悄地回家了，始终没有说出这个人是谁。文衡公去世三十多年后，他的妻子彭氏太夫人有一次偶然举此事为例来教导子孙，才知道这件事，还是隐去那个人的姓名。康熙戊子年（1708）九月，隔壁邻居家不慎失火，房屋被火焚烧殆尽，但是文衡公的住宅却安然无恙。家里的仓库突出到邻居家房子的部分也独自完好无损，从江对岸过来救火的人，看见有一位红衣人，衣袖很长，拿着扇子站在墙上扇火，因此火烧到墙根便停止了，而且墙体被烤得通红。彭太夫人就把仓库里所储存的粮食，都分给了遭受火灾的人们。

还有陶文毅公的祖父寅亮公（陶孝信），性情淡泊，不求名利，没有经营什么产业，于是家道便中落了。有一天，偶然在江边步行，在路上捡到别人遗失的银子，等了一整天，终于看见一人匆促慌张地跑过来，面色像泥土一样，低头在地上砂石间寻找着什么，忧愁得不得了。经询问，那人说："我在外给别人做雇工很多年没有回家了，家里有老母亲，今天我带着积攒多年的辛苦钱，准备回家为母亲养老，但是却全部弄丢了，因此而伤心。"寅亮公询问他所丢银子的数目，和自己捡到的完全符合，于是把银子都还给了他。失主想要分给他一半，寅亮公说："我如果要分你的银子，我就不会在这里等你了。"笑着叫他快走吧。那人叩谢而去。

到了陶文毅公的父亲乡贤公萸江先生（陶必铨，字士升，自号萸江，入祀乡贤祠），善行义举就更多了，在陶宫保（陶澍，赠太子太保衔，故称）的文集中记载得很详细。由于祖先所积累的功德宏大深厚，所以才有这样的福报。欧阳文忠公（欧阳修）说："没有回报在自己身上，那么一定会回报在子孙后代身上。"确实如此啊！

4.1.10 秦簪园学士

嘉定秦簪园先生，前曾详其因孝而致大魁一事。今又闻其厚德一节，因并录之。

先生少时，貌甚劣，质直无文。合卺之夕，新妇闷坐垂涕，先生询之，曰："余虽不才，忝名庠序；家虽不丰，尚可温饱。今日吉期，何为若此情状？"新妇云："幼已字有婿家，父母嫌其贫，遂悔初盟。"先生诘以何人，新妇为述其姓氏，乃同学友也。先生立即趋出，并遣人将同学友招之来，告其故，且谢误娶之罪，幸未成婚，即以己之洞房为同学友之洞房。次日，将奁饰衣物，悉行赠与同学友，而送之归。

嗣于乾隆癸未科，登礼榜。当未传胪时，前十本已知为褚廷璋、蔡履元、商衡、李调元、吴霁、董潮、程沆、冯丹香、齐翀、张秉愚。其第一名褚公乃长洲人，与同郡某宦素有隙，适诸城刘文正公将所定前十本进呈，某宦思欲中伤之，因语文正公云："外间早已迎新鼎甲矣。"公本公正无私，不知机诈，闻此言，勃然曰："难道我有弊乎？既有此言，盍改诸？"遂将第十一至第二十之秦大成、沈初、韦谦恒、董诰、孙效曾、费南英、祝德麟、李家麟、孙良慧、曹焜十本进呈，而簪园先生竟大魁多士。

【译文】江苏嘉定县（今上海市嘉定区）的秦簪园先生（秦大成，字澄叙，号簪园，乾隆二十八年状元），前书中曾经详细记载了他因为孝心而高中状元的事迹（参见2.1.14）。现在又听说了体现秦先生厚德的一桩事迹，因此一并记录下来。

秦簪园先生年少的时候，相貌非常丑陋，性情直爽，朴实无华。新婚之夜，新娘子闷头坐在那里暗自垂泪，先生询问其中的原因，说："我虽然没有什么才华，然而姓名已经忝列于府县学校之中；家境虽然不富裕，至少还能保证吃饱穿暖。今天是大喜的日子，为什么要这样呢？"新娘子说："我在幼年的时候就已经许配了夫家，我父母嫌弃他家贫穷，就反悔了当初的约定。"先生追问那位夫婿是什么人，新娘子便告诉了他姓名，发现竟然是自己的同学。先生立刻小步疾行退出房间，并派人将那位同学叫过来，告诉他缘由，并且因误娶而向同学道歉，幸亏还没有成婚，随即就把自己的洞房作为同学的洞房。第二天，便将嫁妆、首饰、衣物等，全部赠送给同学，并送他们回家。

后来于乾隆二十八年（1763）癸未科，名登礼部会试贡士榜。殿试后还未公布名次的时候，前十本试卷已经知道是褚廷璋、蔡履元、商衡、李调元、吴霁、董潮、程沆、冯丹香、齐翀、张秉愚。其中第一名褚廷璋先生是江苏长洲（今苏州市）人，与同乡的某官员平日里有嫌隙，适逢山东诸城刘文正公（刘统勋）将所拟定的前十名的试卷进呈皇上审阅时，某官员就想着要陷害褚先生，因此对文正公说："外面早就开始庆祝迎接新科状元了。"文正公本来就是公正无私的人，不知道官员的心机，闻听此言，愤慨地说："难道我有舞弊的行为吗？既然有这样的传言，何不将他们换掉呢？"于是将原本排在第十一名到第二十名的秦大成、沈初、韦谦恒、董诰、孙效曾、费南英、祝德麟、李家麟、孙良慧、曹焜十本试卷提到前面进呈给皇上，于是秦簪园先生就这样高中状元。

4.1.11 孟封翁

吾乡孟瓶庵先生，家传戒杀一事，已载前录中。前年回福州，复闻其封翁轶事，甚可劝世也。封翁出身本寒微，而饶有才智，手边积赀不过二十余金，而急人之事如己事，惟殷殷以济物为念。

一日，偶以事宿某乡店，闻店邻媪媳二人哭声甚哀，封翁私询之，得悉邻媪有子某，数年前出贾于外，其去时约以三年必归。后无音耗，今过期又三年矣。有传其已死者，媳之母家欲夺媳改嫁之，刻日事成，即迎娶矣。媪与媳不忍相离，媳亦誓不肯嫁，计无所出而哭耳。封翁因询悉其子作何生意，贾于何所，何年出门；遂伪作其子家书，并以十金封入函中，云："三年届满，正拟收拾行李，因生意正旺，未肯遽归，兹因某人经过之便，特托带家信，并银十两。家中如有负欠，俟我秋间归来易清也。"是夜，将信亲送其家，即避去。其媪得书以示媳，媳之母家闻之，前谋顿寝，不敢复言另嫁矣。是年秋仲，其子果归，其在外作贾事，悉与书中之语符合。及母语及此书及寄银事，则其子茫然不知所谓，母叹曰："此神人暗中保全也。"因合家望空泥首以谢。

逾数年，封翁复以事过某乡，则旧店已易主，店与正宅通，宅极整洁，中间有小龛，龛内有神位，其家人日日供香烛。每朔望，合家人俱来拜礼甚恭。封翁偶问何神，主人将神代作书并送银事叙述一过，封翁莞然曰："此非神也，乃我一时作用，而转受主家如此敬礼，折吾福矣。"恐其不信，为诵书中语，一字不差，请速撤去神位。主人始泫然泣，恍然悟，急请其母，呼其家人皆出，曰："恩人在此矣。"咸罗拜之。盖其子归后，家道小康，遂买客店并入己宅，而封翁不知也。

次年为乾隆己卯，瓶庵先生遂发解；逾年庚辰，即联捷成进士，由翰林改铨部，历司文柄，引疾归，而封翁尚健在。迄今家门鼎盛，科第蝉联，为福州望族。大约皆食封翁之报矣。

按，数年前，余闻李石舟观察（国瑞）言，其乡仪封张清恪公（伯行）微时轶事，与此相仿佛，清恪公事在康熙年间，且所言不详。而瓶庵先生家事则家大人所及见也，故舍彼录此。

【译文】我们福州的孟瓶庵先生（孟超然），家中世代相传戒杀放生这件事，已经记载在前录中（参见1.5.1和1.6.14）。前年我回福州时，又听说了他父亲孟封翁（孟宸簀）的一桩轶事，非常可以用来劝勉世人。封翁本来出身寒微，但是却很有才能和智谋，手边积累的资财不过二十多两银子，却能够把别人急难的事情当作自己的事情一样，只是殷切地心心念念想着帮助别人。

有一天，偶然因有事留宿在某乡村的客店内，听到店家隔壁邻居有婆媳二人哭得非常伤心，封翁私下询问缘由，得知邻居老妇有个儿子某，几年前外出做生意，他走的时候约定三年内一定回来。后来一直没有音讯，如今又是三年过去了。有传言说他已经去世了，媳妇的母家想要抢回女儿，让她改嫁，不日事情就要谈成，即将有人来迎娶了。老妇与媳妇不忍心分离，媳妇也发誓不愿意改嫁，但是没有办法只能失声痛哭而已。封翁经询问得知了老妇的儿子做什么生意，在哪里经商，哪年出门的；于是以她儿子的名义伪造了一封家书，并且把十两银子封入信函中，信中说："三年期限将满时，正准备收拾行李回家，但因为生意正红火，不想立刻回家，现在因为有人正好顺道经过我们家，特地委托他带回家信，以及十两银子。家里如果有欠别人的钱，等我秋天回来就还清欠款。"当天夜里，将信和银子亲自送到老妇家，就避开了。老妇拿到信后给媳妇看，媳妇的母家听说了这件事，先前的计划就停止了，不敢再提让女儿改嫁的事情了。这一年的仲秋时节，老妇的儿子果然回来了，他在外做生意的情况，竟然和信中说的完全符合。等到母亲说起这封信和寄银子的事情时，他儿子一头雾水不知道她们在说什么，母亲感叹说："这一定是神仙在暗中保全我们家啊。"因此全家人对着天空磕头拜谢。

几年后，封翁又因事路过某乡村，发现以前的那家客店已经换主人了，店面和正式的住宅相通，住宅内非常整洁，厅堂中间有小神龛，龛内供奉有一座神位，这家人每天焚香燃烛上供。每到初一、十五，全家人都来礼拜，十分恭敬。封翁偶然问起供奉的是哪一位神明，主人便将神明代写家书，并寄送银子的事情讲述了一遍，封翁笑了笑说："这不是神明，而是我一时的权宜之计，却受到主家如此恭敬地礼拜，折损我的福分了。"又恐怕他们不相信，便把书信的内容背诵出来，一字不差，请求速速撤去神位。主人顿时感动落泪，恍然大悟，赶紧去请自己的母亲，把全家人都叫出来，说："恩人就在眼前啊。"一家人围着封翁拜谢。原来老妇的儿子回来后，家中小有积蓄，于是就把客店买下并与自己的住宅打通，而封翁并不知情。

第二年是乾隆二十四年（1759）己卯，孟瓶庵先生参加乡试高中解元；又第二年乾隆二十五年（1760）庚辰科，就联捷考中进士，由翰林期满后改官到吏部任职，多次执掌评定文章、考选文士的权柄，后告病辞官回乡，而此时父亲孟封翁还健在。直到今天依然家门鼎盛，子孙后代科举功名连续不断，成为福州的名门望族。大约都是享受封翁遗留的德泽和福报。

说明，几年前，我听李石舟观察（李国瑞）说，他的同乡仪封（今河南兰考）张清恪公（张伯行）在微贱时的一桩轶事，和这件事的情节类似，清恪公的事迹发生在康熙年间，而且所说的不够详细。而孟瓶庵先生家的事情则是我父亲来得及亲眼所见的，因此略去张清恪公的那件事，而将孟封翁的事迹记录在此。

4.1.12 颜军门

颜军门（鸣皋），粤东梅州人，性豪隽，喜读书。时有相士谓其他日当以长枪大剑取功名，颜嗤其妄，攻苦益力。年届三十，急于进取。居父丧，禫（dàn）服未终，应试入学，为乡人攻讦，被斥。或谓之曰：“相士之言验矣，观子骨相，魁梧奇伟，异日为朝廷寄阃外任无忝也，安事穷年呫哔（tiè bì）为？”颜韪其言，弃所读书，习骑射。越岁即能穿扎超乘，一试冠军，遂登武科。

公车北上，舟抵维扬，夜泊，闻邻舟乡语喧呶，过访之，则皆南越应武会试者，因同行。有番禺朱某，病剧垂毙，议举而弃诸崖；所虑者他日归乡，朱之亲属索尸棺结讼耳。颜曰：“此大不可，公等与朱君同乡里，忍弃之原野，饱犬豕腹乎？”众曰：“君独非同桑梓乎？盍过君舟，或者起死人而肉白骨，徒为局外人，议论无当也。”颜遂毅然挈朱归舟，亲视汤药。越日，舍舟登陆，而朱病益甚，殁于车中。途次无以为殓，旅店已死者不得入，遂以帕蒙死者首，托言猝中恶。恐车中颠播，负之行三十里，晚入旅店，主人勿辨也。次日，择土殓埋，封识而去。

比入场，颜固文士，武备非夙娴，而策论则洋洋数千言，场中莫与埒（liè）。同考官以其外场仅列单好，姑置之。夜分假寐，恍惚见案上发奇光，起视之，则颜卷也。挑灯细阅，不觉击节曰：“此人异日为将，祭（zhài）遵、羊祜之俦也。”荐于主司刘文正公，并述其异，遂登上第。后历任海疆，至福建台澎镇，署水师提督，以功名终。

【译文】颜鸣皋军门（清代尊称提督为军门），广东梅州人，性格豪爽，才智杰出，喜欢读书。当时有一位相士对他说，他将来会靠长枪大剑取得功名，颜军门讥笑他荒唐，更加刻苦攻读。到三十岁时，急于求取功名。在为父亲服丧的时候，二十七个月的丧期还未结束，就参加考试入学，被乡里人检举揭发，因此被摈斥不予录取。有人说："相士说的话应验了，看您的骨相，身材魁梧，体格健壮，他日被朝廷委以军事重任，一定可以不辱使命，为什么要长年累月伏案诵读呢？"颜军门认为他说的话有道理，便放弃了读书，练习骑马射箭。第二年就能穿好系牢之后飞身上马、跳跃上车，勇猛矫健，身手敏捷，一参加考试便夺得冠军，于是就考中了武科举人。

在北上赴京参加武科会试时，船航行至扬州，夜晚靠岸停泊，听到相邻的船上有广东方言吵闹的声音，过去探问，发现也都是来自两广地区参加武科会试的人，因此结伴同行。有来自番禺（今广州市番禺区）的朱某，病重将死，大家商议着要把他丢在山崖之间；但是又担心改天回到家乡后，朱某的亲属索要遗体、棺木，从而引发官司诉讼。颜军门说："这样做万万不可，你们和朱君都是同乡，怎么忍心将他丢弃在荒野中，去填饱野狗、野猪的肚子呢？"大家说："你难道不是同乡吗？何不将朱某抬到你的船上，说不定能够让他起死回生，使白骨再长出肉来，否则你只是作为一个旁观者，轻易发表议论是不合适的。"颜军门于是毫不犹豫地带着朱某回到自己的船上，亲自照顾他服用汤药。第二天，弃船上岸改走陆路，但朱某的病情越发严重，死在了车里。旅途中没有办法为他棺殓，旅店规定已死的人不能进入，于是用手帕盖住死者的脸，借故说他突然中邪了。又担心车内颠簸，背着他的尸体走了三十里路，晚上入住旅店，店主也没有看出来。第二天，找了个地方入殓埋葬，并做好标记后离开。

等进入考场，颜军门本来就是读书人，武艺方面并非特别娴熟，但是写作策论文章时，则是洋洋洒洒几千字，考场中的人没有能够比得上他的。阅卷官因为他外场武艺考试仅有一项获得“好”的等次，姑且先把他的试卷搁置在一旁。半夜时候，小睡时，恍惚间看到桌案上发出奇异的光芒，起来查看，发现是颜鸣皋的试卷。挑亮灯火细细批阅，不禁拍着桌子赞叹道：“这个人他日做将军，肯定是像东汉的祭遵、西晋的羊祜那样文武双全的儒将。”将他的试卷呈荐给主考官刘文正公（刘统勋），并且述说其中的灵异，于是就以很高的名次考中武科进士。后来颜军门的宦迹遍及东南海疆，官至福建台澎总兵，兼署水师提督，一生功名显赫、功勋卓著。

4.1.13 陈默斋总戎

山阴陈默斋总镇（广宁），由世袭云骑尉，历官寿春、兖州、腾越三镇总兵，有《寿雪山房诗集》。官福州中协时，与家大人以文字相知，又好共谈金石之学，收藏颇富，可称儒将风流。既熟于往还，乃得悉其家世。

盖康熙初，有陈理者，本山阴旧家，因官广西平乐府司狱，遂入籍桂林。孔兵之乱，曾救释被掠妇女千余人，恐不得脱，遂自烧其庐。事平，幸得回籍。

后长子允恭，康熙甲戌进士，官至都察院左佥都御史；次子廷纶，登康熙庚辰进士，官至安徽庐州府知府。

孙齐襄，应雍正七年保举贤良方正，官至江西广饶九南道；次齐叡（ruì），官江南镇江府通判；次齐贤，官陕西鄜（fū）州知府；次齐芳，官湖北监利县知县；次齐庶，官刑部直隶司员外郎，四人皆雍正元年同榜举人；次齐绶，恩荫生；次齐绅，中乾隆壬申进士，官翰林院编修。

至其曾孙圣瑞，官刑部陕西司郎中；圣时，官山东道监察御史；圣传，官福建台湾县丞，殉林爽文之难，世袭云骑尉；圣修，官云南府通判，皆举人。

默斋即其元孙袭荫者。科名仕宦可谓极盛，而不知其先人阴骘之大如此。此与昆山徐氏之先故事相仿，宜其同此衍庆流芳矣。

【译文】浙江山阴县（今绍兴市）的陈默斋总兵（陈广宁，字靖侯，号默斋），世袭云骑尉之职，先后担任安徽寿春、山东兖州、云南腾越三镇的总兵，著有《寿雪山房诗集》。在担任福州水师协领的时候，和我父亲以诗文而相识，又喜欢一起谈论金石之学，收藏颇为丰富，可以称得上是有文人风度、才识不凡的儒将。在频繁往来之间渐渐彼此深入了解，于是得以清楚地知道他的家世背景。

康熙初年，有一个叫陈理的人，出身于山阴县的官宦之家，因此担任广西平乐府掌管刑狱的吏员，于是改入桂林籍贯。定南王孔有德兵乱时，陈理曾经悄悄解救释放被掳掠的妇女一千多人，又恐怕没有办法逃脱，于是不惜烧毁自己的房屋。事情平息后，幸好得以回到原籍。

后来，长子陈允恭，考中康熙三十三年（1694）甲戌科进士，官至都察院左佥都御史；次子陈廷纶，考中康熙三十九年（1700）庚辰科进士，官至安徽庐州府知府。

孙子陈齐襄，雍正七年（1729）举贤良方正科（清特设的制科之一，依汉代“孝廉”“贤良方正”合为“孝廉方正”一科，由地方官特别推选保举，送礼部考试后任用）入仕，官至江西广饶九南道。

陈齐叡，官至江苏镇江府通判；陈齐贤，官至陕西鄜州（今富县）知府；陈齐芳，官至湖北监利县知县；陈齐庶，官至刑部直隶司员外郎，四人都是雍正元年（1723）的同榜举人。陈齐绶，是恩荫生（因先世有功勋，而得入国子监读书的人）；陈齐绅，考中乾隆十七年（1752）壬申恩科进士，官至翰林院编修。

到了曾孙这一辈，陈圣瑞，官至刑部陕西司郎中；陈圣时，官至山东道监察御史；陈圣传，在福建台湾府担任县丞时，在林爽文叛乱事件中以身殉职，追授世袭云骑尉；陈圣修，官至云南府通判，都是举人。

陈默斋就是陈理的玄孙，承袭了先人的爵位封号。陈家的功名官爵可以称得上是极为兴盛了，却不知他家祖先积累了如此巨大的阴德。这与昆山徐氏祖先的事迹类似，无怪乎两家同样都是吉庆绵延、美名流传了。

4.1.14 许氏积德

钱塘许氏阴德，前据许之姻亲戴君槐谷所述，乐亭先生游幕陕甘赈灾一事，已载于《三录》矣。兹余需次浙江，奉家大人侨寓西泠，重访君家之事，则先生之曾孙许季传广文，所述先生在楚省幕中一事，阴德更大，亟补录焉。

据言，乐亭先生，讳尧堂，乾隆初年，于湖北某府幕中司刑名事。值教匪事起，太守缉获逆首数人，并搜获同党入会姓名总册，以属先生叙稿造册，通禀上宪。先生阅册，盖数万家，皆乡愚无知被诱胁从者，恻然伤之，欲救其难而寝其事，筹思竟夜，毅然而起，竟取册焚之。诘旦，乃以告太守，太守闻之，始则怫然，继亦感悟，遂命但以逆首数人通禀惩办，其难遂解。

未几，子石兰公钺，中乾隆戊午举人，官至司马。孙学范，中乾隆戊子举人，壬辰进士，官至治中。曾孙乃来，中乾隆癸卯举人，官至直隶州知州，崇祀广西名宦祠；乃大，中嘉庆辛酉举人，官江苏海州，赏蓝翎；乃济，中嘉庆戊午副榜，庚申举人，己巳进士，入翰林，由肇罗高廉观察而入为太常少卿；乃穀，中道光辛巳举人，官敦煌县；乃普，以嘉庆癸酉拔贡、丙子举人，中庚辰一甲第二名进士，入翰林，值枢廷，值南斋，赐紫禁城骑马，今已官大司马，屡掌文衡；乃钊，中道光戊子举人，乙未进士，入翰林，今已侍讲；乃恩，中道光癸卯举人，即季传广文也。其兄弟七人，并科甲，而乡科始自前癸卯，终于后癸卯，传为佳话。故杭人有“小郭汾阳”之称，而海内言科名之盛者，又有“钱塘许乃，固始吴其”之对。

而“乃”字辈以下之科名尚未艾也。乃济之子桂身，道光乙酉举人；乃普之子彭寿，道光甲辰举人，丁未二甲第一名进士，入翰林；乃钊之子培身，道光丙午举人。乃来之孙之瑞，乙酉副贡。其列胶庠、绾簪绂（fú）者，更指不胜屈，皆乐亭先生本支之裔也。

又闻石兰司马，于乾隆庚寅岁归里，觅地葬亲。有精青乌术之李浙山，得地于里桐坞，而不得其穴所在；遇顾君善卜，告以某月日清晨，有红衣人立于此地上，所立之处即穴也。届时，李君早起候之，果有红衣人至，乃乡村新妇至山拾取柴草者。相所立处，沙回水抱，如蟹爪形，外则四山环拱，前迎后送，面面有情，果系吉壤。因葬乐亭先生于此。而先生之弟华清公讳整，及石兰公昆从讳鉴、讳钧，皆合祔焉。故钧之后，如藕舲庶子乃赓、敬斋广文乃裕、馥园孝廉立身、金桥主政谨身、莲甫孝廉葆身；鉴之后，如吉斋太守乃安、听樵孝廉乃宽，科第亦不绝者。

许季传孝廉又言：石兰司马既择地桐坞矣，同时又得一地于赤山埠，为族中无力者葬其先，术家言其地更胜，不如易之。石兰公曰："彼我一体也，倘得更吉，何分彼此？"卒不易。族人葬后，其裔入籍粤东名其光者，与钱塘乃字辈兄弟行，中式道光丙午科广东经魁，此亦盛事之由于盛德也。

又言：尊公京兆公，初官滇南云龙州，州城外山壁夹竖，中有迅流急湍，艰于涉济。此岸产盐，必于彼岸贸易，趋利者多覆溺。公于石壁间施以钻凿，联以铁緪（gēng），覆以土木，遂成悬桥，自是往来无患。其时公长子以大挑赴粤，舟覆于鄱湖尾，洪涛巨浸中，浮沉十余里，竟得无恙，盖有默佑之者矣。

又言：公作牧黔西时，其处之盐课于有司，常有子衿辈受盐于官，弗偿厥课，身被扑责，甘受无辞，相沿成习而弗怪也。公曰："我子孙亦有读书者，岂可以黉（hóng）序中辱同皂隶。"每宽其责，人亦感激乐输，无亏盐课。以上三则，皆其家乘所未及载者，并为记述，亦足见君家世德相承，积善余庆，不胜纪也。

又言：乃縠以孝廉出为甘肃知县，初任环县，沙漠不毛之地，瘠苦荒寒。以办灾之法治之，并捐廉为之经理，凿山得煤，浚井得甘，民赖其利。有《训俗十八条》，民皆信之，地方日阜，词讼日简。继任山丹，开渠，得地百顷，劝民垦荒九处。继任敦煌，亦教之于水利农田。所莅之处，边民咸受其赐。以劳殁于任。殁后，其弟滇生，于江西学署中奉乩，知君已为敦煌土地神矣。

【译文】浙江钱塘县（今杭州市）许氏家族祖先积有阴德，之前根据许家的姻亲戴槐谷先生所讲述的，许乐亭先生（许尧堂）在陕西、甘肃做幕僚时设法赈灾的事情，已经记载在《三录》中了（参见3.1.2）。今年我在浙江候补职缺，奉父亲大人之命客居在西泠，再次采访许家的事迹，则乐亭先生的曾孙许季传训导所讲述的先生在湖北省做幕僚时发生的一件事，阴德更大，因此急忙补录在这里。

据许季传训导说，曾祖父乐亭先生，名许尧堂，乾隆初年时，在湖北某衙门中担任负责刑事诉讼的幕僚。正好赶上邪教教匪滋事，知府抓获带头叛乱的几个人，并且搜获了参与加入教会人员的姓名总册，于是让乐亭先生起草文稿、登记造册，禀报上级。乐亭先生翻阅名册，发现有几万家，都是乡间无知的百姓被诱导胁迫才加入的，心中不忍，想要解救他们的危难，平息这件事于无形之中，苦思冥想筹划了一整夜，毫不犹豫地拍案而起，竟然把名册拿过来烧掉了。第二天早晨，便把这件事禀告给了知府，知府听说后，起初非常生气，随后也有所醒悟，于是下令只将带头的几个人禀报上级严厉惩办，这场危机就化解了。

不久后，乐亭先生的儿子石兰先生许钺，考中乾隆三年（1738）戊午科举人，官至同知。孙子许学范，考中乾隆三十三年（1768）戊子科举人，乾隆三十七年（1772）壬辰科进士，历任顺天府治中、刑部直隶司员外郎。曾孙许乃来，考中乾隆四十八年（1783）癸卯科举人，历官广东香山县、广西临桂县知县、江苏太仓直隶州知州等，入祀广西名宦祠；许乃大，考中嘉庆六年（1801）辛酉科举人，官至江苏海州知州，赏戴蓝翎（清代礼冠上的饰物，插在冠后，用鹖尾制成，蓝色，故称，用以赏赐官阶低的功臣）；许乃济，考中嘉庆三年（1798）戊午科副榜，嘉庆五年（1800）庚申恩科举人，嘉庆十四年（1809）己巳恩科进士，进入翰林院，从广东肇罗高廉道内升为太常寺少卿；许乃穀，考中道光元年（1821）辛巳恩科举人，官至甘肃敦煌县知县；许乃普，作为嘉庆十八年（1813）癸酉科拔贡、嘉庆二十一年（1816）丙子科顺天乡试举人，高中嘉庆二十五年（1820）庚辰科一甲第二名进士（榜眼），进入翰林院，入值军机处，又入值南书房，赐紫禁城骑马，现在已经升任至兵部尚书，多次执掌评定文章、考选文士的权柄；许乃钊，考中道光八年（1828）戊子科举人，道光十五年（1835）乙未科进士，进入翰林院，现在已经升任侍讲；许乃恩，考中道光二十三年癸卯科（1843）举人，也就是季传先生，任台州府儒学训导。他们兄弟七人，相继登科及第，而且乡试中举，始于长子许乃来考中乾隆癸卯科，终于幼子许乃恩考中道光癸卯科，前后相距恰好一个甲子，被传为佳话。因此许学范先生被杭州人喻称为“小郭汾阳”（唐汾阳王郭子仪，有八子七婿，皆贵显朝廷）；而且国人在谈论天下科举功名最为兴盛的家族时，有一副“钱塘许乃，固始吴其”的对联（浙江钱塘县许氏家族的“乃”字辈子弟，河南固始县吴氏家族的“其”字辈子弟）。

然而“乃”字辈以下的后人科举功名尚且没有止境（许氏以“学乃身之宝，儒以道得民”排辈）。许乃济的儿子许桂身，道光五年（1825）乙酉科举人；许乃普的儿子许彭寿（原名寿身），道光二十四年（1844）甲辰恩科举人，道光二十七年（1847）丁未科二甲第一名进士，进入翰林院；许乃钊的儿子许培身，道光二十六年

(1846)丙午科举人。许乃来的孙子许之瑞，道光五年(1825)乙酉科副榜贡生。其他进入府县学校读书、富贵荣显的后人，更是多得数不过来，这都是乐亭先生直系的子孙后代。

又听说许石兰同知(许钺)，在乾隆庚寅年(1770)回到家乡，寻找合适的墓地来安葬亲人。有一位名叫李浙山的人，精通风水术，在里桐坞(今属杭州市西湖区转塘街道)发现一块吉地，却不能确定墓穴的具体位置；遇到一位善于占卜的顾先生，告诉他在某月某日的清晨，会有一位身穿红衣的人立在这块地上，他站立的位置就是真正的穴位。到了那天，李先生早早起来等候，果然来了一个红衣人，是附近村庄里新娶的媳妇，来到山里捡拾柴草的。仔细观察女子站立的地方，山石和水流重叠环抱，形状好像螃蟹爪子，外面则有四座山峰簇拥拱卫，前有迎接后有拱送，面面都有灵动生发的气象，果然是一块风水宝地。于是将许乐亭先生安葬在这个地方。而且先生的弟弟华清公许堃，以及石兰先生的兄弟许鉴、许钧，都合葬于此。因此许钧的后人，比如左春坊左庶子许乃赓(藕舲)、平湖县儒学教谕许乃裕(敬斋)、举人许立身(馥园)、兵部主事许谨身(金桥)、举人许葆身(莲甫)；许鉴的后人，比如兰州知府许乃安(吉斋)、举人许乃宽(听樵)等等，科举中第的也是接连不断。

许季传举人(许乃恩)又说：石兰同知已经在里桐坞找到了一块墓地，同时又在赤山埠(杭州地名，在四眼井与虎跑泉之间)发现一处地方，送给贫困的族人安葬自己的祖先，风水家说赤山埠的这块地更好，不如换一下。石兰先生说："他们和我是一体同根，倘若能够更吉利，何必要分你的我的呢？"最终还是没有换。族人埋葬亲人后，他的后人中有一位许其光，加入广东籍，和钱塘"乃"字辈是同辈兄弟，考中道光二十六年(1846)丙午科广东乡试经魁

(科举时代乡试中试的前五名，因各于五经中取第一名，故称为经魁)，这也是由盛德带来的盛事。

又说：父亲京兆公(许学范，曾任顺天府治中，故称)初入仕途时，担任云南云龙州知州，州城外有陡峭的崖壁相对耸立，中间水流湍急，难以渡过。岸这边出产食盐，一定要运到对岸贩卖，想要赚钱的人往往落水被淹死。京兆公就在崖壁之间钻凿打孔，两边用大铁索连接，在铁索上面铺上木板，用土压实，做成了一座悬索桥，从此以后两岸相互往来就没有忧患了。当时京兆公的长子(许乃来)经过大挑(清制挑选三科以上会试不中的举人，一等任知县，二等任教职，称为大挑)被授予知县职位，赴广东任职途中，所乘坐的船在鄱阳湖尾倾覆，他在洪涛巨浪中浮浮沉沉，漂流了十多里，后来得以安然无恙，大概是获得了冥冥之中的护佑。

又说：京兆公在担任贵州黔西州知州的时候，当地的百姓须要向官府缴纳盐税，常常有一些有功名的学子、生员取得官盐，却不偿还盐税，自己因此受到杖责，也心甘情愿承受不会推辞，渐渐形成一种风气习惯，不以为怪。京兆公说："我家的子孙也有读书人，作为在学校读书的学子，怎么可以像对待差役一样责打侮辱他们呢？"往往就宽免了对他们的责罚，大家也因此心存感激，愿意缴纳，不再亏欠盐税了。以上的三件事，都是他们家家谱中没有记载的事情，这里一并记载下来，也足以体现许先生家世世代代以厚德传家，正所谓积德行善的人家必有绵延不绝的吉庆，许氏祖先的美德事迹和子孙后代的美谈佳话，根本无法全部一一记录下来。

又说：许乃穀以举人出身在甘肃担任知县，起初担任环县知县，这里属于沙漠地区，草木不生，荒凉贫瘠。于是就用办理赈灾的方法治理，并且捐出自己的俸禄作为经营管理的经费，开凿山石发现了煤矿，深挖水井得到了甘泉，百姓们因此蒙受了福利。颁布了

《训俗十八条》，百姓都非常信服，地方上日益安宁，诉讼打官司的情况越来越少。其后在担任山丹县知县时，开挖水渠，得到上百倾的良田，鼓励百姓开垦荒地九处。其后在担任敦煌知县时，也教导百姓兴修水利，改善农田。为官所到之处，边远地区的百姓都受到他的恩惠。因劳累过度逝世于任上。逝世后，他的弟弟许滇生（许乃普），在江西学政衙门中扶乩，知道乃穀先生已经成为敦煌的土地神了。

第二卷

4.2.1 李方伯

嘉庆末，吾乡人喧传李鄦（xǔ）斋方伯（赓芸），为漳州府城隍神，问之漳人，皆言之凿凿。按：李鄦斋先生之冤狱已载前录，近阅钱衎（kàn）石先生记事稿中所载，知其治漳之善，信可法可师也。

其言曰：福建漳州械斗最难治，鄦斋李公名赓芸，曾为漳守。其始至，悉召乡约里正至廨，饮之酒而告之曰："朝廷设官，正以平尔曲直也，奈何不告官而私斗为？"皆曰："告或一二年狱不竟，竟亦是非不可知，而且先为身累，不得已而斗耳。"公曰："今有吾在，狱至立剖，有不当，更言之，何如？"皆曰："幸甚。"公曰："然则私斗何为者？归为我遍告乡民，后更斗者，吾必禽其渠，毋恃贿脱；苟有居业，吾且尽焚之，无悔。"皆唯唯退。然不知公之治果何若也。已而有斗者，立调官兵往捕，悉如所言。斗者大惧。

公日坐堂上，重门洞开，吏役更番侍。有诉者，直入至公前，公命役与俱，召所当治者，而限以某时日不至，则杖役。至则立平之，释去，不费一钱。民皆欢呼曰：“李公活我。”虽外县皆赴诉于公，公先询问大概，而后下于县，县不敢拖延。以是漳大治，至今妇孺能道之。其没而为神也，宜哉！

【译文】嘉庆末年，我们福建人纷纷盛传原福建布政使李鄘斋先生（李赓芸），死后成为漳州府的城隍神，询问漳州本地人，都说得真真切切。说明：李鄘斋先生所遭受的冤案已经记载在前书中（参见1.1.16），近日翻阅钱衎石先生（钱仪吉，初名逵吉，字蔼人，号衎石）的文集《衎石斋记事稿》中所记载的内容，知道李先生治理漳州的方法和措施非常得力，确实值得效法和学习。

书中是这样记载的：福建漳州的民众惯于打架斗殴，这种风气是最难治理的，李鄘斋先生，名叫李赓芸，曾经担任漳州知府。他刚来此地上任的时候，把乡约、里正等基层差吏都召集到县衙，一边给他们敬酒一边询问他们说：“朝廷设置官员，就是为了帮你们主持公道、评断是非曲直的，你们为什么不向官府报告，而是私自斗殴呢？”众人都说：“告官的话有时一两年官司都没个结果，就算有结果，其中的是非曲直也已经面目全非、模糊不清，而且当事人自身的生活受到极大的拖累，实在没办法才采取斗殴的方法。”李公说：“今天有我在，案子一来立刻进行剖析判决，如果结果有不公正、不合理的地方，大家尽管指出来，怎么样呢？”大家都说：“非常希望如此。”李公说：“既然这样，那还私自斗殴做什么呢？你们回去后替我向广大乡民转告，今后如果还有私自打架斗殴的，我一定把带头的人抓起来，不要想着贿赂官员来脱罪；如果有家产的，我一定都给他烧了，到时不要后悔。”众人都连声答应，然后退下了。然而并不知道李公的治理手段和力度到底怎么样。不久后又有人斗殴，李公立刻派出官兵前往抓捕，完全符合他之前所说的话。斗殴的人都非常害怕。

李公白天坐在公堂之上，把一层一层的门都打开，差吏衙役轮流侍候。有来告状的，便直接来到李公面前，李公命令差役和当事人一起，把要治罪的人都召到公堂，并且限定期限，超过期限没有到的话，就杖责差役。一到场就立刻进行评断裁决，该释放的释放，从头到尾没有让百姓花一文钱。百姓都欢呼道："是李公救了我的命啊。"即使是外县的人都慕名来找李公告状，李公先询问大概的案情，然后将案件下发到本县审理，本县的官员不敢拖延。就这样漳州在李公的治理下得以安定繁荣，直到现在连妇女儿童都能称道。李公逝世后成为神灵，也是理所应当的啊！

4.2.2 福观察孙刺史

徐牧庵刺史云：福君荫、孙君树新，皆予粤东旧同寅，称莫逆交。后俱改任晋省，殁于其任。闻福君在冀宁道时，因改建龙神庙，毁弃旧像，遂获神谴，不旬日，父子相继殁，此事甚怪。孙君初任吉州，旋升代州，州属每苦旱，因建青龙祠以祈甘雨。工竣，即撄疾。某月朔昧旦，士民咸见公拥朱旄皂盖入祠，即其易箦（zé）时也。

夫同一龙神也，同一创建龙神庙也，获报之殃庆各殊，何也？大抵龙为四渎之尊，肸蚃（xì xiǎng）所昭，当必有凭之者。福君投旧像于浊流，亵越已甚。孙君莅州治，前后六年，实心为政，凡修理文庙、学宫，及开玉带河，大工毕举，振文风，兴水利，即无龙祠之建，亦当庙食兹土，此固理之彰彰者。暇日牵连书之，以见司土者，政尚图新，事维求旧，总期于物有济，行乎我心所安，而果报之理即寓其中矣。

刺史为家大人壬戌同年，名应麟，八十余岁无疾而终。此其遗集中笔录一条，义备劝戒，因录之。

【译文】徐牧庵知州（徐一麟）说：福荫先生、孙树新先生，都是我从前在广东任职时的同僚，可谓是莫逆之交。后来他们都被调到山西省任职，逝世于任上。听说福荫先生在担任山西冀宁道期间，由于在改建龙神庙时，把庙里原来的神像毁坏丢弃，所以就遭到了神灵的谴责，没过十天时间，父子二人相继死去，这件事情非常奇怪。孙树新先生起初担任山西吉州知州，随后升任代州直隶州知州，代州所辖地区常常遭受旱灾，因此修建了一座青龙祠，来祈求天降甘霖。刚刚竣工，孙先生就生病了。某月初一天将亮还未亮之时，当地民众都看到孙公在红色旗子、黑色伞盖的簇拥下步入青龙祠，正是他临终的时候。

同一位龙神，同样创建龙神庙，获得的果报却迥然不同，一个遭受恶报，一个获得善报，这是为什么呢？大概是因为龙作为守护四渎（长江、黄河、淮河、济水的合称）的尊神，精诚所感，必有响应，一定有神灵降临鉴察。福先生把旧的神像丢弃到了污水中，已经是严重地轻慢违礼了。孙先生莅临治理代州，前后长达六年，真心实意处理政事，凡是修理文庙、学宫，以及开凿玉带河，各种重大工程全部兴办，振兴文教，兴修水利，即使没有修建青龙祠，也会被当地人永远奉祀纪念、享受香火，这本来就是极其明白显著的道理。闲暇的时候，把这两件事情一并记载下来，由此可见主政一方的父母官，政治上要谋求新举措，文化风俗上要保持固有的传统，总是希望对老百姓有所帮助，做事情要问心无愧，果报的道理也就蕴含在其中了。

徐牧庵知州与我父亲是嘉庆七年(1802)壬戌科同榜进士,名叫徐应麟(应为徐一麟,号牧庵,浙江平湖人,曾任广东大埔、普宁、海阳等地知县),八十多岁时无疾而终。这是他遗留下的文集中的一则笔记,具有劝善戒恶的意义,因此记录在这里。

4.2.3 钱孝廉

于莲亭《闻见录》云:润州钱为林孝廉,乾隆年间,设帐某绅家。某弟子甚聪慧,不肯读书,钱督之甚力。弟子曰:“某如石火电光,明年即当归去,读书何益?”钱惊,询其故,答曰:“某本系菩萨侍者,以过谪人间,不久当仍归本来矣。”钱因问:“尔既自知,能知我否?”时钱未有子,并询以何时可得,答云:“师前生乃明季周介生,今生应以孝廉作邑令。命中本不应有子,如能广积阴骘(zhì),可得二子,一孝廉、一拔贡也。”次年,某弟子果不禄。钱自后遇有善事,努力为之,不少怠。

后选山西邑令,邑在万山中,崟(yín)崎险峻,为虎狼出没之所。钱后因事下乡,息舆山中,舆夫俱熟寐道旁。忽见白须叟,执一小旗,插某舆夫首,钱怪之,潜取匿怀中。少刻,有一虎咆哮而至,似有所觅;不得,遂去。老人复来,又插旗于舆夫首,钱又去之。虎复至,而含怒意,遍嗅各舆夫,似欲有所搏噬,后竟去。钱急唤舆夫醒,告以故,舆夫亦言梦见虎欲食之状,甚可怖。钱因促返署,至则细询舆夫有何罪业,舆夫自言曾经殴母,钱怒曰:“不孝之罪,上通于天。”命重杖三十。杖讫,舆夫叩首言,求主人赐以百金为养母资,伊即出家为僧矣。钱如数应之,舆夫即飘然去。

后钱果生二子，长名之鼎，赴京乡试时钱已殁，未揭晓前，忽有一行脚僧至求见，阍者不纳，僧言有某妪相识，阍者呼妪出，则即脱厄之舆夫也。因与之见之鼎，言："郎君今科必中，然有失德，不能成进士。须力行善事，方可延算。"语毕，遂去。之鼎果获售，后寿竟不永。其弟某以拔贡终，均应其弟子之言。嗟乎！钱以夙世奸慝（tè），宜得恶报，转世犹得以孝廉官邑令，其从前根柢（dǐ）之厚可知；乃命应绝嗣，以行善而获二子，可见彼苍之许人以自新也。至某舆夫者，不孝其亲，罪莫大焉；及一旦悔悟，遁迹空门，竟获前知。非其中有所得而能若是乎？

【译文】于莲亭先生（于克襄）所著的《铁槎山房闻见录》一书中记载：江苏润州（今镇江市）的钱为林举人，于乾隆年间，曾在某富绅家设馆授徒。有一名弟子非常聪慧，却不愿意读书，钱某就非常严厉地督促他。弟子就说："我的生命就像是石火电光那样短暂，明年就要回去了，读书有什么用呢？"钱某非常惊讶，就询问他其中的缘故，弟子回答说："我本来是某位菩萨身边的侍者，因为犯了过错被贬谪人间，不久之后还是要回归本来面目的。"钱某于是就问他："你既然知道自己的身世，那能不能知道我的身世呢？"当时钱某还没有儿子，就询问自己什么时候可以得到儿子，弟子回答说："老师前世是明朝末年的周介生（周钟，字介生，江苏金坛人，崇祯十六年进士，官翰林院庶吉士，后因投靠李自成政权被南明政权处死），今生应该以举人的身份出任县令。命中本来不应该有儿子，如果能够多积阴德，可以得到两个儿子，将来一个是举人，一个是拔贡生。"第二年，这名弟子果然夭折了。钱某自此以后每当遇到善事，就努力去做，从未懈怠。

后来被选任为山西某县县令，该县位于万山环绕之中，山石高峻奇特，地势陡峭险恶，常常有虎狼出没。钱某后来有一次因公事下乡，停轿在山中休息，轿夫们都在路边睡着了。忽然看见一位白胡子老人，手持一面小旗，插在某轿夫的头上，钱某很奇怪，就偷偷地把旗子取下藏在自己的怀中。不一会儿，有一只老虎吼叫着跑过来，好像在找什么东西；没有找到，就走开了。老人又来了，又在轿夫的头上插上旗子，钱某又取下来。老虎又来了，而且带着愤怒的样子，把每一名轿夫都闻了个遍，似乎想要吃人，最后还是离开了。钱某急忙把轿夫叫醒，告诉他事情的经过，轿夫说他也梦见了老虎要吃他的样子，非常可怕。钱某因此督促他赶紧返回县衙，回去之后就细细询问车夫到底有什么罪业，轿夫就说自己曾经殴打过母亲，钱某生气地说："不孝的罪行，会感通上天。"于是命人重重地杖责他三十下。杖责完毕后，轿夫跪下叩头说，请求主人恩赐一百两银子，作为母亲养老的资金，他自己就出家为僧了。钱某答应了他的请求，如数把钱给了他，轿夫就如释重负地离开了。

后来钱某果然生了两个儿子，长子名叫钱之鼎，赴京参加乡试时，父亲钱为林已经去世了，考试结果还未公布前，忽然有一位行脚僧前来求见，守门的人不让他进，僧人就说和家里某位老妇认识，守门的人就把老妇叫出来，发现僧人原来就是上次幸免于难的轿夫。于是老妇带僧人一起去面见了之鼎，僧人对之鼎说："郎君这次乡试一定会考中，然而因为有失德的地方，所以不能成为进士。必须努力多行善事，才可以延长寿命。"说完就离开了。之鼎果然考中了，后来寿命果然还是不长。他的弟弟某也是终其一生只获得拔贡的功名，都印证了父亲的弟子当初说过的话。哎呀！钱为林因为前世奸恶，应该得到恶报，可是转世后仍然能够以举人的功名担任县令，由此可知钱某过去世培植的福德善根是多么深厚；然而钱某命中本来没有儿子，但是因为行善而获得了两个儿子，可见上天是容许人改过自新的。至于某轿夫，不孝顺父母，罪恶之重，莫过于此；等到一旦悔改醒悟，栖身于佛门，竟然获得预知未来的能力。如果不是因为修行得力，能够达到这种程度吗？

4.2.4 某明经

于莲亭又曰：杭州有某明经者，平日嗜酒，醉后辄嫚骂，率以为常。某年元旦，某出门遇一乞丐索钱，状甚苦，他人皆不顾，某忽发善心，给以一钱而去。后某因病入冥，阎王责其儇（xuān）薄无行，命判官稽其善恶册子，恶迹甚多，而善事只有一件。因令秤之，善恶相等。阎王令判官查其是何善事，则即曾给乞妇一钱也。盖乞妇乃观世音化身，诸人皆掉头不顾，独某给以一钱，故阎王准令还阳。某再生后，戒酒行善，又历多年始殁。观此则知何地无鬼神？一钱而即能延纪，则何事不可为善，又何人不能为善乎！

【译文】于莲亭先生（于克襄）又说：杭州有一名某贡生，平时酷爱喝酒，醉酒后动不动就破口乱骂，已经习以为常。某年的正月初一，某贡生出门遇到一个乞丐在讨钱，看样子非常困苦，其他人都不理会，贡生忽然生起一念善心，给了乞丐一文钱就离开了。后因为生病进入了冥府，阎王责备他巧佞轻佻、品行不端，命令判官查阅他的善恶册子，其中恶行很多，善事却只有一件。于是命令手下用秤来称重，结果善恶两边一样重。阎王就命令判官查阅他做了什么善事，原来就是他曾经给了乞讨的妇女一文钱的事。其实乞讨的妇女竟然是观世音菩萨的化身，众人都扭头不屑一顾，只有某贡生给了一文钱，因此阎王准许他返回阳间。某贡生死而复生之后，开始戒酒行善，又过了很多年才去世。由此可知什么地方没有鬼神呢？布施了区区一文钱就获得了延寿，那么在什么情况下不能做善事，又有什么人不能做善事呢！

4.2.5 百文敏公

嘉庆年间，封圻大吏才猷卓著者，首推百文敏公。当时朝廷称之曰能，身后谥之曰敏，非虚美也。余少时随宦荆南，屡闻公之宦迹，而未能道其详。昨从汉阳友人偶谈一事，已不愧神明之誉，兼可为劝戒之资矣，因亟笔记之，云：

方百文敏公之总制两湖也，有江西客民，在汉口经纪数年，积有余赀，回家置产，渐臻完美。因年逾周甲，思终老于家，以免奔驰之苦。有一弟在家诵读，仅博一衿，谁知弟心不良，恃田园契据尽在手中，将兄递年产业，作为己手所进，一股全吞，致兄垂老萧条，无可控诉。不得已，挟其微资重赴汉口为贾。迁延数载，生意甚微，郁闷吁欷，无以自遣。

熟闻百公之精明，屡伸民间之冤抑，遂作词呈控。讯出其祖父寒微，一无遗蓄，弟年甫冠，向赖老兄抚养，得以读书成人情事。时公已洞见此案大概，收呈后不加批发，即手交江夏令，谕令设法办理。江夏令以案关隔省，既难于传人，又无从察访；延至数日，莫展一筹，转求教于制府。公笑曰："此易易耳，即在盗案中列其弟为窝家，斯得之矣。"江夏令因遵谕具详，公即飞咨江西中丞，刻日严拿其弟到案。不由分辨，即押解至湖北归案质讯。公随即亲提至大堂，厉声呵斥曰：“秀才家应守名教，乃敢作盗窝家，致富千金，情实可恶，法更难宽。”速令供招定案。时其弟魂不附身，只求苟全性命，指天誓日，供称：“家产系兄作贾所成，实无与盗通窝情事。”问以：“兄现在何处？”答言：“现居汉口。”立传到案，质讯明确，断定革去生员，薄与笞罚，即将家产仍归兄管，听兄随时赡给，不准分外妄干。弟亦俯首遵依完结，毫无异议。

案关两省，事阅多年，不过数语之间而真情毕露，颂声载道，冤气全伸，非甚神明，其孰能与于此乎！闻近日陈望坡先生之次子贯甫邑侯（景曾），作令山西，即仿此断结一案，大著循声。使天下之折狱者尽如是也，上以是劝，下以是戒，又何莠民之能容于世哉！

【译文】嘉庆年间的封疆大吏之中，论起才能谋略突出显著的，首先应当推举百文敏公（百龄，汉军正黄旗人，张氏，字菊溪，官至协办大学士，谥文敏）。当时朝廷称赞他为“能臣”，死后赐予“敏”的谥号，并不是不切实际的赞美。我少年时期跟随父亲在湖北荆州为官时，曾多次听说过文敏公为官的事迹，但是知道得还不够详细。昨天听一位来自汉阳的朋友偶然谈到一件事情，已经足以证明文敏公被人们奉若神明是当之无愧的，并且可以作为劝善戒恶的资料，于是急忙记录下来，他是这样说的：

百文敏公担任湖广总督时，有一位来自江西的客商，在汉口做生意多年，积累了丰厚的资财，回家置办了产业，各方面渐渐趋于完备无缺。因为已经年过六十岁了，希望在老家安度晚年，以免受到往来奔波的苦恼。他有一个弟弟在家读书，仅仅获得了一个秀才的功名，谁知道弟弟居心不良，依仗田地庄园的契约字据等全都掌控在自己手中，将哥哥历年来置办的产业，当作自己经手购进的，一股脑全部私吞了，以至于哥哥一把年纪萧条冷落、生活无着，想要控诉也没有门路。没有办法，只好带着微薄的本钱重新去汉口做生意。停留了几年，生意毫无起色，心情郁闷，长吁短叹，没有办法排解愁闷。

这位江西客商常常听说百公为官精干英明，曾多次为百姓伸张正义、洗雪冤屈，于是写了状纸，呈控到百公堂前。经讯问得知，该人的祖辈、父辈出身寒微，并没有遗留下任何积蓄，弟弟刚刚成年，向来依赖老哥哥抚养，才能够读书、长大成人等等情节。当时百公已经清楚地了解了这件案子的大概情形，收到状纸后并没有批示发派，而是亲手交给了江夏县令，指令他设法办理此案。江夏县令因为案件关系到外省，不仅难以传唤当事人，也没有办法调查寻访；就这样拖延了好几天，一筹莫展，回过头来向百总督请教。百公笑着说："这事很容易，就在强盗案件中把他弟弟列为窝藏犯，这样就行了。"江夏县令于是遵照百公的指示出具报告，百公随即飞速发函商请江西巡抚，即日将他弟弟捉拿归案。不由他分辨，就押解到湖北到案接受审讯。百公随即亲自在大堂提审，严厉地呵斥他说："你作为读书人应该遵守礼法，竟然胆大妄为帮助盗贼窝藏赃物，借此发家致富，得财千两，情节实在可恶，法律更难宽恕。"命令他尽快如实招供认罪。这时他弟弟已经被吓得魂不附身，只求能够保住性命，指天发誓，供认说："家产都是哥哥经商所得，实在是没有和盗贼勾结窝藏赃物的事情。"百公就问他："那你哥哥现在在哪里？"弟弟回答说："现在居住在汉口。"百公立刻传召哥哥到场，审讯清楚后，判决革去弟弟生员的身份，稍加责罚，即日将家产仍然归兄长掌管，生活用度听凭兄长随时供给，不准不守本分妄加干涉。弟弟也低头服从，按照程序结案，没有任何异议。

这桩案子关系到两个省份，事情经过了很多年，不过简单的几句话，便真相大白，赞颂之声充满道路，冤情得到伸张，如果不是英明如神，谁能做到这样呢！听说近日陈望坡先生（陈若霖）的次子陈贯甫县令（陈景曾），到山西担任县令，也是仿照这种办法判定了另一件案子，一时之间循良的官声广泛传扬。倘若天下审理诉讼案件的人都能够如此英明烛照的话，做得好的人更加勉励，做得不好的人引以为戒，又怎么会有坏人能够在这个世上立足呢！

4.2.6 节妇请旌

江都史望之宫保，登贤书后文名噪甚，曾为扬州珠太守（蟒伊）幕上客。一日，在家午寐，恍惚一青衣持帖，并舁舆来请，梦中以为太守也，遂乘舆同往。至一公廨，有官降阶相迎，古貌古衣冠，乃一素不相识之人。私计既到此，未便遽退。古衣冠者执礼甚恭，堂设一席，遂分宾主坐定，肴不丰美而甚冷。话甫毕，遂有司签者，请主人出厅事问案，古衣冠者曰：“先生请少待，某有公事，暂少陪，幸坚坐毋妄动也。”宫保口虽唯唯，乃潜蹑其后以侦之。瞥见一老妇褴褛蹒跚而进，手持一纸，若投状控告者，语不甚了了。古衣冠者在堂上拱立，有敬意，久之但闻堂上者云：“此事交与我处分。”老妇退，堂上者乃复坐。俄而闻锁镣声，两少年至，匍匐阶下，觳觫（hú sù）万状。视之，乃乡榜某房师之一子、一侄也。子服秋葵色夹衫，侄服玉色夹衫，心异之，以为如此服色，何以狼狈若此，有何罪犯而锁镣又若此？忽闻堂上古衣冠者击案大声呼，堂下众役严刑并下，宫保不忍卒视，退而归。少顷，古衣冠复回，向宫保云："先生前程远大，幸自爱。"遂醒。

觉后，梦境历历如在目前，宫保颇不自安，又未便上书某房师询探此事。其时某房师作令吴中，宫保因藉请谒之名，兼可访此梦由，遂驾舟渡江前往。甫至署门，司阍者云："史老爷来得甚好，主人因少爷、侄少爷同时暴病而亡，心甚忧闷，正可与主人排解。"宫保奇之，入见房师云："世兄临终时，是秋葵色夹衫否？"房师云："你如何得知？"宫保备述梦境，时日并同。究不解老妇控告何故。

某房师因而详细稽察，乃知有一富室节妇请旌，少爷、侄少爷勒索重费，数次批驳不准，致未获邀旌表。宫保于是代为详请，并列入志乘焉。宫保之长君颖生大令（丙荣）嘱罗茗香茂才（士琳）代撰宫保行述，故知其详。茗香为余转述云。帝君曰："勿坏人之名节。"况于其中取利乎？宜报之速也。

【译文】江苏江都县（今扬州市）的史望之宫保（史致俨，字容庄，号望之，官至刑部尚书，卒赠太子太保），乡试中举后有文才的名声广泛传扬，他曾经在扬州珠知府（珠蟒伊）的署中做幕僚。有一天，在家里午睡，恍惚之中看到一位身穿青衣的人，手持名帖，并抬着轿子来请他，梦中以为是珠知府派来的，于是就乘轿随同他前去了。来到一座官署，有位官员走下台阶来迎接，相貌和衣冠都是古时候的样子，是一位从来不认识的人。心中暗想既然来到这里，也不便立刻就离开。身着古衣冠的官员，非常恭敬地施礼，堂内设有一桌宴席，随即按照客人和主人的身份坐下，菜肴并不丰盛而且很凉。话音刚落，就有一名管理签牌的小吏，请主人出堂审理案件，身着古衣冠的官员说："先生请稍等，我有公事要处理，暂时失陪，请安坐不要乱动。"史宫保嘴上虽然连声答应，还是悄悄地跟在他的后面探视情况。瞧见一位衣衫褴褛的老妇人，摇摇晃晃地走进来，手里拿着一张纸，像是来呈递诉状控告的，说的话听得不是很清楚。身着古衣冠的官员在堂上拱手站立，表情姿态颇为恭敬，过了一会儿只听到堂上的人说："这件事就交给我处理。"老妇人就退下了，堂上的人重新坐下。不一会儿就听到锁链镣铐的声音，来了两名少年，趴在台阶下，惊恐万状。仔细一看，发现竟是乡试中某位阅卷官的儿子和侄子。儿子穿的是秋葵色的夹衫，侄子穿的是玉色的夹衫，心中感到诧异，认为他们的穿着打扮如此鲜艳华美，为何会如此狼狈不堪，又犯了什么罪以至于戴着如此沉重的枷锁镣铐？忽然听到堂上身着古衣冠的人拍案大声呵斥，堂下的差役一起施以严厉的刑罚，史宫保不忍心看完，就退出返回座位。片刻之后，身着古衣冠的人又回来了，对史宫保说："先生前程远大，希望爱惜自己。"于是就醒了。

醒来后，梦中的情景依然历历在目，史宫保颇感心中不安，又不方便直接写信给阅卷官询问这件事。当时某阅卷官在苏州府某县做县令，史宫保借着请求拜见的名义，并且可以顺便打听到这个梦境的由来，于是就乘船渡江前往。刚到县衙门口，看门的人说："史老爷来得正是时候，我家主人因为少爷、侄少爷同时暴病而死，心中非常忧伤苦闷，正好您可以帮助主人排解安慰。"史宫保非常惊奇，进入拜见阅卷师，说："世兄临终时，是不是穿着秋葵色的夹衫呢？"阅卷师说："你是怎么知道的呢？"史宫保随即就把自己的梦境详细地讲述了一遍，日期都对得上。但是始终不了解老妇人究竟在控告什么事情。

某阅卷师于是就仔细地检查，才知道有一位富家的节妇，向朝廷申请表彰，少爷、侄少爷勒索重金，多次驳回不予批准，以至于最终没有获得朝廷的表彰。史宫保于是就代为上报申请，并且将节妇的事迹载入了地方志。史宫保的长子史颖生县令（史丙荣，字桂才，道光十八年进士，官至亳州知州）曾嘱托罗茗香秀才（罗士琳，字次璆，号茗香，清代数学家）代为撰写父亲史望之宫保的行状（叙述死者生平事迹的文章），因此得知其中的详情。茗香又转述给我。文昌帝君说："不要败坏别人的名节。"更何况是趁机从中谋取私利呢？难怪这么快就遭受了报应。

4.2.7 某孝廉

婺源某孝廉，负时望，邻邑聘修县志。有公举两妇人节孝者，哂曰："不嫁易易耳，奚足为奇？"摈之不录。乾隆癸丑，赴春闱，过泰山下，宿旅舍。梦两妇人戟手相向曰："我等茹蘖（bò）饮冰，所得仅此虚名，何物狂生，乃谓易而黜之耶？今得请于帝矣。"某惊觉，告之同人，咸以为妖梦不足凭。及入闱，三艺方成，即将誊清，忽见前两妇人入詈之曰："今科本来抡魁入翰苑，因尔妄肆雌黄，革除已尽，尚望终场耶？"执其笔不得下，乃狂呼彻夜，自碎其卷而出。

【译文】江西婺源县的某举人，一时之间拥有很高的声望，邻县聘请他参与编修县志。众人共同推举将两名妇女的事迹载入节孝名录，举人冷笑着说："没有改嫁是一件很容易的事情，有什么值得稀奇的呢？"摈斥不予以收录。乾隆癸丑年（1793），举人赴京参加春季礼部会试，路过泰山脚下，夜晚住宿在旅店。梦见两名妇女用手指着他斥责道："我们一生含辛茹苦，清白做人，所得到的也就只有这样一个空头名誉而已，哪里来的狂妄后生，你算什么东西，竟然认为守节很容易，随随便便就把我们的事迹排除掉了？我们现在已经向天帝禀告了。"某举人一惊而醒，把梦境告诉给同伴，大家都认为是乱梦，不用当真。等到进入考场参加考试，三篇文章刚刚写好初稿，正准备誊写在试卷上，忽然看到之前梦中的那两名妇女进来骂他说："这次考试，你本来应该高中状元，进入翰林院，就因为你狂妄放肆、信口雌黄，命中的功名已经被革除殆尽，还指望能考完全场吗？"妇女抓住他的笔不让他下笔写字，大喊大叫了一整晚，自己撕碎了自己的试卷退出考场。

4.2.8 雷击负心

泰州郑姓者，其父工刀笔，积有赀。郑世其业，性素乖张，无恶不作。私一婢，有孕，其妻知而责之，谓："事既如此，只得纳为妾。"郑不承，且辱打婢，并云其孕不知从何而来，遣之去。婢归其家，为父母所诟，谓："行此无耻事，而仍为人所摈弃，何以为人？"婢忿极，无以自容，遂自缢，而郑自若也。其妻知婢之死，责夫昧良丧心，泣告曰："吾此后尚能靠汝乎？"郑厌其絮聒，以脚踢之，适中其腹，妻亦有孕，痛楚之下亦自缢。其妻父在扬州，郑以其女产亡报，岳家亦不之疑。

一日，郑到扬州经纪，隐为续弦计也，住新桥寺。是日午刻，大雷雨，郑适在乘除，闻雷声，即面有戒色，忽霹雳一声，而郑死矣。时同在寺者，一卖画、一小道士，均被震而苏。此道光二十六年六月十三日事，余正随侍邗上，故知其详如此。

【译文】江苏泰州有一个姓郑的人，他的父亲擅长替人写诉状，因此有了一些积蓄。郑某继承了父亲的职业，性情一向乖僻执拗，不通情理，什么坏事都干。他和家里一名婢女私通，使她怀了身孕，郑某的妻子知道后责备他，说："事情既然已经这样，只好将她纳为妾室了。"郑某竟然不承认，而且辱骂殴打婢女，并且说她肚子里的孩子也不知道从哪来的，就把婢女赶走了。婢女回到自己家后，也被自己的父母责怪，说："做了这种丢脸的事情，还被人家给抛弃，今后该怎么做人呢？"婢女羞愤至极，无地自容，于是自缢而死，可是郑某知道后竟然若无其事。郑某的妻子得知了婢女的死讯后，责备丈夫丧尽天良，哭着说："我以后还能靠你吗？"郑某厌烦她絮叨聒噪，就用脚踢向妻子，正好踢中妻子的肚子，妻子当时也已经有孕在身，伤心悲痛之下，妻子也自缢而死了。妻子的父亲在扬州，郑某对岳父谎称他的女儿是因为难产去世的，岳父家也没有产生怀疑。

有一天，郑某到扬州做生意，实际上是在悄悄筹划续弦的事情，借住在新桥寺。这一天中午，雷雨大作，郑某正在算账，听到雷声，当即面带恐惧的神色，忽然霹雳一声，郑某就被雷击毙了。当时一同在寺院中的人，还有一个卖画的、一位小道士，都被震晕后又苏醒过来。这是发生在道光二十六年（1846）六月十三日的事情，我当时正跟随父亲居住在扬州，因此知道得这样详细。

4.2.9 干员果报

乾隆五十五年，恩赏老民银米绢肉一案，各省并无京控之事，惟杭州府所属之新城吴知县，造报散给底册，未经检点，仍存经办书吏之家。该县典史马姓者，挟平日私嫌，勾通书吏，将盖印底册全行骗入己手，随罗列浮冒不符各款，直揭部科。当奉钦派大臣随带司员，驰驿赴浙查办。

其时，浙江巡抚琅玕（láng gān）、藩司顾学潮、臬司顾长绂（fú）、杭嘉湖道清泰，会同计议，或谓此件关系通省大局，设星使勘问时，马典史竟将该县底册面呈，其事殊难收拾。与其临时棘手，莫若趁星使未到之先，先向原告诱出册据，使其当堂无可呈出。在原告不过诬告不实，罪止遣戍，而于通省大局得以保全，所裨实多。时抚台及藩道俱默无一言，惟廉访深以为是，私语府县曰："有能事者听自为之。"于是公选候补干员中有某姓者，授以秘计而去。

次夜，忽报有小钦差入城，直入臬署大堂，命提马典史讯供，并云："星使命我先来探听。如有证据，必与伸理，否即坐诬。"马典史遽将怀中底册呈出，小钦差略翻一过，哂曰："既有此凭据，明晨二位大人一到，可不烦言而了矣。"

次日，星使果到，提案索据，马典史称昨夜已呈小钦差处。星使大骇，立将所带之司员供事人等，令其一一识认，全属茫然，马语塞。即照诬告重事不实例，遣戍新疆。起解后，马父子同行，盖马本意只控本省，其子怂令直揭部科也。行抵安徽之亳州地方，夜宿旅店，其子因被父埋怨，悔恨交加，乘夜自缢。其父次早惊知，亦即行自刎。

事隔逾年，干员某姓者，回避到闽，由沙县调任龙溪。在龙溪任内，因批解钱粮被盗劫夺，未敢声张，私行赔垫。补解后，由他县获盗，供出某年月日在龙溪县劫过钱粮一次，未破。大府据实奏参，将某姓者亦发新疆谴戍。行抵亳州，夜间竟被马典史现形活捉而去。盖即前此马父子自戕地也。

【译文】乾隆五十五年（1790），正值乾隆皇帝八旬万寿庆典，朝廷下诏恩赏各地高寿老人银两、米粮、布匹、肉等，其中有的地方存在虚报冒领等情况，案件被揭发后，各个省份并没有发生赴京控诉冤屈的事情，只有杭州府所属新城县（今属杭州市富阳区）的吴知县，所编制的发给赏赐对象的底册，还没有经过审查，仍然存放在经办此事的书吏家中。该县的典史马某，心怀平日私人仇怨，勾结买通书吏，将盖有官印的底册全部骗到自己手中，随即罗列出各种虚报冒充、不符合实际的款项，直接赴京向部科（明清官制设有六科给事中，分察吏、户、礼、兵、刑、工六部行政事务，纠其弊误）检举揭发。当时朝廷奉旨派出钦差大臣，带领六部司员，星夜兼程赶往浙江调查办理。

当时，浙江巡抚琅玕（爱新觉罗氏，满洲正蓝旗人，清朝大臣）、布政使顾学潮、按察使顾长绂、杭嘉湖道清泰等，会同商议这件事，他们中有人说这件事关系到全省的大局，假如朝廷的使臣审查讯问的时候，马典史直接将该县的底册当面呈上，事情将难以收场。与其到时候事情很难办，还不如趁着使臣还没来到之前，先诱导原告拿出名册和票据，使他在当堂审理的时候，拿不出证据来。对于原告来说，这不过是属于诬告不实的罪名，论罪最多只是流放边疆，但是就能够使全省大局得以保全，这样做有很多益处。当时巡抚以及布政使、道员全都沉默不说一句话，只有按察使非常认同，私下里对杭州府和新城县的官员说："如果有人能办成这件事，听凭他自行处理。"于是公同推选了候补官员中的某姓干员（办事能干的官员），将秘密计划授意给他，某干员就离开了。

第二天晚上，忽然来人报告说有一位小钦差已经入城了，直接进入按察使大堂，下令提审马典史讯问，并且说："使臣命我先行一步前来探听情况。如果有证据，一定会为你分辨是非曲直，否则的话就要承担诬告的罪名。"马典史立刻将怀中的底册呈交出来，"小钦差"粗略翻看了一遍，冷笑着说："既然你有这样的凭据，明天早上二位钦差大人一到，不必多费口舌就可以了结案件了。"

第二天，使臣果然到了，在提审案件、索要证据的时候，马典史说昨天夜里已经呈交到了小钦差那里。使臣大为惊骇，立刻将自己所带的所有司员、办事人员等叫过来，让马某逐个辨认，马某全都一脸茫然，一个也不认识，无话可说。因此就按照诬告重大案件情况不属实的罪名，马某被流放到新疆戍边。在押送犯人上路的时候，马某父子二人一同前往，因为马某起初的想法，只是在本省控告，是他儿子怂恿他直接到部科揭发。在走到安徽亳州地方的时候，夜晚住宿在旅店，马某的儿子因为被父亲埋怨，悔恨交加，趁着夜间自缢而死。父亲第二天早上知道后大为惊骇，也随即自刎而死。

事情过了一年，那位某姓干员，为躲避风头设法调到了福建任职，从沙县调动到龙溪县做县令。在担任龙溪县令期间，因为解送钱粮时被强盗抢夺，不敢声张，就私下拿出自己的钱来赔补。补足钱粮重新解送后，强盗在其他县被抓获，他们供出曾于某年某月某日有一次在龙溪县抢劫钱粮，没有被破获。上级大官根据实情上奏朝廷弹劾某姓干员，后来某姓干员也被流放到新疆。在经过亳州的时候，夜间竟然被马典史的鬼魂现形活捉而去。这里就是之前马某父子自杀的地方。

4.2.10 雷州太守

罗茗香曰：道光九年，在京师阅邸抄，有部选雷州知府某，行至高邮，遇雷震死，满洲人，礼部司员出身。因询之礼部主事刘申甫丈，据云："此人系同僚，死晚矣。初选知府时，惟挈妻出都，而置瞽母于京师。托言资斧不足，俟到任即遣人迎养。且言所住屋已给房租三年，并有经折，可向某钱店按月取钱数千，为养赡。其瞽母无如何，亦遂听之。乃去甫一月，而房东即来催租，某钱店亦不复发钱，始知房租仅给过一月，而钱店亦止存钱数千也。其母饥寒交迫，昼夜哭泣。此等逆子不死，尚有天理乎？"

及南旋过高邮，询之舟人，则知某尚有山西债客同行，至高邮湖，某令仆商之舟子，令挤债客于湖中，许酬以钱。舟子不可，某又商之水手，水手许之。是晚，将下手而雷忽至，先提知府出舱击死，并烧其妇之身，仅未死。一舟惶恐。舟子始吐实以告山西客，山西客仰天焚券，并于淮安府雷神庙演醮三日，酬神而去。

向闻雷击不孝事甚多，此则出于二千石，且所选适值雷州，是天诛早定，即无谋害债主之事，不击诸高邮，亦必击诸雷州也。按，此事已载在《三录》，实即一事，而颠末微异，故两存之。

【译文】罗茗香先生（罗士琳）说：道光九年（1829），在京师翻阅朝廷官报，有某部员，经考选出任广东雷州知府，走到江苏高邮时，遭遇雷击而死，他是满洲人，礼部司员出身。因此就向礼部主事刘申甫先生询问，据他说："这个人和我是同僚，其实他早就该死了。起初他被选任为知府的时候，只带着妻子出京，而把自己失明的母亲留在了京城。借口说路费不够，等到了任职的地方再派人迎接母亲前往养老。并且说母亲所居住的屋子，已经提前给付了三年的房租，而且还有一本存折，可以向某钱店按月领取几千文钱，作为生活费。他失明的母亲没办法，也只好听从。不想他们刚走了一个月，房东就过来催要房租，某钱店也不再发钱了，才知道他只多交了一个月的房租，而且钱店也只存了几千文钱而已。他的母亲饥寒交迫，白天晚上哭个不停。这样的逆子不死，还有天理吗？"

等到他南下路过高邮的时候，经向船夫询问，才知道某知府还与一位山西债主一路同行，船行至高邮湖时，某知府命令仆人和船夫商量，让船夫把债主挤到湖里，并许诺给他一笔钱作为酬劳。船夫不同意，某知府又和船上的水手商量，水手同意了。当晚，他们正准备下手害人，突然雷电大作，先是把知府提出船舱，当场击死，并且妻子的身体被雷火烧到，几乎被烧死。一船的人都很惶恐。船夫这才把实情透露给了这位山西客商，山西客商对着天空把某知府向他借钱的借据烧掉了，并且在淮安府雷神庙举办了三天的法会，酬谢神明后就离开了。

向来听说不孝子被雷击的事情有很多，这件事居然发生堂堂知府身上，而且被选任职的地方恰好名叫雷州，说明上天的谴罚诛杀早已注定，即便没有谋害债主的事情，上天不在高邮击杀他，也一定会在雷州击杀他。说明，这件事已经记载在《三录》中（参见3.1.17），实际上是同一件事，只是前后情节稍有不同，因此一并留存于此。

4.2.11 放焰口

鬼神之情状，不外一理；其感格，不外一诚。佛教有盂兰盆施食法，俗名放焰口，最为显应，主之者不可不虔。佛冈直隶同知治大埔坪，本清远、英德二县山僻交界地，为盗贼逋逃薮。嘉庆十八年，奏割二县十三堡六乡，专设厅治，民社之外兼辖营伍，故衙署甚宽敞，有东西两箭道，为训练考拔之所。其三堂五大间，左右厢十二间，亦颇轩豁。惟下多古冢，居之者辄病死相继。道光十三四年间，合肥王君（世麟）、巴县王君（大受），先后以试用通同署篆，皆病不数日死。

丁酉春，余戚龚韫山来视事，前任刘持正（湜），告以勿寓眷口于正室，宜居东偏之说，龚从之。惟初履任，幕友跟役甚夥，他屋皆满，独三堂空闲，遂令亲随十余人萃处焉，窃谓阳气盛则阴戾消也。既而病魇者颇多，甚有白日见鬼者，群疑莫释。龚因自诣焚香，默祝以："此地既为官衙，使鬼而无知，则魂升魄降，早应自忘形迹；使鬼而有知，则幽明各别，更不宜混处此间，与朝廷守土之臣争舍宇。嗣此倘能敛迹，俾居之安，则每届中元时，当为若延僧施食；否则当牒城隍，尽行拘治。"祝毕，而病者渐愈，家人亦自是不复讹传见怪矣。

是秋七月，即选戒律僧设坛，虔酬此愿。次年，仍循旧设坛，值风雨，首座僧微有懈意，忽灯烛皆灭，头痛不可忍；比下坛归寺，此僧复半途无故倾跌，其供献器具皆磕碎，卧病十余日乃瘥（chài），盖以不虔而为鬼所揶揄也。

按，龚戚名耿光，字韫山，吾乡海峰郡守之孙，余姑夫小峰邑侯之子。祖父皆循吏，韫山官广东，能继其家声，闻余方辑劝戒之书，手录四条寄示，皆粤东近闻也。因编入《四录》中，凡九事。

【译文】鬼神的情形和状态，其实和人间的道理并无不同；鬼神的感应，无非是心诚则灵。佛教有盂兰盆施食法，世俗称为放焰口，感应最为明显，主办的人不可以不虔诚。广东佛冈直隶厅，厅同知衙门驻地为大埔坪，原本位于清远、英德两个县交界的地方，属于偏僻的山区，成为盗贼逃亡的藏身之所。嘉庆十八年（1813），经奏请朝廷批准，划分出清远、英德两个县的十三堡六乡，专门设立佛冈直隶军民厅，除了管理地方民政之外，还管辖军队，因此衙署十分宽敞，东西两侧各有箭道（旧时官府所设练习射箭的场所），作为训练、考试、选拔的场所。其中三进堂屋有五大间房屋，左右厢房十二间，也是相当宽敞明亮。只是下面有很多古墓，居住在这里的人不少相继染病去世。道光十三、十四（1833、1834）年间，安徽合肥的王世麟先生、四川巴县（今重庆市巴南区）的王大受先生，先后以试用通判、同知的身份代理厅同知的职务，都是生病没过几天就死了。

道光丁酉年（1837）春天，我的亲戚龚韫山来这里主持厅务，前任刘持正（刘湜，嘉庆十四年己巳恩科进士），告诉他不要让家人住在正室，应该居住在东偏房的说法，龚韫山听从了。只是因为刚刚到任，同行的幕僚、随从、仆役很多，其他屋子都住满了人，只有三进堂屋空闲，于是让十几名随从集中居住在这里，他个人认为一帮青壮年男子阳气旺盛，可以压制消退阴邪凶暴之气。可是其中有不少人晚上睡觉遭遇梦魇、说梦话，甚至还有大白天看见鬼的，大家疑惑不解，心中感到不安。龚韫山于是亲自到场焚香，默默祷告说："这个地方既然已经成为官衙，假如鬼无知无觉，那么善魂已经上升天堂，恶魄已经堕入地狱，早就应该不再显示自己的形迹；假如鬼有知有觉，那么阴间阳间各有区别，应该相安无事，更不应该混住在这个地方，和朝廷守护一方平安的臣子争夺房舍。从今以后倘若你们能够有所收敛，使我们安心住在此地，那么每到中元节时，将会为你们邀请僧众施食超度；否则的话，我们就要禀报城隍神，请求城隍把你们全部抓起来治罪。"祷告结束，生病的人渐渐好转，家人也从此不再谣传见到鬼怪的事情了。

当年秋天七月，就选请戒行精严的僧人设坛做法事，虔诚地圆满了之前所发的誓愿。第二年，仍然按照惯例设坛，正好遇到风雨，首座的僧人稍微有些懈怠之意，忽然灯烛都灭了，头痛无法忍耐；等到下坛回寺院时，这位僧人在回去的路上，无缘无故跌倒，他随身所带的供献祭品的器具都磕碎了，卧病十多天才痊愈，大概是因为做法事不虔诚，而被鬼神捉弄了。

说明，龚姓亲戚名叫龚耿光，字韫山，是我同乡龚海峰知府的孙子，我姑夫龚小峰县令的儿子。祖父、父亲都是守法循良的官员，韫山在广东为官，能够继承家庭的良好声誉，听说我在编辑整理劝善戒恶的书籍，就抄录了四则寄给我，都是广东近年来发生的事情。因此编入《四录》中，一共九件事情。

4.2.12 雷击产妇

秦心斋（守恒）云：会稽陈中丞（大文）里第对河，有小民张姓母子，食贫者，其子卖饧（xíng）以养，而母以缝纫佐之，积有余赀，娶一妇，冀代母劳也。孰知妇骄而惰，屡欲出之，以母谕留，且经有孕而止。一日，妇产儿，值子外出，家中乏米，其母以工资十余文易米为粥，和饧以饲妇，妇斥其不具厚味，厉声呵骂之。母屏息含泪出，妇怒犹未已，竟倾粥于净桶中。

斯时天气清朗，忽黑云突起，霹雳一声，摄妇出房，跪而击毙于中庭，净桶亦摄掷其前，粥粒杂粪污焉。雷神以入产室故，触秽不能去，集于陈中丞旗杆斗上，似鸡非鸡，似鹰非鹰，观者如堵。直至所击产妇弥月之期，始大雨雷电，腾空飞去。此道光三年七月事。

【译文】秦心斋先生（秦守恒）说：浙江会稽（今绍兴市）陈大文巡抚的老家的住宅门前有一条河，在河对岸住着姓张的母子二人，家境贫困，儿子以卖糖来养家糊口，母亲再做些针线活来贴补家用，慢慢积攒了一些钱财，娶了一个媳妇，希望妻子可以替母亲分担一些家务。谁知道这新妇既骄纵又懒惰，几次想要把她休掉，都因为母亲劝谕挽留，而且已经有孕在身，这才没有把她休掉。有一天，新妇生了孩子，正好儿子外出不在家，家中没米了，母亲就从自己的工资中拿出十几文钱买米，做成粥，放上糖后喂给新妇，新妇嫌弃婆婆做的饭太清淡，用严厉的语气呵骂婆婆。婆婆吓得大气不敢喘，眼含泪水走出房间，新妇的怒气还没有消，竟然把粥倒进了马桶中。

当时本来天气晴朗，忽然阴云四起，霹雳一声，雷电把新妇从房间提出来，跪在庭院中间，并将她击毙，马桶也被雷电提出来扔到她的面前，粥饭米粒夹杂着粪尿，污秽一地。雷神由于进入产房的缘故，接触了污秽没有办法离开，便停留在陈巡抚家门前的旗杆斗上面，样子像鸡又不是鸡，像鹰又不是鹰，前来围观的人挤得水泄不通。直到被雷击的产妇满月的日子，雷雨大作，雷神才腾空飞去。这是道光三年（1823）七月的事情。

4.2.13 王文虎

心斋又云：李铁桥廉访未遇时，有所用工人王文虎，廉访既仕，稍润助之。初与其兄文龙，就市头设地摆摊卖果菜，继而积资渐裕，则赁铺屋，贩京果南货。迨廉访归里，复贷以千金，遂置业开行，居然称富贾。山阴城中有火帝庙，久颓圮，文虎独力修建，落成于道光八年之秋。维时兄弟二人开张三大行店，曰万祥、曰大有、曰恒记，鼎峙于城中之大江桥街。是冬回禄，各店铺皆被焚，且有隔河延烧者，独王氏三行店屹立不毁，或啧啧称其独修火神庙之报。余闻其人虽市侩，颇诚悫，重然诺，且兄弟极相友爱，然则所以独免郁攸之灾者，非仅获报于修庙矣。

【译文】秦心斋先生（秦守恒）又说：按察使李铁桥先生（李东琪，字铁桥，一作铁樵）还未发达的时候，有雇佣的工人名叫王文虎，李铁桥出仕为官之后，对他稍加资助。起初王文虎和他的哥哥王文龙，就在街头摆地摊卖水果蔬菜，慢慢积累了一些财富，家境也渐渐宽裕，然后租赁了店面，贩卖北方南方的糕点食品。等到李铁桥回到家乡，又借给他们一千两银子，然后置办产业、开办商行，居然成为富商。山阴（今绍兴市）城中有一座火帝庙，已经坍塌毁弃很久了，王文虎独力出资修缮，在道光八年（1828）的秋天正式落成。当时兄弟二人开办了三家商行，分别叫万祥号、大有号、恒记号，鼎立在城中的大江桥街。当年冬天发生了火灾，各家店铺都被烧毁，甚至还蔓延到了河对岸，只有王家兄弟的三家商行屹立不动，没有被波及，人们都不停地称赞，说这是文虎独力修缮火神庙的善报。我听说他们为人虽然有些市井之气，但是特别诚实，也很守信用，说到做到，而且兄弟之间非常友爱，如此说来他们之所以能够有幸免于火灾，不仅仅只是修缮火神庙带来的善报吧。

4.2.14 虔奉大士

嘉应李肖岩秀才（汝舟）言：道光戊戌，渠馆粤西容县杨梅墟，有国学生孔三者，名学传，福建汀州人，在墟业烟，赁店屋四进，挈小妻居焉。尝送子弟附李馆读书，宾主意甚洽。次年新正，孔以春觞招客，李亦与焉。坐次序齿，适与孔同年生，因戏以求见同年嫂为请，孔欣然诺之，呼其妾出见，妾居第三进屋，甫出至二进厅前，而三进屋轰然压下，主客皆惊倒，趋视之，则三进屋梁因年久蠹（dù）蛀而塌也。阁上积货、室内奁函，皆杂残砖断瓦间，狼藉满地。而孔妾适出无恙。

孔向坐客述，其妾常虔奉大士状，谓房中挂像一幅，朝夕必净手焚香，学膜拜。值斋期，必跪诵《观音经》万遍，闭门独宿。今日使非李先生请见，其不毙于岩墙也几希，殆大士假手李先生示显应欤？于是奉持益虔，而墟间妇女知其事者，咸争诵《观音经》矣。

杭州张仲甫中翰尝语余曰：先大夫仓场公，素敬奉观音，自言嘉庆十年莅任苏藩时，在清江浦舟中，闻谈韬华观察（祖绶）言：上年出京，在天津盐政珠隆阿署中，闻珠自述其先世奉观音惟谨，母氏奉观音咒尤虔，余亦持诵，无间寒暑。前在庐凤道任内，因宿州戕官巨案，亲往督拿，身被刃伤数处，又被矛戳喉右。方戳之际，自问已无生理，猛诵观音大士咒，矛伤竟未透膜，医治旋愈，至今瘢痕犹可指也。是日，单观察（沄）适同到舟，亦述伊祖母奉观音最笃，家有狐患，禳除罔效。一日，有妇人叩门，约年三十余，自言能治邪祟，持清水遍洒墙角而去，狐果寂然。别时问何时再见，约以十二年，因于门后粘纸条书记。届期，亦久忘之。一日，忽有老僧来化斋，斋毕，即不见。始悟前后皆大士化身也。

【译文】广东嘉应州（今梅州市）的李肖岩秀才（李汝舟）说：道光戊戌年（1838），他在广西容县杨梅墟设馆授徒，有一名国子监学生，人称孔三，名叫孔学传，福建汀州人，在杨梅墟做烟叶生意，租下一处四进（平房的一宅之内分前后几排的，一排称为一进）的房屋，外店内宅，带着妾室居住在这里。他曾经送子弟到李秀才的学馆读书，宾主之间相处融洽。第二年的正月初一，孔三宴请宾客，共饮春酒，李秀才也参加宴会。按照年龄大小排定座次，李秀才正好和孔三是同一年出生的，就开玩笑说请求见一见同年的嫂嫂，孔三欣然同意，就把他的妾室叫出来和大家见面，妾室住在第三进屋子，刚走出来到第二进屋子的客厅前，这时第三进屋子突然轰然倒塌，主人和客人都被惊吓到，赶紧跑过去看，原来是第三进屋子因为年久失修，房梁长期被蠹虫蛀蚀，从而导致坍塌。阁楼上存放的货物、房间里的梳妆台、橱柜等，都混杂在残砖断瓦之间，满地狼藉。但是孔三的妾室正巧刚刚出来，因此安然无恙。

孔三就向在座的客人讲述，他的妾室一直以来虔诚供奉观音大士的状况，说在她的房中挂着一幅观音大士的画像，每天早晚一定洗干净手焚香，学习膜拜的礼仪。每到斋期，一定跪诵《观音经》（一般指《妙法莲华经·观世音菩萨普门品》）上万遍，关上门自己睡。今天假使不是李先生请求见面的话，她不被石墙砸死的可能性很小，这难道不是观音大士假借李先生之手来显灵吗？于是更加虔诚地供奉观音大士、持诵《观音经》，而杨梅墟的妇女，知道了这件事的，都争相诵念《观音经》了。

杭州的内阁中书张仲甫先生（张应昌，字仲甫，号寄庵，张师诚子）曾经对我说：我父亲仓场公（张师诚，字心友，号兰渚，官至仓场侍郎），平日恭敬供奉观世音菩萨，他说在嘉庆十年（1805）赴任江苏布政使的时候，在清江浦的船上，听谈韬华道台（谈祖绶）说：去年离开京城，在天津盐政珠隆阿的官署中，听珠隆阿本人说他的祖先非常恭敬地信奉观世音菩萨，而他的母亲持诵观音咒尤其虔诚，自己也常常诵念，不论寒暑，从不间断。之前在担任安徽庐凤道期间，因为宿州发生杀害朝廷命官的大案，他便亲自前往捉拿，身上被刀剑伤到了好几处地方，又被矛戳中了咽喉右侧。在被戳到的那一刻，自认为这次肯定活不成了，就勇猛地诵念观音大士咒，矛伤竟然没有穿透喉膜，经过医治很快就好了，至今那个疤痕还清晰可见。这天，单沄道台也一同乘船，也讲述说他的祖母信奉观世音菩萨最为虔诚，家里曾有狐妖作祟，祭神祈祷消灾没有效果。有一天，有一位妇人来敲门，大约三十多岁，说自己能治理邪祟，她手持清水在墙角撒了一遍就离开了，狐妖果然消停下来了。告别的时候，就询问她什么时候还能再见面，当时约定是十二年后，因此就在门后贴了一张纸条把这件事记下来。等到了约定的期限，因为时间太长早就忘记了。有一天，忽然有一位老僧人来家中化斋，斋饭供养完毕，就消失不见了。这才恍然大悟前后两次都是观音大士的化身啊。

4.2.15 淫报

道光十七年间，电白水东有乞者，约三十余岁，患疝症，肾囊如斗大，累垂膝间。出则以两手捧之，蹒跚而行；处则以矮杌乘尻尾，箕踞而坐。自隐其姓名，而述生平所为，云：家本大族，颇饶裕，少年渔色，每宿青楼，拥五六妓作联床之欢。又曾入蜑（dàn）艇，择蜑妇之稍有姿色者淫之，辄过十数艇而后已。因是气虚，为风邪所中，得疝症，屡治不效。初如柿，渐如瓜，继如斗，遂成痼疾。家资亦荡尽，贫病交迫，孑然一身，亲故皆绝望。乃向旧所识妓借贷，始犹有应者，久之并加白眼，不得已而效麻疯所为，日往妓馆蹲伏门中，强讨恶索焉。嗟夫！斯殆淫夫之获现报者乎？客有识之者，能举其姓氏云。

【译文】道光十七年（1837）间，广东电白县水东镇有一个乞丐，大约三十多岁，患有疝气的病症，阴囊肿胀得像斗一样大，下垂到了膝盖那里，非常累赘。出门的时候就用两手捧着，摇摇晃晃地行走；在家的时候就用小矮凳垫着屁股，两脚张开、两膝微曲地坐着。他从不透露自己的姓名，但不隐瞒自己平生的所作所为，他讲述说：他家本来是豪门大族，相当富裕，少年的时候到处猎取美色，常常夜宿青楼，找五六个妓女聚众淫乱。又曾经进入渔船，选择稍有姿色的渔妇将她们奸污，就这样过了十几条船才停止。因此体气虚弱，又被风寒邪气入体，得了疝气病症，反复治疗都没有效果。起初好像柿子大小，慢慢长到像瓜那么大，再后来就像斗那么大，于是就变成久治不愈的顽疾。家里的钱也都消耗一空，贫病交加，孤身一人，亲戚朋友都对他完全失望。于是就向自己以前认识的妓女借钱，一开始还有人答应借给他，时间长了，都对他白眼相向，无奈之下只好效仿麻风病人的行为，天天蹲在妓院门口，强行讨要勒索了。哎！这大概就是邪淫放荡之人的现世果报吧！看客之中有认识他的人，还能说出他的姓氏。

4.2.16 广东火劫

粤东酬神演剧，妇女杂遝（tà），列棚以观，名曰看台，又曰子台。市廛（chán）无赖子混迹其间，斜睨窃探，恣意品评以为笑乐，甚有攫取钗钏者，最为恶俗，屡禁不悛。

道光乙巳四月廿日，广州九曜坊境演剧，搭台于学政署前，地本窄狭，席棚鳞次。一子台内因吸水烟遗火，遂尔燎原，烧毙男妇一千四百余人，焦头烂额，断骨残骸，亲属多不辨识，官为攒殓焉。

先一夜，梨园掌鼓者看守戏箱，假寐场上，见有数红须赤面人，又有无数披头折胫人，叱之，寂然。甫交睫，复恍惚如梦。又见有似差役，头戴缨帽、手持锁链者，三十余人，拥入戏棚捉人。惊惧而醒，心知有异。质明，以告掌班，转请于司事，欲改期演唱，司事弗许。及金鼓甫作，大鼓忽震裂，掌鼓者觉全身发热，如坐甑（zèng）中，汗出不止。适扮加官之优人亦言，其戴假面登场时，视台下看戏人面目皆异常焦黑，二人遂相与托疾俱去。未几，士女如云，肩摩踵接，不移时而灾至矣。

是日也，西关有王姓者，家小康，翁媪素忠厚，为族党邻里所称。只一子，已授室矣，忽告翁媪，欲入城观剧，嘱其妇某氏为之栉发，妇于辫顶分四缕辫焉。甫出门，遇友人约往佛山镇置货，初犹以他故辞，不欲往；强之，乃偕行。比灾作，则是子已在佛山镇，而翁媪不知也。闻戏场火发，亟率妇往视，则烈焰烬余有尸似其子者，哭而殓之，招魂设灵于家。其妇自往视至毕葬竟不哭，翁媪皆呵之，谓其无夫妻情，妇第顺受不与辨。未几，其子与友自佛山归，翁媪愕然，称其妇智，因诘其何以确知非夫也。妇言当日系四缕辫发，谛审灰烬，发痕乃三缕，故不敢哭。然究不知夫之所往，疑虑莫释，晨夕泪痕浸渍枕席间，亦不敢言耳。使非翁媪平日忠厚，是子之不及于难也几希。

是日之火起于看台，而被焚之惨则由于摊馆。盖署前多衙蠹（dù）包庇开场聚赌者，吏莫能诘。彼时适有南海县文武，约会查拿，机事不密，为若辈所觉，预将东辕门关闭；火发时，众皆由西辕门走避，拥挤践踏而毙者约二三百人。其中被焚之尸，有挺立不扑者，有似油炸虾者，有为灰烬堆垛不存人形者，约千余人。其逃出之人，有烧去半头半臂者，有烧去一手一足者，近或至家，远仅至中途，又约毙百余人。使当时东辕门不闭，则南出书坊街，东出九曜坊，所全活当不鲜。赌近于盗，林少穆先生为总制时，尝严其禁，不料赌关于火也如此。

闻是日男妇闯入学政仪门，由考舍抓墙逃避者尚千余人，意或不在劫数内者乎？更有奇者，番禺长塘街有寡妇某氏，夫死无子，抚六岁幼女，守志甚苦。是日，此女随其婶母观剧，其婶母已烧毙，某氏度其女亦及于难也。廿一早，备小匣往收其尸，屡寻不见。忽闻其女呻吟声，出自数重尸下，骇极，倩人将尸逐一移去，则其女尚有气息，只烧去半边丫髻，抱负而归。诘其所以，女言当时并不知火发，只似睡熟梦魇者然，觉身不由己，弗能转动，醒而号呼耳。

【译文】广东民间为酬谢神明而请戏班子演唱戏剧，有众多妇女杂处其中，搭棚观看，叫作看台，又叫子台。市井的无赖子往往混迹其中，斜着眼睛偷瞄窥视女子，任意对那些女子品头论足，作为嬉笑玩乐，甚至还有人偷盗发钗手镯的，是一种典型的恶俗，屡禁不止。

道光二十五年（1845）乙巳四月二十日，广州九曜坊地方表演戏剧，在广东学政衙门前搭台，这个地方本来就狭窄，席棚就像鱼鳞那样密集排列。其中一个子台内因为有人吸水烟导致起火，随即呈燎原之势蔓延开来，愈演愈烈，烧死男子女人一千四百多人，焦头烂额，断骨残骸，亲属往往难以辨认，官府集中将死者收殓安葬。

发生大火的前一天晚上，戏班中负责打鼓的人看守戏箱，在场地上休息，似睡非睡之间，看见有几位红胡子红脸的人，还有无数披头散发、断腿断胳膊的人，大声呵斥他们，就没动静了。刚闭上眼睛，就又恍恍惚惚好像是在做梦。又看见像是差役模样，头戴缨帽、手持锁链的人，有三十多人，蜂拥进入戏棚来抓人。惊吓而醒，心里知道会有异常情况。天刚亮时，就把自己看到的情景告诉了领班，领班向主事者请示，想要改一下演戏的时间，主事者不同意。等到鼓乐刚刚响起的时候，大鼓忽然被震裂，打鼓的人感觉全身发热，好像坐在蒸笼中，汗流浃背。当时扮演加官（传统戏剧开场时，必先有一人或多人戴笑容面具，身穿红袍，手持吉祥颂词之条幅，走演一遭，以取好运兆）的演员也说，他戴着假面登场的时候，看到台下看戏的人，面目都异常焦黑，二人于是同时称病离开了。没过多久，无数男女云集而来，拥挤不堪，不一会儿就发生了火灾。

这一天，西关有位姓王的人，家境小康，老夫妻二人向来为人忠厚，被族人和邻里乡党称赞。他们只有一个儿子，已经娶妻，忽然告诉父母，说要进城看戏，嘱咐妻子某氏帮他梳头发，妻子就把他的头发分成四缕编成辫子。刚刚出门，就遇到朋友约他一同去佛山镇置办货物，一开始他还以其他理由推辞，不想去；在朋友的反复劝请下，才答应和他一同前往。当火灾发生的时候，王家儿子已经在佛山镇了，而家里的父母并不知道。听说戏场失火，赶紧带着媳妇一起去现场查看，在烈火烧过之后残存的灰烬中，发现有一具尸体很像自己的儿子，就哭着收殓了，并且在家中设置灵堂招魂入土。妻子自从去火灾现场探视到埋葬结束，始终都没有哭泣，公公婆婆都呵斥她，说她一点也不顾及夫妻情分，媳妇只是默默承受也不进行辩解。没过多久，儿子就和朋友从佛山回来，父母大吃一惊，都称赞媳妇聪明机智，于是问她是怎么确定这具尸体不是自己丈夫的呢。媳妇说当天编的是四缕发辫，虽然头发被烧毁，但仔细观察灰烬的痕迹，明显只有三缕，因此才不敢哭。然而毕竟不知道丈夫去了哪里，心中的疑虑得不到排解，每天早晚默默哭泣，泪水浸湿了枕席，也不敢多说话。假如不是两位老人平日为人忠厚，儿子恐怕幸免于难的可能性很小。

当天的大火是从看台开始烧起来的，而之所以造成如此惨烈的后果，则是因为摇摊的赌场。衙门前面有很多在不良吏役的包庇下开办的赌场，官吏都问责不了他们。那时正好有南海县的文武官吏，约同前往查办缉拿，因为走漏了消息，被那帮赌徒发觉，提前将东辕门关闭了；火起的时候，众人都从西辕门逃命，因拥挤踩踏而死的约有二三百人。那些被焚烧后的尸体中，有挺立不倒的，有形似油炸虾的，有和灰烬堆垛在一起看不出人形的，大约有一千多人。那些逃出来的人中，有被烧去半个头或半条胳膊的，有被烧去一只手或一只脚的，路程近的跑到家中死去，路程远的在半路上就死了，这样大约又死亡一百多人。假使当时东辕门不关闭的话，那么向南出去就是书坊街，向东出去就是九曜坊，这样能幸存下来的应当不在少数。赌博接近于偷盗，林少穆先生（林则徐）在担任两广总督期间，曾经严厉禁止赌博，没想到赌博也会有这么巨大的火灾隐患。

听说当天有不少男女闯入学政衙门的第二重正门，从考舍翻墙逃出去的人还有一千多人，或许他们是不在劫数之内的人吗？还有更奇异的，番禺长塘街有一位寡妇某氏，丈夫死时，没有儿子，抚养六岁的幼女，苦守贞洁。这天，寡妇的女儿跟随婶婶去看戏，她的婶婶已经被烧死，寡妇某氏推测自己的女儿也已经遇难了。二十一日的早上，准备了小匣子前往收尸，怎么找也找不见。忽然听到女儿的呻吟声，从层层的尸体下传出，大为惊异，赶紧请人将尸体一一移开，发现女儿还有气息，只是烧去了半边的发髻，赶紧抱回家。询问女儿的经历和感受，女儿说当时她并不知道失火了，只是好像睡着了做噩梦，感觉自己的身体不受控制，没有办法翻身，惊醒过来就开始喊人了。

4.2.17 欧某

高州梅菉镇，市廛（chán）栉比，间以茅房，隆冬多火患。龚韫山任高倅（cuì）时，置救火器具若干，于壮、快两班中，遴选捷健者充役，并令坊市皆设太平水缸、水桶，有警则率以往。尽撤铺檐竹搭，及茅房之当火者。故在任二年余，虽间有不戒，鲜延烧。

甲辰正月十五日，木栏街被火，一方皆成灰烬。而奇莫奇于乙巳四月廿二日，塘基头街欧姓铺之被火，尤可为鉴诫也。欧名某，年四十余，其祖父以盘剥起家，积赀颇厚，横行乡曲，人皆呼为“按察差”。某席其资业，世济其恶，人又以“小按察差”呼之。梅菉产大面酒，上由电白之水东出口贩运达广、肇，下由吴川之黄坡出口贩运至雷、琼，镇民多业酒者。欧某亦在塘基头开张酒米店，顾密结一伙伴、一车夫，运酒米通洋济匪，以图重利。且间于酒埕（chéng）内暗藏火药出口，与洋匪易人胆。人胆者，匪徒掳人活剥取胆，谓可以活重伤，效于熊胆者也。所行诡秘，人无知者。

一夕将午，其伙自水东回，称探闻外洋亟需火药，可获利倍蓰（xǐ）。欧某立取酒埕装就，限星夜贩往。已将发矣，值阵雨，车夫与其伙私议待霁后行，计程六十里，当可如限至。于是载埕于车以待，既而夜雨未止，其伙恐药埕露处受湿，复搬入铺后深处抖晾。

更余，倦而假寐，恍见火药边似有人手执油捻，照看者方惊叱间，其人遽掷油捻去，火药遂轰发，屋瓦震飞，墙壁拆裂。伙伴焚死，车夫亦为崩墙压毙焉。欧某伤而复苏，自言平日多宿妓家，是晚适因事未去，见火发欲逃，念人胆不易得，有数枚在铺内柜中，睨火势尚缓，急低首向柜取胆，不料火已及身，方举头呼救，忽墙砖击破顶心，痛而昏毙。及救出，手足糜烂，犹执人胆一枚。乡邻好事者即取以灌之，乃苏。而自述火发颠末，且云："此时求死不得，求生不能，人胆虽可活重伤，恐脑破不可活。"呼号败堵下，次日亦毙。

尤可异者，其铺有蒸糟工二人，当火未发时，梦中如有人呼之起，遂开门出望，行未数武而铺忽焚。又车夫宿店，与欧铺只隔一墙，车店不止宿此车夫一人，而欧铺被焚，既未延烧，其颓墙所毁又止压毙此车夫，余不波及也。

噫！报应之不爽也，于无干之工人则默启而出之；助恶之伙伴、车夫，则或焚、或击而毙之；稔恶之欧某，则焚不仅焚，击不仅击，使之自揭其隐，昭示于人而后毙。吁，可畏矣！

【译文】广东高州的梅菉镇，街市上的商铺排列密集，中间还夹杂着茅草房，隆冬时节容易引发火灾。龚韫山先生（龚耿光）担任高州通判（管理粮运和农田水利的州府副长官）期间，曾设置了一些救火用的器具，在衙门的壮班和快班（古时衙役通常分三班，即皂班、壮班、快班，一般来说，皂班值堂役，快班司缉捕，壮班做力差）中，挑选出敏捷强健的人员充当差役，并命令街市都要设置太平水缸、水桶，如果出现火灾警情就率队前往救火。把各家店铺用竹木搭成的门檐雨搭，以及容易引发火灾的茅草房全部拆除。因此龚先生在任的两年多时间之内，虽然偶尔也会失火，但很少会蔓延开来。

道光二十四年（1844）甲辰正月十五日，木栏街发生火灾，整个地方都化为灰烬。而最奇特的莫过于道光乙巳年（1845）四月二十二日，塘基头街欧某的店铺发生火灾，尤其值得引以为戒。欧某，四十多岁，他的祖父和父亲是靠放高利贷，盘算剥削他人的钱财发家致富的，积累了相当丰厚的资产，在乡里横行霸道，人们都叫他“按察差”。殴某倚仗他家的产业，继承先代的恶行，继续为非作歹，人们又管他叫“小按察差”。梅菉镇盛产大面酒，北上从电白县水东镇出口贩运到广州、肇庆等地，南下从吴川县黄坡镇出口贩运到雷州、琼州等地，镇上的居民很多人都是以造酒为业。欧某也在塘基头开了一家酒米店，但是暗中交结一名同伙、一名车夫，运送酒米与洋人和匪徒往来交易，来博取丰厚的利润。而且还在酒缸内暗藏火药卖给洋人，还与外国匪徒交易人胆。所谓人胆，就是匪徒掳掠人口，活活把人剥开取出胆囊，认为可以用来医治重伤，比熊胆有效。行事非常隐秘，没有人知道。

一天快到中午时，他的同伙从水东镇回来，说探听到外国急需火药，可以获得几倍的利润。欧某立刻用酒缸装好火药，要求连夜运往贩售。正准备出发，正好下起阵雨，车夫就和同伙私下商议等到天放晴后再走，计算了一下路程大约有六十里，应该可以按时抵达。于是将酒缸装车等待，后来雨下了一夜没停过，他的同伙担心装火药的酒缸放在露天的地方会受潮，又搬到了店铺后门的最里面晾干。

后半夜，因为疲倦就坐着小睡，恍惚中看见火药旁边好像有人手里拿着油捻，照看火药的人正感到惊疑而叱问那人的时候，那人突然扔下油捻而去，于是火药顿时轰然爆炸，屋瓦都被震飞，墙壁也都破裂。同伙被烧死，车夫也被崩塌的墙壁压死了。欧某重伤昏迷后又苏醒过来，自己说平日里往往夜宿在娼妓家，当天晚上刚好因有事没去，看见失火想要逃命，又考虑到人胆不容易得到，有几枚还放在铺内的柜子中，看见火势还没有那么猛烈，急忙低着头跑向柜子取胆，没想到火已经烧到身上，正要抬头呼救，忽然墙砖落下砸中了头顶，痛得昏死过去。等到救出的时候，手脚都已经被烧烂了，手里还抓着一枚人胆。乡邻中有好事的人随即就取出用水给他灌了下去，他就苏醒了。然后自己述说了火灾发生的前后经过，并且说："这个时候真是求死不得，求生不能，人胆虽然可以医治重伤，但是恐怕脑袋破了肯定活不了了。"在残垣断壁之下因痛苦而大喊大叫，第二天也死了。

更为奇异的是，欧某的店铺中有两名蒸糟的工人，当还没有起火的时候，梦中好像有人叫他们起来，于是打开门出来张望，没走几步，店铺忽然就烧起来了。还有车夫所住宿的店铺，与欧某的店铺只有一墙之隔，车夫住的店内不止住了车夫一个人，而欧某店铺被焚烧的时候，火并没有蔓延开来，而且被震塌的墙壁又只压死了车夫一个人，没有波及其他的人。

哎！因果报应真是丝毫不差，对于没有干系的工人就默默地引导他们出去；帮助作恶的同伙、车夫，或者被火烧死，或者被墙砸死；罪恶深重的欧某，则又是被烧但没烧死，又是被砸但没砸死，让他自己把自己偷偷摸摸干的坏事揭发出来，向众人宣告之后再死。哎，太可怕了！

4.2.18 周廉访述六事

周廉访云：金陵陈石渠封翁，名秀才也，家贫，训徒为生。持躬端谨，言行不苟，历年撙节，积束修二百金。适嘉庆甲戌岁大饥，斗米几及千钱，道殣(jìn)相望。封翁出所藏金，谓诸子曰："此尔父数十年减衣食，积所入束修之余也，本欲分贻尔辈；今岁凶米贵，而目睹里中贫民乏食，意有不忍，欲以此金易米贱粜(tiào)之。若汝等咸谓可，则行，否则止。"诸子皆唯唯如命。乃罄囊购米，减价卖于门外，且令诸子分日亲守之，非素识之贫者不得售，售亦不得过数升。其子皆克承父志，尽力辗转为之，金尽而止。先是，子维屏已领癸酉乡荐；戊寅，子维垣亦登贤书。己卯，遂同榜成进士。夫封翁，一寒士耳，不惜以平生铢积寸累之金，倾囊活贫户，虽所捐仅二百金，视富人之出赀千万，尤为难得，宜天之报之速且厚也。子维垣，现官山西潞安司马。孙辈亦多有声庠序，其继起方未艾云。

又云：江宁某妪，奉佛极谨，朔望必亲赴寺院焚香礼佛。年六十余，其子某曰："母太劳，儿愿代之。"遂没其香金，作赌赀，而诡以烧香对。数年后，子忽病，伏枕叩首无算，自言曩日干没金数。其母代为哀求，其子述神语，终不许。母抚令暂卧，欲祷于祠，甫出户，闻其子大叫。急反视之，鲜血浃褥，口中全舌一条吐枕畔，遂死。

又云：浙杭有宦家子某，与仆妇通，其兄知之，白父母，责弟而逐仆妇。某送妇出门，约俟兄出再来。妇愤曰："俟汝家人死绝，我乃至耳。"某反覆寻思，遂市毒药无数，置厨下水缸中，父及两兄并某妻，一时毙。当兄病未绝时，其母延医视病者，甫至厅事，某遽出呵医者曰："尔无入，入不尔宽也。"医惶遽出。后其母微有觉，商于舅，舅骇曰："此何事，尚不急首耶？"母悟，呈于官。阖城以为怪，收某入钱塘狱。某至公堂时，犹着袍褂靴帽，称县令为老伯，以其为父之同寅也。入狱后，作书哀母救，略言："儿虽罪大，然儿在，母尚有奉养之人；儿死，母及两嫂皆无依。且又无嗣，祭且绝，今生死在母手，母即不念儿，独不念宗祀乎？"母得之，颇犹豫，欲申救之，舅力阻乃止。狱遂定，某知无活理，竟绝食，邑令喻之食，不可。禀于院，抚军曰："是易事耳。"即日请王命磔（zhé）于市焉。某年未三十，通文墨，善应对，不知何冤业至此？或曰："其祖官某省臬司，以果决能治狱称，当不免有枉死囚也。"此道光十五六年事，见邸抄。

又云：杨说华，宜兴巨猾也，以刻薄起家，无所不为，乡人欲食其肉者众。而杨素与守令相攀援，莫敢先发。偶觅匠裁衣，故宽其尺寸，从屏后潜窥之，裁衣者见有余，剪匿置毡下。杨出，睨堂中钟馗像久之，曰："唯。"旋咤曰："有是事耶！"既而曰："华闻命矣。"反顾裁衣匠，呵之曰："尔何得窃我物，从某处剪下，藏某角毡底，适钟进士告我矣。"搜得，遂欲加以捶楚，裁衣者叩首乞恕，杨曰："然则自此后呼尔必至，凡有裁作，皆不许取吾值。"匠素畏杨横，不敢不从，遂留于家，奴役之。其险诈皆类此。有徽人某贷其财，仅偿母金，杨大怒曰："狗子敢尔。"捉至家，殴辱无算，徽人终无偿，杨命裸其身，以利锥刺其肤，每一孔纳一麦，体几遍，置空室中。一日后，麦皆浮肿，百脉涌塞。杨命拽置门外，会有同籍商某见而留于家，医之愈，乃书事由，徒跣（xiǎn）被发，遍诉徽人之商于宜者，哀动行路。徽人多巨商，雄于财，又激于义，皆怒，醵金列杨恶状，遍控之。先是，宜有县丞正红旗某者，杨邀之饮，席间触某怒，某以官卑不敢撄，强忍而罢。后某以累荐擢常州守，徽人之控已经年不得直，某莅常州任，徽人又控于马前，守询悉，勃然怒，竟提审，且招告焉。于是杨遂败，以别有抢夺妇女各重情，狱成论死，瘐毙。此乾隆末年事。嘉庆中，有石工某死而复苏，告人曰："顷往城隍庙凿磨石，吾询以何用，鬼卒曰：'磨杨说华。'"

又云：江阴申江镇富家，有父夜入子舍，子疑为盗，持梃一击而杀之。到官论如律，临刑时谓人曰："显报也。"先是，同镇有善穿窬（yú）者，改行，久与某子素相识。偶因贫窘，复试旧技，甫入某子家，某子觉之，遽呼其名，偷者不得已应之。某子曰："余与子邻里也，有无可以相通，何必是？"偷者顿首谢，某子遂置酒与共饮，伺其醉，谋于父，父欲击杀而埋其尸。子恐事发不妥，乃取朱墨色涂其面，披其发反缚其手，而以絮塞其口，弃诸偷者之门。夜四鼓，偷者醒，口不得开，缚不得解，急跃起，以臀扣门，偷之子以为父归也，急启关，偷者声呜呜，距跃而入。子出其不意，见奇鬼，急以梃击之，遂毙。徐疑其为人也，濯而视之，乃其父，大惊，首于官，拟极刑。盖距某子之杀其父也，仅数年耳。

又云：地狱之说始于释氏，世每疑其妄诞，不知明有王法，幽有鬼神，宇宙间一定之理。以理揆之，地狱轮回之事，在所必有。昔真西山先生谓："天堂无则已，有则君子登；地狱无则已，有则小人登。"以尊经学圣之大儒，而未尝言其必无，彼肆口斥为妄诞者，适启小人无忌惮之心耳。世有《玉历钞传》一书，所载皆冥府诸狱科条，其词俚俗，稍知文者辄弃不阅，而实足令愚夫愚妇闻之悚息汗下。苏杭间有是书，金陵未之有也。嘉庆壬申，陈仲长封翁廷颀尝以事至杭，见是书，悚然敬信，乃于行箧中携归金陵，锓板传之。次年癸酉科，长子宝俭，应京兆试，获隽，联捷成进士。封翁寿逾八旬，矍铄健饭，无疾而终。卒之夕，其长孙闻祖不豫，自外入视，见所卧屋上有白气贯天半，急入，而封翁即以其时长逝。封翁生平多厚德，睦姻赡族，人有相欺侮者，坦然若不知，从无疾言遽色加于人。又以传录是书之功，或当没有所证矣。

【译文】周按察使说：南京的陈石渠封翁（陈授，字石渠，一字松崖），是有名的秀才，家境贫穷，以教书为生。为人端方，修身严谨，一言一行都不随便，多年来勤俭节约，积攒了教书薪水二百两银子。正赶上嘉庆甲戌年（1814）发生大饥荒，米价上涨，一斗米就要上千钱，路上随处可见被饿死的人。陈封翁就拿出自己所存的银子，对儿子们说："这是你们的父亲我几十年来节衣缩食，积攒下来的教书所得的收入，本来想分给你们；只是今年年景不好，米价上涨，而且亲眼看见乡里贫苦的百姓吃不上饭，十分不忍心，想用这些钱买米，然后低价出售。如果你们都说行，那么就这样做，否则就算了。"儿子们都恭敬地听从父亲的命令。于是拿出所有的钱来买米，减价在门外出售，并且让孩子们轮流亲自看守，如果不是平日认识的贫困人家不能卖给他，卖的话也不能超过几升。儿子们都能够继承父亲的志愿，尽心竭力、想方设法去做，直到银子用光才停止。在此之前，儿子陈维屏已经考中嘉庆十八年（1813）癸酉科的举人；嘉庆二十三年（1818）戊寅科，儿子陈维垣也考中举人。嘉庆二十四年（1819）己卯恩科，兄弟二人同榜考中进士。我们说陈封翁只是一个贫寒的书生，却能够不惜将自己平生一点一滴积累的钱财全部拿出来，救济贫苦的人家，让他们得以活命，虽然所捐出的钱仅有二百两银子，但相比富人家出资千万，更为难能可贵，所以上天的回报也是既迅速又厚重。儿子陈维垣，现在担任山西潞安府同知。孙子辈中也有很多人在府县学校中负有盛名，他们家继续兴起的趋势正盛，没有止境。

又说：江宁（今南京市）有一位老婆婆，信奉佛教极为恭敬，每月初一十五一定亲自前往寺院焚香礼佛。六十多岁的时候，她的儿子某说："母亲这样太过辛劳，儿子愿意代替您去。"于是就私下吞没了母亲的香火钱，用来作为赌资，并谎称说已经烧香用掉了。几年后，儿子忽然生病了，跪在床上对着枕头不停地磕头，说自己以前吞没了多少香火钱。母亲赶紧代替儿子哀求，她儿子转述了神明说的话，最终不同意宽恕他。母亲安抚儿子，让他暂时躺下休息，自己准备去寺庙祈祷，刚出门，就听到儿子大喊大叫。急忙返回查看，只见鲜血浸湿了被褥，从嘴里吐出来一整条舌头在枕头边上，于是就死了。

又说：浙江杭州的某人，是官宦人家的子弟，与一名仆妇私通，他哥哥知道后，告诉了父母，责备弟弟并赶走仆妇。某人在送仆妇出门时，约定等哥哥外出后再让仆妇过来。仆妇愤怒地说："等到你家人都死绝了，我才来。"某人回去后反复寻思，于是就买了很多毒药，放在厨房的水缸中，父亲和两个哥哥以及他自己的妻子，同时中毒死亡。当哥哥中毒病重还没死去的时候，他的母亲邀请医生来家里看病，刚走到客厅，某人突然出来呵斥医生说："你不要进来，进来我饶不了你。"医生受到惊吓赶紧离开。后来他的母亲稍微有所察觉，就和舅舅商量，舅舅惊骇地说："这是什么事，还不赶紧报官自首吗？"母亲恍然醒悟，将此事呈报到官府。全城的人都感到惊奇，将某人关进了钱塘监狱。某人来到公堂时，还身着长袍马褂，脚穿靴子，头戴礼帽，称呼县令为老伯，因为县令和自己的父亲曾经是同僚。关入监狱后，写信哀求母亲救他，大致意思是："儿子虽然罪大恶极，但是儿子只要能活着，母亲还有人来奉养；儿子死后，母亲和两位嫂嫂都没有了依靠。而且家中没有了子嗣，祖宗的香火就要断绝，这辈子死在母亲的手中，母亲即便不顾念儿子，难道也不顾念祖宗的香火吗？"母亲看到信后，颇为犹豫，想要申诉去救儿子，舅舅极力劝阻才作罢。定案后，某人也知道自己活不成了，竟然开始绝食，县令命令他吃饭，他不肯吃。禀报到省里，巡抚说："这事容易。"即日恭请王命（清制，督抚等持王命旗牌，不等皇帝敕裁即可先行死刑、事后上奏报告）之后，在街市上被凌迟处死。某人还不到三十岁，精通文墨，善于应对，不知道有什么冤业招致这种可怕的后果？有人说："他的祖父曾担任某省按察使，以行事果断善于审理案件著称，应当不免有冤杀囚犯的情况。"这是道光十五六年间（1835、1836）发生的事情，见于邸报。

又说：杨说华，江苏宜兴人，是一个非常奸恶狡猾的人，靠刻薄的手段发家，什么坏事都干，很多乡人恨不得要吃他的肉。而杨某一向攀附勾结当地的知府、县令等官员，没有人敢首先去检举揭发他。有一次，他找裁缝匠定做衣服，故意多给他一些布料，然后在屏风后面偷偷地窥视，裁衣服的人看到还有剩余的布料，就剪下来藏在了毡子下面。这时杨某走出来，斜着眼睛看着堂中悬挂的钟馗像，过了许久，说："好的。"接着故作惊诧地说："竟然有这种事吗！"然后又说："谨遵您的吩咐。"回头看着裁衣匠，呵斥他说："你为什么要偷窃我的东西，从某处剪下后，藏在某角的毡子底下，刚才钟进士已经告诉我了。"一搜就发现了，于是就想要鞭打裁衣匠，裁衣匠赶紧磕头求饶，杨某说："那这样吧，从此以后，我一叫你，你必须到，凡是需要你裁制衣服，都不许收我的钱。”裁衣匠本来平时就畏惧杨某的蛮横，不敢不听从，于是他就把裁衣匠留在家里，当成奴仆一样使唤。他还有很多像这样阴险狡诈的行为。有一个安徽人，曾经借贷了杨某的钱，只偿还了本金，杨某十分气愤地说：“狗子竟敢如此！”杨某将安徽人抓到家里，反复殴打辱骂，安徽人终究还是无力偿还，杨某就命人把他的衣服扒光，用锋利的锥子刺他的皮肤，每一个锥孔塞进一粒麦子，几乎遍布全身，然后关在空屋中。一天后，麦子都肿胀起来，身体百脉被堵塞住。杨某就命人将安徽人拖到门外，当时有一位同是安徽籍的某商人看见后就将他收留在家，医治痊愈，然后把事情的缘由书写下来，披头散发，赤脚步行，将安徽人的遭遇向所有在宜兴做生意的安徽客商哭诉，哀戚之情让路人都受到触动。安徽人中有很多大商人，财力雄厚，又讲义气，都十分气愤，凑钱请人写状纸，列举杨某的恶行，到处控诉。在此之前，宜兴有一位某县丞，是正红旗人，杨某曾邀请他喝酒，席间触怒了县丞，县丞因为官职卑微不敢触犯杨某，只好强忍愤怒暂时作罢。后来某县丞一步步被推荐提拔为常州知府，安徽人的控诉多年来一直没能得到伸理，某赴常州任职，安徽人又拦在他的马前控告，知府经过询问得知了详情，勃然大怒，立即提审杨某，并且发布告示，将杨某的恶行公之于众。于是杨某就败落了，因为另外有抢夺妇女等各种重大罪行，定罪被判处死刑，后来杨某死在监狱里。这是乾隆末年发生的事情。嘉庆年间，有一位石工死了又苏醒过来，告诉人们说：“我刚刚是去城隍庙凿磨石了，我就询问做什么用，鬼卒说：‘用来磨杨说华。’”

又说：江苏江阴申江镇的某户富裕人家，有一天夜里父亲进入儿子的房间，儿子怀疑是盗贼，拿起棍棒一下子就把父亲打死了。报官后，某家儿子依法被判处死刑，在执行死刑前他对人说：

“这是明显的现世报啊。”在此之前，同镇有一个惯于穿墙打洞行窃的人，后来就洗手不干了，与某家儿子早就认识。偶然有一次因为贫穷困窘，又试着重操旧业，刚进入某家儿子屋里，某家儿子就发觉了，呼叫他的名字，小偷没办法只好应答。某家儿子说：“我和你是邻居，有什么需要可以互相帮助，为什么一定要这样做呢？”小偷叩头谢罪，某家儿子于是就拿出酒和他一起共饮，趁他喝醉后，就和父亲商议，父亲想要将他杀死后埋掉尸体。儿子担心事情被揭发后带来麻烦，于是就取来红色和黑色的颜料涂在他的脸上，将他的头发散开、双手反绑，又用棉絮塞住他的嘴，把他扔在小偷家的门前。半夜四更时分（凌晨一点到三点），小偷醒来，没有办法开口说话，双手被反绑解不开，急忙奋力跳起来，用臀部敲门，小偷的儿子以为是父亲回来了，急忙开门，小偷发出呜呜的声音，一蹦一跳地进来。儿子没想到竟然是奇形怪状的恶鬼，大吃一惊，赶紧拿棍棒一阵猛打，小偷就这样被打死了。儿子慢慢发现这应该是人不是鬼，把死尸的脸擦干净一看，发现竟然是自己的父亲，大惊失色，向官府出首，小偷的儿子被处以极刑。这件事距里某家儿子误杀自己的父亲，仅仅几年的时间而已。

又说：地狱的说法来源于佛家，世人往往怀疑这种说法的虚妄荒诞，殊不知人世间有王法，冥冥中有鬼神，这是宇宙间必然的道理。从事理上来推测的话，天堂地狱、因果轮回的事情，一定是真实存在的。从前南宋的真西山先生（真德秀）说：“天堂如果没有就算了，有的话一定是君子上天堂；地狱如果没有就算了，有的话一定是小人下地狱。”作为尊敬经典、崇尚圣学的大儒，都从未说过地狱一定没有这样的话，那些开口乱说随意批判地狱之说虚妄荒诞的人，恰恰是在引导和助长小人没有敬畏之心、更加肆无忌惮。世上有《玉历钞传》一书，所记载的都是冥府各个地狱中的科罪条款，语言通俗易懂，稍有文化的人往往鄙弃不读，然而此书确实足以让愚夫愚妇看到听到之后心生警惕而大气不敢喘、出一身冷汗。苏州、杭州一带都有这本书流传，南京还没看到有。嘉庆壬申年（1812），陈仲长封翁（陈廷颀）曾经因为有事到杭州，看见这本书后，肃然起敬，于是就放在行李中带回南京，刻印流传。第二年（1813）癸酉科，长子陈宝俭，参加顺天府乡试，考中举人，又于嘉庆十九年（1814）甲戌科接连考中进士。陈封翁活到八十多岁高寿，身体硬朗，吃饭胃口好，无病而终。逝世的那天晚上，他的长孙听说祖父情况不妙，从外面进来查看，只见祖父所住的房子上空有白气贯入天际，赶紧走进去看，而封翁就在这个时候逝世了。陈封翁生前为人厚道，积了很多阴德，和睦姻亲，赡养宗族，有人欺侮他，就好像不知道一样，从来不会以严厉的神色和语气对待他人。又因为有刻印流传《玉历钞传》的功德，或许逝世之后证得了一定的果位。

第三卷

4.3.1 李凤冈太守

吾乡李凤冈太守（威），文章政事，中外交推。闻其作刑部司员时，随某大僚出京审案，夜宿旅店，见一妇人出而荐寝，李知非人，因爱其美，遂共枕席。及差回，又宿此店，此妇复出，正欲解衣就寝，忽李之太夫人持杖而至，向妇痛打，曰：“妖狐，何敢魅吾儿？”妇乃遁去，李不觉痛哭，太夫人旋亦不见，盖太夫人已殁多年矣。李虽精神坚固，此番若再为所惑，即不免有性命之忧，故太夫人远来相救也。

按，先生素工八法，真草篆隶并绝精。乾隆戊戌，由内阁中书会试中式，廷试，卷已将入鼎甲之选，及引见，并不获入词馆选。后由刑部郎出守广州，为蒋砺堂督部所器重，力荐于朝，而先生已引疾去，挽留之，不获。京居十余年，复洒然返里，为龙溪山长终其身。

道光庚寅，应重宴鹿鸣，以距省辽远，不赴，寿将九十矣。家大人与先生同官京师，以后进结忘年之契，尝以所闻前事质之先生，先生泫然曰：“事诚有之，然余缘此，始知人生一举一动，皆有鬼神、祖宗如在其上，如在其左右，是诚我生得力之处，敢或忘诸？”盖吾闽乡前辈之扬历中外，品学兼优、进退自如而身名俱泰者，当于先生首一指矣。

【译文】我们福建的李凤冈知府（李威，字畏吾，又字述堂，号凤冈，福建龙溪人），文章政事都很出众，被朝廷内外交相推重。听说他在做刑部司员的时候，跟随某位大官离开京城到地方上审理案件，晚上住在旅店，看见一名女子出来，主动献身侍寝，李凤冈知道她不是人，但因为喜爱女子的美色，于是就与女子同床共枕。等办完差事返回时，又住在这家旅店，这名女子又出现了，正要解衣入睡，忽然李凤冈的母亲老太夫人拿着拐杖就进来了，对着女子一顿痛打，说：“妖狐，怎敢魅惑我儿子？”于是女子就逃走了，李凤冈不禁伤心痛哭，太夫人也随即不见了，原来太夫人已经去世很多年了。李凤冈虽然精神坚固，这一次如果再被诱惑，不免会有性命难保的忧虑，因此太夫人远道而来现身相救。

说明，李凤冈先生素来精通书法八法（书法中的侧、勒、弩、趯、策、掠、啄、磔八种笔法），楷书、草书、篆书、隶书等各种字体都极为精妙。乾隆四十三年（1778）戊戌科，作为内阁中书参加礼部会试被取中，殿试的时候，他的试卷本来已经入选前三名，等到皇帝召见后，并没有获得进入翰林院的资格。后来由刑部郎官外放地方出任广州知府，被时任两广总督蒋砺堂先生（蒋攸铦）器重，极力向朝廷推荐，而李凤冈先生此时已经告病辞官，蒋总督再三挽留他，也没有同意。李先生在京城居住了十多年，又潇洒地返回家乡，担任龙溪书院山长，直至逝世。

道光庚寅年（1830），被邀请重赴鹿鸣宴（清代举人于乡试考中后满六十周年，与新科举人同赴恩荣宴的仪式），因为距离省城遥远，就没有去参加，当时已经将近九十岁了。我父亲曾和李先生同时在京城为官，我父亲作为后辈与先生结为忘年之交，曾经举自己之前听说的事情向先生求证，先生泪流满面地说："确有其事，然而我因为这件事，才知道人生的一举一动，都有鬼神、祖宗鉴察，如同在自己头上，如同在自己左右，这正是我一生的德业得力的地方，哪里敢忘记呢？"大概我们福州历官朝廷内外的前辈中，品德学问都很优秀、出入仕途进退自如而且名誉地位都很安稳的，李凤冈先生应当是首屈一指的。

4.3.2 孽龙行雨

熊铅山先生语家大人曰：理刑贵明，尤贵断，然惟明然后能断，兼之者惟吾友金兰畦先生。相传先生官部曹时，有同僚梦至一所，灯烛辉煌，侍卫森列，正坐者为金，旁坐者二人不相识。门外有数千百人呼冤之声，俄拥一龙至阶前，诉曰："孽龙行雨，漂没居民无算，求伸理。"旋有一吏趋进曰："据天条，当斩。"金不应，旁坐者曰："然则依例乎？"金拍案叱吏曰："行雨因公，漂没过出无心，法当流徙。"吏以例争，金怒曰："汝等舞文宜斩。"命即释龙，龙忽跃上天去。呼冤者群詈金，金推案起，遂寤。

后同僚以此梦微谂（shěn）金，金但笑而不承也。逾年，金以公事渡江，骤遭暴风，舟将覆。俄有一金龙翼其后梢，浪顿平，顷刻达彼岸矣。

【译文】熊铅山先生（熊枚，字存甫，江西铅山人，曾任刑部尚书)对我父亲说:审理刑事案件贵在明察,尤其贵在果断,然而唯有先能明察然后才能果断,明察果断同时做到的人,只有我的好朋友金兰畦先生(金光悌,字汝恭,号兰畦)。相传金先生在担任刑部司官的时候,有一位同僚梦见自己来到一处地方,灯火辉煌,侍卫森严罗列,坐在正中间的人就是金先生,旁边坐着的两个人并不认识。门外有几百上千的人在大声喊冤,不一会儿簇拥着一条龙来到台阶前,控诉道:“孽龙行雨,被冲走淹没的居民不计其数,请求大人为我们申冤。”随即有一名差吏快步近前说:“根据天条,应当处斩。”金先生不同意,旁边坐着的人说:“那么是否可以参照先例呢?”金先生拍案斥责差吏道:“行雨是公事,冲没居民是无心之过,依法应当判处流放。”差吏举之前的案例和金先生争辩,金先生气愤地说:“你们玩弄文字游戏、歪曲法律条文,应当斩首。”命令立即将龙释放,龙忽然一跃而起,腾空而去。喊冤的人都辱骂金先生,金先生推开桌案起身,于是这位同僚就醒了。

后来同僚把这个梦境委婉地告诉了金先生,金先生只是笑笑,并没有承认什么。第二年,金先生因为公事要渡江,突然遭遇暴风天气,船眼看就要倾覆。不一会儿,有一条金龙扶住船尾,大浪顿时就平息了,顷刻之间就到达对岸了。

4.3.3 顾宦

乾隆中,吴门有顾某者,南雅先生之远族也。曾官河南商邱县,邑中有富室寡妇,族人谋其产,诬以奸情,且云腹中有娠。前县官得贿,欲据以定案。寡妇上控,委顾某案其事,既不能平反,而又得贿以护前官。寡妇自知冤不能白,竟于上堂时取所怀匕首自剖其腹，立时殒命。顾某以此削职，归数年，安居而已。

有齐门外杨姓者，贸易兰阳，路过一村，即寡妇之旧宅也。其宅已售他家，开张饭店，店后有大楼三间，素有鬼，人不敢居。是日天已暮，杨急于投宿，主人曰："今夜客多，然大楼又有鬼，不敢留也。"杨自恃胆壮，遂投宿。未二更，果有一女鬼彳亍(chì chù)而来，问："客是苏州人耶？吾有冤欲报，非祸君也。"杨曰："我非官，安能雪汝冤？"鬼曰："倘能带我去，必有以报大德。"杨曰："惟命是听，其如何能带，幸示我也。"鬼曰："但于君启行时呼贤妹一声，及一路过桥过船，俱低声呼我。至苏州日，以伞一柄，我藏于中，到顾某家，一掷其门中足矣。"鬼又曰："我所以久不离此楼者，有金珠一箧，值千金，藏于某处，今即以报君可矣。"言毕而去，遂寂然。至天明，杨如其言寻之，果获一箧。

遂回吴，顾某是日方演剧请客，杨从众人杂遝(tà)中持伞进门，人不觉也。顾方与客宴饮欢笑，忽见一女鬼手持匕首，鲜血淋漓，立于堂下，顾大呼曰："冤家到矣！"众客惊愕，无所见。是夜，顾自录此案颠末一纸，粘于壁间，遂自缢死。故吴人至今皆能道其事，南雅先生亦曾为家大人述之。

【译文】乾隆年间，苏州有一个顾某，是顾南雅先生(顾莼)的远房族人。顾某曾经担任河南商丘县令，县里有一位富家的寡妇，有族人图谋霸占寡妇的家产，就诬陷寡妇有奸情，而且还说她已经有孕在身了。前任县官因为收受了贿赂，就想按照与人通奸的结论定案。寡妇不服继续上诉，上级委派顾某来调查此事，顾某不但不能平反，还收受贿赂来袒护前任官员。寡妇也知道自己的冤屈无法洗刷，竟然在上堂时取出怀里的匕首，自己剖开自己的肚子，当场死亡。顾某也因为这件事被革去官职，回乡后的几年，只是安居在家而已。

苏州城北的齐门外有一个姓杨的人，在河南兰阳县（今兰考县）做生意，路过一个村庄，就是寡妇的老宅。这座宅子已经出售给别家，用来开饭店，饭店后面有三间大楼，平时有鬼出没，人们都不敢居住。当天天色已晚，杨某急着投宿，店主人说："今晚客人多，然而大楼又有鬼，不敢留您住下。"杨某倚仗自己胆大，就住下来了。不到二更天（晚上九点到十一点）时，果然有一个女鬼缓缓走过来，问："客人您是苏州人吗？我有冤情想要报仇，不会伤害您的。"杨某说："我不是当官的，怎么能帮你申冤呢？"女鬼说："如果您带我去苏州，我一定会报答您的大恩大德。"杨某说："我愿意听从你的吩咐，那么怎样能带你去，请告诉我方法吧。"女鬼说："只要您起程出发的时候呼唤一声'贤妹'，以及一路上过桥或乘船的时候，也低声叫我一下。到达苏州那天，拿一把伞，我就藏在伞中，到了顾某家，抛到他家门中就可以了。"女鬼又说："我之所以这么长时间都不曾离开这座楼，是因为有一箱金银珠宝，价值千金，藏在楼的某处，今天就用这个来报答您的恩德吧。"说完就离开了，屋子里寂静下来。等到天亮，杨某按照女鬼说的那个地方去寻找，果然找到一箱金银珠宝。

于是返回苏州，顾某这天正在请戏班子唱戏、宴请宾客，杨某混在人群中趁乱拿着伞进门，人们都没有察觉。顾某正在和客人饮酒谈笑的时候，忽然看见一个女鬼手里拿着匕首，鲜血淋漓，站在堂下，顾某大声呼喊道："冤家来了！"客人们非常惊讶，因为他们什么也没有看到。当天夜里，顾某就把这桩案子的前后经过记录在一张纸上，贴在墙壁上，然后就自缢而死了。因此苏州人到今天都还能述说这件事的情节，顾南雅先生也曾经向我父亲讲述过。

4.3.4 沈曲园

山阴沈曲园，游幕河南，为光州陈刺史所聘，甚倚任之。光州有老贡生某，一子远游，数年不归。媳少艾，有姿色，育一女，仅五龄，翁媳相依纺绩度日。其子出门时，曾贷邻某钱若干，久未偿。邻某窥其媳美，书一伪券，言以妻作抵。状托署州吏目朱景轼，夤（yín）缘贿嘱具控于本州，曲园判以媳归邻。某贡生不从，发学戒饬，以夏楚辱之，愤甚，遂自经。其媳痛翁之含冤身死也，知必不免，先将幼女勒毙，亦自经。

越一年，陈刺史擢开封守去，朱景轼遂署州篆，而曲园亦别就杞县周公幕。又为朱景轼谋干，勒令杞县尉戴师雄告病，以景轼补其缺。乾隆丙午正月七日，曲园夜见一戴顶者，携一少妇、幼女登其床，教之咳嗽，旋吐粉红痰。自此，三鬼昼夜缠扰，遍身扭捏作青紫色，或独坐喃喃自为问答，时有知其事者，而未敢言也。至十四日黄昏，曲园有大小两仆取粥进，瞥见窗下立一长人，身出檐上，以巨掌打大仆，而其小者亦见之，同时惊仆，口吐白涎，不省人事。灌救始醒，被掌之仆，面黑如锅煤，莫不骇异。十五日，署中正演戏，曲园在卧房大叫一声而绝，其尸横扑椅上，口张鼻掀，须皆矗立，两目如铃，见者无不返走。朱景轼为买棺殡殓，寄于西门之观音堂。不一年，景轼二子一妻俱死，又以风瘫去官，杞县尉仍以戴师雄坐补。

【译文】浙江山阴县（绍兴市）的沈曲园，在河南做幕僚，被光州（今河南潢川县）的陈知州聘请，颇受陈知州倚重和信任。光州有一位老贡生某，有一个儿子出远门在外，多年不回家。媳妇还年轻，颇有几分姿色，生有一个女儿，只有五岁，公公、儿媳和小孙女三人相依为命，依靠纺纱织布等手工活维持生计。他的儿子出门时，曾经向某邻居借贷了一笔钱，很久都没有偿还。某邻居窥探到他家的媳妇貌美，就伪造了一张借条，说是用妻子作为抵押。将一纸诉状委托给代理州吏目（官名，掌管缉捕盗贼、防狱囚、典簿籍等事）朱景轼，通过拉拢关系、请托行贿的手段将案子呈控到本州衙门，沈曲园判决将媳妇归邻居所有。某贡生不服从，沈曲园就责成学官对他进行诫勉饬责，还施以体罚羞辱他，某贡生十分愤恨，于是自缢而死。他的儿媳因公公含冤而死悲痛不已，知道自己避免不了被霸占，先把幼小的女儿勒死后，也自缢而死了。

一年后，陈知州升任为开封知府离开了光州，朱景轼于是暂时代理知州的职务，而沈曲园也去了杞县周县令的衙门中做幕僚。沈曲园又为朱景轼谋划奔走，勒令杞县县尉戴师雄告病辞官，让朱景轼替补他的职缺。乾隆丙午年（1786）正月初七日，沈曲园夜里看见一个戴着官帽的人，带着一名少妇、一名幼女登上他的床，教他咳嗽，还吐出粉红色的痰。从此以后，三个鬼昼夜纠缠骚扰，全身被掐得青一块、紫一块，有时他独自坐在那里自言自语、自问自答，当时有知道这件事的人，也不敢说出来。到了十四日的黄昏，沈曲园有一大一小两个仆人拿粥进来给他吃，瞧见窗下站着一个很高大的人，身体高出房檐之上，用巨大的手掌殴打大仆人，而那个小仆人也看见了，他们同时受到惊吓，倒在地上，口吐白沫，不省人事。灌药急救后才苏醒过来，被掌掴的仆人，脸色漆黑如同锅底灰，没有人不感到惊骇诧异。十五日，官署中正在演戏，沈曲园在卧房大叫一声就死了，他的尸体横倒在椅子上，嘴巴张开，鼻子上掀，胡须直竖，双眼瞪得像铃铛一样，看见的人没有不被吓跑的。朱景轼为他买棺入殓，棺材寄放在西门的观音堂。不到一年，朱景轼的两个儿子和妻子都死了，自己也因为半身不遂，被罢免了官职，杞县县尉仍然由戴师雄坐补（官制名，即照例补授原官或按定制当然可补授原缺之意，凡坐补之员，归班坐待，缺出即补）。

4.3.5 黄君美

吴门有黄君美者，好结交胥吏捕役，无恶不为，被其害者不可数计。一日忽发狂，赤体持刀，出门外丛人中，自割其肌肉；每割一处，自言此某事之报。割其阴，曰："此淫人妻女报。"割其舌，曰："此诬人闺阃报。"人问之曰："汝舌已割去，何尚能言耶？"黄曰："鬼代吾语耳。"又曰："今到剥皮亭矣。"指亭上有一联云："冤孽而今重对对，人心到此再惺惺。"如是者一两日，复以刀自剖其腹，至心而死。

又，吴门有土豪某者，作威作福，人人痛恨，而莫可如何也。某一日游山，见一妇美艳异常，遂与门下客谋取之。访知为乡镇某家，乃姻戚也，废然而返。后复思之，至忘寝食。门客献计，云可立致也；某喜，问其故，客耳语而去。越数日，乡镇某家夜遭巨盗，明火执仗戴面具，缚其妇而淫之，财物一无所取。众怪之，有潜尾其后者，见盗悉下船，去其面具，即土豪也。遂鸣官缉捕，讯得其实，即立斩，并门客亦伏法，无不快之。此皆乾隆年间事。

【译文】苏州有个叫黄君美的人，喜好结交官府的胥吏捕役，什么坏事都干，被他害的人不计其数。有一天忽然发狂，赤身裸体，拿着刀，跑出门外，来到人群中，自己割自己的肌肉；每割一个部位，自己就说这是干了某种恶事的报应。割掉自己的阴部，说："这是奸淫他人妻女的果报。"割掉自己的舌头，说："这是诬陷人家妇女清白的果报。"有人问他说："你的舌头已经割掉了，怎么还能说话呢？"黄某说："是鬼代替我在说话。"又说："现在已经到剥皮亭了。"指着亭子上的一副对联说："冤孽而今重对对，人心到此再惺惺。"就这样过了一两天，又用刀剖开自己的腹部，最后割到心脏，然后就死了。

还有，苏州有个土豪某，平日作威作福，每个人都很痛恨他，但是又不知道该怎么办。有一天，某土豪去山上游玩，看到一个妇人长得非常美艳，于是就与门客商量，图谋占有她。经打听得知她是乡镇某家的妇人，有亲戚关系，扫兴地回去了。回来后，又思念那名妇人，到了废寝忘食的地步。门客就帮他出主意，说可以马上得到她；某土豪很高兴，询问具体方法，门客附在他耳边轻声说完就离开了。几天后，乡镇某家夜里遭遇大盗抢劫，盗贼持火照明、手持器械，戴着面具，将他家的妇人绑起来奸淫了，财物却一点都不拿。众人感到奇怪，有人就悄悄地尾随在强盗的后面，看见盗贼都上了船，摘去面具，发现就是某土豪。于是报官缉捕凶犯，经审讯，查出实情，立即处斩，门客也一并被依法处决，人们无不拍手称快。这都是乾隆年间的事情。

4.3.6 左富翁

丹徒富翁有左姓者，偕其友往苏买妾，看一女甚美，询其父为某营守备，以事谪戍，女愿卖身以赎父罪，索价千金。将立券，其友谓左曰："外貌虽美，不知其肌肤何如，有暗病瑕疵否，必看明方可成交也。"左亦以为然，商于媒，女泣曰："吾为父故，死且不顾，何惜为人一看耶？"乃于密室中去其衣裙，呼左进，其友亦隔窗偷视，见腰下有黑疵一片，友谓左曰："此未为全璧也。"其事顿寝。女大哭曰："吾为父罪，至于自卖，而羞辱至此，尚得为人乎？"遂自经死。

未一年，其友见此女来索命，亦自经死。左后得一子，美丰姿而有洁癖，酷嗜书画珠玉玩好之属，但有微瑕，立弃之如土苴(jū)。尝造一园，工匠皆易以新衣，然后得进。楼台亭榭，稍沾一点尘土，则必改作。衣履一日一换，恐其污体，每日肴馔稍有不洁，即终日不食。以此破其家。今丹徒人无不能述之者。

【译文】江苏丹徒有位姓左的富翁，和他的朋友一起去苏州，想买一名女子纳为妾室，看见一名女子十分美丽，经询问得知，女子的父亲是某营的守备，因为犯事被贬谪流放，女子愿意卖身换钱来为父亲赎罪，索要身价一千两。即将订立卖身契，他的朋友对左某说："女子外貌虽然很美，但是不知她的肌肤怎么样，有没有隐疾或者瑕疵，一定要仔细看清楚才可以成交。"左某也认为应该这样，就和媒人商量，女子哭着说："我为了父亲的缘故，死都不怕，还怕让人看一眼吗？"于是就在密室中脱去衣裙，叫左某进去，他的朋友也隔着窗户偷看，看见腰部下面有一片黑色胎记，朋友就对左某说："这女子不够完美。"这件事也就作罢了。女子大哭着说道："我为了替父亲赎罪，到了卖身的地步，而竟然遭到这样的羞辱，还能做人吗？"于是自缢而死。

不到一年，左某的朋友就看到女子前来索命，也自缢而死。左某后来生了一个儿子，相貌俊美，风度翩翩，但是有洁癖，酷爱书画、珠宝、玉石、古玩之类的东西，但是稍微有一点瑕疵，立即丢弃如同糟粕。曾经建造一座园子，工匠都得换上新衣服，然后才能进去。亭台楼阁，只要稍微沾一点尘土，就必须要重新造作。衣服鞋袜一天一换，担心弄脏自己的身体，每天的饭菜稍微有一点不干净，就一整天都不吃东西。因此左某的家业就被这个儿子败光了。如今丹徒人都能诉说这件事。

4.3.7 陈生

吴中有陈生者，居娄门，少聪颖，能文。年十七，其父远宦，依外祖以居。延师课读，师亦甚器重之。一日晨起，泣谓其师曰："昨夜梦亡母告余曰：'汝三世前罪案发矣，明日冥司当提讯，闻铁索声即去，第嘱家人毋哭，毋移尸，尚可还阳。否则不能转也。'"师闻之，叱曰："是呓语耳。"至次日将晡，生自谓闻铁索声，师无闻也。一霎时，生已死矣，举家皆惊，师亦骇甚，因述所梦，并嘱勿哭之语。阅一时许，始苏。

生自言晕绝时，被二役拘出胥门外，见一庙，引入跪阶下，与一女鬼质辨。知三世前系诸生，有同学妇新寡，与之奸，并诓其财物，妇愤郁死。诉之冥司，削其籍，转生为乞丐。其邻有某举人者，恒周给之，于是诸恶丐亦求索于举人，不遂，欲相约焚掠其家。生阳许之，而阴泄其事于举人，及期，诸丐哗然至，举人家已有备，咸就拘缚，投诸火，而生亦与焉。冥冥中谓已偿夙孽矣。冥司以生有报恩善念，即将举人枉杀事，夺其禄籍与生，判今生可登科，官五品。

而前世所私妇不服，屡控东岳神不已。东岳神判曰："且察其今生，倘再有罪孽，不妨提讯，另科可也。"近因偶萌恶念，遂被拘执，生对妇力辨是和非强，且系妇先来奔，而妇执以为诱奸。两造争不能决，冥司怒，乃命一鬼取孽镜来与妇照之，果得淫奔状。妇无辞可辨，冥司遂判妇入犬胎；生免作丐，而不许为官。有号哭跪求于侧者，乃生亡母也，冥司曰："汝子应削籍，不许识字。"急命鬼持汤来，将灌生口，其母又哭，倾其半，仅三咽，口甚腥而肠欲裂矣。乃放出，群鬼争来索贿，其母又力为支拄之。临别，母再三嘱曰："汝回阳速行善事三百条，尚可游庠耳。"推之而醒，病月余，始平复。后此生力行善事，不数年果入学，其师王君寿祺以其事详告于人云。

【译文】苏州有个陈生，居住在城东北的娄门附近，自少年时就聪明颖悟，文章写得很好。十七岁时，他的父亲去很远的外地做官，他就跟随外祖父一起生活。聘请老师教他读书，老师也非常器重他。有一天早晨起来，他哭着对老师说："我昨夜梦见我去世的母亲告诉我说：'你三世之前所犯的罪行案发了，明天冥司就要提审你了，听到铁链的声音就过去，只是要叮嘱家人不要哭泣，不要移动尸体，这样你还可以回到阳间。否则的话就回不去了。'"老师闻听此言，呵斥他说："这只是梦话而已。"到了第二天傍晚时分，陈生自己说他听到了铁链声，老师并没有听到。转眼之间，陈生已经死了，全家都感到非常吃惊，老师也很惊骇，于是给大家讲述了陈生所说的梦境，并按照陈生说的嘱咐家人不要哭泣、不要移动尸体等等。大约一个时辰之后，陈生就苏醒了。

陈生说自己昏迷的时候，被两名差役拘捕带出城西的胥门外，看见一座庙宇，被带进去跪在台阶下，和一个女鬼对质辩白。这才知道自己三世之前是一名秀才，有位同学的妻子刚守寡，与她通奸，并且还诓骗了她的财物，妇人在愤恨抑郁中死去。她死后到冥司控告秀才，秀才被剥夺生员资格，转世成为乞丐。乞丐的邻居中有位某举人，时常周济乞丐，于是一帮恶劣的乞丐也来找举人索要财物，没有得到满足，于是恶丐们就想相约一起去焚烧、掠夺举人的家产。乞丐表面上也同意，但是私下把这件事透露给了举人，到了约定的那天，乞丐们纷纷涌进来，举人家里已经有了防备，把乞丐全部抓住捆绑起来，又把他们投入火中烧死，而秀才转世的那个乞丐也在其中。冥冥之中认为他已经偿清了夙孽。冥司认为乞丐有报恩的善念，随即根据举人枉杀的事情，剥夺了他的禄籍，转给乞丐，判定乞丐转世后可以登科，官至五品。

可是前世私通的那名妇人始终不服，多次向东岳神控告。东岳神判决说："姑且观察他今生的行为，倘若再犯下罪孽，再将他提审不迟，另外定罪就可以了。"近期因为偶然萌生了恶念，于是就被拘捕，陈生当着妇人的面，极力争辩说是和奸而不是强奸，而且是妇人主动来淫奔的，但是妇人一口咬定是诱奸。双方争执不下，难以决断，冥司大怒，于是命令一名鬼卒取来孽镜，叫那妇人对着镜子照，果然显示出妇人淫奔的情景。妇人无话可说，冥司于是判定妇人投胎变狗；陈生免于做乞丐，但是不准做官。这时有人号啕大哭在旁边跪地求情，正是陈生已故的母亲，冥司说："你的儿子应该被削去禄籍，不准他识字。"急忙命鬼卒拿迷魂汤来，将要灌入陈生的口中，他的母亲又开始哭，洒掉了一半，仅仅咽了三口，感觉口中腥味很重，而且肠子都要裂开了。这才将陈生放出，一群鬼争相来索取贿赂，他的母亲又极力帮他支撑应对。临别的时候，母亲再三叮嘱他说："你回到阳间尽快做三百件善事，说不定还可以入学读书。"推了他一下，就苏醒过来，病了一个多月才恢复。后来陈生开始力行善事，没过几年果然入学成为生员，他的老师王寿祺先生就把这件事详细地向人们讲述。

4.3.8 潘生

周竹庵观察（缙）语余曰：前数年有幕中客，吴县茂才潘某者，为余司书记，写作并工，又素精举子业，虽以笔耕糊口，其于甲乙科似可操券得之。后别去数年，偶相遇于他处，则形容枯槁，志气衰颓，大不如从前之英发。闻其新得心疾，每发时则垂头丧气，如醉如痴。凡遇有壁上字画轴联等，辄以火焚之，因此家人防之甚严，而潘生不自知也。自后凡遇大小考试，皆不能竣事而出。殆将困顿终其身矣。

余甚以为怪，后从伊所亲处悉其致病之由，缘潘生于前岁就某馆，宾主甚相得，某主人之子浪游无度，势将败其家声，某恨之甚，语潘生曰："人皆有死，若此子能早死，岂非我家门之福？"潘生漫应曰："君欲臣死，臣不敢不死；父欲子死，却又何难？"主人心骤动，即于是夜将其子灌醉勒毙。次早，潘生知之，颇悔失言。从此顿失故常，口喃喃若有所见，其为某令之子为厉无疑矣。

余闻而慨然曰："为人父而欲死其子，此人伦之大变，然初犹隐忍未发；既述之于所知，则即应力求劝解以冀挽回，亦何至反以片语激成其事？古人云：'我虽不杀伯仁，伯仁由我而死。'宜潘生之以病废也。"

【译文】周竹庵道台（周缙）对我说：前几年我的衙门中有位幕僚，是江苏吴县（今苏州市）的秀才潘某，帮我掌理文书工作，书法和文章都很精妙，又一向精通应试文章，虽然暂时以笔墨工作养家糊口，但是他考取科第功名似乎可以稳操胜券。后来就离开了，几年之后，偶然在外地相遇，只见他面黄肌瘦、神情憔悴，志气衰弱颓废，远远没有从前英气风发的气象了。听说他最近得了心病，每次发作的时候就垂头丧气、如醉如痴的。凡是遇到墙壁上的字画、挂轴、对联等等，就用火烧掉，因此家人对他防备得很严格，可是潘生自己并不知道。从此以后凡是遇到大小考试，都没有办法坚持考完就出场了。恐怕就要一生穷困潦倒了。

我感到很奇怪，后来从他亲人那里才得知他致病的原因，原来潘生在前年就职于某人的幕中，宾主二人相处十分融洽，某主人的儿子淫乐放荡、毫无节制，势必将要败坏他家的名声，某主人对儿子的行为深恶痛绝，对潘生说："人人总有死的那一天，倘若这个儿子能早日死掉，难道不是我家门的福气吗？"潘生随口回答说："君王要臣子去死，臣子不敢不去死；父亲要儿子去死，那有什么难的呢？"主人的心中有所触动，随即就在当天夜里将他的儿子灌醉勒死了。第二天早晨，潘生知道了这件事，十分后悔自己说了不该说的话。从此以后就开始精神失常，口中喃喃自语，好像看到了什么一样，应该就是主人的儿子的鬼魂在纠缠他，这是毫无疑问的。

我听说后就感慨道："作为父亲却想要将自己的儿子置于死地，这是人伦关系的重大变故，然而起初还只是默默忍耐，并没有想付诸行动；既然把自己的苦恼向认识的人倾诉，那么就应该趁此机会，极力好言劝解，希望可以挽回父子亲情，避免造成严重的后果，又何至于反而用三言两语激化矛盾，从而促成了事情的发生呢？古人说：'我虽然没有杀伯仁，但伯仁却是因我而死的。'（出自《晋书·列传三十九》)也难怪潘生因此得病，从而一生都毁了啊。”

4.3.9 丁生

天津有丁生者，家贫读书，聘妻未娶。岳家甚富，见婿贫，有悔意。因使人邀丁至家，以盛馔相待，丁素豪饮，见酒不辞，不觉至醉。岳某语之曰：“吾女有残疾，不足以奉箕帚，愿以千金为篝火之资。子成名后，可另娶佳人。请即写离婚书。”丁素性傲，且醉，慨然曰：“卖妻吾所不为，千金何足以动吾心，人何患无妻子！尔既不愿，请即作离婚书。”岳某大喜，遂呈纸笔，丁乘醉一挥而出。

道遇同窗某，邀至家，询其何往，告以故。某大为不平，丁夷然置之。某家素丰，因令媒妁往议婚。其岳某以为门户相当，即允之。某定期迎娶，前数日告丁曰：“尔之弃妻吾已娶之，吾与尔交最密，何可不我贺？”丁素旷达，且曰：“吾已离婚，即同陌路，何害？”迨合卺(jǐn)之期，丁往贺，某邀丁视新妇，颜色甚丽，丁颇心动，然已无如何。乃入席痛饮，某复与诸客殷勤相劝，遂至沉醉，昏睡不知人事。某命人送丁卧新床，反锁其门。

丁至五更始醒，见已卧洞房，新妇凝妆坐待。大惊，急开门，门已锁，大声疾呼，某开锁而入，谓丁曰：“尔已与新妇成婚，可携归矣。”丁力矢天日，某曰：“此吾意也，尔岳如有言，吾当与之构讼。”

时新妇亦知系故夫，遂偕丁同归。某倩人往其岳某家告知，岳某甚惭，不敢有他说。后丁与某同举孝廉。全人婚姻其功甚大，此举尤有豪杰举动，天之报善人也宜矣。惜未传其姓名。

【译文】天津有个姓丁的书生，家境贫寒，目前还在读书，已经订婚了，还没有正式迎娶。岳父家非常富有，看见女婿如此贫穷，有后悔之意。于是派人邀请丁生来家中，用丰盛的宴席款待他，丁生一向饮酒畅快，看见酒也不推辞，不知不觉就喝醉了。岳父某人就对他说："我的女儿有残疾，没有办法事奉您，我愿意拿出一千两银子作为供您求学的费用。您将来功成名就后，可以另娶佳人。还请立即书写离婚书。"丁生本来就心高气傲，而且又醉酒，也慷慨激昂地说："卖妻这种事我是不会做的，千两银子又怎能让我动心，大丈夫何愁没有妻子呢！你既然不愿意把女儿嫁给我，我现在就写离婚书。"岳父非常高兴，赶紧呈上纸笔，丁生借着醉意一挥而就，然后就离开了。

回家的路上遇到同学好友某生，邀请他来家，询问他要去哪里，丁生就告诉他其中的缘由。同学某生很是为他感到不平，丁生坦然处之，不当一回事。同学某生家境素来丰裕，因此就请媒人去丁生的岳父家说亲。岳父某人认为门当户对，当即就同意了。同学某生择定日期准备迎娶，迎娶前几天，对丁生说："你抛弃的妻子，我已经娶了，我和你交情最为亲密，怎么能不来向我贺喜呢？"丁生平日为人心胸豁达，就说："我已经离婚了，就如同是陌生人，有什么关系呢？"等到成婚的那天，丁生就前往祝贺，同学某生邀请丁生来见新妇，新妇长得十分美丽，丁生不觉心动，然而已经无可奈何了。随后就入席痛快饮酒，同学某生又和客人们热情周到地过来劝酒，于是喝到酩酊大醉，沉沉睡去，不省人事。同学某生就让人将丁生送到新房的床上躺下，把房门反锁。

丁生一直睡到天快亮时才醒过来，发现自己竟然睡在洞房里，新妇盛装打扮，坐在那里等待。大为惊骇，急忙开门，发现门已经反锁了，大声而急促地呼喊，同学某生这才打开锁进来，对丁生说："你已经和新妇成婚，可以带她回去了。"丁生极口指天发誓，说自己并没有做什么，同学某生说："这是我的意思，你岳父如果有什么异议，我来和他理论。"

当时新妇也知道他是原来的丈夫，于是就跟着丁生一同回家了。同学某生请人前往他的岳父家告知此事，岳父某人非常惭愧，不敢有其他说法。后来丁生和同学某生同时考中举人。保全他人的婚姻功德很大，这个举动尤其有行侠仗义的英雄豪杰的风范，上天回报善人也是理所应当的。只可惜没能得知他的姓名。

4.3.10 义犬

过竹溪训导（梦钊）言：常游幕蜀中，闻纳溪县有兄弟二人，家素封，兄殁无子，嫂有遗腹。弟恐其生儿分产，密嘱收生妪："产时，如女也，则任之；若男也，则毙之。"迨产，乃一男，小儿落地不哭，妪谬言已死，妇不察，遂瘗（yì）后园中。

弥月后，妇将诣母家，忽一牝（pìn）犬衔其裾不放，驱之不去，妇异之，随犬行。犬至仓板下，衔一小儿出，仍活，妇疑即己儿，急令人往视瘗儿尸处，已挖成洞。妇知犬所为，携儿归。

夫弟控于官，谓嫂抱他人子为子，官传妇携儿讯之，犬亦随往到堂。犬展转卧于旁，儿即就犬食乳，官征其异，察其情，命妇携儿归。使鼓乐送犬返，书一牌号曰"义犬"，而置其夫弟于法。此道光五年事，惜不记姓，是儿盖已二十二岁矣。

【译文】过竹溪训导(过梦钊)说:在四川做幕僚的时候,听说纳溪县(今泸州市纳溪区)有兄弟二人,家境富裕堪比封君,哥哥去世的时候没有儿子,嫂嫂怀有遗腹子。弟弟担心嫂嫂生下儿子后会和他分家产,就秘密地嘱咐接生婆,说:“生产的时候,如果是女孩,就不用管了;如果是男孩,就杀死他。”等到孩子出生,果然是个男孩,孩子从一出生就不会哭,接生婆谎称孩子已经死了,妇人没有察觉异常,就把孩子的尸体埋葬在后园中。

出满月后,妇人准备回娘家探亲,忽然一只母狗咬住她的裙摆不松口,赶它也不走,妇人感到奇怪,姑且跟着狗走。狗走到仓板下,衔出一个小婴儿,婴儿还活着,妇人怀疑就是自己的儿子,就急忙叫人去埋葬儿子尸体的地方查看,发现已经被挖出一个洞。妇人知道这是母狗干的,就带着孩子回来了。

丈夫的弟弟到官府控告,说自己的嫂嫂抱别家的孩子,当成自己的儿子,官府就传唤妇人带着孩子前来接受讯问,那只母狗也跟着来到大堂。母狗就翻身侧卧在旁边,孩子就去吸母狗的乳头,官员根据这种奇异的现象反复追问探究,终于查出了实情,命令妇人带着孩子回去。并且敲锣打鼓送母狗返回,书写了一块“义犬”的牌匾,然后将丈夫的弟弟依法惩治。这是道光五年(1825)的事情,可惜记不清当事人的姓氏了,现在这个孩子大概已经二十二岁了。

4.3.11 前生城隍

陈汉题国柱,杭人,白手成家。其子宝斋,于二十五六岁时患病两月余,终日卧床不醒,时作呓语。愈后自言前生为某县城隍,忽有城隍来拜,言:“有一案系君任内事,须往会鞫。”不觉随之俱往。

案乃一孀妇生有一子，家系巨富，有夫弟二人欲谋其产，诡称妇不贞，例应断离。妇控于县，邑宰拘其夫弟同讯，案无指实。夫弟某行贿五千金，宰纳之，告其妻，妻曰：“此昧天理事，不可为。”极力谏阻。宰大怒，詈责妻，遂自经死。宰受贿后，将妇断离，妇愤懑而卒，其子即为其叔害死，其产妇夫弟瓜分。

妇殁后控于冥，因宰阳寿未终，案未结。今案犯俱已归冥，奉帝命会鞫，宰与妇之夫弟二人俱论斩；妇转生为孝廉，官邑宰；宰之妻为其正室；妇之子仍为其子。其姓名居址俱不肯言，盖冥中不许泄漏也。宝斋年近三十，恂恂如处子，现尚读书，此足以儆世之贪酷不仁者。

【译文】陈国柱，字汉题，杭州人，白手起家。他的儿子陈宝斋，在二十五六岁时生病两个多月，整天躺在床上不省人事，时不时地说胡话。病好后他说自己前世是某县城隍神，忽然有另一位城隍神来拜访，说：“有一桩案子是您任职期间的事情，须要前往会同审问。”不知不觉地就跟着他一起去了。

该案是说一位寡妇生有一个儿子，家境特别富有，丈夫的两个弟弟企图谋夺寡妇的家产，污蔑说嫂嫂不贞洁，按照法律应该判决离婚出户。妇人就到县衙告状，县令就将她丈夫的两个弟弟拘提到案一同审讯，并没有发现确切的证据。其中一个弟弟向县令行贿了五千两银子，县令就收下了，并告诉了妻子，妻子说：“这是伤天害理的事情，绝对不能做。”极力劝阻县令。县令十分气愤，责骂妻子，于是妻子自缢而死。县令收受贿赂后，判决妇人离婚出户，妇人在愤恨抑郁中死去，她的儿子也被他的叔叔害死，家产就被丈夫的两个弟弟瓜分了。

妇人死后在冥府控诉，因为县令的阳寿还未终了，这个案子也就没有了结。如今涉及本案的人犯已经全部死亡归阴，奉天帝之命会同审问，县令和寡妇丈夫的两个弟弟都被判处斩首；寡妇则转生为举人，官至知县；受贿的那个县令的妻子就转世成为举人知县的正妻；寡妇的儿子转世仍然是举人知县的儿子。当事人的姓名和住址都不肯透露，大概是因为冥府不准泄露。许宝斋年近三十岁，温和谦恭、文雅安静如同处女，现在还在读书，这件事足以用来警惕那些贪婪残酷、不仁不义的人。

4.3.12 王将军马

王将军，忘其名，曾任西安将军。有战马死，葬西安城外，有碑曰“王将军葬马处”。相传将军昔隶羽林，值休沐日，游肆中，见有牵牝马过者，马一见长鸣；行过数步，偶回顾，马复长鸣。将军心动，询之牵马者，则云买以就屠。马白色，患下鼻，问其价，云：“八千，货肉与皮可得十千。”问：“愿卖否？”云：“得利即售。”将军以十二千买之，厩中无闲枥，因有茔地在西山，随交看茔人牵去放青。马方有孕，以胎火患下鼻，就水草旋愈，生一驹，黑色，有力。

时用兵金川，将军带兵往，选善马数匹，以此驹多力，令负器具以行。至彼月余，数善马相继病死。木果木之变，将军乘之以战，勇健异常，人近之辄踔蹶，贼不能拒。将军首先血战，冒矢石溃围出。

功成后，镇守西安，以马久勤劳，不施羁勒，为搭松棚一间。马日则出城入终南山，自择水草，夜则必返，自何门出，仍自何门入。西安城日入下键，往往掩关待之。马能饮酒斗余，以熟肉下之。隔数日必入内衙视将军，或嗅其足，将军辄抚摩之，饮食始出。

一日忽晚归，汗淋遍身，将军疑人乘骑，次日遣弁（biàn）密随以往。至一峰下，则有虎在焉，见马至便与斗，及昏乃散。峰侧有古刹，弁询诸僧，言斗数日矣。还报，将军虞马或被伤，选健卒往捕虎，令前弁导以往，遍寻不得其处，因令施枪炮轰击。后马仍日出城，归亦不再汗，年余毙。将军泣而瘗之。

【译文】有一位王将军，记不清他的名字了，曾经担任西安将军。他有一匹战马死后，被埋葬在西安城外，立了一块石碑，上面刻着“王将军葬马处”。相传王将军当初隶属于禁卫军（防卫首都或宫廷的军队）时，正值放假休息的日子，就到街肆上游玩，看见有人牵着一匹母马经过，这匹马一看见王将军就长声嘶鸣；擦肩走过几步后，偶然一回头，马又开始长鸣。王将军心中触动，就向牵马的人询问，那人说买下来准备屠宰。这是一匹上好的白马，只是患有下鼻病，询问价格，那人说：“八千钱，卖掉肉和皮可得十千。”王将军又问：“愿不愿意卖给我呢？”那人说：“有利润就卖。”王将军就以十二千钱的价格买下来，马厩中已经没有闲置的马槽，因为在西山有墓地，就把母马交给看守墓地的人牵去放牧。母马当时正有孕在身，因为胎火旺盛导致患上下鼻病，在野外饮水吃草后，病就痊愈了，后来生下一匹小马驹，是黑色的，力气很大。

当时正值朝廷出兵四川平定大小金川叛乱，王将军带兵前往，挑选数匹好马，因为这匹小黑马驹力气大，也让它驮着器具随军出征。到达战场一个多月后，多匹好马都相继病死。木果木（今四川金川县卡撒乡境）之战期间，王将军就乘着这匹黑马驹作战，此马异常勇敢强健，一有人靠近就又踢又蹬，敌人都无法抵抗。王将军身先士卒、浴血奋战，冒着枪林弹雨突围而出。

战斗胜利后，镇守西安，因为小黑马劳苦功高，也就不加以束缚，为它搭了一间松棚。马儿白天就出城去终南山，自己找地方饮水吃草，晚上一定按时返回，从哪个城门出去的，仍然从哪个门回来。西安城每天日落后就关锁城门，看门人往往暂时虚掩城门等待马儿回来。马儿还能每次饮下一斗多的酒，用熟肉来下酒。每隔几天，必定进入内衙探望王将军，有时闻一闻将军的脚，将军就抚摸它，到吃饭的时候才离开。

有一天忽然回来得很晚，全身大汗淋漓，王将军怀疑有人私自骑马，第二天就派遣士兵秘密跟在马儿后面。走到一座山峰下，发现那里有一只老虎，老虎看见马，便和马打斗，打到黄昏才散开。山峰的一侧有一座古寺，士兵就询问里面的僧人，僧人说已经打斗了好几天了。士兵回来向将军报告，将军担心马儿可能受伤，就挑选了勇健的士卒前往捕捉老虎，命令之前的士兵带路，可是到处找也没有找到地方，因此命令施放枪炮轰击。后来马儿仍然每天出城，只是回来的时候不再是大汗淋漓了，一年多后就死去了。王将军非常伤心，哭着将马儿埋葬了。

4.3.13 变牛还债

黎思之县尉言：蜀南部县，近城四十里有小村，村内李某年近六旬，生二子。父子居心忠厚，耕种为业，仅可糊口。道光六七年，岁歉，向本村富人陈良栋借钱一百贯。不数年，李姓父子因勤俭持家，家业渐丰。李翁忽得病，弥留时唤二子至床前，告曰："前借陈姓之钱，可算清本利还之，此人为富不仁，务将借约取回，免致受累。"二子遵命，以钱往还。陈姓收钱后，捏称借约无从寻觅，李翁复令二子向索，陈终不给。不数月，李亡。二子愈勤俭，家道益饶。

陈顿昧天良，执约向李姓复行索债，李姓二子历言前还钱状，陈指约为凭，坚称未还，否则必鸣于官。李畏累，令陈翁对天起誓，陈跪阶前，誓云："重收尔债，来生当变牛马偿还。"李遂复以钱还之，将约取回。年余，陈暴病将终，告妻子曰："我往李家还债去矣。"言罢而逝。

陈终时，李姓家牛忽生一犊，额上似有字，初尚模糊。年余，字迹朗然，系"陈良栋"三字。陈妻子梦陈哀求与伊赎身，尚不深信，及闻李姓家牛额有字，母子同往视，果然。牛跪而求之，状如人。陈妻子乃大悲，愿将李姓重还之钱付李赎牛，李不许。后复再三恳求，以千金相赎，李仍不允。陈妻子诉于官。县令唤陈、李二姓到堂，断银一千二百两将牛赎还陈姓。李不遵断，令再三劝谕，李终不从，令亦无可如何。

道光十一年，道经此村，闻其事以为异，往视，则牛额之字显然。果报之说信不诬矣！然李姓兄弟之不遵断听赎也，似亦太过哉！

【译文】黎思之县尉说：四川南部县，距离县城四十里的地方有一个小村庄，村里的李某，年近六十岁，生有两个儿子。父子三人存心忠厚，以种地为生，勉强可以养家糊口。道光六七年（1826、

1827），庄稼歉收，于是就向本村的富人陈良栋借了一百贯钱。没过几年，李家父子因为勤俭持家，家业渐渐富裕起来。李翁忽然生病，弥留之际叫两个儿子到床前，告诉他们说："之前向陈某借的钱，你们算清本金和利息之后还给他，这个人为富不仁，你们一定要把借条取回来，以免因此受到拖累。"两个儿子遵从父亲的命令，带着钱去还债。陈某收到钱后，谎称借条找不到了，李翁又叫两个儿子向他索要，陈某就是不给。几个月后，李翁就去世了。两个儿子更加勤俭，家道也越来越富裕。

陈某顿时昧了良心，拿着借条向李家再次索要欠款，李家的两个儿子清楚明白地述说之前还钱的情形，陈某指着借条为证，坚持说没有还钱，如果不还的话一定要去报官。李家兄弟恐怕因此受到不必要的牵累，就让陈某对天发誓，陈某跪在台阶前，发誓说："如果我重复收取你家的欠债，来世就当牛作马来偿还。"李家兄弟于是就再一次拿钱还给了陈某，并将欠条取回。一年多后，陈某突发重病，临死之前，对妻子说："我要到李家还债去了。"说完就死了。

陈某死的时候，李家的牛忽然生了一只小牛犊，额头上好像有字，一开始还比较模糊。过了一年多，字迹渐渐清晰起来，原来是"陈良栋"三个字。陈某的妻子梦见陈某向她哀求为他赎身，妻子起初还不太相信，等到听说李家的牛额头上有字，母子一同前往查看，果然如此。牛对着妻子下跪请求，情形就像人一样。陈某的妻子顿时悲从中来，愿意将李某重复偿还的钱归还给李家，把牛赎回，李家儿子不同意。后来陈某的妻子又再三恳求，愿意出一千两银子作为赎金，李家儿子仍然不同意。陈某的妻子就到官府控诉。县令传唤陈、李两家的人来到公堂，判决陈家出钱一千二百两给李家将牛赎回。李家不遵守判决，县令再三劝说，李家始终不肯听从，县令也无可奈何。

道光十一年（1831），路过这个村子时，听说这件事后感到很奇异，就前往观看，发现那头牛额头上的字果然非常明显。因果报应的说法确实不假啊！然而李家兄弟执意不遵从判决，允许陈家把牛赎回，似乎也太过分了！

4.3.14 戏言冥报

程仲苏言：嘉庆年间，河南某县有一余姓与张姓素好，同学读书，俱系茂才。端午，各解馆归家，张姓写一信寄余姓，戏言其妇不贞。余姓阅之大怒，疯病陡发。余有二子一女，忽持刀先杀其妻，又将子女一并杀死，余亦自缢。逾年，张姓在家，忽持刀自言余某至矣。遂用刀自剖其腹，逾时身死。夫朋友戏谑，原非所宜，况无端污蔑闺门。即使余姓不自杀其妻子，冥报亦所不免，况一言连毙数命乎？

【译文】程仲苏说：嘉庆年间，河南某县有一个余某和张某一向交情很好，他们是同学，在一起读书学习，都是秀才。端午节时，各自放假回家，张某写了一封信寄给余某，信中开玩笑说他的妻子有不贞的行为。余某看到信后非常气愤，突然疯病发作。余某有两个儿子和一个女儿，忽然拿着刀先杀死自己的妻子，又把自己的子女一并杀死，余某也自缢而死了。第二年，张某在家，忽然拿着刀，自言自语地说余某来了。随即就用刀剖开自己的肚子，过了一会儿就死了。我们说朋友之间开玩笑太过分，原本就不合适，况且是无缘无故污蔑家中妇女的清白。即使余某没有杀死自己的妻子儿女，张某冥冥之中的果报也在所难免，更何况是一句话就接连害死几条人命呢？

4.3.15 游戏示警

杭州有翁某，业染坊，家素封。西湖每逢二三月，严衢一带妇女俱来进香。是日，翁结伴在花神庙闲步，忽见一妇，貌颇端丽，随数婢入庙游玩。或戏谓翁曰："汝能使妇一笑，当治酒相款。"翁曰："何难？"遂满头插花朵，故作倾跌状。妇顾而微笑，众皆抚掌。

后隔数年，翁忽大病，病中自言：妇自回家后，婢告家主，言主母轻狂，顾男子而笑，盖此婢素为主人所眷。主人入婢谗言，向妇诟责，妇无以自明，遂自经死。死后控于阎罗，婢先死，后又控戴花相戏之人。阎罗命鬼卒摄翁去，翁与妇对质，实系无心。阎罗言："尔既爱跌，即使汝一跌。"释令归。翁自病愈后，不数年家顿落，翁潦倒以终。"一跌"之言验矣。

噫！翁以偶然游戏，致令冥冥中冤业纠缠，连丧数命，虽出无心，其咎大矣。欲逃阴谴，得乎？于莲亭曰："翁之子与予素相识，翁夙称明干，何以素封之家忽为窭人？后闻翁病中自述，乃知阴受冥谴。翁殁后，其子三十余岁始得掇一芹。余作京官时，翁之子忽来京，形容憔悴，落拓无归。适予奉先大人讳归里，后不知所终。"呜呼！贻谋不臧，殃及子孙，可惧哉，可惧哉！

【译文】杭州有一个姓翁的人，以开染坊为业，家境富有堪比封君。每年二三月份，严州、衢州一带的妇女都会来杭州西湖进香。这一天，翁某和朋友结伴在花神庙闲游，忽然看见一位妇人，容貌颇为端庄美丽，在几名婢女的陪同下入庙游玩。有人对翁某开玩笑说："你要是能博得妇人一笑，我们就请你喝酒。"翁某说："这有什么难的？"于是就在头上插满了花朵，故意做出跌倒的样子。妇人回头看着他微笑，众人都拍掌大笑。

后来过了几年，翁某忽然生了大病，病中自言自语道：那妇人回家后，婢女就告诉家主，说主母行为轻浮，对着其他男子笑，大概这名婢女一向被主人所宠爱。主人听进去了婢女的谗言，对妻子责骂，妇人没有办法证明自己的清白，于是自缢而死。死后向阎罗王控诉，先是婢女死去，然后又控告戴花调戏的人。阎罗王命令鬼卒将翁某的魂魄勾摄而去，翁某与妇人对质，说自己实在不是存心的。阎罗王说："你既然喜欢跌倒，那就让你一跌。"说完就放他回来了。翁某自从病好后，没几年家道就迅速败落了，翁某在穷困潦倒中死去。阎罗王所说的"一跌"的预言应验了。

哎！翁某因为偶然的一次游戏，致使他在冥冥中被冤业纠缠，接连丧失几条人命，虽然出于无心，但是罪过太大了。想要逃脱阴间的谴责，怎么可能呢？于莲亭先生（于克襄）说："翁某的儿子和我早就认识，翁某一向以精明能干著称，是什么导致如此富裕的家庭忽然变成穷人呢？后来听到翁某在生病期间自诉的经历，才知道他是受到了冥间的谴罚。翁某死后，他的儿子三十多岁才考中秀才。我在京城为官的时候，翁某的儿子忽然来到京城，面貌憔悴不堪，落魄失意没有归宿。当时我因父亲逝世回家奔丧，后来也不知道翁某儿子的下落。"哎呀！祖辈父辈没有给子孙遗留下良好的教诲，灾祸殃及子孙，太可怕了，太可怕了！

4.3.16 盗妹

李春潭观察言：苏州有某甲，在杭州作贾，美丰姿，年十八九，遵父母命回苏完娶。路过太湖，觅船以进，船户兄弟二人，乃大盗也，盗有一妹，年十七八，色美而能武。某登舟后，见女少艾，心动，频目之，女亦目注不已。少刻，船户二人赴岸拉纤，舟中惟女与某。四目相视，女忽问曰："子何以视我？"某婉答之，语带调笑。女曰："子今夜恐不妙。"某尚不觉，女以手去板，出白刃示之，刀光闪烁可畏，某始投地求救。女因问曰："尔曾娶妻否？"某告以未娶，并言奉亲命回苏完婚，女乃不言。

少刻，船户回船少憩，又登岸。某又哭泣求救，女情动，乃问曰："尔箱中有多金否？"某白以无，女为设计，可佯病呼痛，付匙与二船户开箱觅药，冀可免祸。迨船户回舟，某如其言，船户果开箱细视，以无药告，某自言误记。二人又登岸，另坐小舟，女告某曰："子虽无银，衣服甚华好，恐终不免。"因授以刀，使伏暗中，俟其钻首而进，即手刃之。

时已昏暮，某手颤，浑身战栗。女乃进舱持刃，少顷，某长兄果钻首进，女即手刃之。其次兄见无声息，疑客有备，不敢入。趋至船头，女跃上篷，持刀刺之，次兄亦死。某欲逃，女含涕告曰："事已如此，子将何往？吾当与尔同首官。"因手持一包袱，内皆伊兄所杀之人发辫也。

到官后，历言其兄平日凶暴杀人状，今日之事实出不得已，因泣涕请死。官既见发辫累累，又检查旧案，二船户实系江湖大盗。女子虽有杀兄之罪，然大盗因此而殄，功不可没。悯其齿稚无归，命某妻之，以报其活命之恩。某自言有室，且见其手刃二兄，心怀惴惴。官乃谆谕再四，并给以执照，令携之归。某之岳闻某已有妻，遂另婚，女乃随某至家成夫妇。女事翁姑孝，德性柔顺，伉俪亦相得，称贤妇。

此女见某年少，彼此目成，其连刃二兄，固不得谓之大义灭亲。然其兄劫人货财，杀人如草芥，为王法所必诛，则其妹之以白刃相加，或众怨鬼附于其身，亦未可知。迨女已嫁之后，全无暴戾之气，克全妇道以终其身，是亦有足取者。故记之。

【译文】李春潭道台说：苏州的某甲，在杭州做生意，相貌俊美，风度翩翩，年纪十八九岁，遵从父母的命令回苏州准备完婚。在路过太湖的时候，找船搭乘，船户兄弟二人，其实是江洋大盗，强盗还有一个妹妹，年约十七八岁，姿色美丽而且还会武功。某甲上船后，看见女子年轻貌美，不禁心生爱慕，频频注视她，女子也不停地盯着他看。不一会儿，船户兄弟二人就上岸拉纤，船舱中只剩下女子和某甲。两人四目相对，女子忽然问道："你为什么一直看我？"某甲委婉地回答她，语气中带着调笑的意味。女子说："你今天夜里恐怕会遭遇不测。"某甲还没有意识到异常，女子就用手移开舱板，露出雪亮的刀剑给他看，刀光闪烁令人畏惧，某甲这才跪地求救。女子于是问道："你有没有娶妻呢？"某甲告诉她说尚未娶妻，并且说这次就是奉父母之命回苏州完婚的，女子没再说话。

不多时，船户回到船内稍作休息，然后又登上岸。某甲再次哭泣求救，女子内心受到触动，就问他说："你的箱子中有没有很多钱?”某甲坦诚地说没有,女子替他出谋划策,说可以假装生病喊痛,把钥匙给船户兄弟二人,让他们开箱找药,希望可以借此避免灾祸。等船户回到船上,某甲按照女子说的办法,船户果然开箱仔细查看,告诉某甲说没有找到药,某甲说可能是自己记错了。船户兄弟二人再次登岸,另外换乘小船,女子告诉某甲说:“你虽然没有银子,但是衣服甚是华美,恐怕最终还是难以幸免。”因此就交给他一把刀,让他埋伏在暗处,等到强盗伸头钻进船舱,立即用刀杀掉他。

当时天色已经昏暗,某甲的手不停颤抖,浑身也瑟瑟发抖。女子也持刀进入船舱,不一会儿,她的大哥果然把头伸进船舱,女子立即用刀将他刺死。她的二哥发现船舱内没有动静,怀疑客人有防备,不敢进入。快步溜到船头,女子跳到船的篷顶上,用刀刺中他,二哥也死了。某甲正要逃跑,女子含泪对他说:“事情已经到这一步,你要去哪里呢?我应当和你一同去官府自首。”女子手里拿着一个包袱,里面都是她的哥哥所杀害的人的发辫。

到官府后,女子一五一十地叙述了她的两个哥哥平日行凶杀人的情形,并说今天发生的事情实属迫不得已,于是哭着请求治其死罪。官员看到死者的发辫不计其数,又检查了从前的案卷,两名船户确实是江湖大盗。女子虽然有杀兄的罪过,但是大盗因此得以被殄灭,为民除害,功不可没。又可怜女子年纪轻轻,无家可归,命令某甲娶她为妻,以报答女子的救命之恩。某甲说自己已经有家室了,而且亲眼目看见她杀死自己的两个哥哥,心中难免惴惴不安。官员于是反复恳切劝谕,并且发给他官方凭证,命令他带着女子回家。某甲的岳父听说某甲已经有妻子了,于是就将女儿另外许配人家,女子就跟随某甲回家结成夫妻。婚后,女子事奉公婆非常孝顺,品德性情温柔恭顺,夫妻也恩爱和睦,被称为贤妇。

这名女子看见某甲年轻，彼此以目光传情、心中相许，她连杀两个哥哥，固然不能称得上是大义灭亲。然而她的哥哥谋财害命，杀人如同草芥，是王法所不能容忍、必须诛杀的，那么他们的妹妹亲手将二人刺死，或许是一众冤鬼附在她身上，引导她这么做的，也不无可能。等到女子嫁为人妻后，完全没有任何暴戾之气，终身恪守妇道，那么女子的事迹还是有可取之处的。因此记载下来。

4.3.17 蒋荣禄华表

吴门蒋荣禄公，茔道在阳抱山。乾隆四十八年六月十八日，大风潮，墓前华表倒地，中一逆子脑，即时殒命。公之曾孙古愚封公曰："先荣禄生平纯孝，见重于汤文正公，没后犹不容此不孝之人偷息于人世也。"

【译文】苏州的蒋荣禄公（蒋之逵，诰赠荣禄大夫），他的墓道位于阳抱山（又名宝山，在今苏州市东渚镇宝山村）。乾隆四十八年（1783）六月十八日，暴风大作，墓道前面的华表被风吹倒在地，砸中一个逆子的脑袋，逆子当场丧命。荣禄公的曾孙蒋古愚封翁（进士蒋国华之父）说："先曾祖父荣禄公在世时事亲至孝，得到时任江苏巡抚的汤文正公（汤斌）的推重，逝世后依然不容许这种不肖子孙苟且偷生在人世间。"

4.3.18 逆妇变猪

乾隆己酉十一月，常熟东南任阳乡，有不孝妇欲杀其姑者，置毒药于饼中而自往他所避之。其姑将食，忽有一乞人来求其饼，姑初不肯与，乞人袖中出一绿绫衫与之换去。及妇归家，姑喜以衫示妇，妇又夺之，初着身，忽仆地，姑急扶之，不能起，忽变成猪，邻人咸集视之。妇犹作人语曰："我本应天诛，以今生无他罪过，但变猪以示人耳。"言讫，遂成猪形，独其前脚犹似手也。

又，同时山东定陶县一农家妇，素虐其姑。姑双瞽，欲饮糖汤，妇詈不绝口，乃以鸡矢置汤中，姑弗觉也。忽雷电大作，霹雳一声，妇变为猪，入厕上食粪。一时观者日数百人，岁余犹不死。

【译文】乾隆己酉年（1789）十一月，江苏常熟县城东南的任阳乡，有一个不孝妇，想要杀死她的婆婆，她把毒药放进饼中，然后自己住到其他地方躲避。她的婆婆正要吃饼，忽然有一个乞丐进来向她要饼，婆婆一开始不愿意给他，乞丐就从袖子中拿出一件绿绫衫给婆婆，把饼换走了。等媳妇回到家中，婆婆高兴地拿出绿绫衫给媳妇看，媳妇把衣服一把夺了过来，刚穿在身上，忽然倒在地上，婆婆赶紧过去扶她，可是却起不来，忽然变成了一头猪，邻居们都跑过来围观。妇人变成猪后还能说人话，她说："我本来应该被上天诛杀，因为我今生并没有犯下其他的罪过，就只是把我变成猪来示众。"说完后，就变成猪的样子，只是前脚还像是人手。

还有一件事，在同一时间，山东定陶县有一个农家妇，平时总是虐待自己的婆婆。婆婆双目失明，想要喝糖水，妇人就骂不绝口，还把鸡屎放到糖水里面，婆婆也没有发觉。忽然雷电大作，霹雳一声，这个妇人就变成了猪，跑到厕所吃屎。当时前来围观的每天都有几百人，一年多了还没死。

4.3.19 逆妇变驴

陕西城固县乡民，有不孝妇，平时待其姑，如虐奴婢，非一日矣。嘉庆庚辰正月初一日早起，妇忽向姑詈骂，喃喃不绝口，姑不理而往别家拜年。有顷，不孝妇入房关门而卧，久之不出，但闻房中有声如牛马走。迨姑回，欲入房视之而不得，急呼他人踏门入，惟见此妇卧于地，一腿已变成驴矣。越数月方死。

【译文】陕西城固县的乡民中，有一个不孝妇，平时对待她的婆婆，就像虐待奴婢一样，不是一天了。嘉庆庚辰年（1820）正月初一日，早上起来，妇人忽然对着婆婆谩骂，嘴里一直不停地骂骂咧咧，婆婆不理她然后就到别家拜年去了。过了一会儿，不孝妇进入房间，关门躺下，很久都不出来，只听到她的房中有像牛马行走的声音。等到婆婆回来，想要进入房间查看却进不去，急忙叫人来强行破门而入，只见这个妇人趴在地上，一条腿已经变成驴形了。这样过了几个月才死。

4.3.20 逆子被烧

嘉庆己卯五月十日，有苏州营兵，遣担夫挑火药百斤往教场，偶过都亭桥周亚子巷打铁铺门首，铺中人正在打铁，有火星爆入担内，忽轰然一声，满街如焚，死者五六人。中有一人，须发俱烧去，人尚未死。有识之者曰：“其人系游手棍徒，以赌博为事，乳名和尚。有老母年七十余，和尚既不能养，亦从未一呼其母。”至是而母怜其创楚，犹百计医治之，和尚乃痛哭，大呼其母者，一日夜而死。

【译文】嘉庆己卯年(1819)五月十日，有苏州的营兵，派遣挑夫挑着上百斤火药前往教场(旧时操练和检阅军队的场地)，偶然路过都亭桥周亚子巷打铁铺的门口，铺中的铁匠正在打铁，有火星爆起飞入火药担内，忽然轰的一声，整个街道都焚烧起来，死了五六个人。其中有一人，胡须头发都被烧掉了，但人还没有死。有认识他的人说：“这个人是个游手好闲的无赖之徒，整天以赌博为事，乳名叫和尚。家中有位七十多岁的老母亲，和尚不但不能奉养母亲，甚至从来都没有叫过母亲一次。”到这时候只有母亲可怜和尚烧伤的痛苦，还千方百计找医生为他医治，和尚这才痛哭流涕，大声呼唤着自己的母亲，一天一夜后死去。

4.3.21 天赐孝子米

道光二十七年七月，雷赐嘉兴农家孝子米一事，传播一时。言者失其姓名，谓是张叔未先生之佃人也，极贫苦，孝子与母妻共止三人，而食常不给，因与妻谋以饭为母饔(yōng)，而己与妻食粥，如是者有年矣。至是，母之饭亦偶不给，以粥进。母性卞急，不食，倾于厕。俄而雷殷然作。母惧，跪于庭。子妇趋视之，询得其故，亟如厕取出，以水洁之，相对食讫。随同跪叩引慝(tè)，为母解免。

俄而雷又一震，自天降米二十四石，堆积院中，村邻环睹，惊叹天之哀悯孝子如斯也。惊喜既定，孝子视米囊所书字号，则即叔未先生囷（qūn）仓之物也，又惊而往告其主，欲返归之。先生曰："此天赐孝子者，非吾物也。"坚不受，人两义之。

【译文】道光二十七年（1847）七月，雷神赐给嘉兴农家孝子大米的事情，一时间广为流传。讲述的人记不清孝子的姓名了，只说是张叔未先生（张廷继）的佃户，家境极其贫苦，家中只有孝子和母亲、妻子三人，可还是常常吃不饱饭，因此和妻子商量，早饭给母亲吃米饭，而自己和妻子就吃粥，像这样过了多年。到这时候，母亲的米饭也有时供给不上，于是给母亲也吃粥。母亲性格急躁，不肯吃，把粥倒进厕所。不一会儿，雷声隆隆。母亲害怕，跪在院中。儿子和媳妇急忙来查看，经询问才知道其中的缘故，赶紧去厕所把食物取出来，用水洗干净，两人面对面吃完了。随即陪同母亲跪下，把罪过揽在自己身上，替母亲解围赎罪。

不久，雷电又震了一声，从天上降下大米二十四石，堆积在院中，村人、邻居都前来围观，纷纷感叹上天哀怜孝子到这种程度。一阵惊喜之后，孝子看到米袋子上所写的字号，发现就是张叔未先生粮仓中的东西，又惊奇地前去告诉东家，想要将大米还给他。叔未先生说："这是上天赐给孝子的，不是我的东西。"坚决不肯接受，人们同时称赞叔未先生的仁义之举。

4.3.22 山阴秀才

山阴秀才某，年三十许，入乡闱，文颇得意。至三场剪烛对策，同号生闻有妇人呼某名者，而某独不闻。呼之数四，号军大声曰：“呼某者究竟是谁？”某乃闻呼而惊，旋见一妇人走入号舍，曰：“尔可认得我否？我是尔母。”答以：“我母现在，何复有母？”答曰：“我是尔嫡母，尔是继出，尔何忽忘？尔有姊孀居贫苦，尔谓非同胞所生，全不相顾，尔于心何安？我毕命时，尔父不仁，不与绘像，令我遇祭祀不能入座，旁立以待其余，尔何忍哉？”答曰：“姊氏失于周济，咎无可辞，至母像今无从绘起，且阴间之事，亦不得而知。”曰：“我虽没，而尔姊尚存，与吾形甚肖，可就其形而绘之，俾我与享。又须频频恤姊，我始释汝。我为嫡而尔母为继，尔读书人，此等名分岂有不知？乃日悬尔父遗容而独遗我，毫不省忆，此得谓之有人心乎？自今尔能遵守我言，方合道理，否则休想功名矣。”某于是叩头悔过，一一泣从，倏忽而妇不见矣。次科，某始获售，因复昌言其事于众，俾家有嫡继者咸懔知焉。

【译文】浙江山阴县（今绍兴市）的某位秀才，三十岁左右，进入乡试考场，对自己写的文章还比较满意。到考第三场时，在灯下苦思冥想作答策论题目，同考场的考生听到有妇人呼叫某秀才的名字，可是只有某秀才自己听不到。妇人呼叫了好几次，监考人员大声说：“呼叫某秀才的人究竟是谁？”某秀才这才听到了呼声，大吃一惊，随即看到一位妇人走进号舍，说：“你可认得我吗？我是你母亲。”秀才回答道：“我母亲还在世，怎么还有一位母亲？”妇人回答说：“我是你的嫡母，你是父亲的继妻所生，你为什么忽然忘记了呢？你还有个同父异母的姐姐，现在寡居，生活贫苦，你认为和她不是同胞所生，完全不去关心过问，你的良心上怎么能过得去呢？

我死的时候，你父亲没有仁心，不给我画像，使我遇到祭祀时也没有办法入座享用，只能站在旁边等待残羹剩饭，你怎么忍心呢？”秀才回答说：“姐姐生活困苦，得不到接济，我承认这是我的错，不能推脱，至于母亲的画像，如今已经没有办法绘画出来了，而且阴间的事情，也无从知道。”母亲说：“我虽然不在人世了，但是你姐姐还在，她和我长得很像，你可以按照她的样貌为我画像，让我也能享用到祭祀。还须要对姐姐经常抚恤，我才放过你。我是你的嫡母，而你的亲生母亲是继母，你作为读书人，这种名分上的道理难道会不知道吗？可是你每天只是悬挂你父亲的遗像，却唯独遗忘我的，完全想不到这回事，这还能说是有人心吗？从今天开始，你如果能遵守我说的话，才是合乎道理的，否则你休想得到功名了。”某秀才于是叩头忏悔认错，一边哭泣，一边表示听从所有的事项，转眼之间妇人就消失不见了。下一科考试，某秀才才考中，于是就把这件事直言不讳地公之于众，以使那些家中有嫡母、继母这种情况的人，都知所警惕。

4.3.23 生变猪

铜陵张沣南先生自言：其祖在日，有对河居住之佃户，瘫痪三年，忽呼其家人曰：“吾非病，吾负章宅银，冥罚作他家豕以偿其贷。吾虽为人，实乃畜也。尔等往请速宰此豕(shǐ)，以了前愆(qiān)，或可冀转世为人耳。”其妻诣章门，诉以原委，章翁曰：“家畜肥豚，留备大事，乡邻之负吾者不少，讵必独于某之负而施报乎？然听其妻言，念是佃困病之言，与畜豕之年相若，冥报殆非无因，吾当宰之而已。”宰之日，豕就刀大啼，佃在床亦大啼，俨同豕音。浇汤刮肤，豕不啼而佃又大啼，且身起白泡，恍如汤火之伤。分脔时，佃又大号，须臾声微而毙矣。

世之载冥报者多矣，大半在影响之间；惟此事身犹生养于家，而魂已变豕他所。世之得财丧心者，犹云假贷不同讹诈，负亦无伤，其亦鉴此而有悟哉？

【译文】安徽铜陵的张沣南先生自己讲述：他的祖父还在世时，有一户居住在河对岸的佃户，瘫痪了三年，忽然呼叫自己的家人说："我并不是生病，我是因为欠了章家的银子，冥府罚我变成他家的猪来偿还所借的钱。我虽然现在还是人的身体，实际上是畜生啊。你们赶紧前往章家请求尽快把这头猪宰杀，来了结前世的罪过，或许还有希望转世做人啊。"他的妻子赶紧去章家拜访，诉说了事情的始末，章老先生说："家里饲养的肥猪，是留着准备用于今后的红白大事的，邻里乡党欠我钱的人并不少，难道唯独对于他的欠债施加报应吗？然而听他妻子的话，考虑到这个佃户病苦中的说法，生病的年头和养的这头猪的年龄相同，冥冥之中的果报大概不是没有来由的，那么我就把这头猪宰了吧。"宰猪的那天，猪在刀下大声啼叫，佃户在床上也大声喊叫，俨然如同猪的叫声。浇热水刮猪毛的时候，猪已经不叫了，而佃户却大声哭喊，并且全身起了白泡，就好像是被水烫伤、被火烧伤的那样。割肉的时候，佃户又开始大声喊叫，不一会儿，声音渐渐微弱，人就死了。

世上所记载的因果报应的事例有很多，大多数都是后面的事对前面的事的一种呼应和回响；只有这件事却是身体还在家中活着，可是魂魄已经在别的地方变成猪了。世上那些借贷人家的钱财之后昧着良心不肯归还的人，还说什么借贷不同于讹诈，欠了也没关系，他们将这件事作为借鉴是否会有所醒悟呢？

4.3.24 改恶

《咫闻录》云：廉州合浦南康墟，有宰豕（shǐ）为生者，曰："于临宰时，见豕之畏就刀斧，大声呼号，心起不忍，恒欲弃而不为，然一家八口，舍此无以为养，强而止之。"迨后子已成童，令学别技，得藉糊口，即辍业，茹素诵经。闻雷声起，每食必辍箸漱口，跪诵《雷经》，俟雷息声而止，如是者八九年，未尝稍懈。

一日早起，正出门，忽邻居老妇向屠手招，似有事相告，屠乃过去，阒（qù）无人焉。但见旁舍母豕产畜，喁喁喁喁（yóng yóng），正欲呼老妇而问以何事，顿时头眩目黑，仆跌于地，觉魂入于小豕之腹，欲言不能。思此乃杀生害命之报，转世为豕，从何解救？因想世俗念经可以消灾，于是默念雷经四十九回，忽闻雷电交加，霹雳一声，将豕身击毙而魂转于身。老妇惊而出视，曰："彘（zhì）已产矣，邻屠何睡于阶也？"呼之不应，老妇曰："顷被轰雷击死乎？胡不为击死于其家而击死于予庭乎？"亟呼其家人至，方大哭间，屠已苏而起，询其故，备悉前由。老妇曰："子何时来，吾并未招子也。"无不骇异。此嘉庆四年事，今已阅二十年。

近有自廉州来者述其事，知屠白发苍苍，犹存于世，于此可征天道之昭昭矣。其初之手招者，非老妇乃母彘也；其魂之转胎为彘者，瘅（dàn）其屠豕之恶也；屠默理经而感动伏雷者，彰其从善之心也；兹延寿于耄耋（mào dié）者，取其洗心革面也。“过则勿惮改”，诚至圣之格言欤！

【译文】《咫闻录》一书中记载：广东廉州府合浦县南康墟，有个以杀猪为业的人，他说：“每当宰猪之际，看见猪因为害怕刀斧，大声嚎叫的样子，很不忍心，时常想要放弃这行不干了，可是一家八口人，不做这个又没有办法养活全家人，只好硬着头皮去干。”等到后来儿子年纪稍长一些，就让他改学别的技艺，借此得以养家糊口，然后就停止了杀生的行业，每天吃素诵经。每当听到雷声响起，即使在吃饭也马上停筷漱口，跪着读诵《雷经》（全称《九天应元雷声普化天尊玉枢宝经》，又名《雷霆玉枢宝经》《雷经》《玉枢经》），直到雷声停息自己才停止诵经，就这样坚持了八九年，从未懈怠。

有一天早起，屠户正要出门，忽然看到邻居的老妇人向自己招手，好像有事要告诉他，屠户走过去，发现寂静无人。只见旁边猪圈里的母猪正在下仔，哼哼唧唧，正要呼叫老妇问问她有什么事的时候，顿时感觉头晕目眩、眼前发黑，跌倒在地上，感觉自己的魂魄进入了小猪的腹中，想要说话，但说不出来。想到这应该是自己杀生害命的果报，投胎变猪，这该怎么样解救呢？突然想到世人传说念经可以消灾，于是默念《雷经》四十九遍，忽然听到雷电交加，霹雳一声，将猪身击毙，魂魄就又回到自己身上。老妇感到惊讶，赶紧出来看，说：“母猪已经产下了小猪，邻家的屠户为什么睡在台阶上呢？”叫他也没有反应，老妇人说：“难道他刚才被雷击死了？那为什么不击死在他自己家，而是击死在我家院子里呢？”急忙呼叫屠户的家人过来看，就在家人大哭的时候，屠户已经苏醒过来并起身，询问他是怎么回事，屠户把自己的经历详细地告诉大家。老妇人说："你是什么时候过来的，我并没有叫你啊。"在场的人都感到惊骇奇异。这是嘉庆四年（1799）发生的事情，到今天已经过去了二十年。

最近有从廉州过来的人，讲述了这件事，得知那位屠户已经白发苍苍，目前还健在于世，从这件事就可以证明天道报应是极其明白显著的。当初向屠户招手的人，不是邻居老妇而是母猪；他的魂魄投胎变成猪身，这是对屠户杀猪恶业的惩罚；屠户默默诵经而感动雷神，这是在表彰他改恶从善的决心；如今寿命延长、身享高寿，正是由于他洗心革面的原因，这一点是值得肯定的。孔子说"有过错不要怕改正"（语出《论语·学而》），真是圣人的至理名言啊！

4.3.25 见财不苟

华亭廖寿彭之祖（景明），兄弟六人皆通籍，公其季也，疏财仗义，好为济困扶危之事。历山西偏关、临晋诸县，后擢云南宾川州知州，旋升广西直隶州知州。

先是，大吏闻前任某亏短库项甚巨，委公前往摘印查封。公禁吏胥，一无所取，并为申报实无隐匿，即亏短之银均系因公赔累，委曲周全，罪从末减，某德之。某系辽东人，距家万余里，人口既多，私债累累，竟有全家流落之势。一日，某忽至，谓公曰："我之亏累，皆由自取，且年已衰老，死复何恨！惟一家老小羁留异域，不久将为饿殍。今有一言敢告，在任时预料必有今日，曾以三千金密藏署中后院地下，以备还乡之资，初不料查抄之突如其来也。公肯怜我，分赠千金，俾全家得藉此作归计，固所愿也。否则公竟自取之，我亦无憾，毋日后为他人得耳。”公曰：“是何言欤？君如此收场，我不能救援，方深自抱愧，今肯见利而忘义乎？”因留某止宿署中，夜深人静，率亲丁数人偕某至所指处发之，即装于酒瓮中，送还之。

未几，公以属吏失出案被议，解组南归，两袖清风，饔飧（yōng sūn）几致不给。时公年五十，嗣续尚虚，即于次年得一子名云槎者。幕游山左，后在东河节署掌笺奏，以布衣负时望。孙四人，出仕者三；曾孙六人，皆业儒；元孙二人。现在五房均已无人，仅赖公一线之绪，谓非厚德之报欤？

【译文】华亭县（今上海市松江区）廖寿彭的祖父廖景明先生，兄弟六人都出仕为官，景明公是最小的一个，为人仗义疏财，喜欢做一些周济困苦、解救危难的事。历任山西偏关、临晋（今临猗县）等县知县，后来擢升为云南宾川州知州，随即升任为广西直隶州知州。

在此之前，上级大员听说前任某官亏空库银数额巨大，委派廖景明公前去撤职查办。廖公严禁手下的胥吏趁机勒索，非分之财分文不取，并且为某官申报，说确实并没有私自隐藏钱财的情形，即便是亏空的库银也都是因为公事赔补的，委婉曲折、善巧方便地帮他周旋以求保全，罪行得以从宽减免，某官特别感激廖公。某官是辽东人，距离家乡一万多里之遥，家中人口众多，私人所欠的债也有很多，竟然到了全家势必流落他乡的地步。一天，某官忽然来到，对廖公说：“我因为亏空受到如此拖累，都是咎由自取，而且已经步入晚年，就是死也没什么遗憾的！只是我一家老小滞留在异地他乡，不久将要被饿死。今天我有一句话斗胆告诉您，在任的时候预料到一定会有今天的事情发生，曾经将三千两银子秘密地藏在官署后院的地下，用来作为返乡的路费，一开始我也没想到查抄得这样突然。如果廖公您愿意可怜我，我愿意分赠一千两给您，使得全家老小能够凭借其余的钱回到家乡，这就是我最大的心愿了。否则的话如果廖公您直接自己取用，我也没有遗憾，日后不要落入他人手中就行。”廖公说：“这是什么话？您如今走到这一步，我没有能力搭救您，已经感到非常惭愧，如今怎么能见利忘义呢？”于是当晚留某官住在署中，夜深人静的时候，率领几名亲信的家丁和某官一起找到所指的地方，把银子挖出来，装到酒瓮中，送还给了某官。

不久后，廖公因为属吏办案失出（谓重罪轻判或应判刑而未判刑）而被弹劾，辞官卸任后，南下返回家乡，一贫如洗，两袖清风，几乎一日三餐都保证不了。当时廖公已经五十岁了，还没有子嗣，就在第二年生了一个儿子，就是廖云槎。在山东做幕僚，后来又在东河河道总督衙门掌理文书章奏事务，以平民的身份享有崇高的声望。孙子四人，其中出仕做官的有三人；曾孙子六人，都以儒学为业；玄孙二人。现在景明公的五个兄长都已经没有后人了，仅仅依赖景明公这一脉延续宗族，这难道不是景明公厚德的果报吗？

4.3.26 齐观察

直隶人齐观察，由词垣擢任云南迤（yǐ）南兵备道，素喜谈文。道光甲申嘉平，由任所携二妾晋省。乙酉元旦，同各大宪朝贺毕，旋寓，蟒服而坐，若有所见，立命家人往请首府；首府者，佟镜堂先生（景文）也；言有要事奉告，不移时而太守至。询称：“某年山西事发，有某某在此地省城隍于忠肃公前控告，公命人来请对质，不能不去。盖某年山西省查办亏空，我时为随带司员，议以亏空一万者限一月缴，逾限即拟正法。其不能缴而寻短见死者，以我立议不公，亏空一万者只予一月之限，亏空十万者反宽十月之期，致令短见而死，心实不甘，故来此控请质讯。我因一时之错，遽至于此。我死后，托将我眷属妥送回籍。并望遍告同人，遇事体重大者，切勿混出主意。"言毕而逝。张镜蓉（铣），本云南人，时适在省，闻齐观察忽死，因询得其原委如此。

【译文】齐道台，是直隶省（今河北省）人，由翰林院外放逐步升任为云南迤南兵备道，平日喜欢谈论诗文。道光四年（1824）甲申十二月，从任职的地方带着两名姬妾来到省城昆明。道光五年（1825）乙酉正月初一，会同各位大员望阙向皇帝遥拜祝贺新年结束后，回到住所，穿着官服坐在那里，好像看到了什么，立刻命令家人前去邀请首府云南府知府；当时的云南府知府，就是佟镜堂先生（佟景文）；说有要紧的事相告，不一会儿佟知府就到了。经询问，齐道台说："某一年在山西时的事情被告发了，有某某人在本省城隍神于忠肃公（明朝名臣于谦，谥忠肃）面前控告，于公命人来请我前去对质，不能不去。某年山西省查办亏空案，我当时作为随行的司员，建议说亏空一万两的，限期一个月缴清，超过期限不缴的就立即正法。其中就有因为不能缴纳而自寻短见死了的人，他们认为我提出的建议很不公平，亏空一万两的只给一个月的期限，亏空十万两的反而宽限到十个月，导致他们自寻短见而死，心中实在不甘，因此来这里控告，请求对质讯问。我因为一时的失误，就导致这样可怕的后果。我死之后，委托您将我的眷属妥善送回家乡。

并且希望您普遍告知同僚们，遇到干系重大的事项，千万不要胡乱出主意。”说完就去世了。张镜蓉先生（张铣），本是云南人，当时正好也在省城，听说齐道台突然去世，经过询问，得知了这件事情的前因后果。

第四卷

4.4.1 江右黄氏

江右黄某，家本中资，而乐善好施，不少吝悭。偶因久雨新晴，偕友人散步郊野，见古寺中积柩累累，板破骨露者甚多，为之恻然。遂捐高田二十亩，施为义冢，兼出资劝人营葬。凡年久而无力者皆葬之，并各为之立碑记，备人寻觅，共葬四十六棺。又似此掩骼高义，泽及枯骸，义举甚多。后其家科甲蝉联，冠盖不绝，人争羡之。

按，此见《寄云书屋因果录》，是录所载但书某姓，概不标名，然此是南昌黄俊民观察家事。观察名中杰，系家大人壬戌同年，其弟范亭编修（中模），其侄在畬太守（维烈），皆同时由甲科官中外，皆与家大人挚好，故早闻其事颇详。

【译文】江西的黄某，本是中产之家，却乐善好施，从不吝啬。有一次因为下了很久的雨，天气刚刚放晴，和朋友一起在郊野散步，看见一座古寺中积存了许多棺材，层层叠叠，其中有不少棺材板已经朽坏，骸骨暴露出来，黄某为之心中不忍。于是捐出地势较高的田地二十亩，施舍出来作为义冢，同时出钱说服人办理丧葬事宜。凡是时间久远而且无力营葬的都安葬其中，并且分别为其树立石碑，以备家人寻找，共安葬了四十六具棺材。还有像这样掩埋尸骸的高义，惠及枯骨，类似的善行义举还有很多。后来他家的子孙后代中考取科第功名的接连不断，达官显贵绵延不绝，人们纷纷羡慕。

说明，这件事记载于《寄云书屋因果录》一书中，该书中的记载只写出了姓氏，一概没有标注名字，然而这其实是南昌黄俊民道台家的事情。黄道台，名叫黄中杰（字俊民），是我父亲嘉庆七年（1802）壬戌科同榜进士，他的弟弟翰林院编修黄中模（字范亭），他的侄子黄维烈知府（字在畬，一作载畬，嘉庆四年进士），均在同一时期由科第出身历官朝廷内外，都与我父亲是至交好友，所以很早就详细地听说了他家的事情。

4.4.2 江右李氏

临川李某，贸易粤西。时同伙三人皆病疫死，一家于黔，一家于楚，一家于江西。李某为分送三人骸骨，各归故里，皆出己资。而此三人之本息各交其妻孥，俾得赡养孤寡焉。后李某及身发数十万金，随时善举，叠叠不止一端。而其孙由翰苑，官侍郎，叠掌文衡，食报正未有艾也。

按，此即临川李亶诚封翁逸事。李之起家，余已载入《近录》。所云由翰苑官侍郎者，即春湖先生也。

【**译文**】江西临川（今抚州市）的李某，在广西做生意。当时有三名合伙人都染上了瘟疫而死，一人家在贵州，一人家在湖北，一人家在江西。李某分别护送三人的遗骸，各自回归家乡，都是用的自己的钱。然后将这三人的本金和应得的利息分别交给他们的妻子儿女，使得孤儿寡母得到赡养。后来李某在有生之年发财致富，达到数十万两银子的规模，随时随地用来做好事，各种善行义举层出不穷，不只一个方面。而他的孙子由翰林院出身，官至侍郎，多次执掌品评文章、考选文士的权柄，享受善报没有止境。

说明，这就是临川李亶诚封翁（李宜民）鲜为人知的事迹。李氏起家的经过，我已经记载在《劝戒近录》中（参见1.2.17）。所说的由翰林院出身官至侍郎的，就是李春湖先生（李宗瀚）。

4.4.3 徽州程氏

徽州程某，祖与父皆诸生，家赤贫，以课读为生。前后凡百余年，勤勤恳恳，皆以全副精神赴之，无问寒暑，所成就后学不少。后其孙某英年发第，累官至总制。而其封翁，仍用老明经顶带，尝语人曰："吾自有功名，岂必父以子贵哉？"其曾孙辈近亦接联举秀孝，诗书之泽方兴未艾矣。谁谓笔墨营生者，不可以积功累仁耶？

按，此程某即程梓庭先生家也，先生尝由苏州抚军，擢为吾闽总制。其抚苏时，家大人正居承宣之职，闻其家教最悉云。

【译文】安徽徽州的程某，他的祖父和父亲都是秀才，家中一贫如洗，靠教书维持生计。前后一百多年的时间，工作勤勤恳恳，都是全力以赴、专心致志地教书育人，无论严寒酷暑，培养造就出很多优秀的后辈人才。后来他的孙子某年纪轻轻就登科及第，累官至总督。而他的父亲，仍然戴着老贡生的官帽，曾经对别人说："我自己也有功名，难道必须父亲以儿子为贵吗？"程某的曾孙辈近年来也接连考取秀才、举人，书香门第的家风蒸蒸日上，没有止境。谁说以笔墨来维持生计的人，不可以积功累德呢？

说明，这位程某就是程梓庭先生（程祖洛）家的先人，程梓庭先生曾经由江苏巡抚，提升为我们闽浙总督。他担任江苏巡抚时，我父亲正在担任江苏承宣布政使司布政使（简称江苏布政使）一职，曾经详细地听说过他的家庭教育背景。

4.4.4 六安张氏

张某者，六安人，年少，美于才，又富于资。有邻家王姓者，羡其赀财，以女妻之。但此女前已许贫士高某，而张未之知也。结缡（lí）之夕，见女哀泣，询其故，女云："吾前已许高姓，今又许子，是二夫也。尝闻烈女不事二夫，君其谓我何？"言讫，遂寻带自缢，张力救得免。即于是夕觅得高某，拉至其家，为之合卺焉。次日，高某措得聘金送还，分文不受。后家愈富饶，次年张遂登乡荐，逾年复捷南宫。

而邻某王宅不戒于火，家业一空，论者谓王氏之奸诈，几败其女之名节，其得此报宜矣。

【译文】张某，安徽六安人，年纪轻轻，才华出色，而且家境富裕。邻居有一户姓王的人家，羡慕他家的财产，就把女儿嫁给他为妻。但是这个女子之前已经许配给贫寒的读书人高某，但是张某并不知道。结婚的那天晚上，张某看见女子哭得很伤心，便询问她哭泣的原因，女子说："我之前已经许配给了高家，现在又许配给您，这是有两个丈夫。我听说贞烈的女子不侍奉两个丈夫，您说我应该怎么办呢？"说完，便找绳子要自缢，张某极力把她救了下来。于是就在当天晚上找到了高某，把他拉到自己家，让高某和女子成婚。第二天，高某筹措了聘金送还给张某，张某分文不取。后来张家越来越富裕，第二年张某参加乡试中举，一年以后又在礼部会试中金榜题名。

后来邻居王某家中不慎失火，家产被焚烧一空，有人议论说王某为人处世奸巧诡诈，几乎败坏了女儿的名节，也难怪他家得到这种报应。

4.4.5 四明张氏

四明张某，邑诸生也，困于场屋几二十年。适游幕江西，得赀千金，因开新例，欲行报捐，乃辞馆归里。抵家，见族中一节妇，以十指养其病姑并幼子，时值兵燹（xiǎn）之余，米珠薪桂，势难存活，张慨助以三百金。又有戚某，由镇海避难来，全家奔窜，衣食无资，将鬻子以求活，张复助以三百金。张本欲报捐末宦，因银已分散，一筹莫展。同人皆笑之。不得已，仍回觅馆，有故交与之北行，竟由科甲得邑令，今且洊升郡守矣。

【译文】浙江四明县（今余姚市）的张某，是县学生员，二十多年来多次参加科举考试，一直不中。不久前在江西做幕僚，得到了上千两银子的酬金，因为出台了新条例，想要出资捐官，于是辞去幕职回到家乡。到家之后，看到家族中有一个寡妇，靠做手工活来养活生病的婆婆和年幼的儿子，当时刚刚经过了战乱，米如珍珠，柴如桂木，物价极其昂贵，眼看就要活不下去了，张某慷慨地拿出三百两银子来资助她们。还有某亲戚，从镇海县来避难，全家流亡在外，缺衣少食，想要卖儿子来求活命，张某又拿出三百两银子资助他们。张某本来想通过报捐获得微小的官职，因为钱已经分散给人，一点办法都没有了。身边的人都笑话他。不得已，又回到原来的地方寻求幕职，有老朋友和他一同北上，后来竟然考中科举得到县令的官职，如今即将升任知府了。

4.4.6 金陵曹氏

江宁曹某，少年随父赴浙江投亲，不遇，父没于途，曹流为乞丐。逢人痛哭，求给川资负父骸归里。有王某者，见而怜之，给以青蚨四串。曹感之入骨，竟负父骸归。如是者十年，嗣以贸易颇顺利，积有余资，家已小康，而时时泣念王某恩，恨无由报答也。

王，宁波人，值夷船陷城，家资全为所掠，携妻子踉跄奔至金陵，行将乞食矣。与曹某恰遇诸途，曹大惊曰："恩人何亦流落至是耶？"王告以故，曹即邀至其家，时已戒寒，易以冬衣，并为赁小屋以居，复割田二十亩俾营生焉。后曹某忽获藏镪巨万，乃以分润王某，王亦得自立，全家温饱，人两称之。

【译文】江宁的曹某，少年时跟随父亲去浙江投奔亲戚，还没有遇上亲戚，父亲就在半路上去世了，曹某流落为乞丐。遇到人就失声痛哭，乞求大家施舍一些钱作为路费让他能够把父亲的遗骸背回家乡。有一个王某，看到之后很可怜他，给了他四串铜钱。曹某对他的感激之情刻骨铭心，终于得以背着父亲的遗骸回家了。就这样过了十年，后来曹某做生意特别顺利，有了一定的积蓄，家境达到了小康水平，还是时时流泪感念王某的恩情，由于没有机会报答而心中不安。

王某是宁波人，正好赶上英国军舰攻陷宁波，家里的资产全被掠夺了，他带着妻子和孩子狼狈地逃到南京，眼看就要靠乞讨为生了。他和曹某恰好在路上相遇，曹某大吃一惊地说："恩人怎么也流落到这个地步呢？"王某告诉他原因，曹某立刻邀请他来到自己家，当时天气已经变冷了，曹某给他们换上了冬衣，并且为他们租了房屋居住，又划拨了二十亩田地给他们经营作为生计。后来曹某忽然获得了数以万计的藏银，就分享给王某一部分，王某也得以自力更生，全家衣食无忧，人们对曹某和王某都很称赞。

4.4.7 湖北韩氏

湖北韩某，本营伍中人，道光壬寅，奉调防堵至江南。途中，有同伍曹某者，夜见草屋中有灯光，则少妇独居也。推门而进，势将为强暴之行，适韩某过，闻妇人呼号之声，入门见曹如此，大声疾呼曰："若敢无礼，定断汝头。"曹畏而释之。后韩竟以军功授职，今且专阃矣。

【译文】湖北的韩某，本来是军人，道光壬寅年（1842），奉命调到江南防范围堵英军。半路上，有和他同队的曹某，夜里见到一座草屋中有灯光，原来是一个少妇独自居住。曹某推门进去，想要强暴这个少妇，这时正好韩某经过，听到妇女呼救的声音，进门见到曹某这样的行为，大声疾呼说："你要是敢无礼，一定砍了你的头。"曹某害怕了就放开了那个少妇。后来韩某凭借军功被授予官职，如今已经成为统兵的将帅了。

4.4.8 安庆赵某

安庆赵某，家小康，值母没，延徽州汪某代寻阴地。汪每自夸其堪舆之术，醉后并言己之生圹可出状元、宰相，赵某闻之，暗中羡甚。未几，汪以病没于赵宅，赵为之殡殓。逾时，汪子来扶柩，赵即以己母之柩与之，而将汪柩葬于安庆。不知汪之术本不精，所言多欺人，其自定之生圹固水泉风蚁之窟也。汪子不知，已将赵母之柩葬入。赵以一念之贪，将亲骸轻弃此地，不久而赵祀遽斩，尚懵然不知其来由也。

【译文】安徽安庆的赵某，家境小康，当时他的母亲去世了，聘请徽州的汪某为他寻找墓地。汪某经常夸耀自己的风水之术多么高明，醉酒之后还说他为自己预造的墓穴可以出状元、宰相，赵某听说了以后，暗中羡慕不已。不久后，汪某因为生病死在了赵家，赵某将他的遗体装棺入殓。不多时，汪某的儿子来取回父亲的灵柩，赵某就把自己母亲的灵柩给了他，却把汪某的灵柩葬在安庆。赵某并不知道汪某的风水术并不高明，所说的话大多都是骗人的，他预先为自己选定的墓穴本来是水泉风蚁之穴。汪某的儿子不知道，已经将赵某母亲的灵柩下葬。赵某因为一时的贪念，把他母亲的遗骸轻易地抛弃在这个地方，不久之后赵家的子孙就断绝了，赵某还茫然不知是什么原因。

4.4.9 江西滕某

江西滕某，年少有美才，家亦饶裕。因赴乡收稻，见佃户谭某之女而悦之，以故频相过问。嗣又赴谭家，适女独居，挑之不从，强污之。女力竭声嘶，知不免，谆求愿充妾媵（yìng），滕某许之。盟誓再三，偕缱绻（qiǎn quǎn）焉。未几，女受孕，嘱滕早为之计。滕某佯诺之，而心惧家室之妒，未敢言也。既女腹渐大，父母严诘之，女以滕某前情告。其父趋至滕家问之，滕坚不肯认，其父回，严挞其女，血流堕胎而死。自是某每入闱，必遭鬼祟，不能终事而出，遂落魄终其身。

【译文】江西的滕某，年轻且才华出众，家境也很富裕。因为下乡收稻子，看到佃农谭某的女儿之后，很喜欢她，因此常常借机亲近她。后来滕某又去了谭家，正好女子一个人在家，滕某调戏不成，要强行奸污她。女子拼命喊叫，知道逃脱不了，便向滕某请求愿意做他的侍妾，滕某答应了。双方私定盟约并再三发誓，彼此情意缠绵、难舍难分了。不久，女子怀孕了，叮嘱滕某早点筹划迎娶她进门的事情。滕某假装答应，其实心里惧怕妻子的妒悍，不敢提起此事。后来女子的肚子越来越大了，父母严厉地责问她，女子才把她和滕某的事情告诉了父母。她的父亲来到滕某家质问，滕某坚决不肯承认，他的父亲回去，严厉地鞭打女儿，导致流血堕胎而死。从此以后，滕某每次入场参加考试，一定会遭遇冤鬼骚扰，无法坚持考完就出场了，于是终身穷困不得志。

4.4.10 常州胡某

常州胡某，与邻妇相悦，目成已久，未得其隙。闻其夫外出，随与邻妇密约，至家一会，而碍其妻之在室也。适胡某欠其妻母四金，遂勉力措金交其妻送还之，妻因天雨不肯出门，胡逼之前往，而邻妇败节矣。不料妻至中途雨甚，隐身枯庙中，猝遇恶少强污之。又遇其戚撞破其事，遂播于众。胡亦微闻之，不敢深究。天道报施未有如是之速者。吁！可畏矣。

【译文】常州的胡某，和邻居家的妇人相互爱慕，彼此眉来眼去、以目传情已经很久了，一直没有得到私会的时机。胡某听说妇人的丈夫外出了，随即和邻妇秘密约定，来家约会一次，但是碍于妻子在家所以不方便。正好胡某欠他的岳母四两银子，于是尽力把钱凑齐交给妻子前去送还，妻子因为天下大雨不肯出门，胡某逼迫她前去，因此和邻妇得以私会，发生了不正当关系。没想到妻子走到半路上雨下得更大了，就藏身在一座废弃的寺庙中躲雨，突然遇到无赖少年强行奸污了她。又被路过的亲戚撞见这件事情，于是此事在众人中传播开来。胡某也有所耳闻，但又不敢深入地追究。天道的报应从来没有这么迅速的。唉！太可怕了。

4.4.11 贵阳施某

贵阳施某，性淫荡，其妻善针黹（zhǐ），有邻女从其妻求学焉。一日，其妻偶外出，而邻女适至，施某乘间强污之。女畏羞不言，亦不复至。后此女出嫁，其夫以其非完璧也，辱詈而切诘之，女愧，遂服毒死。施某随于次月覆舟而亡。

【译文】贵阳的施某，生性淫荡，他的妻子善于做针线活，有一个邻家女跟他的妻子学习针线活。一天，他的妻子偶然外出，而邻家女正好来了，施某趁着这个机会强行奸污了她。女子因为怕羞不敢说，也不再来施某家。后来这个女子出嫁了，她的丈夫因为她不是完璧之身，对她辱骂并严厉追问，女子羞愧，于是服毒自尽。施某随即就在第二个月乘船时，船只倾覆而被淹死了。

4.4.12 南昌罗某

南昌罗某，精于命理，所推乾隆间各造多奇验。自推命运，无大禄籍，惟庚子科可得一榜。与王某同学，推其命，则谓毕生无中理也。己亥冬，馆邻有孀妇，少年美艳而不能自持。初挑王，力拒之。继挑罗，罗诧为奇遇，遂频往来。庚子秋，王某登乡荐，而罗落孙山矣。罗方疑谓命理不灵，岂知冥冥中有默为转移者乎？

【译文】南昌的罗某，精通命理之学，所推算的乾隆年间出生的许多人的八字命格，往往奇准无比。自己推算自己的命运，没有大的官禄，只有庚子科乡试可以上榜一次。罗某和王某是同学，推算王某的命运，就说王某终其一生都不可能考中。己亥年冬天，书馆的邻居家有一个寡妇，年轻貌美又不能克制自己。一开始她勾引王某，王某极力拒绝了她。然后又勾引罗某，罗某大喜过望，认为遇到了奇特的缘分，于是频繁往来。第二年庚子年的秋天，王某乡试中举，而罗某名落孙山。罗某正疑惑以为命理不灵验，又怎么知道冥冥之中命运已经发生转移了呢？

4.4.13 广东尹某

广东尹某，与武某交谊最深，联为兄弟。武某本富家，性淫荡，尹更诱以声色，堕其术中者不少矣。武囊已罄，尹伪称贷，助其游荡，子母兼权，而武之居宅归尹矣。武所居之屋值二万余金，尹以三千金盘剥得之，其积余三千金，亦武家物也。尹方自鸣得意，不料夷船坌（bèn）至，兵火延烧，倏成平地，家赀悉归乌有。尹本乡居，非兵火所能及，因得武屋而迁居，遂遭此劫，人谋亦何益哉？

【译文】广东的尹某，和武某交情最为深厚，两人结拜为兄弟。武某本是富家子弟，生性淫荡，尹某更是用歌舞女色等淫乐之事来引诱他，落入他的圈套中的人还有不少。武某的钱财已经花光，尹某假称借贷给他，鼓动他继续放荡玩乐，他收取高额利息，就这样利滚利，导致武某连自己的房子都不得不卖给尹某来还债了。武某所住的房子价值二万多两银子，尹某趁机狠狠盘剥，极力压低价格，只花了三千两就得到了，其实他手中这三千两银子也是从武某家骗取的财产。尹某正在自鸣得意的时候，没想到英国军舰突然入侵，战火蔓延，所在地瞬间被夷为平地，家产全部化为乌有。尹某本来居住在乡下，本来不会被战火波及，因为得到武某的房子才搬家，就遭遇了这场劫难，人的阴谋诡计又有什么好处呢？

4.4.14 山东傅某

山东傅某，年三十余矣，十应小试，未得入泮，遂欲纳监应乡试。苦无资，因念有族叔母李氏，经营力作，积有二三百金。李少年苦节，勤力抚孤者也，其子尚幼。傅告以淮北票盐利息甚大，李惑之，卖田质产得银二百两，交傅为办票盐计。傅得银，即赴省报捐监生。回里，李屡问本利，傅一味含糊。后问之急，傅以翻船淹消为词。李大失所望，因哭诉于县城隍庙中，梦神谓曰："汝族侄本应中一榜，今若此，当削其籍，并夺其算矣。"是年，傅初入闱，三场俱甚得意，而闱中卷已入选，忽为雨漏渍毁，临时换他卷。未逾月，傅果暴亡。

【译文】山东的傅某，已经三十多岁了，参加了十次小试（科举时代选拔秀才的考试，又称小考），都没有考中秀才，于是想出资捐纳得到一个监生的资格，可以直接参加乡试。他苦于没有钱，于是想到家族中的一位叔母李氏，通过苦心经营、辛勤劳作，积攒下二三百两银子。李氏年纪轻轻就守了寡，勤力抚养孤儿，她的儿子还年幼。傅某告诉李氏淮北的票盐（明清部分地区实行票法时，商贩缴纳盐税后凭政府发给的凭证运销的食盐）利息很大，李氏被诱惑心动，又通过卖掉田地、抵押房产得到二百两银子，交给傅某代为办理票盐。傅某拿到银子后，就去省里申报捐纳了监生。回到家，李氏多次询问本金和利息的情况，傅某一直含糊其辞。后来被问急了，傅某就找借口说船翻了盐都沉入水中了。李氏非常失望，于是到县里的城隍庙哭诉，梦到神对她说："你家族的侄子本来能考中一榜，现在既然做出这样的事，应该削除他的功名，并且夺取他的寿命了。”这一年，傅某第一次参加乡试，三场考试下来对自己的发挥都很满意，并且他的试卷已经初步入选，忽然被漏下来的雨水打湿毁坏了，临时换成了其他人的试卷。不到一个月，傅某果真暴病而死。

4.4.15 雷李至交

岳州雷某，富有家财，道光六年病笃时，知其子不肖，密以黄金百两交其邻李某代为收存，平昔至交也。李某贫甚，布衣疏食，不改其素。后雷某之子果荡废无人状。李召雷子至家责之，问以知悔否？雷子伏地悲号，自陈愧悔。李即以存项付之，原封犹未动也。今李子旋登甲科，司铨部，李某躬拜荣封。楚人每啧啧乐道之。

【译文】湖南岳州（今岳阳市）的雷某，家境富有，财产丰厚，道光六年（1826）他病势沉重时，知道他的儿子不成器，就秘密地把一百两黄金交给他的邻居李某代为保管，他和李某平时是关系最为密切的朋友。李某家里非常贫穷，穿的是粗布衣服，吃的是简陋食物，得到黄金以后，也没有改变他朴素的本色。后来，雷某的儿子果然放荡无度，没个人样儿，家业几乎被败坏完了。李某就把雷某的儿子叫到家里来责备他，问他知道后悔了吗？雷某的儿子俯伏在地上哀号痛哭，自己陈述说非常惭愧悔恨。李某就把雷某当时委托他代为保存的钱财还给了雷某的儿子，原封未动。如今李某的儿子已经考中进士，在吏部任职，李某也因此获得荣封。湖南人常常对这件事津津乐道，并且对李某的德行啧啧称赞。

4.4.16 孙文至交

湘潭孙某与文某，至交也。孙某之父贸易汉口，令孙某在家奉母，而母病甚危；适得汉口来信，父亦病笃。孙某欲赴湖北则母病难离，欲不往视则父侧无人，寸心如割。商之文某，文怆然曰：“于此而不助一臂，焉用朋友为？且我无父母，家无他累，可以代君前往。”遂附舟而去，舟过洞庭，遇风覆舟死。文某忠于为友，此行众所共知，而偏获此报，皆为惋悼不已。孙某犹未之知也。

一日，忽梦文某纶巾鹤氅而来，曰：“余以前生罪孽至重，已应覆舟之劫，今日之死，分也。然以区区一念之忠于为友，上帝悯之，已证善果，登仙籍矣。子亦孝于事亲，子父恙已愈，可无虑，子其勉之。”孙后得汉口家书，果如所言。

【译文】湖南湘潭的孙某与文某，是交情最为密切的朋友。孙某的父亲在湖北汉口做生意，让孙某在家侍奉母亲，而母亲的病情危重；这时收到汉口的来信，说父亲也病势沉重。孙某想要去湖北，可是因母亲病重难以离开；如果不去湖北探视，则父亲身边没有人照顾，他心如刀割。孙某和他的朋友文某商量，文某非常悲伤地说：“如果在这个时候不助你一臂之力，那要朋友有什么用呢？并且我没有父母，家中也没有其他的拖累，可以替你前往湖北探望你父亲。”于是，文某乘船去往汉口，船过洞庭湖的时候，遇到大风，文某因船只倾覆而溺水身亡。文某对朋友一片忠心和义气，这一行是大家都知道的，却偏偏获得了这样的报应，大家都为他哀伤惋惜不已。这个时候，孙某还不知道文某已经去世。

一天，孙某忽然梦到文某来了，头戴青巾，身披道袍，他说："我因为前世罪孽深重，现在已经应了翻船的劫运，今天的死，是命中注定的。然而我因为对朋友的一片诚挚的忠心，上帝怜悯我，我已经得证了善果，位列仙班了。你也因为侍奉父母非常孝顺，你父亲的病已经好了，不用担心，你继续努力，好好保重自己。"孙某后来收到父亲从汉口寄来的家书，果然和文某所说的一样。

4.4.17 王茂才

庐陵王茂才，家贫，以训蒙为业，尽心讲贯，手口交疲，惟恐误人子弟。虽亲族中有冠婚丧祭诸事，悉浼（měi）人婉告之，不亲庆吊，寒暑不辍，疾痛不废。自十九岁课读以至于五十九岁，四十年如一日。虽大比之期，亦惟恐有荒馆政，不肯赴试，人多笑而迂之。而所授徒，入胶庠、登乡荐者，接踵相继。不逾时，其家亦皆相继以科甲起家，今且有为显宦者。先大父尝举以诲人，家大人亦津津乐道之。

【译文】江西庐陵的王秀才，家境贫穷，以教书为业，尽心讲习，费尽口舌讲课，辛苦批改作业，手口俱疲，只怕误人子弟。即使亲戚族人中有婚丧嫁娶、红白喜事等事情，也都托人代为委婉转告，不亲自到场去庆祝或吊唁了，无论严寒酷暑从未停止教学，即使身体生病也不休息。自从十九岁开始教书，一直到五十九岁，四十年如一日。即使到了科举开考的日子，也唯恐荒废了学生的学业，不肯去参加考试，人们都笑他太迂腐。而他所教的学生，进入府县学校成为生员、乡试考中举人的，接连不断。不多时，他家的子孙也都相继考取科举功名，步入仕途，如今已经有官居高位的。我的祖父曾经举这个例子来告诫大家，父亲也非常喜欢谈论这件事情。

4.4.18 陈茂才

陕西胡某，幼从学于陈某之门，陈终老一衿。胡由举人官知县，洊升郡丞，引疾归里。适陈某病危，胡亲侍汤药。陈子早没，仅一幼孙，陈没后，族中有欺其孤寡者，胡力为保护之，并为经理殡葬。筹计薪水，令其孙至家就读，亲为训迪。其孙已能文，而胡督责不少怠。一日，其孙出游，偶未告胡，胡引至陈灵前，重责其孙，继以大哭。笃于师弟之义如此。逾年，胡子登贤书第一，陈子亦同榜举于乡。

【译文】陕西的胡某，小时候在陈某的门下学习，陈某终身只是一个秀才。胡某由举人出身，担任知县，后来又升任为府同知，告病辞官回乡。适逢老师陈某病危，胡某亲自在身边照料，侍奉汤药。陈某的儿子早年已经去世，只有一个年幼的孙子；老师陈某去世后，家族中有人欺负他家孤儿寡母，胡某出面极力保护他们，并帮忙料理陈某的殡殓丧葬事宜。筹措薪水聘请老师，让陈某的孙子来到自己家读书，并且亲自教诲训导。后来，陈某的孙子已经能够写文章了，而胡某督促责备从未懈怠。一天，陈某的孙子出去游玩，却没有告诉胡某，胡某把他带到祖父的灵位前，严厉地斥责他的孙子，然后自己也失声痛哭。他一心一意坚守老师和弟子之间的情义，到了这种程度。一年之后，胡某的儿子在乡试中高中头名解元，陈某的孙子也同榜考中举人。

4.4.19 上洋童子

汪棣香（福臣）《劝毁淫书征信录》云：上洋一童子，少孤，三房仅一子，大母以下甚爱之。稍长，束发受书，即不为无益事。一日，闲步过书坊，就而问焉，问："何等书最快意适观？"书贾曰："快意适观者，莫如风流词曲。"童子曰："何谓风流？"书贾以其童而呆也，即取《浓情艳史》示之，童子遂赁观焉。阅甫半，喟然曰："世间有是书乎？我必毁之矣。"

翼日复往书坊，大索风流书籍，主人出数十种与之，曰："官人要看，逐渐来赁可也。"童子曰："我欲尽买此书。"主人曰："我赁此书，利息无穷，安肯让尔独买去？"童子强聒不已，主人曰："我今有急用，尔能备三十金来，我便尽售与尔。"童子归奔，告大母，母以为需用经史，鬻钗钏与之，遂买而焚于书馆中。家人以告大母，母大骇而碍于独子，未之责也。

次早，拾字纸灰，得元宝两只，持以献母，母转悲为喜。越数日，童子得剧症，群医束手，已待毙，忽作神语曰："汝命运平常，未应得第，今汝以髫年杜绝淫书，免世人受无涯孽报，上帝实嘉乃心，赐汝福相。他日功名大显，无负初心也。"语毕，酣寝。及醒，形貌顿改，周身皮似蛇蜕，而病霍然矣。空中音乐嘹亮，鹤声盈庭，异香数日不散。此道光丙申二月事。

汪棣香又云：乾隆末年，桐乡一士，好阅淫书，搜罗不下数十百种。有子少聪俊，每伺父出，辄搜箧中，取淫书观之，从此缠绵思想，琢丧真元，患痨瘵（zhài）卒。其父悲恸不已，相继卒。

又某邑一书贾，好刻淫书及春宫画像，易于销售，积资至四五千金。不数年，被盗席卷而去，两目旋盲，所刻诸板一火尽烬。及死，棺敛无措，妻子离散。此皆编造淫书之报也。

【译文】汪棣香先生（汪福臣）所著的《劝毁淫书征信录》一书中说：上洋有一个男孩，从小就失去了父亲，三房只有一个儿子，祖母和其他长辈都很疼爱他。等他稍微长大些，束发（旧时十五岁时束发为髻，成童）读书，从来不做没有意义的事情。一天，他在街上散步时经过一家书店，就问："什么样的书读起来最快活适意？"书贩说："最快活适意的书，莫过于风流词曲。"男孩问："什么是风流？"书贩认为他是个孩子什么都不懂，就拿了一本《浓情艳史》给他看，男孩于是租了这本书来看。看了一半，感叹说："世间竟然有这样的书吗？我一定要毁掉它。"

第二天，男孩又去书店，极力向店主索要风流书籍，店主拿出几十种给他，说："官人如果要看，随时来租就行。"男孩说："我要把这些书都买下来。"店主说："我出租这些书，可以获得无穷的利润，怎么能让你都买去呢？"男孩反复争闹不已，店主说："我现在急用钱，如果你能拿三十两银子来，我就把这些书都卖给你。"男孩跑回家，告诉他的祖母，祖母以为他上学需要用到经书、史书，便变卖了首饰，把钱给了他。男孩于是把那些风流书籍都买了下来，在书馆中焚烧掉了。家人把这件事情告诉了祖母，祖母非常吃惊，但是碍于他是独生子，也就没有责备他。

第二天早晨，男孩打扫纸灰的时候，发现两枚元宝，拿着献给了祖母，祖母从悲伤转为喜悦。过了几天，男孩突然得了重病，医生们都束手无策，已经奄奄一息，忽然他以神灵的口吻说话："你的命运平常，不应该考取科举功名，现在你作为一名少年，能够杜绝淫书，避免世人受到无穷的孽报，天帝着实嘉奖你的心意，赐给你福相。他日功成名就、地位显耀之后，希望你不要辜负初心。"说完，他就睡着了。等到醒过来，他的外形容貌一下子变化很大，全身的皮肤像蛇一样蜕去，疾病也突然痊愈了。天空中响起了嘹亮美妙的音乐，庭院里充满了仙鹤的叫声，奇异的香味好多天都没有散去。这是道光丙申年（1836）二月的事情。

汪棣香又说：乾隆末年，浙江桐乡有一名士子，喜欢阅读淫书，搜集了至少几十上百种。他的儿子从小聪明俊秀，每次趁父亲出门，就翻找父亲的书箱，找出淫书来看，从此满脑子都是污秽的思想，无法摆脱，损伤身体的元气，患上了痨病而死。他的父亲悲痛不已，不久后也死了。

还有某县的一个书商，喜欢刻印淫书和春宫画像来卖，因为容易销售，以此积累的财富多达四五千两银子。没过几年，他的钱财都被盗贼席卷一空，接着双目失明，所刻的书画印版被一把火烧光。到死后，棺材都无从筹措，妻离子散。这就是编造淫书的报应。

4.4.20 《西厢记》

汪棣香曰：施耐庵成《水浒传》，奸盗之事，描写如画，子孙三世皆哑。金圣叹评而刻之，复评刻《西厢记》等书，卒陷大辟，并无子孙。盖《水浒传》诲盗，《西厢记》诲淫，皆邪书之最可恨者。而《西厢记》以极灵巧之文笔，诱极聪俊之文人，又为淫书之尤者，不可不毁。

又曰：《西厢》一书，成于两人之手，当时作者编至“碧云天，黄花地，西风紧，北雁南飞”之句，忽然仆地嚼舌而死。后半部乃另一人续成之。

又曰：崔莺莺生长名家，并无暧昧不明之事，作《西厢记》者乃心贪莺莺之色而求之不得，乃编造蜚语以诬莺莺，至今令莺莺抱惭地下。此见关帝乱笔，不可不信也。

按，乾隆己酉科会试，诗题《草色遥看近却无》，吾乡有一孝廉，卷已中矣，因诗中有“一鞭残照里”句，主司指为引用《西厢记》语，斥不录。其实此孝廉并不记得是《西厢记》语，特平日风流自赏，口吻自与暗合。暗合尚受其累，况沉溺于是书者耶？

【译文】汪棣香（汪福臣）说：施耐庵写成《水浒传》，把邪淫偷盗的事情描写得栩栩如生，子孙三代都是哑巴。金圣叹点评《水浒传》并进行刻印，又点评刻印《西厢记》等书，后来触犯了死罪被杀，并没有子孙后代。大概是因为《水浒传》引诱人作奸犯科，《西厢记》引诱人偷情淫乱，都是邪书之中最为可恨的。并且《西厢记》用极其巧妙的文笔，引诱极其聪明俊秀的文人，又是淫书中最特别的，不能不进行销毁。

又说：《西厢记》这本书，是由两个人先后完成的，当时作者写到“碧云天，黄花地，西风紧，北雁南飞”这句，忽然倒地咬断舌头而死。后半部是另一个人续写而成的。

又说：崔莺莺生长在名门世家，并没有什么暧昧不可告人的事情，写作《西厢记》的人其实是贪恋莺莺的美色却求之不得，于是编造流言蜚语来诬蔑莺莺，至今让莺莺蒙冤抱恨于九泉之下。这个说法来源于关圣帝君通过乩笔所做的开示，不能不信。

另外，乾隆五十四年（1789）己酉科会试，诗的题目是《草色遥看近却无》，我同乡有一名举人，试卷已经被选中，因为诗中有一句“一鞭残照里”，主考官指出这是引用《西厢记》中的话，不予录取。其实这名举人并不记得这一句是《西厢记》中的话，只是平日以风流自居，说话的口吻自然与其恰巧符合。恰巧符合尚且受到连累，更何况是沉溺于这本书的人呢?

4.4.21 《红楼梦》

《红楼梦》一书，诲淫之甚者也。乾隆五十年以后，其书始出，相传为演说故相明珠家事。以宝玉隐明珠之名，以甄（真）宝玉、贾（假）宝玉乱其绪，以开卷之秦氏为入情之始，以卷终之小青为点睛之笔。摹写柔情，婉娈万状，启人淫窦，导人邪机。自是而有《续红楼梦》《后红楼梦》《红楼后梦》《红楼重梦》《红楼复梦》《红楼再梦》《红楼幻梦》《红楼圆梦》诸刻，曼衍支离，不可究诘。评者尚嫌其手笔远逊原书，而不知原书实为厉阶，诸刻特衍，诲淫之谬种，其弊一也。

满洲玉研农先生（麟），家大人座主也，尝语家大人曰：《红楼梦》一书，我满洲无识者流，每以为奇宝，往往向人夸耀，以为助我铺张，甚至串成戏出，演作弹词，观者为之感叹欷嘘，声泪俱下。谓此曾经我所在场目击者，其实毫无影响，聊以自欺欺人。不值我在旁，齿冷也。其稍有识者，无不以此书为诬蔑我满人，可耻可恨。若果尤而效之，岂但《书》所云“骄奢淫佚，将由恶终”者哉！我做安徽学政时，曾经出示严禁，而力量不能及远，徒唤奈何。有一庠士颇擅才笔，私撰《红楼梦节要》一书，已付书坊剞劂（jī jué），经我访出，曾褫（chǐ）其衿，焚其板，一时观听颇为肃然。惜他处无有仿而行之者。

那绎堂先生亦极言：《红楼梦》一书为邪说诐（bì）行之尤，无非蹧跶旗人，实堪痛恨。我拟奏请通行禁绝，又恐立言不能得体，是以隐忍未行，则与我有同心矣。此书全部中无一人是真的，惟属笔之曹雪芹实有其人；然以老贡生，槁死牖下，徒抱伯道之嗟。身后萧条，更无人稍为矜恤。则未必非编造淫书之显报矣。

【译文】《红楼梦》一书，是特别能引人产生淫邪念头的书。乾隆五十年以后，这本书开始出现，相传描写的是过去的宰相明珠家的事情。用宝玉来隐喻明珠的名字，用甄（真）宝玉、贾（假）宝玉混乱头绪，用开篇的秦氏作为展开情节的开端，用结尾的小青作为点睛之笔。描写温柔的感情，各种缠绵的状态，开启人的情窦，诱导人产生邪念。从此以后市面上出现了《续红楼梦》《后红楼梦》《红楼后梦》《红楼重梦》《红楼复梦》《红楼再梦》《红楼幻梦》《红楼圆梦》等各种相关的书籍，五花八门，支离琐碎，无法深究追问。评论者还嫌弃这些书的文笔远远比原书逊色，却不知道原书才是祸端，其他版本只是衍生品，作为引人淫念的荒谬邪书，其弊端则是一样的。

满洲的玉研农先生（玉麟，哈达纳喇氏，字子振，号研农，满洲正黄旗人，清朝大臣）是我父亲中进士时的主考官，曾经对我父亲说：《红楼梦》一书，我们满洲有些没有见识的人，经常把它视为奇珍异宝，往往向人夸耀，认为它可以壮大我们的排场，甚至把它改编成戏剧、谈词进行表演，观看的人往往为之感叹惋惜，声泪俱下。说这个是我曾经在场亲眼看到过的，其实并没有这么大的影响，不过是自欺欺人罢了。不是我在旁亲眼看过的，则讥笑嘲讽。稍有见识的人，无不认为这部书是污蔑我们满人的，可耻可恨。如果仿效书中的行为，其后果难道仅仅是《尚书·周书·毕命》中所说的"骄纵奢侈，荒淫无度，不得善终，将遭恶果"吗！我在担任安徽学政时，曾经发布告示严禁此书，但是我的力量不能推广到更远，无可奈何。有一名学校生员，文笔非常好，私自撰写了《红楼梦节要》一书，已经交付书坊刻板印刷，经我查访发现，曾经将他剥去衣冠、革除功名，并焚烧了书版，一时之间舆论颇为严肃恭敬。可惜其他地方并没有人仿照这种做法来施行。

那绎堂先生（那彦成）也直言规劝：《红楼梦》一书是歪理邪说之中最为突出的，无非是侮辱嘲讽旗人，实在令人痛恨。我曾经打算上奏朝廷请求全面禁绝此书，又恐怕论述不够得体，所以一直忍耐克制没有去做，然而和我有共同的心愿了。这部书全书没有一个人物是真的，只有执笔撰写的曹雪芹确实有这个人；然而他作为一名老贡生，穷困潦倒，困死于窗下，徒然为没有子嗣而叹息。死后景况凄凉冷落，更没有人稍稍为他怜悯抚恤。这未尝不是编造淫书的明显果报吧。

4.4.22 淫书版

钱塘汪棣香（福臣）曰：苏、扬两郡城书店中，皆有《金瓶梅》版。苏城版藏杨氏。杨故长者，以鬻书为业，家藏《金瓶梅》版，虽销售甚多，而为病魔所困，日夕不离汤药。娶妻多年，尚未有子。其友人戒之曰："君早经完娶，而子嗣甚艰，且每岁所入徒供病药之费，意者以君《金瓶梅》版印售各坊，人受其害而君享其利，天故阴祸之欤？为今之计，宜速毁其版，或犹可晚盖也。"杨为惊悟，立取《金瓶梅》版劈而焚之。自此家无病累，妻即生男。数年间，开设文远堂书坊，家业骤起，人皆颂之。

其扬州之版，为某书贾所藏。某家小康，开设书坊三处，尝以是版获利，人屡戒之，终不毁。某年某月，偕其子到苏，子因他事先归，某在寓中忽病，将不起，同人送之归，竟死舟次。飞报其子，其子奔至，见尸面腐坏，蝇蚋（ruì）纷集，血水涌溢，竟不能殓，但以衣盖尸而已。谚曰："千金之子，坐不垂堂。"而某以印售淫书，竟至如此结局，较之杨氏之闻言即毁者，其得失为何如哉？某既死，有儒士捐金买版，始就毁于吴中。自是而苏、扬两城无此坏种流传，人心为之一快矣。

【译文】浙江钱塘（今杭州市）的汪棣香先生（汪福臣）说：苏州、扬州二府城中的书店中，都有《金瓶梅》的书版。苏州的书版由杨某收藏。杨某本来是忠厚长者，以卖书为业，家中藏有《金瓶梅》的书版，虽然卖的很多，而被病魔缠身，每天早晚不离汤药。娶妻已有多年，还没有子嗣。他的朋友规劝他说："您早就成家了，但是子嗣难得，而且每年的收入，都用在看病吃药上了，我认为，难道是您刻印《金瓶梅》卖给各书店，世人受到毒害而您却因此获利，上天在冥冥中降祸于您呢？为眼前之计，应该尽快销毁书版，或许还有挽回的余地。"杨某一听恍然大悟，立即取出《金瓶梅》

书版劈坏烧毁了。从此以后，家中没有疾病的拖累，妻子也生了儿子，几年之间，开设文远堂书坊，家业很快兴起，人们交口称赞。

扬州的金瓶梅书版，由某书商所收藏。他家家境小康，开设了三家书店，曾经靠这套书版赚了不少钱，人们多次劝告他，他始终不予销毁。某年某月，带着他儿子到苏州，儿子因为别的事情先回，某书商在寓所中忽然得了重病，快不行了，同行的人送他回家，最后竟然死在船上。飞速通知他的儿子，他儿子赶来之后，发现尸首都已经腐烂了，蝇蛆满身都是，血水往外溢出，已经无法收殓了，只好用衣服覆盖住尸体而已。谚语说："家中积累千金的富人，不坐在屋檐下。"而某书商因为售卖淫书，最终落得如此下场，与苏州杨某一听劝告就焚毁书版相比较，得失不是一目了然吗？某书商死后，有位儒生出钱买下书版，就在苏州焚毁了。从此以后，苏州、扬州两地，再也没有这种淫书流传了，人心为之一快！

4.4.23 妇人惜字

彭咏莪副宪继室朱氏，连生五女，八年不孕。副宪固多子，而皆系原配所生，故望子甚切。性仁慈，尤敬重字纸。随京宦多年，见有以字纸包茶叶等物，辄随手弃去，甚至为人揩粪者，因出钱计斤收买。遇有污秽者，必洗净焚化，行之有年。及四十余，因病延医胗脉，则云有孕，而天癸已年余不至，断无受胎之理，不以为意。已而腹中转动，始信，是胎得一子。夫惜字，善事也，而得之于巾帼之中，尤为可嘉。盖妇人之惜字，则下至于子女奴婢均知奉以为法，所得不益多乎？得子虽奇，要归于惜字之报可耳。

【译文】都察院左副都御史彭咏莪先生（彭蕴章）的继妻朱氏，接连生了五个女儿之后，八年不曾孕育。咏莪先生本来已有很多儿子了，但是都是原配所生，所以朱氏迫切盼望能有个亲生儿子。朱氏天性仁慈，尤其重视敬惜字纸。跟随丈夫在京城为官多年，见到有人用字纸包裹茶叶等物品，往往随手丢弃，甚至被人用作手纸的，于是出钱论斤收买。遇到有污秽的字纸，必定要洗干净焚化，这样力行了多年。到了四十多岁时，因为生病请医生诊脉，医生说已经有了身孕，而此时她已经闭经一年多了，根本没有再次怀孕的道理，就没放在心上。不久感觉腹中有转动，才相信了，果然生下一子。我们说敬惜字纸是善事，而发生在妇女之中，更属难能可贵。如果妇女懂得惜字，那么下到子女奴婢都会懂得遵守，功德利益不是更大吗？得子虽然神奇，总之将其看作是惜字的善报就可以了。

4.4.24 贞女感神

德清王氏女，未嫁而夫死，归夫家守贞。其姊往省之，女之兄公窥之美，伺其归而要焉。女求之数日，匿不出，乃为状，候县令过门攀舆哭诉。兄公闻之，潜反姊。女惧不直，益忿，诉于城隍神。明日，令将拘人，而兄公与姊俱暴死矣。

按：此钱衎（kàn）石先生记事稿中所录，乾隆末年事。神之显应，未有若是之速者，衎石先生特载之，亦足以警世矣。

【译文】浙江德清县的王氏女，订婚后还没过门丈夫就死了，回到丈夫家守节。她的姐姐前往探望她，女子丈夫的哥哥窥视到女子的姐姐貌美，趁着她要回去的时候把她拦下来了。女子央求了好几天，丈夫的哥哥将姐姐藏匿不肯放出来，于是女子写了状子，等候县令路过的时候拦住轿子哭诉。丈夫的哥哥听说了之后，悄悄地把姐姐送回来了。女子恐怕自己被认为是诬告，更加愤恨，又到城隍神前控诉。第二天，县令即将拘捕人犯，而丈夫的哥哥和自己的姐姐都暴病而死了。

说明：这是钱衎石先生（钱仪吉）所著的《衎石斋记事稿》中所记载的，是乾隆末年的事情。神明的感应，没有像这样迅速的，衎石先生特意记录下来，也足以用来警惕世人了。

4.4.25 汪李氏

温州汪李氏，本贫女。道光四年，其夫没时，年二十四岁，家复赤贫，将以身殉。或语之曰："尔有翁在，年已六十三，尔若死，则老人更无所恃矣。"氏为之憬然，遂勉称未亡人。易钗钏为翁置妾，逾年得一子，翁旋没而妾亦去。氏曰："此时我真不得死矣。"即抚翁之子，而力不能雇乳媪，氏本未生育，忽乳汁长流，子日以长成。

一日，有虎入其室，氏抱子长号待毙。忽火光一道入室，虎即贴耳去。今此妇年四十岁，翁之子亦已十六岁，状貌歧嶷（qí nì），送入邻塾读书，能冠其曹，偶闻不日可赴童子试。

或曰："其翁以贫故葬乱冢中，实灵穴也，后必有兴者。"或曰："此事于翁则孝，于夫则节，于翁之子则慈，一妇人而三善备焉。虽入之古《列女传》，无愧也。不兴何待？"时有名流赠之诗者，曰："虎至无能扰，牛眠不待求。孝慈完大节，壶

(kǔn)范足千秋。”大笔阐扬,已足不朽矣。

【译文】浙江温州的汪李氏,本来是穷人家的女子。道光四年(1824),她的丈夫去世,当时她只有二十四岁,家里又是一贫如洗,本来想要殉夫而去。有人对她说:“你还有公公健在,现在已经六十三岁了,你如果死了,老人就更加没有依靠了。” 汪李氏一听有所醒悟,于是勉强自称为未亡人(旧时寡妇的自称),开始守寡。将首饰变卖,为公公娶了一房妾室,第二年生了一个儿子,公公就去世了,妾室也离开了。汪李氏说:“现在这个时候我是真不能死了。”就抚养公公的儿子,但是她又无力雇请乳母,汪李氏本人从来没有生育过,却忽然有了源源不断的乳汁,公公的儿子每天慢慢长大。

一天,有一只老虎来到她家里,汪李氏抱着儿子吓得大哭,坐以待毙。忽然一道火光进入室内,老虎就低头垂耳离开了。今年这名妇人四十岁了,公公的儿子也已经十六岁了,形貌奇伟,幼年聪慧,妇人把他送到附近的私塾读书,在他的同学中最为突出,听说不日就能去参加童子试。

有人说:“她的公公由于贫穷的缘故,所以只好葬在了乱葬岗中,其实是一处风水上好的墓穴,子孙后代必定兴起。”有人说:“从汪李氏的事迹来看,她对公公尽孝,对丈夫守节,对公公的儿子慈爱,一个妇人具备三种美德。即使是被载入古时的《列女传》,也是当之无愧的。家道不兴起又怎么可能呢?”当时有时下的名人赠送给她一首诗,说:“虎至无能扰,牛眠不待求。孝慈完大节,壸范足千秋。”以大手笔来阐释褒扬,使她的美德事迹足以永垂不朽。

4.4.26 《双冠诰》

婺源董小查编修，与其兄柳江编修并为名儒，其季又成进士，即用知县，昆仲皆成进士。时其继母某太宜人尚在堂，戚党来贺，太宜人语诸妇辈曰："此余观剧之力也。余初孀时，年尚少，有以家贫子幼，游词荧听者，余拒不答。适在戚党家观演《双冠诰》一剧，勃然益决，一意抚孤守志，致有今日，汝等毋谓观剧无益也。"此婺源训导陈雪楼（世镕）所述，且曰："太宜人贤闻一邑，此其谦己诲人之词，不自居于鲁寡陶婴、梁寡高行，而现身为中人说法，益足征太宜人之盛德，宜其贤母子冠冕婺川也。"

【译文】翰林院编修董小查（董桂敷，字宗邵，号小槎，一作小查，嘉庆十年进士），安徽婺源（今属江西省）人，和他的哥哥董柳江编修（董桂新，字茂文，号柳江，嘉庆七年进士）都是名儒，他们的三弟（董桂科，字蔚云，号恒轩，道光三年进士）又中了进士，即用知县（清代铨选官员有"即用"之制，谓遇缺即可补用），他们兄弟三人都成了进士。当时他们的继母太宜人（五品命妇称宜人）还健在，亲戚们前来祝贺，太宜人对妇人女子们说："这是我看戏的作用。我刚守寡的时候，还很年轻，有人以家庭贫困、孩子年幼为由，用轻薄的言辞，扰乱视听，诱惑我改嫁，我拒绝回答。正好在亲戚家观看《双冠诰》这出戏（清朝陈二白所作昆曲传统剧目，讲述的是婢女碧莲守节教子，一举成名的故事，又名《双官诰》《三娘教子》等），使我精神振奋，更加坚定了信念，一心一意抚养孤儿坚守志节，这才有了今天，你们不要说看戏没有好处。”这件事是婺源县训导陈雪楼先生（陈世镕，字大冶，一字雪楼，安徽怀宁人，道光十五年进士）所讲述的，并且说：“太宜人以贤德名闻一县，这是她表示自谦并教诲别人的话，不以像鲁国寡妇陶婴、梁国寡妇高行那样的贞节烈女自居，而是现身为中等根器之人，以亲身经历来阐述道理、劝化别人，更加足以证明太宜人的深厚德行，所以难怪她们贤母子功名显赫，备受婺江一带的人们爱戴和称赞。”

4.4.27 南海贞女

岭南患大麻疯，虽骨肉不与同居，防沾染也。南海有巨室子某，年甫十五六，风度翩翩似璧人，忽患是疾，另构山寮居之，家人间日省视焉。其所聘室，系邑中巨姓女，父母欲另字人，女泣曰：“未婚而婿撄恶疾，女之命可知。且从一而终，妇人之道也，义不能他适。与其养老闺帏，贻父母忧，不如相依于凄风苦雨中，少尽为妇之道以毕余生，儿之愿也。”坚请再四，誓之以死。父母不能夺其志，遂卒归某氏为妇。未几，女亦沾染成笃疾。空山之中形影相吊，闻者伤之。

一夕，明月在天，四山清绝，露坐松间石上。其夫抚之曰：“以卿丽质，而狼戾至此，我之罪也。”女则毅然作色曰：“早知有今日，其何敢怼？”正在凄然相对间，忽见溪中有一物翻波浴浪，似兔而小，趋视之，窜入松林而没。女援头上簪志其处。明日发土视之，则千岁茯苓也。知为仙品，剖而分食之，甘香沁入心脾，不觉宿疴顿失，疮痕全消。其父母闻而往视，不啻一对玉人，相映于芦帘丛薄间。喜而迎之归，重为合卺成礼，莫不叹为贞节之报。此事家大人闻于同年谢澧浦太史（兰生），谢固南海人，盖目睹其事云。

【译文】岭南地区流行大麻风病，即使是骨肉至亲也不敢同住，是为了防止传染。广东南海县（今佛山市）有一个大户人家子弟某生，才十五六岁，风度翩翩好像玉人，忽然也患上了这种病，在山中单独建造了小屋供他居住，家人每隔几天去看望他一次。他所订婚的未婚妻，是县里名门大族的女儿，父母想让她另嫁他人，女子哭着说："还没结婚而女婿就患了疾病，女儿的命运可想而知。况且从一而终，这是妇人所应遵守的原则，从道义上说绝不能另嫁他人。与其在家老于闺房，变成老姑娘，让父母担忧，不如和未婚夫在凄风苦雨中相依为命，略尽为妇之道来度过余生，这是女儿的愿望。"反复坚定请求，誓死不愿改嫁。父母不能改变她的志愿，最终嫁给了某生为妻。不久，女子也被传染，形成不治之症。夫妻二人在空旷的山野之中孤独无依，人们听说了这件事都为他们感到伤心。

一天晚上，明月当空，四面的山岭寂静无声，他们露天坐在松树间的石头上。她的丈夫安慰她说："以你的美貌，而沦落到这个地步，是我的罪过。"女子则毫不犹豫、神色严肃坚定地说："我早就知道有今天，怎么敢怨恨呢？"两人正在凄然相对之间，忽然看见溪水中有一个东西随着波浪翻滚，看上去像兔子但又比兔子小，快步走近观看，那东西又窜入松林后消失了。女子摘下头上的发簪插在那个地方作为标记。第二天再去，挖土一看，原来是千年的茯苓（中药名，别名云苓、白茯苓，寄生于山林中腐朽的松树根上，具有解热、安神等功效）。知道这是罕见的非凡之物，把它剖开两个人分着吃了，香甜可口，沁人心脾，不知不觉间久治不愈的顽疾一下子消失了，疮疤也完全消退了。他们的父母听说了后前往探视，简直就是一对玉人，相互掩映于茂密丛生的草木中间。家人大喜过望，迎接他们回家，为他们重新举办了隆重的结婚典礼，没有人不赞叹这是忠贞之德带来的善报。这件事是我父亲听同榜进士谢澧浦翰林（谢兰生）讲述的，谢先生就是南海人，大概曾亲眼看见了这件事。

4.4.28 中州某氏

河南李见斋邑侯云：吾乡有某进士者，曾任某省州牧，祖父皆显宦，富甲乡里。其妻某氏，性妒而心狠，与妾各生一子，年各十余岁，皆聪俊，已同入家塾。某氏思及将来家产若两分之，未免单薄，意欲尽归其所生子。因密购不生育之药，制为饼饵，候其放学归，欲令妾子食之，以断其生育之路，俾异日以所生之孙承嗣两祧，则家产可尽归所生之子。一日，召妾子，与之食，妾子正手接而未入口，其所生子突至，望见其母以饼饵与弟，乃疾走至前夺而食之。迨其母知觉，而已无及，不觉失声大哭曰："害杀吾儿矣。"旁人多不解所谓，有婢偶漏言于人，族亲乃无不恶其居心之忍也。后二子各娶媳，妾子连举两孙，而某氏所生之子竟不育，乃立继妾子为嗣，巨万家赀卒皆归妾子焉。

【译文】河南的李见斋县令说：我的家乡有一位某进士，曾在某省担任知州，祖父、父亲都是高官，富甲一方。他的妻子某氏，生性好嫉妒，心肠狠毒，与妾室各生了一个儿子，两个孩子都是十多岁，都聪明俊秀，已经一同进入私塾读书。妻子某氏心想，将来家产如果分给两个儿子继承，不免单薄，她想把全部的家产都归她亲生的儿子所有。于是偷偷地购买了绝育的药物，制作成糕饼，等孩子们放学回来，想让妾室的儿子吃，以断绝他的生育能力，使将来自己亲生的孙子同时作为两房的继承人，那么家产就可以全部归自己亲生的儿子所有了。一天，她把妾室的儿子叫过来，给他吃饼，妾室的儿子刚用手接过还没来得及入口，她亲生的儿子突然跑过来，看到他母亲把饼给弟弟吃，就急忙上前抢过来吃了。等到他母亲发觉，而已经来不及了，不禁放声大哭着说："害杀我儿子了。"旁边的人大多不理解她在说什么，有个婢女偶然对人吐露了实情，族人亲戚于是没有不憎恶她心肠太过狠毒的。后来两个儿子都娶了媳妇，妾室的儿子接连生下两个孙子，而某氏亲生的儿子竟然一直不能生育，于是立妾的儿子为继承人，数以万计的家产最终都归妾室的儿子所有了。

4.4.29 邹顾氏

无锡邹剑南媳顾氏，娶三年矣，有妊。生子不数日，顾氏病，下体溃烂，日夜号哭，忽自言曰："姑娘恭喜，首产麟儿，今日特来索命，毋见惧也。"闻者惊诧，强问之，顾曰："余病不起矣。余未出阁时，与嫂本无嫌隙，只因藏过其金钏一只，以致嫂咒骂不止。后吾母许其赔还，嫂故必还原物，适因嫂小产服药，暗将盐水搀入，血晕而死。今事隔数年，嫂亦乘我产后来索命，且日夜坐我床中，药饵皆被其吹嘘，岂能愈乎？"及将绝，复醒数次，自云："已到阴司讯问，拶（zǎn）两手，夹两足，痛极难忍矣。”家人启视之，手足青紫，如被刑然。此乾隆癸丑五月事，钱梅溪闻而笔记之。

【译文】江苏无锡邹剑南的媳妇顾氏，结婚三年了，有了身孕。生下孩子没过几天，顾氏生病，下体溃烂，日夜不停地号哭，忽然自言自语说：“姑娘恭喜，头胎就生了贵子，今天我特地前来索你的命，不要害怕。”在场听到的人都非常惊骇，再三问顾氏是什么原因，她说：“我恐怕一病不起了。我还没出嫁时，和嫂子本来没有过节，只因偷藏过她的一只金镯子，以致嫂子不停地咒骂。后来我母亲答应用钱赔偿给她，嫂子一定要原来的东西，当时正逢嫂子因小产服药，我暗中将盐水掺入药中，导致嫂子血晕而死。现在事情过去几年了，嫂子也趁我产后前来索命，而且从早到晚坐在我的床上，药物都被她用嘴吹气，我怎么还能好得了呢？”等到她快断气的时候，又醒来好几次，自己说：“已经到阴司接受审讯，用拶子（旧时夹手指的刑具）夹两手，又夹住两只脚，疼痛难忍。”家人掀开被子一看，她的手脚呈现青紫色，如同受到了酷刑的样子。这是乾隆五十八年（1793）癸丑五月的事情，钱梅溪先生（钱泳）听说此事之后将其记录了下来。

4.4.30 忠仆报冤

芜湖韩某，年六十有八矣，吴某家老仆也，勤慎忠诚，一心为主。吴某亦甚任之。后吴某因有事赴京，其继娶某氏，悦表弟胡某之色，私通之。又惧妾之碍目也，因醉妾以酒，加媚药焉，使胡某并淫之。韩仆怒甚，严禁胡某不得入门。吴某归，惑于妻妾之言，反将韩仆肆行呵斥，韩以前情告，吴以为谤己也，驱之去。韩年老无归，饥寒交迫，遂投江死。未几，吴之妻妾并暴病，口称韩某索命，吴代为缓颊，亦不允。其表弟胡某在家亦然。吴始恍然悟，而奸夫淫妇同时并尽矣。

【译文】安徽芜湖的韩某，已经六十八岁了，是吴某家的老仆人，为人忠诚、勤劳谨慎，一心一意对待主人。吴某也非常信任他。后来吴某因为有事情前往京城，他续娶的妻子某氏，爱慕表弟胡某的容貌，与他私通。继妻某氏又恐怕小妾碍眼，于是用酒灌醉小妾，并加入春药，让胡某一并和她发生关系。仆人韩某非常气愤，严厉禁止胡某，不准他进门。吴某回来后，被妻妾以谗言蛊惑，反而将仆人韩某肆意呵斥，韩某告知之前发生的事情，吴某认为他在诽谤自己，便将他驱赶出去。韩某年纪大了没有归宿，又饿又冷，于是投江自尽了。没多久，吴某的继妻和小妾同时突发疾病，自称是韩某前来索命，吴某代替她们求情，也不被接受。他的表弟胡某在家也是一样。吴某这才恍然大悟，然后所有的奸夫淫妇同时一并死掉了。

4.4.31 不孝而吝

河南房芝田，为浙江仁和典史；东吴朱某，时为布库大使。同官为婚，朱子、房女，遂缔姻焉。

道光某年，房以监犯越狱镌职，郁郁以亡，身后萧然，妻子无以自存。时朱已引疾归里，居洞庭山，家饶裕。房之妻以贫困，携二子一女，往投告急，并以力不能营婚嫁，送女于朱，听其及期配偶。朱某之太翁悯之，嘱朱某取百金以赠，朱某克减其大半，以四十金使其子贻之。其子即房婿也，又克减二十，止与二十金。

房夫人大失望，计资斧且不给，再嘱婿谋诸其父，父复以一券付之曰："此扬州甘泉令某假吾三百金之券，可持往索之，即以助汝，资斧之外有余蓄矣。"房妻不得已，取券而行，途中资竭，又以其幼子质于人，乃得至维扬。即命长子持券赴县，则县令并无负朱银之事，以为无赖谎诈，怒加呵斥，呼吏役将絷缚之。骇奔告母，方知其券伪也。念已无生路，即自经死。其长子痛母，又无计处此，因以刀劙(lí)指，血书冤状置于怀，亦自刎。

逆旅主人报县，甘泉令验尸，见血书大惊，始悉其受绐惨害之故。即携血书至署，命吏叙稿备案，将移咨长洲查办。吏方缮稿未竟，食顷，不见血书，疑他人取之，而查询并无见者，群相惊讶，亦遂置之。

逾旬，传闻洞庭山朱宅一事，即于吏录血书之日。某时方饭，霹雳一声，掷血书于前，即捧跪庭中，雷楔钉其两额。其子趋出，又钉其足，并击死。盖瞬息间神取血书越数百里而去，报应之速，不终日而千里应之，可畏哉！此道光二十七年四月事。

【译文】河南的房芝田，在浙江仁和县衙（今杭州市）担任典史一职；苏州的朱某，当时是布库大使。他们作为同僚，两家联姻，朱家的儿子和房家的女儿，于是订立了婚约。

道光年间的某年，房芝田因为囚犯越狱逃跑而被降职，忧郁而死，他死后景况凄凉，并没有留下遗产，妻子儿女无法生存下去。当时朱某已经告病辞官回乡，居住在洞庭山，家境富裕。房芝田的妻子因为贫困，带着两个儿子、一个女儿，前往投奔请求援助，并且因无力置办嫁妆，便将女儿送给朱家，听凭朱家到时自行为两个孩子完婚。朱某的父亲可怜她们孤儿寡母，嘱咐朱某取出一百两银子相赠，朱某从中克扣了一大半，只拿出四十两银子让他儿子给到房夫人。朱某的儿子就是房家的女婿，他又从中克扣了二十两，最终到房夫人手中只有二十两。

房夫人大失所望，估计作为路费都不够，再次嘱托女婿和父亲朱某商议，朱某又拿出一张借条交给她，说："这是扬州府甘泉县某县令向我借贷三百两银子的借据，你可以拿着这个前往索要，要回的钱就作为对你的资助，除了路费之外还能有剩余的积蓄。"房夫人没有办法，只好拿着借条前往，走到半路钱用光了，又将自己的小儿子抵押给别人，才得以到达扬州。随即命令自己的大儿子拿着借条前往甘泉县衙，然而县令并没有欠朱家银子的事情，认为房家大儿子是个无赖之徒，故意撒谎讹诈钱财，大为愤怒，严加呵斥，并招呼衙役准备将他捆绑起来。大儿子惊骇不已，急忙跑回去告诉母亲，这才知道借条是伪造的。房夫人心想自己已经走投无路，于是自缢而死。她的大儿子因为母亲的死而悲痛不已，又没有办法摆脱目前的处境，于是用刀划开手指，用血将冤情写成诉状放在怀中，也自刎而死。

旅店的主人报官，甘泉县令勘验尸体，看到血书之后，大为震惊，这才知道了她们母子上当受骗遭受残害的前因后果。立即带上血书回到衙门，命令书吏起草文稿、整理案卷，准备将案件商请移交到苏州府长洲县查办。书吏正在缮写文稿还未完成，一顿饭的工夫，血书不见了，怀疑别人拿走了，然而到处查询并没有人看见，大家都很惊讶，也就先把事情暂时搁置下来了。

十天后，相传苏州洞庭山朱家发生了一件事情，正好就是在书吏抄录血书的那天。朱某当时正在吃饭，突然电闪雷鸣，霹雳一声，将血书扔到朱某面前，朱某就手捧血书跪在庭院中，有雷楔（传说中雷神用以发霹雳的工具，其形如斧楔，故称）钉在他的两侧额头上。这时朱某的儿子快步走出来，也被雷楔钉住了脚，一并被雷击死。原来在瞬息之间，雷神将血书送到几百里之外，报应如此迅速，不到一天时间就在千里之外应验，太可怕了！这是道光二十七年（1847）四月发生的事情。

4.4.32 秀水盛生

盛生，秀水人，忘其名，性仁厚，生平未尝忤物。有族兄作令于粤，盛依之，与邑丞某善。一日，丞置酒邀饮，进馔，误污盛衣，丞怒，呼阍人，以铁索击其项，将杖之。盛从容进曰：“失出无心，法为可贷，且公今日为某开筵，致彼受责，于心何安？幸请恕之。”丞犹不听，盛反覆排解，丞怒稍息，卒代释其罪。

逾年，盛从族兄移莅他郡，日暮停骖（cān），视传舍湫隘，心颇疑虑。无何，有数人汹汹然窥探而去，夜静，盛独秉烛不寝，复有推扉入者，见盛熟视，盛方惊问，其人即反身出，呼同侣，但闻应声诺诺，哄然散去。及天晓登程，有一人尾盛行久之，诘其故，曰：“君不忆翻羹碗、污君衣者耶？”盖丞之隶，已去役而为盗矣。盛询其何为，其人曰：“此处多盗，惯劫行客，逆旅主人皆其党也。昨夜将谋劫，某视客中有君也，因叱退。此去尚恐不免，当再送君一程，方可无虞，幸勿告他人知也。”及次日，又至，曰：“前途无恙，吾去矣。”须臾不见。盛以告同人，咸叹盗亦有道，而敬盛之有厚德也。

盛又常自收田租，见有窘者，则免之。一日，往山东，舣舟遇盗，已破扉入舱矣，盛方寝，闻声探首出视，盗识为盛，即摇手止众勿入，曰：“不知君在此，是以冒犯。某虽不仁，不敢惊扰长者。”相率而去，盛急问曰：“子何人斯，而识认我也？”其人遥应曰：“收租如君，贫农受惠多矣。”盖盗之中有佃盛田者，一舟数客赖之以安。

【译文】盛生，是浙江秀水人，记不起他的名字了，他性情仁厚，生平从未与人发生冲突。有位族兄在广东做县令，盛生跟随他做事，和某县丞交好。有一天，县丞设宴邀请他饮酒，仆隶上菜时，不小心弄脏了盛生的衣服，县丞大怒，叫守门人过来将铁链套在仆隶的脖子上，准备将他杖打一顿。盛生从容不迫地上前说道：“他这是无心之过，按照法律可以宽恕，而且您今天专门为我设宴，如果因此使他受到责备，则我心中不安。希望您能饶恕他。”县丞还是不听，盛生反复排解劝说，县丞的怒气才稍微平息了些，最终代为赦免了仆隶的罪过。

第二年，盛生跟随族兄调动到别的府县任职，天色已晚，停车住宿，看到旅店低湿狭小，心里颇感疑惑。不一会儿，有几个人气势汹汹地窥探之后离开了，等到夜深人静后，盛生独自点着蜡烛没有睡下，然后有一个人推门进来，一直在注视盛生，盛生吃惊地问是谁，那个人立即转身出去了，呼唤同伙，只听到其他人连连答应的声音，然后一哄而散。等到天亮，动身上路时，有一个人尾随在盛生的后面走了很久，盛生质问他为什么一直跟着他，那人说："您还记得打翻汤碗、弄脏您衣服的那个人吗?"原来这就是县丞的仆隶，已经辞去差事而做了强盗。盛生又问他现在要做什么，那人说："这地方多有盗贼出没，惯于抢劫过往的行人，旅店的主人都和他们是一伙的。昨天晚上准备图谋劫财，我看客人中有您，于是斥退了他们。这一路恐怕难免再次遇到盗贼，我应当再送您一程，方可确保无忧，请不要告诉其他人知道。"到第二天，那人又来了，说："前方的道路可以平安无恙，我走了。"一会儿就不见了。盛生告诉了同行的人，都赞叹强盗也有道义，而更加敬重盛生的深厚德行了。

盛生又常常亲自收田租，见到有生活窘迫的佃农，就免收他们的田租。一天，去往山东，乘船遇到盗贼，盗贼已经破门进入船舱了，盛生正在睡觉，听到动静探出头来查看，盗贼认出是盛生，就摇手制止众人，告诉他们不要进入，说："我不知道您在这里，因此冒犯。我虽然不是什么好人，但也不敢惊扰忠厚长者。"说完就相继离开了，盛生急忙问道："你是什么人，怎么会认识我呢？"那人远远地回答说："像您这样收租，贫困的佃农受惠太多了。"原来盗贼之中有人曾租种盛生的田地，一船这么多乘客因此得以安然无恙。

4.4.33 商城周氏

河南商城周姓，科甲之盛，与固始吴姓相埒。其先有官安徽婺源县者，县多溺女，力劝谕之，其风竟戢（jí）。旋擢福建某县，其地城隍像系金铸，有通洋盗者，约以某月日来毁。周闻之，暗令人将纸厚裱，复加以泥绘之。盗至遍剥，止有泥土堕落而去。及周告归后，每家中生产时，皆梦城隍前来，且庭生瑞芝，故至“祖”字辈俱以“芝”字为号。

嘉庆辛酉，周鉴堂（钺），首以进士，由部曹擢官顺天府丞。再传则芝昉（祖荫），以己巳庶常改农部，官直隶清河道；芝生（祖植），以己卯进士，由部曹官浙江按察使司；芝台（祖培），以编修现官刑部侍郎。此外群从尚有，锴，以庶常改江苏知县；祖衔，以庶常改湖北知县。而更有现官庶常，及以举贡官儒学等官者，则指不胜屈云。

【译文】河南商城县的周氏家族，科举功名的兴盛，和固始县吴家不相上下。周家有位祖先曾在安徽婺源县（今属江西省）做官，当地人因重男轻女，往往将刚出生的女婴投入水中溺死，在这位周县令的极力劝勉晓谕之下，当地这种极其恶劣的风俗得以停息。不久后调动到福建某县任职，当地的城隍神像是用黄金铸造而成的，有人勾结海盗，约定在某年某月某日前来拆毁神像。周县令听说了，暗中令人将神像用纸一层层糊起来，再在外层涂上泥土，然后施以彩绘。强盗来了将神像全身层层剥开，发现只有泥土脱落，就离开了。等到周县令辞官回乡后，每当家中有新生儿出生时，都梦到城隍神前来，而且庭院中生长出祥瑞的灵芝，于是到了“祖”字辈子孙，都用“芝”字来取字号。

嘉庆六年（1801）辛酉恩科，周鉴堂（周钺，字靖之，号鉴堂），首先考中了进士，由六部司官升任为顺天府丞。再下一辈的周祖荫，字芝昉，嘉庆十四年（1809）己巳科进士，授翰林院庶吉士，散馆改户部主事，官至直隶清河道；周祖植，字芝生，以嘉庆二十四年（1819）己卯恩科进士，由刑部主事外放出任浙江按察使司；周祖培，字芝台，同为嘉庆二十四年（1819）已卯恩科进士，以翰林院编修，现任刑部侍郎。除此之外，家族中的堂兄弟及诸子侄当中，周锴（疑为周锜），以翰林院庶吉士改任江苏某地知县；周祖衔，道光十八年（1838）戊戌科进士，以翰林院庶吉士改任湖北大冶知县。而其他的目前担任翰林院庶吉士，以及以举人、贡生身份出任儒学学官等官职的人，更是数不胜数。

4.4.34 桃花好苦

云南张镜蓉（铣）大令曰：道光丙戌会试，山东某，坐某字七十几号。天尚未晚，时有冷风吹入，掀某号帘而云“不是、不是”者再，彼此相戒早卧。未逾时而知贡举同御史来查号，直至三更而止，则题纸下矣。及天明，号中亦无他异。至巳刻，则即七十几号某大叫数声“桃花桃花，你好苦耶”，叫毕而死。往视其卷，皆此八字，不知何故。镜蓉同在号中，此其目睹者。可知冤鬼索命之事，断不诬也。

【译文】云南的张镜蓉（张铣）县令说：道光六年（1826）丙戌科会试期间，山东的某考生，坐在“某”字第七十几号号舍。天色还不晚，不时地有冷风吹进来，掀开其中一间号舍的门帘说“不是、不是”，像这样反复多次，考生们相互告诫提醒早点睡觉。不一会儿，知贡举（特命主掌贡举考试的官员，一般以朝廷名望大臣担任）会同御史前来巡视考场，直到三更时才结束，这时写有考题的试纸下发了。等到天亮，考场中并没有出现其他的异常情况。到了巳时（上午九点至十一点），发现就是第七十几号的某考生大喊了几声“桃花桃花，你好苦耶”，喊完就死了。前去查看他的试卷，整张卷子上写的都是这八个字，不知道具体是怎么回事。张镜蓉坐在同一考场，这是他亲眼所见的事情。可见冤鬼索命的事情，绝对是真实存在的。

4.4.35 损人无益

广东人林某，官云南盐法道，因盐案干部议。时户部司员有得京察者，冀其开缺可邀简放，故从重议之。及开缺，则由外升，而议之者遂沉滞以终。观察名绍龙，与家大人同榜进士。家大人官京师时，曾微闻其事云。

【译文】广东人林某，担任云南盐法道，因为受到盐务案件牵连，被弹劾交部议处。当时有一名户部司员，京察考核等次优秀，获得了外放地方任职的资格；他希望云南盐法道的职位出缺之后，自己便有机会递补上去，所以提议对林某从重处分。云南盐法道职位出缺之后，则由外地官员升任此职，而那名户部司员终身郁郁不得志。林道台名绍龙，字讱斯，与我父亲是嘉庆七年（1802）壬戌科同榜进士。我父亲在京城做官时，曾经对此事有所耳闻。

4.4.36 牛求救

道光癸卯年间，吾省汀州有署连城尹章鼎轩者，到任甫半载，结积案数十起，鞫讯立判是非，民感之。尤优待士子，德政不胜举。时有密贿以千金者，拒不受，其人曰：“无有知者。”

公坚却之，其不苟于财又如此。尝署宅门联云："欲要为官好结果，除非办事不开花。"实闽省一清官也。

是年秋，突有一大牛，竟从县署大门闯入内廨，人有阻之者，撞以角，直至章公案所，跪地，眼流泪，作求援状。章公许之，令起，旋命系之外堂。向之见人即撞者，转为驯伏。次日寻牛者至，章公询知是离城三十余里某乡某，买以就屠，临宰时牛拚命奔至此。章公将惩其无故杀牛之罪，某不敢索牛而去。遂养之，放生寺中，月给刍粮，立案以垂久远。

噫！蠢然一牛也，竟向明有司而投生，谁谓物无知也？后章公卓荐赴京，邑人以"化及禽兽"扁送之，为官者可以劝矣。

【译文】道光二十三年（1843）癸卯年间，我们福建省汀州府连城县（今属龙岩市），有一位代理知县章鼎轩，到任刚刚半年，就办结了几十起积压的案件，审理案件能够立刻判断出是非黑白，当地百姓对他感恩戴德。章公尤其对读书人礼遇优待，有益于人民的政策措施不胜枚举。当时有人秘密地拿一千两银子向他行贿，他严词拒绝，那人说："没有人知道。"张公坚决不肯接受，他对待财利方面的态度又是如此严肃谨慎不随便。曾经在官署门前题写了一副对联，说："欲要为官好结果，除非办事不开花。"确实是福建省的一位清官。

这年秋天，突然有一头大牛，径直从县衙大门闯入内衙，如果有人阻拦，牛就用角来撞，直至章公办公室，前腿跪倒在地，双眼流出泪水，做出求救的样子。章公答应了，叫它起来，然后命人把它拴在外堂。原来看到人就撞，这时则变得特别温顺驯服。第二天，找牛的人来了，章公经询问得知，此人是离城三十多里的某乡某人，买来准备屠宰，临宰杀之前牛拼命奔逃来到这里。章公正要惩治此人无故宰杀耕牛的罪行，那人不敢要牛就走了。于是就把牛留养下来，又放生到寺院中，每月供给粮草，并立为成案，以使此事能够长期坚持进行下去。

哎！不过是蠢笨的一头牛而已，竟然知道向英明的官员求救，谁说动物没有灵性呢？后来章公因政绩卓异而被举荐，赴京任职，当地人制作了一块“化及禽兽”的牌匾赠送给他，为官的人可以知所勉励了。

第五卷

4.5.1 折福

归安王勿庵侍郎（以衔），初生时，星命家推算八字中缺水，或语其太夫人曰："必令小儿在渔舟上乳养百日以补之，乃可长成。"因召一渔人妇来，畀（bì）之钱米，寄养百日。及乾隆乙卯中状元归，侍郎忽念此妇养育之恩，使人迹之，则此妇尚在，年将七十矣。招致斋中，向妇谢之。翌日，此妇遽病，乃送回即死，咸以为折福所致云。

【译文】浙江归安县（今湖州市）王勿庵侍郎（王以衔，字署冰，号勿庵），刚出生时，算命先生推算其生辰八字中五行缺水，有人对他母亲说："务必将这孩子在渔船上喂养一百天来补水，才能长大成人。"于是找来一位渔夫的妻子，给她钱财粮食，寄养一百天。等到乾隆六十年（1795）乙卯恩科，王以衔高中状元后回家，他忽然感念渔妇的养育之恩，便派人去寻找，发现这位渔妇还健在，年近七十岁了。把渔妇接到自己家中，向渔妇表达感谢。第二天，这位渔妇便生病了，刚送回去就去世了。人们都认为是折损了福分所导致的。

4.5.2 舵工许某

厦门遭英夷之扰，民间早有去志，而官府不知也。有舵工许某者，事母孝，妻某氏有姿而贞。居厦门港时，英鬼已迫岸，许家食尽。邻有汪三者，悦许妻色，乘其饥困以利诱之，许某曰："能以十金活我母，即鬻妻于彼。"许母疑未决，邻叟郑某劝之曰："母老，城陷时，尔子纵能将母，尔妇美，若不从贼淫，必受贼刃。今若嫁汪三，可挈以远避，是一举而活三命也。"于是母心动，力主其事。汪三即以米四斛、银八两为聘，约即夕成婚。妇大恸求死，既念先宛转以活姑，后一死以全节，有何不可。谬谓姑曰："事姑两载，岂忍骤离，须宽两日。不然，岂惜一死？"汪三早闻其性烈，从之。明日，英鬼上岸，汪三登高望之，为炮丸贯喉死。又明日，英鬼遂据厦门。事定，许家竟得瓦全。知其事者，以一门夫妇孝节，故终蒙天佑也。

【译文】厦门经常遭受英国人的侵扰，当地老百姓早就想搬离此地，然而官府却不知道。有位舵工许某，事奉母亲非常孝顺，他的妻子某氏有姿色且性情贞烈。居住在厦门港时，英国鬼子已经靠近海岸，而许家已经断粮了。他家的邻居汪三，爱慕许某妻子的美色，趁着许家饥饿穷困之际，用财利来诱惑他们，许某说："只要你能出十两银子让我母亲活下去，就将妻子卖给你。"许某的母亲犹豫不决，邻居老头郑某劝她说："母亲已经年老，城市被攻陷时，你儿子纵使能保护母亲离开，你儿媳貌美，如果不能服从贼寇的淫威，必然会被贼寇杀害。现在要是嫁给汪三，可以跟着他躲避到远处，这样一举可以使三个人都能活命。”于是母亲心动，极力主张此事。汪三就用四斛大米、八两银子作为聘礼，约定当天晚上成婚。妇人伤心大哭，一心求死，转念一想不如先委曲求全让婆婆活下来，然后以一死保全贞节，没什么不可以的。假装对婆婆说：“事奉婆婆两年了，怎么忍心突然离开，须要宽限两日。否则的话，不惜一死了之。”汪三早就听说她性格刚烈，便听从了。第二天，英国鬼子上岸，汪三登上高处眺望，被炮弹击穿喉咙而死。又过了一天，英国鬼子于是占据了厦门。战事平定之后，许家竟然得以保全性命。知道此事的人，认为一家人夫妻孝顺、贞节，所以最终得到了上天的护佑。

4.5.3 邵孝廉

于莲亭曰：吾乡宋村集，有孝廉邵某，年二十，乡试获隽，其父择日为建旗杆于门首。先一夕，梦一古衣冠人谓曰：“尔门口为予墓，切不可动。尔听吾言，当有以报；若伤吾墓，必不利于尔子。”邵父素倔强，且已招亲朋，不肯中止。以为家运正旺，鬼何能为厉？次日，客皆集，命工挖土，果是古墓，邵父命去之。其子忽吐血如涌，少刻即殒。后孝廉厝棺于野，又被暴风毁损。

噫！古墓未知何人藏魄之所，灵爽若此。然邵父既有此梦，何必汲汲于旗杆？且既已获隽，即不立旗杆，亦孰不知为孝廉？乃已见古墓，不急为掩埋而复伤之，是其居心残忍，宜有以招阴谴矣。

【译文】于莲亭先生（于克襄）说：我们山东文登的宋村集，有一位举人邵某，二十岁时，参加乡试金榜题名，他的父亲挑选吉日要为他在家门前竖立功名旗杆。前一天晚上，梦到一位身着古代衣冠的人对他说：“你家门口是我的墓地，千万不可触动。你如果听我的话，我将来有一天必定会报答；如果破坏了我的墓地，必定对你儿子没有好处。”邵某的父亲素性倔强，而且已经召集了亲朋好友，不愿意中途停止。认为家运正兴旺，鬼怪能把我们怎么样？第二天，宾客云集而来，命令工人挖土，果然是古墓，邵某父亲命令清除掉。他的儿子忽然口吐鲜血，血如泉涌，不多时就死了。后来举人的棺材停放在野外，又被暴风吹坏。

哎！古墓不知道是哪位古人的藏魂之处，竟然如此灵应。邵某的父亲既然已经有了这个梦境，又何必执着于一根旗杆呢？而且儿子既然已经中举，即使不立什么旗杆，又有谁不知道他是举人呢？却在见到古墓之后，不立即重新掩埋而且又给破坏了，这是他存心太过残忍，难怪招致冥冥之中的谴罚。

4.5.4 方太守

于莲亭又曰：大兴方氏，昆仲三人，孟司马，仲布政司理问，季太守，世代簪缨。孟、仲相继殁，各遗一子；季独存，官于浙，因家焉。延师教其侄，后因为其太翁卜葬，堪舆为择一穴。夜梦一峨冠博带者来谒云：“子所占穴乃吾墓，可另觅佳城，必有以报。”堪舆不信，次日开穴，果系古墓。司事者梦梦，竟将遗骸抛弃荒野。葬后，堪舆暴卒，方氏二子俱少年俊才，偶至西湖扫墓，甫登舟，忽遇狂风，舟遽覆，救起俱毙。太守乃名孝廉，晚年潦倒，抑郁而终，竟无后。

【译文】于莲亭（于克襄）又说：大兴县（今北京市大兴区）的方氏家族，兄弟三人，老大官至府同知，老二官至布政司理问，老三官至知府，世代为官。老大、老二相继离世，各自留下一个儿子；只有老三在世，在浙江做官，于是在当地安家。聘请老师教他的两个侄子读书，后来于是为他们的父亲寻找墓地，风水先生为他选择了一处墓穴。夜里梦到一位峨冠博带（戴着高帽子，系着宽阔的衣带，为古时士大夫的服饰）的人对他说："你所选的穴位正好是我的墓地，你可以另外寻找风水宝地，将来必定会有所报答。"风水先生不相信，第二天打开墓穴，发现果然是一座古墓。管事的人愚昧无知，竟然将遗骸抛弃于荒野。下葬以后，风水先生突然死亡，方家的两个儿子本来都是少年才俊，有一次去西湖扫墓，刚一上船，忽然遇到狂风，船随即倾覆，救起时人都已经死了。知府是有名的举人，晚年穷困潦倒，抑郁而死，至此方氏一门竟然绝了后。

4.5.5 钱文敏公

钱梅溪云：余业师金安安先生（祖静），外孙中铣（xiǎn）、中钰（yù），俱家文敏公稼轩司寇之公子。乾隆甲午岁，余年十六，在安安先生家中见之。时中铣已得内阁中书，中钰亦议叙中书科中书。两公子俱年方弱冠，状貌魁梧，聪明绝世，能诗，工八法，真善承家学者。不数年后，俱无疾而死。中铣死于舟中，中钰死于车中，云皆遇鬼祟活捉。其事甚确而不知其何由致此。

后余到扬州，晤赵瓯北先生，谈及此事，云文敏公因奉旨查办贵州威宁州刘标亏空一案，缘前任廉访高积，曾办公表侄蒋牧论绞；公挟此私恨，加意苛求，竟斩高以报复之。事隔十年，而两子俱为所祟，甚可惧也。

先是，公出差贵州时，道经衡阳，知回雁峰有老僧名通慧者，善相人，公往访之，僧云："观公之相，必登台辅，两子亦得簪缨，然眉宇间稍露杀气。公能种德，则相可随心改也，公其勉之。"及返衡阳，复见此僧，僧大惊曰："可惜！"余无一语，公亦默然。

公有两孙，余亦曾见之，一中副举人，一有痰疾，不言不语，家道亦凌替矣。按，钱文敏公以少司寇丁忧回里时，梦见一大碑上书"哀哀哀"三字，心甚恶之，语其弟竹初明府。竹初曰："三口为品，兄将来当着一品衣耳。"未几卒，诏赠尚书衔，其验如此。

【译文】钱梅溪先生（钱泳）说：我跟从受业的老师金安安先生（金祖静，字会川、定涛，号安安），他的外孙钱中铣、钱中钰兄弟，都是我的本家钱文敏公刑部尚书稼轩先生（钱维城，字宗磐、幼安，号稼轩，乾隆十年状元）的公子。乾隆三十九年甲午（1774），我十六岁，在金安安先生家中见到过他们。当时钱中铣已经得到内阁中书的职位，钱中钰也议叙（清代官吏有功而交吏部核议奖励，称为议叙）中书科中书。两位公子都年方二十岁，身材魁梧，聪明盖世，善于作诗，精通八法（书法中的侧、勒、努、趯、策、掠、啄、磔八种笔法），真是善于继承家学的后人。不到几年后，兄弟二人都无疾而死。钱中铣死在船上，钱中钰死在车中，说都是遇到了冤鬼作祟被活捉。这件事非常确切，却不知道究竟是什么原因导致这种结果。

后来我到扬州时，见到赵瓯北先生（赵翼），谈到这件事，他说钱文敏公当初因为奉旨查办贵州威宁州知州刘标亏空一案时，由于前任贵州按察使高积，曾经查办文敏公的表侄蒋牧并将其处以绞刑；文敏公心怀私怨，故意苛求，最后竟然将高积判处斩首来报复他。事情过了十年之后，文敏公的两个儿子都被高积的鬼魂索命，太可怕了。

在此之前，钱文敏公到贵州出差时，路过湖南衡阳，听说回雁峰有一位名叫通慧的老僧，善于给人看相，文敏公前去拜访，老僧说："观察您的相貌，必定官至三公宰辅之位，两个儿子也会做到高官，然而眉宇之间稍微显露出杀气。您如果能行善培植福德，则相貌也会跟随心地的变化而变化，希望您加倍努力。"等返回再次路过衡阳时，又见到这位老僧，老僧一见，十分惊讶地说："可惜！"其他没有更多的话，文敏公也沉默不语。

钱文敏公有两个孙子，我也曾见过他们，一个考中副榜举人，一个患有肺病，不能说话，家道也已经衰败了。另外，钱文敏公在担任刑部侍郎期间，回家为父母服丧时，曾梦见一块大石碑上写着"哀哀哀"三个字，心中颇为反感，把梦境告诉给了他的弟弟钱竹初知县（钱维乔）。竹初先生说："每个'哀'字中有一个'口'字，三个'口'字为'品'，兄长将来会身着一品官服。"不久后，文敏公逝世，朝廷追赠尚书衔，居然应验在这里。

4.5.6 雅中丞

乾隆间，觉罗雅中丞，巡抚江苏，循声素著，诸事综核，不漏不支，然亦有过当者。潘芸皋先生，尝语家大人曰：“昔程伊川言：‘饿死事小，失节事大。’是以忠臣孝子、节妇孤嫠（lí），国家有旌表之例。吾吴岁办，甚惬人心，惟雅公任内有不许滥膺之令，遂使陋巷穷孀，向隅饮泣。夫忠孝二事，固臣子所当然，而妇人女子素未读书，独能守志不移，始终一辙，是尤不可泯灭。恭逢圣人御宇，凡有水旱偏灾，不惜数百万帑（tǎng）金以嘉惠元元，雅公岂不知之，而独为此省区区小费耶？后雅以征库车城失机正法，安知不即此一事之报也！”芸皋先生之言如此，可见吴人深不满此事。其谆谆以语家大人者，亦义兼劝戒云尔。

【译文】乾隆年间，觉罗雅中丞（雅尔哈善，爱新觉罗氏，字蔚文，满洲正红旗人，清朝将领），担任江苏巡抚时，素来以循良著称，处理各种事务能够统筹兼顾、通盘考量，既不丢三落四，也不拖泥带水，然而也有不够妥当的。潘芸皋先生，曾经对我父亲说：“当初宋代程伊川先生（程颐）说：‘饿死事小，失节事大。’所以对于忠臣孝子、节妇孤寡，国家有旌表的制度。我们江苏每年办理旌表之典，向来深切符合人民的意愿，只有在雅公担任江苏巡抚期间，曾经发布不得随意申报朝廷旌表的命令，于是使那些居住在偏僻街巷的贫穷寡妇，只能躲在墙角默默哭泣。我们说忠孝二事，固然是为人臣、为人子者所应尽的本分；而妇人女子从未读过书，却独独能够恪守志节、坚定不移，自始至终如出一辙，她们的事迹是更加不能埋没和磨灭的。当今之世，敬逢圣明的君主治理天下，每当各地遇到水旱灾害，朝廷往往不惜拿出数百万两国库存银来赈济灾民，广施恩惠，雅公难道不知，却单单在这方面节省区区一点小钱吗？后来雅公因带兵出征库车城时贻误战机而被处斩，又怎么知道不是这件事的果报呢！”芸皋先生是这样说的，可见江苏人对此事严重不满。他苦口婆心、至诚恳切地向我父亲讲述这件事，也同时含有劝勉告诫的意思。

4.5.7 汪店

扬州城中百货殷繁，咸萃于辕门桥。道光丙午，余到邗之前一月，辕门桥忽被火灾，大店高楼悉成焦土，而中间一杂货店岿然，旁无依附。相传火势正炽，合街人皆望见此店瓦上无数黑旗拥护，火不得入。火熄后，询知店主人系汪姓，已开张三十余年，店中叟约六十许人，眷口均先行避出，店货亦不过稍稍搬移，毫无所损。邻里老幼咸称，此店别无奇异，但与之联居多年，从未见此叟作一欺人事、出一欺人语也。呜呼！是宜独蒙天佑矣。

【译文】扬州城里各种货物品类繁多，都集中在辕门桥一带。道光二十六年丙午（1846），我到扬州的前一个月，辕门桥忽然发生火灾，大店高楼全部被烧成焦土，而其中有一家杂货店岿然独存，旁边已经没有建筑物依靠。相传火势烧得正旺的时候，整条街的人都望见这家店的房顶上有无数黑旗在保护，火无法进入。火灭后，经询问得知店主人姓汪，已经开店三十多年，店中的老人约六十岁左右，家眷都已经先行逃出，店里的货物也不过稍微搬移，丝毫没有损失。邻里的男女老少都说，这家店没有别的奇异之处，但是与他比邻而居了很多年，从来没见过这位老人做过一件欺骗人的事、说过一句欺骗人的话。哎呀！这也难怪唯独他能够得到上天的保佑了。

4.5.8 蔡礼斋

余秋室学士，以出恭看书，折去状元，事载戴尧垣《春水居随笔》，余于前录中亦详之。在扬州时晤钱梅溪先生，亦谈及此事，且云：据秋室先生言，阴府有“出恭看书”一册，厚至寸许，可见世人不知而犯者甚多。记得云间有蔡礼斋者，为侍郎鸿业之孙，总宪冯公光熊之外孙，通才也，最喜在窬（yú）桶上看书。乡试十余科不中，后以援例作江西县丞，候补南昌，穷苦殊甚。有长子甚聪慧，未婚而死，礼斋亦旋没。余尝劝之不听，其一生困顿，又安知不如余学士之折福耶？

【译文】余秋室学士（余集），因为在如厕的时候看书，被削去状元的功名，这件事情记载在戴尧垣先生所著的《春水居随笔》一书中，我在前录中也详细记载过（参见1.1.13）。在扬州时和钱梅溪先生（钱泳）会面，也谈到这件事，并且说：据余秋室先生说，阴府专门有一本“出恭看书”的名册，约有一寸厚，由此可见世上不知道这件事有罪过而不慎触犯的人有很多。记得松江府（今上海市松江区）有位蔡礼斋，是侍郎蔡鸿业先生的孙子，都察院左都御史冯光熊先生的外孙，是知识广博、多才多艺的人。蔡礼斋最喜欢在马桶上看书，先后参加乡试十多次都没考中，后来因援引惯例，被授予江西县丞，在南昌候补职缺，特别穷苦。他的大儿子很聪明，还没结婚就死了，礼斋也随即去世。我曾经劝他不要在如厕时看书,他不肯听,他一生穷困潦倒,又怎么知道不是像余学士那样折损了福报呢?

4.5.9 鹾商女

钱梅溪曰:扬州有某鹾(cuó)商女,甚美,尝游平山堂,遇江都令,未避。时令已醉,认此女为娼,又不由分辨,遂笞之。女号泣回家,其父兄怒欲白太守,是夜梦神语女曰:“汝平日将旧书册夹绣线,且看小说曲文,随手置床褥间,坐卧其上。阴司以汝福厚,特假醉吏手以示薄惩,否则当促寿也。”女醒告其父,事遂寝。后痛自悔改,以夫贵受封。

【译文】钱梅溪先生(钱泳)说:扬州有某位盐商的女儿,容貌很美,曾经游览平山堂(位于今扬州市西北郊蜀冈中峰大明寺内,宋代欧阳修所建,坐此堂上,江南诸山,历历在目,似与堂平,故称),遇到了江都县令,没有回避。当时县令已经醉酒,认为这名女子是娼妓,又不由她分辨,于是将她杖责了一通。女子大哭着回家,他的父亲和兄长很气愤,想要去知府那里控诉,这天夜里梦见神明对女子说:“你平时将旧书本夹绣线,而且看小说戏文,随手放在床褥之间,坐卧在上面。冥府因为你福分深厚,特别借醉吏之手来显示轻微惩处,否则应当削减寿命。”女子醒后告诉她的父亲,事情于是停止。后来她痛改前非,因为丈夫大贵而荣获朝廷诰封。

4.5.10 隆庆

梅溪又曰：嘉庆元年，吾乡秦蓉庄都转，购得族中旧第曰“宝仁堂”，土中掘得一小碣（jié），上有六字，曰“得隆庆，失隆庆”，不知所谓。后考究此宅实建于前明隆庆初年，其售与秦家，自前岁始行立议，实为乾隆六十年，今嘉庆元年交割，故前为得隆庆，后为失隆庆也。亦奇矣哉！然则第宅之迁转各有定数，世之营营谋占者，亦可以已矣。

【译文】钱梅溪先生（钱泳）又说：嘉庆元年（1796），我们无锡人、时任两浙都转盐运使秦蓉庄先生（秦振钧），买到了族中一座名叫“宝仁堂”的旧宅，从土中挖出一块小石碑，上面有六个字，说“得隆庆，失隆庆”，不知道是什么意思。后来经过一番考证发现，这座宅第实际上修建于明朝穆宗隆庆初年（1567–1572），被出售给秦家时，是自从前年才开始提议的，实际是在乾隆六十年（1795），并于今年嘉庆元年（1796）正式交割；所以“得隆庆”是指前面得之于隆庆年间，“失隆庆”是指后面失之于乾隆、嘉庆年间。也真是太不可思议了！如此看来房屋宅第的迁移流转都各自有定数，世上那些奔走钻营，企图侵占别人财产的人，也可以收手了。

4.5.11 徐北山

梅溪又曰：乾隆五十年，天津人有徐北山者，以鹾（cuó）务起家，后渐中落。尝以除夕避债委巷中，听黑暗中有哭声甚惨，以火烛之，则一寒士以负债无偿，欲自轻者。北山告之曰：“余亦负人无偿者，尔何必遽寻短见乎？”问其所负若干，曰：“二百金。”探怀中银适符其数，尽以与之，其人叩谢去。后十余年，北山之贫如故，而长子澜、次子淮，中文武两进士；第三子汉，中嘉庆戊午举人。其孙文焕，又中道光戊子举人。今为津门望族矣。

【译文】钱梅溪先生（钱泳）又说：乾隆五十年（1785），天津人徐北山，以盐务起家，后来家道渐渐中落。曾经于除夕之夜在一处僻陋小巷中躲避债务，听到黑暗之中有很凄惨的哭声，用灯火一照，原来是一名贫寒的读书人因负债无法偿还，想要轻生。徐北山告诉他说：“我也是欠人家债务无法偿还的，你何必要自寻短见呢？”问他欠了多少钱，那人回答说：“二百两银子。”从怀里摸出银子数了数，正好符合那人说的数目，就全都给了他，那人叩头拜谢离去。十多年后，徐北山依然贫穷如故，而长子徐澜、次子徐淮，分别考中了文科进士（乾隆四十五年庚子恩科）和武科进士；第三个儿子徐汉，考中嘉庆三年（1798）戊午科举人。他的孙子徐文焕，又考中道光八年（1828）戊子科举人。如今已经成为天津的名门望族了。

4.5.12 夏源泰

梅溪又曰：吴中夏源泰者，居齐门西汇，开木行，家道甚殷。其先本成衣匠，开一店，店旁有茅厕。一日在厕中得遗金三百两，待其人而还之，乃木商伙计也。其人归，喜而告其主。

主奇夏之为人，乃招之家中，令其成衣数年，亦做商伙，遂发财。传其子若孙，至今犹盛。

【译文】钱梅溪先生（钱泳）又说：苏州有个叫夏源泰的人，居住在齐门西汇，开了一家木材商行，家道颇为殷实。他的祖先本来是裁缝匠，开了一家成衣店，店旁边有茅厕。一天，在茅厕中发现了有人遗忘的三百两银子，等待失主回来就把钱还给了他，原来失主是木材商人的伙计。伙计回去后，高兴地告诉了他的东家。东家惊奇于夏某的为人，于是招聘他来家中，令他负责做成衣几年，也兼做木材生意的伙计，因此发财致富。传给他的子孙，到现在仍然很兴盛。

4.5.13 膈翁

梅溪又曰：无锡县东门某姓，居克宝桥，素患膈证，邻里呼之为膈翁。一日，偶入茶肆，拾得包裹，开示之，皆金珠也。窃自念曰："吾死期将至，安用此为？"因不携回家，而坐守之。少顷，见一老妪踉跄而来，且哭且寻，问其故，乃还之，感谢而去。回至家中，忽目眩恶心，吐出硬痰一块，坚如牛皮，以刀断之，旋合为一，咸惊异之。自此，膈证顿瘥（chài），后以寿终，而家道亦渐起。

【译文】钱梅溪先生（钱泳）又说：无锡县东门某姓，居住在克宝桥，从小患有膈症（气塞阻隔之病症，亦指食管癌），街坊邻居都称之为膈翁。一天，偶然进入茶馆，捡到一个包裹，打开来看，都是金银珠宝。心中暗想说："我死期将至，还用得着这个吗？"于是不带回家，而是坐下来等待失主。过了一会儿，看到一个老妇人跌跌撞撞而来，一边哭泣一边找东西，经问明原因，就把东西还给了她，老妇人感谢而去。膈翁回到家中，忽然一阵头晕目眩、恶心呕吐，吐出硬痰一块，像牛皮一样坚硬，用刀切断，接着又合成一块，大家都感到惊异。从此以后，膈症顿时痊愈了，后来高寿善终，而且家道也渐渐兴起。

4.5.14 石鲁瞻

吴江县有皂隶石鲁瞻者，居心甚慈。无事时辄取所用竹板，磨之极细，或浸之粪缸中，使竹性尽化，能使受打者不痛不伤。有私托其用重板者，石呜咽不能声，曰："吾不忍为此也。"如是者五十年。至今尚在，年九十五矣。四代同堂，儿孙绕膝。陈海霞为余述之。

【译文】江苏吴江县（今苏州市吴江区）有一位名叫石鲁瞻的衙役，他宅心仁厚，慈悲为怀。空闲时就把平日杖责犯人所用的竹板，磨得特别细，或者是浸泡在粪缸中，使竹性完全销化，能使被打的人不疼痛、不受伤。有人私下托他使用重板打人，石鲁瞻泣不成声，说："我不忍心做这种事。"就这样过了五十年。到现在人还健在，已经九十五岁了。四代同堂，儿孙绕膝。这件事是陈海霞对我讲述的。

4.5.15 长乐两生

长乐有两生，同入邑庠，以文艺相切劘(mó)，甚相契也。甲富而奢，乙贫而俭。乙积二十年廪饩修脯之入，仅得百金，托甲生息，岁收子钱以为常。未几，甲家渐落，而乙子女既长，欲索回本银，催讨者岁余。两家相去数十里，甲惟以冷面游辞解之，并无偿意。乙愤愤，竟成噎疾死，而甲尚未知也。

甲一日晨出堂，见乙衣冠历阶而上，神色凄沮。迎之，忽不见，甲始惊呼，避之书舍，则乙已先入书舍；避之卧房，而乙又已在卧房。屋中侍儿等皆见之，甲骇甚，蒙被而卧，并多令壮夫拥护，而乙讣至矣。

甲乃勉起为位以哭之，且奠且告，恍惚见乙正席而坐，但睹项以上，亦不见其饮食。甲即日贸产，将前款本息尽偿之。尚日有乙在其目中，遂成悸疾以没。乙年逾六十，而甲则未及五十也。

【译文】福建长乐县（今福州市长乐区）有两名生员，同时进入县学读书，以诗文相互切磋修正，彼此非常投合。甲生家境富裕而生活奢侈，乙生家境贫困而生活节俭。乙生二十年以来所积累的廪膳补贴、教书薪水等收入，仅有一百两银子，委托甲生经营生息，每年收取利息，已经成为惯例。不久后，甲生家道渐渐中落，而乙生子女已经长大，想要向甲生要回本金，催促讨要了一年多。两家相距几十里路，甲生总是以冷漠的脸色和虚浮的言辞来推脱，并没有偿还的意思。乙生愤愤不平，后来竟然因此患上了噎疾（食道癌、食道痉挛等一类疾病）而死，而甲生还不知道。

甲生一天早晨走出房门，忽然看见乙生衣冠整齐顺着台阶往上走，神色凄惨沮丧。上前迎接，忽然消失不见，甲生才开始惊叫，到书房躲避，却发现乙生已经先进入书房了；到卧室躲避，却发现乙生又已经在卧室了。屋里的婢妾等都看到了，甲生非常害怕，用被子蒙头而卧，并叫来很多壮汉在身边守护，而乙生的死讯已经送到了。

甲生于是勉强起身为乙生设立灵位来哭悼，一边祭奠一边倾诉，恍惚之间看见乙生在前面正襟危坐，只看到脖子以上，也没看到他吃喝。甲生即日变卖家产，将从前的款项连本带利全部偿还。仍然每天看到有乙生在自己的眼睛中，于是形成了心悸的疾病而死。乙生死时年过六十岁，而甲生死时则还不到五十岁。

4.5.16 酷淫之报

浙中有某绅，寓居吴门，颇有赀。御下最残忍，性复好淫，家中婢妪无不被其污狎者。稍有不遂，则褫（chǐ）其下衣，使露双股，仰天而卧，一棰数十。有号呼者，再笞如数。或以烙铁烫其胸，或以绣针刺其嘴，或以剪刀剪其舌，或以木枷枷其头。其有强悍者，则以青石一大块凿穿，将铁链锁其足于石上，又使之扫地，一步一携。千状万态，令人不忍寓目。邻里闻之，咸为愤激不平。一日，率众詈其门，主人怒，皆缚之。自此人益众，打毁其家具殆尽。大吏知其事，下太守穷治之，乃下狱，卒以无证，仅押解回籍，而其家已破矣。家大人为苏藩时目击其事，适署中有某绅旧仆，深知其状，言之甚详，且云将来尚不知作何报应也。

【译文】浙江的某官绅，客居在苏州，颇有资财。对待下人最为残忍，性又好淫，家中的婢女仆妇没有不被他奸污戏弄的。稍有不顺自己的心意，就剥去下人的衣服，使其暴露双臀，仰天躺下，一打几十下。有号叫的，再打几十下。或者用烙铁烫她的胸部，或者用绣花针刺她的嘴，或者用剪刀剪她的舌头，或者用木枷枷她的头。遇到更加强硬一些的下人，就用一大块青石凿穿，用铁链把他的脚锁在石头上，又让他扫地，走一步带一步。各种残酷的状态，令人不忍目睹。邻居们听到了，都为之愤愤不平。一天，率领众人在他的门前叫骂，主人大怒，把叫骂的人都捆绑了起来。从此之后人越来越多，他家的家具几乎全部被打毁了。上级大官知道了这件事，命令知府彻查，将某绅士关入监狱，最后因为没有确切证据，仅仅将他押送回原籍了事，而他家已经破产了。我父亲担任江苏布政使时曾亲眼看见这件事，当时布政使衙门中有一位仆人，曾是某绅士的老仆，他深入了解某绅士的事情，说得很详细，并且说将来还不知他会有什么报应。

4.5.17 误奸之报

吴门王某，除夕梦观天榜，已中六十七名，觉而甚喜。是夕，金陵寓主梦亦同。及省试，诸来寓者皆不纳，见王至，姓名相符，告以梦，厚待之，王益自信必售。及榜发，无名，愤祷于城隍庙。夜梦神厉声叱之曰：“汝本经申勘，已列榜中，奈汝竟奸母姨，故夺汝籍。”王某梦中泣辨：“某并无姨，安得有奸？”神复叱曰：“曾宿娼否？”王某谓：“宿娼诚有之，今何云姨也？”神曰：“查是娼乃汝之表母姨，虽出于不知，然淫为首恶，复可差误耶？汝功名本当远大，今尽削矣。”王惊悟，悔恨而死。

汪棣香曰：“吴下青楼甚夥，宿娼狎妓视为故常，惟有冥冥之中并不通融一线。官长宿娼则削职，国法治之；士子宿娼则除籍，天曹治之。然则为士大夫者，宁受迂腐之名，莫欠风流之债也。”

【译文】苏州的王某，除夕那天梦到观看天榜，自己已经考中第六十七名，醒来后很高兴。这天晚上，南京一家旅店的店主也做了同样的梦。到乡试开考期间，其他来住宿的人都不接受，看到王某来了，姓名相符，把自己的梦境告诉他，优厚地招待他，王某更加相信自己一定能考中。等到发榜，竟然没有自己的名字，愤愤不平地到城隍庙去祈祷。夜里梦见神明以严厉的语气斥责他说：“你本来经过申报核查，已经名列榜中，怎奈你竟然奸污姨母，所以剥夺了你的禄籍。”王某在梦中哭着辩白说：“我并没有姨母，怎么可能有奸污之事？”神又呵斥说：“你曾嫖宿娼妓吗？”王某说：“宿娼确实是有的，现在怎么说是姨母呢？”神说：“经查这名娼妓是你的表姨妈，虽然出于不知，然而万恶淫为首，怎么会有差错呢？你的功名前途本该远大，现在已经被完全削除了。”王某惊醒，在悔恨中死去。

汪棣香说：“苏州有很多青楼，有人把宿娼狎妓当作平常的事情，但是冥冥之中并不会有丝毫通融。官吏宿娼则被革除职位，由国家法律惩治；士子宿娼则被削除功名，由天曹地府惩治。那么，作为士大夫，宁可承受迂腐的名声，也不要欠下风流债。”

4.5.18 僧允中

僧允中，俗姓张，号蕴辉，长洲旧家子。兄芝冈先生，中乾隆辛丑进士。蕴辉尝从受业，读书不成，遂出门习钱谷，游幕湖南。有辰州府泸溪县黄某者，延司钱席。嘉庆元年，苗匪滋事，地方官竞欲立功，凡得苗人，不辨其是非曲直，辄杀之。黄适获得张有一案七八人，正欲办理，适刑席友他出，遂交蕴辉属稿。蕴辉力劝不从，卒具详论斩。

后一年，苗匪平，黄即死，年未三十耳。至十九年秋八月，蕴辉偶至扬州，寓一饭店，夜梦有两人持去，至高门大户，若今之督抚衙门。见一少年坐于堂皇，两旁吏役肃然如讯狱者。蕴辉窃自念："岂有人讼我耶，何为至此？"回头忽见黄，黄亦熟视蕴辉，若不相识者。蕴辉意以为必是亏空案破，故累我也。顷之，呼蕴辉名，上坐者曰："苗人张有一案汝所办耶？"蕴辉始豁然记其事，供曰："大凡刑、钱两席办案，总听东家做主。如此案当时原劝过，东家不从，非我罪也。"上坐者曰："汝属稿详上官，岂能逃避？"相持者久之。上坐者遂目一吏曰："暂令还阳，若能出家行善，亦在可赦之列。"蕴辉不敢再辨，但见黄痛哭，已上刑具矣。前两人复掖之出，忽黑暗不辨道路，且雨雪交加，满地泥淖，一跌而醒。遂于次日收拾行李，买舟诣高明寺削发为僧。蕴辉与钱梅溪相善，尝自述其颠末于梅溪，求为笔记。家大人过扬州，游高明寺，亦曾见其人。

【译文】僧人允中，俗姓张，号蕴辉，是江苏长洲县（今苏州市）官宦之家的子弟。兄长张芝冈先生，考中乾隆四十六年（1781）辛丑科进士。蕴辉曾经跟随他学习，读书不成，于是出门学习办理钱粮事务，在湖南做幕僚。有辰州府泸溪县知县黄某，聘请他掌管钱粮事务。嘉庆元年（1796），苗匪滋生事端，地方官竞相想要立功，凡是抓获苗人，不分是非曲直，一概杀掉。黄某当时正好抓获苗人张有一案件中的七八名涉案人员，正要审讯办理，恰好负责刑狱的幕友外出，于是交给张蕴辉起草文稿。蕴辉极力劝说黄某留他们一条生路，黄某不听，最后出具公文将他们全部判处斩首。

一年后，苗匪叛乱被平定，黄某就死了，不到三十岁。到嘉庆十九年（1814）秋八月，张蕴辉偶然来到扬州，住在一家饭店，夜里梦到自己被两个人捉去，来到一座高大的建筑物，如同现在的督抚衙门。看见一名年轻人坐在堂上，两旁吏役整肃，像是在审讯案件。蕴辉心中暗想："难道有人告我吗，为什么会来到这里？"回头忽然看见黄某，黄某也注视着蕴辉，好像是不认识的人。蕴辉心中以为一定是亏空案被揭发，所以牵涉到自己。不一会儿，呼叫蕴辉的名字，上坐的人说："苗人张有一案件是你所办理的吗？"蕴辉才恍然记起那件事，供述说："凡是刑狱、钱粮两席的幕友办案，最后总是要听从东家做主。像这桩案子，我当时原本极力劝阻过，但东家不听，不是我的罪过。"上坐的人说："是你起草文稿向上级汇报的，怎么能逃避？"相持了很久。上坐的人于是看着一名差吏说："暂时让他返回阳间，如果能出家多行善事，也有机会获得赦免。"蕴辉不敢再争辩，只见黄某正在痛哭，已经被戴上了刑具。之前那两人又扶着他出来，忽然黑暗看不清道路，而且雨雪交加，满地泥泞，跌了一跤，一惊而醒。就在第二天收拾行李，雇船到高明寺剃发出家为僧。蕴辉和钱梅溪先生（钱泳）交好，他曾亲自向梅溪讲述事情的前后经过，并请他记录下来。我父亲到扬州时，游览高明寺，也曾见过他本人。

4.5.19 换棉花

乾隆间，有钱焜者，住居无锡城北门外，以数百金开棉庄，换布以资生理。邻居有女子，年可十三四，娇艳绝人，常以布来换棉花，焜常多与之，女子亦微觉，然两家并无他念也。不二三年，焜本利亏折，遂歇闭，慨然出门，流落京师者十余载。贫病相连，状如乞丐。

一日，行西直门外，忽见车马仪从甚盛，有一绿帏朱轮大车，中坐一女，珠翠盈头，焜遥望不敢近。其女见焜，亦注目良久，遂呼仆召至车前，曰："君何至此也？"焜已不识认，浑如梦中，唯唯而已。遂命从者牵一马，随之入城。至一朱门大宅，见其女进内宫门去，盖某王府副福晋也。顷之，召焜进，谓之曰："余即邻女某人，向与君换棉花，感君厚德，故召君。"因认为中表兄妹，出入王府。三四年，焜得数千金，上馆充誊录官。以议叙得县尉，旋升内黄县，擢直隶河间府同知，署太守印篆。此纪文达公所述，厚德之报，家大人谨记之。

【译文】乾隆年间，有个叫钱焜的人，居住在无锡城北门外，投资几百两银子开了一家棉庄，以棉花换布，以此维持生计。邻居家有一个女儿，大约十三四岁，美艳无比，常常用布来换棉花，钱焜经常多给她，女子也稍微有所察觉，但两家都没有别的想法。不到两三年，钱焜连本带利都亏损，于是关门歇业，毫不犹豫地出门而去，流落在京城十多年。贫病交加，样子如同乞丐。

一天，走在西直门外，忽然看见一列仪仗队，车马随从很多，有一辆绿帘红轮大车，里面坐着一名女子，满头珠宝翡翠，钱焜远远观望不敢靠近。那名女子看见钱焜，也注视了许久，就命仆人把钱焜招呼到车前，说："您怎么在这里？"钱焜已经认不出她，茫然如在梦中，只好连连应声而已。于是命令侍从牵一匹马让他骑乘，跟随队伍入城。来到一座红色大门的大宅院，看到那名女子进入内宫门去，原来她已经是某王府的副福晋了。不一会儿，召请钱焜进来，对他说："我就是邻居家的女儿某人，当初和您换棉花，感谢您的厚德，所以请您前来。"于是以表兄妹的名义，出入王府。三四年时间，钱焜获得了几千两银子，又被召到四库馆充任誊录官，以议叙（清代官吏有功而交吏部核议奖励）得到县尉的官职，不久升任河南内黄知县，又提拔为直隶河间府同知，署理知府职务。这件事是纪文达公（纪昀，字晓岚）所讲述的，是厚德带来的善报，我父亲郑重地记录下来。

4.5.20 东平王马夫

江阴诸生有陈春台者，家甚贫，以蒙馆自给。一日出门，忽遇旋风一阵，觉心骨俱冷，归而病作。叩之巫者，言有东平王为祟。家中人竞请祈祷，春台素不信此事，亦无力为之也。有邻媪代为张罗，借得五千钱，一祷而愈。后春台知其事，大怒，乃具一词控诸东岳，谓："东平王是正神，何得向人索祭，扰累寒士耶？"忽一夕，梦东岳神拘审，春台到案下，闻堂上传呼曰："东平至矣。"回顾有着黑袍者参谒案前，神问曰："今有人告状，尔知之乎？”东平曰：“不知。”又召本境城隍神查访，城隍神曰：“卑县已查明是东平公马夫狡狯，东平实不知，今马夫亦带在此。”东岳神遂命斩之。春台跪案，见马夫已绑出，遂诉曰：“马夫虽蒙正法，生员所费之五千钱，是挪借来的，尚求追还，以便清还借款。”东岳神作迟疑状，忽语曰：“汝于两月后到靖江取之可也。”遂醒，满身大汗。隔一两月，有至交以事函致春台，渡江去，偶在路旁拾得小纸一张，乃钱票，适五千也，因向钱铺取之而归。按，此事虽小，然亦见冥律之严，未尝有一毫枉抑也。

【译文】江苏江阴有一名叫陈春台的秀才，家境很贫穷，以开私塾教学童读书维持生计。有一天出门，忽然遇到一阵旋风，觉得寒冷刺入心骨，回来以后就生病了。叩问巫师，说是东平王在作祟。家里人纷纷建议祈祷，春台向来不相信这种事，也没有能力去做。有一位邻居老太太替他张罗，借了五千钱，祈祷了一次就痊愈了。后来春台知道这件事，非常气愤，于是准备了一篇疏文到东岳庙控告，说：“东平王是正神，怎么能向人索取祭祀，扰害贫寒书生呢？”忽然一天晚上，梦到东岳神提审，春台来到案前，听堂上传唤说：“东平王到了。”回头看到有一个穿着黑色长袍的人，在案前参拜，东岳神问说：“现在有人状告你，你知道吗？”东平王说：“不知道。”又传召本地城隍神查访，城隍神说：“卑职已经查明是东平公的马夫狡诈奸猾，东平公确实不知，现在马夫也已经带过来了。”东岳神于是下令将马夫斩首。春台跪在案前，看到马夫已经被绑着拖出去了，于是又诉说：“马夫虽然已被治罪，生员我所花费的五千钱，是挪借来的，还求能够追还，以便于还清借款。”东岳神稍作迟疑，忽然说："你在两个月后到靖江去取就可以了。"于是醒来，满身大汗。隔了一两个月，他的一位好朋友因有事写信给春台，邀请他渡江前去，偶然在路边捡到一张小纸条，发现竟然是一张钱票，正好是五千钱，于是到钱店把钱取出就回去了。说明，这件事虽然小，但也可见冥间法律的严格，不曾有丝毫的冤屈。

4.5.21 讨债鬼

常州某学究者，以课蒙馆为生，有子才三岁，其妻忽死，乃携其子于馆舍中哺之。至四五岁，即教以识字读书。年十五六，四书五经俱熟，亦可以为蒙师矣。每年父子馆谷合四五十金，稍有蓄积，乃为子联姻。正欲行聘，忽大病垂死，大呼其父之名，父骇然曰："我在此，汝欲何为？"病者曰："尔前生与我合伙，负我二百余金，某事除若干，某事除若干，今尚应找五千三百文，急急还我，我即去矣。"言讫而绝。此真世俗所谓讨债鬼也。大凡夭折之子，无不是因讨债而来，特如此之分明说出者，十不一二。而为人父母者，反为悲伤，是亦大可叹矣。

【译文】常州有位教书先生，以在私塾教学童读书为生，有个儿子才三岁，他的妻子忽然去世，于是带着儿子在馆舍中抚养。到四五岁时，就开始教他识字读书。十五六岁时，四书五经都读熟了，也可以做私塾老师了。每年父子的薪水合计有四五十两银子，稍有积蓄，准备为儿子完婚。正要订婚时，儿子忽然生了大病奄奄一息，大声呼叫他父亲的名字，父亲吃惊地说："我在这里，你想做什么？"病人说："你前世与我合伙做生意，欠我二百多两银子，某件事抵除若干，某件事抵除若干，现在还应该欠我五千三百文，赶快还给我，我这就走了。”说完就断气了。这真是民间所说的讨债鬼。大凡夭折的子女，没有不是因为讨债而来的，只是像这样明明白白说出来的，十个之中不过一二。而为人父母的，反而为之悲伤，这也是特别令人感叹的事情了。

4.5.22 写婚书

乾隆末，吴门有韩生某，能文章。其嫡母有所爱仆妇新寡，与他仆通，欲嫁之。嫡母主其事，而无人为作婚书，命生代作，生以恐伤阴骘（zhì）辞，母固强之，不得已，为创一稿，令他人代书。时值秋闱，生有妇归宁母家。未几，妇之父梦神告之曰：“汝婿今科本当乡荐，以为人写婚书除名矣。”醒以问女，女曰：“无之。”后归家，与姑言之，姑始告以前事。妇曰：“休矣。”是科果贴出，不得终场。后数应试，竟不第。知此事冥罚亦至重也。

【译文】乾隆末年，苏州有一个书生韩某，善于写文章。他的嫡母（妾所生子女对父亲正妻的称呼）有一名喜爱的女仆刚刚开始守寡，与其他的男仆私通，嫡母想让女仆改嫁给那个男仆。嫡母主持这桩事情，但没有人为他们写作婚书，命令韩生代写，韩生因恐怕损伤阴德而推辞，嫡母坚持要他写，无奈之下，只好为她写了一份草稿，让别人代为誊写。当时正值秋季乡试，韩生的妻子回娘家。不久，韩生的岳父梦见神人告诉他说：“你的女婿这次乡试本来可以中举，因为替人代写婚书而被除名了。”醒来问女儿，女儿说:“没有这回事。”后来妻子回到家里,和婆婆说了,婆婆把之前的事告诉她。妻子说:“这下完了。”这一科果然因为违规被贴出,没能考完全场。后来多次参加考试,一直没有考上。由此可知冥府对这件事的惩罚也是极其严重的。

4.5.23 刘天佑

刘秀才,名天佑,字约斋,长洲人,累举乡试不售。其所居在察院巷城守署之西,署南有高墩,明季兵燹(xiǎn)后,瘗(yì)骨累累。乾隆间,城守某将尽徙其遗骨而筑照墙。天佑闻其议,为之恻然,而窘于力,因告贷于亲友,得数金,就其骸之藏于瓶者,请人善埋之。计埋一百一十具,而金尽矣。天佑虽怜之而无如何也。是年秋,应省试,仍荐而不售,益郁郁不乐。

腊月二十四日之夕,天佑因祀灶神,遂具疏自道其平生虽无大阴德,然掩骼一事,当亦可挽回造化,何神听之不聪也,辞色颇不平。越夕,梦至城隍庙中,神升座,呼天佑谓之曰:“汝读书人,岂不知功名富贵迟速自有一定,何得自矜埋骨一事,妄渎神听。若再不悛,当褫(chǐ)汝矜矣。冥中念汝究有善根,苟能行善不怠,何患不登科第耶?”天佑唯唯而觉。自此不敢稍有怨尤。越三年,中乡榜一百余名,后官中书舍人。

【译文】刘秀才,名天佑,字约斋,江苏长洲县(今苏州市)人,多次参加乡试不中。他居住在察院巷城守衙门的西侧,衙门南面有一座高高的土堆,明朝末年战乱之后,层层叠叠埋葬了很多尸骸。乾隆年间,城守某人计划把这些遗骨全部移走,然后在这里修筑影壁。天佑听说了这项计划，为之感到怜悯，而苦于力量薄弱，于是向亲戚朋友借贷，得到了几两银子，就先把那些藏在瓷瓶中的骸骨，请人妥善安葬。累计埋葬了一百一十具，而钱已经用完了。对于其他的尸骸，天佑虽然可怜他们，却也无能为力了。这一年秋天，刘天佑去参加乡试，虽然试卷被推荐但还是未被最终录取，他更加郁闷不乐。

腊月二十四日的晚上，天佑借着祭祀灶神的机会，于是写了一篇疏文，自述他一生虽然没有大阴德，然而掩埋骨骼一事，应当也可以挽回造化，为什么神灵不能明察，语气颇有愤愤不平之意。第二天晚上，梦见自己来到城隍庙中，神明升堂入座，呼叫着天佑的名字对他说："你是读书人，难道不知道功名富贵或早或晚自有定数，怎么能自夸埋骨一事，随意冒犯神明的鉴察呢？如果再不悔改，应当革除你的秀才功名。冥府念在你毕竟是有善根的，只要你能行善不懈怠，还怕不能考取功名吗？"天佑连声答应，然后就醒了。从此以后不敢再说一句怨天尤人的话。三年之后，参加乡试，以第一百多名的成绩考中举人，后来官至中书舍人。

4.5.24 倪瞎子

扬州有倪瞎子者，孑然一身，寓旧城府城隍庙，每日为人起课，得数十文，以此度日。每遇风雨无人来，则枵（xiāo）腹过夜。一日，有商家小伙发财，偶携妻妾入庙烧香，舆从甚盛。倪见之，心动，窃于神前默祝曰："彼为下贱而荣耀如此，我本故家，乃饥寒如此，何天之无眼、神之不灵也？"是夕，忽梦城隍神拘审，神曰："尔何以告状？彼命应享福，尔命应受苦，俱有定数，敢怨天尤人乎？殊属冒昧，着发仪征县，杖责二十。”倪一惊而醒。其明年冬，倪有妹嫁仪征，病死。往送之，至三更时，忽腹痛不可忍，遂开门欲出恭。适遇巡夜官，问之不答，遂褫其衣，责二十板。其甥闻而出辨，已杖毕矣。神之不可渎如是。

【译文】扬州有个倪瞎子，孤身一人，借住在旧城的府城隍庙中，每天给人算卦，得到几十文钱，以此来生活度日。每当遇到风雨天气时没有人来，就只能饿着肚子过夜。一天，有个商家的小伙计发了财，偶然带着妻妾进庙烧香，出行的车马随从非常隆盛。倪瞎子见了，不觉心中受到触动，便私下在城隍神面前默默祷告说：“他作为身份卑贱之人却如此荣耀风光，我原本出身于世家大族，现在却如此饥寒交迫，为什么上天无眼、神明不灵呢？”这天晚上，倪瞎子忽然梦见自己被城隍神拘提审讯，神明问他说：“你为什么要告状？他命中应该享福，你命中应该受苦，都有定数，怎么敢怨天尤人呢？你这样实在是特别冒昧，即命发配到仪征县，杖责二十。”倪瞎子一惊而醒。第二年冬天，倪瞎子有个妹妹嫁在仪征县，生病去世了。倪瞎子前往送葬，到三更时分，他忽然肚子疼痛难忍，于是开门想上厕所。这时恰好遇到巡夜官，问他干什么，他没有应答，于是巡夜官剥下他的衣服，将他打了二十板子。他的外甥听到动静后出来正要替他解释，但是二十板已经打完了。神灵竟然如此威严不可亵渎。

4.5.25 扬州赵女

扬州赵氏女，素以孝称，父患哮喘，女年甫十四，朝夕侍奉，衣不解带。因是得寒疾，恒秘不令父母知。道光辛卯岁，年十八，病益笃。四月十一日，方午，倚枕危坐，忽曰："孰与我言汝尚在此者？"家人愕然询之，则已昏矣。喉间呼吸作痰声，逾时而苏。自言前世由科甲为贵州某县令，邑有节妇宋王氏，里豪思渔其色，啖令以金，诬蔑之，节妇遂以身殉。谈次，女忽厉声曰："来矣。"即瞑目作愁苦状，醒而复述者数四。十三晚，女忽狂叫腾掷，壮妇数人不能制。是夜，列炬如豆，女作呵殿声、呼痛声、乞怜声。不一会，又作揶揄状、痛楚状，情景不一。而于公庭决狱、胥役扰攘之事，无不逼肖。次晨，两颊赤肿，臀肉尽腐。

女昆季有不信因果者，诘以何再世而后报？曰："先世根基甚厚，次得男身，今始为女也。"家人为代乞节妇贷其命，当永奉香火。曰："尔等亲见，自然代求，历久保无废弛。予已历诉冥司，奉牒寻至此，今不能汝宥也。"言既，舌引如蛇，家人力护，得无恙。自后斋醮，女悉知之，就床作顶礼状。既而曰："此等大冤，终难忏悔。俟六月四日人齐结案矣。"历五月，其父母仍以药食调治，遇珍贵物，辄委于地，曰："汝罪人，安得食此？"偶谈祸福事，皆验。并嘱其昆季曰："我今世本无恶，以前生一误，历劫至此，惟兄等善事父母，勉为端人可也。"至期，奄奄而殁。

【译文】扬州赵家的女儿，一向以孝顺著称，父亲患有哮喘病，女儿刚十四岁，早晚侍奉在身边，和衣而睡。因此得了寒疾（指因感受寒邪所致的疾病），并且一直隐瞒着不让父母知道。道光十一年辛卯（1831），十八岁时，病情更加严重。四月十一日，中午时分，她靠着枕头正身而坐，忽然说："谁和我说你还在这里的？"家人惊骇地问她，则已经昏迷了。呼吸时喉咙间有痰声，过了一会儿才苏醒过来。她说自己前世通过科举出任贵州某县县令，县里有一位节妇宋王氏，乡里豪绅贪图她的美色，拿钱向县令行贿，县令帮着豪绅污蔑节妇，节妇就自杀了。言谈之间，女子忽然大声说："来了！"就闭上眼睛做出愁苦的样子，醒来之后又把事情讲述了一遍，像这样反复好几次。十三日晚，女子忽然大喊大叫、又蹦又跳，好几个强壮的妇女都控制不住她。这天晚上，灯火如豆，女子做出吆喝声、呼痛声、乞求声。不多时，又做出戏弄的样子、痛楚的样子，情景不一。而对于公堂问案、衙役纷乱的事情，无不惟妙惟肖。第二天早晨，女子两颊又红又肿，臀部的肉都溃烂了。

女子的兄弟中有人不信因果，质问为什么要隔了一世再受报？女子说："前一世根基深厚，第二世得到男身，这一世才变为女身。"家人代替女子向节妇乞求饶她一命，将永远供奉香火。女子说："你们亲眼看见，自然代为乞求，时间久了难保不会怠惰。我已经在冥司到处控诉，奉文牒找到这里，现在不能宽恕你了。"说完，舌头弯曲如蛇，家人奋力保护，得以安然无恙。自此以后凡是举行法事斋醮，女子都知道，就在床上做出顶礼膜拜的样子。然后说："这样重大的冤屈，最终难以忏悔。等到六月四日人到齐就结案了。"到了五月，他的父母仍然给她服食药物食物调治，遇到珍贵的东西，就扔在地上，说："你是罪人，怎么能吃这个？"偶尔谈到祸福之事，都得到应验。并嘱咐她的兄弟说："我这一世本来没有过恶，只因前世犯下的一次错误，一直经受磨难到现在，唯愿兄长们好好孝顺父母，努力做个好人就可以了。”到了约定的日期，气息微弱而死。

4.5.26 武林胡女

武林胡氏女，名淑娟，为总宪文恪公曾孙女，叙庭观察女孙，循陔鹾（cuó）尹之第五女也。鹾尹任扬州之东台场；道光十二年，丁观察忧归，治丧忧劳成疾。女闻父病剧，愿从母返里，未得请，遂密疏于城隍神，并城南观音楼，祈以身代。临登舆，嘱家人曰：“我去后请从节省。”众莫解，但唯唯而已。旋归，入门，面色如纸，直奔寝所。众谓中暑，进痧粒，女第仰视。须臾，血透重襟，揭衣视之，胸际剨（huò）然，而佩刀犹在手也。急敷疮药，僵卧四昼夜，忽苏，泣曰：“父岂真无济耶？昨有白衣人以杨枝洒余胸，曰：‘从尔请，尔母已三日抵杭，得见尔父，命在不可强也。’”次夕，梦父衣冠来，曰：“尔母及兄弟各无恙，尔且安焉。”女牵衣哭失声，曰：“父真无济矣。”越六日，凶耗至，而女疮自合。

初，女许字于钱塘名诸生朱鼎华为室，朱母闻而哀之，乞完娶。女曰：“吾不能如兄弟奉汤药、视含敛，独三年之丧不能居耶？”越半载，姑病剧，女始从母命归朱。衣不解带，刲股投剂，病卒不起。夫妇异室，服阕乃成礼焉。逾年，生女一。壬寅岁，朱生游邗上，遭英夷乱，不得归。传言扬城已陷，女不能自安，遂得疾。临危，执婢子手曰：“教尔平日读《列女传》及《孝经》诸书，吾有替人矣。”垂玉箸尺余而瞑。

【译文】杭州胡家的女儿，名叫淑娟，是都察院左都御史胡文恪公（胡高望）的曾孙女，福建按察使胡叙庭（胡福，字叙庭）的孙女，东台盐场大使胡循陔（胡兰春，字循陔）的第五个女儿。循陔先生在扬州的东台盐场任职；道光十二年（1832），因父亲逝世回家守丧，办理丧事忧虑过度、积劳成疾。女儿听到父亲病重，希望跟随母亲回家，没有得到准许，于是秘密上疏给城隍神，以及城南观音楼，祈求自己代替父亲生病。临上车，叮嘱家人说：“我离开后请一切从简。”大家都不理解她的话，只是连连应声而已。接着回去，刚进门，脸色像纸一样煞白，径直跑到卧室。大家以为她中暑了，给她服用治疗痧症的药丸，女子只是抬头看。过了一会儿，鲜血浸透层层衣服，揭开衣服一看，发现胸口已经划开，而佩刀还握在手中。急忙在伤口敷上疮药，卧床不醒四天四夜，忽然苏醒，哭着说：“父亲难道真的不行了吗？昨天有一位白衣人用杨柳枝洒水在我胸口，说：‘依从你的请求，你母亲已经三天抵达杭州，见到了你的父亲，一切自有命运在，不可以强求。’”第二天晚上，梦见父亲衣冠整齐而来，说：“你的母亲和兄弟都安然无恙，你也很快就好了。”梦中牵着父亲的衣服失声痛哭，说：“父亲真的不行了。”六天之后，收到了父亲逝世的噩耗，而女子的疮口也自然愈合了。

起初，女子已经许配给钱塘有名的秀才朱鼎华为妻，朱母听说后非常可怜她，请求早日完婚。女子说：“我不能像兄弟那样侍奉汤药，亲视入殓，难道连三年的丧期也不能守吗？”过了半年，婆婆病重，女子才遵从母亲之命嫁到朱家。侍奉婆婆，衣不解带，割大腿上的肉来合药，婆婆最终还是去世了。夫妇分房居住，服丧期满才正式完婚。第二年，生下一个女儿。道光壬寅年（1842），朱鼎华游历于扬州，遇到英国人侵扰，回不了家。传说扬州城已经陷落，女子心中不安，因此生病了。临终前，女子抓住婢女的手说："教你平时读《列女传》以及《孝经》等书，我有接替的人了。"垂下一尺多长的鼻涕之后闭上了眼睛。

4.5.27 虎口巧报

荆溪有二人，髫(tiáo)年相善，壮而一贫一富。贫者仅解书数，而其妻美艳。富者乃设谋，谓有富家需管理钱谷人，可往投之。贫者感谢，富者具舟并载其妻同行。将抵山，谓贫者曰："留汝妻守舟，吾与汝可先往询之。"贫者首肯，遂偕上山。富者宛转引入溪林极僻处，暗出腰钺砍之，佯哭下山，谓其妻曰："汝夫死于虎矣。"妇大哭，富者曰："试同往觅之。"偕妇上山，又宛转至溪林极僻处，拥抱求淫。妇正惶哭，闻忽有虎从丛薄中出，衔富者去。妇惊走，遥望山后一人哭来，骇以为鬼，至则其夫抱腰而来。虽负重伤，尚不至死也。乃相持大哭，各道其故，转悲为喜矣。

【译文】江苏宜兴有两个人，从小就很要好，长大成家之后一个贫穷、一个富裕。贫者仅仅粗通文字和算术，而他的妻子非常美艳。富者就设下诡计，说有一户富家需要管理钱粮的人，可以前去投奔他。贫者表示感谢，富者准备了船并载着他的妻子同行。即将抵达一座山下的时候，富者对穷者说："留下你的妻子守船，我和你可以先去询问。"贫者点头同意，于是一同上山。富者辗转把穷者带到溪林深处，极其偏僻的地方，暗中拿出腰间的斧头砍向穷者，富者假装哭着下山，对他的妻子说："你丈夫被老虎咬死了。"妇人大哭，富者说："我们一起试着去找他吧。"他和穷者的妻子上山，又辗转来到溪林极偏僻之处，上前拥抱妇人求欢。妇人正因惶恐而大哭，忽然听到有一只老虎从丛林之中跑出来，把富者给叼走了。妇人受到惊吓往回跑，远远望见山后有一个人哭着过来，惊骇地以为他是鬼，来到跟前才发现是她的丈夫抱着腰来了。虽然受了重伤，还不至于死亡。于是夫妻二人相抱大哭，各自说了其中的缘故，转悲伤为高兴了。

4.5.28 大娘娘

钱梅溪曰：余侄媳杨氏，于归后生一子一女，忽发狂，登墙上屋如履平地。一夕，作吴兴口音云："大娘娘，我寻汝三十年，乃在此地耶？"婢妪骇之，因问："尊神从何处来，有冤孽否？"答曰："我本某家妾，主人死时我方怀孕，而大娘娘必欲以内侄为后，及分娩，是男也，大娘佯喜。不意于三朝洗浴时，竟将绣针插入小儿脐中，即啼哭死。我因儿死，亦自经。方知其故，已告之城隍神，不日来捉汝矣。"言讫，乃大笑。不数日，而杨氏之狂益甚，伏地呼号，若被刑者然，未几遂死。余家尊长云："如此案情，亟应早与了结，乃迟至三十余年，可见冥司公事亦废弛也。"余曰："案虽迟久而不至漏网，鬼神之公道自胜人间。"

【译文】钱梅溪先生（钱泳）说：我的侄媳妇杨氏，出嫁之后生了一个儿子和一个女儿，有一天忽然发狂，攀爬墙头、登上屋顶就像走在平地上一样。一天晚上，用吴兴的口音说："大娘娘，我找了你三十年，居然在这里吗？"婢女仆妇大为惊骇，于是问："尊神从什么地方而来，是有冤孽吗？"她回答说："我本是某家的妾室，主人死的时候我正有孕在身，而大娘娘一定要让她的内侄作为继承人；等到孩子出生，是个男孩，大娘娘假装高兴。没想到在孩子出生三天洗澡时，竟然将绣花针插入孩子肚脐中，孩子啼哭而死。我因为儿子已死，也自缢而死。方才知道其中的缘故，已经向城隍神控诉，过不了几天，就要来捉你了。"说完，就大笑不止。没过几天，而杨氏的疯癫更加严重，趴在地上大喊大叫，如同遭受刑罚的样子，不久就死了。我家的长辈说："如此重大的案情，应当早日予以了结，可是却推迟到三十多年之后，可见冥府办理公事也懈怠了。"我说："案子虽然推迟了很久却不至于有漏网之鱼，鬼神的公道自然胜过人间。"

4.5.29 戒赌气

少年性情浮动，赌力赌食，稍不自慎，往往自戕其身，不可不戒也。尝闻吴门有糖团一物，糖和糯米，衣以芝麻，以油炸之，但滞膈腻脾，不能多食。有某甲，体极壮实，自诩善食糖团。某乙见其气盛言大，因激之曰："汝能啖至百团，当于虎邱备灯船相邀。"某甲诺之。任意大嚼，食过五十余团，毫无难色，旁观者或为诧异，或为担忧。某甲意气自雄，及食至八十余团，已觉勉强，渐有不能下咽之势。某甲因必欲践言，竟将百团食尽。当时止觉胸腹膨胀，通身为之不适，继则愈胀愈大，坚如木石而苦不胜言矣。

同人见症危，亟召其家人至彼。时有名医薛一瓢者，字雪白，与叶天士齐名。（叶以天分胜，而薛以学力胜。薛之厅事署扫叶堂，叶之厅事署扫雪堂，二人两不相下，而实莫能轩轾之。）因共扶掖至薛处，告以颠末。薛诊视逾时，曰："是不可治也，六脉均伏腹中，凝结已如铜墙铁壁。攻之不力则不效，攻之太猛正气必立脱而亡。即速回家，料理后事可耳。"

众谓束手待毙，盍姑再求之叶天士？薛曰："吾所不治之症，叶亦不能治也，但姑往叩之。"众复扶至叶处，叶言悉如薛，亦辞以不治。众嗒（tà）然，即退。将出门，叶复招之曰："汝曾叩之薛某否？"众将薛言备述之，叶曰："吾固曰不可治也，然则尚欲何往乎？"众曰："薛言不治，君言亦如是，是真不治矣。送其家待死而已。"叶沉思良久，曰："死马当活马医，可乎？"众许之。叶遂进内煎药，不移时出一碗，白如米泔而黏，曰："先服此，当有继进之药。"服毕，逾时又出一巨碗，则色甚黑而浓厚，叶令尽服之。少顷，腹微动，旋大解，继以泻，愈泻而腹愈松，比泻止，腹软，惟觉人疲，余无所苦矣。

盖某甲之症，惟有攻之一法，但急攻则人不克当，缓攻则人不及待。薛与叶皆知之，叶惟欲与薛争名，必待薛辞以不治之后始敢放手治之。治之效则名愈归己，治之不效亦可告无罪于人。叶固因医致富者，其白色药，则以真参四两煎成，防其骤脱。其黑色药，则用斤许硝黄等味浓煎，以成冲墙倒壁之功。噫！亦神矣。

向使薛辞以不治而不再叩叶，则其人死；叩叶而叶不问及薛，则其人亦死；不治之症叶竟肯治之，但一时乏四两真参，药必无效，则其人仍死。噫！亦险矣。

然则人何苦轻与人赌食而不惜自戕其身哉？又闻服盐卤者，令人肠断而死，但饮猪油即解。吾乡有一人知此诀，尝与人赌服盐卤，因而取胜者多矣。一日，其人晨出门，嘱妻煎猪油以待，盖又将与人赌食盐卤也。傍晚，其人忽归，急索猪油，则其妻适将猪脂煎成，方出镬（huò）也，难以入口。大呼腹痛，狂跳不止，逾刻而死。是与前之赌糖团均可为炯戒者也。

【译文】年轻人性情浮躁不定，相互打赌比试力气大小、吃东西多少，自己稍有不慎，往往伤害自己的身体，不可不引以为戒啊。我听说苏州有一种叫糖团的食物，用糯米拌上糖，外面裹上芝麻，然后用油炸，但油腻不好消化，不能多吃。有个某甲，身体特别壮实，自夸善于吃糖团。某乙看见某甲态度傲慢、言辞夸大，于是刺激他说："你要是能吃到一百个糖团，我就在虎丘准备灯船邀请你游玩。"某甲答应了。甲任意狼吞虎咽，吃过五十多个糖团时，没有丝毫为难的神色，旁观的人，有人感到诧异，有人为他担忧。而某甲神态自若，自命不凡。当吃到八十多个糖团时，已经感觉有些勉强了，渐渐有不能下咽的趋势。某甲因为一定要实现诺言，最后竟然将一百个糖团全部吃完。当时只觉得胸部和腹部膨胀，全身不适，接着就越胀越大，坚硬如同木石而苦不堪言了。

在场的人见某甲情况危急，急忙把他的家人叫到现场。当时有个名医，名叫薛一瓢，字雪白，与叶天士齐名。（叶天士以天分取胜，而薛一瓢以学习力取胜。薛家的厅堂署名扫叶堂，叶家的厅堂署名扫雪堂，二人互不相让，而实际上不分高低。）于是大家一同将某甲搀扶到了薛一瓢那里，把事情的前因后果告诉他。薛一瓢诊视了片刻，说："这个治不好了，六脉（中医对浮、沉、长、短、滑、涩六种脉象的总称）都隐伏在腹部，凝结得像铜墙铁壁。攻治的力度不够则没有效果，攻治得太过猛烈则必然会使正气脱离而死亡。尽快回家，料理后事吧。"

大家认为与其束手等死，何不再去找叶天士看一看呢？薛一瓢说："我治不好的病，叶某也不能治，但是可以试着去问问看。"大家又把某甲扶到叶天士那里，叶天士说的和薛一瓢一样，也推辞说治不好。众人感到失望沮丧，就准备回去了。将要出门时，叶天士又招呼他们说："你们曾经叩问过薛某吗？"大家把薛一瓢说的话详细地复述了一遍，叶天士说："我本来说治不好了，那么还想去哪里呢？"大家说："薛一瓢说治不好，您也是这么说，看来是真的治不好了。只能送他回家等死罢了。"叶天士沉思了许久，说："死马当活马医，可以吗？"大家表示同意。叶天士于是进入里屋煎药，不一会儿端出来一碗药，其色洁白好像淘米水但更加黏稠一些，说："先服下这碗药，后续还会有其他的药。"服下之后，过了一会儿又端出来一大碗药，药的颜色很黑而且很浓厚，叶天士令他全部喝完。不一会儿，病人的腹部开始有动静，然后排出大便，接着是拉稀，越泻肚子越轻松，等到不泻了，肚子变软，只是觉得身体疲乏无力，没有别的痛苦了。

原来某甲的症状，只有攻治这一种方法，但攻治过急则身体不能承受，攻治过缓则人等不及。薛一瓢和叶天士都是知道的，但叶先生只是想与薛先生争名，一定要等到薛先生以治不好为由拒绝之后才敢放手治疗。那么治疗有效则使自己的名气更大，治疗无效也可以跟人说不是自己的罪过。叶先生本来就是依靠医术发家致富的，其中那种白色的药，就是用真参四两煎成，防止病人突然虚脱。那种黑色的药，则是用一斤左右的硝黄等药材煎成浓汤，来形成冲墙倒壁的功效。哎！真是太神了。

假使薛先生说治不好之后，众人不再去找叶先生，那么某甲则必死无疑；叩问叶先生而叶先生不问起薛先生，那么某甲也会死；治不好的病症叶先生最终肯治，但是一时之间缺少四两的真参，药肯定没有效果，那么某甲仍然会死。哎！真是太危险了。

那么人又何苦随便与人打赌吃东西而不惜损害自己的身体呢？又听说服用盐卤（盐结晶后在盐池中留下的苦味母液，其中含有硫酸钙及硫酸镁，味苦有毒，然可用以凝结豆腐）的，会令人断肠而死，只要喝猪油就能化解。我的家乡有一个人知道这个秘诀，曾经与人打赌喝盐卤，因此曾多次取胜。一天，他早晨出门，嘱咐妻子熬好猪油等待，大概是又要和人打赌吃盐卤了。傍晚，他忽然回来，急忙要猪油喝，而他的妻子刚刚把猪油熬好，刚出锅，滚烫难以入口。他大喊肚子痛，狂跳不止，过了一会儿就死了。这和前面打赌吃糖团的都可以作为对人明显的警戒。

4.5.30 马禹平

马禹平，浙东贾人也，挟赀周行苏、扬、汉口、佛山间。数年间，虽无所亏折，而所得亦无几。见同邑张贾生意日盛，踵门请曰：“贱意欲与君合本共作，以学江湖经济，何如？”张曰：“吾雅不惯与人合作，难如尊命。”马曰：“吾欲借邻壁之光以照陋室，合作不可，附骥而行，若何？”

张许之，遂约日同诣佛山，因物少出色，价亦过昂，张曰：“卷装空回则损往来行费，惟有洋锡一项，途中不怕风雨，且可稍沾蝇头之利以抵川资。”于是各置洋锡千五百块，买舟分装，开则同开，泊则同泊。谁知过十八滩，马舟击破，藉张之舟人力拯其命，抢获行装，而洋锡已尽沉于水矣。张曰："他物失水，多半无成，锡无碍也，请人没水捞之即得矣，吾候子同行焉。"马曰："吾此惊不小，得失已尽付之于命。子为我耽延，心实不安，且未知何日可以蒇（chǎn）事，请先行。"遂自登岸，赁地鸠工，编蓬结厂，而固请张行。张不得已，扬帆去，马与滩上人约曰："能取滩底锡一条者，酬金五钱。"众皆跃水沉取而献，三日，所沉之锡已如其数，而滩上人犹纷纷入水捞取，马仍纳之。十日乃尽。检其数，多逾四倍。装运至江南售之，盈资五六万。

先是，张早归里，告之马家，举室惊惶。越日，马亦欣然抵家，细陈苦中之甘，令勿声闻于外。遂诣张告慰。自后马无往不利，富竟十倍于张。盖十年前有巨商过十八滩，击破巨舟，客及舟人无一生者。所沉洋锡不少，乡人不知。值马亦破舟，故尽捞尽献耳。夫马遭沉舟之劫，心已灰矣，孰知劫之来，即运之至？孰使之沉新锡于旧锡之上，且不沉张舟而独沉马舟？可知富贵利达之事，有数存焉。彼痴心妄想者，亦可憬然有悟矣。

【译文】马禹平，是浙江东部一带的商人，带着资本往来于苏州、扬州、汉口、佛山等地之间。几年间，虽然没有亏本，但获利也寥寥无几。看到同乡的商人张某生意日益兴隆，上门请教说："我想和您将本钱合在一起，共同经营，行走各地，来学习生意之道，怎么样呢？"张某说："我素来不习惯与人合作，恐难从命。"马禹平说："我想借用邻壁的灯光来照亮自己的陋室，合作不行的话，跟随您一路同行，怎么样呢？"

张某答应了，于是约定时日一同前往佛山采办货物，因为出色的货物很少，价格也过于昂贵，张某说："带着行李空手而回就损失了来往的路费了，只有洋锡这一项，途中不怕风雨，而且可以赚取一些微薄的利润来抵偿路费。"于是各自购置了洋锡一千五百块，雇船分装，行船则一同前行，停船则一同停下。谁知在经过十八滩（指赣江十八处险滩）时，马禹平的船被撞破，借助于张某船上的人极力拯救他的性命，抢获行李，但是洋锡已经全部沉入水中了。张某说："其他的东西沉入水中，多半不成了，锡没有问题，请人潜入水中打捞起来就可以了，我等您一起回去。"马禹平说："我这次受惊不小，得失已全部交付于天命。您因为我而耽误行程，我内心实在不安，而且不知道什么时候可以完成工作，请您先行一步吧。"于是自己离船上岸，租赁土地雇佣工人，搭建草棚，而且坚决请求张某先走。张某不得已，扬帆而去，马禹平与江滩上的人约定说："能从滩底捞取一块锡条上来，给五文钱作为报酬。"众人纷纷跳入水中捞取沉锡献给马禹平，三天时间，所沉的锡条已经如数找回，而滩上的人还在纷纷入水捞取，马禹平继续接受锡条。十天才将锡条全部捞完。检查了一下锡条的数量，超过原本的四倍多。装运到江南贩售，获利五六万。

在此之前，张某已经回到家，将路上的遭遇告知了马家人，全家都很惊慌。第二天，马禹平也高兴地回到家，详细讲述不幸之中的幸运之事，让他们不要声张。于是马禹平去拜访张某表示感谢和慰问。从此之后，马禹平无论到什么地方或做什么事情，一切畅通顺利，富裕程度竟然已经是张某的十倍了。原来在十年前，有一个大商人路过十八滩，大船被撞击沉没，乘客和船家没有一人生还。有很多洋锡沉在水底，乡人们不知道。恰好马禹平的船也在同一地点被撞破，所以乡人把锡全部捞起来献给了他。当马禹平遭遇沉船的劫难时，已经心灰意冷了，谁知道劫难降临之时，福运也随之而来呢？又是谁在安排使新锡沉在旧锡之上，而且不沉张某的船却偏偏沉马禹平的船？可以知道富贵通达顺利的事情，自有定数在其中。那些痴心妄想的人，也可以恍然有所醒悟了。

第六卷

4.6.1 高邮苏某

高邮苏某，夫妇年皆四十，只有一子，爱同拱璧。一日，小婢抱出外厅，因雨滑足，将儿跌于阶下，头破而亡。苏某见之，即嘱婢速逃回母家，自抱其子，入谓系己失手跌毙，盖知其妻之性急而暴也。迨其妻急寻婢，而婢已不见矣。未几，苏某复举一子。

按，此事载《因果录》中，昔年家大人官京师时，亦曾微闻之朱文定公（士彦），盖公本高邮人，尝述其乡里美谈而未竟其绪，今亦不知苏氏子如何。以理度之，其必昌厥后无疑也。

吾乡前明马恭敏公（森）亦有是事，系除夕婢抱儿在门首游戏，儿误抢投邻家爆竹盆中死。恭敏之父亦令其速逃远方，而向妻婉转寝其事。儿身故有疤痣，后一年复生子，疤痕宛然，知为故儿投胎再来，即恭敏也。恭敏以户部尚书致仕家居，尝以数言定民变，屡纾乡里之难事。详徐兴公《榕阴新检》中。

然则今之苏氏子，纵不能如马恭敏，而其父之厚德则与恭敏之封翁正同，将来亦必有所表见于时，吾将洗耳待之矣。

【译文】高邮的苏某，夫妻二人都已四十岁了，只有一个儿子，像珍宝一样疼爱他。有一天，小婢女抱着孩子走出外面的厅堂，由于下雨脚底打滑，孩子被摔到了台阶下，头部被撞破而死。苏某看到了，立即交代婢女赶快逃回娘家，自己抱着孩子，进去对妻子说是自己不小心失手把孩子摔死的，因为他深知妻子性情急躁暴戾。等到苏某妻子急着寻找婢女时，婢女已经不见了身影。不久，苏某又生了一个儿子。

说明，这件事记载在《因果录》中，从前我父亲在京城做官时，也曾听朱文定公（朱士彦）讲述过。原来文定公也是高邮人，曾经在讲述他家乡的美谈佳话时说过这件事，但是不知道后续情况如何，现在也不知道苏家的儿子怎么样了。按照道理来推测，他家的子孙后代必定兴盛是毫无疑问的。

明朝时期我们福州的马恭敏公（马森，字孔养，嘉靖十四年进士，官至户部尚书）也有类似的事情，是在一年的除夕那天，婢女抱着孩子在门口玩耍，孩子不小心落入邻居家放爆竹的盆中而死。马恭敏公的父亲也是让婢女赶快逃往远方，而对妻子委婉地解释，事情也就慢慢平息下来了。孩子身上本来有块疤痕，一年后又生了一个儿子，身上同一部位也有明显的疤痕，知道是过去的孩子再次投胎而来的，这孩子就是马恭敏公。恭敏公从户部尚书任上退休在家居住时，曾用几句话平息了民众暴乱，多次解决乡里的疑难问题。详见徐兴公先生所著的《榕阴新检》一书中。

然而如今苏家的儿子，即使比不上马恭敏公的成就，而他父亲深厚的德行则与马恭敏公的父亲正好相同，将来也必定在所处的时代有所显扬，我们可以拭目以待了。

4.6.2 霍节妇

徽州霍姓，亦巨族，家有节妇，贤而懦，往往为邻族所欺凌，从弗较也。城中有胡某者，酷好堪舆之术，技亦不精，饶于资。偶见一田地，以为中有大穴，询之，则霍节妇之产也。买之不可，遂伪立卖契，捏造中证，投牒公庭焉。霍节妇惧，愿以此田归胡，而以去无葬地为辞。胡欣然以瘠田数亩易之，而不知其所谓大穴者，无穴也；其所谓瘠田者，则真灵穴也。霍节妇不得已，遂卜葬其夫于瘠田中。而三十年内，子姓科甲连登矣。胡某自卜葬大穴后，家渐零落。费尽心机，非徒无益，而反害之，岂但技不精之咎哉？

【译文】安徽徽州的霍家，也是大家族，家中有一位守寡的节妇，贤惠但是性格懦弱，常常被邻里和族人欺负，从来不计较。城里有个胡某，酷爱研究风水之学，技术也不精通，家境富裕。偶然见到一块田地，认为其中有上好的墓穴，经询问，原来是霍节妇的田产。想要出钱买下而没有得到同意，就伪造了一份卖地契约，捏造证据，呈递诉状到官府。霍节妇害怕，愿意把这块地卖给胡某，但提出如果失去了这块地则没有地方安葬自己的丈夫。胡某很愉快地用几亩贫瘠的田地来作为交换，却不知道他自己以为的上好的墓穴，其实并没有穴位；他以为的贫瘠的田地，其实是真正有灵气的墓穴。霍节妇没办法，于是最终择日将丈夫安葬于贫瘠的田地之中。而自此以后的三十年间，子孙后代考取科第功名的接连不断。胡某自从将先人埋葬在所谓的上好墓穴之后，家业渐渐凋零衰败。费尽了心机，不但没有好处，反而害了自己，难道只是技艺不精的原因吗？

4.6.3 贾某

山西贾某，少孤，幼即订婚于王某家。王见其贫，迎之归。及长，合卺，而妻旋亡。王某优待之如故。王有少妾，美于色，诱之逃，并窃其资斧焉。逃至河南，居然成家，且生一子二女。后其岳家踪迹得之，劝其归，弗顾也。道光辛丑，祥符之决口，全家遂葬鱼腹矣。

【译文】山西的贾某，年少时成了孤儿，自幼就和王某家的女儿定下了婚约。王某见他贫困，把他接到自己家中。等他长大之后正式完婚，而他妻子不久就去世了。王某还是像以前一样优厚对待他。王某有一个年轻的小妾，姿容美丽，贾某引诱她一起私奔，并且偷取了她的钱财。逃到河南某地，二人居然在那成了家，并且生了一个儿子和两个女儿。后来他岳父家发现了他们的踪迹，劝他们回去，他们不屑一顾。道光辛丑年（1841），黄河在祥符决口，贾某全家都被淹死，葬身鱼腹了。

4.6.4 摆摊盘

扬州赌风最盛，近日有摇摊之戏，官与商每合而为一，以资财角胜负，意气自雄，而南北委员之往来是邦者，亦鲜不沉溺其中，乐而忘反。甚至有诱赌之局，外张筵席，中蓄裙衩，名曰摆摊盘，尤为人心风俗之害。闻此数年来，此风益炽，竹西歌吹之外，局面又一新矣。

近有商伙某甲者，家设摊盘，诱人子弟、破人家资者，亦不可数计。其子为秀士，正应秋闱，一夜忽有喜报到门，人多不信。翌日，取题名录观之，居然某甲之子也。众皆谓似此人家而有此善报，天道殆茫昧不可知。余亦闻而疑之。

一日，晤罗茗香，告余曰："某甲家之喜事，人皆诧之；而某甲之近事，则人所不知也。某甲于摊盘中，每年必购一二少妇居中作饵，去年购一中年妇人入局。初到时，即觉其神色不怡，细诘之，乃知系一宦家妇，其夫曾官邗上，死后家无丁口，不能自存，故隐忍到此。然自入局后，经今数阅月，颇能自持，并无染也。某甲忽动矜怜之心，立送之入清节堂（即恤嫠局），并极力为之道地，俾得其所。此妇亦甚情愿，较之在摊局中，竟判若仙凡矣。"

余曰："善哉此事，功德甚大，有此一大善，则众不善自然可以消抵，其获善报也宜哉！"

【译文】扬州赌博的风气最为盛行，近来有一种叫作摇摊（旧时赌博名目，庄家用骰子四颗藏在容器内摇动后摆定，赌者猜点数下注）的游戏，官员和商人常常聚会一处，出钱来角逐胜负，得意扬扬，自以为了不起，南北各地往来办差的官员，经过此地时，也很少有人不沉迷于其中，从而流连忘返的。甚至有一种专门诱骗人参与的赌局，外面张设筵席，里面蓄养妇人，称为摆摊盘，尤其对人心风俗带来危害。听说近几年来，这种风气日益旺盛，繁华的竹西除了热闹的歌舞场所以外（唐代杜牧《题扬州禅智寺》诗："谁知竹西路，歌吹是扬州”），局面又焕然一新了。

近年来，有一个商行伙计某甲，家中设有摊盘赌局，诱惑人家子弟、败坏人家家业的情况，也是数不胜数。他的儿子是秀才，正参加秋季乡试，一天晚上忽然接到了考中的喜报，人们大多都不相信。第二天，找到中榜的名册一看，居然果真是某甲的儿子。众人都说像这样的人家竟然有这样的好报，天道恐怕是茫然无知的。我听说此事后也颇感疑惑。

一天，遇到罗茗香（罗士琳），他告诉我说：“某甲家的喜事，人们都感到诧异；然而某甲最近做的事，则不为人知了。某甲在摊盘赌局中，每年必定购买一两名少妇从中当作诱饵，去年购买了一名中年妇人入局。刚来的时候，就发觉她神色不悦，仔细询问，才知道她本是一位官员的妻子，她的丈夫曾在扬州做官，丈夫去世以后家中没有其他人，无法靠自己生存，所以才勉强忍耐来到这里。然而自从入局之后，经过好几个月，特别能自我克制和把持，并没有不正当的男女关系。某甲忽然心生怜悯，立刻将她送到了清节堂（就是专门抚恤寡妇的机构），并且极力为她周旋，使她得到了合适的归宿。这个妇人也很愿意，相较于在赌局之中，竟然如同从凡间升入天堂了。”

我说：“这事做得太好了，功德无量，有这样一桩大善行，那么其他各种不善自然可以抵消，他获得善报也是理所应当的。”

4.6.5 嵩明州牧

云南嵩明州某甲者，时于乡间好行小惠，邻里多悦服之。惟遇公门中人，恒视若仇雠，每极力把持阻挠，虽颇于地方有益，而结怨已深，故平生踪迹不轻入城。偶值嫁女之年，入城购买杂物等件，猝遇胥役，即被押入衙署，回明本官搜求旧案。当将某甲杖责，并加枷号，发往该乡地示众。兼有两役押解而行，适遇一深水渡头，某甲无地自容，遂带枷赴水死。时州牧赵某安坐堂皇，闻之亦不甚介意。

半年后，当昼假寐，恍惚见戴枷人昂然直入，俄顷之际，内有小婢来报，二夫人已育麟儿。赵某本未举子，合署皆为称庆，独赵某深抱隐忧，于是自撰疏文，为设醮坛以禳之。

几及年余，忽梦寐间，见前之戴枷人曰："我在乡里，素有好人之称，并无欺压平民之事，不过替人调解，何至必不相容？即欲惩我，亦何必将我枷示乡里，使我做不得人，非逼我于命而何？汝既要我的命，我罪不至死之人，焉肯与汝干休？今到汝家以来，每见汝时时懊悔，可见汝真非要害我命者，冤可解而不可结，我去不与汝结雠矣。"言讫，悠然而逝。

梦骤惊醒，但听内传新生公子忽发暴疾，势不能留，合署忙乱，旋报公子逝矣。中外皆来劝慰，而赵某暗中如释重负，后亦寂然。

【译文】云南嵩明州的某甲，在乡下常常喜欢施舍恩惠，邻里乡亲大多都对他心悦诚服。但是只要遇到衙门中的人，总是视如仇敌，每次都极力独揽地方事务，阻挠衙门的人做事，虽然他这样做对地方还是大有好处的，只是和衙门结下的怨恨已经很深重，因此平时不轻易涉足城里。有一年正值女儿即将出嫁，他进城购买一些杂物，突然遇到衙门的差役，就被押进了衙门，禀报当地官员搜查之前的案底。决定将某甲杖责，并戴上枷锁，发到他所在的乡里示众。并且有两名差役押解着他前往，正好遇到一处深水渡口，某甲感到无地自容，就戴着枷锁跳水身亡了。当时担任知州的赵某依然堂而皇之地安坐在堂上，听到此事后也没有太在意。

半年之后，白天小睡时，恍惚之间看到一个戴枷的人大模大样地径直闯进来，片刻之间，有小婢女从内衙前来禀报，说二夫人生了个儿子。赵某原本还没孩子，整个官署的人都表示祝贺，只有赵某内心深深地忧虑，于是亲自撰写表文，请人设坛做法事来化解灾祸。

差不多一年过后，忽然在睡梦中，看到之前那个戴枷的人说："我在乡里，一向被称为善人，并没有欺压平民的事情，只不过是帮别人调解纷争，何必要到容不下我的地步？既然想要惩治我，又何必让我戴枷在乡里示众，使我没法做人，这不是要把我逼死又是什么呢？你既然要我的命，我作为罪不至死的人，怎么肯与你善罢甘休？如今自从来到你家以来，常常看到你无时无刻不在懊恼悔恨，可以知道你也并不是真正要害我性命，冤家宜解不宜结，我走了，不跟你结仇了。"说完之后，悠闲自在地离开了。

赵某忽然从梦中醒来，只听到内室传来孩子突发疾病的消息，看样子治不好了，整个官署的人慌张忙乱，不久就报告说孩子已经死了。里里外外的人都来劝解安慰，而赵某反而心中如同放下了重担，后来也没有什么其他异常情况。

4.6.6 章邱孝子

章邱陈孝子，以磨镜为生，天性诚笃。年四十有二矣，家贫尚未授室，只一老母，年六十有六，孝子以磨镜资为甘旨之奉，先意承志，其母忘其为贫且老也。一日，母犯股疽，彻夜呻吟，孝子号泣吁天，愿以身代。终夜扶侍，衣不解带者年余矣。医者以此症无药可治，惟吮之则其痛可稍减，孝子即每日口吮数次，不以为秽。因母病废业，贫无以为生，除甘旨供母外，日食糠秕（bǐ）数合。后其母身登上寿，家亦小康，孙且登乡荐矣。

【译文】章邱有一位姓陈的孝子，以打磨镜子的工作维持生计，天性诚实厚道。他已经四十二岁了，因为家里贫穷还没有娶妻生子，只有一个老母亲，年纪已经六十六岁，孝子用磨镜赚的钱购置精美的食物精心孝养母亲，不等母亲表明意愿，就能事先顺应她的心意去做，让他的母亲忘记了贫穷和年老。一天，母亲患上了股疽病，整夜呻吟，孝子向天哭号，发愿自己代替母亲承受病痛的折磨。每天彻夜服侍在母亲的病床前，和衣而睡已经一年多了。医生表示这个病无药可治，只有用嘴吮吸才能稍微减轻她的病痛，孝子就每天亲口为母亲吮吸多次，不嫌脏。因为母亲生病荒废了工作，贫困没有办法生存，除了给母亲提供精美的食物外，自己每天只吃几合（容量单位，十合为一升）谷糠。后来他的母亲身享高寿，家境也达到小康，孙子也在乡试中考中了举人。

4.6.7 浦城痴翁

浦城周某，素性长厚，人或称为痴翁。夏日与客对弈，忽一贫士咆哮奔来，曰：“止欠汝息钱二千，何必便令管家逼我？”某尚嗫嚅，其人即大肆骂詈，毁坏棋局。某温谕之曰：“汝欲告免乎？”即濡笔付免票，其人急谢去。坐中客皆叹某之盛德，某曰：“此人貌凶而言狠，恐激成意外之变，故宽免之。”及日脯，忽报是人死于厕。时客尚在坐，共诘其故，乃知其人因债逼无措，服毒而来，意欲图诈。因感周翁之意，急归觅粪清解之，而药性暴发，已不及解矣。某乃对天谢，客亦大加敬服，或曰：“此翁非真能怜贫而忍辱者，特能以智免祸耳。”痴者固如是乎？

【译文】浦城的周某，平素性情忠厚，有人称他为痴翁。夏天和客人下棋，忽然一个穷人大喊大叫着跑来，说：“我只欠你家利息钱二千而已，你又何必让管家来逼我呢？”周某还在吞吞吐吐，有话想说又不敢说，那人就开始肆意辱骂，毁坏棋局。周某温和地告诉他说：“你是想免除利钱吗？”随即就提笔蘸墨，写了一张免付利钱的字据给他，那个人急忙道谢而去。在座的客人都赞叹周某的厚德，周某说：“这人相貌凶恶而且言辞狠毒，恐怕激成意外的变故，所以宽免了他。”等到日暮时分，忽然有人报告这个人死在厕所。当时客人还在坐，共同追问原因，才知道那人因债务逼迫不知所措，服下毒药而来，企图以此诬赖勒索。因为被周老先生的心意所感动，急忙回去找粪水来解毒，而毒性暴发，已经来不及解除了。周某于是对天拜谢，客人也大为敬重佩服，有人说：“这位老先生并不是真正能够怜悯贫穷而忍受耻辱的人，只不过是能以机智避免灾祸而已。”难道痴傻的人能做到如此机智吗？

4.6.8 雷殛不孝

太湖于某，年六十有二岁，以种田为业，家仅二子，长子年二十有八，次子年二十有四，贫甚，皆未授室。于某适病痢甚笃，长子孝甚，日侍汤药不稍离。次子性游荡，漠不关心。延医立方，嘱须煎好后承露一宿，次晨饮之立效。长子日侍父侧，并无刻暇，因将药煎成，露于院中，嘱弟守视。弟与邻妇有私，是日邻妇之夫外出，潜就宿焉。不料药为蛇虺（huǐ）遗毒，次早其父服药即中毒死。其父之死虽非子杀，然当父病危笃之时，尚作为淫恶之事，以致药有虫毒，父以毒亡，则不孝孰大于是哉？后父丧尚未出殡，而次子已为雷殛死矣。

【译文】太湖的于某，六十二岁，以种田为业，家里只有两个儿子，大儿子二十八岁，二儿子二十四岁，因家境贫穷，都没有娶妻。当时于某患上了很严重的痢疾。大儿子很孝顺，每天在父亲的身边侍奉汤药，不离开半步。二儿子生性游荡，对父亲的病情漠不关心。大儿子请医生开了药方，医生嘱咐药煎好后需要露天放置一夜，第二天早晨服下就会立刻见效。大儿子每天服侍在父亲身边，并没有片刻闲暇的时间，于是把药煎好后，放置在院子中，嘱咐弟弟好好看守。弟弟和邻居家的妇人私通，这一天邻居家妇人的丈夫外出了，偷偷地去邻居家找妇人睡在一起。没想到药被毒蛇爬过有了毒性，第二天早上他父亲喝药后，立刻中毒而死。他父亲的死虽然不是儿子亲手杀害的，但当他父亲病情危重的时候，还在做淫恶的事情，因而导致药被毒蛇污染，父亲因为中毒而死亡，那么不孝的事情还有比这个更严重的吗？后来为父亲办理丧事，还没出殡的时候，二儿子已经被雷击死了。

4.6.9 台湾唐某

台湾唐某，家富饶，本以贩糖获利，群称为糖叟。中年死于瘵（zhài），妻尚少艾而无子。有族侄某常往来其家，年少，美丰姿，觊觎（jì yú）糖叟之产，百计挑其妻，遂通焉。并怂恿其妻告于族人立己为嗣，已据其室，居之不疑矣。族人有私议之者，亦有嘱胥役齮龁（yǐ hé）之者，某皆以重贿消弭之。值陈办之乱，全家遭戮，其侄某独横尸路衢云。

【译文】台湾的唐某，家境富裕，他起初是通过卖糖赚钱的，人们称他为“糖老汉”。他中年死于痨病，妻子还年轻并且没有孩子。有一个族侄某常常往来于他家，族侄年轻，容貌俊美，他贪图糖老汉的家产，百般挑逗他的妻子，于是二人发生了奸情。并鼓动糖老汉的妻子告知族人将自己立为继承人，他心安理得地占据了糖老汉的家产。家族中有人私下议论，也有人嘱咐衙门的差役阻挠他，都被族侄用重金贿赂而消除了。正值陈办叛乱暴发，族侄全家遭到杀害，族侄本人更是横尸街头。

4.6.10 马疡科

高州马疡科，术甚精。遇有患者，先用药溃成大孔，再与议价，有不满其欲者，遂置之不治，以此殒命者不一其人矣。马家积资几及万金，忽患人面疮，自不能疗，辗转以死。其妻无子，仅一女，妻丑而淫，以多金博诸恶少欢，门庭如市，淫疮遍体矣。其女年十七，丑如其母，亦同倚门焉。夫母女俱丑，何以其门庭如市，若非多金之故，亦何至如此宣淫哉？自是而城中之业疡科者，咸为短气云。

【译文】广东高州有个马医生，专治疡科（也称疮疡科，专门治疗肿疡、溃疡、金疮等疾病）类疾病，医术很高。遇到患者找他治病，先故意用药物将疮口溃烂得更大，然后再和患者商议价格，不能满足他要求的，就袖手旁观拒绝诊治，因此而丧命的人不止一个。马家积累的资产将近一万两，马某忽然患了人面疮，自己也不能治疗，在床上辗转反侧，最后死掉了。他的妻子没有儿子，只有一个女儿，妻子不仅丑陋而且淫乱，用很多钱来博取无赖少年的欢心，家里人来人往如同闹市，全身都是因淫乱而感染的毒疮。他们的女儿十七岁，和母亲一样丑陋，也一同倚门待客了。话说母女二人都很丑陋，为什么还能门庭若市，如果不是有很多钱的原因，又何至于如此明目张胆地淫乱呢？从此，城中以治疗疡科疾病为业的人，都因此而志气沮丧了。

4.6.11 顽师显报

建安周某，以耕牧起家，晚生一子，延邻生徐某训之。子八岁即入塾，隆礼厚馈，有大户世家所不及者。宾主师弟相得甚欢。八年而周某病没，子已十六岁矣，徐即诱之为不善，又从中因以为利焉。周母知之，衔恨气愤而亡。徐遂主其家政，而子日渐淫荡，不五年已耗其产之半。一日，徐在家午睡，忽见周某持枪入，直刺其心胸，顷刻死矣。时家中见者二十人。家止一子，夜半亦死，婢妾星散。周某子目击其事，始大觉悟，修复家业焉。

【译文】福建建安县（今建瓯市）的周某，通过耕种、放牧发家，晚年生了一个儿子，聘请邻居家的书生徐某教儿子读书。儿子八岁时就进入私塾，以隆重的礼节和丰厚的馈赠来对待老师，有的方面甚至是连大户世家都做不到的。宾主之间、老师和学生之间相处得都很愉快。八年之后周某因病去世，儿子已经十六岁了，徐某就引诱他做坏事，又从中捞取好处。周母知道了，怀恨气愤而去世了。徐某于是开始主持周家的事务，周某的儿子也越来越荒淫放纵，不到五年就消耗了一半的家产。一天，徐某在家午睡，忽然见到周某拿着枪走进来，直接刺中他的心胸，不一会儿就死了。当时家里看到这种情景的有二十人。徐某家里只有一个儿子，半夜也死了，婢妾四散离去。周某的儿子亲眼看见了这件事，才开始恍然醒悟，极力修正行为、恢复家业。

4.6.12 银作祟

湖州江某，以翰林改官，任直隶青县。时值年荒办赈，从中节省，得数万金，恐上官督过之，乃告病归。初至家，即见一巨鬼，长数丈，青面高鼻红眼，着白衣，手持铁枪，若欲杀之者。江大惧，急呼家人，忽不见。既而有谣传直隶赈案发，将有抄家之事。江愈恐，遂将所有尽埋之，人无知者。未几，忽中风疾，不能言语，两手足皆拘挛，终日卧榻上，如醉如痴。自此室中鬼日益多，厥状狰凶，闹无虚日。江既死，家中亦颠倒，只剩一孙，由是迁居，屋售他姓，而所埋之银不知归于何氏之手矣。

【译文】浙江湖州的江某，做翰林期满改派到地方上任职，担任直隶省青县（今属河北沧州市）知县。当时正值饥荒之年，办理赈灾事务，江某从中减省克扣经费归自己所有，得到了几万两银子，恐怕被上级责备，就告病回家了。刚回到家，就看到一个大鬼，身高几丈，青脸高鼻红眼，身穿白衣，手持铁枪，好像要杀他的样子。江某特别害怕，急忙呼叫家人，大鬼忽然不见了。过了不久有传言说直隶省赈灾的案子被揭发了，将有抄家的事情。江某越来越害怕，于是将所有的钱财都埋到地下，没有人知道这件事。不久，忽然中了风病，不能说话，两手两脚都痉挛，整天躺在床上，神情恍惚。从此之后房间中的鬼越来越多，形状面貌狰狞凶恶，没有一天不骚扰的。江某死后，家业随即也破灭了，只剩下一个孙子，因此搬家，房屋卖给了别家，而所埋的银子也不知道最后归于何人之手了。

4.6.13 逆子

吴门沈某，居葑溪，家本小康，其叔拥厚资而无子，死遂立某为嗣。某素无赖，不善事嗣母，又日浪游，全不顾家。及嗣母卒，草草殡殓，停棺不葬者至十余年，并岁时祭祀亦忘之。一夕鬼啸，某秉烛出，忽见其叔祖母以梃击之，大呼逃避，复追之，立时死，家资荡然矣。

又常熟诸生有郑宗臣者，生一子，年才十五六，习为不善。宗臣恶之，子亦苦父之拘束也。乃取墨匣改为小棺，捏泥像置其中，题曰“清故邑庠生郑宗臣之柩”，埋于庭前。其仆见而谏之，不听。埋甫毕，两足忽腾踊，痛哭不已。一弹指间，气遂绝。

此二事，皆家大人在苏州时所闻诸蒋伯生邑侯（因培）者。天之诛逆子，未有若是之速者也。

【译文】苏州的沈某，居住在葑溪，家境本来小康，他的叔叔拥有丰厚的资产却没有儿子，叔叔死后就立沈某为继承人。沈某一向游手好闲、不务正业，不好好事奉嗣母（出继的儿子称所继嗣一方的母亲），又每天四处游逛，完全不顾家里。等到嗣母去世，很草率地装棺入殓，棺材一直停放不下葬已有十多年，并且连过年时的祭祀都忘记了。一天晚上听到鬼叫的声音，沈某手持蜡烛出来看，忽然看见他的叔祖母用木棒打他，一边大喊大叫一边逃跑躲避，叔祖母又继续追他，沈某立刻就死了，家里的财产也荡然无存了。

还有，常熟有一个叫郑宗臣的秀才，生了一个儿子，才十五六岁，品行不端，惯于做不好的事情。宗臣很讨厌他，他儿子也很苦恼父亲对他的管束。于是用墨盒改做成小棺材，捏了父亲的泥像放在里面，在上面题写了“清故邑庠生郑宗臣之柩”，埋在庭院。他家的仆人看见了劝他不要这么做，不听从。刚刚埋好，两脚忽然飞奔跳跃，痛哭不已，片刻之间，就气绝身亡了。

这两件事，都是我父亲在苏州时听蒋伯生县令（蒋因培）所说的。上天诛杀忤逆不孝之子，没有像这样迅速的了。

4.6.14 湖北夏某

湖北夏某，于道光十一年，遭水荒，父母双亡，时其年已十岁，饿倒路旁。有王某者，慈心好善，见而怜之，携归，给以衣食，并令与子弟同入塾读书。夏天分颇高，已能成文矣。一日，王某全家出外看灯，夏亦尾其后，见王某之妾少艾，挑与语，私通之。属其妾盗主人之金百两，携与潜逃。舟过汉江，适风激缆断，舟覆，沉江并死。主人遣人追其妾，尚遥望见之，而不能救也。

【译文】湖北的夏某，在道光十一年（1831），因遭遇水灾、饥荒，父母都去世了，当时他已经十岁，饿倒在路旁。有一个姓王的人，慈悲为怀，乐善好施，看见之后很可怜他，将他带回家，供给他衣服食物，并让和他和家里的子弟一同进私塾读书。夏某天分很高，已经能够独立写文章了。一天，王某全家一起外出看灯，夏某也尾随其后，看到王某的小妾年轻美丽，便上前勾引和她说话，私下发生了奸情。在夏某的指使下，小妾偷了主人的一百两银子，二人一起秘密逃走私奔。船在渡过汉江的时候，正赶上大风激荡缆绳断裂，船翻了，二人沉入江中都死了。主人派人追赶他的妾，还远远望见了她，却没有办法施救。

4.6.15 地师

徽州程某，精堪舆之术，名闻四远。吾乡林某延之相地。林某，恶人也，奸盗邪淫，无恶不作。程某为卜一穴，真穴也。程某于定穴后，梦郡城隍召之入庙，令其毋点此穴。醒而恶之，既复以为梦幻难凭，复贪林某重利，仍为点穴。未几，而阴雨晦冥三日夜，震雷一击而穴破矣。程某遂潜逃，未到家而死。林姓亦寖（jìn）衰。佥谓阴地不如心地好，相地者每举以为戒云。按，此吾乡近事，啧啧人口者。初亦不知何家，观《因果录》始知为林姓，亦未详其何郡县也。

【译文】安徽徽州的程某，精通风水之术，四方远近闻名。我们福建的林某请他选择墓地。林某，是一个恶人，奸盗邪淫，什么坏事都干。程某为他选择了一处墓穴，是真正的穴位。程某在确定穴位后，梦见府城隍神召他进入到庙里，命他不要帮林某点这个穴位。醒来后非常厌恶，接着又认为梦境虚幻不足为凭，又贪图林某给他的优厚的酬金，仍然为他点了穴。不久，连续三天三夜阴雨连绵，天昏地暗，突然震雷一声，穴位被雷击破了。程某于是偷偷逃走，还没到家就死了。林某家也渐渐衰败。都说墓地不如心地好，看风水的人常常举这件事为例让人们引以为戒。说明，这是我们福建最近发生的事，人们口口相传。起初也不知道是谁家，看了《因果录》之后才知道是林家，也不了解具体是哪个府、哪个县的。

4.6.16 湖南熊某

湖南堪舆熊某，技甚劣而心甚贪，为人营兆，葬于水泉沙砾者不知凡几矣。有方节妇者，守节已十年，请熊某为其夫择地。熊以为可欺，与他地主结合，甘其词以诱之，重其价以要之。节妇不得已，典住宅以酬值焉。而不知其地实绝灭凶宅也。葬有日矣，夜梦神告之故，戒勿葬，且谓熊忍心害理，罪不可逭（huàn）。节妇犹未以为然，比明遣人视熊某，则已于半夜死矣。

【译文】湖南有一个风水先生熊某，技艺非常拙劣，而且特别贪心，为别人营建墓地，被埋葬在水泉沙砾等恶劣之地的人家不知道有多少了。有一位方节妇，守寡已有十年了，聘请熊某为她丈夫选择墓地。熊某认为她软弱愚昧容易欺骗，与其他墓地的主人勾结，通过夸大其词来诱惑她，并提高价格来胁迫她。方节妇没有办法，典卖住宅来支付地价。却不知道所选的那块地其实是一块会导致家破人亡的凶地。不日即将下葬，方节妇夜里梦见神明告诉她其中的原因，告诫她千万不要葬在那里，并且说熊某心地残忍、伤害天理，罪孽深重，不可逃避。节妇还不太相信，等到天亮派人去探望熊某，发现他已经在半夜死掉了。

4.6.17 破人婚姻

乾隆丁酉科，龚怀青太史（大万）、姚佃芝主事（梁）同典广西乡试，首题为“斯民也”二句。某房考得一卷，欲荐之，忽梦人曰：“此人三破人婚姻，不可荐。”某以梦不足凭，遂荐之，主司亦颇赏其文。某夜复梦曰：“此卷系抄袭陈勾山旧文，陈勾山稿中现有其文。荐而不售，衣巾尚在；荐而或售，据新例必除名。汝虽无大处分，何苦害人耶？”某以两梦告，主司谓：“我辈识得陈勾山文字，足征眼力之佳。若置之前列，恐遭磨勘；附之榜末，或无妨也。”主司竟中之。及到部磨勘，官亦梦如前，遂以抄袭除名。

盖不中则无由除名，中而不入梦亦不至除名，阴司之报施至于再梦三梦而不已，亦可谓不遗余力哉！

【译文】乾隆四十二年（1777）丁酉科，翰林院编修龚怀青先生（龚大万）、宗人府主事姚佃芝先生（姚梁）一同主持广西乡试，第一道考题为“斯民也”二句（语出《论语·卫灵公》：“斯民也，三代之所以直道而行也。”）。某房阅卷官发现一份优秀的试卷，想要推荐上去，忽然梦到有人对他说：“这名考生三次破坏人家的婚姻，不能推荐。”某阅卷官认为梦境不足为凭，还是推荐了上去，主考官也特别欣赏他的文章。某阅卷官夜里又梦见神人说：“这份试卷是抄袭的陈勾山（陈兆仑，字星斋，号勾山，雍正八年进士，后举博学鸿词，官至太仆寺卿）的旧文章，陈勾山文稿中现在有这篇。推荐而未被录取，还能保住秀才的身份；推荐如果被录取了，根据新条例必定被除名。你虽然不会受到很大的处分，何苦要害人呢？”某阅卷官把两次的梦境告知主考官，主考官说：“我们能发现这是陈勾山的文章，足以证明很有眼力。如果将他的名次排在前列，恐怕会被复核；放在榜单末尾，或许问题不大。”主考官最终还是将他录取，等试卷送到部里复核，负责复核工作的官员也做了之前同样的梦，于是以抄袭为由将他除名了。

大概不中榜则不可能被除名，中榜而没有神人托梦也不至于被除名，阴司显示报应到了一而再再而三地托梦而不止，也可以说是不遗余力啊！

4.6.18 钱梅溪述孽报七事

钱梅溪喜言孽报，皆近事也。尝云：常熟黄草塘，有须姓，以屠牛为业，每杀一牛，必割其舌食之，以为美味。一日，将屠刀安置门之上方，忽闻二鼠相争，仰面看之，刀适落其口中，断舌死。

又云：鱼行桥有一猎户，打鸟无算，后患病，医药无效，辗转床褥。忽梦神告之曰："汝要病愈，须将稻草扎一人，用汝平日所着衣冠披之，中藏生年月日，挂在树上，将鸟枪打之，病便可愈也。"及醒，乃以梦告其子，命如法行之。讵鸟枪一发，大噱（xué）而绝。

又云：余近邻有薛庆者，以屠羊为业，家颇饶。年四十余，忽得病，病愈后面成羊状。尝以三百金往安徽枞（zōng）阳籴（dí）米，死于江中，不得其尸，以空棺归葬。一两月后，有人见薛背一包，卷一伞，从后宅周打鼓桥，自行自哭，盖鬼复还家云。

又云：枫泾镇有沈二者，好食狗肉，生平杀狗无算。乾隆丙子岁，沈抱病甚笃，昏迷中见群犬绕床争啮其体，号呼求救。临死时，自投床下，两手据地，作犬吠数声而绝。

又云：娄东有无赖杨姓者，以攘鸡为食，其术甚秘，人莫知也。其后杨背上忽生鸡毛一茎，乞人拔之，痛不可忍，因自言此偷鸡之报也。

又云：湖州南浔镇，有小户人家妇顾氏者，貌颇美，适有县役某催科至其家，伺其夫远出，突入内室，举手摸其颈。顾大惊，旋入房，泣语其小姑曰："此颈忽为男子手所加，岂可洗乎？"遂缢死。其小姑亦不知县役为何人，旁无觉者。越两月，某役偶乘舟过南浔，忽见顾氏上其舟，役忽告舟人曰："吾前者不过以手摸其颈，何遽死乎？"遂投水，适遇来船牵缠其颈，不能解，立时流血死。舟人扬其语，闻于小姑，其事始白。而报应亦奇矣。

又云：长洲有徐某者，富而悭（qiān），亲友借贷，每拒弗见也。其子年弱冠，颇思干蛊，往往延接，或私自周给之。其父大怒，以为不肖，俟其见客时，持杖挞之，欲以绝其往来。未几，其子病，医药难施，或云獭（tǎ）肝可疗也，乃重值购一小獭，取其肝。未及服，而獭鬼来索命，云："杀吾子以疗尔子，岂天理所能容乎？"夺其药去。徐某百计禳祷，卒无效，其子竟颠痫以死，而家道落矣。

【译文】钱梅溪（钱泳，江苏无锡人）喜欢谈论作孽受到报应的事例，都是近年来发生的事。他曾说：江苏常熟的黄草塘，有个姓须的人，以宰牛为业，每宰杀一头牛，必定要割下它的舌头来吃，认为很美味。一天，将屠刀放置在门的上方，忽然听到两只老鼠相互争斗，抬脸向上看，屠刀正好落在他的口中，舌头断掉而死。

又说：鱼行桥有一个猎户，打死的鸟不计其数，后来得病了，求医服药都没有效果，在床上翻来覆去。忽然梦见神人告诉他说："你想要病好，必须用稻草扎成一个稻草人，用你平时穿戴的衣服帽子穿在稻草人身上，并将你的生辰八字写在纸上放入稻草人里面，挂在树上，用打鸟的枪来射击，病就可以痊愈了。"醒来之后，就把梦境告诉他的儿子，命令儿子按照这个方法去做。不料鸟枪一打，猎户大笑而死。

又说：我家的近邻中有个叫薛庆的人，以宰羊为业，家境相当富裕。四十多岁时，忽然生病，病好后脸变成了羊的样子。曾经拿三百两银子前往安徽枞阳买米，死在了江中，没有找到他的尸体，只好用空棺材下葬。一两个月后，有人看到薛庆背着一个包裹，夹着一把雨伞，从后宅周打鼓桥（地名，位于今无锡市鸿山镇，一作后宅邹打鼓桥）经过，自己边走边哭，大概是他的鬼魂又回到家中。

又说：枫泾镇有个叫沈二的人，喜欢吃狗肉，平生所杀的狗不计其数。乾隆丙子年（1756），沈二疾病缠身，情势危重，昏迷中看见一群狗围绕在床边争相撕咬他的身体，呼喊求救。临死时，自己钻到床底下，两只手撑在地上，像狗一样叫了几声就死了。

又说：太仓有个无赖之徒杨某，经常偷别人家的鸡来吃，他的方法很隐秘，没有人知道。后来杨某背上忽然生出一根鸡毛，请人来拔，疼痛无法忍受，于是他自己承认这是偷鸡的报应。

又说：湖州南浔镇，有一小户人家的妻子顾氏，容貌很美，正好有县衙的某差役到她家催收赋税，趁着她的丈夫出远门，突然闯入内室，举起手摸她的脖子。顾氏大为惊骇，接着走到房间，哭着对她的小姑子说："我的脖子突然被男子用手摸了，怎么能洗清呢？"于是自缢而死。她的小姑也不知道差役是什么人，身边没有人发觉。过了两个月，某差役有一次坐船经过南浔，忽然看见顾氏上了他的船，差役忽然告诉船夫说："我之前不过是用手摸了她的脖子，怎么就突然死了呢？"于是投入水中，正巧遇到对向驶来的船只牵缠住了他的脖子，无法解开，当场流血而死。船夫把差役说的话传扬开来，被小姑子听到，这件事才真相大白。然而这种报应方式也是很奇特了。

又说：长洲县（今苏州市）有个徐某，富有但是吝啬，亲戚朋友向他借贷，每次都拒绝不见。他的儿子刚刚成年，很想弥补父亲的过失，往往都会接待，或者私下里周济他们。他的父亲知道后非常生气，认为儿子不孝，等他会见客人时，拿着棍子打他，想要让儿子和他们断绝往来。不久，他的儿子生病了，医药都没有效果，有人说用水獭的肝脏可以治疗，于是高价购买了一只小水獭，取出獭肝。还没来得及服用，而水獭的鬼魂前来索命，说："杀害我的儿子来治疗你的儿子，这难道是天理所能容许的吗？”夺走他的药而去。徐某百般祭祀祷告，都没有效果，他的儿子最后抽风而死，然后家道就败落了。

4.6.19 常熟某甲

常熟张塘桥有某甲，种田为业，家道小康。邻家有佣者，娶妻甚美，某甲见之，窃自念云：“若得此妇为妾，死无恨矣。”遂召佣者置之家，俟其饱食后，令其负重，如是者年余，遂得疾死。旋纳其妻，以为得所愿矣。

越一二年，当八九月间，新雨乍晴，稻禾初熟，某适在田畔游行，见丛莽中佣棺欲朽，忽生善念，以为此人因我而死，今年冬底必将此棺入土，以慰其幽魂也。忽闻棺中有声，突出一蛇，啮其足，某甲大惊，负痛疾行，蛇尚在足蟠数围，剔之不去，而某已惫矣。因自吐其前谋于众，一村老幼咸来聚观。某甲死而复苏者数次，忽谓其妾曰：“我腹痒不可忍，急取刀破吾腹，看其中果何物也？”遂抱持其妾而死，须臾妾亦死。

【**译文**】常熟张塘桥有个某甲，以种田为业，家境小康。邻居家有一个受雇为人做工的人，娶的妻子很美，某甲见到后，心中暗想：“如果得到这个妇人纳为妾室，就是死也没有遗憾了。”于是召请雇工来家帮忙做工，每次都是等他吃饱后，让他背负重物，这样过了一年多，雇工就得病死去了。某甲随即将雇工的妻子纳为妾，认为是得偿所愿了。

过了一两年，正值八九月份，雨过天晴，稻谷刚刚成熟，某甲正在田边闲游，看到草木丛中雇工的棺材快要朽烂了，忽然生出一个善念，认为这人是因为我而死的，今年冬天年底前一定要将这具棺材入土为安，来安慰他的阴魂。忽然听到棺材里有动静，突然爬出一条蛇，来咬它的脚，某甲大为惊骇，忍受着疼痛快速奔逃，蛇还盘在脚上好几圈，怎么都剔除不掉，某甲已经极其疲惫了。因此自己向众人吐露了之前的阴谋，一个村庄的男女老少都来围观。某甲死而复醒好几次，忽然对他的妾说："我肚子里奇痒难忍，快去拿刀剖开我的肚子，看看里面到底有什么东西？"于是抱着他的妾而死，不一会儿妾也死了。

4.6.20 不养猫

吾闽乡谚有"三代不养猫，全家无病耗"之语。闻福清有叶叟者，台山相国之后人也，素悯鼠，不畜猫。年四十余，忽于春日患噎症，至冬益剧，薄粥不能下咽，自分必死，长夜不寐，燃灯枯坐。适几上有炒米半瓶，群鼠欲窃食而不能入口。俄有一鼠衔一箸，植瓶中，以口咬箸，又一鼠衔其尾而曳之，瓶遂倒，群鼠争就食，啸呼为乐。叶叟观之，不觉大笑，咯出一赤物，如新生小孩之拳。顿觉胸前清爽，遂能吃粥，旬日全愈。又四十余年而考终。按，此事亦甚小，然不可谓非适逢其报也。

【译文】我们福建民间有"三代不养猫，全家无病耗"的谚语。听说福清县有一位叶老先生，是明朝内阁首辅叶向高（字进卿，号台山）的后人，一向怜悯老鼠，从来不养猫。四十多岁时，忽然在一年春天得了噎病（饮食吞咽受阻，或食入即吐的病症），到了冬天更加严重，稀粥都难以下咽，自认为这样下去必死无疑，通宵不睡觉，点着灯干坐着。正好桌上有半瓶炒米，一群老鼠想要偷吃却又吃不到。不一会儿，有一只老鼠衔着一根筷子，插入瓶子里，用嘴咬着筷子，另外一只老鼠衔着它的尾巴拖拽，瓶子就倒了，一群老鼠争相去吃，很欢快地叫着。叶老先生看到，不禁大笑起来，竟然咳出一块红色的东西，就像新生婴儿的拳头大小。顿时感觉胸前畅快清爽，于是能吃粥，十天后病完全好了。又活了四十多年而高寿善终。我们说这件事也很小，但是不能说这种巧合不是爱护老鼠带来的善报。

4.6.21 狐报恩

江阴高柏林者，少无赖，貌韶秀，住广福寺旁。一日，见众僧缚一狐，将就刃矣。高再三劝止之，方释缚，狐已逸去矣。后于佛前求问终身，得吉签，心窃喜，私计他日得志，当新是寺。及长，有某邑宰召高为长随，颇宠任之，呼曰“小高”。宰治故冲繁，差使络绎。一日，有钦差过，召小高付以千金，令办供应。小高至驿中，前站已到，仓皇迎接，忽失金，愤极，欲投水死。旋有一老人救之，曰：“汝命应发大财，此非汝死所。”时供应铺设一无所备，钦差故廉俭，一见反大悦，以为好官，召其仆谕话，见其伶俐，即令跟随。

嗣后声光益大，凡关差盐政，皆任为纪纲。不十年，拥资数十万金，自郡守以下多与通兰谱者。居然出入衙门，延为上客，后果重建广福寺。地方官仰体小高意，亦为之科派民间，百姓哗然。有好事者撰碑记一篇，假邮封直达抚军前，抚军察其事，据实奏闻，遂成钦案。

先是，小高感老人恩得不死，乃塑像于家，每晨必礼拜。至是案发，乃泣跪像前求救。其夕，家中忽闻狐嗥声。明晨，视塑像汗出，如是三夜，忽闻事得轻办矣。或曰："即此老人往托某公为缓颊，小高实不知。"后知老人乃狐也。

【译文】江苏江阴有个叫高柏林的人，年少时无依无靠，容貌俊美清秀，住在广福寺附近。一天，看见僧人们绑着一只狐狸，狐狸就要被杀了。高柏林再三劝阻，刚一松绑，狐狸就逃走了。后来高柏林在佛前求签卜问一生的命运，抽到了吉签，内心暗自喜悦，默默发愿将来有一天功成名就、飞黄腾达，要重新修缮这座寺院。长大成人后，有某位县令收留高柏林在身边作为仆役，对他颇为宠爱信任，叫他"小高"。县令治理的地方位于要冲之地，事务繁重，往来的官差使者络绎不绝，一天，有一位钦差大臣要路过此地，县令召唤小高前来，给他一千两银子，命令他置办接待钦差所需的物资供应。小高来到驿馆中，钦差的前站已经到了，匆忙迎接，忽然把钱给弄丢了，愤恨至极，想投水而死。随即有一位老人救了他，说："你命里应该发大财，这不是你死的地方。"当时接待钦差所需的物资供应和陈设布置完全没有准备，钦差大人本来就清廉节俭，见到之后反而非常高兴，认为县令是好官，并召见他的仆役前来问话，看到小高聪明伶俐，就让他跟在身边做事。

此后小高的名声越来越大，凡是税关、盐务等方面的差事，都委任他负责经营管理。不到十年，就拥有了几十万两的资产，自知府以下的官吏，很多都和他称兄道弟。光明正大地出入衙门，被奉为座上宾，后来果然重新修建广福寺。地方官员迎合小高的意图，也将修庙所需的经费向民间摊派，百姓一片哗然，议论纷纷。有好事的人撰写了一篇记载修庙事宜的碑文，直接邮寄到巡抚大人手上，巡抚调查这件事，将实情上奏朝廷，于是成了皇帝亲自督办的案件。

在此之前，小高感激老人的救命之恩，于是制作了一尊老人的塑像供奉在家，每天早晨必定礼拜。现如今案发之后，小高就哭着跪在塑像前求救。当天晚上，家中忽然听到狐狸嗥叫的声音。第二天早晨，看到塑像竟然流出汗水，一连三天夜里都是如此，忽然听到消息说事情得以从轻发落了。有人说："就是这个老人前去嘱托某公代为说情的，小高自己确实都不知道。"后来才知道老人是狐仙。

4.6.22 狐报仇（一）

嘉庆乙丑间，陕西甘棠县有高中秋者，素无赖，而美须髯，身长八尺。尝入山打猎，有狐数十头，尽为所杀，剥其皮而食之。

是年十二月，忽有二女子从天而降，娇美绝伦，自言琼宫侍者，谓中秋曰："上帝使我侍君，君有九五之尊，愿自爱也。"中秋窃喜，而无相佐之人，告之同邑武生王三槐，及本营参将旗牌官高珠。王、高皆同伙打猎者也，闻之均大喜。遂以王女许中秋为正宫，而以二女为妃嫔。二女者，能撒豆成兵、点石成金之法，试之果然。遂起意谋为不轨。中秋有佣工史满匮者，二高欲胁之以为将，而史不屑。

一日，闻二高与王将割满匮头祭旗起事，约有日矣。满匮星夜入城击鼓，县令知其事，一面飞禀上台，而以满匮为眼目，尽捕获之。是时，方葆岩先生为陕西巡抚，状其事于朝，中秋等皆凌迟，惟两女者杳无踪迹，盖狐报仇也。狐亦巧极矣！

【译文】嘉庆乙丑（1805）年间，陕西甘棠县有个叫高中秋的人，一向游手好闲、不务正业，长着一副漂亮的胡须，身高八尺。曾经进山打猎，有几十只狐狸，全部被他猎杀，并将它们剥皮吃掉了。

当年十二月，忽然有两名女子从天而降，娇艳美丽无与伦比，自称是天宫的侍女，对高中秋说："天帝派我们来服侍您，您有帝王的尊贵，希望您要爱惜自己。"中秋暗自高兴，但是身边缺少辅佐的人，便将此事告诉了本县的武生王三槐，以及本营参将旗牌官高珠。王、高二人都是结伴一起打猎的人，听了都非常高兴。于是王三槐把自己的女儿许配给高中秋作为正宫皇后，然后让那两名女子作为妃子。两名女子，会撒豆成兵、点石成金的法术，试验了一下果然如此，于是起意图谋叛乱。高中秋家里有一个叫史满匮的雇工，高中秋和高珠想要胁迫他作为部将，但是史满匮不屑一顾。

一天，听说高中秋、高珠和王三槐三人将要割下史满匮的头祭旗起兵造反，并约定好了日期。史满匮连夜进城击鼓告发，县令知道了这件事，一面飞速向上级禀报，同时以史满匮作为眼线，将参与起事的人全部抓获了。当时，担任陕西巡抚的是方葆岩先生（方维甸），将这件事上奏朝廷，高中秋等人都被凌迟处死，只有两名女子无影无踪，大概是狐狸在报仇吧。狐狸的这种报仇方式也真是巧妙极了！

4.6.23 狐报仇（二）

淮南王某者，家素封，因开质库，扩邻屋，见有小狐三头，家人共逐之，王必欲杀之以除根，因毙其二，自此家中作闹无虚日。嘉庆己亥冬日，质库火烧，深受赔累。以此控告张真人，给牒而归；安静数月，复闹如故。王不堪其扰，将烬余当包陈本，四万余金，卖与程姓，程宅忽闻空中语云：“吾与王姓有仇，尔可不买。”其妻闻之甚明，遂不成约。辛丑三月，包楼复起火，烧尽无余矣。

【译文】安徽淮南的王某，家境富裕堪比封君，由于开当铺，在买下邻屋扩充规模时，看到有三只小狐狸，家人一起追逐驱赶，王某一定要将它们杀掉以绝后患，因此打死了其中的两只，从此之后家中天天闹腾不得安宁。嘉庆己亥年（此处或有误，嘉庆并无己亥年，只有嘉庆二十年乙亥，另前后各有乾隆四十四年己亥、道光十九年己亥）冬天，当铺失火被烧，因赔偿损失，深受拖累。将这件事情向张真人控诉，给了一份文牒带回来；安静了几个月，又像之前一样开始闹腾。王某难以忍受这种搅扰，将火灾过后残余的抵押物和底本，以四万多两银子的价格，卖给一个姓程的人，程家忽然听到天空中有声音在说：“我和王某有仇，你可以不买。”他的妻子听得很清楚，于是买卖没有达成协议。辛丑年三月，存放抵押物的楼房又起火，所有的东西都被烧光，一无所剩。

4.6.24 蛇报

吴县乡民某，有往穹窿山进香者，见舟子击一小蛇，某在旁戏语曰：“蛇能索命，击之者往往不祥。”语毕，径避去，亦不救也。是夜，梦有一蛇人立而言曰：“见死不救，何忍心耶？”遂以尾击其腮而醒，觉而齿痛异常，忽出黑血数升，延医视之，曰：“此蛇毒也。”医治半载始痊，而家资因以荡然矣。按，此事亦小，然推见死不救之心，则何所不至，其得蛇报亦宜矣。

【译文】江苏吴县（今苏州市）有一个村民某人，前往穹窿山进香，路上看到船夫在击打一条小蛇，某村民在旁边开玩笑说：“蛇能索取人的性命，打蛇的人往往不吉利。”说完，直接躲开了，也不救那条小蛇。当天晚上，梦里有一条蛇像人那样站立起来说：“见死不救，怎么忍心呢？”于是用尾巴击打他的腮，一惊而醒，醒来后感觉牙齿疼痛异常，忽然吐出几升黑血。请医生诊治，医生说：“这是蛇毒。”医治了半年才好，而家里的资产因此被消耗一空。我们说，这件事也很小，然而由见死不救的心来推测，那么什么事情做不出来呢，他被蛇报应也是应当的了。

4.6.25 食鳖食鼋

常熟葛友匡，为里中富翁，一生好食鳖，常买数十头养于瓮中，以备不时之需。一日，独坐中堂，闻瓮中作人语云：“友匡，汝欲灭尽我族乎？汝月内当死而不自知，尚欲害许多性命乎？”友匡大怒曰：“见怪不怪，其怪自坏。”乃尽烹而大啖之。不十日果死。

又吴门有富翁者，拥资巨万，其子某好食异味。一日宴客，市得巨鼋（yuán），庖人将杀之，见鼋垂泪，以白某，请放之河。某怒，遂持刀自断其首，首甫堕地，忽跃至梁上，咸异之。遂烹而食之，味极美，以半馈其姻家，以半宴客。某仅尝数脔，即目眩神迷，但见屋梁上皆鼋首，扶至寝室，则床帐皆满矣。某自言曰有数百鼋来咬其足，痛不可忍。叫号三日而死。

【译文】江苏常熟的葛友匡，是乡里的富翁，一生喜欢吃鳖，常常买几十只养在瓮中，以备随时杀来吃。一天，独自坐在堂屋，听到瓮中发出像人说话的声音，说："葛友匡，你想灭尽我的族群吗？你一个月内就会死掉自己还不知道，还想杀害许多生命吗？"葛友匡怒气冲冲地说："见怪不怪，其怪自败。"于是把所有的鳖都烹煮了然后大吃一顿。不出十天果然死了。

另外，苏州有一个富翁，拥有数以万计的资产，他的儿子某喜欢吃稀奇古怪的东西。一天宴请宾客，买到了一只大鼋，厨师准备宰杀，看到大鼋在流泪，告诉富翁的儿子，建议他放生到河里。富翁儿子很气愤，就自己拿刀来砍断了大鼋的头，头刚落地，忽然跳到房梁上，大家都感到很奇怪。于是将大鼋烹煮然后吃掉了，味道很鲜美，把其中一半送给他的亲家，另一半用来招待客人。富翁儿子只吃了几块，立刻头晕目眩、神志恍惚，只见房梁上都是鼋头，把他扶到卧室，看见满床都是鼋头。富翁儿子自己说有几百只鼋来咬他的脚，疼痛无法忍受。大喊大叫了三天就死了。

4.6.26 放生诗

吴门周生（存），喜放生，每一次放生，辄以小诗纪之。尝因放大鲤鱼作诗，末句云："倘若从龙去，还施润物功。"颇得意。后入乡试，诗题为"白云向空尽"。诗成，苦结句语意不佳，忽忆自作《放生诗》，因以末二语作结，主司嘉赏，遂中式。

【译文】苏州的周秀才，名叫周存，喜欢放生，每一次放生，都会作一首小诗作为纪念。曾有一次因为放生大鲤鱼写了一首诗，最后一句说："倘若从龙去，还施润物功。"相当满意。后来进入考场参加乡试，诗题为"白云向空尽"。诗写好后，苦恼于最后一句语意不好，忽然想起自己之前作的《放生诗》，于是就用这两句作为结尾，主考官大为赞赏，于是中榜了。

4.6.27 驴偿债

兰州民张家，畜一驴，善走，日可二百里。然好蹄啮生人，惟张父子三人乘之，则调良就驭，他人莫能乘。偶行医赵姓者，欲应狄道人延请，姑试借之。帖然驯伏，遂骑以行。既归，夜梦黑衣人语之曰："我，张氏家驴也，前生借君钱三百未还，今当补偿。昨乘我至狄道界，往返才二百八十里，尚未满数，速借我，再骑二十里，则吾事毕矣。"问："汝欠张氏钱几何？"颦蹙（pín cù）曰："多不可说。"赵醒而异之，果复借以他适。既而忘之，去路稍远，忽奋跃掀赵堕地，计程则不止二十里矣。赵益异之，揽辔祝曰："吾知其故矣，但今距吾家十里，不乘汝如何得达？归当以十钱买刍秣（chú mò）饲汝，何如？"驴伫视良久，复驯伏就骑。嗣后赵故欲试之，甫据鞍作欲乘状，即蹄啮长鸣矣。夫变畜还债，见之说部者甚多，此家大人在甘藩任内听署中书吏所口述近事，可征信也。

【译文】兰州的农民张家，养了一头驴，善于行路，每天可以走二百里。然而看到生人就用蹄踢、用嘴咬，只有张家父子三人骑乘时，才温顺地服从驾驭，其他没有人能骑。偶有一次，一位游走四方行医的赵某，准备应狄道（今甘肃临洮县）人的邀请前往看病，姑且试着借这头驴来骑。竟然非常温顺驯伏，于是骑着走了。等到回来时，夜里梦见一个黑衣人对他说："我就是张家的驴，前世曾借了您三百钱没有归还，现在应当补偿。昨天骑着我到狄道地界，往返总共才二百八十里，还没满三百的数目，赶快借我，再骑二十里，那么我们之间的事就了结了。"赵医生问："你欠张氏多少钱？"驴子皱着眉头说："多到说不清。"赵某醒来后觉得很奇怪，果然又借驴骑乘去往别的地方。走着走着就忘记了，多走了一些路，驴子忽然奋起跳跃把赵某掀翻坠落在地，合计路程已经不止二十里了。赵某感到更加奇怪，抓住缰绳说："我知道其中的原因了，但是现在距离我家还有十里路，不骑着你怎么能够到达？我回到家用十钱购买草料喂你，怎么样？"驴子站在那里注视了许久，又温顺地伏下身体让赵某骑上去。后来赵某故意又想试一下，刚刚以手扶鞍做出要骑上去的样子，驴子就开始踢咬长声吼叫。话说投胎变成牲畜来还债，在小说中见过很多这类的事例，而这件事是我父亲在甘肃布政使任内听官署中的书吏所口述的近事，是可以相信的。

4.6.28 獭索命

李春潭观察，于癸巳年三月，押粮船至怀宁县属之大长沟。有役龚恺，夜梦一老人，须发皓然，言："明早有难，乞为援手，后当图报。"醒而不解所谓。次早忽闻邻舟喧闹，往视之，见有一大水獭（tǎ）伸首近舟，忽浮忽没。舟人聚观之，俄被获。龚忆所梦，见而心动，出青蚨五百向买。众皆允，惟水手陈四不许，且曰："一皮犹值数金，岂五百文所能买？"龚欲添钱，陈已用铁叉击其首，立毙。剥其皮，分啖其肉。后食肉者皆病，陈尤剧，昏愦中自言："我多年修养，偶遇厄难，众人皆允卖，独尔不许，击我立死，我必索尔命。"众为之祷，不允。卧疾数日，叫嗥不已而殒。

于莲亭曰：物虽至微，无不惜命。浮屠氏之教最重戒杀，莲池大师有放生池，杭人至今不废。况以水族之物，竟能见梦于人，其为灵异可知。龚虽出钱不多，犹有善根；陈四立毙其命，实属残忍，宜报复之不爽也。尝闻有某某嗜鳖，一夜梦黑衣人叩首乞命，其妻梦亦相同。次早，渔人送一大鳖至，某喜甚，妻劝曰："昨夜所梦黑衣人，其殆是乎，曷放之？"某不允，烹而大嚼。忽思浴，久而无声，妻往视，则满盆皆血水，骨肉无存，惟余一辫而已。与此事正可参观。

【译文】李春潭道台，在道光十三年（1833）癸巳三月，押运粮船到安徽怀宁县所属的大长沟地方。有一个叫龚恺的差役，夜里梦到一位老人，须发花白，说："明天早上我有急难，请求伸出援手予以搭救，日后定当报答。"醒后不理解是什么意思。第二天早上忽然听到邻船上的人喧嚷吵闹，前去观看，只见有一只大水獭伸头靠近船，时而浮起时而沉没。船上的人聚集观看，不一会儿那只水獭被捕捉上来。龚恺回想起昨晚所做的梦，目击此景内心为之触动，出铜钱五百文来向他们买下。大家都同意，只有水手陈四不同意，并且说："一张皮就值好多钱，哪里是五百文钱就能买下的？"龚恺想要加钱，陈四已经用铁叉击打水獭的头，水獭立刻死亡。剥下它的皮，分吃它的肉。后来吃肉的人都生病了，陈四尤其严重，昏迷中自言自语说:“我修炼多年,偶然遇到危难,众人都同意卖,只有你不同意,还把我立即打死,我一定要索取你的性命。”众人替他祈求饶命,没有得到允许。卧病在床几天之后,不停地大声嚎叫而死。

于莲亭先生(于克襄)说:即使是极其微小的动物,没有不爱惜自己的生命的。佛教的教义最重视戒杀,莲池大师曾设立放生池,杭州人至今还在使用。何况作为水族众生,竟然能给人托梦,它的灵性可想而知。龚恺虽然出钱不多,还是有善根的;陈四立刻将水獭打死,其心性实在是极其残忍,也难怪丝毫不差地遭到水獭报复。曾经听说有某某人酷爱吃鳖,一天夜里梦见黑衣人叩头乞求饶命,他的妻子也做了相同的梦。第二天早上,打鱼人送来一只大鳖,某人很高兴,妻子劝他说:“昨天夜里所梦到的黑衣人,大概就是它吧,何不将它放生?”某人不同意,烹煮之后大吃一顿。忽然想要洗澡,很久没有动静,妻子进去看,只见满盆都是血水,骨肉都消失了,只剩下一条辫子而已。和这件事正好可以相互参考。

4.6.29 鳝索命

贵州黄兑眉上舍云:贵筑有某某,性嗜鳝,每饭必具,年近六旬矣。一日,赴市买鳝,拣择肥大者,卖鱼者令其自取。某揎(xuān)袖裸臂,探手缸底摸之,忽群鳝涌起,竞啮其臂几满,痛绝仆地。群鳝累累悬臂间,齿皆入肉。亟呼其子至,抬回家中,以剪断鳝身,而鳝首紧啮不放,一一敲落,而臂肉尽脱,长号而绝。合市聚观,咸以为异。有为之戒杀生者。

【译文】贵州的黄兑眉监生说：贵筑县（今贵阳市）有个某某人，平日酷爱吃鳝鱼，每顿饭必定准备，年近六十岁了。一天，去市场上买鳝鱼，要挑选肥大的，卖鱼的人让他自己捞取。某人挽起袖子露出胳膊，伸手探入缸底去摸，忽然一群鳝鱼涌来，竞相咬住他的手臂不放，几乎布满了整条手臂，痛得倒在地上。一群鳝鱼层层叠叠悬在臂间，牙齿都咬入肉里。急忙呼唤他的儿子前来，抬回家中，用剪刀剪断鳝鱼的身体，而鳝鱼头依然紧紧咬住不放，一个个敲落下来，而手臂上的肉都随之脱落，长声号叫而死。整个市场的人都来围观，都认为很奇异。有人因此而戒除了杀生。

4.6.30 鲈香馆

山西省城外有晋祠地方，人烟辐辏（fú còu），商贾云集。其地有酒馆，烹驴肉最香美，远近闻名，来饮者日以千百计，署扁曰“鲈香馆”，盖借“鲈”为“驴”也。其法以草驴一头，养得极肥，先醉以酒，满身排打。将割其肉，先钉四桩捆住其足，而以巨木一根横压于背，击其头尾，使不得动。初以百滚汤沃其身，将毛刮尽，再以快刀零割其肉，或要食腿，或食肚，或背脊，或头尾，各随客便。当客下箸时，其肉尚未死绝也。此馆相沿已十余年。

至乾隆辛丑岁，长白巴公延三为山西方伯，闻其事，遂命地方官查拿，始知业是者十余人。送臬署治其狱，引谋财害命例，将为首者论斩，余俱边远充军，勒石永禁，闻者快之。

【译文】山西省会太原城外的晋祠地方，人口稠密，客商云集。当地有一家酒馆，烹制的驴肉最为香美，远近闻名，前来喝酒吃肉的食客每天数以千百计，店门口挂着一块“鲈香馆”的招牌，大概是借用“鲈”字作为“驴”的谐音。该店的烹制方法是，以草驴一头，饲养得极为肥壮，先用酒将它灌醉，然后将全身拍打一遍。在割取它的肉之前，先在地上钉四根木桩捆住它的四个蹄子，再用一根巨大的木头横压在背上，击打它的头和尾巴，使它动弹不得。先用滚烫的开水浇在它的身上，将毛刮干净，再用锋利的刀一小块一小块割它的肉，有人要吃腿肉，或者肚子上的肉，或者脊背上的肉，或者驴头驴尾等等，都随客人自便。当客人下筷子时，它的肉还没有完全死透。这家酒馆已经开张十多年了。

到乾隆辛丑年（1781），长白的巴延三大人担任山西布政使，听说了这件事，于是命令地方官员查办捉拿，才知道从事这一行的有十多人。送交按察使衙门审理此案，援引谋财害命的条款，将带头的人斩首，其他人都发配到边远地区充军，并发布禁令刻石立碑，永远禁止这种残忍的做法，听说的人都拍手称快。

4.6.31 金陵不孝妇

戊申六月，余由温州守任，因公进省，叩谒廉访周石生先生（开麒），并将近著《劝戒录》呈政。廉访温厚和平而尤喜讲因果，颇与余同契。越日，叩辞，燕谈之顷，廉访云：“吾乡有一事，甚真确，余所目击者，当为尔述之。”因云：

金陵城内寡妪某姓者，老而瞽，仅一子一孙。子娶妇某氏，凶悍异常，人皆知其不孝。孙亦娶媳，则颇知礼义，常不以其姑为然，无如何也。其子与孙时以小经纪出外，家中惟婆媳三代三人，并应门仆及灶下婢均无之。悍妇固虐待其姑者。一日，因事口角，妇恨极，逼姑于暗地，逾时竟被勒杀。妇意谓外人固不知也，而其孙媳难以相瞒，因告其媳曰："我有一要紧事告汝，须终身勿向人言，言则于汝不利。"媳见神色不妙，亦微知大概，素畏其悍，只有首肯而已。因告以故，媳噤不出声，并嘱以翁回问及，但言得病身亡可耳。因此一家内外绝无知之者。

逾月，悍妇忽梦被摄至大殿，绿瓦高甍（méng），堂上神像森严，灯烛闪闪，台下皂役肃立，闻"唤不孝妇某氏进"，因战栗跪下。旋复唤至后殿，神之尊严与前殿同，阶下齐声喊报"不孝妇某氏到"。忽闻殿上者曰："有人在此控汝矣。"妇见阶下跪一老妇，即其姑也。曰："记前事否？"未及答，又闻殿上者曰："暗地勒杀汝姑，是汝一人自为事乎？"妇自揣不能赖，因答云："事诚有之。"殿上者曰："汝当何罪，知之乎？"因拍案喝曰："此乃弥天大罪，在阳世当凌迟处死，在阴世当堕地狱五百年后方得超生。阳世之罪，另有处置。汝若能将此一段罪案，多告世上一人得知，则免汝地狱一日之苦。汝切记之。"又告云："此事汝夫虽不与闻，但夫纲不振，既不能制之于生前，复不能发之于死后，以致母死非命，应与斩决。汝回去便见分晓也。"阶下皂役同声吆喝，大惊而醒，因历述前梦如绘。

未三日，妇即得恶疮，遍身溃烂，自顶至踵，几无完肤，叫号四昼夜而死。其夫同月亦旋患断头疮而亡。

【译文】道光戊申年（1848）六月，我由温州知府任上，因为公事前往省城杭州，拜访了时任浙江按察使周石生先生（周开麒，字石生，江苏江宁人，道光三年探花），并将我最近写的《劝戒录》书稿呈请他指正。周先生为人温和敦厚、平易近人，尤其喜欢谈论因果，和我特别意气相投。第二天，我准备向他拜别辞行，言谈之间，周先生说："我们南京最近有一件事，千真万确，是我所亲眼目击的，我现在讲给你听。"于是说：

南京城内有一位某姓的寡妇，年老双目失明，只有一个儿子和一个孙子。儿子娶妻某氏，异常凶狠蛮横，人们都知道她不孝。孙子也娶了媳妇，就很知书达礼，常常看不惯她婆婆的做法。他的儿子和孙子当时因做小生意出门在外，家中只有婆婆、儿媳、孙媳三人，并且连照管门户的仆人和厨房的婢女都没有。凶悍的儿媳妇常常虐待她的婆婆。一天，婆媳二人因为一些事争吵，儿媳愤恨至极，将婆婆逼到僻静无人的地方，片刻竟然将婆婆勒死了。悍妇认为外人本来都不知道，而对孙媳妇则难以隐瞒，便告诉她媳妇说："我有一件要紧的事告诉你，你必须终身不能对人说，说了对你也没好处。"媳妇见他神色不好，也大概了解了一些情况，但是一向畏惧于她的凶悍，只好先勉强答应而已。于是把这件事情告诉了她，媳妇吓地说不出话，并嘱咐说等公公和丈夫回来问起祖母，只说祖母因病去世就可以了。因此一家内外绝对没有其他人知道。

过了一个月，悍妇忽然梦到自己被带到一座大殿，绿瓦高脊，堂上神像整齐严肃，烛光闪闪，台下衙役肃立，听到一声"唤不孝妇某氏进殿"，于是瑟瑟发抖地跪下了。不久又将她传唤到后殿，神像的尊贵严肃与前殿相同，台阶下齐声喊报"不孝妇某氏到"。忽然听见殿上坐着的人说："有人在这里控诉你了。"悍妇看见一个老妇人跪在台阶下，就是她的婆婆。婆婆说："你还记得从前的事情吗？"还没来得及回答，又听到殿上的人说："暗地里勒死了你的婆婆，是你一个人做的事情吗？”悍妇自己揣测这次无法抵赖，于是回答说：“事情确实是有的。”殿上的人说：“你该当何罪，知道吗？”于是拍着桌子大声呵斥她说：“你犯的是弥天大罪，在阳间应当被凌迟处死，在阴间应当下地狱，五百年以后才能超生。阳间的罪，另外有处置。你如果能把这段罪案，多告诉世上一个人知道，就能免除你地狱一天的痛苦。你千万要记住。”又告诉她说：“这件事你的丈夫虽然不知情，但是对妻子没有尽到管束教导的责任，既不能在母亲生前制止妻子不孝的行为，又不能在母亲死后觉察这件事情，以至于母亲死于非命，应当判处斩首。你回去之后就能明白了。”台阶下的衙役齐声吆喝，悍妇大惊而醒，于是向人绘声绘色地讲述了梦中的境遇。

不到三天，悍妇就得了恶疮，全身溃烂，从头顶到脚底，没有一块完整的皮肤，连续哭喊了四天四夜而死。她的丈夫也在当月患了断头疮而死。

4.6.32 采生案略

某县有商人者，以善贾致富。县有恶绅欲贷焉，不应；许以重息，不应；嗣以公事派出，又不应。绅深衔之。商人女仆有二岁女夭亡，绅诱仆使控县，云被商人妖术采生以死，县不准理。绅又觅同时夭女者，得五六家，贿以利，使皆控女被某商妖术致死，县皆不准。使控府，绅亲与太守言，太守某曰：“似此妖术，自古无此说，亦自古无此事，今安得办此案乎？”仍不准。绅嘱夭女之家控司及院，俱不准。绅乃作书寄都中当轴者，言商人采生妖术已致死多命。当轴者转致书于其省之中丞，中丞恐事发，有累于己，不得已收商人研讯。狱成，罪立决。临刑之日，天为之变，突起黄风，白昼昏暗，街市墙壁板柱，望之皆黄，人相顾面色俱黄。城中人无不叹息曰："此某商之冤气也。"

俄有自其县来者，言绅子忽得疯疾，大声呼冤，所言皆某商语。绅入视疾，即手指呼骂，绅不能近，越数日而亡。旬余，绅亦病疯而亡。中丞闻之惧，使纪纲三四人自护。一日，与司道议事，语未毕，忽厉声曰："杀尔者某绅，非我也，奈何寻我？"司道谓其左右曰："大人病矣。"速扶入，延医，不数日亦亡。自商人受刑后，至绅父子死及中丞之死，前后不过旬日。此乾隆四十余年事，不忍斥言其地与人。相传此案发后，即有台谏论列其事，曾通行各直省云。

【译文】某县有一位商人，因为善于经营而致富。县里有一名恶劣的官绅想向他借贷钱财，商人没有答应；许诺给他高额利息，商人也没有答应；后来以被派出办理公事的名义向商人借贷，商人还是没有答应。恶绅对他深深地怀恨在心。商人家的女仆有一个两岁的女儿不幸夭折了，恶绅诱使女仆去县衙控诉商人，就说女儿是被商人使用摄取生人魂魄的妖术害死的，县官不予受理。恶绅又去找同时有女儿夭折的人家，找到五六家，用财利贿赂他们，让他们都到县衙控诉女儿是被某商人用妖术害死的，县令都不予受理。恶绅又让他们去府衙控诉，恶绅亲自对知府说，知府某人说道："像这样的妖术，自古以来就没有这种说法，自古以来也没有发生过这样的事，现在怎么能办这种案子呢？"仍然不予受理。恶绅又嘱咐夭折女儿的人家到按察使司、巡抚部院控诉，都没有被受理。恶绅就又写信寄给了京城中的当权者，说商人的摄取生人魂魄的妖术已经害死了很多人的性命。当权者将书信的内容转交给本省巡抚查办，巡抚恐怕事情败露，连累到自己，不得已将商人收押起来进行审讯。案件成立后，商人被判处斩立决。临刑的那天，天色为之大变，突然刮起了黄风，大白天天昏地暗，街市上的墙壁板柱，看上去都变成了黄色，人们相互对视时脸色也都变成了黄色。城里的人无不叹息说："这一定是某商人的冤气啊。"

不久后有从该县来的人说，恶绅的儿子忽然得了疯病，嘴里大声喊冤，所说的话都是某商人的语气。恶绅进入儿子的房间来探病，儿子就用手指着恶绅大声叫骂，恶绅无法靠近，几天后恶绅的儿子就死了。十天后，恶绅也得疯病而死。巡抚听说这个消息之后十分害怕，便让三四名仆人护卫自己的安全。一天，巡抚与各司道官员商议事情，话还没说完，忽然以严厉的语气说道："杀害你的是某恶绅，不是我，为什么要找我呢？"司道官员对身边的人说："巡抚大人生病了。"急忙将他扶到内室，请医生前来诊治，但没过几天巡抚也死了。自从商人受刑之后，到恶绅父子死亡以及巡抚的死亡，前后不过十天。这是乾隆四十几年发生的事，不忍心直说是哪个地方和当事人的姓名。相传这桩案子发生后，就有御史言官上书检举弹劾此事，并曾经通报到各省知晓。

4.6.33 吴探花

仁和吴筑岩编修（福年），为诸生时，于道光乙未年四月初二日清晨，由所居缸儿巷行过水漾口河干，见老妇方投水，急唤舆夫二人自水中拯起。救醒询之，则以与媳不睦，口角轻生。以言劝释，出资唤舆送归。是年即膺秋荐，旋成乙巳进士一甲第三人，入翰苑，丙午主试贵州。

【译文】浙江仁和县（今杭州市）的翰林院编修吴筑岩先生（吴福年），还是秀才时，在道光十五年乙未（1835）四月初二日的清晨，从他所居住的缸儿巷路过水漾口河边的时候，看到一位老妇人刚刚跳入水中，急忙叫两名轿夫把她从水里救上来。救醒了以后询问她，原来是因为和儿媳妇不和睦，发生了争吵后选择轻生。于是他好言劝慰这位老妇人，出钱雇了一顶轿子把她送回家。这一年秋天就在乡试中考中举人，后来在道光二十五年（1845）乙巳科，考中一甲第三名进士（探花），进入翰林院，第二年丙午（1846）出任贵州乡试副考官。

4.6.34 许司马

仁和许君修（延敬），周生驾部（宗彦）之子也。由庠生以府同知捧檄吾闽。道光十四年，权邵武同知事。同知官为闲曹，而君能以惠政逮民，民德之。俗好斗，凡杀人者可以财赎免，君独不受。迨谢事，未行。而县苦水灾，斗米几千钱，县令杨某卒，民佥谓许侯才且廉，合词请于上官摄县事。时方设厂平粜（tiào），君严立程式，使吏不能侵渔。又虑贫乏无以得食，兴修城垣，以工代赈，全活甚众。以此劳瘁致疾，未一月而卒。卒之日，士民入吊，皆哭失声。

邵武邑绅张公冕，梦一官拜谒，仪从甚盛，如大府，急出迎见，则许君也。语张云："已为邵武县城隍，三月初八日莅任。”同时梦者数人，皆与张同。夫人庄氏在家，得梦亦同。并相迎偕赴任所，夫人梦中许之，旋得疾卒。

十五年六月，邵邑亢旱，往岁祷雨在郡城隍庙，邑宰曹子安（衔达）以君惠济灵显，特诣县庙斋祷。雨大沛，禾苗尽起，阖境官民奔走焚香，于君生诞设祭演剧，顶礼膜拜者不绝。君之生殁始终惠佑邵民如此。

是年闰六月，邑人扶乩者又笔示，已迁粤西桂林府城隍。其后浙人吴小崧（公谨），赴粤西郁林州刺史任，至省不待访问，已喧传许君调任示梦之事，感应如响。余闻君弟子双（延谷）广文，言及其家梦兆签语，灵异之迹尚多，信所谓聪明正直而壹者也。君之哲嗣善长，廪膳生，能文章，其必佑启而克昌也，又可知矣。

【译文】浙江仁和县（今杭州市）的许君修先生（许延敬，字君修），是兵部车驾司主事许周生先生（许宗彦，原名庆宗，字积卿，号周生，嘉庆四年进士）的儿子。由学校生员的身份以府同知的职衔奉命到我们福建就任。道光十四年（1834），代理邵武府同知职务。同知官属于闲职，而许君修先生却能够实施德政惠及百姓，百姓感恩戴德。当地民风喜好打斗，凡是杀了人的人可以用钱财行贿得以免罪，唯独许先生从来不接受。等到辞职，还未离开。而邵武县遭受水灾，一斗米几千钱，县令杨某去世，县民都说许先生有才干而且为官清廉，联名上书向上级官员请求让徐先生代理知县职务。当时正在开设米厂平价出售粮食，许先生严格订立章程，使办事的差吏无法从中侵占渔利。又考虑到贫困的人生活困难吃不上饭，于是动工修建城墙，让他们参加工作获取一定的收入，以工代赈，救活了很多人。因此积劳成疾，不到一个月就逝世了。逝世的那天，当地百姓前往吊唁，都失声痛哭。

邵武县的绅士张公冕，梦到一位官员前来拜访，车马仪仗侍从非常隆重，如同大官，急忙出来迎见，原来是许君修先生。许先生对张公冕说："我已经做了邵武县城隍，三月初八日上任。"同时梦到的还有几个人，都做了与张公冕相同的梦境。夫人庄氏在家，也得到了相同的梦境。并且表示要迎接夫人一同前往任所，夫人在梦中答应了，不久就得病去世了。

道光十五年（1835）六月，邵武县大旱，往年都是到府城隍庙祷告求雨；时任邵武县令曹子安先生（曹衔达，字仲行，号子安，浙江嘉善人，道光十三年进士），因为许先生生前施恩于民、死后显示灵应，所以特地到县城隍庙斋戒祈祷。于是甘霖普降，雨水丰沛，禾苗全部起死回生，全县官民奔走相告，纷纷到县城隍庙烧香致敬，在许先生的诞辰日祭祀演戏，顶礼膜拜的人络绎不绝。许君修先生生前死后始终惠泽庇佑邵武人民，到这种程度。

当年闰六月，县民有人扶乩，又通过乩笔显示说，已经升任广西桂林府城隍。此后浙江人吴小崧（吴公谨，字修梅，号小崧），赴广西出任郁林州知州，到省城桂林后还未经访问打听，当地民间已盛传许君修先生调任托梦的事，感应有如回声一般迅捷显著。我曾听许君修先生的弟弟许子双先生（许延谷），谈到他们家人所得的梦境征兆、抽签签词等，各种灵异的事迹还有很多，确实是所谓的聪明正直之谓神，而且是始终如一的。许君修先生的儿子许善长，是廪膳生员，文章写得好，在父亲在天之灵的保佑启发之下，必定昌盛发达，又是可想而知的。

4.6.35 金陵周氏

金陵周石生廉访，先代皆孝友。廉访之高祖忠信乐善，施与不倦。昆弟凡三人，尝推财让两弟。每于岁暮，裹白金，自数两至数十两累累，盛以囊，亲拿之，策蹇出，遇有穷迫不能卒岁者，叩扉授之，不告姓氏而去。数十年如一日。家业渐替，再传遂贫乏。

嗣诞生其祖中翰公，幼岐嶷（qí nì）聪颖，年十二即游庠，十六食饩（xì），未几登拔萃科。乾隆三十年，恭值南巡，召试授中书，入值枢庭。中翰公有二子，长为甲寅孝廉官县令者。次即廉访之封翁，年二十登己酉拔萃科，以体弱早世。时廉访才五岁，太夫人守节抚孤，赖舅氏家延师训读，教养成立。道光癸未，以第三人成进士，入词馆。历科道，出为监司，擢按察使。居官慈祥仁恕，当更有以善其后。论者皆以为先世厚德之贻、慈帏苦节之报也。

闻县令公尝语廉访曰："吾生不及见曾祖，而幼为大母所钟爱，挈与卧起。一日夜寝偶觉，瞥见榻前一老人倚案立，目有光，奕奕如两竿竹，随目以运。愕然问大母曰：'彼立者何人？'大母叱曰：'深夜间童子毋得呓语。'遂不敢言。而其人面目须眉历历犹在目。后度岁时，悬供先代像，瞻曾祖真容，如曾经见者。熟思之，即曩夜见之老人也。彼时双眸光炯炯远射，其殆没而为神矣！"

【译文】南京的周石生按察使（周开麒，字石生），祖先都是孝顺父母、友爱兄弟的人。石生的高祖父为人忠厚诚信，乐善好施，孜孜不倦。兄弟三人，曾经把财产让给两个弟弟。每到年底，就把白银分装成小包，从几两到几十两不等的很多份，装在布袋子里，亲自拿着，骑驴出门，遇到有穷困窘迫难以度过年关的人，就敲门送给他们家一份，也不留姓名就离开了。每年这样做，几十年如一日。家业渐渐衰落，传到第三代就变得贫穷困难了。

后来石生的祖父中翰公诞生，幼年时就才智出众、聪明特异，十二岁就入学成为生员，十六岁成为廪生，不久在拔贡科考试中被录取为拔贡生（由各省学政选拔文行兼优的生员，贡入京师，称为拔贡生，简称拔贡，初定六年一次，乾隆 时改为每十二年即逢酉岁一次）。乾隆三十年（1765），适逢皇帝南巡，经召见考试后被授予内阁中书职位，入直军机处。中翰公有两个儿子，长子是乾隆五十九年甲寅科（1794）举人，曾经担任县令。次子就是石生的父亲，二十岁时在乾隆五十四年（1789）己酉科拔贡科考试中被录取为拔贡生，因体弱多病而英年早逝。当时石生才五岁，石生的母亲太夫人守寡，抚养孤儿，仰赖舅舅一家聘请老师教他读书，刻苦教育培养长大成人，成家立业。道光三年（1823）癸未科，以一甲第三名的成绩高中进士，进入翰林院。历任科道（明清时期督察院所属的吏、户、礼、兵、刑、工六科给事中及十五道监察御史的统称），外放地方出任道员，后升任按察使。为官温和慈祥、仁爱宽恕，今后肯定会越来越好。谈论的人都认为是源于他家祖先深厚的德行，同时也是母亲艰苦守节带来的善报。

听说石生的伯父县令公曾经对石生说："我出生时没来得及见到曾祖父，而小时候被祖母所疼爱，行住坐卧都把我带在身边。一天晚上，睡觉时偶然醒来，瞧见床前有一位老人靠着桌子站立，眼睛放光，如两根竹子一样直射，随着眼珠的转动而转动。当时大吃一惊，就问祖母说：‘站在那里的是什么人？’祖母呵斥我说：‘深更半夜你这孩子不要说胡话。’我就不敢再说了。然而那人的面目须眉依然历历在目。后来过年时，悬挂供奉先人的遗像，瞻仰曾祖父的真容，好像曾经见过。仔细一想，就是那天夜里看到的老人。那时他双眼炯炯放光，直射到远处，大概是死后已经成为神灵了吧！”

全本全译

勸戒錄全集（四）

（又名《北东园笔录》《池上草堂笔记》）

〔清〕梁恭辰 著

王继浩 点校

王继浩 谢敏奇 车其磊 译

团结出版社

图书在版编目（CIP）数据

劝戒录全集 /（清）梁恭辰著；王继浩等译. — 北京：团结出版社, 2023.8

ISBN 978-7-5234-0093-7

Ⅰ. ①劝… Ⅱ. ①梁… ②王… Ⅲ. ①笔记小说–小说集–中国–清代 Ⅳ. ①I242.1

中国国家版本馆CIP数据核字（2023）第061341号

出版：团结出版社

（北京市东城区东皇城根南街84号 邮编：100006）

电话：（010）65228880 65244790 （传真）

网址：www.tjpress.com

Email：65244790@163.com

经销：全国新华书店

印刷：大厂回族自治县德诚印务有限公司

开本：145×210 1/32

印张：93.5

字数：2090千字

版次：2023年8月 第1版

印次：2023年8月 第1次印刷

书号：978-7-5234-0093-7

定价：328.00元（全五册）

第四册目录

劝戒七录

《劝戒七录》自序 / 1743

第一卷

7.1.1 汤封翁 / 1745
7.1.2 翁文端公 / 1748
7.1.3 杨善人 / 1751
7.1.4 吴封翁 / 1752
7.1.5 王相国入乩 / 1753
7.1.6 断罪首 / 1754
7.1.7 胡涂鬼 / 1755
7.1.8 一家连亡七命 / 1759
7.1.9 徐制军 / 1763
7.1.10 朱中丞 / 1766
7.1.11 蔡方伯 / 1770
7.1.12 梁观察 / 1771
7.1.13 贪官惨报 / 1778
7.1.14 雷警不孝 / 1778
7.1.15 刀笔 / 1779
7.1.16 刘会元 / 1780
7.1.17 牛痘可信 / 1782
7.1.18 胡封翁 / 1785
7.1.19 阅卷不可不慎 / 1790
7.1.20 勤审案 / 1791
7.1.21 强项监司 / 1796
7.1.22 姚总宪 / 1796
7.1.23 衢郡洪节妇事 / 1797
7.1.24 张氏忠厚 / 1801
7.1.25 张封翁 / 1803

第二卷

7.2.1 戒杀 / 1806
7.2.2 律有难紊 / 1808
7.2.3 四川奇灾 / 1809
7.2.4 孙巡检尽忠 / 1810
7.2.5 埋尸获报 / 1811
7.2.6 某孝子 / 1813

7.2.7 道光己亥雷 / 1815
7.2.8 好善 / 1817
7.2.9 孝行克昌 / 1818
7.2.10 嘱匪 / 1819
7.2.11 收鬼符 / 1820
7.2.12 奸近杀 / 1822
7.2.13 戊子闱中鬼 / 1823
7.2.14 火灾 / 1824
7.2.15 风俗移易 / 1825
7.2.16 咸丰丙辰雷 / 1826
7.2.17 妒妇恶报 / 1829
7.2.18 翎枝某 / 1833
7.2.19 妒为大害 / 1835
7.2.20 廉访戒赌 / 1836
7.2.21 嫠妇重师 / 1837
7.2.22 送别 / 1839
7.2.23 幕二则 / 1842
7.2.24 不修祭祀 / 1843
7.2.25 不耐糟糠 / 1845
7.2.26 李阿崇轮回 / 1848
7.2.27 湖北宋孝廉 / 1849
7.2.28 黄陂萧氏 / 1850

第三卷

7.3.1 会稽傅氏 / 1852
7.3.2 大因果 / 1855
7.3.3 片言保赤 / 1857
7.3.4 拜佛火轮 / 1859
7.3.5 某方伯 / 1861
7.3.6 大令不孝 / 1862
7.3.7 十金易命 / 1863
7.3.8 稳婆苦节 / 1870
7.3.9 金烈妇 / 1873
7.3.10 吴生 / 1875
7.3.11 借盗销案 / 1877
7.3.12 免牛征 / 1878
7.3.13 多屠牛 / 1880
7.3.14 眼前杀报 / 1881
7.3.15 刑官不易为 / 1883
7.3.16 谋缺害命 / 1886
7.3.17 偷儿善报 / 1887
7.3.18 吴贞女 / 1893
7.3.19 郑贞烈女 / 1894
7.3.20 王节妇林氏 / 1895
7.3.21 除夕救人 / 1896
7.3.22 耄年得子 / 1898
7.3.23 埋婴雷击 / 1899
7.3.24 蛇索命 / 1900

第四卷

7.4.1 淡墨状元 / 1902
7.4.2 费廉访 / 1904
7.4.3 李德泉 / 1906
7.4.4 无心 / 1908

7.4.5 朱黄二烈妇 / 1909
7.4.6 英夷往来中国始末 / 1910
7.4.7 大吏无良 / 1912
7.4.8 黄封翁 / 1913
7.4.9 乐善 / 1914
7.4.10 某主政 / 1914
7.4.11 燕窝 / 1916
7.4.12 夷难纪闻 / 1917
7.4.13 祝茂才 / 1919
7.4.14 劫运前定 / 1920
7.4.15 粤盗 / 1921
7.4.16 杨协戎 / 1922
7.4.17 陶封翁 / 1925
7.4.18 辛未杭城雷 / 1927
7.4.19 雷殛二逆子 / 1928
7.4.20 四不祥 / 1929
7.4.21 施观察 / 1931
7.4.22 烈妇汤氏 / 1935
7.4.23 绣院女 / 1936
7.4.24 王烈妇 / 1936
7.4.25 县令荷校 / 1937
7.4.26 孝妇格姑 / 1938
7.4.27 漳泉械斗 / 1939
7.4.28 松江旱灾 / 1941
7.4.29 万彦斋封翁一事 / 1942
7.4.30 勒捐 / 1947
7.4.31 口报 / 1949
7.4.32 林弥高 / 1951
7.4.33 自作自受 / 1952
7.4.34 上饶王某 / 1953
7.4.35 冥判字纸饭粒 / 1955

第五卷

7.5.1 朱明府 / 1959
7.5.2 漆藏金 / 1963
7.5.3 走无常 / 1967
7.5.4 勘灾 / 1970
7.5.5 道光壬寅雷 / 1971
7.5.6 林判负心 / 1972
7.5.7 海盗投降 / 1974
7.5.8 赵金陇 / 1977
7.5.9 鸦片案 / 1980
7.5.10 雷公显灵 / 1982
7.5.11 咸丰壬子雷 / 1984
7.5.12 妻子团圆 / 1985
7.5.13 某烈妇 / 1988
7.5.14 死者魂先在冥 / 1989
7.5.15 酷报 / 1992
7.5.16 扬州初次失守 / 1993
7.5.17 狐前知 / 1995
7.5.18 张明德 / 1995
7.5.19 恤寡 / 2000
7.5.20 某明府 / 2004
7.5.21 朱少尉 / 2007

第六卷

7.6.1 曾有高 / 2009
7.6.2 闽省盗贼 / 2010
7.6.3 奸尼案 / 2012
7.6.4 知过不改 / 2016
7.6.5 司阍恶业 / 2019
7.6.6 娘鬼 / 2021
7.6.7 幼女劝父 / 2024
7.6.8 和尚太守 / 2025
7.6.9 金衙庄 / 2031
7.6.10 泰州生 / 2034
7.6.11 富室消长 / 2035
7.6.12 郭厨 / 2039
7.6.13 关防被窃 / 2041
7.6.14 术者名利 / 2044
7.6.15 徐州大案 / 2045
7.6.16 无头人 / 2048
7.6.17 邱真人救荒策 / 2051

劝戒八录

《劝戒八录》自序 / 2061

第一卷

8.1.1 王伟人相国 / 2063
8.1.2 鲍生排解 / 2064
8.1.3 李探花 / 2068
8.1.4 王小村、康雉桥 / 2070
8.1.5 栗河督 / 2071
8.1.6 郭中丞 / 2076
8.1.7 张方伯 / 2080
8.1.8 张晴湖 / 2082
8.1.9 李铁桥廉访 / 2084
8.1.10 杨余田太守 / 2085
8.1.11 李复斋廉访 / 2087
8.1.12 覆饭阴沟被雷击 / 2089
8.1.13 袁侍郎 / 2089
8.1.14 谢忠愍公 / 2091
8.1.15 蒋梅村 / 2094
8.1.16 同胞三翰 / 2096
8.1.17 梁省吾 / 2099
8.1.18 沈隽甫长舌恶报 / 2101
8.1.19 李节保 / 2102
8.1.20 溺女显报 / 2103
8.1.21 邹节母书捐 / 2104
8.1.22 讼师削禄 / 2106
8.1.23 河豚毒 / 2109
8.1.24 陈封翁 / 2111
8.1.25 王太夫人德报 / 2113
8.1.26 马端愍公 / 2114
8.1.27 王二和尚 / 2116
8.1.28 余徐二公轶事 / 2118

第二卷

8.2.1 宦态 / 2124
8.2.2 岱山私贩 / 2127
8.2.3 不要状元 / 2128
8.2.4 池籥庭 / 2129
8.2.5 冤业 / 2131
8.2.6 巨鼋 / 2132
8.2.7 余晦斋杂论 / 2133
8.2.8 丁世才 / 2138
8.2.9 路闰生兄朝 / 2139
8.2.10 轮舟大劫 / 2140
8.2.11 戒食田螺 / 2143
8.2.12 圣治丸方论 / 2144
8.2.13 拐儿挖目 / 2146
8.2.14 孙进士德报 / 2148
8.2.15 张伯约 / 2149
8.2.16 莒州城隍 / 2150
8.2.17 慈溪冯氏 / 2152
8.2.18 肾经痘 / 2153
8.2.19 海门盗 / 2156
8.2.20 妇好施 / 2157
8.2.21 乐虚舟 / 2158
8.2.22 凤凰山 / 2160
8.2.23 汝宁太守 / 2162
8.2.24 逆妇 / 2163
8.2.25 难女重圆 / 2167
8.2.26 邹渭清观察述四则 / 2169

第三卷

8.3.1 帅仙舟中丞 / 2178
8.3.2 刘文正公 / 2179
8.3.3 九老会 / 2180
8.3.4 金茂才 / 2182
8.3.5 土司获解 / 2184
8.3.6 人寿可延 / 2187
8.3.7 杨黻香太守 / 2188
8.3.8 前定 / 2190
8.3.9 伊相国 / 2193
8.3.10 雷击四则 / 2197
8.3.11 程太封翁 / 2200
8.3.12 夫舟德报 / 2202
8.3.13 秦大士 / 2202
8.3.14 雷击二女 / 2204
8.3.15 全人夫妇 / 2206
8.3.16 张牧为泰州城隍 / 2208
8.3.17 严乐园 / 2209
8.3.18 刘莲舫 / 2211
8.3.19 财色作恶 / 2213
8.3.20 张晓瞻 / 2217
8.3.21 王肇基 / 2218
8.3.22 吴淞获盗 / 2219
8.3.23 李武愍公 / 2220
8.3.24 戒杀免灾 / 2222
8.3.25 华尔、卜罗德 / 2223
8.3.26 孝妇某 / 2225

8.3.27 死生有命 / 2226
8.3.28 贼畏马队 / 2227
8.3.29 张海丞 / 2228
8.3.30 小儿灵魂 / 2232
8.3.31 福州萨氏 / 2233
8.3.32 章相国 / 2236
8.3.33 照画 / 2237
8.3.34 放大鱼 / 2239
8.3.35 嗜杀报 / 2240

第四卷

8.4.1 庐州李氏 / 2242
8.4.2 蒋廉访 / 2247
8.4.3 张制军孝感大士 / 2249
8.4.4 敦煌城隍 / 2249
8.4.5 丁卯科场记异 / 2252
8.4.6 地灭 / 2255
8.4.7 祖先预示避兵 / 2257
8.4.8 慎鞫狱 / 2259
8.4.9 同治七年三月十八日雷 / 2260
8.4.10 倪太封翁 / 2262
8.4.11 飞来炮 / 2265
8.4.12 何如璋 / 2266
8.4.13 乞儿（二则） / 2267
8.4.14 奇病乳垂 / 2268
8.4.15 牙痛最灵方 / 2269
8.4.16 财多宜散 / 2269
8.4.17 明于人而不明于己 / 2271
8.4.18 雷破邪法 / 2272
8.4.19 沈旭庭前身 / 2273
8.4.20 湖北火灾 / 2276
8.4.21 射龟果报 / 2277
8.4.22 大桥 / 2278
8.4.23 徐洪淫报 / 2279
8.4.24 救劫大士 / 2280
8.4.25 浦城程怀 / 2284
8.4.26 天津王万年 / 2285
8.4.27 叶春 / 2287
8.4.28 程士英 / 2287
8.4.29 陆其才 / 2288
8.4.30 李荣 / 2289
8.4.31 王永清 / 2290
8.4.32 某甲 / 2292
8.4.33 当涂令 / 2293

第五卷

8.5.1 烧车御史 / 2295
8.5.2 陈子庄述四则 / 2297
8.5.3 相转二品 / 2306
8.5.4 罚迟二科 / 2310
8.5.5 孝丐 / 2311
8.5.6 雷击恶伙 / 2313

8.5.7 三代孤忠 / 2314
8.5.8 火劫 / 2315
8.5.9 陈李济 / 2316
8.5.10 戕蚁 / 2319
8.5.11 投猪还债 / 2320
8.5.12 张发祥孙 / 2320
8.5.13 十五字被黜 / 2321
8.5.14 罗军门袖镖 / 2322
8.5.15 藏银宜审 / 2323
8.5.16 惜浆 / 2324
8.5.17 嵊县奇案 / 2327
8.5.18 东莞何氏 / 2328
8.5.19 戒烟 / 2330
8.5.20 朱福保恶报 / 2333
8.5.21 带阴差替死 / 2334
8.5.22 种痘最稳 / 2335
8.5.23 引痘经验良方 / 2337
8.5.24 黄勤敏公 / 2338
8.5.25 杭城某翁 / 2341

劝戒七录

《劝戒七录》自序

善恶两报，昭昭不爽，天所以示人者也。余逐事录以警世，当亦天之所许乎！此心而隐合于天也，即善念矣；此书而风行于世也，即善缘矣。余旧有《劝戒六录》，刻在闽中，至今十有三年。此念未敢自阻，日见月闻，续有采辑，又成《七录》《八录》二编。累岁奔波，一官闲散，未能续刻，恒以为歉。今夏权理杭道篆务，幸余薄俸，亟先以《七录》付梓，略偿老愿。殆萌一善念，必有善缘应之，此说信欤？将善念自此益坚，即善缘绵延，自此不绝。《八录》可次第就梓，而《九录》《十录》更相继续成，余之志也。即书此以志善缘云。

光绪四年秋九月，敬叔老人，记于四明试院，时奉差需次郡城。

【译文】善有善报，恶有恶报，清楚明白，没有差错，上天借此以警示世人。我随时将所见所闻的各种事情记录下来用来警世，应当也是上天所许可的吧！我的这点苦心若能暗合天意，就是善念了；这本书若能风行于世，就是善缘了。我从前写有《劝戒六录》，刊刻于福建，至今已有十三年了。我的这点善念不敢有所懈怠，所见所闻，日积月累，不断采录编辑，如今又编成《劝戒七录》《劝戒八录》二书。我长年累月奔波在外，忝任一个闲散的官职，未能随即刊刻，时常感到遗憾。今年夏天，我代理杭嘉湖道的职务，侥幸节余了一些微薄的薪俸，急忙先将《劝戒七录》付印，稍微满足我多年的心愿。大概善念一旦萌生，必有善缘相应，这种说法是真实不虚的！而且善念从此将更加坚定，那么善缘也会自此绵延不绝。《劝戒八录》也可相继付印，而《九录》《十录》也能相继续写完成，这是我一直以来的志愿。于是，我写下这几句话来记述其中的缘起。

光绪四年（1878）秋九月，敬叔老人（梁恭辰）写于四明试院，当时我正接受委派，在杭州候补。

第一卷

7.1.1 汤封翁

汤敦甫协揆之封翁，尝载货往来南北，虽隐于商贾，而轻财好义，有古侠士风。偶自都门归，止于茌（chí）平逆旅。闻邻房有少妇泣声，询之寓主，则有老翁携女入都，至逆旅而病，病久丧其资斧，将卖女以行，女不忍离，故哭。翁恻然，命寓主唤之来，询其邦族，则亦萧山人，将携女入都，依其亲之为部吏者。问何以卖女，则曰久病负欠，穷途无计，不得已为此耳。翁因解囊予以百金，曰："若携此去，偿寓主，余作行资，女可勿卖也。"老者惊喜过望，亟呼其女来曰："蒙汤恩人予我多金，汝从之去，彼此皆乡里，不似是间举目无亲也。"女趋叩拜，视之，二八佳丽也。翁正色曰："吾此举特不忍汝父女分离，岂欲汝女耶？汝携女至都，当为择佳偶耳。"父女皆叩谢感泣，详询翁之家世而去。

时协揆已补弟子员，应秋试矣。甲寅场前，协揆应试至杭，忽学师传去，密授以关节曰："监临传主考命也。"协揆置不视曰："此当误，生与主考，无一日之雅，安得有此？且生亦不愿以关节中。”学师固予之，坚不受。试毕，即归。榜发，竟领解。报者至，邑令亦至，传监临命，促赴宴。不得已，至省，谒座师时，主考为南汇吴宗伯，见即谓之曰：“子文本好，但和相国嘱也。速入都，三元可得。”协揆艴然曰：“生乡曲下士，何由见知相国？且以夤（yín）缘进身，义勿敢。”宗伯默然。及出，监临复召之去，询曰：“尊公于茌平道中，曾救一穷途父女否？”曰：“不知也。”抚军曰：“归询尊公当自知，是女入都，复为其父卖入和相邸，宠专房。以尊公大恩告相国，而言子之当秋试也，故相国以嘱主考。场中觅子卷不得；填榜时，至遍拆落卷弥封，又不得；则复寻之中卷，始知已中榜首，此中自有天命。然相国于子，固拳拳也。子宜速入都，勿逆其意。”协揆婉辞而出。归，询封翁，始知其事。然竟不赴礼部试。及己未，始入都，是年中进士，入词馆。

如封翁之高义，其有后也固宜。至和相当国时，炎炎之势，炙手可热，凡士大夫之希荣慕宠者，孰不恃为终南捷径？而协揆以一诸生，独不为之屈，立品之高如此。数十年来，正色立朝，夷险一节，为海内宗仰。夫惟大雅，卓尔不群，协揆之谓矣。即彼一女子，能亟亟于大恩之必报，视世之冠绅而负义者，贤否何如哉？

【译文】协办大学士汤敦甫（汤金钊）的父亲，曾运载货物往来于南北各地，虽然混迹于商贾之中，但轻视财利、崇尚道义，有古代侠士的风范。有一次，他从京城回来，途中寄宿在山东茌平县的一家旅店。听到隔壁房间有少妇哭泣的声音，他询问店主，原来是有个老翁带着女儿进京，来到这家旅店时生病，病得时间一长，花完了路费，打算将女儿卖掉换取路费，女儿不忍离去，因此哭泣。汤翁听后心生怜悯，命店主将老翁唤来，询问老翁的籍贯姓氏，原来老翁也是浙江萧山县人，打算带着女儿进京，去投奔一个担任部吏的亲戚。汤翁问为何要卖女儿，老翁说久病欠债，穷途末路，无计可施，不得已才这样做。汤翁于是解囊相助，以一百两银子相赠，说："你把这些钱拿去，偿还店主，剩下的当作路费，可以不用卖女儿了。"老者惊喜过望，急忙把女儿叫来说："蒙汤恩人赠给我们这么多钱，你跟随他去，他与我们是同乡，你跟着他不像在这里一样举目无亲。"女子近前叩拜，汤翁一看，这女子是个妙龄女郎。汤翁神色严肃地说："我帮助你，只是不忍心见到你们父女分离，难道是想要你女儿吗？你带女儿进京后，应当为她选择一个佳偶。"父女二人都叩谢感泣，详细询问了汤翁的家世后离去。

当时汤敦甫先生已经补为生员，参加乡试了。乾隆五十九年（1794）甲寅科考试前，汤敦甫前往杭州参加考试，忽然被学师叫去，学师暗中授予他暗号，说："监考官让我向你传达主考官的命令。"汤敦甫置之不看，说："这其中必有误会，我与主考官素无交往，哪能有此事？并且我不愿以买通关节而考中。"学师坚持要给他暗号，汤敦甫坚决不接受。考试结束，汤敦甫就回家了。等到发榜，他竟然高中解元。送喜报的人到来，县令也随后到来，传达监考官的命令，敦促他尽快前去参加鹿鸣宴。不得已，汤敦甫来到省城，拜谒座师时，主考官是南汇县的吴宗伯，吴宗伯见到汤敦甫就对他说："你的文章本来就很好，只是和相国（和珅）也有所嘱托。你速速进京参加会试，可以连中三元。"汤敦甫生气地说："我是乡野出身低微的寒士，哪有机会受到相国的赏识？并且以攀附钻营而进身，是违背道义的，我不敢这样做。"吴宗伯默然不语。汤敦甫出来后，监考官又召之前去，询问他说："令尊在茌平道中，是否曾救过一对穷途的父女呢？"汤敦甫说："不知道。"巡抚说："你回家后问问令尊自会知道，当日那个女子进京后，又被其父卖入和相国的府中，受宠被纳为妾室。她把受到令尊帮助的事情告知了相国，并说恩人的儿子今年参加乡试，因此相国特意叮嘱主考官。主考官在考场中寻觅你的试卷，没有找到；填榜时，以致拆遍了所有落榜试卷的封条，还是没有找到；又在考中的试卷中寻找，才知道你已考中解元，这其中自有天命。然而相国对你，仍是一片诚恳眷爱之心。你应当速速进京，不要违逆相国的好意。"汤敦甫婉言谢绝，告辞离开。回到家后，汤敦甫询问父亲，才知道确有其事。但他最终也没有去京城参加会试。等到嘉庆四年（1799）己未，他才入京应试，这年考中进士，进入翰林院。

像汤封翁这样高尚正义的行为，他后继有人也是理所应当的。在和珅当权时，权势煊赫，炙手可热，那些贪求功名利禄的士大夫，谁不想借着这条终南捷径飞黄腾达？然而唯独汤敦甫作为一名普通生员，不屈服于和珅的势力，其品德是这样的高洁。数十年来，汤敦甫在朝中为官庄重严肃，不论处于顺境或是逆境，始终保持节操，受到海内士人的敬仰。高尚雅正，卓尔不群，说的就是汤敦甫这样的人。即使那个女子，能不忘大恩，急欲报答，与那些衣冠楚楚却忘恩负义之辈相比较，贤与不贤难道不是显而易见的吗？

7.1.2 翁文端公

伯兄吉甫公，道光乙酉秋试，文为主考激赏，即翁文端（心存）师也。拟元已数日，以五策稍短，改置第二。揭晓往见，颇蒙器重，每谒多留絮谈。师累世寒素，虽通籍后，贫如故，常熟宅隘，常居吴门。世兄悦舫中丞，乡荐最迟，貌魁梧，器宇阔大，谦谨可风。余兄弟会闱中，屡见之，即私议其日后不凡。及伯兄官吴，师愈贫，无以自存，以己屋赁诸伯兄，即今盘门吉庆街屋也。常自述其先世苦况，故知之最悉。

盖文端封翁，任某县广文，一日，梦客来谒，名片曰“心存”，生子遂以命之。适水灾发帑赈济，大吏委封翁襄办。邑令欲分肥侵蚀，封翁不可，持之力，曰：“此何事也，而心存何地乎？”由是悉以事委诸封翁，任劳任怨，举动掣肘，跋涉水潦中数月，旋以疾卒。而邑令衔封翁甚，多方指驳，诬以短欠官项宜缴。故文端幼时，贫无立锥，以馆谷自给，而犹时受咨追之累。

文端后得某省试差，其地多富人，缘文端之师某，欲通关节。师迎于途，极力耸动，但一允诺，累万可致也。文端婉谢之曰：“师此来，大约为贫窭故，差竣后，当解囊以赠。前所谕，自是戏言耳。”师惭而退。即揭晓，多知名士，舆论翕然。

是夜遂梦独坐广厦中，前置大伞一柄，正踌躇间，见伞中落大“魁”字数枚，小“魁”字无数，公骇愕，遂从后户出。见其额，则“养济院”也。公乃自念，若萌贪心，子孙必入此院矣。益自策励，立朝刚正无私，为权贵所陷，几不免。今子孙皆大魁，新得第宅，适与养济院为邻，亦奇验也。

【译文】我的长兄吉甫公（梁逢辰，字吉甫），参加道光五年（1825）乙酉科乡试，文章受到主考官的赞赏，当时的主考官就是翁文端（翁心存，字二铭，卒谥文端）老师。翁老师已打算将我长兄的试卷列为榜首，几天后因五篇策论稍短，改置为第二名。考试名次揭晓后，我的长兄前往拜见翁老师，颇受翁老师器重，以后每次拜谒，翁老师多半会留下他闲谈。翁老师出身于世代贫寒之家，即使做官后，家境依旧贫穷，因常熟县老家的宅子狭小，时常居住在苏州。世兄（指翁心存的儿子）翁悦舫巡抚（翁同书），乡试中举比较晚，他体貌魁梧，胸怀广大，谦虚谨慎，可为风范。我们兄弟在会试考场中，多次见到翁世兄，当时我们就在私底下议论他日后定会取得不凡的成就。等我的长兄去苏州做官后，翁老师家境更加贫穷，到了难以生存的地步，就把自家的屋子租赁给我的长兄，就是如今位于盘门吉庆街的房屋。翁老师经常讲述自己祖先的生活苦况，因此我对其祖先的事迹知道得最为详细。

翁文端公的父亲翁老先生（翁咸封），任某县县学的教官。一天，他梦见有客人来访，名片上写的是“心存”，于是他有了儿子后，便为儿子取名为“心存”。有一年，正值水灾，官府拨发库银赈济灾民，上级大官委派翁老先生协办。县令想侵蚀赈灾款，中饱私囊，翁老先生不同意，极力阻拦，说：“这是什么事，你存的是什么心？”于是县令把所有的事情都委派给翁老先生去办理，翁老先生任劳任怨，做事受到了不少阻挠，在泥水中跋涉了几个月，不久便因病逝世了。而县令对翁老先生怀恨在心，多方指摘驳斥，诬陷他亏欠了官银应当缴纳偿还。因此翁文端公年幼时，贫无立锥之地，依靠教书的薪水养家糊口，即使如此，仍然时常受到追款的拖累。

后来，翁文端公得到某省试差（古代朝廷特派的乡试试官）的职务，当地有很多富人，因为文端公的老师某想暗中借助他打通关节，便在路边迎接文端公，极力怂恿，只要文端公答应一句，就可以获得数万两银子的报酬。文端公婉言谢绝说：“老师这次来，大概是因为贫穷的缘故，我差事结束后，必当解囊相赠。您前面所说的话，自然是玩笑话了。”其师惭愧而退。等到揭榜后，考中的多是知名之士，舆论一致称颂。

这天夜里，翁文端公梦见自己独坐在宽敞的房屋中，面前树立着一把大伞，正在徘徊间，看见伞中落下数枚大的“魁”字和无数小的“魁”字，文端公惊骇不已，便从后门出来了。文端公看了一眼后门的匾额，上面写着“养济院”三字。于是文端公自思，如果当时萌生贪念，其子孙将来一定会进入“养济院”了。从此，文端公更加自我督促勉励，在朝为官刚正无私，后来被权贵陷害，几乎不能免于灾难。如今，文端公的儿子和孙子都高中状元，新购置的住宅，正巧与养济院相邻，可见他所做的梦是非常灵验的。

7.1.3 杨善人

杨太常（泗孙）之祖，忘其为高若曾也，以力田起家，饶于财。凡拯饥施药、舍棺放生诸善举，靡不为，有杨善人之目。而乡之顽悍者，以其良懦，辄陵侮之，不屑较也。

善人手旧竹烟筒一枝，素珍爱之。一日，立门外，突有人夺其筒，折之，并肆骂焉。善人避入门内，见其植立不去，乃徐出，谓之曰：“尔此来必有急事，何不可商者？”邀入坐茶，讯其贫乏无以存活，取银付之。其人流涕，欲急去，曰：“吾已服毒将死矣。”善人留之，亟为调治，得生，并为之筹划一切。其勇于为善，奋不顾身，大率类此。

今后人科甲竞起，非积善之报而何？太常于戊午年，主试吾闽。有知其先世好善，举以质之，其自述大概亦然。夫烟筒被折而避，其善于忍辱，已不可及，而更付之以银，可谓盛德之至，得不逢凶而化吉乎？

【译文】太常寺卿杨泗孙的祖先，我忘记是高祖父还是曾祖父了，他以种田建立家业，家财富饶。凡是拯救饥民、施舍药物棺材、放生等各种善行，无不去做，人们都称他为“杨善人”。可是乡中的顽劣凶悍之辈，因其善良懦弱，经常欺侮于他，他也不屑与之计较。

杨善人经常手持一枝旧竹烟筒，他素来珍爱此物。一天，他站在门外，突然有人从他手中夺去烟筒，将其折断，并对杨善人大加辱骂。杨善人进入门内躲避，见对方站立不去，便又缓缓走出门来，对那人说：“你来此必有急事，有什么不能商量的呢？”于是邀请那人进入家中坐下喝茶，经询问得知那人贫穷得无法生活下去，于是拿出银子赠给那人。那人感动得流泪，急忙想要离去，说：“我已服毒将死了。”杨善人将其留下，急忙请医生为其调治，那人因此得以重生，杨善人又为他筹划一切。他勇于为善，奋不顾身，大多都像这样。

现如今他的后人竞相在科举中考取功名，这难道不是积德行善的善报吗？咸丰戊午年（1858），杨太常前来主持我们福建省乡试。有人知道他的祖先乐善好施，便询问他是否属实，杨太常自述的情节大概也是如此。烟筒被折反而躲避，杨善人善于忍辱，已经无人可及，他又赠给对方银子，可以说是品德高尚之至，这样能不逢凶而化吉吗？

7.1.4 吴封翁

吴门吴蠡涛方伯之封君，以贩咸肉为生，虽溷（hùn）迹市贩，而乐善好施，孜孜不倦。衣食外稍有余，即以施贫乏者，乡里咸称为善人。生二子，皆登甲科。长即方伯，名俊；次树萱，由部曹典试陕右，仕至监司。孙慈鹤入词林，官至侍讲。封翁屡受覃恩，盖盛德之报云。

【译文】苏州吴鑫涛布政使（吴俊，字奕千）的父亲，以贩卖腌肉为生，他虽然混迹于市井小贩之中，但乐善好施，孜孜不倦。衣食之外稍有节余，就会把节余的钱施舍给贫穷之人，乡人都称他为善人。他有两个儿子，都考中进士。他的长子就是吴鑫涛布政使，名俊；次子吴树萱，由礼部司官主持陕西乡试，官至道台。他的孙子吴慈鹤，考中进士后进入翰林院，官至侍讲学士。吴封翁多次受到朝廷的封赠，这大概是由于他品德高尚而获得的回报吧。

7.1.5 王相国入乩

道光甲辰，江梅卿时官仪曹，偕同辈数人，在松筠庵每晚扶乩。一日，王小秋因其父秋卿侍御，病痢未痊，竭诚往祈，乩忽大书曰："此何等事，不与人谋，而与鬼谋，大谬。汝父行愈矣，可速去。"又书曰："梅卿，汝来前。汝系读书明理之人，何竟入此魔障。我适过此，见妖狐淫鬼，罗列于庭，不速撤，祸不旋踵。"梅卿悚栗，叩留名姓，乩草书"定九"二字，始知为蒲城相国。

【译文】道光甲辰年（1844），江梅卿当时在礼部任职，他会同几个同辈朋友，每晚在松筠庵扶乩。一天，王小秋因父亲王秋卿御史，患有痢疾，未能痊愈，竭诚前往祈祷，乩仙忽然用大字写道："这是何等事，不与人商议，却与鬼商议，实在荒唐。你父亲的病将要痊愈了，可速速离去。"又写道："梅卿，你过来。你是读书明理之人，怎么竟然陷入这种魔障。我正巧经过此地，看见妖狐淫鬼，罗列在庭院中，你们如果不赶快撤去乩架，灾祸很快就要临头。”江梅卿恐惧战栗，叩问乩仙的姓名，乩笔用草书写下“定九”二字，众人才知乩仙是蒲城相国（王鼎，字定九，陕西蒲城人，清朝中后期政治家，官至军机大臣、东阁大学士）。

7.1.6 断罪首

吴莲芬曰：余官国子监时，同官法朗阿助教，言伊戚官刑曹，会定一案。一宦室奴与婢通，主人见之，逐奴，后奴与婢定议，开门纳奴，手刃其主。先是问官以奴为罪首，法戚执婢为罪首，议以凌迟，案遂定。

数日后，法戚回宅，甫入门，即昏跌，夜半乃醒。云，下车时见一隶，持帖向请，即不知事，随隶懵然前行，至一官署，帘内官云：“某案系汝手定，何以定婢为首？”法戚答曰：“婢不与谋，必不开门；婢不开门，主何由弑？主之死，奴之抵，皆婢肇之衅也。”冥官是之，呼原告来，见四人举一巨篓，肢体肠胃，纷贮其中，一女首置其上，哓哓争辩。冥官叱之，令押入无间狱，饬隶送法戚归。法戚醒后，即具呈引疾，曰：“刑官安能无一舛也？”

按，是特据情据理，断以罪首，而其不服已若是。若徇私断之，其怨毒不知何如。主狱者，顾可存一毫私意哉？即使绝不徇私，而见之偶误、断之稍偏，亦必有报，此刑官之不易为也。

【**译文**】吴莲芬说：我在国子监为官时，同僚法朗阿助教说，他的一个亲戚在刑部任职，会审判决了一件案子。一个官宦人家的奴仆与婢女私通，主人看见，将奴仆赶出，后来奴仆与婢女商定，婢女开门放奴仆进来，奴仆将他的主人刺死。起初，审问的官员认定奴仆是首犯，法朗阿的亲戚坚持认为婢女才是首犯，判定将婢女凌迟处死，于是定案。

几天后，法朗阿的亲戚回家，刚进门，就昏倒在地，半夜才醒来。法朗阿的亲戚说，下车时看见一个差役，拿着名帖前来邀请，随即昏倒不知人事。他跟随差役稀里糊涂地往前走，来到一处官署，帘子后面的官员说："某案是你亲手判定的，为何将婢女定为首犯？"法朗阿的亲戚回答说："婢女如果不与奴仆密谋，她必然不会开门；婢女不开门，主人怎么会被杀死呢？主人被杀，奴仆抵罪，都是婢女引发的祸端。"阴间官员觉得此话有理，呼叫原告来。法朗阿的亲戚看见四人举着一个大箩筐，里面纷乱地盛放着人的肢体肠胃，一个女子的首级放置在箩筐之上，喋喋不休地争辩。冥官呵斥，命人将其押入无间地狱，然后命令差役护送法朗阿的亲戚返回阳间。法朗阿的亲戚醒来后，立即递交文书，托病辞官，他说："执掌刑法的官吏哪能没有一点错误呢？"

说明，法朗阿的亲戚审案时不过是据情据理，将婢女定为首犯，而婢女的鬼魂在阴间尚且如此不服。如果法朗阿的亲戚徇私断案，不知那个婢女的鬼魂该怨恨到何种程度。主管刑狱的官员，怎能存有丝毫私心呢？即使绝不徇私，但审察偶有失误、断案稍有偏颇，也必会受到报应，这正是执掌刑法的官吏不好做的原因。

7.1.7 胡涂鬼

甘泉宋大令（登紫），未成进士之先，道光丁亥冬，患寒症缠绵，半月病愈；而两腿不仁，直至戊子正月，未瘥。

十三日，俗所谓上灯节。将晚，家人辈在外设供祭祖，宋一人偃卧在床，见二人入房坐凳上。其一人手牵一绳，累累焉系死鼠十余枚，其一人趋榻前曰："二先生犹识我耶？"审视乃其酱坊中司事蒋姓，已死数年者。宋讶问："君胡为乎来？"蒋指坐者曰："渠奉差来拘先生，吾恐先生受惊，故偕来。"语讫，出封函一，如俗文书状，唯纸则黑字则白，有似碑帖，上书"即刻拘举人宋文榜庭审"。宋问："吾不良于行，奈何？"蒋曰："无妨也。"恍惚与俱，由扬州便益门外进城，沿南北河下街，至钞关向西，则路渐宽，亦非熟径矣。约里许，见一官署，蒋令宋坐门外一室，属曰："少顷即见官。"宋曰："吾未着衣冠，太不成事。"蒋曰："已着矣。"朱反视，则居然济楚。

坐食顷，闻内传呼，蒋率宋由西角门入，沿西廊至北首第二间，上坐一官，问曰："宋文榜，汝因奸致死人命一节，可供来。"宋愕然，傍见一妇尸，其状系淹毙者。又一枯瘠男子跪于侧，宋曰："尸与人皆不识。"其男子曰："我毕祥也，你因奸我妇不从，推入河中，尚推不识耶？"宋曰："汝毕祥耶？是可言矣。"因诉曰："毕祥乃跟随吾父之仆，为赌博逃去。记得其妇系贫苦自溺，吾父尚舍棺殓之，彼自怀疑耳，且勿问吾有奸无奸，其妇死时，吾仅十一岁，何以能图奸？何以能推他入河？"官曰："此事本已了然，原告固执，不得不令汝来一质耳。"令原差送回，十九日再来过堂，悠然而苏。开目见家人环哭，知已死半夜。

十九日，约申刻，闻橱上铜环响声不绝，心甚悸，恍惚已见蒋来，拉与俱出，绝非前路，似走乡僻小境，甚捷。未几，已至前署，仍沿西廊而上，见一官立公座后东隅，谛视，乃前甘泉令王公采也。唱名一过，其枯瘠男子，枷锁而出。宋出署，见其故父立门外，偕回至卧房，前拍其肩曰："可归矣。"即苏，时已三鼓。自是腿病亦瘥。然则鬼在阴司告状，信有之矣。

【译文】甘泉县（今扬州市）的宋县令（名登紫），未考中进士前，在道光丁亥年（1827）冬，患上了寒疾，迁延了半个月才病愈；而双腿麻木的症状，直到戊子年（1828）正月，还未痊愈。

正月十三日，是民间所谓的"上灯节"。傍晚，其家人在屋外摆设供桌祭祀祖先，宋县令独自卧病在床，看见有二人进入房中坐在凳上。其中一人手中牵着一条绳子，绳子上串系着十多只死老鼠，另一人走到床前说："宋二先生还认识我吗？"宋县令仔细一看，那人是酱坊中的管事人员蒋某，已经死去多年了。宋县令惊讶地问："您怎么来到这里？"蒋某指着坐在凳上那人说："他奉差前来拘拿先生，我恐怕先生受惊，所以与他一同前来。"说完，蒋某拿出一封信函，就像民间的文书，只是黑纸白字，有如碑帖，上面写着"即刻拘拿举人宋文榜前来庭审"。宋县令问："我的腿有病，不能行走，怎么办？"蒋某说："没有关系。"恍惚之间，宋县令与二人一同由扬州便益门外进城，沿南北河下街，至钞关向西，则道路渐渐宽阔，也不是熟悉的道路了。走了约有一里多，宋县令看见一座官署，蒋某让宋县令坐在官署门外的一间房子内，叮嘱说："过一会儿，就见官。"宋县令说："我未穿戴衣冠，太不成体统了。"蒋某说："已经穿了。"宋县令察看自身，居然衣冠楚楚。

宋县令坐了有一顿饭的工夫，听见里面传呼，蒋某带着宋县令由西角门走入，沿着西廊来到北首第二间，堂上坐着一位官员，问道："宋文榜，你因奸致死人命一事，可以招供了。"宋县令愕然，看见旁边有一具妇女的尸体，看样子是淹死的。又有一个枯瘦的男子跪在尸体旁，宋县令说："死者与活人我都不认识。"那名男子说："我是毕祥，你因强奸我的妻子，我的妻子不从，你便将她推入河中，还敢推说不认识吗？"宋县令说："你是毕祥吗？我就把事情讲出来吧。"于是诉说道："毕祥是跟随我父亲的仆人，因为赌博逃走。我记得他的妻子是因贫苦而自溺，我父亲还施舍了一口棺材将其装殓，他只是自己怀疑罢了，姑且不要问我曾经是否强奸过他的妻子，他的妻子死时，我才十一岁，怎么能企图强奸呢，又怎么能将其推入河中呢？"官员说："此事已经十分清楚，只因原告固执己见，不能不令你前来，与他对质。"官员命令刚才的差役把宋县令送回阳间，并让宋县令在十九日再来过堂，宋县令于是悠然苏醒。宋县令睁开眼，看见家人围着他哭泣，经过询问才知道自己已经死去半夜了。

十九日，大约申时，宋县令听见橱柜上的铜环响声不止，心中非常惊惧，恍惚之间，已经看见蒋某前来，拉着宋县令一同走出，所走之路已不是上次的道路，似乎走的是乡间偏僻的小路，极为便捷。不一会儿，二人已来到上次的官署，仍旧沿着西廊而上，看见一位官员站在公座后的东侧，仔细一看，这位官员就是甘泉县令王公采。点名之后，那个枯瘦男子，带着枷锁走出。宋县令走出官署，看见自己已故的父亲站在门外，和他一同回到卧室，父亲拍着他的肩膀说："你可以回去了。"宋县令随即苏醒，当时已是三更时分。从此宋县令的腿病也好了。由此可知，鬼在阴司告状，确有其事。

7.1.8 一家连亡七命

湖南某观察，以举人大挑江苏知县，初到省，窘甚。后官盐城，与余戚杨秋岚先后任，踪迹颇密，故知之最悉。盖自任盐城后，宦况蒸蒸日上，历太守，至观察，办粮台，赏戴花翎，署两淮都转，加二品顶戴。数年间，不但宦途顺利，而拥有巨资，侨寓邗上，遂以票盐大得其利。膝下多男，一家眷属，席丰履厚，人望之真所谓富贵神仙。

戊辰，余于李彩臣都转处，同席见之，正四十许人也，其长子为同乡黄太守婿。后闻观察及其数子均暴亡，颇以为异。其知之者告余曰："此中有因果，言之诚堪警世也。"因覼（luó）述云：

观察之长子某，早保候选府三品衔，盐务一切转运事悉归主持，筹划家务，算无遗策。观察爱其才，言听计从，聘太守女，以年幼未成婚。太守人素忠厚。

一日，郡署失银五百，查知为老仆某所窃，遂被斥逐。旋恳太守推荐，太守曰："念尔多年服役，尔自寻主，但能收录，荐之可也。"老仆即以观察为言，遂荐之往，亦甚信用。

无何，其子与太守女成婚，已历数月，老仆以蜚语密告其子曰："小的在黄家多年，女之不贞，颇有所闻，各顾声名为是。"并云："先令其归宁，断不可再接回也。"女已有孕，子亦不以为意，而深信仆语不疑，而不知仆特为窃银，恐女发之，女实抱不白之冤。子早有宠妾，亦明慧，以为千金之子断无此事，向夫主力辨其诬。大加呵斥而退。女归宁多日，欲返，其子坚拒之，不获，即嘱其弟代作休书，与太守言其故。太守愤极，即往理论，无如观察以子言、仆言先入，不能挽回。又相持数月，女诞生男，向观察家报喜，且云弥月必回家。观察一家置若罔闻。

女弥月后，知事不可为，一夜扼杀其儿，遂亦自缢身死，而观察未之知也。其蚤，即径到观察家为厉。观察见之，呼曰："你们说不接大少奶，大少奶已回来矣。"女即借观察言曰："我只要大家到案耳。"此时太守处人来，已传说昨夜事，知女已死。遂排香案告曰："此总是我家误听人言之故，现先为尔立木主奉祀，即接尔柩回来，勿论何房得子，先为尔嗣。并为尔大作佛事超荐，虽万金不惜也。"未几，观察倒地。女即借言曰："此全用不着，我的心迹须明也。"

连日，观察之长子、次子相继而亡。其老仆早病在床，但呼口痛不止。又次日，其三子死，则从旁下石者也。是夜，观察忽得暴病；次早，身亡。又数日，其次媳亦死。惟老仆迟至月余而死，日夜喊叫不绝，遍身肿烂，说者谓先受冥刑也。大约观察不应绝嗣，故以幼子延其宗。

噫，亦惨矣！余谓，老仆故为罪魁祸首，其长子亦太昏愦背谬，轻信谗言。或曰女实貌寝，则尤不应薄德似此。其次子、三子以不干己事，冒昧妄为，不能劝兄，又不能引避，曾其妾之不如。故妾独存，而二人莫恕。若观察者，身为家长，实可破除众论，独断独行，先接其妇归来，痛责其子，而严惩其仆，为妇赔罪，何事之不可挽回哉？而乃以先入之言为主，以致不堪收拾，故阴司亦莫宽其罪也。此为同治十一年事。相传扬州速报司极其神灵，其信然乎！

【译文】湖南某道台，以举人经过大挑（清制，挑选三科以上会试不中的举人，一等的以知县用，二等的以教职用）被任命为江苏知县，初到省城，十分困窘。后来到盐城任职，与我的亲戚杨秋岚为前后任，二人交往颇为密切，因此杨秋岚对他的事迹最为熟悉。某自从担任盐城县县令后，官运蒸蒸日上，由太守，升至道台，办理粮台事务，朝廷赏戴花翎，代理两淮都转盐运使，加二品顶戴。几年间，他不但仕途顺利，而且拥有巨资，寓居扬州，于是凭借票盐（即凭盐票运销食盐之法）大获财利。其膝下多儿子，一家眷属，衣食丰厚，在人们眼中真是所谓的富贵神仙。

同治戊辰年（1868），我在都转盐运使李彩臣家中，与某道台同坐一席，曾见过他一面，当时他正四十来岁，他的长子是同乡黄知府的女婿。后来我听说某道台和他的几个儿子都突然死亡，心中觉得十分惊异。有知道事情真相的人告诉我说："这其中有因果报应，说出来实在可以警戒世人。"于是，他为我详细讲述说：

道台的长子某，早年即被保举为候选知府三品衔，盐务及一切转运事务都由他主持。他筹划家务，算无遗策。道台喜爱儿子的才华，对他言听计从，为他聘定黄知府的女儿为妻，因年纪尚幼，未能成婚。黄知府为人素来忠厚。

一天，府衙中丢失了五百两银子，知府经过调查得知是某老仆所偷，便将老仆斥逐了。老仆随即恳求知府推荐，知府说："念你服役多年，你自己寻找东家，只要东家肯收录，我就会为你推荐。"老仆便说某道台会收留，知府于是将其推荐到道台那里，老仆在那里也非常受信任。

不久，道台的长子与知府的女儿成婚，婚后几个月，老仆以诬蔑之语秘密告诉道台的长子说："小的在黄家多年，他的女儿不贞洁，我颇有所闻，您应该顾及名声才是。"并说："先让她返回娘家，此后断不可再接回来。"当时黄知府的女儿已经有孕在身，道台的长子也对此毫不在意，对老仆的话深信不疑，但他不知道这个老仆不过是因为偷窃银子一事，害怕被黄知府的女儿揭发，黄知府的女儿确实抱有不白之冤。道台的长子早有宠妾，其宠妾也聪明灵慧，认为黄知府的女儿作为千金小姐，断无此事，向其丈夫极力辩白其冤。其丈夫大加呵斥，她不得已退去。黄知府的女儿回到娘家多日后，想返回丈夫家中，丈夫坚决不同意，事情无果，其丈夫便嘱咐自己的弟弟代他写了一封休书，并向知府说明缘故。知府愤怒之极，随即前去理论，无奈道台听信了长子和仆人的话，先入为主，不能挽回。又相持了数月后，黄知府的女儿生下一个男孩，向道台家报喜，并说等女儿满月后，女儿必会带着孩子回家。道台一家置若罔闻。

黄知府的女儿产子满月后，知道事情已经无法挽回，一天夜里扼杀了自己的孩子，然后自己也自缢而死了，而道台对此事还不知情。第二天早晨，黄知府女儿的鬼魂径直来到道台家作祟。道台看见后，呼唤下人说："你们说不接大少奶奶，大少奶奶已经回来了。"黄知府女儿的鬼魂附在道台身上，借道台之口说："我只要大家到案作证罢了。"此时黄知府那边已经派人过来，传说昨夜之事，道台这才知道黄知府的女儿已经死了。于是，道台摆下香案祷告说："这总是我家误听人言的缘故，现在先为你设立牌位祭祀，随即我就派人接回你的灵柩来，不论哪一房有了儿子，我都会先将他立为你的继承人。并且为你大作佛事，超度你的亡灵，即使花费万金，也在所不惜。"过了一会儿，道台倒地，黄知府的女儿借道台之口说:“这全用不着,我的心迹必须表明。”

接连几天,道台的长子、次子相继死亡。那个老仆早已卧病在床,只是不停地大呼口痛。又过了一天,道台的三儿子也死了,这个儿子就是代作休书、从旁落井下石的人。当天夜里,道台忽得暴病;第二天早晨,身亡。又过了几天,他的二儿媳妇也死了。只有那个老仆拖延了一个多月才死,他日夜喊叫不停,遍身肿烂,有人说他是未死就已先受冥间的刑罚了。大概道台不应没有后代,所以上天让他的小儿子存活,来传宗接代。

唉,也太惨了!我认为,老仆固然是罪魁祸首,道台的长子也太昏愦悖谬,轻信谗言。有人说黄知府的女儿实在容貌丑陋,死后尤其不该这样苛刻地对待道台一家。道台的次子、三子本与此事无关,但他们冒昧妄为,不能劝阻兄长,又不能退身回避,连兄长的小妾都不如。所以此妾独存,而二人不能饶恕。至于道台,身为家长,实在可以力排众议,独自做出决定,先将大儿媳妇接回家中,然后痛责其子,严惩老仆,为大儿媳妇赔罪,那么有什么事情不能挽回呢?但他偏听偏信儿子、仆人的话,先入为主,以致事情不能收拾,因此阴司也不能宽恕他的罪过。这是发生在同治十一年(1872)的事情。相传扬州速报司极其灵验,看来确实如此啊!

7.1.9 徐制军

明南海庞公(尚鹏)有《抚处壕境澳夷疏》,论列夷情,切中事机。是时,互市仅滨海一隅,而有心人窃窃虑之,烛照机先,若预知有今日之事者。斯诚不愧经国远猷,惜后人未能熟计行之,致丑夷日事猖獗,为可叹也。

辛丑构衅以来，沿海内港，恣夷出入，建夷楼，挟夷妇；甚且入城修谒，与疆吏往来。闽浙上海，波靡成风，独未行于粤东。夷目欲一例入城，请于节相耆公（耆英），为据情入告，期三年后举行。会节相还朝，抚军徐公（广缙）晋莅斯任。公沉毅有胆略。届期，夷目具舟虎门外，声炮相迓。公挺身与会面，折所求十数事，词气不挠，凡单舸出海者再。夷目知公不可动，复申入城之请。公曰："吾言于朝，以决从违，可乎？"夷目唯唯。乃密与抚军叶公（名琛）画策，为战守计，储粮缮械，扬兵境上，部署既定，军容甚盛，复谆谆晓譬祸福，命士绅商贾家，各团练，绝其贸易。徐乃谕以众怒难犯，夷目气慑，入城之议竟寝。

盖海外诸番，自其国酋，下逮齐民，皆以游贾为业，岁获中国厚偿，故每汲汲于互市。其称兵构衅，无非谋据马头为利源长久之计。所患者内地汉奸，道之作奸犯科耳。

嘉庆时，英夷兵头以护货为名，其兵船闯入内港，日久弗去。总督蒋公（攸铦）以向例外夷兵船，毋许擅入内地，夷不遵约束，饬停贸易。兵头震竦，寻将船退出。今徐公亦以战守有备，绝其贸易，而夷旋亦詟（zhé）服。可知番夷惟以互市为命，操纵之权，持之在我。苟能重严海防，以闭关不纳示意，夷将俯首惟命不遑，何暇更逞其狡狯哉？若严内外之限，禁绝奇邪之物，为塞漏卮制狡夷长策。则庞公一疏，载在本集，吾愿筹海疆者，尚其鉴诸！

【译文】明朝广东南海县的庞尚鹏先生写有《抚处壕境澳夷

疏》，一一论述外国的情况，切中事情的关键。当时，中外通商只在沿海一带，但有心之人暗中忧虑，洞察先机，好像已经能够预知会有今日之事发生。这道奏疏实在不愧为治国的远略，可惜后人不能周密谋划，遵照而行，以致洋人日渐猖獗，可为叹息。

自道光辛丑年（1841）洋人挑起事端以来，沿海内港，洋人随便出入，他们建造洋楼，携带洋妇；甚至进入城中拜见官员，与封疆大吏来往。在福建、浙江、上海，洋人的这种行为蔚然成风，唯独在广东，洋人不能这样。洋人的头目想照例进入城中，请示于时任两广总督耆公（即耆英），耆公据情上奏，朝廷下旨与洋人约定三年后施行。不久，正值耆公回朝，巡抚徐公（名广缙）晋升为两广总督，接替了耆公的职务。徐公沉着坚毅，有胆略。徐公上任之日，洋人的头目将船只停泊在虎门外，鸣炮欢迎徐公。徐公勇往直前与他们会面，驳回了洋人头目所求的十数件事，语气刚正不屈，多次只身乘坐小船出海。洋人的头目知道不能说动徐公，又重申了入城的想法。徐公说："我向朝廷奏报后，再决定是否施行，可以吗？"洋人的头目连声答应。徐公于是与抚军叶公（名名琛）商议对策，谋划作战和守城之事，储备军粮，修整兵器，列兵边境，部署已定，军容极其整齐壮观，又言辞恳切地以祸福之理晓谕百姓，命令士绅、商贾家，以及各团练，与洋人断绝贸易。徐公告诉洋人的头目众怒难犯，洋人的头目气馁，入城的申请最后就不了了之了。

大概海外各国，自其国王，下至平民，都以往来于各地经商为业，每年在中国赚取大量财富，所以他们急迫地要求通商。他们以武力挑起事端，无非是想占据码头以长期谋取财利。所担心的是内地的汉奸，与他们狼狈为奸，引导着他们作奸犯科罢了。

嘉庆年间，英国军队的头目以保护货物为名，派兵船闯入内港，长期停留不去。总督蒋公（名攸铦）按照旧例不允许外国兵船擅自进入内地，英军不遵约束，蒋公命令停止贸易。英国军队的头目惊惧，很快率领着兵船退出。如今徐公也以战守有备，命令与其断绝贸易，而洋人很快也便畏惧服从。由此可知，洋人以通商为命，操纵的权力，掌握在我国手中。如果能加强海防，告诉他们我国闭关不与其贸易，洋人的将领俯首听命唯恐不及，哪还有时间耍弄阴谋诡计呢？如果对中外贸易严加限制，禁绝奇邪之物，以此作为堵塞漏洞、遏制狡猾洋人的长久之策。那么庞公的那道奏疏，记载在他的全集中，我希望筹划海疆事务的官员，能够从中有所借鉴！

7.1.10 朱中丞

秣陵朱公（桂桢）巡抚广东，多惠政，粤人思之弗衰。所称“三朱”，公其一也；其二谓高唐朱制军（宏祚），大兴朱太傅（珪），皆先后抚粤，有德于民者。公性俭朴，供役臧获，惟年老者数辈，居衙斋敝袍脱粟，休休如也。故事督抚肩舆皆八人舁，公仅用四人。遇事持正，无少假，号令风霆，僚属靡不惕息，奉行惟谨。

东莞某绅，挟势而横，乡里侧目，有司莫敢过问。公廉得其稔恶状，密令縶之，正其诛。人亦惮以为神，奸猾群屏迹焉。

珠江十三行，海外诸番互市之所。道光初年，番人夤（yín）缘，得以巨石甃（zhòu）址，设栅置守，一若厥土为所有者。公闻之，一日命驾至海关署，声称欲入洋行，观自鸣钟，拉监督偕往。比至，降舆周视，勃然怒见于面，趣召洋商甚急，辄指地问曰：“此何为者？”答曰：“鬼子马头也。”顾监督大言曰：“内地安容有鬼子马头？我知是皆奸商嗜利所为，我将要渠辈几颗头颅乃已。”洋商惶惧，长跪于地。时石工已先部署，喝令毁之，顷刻而尽。旁观万众，惊胆咋舌，无有敢发一言者。

癸巳五月大水，沿岸围基多溃，省垣东西民舍，水及半扉。是秋，飓风复厉，风水相激，坏庐舍人畜无算。凡四阅月，水始平。公匹马周历抚恤，目击斯民愁苦状，泫然出涕。南海诸乡，被水尤甚，居民奔邱垤栖止。知县黄定宜，素清勤，亲赴勘灾，见老幼僵卧，面皆菜色。缮禀，遣急足以呈。公得之，展视曰：“民困极矣，乞饬诸司，速炊米饼若干往赈。”公然之，远近赖以存活者甚众。黄由是知名，公亦雅重之。

洎(jì)公乞病归，黄送之河干，手持燕窝两小盝(lù)，逡巡不敢进。忽见船上有人摇首止之，盖旧僚先来送公者也，谓曰：“我适见中丞，具道：‘向皆一介不取，今当远离斯土，倘来有馈献者，务一例为我却之。’君可持手中物归矣。”黄闻言掷盝付其仆，自入见曰：“定宜久倚帡幪(píng méng)，荷蒙造就，有不腆微物，思用聊表寸忱，其麾之乎？”公遽答曰：“子情良厚，我备悉之。第以椒酱一瓮，为我道上口腹之需足矣。”黄噤趋出，亟命庖人制就。既送入舟，公欣然受之。半晌叹曰：“恨我不能尽子所长，此行殊惓惓不能释。”言讫为之泣下，黄亦泣。两人挥手揽涕而别。

当是时，远近士民祖送者，水陆麇至，舟车溢郭外数十里。南中父老以为向所仅见云。

【译文】秣陵（今南京市江宁区）的朱公（名桂桢）担任广东巡抚，多有惠政，广东人对他思念不衰。所谓的“三朱”，朱公就是其中一位；另二位是高唐县的朱制军（名宏祚）和大兴县的朱太傅（名珪），二人都先后担任广东巡抚，有德于民。朱桂桢先生，生性俭朴，身边的侍从奴仆，只用几个年老者，他居住在衙署，虽然穿的是旧袍，吃的是糙米，但安乐自如。按照旧例总督、巡抚所乘的轿子都是八抬大轿，朱公只用四人。他处事公道正派，绝不推托，号令严明，雷厉风行，属官无不恐惧，谨慎奉行。

东莞的某士绅，依仗权势横行乡里，乡人畏惧，有关部门不敢过问。朱公访察到士绅的罪恶行径，秘密派人将其拘拿，诛杀正法。百姓也惧怕朱公的威严，视之为神，那些奸猾之徒从此收敛了形迹。

广州十三行（清代专做对外贸易的牙行，是清政府指定专营对外贸易的垄断机构），是海外各国与中国通商的地方。道光初年，洋人通过攀附关系，在商行所在地用巨石大砖垒砌，设置栅栏据守，好像这块地方是归他们所有的一样。朱公听说后，一天，命人备车来到海关署，声称想进入洋行，观看自鸣钟，拉着监督一同前往。等到了的时候，朱公下轿四处察看，勃然大怒，怒气显现在脸上，急忙派人招来洋商，指着洋人设置的栅栏问："这是什么？"洋商回答说："洋鬼子的码头。"朱公回头看了一眼监督，大声说："内地怎么能允许有洋鬼子的码头呢？我知道这都是唯利是图的奸商所为，我将要砍下他们的几颗头颅才行。"洋商惊慌恐惧，长跪于地。当时朱公已经先部署好了石匠，喝令拆毁，顷刻之间，洋人的栅栏就被拆除了。在旁观看的百姓，胆战心惊，无不咋舌，没有人敢说一句话。

道光癸巳年（1833）五月发生水灾，沿岸围堤多数被冲毁，省城东西部的民居，水位达到半扇门的高度。这年秋天，又发生大的飓风，风水相激，破坏的房屋，淹死的百姓、牲畜，无法计算。经过整整四个月，大水才渐渐退去。朱公骑着马四处奔走抚恤，亲眼看到了百姓的愁苦之状，泫然流泪。南海县的各乡，受灾尤其严重，居民跑到山丘上栖息。知县黄定宜，素来清廉勤恳，亲自前往勘察灾情，看见老幼僵卧，都面黄肌瘦。黄县令具文禀报，派快马送呈。朱公得到文书，打开阅读，其中写道："百姓贫困之极，希望您命令各部门，速速制作若干米饭、面饼前往赈济。"朱公同意，远近之人因此得以存活者很多。黄县令由此而知名，朱公也对他十分器重。

等朱公告病辞官回乡时，黄县令在河岸为其送行，手中拿着两小盒燕窝，徘徊不敢近前呈献。忽然，黄县令看见船上有人摇头劝止，这个人是朱公的同僚，是先来为朱公送行的，这个人对黄县令说："我刚才拜见巡抚，他详细说：'我向来一物不取，如今要远离这个地方，倘若有人来馈赠礼物，你一定要一律为我推却。'您可以拿着手中的东西回去了。"黄县令闻言，把装有燕窝的盒子交给仆人，只身入见朱公说："我黄定宜长期依赖您的庇护，承蒙您的栽培，我有一点微薄的礼物，想用以聊表寸心，您难道要推辞吗？"朱公立刻回答："您对我的深情厚谊，我已全都知道了。（您如果要赠我礼物），只要赠给我一瓮辣椒酱，以满足我路上的口腹之需就足够了。"黄县令不再说话，立即退出来，急忙命令厨师制作了一瓮辣椒酱。黄县令把辣椒酱送入船中，朱公欣然接受。半晌，朱公叹息道："遗憾的是我没能让你尽展才能，我这一去，对此尤其念念不忘、不能释怀。"说罢，流下眼泪，黄县令也哭泣流泪。两人握手挥泪而别。

当时，远近的百姓都来为朱公送行，走水路和陆路云集而来，舟车绵延出城外数十里。岭南的父老乡亲都说是生平第一次见到这样的情景。

7.1.11 蔡方伯

蔡小霞先生，屏藩陕右。属令某，以老疾乞休，亏正项三千金，为后任所揭。时功令甚严，挪数百金以上即籍没监追，限满无偿，罪至死。令居官廉，不名一钱，又耿介寡交游，同寅中无可通缓急者。惟静听严参，束手待毙而已。

蔡公闻而怜之，翌日召令入，屏人而谓之曰："君所亏三千金，吾知君无力缴完，可具一解批来，当为君掣批完案。"令愕然不敢应。公笑曰："非戏君也。我怜君廉介，且因公被累，欲以应得养廉，为君弥补。然事非一日所能了，故欲先掣批回，免君羁旅之累耳。"令出不意，感极不能言，顿首趋出，即具批呈送。公手自填注收讫月日，钤印而归之。令具冠服入谢，叩首大言曰："某荷公再造恩，今生老矣，图报无从。死后当乞生公家，以报大德。"遂归。

后十余年，蔡公亦致政归里，昼坐厅事，朦胧间忽见某令入，无异畴昔。公念令归久矣，何以来此。正惶惑间，某令径趋入内，公惊寤，则内室报生公子矣。公曰："是再来人也，当振吾家。"因名之曰振武，字麟洲。未冠即冠童子军，以丙申进士，入词馆，观察粤东，有政声，屏藩开府，指顾间事也。

【译文】蔡小霞先生（名廷衡），担任陕西布政使。其辖地的某个县令，因老病乞求退休，亏欠官府三千两正税，被后任揭发。当时法律非常严格，挪用公款数百金以上即被抄没家产、收监追缴，限期偿还，期满不能偿还的，判处死罪。某县令为官清廉，身无分文，又性情耿介，很少交游，同僚中无人肯借给他钱救急。他只能静待严厉的弹劾，束手待毙而已。

蔡公听闻此事，对某县令心生怜悯，第二天招来县令，屏退众人，对县令说："你所亏欠的三千两银子，我知道你无力缴纳，你可以开具一道解批（解送财物的公文）来，我为你缴纳批复，以此结案。"县令愕然，不敢回应。蔡公笑着说："我不是和你开玩笑。我可怜你清廉耿介，并且是因为公事受到牵累，我想用我应得的养廉银子，为你弥补。然而这事不是一天所能了结的，所以我先为你缴纳批复，免得你羁留于此受到拖累。"县令未曾预料到会有此事，感动得说不出话，叩头急忙退出，随即开具解批文书呈送。蔡公亲手填写收讫的日期，并加盖印章后将公文送还。县令穿戴冠服入谢，一边叩头一边大声说："某蒙受您的再造之恩，今生我已老了，无法报答。我死后当乞求转生于您家，以报答您的大恩大德。"于是返乡回家。

十多年后，蔡公也退休回乡，一天白昼，蔡公坐在厅堂上，朦胧间忽然看见某县令走进来，样貌与从前一样。蔡公想着县令归家已久，为何会来此地。蔡公正在惶惑间，某县令径直走入内室，蔡公惊醒，这时内室有人报说夫人生了一个儿子。蔡公说："他是来我家报恩的人，一定会振兴我家。"于是将儿子命名为振武，字麟洲。蔡麟洲未及二十岁就考中秀才，道光十六年（1836）丙申恩科考中进士，进入翰林院，在广东担任道台，有政治声誉，升任布政使、巡抚，指日可待。

7.1.12 梁观察

观察梁公，令阜宁日，常诣郡，入山阳境。遥见少妇缟衣麻裙，持纸锭独行，知为新丧者。忽旋风卷其裙，露红裤，异之。随之行，或远或近，近望麻裙中裤，白如故；稍远，必有旋风吹之，则变而为红。至一新坟，妇扫地化锭，哭而不哀。忽旋风吹其纸钱四散，堕公舆前。遥望妇颜色沮丧，跪地叩祝无算，公疑焉。

唤从役随妇行，密访其姓名、村落，及死者为妇何人、死何日、没何病。役归，知死者为妇人之夫，无病暴卒，殓竟即葬，诸务甚草率，而妇颇有丑声。公廉得其实，至郡谒太守后，具以所见语山阳令。山阳令笑其迂，公愤以告太守。太守曰：“君休矣。此山阳事也，何劳越俎？”公愈愤，因往谒孙寄圃节相于袁浦，力陈所见。节相素器之，因询之曰：“汝既欲办此案，将何措手？”公曰：“此必谋死其夫者。请檄山阳县，会同开检。予一月限，必得其致死之故。限满不得，愿如律反坐。”节相许之。

及开棺，尸未腐，竟体无伤，上下哗然。咸以梁公为喜生事、诬良善。山阳令且激少妇，令阻公舆。公厉声叱之曰：“朝廷法吏，既有所见，自合查办。查办不周，自有国法在，岂若辈所得凌辱？”正色升舆去。即至袁浦听参。节相固重公，至是谓之曰：“语汝弗妄动，今奈何？”公对曰：“愿甘参处。如荷见怜，请如前宽予一月限。”节相曰：“审尔，可持予令箭往。一月不得当，予无如尔何矣。”

公持令箭出，易服更装，四出查访，两旬无所得。又伪为布客，行于山皋之交，日暮无所之。迤逦里余，至一村落，有茆屋数间，犹露灯光。趋而往，柴扉半掩，推扉径入，有一老妪倚灯缝纫，见公惊曰："客何为者？"公陈借宿意，且曰："日暮途穷，计无复之。请假数尺地，以蔽风露。房金多寡不敢吝。"老妪曰："借宿亦无不可，顾我家儿子性恶耳。"遂引置柴屋中。坐柴上假寐，以待天明。至三鼓，有叩门声，知某子归。旋闻取火赴灶下觅食，母告之曰："柴屋中有客借宿，汝宜善视之。"某携火入，熟视公，微哂曰："是一好人。"遂呼公起。公见其意不恶，起坐为礼，互询姓名。又问所自来，知公尚未饭，延客坐，取酒肉与公对饮，语颇豪迈。公询其作何生计，支吾以答，公复询曰："此间梁公作官何如？"曰："清正而爱民者也。今殆矣。"公故问曰："何也？"笑曰："因山阳案也。梁公诚明察，知此案冤，然未能得其实也。"公闻其语，因故激之曰："道路藉藉，俱谓此案梁公喜生事、诬良善。今子言若此，然则真有冤耶？"某笑不答，公亦置不问，但饮酒剧谈，颇相得。公请结金兰之好，亦不辞，遂焚香交拜，并拜其母。

次日，复询以是案，某犹不答。公怒曰："我辈既结弟昆，当以肺腑相示，岂容复有隐藏？然则弟尚以兄为外人，请从此辞。"某笑曰："所关者巨，故不敢妄言耳。今当为兄一剖之，然不可为外人道也。"遂起杜门，复延公入，笑而言曰："兄请视弟何如人也？"公曰："江湖之豪士也。"曰："然。城乡有不义者，必暮夜往取之。既以自赡，亦施贫乏。前月闻山阳某家，匿客赀千金，将往取之，误入其邻，栖于庭树。见有男妇对饮，意态亵狎。忽闻叩门声，妇人急收饮具，男子不知所之。即有一病人入，步履踉跄，入房即倒卧床上。妇唤之不应，撼之不动，扶之起复倒。因出唤前共饮之男子入，出铁钉一，自发际中钉入。滚地，移时，即不复动。其男子去，妇遂号呼。四邻入视，余亦混入其中，均以为中毒暴卒，无验及发际者。昨开检时，某亦在场，见共饮之男子，手伸三指暗记。山阳仵作，虽验及发际，亦报无伤耳。”

言此，已在第二夜。公推倦而卧。次日，公遂至袁浦谒节相，具陈一一。复檄山阳县，会同清河、阜宁，督率三县仵作，一同开检。果于发际出巨钉一。传奸妇上，讯之不服。唤某至案前，令陈是晚谋害情形，历历如绘。遂俯首服罪。即供奸夫姓名，缚之至，不复讳饰，一如妇供。并论如律。

节相亦重公，遂荐诸朝。不数年，观察淮阳。迎某母子至署赡养，复为之置田产、立室家，终其身礼之，如亲昆弟云。

【译文】道台梁公，任安徽阜宁县县令时，有一次前往府城，进入山阳县（今江苏淮安市淮安区）境内。他远远地看见一个少妇穿着白麻布衣裙，手持纸钱独行，知道少妇家中新近遭逢了丧事。忽然一阵旋风卷起少妇的裙子，露出红裤，梁公心中感到奇怪。梁公跟随少妇而行，时远时近，近望少妇麻裙中的裤子，依旧是白色；稍远，必有旋风吹起，少妇裙中的裤子则又变为红色。到了一座新坟前，少妇打扫地面，烧化纸钱，哭泣但是并没有哀戚之情。忽然一阵旋风吹过，纸钱四散，有几片落到了梁公的轿前。梁公远远地看见少妇面容沮丧，跪地叩头无数，一边叩头还一边祷告，梁公心中疑虑。

梁公命随从的差役跟随妇人前行，秘密访察其姓名和所在的村落，及死者是妇人的什么人、死在何日、因何病而死。差役回来报告，得知死者是妇人的丈夫，无病而忽然死去，装殓后就立即埋葬了，各项事务都处理得十分草率，而妇人颇有不贞洁的名声。梁公访得实情，到府城谒见知府后，便把自己的所见所闻告诉了山阳县县令。山阳县令讥笑梁公迂腐，梁公愤怒之下向知府禀报。知府说："您还是算了吧。这是山阳县的事，您何必越俎代庖呢？"梁公更加愤怒，于是前往袁浦镇谒见孙寄圃节相（孙玉庭），详细陈述自己的所见。孙寄圃先生素来器重梁公，便询问梁公说："你既然想办理此案，将要如何着手处理呢？"梁公说："这个妇人必定是谋杀了丈夫。请您传令山阳县县令，让他与我一同开棺验尸。给我一个月的期限，我一定能查出死者致死的原因。如果到期查不出，我甘愿依照法律承当反坐之罚（古代对诬告罪的刑罚，即把被诬告的罪名所应得的刑罚加在诬告人身上）。"孙寄圃先生同意了。

等到开棺时，尸体未腐，全身无伤，在场的官员和百姓议论纷纷，都认为梁公喜欢生事、诬蔑良善。山阳县令还怂恿少妇，让她拦住梁公的轿子。梁公厉声呵斥少妇说："我是朝廷司法官吏，既有所见，自然应当查办。查办不周，自有国法在，岂能受到你们的凌辱？"梁公神色严肃地上轿而去。随即来到袁浦镇接受参劾。孙寄圃先生本就器重梁公，事已至此，无可奈何地对梁公说："告诉你不要轻举妄动，如今该怎么办呢？"梁公回答说："我甘愿受到参劾。如果承蒙您可怜我，请您像前面约定的那样给我一个月的期限。"孙寄圃先生说："果真如此，你可持我的令箭前往。如果一个月还查访不出真相，我也没有办法保你了。"

梁公拿着令箭出来，改换便装，四处查访，二十天仍没有得到线索。梁公又装扮成贩布的商人，行走于山岭之下，傍晚无处投宿。梁公走了一里多的曲折山路，来到一处村落，村落里有几间茅屋，仍然露出灯光。梁公走向茅屋，柴门半掩，梁公推门径直进入，屋内有一个老妇正在灯下缝纫，老妇见到梁公惊讶地问："客人来此干什么?”梁公说出了想要借宿之意，并说:“日暮途穷，我实在找不到住宿之处。请您借给我几尺宽的地方，以躲避风露。房钱不论多少，我绝不吝惜。”老妇说:“借宿也没有什么不行，只是我家儿子性情凶恶。”于是把梁公带到一间柴屋中。梁公坐在柴上假寐，等待天明。到三更时，梁公听见敲门声，知道是老妇的儿子回来了。接着听到老妇的儿子取火到灶台觅食的声音，老妇告诉儿子说:“柴屋中有个客人借宿，你一定要善待人家。”老妇的儿子拿着灯火进入柴屋，仔细打量梁公，微微冷笑道:“是一个好人。”于是把梁公叫起来。梁公见他并无恶意，起身施礼，互问姓名。老妇的儿子又问梁公从哪里来，知道梁公还没吃饭，邀请梁公入座，取来酒肉与梁公对饮，言谈颇为豪迈。梁公询问老妇的儿子作何生计，老妇的儿子含糊应答，梁公又询问说:“这里的梁公做官怎么样?”老妇的儿子说:“是个清正爱民的好官。但他现在危险了。”梁公故意问:“为什么?”老妇的儿子笑着说:“因为山阳县一案。梁公确实明察，知道这是冤案，但他未能查出真相。”梁公闻听此语，故意激他说:“我听道路上的人纷纷议论，都说这件案子是梁公喜欢生事、诬蔑良善。现在像你这样说，难道其中真有冤情吗?”老妇的儿子笑而不答，梁公也置之不问，只是饮酒畅谈，彼此颇为投合。梁公请求与老妇的儿子结拜为兄弟，对方也不拒绝，于是二人焚香交拜，并礼拜了母亲。

第二天，梁公又向老妇的儿子询问案情，老妇的儿子仍不回答。梁公生气地说:“你我既然已经结为兄弟，应当坦诚相待，哪能容许再有隐藏呢?如果老弟你还认为我是外人，请允许我就此告辞。”老妇的儿子笑着说:“此事关系重大，所以我不敢胡说。现在我就对兄长详细剖析一下，但你不可以对外人说。”于是老妇的儿子起身关上门，又请梁公往屋内走了几步，笑着说:“兄长看小弟我是怎样的人呢？”梁公说：“是江湖豪士。”老妇的儿子说：“对。城里乡间有不义之人，我必会在夜晚前往他家盗取财物。我盗出的财物，一部分赡养家人，一部分施舍给贫乏之人。上个月，我听说山阳县某家，吞没了客人的钱财一千两，我前往盗取，误入其邻居家。我躲在庭院的大树上，看见有一对男女对饮，意态亲昵轻浮。忽然听到敲门声，妇人急忙收起酒具，男子不知去了何处。随即有一个病人进入屋内，步伐踉跄，进入房中就倒卧在床上。妇人唤之不应，撼之不动，扶起病人，病人随即又倒卧于床。于是妇人把之前共饮的男子叫进来，拿出一枚铁钉，从病人的发际间钉入。病人在地上打滚，过了一会儿，便不再动弹。那个男子离去，妇人便大声喊叫。周围的邻居前来察看，我也趁机混在人群中，众人都以为妇人的丈夫是因为中毒而突然死亡，没有人验看发际。前日开棺验尸时，我也在场，看见那个与妇人共饮的男子，手伸三指向仵作打暗号。山阳县的仵作，虽然验看了死者的发际，仍然谎报说无伤。”

说到此时，已是后半夜。梁公推说疲倦，回到柴屋睡觉。第二天，梁公就到袁浦镇谒见孙寄圃先生，一一陈述详情。孙寄圃先生又传令山阳县县令，会同清河、阜宁二县县令，监督率领三个县的仵作，一同开棺验尸。果然在死者的发际发现一枚大钉。传唤奸妇上堂受审，奸妇不服。梁公传唤老妇的儿子出堂作证，令其陈述那晚所见的谋害情形，描述得清清楚楚。于是奸妇俯首认罪。奸妇随即供出奸夫的姓名，梁公派人将其绑缚而来，审讯之下，奸夫供认不讳，供词和奸妇说的一模一样。二人一并被依法治罪。

孙寄圃先生更加器重梁公，将其向朝廷推荐。没过几年，梁公已升任淮阳道。梁公将老妇和老妇的儿子迎接到官署赡养，又为其置办田产，帮助其娶妻成家，对其终身礼待，二人就像亲兄弟一般。

7.1.13 贪官惨报

道光年间，慈溪令傅某，贪污鬻狱，谤声载道。数年，调署定海，一如在慈溪所为。未几，病卒。殓以富阳石灰，藉以衾簟。尸腐，血渎污灰。灰中火发，焚烧尸棺。姬妾多而无子，一一从人而走。存殁均不能归故乡。其受报亦惨矣。

【译文】道光年间，慈溪县县令傅某，贪污枉法，引起了民众的普遍不满。几年后，傅某调任定海县县令，所作所为完全如同在慈溪县时一样。不久，傅某因病而死。装殓下葬时，家人在其墓穴中撒上富阳县产的石灰，铺上被子和竹席。傅某的尸体腐烂，血水污染石灰。灰中火发，将他的尸体、棺材全都焚烧了。傅某虽有多个姬妾，但没有儿子，傅某死后，他的那些姬妾全都改嫁离开。生者与死者都不能回到故乡。傅某受到的报应也太惨烈了。

7.1.14 雷警不孝

慈溪小东门，有冯某者，不善事母，拂意辄怒詈相加。居于楼房，楼墙外即隙地。一日，雷震坏其墙，挈其人于楼外，两手搭衣橱上，两足悬空。若一失手，即坠下，无生理。乃大号呼救，自称不孝母亲之故，自后改过孝顺，决不敢违。于是其母令人取长梯，倚其足下，始得下。从此不敢忤逆矣。

【译文】慈溪县的小东门，有个姓冯的人，不孝顺母亲，母亲一旦违背他的意思，他就对母亲怒骂相加。冯某住在楼房中，楼墙外是一块空地。一天，雷震坏楼墙，把冯某提到楼外，冯某两手搭在衣橱上，两脚悬空。如果稍一失手，就会坠下，必死无疑。于是，他大声呼救，自称因为不孝母亲的缘故（才受此报应），他又发誓说，从此以后他将改正错误，孝顺母亲，决不敢违背母亲的训示。于是，其母令人取来长梯，将长梯倚靠在他的脚下，他这才得以顺着梯子下来。从此，冯某不敢再忤逆母亲了。

7.1.15 刀笔

慈溪人，有陈三秀者，刀笔为生。发逆再陷慈，被杀者甚众。三秀既被杀，且断其手。非刀笔之报欤？

三秀有弟，中道光己酉科举人，辛亥秋间患疟。同里有林姓人，为走无常者，常往来其家。嘱林于冥司簿中，查视此生前程如何。越日，报之曰："尔名在第一本簿中，开卷约数名即是。"问何故，曰："此贵人簿也。名愈前，则愈贵耳。"越数日，寒热不退而死。所谓"第一本簿，开卷数名即是"者，死期之在即也。"贵人"之说，乃诳之耳。孝廉与兄同居，盖多倚其势云。

【译文】慈溪县，有个叫陈三秀的人，以为人写状纸、打官司为生。太平军再次攻陷慈溪县，县里有很多人被杀。陈三秀在被杀后，又被砍断了手臂。这难道不是他担任讼师、舞弄笔墨的报应吗？

陈三秀有个弟弟，考中道光二十九年（1849）己酉科举人，咸丰辛亥年（1851）秋季患上疟疾。同乡有个姓林的人，就是民间所谓的走无常者（以生魂进入冥间当差者），常往来其家。陈举人叮嘱林某在阴司查阅生死簿，查看他今生的前程如何。过了一天，林某回复他说："你的姓名在第一本簿册中，开卷大约第几名就是。"陈举人问林某为何如此，林某说："这是贵人簿。名次越靠前，则越富贵。"过了几天，陈举人因寒热不退而死。林某所说的"第一本簿册，开卷前几名就是"，其实是说陈举人的死期将至。"贵人"的说法，乃是骗他的。陈举人与哥哥陈三秀住在一起，大概陈三秀为人打官司多是依仗着陈举人的势力吧。

7.1.16 刘会元

刘会元（有庆），宰江右之玉山，廉明而勤，案无留狱。讼者非有应得罪，不轻拘候。时有成衣某，为某案质证。将集讯，而刘公以要事晋郡。差役尽拘两造，及案证，于饭歇，以俟其反。成衣之妻，闻夫被押而惧，以为公不轻押人，押则必犯重罪。急携其幼子入城探视，值山水发，落水死。及公回，案结，成衣归而无家矣。因自缢。而公弗知也。

逾月，公复晋省，甫下船，忽叱家人曰："舱中何来妇女？"视之，无人。及下舱，复曰："汝何人，敢携幼妇稚，擅入我舱？"家人视之又不见，众疑其船有鬼，劝公易船以行，勿许。舟发，公背倚窗观书，窗忽塌。公遽倒身落水，如有曳之者。急捞救。至三里外，始得公尸。即成衣妇子落水处也。公殁之逾年，玉山城隍庙道士，夜梦新城隍到任，则刘公也。

盖勤，善德也。刘公转以勤故，致误伤三命，而身自受其报。《书》云："怨岂在明，不见是图。"为上者而必图及于不见之怨，甚矣，其难哉！虽然，彼三人者固冤，数也。而刘公，平日之聪明正直，以偶不及检，而罹是惨报，不尤冤乎！

余则曰，是亦数也。盖其水厄本不能免，特因居官能勤，故殁而为神。则彼苍之鉴观，固不爽耳。此道光晚年事。

【译文】刘会元（刘有庆，字芸轩，道光九年会元），任江西玉山县县令，为官廉明勤勉，从来没有积压的案件。如果当事人不是罪有应得，绝不轻易拘拿关押。当时有个裁缝某，作为某案的证人。将要集讯时，而刘公因要事前往府城。差役将原被告双方，以及证人全部拘押，关在休息室，以待刘公返回。裁缝的妻子，听说丈夫被拘押，非常害怕，认为刘公从不轻易拘押人，一旦被拘押则说明一定犯了重罪。裁缝的妻子急忙携带幼子入城探视，正赶上山洪暴发，落水而死。等刘公回来，结案，裁缝却无家可归了。于是裁缝自缢而死。而刘公对此并不知情。

过了一个月，刘公又赴省城办事，刚上船，就忽然斥责家人说："船舱中哪里来的妇女？"家人察看船舱，发现舱中并没有其他人。等进入船舱时，刘公又说："你是何人，竟敢携带妇人、幼童，擅自闯入我的船舱？"家人察看，仍不见人，众人疑心船中有鬼，劝刘公改乘其他的船只出行，刘公不同意。开船后，刘公背倚着船窗看书，船窗忽然塌落。刘公瞬间倒身落水，好像有人在拽他一般。家人急忙捞救。船行到三里之外，其家人才捞到刘公的尸体。捞到刘公尸体的地方，正是裁缝的妻子和幼子落水之处。刘公死后一年多，玉山城隍庙的道士，夜晚梦见新城隍到任，新城隍就是刘公。

勤勉，是一种美德。刘公反而因为勤勉的缘故，以致误伤了三条人命，而他自身也受到了报应。《尚书》中说："结下的仇怨怎么会在明处呢？应该在它没有表现时就要提防了。”为官之人一定要提防看不见的仇怨，这太难了啊！即使如此，裁缝及其妻子、幼子三人固然是冤死，但这也是他们的命数。而刘公平日里聪明正直，因为偶然失于检点，受到这样惨烈的报应，不是更加冤屈吗！

我则认为，这也是刘公的命数。大概刘公落水而死本不能避免，只因其为官勤勉，所以死而为神。由此可见，上天对人事的鉴察，本就是没有差错的。这是道光晚期的事情。

7.1.17 牛痘可信

牛痘之法，种在人之消烁、清泠渊两穴，不拘寒暑，不必禁忌。小儿生四个月后，只要无疮瘰诸疾证，便可随时引种。其胎毒轻重，则颗数不定，种几颗则发几颗者，常也。并不用药，自然灌浆。小儿饮食如常，若无其事。旬日之间，收靥成功。消、清两穴，在少阳三焦经。三焦者，人身最关之府，总领五脏六腑，营卫经络，通内外上下之气，于其关要之处，引之。从皮毛经络直传而入，纵有胎毒深藏于肾，亦自然同时引出。《金鉴》所谓“引其毒于未发之先”者，即此。张玉《种痘新书》，所谓以好苗而引胎毒，斯毒不横而证自顺者，亦此意。凡种痘乃用引法，而引毒从深处同时而出，不受苦楚，不耽惊险。则牛痘为最妥也。

夫牛，土畜也。人之脾属土，以土引土，同气相感，故能取效若此。《本草纲目》云：“用牛虱能稀痘。”取其有牛血耳。牛虱尚能稀痘，则牛痘必稀可知。且痘为小儿一大关键，宜先事预防。不可听信妇人小子之言，以牛痘为太暴，致贻后悔。

牛痘自种后，至三四日，始露形影，发出尖头；五六日起小泡；六七日水足灌浆，微微起痒；八九日浆足，两腿底微疼，略似结核，头额掌心，俱见微热。此周身毒由此而出也。

其痘灌浆，足有如绿豆大、白豆大者。第九日脚外晕散，热退，浆转黄腊色，渐次变苍，皆靥。靥落，光泽坚厚，则大功告竣矣。夫牛痘尽美尽善矣，而最不利于塞鼻痘医；牛痘不必延医，又不利于看痘幼科；牛痘无余毒遗患，又不利于外科；牛痘勿药可喜，亦不利于药铺。每有谋利者，暗中妒忌，互相煽惑，竟以牛痘刺种为伤人，而更造为“再出”之一语。此种浮言，断不可信。育子者，当奉牛痘为希世之宝可耳。

按，牛痘盛行于咸丰、同治间。予之四子、五子均用牛痘种之，绝无所苦。男女孙不下十余人，在闽、在杭，均种以牛痘。或以再出为可虑，试再种之，必不再出。亦曾试将一二人再种之，而竟不出。此尤可信者。以故人家之过于珍重者，于次年复种一次，其不出者比比矣。

【译文】种牛痘的方法，种在人的消烁、清泠渊两个穴位，不论寒暑，不必禁忌。小儿出生四个月后，只要没有疮疖等病症，便可随时引种。由于胎毒（中医指初生婴儿所患疮疖等的病因，大多是母体内的热毒）的轻重不同，所种牛痘的颗数也不确定，种几颗发几颗的，也常有。种牛痘并不需要用药，自然灌浆（指疱疹中的液体变成脓，使疱疹在皮肤表面凸起，多见于天花或接种的牛痘）即可。小儿饮食如常，若无其事。十天左右，收靥（中医术语，指使痘疹的疱块收敛结痂）成功。消烁、清泠渊两个穴位在少阳三焦经。三焦经，是人身上最关键的地方，总领五脏六腑，营卫经络，连通内外上下之气，在其关键之处，引种牛痘。牛痘从皮毛经络直传而入，纵使肾里深藏胎毒，也自然可以同时引出。《金鉴》里所说的“引其毒于未发之先”，就是指此。张玉《种痘新书》里所说的用好的疫苗引出胎毒，胎毒不横行为害而病症自然顺畅，就是这个道理。凡是种痘都用引法，把胎毒从深处同时引出，不受痛苦，不担惊险，这是种牛痘最妥善的方法。

牛，是土畜。人的脾属土，用土引土，同气相感，所以能取得如此良好的效果。《本草纲目》说：“用牛虱能稀痘。”用牛虱乃是因为牛虱中带有牛血。牛虱尚能稀痘，可知牛痘必稀。并且种痘是小儿的一大关键，应该事先预防，不可听信妇人、小子之言，认为牛痘太过暴烈，以致留下后患。自种牛痘后，到第三四天，牛痘才露出初形，发出尖头；第五六天起小泡；第六七天水足灌浆，微微起痒；第八九天后浆足，两腿底部微疼，略似结核，头额掌心都会微微发热。这是因为全身的胎毒都由此而引出了。

牛痘灌浆之时，能有绿豆、白豆般大小。第九天脚外的晕斑散去，热退，痘浆变为黄蜡色，逐渐变为灰白色，都结痂。痂落后，此处的皮肤光泽坚厚，这样就大功告成了。这种种牛痘的方法已是尽善尽美了，而最不利于请痘医为小儿塞鼻种痘；种牛痘不必延请痘医，也不利于看痘幼科；牛痘没有余毒遗患，也不利于看外科；牛痘不需要使用药物，自然就可以种成，也不利于去药铺抓药。因此常有一些谋利之人，暗中妒忌，互相煽动，蛊惑人心，竟然说刺种牛痘会伤害人的健康，更有人造谣说刺种牛痘没有作用，牛痘还会再出。这种没有根据的言论，断不可信。养育幼儿的人，应当把牛痘奉为稀世珍宝才行。

说明，牛痘盛行于咸丰、同治年间。我的第四个儿子、第五个儿子都种了牛痘，毫无痛苦。我的孙子、孙女不下十余人，在福建，或在杭州，都种了牛痘。有人担心种了牛痘还会再出，可以试着再种一次，必然不会再出。我曾经也在一二个孩子身上试着再种了一次，最后也没有再出。这尤其值得相信。因此有些过于珍重孩子的人家，在第二年复种一次，其没有再出者比比皆是。

7.1.18 胡封翁

胡向山太守之封翁，金山刑房吏也。存心忠厚，舞文事素不为。值金山有盗案，事主跌伤致死，捕获首从三十余人。时功令严，劫盗伤人者，无分首从皆斩。适翁承行此案，见彼三十余人者，皆失业贫民。不忍其悉就戮，乃以起意行劫，及下手致死二人拟斩，余皆拟军流定案。令疑其失之轻，翁力言案虽行劫，然阅其供词，并非积贼，即其致伤事主，亦系黑夜仓卒推跌。非有金铁器械，似可从轻比。令虑干严驳，翁曰："倘干驳诘，某当任之。即以某解省亦可。"令敛容曰："若尚肯为民请命，我岂独无仁心耶？"遂从其言。

谳上，果驳回另拟。翁复为文顶详，三驳三上。中丞大怒，严札申饬，提案亲讯。又饬令带印至苏，势将参劾。令大惧，咎翁。翁愿随侍至省，且曰："公如见抚宪，请悉委之某。幸而得释，公之福；不释，某独任其责。"令遂带翁同行，至省，入谒中丞。翁候于辕外。中丞责令轻比，词色俱厉。令顿首谢过。中丞复曰："若初任，谁教若为此者？"令以刑房胡吏对。中丞曰："立锁来。"对曰："现在辕门外。"中丞笑曰："我固疑滑吏得贿舞文，果不谬。我当亲讯之。"

即饬巡捕官带翁入。中丞叱之曰："若为刑房吏，不知劫盗伤事主至死，应无分首从皆斩耶？”翁叩头对曰：“固知之。然律虽如此，其中轻重，当有权衡。”中丞怒曰：“同一劫盗伤主，分何轻重？”对曰：“律为积年巨盗，明火执械，杀死事主者言耳。此案皆失业贫民，迫于饥寒，致罹法网。事主之死，由于年老推跌，似当稍从宽典。”中丞厉声曰：“汝得贿若干，敢巧言为之开脱？从实言之。否则有大刑。”翁复叩首曰：“若谓吏有意为盗开脱，吏不敢辞罪。至受贿舞文，吏素不屑为。不独此等巨案，即斗殴细故，下吏亦不敢昧此良心。”中丞强笑曰：“既不受盗贿，何所为而力从轻比？”翁笑曰：“不敢说。”中丞固询之。对曰：“无他，公门里面好修行耳。且大人独不闻欧阳文忠有言‘求其生而不得，则死者于我无憾’乎？”

中丞闻而异之，见其应对从容，不似舞弊状。因令近案谛视之，则善气迎人，望而知为长者。遂霁颜问曰：“汝有几子？”对曰：“有四子。”“何业？”对曰：“长子令仪，幸列一榜；次、三，皆县学生；四，本年蒙府尊拔取案首。”中丞肃然曰：“此汝修行之报也。此案吾从汝保全多命，又为汝子明年琼林先兆矣。”遂如详定案，诛二人，余皆全活。令亦仍回本任。

向山太守，次年果捷礼闱；次、三，俱贡入太学，登仕版；四，廪生。至今书香未艾。

盖人欲为善，不独宜常有此心，且当有定识定力，方不为权势所夺。世每有初念甚善，非不知以济人利物为心，及临之以赫赫之威，而利害切身，初终易念。古今贤士大夫，以是丧其生平者，岂少哉？胡翁以区区县掾，见一定而不可挠。虽以抚部之尊，又愓之以严刑，凌之以盛气，而翁持论侃侃，卒之己见得伸，而抚部亦霁威以听。充是以往，虽张释之、徐有功，何以加此？谓非以定识定力，济其善心乎？

惟以一案之故，彼中丞遽为之反复推敲，而不惮烦若此。继以一吏之微，而能舍己，以相从，不执初见。何其虚怀若此？胡翁可取，中丞亦可取也。惜忘其名。

【译文】有一位胡向山（名令仪）知府，他的老父亲，曾经在金山县担任刑房吏。为人处事忠厚正直，玩弄手段、串通作弊、贪赃枉法的事情，从来不屑于去做。当时金山县发生一起盗抢财物的案件，被害人因受伤导致死亡。抓获了首犯和从犯三十多人。当时国家法令特别严格，凡是抢劫偷盗导致伤人性命的，不论首犯从犯，一律处斩。当时正是胡老先生承办这个案件，见被捕的那三十多个人，都是失业的贫民，不忍心眼睁睁看着他们一并被斩首。就以作案动机是劫掠财物，下手时误伤致人死亡为由，拟定将为首的二人处斩，其他的人都处以充军流放，以此定案。县令疑虑这样判决量刑太轻，胡老先生极力解释说："案子虽然是行劫，但是阅读他们的供词，并不是惯犯。即便是被害人受伤致死，也是因为当时是在黑夜，仓促慌乱之中被推挤跌倒，并不是刀剑器械等所致，似乎可以给予从轻处理。"县令又担心案件上报以后会遭到上级严厉驳斥，胡老先生说："倘若被驳斥质问，请把我押解到省城，治我重罪轻判、轻纵犯人的罪名。"县令神色严肃地说："你都愿意为民请命，难道我就没有仁爱之心吗？"于是，听从了他的意见。

案件上报以后，果然被驳回，责令另行拟定判决结果。胡老先生又写了报告进行辩护，三次驳回，三次辩护。巡抚大人大怒，以严厉的语气发文告诫斥责，要将案件提到省里亲自审讯。又命县令带着官印到苏州（清代江苏巡抚衙门驻苏州），看样子势必要被参劾。县令很害怕，埋怨胡老先生。老先生表示愿意陪同县令到省，并且说："大人您见了巡抚大人以后，请把全部责任推到我头上。如果有幸得到赦免，是大人您的福分；如果不能赦免，我独自承担其中的责任。"县令于是带着老先生一同到省。县令进去拜见巡抚，胡老先生等候在辕门外。巡抚斥责县令量刑过轻，言语和神色都非常严厉。县令叩头谢过，巡抚又说："你刚上任不久，是谁教你这样做的？"县令回答说是刑房吏胡某。巡抚问："他和你一起来了吗？"回答说："现在辕门外等候。"巡抚笑着说："我本来就怀疑有狡猾的小吏，从中收受贿赂，玩弄文字游戏，徇私作弊，看来果然不错，我要亲自审问他。"

就命令巡捕官把胡老先生带进来。巡抚迎上去叱责他说："你作为刑房吏，不知道律条规定劫盗使被害人受伤致死，应该不分首犯、从犯都要处斩吗？"胡老先生叩头回答说："当然知道。但是律条虽然这样规定，其中的轻重，应当有所权衡。"巡抚生气地说："同样都是劫盗伤主，哪有什么轻重之分？"回答说："律条上所指的是多年作案的大盗，明火执仗，公开抢劫，杀死被害人而言的。像这个案子，都是失业贫民，被饥寒所迫，以至于铤而走险、自蹈法网。而被害人的死亡，是由于推挤跌倒。似乎应当稍微从宽处理。"巡抚严厉地说："你收了盗犯多少贿赂，胆敢花言巧语为他们开脱罪责？不说实话，就用夹棍夹你！"胡老先生又叩头说："如果说下吏我有意为盗贼开脱，我不敢推辞罪名。至于收受贿赂、玩弄文字、徇私舞弊，我素来不屑于做这样的事。不仅是这样的重大案件，就算是打架斗殴的小事，我也不敢昧了良心。"巡抚冷笑着说："既然没有收受盗犯的贿赂，为什么一定要极力从轻处理？"胡老先生说："不敢说。"巡抚再三询问，回答说："没什么，公门里面好修行而已。而且大人难道不知道欧阳修先生曾经说过：'想为他寻求生路却无能为力，那么，死者和我也就没有遗憾了。'"

巡抚听说这话以后，感到很惊奇。巡抚大人于是就叫胡老先生走近案前，仔细打量了一番，只见老先生和蔼可亲、善气迎人，一看就知道是一位忠厚长者。于是收敛怒气，和颜悦色地问说："你有几个儿子？"回答说："有四个儿子。"问："从事什么职业？"回答说："长子胡令仪，侥幸考中上一科的举人；老二、老三都是县学生员；老四今年承蒙知府大人选拔为第一名。"巡抚大人肃然起敬，说："这都是你公门里面好修行获得的善报啊。这个案子我接受你的意见，保全多条人命，又成为你儿子明年定会高中进士的预兆了。"然后就让他出去了，按照原来拟定的结果定案。诛杀为首的二人，其余人犯都得以保全性命。县令也回到了原来的职位。

长子胡向山知府第二年果然考中进士；老二、老三都进入国子监学习，后来出仕做官；老四成为廪生。至今仍是书香门第，方兴未艾。

话说人想要行善，不仅要时时刻刻怀有善心，而且要有非凡的见识和坚强的意志力，才不会被权势所屈服，不被异端邪说所动摇。世人往往有初发心非常善良，并不是不知道要以帮助别人、利益众生为心，等到面对赫赫威势，而关系到自己切身利益的时候，最终改变了最初的发心。古往今来的贤士大夫，因此虚度一生，甚至使一生名节毁于一旦的，往往不在少数。胡老先生，作为县衙中的区区小吏，面对巡抚大人之尊贵，又以严酷刑罚恐吓于他，以盛气凌驾于他，而老先生阐述主张，侃侃而谈，不屈不挠，最终使自己的意见得以申明，而巡抚大人也收敛威势，耐心听取。由此推之，即便是历史上以执法公正严明著称的张释之、徐有功，也不过如此。

难道不是靠卓越的见识和强大的定力，来成就自己的善愿吗？

只因为这一件案子的缘故，那位巡抚就为之反复推敲，而如此不怕烦劳，接着又因为一个微贱官吏的话语，而能舍己从人，不固执于最初的意见。这是多么的虚怀若谷啊。胡翁的行为值得学习，巡抚的行为也值得学习。可惜我忘记那位巡抚的名字了。

7.1.19 阅卷不可不慎

吴澥廷曰：家母舅邑庠生乐也筠先生，讳原纳，仅一子，名寅通。自少携带馆中，早应童子试，屡科文皆可人意，而屡不售。道光戊申，年二十矣。科试出场，阅其文，长题滚做，足以冠场，决其必获首选。而又被黜。急取落卷，两艺皆邀评奖，连圈满纸。因诗题官韵在四支诗中一联押用“姿”字，将“姿”字内“欠”字，误作“皮”字，似“婆”字，而特缺一点，旁加一大抹，遂弃不取。表弟见之，顿足大哭，遂呕血，一月而殂。母舅因此伤悼，逾年亦卒。

在阅卷者，因诗有误字，遂不信其文，黜之亦宜。然使果系出自倩代，何致不识“姿”字，何致写“婆”字，而作两点旁？乃左作两点，又作“皮”字，其为笔误，可想而知。不经细想，即行摈弃，以致伤人两命，且绝人嗣。其为无心之过，不亦大乎？

善哉朱咏斋，学院之试士也。不拘犯下、出韵、失黏、别字，有可原者，皆得凭文录取。而于覆试日，当堂训饬，分别掌责。受其责者，莫不感恩戴德。至今士林颂之。

【**译文**】吴澥廷说：我的舅舅乐也筠先生是县学生员，名原纳，只有一个儿子，名叫乐寅通。父亲在别人家设馆教读，乐寅通从小就跟随父亲读书，早年参加童子试，每科考试的作文都让人满意，但却屡次不中。道光戊申年(1848)，乐寅通二十岁了。考完出场，其父阅读其文，字数众多，一气呵成，足以成为全场最佳，其父认为这次儿子的文章必然能获首选，然而又被黜落。其父急忙取来落选的试卷察看，两篇文章都获得评奖，连圈满纸。因诗题限用“四支”官韵，其诗中一联押用“姿”字，将“姿”字中的“欠”字旁，误写成“皮”字旁，“姿”字似“婆”字，而缺少一点，阅卷官在诗边加了一大抹，于是弃而不取。我的表弟见此，顿足大哭，于是吐血，一个月后死去。我舅舅因此伤心痛惜，一年后也去世了。

对于阅卷官来说，因诗中有误字，便不信考生的文章也能写好，将其黜落也是应该的。但如果真是出自代考，何致不识“姿”字，又何致写成“婆”字，而作两点旁呢？字的左边有两点，右边又作“皮”字，其为笔误，可想而知。阅卷官不经细想，就将考卷摈弃，以致伤害了两条人命，并且使人绝嗣。这样的无心之过，不也是太大了吗？

还是朱咏斋在学院考试士子时的做法好啊。他不拘犯下、出韵、失黏、别字，只要情有可原的，都会依据诗文的好坏录取，而在复试之日，当堂训饬，分别掌责。受到责罚的考生，无不感恩戴德。至今士子们仍在传颂他的恩德。

7.1.20 勤审案

今之官箴，不外“清、慎、勤”三字。清者，廉介，官本不应贪钱；慎者，谨饬，官本不应大意，人皆知之。至勤之一字，则动视官为可乐，而自便于逸者多矣。岂知只此自便一节，其造孽已无穷也。余谓不官则已，既官必先除却嗜好，振刷精神。做一日官，即任一日劳。纵未能造福，亦断不可造孽。语云："半世为官百世愆。"诚有所见而云然也。

余需次杭省已三十二年，每于夏秋睹省会、首邑监墙外，拖尸不胜计，恻然伤之。省会亦然，何论外府、外县？揆其原，皆积压案件之故。官不理事，罪有攸归。而幕享大俸，高坐衙斋，忍心害理，厥罪惟均。奈何群泄泄以从事，不知所变计哉？

试思一案到官，羁留多人，一为审结，何等清爽？其为行方便，孰大于是？"当官若不行方便，如入宝山空手回。"宜三复斯语耳。今之积压案件，大率藉词人证不齐，遂至拖累。班馆私设而不究，监屋破败而不修。隆冬则冻馁失所，盛暑则炎热逼蒸。其不辗转瘐死也几希。而盗案之拖毙尤多。向使勤于审断，所补自非浅鲜。

余自咸丰纪元来，四届握篆，统计约二年余，行之本属，即已不易。事权一过，何能为力？若彼之久于其位者，断当求免此罪过耳。其为大案，求审无由，则度日如岁；其为小案，两造愿息，则望眼欲穿。无如官若幕，每醉饱安眠，日复一日，毫不动念。遇有上官札饬，小民呈催，亦知代为转行。每批一"候"字，一宕延间，而又置之度外。经年累月，则瘐毙狱中居多。

勿论吸烟、湎酒辈，不宜为官，即好叶戏、好弈棋、好诗画者，亦恐废时失事。自谓享福，冥冥中已造孽耳。彼未久于其任者，尤有词可藉，则大半存"五日京兆"见矣。

然则无法可施乎？曰：有。既不费力，以无流弊。即使一向堕者，一行此法，而即不能不自勉。但令照雨水、粮价式，按月一报，某日审某案，某日结某案，某日审若干案，或某日直书未审案，断无连日多日不审案者。或连日皆书审此案，断无连审积审，不结案者。同城之县丞、教职等官，责令同报。其刑友姓名籍贯，并曾就馆若干次，于履任时，先须报明臬署。于去任时，查其结案若干。该管道府，按月即其新收旧存，销除实在四项核之，考其勤惰，行其赏罚。似此则清简缺，案无留牍，必可自了。其烦难者，或派一二帮审之员，以分其劳。将见日日做官，日日行方便；日日审案，日日积阴德矣。

此事惟在臬司，信赏必罚，一意主持。盖专掌讼狱，州县之孽，皆其孽也。以一官之孽，分其三成，亦如藩司之代赔亏项。以七十三外县计之，诚担不起。巡抚为臬司之上官，其孽自不减于臬司。居上官顾易易哉？今居官者多好逸而恶劳，能以此令咨行各省仿为，可望政平讼理，囹圄空虚，官民长享无事之福，所俾实多。处得为之日，操有为之权，敬以此为劝。

【译文】今日之做官的戒规，不外“清、慎、勤”三字。清，指廉介，做官本不应该贪钱；慎，指谨饬，做官本不应该大意。对这二者，人们都知道。至于“勤”这个字，很多官员往往认为做官是有乐趣的事情，从而随自己的方便贪图安逸。他们哪里知道只是“随自己的方便”这一点，就已造孽无穷了。我认为不做官则已，既然做了官必须要先戒断嗜好，振奋精神。做一天官，就要承担一天的劳累。即使不能造福，也断不可造孽。俗话说：“半世为官百世冤。”这话说得确实有见地。

我在杭州等待补缺已经三十二年，每逢夏秋季节就看见省城、首县的监狱院墙外，拖出无数的尸体，心中恻然感伤。省城都这样，何况外府、外县呢？探究其原因，都是由于积压案件的缘故。官员不处理案件，罪有应得。而幕僚享受丰厚的俸禄，高坐在衙斋中，忍心害理，其罪行与官员是一样的。无奈他们办事拖沓懈怠，不知道改变这种作风啊。

试想一件案子被呈报到官府后，多人被羁押滞留，一旦审完结案，多么清爽！若说给人以便利，还有比这更大的便利吗？“当官若不行方便，如入宝山空手回。”应该反复思量这句话。现今官员积压案件，大多以人证不齐为借口，乃至拖累诉讼双方。差役私设班馆（羁留无辜）而不追究，监屋破败而不修葺。隆冬则（被羁留之人）受冻挨饿没有安身之地，盛暑则（被羁留之人）又受到炎热逼蒸。其不辗转病死，也几乎不可能。在盗案中因受羁留而被拖累致死的更多。如果官员能勤于审断，对此必然大有补益。

我自咸丰元年（1851）以来，四次为官，总计约有二年多，将勤勉的风气推行于下属官吏，已是不易。一旦卸职交权，更是无能为力了。如果是久居某个官位的官员，一定要大力推行勤勉的风气，以求避免这种罪过。如果是大案，诉讼双方没有途径请求尽快结案，就会感到度日如年；如果是小案，诉讼双方希望和解，他们就会望眼欲穿。他们不能像官员和幕僚一样，每每醉饱安眠，日复一日，毫不动念。如果遇到上级发文训示，小民呈书催促，审案的官员也知道代为尽快审理。往往批示一个“候”字，或稍微一拖延，又会将案件置之度外。经年累月，就会有许多人病死在狱中。

先不说那些喜好吸烟、沉湎饮酒的人，不适合做官，即使喜好叶子戏、喜好下棋、喜好诗画的官员，也恐怕会旷废职事。他们自认为这是享福，其实冥冥之中已经造下罪孽了。那些不在某个官位上久居的官员，更是有许多借口，多半早已存有“不过再做五天的京兆尹了，还能办什么案子”的心理了。

既然这样，就无法可施了吗？答曰：有。采用下面的办法既不费力，也没有流弊。即使素来懒惰之人，一旦施行此法，他就不能不勤奋自勉。只要命令他们按照上报雨水、粮价的样式，按月一报，某日审理某案，某日审结某案，某日审了多少案子，或某日据实写明没有审案，这样就绝不会有连续多日不审案的官员。或连日皆写明审理此案，这样就绝不会有连日审案、积压案件而不结案的官员。同城的县丞、教职等官，也责令他们一同上报。其衙署中刑名师爷的姓名籍贯，以及曾担任过多少次幕僚，在其上任时，就必须令其先行向提刑按察使司详细上报。在其离任时，查其审结了多少案子。该官员所属的道、府，按月命其收新存旧，实实在在地消除四项并予以核对，考察勤惰，予以赏罚。像这样就能清查出官员的疏略缺失，使其不敢积压案件，这样他们必然就会尽快地了结案件。这种方法的繁难之处，在于要派出一二名帮审官员，以分担其辛劳。这样就会见到日日做官而日日行方便、日日审案而日日积阴德的局面了。

这种方法的关键在于提刑按察使司，能有功必赏，有罪必罚，赏罚严明，一心一意主持公道。提刑按察使司专门执掌诉讼刑狱之事，州县长官犯有罪孽，也会连带着上下官员犯有罪孽。将一个官员的罪孽，分担三成，这也就像布政使司为州县长官代赔亏欠一样。如果为七十三个外县的长官全部承担罪孽，确实承担不起。巡抚是提刑按察使的上官，其罪孽自然不会少于提刑按察使。做上官难道是容易的吗？如今的做官之人多好逸恶劳，朝廷如果能下令将这种方法推行于各省，让各省商议效仿，国家就有希望政治清明、案件很快得到正确处理，监狱空虚，官员百姓长享无事之福，这样做的好处实在多。希望官员在担任官职时，能运用手中的权力有所作为，我恭敬地写下这些文字作为劝戒。

7.1.21 强项监司

陈徽言曰：吾乡龚莲舫方伯（绶），道光初，以言官出为惠潮监司，固优缺也。比至省，往谒大吏。大吏欲留之，俾勿莅任。盖故为羁束，冀其有所献也。公一日扬言曰："某以樗栎（chū lì），荷上殊恩，简命来此，惟知恪恭厥职，不知其他。不令吾官，则当还朝待命。若累月省居闲散，虚负头衔，恐朝廷始意不及此也。"大吏虽恚甚，然无以夺公，趣使下车。未久，即擢至湖南布政使。

【译文】陈徽言说：我的同乡龚莲舫布政使（名绶），在道光初年，以御史出任广东惠潮道，这是一个肥差。龚公到达省城后，前去拜谒巡抚。巡抚想将他留在署中，不让他上任。巡抚这样做大概是故意羁留他，希望他进献一些财物。一天，龚公扬言说："我作为无用之才，蒙受皇上的特殊恩典，奉命来此。我只知道恪尽职守，不知其他。您不让我上任，那么我就应该回朝待命。我如果一连数月闲散地住在省城，背负一个虚的头衔，这恐怕不是朝廷的本意。"巡抚虽然非常愤怒，但无法改变龚公的志向，便督促龚公赶快赴任。不久，龚公就被朝廷提拔为湖南布政使了。

7.1.22 姚总宪

钱塘姚公（祖同）提刑东粤，性孤峭，有干济才。初下车，事猬集，茫然无端绪，公拨冗清厘，不数月，处之井然，一无所废。尝谓属吏曰:“尔等有公事,可来见,否则不必数数及吾门也。”署中上下,规制森严,镇日阒(qù)然,无骄汰侈靡之习。大府亦以其弊绝风清,相率畏敬而爱之,洊升至开府。未久,即内召还朝,旋迁擢至左都御史。

按,姚公与家大人尝同京宦,来往素密,后邻省同官,亦颇相得,佩其才,而微嫌其刻也。

【译文】浙江钱塘县(今杭州市)的姚祖同先生担任广东提刑按察使,性情孤傲峭直,办事干练而有成效。初上任时,事务纷繁芜杂,茫然没有头绪,姚先生在繁忙之中抽出时间予以清理,不过数月,就将事情处理得井然有序,没有任何荒废。姚先生曾对属下官吏说:“你们有公事,可来见我,否则不必屡屡前来我的署中。”署中上下,规矩森严,整日寂静,没有骄纵奢靡的习气。上级大官也因其杜绝了弊政、清肃了风气,相继对他充满敬畏并宠爱有加,逐步荐升为封疆大吏。不久,姚先生就受到皇帝的召见,返回朝廷任职,很快升迁为左都御史。

说明,姚先生与我的父亲曾经同为京官,二人来往素来密切,后来我父亲在邻省担任提刑按察使,与姚先生颇为投合,佩服他的才干,只是觉得他稍微有些苛刻。

7.1.23 衢郡洪节妇事

洪节妇者,居西安礼贤门之外之吴头塘,母家六都杨氏,读书旧家也,颇称殷实。节妇生而失乳,父母觅乳媪不得,惟邻洪妇有乳。洪贫家也,与之商,洪氏曰:“能与我为媳则可,否则吾乳将以养儿，不能为人乳女也。”杨父母思女不得乳必死，洪虽贫苦，不犹愈于视其死乎？遂诺之。及节妇长，美而慧，父母悔之，索女归家。洪不肯，曰：“既许我为媳，今抚育十余年而悔之，必不可。”父无奈，与之田十亩，以助女焉。无何父死，母以爱女故，终不舍，复召洪妇及女至家商之，洪终不肯。母乃谓女曰：“汝愿归家衣绮食肉乎？抑愿归洪氏敝絮而藜藿乎？”是时，节妇年十四，遽曰：“儿既幼许洪氏，则固洪氏妇也。贫亦命尔。”母禁不使返。数日，伺间逃归。俄而母又死。兄弟七人，以门户故，殊不愿。召妹至家。时方夏，节妇粗布敝衣而往，兄嫂为之易服，留不遣，合家劝之。节妇终不移。至冬，归洪之意愈坚。兄嫂怒曰：“汝既愿归洪氏，勿再入吾门，所服不得将去也。”节妇度不破颜面，终不得决去，遂解衣掷床上，服原衣而归。其姑喜曰：“吾以汝为绝矣，而仍归耶？”节妇曰：“我生为洪氏妇，死则洪氏鬼耳。”

不逾月，翁得病。姑曰：“恐有不测，不如即成婚，且使彼兄弟息念也。”遂命节妇成婚。是年年十有五，次年举一子。不久姑亦病死。及年二十有一，而夫又死，遗田十亩。节妇乃刻苦操作，自理农务，间为人作针黹（zhǐ），得值以抚孤子。子长，取妇，生一孙。而子又死。

咸丰八年，孙甫九龄，而发贼至衢，避乱者纷过其家。俄而贼已集门矣。节妇急携幼孙及媳，挟蓑衣三领、米二斗、帐一具、敝衣什物数事而奔，贼若弗见也者。当是时，节妇不自知其何以出，亦不自知其何以能挟诸物也。回视后来者，则多被贼戕矣。先是前一日，节妇晕去，见一老人，须垂至腹，引节妇至门外，手指右而示之，则刀豆一堆；又指左而示之，则丝瓜三枚。曰："汝明日慎毋往刀豆处行，往丝瓜处去可也。"言毕，忽然不见。恍惚如梦。次日左行，遂得脱。力走七八日，匿深山中，媳孙具获全。今节妇年六十六，孙名新有，年二十四。种田八十余亩，颇自给焉。余至衢闻其事，因叹节妇之能为其难，而天固有以相之。遂书之以俟采风者。

【译文】洪节妇，居住在浙江西安县（今衢州市）礼贤门外的吴头塘，娘家是六都杨村的杨氏，杨家乃读书世家，家境颇为殷实。洪节妇生下来时没有奶吃，父母寻找不到奶妈，只有邻居洪妇有奶。洪家贫穷，杨家父母与洪妇商议，洪妇说："你们如果能把这个女儿许配给我的儿子做媳妇，我就给她喂奶，否则我的乳汁将用来喂养我的儿子，不能为你们喂养女儿。"杨家父母考虑女儿没有奶吃必会饿死，洪家虽然贫穷，（让女儿嫁到洪家）不是仍胜过看着女儿饿死吗？于是答应。洪节妇长大后，美丽聪慧，其父母后悔，向洪家索要女儿，让女儿回家。洪妇不肯，说："你们既然答应让她做我的儿媳，如今我已经抚育她十多年了，你们反悔，绝对不行。"洪节妇的父亲无奈，赠给洪家十亩田，以帮助女儿生活。不久，洪节妇的父亲去世，其母因为珍爱女儿的缘故，终究心有不舍，再次召请洪妇和自己的女儿来家商议，洪妇始终不肯。其母对女儿说："你愿意回到咱家穿绫罗绸缎、吃肉呢，还是愿意在洪家穿布衣、吃野菜呢？"此时，洪节妇十四岁，立即回答说："儿既然幼时已经许配给洪家，就是洪家的儿媳。过贫穷的生活，也是我的命数。"其母禁止女儿返回洪家。几天后，洪节妇趁机逃回洪家。不久，其母又死了。洪节妇的兄弟七人，因为门户不对等的缘故，非常不愿意洪节妇嫁到洪家，召请妹妹来家。当时正值夏天，洪节妇穿着粗布破衣而往，兄嫂为她换上质地优良的新衣，留住她不让她返回，全家人都劝说她。洪节妇终究不改志向。到了冬天，洪节妇想要返回洪家的意志更加坚定。她的兄嫂发怒说："你既然愿意返回洪家，以后就别进杨家的门了，你身上的衣服不能带走。"洪节妇思虑不撕破脸面，终究不能彻底离去，于是脱下衣服，将衣服扔在床上，穿上原来的衣服，回到洪家。洪节妇的婆婆高兴地说："我以为你绝不回来了，没想到你又回来了。"洪节妇说："我生是洪家的儿媳，死是洪家的鬼。"

过了不到一个月，洪节妇的公公患病。婆婆说："恐怕会有意外，不如立即成婚，这样也可使你的兄弟断绝念头。"于是洪节妇的婆婆让洪节妇和自己的儿子成了婚。成婚时，洪节妇十五岁，第二年，她便有了一个儿子。洪节妇的公公死后不久，其婆婆也病死了。洪节妇二十一岁时，其丈夫又死去了，家中只有十亩遗田。于是洪节妇刻苦劳作，自理农务，有空时就为人做针线活，用赚来的钱抚养儿子。儿子长大后，娶了媳妇，生下一个孙子。不久，洪节妇的儿子又死了。

咸丰八年（1858），洪节妇的孙子刚九岁，此时太平军来到衢州，逃难的人纷纷路过其家门。很快，太平军也来到其家门前。洪节妇急忙携带着小孙子和儿媳，带着三件蓑衣、二斗米、一顶帐子、几件破衣等家什奔逃，太平军好像看不见她们一样。那时候，洪节妇自己都不知道她们是怎么逃出来的，也不知道自己何以能挟带这么多物件出逃。洪节妇回看后面之人，则多数被太平军杀死了。在此前一天，洪节妇晕倒，看见一个老人，胡须长及腹部，老人把洪节妇领到门外，用手指着右侧给洪节妇看，右侧有一堆刀豆；老人又指着左侧给洪节妇看，左侧有三只丝瓜。老人说："你明天千万不要往有刀豆的地方走，一定要往有丝瓜的地方去。”说罢，忽然不见。恍惚之中，洪节妇就像做了一场梦一样。第二天，洪节妇带着小孙子和儿媳往左侧行走，于是得以逃脱。三人尽力走了七八天，躲藏在深山中，其儿媳和孙子都像她一样保全了性命。现在洪节妇六十六岁，她的孙子名叫洪新有，二十四岁。她家种有八十多亩田地，颇能自给自足。我到衢州时，听闻洪节妇之事，随即感叹洪节妇能做到别人所难以做到的事情，所以上天自然会暗中给予其帮助。于是我将她的事迹记录下来，以供采风者采录。

7.1.24 张氏忠厚

张松坪太守（德容）曰：余家自先曾祖允善公（宏梓），由歙至衢，居西安小南乡之黄檀口。为小贸易，以勤俭自食，积数年，稍自给。近村欺其势孤，颇陵压之。凡人所不欲者，多强之于公，不允则必生事以胁之。公不敢与校，惟逊让而已。

有吴姓之山，林木荒落，以与人，无受者，迫以归公，索值八十千。明知其不值，然不得不受。乃雇人伐为薪，而以其根作炭。岂知炭适昂贵，售之已足八十千之数，而薪则大获利焉。

又一年，岁丰谷贱，居积者壅塞不得售。贾者皆料以为必贱极也，复以贵价迫公，亦不得已受之。俄而山水大发，米价骤长，竟获倍利。昔人谓，小人所为，无往不福君子。观先曾祖之事，益信。

又先大父金村公讳（文诗），读书应试，始入西安籍，家渐裕。忌者犹未已，田财细故，辄讼夺之。幸贤明长官，皆为剖白。平生好施予，贫乏者多周之，以此得乡里心。故忌者无所施，得稍安。性至孝，事曾祖母怡养承志，终身如一日。年四十余病笃，就歙求医。闻曾祖母小有不适，即日束装归。族人嘱俟病痊。大父曰："安有闻母有疾而自便者乎？"及归，曾祖母固已无恙。而大父病以此弥笃。先祖母为具饮食调养，必问母有无，对曰"有"然后食。否则必令进母，虽病笃不忘，盖至性然也。

【译文】张松坪知府（名德容）说：我家自先曾祖父允善公（名宏梓），由歙县迁至衢州，居住在西安县小南乡的黄檀口。以做小买卖为生，勤俭自食，积累数年，稍能自给自足。近村之人觉得他势力单薄，经常凌辱欺压他。凡是别人不想做的事，近村之人多强迫允善公去做，允善公不答应，他们就会生事胁迫。允善公不敢与他们计较，只能退让而已。

吴姓人家有一处山地，山上林木荒芜，卖给人，人们都不要，吴家胁迫允善公购买，索价八十千。允善公明知不值这个价，但又不能不买。允善公买下山地后，便雇人砍树为柴，又用树根制成木炭。谁料正值炭价昂贵，只卖炭赚来的钱就已补足了八十千之数，而且卖柴也赚了很多的钱。

又有一年，年成丰收，米价下降，囤积粮食的人仓中堆满而卖不出去。商人们都预料米价将会跌至谷底，又以高价逼迫允善公购买，不得已允善公只好买下。不久，山洪暴发，米价骤然上涨，允善公竟然赚了一倍的钱。前人说，小人的行事，没一件不使君子得福。观察我先曾祖父的事迹，我对这句话更加相信了。

还有一件事，我的先祖父金村公（讳文诗），读书应试，加入西安县（今衢州市）籍，家境渐渐富裕。忌妒之人仍不断出现，他们利用诉讼夺取金村公的田产、家财。幸亏长官贤明，事事都为金村公剖析辩白。金村公平生喜好施舍财物，经常周济贫乏之人，因此很受乡里人的尊敬。所以那些忌妒之人无法施展诡计，金村公得以安生过活。金村公生性至孝，和乐地奉养我的曾祖母，顺从我曾祖母的命令，终身如一日。金村公四十多岁时生了一场重病，前往歙县求医。在歙县，他听到我曾祖母小有不适，当天就收拾行装回家了。族人叮嘱他，让他等病好了后再回去。我祖父说："哪有听说母亲病了而只顾自己方便的呢？"等他回家后，我曾祖母已经平安无恙了。可是我祖父的病却因此更加严重了。我的祖母为祖父置办丰盛的饮食以作调养，每次吃饭前，祖父都要问曾祖母是否有这些饮食，祖母回答说"有"，然后他才进食；否则必会让祖母先给曾祖母送去，即使病情严重，他也不忘孝顺，这大概是其天性使然吧。

7.1.25 张封翁

张封翁，讳世钧，号薇垣，松坪太守父也。兄弟五人，翁居长。孝友性成，不蓄私财，通经学，尤好《左氏传》，应小试，阖郡人士，无不乐与交者。好客，座上常满，与人无忤色，见之无不改容。人或有谓其滥者，翁曰："以吾观世之人，未有不可相与者。"尝喜诵张船山诗，云："平生颇爱东坡语，世上曾无不好人。"其豁达如此。好书籍，西安地僻难得，购求插架，亦费千余金。乡里鄙人有谓其不知惜财，颇以聚书为非者，翁笑曰："余既蓄此，虽不能用，后人必有能读之者。若不读书，不知理义，即守此财何益乎？"

其后家业中落，兄弟分产。人有谓居长可多得先业者，翁曰："兄弟同体，岂有自多其产，而以其余与弟者乎？"己亥岁，太守补弟子员，心虽喜，而不敢见于面，以弟未售也。及后半岁，弟亦获售，乃喜形于色。

至道光中，食指繁多，而婚嫁丧祭，日以不给，往往告贷于人。有戚姓者，以放债为务。因称贷得七百金，其息甚重，至期不能偿，则迭算之，并本而行息焉。后愈重，愈难偿，积四五年，乃累至七千。翁及弟，窘迫无计，仅有楼屋一所，值数千金。与戚姓相近，乃浼人关说，以屋作抵外，余再备银以足之。摒挡一切，尚短五百金，不得成议。时其至亲邓翁颇丰裕，见放债者太苛，意颇不平，乃慷慨言曰："此五百金，在我归之何如？"戚乃允诺。其日八月十五也。说定后，将契券锁钥交割。至十六午刻，不知何以失火，而其屋焚如。早半日，则张姓危矣。祸福之机，间不容发，可畏也哉！

【译文】张封翁，名世钧，号薇垣，是张松坪知府的父亲。张封翁兄弟五人，他是长兄。张封翁孝顺父母、友爱弟弟，出于天性，他不藏私财，通晓经学，尤其爱读《左传》，曾参加小试，全府的人士，无不喜欢与其交往。张封翁热情好客，座上宾客常满，待人无怨怒之色，见到他的人无不改变仪容。有人说他交友泛滥，张封翁说："按照我的观察，世上的人没有不能与之交往的。"他经常喜欢朗诵张船山的诗，诗曰："平生颇爱东坡语，世上曾无不好人。"他的性情就是这样豁达。张封翁爱好收藏书籍，西安县（今衢州市）地方偏僻，不易寻得，他四处购买图书放在家中的书架上，花费了一千多两银子。乡里有些见识鄙陋的人说他这是不知惜财，特别非议他的这种聚书行为，张封翁笑着说："我既然收藏了图书，虽然不能用，我的后人必有能读的。如果不读书，就不知理义，那么守着这些财产又有什么用呢？”

后来，他家家业中落，兄弟分家居住。有人说长兄可以多分得一些先人的家业，张封翁说：“兄弟同为一体，哪能我自己多占产业，而把剩余的部分分给弟弟们呢？道光己亥年（1839），张松坪知府补为生员，张封翁心中虽然高兴，但不敢表现在脸上，因为他的弟弟尚未考中。过了半年，他的弟弟也考中了，张封翁这才喜形于色。

到了道光中期，封翁家中人口繁多，而婚嫁丧祭之事也日渐增多，入不敷出，往往向人借贷度日。有个姓戚的人，以放贷为务。张封翁便向戚某借了七百两银子，利息很重，到期不能偿还，则利滚利，继续生息。后来利息越来越重，张封翁更是难以偿还，过了四五年，已经积累到七千。张封翁和他的弟弟，窘迫无计，家中只有一所楼房，价值数千两银子。楼房与戚某家相近，张封翁于是请人说情，以楼房作为抵偿外，其余的欠款再筹备银子偿还。张封翁典卖了家中的一切，尚缺五百两，事情没有商量成功。当时张封翁的至亲邓翁非常富裕，邓翁见放贷之人太过苛刻，心中不平，便慷慨说道：“这五百两，归到我的身上如何？”戚某同意。当天是八月十五。说定后，张封翁将契券和楼房的锁钥交给戚某。到了十六日午时，不知何故发生火灾，楼房被烧毁了。如果火灾早半天发生，张封翁一家就危险了。祸与福的机遇，间不容发，太可怕了！

第二卷

7.2.1 戒杀

丹徒安港江面，有老鼋，聚族以居，生息蕃衍。沿江渔者，尝捕得鼋，大如盆，以献富室赵某。赵甘之，厚予之值。渔者益百计捕鼋，得即献赵，恒获重利以归。如是以为常。

越岁余，赵忽梦至东岳庙，与一人对簿，锐头而肥躯，自称江中老鼋，诉赵以口腹之欲，杀其子孙不少。岳帝问赵，赵具服渔者献鼋状。帝因责赵曰："老鼋窟宅于此有年，素不为行旅害。彼渔者何知，尔素封之家，不知放生惜福，乃反纵其饕餮（tāo tiè），多杀生灵，阴律不能为尔贷。"赵哀求改过，且发愿："如蒙释回，当戒杀放生，凡牛犬及不常见之物，永禁不食，以赎前愆。"陈乞再三。乃命薄予杖责，以泄老鼋之忿。杖讫，复谕之曰："一念之善，鬼神福之。尔果能戒杀放生，永禁牛犬，自有善报。若仍恣肆如前，不尔宥也。"因命鬼役导之出。

及醒，两股青紫，肿痛数日，杖而能起。不自隐讳，述以戒人。遂举鼋鼍（tuó）龟鳖及牛马驴犬之类，合家戒食。又不惜金钱，买物放生。数岁之后，家资益富，财雄一乡。

【译文】丹徒县安港江面，有一只老鼋，聚族以居，生息繁衍。沿江的渔人，曾捕获了一只形大如盆的鼋，献给了富户赵某。赵某食用后，觉得味道鲜美，给了渔人丰厚的报酬。渔人更是千方百计地捕鼋，捕获就献给赵某，每次都能得到许多钱回家。渔人对此习以为常。

过了一年多，赵某忽然梦见自己来到东岳庙，与一人对质，其人头尖体肥，自称是江中的老鼋，控诉赵某因口腹之欲，杀害了其不少子孙。东岳大帝询问赵某，赵某详细供述了渔人献鼋的情形。东岳大帝于是责备赵某说："老鼋栖息在此多年，从来没有危害到行人旅客。那个渔人知道什么，你作为富比封君的人家，不知道放生惜福，反而放纵口腹之欲，杀害许多生灵，阴间的法律不能宽恕于你。"赵某哀求改过，并且发愿说："如果蒙您释放返回阳间，我一定戒杀放生，一切牛犬和不常见之物，永禁不食，以赎前罪。"赵某再三陈述乞求。于是东岳大帝命人对陈某略施杖责，以发泄老鼋的愤恨。对陈某杖责完后，东岳大帝又告诫陈某说："有一丝善念，就会受到鬼神的福佑。你如果真能戒杀放生，永远禁食牛犬，自有善报。你如果仍旧像从前一样恣意杀生，我绝不饶恕你。"说完，便命鬼差带着陈某出去了。

陈某醒来后，两条大腿上有青紫淤痕，肿痛了好几日，扶着拐杖才能起身走路。他对此事毫不隐讳，时常对人讲述，用来劝戒他人。自此，凡是鼋鼍龟鳖和牛马驴犬之类，陈某都戒而不食。陈某又不惜金钱，买物放生。数年之后，其家资更加富裕，财力之雄厚为一乡之首。

7.2.2 律有难紊

川省秀山陈谭氏，幼与李二麻子通奸。嫁陈姓三日，即生一女。后受李二麻子之嘱，欲毒毙其夫，误将夫弟毒死。招解至省，归谳局复勘。局员吴莲芬，定以斩决，其时廉访为阳湖吕尧仙。吕因李二麻子，已死于县监，是夫弟之命，业有人抵，则陈谭氏可从宽审结。屡为吴言，吴不为然。

一日，吕又向吴，始则婉商，继则力言。吴曰："此案推勘至再，毒为陈谭氏亲下，则陈谭氏断不能生。律有专条，曰：'奸夫奸妇，谋毒本夫已行，无论伤与未伤，皆斩决。'是不论伤，但论行也。其'皆'字，是指伤不伤而言，非指夫与妇而言也。夫弟之命，本不拟抵。将来定案，只曰除误伤夫弟轻罪不论外，虽李二麻子已死，陈谭氏安能宥耶?"吕不得已，始从吴断。

盖吕甫由编修，擢高廉观察，未抵任，即擢蜀臬，只知求其心所安，不知律有难紊也。然律亦情理兼尽，无丝毫偏倚耳。

【译文】四川秀山县的陈谭氏，少时与李二麻子通奸，长大后嫁给一个姓陈的人，出嫁三天，就生下一个女儿。后来，陈谭氏受李二麻子嘱托，想毒死自己的丈夫，误将丈夫的弟弟毒死。陈谭氏经审讯后被押解到省，由谳局(古代审理案件的机关)复审。局员吴莲芬，判决陈谭氏斩刑。当时四川按察使是阳湖县(常州府)的吕尧仙。吕尧仙认为李二麻子已死在秀山县的监狱中，陈谭氏丈夫的弟弟的性命，已有人抵偿，这样陈谭氏可以从宽定罪。吕尧仙多次向吴莲芬建议，吴莲芬不以为然。

一天，吕尧仙又向吴莲芬建议，最初是婉言相商，后来则极力劝说。吴莲芬说："此案我已反复审察，毒是陈谭氏亲手所下，那么陈谭氏断然不能免死。法律有专门的条款规定，说：'奸夫奸妇，谋毒奸妇原本的丈夫，已经实施下毒的，不论伤与未伤，皆处以斩刑。'法律规定的是不论死伤情况，只论其行为。法律条款中的'皆'字，是指伤与不伤而言，不是指奸夫与奸妇而言。陈谭氏丈夫的弟弟的性命，本可不必抵偿。将来定案，只说除误伤丈夫的弟弟轻罪不论外，即使李二麻子已死，又怎能宽恕陈谭氏呢？"吕尧仙不得已，便顺从了吴莲芬的判决。

大概吕尧仙刚从编修升为高廉道，未到任，即升任四川按察使，他只知道自求心安，而不知道法律是不能紊乱的。然而法律也是兼顾情理的，并没有丝毫的偏袒。

7.2.3 四川奇灾

道光三十年，四川宁远府地震。城垣、庙宇、衙署，崩塌殆尽；邛（qióng）海水，潰起丈余。压死、溺死者七万多人。时值府试，外县之生童、商贩入此劫者，亦复不少。太守牛雪樵，时居考棚，所居之屋全倾，一大梁将其打入床下，其梁横架在上，竟未殒命。但腿为梁所压，医治半年始瘥。尤奇者，后检埋各尸，一女尸，为大木钉入地中，牢不可拔。

【译文】道光三十年（1850），四川宁远府（今西昌市）地震。城墙、庙宇、衙署等，几乎全部崩塌；邛海里的水，涌起一丈有余。压死、溺死者有七万多人。当时正值府试，外县的童生、商贩在此劫难中死去的，也有很多。知府牛雪樵（名树梅），当时正住在考场中，他所住的屋子也全部倾倒，一根大梁将他砸入床下，那根大梁横架在床上，牛知府竟然没有丧命。只是腿被大梁压伤，医治了半年，方才痊愈。尤其奇怪的，是后来翻检各处被埋的尸体，有一具女尸，被一根大木钉入地中，牢不可拔。

7.2.4 孙巡检尽忠

江苏巡检孙占五，讳锡琪，绍郡山阴人。娴习经史，且工书画，儒吏也。咸丰九年，署常州阳湖县典史，哀矜狱犯，咸戴其德。

至十年暮春，贼犯境，其时文武多因公他出者。孙独毅然自任，督同兵弁，激励民团，登陴守御，以待援兵，四昼夜目不交睫，贼亦望而生畏。嗣因城上火药将尽，亲诣药局搬运。适股匪麕（jūn）至，环攻愈力，众难支持，贼遂扑城驾梯而入。孙运药至武庙前，忽遇贼，犹复督团巷战，知势不能敌，遂返署，正其衣冠，释放监犯。众皆曰："此仁人也，愿各尽力保护出城。"孙正色曰："我当尽其职守，与城存亡。尔等速去可也。"言未毕，而贼已至。众犯各执器械，犹手刃发逆数人。迨贼目至，胁之使从。孙厉声痛骂，贼恨之，遂碎其身焉。

呜呼！一微员而能全大节，忠矣。其仆朱姓，于十一年十月，自贼营逃出，至上海，与小主人涂遇，同回原籍。缕述其事。亦足见忠烈之必宜有后也。

【译文】江苏巡检孙占五，名锡琪，绍兴府山阴县人。熟读经史，并且擅长书画，是一位儒雅的官吏。咸丰九年（1859），孙公代理常州阳湖县典史之职，怜悯囚犯，囚犯都对他感恩戴德。

到了咸丰十年（1860）晚春，太平军侵犯阳湖县境，当时阳湖县的文武官员多因公事外出。孙公一人毅然自觉担当重任，督促率领兵士，与兵士一起，激励民兵和团练，登城守御，以待援兵，四天四夜不曾合眼睡觉，太平军也望而生畏。不久，孙公因城上火药将尽，亲自到火药局搬运。这时正巧有一股太平军蜂拥而来，围攻城池更加卖力，城中士兵难以支持，太平军便涌向城边驾梯而入。孙公运载火药来到关帝庙前，忽然遇到太平军，仍旧督率民团巷战，知道势不能敌，于是返回衙署，理正衣冠，释放出监狱中的囚犯。众囚犯都说："孙公您是仁义之人，我们各自都愿意尽力保护您出城。"孙公神色严肃地说："我应当恪尽职守，与城池共存亡。你们速速离去就行。"话未说完，而太平军已至。众囚犯各自手持器械与太平军战斗，还亲手杀死了多名太平军。等太平军的头目来到后，胁迫孙公屈服。孙公厉声痛骂，太平军对他怀恨，于是将孙公砍为肉酱了。

哎呀！一名职位卑下的官员而能保全大节，可谓忠心了。孙公的仆人朱某，在咸丰十一年（1861）十月，从贼营逃出，前往上海，在途中与孙公的儿子相遇，二人一同返回原籍。并对人详细讲述了孙公的事迹。由此也可知道忠烈之人是一定会有后继后人的。

7.2.5 埋尸获报

萧春帆司马之尊人，品三封翁，官湖北宜昌府司狱。值白莲教蹂躏楚省，宜昌告警。封翁令一老仆，侍司马入都，依其兄之部掾者。时骸骨盈野，常于当道遇一死尸，乃裸体横陈。司马恻然，命仆夫埋诸道傍，并撤己所坐红氍毹（qú shū）以裹之。

辛酉闱中，本房某太史，得司马卷，将弃之。忽睹案前有物植立，遍体皆红，而不辨面目手足，大骇。疑所弃卷有他故，复取阅，以为不佳，决弃之。则是物复植于前。三弃三现，遂荐诸主司，大遭申饬。是晚，主司亦屡有红色者，往来案侧。有知某太史弃卷事者，举以白主司。主司颔之。至夕，复睹红色者植于前。姑取卷复阅之，置诸落卷中，则植立如故。不得已，取中榜尾。

揭晓后，太史以询司马。司马茫然，归语其仆。其仆曰："是殆当日道傍所埋死尸乎？"司马曰："何以竟体皆红？"对曰："主人撤所坐氍毹以裹之，岂遂忘之耶？"司马恍然。后司马以大挑得知县，官江苏，有"萧青天"之称。洊至苏州府同知。其宰南汇也，有惠政。殁后，其眷属侨寓兹邑。咸丰甲寅秋，邑遭匪扰，城陷，匪党多乡民，相戒弗犯"萧青天"家。翌日，具舟楫，尽举其家众财物，护之出境，罗拜而去。虽盗亦有道，亦足见廉吏之可为也。

【译文】萧春帆司马的父亲，萧品三封翁，在湖北宜昌府担任掌管刑狱的官员。正值白莲教教匪践踏湖北省，宜昌告急。萧封翁命一位老仆，侍奉萧司马前往京城，投奔其在某部担任属吏的一位兄长。当时骸骨遍野，萧司马曾在路上遇到一具死尸，全身赤裸横卧。萧司马心中恻然，命仆人将死尸埋在路边，并撤下自己所坐的红毛毯将死尸包裹起来。

咸丰十一年（1861）辛酉科乡试考场，本房阅卷官某翰林，拿到萧司马的试卷，正准备淘汰掉。某翰林忽然看见桌前有个东西笔直站立，这个东西遍体都是红色，但无法辨清其面目手足。翰林大为惊骇，疑心自己所淘汰的试卷中有异常情况，于是重新取来考卷审阅，还是认为不好，决心放弃，这时那个东西又站立在桌前。翰林弃卷三次，那个东西便出现三次，于是将试卷推荐给主考官审阅，遭到主考官的严厉斥责。当晚，主考官也多次看到有个红色的物体，往来于桌旁。有个知道某翰林弃卷之事的人，把详情告诉了主考官。主考官点头回应。到了晚上，主考官又看见那个红色物体笔直地站立在桌前，便又取来弃卷重新审阅，仍然将其放入落选的试卷之中，这时那个红色的物体又像从前一样站立在桌前。不得已，主考官将考卷录取在榜末。

揭榜后，翰林询问萧司马。萧司马茫然不知，回家后把事情告诉了仆人，仆人说："那个东西难道是那天在路边所埋的死尸吗？"萧司马说："它怎么遍体都是红色呢？"仆人回答说："主人您撤下所坐的红毛毯来包裹死尸，难道就忘了吗？"萧司马恍然醒悟。后来，萧司马经过大挑（清制，挑取三科以上会试不中的举人，一等的以知县用，二等的以教职用）出任知县，在江苏任职，有"萧青天"之称。不久，升任苏州府同知。萧司马在江苏南汇县（今上海市浦东新区）任知县时，有德政。去世后，他的家眷寄居于南汇县县城。咸丰四年（1854）甲寅秋天，南汇县遭到逆匪侵扰，县城陷落，逆匪的同党很多都是本地的乡民，他们相互告诫不要侵犯"萧青天"家。第二天，这些乡民准备好船只，将萧司马的家人及其财物全部护送出境，然后环拜而去。虽说盗亦有道，但由此也可看出一位清正廉洁的官吏对民众的影响力。

7.2.6 某孝子

某孝子，忘其姓氏，家杭城东园，以肩挑谋生。母年老，病废而瞽。娶妻生子女。咸丰庚申春，贼窜杭城，将陷之顷，某语妇云："吾将负母渡江避寇，恨不能挈眷同逃，以子女累汝，生死非所计也。"妇泣诺。母亦以"身既老疾，死可无憾"等语，哭斥其子，令携妇、孙偕逃。某不愿，遽负母行，母啮其背，冀负痛释手。某忍而驰，将至望江门，遇贼队十余人。忽一贼呼曰："尔非某耶，负者何人？"某遽谛视，识为当年同业染者，遂以负母避难告。贼云："后黑衣队麕至，嗜杀人，奈何？"某泣求救。贼遂率其党护之行。某竟得与母，安然渡江，流寓萧邑。

越七日，张璧田军门，收复杭城。某闻信急回，见墙屋已毁，意妻子必不免。因拨瓦砾，冀觅其遗骸。闻井中啼哭声，某遂发覆，则妻与子女俱无恙，引之出。诘其故，盖贼至时，妇以子女累，不能走，知无全理。家故有井，先驱子女入，而已亦溺焉。时天久雨，井水故涨，迨妇入井后，水渐涸，得偕子女伏处。饥则食井渫，亦无所苦。屋倾时，梁横架井上，以是得无害。迨某拨瓦，子女故得号而出焉。似有阴庇之者，殆孝德所感欤！

【译文】某孝子，我忘了他的姓名，他居住在杭州城东园，以挑运货物谋生。母亲年老，长期生病不能干活，而且双目失明。孝子已经娶妻，有了子女。咸丰十年（1860）庚申春天，太平军流窜到杭州城，杭州城将被攻陷之际，孝子对妻子说："我将背负母亲渡江躲避匪乱，恨不能携带家眷一同出逃，留下子女拖累于你，生死只能听天由命了。"妻子哭泣着答应。孝子的母亲也以"我已老病，死而无憾"等话，哭泣着斥责儿子，让儿子携带媳妇、孙子一同出逃。孝子不愿意，忽然背起母亲出逃，母亲用牙齿咬孝子的背，希望儿子负痛放手。孝子忍着疼痛奔驰，将到望江门时，遇到一伙贼匪的队伍，有十几个人。忽然有一个贼人大声说："你不是某人吗，背着的是什么人？"孝子仔细一看，认出这个贼人是当年与自己一同在染布行工作的同事，便把自己背负母亲避难的事告诉了对方。那个贼人说："后面有一伙穿黑衣服的队伍蜂拥而来，他们喜欢杀人，怎么办呢？"孝子哭泣着求救。那个贼人于是率领其同党护送孝子前行。孝子竟然因此得以与母亲安然渡江，流落寄寓在萧山县。

七天后，张璧田军门率军收复杭州城。孝子听到消息，急忙返回，看见家中墙屋已毁，猜测妻子和子女必定死于战乱。于是掀开瓦砾，希望能找到她们的尸体。孝子听到井中有啼哭声，于是揭开井上的覆盖物，发现妻子与子女都在井中安然无恙，将她们救了出来。孝子询问缘故，原来是逆贼到来时，妻子因有子女拖累，不能出逃，预料绝难保全性命。其家原本有一口井，妻子先驱赶子女跳入井中，随后她也跳入井中想要自溺。当时因为久雨，井水上涨，妻子跳入井中后，井水竟然渐渐干涸，因此她才能够与子女在井中躲藏。饥饿时，妻子便与子女食用干净的井水充饥，也不觉得多么受苦。房屋倾倒时，屋梁横架在井上，因此没有受到伤害。等孝子掀去瓦砾时，其子女这才大声号哭，于是就被救出了。这似乎有神灵在暗中庇护着孝子的妻子、儿女，大概是孝子的孝德感动了上天所致吧！

7.2.7 道光己亥雷

林州蠡里镇某甲，凶悖不孝，常殴辱其母。有子甫三岁，溺爱异常，因子詈母，习为固然。其妻常劝谏之，弗听。

道光己亥除夕，甲晨起外出。其母方劈柴，孙立母后，斧起柄脱，着孙额，立殒。母惊号。媳至曰：“事已如此，请速往小姑家暂避。夫回，媳自当之，弗令辱母也。”母从之，掩泣而去。下午，甲回，妻语之曰：“汝出门后，母为小姑家接去过年，立逼而行。我旋至厨下洗菜，闻儿哀呼声急，趋往视，则跌扑石上，头破气绝矣，奈何？”甲怒詈其妻，即买棺殓之。

西邻某妪，素好饶舌，遽以实告甲。甲立往市饮酒尽醉，径赴妹家，告母曰：“母甫出，孙不幸失足跌死，已买棺殡殓。今日除夕祭先，媳妇以伤子之故，事多失头落尾，欲请母归照应。”母见其语诚，遂与偕归。途经旷野，竟缚母于树而弑之，且剖腹取肠。归以予妻，托名猪脏肠，令煮以祀先，遂复往市中。妇手检其肠，不类猪脏，反复再四，恍悟其夫必已弑姑。念此凶徒，终罹法网，遂闭门自缢。忽雷电大作，震开室门，妻坠地复醒。而甲击死于市，心腹破，五脏尽出。口尚能言，历叙行弑情状，遂自嚼其舌，喷诸地而死。身黑如炭，皆有朱篆，莫能辨认。饶舌之妪，亦同时被殛。

【译文】林州蠡里镇某甲，性情凶恶，悖逆不孝，经常殴打辱骂母亲。他有个刚满三岁的儿子，他对儿子非常溺爱，时常因为儿子责骂母亲，他对此习以为常。他的妻子常常规劝他，可他不听。

道光己亥年（1839）除夕，某甲早晨起来外出。其母正在劈柴，孙子站在他母亲的身后观看，斧子举起时斧柄脱落，正好打中孙子的额头，孙子当场死亡。其母大惊哭号。儿媳来到说：“事已如此，请您赶快前往小姑家暂避。丈夫回来后，由儿媳我一力承担，不能让他再辱骂母亲。”其母听从了儿媳的话，掩面哭泣而去。下午，某甲回到家中，其妻告诉他说：“你出门后，母亲被小姑家接去过年，小姑强行让母亲立刻前去。接着，我到厨房里洗菜，听到儿子急迫哀呼的声音，急忙跑出去察看，只见儿子跌扑在石头上，头破气绝而死了，怎么办呢？”某甲怒骂妻子，随即买来棺材将儿子装殓下葬。

西邻某老妇，素来爱多嘴，便把实情告诉了某甲。他立即去街市上痛饮一番，喝醉后，径直前往妹妹家，对母亲说：“母亲刚一出门，您孙子就不幸失足跌死，我已买棺殓葬。今天是除夕，家中要祭祀祖先，您媳妇因为儿子死亡的缘故，做事丢三落四，我想请母亲回家照应。”母亲见他言语真诚，便与他一同回家。路上经过一处旷野，某甲竟然把母亲绑在树上，杀死了母亲，并且剖腹取肠。回家后，他把母亲的肠子交给妻子，假称是猪脏肠，令妻子煮熟后祭祀祖先，然后又去了街市上。其妻察看肠子，觉得不像是猪脏肠，反复再三察看，其妻这才恍然醒悟必是丈夫杀死了婆婆。其妻考虑这样的凶徒，终究难逃法网，于是关上房门自缢。这时忽然雷电大作，将屋门震开，其妻坠地苏醒过来。而某甲已经被雷电击死于街市上，心腹破裂，五脏尽出。当时他还能说话，于是一一讲出了自己在路上弑杀母亲的情形，随后自己咬断舌头，把舌头吐在地上而死。全身焦黑如炭，布满红色的篆体文字，没人辨认得出字迹是什么意思。那个多嘴的老妇，也同时被雷电击死了。

7.2.8 好善

龙山顾氏，世有隐德。每遇岁除，视乡里之贫而有行者，辄携钱米，伺天暝人静，阴掷其户内而去。有蔗村翁者，好义尤笃。邻叟某，贫而死，为棺殓之，并资助其后人。一日翁独坐中宅，时方午，隐几假寐，见邻叟入，急踪之，不复见。未几，壶(kǔn)内报分娩得男矣。

【译文】龙山县的顾氏家族，世代积德行善而不为人知。每年除夕，看见乡里贫穷而品行端正的人，就携带钱米，趁着天黑人静，悄悄地把钱米掷入其家中而去。顾家祖先中有一位蔗村翁，尤其急公好义，笃行不怠。邻居某叟，因贫而死，蔗村翁为其买棺装殓，并资助其后人。一天，蔗村翁独坐中宅，当时正是中午，蔗村翁靠在桌案上小睡，看见邻叟进来，他急忙追踪，邻叟消失不见。不久，内室有人报告说夫人分娩，生下了一个男孩。

7.2.9 孝行克昌

江邑潭源姜孝子，讳骝，乾隆末诸生也。后母病瘫。家贫，在近村教读。适馆时，每饭自甘藜藿，舍肉遗亲，携归以承欢焉。将去，嘱细君晨夕洁膳。其妻亦善养志，唯唯听命。越一二日，又携肉肴归。始终如一，数十年孝养无间。其母得孝子贤妇仰事，遂忘其病瘫之苦。一日步月，自馆回，见路旁浅泥中，忽腾光焰，视之满瓶白镪也。手归起家，五子俱致巨富，登武闱者数人，孙曾辈联步胶庠，迄今簪缨不绝。

噫！孝子之后必昌，其信然欤！盖孝子一生懿行，详载家乘，未获全窥，即所闻者而为之志。

【译文】江山县潭源的姜孝子，名骝，是乾隆末年的生员。他的后母患病瘫痪在床。姜孝子家境贫困，在邻近村庄教读。姜孝子在书馆中，每次吃饭，自己吃的都是粗茶淡饭，将肉保留下来，带回家中献给母亲，博得母亲的欢心。每次离开家时，姜孝子都会叮嘱妻子每天早晚以干净的饭食奉养母亲。他的妻子也承顺其意志，对丈夫的话唯命是从。一二天后，姜孝子又携带肉肴回家，献给母亲。始终如一，数十年孝养不止。其母受到孝子贤妇的事奉，于是渐渐忘记了瘫痪之苦。一天夜里乘着月色，姜孝子从书馆回来，看见路旁的浅泥中，忽然腾出光焰，他上前察看，原来是满瓶白银。姜孝子将白银带回家中，由此兴家立业。后来，姜孝子的五个儿子都成了巨富，其中还有几人成了武举人，其孙辈、曾孙辈也都相继进入县学成为生员，至今其家中仍有做官之人不断出现。

哎呀！孝子的后代必然昌盛，确实如此！姜孝子一生的美德，都详细记录在家谱中，我未能全部看到，我只是把我听闻的一些事迹记录于此。

7.2.10 啯匪

道光二十五六年间，川中啯匪甚炽。有所谓蔡煌天、灯竿子、母猪油等人，大小不下数十起，横行掳抢，渐逼省城。潘木君先生秉臬后，认真缉捕，解省者日以百计，已无暇按律定拟。木君坐城隍庙下，卜诸神，可宥者阳笤（tiáo），不可宥者阴笤。得阴笤，则立行杖毙，境赖以安。其时有丁通判、史知县，仰承宪意，横缉暴讯，不问真伪，肆行杀戮。丁后于坐堂皇时，忽瞑目向外曰：“我就来。”即垂头而殁。史后得遍身疼痛证，皮肉青紫而殁。灼然知为阴谴。潘之意在除暴，当其凶焰方张，其势不得不严。而丁、史则其意在为能吏。阴律之辨公私，盖如此其审。按，潘木君后洊升中丞，死于云南回匪之难。

【译文】道光二十五六年（1845、1846）间，四川的嘓匪气焰十分嚣张，有所谓蔡煌天、灯竿子、母猪油等人，发动了大小不下数十起叛乱，他们横行抢掠，渐渐逼近省城。潘木君先生（潘铎）担任提刑按察使后，认真缉捕，各地每天押送至省城的匪徒数以百计，已来不及按律定罪。潘先生坐在城隍庙下，向城隍神问卜，如果显示的是阳卦就宽恕匪徒，如果显示的是阴卦就不宽恕匪徒。一旦显示的是阴卦，就将匪徒立即杖打而死，四川境内因此得以安定。当时有丁通判、史知县，迎合上级的意图，严加缉捕审讯，不问真伪，大肆杀戮。丁通判后来在坐堂时，忽然闭目向外说："我就来。"说完，随即垂头而死。史知县后来全身患上疼痛之病，皮肉青紫而死。二人显然是受到了阴府的谴责。潘先生的意图在于除暴安良，当匪徒凶焰嚣张时，其势力不得不予以严惩。但丁、史二人的意图则在显示自己是能干的官吏。阴间的法律辨别公心私心，就是这样明白无误。说明，潘木君后来升任巡抚，死在云南回匪的叛乱中。

7.2.11 收鬼符

山左周宝传，向任大幕。言始之侨寓省城也，赁一大姓之屋，偏院三间。其妻素患羊角疯，移入后，其患弥甚。大姓正屋中，夜夜闹鬼。大姓之子，一日持棍乱殴，伤及其父。于是喧传其屋不吉。僧道频来，鼓钹时响，迄无一效。

后有人言，新繁县儒士某，善驱鬼术，盍乞其来。主人亲往，叩请再三，始至。其初至也，周视各屋毕，于厅事向外，安一矮桌，焚香趺坐唪经。二鼓后，持一盂水，跪而画符，口喃喃不绝。至四鼓，闭目少息；随起，又诵，又画。一交五鼓，其情状甚急，头面汗涔涔下，或以手画水，或以手外招，或笑脸迎之，或瞋目示之，备诸丑态。五更将绝，亟以手握盂，将水倾入一罐，用黄纸封其口，用朱笔画其上，曰："惫矣，可报命矣。"主人请言其详，曰："此屋共七鬼，最后以剪刀自戕之女鬼，甚狡猾，万不肯来。鸡将唱，始为我获住耳。"不受一钱而去。后其宅竟安。

【译文】山东的周宝传，历来担任高级幕僚。据他自己说，最初他寓居在省城，租赁的是一户大姓人家的房屋，共有三间偏院。其妻素来患有羊角风，搬入后，妻子的病更加严重。大姓人家的正屋中，夜夜闹鬼。大姓的儿子，一天拿着棍子乱打，伤到了他父亲。于是人们纷纷传说其屋不吉。多次邀请僧道前来捉鬼，时常做法事，锣鼓齐鸣，始终没有效果。

后来有人说，四川新繁县（今新都县）的儒士某，擅长驱鬼之术，何不请他前来。主人亲自前往，再三请求，某儒士方才到来。儒士初到其家，遍察各屋，然后在厅堂的向外之处，安放一张矮桌，焚香盘腿而坐诵经。二更后，儒士端起一盂水，跪在地上画符，口中低语不绝。到了四更，儒士闭上眼稍微歇息了一会儿，随即起身，再次诵经，再次画符。一到五更天，儒士现出紧急的神色，头上脸上汗水不断流下，他有时用手沾水画符，有时向外招手，有时笑脸相迎，有时瞪目而视，做出种种丑态。五更将尽时，儒士急忙用手握盂，将水倒入一个罐中，用黄纸封住罐口，用朱笔在黄纸画符，说："太疲惫了，可以向主人复命了。"主人请儒士讲述详细情况，儒士说："这屋子里共有七个鬼，最后用剪刀自杀的那个女鬼，最为狡猾，万不肯来。鸡将报晓时，它才被我捉住。"儒士不受一钱而去。后来这家人的宅中便安静了。

7.2.12 奸近杀

钱金粟先生，为冥官最久。京师尝传其二事。

上海赵斗垣给谏，偶患小恙，延金粟先生诊视。斗垣家新雇一老妪，告斗垣夫人曰：“主人之病恐不起。”夫人斥其妄。妪曰：“非妄也。昨夜即钱大人审主人，词色俱厉。”未三日而斗垣死。

金粟先生，每五更即起。晚间令厨房熬一瓯粥，至五更，令更夫携进食讫，然后外出。一日，更夫循例告粥。金粟先生，但曰“晓得”，不许送进。迨晓，亲携至后院深埋。午后，将更夫、一仆遣去；越日，又将一婢卖去。家人尽不审何谓。细察始知为仆婢通奸，经金粟先生撞破，并未声张。其仆婢密谋下毒粥中，贿更夫以进，而金粟先生固已先知矣。

【译文】钱金粟先生（清代翰林学士钱林），在冥府做判官的时间最长。京城曾传说关于他的两件事情。

上海的赵斗垣给谏（六科给事中的别称），偶患小病，延请金粟先生诊视。赵斗垣新雇了一个老婢，老婢告诉赵斗垣的夫人说：“主人的病恐怕好不了啦。”夫人斥责其胡说。老婢说：“我不是胡说。昨夜就是钱大人审讯主人，钱大人言词神色都很严厉。”没过三天，赵斗垣就死了。

金粟先生，每天五更就起床。头天晚上令厨房熬一碗粥，到五更时，令更夫端进粥来，吃罢然后外出。一天，更夫按照惯例来到金粟先生的门前说送粥来了。金粟先生只说“知道了”，不允许更夫将粥送进来。等到天亮时，金粟先生亲自将粥拿到后院深埋。午后，金粟先生将更夫和一个仆人辞掉；过了一天，又将一个婢女卖掉。家人皆不知他为何要这样做。经过一番细察，其家人才知道，原来是仆人和婢女通奸，被金粟先生撞见，金粟先生并未声张。其仆人和婢女密谋在粥中下毒，贿赂更夫端给金粟先生，但金粟先生对此早已有所察觉了。

7.2.13 戊子闱中鬼

仪征余茂才伯云，书法绝佳。其家因业鹾中败，诸债逼迫，遁而之京。道光戊子，就试北闱。八月十五夜二鼓后，试策已完，偃卧号中，隔帘见月色皎然，因思无家可归，非得一科名，不克自振，万虑丛集。忽见帘上一人影，初以为同号生闲伫翫（wán）月。谛视乃高髻云鬟，不胜骇愕。坐起自陈名姓，并述生平绝无害人之事，奋气冲帘而出，回顾杳然无迹。未几，而隔号沸然，喧传一人中恶，被鬼扼喉而死。伯云亦即于己丑七月病殁。帘上鬼影，固非为渠而来，其衰气已不足畏，故鬼敢立于其号前耳。

【译文】江苏仪征县的秀才余伯云，书法极为精妙。其家因经营盐业中途失败，被债主们逼迫，于是他逃往京城。道光八年（1828）戊子科，他参加顺天府乡试。八月十五日夜里二更天后，策论已经写完，他仰卧在号舍中睡觉，隔着帘子看见月色皎洁，于是想到自己无家可归，如果不能考得一个功名，就无法让自己振作起来，万千思绪涌上心头。这时，他忽然看见帘子上有一个人影，起初他以为是同号的考生闲伫赏月。细看之下，他才发觉那个人影是一名高髻云鬟的女子，不胜骇愕。他坐直身子，自报姓名，并陈述自己生平绝没做过害人之事，他振奋精神冲帘而出，回顾号内，那个女子已经消失不见了。不久，隔壁的号舍中人声鼎沸，喧传有一人中了邪祟，被鬼扼住喉咙而死。余伯云也随后在己丑年（1829）七月病逝。帘上的鬼影，固然不是为了余伯云而来，但余伯云的生命已经现出衰败之气，已不足畏惧，因此鬼才敢站在他的号舍之前。

7.2.14 火灾

道光乙巳四月，广东学署辕门，酬神演剧。是日，以彩帛结棚，男女观者如堵。卓午，有人方支颐吸烟，忽风扬其火，盘旋棚际。顷之，火焰轰烈，竟烧毙千余人。于时，父兄之寻其子弟，与子弟之寻其父兄妻嫂者，哀号之声，彻道路。知南海史君朴，亲至点验尸骸，见皆层累而积，各以手相挽，若不使其得逸者，亦异事也。饬属认取，余皆瘗于城北七星冈。合郡官绅，复作道场，禳祓十数昼夜。而于瘗处环以短垣，立碑题曰“火化丛葬之冢”。其左建义庄，以司香火。每至清明，挈壶榼来拜扫者如云，哭声震野，率累日不绝。

【译文】道光二十五年乙巳（1845）四月，在广东学政衙门的大门前，当地群众为了祭谢神灵而演戏。当天，用彩布搭成棚子，围观的男女老少众多。正午，有人正在用手托着脸吸烟，忽然风扬其火，火星盘旋棚边。很快，火焰轰烈，竟然烧死了一千多人。当时，父兄寻找子弟的，与子弟寻找父兄妻嫂的，哀号之声，响彻道路。

南海县知县史君朴，亲自前往现场点验尸骸，看见尸骸都层层叠叠地堆积在一起，各自以手相挽，好像不让对方得以逃脱一样，这实在是一件奇异的事。官府下令让死者的亲属前来认领尸体，剩余的尸体则全部埋葬于城北的七星冈。全府官员、士绅，又建立道场，超度了十几个昼夜，并在埋尸之处建造了一圈短墙，刻石立碑，题字为“火化丛葬之冢”。然后又在坟墓的左边建立了一座义庄，以管理香火。每到清明，带着酒壶、食盒前来拜扫的人密集如云，哭声震野，一连数日不绝。

7.2.15 风俗移易

陈炯斋（徽言）曰：世事推迁，无历久而不变者。闻曩日广俗尚敦朴，老幼男妇，衣履皆大布。虽家积千金，其行旅他乡，跣足担簦自若也。近则乡里贩夫之子，靡不鲜衣怒马，侈然快意，而城市概无论矣。十年前，妇女妆饰，平髻垂髾（shāo），头面光净。近则浓脂厚粉，颈后大鬃长尺许（粤俗呼妇女燕尾曰鬃）。以纤研女子，而为此态，彼炫其美，适甚其丑怪耳。士大夫向皆深衣大帛，冠服合度，粲然可观。近则尚狭尚长，不分衫袍，俱垂踰骭（gàn）。人情厌故喜新，淫巧是尚，风俗奢靡，生计日蹙。有心人于此，能毋浩叹？粤东乡宦罗椒生先生，尝上《崇俭去奢疏》，探本之论，大有关于世道。而或者且哂其迂，谓非当今救时所急，良可惜也！

【译文】陈炯斋（名徽言）说：世事变迁，没有历久而不变的。我听说从前广东的风俗崇尚敦厚俭朴，男女老幼，所穿的衣服、鞋子都是用粗布制成的。即使家有千金，其行走他乡，也是光脚背伞，怡然自若。近年来，即使乡里贩夫走卒的儿子，无不穿着美服骑着壮马，奢侈快意，至于城市就更不用说了。十年前，妇女妆饰，平髻垂髾（头发尾梢），头面光净。近来则浓脂厚粉，脖颈后的大鬃长约一尺（广东民间称妇女燕尾为“鬃”）。即使苗条艳丽的女子，一旦有了这种妆饰，她本想炫耀美丽，反而看起来却十分丑怪。士大夫向来都是头戴白布冠、身穿深衣（一种古代服装，上下衣裳相连，长及脚踝，男女皆可穿），只要衣冠得体，就整洁美观。近来则崇尚狭长的款式，不论衫袍，都下垂超过小腿。人情喜新厌旧，崇尚过于精巧的东西，风俗奢靡，生计日益困窘。有心之人对此，能不长叹吗？广东乡宦（指退休居住乡里的官员）罗椒生先生（罗惇衍），曾向朝廷呈献《崇俭去奢疏》，是探求根本之论，大大关系到世道人心。可有人却嘲笑他迂腐，说崇俭去奢并不是拯救当下时弊的急务，实在令人可惜啊！

7.2.16 咸丰丙辰雷

粤匪跨江而踞瓜镇，大帅集舟师于焦山，以堵其由江入海之路。有李某者，本艇船舵工，积劳得把总。行恣肆，恒有南塘夜出事。丙辰之冬，有翁妪自扬州携家南渡，驾舟扬帆下驶。经李舟傍，李招致其舟，托盘查为由，率其徒入舱搜缉，倾筐倒箧，得银二百余两，金银首饰盈匣，尽没入之。翁妪不伏，争索再三。李愓以威。翁惧，请舍首饰而还银。不可。请尽舍之，而薄给行李资。又不可。翁勃然曰：“世界反复，岂遂无天日乎？”反舟解缆。李虑其控己也，因为好语以绐之曰：“吾特与尔戏耳，然日暮携取不便，请候明晨，尽归原璧。”遂维翁舟于舵楼之下。至晚，凿空以沉之，翁全舟及两子溺毙者十一人。

当是时，李同舟二十余人，其不预谋者五人耳，余皆从而染指焉。有水勇某甲，素奉三官道教，非遇战阵，即日夜跪头舱底讽《三官经》。闻是事，以为非，私念曰：“此必有显报耳。”其党皆诽笑之。翌日，李访友于他舟，骤患头痛，急唤渡归，至江心忽停桡不前。李询之，舟子指李船曰：“君不见船头有雷神，怒目而立乎？”李大怒，叱为妖言，殴之。舟子不得已，鼓楫而至。李甫登己舟，霹雳一震而毙。同舟人见雷发船头，皆趋避于后艄。雷复大震，劈舟为两截，其后截及人皆溺焉，前截仍浮水面。时某甲尚诵经于头舱，闻雷声屡震，出视见李毙而船仅存其半。因呼前渡舟救之，前截亦沉。其不预谋者五人，早为雷提至对岸沙滩，移时始醒。询之，曰：“当雷震时，亦随众奔匿。恍见金甲神挟之以行，如梦如醉，初不知其何以至此也。”

丙辰之夏，丹阳北门外，有卒五人，同行赤日之中。雷震骤起，毙其三人，其二人皆无恙。或询三人平日所为，二人愓然曰：“今日始知雷震可畏也。此三人者，平日从军所至，专以发掘坟墓为事，不虞其上干天怒也。”

自粤匪扰乱以来，弱肉强食，比比皆是。攘货物如探囊，等人命于刈草。如某弁者，岂少哉？而况一舟之中，若者善，若者恶，又孰从而辨之？异乎雷霆一震，泾渭立分，同恶毕诛，无辜罔及。谁谓天梦梦哉？

【译文】太平天国军队跨过长江，占据瓜洲镇，大帅在焦山（在今江苏镇江市）集合水军，堵截他们由江入海之路。有个李某，本是船上的舵工，累积战功成为把总。李某恣意放肆，时常做有抢劫掳掠之事。咸丰丙辰年（1856）冬天，有一对老年夫妇自扬州携家南渡，乘船扬帆下行。经过李某的船旁时，李某招呼老夫妇的船只靠前，以盘查为由，率领其同伙，入舱搜缉，翻箱倒柜，得到二百多两银子和满匣的金银首饰，全部没收了。老夫妇不服气，再三争执索要。李某以威势恐吓。老翁害怕，请求李某拿走首饰而归还银子。李某不答应。老翁让李某把东西全都拿走，只是请求稍微给他们一点路费。李某又不答应。老翁愤怒道："世道循环，难道就没有天理了吗？"说罢，返船解缆。李某担心老翁控诉自己，于是故意说好话欺骗老翁道："我只是与你开玩笑罢了，然而日暮时分携取不便，请你等候到明天早晨，我把所有东西都归还于你。"于是将老翁的船系在舵楼之下。到了晚上，李某凿透老翁的船只，老翁的船只沉入水中，老翁船上的十一个人包括他的两个儿子全都落入水中淹死了。

当时，与李某同船的共二十多人，其中没有参与此事的有五个人，其余之人都跟从李某有所染指。有个水上民兵某甲，素来信奉三官（即天官、地官、水官，天官赐福、地官赦罪、水官解厄）道教，如果不是遇到战事，就会日夜跪伏在舱中念诵《三官经》。他听闻此事，觉得这种做法不对，暗想道："这必有明显的因果报应。"其同伴都讥笑他。第二天，李某去其他船上访友，途中忽然患上头痛，急忙唤船夫前来替自己驾船返回。船夫的船行到江心，忽然停桨不前。李某询问，船夫指着李某的船说："您没看见有位雷神怒气冲冲地瞪着眼睛站在船头吗？"李某大怒，叱为妖言，并说再不驾船过来就殴打船夫。船夫不得已，划桨而至。李某刚一登上自己的船，霹雳一声，就被震死了。同舟之人看见雷电劈向船头，都跑到后艄躲避。雷电再次震动，将船劈为两截，其后半截和后半截上的人全都沉入水中，前半截仍浮在水面。当时某甲尚在前舱诵经，听见雷声屡屡震动，出来察看，看见李某已死而船只仅存其半。于是呼唤前面的渡船前来营救，这时前半截也沉入水中了。那五个未曾参与谋财害命的人，早已被雷提到对岸的沙滩，片刻方醒。有人询问他们怎么在这里，那五个人说："当雷声震动时，我们跟随众人奔跑躲藏。恍然看见金甲神挟起我们前行，我们如梦如醉，始终也不知道怎么会来到此地。"

咸丰丙辰年(1856)夏天，丹阳县城北门外，有五个士兵，一同行走在烈日之下。雷电突然大作，击毙三人，另外二人都安然无恙。有人询问被震死的三人平日里的所作所为，二人警惕地说："今天我们才知道雷震太可怕了。这三个人，平日随军所至，专以发掘坟墓为事，没想到他们的行为触怒了上天。"

自太平军扰乱以来，弱肉强食，到处都是这样。抢掠货物如同探囊取物，杀人性命如同割除草芥。像李某这样的官兵头目，难道还少吗？况且一船之中，有人是善人，有人是恶人，谁又能辨别得清呢？奇异啊，雷霆一震，善恶立分，伙同作恶者全都被诛杀。谁说上天昏昏不明呢？

7.2.17 妒妇恶报

同治癸酉秋，张子青尚书，来游西湖。其在苏抚任内，曾推恩及先代，又叙同年甚笃，颇蒙垂青。一日与高辛才、江小云两观察，合谳之湖舫，夜以继日，谈论颇欢。因述其所闻往事云：

陕中赵蔼南大令，壮年无子。以道光戊子乡榜，大挑一等，补直隶河间知县。妻某氏，阴狠而妒，有妾不相容，几于无日不闹。蔼南将妾迁外另居，妻虽不愿，而无可如何。其屋即与但司马宅为前后邻，眷属常有往来。

适正月初旬，蔼南赴省，而赵妾往但太太处拜年。但太太知其久未入署，谓拜年必不可已，怂恿其去，但借以己车送之往。比入署，则妻出见，亦颇欢，寒暄久之，款待备至，并留饭焉。又久之，酒肴至，遂请入筵。而随从之仆妇颇黠，闻有变，即掣赵妾后衣，教以戒饮，盖已知置毒焉。故每举杯，仅及唇而止。赵妻再四强之，责以无礼，迄不肯饮。遂直前将妾之发捽及地，怒不可遏，顺手以榔头狠击其首，血出击犹未已，经家人劝止。赵妾已晕去，其仆妇遂扶归舆，舆夫以满身血迹，有难意。令将己衣兜至头面，既免血污，又可避风。一气驰回但府。而但司马虑有人命，不令下车，押令还其己屋，及夜而妾毙命矣。

未几，蔼南自省归，妾家已控府。蔼南欲寝其事，遂赴府婉求，商以己意，谓妾家自可以赀安顿，求免办案。郡伯允之。踰日，忽有肃宁令闯入府署，言女鬼附身，迫令告病。谓其前生居官断案，人命无偿，冤莫大焉。“惟念我今生尚孝，贷我一死，否则索命。”盖即孙翘江大令一事，已载在前录者也。河间守骇曰：“数十年之冤鬼，尚灵爽若是。此亦一人命也，可含混了事乎？”遂背前言，将案详出，而赵妻入狱矣。

是时，直督为讷近堂先生，谓宜照例严办，欲置之死地。而核诸律案，尊长置卑幼死，只得远戍。凡在妇女，于案结后，例得取赎。故凡袒其妻者，皆以不死可赎之语慰之。并言不过狱中迁延数时，即可出而无事耳。乃久之未出。赵妻之忿恨，所不待言。一日以手槌胸自骂，而每一槌胸，即有血自胸溢出。左右拍，则左右血出。未几，瘐死狱中。咸谓死时状，极似其妾。则冤鬼附身索命无疑也。

【译文】同治十二年癸酉（1873）秋，张子青尚书（张之万，字子青，号銮坡，道光二十七年状元）来西湖游玩。他在担任江苏巡抚时，曾对我的父亲有恩，又与我有同年之谊，建立了深厚的友情，我颇受张公的赏识。一天，张公与高辛才（名应元）、江小云（名清骥）两位道台，在湖中的画舫里聚会宴饮，夜以继日，谈论颇欢。于是张公讲述了一件他所听闻的往事，说：

陕西赵蔼南县令，壮年无子。他在道光八年（1828）戊子科乡试中考中举人，接着以大挑一等，补授为直隶河间县知县。其妻某氏，阴险狠毒并且嫉妒，对赵知县的小妾不能相容，几乎无日不闹。赵蔼南将小妾迁到官署外面另居，其妻虽然不愿意，但也无可奈何。赵蔼南家与但同知家是前后邻居，两家的眷属常有往来。

正值正月上旬，赵蔼南前往省城办事，而赵蔼南的小妾前往但太太那里拜年。但太太知道赵妾长期未曾入署，说拜年一定得去，怂恿赵妾前往署中给赵蔼南的妻子拜年，但太太把自己的马车借给赵妾，送她前往。等赵妾进入署中，赵蔼南的妻子出来相见，表现得也很欢洽，寒暄许久，款待备至，并留下赵妾吃饭。又过了许久，酒肴送到，于是赵妻邀请赵妾入席。随从赵妾前来的女仆颇为机灵，听说情况有变，随即扯动赵妾的后衣，提醒她不要饮酒，大概这个女仆已经知道酒中有毒了。因此赵妾每次举杯，只是碰一下嘴唇而已。赵妻再三强迫赵妾饮酒，并责备赵妾行为无礼，可赵妾始终不肯饮酒。于是赵妻上前抓住赵妾的头发，把赵妾拉到地上，怒不可遏，顺手拿起榔头狠狠击打赵妾的头部，赵妾的头部已经有血流出，可赵妻还是击打不止，后来经过家人劝说，赵妻才罢手。赵妾已经昏晕，其女仆扶着赵妾返回马车，车夫看见赵妾满身血迹，脸上显出为难之色。车夫让赵妾用自己的衣裳兜住头面，这样既可避免车子被血迹污染，而赵妾受伤的头脸也可避免风吹。车夫赶着马车，一路飞驰返回但府。而但同知考虑到这是人命大事，不让赵妾下车，命车夫将赵妾送到赵妾自己家中，到了晚上，赵妾就丧命了。

不久，赵蔼南自省城返回，妾家已经向府衙控诉。赵蔼南想平息诉讼，于是到府衙婉求，说出自己的意思与知府商议，他说妾家我自可以用钱安顿（使其撤诉），求知府不要办理此案。知府答应。过了一天，肃宁县县令忽然闯入府衙，说有女鬼附身，强迫他告病辞职。女鬼说他前生做官断案，没有让罪犯抵偿她的性命，她有很大的冤屈。“可怜我今世还算孝顺，宽恕我一死，否则我就向你索命。”女鬼所说的就是孙翘江县令一事，前录已经有所记载。河间知府惊骇地说：“数十年前的冤鬼，尚且这样阴魂不散。在这件案子中，也关系到一条人命，岂可含混了事啊？”于是违背诺言，将案子详细审理，这样赵蔼南的妻子就入狱了。

当时，直隶总督是讷近堂先生（讷尔经额，字近堂，费莫氏，满洲正白旗人），讷先生说此案应该照例严办，欲判处赵妻死刑。但核查法律以及从前的案例，尊长误致卑幼死亡的，只能判处远戍。如果犯罪的是妇女，在结案后，按例可以将其赎回。因此凡是偏袒赵妻的人，都用不死可赎之语安慰赵妻，并说不过在狱中停留几天就可出狱，那时就平安无事了。但赵妻等了很久，也没能出狱。赵妻的愤恨，自是不必说了。一天，赵妻一边捶胸一边自骂，而每一捶胸，就会有血自胸中溢出。左右拍打，则左右出血。不久，病死狱中。人们都说赵妻死时的情状，像极了赵妾死时的样子。如果真是这样，则必定是冤鬼附身索命无疑了。

7.2.18 翎枝某

嘉庆甲子以后，白莲教匪既平，海内静谧，军功保举，翎枝渐少。惟某明府，独戴蓝翎，遂以“翎枝某”呼之。性奢侈豪荡，历宰要缺，媚上诈民，财多益横。每遇宴客，珍馔满台，数杯后，辄骄态大作。无故呵责庖人；珍贵器皿，以箸夹之，连食抛掷于地，碎之勿惜也。尝招某客，客亦贵傲，酒数行，某骄态作。客曰：“馔实不佳，令人难以下箸，毋怪君怒，吾为主人出气。”言毕，两手掀翻食案，所陈磁玉玻璃一切器具，琤瑽作声，悉皆碎裂。大笑拂衣而去。某亦无可如何，座客快之。

又尝盛筵邀上官，着新制貂皮短后衣，自往厨下察视。新割牲悬柱，血污其衣。大怒，立呼役，即厨中杖之。杖毕，即解衣掷地云：“汝等分之可也。”凡服役者，喜则赏，怒则罚。故人畏其暴，亦贪其赏。后病笃，奄奄一息之时，自言：“作令二十年，倾人家，荡人产，所入数十万，今安在哉？悔亦迟也。”身后尚余一二万金，衣饰称足。乃鼠窃狗偷，旋化乌有。眷属回京，不久已居灰棚矣。

姚芙溪曰：余初来闽，谈者言其骄奢淫佚、挥霍暴殄，种种狂谬，非目睹者不信。尚有劣迹多端，琐屑不足道。洵纨绔中败类，别有肺肠者也。

【译文】嘉庆九年甲子（1804）以后，白莲教匪的叛乱既已平定，海内安定，因军功受到保举而赏戴花翎的武官也渐渐减少。只有某县令，还带着蓝翎的官帽，于是人们称呼他为“翎枝某”。翎枝某生性奢侈放荡，历任重要县份的县令，他谄媚上级，勒诈百姓，其财产多是通过不正当手段得来的。他每次设宴招待客人，宴席上都摆满珍贵的菜肴，饮酒数杯之后，他便大露骄横之态。有时无缘无故地呵责厨师，有时用筷子夹住珍贵器皿，连器皿中的食物一同抛掷在地上，即使摔碎了，也不觉得可惜。有一次，他招待某位客人，这位客人也是尊贵高傲之人，酒过数巡，翎枝某大露骄横之态。客人说：“菜肴实在不好，让人难以下筷，难怪您要生气，我替您这位主人出气。”说罢，两手掀翻摆满食物的桌子，桌上所陈列的瓷、玉、玻璃一切器具，落在地上发出清脆的响声，全都摔碎了。客人大笑着拂衣而去。翎枝某也无可奈何，座中的客人都为此感到快意。

他又曾摆下丰盛的筵席邀请上官，他穿着新制的貂皮短后衣，亲自去厨房察视。厨房的梁柱上悬挂着新宰杀的牲畜，牲畜上的血滴下来玷污了他的衣服。他十分愤怒，立即呼来差役，命差役在厨房中杖责厨师。等差役打完厨师，他便解下衣服，扔在地上说：“你们可以把它分了。”凡是对待服役之人，他高兴时就大加赏赐，动怒时就严加惩罚。因此人们都畏惧他的严厉，但也贪恋他的赏赐。后来，翎枝某病危，奄奄一息时，他自言自语：“我做了二十年县令，弄得有些人倾家荡产，我弄到的那数十万金，如今在哪里呢？后悔也晚了。”他死后，其家中尚余一二万两银子，衣饰丰足。但由于被下人们偷盗，很快化为乌有。其眷属回到京城，不久就已住在灰顶的小房子里了。

姚芙溪说：我初来福建时，听见谈论者说起他骄奢淫逸、挥霍暴殄，种种狂谬行为，如果不是亲眼所见不会相信。翎枝某还有很多劣迹，细小琐碎得不值一提。他实在是富贵子弟中的败类，别有一副肺肠。

7.2.19 妒为大害

妇人之妒，常情也，然其心不过夺宠争怜，果能调处得宜，尚无大害。惟男子之妒才，其祸患不可胜言。随园《过扁鹊墓》诗云："一抔尚起膏肓疾，九死难医嫉妒心。"此随园因后起复秦中，遭谗见忌不得志，归途感鹊之事，作此以自况也。可知妒之一字，为男女同病。男无才则妒有才，女无色则妒有色，愈无则愈妒。若己之才色，亦本出众，度量复超越庸俗，一旦遇与己同者，方且相怜相爱，引为同调。如少陵之于青莲，南康公主之于李势之妹，古今来，殆绝无而仅有者矣。夫男之才，莫如曹瞒；女之色，莫如武曌，而又有权势以助之，遂致有覆巢碎骨之惨。甚矣，妒之为害也！倘人人皆以大公至正为心，不存丝毫嫉妒，既不妨贤，自无病国。英夷发匪之害，当早除矣。

【译文】妇人的嫉妒，是正常心理，然而其心不过夺宠争怜，如果能调节处理得当，尚且没有大害。可是如果男子嫉妒比自己有才华的人，其祸患就不可胜言了。袁枚《过扁鹊墓》诗云："一抔尚起膏肓疾，九死难医嫉妒心。"这是袁枚因为后来丁忧期满重新去陕西任职，遭到别人的谗毁嫉妒，不得志，在归途中有感于扁鹊之事，写作此诗借以自比。可知"妒"之一字，是男女共同的缺点。男子无才则嫉妒有才之人，女子丑陋则嫉妒美貌之人，越是没有越是嫉妒。如果自己的才华、容貌，也原本出众，觉得自己能超越庸俗，一旦遇到与自己情况相同的人，彼此就会相怜相爱，引为同调。像杜甫与李白，南康公主与李势的妹妹，古往今来，大概是绝无仅有的了。男子有才，谁也比不上曹操；女子貌美，谁也比不上武则天，并且二人都有权势辅助，但他们最终都遭受了毁灭性的惨祸。嫉妒的危害太大了！倘若人人都具有大公至正之心，不存丝毫嫉妒，既不妨害贤才进身之路，自然也就不会给国家带来危害。如果都能这样，英国人、太平军的危害，或许早就消除了。

7.2.20 廉访戒赌

幕中案牍余闲，偶以博弈消遣，不致旷误公事，有时欣然一聚，此或在不忌之列。而宾主聚赌，则不可也。乃有某廉访，不甚留意公事，数至幕室，与诸友为叶子戏，每局必邀刑友入座。刑友本酷好此，又以其多赀，从不欠赖。而妻性喜俭，心弗喜也。其夫胜，则尚可，败则不免诟谇，且出赀颇难。

适两日小败，方在哓哓勃溪，廉访又至，笑谓其刑友："尚敢一战否？"友强应之。突闻帘内大声，作越语，长声云："大（音惰）人（音宁），倒要请教（音告）大人（二字音同上），请我（音哦）哩师（音西）爷（音牙），来打（音党）牌（音爬）个呢，办公事个呢？"廉访闻之，掩耳疾趋而走。以转身太急，为门限绊跌倒地，亟爬起，神色骇然，吐舌摇首，十数日不敢至。众皆窃笑。其夫赶入内室，扭结相殴，怒而移榻于外。

或谓其妻太过，予则谓其夫本有不应，妻何尤焉。廉访每语人曰："此生平第一大钉，从此可戒赌矣。"

【译文】幕僚在幕府中趁着没有公务的闲暇时间，偶尔以赌博、下棋消遣，不致荒废耽误公事，有时欣然一聚，这或许不在受限之列。如果幕僚和主人一同聚集赌博，则是不行的。有一位某按察使，不怎么留意公事，多次到幕僚的房中，与幕僚们玩叶子戏（一种纸牌游戏），每局必然邀请刑名师爷入座。因为刑名师爷本就酷爱赌博，又因他手中多钱，从不拖欠赖账。但刑名师爷的妻子生性节俭，对此则心中不高兴。刑名师爷赌胜时尚可，如果赌败了，其妻就会责骂，并且也很难再拿出钱来。

正逢两日小败，刑名师爷与妻子在家中吵架，按察使又至其家，笑着对刑名师爷说："还敢一战吗？"刑名师爷勉强同意。突然听到帘内有人用浙江口音大声长声地说道："大（音惰）人（音宁），倒要请教（音告）大人（二字音同上），请我（音哦）哩师（音西）爷（音牙），来打（音党）牌（音爬）个呢，办公事个呢？"按察使听闻，捂住耳朵，疾跑而出。因为转身太急，被门槛绊跌倒地，按察使急忙爬起，神色骇然，吐舌摇头，十几天不敢再到刑名师爷房中赌博。众人都窃笑。刑名师爷跑进内室，与妻子扭结殴打，随后生气地搬出内室而住。

有人说刑名师爷的妻子做得太过分了，我则认为刑名师爷本不应该赌博，妻子有什么罪过呢。自此，按察使常常对人说："这是我生平遇到的第一个大钉子，从此可以戒赌了。"

7.2.21 嫠妇重师

吴门向称重师，不独科第世家，即寻常士庶，力能延师者皆然。尝闻某氏嫠妇，抚独子，不惜重修，访求良师课读。其子年十二三，粗解作文。师教法既善，母亦毫无姑息，是以竿头日进，五经、三传、三礼诵毕，八股成篇。师患咯血，需辽参半两配药。妇出之，无吝色。师请药肆，照时价抵算修金，妇坚止，修仍照送。师病旋愈，感甚，每夜漏三下，读勿息。

冬后严寒，一日讲解甚久，妇屏后静听，僵冻难支。师笑曰：“此时安得白酒、酱肠一饱，御此寒气乎？”又刻许罢讲。忽见婢捧出热酒一樽，酱炙猪肠一簋，热气熏腾，香味流溢。师大喜，犹谓购诸市肆。继思时已深更，未必有此。询之婢，果出家庖自酿。盖其家本畜豕，妇闻师语，即潜至厨下，督饬婢媪，执牢砺刃，咄嗟（duō jiē）而办也。师惭愧不安，次日即肃衣冠，虔诣至圣先师前，焚香矢誓曰：“某所不尽心讲授，以致误人子弟，当为覆载所不容，神其鉴诸！”

后二三年，徒益精进，旋入泮，师乃辞去。妇犹挽留。师曰：“贤郎已成之学，可以自读，遥从阅文可耳。”后五年，师徒同登乡榜。未几，先后成进士。噫！巾帼中能如此尊师，洵不愧为贤母矣。惜谈者不能举其姓氏。

【译文】苏州人向来以尊师重教著称，不只是科第世家，即使寻常百姓，有实力聘请老师的也是这样。我曾听闻一件事，某氏寡妇抚育独子，不惜重金，访求良师教儿子读书。其子十二三岁，粗懂作文。因为老师的教学方法很好，母亲也对儿子毫不放纵，因此其子进步极快，读完五经（《诗经》《尚书》《礼记》《周易》《春秋》）、三传（《春秋左氏传》《春秋公羊传》《春秋穀梁传》）、三礼（《仪礼》《周礼》《礼记》），已能作一篇像样的八股文。老师患有咯血之病，需要半两辽东人参配药。寡妇拿出自家珍藏的人参交给老师，毫不吝啬。老师请药铺估价，按照时价抵算酬金，寡妇坚决不答应，仍旧按照常规奉送酬金。老师的病很快就痊愈了，对寡妇非常感激，每夜三更时分，仍然教其儿子读书，都不歇息。

入冬后天气非常寒冷，一天，老师讲解了很长时间，寡妇在屏风后静听，僵冻难以支持。老师笑着说："这时候去哪里弄来白酒、酱肠饱餐一顿，以抵御寒气呢？"又过了一会儿，老师停止讲课。老师忽然看见婢女捧出一壶热酒、一盘酱炙猪肠，热气熏腾，香味流溢。老师大为高兴，想着这应该是寡妇从街市上买来的吧。但又转念一想，这时已是深夜，街市上未必有这些东西。老师询问婢女得知，酱肠果然出自家中的厨房，酒是自家酿造的。原来寡妇家中本就养着猪，寡妇听闻老师之语，立即悄悄走进厨房，督促婢媪，操刀杀猪制作酱肠，片刻而成。老师惭愧不安，第二天就整肃衣冠，虔诚地来到至圣先师像前，焚香发誓说："我如果不尽心讲授，以致误人子弟，必为天地所不容，神灵可以鉴察！"

二三年后，寡妇的儿子更是大有进步，很快进入县学成为生员，这时老师想要辞职离去。寡妇仍然挽留老师。老师说："您的儿子学问已成，可以自读，我在家中给他批阅文章就行。"五年后，师徒二人一同参加乡试中举。不久，二人又先后考中进士。哎！妇道人家能这样尊重老师，实在不愧是贤良的母亲了。可惜向我讲述此事的人忘了这个寡妇的姓氏。

7.2.22 送别

姚芙溪曰：送别登程，应酬苦事也。江文通云："黯然魂销者，惟别而已矣。"然此犹不过朋友暂尔分睽，虽天各一方，未必遂无相见之日，已觉依依莫释，难乎为情。不幸遭逢祸患，一旦生死离别，或后会难期，或竟成永诀，彼此神情，含悲强语，尤令人神魂飞越，无限伤心，一时真难自解也。

昔在都门，送人遣戍者一，送人伏法者一。至今思之，犹觉凄惋。嘉庆己巳，友人良乡令，以六百里急递失误时刻，谪戍新疆，走送登程。后逢释回，犹获重晤。

若友人宝坻令，以侵账罪拟大辟，送至柴市，则甚为惨伤矣。宝坻令者，楚人也。以旱灾领库款五万散赈，实用三万，余尽入己，为京兆尹弹劾。审实弃市日，亲友走送。予等先候于市口，遥见其下车，随子侄家丁数人。徐步从容大声曰："尔等归禀太夫人，生我不肖子，致有今日。上负太夫人一番鞠育之恩，老年遭此悲惨。予罪擢发难数，悔恨无及。千万不必悲伤，善为排解，譬如未生此等孽子；谅亦命中注定，应受此祸也。"大有潘岳临刑，对母所言景象。言次已至市口。予等环揖，皆不忍仰观。观者如堵。予不自持，退入丛人后。俄闻炮一声，刀声飒然，则随来数人，哭声大作矣。用费三百金，首不坠地，以线缝之，纳入棺。予此时，但觉两股战栗酥软。仆人扶掖登车而回，昏卧一昼夜。此等送别，亦一之已甚也。

令之祖父，皆河员，家业颇厚。宝坻缺亦优，在任三年，宦囊甚丰，两子皆援例。乃犹贪黩无厌，任所原籍，均归籍没。丧生而败名，家破而亲辱。甚矣，贪之为害也！

【译文】姚芙溪说：为人送行，是一件应酬苦事。江文通（江淹，字文通，南朝政治家、文学家）说："最使人心神沮丧、失魂落魄的，莫过于别离了。"然而江文通所说的仍不过是朋友之间的暂时分别，虽然天各一方，以后未必没有相见之日，（即使如此）已经觉得依依不舍、情不能忍了。如果不幸遭逢祸患，一旦生死离别，或后会难期，或竟成永诀，双方神情满含悲伤，勉强说些宽慰之话，更是让人神魂飞越，无限伤心，一时之间真是难以释然。

从前，我在京城，送别过一个遣戍之人，送别过一个伏法之人。至今想起来，仍觉得哀伤。嘉庆己巳年（1809），我的朋友良乡县县令，因为六百里急递失误时刻（未能按时送达），发配新疆，我步行送其上路。后来，他遇到朝廷大赦返回，我们仍获重逢。

像我的友人宝坻县县令，因为侵账之罪被判处死刑，我送其前往柴市口刑场，就更是非常悲伤了。宝坻县县令，是湖北人。他因旱灾领取五万两库款散发赈济灾民，实际只用了三万，其余的全部入了他的私囊，他被京兆尹弹劾。审实受刑之日，亲友步行为其送别。我们先在柴市口等候，远远地看见他走下囚车，身后跟随着几名子侄、家丁。他缓步从容，大声说："你们回去禀告太夫人，说我是个不肖子，以致有今日之事。我上负太夫人的一番养育之恩，让她老年遭受丧子之痛。我的罪过擢发难数，悔恨也来不及了。让她千万不必悲伤，好好地抚慰排解她的情绪，就像从没生过我这个孽子一样。想来这也是命中注定，我应当受此灾祸。"大有潘岳临刑时，对母亲所言的景象。说罢，他已来到柴市口。我们环绕作揖，都不忍仰观。当时观刑者围得如墙一般。我忍受不住悲伤，退到人群后。很快，我听见一声炮响，刀声飒然，这时随来的数人，已经哭成一片了。当时他的家人送给刽子手三百金，使其首不坠地，然后用线缝合，放入棺材。此时，我只觉得两腿战栗酥软。仆人扶掖着我登车而回，我昏卧了一昼夜。这样的悲惨送别之事，平生有一次就已经难以承受了。

县令的祖父，都是河道官员，家业颇为富厚。宝坻县令的职位待遇也很优厚，在任三年，积蓄颇丰，两个儿子也都捐了官。却仍然贪得无厌，以至于任职之地和家乡的家产，都被抄没。失去生命、身败名裂，家破人亡、亲人受辱。贪心的危害真是太大了！

7.2.23 幕二则

某侍郎，为茂才时，多名士气。在郡县司笔墨，效苏黄派。后应金华守聘。初至，主人嘱拟稿，古致历落，寥寥数十字，以《十七帖》体书之。主人一笔抹去，使人语之曰："殆初入幕，不知尺牍体裁者耶？"侍郎愤然，即辞去。是科中式。春闱联捷，入词林。次年，即散馆授编修。适遇考差，典试粤东，取道闽浙。金华守犹在任，不免手版迎谒。及道出武林，中丞偶询及经由郡县，舆论如何，即以金华守不理民事对。宪眷本不佳，遂改京秩。侍郎居心，未免太狭矣。

向例衙署诸幕，以刑名为巨席。桂林有贫士某，落拓就西席，刑名多戏弄而揶揄之。某生恨甚，因此发愤下帷。未几，连捷擢甲科，以县令分发湘中，便道归省。乡里贺者纷集，刑幕自知不是，叩门谢罪。某生把手笑曰："君所笑讥，吾之药石也。"卒相欢无忤。以视某侍郎，褊心计较恩怨者，远矣。

【译文】某侍郎，还是秀才时，就具有名士的风范。他在府县衙门做书吏，模仿苏轼、黄庭坚的字体。后来，他受聘于金华知府。初到幕府时，主人叮嘱他拟稿，他写的文稿古雅错落，寥寥数十字，是以王羲之《十七帖》的字体写成的。主人一笔抹去，并派人告诉他说："你大概是初次担任幕僚，不知道公文的体裁吧？"他非常气愤，立即辞职离去。这年，他考中举人。第二年春天接连又考中进士，进入翰林院。第二年，即因在翰林院庶常馆考核优秀而被授予编修之职。正巧遇到朝廷选派官员去各地主持考试，于是他被派往广东主持乡试，路过福建、浙江。当时金华知府仍旧在任，不免手持名帖迎接拜谒。等他路过杭州时，浙江巡抚偶然问及他这一路所经过的府县，舆论怎样，他便以金华知府不理民事来回答。浙江巡抚对金华知府的印象本就不好，于是金华知府被改任为京官。这位侍郎的居心，未免太狭隘了。

旧例，衙署中的诸幕僚，以掌管刑名者地位最高。桂林有贫士某，生活落魄，担任幕僚，刑名师爷常对其戏弄嘲笑。某生愤恨异常，因此发愤读书。不久，考中举人，接连又考中进士，被朝廷派往湖南担任县令，顺路返回家乡探亲。乡人纷纷前来道贺，那个刑名师爷自知有错，叩门谢罪。某生握着刑名师爷的手笑着说："您的讥笑，是对我的规戒。"自始至终，和颜悦色地对待刑名师爷，与其无所抵触。相比于那位心胸狭窄、计较恩怨的侍郎，可谓天壤之别。

7.2.24 不修祭祀

姚芙溪曰：某太守，原籍会稽，寄北籍。由编修出守闽之延平，旋权首郡，调繁泉州。声华籍甚，骎骎乎强台直上矣。太守胞姑适某氏，孀居在籍。道光丙午夏，患疟颇剧。其母即太守祖母，殁已多年。疟作时，忽附病者之体而言曰："汝病无害，交秋自愈，毋乱服药也。惟某孙在闽居官，任性妄为，轻听匪人之言，祸将作矣。"某孙者，太守小字也。且言其为翰林时，举家寓都门，原籍无人，"逢年节并我忌日，从不祭祀，姑念其贫也。今为外官，仍复不祀，累我屡次奔波远涉，枵腹而回。似此蔑弃祖先，其官岂能保乎？”未几，果有某赀郎过郡，与人争寓相殴之事。赀郎巨富，在路张红盖，乘四人肩舆。太守听信幕丁，论其僭妄，索诈数万金。赀郎恃有都中大僚，为之奥援，坚不与，以致激而互控，被劾解任。赃未入手，而吏议褫职矣。

由此观之，祖宗祭享之事，不可不信；子孙追远之意，更不可不诚。按此事，余馆芝城，同事陈君午庄，为余言之。盖太守之姑，特嘱其夫侄某，来闽视太守。与陈有旧，密询太守居官，究竟如何，因述及附体事。其时赀郎一案，甫兆衅端。太守素荷宪眷，揆度案情，极重不过降调，未必遽干严谴也。不意赀郎拚费多金，密置邮传，将婪索情形，屡次走达都下。上台不能袒庇，只可据实严参，以致牵涉多人。太守削职外，幸无余罪。旋客死粤东，年未及五旬耳。

【译文】姚芙溪说：某知府，原籍浙江绍兴，寄居落户在北方。由翰林院编修出任福建延平知府，很快代理福州知府，调任为公务繁重的泉州知府。声望卓著，眼看着就要快速地青云直上了。知府的姑姑嫁到某姓家，寡居在原籍。道光丙午年（1846）夏，他的姑姑患上了颇为严重的疟疾。知府姑姑的母亲就是知府的祖母，已经去世多年。知府的姑姑疟疾发作时，知府的祖母的魂魄忽然附在病人的身体上说：“你的病没什么妨害，到了秋天自会痊愈，不要乱服药。只是我的某个孙子在福建做官，任性妄为，轻易听信坏人之言，将要有祸事发生了。”她所说的某孙，是知府的小名。她又说知府为翰林时，全家寄居在京城，原籍无人，“逢年过节以及我的忌日，从不祭祀，我姑且念其贫穷而原谅他。如今他在外做官，仍不祭祀，拖累我多次奔波远涉，饿着肚子回来。像这样蔑弃祖先的人，其官位哪能保住呢？”不久，果然发生了某出钱捐官的人路过泉州，与人争夺客房而相互殴打之事。那人是个巨富，一路上张红盖而行，乘坐四人抬的轿子。知府听信幕僚之言，说那人僭越妄为，索诈数万两银子。那人仗着有京城大官，为其撑腰，坚决不给，以致激愤而互相控诉，知府被弹劾解任。赃款未到手，而吏部已经下令将其罢职了。

由此可见，祖宗祭祀之事，不可不信；子孙纪念先祖之意，更不可不诚。说明，此事是我在建瓯任幕僚时，同事陈午庄先生向我讲述的。知府的姑姑，特意嘱托其丈夫的侄子某，来福建探望知府。侄子某与陈午庄是旧友，暗中向陈午庄询问知府为官究竟如何，顺便谈到附体之事。那时出钱捐官的人一案，才初露祸端。知府素来受到上级的眷爱，预测案情，最严重也不过降职调任，未必会受到严厉地谴责。没想到那人花费重金，秘密传递邮件，将知府贪婪索贿的情形，多次送达京城。上级不能再袒护他，只能根据实情对其严加参劾，以致牵涉多人。知府除了被罢职外，侥幸没有其他的罪名。不久，知府客死于广东，终年还不到五十岁。

7.2.25 不耐糟糠

妇人遭遇寒儒，不耐窭贫，比比然也。然亦当安命守分，忿怨不形于色。否则即不致效买臣之妻，而困苦无聊，嗟怨抑郁，亦易伤生。迨至蘽砧一朝发达，而已作泉下孤魂，福让他人矣。

余葭莩亲某氏，其父生三女，氏其季也，最聪颖，貌秀婉。父极爱之。两姊，一适相国之侄某司马，一适候选鹾尹。以其皆赀郎也，不甚满意，必欲为季女择一佳婿，异日非甲科不可。方官滇南，一日有诗酒之宴，座有少年将冠，器宇不凡，赋《滇池怀古》百韵，顷刻而成，文不加点，众皆传诵。询知未议姻。将其诗质之学使，大加许可，且决其他日必登翰苑。又邀至署，面试之，诗文复大佳。遂挽冰人作伐，招为赘婿，留署读书。其父乃吴人，寓滇为记室。

越一载，回籍小试，冠军采芹；乃乡闱不利，屡战屡北，而年及壮矣。氏父旋罢官作古，诸子析产。婿之父亦不久逝世，万里奔驰，拮据扶柩，藉课读养母。氏不免辛勤作苦，两僚婿方宦途得意，荣悴相形，益嗟命薄。更兼儿女成行，缝浣不辍，料量衣履，尺布寸缣（jiān），有时匮乏。从此灯前拥髻，窗畔含愁，双靥啼痕，常露于寒宵刀尺时矣。婿多方慰劳之，迄无欢容，有时微言诮谪，婿惟笑颜受之。乃犹终日情伤，形容憔悴，疾作不肯服药，悲恨而卒。

甫踰二年，婿遂领乡荐，联捷成进士，入翰林，旋视学云南，授观察使。因念糟糠之室，共苦而未同甘，不忍续娶，仅纳小星。噫，岂非氏之福薄哉！记之以为妇人躁妄不能安贫者戒。

【译文】妇人嫁给贫寒的儒生，忍受不了贫穷的生活，这样的人比比皆是。即使如此，也应当安命守分，脸上不表现出愤怨之色。否则，即使不致于像朱买臣的妻子一样，也会困苦无聊，嗟怨抑郁，容易损伤性命。等到丈夫一旦发达，而自己已然成为阴间的孤魂，福气都让给丈夫续娶的妻子了。

我的远房亲戚某氏，其父生有三个女儿，她是最小的一个，最为聪颖，容貌秀美。父亲非常喜爱她。她的两个姐姐，一个嫁给了相国的侄子某司马，一个嫁给了候选鹾尹。其父觉得自己的大女婿、二女婿都是用钱捐来的官职，不太满意，一定要为小女儿选择一位佳婿，将来这位女婿非得考中进士不可。当时，其父正在云南做官，一天，他参加一个诗酒宴会，座中有个接近二十岁的少年，器宇不凡，作《滇池怀古》百韵，顷刻而成，文不加点，众人竞相传诵。询问之下，知道这个少年尚未议婚。其父把少年的诗篇拿给学政看，学政大加赞许，并断定这个少年将来必能考中进士、进入翰林院。其父又邀请少年来到官署，当面考试，少年所作的诗文也很好。于是其父请媒人做媒，将少年招为上门女婿，留其在署中读书。少年的父亲是苏州人，寓居云南担任记室之职。

过了一年，少年回家乡参加小试，考中秀才，成为县学生员。但乡试失利，屡次应考，屡次落第，渐渐其年龄已到壮年了。不久，某氏的父亲罢官去世，儿子们分割了家产。女婿的父亲也在不久后去世，女婿万里奔驰，艰难困窘地运送父亲的灵柩回家，借教读赚来的钱奉养母亲。某氏不免辛勤劳苦，而此时她的两个姐夫正仕途得意，她将自己穷苦的生活与两个姐姐富贵的生活相比，更加嗟叹命运不好。再加上她已儿女成行，缝洗不止，为儿女料理衣鞋，即使尺布寸缣（细密的绢），有时也会匮乏。从此，他便时常坐在灯前窗边哀愁不断，双颊挂满泪痕，忧愁之色时常在寒夜做针线时显现在脸上了。丈夫对其多方慰劳，某氏自始至终没有喜悦之色，有时某氏对丈夫婉言讥诮，丈夫只是笑脸承受。她却依旧终日忧伤，形容憔悴，生病不肯服药，于是悲恨而死。

才过了两年，其丈夫就考中举人，接连又考中进士，进入翰林院，不久担任云南学政，后授予观察使。其丈夫因为怀念原配妻子曾与他共患难但未能享福，不忍续娶，只是纳了妾室。唉，某氏难道不是福薄吗！我记录下此事，以劝戒那些急躁轻率、不能安于贫贱的妇人。

7.2.26 李阿崇轮回

粤东连平州李阿崇者，精岐黄，为人诚实，人咸称长者。家小康，设药肆于州城。年七十余，尚健，视听不衰。道光癸卯春，其友颜堉高，一日于州衙后，途遇阿崇，问曰："阿崇先生何往？"答云："往江南邳北厅耳。"堉高回家，旋闻崇已故。因悟顷所遇者，莫非李魂乎？适有江南之游，即便道往邳北探访，则邳北通判颜尔懋之侧室，于前月是日，正生一子。始知阿崇之魂，往彼投生也。

【译文】广东连平州有个叫李阿崇的人，精通医术，为人诚实，人们都称他为忠厚长者。李阿崇家境小康，在州城开了一家药铺。他七十多岁时，身体还很健康，眼不花，耳不聋。道光癸卯年（1843）春天，他的朋友颜堉高，一天在州衙后，路上遇到李阿崇，颜堉高问："阿崇先生到哪里去？"李阿崇回答说："到江南邳北厅去。"颜堉高回到家，接着就听到了李阿崇已经去世的消息。这时颜堉高方才醒悟，刚才遇见的莫非是李阿崇的魂魄吗？不久，正巧颜堉高要前往江南一游，随即顺道前往邳北探访，得知邳北通判颜尔懋的妾室，在上个月李阿崇死的那天，正好生下一个儿子。颜堉高这才知道李阿崇的魂魄，已经投生在颜尔懋家了。

7.2.27 湖北宋孝廉

汉阳宋翁，佚其名。道光辛巳孝廉，正直好义，世居汉口镇，人多仰之。镇多外来大贾，持重资，竞蝇头利。劣衿猾吏，每伺其隙，有事到官，必多方鱼肉视之。翁素落落，鄙众所为，往往持公论，脱人于厄。

有粤东黄姓者，因事被诈，祸将不测。翁过市，适值其事，为持平之论，事遂寝。翁去，不问贾何许人也。贾深德之。翁后迁武昌，适与贾邻。壬子冬，发逆陷鄂城，翁闭门将举家以殉。贾穿壁谓翁曰："寇亦粤人，我为粤语，保无恙，否则自裁不晚也。"翁姑听之。贾派粤伙，为翁守门，用是无扰。翁从容于幽室为复壁，藏家人，并收匿戚属。未两月，粤逆弃城遁。翁家得全于复壁中，皆贾力也。翁子亦登贤书，大挑知县，现宦山西。

【译文】湖北汉阳（今武汉市）的宋翁，我忘记他的姓名了。他是道光元年辛巳（1821）科举人，为人正直好义，世代居住在汉口镇，人们都敬仰他。汉口镇有许多外来的大商人，这些商人携带重金，在此谋求一些蝇头小利。当地一些品行恶劣的生员和奸猾的官吏，每次都趁着商人们因事来到官府的机会，多方予以剥削。宋翁素来光明磊落，鄙视众人的所作所为，往往主持公道，帮助商人摆脱困厄。

有个广东来的黄姓商人，因为某件事受到敲诈勒索，将有不测之祸。宋翁路过集市，正巧遇见这件事，便为黄姓商人主持公道，事情才得以平息。宋翁离去，连商人是何许人也不询问一下。黄姓商人非常感激宋翁的恩德。后来，宋翁迁居武昌，正巧与黄姓商人为邻。咸丰壬子年(1852)冬天，太平军攻陷武昌城，宋翁关闭家门，打算全家殉难。黄姓商人凿穿墙壁对宋翁说："贼寇也是广东人，我说粤语为你求情，保你平安无恙，否则那时再自尽也不晚。"宋翁暂且听从了商人的话。黄姓商人派广东籍的伙计，为宋翁守门，因此宋翁一家才没有受到太平军的侵扰。宋翁从容地在一间密室里建造夹墙，将家人藏匿在其中，并收留藏匿亲属。不到两个月，太平军弃城逃跑。宋翁全家能在夹墙中保全性命，这都得力于黄姓商人的帮助。宋翁的儿子也考中举人，由大挑(清制，挑选三科以上会试不中的举人，一等的以知县用，二等的以教职用)出任知县，现在山西某县为官。

7.2.28 黄陂萧氏

冯介庵观察曰：萧南渚大令，名鸿连，黄陂县南乡望族，世不涉讼事。乡居时，为无赖子所辱，众代为不平，密属公曰："君姑声言鸣官，向北行十里，我辈计出矣。"怂恿再三。公始勉为众行十里，翘足以待。众携无赖党与俱至，作追挽状。公遥谓之曰："待久矣，来何迟也？"众哑然。无赖党与，亦感叹君之厚德，遂相与和解。

后公由谷城广文，升保知县，年八十余。一子克承其志。孙良城，癸巳翰林，历任浙江主考、湖南学政、侍讲学士。曾孙延福，丙申庶常。世代簪缨不绝。

【译文】冯介庵观察说：萧南渚县令，名鸿连，其家是湖北黄陂县（今武汉市）南乡有声望的家族，世代不涉及诉讼之事。萧公在家乡居住时，被一帮无赖青年羞辱，众人为他打抱不平，秘密叮嘱萧公说："您姑且扬言要报官，向北行走十里，我们自有办法。"众人再三怂恿。萧公这才因为众人的怂恿勉强向北行走了十里，驻足等待。众人带领着那帮无赖青年一起赶到，假装出追赶挽留萧公的样子。萧公看见众人到来，远远地说："我等你们很久了，怎么这么晚才来？"众人都不说话。那帮无赖青年也感叹萧公的厚德，于是双方和解。

后来，萧公由谷城县儒学教官，被保举升任知县，当时已经八十多岁。萧公有一个儿子能继承他的志愿。萧公的孙子萧良城，考中道光十三年（1833）癸巳科进士，进入翰林院，历任浙江主考、湖南学政、侍讲学士。萧公的曾孙萧延福，考中道光十六年（1836）丙申科进士，成为翰林院庶吉士。萧公的家族世代都有达官贵人出现，子孙绵延不绝。

第三卷

7.3.1 会稽傅氏

傅星泉封翁（会源），会稽人，性纯孝。幼失怙恃，鞠于王母。累世仕宦，至是中落。虽贫甚，孝养尽礼，尤好济人急。尝于岁暮，赴伧（cāng）塘村索逋，得五十金以归。途遇少妇，抱子坐桥梁，哭甚哀。诘之，则曰："夫负里豪钱四十缗，岁逼无以应，议以妾偿抵。妾去，此呱呱者失乳，亦不活。计不如同赴清流耳。"封翁恻然，即倾囊与之，亦不告以姓氏。归家无以卒岁，宴如也。其乐善好施，类如此。后橐（tuó）笔游燕赵，卒无所遇，旋殁京邸，年仅中寿。

而子瘦石刺史（士奎）、孙艾臣明府（以绥），寄籍顺天，先后登贤书，司民牧。刺史官河南、山东二十余年，擢牧德州，所至有神君之称。其长子静川明府（以凝），任山东陵县；次子即艾臣明府，历宰湖南安仁、攸县；季子节子太守（以礼），官福建同知，洊升郡守。静川明府之子（櫺），以县丞需次河南，今亦迁知县。此外仕杂职、补博士弟子员者尚夥，皆封翁孙曾辈也。傅氏之方兴未艾，人皆谓封翁积德所贻云。

又瘦石刺史，继配俞宜人，奉姑孝，山阴俞凤台太守（颖达）妹。太守官徐州，有惠政，郡人建祠以祀，祠至今存焉。宜人性仁慈，好施与。嘉庆中，刺史宰光山，罣吏议。宜人侍姑侨寓会垣，资用匮乏，日典质以供菽水。会有仆妇中夜而泣，问之，对以："家惟一子，今为盗诬引，非厚赂盗，子且重得罪，一门失所养，老妇终亦填沟壑。"宜人脱簪珥，使营救其子，果得免罪。后四十余年，以长子宰陵邑，宜人板舆就养。道出邗上，舟中偶倾跌，惴惴惟恐致疾。夜梦朱衣神告之曰："尔无恐，曩以活人得延算，寿当至七十三。"后果如所梦。

道光初，先大人陈臬山左，刺史适宰历城，早知其为循吏。今节子太守，需次吾闽，又尝主余侄逸轩家。故悉其家世及门内之行如此。

【译文】受到朝廷封赠的傅星泉老先生（名会源），浙江会稽（今绍兴市）人，生性极为孝顺。傅封翁幼年失去父母，由祖母抚养成人。傅氏世代为官，至此家道中落。傅封翁虽然生活非常贫穷，但孝养祖母尽心尽意，尤其喜欢救济有急难的人。有一年年底，他去伧塘村要债，得到五十两银子而回。途中遇到一个少妇，少妇抱着孩子坐在桥梁上，哭得非常哀伤。傅封翁上前询问，少妇说："我丈夫欠乡里的豪绅四十串钱，年底豪绅逼债，我丈夫还不起钱，打算以我抵偿。我如果去了，我的这个孩子就没有母乳吃，他也就活不成了。既然这样，我计划不如带着孩子一同跳河而死。"傅封翁心中怜悯，随即把囊中的钱全部赠给少妇，也没有说出自己的姓名。傅封翁回到家，虽然无钱过年，却也安然自若。其乐善好施，大致如此。后来傅封翁游历于燕赵一带，想要寻个书吏的职位，而始终没有得到机会，不久傅封翁死于京城的寓所，年仅中寿。

傅封翁的儿子傅瘦石知州（名士奎）、孙子傅艾臣县令（名以绥），寄居落户在顺天府，先后考中举人，成为治理百姓的地方长官。傅瘦石知州在河南、山东为官二十多年，升任德州知州，所到之处有“神君”之称。其长子傅静川县令（名以凝），担任山东陵县（今德州市陵城区）知县；次子即傅艾臣县令，历任湖南安仁县、攸县县令；三子傅节子知府（名以礼），在福建担任同知，后升任知府。傅静川县令的儿子（名檩），以县丞的身份在河南等候补官，现今也升任知县了。此外，傅氏族人中出任杂职、补为生员的还有很多，他们都是傅星泉封翁的孙子、曾孙辈。傅氏家族方兴未艾，人们都说这是傅星泉封翁长年积德所遗留下的福报。

另外，傅瘦石知州的继妻俞宜人，侍奉婆婆非常孝顺，她是山阴俞凤台知府（名颖达）的妹妹。俞知府在徐州为官时，有德政，徐州人建祠来祭祀他，祠庙至今还在。俞宜人生性仁慈，喜好施舍。嘉庆年间，傅瘦石知州担任河南光山县县令，受到了处分。俞宜人侍奉婆婆寄居在省城，资用匮乏，每日用典当来的钱供养婆婆饮食。有一次，俞宜人正巧遇到家中的女仆半夜哭泣，俞宜人询问原因，女仆回答说：“我家只有一个儿子，现在被盗贼诬陷入罪，如果不能重金贿赂盗贼，我的儿子将会被判重罪。如果我的儿子死了，我们一家人都会失去后代，无人供养，我也最终会被饿死。”俞宜人摘下发簪、耳环，赠给女仆，让女仆营救她的儿子，其子果然得以免罪。四十多年后，俞宜人的长子担任陵县县令，俞宜人被迎接到官署养老。路过扬州时，俞宜人在船中不幸跌倒，心中惴惴不安，担心留下疾病。夜晚，俞宜人梦见一位穿着红衣的神灵告诉她说：“你不用担心，从前你因为救人性命已经延长了寿命，你应当活到七十三岁。”后来，果然像梦中朱衣神所说的那样。

道光初年，我父亲在山东担任按察使，当时傅瘦石先生正担任历城县县令，我父亲早就知道傅瘦石先生是位公正廉洁的官吏。如今傅节子知府，在我们福建等候补官，他又曾在我的侄子梁逸轩家担任教师，因此我对他的家世以及其家中妇女的事迹知道得如此详细。

7.3.2 大因果

前录数集，无非确言因果之理，而阅者犹在疑信参半，辄谓天道有可知，亦有不可知者。不知人之阅历，前后特数十年。其识见眼光，亦特就此数十年论之。天则合人前后世论之，并有彼此赢绌、互为乘除者，其中多有丝毫相抵，绝不少爽。此尤在有心人默会之耳，否则何以有斯人必不至斯，而竟至斯者，岂非冥冥有主之哉？

昔道光末，有朝贵，官居极品，圣眷本极优隆。一日奉命查办事件，虽未称旨，而罪不至死。而某权贵与不睦，媒孽之，竟赐帛。此本人所不自料，亦举朝之所不料也。群谓某权贵，他日必得报，或不至如此之甚。

无何，于同治初，以事获罪，亦在宗人府原房。入房时，即有所见。以议亲议贵之例推之，亦可不至死。此又本人之所不及料矣。

又某相国罹法，例以议贵，可稍从末减。而某权贵一人持之急，竟至大辟，亦意外之事也。赴刑时，犹乘绿车，穿袍褂，在茶棚中，望有恩旨。无何旨下，则刽手上前请安，请中堂洗面。群观一面布覆面，则头已垂矣。

未两年，而某权贵即以大逆不道置大辟，则诚某权贵所万料不及此者。相传，其临刑日，多不敢相送，以避党也。惟相国之子在场，切齿而指其头曰："你亦来此乎？"其恨之刺骨，情见乎辞。之二公者，均可议亲议贵，以断可免之事，而竟不免。其报应之轻重，不爽丝毫。何其巧合如是，谓非因果而何？

【译文】前面的几录，无非确切说明因果报应的道理，但阅读之人对此仍是半信半疑，动不动就说天道有时可以测知，有时则不能测知。殊不知人的阅历，前后相续只有数十年。其见识和眼光，也就只能以此数十年而论。然而上天却将人的前后两世合而论之，并且有彼此盛衰、互为乘除者，其中多有丝毫之事相抵，绝无差错。这个道理贵在有心之人默默体会，否则为什么有的人是这样的言行本不该至此境地，然而竟然至此境地，这难道不是冥冥之中有造物主在主宰吗？

昔日，道光末年时，有一位朝廷中的权贵，官居极品，皇上本来极其礼遇他。一天，他奉命查办事件，虽然不符合上意，但也罪不至死。然而另一个权贵平日里与他不和睦，从中作梗，皇上竟然赐他自尽。这是他本人所不能预料的，也是全朝官员所不能预料的。群臣都说那个权贵，将来必会受到报应，或许报应不会来的那么快。

不久，到了同治初年，那个权贵因事获罪，也被关押在宗人府，他所被关押的房间就是从前那个朝贵被关押的房间。他一进入房中时，就好像看见了什么。以议亲议贵的旧例（亲贵之人可以从宽处置）推测，他也罪不至死。这也是他本人所未曾料到的吧。

还有一件事，某相国触犯法律，按照议贵的旧例，他也可以得到从轻处理。然而某权贵一人坚持严厉审判，这位相国竟然被判处了死刑，这也是意料之外的事情。前往刑场时，这位相国仍旧乘坐绿车，穿着袍褂，在茶棚中，盼望皇上降下圣旨赦免他的死罪。过了一会儿，圣旨降下，这时刽手上前请安，请相国洗脸。围观的百姓看见他把一块布蒙在脸上，而很快他的头就被刽子手砍下了。

没过两年，某权贵即以大逆不道之罪被判处死刑，这也实在是某权贵所万万料想不到的。相传，某权贵临刑时，众人大多不敢相送，都害怕被人说成是他的同党。只有相国的儿子在场，相国的儿子咬牙切齿地指着某权贵的头说："你也来此受刑了吗？"相国儿子对他的恨之入骨之情，从言辞中就表现出来了。此二人，如果按照议亲议贵的旧例，都应该不会被判处死刑，然而他们都不免人头落地，其报应之轻重，丝毫不差。怎么会如此巧合，这如果不是因果报应，又是什么呢？

7.3.3 片言保赤

钱塘袁公简斋，由翰苑改授上元县令，风骨铮然，不阿权势；引经折狱，有儒吏风。时民间娶妇甫五月，诞一子，乡党姗笑之。某不能堪，以先孕后嫁讼其妇翁。越日，集讯于庭，两造具备，观者堵墙。公盛服而出，向某举手贺。某色愧，俯伏座下。公曰："汝乡愚，可谓得福而不知者矣。"继问其妇翁："汝曾识字否？"对曰："未也。"

公笑曰："今日之讼，正在两家不读书耳。自古白鹿投胎、鬼方穿胁，神仙荒诞，固不必言。而梁嬴之孕逾期，孝穆之胎蚤降；有速有迟，载于史册。总之逾期者，感气之厚，生而主寿；蚤降者，感气之清，生而主贵。主寿者，若尧年舜祚，尔等谅亦习闻；主贵者，不必远征，即如仆，亦五月而产，虽甚不才，犹得入掌词垣，出司民牧。谓汝不信，令汝妇人，入问太夫人可也。”某唯唯。

即命妇抱儿入署，少选，儿系铃悬锁、花红绣葆而出。妇伏地下曰：“蒙太夫人优赏，许螟蛉作孙儿矣。”公正色谓某曰：“若儿即我儿，幸善视之。他日功名，勿使出我下可耳。”继又顾众笑曰：“尔众中有明理之士，幸谅予心，勿以前言为河汉也。”众齐声附和。于是两家之羞尽释。后儿读书，食饩于庠，奉公长生禄位，朝夕供养不衰。

【译文】浙江钱塘县（今杭州市）的袁简斋先生（袁枚），由翰林改授江苏上元县（今南京市）县令，铁骨铮铮，不阿附于权势。他时常依据儒家经典的义理审判案件，有儒吏的风范。当时民间某人娶妻，结婚才五个月，妻子就生下一个儿子，乡人们都讥笑他。某人不能忍受，以妻子先孕后嫁为由向官府控告其岳丈。过了一天，袁公在庭中集讯，诉讼双方都在场，观看之人围得像一堵墙。袁公穿戴整齐走出来，向某人举手道贺。某人面有愧色，跪伏在袁公座下。袁公说：“你是乡野愚人，可谓得福而不知了。”接着询问其岳丈：“你曾识字吗？”其岳丈回答说：“未曾。”

袁公笑着说：“今天的官司，正是由于你们两家不读书的缘故。自古相传，老子白鹿投胎、鬼方穿胁生出六子，这些神仙荒诞之事，自然不必说了。但梁嬴怀孕过期而生一男一女，徐孝穆降生也是早产；分娩有早有晚，这在史册上有所记载。总之，过期降生的，胎儿禀受母体丰厚之气，为长寿之相；提早降生的，胎儿禀受母体纯清之气，为富贵之相。长寿的，比如尧舜都很长寿，想来你们也早已听说了；富贵的，不必远说古人，就如我，也是五个月而生，我虽然没有什么才能，尚且也进了翰林院，出任地方官。倘若你不信，可以让你的妻子到内衙问问我的母亲。”某人恭敬地答应。

袁公随即命令某人的妻子抱着孩子进入内衙，过了一会儿，孩子脖子上系着铃锁、包裹在花红绣被之中被抱出来。某人的妻子跪在地下说：“蒙太夫人厚赏，已经将我的儿子认作干孙子了。”袁公神色严肃地对某人说：“你的儿子就是我的儿子，希望你善加养育，将来其功名，不要让他在我之下才行啊。”接着又望着众人笑着说：“你们众人之中如果有明理之士，希望能体谅我的心意，不要把我刚才说的话当作儿戏而不相信。”众人齐声附和。于是两家之人再也没有羞愧之感。后来，那个小儿读书，成为县学中的廪膳生员，他在家中为袁公立了一块长生牌位，每天早晚供奉不衰。

7.3.4 拜佛火轮

西洋人火轮船，出入通商各海口，装运人物。船各有名，而命名最喜夸大。有名五云车者，有以省为名者，则如山西、直隶、四川、满洲之类，余均坐之。以窘于川资，不得已也。甚有名为总督者，且有名为皇帝者，其后改为黄滞，虽换其字，而犹袭其音以为雄。然要皆贸易取利而已。

独有所谓拜佛火轮者，其轮机之上，标有铜物，随机俯仰，如拜佛状，因以为名。辛酉冬，发逆陷绍兴各邑，宁波人皆逃避。郡城东门外濒江，左右为商贾贸易大马头。东曰江东，西曰江厦。列肆房屋，以数千计。拜佛火轮，瞰各肆皆罢闭，无人过问。纵火焚烧，江东江厦，尽付一炬。所烧店屋民房，及屋内什物，其价不知几百万金矣。渠意以贼至之后，此地皆为所有也。而其船不数月间，在大洋中失火，焚烧沦没。

群知当日喝令烧江东江厦者，独不在船，谓幸逃天谴矣。迨宁郡克复后，其人常跑马城中，恣肆自得。一日于府学前，跃马过桥，桥忽断，人马俱坠而死。孰谓天之独恕元凶耶！

【译文】西洋人的火轮船，出入通商各海口，装运人员、货物。每只船都各有名称，并且西洋人对船命名时最喜欢夸大。有的船命名为五云车，有的以省份命名，像山西号、直隶号、四川号、满洲号之类，我都乘坐过。我是因为旅费匮乏，不得已才乘坐西洋人的火轮船的。他们的船只甚至有的以总督命名，还有以皇帝命名的，其后改为黄浠，虽然更换了字，仍旧是取其谐音以显示其威风。但总体而言他们都是为了贸易取利而已。

只有所谓的拜佛火轮船，其轮机之上，标示有铜物，随轮机的高低，像拜佛的形状，因此以“拜佛”命名。咸丰辛酉年（1861）冬，太平军攻陷绍兴府各县，宁波人都外逃避难。府城东门外濒临大江，其东西两侧是商人贸易的大码头。东边的码头叫江东，西边的码头叫江厦。这两个码头上排列的商铺、房屋，数以千计。拜佛火轮船看到各商铺都关门停业，无人过问。于是纵火焚烧，江东、江厦二码头，都被烧毁。所烧的店屋民房，以及屋内的家具什物，其价值不知有几百万两银子了。西洋人觉得太平军来到之后，这两个码头都可以据为己有了。但没过几个月，他们的船就在大海中失火，焚烧沉没。

众人都知道那天下令焚烧江东、江厦二码头的人，唯独不在船上，认为他侥幸逃脱了天谴。等收复宁波后，那人经常骑着马来往城中，肆无忌惮，洋洋得意。一天，在府学前，那人骑马过桥，桥忽然断裂，那人和马一同落水而死。谁说上天会唯独宽恕肇事的元凶呢！

7.3.5 某方伯

居上官者，往往以不参属员为和平，以不提控案为省事。养痈贻患，不但民不聊生，甚至身受其殃。

邗上有为粤西方伯者，其生平迂谬无识之事，指不胜屈。引退后，僻居乡间，终日坐阁室中，量柴数米。其子早经淹毙，而孳孳无已。殊可怜，亦可笑也。咸丰六年正月，病殁。

二月，闻粤匪有复来扬州之信，赶紧浅厝。及逆匪至仪，执土人询方伯何在。对曰："已死。""坟何在？"对曰："不知。"即杀土人。不得已告之。逆匪剖其棺，戮其尸而去，不知何以结怨于彼若此。后有自贼中逃回者，细询，始知该逆，曾受县官冤抑，奔控方伯；而方伯仍批原县，该逆愈受捶楚，始跳身入贼。

使当其受控时，即亲讯其是非，判其曲直；官如不职，劾之以警其余，或其人不至为匪，即少此一股贼众矣。乃但博和平省事之名，而贻害已死之身，何取乎尔！

【译文】作为上级官员，往往将不参劾属员视为和平相处，将不提审诉讼案件视为省事。这样的做法是养痈贻患的行为，不仅民不聊生，甚至自身也会遭受灾殃。

扬州的某人担任广西布政使，其生平做出的迂腐荒谬、没有见识之事，屈指难数。退休后，他居住在偏僻的乡间，整日坐在阁室中，称量计算柴米。他的儿子早已落水淹死，可他仍然对此孜孜不倦。太可怜，也太可笑了。咸丰六年（1856）正月，这位布政使病死。

二月，布政使的家人听到太平军有再来扬州的消息，赶紧将布政使草草埋葬。太平军来到仪征后，抓住几个当地人询问布政使在哪里，当地人回答说："已死。"太平军问："坟在哪里？"当地人回答说："不知道。"太平军随即杀死一个当地人。不得已，其余的当地人告诉了太平军布政使坟墓的所在地。太平军劈开其棺木，毁坏其尸体，然后离去。不知为何布政使会与广西人结下如此大的怨仇。后来，有人从太平军中逃回，详细询问此人，众人才知道那名剖棺戮尸的太平军成员曾经在县官处受到冤屈，他前往布政使处控告。但布政使将案子仍是批回原县处理，使他在县官处受到更多的杖责，这才投身于太平军中。

假使布政使在接到控诉时，立即亲自讯问是非，判断曲直；如果是县官失职，则参劾县官以警戒其他的为官者，或许那个人就不至于投身逆匪，这样也就少了这一股贼众了。可是他只知道博取和平省事的名声，使自己的已死之身遭受损害，哪能这样做呢！

7.3.6 大令不孝

吴莲芬曰：吾邑程甲，为遗腹子，赖其太夫人艰苦抚育，以至成人。入泮中举，以大挑试令蜀中。当其挑后，竟不回家，即由陕入川。余已觉其非是，然犹得谓寒士，路资不易措也。及其太夫人患噎膈证卒，程丁忧回。余闻其回，当即奔趋往唁，意其悲恸，必有不欲生者。乃伊见余，略言伊太夫人病死情事，即纵谈川中官况。心大非之，谓此人天良丧尽，断不能保厥终也。服阕后，补金堂令，以滥刑褫职。回家后，数年病卒，遗一妻、二子、二媳。咸丰三年，贼陷扬城，妻子及媳，皆沦贼中饿毙，已为若敖氏矣。

【译文】吴莲芬说：我家乡的程某，是个遗腹子，赖其母亲艰苦抚育，以至成人。程某入学中举，以大挑（清制，挑选三科以上会试不中的举人，一等的以知县用，二等的以教职用）试用为四川某地县令。当他大挑以后，竟然不回家，随即由陕西进入四川。我已经觉得他的这种做法不对了，但仍然认为他是一介寒士，是由于不易筹措路费才这样做的。等到其母亲因患噎膈症而去世，程某丁忧回家。我听说他回到家，当即前往吊唁，我想他一定会悲恸不已，痛不欲生。可是他见到我，只是略微说了一下其母病死的事情，然后就大谈起他在四川做官的情况。我心中大不以为然，觉得此人天良丧尽，断不能善终。守丧期满除服后，他被补授为四川金堂县县令，因滥用刑罚而被革职。回家后，不过几年他就病死了，留下一妻、二子、二媳。咸丰三年（1853），太平军攻陷扬州城，程某的妻子、儿子、儿媳，都沦落于贼中被饿死，其家已像若敖氏一样灭绝了。

7.3.7 十金易命

某宦，少时贫甚，常累日不举火。里有日者，推算精确，谓本年白露前，当死于非命。某宦深忧之。试期将届，同学数人，邀与偕行。某以日者言，不欲往，辞以无资。有王生者，富而尚义，与某宦素相得，力挽之行，且曰：“彼日者言，何足信？

若忧空匮，弟请任之。”因手持十金以赠，曰：“以此作安家用，行李之资，予取予求，无患焉。”某宦感之，遂偕行至金陵。

闻承恩寺有相士，谈休咎多奇中。某宦与同寓六人并往，相士遍视六人，或廪或附，或具庆，或永感，历历不爽。中惟一人，本科可得副车；余并言不中。至某宦，则先问家何邑，距此几程，复屈指曰：“速行尚可及。”异而询之，乃曰：“子貌枯而神浮，天庭晦纹已见，法当后五日，死于非命，宜急归。”王生及众皆骇曰：“先生试再详审之，或有解星否？”相士曰：“生死大数，非大阴德不能回天。倘六日后，此君尚在人世，某不复谈相。”众默然归寓。

某宦谓王生曰：“蒙兄力挽，死固非我所惧。然死于此，诸君受累不浅，不如急返，冀得毙于牖下。”同寓皆以为然。王生悯之，为具舟楫，复遗之十金，曰：“留此以备缓急。”某宦知其意，笑谢曰：“此君助我殓费，不敢辞。死而有知，当乞冥司，俾君高捷，以答厚贶。”遂别众登舟。江行十余里，风急不得进，维舟株守，瞬息四日，风益猛。默念期将届，而舟不得发，身毙之言验矣。

是时一心待死，万虑皆空，因上岸闲眺，信步独行，迤逦里余，忽见一中年孕妇，携三稚子，左抱右挈，且行且泣，若不胜悲。交臂而过，去已数武。某宦忽念江岸旷寂，四无居人，妇将何往。急追询之，勿应。尾之行，且曰：“果有急难，幸一告我。”妇曰：“吾夫屠者，性暴戾，恒受鞭挞。日必出外，有两豚，谓我曰：‘得价十金乃售。’旋有人来购，果得十金，计二锭，至银肆估之，不讹。及归，其人忽嫌价昂，索银去。俄顷复来，仍请以前银易豚。视其银，无少异，遂以豚予之，而不知是铜也。复向银肆估之，则皆曰铜。念遭此骗局，归必受鞭挞死。均死也，不如死于水。三子皆吾所生，将携之同死，勿令受恶夫狼籍。”

某宦闻而恻然，审视其金，实难辨。时王生所赠金，亦系二锭。自念将死，需金何为，因以己金潜易之。而谓妇曰：“金未必伪，彼银肆或欺汝女流耳。若与我同往，必不敢复言铜。”遂复同至银肆，出金视之，不讹；历数家，皆曰银。妇大喜曰：“幸遇先生，不然几误。”致谢而去。

某宦亦行，返舟。时已暝色苍茫，行未里余，不得路。踯躅间，忽见有屋数楹，颓扉败壁，知为枯庙。不得已，栖庑下以待旦。默思旷野无人，倘遇狐鬼来攫，得无即我死所乎。无可如何，旋即睡去。朦胧间，闻呵导声，出视，见殿上炳耀光明，两傍侍从森立。中有王者，据案坐，隐约辨为关帝。忽闻帝君言：“今日江津有一救五命者，宜察其人，予之福报。”即有紫衣吏，持一牍启曰：“顷已据土神申报，系某邑士子某。”帝君命检禄籍，复有绣衣吏持册上，曰：“某禄命俱绝，应今夜子时，于本庙为墙倒压毙。”帝君曰：“似此何以劝善？是宜改注禄籍。昨准桂宫知会，本科江南解元，以淫污室女除名，其即以某补之。”复有人言：“某金系王生所赠，轻财尚义，使某得成善果，王生亦宜见录。”帝曰：“善。”命检籍，王生当中下科五十三名。绣衣吏前谓曰：“本科五十三名某生，以口过应罚停一科，尚未定人，请即以王生易之。”帝君曰：“可。”正倾听间，忽耳畔疾呼曰：“出，出。”大惊而醒。身仍蹲踞厅下，四顾黑暗，一无所睹，但闻墙上泥簌簌坠地。惊而起，甫趋出，墙遽倒，正压所坐处。及明瞻仰，果关庙，肃拜而出。

回船默念神言如是，当必有验。因谋诸榜人，仍返金陵，顺风扬帆，逾时即达。众异之，某宦但言风阻不能行，因复来此。众问五日情景。某宦托词以答。同寓者皆言："今已七日，而君无恙。曷往诮相者之谬？"排众而入。相者目某宦讶曰："君非吾向者言当死者耶！"众曰："然。"相者曰："不死矣！数日不见，骨相大异，气色亦顿佳。君必有非常善举，故能挽回造化。"某宦曰："先生何言之谬也？余贫贱若此，何能为善？"相者曰："为善人亦好说假话。今满面阴骘，必抡元，必联捷；由词馆，官登一品；寿在八旬外。"又笑曰："事非偶然。半月前，相一秀才，学堂光彩殊常，决为今科解首。昨复见之，则光采顿隐，是必有大隐慝，削除禄籍。不意君当代之。"盖伪银者即其父也。又指王生曰："君面亦有阴骘，当与此君同捷矣。"王生笑曰："吾友吾勿知，至吾则不烦奉承也。"相者曰："唯无所为而为，故为阴骘。"众群起诮其遁词。某宦曰："妄言妄听可耳。"及归，某宦密谓王生曰："彼神相也。"具以语之。是科某宦果发解，王生亦捷，后同入词馆。

【译文】某官员，年少时非常贫穷，经常几天不能生火做饭。乡中有个算命先生，推算精确，说本年白露前，某官当死于非命。某官非常担心。考试的日期将近，几个同学邀请他一同上路。某官因为算命先生的话，不想去，推辞说没有路费。有个王生，富而好义，与某官素来交情深厚，极力拉着他同行，并且说："那个算命先生的话，怎能相信？你如果家中没钱，我赠给你。"于是拿出十金相赠，说："以此作为安家之用，行李之费，任意向我索取，你不要担心。"某官感激，便与众人一同来到南京。

众人听说承恩寺里有个相士，能十分准确地说中人的祸福。某官与同寓六人一同前往，相士遍视六人，或说某人是廪生，或说某人是附生，或说某人父母具在，或说某人父母双亡，毫无差错。相士还说，六人只有一人，本科可以考中副榜举人，其余的都不能考中。轮到某官时，相士先询问其家住何地，距离此地多远，又屈指计算道："急速上路还来得及。"某官感到奇怪，询问相士话是何意，相士说："你貌枯而神浮，天庭已经显露晦纹，五日后，应当死于非命，你应该急速返回。"王生和众人全都惊骇地说："先生试着再详看一下，是否有解救之法？"相士说："生死大数，非有大阴德不能挽回。倘若六天后，此君尚在人世，我不再谈论命相。"众人默然回归寓所。

某官对王生说："蒙兄极力挽留，我固然不畏惧死亡，但死于此地，你们受累不浅，我不如急速返回，希望死在家中。"同寓六人皆以为然。王生怜悯他，为他雇好船只，又赠给他十两银子，说："留着这些以备缓急。"某官知道王生话中的意思，笑着道谢说："这是您助我的装殓之费，我不敢推辞。我如果死而有知，一定会乞求冥司，使您高中，以报答您的厚赠。"于是辞别众人，登船而去。在江面行驶了十多里，风猛不能前进，某官命船夫停船等待，转眼之间四天过去，风势更加猛烈。某官暗想自己死期将至，而船不能发，相士所说的身死之言就要得到验证了。

这时他一心待死，万虑皆空，于是上岸闲眺，信步独行，曲折地走了一里多路，忽然看见一个中年孕妇，携带着三个幼子，左抱右牵，边走边哭，不胜悲痛。某官与孕妇擦身而过，已经走出数步。他忽然想到江岸旷寂，四周没有居住之人，孕妇是往哪里去呢。他急忙追上询问，孕妇不说话。他跟随孕妇前行，并且说："你如果真有困难，可以告诉我一下。"孕妇说："我丈夫是个屠夫，性情暴戾，我常常受他鞭挞。他每天都要外出，有一天他又要外出，我家有两头猪，他对我说：'得价十金才能卖猪。'不久有人来买猪，我果然把猪卖了十两银子，共计二锭，我拿着银锭到银铺估价，价值无误。我回到家中，那个买猪人忽然嫌弃价钱太贵，要回银子离去。过了一会儿，那人又来到我的家中，仍请求用刚才的银子买猪。我察看银子，没什么不同，便把猪卖给了他，但不知道银子是用铜伪造的。我又拿着银锭去银铺估价，银铺里的人都说是铜。我想遭此骗局，丈夫回家后，我必然受其鞭挞而死。同样是死，我不如投水而死。这三个儿子都是我所生的，我将带着他们一同投水而死，不让他们受到我凶恶丈夫的蹂躏。"

某官听此，心中悲伤，审视其银，确实难以分辨。当时王生赠给他的银子，也是二锭。他自念自己是将死之人，留着钱也没用了，便暗中替换假银把自己的真银锭给了孕妇，并对孕妇说："银子未必是假的，那银铺里的人或许因你是妇女而欺骗你罢了。你与我一同前往银铺，他们一定不敢再说是铜了。于是孕妇随他一同来到银铺，孕妇拿出银子让银铺里的人估价，毫无差错。他们又到其他几家银铺估价，银铺里的人都说是银子。孕妇大喜说："幸亏遇到先生，不然就糟了。"孕妇致谢而去。

某官也随即离开，归程返舟。当时暮色笼罩，他走了不到一里多地，便迷失了道路。徘徊间，他忽然看见数间颓门败壁的房屋，知道是座废庙。不得已，他走进庙堂休息，等待天亮。他暗想旷野无人，如果遇到狐鬼前来捕食，自己就死无葬身之地了。无可奈何，很快他便睡去。朦胧间，他听见鸣锣开道之声，出来察视，看见殿上光明照耀，两傍侍从森然站立。中间的王者，据案而坐，他隐约辨出是关圣帝君。忽然听到帝君说："今天江岸边有一个人救了五条性命，应当察访此人，给予其福报。"随即有一个穿着紫衣的官吏，拿着一卷文书启奏说："刚才据土地神申报，那人是某县的士子某。"帝君命令查阅那人的禄籍，又有一个穿着绣衣的官吏拿着簿册上奏说："某禄命都已到头了，应当在今夜子时，在本庙中被墙倒压死。"帝君说："如此怎能劝人向善？应该改动他的禄籍。昨天淮南桂宫通知我，本科江南解元，因淫污未出嫁的女子被除名，这个缺额就让某来补上吧。"又有人说："某的银子是王生所赠，王生轻财好义，使某得成善果，王生也应该被录入禄籍。"帝君说："好。"命令查阅王生的禄籍，王生应当在下一科的考试中考中五十三名。穿着绣衣的官吏上前奏报说："本科考中的第五十三名考生某，因犯有口过，应当罚其在下一科考中，替补人员尚未确定，我请求就让王生替补吧。"帝君说："行。"某官正在倾听时，忽然耳边传来一阵疾呼说："出，出。"某官大惊而醒，发现自己仍蹲坐在厅下，四顾黑暗，看不见任何东西，只听见墙上的泥簌簌坠地。他惊慌而起，刚刚跑出，墙就忽然倒塌，正压在他刚才的所坐之处。等到天明，他瞻仰庙门上的匾额，果然是关帝庙，于是肃拜而出。

某官回到船上，暗想神既然如此说了，必当有所验证，便与船夫商议，仍旧返回南京，顺风扬帆，不久他就到达南京。众人见他归来都很惊异，某官只说风阻不能前行，因此返回此地。众人问他这五天以来的情景，他搪塞回答。同寓之人都说："今天已是第七天，而君平安无事，何不前往承恩寺讥诮一下那个相士的荒谬呢？"某官来到承恩寺，推开众人而入。相士看见某官惊讶地说："你不是我前几日预测的那个要死的人吗？"众人都说："是。"相士说："你没有死嘛！几天不见，你骨相大异，气色也顿时好了许多。你必定是做了不同寻常的善事，所以能挽回造化。"某官说：

“先生说话为何如此荒谬？我这样贫贱，哪能做出什么善事？”相士说：“你这个善人也好说假话。现在你满面阴骘纹，必会考中解元，接连又必会考中进士，由翰林学士，官登一品。你的寿命超过八十岁。”相士又笑着说：“事非偶然。半月前，我给一个秀才相面，那人的学堂（命相家术语，指人面近于耳门之前处）光彩异常，我判定他为今科的解元。昨天，我又见到那个秀才，他学堂上的光彩色顿时隐晦，他必犯有别人不知的大罪恶，被削除了禄籍。没想到你会代替他成为解元。”原来用假银锭买猪的人就是那个秀才的父亲。相士又指着王生说：“你的脸上也有阴德，必会与此君同时考中。”王生笑着说：“对于我的友人，我不知道他会不会考中，至于我则不用烦劳你奉承了。”相士说：“只有不刻意去做却帮助了人的，才是阴德。”众人一起讥诮相士是在用玄妙的话作为搪塞。某官说：“他随便说，我们随便听就行了。”等众人回去后，某官秘密地对王生说：“那人真是个神相。”于是把所有的事情告诉了王生。这年乡试某官果然考中解元，王生也考中了，后来二人一同进入了翰林院。

7.3.8 稳婆苦节

上海城隍，灵威最著。道光丙戌，邑有采访节孝之举，凡无力请旌者，汇其名，上之有司，建总坊焉。方事之始，设总局于蕊珠书院，以绅士数人董其事。众议是举为风化所关，不可少参私见。乃举城隍行像于局中，司事者皆于神前设誓，以期一秉至公。

一日，有举报节妇者，询其家世，则稳婆也。董事王生笑曰："安有稳婆，而能守节者？"众以为然。是夕王生梦为青衣唤入邑庙花厅，见城隍便服端坐，厉声责之曰："后生小子，不辨真伪，信口雌黄，谤诬贞节，宜即示罚。姑念事出无心，诘明至文庙傍，有耄而拥彗迎门者，询之可得其详。后宜慎之，再若此，不尔恕也。"王叩首伏罪。神命前吏引之出，及门而醒，即披衣起，坐以待旦。

天甫明，急诣文庙前，果见一老者，持帚扫地。视之，则文庙斋夫也。生因以稳婆守节事访之，老者瞿然曰："相公幸问我，他人勿知也。此真烈妇，真苦节。我四十年来，与之比屋居。其家世业接生，妇有姿色，少寡无子，翁姑父母，劝之改适，誓勿从。以姑年迈，不能为人接生，妇承其业，以养翁姑，颇尽孝。尝为巨家接生，巨家子艳其色，逼奸之，誓死勿从，以计脱归。巨家子复以多金陷其翁姑，翁姑皆劝之，妇割一耳以献，始得自全。吾与比邻多年，自少至老，未见其与男子戏谑。似此节妇，未知应得旌表否？"王既闻其详，急至局，以夜梦及老者所言，遍告同人，而登其名于册。节妇之为神所敬若是，可不重哉！

【译文】上海的城隍神，最是以威灵显赫而著称。道光丙戌年（1826），县里有采访节孝事迹的举动，凡是无力请求官府表彰的，汇集姓名，呈报有关部门，建立一座总牌坊。起初，在蕊珠书院设立总局，以士绅数人主持此事。众人讨论说此事关系到风俗教化，不能掺杂一丁点儿私见。于是众人把城隍神的行像抬到局中，主事之人都在神像前发誓，以此期望各自都能秉公行事。

一天，有人推举上报了一名节妇，询问其家世，得知这个妇人是个接生婆。董事王某笑着说："哪有接生婆，而能守节的？"众人都觉得此话有理。这天夜晚，王某梦见被一个青衣人唤入城隍庙的花厅，看见城隍神穿着便服、端庄而坐，城隍神厉声斥责王某说："你这个后生小子，不辨真伪，信口雌黄，谤诬贞节，应该立即予以惩罚。姑且念你事出无心（免去惩罚），你明天一早到文昌庙旁，会遇到一个拿着扫帚在门前打扫的老人，你询问一下他，就能知道详细情况了。你以后应当谨慎行事，再像这样，我绝不宽恕你。"王某叩头谢罪。城隍神命那个青衣人将王某领出花厅，王某刚一出门就醒了，随即披衣起床，坐等天明。

天刚亮，王某就急忙来到文昌庙前，果然看见一个老者，拿着扫帚扫地。王某走近一看，原来是文昌庙里的仆役。王某便向老者访问接生婆守节之事，老者惊喜地说："相公幸亏是询问我，其他人都不知道此事。那个接生婆是位真正的烈妇，是位真正的坚守节操、矢志不渝的人。我与她做了四十年的邻居。其家世代以接生为业，他容貌美丽，少年就已守寡，没有儿子，她的公公婆婆以及父母，都劝她改嫁，她发誓不从。她婆婆因为年老，不能为人接生，她便继承了婆婆的事业，以此奉养公婆，十分尽孝。她曾为一户大户人家接生，那家人的儿子贪图她的美色，对其逼奸，她誓死不从，想了办法脱身回家。大户人家的儿子又用大量的钱财贿赂她的公婆，公婆都劝她从了大户人家的儿子，她割下一只耳朵献给公婆，这才保全了名节。我多年与她邻居，自少至老，未见她与男子戏谑。像这样的节妇，不知是否应该得到官府的表彰？"王某得知详情后，急忙赶到局中，将夜梦之事和老人所言，告诉了所有的同事，并把接生婆的姓名登记于册。节妇受到神灵如此的尊敬，世间之人难道就不该敬重吗！

7.3.9 金烈妇

烈妇梁氏，象山人，年十七，嫁慈溪金某为继室。居城隈，无比邻。夫为人赁渔，常出外。姑龚氏，素淫秽，与质库汤姓者昵。汤艳妇色，三年不得遂，乃啖其姑番银百饼，嘱诱妇，弗从。固强之，妇乃断左手中指以示决。姑愤，裸其身，毒肆鞭挞，仍不屈。乃密营地窖，布以瓦砾，赤妇身，跣足寝其中，上覆板，仅露首，以铁索钳之。贮饭于旁，使一手可攫食。日夕以火爇铁杖，焠其身。妇惟日诵弥陀佛号，忍死不从。自五月至八月，备受诸惨毒，终毅然不为动。姑无如何，谋速之死。中秋前一夕，将以沸汤沃杀之，有乳妇为哀求。会天阴欲雨，雷声隆隆作，惧而止。乳妇出，白诸人，各愤然，伺其姑他适，集邻妪闚而入。视妇已蛆生满身，臭不可近，奄然残喘。询之尚能言，为涤而衣之，舁以板扉，诣县署鸣之官，观者如堵。逾时妇死，时咸丰三年八月二十日也。

邑宰宋，检尸，遍体火烙焦灼痕、鞭棰伤痕、瓦砾破痕、虫蚁痕，已糜烂无完肤矣。立拘龚氏刑讯，坚不吐实，乃置立桶，曝日中。差役舞弊，日饲以饮食，夜则置诸榻。屡讯终不得实供。邑中绅士，诉诸官，乃毙之杖下。遂各出资，为烈妇请旌表，葬其柩于城北湖上，崇封岿然，竖碣建坊，题其楔联曰：“惨境万般尝，问烈火焰中，几个须眉傲巾帼；贞魂千古在，看清泉石上，长留风月伴松楸。”

呜呼！妇虽死不死矣。公道自在人心。贞淫之报，不显然昭著耶！汤虽暂漏法网，其能逃天谴乎？

【译文】烈妇梁氏，浙江象山县人，十七岁时嫁给慈溪县金某为继室。金家居住在城角，没有邻居。金某受雇为人捕鱼，经常外出。梁氏的婆婆龚氏，素来淫秽，与当铺里一个姓汤的人有私情。汤某贪恋梁氏的美色，三年不能得逞，于是赠给龚氏一百枚外国银元，嘱托其劝诱梁氏，梁氏不从。汤某多次欲加强暴，梁氏咬断中指表示绝不服从。龚氏大怒，扒掉梁氏身上的衣服，对其痛加鞭打，然而梁氏仍不屈从。于是，龚氏把梁氏密放在地窖中，并在地窖中遍布瓦砾，让梁氏赤着身、光着脚住在里面，地窖上覆盖一块木板，梁氏在地窖中只能露出头部，并且身上还系着铁索。龚氏在地窖旁放置一碗饭，使梁氏一伸手便可拿到碗里的食物而吃。每天早晚龚氏都拿着烧红的铁棒烫烙梁氏的身体。梁氏在地窖中只是每日念诵阿弥陀佛的佛号，宁死不从。从五月到八月，梁氏受尽了各种残忍的毒害，终究毅然不改志节。中秋节的前一天夜晚，龚氏想用滚烫的热水浇在梁氏身上将其烫死，当时正巧有个奶妈来金家求职，看到这种情形，便哀求龚氏不要这样做。当时天空阴暗，将要下雨，忽然雷声轰隆隆响起，龚氏害怕受到雷神的惩罚才没有害死梁氏。奶妈从金家出来，把事情告诉了众人，众人都很愤怒，便趁着某个龚氏外出的日子，集合邻家的老妇开门而入，她们看见梁氏全身生满蛆虫，已经奄奄一息了。她们向梁氏询问情况，那时梁氏尚能开口。众人给梁氏沐浴穿衣后，将其放到一块门板上，抬着去往县衙鸣鼓告官，当时在场围观的人聚拢了很多。来到县衙没多久，梁氏便断气身亡了。那天是咸丰三年（1853）八月二十日。

县官宋某到场勘验尸体，看见梁氏的身上布满火烙焦烤、鞭打击伤、瓦砾刺破、虫蚁咬啮的痕迹，已经糜烂地体无完肤了。宋县令立即拘拿龚氏刑讯，龚氏坚决不吐露实情，于是宋县令命人将龚氏放置站立在桶中，放在太阳下暴晒。差役舞弊，每天喂给龚氏饮食，夜里则把龚氏从桶中提出来放在床上（让龚氏休息）。因此，宋县令审讯了多次也没有得到真实的口供。县中的士绅，将差役舞弊的事情告诉了宋县令，宋县令直接命人将龚氏打死于杖下。县中的士绅又各自出钱，为金烈妇请求官府表彰，然后将烈妇装殓入棺埋葬于城北的湖边，坟上堆起高大的封土，坟前竖有石碑建有牌坊，并在牌坊上题写了一副楔联："惨境万般尝，问烈火焰中，几个须眉傲巾帼；贞魂千古在，看清泉石上，长留风月伴松楸。"

呜呼！今烈妇虽然死了，但其精神不死。公道自在人心。贞节与淫邪的报应，不是显然昭著吗！汤某虽然暂时逃脱了法网，但他能逃脱天谴吗？

7.3.10 吴生

宜兴吴生，知名庠序，试屡荐不售。其姊婿某，于除夕，梦邑庙牌示，生为次年解元，旋复易去。惊诧间，傍有吏曰："是将于新正，为一大恶事，故除其名。"某曰："尚可挽否？"吏曰："当求主者。"引之入，见城隍南面坐，某匍匐为生代求。神掷一册下，上载吴当为三元宰相，以口笔孽，尽除之。所载本科事，亦如吏言。某叩首哀乞，且曰："往者已矣。未来事，尚可防。某愿以全家性命，保其不为此事。"神颔之，命吏引出，则牌悬如故矣。

醒将以语其妻，妻正大呼，如梦魇，推之醒，叩其疾呼之故，则见有报其弟解元者，旋为人夺去，曰："吴某已除名，勿误报。"因而惊唤。某亦以梦语之，彼此惊异，谋所以处吴生者。

妻曰："是无难。吾弟方鳏居无子，块然独处。若诱之来家，扃之空室，而告以故，宜可以警惕而保全之。"诘明，某即衣冠诣吴。拜年后，诳以姊暴病，思一见弟，挟之至家。姊语以梦，急引至密室，阖其扉，而加锁焉。吴诧曰："意诚有之，然尚未为，鬼神遽示罚耶？"姊夫妇曰："室中动用俱全，吾弟可藉此攻苦，勿出也。"及试期，始启门。郎舅偕至金陵，除入场外，跬步必与同行。揭晓，果中元。

【译文】江苏宜兴县的吴生，是知名的生员，多次参加乡试都未考中。吴生的姐夫某，在除夕之夜，梦见县中的城隍庙挂牌告示，吴生是明年的解元，但很快又换成其他人了。某正在惊诧时，旁边有个官吏说："吴生将在新年正月初一，做出一件大恶事，所以除去其名。"某说："还能挽回吗？"官吏说："这得请求我的主人。"官吏领着某进入城隍庙，某看见城隍神南面而坐，某匍匐在地上为吴生代为请求。城隍神扔下一本簿册，簿册上记载着吴生应当连中三元并成为宰相，因为在语言和笔墨上犯有罪孽，功名全部被除去。簿册上所记载的本科考试之事，也像官吏所说的一样。某叩头哀求，并说："过去的事已经没办法挽回了。未来之事，尚可预防。某愿以全家性命，保证他不为此事。"城隍神点头同意，命官吏领着某出去，某看见庙前张贴的牌告上解元又是吴生的名字了。

某醒来打算把事情告诉妻子，其妻正在大喊大叫，像是梦魇，某将妻子推醒，询问她为何大声喊叫，妻子说看见有人报告弟弟得了解元，很快又被人夺去，那人说："吴某已被除名，不要误报。”因此惊呼。某也把梦中之事告诉了妻子，彼此惊异，想办法阻止吴生做恶事。

其妻说：“这没什么难的。我弟弟现在是单身，没有妻子儿女，块然独处。如果引诱他到我们家来，将他锁在一间空房子里，并告诉他缘故，应该可以让他警惕从而保全解元的科名。”第二天一大早，某即穿戴整齐前往吴生家。拜年后，某以吴生的姐姐突然患病为由诓骗吴生，说吴生的姐姐想见吴生一面，将其带到家中。吴生的姐姐把梦中之事告诉了吴生，然后急忙将吴生带到一间密室，关上门，加上锁。吴生惊诧地说：“我确实有做那件事的想法，但还未做，难道鬼神这么快就对我昭示惩罚了吗？”吴生的姐姐、姐夫说：“屋中的东西都很齐全，你可以在此苦读，不要出去。”到了考试那天，吴生的姐姐、姐夫才打开门让他出来。姐夫和吴生一同来到南京，除入场外，与其寸步不离。揭榜后，吴生果然考中解元。

7.3.11 借盗销案

借盗销案，各省有之，而海盗之情弊为甚。自缉捕废驰，盗贼充斥。抢劫之案既多，报勘后，一时难以悉获。遇获一案，中数盗，当役者畏未获诸盗之比，辄谬禀本官，指所获为迭窃。即将属内积案，诱之并供，不承，捶楚立下。讼庭惨酷万端，人莫能堪，往往诬服。所司又畏为上所驳，希图规避，遂锻炼周内，牵强办理。盖利其省事，而又足以蔽辜也。

其间赃真犯确者，十无三四；而正盗每于事后被获，转因案已销结，反为轻纵。当官结习相沿，数十年来，视为固然。以故衔冤与漏网者，不可殚述。欲挽浇风，舍端本澄源，其道无由。是所望于心诚保赤、实心为官者。

【译文】借盗贼注销旧案件，各省都有这种情况，而借海盗销案的作弊情况更为严重。自缉捕废弛以来，盗贼充斥。抢劫的案件多发，上报勘察后，一时难以将盗贼全部抓获。每次破获一桩案件，对于被抓获的几个盗贼，当差者担心因未能捕获其他盗贼而受到牵累，便谎报本官，说那被抓获的几个盗贼是惯犯。随即将所管辖范围内的积案，诱使那几个盗贼一并招供，盗贼不承认，立马就会受到杖责鞭挞。公堂上有多种残酷的刑罚，盗贼不能忍受，往往无辜而服罪。主管的官吏又担心被上级驳回案件，企图规避，于是给盗贼罗织罪名、陷人于罪，牵强办理。这样既有利于自己省事，又可以让盗贼抵罪。

其间赃物、罪犯确切属实的，十无三四。而真正的盗贼时常在事后才被抓获，他们转而因为旧案已经销结，反被轻判释放。当官之人沿袭旧习，几十年来，将此视为理所当然之事。因此含冤与漏网者，无法详述。想挽回这种浮薄的风气，除了正本清源外，没有方法可循。这只能寄希望于那些心地诚恳地保护百姓、真心实意的为官之人了。

7.3.12 免牛征

陈徽言曰：耕牛力田，其劳可悯。而世每以老病售诸屠肆，亦可谓忍人矣。为此者，类皆乡愚无知之徒，意在获利，浸以成习。故明秕政，曾有牛饷之征，每岁县率得数百金。当时牛之被戮，惨胡可言？我朝禁止屠宰，概免其征。大圣人痌瘝在抱，虽一市井屠沽之微，揆厥禁令，靡弗尽善。于此益叹，昭代皇仁，弥纶罔间，诚远迈隆古也。

顾日久禁驰，故态复萌。奉行者视为末图，不力从事，往往临刀牛鸣，哀声腾于里巷。岭外俗皆长杀牛，读东坡书柳子厚《牛赋》，辄悼然于心。膺民社寄者，奉当禁之约，操得禁之权；其为事，简而易举，利而无害。乃皆膜视，罕有过而问者，何与？先民有言："以交结趋走为圆机，而事业不能少见，谓之冗员。"呜呼！今之可慨叹者，独屠牛禁驰乎哉？冗员之诮，庸能免耶！

【译文】陈徽言说：耕牛卖力耕田，其劳苦实在值得怜悯。可世上之人常把老病的耕牛卖给屠宰场，也可以说是残忍之人了。做出这种事的，大多是乡愚无知之徒，他们意在获利，渐渐也就成了风气。明朝有一种弊政，曾对屠宰耕牛征税，每年每个县都会征收到几百两银子。当时被屠宰的耕牛，其惨状无法言说。我朝禁止屠宰，一概免除对屠宰耕牛征税。圣明的皇上把人民的疾苦放在心上，即使对微贱的市井宰牲卖酒，也是再三思量后才颁布禁令，无不尽善尽美。因此更加感叹，我朝政治清明、皇上仁慈，颁布的禁令没有漏洞，实在远超远古的三皇五帝。

但时间一久，禁令松弛，从前的现象再次出现。奉行者对禁令视若无睹，不尽力奉行，往往屠宰耕牛，耕牛在被杀时哀鸣不断，声达里巷。岭南民间经常杀牛，我每次读苏东坡先生书写的柳宗元的《牛赋》，心中便会暗生哀悼。管理人民、社稷的地方长官，有严格奉行禁令的职责，掌握禁止屠宰耕牛的权力；他们做起事来，简单易行，有利无害。然而他们对此都漠然视之，极少有过问者，为什么会这样呢？前人有言："做官之人如果将交结钻营视为圆通机变，在事业上却不能做出一点可观的成就，这样的人可谓是多余的官员。"哎呀！当今值得慨叹的，难道只有屠牛禁令的松弛这一件事吗？前人所讥诮的多余官员的弊端，又岂能没有呢！

7.3.13 多屠牛

家大人曰：尝闻阿文成公，与和相待漏闲谈，偶言日用之费。文成曰："予每日庖中所需鱼肉园蔬，非四车不可。"和曰："予亦如之，而此外尚需肥牛一牵，不如是不给也。"夫太牢至重之物，非大祭不用。和相岁椎牛三百余，计柄用十余年，非万外乎？即此宜其败也。闻有高僧，尝劝其取诸市，勿特杀。和亦从之。数日庖人告曰："市上物皆注水，易缩而味淡。"遂杀如故。盖特杀则皮毛骨角皆利也，故以此绐之。和相之愚而可欺，岂泥于不察鸡豚之言欤！亦足见当日之豪侈矣。

【译文】我父亲说：我曾听阿文成公（阿桂，章佳氏，字广庭，号云岩，满洲正蓝旗人）说，他与和珅相国深夜闲谈，偶然谈到日常生活的费用。阿文成公说："我家每天厨房里所需的鱼、肉、蔬菜，非四车不行。"和珅说："我家也是这样，但此外还需要一头肥牛，不这样就不够。"牛是至关重要的动物，如果不是大的祭祀不能使用。和相国家每年屠宰三百多头牛，他执掌国政十余年，累计其杀牛的总数难道不是一万头以上吗？即此一事，其家也定会败落。我听说有个高僧，曾劝他从集市上买牛肉来用，不要专门杀生。和相国也听从了。几天后，管理厨房的人报告和相国说："集市上的牛肉全都注水，容易收缩，并且味淡。”于是仍旧像从前一样杀牛而吃。原来专门杀牛，管理厨房的人可以将牛的皮毛骨角卖掉获利，所以他这样欺骗和相国。和相国之所以愚蠢可欺，难道不是拘泥于古人所说的“不应计较一鸡一猪的财物”吗？由此也可看出和相国当时的豪华奢侈了。

7.3.14 眼前杀报

蒲城令某公，久戒杀生。而夫人性暴戾，复贪口腹，日以屠戮众生为快。时值诞辰，命庖人先期治具，厨下猪羊作队，鸡鹜成群，延颈哀鸣，尽将就死。公触目怜之，谓夫人曰：“尔值生辰，彼居死地，尚祈夫人种福。”夫人诟曰：“若遵佛教，禁男女而戒杀生，则数十年后，人类灭绝，天下皆禽兽矣。汝勿作此老头巾语，我不受人欺也。”公知不可劝解，叹息而出。

夫人一夜熟寝，不觉身入厨下，见庖人磨刀霍霍，众婢仆环立而视。忽魂与猪，合为一体。庖人直前，絷其四足，提置大木凳，扼其首，持利刃，刺入喉际，痛彻肺腑。又投入百沸汤，挦毛刮骨，痛遍皮肤。既又自颈剖至腹下，痛极难忍，魂逐肝肠，一时迸裂。觉飘泊无依，久之又与羊合，惧极狂号。而婢仆辈，嗤嗤憨笑，若无所见闻者。其屠戮之惨，又倍于猪。已而宰鸡割鲤，无不以身受之。屠杀已遍，惊魂稍安。老仆携一金色鲤来，魂又附之。闻一婢喜呼曰：“夫人酷嗜此，正在熟睡，速交厨中，剁作鱼圆，以备早馔。”有人遂除鳞剔胆，断头去尾。其除鳞则如碎剐，其剔胆则如破腹。及置砧上，铮铮细剁，此时一刀一痛，几若化百千万亿身，受寸磔矣。极力狂呼始醒。小婢进曰："鱼圆已备，夫人可早膳矣。"遂立命却去。

回思怖境，汗如雨下。明日属罢宴。公细诘之，具述前梦。公笑曰："汝素不佞佛，若非受诸苦恼，安能放下屠刀也！"夫人但摇首不语，自此断荤茹素，同守杀生之戒云。此嘉庆中年事。

【译文】蒲城县县令某公，长期戒除杀生。但他的夫人性情暴戾，又贪图口腹之欲，每天以屠戮众多动物为快意。有一次正值他夫人的诞辰，他的夫人命厨子先行置备酒席，厨房中猪羊成队，鸡鸭成群，众动物都伸着脖子哀鸣不止，都将面临死亡。某公看见这种情况，觉得可怜，对夫人说："你为了过生日，让众多动物处于死地，还希望夫人积福。"夫人骂道："如果遵照佛教的说法，禁止男女情欲而戒杀生，如此数十年后，人类灭绝，天下就全是禽兽了。你不要说这种老学究的话，我是不会受人欺骗的。"某公知道不可劝解，叹息而出。

一天夜里，夫人熟睡，不觉起身走入厨房，看见厨子磨刀霍霍，众婢仆环立观看。忽然，夫人的魂魄与猪合为一体。厨子径直上前，捆住猪的四蹄，提置到大木凳上，按住猪头，手持利刃，刺入喉部，夫人痛彻肺腑。接着厨子又将猪投入滚烫的热水中，去毛刮骨，夫人痛遍皮肤。然后厨子又用刀从猪的脖颈剖划到腹下，夫人痛极难忍，魂魄顺着肝肠，一时迸裂而出。夫人觉得魂魄漂泊无依，很久又与一只羊合为一体，她极其害怕地发狂号叫。但众婢仆嗤嗤憨笑，就像没有看见听见一样。厨子屠羊的残酷情形，又倍于猪。过了一会儿，厨子又宰鸡割鱼，夫人无不以身受之。厨房里的动物都屠杀遍了，夫人惊魂稍安。这时，老仆提了一尾金色鲤鱼进来，夫人的魂魄又附在鲤鱼上。夫人听见一个婢女高兴地大呼："夫人酷爱吃鱼，她正在熟睡，快快把鱼交给厨师，让厨师剁作鱼丸，以备早餐。”于是有人将鱼除鳞剔胆，断头去尾。除鳞时，夫人感到就像碎剐一般；剔胆时，夫人感到就像破腹一般。等那人把鱼放到砧板上，铮铮细剁，此时夫人感到一刀一痛，全身几乎就要碎为百千万亿块，像受了千刀万剐的酷刑一样。夫人极力狂呼，方才醒来。小婢进献早餐说：“鱼丸已经备好，夫人可以吃早饭了。”夫人听此，立即命其撤去。

回想梦中恐怖的情境，夫人汗如雨下。第二天，夫人命人停止准备宴席。某公细问缘故，夫人把梦境详细讲述了出来。某公笑着说：“你素来不信佛，如果不受诸多苦恼，怎能放下屠刀啊！”夫人只是摇头不语，自此断荤吃素，与丈夫一起遵守杀生之戒。这是发生在嘉庆年间中期的事情。

7.3.15 刑官不易为

吴莲芬曰：折狱之道，无非情理。然有时情理俱穷，又无他事以证之者。余曾讯仁寿县雷应榜一案。雷与吴名党比邻，因鸡黍小衅，口角争殴，经两家妻母劝散。次日，雷不启户，邻居邓姓叩之，无应者。共辟其扉入，见七龄之幼子，蹲床前呻吟。其雷之夫妻，及十一岁之长子、一龄之幼女，皆各死于床。桌上剩有烧酒半盏，盏底略有渣滓。敝衣在箱，余钱在地。询其幼子何所苦，曰：“腹痛。”急以黄土和水合饮。少定又询其父母昨晚情状，曰：“对坐喝酒，并令我喝。我嫌辣不喝，我父犹打我一掌。我勉呷一口，即睡。今天明时，我腹痛欲出恭，喊我父不应。我爬至床下，腹更痛，故蹲而呻吟。”该县以吴名党，威逼一家四命，拟军详办而来。实系以烧酒和生鸦片烟，食之而死者。

余奉臬司委讯，深疑此案，断有别情。将谓威逼，乡邻之斗，世所恒有。雷与吴，皆年近三十，力相敌也。又皆系乡农，势相若也，无所谓威，何所谓逼？将谓谋杀，素本无仇，且鸦片酒，系雷自饮。或谓雷不知而误饮，其一龄之幼女，亦能误饮耶？谋之者能预属其虽幼女莫遗耶？将谓因斗而气，因气轻生，世间亦有此等愚人，然不必全家毕命。因是反复推求，经十数日；又易装亲往察验访探，绝无凭借。遂提其幼子胞兄，委曲询问，俱无他词。复提吴至密室，一官一犯，大言以吓之，甘言以引之，吴但伏地磕头痛哭曰："此系前冤，令我招别事，我实在别无一事，悉听将我如何处置。"后竟照原拟定案。然准情度理，皆有未洽，非枉即纵，势有必然。孰谓刑官之易为也，世无皋陶（gāo yáo），谁其证之？

【译文】吴莲芬说：审理案件的方法，无非依据情理。然而有时有些案子既没有情理可以依据，又没有其他事物作为证据。我曾审理四川仁寿县的雷应榜一案。雷应榜与吴名党是邻居，二人因为一点鸡毛蒜皮的小事，发生口角，相互殴打，后来被两家的妻子、母亲劝散。第二天，雷应榜家一直没开门，邻居邓某敲门，无人答应。邓某与其他邻居共同破门进入雷家，看见雷应榜七岁的儿子，蹲在床前呻吟。雷应榜夫妻，以及他们十一岁的长子、一岁的幼女，全都各自死在床上。桌上剩有半碗烧酒，碗底略有渣滓。箱子中有几件破衣，一些铜钱散落在地上。邓某询问雷应榜的幼子是哪里不舒服，其幼子回答说："腹痛。"邓某急忙将黄土和水混合在一起，让雷应榜的幼子饮下。等雷应榜的幼子稍微安定一些后，邓某又询问其父母昨晚的情状，雷应榜的幼子说："昨晚他们对坐喝酒，也让我喝。我嫌辣不喝，我父亲就打了我一巴掌。我勉强啜了一小口，随即睡去。今天天亮时，我腹痛想去厕所，喊我父亲，我父亲没答应。我爬到床边，肚子更痛，因此蹲在这里呻吟。"该县县令以吴名党威逼雷家四命致死为由，判处其充军，上报办理。实际上，雷家四人是因为吃了烧酒和生鸦片烟而死的。

我奉按察使的委派审讯此案，严重怀疑此案，必有另外的缘由。如果说是威逼，乡邻争斗，世间常有。雷应榜与吴名党都年近三十，力气相当，另外二人都是乡间的农民，家势相当，既然不能说吴家有威势，又怎能说是吴名党的逼迫呢？如果说是谋杀，二人素来本无仇怨，并且鸦片和酒，是雷应榜自饮。有人说雷应榜是在不知混吃有毒的情况下而误饮，（如果这样）其一岁的幼女，也能误饮吗？谋划毒害者难道能提前预知雷应榜的幼女也会误饮而丧命吗？如果说是因争斗而气愤，因气愤而轻生，世间也有这样的愚人，然而不必全家丧命。于是，我花了十多天的时间反复推求案情，又改装亲往察验访探，毫无证据。我便提审雷应榜的幼子和亲哥哥，婉言询问，也没有得到不同的证据。我又在一间密室里提审吴名党，一官一犯，我或用夸大的言辞恐吓，或用甜言蜜语引他吐供，吴名党只是跪在地上磕头痛哭说："这是前世的冤仇，您令我招认别事，我实在别无一事，将我如何处置一切由您。"后来我只得依据原判定案。然而依据情理推测，案情都有不合理之处，不是冤枉了谁就是宽赦了谁，势有必然。谁说掌管刑法的官员好做，世上没有皋陶（上古政治家，长期担任掌管刑法的"士师（理官）"，后世尊为"中国司法始祖"），谁能证明谁被冤枉谁被宽赦了呢？

7.3.16 谋缺害命

统兵大僚，前总督四川时，华阳令恒裕，为其心腹。欲擢资州，而是缺未出。适州吏目，以擅受得财，为人所控，臬司逢督恶，令郑知州往讯，不实其赃不止。遂将吏目拟绞，州牧镌级，资州于是出缺。恒裕于是升官。

吏目之罪，本为应有，倘不因腾缺而然，似此微员，不过略绳以法，其余未必皆以法绳之。谓之过当可，谓之冤枉固不可。若此则谋缺害命，直与强盗同科矣。乃恒裕赴部，甫引见，即得痰疾。未一月，客死旅店中。小人枉自为小人也。

【译文】某统兵大官，从前担任四川总督时，华阳县县令恒裕是其心腹。大官想将其提拔为资州知州，但是还没有出缺。正巧资州某吏目，因擅自收受贿赂，被人控告，四川按察使迎合总督的意图，命令郑知州前往审讯，不查实赃款，决不罢休。于是吏目被判处绞刑，郑知州被降职，资州知州一职于是出缺。恒裕于是升官。

吏目本是罪有应得，但倘若不是为了腾出缺额，像这样职位微贱的官员，不过略加绳之以法，其余的官员未必都会受到法律的制裁。这样的做法说是处分过当则可，如果说是冤枉就不行了。像这样谋缺害命的行为，简直与强盗同罪了。其后恒裕前往吏部，刚受引见不久，就得了痰疾。没过一个月，客死于旅店中。小人白白地做小人啊。

7.3.17 偷儿善报

某甲，初行丐，继作贼，后乃巨富，子孙有登仕籍者，称封翁焉。

初，邑某氏，家素封，而三世孀居。有娣姒三人，夫皆死，无子，嗣且绝。幸季妇有遗腹未产，共冀得男，以绵宗祀。值清明日，赴乡墓祭，二姒俱行，道远往返须三日。独季妇以有孕不往，留一媪伴之。某甲侦知之，乘隙往窃，踰垣入，见季妇与媪持灯出视门户。甲遂匿妇室，妇坐灯下观书，媪侍侧，有醉状，促妇睡。妇曰："若自阖户往睡。"媪遂虚掩门而去。俄顷，有一少年，推门入。某甲疑为同道，而讶其衣甚楚楚。妇见少年入，惊呼，少年遽抱持求欢。妇坚拒，呼媪，媪不应。少年见妇不从，出袜中刀示之，曰："不从，血我刃。"妇叱之曰："家世清门，不能受无赖子污，欲杀即杀。"少年以刀加颈逼之。

某甲愤极，骤出，从少年后夺其刀，还斫之倒。妇战栗不能出声。某甲遽开门大呼捉贼，四邻毕集，问："贼何在，若何人？"甲迫于义愤，忘己之为窃来也。及是始悟，笑曰："我贼也，然现有更甚于我者，请从我来。"因引众入妇室，唯见一人卧血泊中，烛之西邻某也，伤轻未死。众询其何以来，默不语，并絷之官。少年反诬妇与某甲奸，而己以捉奸往。甲曰："我贼也，谁不知！妇即不贞，安肯与贼奸？不信可问妇。"因缕述夜间事，并历供积年行窃之案以实之。乃严梏少年，始吐实。盖是晚媪受赂通谋，密引少年置己室中，伪醉睡耳。官遂论少年及媪如律，旌妇之贞，义甲而释之。

甲出，窃如故。一夕窃于乡镇，为事主所觉而逃。闻有追者，忙投绝地。仓卒间，见一破庙，踰垣入，将匿于神案。行急，误撞旁侍土偶倒地，己亦从之而倒。忽所触土偶，自地跃起，青面而赤须，持刀叱甲曰："若何敢撞跌我？"遽前揪甲欲杀。甲力与撑拒。忽闻殿上诃曰："是人保人节操，全人宗嗣，阴德浩大。上帝已予以厚福，鬼卒何敢祟之？"有人捽（zuó）青面者去，复唤某甲上，曰："丹墀下有巨金锡汝。"叩谢而起，恍惚见丹墀下，金积如山。趋下阶，一跌而醒，仰视天际，疏星三五。默忆神言，循阶而下，遍地寻觅，得康熙大钱一个，以为鬼之侮己也，亦姑拾之，辨色而行。寻至村落，见道傍有卖熟山芋者，以所得大钱买食之。旋有老翁，亦来买芋，食已即去，遗一搭连。甲见之，知为翁所遗，启视则中储黄金二巨锭、番银百余、制钱数百文，出入账目四册，上载未收银数巨万。恐为卖芋者所见，遽掩之，私念此岂即神所赐耶。然老翁失此簿，何以收银，虽神赐，不可受。因复坐以俟。久之，卖芋者曰："若出一文钱，久坐不起，将寄宿耶？"甲曰："尚欲买食。"因出搭连中钱数文，复买之。翁果仓皇而来，遽询曰："我适遗一搭连，还我。"甲笑曰："不因翁物，我早行矣。"因举以还之，曰："原物俱在，惟借用数文，买食山芋。"翁既不启视，亦不致谢，唯曰："敝居不远，曷偕往？"甲从之，至一大宅，门外木植堆积如山。翁与俱入，至中堂，揖甲而言曰："余楚人也，设木肆于此有年矣，各邑木肆，皆此间分出。资本数千万，强半赊贷，皆载适所失簿中，幸君归我，否则殆矣。请以千金奉酬。”甲坚辞。

翁见其意诚，因询其向习何业。甲忸怩曰：“无所习。”复询其家有何人。曰：“落拓一身，未有家室。”然则何以为生。曰：“不敢欺，我贼也。”并述姓名。翁霍然曰：“曩某邑杀荡子以保全节归者也，此举可质神明。今复见利不取，光明磊落，衣冠所难。君倘不弃，曷从我游？”甲喜诺，遂依翁以居。甲颇识字，翁命之代收账目，出入两年，勤慎精密，且无丝毫苟且。翁老而无子，竟以甲为子，携之还乡。因离乡久，乡人无知其伪者。及翁死，遂据其业，子孙蕃衍。有举于乡，仕至观察、郡守者，至今为楚巨室。

【译文】某甲起初做乞丐，然后又做窃贼。再后来竟然成了大富之家，子孙中有做官的，俨然是个封翁（因子孙显贵而受封典的人）了。

某甲在做窃贼的时候，县里某姓，是个有钱人家，而三代寡居。有妯娌三人，丈夫都故去了，也没有孩子，几乎要绝户了。所幸三弟媳妇怀有遗腹子，还未出生，妯娌三人都希望能生个男孩，来延续家族的香火、继承家业。当时正值清明节，到乡下扫墓。两个嫂子都去了，路程远，来回需要三天。只有三弟媳妇因为有孕在身就没去，留下一个老妇来服侍。某家探知了这种情况，趁着这个时机前去行窃。黄昏时候翻墙进到家里，看见三弟媳妇和老妇，手里端着灯出来检视门户。某甲于是到了三弟媳妇的房间，藏在隐蔽之处。妇人坐在灯下看书，老妇在一旁服侍，表现出喝醉了的样子，催促妇人早点睡。妇人说：“你自己先关上门去睡，不要打扰我。”老妇于是虚掩上门出去了。过了一会儿，有一个少年推门而入，某甲猜想是同道中人，也是来行窃的，而又很奇怪他为什么不等妇人睡着，而且衣冠楚楚、穿戴整齐。妇人见少年进来，惊恐地站起来，快要大声喊叫。少年随即上前抱住夫人，强迫要求男女之欢，妇人坚决不从，同时大声呼唤老妇，老妇没有答应。少年见妇人不从，从袜子中抽出一把刀来吓唬她，说："不从，我就杀了你！"妇人怒斥他说："我们家世清白，不能受你这无赖的玷污。要杀便杀，宁死不从！"少年把刀架在妇人脖子上来逼迫她。

某甲把这些看在眼里，义愤填膺，突然跳出来，从少年身后一把将他手中的刀夺了过来，反砍了他一刀，击中额头倒地。妇人因出于意外，更加害怕，吓得颤抖不已，说不出话来。某甲就出去，开门大喊："抓贼！"四周邻居都闻声赶来，问："贼在哪里？你是什么人？"某甲出于义愤，居然忘了自己是为盗窃而来的。到这时才回过神来，笑着说："我就是贼，但是有比贼更可恶的，大家何不跟随我来？"于是把众人带到妇人的房间。当时妇人已经躲避到别的房间了，只见有一个人躺在血泊之中。用灯一照，原来是西边的某邻居，幸亏伤轻没有死。大家问他为什么会在这里，他沉默不答。又问某甲，某甲把亲眼所见的情景从头到尾讲了一遍。大家于是把两人都绑了。天亮以后，将二人送交官府。少年反而诬陷妇人和某甲通奸，自己当天夜里是去捉奸的。某甲说："我是窃贼，谁不知道？妇人即便不守贞节，怎么肯和贼通奸？"于是详尽地讲述了夜间所发生的事，并且一一供出了历年来所做的盗窃案，用来证实自己确实是窃贼。官员核对了案卷，证明所说属实，于是对少年严刑拷问，才供出实情。原来是垂涎妇人的美色已久，当天晚上，也是趁着家人外出的间隙而去；服侍妇人的老妇受了少年的贿赂，与他通谋。官员于是按律惩处了少年和老妇，旌表了妇人的贞烈，因为某甲的义气而释放了他。

某甲被释放后，仍然行窃不改。一天夜里，到乡镇行窃，被主人发觉后逃走，后面追他的很多，慌乱之中跑到一处绝地，找不到出路。匆忙之间，看见一座破庙，翻墙进去，打算躲避在神案下面。一着急，不小心把旁边侍立的泥塑神像撞倒在地上，自己也顺着倒下去。昏乱之中，见被自己撞倒的泥像，从地上跳起来，长着青色的脸、红色胡须，拿着刀呵斥某甲，说："你怎敢撞倒我？"就上前揪住某甲，要把他杀掉。某甲极力和他撑持抵抗。忽然听到大殿上有声音呵斥说："这个人保全人家的节操和宗嗣，阴德浩大，天帝已经赐予他厚重的福报，鬼卒怎敢恼害于他？"然后有人把青面鬼卒揪住头发拖了下去，杖责了几百下。又叫某甲上殿，说："丹墀下有一大笔银子，是赏赐给你的。"某甲拜谢而起。恍惚之间，看见丹墀下面银子堆积如山，就走下阶梯，跌了一跤而醒。抬头仰望天空，天边挂着稀疏的三五颗星星，天刚蒙蒙亮。心中默默回想神明所说的话，沿着阶梯走下，到处寻找，发现一枚"康熙通宝"大钱。以为鬼神在和自己开玩笑，姑且捡起来收着。黎明而行，摸索着来到一个村落，见路边有卖熟山芋的，就用捡到的大钱买山芋来吃。然后有个老翁也来买山芋，坐在某甲的旁边，吃完后就走了，留下一个褡裢。某甲刚想起来，看见了褡裢，知道肯定是老翁遗忘在这里的。打开一看，里面装着黄金两大锭、银元一百多枚、制钱数百文，还有出纳账册四本，上面记录着未收清的银子几万两。恐怕被卖山芋的人看见，急忙遮掩了起来。心中暗想："这难道就是神明所赐给我的吗？但是老翁丢了这些账本，怎么去收账呢？虽然是神明所赐，但是不敢接受。"于是又坐下等待老翁回来找。坐了许久，卖山芋的人生气地催促他说："你就出了一文钱，坐这么久不走，难道要住下来吗？"某甲说："不是的，我还要买一些吃。"于是从褡裢中拿出几文钱，又买了些山芋，坐下来边吃边等。老翁果然慌里慌张地来了，汗流浃背。看见某甲还坐在那里吃，就上前询问说："先生还没走，我刚才正好遗忘了一个褡裢在这里，您看见了吗？"某甲笑着说："不是因为老先生你的东西，我早就走了。"于是把褡裢交还给他，说："原来的东西都在，只是借用了几文钱买山芋吃，请不要见怪。"老翁没打开看，也不表示感谢，只说："我家离此不远，何不过来坐坐？"某甲同意了，走了几里路，到了一座大宅子，门外的木料堆积如山。老翁和某甲一起进去，来到中堂。老翁进入内室，穿戴整齐又出来，向某甲作揖，说："我本是楚地人，在此地开设木料厂已经很多年了。附近各县的木料厂都是从这一间分出去的，资本达到几十万，大半是赊贷的，都记录在刚才所丢的账簿中，幸亏先生还给我，否则就完了。现在赠送给您一千两作为报答。"某甲坚辞不受。

老翁见他心意真诚，于是询问他平时学习什么行业，某甲不好意思地说："不学什么。"又问他家里有什么人，回答说："孤身一人，没有家室。"老翁说："这样的话你怎么生活呢？"某甲说："实不相瞒，我是个窃贼。"老翁又询问他的姓名，某甲告诉了他，老翁惊喜地说："过去听说某县有位义贼，能够勇斗浪荡子，保全节妇，莫非就是先生您吗？"回答说："就是我。"老翁说："先生此举，可以面对神明，现在又拾金不昧，见利不取，光明磊落，那些衣冠楚楚的士大夫都做不到。我家业百万，没有可以放心托付的人。倘若承蒙先生不弃，何不跟着我做事呢？"某甲很高兴地同意了，于是跟随老翁居住。某甲能认识不少字，老翁让他代收账目。工作了两年，勤勉谨慎，周到细致，而且没有丝毫不清不楚的地方。老翁年老，没有孩子，最后把某甲认作儿子，带着他一起回家乡。因为离开家乡已久，乡里没有人知道他不是亲生的儿子。老翁去世以后，某甲继承了家业。其后，子孙繁衍，其中有乡试考中举人，官做到道台、知府的，至今仍是楚地的世家大族。

7.3.18 吴贞女

贞女，江山吴廷福之室女也，居城东白沙地方。幼字近村王某子，未嫁前而某子死。女屡言于父母，请奔丧，终弗许，且谓之曰："王某之子死，尔未于归，无奔丧之理。将为尔另择一佳婿，勿以王门为念。"女泣不语。伺父母未及防，偕胞弟奔入王门，先拜舅姑，更易缟素，稽首灵前，恸哭失声。舅姑怜之。父母欲强之回，女泣对曰："儿既入王门，生为王氏妇，死为王门鬼而已。"并告兄弟，善事父母。平日事舅姑以孝闻，端庄静默，守贞三十余年矣。足迹不出门外，亲戚往来，至今罕有觌面者。

【译文】有个贞节之女，是浙江江山县吴廷福未出嫁的女儿，居住在城东白沙地方。吴贞女幼年时许配给近村王某的儿子，还未出嫁，王某的儿子就死了。吴贞女多次对父母说，请求前往奔丧，其父母始终不同意，并且告诉吴贞女说："王某的儿子已死，你未出嫁，无奔丧之理。将来给你另择一个佳婿，不要挂念王家了。"吴贞女哭泣不语，趁父母没有防备时，与弟弟一同跑进王家，先是拜见了公公、婆婆，然后换上丧服，在丈夫灵前磕头，恸哭失声。公公、婆婆非常怜爱吴贞女。父母想将女儿强行带回，吴贞女哭泣着说："女儿我既然已经进了王家门，生为王家的媳妇，死为王家的鬼而已。"并叮嘱兄弟善待父母。平日里，吴贞女极其孝顺公公、婆婆，声名在外，端庄静默，守节已经三十多年了。吴贞女足不出户，亲戚往来，至今少有人见过她的面。

7.3.19 郑贞烈女

贞烈女者，江山北乡郑寿喜室女也。戊午四月，贼搜山，擒寿喜，将杀之。女在棘丛中，突出以身救护，父仅受一伤。贼见女，反怒为喜，手携之不从，甘语亦不从，恐吓强拉仍不从。贼忿甚，故以刃轻伤其手。女无惧色，端坐父旁。父受伤扑地，贼提刀欲戕其父。女抱父首，骂不绝口。贼又抚摩劝诱，女终不从。贼伙俱怒，交斫数刃毙命。贼退，父带伤回，令家人掩埋，女面色如生。嗟乎！惟孝故烈，惟烈足以完其贞。所谓"庸德之行"也，其此女之谓乎！

【译文】有个贞节烈女，是浙江江山县北乡郑寿喜未出嫁的女儿。咸丰戊午年(1858)四月，太平贼搜山，捉住郑寿喜，将要把他杀害。郑烈女躲在荆棘丛中，突然跃出以身救护父亲，其父只受了一点轻伤。贼匪看见郑烈女，反怒为喜，伸手去拉，郑烈女不从，贼匪又用甜言蜜语引诱，郑烈女还是不从，贼匪又恐吓强拉，郑烈女仍旧不从。贼匪愤怒异常，故意用刀轻伤其手。郑烈女毫无惧色，端坐在父亲身旁。其父受伤倒地，贼匪提刀想要杀害其父。郑烈女抱住父亲的头，骂不绝口。贼匪又对其抚摩劝诱，郑烈女终究不从。贼匪的同伙都很愤怒，对其交相砍下数刀，郑烈女毙命。贼匪退去后，其父带着伤回到家中，令家人将女儿掩埋，郑烈女面色如生。哎呀！郑烈女因为孝所以刚烈，因为刚烈才能守住贞节。所谓"平常的德行努力实践"，大概说的就是郑烈女这样的人吧！

7.3.20 王节妇林氏

江山节妇林氏，监生王耀南之妻也。幼读书，颇知礼义。年二十四，归王门。夫家赤贫，而林氏妆奁甚厚，无骄矜色，事姑以孝闻。不数年，夫死无子，氏守志靡他。戊午，贼窜江城。氏胞兄教职林实森，合门殉难。仅遗幼弟，甫七岁，被贼掳去。氏闻耗，尽鬻妆奁珠金，诣亲戚范某家，哭诉曰："林氏阖门殉难，仅遗一藐孤，今复被掳。惟君入城，能赎此子，以续一线之延。"范慨允，竟以重赀赎得之。后氏姑弃世，氏竭力营丧葬事。姑遗一幼子，氏抚养之，复携养某氏室女。数年后，为叔成合卺礼。

林、王两姓宗祧，皆赖氏手存之。平日清操苦节，阖邑周知。氏室前有大古柏参天，邑乘载明季有鹤曾栖其树，女自号"柏鹤居"。其清介如此。

【译文】浙江江山县的节妇林氏，是监生王耀南的妻子。林氏自小读书，颇知礼义。二十四岁时，嫁到王家。丈夫家中极其贫穷，而林氏嫁妆丰厚，从无骄傲自负之色，侍奉婆婆以孝著称。没过几年，林氏的丈夫去世，林氏没有儿子，立志守节，绝不改嫁。咸丰戊午年（1858），太平贼流窜到江山县县城。林氏的亲哥哥，即担任教官的林实森，全家殉难。林家只留下一个幼童，即林氏的弟弟，刚满七岁，被贼匪掳去。林氏听到噩耗，卖掉全部的嫁妆、金银珠宝，来到亲戚范某家，哭诉说："林氏一家全部殉难，只留下一个幼小的孤儿，现在又被贼人掳去。只有您入城，才能赎回此子，以延续林家的香火。”范某慨然答应，最终花重金赎回了林氏的弟弟。后来，林氏的婆婆去世，林氏尽力办理丧葬事宜。林氏的婆婆留有一个幼子，林氏抚养他长大，林氏又领养了某氏家一个未出嫁的女儿。数年后，为小叔子举办了婚礼。

林、王两姓的继承人，全赖林氏抚养得以保全。平日里，林氏操守清正、守节不移，全县共知。林氏的居室前有一株巨大的参天古柏，县志里记载明代时有一只仙鹤曾经栖居树上，林氏给自己的居室取名为“柏鹤居”。她就是这样的清正耿直。

7.3.21 除夕救人

江山富室王少山，平日乐善好施，年已耄耋。腊月除夕，见街头一人，仓皇走入巷内，形迹奇异。少山疑而随之，其人将跃入井。少山从后急急止问，泣告：“家贫，无以卒岁，因索妻首饰，当得些微银两，旋又失去，不能归，求一死耳。”少山随与银五两，慰之速归。

越数年，少山以无疾卒。其子跨驴偕堪舆观山。偶至一村，见前面山水有佳景，即其处遥望。老妪倚门，因渴求饮。妪问姓名，惊曰：“君乃我家之恩人也。”急呼其夫出见，始知伊父前年所救投井之人也。因款留止宿，系驴屋后。是夜大雪，驴失所在，循迹觅之，见山上一处，独无雪，驴卧其上；堪舆共异之。少山之子，随手折彫枝插山上，祝之曰：“此地如该吾父也，枝当荣花。”迨交春复至其山，见手插彫枝，放花五朵。因商主人买之，主人首肯不受价，且云：“此山吾吕氏先人以五两金买之，昔君先人以五两金救吾命，今何敢再受山价？”子遂以父柩葬之。

子孙成进士者二人，点侍卫者三人，举人、茂才十数人。为善获报，信有征矣。

【**译文**】浙江江山县的富户王少山，平日乐善好施，已经七八十岁。腊月除夕，王少山看见街头一人，慌张地走入巷内，形迹奇异。王少山心生疑虑，尾随那人而行，看到那人将要跳井。王少山从后面赶上，急忙阻止住那人，询问缘故，那人哭泣着回答说："家中贫穷，无钱过年，于是我向妻子要了几件首饰，典当了一点银两，但很快银两又被我弄丢了，不敢回家，只求一死。"王少山随即拿出五两银子赠给那人，并好言安慰，劝其速速回家。

过了几年，王少山无病而逝。其子骑着一头毛驴与风水师一同观察山地，寻找吉利的墓地。偶然来到一个村子，见前面山水风景秀丽，就站在那里遥望。有个老妇倚门而立，王氏子因为口渴请求老妇给他一碗水喝。老妇问其姓名，（王氏子回答），老妇惊喜地说："您是我家的恩人。"急忙叫丈夫出来相见，这时王氏子才知道这个老妇的丈夫就是父亲前几年所救的那个投井之人。老年夫妇款留王氏子在此住宿，王氏子把驴拴在屋后。这天夜晚，天降大雪，毛驴扯断绳子跑掉了，王氏子与风水师循着毛驴的蹄印寻找，看见山上一处地方，唯独无雪，毛驴卧于其上。王氏子与风水师都觉得奇怪。王氏子随手折了一根枯萎的树枝插在山上，祝祷说："此地如果适合埋葬我的父亲，树枝应当开花。"等到了交春时节，王氏子又来到山上，看见手插的树枝，开放出五朵花。王氏子于是与这块山地的主人商量，想买下这块地，主人点头同意，并且坚决不要钱，还说："这块山地是我吕家的祖先用五两银子买来的，当初你的父亲用五两银子救了我的性命，现在我岂敢再要买地的钱？”王少山的儿子便把父亲的棺木埋葬在这个地方。

王少山的子孙之中有二人成了进士，有三人被选为侍卫，还有十多人成了举人、秀才。善有善报，通过此事确实得到了验证。

7.3.22 耄年得子

江山北乡大陈地方汪氏，聚族而居。其族长卓夫先生，富而好施，老而弥笃；于族中贫苦者，尤加温恤。江邑素有溺女刁风，先生力劝邻村贫户，勿溺女；每育女婴一口，月给钱六百文，以二十四月为满。自是邻村竟无溺女者。平日施棺修路，一切善举方便，时行弗怠。邑自庚申兵燹（xiǎn），各姓祠堂被毁。先生常念祖宗灵爽无凭，耿耿于怀，爰倡捐数千金，重建祠宇，鸠工庀材，悉心竭力。汪氏祠宇竟焕然复新矣。江山近有望风而起造祠堂者，皆师先生敦本锡类意也。

先生年逾周甲，身体康强，尚艰子嗣。同治三年，严郡桐庐、建德等县，皆被蹂躏，后饥民垂毙甚多。江山同善局绅董，禀奉上宪办米赈饥，向浦城、广丰各处劝捐，集腋成裘。先生慨捐数百金，怂恿迅速往赈，全活饥民无算。同治四年十二月，先生继室，居然生子，时年六十有七矣。先生平日阴德甚多，兹举其大略。以耄年得子，可为艰于子嗣者劝。

【译文】浙江江山县北乡大陈地方汪氏，聚族而居。其族长汪卓夫先生，家境富裕而乐善好施，年老后更是虔诚地做善事。对族中的贫苦之人，尤其加以体恤。江山县素来就有溺死女婴的风气，汪卓夫先生极力劝说邻村贫户，不要溺死女婴；并且约定，谁家要是养育了一名女婴，汪先生就会每月赠给他六百文钱，以二十四个月为期限。自此邻村竟然再也没有发生溺死女婴之事。平日里，汪先生施舍棺木、整修道路，一切善举和方便之事，都经常去做，毫不倦怠。江山县自咸丰庚申年（1860）遭遇战乱，各姓祠堂被毁。汪先生常念祖宗的魂灵无所归依，耿耿于怀，于是发出倡议，带头捐献数千两银子，重建祠堂，召集工匠，购买材料，尽心竭力。汪氏祠堂最终建立起来，又焕然一新了。近来江山县各地有人听到汪氏祠堂重建的消息，纷纷建造祠堂，这都是效仿汪先生不忘本源、善施众人的作风。

汪先生年过六十，身体康强，尚无子嗣。同治三年（1864），严州桐庐、建德等县，全都受到太平军的侵扰破坏，贼匪退去后，有很多将要饿死的饥民。江山县管理同善局事务的士绅，奉上级命令，采办粮食赈济饥民，向浦城、广丰各地劝捐，积少成多。汪先生慷慨地捐出数百金，并鼓动周围的人迅速前往赈饥，使无数饥民得以保全活命。同治四年（1865）十二月，汪先生的继妻，居然生下一个儿子，当时汪先生已经六十七岁了。汪先生平日里还有很多阴德，这里我只是举其大概而言。因为汪先生老年得子，其善举可以用来劝勉苦于无子的人。

7.3.23 埋婴雷击

同治六年夏，江山有东乡樵夫，入山采薪，路见一婴孩，身边系布二疋，包洋十元，年庚一纸。樵夫明知私产遗婴，取其布及洋，竟将婴儿生埋之。晚告于兄，兄责之。翼日同兄采薪，复到埋婴处，兄嗟叹未已。忽雷电大作，兄惊伏树下，霎时不知弟所在。须臾晴霁，觅之，击毙岩下矣。

【译文】同治六年（1867）夏天，浙江江山县东乡有个樵夫，入山砍柴，路上看见一个婴儿，婴儿身边系着两匹布，布中包着十元洋银和一张记有婴儿生辰的纸片。樵夫明知这个婴儿是被人偷偷产下而遗弃的，他拿走了布和洋银，竟然将婴儿活埋了。晚上回家后，樵夫把此事告诉了兄长，其兄长责备了樵夫一通。第二天，樵夫和兄长一同入山砍柴，又来到活埋婴儿的地方，其兄长叹息不止。忽然雷电大作，樵夫的兄长惊惧地趴伏在树下，转眼间就不见了弟弟的踪迹。过了一会儿，天气放晴，兄长寻找弟弟，发现其弟已被雷电击死于石下了。

7.3.24 蛇索命

江山城南路陈地方，有农人性嗜杀，戕物命最多。同治六年五月，荷锄至田野，见巨蛇目瞪舌出，农人追杀之。农年已四旬外，止有一儿，甫八九岁。是夜，儿梦蛇咬，惊觉。晨起寒热交作，舌出寸余作蛇状，半日即殇。

按以上七事，皆江山某绅所述。余适分巡三衢，故得其详如此。

【译文】浙江江山县县城以南路陈地方，有个农民，生性嗜杀，杀害了非常多的动物的生命。同治六年（1867）五月，他扛着锄头来到田野，看见一条巨蛇瞪着眼睛、吐着舌头，农民追上去将蛇杀死。农民已经四十多岁，只有一个儿子，刚八九岁。这天夜晚，他的儿子梦见被蛇咬了一口，一惊而醒。早晨起来，他的儿子寒热交作，舌头吐出一寸多长，样子像蛇，过了半天，就死了。

说明：以上七则事例都是江山县某士绅为我讲述的。我当时正奉命巡视衢州，所以对这些事知道得如此详细。

第四卷

7.4.1 淡墨状元

王文简公与其弟（以铻），为诸生时，有声庠序间；为学使窦东皋先生所赏，一时称为“二王”。乡捷后，同应乙卯会试。窦为总裁，首题“民之所好，好之”二句。窦为学使时，按临湖郡，诣学讲书，至此节，别有心解；至是适以之命题。通场惟二王解，与己意合。及揭晓，弟得会元，兄则第二。下第者遂多浮议。

时和相当国，以窦骨鲠不附己，思有以中伤之；闻之大喜，遽以闻。上为所动，谪窦官，而逐以铻回籍读书。及廷对日，文简公念师干吏议，弟被放逐，郁郁不得志，仅以淡墨书卷，潦草终场，无复奢望矣。

适和相有馆师，亦于是年中进士。和嘱之曰：“近试卷均尚浓墨，子殿试日，不必以浓墨书卷，较他人异，且易识，或可得元。”及得公卷，以为必无二人也，竟置之一甲。胪唱日，上见其书以淡墨为疑。和从旁力赞曰：“此人以淡墨书卷，能庄雅若此，较浓墨者倍难，必积学士也。”上以为然，遂得首选。及唱名，为王以衔。上顾和厉声曰：“此亦窦光鼐所为耶？”和噤不敢出一语。于是窦冤大白，而浮议亦顿息矣。

按是科，家大人适在京会试，荐而未售。因来年有科，留京颇久，榜后闻人传述如此。

【译文】王文简公（王以衔）与其弟（王以铻），为生员时，在学校很有名声，受到时任浙江学政窦东皋先生（名光鼐）的赏识，一时之间被称为"二王"。乡试中举后，二人一同参加乾隆六十年（1795）乙卯科会试。窦先生是主考官，出的题目是"民之所好，好之"（语出《大学》）二句。窦先生担任学政时，视察湖州，到学校讲书，讲到此一节，别有心解。到了这年会试，窦先生正巧以此命题。全场只有二王的解释，与他的见解相合。等到揭榜后，王以铻考中会元，王文简公考中第二名。落榜者于是对此议论纷纷，怀疑二王有作弊嫌疑。

当时是和相（和珅）执掌国政，和相因窦先生性情刚直，不依附于他，正想找机会陷害他。和相听到谣言，大喜，将事情奏报给皇上。皇上被和相说动，将窦先生贬官，并驱逐王以铻回乡读书。到了殿试那天，王文简公想到座师受到了处分，弟弟被放逐回家，郁郁不得志，只用淡墨书写试卷，潦草终场，不再存有奢望了。

正巧和相家有一位私塾教师，也在这年考中进士。和相叮嘱他说："近来试卷都崇尚用浓墨，你在殿试时，不必以浓墨书写试卷，这样试卷与他人不同，并且容易辨识，或许可以考中状元。"等和相见到王文简公的考卷时，认为是自家私塾教师的考卷，必定不是别人，最终将此卷列为一甲。胪唱（科举时代，进士殿试后，皇帝召见，按甲第唱名传呼）那天，皇上看见以淡墨书写的试卷，心中生疑，和相在旁边极力夸赞说："此人用淡墨书写考卷，字体尚能如此端庄古雅，与浓墨书写者比较困难多倍，这人必是一位饱学之士。”皇上信以为然，于是将这份试卷列为首选。等唱名时，状元竟是王文简公。皇上看着和相严厉地说：“这也是窦光鼐所为吗？”和相吓得不敢说一句话。于是窦先生的冤屈大白于天下，而那些谣言也顿时消除了。

按，这科考试时，我父亲也正好在京城参加会试，试卷被推荐上去但是最终未被录取。因第二年还有一次会试，于是久留京城，揭榜时他听见有人这样传述。

7.4.2 费廉访

归安费公，起家县讼，官至臬司。公正而廉，不受私谒；既司宪柄，遇事执法，无所委曲。老而无子。致仕后，自反仕宦数十年，而清白一节，何以得绝嗣报，遂具疏城隍庙自诉。

是夕，梦城隍神遣吏请去，至则见神降级迎入，坐定，谓公曰：“顷见公诉词，颇悻悻，故特请公至一决之。公之不爱钱、不徇情，此心实可对天。然公司宪有年，平日所恃以尊主庇民者何事？愿以赐教。”公曰：“无他，惟事事照例办耳。”神笑曰：“公之无子，正坐此‘照例办’三字。”公愕然曰：“然则例不可用乎？”神曰：“不然。公儒者，独不闻律设大法，礼顺人情乎？愚民无知，误陷法网；若事事照例，民何以堪？且公总司宪柄，能保州县之必无误入耶？况又自信太过，案有近于疑似者，公一断之于己见，其中岂无无辜被戮？揆之圣人罪疑惟轻之旨，似不若此。水至清则无鱼，公太刻，因而无子。公所自作，无怪天道也。”公默然，颇自悔。

神后慰之曰：“公一生清公正直，将来与余有同官之谊，俎豆一方，何藉子孙为？”因复遣吏送之归。公寤后，求子之念始息，竟以侄为嗣。临终见卧榻前，似有呼冤者，叱问之，则陈臬某省时，有匪犯六人，罪不必死，而公执法以入之者。公自知不起，遂索衣冠，服之而卒。后相传为某郡城隍云。

【译文】浙江归安县的费公，以在县里做讼师起家，官至提刑按察使。费公清正廉明，不接受他人因私事而干谒请托。担任按察使后，处事执法，从不曲从私情。费公老而无子，退休后，反思自己为官数十年，始终坚守清白的节操，为何受到绝嗣的报应，于是写了一份疏文前往城隍庙自诉。

这天夜晚，费公梦见城隍神派了一名吏员请他前去，费公到了城隍殿前，看见城隍神亲自走下台阶将其迎入，坐定后，城隍神对他说：“刚刚看了您的诉词，我颇为失落，因此特意请您前来剖断此事。您不爱钱、不曲从私情，此心实在无愧于天。然而您担任按察使多年，平日是按照什么原则来报效国家、保护人民的呢？”费公说：“无他，只是事事照例办而已。”城隍神笑着说：“您没有儿子，正是因为此‘照例办’三字。”费公惊愕地说：“那么旧例不可依照吗？”城隍神说：“不是这样。您是一位儒者，难道就没听说‘制订法律要依据国家大法，制订礼仪要顺乎风俗民情’这个道理吗？愚民无知，不小心触犯法律，如果事事照例办理，百姓岂能忍受？并且您主管一省的刑狱，能保证州县百姓没有受到冤屈的吗？况且您又太过自信，遇到近乎疑似的案件，您只凭一己之见判断，其中难道没有无辜被杀之人吗？思量圣人所提倡的‘疑罪从轻’的审案宗旨，似乎不应这样。水至清则无鱼，您太严苛，因而无子。这是您自己造成的，不能责怪天道。”费公默然不语，内心颇为悔恨。

接着城隍神安慰费公说：“您一生清廉公道正直，将来与我有同官之谊，受一方百姓的祭祀，何必凭借子孙受祀呢？”于是又派那名吏员将费公送回。费公醒来后，这才消除了求子之念，但最终还是过继了一个侄子作为继承人。临终时，费公看见卧榻前似乎有喊冤之人，便大声喝问，原来费公担任某省的提刑按察使时，有六名匪犯，罪不必死，费公执法时却判处了他们死刑，因此他们的魂魄进来喊冤。费公自知这次恐怕不行了，便向家人索要衣冠，穿戴整齐后而死。后来相传费公成了某府的城隍神。

7.4.3 李德泉

近阅上海《新报》云：李德泉，南海南乡人，居心正直。为按察使掌案吏，精熟律例，深明治体，多平反冤狱，历任官皆器重之。

一夕，理秋审文书，至四更未卧。而新任梅臬宪，更为国爱民，往往疑案，必虚心考核。是夜偶步出外，各处俱熟睡，惟德泉房有灯。遂微步其窗隙望之，见德泉危坐凝思，左坐一翁，背立一妇人。臬宪细思，渠辈亦有眷在此。忽德泉秉笔疾书，久之翁有喜色。又另取文书观之，涂抹再四，妇亦甚意得。臬宪遂排门而入，将诘其何以挈眷。及入，则德泉一人耳。问其顷所定二案。一案乃香山人，因争田水殴伤，回家得病致命，苦主告以故杀，必欲偿命，拖累多人。德泉以误伤经风致命，拟为首者遣罪，余勿问。一案乃顺德县寡妇守节，族恶叔利其家资，强逼改嫁，妇不从，凌逼过甚，致自缢身亡。恶叔复捏禀，因奸畏羞自尽。德泉知其冤，故直定爰书，科以恶叔重罪云。据前所见，翁乃首犯之先人，妇即完节鬼。共相叹异。

可知下笔间，常有鬼神鉴察，特有知有不知，况人命至重者乎！闻德泉之子，已于前年丁卯登贤书矣。

【译文】近日翻阅上海《新报》，报上记载着这样一件事：李德泉，广东南海县南乡人，居心正直，是按察使手下掌管案件的吏员，精熟法律条例，通晓为政原则，多次平反冤狱，历任按察使都对他十分器重。

一天晚上，李德泉处理秋审文书，到四更天了，还未上床休息。而新上任的按察使梅某，更是忠心为国、爱民如子，每次遇到疑案，必会虚心考核。这天夜里，梅某偶然走出门外，各处都已熟睡，只有李德泉的房中亮着灯。于是梅某轻轻地走到李德泉房间的窗户前，透过窗户缝隙向内窥视，看见李德泉端坐凝思，左边坐着一个老翁，背后站着一个妇人。梅某细思，李德泉竟然也有家眷在此。忽然李德泉秉笔疾书，很久后，老翁面露喜色。李德泉又取过另一卷文书细细审察，再三涂抹，妇人也非常满意。于是梅某推门而入，将要询问其何以携带家眷在此。等梅某进入房间后，房内却只有李德泉一人。梅某询问李德泉刚才审定的是哪两件案子。（李德泉告诉梅某）一件案子的罪犯是香山县人，因为争夺浇田之水将人打伤，伤者回到家后得病丧命，受害人的家属控诉打人者是故意杀人，一定要打人者偿命，拖累多人。李德泉以伤者是误伤经风导致丧命，将首犯判处流放，其余的人无罪释放。另一件案子是顺德县某寡妇守节，其族中有个凶恶的叔叔，贪图寡妇家产，强逼其改嫁，妇人不从，其族叔对其欺凌威逼过甚，导致妇人自缢而死。其族叔又捏造谎报，是寡妇与人通奸被人发现后怕羞自杀。李德泉知道寡妇冤枉，因此直接定案，提笔书写，按照法律判处寡妇的族叔重罪。梅某刚才所见，那个老翁是首犯父亲的鬼魂，那个妇人是守节的寡妇的鬼魂。二人都为此惊异地叹息。

由此可知，掌管案件的官员在下笔定案时，常有鬼神在旁鉴察，只是有人知道有人不知道，况且是关系人命的重大案件呢！我听说李德泉的儿子，已经在前年（1867）丁卯科乡试考中举人了。

7.4.4 无心

吴莲芬曰：三伯父奉政公，幼极贫苦；以本生祖父故后，家中落。时伯父年十九，遂弃儒业，为餬口计，竭蹶数十年，仅免饥寒而已。一生淳淳闷闷，无计较心；坦坦荡荡，无歆羡心。大伯父后饶于赀，不之顾；三伯父亦如无闻见也者。性爱洁，每日必亲自畚扫。晚年手一编不释，史书极熟。其子举秀才，孙潮成进士，入部曹。年逾八十，无疾坐逝。孰谓天道愦愦耶！

【译文】吴莲芬说：我的三伯父奉政公，幼年时极其贫苦，祖父去世后，家道中落。三伯父十九岁时，便放弃科举，为了糊口，困顿数十年，仅仅勉强免于饥寒而已。他一生淳朴宽厚，从不与人计较；坦坦荡荡，从不羡慕别人。我的大伯父后来家境富饶，对三伯父不管不问。三伯父对此就像没有听到看到一样，毫不在意。三伯父生性爱干净，每天必会拿着畚箕、扫帚亲自打扫卫生。晚年，他对书爱不释手，经常手持一卷书而读，尤其对史书极其熟悉。他的儿子考中秀才，孙子吴潮成考中进士，成为某部司官。三伯父在八十多岁时，无病端坐而逝。谁说天道昏庸不明呢！

7.4.5 朱黄二烈妇

朱烈妇，江山人，原任临清协副将朱绍荣之簉室也。咸丰戊午春，贼氛逼近江界，风鹤之警，一日数次。烈妇恐贼至为所掳，私市鸦片食之；病作，家人予以解药，坚不服。嘱其夫及家人曰："我死，速葬我。"遂沐浴更衣，端坐而逝。越数日，贼至，氏已葬矣。

又有黄烈妇者，张村儒童黄茂英之妻。戊午春，贼骤至。英率属避兵去，甫里许，贼骑追及之。氏告贼曰："妾遇大王，誓不逋，请先释氏夫。妾家去此近，愿偕至故庐而委身焉。若欲野合，有死而已。"贼信之，相随至家。氏复嘱贼竢于外，伪云："妾更衣即来。"贼待之久不出，遂入视，已缢于床。急以刀断其索，气已绝。贼叹息而去。仓猝间，具有万全之策，可谓难矣。

【译文】朱烈妇，浙江江山县人，是原任临清协副将朱绍荣的妾室。咸丰戊午年（1858）春，太平军逼近江山县县界，风声鹤唳，警报一天数次。朱烈妇担心贼匪到来后自己被掳掠，私下买来鸦片吞食。病发，家人予以解药，她坚决不服用。朱烈妇叮嘱丈夫和家人说："我死后，速速将我下葬。"于是沐浴更衣，端坐而逝。过了数日，贼匪来到江山县，而朱烈妇已经下葬了。

又有一位黄烈妇，是张村的儒学童生黄茂英的妻子。咸丰戊午年（1858）春，太平军忽然来到江山县。黄茂英带领家属逃跑，才走出一里多地，贼人就骑着快马追上了。黄烈妇对贼人说："妾遇到大王，发誓不会逃跑，请先放了我的丈夫。妾家离此很近，愿与您同到我家的老房子里委身于您。如果想要野合，有死而已。”贼人相信了黄烈妇的话，跟随她来到家中。黄烈妇又叮嘱贼人在外等候，谎称：“妾换好衣服就来。”贼人等了很久，也不见黄烈妇出来，便进屋察视，看见黄烈妇已经站在床上自缢而死了。贼人急忙用刀砍断绳索，但黄烈妇已经气绝身亡。贼人叹息而去。仓促之间，能够采取万全之策，可以说是很难得了。

7.4.6 英夷往来中国始末

姚蔗田曰：英吉利从古未通中国。惟明季启、祯年间，红毛曾踞台湾，旋为郑成功驱逐，嗣后百余年未近中国。迨至乾隆甲寅年间，余甫十龄，初次来朝，由粤东取道江右入都；其回国时改由直隶、山东，至浙、闽航海而归。过杭州武林门外大街，余宅后门正临街市，系必由之路。从门隙窥之，状貌率皆狞恶。一路官军列队站围，其酋长皆邪睨而窃笑，已有轻视中国之意。

至嘉庆戊辰、己巳年间，二次来朝，其使臣等以不习跪拜为词，求免行朝觐之礼。令通事官传谕，暂留天津，演习一月后，仍称不能。乃不令其入都，谕令速行归国；表文、礼物，概行归还不收。其时直隶派某臬司接护，因索观表文副本，大干严谴。余时适在保阳，故知之。未几，时来粤东游奕窥伺；汉奸导引，往来渐熟；私售鸦片，为获利计耳。

按，英夷于乾隆五十九年，初入中国时，家大人于是冬入都会试，得睹钞报甚悉，曾入笔记中。此后数十年尚无猖獗情事，惟道光十四年，由汉奸导至福省水口一带。时闽都程梓庭先生，令地方官驱逐，如不遵，即行开炮，旋即退去。直至二十年后，则大滋事端，竟用兵来扰各海疆矣。

【译文】姚薰田说：英国自古以来从未与中国通商。只有在明代天启、崇祯年间，荷兰人曾占据我国台湾，很快被郑成功驱逐，此后百余年未敢靠近中国。等到了乾隆甲寅年（1794）间，我刚十岁，英国人初次前来朝觐，由广东取道江西入京；其回国时改由直隶、山东，到浙江、福建而归。他们经过杭州武林门外大街时，我家的后门正靠近大街，是其必经之路。我从门缝往外窥视，看见英国人状貌都很凶恶。一路官军列队站围，其头目都斜视而窃笑，已有轻视中国之意。

到了嘉庆戊辰、己巳（1808、1809）年间，英国人第二次前来朝觐，其使臣等以不习惯跪拜为托词，请求免行朝觐之礼。皇上命翻译官传谕，让英国人暂时留在天津（演习礼仪），演习了一个月后，英国人仍然说学不会。皇上于是不让他们入京，下令他们速行回国；表文、礼物等，一概归还不收。当时直隶总督派某按察使迎接护送，这位按察使便向英国人索要了一份表文副本阅览，因此受到了严厉的处分。我当时正在保定，所以知道此事。不久，英国人时常来广东巡游窥探；由汉奸引导，往来渐熟，并且私售鸦片，作为获利的方法。

按，英国人在乾隆五十九年（1794），初入中国时，我父亲于这年冬天入京参加会试，得以看到钞报上有关此事的详细记载，并曾载入笔记中。此后数十年英国人都没有出现猖狂的行为，只有在道光十四年（1834）时，由汉奸导引至福建水口一带。当时闽浙总督程梓庭先生（名祖洛），命令地方官驱逐，如果英国人不遵命，立即开炮，很快英国人就退去了。直到二十年后，英国人大生事端，竟然派兵前来侵扰我国的各沿海地区了。

7.4.7 大吏无良

吴莲芬曰：世每谓妇人之心最毒，吾谓奸邪之心更甚于妇人。有大僚某，屡获重谴，屡次蒙恩，弃瑕录用，自应感激无地。乃咸丰三年，特命统重兵，赴扬剿贼。初逆匪闻之甚惧，而彼至扬，仅于城外安营，日轰大炮数声而已。将弁中，颇有奋志爬城者；不但不遣一兵一卒卫之，且云如有贪功、不恪遵军令者，以军法从事。诸将于是袖手。以致贼占踞扬城十月之久，残虐损耗，不可胜计。不知朝廷何负于彼，而竟怨恨如耶斯？后迄不得善终。

【译文】吴莲芬说：世人常说妇人之心最毒，我说奸邪之人的心肠比妇人更毒。有大官某，多次受到严厉处分，又多次蒙受皇上的恩典，原谅其过去的过失，重新录用，对此他本应该无比感激。咸丰三年（1853），皇上特命其统领重兵，前赴扬州剿灭太平军。起初，逆匪听说大军到来，十分恐惧，可他到了扬州后，只是在城外安营，每天放炮数声而已。手下的将士之中，颇有一些奋志爬城之人。他不但不派一兵一卒护卫，还说如果有人贪求军功、不严格遵守军令，就以军法处置。各将于是袖手旁观。以至于逆贼占据扬州城达十个月之久，残杀的百姓、损耗的财物，不可胜计。不知朝廷何曾亏待于他，他竟对朝廷如此怨恨？后来，他终究是没有得到善终。

7.4.8 黄封翁

嘉善地濒水，多支河断港，偏僻之区，莫唤邛，须藉瓜皮小艇以渡。艇无桨，贯一索以达两岸。索以草为之，阅时即朽。往往有舟覆中流，救援罔应之虞。

有黄退庵封翁者，读书乐善，行方便事，惟恐人知。每于隆冬风雪时，自制新索，诣各处易之，岁以为常。其他类此者正多。

其嗣君霁青观察，名安涛，亦有至性，嘉庆丁卯乡荐，己巳传胪，入词馆，出守江右、粤东，洊至监司，所至政绩炳然。人以为退庵先生乐善之报云。

【译文】浙江嘉善县地处水边，多有支河断港（同别的水流不相通的港汊），偏僻之地，没有渡船可唤，必须借助瓜皮小艇才能渡河。艇上无桨，用一条绳索贯通两岸。绳索用草编成，过不了多久就会腐朽。常常有船在中流倾覆，来往之人常为得不到及时救援而担忧。

有一位黄退庵封翁（名凯钧），喜爱读书，乐善好施，爱做方便事，唯恐别人知道。常在隆冬风雪时，自制新的绳索，前往各处河岸更换掉腐朽的绳索，已经成为每年的惯例。其他诸如此类的善事，他还做了很多。

他的儿子黄霁青道台，名安涛，也具有卓绝的品性。他在嘉庆十二年（1807）丁卯科乡试考中举人，嘉庆十四年（1809）己巳科以二甲第一名考中进士，进入翰林院，前往江西、广东出任知府，逐步升至道台，所到之处政绩卓著。人们都认为这是退庵先生乐善好施的善报。

7.4.9 乐善

高某，家嘉善世里乡，有田数顷。岁以所入租，故廉其价，于所居设肆售。遇贫困告籴（dí）者，必数倍其值以与之，以是业日微。或止之，高笑曰："亦行我心之所安而已，不如是，其如一乡之贫困何？"道光甲午科，乡解名锦者，其后人也。

【译文】高某，家住浙江嘉善县世里乡，家中有数顷田地。高某每年将所收的田租，故意降低价格，在所住之地开设店铺售卖。遇到贫困之人请求买粮，一定会根据对方所出价钱的数倍将粮食赠予对方，因此家业日渐衰微。有人劝他不要这样做，高某笑着说："我这样做只是为了求个心安而已，我不这样做，全乡的贫困之人怎么生活呢？"道光十四年（1834）甲午科乡试，解元名叫高锦，就是高某的后人。

7.4.10 某主政

某主政，性颖悟，六岁即能辨四声，十岁诗文皆楚楚可观，十二岁采芹。书院千余人，屡次冠军，旋食饩。乡会报捷，年甫二十，授农部主政，皆以远到期之。父方为太守，户曹又非冷官，正可力图报效。乃因本省有军务回里，偕绅士团练，鸠赀集勇制械，遂藉以牟利。乡评薄之，某漠不为意。出入衙署，干求请托，太守拒之。某坐书肆，俟太守出，邀其下舆，怀中出片纸，立谈面恳，其鄙陋如此。

罔利既多，问舍求田，终日汲汲。人所不敢购之产，以贱值得之。一二年，遽拥厚赀，觉闾里脂膏，大胜于长安清俸矣。团练事竣，不复有出山志。持筹握算，日益饶富。越年余，忽构疾不起，年甫逾三十。渔猎财利，而薄视功名，何所见之狭也！卒之不克坐享，未免为人齿冷耳。此道光晚年事。

【译文】某主政（旧时各部主事的别称），天性聪明颖悟，六岁就能辨别四声，十岁时所写的诗文就已工整可观，十二岁入学。书院有一千多人，多次在考试中夺冠，很快成为享受廪膳补贴的廪生。考中乡试、会试时，才二十岁，被授予户部主事一职，众人都认为他前程远大。当时他的父亲担任知府，户部也不是冷官，正可借此尽力报效国家。不久，他因本省有军务回到家乡，会同当地士绅办理团练，集资招募乡勇、制造兵器，于是借此以牟利。乡人对他评价很低，但他漠然视之，毫不在意。有一次，他进入衙署，干谒请托，被知府拒之门外。他坐在书店中，等知府出来，邀请知府下轿，从怀中拿出一张纸片，站在大街上与知府谈话，当面恳求知府同意，他的品行就这样的庸俗浅陋。

牟利既多，他便整日忙着买屋置地。其他人不敢购买的房产田产，他能以低价买到。一二年间，他便拥有了富厚的财产，觉得从地方捞取的油水，大大超过在京城做官时的俸禄了。团练的事情办理完毕后，他不再有出山做官之志，而是整天忙着管理财务，其家产更是日渐富饶。过了一年多，他忽然患病不起，当时他才刚过三十岁。贪求财利，而薄视功名，他的见识是多么狭隘啊！他最终无法坐享财富，未免受人耻笑。这是发生在道光晚期的事情。

7.4.11 燕窝

燕窝，产东南海隅，取之不易，故燕饮中，称珍馔。某制军三世督抚，平日饮酒丰侈，量亦兼人。自言垂髫时，晨起必燕窝一两，廿余岁通籍后，为京外官，起愈早，则加至二两，佐以鸽卵十四枚，终岁无间。制军寿七十余，计一岁四十余斤燕窝，此生已啖千余斤，亦从来所罕闻也。

又所亲述其酒量亦洪，常用饮器，约贮四两，饮必五六十杯。其妾量如之。逢宴饮，恒不能畅，幕中客，亦无能及者。故每与客席散，入内仍须再饮也。抚滇时，历一二年之久，访求异宝，成帽花一朵，晶莹璀璨，光可射十数武外，值七千余金，为生平所珍爱。任闽督，值英夷乱，提兵守厦门，失之。罢官后十余年，卒于苏。旅榇回籍，中途赀尽，遣人返里门鬻田产得归。此亦近年督抚所最豪侈者也。

【译文】燕窝，产自东南沿海地区，提取不易，因此在宴席上，被称为珍品。某总督，其家三代都曾担任过总督、巡抚，平日饮酒豪奢，酒量也倍胜于人。据他自己说，他幼年时，早晨起来必吃一两燕窝，二十多岁入仕后，任地方官，起床更早，则将燕窝加到二两，并配有十四枚鸽子蛋，终年不断。总督活到七十多岁，如果按一年四十多斤燕窝计算，他这一生已经吃掉一千多斤了，这是从来很少听说的事了。

又据他亲口所述，他的酒量也很大，他经常使用的酒杯，大约能装四两酒，每次必定要喝下五六十杯酒。他的妾室的酒量也像他一样。每逢宴饮，他时常觉得不能畅饮，他府中的幕僚，也无人能比得上他的酒量。因此，每次与客人散席后，他进入内室还要再饮。他在云南担任巡抚时，花了一二年的时间，访求奇珍异宝，制成一朵帽花，晶莹璀璨，光彩可以照射到十几步之外，价值七千多两银子，是他生平所珍爱的宝贝。他担任闽浙总督时，正值英国人侵扰，他率兵守卫厦门，失守。罢官十多年后，逝世于苏州。他的灵柩被运送回家乡，中途时其家人花光了路费，派人返回乡里卖掉田产才得以将他的灵柩运回。他也算近年督抚中最为豪奢的一个了。

7.4.12 夷难纪闻

道光辛丑春正月，英夷称兵犯粤。水师提督关公天培守虎门，横指炮台，手然巨炮击贼。炮忽自炸，余炮然无几，部下军士纷纷走窜。一小校从旁大呼曰："盍去诸？"言已，遽欲负公而逃。公大骂，手刃数人，忽一炮子飞入，洞公胸。贼跃至，见公屹立，贼骇仆；继至者迫视，则气已绝矣。贼为惊叹而去。

贼既破要隘，直扑会城。湖南提督祥公符，自楚统常德兵甫至，闻警急以舟师三百往御，与贼遇于乌涌。我兵血战，客主异形，救援不至，祥公及下皆死之。或曰祥公坠水，求其尸不得。

其时复有三江副将陈公联升者，奉檄守沙角炮台。贼至，发巨炮，贼为少却。苦火药不继，省局所发火药，又多搀以炭屑，弗能济，是以失利。贼猬集，刀光迸落，逮死身无完肤。时公子在旁，目击不能救，挺戟大呼，左右跳荡，歼数贼，血染袍袖，力尽而死。

当贼扑会城炮台时，一日果勇侯杨芳立女墙内，俯瞰城外，周览移晷。忽掀髯曰："贼可破也。"欲以二千兵，开门分两路击贼，共事者议不合，不果出。侯愤甚，称疾不视事者二日。已往守北门，独当贼之冲，火铳、火箭射城上者，其声肃肃然，过耳畔不绝。有人请侯暂避，侯怒以足蹂之曰："汝畏死耶，吾不畏也！"生气懔懔。至今驻防兵有能言之者。卒为势所格，不得伸其壮志。纵情酒色，郁郁而归，可叹也。侯初至时，下令广征妇女溺器，后卒无效。粤人因传为笑柄。所部兵役，颇肆骚扰。或有以为言者，则曰："我宝贝也，毋多谈。"以是为众所怨，物议嚣然。

【译文】道光辛丑年（1841）春正月，英国举兵侵犯广东。水师提督关天培镇守虎门，横指炮台，亲手点燃大炮击贼。大炮忽然自炸，其余的大炮刚点燃不久，部下的士兵纷纷走避逃窜。一个小校在旁边大呼说："为何不跑？"说罢，急忙背起关天培而逃。关天培大骂，手刃数人，忽然一枚炮子飞来，洞穿其胸。贼人奔来，看见关天培站立不倒，纷纷惊骇倒地；后面上来的贼人近前察视，发现关天培已经身亡了。贼人惊叹而去。

贼人攻破要塞后，直扑省城。湖南提督祥符，从湖南统领常德兵刚一到达，听到消息，急忙率领三百水军前往抵御，与贼人在乌涌相遇。我兵血战，攻守之势逆转，救援不至，祥公与部下皆战死。有人说祥公是落水而死的，寻找其尸体没有找到。

当时又有三江副将陈联升，奉命坚守沙角炮台。贼至，陈公点燃巨炮迎击，贼人稍稍后退。苦于火药不继，省火药局所发的火药，又多掺杂炭屑，无济于事，因此失利。贼人蜂拥而至，刀光迸落，陈公被砍得体无完肤而死。当时陈公的儿子在旁，虽亲眼所见，但无法营救，挺戟大呼，左右跳跃，歼灭数贼，血染袍袖，力尽而死。

当贼人扑向省城炮台时，一天果勇侯杨芳站在女墙（城墙上呈凹凸形的小墙）后，俯瞰城外，细看了片刻，忽然激动地说："贼可破也。"想派二千兵，开门分两路击贼，因与共事者意见不合，不能采取行动。杨芳愤怒异常，以生病为由两天不出来管事。两天后，杨芳前往北门坚守，独自率兵抵挡贼人攻击的要害，贼人的火铳、火箭射到城上，肃肃之声，不绝于耳边。有人请杨芳暂避，杨芳愤怒地踹了那人一脚说："你怕死，我不怕死！"气势严正刚烈。至今驻防的官兵还有人谈到此事。杨芳最终因情势所困，不得伸其壮志，纵情酒色，郁郁而归，令人叹息不已！杨芳初来省城时，下令广泛征集妇女便器，后来终究无效。于是广东人传为笑柄。杨芳部下的士兵，经常骚扰百姓。有人向杨芳报告此事，杨芳说："他们都是我的宝贝，无须多言。"因此遭到众人的怨恨，对其非议不断。

7.4.13 祝茂才

海昌祝仰山茂才，名嵘，明孝廉殉甲申难开美先生之后。家贫，假其戚之偏厦，授村童子读；以去家可一里，晨昏得以奉母焉。生平硁硁（kēng kēng）自守，取严一介。族某监司南河，每于士之贫不能自存者，投必厚遇之，并有拂拭，为博一秩者；闻茂才行谊，亦深契之。有劝其往，茂才曰："封鲊之丰，不如菽水之俭。吾不能离母以行。"道光丙午春，母病卒。茂才视含殓毕，一痛而绝。

【译文】浙江海昌县（今海宁市）的秀才祝仰山，名嵘，他是在甲申年（1644）殉难的明朝举人祝开美先生的后代。祝秀才家境贫穷，借亲戚的偏房，教授村里的幼童读书。因为教读之地距离其家只有一里远，他早晚能够侍奉母亲。他生平固执地坚守节操，对待财物极其严谨，不随便拿取人家的任何东西。其族中某人在南河河道任道员，每次遇到贫穷难以生存的读书人，只要前来投奔，必会给予其优厚的待遇，并且有时还会予以提拔，为其求取一个官职。某道员听闻祝秀才的品行，大为赞赏。有人劝祝秀才前去投奔某道员，祝秀才说："（离开母亲）在外大鱼大肉，不如在家（守着母亲）过俭朴的生活。我不能离开母亲出外求职。"道光丙午年（1846）春，其母病逝。祝秀才亲眼看着母亲入殓完毕后，因过度悲伤而去世了。

7.4.14 劫运前定

某广文，曾司铎石门。一日，语友曰："此次余与太仓城隍司造报册，彻七昼夜而成，甚惫。"友愕然，叩其详。广文悔言泄，曰："此妄言也。"越十日，以无疾卒。又十日，而太仓复矣。盖同治癸亥二月事。

【译文】某儒学教官，曾在湖南石门县担任教职。一天，他对朋友说："这次我为江苏太仓县城隍司编制报册，整整花了七昼夜才完成，非常疲惫。"他的朋友大为惊愕，询问其详细情况。教官后悔失言，泄露了秘密，说："这是我胡说的。"十天后，教官无病而亡。又过了十天，太仓县就被收复了。这是发生在同治癸亥年（1863）二月的事情。

7.4.15 粤盗

粤地幅员辽阔，擅尽山海之利；市列珠玑，户盈罗绮。奸人朵颐，跳掷萑苻（huán fú）；至有一夜连抢九船、一邨械劫数家之事。予窃怪盗贼公行，独盛于他直省。访诸二三耆老，始知贼党群聚一乡，与县中干役，阴相结纳，役过其境，必以重贿馈焉。役厚获而无分赃迹，遂潜庇之。贼得优游出掠他邑。他邑之役，张皇境上，固莫能致诘也。贼又与里之劣衿通声气，彼念榆社无事，亦竟听其盘踞，无复禀官乞捕治。其甚者，或更反为之护。以故狡兔之窟既固，迄难剪除。

至海上行劫者，倏忽无定，踪迹尤难。贼众驾数破艘，泊于洲岛，伺估舶过，群共掩之。既及，则执刀仗鼓噪而登，尽驱舶中人，过其破艘，而贼即据估舶扬帆去。一转移间，估舶辎重，悉为所有，并无烦举手投足之劳也。贼之计若是，亦甚狡矣。年来岭海之间，行旅视为畏途，若涉虎穴。

然凶徒罪稔，不旋踵辄以诛死。当事月必请王命旗牌数四，处决者率十数人。以此见天网恢恢，肝人之肉者，虽或苟延旦夕，终难幸逃显戮也。

【译文】广东省幅员辽阔，占尽山海之利。市场上陈列着各种珠玉珍宝，家家户户都存满了绫罗绸缎。很多奸恶之人意欲抢劫，投身为强盗，以致有一夜之间连抢九船、在一个村子里持械连抢数家之事。我暗自奇怪为何广东的盗贼公然抢劫，独盛于其他省份。我访问了二三位年高德劭的老人，才知道贼徒群聚一乡，与县中办事老练的差役，暗中结交，差役路过盗贼群聚的地方，盗贼必会用重金贿赂差役。差役获得厚赠，又没有与盗贼分赃的嫌疑，于是暗中庇护盗贼。盗贼因此能够从容地去其他县份劫掠。其他县份的差役，只是在县境上惊慌失措地巡视一下，原本就不能彻底追查。盗贼又与县里的恶劣士绅彼此串通、互通消息，这些恶绅想着自己的家乡无事，也竟然听任盗贼盘踞，不再报告官府，请求捕捉。更有甚者，还有人反而庇护盗贼。因此盗贼能建立坚固的根据地，至今难以消灭。

至于在海上抢劫的盗贼，飘忽不定，更是难以追查到他们的踪迹。贼众驾驶几艘破船，停泊在洲岛，看见商船经过，群贼驾驶船只共同围上。到了商船旁边，就手持刀棍鼓噪登船，将商船中的人全部驱赶到自己的破船中，而盗贼就占据商船扬帆而去了。一瞬之间，商船上的财物就全部归其所有了，并且还不必费力地搬运扛抬。强盗能有这样的计策，也算很狡猾了。近来，两广之间，旅客视其为危险可怕的地方，（从此经过）就像进入了虎穴一般。

但是强盗恶贯满盈，不过多久，便会被诛杀。当事者每个月必申请三四次王命旗牌（明清时期有“令”字的蓝旗和圆牌，由政府颁给地方大员，作为具有便宜行事特权的标志），一次处决的强盗往往有十几人。由此可见，天网恢恢，疏而不漏，抢劫杀人者，虽然有时候能苟延片刻，但终究难以侥幸脱逃明正典刑的制裁。

7.4.16 杨协戎

汪调生曰：嘉庆初，盗横行江浙洋面，奉旨严拿，为崇明协镇杨天相所获。提军陈大用，飞章入告，仓卒未会制府衔。制府某，贪而忌，衔提军之独奏也，思有以中伤之。会奉旨交江督审明正法，盗因以十万金贿制府；制府受之，决欲翻案。适扬州太守，自侍御外擢，谒制府，语以是案，情有可疑。太守曰："绿营习气，多诬良邀功，是宜详察。"制府即以是案属之。时盗执口称系良民，以捕鱼为业，为协镇所诬服。太守先入制府言，信之，竟以"诬良为盗"定案。制府立出盗于狱，而劾提臣、协臣，请褫职治罪。竟杀杨于海口；提军以纵庇属员，革爵遣戍。

杨死之明日，制府出行香，将上轿，忽叱从者曰："杨大老爷来，若辈何以不传禀？"遽反走，若与客偕行者，至花厅，初作拱揖状，口喃喃，若与人争；继复作相搏状；又以两手自批其颊，颊尽肿。良久，忽曰："我不合得盗金，置汝以死。我该死，我偿尔命。"又以手自扯其发，复曰："无扯，我去我去。"遂以头触厅柱，脑浆尽出而死。一时无不知为协镇索命。

逾年，盗忽至山东巡抚衙门投到，历供在江南被获，行贿得脱状。东抚不欲兴大狱，诛盗而讳其事。惟扬州守，竟以功名终。盖太守素正直，其审此狱也，非有意迎合制府；徒以任京职久，谂闻外省绿营，遇事畏葸，好诬良邀功；且以偏执之见，致成冤狱。其过实出无心。然功名卒不显。且杨死之岁，太守生一子，桀傲不驯，竟败其家，是亦报也。太守与余有年谊，常见其自叙年谱，犹以此案为平反云。噫，办案顾可存成见哉！

【译文】汪调生说：嘉庆初年，海盗横行于江苏、浙江海面，官员奉旨严加缉捕，海盗被崇明协镇（清代对绿营副将之别称）杨天相捉获。提督陈大用，迅急呈上奏章入京报告，仓促间，未曾知会总督。总督某，为人贪婪忌妒，怨恨提督独自上奏，想找机会陷害他。正逢朝廷下旨将此案交由两江总督审明正法，海盗于是拿出十万两银子向总督行贿，总督收下，决心翻案。正巧扬州知府，由侍御史外放出任地方官，前来参见总督，总督谈及此案，说是情有可疑。知府说："绿营官兵的习惯，往往诬陷良民以邀功，此案确实应该详察。"总督随即将此案交给扬州知府处理。当时海盗坚持说自己是良民，以捕鱼为业，被协镇诬陷而服罪。知府对总督的话先入为主，相信了海盗的口供，竟然以"诬良为盗"的结论定案。总督立即把海盗释放出狱，并参劾陈提督、杨协镇，建议将二人革职治罪。后来，总督竟在海口杀死杨协镇；陈提督以纵容庇护下属的罪过，被革职遣戍。

杨协镇被杀的第二天，总督出门去寺庙焚香，将要上轿时，忽然呵斥侍从说："杨大老爷前来，你们为何不禀报？"说完，急忙返回，好像与客人同行的样子，走到花厅，先是做出一副拱手作揖的样子，口中低声细语，好像在与人争吵，接着又做出一副搏斗的样子，接着又用两手扇自己的耳光，其脸颊尽肿。过了许久，总督忽然说："我不应该收受海盗的贿赂，置你于死地。我该死，我偿还你的性命。"说完，又用手扯自己的头发，又说："不要扯，我这就去这就去。"随即用头撞向厅柱，脑浆尽出而死。一时之间，无人不知总督是被杨协镇索命而去。

一年后，海盗忽然来到山东巡抚衙门投案，一一供出自己在江南被捉获，因向总督行贿而被释放的事情。山东巡抚不愿将案子闹大，诛杀了海盗而隐瞒了实情。唯独扬州知府，竟然以功名善终。原来知府素来正直，他审理此案，并非有意迎合总督，只是因为他长期在京任职，经常听说外省绿营官兵，遇事胆怯，喜好诬陷良民以邀功，因此以偏执之见，导致酿成冤案。其罪过实在出于无心。然而他功名最终不显。并且杨协镇死的那年，知府生下一个儿子。

其子桀骜不驯，最终使其家道败落，这也算报应了。知府与我有同年之谊，我常看见他自编的年谱上，仍然认为自己是为此案平反。唉，办案岂可存有成见啊！

7.4.17 陶封翁

余于壬子，权守东越，尝与陶堰诸绅来往。已闻其多行阴德事，未得其详；后于其乡人转述以闻，因并录之云。

会稽陶堰村，邑庠生陶补云先生，讳辰，生平济困扶危，好行其德。在村中设立义塾，培植寒微，其善行更仆难数。最足异者，道光己丑暮春，为幼子纳采，携百金，夜舟入城。道出皋步村，已二更矣。遥闻村妇哭声，遂命榜人泊舟，登岸独行，勿令仆随。至村尾，茅舍数椽，乃哭泣之处；即而听之，莫解其故。遂推门入，见贫妇携一稚子，相对而泣，且有尸横陈。大骇异，急询之。妇曰："良人素习君平业，既鲜亲族，又无弟昆，仅遗四龄弱息。前日忽病逝，无以为棺衾计。邻家妇，遽为作媒，力劝鬻其身以殓夫，明日将往矣。"陶闻之，不胜叹息。因倾囊金，尽数予之。曰："此款为尔夫殓葬外，余赀尚可养赡，勿再嫁也。"妇率子跪谢，问姓名，不以告。

其舟中仆，久待滋疑，往觅之，潜至户外，耳其事。爰登舟命返棹。仆以其主，舍己从人，心窃异之，而不敢言。次日，即春明礼闱揭晓时也。越数日，得泥金报。其次子廉生太守（讳沄），成进士，翔步木天，一时里巷传闻，咸信果报不爽云。

【译文】我在咸丰壬子年（1852），代理温州知府一职，曾与陶堰村的诸位士绅有所来往。那时，我已听闻他们做了很多善事而不为人知，只是未得其详，后来我从其乡人的转述中听说了一些事迹，于是一并记录于此。

绍兴陶堰村的县学生员陶补云先生，名辰，生平济困扶危，好做善事。他在村中设立义塾，培育贫寒学子，其善行多得数也数不过来。最突出的一件事是，道光己丑年（1829）暮春，陶先生为幼子纳采（古婚礼六礼之一，指男方向女方送求婚礼物），携带一百两银子，夜晚乘船入城。路过皋步村时，已经是二更天了。陶先生远远地听到有村妇哭泣之声，于是命船夫靠岸停船，登岸独行，不让仆人跟随。陶先生走到村尾，看见几间茅屋，哭泣之声就是从这里传出的；他近前细听，不知村妇为何哭泣。他于是推门而入，看见一个贫穷的妇人携带一个幼儿，相对而泣，并且旁边躺着一具尸体。陶先生非常惊骇，急忙询问。妇人说："我丈夫素来以算命为业，既没有亲戚族人，也没有兄弟，只留下一个幼小的四岁孩子。前天，他忽然病逝，我买不起棺材寿衣为他入殓。我邻居家的妇人，便为我做媒，极力劝说我卖身葬夫，明天我就要走了。"陶先生听闻，叹息不已，随即把自己口袋中的钱，全部赠给了妇人，说："这些钱你除了用来殓葬丈夫外，剩余的还可以养家育儿，不要改嫁了。"妇人带领儿子跪地叩头道谢，询问陶先生的姓名，陶先生没有告诉她们。

留在船中的仆人，等了很久也不见陶先生回来，心中生疑，前往寻觅，悄悄走到村妇家门外，听闻此事。不久，陶先生登船，命船夫驾船返程。仆人不明白自己主人为何舍己从人，心中暗自奇怪，但不敢询问。第二天，就是京城会试的发榜之日。过了几天，陶先生家接到用泥金写成的喜报，其次子陶廉生知府（名沄），考中进士，平步青云地进入了翰林院，一时之间传遍大街小巷，众人都说因果报应丝毫不差。

7.4.18 辛未杭城雷

同治辛未，听鼓杭垣时，刚夏五，即酷热非凡，望雨倍切。忽于十五晚得雨，而震雷。次日，即闻雷击一人。事后细询颠末，因备录之，以资惩劝。

盖十三日，华光巷口大街，有某姓子，奉母命持衣赴质库，得洋六元，过酒肆小饮而去。洋竟遗酒家，为酒伙拾得；旁有一人，亦备知而不告也。某子归家，始知洋失，母责之。复到酒肆理论，酒伙坚不承；而在旁知情之人，亦代为支吾。不得已而归，其母仍痛责之。已而无以为计，即投河死。母只此一子，痛甚，亦自缢。此十五卯时事也。迨时及午，雷将酒伙击毙；又将代为支吾之人震裂其唇，久之而苏，向人说其情节如此。后闻破唇者，口不能食，不久亦亡。

【译文】同治辛未年（1871），我在杭州候补职缺时，刚到五月，就酷热非常，迫切盼望下雨。忽然在五月十五日晚上，下起雨来，并且雷电大作。第二天，我听说有一个人被雷击毙，事后向人仔细询问其中的始末，于是详细地记录于此，用来惩恶劝善。

原来五月十三日这天，华光巷口大街，有某姓子，奉母亲之命拿着衣服前往当铺抵押，换得六元洋银，路过酒店小饮而去。却将洋银遗忘在酒店，被店中的伙计拾到。旁边有一人，也尽知其事但没有告诉某姓子。某姓子回到家后，才发现洋银丢失了，其母责备于他。他回到酒店理论，店中的伙计坚决不承认。在旁知情的那个人，也为伙计隐瞒。某姓子不得已回家，其母仍对他痛加责备。过了不久，某姓子无计可施，随即投河而死。其母只有这一个儿子，非常悲痛，也自缢而死。这事发生在五月十五日卯时。到了午时，雷电将酒店中的伙计击毙，又将为伙计隐瞒的那人震裂其口唇，那人过了许久才苏醒过来，向人说出了事情的始末。后来，我听说破唇那人，不能吃饭，不久也死了。

7.4.19 雷殛二逆子

江邑廿七都，吴佛殿寺前，有朱某夫妇，樵采为业。朱殁，遗二子，长二十余岁，次甫六岁。妇因家贫无依，赘陆某为夫焉。陆无嗣，勤勤恳恳，抚朱子如己出。迨稍成立，遽忘养育恩。兄弟党恶，欲将义父迫之使去。父弱而子强，其生母力为劝解，置若罔闻，亦无如何。

一日，掘山遇雨，避入薜萝（bì luó）丛中。一声霹雳，二人伏而碎其脑，尸骸焦灼如毁。朱氏宗，从兹斩绝，其生母犹痛而哭之，见者皆称快焉。或曰："此人忤逆，罪固当诛，然犹显著者也，当不若是之速且惨。以众所闻，尚有密谋，欲杀义父之意，故天不稍容耳。"此语谅足信。同治二年六月初九事。

【译文】浙江江山县廿七都（古时乡以下设都，江山县共四十四都），吴佛殿寺前，有朱某夫妇，以打柴为业。朱某死后，留下两个儿子，长子二十多岁，次子刚六岁。妇人因家贫无依，将陆某招为上门丈夫。陆某没有儿子，勤勤恳恳，抚育朱某的儿子就像对待自己亲生的儿子一样。等朱某的儿子稍能成家立业，就忘了陆某的养育之恩。兄弟合起伙来作恶，想将义父赶出去。父弱而子强，其生母极力劝解，兄弟二人置若罔闻，其生母也无可奈何。

一天，二人上山挖土，遇到下雨，避入薜萝（薜荔和女萝，二者皆野生植物，常攀缘于山野林木或屋壁之上）丛中。一声霹雳，二人吓得趴伏在地上，雷电震碎二人的脑袋，其尸骸焦黑如同被火烧过。朱家的香火，从此断绝，其生母仍大为痛哭，见者都喊痛快。有人说："这两兄弟为人忤逆，其罪该死，然而仅凭他们公然表现出的恶行，应当不会这么快就遭到如此惨烈的报应。我听众人说，此二人尚有密谋，有想杀死义父之意，因此上天对他们毫不宽容。"这话想必可信。这是发生在同治二年（1863）六月初九日的事情。

7.4.20 四不祥

阴阳家，有《玉匣记》一书，以为许旌阳真君传留。凡大事，以及起造屋宇、安床、治灶、开井、设碓一切细微之事，诹（zōu）择日期，无不一一备具。内"上官赴任有四不祥日"一条云："上官初四为不祥，初七、十六最堪伤；十九更逢二十八，君若不信定遭殃。"

某太守，一生居官，确信此说。历任各处，虽不能名利兼收，恰皆平安交卸。且由别驾，而洊升太守，未及十年，官途亦云利达矣。故僚中有莅任者，乞其择日，必谆谆然以此告之。

某戚某少尉赴任，为择至吉之日。少尉因中途风阻，未能依期，又忘"四不祥"之忌，竟犯之。甫半年，监犯服毒去官。则又显有明证矣。

此外有避之者，有犯之者，然有信不信；余谓此或吉或凶，皆事之适然耳。必谓避之则吉，犯之则凶，是事事皆人为政，非天为政。德不必修，而但工趋避可矣，有是理乎！善夫纪文达公之言曰：“人有善恶，室有吉凶。善人而居凶室，恶人而居吉室，吉凶仍如其故，是室之吉凶为重，而人之善恶为轻，恐彼苍不若是愦愦也。”斯言也，余甚信之。

然则《玉匣记》一书，但教人趋避之法，而未尝劝人为善不为恶。其书为阴阳家编集，专事祈禳，不重修为；与圣贤降祥降殃之道，相背而驰。其非许旌阳真君之书，明矣。

【译文】阴阳家，有《玉匣记》一书，认为是许旌阳真君留传于世的。凡遇大事，以及建造房屋、安床、治灶、开井、设碓等一切细微之事，选择日期，《玉匣记》中无不一一具备。书上有“上官赴任有四不祥日”一条说：“上官初四为不祥，初七、十六最堪伤；十九更逢二十八，君若不信定遭殃。”

某知府，一生为官，确信此说。在各地任官，虽不能名利兼收，恰巧却都能平安交职卸任。并且由通判，升任知府，只用了不到十年时间，仕途也可谓顺利通达了。因此同僚中有人上任，请求他选择日期，他必会引用《玉匣记》上的话再三告诫对方。

知府的某亲戚某少尉赴任，知府为他选择了一个十分吉利的日子。少尉因中途遇风受阻，未能按期赴任，又忘了“四不祥”之忌，竟然触犯忌讳。才过了半年，少尉便因囚犯服毒而被罢职。这件事也是对《玉匣记》所载忌讳的一次明显验证。

此外，有避开之人，有触犯之人，总之是有人信有人不信。我认为或吉或凶，都是事情的巧合罢了。如果一定说避之则吉，犯之则凶，照这种说法，事事都是人在做主，不是天在做主，为官之人不修德行，却只是善于趋吉避凶就能确保平安无事，有这样的道理吗？纪文达公（纪昀，字晓岚）说得太好了，他说："人有善恶，房屋有吉凶。善人居住在凶屋，恶人居住在吉屋，如果屋子的吉凶仍像从前一样（不能根据人的善恶而转化），那么上天就是看重房屋的吉凶，而轻视人的善恶，恐怕上天不会如此昏愦吧。"对于这话，我深信不疑。

既然这样，《玉匣记》一书，就只是教人趋吉避凶之法，而未曾劝人为善不为恶。此书是阴阳家编集的，专门教人祈祷以求福除灾，但不注重人的德行修养，这与圣贤所教诲的"作善降祥，作恶降殃"的道理，背道而驰。这绝非许旌阳真君留传之书，是很显然的。

7.4.21 施观察

故湖南衡永道施观察（道生）之父，施公，以乡魁令奉天承德县。县旱荒，夏无麦，秋无禾，饥馑流离，十空而九。是岁国有大庆，枋国者，不欲以一隅偏灾，上劳睿虑。留都卿尹，咸顺厥旨。公请赈之禀，三申三驳。且引甘肃冒赈案，为危词以怵公。公愤极，尽发常平仓谷，以赈饿者。或尼之，公笑曰："余擅动仓谷，不过籍没监追；限满无偿，亦罪止一身耳。余为一邑之主，岂惜一身救万民哉！"发竟，遂以擅动仓谷自劾。上官飞章题参，竟以侵蚀拟大辟，瘐死留都狱中。人知其死，而不知其为神也。

时公夫人已先没，观察尚幼，同僚无过问者，流落辽沈，转徙入都。年十五六，为酒家佣以自给。一日，有数客饮于酒家。观察聆其音，为承德人，亦效其语，与相问答，客惊曰："子岂吾乡人耶？”曰：“非也。吾家江左，特生长君土耳。”“然则子何姓？”曰：“姓施。”客皆起立曰：“有官吾邑父母者，子何称。”观察泫然而涕，哽咽不能作声。客遂不复问，曰：“今日二鼓，收店后，可访我于某胡同，幸无失约。”观察许诺。至晚往，出店门即有衣冠而候于途者曰：“君承德之施公子耶？”曰：“然。”遂扶掖登车，及某胡同，则候问者络绎于道。甫下车，复有衣冠十余辈，扶之升堂，簇拥客正坐，罗拜而致词曰：“某等求公子有年矣。使公子流落至此，皆某等之罪。幸先公有灵，俾某等入都相访，今果得相见，岂非天耶！”

当是时，观察年幼，又沦落日久，瞠然不能置一词。客具为观察言：“公发粟赈饥，甘以一身罹罪辟，而存活者数万人。某等皆当日食粟之灾黎也，频年岁稔，思报大德。知公已殁，闻公子流转辽沈间，分遣数十人，遍访无迹。昨城隍庙住持梦公莅任，且示以公子所在，故某等得来都相访。”遂为之易新衣，开正寝以舍之。次日，置酒更番进见。有官道长者，是日亦至，对众曰：“某全家八口，绝无恒产，昨遇奇荒，非先公不能生。家君见背时，执某手而言曰：‘施公以救万姓故撄奇祸，一家星散。尔幸忝科名，所不能报施公者，非吾子也。’某受命久矣，朝夕系怀。今幸睹公子仪状俊伟，必能致身通显，继先公未竟之志。请君等奉以归，异日公子功名事，某请独任之。”众遂奉以归承德。

先是，公没后，家人殡殓，弃棺丛祠中。至是，承德人，亦为择地安葬；又为公建专祠，置祭产。观察至之日，适祠宇落成，众咸奇之。遂奉公子居祠内，衣食用度，一皆取之公中。复为延名师训迪之。然观察幼即罹难，时过后学，无复神悟，不利于举业。道长闻之，招之入都，俾入方略馆充供事。又为之论婚世族，并为延誉公卿间，竟以道长力得官。旋从军南楚，奋发自厉，不数年至太守，荐升观察，乞归。今为承德人矣。

【译文】已故的湖南衡永道施观察（名道生）的父亲，施公，作为解元出任奉天承德县县令。县里发生旱灾，夏秋颗粒无收，饥民流离失所，十室九空。这年国家有大的庆典，执掌国政者，不愿因一个偏远地方的旱灾，惹皇上忧虑烦劳。朝中的大官，都顺从执政者的意思而不禀报皇上。施公上疏请求朝廷赈济，申请了三次，三次都被驳回，执政者还引用甘肃冒领赈济一案，以骇人之语恐吓施公。施公愤怒之极，将常平仓（古代为调节米价而设置的一种仓廪）里的粮食，全部拿出来赈济饥民。有人劝施公不要这样做，施公笑着说："我擅自开仓放粮，不过被抄没家产、收监追缴；到了期限，无力偿还，也只是我一人受到惩罚。我作为一县之主，岂能为了爱惜自己一人的性命而不救成千上万的百姓呢？"开仓放粮完毕后，于是施公上疏，以擅动仓谷罪，自请处分。上官也紧急上奏参劾他，施公竟然因侵蚀仓谷之罪被判处死刑，病死在盛京（今沈阳市）的监狱中。人们虽然知道施公已死，却不知他死后已经成为神灵。

当时施公的夫人早已去世，施观察还年幼，同僚无人过问此事，施观察流落辽沈，辗转来到京城。当时施观察十五六岁，在一家酒店里佣工谋生。一天，有几个客人在酒店中饮酒。施观察听这几个人的口音是承德县人，便也学着用承德口音，与客人问答。其中一个客人惊讶地说："您难道是承德人吗？"施观察说："不是。我家在江东，只是生长在承德罢了。"客人问："既然这样您姓什么呢？”施观察说：“姓施。”客人们全都起立说：“在承德任县令的施公，您怎么称呼他呢？”施观察泫然流泪，哽咽不能作声。客人便不再追问，说：“今天二更，酒店关门后，您可以去某胡同找我，希望您不要失约。”施观察答应。到了晚上，施观察前往某胡同，刚出店门就有几个衣冠整齐的人等候在路边说：“您是承德县施公的儿子吗？”施观察说：“是。”那几个人便将施观察扶上车。等到了某胡同，施观察看见前来问候者排满道路。施观察刚一下车，又有十几个衣冠整齐的人上来扶着他进入厅堂，众人簇拥着他坐在正位，环绕作揖，并致词说：“我们寻找公子已经多年了。使公子流落至此，都是我们的罪过。幸亏施公，让我们进京寻访，今天果真就见到您了，这难道不是天意吗？”

当时施观察年纪幼小，又沦落日久，目瞪口呆地不知说什么好。客人详细地告诉施观察说：“施公开仓放粮、赈济饥民，甘愿以一身承担死罪，却救活了数万百姓。我们都是当日接受赈济的灾民。后来连年丰收，我们想报答施公的大德，知道施公已死，又听说公子流落于辽沈一带，我们分派数十人，四处寻找，也没有找到您的踪迹。昨夜城隍庙住持梦见施公到任，施公将公子的所在告诉了住持，因此我们前来京城寻访。”说完，为施观察更换新衣，并打开正屋的门让施观察住在里面。第二天，众人备下酒席，轮番进见。有个担任道台的官员，这天也来到了，对众人说：“我全家八口，没有任何固定的财产，那年大饥荒，如果不是施公，我们全家都无法存活。我父亲临死时，握着我的手说：‘施公为了救济百姓才遭遇不测之祸，以致全家流散。你侥幸取得了功名，如果不能报答施公，就不是我的儿子。’我受父亲的嘱托已经很久了，朝夕挂怀。今天有幸见到公子状貌俊伟，公子日后必能官位显赫，继承施公未完成的志业。请你们护送公子返回承德，将来公子的功名之事，我请求一力承担。”于是众人护送着施观察返回了承德。

在此之前，施公死后，家人殡殓，将施公的灵柩搁置在一座废弃的祠庙中。至此，承德百姓为施公择地安葬，又为施公建立专祠，置办祭产。施观察回到承德的那天，正值祠庙建成，众人都为之惊异。众人于是让施观察居住在祠内，衣食用度，全部由众人提供，又延请名师，教施观察读书。但由于施观察幼年就已遭难，错过了学习的最佳时机，学习起步较晚，一时之间不能领悟老师的教学，不利于参加科举考试。那个道台听说此事，将施观察招入京城，让其进入方略馆充当供事（清代京吏在衙门内各房科管理事务的，都称供事），又为其与世家大族议婚，并为其在公卿之间播扬声誉，最终施观察因为那个道台的帮助得到一个官职。不久，施观察跟随军队到了湖南，奋发自厉，没过几年就已官至知府，又被举荐升任道台，后来请求辞官回乡。如今，施观察已经是承德人了。

7.4.22 烈妇汤氏

妇名嘉名，为雨生将军女，工诗画，适某贰尹。方北上依父居金陵。癸丑春，贼逼城。父促家人走，独妇不忍去。既而父跃池死，妇从其遗命藁瘗之，乃赴水死。

【译文】烈妇名叫汤嘉名，是汤雨生将军的女儿，擅长诗画，所嫁的丈夫是某县丞。当时烈妇正北上跟随父亲居住在南京。咸丰癸丑年（1853）春，太平军逼近南京城。其父催促家人走避，只有烈妇不忍抛下父亲离去。不久，其父跳入池水而死，烈妇按照父亲的遗命将父亲薄葬，然后也跳水而死了。

7.4.23 绣院女

咸丰癸丑，贼踞金陵。所陷妇女，视其年之老幼，各羼械一室。有良家女某被锢绣院，供针缕役，恨贼之悖，以亵帛紩(zhì)巾，思所以魇贼也。为同院女所觉，发其隐。贼怒酷刑害之。

【译文】咸丰癸丑年(1853)，太平军占据南京。落入贼手的妇女，贼人视其年龄的老幼，分别将她们捆绑关押在一所屋子里。有良家女某被禁锢在绣院，为逆贼做些针线的劳役，她痛恨逆贼悖逆，想用沾有经血的布缝制成毛巾，借此魇镇贼人。但她的行为被同院女察觉，同院女揭发了她的秘密。贼人愤怒，用酷刑将其杀害。

7.4.24 王烈妇

妇王姓，忘其氏，山阴人，居绍郡之试院西偏。辛酉秋，贼陷郡。妇与其夫某，匿阁下，屡嘱夫自为避贼计，以存家室。夫漫应之。妇于是时，已有死之心矣。越数日，夫被掳，妇随向贼涕泣求脱夫；贼不从。踵至福禄桥，近贼馆；妇知不免，投于河。贼倒戟救之，犹仰首语夫："早为行计。"语毕自沉。呜呼，烈矣！

【译文】烈妇夫家姓王，我忘记了她的本姓，她是山阴县(今绍兴市)人，居住在绍兴府城试院的西侧。咸丰辛酉年(1861)秋，太平军攻陷绍兴城。烈妇与其丈夫某，藏匿在阁楼下，多次叮嘱丈夫让丈夫自己想办法出城躲避，以保存家室。她的丈夫随口答应。烈妇在此时，已有自尽的想法了。过了几天，其丈夫被贼匪掳去，烈妇随即哭泣着向贼匪请求释放其丈夫，贼匪不从。烈妇跟随贼匪来到福禄桥，接近贼匪的住所。烈妇自知不能幸免于难，跳入河中。贼人将戟柄伸向水中相救，烈妇仍仰着头对丈夫说："尽早想办法逃跑。"说完她就自沉于水中了。哎呀，真是壮烈啊！

7.4.25 县令荷校

陈炯斋曰：英德令陈寅，不习吏事。莅任数年，簿牒堆案，漫不省视。民有来讼者，命隶系之，不详报，亦不审结。两造人证，苦于拘押守候，先后波累，竟毙四十余人。其间罪应死者，什之二三；而无辜者，含冤入地矣。

后有被案者逸出赴省讦于大府，始褫职定罪，拟发军台。事闻，上以所拟乖谬，着将陈寅于省城枷号二月，满日发往伊犁，充当苦差，以为草菅人命者戒。命下，众皆以手加额，颂天子圣明，情法两申。而过陈寅前者，靡不指笑唾骂，以为快事。在嘉庆四年十一月，予老友窦向荣，曾目击，为予述之。

【译文】陈炯斋说：广东英德县县令陈寅，不熟悉政事。上任数年，簿册公文堆满桌案，漫不经心，不认真处理。百姓有来告状的，他便命差役将他关押起来，既不具文上报，也不审理结案。原被告双方的人证，苦于拘押等候，先后受到牵累，竟有四十多人丧命。其间真正有罪该死的人，不过十分之二三；其他无辜之人，都含冤而死了。

后来有被案件牵涉到的人逃出，前往省城报告大官，陈寅这才被革职定罪，判处发配充军。皇上听闻此事，觉得所判乖谬，命令将陈寅在省城戴枷示众二个月，期满再发配伊犁，充当苦差，以此作为对草菅人命者的警戒。圣旨下达后，众人都欢欣鼓舞、额手称庆，称颂天子圣明，情理法理兼备。凡是经过陈寅面前的人，无不指笑唾骂，觉得痛快。在嘉庆四年（1799）十一月，我的老朋友窦向荣，曾亲眼看见，并为我讲述了此事。

7.4.26 孝妇格姑

江邑汪秉乾，自述其伯母，事后姑至孝。姑病痿据床，性急躁，少不如意，辄暴怒不可遏。伯母孝养维谨，见姑怒发，每伏地请罪，甘受扑责，绝无怨言。同伴见其如此，私问曰："汝之事姑，可谓尽礼矣；又甘受仆责，何耶？"答曰："姑患沉疴，困苦已极。设逢彼之怒，其气郁而不舒，不更苦中加苦乎？宁受责，毋使老年人心不快也。"其养志如此，闻者憬然。久之，姑亦允若，遂相安无事。而家道从此殷实，则天之报之也。

【译文】浙江江山县的汪秉乾，自述其伯母，侍奉后婆婆十分孝顺。婆婆瘫痪在床，性情急躁，稍有不如意之事，就暴怒不可遏制。伯母谨慎地孝养婆婆，见婆婆发怒，常常跪地磕头请罪，甘受责备鞭打，绝无怨言。同伴见她如此，私底下问她说："你侍奉婆婆，可以说是已经竭尽礼仪了，却又甘受责备鞭打，为什么呢？"她回答说："婆婆长年患病，困苦已极。如果进一步刺激她的怒气，使她气郁不舒，不更是苦中加苦吗？我宁愿受到责打，也不想让她老人家心中不快。”她是如此的顺从婆婆的意志，听见她这话的人都若有所悟。久而久之，婆婆的性格也变得温顺，于是相安无事。其家道从此殷实，可谓上天给予她的善报。

7.4.27 漳泉械斗

闽之滨海，漳泉数郡人，性皆重财轻生、剽悍好斗。凡剑棒、刀矛、藤牌、火铳诸器，家各有之。少不合意，纠众相角；盭(lì)夫一呼，从者如蚁。将斗，列兵家祠，所姓宗长，率族属男妇，群诣祖堂，椎牛告奠，歃血痛饮，大呼而出。两阵既对，矢石雨下，已而讙哗如雷，胜者为荣。斗既罢，视其死伤足相当者，置而不论；不足者，则倩人偿其数焉，名曰“顶凶身命”，视伏法受诛，若九牛亡一毛者，乃其常态。

尝有两亲翁不和而斗，死数不相当而再斗，度弗敌，适其女在母家，遂取其头，而以长竹贯之以泄忿，扬言曰：“汝家媳妇，又被我杀一人矣。”其顽悍似此。

乡愚窘迫之家，视其诸父诸昆，老废无能，有如赘疣，里中大姓，欲得顶凶，即举以售之。大姓酬之赀，或数十金，或数百金，无定值。两造鸣官，遂以蒇(chǎn)事，而其人亦乐为之用。盖念衰朽就木之年，于家何利，计惟一死，足裨后人；故往往舍身殉财，而元凶转漏网焉。官知其伪，或明告曰：“是狱具则若头落矣。何以为戋戋(jiān jiān)阿堵物，而自令若是耶？”当曰：“杀人抵死，我罪应尔也。”虽多方刑讯，终坚执如初。窥其意，非特殉利，殆将强汉自居，谓：“吐实负人实深。众且从而笑我恇怯，是足耻耳。”临刑引颈就戮，了无难色。而其子若弟，既得所售赀，或以卒岁，或以为婚嫁费，恬不为怪云。闻潮地接壤，亦染此习，所谓一气相感召也。安得廉明之长官，为之潜移默化哉！

【译文】福建沿海的漳州、泉州等几个府的百姓，生性都重财轻生、剽悍好斗。凡剑棒、刀矛、藤牌、火铳等武器，各家都有。稍不合意，就召集众人相斗；暴戾之人一呼，跟从者如蚁。将要斗殴之前，陈列兵器于宗祠，一姓宗长，率领族中的男女，一起到祖宗的灵堂前，杀牛告奠，歃血痛饮，大呼而出。双方相斗时，箭石如下雨一般，片刻喧哗如雷，胜者为荣。相斗结束，如果双方死伤的人数相当，就置之不论；如果相差较大，就让对方一人命抵偿其数，这称为“顶凶身命”。这些人视伏法受诛，像九头牛上少了一根牛毛一样微不足道，已经成为常态。

曾有两个亲家翁因不和而斗，双方死亡的人数不相当，于是再斗，一方估计难以斗过对方，正逢其女在娘家，便割下女子的头，用长竹竿贯穿以泄愤，扬言说：“你家的媳妇，又被我杀死一人了。”他们就是这样的顽劣凶悍。

乡愚窘迫之家，视其老废无能的父亲、兄弟，有如多余无用之物，乡中大姓，要求顶凶，他们就将这些老废无能的人推出来顶凶。大姓回赠一点钱，或数十两银子，或数百两银子，没有定价。双方各自报官，然后便息事宁人了，而这些老废无能的人也乐意出来为之顶凶。大概他们想着自己已到衰朽将死的年龄，对家庭没什么用处，筹划只有一死，还能使后人受益，因此他们往往为财舍命，而元凶却逃脱法网了。县官知道顶替者不是元凶，有时明白地告诉他们说：“一旦进入监狱，你们的人头就要落地了。何必为了这一点钱，而让自己落到这种地步呢？”当事者说：“杀人抵死，我是罪有应得。”即使多方刑讯，他们始终坚执如初。探察他们的心思，不只是为财舍命，大概也像以强汉自居，他们说：“我如果吐露实情，就大大辜负于人了。众人都会笑我胆怯，这太可耻了。”临刑时，引颈就戮，毫不犹豫。而这些人的儿子、兄弟，卖掉他们后得到了钱，或把这些钱用来添补生活，或用作婚嫁之费，安然处之，毫不觉得奇怪。我听说与此接壤的潮州，也沾染上了这种风气，这就是所谓的同属一类，气相感召。难道就没有廉明的长官，给予教导使他们潜移默化地改变吗？

7.4.28 松江旱灾

嘉庆癸酉，吴中亢旱，松郡尤甚。乡民麕至华、娄二县告灾，县禀府，府不以为意。越日，数百人遂拥集府衙，太守坐堂上，询各村如何荒旱。环诉：“自五月不雨，至今七月，苗皆枯槁；米石五千余，请祷雨平粜，以救穷黎。”太守北人，不知南中米价，遽怒喝曰：“五千一石，亦不甚昂。尔谓苗皆槁死，何本府庭草，尚青葱如是耶！明系恃众逞刁，为抗完钱粮地步，当严拏为首究办。”语未毕，众忿怒，蜂拥而上。太守急避匿，数百人径入内堂。时方中元祭祖，酒席犹未彻，众啖尽，且毁其箱箧器物，械窬皆覆于床；妇女越墙逃避，民间罢市。提帅率兵至，众始散；获数人，置之法。激变者太守，漏夜至省，诿过于两县。大吏与有旧，免议，坐两县以勘灾迟延，参革遣戍，冤矣。

其实太守如以婉言导之，一面委员踏勘，彼时即可解散耳。后太守不久告病归，在家潦倒终身，临终无子。

【译文】嘉庆癸酉年（1813），江南地区大旱，松江府的灾情尤其严重。乡民聚集到华亭、娄江二县上告灾情，县官禀告知府，知府对此不在意。过了几天，数百人于是拥集到府衙，知府坐在大堂上，询问各村如何荒旱。众人环立着说："自从五月没有下雨，至今七月，禾苗都已枯槁而死。现今米价一石五千余钱，请您祈雨并抑制米价，以拯救穷苦的百姓。"知府是北方人，不知道南方的米价，忽然怒喝道："米价一石五千，也不太贵。你们说禾苗都已枯槁而死，为何本府庭前的草，还如此青葱呢？你们明显是恃众逞刁，为了抗缴钱粮才这样做的，我一定要严拿为首的凶徒查究法办。"话未说完，众人愤怒，蜂拥而上。知府急忙躲藏，数百人径直闯入内堂。当时正值中元节祭祖，酒席尚未撤去，众人吃光了酒席上的食物，并且砸毁其箱箧器物，还将内堂的小门毁拆下来放在床上。府中的妇女越墙逃避，民间罢市。提督率兵来到，众人这才散去；捉获了数人，将其绳之以法。激起民变的知府，趁夜来到省衙，将过错推给华亭、娄江二位县令，大官与其有旧交，不对其论罪，而是以勘灾迟延的罪名参劾二位县令，二位县令被革职遣戍，太冤枉了。

其实知府如果用婉转的语言教导众人，一面委派专员勘察灾情，那时众人立即就能解散。后来不久，知府告病还乡，在家潦倒终身，临死也没有儿子。

7.4.29 万彦斋封翁一事

阳羡万荔门方伯之封翁，彦斋先生，为诸生时，家甚贫，方正不妄取，而勇于为义。遇人有急难，必委曲赒恤之，虽自污，勿顾也。

尝馆乡间，岁除步归，途逢一妇，行且泣。异而询之，妇不答，固要之，怫然曰：“行道之人，各有心事，何暇逢人絮述！”公见其词厉而色哀，慰之曰：“我非漫然相问者，果有急难，试告我，我或能为尔谋。”妇乃曰：“吾夫里正也，亏官银三十余两，禁狱追比，日受棰扑。前往探视，夫言被棰惫，若复违限，必以刑死。家有幼女，嘱我速卖之，以银交官。我从夫言，以女托媒，媒乘我急，抑其价，仅得钱十千。念失女而夫仍不免，沉思无计，将卖身以益之。吾痛吾夫之困于刑也，吾女之辱为婢妾也，吾身之不能自保也。转盼之间，一家星散，是以悲耳。”

公曰：“三十金亦非大事，汝夫岂无亲族知好可告贷者，乃至出此下策？”妇叹曰：“先生何言之易也！彼亲族辈，贫者自给不暇；稍有余赀者，求一而不可得。”言已呜咽即行，公止之曰：“子无然。我虽寒素，三十金尚易办；第汝女已卖，得金尚可赎否？”妇曰：“倘蒙哀怜，女未立券，交银可立取归。”公因出怀中十二金遗之，曰：“子先持此去，明日俟我于城中某处。”妇出不意，泥首泣谢，询公姓氏里居，且曰：“明日往取女归，当送至府服役。”公笑曰：“我怜尔骨肉分离，非欲尔女也。”不告而去。行数武，复谓之曰：“明日当早来，毋自误。”妇泣应曰：“诺。”遂持金去。

公归至家，夫人索修银易米，公嗫嚅曰：“白费却一年辛苦。山路崎岖，倾跌数四，人几堕深谷中，遑暇觅银乎！”夫人知其好周人急，哂曰：“若果倾失之，尚易觅取；恐又从井救人耳。”公以实告。夫人固贤淑，无怨言，且怂恿之曰：“此亦大善事。然时迫岁除，二十金何从措办？第君已许之，不可中止，家中尚可典质度岁，但速为彼谋，毋忧内顾也。”公喜而出，贷之戚友，得十余金，尚不足数。邑有放利债者，非以物作抵，虽至亲不能通一钱。默念事急矣，舍此别无所谋；第仓卒鲜可抵之物。公素主宗祠匙钥。竟举祠中桌椅门窗，向其人质十金。次日持金往，妇已先至，出金畀之遽归。妇潜尾之，遂知公姓名居址。未几，即与其夫携女至叩谢，请留为婢。公视女，未十龄，然颇姣好。因谓之曰：“此好女子，可为择佳偶，速携之归，毋陷人于不义。”坚却之。罗拜而去。

及元旦，族众入祠祀祖，见祠中洞然，咸大惊，疑被盗。翁亟对众自白：“岁暮无赀，暂借质钱，乞俟到馆取赎。”族众咸让之。公默然，既无怍色，亦无怒容。时有族长某翁，素知公长者，好周人急，疑必有他故，劝众暂归，俟三日后再议。族长独至公家，密询诸妇人，得其故，喜曰：“此亦大好事，今秋必捷。然擅盗祠中物，不小惩，人将效尤。”遂集族人而告以盗抵之故，且曰：“是宜暂革出祠，秋期伊迩，俟泥金报后，准其复入。”众皆曰：“诺。”公夷然不以介意。及秋，果捷，领鹿鸣宴归。族长为之开祠受报。公后官通州学正，生二子，次为荔门方伯，人以为好周人急之报。

【译文】江苏宜兴县的万贡珍，字荔门，担任湖南布政使，他的父亲万彦斋老先生，在做秀才的时候，家境贫寒，但是秉性端方正直，不贪求非分之财。而且见义勇为，遇到别人有急难，一定会想方设法、善巧方便地给予帮助和体恤，即便是自污名誉，也心甘情愿、在所不惜。

万先生曾经在乡下设馆教书，年底的时候步行回家，半路上遇到一位中年妇人，一边走一边哭。万先生感到奇怪，就上前询问是怎么回事，妇人不回答，再三询问，妇人生气地说：“行路之人，各有各的心事，哪有闲工夫逢人就絮叨？”万先生见她言辞严厉而神色哀伤，安慰她说：“我并不是随便问问的，如果真的遇到了急难之事，不妨告诉我，我或许能帮你想想办法。”于是妇人才说：“我的丈夫是做里长的，亏欠了官银三十多两，被关在监狱中，限期追偿，每天都受到拷打。我去探视的时候，丈夫说已经被打得受不了了，如果到期限后再不能上缴，一定会被刑罚至死。家中有个年幼的女儿，嘱咐我卖给人为奴婢，所得的钱用来偿还官银。我听从了丈夫的话，就把女儿托付给媒人转卖，媒人趁我急用钱，谎称年底没有人买，故意压低价格，只卖了十千钱。我心想失去了女儿还是救不了丈夫，思来想去没有什么办法，只好自己卖身来补足所缺的钱。我悲痛我的丈夫被困于刑狱之中，我的女儿屈身于婢妾之间，我自身的名节也将无法保全，转眼之间，一家人就要分散，不禁悲从中来。”

万先生说：“三十两银子也不是太大的事，你丈夫难道没有亲戚朋友可供暂时借贷的，而一定要出此下策吗？”妇人叹了一口气，说：“先生为何说得这样容易！那些亲戚们，家里穷的，自己都顾不上自己；稍微宽裕一些的，早就听到风声躲得远远的了，要见一面都找不到人，谁肯舍得出一文钱，来可怜一下落难的人呢？先生还是算了吧，不要耽误我的事情。”说完之后，哭泣着转身要走。万先生急忙叫住她，说：“你不要这样，我虽然家世寒微，但三十两银子还是容易办到的，只是你的女儿已经卖了，如果筹到了钱，还能赎回来吗？”妇人哭着说：“如果承蒙先生哀怜，我女儿还没有立卖身契，交还了银子可以立刻领回来。”万先生于是拿出怀中的十二两银子交给她，说："这些钱你先拿去，明天在城中某个地方等我，到时我把不够的钱如数补给你。"妇人未曾想到这些，连忙跪地磕头哭谢。询问万先生的姓氏、住址，又说："明天去把女儿领回来后，一定送到先生的府上服役。"万先生笑着说："不要这样说，我可怜你们一家人骨肉分离，并不是要你的女儿。"也没有告诉她姓氏和住址，一甩袖子就直接离开了。走了几步，又回头提醒她说："明天一定要早来，不要误了大事。"妇人哭着答应说："一定到。"于是拿着钱走了。

万先生回到家后，早饭还没有准备，夫人向他要教书所得的酬金，好去买米。万先生吞吞吐吐地说："白费了一年的辛苦，山路崎岖难走，摔倒了好多次，人差一点掉到山谷中去，哪还有工夫顾得上手里的钱包呢？"夫人知道他喜欢周济别人的急难，微笑着说："如果真是跌倒了丢失的，还容易找回来。恐怕又是跳到井里去救人了吧。"万先生说："是这样。但是钱还不够，怎么办呢？"就把实情详细地告诉了夫人，夫人本就贤淑善良、通情达理，并无怨言，而且鼓励他说："这也是大善事，但是时间紧迫，又是年关，二十两银子到哪去筹措呢？不过你既然已经答应了人家，不能半途而废。家里还可以典当东西过年，你只管赶紧帮她们一家想办法，不用操心家里的事。"万先生很高兴，就出门去了，找亲戚朋友借钱，凑了十多两银子，还不够。城中有放贷的，如果没有东西作为抵押，即使是至亲也不借给一文钱；心中暗想事情紧迫，除此没有别的办法，可是仓促之间，又没有可供抵押的东西。万先生平时管着宗族祠堂的钥匙，竟然把祠堂里的桌椅门窗，连夜搬去作为抵押，从放贷的人那里借到了十两银子。族人都还不知道。第二天，拿着钱到了约定的地方，妇人已经先到了。把钱给到妇人以后，就直接回家了，妇人悄悄地跟在后面，路上看到先生和一个人在说话，就向那个人打听，得知了万先生的姓名、住址。不久，妇人和丈夫带着女儿来到万先生家里，向万先生夫妇拜谢，并请求留下女儿做婢女；万先生见这女孩还不到十岁，长得很漂亮，就对他们说："这是好姑娘，将来可以给她寻一门好亲事，赶快带她回去，不要陷我于不义。"坚辞不受。他们一家就拜谢而去了。

到了大年初一，族人们到祠堂祭祖，见祠堂中空空如也，都很惊讶，怀疑是被盗了。万翁就对众人坦白说："年底手头缺钱，暂时借用拿去当了些钱。请求大家等我回到书馆，取钱赎回。"族人都很愤怒，一起责怪。万先生沉默，也不作辩解，既没有惭愧的神色，也没有生气的表情。当时有一位族长某翁，知道先生素来忠厚，经常周济别人的急难，料想其中一定有一些特别的原因，劝说大家先回去，等三天以后再来商议此事，众人才散去了。族长单独来到先生家，悄悄地向夫人询问情况，了解到实情以后，高兴地说："这也是大善事，今年秋天一定能考中。但是擅自盗用祠堂的东西，不给予小小的惩罚，别人将会跟着效仿。"于是召集族人，向大家讲述了盗物抵押的事情。并且说："这样应该将他暂时开除出祠，到秋季乡试为期不远，等收到考中的喜报，再准许他回祠。"大家都表示同意。先生很平静，毫不在意。到了秋试，果然考中，参加鹿鸣宴回来。族长为他设宴庆贺。万先生后来官至通州学正。生了两个儿子，次子就是万贡珍布政使大人。人们都认为这是万老先生喜好救人急难的善报。

7.4.30 勒捐

各省军务未完，粮饷不继，司农筹策，首重捐输；其中弊窦多端，不可枚举。吾乡有某甲、某乙，久居县幕，本好干预公事，因有劝捐之令，借效殷勤，并思染指。乡民某，年已衰老，家仅小康，世代力农，未登仕籍。甲、乙勾通劣绅胥吏，串诈不遂，强报殷实，勒捐三千金。茹痛勉输其半，以为未足，拘系之。乡民素安朴陋，足迹未履公庭，布衣菜饭，温饱有余；一旦被羁囚，受偪押之苦，又无端耗费多金，积愤成病。比保释，而已淹淹床褥，归家数日即死。

甲、乙等，侵匿数百金，大小股派分，甲所得独多；遂捐未入，旋权某邑尉。乡民死之日，尉即患癫疾，闯入县署，击鼓持刀，不省人事。以槛车舁至省，不识妻孥，自言有冤鬼随之。与之食不食，随处抛弃；时至街市攫食，为人殴伤。如是月余，竟毙于路。乙本抱病，同日亦卒。先后只数刻耳。此咸丰二年事，特不便言其地其人耳。

【译文】各省军务尚未结束，粮饷不继，户部尚书筹划计策，首重捐纳；其中的弊端有很多，不可枚举。我的家乡有某甲、某乙，长期在县衙担任幕僚，他们本就喜好干预公事，因朝廷颁下劝捐的诏令，二人借机大献殷勤，并想从中染指。乡民某，已是衰老之年，家境仅小康，世代务农，未有出仕做官之人。甲、乙暗中串通劣绅、小吏，串通敲诈不遂，便强行上报说某是殷实之家，逼迫其捐献三千两银子。某忍痛勉强捐纳了一半，二人认为不够数，将某拘押，某遭受逼迫拘押之苦，又无端耗费了这么多钱，积愤成病。等某被释放时，已是躺在床上奄奄一息，回家几天后就死了。

甲、乙等人，侵吞了数百两银子，按出力的大小派分，甲所得最多。于是甲捐纳了一个未入流的小官，很快便暂代某县县尉。乡民死的那天，甲就患上了疯癫病，闯入县衙，击鼓持刀，不省人事。县令用囚车将甲运送到省城，甲已不认识自己的妻子儿女了，他自称有冤鬼跟随着他。给他食物，他不吃，随处抛弃。他时常到街市上抢夺别人的食物来吃，被人打伤。这样过了一个多月，他最终死在路边。乙原本有病，同一天也死了。甲乙死亡的时间只差数刻而已。这是发生在咸丰二年（1852）的事情，只是我不便说出甲乙的住址和姓名罢了。

7.4.31 口报

有巨族某君，赴都谒选，自江右挈妻子，奉太夫人，至扬州。适族兄某司马，为南监掣同知，因寄其孥于署，而身自入都。未及选，卒于京邸。时太夫人年已高，其妻将临蓐多病；凶问至，司马谋暂秘之，俟某妻娩身弥月后，再行以闻。司马之妾某氏，自正室没后，以房老专内政，闻是议，独持不可，曰："各分门户，安可以凶丧，久住人家？"遽往以实告。且促令赁屋另居，以便设座成服。司马虽咎之，然业已言之，而事已行，无如何矣。

越数年，司马以荐擢大郡，只身赴任，留属于金阊，俟进止。当是时，太守年逾强仕，循良之考，冠于三吴，开藩陈臬，指顾可期。而某氏既摄内政，俨同敌体。是岁为某氏三十生辰，至期方张灯设乐，遍受亲戚贺仪，自鸣得意。而不知太守未及履任，行抵袁浦，遇疾暴卒。先某氏生辰一日，而凶问至矣。子姓辈，咸谓宜俟过明日，再行扬出。而选君之子，适在苏，独持不可，曰："此何等事，安有吊者在门，而犹可张乐受贺者乎！"竟入内，以凶信白某氏，而身首先易服举哀；众亦惟有除灯彩易服，举行大事矣。是事，口语相寻，不过数年间耳，至今犹传为口实。

嗟乎！女子小人，不明大义，往往好假正论，以自便其私。彼受之者，一时虽无可置辞，而衔心刺骨，亦已久矣。投种于地，待时而发。语云："言悖而出者，亦悖而入。"信夫！

【译文】有一个来自于世家大族的某人，前往京城参加吏部的应选，自江西携带妻子、儿女，侍奉着母亲，来到扬州。正巧其族兄某同知，由南京国子监经过抽签升任扬州府同知，某便让家眷寄居在其族兄的官署中，自己只身入京。还未参选，就死在京城的寓所了。当时某的母亲年事已高，其妻即将临产，又身体多病。噩耗传来，同知想暂时保守秘密，等某妻分娩满月后，再告诉她。同知的妾某氏，自同知的正妻死后，因在诸妾中年纪最大而执掌内政，听闻同知的想法，偏偏认为这样做不行，说："我们两家各分门户，哪里有了凶丧还长期住在别人家的？"急忙前往以实情相告，并催促其租屋另居，以便设置灵堂服丧。同知虽然责备其妾，但其妾已经说出实情，做出这事，他也无可奈何。

过了几年，同知受到举荐，升任知府，只身赴任，将家眷暂时留在苏州，看情势再做打算。当时知府年过四十，清廉公正，每次考核，在三吴之地都名列第一，升任按察使或担任封疆大吏，指日可待。而某氏既然执掌内政，俨然就像与知府处在相同的地位一样洋洋得意。这年是某氏三十岁生日，到了日期正张灯设乐，遍受亲戚贺礼，自鸣得意。而不知知府未及到任，行到袁浦镇，已突然患病身亡。在某氏生辰的头一天，噩耗传来了。知府的子侄辈，都认为应当等到过了明日后，再把噩耗传扬出去。知府的儿子，当时正巧在苏州，偏偏认为不能这样，说："这是什么事，哪有丧事在门而家中仍然张灯设乐、接受贺礼的！”最终进入内堂，将凶信告诉了某氏，某氏首先换上丧服举哀，众人也只能除去灯彩、换上丧服，举办丧事了。这事，口业上循环报应，不过几年时间，至今人们仍旧将其传为话柄。

唉！女子小人，不明大义，往往好假借正论，以行有利于自己的私事。那些受其逼迫的人，虽然不能辩驳，但对其怀恨刺骨，也已经很久了。将种子种在地里，到了时候种子就会发芽。俗语说：“用违背情理的话去责备别人，别人也会用违背情理的话去来回报你。”确实如此！

7.4.32 林弥高

道光初元，豁免积欠钱粮。闽之福清一邑，民间误会誊黄，以钱粮免征，开征数月，新粮分毫勿纳，为老贡生林弥高把持也。弥高大族豪猾，所为多霸道，合邑听其指挥，非一日矣。拘之勿来，以兵临之方就获。制府董文恪公，亲讯数次，狡展无实供，难加罪。羁管月余，命之首先完纳即开释，则以身被拘系，无从措缴，必先释回，或可变产以应，皆有意挟制之词。通邑则仍观望不前。末后提讯，反复开导，终不承认把持，制府曰：“然则一县钱粮，从何措办？岂遂任其抗欠，终不完耶！钱粮一日不完，一日不能放尔。”弥高忽曰：“欲完钱粮不难，今日释我，明日即完纳矣。”制府拍案大声曰：“此尔亲口所供，实情俱已吐露，非尔一人把持阻众而何？”据此即可录供定案，立命画供，传令恭请王命，押赴市曹斩之。由是一县悚惧，地丁源源而来，无敢抗欠矣。

【译文】道光元年(1821),朝廷免除各地的积欠钱粮。福建福清一县,民间误会诏书的意思,认为免征钱粮,开征数月,没有人缴纳分毫的新粮,这件事是由老贡生林弥高把持的。林弥高乃世家大族,豪奢狡猾,所做的大多都是霸道之事,全县百姓听其指挥,已经不是一天了。官府拘拿他,他不来,派兵前往才将其捉获。闽浙总督董文恪公(董教增),亲自审讯数次,林弥高狡猾耍赖,不吐露实情,难以对其治罪。将他羁押了一个多月后,命他首先完成缴纳就将其释放,然而他说自己被拘押在监,无法筹措缴纳,必须先将其释放回去,或许可以变卖家产缴纳,他的这些话都是故意挟制之词。全县百姓仍观望不前。最后一次提讯,董文恪公反复开导,但林弥高始终不承认把持此事,董文恪公说:“既然这样,一县的钱粮从哪里筹措呢?难道任百姓抗欠钱粮,始终完不成吗!钱粮一天征收不完,我就一天不能放你。”林弥高忽然说:“想完成钱粮的征收也不难,今天释放了我,明天就可以缴纳完成了。”董文恪公拍着桌子大声说:“这是你亲口所供,你已将实情全部吐露,不是你一人把持此事,阻止百姓缴纳,又是谁呢?”董文恪公随即据此录供定案,立命其在口供上画押,传令恭请圣旨,将其押赴刑场斩首。于是一县惊惧,赋税源源而来,无人敢抗欠钱粮了。

7.4.33 自作自受

逆贼杨秀清,肆其诡诈,起自粤西,流毒天下。既袭踞金陵,遂自谓天下无敌,妄冀非分,自称东王;推逆首洪秀全为天王,实幽之,使不得与群贼接。事无大小,皆一人握定;虽各贼酋奏报军情,洪逆均不预闻。又仿古轘(huàn)裂法,创为五马分尸之刑，以剪除异己者。

未几，遂欲谋杀洪逆，而据其位。洪逆闻之，密召贼党伪北王韦政于太平，至则与杨逆斗而执之，即用五马分尸法，磔杨逆于市，而尽诛其党。贼势自是少衰。多行不义必自毙，其是之谓与！

【译文】逆贼杨秀清，肆行诡诈，他在广西发动叛乱，流毒天下。他袭击占据南京后，便自谓天下无敌，僭越地生出了非分之想，自称东王；推举逆匪首领洪秀全为天王，实际上是幽禁了洪秀全，使洪秀全不能与群贼会面。事无大小，全由杨秀清一人把持。即使各路贼人首领奏报军情，洪秀全也全都无从知晓。杨秀清又仿照古代的车裂法，创制五马分尸的酷刑，以剪除异己。

不久，杨秀清计划谋杀洪秀全，而占据天王的位子。洪秀全听闻此事，密召贼党伪北王韦昌辉（又名韦政、韦正）前来南京，韦昌辉到了南京，与杨秀清发生战斗，将杨秀清捉获，即用五马分尸之法，将杨秀清车裂于市，并且诛杀了其全部党羽。自此，逆贼的势力稍稍衰落。多行不义必自毙，大概说的就是杨秀清这种人吧！

7.4.34 上饶王某

郑元麟云：嘉庆癸酉，麟省试，买舟归。遇苍然古貌者，询知王姓，上饶东北乡人，年七十余矣。王因言：“某自弱冠应童试，今岁蒙学使王省崖先生拔取，半生憔悴，一领青衫而已。”麟为慰庆。比闻本科年例，适符恩赐副举人。

乙亥，麟授徒饶邑北乡，馆距王家十里余。询之诸生，佥云，王先生固最惜字纸人也。书案侧，尝庋一瓦瓶，每检字，即贮之，满即焚化埋净土。或训蒙远村，则挈瓶以行；将散馆时，必躬埋字灰而后去。如是者有年。见人污弃只字，力为劝止。老而食报，岂偶然哉！别来十余稔，遽忘其名，为歉然。其惜字之不懈，感应之不爽，固灼然昭人耳目间者。

【译文】郑元麟说：嘉庆癸酉年（1813），我参加完乡试，乘船回家。路上遇到一位苍然古貌的老者，经询问得知老者姓王，是上饶县东北乡人，已经七十多岁了。王老先生说："我自年轻参加童子试，今年蒙学政王省崖先生（王鼎）选拔录取，我半生憔悴，只得了个秀才的功名而已。"我安慰老者，并向他表示祝贺。不久，我听说本科考试按照往年的惯例，王老先生正好符合条件被朝廷赐予副榜举人的功名。

乙亥年（1815），我在上饶县东北乡设馆教读，学馆距王家有十里多远。我向学生询问王先生的情况，学生们都说，王先生向来是最为敬惜字纸的人。他的书桌旁，常放有一个瓦瓶，每次捡到废弃的字纸，就将废纸贮存在瓶内，装满后就将字纸焚烧，将字灰埋入干净的土中。有时王先生去远村教童子读书，每次都要携带瓦瓶前去。将散学时，他一定要埋掉字灰而后离去。如此坚持了许多年。汪先生只要看见有人污弃一点字纸，就会尽力劝阻。他老年后获得善报，难道是偶然的吗？我与他分别十多年了，一时忘记了他的名字，实在感到惭愧。他坚持不懈地敬惜字纸，感应丝毫不差，是众耳所闻、众目共睹的非常显著的事情。

7.4.35 冥判字纸饭粒

嘉庆己卯春三月，倪孝廉延寿，侨寓金陵报恩寺。有老僧谈冥间果报事甚详，其谈阎罗审讯不惜字纸、轻弃饭粒两案尤奇。

据云：嘉庆十二年七月，在四川重庆府时，病甚，恍至一处，殿宇崇深，见故徒曹福在焉。曹见其来，讶且喜曰："我职司判官，知师寿未终，明日当送师归。今日王审案，盍随往观须臾间？"传呼而来。

王升殿，殿前衣青衣者，带领九人跪阶下。王向左曰："汝二人竟将字纸作还魂纸，有时卖与箔铺为纸花。妇女不知，一时乘便揩抹污秽，罪莫大焉。利息虽好，终受恶报，人财两空；何一愚至此，今汝知悔乎？"答曰："知悔。"王曰："果知悔，姑放汝还阳，可别谋生业。倘更能留心敬惜字纸，许赎前愆，且使汝富。若仍执迷不悟，必遣火部神将，焚尔居，荡尔产，子孙为瞽。"语毕，又向右曰："汝二人为人收字纸，何得贪利，卖与奸人，作还魂纸？明知故犯，诚居何心？本应剜汝心，姑念初犯，且放汝回去，自后不将字纸窃卖，又知敬惜，必获好报。"至后五人，系平日纠会敬惜字纸者，王霁色向语曰："公等皆好善君子，知敬惜字纸；却不知收字纸者，卖与贱丈夫作还魂纸，亦是失察。今概从宽宥，令公等还阳，可遍告人，将字纸亲自焚化，积久灰多，收贮洁净器皿中，送诸巨流；寿尔父母，显尔功名，昌尔子孙，种种善报，丝毫不爽，毋疑毋怠！"九人退出。余悚然惧，慨然叹曰："世间或用字纸糊窗褙簿，或裹瓮包烟，或翦衬鞋底，或捻成烛心，或窑户细书碗上，或于碗坛砖货、鞋袜木套上刻字号，或滥刷招帖于便溺处，或妇女用字本夹鞋样，或用神前有字帐幔为衣，种种未知敬惜。较之作还魂纸者，相去几何？”

正踌躇间，忽红光一片，从西北方来，见衣彩衣者二人，幢幡引一老者至，王拱立以待，老者上殿，余细视即左邻孙某，向有善人之目。王曰：“公一生无他善，惟敬惜饭粒，历久不怠；常分付女眷，不时至厨下察看，见有剩饭，即给与乞丐，或餧犬饲猫，或置屋上饲雀，不令厨下任手抛弃。上天感动，赐公子孙良田千顷。公厨下惟何某，一日将公之幼女一口剩饭，抛在阴沟，公知之乎？”对曰：“未也。”王曰：“此人已发在乞丐道中矣。”顾青衣者，命之来。未几见蓬头跣足者一人，来向老者求援。王曰：“此人轻弃五谷，罪难末减。即公亦因此人轻亵一口剩饭，冥中减公五日禄。阴律甚严，予不敢私。”老者逡巡而退，王亦倏忽不见。

回视故徒曹福，仍在殿前。曹曰：“顷两案，师见之乎？作善者如彼，作孽者如此。师归后，能广为传播，不但延年，必证佛果。”余方欲再叩，忽猿啼声剧，瞿然而醒，病亦寻愈。

【译文】嘉庆己卯年（1819）春三月，举人倪延寿，借住在南京报恩寺。有位老僧详尽地谈了几件阴间因果报应的事情，其中所说的阎罗王审讯关于不惜字纸、轻弃饭粒的两件案例尤其值得一提。

据老僧说：嘉庆十二年（1807）七月，我在四川重庆府时，病危，恍惚之中来到一处地方，那里宫殿高大幽深，我看见我从前的徒弟曹福也在那里。曹福看见我到来，惊讶并高兴地说：“我担任判官一职，知道老师您寿命未终，明天我当送老师回去。今天阎罗王审案，您何不随我前去观看片刻呢？”接着殿上传来传呼之声，我跟随曹福前去观看。

阎罗王升殿，殿前有个穿青衣的人，带领九人跪在阶下。阎罗王对左边的人说：“你二人竟然将带字的纸张充作还魂纸，有时卖给箔铺制成纸花。家中的妇女无知，一时随便揩抹污秽，罪恶之重，莫过于此。有利可图虽然好，但最终会受到恶报，人财两空。你二人怎么如此愚蠢呢，现今知道悔改了吗？”二人回答说：“知道悔改。”阎罗王说：“你们如果真是知道悔改，我姑且放你们返回阳间，你们可以另谋生业。倘若更能留心敬惜字纸，承诺改赎前罪，我将让你们富裕。如果仍是执迷不悟，我必会派遣火部神将，焚烧你们的住所，荡尽你们的财产，让你们的子孙后代成为盲人。”说完，又向右边的人说：“你二人替人收买字纸，为何贪图小利，卖给奸人，制成还魂纸，明知故犯，是何居心？我本应命人挖出你们的心，但姑念你们是初犯，暂且放你们回去，自此以后，你们如果不将字纸偷偷变卖，又能够敬惜字纸，必获好报。”跪在最后的五个人，是平日里召集众人提倡敬惜字纸者，阎罗王和颜悦色地对他们说：“你们都是好做善事的君子，知道敬惜字纸；然而却不知道有些收买字纸的人，将字纸卖给奸人制成还魂纸，这属于失察之罪。现今我一概从宽处理，让你们返回阳间，你们可以遍告众人，让众人将字纸亲自焚烧，时间一长字纸灰积攒得多了之后，将字纸灰收集贮存到洁净的器皿中，运送到大江大河倒入水中。如果你们能这样，我将延长你们父母的寿命，让你们功名显达、子孙昌盛，种种善报，丝毫不错，你们对此不要怀疑也不要懈怠！”九个人退出殿外。我惊惧战栗，慨叹道：“世间有人或用字纸糊窗户、裱簿册，或用字纸裹瓮包烟，或剪毁字纸垫衬在鞋底，或将字纸捻成烛芯，有些陶瓷工匠将字细刻在碗上，或在碗坛砖货、鞋袜木套上刻上自己的字号，有些人将广告滥贴在厕所，有些妇女用字纸夹鞋样，或将神像前有字的帐幔制成衣服，种种不知敬惜字纸的行为，与那些将字纸制成还魂纸的人，相差多少呢？”

我正在徘徊时，忽然一片红光，从西北方飞来，我看见两个穿着彩衣的人，举着幢幡，带领一位老者前来，阎罗王拱手站在殿前等候。老者上殿，我仔细一看原来是邻居孙某，孙某向来有善人之称。阎罗王说：“您一生没有其他特别的善事，唯独敬惜饭粒一事，长期不曾懈怠，时常吩咐家中女眷，不定时地去厨房察看，见有剩饭，随即赠给乞丐，或喂养猫狗，或放在屋上饲养雀鸟，不让厨房里的人任意随手抛弃。上天感动，赐给您的子孙良田千顷。您家厨房里的佣人只有何某不敬惜饭粒，一天将您幼女吃剩的一口饭，抛弃在阴沟，您知道吗？”老者回答说：“不知道。”阎罗王说：“此人来世将投生为乞丐的一员了。”说完，看了一眼那个身穿青衣的人，命其带某人前来，不久我看见一个蓬头光脚的人，走上殿来向老者求助。阎罗王说：“此人轻弃粮食，罪过难以减免。即使您也因为他轻弃了一口剩饭，被阴间减去了五天的福禄。阴间的法律极为严格，我不敢徇私。” 老者恭顺地退出殿外，随即阎罗王也忽然消失不见。

我回头看了看我从前的徒弟曹福，他仍在殿前。曹福说：“刚才的两件案子，老师您看见了吗？做了善事就会受到那样的善报，做了恶事就会受到如此的恶报。老师回去后，如果能广为传播此事，不但寿命延长，而且必能修成佛果。”我正要再询问一些事情，忽然猿啼之声加剧，我一惊而醒，病也随即好了。

第五卷

7.5.1 朱明府

山西知县朱应杓，即《初录》敬惜字纸坎泉先生之孙也。幼随任江苏，器宇不凡，文字俱可观，咸以翰苑期之。应童试，每前茅；而院考多以他故黜，自亦莫解。后虽援例以知县铨选，然志在科名，不愿就也。

咸丰元年春，回杭扫墓，时已二十九岁，抑郁不得志。闻天竺观音极灵，步行上山祈祷；比返，则心魂无主，嗒焉若丧。未夜即和衣睡，似梦非梦，若有人招之去，行路轻快，似至城隍山颠；忽进一大衙署，令外坐候，颇觉阴气逼人。少间，闻“传请朱大人”，愧不敢应。有人强拉之行，已见有花翎红顶官出迎，以宾主礼相待，言：“今日大士念尔孝思，传尔来看善恶簿。”

随有人持簿示之，上书“朱某某”三大字，下为夹行小字。瞥见首行书：“十九岁，入仁和县学，第三名。”后注：“某年月日，据江苏吴县详，该员二夜连宿未破身妓女三人，覆查无异，实属纵淫，前程削去。”视之惶恐不安，逐行看去。

“二十四岁，中丙午科本省乡试第五十四名举人。二十五岁，中丁未科会试第八十四名进士，殿试二甲五十一名，即用山西知县。二十八岁，起复，补定襄县知县。三十一岁，升泽州府同知。三十四岁，升泽州知府。四十一岁，升河东道。四十三岁，升山西按察使。四十六岁，加布政使衔。四十七岁，转山西布政使。”下注“一季”二字。正疑何谓“转”，何谓“一季”，其目随注到后行，持簿者已将簿夺去。然自此以下，亦如前之因犯淫，全行削尽，而非妓女也。

盖某容貌俊雅，既登富贵之场，复处繁华之地，少年不检，遂不免堕行耳。红顶者，大加申饬，以为斲（zhuó）丧祖父阴功，并谓：“儒释道三教皆有魔，此亦儒教之魔；往往功名愈显，魔障愈深。若能忍片刻欢娱，即保终身富贵；尔贪色欲，失富贵矣。以目前论，因汝尚孝母，当有十八年实任官，科名无望。如不悔悟，后不堪问。”连称“可惜、可惜”。某惭汗交流，不禁大哭。家人以为梦魇，唤醒之。身冷发颤，口不能言，直至晓，方克出声。遍告亲友，誓改前非。

遂决计弃举子业，赴部投供。一日见知县缺单内，有山西定襄县，自知必选此，签掣果然。到任后，励精图治，颇有政声。未几，调繁，并加升衔；计其时，正升知府之年也。后虽屡欲升迁，而总有蹭蹬。然于升道、升臬、加布政使衔之年分，或迭晋头衔，或保举升阶，暗相符合。至四十七岁，乃慨然曰：“我不久于任矣。”果然无端罣误；同官皆为之称冤，而不知其原因也。至转藩司一季之说，彼时适值藩司开缺，廉访带兵在防，以雁平道兼理三月，亦有明验。可不畏耶！

世间如朱某者，正未知凡几。不自罪己，转欲怨天。惜无观音、城隍，遍示以善恶簿。若朱某之能得神明示戒，正彼有可取之处。所有情事，皆其自述，藉以劝人消罪，良可训也。时为光绪二年，余在金少伯员外处，与朱某相遇，故得其详。

【译文】山西知县朱应杓，即《劝戒初录》中敬惜字纸的朱坎泉先生的孙子，幼年跟随父亲在江苏为官，器宇不凡，文章、书法都很可观，家人都期望他能考中进士、进入翰林院。朱知县参加童子试，每次都名列前茅；但院考时，却往往因其他缘故被黜落，他自己也不明白这是怎么回事。后来他虽按照常例捐了个知县的官职，接受吏部铨选，但他志在科举功名，不愿意就职。

咸丰元年（1851）春，朱知县回杭州扫墓，当时他已二十九岁，抑郁不得志。他听说天竺寺观音极其灵验，步行上山祈祷，等回来后，却心魂无主，神情懊丧。未到天黑便和衣而睡，似梦非梦之间，仿佛有人招他前去，那人走路极快，他跟随那人好像到了城隍山顶；忽然走进一座高大的官署，那人令他坐在外面等候，他颇觉阴气逼人。片刻，他听见有人喊叫“传请朱大人”，他惭愧地不敢答应。有人强拉着他而行，他进入官署已看见有位花翎红顶的官员出来迎接，官员以宾主之礼相待，说：“今天观音大士念你有孝心，命我传你前来察看善恶簿。”

随即有人拿出簿册给朱知县看，簿册上写着“朱某某”三个大字，下面是几行夹行小字。朱知县瞧见第一行写着：“十九岁，入仁和县学，第三名。”后面标注着：“某年月日，据江苏吴县（今苏州市）详报，该员连续两夜嫖宿了三个未破身的妓女，复查没有异议，实属放纵淫欲，削去其前程。”朱知县看后惶恐不安，逐行看去。“二十四岁，考中丙午科本省乡试第五十四名举人。二十五岁，考中丁未科会试第八十四名进士，殿试二甲第五十一名，即用（清代铨选官员之制，谓遇缺即可补用）山西知县。二十八岁，起复，补定襄县知县。三十一岁，升泽州府同知。三十四岁，升泽州知府。四十一岁，升河东道。四十三岁，升山西按察使。四十六岁，加布政使衔。四十七岁，转山西布政使。”下面标注着“一季”二字。朱知县正疑惑“转”是什么意思、“一季”是什么意思时，其目光随即注视到最后一行，这时拿出簿册之人已经将簿册夺回。然而自此以下，也像前面一样因为犯有淫罪，其功名全被削尽，但与妓女无关。

原来朱知县容貌俊雅，既已进入富贵之场，又处在繁华之地，年少不加检点，于是不免行为堕落了。红顶官员，对其大加斥责，认为其毁掉了祖辈父辈的阴德，并说：“儒释道三教都有魔，这也是儒教之魔。一个人往往功名越显，魔障越深。如果能忍住片刻欢娱，就能保终身富贵。你贪图美色，放纵淫欲，已经失掉富贵了。以目前而论，因为你还能孝顺母亲，应当有十八年的实任官可做，但科名无望了。你如果仍不悔悟，后果将不堪设想。”随即连称“可惜、可惜”。朱知县惭愧得汗水直流，不禁失声痛哭。家人以为他做噩梦，将他唤醒。醒来后，朱知县身冷发颤，口不能言，直到天亮，才能出声。他将此事遍告亲友，发誓痛改前非。

于是朱知县决意放弃科举学业，前赴吏部递交履历以待铨选。一天，他看见知县缺单内，有山西定襄县，自知必会被选派到此地，掣签（清代制度，候补的地方官吏抽签确定任职省份）后果然如此。朱知县到任后，励精图治，政治名声非常卓著。不久，调任政务繁多的大县，并加升知府衔。计算其时日，正是簿册上记载的升任知府之年。后来朱知县虽然多次谋求升迁，但总有坎坷不顺。然而他升任道台、升任按察使、加布政使衔的年份，或连加头衔，或被保举升官，其时间都与簿册上记载的暗相符合。到了四十七岁时，朱知县慨然叹道："我当不了多久的官了。"果然，不久朱知县因无端受到连累而失官，同僚皆为其叫冤，但谁也不知道原因。至于簿册上记载的"转山西布政使一季"的说法，那时正值布政使开缺，按察使带兵在防，朱知县作为雁平道代理了三个月的布政使职务，也有明显的验证。由此可见，冥中之事难道不值得畏惧嘛！

世上像朱某这样的人，正不知还有多少。他们不怪罪自己，反而想怨恨上天。可惜观音、城隍，不能把善恶簿遍示众人。像朱某这样能得到神明的示戒，正是因为他的行为有可取之处。上面的所有事情，都是朱某自己讲述的，我记录下来借此劝戒世人改过从善，它确实可以作为范例。当时是光绪二年（1876），我在金少伯员外家，与朱某相遇，因此对他的事迹知道得颇为详尽。

7.5.2 漆藏金

嘉兴于氏，巨室也，市房甚多。有朱某者，贩鱼为业，租于氏屋；屋即在府旁，为于太夫人赠嫁产。每岁杪，太夫人遣婢来收租，不假手仆隶；朱便而安之。

朱虽小负贩，然性豪旷，能急人之难。尝于市中遇男妇二人，携一子，约十龄，相持而哭。朱询之，曰淮安人，遭水厄流亡至此。闻今岁大稔，将归而无资，欲卖妻，志既不可夺；欲卖子，情又不忍离。徘徊无策，饥火中烧，故相持而恸。朱询其需钱几何，曰："但得二千文足矣。"朱不忍，如数给之。其行谊类是者甚多。

禾俗岁暮祀神，恒多市纸钱，置筐篚中，两人扛之入内，力若弗胜者，宣言曰："今日掘藏矣。"以是为来年富厚之兆。

然特闾巷小民行之，士大夫家不屑也。是岁，朱夫妇祀神甫毕，适于氏征租婢至。二人延之饮，曰："祀事方竣，财神即来，来岁定当大发。请饮此福酒，再持房金去。归以实对，太夫人当不而责也。"婢笑曰："我比已再来矣。初来正当贤夫妇掘藏时，不敢惊动，归以告。太夫人行年七十，金宝珠玉常见，未见藏银，欲借观之，以新耳目。故令复来，暂假即归，幸弗吝。"朱笑曰："此禾俗过年之口采，非真获藏也，安所得银以奉太夫人？"婢艴然曰："若真小家气，太夫人岂肯昧汝一锭银者，而饰辞以拒我？"朱夫妇力辨其无。婢大怒曰："此屋本太夫人产，藏银出此屋中，汝何得据为己有？归白太夫人，当令司事者问汝。"拂衣竟去。朱夫妇相对惊诧。

有顷，婢复将命持元宝二，以予朱，曰："太夫人知掘藏者，忌骤用则易尽。今请以二易一，为若将来营运获利必倍之兆，幸毋再却！"朱尚欲有言，妇视之以目，谓婢曰："既承太夫人谆谕，何敢终秘？但请饮杯酒，当取以奉献。"遂招夫出，予以一锭银曰："速镕火漆，和泥以涂之。"如其言。色黝然而黑，土色斑烂，望而知为出自窖中者。举以予婢曰："太夫人银本不敢留，顾俗忌既尔，敬当暂领。"婢喜，携之去；旋复来曰："藏银，太夫人留以示子孙矣。命以二宝，及今年房租为赠。"

朱夫妇皆大喜过望，既意外得五十金，遂弃贩渔业，将设小杂货店以自赡。因持于氏所赠宝，开单赴行批价；行主即于氏族，见而哂之曰："汝大财星，尚作此小买卖耶！"还其银，十倍其货以予之，辞不获命。顾念计亦甚得，遂别赁门面，择日大开店。则存银者、附本者、合分者，纷至沓来，应接不暇。

竟不费一钱，而百事俱集。所居货，获利恒数倍，不数年富并于氏。

【译文】嘉兴的于氏家族，是当地的大户人家，有很多门面房。有一个姓朱的人，以贩鱼为业，租赁了于家的房屋居住。屋子就在于家住宅的旁边，是于老太夫人陪嫁的财产。每年年底，于老太夫人就会派一个老妇人或者婢女，来收房租，从不假手于其他的仆人。朱某感到很方便，两家相安无事。

朱某虽然只是个小商贩，但是为人豪爽豁达，能够救济别人的急难。曾经在街市上遇到一对夫妻，带着一个十岁左右的儿子，相抱而哭，伤心之情打动了路人。朱某就询问他们，他们说是淮安人，因为家中遭遇水灾，就逃难到这里。听说今年家乡大丰收，想要回去却没有路费。打算卖掉妻子，妻子坚决不肯改嫁；如果卖掉儿子，情感上不忍分离。犹豫不定，无计可施，饿得快不行了，所以抱在一起大哭一场。朱某询问他们需要多少钱，可以带着妻子孩子回到老家。他们回答说："只要两千文就足够了。"朱某心中不忍，如数取了钱送给他们。他类似这样的做法还有很多。

按照嘉兴当地的风俗，每年年底祭祀神明，通常要买很多纸做的元宝，放在筐中，由两个人抬到家里，好像很重而抬不动的样子，然后嘴里念叨着："今天挖掘到宝藏了！"以此作为来年发财的好兆头。不过只是市井小民才会这样做，士大夫家庭不屑于做这种事。这一年，朱某夫妇祭神结束，正好于家收房租的婢女来了。夫妇二人请她饮酒，说："祭神的事情刚刚结束，财神就到了，来年一定发大财。请喝了这杯福酒，然后再拿着房租回去。回去后据实禀报老太夫人，一定不会责怪你的。"婢女笑着说："我这已经是第二次来了。第一次来的时候，正看到你们夫妇二人挖掘宝藏，不敢惊扰。回去之后报告了太夫人，太夫人已经七十岁了，各种金银珠宝见得太多了，却从未见过挖掘宝藏挖出的银子，想要请回一枚元宝观看一下，开开眼界。所以现在又来了，暂时借用，很快就归还，还请不要吝惜。”朱某笑着说：“这是嘉兴的风俗，只是过年讨个好口彩，并不是真正挖到宝藏了。哪里有什么银元宝，拿给太夫人看呢？”婢女生气地说：“你真是小家子气！太夫人怎么会贪图你这一锭银子呢？却找这样的借口来拒绝我！”朱某夫妇极力辩说确实没有。婢女大怒说：“这屋子本是太夫人的家产，藏银是从这屋子里挖出来的，你们怎么能据为己有呢？回去之后告诉太夫人，一定让官府的人来找你们！”转身就走了。朱某夫妇互相对视，惊诧不已。

过了一会，婢女又来传话，拿着两个元宝，交给朱某说：“太夫人知道掘藏的银子，忌讳马上就用，马上用的话容易用光。现在拿两个换一个，作为你们将来做生意获利加倍的好兆头，请不要再推却。”朱某还要说话，妻子给他使了个眼色，对婢女说：“既然承蒙太夫人谆谆叮嘱，怎敢再秘藏？但请先喝一杯酒，这就取来献上。”于是叫丈夫出来，拿出一锭银子说：“赶快用火漆烧化，和泥土一起搅拌，涂在表面。”朱某就照这样做了，银锭颜色发黑，还带有泥土的颜色，一看就像是从地窖里挖出来的。拿着这枚银锭交给婢女，说：“太夫人给的银子，本来不敢接受，不过风俗上既然有这种忌讳，就暂时收下，等待复命。”婢女高兴地拿着银锭回去了。过了一会，又回来说：“藏银太夫人留下来准备传给子孙了。命我转告，就以那两枚元宝和一年的房租作为酬谢。”

朱某夫妇都大喜过望，既已意外得到了五十两银子，于是放弃贩鱼的生意，计划开一间小杂货店来维持生计。于是拿着于太夫人所赠的元宝，开好采购单到商行批发货物。行主也是于氏一族的人，见到这锭银子，笑着说："你是大财星，还做这小买卖吗？"将银子还给了他，又送给他十倍的货物。朱某推辞而不得。心想这样也不错，就另外租赁了门面，择吉日开业。开张以后，存银子的、入股的、合伙的，纷至沓来，应接不暇。竟然一分钱没花，而百事齐备了。所囤积的货物，经常获得几倍的利润。没过几年，财富和于家已经不相上下。

7.5.3 走无常

慈溪常有走无常者。道光初年，一圬（wū）者匠为之。每为人工作，必告曰："如我猝倒，勿惊慌，逾时当苏。"问其事，则秘而不言。后有林姓厨司之子为之。同治年间，则俞某为之。

俞本慈大家，父兄皆庠序中人。某忽为冥役，言冥中勾人者，为阴无常，必与阳无常偕往，则能近，但不可预泄其事。亲友被摄者，反役之后，始言某某已死；其家探之，果信。阴无常，时与往来，家人不能见；而某如对客言语，其家习为常，不之惧。有时于卧室中相语，其妻亦安之。又言冥中摄人，皆用票据；惟孝子节妇，则城隍神以柬帖请之；节妇且以轿相迎，至庙则神为起敬。惟一日请某节妇，舆至庙门，忽堂下众役排卫，堂上神升坐，传呼节妇，如县官莅审状，与常时节妇之入异。神检簿，谓节妇曰："汝守节若干年，颇清白。但有一过，汝知之乎？"妇曰："有之。一日见犬合，为之心动。"神曰："不但此也。"曰："曾抱柱焉。"神曰："然。"因于簿上，记"知过"二字，命退。此皆俞所述也。

夫妇之抱柱，岂有人见；其心动也，岂有人知？而神皆见之，知之。然则暗室中，可谓无见之者耶；一念之起，可谓无知之者耶？

咸丰辛酉十月，慈城被陷。壬戌四月，克复。俞某忽曰：“我见城隍神处，新又颁到一册子，恐慈人尚有劫。册中首名为陆某。”陆某者，邑西乡之土豪。道光辛丑，夷扰之时，陆某通夷，鱼肉乡里；官府拏办奸细，竟得漏网。及发逆至慈，陆某迎导，受伪贼为乡官，复肆荼毒。阖郡既克复，自知罪大恶极，投依江北岸夷人处，恃为渊薮。官吏不能提，乃伪以道府名帖，请之议善后。则欣然以舆来谒，至即缚之，立正法于道宪察院之堂下，夷人已不及救矣。此簿首名之验也。既而发逆再至慈，突入城中，见人辄杀，死者无数，则又遭一大劫。新册之颁，盖为此矣。

【译文】浙江慈溪县常有走无常（传说中以生魂进入阴府办事的人）的人。道光初年，一个泥瓦匠从事此业。每次为人工作，都要告诉对方说：“如果我忽然倒地，你不要惊慌，过一会儿我就能醒。”对方询问其事，泥瓦匠则秘而不言。后来一个林姓厨师的儿子从事此业。同治年间，则是俞某从事此业了。

俞家本是慈溪县的世家大族，俞某的父兄皆是府州县学里的生员。有一天，俞某忽然成了为阴司服役的人，他对家人说，阴间勾人魂魄的，叫阴无常，阴无常必须与阳无常一同前往，才能靠近临死之人，但不能提前泄露此事。亲友的魂魄被他勾去，他交差返回后，才说某某已死；他的家人前往死者家中探视，发现果然如此。阴无常，时常与俞某往来，但俞某的家人看不见；俞某与阴无常谈话就像与客人谈话一样，其家人也习以为常，并不觉得害怕。有时俞某在卧室中与阴无常谈话，其妻也安然处之。俞某又说阴司命他勾人魂魄，都有票据；唯有孝子节妇，是城隍神用请帖请去的。对于节妇，城隍神并且还会派差役以轿相迎，节妇到了城隍庙，城隍神会起身致敬。只有有一天，请某节妇，轿子到了城隍庙门，忽然堂下的众衙役分列成行，城隍神升堂入座，传呼节妇，其阵势就像县官升堂审案一样。这个节妇走进大堂时的神情与平常的节妇不同。城隍神检阅簿册，对节妇说："你守节若干年，颇为清白。但有一个过错，你知道吗？"节妇说："确实有一个过错。一天我看见两狗交配，心有所动。"城隍神说："不只这一件事。"节妇说："我曾抱柱摩擦。"城隍神说："是这样。"城隍神于是在簿册上，记下"知过"二字，然后命节妇退出。这是俞某所讲述的。

话说节妇抱柱，难道有谁看见过吗？其心有动，难道有谁知道吗？但神灵对此却都看见并且知道了。既然这样，人在暗室之中独处的一言一行，难道就能说没有看见者吗？人的一念之起，难道就能说没有知晓者吗？

咸丰辛酉年（1861）十月，慈溪县城被太平军攻陷。壬戌年（1862）四月，被官军收复。俞某忽然说："我看见城隍神那里，新近又颁布一本册子，恐怕慈溪人还会遭遇劫难。名册中的第一个人是陆某。"陆某是慈溪县西乡的土豪。道光辛丑年（1841），洋人侵扰慈溪时，陆某与洋人串通，欺凌残害乡里百姓；后来官府拿办奸细，陆某竟然漏网。等太平军攻陷慈溪时，陆某迎接引导，接受逆贼的委派担任伪乡官，又放肆地残虐百姓。等朝廷收复慈溪时，陆某自知罪大恶极，投靠到长江北岸的洋人那里，依仗洋人的势力作为巢穴。官吏不能对其捉拿审讯，便假托用道府的名帖，请陆某前来商议善后之事。于是陆某欣然乘轿前来拜谒，陆某一到，官吏就将其绑缚，立即正法于道台察院的堂下，洋人听说此事已经来不及营救了。这就是簿册上排名第一的人遭劫的验证。不久，太平军再次来到慈溪，攻入县城，见人便杀，死者无数，这又是慈溪人遭遇的一次大劫。城隍神处新近颁布的簿册，大概就是指这件事了。

7.5.4 勘灾

道光庚寅年，江北大荒。有司以赈抚请，户口稍多，抚军疑之。因饬苏藩司，于州县佐杂中，选廉干者十员，往会地方官覆查。与斯役者，颇极一时之选。顾皆承抚军意，务为刻核，泽不遍沾，节省帑金巨万。时惟郑君祖经，与某某所查独宽，以是忤抚军意，不得保；而以精核蒙上赏者七人。

次年，七人者，相继无疾卒。而郑君以前海运劳，自南汇丞，擢尹江都，一子以孝廉入中书；某某亦俱无恙。

时先中丞正在苏藩任，余随任在署，故知之悉。先中丞尝曰："办赈一事者，以无私为贵；与其能刻，不若能宽。盖此时何时也，性命呼吸之间，稍一从刻，死生因之。顾可迎合上司，而膜视民命哉！"

【译文】道光十年岁次庚寅（1830），江北地区发生大饥荒。当地有关部门上报朝廷，申请赈济灾民，安抚百姓，上报的户口人数比较多，巡抚提出了疑问。于是命令江苏布政使在各州县的下属官吏中，挑选廉洁能干的人员十名，会同当地的官员进行复核。参与这项任务的人员，都是经过精挑细选的，不过大多都是迎合巡抚的意图，在核查过程中务求严刻，致使受灾百姓不能普遍得到实惠，节省了几万两的赈灾款。当时只有郑祖经先生，和另外两位官员，以宽松的原则进行复核，因此违逆了巡抚的意图，没有得到保荐；而那些复核过程中严厉苛刻，从而获得上级赏赐的有七个人。

第二年，这七个人，先后无疾暴死。而郑先生因前次管理海运有功劳，从南汇县丞的职务提拔为江都县令；一个儿子以举人的功名被任命为中书的职务。另外那两位官员，也都平安无事。

当时我的父亲正担任江苏布政使，我跟随父亲住在官署里，因此对此事知道得颇为详细。我父亲曾说："办理赈济之事，最重要的是大公无私。与其苛刻，不如宽松。这是何等时候，百姓的性命只在一瞬之间，稍微加以苛刻，就会造成无数灾民死亡。岂能为了迎合上司，而漠视民命呢！"

7.5.5 道光壬寅雷

苏州有某甲，不孝其母，辱詈殴打，习以为常。又有某寡妇，积银百余两，将寄居生息，以度朝夕。为某乙、某丙所窥，窃而瓜分之。寡妇失资，郁郁以卒。人皆知乙与丙所为，畏其无赖不敢言。而某甲母，亦竟为子磨折死。三人者，皆藩伯执事夫役。

壬寅夏，夷氛恶，大帅自浙至苏，当道设军需局于沧浪亭，亭邻郡文庙。李藩伯以事至局，执事人役，散憩文庙前大树下。时赤日一轮，青天万里，忽风云怒卷，雷电奔驰；既而霹雳一声，甲、乙、丙同震死。是年，余正随侍在苏抚任，次日即有人哄传云。

【译文】苏州有个某甲，不孝顺母亲，对母亲辱骂殴打，习以为常。又有某寡妇，积蓄了一百多两银子，打算把银子寄存在钱庄里，通过获取利息维持生活。不料寡妇家有银子的事，被某乙、某丙探知，二人将寡妇的银子偷窃，瓜分掉了。寡妇丢失银子，郁郁而死。众人都知道是乙与丙偷了寡妇的银子，但因畏惧二人无赖，不敢说出真相。而某甲的母亲，也最终被儿子折磨而死。这三个人都是在布政使衙门做事的差役。

道光壬寅年(1842)夏，洋人气焰凶恶，大帅领军从浙江来到苏州，当地的官员在沧浪亭设置军需局。沧浪亭与苏州府的文庙相邻。布政使李公因公事来到军需局，做事的差役们散坐在文庙前的大树下休息。当时一轮红日当空，晴空万里，忽然风云怒卷，雷电奔驰；接着霹雳一声，甲、乙、丙同时被雷震死。这年，我正随侍担任江苏巡抚的父亲住在官署中，第二天就有人哄传此事。

7.5.6 林判负心

嘉庆时，有林判者，潮之漳林镇富人也；自幼饶心计。所居滨大海，常运牛酒糗粮出港，遇盗艘即互易所劫货物，归而售于通都大邑，辄获厚利。如是者数年，积镪累万；乃自造巨舰，辎重累累，游贾海外诸岛国。后至一国，夷酋见之，伟其貌，与语大悦，因以女赘焉，生一子。

判思归省，女为请于酋，夫妇因得偕来。濒行，酋以国中珍宝赠者甚腆。女约归见判父母，当复返。中途，判萌异志，一日蚤起，至舵楼，呼女出观海上巨鱼，从而挤焉，女落水死。判归，不复往，于是良田广厦，肆意经营，复循例捐监司职衔，以赀雄里，烜赫一时。官其地者，皆垂涎焉。

兵备道某，遗以纨扇，驰一介致书，从贷金十万，判弗与；遂成隙，日思所以中伤之，而未有间。会其家屯积货物甚夥，因谋加以私通洋盗罪，招之饮，就座执之。急发兵围其第，尽室所有，悉抄出之，附会成狱。其兄太守伍，亦波累焉。事闻，上发星使来鞫。某道适权廉访使，以前书在判手，惧其讼冤，亟诡辞请于大府曰："判党甚众，势汹汹，将劫狱。不便宜行事，恐中变。"大府颔之，遂请王命斩之。比星使至，判死三日矣。则诚亏心之报也。

后某道子，无故忽客死粤西，摈尸大路隅，里长敛钱以葬。某不久亦去官，卒无后。

【译文】嘉庆年间，有个叫林判的人，是潮州漳林镇的富人，自幼富有心计。他所住的地方靠近大海，常运送牛、酒、干粮出港，遇到强盗的船只就用自己的货物交换强盗所劫的货物，回来后将货物卖到四通八达的大都会、大城市，往往会获得丰厚的利润。如此数年，积累了数以万计的财富。于是林判自造了一艘大型舰船，装载着无数货物，前往海外诸岛国游商。后来，林判来到一个国家，这个国家的国王见他状貌伟岸，与之谈话大为高兴，便将自己的女儿嫁给他，后来生下一个儿子。

林判想回家探亲，女子为其请求国王，于是夫妇二人得以一同回来。临行时，国王把许多国中的珍宝赠给二人，非常丰厚。女子与父亲约定，拜见林判的父母后，就会返回。半路，林判忽然萌生背叛之心，一天早起，走到舵楼，呼唤女子出来观看海中的大鱼，从而将女子挤下船，女子落水而死。林判回家后，不再返回，于是购买良田广厦，肆意经营，又按照常例捐了个道台的职衔，凭借富厚资财称雄乡里，显赫一时。在潮州做官的人，都垂涎于林判的家产。

兵备道某，赠给林判一把细绢制成的团扇，又派人送给林判一封信，向林判借贷十万两银子，林判不给；从此兵备道对林判怀恨在心，每天想着要陷害他。只是一直没有机会。过了不久，正值林判家囤积有非常多的货物，兵备道便谋划着以私通海盗罪诬陷林判，于是召林判前来饮酒，在宴席上将其捉拿。随后，兵备道急忙派兵围住林判的家宅，将其宅中的所有钱财、货物，全部抄出，诬陷成案。林某的兄长知府林伍，也受到牵累。事情上报，皇上派专使前来审讯，当时正巧兵备道兼任按察史一职，因为从前写给林判的那封书信在林判的手中，害怕其申辩冤屈，急忙以假话请示于总督说："林判的党羽很多，气势汹汹，将要劫狱。如果不便宜行事，恐怕中途生变。"总督点头同意，于是请来圣旨将林判斩首。等朝廷专使来到后，林判已被判处死刑三天了。这实在是林判负心应当受到的报应。

后来，兵备道的儿子，无缘无故地忽然客死在广西，尸体被抛弃在大路边，是里长敛钱将其埋葬的。不久后，兵备道某也被罢官，最终也没有后代。

7.5.7 海盗投降

嘉庆间，闽粤外洋巨盗驿骚，滨海居人，苦之者十余年。闽有蔡牵、朱渥，粤则郭学显、张保、麦有贵、麦有金、吴登明等，众各累万，官军迄难捕治。十四年己巳秋八月，福建水师提督王得禄，舟师撞破逆牵艟艨（chōng méng），沉之海。九月，朱渥率党伙出投，闽洋盗氛遂熄。是年冬，郭学显亦率其众万余人出投。粤督百文敏公（龄）为具奏，予以官，辞不受。自筑室仙城，课子孙以布衣终。

其时，张保等之扰如故也。百公募有胆略者，往侦贼动静。有周飞熊者，与张保有旧，愿往。至则保款之甚厚，因乘间说之；保疑信参半，与妻郑一嫂切切私议。一嫂曰："细察其言，必官授意来，尽信大难。然既有投首意，亦不可置而弗听，宜慎图之。事一败，我与若皆齑粉矣。"久之，飞熊凡再三往，保始决意降，约百公先与相会。飞熊反命，百公诺之。至期保列战舰水上，轰巨炮，大声震动者不绝，阳若相迓，阴实耀武。百公减从，扁舟出海，保与一嫂登舟叩谒。因笑谓曰："张保，尔好威风也。老夫至矣，尔能反正，以尔材勇，老夫当具奏保尔，为朝廷干城，往罪不足问矣。"于是命其配为夫妇，复倒地称谢。百公与开怀剧谈移晷，濒行，取大拇翠扳指，带保手，珍重而别。夫妇感百公，推心置腹。翼日纳款，悉缴船炮军械，率众二万余出投。一嫂先入居会城。百公挑其精锐，仍令保统之，随官军往剿麦有贵等。

是时提督童镇升、孙全谋，总兵万飞鹏，屡挫贼于电白雷州诸路，遂乘势追至琼州金英海港，生擒麦有贵、麦有金，并大头目八人，掳其余众。乃置大憝（duì），极刑斩枭，遣戍者二百余人，余皆省释。吴登明，以罪末减，准其投首。自此积年巨盗，举次廓清。奏入，百公加宫保衔，赏戴双眼花翎，与轻车都尉世职。在事文武，赏擢有差。保授顺德千总，飞熊以县丞用，飞熊后擢同知，保亦洊历厦门副将，卒于官。一嫂扶榇旋里，家居二十余年。辛丑夷变，当道延之出赞军务，一嫂曰：

"出仕后，党羽久散；今老矣，无能为也。"请辞再三，强之卒不出。此可为去邪归正者劝。

【译文】嘉庆年间，福建、广东一带的外海巨盗扰乱，沿海居民，受其侵扰已经十多年了。福建外海的巨盗有蔡牵、朱渥，广东外海的巨盗有郭学显、张保、麦有贵、麦有金、吴登明等，其党徒各有上万人，官军至今难以捕治。嘉庆十四年（1809）己巳秋八月，福建水师提督王得禄，率领水军撞破逆贼蔡牵的战船，蔡牵的战船沉入海中。九月，朱渥率领党徒出来投降，这样福建的海盗就被平定了。这年冬，郭学显也率领一万多人的党徒出来投降。两广总督百文敏公（百龄，张氏，字菊溪，清汉军正黄旗人）将此事上奏朝廷，朝廷授予郭学显官职，郭学显推辞不受。郭学显在仙城县中筑造了几间居室，教子孙读书，最后以平民的身份死去。

那时，张保等人仍像从前一样侵扰百姓。百公招募有胆略的勇士，前去侦察逆贼的动静。有个叫周飞熊的人，与张保有交情，愿意前往。周飞熊到了张保那里，张保给予其优厚地款待，周飞熊趁机劝说。张保半信半疑，与妻子郑一嫂切切私议。郑一嫂说："细察其言，必定是官府授意让他前来的，完全相信他的话也不行。然而你既然有投降自首的意思，也不可置之不听，一定要谨慎谋划才行。事情一旦失败，我和你就粉身碎骨了。"过了许久，周飞熊又数次前往张保处，张保这才决意投降，约定先与百公会面商谈。周飞熊回去禀告，百公答应。到了会谈日期，张保在水上排列战舰，放大炮，大炮之声震动不绝，表面上是为了迎接百公，实际上却是为了炫耀武力。百公减少侍从，乘坐小舟出海，张保与郑一嫂登上百公的小船叩拜。百公微笑着说："张保，你好威风啊。老夫来了，你如果能投降反正，以你的材力勇武，老夫定当上奏朝廷保举你担任朝廷的大官，对你过往的罪过不加追问。”于是命张、郑二人配为夫妇，二人再次叩拜道谢。百公与张保开怀畅谈了一段时间，临行，取下大拇指上的翡翠扳指，戴在张保的手指上，对张保说了一声“珍重”，然后离开。张保夫妇被百公的推心置腹所感动，第二天归顺，交出全部的船炮兵器，率领二万多党徒出来投降。郑一嫂先行进入省城居住，百公挑选精锐的士兵护送。百公仍令张保统率其党徒，跟随官军前去剿灭麦有贵等人。

当时提督童镇升、孙全谋，总兵万飞鹏，多次在电白、雷州等地打败贼人，（他们见援军来到后）便乘势追到琼州金英海港，生擒麦有贵、麦有金以及八个大头目，俘虏其余的党徒。百公将几个大恶之徒，处以极刑，斩首示众，判处二百多个党徒遣戍之罪，其余的全部减刑释放。吴登明，以从轻论罪，准许其投降自首。自此多年巨盗，分次全部廓清。奏章送至朝廷，皇上下旨百公加宫保衔，赏戴双眼花翎，并赐予轻车都尉的世袭职位。参与平乱的文武官员，各有不同的赏赐升迁。张保被授予顺德千总的职位，周飞熊被授予县丞的职位，周飞熊后来升任同知，张保也被举荐为厦门副将，死于官署。郑一嫂运送张保的灵柩返回家乡，家居二十余年。道光辛丑年（1841）洋人变乱，执政者延请郑一嫂出来佐理军务，郑一嫂说：“我自从跟随丈夫出去做官后，昔日的党羽早已流散。现今我老了，已经无能为力。”推辞再三。执政者强行要求其出来佐理军务，郑一嫂最终没有出来。此事可以作为对改邪归正者的劝戒。

7.5.8 赵金陇

道光十一年，江华猺赵幅才，以妖术煽惑群猺，扬言猺中将出大王，赵金陇状貌奇伟，必应其人。因蓄异志，潜结粤中散猺数百辈，与赵金陇所纠九冲诸猺，得万余人；分为三大营，红绡抹额，军容甚盛。于是年除夕，反贼伙赵鸣凤，以伪示散布远迩，尾署“金陇元年”。

事闻，上命湖北提督罗思举，遴选精骑，迅速进剿。时官弁勘明首逆祖茔，已先掘毁；而贼势方张。湖南提督海凌阿，堕贼计，竟为所戕。乃以贵州提督余步云调补，与罗公戮力杀贼。十二年四月末，扫穴歼渠，楚南猺匪，遂以蒇（chǎn）事。行间各官，赏恤有差。

其时复有粤中连山猺赵子青者，闻金陇反，亦相继蠢动，自称猺王，伪封贼党为总兵，率众肆行焚劫。越明年壬辰秋，贼焰尚炽。阁督李鹿苹先生，赴连督剿，久未克复。

上命尚书禧恩，盛京将军瑚松额、余步云，来连协同办贼。比至，剿抚兼施，累月始平。连山厅理猺同知郭际清，与各官分赴猺山。遍历东西八大排，百三十一冲，核实丁口，填给门牌，按牌设立猺老猺长；其小冲则设立猺目。皆择谨愿者为之。事竣论功，尚书赏戴三眼花翎，晋封辅国公；瑚、余二公，赏戴双眼花翎，与一等轻车都尉世职；以下将校，恩赏如前。李阁督以坐失机宜，夺职，遣戍乌鲁木齐。

斯时先岳杨竹圃先生，为湖南臬使，督兵出省，叙功赏戴花翎，故知其情事最悉。

【译文】道光十一年（1831），湖南江华县（今永州市江华瑶族自治县）的瑶族人赵幅才，以妖术煽惑瑶民，扬言瑶民中将有大王出现，赵金陇状貌奇伟，必然应验在他的身上。因为赵幅才早有叛逆之心，暗中勾结从广东迁来的数百名瑶民，与赵金陇所纠集的九冲诸瑶，共一万多人，分为三大营，人人将红绸系在额头，军容甚盛。在这年除夕，伙同反贼赵鸣凤，将伪告示散布远近各处，告示末尾款署“金陇元年”。

此事被奏报到朝廷，皇帝命湖北提督罗思举挑选精兵，迅速进剿。当时官军已经察知首逆的祖坟地址，先行掘毁。但逆贼正在嚣张之时，湖南提督海凌阿，落入逆贼设置的圈套，最终被逆贼杀害。朝廷命贵州提督余步云调补湖南提督，与罗公合力杀贼。道光十二年（1832）四月末，官军攻破逆贼的巢穴，歼灭其首领，于是湖南瑶族的叛乱，得以平定。参与战事的各官，都受到不同程度的奖赏抚恤。

当时还有广东连山厅（今连山县）的瑶族人赵子青，听闻赵金陇反叛，也相继叛乱，自称瑶王，伪封贼党为总兵，率领众人大肆焚烧劫掠。到了第二年壬辰（1832）秋，逆贼的气焰还很嚣张。时任两广总督李鹿苹先生（李鸿宾），奔赴连山厅督剿，久未平定。

皇上命令尚书禧恩，盛京将军瑚松额、余步云，前来连山协同剿贼。三人来到后，围剿与抚恤兼施，经过数月才将叛乱平定。连山厅管理瑶民的同知郭际清，与各位官员分别奔赴瑶民居住的山区，走遍东西八大排，一百三十一冲，核实人口，填写发给门牌，按门牌设立瑶族长老；在小冲则设立瑶族头目。这些长老、头目都是挑选谨慎诚实之人担任的。事情结束后，论功行赏，尚书禧恩赏戴三眼花翎，晋封辅国公；瑚松额、余步云二公赏戴双眼花翎，并赐予轻车都尉的世袭职位。下面的将校，按照旧例给予赏赐。李鹿苹总督因贻误战机之罪，被革职，遣戍乌鲁木齐。

当时我的岳父杨竹圃先生（杨簧），任湖南按察使，指挥士兵出省参战，论功赏戴花翎，因此我对这些事情知道得非常详细。

7.5.9 鸦片案

武进令某，为南汇县时，值己亥、庚子鸦片烟禁严，吸食者死；地方官一月获十五起者，立予升阶。时裕忠愍公，巡抚江苏，督办严厉。令迎合其意，两月间，报获百余案。裕大喜，为之请加同知衔。时以半年戒除为限，限内无死法。而所获既多，大半毙于狱。

越数年，令自武进调元和，得卓异，赴京引见，骎骎（qīn qīn）有驾五马、建双熊之势。舟行至清江浦，其家人在前舱，闻令大言："若等有话好说，勿动手。"时所坐为常州花船，船妓与令素有染，疑其相谑也。继复闻呼叱声，又言："我辈尚不应死，何忍置之死地？"家人异之，同趋入视，见令颜色沮丧，作手撑足拒状。众入始定，曰："幸汝等来，不然殆矣。"问以何事，又默不语。或劝请病假折回，不可。至王家营，病大作，所言皆与人愤争。时其子从行，遂决计奉之南归，昼夜趱行。及常州之奔牛，病已濒危，忽以两手自抠其舌，大叫而死。

汪调生曰：藉人性命，以益功名，于心何忍！若盗劫人，则王法所不容，捕而诛之，果实心为国，除莠安良，谁曰不宜？又或地方捕盗，官吏因案搜擒，在官为举职奉公，在盗为情真罪当，盗死于法，何敢仇执法吏？然为民父母，不能教养其民，至穷而盗，则从而骈戮之，哀矜勿喜，仁者犹有憾焉。若境非本辖，官非有司，事非因公，徒以觎觊迁擢，越境购拿，就使赃真盗确，一念之私，盗已得而仇之。况其中更多不实不尽，或张冠李戴，或鼠窃狗偷，本无死法，而罗织以成之。遂至负屈含冤，俯首就戮，死而有知，不于获盗迁官之人是仇，而谁仇乎？三十年来，所见以此迁擢者，大都贺者在室，吊者已在户。书之以为有位贪功者儆。

【译文】江苏常州府武进县某县令，在松江府南汇县任职的时候，正值道光己亥、庚子（1839、1840）年间，朝廷严禁鸦片烟，凡是吸食鸦片的一律处死。地方官员如果有在一个月内抓获十五起的，可立即提升官职。当时裕谦担任江苏巡抚，督办禁烟十分严厉。县令迎合他的意图，两个月之内报告捕获吸食鸦片的案例一百多件。裕谦非常高兴，为他申请加封同知的官衔。当时以吸食鸦片半年以上作为处死的标准，半年之内的不被处死。但是抓获的人太多了，一大半的人都在监狱中折磨而死了。

几年之后，县令由武进县调任到苏州府元和县，在三年一次的政绩考核中获得了“卓异”等次，赴京城受皇帝引见，仕途顺利、蒸蒸日上，大有升迁知府的势头。船行至清江浦，他的家人在前舱，听到县令大喊：“你们有话好说，不要动手！”当时所乘坐的船是常州的花船（旧指载有歌妓招客之船），船妓和县令素来有染，以为是在调笑打闹。接着又听到大声呵斥的声音，又说：“我们本来不应该死，为什么要把我们置于死地？”家人才开始觉得奇怪，一起进后舱看是怎么回事。只见县令神色沮丧，做出用手脚撑持抵抗的样子。家人进入后舱以后，才稍微稳定下来，说：“幸亏你们来了，不然就完了！”问他发生了什么事，又沉默不语。有人劝他暂且请病假，调转船头返回苏州，县令不答应。第二天，渡过了黄河，到达王家营。航行了不到两个码头的路程，县令的病情就严重地发作起来，精神错乱，不认识人，所说的话都是和人在争吵辩论。当时他的儿子一路随行，于是决定护送他返回南方，急速开行，昼夜兼程。来到常州的奔牛镇，病情已经很危重。忽然用两只手抠自己的舌头，大喊大叫而死。

汪调生说：盗贼劫掠老百姓的财物，是国法所不能容忍的。将他们抓获，绳之以法，似乎应当是没有什么罪过的。然而如果是真心实意为了国计民生，除暴安良，谁能说不应该呢？又或者地方上专门从事缉捕盗贼的官吏，为了早日破获案件而搜查缉捕，对官吏来说属于尽职奉公，对于盗贼来说属于罪有应得。盗贼依法被处以死刑，怎么敢仇恨执法的官吏呢？但是作为老百姓的父母官，如果不能很好地教化养育他的百姓，导致他们因贫穷而做了盗贼，然后又把他们杀掉，这时有仁爱之心的人对他们感到怜悯，不会幸灾乐祸，仍然觉得很遗憾。如果本来不属于自己所管辖的地方，不是自己的职责所在，做事情也不是出于公心，只是为了贪图功劳、获得升迁，跨境缉捕，即便是赃物证据确凿，盗贼罪行属实，而一念的私心，盗贼便会对其恨之入骨，有理由寻仇报复。更何况其中还有很多不符合事实、调查不深入的情况，或者是抓错了人，或者是代人受过，或者是小偷小摸，本来按照法律罪不至死，却被罗织罪名而处死。于是导致含冤负屈，低头就死。死后如果灵魂有知，不去找因捕获盗贼而升迁官职的人报仇，还能找谁呢？我三十年来所见到的，凡是靠这种手段获得升迁的，大多都是祝贺的人还没走，吊丧的人已经到了。因此现在选取了其中几件比较明显和典型的案例，记录在这里，作为对身居官位而贪图功劳的人的儆戒。

7.5.10 雷公显灵

同治四年冬十二月二十八日，如皋东乡，雷击死一男一女，震活一婴儿。初闻其事，不知其故。

今年六月五日，闻高芸生述，赵芝林（定邦）太守从如皋来，见一奇事。云如皋东乡某家，有田百亩，有钱千贯。夫妇二人，一生行善，膝下无儿，过继犹子为嗣，嗣子成室。嗣父年五十余，嗣母年四十余，忽然有娠，将分娩。嗣子往百里外，贿稳婆银五十两，嘱谋害嗣母所生子，归告嗣母曰："某处稳婆最稳当，儿已倩之。"嗣母不疑嗣子有恶心，曰："好。"后数日，嗣母分娩，稳婆收生，堕地无声，男孩气闭，埋之田塍。嗣父愤极，赴城隍庙，鸣钟伐鼓，哭诉城隍："某一生行善，五十余岁才生一子，生而不育。天道无知，神心何忍？还我灵应，心始罢休。"日夜哭诉不休。

第三日，片云才起，雷声大震，稳婆手捧宝银一锭，与嗣子并跪田塍，同时击死。震活婴儿，呱呱而泣。观者如堵墙。即乙丑十二月二十八日事也。

余曰：贪财害命，生者杀之；行善得子，死者活之。善恶之报，呼吁之灵，如此昭彰。特书之以为世之行善者劝，作恶者戒。

【译文】同治四年（1865）冬十二月二十八日，江苏如皋县东乡，雷击死一男一女，震活一个婴儿。我刚刚听说此事，不知道是何缘故。

今年六月五日，我听高芸生转述，赵芝林（名定邦）知府从如皋县回来，见到一件奇事。赵知府说如皋县东乡某家，有田百亩，有钱千贯。夫妇二人，一生行善，膝下无儿，将侄子过继过来作为嗣子。嗣子成家时，嗣父五十多岁，嗣母四十多岁，嗣母忽然怀孕了，将要分娩。嗣子前往百里之外，贿赂产婆五十两银子，嘱托其谋害嗣母所生的儿子，回来后告诉嗣母说："某地方的产婆最稳当，儿已经请他前来了。"嗣母不疑嗣子有坏心，说："好。"过了几天，嗣母分娩，产婆接生，生下的男孩没有哭声，已经气闭，产婆将男孩埋在田埂上。嗣父愤怒之极，奔赴城隍庙，击鼓鸣冤，向城隍神哭诉说："我一生行善，五十多岁才有一个儿子，儿子刚出生，还没来得及养育就死了。天道无知，神怎么忍心啊？您向我显示灵验，我心中才肯罢休。"日夜哭诉不止。

第三天，片云刚刚聚集，便雷声大震，产婆手捧一锭银元宝，与嗣子一并跪在田埂上，同时被雷击死。雷震活婴儿，婴儿呱呱啼哭。当时观看者众多，围得如一堵墙一般。这事发生在乙丑年（1865）十二月二十八日。

我说：贪财害命的人，虽暂时活着但最终被诛杀；行善得子，儿子虽然死了但最终被神灵救活。善有善报，恶有恶报，瞬息之间就有灵验，并且是如此的明显。我特意记下此事作为对世间行善之人的劝勉、作恶之人的告诫。

7.5.11 咸丰壬子雷

汪调生曰：壬子秋，旋里应试，经吴江之莘塔镇。舟子指岸上人家曰："是家一月前，父子为雷同日震死，今绝矣。"询其何以致干天谴，舟子曰："是家亦操舟者，今春自外归，忽有多金，问舍求田，不复理故业。有询致富之由者，词多惝恍（chǎng huǎng）。久之，其事渐露。是人父子驾舟，往来于松、苏间。去腊有客作二人，自上海雇其舟至苏，囊颇厚。其子顿萌恶念，密与父谋，道经泖湖中，夜杀之而弃其尸，携资以归。

自谓踪迹诡秘，人无有知，而不意天鉴之不远也。死之日，万里无云，其子在田，其父在市，相距里许；忽霹雳一声，自田中提其子至市门，父子对跪于地，视之死矣。背上皆有朱书篆文十余字，人无识者。”

【译文】汪调生说：咸丰壬子年（1852）秋天，我回老家参加考试，路过江苏吴江县（今江苏省苏州市吴江区）的莘塔镇。船夫指着岸上的一户人家说道：“这家在一个月之前，父子二人同一天被雷震死，现在绝户了。”然后我问他这家人遭到天谴的原因，船夫说：“这家也是开船的，今年春天从外地回来，忽然有了很多钱，买房置地，不再从事开船的工作。有人向他们询问致富的原因，基本都是含糊其辞。久而久之，事情逐步暴露出来。这家的父子开船往来于苏州、松江之间，去年腊月有两位客商结伴而行，从上海雇他们的船到苏州，携带的资金有不少。他儿子顿时产生了邪恶的想法，秘密地和父亲谋划，在经过泖湖（湖泊名，在今上海市松江区西，由上泖、中泖、下泖汇集而成）的时候，在半夜将客商杀害，将尸体抛弃，占有了他们的钱财回来。自认为神不知鬼不觉，没有人知道，而没想到上天的报应很快就来了。死的那天，本来天气晴朗，万里无云，他家的儿子在田里，父亲在集市上，相距一里多路，忽然霹雳一声震雷，把儿子从田里提至集市门前，父子二人面对面跪在地上，过去一看已经死了。二人的背上都有朱红色的篆体字十几个字，没有人认识。”

7.5.12 妻子团圆

梅某，宁国宣城人也。当发逆窜扰时，举家陷入贼中。某单身逃寓如皋，几于乞食。迨贼氛肃清，即回本籍。昔之屋宇，一片焦土，无力起造，遂卖其地基于戚家，得其所有，作小经纪于九江、芜湖间。数年来，颇为顺利。自顾年近不惑，形影相吊，且数代单传，一线之延，有关宗祀，急谋续弦。

一日，于九江谋之友，并云："但求宜男，面貌、门第皆弗计也。"其友曰："事有适值其巧者。适有人欲鬻一妇，年约三十许，貌仅中人。而听其口音，似君同里。身价不昂，盍往观乎？苟合意，纳为小星，未为不可。"某闻系同乡，姑往见之，即其妻也，相视默然，不作一语。友从旁观之，曰："是合意矣。"代为主持，身价银三十金交讫，肩舆载之归，复为夫妇如初，悲喜交集。

同人置酒为贺，席中有一友自汉镇来，问某："有子乎？"答曰："有一子，失时已五岁，今当十六岁矣。"友笑曰："天下奇事，恐萃于君一门也。予在武昌城中某糖铺内，见一习业幼童，状貌颇肖君，问其姓，亦宣城梅氏。得非君之血脉，流落他省耶？"某闻言心动，择日与友买舟往访。至糖铺认之，形躯虽长，而面目尚约略可认，细加盘诘，子亦恍然忆是其父，相与抱头大哭。店主见之，嘱某带回，某酬以金，不受。由是父子偕返九江。

半月之间，夫妇父子，共庆团圆。人咸谓梅某有隐德之报。此同治七年冬月间事。友人言之凿凿，谅非虚语。况乱离之后，此等事亦所时有也。

【译文】梅某，是安徽宁国府宣城县人。当太平军流窜到宣城县侵扰百姓时，梅某全家陷落贼中。梅某只身一人逃到江苏如皋县寄居，几乎沦落到讨饭的地步。等逆贼被肃清后，梅某立即回到宣城。从前的房屋，已经化为焦土，梅某无力建造，便把地基卖给亲戚家，拿着得来的钱，往来于九江、芜湖等地之间做起了小生意。几年下来，颇为顺利。梅某考虑自己年近四十，孤身一人，并且家中数代单传，延续后代，关系到宗祀，急切打算续娶。

一天，梅某在九江的一个朋友家与朋友商议续弦之事，并说："我只求对方能够生育男孩，面貌、门第等方面都不计较。"其友说："有些事情就是这么凑巧。正巧有人想卖一个妇女，这个妇女大约三十岁，相貌中等。但听其口音，似乎是你的同乡。身价不贵，何不前去看看呢？你如果满意，纳为小妾，未必不可。"梅某听说妇女是自己的同乡，姑且前往一见，原来那个妇人就是自己的妻子。二人相视默然，不作一语。其友在旁边看见这种情形，说："合你心意了。"便代为主持，交给卖方三十两身价银，用轿子将妇女抬回梅某家中。梅某与妻子又像从前一样成为夫妻，二人都悲喜交集。

梅某的朋友们都为其摆酒祝贺，酒席中有一个来自汉口镇的朋友，问梅某说："您有儿子吗？"梅某说："有一个儿子，失散时他已五岁，现今应当十六岁了。"这个友人笑着说："天下的奇事，恐怕都要聚集到你一家之中了。我在武昌城中某糖铺内，看见一个幼童学徒，状貌非常像您，我问他姓什么，他说他也是宣城梅氏。这个幼童或许就是您的儿子，流落在外省的吧？"梅某闻言心动，选择了个日子，与友人乘船前往探访。梅某到了糖铺仔细辨认，见幼童身躯虽长，但面目尚可约略认识，细加盘问之下，幼童也恍然忆起对方就是自己的父亲，随即父子二人相互抱头大哭。店主看见此事，让梅某将儿子带回，梅某拿出银钱酬谢，店主不接受。于是父子二人一同返回九江。

半月之间，夫妇父子，共庆团圆。人们都说这是梅某的阴德之报。这是发生在同治七年（1868）冬月的事情。友人言之凿凿，想必应该不是虚构的故事。况且乱离之后，这种事也时有发生。

7.5.13 某烈妇

烈妇上海陈家巷人，为童养媳于某氏，操作勤慎，能得舅姑欢。咸丰壬子秋，始成婚。会木棉登场，烈妇从其姑捉花于野。日晡，姑馁甚，先归；烈妇以花捉未净，独留。恶少某甲，与某徒乙、丙三人同行，过其旁，见烈妇少艾，乙与丙戏谓甲曰："能与之野合，当醵金置酒相贺。"甲笑曰："是何难哉？"遽前抱妇，调以游语。妇出不意，大惊狂呼。甲见四无应者，遂捽（zuó）妇于地，碎其裙。妇瞋目大骂，声益厉。甲怒以土块塞妇口，将去其小衣。妇竭力撑拒，移时不动，抚之僵矣。乙、丙惧而奔；甲亦将遁，屡起屡扑，初不知辫为妇所持也。有同村人过者，见之，惊告其家。其舅姑及夫偕至，观者一时麕（qún）集，执索将缚甲，见其辫犹在妇手，劈之不开。舅与夫，泣而祝曰："某甲不良，致汝死于非命。今我等皆在，不能遁矣。盍释其辫，当鸣官以伸汝冤，而请旌尔烈。"祝讫，手不劈而自解。观者咸谓烈妇之灵，虽死不爽。遂缚甲送官，复捕乙、丙至。三人皆论如律。

【译文】有一位烈妇，是上海的陈家巷人。在某家做童养媳，料理家务谨慎，很能得到公婆的欢心。咸丰二年岁次壬子（1852）秋天，才正式完婚。当时正值木棉花开，女子跟随她的婆婆到田野里采摘木棉花。天将暮时，婆婆感觉很饿，就先回家了。女子因为采摘木棉花还没摘净，就一个人留下来继续采摘。有一个品行恶劣的无赖少年某甲，和他的同伴某乙、某丙，三个人同行，从女子身旁经过。三人见女子年轻貌美，某乙和某丙对某甲开玩笑说："你要是能和她在田野苟合，我们就凑钱摆设酒宴为你庆贺。"某甲笑着说："这有什么难的？"就上前去搂抱女子，并以一些不正经的言语来调戏。女子没想到突然发生这样的事，大为惊骇，便大声呼救。某甲见四周没有应答的人，于是揪住女子，把她摁倒在地，撕破了她的裙子。女子用手抓住某甲，瞪着眼睛大骂，声音越来越凄厉。某甲大怒，用土块塞住女子的嘴，准备脱去她的内衣；女子拼尽全力撑持抵抗，过了一会儿没有动静了，用手按了按，已经没有呼吸了。某乙、某丙都吓得跑了，某甲也准备逃走，起来就倒地，连续好几次，开始的时候不知道自己的辫子被女子紧紧地抓在手里。有同村的人路过，看到后，就立即跟女子的家人报告，她的公婆和丈夫都来了。一下子来了很多围观的人，众人拿着绳子准备把某甲绑起来，见他的发辫还被女子紧紧地攥在手中，难以掰开。公公和丈夫哭着祷告说："某甲作恶，导致你死于非命，现在我们都在这里，他跑不了了。何不放开他的辫子，我们控告到官府帮你申冤，同时申请旌表你的节烈。"祷告完之后，手不用硬掰就自动松开了。围观的人都说烈妇的英灵，死后仍然不灭。于是把某甲绑起来送到官府，又把某乙、某丙二人抓获，三个人都被法办。

7.5.14 死者魂先在冥

户部主事简宗杰，云南昆明人，同治壬戌进士。甲子年正月二十九日，偶感寒疾，延同乡友人诊视。方内用麻黄三分，清晨一剂，汗出如雨，惛然罔觉。梦见二隶，以练系其项而去，至一署门，上悬“都城隍理事厅”额。入门即见两妇人，各抚掌笑曰：“来矣。”再进数门，历级而上，遇刑部主事叶守矩，简君壬戌同年也，一见即向前慰问。旁又见刑部主事吴养源，颜色惨沮，默无一语。简颇感叶之热肠，而深讶吴之冷眼也。叶与吴，皆本朝衣冠。

忽殿上一人来，微须短视，年四十许，蓝袍圆补，冠乌纱无翅，简即以无辜被系告。其人云：“当上殿查之。”寻下殿，持一册来，翻数页，见一行书：“军功六品顶戴简泰良，湖南岳州府人。”简即大呼曰：“我名宗杰，非泰良也。”其人曰：“误矣。”遂掩卷，命去其练。则一红蓝布两面带子，红一面，墨圈无数，圈内皆有“简泰良”三字。其人问简籍贯官阶，曰：“然则是广东司前后辈，君己未年到衙门，宜乎我不及见也。”简亦叩其姓名，则曰：“姓路，异日自知之耳。”即命隶送归，不复见来时门径矣。恍然梦醒，时已日晡。查检所服药料，方知药肆以麻黄三分，误付三钱，调养数日而愈。

二月初九日，叶守矩之母寿辰，简君往祝，守矩即是日下世矣，闻之大骇。即访吴养源，亦四日前病故。忆梦中相遇之日，叶初病，吴尚未病，不意其魂魄先已在冥府。访户部同事，并知广东司昔有路璋，丙申进士，贵州毕节人，颇正直，与堂官肃顺不协，告退旋故。殆殁而为神与！

【译文】户部主事简宗杰，云南昆明人，同治元年（1862）壬戌科进士。同治甲子年（1864）正月二十九日，简主事偶感风寒，请同乡友人诊视。药方上记载用麻黄三分，清晨简主事吃了一剂药，汗出如雨，然后就昏迷不醒。他梦见二名差役，将锁链套在他的脖子上，牵着他而去，来到一所官署门前，看见门上悬挂着“都城隍理事厅”的匾额。刚一进门就看见两个妇人，各自拍掌笑着说：“来了。”又穿过几道门，登阶而上，遇到刑部主事叶守矩，叶守矩是简主事的壬戌科同年进士，一见到简主事就上前慰问。在旁边，简主事又看见刑部主事吴养源，吴主事脸色忧伤沮丧，见到简主事默无一语。简主事为叶守矩的热心而感动，却也深深惊讶吴养源的冷眼相待。叶守矩与吴养源都身穿本朝的官服。

忽然有一人走上殿来，略有胡须、眼睛近视，约四十岁，身穿蓝袍圆补官服，头戴乌纱无翅官帽，简主事随即把自己无辜被拘押的事情向他报告。那人说：“我上殿后一定细查。”说完，很快下殿，拿来一本簿册，翻阅数页，看见一行文字说：“军功六品顶戴简泰良，湖南岳州府人。”简主事立即大呼说：“我名叫简宗杰，不是简泰良。”那人说：“错了。”于是合上簿册，命人去掉简主事脖子上的锁链。简主事看见簿册上有红蓝布两面带子，红色的一面，有无数墨圈，圈内皆有“简泰良”三字。那人询问简主事的籍贯官阶，（简主事回答），那人说：“原来是从前广东司衙门里的后辈，你已未年来到衙门，难怪我没有见过你呢。”简主事也询问那人的姓名，那人说：“我姓路，将来你自会知道。”随即命令差役将简主事送回，简主事已经看不见来时的门径了。他恍然梦醒，其时已是傍晚。检查所服的药物，才知道药铺之人把麻黄三分看错了，误给成麻黄三钱，调养数日后，就痊愈了。

二月初九日，是叶守矩母亲的寿辰，简主事前往祝寿，才听说叶守矩就在这天去世了，听说此事后十分惊骇。随即去拜访吴养源，吴养源也在四天前病逝了。回忆梦中与叶、吴二人相遇的时间，当时叶守矩刚刚患病，吴养源还未患病，没想到他们二人的魂魄已经提前在冥府了。又访问户部同事，一并知道广东司衙门里从前有个名叫路璋的官员，是道光十六年（1836）丙申恩科进士，贵州毕节人，为人非常正直，与尚书肃顺不合，后来辞官回乡。大概路璋死后成为神灵了吧！

7.5.15 酷报

吴莲芬曰：乾隆间有甘泉令某，巧于贪婪。时淮盐正盛，某令豢养不逞辈数人，日事罗织。凡商家每一举动，必百计驱之陷穽，为生财地。

扬州徐宁门外河东，有一寺，其僧素以富名。一日，一少妇艳妆肩舆而来，仆从如云。僧见之，恭敬有加。少妇入方丈坐定，曰：“供献未来，且少憩。”僧侧坐陪侍。正坐间，突有大汉拥进曰：“和尚藏妓在密室，何其乐也？”僧曰：“毋乱言，此某商家太太也。”大汉曰：“此某妓也，何太太之有。”再觇（chān）其舆夫仆从，皆无矣。遂以索，共牵之官。某令如得奇货，僧厚贿之乃已。因又传询商家，何妓不别姓是托，而特汝是托，可见平时有妇女入庙之事，商又贿之。如此者不一其事，故有剥皮之混号。

在官以暴疾死，家口流寓扬城。未数年，室如悬磬。未适之妾尚有二三人，并其儿媳、室女，相率为娼。此光禄公亲见其虐，而亲见其报者，尝述以为戒云。

【译文】吴莲芬说：乾隆年间，甘泉县（今扬州市）县令某，为人贪婪，擅于巧取豪夺。当时江淮一带盐业兴盛，某县令叮嘱自己豢养的几个为非作歹之人，每天为盐商罗织罪名。凡是盐商有所举动，某县令必会千方百计驱使盐商落入陷阱，以此作为生财之法。

扬州徐宁门外河东，有一座寺院，寺里的僧人素来以富有而闻名。一天，一个少妇浓妆艳抹乘轿而来，仆从众多。僧人见到少妇，对其恭敬有加。少妇进入方丈室中坐定，说："供品还没有送过来，暂且稍等片刻。"方丈坐在一边陪侍。两人正坐着时，突然有个大汉闯进来说："和尚把妓女藏在密室里，多么快乐啊。"方丈说："你不要乱说，这是某盐商家的太太。"大汉说："她是某妓女，哪里是什么太太？"少妇再看自己带来的轿夫、仆从，全都不见了。于是，大汉将方丈与少妇捆绑，一同牵到县衙。某县令见到他们就像得到奇珍异宝一样，方丈重金贿赂了县令一番才得以脱身。于是某县令又传询盐商，问盐商那个妓女为何不假托是别人的太太，却只假托是你的太太，可见平时你家有妇女入庙之事，盐商也重金贿赂了某一番。像这样的事不止一件，因此某县令有"剥皮"的外号。

后来，某县令因突然患病死在任上，其家属流落寄居在扬州城中。没过几年，家庭就一贫如洗了。他的二三个尚未改嫁的小妾，连同他的儿媳、女儿，相继沦落为娼妓。我的父亲光禄公曾亲眼见过这个县令的残暴狠毒，也亲眼见到他遭受恶报，并对人讲述此事作为劝戒。

7.5.16 扬州初次失守

自古用兵将帅，畏葸(xǐ)亦所恒见，未闻咸丰三年扬州之异者。粤匪甫至九江，各处防兵，皆闻而退走。扬州书佣江寿民，竟与贼通，允送犒师银数十万两，设席百余桌，请其入城宴饮，许以假道，绝不掳杀。其时江北防堵之大员某，不但不将江寿民正法，且欣从其议；漕督某，亦怂恿其成。某为防堵二三品大员，竟出乎此，且面谕迁徙之百姓：“尔等不必惊慌，长毛贼不过一过而已。”

试问一过后，何所在耶？朝廷土地，竟可容其一过耶？律以叛逆，情真罪当，竟得保首领以殁，幸哉！贼入城后，所有运库之银、义仓之米，以及绅富资财，不下二千万，胥为粤贼有。所被愚之百姓，死者计十七万有零。助逆贼之鸱张，损国家之元气，莫此为甚。某死后，其家直有未可以言语论者，报应已甚于拿戮矣。

【译文】自古以来，用兵的将帅畏缩胆怯也属常见，但从未听说过有像咸丰三年（1853）扬州的事情那样过分的。太平军刚到九江时，各处驻防的官兵，都闻风退走。扬州书佣江寿民，竟然与逆贼串通，答应赠送数十万两银子犒劳逆贼，摆下一百多桌酒席，请逆贼入城宴饮，逆贼承诺说只是借道扬州，绝不掳掠残杀。当时负责江北防堵事务的大官某，不但不将江寿民正法，并且欣然听从其建议；漕运总督某，也怂恿促成此事。某是负责防堵事务的二三品大官，竟然出此下策，并且还当面告诉迁移的百姓说：“你们不必惊慌，长毛贼不过借道一过而已。”

试问一过后，扬州城还剩下什么呢？扬州城作为朝廷的土地，难道容许其一过吗？按照国家法律，这位大官应该以叛逆之罪论处，案情属实，罪有应得，可他竟然保住了脑袋而死，真是侥幸啊！逆贼入城后，所有盐运司银库里的银子、为备荒而设置的粮仓里的粮食，以及士绅富户的资财，不下二千万，全部被逆贼占有。受到愚弄的百姓，共计有十七万多人死亡。助长逆贼的嚣张气焰，损伤国家的元气，没有比这更严重的了。某死后，其家的惨状简直不能用语言形容，这样的报应已经远远超过被捉拿诛杀了。

7.5.17 狐前知

扬州会馆苍屏楼，相传有狐居其上，霜髯道装。每逢会试，士子群集则避去，屋空又来。已历年所，绝不为人扰。咸丰二年壬子科乡试，会馆居者寥寥。七月望间，三鼓后，更夫巡更至彼，闻楼上两人共谈，曰："今年馆中无多中式者，唯方鼎锐中五十名耳。"更夫次早告人，后果不谬。

【译文】扬州会馆的苍屏楼，相传有狐仙居住于其上，狐仙白色胡须、身穿道袍。每逢会试，士子群集时狐仙就避去，屋空时又来。狐仙在此居住多年，从来不会对人造成侵扰。咸丰二年（1852）壬子科乡试，住在会馆里的人寥寥无几。七月十五日，三更后，更夫巡更来到苍屏楼下，听见楼上有两个人一起谈话，说："今年住在会馆中的士子没有几个能考中，只有方鼎锐可以考中第五十名而已。"第二天早晨，更夫把这话告诉了别人，后来果然不错。

7.5.18 张明德

华亭户书张明德，奸巧善舞文，夤（yín）缘为漕胥，益肆行无忌。乡民之良懦者，横遭吞噬；与人有睚眦（yá zì）怨，辄中以危法。以故皆侧目事之，弗敢抗。

有皂役陈大忠者，性伉直，明德积不平，思有以中伤之。壬寅春，漕事将竣，明德以粮串数百石，嘱大忠赴乡催收。折色时，每石折收洋银五元六角。大忠既行，明德遂白官，增其价至六元三角。及大忠回，如前数收缴。明德遽曰："是尚缺三百余元，得无汝中饱耶？"大忠艴然曰："我行时，只五元六角。城中骤增价，我安得知？"与之忿争而散。明德竟以大忠侵蚀告官，官拘大忠，责令赔补。抗不承，遂下狱，坐侵用官银，遣戍河南。

大忠有屋数楹、田十余亩，尽卖之，为安家及行资，已署券矣。明德闻之，往告买主曰："大忠侵亏国帑，其产应变价偿官，尔等私售犯产，当与同罪。"买主惧，厚赂之而请计焉。明德故为踌躇曰："价已付乎？"曰："未也。"曰："未付，尚可挽。尔速取契及买价来，我为尔呈官。大忠来索价，令其赴库请领，则尔无患矣。"买主从之，尽以价与明德。大忠之遣戍也，已预报家产尽绝，闻之怨愤而已，竟不敢领价。是冬，大忠赴戍，号痛出城，哀动行路。当是时，大忠身负奇冤，千里赴戍，一家星散；自问还乡无日，抱恨终身。而明德徒以大忠礼貌微嫌，既入其罪，复罄其赀；意气骄横，自谓得计，更无有与之为难者矣。

会豫河决口道阻，遣戍者，皆奉文还本县监，俟水退再往。大忠于癸卯二月十二日，复反华亭监。未旬日，而明德难作。先是华邑兑丁费重，民间折色迟缓，漕总先筹款垫给，不足数，则船先发，而留丁以俟。历年遵办无误。是年邑令刘公，新莅任，明德思有以挟制之，预白官：“新漕须俟帮费清，始开。”不信。则日嗾帮丁水手入署哓索，令知其情。怒责明德。明德因服生鸦片，至门房，意谓以觅死图赖。令必将活我，而别筹款以给运丁。船既开，则官项可任意侵蚀矣。司阍者，见其须有生烟，大骇白令。令下明德狱，入狱门，已昏瞀矣。凡服生鸦片者，忌热茶。大忠在狱，闻明德将入，喜极，预备热茶以俟。见明德入，迎谓之曰：“明德，汝亦来此乎？”手捧茶劝之。明德昏乱中，遽饮之，饮竟即扑地死。

死后，其家欲携尸自监墙上出，大忠与同监者不可。曰：“必反我售产资，而予同监者千金乃可。”当明德在时，恃其巧诈，凌铄同类，人咸疾之。大忠之事，人尤不平。及其死也，莫不称快。至是竟无有为解纷者。凡千二百金，尸始得出。盖距大忠之还仅十日。而明德死，死又两月，大忠复赴戍，濒行以己及明德先后获罪下狱始末，属人叙其事而镌之版，遍送四方。报施之巧且速，无逾此者。

天岂专为一陈大忠偿其冤哉？特大忠一事，其险恶尤为显著耳。阴谋积久，自堕网罗；君瓮君矛，古今一辙。阴险何益哉！

【译文】华亭县（今上海市松江区）管理民户的书吏，名叫张明德，为人奸诈机巧，善于舞文弄墨。通过攀附和钻营，做了管理漕运的胥吏，得志以后，更加肆无忌惮。乡民之中善良懦弱的，都无端地遭受他的盘剥和欺凌。和人产生一丁点的过节，就用极其危险的手段来中伤陷害。所以他的同僚们，都害怕他，不敢正面和他对抗。

有一位叫陈大忠的衙役，为人刚直，唯独他不肯屈服于张明德。张明德一直对他不满，想着找机会陷害他，很长时间都没有找到机会。道光壬寅年（1842）春天，漕运的事情即将完毕，明德交给大忠几百石的缴粮收据，叮嘱大忠下乡，折算成现钱进行催收。当时每石粮食折合银洋五元六角，大忠动身以后，明德紧接着向上级申报，提高了折价，到每石粮食折合六元三角。等到大忠回来，按照原来的折价缴纳，明德于是说："这还缺少三百多元，难道是你中饱私囊了吗？"大忠愤怒地说："我走的时候只有五元六角，城中突然增加了价格，我怎么知道呢？"和他争论了半天，就散开了。明德后来竟然以贪污官银的罪名控告大忠，上级官员将大忠拘押了起来，责令他赔补所欠的金额。大忠反抗，不承认指控，于是被关进监狱。以侵用官银的罪名，被发配充军到河南。

大忠有几间房子、十多亩田地，全都卖掉作为安家和行路的费用，已经写好契约了。明德听说以后，就去告诉买主，说："大忠侵占亏空了官银，他的家产应该被变卖以后偿还官府，你竟敢私自购买犯人的财产，应当和他同罪。"买主害怕，贿赂了明德很多钱，请他帮忙想办法。明德故意做出犹豫不决的样子，说："价款已经付清了吗？"买主说："还没付。"明德说："没付的话，还可以挽回。你赶快把契约和价款取来，我替你呈交到官府。大忠如果来要钱，你让他到官库领取，那么你就没事了。"买主听信了他的话，把价款都交给了明德。

大忠在被充军发配之前，已经向官府报告说自己没有任何家产，知道了这件事以后，只是怨恨和愤怒而已，竟然不敢到官库领取价款。这年冬天，大忠被遣送至发配的地方，让妻子和孩子暂时寄住在岳父母家，大哭着出了城，哀伤之情，连路人见了都很同情。当时，大忠背负着巨大的冤屈，被发配到千里之外，一家人分散。自己心想不知道什么时候才能返回家乡，从而造成终生的遗憾。而明德只是因为大忠礼貌上稍微有些嫌隙，就无端地陷害他，扣上罪名，又吞没了他的家产，洋洋自得，骄横跋扈，自认为稳如泰山，没有人敢和他为难。

后来，赶上河南黄河决口，道路被阻，被发配的人都根据上级的命令返回本县关押，等洪水退去再去河南。大忠在道光癸卯年（1843）二月十二日返回华亭，在监牢里关押了不到十天，而张明德的灾祸就临头了。起初，帮办漕粮交兑的兵丁所需的经费繁重，民间易米折银的进度缓慢，漕运总司先行筹款垫付，如果数额还不够，就让漕船先开走，同时留下一些兵丁等待经费缴清，历年来都是这样办理的，没有丝毫延误之处。这一年，县令刘公刚刚到任不久，明德想着找理由要挟他。就提前告诉官员，运送新粮的漕船要等到帮办的经费缴清才能开出，刘公不相信，明德每天唆使帮办漕运的兵丁、水手，到县衙里吵闹索取。县令大怒，严厉斥责了张明德。明德于是吞下了生鸦片，来到门房，意图以寻死的手段来要挟耍赖，心想县令一定会救活他，然后通过别的渠道筹款交给漕运兵丁。待漕船开走以后，那么这部分官银可以任意侵占了。和看门的人说话的时候，看门的人见他的胡须上有生烟膏，大为惊骇，急忙报告县令。县令大怒，立即将张明德关入监牢。还没走到牢门，已经昏迷不能说话。凡是误食了生鸦片的，饮用凉水就可以缓解，忌喝热水，如果喝了热水，就会立刻死掉。大忠在监狱里，听说明德要来了，很高兴，提前准备好热茶来等他。看见明德进来以后，迎上前去说："明德，你怎么也来这里了？"双手捧茶劝他喝下，明德昏迷之中，一饮而尽，接着就倒地而死。

明德死后，他的妻子和孩子想要把他的尸体从监狱墙上运出来。大忠和同监的人不同意，说："一定要还给我变卖家产的钱，同时要送给同监的人一千两银子，才可以。”张明德活着的时候，凭着自己奸巧诡诈的手段，欺压凌辱同僚；同僚们都对他很痛恨，大忠的事情更是令人愤愤不平。等到明德一死，大家都拍手称快，到这个时候，竟然没有一个人帮他排解的。明德的儿子花费了一千二百两银子，才得以将尸体运出来。距离大忠回来，才十天，明德就死了。死后两月，大忠再次被遣送到发配的地方。临行之前，把自己和明德先后获罪入狱的整个经过，委托人把这件事记录下来并且刻版印刷，分送四方，广为流传，来彰显因果报应的巧妙。

上天又怎么会是专门为一个陈大忠偿还冤债呢？只不过大忠的事情，其阴险诡诈的手段更为显著。阴谋诡计用得多了，难免自投罗网、作茧自缚。正所谓“请君入瓮”“子矛子盾”，以其人之道，还治其人之身，古往今来都是一致的。阴谋诡计有什么好处呢？

7.5.19 恤寡

浦江朱氏，始以积谷起家，称巨富，翁媪皆上寿。生二子，长黠而次愿；父子累代忠厚，受欺弗能校也。二子先后授室，和睦无间，虽妯娌间；后稍有龃龉（jǔ yǔ），以媪御下严明，弗为患。翁以长子有才干，令出贸易；且以长已得四孙，次未生育，因以次主家政。次忠厚而极公允，一家安之。

无何，翁逝，长以奔丧归，遂令长主家政。次本身弱，而天性极笃，痛父而亡；媪以晚子最得其欢心，痛极切，遂愈怜娌，娌亦极尽孝道。

迨媪耄年，妯娌渐多不和，一家知之，不敢白媪也。媪微有所闻，尝语妯曰：“娌幼寡可怜，此苦味，吾深尝，汝宜善视之。”妯诺之，实则漠不为意耳。遂拟将产析为四：一为已膳，一为诸孙，一为长，一为次。均以为允，长弗愿，且曰：“一经分析，母膳谁承，弟媳谁代主持？宁归儿一人劳耳。”媪信其真，而不知妯之意也。

此后娌之受制于妯者，不一而足。娌以孤寡，无可告诉，遂郁郁有心疾。妯固视若赘庞，长亦置若罔闻。其多年含忍不发，实以娌尚知大义，颇知尽孝，恐媪不欢耳。娌母家故贫，暗有些微周济。妯侦之，遂以白媪，媪曰：“谁不知有母？能孝母，乃吾媳也。此戋戋（jiān jiān）者，损吾家几何？况即其本分应得，缩以与母也，汝辈勿太迫人。”妯愧甚，于是益衔娌，外似甚和，暗则无不媒蘖其短矣。

方次病革，于诸侄中，有素爱者，媪知之，命继为后。媪又以娌太寂，令归娌抚养，冀日后能孝其母，此正办也。长亦以母言为然；妯故难之，因晓娌曰：“吾子固继汝，特汝命太苦，防克儿。”娌曰：“吾命固苦，既克夫，何至克之不已？今既将儿继吾，果何日而来继也？”妯曰：“再商之。”于是一年复一年，有继之名，无继之实。媪以年高未知底蕴，相与因循。而妯势日盛，娌势日孤。娌尝曰：“吾名为富家妇，实一苦人耳，何乐生为？”不久抑郁而卒。

卒后，家中切切私议，代娌不平。媪亦有所闻，颇悔析产之不早也。一日，妯暴卒，口中喃喃致辨；既而长叹一声，苏矣。人环问之，则曰：“为娌讼于金华城隍神。以吾欺陵之，又隔绝其母子，并贪其财，将有恶报。吾无以辨，而娌益恣肆不服。神向娌曰：‘此前世因也。汝前世与妯为姑嫂，汝譖（jiàn）

嫂于母，逼嫂逐归母家，隔绝其夫妇者二年，更负兄嫂八百金不偿，此所以报也。惟妯施于汝稍过耳。'向妯曰：'归可勉为孝妇，或免报。'向娌曰：'汝节孝可敬，速转生去，勿种恶因也。'"

妯自苏后，变为纯孝。每告人曰："神亦敬寡妇，吾等切宜留意恤寡，勿似前之愦愦任意也。"

【译文】浙江浦江县朱氏，起初时是以囤积粮食起家的，有巨富之称，老夫妇二人都已高寿。朱老先生生有二子，长子狡猾，次子老实。父子数代忠厚，即使受到欺凌也不愿计较。两个儿子先后娶妻，和睦相处，没有闲话，即使妯娌间也是这样。后来稍稍有了矛盾，但因为朱老太管理家人严明，没有造成灾祸。朱老先生因为长子有才干，命他出去经商，并且因为长子已经生有四个儿子，次子未能生育，便让次子主持家政。次子忠厚并且极其公正，因此一家人相安无事。

不久，朱老先生去世，长子奔丧回家，朱老太于是命长子主持家政。次子本就体弱，但生性极为淳厚，因为父亲去世而悲痛过度，也很快死了。朱老太认为次子最能讨其欢心，对儿子的死极为悲痛，于是更加怜爱次子的媳妇，次子的媳妇也极尽孝道。

等朱老太年老后，妯娌渐多不和，一家人都知道此事，但不敢告诉朱老太。朱老太对此事也略有所闻，曾对大儿媳妇说："你弟媳妇年轻守寡，十分可怜，这其中的苦味，我是深深尝过的，你一定要善待她。"大儿媳妇答应，实际上却毫不在意。（分家时）朱老太打算把家产分为四份：一份留给自己养老，一份分给自己的各个孙子，一份分给长子，一份分给小儿媳妇。众人都同意，只有长子不同意，并且说："一经分家，母亲的膳食由谁承担，弟媳妇的那份家产由谁代为主持？宁愿由我一人承担。"朱老太对长子的话信以为真，却不知道大儿媳妇的真实意图。

此后小儿媳妇受制于大儿媳妇的事，多有发生。小儿媳妇因为孤身守寡，无法对人倾诉，于是郁郁不乐，患上了心病。大儿媳妇本来就认为小儿媳妇在家中纯属多余，长子对此也是置若罔闻。小儿媳妇之所以多年隐忍不发，实在是因为她还能深明大义，颇知尽孝，恐怕惹得朱老太不高兴。小儿媳妇的娘家向来贫穷，小儿媳妇暗中对娘家有些微周济。大儿媳妇探知，便把事情告诉了朱老太，朱老太说："谁不怜爱母亲呢？能孝顺母亲，才是我的儿媳。这点点小钱，对我家有何损伤？况且她是用她本分应得的那份家产，节省下来分给了母亲一点钱，你们不要逼人太甚。"大儿媳妇非常惭愧，于是更加怨恨小儿媳妇，但她在表面上还是装作与小儿媳妇非常和睦，暗中却时时诬陷小儿媳妇有这样那样的短处。

起初次子病危时，对诸侄中的一个侄儿素来喜爱，朱老太知道后，命令将这个侄儿过继给次子作为嗣子。朱老太又觉得小儿媳妇孤单寂寞，令继子归小儿媳妇抚养，希望其日后能孝顺养母，这是正当的办法。长子也认为母亲的话说得对；大儿媳妇故意装出为难的样子，于是告诉小儿媳妇说："我儿子本应该过继给你，只是你的命太苦，会防克他。"小儿媳妇说："我的命固然苦，既已克死了丈夫，何至于克人不断呢？现今你既然把儿子过继给我，到底哪天让他来我家充当继子呢？"大儿媳妇说："我和丈夫再商议一下。"于是一年又一年，空有过继之名，却无过继之实。朱老太因为年老不知道其中的真相，于是此事就这样拖延下去了。大儿媳妇的势力日渐强盛，小儿媳妇的势力日渐单薄。小儿媳妇曾说："我表面上是富家妇，实际是一个苦命人，我活着还有什么乐趣呢？"不久抑郁而死。

小儿媳妇死后，家中切切私议，都对小儿媳妇的死表示愤慨。朱老太也有所耳闻，非常后悔自己不早分家产。一天，大儿媳妇忽然昏死过去，口中喃喃辩解，接着长叹一声，苏醒了。人们围过来询问，大儿媳妇说：“小儿媳妇向金华县城隍神提起诉讼，说我欺凌她，又隔绝其母子，并且贪图其财产，应该受到恶报。我无法辩解，而小儿媳妇更加放肆不服。神向小儿媳妇说：‘这是前世的因果。你前世与大儿媳妇是小姑子和嫂嫂的关系，你在母亲面前毁谤嫂嫂，逼迫驱逐嫂嫂返回娘家，使其夫妇隔绝二年，况且你拖欠兄嫂八百两银子不还，所以今生受到这样的报应。只是大儿媳妇对你做得稍微过分了些。’神向大儿媳妇说：‘你回到阳间后，要尽力做个孝顺的媳妇，这样或许能免除恶报。’又向小儿媳妇说：‘你贞节孝顺的品行值得尊敬，快快转生去，下辈子不要再种恶因了。’”

大儿媳妇自从苏醒后，变得极为孝顺。她常常对人说：“神也尊敬寡妇。我们一定要留意帮助救济寡妇，不要像我从前一样糊涂妄为了。”

7.5.20 某明府

山阴某明府，先就闽省申韩，积有砚租。咸丰年，值铁钱例开，捐输邑宰。指省闽中，声气素通，有干才，上游重之。禀到未久，即代理优缺。

素眷一渔妇，名噪一时者，缠头私蓄，除金钏首饰外，尚有二三千金，心计精密，鸨母不知也。年甫及笄（jī），厌倦烟花，有从良意。第见识颇高，不愿为士大夫妾，但愿为商人妇；

盖有鉴于侪辈中，作贵人小星者，多遭薄幸故也。于明府前，吐露心腹。明府乃诈称茶客，断弦久，正思续娶，毛遂自荐，并指天誓日以要之。妇为所惑，竟委身焉。其脱籍费三四百金，亦渔妇暗中私赠者。

迨入门，知受绐，兼被河东之虐，既在穽中，惟有忍受。然词色之间，未免时形怨愤；且有时乱头麁（cū）眼，粉黛不施。明府顿加白眼，恶衣恶食，以婢妪待之，且常施挞辱矣。

未久，明府奉新例回避粤东。初抵省，适宗人某，权臬事，颇加照拂，委司厘务，月进百十金，指日可握县篆。乃未及数月，陡患险证，数日而殁。疾亟时，婢妪见渔妇焚香夜祷，问之，则曰："主人病危，祈天愿以身代耳。"此则以诅为祝，不言可知矣。凶耗到闽，其胞兄参军某，方抱病，闻之加剧，不数日亦遂死。岂因弟有此举，乃兄袖手无言，不为力阻之故欤？抑家运之替，适逢其会欤？

总之，渔妇不宜娶。历睹闽垣数年以来，仕宦中娶之而非去官即身死者，指不胜屈。若明府者，既贪其色，又攫其财，竟忍心害理，刻薄以待之。宜其方当强仕，而遽遭不禄也，可不戒哉！

【译文】山阴县（今绍兴市）某县令，起初在福建省担任刑名师爷，积蓄了丰厚的酬金。咸丰年间，正值铁钱例开，某捐纳了个县令的职位，指定到福建省任职，他素来与福建省的官员声气相通，又有才干，上司对他颇为器重。他报到后没多久，就代理了一个肥缺。

某素来眷爱一个妓女，这个妓女在当时名噪一时，客人赠送给她的财物加上她的私蓄，除了金钏首饰外，尚有二三千两银子，其心思缜密，鸨母不知道她有这么多钱。这个妓女刚刚成年，厌倦了妓女生涯，有从良的打算。只是她见识颇高，不愿充当士大夫的小妾，只愿嫁给商人做个正妻。原来她有鉴于同辈妓女，成了贵人的小妾后，多数遭到薄情对待，所以她产生这种想法。她在某县令面前，吐露心事。某县令便谎称自己是茶商，妻子死去已久，正想续娶，于是毛遂自荐，并指天发誓说要娶她。妓女被他迷惑，最终委身于他。妓女三四百两的脱籍费，也是她用自己的私蓄暗中赠给某县令支付的。

等妓女进门后，才知道受了骗，并且还受到某县令的正妻的虐待。她想既然落入了陷阱，只有忍受，但言辞神色之间，未免时时露出怨愤，并且有时乱发粗眉，不施粉黛。过了不久，某县令就对她白眼相加，让她穿粗劣的衣服，吃粗劣的食物，以婢女的身份对待她，并且常常对她施以鞭挞羞辱。

不久，按照新出的规定，某奉命回避，前往广东候补。初到广东，正巧其同宗之人某，代理提刑按察使一职，对他颇为照顾，（将他留在署中）委派他管理政事，每月收入百十两银子，眼看着就要正式成为县令了。谁知没过几个月，他就忽然患上了危险的病症，几天后就死了。病危时，他家中的婢女看见他娶的那个妓女焚香夜祷，婢女询问妓女在干什么，妓女说："主人病危，我向上天祈祷，愿意以身相代。"实际上妓女是在诅咒，不言自明。某县令的死讯传到福建，其胞兄参军某，正抱病在床，听到凶耗后病情加剧，没过几天也死了。（其胞兄之死）难道是因为弟弟做出恶事，作为兄长的竟袖手旁观、不加劝说，不尽力阻止的缘故吗？还是因为家运衰败，其胞兄正巧赶上了呢？

总之，官员不应当娶妓女。历观福建省城数年以来，官员娶了妓女的，不是被罢官，就是突然身亡，这样的例子数不胜数。像某县令这样的人，既贪图对方的容貌，又攫取对方的资财，竟然忍心害理，刻薄对待对方。难怪其正当四十岁的壮年，就突然遭遇死亡，难道不该引以为戒吗！

7.5.21 朱少尉

会稽朱仙圃少尉，幼失怙恃。间关来闽，依其舅氏，习度支数年。机遇邅迍（zhān zhūn），未能出手，思博微名，而赀又难集。彷徨无措，不知所从。

有族叔某，在粤东为海关吏。然久未通音问，不敢竟诣之；且道远，川资难措，亦无意往投。乃族叔窘时，曾受少尉祖父佽助。少尉因幼，未之知也。迨族叔为吏，家计渐充，追念前情，欲图酬报。辗转访问，知少尉在闽，落拓无聊。遂为其捐输从九，指省粤东，遣人带盘费以书招之。

少尉遂赴粤，留之寓中，极为亲睦；又为代觅厘局差委，备极关垂。少尉本已断弦，遂为作伐续娶。且补缺又近，从此可以自立，不致飘泊无依。事虽极细，然在少尉可谓得之意外也，亦可谓施报之无常矣。

少尉人甚朴诚，其奉事后母，极尽孝道。家既贫寒，又鲜兄弟，于生养死葬，一身任之；竭力筹谋，能忍饥寒，而事事尽礼。于此见人有片善，天必佑之。而其族叔之受恩必报、感德不忘，亦足以风世俗之浇薄无良、忘恩负义者。故乐为记之以劝世。

【译文】会稽县（今绍兴市）的朱仙圃少尉，幼年失去父母，辗转来到福建，依其舅舅，学习财会多年。机遇坎坷，未能有成，想靠捐纳博取一个小小的功名，但又筹措不出经费。彷徨无措，不知所从。

朱少尉有个族叔某，在广东担任海关吏，但双方久已未曾互通音信，朱少尉不敢径直前去拜访，并且路途遥远，难以筹措路费，朱少尉也无意前往投靠。其族叔窘迫时，曾经受到朱少尉祖父的资助。那时朱少尉年纪尚小，不知道此事。等族叔担任海关吏后，家境渐渐充实，追念前情，想要报答，辗转访问，探知朱少尉寄居在福建，落魄无聊，便为其捐了个从九品的小官，指定到广东省任职，派人带着盘费、书信去招朱少尉前来。

朱少尉于是赶赴广东。族叔将朱少尉留在寓所，对其极为亲睦；又为他代寻了个厘局的差事，备极关怀垂爱。朱少尉的妻子本已去世，族叔便为其做媒续娶。并且此时补缺的日子又快到了，朱少尉从此就可自立门户，不必再漂泊无依了。事情虽然极小，但对于朱少尉来说却是出乎意料的事情，也可谓施报无常了。

朱少尉为人非常朴实诚恳，其侍奉后母，极尽孝道。其家既贫寒，又无兄弟，对于后母的生养死葬等事，一力承担，竭力筹划，能忍饥寒，而事事竭尽礼仪。由此可见，人只要有一点善心就会受到上天的保佑。而其族叔受恩必报、感德不忘的德行，也足以劝戒世上那些行为浮薄、没有良心、忘恩负义的人。因此我乐意记下他们的事迹以劝戒世人。

第六卷

7.6.1 曾有高

咸丰丁巳春杪，粤逆围攻建州，贼势猖獗，危城孔亟。忽有一人于城下语守者曰：“有机密事，欲面禀叩太守。”守者禀，其人短衣赤足，不持寸铁，援而上，自称楚人曾有高，为贼掳三年，不得出，今伺隙得逃，愿投诚。且云：“尚有数十人，亦愿归顺，欲与偕来；恐人多见疑，故暂止之。”又云：“贼现挖掘某处地道，离城不数丈，三四日可成。如不信，请置我于狱；不验，甘心就戮。”

太守刘云樵，察其人无凶状，颇信之，与之食，令薙（tì）发；详问贼中情形，对颇细。乃团练绅士，疑为奸细，请速杀之；且谓不杀此人，城中顷刻变为战场，守陴百姓，亦先欲溃散，语语偪（bī）勒挟制。一面竟擅行牵出，戮之府门外。太守难与固争。

三日后，某处地道之言果验，城几崩陷。绅士乃大悔，作佛事超度之。在绅士之恣肆误杀，固属非是；而太守优柔无据，亦失之懦弱矣。

【译文】咸丰丁巳年（1857）春末，太平军围攻建州府（今福建建瓯市），贼势猖獗，城池危急。忽然有一人在城下告诉守军说：“我有机密事，想要当面禀告叩见知府。”守军禀告知府，（知府同意），那人短衣光脚，手无寸铁，攀援而上，他自称是湖北人曾有高，被逆贼掳去三年，不能逃出，今日他乘机逃出，愿意投诚。并且说：“尚有数十人，也愿意归顺，他们打算与我一同前来，但害怕人多被疑，所以暂时没有这样做。”又说：“逆贼现在挖掘某处地道，离城不过数丈，三四天就可挖成。如果不信，请把我关入狱中；如果我说的话得不到验证，我甘心受死。”

知府刘云樵，观察此人并无凶恶之状，非常信任他，给予他食物，让他剃掉长发；并详细询问他贼中的情形，他都能细致对答。而团练士绅，疑心其为奸细，请知府速速杀掉此人；并且说不杀此人，城中顷刻就会变为战场，守城的百姓，也都想先行散去，言语之间对知府有逼迫挟制之意。一面竟擅自将此人拉出，将其杀死于府门外。知府也难以与他们抗争。

三天后，那人所说的某处地道的话果然应验，城墙几乎崩塌。于是士绅大为悔恨，作佛事超度他。士绅恣肆误杀，固然不对；但知府优柔寡断、没有立场，也不免性格太懦弱了。

7.6.2 闽省盗贼

汪稼门（志伊）制军，任闽督，治盗最严；洋面间亦失事，而随路抢劫稀少。一日，南台钱肆，四鼓被盗。次日甫曙，制军已亲至，副参、郡丞禀谒，伏地惶悚请罪。制军叱左右，立将各协，摘去顶戴，当街捆责四十棍；游守等，遍加责处；郡丞、主簿，咸摘顶。严词呵斥，限三日内破案，逾限则尽挂弹章。果如期赃盗悉获。犹分别各记大过。当时地方官，俱留心缉捕，无敢懈玩。

数年后，道路稍不端，然惟商贾或遭劫掠；水陆两途，凡奉公者，尚不敢动。自台阳张丙乱后，不数年，又遇英夷滋扰。所募勇役，散而为盗，于是萑苻（huán fú）日盛。近则发逆之后，劫案愈多，行路每有戒心。凡奉差委员，以及拨运兵饷，批解钱粮，陆则须乡勇一二百名，海则必用火轮船护送。官眷必搭大帮偕行，方可无事。遍地匪踪，无法剿除，此诚不可不思亟治也。

【译文】汪稼门（名志伊）总督，担任闽浙总督时，治理盗贼最为严厉。海上或偶有抢劫之事，但随路抢劫的事情却少有发生。一天，福州南台的某个钱庄，四更天被盗。第二天天刚亮，汪总督就已亲临现场，副参、郡丞谒见禀告，非常害怕地跪在地上请罪。汪总督叱令左右，立即将各协（清朝军队的编制单位）军官，摘去顶戴，当街捆绑责打四十棍；游击、守备等，遍加责罚；郡丞、主簿，都被摘去顶戴。汪总督又严词呵斥，限三日内破案，超过期限全部都会受到弹劾。果然在规定的期限内，赃物全被找到，盗贼全被捉获。即便如此，汪总督对官员们仍分别各记大过。当时福建的地方官，都留心缉捕盗贼，不敢懈怠和玩忽职守。

数年后，道路上又稍微出现了抢劫之事，但也只是商人有时遭到劫掠；水陆两途，凡是奉行公事之人，盗贼都不敢擅动。自台湾张丙叛乱后，没过几年，又遇到英国人滋扰。官府所招募的兵勇，散乱为盗，于是抢劫之事渐多。近来，太平天国变乱之后，抢劫的案件更多，行路之人常常心生戒惧。凡是奉差的专员，以及拨运兵饷，押送钱粮，陆路则须一二百名乡勇护卫，海陆则必用火轮船护送。官员的家眷必须结成一伙同行，方可无事。遍地都有匪徒出没，无法剿除，这确实不可不考虑亟待治理。

7.6.3 奸尼案

海宁东门外，一尼庵，师徒七人，多不洁。巨室厨役某，溺焉，买笑追欢，挥金如土；久之，力不支。厨于柴米多所侵盗，遂被逐。某固异乡人也，海宁无投足地，念与尼往来久，因携行囊往庵中，为暂住计。尼见其行囊尚厚，允之。未逾月，衣履尽归质库，囊空如洗，大遭白眼。某度不可留，忿然辞出。

一日清晨，适住持挈其徒一人入城，而群见庵门大开，一犬伤刃毙于庭。惊呼徒众，无应者。入视之，一尼断头死殿上；再入，一死川堂中，一死后殿院中，皆身被数刃；其一偃卧床上，身首殊矣；更觅其一，得之香积厨中，与佛婆俱腹裂而死。急鸣保邻，同入查检，衣物一无所失，知非为盗来者。

时州守为王百期先生，明察善断，闻报往验，默思此非奸杀即仇杀。验毕，讯住持曰："若庵中有无男子往来？"讳言："无之。"复询四邻，以不知对。公筹思间，有小女子睨公而笑。公密令役携之上，霁颜问曰："汝几岁矣？"曰："十岁。"又问："为谁氏女？"指阶下一人曰："庵邻某，吾父也。"即唤其父上，曰："若女端厚有福，可继为吾女。暂携之去，不数日即送归，勿虑也。汝亦同往。"遂命丁役舆送至署，嘱夫人善视之。

及晚，公旋署，入内，夫人已为女易妆。见公入，女拜跪如礼。公因屏侍婢，而问女曰："顷若睨我而笑，何也？"女曰："我不笑爷，笑某师太之谎爷也。"公曰："何事谎我？"女曰："渠庵中常有男子往来，而曰无，非谎而何？"询以所往来者何人，初不敢言，强而后告曰："有某司务者，宿庵月余，每往庵中采花见之。数日前，大闹而去。"曰："某去后，近曾复来否？"女变色而对曰："昨午见其来庵，后跟四五人，皆奇形恶状，令人惊怕，不知其何时去矣。"公默念杀尼者，必是人矣。

遽出唤带二尼入，叱之曰："有某司务住汝庵中，汝何讳言无？"尼色顿变，曰："某住庵中月余，诚有之，然数日前已去矣。"详询其姓名乡里，即标签往捕。役持签出，卜于城隍。连夜持灯出东门，未及数里，遇一人惘惘来迎，叱之曰："是某司务否？"曰："是也。"擒之，搜其身，得厨刀一柄，衣裤皆有血迹，锁之归。命尼视之，果某也。

质明带讯，如梦初觉，曰："我何以在此？"既而叹曰："冤孽缠身，休矣。"遂不待研诘，尽吐其挟仇凶杀之由。且曰："此冤孽也，复何辨？我自尼庵出，寄身城外破庙中。昨杀尼后，即思遁至乍浦，下海行未数十里，迷路不得进。遇一人拖之曰：'汝欲往乍浦，须从我行。'随之狂奔一昼夜，遥见灯光，其人曰：'向灯光行去，即乍浦矣。'从之，遂被缚。非冤孽而何？"研诘再三，矢口不移。

案既定，某照杀一家三命以上例，凌迟枭首；其二尼以卖奸故，的决还俗；而赏义女之父。此道光壬辰夏间事。

【译文】浙江海宁东门外，有一座尼姑庵，师徒七人，多有不检点的行为。一大户人家的厨工某人，沉迷于其中，买笑追欢，挥金如土；时间久了，财力无法支撑。厨房中的柴米和珍贵的食品，贪污侵占了很多，然后就被东家辞退了。厨工本来是外地人，在海宁没有落脚的地方，想到和尼姑往来了很长时间，花费了不少钱财，应该不会因为自己处境的盛衰而变心。于是带着行李前往庵中，想着暂时借住一段时间。尼姑起初不肯容留他，见他的行囊还算厚实，然后才勉强答应。不到一个月，衣服鞋子都拿去当掉了，行囊为之一空，然后遭受各种白眼。厨工感觉没办法待下去了，愤愤地告辞离开了。

一天早晨，尼姑庵的住持和一名徒弟进城，傍晚回来的时候只见庵门大开，一只狗身上有刀伤，死在庭院里。急忙呼唤徒弟们，没有应声的。进去一看，一名尼姑头被割断，死在大殿上；再往里进去看，一个死在穿堂中，一个死在后殿院子中，都是身中数刀；还有一个僵卧在床上，身首断开了；再去找另外一个，发现是在香积厨中，和帮忙的老妇，都是肚子被裂开而死。急忙报告地保和近邻，一同前来查验，衣物都没有一样丢失，知道并不是为抢夺财物而来的。

当时的知府大人是王百期先生，明察秋毫，善于断案，接到报告以后前往现场查验，心中默想这个案子不是奸杀就是仇杀。查验完毕后，讯问住持说："你庵中有没有男子往来？"住持隐瞒说没有。又询问四周的邻居，都说不知道。王大人正在苦思冥想的时候，有个小姑娘瞅着大人在笑。大人悄悄地让差役把小姑娘叫过来，和颜悦色地问她说："你几岁了？"说："十岁。"又问："你是谁家的女儿？"指着台阶下面的一人说："尼姑庵的邻居，就是我父亲。"就把她父亲叫上来，说："你女儿端庄稳重，是有福之人，可以做我的义女。我暂时把她带回去，过不了几天就送回来，不用担心。"于是命令家丁和差役用轿子抬回府衙，叮嘱夫人好生照看。

到了晚上，王大人回到府衙，进入内室，夫人已经帮女孩梳洗打扮一新，带着她坐在堂上。看见大人回来，女孩一边站起来，一边称呼“干爷”，跪拜如礼。大人笑着扶她起来，对她很是怜爱，于是先让侍婢退下，然后问女孩说：“你刚才瞅着我笑，是为什么呢？”女孩说：“我不是笑干爷，笑的是那个师太说谎话欺骗您。”大人说：“她骗我什么？”女孩说：“她的庵里常常有男子往来，却说没有，不是说谎是什么？”就问所往来的都是什么人，女孩刚开始不肯说，问了几次才肯说：“有个厨工模样的人，在庵里待了一个多月，原来经常到庵里鬼混，见过他很多次。几天之前，大闹了一场就离开了。”大人又问：“那个人走了之后，最近有没有来过？”女孩显示出很害怕的样子，说：“昨天中午，我在门前看见他径直走到庵里，后面跟着四五个人，都是奇形怪状，令人害怕，不知道什么时候离开的。”王大人心想，杀害尼姑的，一定就是此人。

然后从内室出来，立即命令衙役将两名尼姑带到，质问她们说：“有一个厨工，曾经住在你们庵里，为什么谎称没有呢？”尼姑脸色大变，说：“某厨工在庵里住了一个多月，确实有这回事，但是几天前已经离开了。”详细询问厨工的姓名、住址，然后立即发签命令前往抓捕。差役拿着令签出去，先到城隍庙问卜。然后连夜掌灯从东门出发，走了不到几里路，遇到一个人，失魂落魄地迎上来，呵斥他说：“你就是那个厨工吗？”那人说：“正是。”就将他抓起来，搜身，发现厨刀一把，衣服裤子都有血迹，将他锁起来带回衙门。命令两名尼姑辨认，果然是那个厨工。

天明以后，进行审讯，这时厨工才如梦方醒，说：“我怎么在这里？”然后又叹息说：“冤孽缠身，我活不了了。”于是还没等严厉讯问，就将他因仇报复杀人的整个过程全部招认了。又盘问他是否有同伙，厨工回答说：“我是外地人，这里没有认识的人，哪里有同伙？”王大人说：“既然没有同伙，为什么不想着逃跑，反而自投罗网呢？”回答说：“这就是冤孽，我还有什么可争辩的？我从尼姑庵里出来，暂时借住在城外的破庙里。昨天杀了尼姑后，就想着逃到乍浦，下海走了不到几十里路，就迷了路，无法前行。遇到一个人拖着我说：‘你要想去乍浦，需要跟着我走。’跟着他狂奔了一天一夜，远远地望见了灯光，那人说：‘你朝着灯光的方向走去，就是乍浦了。’我听了他的话，然后就被抓住了。不是冤孽又是什么呢？”严厉盘问了他多次，都是相同的说法。

结案以后，某厨工比照法律规定的杀害一家三命以上的条款，被判处凌迟处死，并斩首示众；那两个尼姑因为卖奸，犯了淫戒，被勒令还俗；同时赏赐了义女的父亲一千两银子，并为女孩择配佳婿，来酬谢她帮助破案的功劳。这是道光壬辰年（1832）夏天的事情。

7.6.4 知过不改

某生者，浙杭诸生，从蒋一亭学申韩术，小有才，而放诞不羁。道光丙午，蒋君就上海咸云崖观察幕。某生秋试后，谒师于道署；出其闱艺，遍示同人，意甚得也。会署有请仙者，降乩为夏淳如先生。某生叩问功名，大书：“前程颇远，惜为口孽、淫孽，折除尽矣。速改行，尚可延年；否则冤鬼将至，尚冀科名耶！”某笑曰：“仙人乃作此老头巾语耶！既云冤鬼，请问是何因缘？”乩复书曰：“汝必欲明言耶？十年前，荷池洗砚事，尚忆之否？”生色顿变，叩首默祝。又书曰：“冥司申报桂宫，黜尔名，减尔算，故予知之。从此力悔前非，尚可挽回万一，徒事祷祈，无济也。”众视生面色如灰。乩停后，有询生以仙所云者，生怃然曰：“佻达之行，惭负人鬼。敬以相告，愿有志者，以予为戒耳。”

先是，某生尝读书于姑母家，姑有艳婢，生调之而未得间。夏日，偶携砚涤荷池，适婢以采荷踵至，四顾无人，遂与调笑，婢亦不甚峻拒，入池畔小亭而私焉。自此得间即会，而婢孕矣。岁暮，先生解馆，生亦归家。及拜年往，姑留之宿，人静后，婢忽至，谓生曰：“蒙君厚爱，红潮不至者三月。倘始终眷念，得以长抱衾裯，君之惠也。如将见弃，亦不敢怨；但求速觅良药，以免败露，感且不朽。”生慰之曰：“我已以情告母，将从姑索汝。我必不为负心事，汝勿过虑。”婢泣谢，是夕复留与乱，而不知生无意娶之也。及归，竟置之，亦不复至姑家。

婢朝夕悬望，音耗俱绝。未几腹益大，为姑所觉，不胜拷掠，始吐实。姑素爱生，遽令人召之至，将以予之。生坚不承，且曰：“淫婢不知与何人乱，乃敢污蔑我？”拂衣竟归。姑信生言，复严梏，婢无以自明，及夕自缢死。生亦不以为意。而不虞仙之发其覆也。

既以语询者，因谋所以自忏。众多劝其折节为善，且延高僧为婢追荐。生颔之。自是豪气暂敛。然未及一月，故态复萌，信口雌黄，怡情花柳，仙语度外置之矣。明年，竟以吐血狂死。死时，侍疾者，咸见一女子披发立床前云。

【译文】某生，是浙江杭州的一个秀才。跟随蒋一亭先生学习刑名之学，有一定的才华，但是为人放纵不羁。道光丙午年

（1846），蒋一亭先生到上海咸云崖道台的衙门里做幕僚。某生在参加完秋季乡试以后，到道台衙门拜见老师，拿出他在考场写的文章给同事们看，十分得意。当时衙门里有扶乩请仙的，降乩的是夏淳如先生。某生叩问自己的功名前途，只见沙盘上以大字写出："前程颇为远大，可惜因为口孽、淫孽，折除已尽了。尽快改正行为，还可以活下去，否则索债的冤鬼将至，还希求什么功名呢？"某生笑着说："仙人竟然说出这种迂腐的陈词滥调吗？既然说有冤鬼，那么请问其中是什么因缘呢？"乩仙又写道："你一定要我明说吗？十年前荷池洗砚的事情，还记得吗？"某生一下子变了脸色，叩头默默祈祷。乩仙又写道："冥司向文昌宫申报，削除你的功名，削减你的寿命，所以我才知道的。从此以后努力悔改从前的罪过，还有一丝挽回的余地，否则只是向神明祈祷，是没有用的。"大家看到某生面色如死灰。扶乩结束以后，有人问某生乩仙所说的究竟是什么事，某生很失落地说："轻薄放荡的行为，有负于人鬼，惭愧至极。我现在很郑重地告诉大家，希望有志之人，千万要以我为戒。"

原来是某生曾经在姑妈家读书。姑妈家有一个漂亮的婢女，某生想要勾引她却没有得到机会。夏季的一天，某生拿着砚台到荷花池边洗刷，恰好婢女因为要采摘荷花也紧接着到了。望了望四周没有人，就去调戏她。婢女也不严厉拒绝，就在池边的小亭私通了。从此以后，二人有机会就幽会，后来就怀孕了。年底，私塾先生解馆放假，某生也回家了。新年到姑妈家拜年，姑妈留他住下。夜深人静以后，婢女忽然来了，对某生说："承蒙君的厚爱，我月事不来已经有三个月了。如果一直对我爱恋，使我能够有机会长期为君铺床叠被，都是君的恩惠。如果君要抛弃我，也不敢埋怨，只希望尽快找到打胎药，以免事情败露，我就感激不尽了。"某生安慰她说："我已经把事情告诉了母亲，将要向姑妈请求，把你讨过来。我一定不会做负心的事，你不用过于担心。”婢女哭着表示感谢，当晚又把她留下来过夜，而婢女不知道其实某生没有要娶她的想法。某生回家以后，竟然置之不理，也不再去姑妈家。

婢女日夜翘首盼望，一直没有任何消息。不久之后，肚子渐渐变大，被姑妈所发觉，经过严厉拷问，才说了实话。姑妈本来一直很喜爱某生，就派人把他叫过来，想要把婢女送给他。某生却坚决不肯承认，而且说：“这淫婢不知道和谁淫乱，竟敢污蔑我？”一甩袖子就回家去了。姑妈相信了某生的话，再次加以严厉拷问。婢女没有办法为自己辩护，当天晚上自缢而死。某生也不当回事，而没想到乩仙揭发了他的秘密。

把这些话跟大家讲述以后，又一起商量能够忏悔和弥补的办法。大家都劝说他收束行为、改过向善，并且请高僧为婢女超度，某生点头答应了。从此以后，放纵的行为有所收敛。但是不到一个月，又是老毛病复发，胡说八道，纵情花柳，把乩仙的警告置之度外了。第二年，竟然口中狂吐鲜血而死。死的时候，在边上看护他的人，都看见一名女子披头散发站在他的病床前。

7.6.5 司阍恶业

杜小舫曰：扬州某甲，于江阴下游一县为司阍；本官擢任高邮州，甲以病归里。病中作种种异状，初似被人勾摄，继则张口呻吟，似受掌责；问之，坚不吐。次夜又作款客状，所应对似一尊客、一侪辈，并呼童具茗、具食物，喁喁（yú yú）私语，良久作送客状。旋自叹曰：“案中人已尽至，且奈何？”再诘之，仍不吐。问茗物供何人，则云自啖。是夜交手作被桎梏状，匍伏号呼，若受重杖，五更气绝矣。家人为之含殓，冠服整洁。纳棺时，首忽左捩，帽已脱落，帽绊二，宛然刀截。扬俗专治盛殓之人，名司殡匠，相顾骇叹。询之，云：“此受冥中大辟象。”不知何所据也。

甲病时，延比邻助守；余仆与焉，诸状悉目睹，但知有恶业，而不知其详。后遇某甲同事者，述之，憬然曰：“报应若斯之不爽哉！邑中先有谋财害命一案，甲与幕客某、家人某，受番银二千八百饼，为之上下营谋，设计纵其凶。某、某旋先后物故，今以其状证之，殆此案发觉矣。”余谓得赃枉法，令死者含冤，其伏冥诛宜也。且一息仅存，尚不肯稍露恶迹，其阴险为何如！此咸丰年事。

【译文】杜小舫（名文澜）说：扬州的某甲，在江阴下游一县的县衙做守门人。县官升任高邮州知州，某甲因病回乡。他在病中常常做出种种奇怪的举动，最初好像是被人拉扯，接着就张口呻吟，好像受到了掌责。有人问他发生了什么事，他坚决不肯说。第二天夜晚，他又做出款待客人的举动，所应酬的似乎是一个尊贵的客人和一个同辈，并且他还呼叫童仆准备茶和食物，低声私语了很久后，他又做出送客的举动。接着，他自叹道：“与案件有关的人都已到了，怎么办？”人们再询问他，他仍是不肯说。问他准备茶和食物是给谁吃，他说是自己吃。当夜，他双手交叠做出披枷带锁的样子，匍匐在床上号呼，好像受了严厉的杖刑，五更时，他气绝而死。家人为其装殓，给他穿戴上整洁的衣帽。当把他的遗体放入棺材中时，他的头忽然向左转动，帽子已然脱落，并且分为两半，宛然用刀截断的一样。扬州民间把专门处理盛殓事务的人，叫作“司殡匠”。司殡匠们见此，互相看着对方骇叹不已。有人问司殡匠这是怎么回事，司殡匠说：“这是在阴间被处以斩首的征象。”司殡匠的话不知有何依据。

某甲生病时，邀请邻居帮忙看护。我的仆人也参与了看护，对病人的各种举动他都曾亲眼看见，他只知道病人作了孽，而不知道详细情形。后来，我遇到某甲的一个同事，对他说起这事，某甲的同事恍然大悟地说：“报应竟然如此丝毫不差啊！此前，县里发生了一件谋财害命的案子，某甲与某幕僚、幕僚的家人某，接受了二千八百块洋银的贿赂，为凶犯上下打点谋划，设计为凶犯开脱罪名。那个幕僚和幕僚的家人很快都先后死去，现今按他病中的举动来看，大概是此案被阴司发觉了。”依我说，贪赃枉法，使死者含冤，本就应该受到阴司的诛杀。再者，他在只有一口气的时候，尚不肯稍微吐露恶行，其阴险已经到了何种程度了啊！这是咸丰年间的事。

7.6.6 娘鬼

江都某生，少与邻女有啮臂盟，既而负之。女赍恨以殁。生惧为祟，乃绝意进取。

后生子某，少聪慧，冠即游庠。某科乡试，初九夜三艺已脱稿，忽有人揭其号帘，视之则二八女郎，怒目而视。某自念生平无亏行事，乃正容庄坐，以觇其变。女忽举手批其颊，某愤曰：“余与汝素昧平生，何妄来作祟？”女厉声曰：“某秀才非尔父乎？尔父薄幸背盟，致我饮恨以终。我俟之二十年，不意伊竟绝迹场屋，我无从报复，不得不取偿于尔。”某固微闻父前事，因急起立曰：“然则我娘也。娘要儿死，不敢不死。然肯容儿一言否？”女色稍善，曰：“尔试言之。”某曰：“儿年幼，实不知详细。若早知之，娘，嫡母也，春秋享祀，生辰忌日，皆应致礼。然父半生辛苦，唯儿一人。今既知有娘，敢询柩停何所？场后即迎入先垄，敬立神主。儿苟有寸进，当博封诰以报娘恩。娘若致儿于死，于报怨诚得矣，然于娘并无益处。”女默然良久，曰：“尔言亦大有理，果如是，我又何求？但恐尔亦似乃父，有口无心耳。”某指天自誓，且延之入号，曰：“既为母子，可无避嫌疑。外间冒风露，娘尽入号小憩。”女许之。瞥眼间，已在号内，左右对坐，号舍宽然。某复细询其姓氏里居亲族，及停绋之所。女一一告之，某随书于纸。女离坐欲起，曰：“话既分明，我去矣，慎毋相忘。”某留之曰：“儿有事相求。娘在冥间，知儿今科得中否？”女曰：“此有主者。二场尔于明远楼侧呼我，告以坐号，我当来；坐号太多，我难寻也。”言已出号，忽不见。

某出场，遽以所见函禀其父，请亟为立主于家，俟归而迎柩。禀既发，即焚其稿。及二场，如其言，于明远楼呼之。是晚，女果至，有喜色，盖已见所焚禀稿也。因谓某曰：“尔尚诚实。我昨至冥司求销案，且询尔科名。冥司谓尔应中在三场后；嘉尔能干父蛊，适今科有除名者，将尔补入矣。但冥间不无费，尔当为我筹之。”某曰：“已为携入。”遂举所带冥镪，悉焚之。复留女入号，依依如真母子，鸡鸣而去；三场复至。及揭晓，果中。归而白诸父母，其母固贤淑，促生父子访诸其家，所言皆符。乃迎女柩而归诸先垄。次年，某复中进士，女竟以嫡母受封焉。

【译文】江苏江都县（今扬州市江都区）某书生，少年时与邻居家女儿私定终身，后来又违背了约定。女子含恨而死。书生听闻死讯后，害怕女子的鬼魂来报仇，就断绝了参加科举、求取功名的想法。

后来，某生有了儿子某，某年少聪慧，二十岁就已入学成为生员。有一年，某参加乡试，初九的晚上三篇文章已经完稿，忽然有人掀开号舍的帘子，某看见是个十六岁左右的女郎，正对着他怒目而视。某自念生平没有做过亏心事，于是端正容色、庄严而坐，观察女子的举动。女子忽然抬手打他的耳光，某愤怒地说："我与你素昧平生，你为何胡乱来作祟？"女子厉声说："某秀才难道不是你的父亲吗？你的父亲薄情背盟，导致我含恨而死。我等了二十年，没想到他竟不入考场，我无法报复，不得不从你身上取得补偿。"某原本就略微听说过父亲的往事，于是急忙起立说："那么您就是我娘了。娘要儿死，儿不敢不死。但您肯允许儿说一句话吗？"女子的脸色稍微缓和了一些，说："你说吧。"某说："儿年纪幼小，实在不知道事情的详细经过。我如果早知道，娘是嫡母，遇到春秋祭祀之日和您的生辰忌日，我必定会致礼祭祀。然而我父亲半生辛苦，只有我一个儿子。我今日知道有娘，敢问您的灵柩停放在何处？我考完出场后会立即把您的灵柩迎入祖坟，恭敬地为您竖立牌位。儿如果在仕途上有些微进步，必当博取封诰以报娘恩。娘如果置儿于死地，确实算报了仇，可是这样对娘却没有好处。"女子默想了许久，说："你说的话非常有道理，果真如此，我还企求什么呢？只怕你也像你的父亲一样，有口无心罢了。"某指天发誓，并将女子请入号舍中，说："你我既为母子，可以不避嫌疑。娘在外面冒着风露，尽可进入号舍稍歇。"女子同意。转眼之间，女子已经进入号舍，与某左右对坐，号舍宽敞。某详细询问女子的姓氏、里居、亲族，以及停放棺椁之处。女子一一告诉了某，某随即把这些内容记在纸上。女子离坐欲起，说："话既然说明，我就离去了，你千万不要忘记刚才所说的话。"某挽留女子说："儿有事相求。娘在阴间，知道儿这次能考中吗？"女子说："这事自有主管者。第二场考试时，你在明远楼旁边呼我，告诉我你的坐号，我自当前来。坐号太多，我难以寻找。"说罢，走出号房，忽然消失不见。

某考完出场，急忙把自己的所见写信告诉父亲，请父亲尽快在家中为女子竖立牌位，并说等他回去后再迎接灵柩。信件发出后，某立即焚烧了信件的草稿。到第二场考试时，某遵从女子的话，在明远楼呼唤女子。当天夜晚，女子果然前来，面带喜色，大概是她已见到某所焚烧的信稿了。于是女子对某说："你还算诚实，正巧这次考试有被除名之人，将你补入了。只是阴间也需要花费，你必须为我筹划。"某说："我已经携带进来了。"便拿出所带的纸钱，全部焚烧。某又挽留女子进入号房久坐，彼此依依不舍，就像真母子一样，女子在鸡鸣时离去。不久，某又参加了第三场考试。等到揭榜时，某果然考中。某回到家中，把事情禀告了父母，其母本就是贤淑之人，催促他们父子二人前往女子家中细访，情况与女子所说的相符。于是，父子二人迎接女子的灵柩，将其归葬在祖坟中。第二年，某又考中进士，女子竟以嫡母的身份受到封诰。

7.6.7 幼女劝父

观察某公，年垂暮矣。监司省会，公私应酬，不遑刻晷。每黎明即起，二鼓方息。退入内室，自言辛苦劳瘁，筋力不支。幼女甫八龄，依依膝下，捻父须言曰："爷既如此辛苦，何不告老回家？”婢媪等曰：“作官岂不大家快活，何言告老？”女曰：“大家自然快活，独爷一人太苦，大家何不替爷辛苦耶？”父闻言，抚其女，凄然泪下。

年余后，满洲某制军莅任，不喜衰老属员，勒令休致。此所谓知进而不知退，识见反不如幼女也。

后此女适士人，由词林出为太守；年将六旬，即引疾归。急流勇退，善刀而藏，或亦出夫人之意欤！

【译文】道台某公，已经步入老年了。监察省会，公私应酬，应接不暇。每天黎明就要起床，二更方得休息。有一天，他退入内室，自言辛苦疲劳，体力不支。他刚满八岁的幼女，依偎在父亲膝下，捻着父亲的胡须说：“爹爹既然如此辛苦，何不告老回家？”婢女、仆妇们说：“老爷做官岂不让大家快活，为何要劝他告老回家呢？”女儿说：“大家自然快活，唯独我爹一人太苦，大家何不替我爹辛苦呢？”父亲闻言，抚摸着女儿，凄然泪下。

一年多后，满洲籍的某位总督到任，这位总督不喜欢衰老的属员，于是勒令某公致仕退休。这就是所谓的知进而不知退，其见识反而不如自己的幼女。

后来，这个女儿嫁给一个读书人，她的丈夫由翰林学士外放出任知府，年将六十时，即告病退休回乡。急流勇退，善刀而藏，这或许也是出自其夫人的意思吧！

7.6.8 和尚太守

王和尚者，京师无赖小人，奸狡百出。要案漏网，遂披薙

（tì）；夤（yín）缘钻刺，得出入公卿之门。大僚有佞佛者，被其蛊惑，共相推重，致有“活佛”之称。凡大小京官宅中事，纤悉皆知，故信奉者愈众。自大学士至司坊各官，愿共缔交者，不下二三百人。其皈依座下称弟子者，四五品翰詹京堂居多。朔望皆虔诚叩谒，和尚高坐，参拜者纷纷，皆合掌闭目受之，不答礼，但云“勉作好人，毋庸向我膜拜”云云。

翰林某，亦在弟子之列；家贫，忽得某省学差，喜甚。夫妇卧榻私语云：“闻此缺尚优，三年任满，除清逋负外，赎取典质若干，余可买屋置产矣。”次日以得差往谒和尚，即见怒容满面，厉声诃责曰：“尔以寒士，今蒙皇上恩，畀以文衡重任。不思为国求才，以图报效，昨与尔妻所言，全是一片私心。恐儒、佛两门，皆所不容。今姑薄责示惩，如能速即忏悔，佛门广大，勉为姑容。倘再执迷，我亦不能救汝也。”言毕下座，亲取戒尺，责手心十下。翰林毛骨悚然，伏地不敢仰视。叱去之，乃蛇行而出。又令转回，大声训饬曰：“尔如不遵吾训诲，即屏出门墙，从此勿复相见。”翰林唯唯听命，面色如土，舌挢（jiǎo）而不得下。

闻者益加敬服，馈遗络绎，惟恐弗受。和尚令藏之库，曰：“余方外人，何须此？某处巨刹倾颓，仅存基址。昨蒙我佛示梦，曰：‘非尔不能鼎新。’余已遵命应允。惟工程浩大，非数万金不可；今未有半，尚须大慈悲者，慨解义囊，庶能仰副我佛慈命耳。”于是舍者渐多，日积月累，和尚遂暗拥厚赀，而人不尽知也。

时嘉庆丙寅、丁卯之际，川楚白莲教荡平未久。和尚既蓄多财，遂动弹冠之念，谓诸大老曰：“余以撇却红尘，不复撄心世事，惟佛家总以救拔众生为心。今观三楚地方，教匪虽灭，厄数未完，不日余孽复兴，仍有刀兵之劫。非余亲往，以国法治之、佛力除之，不能消弭此厄。尚须假以方面威权，庶可相机行事。自念世外闲身，亦徒有此心耳。”言罢，深为太息。诸大老深信其言，起立拱手致敬，曰：“吾师恻隐为怀，垂救一方民命，功德非小。某等自当努力玉成，以副吾师宏愿。”和尚俯思良久，乃曰：“承诸公共以救苦为怀，同一盛意，只勉可为出山。惟修刹一事，须待二三年后归来，再了此愿矣。”于是遂蓄发还俗。一面众为集赀，援例捐纳知府，候选。复函嘱两湖督抚，奏请拣发道府。和尚遂出守楚中，旋补襄阳，署武昌，声气广通；又有被其荧惑拜为师者矣。

御史石公（承藻），本深恶和尚诈伪，以庇之者多，且未得实据，未遽弹劾。迨和尚赴官后，访其劣迹，知有徒在京，刺探时事，乃设法诱致之。并多方暗访，悉知其饮酒宿娼，无所不为，特秘密耳。至于各官宅中大小事，无不知者；皆不惜重赀，买通婢仆，随时密报，故虽夫妇私语，亦能闻知。并得其往来私书数函。乃胪列种种款迹，密折参奏。

睿庙震怒，立发星使，审讯不诬，革职查抄。本欲罪拟缳首，因仅诈诱取财，朦混捐纳，尚无传教等情，从重问拟遣戍，永不释回。和尚遂死于戍所。石侍御旋因案镌级。乃众人耻受和尚之愚，遂迁怒而排挤之耳。此事遍见邸钞。

迨癸酉年，姚芙溪入都，戚友老于京者，缕述如此，故得其详。或曰，和尚倘不动凡心，未必即败，其祸乃自取之也。然而小人诈伪，终有败露之时。和尚既富，而又图贵，故其败尤速耳。世之不知止足如和尚者，岂少也哉？

【译文】王和尚是京城里的无赖小人，为人奸诈狡猾、诡计多端。他因犯下大案而漏网，于是出家为僧；靠攀附权贵、百般钻营，得以出入公卿权贵的门庭。有些盲目信佛而求福的高官，受他的蛊惑，都一起推重他，致使他有“活佛”的美称。凡是京城里大小官员家中的私事，王和尚也都纤毫皆知，所以信奉他的人越来越多。自大学士至各司各坊的官员，愿意同他结交的，不下二三百人。那些皈依在他座下自称弟子的人，以四五品的翰林、詹事等高级官员居多。每逢初一、十五，这些官员都竭尽虔诚地礼拜他，这时王和尚端坐高位，参拜的人络绎不绝，王和尚总是合掌闭目接受，也不还礼，只是说“努力做个好人，无须向我膜拜”等等。

某位翰林，也在王和尚的弟子之列；这个翰林家境贫穷，某天忽然得到去某省任学政的差事，非常高兴。夫妻二人睡在床上私下里议论道：“听说这个差事非常好，三年任期一满，除了还清债务，赎回若干抵押的财物以外，余下的还可以买房置地。”第二天，这个翰林便去拜见王和尚，想把这个好消息告诉他。可是王和尚却表现出满面怒容，严厉地大声斥责道：“你作为一介寒士，蒙受皇上的恩泽，现在把评文取士的重任交给你。可是你不想着为国出力选拔优秀人才来报效朝廷，昨晚和你妻子所说的话，竟然全是一片私心。这恐怕在儒、佛两家，都是所不能容忍的。今天姑且略示惩罚，如果能够立即忏悔，佛门广大，尚且可以容许你。倘若再执迷不悟，我也不能救你了。”说罢走下座来，亲自拿过戒尺，在翰林的手心责打了十下。翰林吓得毛骨悚然，趴伏在地上不敢仰面看他。王和尚大声呵斥着赶他走，翰林就伏在地上趴着出去。刚出去王和尚又命他转回来，大声训诫道：“你以后如果再不遵守我的教训，就把你赶出师门，从此再也不要来见我。”翰林恭敬谨慎地听他教训，吓得面如土色，舌头翘起而放不下来。

听闻此事的人对王和尚更加敬佩信服，络绎不绝地赠送财物给他，唯恐他不愿收受。王和尚令人把财物收藏在库房里，说：“我本是方外之人，怎会需要这些东西呢？某地一所大寺院倒塌，只剩下地基旧址在那里。昨晚承蒙佛祖托梦给我说：‘只有你才能使这座寺院焕然一新。’我已经遵从佛祖的旨意答应修建寺院了。只是工程太大，没有数万两白银办不成事。现在银两筹集了不到一半，还须各位大慈悲的人慷慨解囊，或许才能圆满完成佛祖的旨意。”他这样一说，施舍的人渐渐增多，日积月累，王和尚就暗地里拥有了巨额资产，可是人们都不知道其中的真相。

当时正值嘉庆丙寅、丁卯年（1806、1807）之际，四川、湖北等地的白莲教被扫平不久。王和尚在积蓄了巨额资财之后，就产生了做官的想法。他告诉那些资深望重的大官说：“我已经脱离红尘，不再关心俗事，只是佛家总以解救众生疾苦为念。现在看看三楚之地，白莲教匪虽被消灭，但灾难还没结束，不久之后其残渣余孽还会再度兴起，仍然会有刀兵之灾。若非我亲自前去用国法治理、用佛法化解，就不能完全消除这场灾难。还必须借助地方大员的威势和权力，相准时机采取行动才行。我考虑到自己本是世外闲人，也只能空有一腔心愿而已。”说完，王和尚深深地叹息。那些大官对王和尚的话深信不疑，都站起来向他拱手致敬说：“师父您满怀恻隐之心，愿意搭救一方百姓，功德不小。我们自然应当努力促成此事，来实现您的宏大愿望。”王和尚低头思考了许久，便说：“承蒙各位都有救苦救难的情怀，与我情意相投，我只有勉为其难地出山了。只是修缮庙宇一事，还须等待二三年我回来之后，再来了结这个心愿了。”于是，王和尚就蓄发还俗了。一方面众人广泛地集资，按照惯例为王和尚捐纳了一个知府的官职，等候铨选以补缺额。一方面又写信嘱托湖南、湖北两省的总督、巡抚，奏请拣发（清代官制，各省总督、巡抚、提督、总兵，如部下出缺，可奏请皇帝于候选人员中，择其人地相宜者，分布若干员，归其补用，称为拣发）道府。这样王和尚就去湖北任职了，很快他又被补授襄阳知府，代理武昌知府，并和很多官员声气相投，打成一片。其间，又有一些官员受到他的迷惑而拜他为师。

御史石承藻，本来就对王和尚奸诈虚伪的行径深恶痛绝，但因庇护他的人太多，并且没有真凭实据，便没有立即向朝廷弹劾他。等王和尚到任后，石御史查访出他的各种劣迹，知道他有门徒在京城，经常刺探时事，就想办法诱捕他们。并且从多方面明察暗访，详细探知到王和尚饮酒嫖娼，无恶不作，只是非常秘密而已。至于各个官员府中的大小事情，王和尚无不知晓；这都是他不惜花费重金，买通官员家的奴婢、仆人，随时向他密报才得知的，因此即使是夫妻之间的私密谈话，王和尚也能知道。并且石御史还查到了王和尚与人往来的几封私信。于是石御史就罗列出王和尚的种种劣迹，秘密地写好奏折上呈朝廷，参奏王和尚。

嘉庆皇帝得知情况后，非常愤怒，立即派出使臣，拘捕王和尚。经审讯，王和尚对所有的指控供认不讳。于是，朝廷革去他的职务，抄没他的财产。朝廷本打算将其处以绞刑，但因为他只是敲诈诱惑、骗取钱财，蒙混朝廷、捐纳官职，还没有发展到像白莲教那样到处为非作歹的严重情节，就从重定罪，把他发配到边境戍守，永不开释放回。后来王和尚死于边境戍所，很快石御史也因为这个案子受到降职处分。这是因为众人耻于受到王和尚的愚弄而迁怒于石御史，于是众人便一起排挤他。这事遍见于朝廷发行的报章。

等到嘉庆癸酉年（1813），姚芙溪进京做官，那些长时间住在京城的亲戚朋友，将这事一五一十讲述给他听，所以他能够知道其中的详细情况。有人说，王和尚如果不贪恋尘俗，不见得就此败亡，灾祸是他自己招致的。但是小人奸诈虚伪，最终会有失败暴露的时候。王和尚既然已经富足了，却还谋求高官之位，所以他的败亡尤其迅速。现今世上像王和尚那样追逐名利富贵而不知休止、不知满足的人，难道还少吗？

7.6.9 金衙庄

杭州舒园，本金氏别业，旧称“金衙庄”。地极宽广，高台曲馆，水榭风廊，夏日纳凉，尤为胜境，武林诸园，莫大于此矣。近园有面肆，一日客观荷坐久，呼面饷之。进面者十数龄童子，徘徊不忍去。仆呵之，始怏怏出，颇自恚，因誓曰：“他日得志，不有此园，非夫也。”闻者姗笑之。

童子归，终夜不寐，展转寻思，欲偿此誓，非读书不可。于是辞肆主，投身某宦为书童，伺塾师课读，辄潜听而默识之。佣赀尽以买书，暇即闭户读，有时向师质疑问难，颇能领悟。或作破承小讲，呈师批改，亦有思路。问其父作何生业，含糊以对。常问师：“如欲小试，能否无碍？”师曰：“尔虽微贱，并非契卖为奴。果有志上进，能完篇；予系廪生，愿保尔入场，无人攻也。”僮大喜，服役之余，绝不外出，发愤用功。主人亦喜其好学，命伴诸郎读，半载成篇，师益为尽心指授。

是年适小试，开履历，始知姓舒。父为府学诸生，早卒；

叔不能养，八岁废书，遂入面肆。至是竟入泮；次年乡试未售，益奋勉。下科即中式；春闱联捷，以即用知县，发江苏，补六合令。其师以老明经不应试，为之出赀捐教职，以报焉。六合有膏腴名，为令十年，引疾归，年未强仕。人怪问之，笑曰："宦途风味，不过如斯。余将寻泉石烟霞之乐，正须及筋力未衰时耳。"

时金氏中落，一子将远宦，园林无主，愿贱价典质，以五千金典十年。数载后，金氏子卒于官，家益贫，人口益少。复予一二千金，竟为舒氏之业。距在园立誓时，未三十年，而身享林泉之福，且四十载。可谓有志竟成矣。

然此并非阴谋巧夺，全是一番苦心孤诣，故上天亦为玉成之。至曾孙，不能守，又典与某氏。后且屡易其主，零星典售，园亦日就荒芜。道光丙午，余到杭，欲觅寓所，则索价二千金。以东偏近城门，夜间难于防范，不果购得。至咸丰十年，作军需局。今则为四闲别墅，规模一新，常为燕饮聚集之所矣。四闲者，万篪轩、吴晓帆两方伯，濮少霞、许缘仲两观察也。

【**译文**】杭州舒园，本是金氏的别墅，旧称"金衙庄"。其地极为宽广，里面建有高台曲馆，水榭风廊，夏天在此纳凉，实在是绝佳的胜地，杭州各园林，没有比它更大的了。靠近舒园有一家面馆，一天，客人在此观赏荷花，坐得久了，便叫面来吃。送面的是个十几岁的童子，（见园内风景美好），徘徊不忍离去。仆人呵斥他，童子才闷闷不乐地离开，心中颇自愤怒，于是发誓说："他日得志，不拥有此园，不是大丈夫。"听到的人都讥笑他。

童子回去后，彻夜不眠，翻来覆去地寻思，想实现誓言，非读书不可。于是，向面馆主人辞职，投身到某官宦人家做书童，趁塾师教官员的儿子读书时，就暗中前往倾听，并默记下来。童子把所有的工钱都用来买书，闲暇时就闭门读书，有时向塾师请教一些疑难问题，（塾师给他讲解后，）他很快便能领悟。有时，他也写作几篇短小的讲究破题承题的八股文，呈给塾师批改，也有些思路。塾师询问童子他的父亲是作什么营生的，童子含糊应答。他经常询问塾师："如果想参加童子试，能否顺利进场？"塾师说："你虽然微贱，但是并非签订契约卖身为奴。你如果真有上进心，能作一篇完整的八股文。我作为廪生，愿意保你入场，没有人会说闲话。"童子大喜，服役后有空闲时，绝不外出，发愤用功读书。主人也喜欢他好学上进，命他陪伴自己的儿子读书，半年后，他就能作一篇完整的八股文了，于是塾师更加尽心地教导他。

这年正逢童子试，童子开具履历，塾师才知道他姓舒。其父是府学生员，早已亡故；叔叔家境贫穷，无力抚养，童子八岁放弃读书，于是进入面馆佣工。至此，童子竟考中小试入学成为生员。第二年，乡试未中，童子更加发愤努力。又过了一年，他便考中了。接着又考中进士，即用（清代铨选官员有即用之制，谓遇缺即可补用）知县，发派到江苏任职，补授六合县（今南京市六合区）县令。其师因为老贡生的身份而不愿参加考试，童子便出钱为老师捐了教职，以报答老师的恩德。六合县县令素来是个肥差，童子做了十年的县令后，托病告归，当时他年龄未到四十岁。有人奇怪地问他为何不愿意做官，他笑着说："做官的滋味，不过如此。我将寻求泉石烟霞之乐，这正需要在体力未衰之时去做。"

此时，金氏的家道已然衰落，金氏的一个儿子将要去远方做官，园林没有主人，愿意贱价典押，舒某花五千两银子购买了十年的使用权。数年后，金氏的儿子死于任所，金家更加贫穷，人口也日益减少。舒氏又用一二千两银子（将整个园林买下），从此这座园林就成为舒氏的产业了。这时距离舒氏在园中立誓的时间，不过三十年，此后他在这里身享林泉之福，将近四十年。可谓是“有志向的人，做事终究会成功”了。

然而，这并不是舒氏用阴谋诡计巧取豪夺来的，全是他的一片苦心孤诣造就的，因此上天也愿意帮助他完成心愿。传到舒氏的曾孙时，其曾孙不能守住家产，又把园林典卖给了某氏。后来，园林多次改换主人，零星典卖，园林也就日渐荒芜了。道光丙午年（1846），我前往杭州，想在此寻觅一处住所，园林的主人索价二千两银子。因为园林的东侧靠近城门，夜间难以防范，所以我最终没有购买。到了咸丰十年（1860），园林被征用为军需局。如今，园林则已成为四闲别墅，规模焕然一新，经常作为宴饮聚集之所了。所谓“四闲”，是指万篪轩、吴晓帆两位布政使和濮少霞、许缘仲两位道台。

7.6.10 泰州生

泰州某生，年二十余，娶妻极悍妒。生与媵（yìng）婢通，有孕，妻疑而验之，婢不能隐，诘与何人私，畏不敢告。裸跣拷烙，体无完肤，号叫声嘶，旁观皆为楚恻。生如不闻也者。值妻倦卧，婢求一言为解；生惮河东吼，置不顾。婢不能堪，乘间投缳死。生郁郁不自安，携仆赴扬州，寓兴教寺。时值盛暑，与寺僧对弈，天忽晦冥，雷电交作。某神色大异，推枰疾去。甫至后殿，霹雳一声，已震死，观者如堵；仆始言其隐。此道光丙午年六月事也。

余谓婢雉经自亡，按阳律某无死罪，然忍人之心，同于虺蝮(huǐ fù),能无干天怒哉!而悍妇孀后,于咸丰十年,遭贼,亦拷烙备至而死。

【译文】泰州某生,二十多岁,所娶的妻子极其凶悍妒忌。某生与随嫁的婢妾私通,使婢妾怀孕,某生的妻子疑心并查验,婢妾不能隐瞒,某生的妻子质问婢妾与何人私通,婢妾因为畏惧不敢告以实情。某生的妻子让婢妾脱去衣鞋,用烙铁对其拷打,使婢妾体无完肤,大声号叫,旁观之人皆为之痛苦悲伤,可某生对此却置若罔闻。趁某生的妻子倦卧时,婢妾请求某生为她说一两句好话求求情。某生惧怕妻子的凶悍,置之不顾。婢妾不堪拷打,便寻了个间隙自缢而死。某生郁郁不安,携带仆人前往扬州,借住在兴教寺中。当时正值盛夏,某生与寺僧下棋,天空忽然阴暗,雷电交作。某生神色大变,推开棋盘,急速离去。才走到后殿,霹雳一声,某生已被雷震死,前来观看的人围得如墙一般。这时,某生的仆人才讲出了事情的隐情。这是发生在道光丙午年(1846)六月的事情。

我认为某生的婢妾自缢而死,按阳间的法律来说某生是无罪的,然而他忍心看着婢妾遭受拷打而无动于衷,心肠如同毒蛇,这样的人能不触怒上天吗!而那个悍妇守寡后,在咸丰十年(1860)遇到贼人,也备受拷烙而死。

7.6.11 富室消长

浙江富室,乾隆时,首推赵氏。本仕宦旧家,多田积谷;后更广开质库,益见丰饶。质库多在苏、松等郡,赀本皆二三十万,有十余处。又善居积,故日增月盛。有子八人、女十六人，一子生，则以二千金权子母，取一分息，积至千金，又加之母；比及冠笄，可万金矣。婚嫁多未见损也。后八子分析，各二十余万。生齿日烦，自为京外官，家业托人经理不善，且服食渐趋奢侈，不若老辈之俭朴，出多入少。至曾孙辈，已萧索不堪矣。

嘉道以来，在乡则蒋氏，在城则许氏。许以盐务，蒋以力田，各号称百万。论者皆以为商易消，而田可久。乃蒋之子弟，不安田舍家风，而慕城中华丽，弃其耕凿，专事嬉游。又好与当道往还，通融假借，不吝解囊。未及卅年，祖父所遗，悉归乌有矣。

许氏虽素习豪华，而家长操持有法，每日黎明即起，料理内外各事，井井有条。奴仆多人，不能作弊懈玩。漏下二刻，即关锁门户，不准无故出入。子弟家人，有要事出外，至夜不能早归者，必先告之，否则不纳。赏罚公明，众心悦服。平日用财，不滥亦不刻。其尤不可及者，待人接物，礼貌谦和，毫无恃富骄矜之色，亦无市井猥鄙之形。至今百余年，子若孙守成不败，商之中最久者也。

闻其平居常训戒子弟曰："欲知人家之兴败，当看子弟之勤惰；欲知子弟之勤惰，须看卧起之早迟。历观数家，其方盛也，合家男女上下，无不早起早息；迨其将衰也，则合家无不晏眠晏起；迨其衰之甚也，则主人眠起皆迟，而奴仆眠迟起早；至婢仆眠迟起早，而其家不可问矣。"此言确有道理。

姚蔗田尝曰：自天子以至乞丐，未有不当早起者。或谓帝王、百官、士农工商，固当早起；乞丐无事，正可酣眠，何必早起?不知入庙烧香,清晨者多,丐欲乞钱,不早则让他人矣。子舆氏曰:“鸡鸣而起。”为善、为利,皆然。既欲为利,自宜早也。

予又尝训儿辈曰:“试观禽兽,其稍具灵性者,无不天微曙即起。猿与马且不睡;惟豕则终日卧,最蠢最惰,人奈何效之耶?”先辈有言:“多食令人病,多睡令人昏。”此不易之论也。昏则诸事无所用心,清明之气,既已梏亡,故不能为善,亦不能治家。一生悠悠忽忽,委靡不振,身体与草木同腐,家业与冰雪齐消。若此者,视息人世,甚无谓也。

【译文】浙江的富户,乾隆时,首推赵氏。赵家本是仕宦旧家,多有田产、存粮,后来更是广开当铺,家财更加丰饶。赵家的当铺多设在苏州、松江等府,资本规模都有二三十万两,有十多处。又善于囤积,因此财富日积月累、渐渐兴盛。赵氏有八个儿子、十六个女儿,每生一个孩子,就为其存银二千两作为借贷生息的本钱,取一分息,积累到一千两,又增添为本钱。等孩子成年,所存之银就可以多达万两了。子女们的婚嫁都未能使赵氏的家产减损。后来赵家的八个儿子分家,各得二十多万两。人口渐多,赵氏自己在外做官,家业托人经理不善,并且子孙们的衣食渐渐趋向奢侈,不像老辈那样俭朴,出多入少。到了曾孙辈,赵家已经萧索不堪了。

嘉庆、道光以来,乡间的富户首推蒋氏,城里的富户首推许氏。许氏以经营盐业致富,蒋氏以辛勤种田致富,都号称有百万家产。议论之人都认为经商容易消损,而种田可以持久。谁知蒋氏的子弟们,不安于田舍家风,却美慕城市的华丽,抛弃农业,专事嬉游。又喜欢与官员交往,通融(指短时借钱)借贷,解囊相助,毫不吝惜。未过三十年,祖父遗留的家产,就全部化归乌有了。

许氏虽然素来习惯豪华，但家长操持有法，每天黎明即起，料理内外各事，井井有条。奴仆多人，不能作弊懈怠、玩忽职守。二更天，即关锁门户，不准无缘无故地出入。许氏子侄的家人，有要事出外，到天黑不能早归者，必须先行禀告，不然回来时不给开门。赏罚公平，众人心悦诚服。平日用钱，不随意也不吝啬。尤其难得的是，许家人待人接物，礼貌谦和，毫无恃富骄夸之色，也没有市井小民的卑劣行径。至今一百多年，许氏子孙守着家业，不曾败坏，是商人中保守家业最久的家族。

我听说许氏平时常常训诫子弟说："想知道一个家庭的兴败，可以观察家中子弟的勤惰；想知道家中子弟的勤惰，必须观察他们睡觉、起床时间的早晚。遍观几个世家大族，其家正在兴盛的时候，全家男女老少，无不早起早睡；等到其家将要衰败的时候，则全家无不晚睡晚起；等到其家十分衰败的时候，则主人睡觉、起床都会很晚，而奴仆却睡晚起早；等到婢女仆人也睡晚起早的时候，其家的情况就不用问了。"这话确实有道理。

姚蔗田曾说：从天子到乞丐，无人不应当早起。有人说帝王、百官、士农工商，固然应当早起，但乞丐无事，正可酣睡，何必早起？这些人不知道入庙烧香，清晨时人最多，乞丐要想讨钱，不早起就让别人抢先了。孟子说："鸡鸣而起。"无论为了行善还是为了求利，都应该这样。既然想要求取财利，自然应当早起。

我又曾训诫儿子们说："试观禽兽，其稍有灵性的，无不天刚亮就起来。猿与马终日不睡，只有猪终日趴卧，最蠢最懒，人为何要效仿猪呢？"先辈有言："吃多了使人生病，睡多了使人昏沉。"这是不可改变的道理。昏沉则诸事不能专心，清明之气，既然已经因为受到束缚而渐渐丧失，因此既不能行善，也不能治家。一生神志恍惚，萎靡不振，身体与草木同腐，家业与冰雪齐消。像这样的人，只是在人世苟活，实在没有什么意义。

7.6.12 郭厨

有庖人郭升者，闽之惠安县海滨某村人。其家积惯为盗，亲丁男女十余口。升颇不善其父兄之所为，十数岁逃去，为人司爨(cuàn)。后历事幕中久，遂善烹调，且敏速，办二三席，毋庸人助，主人爱之。佣值既厚，又友人时借往治庖，遂颇有所积。乃为人计诱，一旦尽耗于赌，无心刀匕，技亦抛荒。归家仍入盗党，盗术未精，被获就诛。

升自言其村百余家，不耕不织，专以劫掠为生。每冬初西北风作，估客鬻货载赀回，即挂帆出洋，以捕鱼为名，名曰“讨海”。遇巨商大贾，群驾小艇围而攻之，无得脱者。有时并据其船，假其牌名为盗，拒则杀之，或缚而投诸海。如是数次，登岸瓜分，遂无物不有。从此安居无事，醉饱嬉游。约一年，所掳财物将尽，至冬又相率出洋。习以为常，觉盗之外，无事可为；亦无有乐于为盗者。遇巡洋舟师严，亦捕获多人，杀之枭示海滨。而其徒党，愍不畏死，一伙诛尽，一伙复生，焚其巢穴，不难营立，官兵亦无可如何。

盖其人自幼至长，所见所闻，惟此一事，不知其他。有戒以不当为者，则群起而哗争矣。此真圣贤不能教，仙佛不能化，刀锯加之而不畏，雷霆击之而不惊。不知是何戾气，生此一种凶恶之徒。闽粤沿海各郡乡村，大率类是。

或曰：此等人转世仍为盗，所以生生不已。予曰：轮回之说，理必有之。若在生为盗，纵被诛戮，已苦少乐多。转生仍为盗，似太便宜。

曰：然则不入轮回耶？予曰：纵轮回未必人身，凡世间水陆所产，一切禽兽、鳞介、昆虫，以及至微极细之蛙蛤蚬螺，供世人口腹，难逃宰割烹醢（hǎi）之惨者，必此等递降而转生也。而其人阴恶无异于盗，甚且浮于盗者，则所罚亦同此科断。恨无有知冥法者，将此理质之耳。若能将此等因果报应，明白宣示，儆戒一番。庶人世盗贼并种种作恶之徒，或稍能猛省耳。

【译文】有个名叫郭升的厨子，是福建惠安县海滨某村人。其家惯于劫掠，家中有男女十余口人。郭升非常看不惯其父兄的行为，十多岁时逃出家中，为人掌管炊事。后来，郭升因为长期在官府中做厨子，于是十分擅长烹饪，并且他行动敏捷快速，置办二三桌酒席，不用别人帮忙，主人非常喜爱他。他薪酬丰厚，又有友人时常请他去置办酒席，于是颇积累了些钱财。但他被人设计引诱，一天之内就在赌桌输光了所有积蓄，他无心再从事烹饪，技艺也渐渐荒疏。他于是回家仍加入海盗团伙，因盗术不精，被捉获诛杀。

据郭升自己说，其村有一百多户人家，都不耕田织布，专门以劫掠为生。每年冬初刮起西北风时，商人卖货载钱而回，村人就挂帆出海，以捕鱼为名，名曰“讨海”。遇到巨商大贾，众人驾驶小艇围攻，商人无一能够逃脱。有时，他们占据商人的大船，假借商人的旗号劫掠，如果商人抗拒就杀掉商人，或将商人捆绑起来扔到海里。这样数次之后，众人登岸瓜分，于是财物应有尽有。从此，他们安居无事，醉饱嬉游。大约一年，他们所抢的财物即将用完，到了冬天，众人又结队出海。对此，他们都已经习以为常，觉得除了做强盗外，没有其他事情可作；他们之中也没有乐意做强盗的。有时，他们也会遇到巡海的水师，被捕获多人，诛杀后在海滨被枭首示众。可是他们的党徒，虽然因同伙被杀而痛心，却不怕死，一伙被杀尽，又有一伙出现，即使官兵焚毁了他们的巢穴，他们也会很快重新建立起来，官兵对此也无可奈何。

大概当地的人从小到大，所见所闻，只有劫掠一事，不知道还有其他的谋生手段。如果有人告诫他们不应该劫掠，他们就会群起喧哗，与之争吵。这可真是一群圣贤不能教，仙佛不能化，刀锯加身而不畏惧，雷霆击之而不惊慌的人啊。不知是什么戾气，生出了这样一种凶恶之徒。福建、广东沿海各郡乡村的人，大抵都是这样。

有人说：这种人投胎转世后仍会做强盗，所以生生不已。我说：轮回的说法，一定是有道理的。如果活着时做强盗，纵然被诛杀，已是苦少乐多。投胎转世后仍做强盗，似乎太便宜了他们。

又有人问：那么他们就不入轮回了吗？我回答说：纵使进入轮回，他们投胎转世后未必就是人身，凡世间水陆所产，一切禽兽、鳞甲动物、昆虫，以及极其微小的蛙蛤蚬螺，供世人食用，难逃被人宰割烹剁的残酷，这些动物必然是他们这种人逐渐降级转生的。那些像强盗一样阴险的人，甚至比强盗还要轻浮的人，也会受到相同的判决和惩罚。只恨没有人知道阴间的法律是怎样的，不然可以询问一下是不是这个道理。如果能把这种因果报应，明白宣示，对人警戒一番，大概世上的盗贼以及种种作恶之徒，或许就能稍微有所猛醒吧。

7.6.13 关防被窃

道光十五年，闽浙制府钟云亭先生，出巡阅伍，至厦门驻节行馆。次日，较场阅操毕；明日，将视水军；夜中，忽失去关防。馆五楹，中为厅事；东外间，制府下榻；内间，居群仆；西外间，幕友下榻；内间，两仆居之。围墙高峻，屏门外，荷戈兵卫数十人；戟门外，行帐十数架。四围有击柝者，通夜巡逻，极为严密。制府卧室，临窗设一几，关防匣，加锁供几上。夜微雨，晨起窗微启，几面足迹显然，匣盖启，虚其中焉。合馆大索无获。密遣人四路查缉，毫无踪影。制府削职矣。此案终未破获。

或曰，吏胥盗用后镕毁；或曰，为狐所摄。皆无丝毫实据。予谓，狐何所用之？即制府得罪于狐，狐欲害之，术亦多矣，何必摄其关防？且狐摄物，亦无庸踰窗。吏胥舞弊而毁，此说近似。况有足迹，明明是人矣。屋顶及墙头，俱无形迹，明明又是内贼非外贼矣。书吏本随行而同宿馆庑，又系官人兵卫等，不即闹破，或盗用后仍可归匣。一经张皇，无隙可乘，只可匿之。此亦小人必然之情事也。

姚芙溪曰：裴晋公为中书令，尝失印。晋公不动声色，若无其事，反予之隙。少顷启匣，而印仍在。若索之急，防之密，则不能归矣。然予追思之，吏胥盗用，究属悬揣之词。彼时英夷已渐萌窥伺之念，或系外夷遣谍来探海疆虚实。谍归，无以取信，故将必不能伪、亦不容有二之物，盗归以为据。此即唐宪宗时宰相武元衡被刺，取其颅骨之意，然颅骨亦尚可假。若红线夜入田承嗣家，盗取枕边金盒，则与盗关防相彷佛矣。或曰：制军待武营最严，属官莫堪，日思有以去之，激而为此。理或然欤！

【译文】道光十五年（1835），闽浙总督钟云亭先生（钟祥，清汉军镶黄旗人），外出巡阅军队，到了厦门，居住在行馆中。第二天，校场检阅操练完毕；明天，将检阅水军。半夜，忽然丢失了关防大印。行馆共五间，中间是厅堂；东外间，是总督下榻的地方；内间，是仆人们居住的地方；西外间，是幕僚下榻的地方；内间，有两个仆人居住。围墙高峻，院门外，有数十个手持兵器的士兵守卫；戟门外，有十几架行帐。四周有人击柝报时，通宵巡逻，极为严密。总督的卧室内，临窗有一矮桌，盛放关防大印的匣子，加锁后放置在矮桌上。当夜天下小雨，钟总督早晨起床后看见窗户微开，矮桌上有明显的脚印，匣盖已被开启，内中空无一物。钟总督命人在行馆内大肆搜索，没有找到，又秘密派人四路查缉，仍是毫无踪影。钟总督因此被免职了。这件案子终究没有破获。

有人说，关防大印是被钟总督手下的小吏盗用后熔毁了；还有人说，是被妖狐摄去了。都没有丝毫实据。依我说，妖狐盗窃大印有何用处呢？即使钟总督得罪了妖狐，狐欲加害于他，也有多种方法，何必偷走关防大印呢？况且妖狐偷物，也不用爬窗户。小吏舞弊，而后毁掉印信，这种说法最近情理。况且矮桌上有脚印，明明是人所为了。屋顶和墙头，都没有留下形迹，明明又是内贼而非外贼所为了。书吏本是随行之人，并且与钟总督一同住在行馆内，又或者是差役、兵卫等，如果事情不立即闹破，其盗用后或许仍会把关防大印放回匣内。但事情一经大张旗鼓，偷盗之人无隙可乘，只能藏匿起来。这也是小人必然的情事。

姚芙溪说：唐代的裴晋公（裴度）任中书令时，也曾丢失官印。裴晋公不动声色，若无其事，反而给偷盗之人留出归还官印的机会，过了不久，打开印匣，官印仍在里面。如果搜索太急，防备太密，那偷盗之人就没有时机归还官印了。然而，我事后追思，小吏盗用，终究属于揣测之说。那时英国人已渐萌窥伺之念，或许是洋人派遣间谍前来查探海疆虚实。间谍回去，担心无法取信上级，因此必然会将不能造假、也不容有第二件相同的东西，偷盗回去，作为凭据。此即唐宪宗时宰相武元衡被刺，刺客割下武元衡的头颅而带回之意，然而颅骨尚是可以假冒的。像红线女夜入田承嗣家，盗取田承嗣枕边的金盒，则与此次盗窃关防大印的事情有类似之处了。有人说：钟总督对待武官极为严厉，属官不堪忍受，每天想办法将其排挤走，愤激之下才做出这种事情。从情理上分析，这种说法也有道理。

7.6.14 术者名利

广东都城隍庙，有二星士。一陈氏子，本三水诸生，家贫，掉三寸舌，卖卜度日，后登贤书，卖卜如故。一胡姓者，其名尤噪，俗所谓“金吊桶”者也。岁久积有赢余，于城东买田筑室，子孙绳绳焉。然细叩二人技，非真精于星学者，特禄命偶然奇中，人遂传为今之李虚中矣。惟士民争讼，往问卜以断吉凶，二人必饰辞排解，冀两造息讼乃已。与人谈五行，尝云生来者不足恃，当修其在我，以培补之，则福臻而寿可延；若恣意妄为，虽命逢三合，削禄减算，亦难乎免矣。指陈之际，历举前人轶事，以昭劝戒，娓娓可听；闻者动容，多赖以化导向善。是殆奉君平遗教，以其业惠众者，宜其立名获利也。挟一技之长，亦足以善及人，其食报且如此。上焉者，可以蹶然兴矣。

【译文】广东省都城隍庙，有两个以星命术为人推算命运的术士。一个是陈氏的儿子，本是三水县的秀才，家境贫困，以三寸不烂之舌，靠为人占卜维持生计，后来考中举人，依旧从事占卜。一个姓胡，名声尤其显著，就是民间所传的“金吊桶”。胡某卖卜日久，积存了一些余钱，就在城东买田筑室，子孙繁衍。然而详细询问二人的技术，他们都不是真正精通星命之学的人，只是偶然说中别人的禄命，人们于是口口相传将他们视为当代的李虚中（唐代命理学家）了。只是士民争讼，诉讼双方前往问卜以断吉凶时，二人都一定会说好话为之排解，希望双方停息诉讼。他们与人谈论五行，常说天生的禀赋不足为据，应当自我勉力修行，以培补缺陷，这样福气就会到来，寿命就可延长。如果恣意妄为，即使命逢三合（又称三合局，占卜术语，即由五行的生、旺、库三者联结而成的合局），削禄减寿，也在所难免。指说之际，历举前人轶事，以彰明劝戒，娓娓道来，令人喜闻乐见。闻者为之容色改变，二人往往依靠此举化导百姓、劝人向善。他们的这种做法是奉行了严君平所遗留的教诲，用占卜职业利人济世，他们能扬名获利，也是理所当然的。拥有一技之长，也足以推善于人，他们二人尚且可以获得如此美好的果报，高居上位的人，更应该振奋精神去做善事了。

7.6.15 徐州大案

道光三年，吴门有逆伦重案，将请王命。提犯出，则男妇二人也，知为因奸谋逆重案。时官厅有自徐州解案来者，述其致死破案之由，因得尽闻其详。

逆妇，徐州人，有姿色，夫死依姑以居。姑年迈，目双瞽。妇孀居不能贞，乘隙与邻右某通，两情缱绻，有婚嫁之约。乡里皆知，惟碍其姑不能逞。二人奸情如火，媒孽遂生。顾念以他法致之死，形迹易彰。家有小楼，遂引姑登其上，而去其梯，转于楼下唤姑；姑不知梯已去，仓卒蹈空，遂殒绝于地。妇复其梯，而故号呼乞救。迨邻里闻声四集，姑已不能言；咸以为下梯错步，咎其媳之不为扶持而已，初不疑其有他也。

自后遂与奸夫昼夜往来，无复顾忌；而死者顾屡现形为祟。妇恒命小鬟至市，市冥镪。市人见鬟来频速，戏问之曰：“汝家日日市此何为？”鬟初不答，后日益狎习。一日收其资而弗予货，曰：“汝家究何以日日市此？弗告我，无楮锭给汝矣。”鬟为不得已者而告曰：“无他，一日不烧纸锭，我老奶奶即出现耳。”又小语曰：“老奶奶生虽双瞽，死而有灵，甚可怪也。”市人奇其言，因穷诘之，秘弗以告。遂持冥镪去。明日复来，则双眸含泪，告市人曰：“昨若久稽我。我奶奶谓我必在外饶舌，挞以重杖。”又曰：“奶奶尚可，某相公凶恶更甚。昨非老奶奶有灵，我毙杖下矣。”市人复细询其故。

某相公者，即奸夫某也。是日婢归，妇谓其久稽，操杖责之。适某自外至，谓妇曰：“此婢必与人饶舌。若久留之，必误我与若事。非去之，即卖之远方耳。”遂夺妇杖，代之责。杖欲下，忽若有掣其肘还击之者；杖凡三起，皆反击其肩。复闻姑灵床震动，遂弃杖而去。

婢既尽以杖己事语市人，又掩泣曰：“老奶奶死得苦，我今亦不复为之隐矣。”因尽吐其实。事遂显露，道路喧传。徐守及邑令畏其案重，不敢发。适林文忠公，观察淮海，廉得其事，饬县拏获，并置之法。

【译文】道光三年（1823），江苏发生了一起逆伦重案，官员将奏请皇帝批准后判处死刑。犯人被提出来，则是一名男子和一名妇人，众人知道这是因为奸情而导致谋逆的重案。当时官府中有个自徐州押解犯人而来的官员，讲述了致死破案的缘由，我于是得以详细知道了案件的经过。

逆妇，徐州人，有姿色，丈夫死后与婆婆一起居住生活。婆婆年老，双目失明。逆妇寡居，不能守节，乘机与邻居某私通，两情缠绵，有婚嫁之约。乡中之人都知道此事，二人只是碍于婆婆尚在不能得逞。二人奸情如火，遂生歹念。只是想着如果使用其他方法致婆婆于死地，形迹容易暴露。家中有座小楼，逆妇便领着婆婆登到楼上，而撤去梯子，转而在楼下呼唤婆婆。婆婆不知道梯子已被撤去，仓促之间一脚踩空，于是就这样跌落在地上摔死了。逆妇重新架上梯子，而故意呼号求人营救。等邻居们闻声赶到，妇人的婆婆已经不能说话了。众人都以为是她的婆婆下楼梯时不小心走错了步子而落地摔死，只责怪妇人不搀扶着婆婆而已，起初并不疑心有其他的缘故。

自此以后，妇人与奸夫日夜往来，不再有所顾忌。而死者的魂魄却屡屡现形作祟。妇人命丫鬟到集市上，买来纸钱焚烧。集市上的人见丫鬟频频来买纸钱，便开玩笑地问她道：“你家天天买这么多纸钱干什么？”起初丫鬟不答，日子久了店主更加戏弄于她。一天，店主收了钱而不给她货物，说：“你家究竟为何天天买纸钱？不告诉我，我一点纸钱也不给你。”丫鬟因为不得已而告诉店主说：“没有什么其他原因，一天不烧纸钱，我家死去的老奶奶就会出现。”又小声说：“我家老奶奶虽然双目失明，但死而有灵，十分奇怪。”店主听了丫鬟的话感到奇怪，于是反复追问，但丫鬟像是要保守秘密似地不再说话。于是，丫鬟拿着纸钱离去。第二天，丫鬟又来买纸钱，她双眼含泪告诉店主说："昨天你长时间留下我说话。我家奶奶说我一定是在外边多嘴了，用棍子将我重重地责打了一顿。"又说："我家奶奶尚可，某相公才更加凶恶。昨天如果不是老奶奶显灵，我就要被打死了。"店主又详细地询问缘故。

丫鬟口中所说的某相公，就是奸夫某。这天丫鬟回家，妇人说丫鬟在外久留，拿起棍子来就要责打。正巧奸夫某从外面进来，对妇人说："这个丫头一定是在外边对人多嘴。如果留下她，久而久之，必然会误了你我的好事。不除掉她，也得卖到远方才行。"说罢，便夺过妇人手中的木棍，代替妇人责打。木棍将要落下时，他忽然觉得好像有人掣住了他的手肘使木棍还击到他自己的身上。他三次举起木棍，木棍都反击在他的肩膀上，这时他又听见婆婆的灵床震动，于是扔掉木棍离去。

丫鬟把奸夫某用木棍责打她的事告诉了店主，又掩面而泣道："老奶奶死得冤枉，我现在也再不为他们隐瞒了。"于是全部吐露出实情。事情败露，满大街喧传。徐州知府及县令因为案情重大而有所顾虑，不敢上报。当时正逢林文忠公（林则徐）担任淮海道，访得其事，责令县官捉获了逆妇奸夫，并将二人绳之以法。

7.6.16 无头人

丙辰之秋，大军云聚丹阳。大帅向忠武公（荣），薨于军。怡悦亭（良）制府，自常州赴军，护帅事。有广西标弁六人，奉翼长令迎谒而归。道出吕城，所坐船与民船竞，六弁倚势持刀跃入民船，以刀背殴一人下水，并搜括其舟中银物。民船人号呼求救。吕城团练民人，方麕集两岸，接大帅未散。闻水面号声，遽奔救。六弁持刃死斗，众疑为盗，并力御之，格杀三人。其三人已就缚，时万众腾沓，刀棍齐下，不复可以理喻，遂即毙之。唯长夫二人，得乘隙逸归，奔诉于翼长。翼长大怒，严饬丹阳县，缉犯拟抵。

时令丹阳者，为某司马，摄事一年，瓜代已有人矣。忽遇此巨案，且责令获犯结案，方准交卸。司马惧甚，悬重赏以购犯；不二旬，获犯五。唯金阿德一犯未获。时翼长必欲一命一抵，缺一不可。而阿德之兄，本充吕城里长，以解犯在城，遂并下之狱。与五人者，同正法于市。案结，司马交卸旋省。

甫至省寓即病，寓中大小皆见一无头鬼，随一长须人，往来厅际。易箦之日，有仆妇某，自司马卧房出，见长须者，携无头鬼直入卧内。仆妇大呼扑地，守视者，闻声惊救，仆妇醒，而司马长逝矣。

事起仓卒，司牧者能据理以争，为民请命，上也；即不然，调护上下，化重为轻，使生者无冤，死者折服，犹其次也；若置民生于不顾，惟权势之是徇，哀此小民，控告无所，驯至骈首就戮，身虽死而心未死，其为厉也宜哉！

【译文】咸丰丙辰年（1856）秋季，大军集聚在丹阳县。大帅向忠武公（名荣），在军营中逝世。怡悦亭（名良）总督，自常州赶赴军中，代理大帅职务。有六名广西的士兵，奉翼长（清军制官名）的命令迎接谒见而归。路过吕城镇时，所坐的船与民船争夺港口，六名士兵倚仗势力持刀跃入民船，用刀背殴打一人落水，并搜刮船上的财物，民船上的人号呼求救。吕城镇的团练民兵，正聚集在两岸，迎接大帅未散。听到水面有呼号声，急忙跑过去营救。六名士兵持刀死斗，众人疑心他们是盗贼，合力抵御，格杀其中三人。另外三人已被捆绑，当时群众纷至沓来，刀棍齐下，已经不可理喻，随即打死了他们。只有两名长夫（旧时军队中长期征用的民夫），得以乘机逃回，奔跑至翼长面前哭诉。翼长大怒，严厉责令丹阳县官员，缉拿要犯以抵罪。

当时担任丹阳县县令的，是某同知，他代理县令职务已经一年了，即将任职期满由人接替。忽然遇到这件大案，并且上级责令他要捉获罪犯结案后，才准许其交接卸任。某同知十分惊惧，出重金悬赏以缉拿罪犯。不过二十天，捉获了五名罪犯。只有金阿德一犯尚未捉获。当时翼长要求必须一命抵一命，缺一不可。金阿德的哥哥，原本担任吕城里长，因押解犯人到城中，于是一并被关入狱中。与五名罪犯，一并被斩首示众。结案后，某同知交接卸任，随即返回省城。

他一回到省城的寓所就生了病，寓所中的大小人等都看见有一个无头鬼，跟随着一个胡须很长的人，往来于厅堂之间。临死之日，有个仆妇，从同知的卧室出来，看见一个长胡须的人，携带着无头鬼径直进入同知的卧室内。仆妇大声惊呼，扑倒在地，看护的人闻声惊救，仆妇醒来，而某同知却已经死去了。

事起仓促，地方官员如果能据理力争，为民请命，是最好的做法；即使不这样，能在上级和百姓之间周旋调护，化重为轻，使生者无冤，死者折服，也是一种比较好的做法；如果置百姓的生命于不顾，只想着保住自己的权势，可怜那个小民百姓，无处控告，逐渐致使与五名罪犯一同被杀，他身虽死而心有不甘，其化为厉鬼索命不也是理所应当的吗！

7.6.17 邱真人救荒策

乾隆丙午，江南大饥。天中节，苏州粥厂告竣，众善士设醮于葑门外文星阁；扶鸾，长春邱真人降乩。因问吴中各厂诸董绅士功过优劣，真人曰：昨同诸真校阅苏州粥厂诸册，乃各府县城隍，会同岳府纠察司上奏。诸真磨对各厂功过，大约以九功一过为最上，至六功四过而止。此由策未全善，故亦无全功。

盖粥厂虽有救人之功，其中亦有九害。筋力已衰，龙钟就食，一遇拥挤，昏眩随之，不死于家，而死于厂，其害一也。童男童女，或依父母而来，或附公婆而至，一到厂前，男赴男厂，女赴女厂，各不相顾，因此掠卖，无处找寻，生则沦落卑污，死则辗转沟壑，其害二也。大雨淋漓，雪风凛冽，泥涂踯躅（zhí zhú），寸步难行，虽得一餐，已同九死，其害三也。男废耕耘，女抛缝绩，偶因本年秋歉，兼酿来岁春荒，其害四也。饥伤带病之人，跋涉不胜其苦，而粥又温寒不等、迟早无时，不能救饥，反以速死，其害五也。怀孕妇女，或因损以堕胎，或满月而将娩，饥伤血晕，汤水谁怜，感冒风寒，终身致疾，其害六也。日候关筹，夜栖孤庙，风檐打盹，湿地权眠，秽气熏蒸，染成疾病，其害七也。或有无识妇人，遭逢浪子，既丧名节，且致拐逃，悔恨莫追，遗孩啼哭，老母悲酸，夫叹断弦，妻同覆水，其害八也。虮虱满身，垢腻遍体，散处已堪掩鼻，合聚更觉难闻，恶臭不堪，染成瘟疫，大荒之后，瘟疫流行，其害九也。尔等未得善法，故未能邀全功耳。

众叩尽善之法，真人曰：人心不古，才过荒年，农家忘水旱之忧，市井忘饥馑之苦，并绅士亦忘赈济之劳。道人虽熟筹有三策，恐未必能遵行也。然宁可言之而不行，不可因不行而不言。

第一，未雨绸缪策。凡府州县，各有乡都图甲，地方大小、烟户多寡不齐，每图举殷实老成者为董事一人、副董十人，同心协力，捐办仓厫。除五六分年岁不捐外，每夏秋两熟丰收之时，副董查有实田十亩者起捐，每亩冬米四升、夏麦二升；实田五亩、租田五亩者，每亩捐冬米二升、夏麦一升。共收米麦者若干，登记明白，贮仓封锁。如遇青黄不接之时，出陈易新。或仿社仓例，出借有田之人，酌量起息，无田者不准情借。若遇大荒，查明实贫饥口，造册，无滥无遗。五日前发票，注明村户大小几口，大口日给麦六合，小口日给麦三合。麦完，大口日给米五合，小口日给米三合，十日一给。米麦足敷五月之粮，则从十一月半给起，四月半为止；仅敷三月之粮，则从正月十一日给起，四月初十日为止。即着首、副董专司其事。其有穷乡无告，邻近富图，务须协济。如此则男不废农，妇不废织，既免九害，并获四益矣。何为四益？圣上爱民如子，每遇偏灾，特旨辄发帑金数百万两。而民捐三百两以上者，概准议叙；其百金、数十金者，给奖有差，较之捐职纳监，其荣倍之。其益一。上帝好生，凡救人者，其功大于救物；救宗族亲戚者，其功又大于救人；独至救荒，则不论亲疏远近，皆为莫大阴功。况乎绸缪未雨，更为上契天心，后起荣昌，尤堪预必。其益二。每遇荒年，局捐图捐，俱不能免，官吏催呼，绅士勒迫，因而贿求情嘱，以冀少捐，不惟无功，最为造孽。况彼已遇歉，而势必取盈，则捐多嫌少，力已竭蹶。此乃丰年，而数有定额，则积少成多，力尚有余。其益三。每遇荒年，饥民结伴成群，强求力索，非特无心独饱，抑且御侮无由。若用此法，则贫富俱可两安，雍睦积成风俗。其益四。尔等何不勉而行之？

第二，临渴掘井策。或逢大歉之年，绅衿善士，钞录设厂九种之害，呈明府县。知县传谕老成练达书役，告以神鉴非遥，实力办公，子孙荣贵。先令该房查乡图城厢完粮细册，及有无生理，并密传各图厢保，不拘士农工商，呈报上中下三等殷户，选举公正董事；协同地保，查各图各厢，实在贫穷饥口，勿稍遗漏注册。然后出帖邀请各厢图二等殷户，并请诸绅士，于城中设局劝捐。或此图捐户多而饥口少，或彼图捐户少而饥口多，总须畛（zhěn）域不分，有无协济。以厢图大小，酌举正副董之多寡。或钱或米，五日前给票，十日一给，发满日汇册呈县核存。则饥民免九害，而沾实惠。官吏绅衿善士，俱准全功。

第三舍子留母策。须大力好善者为之。昔旌阳许真君，富而好善，每遇丰稔，籴（dí）米数万石，约三年以陈易新。如遇大荒，减价平粜（tiào），贫者私给米票，每口给米八合，遇稔乃止。后遇谌（chén或shèn）母元君，授以大丹。晋太康二年八月初一日，全家四十二口，拔宅上升。今天下殷富者，不乏其人，各量力也。

道人筹此三策，尔等刊印流布，敬谨奉行，普济无量，自然百福骈臻。若不能行此三策，则于城中，每厢设粥担。以厢之大小，为担之多寡，桶上设盖，每担可给饥口二十名。备大盘二十只，用过洗净，腌菜一小桶，两担同行。此担未完，彼担已熟。乡村亦照此法，亦可免九害，而济然眉。否则熟视饥民辗转而死，与其忍心害理，为鬼神深恶痛绝之人，毋宁仍设粥厂，虽不免九害，尚可有功也。道人与尔等有缘，坐谈已久。尔等能自修自证，功成行满，焉知不同作十洲三岛客耶？勉之，勉之！若疑乩语难凭，则负道人一片婆心矣。

【译文】乾隆丙午年（1786），江南发生大饥荒。端午节，苏州粥厂建造完毕，许多善士在葑门外的文星阁设立道场祈福消灾；扶乩时，长春真人邱处机降临。众善士于是询问苏州负责各粥厂事务的士绅的功过优劣，邱真人说：我昨日同诸位仙真查阅苏州各个粥厂的簿册，这些簿册是各府和各县的城隍神，会同东岳大帝府中的纠察司上奏的。诸位仙真核对各粥厂负责人的功过，大致以九功一过为最上，以六功四过为最低。这是因为粥厂制定的政策都不尽善尽美，所以其负责人也就没有全是功而没有过的。

粥厂虽有救人之功，其中也有九种弊端。那些身体衰老，行动不便的人前来领粥，一旦遇到拥挤，随之就会昏眩，不是死于家中，而是死于粥厂，这是第一种弊端。那些男童女童，有的跟随父母而来，有的跟随爷爷、奶奶而来，一到粥厂，男的便奔赴接待男子的粥厂，女的就奔赴接待女子的粥厂，各不相顾，因此有些孩童被人抢去卖掉，无处找寻，能活下来的无非沦落到卑污之境，死掉的就会被人抛弃到沟壑之中，这是第二种弊端。大雨淋漓、风雪凛冽之时，道路泥泞，行者徘徊，寸步难行，虽然得到一顿餐饭，也已经如同九死一生，这是第三种弊端。男人废弃耕耘，女人放弃缝织，偶然因为本年秋季的歉收，一并酿成了第二年的春荒，这是第四种弊端。饥伤带病之人，承受不住远途跋涉的劳苦，（到了粥厂）粥要么温寒不等，要么或迟或早地不能按时发放，不仅不能救饥，反而会导致他们速死，这是第五种弊端。怀孕妇女，有的因身体损伤而流产，有的怀孕期满将要分娩，却因饥饿、损伤或贫血而晕倒，没有人可怜她们，端给她们热水喝，她们因风寒而感冒，就会导致一生的疾病，这是第六种弊端。（前来领粥的人）白天等候城门打开，晚上栖息于孤庙中，在风檐下打盹，在湿地上暂眠，秽气熏蒸，染成疾病，这是第七种弊端。有些没有见识的妇人，遇到浪子调戏，既丧失了名节，又容易受到拐骗、随人逃亡，那时悔恨莫及，遗弃的孩子啼哭不已，老母悲酸，丈夫悲叹妻子离去，妻子如同泼出去的水般不能再回，这是第八种弊端。虮虱满身，污垢遍体，分散相处臭味已经令人掩鼻，何况众人合聚在一起更让人觉得难闻，恶臭不堪，染成瘟疫，大荒之后，瘟疫流行，这是第九种弊端。你们未能找到圆满的方法，所以也就不能获得全功了。

众人询问尽善尽美的方法，邱真人说：人心不古，才过完荒年，农家就忘了水旱之忧，百姓就忘记饥馑之苦，就连士绅也忘记了赈济之劳。我虽然深思熟虑，也只是想出了三种办法，恐怕你们未必就能一一遵行。然而宁可我说了你们不照做，也不能因为你们不照做而我就不说了。

第一，未雨绸缪的办法。凡是府州县，各有乡、都、图、里（皆为明清时地方区划名），地方的大小和住户的多少都不一样，每图推举一位家境殷实、办事老成的人作为董事、推举十人作为副董，同心协力，捐办粮仓。除了收成五六分的年岁不捐外，每年夏秋两季粮食成熟丰收之时，副董查有实田十亩者起捐，每亩地捐献冬米四升、夏麦二升；有实田五亩、租田五亩的人，每亩捐献冬米二升、夏麦一升。共收了多少米麦，登记明白，贮仓封锁。如果遇到青黄不接的时候，可以用陈米换新米，或仿照社仓的条例，向有田之人借贷，酌量计算利息，无田之人不准其托情借贷。如果遇到大荒，副董查明真正贫饥的人口，登记造册，要做到不泛滥、不遗漏。提前五天发给贫饥之人票据，上面注明村户大小、家中有几口人，家中人口多的每天给他们六合麦子，家中人口少的每天给他们三合麦子。麦子分完后，家中人口多的每天给他们五合米，家中人口少的每天给他们三合米，十天分发一次。粮仓中储存的米麦足够分发五个月的，则从十一月半开始分发，到第二年四月半为止；粮仓中储存的米麦仅够分发三个月的，则从正月十一日开始分发，到四月初十日为止。期间，命令总董、副董专门管理此事。其中如果是穷困之乡，无处借贷，临近的富裕图里，必须予以协助接济。这样则男不废农，妇不废织，既避免了九种弊端，也获得了四种好处。哪四种好处呢？圣上爱民如子，每次遇到大灾，就会颁下特旨，从国库中拿出数百万两银钱救灾。并且规定百姓捐钱三百两以上者，准许其得官加级；捐钱一百两、数十两者，按等级给予奖励，这与捐职纳监比较，可谓是大大的荣耀。这是第一种好处。上帝爱惜生灵，凡是救人的人，其功劳大于救物；救宗族亲戚的，其功劳又大于救一两个人。唯独到了救荒之时，不论亲疏远近（都能予以救济的），皆是莫大的阴德。何况未雨绸缪，更是契合上天之心，后代繁荣昌盛，是绝对可以预料的。这是第二种好处。每次遇到荒年，局捐图捐，都不能避免，官吏催缴，绅士勒迫，因此有些人行贿托情，希望少捐一些，这种做法不但不能积累阴德，反而是最为造孽的行为。况且穷困之家已经歉收，官府一定要取足赋税，不免捐多嫌少，进一步造成贫困之家的枯竭匮乏。然而这事在丰收之年去做，收取的粮食有一定数额，慢慢积少成多，则贫困之家尚有余粮。这是第三种好处。每次遇到荒年，饥民结伴成群，向富户强求力索，富户非但无心独饱，而且也没有理由抵抗。如果采用这种办法，则贫富之家都可相安无事，和和睦睦积成风俗。这是第四种好处。你们为何不勉力而行呢？

第二，临渴掘井的方法。如果遇到大荒之年，缙绅善士，抄录设置粥厂的九种弊端，呈交奏明府、县长官。知县传令老成练达的书办，告诉书办神灵就在不远处鉴察，你如果实力办公，可保后代子孙荣华富贵。先命令书办查阅乡图、城厢（指靠近城的地区）等地交纳田赋的详册，以及有无予以救济、使百姓生存下来的办法，并密传各图、厢的地保，不论士农工商，呈报上中下三等殷实之家的名单，选举公正的董事，协同地保，查阅各图各厢，有多少真正贫穷饥饿的人口，一一登记在册，不要有所遗漏。然后贴出告示邀请各厢图二等殷实之家，并邀请诸位士绅，在城中设局劝捐。如果此图之中捐粮的人家多而贫饥的人口少，或那图之中捐粮的人家少而贫饥的人口多，一定要不分区域，互通有无，相互协助接济。根据厢图的大小，酌量选举多少位正董、副董。或钱或米，提前五天发出票据，十天分发一次粮食，分发期满时汇册呈交县官核存。这样饥民既避免了九种弊端之苦，又沾受了实惠。官吏、缙绅、善士，都可以获得全功。

第三，舍子留母的方法。这事必须得有一定实力行善的人去做。从前旌阳县的许真君（许逊），富而好善，每次遇到丰收之年，就会买米数万石，大约三年就会以陈换新一次。如果遇到大荒，他就以低价卖出粮食，私下把票据发给贫穷之人，每口人给八合米，等到谷物成熟时就停止发放。后来许真君遇到谌母元君，谌母元君赠给他一颗大丹。晋太康二年八月初一日，全家四十二口，成仙飞升。如今天下殷富者，不乏其人，可以让他们各自量力而行。

我筹划的这三种方法，你们刊印流布，敬谨奉行，普济百姓，功德无量，自然就会百福聚集。如果不能遵照这三种方法而行，可以在城中，每厢设立粥担。根据厢的大小，决定粥担的多少，桶上设盖，每个粥担可以救济二十名贫饥之人。准备二十只大碗，用过之后洗刷干净，并准备一小桶腌菜，粥担、菜担一同设立。这担未吃完时，就准备好另一担。乡村也可遵照此法而行，（这样做）也可以避免九种弊端，解除百姓的燃眉之急。否则，对饥民的辗转而死熟视无睹，与其忍心害理，做个让鬼神深恶痛绝的人，不如仍旧设置粥厂，虽然不免九种弊端，也可以算作有功之人。我与你们有缘，已经坐谈了很久。你们如果能自修自证，等到功行圆满，又怎知不会和我一起做个周游十洲三岛的神仙呢？勉力而行，勉力而行！你们如果疑心我的乩语不足凭信，就辜负了我的一片苦口婆心了。

劝戒八录

《劝戒八录》自序

此书刻自道光壬寅始，今已四十年，始知各省重刻本之多。有向予借去原书而刻者；有远在一方，见书而同人摹刻者。即予所知，则中州有板两付，蜀中、安徽、江苏、粤东、江西、湖广均有翻本，江苏并有小板。而吾乡省会，累经重刻。厦门杨凤来，以大病愿刻此全书以祈寿，刻成而病愈。近闻台湾亦有重雕本。其不胫而走如是。可知人心向善，固不甚相远也。惟所刻者未见全帙，或刻至三、四集，或五、六集。昔绍兴有善士金缨，索予《四录》刻之，甚感其意。今萧山沈茂才锡溥，亦喜刻书，向善甚殷。此书已成至八集，遽以付之。所论时事，愈近而有征。其豁人心目，发人清省，自非浅鲜耳。

光绪六年夏六月，敬叔老人识。

【译文】这部书从道光壬寅年（1842年）开始刻板印行，至今已经四十年了，才知道全国各省重刻翻印的各种版本有很多。有从我这里借去原书刻印的；有在很远的地方，看到这这部书之后，大家一起集资翻印的。就拿我自己所知道的来说，河南有两套书版，四川、安徽、江苏、广东、江西、湖北、湖南都有翻印的版本。而在我家乡福建省的省会，也是先后多次重刻。厦门的杨凤来，因为生了大病，发愿刊印这部书的全书来祈求寿命，刊印工作刚刚完成病就痊愈了。最近听说台湾也有重刻的版本。虽然没有刻意宣传推广，没想到流传得如此之快。由此可见，人心都是向善的，本来就没有太大的差别。只是翻刻的各种版本，没有看到有全套的，有的刊刻到第三、四集，有的到第五、六集。当初绍兴有一位名叫金缨的善士，向我索取了《四录》进行刻印，他的这番美意令人感动。现在萧山县的沈锡溥秀才，也喜欢刊刻书籍，向善之心格外诚恳。这部书已经写到了第八集，就把书稿交给了他。其中所记述的近期的事情，也是越来越近，而且更加真实有据。所以对于开阔人的心智和视野，启发人深刻醒悟，想必作用不小。

光绪六年（1880）夏季六月，敬叔老人梁恭辰谨识。

第一卷

8.1.1 王伟人相国

王伟人相国，与和相同朝，和而介。公子某，工文艺，善书，每为公代笔。上知之，以问公，辄以不才对。每秋闱，先期谓众曰："谁荐中吾子者，吾即参之。"子无奈，回陕，意欲应本省试。时陕抚某，公之门下士也，亟致信，亦厉词以属之。收卷时，中丞视其文可中，乃袖置已室，不发誊录。盖公子豪于饮，故公不令仕，且惧其不免于和也。

又陕抚某公，被密旨，托故猝至韩城，亲视相国第，并询所谓三王府、四王府者。既而见湫隘如寒士，其三府、四府，则以相国之弟，就其姓与行而戏呼之者也。以实密奏。一日，上谓公曰："卿为宰相，而家宅太陋。"命赏内库银三千两修之。公悚然不知所由。或谓和之所为，欲倾之，而反固其恩眷也。

【译文】相国大人王杰，字伟人，与和珅同朝为官，为人和气而又耿直。他的儿子某公子，文章写得好，又精通书法，经常为王大人代笔写东西。皇上知道了以后，就向王大人询问儿子的情况，他每次都回答说儿子没什么才华。每次秋季乡试之前，他都提前跟同僚们说："谁要是推荐让我儿子考中，我就弹劾谁。"儿子没办法，只好回到陕西老家，想要参加本省的考试。当时的陕西巡抚某大人，是王大人的门生，就急忙写信给巡抚，也用严厉的语气进行叮嘱。收卷的时候，巡抚看他的文章是可以考中的，就收起来放在自己的房间，不再抄录发给阅卷官批阅。原来是这位公子喜欢饮酒，所以不让他出来做官，而且恐怕他难免被和珅陷害。

还有一次，陕西巡抚某大人，接到了皇帝的密旨，找了个理由突然到了韩城，亲自考察王杰大人的府第，并且探询关于所谓"三王府""四王府"的传言。后来，只见王大人家的房屋低矮简陋，如同清贫的寒士。而所谓的"三王府""四王府"的说法，则是人们对王大人的弟弟，按照他们的姓氏和排行，所做的戏称。巡抚就把实际情况秘密地奏报给皇帝。一天，皇上对王大人说："爱卿身为一国宰相，而家宅过于简陋。"命令从内库中拿出三千两银子赏赐给他对房屋进行修缮。王大人惊惧不已，不知道是怎么回事。有人说这是和珅的主意，本来想要陷害王大人，反而加深和巩固了皇帝对他的恩宠和礼遇。

8.1.2 鲍生排解

道光庚子科，第二场，场中"淡"字号，有歙县鲍君，于黄昏时坐号中，忽有妇人搴帷，旋去。因思场中焉有妇人，必鬼也，遂出尾之。妇人见其相逼而来，遂入号底粪房内，鲍亦直入。妇人无可躲避，面墙而立。鲍呼之曰："尔必鬼也，搴我号帘胡为者？"妇人不应。鲍以手拉之，妇人曰："君既知为鬼，何相逼若此？搴帘是妾之误，祈谅之。”鲍曰：“寻我为误，想必有不误者，在此号中。何妨告我，为尔排解。”妇曰：“干卿甚事？”鲍强之，曰：“妾夫以木工为业，与某为邻。某向处馆。一日，夫以银十两，托某带归，不意某生干没。妾一子二女，全靠夫之接济。是年水灾，米薪腾贵，寄银不至，家遂断炊。夫亦于是年卒外，音信杳无。久之，妾饿死，一女亦饿死。如此害我，能不报乎？”鲍曰：“尔尚有子女乎？”曰：“止一子一女。”鲍曰：“何在？”曰：“日行乞耳。”鲍曰：“以君之怨，不过索某之命足矣，于尔子女何裨？据我看，不如以子女属某，使其领养。俟尔子女成立，方许卸责。并嘱某为尔做道场，立木主，焚金帛。岂不较胜索命万万耶？”妇曰：“如君言，岂不大好？但某负心至此，安能忽动天良？”鲍曰：“某虽不肖，能不要命乎？有我代尔排解，且看光景如何。”鲍遂引之以行。由底号向前，且行且呼某生姓名。至一号，闻呼而出。妇见之，怒气勃勃，有欲得甘心之状。鲍生拦阻，乃止。遂以妇人索命告之。某生叩头求救。鲍以其子女相属。某生自任，唯命是从。妇曰：“口无凭。”某生乃书之于纸，交鲍转交。妇不接，曰：“须焚之。”乃去。

是时夜深，他人文俱成。鲍自知多事，回号收心养气，预备作文。忽又见妇人来前。鲍曰：“何又来扰？”妇曰：“为君报喜，已获中矣。”鲍曰：“我不信。”妇曰：“诚然。凡索命必奉神旨令，方能进场，事毕仍当缴令。昨日妾领旨时，本欲索命。神见妾如此缴旨，神异而问之。妾以君排解为对。神乃嘉君之善。适今科一百零七名，以恶当换，乃将君名填写在上，故来贺也。”鲍曰：“汝妄言之，不足信也。”是时场中传闻甚广，均记之以待榜发。及阅《题名录》，鲍中一百四名。想揭晓以前，又有被黜者，故鲍又上数名耳。

【译文】道光二十年（1840）庚子科考试，在考第二场的时候，在“淡”字号考场，坐着的是来自安徽歙县的鲍先生，他在黄昏时分坐在考场中，忽然有一位妇人掀开帘子，张望了一下接着就离开了。心想考场中怎么会有妇人，一定是鬼，于是跟出来尾随其后。妇人见他紧紧追上来，于是躲到考场尽头的厕所内，鲍先生也径直追了进来。妇人没有地方可以再躲避，面对墙壁站着。鲍先生质问她说：“你一定是鬼，掀我考场的帘子做什么？”妇人没有应答。鲍先生用手拉她，妇人说：“先生既然知道我是鬼，为什么要这样苦苦相逼？掀帘子是我看错了，请原谅。”鲍先生说：“找到我是搞错了，想必还有对的人，就在这个考场中。不妨告诉我，说不定可以帮助你排解。”妇人说：“关你什么事？”鲍先生再三要求，妇人才说：“我的丈夫以做木工为业，和某生是邻居。某生当时在教书，开馆授徒。一天，丈夫把十两银子，委托某生带回，没想到被某生贪污。我和一个儿子、两个女儿，全靠丈夫来养活。当年发生水灾，粮食和木柴的价格上涨，丈夫寄来的银子一直不到，家里于是断炊了。丈夫也在这一年死在外地，音信全无。后来，我被饿死了，一个女儿也饿死了。害我们全家到这种程度，能不报仇吗？”鲍先生说：“你还有子女在世吗？”妇人说：“只有一个儿子和一个女儿。”鲍先生问：“现在什么地方？”回答说：“每天靠乞讨度日。”鲍先生说：“你对他的怨恨再深，最多不过是索取他的性命而已，但是这样对你的子女有什么实际的好处呢？依我看来，不如把子女托付给他，让他来领养。直到你的子女长大成人，才能停止抚养的责任。同时，让某生为你做道场来超度，设立牌位，焚化金帛。这不比索命强过一万倍吗？”妇人说：“如果真的像先生所说的这样，难道不是很好吗？但是某生背信弃义到这种程度，怎么能忽然良心发现呢？”鲍先生说：“某生虽然不像话，但是他能不要命吗？有我替你从中排解，暂且看看情况怎样。”鲍先生于是带领着她走。从最里面的考场往前走，一边走一边呼喊某生的姓名。到了一间考场，某生听到呼喊声就出来了。妇人一看见他，便怒气勃发，看上去想要把他置于死地的样子。鲍先生急忙阻拦，这才停止。于是把妇人想要索命的事情告诉他。某生叩头请求解救。鲍先生把妇人的子女托付给他。某生很果断地接受了照顾她子女的任务。妇人说：“空口无凭。”某生于是写了一张字据，交给鲍先生代为转交。妇人不接，说：“须要焚化。”然后就离开了。

当时已经是深夜了，其他考生文章都已经写完了。鲍先生觉得自己多管闲事，回到考场收拾和养足精神，准备写文章。忽然又看到前面那位妇人来到面前。鲍先生说：“为什么又来打扰？”妇人说：“我是来为先生报喜的，您已经考中了。”鲍先生说：“我不相信。”妇人说：“是真的。凡是索命必须要取得神明的旨令，才允许进入考场，事情结束以后要把旨令缴还。昨天我领取旨令的时候，本来打算索取某生的性命。神明见到我以这样的方式缴还旨令，感到奇怪，就问我怎么回事。我回答说是由于先生您帮助从中排解的。神明于是对先生的善举非常赞赏。恰好本科原定要录取的第一百零七名考生，因为恶行要被替换掉，就把先生的名字填在了名单上，所以前来祝贺。”鲍先生说：“你这是胡说，不值得相信。”当时这件事在考场中被传得沸沸扬扬，很多人都把这件事记录下来等待发榜。等到翻阅记载考中名单的《题名录》，发现鲍先生考中了第一百零四名。想必是在考试结果公布之前，又有考生被淘汰掉的，所以鲍先生又往前进了几个名次。

8.1.3 李探花

李封翁（悦礼），顺德上村人。在佛山升平街，开大生染房。性慈祥正直，乐善好施。所染之布，工伴或错交与人，而后之来取者，要回原色物，即赔偿之，并无争辩。尝误接铜银十两，遽投于水，曰："不可以此复累人也。"或曰："彼混来而我混去，亦事之常。"公曰："各行其志，安能每事依人？如果混去，如受者何？"真能学吃亏者也。

一日，往大沥墟，近晚归，夕阳西坠矣。见一妇坐水边，哭极哀。公问之，答以卖布得银四圆，乃铜洋也，家贫无以为活，苦极，欲自尽。公恻然不忍，探囊以好洋换之。妇起谢去。

公运途蹇滞，所谋生理多不遂。后入陈某一股，合伴贸易，每为陈某所欺。公生数女，而子嗣多艰。晚年生子文田，即若农先生也。年十七，以案首入泮，中咸丰丙辰岁补行乙卯科举人。己未会试登进士，探花及第，其时二十四岁也。现官侍讲。同治丁卯，典四川副主考；庚午，典浙江副主考，旋任江西学政。

按：公心仁慈，而人以为愚也；公性诚笃，而人以为赘也。谓为善得福，何以求财不利，得子之艰若是？当时亲友，皆叹息之，莫不笑为无用矣。岂知醇朴之至，积久而大发其华，有子克家，如李公者，当亦九泉含笑矣。

【译文】李探花的父亲李悦礼老先生，是广东顺德上村人。

在佛山升平街，开了一家大生染布坊。李老先生为人慈祥正直，乐善好施。所染的布，如果伙计拿错给人，而后面来取货的人，要取回原来的货物，就立即赔偿给他，不会进行争辩。曾经有一次误收了用铜伪造的假银十两，立即扔到了河里，说："不能让这个再去连累别人。"有人说："别人混着花进来，而我混着花出去，也是常有的事。"老先生说："各人按照自己的意志做事，怎么能每件事都跟随别人去做？如果混着花出去，那么下一个收到的人又该怎么办呢？"真是能学吃亏的人。

一天，到大沥墟去办事，临近傍晚才回来，太阳就要落山了。看见一位妇女坐在水边，哭得非常悲伤。老先生问她发生了什么事情，妇人回答说通过卖布换得了四枚银元，发现是用铜伪造的假银，家中贫困没办法活下去，走投无路，打算自寻短见。老先生心中不忍，很同情她，就从钱袋中取出真的银元跟她交换。妇人起身表示感谢，然后就离开了。

老先生运势不好，做事情不顺利，所经营的各种生意大多不成功。后来出资加入了陈某的股份，合伙做生意，经常被陈某欺骗。老先生生了几个女儿，还没有儿子。到了晚年，生下一个儿子，名叫李文田，就是若农先生。十七岁时，以第一名的成绩进入县学读书，在咸丰六年丙辰岁（1856）补行乙卯科（1855）广东乡试（咸丰五年（1855）乙卯科广东乡试因太平天国起义停考，于次年补行）中，考中了举人。在咸丰九年（1859）己未科会试中考中第三名进士，探花及第，当时是二十四岁。现在朝廷担任侍讲学士的官职。同治丁卯年（1867），担任四川乡试副主考官；同治庚午年（1870），担任浙江省乡试副主考官，接着调任江西学政。

按语：李老先生心地仁爱慈悲，而别人认为他愚笨；老先生为人诚实忠厚，而别人认为他是多此一举。如果说行善可以获得福报，那么为什么求财不顺利，得子又如此艰难呢？当时亲戚朋友，都叹息不已，都嘲笑他这么做是没有用的。又怎么会知道将醇厚朴实做到了极致，长期地坚持和积累，最终开花结果，得到了一个振兴家业的儿子。那么李老先生地下有知，也可以含笑九泉了。

8.1.4 王小村、康雉桥

省斋曰：王小村方伯（庭华），陕西大荔县人，嘉庆己未进士。方为御史时，同年绥德马公（丕基）仕刑部主事，夫妇相继骤亡，遗孤振衢，甫数月。公与王定九相国，经理旋榇，得以归葬。而抚孤之责，公独任之。夫人杨氏，亦爱如己出，鞠育顾复，恩情备至。稍长，延师课读，择配论婚。适城固康雉桥州牧，名锡新，有女，遂订盟焉。公历官中外，道光七年，仕至山西布政司。而卒时，振衢年已将冠矣，衰绖苫出，一如所生。既终丧，雉桥迎之任所，读书成婚礼，饮食教诲，比于二子。初为纳监，应顺天乡试不利。复令以宛平籍，应童子试，入学食饩，中副车；旋中乙未恩科举人，后任贵州麻哈州知州。

计振衢以颠木之孽，终成翘楚。小村、雉桥两先生，后先成全之，可谓义薄云天矣。振衢号谷生，乙未秋初，延余就其岳蔚州馆。中式后，同砚半载。辛丑之后，不复晤面。忆之，殊有云树之思。

【译文】省斋先生说：山西布政使王庭华大人，字小村，陕西大荔县人，嘉庆四年（1799）己未科进士。他在担任御史的时候，和他同榜考中的马丕基先生，是绥德县人，当时担任刑部主事，夫妇二人相继暴病身亡，留下一个孤儿，名叫马振衢，才几个月大。王庭华先生和相国大人王鼎（字定九），帮助马先生夫妇料理后事，使他们的灵柩得以回乡安葬。而抚养马家遗孤的任务，王庭华先生独自承担了下来。夫人杨氏，也十分疼爱这孩子，对他如同亲生的一样，辛勤抚养，关怀照顾，无微不至。稍微长大以后，聘请老师教他读书，并准备为他娶妻完婚。当时有一位康锡新先生，字雉桥，是陕西城固县人，担任蔚州知州的官职，他有一位女儿，于是两家订立了婚约。王庭华先生先后在中央和地方做官，道光七年（1827），做到了山西布政使。去世的时候，马振衢已经快二十岁了，披麻戴孝，睡草垫，枕土块，丧事礼仪就如同对待亲生父亲一样。料理完后事以后，康雉桥先生把他接到了任职的地方，读书，并完成了婚事，对他生活上的照料和教育培养，和自己的两个儿子一样。先是帮他出资捐纳为监生，取得参加乡试的资格，参加顺天乡试没有考中。后来，又让他以宛平县的籍贯，参加当地的童子试，进入县学读书，成为廪生，考中副榜贡生；接着又考中了道光十五年（1835）乙未恩科举人；后来，担任贵州麻哈州知州。

马振衢作为一个孤儿，就像枯死的老树发出的新芽，终于成为杰出的人才。王庭华、康锡新两位先生，先后栽培成全了他，如此的义举可以说是感天动地。马振衢，号谷生，曾经在乙未年初秋，请我到他岳父蔚州的衙门中担任幕职。中举之后，曾经一起共事过半年。辛丑年之后，没有再见过面。现在回想起来，仍然特别思念。

8.1.5 栗河督

栗毓美，山西浑源人，曾官东河总督。居处出入，必携一木主、一赭衣自随。主无名称，但书“恩太太”。初，栗少孤贫，富室某翁，相攸得之，招至家，令与子读，同室卧起，两无间然。居数年，将合牉。一日，盗忽杀翁子。栗醒，呼众集视，则室扃如故，无迹可寻。群疑栗，栗既不能辨，翁痛子甚，鸣于官。官亦不能为栗辨，论抵有日矣。

女固有才色。同里富人王某，先尝求婚于翁，翁以意属栗，弗之许。至是，复请婚，始以女妻之。婚数日，王某意甚得，因谓女曰：“若弟殊可惜。余以前绝吾婚，不能无憾，乃以重资募剑客，本欲杀栗，不谓误中若弟。今幸栗将死法，若又因是得归我，愿已偿矣。奈汝弟何？”女闻亦自若。翼日，婉告归宁，则竟入县署，号陈王某语，求雪栗冤。官即提王鞫之，某以词凿凿有证，不复能隐。乃出栗于狱，见女于公堂。女泣语之曰：“吾所以忍为此者，以君之冤，非吾不能雪也。今既白矣，身已他适，不能复事君。仍归王，则冒杀夫名，何以自立于世？计惟一死耳。”即对栗自刭。

栗感其义，遂苦志力学，致位通显。然以女故，终身虚正室。又以女与己，分已绝，而名无可正，因特谓之“恩太太”，立此木主奉之。赭衣，当时囚服也。

夫女不忘栗，宜也。至女以万难白之冤，而卒能奋不顾身，以伸其枉，信所谓奇烈哉！

按：女之事，奇而不诡于正者也。栗固宜事女矣，而主仅书“恩太太”则非。盖女于久居甥馆、婚且有期之栗，礼难未行，分已定矣。翁以杀子之故控栗，而改妻王。卒之杀人者，是王非栗。则栗之婚，翁固不愿绝也。且王以图婚之故，欲杀栗，而误杀翁子，致以其所疑似者陷栗，而娶女，此固翁父子婿女之仇也。在女虽误委身于王，然与劫盗何异，不必谓之夫也，夫固有栗在也。而首仇人以雪夫冤，奇在业陷身于虎穴耳，其事固甚正也。

然则女可无死乎？曰，直可无死。譬如女为盗劫，失身于盗，不得以盗为夫也。王亦一盗耳，可谓女夫乎？女惟未达此一间，故言“仍归王，则冒杀夫名”。栗亦有所未达，故谓“分已绝而名无可正”。我不知其所谓绝者，果孰绝之。王绝之也，在栗谅不思矣；女亦谓栗未绝之，故挺身以雪其冤。使绝自女，则栗如路人。既绝分于栗，必将正名于王。夫雪路人之冤，好义者或勉为之。若致夫于法，以雪路人冤，则何贵有是女乎？故曰，女之事奇而法者也。栗之祀女则是，其不书聘室，而仅书“恩太太”则非。

又按，此事前录已见，此则情节微异，故两存之。

【译文】栗毓美先生，是山西省浑源县人，曾经担任东河总督的官职。他无论住在什么地方，无论出门还是回来，都一定随身携带着一个牌位、一件囚犯所穿的赭色衣服。牌位上没有姓名，只写着“恩太太”。当初，栗毓美少年时就成了孤儿，生活贫困，有一位富家某老先生，看中了他，想选他做女婿，就把他招到家里，和自己的儿子一起读书，住在一个房间，双方相安无事。这样住了几年，准备完婚。忽然有一天，有盗贼杀害了老先生的儿子。栗毓美醒后，叫众人来观看，发现房间门锁得好好的，没有踪迹可寻。大家都怀疑栗毓美，他也没有办法为自己辩解，老先生因儿子的死而悲痛万分，控告到官府。官府也没有办法为栗毓美辩护，不久之后就要将他判处死刑来偿命。

老先生的女儿本是才貌双全。本地有一个富人王某，先前曾经向老先生求过婚，老先生因为看中的是栗毓美，所以就没有答应。现在，又来提亲，这才同意把女儿嫁给他。结婚后几天，王某十分得意，于是对女子说："你弟弟太可惜了。我因为上次提亲被拒绝，心中不免怨恨，就花高价钱招募杀手，本来想杀死栗毓美，不料误杀了你弟弟。现在幸亏栗毓美即将被正法，你又因此属于我了，我的心愿已经满足。只是可惜了你弟弟。"女子听了以后也不动声色。第二天，找了个理由说要回娘家，然后直接到了县衙，哭泣着向县官陈述王某所说的话，请求为栗毓美洗雪冤屈。县官就提王某到案，严加审讯，王某因为案情已经很明朗，证据确凿，无法再隐瞒。然后就把栗毓美从监牢中释放出来，和女子在公堂上见面。女子哭着对他说："我之所以隐忍到现在，就是因为先生的冤情，只有我能帮你洗雪。今天真相已经大白，我已经许配了别人，不能再事奉先生。如果仍然回到王家，那么就永远背负着杀夫的罪名，又怎能在世上立足呢？想来想去只有一死了。"就当着栗毓美的面自刎了。

栗毓美被女子的正义之举所感动，于是发愤刻苦读书，做了显赫的高官。但是因为女子的缘故，终身不再立正妻。又因为女子和自己，情分已经断绝，没有正式夫妻的名分，所以只是称呼女子为"恩太太"，设立了这块牌位来奉祀她。那件赭衣，便是当时囚犯所穿的衣服。

女子没有忘记栗毓美，是应当的、可以理解的。而她面对这场几乎不可能被推翻的冤案，最终能够奋不顾身，帮助栗毓美申诉并洗雪了冤屈，真是奇女子、烈女子啊！

按语：这位女子的事迹，奇特而且没有脱离正道。栗毓美本来就应该奉祀女子，而在牌位上仅仅写上“恩太太”则是不对的。这是因为女子对于长期被作为女婿看待、不久就要完婚的粟毓美来说，虽然婚礼尚未举行，但是夫妻的名分已经定了。老先生误以为是粟毓美杀死了自己的儿子而把他控告到官府，又把女儿改嫁给了王某。最后才知道，杀人的是王某，而不是粟毓美。那么，粟毓美的这桩婚事，老先生本来是不愿意改变的。而且王某以求婚不成的缘故，想要杀死粟毓美，却误杀了老先生的儿子，导致因他制造出来的假象使粟毓美遭受了诬陷，而娶了女子，这个王某本来就是老先生父子、女婿、女儿的仇人。女子虽然一时失误，错误地许嫁给了王某，但是王某和劫掠财色的强盗有什么不同呢？所以根本不能把他当作丈夫，粟毓美才是她本来的丈夫。女子告发仇人来洗雪丈夫的冤屈，奇特就奇特在她自己已经陷入极其危险的境地，她的事迹本来就是极其正当的。

既然这样，那么女子可以不死吗？回答说，真的可以不用死。就比如女子被强盗劫掠而去，无奈失身于强盗，不能把强盗当作丈夫。王某也是一个强盗，怎能说他是女子的丈夫呢？女子因为没有通达这一层道理，所以她才说“如果仍然回到王家，就背负了杀夫的罪名”；粟毓美也有一些道理没有通达，所以他才认为“情分已经断绝，没有正式夫妻的名分”。我不知道他所谓的断绝，到底是谁使其断绝的。是王某使他们断绝了情分，对于粟毓美来说本来是不想断绝的；女子也认为不是粟毓美要断绝的，所以勇敢地挺身而出来洗雪他的冤屈。假如是女子要断绝的，那么粟毓美就如同陌生人。既然和粟毓美的情分断绝，势必将要和王某证实夫妻的名分。洗雪陌生人的冤屈，正义之士有时也能勉力做到。如果说让自己的丈夫绳之以法，来洗雪陌生人的冤屈，那么这样的女子又有什么可贵的呢？所以说，女子的事迹奇特而又符合正道。粟毓美奉祀女子是对的，但是却不写明是妻子，而只写“恩太太”则是不对的。

又按，这件事在《五录》中已经有记载（见5.1.3），而这一篇在情节上稍微有些区别，所以两篇并存。

8.1.6 郭中丞

郭（阶三）太翁，一生存心忠厚，不与人竞。同时五子登科，人争艳之。其次子远堂中丞（柏荫），仁恕为怀，循循孝友，尤能克振家声。光绪元年二月，以病乞退，来游西湖。一日絮谈甚久，予乘间请曰：“行善事，以何者为最？”则对以施棺助葬最好。据云，其弟蒹秋孝廉，于咸丰九年，大病入冥。昏迷之际，见其太翁，谆谆以施棺勖之。醒以语兄，故中丞深信之，而从此舍棺不辍。

又自述道光戊子正月，偶因祭墓，见道旁无主一棺，多年朽坏，几露尸骨，甚属不忍。问墓客：“此棺似此暴露，葬之需钱几何？”墓客告以五千文，即可营办。因向亲友处凑集，己亦以千余文合成，持付墓客。家故贫，而乐善不倦。大概如此。

四月时，有本族中叔侄不睦。侄将完姻，而叔殴辱之，已成仇雠莫解之势。中丞向其族兄，婉劝开导，代为排解。又赴侄处，告以叔侄名分自在，断不可不睦以伤和气。一日，中丞正在其侄处相劝，而族兄忽到，盖动于中丞之言也。先向其嫂陪礼，即其侄之母，嫂即相说以解。从此两无违言，则中丞排难之功大矣。

是年八月初九寅时，正酣卧号中。忽见有戴缨笠公差数人，持红灯笼来，向其号曰："此亦宜与以一灯，并示以题纸。"即持向红灯一照，题为"说之不以道"三句。心中辗转，遂惊而起，并无题纸，亦不见有红灯。遂步出号头，则题纸正下而未分，亟欲翻视，而号兵不允。因乞其稍示首一二行，果为前题，益异之。天尚未明，过邻号然烛。先是挈入白烛二十枝，又红烛二枝，共插一袋。遂私祝曰："此次若中，则抽红烛。"及得烛，果红。又私念二十一枝烛中，只一红烛矣，若再抽得红烛，必中无疑。则又抽得。斯科果中。壬辰，成进士，入词林，转御史，授甘肃甘凉道。未久，以失察案去官，家居十余年，掌教糊口。直至同治初年，保荐还朝。未十载，洊升开府，迭署总制。天之报施善人，为独厚矣。

郭中丞又自述，在鄂抚任内，尝出城拜客。归时见仪从中，杂一豕相随。初不为意，比入城，豕在舆前。及返署，豕亦同入。舆至大堂，豕亦欲直闯，夫役嗾之，遂由旁进，直至二堂。豕坚跪不动，逐之亦不去。中丞向喜放生，因思署前有放生局，遂命将此豕放之，如有来认者，以三千文偿之。令夫役挈去，仍不动。遂令武巡捕以土音告之，豕瞿然而起。此时事已喧传，豢豕者入署领赏叩谢。夫豕乃畜类之至蠢者，而畏杀相随至抚署，事有异矣。

【译文】郭阶三老先生，平生为人处世总是怀着忠厚诚实之心，不和别人竞争。他有五个儿子，都在科举中先后考取了功名，人们都很羡慕他。尤其是他的二儿子郭柏荫，字远堂，官至湖北巡抚，署理湖广总督，以仁厚、宽恕为怀，谨守规矩和礼仪，孝顺父母，友爱兄弟，能够振兴和光大家庭的声誉。光绪元年（1875）二月，因病辞去官职，来到杭州，游赏西湖美景。一天，我和他闲谈了很久，趁机向他请教，问道：“做善事，以哪一种事情最好呢？”他回答说向那些贫困无力埋葬死者的家庭施舍棺木、帮助埋葬是最好的。据说，他的四弟郭柏苍举人，字蒹秋，曾经在咸丰九年（1859），因生了一场大病，梦游冥府。在恍惚昏沉之际，看到了他过世的老父亲，苦口婆心地鼓励他多做施舍棺木的事。醒来后，将梦中情形告诉哥哥，所以柏荫先生对此深信不疑，从此以后施舍棺木从未停止。

柏荫先生又说，道光戊子年（1828）正月，偶尔因去祭扫祖墓，看见路边有一具长年无人照看的棺木，已经朽烂了，几乎暴露出了尸骨，令人不忍心看。就问管理墓地的人：“这具棺木已经暴露成这样，如果妥善入土埋葬，需要多少钱呢？”墓地管理者告诉他说需要五千文钱，就可以办到。于是找亲戚朋友凑集资金，自己也拿出一千文，凑齐了之后，交给墓地管理者。家中本来很贫困，而乐善好施，孜孜不倦，类似的事情做了很多。

当年四月的时候，他的家族中有一对叔侄不和睦。侄子即将完婚，而叔叔将其殴打辱骂了一通，双方已经成了冤家对头，眼看到了水火不容的程度。柏荫先生向他的族兄，也就是那位叔叔，委婉地劝解开导，代为排解矛盾。又到了侄子那里，告诉他叔侄的名分永远都在，切不可因为不和睦伤了和气。一天，柏荫先生正在他的侄子那里劝解，而族兄忽然到场，原来是被柏荫先生所说的话触动了。先是向嫂嫂赔礼道歉，也就是侄子的母亲，嫂嫂也就和颜悦色地说了些好话，双方就此和解。从此以后，双方再也没有说过伤和气的话，这都是柏荫先生从中排解的功劳啊。

当年的八月初九日寅时（凌晨3点到5点），他正在乡试的号舍（科举考场，分配给每位考生的小屋，白天写考卷，夜间睡觉）中睡觉。迷迷糊糊之中，忽然看见有几名头戴系着帽缨的斗笠的差役，提着红灯笼过来，对着他所在的那间号舍说："这个人也应该给他一盏灯，并且给他看一下题纸（写有考题的试纸）。"随即拿着题纸对着红灯笼一照，看到题目是《论语·子路》中的"君子易事而难说也；说之不以道，不说也；及其使人也，器之"这几句话。心中辗转反侧，一惊而醒，就起来了，发现并没有题纸，也没有什么红灯笼。于是走出自己的号舍去察看，试卷已经下来，还没有分发，急切地想要翻看一下，而监考的官兵不允许看。于是请求稍微露出前面一两行字给看看，果然是前面那道题，顿时觉得更加奇怪。天还未亮，准备到隔壁号舍借个火点蜡烛。他之前带来白色蜡烛二十支，还有红色蜡烛两支，都插在一个口袋里。于是在心中暗自祷告说："这次如果能考中，就抽到红色蜡烛。"随手抽了一支蜡烛，果然是红色的。又心想剩下的二十一支蜡烛中，只有一支红色的了，如果再抽中红烛，就必定能考中无疑。然后果然又抽到了红烛。这次考试果然榜上有名。壬辰年（1832），又考中进士，进入翰林院，转任御史，又被任命为甘肃甘凉道。不久之后，户部库银亏空案发，他因为未能及时发现，被革除了官职，家居十多年，靠教书来维持生活。直到同治初年，在曾国藩先生等人的保举下，受到朝廷引见，恢复职务。不到十年，升任至广西、湖北等省巡抚，署理湖广总督。上天对善人的回报和施与，真的是特别优厚啊！

郭柏荫先生又说，他在担任湖北巡抚的时候，有一次出城拜访客人。回来的时候，见仪仗队伍中，混杂着一头猪跟在后面。起初没在意，等到进了城，猪忽然跑道轿子前。等回到衙门，那头猪也跟着一同进入。来到大堂，猪也想径直闯入，衙役呵止了它，于是从偏门进入，直到二堂。猪跪在地上一动不动，赶它也不走。柏荫巡抚向来喜欢放生，想到衙门前设有放生局，就命令衙役将这头猪安置在放生局，如果有人来认领，就拿三千文钱来偿还他。就命令差役们把猪牵走，还是一动不动。于是命令武巡捕（清代将军、总督、巡抚的僚属，分文武两类，文巡捕掌传宣，武巡捕掌护卫）用当地的方言来告诉它，猪立刻就起来了。当时这件事很快就传开了，养猪的人到衙门领了赏钱，并叩谢。猪是畜生当中最为蠢笨的，而因为害怕被屠杀，一路跟随到巡抚衙门，也是很奇异的事了。

8.1.7 张方伯

余姚张石兰方伯（志绪），未第时，延星士推其造。略排四柱，瞿然曰："此大贵格，本年必捷。容细推验。"馈以赀，不受。榜发果中，贺客满堂。星士送命书至，则自入泮至馆选年月名次皆备，并何时生男育女，何时秉臬开藩，言之凿凿。至末页，则以巡抚督师阵亡。时封翁方闻而索观。方伯恐贻老人忧，随手将末页裂去。后入仕升调及子嗣，分毫不爽。

道光八年，由四川藩司入都陛见，召对时已升晋抚。不意跪久麻木，不能起，倾跌三次。遂以原品休致，优游林下多年。英夷犯余姚，公年八十余，尚为乡里筹防堵。未几，考终。

星士之言，何以验于前而不验于后？命之理微矣哉！或谓星士之推造固精，而必迟数日送命书至，则以果中否为断。盖果中，则时刻必准，而更阴以铁板数附于其间，故尤为精验。其以巡抚而仅止方伯，似林下优游之福，足以抵之。以阵亡而改为考终，则仍其自为之者。所谓理可夺数也。按，方伯与家大人同时外宦，稔知其平日戒杀，则其免难而得考终也，奚疑？

【译文】浙江余姚的张志绪先生，字石兰，官至山西布政使，他在还没有考中进士之前，曾经请算命先生来推算他的命造。算命先生稍微排了一下他的八字，立刻很惊喜地说：“这是大贵的命格，今年一定能考中。容我再细细推算。”想拿一些钱给算命先生表示感谢，却不接受。放榜以后，果然考中，有很多人前来贺喜。这时，算命先生送来了命书，上面从入学读书到被选任官职的时间、名次，都写得清清楚楚，以及什么时间生儿育女，什么时间担任按察使、布政使，都说得很确切。看到最后一页，则写着要在巡抚任上指挥作战而阵亡。当时他的父亲听说之后也向他要命书观看。志绪先生恐怕让老人担心，就随手将最后一页撕掉。后来，入仕做官，每次擢升、调动，以及生儿育女的情况，都分毫不差。

道光八年（1828），在四川布政使（实际应为江宁布政使）任上进京面见皇帝，皇帝召见他的时候已经准备提拔他为山西巡抚。没想到因为跪得久了，腿脚麻木，站不起来，接连三次跌倒在地上。于是按照原来的品级退休，归隐田园，享受了多年自在闲适的日子。英军侵犯余姚，张公这时已经八十多岁高龄了，还在帮助乡里筹划防范敌人的事宜。不久后，寿终正寝。

算命先生的话，为何前面的都一一应验，而后面的没有应验呢？命运的原理真的是很微妙的啊！有人说算命先生推算命造固然是很精准的，而一定要在几天之后才把命书送来，是要根据是否能考中进士来验证。如果真的考中了，那么说明提供的生辰八字一定是准确的，然后再以铁板神数（中国古代命理术数之一，因算出的结果如铁一般事实而得名，一般有“考时定刻”的过程）进行辅助，所以显得更加精准灵验。算他能做到巡抚，而实际只做到布政使，想来享受了居家多年自在闲适的清福，足以相抵。本来应当在战场阵亡，而改为寿终正寝，其实仍然是他自己靠修行而改变的。正所谓明白道理以后的修行可以挽回定数。按，张志绪先生与我父亲同时在外做官，共事过一段时间，很清楚地知道他平日戒除杀生，那么他才能够免除灾难而得以善终，又有什么疑问呢？

8.1.8 张晴湖

张晴湖（开云），直隶南皮人，以举人令湖北。嘉庆丁卯，需次省垣。会安陆大旱，百姓数千，排闼入署，拥官求雨。并令跣足行赤日中，及坛所行礼，以柳条蘸水打官首，民情汹汹，势将为变。大吏谓非具有胆识，能当大事者，不足以资弹压，特檄公往摄篆。各寅好谓："去恐不测，曷弗辞？"公毅然曰："盘根错节，所以别利器。稍遇艰阻，即行推诿，天下事将谁属乎？"星夜就道。至则敷陈大义，谕以祸福，立惩倡首者数人，民情帖服。

遂将地方灾荒情形，禀陈请赈。大吏因先以丰年入告（此前令所为，故民怨入骨），未便准行，三上三驳。公慨然曰："目睹凶荒如此，安忍立而视其死乎？"因普劝捐谷，先自捐八百石，以为之倡，设厂赈济。是年麦秋大熟，民始有更生之乐。前任积案如山，数月之间，清厘殆尽。

署中时虞断炊，公惟急于公务，毫不致念。而百姓感活命之恩，致送米薪，争先恐后。并有应城县绅士，赍金三百，托儒学代送，不见一人而去。卒亦不知其姓字也。去任之际，百姓哭声相属，如婴儿之离慈母。有前被严惩者，亦复焚香道左，叩首泣送。县治所属，均供有长生禄位。居官若此，可以风矣。

宜乎其子以翰林继起，而后嗣科甲，至今不绝也。

【译文】张开云先生，字霁光，号晴湖，是直隶南皮（今河北省南皮县）人，以举人的身份在湖北省做县令。嘉庆丁卯年（1807），在省城候补职缺。当时正逢安陆县发生了旱灾，几千名百姓，推门进入县衙，簇拥着当地官员求雨。并且让其光着脚行走在烈日中，到祭祀的坛场行礼，用柳条蘸水抽打官员的头，民情沸腾，骚乱不安，眼看就要引发事变。巡抚大人认为不是有胆有识、能够担当大任的人，不能够妥善处理制止这件事情，于是专门委派晴湖先生代理安陆县的事务。和他有交情的同僚们都说："去了恐怕会遭遇不测之祸，为什么不辞掉这个差事呢？"晴湖先生毫不犹豫地说："越是遇到盘根错节的树木，越能显示出器具的锋利。如果每个人稍稍遇到一些艰难险阻，就推卸责任，那么天下的事情要依靠谁呢？"连夜出发上路。到达现场之后，反复向百姓陈述正确的道理，并晓谕他们后果的严重性，立即惩办了带头闹事的几个人，老百姓都很服气。

然后将地方受灾的情形，详细地向上级禀报，请求下拨钱粮赈济灾民。巡抚大人因为之前报上来的是丰年（这是前任县令干的，所以导致百姓怨恨极深），不便立即批准，三次报告三次被驳回。晴湖先生感慨地说："眼看老百姓遭受饥荒到了如此程度，怎么忍心眼睁睁看着他们被饿死呢？"于是大力发动当地富户捐粮，自己首先捐出八百石，作为倡导，又开设粥厂赈济灾民。当年秋季，粮食大丰收，老百姓都很高兴地庆祝自己死而复生。前任县令累积下来的案件堆积如山，几个月的时间，基本上处理干净了。

衙门中时常有断炊的忧虑，晴湖先生只是一心忙于公务，并不放在心上。而老百姓感激先生对他们的活命之恩，纷纷争先恐后地送来粮食和柴火。还有应城县的乡绅，带着三百两银子，委托县学的教官代为转送，没见到一个人都走了，到最后也不知道是谁送的。离任的时候，当地百姓哭声接连不断，有如婴儿离开慈母。有前面被严厉惩罚的人，也在路边焚香，磕头哭着送别先生。他治下的各个地方，老百姓都为他设立长生牌位（写有恩人姓名，为恩人祈求福寿的牌位）供奉。做官到了这种程度，真的可以作为官员的模范和表率了。这也就不难理解先生的儿子（张扩廷，字海丞）能够继承家业，考中进士，入翰林院；而后代子孙中获得科第功名的，至今连绵不绝。

8.1.9 李铁桥廉访

绍兴李铁桥（沄）廉访，未第时，独游后沼。瞥见荷花深处，隐约有人，迫视无睹。初以为目眩，至夜梦与美妇合，比醒则俨然在寝。诘以姓氏里居，笑不答。越七日，辄一至，着一藕色衫，寒暑不易，亦不敝。往来数十年，于廉访毫无所损。其夫人贤而豁达，不以为意。一日欲见之，豫匿外寝，妇适至，突起持之，触手如沃霜雪，遂逸去。次期仍至，亦不以为祟。自廉访得第，及仕粤东，洊陟府道，皆豫知之。一日，宴广州将军署，妇亦随焉，人不之睹耳。廉访谓："节署森严，何能潜入？"妇言："非鬼非妖，何处不可往？"后忽告别。问何适，曰："待于黔。"未几，果有按察贵州之擢。抵任，妇复来。迨廉访引疾，遂不复至。

万心莲鹾尹（启彬），向人言之凿凿，据闻于廉访姻家徐牧庵明府（一龄）者。然则食禄有方，特人不自知耳。

【译文】绍兴的李沄先生，号铁桥，担任按察使的官职，他在还没有考中进士之前，独自一人到后花园游玩。瞧见荷花深处，隐隐约约好像有人，近前一看却又什么也没有。刚开始以为眼睛花了，到了晚上梦见与一名美丽的女子交合，醒来之后发现就在自己床上。问她姓什么、是哪里人，女子笑而不答。每七天，女子来一次，身穿一件藕色的长衫，不论严寒还是酷暑都没有换过，也不会破旧。就这样往来了几十年，对铁桥先生没有带来任何不好的影响。他的夫人贤惠大度、通情达理，毫不在意。一天，夫人想要见一见那名女子，就预先藏在床边上，女子恰好来了，突然用手抓住她，摸了一下她的手，就像霜雪一般冰凉，然后女子逃走了。到了下次，女子仍然如期而至，也不会闹出什么怪异的事。自从铁桥先生考中进士，以及到广东做官，又被提拔为知府、道台，女子都能提前预知。一天，到广州将军衙门参加宴会，女子也跟随在身边，只是别人看不到。铁桥问她说："官衙侍卫森严，你怎么能混进来呢？"女子说："我既不是鬼，也不是妖，哪里不能去呢？"后来，忽然告别。问她到什么地方去，她说："到贵州等候。"不久之后，果然被提拔为贵州按察使。到贵州上任后，女子又来了。等到铁桥因病辞官回乡，女子才不再来了。

万启彬先生，号心莲，担任盐务官员，非常肯定而确切地对人讲述这件事；据他说是从铁桥的亲家徐一龄（字牧庵）那里听说的。如此看来，人在哪个地方做官、享受俸禄，都是有定数的，只是人们自己不知道罢了。

8.1.10 杨余田太守

杨余田先生（九畹），浙江慈溪人，嘉庆己卯榜眼。静宁士民，与吏役有大狱。时公任庆阳府，与各官会鞫。各官以事经京控，忌同投鼠，仍欲袒胥役。公执不可。获成信谳，众忿以伸，而地方之积弊亦剔。

后公自省赴都，过静宁，士民遮道攀辕，拥随不舍。公为留别诗以慰之，其诗曰："二月春风拂锦鞍，满城士女马前看。长官身样书生面，个里婆心画出难。从来为政切民艰，幻迹浮名一例删。曾笑王乔仙去后，空留凫舄在人间。漫云折狱信持平，敢徇私情负尔氓。留出本来真面目，不须更写铁铮铮。殷勤谢尔送行旌，四野丁男半在城。望到一犁甘雨透，莫因好事误春耕。"《诗》云："不侮鳏寡，不畏强御。"公其有焉。书此以为居官鞫狱者劝。

【译文】杨九畹先生，字余田，是浙江慈溪人，嘉庆二十四年（1819）己卯科榜眼（一甲第二名进士）。甘肃静宁县的老百姓，对县衙里的胥吏和差役不满，双方产生纠纷，对簿公堂。当时杨公担任甘肃庆阳府知府，会同各部门的官员一同审理此案。各部门官员认为这件事已经被告到京城去了，恐怕投鼠忌器，而有所顾忌，仍然想要袒护胥吏和差役。杨公坚持认为不可以这样做。后来，将此案办成了证据确凿、经得起考验的铁案，老百姓的不满情绪也得以表达，得到了满意的答复，而且地方上长期以来累积的弊病也得到了清理。

后来，杨公要从省城兰州赶赴京城，在路经静宁县的时候，当地老百姓拦住去路、拉住车辕，依依不舍地簇拥跟随。杨公为他们留下一首诗表示安慰，诗是这样写的："二月春风拂锦鞍，满城士女马前看。长官身样书生面，个里婆心画出难。从来为政切民艰，幻迹浮名一例删。曾笑王乔仙去后，空留凫舄在人间。漫云折狱信持平，敢徇私情负尔氓。留出本来真面目，不须更写铁铮铮。殷勤谢尔送行旌，四野丁男半在城。望到一犁甘雨透，莫因好事误春耕。”《诗经·大雅·烝民》中说：“不欺侮老弱孤苦，不畏惧强暴势力。”杨公可以说是当之无愧的。把这件事记录下来，用来劝勉做官、审理案件的人。

8.1.11 李复斋廉访

李复斋先生（文耕），云南人，生平庄敬自持，言笑不苟。壮年丧偶，以其同苦而不获共甘也，终身不娶。始在山东，在官厅敛身端坐，与人寡偶。及轮补邹平，以旧有亏帑，辞不就。上官不许，乃告病，笔耕度日，至无应门仆。或劝之起病，仍补邹平，苦节以弥其缺，食无兼味，衣垢如漆。其爱民也，痌瘵相关。每单骑下乡，所至父老儿童，奔走而听其教。或有所争，就地剖决，县庭虚无讼者。人呼为“李圣人”。

王定九相国出使，道经邹平，采其风以闻，早有京信至省，其大吏乃亟保之。上批云：“朕知其人久矣。今尔保升胶州，足见公正云。”由是洊升至贵州臬司，仍以不合上台去官。在家杜门却扫。督抚以下来拜者，罕得见焉。所著有《喜闻过斋》各种，皆粹然儒者之言。后入乡贤、诸省名宦祠。

按，李复斋官山东都转，家大人适陈臬兹邦，同寅极为相得，故知其梗概最详云。

【译文】李文耕先生，字心田，别字复斋，是云南人，平生庄重严肃，严格要求自己，不苟言笑。壮年时，夫人去世，因为她跟着自己吃了很多苦，还没有享福就离世了，所以发誓终身不再娶妻。起初在山东做官，每天在衙门端身正坐，很少与人打交道。后来，被任命为邹平知县，因为过去当地库银存在亏空，辞官不接受。上级官员不同意他辞职，就请了病假，靠写作度日，甚至连管理家事的仆人都没有。在别人的劝说之下，他结束病假，仍然被任命为邹平知县，节衣缩食，立志要弥补亏空，吃饭没有两种菜肴，衣服没有新的，一件衣服穿了又穿。他爱民如子，总是把老百姓的疾苦当作自己的疾苦。经常独自一人骑着马下乡，所到之处，父老乡亲和小孩子们，都奔走相告，恭敬地倾听他的教诲。百姓之间如果有发生矛盾纠纷的，就当场处理解决，县衙一直都是空闲的，没有人去告状。人们称赞他为"李圣人"。

相国大人王鼎，字定九，有一次出京办理公务，途经邹平县的时候，把知县李文耕的德政和当地人对他的称颂上奏给皇帝，很快京城的消息传到省城，省里的大官于是急忙向上保荐李文耕。道光皇帝批示说："朕知道这个人很久了。现在你保荐他任胶州知府，足以证明处事公道正派。"从此以后，一步一步被提升到贵州按察使，仍旧因为与上级官员不和辞官而去。居家期间，闭门谢客。总督、巡抚级别以下的官员，有来拜访的，都很难见到他的面。著作有《喜闻过斋文集》多种，都是很纯粹的儒者的言论。离世后，入祀乡贤祠、各省名宦祠。

按，李文耕先生在担任山东盐运使的时候，家父恰好在山东做按察使，作为同僚，二人相处极为融洽，所以对他的事迹知道得很详细。

8.1.12 覆饭阴沟被雷击

道光二十年，余居苏城西麒麟巷。一日，大雷震天，顷刻雨霁。闻城中雷击一小子，因其覆饭阴沟，故遭雷击。可见米粒不可不惜也。记之以警世之轻弃五谷者。

【译文】道光二十年（1840），我当时住在苏州城的西麒麟巷。一天，雷声大作，惊天动地，不一会儿就雨过天晴了。听说城中被雷电击毙了一个小伙子，因为他将白米饭倾倒在阴沟里，所以遭到了雷击。由此可见米粒不可不珍惜啊。把这件事记录在这里，用以警示世上那些随意抛弃糟蹋粮食的人。

8.1.13 袁侍郎

袁荀陔侍郎（希祖），浙之上虞人，侨居湖北汉阳城。十二岁时，其封翁病笃，招表侄倪姓来属后事，并令侍郎从习贾。言迄而瞑。

越二日，家有十龄小童，忽于灵前仆地，作封翁语，谓太夫人曰："儿当令读书，勿习贾。"太夫人曰："家寒如是，何以供读？"曰："笥中有某借券四百金，此人素敦古谊，虽力不能偿，可按月付息，以期儿成。"太夫人问："读书成否？"曰："是在儿矣，果为善，显仕何难？吾榇且勿归，可殡月湖广善庵，其方位询之老僧，后当葬于大别山。"又云："吾婿后日可抵家，惜不及一诀。"言毕，童已苏。

太夫人即检笥中，果得券，以告倪。倪曰：“习贾为表叔易箦时所亲属，不能信鬼语。”太夫人曰：“鬼语诚不足凭，当以吾婿归期卜之。”时长婿丁君赴浙，岁余无音耗，应期果至，一家皆惊。遂奉旅榇于广善庵。老僧谓庵前有吉地，指示殡之。持券诣某，果以归息为约。至侍郎入庠时，某始亡。侍郎往奠，焚其券。后举丁酉乡荐，丁未入翰林。戊午冬，已陟少司徒。先是癸丑闻兵警，请假归汉，已卜葬封翁于大别山。

封翁多隐德，灵识自当不爽。杜小舫与侍郎，同客汉阳郡幕，侍郎向小舫自述如此。

【译文】侍郎大人袁希祖先生，字荀陔，是浙江上虞人，客居在湖北省汉阳城。十二岁的时候，他的父亲病危，把表侄倪某叫过来，托付后事，并且命令希祖跟随倪某学习做生意。说完之后，就闭上眼睛了。

过了两天，家中有个十岁的小童，忽然在父亲的灵位前倒地，以父亲的声音和语气说话，对希祖的母亲说：“要让儿子读书，不要学做生意。”母亲说：“家中贫穷到这个地步，哪里有钱供他读书呢？”回答说：“箱子中有我借给某人四百两银子的借据，这个人向来有古代贤人之风，为人厚道，重视情义，即便是暂时没有偿还的能力，可以按月支付利息，一直到儿子长大成人。”母亲问道：“将来读书会有成就吗？”回答说：“这就在于儿子自己了，如果真正能够行善，取得显赫的官位又有何难？我的灵柩暂时不用运回家乡，可以停放在月湖边上的广善庵，摆放的方位可以询问庵里的老僧，以后当会安葬在大别山。”又说：“我女婿后天就能到家，可惜的是来不及见最后一面。”说完之后，小童就苏醒过来了。

母亲就在箱子里翻找，果然找到了借据，然后把这件事告诉了表侄倪某。倪某说："学习做生意是表叔临终前亲口嘱托的，不能相信鬼话。"母亲说："鬼话固然不足为信，看看我女婿回到家的时间是否相符，以此做个验证吧。"当时大女婿丁某到浙江去了，一年多都没有音信，到了第三天果然来了，一家人都感到惊奇。于是把灵柩暂时运到广善庵停放。老僧说庵前有一块风水宝地，按照他的指示暂时殡葬在那里。拿着借据去找借钱的那个人，果然约定好以按月付息的方式偿还。一直到希祖先生正式进入县学读书时，那个人就去世了。希祖先生前去吊唁，将借据焚化。后来，在道光丁酉年（1837）考中举人；在道光丁未年（1847）中进士，入翰林院。咸丰戊午年（1858）冬，已经擢升至户部侍郎。之前，在咸丰癸丑年（1853），听闻了关于战乱的消息，请假回到汉阳，已经选择吉日吉地将父亲的灵柩正式安葬在大别山。

希祖先生的父亲默默地做过许多善事，冥冥之中果然神魂英灵不灭。杜小舫先生和希祖先生，曾经一同在汉阳府衙门做幕僚，这些都是希祖先生亲口对小舫先生讲述的。

8.1.14 谢忠愍公

谢公讳子澄，字云舫，四川新都县人。以举人大挑知县，官直隶，所至有声。咸丰壬子，调天津。癸丑，粤贼扰河北诸州县。公度必趋津，请得便宜，募丁壮。出狱中囚，许立功自赎。编入籍，得三千人，号津勇。

九月二十八日，贼掠沧州。公曰："事急矣，不出御，彼将乘城。"率津勇出，次于城西稍直口，城临运河，浚濠引河水当贼冲，而别通南洼以待贼。津人故习鸟铳击水鸟，得百余人，伏南洼舟中，属贼至唤舟，即拏舟迎。舟近贼，鸣金发铳。俄而贼又至，濠水涨益急，不得前。公遽挥勇从旁击杀数千人。勇目刘继德，狱囚也，擒伪三王斩之。贼溃而南，趣南洼舟，舟铳齐发，遂大奔溃。公欲穷追，当事者务持重，止之，遂不果。然天津，京师门户，保全之功，实恃此役。捷闻，擢公知府，并赏戴花翎。

贼既败，回窜静海，分屯独流镇，树木栅，坚不能拔。大帅调津勇，勇哗，不欲隶他人麾下。于是并调公，勇乃行，屡立战功。

十一月二十一日，贼攻佟都统炮台，公救之，转战数里。贼大至，从者劝公退，公不可。时日暮昏黑，朔风吹沙石，杀声震野。公被七创，从者十余人，于鹏龙负公走。公问何之，曰："归营。"公曰："我自有死所。"于负公疾走。公连号："我创甚，姑少休息。"于置公，公跃入水。于鹏龙、于栋梁、贾武平，俱赴水死。次日剖冰，得公尸。津勇扶公柩入城，津人巷哭夹路祭。

至今，公忌日，相约禁屠宰，斋戒奠醊；生日则张灯乐。而当时贼闻之，酌酒相贺两昼夜。事闻，加布政司衔，赐谥忠愍；赏骑都尉世职。原籍与阵亡地方，皆建专祠。从死三人，得附祀焉。

【译文】谢子澄先生，字云舫，是四川省新都县人。考中举人的功名之后，经过大挑（清制，挑选三科以上会试不中的举人，一等任知县，二等任教职，称为“大挑”）被任命为知县，在直隶省任职，所到之处政声卓著。咸丰壬子年（1852），调任到天津。癸丑年（1853），太平天国起义军侵扰河北一带的州县。谢公料想太平军一定会攻打到天津来，请示上级同意后，面向青壮年男子招募兵勇。又释放牢狱中的囚犯，准许他们到战场上立功赎罪。把他们统一编入军籍，募集了三千人，号称“津勇”。

当年九月二十八日，太平军侵掠沧州。谢公说：“事情已经非常紧急了，如果不出去抵御，他们就要登城了。”率领津勇出城，驻扎在城西的稍直口；城墙紧临运河，开挖濠沟，引运河水阻挡太平军的来路，同时又疏通了南洼来等待太平军。天津过去有许多人善于用鸟铳射击水鸟，找了一百多个这样的人，埋伏在南洼的船上，提前跟他们说好，等太平军来叫船的时候，就开船迎上去。等船只开到接近太平军的时候，就鸣金发枪。过了一会儿，太平军又来了，因濠沟中的水位迅速上涨，所以无法前进。谢公立即指挥兵勇从旁边击杀太平军几千人。有一名叫刘继德的兵勇，本来是一名囚犯，擒住了太平军的三个王，并将他们斩杀。太平军溃败，向南逃窜，到南洼找寻船只，船上的鸟枪一齐发射，太平军大溃败，四处逃窜。谢公想要继续追击，上级官员行事保守慎重，阻止了他，于是不再追赶。然而天津本来就是京城的门户，保卫京城未被入侵的功劳，全靠这次战役。胜利的消息上报到朝廷，谢公被擢升为知府，并赏戴花翎。

太平军溃败以后，掉头逃窜至静海县，分兵驻扎在独流镇，立起木栅栏，十分坚固，无法拔动。总督大人想要调动津勇，兵勇们纷纷闹意见，不想接受他人指挥。于是又把谢公调过来，兵勇们才肯出发，又多次立下战功。

十一月二十一日，太平军攻打都统佟鉴的炮台，谢公前去救援，转战方圆几里的地方。太平军大部队赶来，随从的人劝说谢公撤退，谢公不同意。当时天色已晚，光线昏黄黑暗，北风吹得飞沙走石，双方厮杀的喊声震天动地。谢公身上受了七处伤，随从的只有十几个人了，有一名叫于鹏龙的兵勇，背着谢公走。谢公问他到哪里去，说："回军营。"谢公说："我自有死的地方。"于鹏龙背着谢公走得更快了。谢公连声说道："我受伤得厉害，暂时休息一会儿。"于鹏龙放谢公下来，谢公突然纵身一跃跳入水中。于鹏龙、于栋梁、贾武平三人，都跳水牺牲了。第二天，凿开河冰，发现了谢公的遗体。兵勇们护送谢公的灵柩回城，天津人在里巷中聚哭，夹道祭奠送行。

直到今天，每到谢公的忌日那天，天津人相约禁止屠宰，持斋戒杀，奠酒祭拜；诞辰之日，则是张灯结彩，演奏鼓乐。而当时太平军听闻谢公战死的消息之后，大摆酒宴庆贺了两天两夜。谢公壮烈牺牲的消息奏报朝廷以后，追封他为布政司的职衔，赐谥号为"忠愍"；赏赐其子孙世袭骑都尉（正四品）的爵位。谢公的原籍和阵亡的地方，都建立专祠纪念。随他一同牺牲的三个人，一并奉祀在祠中。

8.1.15 蒋梅村

蒋燮堂，号梅村，西洞庭山人，服贾湖南，往来吴越间。一日，舟泊九江，夜闻舟子呻吟长叹声。问其故，舟子曰："我好赌，欠邻舟人赌账五十千文，明日期到，身无一文，万难过去，只得一死了之耳。"蒋曰："勿死，我明日代为排解偿欠，庸何伤哉？"舟子感谢，不作死想。蒋早起过邻舟，为舟子讲赌账，代偿三十千文，了此一重公案。后数年，舟子时运大好，发财生子，遂以三十千钱还蒋。此道光初年事也。

其时蒋未生子。迨至道光二十年，蒋子芝田，年已十九岁。挈眷奉母，移居长沙。时逢大水，五阅月始抵汉口，川资已尽，思往汉阳会馆告贷。时值狂风，唤渡不应。正喧哗间，忽来一船户揖芝田曰："君姓蒋乎？"曰："然。"曰："君之尊人可是梅村？"曰："然。"芝田怪之，曰："子何以知我姓与父名？请明以告我。"某曰："君之声音似尊人，故此知之。"因述前事，芝田始知其颠末。遂告以川资罄缺，渡汉借钱。舟子曰："无须渡汉，钱米油盐，一切奉上，后到宝号算还可也。"言罢，遂以钱十千、米数石、油盐鱼肉，一一送至芝田舟中。芝田得以抵长沙，见乃父，述其事。父曰："小子识之，救人之急，即救己之急也。"后数月，舟子来长沙绸缎庄，蒋感其意，倍偿之。时为同治七年戊辰闰七月事也。

【译文】蒋夔堂先生，号梅村，是西洞庭山（在今江苏省苏州市吴中区西南太湖中）人，在湖南做生意，往来于吴越一带地区。一天，所乘坐的船停泊在江西九江，夜间听到船家不停唉声叹气的声音。就询问他是什么缘故，船家说："我因为喜欢赌博，欠了邻船上的人赌债五十千文，明天期限就到了，我身上没有一文钱，这一关无论如何也过不去了，只能一死了之了。"蒋先生说："不要寻死，我明天替你从中排解并偿还欠款，你不用伤心了。"船夫大为感谢，不再想着寻死了。蒋先生一大早起来，登上邻船，为赌债的事情替船家说情，并代还了三十千文，了结了这一桩公案。几年之后，船家时运很顺利，发了财，还生了儿子，于是把三十千文钱还给了蒋先生。这是道光初年的事情。

当时，蒋燮堂先生还没有生儿子。等到道光二十年（1840），蒋先生的儿子蒋芝田，已经十九岁了。带着家眷，护送母亲，搬到长沙居住。当时正赶上发大水，花了五个月时间才抵达汉口，可是路费已经用光了，想着要去汉阳会馆（旅居异地的同乡人共同设立的馆舍，主要以馆址的房屋供同乡、同业聚会或寄居）借贷一笔钱。当时又赶上刮大风，呼唤摆渡人，没有人应答。大家正在七嘴八舌议论纷纷的时候，忽然来了一艘船，船家向芝田作揖行礼说："先生是姓蒋吗？"回答说："是的。"又问道："先生的父亲大人可是梅村先生？"回答说："是的。"芝田很奇怪，就问："您怎么知道我的姓氏和父亲的名字呢？请您详细地告诉我。"船家说："先生说话的声音酷似您的父亲，所以这才知道。"于是讲述了前面帮助还债的事，芝田这才知道其中的来龙去脉。于是告诉船家说因为没有路费，准备摆渡过江到对岸的会馆借钱。船家说："不用渡江了，钱米油盐等生活所需之物，一切都包在我身上，以后到贵店再算还就可以了。"说完之后，就把十千文钱、几石米、油盐鱼肉等，一一送到芝田的船上。芝田得以顺利抵达长沙，见到了父亲，讲述了路上发生的事情。父亲说："孩子你要记住了，救助别人的急难，就是救助自己的急难啊。"几个月之后，船家来到长沙的绸缎庄，蒋先生感激他的好意，加倍偿还了他。这是同治七年戊辰（1868）闰七月间的事情。

8.1.16 同胞三翰

李士震，南海华平人，祖父皆好善，家中落。公性尤好施，读书明大义。弱冠，寓居佛山，弃儒习贸易。尝岁暮持二金归，遇季弟于途，告之曰："不食两餐矣。"公即倾所有与之。尝借赀贩运于湖广湘潭、广西郁林等处，稍获余利，多分给宗族之贫者。又建造始祖祠、房祖祠，动费盈千。其他桥梁道路，必倡捐修整，不惜心力为之。

乾隆丙午、丁未，广东大饥，公日嗟叹。家人问故，公曰："如此米贵，将来必多饿死人也。"常郁郁不乐。未几，佛山衿耆，集众捐赀，请官给牌照，告籴邻省。或曰湖广多米，但无人往。众以李公路途甚熟，且诚实无欺，共推举之。公早起，适得信，喜甚。正欲起程，因感疾，举动颇艰。而事急不得已，遂以长子芳代往。且告于众曰："某多贫苦亲戚，愿自捐银二百两。因佛山牌照，顺附买米归来，以赈亲族，不敢自私。请誓于神，以明心迹。"众义而许之。先是，邻谷封江，禁不出境。芳捧官文，径到广西、湖南，畅买之，急归赈饥，救活甚众。而公亲族，亦多赖焉。

公生五子，次可端，嘉庆丙辰进士，翰林检讨，任湖南主考；三可琼，嘉庆乙丑进士，翰林编修，官山东盐运司；四可蕃，嘉庆壬戌进士，翰林编修，官湖南粮储道。一时传扬，有"同胞三翰"之名。五可美，增贡生。芳以弟貤封翰林院庶吉士。公以子贵，累赠至中宪大夫。可琼子应棠，官池州知府；孙宗岱，官山东布政司。

尝观乡村之间，有发一秀才而不得；今同胞三翰，更斯世之奇逢。公以平日好施，积至大福。当日风霜跋涉，无非为利经营，既得财而又与众共之。观公于米贵忧人饿死，真有悲天悯人之意、民胞物与之怀。满腹慈悲，一点心可食无穷之报。吉祥花发，兰桂腾芳，捧诰命而迭受荣封。想在天之灵，当亦捻须一笑也。

【译文】李士震先生，是广东南海县（今佛山市南海区）华平村人，祖辈和父辈都是乐善好施，后来家道中落。士震先生更是乐善好施，而且读书，懂得道理礼义。二十岁的时候，寄居在佛山，放弃科举，学习做生意。有一次年底带着二两银子回家，在路上遇到了最小的弟弟，对他说："已经两顿饭没吃了。"士震先生就把所有的钱都给了弟弟。曾经借贷本钱，在湖南湘潭、广西郁林等地贩运货物，稍微获得一些利润，就分给宗族当中的贫困家庭。又出资建造了供奉李氏始祖的宗祠和本房祖先的祠堂，耗费了上千两银子。其他比如桥梁、道路等设施，必定倡议捐款修整，不惜余力尽心去做。

乾隆丙午（1786）、丁未（1787）年间，广东发生了大饥荒，李公每天都为此唉声叹气。家人问他是什么原因，李公说："米价这样昂贵，将来一定会饿死很多人。"经常闷闷不乐。不久后，佛山的儒生中一些德高望重的人，募集众人捐款，向官府申请发给凭证，到邻省去买米。有人说湖北、湖南有很多米，但是没有人愿意去。众人因为李公对路线熟悉，而且为人诚实有信用，共同推举他前去。李公这天早早地起来，刚好得到了这个消息，非常高兴。正要起程前往，因为偶感疾病，行动颇感困难。而事情又十分紧急，在不得已的情况下，只好让大儿子李芳代他前往。并且向众人宣告说："我家有很多贫穷的亲戚，自愿捐款二百两银子。借着这次佛山官府发给的凭证，顺便附带买些米回来，来赈济亲戚和族人，不敢谋取私利。请求在神明前发誓，来表明我的心迹。"大家佩服他的义举，一致同意。先是，邻省的粮食被限禁在大江以内，不得出境。李芳手捧着官方的文书，直接赶到了广西、湖南，大量买米后，急忙返回，赈济灾民，救活了很多人。而且李公的亲戚和族人们，也靠着这些米，渡过了难关。

李公生有五个儿子，二儿子李可端（字凝修），嘉庆元年（1796）丙辰科进士，授翰林院检讨，又担任湖南乡试主考官；三儿子李可琼（字佩修），嘉庆十年（1805）乙丑科进士，授翰林院编修，官至山东盐运使；四儿子李可蕃（字衍修），嘉庆七年（1802）壬戌科进士，授翰林院编修，官至湖南粮储道。一时之间，传为美谈，被誉为“同胞三翰”。五儿子李可美，是增贡生。大儿子李芳，因为弟弟的功名也获得貤封（清制，文武官员以自己所应得的爵位名号，呈请改授予亲族尊长，称为“貤封”；若其人已死，则称“貤赠”）为翰林院庶吉士。李士震先生父以子贵，先后多次受到朝廷封赠，最高至中宪大夫（文职正四品封阶）。李可琼的儿子李应棠，官至池州知府；孙子李宗岱（字山农），官至山东布政使。

我曾经观察，乡村地区，有的地方连一个秀才都没出过；现在李家同胞兄弟三人，都中了进士，入翰林院，更是当今之世少有的奇迹。李士震先生因为平时乐善好施，积累了巨大的福德。当初顶风冒雪奔波在外地做生意，无非为了获得利润，赚了钱之后又和大家一起分享。我们看李先生在米价昂贵的时候，总是担心有人会被饿死，真正体现了悲天悯人的心念、民胞物与的情怀。满腔的慈悲之心，单凭这一点存心，便可收获无穷无尽的福报。吉祥之花盛开，子孙昌荣显达，自己也很荣耀地多次受到了朝廷的诰封。想必李士震先生在天有灵，也会十分欣慰，捻着胡须、会心一笑了。

8.1.17 梁省吾

梁省吾主政（葆庆），广西崇善人。自言癸未北上，凑资六十金，太翁又固遣一人从之。赁舟起程，同舟有客二三人。又有夫妇携二女，长者十一二岁，幼者十岁许。过南宁，夫入城访友，比归，则夫妇及二女，相抱痛哭。一人怒色其旁，问之乃知夫妇本宁人，向在太平经纪。已而大窘，质二女于其人。至是又思以重息称贷，而赎其女，诡言本乡有产，及亲友可靠，令其人从己同来取偿。今已至宁，而计乃无出。其人逼取二女，母女相持，将为投水计耳。梁告之曰："且勿哭，容踌躇。"乃背召债主，耸以利害，劝舍之，其人执不肯。梁怃然为间，曰："易也，汝质直几？"曰："十二两。"解囊与之，而取其券付夫妇。

太翁闻之曰："吾儿此事，生平承欢第一事也。今年其中矣。"及既中，太翁寓书曰："汝常存南宁船上心，较汝中进士，吾喜多矣。"

【译文】梁葆庆先生，字省吾，官至礼部主事，是广西太平府崇善县（今广西壮族自治区崇左市江州区）人。据他自己讲述，道光癸未年（1823）北上赴京赶考，凑集了六十两银子的路费，他的老父亲又一定要派一个人和他做伴一起去。租了一艘船起程出发，同船的有两三个乘客。又有一对夫妻带着两个女孩，大的有十一二岁，小的十岁左右。经过南宁的时候，丈夫进城拜访朋友，等回来的时候，夫妻二人和两个女孩，一家人相拥痛哭。一个人在旁边很生气，经过询问才知道夫妻本来是南宁人，一直在太平府做生意。后来经营困难，陷入了窘境，把两个女儿抵押给别人。现在又想着借高利贷，来赎回女儿，就谎称在本地有产业，以及有亲友可以投靠，让那个人跟着自己一起来领取赎金。现在已经到了南宁，却无计可施。那人又强逼着带走两个女儿，母女相抱，准备要投水自寻短见。梁葆庆先生对他们说:“先不要哭泣,容我考虑一下。”于是背地里召请债主过来,讲清楚其中的利害关系,劝他暂时缓解一下,那个人执意不肯。梁先生感到很失落,过了一会儿,说:“这个容易办到,你抵押了多少钱?”回答说:“十二两。”解开自己的钱袋,如数给了他,然后把借据要过来给了夫妻。

老父亲听说了之后,说:“我儿做的这件事,是这一生令我感到最欣慰和高兴的事。今年一定能考中。”等到考中之后,老父亲寄来家书说:“你要常常存有在南宁船上的心念,比你考中进士,更加令我感到欢喜。”

8.1.18 沈隽甫长舌恶报

杭州沈隽甫明府,有口才,钱东平之表亲也。钱荐沈入雷营当文案。沈有才能,雷器重。沈以恃才,擅改章程,钱斥之。一日,沈谮钱于雷,曰:“钱有异志,不杀将不利于公矣。”雷与钱议事不谐,雷退,竟命张小虎刺杀之。(此事见前)

逾年,沈自嚼舌头,说话不清。到上洋就夷医,医愈。又逾一年,沈复嚼舌根而亡。人谓谮杀东平之恶报也。

【译文】杭州的沈隽甫,做过县令,口才很好,是钱东平的表亲戚。钱东平推荐沈隽甫进入雷某的军营做文书工作。沈某很有才能,雷某对他非常器重。沈某依仗自己才高,擅自更改规章制度,钱东平批评了他。一天,沈某在雷某面前说钱东平的坏话,说:“钱某有异心,不杀了他将会对您不利。”雷某和钱东平讨论事务意见不合,雷某退出,竟然命令张小虎刺杀了钱东平。

第二年，沈隽甫自己把舌头给咬伤了，说话不清楚。到上海去找外国医生看病，治好了。又过了一年，沈某又自己咬断了舌根而死。人们都说是他进谗言诬陷钱东平致死的恶报。

8.1.19 李节保

婺源西乡李节保，横行乡曲，劣迹多端。一日闲行，见蓝布袋，袋中有钱十四文，遗于道左。拾而怀之。少顷，有小儿，可八九岁，哭奔而来，遍寻布袋不得，便欲寻死。李见之，问故。儿曰："我是孤子，后母遣儿持袋并钱十四文，上市买米半升。袋亡钱失，归难见母，鞭挞之苦，不可当也，不死何俟？"将欲投水。李怜而还其袋与钱。儿叩谢，雀跃而去。

越一年，村中行瘟死者甚众。李亦病危，梦寐中，见阎王坐堂审事。李到堂，王呵曰："汝在世积恶匪浅，当责而锢之。"李曰："我虽不端，好事亦做不少，如与人成会，与人排难解纷。将功抵过，或可免罪。"王命称功过，功轻过重，秤终不平。俄而有老翁，持一蓝布袋投下，功秤顿重，大胜于过。王见之，遂宥李罪，加李寿一十二年。李病遂痊。心知投袋老人，即孤儿亡父。

口述其事，为世之拾遗者劝。此同治五年丙寅四月二十有二日事也。

【译文】安徽婺源县（今属江西省）西乡的李节保，横行乡里，作恶多端，劣迹斑斑。一天，在街上闲逛，看见一个蓝色布袋，袋子里有十四文钱，丢在路边。就捡起来放在怀里。过了一会儿，有个小男孩，约八九岁，哭着跑过来，到处找布袋找不见，就想寻死。李某看见他，问他是怎么回事。男孩说："我是个孤儿，后母派我拿着袋子和十四文钱，上街买半升米。现在袋子丢了，钱也没了，回去之后没办法和后母交代，少不了一顿鞭笞毒打，真让人受不了，不去死还等什么？"然后就要跳水。李某很可怜小男孩，就把袋子和钱还给了他。男孩拜谢，很高兴地蹦蹦跳跳走了。

一年之后，村里面发生了瘟疫，死的人很多。李节保也被传染，病情危重，梦寐之中，看见阎王爷坐在堂上审问案件。李某到堂，阎王呵斥他说："你在世的时候，积累的恶行很多，应当责打然后关起来。"李某说："我虽然品行不端，好事也做了不少，比如促成别人会面成就交易，帮助别人排解疑难、化解纠纷等等。以功德抵偿过恶，或许可以免罪。"阎王命令拿天平秤来称他的功德和过恶的重量，功德轻、过恶重，天平秤始终不能平衡。不一会儿，有一位老先生，拿着一个蓝色布袋扔下来，功德的这一头顿时变得很重，远远胜过过恶的那一头。阎王看见了之后，于是宽恕了李某的罪过，并延长李某的寿命十二年。李某的疾病就痊愈了。心里知道那位扔袋子的老人，一定就是那位小男孩过世的父亲。

记录下这件事情，用来劝勉世上拾金不昧的人。这是同治五年（1866）岁次丙寅四月二十二日的事情。

8.1.20 溺女显报

太仓沙溪镇陈大，开豆腐店为业，连溺四女。所生四子，长者二十三岁，幼者十三岁。于道光二十三年，两月之间，皆出天花而死。出花时，陈大梦中，见四个小女儿索命。其妻发狂而死。陈大被贼杀死。一门竟绝。

又上海大东门外，王家嘴角，海运局门口，张丐头之妻，腹痛难产，十余日不下。至六月二十一日，腹中之儿，破门而出，怒目而视，仍旧缩入母腹中。张丐头妻大呼痛杀，至二十二日死。据云，张丐头之妻，生七女皆溺死，故有此显报。此同治十年事也。

【译文】江苏太仓沙溪镇有个人叫陈大，以开豆腐店为业，先后溺死了四个女儿。所生的四个儿子，大的二十三岁，小的十三岁。在道光二十三年（1843），两个月的时间内，都因为出天花（由天花病毒引起的一种烈性传染病，也称为“痘疮”“天然痘”）而死。孩子在出天花的时候，陈大在梦中，见到四个小女孩前来索命。他的妻子发了癫狂病而死。陈大被贼匪杀死。这一家就绝了户。

又有上海的大东门外，王家嘴角，海运局门口，张丐头的妻子，怀孕将产，却腹痛难产，十几天都生不下来。到了六月二十一日这一天，腹中的胎儿，撑破产道而出，圆睁着眼睛愤怒地看了一下，然后又自己缩回母亲肚子里。张丐头的妻子痛得大喊大叫，直呼：“痛死了！痛死了！”到了二十二日，就死了。据说，张丐头的妻子，曾经生下七个女儿，都被溺死了，所以遭到了如此惨烈而又明显的报应。这是同治十年（1871）的事情。

8.1.21 邹节母书捐

镇江邹公眉观察，少孤。太夫人青年守节，教子成名，贤母之名，无间遐迩。观察十一岁时，镇江大旱。府尊请城乡富户，捐输赈济。镇江最富者，二三百万金；观察家财仅一二万金。太夫人命之曰："儿日后能成人，万金亦可度日；倘不成人，虽百万家财，亦奚以为？今乃荒年，正好行善。今日到府尊处，输银一万两可也。"观察唯唯。及到府厅，以童子居末座。写捐时，群相推逊，久之不定。以观察幼童，姑令先写捐数，遂贸贸然写捐足银一万两。咸诧之。府尊曰："闻君家财不过二万金，今写捐一万，毋乃误乎？"观察对曰："奉母命，安敢误写？"府尊不信，而众均以为疑。遂同观察造门，着门上老仆，禀知堂上，写捐到底若干？其母着老仆出，回复府尊，捐银一万不误。于是合郡称邹太夫人盛德大度不置。因此各富户，踊跃捐输，皆邹为之望也。

后观察官至淮扬道。太夫人年逾七十。孙道源（祖培），家产数十万金，湖北行盐。余于道光二十六年寓邗上，与观察时相过从，尊酒论文，畅谈书画。咸丰四年，西寇犯镇江。其孙道源，全家得脱虎口，避地江北。家道中落，而人口平安。非太夫人之福庇，何以臻此？

【译文】邹锡淳先生，字公眉，是江苏镇江人，官至道台。他在少年时就失去了父亲。他的母亲太夫人青年守寡，誓不再嫁，独自一人抚养儿子长大，教育儿子功成名就，被誉为贤母，远近闻名。锡淳先生十一岁的时候，镇江发生了大旱灾。知府大人号召当地城市和乡村的富有人家，捐款捐粮赈济灾民。镇江最富有的家庭，有二三百万两银子的财产；锡淳先生家，仅有一二万两财产。母亲命令他说："儿子今后长大如果能成器，即使一万两银子也能过日子；如果不成器，虽有百万家财，又有什么用呢？今年是荒年，正好可以行善积德。今天可以到知府大人那里，捐款一万两。"锡淳先生满口答应。等来到府衙的客厅，因为还是个孩子，所以只能坐在最后的座位。写捐的时候，大家相互谦让，很久都没有确定下来。因为锡淳先生是个孩子，姑且让他先写捐款的数额，于是贸贸然写上捐款足银一万两。大家都感到惊诧。知府大人说："听说您家的财产不过二万两银子，现在写上捐款一万两，是不是写错了？" 锡淳先生回答说："我是奉了母亲的命令，怎么敢写错呢？"知府大人还是不信，而且众人也都有疑虑。于是与锡淳先生一起来到自家门前，委托看门的老仆人，禀问家里的主母，究竟要写捐多少数额？他的母亲派老仆人出门，回复知府大人，确实是捐款一万两银子，没有错误。于是整个镇江府的人都一直称赞邹家太夫人的崇高德行和宽广胸怀。因此，各个富有之家，都踊跃捐款捐粮，都是邹家起了模范带头作用。

后来，邹锡淳先生官至江苏淮扬道。太夫人活了七十多岁。孙子邹祖培，字道源，家中财产有几十万两银子，在湖北一带做盐商。我在道光二十六年（1846）的时候，寓居在扬州，和邹锡淳先生经常来往，饮酒讨论诗文，畅谈书法绘画。咸丰四年（1854），西洋侵略者侵犯镇江。太夫人的孙子邹祖培，全家人得以逃脱险境，到江北避难。虽然家道从此中落，但是家中人口平安。如果不是太夫人福泽庇佑，怎么会实现这样的结果呢？

8.1.22 讼师削禄

闽中孝廉某，才华倜傥，弱冠以第二人登道光戊子科乡榜。会富人某，为豪强所伤，几兴大狱。富人不惜重赀，求助于工刀笔者，以期必胜。人满一室，孝廉与焉，公议一词。孝廉不以为然，授以己意，众以其幼也，忽之。词上，而当事提之急，祸且不测。不得已，如孝廉意易之，讼立解。自是胆愈大，术愈工，而名愈噪。求教者，户外踵接。计频年所入，不下万余金，旋即以意外耗去，而受其倾陷者不少也。

晚岁，方为人捉刀，静坐构思，灯光忽缩小如豆，旋放大光明。一金甲神见于前，数之曰："子某年入词林，某年得试差，某年出外任，计今已登台阁矣。因孽而削除殆尽。每年间，所入厚，则损人多，禄籍所削亦多。因子福泽较优，故至今若无事焉。现禄除尽，若亟悛改，尚可考终，否则不得其死矣。"言讫，所执笔，忽划然中分为二，遂惕焉辍业。后得教谕以终。瞑目之先，呼其子曰："我以少年不检，潦倒一生，悔无及矣。"遂历述神语，嘱子："必以此言，宣于众。能劝改一人，即为我消除一孽。此干父之蛊，非证父之过也。否则我魂魄知有馁而已，不来享矣。"恨恨而卒。

咸丰某科秋试，第三场，邱容帆与其子同号舍。四鼓卷竣后，闲谈因果，其子欷歔述之如此。

【译文】福建的某举人，才华卓越，为人洒脱不拘，二十岁的时候，以第二名的成绩，考中了道光八年(1828)戊子科乡试。当时有一个富人，被有权势的人所中伤，眼看要兴起大的诉讼案件。富人不惜花费重金，求助于擅长舞文弄墨的人，帮他写状词，以期赢得官司的胜利。找了很多人，坐满了一屋子，某举人也在其中，大家商议的结果众口一词。举人不同意他们的意见，谈了自己的想法，大家认为他年纪轻，没有把他的意见当回事。状词递交上去以后，官府很急切地要提审富人到案，眼看要遭遇不测之祸。不得已，就根据举人的意见改换了状词，案件很快就化解了。从此以后，举人的胆子越来越大，技术越来越精巧，而名声也是越传越广。登门求教的人，在门外排队。历年来所得的收入累积下来，要在一万两银子以上，不过很快就因一些意想不到的情况被消耗掉，而且遭到他倾轧陷害的人不在少数。

晚年的一天，某举人正在为人写状词，静坐凝神构思，灯光忽然缩小成像黄豆那么大，紧接着又大放光明。一位身披金甲的神人出现在面前，数落他说："你命中本应在某年进入翰林院，某年获得主持科举考试的差事，某年外放到地方任官，算下来到今天已经入内阁做宰相了。因为你作孽，已经被削除殆尽。每年间，如果当年收入越丰厚，那么损害的人就越多，福禄和功名被削除的也就越多。因为你福泽较为优厚，所以至今好像没什么事情发生。现在你的福禄已经被削除干净了，如果立即悔改，还能得到善终，否则将死于非命了。"说完之后，他手中所握的毛笔，忽然齐齐整整地一分为二，于是感到非常害怕，就终止了讼师的职业。后来改做教师直到去世。临终闭眼之前，把儿子叫到跟前，对儿子说："我因为年轻的时候没有很好地约束自己的行为，导致一生穷困潦倒，现在后悔也来不及了。"于是一五一十地讲述了神明所说的话，叮嘱儿子说："你一定要把这些话，向众人宣传。能够劝化令一个人改正，就能帮我消除一桩罪孽。这样就是真正的继承父亲的志业，并不是在证实父亲的过失。否则，如果我死后魂魄有知的话，也会感到失望和不甘心，不会来接受和享用祭祀。"然后，就含恨而死了。

咸丰年间某年的乡试，在考第三场的时候，邱容帆先生和举人的儿子坐在同一间考场。凌晨四更天答完试卷以后，二人闲谈因果报应之事，他的儿子一边抽泣一边讲述了上面的事情。

8.1.23 河豚毒

医家张祥麟，字玉书，有声于时。求治者踵相接，日得金无数，家顿裕。而供馔之盛，可拟贵官。尤好杀生，鸡鸭鱼鳖，特杀以充庖者无虚日，虾蛤等更其小者。凡遇时鲜异味，必以先尝为快。一日出见河豚，则问厨丁："何不市庖？"谓："此似越宿物，或不宜食。"张怒曰："此我素嗜，尔何知？"迫往市得六尾，烹以进。张呼弟与子同食，食时极口称美，独尽一器。有顷，子觉唇上微麻，以告张。张曰："汝自心疑耳，我固无他也。"遂乘舆出诊，诊至第二家，忽谓舆夫曰："速买橄榄来，河豚果有毒。"果至，初尚能嚼，顷之口渐不能张。舆夫急舁归。入门但呼麻甚，扶坐椅上，仅半时许，气绝矣。初死面如生，旋闻腹鸣如雷，遍体浮肿，色即如青靛，继而红，继而黑，则七窍流血焉。同治丁卯二月三日事也。

弟与子食，幸不多。张归时，均已吞粪水，故得不死。初以其余，馈戚之同嗜者顾某。时正欲食，闻张耗，即命弃去。工人某曰："生死数也，食何害？"遂私取食。食且尽，少顷自觉舌如针刺，口渐收小。知有异，急自饮壶中溺。饮已大吐，遽昏绝。阅二日始醒。时有一猫，又食工人之余，即腹膨如鼓死。

按《谈苑》言："河豚瞑目切齿，其状可恶。治之不中度，食多死。弃其肠与子，飞鸟不食，误食必死。"登州濒海人，取其白肉为脯。先以水净洗，复浸之，暴日中，上压重物，须四日乃去所压，傅以盐，再暴乃成。有李太守者，制不四日即去压，俄见其肉自盆跃出。其性烈如此，以故毒甚于漏脯。东坡“直得一死”之言，本是一时戏语。人奈何以口腹易躯命哉？若张医，则由恣意杀生所致耳。昔人言：“食肉不食马肝，未为不知味。”余于是物亦云。

【译文】有一位医生名叫张祥麟，字玉书，在当时很有名气。请他治病的人排着队，每天获得的收入有很多，家中很快就富起来了。而每天吃饭时所陈设的菜肴，十分丰盛，堪比显贵的官员。尤其喜欢杀生，鸡鸭鱼鳖之类，专门杀了之后充作厨房食材，每天都是如此，没有中断过；虾子、蛤蜊等等更算是小的。凡是遇到时令新鲜的珍奇美味，必定是先要品尝到才觉得痛快。一天出门看见有人在卖河豚，就问厨房的家丁：“为什么不买了做来吃？”家丁说：“这个好像是隔夜的东西，可能不适合吃。”张祥麟生气地说：“这是我一直喜欢吃的，你知道什么？”强令家丁到集市上买了六条，烹煮了之后端上来吃。张祥麟叫弟弟和儿子一起吃，吃的时候，一直不停地称赞说是美味，自己一个人吃光了一盘。过了一会，儿子感觉嘴唇上有些麻，就告诉张祥麟。张祥麟说：“这是你自己心里有疑虑，我就没什么事。”于是乘坐轿子出门给人看病，在看到第二家的时候，忽然对轿夫说：“快去买些橄榄来，河豚果然有毒。”橄榄买回来，开始的时候还能咀嚼，片刻之后，嘴就渐渐无法张开了。轿夫急忙抬着他回家。进门之后一直喊叫说很麻，扶着他坐在椅子上，仅仅过了半个时辰左右，就断气了。刚死的时候，面色像活人一样，然后听到他的肚子里有响声，像雷鸣一般，又全身浮肿，面色就变成了青蓝色，接着变成红色，又变成黑色，最后是七窍流血。这是同治丁卯年（1867）的事情。

弟弟和儿子吃的，幸好不多。张祥麟从外面被抬回来的时候，他们都已经吞服了粪水，所以得以不死。之前把剩余的河豚，也送给了同样喜欢吃河豚的亲戚顾某。顾某当时正准备吃，听说了张祥麟被毒死的消息，就命令厨工丢掉。一个工人说：“生死自有定数，吃了有什么关系呢？”于是，私下里拿过来吃了。快吃完的时候，不一会儿就感觉舌头像针扎的一般疼，嘴巴渐渐缩小。知道情况不对，就急忙自己喝了壶中的尿液。喝完之后，呕吐了很多，就昏过去了。过了两天才醒过来。当时有一只猫，又吃了工人吃剩下的河豚，当即腹部膨胀像鼓一样死掉了。

按，宋代孔平仲《谈苑》一书中记载：“河豚闭着眼睛、咬着牙齿，长相恐怖丑恶。如果处理不当，吃了之后往往会中毒而死。把河豚的鱼肠、鱼子丢弃，飞鸟都不会吃，如果不小心吃了必定被毒死。”山东登州府（今山东烟台）沿海一带的人，用河豚白色的肉做鱼干。先用水洗干净，然后浸泡，在阳光下暴晒，上面压上重物，须要四天才能去除所压的重物，然后撒上盐，再暴晒一次之后才算制作完成。有一位知府李大人，制作时还没到四天就去除了重物，只见河豚肉从盆里自己跳出来。河豚的特性如此顽强，所以毒性也是比雨水淋过的肉干还要厉害。苏东坡所说的“值得一死”，不过是一时的玩笑话。人们何苦要以口腹之欲来牺牲宝贵的生命呢？像张祥麟医生这样，则是由于肆无忌惮地杀生害命所感召的果报。古人说：“吃肉不吃马肝，未必是不懂得味道。”我对河豚也是这样认为的。

8.1.24 陈封翁

闽县陈封翁（敬成），予胞妹婿春卿学博（延诜）之祖父也。生平廉介，于非分之财，一无所受。家贫，为至亲司京果店账务。素得咯血疾，无力服药，医家教以红枣泡米汤常服。封翁每日晨起，向店中取枣二枚，必投一文钱于中，其不苟如此。封翁之父，诸生，中年逝世。封翁每遇忌日，缟素致祭，哭泣如初丧。至耄年，拜跪不便，必扶掖将事。虽曰庸行，亦人所难能也。

哲嗣兰麟年伯（征芝），年少登第，任浙江、江西州县多年，喜聚书，而无他好。封翁尤俭约，身不衣帛，食无兼味，不异寒素。亲友见之，咸咤叹称羡。体气素弱，年至九十，神明不衰，无疾而逝。孙、曾掇巍科，登仕版，至今书香勿替。非封翁贻谋之善耶？予甥树杓参军，述其先德，因录之。

【译文】福建闽县（今福州市闽侯县）的陈敬成老先生，是我的妹夫陈延诜（字春卿）教官的祖父。一生为人清廉正直，对于非分之财，一分一毫也不接受。家中贫困，帮助关系很近的亲戚负责糕点店的会计事务。平时患有咳血的疾病，没有钱服用药物，医生教给他用红枣泡米汤的偏方，日常服用。陈老先生每天早晨起来，在店里取用两颗枣子，一定会放一文钱在里面，他对待钱财严肃认真到这种程度。老先生的父亲，是一位秀才，中年时就去世了。老先生每到父亲的忌日，都会身穿白色衣服祭拜，像父亲刚去世那样哭泣。到了晚年，跪拜不方便，一定要在别人的搀扶下坚持将仪式进行完。虽然说是平常的行为，但也是人们很难做到的。

儿子陈征芝先生，字兰麟，和我父亲同年考中进士，少年时就科举中第，后来在浙江、江西等省的州县做地方官多年，喜好收藏书籍，没有其他的爱好。陈老先生尤其勤俭节约，不穿丝绸的衣服，吃饭只有一样菜肴，和贫寒的老百姓没有区别。亲朋好友见了之后，都感到惊诧、慨叹和敬佩。身体本来一直虚弱，而到了九十岁，依然精神矍铄，无病而终。孙子、曾孙考取功名，步入仕途的有很多，至今还是书香门第，没有断绝。这难道不是陈老先生遗留的良好家风、积累的福泽所带来的吗？我的外甥陈树杓，从事幕职，讲述他祖先的德行，于是记录下来。

8.1.25 王太夫人德报

山东福山县古岘村，王鹭尚书，母太夫人，入门时，大脚步上门中石，石顿断。家人以为大不祥，咸劝其父封翁退婚。封翁曰："勿尔，换一门中石，何难之有？"成亲之后，伉俪情深。

岁逢大荒，饥民五人，门前乞食。家中只有谷三斗，封翁欲将三斗谷，分济五人。太夫人曰："三斗谷，能活五饥民乎？不如蓄之家。我夫妻二人，日出采薪挑菜，售之亦足养活七人矣。俟来春年丰，可送五人回家。"封翁诺之。于是养五人过冬，来年送归。皆系大族之后。村中有张姓，服贾关东，妻在家，与人私通有娠。夫回家知之，欲杀奸夫淫妇，来请封翁助焉。封翁劝之曰："君服贾，何患无妻？饶他二命，免受污名，岂不大胜于杀耶？"张然其言，遂不杀，复往关东另娶成室焉。

封翁与太夫人，一生行善，不可枚举，略举其一二，概可知矣。自尚书以下，科第绵绵；大官显爵，代不乏人。现其孙王西舶太守（兆琛），于六瓯醝尹之姑丈也，口述其事，故特书之，为行善者劝。

【译文】王鹭，字辰岳，是山东福山县（今烟台市福山区）古岘村人，官至户部尚书。他的母亲老太夫人，刚过门的时候，一双大脚板，踏上门中石板，石板一下子断开了。家人认为很不吉利，都劝他的父亲王老先生退婚。老先生说："不要这样做，换一块门中石板，有什么难的呢？"成亲之后，夫妻二人非常恩爱。

有一年赶上大饥荒，有五个逃难的饥民，在门前要饭。这时家里只有三斗粮食，王老先生想把三斗粮食，分给五个人。太夫人说："三斗粮食，能养活五个饥民吗？不如把他们养在家里。我们夫妻二人，每天出门打柴挑菜，卖了换钱也足够养活七个人了。等到来年开春丰收以后，再送五个人回家。"老先生同意了。于是，养活五个人过冬，第二年春天送回家。都是世家大族的后人。村里面有个姓张的人，在关东做生意，妻子在家，和人私通，有了身孕。丈夫回家知道了之后，想要杀掉奸夫淫妇，来请王老先生帮忙。老先生劝他说："你是做生意的，还怕没有妻子吗？饶了他们两条命，以免受到污秽的名声，这难道不是比把他们杀掉强多了吗？"张某对他的话表示认同，于是不杀，又到关东另外娶妻成家了。

王老先生和太夫人，一生所做的善事，不胜枚举，这里稍微列举其中一两件事，其他的也大致可以想见了。自儿子王鹭尚书以下，科第功名，绵延不绝；高官显贵，子孙代代都有。现在他们的孙子王兆琛，字西舶，现任知府，是于六瓯盐运使的姑夫，亲口讲述了祖辈的事迹，所以特此记录下来，用来劝勉行善的人。

8.1.26 马端愍公

同治庚午，秋七月，两江总督马端愍公（新贻），于督署教场阅兵讫，还内署，为贼所刺。贼亦当时就擒。公伤重不能言，顷刻遂卒。事闻，中外惊骇。天子震怒悼惜，赐谥，并命入祀贤良祠。安徽、浙江等省，公所莅治者，感念旧恩，为公建立专祠。

贼张文祥，河南人，严刑讯问，无一实供。上命刑部尚书郑公，来江审办。仅据供系浙江海盗余孽，前来复仇，他无一言，遂拟凌迟完案。所奇者，伊自供出妻女所在，毫不隐讳。提到妻女，严鞫亦一无供词。时江宁府钱慎庵太守，极欲究出实情，为公雪恨。乃殚精极思，研讯两月之久，卒不得要领。而外间之谣传愈多。

尤奇者，是月有湖州人费君，以画师流寓上海，患疟疾甚剧。公被刺次日，上海即得信，而未知贼主名。其同乡沈姓，为布捐局司事者，往告之。费瞿然曰："贼必张文祥也。"沈问故，费曰："数日前，疟作昏愦之际，忽见一隶，手牌票，上书'一百二十年前之事，今当完案，所有人证，合行拘提'云云。共计一百五十余人，首名即马总督，而我之名亦在内。方拟细视，忽妻持药至，隶遂不见。彼时自思与总督无一面之识，何以连及，殆噩梦耳。今乃有是事，我其死乎！"数日知贼名果张文祥，费亦旋卒。噫，此夙因耶！

【译文】同治庚午年（1870），秋季七月，两江总督马端愍公（马新贻，字谷山），在总督衙门的教场（古时操练与检阅军队的场地）检阅军队结束以后，返回内衙，被歹徒刺杀。杀人凶手也已经被当场抓捕。马公因伤势过重，不能讲话，没过多久就身亡了。事件发生以后，朝廷内外、全国上下都感到震惊。皇帝大为震怒，对马公的遇害表示哀悼和惋惜，赐谥号"端愍"，并命令入祀贤良祠。安徽、浙江等省，马公莅任所到之处，当地官员和百姓感念马公的恩德，都为马公建立专门的祠堂作为纪念。

凶手张文祥，是河南人，对他严刑拷打审讯，却没有供出一句实话。皇帝命令刑部尚书郑敦谨，赴江苏审理督办此案。凶手只供述说是浙江海盗的残余势力，前来复仇，没有其他更多的话，于是将凶手判处凌迟处死，就这样草草结案了。奇特的是，凶手自己供出了妻子和子女所在的地方，丝毫没有隐瞒。提审妻子和子女，严厉讯问也没有供出一句话。当时江宁府知府钱慎庵，极力想要调查出事情的真相，为马公报仇雪恨。而殚精竭虑地调查审讯了两个月之久，却终究还是没有取得什么关键性突破。而外面的传言也是越来越多。

更为奇特的是，当月有一个湖州人费先生，是一名画师，寓居在上海，患上了很严重的疟疾。马公被刺杀的第二天，上海就得到消息，但是还不知道凶手的姓名。费先生的同乡沈某，在布捐局做司事（会馆、公所中管理账目杂务的人），去将这件事告诉了他。费先生惊诧地说："凶手一定是张文祥。"沈某问他什么原因，费先生说："几天前，我在疟疾发作、昏昏沉沉的时候，忽然见到一名差役，手持公文，上面写着'一百二十年前的事情，现在应当结案，所有当事人和证人，依照法律拘提到案'等等字样。相关人员共计一百五十多人，排在最前面的名字就是马新贻总督，而且我的名字也在里面。正准备仔细观看，忽然妻子端着药来了，差役就消失不见了。当时我自己心想和马总督一次面都没见过，怎么也会受到牵连呢，可能是噩梦吧。今天才知道原来是这件事，我是不是要死了？"几天后，才知道凶手的名字果然叫张文祥，费先生也接着去世了。唉！这应该就是宿世的因果吧！

8.1.27 王二和尚

余筮仕武林，三十余年，专向人谈因果，娓娓不倦。诚以人有生死，世分阴阳，此乃必有之事，而不知者每不相信。良由放诞恣肆，任意妄为，多不以为意也。不知人生善恶，一一受报，而出入生死为尤甚。余于《劝戒》各集中，历载之，皆确征而可信者。

光绪丁丑，南昌梅筱岩中丞来抚浙，亦相信其说。一日，出此纸示余曰："此何青耜都转，自录病中情事一则。即此可知，人命不可不慎重也。"

据何云：道光戊申四月一日，病中梦至一所，殿有王者衣一人上坐，呼余至案前，掷一巨册令阅，册面大书"刑部主事陈玉麟"七字。余梦中自以为"陈玉麟"即余也。展册一阅，恍然记忆册中"王二和尚"一案，是余定谳者。王者问："王二和尚是从犯，何以拟斩？"余曰："王二和尚已入室，虽未搜赃，而退出把风，事后又复分赃，是与正犯无异，所以拟斩。"王者沉吟半晌云："且退，再议。"余遂醒。余知王二和尚在阴世不服断矣，可畏哉！

【译文】我在杭州做官，已经有三十多年了，一直以来，专门喜欢对人们谈论因果报应之事，孜孜不倦。确实是人有生就有死，世界分为阳世和阴世，这是真实不虚的事情，而不懂的人往往不相信。实在是因为很多人行为放纵、肆无忌惮，由着性子胡作非为，所以都不把善恶果报这回事放在心上。他们不知道人生在世，所做的善事和恶事，最后都会一一得到相应的果报，而人命关天，其中又在那些掌握生杀大权的人身上体现得尤为明显。我在自己所著的《劝戒录》各集中，记载了不少此类的案例，都是证据确凿、真实可信的。

光绪丁丑年（1877），南昌的梅筱岩巡抚大人，到浙江来担任巡抚，也相信这样的说法。一天，他拿出一张纸给我看，说：“这是盐运使何青耜先生，自己记录的生病期间发生的一件事情。从这件事可以知道，人命关天，确实不能不慎重。”

据何青耜说：道光戊申年（1848）四月初一日，在生病期间梦见到了一个地方，大殿上坐着一位身着王者衣冠的人，把我叫到桌案前面，扔下一本巨大的簿册让我看，封面上写着“刑部主事陈玉麟”七个大字。我在梦中自己以为“陈玉麟”就是我。打开簿册一看，忽然回忆起来簿册中记载的“王二和尚”一案，是我负责审理结案的。王者问：“王二和尚只是从犯，为什么要判处斩首呢？”我说：“王二和尚已经进入房间，虽然没有搜索赃物，但是退出外面把风，事后又参与了分赃，所以和正犯没有不同，所以判处斩首。”王者低头沉思、吟咏了半天，说：“暂且退下，改日再议。”我于是就醒了。我这才知道原来是王二和尚在阴世不服判决，真是可怕啊！

8.1.28 余徐二公轶事

许叔平曰：徽州黟（yī）县余公梦岩，名毓祥，微时授徒，馆谷甚菲。岁初无赀祀先，夫妇枵腹，愁对太息。公身仅着一敝缊袍、一旧羊皮短褕，鸡鸣而起，拟趁早墟，贳短褕，可得三千钱，市牲酒薪米之属，聊以卒岁。独行五里许，路经一岭，隐约见树林中有人影，叱之不答。固疑是鬼，迫而视之，则一男子，投缳树杪也，大骇。急解缳放卧地上，移时顿苏。诘其自经之由，其人忸怩泣对，曰：“小人负佃租若干，主人迫索，倘不急偿，便攞取妻相抵。妻去，儿在襁褓，失乳必死。小人既不忍妻之生离，又不忍儿之短折。左右思维，不如先填沟壑为得也。”问租值须钱几何，曰：“三千足矣。”公乃以短褕付之，曰：“速将去，贳钱偿主人。”其人崩角在地，叩问姓名。公麾令速去，“勿多言，吾不责尔偿，问姓名何为者？”其人叩头起，携短褕而去。

公日晡归家。夫人问：“衣已贳乎？”曰：“否，否。吾不自慎，为人窃取去矣。”夫人亦无怨词，反以笑言相慰。时夫妇年俱逾五十，尚无子。未几，夫人竟有娠，生辛伯司马兆元。是年，为嘉庆丙子科，公领乡荐。丁丑，联捷成进士，观政礼部，擢郎中，在官有政声。生平不苟取予，不轻然诺，乡人以贤者称之。

后投缳男子，贸易小阜，欲报曩德，苦不知姓名，遍访乡党。悬揣非公不能，姑备仪诣谢。公峻拒之曰：“若误矣，我无是也。”公年登大耋，告归林下。易箦时，辛伯叩问是事，曰：“此盛德事，吾何能为？大抵乡人以我平日迂方，或拟议及之耳。”予与辛伯交最昵，问之果然。

嗟乎！观余公已事，叹造物试验贤者，可谓至巧至酷。彼索逋者，必须钱三千。若暗中计短褕之值，恰以相抵，少一钱不可，多一钱亦不可。在凡人处此，岂能一钱不留？竟如公慨然持赠，空拳而归，直行所无事乎？而夫人闻之，绝无怨言，反以笑语相慰，亦可谓难矣。世谓行阴德事，不使人知，余公有焉。

后吾友汉军徐公可司马同善，言其尊人铁笙观察，为孝廉时，岁暮存馆金三十两。归家途中，值索逋鬻妻事，价恰符馆金之数，亦慨以相赠。徐公平生乐善不倦，笔难尽述。以此与余公相似，故连类书之。

徐公讳荣，丙申进士，由县令起家，洊晋福建汀漳龙道。抑予闻之，我朝黟县进士，自余公始；广东驻防汉军举人，自嘉庆丙子科徐公始。余公五十后，始得子，且多孙焉，考终，祀乡贤、名宦等祠。

徐公居官善政，不可枚举，其最著者，守绍兴时，创修壖堤，活数十百万生灵，万世利赖。公尝曰："吾所在有功德于民，子孙必昌。"信然！公督兵新安，殉难黟县之渔亭，赐邮甚厚，凡建专祠尸祝者数十处。今长子伯安虑善，权浙江金华府知府；次公可同善，即选通判，加同知衔；次春漪传善，现官四川会理州知州。孙十人，皆能以诗书世其家。

按，余公未及见，徐公则余任绍兴，正与交手，诚循吏也。

【译文】许叔平（名奉恩）先生说：安徽黟县的余毓祥先生，字梦岩，贫贱的时候开馆授徒，所得的薪水很微薄。岁末年初，没有钱祭祀祖先，夫妻二人饿着肚子，面对面发愁叹息。余先生身上只穿着一件破棉袄和一件旧的羊皮短袍，天不亮就起床了，准备趁着早市，将羊皮短袍抵押，可以换得三千文钱，买一些酒肉柴米之类，凑合过个年。独自一人走了五里多路，路过一座山岭，隐隐约约看见树林中有人影，对他喊话也不答应。就怀疑是鬼，近前一看，原来是一名男子，将绳子套在树枝上自缢，大为惊骇。急忙解开绳子把那人放在地上，过了一会苏醒过来。问他是什么原因要自寻短见，那人扭扭捏捏地哭着回答说："小人我欠了人家田租若干钱，主人索要得很急迫，如果不尽快偿还，便要撺掇着拿我的妻子抵债。如果妻子离开了，儿子还在襁褓中，没有奶吃就要死掉。小人我既不忍心和妻子生生分离，又不忍心儿子短命夭折。左思右想，不如先自己了断为好。”问他田租需要多少钱，回答说：“三千文钱就足够了。”余先生就把羊皮短袍送给了他，说：“快拿去，抵押了换一些钱偿还给主人。” 那人连忙跪在地上磕头表示感谢，并询问余先生的姓名。余先生挥手让他快走，“不要多说了，我不要求你偿还，问我姓名干什么？”那人又磕了一个头，然后起身，拿着羊皮短袍离开了。

余先生傍晚时分回到家。夫人问他：“衣服已经抵押掉了吗？”说：“没有，没有。我自己不当心，被人偷去了。”夫人也没有怨言，反而笑着说了安慰他的话。当时夫妻二人都已经五十多岁了，还没有儿子。不久后，夫人竟然有了身孕，生下一个儿子名叫余兆元（字辛伯），官至同知。这一年，是嘉庆二十一年（1816）丙子科乡试，余毓祥先生考中举人。丁丑年（1817），紧接着考中进士，分派到礼部实习，后来擢升为礼部郎中，为官政声卓著。生平对待钱财方面严肃认真，不贪图非分之财，处事谨慎，诚实守信，不轻易向人许诺，但是答应别人的事情必定办到，乡里人都称赞他为贤人。

后来，那名上吊的男子，做生意小有成就，赚了些钱，想要报答昔日的恩德，苦于不知道恩人姓名，在乡里到处打听。大家都猜测除了余先生，没有人能做到这样的事，姑且准备好礼品前去拜谢。余先生严词拒绝，说：“你搞错了，不是我。”余先生后来活到八十岁以上的高寿，告老还乡，归隐田园。临终前，儿子余兆元向父亲问起这件事，父亲说：“这是有崇高道德的人才能做到的事，我哪里做得到呢？大概是乡里人认为我平时迂腐固执，偶然提起我吧。”我和余兆元关系很亲密，向他询问，果然有这回事。

哎呀！我们看余毓祥先生的事迹，不禁感叹造物主试探和考验贤德之人，可以说是极为巧妙，又极为严酷。那个索债的人，一定要三千文钱。如果私下里估计羊皮短袍的价值，恰好可以帮他还债，少一文钱不可以，多一文钱也不可以。在普通人遇到这种情况，怎么可能自己一文钱也不留下？能够像余先生这样慷慨相赠，空手而回，就当什么事也没发生一样吗？而且夫人听说了之后，也没有任何怨言，反而笑着说了安慰的话，也可以说是难能可贵了。世人所说的做积阴德的事情，不让别人知道，余先生就是这样的。

后来，我的朋友徐同善，字公可，是汉军正黄旗人，官至同知，讲述说他的父亲徐铁笙道台大人，在还是一名秀才的时候，有一年的年底，积攒了教书所得的薪水三十两银子。在回家的路上，遇到了一个人因为被索债而准备卖妻还债的事情，钱数也恰好符合身上所带的薪金的数额，也是慷慨解囊全数相赠。徐老先生一生乐善好施，孜孜不倦，用笔墨难以尽述。因为与余毓祥先生的事迹有些类似，所以一并记录在这里。

徐老先生，名叫徐荣，是道光十六年（1836）丙申科进士，仕途从县令起步，逐步擢升至福建省汀漳龙道。我还听说，我朝（清朝）安徽黟县考中进士的，是从余毓祥先生开始的；在广东驻防的汉军八旗，考中举人的，是从嘉庆二十一年（1816）丙子科徐荣先生开始的。余毓祥先生五十岁后，才生了儿子，而且有很多孙子，寿终正寝，去世后入祀乡贤祠、名宦祠等。

徐荣先生做官，造福百姓的善政，不胜枚举；其中最著名的，是在绍兴担任知府的时候，修建堤坝，保护河边的农田，救活了数以百万计的生命，造福千秋万代的子孙。徐先生曾说："我所到之处对老百姓有功德，子孙一定昌盛。"这话是真实不虚的！徐先生驻防新安（徽州古称），防御太平军的侵扰，在黟县的渔亭牺牲，朝廷赐予优厚的抚恤，在几十个地方建立专门的祠堂来纪念。现在，徐荣先生的长子徐虑善，字伯安，代理浙江金华府知府；次子徐同善，字公可，即将被选任为通判，加同知的职衔；三子徐传善，字春漪，现在担任四川会理州知州。孙子十人，都能够以诗书传承家道。

按，余毓祥先生我没有来得及见到，徐荣先生则我在绍兴做官的时候，正好与他打过交道，确实是清廉正直、奉公守法的好官。

第二卷

8.2.1 宦态

勒襄勤相国（勒保）督蜀，待僚属以礼，即不慊意者，亦未尝不饮人以和也。尝告人曰：

我由笔帖式倅（cuì）成都，不得上官欢，时遭呵谴。同官承风旨，多不齿焉。每衙参时，衣冠颇旧，无与谭者，多厌我有酒气，抑郁殊甚。又以贫故不能去，含忍而已。闻新督来，十年前故交也，心窃喜而不敢宣。总督将至，身先远迎，无与通者，不得见。抵城外请谒，又以手版不下，候久之。乃随至行辕，大小各官，纷纷晋谒，皆荷延接，而我独不闻传名。手版未下，又不敢径去。天气甚暑，衣冠鹄侍，汗流浃背，中心忿恨已极。有劝我且归，明日再来者；有劝归饭者；有揶揄之，谓：“汝善饮，今日必留饮耳。”正无聊间，忽闻传呼：“请勒三爷。”我思不称其官，而称行辈，具见旧时交谊。此一呼也，同人均属目，恍如羁囚，忽闻恩赦。爰整衣冠，捧履历，疾趋而入。则见总督科头便衣，立于檐下，指而笑曰：“汝乃作此等形状乎，太龌龊否？”我禀请庭参，则掖之起曰：“不要磕狗头了。”回顾侍者，令代解衣冠，曰："为勒三爷剥去这狗皮，至后院乘凉饮酒去。"我于斯时，越闻骂越喜。比至院中，把酒话旧，则此身飘飘然若登仙境，较今日封侯拜相，无此乐也。时司道众官，犹未散，闻之俱惊讶。我本好酒，饮至三鼓归。谈次间，似已有升署消息。首府县官，尚伺我于外，执手探问总督意旨。并云："司道薄暮才去，嘱我等缓行。"从此遇衙参时，逢迎欢笑，刻不暇给。有进而与言者，有就位而与言者，有让我坐者，有送烟壶者。而勒三爷之为勒三爷，如故也。官场炎凉之态，言之可叹。故于今日待属官有加礼以此。

【译文】相国大人勒保，费莫氏，字宜轩，卒谥"襄勤"（据《清史稿》，实际应为"文襄"），在担任四川总督的时候，对部属以礼相待；即便有不满意的，也从来都是和和气气的，不会让人感觉有太大压力。他曾经对人这样说：

我由笔帖式（清代于各衙署设置的低级文官，掌理翻译满汉章奏文书）外放到成都担任知府的副职，不能博得上官的欢心，时常遭到呵斥谴责。同僚们大多奉承上官的意思，不愿意和我打交道。每次到衙门汇报工作的时候，穿着破旧的衣服，戴着破旧的帽子，没有人和我说话，大多讨厌我身上有酒气，感到十分郁闷。又因为生活贫困，不能辞职而去，只是忍耐而已。听说新任总督要来，是十年前的故交好友，心中暗自高兴而不敢公开。总督很快要来，想要提前远远地去迎接，却没有人通禀，所以没有办法见到。总督抵达城外的时候，请求拜见，又因为手本（明清时见上司、座师或贵官所用的名帖，写信时则附于信中，对方谦逊常封还）没有发还，等候了很久。于是跟随到了行辕（旧时高级官吏的行馆，亦指在暂驻之地所设的办事处所），大大小小的各级官员，纷纷进去拜见，都受到了接待，而唯独我一直没有听到呼叫名字。手本没有下发，所以又不敢直接就走。天气非常炎热，穿着厚重的官服，在一旁站着等候，热得汗流浃背，心中已经愤愤不平。有的劝我先回去，明天再来；有的劝我先回去吃饭；还有人嘲弄我，说："你酒量好，今天一定是留你喝酒。"正在不知所措的时候，忽然听到传呼的声音："请勒三爷！"我心想不称呼职务，而称呼行辈，从这一点就能看出过去的交情。这样一喊，引得同僚们纷纷对我注目而视，顿时有如被羁押的囚犯，忽然听到被赦免的消息。于是整理衣冠，手捧简历，一路小跑着进去。进去后只见总督大人脱去了官帽，身穿便衣，站在屋檐下，指着我笑着说："你怎么成了这副模样，太脏了吧？"我禀告请求礼拜参见，总督把我扶起来，说："不要磕狗头了。"又回头看了一下侍者，命令侍者帮我脱下官服和帽子，说："给勒三爷剥去这身狗皮，到后院乘凉喝酒去。"我在这个时候，越听到被骂越高兴。等来到后院，一边喝酒，一边叙旧，这时候感觉自己飘飘然到了神仙居住的地方。即便是今天封侯拜相，都无法和那时的快乐相比。当时各个司道衙门的官员，还没有散去，听说这件事后都感到惊讶。我本来喜欢喝酒，一直喝到三更时分才回去。谈话之中，似乎已经有提拔我的意思。各个府县的官员，还在外面等我，拉着我的手问我总督大人的意旨。并且说："各司道官员傍晚才离开，叮嘱我们先不要急着走。"从此以后，每当到衙门汇报工作的时候，同僚们对我奉承迎合，满脸堆笑，一刻不停，我都来不及回应。有迎上前来和我说话的，有坐定以后和我说话的，有给我让座的，还有给我递烟送茶的。而勒三爷还是那个勒三爷，没有什么变化。官场上趋炎附势、反复无常的情态，说起来令人叹息。所以我现在对待属下的官吏，一直都是礼遇有加，就是这个原因。

8.2.2 岱山私贩

咸丰辛酉，粤贼扰浙之际，有萧山某州牧，自四川引疾归。以道路不通，取径上海，雇岱山人刘某船数只，浮海至宁。刘固岱山之贩私盐者，行至横水洋，风色不顺，泊舟岛屿中数日。乘夜启某之箱笼，取其赀重，尽易以石，某君不觉也。

比至宁，舍馆定，启箱箧，则十年官橐，尽羽毛矣。遣人至岱访问，其邻里皆知之，不代为谋。某与宁道张观察（景渠）素识也，亟往诉之。观察严拘提抗，不能得，乃遣弁勇捕获之。而刘顾狡甚，坚不肯认。方研鞫间，而贼已蓦至，宁郡失守。刘遂脱归。于是起华屋，置良田，弟与子侄均娶妇，添海船为贩私计，岱人啧啧羡之。盖所攘获，不下数万金。

壬戌之秋，刘及弟若子侄，各司盐船六艘，至苏松海口售盐易米，满载而归。至横水洋，陡遇飓风，六舟尽没，无一生者。家中诸妇闻之，瓜分所有，均别抱琵琶去。顷刻之间，灰飞烟灭。

此陈康斋寓岱时所目击者，岱人咸啧啧以为有天道焉。第不知萧山君，于宁郡陷后何如耳。

【译文】咸丰辛酉年（1861），太平军侵扰浙江期间，有一位某知州官员，是萧山县人，从四川因病辞官回乡。因为道路不通，取道上海，雇了岱山县人刘某的几只船，通过海路到达宁波。刘某本来是岱山县贩运私盐的人，船行至横水洋（别名册子水道，在浙江省东北部海域，舟山岛、册子岛、金塘岛之间）的时候，风向不顺，船只在岛屿之间停泊了几天。刘某趁着夜色，开启了某官员的行李箱，盗取了钱财和贵重物品，换成了石头，某官员没有发觉。

等来到了宁波，找到旅馆住下，开启行李箱，发现做官十年来积攒的收入，全都不翼而飞了。派人到岱山县访查打听，刘某的邻居都知道这回事，却不帮他想办法。某官员与宁绍台道张景渠向来认识，就前去控告。张道台责令下级官员办理，没能成功，于是派遣矫健的兵勇将刘某抓获。而刘某一向十分狡猾，坚决不肯招认。正在严厉审讯期间，而太平军已经突然攻打进来了，宁波府失守。刘某于是得以逃脱回家。于是盖起豪华的房屋，购置了肥沃的良田，弟弟和儿子、侄子们都娶妻成家，各自添置了海船，继续从事贩运私盐的生意，岱山当地人都对他们家啧啧称美。大概所盗取的财物，不下几万两银子。

同治元年壬戌（1862）的秋天，刘某和弟弟、儿子、侄子们，掌管六艘盐船，到苏州、松江一带沿海卖盐买米，满载而归。船开到横水洋，突然遇到风暴，六艘船全部沉没，没有一人生还。家中的妇女们听说消息之后，瓜分了所有的家产，都改嫁给别人了。顷刻之间，刘家家破人亡、灰飞烟灭。

这是陈康斋先生寓居岱山的时候亲眼所见的事情，岱山人都纷纷感叹确实是是天道好还，因果报应，真实不虚。只是不知道那位萧山某官员，在宁波城陷落以后情况怎么样了。

8.2.3 不要状元

张地山（大维），湖北人，善楷书。以工部主事，中式嘉庆元年贡士。时和相管工部，大言曰：“吾工部今年乃出状元耶？”张闻之，殿试故违式。和相拣其卷，恚曰：“如此没出息，快着再写一本来。”使人往告，则谢病不能矣。其事哄传于外。和既败，上召见曰：“汝乃不要状元者耶？”

按此，可见张君定识果力，自不可及。他人方求之不得，岂肯作此举？倘不知冰山难恃，一朝消释，悔无及矣。奉劝夤（yín）缘奔竞者，安之于命，可也。

【译文】张大维先生，字地山，是湖北人，书法很好，尤其善于写楷书。在担任工部主事期间，参加嘉庆元年（1796）的礼部会试，中榜成为一名贡士（科举会试中式但未经殿试者为贡士）。当时是和珅在管理工部，大声对大家说：“我们工部今年要出状元了吗？”张先生听到了，知道说的就是自己，在殿试的时候答卷故意违反规定。和珅拿到他的试卷，生气地说：“这么没出息，快叫他再重新写一本过来。”派人前去通知，而张先生称病说没有力气再写了。这件事在外面传得沸沸扬扬。和珅倒台后，皇上召见张先生，说：“你就是那个不要状元的人吗？”

由此可见，张先生非凡的见识和定力，确实无人能及。别人求之不得的机会，怎么肯故意放弃呢？倘若不懂得冰山是靠不住的，一旦消解融化，后悔也来不及了。奉劝那些喜欢到处攀附关系、钻营争逐的人，安分守己，随遇而安，才是明智的做法。

8.2.4 池籥庭

池籥（yuè）庭先生（生春），云南楚雄县人。道光戊子，典试陕西，年未三十。人称其言笑不苟，取与廉介。未几，授广西学政，于陋规一无所受，训士先德行而后文艺。特取《小学》

旧注，参互损益，手书刊发，提撕肫恳，多所兴起。未终任，病卒。身后贫窭之状，见者哀之。其乡人士云，先生童时，有富绅置义学，尝以散钱撒地，令童子争取为纸笔费，因以为乐；先生独端然不动云。

按，道光丙申，家大人抚粤西，池为学政，同官甚得，颇推重其耿介。告余辈曰："此近今学臣之仅见者也。"

【译文】池生春先生，字籥庭，是云南省楚雄县人。道光戊子年（1828），出任陕西乡试主考官，年纪还不到三十岁。人们称赞他不苟言笑，取予慎重，清廉耿介。不久后，被任命为广西学政，对于请客送礼等各种陈规陋习一律不接受，教导读书人一定要以树立道德品行为根本，然后才是文章和技艺。特地找到《小学》（宋代朱熹编撰，为儒家士子修身立德入门读本）一书旧时的各种注解版本，相互参考增删，亲手编辑抄录刊印，发给士子阅读，至诚恳切地教导提醒他们，很多人受到感化，振作了起来。还没有做满一任，就因积劳成疾，病逝于任上。他死后，家中贫寒窘迫的情形，看见的人都心生怜悯。池先生家乡的老百姓和读书人都说，先生在童年时，有一个富有的乡绅出资修建义学，曾经把钱撒在地上，让儿童争着去捡起来作为购买纸笔文具的费用，以此为乐；唯独池先生不为所动，端正地站着，不去争抢。

按，道光丙申年（1836），我父亲担任广西巡抚，池生春先生当时担任学政，二人作为同僚，相处十分融洽，对他的正直耿介十分推重和赞叹。对我们说："这是近代学官中极为少见的人物。"

8.2.5 冤业

俗剧演《斩包勉》一出，状包孝肃，以铡刀戮其侄。事本不经，而乡愚传为故实。有蒙师训村童十数辈，师出外，众童戏演是剧。时正暑，令各童皆赤体游嬉，迭两桌为高台。一年长者，扮孝肃坐其上，舁场上铡草刀，使两童扶一童，伏而受铡。忽师从外入，坐者自台跃下，正踏铡背。童身分两截，上半截几断，搂其师而走。师惊死。师之妻方有妊，从楼上惊堕，亦死。一时之戏，竟伤数命，殆各有冤业耶！戏无益，戒之哉！

【译文】民间有一出叫《斩包勉》的戏剧，演的是包孝肃公（包拯，字希仁，北宋名臣）用铡刀处死他侄子包勉（民间故事中虚构的角色）的故事。故事本来就是虚构、荒诞不经的，而民间的愚夫愚妇传说是真实发生的事情。有一位教书先生，教村里十几名儿童读书，老师有事外出，学童们做游戏表演这出戏。当时正值炎热的夏天，学童们都光着身子嬉戏打闹，把两张桌子叠放起来作为高台。一名年龄稍大一点的学童，扮演包公坐在上面，又把场上用来铡草的铡刀抬过来，让两名学童按住另外一名学童，趴在铡刀上受刑。忽然，老师从外面回来了，坐着的学童从台子上跳下来，正巧踩在铡刀的刀背上。趴在刀下的儿童身体顿时一分为二，只连着一点，几乎要断掉，上半身紧紧搂住老师。老师被一吓而死。老师的夫人正怀有身孕，从楼上吓得跌落下去，也死了。一时的儿戏，竟然连伤几条人命，难道是其中有前世的冤业吗？由此可见，玩笑嬉戏没有什么好处，一定要注意啊！

8.2.6 巨鼋

湖北汉阳皈元寺门外，有放生池，广数亩。畜龟鳖以数千计，游人饲以饼饵，争出唼喋（dié dié），池面为蔽。道光十二年二、三月间，每日辄浮出龟板鳖甲无数，莫测其故。适鹾商姚氏，作道场饭僧。一僧自外来，貌眇小，操南音，告主人曰："檀越知池中介属，将无噍（jiào）类乎？当亟救之。"乃令具大箩长绳，系以铃。僧坐箩，沉池内，半晌铃动，起箩。则僧蹋巨鼋（yuán）立其中，大如五石瓠。戒曰："是不可杀，当纵之江中。"问师何名，住何刹？笑不答，斋罢竟去。

【译文】湖北汉阳（今武汉市汉阳区）皈元寺的山门外，有一片放生池，面积有几亩。池里放养的龟鳖之类有几千只，游客们给它们喂食糕饼之类，都争着透出水面来吞食，池面都被覆盖住了。道光十二年（1832）二、三月间，每天都会有一些龟板、鳖甲浮出水面，不计其数，不知道是什么原因。当时有一位姓姚的盐商，出钱做道场设斋供养僧人。一位僧人从外面进来，身材矮小，操着南方口音，告诉主人说："施主知道放生池中的物命，就要死得一个不剩了吗？要赶快去救。"于是命令准备大箩筐和长绳，系上铃铛。僧人坐在箩筐里，用长绳放下去潜入池中，半晌之后，铃铛响动，把箩筐往上拉。只见那位僧人脚踏一只巨大的鼋站在箩筐里，就像一只可容五石的大葫芦那么大。僧人告诫说："这个不能杀，要把它放生到江里。"问僧人法号是什么，住在哪座寺庙？他只是笑笑，没有回答，用完斋饭就离开了。

8.2.7 余晦斋杂论

无锡余晦斋，自幼力田，中年始知向学，以训蒙为活。游庠后，尊甫弃养，即清斋刻苦，淡于进取。谓：“生前未尽菽水之欢，天地间一罪人耳，何营营名利为？且古人言学，必曰存理遏欲。饮食为人生大欲，即以此为遏欲之一端，何不可者？”尝有诗云：“各行志愿各修持，于世多违我自知。一样春花与秋月，持斋何碍太平时？”其命意概可想见。

又尝谓近日训蒙者，皆墨守成例，不以讲解为事。读书二三年，全不与讲一点做人道理，致子弟终身梦梦，习于下流。此直可谓之教书匠耳。按律定罪，堕喑哑地狱。故其为教，虽初学童蒙，必日与讲孝子悌弟，及善恶果报一二条。谓：“师道立，则善人多；今师道不立，宜乎恶人接迹也。”家无儋（dàn）石，喜集刻善书，所刻皆俚俗常言。谓：“我乡里人，只会说家常话。高文典册、性理经义，自有当代名儒，主张大局，我何敢再赘一词？”故其书虽为世俗所传布，而自顾歉然。

尝以能说不能行，虚名失实，适滋内疚为歉。又尝谓《诗》亡然后《春秋》作；《春秋》衰，然后阎王之说作。夫《诗》未尝亡，《诗》而无当于劝惩，则不亡而亡矣。如此论“诗亡”二字，似较直捷。《春秋》褒贬，尚为中等人说法；若下等人，不顾流芳百世，不怕遗臭万年，虽《春秋》亦无如之何也。曾口占四句云：“《春秋》作本为《诗》亡，今日《春秋》道又荒。赖有轮回参笔削，那堪更说没阎王？”

又尝以江苏多溺女之俗，即于所居乡，仿苏文忠公黄鄂救婴之法，量为变通，倡行保婴善会。始以三百六十文为一会，一时乐从者众，先后集捐田二百余亩。凡乡里之贫户生女，力不能留养，准每月给米一斗、钱二百文，以五个月为止。五月后，如万不能养，方为代送婴堂，全其性命。实则五月后，小儿已能嬉笑，非特不忍再溺，亦必不愿送堂矣。其所定《保婴会规条》，刻有成书，曾为前大府檄取数百本，通饬各属，一体照办。一时遵行者甚众。

又尝以乡约劝善，人多厌听；因势利导，莫如演戏。而近日梨园，每习为诲淫诲盗诸剧，伤风败俗，不忍名言。即有忠孝节义等剧，又大都帝王将相、名门大族，比拟太高，以之化导乡愚，药不对证，奚啻隔靴搔痒？遂作劝善新戏数十出，词白浅近，一以王法天理为主。集成一班，教诸梨园子弟，学习试演。一洗诲淫诲盗恶习，虽非阳春白雪，颇为乡里人所乐观。费及数千金，几致不能顾其家，而君晏如也。

又尝因保婴局，劝禁溺女演戏，自题戏台楹联有云："演几回旧舞新歌，试看善劝恶惩，现世洵多真果报；害一命惊天动地，若使有男无女，收场那得好团圆。"又有一联云："你娘亦是女，你妻亦属女，胡独你不肯养女；他生也何冤，他死也极冤，只怕他总要伸冤。"尝于演戏时，衣冠登台，讲说溺女果报，大声疾呼，以期感动。有句云："一日弦歌同振铎，百年风气此回澜。"又云："老我面皮三寸厚，愿他聋聩一齐开。"又云："休嫌海内知音少，从此人间话柄多。"皆不事雕琢，直写胸臆者。

每与人言："予生平有四大愿：一复小学，一行乡约，一毁淫书，一演新戏。因作自赠联语有云：'自晋旧头衔，木铎老人村学究；群夸新手段，淫书劈板曲翻腔。'若得四愿圆成，万户侯不愿封也。因计所刻训蒙各种，窃自附于小学之支流。讲约频年，舌敝唇焦，人皆有'木铎老人'之诮。淫书则已奉大宪奏准，通颁毁禁，亦已躬逢其盛，乐观厥成。新戏一事，实系世道人心大局，担子太重，非区区寒贱穷儒，所能独任。只好仍俟仔肩世道大君子，一肩挑去，永定章程，垂为后世法。虽为之执鞭，所欣慕焉。"其议论往往如此，语甚近俚，而其心则良苦矣。

【译文】江苏无锡的余治先生，号晦斋（又号莲村），自幼从事农耕，中年后才开始读书向学，后来以教导儿童读书为生。进入县学读书后，父亲撒手离世，从此以后，先生就开始长斋吃素，过着俭朴清苦的生活，看淡了功名利禄，不再追求仕途。他说："父亲生前我未曾尽到孝养的责任，已经是天地间的一个有罪之人了，再追逐名利做什么？而且古人谈论学问，必定要说存养天理、遏制人欲。饮食是人生在世最大的欲望，就把节制饮食当作是遏制欲望的一个重要方面，其他的还有什么做不到的呢？"他曾经写过一首诗，说："各行志愿各修持，于世多违我自知。一样春花与秋月，持斋何碍太平时？"他的立意和志趣从这首诗中大致可以想见。

余先生还曾说，现在教导儿童读书的人，多数都是墨守成规，死记硬背，不重视对书中道理的讲解。读了两三年的书，从来没讲过一点做人的道理，导致学生们一生浑浑噩噩，越来越堕落。这样的人真的可以说只不过是一个"教书匠"罢了。如果按照天曹地府的律法来定罪的话，应该堕入喑哑地狱。所以余先生教育学生，即使是对初次入学的儿童进行启蒙，也必定每天对他们讲解孝顺父母、友爱兄弟的故事，以及一两则善恶果报的案例。他说："为师之道能够确立，世上善良的人才会多起来；现在为师之道不能树立，所以也难怪恶劣的人层出不穷。"先生家中没有一石的粮食，喜欢搜集刻印善书，所刻印的书籍大多采用通俗易懂的家常话。他说："我是乡下人，只会说家常话。高深典籍、性理之学、经文义理等等，自有当代的硕学大儒，开创出了大好的局面，我怎敢再多说一句话呢？"所以先生的书籍虽然在民间流传很广，但是自己总是很惭愧谦逊。

先生认为说到做不到，名不符实，反而会心生内疚，并为此而感到惭愧。还曾说《诗经》消亡之后《春秋》兴起；《春秋》衰落之后，然后阎王鬼神报应的说法兴起。虽然说《诗经》实际上并未消亡，但是如果《诗经》发挥不了劝善惩恶的作用，那么虽然未消亡，也可以说是消亡了。从这个角度来解释"诗亡"（语出《孟子·离娄下》）二字，似乎更加直截了当。《春秋》褒扬善人善行，贬斥恶人恶行，尚且属于为中等根器的人说法；如果是下等根器的人，根本不考虑是否能够流芳百世，也不怕遗臭万年，所以《春秋》对这样的人也毫无办法。他曾经吟诵了四句诗说："《春秋》作本为《诗》亡，今日《春秋》道又荒。赖有轮回参笔削，那堪更说没阎王？"

余先生又因为江苏一带多有溺女（旧时重男轻女的陋俗，将刚生下的女婴投入水中淹死）的恶劣风俗，就在他自己所居住的乡里，仿照宋代苏轼先生在黄州、鄂州救婴的办法，再酌情加以创新和变通，倡导建立保婴善会。刚开始的时候，出资三百六十文作为成立一家善会的底本，一时之间得到了很多人的响应，先后集资购置了二百多亩田地作为维持善会运行的基金。凡是乡里贫困人家生下女儿，没有能力抚养的，准许每月资助一斗米、二百文钱，以五个月为期限。五个月后，如果确实还是无力抚养，再帮忙把孩子送到育婴堂，保全孩子的性命。实际上，五个月后，小孩子已经能够嬉戏笑闹，家长不但不忍心再溺死，也不愿意再送到育婴堂了。他所制定的《保婴会规条》，已经刻印成书，曾经被前任巡抚大人下发公文索要了几百本，通令各地衙门，一律照此办理。一时之间，各地按照这个办法执行的，有很多。

余先生还认为用枯燥的乡规民约来劝人向善，人们大多不喜欢听；如果能够顺着老百姓的喜好加以引导，没有比演戏效果更好的了。而现在的戏班子，演的往往都是容易引诱人奸盗邪淫的戏剧，伤风败俗，不忍心说出口。即便有一些宣扬忠孝节义的戏剧，又大多都是帝王将相、名门大族的故事，设定的角色离老百姓太远，用来劝化和教导乡里愚夫愚妇，所用的药方不对症，好比是隔靴搔痒，不起作用。于是创作了以劝善为主题的几十种新剧目，语言直白，通俗易懂，一概以王法天理贯穿其中。召集了一个戏班子，亲自教导那些梨园子弟，学习试演。一改过去引诱人奸盗邪淫的陋习，虽然不是阳春白雪的高雅艺术，却是乡里老百姓喜闻乐见的。花费了几千两资金，甚至几乎导致没有办法照顾到家庭，而余先生很淡然，乐此不疲。

又曾有一次在保婴局演出劝禁溺女的戏剧期间，他在戏台上题写了一副对联，是这样说的："演几回旧舞新歌，试看善劝恶惩，现世尚多真果报；害一命惊天动地，若使有男无女，收场那得好团圆。"还有一副对联是："你娘亦是女，你妻亦属女，胡独你不肯养女；他生也何冤，他死也极冤，只怕他总要申冤。"还曾经在演戏的时候，亲自穿戴整齐登上戏台，为观众讲说溺女的果报，大声疾呼，至诚恳切地提倡、号召，以使人们受到感化。他有诗句说："一日弦歌同振铎，百年风气此回澜。"还有："老我面皮三寸厚，愿他聋瞶一齐开。"还有："休嫌海内知音少，从此人间话柄多。"这些诗句都是直率地抒发思想感情，没有刻意雕琢的痕迹。

余先生常常对人说："我这一生有四种大的愿望：一是复兴小学（古时儿童洒扫、应对、进退之类的仪节或文字训诂、音韵方面的学问）；二是倡行乡规民约；三是销毁淫秽书籍；四是演出劝善新戏。于是作了一副对联用以自勉，说：'自晋旧头衔，木铎老人村学究；群夸新手段，淫书劈板曲翻腔。'如果能够圆满实现这四种心愿，就算是封万户侯也不愿意。因此考虑所刻印的各种教导童蒙的书籍，私下里把它们作为小学的一个分支内容。多年来为百姓讲解乡规民约，费尽口舌，口干舌燥，人们开玩笑给我取了一个'木铎老人'的绰号。淫秽书籍则已经通过上级官府批准，通令各地进行销毁、查禁，也已经感受到了官府对这件事的重视程度，很高兴能够一起参与把这件事做成功。演唱新剧目这件事情，实在关系到维护世道人心的大局，责任重大，不是区区贫寒卑微的穷书生，所能独自承担的。只好仍然要等待关心世道人心的有实力的贤德君子，勇敢担当起这个重任，制定能够流传久远的章程，作为后世长期遵守的法度。即便让我追随左右、任其差遣，也是心甘情愿的。"他所做的议论往往类似于此，语言虽然很通俗，但是用心实在良苦啊。

8.2.8 丁世才

丁世才，秦州关子镇人，后家于巩。九岁失怙，母何氏，绩纺度日，抚子成人。娶王氏，夫妇皆孝谨。母临终谓曰："我以多病累儿，今辞世，儿可安枕矣。”又曰：“墓间荒凉，夜来怕人。”丁对曰：“母勿虑，儿当为母作伴也。”葬之夕，负杖出城，家贫不能造庐，旷野孤身，衣雪餐风，拱立墓所。终夜诵经，天明方归，又作餬口计也。自正初至四月，凡百夜。邑孝子朱煦斋，闻而嘉之，因为讲说字义，渐知书。有道者李姓，居莲峰山，丁访之，授以医术，获小康。子亦入学。

【译文】丁世才，是甘肃秦州（今天水市秦州区）关子镇人，后来迁移到巩昌（古地名，府治陇西）安家。九岁的时候，父亲就去世了，母亲何氏，靠纺纱织布维持生活，抚养儿子长大成人。娶妻王氏，夫妻二人都很孝顺，做事谨慎周到。母亲临终前对孩子说：“我因为一直生病拖累了儿子，今天要离开这个世界了，儿子可以无忧无虑了。”又说：“坟墓之间荒凉冷落，夜里会怕人。”丁世才说：“母亲不要担心，儿子可以给您做伴。”安葬母亲的那天夜里，手扶孝杖走出城外，因为家贫没有办法在坟墓旁边搭建小房子，在空旷的野外孤身一人，顶风冒雪，风餐露宿，拱手站立在墓地。整晚念诵经文，天亮了才回去，然后想办法到外面做工来养家糊口。从正月初到四月，共计一百个夜晚。本县的孝子朱煦斋，听说了丁世才的事迹后，大为称赞，于是教他读书认字，渐渐能够识字读书。有一位姓李的道士，居住在莲峰山（又名首阳山、马鹿山，位于甘肃省定西市渭源县莲峰镇），传授给他医术，然后给人治病，渐渐获得了小康生活。儿子也入学读书。

8.2.9 路闰生兄朝

路先生（朝），盩厔（zhōu zhì）人，闰生太史之兄也，友爱甚笃。每食蟹，命弟取黄，而己嚼其壳，曰："吾所喜也。"久之，弟亦以为兄所喜也。后弟病，先生独食，不觉取黄而弃壳。弟北上，先生同车，已常居内，谓坐卧可自便，遇风雨则又使易位，曰："吾闷甚，一出豁目也。"先生卒，太史为之状其事，闻有此云。

牛省斋曰：琐屑之事，一日千古，岂必在大哉？先生爱弟而泯其迹，而弟知之而传之。呜呼！不可以风哉？

【译文】路朝先生，是陕西盩厔县（今作周至县）人，是翰林院庶吉士路德（字闰生）先生的哥哥，一心一意地对兄弟关心爱护。每次吃螃蟹的时候，都让弟弟先吃蟹黄，然后自己嚼蟹壳，说："这是我喜欢吃的。"久而久之，弟弟也误认为哥哥喜欢吃蟹壳。后来，弟弟生病，不能吃螃蟹，哥哥自己吃，不知不觉也是取蟹黄而吃，丢掉蟹壳。弟弟北上进京赶考，兄弟同乘一辆车子，哥哥自己总是坐在最里面，说坐着躺着都很随便；遇到风雨天气则又更换位置，说："我闷得很，出来透透气，开阔一下视野。"路朝先生逝世以后，弟弟为他写文章记录生平的事迹，大家才知道有这些事。

牛省斋说：虽然只是生活中的琐碎小事，但是一时的小事，却体现出了值得流芳千古的美德，所以事情不在于大小。路朝先生关心爱护弟弟，却不露痕迹，弟弟明白过来以后将哥哥的事迹传述于世。哎呀！难道不是值得世人学习的榜样和典型吗？

8.2.10 轮舟大劫

光绪元年三月，苏省招商局，福星轮船，装运江苏漕米七千石赴津。内有江苏海运委员补用知府蒯(kuǎi)君等二十一人，浙江海运委员石君一人，暨董事、仆从等数十人。行至山东烟台地方，天起大雾，觌面不能见物。猝遇英国澳顺轮船相冲，福星船竟被撞沉。于是委员、董事、仆从人等，共溺毙六十五人。其遇救得生者，仅江苏候补知县江君等三人而已。事闻，李爵相据情入奏，朝廷震悼。死事各员，均加衔照阵亡例，议邮，荫子。并命于天津、上海二处，建立专祠。董事、仆从等，咸得附祀。江苏大吏，复筹库款，各予死者家养赡，以十年为期。英国官员，亦罚澳顺船赔银作恤。死事诸人，既厚邀国恩，复得中外优邮，存殁均无遗憾矣。

就中有候补县丞长林一事，最为奇绝。长君，系满洲人，以佐贰需次苏台者久矣。光景困甚，上官怜之，给予津运一差，俾得薪水，以顾其家。长君奉委，忻然别妻子而去。去未旬日，其妻晨妆竟，出户操井臼，忽倒地大呼，作长君语曰：“轮船失事，我已死矣，可速延我好友某某来。”其友至，则缅述船破事始末，时苏城尚未得信也。众皆大惊。长又曰：“我死后，已得差使。心念家贫子幼，故晓夜奔驰而归。”因嘱某友曰：“我子，年甫十岁，无人养赡。乞君念交情，挈之去，譬如家中多用一小仆耳。”言讫泪下。某亦哭而允之。长复曰：“我妻如此命苦，在人世亦无好处，当与之同赴冥间。”于是众争劝曰：“尔子尚幼，若非有母抚育，如何得以长大？请勿作此想。”长思之良久，乃应曰：“诺。”遂作谢辞别而去。其妻乃霍然醒，问以附魂诸事，皆不能知。第谓出户之际，觉冷风一阵，吹向身上，遂不省人事矣。越二日，乃闻恶耗。可知鬼神信有之矣。

【译文】光绪元年（1875）三月，江苏省招商局的福星号轮船，装载着江苏省的漕米七千石，运往天津。船上有江苏海运委员、补用知府蒯君（蒯光烈）等二十一人，浙江海运委员石君（石师铸）一人，以及董事、仆从等几十人。船行至山东烟台附近的时候，天起大雾，面对面都不能看清楚，突然被英国澳顺轮船相撞，福星号轮船竟被撞沉。于是委员、董事、仆从人等，共计有六十五人遇难溺水身亡。被营救得以生还的仅江苏候补知县江君等三人（江锡珪、蔡世濂、王世藻）而已。事故发生以后，李爵相（李鸿章）将事故情况奏报朝廷，朝廷内外大为震惊，追悼遇难的官吏等人员，全部按照阵亡牺牲的有关条例追加职衔，给予家属抚恤，子弟承袭官职。并命令在天津、上海两个地方建立专祠奉祀，董事、仆从等均得以一并入祀。江苏省的官员，又筹措库银，给予死者家属作为赡养的费用，以十年为期限。英国方面的官员，也对澳顺轮进行罚款，责令他们赔偿银两，作为对遇难者的抚恤金。遇难的人员，既得到了国家的隆重表彰，又得到了朝廷、地方和国际上给予的优厚抚恤，生者逝者也就都没有遗憾了。

其中有候补县丞长楙一事，最为奇特不可思议。长楙先生是满洲人，以副官在苏州候补职缺很久了。生活情况十分窘迫，上级官员表示怜悯，给他安排了一个负责漕运的差事，使他能够获得一些工资，可以照顾家庭。长楙先生接到任务以后，很高兴地和妻儿简单告别以后就出发了。走了还不到十天，他的妻子早晨洗漱打扮好以后，出门操持家务，忽然倒地大喊大叫，用丈夫的语气说话：“轮船失事了，我已经死了，快点请我的好友某某过来。”朋友来了以后，详细讲述了福星号轮船被撞沉没的经过，当时苏州城还没有得到消息。大家都感到很惊奇。长楙先生又说：“我死之后，已经得到了一个差事。心想家中贫困、孩子幼小，所以日夜加紧赶路跑回来。”于是嘱托他的朋友说：“我的儿子，只有十岁，没有人抚养照顾。请先生念在我们的交情份上，把他带去，好比是家中多用一个小仆人而已。”说完之后就流下眼泪。朋友也哭着同意了。长楙先生又说：“我的妻子如此命苦，在人世间也没有什么好处，我要带着她一起到冥间。”于是大家都争相劝说：“你的儿子还小，如果没有母亲抚育，怎么能够长大成人呢？请你千万不要有这种想法。” 长楙先生考虑了很久，然后回应说：“好吧。”于是谢过了众人告辞而去了。他的妻子这才一下气清醒过来，问她魂魄附体的事情，说全然不知道。只说在出门的时候，感觉一阵冷风，吹到身上，然后就什么也不知道了。过了两天，才收到丈夫遇难的消息。由此可知，鬼神确实是存在的啊。

8.2.11 戒食田螺

江南苏州僻乡，有一富者，酷嗜田螺。一日，螺眼适掩于食气嗓管，口噤食难。延请名医，所费不赀，迄无效验。不食者七日矣，奄奄一息，举室惶惶。祷神立誓，一家永戒田螺，并戒杀生。迨弥留之际，俗所谓走方郎中，即祝由科是也，经过其门。家人邀问，告其得病之由。医云：“此极易治也。”向取鸭数只，倒挂饭顷，受取鸭唾半杯，暖送病者饮尽，口开，其病若失。后遂戒食。

若非家人祷神誓戒，焉能不期而遇此祝由科？设祝由科不至，性命危乎殆哉！“人有善念，天必从之。”诚非虚语。

【**译文**】在江南苏州一处偏僻的乡村，有一位富人，酷爱吃田螺。一天，在吃田螺的时候，螺眼正好卡在了吃饭呼吸的嗓子眼里，嘴巴张不开，不能说话、吃东西。请有名的医生来治，花费了不少钱，最后都没有什么效果。不能吃东西已经七天了，奄奄一息，全家人惶恐不安。于是在神明前立下誓愿，发愿一家人永远不再吃田螺，并且戒除杀生。等到弥留之际，民间所谓的走方郎中，也叫祝由科（古时十三种医学科别之一，专用符咒治病），经过他家的门前。家人请来询问，告诉他得病的原因。那位郎中说："这个很容易治。"让家人找来几只鸭子，倒挂起来，大约一顿饭的工夫，收集了鸭子的唾液半杯，加热以后给病人喝下去，嘴巴就能张开了，病症好像消失了。后来，于是按照所立誓愿，戒食田螺。

如果不是家人向神明祷告发愿戒食田螺、戒除杀生，怎么能够这么巧遇到这位懂得祝由科的郎中？假如这位郎中不来，富人的性命不就很危险了吗？"人有善愿，上天必然顺从。"这话是真实不虚的。

8.2.12 圣治丸方论

夏令暑湿炎蒸，人触之，设或正气不足，最易感病。而南方地卑气薄，更多中痧吐泻之证。推其致病之原，或过于贪凉，风寒外受；或困于行路，暑湿相干；或口腹不慎，为冷气所滞；或中气太弱，使输化失宜；或感时行疫疠之邪；或触秽恶不正之气。皆能致脾土不运，阴阳反戾，升降失司，卒然腹痛，上下奔迫，四支厥冷，吐泻并作，津液顿亡。则宗筋失养故，足挛筋缩。先起两腿，或见四肢，名曰"霍乱转筋"，生死瞬息。一交夏令，此证大行。甚有一家数人，而同时告毙者，深可畏也。

爰拟一方，名曰“圣治”，入夏可预合备用。如遇胸膈痞闷时，即以一丸入口，藉以解秽却邪。方用真白术（烘燥）二两，姜汁炒真川朴二两，真陈皮（盐水炒）二两，白檀香一两，降真香一两。以上五味，同研烂末，以广藿香六两，煎浓汤，泛丸如桂圆核大，每服三五丸，细嚼和津咽下。

按，术能和脾燥湿，定中止呕，扶正却邪，故用为君。朴能泻实而化湿，平胃调气，消痰行水，兼治泻利呕恶；陈皮能快膈导滞，宣通五脏，并可除寒散表，故用此二味为臣。檀香调脾利膈，降香能辟秽恶怪异之气，故用为佐。藿香禀芬芳之清气，为达脾肺之要药，气机通畅，则邪逆自定，故用为引。其曰“圣治”者，以圣人有治病治未病之旨。盖思患预防，莫若服药于未病之先，使轻者解散，实却病养生之一助云。按，是方出，而修合者，多服之有验。药极平易，绝不损人耳。

【译文】夏令时节，暑热潮湿，热气蒸腾，人如果接触到，假如身体的正气不足，最容易生病。而且南方地势低下，气息薄弱，更多会容易出现中痧（中医称霍乱、中暑、肠炎等急性病）、呕吐、腹泻等症状。推测其导致疾病的缘由，或者是过于贪凉，外感风寒；或者是因急于赶路而疲惫，湿热之气侵袭；或者是饮食不谨慎，寒凉之气凝滞在身体中；或者是中气太薄弱，使消化吸收失常；或者是外感时下流行的瘟疫之邪气；或者是接触到了污秽肮脏不正之气。这些情况都能导致脾土（中医以五行之说释五脏，脾脏属土，故称）不能有效运化，阴阳失调，体内气机升降不受控制，突然感到腹痛，上下翻腾，四肢发冷，上吐下泻，口中津液消失。则肌肉和筋脉营养跟不上，导致手足痉挛、筋脉萎缩。先从两腿开始，有的出现于四肢，称为“霍乱转筋”，如果出现了这种症状，则生死只在一瞬之间，就很危险了。一到夏季，这种病症大为流行。甚至有一家几口人，同时得病而死的，实在是可怕。

因此拟定一个方子，名叫“圣治”，进入夏季之后就可以预先合成备用。如果遇到胸膈痞闷（前胸、胃脘部胀满、憋闷、不舒畅）的症状时，就可以取出一丸服用，借以消解驱除污秽邪恶之气。这个方子是用真白术（烘干）二两，姜汁炒真川朴二两，真陈皮（用盐水炒）二两，白檀香一两，降真香一两。以上这五味药材，同时研磨成粉末，再用广藿香六两，煎熬成浓汤，搓成像桂圆核那么大的药丸，每次服用三五丸，细嚼后伴随津液咽下。

按，白术能和脾燥湿，定中止呕，扶正去邪，所以用为君。川朴能泻实而化湿，平胃调气，消痰行水，同时可以治疗泻利呕恶；陈皮能快膈导滞，宣通五脏，并可以除寒散表，所以用这二味药材作为臣。檀香能调脾利膈，降香能辟除秽恶怪异之气，所以用为佐。藿香具有芬芳之清气，是通达脾肺的关键之药，气机通畅，则邪逆自定，所以用为引。此方取名叫“圣治”，是因为圣人主张治病贵在还未生病之前防止生病。所以为了预防疾病，不如在未得病之时预先服用药物，使症状轻微的提前将症状化解掉，确实对于去病养生有莫大的助益。按，这个方子一经出现，而配制合成此药的，很多人服用后都有效果。而且所用的药材都很平和，并不猛烈，不会有伤身的副作用。

8.2.13 拐儿挖目

同治甲子春夏间，京都有匪徒，拐取小儿，挖其双目。或言外国人所使，经驻京各国领事，照会总理衙门，饬捕拿获匪徒十余人，内五名实系拐儿者。供称取童子双目，学外国人配合照像药。盖西人图山川楼阁，及人像小影，不用画工，不需笔墨，以玻璃为屋，使一室明朗，架一木匣，用素纸染药，藏匣中，开镜照之，顷刻立就。更泼以水，则所照之人物显然。而不知所用何药也。五犯询明，即行正法。后据西人云，照像之药，系屑金银及外洋地产之物合成，不认挖取人眼事。然同治己巳年，天津又有此事端。通商以来，时有异闻异见，不无可疑耳。

【译文】同治甲子年（1864）春夏季之间，京城有歹徒流窜，专门拐取儿童，挖掉双眼。有人说是被外国人所指使的，经过各个国家驻京的领事馆，照会总理衙门（全称为“总理各国事务衙门”，后改为“外务部”），命令搜捕抓获歹徒十余人，其中五人确实是拐带儿童的。据他们供述，挖取儿童双眼，是要学外国人配制照相所用的药物。原来是西洋人描绘山川楼阁，以及人物画像、小照，不用画工，不需要笔墨，用玻璃做成一间小屋，使一个房间都非常明亮，架设一个木匣，用白纸涂上药粉，藏在木匣之中，打开镜子一照，图像一瞬间就完成了。如果再泼上水一洗，则所照出来的人物更加清晰。不过却不知道所用的到底是什么药物。五名犯人审讯明白以后，就将他们处决了。后来，据西洋人说，照相所用的药物，是用金银粉末和外国一些地方所产的药品合成的，不承认有挖取人眼睛的事情。然而，同治己巳年（1869）间，天津又出现了此类事件。和外国通商以来，不时会听到见到一些奇怪的事情，也不是没有可疑之处。

8.2.14 孙进士德报

南通州孙逊庵进士，存心仁厚，知某县事。除夕，内衙家宴甚欢，曰：“我等家人团聚，岂不快乐？牢狱中犯人，谁无父母，谁无妻子，独处狱中，诚苦恼。”遂令放囚罪之轻者，还家过年，约明正月初三日归狱。及期，少五囚未到。上游知之，孙因此撤任。后虽齐到，已无及矣。

后人兆鳌，郎中；廷元，知县；铭恩，翰林、侍郎、安徽学政；登瀛，翰林、郎中。五代进士，其仁心积善之报乎！

【译文】南通州（今江苏省南通市）的孙闳达先生，字天士，号逊庵，是康熙三年（1664）进士，存心仁善厚道，在山西省某县做县令。有一年的除夕，在衙门中举行家宴，大家都非常开心，孙先生说：“我们一家人团聚，确实是很快乐。而牢狱中的犯人，谁没有父母，谁没有妻儿，孤身一人待在监狱中，肯定非常苦恼。”于是下令暂时释放那些罪行轻微的囚犯，回家过年，约定新年正月初三日再回到狱中。到了期限，还有五名囚犯没到。上级官员知道了，孙先生因此被撤去职务。后来，囚犯虽然都到齐了，但是已经来不及了。

孙闳达先生的后人孙兆鳌，嘉庆六年（1801）辛酉科进士，官至郎中（官名，为六部内各司之主管）；兆鳌的儿子孙廷元，道光二十四年（1844）甲辰科进士，在广西担任知县；廷元的儿子孙铭恩，字兰检，道光十五年（1835）乙未科进士，入翰林院，后担任兵部侍郎、江苏学政等；铭恩的儿子孙登瀛，字继庭，咸丰二年（1852）壬子恩科进士，入翰林院，官至吏部郎中。一家五代人都中了进士，这难道不是存心仁厚、积德行善的福报吗？

8.2.15 张伯约

张伯约赠翁，名维，陕西醴泉人。中年艰嗣，以百金买妾，颇有色。翁寓客邸，去妾家不数武，闻哭声，念母女诀别，未之讶也。嗣闻哭甚哀，若重有痛者，惊问媒妁，辞无他。密探诸邻，知女家负某人钱，责偿急，鬻女不足，方货屋。俟女夕出阁，晨即撤屋耳。翁闻之，默不发语。召媒妁及邻，令温谕母女，愿寝前议，还婚券，不责原金，并出橐（tuó）偿屋价。众坚请以女归，翁不可，曰："吾非恶此而逃，恶夫乘人之急而利其色。吾去矣，好为吾谢母女也。"竟弗置妾。终举四子。三子允中，以拔贡仕山东武城令。翁得赠如其官。孙景龄、景汉，皆官四川。因得闻其详云。

【译文】张维老先生，字伯约，是一位封翁，陕西醴泉县（今作礼泉）人。人到中年还没有子嗣，就花了一百两银子娶了一位小妾，颇有姿色。张老先生所住的旅馆，距离小妾家只有几步路，听到了哭声，心想母女分离，难免哭泣，也就没感到有什么奇怪的。接着听到哭得越来越伤心，似乎有巨大的伤心事，疑惑地去询问媒人，媒人推辞说没什么。悄悄地向周边邻居打听，知道了是因为女子家欠了某人的钱，债主催迫还债很急，卖掉了女儿还不够，正打算再卖掉房子。等到女子晚上出阁以后，第二天早晨就要从房子里搬出去了。张老先生听说之后，沉默不语。召集媒人和邻居们过来，让他们帮忙委婉地告诉母女，自己愿意放弃前面的协议，归还订婚凭证，不要求她们归还定金，并出钱帮他们偿还卖房子的价格。大家坚持请老先生把女子带回去，老先生不同意，说："我不是厌恶这名女孩子或者因她家的事情而逃避，我厌恶的是乘人急迫的时候而占女色的便宜。我走了，好好地替我向母女道歉。"后来一直都没有再娶妾。终于先后生下四个儿子。三儿子张允中，以拔贡（清代科举制度，由学政选拔秀才中文行兼优的人，贡入京师，称为拔贡生；经朝考合格，入选者依成绩分成三等，分别以七品京官、县官、教职任用之）的功名出任山东武城县令。老先生被朝廷封赠为同样品级的官衔。孙子张景龄、张景汉，都在四川做官。因此听闻了张老先生事迹的详情。

8.2.16 莒州城隍

周蕙圃，天津人。道光间，为山东莒州牧，多惠政，舆情浃洽，妇稚无不深知。后病殁，邑人思其德政，街谈巷议，往往流涕。一女仆，本州人，病甚笃，忽笑曰："周官又为本地城隍矣，仍去服役。可谓生死得所。"家人哭挽之，谓："周慈父母，何不求以延年寿？"女仆曰："得此贤主人，何乐生为？"遂瞑目。于是烧香礼拜者，络绎不绝，邑庙为之一新。

时州佐为周润圃，委员吴小琢，皆与周公善。因其议曰："人言虽不可信，然公之感人，概可知矣。何不拈香共祷？果其然也，当示第一签，以慰仰慕。"次晨赴庙行礼，万目观瞻。吴公先摇筒，一签飞出，众视之，第一也；周润圃继之，亦第一。欢呼之声，震动庙庭，若君之重来者。至今香火日盛。莒之民有所控，控于庙；有所诉，诉于庙。神亦潜移默化，词讼之风日戢。

【译文】周蕙圃先生，是天津人。道光年间，担任山东莒州（今莒县）知州，施行了很多德政，获得了老百姓普遍的好评，官民和谐融洽，就连妇女儿童都没有不知道他的。后来病逝于任上，当地人怀念他的德政，每当在街头巷尾谈论起他的事迹，往往难过得流下泪水。有一位女仆，是莒州本地人，病情危重，忽然笑着说："周大人又做了本地的城隍神了，我还是去服役，可以说是死得其所，这辈子也算值了。"家人都哭着挽留，说："周大人像父母对孩子一般慈爱，为什么不向他请求延长寿命呢？"女仆说："我现在得以为这样贤明的主人服务，活在人世还有什么值得留恋的呢？"然后就闭上了眼睛。于是烧香礼拜的人，络绎不绝，当地城隍庙因此得以重修一新。

当时知州的副官是周润圃先生，委员是吴小琢先生，都和周蕙圃先生交情很好。于是，大家商量说："人们的话虽然不一定可信，但是周大人的事迹使老百姓深受感动的程度，大概是可以想见的了。我们何不也去上香一同祷告呢？如果事情属实的话，应当抽到第一签，以安慰百姓对周大人的仰慕之情。"第二天清晨，前往城隍庙礼拜，围观的群众人山人海。吴小琢先生首先摇起签筒，一支签飞出来，大家一看，果然是第一签；周润圃继续再抽，还是第一签。当时，群众欢呼之声震天动地，庙庭都为之震动，如同周大人再次来临。至今，城隍庙香火越来越旺盛。甚至，莒州的老百姓有冤情需要控告，就控告到城隍庙；有事情需要倾诉，就向城隍神倾诉。神明的感应在潜移默化中感化人心，当地诉讼打官司的风气日渐停息。

8.2.17 慈溪冯氏

慈溪冯氏，浙之巨富也。相传，其先世仅小康，而持身极厚。

祖翁某，尤乐善。曾挟三千金，往豫章营贸，次玉山县，休于逆旅。值夜雨，不成寐，闻邻妇哭甚哀，夜不绝声。次晨往询，哭者为嫠（lí）妇。其夫素运海货，以囊空，向土豪贷银千二百两，约一载倍利偿还。置货后，遣伙附舶出洋，遭风飘没。夫闻之，呕血而绝。有姑八旬余，子三岁。正苦无以度日，而豪来索逋，窥妇美，欲令为小星，逼胁万状。妇义不失节，而债又不能偿，计惟一死，故与姑泣别耳。翁闻之恻然，倾装助之，偿豪银如数，焚其券，余以赠妇。令依亲故迁他处，免耽耽者别肇衅端。妇家泣询姓名，不告而去。

后迁居郡城，购赵氏宅，每夜恒见一白衣老人出院中。家人惧，翁以既不为患听之。次冬，浚荷花池，忽得窖镪巨万，始知白衣人为藏神。自此营运成巨富。

【译文】慈溪的冯氏家族，现在是浙江省的大富之家。相传，他们的祖上也仅仅是小康生活水平，而为人处世却是极为厚道。

冯家的一位祖先某老先生，特别乐善好施。曾经带着三千两银子，到江西做生意，抵达玉山县，在旅馆中住宿休息。正值晚上下雨，睡不着觉，听到邻居有妇女的哭声，哭得很伤心，一夜都没停过。第二天早晨前去询问，哭的人是一个寡妇。她的丈夫过去是做贩运海货生意的，因为没有钱了，向土豪借贷了一千二百两银子，约定一年的期限加倍利息偿还。购置好货物之后，派遣伙计搭乘船只出海贸易，遭遇风暴，船只沉没。丈夫得到消息后，吐血而死。家中有一位八十多岁的婆婆，和一个三岁的儿子。正在忧愁以后该怎么过日子，这时土豪来索债，窥探到妇人貌美，想要把她纳为小妾，多般威逼胁迫。妇人有节义，不愿意改嫁，但是欠的债又没有办法偿还，思来想去，决定只有一死了之，所以哭着和婆婆诀别。冯老先生听说了这件事之后，非常同情，倾囊相助，如数偿还了欠土豪的贷款，烧掉了借据，多余的钱送给妇人。让她们投亲靠友，搬到别的地方居住，避免那些虎视眈眈、图谋不轨的人再来故意找茬，挑起别的事端。妇人和家人哭着询问老先生的姓名，没有告诉就离开了。

冯家后来搬迁到宁波府城居住，购买了赵家的住宅，每天夜里都看见一位身穿白衣的老人出现在院子里。家人很害怕，冯老先生以为既然也没惹什么事出来，就随他去吧。第二年冬天，清理疏浚荷花池，忽然发现地下有埋藏的白银，数以万计，才知道白衣老人是守护藏银的守藏神。从此以后，经营生意，成了大富翁。

8.2.18 肾经痘

苏州叶天士，神医也。其孙患痘证，天士视之，曰：“不可治也。”其子妇只生一子，大不忍，乃复延他医视之。他医曰可治，遂疏方进药。兼旬后，病良已。他医意颇自得，谓“天士不能治，而我治之”，欲以傲天士。其子若妇，亦德他医，乃折柬开筵演剧。他医岸然盛服往。天士颦蹙曰：“吾孙今日当死。”众咸谓翁语不祥。金鼓一声，孙嗷然哭，遂绝。天士叹曰：“吾固知吾孙之必死也。”他医恧（nǜ）然问故。天士曰：“此肾经之毒，伏而未发者，疾虽愈，而病根故在。不闻震响声，则不死；闻则心惊。心火也，肾水也，水火互冲，故遂死。”他医始自愧其能不如天士。

又上海王惠昭亦精医理，尤善幼科，虽乡愚咸震其名。尝适野，见处女耘于田。惠昭熟视良久，顾谓从者曰：“汝试自后抱其腰。”从者曰：“此处女也，若何可抱？”惠昭曰：“不害，第言我使汝抱之。”从者如其言，女果大骇声嘶。其父从远陌见之，将荷锄来击。惠昭急止之曰：“是若女耶？将出痘，非此一抱，无活理，三日后见点，始验予言。”其父疑信参半，姑俟之。至期果患痘甚险，亟延惠昭诊视，且问故。惠昭曰：“此肾经痘也，不治。猝然震骇，可使变而为心经，得生机矣。”遂疏方药之而愈。众医闻之，咸服惠昭有斡（wò）旋造化法。

夫同一肾经痘也，或因惊而致死，或因骇而得生，参消息于微茫，非三折肱莫能辨此。业医者，系人生死，其不可不慎也夫。

【译文】苏州的叶天士，是有名的神医。他的孙子曾经患上一种痘证，天士看了之后，说：“治不好了。”他的儿子媳妇只有这一个儿子，非常舍不得，就又请来别的医生来看病。那位医生说可以治，就开了药方，照方抓药服用。二十天之后，症状似乎消失不见了。那位医生自己很得意，说“叶天士都治不了的病，我能治”，对天士很不服气，想要把他比下去。他的儿子和媳妇，也对那位医生很感激，于是下请帖、设宴席，请戏班子唱戏。那位医生穿戴整齐大模大样地来了。叶天士皱着眉头、闷闷不乐地说：“我的孙儿今天就要死了。”大家都说老爷子说的话不吉利。敲锣打鼓的声音一响起，孙子嗷嗷大哭了一阵子，就气绝而死。天士叹气说：“我本来就知道我的孙儿肯定会死。”那位医生很惭愧地问是什么原因。天士说：“这是因为肾经的毒，隐藏着还没有发出来，症状虽然消失，但是病根还在。如果没有听到锣鼓的声音，还暂时不会死；听到之后心受到惊吓。心属火，肾属水，水火相冲，所以就死了。”那位医生这才对叶天士心服口服，自愧不如。

还有上海的王惠昭也是精通医理，尤其擅长儿科，即使偏远乡村的愚夫愚妇也都听说过他的名气。曾有一次到郊外，看见一名少女在田间耕作。惠昭看了很久，回头对随从说：“你试着从后面去搂抱她的腰。”随从说：“这是黄花大闺女，我怎么能随便去抱呢？”惠昭说：“不要紧，就说是我让你抱的好了。”随从就听从了他的话，少女果然因惊吓而大喊大叫，声嘶力竭。她父亲从远处的田间小路上看见了，抓起锄头就要来打。惠昭急忙制止他，说：“这是你女儿吧？她马上要生痘证，如果不是这一抱，就活不了了，三天后可以见到身上有痘点发出来，那时就能验证我说的话了。”他的父亲将信将疑，姑且等着。三天后果然患上痘证，情况很危险，急忙请王惠昭医生前来诊治，并且问其中的原因。惠昭说：“这种病叫作肾经痘，是治不好的。猛然之间受到惊吓，可以使肾经变为心经，这时就有活路了。”于是开了药方，服用之后就痊愈了。其他的医生听说了之后，都佩服王惠昭医术高明，有扭转造化、起死回生的妙法。

同样是得了肾经痘的疾病，一个是因为惊吓而致死，一个是因为惊吓而活下来，参究其中微妙的原理，不是经验丰富的良医是没有办法辨别的。从事医生职业的人，关系到人的生死，所以不可不慎重啊！

8.2.19 海门盗

山东六客，贾于苏。岁暮，雇王姓船作归计，由海门而发。猝遇盗舟，一客跃入水中死；其余五客，及船户母妻子女皆歼焉。盗驾其舟去。榜人王姓，当承揽时，以探亲不在舟中，廉知其事，赴常熟县呈禀缉盗，杳无踪迹。忽海门旅店有六人投宿，一人起甚早，赴海门厅自首劫杀山东客事。海门同知审讯，缕述原委无稍隐，且云旅店有盗党五人。同知乃发兵役捕之，五盗尚宴然高卧也，拘絷至署，方欲狡饰，自首者大呼曰："我为鬼物所凭，事当败露矣。"遂各吐实，俱置重辟。

先是山东某客，家中有一妻二子。夜静闻叩门声，起视固无人。某子忽作父言曰："吾与五人俱遇盗，吾赴海死，五人都被杀，截头断足，死甚惨。五人约予同附盗体，以发其奸。予不能久留，盗即日可获矣。"言已遂苏。方疑信间，而江苏捕盗咨文已到东省，其事大白。

【译文】有六位山东客商，在江苏做生意。年底，雇用了王某的船准备返回家乡，从海门出发。突然遇到海盗船，其中一名客商跳到水中溺水而死；另外五名客商，以及船家的母亲、妻子、子女等均遇害而死。海盗把船开走了。船夫王某，在揽活的时候，因为到岸上探亲，所以不在船上，回来知道了这件事情，就到常熟县衙门控告，缉捕盗贼，没有发现凶手的踪影。忽然，海门的一家旅店有六个人投宿，一个人早早起床，到海门厅（清代行政区划，即海门直隶厅，厅治茅家镇，辖区相当于今江苏省南通市海门区及启东市大部分地区）自首，主动承认抢劫杀害山东客商的事情。海门厅同知立即审讯，那人一五一十详细叙述了事情的经过，没有丝毫隐瞒，而且说旅店中还有盗贼同伙五人。同知立即派出兵役前往抓捕，五个盗贼还在若无其事地睡大觉呢。把他们全部抓到衙门来，几个人正要狡辩，自首的那个人大喊说：“我被鬼魂附体，事情已经败露了。”于是各自招认了实情，全都被处以极刑。

之前，其中一名山东客商，家中有妻子和两个孩子。夜深人静之时，妻子听到了敲门声，起来看并没有人。他儿子忽然变成了父亲的语气说话：“我和另外五个人都遇到了强盗，我跳海而死，五个人都被杀害，被砍断了头脚，死得很惨。五个人约我一起附在强盗身上，来把他们的罪恶暴露出来。我不能久留，强盗很快就要被抓到了。”说完即清醒过来了。正在将信将疑之间，江苏省抓获盗贼的通报公文已经发到了山东省，这桩案件于是真相大白于世。

8.2.20 妇好施

容文辉，东莞人，原配林氏。氏性好施，常周济乞丐，有携男带女来者，则倾囊与之，虽忍饥不悔也。后为众妾所谮，失爱于夫。每月米一斗，无闲钱。氏自勤纺织，而周济如故。生子华，精于文，年少游庠，官训导；孙保民，道光丙午经魁；曾孙荐龄，咸丰辛酉举人，连捷进士。

盖林氏好施，使众妾能承其意，丈夫亦与同心，如取如携，行之甚易，惜也不为将伯之助，反为庶子之憎。乐善不倦，其用心良苦矣。宜其子孙科名踵起，至今颂贤母声不绝云。

【译文】容文辉，是广东东莞人，娶妻林氏。林氏有爱心，乐善好施，常常周济乞丐；如果有带着儿女来的，便掏空口袋给他们食物和钱，即使自己忍饥挨饿也心甘情愿。后来因为妾室们说坏话从中挑拨，失去了丈夫的欢心。每月只能得到一斗米，没有多余的钱。林氏自己辛勤劳作，通过纺纱织布来换一些钱，继续像过去那样周济乞丐。她所生的儿子，名叫容华，很会写文章，少年时就成为秀才，后来担任训导的官职；孙子容保民，是道光二十六年（1846）丙午科乡试的经魁（明清科举考试分五经取士，每科乡试及会试的前五名即分别于五经中各取其第一名，称为经魁）；曾孙容荐龄，是咸丰十一年（1861）辛酉科乡试举人，紧接着在第二年春天考中进士。

林氏夫人乐善好施，假如妾室们能够顺承她的心意，丈夫也能和她同心同德的话，拿钱来行善，将如同顺水推舟，做起事情来非常容易。可惜的是非但得不到他们的帮助，反而被妾室反感而从中作梗。林氏一如既往地乐善好施，孜孜不倦，真是用心良苦啊！也难怪她的子孙接连不断在科举功名上获得成功，至今被作为贤母的典范歌颂赞扬。

8.2.21 乐虚舟

乐虚舟（善），旗人，兰州参将。咸丰癸丑秋，帅河州兵，从桂镇（龄）自沧州追贼，直抵静海。贼据独流镇，围之十旬。胜帅（保）最喜甘肃兵，而用之亦勤。乐精敏勇果，每战必先，退则谈笑自若，曰：“吾每日出队，不知能回营否也。既回矣，云胡不乐？”或赠之对云：“镇日督兵思报国，深宵留客喜谈心。”以短纸书之，贴幕内，亦军中雅事也。至腊月，已升副将。

胜帅因其败北，喝摘翎顶，乐立而徐去其顶。胜大怒，曰："毫无惧色，亦无营规，以我为不能杀汝耶？"遂一手取令箭，一手取上方剑。众将跪求，既免，令速具先奔者之名。乐漫应之，退而遽跃于水，盖时方在运河舟中也。运河岸窄而舟密，人漂水底，如流云走月，救者无从下手，久之乃获，幸不死。胜亦遣医调之，兼旬而愈。或让其太激，曰："甘肃之兵惫矣，今以势不敌而败，而令吾具名以杀之。不能强指人，不如自死也。"次年二月，战阜城，杀贼甚众，为枪子伤胸，得不死。后历升提督。咸丰十年，死英夷之难。

【译文】乐善，号虚舟，伊勒忒氏，蒙古正白旗人，曾任兰州参将。咸丰三年癸丑（1853）秋季，率领河州（今甘肃省临夏回族自治州）的军队，跟随甘肃提督桂龄（孙佳氏，字鉴堂，满洲镶红旗人）从沧州追击太平天国的军队，直达静海县（今天津市静海区）。太平军占据独流镇（今属天津市静海区），被包围了一百天。大帅胜保（字克斋，苏完瓜尔佳氏，满洲镶白旗人，清末重要将领）最喜欢甘肃兵，经常重用他们执行任务。乐善做事精细敏捷，作战勇敢果断，每次战斗都是冲在最前面，战斗结束之后总是谈笑自如，说："我每次出战，不知道还能不能回营。既然安全回来了，怎么能不快乐呢？"有人赠送给他一副对联，是这样写的："镇日督兵思报国，深宵留客喜谈心。"用短纸书写了一幅，贴在营帐内，也是军中的一桩雅事。到当年十二月，已经被提拔为副将。

后来有一次，胜保大帅因为他打了败仗，喝令他摘去顶戴花翎，乐善站在那里缓缓地摘下官帽。胜保大怒，说："你竟然没有一点害怕的神色，也没有军规军纪，以为我不能杀你吗？"于是一只手拿令箭，另一只手取尚方宝剑要杀他。众将跪地求情，姑且免其一死，命令他列出带头逃跑的士兵的名字。乐善含混地答应，退出之后就跳到了水中，原来当时正在运河的船上。运河河岸狭窄，船只密布，人沉入水底之后，如同流云走月，很快漂走，营救的人无从下手，用了很长时间才把他救起来，幸好活了下来。胜保也派遣医生为他调治，大约二十天就康复了。有人责备他太过激，他回答说："甘肃的官兵都很疲惫了，现在因为情势所逼、无力抵抗而战败，却让我开具奔逃者的名单然后处死。我不可能强行把别人指出来，不如自己一死了之。"第二年二月，又在阜城镇（今属河北省衡水市阜城县）作战，歼灭了大批太平军，胸部被子弹击中受伤，幸得不死。后来升为直隶提督。咸丰十年（1860），在和英法联军的作战中英勇牺牲。

8.2.22 凤凰山

余姚杨生，赴浙省。日暮，风雪交加，泊舟于凤凰山下。见岸上一人，仪容修伟，衣襦尽湿，伥伥（chāng chāng）无所之。杨见而异之，呼之登舟。及泊舟登岸，谓杨曰："君以我何如人也？我江洋巨盗，见君舟载多金，思欲计取，随君行已六七日，而君未之知也。蒙君推食解衣，诚义士。我不忍陷义士于穷途，今将别君远去。此后凡江行风雨，遇有萍泊无依人，皆我辈也。君其早自察焉，庶不负今日临别赠言之意也。君如不信，请归视藏金，我悉阴志之矣。"言讫，一拱而去。杨惶遽归舟，视其箱，封锁如故。及启藏金，每封益以五铢钱各二，而封皮无损焉。杨自是逢人称异。有知之者曰："此江湖暗算之术，如欲破之，惟银封内，益以钱米，或封外糊以官印，其术即不能灵云。”

夫推解之恩，施之于盗，犹有以报之。何施之朋友，而竟冥然罔觉。然犹谓是交友之直道也。每见今世友朋，当其同时未遇，以为生死可共、患难可依；无何而捷足先登者，遂昂然自得矣；又无何而功利当前，反挤之入井又下石焉。昔日论交之语，岂遑念哉；昔日推解之恩，岂计及哉？余尝有言：与其友损友，毋宁友盗。言虽近盗，亦有为言之也。

【译文】余姚有一位姓杨的读书人，要去浙江省城杭州。天色已晚，风雪交加，所乘的船停泊在凤凰山（位于今浙江省杭州市城区西南）脚下。看见岸上有一个人，身材高大，身上衣服都湿透了，无所适从的样子。杨某见到他之后感觉很奇怪，就把他叫到船上来。等到将船停泊下来，二人一起上岸，那人对杨某说：“先生以为我是什么人？我其实是江洋大盗，看见先生的船上装载了很多银子，想着用计谋来获取，跟随先生走了已经六七天了，而先生并不知道。承蒙先生在衣服饮食上对我的关心和帮助，真是一位慷慨的义人。我不忍心让您这样的义人陷入绝境，所以今天要向先生告别，到很远的地方去了。今后凡是顶风冒雨在江上行船的时候，遇到漂泊不定、无依无靠的人，都是我们这样的人。先生应该自己留心，及早察觉，才不辜负今天临别赠言的好意。先生如果不相信，可以回去看一下所藏的银子，我都悄悄地做过标记了。”说完之后，拱手施了一礼就离开了。杨某惶恐不安地回到船上，看了一下箱子，仍然封锁完好。打开箱子一看，里面所藏的银子，每一封都多了两枚五铢钱（一种古代钱币，始铸于汉武帝，重五铢，上有篆体“五铢”两字，自汉迄隋，皆有冶铸，大小不一），而封皮完好无损。杨某从此以后逢人便称述这件事的奇异。有明白人说：“这是江湖上暗算盗取别人钱财的邪术，想要破解的话，只有在银子的包装里面，放进一些铜钱和粮食，或者封皮上盖上官府的印章，这种邪术就不灵验了。”

对盗贼施以衣服饮食方面的恩惠，都能够得到他的报答。为何对朋友施以恩惠，却竟然无动于衷呢？但是仍然可以说这是朋友之间交往的正直之道。常常见到当今的很多朋友之间，在他们还没有发迹的时候，以为可以生死与共、患难相依；后来如果其中的一个先人一步取得成功，就开始洋洋自得了；再后来面对功名利禄的诱惑，反而相互排挤，甚至落井下石。当初交往亲密时所说的话，哪还想得到呢；当初接受朋友的关心和帮助，哪还在乎呢？我曾经说：与其和对自己有害的朋友交往，还不如和盗贼交往。这话虽然有江湖气，也能说明一定的道理。

8.2.23 汝宁太守

河南汝宁府居民，有寡妇某氏，为索欠一千三百金，欠户强吞不还，因而结讼。将借券呈之某太守，讼久不结。一日，太守勘实，即代收其本利，而寡妇无与也。寡妇无可奈何，投缳而死。

后一年，太守昏迷，自言贪污各事发了，分付家人，快抬到毛大人（昶熙）钦差营中去审。行至头门，曰：“来不及矣，有多人已动手打我。”共见太守浑身红肿，立毙。是咸丰年间事。

噫！贪官污吏，现报有如是夫！吾愿天下后世之为民父母者，当以汝宁太守惨报为戒。

【译文】河南汝宁府（府治今河南省汝南县）的居民，有一名寡妇某氏，因为有人曾向她家借过一千三百两银子，在向借户讨还的时候，借户强硬否认而拒不偿还，于是控告到官府。把借据呈递给汝宁知府，官司长期没有结果。一天，这位汝宁知府在调查清楚实际情况后，就从借户那里代为收取了本金和利息，却没有将这笔钱给到寡妇。寡妇无可奈何，自缢而死。

一年之后，汝宁知府昏迷不醒，自言自语说贪污的各个事情被发现了，吩咐家人，赶快把自己抬到钦差毛昶熙大人（字旭初，河南怀庆府武陟县人，咸丰年间在籍办团练围攻捻军，官至兵部尚书）的军营中去审理。走到正门的时候，说："来不及了，有很多人已经在动手打我了。"人们都看见知府全身红肿，很快就死了。这是咸丰年间的事情。

哎呀！贪官污吏，所遭受的现世报竟然是这样迅速而又惨烈的吗？我希望天下后世做父母官的人，要把汝宁知府的惨烈报应作为前车之鉴。

8.2.24 逆妇

不孝之罪，上通于天。故世之不孝者，往往明正典刑，幽为神殛。吾常闻通都大邑、穷乡僻壤之间，每有孝子顺孙之家，或遇水火而无恙，或逢瘟疫而不沾，或遭旱潦而不害，在在有之。此殆天之所以示劝耶！更有百岁善终之后，冥王敬之，诸神佑之，或升天堂，或生富贵。虽数见于果报诸书，未能目睹，然其理断不诬也。又尝闻古今之事，间有忤逆子媳，生于深山穷谷之中，而族邻不敢言其罪，官吏不能正其罪者，往往藉雷击冥罚，以彰其恶。或变豕犹留两足，或变牛仅存一首。或遭雷击，尚有余息，使明言其罪；或遇冥罚，以为畜类，犹显书其名。

最奇者，直隶昌黎有一乡民家，父母俱存，子孝媳逆，家酷贫，妇已有孕。一日雷电大作，妇一足陷地中，如钉定者，掘地至足底，即痛不可忍。及分娩后，双足更陷入地，已及腹，仅能乳哺。儿逾周晬，妇遂尽陷入地。其家掘觅尸骸，竟不可得。盖天因其子孝，又赤贫无力再娶，故令其媳生儿。育儿至周岁后，不乳可活，方使其妇陷地而死。此天之所以惩不孝以劝孝者，真可谓彰明矣。

今所传宜兴王阿二家一事，更属见所未见，闻所未闻。王阿二者，宜兴之东乡人也，母犹在堂。妻丁氏，时詈其姑，待如奴婢，如是者十余年。一日，忽然仆地，见二鬼卒拽之行，黄沙迷目。至一城中，有大宫殿，上座一王者，严刑审讯，听之皆不孝罪案。讯至丁氏，言其生前忤逆，该罚转为牛。鬼卒乃以牛皮加其身，令投生部胜全家，其色全白。苏后详语其夫。并属伊死后，须急往部家买归，阿二应允。遂嚼舌而死。既殓，阿二寻至部胜全家，果于是日产一白犊。遂以十八洋买回，畜牧已三年矣。前岁夏间天热，阿二纳凉于牛棚之左，朦胧睡去，梦其妻至，与之交媾而醒。其白牛逾十月而产一男，状貌魁梧，惟头有两肉角，不类初生者。好事者称之，重三十六斤半。乡里皆以为妖，劝阿二杀之。阿二不忍，遂鸣于官。官查其与人无异，仍令养育，不必擅杀，俟长成再行安置。此事与昌黎事同。

一生子于雷击陷地之时，一生子于冥罚变牛之后。或阿二所为，亦尚有可取者，故令其变牛之妇，仍为生一子，以延其后欤！不然何其奇也！此见天道之公而恕也。不孝之人，必欲惩之以示戒。稍有一线可原者，犹必巧为之图，以劝将来。必欲使天下不孝之人，皆化为至孝之人而后已。此天之所以为天也。人可不自勉励，以仰副天心之仁爱哉！

【译文】不孝的罪孽，上达天听，天地不容。所以世上不孝的人，往往被官方公开处以刑罚，冥冥中又被鬼神谴责。我常常听说不论是繁华的大都市还是偏僻的小乡村，每当有孝顺子孙的家庭，或者遇到水火灾害而平安无恙，或者遇到瘟疫流行而不会被传染，或者遭遇干旱洪水而不受影响，这样的事情到处都是。这大概就是上天在以这些案例作为对世人的警示和劝化吧！还有孝子活到高寿，寿终正寝以后，冥府的阎王对他敬重有加，在诸多神明的护佑之下，或者往生天堂，或者转生到富贵之家。这类案例，虽然在记载因果报应的善书上见到过很多，但是还没有亲眼见过，但是其中的道理肯定是真实不虚的。还曾听说过从古到今的很多故事，其中就有忤逆不孝的儿子或媳妇，生活在荒僻的深山老林之中，而宗族和邻居不敢指出他的罪过，官府也没有办法处治他的罪行，上天往往会借用雷击或者冥罚的手段，来彰显其罪恶。或者变成猪还保留两只人的脚，或者变成牛还保留一个人的头。或者遭到雷击，还留有一口气，让他向众人公开宣说自己的罪行；或者遭遇冥罚，变化成动物，还在身上某个位置写上姓名。

最奇特的一件事是，直隶省昌黎县（今属河北省秦皇岛市）有一户乡民，父母二老都健在，儿子孝顺，媳妇忤逆，家中格外贫困，媳妇已经有了身孕。一天，电闪雷鸣，媳妇一只脚陷入了地中，好像被钉在地上，挖开地面想要把脚拔出来，可是一碰到脚底，就痛得不得了。等到生下孩子以后，双脚越陷越深，已经到了腹部，仅仅上半身露在地面上，能给孩子喂奶。孩子满一周岁后，妇人的身体全部陷入地中。她的家人挖开地面想要寻找她的尸骨，却一直没有找到。大概是上天因为儿子孝顺，又因为家贫没有能力再娶妻，所以让媳妇先把孩子生下来。等把孩子养到一周岁后，不用吃奶也能养活，才让媳妇陷入地中而死。由此看来，上天用这件事情来惩治不孝的人，同时来劝化世人行孝，真可以说是昭明显著。

现在民间所传闻的江苏宜兴王阿二家的事情，更是从来没见过，也没听过。王阿二，是宜兴东乡人，老母亲健在。妻子丁氏，时常谩骂她的婆婆，对待婆婆像奴婢一样，这样有十多年。一天，忽然倒在地上，只见两名鬼差拉着她往前走，漫天的黄沙，迷住了眼睛。到了一座城市中，有一座高大的宫殿，上面端坐着一位王者模样的人，正在用严厉的刑罚审问犯人，听上去都是关于不孝之罪的案件。轮到丁氏受审，王者说她生前忤逆不孝，应该被罚投胎变牛。鬼差就把牛皮披在她身上，命令其投胎转生到郜胜全家中，全身都是白色。醒来后把梦中所见的情景告诉了丈夫。并且叮嘱丈夫在她死后，要赶快到郜家把小牛买回来，阿二答应了。于是，丁氏嚼舌而死。殓葬以后，阿二找到了郜胜全家，果真在这一天生下了一头小白牛犊。于是用十八块银元买回来，已经畜养了三年了。前年夏季，天气炎热，阿二在牛棚边上乘凉，朦胧中睡着了，梦到妻子来了，和他交合，然后就醒了。那头白牛十个月以后产下一名男婴，身形庞大，只是头上有两个肉角，不像是刚出生的婴儿。有好事者称了一下重量，重达三十六斤半。乡里人都认为是妖孽，纷纷劝说阿二将其杀死。阿二不忍心，于是报告到官府。官府派人查看，和正常人没有什么不同，仍然命令他继续养育，不要擅自杀死，等到长大成人以后再妥善处理。这件事与昌黎县的事情类似。

一个是在被雷击陷入地中的时候生下儿子，一个是被冥府责罚变成牛之后生下儿子。或者王阿二的所作所为，也还有可取之处，所以让他那已经变成牛的妻子，仍然为他生了一个孩子，来延续他的后嗣吗？不然的话，为什么如此奇异呢？由此可见天道既是公正的，又是宽恕的。不孝的人，一定要对其进行惩罚，给世人以警示。稍微有一线可以原谅和宽恕的，也必定巧妙地加以安排，来劝勉后来的人。一定要让天下那些不孝的人，全都变化成最孝顺的人才算完。这就是天之所以是天的原因。人们怎能不自我勉励，来符合上天对人的仁爱之心呢？

8.2.25 难女重圆

于莲亭观察，居官多善政，湖北人至今称道之。官刑曹时，尤以慈祥为心。解组后，爱西湖山水，寄寓杭州，与予多晤谈。庚申之乱，观察已先殁，眷属避难。惟一子抱孙得逃出；一女孙年十三，为女仆张姓所拐，至次年鬻于上海娼家。始劝之，继逼之，终加挞伐。一日，娼以烙铁示之曰：“如不听话，当烧此烙汝肉。”女自思为清门女，何忽罹此，不如伪应之，拚死以告人，或犹知吾不辱门户也。因允见客。娼家喜，适有贵客来，饰女以出，饮食杂进，笙歌聒耳。女私泣而言曰：“吾非张也，年十五矣，实亦官家女，为奸人所骗。如有能相救者，当实以告。或代致儿家，则死亦衔感。”因袖出剪刀，以示决计。群起止之，又详问颠末。此日客固皆官，座中有陆铭九者，与于氏世好，亟舆之归，娼家无如之何。并告县官查拏张姓。适观察族侄，官江苏，来谒院司。众以告，即接回，将与论婚，展转未能定。又二年，于氏有在京者，同席遇程赓廷，详问观察，并及此女，始知为女也翁者。叙谈之下，怜而敬之，同人醵金遣子就婚，以成其志。

夫以弱女子，陷入穽坎，坚若自持，保全名节。而临危遇救，复使之邂逅夫家。殆亦观察居官积善，有以致之欤！

【译文】于克襄，字莲亭，曾任湖北盐法道等官职，为官时施行了很多有利于国计民生的好政策，湖北的老百姓到现在还赞不绝口。在刑部任职的时候，尤其是慈悲为怀、与人为善。辞去官职以后，因为喜爱西湖山水美景，便寄居在杭州，和我有过多次交谈。咸丰庚申年的劫难（指的是，1860年太平天国攻克杭州），当时于莲亭大人已经先去世了，家人出城避难。只有一个儿子抱着孙子成功逃出；一个孙女，十三岁左右，被家里的女仆人张某拐走，到第二年卖给了上海的一家妓院。起初是劝说，然后是强行逼迫，最后是鞭打体罚。一天，妓院老鸨拿着烙铁给她看，说："如果不听话，就把这个烧红烙你的肉。"孙女心想自己作为良家女子，为什么会忽然遭受这样的苦难，不如假装答应，然后拼命把这件事告诉给世人，或许还能让人知道自己没有辱没家门的名声。于是同意出来见客。老鸨很高兴，正好有贵客前来，把女子梳妆打扮好出来，陪客人吃吃喝喝，奏乐唱歌的声音很吵闹。女子悄悄地哭着对客人说："我不姓张，今年十五岁了，实际上也是官宦家女子，被坏人所骗，卖到这里。如果哪位能够救我出去，我会详细地以实情相告。或者帮忙替我给家人捎个信，那么即使死了也感激不尽。”然后从袖子中取出剪刀，表示自己不甘屈服的决心。众人纷纷起来制止了她，又详细询问了事情的经过。这一天来的客人本来都是官员，席间有一名叫陆铭九的人，他家和于家是世交，急忙把女子用轿子抬回家，老鸨也不能怎么样。并告知当地的县官搜查抓捕女仆张某。正好于大人本族中一个侄子，在江苏做官，来拜见各部门官员。众人把这件事告诉了他，然后把女子接回，将要帮她谈婚论嫁，反反复复还没有定下来。又过了两年，于家人有在京城的，参加宴会时，遇到了程赓廷，详细询问了于大人的情况，又问及这名女子，才知道他就是女子未来的公公。大家相互谈论之下，对她表示同情和敬意，大家一起捐钱帮助程赓廷的儿子与女子完婚，来成全她的志节。

作为一名弱女子，陷入危险的陷阱之中，坚定信念，保持尊严，最终保全了自己的名节。而面临危险时获得救助，又使她辗转遇到了夫家人。这大概也是于克襄先生为官积德行善，所带来的善报吧！

8.2.26 邹渭清观察述四则

据渭清云，此皆家乡近事，的确而可信者。同治壬戌秋，淮军由苏进攻无锡。贼踞县城，未能竟薄城下，去城十里外扎营。其时官军云集，发逆不敢四出打粮。故各镇贸易，颇称辐辏。北乡长安桥一妪，将自织布一疋，赴镇易钱；邻寡媪，亦恳附售布二丈，皆将易薪米以度日者。妪固老悖，给以铜洋而不知。迨持洋购米，而米主则以其伪而不纳。妪反之布肆，布肆主曰：“此非予故物，速将去，毋厮混。”妪进退无主，哀哭于途。适一武弁（biàn）乘骑过，问之，妪曰：“予与寡媪皆恃此洋以生，今若此，何以复寡媪？寡媪不得钱易米，必死；吾不得米，亦死。吾不忍视寡媪之死，行将先死耳。”武弁心悯之，以一洋易去其赝物，曰：“妪无苦也。”妪喜而起拜，问客姓名。弁哂曰：“速持银易米去罢。”竟策马而逸。后数日，与贼战，枪子中其腹，而竟无恙。回营时，解视之，不禁悚然。盖弁常以布兜裹腹，前日所得假洋，因无用，便置之兜中。不料枪子适中洋上，得不入腹。噫！弁以一洋救二命，天即以此洋救此弁，报应之巧，不诚昭然哉！此武弁亲举以告人者。

又云：锡山某副戎，貌甚秀杰，群以大器目之。庚申，发逆陷城，某副戎避居荡口乡。时城逆四出掳掠，各乡皆集团御之。荡口镇之团勇，尤为强悍善战，发逆畏之不敢犯。因是四乡之民归如市。然须与镇民素相识，及有妥人作保者，方得出入其间。否即近村之民，亦必疑为贼间而毙之。团首某公，颇恣杀戮，其中死非其罪者比比。一日某副戎，带勇出巡，见有乡民四人村外过，即擒之来，以贼谍报团局。某公不加细鞫，遽命斩之。四人极口呼冤，且称有人可保，不之听。某副戎持之急，且迫某公须速杀，勿惑于众口。时惟旁观多人，代为嗟叹而已。后某副戎投营效力，官至副将。因多病，告归，家居十余年，颇得林泉之乐。室惟一妇一幼女，年逾四十，尚无子嗣。己卯夏，其女忽告某副戎曰：“门外有凶人四，将持刀入杀爹娘，告吾甚明。”某副戎以为魅语，批其颊数下，其女仍哭辨不已。明日午刻，某副戎之夫人，忽狂呼心痛死；又明日辰刻，某副戎亦呼心痛死；家惟剩一七龄女子耳。女之所谓四凶人，即昔日误杀之四乡民无疑。杀之权，虽操自团首某公，而擒之来以致死者，实某副戎之力。某副戎，官不甚显，而又绝嗣，冥冥之报应为不爽。不意夫妇同时得狂疾死，又于其女口中历历道出之，则鬼神之欲人信而知戒也。

又曰：丁丑夏，锡山北乡季姓子，年十七，读书城塾。一夕大雷雨中，忽睹火球一团，瞥在书室。众皆眯目，而季子不知所往。塾师急遣人觅之，见其跪于后园中，雨淋漓，衣履尽湿。近曳之，不能起，细视已气绝。顶发蓬松，中有洞一，如豆大，犹缕缕出白浆。左手有刀圭一握，验之鸩也。急报其家，父母踵至。母哭曰："痴儿真为此耶！予前言戏之耳，尔真为此耶！"泣不已。旁有知其事者，因为众详述之。先是，季子之父有一叔，家颇裕，而抱伯道忧。季父涎其资，百意承顺，叔有意以之为嗣。所有家财，悉付之季父，藉以营运，颇称小康。数年后，待叔情意渐衰。叔觉之，以季父为不可恃，将别图焉。谋于戚某，代觅一姬。季父夫妇，颇有愠色，以叔意所向，莫可如何。未期年，姬竟产一子。季夫妇遂视姬母子如眼中钉。叔又因有子不能不作日后计，遂屡向侄索还所与。季父意犹可，不过胡赖支吾耳。其妇则常恨詈曰："非此妖妇，老悖未必如此无情。会当鸩杀此宁馨，看老悖尚能快意否？"季子习闻之，心以为可行也。遂日向对门药肆中，详品所藏百草。药肆人，谓其欲习神农，因详示之。一日见白信，必欲乞少许，肆中人坚不与。季子曰："吾家鼠子毁物甚，欲借此毒之耳，给些子何害？"遂与之。不意其竟以此丧命。季妇本怀妊，因痛子情切，归即堕胎，至今尚无嗣。而叔之子，则已头角崭然，真成宁馨儿矣。岂非天道哉？

又曰：义兴某生，躯干雄伟，有英发气，工诗词帖括，时以才子目之。家惟一妻一女，境窭甚。然饮博自放，且待室人甚薄。妻某氏，恭顺承颜，倾其奁以遂所欲，犹御之厉。庚申，避乱居洑（fú）溪，仍逞性所为。家苦无给，甚至鬻婢以供樗蒲（chū pú）戏，妻亦无怨言。值岁荒，生计索然。妻谓之曰：“一室相守，同归于尽耳。不如君渡江谋馆，犹可延生，得资寄归，妾亦可继往，是妾与女均可望生也。”某是之，妻又尽脱簪珥，助之行。临歧嘱曰：“家无升斗储，君审之矣。君去苟得生，幸早来迓，毋任妾作饥死鬼。”某唯唯。既过江，设帐于钟吾某家，境稍裕，竟忘其妻。有便足南下，怂恿其尽室以行，亦不之省。所余馆谷，惟日嗜杯中物，兼呼卢喝雉，消耗之而已，并不以润家中。数月绝音问，妻女竟穷饿死。某又续娶于钟吾，伉俪甚笃，不似前之狠虐矣。甲子秋，试金陵，死妇竟寻某于号舍。某狂号欲绝，赖执友某极力劝解，许为立主礼佛，事始免。又恐碍后妇，旋置不问。死妇复寻至其室，附继妻身，大加责让。继妻自缢死。某亦患膈疾，不食数日而死。当其续娶之时，夫妇年俱壮盛，望嗣颇切，数年不能举一雏。人人谓若敖之馁，是负心郎恶报矣。不意神重其罚，且夫妇双死，以昭厥罪也。可畏哉！

【译文】据邹渭清先生（无锡人，曾任杭嘉湖道等职）说，这些都是家乡最近发生的事情，真实可信。同治壬戌年（1862）秋天，淮军（晚清在曾国藩指示下由李鸿章招募淮勇编练的一支汉人军队）从苏州攻打到无锡县（清代属常州府，今江苏省无锡市）。因为太平天国的军队盘踞在无锡县城，所以没有能够靠近城下，在距城十里之外的地方安营扎寨。当时，官兵云集，太平军不敢出城四处采买粮食。所以各个乡镇的市场贸易，可以称得上是繁华。北乡长安桥有一位老妇人，把自己织的一匹布（古代以四丈为一匹），拿到镇上卖钱；邻居的一位寡妇老太，也请她顺便带上自己所织的二丈布，一同售卖，都是准备卖了钱买些柴米油盐来过日子。老妇本来就年老昏愦，不明事理，布店拿铜洋当成银元给她，自己却不知道。等到拿着钱去买米，卖米的老板因为是她用的是假银元而不收。老太返回布店，布店老板说："这不是我的东西，快拿走，不要在这里胡闹。"老妇左右为难，不知道该怎么办，在路上痛哭。正好一名武官骑着马路过此地，询问怎么回事，老妇说："我和寡妇老太都要依靠这枚银元才能活下去，今天发生这样的事，回去怎么跟寡妇老太交代呢？寡妇老太拿不到钱买米，一定会饿死；我买不到米，也要饿死。我不忍心看着寡妇老太死去，不如自己先一死了之。"武官对她心生怜悯，拿出一枚真的银元换取了老妇的假银元，说："老太，你不用难过了。"老妇非常高兴，连忙起来向武官礼拜，又询问客人的姓名。武官笑了笑说："快拿着钱买米去吧。"就打马离开了。几天之后，武官和太平军作战，枪子打中了他的腹部，而竟然安然无恙。回到营中，解开衣服一看，不禁十分后怕。原来，武官常常用一个布兜围在肚子上，前几天从老太那里换来的假银元，因为没什么用，就姑且放在肚兜中。没想到枪子正好打在了假银元上，才没有受伤。哎呀！武官用一块银元挽救了两条人命，上天就用这枚银元拯救了这名武官一命，报应如此巧妙，不是很显然的吗？这件事情是武官亲口来向人讲述的。

又说：锡山（今江苏省无锡市锡山区）的某位副官，相貌堂堂，大家都以为他将来必成大器。咸丰庚申年（1860），太平军攻占无锡，这位副官出城避难，暂时居住在荡口乡。当时，城中的太平军出来四处抢掠，各乡镇都组织群众，召集团练来抵抗。荡口镇的团练乡勇，特别强悍勇猛、能征善战，太平军害怕他们，不敢轻易侵犯。因此，周边乡镇的老百姓纷纷涌入荡口镇，热闹如集市。但是须要和本镇的人有认识的，而且要有妥当的人从中担保，才能自由出入其中。否则，即便是附近村庄的农民，也会被怀疑是太平军的奸细，很可能会被击毙。团练的某位负责人，杀人很随意，其中罪不至死或者被冤杀的人有很多。一天，某副官带领兵勇出门巡视，看见有乡民四人从村外经过，就把他们抓来，把他们当作敌军的间谍汇报到团防局。某负责人，不进行仔细调查，就命令将他们斩首。四个人连声大喊冤枉，而且说有人可以做担保，某负责人不予理会。副官催促得急迫，迫使负责人必须尽快将他们处死，不要被别人的言论所迷惑。当时有不少围观的人，也只能为他们叹息而已。后来，这位副官投入军营效力，被提拔为副将。因为身体多病，辞官退休回乡，家居十多年，享受了一番山水田园的乐趣。家中只有妻子和一个幼小的女儿，过了四十岁，还没有儿子。光绪己卯年（1879），他的女儿忽然对父亲说："门外有四个凶神恶煞的人，都拿着刀进来要杀爹娘，他们对我说得很清楚。"副官认为女儿说的是鬼话，打了她几个耳光，女儿仍然哭着争辩不已。第二天中午，副官的妻子，忽然大喊大叫"心痛"而死；第二天早晨，副官也呼喊"心痛"而死；家中只剩下一个七岁的小女孩。女儿所说的四个凶神恶煞的人，一定就是当初被误杀的四名乡民，来报仇的，这是毫无疑问的。杀人的权力，虽然由团练某负责人掌握，但是把他们抓来，最终导致他们死亡的，实在是由于副官的原因。这位副官，官位并不显赫，而且又断绝了后嗣，冥冥之中的报应确实丝毫不差。没想到夫妻二人同时得了癫狂的病而死，又通过他们的女儿之口把事情说出来，由此可见鬼神想要通过此事来劝化人们相信因果报应，从而引以为戒啊！

又说：光绪丁丑年（1877）夏季，锡山北乡一户季姓人家的儿子，十七岁，在城里的学堂读书。一天晚上，下大雨，电闪雷鸣，忽然看见一团火球，在书房一闪而过。亮得大家都眯上眼睛，而季家的儿子不知道到哪里去了。教书先生急忙派人去找，只见他跪在后园中，淋在雨中，衣服鞋子都湿透了。上前用手拉他，起不来，再仔细一看，已经气绝身亡了。顶部的头发散开，中间有一个小洞，像黄豆那么大，还在不断地往外冒白浆。左手还握着一把刀圭（量药的器具，形如刀，尾端尖锐，中间下洼），验了一下，原来有毒。急忙通知他的家人，父母都来了。母亲一看，哭着说："傻儿子真的这样做吗？我以前说的话是开玩笑的，你真的这样做吗？"痛哭不已。旁边有知道这件事的个中缘由的人，于是对大家讲了一遍。先是，季家儿子的父亲有一位叔叔，家中颇为富裕，却一直没有子嗣。季父贪图叔叔的家产，用尽心思来讨好奉承叔叔，叔叔有意向让他来继承家产。所有的家财，都交给季父来管理和经营，也确实能够保持小康生活水平。几年之后，对待叔叔的情意渐渐消退。叔叔意识到以后，认为季父不是可靠的人，准备想别的办法。和一位亲戚商议，帮他找了一位姬妾。季父夫妻二人，对此表现出怨怒的神色，因为这是叔叔的意思，也没什么办法。不到一年，姬妾竟然生下一个儿子。季父夫妻二人于是把姬妾母子视为眼中钉。叔叔又因为有了儿子，不能不作长远的打算，于是多次向侄子索还以前交给他的财产。季父觉得还可以，不过姑且口头上胡乱应付过去。他妻子则常常仇恨地谩骂说："如果不是这个妖妇，老畜生也不一定会这样无情。看我哪天不把这个孩子毒死，看老畜生还能不能称心如意？"季家儿子听惯了这话，心里认为这件事可行。于是每天到对门的药店中，详细品尝所藏的各种草药。药店里的人，以为他想学习医药，就详细地教给他。一天，见到白信石（砷的化合物，俗称“砒霜”，有剧毒），一定要索取一些，药店的人坚决不肯给他。季家儿子说：“我家的老鼠经常毁坏东西，想借用一些来毒鼠，给一点又有什么关系呢？”于是就给了他一些。没想到竟然因为这个而丧命。季父的妻子本来已经怀孕，因为心疼儿子的死，伤心过度，回家后就流产了，到现在也没有再生子。而叔叔的孩子，已经头角峥嵘了，真成了宁馨儿了。这难道不是天道循环、因果报应吗？

又说：义兴（今江苏宜兴市）的某书生，身材高大魁梧，有英武之气，又精通诗词和科举应试文章，当时人们都认为他是难得的才子。家中只有妻子和一个女儿，生活很贫困。但是他吃喝赌博，放纵自我，而且对待家人非常薄情。妻子某氏，对他恭敬顺承、百依百顺，变卖了嫁妆来供他玩乐，他却依然很粗暴地对待妻子。咸丰庚申年（1860），逃出城避难，寄住在洑溪，仍然由着性子肆意妄为。家里穷得吃了上顿没下顿，甚至卖掉婢女来供他赌博，妻子也没有怨言。当时赶上饥荒之年，实在没办法维持生活了。妻子对他说：“在家里干坐着，只能一家人同归于尽。不如夫君过江谋取一个教书的工作，还能混口饭吃，得到一些薪水寄回来，或者我过去拿，这样的话，我和女儿也都有活路了。”某生同意了，妻子又把所有的首饰变卖，帮助他成行。临走的时候，叮嘱说：“家里没有一丁点的储蓄，夫君是知道的。夫君去后一旦有了安身之处，希望尽早来迎接我们，不要让我们母女做了饿死鬼。”某生满口答应。过江之后，在钟吾（今江苏省新沂市）的一户人家开馆授徒，情况稍微有所改善，竟然将妻女忘在脑后。有一个送信的人正好要到南方去，劝说他顺便把全家人接过来，也听不进去。教书所得的薪水，只是每天拿来喝酒、赌博，消耗掉了，并不寄回家中改善生活。几个月和家里不通音讯，妻子和女儿最后竟然穷饿而死。某生又在钟吾续娶了一房妻子，夫妻恩爱和睦，不像从前那样凶狠暴虐了。同治甲子年（1864）秋天，到南京参加乡试，死去的妻子竟然在考场中找到了他。某生癫狂欲绝，大喊大叫，多亏好朋友在一旁极力劝解，并答应为她设立神主牌位、礼佛超度，事情才平静下来。又恐怕影响到续娶的妻子，很快就把事情抛诸脑后，不闻不问。亡妻又找到了他住的地方，附在后妻的身上，对他大声责备呵斥。后妻自缢而死。某生也患上了膈食病（中医指有胸腹胀痛、下咽困难、吐酸水等症状的疾病），几天都吃不下东西而死。当他续娶的时候，夫妇二人都是壮年，想要儿子的心情很迫切，几年都没有动静。人们都说他活活被饿死，又没有后代，是忘恩负义的恶报。没想到鬼神严厉地惩罚他，而且夫妇双双而死，来彰显其罪孽。真是可怕啊！

第三卷

8.3.1 帅仙舟中丞

帅仙舟先生（承瀛），清名冠天下，用人各当其材，亦各曲遂其所欲。而明察如神，属吏私语，尝若有鉴之者。缉次园太守，言公抚浙时，已令石门，尝谒见，问：“公事之暇，作何消遣？”对以或看书写字，或邀人斗牌。公慰之曰：“君在彼甚好，地方无事，游戏尚自不妨，但勿过于耽好耳。否则徇于所嗜，虽经史文章，其为废公则一也。”因笑曰：“某次收局，曾失一牌否？”对以忘之。遂探手出一牌曰：“此君家乡物也，三百二十文一付，识之否？”视之果然。又某次入闱，帘内诸房官聚谈，有同事某，言作官利术甚详。比出闱，已登白简矣。后乃谓人曰：“己则不廉，而导人以贪，是曲蘖也，乌可容之？”其恶恶如仇，率类此。

【译文】帅承瀛先生，字仙舟，为官清正廉明，名满天下，用人能够根据各人的才能安排合适的任务，也力争让他们都能满意。而且明察秋毫，像神明一样洞悉一切，属下官吏私底下说的话，就好像在旁边听着。缉次园知府说，帅大人在担任浙江巡抚的时候，自己在石门县（原崇德县，今属浙江省嘉兴市桐乡市）做县令，曾经去拜见帅大人，问："公务之余，做什么事情来打发时间？"回答说或者是看书写字，或者是请人一起打牌。帅大人安慰他说："您在那个地方很好，地方上平安无事，游戏一下倒也没什么妨碍，只是不要过于沉迷就好了。否则一味追求个人的嗜好，即便是读经史、写文章，荒废公务都是一样的。"又笑着说："某次收拾牌局的时候，是否曾丢失过一张牌呢？"回答说忘记了。帅大人伸手摸出一张牌，说："这是您家乡的东西，三百二十文钱一副，认识吗？"看了一下果然是。还有一次，进入考场做考官，考场内各房的考官聚在一起谈话，有一位同事，说起做官谋利的方法头头是道。等出场以后，帅大人已经把弹劾那人的奏章递上去了。后来对人讲："自己本就不清廉，还教唆别人当贪官，这就像酿酒用的酒曲，是用发霉的粮食做成的，是个败类，怎么能容得下这样的人呢？"他疾恶如仇的情形，大致就像这样。

8.3.2 刘文正公

刘文正公（统勋），见事每高人一等，而持正不阿，故相业称隆焉。相传尝大考翰林，题系僻典，通场无知者。惟一卷知之，公未置高等，众皆为异。公曰："殿廷之上，肩比膝接，其人又皆同馆，素相亲好；一人知题，苟一开口，则众人皆知矣；而竟秘之，是何心术？考文原为取士，此人可令得志乎？"即此一事，识度可见矣。

【译文】刘文正公（刘统勋，字延清），对事情的见识往往高人一等，而且为官公道正派，从不迎合阿谀，所以做宰相的勋业彪炳千秋，名望隆重。相传有一次大考（清翰林、詹事的升级考试）翰林，题目是生僻的典故，全场没有人知道。只有一份试卷了解这个典故，刘大人没有把他排在靠前的名次，大家都感到奇怪。刘大人说："考试的殿堂之中，人挨着人，他们又都是同事，平时关系都很好；一个人知道题目，假如稍微开口说一声，那么大家就都知道了；而竟然秘而不宣，这是什么样的心术呢？考试文章本来就是为了选拔德才兼备的人才，这样的人能让他成功吗？"就从这一件事，他的见识和器度便可想而知了。

8.3.3 九老会

嘉庆九年八月望，李味庄观察（廷敬），招邑中耆老，饮于署之嘉荫堂。首座为凌鹤辉，年百有四岁；次沈文炘，百三岁；次郑盈山，百一岁；次全志南，九十一岁；又次陈熙、胡文絅、乔凤山、陈叙东、桂心堂，俱八十以上。称为九老。

观察设盛筵，殷勤进爵，则皆欢呼畅饮，声达户外。日将暮矣，李见诸老，兴犹未阑，因曰："公等能卜夜乎？"佥曰："能。"乃遂高烧绛蜡，重倒金樽，殊觉兴豪于昼。堂中时悬文待诏所画山水轴，后跋百余字，作蝇头细楷。主人曰："诸公目力，尚能读画中字乎？"沈曰："请各书一纸，错一字，浮一大白。"李公各授纸笔。内惟凌与陈，皆以不能辞。余皆摹写无错。酒罢时，漏已三下，而皆无怠容。

是会也，百寿者三，同聚一堂，余皆矍铄无衰状，真一时盛事。相传凌翁身短微须，年逾百岁，貌若五十许，步履饮啖如少时。尝于浴肆遇一人，须发皓然，出浴时，伛偻喘息。翁偶扶掖之。其人曰："三代尚齿，喜君犹有古风，能知敬老，信可教也。然君等壮胜，殊不知老来之苦也。"翁曰："长者高寿几何矣？"某人曰："七十称古稀，仆更过三岁耳。"因亦转问翁岁，翁笑而不答。问再三，有告者曰："此即凌某也，今百五岁矣。"其人甚惭。众各抚掌，翁亦为之莞尔云。又云老人有少意者，寿无量。观凌翁于浴肆中，掖长者，俨居弟子之列，则其得寿也固宜。

【译文】嘉庆九年（1804）八月十五日，李廷敬先生（字味庄），在担任江苏省苏松太道（辖苏州、松江、太仓三府、州，驻上海）的时候，召集当地德高望重的老人，在衙门中的嘉荫堂聚会饮宴。坐在首座，也是年龄最大的，是凌鹤辉老先生，一百零四岁；其次是沈文炘，一百零三岁；再次是郑盈山，一百零一岁；然后是全志南，九十一岁；然后是陈熙、胡文絅、乔凤山、陈叙东、桂心堂，都是八十岁以上。称为"九老"。

李廷敬大人摆设丰盛的宴席，热情地向大家敬酒，大家都很高兴，开怀畅饮，欢声雷动。天色将晚，李大人见各位长者，仍然兴致勃勃，于是说："各位老先生能通宵饮酒作乐吗？"都说："能！"于是点起高高的红烛，再在金杯中斟满美酒，更觉得兴致比白天还要高昂。堂上当时悬挂着明代画家文徵明所画的山水画，后面写有一百多字的跋文，都是蝇头小楷。主人说："各位老先生的眼力，还能读画中的文字吗？"沈文炘说："请大家各自抄写一幅，错一个字，就干一杯。"李大人各自发给他们纸笔。其中只有凌鹤辉和陈熙，推辞说不能。其他人都能一字不差地抄写。酒宴结束时，已经是三更时分，而大家都没有疲倦的神态。

这场聚会，有三位百岁以上的老人，大家欢聚一堂，其他人也都是精神矍铄，没有衰老的样子，真可以说一时的盛事。相传凌鹤辉老先生，五短身材，有少量胡须，年过百岁，相貌还像五十多岁的样子，走路、饮食如同年轻的时候。他曾经在澡堂遇到一个人，须发斑白，洗完澡出来时，身体佝偻，气喘吁吁。凌老先生搀扶了他一下。那人说："夏、商、周三代的时候，以年齿高为尊贵；可喜的是先生还有古人的风尚，能够知道尊敬老人，真是很有前途啊。但是你们还年轻力壮，并不知道老来的苦恼啊。"凌老先生说："老人家高寿多少啊？"那人说："人生七十古来稀，我还超过了三岁。"于是也转头问凌老先生的年纪，老先生笑了笑，也不回答。询问了多次，旁边有人告诉他说："这就是凌老先生，今年一百零五岁了。"那人非常惭愧。大家都鼓掌称叹，老先生也莞尔一笑。又说，老年人有年轻人的气象，长寿无量。我们看凌老先生在澡堂中，搀扶老人，俨然以后辈自居，那么他能够身享高寿也是当之无愧的。

8.3.4 金茂才

咸丰八年，全椒金笛生茂才，避乱居深山中。夜闻妇人哭甚哀，开户视之，一妇携少女坐巉石间。询之，为良家眷属，寇至逃于此，无所归，将欲觅死。金令妻延入，供其饔飧。托人寻其夫，俾携以去。

甫半月，贼猝至，金逃窜榛莽间。回顾火光大起，喊杀声渐近，复越岭狂奔，一昼夜，约去家已百里外，妻子不相顾矣。

迷路不得出。适岭畔有一庄屋，虚无人，遂居之。遗有宿糗，藉以疗饥。逾数日，望烽烟已熄，逡巡寻路，将欲归。而庄主已返，携一妇一儿至，即金之妻子，相见各痛哭失声。庄主大骇。盖庄主葛姓，亦避贼远出，遇金妻子于路，遂怜而挈归，将代为觅金，而不意金适避其庄也。葛先寄孥他处，迎以归，即留金教其子，遂同居焉。

金全人之妻女，葛即全其妻子，食报之速，无逾于此。自咸丰兵乱以来，慈祥狠戾，各受其报，捷如影响者，比比皆是，特人人自不察尔。

【译文】咸丰八年（1858），安徽省全椒县的金笛生秀才，为了躲避战乱，隐居到深山中。夜间听到有妇女的哭声，哭得很伤心，开门一看，只见一名妇女带着一个姑娘，坐在尖耸的乱石之间。经询问，原来她们本是良家女子，因贼寇侵扰，逃难到这里，没有地方去，将要寻死。金秀才让妻子把她们请到屋里来，给她们饭吃。委托别人代为寻找到她的丈夫，使其把她们领回去。

不到半个月，贼寇突然攻打进来，金秀才逃窜到杂乱丛生的草木之间。回头只见火光大起，喊杀声渐渐逼近，又翻山越岭奋力奔逃，一天一夜，已经离家大约百里之外，妻子和孩子也都顾不上了。又迷了路，找不到出路。正好山边有一座看守田庄用的屋子，空无一人，就先住在里面。有一些吃剩的干粮，可以暂时用来充饥。过了几天，望见战火的烽烟已经熄灭，就摸索着找路，准备回去。而这时田庄的主人已经返回，带着一名妇女和一个孩子进来，原来正是金秀才的妻儿，相见之后每个人都失声痛哭。庄主大为震惊。原来庄主姓葛，也是为了躲避贼寇远远逃出去，路上遇到了金秀才的妻儿，可怜她们就带了回来，准备帮她们寻找丈夫金某，而没想到金秀才正好就在他的庄上躲避。葛庄主提前把孩子寄养在了别的地方，接回来，就让金秀才留下来教他的孩子读书，两家于是同住了。

金秀才保全别人的妻女，葛庄主就保全他的妻儿，善报来临之迅速，没有比这更快的。自从咸丰年间的战乱以来，慈祥仁厚的人和暴虐乖戾的人，各自受到报应，如影随形、如响斯应，这样的例子比比皆是，只是人们往往自己认识不到而已。

8.3.5 土司获解

陈子庄曰：海宁查公（莹）映山先生，以吏科给事中，督贵州学政，科试苗疆。取一土司子入泮，撤棘后，土司率子谒谢，美如冠玉。公有一侍者，貌亦娟好。一日辞公去，疑而访之，则两美必合也。公一笑置之。至次年乡试后揭晓，土司子竟得解。公谓中丞曰："此人上年我甫取之入学，笔下甚平，何能作此等文？"试传讯之，一到即款伏，系倩浙江湖州某举人顶替入场。中丞大骇，然以罪名重大，颇思消弭之。察公颜色不怿，未遽言，拟再为周旋。此日适有他事须奏，升炮发折。中丞闻之，疑公以此事上达。己若不陈，惧干谴责，遂连夜缮疏入告。次日询公所奏之件，则并不因此也。二公俱大悔恨。疏上，得旨审实，照例正法，两人遂骈首死。

事越二十余年，公归道山后，有湖州姚孝廉，年二十余，文名籍甚。会试报罢后，留京与先大夫同客查小山比部有圻处。比部，即公嗣子也。孝廉为人恂恂笃谨，独与先大夫善。一日微疾，握先大夫手曰："吾将以后事累君矣。"惊询其故，则历举前事。盖土司子，控于地下，以查公有疑其诱侍者一事，心近于私，当有挟嫌之罪。孝廉则某举人之后身，将往对质。先大夫问："何以不早发觉？"则曰："科场舞弊，例应斩，本无可言。学政摘发弊窦，亦是其职。冥官以究竟事本因公，故待查公数尽之后，始行提讯。若查公诚无此心，则土司子亦不能再有异说。第某不幸，前世因之横死，今世又因之夭死耳。"语讫痛哭，次日遂卒。此事比部本不知之，既询公随往贵州之老仆，则信有此事，而此中曲折不能如孝廉所述之详。

噫！孝廉既予转生，何必又令之再死？且前世以孝廉罹祸，今世何为又予以孝廉。或曰孝廉转生，以前生之福未尽；而其夭死，则其数已尽。特借其自述，以明此中因果耳。孝廉名某，字某，隐之可也。

【译文】陈子庄（名其元）先生说：浙江海宁的查莹先生，字韫辉，号映山，以吏科给事中（明清设吏、户、礼、兵、刑、工六科给事中，掌侍从、规谏、补阙、拾遗和稽察六部百司之事等，清属都察院）的职衔，督理贵州学政，在苗族地区开科取士。选取了一名当地土司的儿子入学读书，放榜以后，土司带着儿子前来拜谢，容貌俊美，如同装饰帽子的美玉。查大人有一名侍者，也长得很俊美。一天，他跟查大人打了招呼就走了，心生疑惑就到处找他，原来他和土司的儿子在一起。查大人笑了笑，随他们去吧。到第二年，乡试结果公布以后，土司的儿子竟然考中了头名解元。查大人对贵州巡抚说："这个人去年我刚选取他入学，写的文章很一般，怎么能写出这样的文章呢？"试着把他叫过来讯问，一来就承认了，原来是请的浙江湖州某举人顶替他入场考试。巡抚大为惊骇，但是因罪名重大，很想帮他大事化小、小事化了。观察查大人脸上有不悦的神色，没敢立即就说，打算再帮他想办法周旋。这天，查大人正好有别的事情须要上奏朝廷，鸣炮寄发奏折。巡抚听到了，怀疑是查大人把这件事上报朝廷。自己如果不说出来，害怕被牵连，遭到处分，于是连夜写了疏文向上报告。第二天，询问查大人所奏的事项，原来并不是因为这个。两位大人都大为悔恨。奏疏已经递上去了，奉朝廷旨意据实审讯，依法处理，土司的儿子和浙江举人一并被斩首。

事情过了二十多年，查公逝世以后，有一位来自湖州的姚举人，二十多岁，写文章很有名气。参加礼部会试落榜后，暂时留在京城，和我的父亲一同借住在查有圻（字小山）比部（明清时对刑部及其司官的习称）那里。查有圻先生，就是查莹先生过继的儿子。姚举人为人温和恭敬、忠厚谨慎，只和我父亲交好。一天，生了轻微的疾病，他握着我父亲的手说："我要因自己的后事来连累您了。"惊诧地问他为何这样说，就把从前的事一一道来。原来土司的儿子死后，在地府控告，因为查公曾有怀疑他诱骗自己的侍者这件事情，有私心的嫌疑，从而借处理替考案件之机而怀恨在心、挟私报复的罪过。姚举人就是二十多年前代替土司儿子考试的那位湖州举人的后身，将要去冥府对质。我父亲问："为什么这件事现在才发觉？"回答说："科举考场舞弊，按照法律本应斩首，没什么可说的。学政发现并剔除弊端，也是他应尽的职责。冥府官员认为毕竟事情的起因是由于查公，所以等待查公寿数已尽之后，才开始提审。如果查公确实没有挟私报复之心，那么土司的儿子也就不能再有别的说法。只是我很不幸，前世因为他遭到惨死，今世又因为他而夭亡。"说完之后，痛哭不已，第二天就死了。这件事查有圻先生本来不知道，就问了一下当时跟随查公一同去贵州的老仆人，确实是有这么回事，而其中的来龙去脉不能像举人那样讲述得那么清晰。

哎呀！举人既然让他转世，为什么又让他再夭死呢？而且前世既然因为举人的功名而遭受灾祸，今世又为什么让他还是做举人呢？有人说举人转世，因为前生的福禄还未享用完；而他夭折而死，则是他的寿数已经到了。只是通过他的讲述，来向世人昭明其中的因果而已。举人的姓名，这里就隐去了。

8.3.6 人寿可延

齐子治曰：余三十五岁时，住钓桥陈氏广宅。夜梦身坐大厅，见五人席地坐阶前，共饭。有一高脚牌，靠在中门墙上。心知其阴差，下堂看牌上名，正面无我名；翻转，见头名署“齐承裘”三字，上有朱笔一点。退至堂中，五人食竟。差头来前，余谓之曰：“汝五人来唤余去者耶？”曰：“然。”余叹曰：“世味都已尝遍，去世也罢。但上有老父，下无一子，难为情耳。”差颔之。予向求策，既而曰：“罢、罢、罢，我为汝去回一牌，说汝安徽籍，人已归，无唤处，或可了案。”余曰：“设移文到徽，查出实情，再唤奈何？”差曰：“无多言，独不知人有可延之寿乎？去，去！”遂负牌而出，余目送之。乃寤，鸡已鸣矣。从此立意戒杀放生，以期延寿。一善念起，冥感鬼神；为人子者，可不慎欤！自今思之，倏忽已历三十年矣。人寿可延，其言不妄。

【译文】齐子治说：我在三十五岁那一年，住在钓桥附近的陈家大宅中。夜里梦到自己坐在一间大的厅堂里，见有五个人席地坐在台阶前，一起吃饭。有一块高脚牌子，靠在中门墙上。心里知道他们是冥府的差役，走下厅堂观看牌子上的名字，正面没有自己的名字；翻过来看，只见排在第一的名字是“齐承裘”三个字，上面用红笔点了一点。退回到厅堂中，五个人已经吃完饭了。差役的头目来到跟前，我对他们说：“你们五个人是来叫我过去的吗？”他们说：“是。”我叹了口气，说：“世间的各种况味都已经尝了个遍，去世也无所谓。只是上有年老的父亲，下面还没有一个儿子，感到很难为情。”差役点了点头。我向他们请教解决的办法，他们想了一下，说：“罢了，罢了，我们为你去交个差，把牌子退回，就说你是安徽人，人已经回去了，没地方去找，或许可以了结此案。”我说：“假如发公文到安徽，调查出真实情况，到时怎么办呢？”差役说：“不要多说话，难道不知道人的寿命是可以延长的吗？去吧，去吧！”于是扛着牌子出去了，我目送他们离开。醒来之后，鸡已经叫了。从此以后，立愿努力戒杀放生，以期延长寿命。一个善念生起，冥冥中即可感动鬼神；做人家儿子的，难道不应该慎重加以考量吗？到现在回想一下，转眼之间已经过了三十年了。人的寿命虽然是定数，但是通过戒杀放生行善也可以延长，这话是真实不虚的。

8.3.7 杨黻香太守

粤东杨黻香（荣绪），同治间，前后两任吴兴太守。清廉不苟，人所共推。与绅士亦相得，而于本地绅周观察（学濬（jùn））尤相契。一日谓周曰：“吾年十有五，尝梦至一处，溪桥幽雅，恋恋弗忍去。忽见一老僧谓之曰：‘汝将来必到此，今尚未也。’叩以何时再来，则出手五指示之，又示以三指。醒而梦境历历如绘。”意谓五十三岁，必将死矣，而竟无应。今夏得病，知不起，嘱后事甚详。家人问之，曰：“吾十五岁时，僧示我以五十三，非其时呼！吾其不起矣。”后果然。临终遗嘱成一对，附于讣后，其词云：“此后真成大自在，他生须略减聪明。”则于所出处，亦不甚得意耳。

于予有一面交，实近来浙省仅见之清官也。周观察述之金少伯，少伯转以告予。可知人之生死，早已数定。至大善大恶，则或修或短，即有不能必者矣。少伯又曰：“人咸传其为湖州城隍。”理或然欤！

【译文】广东的杨荣绪先生，字黼香，同治年间，先后两次出任浙江湖州知府。为官清正廉洁，处事认真，人们对他都很敬重。和当地的绅士也能相处融洽，而和本地的退休监察御史周学濬（字深甫）先生尤其投合。一天，对周先生说：“我十五岁的时候，曾经梦到去了一个地方，小桥流水，幽静雅致，恋恋不舍，不忍心离去。忽然见到一位老和尚对我说：‘你将来一定会来这里，现在还不是时候。’问他什么时候才能再来，老和尚伸出五个手指头给他看，又伸出三个手指。醒来之后，梦里的情形历历在目。”心想五十三岁，就要死了，而后来没有验证。今年夏天得病，知道这次肯定不行了，跟家人详细地嘱托了后事。家人问他原因，他说：“我十五岁的时候，老和尚指示我说五十三岁，现在不是到时候了吗？我这次肯定不行了。”后来果然如此。家人将他临终时的遗嘱，编成一副对联，附在报丧的讣告后面，是这样说的：“此后真成大自在，他生须略减聪明。”根据对联内容的出处，好像也并不完全符合本人的原意。

杨先生和我有一面之交，确实是浙江省近年来难得一见的清官。周学濬先生将这件事讲给了金少伯，少伯又讲给了我。由此可知，人的生死，天数早已经注定了。至于做了大善事或者大恶事，则寿命或者延长或者削减，可能就会有一定的变化。少伯又说："人们都传说杨荣绪先生死后做了湖州城隍神。"理论上讲也是应该的。

8.3.8 前定

戴醇士先生，家居时，过从颇密，常以书画相质。一日语予曰："君喜言因果。因果者，人为之，天定之，特人未之知耳。凡事之一定者，皆有几，而几往往见于梦，其实于本事无所损益。盖造物者，亦莫之为而为，即可知事之有前定也。"

道光辛丑，在京师直南斋，住澄怀园近光楼。祁春浦先生，新奉命入军机，暂居漏下。是日，以奕经为扬威将军，至浙江办理夷务。黄侍郎树斋同年，致祁一函，中有"梦兆果应"之语。予问之，先生曰："予去年，与树斋同为福建钦使，归至常州，忽梦一吏呈白折，书奕山、奕经二名。予问何事，吏曰：'奕山至广东，奕经至浙江。'遂醒。次日语树斋。前以奕山为靖逆将军，至广东办理夷务矣；今日又得此旨。故树斋云然。"

又御史卢毓嵩，于壬寅元旦，梦吏呈一册，问曰："御史许汝恪，汝字应写水旁耶？"卢曰："人名自应写水旁。"因阅其册，见己名，问："何以有我名？"吏即攫去，曰："既有都老爷名，勿阅。"惊醒以语妻。妻与军机章京彭咏莪妻，兄弟也。贺年以语之彭，因传其事。予时在澄怀园，亦知之。既而都察院团拜于铁门文昌馆，许御史正观剧，忽欲归，同坐者留之，不顾而去。御史住果子巷，去铁门一牛鸣地。途中促车夫驱车，已而自执鞭驱车，已而下车疾走到家，直入卧房，才脱一衣，气绝矣。由是都中盛传此梦。马比部吉人同年请客，卢在座，客方共询梦。卢言次，忽似凝神而不闻者然；谛视无语，就之气绝矣。按许、卢二君，一在观剧，一在赴席，丝毫无病，顷刻而死。则俗所谓上时不知下时事者，诚然。

【译文】戴熙先生，字醇士，钱塘（今浙江杭州）人，家居时，和我交往很密切，常常在一起切磋书画。一天，他对我说："您喜欢谈论因果报应。因果报应，是人自己造作善恶行为，上天来注定赏罚，只是人们自己不知道罢了。凡是事情已经注定的，都有征兆，而征兆往往显示在梦境中，其实对于事情本身没有什么影响。大概造物主，也是看似什么也没做，却是在冥冥中掌控一切，就可以知道事情确实是提前注定好的。"

道光辛丑年（1841），在京城的南书房值班，住在澄怀园（清代专为南书房和上书房词臣所设的寓所，俗称翰林花园，在圆明园福园门南、绮春园西墙外）的近光楼。祁寯藻（字叔颖，一字淳甫，避讳改实甫，号春圃、春浦、息翁，清代大臣）先生，刚刚被朝廷任命为军机大臣，也暂时居住在这里。这一天，朝廷任命奕经（爱新觉罗氏，字润峰，清朝宗室，道光帝侄）为扬威将军，赴杭州督管抗击英军入侵事务。侍郎黄爵滋先生，字德成，号树斋，曾经给祁先生写过一封信，其中有"梦中征兆果然应验"的话。我问他其中缘由，祁先生说："我在去年，和黄树斋先生一同作为钦差，赴福建筹办海防、查禁鸦片，回来的时候，路过常州，忽然梦见一位吏员呈上一封空白的折子，上面写着‘奕山、奕经’两个名字。我问是什么事，吏员说：‘奕山到广东，奕经到浙江。’然后就醒了。第二天就对树斋讲了梦中的事。之前朝廷任命奕山（爱新觉罗氏，字静轩，清朝宗室）为靖逆将军，到广东督理抗击英军事宜；今天，又得知了任命奕经的这个圣旨。所以树斋才这么说。”

还有一件事，御史卢毓嵩［字豫生，元和（今江苏苏州）人］，在道光壬寅年（1842）正月初一，梦见一名吏员呈上一本册子，问道：“御史许汝恪，‘汝’字应该写三点水旁吗？”卢御史说：“人名自然应该写三点水旁。”于是看了一下那本册子，看见了自己的名字，问：“为什么会有我的名字呢？”吏员就把册子夺过去，说：“既然有都老爷（明清对都察院长官的俗称）的名字，就不要看了。”一惊而醒，然后把梦境讲给了妻子听。卢御史的妻子和军机章京彭蕴章［字咏莪，长洲（今江苏苏州）人］的妻子，是亲姐妹。拜年的时候，又将梦中之事讲给了彭先生，于是这件事就传开了。我当时在澄怀园，也听说了。后来，都察院在铁门的文昌馆集体拜年，许汝恪御史正在看戏，忽然说想要回去，同坐的人挽留他，没有理睬就走了。许御史住在果子巷，距离铁门只有一牛鸣（谓牛鸣声可及之地，喻距离较近）的路程。半路上催促车夫快驾车，然后自己亲自拿着鞭子驾车，然后下车快步走回家，直接走进卧室，刚刚脱下一件衣服，就断气了。从此京城中到处传说梦境的事情。刑部官员马吉人设宴请客，卢御史在座，客人们正在一起谈论关于梦境的事情。卢御史正在说话的时候，忽然好像神色凝滞，听不到别人说话的样子；仔细一看，发现他不在说话，试了一下，已经断气了。按，许汝恪、卢毓嵩两位先生，一个在看戏的时候，一个在赴宴的时候，身体没有一丁点的毛病，片刻之间就死去了。那么民间所说的上个时辰不知道下个时辰的事情，看来确实如此啊！

8.3.9 伊相国

伊莘农相国(伊里布),与家大人交契最笃,同于道光初年外宦,结为异姓兄弟。每见其名柬,则署“红带子愚兄”。尝告家大人曰:“我最不喜换帖,尔与我性情相对,可称兄弟;否则自己兄弟,照顾不来,而向外人认兄弟,可乎?”絮谈间,尝言:人生枯菀(wǎn)升沉之运速,皆有定数,殊难逆料。予年五十,于滇省节署官廨,枯坐胡床,每至三时之久,绝少居官趣也。常向人道之曰:余初铨除云南通判,因公罣吏议去官,穷滞不得回旗。欲谒抚军,求谕寅寀凑资斧。司阍者以废员,每斥不与通。恳告再三,始颔之,令少待。但见大小吏,分队晋谒,始司道,而府厅,而州县,而佐贰,而武弁。更有拜会者,延日晡,意以为当及己也。忽闻号房者大声言曰:“抚军今日接见属吏,为时久而惫,尔且退,期以诘朝相见。”予次且徒步归,凡往返三日,皆如之。

每在官厅,惟日于节署西偏,支胡床,屏息枯坐,亦绝无过问者。一日又至,知抚军已语郡守为道地,共敛百金为赆。而抚军固终未之得见也。滇去京万里,途长赀短,无可奈何。计惟暂置妻孥,孑身入都,再向亲友称贷。不谓都中亲友,见予免官归,相率避道,少来存问者。

向旗员因公去官,例许请觐。有旧胥谓予曰:“君困若此,盍援例请觐?倘有机会,未可知。”如言搜腰缠,仅存所赆金三十两,罄付作孤注,得具文上请。时朝廷方廑(qín)念滇中苗疆事宜，以予从滇来，特召见，垂问苗情。予谨据实条陈，奏对称旨。上意嘉悦，敕以原官，仍回滇视事。亲友闻予复官，渐有来庆贺者。及陛辞遄(chuán)发，旋奉命超擢郡守，亲友来者愈众。不惟庆贺，有推荐纪纲者矣，有馈饷食物者矣；且有不向称贷，而殷殷嘉惠程币，惟恐拒而不受者矣。

予迫于朝命，不敢濡滞。甫出都门，便奉诏简授监司，并谕兼程驰驿赴任。既抵滇省，妻孥相见，彼此慰藉，恍疑梦中。即日遵典礼，参谒抚军。前执简者见余至，亟趋前，罄折起居，言笑和悦，不似前气象。比将命入，即闻传命曰："请。"相见之下，吉词奖庆，备极谦宠，见余着监司冠服，讶曰："君尚不知耶？昨已奉诏，特命君陈臬滇中，君尚不知，而犹着此耶？"命左右速为具三品顶，就于节署更易。

两年之间，由滇臬洊转布政，坐迁巡抚。受命之日，恭诣节署堂皇，焚香设案，望阙谢恩毕；后步出堂下，见堂皇西偏屋，历历在目。因忆昔支胡床，枯坐其下，数日往返，欲求一望见抚军颜色而不可得。其时齿已半百，不料当日求见不得之人，甫两易寒暑，竟俨然及身起而代之也。予方木立神遡(sù)，冥追回想，忽阍人来报属吏咸临宇下待命。予次第接见，犹是司道也、府厅也、州县也、佐贰也、武弁也。为时不过二年耳。抚今追昔，惶愧惶愧。予接见各吏既毕，乃进司阍戒之曰："尔曹识之，自今以往，但有来谒者，必速将命。尔曹务接以和悦，切勿以愁惨之气象相加。慎毋令堂皇西偏，再有人枯坐胡床，求见不得，徒劳往返也。"

【译文】相国大人伊里布（爱新觉罗氏，清朝宗室、大臣），字莘农，和我父亲交情最好，同在道光初年外放到地方上做官，结为异姓兄弟。每次看见他的名帖，都是很谦逊地署名为“红带子愚兄”（“红带子”为清代皇室旁支子孙的代称）。他曾经对我父亲说：“我最不喜欢和人互相交换名帖，你和我性格合得来，可称为兄弟；否则的话，自己的亲兄弟，还照顾不过来，却和外人称兄道弟，可以吗？”交谈之间，曾说：

人生的生死寿夭、富贵贫贱、进退升降快慢，都有定数，特别难以预料。我五十岁的时候，在云南省的巡抚衙门官厅中，每天在马扎上干坐着，常常达到三个时辰之久，极少感受到做官的乐趣。常常对人说：我当初被选授为云南府南关通判，因为公务被处分革去官职，贫穷落魄，滞留在云南没办法回到北京。想要去拜见巡抚大人，请求他给下属同僚们打个招呼，凑集一些钱作为路费。看门的人因为我是被革职的官员，每次都呵斥我，不帮我通报。恳求再三，才勉强同意，让我稍等。只见大小官吏，分队进去拜见，开始是省属各司道，然后是各府厅，然后是各州县，然后是副官，然后是武官。还有很多其他拜会的人，一直等到黄昏时分，本来以为应该轮到自己了。忽然听门房的人大声说：“巡抚大人今天接见属下官吏，时间已经很长了，非常疲惫，你们暂且退下，等明天再来相见。”我犹豫不定地走回去了，前后往返三天，都是这样。

每当在官厅，只是每天在衙署的西偏房，摆上一张马扎，屏住呼吸干坐着，也没有人来过问。一天，又去拜见巡抚大人，知道巡抚已经跟知府打过招呼了，共凑了一百两银子送给我作为路费。而巡抚大人到最后都没有见到。云南距离北京万里之遥，路途遥远，路费短缺，也没有什么办法。思来想去，只能暂时把妻儿安顿好，然后自己孤身一人回京城，再向亲朋好友借贷。没想到京城中的亲友，见我罢官而回，都远远躲开，少有人来过问我。

按照过去的惯例，宗室成员因为公务革去官职，允许申请觐见皇帝。有个老部下对我说："您困窘到这个程度，为什么不按照惯例请求觐见呢？倘若有机会，也未可知。"按照他的话掏空了腰包，只剩下路费三十两，全部拿出来孤注一掷，从而得以写了申请的文书递交上去。当时朝廷正在殷切关注云南省苗族地区的事宜，因为我从云南回来，专门召见我，向我询问苗民的情况。我认真地根据实情分条陈述，应对回答让皇上很满意。皇上很高兴，对我表示赞许，命令官复原职，仍然回云南任职。亲友听说我官复原职了，渐渐有来表示祝贺的。等到向皇上辞行马上动身出发的时候，又接到命令提拔我做知府，亲友来祝贺的就更多了。不只是贺喜，还有推荐仆人的，有馈赠食物的；甚至有并未向他借贷，而殷勤地赠送给我路费，唯恐我拒绝而不接受的。

我迫于朝廷的命令，不敢拖延。刚刚走出北京城门，便接到诏命，任命为监司，并且指示星夜兼程尽快前去上任。抵达云南以后，和妻儿相见，彼此相互安慰，宛如在梦中。当天就按照礼仪，去拜见巡抚大人。前面一个手持简册的人，见到我来了，快步近前，很恭敬地向我请安，有说有笑，和颜悦色，不像从前的态度。等接到通知让我进去，就听到传达命令的人大声说："有请！"一见面，就说好话对我表示褒奖和祝贺，态度极为谦恭柔和，见我还穿戴着监司的官服官帽，惊讶地说："您还不知道吗？昨天已经接到诏书，特任命您为云南按察使，负责管理云南省的司法事务，您还不知道，还穿着原来的官服吗？"命令左右的侍者立即准备好三品顶戴，就在巡抚衙门中更换。

两年之间，由云南按察使接连转任为布政使，后来升任巡抚。接到朝廷命令那天，恭敬地到巡抚衙门大堂，摆设香案，望着朝廷的方向叩谢皇恩;然后走出堂下,见大堂的西偏房,还历历在目。于是回想起当初支起一个马扎,在堂下干坐着,连续几天往返,想要和巡抚大人见上一面都无法实现。当时已经五十岁了,没想到当时求见不得的人,刚刚过了两年,自己竟然亲身取代了他的位置。我正呆呆地站在那里出神,冥思回想过去的事,忽然看门的人来报告说属下官吏都已经集合在门口等待接见。我按照顺序挨个接见,仍然先是省属司道,然后是各府厅、州县、副官、武官的顺序。这只不过才过了两年时间。面对眼前的情景,回想过去的事,令我惶恐惭愧。我接见各位官吏结束以后,把看门人叫进来,告诫他们说:"你们要记住,从今往后,只要有来拜访的,一定要急速禀报。你们一定要和颜悦色地来接待,不可施以冰冷凄惨的态度。千万不要让大堂的西偏房,再有人干坐在马扎上,想见我一面都不成,白白地来回跑。"

8.3.10 雷击四则

镇海乡有某姓兄弟四人,皆出洋捕鱼为业。前月杪(miǎo),船将进口,驶至镇海关外崑亭洋面。相离数十丈外,遥见一出口船,满载货物而来,恐被相撞,预为声喊。某氏兄弟,偏不肯让,故意将船横驶,致将出口船撞覆。内有一人,漂浮水面,手攀船沿求救。船中一伙,问诸四人。此四人恐救起后,必多支节,令用刀断其一手,是人犹能一手牢攀;又被一刀,始随波逐浪而去。迨六月初四日,四人与伙聚谈。忽霹雳一声,将五人摄至庭前。兄弟四人,先时击毙;惟伙直言前情不讳,言毕亦死。

一在慈溪骆驼桥，某甲在门首买杨梅，忽被震死，端跪不仆，手攀一纸包。雷火弗爇，验之乃砒霜也。俄而其妻闻信出外，对天大骂。雷又旋转头上，始战栗跪告曰："是尝欺弟妇少寡，侄幼弱，将图吞其产，逼令弟妇再醮。因不从，乃设计诬奸。妇无以自明，当夜雉经死。死后家产又不能到手。昨又忽萌恶念，市得砒霜，欲买杨梅伴之，将毒胞侄也。"言毕雷乃收声。

一在江东大河桥之某甲，向撑驳船为业。日前下午，在招商局对江所泊之糖船避雨。霹雳自空而下，甲即殛死，掌上洞穿一穴。众皆莫明其故。验其搭膊中，有英洋六元、洋票数纸。正在惊疑之际，江边忽浮出一尸，传得此尸，即某糖行之学徒，是日早起出外照票。查对搭膊中之洋票，店号、图记相符，始悟此学徒，必被甲所害也。

一在西河营地方，一老妪在门前看两幼童，抛钱相戏。旁置青蚨一千，戏毕忽忽去，妪遂拾之。而自仍在门前倚立。少顷，一童奔回，不见钱，询之老妪。妪置之不理。童一时情急，恐为父母严责，遂跃河而死。次日便霹雳一声，将妪摄出门外，手擎大钱一千，登时气绝。以上皆庚辰六月间事也。

【译文】镇海乡（今属浙江宁波市镇海区）有某姓兄弟四人，都是以出海捕鱼为业。上个月月底，渔船将要回到港口，航行至镇海关外的崑亭洋海面。相距几十丈的距离之外，远远望见一艘出港的船，满载货物而来，船上的人害怕被相撞，就大声呼喊，请提前让行。某姓兄弟，偏偏不肯相让，故意将船横过来开，导致出港的货船被撞翻。其中有一人，漂浮在水面上，用手攀住他们的船沿求救。渔船上一名伙计，向四人询问。这兄弟四人恐怕把他救起来后，会生出一些麻烦，命令用刀砍断他一只手，那人还能用另一只手攀牢；又砍了一刀，这才随着波浪被漂流而去。到六月初四日这一天，兄弟四人和伙计正聚在一起聊天；忽然电闪雷鸣，霹雳一声，将五个人摄到院子里。兄弟四人，先被雷电击毙；只有伙计一五一十把前面的事情讲出来，说完也死了。

一个是在慈溪的骆驼桥，某甲在门口买杨梅，忽然被雷震死，直直地跪着不倒地，手里还拿着一个纸包，没有被雷火烧毁，验了一下，原来是砒霜。不一会儿，他的妻子听到消息跑出来，对着天空大骂。雷电又在头顶上盘旋，这才害怕地跪下来承认说："他曾经欺负弟媳妇年轻守寡，侄子还幼小，将要图谋吞没他们的家产，逼迫弟媳妇改嫁。因为不同意，就设计诬陷她有奸情。弟媳妇无法澄清自己的清白，当天夜里自缢而死。死后，家产还是没有拿到手。昨天又萌生了恶念，买到了砒霜，准备买些杨梅，掺上毒药，把亲生侄子毒死。"说完之后，雷声才停止了。

一个是在宁波江东大河桥，有个某甲，向来以撑驳船为职业。前些时候的一天下午，在招商局对过的江面上停泊的一艘糖船上避雨。忽然雷电从空中直击而下，某甲当场被击毙，手掌上被击穿了一个小洞。众人都不知道其中的缘故。翻看了一下他身上所背的布袋，里面有外国银元六块、钞票数张。大家正在惊诧疑虑的时候，江边忽然浮起一具尸体，有人说这具尸首，就是某糖行的学徒，这天早起出门到钱庄照票（商业用语，如钱庄可以兑现之钱票，经出票之钱庄检查比对并加盖"某庄照票"之图章后，即称照票，至期必付）。核对了一下布袋中的钞票，店铺字号、标志、印章都相符，大家才意识到这名学徒，一定是被某甲谋财害命。

一个是在宁波西河营地方，一个老妇人在门前观看两名幼童，抛掷钱币做游戏。旁边放着铜钱一千枚，游戏结束之后匆匆离去，老妇就把铜钱捡起来收好。而自己仍然在门前站着。过了一会儿，一个孩子跑回来，发现铜钱不见了，就向老妇询问。老妇置之不理。孩子一时情急之下，害怕回去被父母严厉责罚，就跳到河里死了。第二天，只听霹雳一声，将老妇提出门外，手里举着大钱一千枚，立刻气绝身亡。以上都是光绪庚辰年（1880）六月中发生的事。

8.3.11 程太封翁

江西新建程太封翁，性耿介，躬耕自食其力。娶太夫人某氏，井臼亲操，家业蒸蒸日上，后渐致富。夫妻益行善事，所制升斗，俱有复底，粜则加板一层，粜则去之。晚年盈赀累万，儿孙绕膝。

双庆古稀，是日戚党毕集，太夫人受贺毕，忽入房端坐含笑而逝。时方暑月，举家惶恐无措，以天热不能备礼，草草殡殓。又虑被人口实，仓卒葬于田陇。后有形家过其地，见之叹曰："此吉穴也，必热葬易于得气，子孙登祥乃速，且贵不可言。"

不数年间，其孙晴峰先生矞（yù）采，辛未进士，官至两湖总督；憩棠先生楙（mào）采，甲戌翰林，官至浙江巡抚；霁亭先生焕采，庚辰翰林，官至江苏藩司，兼摄巡抚。其他曾孙，科第仕宦，至今不绝。益知其受福有自也。

按晴峰先生，与家大人同官京师，又同外宦，相交甚密。家大人苏抚后任，即为晴峰。先生兄弟在京时，尝自述先德之贤，宜其报之速也。

【译文】江西新建县程老先生，是一位太封翁（古时尊称做官者的父亲为“封翁”，祖父即为“太封翁”），为人正直，不同于流俗，亲自耕种劳作，自食其力。迎娶太夫人某氏，亲自操持家务，家业蒸蒸日上，生活越来越好，后来渐渐富裕起来。夫妻二人更加努力做善事，买卖粮食轻入重出，甘愿吃亏，所制作的升、斗（量粮食的器具，十升为一斗），都有双层底，买米时加一层隔板，卖米时去掉隔板。晚年的时候，家产达到了上万两白银的规模，子孙满堂。

老两口都活到七十岁以上，这一天为二老贺寿，亲朋好友都来了，太夫人接受拜贺之后，忽然回到房间端坐着面带微笑离世。当时正值炎热的夏季，全家人惊慌失措，因为天气炎热，葬礼也没办法做到特别周到完备，只能草草殓葬。又担心给别人留下话柄，仓促之间，便葬在自家的田地里。后来，有一位风水先生路过他们家的田地，抬眼一望，说：“这是风水宝地，只是必须要热葬才容易得地气，子孙发达才快，而且将来富贵的程度无法用言语表达。”

不过几年的时间，程老先生的孙子程矞采，字蔼初，号晴峰，嘉庆十六年（1811）辛未科进士，官至湖广总督；程楙采，字曜初，号憩棠，嘉庆十九年（1814）甲戌科进士，翰林院庶吉士，官至浙江巡抚；程焕采，字晓初，号霁亭，嘉庆二十五年（1820）庚辰科进士，授翰林院编修，官至江苏布政使，代理巡抚。（人称“一门三督抚”。）其他的孙子辈、曾孙辈中，登科及第、入仕做官的，到现在都绵延不绝。更加知道获取这种福报，是有很深的渊源和来由的。

按，程矞采先生，和我父亲同时在京城做官，又同时外放到地方上任职，交往很密切。我父亲担任江苏巡抚之后的下一任，就是矞采先生。先生兄弟在京城的时候，曾经亲口对人讲述他们祖先的贤德事迹，也就不难理解他们家获得福报如此迅速。

8.3.12 夫舟德报

齐子冶曰：族祖夫舟公，积数年之谷，赈饥不足；又买田米赈济，而家遂贫。此乾隆甲子年事。其家人丁众，而绝少书香。其曾孙康，即以嘉庆甲子登贤书，旋成进士。子孙继起。天之报施善人，固不爽也。

【译文】齐子冶曰：齐氏宗族中有一位祖辈夫舟先生，将家中积蓄多年的粮食全部拿出来，赈济饥饿的灾民，仍然不够；又出资买地、买米继续赈济，因而家中变得贫困。这是乾隆甲子（1744）年间的事情。他们家人口众多，而长期没有出过读书人。他的曾孙齐康，就在嘉庆甲子年（1804）乡试中金榜题名，考中举人，紧接着成为进士。子孙相继崛起，接连发迹。上天对善人的回报和施与，本来就不会有差错。

8.3.13 秦大士

秦礀（jiàn）泉修撰大士，浙人。初其父某，曾为刑房吏，年半百无嗣，已绝望矣。邑有某甲，坐法论死。其妻少艾有姿，伉俪綦笃，欲失节而救其夫，谋之秦曰：“妾夫不幸死罪，倘能救之，妾不揣陋质，当夫之。”秦未之对。妇以秦拒，哭不能抑。秦见而哀之曰：“汝姑去，当竭力图之；其济则已，不济亦有以报命。”妇去。秦力为之谋，其夫竟得活。又年余释归，夫偕妇往谢秦，并欲留妇践约。秦正色曰：“吾之救汝，岂利妇乎？”

力拒之，遣与俱归。

邑人闻其事，相传语曰：“刑房刑房，救一成双。何以报之，生状元郎。”明年生大士，其少时，气宇已自不凡。迨大士及第，秦年已八十余，卒为封翁，数年而殁。孰谓公门之中无善士哉？

按，秦殿撰事，前录已见。此另一情节，故并录之，要皆足为劝耳。

【译文】秦大士先生，号磵泉，浙江人（史载江苏江宁人），是乾隆十七年（1752）壬申恩科状元，授翰林院修撰。当初他的父亲（秦有伦），曾经在县衙里做刑房吏（掌理刑事案件的小吏），年过五十，还没有子嗣，已经不抱什么希望了。县里有个某甲，触犯了刑律，按律要被判处死刑。他的妻子年轻貌美，颇有姿色，夫妻二人伉俪情深，极为恩爱，妻子宁愿自己失节，也要挽救她的丈夫，就和秦父商量说：“小女子的丈夫不幸犯了死罪，倘若能够救他一命，小女子虽姿质丑陋下劣，甘愿以身相许作为报答。”秦父没有回答。妇人以为秦父拒绝，不禁失声痛哭。秦父见此情景，就很同情地对她说：“你暂且回去，我会竭尽全力帮你周旋。事情若能成功也就罢了；如若不成，也会有个说法。”妇人就回去了。秦父极力为他们想办法，她的丈夫最后得以活下来。一年多后，释放回家，某甲和妻子一起前来拜谢秦父，并且想要把女子留下来，来履行前面的约定。秦父神色严肃地说：“我救你，难道是为了妇人吗？”极力拒绝，送他们回去了。

当地人听说了这件事，有一首歌谣流传，是这样说的：“刑房刑房，救一成双。何以报之，生状元郎。”第二年，就生下了秦大士，少年时期，就显示出不同凡响的气象。等到秦大士高中状元的时候，父亲已经八十多岁了，成为封翁，几年之后去世。谁说公门之中没有善人呢？

按，秦状元的事迹，前文中已经收录。这是另外一桩情节，所以一并记录下来，都足以用来劝化世人。

8.3.14 雷击二女

江苏葛菊人言：太湖西洞庭山，有村曰后堡，人烟辐辏，多以织锦绸为业。锦绸以茧网为之，谓茧面第一层茸丝，其薄如网也。先是有湖州某叟，每年蚕熟，辄舟载茧网，至后堡贩卖。村有某媪，其子外出佣工，家惟孙女十二岁、外孙女十四岁，相依过活。道光十三年六月，某叟来贩茧网，担货到村，子十三岁，留以守舟。二女恒至舟，与叟子戏，日久益密无猜。叟售货既罄，将归，以风逆不能解缆，敛佛番十二元纳橐（tuó），置舟中。仍携拣剩残网，到村贬价卖讫，旋舟。索橐不得，怒诘其子，鞭之几死。岸人佥为缓颊，咎叟疏虞，不能专责乃子。叟无词，含泪刺舟，怏怏而去。

是月二十四日，某媪将午炊，以石敲火不得，出门乞火。忽烈风暴雨，雷电大作。村民某甲，见媪宅火起，趋报媪。媪骂曰："促狭儿无妄咒我，敲火不得，始出求火，家中那得火发？"甲曰："此何等事，敢作诳语！谓予不信，可自觇之。"媪急冒雨趋归，果见火焚屋内，哭央村众扑灭。火顿息，雷雨亦止。入视二女，手扶瓷坛，跽（jì）死院中。两太阳穴，各洞如针孔，血涔涔然流出，面不改色。众甚讶之，坛故盛爆豆，试共发之，则豆下叟之橐赀存焉。村民多与叟善，急遣人驰送湖州。至则叟与妻，已于昨夜投缳死矣。盖叟归途，复痛责其子，偪迫投河。到家妻询得其故，既痛子死，又以失赀，无以为生。夫妻交谪半夜，俱自经云。村人回，始知雷击两女，为有由也。吁，可畏哉！

【译文】江苏的葛菊人先生说：太湖西洞庭山（位于今江苏省苏州市吴中区），有一个村子叫作后堡村，居民密集，大多以织锦绸为业。锦绸是用茧网纺织而成的，所谓茧网，就是蚕茧表面第一层茸丝，轻薄如网。之前，有一位来自浙江湖州的老翁，每年到蚕茧成熟的时节，就用小船装载茧网，到后堡村贩卖。村中有一位老妇人某，他的儿子外出受人雇佣做工，家中只有一个十二岁的孙女和一个十四岁的外孙女，相依为命过生活。道光十三年（1833）六月，老翁又来贩卖茧网，用扁担挑着货物来到村里，他的儿子十三岁，留下来看守小船。两个女孩经常到船上，和老翁的儿子一起玩，时间长了越来越亲近，没有猜疑。老翁将货物卖完之后，准备回去，因为风向是逆风，所以暂时开不了船；收了十二枚外国银元藏在布袋里，放在船舱中。然后收集了一些剩下的零碎茧网，再到村中减价卖掉，回到船上。找钱袋却怎么也找不到，愤怒地鞭打他的儿子，都快打死了。岸边的人都替孩子求情，责备老翁疏忽大意，不能只怪孩子。老翁也没什么话，眼中含着泪水开船，闷闷不乐地走了。

这个月的二十四日，某老妇人准备做午饭，用火石打火打不着，出门借火。忽然狂风暴雨，电闪雷鸣。村民某甲，看见老妇人家中起火，连忙去报知老妇。老妇说："你这个捣蛋鬼，不要胡乱咒我，我打火打不着，才出来借火，家里哪能着火呢？"某甲说："这是什么事，我怎么敢乱说呢？你要是不相信，可以自己去看。”老妇急忙冒雨小跑回家，果真看到屋里起火，哭着央求村民们来救火。火很快被扑灭，雷雨也停了。进去找两个女孩，只见他们手扶着瓷坛，直直地跪着死在院子里。两侧的太阳穴，分别被击穿了一个针孔大小的洞，血还不停地往外冒，脸色没有变化。众人都感到很吃惊，坛子里原来盛的是炒豆，试着用手翻了翻，在炒豆下发现了那位卖茧网老翁的银元。村民们大多都认识老翁，急忙派人送到湖州。到了一看，老翁和妻子已经在昨天晚上自缢身亡了。原来老翁在回去的路上，又责打孩子，逼迫跳河。到家之后，妻子得知了原因，既心疼儿子的死，又因为丢了钱财，没有办法生活下去。夫妻二人相互埋怨了半夜，都自缢而死。村民回来，才知道天雷击毙两个女孩，原来是这个原因。哎，真是可怕啊！

8.3.15 全人夫妇

光绪四年十月，有西商某，懋（mào）迁到沪，栖迟逆旅。货售楚，萧闲无事。闻邑庙有精风鉴者，四人结伴前往。相士次第品评，谈言微中，至商不发一语；固请，终不言。三人默询之，曰：“此人数日内当死非命，焉用相？倘吾言不实，吾不复谈相矣。”三人支吾数语而返。半途实以告，商曰：“修短有数，听之而已。”回寓料理账目，并修书贻其子。

夜半，闻邻妇哭声，凄然动听。诘朝询之，则邻屋负人八十金，逼于追呼，鬻妻以偿，已书券矣。妇不忍别，是以哭也。商曰：“吾可代偿其债，汝辈踵门以告之。”移时偕夫至，商遂如数给之，并另付数十金，俾作小经纪。其夫妇欣然领归，还债焚券。告妻曰："承彼大恩，没齿不忘，今夕盍先备肴酒以申意？"方酣饮时，忽闻轰然一声。同座骇听，不辨何处。席散，西商返寓，见中梁倾塌，适压己床。众聚观，相顾失色。是夕借宿他所，多日安然无事，已逾相者数日之言矣。同伙遂以再生相庆。

夫死期在即，百念俱灰，而能从容解囊，完人家室，可谓盛德之至。宜其逢凶化吉，见佑于上苍也。备筵相招，非冥冥中使避此厄耶？惜述者忘其姓氏。

【译文】光绪四年（1878）十月，有一位来自山西、陕西一带的客商某人，来上海做生意，住在旅店中。货物售卖完之后，闲来无事。听说上海县城隍庙有精通看面相的人，四个人结伴前往。相士挨个对每个人进行评点，所说的话很微妙而又能切中要害，轮到给商人看相，则相士一句话也不说；再三请求，还是不说。另外三个人悄悄地询问，相士说："这个人在几天之内就要死于非命，还用看什么相？假如我说得不准，我今后就不再谈相了。"三人随便应付了几句话就回去了。半路上，把实话告诉给了商人，商人说："人生寿命长短都有定数，顺其自然就行了。"回到住处整理账目，同时写了一封信寄给他的儿子。

半夜时分，听到邻居有妇女的哭声，哭得很悲凄，听了令人伤感。第二天早晨打听了一下，原来是邻居欠人八十两银子，迫于债主催逼，准备卖掉妻子来还债，已经写好卖身契了。妻子不忍心离别，所以哭泣。商人说："我可以代为还债，你们替我登门去转告一下。"过了一会儿，女子和丈夫一起来了，商人如数把钱给到他们，并且另外多给了几十两，让他们可以做点小生意来维持生活。他们夫妻二人很高兴地拿着钱回去了，还清债务，烧掉了卖身契。邻居对妻子说："承蒙那位先生的大恩大德，终身都不能忘记，今天晚上何不先准备一桌酒菜来表示谢意？"正在畅饮之时，忽然听到一声巨响。同座的人都被吓了一跳，不知道什么地方传来的。宴席结束后，商人返回住处，只见房屋的主梁倒塌下来，正好压在自己的床上。围观的人们一看，都互相对视，大惊失色。这天晚上，借住在别的地方，很多天都平安无事，已经超过了相士所说的"几天之内会死"的期限了。大家伙于是祝贺他死而复生。

眼看死期马上就到，万念俱灰，却能够从容地慷慨解囊，保全了别人家庭的完整，可以说是极为崇高的道德。所以他理应逢凶化吉，得到了上天的保佑。邻居设宴招请，难道不是冥冥中使他避过这一劫难吗？遗憾的是，讲述的人忘记了商人的姓氏。

8.3.16 张牧为泰州城隍

钱塘张东甫（之杲），知泰州事十年，爱民如子，两袖清风，政声四播。咸丰三年，扬州失守。泰城土匪，谣言贼至，居民奔散，十去其九。张公乘小舆，独自巡城，查出谣言土匪三人，立毙杖下。由是谣言遂绝。居民渐自回家。公严督兵勇，日夜守城；城存民安，皆公保障之力也。

是秋，公积劳成疾，遂卒任所。民哀之。后一年，城隍庙祝，梦公为城隍尊神，绅士亦有同梦者。公之德政，民不能忘，宜其为神矣。沚莼大令即公之哲嗣也，为人正直，能诗工词，出为民牧，定能振厥家声。善人有后，良然！

【译文】浙江钱塘县（今杭州市）的张之杲（gǎo）先生，字东甫，曾担任泰州知州十年，爱民如子，为官清廉，两袖清风，政声卓著，广为传播。咸丰三年（1853），扬州被太平天国军队攻占。泰州城的土匪，散布谣言说太平军要打进来了，居民四处奔逃，十室九空。张公乘坐小车，独自在城内巡视，调查出散布谣言的土匪三人，当场将他们杖毙。从此以后，谣言就停息了。居民们渐渐各自回家。张公严格监督官兵，夜以继日守卫泰州城的安全。城市得以保全，居民安居乐业，都是张公保障得力的功劳。

这一年秋天，张公积劳成疾，病逝于任上。泰州的百姓悲痛地哀悼。一年之后，泰州城隍庙的庙祝（主管庙内香火事务的人），梦见张公成为本地城隍神，当地的绅士也有人做了相同的梦。张公的德政，老百姓没有忘记，成为神明也是当之无愧的。知县张上禾（字子盛，号沚莼），就是张之杲先生的儿子，为人正直，工于诗词，出任百姓的父母官，一定能将家风和声誉发扬光大。善人必定有继承者，薪火相传，永垂不朽，确实如此啊！[译者按：近代著名学者张尔田、著名哲学家张东荪（原名张万田）兄弟，为张上禾之子、张之杲之孙。]

8.3.17 严乐园

方伯严乐园先生，讳如熤，湖南溆浦（xù pǔ）人，醇儒名宦也。嘉庆初，仕陕为令。教匪之乱，办粮台者四，公其一也。三人者，报销所余，皆十数万入橐；公亦有所余，皆入藩库。主者以不便入公也，为别贮之。已而忧归，领千金治丧，藩垣怪其少，而公以为多，并润给族亲之贫者。服既阕，以同知署汉中府。属员某、某，皆以办公亏挪，为数甚巨，将有参追之命。公为具禀藩垣，划所存银如其数，抵清之。余银终未取也。

公嗣子正基，号仙舫，亦以县令起家；不数年，观察粤西，旋擢豫藩。曩三人者，一故绝，二沦落，距粮台时未十年。仙舫在粤，亦办饷，尝述其事以勉励僚属云。

【译文】布政使严如煜先生，字乐园，湖南溆浦县（今属怀化市）人，是一位学识专精纯正的儒者，也是一位著名的官员。嘉庆初年，在陕西省做县令。平定白莲教叛乱的时候，督办粮台（清代行军时沿途所设经理军粮的机构）的官员有四人，严先生就是其中之一。另外三个人，在报销之后所盈余的款项，多达十几万两，都装入了自己的口袋；严先生也有盈余，都交到藩库（清代布政司所属的粮钱储库）中了。藩库的负责人认为这一款项不方便列入公款，就为他另行专门存放。不久，因母亲去世，回家丁忧，从中领取了一千两用于办理丧事，布政使大人很奇怪他领取这么少，而严先生认为已经很多了，并且分给了宗族和亲戚中贫困的家庭。三年守丧期满除服以后，以同知的职衔代理汉中知府。属下的官员某人和某人，都因为办理公务时，亏空和挪用公款，数额特别巨大，眼看上级要下命令参劾追缴。严先生为他们打报告向布政使衙门申请，从自己上次所存的款项中划拨，抵偿他们亏空的公款。剩余的银子最终没有领取。

严先生的儿子严正基（原名芝），字厚吾，号仙舫，仕途也是从县令起步；不过几年的时间，升任广西右江道，很快又被提拔为河南布政使。原来一同办理粮台的那三个人，后来，其中一个绝了后，另外两个穷困潦倒，距离办理粮台的时候还不到十年。仙舫在广西任职的时候，也曾负责办理军饷，曾经讲述父亲的事迹来勉励同僚和下属。

8.3.18 刘莲舫

刘莲舫（衡），江西南丰人。牧忠州时，邻境有民，出外贸易。历年寄银于其兄置产，契券咸入兄手。后弟归，兄赖不以分。讼经累年，有司不能决。弟径诣州诉于公，公曰："尔非吾治，奈何来此投牒？"对曰："民之冤，非公不能白，是以来也。"公曰："如此且耐之，当为尔理焉。"公乃移檄邻县。谓兄某人，为巨盗所扳。关提既至，峻诘其家产所自来。叩首曰："某良民，不窝盗。有弟贸易某处，节寄多银，故起家较速耳。"问："尔弟安在？"曰："尚在某处。"问："寄银有帐否？"曰："有，未带。""能记否？"曰："记得。"公命开单以呈，既具，呼其弟出曰："尔识此为何人耶？"因斥其赖产事。其兄俯首伏罪。严训之，而断分其产焉。

又观察为巴县时，有伙盗六人，役捕获其一。公熟视之曰："此人颇似良善。"其人称冤。再三问，终不承盗。役跪抵实。公怒，命杖役。慰其人曰："汝良民，被此诬累，误汝一日生理矣。"赏钱数百而去。密令一人蹑其后，数役随之。有五人迎问相庆，即以其钱置酒肉；正饮间，掩捕尽得之。公笑谓役曰："汝数日得一贼，吾顷刻得五贼矣。"按，此必先问获盗情状，而知其同伙之不在远也。

公故后，曾入祀四川名宦。生前政迹，固赫赫有声矣。

【译文】刘衡，字蕴声，号莲舫，江西南丰县人。他在四川忠州（今重庆市忠县）任职的时候，邻县有一名居民，出门到外地做生意。历年来，一直把银子寄存在他哥哥那里，委托代为经营运作、购置田产，房契地契等各类凭证、票据都掌握在了哥哥手上。后来，弟弟回来，哥哥赖账不想把财产还给弟弟。官司打了好多年，有关部门一直未能做出裁决。弟弟直接到忠州衙门向刘公告状，刘公说："你不属于我的管辖范围，为什么要来这里呈递诉状？"回答说："小民我的冤枉，只有大人您才能帮我做主，所以才来这里的。"刘公说："这样的话，你先耐心等一等，我会帮你处理的。"刘公便向邻县的县衙发了公函，说哥哥某人，在审理一桩强盗案件时，被盗贼供出而牵连进来。将他抓过来以后，严厉讯问他的家产是从何而来的。哥哥磕头说："我是良民，没有窝藏盗贼。我有个弟弟在某地做生意，在我这寄存了很多银子，所以起家很快。"问："你弟弟在哪里？"说："还在某地方。"问："寄存的银子有账目吗？"说："有，没带过来。""能记得住吗？"说："记得。"刘公命令他开具一份目录报上来，写好以后，刘公把弟弟叫出来，说："你认识他是什么人吗？"于是严厉斥责哥哥图赖家产的事情。哥哥低头认罪。对哥哥进行了严厉的批评教育，然后裁决兄弟二人按照一定比例分割了财产。

还有一次刘公在四川巴县（今重庆市巴南区）做县令的时候，有一伙由六人组成的强盗团伙，衙役已经抓获了其中一个。刘公仔细看了他一会儿，说："这个人看上去很像好人。"那人自称是被冤枉的。反复对他进行讯问，始终不肯承认自己是盗贼。衙役跪下来据实陈述抓捕的情况。刘公大怒，命令杖责衙役。又安慰那个人说："你是良民，遭到这样的诬告和连累，耽误你一天的生计了。"赏给他几百文钱，然后就走了。秘密地派一个人跟在他后面，后面又跟随着几名衙役。有五个人迎上前来一起庆贺，就用那些赏钱买了酒肉来吃；正在吃喝的时候，衙役把他们一股脑全部抓获。刘公笑着对衙役说："你几天时间才抓到一个盗贼，我一会儿工夫就抓了五个。"按，这一定是先了解到抓获盗贼的情况，从而知道他们的同伙一定就在不远处。

刘公逝世后，曾经入祀四川名宦祠。生前在政治上的作为和事迹，本来就已经赫赫有名了。

8.3.19 财色作恶

李某，常州人，以巡检需次闽中，充督辕巡捕。有干才，白皙鬒（zhěn）须眉，甚古。总督阿公林保深爱之。会有相士来，曾识阿公于微时者也。阿公馆之巡捕房，而令李某为之推毂。未两月，获千金；相士深感之。濒去，李饯之，谓曰："此来得多金，繄（yī）谁之力？"相士谢曰："公赐也。"曰："仆有事奉烦。君将行，总督或问君，省中何官最贵；君第曰仆，则拜德多矣。"相士诺之。比行，阿公果如所问。对曰："历观巡抚以下，应富贵者多，然无逾于李某，将来功名，不下于公云云。"阿公自是待之厚。

一日，谓曰："我欲拔擢汝，而汝官太卑，今方开事例。我资汝二千金，汝可捐通判赴选，我再为设法。"李遂捐通判，入都候铨。阿公指名奏调，即奉旨发往福建，差遣委用。到省后，人皆知为总督所属意者，门如市。李亦呼吸风雷，大作威福矣。未几以获盗功，保升同知。又未几，阿公迁去，濒行密折保荐，得旨以知府记名。旋署泉州府，陈冠山揩洲场盐大使，正其所属。新岁到府贺正，本旧识也，相待亦最款洽。

越日，省中有候补通判，谦山俞君益者，以公事至，与陈大使亦旧识，遂同寓。寓固距府署不远也。俞往谒李，李订翼日晚筵，并延陈大使。次日，闻升炮声，以为太守且来答拜。俞亟衣冠以待，而久不至。遣人探之，则云太守出门，遇鬼回署矣。明日仍不出。又明日，俞往视之，李延入卧内，曰："正欲召君，当以后事相托。"俞询故，曰："前日出门，忽见数人拦舆击我。我呼隶执之，不见，乃知为鬼。入夜即见冥王，提往质讯，缘有人控我十款，我俱不承。冥王甚怒，昨夜复讯，杖铁棒百，痛甚，姑承一款。"因启衾示俞两股，皆作黑色，遂令仆开箱取锦轴画，展之乃一美女。俞惊问何人，曰："不肖事，何必言？"命取火烧之。叹曰："所承即此案也。"俞出，与陈大使言之，共相叹诧。

越日，天甫明，李遣人邀俞并陈大使，执手流涕曰："死矣。昨夜冥王尤怒，拷讯极酷，最后竟炮烙我。我不能受，已尽承矣。今日不能过日中。所以亟请二君至者，床下尚有三千金，奉恳持作扶柩及归孥之用。"叹曰："人当安命，美色何为？我命本合作知府，因急于求进，机械变诈，多造恶孽，致夭天年，可惜可惜。数日后，当有部文至矣。切劝诸公，居易俟命，以我为前车之鉴可。"言讫，遂瞑。

李本魁梧洁白，比殓时，缩短如童子，通体颜色焦黑如桴炭，知炮烙之加，非虚语。死之三日，部文到省，奉旨以李某补授泉州府知府。此陈大使在场所目击，而转述诸其子子庄刺史者。

【译文】李某，江苏常州人，在福建候补一个巡检（明清时州县的属官）的职缺，暂时在闽浙总督衙门充任巡捕。很有才干，肤色白皙，须发浓密，相貌古朴。总督大人阿林保（字雨窗，满洲旗人，舒穆禄氏）很赏识他。正好来了一位相士，曾经在阿林保大人微贱的时候就预言他将来会飞黄腾达。阿林保大人把他安置在巡捕房，派李某来照应他并推荐客户。不到两个月，就获利近千两银子；相士深表感激。临走的时候，李某为他送行，对他说："先生这次来，赚到了这么多钱，是谁的功劳呢？"相士感谢说："都是拜您所赐。"李某说："我有一件事要麻烦先生。先生临走的时候，总督大人如果问起来，省里哪个官员将来最显贵；先生只要说是我，那就是极大的恩德了。"相士答应了。临行前，阿林保大人果然问了这样的问题。相士回答说："巡抚以下的官员，我都观察了一遍，将来会大富大贵的人有很多，但是都没有能超过李某的，将来的功名，不会低于大人您。"阿林保大人从此以后对李某更加优待。

一天，总督对他说："我本来想提拔你，只是你的官职太过卑小，现在放开了捐官的政策。我资助你二千两银子，你可以捐纳一个通判的职衔去候选，我再帮你想办法。"李某于是捐了个通判的职衔，到京城候选。总督指定李某的名字，向朝廷申请调动，就根据朝廷的旨意分发到福建省，听候差遣任用。到福建省之后，人们都知道他是总督看重的人，都争相来逢迎，门庭如市。刘某也开始盛气凌人、作威作福起来。不久后，因捕获盗贼的功劳，保荐提升为同知。又没过多久，阿林保大人调动到其他地方，临走之前，秘密地向朝廷上折子保荐李某，得到旨意，给他挂了一个知府的头衔。很快，代理泉州知府；有一位盐场大使，名叫陈搢洲，字冠山，正是他的部下。新年伊始，到府衙来拜年，本来就是老相识，所以彼此相处也最为融洽。

第二天，省里有一名候补通判，名叫俞益，字谦山，因公事而来，和陈大使也是老相识，于是住在一起。住处距离府衙本来就不远。俞某去拜访李某，李某预定第二天晚上设宴款待，并且邀请陈大使一起参加。第二天，听到了鸣炮的声音，以为知府大人来回拜。俞某急忙穿戴好衣冠等候，等了很久也没到。派人去察看，则答复说太守正要出门，遇到鬼祟又回衙门了。第二天还是没出门。第三天，俞某前去探望，李某请他进到卧室，说："正想去找您过来，要将后事托付给您。"俞某询问原因，说："前天出门，忽然看见几个人拦住轿子打我。我叫衙役抓住他们，却什么也没看见，才知道是鬼魂。晚上就看见了冥府阎王，把我带过去讯问，因为有人控告我十条罪名，我都不承认。冥王大怒，昨天晚上再次审讯，用铁棒打了我一百下，痛得厉害，姑且承认了一条。"于是掀开被子给俞某看两条大腿，都变成了黑色，于是命令仆人打开箱子取出一轴用锦缎装裱的画，打开来看是一个美女。俞某很惊讶地问这是什么人，说："这是我做的荒唐事，又何必说呢？"命令拿火把画烧掉。叹息说："所承认的就是这桩案件。"俞某出来，对陈大使说了这件事，都感到很诧异。

第二天，天刚刚亮，李某派人邀请俞某和陈大使，握着他们的手说："我要死了。昨天晚上冥王更加愤怒，拷打审讯特别严酷，最后竟然对我施以炮烙之刑。我无法忍受，已经全都承认了。今天活不到中午。所以急忙请二位前来的原因，是床底下还有三千两银子，恳请你们拿着，作为运送我的棺木回乡，以及安顿妻儿回乡的资金。"叹了一口气，说："人应当安分守己，贪图美色干什么呢？我命中注定本来应当做到知府，因为急于求得仕途晋升，用了很多机巧诡诈的手段，造了很多恶孽，致使我短命夭亡，真是可惜啊！几天之后，就会收到吏部发来的公文。殷切地劝告诸位先生，要保持平常心，听天由命，把我当成一个反面典型都可以了。”

李某本来身材魁梧，皮肤白皙，收殓的时候，遗体缩小成小孩子那么大，全身颜色就像木炭一样焦黑，知道他说的炮烙之刑，并不是瞎说的。死后的第三天，吏部的公文已经发到省里来了，根据朝廷旨意正式补授李某为泉州府知府。这是陈大使在现场亲眼所见的事情，并且转述给了他的儿子陈子庄（名其元）刺史。

8.3.20 张晓瞻

张晓瞻方伯（日聂），贵州人。为成都守时，有伪为父子，援一子留养例，以脱罪者；弥缝周固，究诘无从。公隔别讯之，先问其子，后提其父，询其自幼育子状。忽曰：“适见而子臂背间，一大疤痕，是因何证？”曰：“幼时患恶疮也。”顷之，又作猛省状曰：“小人年耄，久几不复忆矣。儿幼时顽甚，上树摘果，失足为槎枒（chá yá）所伤，数日始愈。小人费尽心血矣。”公呼其子至，命袒衣，光净无痕。其人惶惧伏罪，案乃定。（案此二事，即《汉书》所谓“钩距”也。）

【译文】布政使张日聂（zhěng）先生，字东升，号晓瞻，是贵州人。他在担任成都知府的时候，有假装成父子，援引一子留养的制度（古代对亲老丁单的死犯、流放犯，有留下养亲的宽缓条例，称留养），来逃脱罪刑的；设计得天衣无缝、毫无破绽，没有办法深究追问。张公将他们隔离，分别进行审讯，先讯问儿子，然后提审父亲，询问他养育儿子从小到大的种种情形。忽然说：“刚才发现你儿子的手臂和背部之间，有一大块疤痕，是什么原因造成的？”

回答说："小时候生过恶疮。"过了一会儿，又表现出忽然想起来的样子说："小人年纪大了，时间太久几乎已经记不起来了。儿子小时候顽皮，上树摘果子，不小心踩空被树枝所伤到，几天后才好。小人可是费尽了心血啊。"张公把他的儿子叫过来，命他脱去上衣，身上很干净，没有疤痕。那人惊慌害怕，承认了罪行，然后才结案了。（按，这两件事，就是《汉书》中所说的"钩距法"，即运用迂回战术获得口供的方法。）

8.3.21 王肇基

王肇基监生，秦安北乡榆木川人，性孝。尝怒其子，罚跪，久而不释。父闻之大怒，披衣曳杖而往曰："吾孙犯汝何法，如此寒天，半夜在地，吾今为汝替跪矣。"生急不知所为，投床委地，顿首无数曰："阿爹阿爹，我不得活矣。"翁起，生扶至卧所，而视之寝，遂跪其卧所，久而不起。翁遣之，生曰："儿今非为父跪也，儿此番罪孽，不比寻常。父容我连跪三日夜，不知可以消折否？"翁复慰，遣之乃出。私跪门外，又潜跪己房中，凡三日夜。可谓孝矣。

【译文】王肇基，是在国子监读书的生员，甘肃省秦安县北乡榆木川人，天性孝顺。曾有一次生儿子的气，罚跪，很长时间都不放过。父亲听说了之后，很生气，披着衣服、拄着拐杖过来说："我孙子犯了你什么法，这么冷的天，半夜跪在地上，我现在替你跪了。"王生一时心急，不知道该怎么办才好，又是趴在床上，又是蹲在地上，磕了无数的头，说："阿爹阿爹，我没法活了。"老爷子起来，王生把他搀扶到卧室，看着他睡下，就跪在卧室，很长时间都不起来。父亲赶他走，王生说："儿子今天不是为了父亲而跪的，儿子这番罪孽，不比寻常。父亲请允许我连跪三天三夜，不知道能不能消除抵偿？"父亲又安慰了他一番，这才出去。又自己跪在门外，又悄悄地跪到自己的房间，前后三天三夜。真的可以说是很孝顺了。

8.3.22 吴淞获盗

吴淞口外，将近崇明川沙地方，有小轮船一只、夹板船二只，径向公司轮船，突前搏噬，意图劫掠。公司遽施放枪炮，与之迎敌。讵料三盗船，人数众多，来势凶勇，群盗等即将蜂拥登舟矣。适会捕局，缉盗兵轮船，巡海遇之，因奋力迎击。势据上风，火器亦复精利，盗舶始则极力拒捕，后度不敌，意将脱逃。而我兵轮舟，乘机兜裹，公司船亦夹击其旁，火药铅子并尽，遂皆弭首就缚。计获粤人三十余名，并有黑夷八名，已解至沪城矣。我兵受伤者亦有二十余名云。

是役也，可以见缉捕之得力，士卒之用命矣。特是向来海盗，止闽广人为之，船亦止钓船广艇而已。今则居然亦用轮舟，并有黑夷为之羽党。则海面正恐自此多事，而缉捕之役，亦有较前为难者。是在司会捕者，能知敦好睦邻，毋稍分疆域，稍存庇护，则庶几逋薮（bū sǒu）可清；而海面帆樯来往，可以高枕无忧矣。此同治十一年一月事。

【译文】上海吴淞口外，在靠近崇明、川沙一带的地方，有小轮船一艘、夹板船二艘，直接朝着公司的轮船开过来，靠上前去搏击吞噬，企图抢劫。官船立即施放枪炮，迎战敌人。不料三艘海盗船，人数众多，来势汹汹，一伙盗贼眼看就要蜂拥登船了。恰好会捕局专门缉拿海盗的兵轮船，在海上巡视的时候，发现了他们，于是奋力迎战。形势上占据上风，武器也很精良锐利，海盗船开始的时候极力抗拒被捕，后来估计到没办法抗衡，企图逃跑。而我方的兵轮船，趁机包抄，公司船也在边上夹击，火药、子弹都打光了，于是全部低头受擒。共计抓获广东人三十多名，还有黑人八名，已经押解到上海县城了。我方官兵也有二十多人受伤。

这场战斗，很好地体现出抓捕工作的方法有效，以及官兵们奋不顾身地战斗。只是一直以来海盗，只有福建、广东地区的人才会去做，船也只是钓鱼船或者轻便的舟艇而已。而现在竟然也开始用轮船，并且有黑人加入他们的团伙。那么海面上恐怕从此以后不安宁，而缉捕海盗的行动，也会比以前更加有难度了。这就在于负责会捕的官兵们，大家各方之间能够知道要建立良好的关系、和睦相处、团结协作，不要存有稍许的地域之见，或者包庇之心，这样或许才能将海盗藏身的巢窟捣毁；从而海面上帆船往来，才可以高枕无忧了。这是同治十一年（1872）一月的事情。

8.3.23 李武愍公

李武愍公，即红樵公之长子（孟群）也。咸丰四年，红樵官湖北按察使，城陷死难；停丧百二十余日，面目如生，赐谥愍肃。

武愍公年十八，领乡荐；次年，成进士，官粤西，初篆灵川，有政声。随大军讨贼，即以战功显。既而金田事起，奉檄会办；自是驰驱岭峤及湘楚江皖间，所向有功。后授皖藩，摄巡抚事。以偏师阨长城，粮尽援绝，被执不屈。伪帅陈玉成（即“四眼狗”），卑礼劝降；公厉声骂之，求死不得，遂绝食。既念弟孟平亦被获，得可救，不妨暂缓死，乃告陈知。陈为遍查各营，至第四日，遣人告曰：“公弟已寻获，释之归矣。”乃作绝命词四首，有“生无将略酬时望，死有忠魂报主知；九泉拜父应含笑，两代清名万古垂”之句。会陈邀与共食，公遽持盘击之，遂遇害。时咸丰九年二月，公生年三十有二。

【译文】李武愍公（李孟群，字少樵），是李卿谷先生（号红樵）的长子。咸丰四年（1854），卿谷先生担任湖北按察使，因武昌城被太平军攻克而殉难；死后一百二十多天停灵未葬，而面貌如同活着的时候，赐谥号曰“愍肃”。

李孟群公十八岁时，考中举人；第二年，又高中进士，在广西任职，最初担任灵川县知县，政声卓著。跟随大军征讨天地会起义，就因战功显著而被赏识和器重。不久后，洪秀全在金田村发动太平天国起义，李公根据朝廷命令参与镇压太平军；从此之后，转战五岭（即大庾、骑田、都庞、萌渚、越城五岭，位于湖南、江西与广东交界处）之间，以及湖南、湖北、江西、安徽等多省地区，所到之处，屡立战功。后来被任命为安徽布政使，代理巡抚。带领残部力量扼守安徽合肥、六安之间的长城镇，军粮耗尽，救援未到，受伤被擒，宁死不屈。太平军主将陈玉成（绰号“四眼狗”），对他颇为敬重礼遇，亲自劝降；李公严厉责骂，只求一死而不得，于是绝食拒降。考虑到弟弟李孟平也被捕了，只要有机会救弟弟一命，自己不妨暂缓赴死，于是对陈玉成说了。陈玉成为他查遍了各处军营，到第四天，派人告诉他说："您的弟弟已经找到，释放他回去了。"于是作了四首绝命诗，其中有"生无将略酬时望，死有忠魂报主知；九泉拜父应含笑，两代清名万古垂"的句子。正好陈玉成邀请他一起吃饭，李公突然拿碗砸向陈玉成，于是遇害身亡。当时是咸丰九年（1859）二月，李公终年三十二岁，赐谥号曰"武愍"。

8.3.24 戒杀免灾

道光庚戌三月，大飓风。和州之罾鱼嘴，泊三十余舟，悉遭覆溺，一舟独存。客为刘姓，贸药材，眷属十一人。据云，风起时，均已昏晕，恍惚见舟首有绣甲神，持金牌，书一"免"字，遂得无恙。范子彦参军（桢），次日过其处，亲见其免难情形；诘其家，必有厚德。云："无他，惟素不杀生。"余谓充其爱物之心，施仁必溥；戒杀止一端耳。

【译文】道光庚戌年（1850）三月，发生大型风暴灾害。和州（今安徽省马鞍山市和县）的罾鱼嘴地方，停泊着三十多艘船，全部被风吹翻沉没，独有一艘船幸存。船客姓刘，做药材生意，家人十一口。据说，起大风的时候，一家人都已经昏迷，恍惚之间见到船头有一位身穿锦绣铠甲的神灵，手持一块金牌，上面写着"免"字，于是得以安然无恙。参军范桢，字子彦，第二天路过那个地方，亲眼见到他们一家幸免于难的情形，就探问他们家，认为一定有深厚的德行。回答说："没有什么，只是向来不杀生而已。"我说将其对动物的仁爱之心扩充开来，他们家对有缘的人施行仁义、广布恩泽，也必定是很广泛的；戒杀只是其中的一个方面。

8.3.25 华尔、卜罗德

西兵临敌，俱用洋枪，无杂械。其枪不需火绳，以玛瑙石相击，发火甚便；其制精，其药净，故力猛而发必远。发逆踞金陵，咸丰末，陷苏、常，分股窜松郡，青、嘉、川、南等处，先后失守。沪城危如累卵。

时有华尔者，花旗国人也，长于粤，尝来申江贸易。乃招精壮数百人，以花布缠头，服青呢小袖短衣，状类西兵；各执洋枪，教以进退布阵之法；凡八十一人，为一排，挨次而进，步无错乱；号“长胜军”，人又呼为“洋枪小队”。其后攻城夺邑，长为诸军冠，贼甚惮之。时各国助剿兵未集，曾帅大军亦未至，沪实赖以安。迨贼弃松江，大宪即饬华尔往守，广招勤习所谓洋枪队者，共得四五千人。值贼方炽，浙之嘉、湖，松之青、金、奉，皆为贼窟。去郡又不及百里，而贼始终不敢犯。华且尝分军协击，所到必克。遂奖其功，职总戎，即镇松江。盖中国之练洋枪，实自华始。后以攻宁波阵亡。松郡士民，思其战守之绩，无不悼惜。

同时又有法兰西提督卜罗德，协剿柘林，受枪陨命。仰见我国家，化及四夷，虽异域之人，无不同心敌忾如此。

华尔既没，复有夷人白齐文，统其众，不久从贼，旋为我兵所获。朝廷法外施仁，赦罪逐回本国。继又私入中原，在漳州助逆，为闽浙总督左帅（宗棠）所擒。时英国福州领事，仍请解回审办；左帅不允，差官押赴苏州。渠恶贯已盈，以舟覆兰溪溺死。

嗟乎！白亦花旗国人也，甘心助逆，卒罹天谴。以视华与卜之为国捐躯，为民纾难，生膺懋赏，没受隆名，其志趣抑何相远哉！

【译文】西洋军队上战场杀敌，用的都是洋枪，没有一些杂乱的器械。他们的枪不需要引火绳，而是用玛瑙石相撞击来引火，非常便捷；制作精良，火药纯净，所以威力大，射程远。太平天国盘踞在南京，咸丰末年，攻陷了苏州、常州，又分兵攻打松江府，青浦、嘉定、川沙、南浦等地，先后失守。上海城岌岌可危。

当时有个叫华尔的外国人，是美国人，在广东长大，曾经来上海做生意，往来于黄浦江两岸。于是招募了几百名健壮的人组成队伍，用花布缠在头上，身穿青色呢子布做的小袖短式衣服，形貌类似于西洋军队；每个人手持洋枪，教他们进攻后退、排兵布阵的方法；以八十一人为一排，依次前进，步伐整齐，没有错乱；取名叫“常胜军”，人们又称他们为“洋枪小队”。后来，这支队伍攻城夺地，一直勇冠各军，太平军对他们很是忌惮。当时各国援助剿灭太平军的队伍还没组成，曾国藩大帅的大军也还没到，上海实在是依赖着他们才得以安宁。等到太平军放弃攻打松江，上级就命令华尔前去守卫，广泛招募熟练操作洋枪的人，组成洋枪队，共有四五千人。当时正值太平军势头正盛的时候，浙江的嘉兴、湖州，松江的青浦、金山、奉贤等地，都成为太平军的巢窟。距离松江府城不到一百里，而太平军始终不敢进犯。华尔而且曾经分兵夹击，所到之处，战无不胜。朝廷于是奖赏他的功劳，授予总兵的官职，就镇守在松江。大概中国军队开始操练洋枪，就是从华尔开始的。后来在进攻浙江宁波的时候，重伤阵亡。松江府的老百姓，缅怀他战斗守城的功绩，没有不表示哀悼和惋惜的。

同时还有法国的海军司令卜罗德，在柘林镇(今属上海市奉贤区)一带协助官军围剿太平军，中枪身亡。仰见我们国家，德化所及，影响至世界各国，即使是外国人，无不对太平军的行径表示愤慨，共同应对，达到这种程度。

华尔牺牲后，还有一个美国人白齐文，起初也组织队伍抗击太平军，不久后却投靠太平军，很快被官兵抓获。朝廷法外开恩，赦免其罪，将他驱逐出境，返回本国。后来又私自逃回我国，在福建漳州一带投靠并协助太平军，被闽浙总督左宗棠大帅擒获。当时英国驻福州的领事，仍然请求将其押回本国审讯处理；左公不同意，派遣官员将他押送到苏州看管。他恶贯满盈，在浙江兰溪因翻船而被溺毙。

哎呀！白齐文也是美国人，却甘心协助逆贼，最后遭到天罚。对比华尔和卜罗德为国家捐躯，为人民解除危难，生前受到朝廷封赏，死后受到隆重表彰，他们的志趣为什么差距这么大呢？

8.3.26 孝妇某

孝妇某，滦城县属之宝寓村人。滦邑当夏秋之交，有庙会，数百里外，商贾云集。孝妇随姑往观之。日已过午，见头上黑云如盖，妇谓姑曰：“速作归计，少迟雨作矣。”姑曰：“诺。”遂携妇曳杖以行。至中途，忽雨雹，大者如斗，小者如卵、如栗。仓卒之顷，妇惧姑被雹击，无以为计，以已衣之衿袖，或左之，或右之，障姑以行二十余里抵家。姑与妇，俱无恙。是日庙场之被雹击死击伤者，男女老稚无算，马牛羊豕之击坏者尤多。平地厚尺有咫，数十里内，一望如银。洵非常之惨变也。

噫！茫茫大劫中，而孝妇无恙，谁谓苍苍者无皂白也！

【译文】某孝妇，是河北滦城县所辖的宝寓村人。滦城县每年当夏末秋初的季节，都会举行庙会，几百里外的商贩都会赶来，聚集在这里。孝妇和婆婆一起去观看游玩。天已经过了中午，只见头顶上乌云盘旋，形状就像圆盖，孝妇对婆婆说："赶快回去吧，再停留就要下大雨了。"婆婆说："好的。"于是带着媳妇，拄着拐杖往回走。到了半路，忽然下起冰雹，大的像斗，小的也像鸡蛋、栗子那么大。仓促之间，孝妇恐怕婆婆被冰雹砸中，不知道该怎么办，就用自己衣服的袖子，或者朝左边，或者朝右边，挡在婆婆的头顶上面，就这样走了二十多里路回到家。婆婆和媳妇，都安然无恙。这一天，庙会上被冰雹砸死砸伤的人，男女老幼，不计其数，马牛羊猪等牲畜被砸毁的也有很多。平地上所积的冰雹有一尺多厚，几十里之内，一望无际都是白茫茫一片。这真是非同寻常的灾变。

哎呀！茫茫浩劫之中，而孝妇安然无恙，谁说上天是不分青红皂白的呢！

8.3.27 死生有命

杜有山明经言：道光十九年十一月朔，四川省城火药局灾，轰死城守游击岳某，及兵丁十余人。其附近数里，人民房屋，死伤塌毁无数。岳素精术数，为署川督苏制军（廷玉）所信任。檄调时，岳以数凶辞；制军强之。是日下骑入局，马忽脱缰狂奔，圉（yǔ）人追及，得之城隍庙前。甫欲引回，火骤发，岳已被轰；尸全毁，仅存一腿，飞坠城外十余里。

岳豫知数凶，而仍不免；马无知忽逸，并脱圉人出于难。益信死生有命云。

【译文】贡生杜有山先生说：道光十九年（1839）十一月初一日，四川省城的火药局发生事故，炸死了城守游击（武官名）岳某，以及士兵十多人。周边方圆几里的范围之内，死伤的百姓、倒塌的房屋不计其数。岳某素来精通命理术数，以此而受到代理四川总督苏廷玉（字韫山）大人的信任。奉命调动到这个职位之前，岳某认为命理上显示为凶象，不想接受；总督强制他上任。这一天，刚刚下马到局里，马忽然脱开缰绳狂奔，管理马匹的人急忙去追，在城隍庙前追到了马。刚想要把马牵回来，突然起火，岳某已经被炸死；尸体全部被炸毁，只剩下一条腿，飞落在城外十多里的地方。

岳某提前知道运势为大凶，却仍然没有能够避免灾祸；那匹马不知不觉间突然奔逃，并且使得管理马匹的人幸免于难。从而更加相信一个人的生死都有命运和定数。

8.3.28 贼畏马队

咸丰癸丑春，粤逆分股北窜，渡黄河，时聚众至二十余万。僧邸暨诸大帅，先后督兵击之，悉数歼焉。投诚者言：“贼畏官兵马队如虎，一接仗无不败；败必少万余人，死伤逃亡各半。”贼因遍掳骡马，冀与我抗，而不善驭，往往自相践踏。

逆魁林凤祥、李开芳最雄杰，曾密致金陵首逆书，言：“势已垂竭，不必再遣援兵，徒伤生命。”此逆未为无识，第知为蜉蝣撼树，而不速率众归诚；必待力尽成禽，身膏鈇钺（fū yuè）。此亦稔恶者，难逃一死，理有固然哉！

【译文】咸丰癸丑年（1853）春季，太平天国军队分兵北伐，渡过黄河，当时聚集起来的队伍多达二十多万人。僧格林沁（蒙古科尔沁亲王，博尔济吉特氏，晚清名将）以及各位大帅，先后率领官兵抗击，将其全部歼灭。太平军中有投降的人说："太平军畏惧官兵的马队，像害怕老虎一样，一对阵没有不失败的；每次失败一定会少一万多人，死伤、逃跑的各占一半。"太平军于是到处抢掠骡子、马匹，妄图与官军对抗，却又不善于驾驭，往往自相踩踏。

逆贼的头领林凤祥、李开芳最有才智，他们曾经在秘密写给占据在南京的洪秀全的信中，说："整个局势越来越衰退，已经无法挽回，不需要再派遣援军，白白地伤害生命。"他们不能说没有见识，只是既然知道了再抵抗就像是蜉蝣撼大树，自不量力，却不尽快率领队伍归降；而一定要等到力量耗尽，束手就擒，遭受酷刑而死。这大概也是因为恶贯满盈的人，终究难逃一死，冥冥中使其这样的吧！

8.3.29 张海丞

张海丞（扩庭），晴湖公子也。以翰林散馆令蜀，升同知。敦本务实，所至有循声。初至四川时，啯（guō）匪方横，彭县密迩省城，尤为猖獗。匪徒啸聚，动辄数百人，劫掠四起，行路梗塞。大吏特檄公往，公选集兵役，并调乡团；旦出暮归，设法擒捕。民闻公之至也，亦人人自壮，协力用命。旬月之间，渠魁歼尽，人获安枕矣。

其去任也，如太翁之去安陆。海丞尝自述曰：丁酉吾在籍，长子葆谦，乡试未回。儿辈扶乩，降坛者著名湖北安陆县生员张安；问以试事，批“中”字。问：“何由知？”云：“适自闱中来。”问：“入闱何事？”云：“报乃祖救荒之德。”先君放赈一事，已隔三十余年；儿辈幼小，均未之知也，争来问余，曰：“湖北有安陆县乎？”曰：“有之。”“祖父曾任安陆乎？”曰：“然。”“在任有救荒之事否？”余遂缕细告之。儿辈欣然曰：“大哥中式矣。”争以乩语对。揭晓之期，漏已三下矣。又请张仙降坛，仍批“中”字。儿辈以“此时无消息，尚可冀乎？”云：“即到。”乩甫停而报录人至矣。

又述云：吾母王太宜人，天性醇笃，内外无间言。幼时常患心疼病，年一十五岁，一发四十余日，寝食俱废，咸谓不起。邻邑有东岳神，甚著灵异，每春日结队发驾，遍行村落间。其夕宿门外庑下，仆妇就祷焉。宜人恍惚，见古衣冠人入室，曰：“子之病，虫咬心也。”授黑色药末少许，令服之；顿觉胸中作恶，吐出红白虫一盘，皆七八寸许。其人曰：“愈矣。”遂寤，病若失。此后亦永不复作矣。

又宜人六十二岁时，肚腹膨胀，饮食日减，两月余矣。一夕，梦携幼子兰孙至一处，竹木葱蔚，山鸟互鸣。东向石扉双启，北向一室，老人鹤发童颜，趺坐藜床上。前安炉鼎，两耳贯铁索，悬置梁间；鼎上药膏满贮，每热气上腾，辄滚出红丸粒粒，一童子收贮之。老人见宜人至，以意授童子，遂取膏药三匙，刮置盘间。宜人受而服之，入口辄融，清心沁骨。尚有一匙未服，童子遽接盘子去，出门踏石板倾欹，惊而寤，觉余香在口，腹中空快无比。朝进饮食，顿倍曩时。盖宜人屡获神佑，信而有征，始知作善降祥之说不诬也。（海丞先生因前录其口述乩仙事，癸丑仲春又以纪梦二则见示，故并录之。）

【译文】张扩庭，字海丞，是晴湖先生（张开云）的公子。以翰林院庶吉士，三年期满后，外放到四川做地方官，后升任同知。为官崇尚根本，注重实际，所到之处，有循良的名声。刚到四川的时候，啯匪（亦称"啯噜子"，清代四川地区黑社会组织，以结拜弟兄方式结成的武装集团）势力正盛，彭县距离省城很近，更加猖獗。匪徒呼啸聚集，往往达到几百人，四处抢劫掳掠，道路因此而阻塞不通。上级官员特地调动张公前往处置，张公选派了精兵强将，并且调动民间团练；早出晚归，想办法抓捕匪徒。老百姓听说张公来了，人人都自告奋勇，齐心协力，效忠听命。一个月左右的时间，匪徒的头目就被歼灭殆尽，人们总算可以睡个安稳觉了。

张公离任时候的情景，正像他的父亲从安陆县离任时候一般。海丞先生曾经讲述说：（道光）丁酉年（1837），我在家乡，大儿子张葆谦（字牧皋，道光丁酉举人，官武陟知县），参加乡试还没有回来。儿子们扶乩，降坛的仙人署名为湖北安陆县生员张安；向他请问考试的事，批写了一个"中"字。又问："是怎么知道的呢？"回答说："正好刚从考场回来。"又问："进入考场什么事？"回答说："报答你们祖父救助饥荒的恩德。"我父亲赈济灾民的事情，已经过去三十多年了；儿子们还小，都不知道，争着来问我，说："湖北省有安陆县吗？"我说："有的。""爷爷曾经在安陆做过官吗？"我说："是的。""在任的时候有救助饥荒的事吗？"我于是详细地告诉了他们。儿子们高兴地说："大哥要考中了！"争着把乩仙说的话告诉我。考试结果公布的时候，已经是半夜三更时分了。又请张姓乩仙降坛，还是批写一个“中”字。儿子们认为“这个时候都没有消息，还有希望吗？”乩仙说：“马上到。”扶乩刚结束，上门报喜的人就到了。

又讲述说：我的母亲王太宜人（明清称五品命妇为“宜人”），天性敦厚诚笃，家里家外都没有什么非议之言。小时候一直患有一种心疼病，在十五岁那年，一下子发作了四十多天，吃饭睡觉都无法正常，都说这次恐怕挺不过去了。邻县供奉有一尊东岳神像，非常灵感，每年春天当地百姓组成队伍，抬着神像在乡村之间巡游一遍。当天晚上神像就安放在门外的走廊下，女仆人就对着神像祷告。我母亲在恍惚之间，见到身着古代衣冠的人进了房间，说：“你的病，是虫咬心。”给她一些黑色的药粉，让她服下；顿时觉得胸中恶心，呕吐出来红色和白色的虫子一盘，长度都在七八寸左右。那人说：“好了。”于是就醒了，症状好像消失了。从这以后也没有再发作过。

还有，我母亲在六十二岁的时候，肚腹膨胀，饮食日渐减少，已经有两个月了。一天，梦见带着小儿子张兰孙到了一个地方，竹木茂盛，山间的鸟儿互相鸣叫唱和。朝东的石门双双打开，朝北的一个房间，一位鹤发童颜的老人，盘腿坐在用藜草编成的床上。前面安放着炼丹用的炉灶和鼎，鼎的两耳用铁链穿着，悬挂在房梁间；鼎上存放着各种药膏，每次热气一上腾，就滚出一粒粒的红色药丸，一名小童收起来存放好。老人看见母亲来了，就授意小童，于是取出三勺膏药，刮下来放在盘子里。母亲接过来服下，入口即化，只觉清爽沁人心脾。还有一勺没服下，小童就把盘子拿过去了，出门踩在石板上，身体一倾，就惊醒了，还觉得口中留有余香，腹中清空，畅快无比。早上吃喝，比平时还要多出一倍。我母亲多次获得神灵的护佑，确实是真实而且有来由的，可见多做好事、天降吉祥的说法是真实不虚的。

8.3.30 小儿灵魂

咸丰初年，东台县乡民某姓，一儿只四岁。父远出，母之胞兄吴某，时来往其家。一日，儿忽失所在，遍觅之，已溺于河，衣服及臂上金镯均失去。母赴官呈报，属吴守儿尸。及验尸饬埋，吴已先扬去。俄传某乡饭店捉一杀人贼，则吴也。

盖吴于素所爱甥，一时觑其臂上金，顿起盗心，以儿能言，遂溺之。遁至某乡，腹馁就食，店中为设二盌筯（wǎn zhù）。吴曰："我止一人，焉用两？"店中曰："现有小客同坐，岂不食者耶？"吴惊问其状，正与甥同；悸绝欲行。店中人视小儿已无睹，因加盘诘。吴尽吐谋甥事，执而鸣之官，正其罪。小儿无知识，乃能自泄其冤，其魂抑何灵欤！

【译文】咸丰初年，江苏东台县乡民某人，有一个儿子，刚刚四岁。父亲出远门，母亲的哥哥吴某，时常来往于他们家。一天，儿子忽然失踪了，到处寻找，原来已经淹死在河里了，衣服和手臂上的金镯子都不见了。母亲到官府控告，叮嘱吴某看守儿子的尸体。等到官府派人来验尸，并妥善埋葬，吴某已经先逃走了。不久后，听说在某乡的饭店中抓到一个杀人凶犯，就是吴某。

原来，吴某本来对外甥一直很喜爱，一时之间，盯上了孩子手臂上的金镯子，顿时起了偷盗之心，因为孩子已经会说话，就把孩子溺死了。逃到某乡，肚子饿了，找地方吃饭，饭店店主为他提供了两副碗筷。吴某说："就我一个人，哪用得着两副？"店主说："这里有一位小客人一同坐着，难道他不吃吗？"吴某惊奇地问店主孩子的长相，正和外甥一模一样；吓得要死，就准备要离开。店主再一看，孩子已经消失不见了，就进行盘问。吴某全部说出了谋害外甥的事情，店主抓住他报告官府，将其法办。小孩子还不懂事，竟然能够为自己伸张冤屈，他的魂魄竟如此灵通！

8.3.31 福州萨氏

福州萨虎山者，翰林萨龙光之兄也。萨氏为福州巨姓，世业鹾。虎山举孝廉，大挑得知县，因总鹾纲，遂不赴补。虎山人极平正慷慨，喜结纳，官绅多与之交好。一日，闻有人言其死去；与交好者，往探其丧。至门寂若无事，姑入焉，而虎山俨然出。众愕然，虎山笑曰："诸公以某为死耶？"众不能答。乃曰："死诚死矣，生暂生耳。"因言：

昨午坐而假寐，忽见一吏似相识，询之故，曰："少待自知之。"俄顷神升座，隶引我入。神谓曰："有一事须尔对质。某年月日，送一私贩到龙溪县杖死，尚忆之否？"言未既，则盐贩跪阶下，呼冤索命。回思之，对曰："彼时某在盐公所，盐快缉一私贩至，某呈送到县，事实有之。然并无嘱令杖毙之事。夫盐快缉私贩，例也；公所呈送私贩到官，亦例也。其是否应杖毙，当问彼时之官。"神曰："固知无此心，但冥律必须两造对质，乃能完案。前因尔寿数未尽，故迟之；今尔数已尽，是以传来一质。案已结，君可休矣。"回视私贩者已不见。我乃知应死，遂前恳曰："某有二事未完。"神问何事，对曰："一则友人托孤于某，已抚养长大，须为之毕姻。一某薄有资产，人欠某债者券盈匣；然其中有能偿者，有不能偿者，惟某知之；若不为别白，将来子孙一概索之，则无力者受苦矣。愿乞二日期，了此二事。”神鉴我心，准予给假，饬吏送还。至夜半而苏。今日遣人追友人子来，为之料理婚事，并检券之不能偿者，召而还之。二事已了，明日可死矣。

众问：“君死后当如何？”曰：“我已问之吏矣，为人若无罪孽，则生何等人，死即何处鬼，与阳世等。”曰：“若不转生乎？”曰：“我亦问之吏矣，今世为何等人，则来世亦为何等人。若作善，则来世胜今；若作不善，则来世逊今。所谓欲指前世因，今生受者是；欲知后世因，今生作者是。此理丝毫不爽。敬告诸公，其各勉之。”握手郑重而别。次日，果卒。

按，萨蓼萧翰林，于先中丞为父执。其家与吾家，望衡对宇，历世结姻。其兄临死事，早习闻之。今予之孙女，即其曾孙之室。前岁早得乡荐，能世其家，以予好谈因果，尝为予覼（luó）述之；与陈子庄刺史所述，大概相同。子庄之太翁，当时官福建，即往探其丧，而亲闻虎山自述也。可知鬼神报应之事，信有之矣，可不戒哉！

【译文】福州的萨虎山，是翰林院庶吉士萨龙光（字肇藻，号露萧，一作蓼萧，乾隆四十六年（1781）进士，授翰林院庶吉士）的兄长。萨氏是福州的大姓，世世代代以盐业为生。虎山考中举人后，经过大挑（清制，挑选三科以上会试不中的举人，一等任知县，二等任教职，称为“大挑”）被任命为知县，但因为要总管家族的盐业，便没有去赴任。虎山为人极为慷慨大方，处事公道正派，喜欢广交朋友，当地官绅大多跟他交好。一天，听人说虎山去世了，他的朋友们都去探视。到了门口，看到他家中很安静，好像没有什么事情发生一样。进到家中，虎山竟然走出来迎接，大家都很吃惊。虎山笑着说道："诸位是以为我死了吧！"众人都不知道该怎么回答。虎山说："我的确是死过一回，现在只是暂时活着。"于是讲述说：

昨天中午我正在午睡，忽然有一个小吏过来，看起来似曾相识。问他有什么事，他说："待会儿你就知道了。"过了一会儿，有一位神明升座，隶卒引我入内。神明问我道："有一件事需要你来对质。某年某月某日，你曾送一个贩运私盐的盐贩到龙溪县（今福建省漳州市）衙门，此人在县衙里被杖刑而死，你还记得吗？"话音刚落，那盐贩已经跪在台阶下喊冤索命。我回忆往事，然后回答说："那时我在盐公所任职，盐捕快捉来一个私贩，我将他呈送到县衙。此事的确是有的。但是我并没有让县令将他打死。盐捕快缉拿私贩是按条例办事，公所呈送私贩到官府也是按条例办事。至于他是否应该被判杖刑处死，那要问当时处理的官员。"神明说："我本来知道你没有故意害人的心思，但是按照冥间的法律，审案必须经过双方当面对质才能结案。此前因为你阳寿未尽，所以一直没有找你。如今你阳寿已尽，所以才传你来对质。现在可以结案了。"这时我再去看那私贩，却已经不见了。我知道自己阳寿已尽，必死无疑，于是到神前恳求道："我还有两件事没有了结。"神明问是何事，我回答说："其一，有朋友去世前将他的孩子托付给我，现在已经抚养长大，需要给他完婚。其二，我家还算有些资财，有很多人欠我的钱，借据都装了满满一箱子；但是其中有的人有能力偿还，有的人没有能力偿还，这些只有我最清楚；如果我不交代清楚，将来我的子孙如果一概索还，则无力还钱的人恐怕要受苦了。

恳请您宽限我两天，让我将这两件事了结。”神明鉴于我的好心，同意给我放假，让隶卒送我回来。半夜时分我便醒了过来。今天，我派人去把朋友的儿子找来，给他料理了婚事；并且查看借据挑选出那些无力还债的人，把他们找来，将欠条还给了他们。如今两件事已经了结，我明天可以放心地走了。

众人问：“您死后会怎么样？”虎山回答说：“我已经问过隶卒了，在人世时如果没有罪孽，则活着时是什么样的人，死后就是什么样的鬼，跟在阳间时一样。”众人问：“难道你不再投胎吗？”虎山答道：“这个问题我也问过隶卒了。今生是什么样的人，来生也是什么样的人。如果做了善事，则来生比今生好；如果做了坏事，则来生不如今生。正所谓：‘想要知道前世种了什么因，看今生正在承受的便是；想要知道来世的果报，看今生的所作所为便是。’这种道理丝毫不差。恭敬地劝告诸位，请大家共勉，好自为之。”说完跟众人表情凝重地握手告别。第二天，虎山果然去世了。

按，萨龙光翰林，是我父亲的朋友。他们家和我家，门户相望，房屋相对，世代联姻。他的兄长临死时候的事情，很早就时常听人们说起。现在我的孙女，就是他曾孙的妻子。前年老早就考中了举人，能够继承家道，因为知道我喜欢谈论因果，曾经为我详细讲述这件事；与陈子庄（名其元）刺史所说的情形，基本相同。陈子庄的父亲，当时在福建做官，曾经前去探视，而且亲耳听到虎山自己亲口讲述的。由此可知，鬼神和因果报应之事的确是有的，不可不高度重视、小心谨慎啊！

8.3.32 章相国

章桐门相国（煦），昆季五人，公最少。四岁时，独卧一楼。适比邻不戒于火，举家惊避，甫出门，忆公尚楼居，亟仓皇奔救，而烟焰四合，不可复入。逾时焰息，视楼岿然独存。家人谓烈焰熏灼，度无生理，涕零登视，则公酣睡犹未醒。挈之下，一炬复腾，楼仍焚如。后日之台辅，其兆于此夫！

【译文】相国大人章煦，字曜青，号桐门，兄弟五人，他最小。章公四岁的时候，独自一人睡在一座阁楼上。正好邻居家不小心失火，全家惊慌，急忙逃避，刚刚出门，想到章公还在楼上睡觉，立刻匆匆忙忙跑过去救，而这时烟雾和火焰四面包围，已经进不去了。不多久，火焰熄灭，只见阁楼依旧高高耸立，完好无损。家人们都说被这么强烈的火焰和烟雾熏烤，恐怕活不成了，哭着登楼去看，只见章公还在呼呼大睡，还没醒。把他抱下来，一束火焰又烧起来了，阁楼仍然被烧毁。未来的宰相，这时就显现出了非同寻常的征兆。

8.3.33 照画

毛泰西曰：照画之法，初只映取物影，而图之。法于室中围幕，以蔽日光，顶开一孔，隔以透镜，上又斜覆一镜，使物返照，即按影绘之。迨法人始用银片傅药，置箱照像于上，以海盐（即海草也）熏之，初视若无迹，复熏以水银，气像即显出；再用黄碱水洗之，迹始难灭。然悬之当风日处，不十年而影亦灭矣。嗣有照于玻璃，或纸上者。云彼国凡罪人遇赦，必照其像以存案牍，再犯则易于缉捕耳。更能仿照书画、名人墨迹，宛如真本。

又云人目内有极细筋络，如织成一片薄皮，上达于脑，能使外物聚影于其上。故一时所见，无不悉留目中，呈像于眼底。如欲试之，可将初宰之牛，揭其目底皮，映日窥之，即见其临死之时所见。迹固极微，亦惟照画之法能穷其细。昔西人曾照一凶死新尸，于目影中，见其致死之由。知此法传而且可为鞫狱之助云。

【译文】毛泰西说：照相的方法，起初只是映照出物体的影像，然后制作成图画。方法是在房间中围上幕布，来遮蔽太阳光，顶上开一个孔洞，装上透镜，上面再斜着覆盖一层透镜，使物体返照，就按照影像来绘制。后来，法国人开始用银片涂以化学药品，设置一个黑箱映照影像在上面，再用海草熏染，刚开始看上去好像没有印迹，再用水银熏染，图像便显现出来；再用黄碱水清洗，印迹就很难消失了。但是如果悬挂在通风日晒的地方，不到十年影像也会渐渐消失。后来又有照在玻璃或者纸上的。话说他们国家凡是犯罪的人被释放的时候，一定会给他们照相存在案卷中，假如再次犯罪，就容易缉捕了。还能仿照书画、名人的真迹等等，和真本几乎一模一样。

又说，人的眼睛中分布着极细的筋络，就好像织成了一片薄薄的膜，上面和大脑相通，能够将外界物体的影像投射在上面。所以一瞬间所看见的东西，都会留在眼睛里，在眼底形成图像。如果想要验证一下，可以把刚刚宰杀的牛，揭开眼底的一层膜，对着太阳光透视，就能看到它临死时候眼中所见的情形。印迹本来就很微细，也只有用照相的方法可以显示清楚。当初外国人曾经照过一具因凶杀而死的尸体，在眼睛中所留的影子中，见到了他致死的原因。所以这种办法或许可以推广开来作为侦破案件的辅助手段。

8.3.34 放大鱼

铁岭杨杲楼先生（书绩），忠厚慈祥。尝闻其官大嵩时，衙署濒海，鱼鲜之属，不绝于庖。一日，忽闻门外人声嘈嘈然，往问之；乃渔户网得一大鱼，四足有尾，独无角耳，重数百斤。众议市无可卖，欲杀之熬油。先生命扛之入署，聚眷属观之。时夫人方有娠，见鱼乃谓之曰："汝虽非龙，然亦当是神物。何不自慎，而困于豫且；今则性命莫保，奈何？"语未已，此鱼两目，汪然出涕，渍地斗许。先生固喜放生者，亟出十金畀渔者，而纵此鱼于海。鱼入海，乍沉乍浮；至中流，震雷一声，风浪大作；一回头，遂振鬣而去，乃龙种也。

未几，而其三子简侯（能格）生，官至江苏布政使。先生之孙名霁者，近又以第二人及第，官广西学政。子孙蒸蒸日上，盛德之报也。

【译文】铁岭的杨书绩先生，号杲楼，为人忠厚慈祥。曾经听说他在大嵩（集镇名，在今浙江省宁波市鄞州区）做官的时候，衙署位于海边，鱼虾海鲜之类，经常充斥在厨房中。一天，忽然听到门外人声嘈杂，就过去询问；原来是渔民用网捕到了一条奇怪的大鱼，长着四只脚，尾巴很长，只是没有角，重达几百斤。众人议论说在集市上也卖不掉，想要杀了用来熬油。杨先生命令把大鱼抬到衙署里，家人们都围过来观看。当时夫人正怀有身孕，见到大鱼便对着它讲话："你虽然不是龙，但是也一定是神物。为什么这么不小心，被渔网困住；现在性命不保，怎么办呢？”话还未说完，这条鱼的双眼，竟然眼泪汪汪，滴在地上，有一斗多。杨先生本来就是喜欢放生的人，连忙拿出了十两银子付给渔夫，然后把这条鱼放生到大海里面。大鱼入海，时而沉下去，时而浮出水面；到了海中间，忽然一声雷震，风浪大作；一回头，就甩动鱼鳍游走了，可以说是龙种。

不久后，杨先生的三儿子杨能格（字季良，号简侯）出生，官至江苏布政使。先生的孙子杨霁（字子和，一作子晴），最近又以第二名的名次进士及第，官至广西学政。子孙蒸蒸日上，可以说是德行深厚的善报。

8.3.35 嗜杀报

平湖县乍浦镇，有巨绅，从木业起家，拥资二三百万；勤勤恳恳，能脱市井气，有大家风。惟于饮食，素所讲究，无论宴客以及自奉，珍味交错。尤喜购觅诸雀，置诸鸭腹；食时以箸拨开鸭腹，诸雀罗列，其味鲜美异常；名曰“百鸟朝王”，不知伤残多少。后患发背，生一巨疮，四围小疮无数。延医诊视，咸曰：“此百鸟朝王也，虽扁鹊复生，恐亦难治。”昼夜呻吟，延数阅月，疮溃竟不起。其食报如是。

夫所食与所患名正同，冥冥之垂戒，可不儆惧乎！

【译文】浙江平湖县乍浦镇，有一名大富绅，从经营木材生意发家，拥有二三百万两银子的家资；勤劳踏实，做事认真，能够摆脱市井小民的习气，有世家望族的风范。只是对于饮食方面，一向很讲究，不论是宴请宾客还是自己日常所需，都是罗列各种各样的山珍海味。尤其喜欢搜寻购买各种小型鸟雀，填在鸭子的肚子中；吃的时候用筷子拨开鸭肚子，中间罗列着各种鸟雀，味道鲜美异常；将这道菜取名叫“百鸟朝王”，不知残杀伤害了多少鸟雀。后来，患上背疽的疾病，背上生了一个大毒疮，四周环绕着无数小疮。请医生来诊治，都说：“这种病叫作‘百鸟朝王’，即使是名医扁鹊再生，恐怕也难以医治。”日夜痛苦呻吟，这样拖延了几个月，毒疮溃烂而死。他得到了如此惨烈的果报。

所吃的菜和所得的病，名字正好相同，上天在冥冥中的警示和告诫，怎能不感到警惕和敬畏呢？

第四卷

8.4.1 庐州李氏

李封翁（文安），道光戊戌进士。世以忠厚起家，生平笃于天性，躬行君子也。其先本许姓出嗣；嘉庆间，屡议回宗复姓，未果。故族人向不与许氏议婚；而与李姓不同宗者，世多姻戚，俗例然也。娶李太夫人，其父腾霄公，公正笃实，为乡里推重。太夫人生自寒素，幼失恃，事继妣以孝闻。洎来归封翁，逮事祖父母二十余年。而封翁以少子蒙钟爱，并爱太夫人之贤。祖母晚年卧病床蓐，太夫人井臼之余，昼夜侍养，亲涤厕牏（yú），凡事先意承志。

封翁天性孝友，事诸兄必尽礼，太夫人视兄子女如己出。早年家口即浩繁，上下将满百焉；虽食贫作苦，一家和蔼，乡党交称，内助之力居多。生子六，长为筱泉制府，次为少泉相国，诸弟亦各跻显仕；女二人，皆躬自抚育。当制府兄弟幼时，就傅夜归，封翁篝灯夜课，治家以礼，御下以宽，而盛德所感，内外肃然。

封翁为人廉介而好施与，喜宾客。通籍后，服官刑部提牢。时例各囚每饭一勺，封翁散饭，必期满勺，生熟必亲尝。又自捐米煎粥，以济晚饭。后收到人犯多，狱中瘟疫易作，恳切为文，祷于神，囚病俱起。又预制药材，以济急。夏则捐颁葵扇，每秋各司捐棉衣，于每所更添棉被十二件，以备病犯发汗养病之用。盖其居心最仁厚也。

封翁著《愚荃敝帚二种》，上卷《贯垣纪事》，后人果踵而行之，功德真非浅鲜。所谓好生之德，封翁有焉。

按，封翁予于戊戌闱中相遇，适有同号徽人语余曰："此吾乡李善人也。"他无所异，但见其善气迎人耳。此届中额甚窄，而封翁售焉。

太夫人经理内政，量入为出，自奉俭约，无锦绮珠翠之饰。而营重闱之丧葬，完儿女之婚嫁，以及亲朋往来、馈遗庆吊，丰啬适宜。封翁在京，谋置庐郡会馆、庐凤二府义地，将捐养以为倡，苦无从措。太夫人质簪珥以助之。其他义举，凡有济于人者，无不为。固由封翁之好义，亦贤内助有以成之也。

军兴以来，封翁奉命办团，誓期灭贼，未竟而殒。而制府兄弟，能读父书，各以科第起家；不十年，致身通显，竟为国家扫除诸寇，洵克承封翁生平之志矣。制府身长而轶丽，在浙颇青眼于余。其长子十二，称神童，浙中有与谈文者，多为所窘。相国余未谋面，闻饶有相度，乐奖人才，出于所性。兄弟不待耄耋（mào dié），而同时兼圻（qí）。似此家势优隆，勋名鼎盛，实开国二百年来所仅见也。

忆咸丰八年，庐州再陷，贼氛遍地。太夫人挈眷由京归里，诸子奉板舆，仓卒迁避。间关烽火，屡濒于危，而竟化险为夷。盖太夫人之福泽，有以致之。迨制军伯仲，皆任封圻，太夫人鬓发甫霜，康健如昔，就养各省，人皆羡为盛事。而时以盈满为惧，每诫家人，仍守寒素家风，诚有福有寿之贤母也。现有孙男二十余人，均以书香世其家。

己巳二月初三日，为太夫人七十大庆。余正蒙筱翁制府，委署衢巡，呈以长联，约二百言，上联就各兄弟说，下联就太夫人说，皆纪实也。从此相待益厚。是年冬，奉命大巡。逾年正当入觐，大巡未竣，即擢督两湖。次年七月，为制府五旬大寿，又制送长联，亦二百言，寄到鄂城，制府甚喜。前年太夫人八旬大庆，又寄呈长联，制府回书，道意谆谆。而余以一官需次，又十三年，职守所羁，无由径赴鄂城相见为怅耳。

【译文】李文安先生（晚清重臣李鸿章的父亲），是道光十八年（1838）戊戌科进士。能够继承祖先忠厚的家风，一生都保持纯笃的天性，并身体力行，是一位真正的君子。他的祖先本来姓许，过继给李家为子；嘉庆年间，曾多次商议认祖归宗，改回许姓，没有结果。因此，本家族的人从来不和姓许的联姻；而和姓李的但是不同宗的，联姻的倒是有不少，风俗惯例就是这样的。李先生迎娶了李氏太夫人，她的父亲李腾霄先生（即李鸿章的外祖父），为人公道正派、忠厚诚实，在乡里很受推崇和尊敬。太夫人出身于贫寒低微的家庭，幼年时失去了母亲，对继母很孝顺，远近闻名。等到嫁给李文安先生，有机会事奉祖父、祖母二十多年。而李文安先生作为最小的儿子蒙受父母的钟爱，并且喜爱太夫人的贤惠。祖母晚年卧病在床，太夫人除了操持家务之外，日夜在身边事奉照顾，亲自洗刷便器，凡事都能够想在前面。

李文安先生天性孝顺父母、友爱兄弟，事奉各位兄长礼仪周到备至，太夫人对待兄长们的子女如同自己亲生的。早年家中人口就已经很繁多了，全家上下快满一百口人了；虽然生活贫困、劳作辛苦，但是一家人和睦相处，邻里乡党纷纷交口称赞，这其中妇人们作为贤内助，起了主要的作用。生了六个儿子，长子就是李瀚章，字筱泉，官至两广总督；二子就是李鸿章，字渐甫，号少荃（一作少泉），官至文华殿大学士；几个弟弟（李鹤章、李蕴章、李凤章、李昭庆）也都做到了很显赫的官位。有两个女儿，都是亲自抚养教育。在李瀚章兄弟们小的时候，出外拜师读书，晚上回家，父亲打着灯笼亲自教他们读书，治家注重礼法，对待下人宽厚，因其深厚的德行所感召，家里家外都是一派整齐严肃的气象。

李文安先生为人清廉耿介，而且乐善好施，热情好客。出外做官以后，曾担任刑部司员，督理提牢厅。按照当时的惯例，牢中的每名囚犯，每顿饭盛饭一勺，而李先生每次负责盛饭的时候，一定要尽可能满满一勺，饭做得是生还是熟，一定要亲自尝一尝。又自己捐出米粮来煮粥，作为囚犯的晚餐。后来收到的犯人越来越多，狱中容易发生瘟疫，于是至诚恳切地写了祈祷文，向神灵祷告祈求，囚犯的疾病都好了。又预先制备一些药材，用来救急。夏天捐出自己的钱买扇子发给囚犯，每年秋天号召各司捐献棉衣，自己又在每所牢房添置棉被十二件，准备用来供那些生病的囚犯发汗养病。可见，李文安先生的存心真正是仁爱厚道。

李文安先生所著的《愚荃敝帚二种》，上卷为《贯垣纪事》，后人如果真的能够接续不断地按照书中所说的来做，那真正是功德无量。所谓好生之德（爱惜生命、不嗜杀戮的美德），李文安先生可以说是真正做到了。

按，李文安先生，我在道光十八年（1838）戊戌科的会试考场中曾经遇到过，当时有同一考场的一名安徽考生对我说：“这就是我们家乡的李善人。”其他没有特别的地方，只是见他为人特别和蔼可亲，以和善之气待人。这届考试录取的名额比较少，而李文安先生就在这次考中了。

太夫人主持家中事务，能够衡量收入情况合理支出，自己生活用度俭朴简单，没有什么精美的首饰、华丽的衣服。而经营祖父母、父母的丧葬，完成儿女的婚嫁，以及亲戚朋友之间的往来应酬、礼品馈赠、庆贺吊慰等事情，是丰厚还是节省，程度都很合适。李文安先生在京城的时候，谋划发起建立庐州会馆，以及庐州、凤阳二府的义地（供给贫民埋葬用的公共墓地），准备捐出自己的收入来作为倡导，只是苦于无从筹措。太夫人将自己的首饰质押换钱来支持。其他的各种善行义举，只要是对人有帮助的，无不积极去做。这固然是由于李文安先生急公好义，也多亏了太夫人这位贤内助的支持和成全。

镇压太平天国的军事行动开展以来，李文安老先生奉朝廷之命办理团练，立志一定要剿灭贼寇，事业还没完成就去世了。而李瀚章兄弟，能够继承父亲的遗志，各自通过科举成就了功名，并步入仕途；不到十年，都做到了很显赫的官位，终于为国家扫除贼寇，真可以说是继承并实现了父亲生平的志愿了。李瀚章总督身材魁梧而且长相俊秀，在浙江的时候对我颇为赏识。他的长子李经畬，十二岁被称为神童，浙江省有和他探讨文章的人，往往比不过他。李鸿章中堂，我没有见过面，听说颇有宰相风度，乐于奖拔人才，出自于天性。兄弟二人的年龄相加不超过九十岁，就同时担任了兼管两三个省份的封疆大吏。像这样优厚隆重的富贵权势、兴盛崇高的功勋名位，实在是大清立国二百年以来绝无仅有的。

回想咸丰八年（1858），安徽庐州（今合肥市）再次被太平军攻陷，贼寇气势正盛，遍地战乱。太夫人带着家人从京城回到家乡，儿子们迎养母亲，仓促之间迁移躲避。道路崎岖，战火纷飞，多次濒临危难，而最后都能化险为夷。可以说是太夫人深厚的福泽，带来的善果。等到李瀚章、李鸿章兄弟，都担任了封疆大吏，太夫人头发已经白了，身体还是像往常一样康健，被接到各省的衙门奉养，人们都很羡慕地称赞为美事。而时常因盛极而衰的道理而担忧，心存畏惧，常常告诫家人，仍旧要保持寒苦朴素的家风，真是福寿双全的贤德母亲啊！现在有孙子辈二十多人，都能读书，传承书香门第的家风。

同治己巳年（1869）二月初三日，是太夫人七十岁寿辰。当时我正蒙李瀚章总督委任，代理金衢巡道的职务，赠送了一副贺寿长联，约有二百字，上联从各个兄弟的角度来说，下联从太夫人的角度来说，都是实事求是。从此李总督待我更加优厚。这一年冬天，奉朝廷之命巡阅长江水师，巡阅还未结束，就被任命为湖广总督。第二年七月，是李总督的五十岁大寿，又制送了一副长联，也是二百字左右，寄到武汉，总督非常高兴。前年（光绪五年，1879）是太夫人八十岁大寿，又寄送了一副长联，总督回信，诚恳地表示了谢意。而我因为要候补一个职缺，又是十三年未曾谋面了，因为公务牵绊，没有办法直接到武汉拜访，而感到遗憾。

8.4.2 蒋廉访

蒋叔起廉访（超伯），扬州人。其封翁存心忠厚，素服贾，与西莲和尚友善。西莲曾存千金于封翁铺中生息，未立券。越数年，西莲卒于普陀崖。封翁知其殁，遂至西莲庵中，觅其法徒某。问之曰：“尔师父在生与人交财，有账簿否？”对曰：“一字俱无。”遂嘱其徒，约其师叔等辈，来朝会谈于庵。翼日，封翁携账簿、银票到庵，会诸禅友；询其法名，皆属西莲同辈。遂对禅友曰：“西莲在日，曾存千金于小铺。今西莲已殁，其徒无知；故约尔等，同来算账，交还存款。”于是出示账簿。照年分本利一并算清还讫，亲授其徒而去。隔一二年，生叔起之前一夕，梦见西莲来，无语入室。因知叔起廉访，乃西莲之后身，以报封翁之盛德者也。扬州王小汀、徐啸竹，皆与予言如此。

【译文】蒋超伯先生，字叔起，官至广东按察使，是江苏扬州人。他的父亲存心诚实厚道，是做生意的，和西莲和尚交情很好。西莲和尚曾经将一千两银子寄存在他父亲店里产生利息，没有书写字据。几年后，西莲和尚在普陀崖圆寂。他父亲知道西莲和尚已经离世了，于是到西莲所在的庵中，找到他的徒弟某人。问他说：“你师父在生前和人产生钱财方面的往来，有没有账簿呢？”回答说：“一个字也没有。”于是和徒弟约好，并邀请他的师叔等人，明天在庵中会谈。第二天，蒋先生父亲携带账簿、银票来到庵里，召集了各位禅友；询问他们的法名，都是和西莲和尚同辈的师兄弟。于是对禅友们说：“西莲和尚在世的时候，曾经寄存了一千两银子在我的小店里。现在西莲已经仙逝，他的徒弟也不清楚这回事；所以邀请你们大家，一起来算账，交还存款。”于是拿出账簿给大家看。按照年期连本带利一并计算清楚，如数还清，亲手交给西莲的徒弟之后就走了。一二年之后，蒋超伯先生出生的前一晚，梦见西莲和尚来了，没有说话，径直进入房间。于是知道蒋超伯先生，便是西莲和尚转世而来的，来报答蒋先生父亲的深厚恩德。扬州的王小汀、徐啸竹（徐穆），都曾对我讲述过这件事。

8.4.3 张制军孝感大士

张制军（之万），号子青，丁未大魁，直隶南皮人。任漕督时，太夫人病，祷之清江普座寺大士前，坚跪不起。太夫人见大士来前，身披白氅，手执柳树枝洒水；汗出病愈。因亟令人唤漕督归，而告之故。于实之刺史口述，故特书之，为天下之为人子者劝。

【译文】闽浙总督张之万先生，字子青，号銮坡，是道光二十七年（1847）丁未科进士，直隶省南皮县（今属河北省沧州市）人。他在担任漕运总督的时候，因母亲患病，便在清江浦（今属江苏省淮安市）普座寺观音大士像前为母亲祈祷，长跪不起。母亲见到观音大士来到自己面前，身披白色披风，手执杨柳枝洒水；然后出了一身汗，病就很快痊愈了。于是急忙派人叫漕运总督回来，把这个事情告诉给他。这件事是于实之刺史亲口讲述的，所以特地记录下来，用来劝勉天下的为人子女者。

8.4.4 敦煌城隍

汪调生曰：许玉年先生，余伯母舅也，博学工诗画。而性复伉爽无城府，急人难，如恐不及；尤爱才，见人有一善，誉不容口。以道光辛巳孝廉，出宰甘肃之环邑，调敦煌，升安西州。所莅地皆处极边，其民多诚朴，无内地刁健习。先生治之以静穆，遇讼事，即日判决无滞狱。持己极廉，暇则进其士之秀者，为之衡文校艺。又见地多桑，特于家乡雇蚕妇往，教之养蚕缫丝之法。所至颂声大作，去则民咸尸祝之。年甫五十，以疾卒于安西官舍。

先是敦煌县城隍庙道士某，所为多不法。先生作令时，驱之出境。及去任，道士复夤（yín）缘为庙中主持，不法如故。一日道士晨起，忽卷其行囊欲遁，色甚仓皇。或问之，道士言："昨晚睡后，梦中闻殿上鼓吹呵殿。出视之，见新城隍到任，威仪甚整。方在旁窥伺，忽闻堂上传呼：'速拿某道士。'二役持链锁至城隍前，仰视之，即前任本县许邑尊也。厉声叱曰：'汝经我驱逐出境，既窥我去任潜回，即应安分；乃怙恶不悛。今日本应促汝命，姑念系莅任之初，量予薄惩。'即飞签下，责竟叱令即日离庙，毋再逗留取死，遂命皂隶驱我出。及阶倾跌而醒，两股痛不可忍，今不敢复居矣。"竟携其行李踉跄去。时敦煌人，尚未知先生之殁，后探之。则道士见先生莅任时，即安西易箦（zé）之日也。正直为神，岂不信哉！

先生长子彦直，为余堂姊婿，作令粤东。其次子缘仲，现任江苏泰州，有循声，已擢广东肇罗道。三子润泉、五子治金，先后举于乡，官部曹。知先生之遗泽孔长也。

【译文】汪调生说：许乃榖先生，字玉年，是我的大舅。博学多才，精于诗词绘画，而性格刚直豪爽，没有城府，看到别人有急难，唯恐自己帮不上忙。尤其是爱惜人才，见到别人有一点长处，都是赞不绝口。以道光元年（1821）辛巳科举人的身份，出任甘肃环县知县，然后又调任到敦煌县，升任安西州知州。所莅任之处，都是极为偏远的地方，那里的百姓大多都很诚恳朴实，不像内地的人那样刁钻凶悍、喜欢诉讼。先生以安静肃穆作为治理地方的原则，遇到有人告状争讼，当天就进行判决，没有滞留的案件。他严格要求自己，为官清廉，空闲时间就把那些有才学的士子请来，帮他们点评文章，指点写作技巧。又发现当地有很多桑树，就专门从老家雇请了一批熟悉养蚕的妇女前来，教当地的百姓养蚕缫丝的技术。所到之处，都获得当地老百姓一致的称赞和拥护，离任的时候，老百姓都供奉他的牌位，焚香祈祷。刚到五十岁的时候，因病在安西州知州任上逝世。

原来的时候，敦煌县城隍庙有一个道士，所作所为大多不遵守法令，先生在担任敦煌县令的时候，把道士驱逐出境。离任之后，道士又通过买通关节，做了庙里的住持，继续从事不法的行为。一天早晨，道士起来，忽然匆忙收拾了行李，准备逃走，神色慌张。有人问他怎么回事，道士说："昨天晚上，睡梦中听到衙役呵道、锣鼓吹打的声音。出来一看，原来是新任城隍神到任，威仪整肃。正在旁边窥视的时候，忽然听到大堂上传呼：'速速捉拿某道士！'我就被两名差役锁拿到了城隍神前。抬头一看，原来就是前任县令许大人，严厉地叱责我说：'你被我驱逐出境，既然趁我离任偷偷跑回来，就应当安分守己，却仍旧继续作恶，不知悔改。今天本应取了你的性命，姑且念在我刚刚到任，给你一点小小的惩罚！'然后就掷下一支令签，责打完毕后，又叱令我当天离开庙里，不许再逗留，以免自寻死路。于是命令衙役驱赶我出去。走到台阶，跌了一跤，然后就醒了，两腿疼痛难忍，现在不敢再住在庙里了。"然后带着行李，踉踉跄跄地走了。当时敦煌人还不知道先生已经去世了。后来打听到，道士见到先生到任的时候，正好就是在安西逝世的那天。正直的人死后成为神明，难道不是很可信的吗？

许乃穀先生的大儿子许彦直，是我的堂姐夫，在广东作县令；

二儿子许缘仲，现在担任江苏泰州知府，有循良的声誉；三儿子许润泉、五儿子许冶金，先后乡试中举，担任六部司官。由此可见，许先生遗留给后人的福泽绵远长久。

8.4.5 丁卯科场记异

同治丁卯，江宁乡试。戴彝斋明经，场后回泰州，向人云：有宿迁人，忘其姓名，年一百零一岁，本年入泮，秋闱三场考毕，文字不差，精神矍铄，望之如神仙中人。曾中堂（国藩）拟奏为人瑞。

又卷房失火，见魁星跳跃，卷未伤，火亦旋息。

有八十岁老人，场中文成，交卷忽发病身亡。适有幼子同号，得以送终。亦一奇也。

吾儿功成场中，见一士子，文写三艺未毕，忽大书“天理”二字，又书“忽然错了”四字，再画兰花一丛，复以墨汁洒卷，以发痴摈出号去。

又见一士，裸体赤脚，奔出头门，口称：“贼中惯掘塚（zhǒng），剥尸衣，致有冤鬼剥我衣履，逐我出去，不许我作文云。”

又闻程笠青，六十九翁，说：前有上江士子四人，各带一仆，到江宁租寓；租金四十，先付十金。后搬行李进寓，寓东见四士人后，有一少年美妇随入。骇之，因谓四士曰：“我租考客，不租眷口。君等携一妇女来，何也？”四人曰：“本无妇女，尔独见之，是大不祥。我等速回故乡，不应试矣。”寓东送其出门，回家见鬼妇犹在堂屋，怒谓房主人曰："我万苦千辛，方寻得冤家讨代，被汝说破机关，坑我不能报雠。今日定取汝命，以雪吾恨。"房主人曰："无怒，士去不远，汝去索命，何迟之有！"女鬼曰："噫！场屋中奉命申冤，可以索命。彼闻尔言，惧而回去，不进考场，万难下手。必索汝命，以雪恨。"房主苦求，许以斋忏，即将十金超度，乃去。

翟怀卿云：场中有以竹签签心者，有以刀剖腹抽肠者，有断臂者，有在场病死者，不一而足。由是观之，士之无品败行者，入场即遭显报；平日间可不守身如执玉哉！书此为习举业者戒；并劝丧检者，改行率德焉。

【译文】同治六年（1867）秋季，丁卯科江南乡试，在江宁（今南京市）举行。戴彝斋明经（明清对贡生的尊称），考完后返回泰州，他对人讲：有一位宿迁考生，姓名不记得了，已经一百零一岁了，今年才入学为生员，秋季乡试三场考下来，写文章一字不差，精神矍铄，看上去仙风道骨，宛如神仙中人。曾国藩中堂准备向朝廷奏请，将他树立为"人瑞"的典型（人瑞，即人中的祥瑞，多指有德行或高寿的人）。

还有存放考卷的库房不慎失火，见到魁星（神话传说中掌文运的神，本作奎星，俗就"魁"字取象，造为鬼举足而起斗之像）来回跳跃，试卷没有受到损伤，火也很快就熄灭了。

还有一名八十岁的老考生，考场中文章写完之后，交卷时忽然发病身亡。正好他的小儿子和他在同一考场，得以为他办理后事。也是一件奇事。

我儿子戴功成所在的考场中，见到一位考生，三篇文章还没有写完，忽然在试卷上写“天理”二个大字，又写“忽然错了”四个字，又画了一束兰花，又把墨汁撒在试卷上，因精神失常被带出了考场。

还见到一名考生，赤裸着身体、光着脚，跑出正门外，嘴里念叨着：“做过贼，惯于挖坟掘墓，剥掉尸体上的衣服，导致有冤鬼脱掉我的衣服鞋子，把我赶出去，不让我写文章。”

又听六十九岁的程笠青老先生说：之前有来自安徽的四名书生，各自带着一名仆人，到南京租住在公寓中；租金四十两，先付十两。后来，搬运行李到公寓，房东看见四名书生后面，有一名年轻貌美的女子跟着进来了。感到奇怪，就对四人说：“我只租给考生，不租给家眷。各位为什么要带一个妇女进来呢？”四人说：“根本没带妇女，只有你自己见到，这是大不吉利的事。我们还是赶快回家吧，不参加考试了。”房东送他们出门后，回到家只见女鬼还在堂屋，愤怒地对房东说：“我费尽千辛万苦，才找到冤家讨报替代，被你说破了机关，害得我不能报仇。今天定要取你的性命，来洗刷我的仇恨。”房东说：“不要生气，四个人还没走远，你尽管去索命，现在也不迟。”女鬼说：“哎！奉地府之命，考场中可以名正言顺地申冤，可以索命。他们听了你的话，都吓得回去了，不再进考场，实在难以下手。一定要索取你的性命，来发泄我的愤恨。”房东苦苦哀求，答应给她做经忏法事超度，才离开了。

瞿怀卿说：考场里有用竹签扎自己心口的，有用刀剖开自己肚子把肠子抽出来的，有手臂折断的，有在考场里得病而死的，各种各样，说也说不完。由此可以知道，读书人品行不端正、做过伤天害理的事情的，进入考场就遭到显明的报应；因此，平时怎能不守身如玉、洁身自爱呢？记录在这里，作为对有志于科举功名的人的劝戒；同时，奉劝行为不检点的考生，一定要改正行为、修身积德啊！

8.4.6 地灭

沈旭庭曰：江阴乡人某男子，平日无恶不作。一日，提篮买菜回家，行至家门空场上，脚如缚，不能行，旋陷土中数寸。一时间，陷没至脐，人拔之，痛欲绝，锄地更痛。口不能言，三日灭顶，而地无痕迹可寻，亦地灭之一证也。此同治初年事。

按邹渭清观察又云：同治庚午秋，在汴垣，见地陷一妇，事甚奇，举之足为世戒。汴城南三十五里某村妇，待姑素不孝。夫以贸易外出，家惟一姑、二子、一女。一日，姑与妇在家午膳，门外忽来一丐媪，系同村同族之老年贫苦者。姑心怜之，欲与饭，又恐触妇怒，因乘妇赴突室，即潜以己盂中物，尽与丐媪；而自再盛之。妇见姑食之速，已心疑，及至外睹丐媪，遂怒詈姑曰："我赴屋后，尔盂中尚累累；未几时，岂果食罄耶？尔以余粒与贱丐，我即不许尔再食。"遂以姑盌中所增饭，覆之门外，并以足踩践之。姑见此情景，愤甚，反身入室自缢死。左右邻，畏妇悍泼，莫敢谁何。三日后，丐媪复至其左邻乞食；左邻媪谓曰："汝尚不远避耶？某妇之姑，因汝而死，汝尚敢逗遛此间耶！"因为详述之。丐媪乃仰天喟然曰："某氏姑，因怜我而死，我又何生为！以一死报某氏姑矣。"遂赴塘自溺。未几，霹雳作，将丐媪提起，而埋不孝妇于覆饭之处，两足曲跪，没入地中凡数寸。妇惟镇日呼号痛苦，不能食，亦不能稍动。四方来观者，日数千人。有怜其饥，欲以油馍与之，不能近身，盖离妇三尺许，即觉地热如焚。有以秫秆挑与之，迨食毕，而秫秆已焦黄如灼。如是五日。一夕大风，忽不见此妇，而地如故。

余幼时尝闻谚语，有“天诛地灭”之说。后见雷殛，以天诛是矣，然未悉有地灭事。今述此节，不特可戒世之不孝者，且可征天心仁爱，而故示此显报也。合观之，可知地灭之说，诚然。

【译文】沈旭庭说：江苏常州府江阴县（今江阴市，属无锡市）乡民某男子，平日里无恶不作。一天，提着篮子买菜回家，走到家门口空地上，忽然双脚像是被绑住了，不能走路，很快陷入地中几寸深。一个时辰的功夫，不断下陷，已经没过了肚脐，看到的人想用力往上拔，可是一拔就痛不欲生，用工具刨开地面，则更痛。嘴里不能说话，三天之后头顶都没入地中了，而地面上却没有任何痕迹，也是“地灭”的一个验证。这是同治初年的事情。

按，邹渭清观察也讲过一件事：同治庚午年（1870）秋天，在河南开封，见到一名妇女陷入地中，事情很奇特，举这件事例足以用来劝世。开封城南三十五里某村庄，有一名妇女，对婆婆素来不孝。丈夫因为做生意外出，家中只有婆婆、二个儿子、一个女儿。一天，婆婆和这名妇女在家里吃午饭，门外忽然来了一个乞讨的老妇，是本村同宗族中年老贫苦的。婆婆可怜她，想要给她一些饭吃，又怕惹怒了媳妇，于是趁着媳妇去到烟囱房的时候，就悄悄地把自己碗里的饭，都给了乞讨的老妇；然后自己再盛了饭。媳妇见婆婆吃得这么快，已经心生怀疑，等到了外面看见乞讨的老妇，就怒骂婆婆说：“我去房里的时候，你碗里还有很多；这么一会儿工夫，怎么就吃光了？你既然把吃剩的给了下贱的乞丐，我就不许你再吃了。”于是把婆婆碗里所添的饭，倒在门外，并用脚踩踏上去。婆婆见这种情景，非常愤恨，转身回到房里自缢而死。左右的邻居，也害怕妇人的凶悍泼辣，不敢拿她怎么样。三天后，乞讨的老妇又到她家左边的邻居要饭；邻居老妇对她说：“你还不躲得远远的吗？邻居的婆婆，就是因为你而死的，你还敢逗留在这里吗？”就为她详细讲述了事情的经过。乞讨老妇就仰天叹气说：“这家的婆婆，因为可怜我而死，我还活着干什么？只有一死来报答这位婆婆了。”于是跳入池塘中。不多时，雷电大作，将乞讨的老妇提出来，而将不孝的妇人埋在倒饭的地方，双脚蜷曲跪在地上，陷没入地中几寸深。妇人只是整日整夜喊叫痛苦，不能进食，也不能稍微动弹。四面八方来观看的，每天有几千人。有人可怜她饥饿，想给她一些油馍吃，却无法近身，原来距离妇人三尺左右的时候，就觉得地面冒热气如火烧一般。有人拿秸秆挑着食物给她吃，吃完后，秸秆已经被烤得焦黄了。像这样过了五天。一天夜里，刮起大风，忽然这名妇人消失不见了，而地面完好如故。

我小时候曾经听说民间谚语中有“天诛地灭”的说法。后来，见过有人遭雷击的事情，这应该就是“天诛”了，但是还不了解有“地灭”的事情。现在所讲述的事例，不但可以用来劝戒世上不孝的人，而且可以证明，上天对人心存仁爱，所以故意示现这种显明的报应。合起来看，可以知道“地灭”的说法，也确实是存在的。

8.4.7 祖先预示避兵

江都名诸生郭尧卿（夔）言：其岳家黄小园观察，玲珑仙馆，于西寇将至之前一月，祖宗神像祠堂，时闻议事声。一日有外戚某来仙馆，见祠堂门，灯烛辉煌。某入祠展拜，退问主人今日何事，祠堂大开。主人闻而异之，邀同到祠。祠门禁闭如故。日正当午，主客骇然，吉凶莫辨。逾月，贼入仙馆，见神像，知为宦家，毁坏一空，今成一片瓦砾矣。

庚申之变，吴门将陷之前，齐子冶居友来巷，夜夜闻开大门声。家人起烛之，静扃如故；少顷，又闻开门。半月后，西寇进城，顿成灰烬。以是知一家将丧，祖宗示警，惜乎子孙不知预避耳。殆亦数之不可逃乎！

按，玲珑仙馆，余于丙午住邗上，曾一见之。其家业虽稍替，尚在百余万之数，而物件房屋不计也。讵知廿年来，一败如洗。相传小园观察所分股下，当时不下六十万金，未再传而归乌有。昨据张子青制府絮谈，目前所雇乳娘，有其儿媳在焉。吁，可畏哉！洵乎积财与子孙，子孙未必能守，必积德为足恃耳。

【译文】江苏江都县（今扬州市江都区）的名秀才郭夔（字尧卿）说：他的岳父黄小园观察（明清称各道道员为观察），居住在玲珑仙馆，在太平天国军队快要攻打进来之前的一个月，供奉祖先神像的祠堂中，时常听到有讨论事情的说话声音。一天，有一位外家亲戚某人来到仙馆，看见祠堂门打开，灯火明亮。某亲戚进入祠堂行礼跪拜，出来之后向主人询问今天要做什么事，祠堂门大开。主人一听感到很惊异，和他一起来到祠堂。祠堂门还是像原来那样紧紧关闭着。这时正是中午，主人客人都很惊骇，不知道这种征兆是吉还是凶。一个月后，太平军来到仙馆，看见供奉的神像，知道是官宦之家，将仙馆毁坏一空，现在已成为一片废墟了。

咸丰庚申年（1860）的事变，苏州城将要被太平军攻陷之前，齐子冶先生居住在友来巷，每天晚上都听到有打开大门的声音。家人起来拿着灯烛照看，依然是静静地锁闭着；过了一会儿，又听到开门的声音。半个月后，太平军攻进城来，所住的地方顿时化为灰烬。由此可见一个家庭将要发生重大变故之前，祖先会提前警示提醒，可惜子孙们往往不知道提前躲避。大概这也是定数，不能逃避吧！

按，玲珑仙馆，我在道光丙午年（1846）那年住在扬州的时候，曾经见到过一次。他们家的家业虽然稍有衰落，但还能达到一百多万两的规模，这还不算物品、房屋等。谁知道二十年来，竟一败涂地，什么都没有了。相传分给黄小园观察名下的股份，当时的价值超过六十万两，还没有传给子孙就化为乌有了。昨天听闻张子青总督谈论，目前所雇请的奶妈，其中有他们家的儿媳。哎呀，真是可怕啊！果真是积累财富留给子孙，子孙不一定能守得住，必须行善积德，才是真正可靠的长久之计。

8.4.8 慎鞫狱

道光庚戌四月二十三日，首逆李沅发就擒，生致逆匪一百七十余人，交杜小舫录囚。皆直供从逆，无一狡展者。愚民被惑，至死不悛，可哀也夫！内一清江苗，年二十余，面目黧黑，搏颡（bó sǎng）乞命；言被胁从才月余，父已亡，家有病母，不知存亡。泪落如雨。小舫察其情非妄，许以生，则叩头谢。因收之外禁。夜半小舫睡醒，觉蚊厨外有人影，披衣揭视，则一苗跪床下。时残月荧然，衣帽可辨，转瞬旋失。度此苗感恩，或生魂来谢也；抑或苗父乐其子之得生，而见形来谢也。

余谓幸而许以生，若稍不措意而杀之，则冤魂将何如？鞫狱者慎之哉！

【译文】道光庚戌年（1850）四月二十三日，叛逆首领李沅发（清朝末期湖南农民起义首领）被捕，组织起来的逆匪达到一百七十多人，当时杜文澜（字小舫）先生在湖广总督裕泰手下做幕僚，承担这次审讯囚犯、记录口供的任务。犯人们都直接供称是明知是叛逆而跟从参加的，没有一个人狡辩抵赖。愚民被蛊惑，到死都执迷不悟，真是可悲啊！其中有一名清江苗族小伙子，二十多岁，肤色黝黑，磕头请求饶命；他说是被胁迫的，跟随逆匪才一个多月，父亲已经去世了，家中有生病的母亲，也不知是死是活。一边说话，一边泪如雨下。杜小舫先生察知他说的情形不假，答应放他一条生路，那人叩头千恩万谢。于是把他收录到牢房外间。半夜里，小舫睡醒，感觉蚊帐外面有人影，披起衣服掀开蚊帐来看，只见一名苗族人跪在床下。当时天上挂着一轮残月，月光之下，那人的衣帽依稀可辨，转眼之间又消失不见了。猜想是那位苗族小伙子感激恩德，或许是他的生魂前来表示感谢；又或者是苗族小伙子的父亲很高兴他的儿子得以活下来，而显现形状来表示感谢。我说幸亏是答应给他一条生路，如果稍不留神将他错杀，那么造成的冤魂又会是什么情形呢？掌管刑罚、审理案件的人一定要慎之又慎啊！

8.4.9 同治七年三月十八日雷

皖城怀宁某媪孀居，一子年弱冠，貌甚朴愿。为某官慊（qiàn）从，服役勤慎，能得主人意。同治七年三月十八日夜漏二下，其子启户为主人瀹（yuè）茗。忽暴雷一声，击死，僵跽户外。媪闻之来，抚尸哭曰："吾儿素朴愿，天乎冤哉！何罪而遭此惨也！"雷又震震有声。佥戒媪勿妄语，干神怒。雷乃止。

后有人言，其子曾盗贩陶器某甲钱五百文。甲夫妇诟怨，无以营生，俱投缳死。事已隔一年，雷始击之，尚是恕也。吁！以五百钱毙二命，天怒之烈，不亦宜乎！

按，此子盗某甲钱，岂其母不知也耶！观母之呼天鸣冤，且言无罪，是其平日貌为朴愿，不惟欺人，且直欺其母矣。而以五百钱毙二命，致干天罚。谚谓"雷惯击老实人"，信然！

【译文】安徽安庆府怀宁县，有一位寡居的老妇人，一个儿子二十岁左右，形貌看上去非常朴实厚道。在某位官员手下做侍从，干活勤勉谨慎，能够得到主人的欢心。同治七年（1868）三月十八日半夜二更时分，他的儿子开门为主人煮茶。忽然暴雷一声，他被雷电击死，直挺挺地跪在门外。老妇人听说了之后赶过来，抚摸着儿子的尸体哭着说："我儿子一向忠厚老实，老天哪，真是冤枉啊！究竟犯了什么罪遭到这么惨烈的惩罚啊？"这时又开始有隆隆的雷声响起。人们都劝说老妇不要再乱说了，以免干犯神怒。雷声才停止。

后来，有人说，她的儿子曾经偷窃过贩卖陶器的某甲五百文钱。某甲夫妇诟骂怨恨，没有办法活下去，一时想不开都自缢而死。事情已经过去一年了，雷电才将他击毙，还是对他的宽恕。哎！因为五百文钱，连丧两条人命，使上天如此强烈的愤怒，难道不是理所应当的吗？

按，这个儿子偷盗某甲的钱财，难道他母亲也不知道吗？观看他母亲对天喊冤的情形，直说没有犯罪，这样看来他平时外表忠厚老实，不但是欺骗别人，而且是欺骗母亲了。而因为五百文钱连丧两条人命，导致遭到上天的处罚。谚语说：“雷电喜欢击打老实人”，也是有道理的。

8.4.10 倪太封翁

许叔平曰：吾皖望江倪封翁，为濂舫方伯之父，次郊大令之祖也。尝客金陵，有星者善观气色，决凶吉多中；相公面，谓气色晦极，不出月寿终，促早归部署。公闻之，殊不信也。

薄暮，舟归过芜湖，舣舟江浒。登岸见一少妇，抱婴儿垂涕，意欲投水者。公问：“汝欲寻短见乎？”妇拭泪曰：“妾生不辰，良人嗜博，昨赌败，将鬻妾以偿博徒。妾上难舍姑，下难抛子，展转思维，不如一死。”公问：“身价几何？”曰：“言定二十千矣。”公曰：“此亦细事。汝第抱子回家，我明早携钱给汝夫偿债可也。”妇犹豫不决。公力誓不诳，并问姓氏及里居，知甚近。公归舟，戒勿遽解缆。天明，怀数十金访至，妇正盼望，见公至，大喜，顾谓姑曰：“此即江干所遇人也。”公急命其夫招博徒来，为偿其赀，且戒以后勿再同局，免生意外。佥诺诺。公又出银三十两付其夫曰：“此给汝，聊为生计，汝好为之，庶不致冻馁。汝妇贤孝，予爱而敬之，愿寄为吾女，岁常上下往来，过此必来问讯也。”一家闻之，环拜地下，叩公姓名。公笑曰：“久自知之。”

后公过芜湖，必往探之。举家奉公如神明。其夫已戒赌，善权子母，居然小阜矣。越岁，公再如金陵，访星者，诘其言何不验。星者惊曰："公阴骘纹满面，不惟延寿，后福且不可量。"问作何善事，公默思岂即芜湖救妇事耶。再十二年，乃终，年已八十矣。

次郊大令，为予总角交，尝历历言之最详。按，濂舫尝官江苏粮道；家大人时正抚苏，余曾见之，知其父曾行大善事。后于同治戊辰五月，在轮舟与筱岩中丞相遇；中丞曰："此同伴者，即濂舫子也。"聚谈连日。中丞与濂舫交厚，挈之同行，代为谋官云。

【译文】许叔平（名奉恩）先生说：我们安徽省望江县有一位倪老先生，他是布政使倪良耀（字孟炎，号濂舫）的父亲，是县令倪人埛（字次郊，曾任陕西兴平等地知县）的祖父。曾经客居在南京，有一位相士，善于通过观察人的气色来预卜吉凶，说得往往很准；他为倪老先生相面，说气色晦暗到极点，不出一个月就要死去，催促他早点回去准备后事。倪老先生听了，特别不相信。

傍晚时分，坐船回家，经过芜湖，停船在江边。登上岸见到一名少妇，怀里抱着一个婴儿哭泣，做出想要投水的姿态。老先生问："你这是要寻短见吗？"妇人擦着眼泪说："小女子我生不逢时，丈夫沉迷于赌博，昨天赌输了，想要把我卖掉来还债给赌徒。小女子上不忍心离开婆婆，下不忍心抛弃孩子，反复考虑，不如一死了之。"老先生问："身价多少？"回答说："说好的是二十千。"老先生说："这也是小事。你只管抱着孩子回家，我明天早上带着钱过来给你丈夫还债就行了。"妇人还是犹豫不决。老先生极力发誓说绝不会说假话骗人，并且询问她姓氏及住址，知道就住在附近。老先生回到船上，提醒船夫不要急着开船。天亮后，带着几十两银子找到妇人家，妇人正在盼望，看见老先生来了，很高兴，转头对婆婆说："这就是昨天在江边遇到的人。"老先生急忙命令她丈夫把赌徒叫过来，偿还了欠他的赌资，而且告诫他以后不要再和这个人一起赌博，以免生出意外的枝节。他们都满口答应。老先生又拿出三十两银子交给丈夫，说："这些钱给你，用来做点小生意，你好自为之，才能不至于挨冻受饿。你妻子贤惠孝顺，我喜爱而且敬佩她，愿意认作义女，每年常常上下往来，路过此地的时候一定会来打个招呼、问问情况。"一家人听了，围成一圈向老先生叩拜致谢，并请问老先生的姓名。老先生笑着说："以后就知道了。"

后来，倪老先生每次经过芜湖，必定会去探望。全家对老先生奉若神明。妇人的丈夫已经戒赌，善于放贷收取利息，居然慢慢变成小康之家。第二年，老先生再次来到南京，寻访原来那位相士，质问他说的话为什么不准。相士惊叹地说："先生满脸的阴骘纹，不只是寿命延长，而且以后的福报不可限量。"问他作了什么善事，老先生默想难道就是在芜湖救下妇人那件事吗。又过了十二年，老先生才逝世，已经八十岁了。

倪人埛县令，是我从小就很要好的朋友，曾经很详细地讲述祖父的事迹。按，倪良耀先生曾经担任江苏粮道；我父亲当时担任江苏巡抚，我曾经见到过他，了解到他父亲曾经做过大善事。后来在同治戊辰年（1868）五月，在轮船上和梅启照（字筱岩）巡抚相遇；巡抚说："这位同伴，就是倪良耀的儿子。"大家聚在一起谈话连续几天。梅巡抚和倪良耀先生交情很深厚，带着他同行，替他谋求官职。

8.4.11 飞来炮

癸丑三月，贼据扬州，杜小舫与许缘仲（道身）太守随查少泉（文经）廉访，营于距城三里之陈家巷。四月十三日，出队斗母宫，与城仅隔一河，庙墙为枪炮所击，空洞三四处如斗大，正对雉堞（zhì dié）。小舫与缘仲各据一洞，探首觇（chān）望，傍一寿春勇曰：“是为炮路，只宜侧窥。”因曳缘仲退，而己以首试视之。一炮倏（shū）来，正中其下颏（kē），踣（bó）地已绝。时兵勇云集，为其火伴舁去。莫记其姓名。小舫每与缘仲言及，为之欷歔（xī xū）。

【译文】咸丰癸丑年（1853）三月，太平天国军队占据扬州，杜小舫（名文澜）和许缘仲（名道身）知府，跟随时任江苏按察使查少泉（名文经，一字耕六），带兵驻扎在扬州城南三里的陈家巷。四月十三日，带队埋伏在斗母宫，和城墙只隔着一条河，庙墙被枪炮所击，留下三四个孔洞，像斗一样大，正对着雉堞（城墙上掩护守城人用的矮墙）。小舫和缘仲各自占据一个洞口，探头从洞口向外窥视，旁边一名来自安徽寿春的士兵说：“这是炮弹的轨迹，只能从侧面窥视。”于是把缘仲拉到边上，而自己用头试着观望。一发炮弹突然飞过来，正好打中士兵的下巴，倒在地上，已经断气了。当时士兵云集，让他的伙伴们把遗体抬走了。可惜忘记了这名士兵的姓名。小舫时常和缘仲谈起这件事，每次都为他叹息流泪。

8.4.12 何如璋

何如璋，贡生汉臣、名杰之曾祖也，儿时即有至性。父好博，每质其裤，璋不为意；旦晚供食，服事勤谨。久之同赌者曰：“若有儿如是，犹与吾辈同业耶！”遂拒不纳。璋既长，由负贩起家，尝借客人康姓三百缗钱。康回家而死。十余年，其子来，璋具本息归之。其子以无据不受，争论不决，白于官，乃还直焉。

妻亦贤，长子出痘已危，医者曰：“必服参，乃有望耳。”以重赀购而煮之。姑误触药具，倾倒无余；姑惶遽失措。妻曰：“姑勿惊，阿翁来，言儿已饮讫不可耶！”姑无奈从之。须臾痘色顿好。医曰：“参力乃如是耶！”

何氏子孙繁盛，衣冠不绝，至今为秦邑大族云。

【译文】何如璋先生，是贡生何汉臣、何名杰的曾祖父，从小就有诚挚醇厚的性情。父亲喜欢赌博，曾经把他的衣裤当掉换钱还赌债，如璋毫不介意；每天早晚供养食物，服务侍奉勤勉谨慎。时间久了，和父亲一同赌博的人说：“你有这样的儿子，还和我们这些人混在一起吗？”就拒绝接纳他。如璋长大后，从担货贩卖开始起家，曾经借过一位姓康的客人三百缗（成串的铜钱，一般每串一千文）钱。康某回家后就死了。十多年后，他的儿子来，如璋要连本带息还给他钱。康某儿子因为无凭无据不肯接受，双方争论不决，就报告到官府，这才还上。

妻子也很贤惠，一次，大儿子出天花，病情危急，医生说：“一定要服用人参，才有希望。”就花费重金购买人参煎煮。婆婆不小心碰到了药具，药全都洒了；婆婆惊慌失措。妻子说：“婆婆不要惊慌，公公回来，就说孩子已经喝过了不就行了吗？”婆婆没办法，只好听从。过了一会儿，孩子的病竟然大为好转了。医生说：“人参竟然如此有效吗！”

何家子孙繁盛，入仕做官的人接连不断，至今还是秦邑的望族。

8.4.13 乞儿（二则）

牛树梅曰：道光癸巳二月在京，有一孩，可四五岁，持瓢乞食，怜之。问：“有父乎？”曰：“有。”“在何处？”曰：“西边去。”“何为？”曰：“要饭。”问：“有母乎？”曰：“有。”“在何处？”曰：“在家有病。”既而生徒盛饭一盌，食之，不食，受之以瓢。问：“何不就食？”曰：“回去妈妈吃。”余为泫然，与之数十钱而去。

道光四年八月，岁大祲（jìn），饿莩相望。陇西汪家巷，有乞儿，年十二岁，从父乞食。后父病卧破窑中，遂独乞以供父。一日，正向人家乞食，忽同伴报曰：“汝父殁矣。”乞儿擗踊（pǐ yǒng）哀号，人怜而与之食，皆不受。曰：“吾父已死，吾何生为！”急趋而归，抱足大哭，一恸竟绝。

【译文】牛树梅（字雪樵，甘肃通渭人，官至四川按察使）先生说：道光癸巳年（1833）二月，我那时住在京城，有一个孩子，大约四五岁，端着瓢讨饭，令人怜悯。问他：“有爸爸吗？”说：

“有。”“在哪里？”说：“西边去。”“做什么？”说：“要饭。”又问：“有妈妈吗？”说：“有。”“在哪里？”说：“在家有病。”然后生员们盛了一碗饭给他吃，孩子不吃，倒在瓢里。问他：“为什么不就在这里吃？”孩子说：“回去妈妈吃。”我为之流泪，给了他几十文钱就走了。

道光四年（1824）八月，发生了大饥荒，饿死的人到处都是。甘肃陇西县的汪家巷，有一名乞讨的儿童，年纪十二岁，跟着父亲讨饭。后来父亲生病躺在破旧的窑洞中，于是独自一人乞讨来养活父亲。一天，正在向人家要饭的时候，忽然同伴报告他说：“你父亲去世了。”乞儿捶胸顿足痛苦哀号，人们可怜他，给他食物，都不肯接受。说：“我父亲已经死了，我还活着干什么！”一路小跑回去，抱着父亲的脚大哭，悲伤到极点以至于大哭一阵之后就断气而死了。

8.4.14 奇病乳垂

同治十一年夏，上海船户某妇，产后两乳下垂，长过小腹，形细如牛筋，疼痛异常。即就近延新到之王医者，名其年，诊视。则以川芎、当归两味，烧烟熏之；久而痛止，乳亦缩上如旧。好在药极平淡，而奏效神速也。录之以备济人之一术云。

【译文】同治十一年（1872）夏天，上海有一船家妇女某，生产之后两只乳房下垂，垂到小腹部下面，形状细长好像牛筋，非常疼痛。就在附近邀请新来的王医生，名叫王其年，来诊断。他的治疗方法是用川芎（xiōng）、当归两味药，烧烟来熏烤；渐渐止住了疼痛，两乳也缩回去，和正常时一样。好在药性极为平淡，而产生功效则是神速。记录在这里，以备帮助到有需要的人。

8.4.15 牙痛最灵方

凡牙痛，以生附子一厚片，开水泡透，贴于脚心。左齿痛，则贴右脚心；右齿痛，贴左脚心。脚心即涌泉穴，左右痛，则左右齐贴。如妇人，则以生附子泡透，研末掺入足心填实，亦灵。不消数刻，即见效也。

【译文】凡是牙痛的时候，用生附子厚厚的一片，用开水泡透，贴在脚心上。左侧牙齿疼痛，就贴在右脚心；右侧牙齿疼痛，就贴在左脚心。脚心就是涌泉穴，如果左右两边牙齿都痛，则左右两只脚都贴。妇人如果是裹足的话，则是以生附子泡透，研成粉末填入脚心压实，也是一样有效的。用不了几刻钟，就能见效。

8.4.16 财多宜散

台郡太平县，有富翁崔姓，积金三十万。三子皆不肖，挥金如土。翁虑子之败业也，商之于族弟莲山。莲山系道光乙未孝廉，少与翁同窗共学者，识见高卓能断，因代翁画计曰：“但早为计。兄财三十万，将九万分与郎君；将六万自为生养殁丧之费；其余十五万，为善乐施，散之于乡党邻里。能如是，遂免子孙冻馁之虞矣。”翁然其言，已而不能行，因循姑待。

未几，长子、次子入都捐官，挥霍十余万金；幼子在家效尤，未一星终，家财荡然如洗。三子冻馁，竟如乞丐。而翁死不瞑目，悔不听弟言，然已晚矣。

大凡世之铢积寸累而成巨富者，断不肯施舍一文于贫乏，其故何哉？盖其入自艰辛，出自鄙吝。殊不知天道循环，极啬之家，必有奢儿。财贵流通，且勿论悖入悖出。子孙贤而多财，则损其智；愚而多财，则益其过。金玉满堂，子孙无福消受；广种福田，子孙庶食旧德。余故曰：积而能散，乃长保其富者也。愿世之富者，能知保富之道，不在垂裕后昆，而在好施乐善；则富可长保，而子孙必昌盛矣。请细思之，勿蹈崔翁之辙。

【译文】浙江台州府太平县（今温岭市），有一位富翁崔某，积累的财富达到三十万两。三个儿子都不成器，肆意挥霍，挥金如土。崔翁担心儿子败坏了家业，就和族弟崔莲山商量。莲山是道光乙未年（1835）的举人，少年时曾和崔翁同窗一起读书，见识高超，很有主意，就替崔翁谋划说："要尽早做打算。兄长家财三十万，可以将其中的九万分给儿子们；将六万自己留着以备将来养老送终之用；其余的十五万，用来做善事，施舍出去，分散给贫困的邻里乡党。如果能这样做，就不用担心子孙挨饿受冻了。"崔翁对他的话表示认同，却没有立即落实，一直拖延，等待以后。

不久后，大儿子、二儿子进京捐纳官职，挥霍掉十多万两银子；小儿子也在家跟着仿效，不到十二年，家财全部被挥霍一空，荡然无存。三个儿子挨饿受冻，最后竟然形同乞丐。而崔翁死不瞑目，后悔没有听从族弟的话，但是已经晚了。

凡是世上通过一点一滴、积少成多而成为大富之家的，断然不肯施舍一文钱给贫困的人，这是什么原因呢？大概是他赚钱的过程十分辛苦，所以施舍的时候必定吝惜。殊不知天道循环，极度吝啬的家庭，必定产生奢侈败家的子孙。财富贵在流通，而且如果财富是通过不正当手段得到的，最后也会以不正当的渠道失去。(《礼记·大学》：“货悖而入者，亦悖而出。”) 子孙贤能，如果有很多财富，就会损害他们的智慧；子孙愚蠢，如果有很多财富，就会增加他们的过失。金玉满堂，子孙可能没有福分享用；多做善事，广积福德，子孙才能享用先人的德泽。所以我说：积累财富又能施舍财富，才是长久保持富贵的方法。但愿世上的富贵人家，能够知道保守富贵的道理，不在于给子孙后代留下财富，而在于乐善好施；那么，富贵可以长久保持，而子孙必定一直昌盛。还请深思熟虑，不要重蹈崔翁的覆辙。

8.4.17 明于人而不明于己

顾鹤鸣，常州荫生也。挟相人术游吴越间，所至倾动，久著声称。嘉庆乙亥，客沪，下榻豫园，言人祸福，率多奇中。邑无赖子陶奇山者，一日往相。顾言其面某部位，隐起杀纹，直透眉际，将遭官刑牢狱之厄；并云不出三日，若不验，此后亦不再相矣。言过切直，触陶怒，突起挥一拳，不意适中要害，随击而毙。邻右系陶送县，狱成拟抵。

嗟乎！陶不足数；若顾之术，则亦神矣，而罹祸尤奇。余独怪其精相人，而疏于自相也，何哉？然能相人而不能自相，虽精奚为？此亦可为好直言者戒。

【译文】顾鹤鸣，是常州的荫生(因先世有功勋，而得入国子监读书的人)。凭借高超的相术游走于江浙地区，所到之处大受欢迎，长期名声在外。嘉庆乙亥年（1815），客居上海，住在豫园，给人推算吉凶祸福，往往都能说中，令人称奇。本地有一名一贯为非作歹的无赖之徒，名叫陶奇山的，一天也来看相。顾某说他脸上某个部位，隐隐约约出现杀纹，直透眉间，将要遭遇官刑牢狱之灾；还说时间不出三天，如果到时不应验，从此以后也就不再给人看相了。说得真切而又直接，惹怒了陶某，突然起来朝着顾某挥起一拳，没想到正好击中了要害，一下子就死了。左邻右舍的人捉住陶某送交县衙，立案审办，被处以死刑。

哎呀！陶某这样的人所作所为本就不值一提，不值得给他看相；像顾鹤鸣的相术，也确实是神奇，而遭遇的灾祸也更加奇特。我只是奇怪他精通给别人看相，却忽视了给自己看相，这是为什么呢？然而能给人看相却不能给自己看相，虽然相术精妙又有什么意义呢？这件事也可以用来警戒那些说话太直的人。

8.4.18 雷破邪法

粤逆攻城，除掘地道外，又有邪法，能眯守陴（pī）之目，以逞其攻。初围开封，伪军师徐某，本道州人，素习辰州法。当日在城下用方桌四十余只，结成坛式；徐披发仗剑，口喃喃。佥（qiān）见黑雾平空起，离地约三四尺许，从下望上，纤悉可睹；我兵下视，模糊莫辨。贼众藉得仰攻。

方危急间，忽西北有红云飞至，震霆一声，击徐死，身如焦炭；左右执旛者二人亦毙。竟日大雨如注，平地水深二尺，贼衣囊火药尽湿，不能扎营，遂解围向朱仙镇去。此咸丰三年五月十三日事也。

或云此日为关帝诞，红云飞至，即武圣显灵欤！

【译文】太平天国军队攻打城池，除了开挖地道之外，有时还会使用邪术，能迷住守卫城墙士兵的眼睛，方便他们进攻。当初太平军包围开封，他们的“军师”徐某，本来是湖南道州（今道县）人，素来精通辰州派法术。当天，在城墙下用方桌四十多张，垒成祭坛；徐某披散头发、手中持剑，口中念念有词。众人都看见一团黑雾平地而起，升入半空，距离地面大约三四尺的样子，从下向上望，一清二楚；而官军从城墙上往下看，则是模糊不清。太平军因此得以向上进攻。

正在危急之时，忽然西北方向有一团红色的云彩飞来，只听雷震一声，徐某被雷击死，全身如焦炭；他身边左右两个打幡的人，也同时被击毙。大雨下了一整天，就像从天上往下灌注一般，平地上的积水有二尺深，太平军的衣服、包裹、火药等全部湿透，没有办法扎营，于是解除包围，转去朱仙镇方向。这是咸丰三年（1853）五月十三日的事情。

有人说这一天是关圣帝君的圣诞日，红云飞来，大概就是关帝显灵吧！

8.4.19 沈旭庭前身

沈旭庭，自少幕游四方，为诸侯宾客。年四十有四，客吴陵宗湘文（源瀚）太守馆中。湘文与汪琴川太守，在小阁上扶鸾。时旭庭赴友招饮回馆。乩云：“沈某来，曷不到坛？”宗遣价邀之至。乩画鬼面，眉低齿露，恶状难看。云：“沈识面否？”沈答不识。乩画刀，云：“识此何物？”沈曰：“刀也，何用？”乩云：“将以杀尔，以雪吾冤；楼上不便动手，下楼以待。”宗与客俱代沈求解冤，不许。财帛不贪，斋忏不要，只要索沈命耳。

宗与客虔请土地，询其姓名，宿冤颠末，代为排解。土地去半时，复回，云：“鬼面姓曹，名天喜，山西介休县人，业屠。沈前生为介休县令。时天旱，祈雨，禁屠。曹素为人所憎恶，绅董贿银五百两于令，诬曹犯禁。曹遭杖毙，冤未克伸，不乐转生。今与沈遇，先报诉城隍神。神批：‘县官得赃罔民者，当杀，准曹天喜取沈某命。’曹故执意索命，无法可救。此事非求城隍，不得了结。试禀城隍，再看分晓。”

去二时许，来云：“可喜可喜。城隍闻禀，即着判官细查沈今世行藏，幸无罪过。因劝曹另法处置，免其一死。”曹因说：“既承神谕，安敢不遵？速着沈当坛朗诵《心经》一卷，此后排日朗诵《心经》五十遍，五月为度；虔写《心经》五十卷焚之，吾始甘心。否则仍取其命，毋多言。”沈诚心遵谕，当诵《心经》一卷而散。明日敬书《心经》，如数焚之。又日诵《心经》五十卷。因事烦，诵经稍懈。

半月后，许荫庭与宗载之扶鸾，土地降坛，画刀示沈云：“认得否？汝允曹念经五阅月，以解宿冤。我匿曹刀，居中排难。今汝负约，怠不念经。曹复索刀以取汝命，我还刀，汝命休矣。”沈拜谢忏悔，誓偿前约，决不敢爽。从此虔诵《心经》，不敢懈云。

【译文】沈梧（一作沈吾），字旭庭，自从少年时期就开始游幕于各地，做地方官员的幕僚。四十四岁的时候，受聘于上元县（今南京市）宗湘文（名源瀚）知府的衙门中担任幕僚。宗湘文和汪琴川知府，在小阁楼上扶鸾请仙。当时沈旭庭刚刚参加完朋友邀请的饮宴回到衙门来。乩仙说："沈某既然来了，何不一起来坛？"宗湘文派遣仆人邀请他过来。乩坛上画了一张鬼脸，低眉漏齿，形状丑恶难看。说："沈某认识这张脸吗？"沈旭庭回答说不认识。乩坛又画了一把刀，说："认识这是什么东西吗？"沈旭庭说："一把刀，做什么用？"乩坛说："将要用来杀你，来洗雪我的冤屈；楼上不便动手，下楼等待。"宗湘文与客人都替沈旭庭祈求化解冤情，不同意。既不贪图金银财帛，也不需要经忏佛事，只要索取沈旭庭的性命。

宗湘文与客人虔诚地邀请土地神，询问冤亲债主的姓名，以及宿世冤情的来龙去脉，代为排解。土地神离开了半个时辰，然后又回来，说："鬼脸姓曹，名叫天喜，山西介休县人，以屠宰为业。沈某前生是介休县令。当时天旱，官方为了求雨，禁止屠宰。曹某素来被人们憎恨厌恶，当地的绅士向县令贿赂了五百两银子，诬陷曹某违犯了屠宰的禁令。曹某被杖责而死，冤情还没有得到伸张，不想转世投胎。今天和沈某相遇，之前向城隍神报告控诉过。城隍神批示说：'县官收取赃款，枉害民命的，应当处死，准许曹天喜索取沈某性命。'曹某本就是坚持要索命，没有办法来救。这件事如果不去祈求城隍神，是没办法解决的。我试着向城隍禀报，再根据情况处理。"

土地神离开了两个时辰左右，回来说："可喜可喜！城隍神闻听禀报，即命令判官仔细查看沈某这一世的行为情况，所幸没有什么罪过。于是劝说曹某采取另外的办法来处理，免他一死。"曹某于是说："既然承蒙城隍神指示，怎敢不遵从？尽快命沈某当坛朗诵《心经》一卷，今后一天接一天朗诵《心经》五十遍，以五个月为期限；虔诚抄写《心经》五十卷焚化，我才甘心。否则仍然取他的命，不必多言。"沈某诚心诚意地遵守指示，当坛诵读了《心经》一卷，大家就散开了。第二天恭敬抄写了《心经》，按照要求的数量焚化。又每天读诵《心经》五十卷。后来，因为事情繁忙，诵经有所懈怠。

半个月后，许荫庭和宗载之扶鸾，土地神再次降临乩坛，画了一把刀给沈旭庭看："还认得吗？你答应曹某念经五个月，来化解宿世冤孽。我把曹某的刀藏起来，从中排解。现在你违背了约定，懈怠不肯念经。曹某再次索刀要取你的性命，我已经把刀还给他，你快没命了！"沈某叩拜致谢，表示忏悔，发誓履行前面的约定，绝对不敢爽约。从此以后，虔诚诵读《心经》，不敢再有懈怠。

8.4.20 湖北火灾

道光己酉二月十九日，湖北汉镇大火，延烧数千家。有黑云覆火上，初以为烟焰所结，再视则云先覆，而火随之。燔（fán）至后衔，适有隙地，民间救护衣物，互积如山。一火梁飞下，压木棉包上，火骤发，尽为灰烬。

是年十一月十九日五更时，武昌塘角，复大火，毁商民船数千只。先是十日前，南风大作，湖南以上各船，皆张帆而来；后风转北，九江以下之船，亦驶至，均聚泊于此。夜举西北风，火由三帮起，瞬息间，沿江尽着。塘角地势偏东，每遇此风，则上下船皆不能移动。所泊三十六帮，幸免者只十之一。焚溺死者，几及十万。

数月之内，对江两被大灾；不三年，而复有粤匪焚掠之惨。何斯民之不幸耶？抑人心之坏，有以致之耶？

【译文】道光己酉年（1849）二月十九日，湖北汉口（今武汉市江汉区等地）发生大型火灾，波及烧毁几千户人家。有一块黑云覆盖在火焰上，起初以为是火焰燃烧所形成的烟雾，再一看则是黑云飘到哪里，而火就烧到哪里。烧到后街的时候，正好有一块空地，民间抢救出来的衣物等物资，堆积成山。一根着火的木梁落下，正好压在木棉包上，火顿时烧起来，所有物资都化为灰烬。

这一年十一月十九日五更时分，武昌（今武汉市武昌区）塘角一带，又发生大火，烧毁商用、民用等船只几千艘。先是十天之前，南风大起，湖南以上的上游的船只，纷纷张挂船帆驶来；后来风向转北，江西九江以下的下游的船只，也纷纷驶来，都停泊聚集在这里。夜间起了西北风，火从三帮（从事船业的人所组成的行会组织，称为船帮）开始烧起，瞬息之间，沿江一带都被烧着。塘角地势偏东，每当遇到这样的风，则上下游的船只都无法移动。所停泊的三十六个船帮，幸免于难的只有十分之一。被火烧死、被水溺死的人，近十万人。

几个月之内，长江两岸两次遭受大型火灾；不到三年之后，又惨遭太平天国军队的烧杀抢掠。为何这个地方的人民如此不幸呢？又或者难道是人心邪恶，所导致的呢？

8.4.21 射龟果报

齐子治曰：三弟学斗，号小麓，少时好射箭。家居买小龟，悬于对堂屏门为射的，射死无数，戒之不听。庚申之变，贼陷苏城。三弟以首饰、金珠、宝石，价值数千金，藏于临顿路陆氏废园阴沟中，上有芜秽瓦砾覆之。弟陷危城，苦守不出，多半为此。阅数月，园地忽出一龟，仰天不走。忽来两小长毛贼，年幼，见龟便欲捉之。龟走入瓦砾中，两贼发开瓦砾，不见龟；复起石板，搜之不得；乃得珠宝，携之以去。三弟因此穷乏，尝谓余曰："乃吾射龟果报也，兄其记之。"

【译文】齐子冶先生说：三弟齐学斗，号小麓，少年时期爱好射箭。居家购买了一些小乌龟，悬挂在堂屋对面的屏门上，作为射箭的靶子，射死的小龟不计其数，告诫他不要这么做，他也不听。咸丰庚申年（1860），太平天国军队攻陷苏州城。三弟把金银、珠宝、首饰之类的东西，价值几千两银子，藏在临顿路陆家废弃的园林的阴沟中，上面用一些杂草、瓦砾覆盖。三弟身陷危险的城中，坚守在原地，不肯出城，基本上是由于这个原因。几个月后，园子里忽然出现一只乌龟，抬头向天，不肯离开。忽然来了两个太平军的小兵，年龄不大，看见乌龟就想去抓。乌龟钻到瓦砾中，两个小兵挖开瓦砾，没找到乌龟；又掀开石板，还是找不到；而发现了金银珠宝，全部拿走了。三弟因此而变得穷困，他曾对我说："这是我射杀乌龟的果报，兄长请记录下来。"

8.4.22 大桥

沪城东北，有港名虹口，外通大海，内达吴淞，水急河阔。旧有渡船，而晚即收渡。江之南北，夜无往来。通商后，西人架木为桥，桥长一百八十余步，中有斗笋处，绕以铁链，使可开合，以通帆樯。桥两头搭盖小房，为西人馆，另雇本国人守之。往来者，人索钱二文；车马轿担，则加数倍，每日可得钱数十缗。因是辗转相售，竟为西商产业。闻二十年来，所得不下数万金，而其主亦已屡易矣。至同治乙丑，桥渐圮，因于数步外，复建一桥，而毁其旧者。

【译文】上海的东北部，有一座港口，名叫虹口，外通大海，内达吴淞江，水流湍急，河面宽阔。旧时有摆渡的船只，而到晚上就收工了。大江南北，夜间无法往来通行。与外国通商以后，西洋人使用木材建造了一座大桥，桥长一百八十多步，中间用榫头拼接的地方，用铁链环绕，使其能够开启和关闭，以便帆船通过。桥的两头搭建小房子，作为西洋人管理大桥的地方，另外雇请本国人来看守。往来过桥的，每人收钱二文；车辆、马匹、轿子、货担等，则加倍收钱，每天可以收取几十千文的钱。后来经过多次转手，成为外国商人的产业。听说二十年来，获得的钱至少在几万两，而大桥的所有权也多次易主。到同治乙丑年（1865），木桥渐渐坍塌，就又在几步之外，重新修建了一座桥，而将旧桥毁弃。

8.4.23 徐洪淫报

梁溪徐洪，饶于财，而好淫。凡小辈如侄孙媳妇，皆淫之。乡人恶之，曰："此子将来不知如何死法？"西寇到无锡，徐遣其眷出外乡避寇，独自守家。寇至村，探徐身怀烟具烟膏，知其富，索金，金尽取之；先断其左右臂，继刖两足，再斩其首而后死。人快之，谓乱伦之报，毫发不爽矣。

沈旭庭同知（梧）、齐子治，同客吴陵寓中，长夜闲谈，因述乱中亲见之事如此。

【译文】江苏梁溪（今无锡市梁溪区）的徐洪，家财丰饶，而贪淫好色。凡是家中晚辈女性，比如侄媳妇、孙媳妇等，都将她们奸污。乡里人对他的行为深恶痛绝，说："这家伙将来不知道怎么个死法？"太平天国军队攻进无锡，徐某遣送他的家人到外乡躲避贼寇，独自一人守在家中。贼寇来到村里，搜徐某的身上，发现藏着鸦片烟具和烟膏，知道他家富裕，向他索要钱财，钱财被搜取一空；先砍断了他的左右手臂，又砍断了两只脚，然后砍掉他的头而死。人们拍手称快，说这是他乱伦的果报，丝毫不差。

沈旭庭（名梧）同知、齐子治先生，同时客居在镇江的公寓中，彻夜闲谈，于是讲述了这件在战乱之中亲眼所见的事情。

8.4.24 救劫大士

咸丰八年四月十五日，桐庐县弟子等，斋沐祈鸾，敬求神圣救劫之方。维时表文焚后，众伏在地，诚心默祝。忽闻沙盘震动，鸾笔飞舞，大书曰：

善哉，善哉！尔欲知救劫之方乎？吾乃观音大士也，今天下兵戈四起，瘟疫流行；水火盗贼，纷纷不已。凡诸众生，父子、兄弟、夫妇、男女，肝脑涂地，莫能相保；号泣悲哀，耳不忍闻。死于刀兵，死于水火，死于饿莩；间或免彼，终莫逃此。悲哉，悲哉！此莫大之恶劫也。恶劫之来，皆由世人不行善事，不信报应，种种恶言，种种恶行，种种恶念。以恶召恶，酿成恶劫。此时犹不知悔悟，是自速其死亡也。欲知解劫，莫如“悔过迁善”四字。一善可解百恶，百善可消大劫。吾在江西，曾降《救劫劝善文》，今复降笔于此。尔等众人，若能遵守，从此力行善事，自然恶劫可免。更能印送劝化于人，则逢凶化吉，遇难成祥。纵急难之时，吾必寻声救苦，暗中保护也。胡不勉而行之？

《救劫劝善文》曰：

敬奉天地，礼拜神明。孝顺父母，忠于朝廷。

敬兄信友，睦族敦邻。矜孤恤寡，安老怜贫。

救危济急，利物利民。舍药施茶，不贪不淫。

解纷排难，劝善乐群。惜字惜谷，拜佛念经。

累功积德，崇俭习勤。时行方便，正直公正。

不欺暗室，不履邪行。勿贪口腹，勿杀生灵。

放生戒杀，鱼鳖兽禽。捐资成美，垂训详明。

胸怀仁恕，心气和平。回心向善，改过自新。

诸恶莫作，众善奉行。此文在处，神鬼皆钦。

人能遵守，可免刀兵。更能印送，劝人遵循。

消凶聚庆，福禄来临。现前果报，如影随形。

书已，沙盘复大震。又书曰：“悲哉，悲哉！今恶劫已成，吾悯众生，再申劝戒。吾救苦救难，寻声感应，灵应久著；而世人犹有不信报应者，此狂悖之夫，死不足惜。即如现在恶劫，刀兵、瘟疫，人皆曰‘火炎昆冈，玉石俱焚’也，又曰‘恶人带累好人’也，而不知皆非也。虽当此干戈扰攘，而冥冥之中，自有昭昭之报。善恶两途，祸福攸分，丝毫不爽。如果有一念之善、一事之善，生平无甚大恶者，虽处万分危急之中，吾必寻声救护，俾脱恶劫。如不信，现有江西陈凤仪、凤来弟兄二人，身穿蓝布衫在门矣，问之可知。"

时友人张泰来者，方出门，果见二人坐门外，衣服如乩言。出问曰："客系江西陈姓弟兄乎？"二人讶曰："吾弟兄初到贵地，何以即知吾等姓名籍贯也？"泰来曰："室中正在祈鸾，佛旨批示也，请二位进内去，尚欲请教。"二人遂与俱进，即焚香默祝，叩头有声。少顷，复见鸾笔大书曰："尔二人更力行善事，不可始勤终怠，方不负吾垂救之婆心也，勉之！"

【译文】咸丰八年（1858）四月十五日，浙江桐庐县的众弟子，斋戒沐浴，祈求神圣飞鸾显化，向神圣恭敬祈求挽救劫难的方法。当时表文焚化以后，众人叩拜在地，诚心默默祷告。忽然听到沙盘震动起来，鸾笔飞舞，开始书写：

善哉，善哉！你们想要知道挽救劫难的方法吗？我乃是观音大士，现在天下战乱四起，瘟疫流行；水火灾害、盗贼作乱，到处都是，接连不断。凡是诸众生，即便是父子、兄弟、夫妇、朋友，就算肝脑涂地，也未必能够相互保护；哀号悲泣的声音，耳朵不忍听到。有人死于战争，有人死于水灾、火灾，有人被饿死；即便有时候在那里幸免，最终无法在这里逃脱。可怜啊，可怜啊！这真是莫大的浩劫啊。劫难的降临，都是由于世人不做好事，不相信因果报应，种种恶毒的言语，种种邪恶的行为，种种邪恶的念头。恶业感召恶报，长期累积，酿成恶劫。这个时候如果还不知道醒悟悔改，那就是自己加速自己的死亡。想要知道解救劫难的方法，没有比

"悔过迁善"四个字更重要的了。一种善行可以化解百种恶孽，百种善行可以消解大的劫难。我在江西的时候，曾经降下一篇《救劫劝善文》，今天再降笔在这里。你们众人，如果能够遵守，从此以后勉力多行善事，自然能够避免劫难。如果更能广为印送，劝化世人，就能够逢凶化吉、遇难成祥。纵使面临急难的时候，我定会寻声救苦，冥冥之中给予保护。为何不勉力行持呢？

《救劫劝善文》如下：

敬奉天地，礼拜神明。孝顺父母，忠于朝廷。

敬兄信友，睦族敦邻。矜孤恤寡，安老怜贫。

救危济急，利物利民。舍药施茶，不贪不淫。

解纷排难，劝善乐群。惜字惜谷，拜佛念经。

累功积德，崇俭习勤。时行方便，正直公正。

不欺暗室，不履邪行。勿贪口腹，勿杀生灵。

放生戒杀，鱼鳖兽禽。捐资成美，垂训详明。

胸怀仁恕，心气和平。回心向善，改过自新。

诸恶莫作，众善奉行。此文在处，神鬼皆钦。

人能遵守，可免刀兵。更能印送，劝人遵循。

消凶聚庆，福禄来临。现前果报，如影随形。

写完之后，沙盘又剧烈震动起来。又书写道："可怜啊，可怜啊！现在浩劫已经酿成，我悲悯众生，再次申述劝说和警戒。我救苦救难，寻着众生求救的声音而感应，长期以来灵应非常；而世人仍然有不相信因果报应的，这种狂妄悖逆的人，死了也不值得可惜。就拿现在的劫难来说，战乱四起、瘟疫流行，人们都说'美玉和石头一同被烧毁，好人和坏人同归于尽'，又说'坏人连累了好人'，却不知道这样的说法都是不对的。虽然在这战乱频仍之际，但是冥冥之中，自有明白显赫的报应。善恶两种道路，祸福截然不同，丝毫不差。如果有一个善念、一件善行，生平没有做过大的恶事，即便处在万分危急的境地，我也定会寻声救护，使他避免劫难。如果不相信，现在有从江西来的陈凤仪、陈凤来兄弟二人，身穿蓝色布衫，已经在门口了，问问他们就知道了。”

当时有一位叫张泰来的朋友，正要出门，果然看见有两个人坐在门外，所穿的衣服和乩坛上所说的一样。出门询问说：“两位客人是江西来的陈姓兄弟吗？”二人惊讶地说：“我们兄弟刚刚来到这个地方，怎么这么快就知道我们的姓名和籍贯了呢？”张泰来说：“屋子里面正在扶鸾，这是神佛批示所说的，请二位进到屋里，还有事情需要请教。”二人于是跟着进来，就焚香默默祝祷，恭敬叩头礼拜。过了一会儿，又见鸾笔写道：“你们二人要更加努力多行善事，不要开始的时候勤勉、后面懈怠，才不辜负我显化垂救的苦口婆心啊，大家共勉！”

8.4.25 浦城程怀

与凤仪同船者，有浦城县人程怀，平日敬惜字纸，爱惜五谷。脚痛，得人传方治好，即照方制药施送。尝以格言善书，念与人听。其殷殷劝善如此。

咸丰八年二月，贼破浦城，焚屋殆尽。程怀时病卧在床，忽见火光冲天，自料必死。不意邻墙与己墙架成人字形，人在墙下，竟得无恙。夜约四更，忽见一老妇人至床前，呼其名曰：“速随我走。”即拽其左手，行走如飞，约二三里，放手指前途曰：“从此走，可保平安矣。”定睛看时，老妇人已驾云而起，方知是观音大士现化也。望空叩谢毕，顿觉身体健旺，病患若失。正愁未带盘川，觉怀中重坠，取视则素日所积洋钱十五元，不知何以带在身也。念诵佛号不绝，遵所指之途前进，逢人问之，去浦城已九十五里矣。

【译文】和上一篇中说到的陈凤仪乘坐同一条船的，有一个名叫程怀的人，是福建浦城县人，平时敬惜字纸，爱惜粮食。一次患了脚痛的病，得到别人传给他的药方之后治好了，就按照方子制作药物施送给有需要的人。曾经将格言善书中的内容，念给别人听。他如此至诚恳切地劝人向善。

咸丰八年（1858）二月，太平天国军队攻破浦城，房屋被焚毁殆尽。程怀当时正卧病在床，忽然望见火光冲天，料想自己这次死定了。没想到邻居家的墙壁倒下，和自己家的墙壁架在一起，形成人字形，人正好在墙下的空间，竟然得以安然无恙。半夜四更天的时候，忽然看见一位老妇人来到床前，呼叫着自己的名字说："快跟我走！"就拉住他的左手，行走得飞快，感觉走了大约有二三里路之后，放开他的手，指着前面的路说："从这里走，就可以确保平安了。"定睛一看，老妇人已经腾云驾雾升空而起，才知道是观音大士现身显灵。程怀望着天空叩头拜谢，然后顿时觉得身体健旺舒畅，病情好像已经消失了。正担心自己没带路费，感觉怀里有重物下坠，取出一看则是平时积攒的洋钱十五元，不知道为什么会带在身上。不停地念诵着佛号，遵照老妇人所指的道路往前走，遇到人问了一下，才知道离开浦城已经九十五里了。

8.4.26 天津王万年

咸丰三年九月，贼匪至天津，当官兵初败之时，贼匪从后追赶。乡勇中有王万年者，事母极孝，佣工得钱，悉以奉母。虽极饿之时，母不食，不敢先食也。逢人争闹，多方为之劝解。尝代人陪礼，人多笑之；亦有感化者。性慈仁，见贫苦必资助之，遇乞丐必给钱。

时万年杂同队中二人奔逃，贼七八人追之，斫翻二人矣。已将及己，忽见一老母，扯其袖，向东行；右手指贼，向西一挥，四贼一齐跌倒。及贼起，老母不见，万年已走远。贼不追而返。钱新眼见，述其事。

【译文】咸丰三年（1853）九月，太平天国北伐，打到天津，当官兵初战不利的时候，太平军从后面追赶。民兵中有一个叫王万年的人，事奉母亲十分孝顺，帮人做工所挣的钱，全都交给母亲。即便自己饿得不行，如果母亲还没吃的话，自己也不敢先吃。遇到有人争斗吵闹，必定千方百计为他们劝解。曾经替人赔礼道歉，人们大多都笑话他；也有人受到感化。为人慈悲仁爱，看见贫苦之人必定给予资助，遇到乞丐也一定会给钱。

当时，王万年跟着同队中的两个人一起奔逃，七八个贼兵追了上来，砍翻了另外两个人。眼看快伤到自己了，忽然见到一位老母，扯住他的袖子，往东跑；右手指向贼兵，向西一挥手，四个贼兵齐刷刷应声倒地。等贼兵爬起来的时候，老母已经消失不见了，王万年也已经走远。贼兵也就不再追赶，就回去了。这件事情是钱新亲眼所见，并讲述的。

8.4.27 叶春

叶春者，幼读书不成，改习武。凡习武者，多以为食牛肉能助气力。春见《劝世文》，有“戒食牛犬”之言，遂誓不食，并劝人戒食。又刻《戒食牛犬文》施送。生平正直，尝排难解纷。

遇贼匪三人围之，春见势不敌，脱身欲走。三贼追来，忽道旁一牛突出，将三贼撞堕河中。春得走脱，乃知牛报恩也。

【译文】有一个叫叶春的人，小时候读书没有成就，改学武术。凡是习练武术的人，大多认为吃牛肉能够帮助增加气力。叶春曾经读到过《劝世文》，其中有“戒食牛肉、狗肉”的训示，于是立誓不再吃牛肉，并且劝人也不要吃。还刻印了《戒食牛犬文》施送，用来劝化世人。生平为人正直，常常给人排除危难、解决纠纷。

遇到三名贼匪将他包围，叶春见形势无法抵抗，想要脱身跑走。眼看三名贼匪追赶上来，忽然路边一头牛冲出来，将三名贼匪撞到河里去了。叶春得以逃脱，才知道这是牛来报答他不吃牛肉的恩德。

8.4.28 程士英

休宁程士英者，平日存心慈善。虽虫蚁微物，不忍伤之，尝买雀鱼放生。自悲父母早亡，每逢忌日，及己生日，痛哭流涕。更劝人及时尽孝，曰：“堂前父母，即活佛也。能尽心孝养，比朝山进香更好。菩萨最喜孝子，暗中默佑保护。”人或侮之，辄自解曰：“我见茶馆中，写的是‘和为贵，忍为高’也。”

时贼至徽州，枪炮震天；士英不及逃。一枪子适从耳边擦过；一枪子将帽顶打落；又一子正从英头上飞来，却得一树遮而免之。人望见烟罩其身，以为必死矣，而士英竟无恙。谓非暗中神佑而何！

【译文】安徽休宁县的程士英，平日里存心慈悲善良。即使是昆虫、蚂蚁之类的微小生命，也不忍心伤害，曾经买下鸟雀、鱼虾之类放生。因父母早逝而悲伤不已，每逢父母忌日，以及自己的生日，都会痛哭流涕。更加劝人及时为父母尽孝，他说：“堂上的父母，就是家里的活佛。能够尽心尽力孝养父母，比朝山进香更好。菩萨最喜欢孝子，在冥冥之中默默保佑守护。”如果有人侮辱他，就自己劝自己说：“我见茶馆中的墙上，写的是‘和为贵，忍为高’。”

当时太平军攻打到徽州，枪炮之声震天动地；程士英来不及逃脱。一枚枪子正好从耳边擦过；另一枚枪子把帽顶打掉；还有一枚枪子从士英头上飞来，却被一棵树挡住而幸免。人们望见烟雾绕住他全身，以为必死无疑，而士英最后竟安然无恙。如果说不是神灵在暗中保佑，又是什么呢？

8.4.29 陆其才

吴县陆其才者，亦在徽州，其人信奉《感应篇》。买卖公平，从不欺人。一日，路上拾金三两、洋钱四十元，即坐其地，自早至晚，等候失物人来，还之；酬以金，不受。又尝施送药材，约人共立施棺会、救生船、义学、义冢诸事。

时与一弟，及相识五人，同被贼匪十余人，追赶将及。诸人闻空中语曰：“贼徒不可伤陆善人。”忽旋风，尘沙大起，贼徒眯目不能追。诸人得脱于难，皆感其才之德。

【译文】江苏吴县（今苏州市）的陆其才，也客居在徽州，他信奉《太上感应篇》。做买卖公平交易、货真价实，从不欺骗别人。一天，在路上捡到三两银子、洋钱四十元，就坐在原地，从早到晚，等候失主回来找，就还给了他；失主拿出一些钱表示感谢，不接受。还曾经施送药材，邀集众人共同建立施棺会、救生船、义学、义冢等各种慈善机构。

当时，他和一个弟弟，以及认识的五个人，同时被十多名贼兵，追赶上来，眼看快要追到了。他们几个人都听到空中有人说话：“贼徒不可伤害陆善人。”忽然刮起一阵旋风，吹起沙尘，贼兵被迷住了眼睛，无法追赶。几个人得以脱险，他们都无比感激陆其才的恩德。

8.4.30 李荣

咸丰七年，贼在镇江。时有太仓人李荣者，平日常念《阴骘文》，每以祸福报应劝人，人多感化。遇人急难，虽典当衣服，必救人得所而后已。

时与邻居王姓者同行，王姓素日曾昵一寡妇；荣知之，多方劝戒，王不听。二人奔逃之时，忽遇贼多人，将二人捆绑在地。杀王姓，而搜其银钱。正欲举刀杀李，忽见一神自空而下，贼众惊走，荣亦昏迷不醒。官兵远见之，大为惊异，近前解其捆，荣渐醒，皆称叹神灵护佑焉。

【译文】咸丰七年(1857)，太平天国军队依然占据在江苏镇江。当时有一名太仓人，名叫李荣的，平日里经常念诵《文昌帝君阴骘文》，时常用善恶因果、祸福报应的道理和事例来劝化别人，不少人受到感化。遇到别人有急难的事情，纵然是典当衣服，也必定救助人家直到妥善的程度才算完。

当时和一个邻居王某同行，王某平时曾经和一名寡妇私通；李荣知道了以后，反复劝告他不要这么做，王某不听。二人奔逃的时候，忽然遇到贼兵多人，将二人捆绑在地。贼兵杀死王某，然后搜走了他身上的银钱。正要举刀杀害李荣，忽然看见一位神灵从空中降临，贼兵被吓跑了，李荣也昏迷不醒。官兵远远望见，大为惊奇，上前帮他揭开捆绑，李荣慢慢苏醒过来，众人都称叹神灵对他的护佑。

8.4.31 王永清

咸丰八年，贼扰衢州。有徽州人王永清者，自四月返徽，于威岭麓渡河，失足落水。然身落水，而心不乱。见两岸无人，自分必死，忽然记起《金刚经》来。斯时身在水中飘泊，幸头不入水，念经至第十八分："佛问须菩提，如来有佛眼不？须菩提曰，如来有佛眼。"突然有一黑影，将清托起，置于沙滩之上，距落水处，已五六里。

更奇者，身伏于赵清献公祠内神案前，耳边似蜂声云："汝钞马雨伞不失。"既而人来报信，钞马雨伞在滩上，离此二十里，犹得取回。真叨佛天之护矣。其所以然，则不知耳。及至徽，叩徐村洗心坛，蒙九天应元雷祖天尊，命云天尊神降乩云："三卷金刚法力多，任他随浪又随波。始知佛法真无量，履险如夷彼岸过。"方知前日是观音过，命金刚神救之，故一时在滩上也。

【译文】咸丰八年（1858），太平天国军队侵扰浙江衢州。有一名徽州人，名叫王永清的，在四月份返回徽州，在威岭麓渡河，不小心跌落水中。虽然身体落水，但是心中没有慌乱。见两岸也没有什么人，自己料想这次必死无疑，忽然想起来平时念诵的《金刚经》。当时身体漂浮在水中，所幸头部没有入水，念诵经文到第十八分："佛问须菩提，如来有佛眼不？须菩提曰，如来有佛眼。"念到这一句的时候，突然出现一个黑影，将永清托起来，放在沙滩上，距离落水的地方，已经有五六里远。

更为神奇的是，当他在赵清献公祠（赵抃，字阅道，北宋名臣，卒谥"清献"）中的神案前跪拜的时候，耳边似乎听到有人小声说话："你的钞马雨伞不会丢失。"很快就有人来报信，说钞马雨伞在沙滩上，距离这里有二十里远，还可以取回。真是蒙受天地神佛的保佑啊。之所以会这样的原因，就不得而知了。等回到徽州，叩拜徐村的洗心坛，承蒙九天应元雷祖天尊，命令云天尊神降乩开示说："三卷金刚法力多，任他随浪又随波。始知佛法真无量，履险如夷彼岸过。"才知道落水那天正好是观世音菩萨经过，命令金刚神救他上来，所以顷刻之间在沙滩上了。

8.4.32 某甲

咸丰戊午四月初，贼至衢州西门外某村，执某甲；不即杀，牵至村外半里许一土堆，欲手刃之。有贼伙劝止。某甲恍然有悟，盖年少时，伊邻家有一犬欲噬人，伊牵至村外半里许一土堆，杀而烹之。是二十余年事。今牵某甲之贼，亦二十余岁；疑此贼，即此犬转世。念循环报应，于是持斋、念佛、戒杀，成善士云。

愚谓此贼前身是犬，今身是贼，贼身与畜身无异。所以此仇终不能报。噫！人谓某甲之幸也，吾谓某甲之能悟也。

【译文】咸丰戊午年（1858）四月初，太平军行进到浙江衢州西门外的某村庄，抓住了某甲；没有立即杀死，把他牵到村外半里左右的一个土堆，想要亲手杀了他。有贼兵的同伙进行劝阻。某甲恍然想起来，少年的时候，他的邻居家有一只狗，要咬人，他把狗牵到村外半里左右的一个土堆，杀掉并且煮食了。这是二十多年前的事情。现在牵某甲的贼兵，也是二十多岁；所以怀疑这个贼兵，就是那条狗转世投胎来的。心念轮回转世、因果报应，竟然如此可怕，于是开始持斋、念佛、戒杀，成为一名善士。

依我看这名贼兵前世是狗，今生是贼，所以贼身和畜生身没有两样。所以这个仇最终还是无法得报。哎呀！人们都说某甲很幸运，我说关键还是某甲很有悟性。

8.4.33 当涂令

某明府，以进士宰当涂，性庸闇。县滨大江，冲烦难治，凶岁倍形拮据。某履任，恰值大水，田亩漂没殆尽，官庖突烟垂绝。而饿民日塞署前，嗷嗷求哺。某书空嗟叹，谓幕友曰："我贫甚矣，自谋不暇，何能顾及若曹？"幕友笑曰："公何太迂，大水民困若此，谁不知者？据实上状请赈，大吏必许，可得四万金，何忧贫？"某大喜称善，亟具牍申请。大府果发帑（tǎng）金四万，某半侵肥己橐（tuó）；以半分犒合署幕友，暨纪纲人等；而饥民沾惠，未及十分之一。死者枕藉于道，惨不能状，某视之漠如也。

无何，某父子与幕友俱病疫死；所吞蚀赈金，耗费无存。某之子妇与二女，并幕友之妻女，俱流寓当涂，竟不能扶榇回籍。典质既罄，无以为生。始则藉针黹（zhǐ）聊以糊口，继为奸媪所诱，觉刺绣文，不如倚市门矣。

道光丙午，德化万鳌峰夫子官斯土，招予幕府。邑绅蔡翁招饮，以予少年，喜谈风月，谓："某之雏女甫破瓜，艳而善歌，将召侑觞（yòu shāng）。"予亟止之，曰："君休矣。此女流荡不偶，固乃翁居官作孽使然。然物伤其类，小子虽不肖，实不忍与见也。"蔡点首曰："君言是也。"乃止。

【译文】某县令，以进士的功名出任安徽当涂县知县，性格迂腐愚昧。当涂县位于长江边上，处于要冲之地，人员复杂，难以治理，遇到灾荒之年则情形更加窘迫。某县令刚刚上任，就赶上发大水，农田被淹没殆尽，衙门的厨房也几乎断绝了炊烟。而饥饿的灾民每天聚集在县衙门前，嗷嗷待哺。某县令只能用手指在空中写字，每天唉声叹气，对幕僚说："我都穷到这种程度，自己都顾不上了，怎么还能顾得上他们呢？"幕僚笑着说："大人为什么如此迂腐呢？大水导致百姓困苦到这种程度，谁不知道呢？据实向上级官府报告，申请赈济，上面的大官必定批准，可以得到四万两银子，还用担心贫穷吗？"县令非常高兴，连连说好，急忙写公文申请。上级官府果然拨发了库银四万两用于赈灾，某县令贪占了一半放进了自己腰包；拿另外一半犒赏给衙门上下的幕僚，以及侍从、仆人等人员；而饥民所得的实惠，还不到十分之一。饿死的人横七竖八地躺在路上，惨烈的情形无法形容，某县令看到了也无动于衷。

不久后，某县令父子和幕僚都染上了瘟疫而死；所贪污的赈灾款，也因各种原因耗散一空、荡然无存。某县令的儿媳妇和两个女儿，以及幕僚的妻子、女儿，都流落在当涂，竟然无法护送灵柩回家乡。稍微值钱的东西也都典当干净了，没有办法维持生计。起初还能借着做针线活换一口饭吃，后来被心术不正的老妇引诱，觉得做刺绣来钱慢，不如倚门出卖色相来钱快了。

道光丙午年（1846），福建德化县的万鳌峰老夫子来到此地做官，聘请我做幕僚。当地的绅士蔡老先生邀请饮宴，因为我正值少年，喜欢谈论风月之事，说："某人的小女儿刚刚十六岁，美艳而且善于歌舞，何不请她过来以助酒兴？"我急忙制止，说："先生还是算了吧。这名女子命运不济、流落风尘，固然是她父亲做官时候造孽导致的。但是动物尚且为同类的遭遇而伤心，我虽然不成器，但是实在不忍心见到。"蔡先生点头说："你说得对。"也就没有请她过来。

第五卷

8.5.1 烧车御史

谢芗泉（振定），湖南湘乡人，和相时，为巡城御史。一日，巡街至打磨厂，有朱轮车，驰出其前，公怪问之，则和妾舅也。命追取之，而己坐茶叶铺以待。须臾，从者以一少年至，直立不跪。问："何官？"曰："无官。"公以僭（jiàn）制斥之，命褫（chǐ）其衣，则下体着绿绉（zhòu）绣花袴。公大怒曰："此唱小旦出身，而敢冒和相为姻亲耶？"重杖数十，碎其车而火之。本日提督府，及南城，皆交章以闻。上见和曰："外城谢御史烧车事，殊有肝胆。"和对曰："朱轮固僭，御史亦不好，闻其时常便衣游茶馆看戏，殊亦失体。"上然之，和出，即传旨革职。

睿皇登极，起废官百七十员，览公名曰："此烧车御史也。"即命以主事补坐粮厅。未久，病卒。

其子兴峣（yáo），字果堂，初仕引见；上怪其京语，对曰："昔随先臣生长京都耳。"问："汝父何官？"具以对。上遽曰："汝乃烧车御史儿子耶？嘻！烧车御史乃即汝父耶？"问："汝父后竟何如？"又详述以对。上叹曰："如此好官，竟以主事终局耶！”恻然含泪。谢既退，犹闻谓侍臣曰：“适召见者，烧车御史谢某之子也。今时恐难得此御史矣。”果堂于道光中，尝为叙州太守。

【译文】谢振定先生，字一斋，号芗泉，湖南湘乡人；在和珅当权的时期，他曾担任巡城御史。一天，在街上巡视，到打磨厂附近，有一辆朱轮车（清代亲王、郡王、贝勒、贝子、镇国公等人之妃、福晋或夫人以及公主、郡主等，可乘朱轮车，因其车轮均为朱色，故名），从他面前飞驰而过，谢公很奇怪，问下属这是谁，原来是和珅侍妾的弟弟。谢公命令侍从把他追回来，而自己坐在茶叶铺等待。不一会儿，侍从带一名年轻人过来，那人直直地站着，不肯跪下。谢公问：“你是什么官职？”回答说：“没有官职。”谢公斥责他私自乘坐朱轮车属于僭越礼制，命令剥去他的衣服，则下身穿着绿色绉布绣花的裤子。谢公大怒，说：“这个人是唱小旦（戏曲中旦角的一种，扮演青年女子）出身的，竟敢冒充和大人的姻亲吗？”重重杖责了几十下，把他的车子砸毁后烧掉了。这一天，九门提督府，以及南城御史衙门，均将这件事上奏朝廷。乾隆皇帝见到和珅，对他说：“外城谢御史烧车的事情，特别有骨气。”和珅回答说：“朱轮车固然属于僭越，谢御史也不好，听说他时常穿着便衣进入茶馆游玩看戏，也特别有失体统。”皇上表示同意，和珅出来，就传旨革去谢公职务。

嘉庆皇帝登基，起用被废黜的官员一百七十名，看到谢振定的名字，说：“这个人就是烧车御史。”随即命令他以礼部主事的职衔出任坐粮厅（清代户部仓场衙门特设的官署，驻通州，掌管漕粮验收、水陆运输等）。不久后，病逝于任上。

谢振定的儿子谢兴峣，字果堂，刚刚步入仕途，接受皇帝召见；皇上很奇怪他是北京口音，回答说："我是跟随先父在北京长大的。"皇上问："你父亲是什么官职？" 谢兴峣据实回答。皇上忽然说："你就是烧车御史的儿子吗？嘻！烧车御史就是你父亲吗？"又问："你父亲后来怎么样了呢？"兴峣又详细讲述了父亲的情况。皇上叹息说："像这样的好官，竟然最后只做到主事吗？"伤感得眼含热泪。谢兴峣退出去后，还听到皇上对身边的大臣说："刚才召见的，就是烧车御史谢振定的儿子。现在恐怕很难遇到这样的御史了。"谢兴峣在道光年间，曾经担任四川叙州知府。

8.5.2 陈子庄述四则

报施轮回之说，岂无凭哉？先大父毅堂公，尝为子孙言：高祖尃（fū）南公，讳鏕（lù或áo），官云南首府。时总督某公，贪暴无艺，稍忤意旨，即登白简；诸官奉令惟谨。一日者，饬云南守购金二百。公承命，向肆中买金，每两十六换，赍金开价，投入，总督不受。自是指瘢（bān）索垢，呵责多端，已拟即挂冠矣。会总督为言官列款纠劾；奉旨，命诸城刘文正相国，来按是狱。公迎谒，相国以首府，必总督私人，拒勿见，而使缇骑（tí jì）围督署；搜索得通贿簿，某若干，某若干，朗若列眉；而于云南守名下，则大书曰"某日送金二百，开价十六换，发还"等字。遂大重公。总督拘于请室，昔时趋附辈，无一人过问者。公乃为之纳橐饘（tuó zhān），供衣履。比奉命锁挐进京，又馈白金千资其行。总督大感愧，抢首于地曰："某无眼，不识君。此行若得生，必矢报；倘罪不赦，来世为子孙以报君。"比入都，则赐自尽。

越十余年，公以养亲归里，久忘前事矣。一日，坐书室假寐，忽见某总督来，方起迎之，总督已至前，珊瑚冠蟒玉如故状，向公跪曰："来报恩。"正掖之，已直走入内室。惊而醒，疑讶间，则报生第四孙矣，即先大父也。弥月后，乳妪抱之出，见即莞然笑，公抚其首曰："儿他日不患不作官，但不可再贪耳。"即噭（jiào）然哭。先大父自言平生莅官行法，胆极大，独一见货财则此心惕惕然。或惩于前世之夙根耶！奭南公，晚居石门，见近邻二童子，奇其貌，招之来家，俾与先大父共读。即陈学士万青、侍郎万全也，故名大父曰"万森"。

又述：先大父尝言少时读《论语》，每不服孔子"及其老也，戒之在得"二语；谓："人老，则一切皆淡，何须戒得？"比官滁州时，年逾六十矣。有狱事以万金馈者，已峻拒之去。向者每睡，就枕即酣卧，是夜忽辗转不寐。初亦不解，已乃自批其颊，骂曰："陈某，何不长进若此？"遂熟睡如初。旦语人曰："我今乃始服圣人之言也。"其居官也，清谨自持。道光元年，权泗州事。州地处下游，每年夏秋之间，城外半成泽国，例请赈邮。然当赈邮之地，民皆转徙，无可稽核，悉以虚册报销。故皖省有"南漕北赈"之谣。公独不肯办，触怒上官，几致参劾，遂解州事。人皆以为愚，公但笑应之而已。尝谓余兄弟曰："我虽不得此钱，而以'清白吏子孙'五字贻尔等，不亦厚欤！"此事通州白小山尚书载入公墓志中。前年余代理新阳县事，吏胥有请少报熟田，多征米者。余曰："祖不吃赈，孙乃吃荒，可乎？戒得，可忽乎？"

先大父年登八秩，尝言服官数十年，阅历十余处，见官而贪墨者，其终未有不溃败者也。然总无逾于侵赈，报应之速而且酷也。彼败露而膺显戮，若王仲汉辈者，无论矣。即幸逃法网，大都必以急病死，以恶疾死，子孙亦俱绝灭。再不然，而为盗、为娼，作眼前报者，尤不少。其人固可屈指数也。盖贪赃枉法，害止一人、一家，侵赈则害及万众，朘(juān)民以富，而谓己身及子孙可长享之，有是理乎？其于赈务，能加意者，享报亦必丰，则举二事可鉴焉。

广东颜中丞希深，乾隆时，官平度知州。因公事赴省，适遇大水为灾，低区尽没，民皆登城以避。顾无所得食，哀声嗷嗷。太夫人闻而恻然，因命尽发仓谷，砻(lóng)米赈济，全活者数万人。巡抚以不俟报闻，擅动仓谷，特疏参奏落职。高宗览疏怒曰："有此贤母好官，为国为民，权宜通变；该抚不加保奏，反加参劾，何以激劝乎？"乃特旨擢希深知府，母赐三品，封为淑人。天下群颂圣天子之明焉。后希深官至巡抚。子检，由拔贡官直隶总督；孙伯焘，由翰林官闽浙总督。其孙曾至今蕃衍，科第甚多，称巨族焉。

湖南萧状元锦忠之封君，道光时，官直隶知县。会秋月被水，已逾报灾之期限，不能奏准。封君乃将征存之银，悉以赈抚；其未输者，亦焚串免其征，民大感戴。而封君则以亏帑监追。上司怜其爱民被罪，令通省官，代为设法弥补。比额清出狱，而锦忠状元及第之报至矣。此二事，皆果报彰彰在人耳目前者。天道甚迩，可不感动警畏哉！

又述：曾叔祖云岩公，讳孝升，性慷慨，喜交游。弱冠时，手散万金结客。官甘肃平番令，挥霍益甚；置驿延宾，有郑当时风。会有某都统，以谴戍伊犁，道出公境；公怜其遇，厚待之，复赆其行；都统感甚。然公于此等事甚多，不之记也。做官十年，亏帑（tǎng）巨万，落职待勘。适都统复起用，洊擢陕甘总督。未抵任，即遣人往诣公。公已忘前事，惊不知所出；司道各官闻之亦惊，既悉其情，乃争出资为弥其缺。总督既至，待公如上宾，迭加奏保，隆隆骤迁；不十年，官至云南布政使。公自勉愈甚，人有急难，求之无不应者。

钱塘陈香谷中丞桂生，时官某邑令，欠课五千，计无所出，欲觅死。公闻之，召令入见，呵之曰：“五千金，细事耳，乃欲以性命易之乎！”袖出一纸给之，则五千金藩库实收也。陈感激涕零，以其曾祖勾山太仆，与文勤公同朝通谱谊，遂以叔事公。公虽喜结纳，而独不肯阿权贵。时和相国珅，势张甚，公不与通；相颇衔之。会福文襄郡王，出师征苗，以函取库金二十万。公与之。而文襄薨，未及补牍。大吏劾公浮销着赔，和遂追公赴部对簿，不得辩，在狱两年。尝受恩馈赠盈万，公度所亏太巨，不能偿。则悉以所赠者，周同系之人，其慷慨盖天性也。未几，没于狱。时和已败，乃得援赦免追。后香谷中丞抚苏，招公子赴署中，待之同于兄弟。人亦重中丞之能报德焉。余弱冠时，见中丞亲为余言，犹以不能如某总督之脱公于厄为歉也。

【译文】因缘果报、轮回转世的说法，难道真的没有依据吗？先祖父毅堂公，曾经对子孙们讲述：高祖父専南公，名叫陈鏕，曾担任云南知府。当时云贵总督某大人（恒文，乌佳氏，满洲正黄旗人），贪婪暴虐，没有法度，属下官员如果稍稍违背他的意思，就要被他上奏章弹劾；官员们只好小心谨慎地遵守他的命令。一天，他命令云南知府购买黄金二百两（意图索贿）。萴南公得到命令以后，就到市场上购买黄金，一两黄金需要用十六两白银兑换，把黄金买齐，并开列好账单，交给总督，总督认为价格过高，不肯接受。从此以后总督对萴南公百般刁难苛责、吹毛求疵，时常遭到呵斥责备，已经打算辞官不做了。这时适逢总督被御史弹劾，罗列罪名多款；奉朝廷旨意，命令山东诸城的刘文正公（刘统勋）相国大人，来云南调查处理这桩案件。萴南公前去迎接拜见，刘相国起初以为云南知府，一定是总督的心腹之人，便拒绝接见，而派官兵包围总督衙门；经搜查，发现了行贿受贿的账本，某人若干，某人若干，一条一条记录得清清楚楚；而在云南知府的名下，则清楚地写着"某日送黄金二百两，开价十六换，发还"等字样。相国于是对萴南公另眼相看，大为赞赏。总督被拘押在监牢，当初迎合依附于他的那些人，现在没有一个人来过问。萴南公却为他提供食物、衣服鞋袜等生活所需。等到奉命锁拿进京，又资助给他白银一千两供路上使用。总督既感动又惭愧，跪在地上磕头说道："我有眼无珠，没有认识到您这样的君子。这一行如果还能活命，一定矢志报答；倘若罪无可赦，来世做您的子孙来报答。"进京以后，朝廷下旨令他自尽。

十多年后，萴南公因为要照顾父母回到家乡，早已忘记以前的事情了。一天，他正坐在书房闭目养神，忽然看见某总督来了，正要起身迎接，总督已到跟前，头戴珊瑚顶珠官帽（清代二品官帽顶珠材质为珊瑚）、身穿蟒袍玉带，还和原来的形貌一样，对着萴南公跪下来说："我是来报恩的。"正准备扶他起来，只见总督已经径直走进里面的卧室。一惊而醒，正感到又惊又疑之间，已经有人来报告说第四个孙子出生了，这就是先祖父。满月后，奶妈抱着他走出房间，一见到萼南公，就莞尔一笑，萼南公抚摸着他的头说："孙儿将来不担心不能做官，但是不能再贪污了。"就嗷的一声大哭起来。先祖父曾说自己平生做官施政，胆子极大，唯独一看见金钱便觉心中惶恐警惕。或许是由于前世的因果还留存在记忆中，从而接受教训吗？萼南公，晚年居住在石门（今浙江省桐乡市），看见附近邻居家的两名儿童，感到他们相貌不凡，把他们请到家里来，让他们和先祖父一起读书。他们就是学士陈万青（字远山，号湘南，官至陕甘学政）、侍郎陈万全（字绎勤，号梅垞，官至兵部侍郎）兄弟，所以为祖父取名叫"陈万森"。

陈子庄又说：先祖父曾说少年时读《论语》，总是不认可孔子说的"及其老也，戒之在得"（人到老年，要戒除贪得无厌之心）这两句话；他说："人老了，自然一切都会看淡，哪里需要特意强调戒除贪心呢？"当他在滁州做官时，已经六十多岁了。在审理一桩案件时，有当事人要拿一万两银子送给他，已经严词拒绝，让那人走了。平时每次睡觉，一碰到枕头就能睡着，这天晚上忽然翻来覆去睡不着。开始的时候也不知道怎么回事，然后才自己打自己耳光，骂道："陈某，为什么这么不长进呢？"就像平时一样睡熟了。第二天早晨对人说："我现在才开始真正佩服圣人说的话了。"他为官，清廉谨慎，严格要求自己。道光元年（1821），代理安徽泗州（今宿州市泗县）的政事。泗州地处淮河下游，每年夏季、秋季之间，城外大部分区域往往被大水淹没，按照惯例要向上级申请赈灾和抚恤。但是需要赈济和抚恤的地方，百姓大都四处转移逃难了，没有办法考核查对，就全都用虚假的名单来报销。所以安徽省民间有"南漕北赈"的说法（意为南边的漕运和北边的赈灾，最容易产生腐败）。唯独祖父坚持不肯这么做，惹怒了上官，导致几乎要被弹劾，于是便辞去了泗州的职务。人们都认为他愚蠢，祖父只是笑笑作为回应而已。他曾对我们兄弟说："我虽然不拿这个钱，但是把'清白吏子孙'这五个字留给你们，不是更加厚重和珍贵吗？"这件事情，通州的白小山（名鎔）尚书记载在了为祖父撰写的墓志铭中。前年我代理江苏新阳县（今昆山市）事务，吏胥中有人建议填报丰收田亩要往少了填，征收米粮要多征。我说："祖父不靠赈灾吃饭，孙子却靠饥荒吃饭，难道可以吗？戒除贪心，难道可以忽视吗？"

祖父活到八十多岁，曾说自己做官几十年，经历过十多个地方，见那些当官却贪图财利的，最后没有不一败涂地的。然而总是没有比侵吞赈灾款，报应更加迅速而且残酷的。那些因事情败露而遭受公开处死的，像王伸汉（嘉庆年间署理山阳县事，冒领赈灾款，又谋杀查赈委员李毓昌，后被处斩）这样的人，就不用说了。即便侥幸逃脱王法的制裁，而往往都会或者因暴病而死，或者患上痛苦难治的疾病而死，子孙也都绝灭。再不然，沦为盗贼、娼妓，成为呈现在人们眼前的现世报应，更是不少。这样的人，都可以掰着手指一个一个列举出来。大概是贪污受贿、破坏法纪的行为，危害的可能只是一个人、一个家庭，而侵吞赈灾款则是危害到千千万万的老百姓，剥削人民使自己富有，却以为自己和子孙可以长久享用，有这种道理吗？对于赈灾的事务，能够特别用心的，所获得的福报也必定是很丰厚的，下面举两个事例，可以作为借鉴。

广东连平县的颜希深巡抚（字若愚，号静山，又号浚溪，官至湖南、贵州、云南等省巡抚），乾隆年间，曾任山东平度知州。因公事前往省城，正好赶上发大水，形成洪涝灾害，地势低洼的地方都被淹没，老百姓都登上城墙躲避。只是没有食物可吃，灾民嗷嗷待哺，都在唉声叹气。母亲太夫人听说了之后，心生怜悯，于是命令打开官仓，放出储存的稻谷，去壳之后用来赈济灾民，全活了几万人。山东巡抚以其不经过报告，擅自开仓放粮，专门上奏朝廷弹劾，请求将其革职。乾隆皇帝看到奏章后，大为震怒，说："有这样的贤母好官，一心为国为民，能够审时度势、随机应变；该巡抚不加以保举推荐，反而进行弹劾，这样怎么能起到激发和鼓励的作用呢？"于是专门下旨擢升颜希深为知府，母亲赐三品诰命，封为淑人（三品命妇的封号）。天下的百姓齐声称颂圣天子的英明。后来颜希深官至巡抚。儿子颜检，由拔贡生出身，官至直隶总督；孙子颜伯焘，由进士出身，入翰林院，官至闽浙总督。他的子孙后代至今繁衍不绝，登科及第的有很多，称为大家族。

湖南茶陵县的萧锦忠（原名衡，字黼平，号史楼），是道光二十五年（1845）乙巳科状元；他的父亲在道光年间，曾经在直隶省做知县。有一年的秋季，当地发生水灾，已经过了上报灾情的期限了，没有得到上级批准。萧父于是就把已经征收上来存放在官库中的银两，全部拿出来用于赈济和抚恤灾民；那些还未上缴的，也将凭据烧掉，免除了他们的赋税，百姓特别感恩戴德。而萧父则因为亏空了官银，被收监追偿。上司怜悯他因为爱护人民而获罪，通令全省的官员，代为想办法补偿。等把亏空全部还清被释放出狱，这时儿子萧锦忠状元及第的捷报也正好送到了。这两件事，都是明白显著的果报，人们所耳闻目见的。天道非常近，怎能不受到触动、心生敬畏呢？

又说：曾叔祖陈孝升，字云岩，为人慷慨大度，喜欢结交朋友。二十岁时，亲手散尽一万两白银来结交朋友。在甘肃平番县（今永登县）做县令时，挥霍得更厉害；设置驿馆，宴请宾客，有郑当时（字庄，西汉大臣，少时任侠，为太子舍人时，每逢洗沐日，常置驿马长安诸郊，接待宾客）的风范。适逢某都统，因罪被遣戍

（放逐犯人至边境戍守）到伊犁，路过云岩公管辖的区域；云岩公同情他的遭遇，隆重地接待他，临行时又赠送他路费；都统十分感激。但是云岩公所做过的这样的事情还有很多，过后也就忘记了。做了十年的官，亏空官银数万两，被革去职务等候调查。正好都统重新起用，一步步升任至陕甘总督。还没到任，就派人去拜访云岩公。云岩公已经忘记了原来的事情，感到惊讶，不知道是怎么回事；各司道衙门的官员听说了也很惊奇，既然已经知道了事情的来龙去脉，就都争相出钱为他弥补亏空。总督来了之后，对待云岩公如同贵宾，多次向朝廷申奏加以保举，官职蒸蒸日上、步步高升；不到十年，官至云南布政使。云岩公更加自我勉励，人们遇到急难之事，请求他帮忙，没有不回应的。

浙江钱塘（今杭州市）的陈桂生巡抚，字坚木，号香谷（一作芗谷），当时在某县做县令，亏欠了税银五千两，无计可施，想要自寻短见。云岩公听说之后，召他来见，呵斥他说："五千两银子，小事情而已，竟然要拿自己的性命来换吗？"从袖中拿出一张纸给他，则是藩库（清代布政司所属的粮钱储库）已经实收白银五千两的收据。陈桂生感激涕零，因为他的曾祖父陈勾山太仆，曾与陈文勤公（陈世倌）同朝为官，叙同宗之谊，所以论辈分应该称云岩公为叔叔，便以叔侄之礼相交。云岩公虽然喜欢广交朋友，却唯独不肯迎合权贵。当时相国和珅，势力正盛，云岩公不与他有来往；和珅对他很不满。适逢福文襄郡王（福康安），带兵镇压苗民叛乱，发公函提取藩库存银二十万两。云岩公给他了。而不久后，福康安病逝军中，没有来得及补全手续。大官弹劾云岩公滥用库银、超额报销，命令赔偿，和珅于是追究云岩公到吏部接受审问，无法为自己辩白，入狱两年。曾经收到别人因感恩而馈赠的上万两银子，云岩公考虑亏空的数额巨大，这些钱也不够偿还。索性把这些钱，全部用来周济同时入狱的人，他的慷慨大方大概是出于天性。不久后，在狱中去世。当时，和珅已经倒台，于是得以援引赦免的条例而免于追究。后来，陈桂生先生担任江苏巡抚，邀请云岩公的儿子到巡抚衙门中，对待他像亲兄弟一样。人们也很赞赏桂生巡抚能够报答恩德。我在二十岁的时候，见到桂生巡抚，他亲口对我这样讲述的，还因为不能像那位陕甘总督一样帮助云岩公脱离危难而感到遗憾。

8.5.3 相转二品

温侍郎（汝适），号筼坡，顺德龙山人，乾隆甲辰登进士。殿试后一日，天未明，联班入内，听候胪唱。有同科进士杨迈峰，江西人，同乡友知其善相，戏问曰："今日状元是何人？"杨遍观曰："无之。"有顷，众曰："毕至矣。"又曰："无之。"时殿角有一人，面壁而睡，众指以问焉。杨以火照之，曰："在此矣。"须臾，传呼第一名状元茹棻，即面壁人也。此事已见前录。

温公深服其术，暇时往杨处拜访，叩以终身前程。杨曰："君一生官阶，文学侍从，名场顺利，当以四品归田。"温公信之。后授职编修，丁忧回籍，值乾隆甲寅年，桑园围崩决。桑园围者，枕南顺两邑，袤广百余里，广东之至大围也，数十年来多遭水患。公居龙山乡，在围中目睹流离，知修筑非易。向例税亩起科，公曰："不必尽依前法。"婉劝顺殷富，格外捐资，帅同人合力完筑，全围筑固，永无水患。复在乡创义举，济人无算。

服满进京，杨一见讶曰："君回乡其多种福田乎，何以骨格大异也？可得二品矣。"公告以故。杨笑曰："相随心转，前程不能限也。”公后入上书房行走，再官侍讲侍读，历任广西、四川、山东主考，又为陕西、甘肃学政，屡司文柄；洊至兵部侍郎。后归田。复请大吏奏准借库银八万两，发商生息，以备水患。至今除还库款之外，永得息银作岁修，利赖无穷焉。公所生子承悌，道光丙戌登进士，入翰林，官刑部主事。

按，温公尝告人曰：吾母太夫人任氏，事吾祖母区太夫人，凡饮食甘旨之奉、出入扶持之节，莫不小心勤谨，曲意承欢。区太夫人甚爱重之，尝训汝适等曰：“自吾见汝母，而知吾家忠厚积善，以昌其子孙，非偶然也。昔汝曾祖惺庵公，有活婴之德；汝祖适斋公，有睦族之谊；汝父又能好施，每岁捐米数百石，赈其族党。凡族之孤寒无告者，月赒之粟，岁以为常。今族中孤儿寡妇，赖以成立者甚众。盖至是五十余年矣。汝父终鲜兄弟，晚而子孙蕃衍，服习诗书，非明验与！”迨后，汝述，中嘉庆庚申举人，官登州同知；汝进，中嘉庆癸酉举人；汝遵，官詹事府主簿；而公居第六，庶出也。

任氏太夫人，慈祥宽厚，常拜乡之观音。甫出轿，被抢去金簪，众追之。太夫人呼曰：“骨簪耳，无庸追也。”后常戴骨簪，人称为“骨簪二太”。每训子孙孙妇等曰：“汝等生长高门，珠翠罗绮，习以为常。岂知吾家一灯纺绩之苦耶？至于恤寡怜贫，力所能为者，未尝少吝，厚施而薄享，于心稍安耳。”又谓：“妇女闲事赌博，诚非所宜。闺门有赌风，即败象也。愿子孙永戒之！”

【译文】温汝适侍郎，字步容，号筼坡，广东顺德龙山人，是乾隆四十九年（1784）甲辰科进士。参加完殿试后的第二天，天还没亮，排班进入内廷，听候公布名次后接受皇帝召见。有一名同科录取的进士杨迈峰，是江西人，同乡朋友都知道他善于看相，开玩笑地问他：“今天的状元是谁？”杨先生观察了一遍，说：“没有。”过了一会儿，大家都说：“人都到齐了。”又说：“还是没有。”当时大殿角落里有一个人，在面朝墙壁睡觉，大家指着他问。杨某拿灯火照了一下，说：“在这里。”不一会儿，大家听到宣布一甲第一名状元是茹棻（rú fēn，字稚葵，号古香，浙江绍兴人，官至兵部尚书），果然就是面壁而睡的人。这件事情已经记录在前文中。

温汝适先生深深叹服于他的相术，空闲时间就到杨先生那里拜访，叩问终身的前程。杨先生说：“先生一生的官位，属于文学侍从一类的官职，仕途也比较顺利，最后以四品的级别退休还乡。”温先生很相信。后来，授予翰林院编修的职务，因父丧回乡守孝，正值乾隆五十九年甲寅（1794），桑园围决堤。桑园围，地跨南海、顺德两县，占地面积方圆一百多里，是广东最大的堤围，几十年来因失修，经常遭受水患灾害的困扰。温先生居住在龙山乡，在堤围之中目睹老百姓流离失所，知道修筑和维护不容易。过去的做法是按照田亩征收捐税，温先生说：“不一定要完全按照以前的办法。”他婉转恳切地劝说顺德的富户，特别要额外踊跃捐款，带领当地人齐心协力完成堤围的修筑，将整个堤围加固，从此永远不再遭受水患。又在家乡创办多种善行义举，帮助到的人不计其数。

守孝期满回京城任职，杨先生一见到他就惊讶地说：“先生回乡后一定是做了很多好事吧，不然为何骨相已经大不一样了？可以达到二品的级别了。”温先生告诉他了其中的缘故。杨先生说：“面相跟随心地转变，前程不可限量啊！”温先生后来入上书房行走，其后担任侍讲学士、侍读学士等，又历任广西、四川、山东等省乡试主考官，又担任陕西、甘肃学政，多次执掌考选文士、评定文章的权柄，累官至兵部侍郎。后来，退休回乡。又向上级大官提请，奏请朝廷借贷库银八万两，拨交当地商人发生利息，作为维护堤围、防备水患的资金。至今每年所产生的息银除了一部分偿还库银本金以外，其余部分作为每年维修堤围的资金，使当地百姓长期受益。温先生的儿子温承悌，道光六年（1826）丙戌科中进士，入翰林院，官至刑部主事。

按，温汝适先生曾经对人说：我的母亲任氏太夫人，侍奉我的祖母区氏老太夫人，凡是日常饮食的供养、出入扶持的礼节等，没有不小心勤勉谨慎的，尽心尽力让老人欢喜。区老太夫人对她非常喜爱和敬重，曾经对我们兄弟说："自从我见到你们的母亲，就知道是我们家为人忠厚、积德行善，才使得子孙后代兴旺发达，绝不是偶然的。当初你们的曾祖父惺庵公，曾有救活婴儿的善行；你们的祖父适斋公，能够和睦宗族，极力维护邻里族人之间的团结；你们的父亲又能乐善好施，每年捐出米粮几百石，用于周济族人和邻里乡党。凡是族人中孤苦贫寒而又无处求助的，每月接济给他们一些口粮，每年如此，成为惯例。现在宗族中的孤儿寡妇，依靠他的帮助得以维持生活、成家立业的有很多。到现在已经五十多年了。你们的父亲没有兄弟，晚年子孙满堂，繁衍不息，而且又都能够读书有学问，这些不都是很明显的验证吗？"此后，温汝述，在嘉庆五年（1800）庚申科乡试考中举人，官至山东登州同知；温汝进，在嘉庆十八年（1813）癸酉科乡试考中举人；温汝遵，官至詹事府主簿；而温汝适先生排行第六，是庶出（妾所生的子女）的子嗣。

母亲任氏太夫人，为人慈祥宽厚，常常礼拜乡里供奉的观世音菩萨。有一次，刚刚从轿子里出来，头发上金簪被人抢去，众人急忙追赶。太夫人喊道："只是骨簪而已，不用追了。"后来平时便一直戴骨簪，人们称为“骨簪二太”。时常教导子孙、儿媳、孙媳们说：“你们生长在富贵之家，头戴金银珠宝、身穿绫罗绸缎，感觉稀松平常。怎么知道我们家当初在一盏油灯下纺纱织布的辛苦呢？至于救济孤寡无依和贫寒困苦的人，力量能够做到的，不曾有丝毫的吝惜，施舍给别人要慷慨丰厚，自己享用则要淡薄简朴，这样才能稍稍感到心安。”又说：“妇女闲来无事沉迷于赌博，实在是不合适的。闺门有赌博之风，就是败家之象。希望子孙永远记住啊！”

8.5.4 罚迟二科

山东林秀才长康，四十不第，一日有改业之想。闻旁有呼者曰：“莫灰心。”林惊问：“何人？”曰：“我鬼也，守公久之，并为公护者数年矣。”林欲见其形，鬼不可，再四言，鬼曰：“公必欲见我，无怖而后可。”林许之。遂跪于前，丧面流血，曰：“某蓝城县市布者也，为掖县张某谋害，以尸压东门城内磨盘之下。公异日当宰掖县，故常侍公，求为申冤。”且言：“公某年举乡试，某年成进士。”言毕不复见。至期果举孝廉，惟进士之期爽焉。林叹曰：“世间功名之事，鬼亦不免误报乎？”是夜闻空中呼曰：“公自行有亏耳，非我误报也。公于某月日私调孀妇某，幸未成奸，无人知觉。阴司记其恶而宽其罪，罚迟二科。”林悚然谨身修行，逾二年而成进士，受官掖县。抵任巡城，见一石磨，启之，果得尸。立拘张某讯之，尽吐杀人情实，置之法。乃嘉庆年事。

【译文】山东有一名秀才，名叫林长康，四十岁还没有中第，一天突然产生了改行的想法。听到旁边有个声音对他说："不要灰心。"林秀才惊奇地问："什么人？"那个声音回答说："我是鬼，守候在您身边很久了，并保护您好多年了。"林某想要他显现形象出来，鬼不同意，林某反复请求，鬼说："您如果一定要见我，不能害怕才行。"林某同意。那鬼于是跪在林某面前，面目肮脏可怖，浑身流血，说："我是蓝城县卖布的，被掖县的张某谋害，把我的尸体压在东门城内磨盘的下面。先生将来会担任掖县知县，所以一直守候在先生身边，请求您将来为我申冤。"还说："先生某年参加乡试中举，某年考中进士。"说完就消失不见了。到了预料的那个时间，果然考中举人，只是中进士的时间没有应验。林某感叹说："世间功名的事情，鬼也免不了误报吗？"这天晚上，听到空中有个声音说："是您自己德行有亏了，并不是我说得不准。您在某月某日私下里调戏某寡妇，所幸还未发展成奸情，没有人知道这件事。阴司记录了这次恶行，而从宽处理，罚您推迟两科考中进士。"林某从此以后诚惶诚恐，谨言慎行，严格要求自己，两年之后终于成为进士，被授予掖县知县的官职。上任后在城中巡视，看见一座石磨盘，把它打开，果然发现了尸体。立即将张某拘捕审讯，全部承认了杀人的实情，后被依法处决。这是嘉庆年间的事情。

8.5.5 孝丐

定远县书吏某，发疾昏去，见冥役牵至阎君衙前待讯，忽闻阎君将延孝子入内堂。书吏私忖："阎君尊礼孝子如此，但不知孝子何许人？"留意俟之。须臾，大开中门，阎君亲出迎迓，乃一乞丐也；俄顷，丐出。书吏因跪丐前哀告，家有老母，无人侍奉，求其到阎君前缓颊，释放回阳。丐始难之，踌躇再四，乃勉强复进衙见阎君，出语书吏曰："情已上达，汝速去，毋少留。"书吏叩头谢，复询丐姓名里居，曰："我怀远县某庵前乞丐也。"书吏回阳后，即到怀远某庵，询其人。庵主曰："此孝丐也，事母至孝，乞食奉母，母食饱，方食残食。夏日暑氛甚恶，丐先负母至庵前树阴下安息，然后沿门行乞。乞归，事母如孺子然。母死，葬于庵前大树下，哭母哀痛，以头抢树，寻亦殁。土人重其孝，葬丐于其母冢之侧，题其碑曰'某孝丐墓'。"书吏闻言，祭奠丐墓而返。

夫贫贱至于为丐，尚能生养死葬，极尽孝道，哭母以终。人重其孝而题其墓，神敬其孝而待以礼。视世之为人子者，生不能养其亲，死不能葬其亲，而反忤逆其亲者，此孝丐之罪人也。书之以为有父母者劝。

【译文】安徽定远县有一名从事文书工作的书吏某人，生病昏迷过去了，见到被冥府的差役带到阎王衙门前等待审讯，忽然听到阎王将要有请孝子来到内堂。书吏暗自心想："阎王竟然如此尊重和礼敬孝子，只是不知道孝子是什么样的人？"便留意等待。不一会儿，将正门完全打开，阎王亲自出来迎接进门，原来是一个乞丐；过了一会儿，乞丐出来了。书吏就跪在乞丐面前哀求，家中还有老母亲，没有人侍奉，求他到阎王面前替自己求求情，暂时释放回阳间。乞丐起初感到为难，犹豫再三，就勉强回到衙门面见阎王，出来对书吏说："情况已经报告上去了，你快走吧，不要再停留。"书吏叩头表示感谢，又询问乞丐的姓名、住址，乞丐说："我是怀远县某庵前面的乞丐。"书吏回阳以后，就到怀远县某庵，询问是否有这个人。

庵中主僧说：“这是一位孝丐，对母亲特别孝顺，靠讨饭来奉养母亲，母亲吃饱后，自己才吃剩下的食物。夏季天气酷热难耐，孝丐先背着母亲到庵前树荫下休息，然后自己沿街讨饭。要饭回来之后，事奉母亲就像一个孩子一样。母亲死后，将她埋葬在庵前的大树下，哭泣得十分悲痛，用头撞树，然后自己也去世了。当地人敬重他的孝心，将孝丐安葬在母亲坟墓的旁边，在墓碑上题刻‘某孝丐之墓’。”书吏听了这些话之后，祭奠了孝丐的坟墓之后回去了。

贫穷卑贱到了做乞丐的程度，尚且能够对母亲做到生前奉养、死后安葬，极力克尽孝道，因母亲去世，悲伤过度而死。人们敬重他的孝心，为他树碑立墓；神明敬重他的孝心，给予他极高的礼遇。对比世上很多做人家子女的，在父母生前不能奉养，死后不能安葬，反而忤逆顶撞父母的，真是孝丐的罪人啊。记录下这件事用来劝勉世上那些有父母的人。

8.5.6 雷击恶伙

无锡荡口饭店中，有客人身怀洋银四十元；饭罢出店，遗失银包在店。店伙某，见而匿之。客转寻不见，因向店伙索取，许以十元酬赠；店伙答以不见，留客吃点心，出买毒药，潜置面中。客将下箸，忽然腹胀，方如厕，天顿昏黑，霹雳一声，店伙手捧银包，跪在客前，已被雷击死矣。面变黑色，始知其置毒杀客也。同治元年事，丁锦帆口述。

【译文】无锡荡口镇的一家饭店中，有一位客人身上带着洋银四十元；吃完饭走出饭店，将银包遗忘在了店中。店里的某伙计，看见了之后自己藏匿了起来。客人返回店中寻找，没有找到，于是向伙计索要，答应拿出十元来表示酬谢；伙计说没看见，将客人留下来吃点心，自己溜出去买毒药，悄悄地放在面条中。客人正要下筷子准备吃的时候，忽然感觉肚子胀痛，在上厕所的时候，天色顿时昏暗了下来，霹雳一声炸雷，伙计手里端着银包，跪在客人面前，已经被雷劈死了。面条变成了黑色，才知道他放了毒药要毒死客人。这是同治元年（1862）的事情，是丁锦帆亲口讲述的。

8.5.7 三代孤忠

常州某寺，曾铸铜钟一，叩之无声，久无过问者，遂以哑钟名。汤雨生都督（贻汾），未之信，往游，叩以莛，钟大鸣。僧骇，随击之亦鸣；他人易杵试之，无不鸣。自是钟为不哑矣。都督有《纪缘诗》，述其异。

余闻都督之祖纬堂先生（大奎），乾隆间，官台湾凤山县，殉林爽文之难。都督之父楚儒荀业先生，同死。都督由荫洊升协镇，引年归，侨寓秣陵，诗画自娱，文誉藉甚。会咸丰三年，粤匪陷城，年七旬余，作《绝命诗》，从容就义。距台湾之乱，正甲子一周。三代孤忠，千秋不泯。寺钟之忽鸣，殆忠义之气所激宕耳！

【译文】常州的某座寺院，曾经铸造了一口铜钟，怎么敲都不出声，时间久了也就没人过问这口钟的事情，索性称其为哑钟。汤贻汾（字若仪，号雨生）都督，不相信，就到寺院游玩，用木棒来敲，钟发出很大的声音。僧人惊骇，然后自己来敲，也能出声了；其他人换木棒来敲，没有不出声的。从此以后，这口钟也就不是哑钟了。汤都督曾经写过一首《纪缘诗》，来记述这件奇事。

我听说汤贻汾都督的祖父汤大奎先生（字纬堂），乾隆年间，担任台湾凤山县（今高雄市）知县的官职，因林爽文之乱而殉难。都督的父亲汤荀业（字楚儒，一字与竹）先生，同时遇难。都督荫袭云骑尉世职，后升任至温州镇副总兵，因病未赴任，客居在南京，以写诗作画愉悦身心，在文坛上颇有影响力。在咸丰三年（1853），太平天国军队攻陷南京城，他当时七十多岁，作了《绝命诗》一首，从容殉难。距离台湾之乱，正好过了一个甲子（六十年）。三代人尽忠报国，以身殉国，气节千秋不灭。寺院铜钟忽然鸣响，大概是忠义之气所感发激荡的吧！

8.5.8 火劫

道光癸卯，海氛初熄，清江浦治善后事宜。于小兰寺设局制火药，夫役数十名，日夜不辍，邻居栉比。一儿约三四岁，其父常挈往游瞩。二月二十二日复往，儿惊啼不绝声，归诘之，云："局中夫役，皆铁索拘挛；旁有红衣人，状复狰狞可畏。"群谓其乱语耳，不之信。是夜药碓火发，轰毙二十九人。始知大劫有定数，非偶然者。局之前楹为神殿，屋瓦齐飞，而神座无毫发损，亦奇。

【译文】道光二十三年（1843）癸卯，海疆上动乱的形势（指鸦片战争）刚刚平息下来，江苏淮安的清江浦正在办理善后事宜。在小兰寺设立火药局，用来制造火药，有几十名工人，日夜不停地工作，周边的民居很稠密。一名儿童大约三四岁模样，他父亲常常带着他到局里游玩观看。二月二十二日这天，又去游玩，儿童突然受到惊吓、大哭不停，回来问他，孩子说："局中的工人，手脚都被用铁链捆绑；旁边有身穿红衣服的人，长得也很凶恶可怕。"大家都认为孩子胡言乱语，不相信。当天夜里，堆放火药的地方失火，炸死二十九人。才知道大的劫难都是有定数的，绝不是偶然的。火药局的前房是神殿，屋顶的瓦都被炸飞了，但是神像毫发无损，也是奇迹。

8.5.9 陈李济

陈体全，南海河清人，家素贫，而性纯孝。早失父，事母极诚，抚爱弱弟。尝因母病，旦奉汤药，夜则走往西樵山，星露跪祷，共四十夜焉。晨遇采药翁谓曰："君有忧色，何也？"公以母疾告。翁曰："君有孝心，吾采药与汝。"并授以书一卷；转眼间，失翁所在，异之。持药归，母食之愈。展视其书，皆丸散药方治病所用，疑翁必是仙人，其方多效验。遂精心如法制之以济人，自此陈行卖药矣。

一日，由省渡回家，渡中一客并坐，彼此问答。客自云："李升佐，与君邻近者也，亦以药材贸易。"渡到岸，陈先起行至家，方悟失银二百，遗于渡处；即走问李："有拾得否？"而李已携银来送复矣，留饮尽欢，竟成知己。遂合伴开张，号"陈李济"，此其由也。

二公以世情多诈，药丸制造，易涉欺瞒，誓不稍假。相处以敬，相待以诚，平居怡怡如骨肉也；即有错处，亦不介怀。及李公弃世，陈公召其二子泣谓曰："昔叔向有抚孤之仁，晏子笃久要之谊。吾友虽没，敢忘斯义乎？"为之延师训读，俾至成立；田园庐墓，皆代为经理。尝对人曰："吾非以邀名，但以慰吾亡友耳。"陈公年九十，无病而终。

自开创至今，两姓子孙男女，不相拜契，不结金兰，不相嫁娶；序分昭穆，谊有尊卑；或以叔侄相称，或以兄弟同派，秩然不紊。两姓妇女不通来往，有大喜，则送酒四席而已。两姓子侄，如有亏空数目，亦仅在股分摊扣，决不准将股分顶与外人，故子孙不至失业。

至于铺中捐赀恤孤寡、置祭田、济贫穷、赈乏绝，置水车，以为街邻之卫；设文会，以为作育之方，种种善举，则又美不胜录焉。今两姓子孙中举者有人，食饩（xì）者有人，游庠者有人。后秀挺生，正未有艾，其获报亦绵长矣。

【译文】陈体全，是广东南海县河清人，家境素来贫穷，而天性至孝。早年失去了父亲，事奉母亲极为诚敬，抚养爱护幼小的弟弟。曾经因母亲生病，白天侍奉汤药，晚上则去往西樵山，露宿野外面向星空跪拜祈祷，前后共计四十个夜晚。一天早晨，遇到一位采药的老翁对他说："先生面带忧虑的神色，是为什么呢？"陈先生告诉他母亲生病的情况。老翁说："先生有孝心，我采药给你。"并传授给他一部医书；转眼之间，老翁就消失不见了，感到很奇异。拿着药回到家，母亲吃了之后就好了。打开那部书来看，都是丸散膏丹等治病所用的各类药方，怀疑那位老翁一定是仙人，书中的药方大多很有效果。于是按照书中的方法精心制作药物，来救助世人，从此以后开始开药店卖药了。

一天，从省城乘坐渡船回家，渡船上和一位客人并排而坐，彼此打招呼叙谈。客人自己说：“我叫李升佐，和先生家离得很近，也是做药材生意的。”渡船靠岸，陈先生先行动身回到家，才想起来丢失了二百两银子，遗忘在渡船上；连忙回去询问李先生是否捡到，而这时李先生已经带着银子来送还了，留下来饮酒畅谈，非常尽兴，最后成为知己的朋友。于是合伙开办药店，取字号为“陈李济”，这便是其中的由来。

陈、李二位先生因为近世人情多欺多诈，药丸的制造，容易出现欺骗蒙混的现象，所以他们发誓绝不会做出任何假冒伪劣的行为。二人在相处过程中，彼此尊敬，真诚相待，平时的生活和美安乐，如同亲兄弟；即便有过错的地方，也不介意。等到李先生离世后，陈先生叫他的两个儿子过来，流着泪对他们说：“古时候，春秋时晋国大夫叔向［羊舌肸（xī），字叔向］抚养汝齐的遗子；齐国丞相晏婴不轻易与人交友，一旦交了一个朋友，就会全始全终。我的朋友虽然不在了，但是朋友之间的情义怎敢忘记呢？”为两个孩子聘请老师教他们读书，使他们能够成家立业；田地、房屋、坟墓，都帮助他们经营置办。曾经对人说：“我并不是为了博得一个好名声，只是让我那死去的朋友九泉之下能够安心而已。”陈先生一直活到九十岁，无病而终。

自从“陈李济”开创至今，陈、李两家的子孙男女，不互认干亲，不结拜兄弟，不互相嫁娶；按照长幼、上下等次序左右排列，叙尊卑之谊。或者以叔侄相称，或者以兄弟相称，秩序井然，有条不紊。两家的妇女不必相互来往，每当有大喜事，则赠送四桌酒席而已。两家的子侄，如果有人在经营过程中出现了亏空，也仅仅将亏空的数额在股份中均摊扣除，绝对不允许将股份转让给外人，所以子孙不至于失业。

至于药铺中捐款开展抚恤孤儿寡妇、置办祭田、救济贫困、赈济吃不上饭的人，以及设置救火水车，来护卫街坊里舍的安全；举办文化交流集会，作为培养教育人才的途径等等，各种各样的善行义举，则又是不胜枚举，美不胜收。现在两家子孙中，有人考中举人，有人成为廪生，有人进入府学、县学读书。后起之秀，层出不穷，正是蒸蒸日上的势头，享受前人的福泽也可谓是绵远长久。

8.5.10 戕蚁

苏州元和县，乡名邓巷，蒋姓，聚族而居。有蒋某之嗣母，素嫉蚁。每逢夏月，睹蚁聚处，辄以热水浇之，家中搜灭无遗。邻里间有蚁穴，亦必持水往灌，不惮烦也。年逾六旬，肩上忽生一疮，并无头脑，时痛时痒，若蚁蛀者。医家莫名何证，后疮忽自溃，内有蚁无数，皆蠕动；以手拂之，即痛不可忍。辗转衽席者二十年，以迄于殁。此咸丰七年事。

【译文】苏州元和县，一个叫邓巷乡的地方，蒋姓族人，聚居在这里。有蒋某的嗣母（出继的儿子称所继嗣一方的母亲），一向讨厌蚂蚁。每逢夏天，看到有蚂蚁聚集的地方，就用热水来浇，家中所有的地方都搜寻了个遍，蚂蚁被灭除一干二净，没有遗漏的。邻居家如果发现有蚂蚁窝，也必会拿着水热水去浇灌，不怕麻烦。六十岁后，肩膀上忽然生出一个毒疮，并没有头脑，一会儿痛，一会儿痒，好像被蚂蚁用力撕咬。医生也诊断不出是什么病症，后来疮口忽然自己溃烂，里面有无数蚂蚁，都在蠕动；用手来抚摸，就痛不可忍。在床上翻来覆去二十年，一直到死。这是咸丰七年

（1857）的事情。

8.5.11 投猪还债

同治四年，宜兴东乡下渎，张凤冈，养猪，卖与屠户，得钱数千文。宰剥后，见猪耳上有“范天球”三红字。询张姓：“有欠债人名范天球否？”其家寻旧券，果得“范天球欠钱十千未还”。此事陶士寅亲眼见之。

【译文】同治四年（1865），江苏宜兴东乡下渎村，有个叫张凤冈的人，养了一头猪，卖给屠户，得到了几千文钱。屠户将猪宰杀处理后，看见猪耳朵上有“范天球”三个红字。询问张某：“有没有一个叫范天球的人，欠了您家的钱？”他们家搜寻旧的欠条，果然找到一张欠条，上面写着“范天球欠钱十千未还”。这件事情是陶士寅亲眼所见的。

8.5.12 张发祥孙

苏贾张发祥，有孙，素忤逆。私仆妇而杀其仆，事秘无知者。发祥知之，盛怒逐孙，孙因厉一剑，常佩腰间，若将倳（zì）刃于大父者。癸巳六月，孙外出，距家里许，遇一白衣老者谓曰：“子非张某耶？子家有急事，遣我要子于路，宜速归。”诘之，忽不见。张急奔归，喘吁入门，解衣弛带，亟问：“老者何人？”家中无知者。语未竟，霹雳随之，雷针从肋下贯右足心而出，背有朱书数字，人莫之识。佩剑飞着屋壁，数人拔之皆不出；

发祥自拔，则应手而下。呜呼！雷神显赫如此。此道光年间事。

【译文】苏州商人张发祥，有个孙子，素来忤逆不孝。和仆人的妻子通奸，而将仆人杀害，事情秘密没有人知道。发祥发觉以后，大怒，要将孙子赶出去，孙子于是将一把剑磨快，时常佩戴在腰间，好像准备随时将要刺向祖父。癸巳年（1833）六月，孙子外出，在离家一里多路的地方，遇到一位白衣老人对他说：“你是张某吗？你家有急事，派我到路上来通知你，要赶快回去。”正要追问，忽然消失不见了。张某急忙跑回家，气喘吁吁地进门，解开衣服，松开衣带，急忙问家人：“白衣老人是什么人？”家中没有人认识。话还没说完，霹雳一声炸雷随之而来，雷针从肋下贯穿右脚心而出，背上有几个红色的字，人们都不认识。佩剑从身上飞出插入墙上，几个人用力拔都拔不出；发祥自己拔，则一下子就拔出来了。哎呀！雷神竟然如此威灵显赫！这是道光年间的事情。

8.5.13 十五字被黜

扬州某僧，欠乡人银一百两；乡人欲讼之，出借券示某文学，盖欲藉以为援也。僧早知其与文学善，已向哀求；文学遂于借券上，私添“某月十几日，钱已还讫，此券作为废纸”，凡十五字。谓乡人曰：“予非善讼者，不能为汝援。”出券还之。乡人固不识字，亦无暇启视也，入城竟控诸官。官曰：“不识字数多寡耶？岂有添注十五字，而茫然罔觉者？”乡人无以辨，遂被责。某入秋闱，荐而不售，批云：“文短十五字。”盖定例必满三百字，某止有二百八十五字也。所短字数，适符所添字数。

【译文】扬州的某僧人，欠了乡人一百两银子；乡人想要把他告到官府，拿出借据给某秀才，主要是想要借他的力量作为援助。僧人早就知道乡人和秀才关系好，自己便向秀才哀告；秀才于是在借据上，私自添加了“某月十几日，钱已还讫，此券作为废纸”，共计十五个字。又对乡人说：“我不是善于打官司的人，不能帮你的忙。”便把借据还给了乡人。乡人本来就不识字，也没工夫打开细看，直接进城控告到官府。官员说：“你不知道字数多少吗？哪有添加了十五个字，却茫然不觉的？”乡人没有办法辩解，于是被责罚。某秀才秋季参加乡试，文章已经获得推荐，却最终未被录取，主考官在试卷上批示：“文章短少十五字。”原来按照规定，文章必须写满三百字，秀才只写了二百八十五个字。所短少的字数，恰好符合私自在借据上添加的字数。

8.5.14 罗军门袖镖

提军罗忠壶思举公，勇悍绝伦。少年本无赖，有相士见其遗矢皆方，知大贵。因劝其检束，并妻以女。后投川陕军中，积勋至湖北提督。公自作行状，述少年事不少讳，其度量不可及。一日，谷城邑令林九冈（凤仪）宴罗，席次询及：“公艺今尚可一试否？”公举手指庭柯，忽已砉（huò）然中断，则袖镖出矣。承平之际，宴会之时，防身物尚不暂离。公之虑患深哉！

【译文】提督罗忠壶公（史载其谥号实为“壮勇”），名思举，字天鹏，勇猛强悍无人可比。少年时本是不务正业的无赖之徒，有一位相士观察到他的大便都是方形，料定他将来必定大贵。于是劝勉他检点约束自己，并且把女儿嫁给他。后来投身到平定白莲教起义的军营中，凭借出色的战功，逐步升任至湖北提督。罗公生前提前为自己写了一篇行状（叙述死者生平事迹的文章），记述少年时的事情，毫不隐讳，他的胸襟度量无人能及。一天，湖北谷城县县令林九冈（名凤仪）宴请罗公，席间问及："您的身手技艺现在还能展示一下吗？"罗公举手指向庭院中的树木，忽然已经整整齐齐从中间应声断开，原来是袖中的飞镖已经飞出去了。太平时期，宴会之时，防身的物品尚且一刻不离身。罗公的忧患意识真是深远啊！

8.5.15 藏银宜审

有人附航船行江南徒阳运河，偶有后船撞其梢；船户斥之，已驶去。初以为行船之常，船内有一翁，忽曰："此撞甚奇，诸君囊箧中有金银否？"众答："无有。"独一少年面赤不答。翁曰："如不语，后将噬脐。"少年急启笥视之，惊诧流涕曰："有二百金，已失去。"翁曰："幸遇我，可珠还。"因属船户努力追及之，亦撞其船。翁立船首以待，前船一客，出问为谁。翁笑曰："识者。"客曰："幸会。"一举手各归船。翁问少年："银已归未？"视笥中，则已复故处。惊喜拜谢，询："何神术？"翁笑不答。此邪说六角算也。翁能暗察，术当更精。此道光末年事。

【译文】有人搭乘船只航行在江南徒阳运河上，突然后面来了一条船撞到了船尾；船家大声呵斥，然后那船就开走了。起初以为是开船时常见的事情，船中有一位老翁，忽然说："这次撞击非常奇怪，大家口袋、箱子中有金银吗？"众人回答说："没有。"唯独一名少年脸红了，没有回答。老翁说："如果现在不说，后面后悔也来不及。"少年急忙打开行李箱检看，惊奇讶异地流泪说道："我有二百两银子，现在不见了。"老翁说："幸亏遇到我，可以物归原主。"于是叮嘱船家加快速度追上去，也撞向他们的船。老翁站在船头等待，前面船上一名客人，出来问是谁。老翁笑着说："认识的人。"客人说："幸会幸会。"两人各自举了一下手就回船舱了。老翁问少年："银子已经回来了吗？"再看箱子里，则已经物归原处。少年惊喜不已，连忙拜谢，询问这是什么神术，老翁笑而不答。这就是传说中的所谓"六角算"的邪术。老翁能够察觉到，他的技术可能更精巧。这是道光末年的事情。

8.5.16 惜浆

五谷无不知惜，独至浆洗衣服之麦粉则否，何也？习不察耳。试思普天下，禁用麦粉浆衣，一年中，民间即可积麦数十万石。昔有邻里失火，延烧数百家，而一家独存，究其故，则数世不用麦粉浆衣者。因思巨家大族，每一浆洗，所需粉浆，盈盆盈盎；即编氓（méng）小户，亦然。夫以盈盆盈盎之麦粉而倾弃之，谁不曰罪过？独不思衣服穿后，再经洗濯（zhuó），此麦粉水，又谁不倾弃于地，何不罪过乎？且妇人女子，里衣亵服，无不用浆，此尤为造孽之甚。

或曰，洗而不浆，服之不便。而余一向之衣，非惟不喜浆，且最怕浆；偶遇误浆者，必使落水重洗之。夫不浆则布较柔软，何反不便于穿？即浆亦不过一二日结燥耳，岂能久乎？

嗟乎！粤匪再窜杭城，饿死者不少；斯时求麦粉充饥，从何而得？而平定之后，又复浪费不惜，恐非积德迎祥之道。

然则禁之当何如？一家必有一主，其主躬先倡率，所洗衣不用浆，而后及妇女，而后及仆妪，随时劝戒。一店必有总理之人，亦先躬自倡率；交人洗，则明告以勿浆；而后及伙友，而后及学生。如是由一人至千百人，一家至千百家，一店至千百店，所省麦粉甚巨，不致造孽矣。夫麦居五谷之一，本各知惜，浆洗一事，特积渐为常，无有警觉之者，故遂抛弃而不顾耳。

再有粉绸浆布，及有一种绵绸，名曰粉胚儿，货本稀松，用生熟小粉涂上，以炫买主。看似细白，一经落水，便形稀薄。此不但利己欺人，有亏天理；其暴殄天物，又孰甚焉！粉绸用粉犹微，浆布粉胚儿造时，竟须桶计，岂不作孽？戒之当自机上始；买者亦勿为所欺，使绝其消路。此又因浆洗而推类以相劝者也。

【译文】五谷粮食没有人不懂得珍惜，唯独对于浆洗衣服（旧时一种洗衣方法，衣服洗净后，浸入粉浆或米汤中浆挺）所用的麦粉却不重视了，这是为什么呢？因为相沿成习惯，也就不再觉察了。试想普天之下，如果禁止用麦粉浆洗衣服，一年之内，民间就可以节省几十万石的麦子。当初有邻里失火，波及烧毁了几百户人家，而唯独一家安然无恙，推究其中的缘故，则是这家已经几代人不用麦粉浆洗衣服了。于是想到那些大户人家，每次浆洗衣服，所需用的粉浆，都是一盆一盆的；即便是平民小户，也是如此。如果说把成盆的麦粉随意倒掉，谁不说是罪过？唯独不想想浆洗的衣服穿过之后，再经过洗涤后，这也是麦粉水，又有谁不是随意倒在地上呢，这难道不是罪过吗？而且，妇人女子所穿的内衣内裤，也都要浆洗，这更是很造孽的。

有人说，洗了之后不浆，穿起来不方便。而我向来的衣服，不但不喜欢浆，而且最怕浆；偶尔遇到被误浆的，一定要下水重新洗过。不浆的话则布料柔软，为何说反而不方便穿呢？即便用浆也不过一两天硬挺干燥而已，怎能保持很长时间呢？

哎呀！太平天国军队再次流窜到杭州城的时候，被饿死的人有不少；这个时候，想要求些许的麦粉来充饥，从哪里能得到呢？而祸乱平定之后，继续浪费，不知道珍惜，恐怕不是积德修福、感召吉祥的道理。

但是禁止浆洗应当怎么做呢？一个家庭必定有一名主事的家长，家长一定要亲自带头做好榜样，所洗的衣服不用浆，然后是妇女，再然后是仆人、老妈子，随时随地进行劝说告诫。一个店铺必定有总管的人，也要首先带头做榜样；把衣服交给别人洗的时候，就明确告诉不要用浆；然后是伙计，然后是学徒。像这样从一个人普及到千百人，从一家普及到千百家，从一家店普及到千百家店，所节省下来的麦粉数量会非常巨大，不至于造孽了。麦子作为五谷的一种，本来都是知道珍惜的，唯独对于浆洗衣服这件事，就渐渐习以为常，没有人再引起注意，所以随意抛弃而不管不顾了。

还有就是粉绸、浆布，以及有一种绵绸，名叫“粉胚儿”的，本是稀松平常的货物，用生熟小麦粉涂上以后，来炫惑买主。看上去细密洁白，一经水洗，便变得又稀又薄。这不但是靠欺骗别人来谋利，有亏天理；而更是暴殄天物，还有比这更严重的吗？粉绸所用的麦粉还比较少，而浆布、“粉胚儿”制造的时候，所用的麦粉竟然要按桶来算，难道不是作孽吗？禁绝这种现象必须要从在织布机上织造的时候开始；买的人也要注意不要被卖家欺骗，最终使其断绝销路。这是从浆洗而推及类似的现象，从而进行劝化。

8.5.17 嵊县奇案

严槐亭（思忠），镇江进士，官浙江，有政声。同治庚午，知嵊（shèng）县事。有盗夜入衙署，先杀其一妾一女。严觉，呼从人，声未已，而剚（zì）刃于胸矣。天明，盗仍踰垣出，左持印，右持刀，浴血行市中，遂被获。问之，曰："我只杀二心人。"问何以入署，曰："骑马出入。"问何人指使，曰："数岁时，有和尚教之。"问其姓，曰："庞。新昌人，向以剃头为业。"问有何仇，曰："向不认识，亦无仇隙。"并拘内外厮仆认问，皆在梦寐中；不知其何以入，何以出也。事闻，严旨究追，尽法惩治。邑人思其遗政，为之服丧，并立庙以祀之。

嗣其同年某曰："严少时从父徐州教官任，署中有狐，熏穴得其二，杀之。其父未之知也。夜梦白发老人泣告曰：'公子杀吾爱女并妾，誓必以报。'父兴，呼而责之，令跪读一经。越数日，乘父公出，复水灌火灼，并获老狐，杀以泄愤。"此事严在署向友屡言之。嗜杀者，可以戒矣。

【译文】严思忠，号槐亭，镇江人，进士出身，在浙江做官，颇有政声。同治九年（1870）庚午，任浙江嵊县知县。有一名歹徒夜间闯进县衙，先杀死了他的一个小妾和一个女儿。严县令发觉以后，急忙呼叫侍从人员，声音未落，而已经被歹徒刺入胸部而死了。天亮之后，歹徒翻墙逃出，左手持官印，右手拿刀，浑身是血行走在街市上，于是被抓获。审问他，回答说："我只杀二心人。"问他是如何进入衙署的，回答说："骑马出入。"问他受何人指使的，回答说:“几岁的时候,有个和尚教我的。”问他姓氏,说:“姓庞,是新昌县人,平时以剃头为业。”问他有什么冤仇,回答说:“从来不认识,也没有冤仇和过节。”并将里里外外的小厮、仆人拘提到案,进行辨认询问,也都是茫然不知;不清楚他是什么时候进来,什么时候出去的。事情奏报到朝廷,下旨严厉追究,依法惩治。嵊县百姓缅怀严县令的德政,为他挂孝表示哀悼,并建立祠庙来奉祀。

后来,据他的同年某友人讲述:“严思忠少年时跟随父亲在徐州担任教官,官署中有狐狸,通过用火熏烤洞穴,捉到其中的两只,杀掉了。他父亲还不知道这件事。夜里梦见一位白发老人哭着哀告说:‘公子杀了我的爱女和爱妾,发誓一定要报仇。’父亲醒来,把他叫过来责骂了一通,命令他跪着诵读一部经书。几天后,严思忠趁着父亲公务外出,又用水灌入、用火烧烤狐狸洞穴,将老狐狸捕获,杀掉来泄愤。”这件事严县令在衙门的时候常常对朋友讲起。将杀生害命作为一种嗜好的人,可以引以为戒了。

8.5.18 东莞何氏

东莞新沙何氏,代有积德。乾隆间有又泉翁者,性仁厚,乐于施舍。承先人产,贸易亏其本,负欠累累,誓不负欠,尽变其家财偿之,绝不求减也。剩数十金,仍作小经纪,人嘉其信,乐与交焉;于是生理日盛,财用日裕。岁遇饥荒,则携银米,暗置贫者门,而不使人知也。遇善事,必多出赀。其不敢先发者,密嘱他人倡,而己为之助。

生子景瞻,能体父志。翁既没,景瞻以寻葬地,因病弃世,遗二子幼。瞻妻吴氏,精明慈惠,行善弗倦,大有丈夫气。乡邻争者，每藉其一言而解，素惠及于人，人服其德也。教子以先品行后文艺。及二子长成，而家又困。

长子鉴，谦和孝友，睦族敬宗，不幸早殁。次子鲲，亦遵母训，中道光辛巳科举人，以正风俗、扶人伦为己任。邑中贞节者，为之表扬；患难者，为之排解。邑中仰如山斗。鉴生二子，长仲山，以府案首入泮，授训导；次仁山，中道光己酉科解元。仲山子庆修，中同治壬戌科举人；仁山子庆乔复以府试冠军。一门中男妇老幼，六十余人，循循焉，以礼文相率，至今尚未析箸，盖祖德之流芳者远矣。

按，名鲲者，官粤西明府，有政声。家大人巡抚粤西时，颇赏之。其先世积德，亦其所自述者，余闻而记其大略如此。

【译文】广东东莞新沙的何氏家族，世代积德行善。乾隆年间有一位何又泉老先生，性情仁慈厚道，乐善好施。继承了先人的遗产，做生意亏了本，欠了别人很多钱，发誓绝不会亏欠，把家产全部变卖了来偿还，绝不会请求别人减免债务。只剩下几十两银子，仍然做小生意，人们赞赏他诚实守信，乐意与他交往；于是生意越来越兴隆，财富用度也越来越丰裕。遇到饥荒的年岁，便带着钱和米，悄悄地放在贫困人家的门口，而不使别人知道。遇到举行善事，一定尽可能多地捐资。如果有自己不敢带头的，秘密委托他人首倡，而自己进行资助。

何老先生的儿子何景瞻，能够体谅父亲的志趣。父亲去世后，景瞻因为到处寻找合适的墓地安葬父亲，又生病离世了，留下两个年幼的儿子。景瞻的妻子吴氏，精明强干，慈爱贤惠，行善积德，孜孜不倦，很有大丈夫气概。乡邻中有产生矛盾纠纷的，往往凭借她一句话就能化解，因为她一直乐于助人，人们佩服于她的德行。教导儿子要先注重品行，然后才是文章技艺。等到两个儿子长大成人，家中又变得贫困了。

长子何鉴，性情谦和，孝顺母亲，友爱兄弟，和睦宗族，不幸早年去世。次子何鲲，也能够遵守母亲的教导，考中道光元年（1821）辛巳科举人，把端正风俗、扶持人伦作为自己的责任。县里有贞节的女子，为她们申请表彰褒扬；处境困难的，帮助他们排忧解难。县里敬仰他如同泰山北斗。何鉴生了两个儿子，长子何仲山，以第一名的成绩进入府学，后授职训导；次子何仁山，考中道光二十九年（1849）己酉科解元。何仲山的儿子何庆修，考中同治元年（1862）壬戌科举人。何仁山的儿子何庆乔，又在府学考试中名列第一名。一门之中男女老幼，共计六十多口人，都遵守规矩，以礼仪相互引导，到现在也没有分家，这是因为祖先遗留的深厚德泽和良善家风，对子孙后代带来的影响深远而且长久。

按，何鲲，曾经在广西做县令，颇有政声。我父亲在广西担任巡抚时，对他很赏识。他们家祖上积德的情况，也是他亲口讲述的，我听了之后将其大致的情况记录在这里。

8.5.19 戒烟

鸦片烟，为中国千百年来未有之毒。今竟于数万里外，传染及之；抑且日变月异，几不知迁流所极。在受其害者，既难屈数；即言其害者，率多痛哭流涕，不能更赘一词。然其间亦有创深痛巨，悔之甚而仍不戒者，则以烟有瘾而未易脱也。是欲戒烟，当先除瘾；而欲除瘾，必先觅方。今肆中所售戒烟药品且种种，服之似觉有效，而不知其仍用烟膏，非膏即灰；故不服药，则瘾如故。

近于友人处得方，药易得而价廉，功虽缓而无损。据云已救多人。如浙宁叶某，烟瘾本大，如法制服，不半年而戒绝矣。其方惟用大粉甘草一味，不拘数两，熬膏如烟，初以烟九分，入甘草膏一分，照常吸之；继则烟递减，而膏渐增；至膏有八九分，烟仅一二分，则瘾自断矣。所愿有志戒烟之士，试之；如果有效，则是方也，不诚烟瘴世界中之换骨金丹哉！

惟戒烟方甚多，试亦皆应验，而卒无一能脱然者。静思其故，知凡人干事，皆气为之帅。烟之为瘾非一日，而气之所用在一时，再而衰，三而竭。及气馁而瘾犹未绝，则功散矣。昔人谓慷慨殉节易，从容赴义难，亦此意也。然则当如何？曰宜有恒心，更忌因循，必立志甚确甚坚，然后选方服药。如是而犹不验，我不信矣。

又尝闻之友人曰，卉木棉花，初产西藏。元世祖谓可以被天下，因带入中原。时有老僧止之曰："利与害常相因。是物虽甚利赖，然愿陛下舍之。若必传种入内，恐五百年后，复有一物踵此而进，为华人害。"世祖不听，棉遂盛传。而其所云为害者，终未之见；由今思之，疑即鸦片。又或谓花时，择棉之雄者，取梗捣汁饮之，即可止瘾。似乎物理相制，其间原有交关云云。据此，则鸦片之害，或不尽由人事。倘得天去其疾，陡绝来源，则是瘾也，岂待戒而始除哉！

【译文】鸦片烟，是中国千百年来未曾有过的毒物。现在竟然从几万里之遥的海外，传播到国内；而且情势日新月异，似乎不知道将来发展到何种程度。因此而受害的人，数也数不清；每当有人说到其危害，大多会痛哭流涕，无法用语言来描述。但是其中也有受到过深刻的创伤和巨大的痛苦，特别悔恨却又仍然戒不掉的，则是由于抽鸦片烟容易上瘾，而不容易戒除。所以想要戒烟，应当先除去烟瘾；而想要除去烟瘾，必须先找到药方。现在市面上所出售的戒烟药品多种多样，刚开始服用好像觉得有效果，却不知道所用的仍是烟膏，不是烟膏就是烟灰；所以只要不服药，仍然会有烟瘾。

最近在友人那里得到一个方子，药物容易取得而且价格低廉，功效虽然缓慢却没有副作用。据说已经挽救了很多人。比如浙江宁波的叶某，鸦片烟瘾本来极大，如法制作服用，不到半年就戒断了。这个方子只是用大粉甘草一味，不限数量、重量，熬制成像烟膏一样的膏状，起初用烟膏九分，加入甘草膏一分，照常吸；然后将烟膏递减，而甘草膏递增；一直到甘草膏有八九分，烟膏只有一二分，则烟瘾自然断除。但愿有志于戒烟的人士，可以试试；如果有效，那么这个方子，难道不是烟瘴世界中的换骨金丹、灵丹妙药吗！

只是戒除鸦片烟的方法虽然有很多，试验也都有效果，但是始终没有一种方法能彻底断除的。仔细思考其中的原因，知道凡是人做事，都是志气在做主。烟瘾的形成不是一天两天，而志气的激发往往只是一时，再次就衰退了，第三次就枯竭了。等到志气丧尽而烟瘾还未断绝，则功夫也就失败了。古人说，慷慨激昂地为保全志节而献出生命比较容易，沉着镇静地为正义而牺牲则比较困难，也是这个道理。这样的话应该怎么办呢？我们说应当要有恒心和毅力，更不能拖延懈怠，必须立下极其明确的目标和坚定的志向，然后选择方法、服用药物。这样的话如果还是没有效果，我是不信的。

还曾从朋友那里听说，草木棉花，原产西藏地区（据《南史》载，（高昌国）多草木，有草实如茧，茧中丝如细纑，名曰白叠子，国人取织以为布，布甚软白，交市用焉）。元世祖忽必烈认为可以推广到全国，于是引入中原地区。当时有一位老僧劝阻说：“利益与危害常常相互依托和转化。棉花这东西虽然极为便利有用，但是希望陛下舍弃。如果引入国内种植，恐怕五百年后，又将有一种东西跟着进来，成为中国人的危害。”世祖没有听从，从此以后棉花在国内被广泛种植。而他所说的成为危害的东西，始终没见到；现在想来，怀疑就是鸦片。又有人说棉花开花的时候，选择棉花的雄株，取其枝茎捣碎出汁液饮用，就可以断除鸦片烟瘾。好像是事物之间的原理是相生相克，它们之间原本有所关联。由此可见，鸦片的危害，或许不完全是因为人事。倘若能够从根本上除去其中的危害，断绝其来源，那么这种烟瘾，难道还需要刻意力戒才能断除吗！

8.5.20 朱福保恶报

朱福保，举人，吴县人，日以诈骗横行、包揽词讼为事。道光二十年间，被人告发，革去举人，长禁狱中。咸丰元年，大赦出狱，故态复萌，无恶不作。吴人忧之。庚申之变，苏城失守，朱为贼羽翼，设计害人。同治二年，苏城克复，朱逃至东洞庭山；山人见朱来，骇甚，聚众擒而杀之，投尸于太湖中。吴人快之。

【译文】朱福保，是一名举人，江苏吴县（今苏州市）人，整天干一些讹诈欺骗、横行乡里、包揽诉讼之类的事情。道光二十年（1840）间，被人告发，革去举人的身份，长期关押在监狱中。

咸丰元年(1851),皇帝大赦天下,朱某被释放出狱,老毛病又犯了,更加无恶不作、肆无忌惮。苏州人都把他当成祸害。咸丰十年(1860)庚申之变,苏州城被太平天国军队攻陷,朱某投靠太平军,充当他们的帮手,专门谋划算计着怎么害人。同治二年(1863),苏州城被官军收复,朱某逃窜到位于太湖中的东洞庭山;山民见朱某来了,大为惊恐,集合众人将其抓起来杀掉了,尸体投入太湖中。苏州人拍手称快。

8.5.21 带阴差替死

婺源戴福元,娶妻有年,未得子。其母苦节,长施乞丐以米。一日,有带阴差戴某,向福元说:“昨夜阴曹点簿,注汝绝嗣,不久于人世矣。吾与汝善,故来告。”其母闻言,忍而不哭;夜静背人膝行至村庙神前祷告,愿以身代儿死,求免绝嗣,以存祖宗香火。越二日,带阴差某,奔告福元曰:“昨夜阴曹因汝母祷求,以身代死,免子绝嗣。阴判细查汝母积年施舍长生米,其善可嘉,其子可免绝嗣。遂责我漏泄阴间事情,痛责数十板。又以我在世行事,无善可取,令替汝死,特来告别。”数日,带阴差无疾而终。福元今有二子四孙,衣食颇足。此同治丁卯九月初事也。

余曰:一施米之善,足以补绝嗣之过;而况博施济众,其德报为何如哉!书之为世之乐善好施者劝。

【译文】江西婺源的戴福元,娶妻很多年了,一直没有生子。他的母亲寡居守节,长期拿米施舍给乞丐。一天,有一名带阴差(指生魂为冥间充当差役的人）戴某，对福元说：“昨天夜里阴曹地府点验簿籍，记载你绝嗣，而且不久于人世了。我和你关系好，所以来告诉你。”他母亲听说之后，虽不舍得，但是不哭；趁着夜深人静之时，悄悄地双膝跪地挪行到村庙，在神像前祷告，说愿意自己代替儿子去死，祈求免于绝嗣，来保存祖宗的香火。两天后，带阴差戴某，跑来告诉福元说：“昨天夜里阴曹地府因为你母亲祷求，自己替代你去死，使儿子免于绝嗣。阴曹判官仔细核查，你母亲多年以来施舍长生米，她的善行值得称赞，儿子可以免于绝嗣。于是责备我泄露阴间的事情，严厉责打了我几十板子。又因为我在世做事，没有一种可取的善行，令我代替你死，专门来向你告别。”几天后，带阴差无病而死。戴福元现在有二个儿子、四个孙子，衣食颇为丰足。这是同治六年（1867）丁卯九月初的事情。

我说：一种施舍米的善行，都足以弥补绝嗣的罪过；更何况是广施德惠、救助众生，其功德福报又该是怎么样的呢！将这件事记载下来，作为对世上乐善好施之人的劝勉。

8.5.22 种痘最稳

按，痘发由于胎毒，岁愈大，毒愈深，出愈难。小儿初生，胎毒尚浅，于十八日内，一引必发，其发甚轻。比见天花盛行时，而服过此方之小儿，竟无遗毒复萌之患，屡试屡验，诚为保赤第一良方。尚望诸君子广为传播，俾婴儿免遭此患，亦行仁之一善术也。

至于牛痘，种在两臂，亦最简便稳妥者，小儿毫不吃苦。余家小儿，历行之而验。如引痘后，犹不放心，则再种牛痘一次，放心之至矣。断不可因循，令其自出，亦不可用鼻种，以冒险也。

忆前戊辰年，在福建，曾将两孙，种以牛痘。迨庚午年，曾孙生数月，未及种牛痘，至冬以天行痘殇；未几，孙女亦亡于痘。医所用者，无非大剂清火解毒之药，一味苦寒，用至廿四味之多。杭之庸医，谬种相传，此种儿科，断不可请也。今则出痘人家，大半已知，痘证不可过用凉药。盖痘专恃乎火，如大清其火，痘何以出？无如今之儿科，尚昧此理，诚堪扼腕。迨至三月，遂将幼子幼孙，决意种牛痘。而以已出者，杂之其间，亦不复出。相传已种者，种亦不出。遂将已种之两孙，再种之，果不出。此余所亲试，敬为世人告之。

【译文】按，痘疮的生发是由于胎毒，年龄越大，毒气越深，排出越难。小儿刚出生时，胎毒还浅，在十八天之内，一经引痘必会发出，而且发出的症状很轻。曾见天花盛行的时候，而服用过这个方子（见下一则“引痘经验良方”）的小儿，始终没有遗毒再次复发的忧患，多次试验，每次都有效，实在是保护幼儿的第一良方。还望各位君子广为传播，使广大婴幼儿避免遭此病害，也是行善积德的一种好方法。

至于牛痘（本为发生在牛身上的一种良性疹性传染病，症状轻微，人类感染此病或接种牛痘可以产生抵抗力，预防天花），种在两只手臂，也是最为简便稳妥的方法，小孩子丝毫不会受苦。我家的小儿，每次种植都有效。如果在引痘后，还不放心，则再种植牛痘一次，就更加放心了。绝对不能拖延，放任不管，令其自行发出；也不能用鼻子种植，这是很冒险的做法。

回忆同治戊辰年（1868），当时我在福建，曾经给两个孙子，种植了牛痘。等到庚午年（1870），曾孙出生几个月，没有及时种植牛痘，到了冬天即因为感染天花而夭折；不久后，孙女也因为天花而夭亡。医生所用的药方，无非是大剂量的清火解毒的药，一味强调苦寒，用到二十四种之多。杭州的庸医，以讹传讹，坚持错误的方法，这种儿科医生，绝对不能请。现在出痘的人家，多半已经知道，治疗痘症不能过分使用寒凉的药物。因为出痘全靠火气，如果一味清火，痘毒怎么发出呢？无奈现在的儿科医生，还不明白这个道理，实在是令人叹息。等到三月，于是给幼小的儿子、孙子们，决心全部种植牛痘。而其中有已经出过的，也一同种上，也不再出。相传已经种过的，再次种植，也不会出。于是将已经种植过牛痘的两个孙子，再次种植，果然没出。这是我所亲自试验的，恭敬地向世人广而告知。

8.5.23 引痘经验良方

金银花（壹钱），红花（壹钱），桃仁（壹钱），生地（贰钱），荆芥穗（壹钱），赤芍（贰钱），当归（贰钱），甘草（伍分）。

右药八味，秤足，用水二茶杯，煎至一酒杯；再用本人落下脐带二寸，黄酒洗之，炭火瓦上焙干，研细末，冲入药。一日内，陆续令服完；次日出痘，不灌浆，不结痂；三日收功矣。须在小儿初生十八日前有效；出十八日，不验矣。服药乳母，百日内忌韭菜。

【译文】金银花（一钱），红花（一钱），桃仁（一钱），生地（二钱），荆芥穗（一钱），赤芍（二钱），当归（二钱），甘草（五分）。

以上八味药材，用秤称足分量，用二茶杯水，煎熬至一酒杯左右的容量；再用小儿本人落下的脐带二寸，用黄酒清洗，放在瓦片在炭火上烘干，研磨成粉末，冲入药汤中。一天之内，陆续令其服用完毕；第二天出痘，不灌浆，不结痂；三天就取得成效了。必须在小儿刚出生后十八天之内服用，才有效果；十八天之后，就不灵验了。服药期间，母亲或乳母，一百天之内不要吃韭菜。

8.5.24 黄勤敏公

乾隆某科，当涂黄勤敏公钺（左田），入闱，坐某字第一号。薄暮，见号门外一女郎，频来窥觑，讶之，以文场那得有女子至此，试危坐以觇（chān）其异。更柝（tuò）初报，女来益数，似欲进号而不敢者。公素有胆略，迫而察之，果一女郎，乱头粗服，而姿色妖丽，颇带怒容。

心知非人，因大声叱问："何处妖魅到此？"女颊蹙曰："妾抱沉冤，请命于帝，特来寻第几号某生索命。尚书公请赐垂悯，无阻妾路，幸甚！"公念某生为同乡社友，倘放女去，性命休矣。又以女称己尚书公，胆益壮，遂谓女曰："某生系我故人，有何负汝？"女腼然曰："妾某氏，父佃生田，征租尝至妾家，屡以游语挑妾。会生失偶，指天信誓，聘妾为继室。妾信为真，勉从之，来往年余。屡促通媒妁，但漫应之。妾既体孕，又力促之。生遂绝迹不来，且论婚某氏，置妾不齿。无何，妾将分娩，父诘知其由，往告生，坚不肯承。父归呵责。妾力疾自踵生门，将面诘之。生预戒门者，拒勿为通。妾进退无归，乃投缳死。”女且泣且诉，并曰：“人孰无情！似此薄情郎，誓必报之。”

公曰：“汝言固是；然冤宜解，不宜结。论生负心，不特汝衔恨九原，即闻者亦无不发指；但系我友，又不忍坐视不救。我今善筹一调停之法，必使服汝心，汝肯从否？”女曰：“公试言之。”曰：“汝与生以怨终，固以恩始。生固难宥，汝须念当初恩好，姑宽一线。当令生对汝书券，约定场后，负荆诣汝父请罪，仍定翁婿。并请汝骨归葬其祖茔，立为继配；所娶某氏生子，先祧（tiāo）为汝子；某生倘贵显，诰典当先及汝。并请高行僧道，讽经超度。似此庶可稍纾汝恨，汝意云何？”女俯首沉思良久，曰：“妾当一遵公命，但未免徼（jiǎo）幸薄情郎矣。”

公乃呼生至，骤见女，翼公肘下，骇欲死。公先数其罪，次具道其调停之法，问生允否。生击齿诺诺，连声应曰：“谨如公命。”并向女叩首乞恕。女麾令起曰：“君休矣。非遇黄公，妾与君一重公案，不知几世方能了结也。”

场后，公恐负女，督生往农家订翁；其余一如所约。是秋，公与生俱捷。后公官大宗伯；某生官至河帅，女封夫人。

按，勤敏公，与家大人有师弟之谊，尝絮谈及此，而终不肯道出生名，亦前辈之厚德莫及处。

【译文】乾隆五十三年（1788）戊申科乡试，安徽当涂的黄勤敏公（黄钺），字左田，进入考场，坐在某字第一号考舍。黄昏时分，见号舍门外有一名女郎，频频来窥视，感到很惊讶，因为考场怎么会有女子到此，姑且端身正坐来观察是否有异常情况。打更的声音初次响起（指一更天，即晚上19点至21点），女子来得更加频繁，好像想要进入号舍却又不敢。黄公向来有胆有识，迫近观察，果然是一名女郎，头发蓬乱，穿着粗布衣服，但是姿色妖艳美丽，脸上带着愤怒的神色。

心中知道她不是人，于是大声叱问："哪里来的妖精鬼怪到这里？"女子皱着眉头说："小女子蒙受巨大的冤屈，久未得雪，请命于上帝，专门来此寻找第几号考生索命。还请尚书公您可怜可怜我，不要阻拦小女子的路，十分荣幸！"黄公心想女子所说的某生，是同乡和自己常相往来的好友，倘若放女子去，他的性命就堪忧了。又因为女子称呼自己为"尚书公"，胆气更加壮大，于是对女子说："某生是我的朋友，他做了什么对不起你的事情？"女子羞涩地说："小女子某氏，父亲租种了某生家的田地，征收租金的时候曾经到我家，多次用甜言蜜语挑逗我。正好某生妻子过世，他对天发誓，说要迎娶我为继妻。我信以为真，勉强答应了，交往了一年多。多次催促他请媒人说合，只是随便答应。我有了身孕之后，又极力催促他。某生从此消失不见了，没有再来过，而且迎娶了别家的女子某氏，不再提起我。不久后，我将要分娩，父亲盘问我其中的缘由，就去找某生理论，某生不肯承认。父亲回来后呵责我。我挺着大肚子自己找到某生家的门，准备当面质问他。某生提前跟看门的人打好招呼，拒绝为我通报。我进退两难，走投无路，就自缢而死。"女子一边哭泣一边诉说，并且说："人谁没有感情！像这样无情无义的负心郎，我发誓一定要报仇。"

黄公说："你说的话固然有理；但是冤家宜解，不宜结。要说某生负心的情节，不只是你含恨于九泉之下，即使是听说的人也无不愤怒；只是他是我的朋友，又不忍心坐视不救。我今天好好筹划一个调停的办法，肯定会让你心服，你愿意听从吗？"女子说："您试着说说看。"黄公说："你和某生因怨恨而终止，而本来是以恩情开始的。某生固然难以宽恕，你还须念在当初的恩好，姑且宽恕他一线。我会让某生当面写下字据，约定考试结束之后，亲自找你父亲负荆请罪，仍然拜为岳父大人。并且迎请你的尸骨归葬于他们家的祖坟，立为继配（原配死后续娶之妻）；所娶的某氏如果生子，首先过继到你名下为你的儿子；某生将来如果贵显，朝廷的诰封恩典首先给你。并请道行高深的僧道，诵经超度。像这样或许可以稍微缓解你的怨恨，你觉得怎么样呢？”女子低头沉思了好一会儿，说：“我当一切听从您的命令，只是未免便宜了负心郎。”

黄公于是叫某生过来，一见到女子，就钻到黄公腋下，被吓得半死。黄公首先数落了他的罪行，然后具体讲了调停的办法，问某生是否同意。某生上牙打下牙，点头称是，连声应允，说：“谨遵您的命令。”并向女子叩头请求恕罪。女子挥手让他起来，说：“你算了吧。如果不是遇到黄公，我和你之间这一桩公案，不知道几辈子才能了结。”

考试结束后，黄公恐怕某生违背约定，督促某生前往乡下的女子家拜见岳父；其他的事情，一切按照约定的进行。这年秋天，黄公和某生都考中举人。后来，黄公官至礼部尚书；某生官至河道总督，女子被朝廷赐封为诰命夫人。

按，黄勤敏公，与我父亲有师生之谊，曾经谈及这件事情，而始终不肯说出某生的名字，这也是前辈厚道的表现，是我们比不上的。

8.5.25 杭城某翁

杭城某翁，富埒（liè）王侯，而艰于子；姬妾甚众，卒无兰兆。翁年逾半百，自念无嗣，何需多金，遂矢行善事，且不求人知。逾年，某姬果举一雄，方颐丰下，贺者群称英物。翁心颇慰。

儿七岁就傅，徇齐殊众，愈珍爱之。无何，儿环唇生七疔，痛彻心髓，症甚危。凡精岐黄者，皆罗致家中。翁署券，患愈酬白金三千镒。诸医涎其赏，商榷立方，卒无效。创且日甚，水浆不入。医谓：“唇疔最毒，难治；此多至七枚，遍稽古书，皆无此证。”群谢无能，相率辞去。

翁愁思无策，惟率诸姬环榻相向而泣。儿仅存息一丝，坐待其毙而已。忽有媪丐于门，阍者以少主垂危，谯（qiáo）呵之。翁闻之，如常给媪，媪合手称谢。见翁泪承睫，诘知儿疾，曰：“老妇有儿，幼亦患此。曾遇异人，谓名‘七星攒（cuán）月’，危证也。惟十二岁内小儿所下蛕（huí）虫百条，捣饼迭敷之，可治。今公子得遇老妇，合是有缘，敢为翁贺。”翁喜，如媪言，悬格征求；凡有小儿者，咸以药下蛕虫，争献求赏。敷之果愈。

先是，翁闻媪言，入谕于众；比出延媪，不知所往，而所给之物固在。或谓翁素虔奉天竺观音，此盖菩萨化身，以旌善人云。

儿弱冠成进士，事亲不仕，生子五，皆读书成名。至今科第不绝，尚称素封焉。（此一则，足为富而无子，能行善事者劝。可见作善降祥之说，并非虚语。愿世之积多金而艰于子嗣者，速行善事，自获麟儿。祐卿附识。）

【译文】杭州城某老先生，富裕可比王侯，而一直没有子嗣；姬妾众多，始终没有怀孕的迹象。老先生年过五十，自想没有子嗣，要那么多钱干什么，于是下定决心多行善事，而且不希求被别人知道。一年后，一位姬妾果然生下一个男孩，面呈方形，下颌丰满，前来贺喜的人都认为这孩子将来肯定是不一般的人物。老先生心中颇感欣慰。

儿子七岁开始跟随老师读书，敏捷聪慧，超出众人，更加珍惜疼爱他。不久后，孩子口唇周围生了七颗疔疮，剧烈的疼痛侵入骨髓，症状非常危急。凡是精通医术的人，都请到家中来。老先生立下字据，如果能把孩子的病治好，酬谢白银三千镒（二十两或二十四两为一镒）。医生们贪图厚重的赏赐，研究商议开出药方，始终不见效。疮口而且越来越严重，连水都不能喝。医生说："口唇疔疮毒性最大，也最难治；这次多达七枚，查遍了古代医书，都没见过这样的症状。"众人都推辞说无能为力，先后告辞而去。

老先生苦思冥想，束手无策，只是和众姬妾围绕床前相对哭泣。孩子还有一口微弱的气息，坐等其死而已。忽然有一位老妇来到门口乞讨，看门的人因为小主人生病垂危，便呵斥把她赶走。老先生听到了，像往常一样施舍给老妇钱和食物，老妇合掌表示感谢。见老先生眼含泪花，经询问得知孩子生病，说："我儿子，小时候也得过这个病。曾经遇到一位奇人异士，把这种病叫作'七星攒月'，是很危险的病症。只有用十二岁以下的儿童所下的蛔虫一百条，捣成饼状连续敷用，才可以治。今天公子能遇到我，也是合该有缘，斗胆向老先生道贺。"老先生很高兴，按照老妇所说的，悬赏征求蛔虫；凡是有小儿的家庭，都争相用药打下蛔虫，献出来以求赏赐。如法敷用了之后，果然痊愈了。

之前，老先生听了老妇说的话，进去向大家讲述；等出来打算请老妇进门，已经不知道去哪了，而施舍给她的东西还在。有人说老先生素来虔诚信奉天竺山观世音菩萨，这位老妇大概是菩萨化身，以表扬善人。

儿子二十岁就考中了进士，为了在家照顾双亲而没有出外做官，儿子又生了五个孩子，都能读书成名。至今科第功名绵延不绝，还称得上是素封之家（指无官爵封邑，而资财丰厚的富人）。（这一则故事，足以用来劝勉鼓励那些富贵却没有子嗣而能多行善事的人。可见多行善事可以感召福祥的道理，是真实不虚的。但愿世上财富丰饶而求子困难的人家，赶快多行善事，自然会获得贵子。程祜卿附记。）

全本全译

勸戒錄全集

（三）

（又名《北东园笔录》《池上草堂笔记》）

〔清〕梁恭辰 著
王继浩 点校
王继浩 谢敏奇 车其磊 译

團结出版社

图书在版编目（CIP）数据

劝戒录全集 /（清）梁恭辰著；王继浩等译. — 北京:
团结出版社, 2023.8

ISBN 978-7-5234-0093-7

Ⅰ. ①劝… Ⅱ. ①梁… ②王… Ⅲ. ①笔记小说—小说集—中国—清代 Ⅳ. ①I242.1

中国国家版本馆CIP数据核字（2023）第061341号

出版：团结出版社

（北京市东城区东皇城根南街84号 邮编：100006）

电话：（010）65228880　65244790　（传真）

网址：www.tjpress.com

Email：65244790@163.com

经销：全国新华书店

印刷：大厂回族自治县德诚印务有限公司

开本：145×210　1/32

印张：93.5

字数：2090千字

版次：2023年8月　第1版

印次：2023年8月　第1次印刷

书号：978-7-5234-0093-7

定价：328.00元（全五册）

第三册目录

劝戒五录

《劝戒五录》自序 / 1115

第一卷

5.1.1 桐城方氏 / 1117
5.1.2 董文恪公 / 1123
5.1.3 栗恭勤公逸事 / 1126
5.1.4 庄钱二家厚德 / 1129
5.1.5 三河口李氏 / 1131
5.1.6 颜母 / 1134
5.1.7 宝坻李翁 / 1136
5.1.8 莫侍郎自述二则 / 1137
5.1.9 安徽罗氏 / 1141
5.1.10 安徽李氏 / 1142
5.1.11 科名有定 / 1144
5.1.12 刘相国 / 1145
5.1.13 仪征厉氏 / 1147
5.1.14 孔人知 / 1151
5.1.15 讨债婿 / 1152
5.1.16 两次报德 / 1154
5.1.17 劫海回澜 / 1159
5.1.18 金烈妇 / 1168

第二卷

5.2.1 徐青天 / 1171
5.2.2 万荔门方伯 / 1173
5.2.3 曲报 / 1175
5.2.4 考阎罗 / 1176
5.2.5 占产 / 1178
5.2.6 唐姓女 / 1180
5.2.7 刘孝妇 / 1181
5.2.8 剑术 / 1183
5.2.9 仁和赵氏 / 1185
5.2.10 安徽段氏 / 1187
5.2.11 金华程氏 / 1190
5.2.12 王观察 / 1191
5.2.13 洪太守 / 1193

5.2.14 汉口火灾 / 1195
5.2.15 好见长 / 1197
5.2.16 鳝报 / 1199
5.2.17 不屈成神 / 1201
5.2.18 散财裕后 / 1202
5.2.19 不食子孙饭 / 1203
5.2.20 荼毒孩童 / 1205
5.2.21 兄弟争产 / 1206
5.2.22 道光庚子永福雷 / 1208
5.2.23 城隍延幕 / 1210
5.2.24 干没被控 / 1211
5.2.25 城隍果报 / 1212
5.2.26 惜福 / 1216
5.2.27 勿以异姓乱宗 / 1217
5.2.28 好生免厄 / 1219
5.2.29 文闱显报 / 1220
5.2.30 桂籍降科 / 1221
5.2.31 学容忍 / 1224
5.2.32 勿早议婚 / 1225
5.2.33 祭品戒用冷物 / 1226

第三卷

5.3.1 无辜拖毙 / 1227
5.3.2 掩胔昌后 / 1233
5.3.3 董文恭公遇孛星 / 1235
5.3.4 梦中三世 / 1235
5.3.5 《阴骘文》 / 1245
5.3.6 问厨子 / 1247
5.3.7 名幕 / 1252
5.3.8 敬城隍神 / 1253
5.3.9 福孽之辨 / 1257
5.3.10 焦刑书 / 1259
5.3.11 司阍 / 1263
5.3.12 寿州文童报冤 / 1265
5.3.13 安徽李氏子一案 / 1267
5.3.14 二千钱救三命 / 1270
5.3.15 善举出自贫民 / 1272
5.3.16 盗祟幕子 / 1273
5.3.17 咸丰壬子山阴雷 / 1275
5.3.18 雷殛暧昧 / 1276
5.3.19 孝女 / 1279
5.3.20 调白 / 1281
5.3.21 婢索命 / 1282

第四卷

5.4.1 坚壁清野 / 1284
5.4.2 黄玉琳 / 1299
5.4.3 窃卖妻钱 / 1301
5.4.4 阊门火灾 / 1303
5.4.5 同知显魂 / 1309
5.4.6 万翁 / 1310
5.4.7 推膳 / 1313
5.4.8 二目珠 / 1314
5.4.9 方元鹏述 / 1315

5.4.10 水厄定数 / 1316
5.4.11 贺氏子 / 1316
5.4.12 曾三阳遇盗 / 1317
5.4.13 曹孝子 / 1319
5.4.14 程郎 / 1320
5.4.15 因雷改行 / 1321
5.4.16 不顾病母 / 1322
5.4.17 镇江城隍 / 1323
5.4.18 睡和尚 / 1327
5.4.19 孝妇 / 1328
5.4.20 不认母 / 1329
5.4.21 辟瘟奇方 / 1330
5.4.22 玉历二则 / 1332

第五卷

5.5.1 罗将军 / 1335
5.5.2 冥中削禄 / 1338
5.5.3 兰溪雷 / 1339
5.5.4 杀生报 / 1341
5.5.5 傅八 / 1342
5.5.6 江西寿某 / 1344
5.5.7 负心报 / 1345
5.5.8 刘广文 / 1347
5.5.9 杜有余 / 1349
5.5.10 巧报 / 1350
5.5.11 祝士撑 / 1351
5.5.12 李悔斋 / 1353
5.5.13 赵氏兄弟 / 1355
5.5.14 疗百鸟殇 / 1357
5.5.15 唐沛苍 / 1358
5.5.16 遇合定数 / 1360
5.5.17 王贞妇 / 1362
5.5.18 建义塾 / 1365
5.5.19 不孝 / 1366
5.5.20 张氏父子解元 / 1366
5.5.21 贪便宜反吃亏 / 1367
5.5.22 刘梦金 / 1370
5.5.23 讼师恶报 / 1371
5.5.24 教师女 / 1373
5.5.25 雷击萤 / 1374
5.5.26 仁和武生 / 1375
5.5.27 于莲亭观察述三则 / 1376
5.5.28 女子奇技 / 1377
5.5.29 掩骼 / 1380
5.5.30 桂遗荆茂 / 1381
5.5.31 鹫峰设榻 / 1384

第六卷

5.6.1 劝弗点淫戏说 / 1387
5.6.2 汪龙庄断案 / 1390
5.6.3 再生 / 1393
5.6.4 惜字报 / 1394
5.6.5 盘剥绝嗣 / 1397
5.6.6 敬三光 / 1398

5.6.7 河中通判 / 1400
5.6.8 变牛 / 1402
5.6.9 倡义获报 / 1403
5.6.10 两世缘 / 1404
5.6.11 改行 / 1406
5.6.12 合村不食牛犬 / 1407
5.6.13 贞女义男 / 1408
5.6.14 法贵准情 / 1416
5.6.15 妇女不可轻唤 / 1417
5.6.16 处横逆 / 1419
5.6.17 勿破人机关 / 1420
5.6.18 雷诛不孝 / 1421
5.6.19 金银化水 / 1422
5.6.20 袁太守为城隍 / 1423
5.6.21 鼠蛊 / 1424
5.6.22 一点好心 / 1426

劝戒六录

《劝戒六录》自序 / 1431

第一卷

6.1.1 董文恪公遗事 / 1433
6.1.2 王文恪公 / 1435
6.1.3 汤文端公 / 1437
6.1.4 某中丞 / 1438
6.1.5 叶健庵中丞 / 1440
6.1.6 蒋相国 / 1443
6.1.7 窦提军 / 1444
6.1.8 陆方伯 / 1445
6.1.9 理财用人 / 1449
6.1.10 宠爱儿女太过 / 1452
6.1.11 幕友获隽 / 1453
6.1.12 续书方恪敏公事 / 1457
6.1.13 张解元 / 1461
6.1.14 义妇 / 1464
6.1.15 寿州赵翁 / 1468
6.1.16 拏刘第五案由 / 1470
6.1.17 武营滥杀 / 1474
6.1.18 王孝廉 / 1476
6.1.19 道光乙酉泉州雷 / 1477
6.1.20 姚京兆 / 1478

第二卷

6.2.1 苕溪钮氏 / 1480
6.2.2 钻谋优缺 / 1482
6.2.3 天榜 / 1484
6.2.4 汪云鹏梦记 / 1486
6.2.5 戮婴 / 1500
6.2.6 抛骨 / 1501
6.2.7 赌案 / 1503
6.2.8 摇滩 / 1504
6.2.9 留心用刑 / 1505
6.2.10 梁学士受侮 / 1507

6.2.11 缪公祠 / 1511
6.2.12 三命抵三命 / 1512
6.2.13 母质讯 / 1515
6.2.14 阴谴 / 1517
6.2.15 宋曾氏一案 / 1518
6.2.16 邪匪 / 1521
6.2.17 不悦父母 / 1525
6.2.18 太湖命案 / 1527
6.2.19 陈太守 / 1530
6.2.20 德州城隍 / 1532

第三卷

6.3.1 傅砑泉回生记 / 1536
6.3.2 六字经 / 1545
6.3.3 钱王祠 / 1546
6.3.4 仕途躁进 / 1548
6.3.5 永定令追照 / 1550
6.3.6 赏罚各异 / 1552
6.3.7 塾师拟戍 / 1553
6.3.8 匿银报 / 1555
6.3.9 小善致富 / 1557
6.3.10 奢侈败家 / 1559
6.3.11 豫章明府 / 1561
6.3.12 狐报怨 / 1565
6.3.13 官清民安 / 1568
6.3.14 参军遇盗 / 1570
6.3.15 何太夫人 / 1572
6.3.16 桑明府 / 1574
6.3.17 某太史 / 1577
6.3.18 三库之弊 / 1578

第四卷

6.4.1 汪听舫 / 1582
6.4.2 吴举人 / 1584
6.4.3 樊光寿 / 1584
6.4.4 改过获福 / 1586
6.4.5 李坤华 / 1588
6.4.6 放生 / 1591
6.4.7 侠虎 / 1595
6.4.8 田郫堡某男子 / 1597
6.4.9 同治元年湖州防堵 / 1598
6.4.10 武帝显灵 / 1600
6.4.11 江中丞 / 1602
6.4.12 陈观察阖门殉难 / 1606
6.4.13 袁大令治盗 / 1610
6.4.14 妇女洁癖 / 1614
6.4.15 阅卷 / 1616
6.4.16 越狱 / 1618
6.4.17 王利南 / 1619
6.4.18 冤鬼索命 / 1623
6.4.19 祭祀孤贫役食 / 1626
6.4.20 无父无兄 / 1628
6.4.21 见色能忍 / 1630
6.4.22 铁钱通判 / 1633

第五卷

6.5.1 敬信《阴骘文》/ 1635
6.5.2 制军负心 / 1636
6.5.3 卖番生还记略 / 1638
6.5.4 浦城劫 / 1642
6.5.5 艳产 / 1647
6.5.6 仆妪自焚 / 1649
6.5.7 雷警 / 1650
6.5.8 金陵认子 / 1651
6.5.9 一生惜字 / 1654
6.5.10 魏封翁 / 1655
6.5.11 石膏 / 1657
6.5.12 兰仪都司 / 1658
6.5.13 拆闸 / 1659
6.5.14 门包 / 1660
6.5.15 强为善 / 1663
6.5.16 畜变 / 1664
6.5.17 《高王经》/ 1667
6.5.18 恶幕显报 / 1669
6.5.19 六十万 / 1671
6.5.20 徐建策 / 1673
6.5.21 厦门厅署更夫 / 1675
6.5.22 中翰戏妻 / 1677
6.5.23 金猫儿 / 1679
6.5.24 犯色戒 / 1681
6.5.25 仕宦好利 / 1683
6.5.26 钓脚痧 / 1685
6.5.27 某学政 / 1687

第六卷

6.6.1 慎试事 / 1689
6.6.2 平湖张氏 / 1692
6.6.3 大鼋 / 1694
6.6.4 蛇菌 / 1696
6.6.5 纳贿联 / 1697
6.6.6 褚学士 / 1698
6.6.7 上台不公 / 1699
6.6.8 邪不胜正 / 1703
6.6.9 金陵大劫 / 1707
6.6.10 邵武司马 / 1720
6.6.11 王司阍 / 1721
6.6.12 浇俗宜正 / 1725
6.6.13 戒无刻 / 1729
6.6.14 乌烟劫 / 1733
6.6.15 咸宁县令 / 1735
6.6.16 关神断事 / 1737
6.6.17 禄尽则夺算 / 1739

劝戒五录

《劝戒五录》自序

曩刻《劝戒录》，增至四集，远近观者多所许可，亦善气之易于感人也。但一己之见闻有限，自以此书广为施送，而同志之留心世道者，辄以新事见示，裁酌之，又成为《五录》。定稿于癸丑，苒苒者八载，未付手民，非无暇也，需次杭垣者久，无力及此耳。二月，贼破杭城，全家卅余口避入民屋，幸免难。而寓中长物，搜掠殆罄，此稿本亦失去。幸去岁先以副稿，寄山阴金兰生茂才。兰生名缨，寒士也，一乡称善人。家贫而好学，敦行不苟，酷喜刻善书施人，甚至减衣食资以为之，其笃信如此。拙集前四录，已蒙重刻小板。今《五录》又力任剞劂（jī jué）之劳，良可感也。昨以刊竣书来索序，时余正奉新命观察四明，又有省垣团练之役，军事旁午，书此寄之。为咸丰十年七月中浣也。梁恭辰记。

【译文】昔日刊刻《劝戒录》，一直增补至第四集，远近各地的读者读到后都十分许可，这也是善气容易感动人的缘故。只是我一个人的见闻有限，自从此书广泛赠阅以来，有些留心世道人心的志同道合的朋友，常把新近发生的事提供给我，我经过裁量斟酌，又编成《劝戒五录》。这部《五录》定稿于咸丰三年癸丑（1853），距今已经渐渐过去了八年，之所以一直未能交与工人雕版印刷的原因，不是没有闲暇时间，而是我长时间在杭州等候补缺，无力涉及此事罢了。二月，太平军攻陷杭州，我率领全家三十多口人躲避在百姓家中，才幸免于难。那时我寓所中的财物，几乎都被太平军搜掠一空，就连这部书的底稿也因此失去。幸亏去年我已经先将副稿，寄给了山阴县（今绍兴市）的金兰生秀才。兰生名叫金缨，是一介寒士，在乡里被称为善人。他家贫而好学，笃志行善而不怠，严谨认真，酷爱刻印劝善之书赠送于人，甚至节衣缩食用节省下来的钱来做这件事，他对道德的信念如此坚定。拙作《劝戒录》前四录，已蒙金先生重新刻成小开本印行。如今，他又一力担当起《五录》的刻版印刷任务，实在令人感动啊！昨天，他因书版已经刻印完成请求我写一篇序文，当时我正接到最新的任命担任宁绍台道，并且还承担着在省城办理团练的任务，军务繁忙，写下这几句话作为序言寄给金先生。时为咸丰十年（1860）七月中旬。梁恭辰记。

第一卷

5.1.1 桐城方氏

桐城方氏，因《南山集》一案，遣戍者十余人。恪敏公父亦在遣中。恪敏间岁至塞外省亲，恒只身徒步往返万里。尝流转至浙，往宁波访戚某。比至，岁已逼除。某公门前诸奴皆貂帽狐裘，甚豪倨，自顾褴褛，彳亍（chì chù）不前。乃于其巷中赁屋以居，欲往投刺，恐遭呵逐，迟疑未决。顾以资斧将尽，进退两难，日于门檐下探听某公居乡若何。

对门一屠见之，奇公状貌，展询邦族，并问来意。屠摇首曰："我与同巷二十年，未见其恤一亲族，去恐无益。"公闻言深悔轻至。屠问："先生既系士族，必能书。未知解算否？"公曰："略谙之。"屠曰："时将度岁，我有帐目，烦先生结算，代开帐单，以便索欠。寒舍不远，便请下榻，何如？"公见其意诚，遂往。屠呼妻出见，款留甚殷，为之握算持筹，半日已毕。屠出索逋三日，得钱较每岁独丰。除夕，具酒肴，延公上坐，而与妻分坐左右，作守岁宴。屠女五岁，亦随屠妇侧坐。元旦，公欲行。屠曰："雨雪载途，愿小留数日，已嘱荆妻制絮袍相赠，庶长途可以御寒。”公为勉留五日。至期，屠捧絮袍，妇携袜履至。奉公服讫，见公帽破碎，乃脱己毡笠易之，并赠青蚨二千。遂别去。

至杭，闲步西湖，见数十人围星士谈相。星士瞥见公，拨人丛出，揖曰：“贵人至矣。”公疑其揶揄，曰：“我不求相，何遽相戏？”星士上下谛视，曰：“此非深谈处。”遂收卜具，邀公同入小庙，延坐曰：“子某年为何官，某年至总督，惜不能令终。现今官星已露，可速赴都以图机遇。”公曰：“无论罪人子无仕进路，即有机缘，徒手亦何由北上？”星士曰：“此不难。”开箱取二十金赠之，曰：“速行，勿迟。”并出一名条嘱曰：“他日节制陕甘，有总兵迟误军机当斩，千万留意拯之。此报我也。”叩其姓氏，含混以对。遂行。

至直隶，行李为人篡去。至保定访其素识某，行抵白河，大雪冻毙古寺旁。寺僧启户，见虎卧，白主僧，出视，果虎，偪（bī）之，乃公僵卧雪中。扶入灌救，始苏，颇相契，留数月始行。先是，寺中老僧，蓄金石极多。老僧圆寂后，无讲此者，因悉出所蓄，浼（měi）公鬻之。捆载至保定，就督署前设行肆焉。制府出，前导嗔公收肆迟，叱加鞭扑。公愤甚，弃去。

赴都，至东华门拆字，以资旅费。适平郡王舆过，见招帖，善之，呼问，知为公书，延归，掌记室，甚蒙礼遇。久之，藩邸楹帖尽出公手。世庙临幸见之，询何人笔，王以公对。即召见，赏给中书，从此受知。由监司而至建节，不过十年。公既贵，招屠至，赠以三千金令改业，并为其女许嫁士人。遣人至白河重新古寺。总制陕甘，督饷嘉峪关外，总兵某违误军机当斩，力为开脱。则星士乃其父也。

公思“晚节不终”之语，恒惧不免。及总制直隶，迎星士至署，求解免之法。星士曰：“定数也。惟大善事，救千万人命，或冀感动彼苍。”公遍查案牍，见直隶通省报流民路毙者，每岁多至数百起，思设留养局以拯之。方定见而未发也。早旦往见星士，星士贺曰：“公满面祥光，必已为莫大功德，不特获免刑戮，并可望累代贵显矣。果何事而致此？”公详告之。遂奏行焉。后陕甘军营事发，两督抚、一将军，皆罹法。公亦应坐，奉特旨原免。

按，公家世已详前录，今则备载其出身原委，并遭际之困顿，以及直隶功德之盛，正可与前录互相发明。忆余童时，随任家大人淮海任时，有老幕方铁门（潮）者，为公之堂弟，尝缕述其家事甚悉。并言公掌封圻（qí）后，蒙高庙隆遇，曾赐以宫女，后得子，尝出入禁中。高庙置诸膝，玩之曰：“此一小总督也。”即为其子勤襄公（维甸）。公之犹子讳（受畴）者，亦为总督。一时三总督，萃于一门。实为寰宇所罕见。迨传字辈者，若传穆、传檖、传和，皆以科第登显秩。其后云礽簪缨相接，正振振未艾也。

【译文】安徽桐城方氏一门，因《南山集》一案，被流放到边地戍守的有十多人。方恪敏公（方观承）的父亲（方式济）也在流放之列。恪敏公每隔一年就去塞外看望父亲，每次前去都是只身一人，徒步往返万里。有一次，他辗转到了浙江，去宁波拜访某亲戚。等他来到亲戚家时，已是年终岁末。亲戚家门前的奴仆都头戴貂帽、身穿狐裘，态度非常豪横傲慢，恪敏公觉得自己衣衫破旧，便只是在门前徘徊而不敢上前。于是，恪敏公在亲戚家所在的小巷中租了一间小屋居住下来，打算前往投递名帖拜访，但又恐怕遭到呵逐，因此犹豫不决。但因为自己身上的盘缠将要用完，正处于进退两难之际，只得每天在门前檐下打听亲戚在乡里的口碑如何。

对门的一个屠夫见到方恪敏公，觉得他相貌奇特，便上前详细询问了他的籍贯姓氏和来此地的目的。屠夫摇着头说：“我与您家亲戚同巷居住了二十年，从来没看见他救济过一位亲戚族人，您即使去拜访他恐怕也没有用。”恪敏公闻听此言，十分后悔自己轻率地来到此地。屠夫问：“先生既然是读书人，必定会写字，但不知会不会算账？”恪敏公说：“略懂一点。”屠夫说：“眼看要过年了，我有一些账目，烦请先生结算，并帮我开出账单，以便索要欠款。我家离此不远，就请您寄宿在我家，怎么样？”恪敏公见屠夫态度诚恳，便随其前往。屠夫叫妻子出来拜见客人，夫妻二人殷勤款待，恪敏公于是为屠夫结算账目，精打细算，半天就完成了。屠夫连续三天出门索要欠款，收回来的钱比以往每年都多。除夕，屠夫摆下酒菜，请恪敏公坐在上首，而他自己与妻子分坐在恪敏公左右，一起吃年夜饭。屠夫的女儿五岁，也随母亲坐在一旁。第二天元旦，恪敏公打算告辞。屠夫说：“雨雪满路，希望您再小住几日，我已嘱咐妻子制作棉袍相赠，或许可以供您漫漫长路上御寒之用。”因此恪敏公姑且又多住了五天。到了辞行的那天，屠夫捧着棉袍，屠夫的妻子拿着鞋袜前来。二人服侍恪敏公穿上后，又见恪敏公所戴的帽子已经破旧，便摘下自己所戴的毡笠与之更换，并赠送给恪敏公二千文铜钱作为盘缠。恪敏公于是辞别而去。

方恪敏公来到杭州，有一天在西湖边散步，看见几十个人围着一位算命先生听他谈论命相。算命先生瞥见恪敏公，急忙拨开人群出来，上前作揖说："贵人来了。"恪敏公认为算命先生是在捉弄自己，说："我不求您相面，为什么突然跟我开玩笑？"算命先生上下仔细打量着恪敏公，说："这不是深入交谈的地方。"于是，收拾起占卜用具，邀请恪敏公一同进入一座小庙，请他坐下，说："您哪一年能做什么官，哪一年官至总督，可惜最后不得善终。现今您的官星已经显露，可急速前往京城以求机遇。"恪敏公说："不要说我作为罪人之子根本没有机会步入仕途，即使有机缘，我两手空空又怎么样北上赴京呢？"算命先生说："这不难。"于是打开箱子取出二十两银子赠给恪敏公，说："速速前去，不要迟延。"并拿出一张写有某人名字的纸条嘱咐说："他日您总督陕甘时，假如有一位总兵因迟误军机而应当处斩，到时请您千万留意救他一命。这就是对我最好的报答了。"恪敏公询问算命先生的姓名，他只是含糊回应。于是，恪敏公启程前往京城。

方恪敏公走到直隶省时，行李被人偷去。他前往保定府拜访老友某人，走到白河时，天下大雪，被冻僵在一座古寺旁。寺里的僧人开门，看到一只老虎蜷卧，回去禀告主持，主持出来察看，果然是一只老虎，再靠近一看，才发现是一个人僵卧在雪中。急忙扶入屋内灌救，恪敏公才苏醒过来，恪敏公与主持相处特别投合，在寺院中停留了几个月才动身上路。在此之前，寺中的一位老僧收藏了许多钟鼎彝器、碑碣石刻等物。老僧圆寂后，寺中再没有人有兴趣研究这些，于是主持将老僧的全部藏品拿出来，请恪敏公出售。恪敏公带着这些东西来到保定府，在直隶总督衙门前摆摊售卖。总督出门，前面引路的人员因恪敏公收摊太迟而愤怒，便对他一边呵斥一边鞭打。恪敏公非常气愤，丢下东西径直离去。

恪敏公赶到京城，在东华门外设摊测字算卦，赚一点小钱来贴补旅费。某天，正巧平郡王（爱新觉罗·福彭）的车驾路过，看见恪敏公招牌上的文字，认为写得很好，便招恪敏公上前询问，得知是恪敏公所写的，于是便把他请到王府中，负责文书工作，很受平郡王的优待和礼遇。久而久之，王府中的楹联也都出自恪敏公之手。有一次，雍正皇帝驾幸平郡王府，看见府中的楹联，询问是何人手笔，平郡王回答是恪敏公所写。雍正皇帝立即召见恪敏公，授予他内阁中书一职，从此受到皇帝的赏识。他由道员升迁至总督，不过十年的时间。恪敏公显贵后，招来曾经帮助过自己的屠夫，赠送给他三千两银子让他改换职业，并将屠夫的女儿许配给读书的士子。又派人到白河重修古寺。担任陕甘总督时，在嘉峪关外督理粮饷，某总兵因延误军机而应当被处斩，恪敏公极力为其开脱。原来那位算命先生就是这位总兵的父亲。

方恪敏公想到算命先生对他说的“不得善终”的话，常常担心自己无法避免。等他担任直隶总督时，便将算命先生迎接到官署，请教化解的方法。算命先生说：“这是定数。只有做大善事，拯救成千上万人的性命，或许有希望感动上天（改变命运）。”恪敏公仔细翻阅文书档案，发现直隶全省上报的流民死于道路的事件，每年多达几百起，因此计划设置留养局来拯救流民。但这时只是拿定了主意而并未宣布。第二天早晨，恪敏公前去拜访算命先生，算命先生向他贺喜说：“您满面祥光，必然已经做出了莫大功德，不但可以免除遭受刑罚，并且有希望子孙世代显贵。究竟是什么事可以实现这种效果？”恪敏公便把自己的想法详细告诉了算命先生。于是，他上奏朝廷批准后，施行了这一计划。后来陕甘军营事发，两位督抚和一位将军都被正法。恪敏公本来也应在处分之列，但皇帝颁下特旨赦免了他。

说明，方恪敏公的家世在前录中已有详述（参见1.1.2、3.1.4），这里详细记载的是他的出身原委和艰难遭遇，以及担任直隶总督时所做的大功德，正好可以与前录中的记载相互印证阐释。记得我童年时，跟随父亲担任淮海道期间，有个叫方铁门（名潮）的老幕僚，是方恪敏公的堂弟，他曾非常详细全面地讲述过恪敏公的家事。并说恪敏公担任封疆大吏后，受到清高宗乾隆皇帝的隆重礼遇，乾隆皇帝曾赐给他一名宫女，后来生了一个儿子，曾经出入宫中。乾隆皇帝把恪敏公的儿子抱着放在腿上，开玩笑地说："这是一个小总督。"这个儿子就是后来的方勤襄公（方维甸）。恪敏公的侄子方受畴，也是总督。一时之间三位总督，出自同一家族，实在是天下罕见。等到了"传"字辈，比如方传穆、方传檖（suì）、方传和，都通过科举而官居显位。其远孙后代中官高位显的也是接连不断，正是蒸蒸日上、方兴未艾。

5.1.2 董文恪公

董文恪公（教增）之父，名以学，字敏修，为上元县廪生，安贫厉节，殖学工文。伯兄（以道）远贾折阅，归而卧病。仇家诬以非罪，控诸邑。时邑宰某号严猛，差役执银铛铁锁至其家，欲于床箦（zé）间，强曳之去。敏修乃请于母，愿代质。邑令坐堂上，大怒曰："尔恃衿抗法耶？"诘不数语，即详革褫（chǐ）其衿，纳诸囹圄。敏修在狱，日诵《周易》，因为《易学艰贞》上下二卷。典史某知其冤，钦佩其学，愿受业，执弟子礼。凡狱中诸囚皆闻《易》。敏修曰："《易》云'作善降之百祥，作不善降之百殃'，又云'君子以迁善改过'。"诸囚听之有感悟者。逾年，邑令某去。继任者为蓝公（应袭），乃循吏也，曰："吾狱中奈何辱孝子悌弟？"申学使复其衿廪。

时文恪生八龄失母，蓝公有义女，请为敏修继室以抚孤，且曰："是女吾曩宰某地，于乡村败屋中，闻呱呱声得之，今十八岁矣。择配无如董君，相其人必生贵子。"奁赠千金。敏修以己年长，力却之。蓝公曰："《易》不云乎'老夫得其女妻'，况君年未老也。"敏修曰："吾弟子某者，年与相当，执柯可乎？"蓝公拜且谢。后其弟子贵显，女赠淑人。

敏修以明经授赣榆训导，躬教文恪成名，登乾隆丁未科一甲第三人进士，官至闽浙总督，赠敏修如其官。蓝公多德政，子孙簪缨不绝。其褫革敏修之邑令某，旋以他事劾罢，诸子居金陵，穷困几绝炊。敏修及文恪时时周给之，曰："某公虽褫我衿，而逾年不定案决罪，是犹有德于我也。诸囚多闻《易》，蓝公多末减其罪，出狱为良民。"

敏修年九十余，以寿终。殡葬之日，有墨绖（dié）三人泣送曰："我辈曩日之囚，学《易》者也。"

【译文】董文恪公（董教增）的父亲，名叫董以学，字敏修，是江苏上元县（今南京市）县学里的廪膳生员，他安于贫穷，磨砺节操，积累学问，善写文章。他的长兄（董以道）出远门做生意亏了本钱，回到家后就卧病不起了。仇家以莫须有的罪名诬陷董以道，并将他告上县衙。当时上元县的县令某以严厉猛烈著称，派遣差役拿着镣铐锁链来到董家，要把董以道从床上拉起来，强行拖走。于是敏修向母亲请示，说自己愿意代替兄长前去县衙受审。县令坐在公堂上，大怒着说："你仗着有功名在身就敢抗法吗？"问了没几句话，就报请上级革除董敏修的生员身份，并将其投入牢中。董敏修在狱中，每天诵读《周易》，并且撰写出《易学艰贞》上下二卷。

典史某人（知县下掌管缉捕、监狱的属官）知道他的冤情，也钦佩他的学问，自愿跟随他学习，以弟子对待师长的礼节对待董敏修。因此凡是狱中的囚犯都得以听他讲授《周易》。董敏修对众囚讲："《周易》上说'做善事的人上天就会赐予种种福气，做恶事的上天就会降下种种灾祸'，又说'君子应当改过向善'。"众囚听后都有所感悟。一年后，县令某离任，继任者为蓝应袭先生，蓝公是一位循良的官吏，他说："我怎能把孝顺父母、友爱兄弟的人关押在牢中受到羞辱呢？"于是向学政申请恢复了他的生员身份。

当董文恪公八岁时就失去了母亲，蓝公有个义女，请求许配给董敏修作为继妻来抚养孤儿，并且说："这个女儿是我从前在某地做县令时，在乡村破屋中，听见呱呱啼哭之声而收养的，如今已经十八岁了。如果给她选择配偶，没有比董先生您更合适的了，看她的面相必生贵子。"还说可以赠送一千两银子作为嫁妆。董敏修以自己年纪太大为由，极力推辞。蓝公说："《周易·大过卦》中不是说'年老的男子娶到年轻未嫁之女为妻，没有不吉利的'吗，况且您并不年老。"董敏修说："我的某个弟子，与您的女儿年龄相当，由我做媒许配给他怎么样？"蓝公拜谢。后来他的这名弟子显贵，蓝公的女儿也被诰封为淑人（三品命妇的封号）。

后来，董敏修以贡生的身份被授予赣榆县训导一职，他亲自教育自己的儿子文恪公科举成名，考中乾隆五十二年（1787）丁未科一甲第三名进士（探花），官至闽浙总督，董敏修也因此受封相同的官衔。蓝公多有造福于民的善政，子孙也相继显贵。而当年革除董敏修功名的那个县令，很快就因别的事情被弹劾罢官，他的儿子们寄居南京，几乎穷困到断粮。董敏修和董文恪公父子常常接济他们，并说："某公虽然革除了我的功名，但一年多了还未定案判罪，仍算对我有恩。并且狱中的囚犯大多听我讲授《周易》，蓝公也多次减免他们的罪刑，他们出狱后都成了良民。”

董敏修九十多岁时，寿终正寝。殡葬那天，有三个穿着黑色丧服的人哭泣着前来为他送葬，三人说：“我们是当年狱中的囚犯，曾经跟随董公学习《周易》。”

5.1.3 栗恭勤公逸事

山右栗恭勤公（毓美），年十七，状貌英俊，气度从容。家贫将废读，业师明经某赏其慧，却修脯而留课之，与其子共读。明经有女甚端丽，属意于公，含之未发也。比邻富户子某亦请业，公与明经子同房异榻，而以对屋舍邻子。邻子窥见明经女，欲聘为室。明经意久属公，拒不允，邻子怼辞归。

一夕，公与明经子饮，明经子醉卧公榻，撼之不醒，遂易榻卧。邻子以拒婚故出自公，思杀之而未得间也。是夕，越墙操刀入，迳奔公榻断头去。次早，公起，见明经子卧血汁中，骇极而号。明经起视，大痛，疑公杀，控之县。令以公不类杀人者，而一时无主名，狱不能具，长系焉。邻子瞰公入狱，仍以厚币求婚，择日迎娶。琴瑟甚敦。年余，生一子。一日，醉后微泄其事。女研诘之，不肯吐。女曰：“但实言。今既偕伉俪，恩义并重，何讳为？”邻子遂以误杀告。女乘夫出，绞杀儿，赴县击鼓鸣冤。事白，论邻子如法。女即公廨自刭死。公得释，明年补博士弟子，立主祀女焉。

公贵后，占梦多奇验。初以县令需次河南，病数月不愈。夜梦白髯翁，手挟两龙，骑一羊，于于而来。至晓，某太守荐医至，问何姓，曰“杨”，住双龙巷，触所梦。服其药立愈。按狱滑县，梦神告之曰："此非福地，盍亟行？"明日遂以公务晋省，登舆见地内腾黑气，高尺许，异之，呼问从人，皆不见。已而，有李文成事，滑城破，强忠烈公（克捷）殉节。及督东河，祥工决口，大梁城不没者三板。居民见雉堞悬灯千万，皆总河部堂栗官衔，城卒保全。开封民户祝之。

按，公东河德政，已见《续录》。兹则少年逸事，系其弟（毓杞）向余所述，因并载之。

【译文】山西的栗恭勤公（栗毓美），十七岁时，相貌英俊，气度从容。因家境贫困而打算放弃学业，他的授业老师某贡生因为赏识他的聪慧，便免收他的学费而留下他继续学习，让他与自己的儿子一同读书。这位贡生有个女儿，长得非常端庄美丽，她对栗公有爱慕之意，只是含蓄没有明说。贡生家的邻居是个富户，富户家的儿子也跟随贡生学习，栗公与贡生的儿子住在同一房间，但不同床，而把对面的屋子让给邻居家的儿子居住。邻家子窥视到贡生的女儿貌美，想娶她为妻。但贡生早已有意把女儿许配给栗公，便拒绝了邻家子的请求，邻家子带着恨意告辞回家。

一天夜里，栗公与贡生的儿子饮酒，贡生的儿子醉倒后躺在了栗公的床上，栗公用力摇动他几次他都不醒，于是栗公只好与贡生的儿子换床而睡。邻居家的儿子认为贡生之所以拒婚都是由于栗公的缘故，于是企图杀害他，只是一直没有找到机会。这天晚上，邻家子翻过墙拿着刀闯入贡生家，径直跑到栗公的床前，割下头颅逃去。第二天早晨，栗公起床，只见贡生的儿子躺在血泊之中，惊骇至极而大声喊叫。贡生起床一看，大为悲痛，怀疑是栗公杀死了自己的儿子，便将他告到县衙。县令觉得栗公不像是杀人的人，但又一时找不到真凶，不能定案，只得先将他拘押在狱中。邻家子看见栗公入狱，仍以重礼求婚，并择日迎娶了贡生的女儿。夫妻恩爱，感情深厚。一年多后，生了一个儿子。一天，邻家子醉酒后不小心泄露出一点当年的事。贡生的女儿继续追问，但邻家子再也不肯吐露。贡生的女儿说："你只管说实话。如今我们既然已经是夫妻，恩深义重，何必对我有所隐瞒呢？"于是，邻家子把当年误杀她弟弟的事告诉了她。某天，贡生的女儿趁着丈夫外出，勒死儿子，前往县衙击鼓鸣冤。事情真相大白后，邻家子被依法治罪。贡生的女儿就在公堂上自刎而死了。栗公被释放出狱，第二年成为生员，他为贡生的女儿设立牌位祭祀。

栗公显贵后，梦境中的预兆往往准确应验。起初，栗公被授予县令职衔，在河南等候补缺，一连病了几个月都没有痊愈。一天夜里，栗公梦见一位白须老翁，手持两条龙，骑着一只羊，悠闲自得地来了。到了天亮，某知府推荐了一位医生前来，栗公问医生姓什么，医生说"姓杨"，住在双龙巷，正好与栗公昨晚的梦境相合。栗公服用了医生开的药，很快就痊愈了。在滑县巡视监狱时，栗公梦见一位神人告诉他说："这里不是福地，何不急速离开？"第二天，栗公便因公务前往省城，上车时他看见地下腾出一股黑气，高约一尺，栗公感到奇怪，询问随行人员，众人都说没看见。不久，就发生了李文成天理教起义，滑县知县强忠烈公（强克捷）以身殉难。等到担任东河河道总督时，黄河在祥符决口，开封城地势高度六尺以下的区域全部被淹没。居民看见城垛上悬挂着千万盏灯笼，每盏灯笼上都写着河道总督栗部堂的官衔，开封城最终得以保全。城中的居民纷纷设立神主牌位祭祀栗公。

按，栗恭勤公担任东河河道总督期间的德政，在《续录》中已有记载（见2.1.20）。这里所记载的是他少年时的逸事，这些事都是他的弟弟粟毓杞向我讲述的，于是一并记录于此。

5.1.4 庄钱二家厚德

庄南邨先生（柱），为其封翁继室董太夫人所生。甫弥月，前妻子出痘，太夫人以果饵哺己儿，而以乳哺前子，家人骇之。太夫人曰："吾尚年轻，子失可以复得，前姊仅此襁褓物。"痘后，家贫又乏参苓调理，节乳与食，冀早得复元耳。太夫人五子，四登进士，一以明经贡入成均。南邨先生，殿试前呈第一，后改二甲第二（已见前录惜字条）。时有"几乎状元及第，也算五子登科"之谚。其后方耕、本醇两先生，兄弟先后一甲第一、二名。太夫人亲见之。至今科第不绝。观其存心之厚，知其后起炽昌，未有艾矣。

钱铸庵先生（人麟），庄中表也。庄官浙之温处道，适所属大荒，人相食。庄蒿目灾黎，禀请发帑十万，赴台湾买米，平粜（tiào）赈饥。大府驳斥，谓："台湾远隔重洋，须候潮汛，往返稽时。万一船多飘没，帑归何着？"正深懊闷，适铸庵先生来访。庄心绪恶劣，神情索寞，钱怒曰："至戚远来，未必分润官橐（tuó），何遂无中表情？"庄告委曲，即求良策。钱曰："然则君固身家念重，而视民命轻也。既为监司大员，视有便于民者，能办则办，何必拘拘禀白？君果能出库项，我当为君赴台。君既不惜功名，我亦何惜性命？"庄计遂决，启库出银钱，连夜起身泛海去。庄移宿城隍庙，祷于神曰："幽明同有民社之责，如不忍数百万哀鸿，就于死地，愿赐帆风，俾使速到，起此沟壑。"果未半月而钱返，米十数万悉集，所属赖以全活。似此则功德甚大，食报自丰。正不但太夫人之存心厚道已耳。钱后生文敏公，亦以大魁出仕。其云礽至今簪缨相继，与庄同称盛族。

【译文】庄南邨先生（庄柱），是他父亲的继妻董太夫人所生。他出生刚满月时，父亲前妻所生的儿子出痘，董太夫人用糖果饼饵等食物哺育自己的儿子，却以乳汁哺育丈夫前妻所生的儿子，家人见了大为惊骇。太夫人说："我还年轻，儿子死了可以再生，前面姐姐所遗留的只有这个襁褓中的孩子。"那孩子出完痘后，因为家贫没有人参、茯苓等药物调理，董太夫人便节省出乳汁给孩子食用，希望孩子早日恢复元气。董太夫人有五个儿子，其中四个考中进士，一个贡入国子监学习（成为贡生）。庄南邨先生殿试时原本被拟定为第一名，后被改为二甲第二名（已见前录《彭庄二家惜字》一条，见1.1.7）。当时，民间有"几乎状元及第，也算五子登科"的说法。庄南邨先生的儿子庄存与（字方耕）、庄培因（字本醇，一作本淳）两位先生，兄弟二人也先后高中榜眼、状元。董太夫人都曾亲眼所见。至今，庄家的后人考取科举功名的仍是接连不断。观察董太夫人仁爱厚道的心地，就可以预知其后代必然兴旺昌盛，没有止境了。

钱铸庵先生（钱人麟），是庄南邨先生的表亲。庄先生担任浙江温处道时，正赶上所属之地发生大饥荒，甚至有人吃人的现象发生。庄先生目睹灾民的惨状，禀报上级申请从官库拨发十万两银子，前往台湾买米，然后平价出售以赈济灾民。督抚驳斥了庄先生的请求，说："台湾远隔重洋，必须等到潮水上涨时才能出发，并且往返迁延时日。万一遇到风暴粮船倾覆沉没，库银不是落空了吗？"庄先生正当深深懊恼烦闷之际，恰巧钱铸庵先生来访。庄先生当时心情低落，神情冷漠，钱先生见状生气地说：“至亲远道而来，不一定就是借机沾光找您要钱，您为何没有一点表亲的情分呢？”庄先生详细讲出事情的原委，并随即向钱先生求教良策。钱先生说：“如此看来您还是以自己的身家性命为重，而轻视百姓的生命了。你既然担任了道台要职，遇见有利于百姓的事，能办就应当极力去办，何必拘泥于事事都向上级禀报呢？您如果真能拿出官库中的存银，我就为您前往台湾买米。您既然不惜功名，我又何惜性命呢？”于是庄先生下定决心，打开官库，取出银钱，委托钱先生连夜启程渡海而去。庄先生移居城隍庙，向神明祈祷说：“城隍神同样有护佑一方百姓的责任，如果不忍心看到数百万流离失所、呻吟呼号的饥民，活生生被饿死，希望神明保佑钱先生一帆风顺，让他速速到达，拯救陷入困境的人们。”果然，不到半个月钱先生就回来了，运回了十几万石的大米，他所治下的无数百姓的性命因此得以保全。像这样功德浩大的善举，受到的善报自然特别丰厚。由此可见，庄氏家族不只是董太夫人一人心存厚道而已。钱铸庵先生后来生了一个儿子，就是钱文敏公（钱维城），也于乾隆十年乙丑科高中状元，出仕为官。钱家的子孙至今高官显宦接连不断，与庄家共同被称为世家大族。

5.1.5 三河口李氏

常州三河口李宾贤先生，乐善好施，乡里推重。岁正旦，天甫明，翁起过厨下，见数人方酣卧。趋视，皆朱墨涂面，不可别识。唤讯之，则同里无赖子，乘夜共商窃劫，适见酒馔罗列，大肆饮啖，遂醉卧，不知东方之既白也。翁赠钱数千，悉纵之去，终身未尝言其人。

邻有处女，已订嫁期，而夫暴卒。女欲往守，母阻之，女啮一指自矢。期年，夫之翁若弟，以女美，谋鬻之。女微闻，麻衣哭祭其夫，自缢柩侧。翁伤之，独力为请旌表。其隐恶扬善，类此者甚多。

子茀庭封翁，壮岁补博士弟子员，见义勇为，一遵庭训。居室后有长沟直达深港，每天阴路滑，行人往往失足淹毙。岁周甲，戚友欲称觞，翁却曰："吾以资购石筑堤，不逾于无益妄费乎？"堤成十余里，凡费千金，至今人犹颂之。

孙申耆先生（兆洛），甲子入闱，茀庭封翁梦一淡妆女，赠以一蟹，无足。告之曰："有足为虫，无足为蟹，皆尔翁数十年培养所致也。"是科遂以第一人登贤书，联捷成进士，散馆改知县，令凤台，一时有循吏之目。奉讳后，绝意仕进，掌教暨阳书院者二十年。大江南北，翕然人望。家大人任苏藩时，常相过从，有文字交，悉其先德甚详。

【译文】江苏常州三河口的李宾贤先生，乐善好施，被乡人推崇敬重。有一年正月初一，天刚亮，李先生起床后来到厨房，看见几个人正躺在里面酣睡。李先生近前察看，见他们的脸上都涂着红色和黑色的颜料，无法辨认出相貌。李先生叫醒他们进行质问，才知道他们都是乡里的无赖青年，昨夜趁着夜色商量偷窃抢劫之事时，恰巧看见李先生家的厨房中，摆满了酒菜，便大肆吃喝，醉酒后席地而卧，不知道天色已经亮了。李先生送给他们几千钱，并全部放他们离开了，这件事李先生一生从来没有对人说起过。

李先生的邻居家有一个未出阁的女儿，已经定好了结婚日期，还未过门她的丈夫就突然去世了。邻居家的女儿打算前往夫家守寡，但她的母亲不同意，女子咬断一根手指以表明誓不改嫁的决心。女子过门到夫家生活一年后，丈夫的父亲和弟弟，因为看女子貌美，企图将她卖掉。女子听到了一点风声，披麻戴孝哭祭了丈夫，然后就在丈夫的灵柩旁自缢而死了。李先生十分同情邻居女儿的遭遇，竭尽一己之力向官府申请对女子予以旌表。李先生致力于隐恶扬善，像这样的事情还有很多。

李宾贤的儿子李茀庭封翁（李徵兰），壮年时被补为生员，他见义勇为，严格遵守父亲的教诲。他家的住房后面有一条直达深湾的长沟，每当阴雨天气，道路湿滑，行人往往失足落水而被淹死。李茀庭先生六十岁时，亲友们打算为他祝寿，茀庭先生推辞说："我把办寿礼的钱拿来购买石料修筑堤坝，不是胜过没有意义的浪费吗？"修成了长十多里的堤坝，共花费一千两银子，至今受到人们的称颂。

李宾贤的孙子李申耆先生（李兆洛），参加嘉庆九年（1804）甲子科乡试期间，他的父亲茀庭先生一天夜里梦到一位化着淡妆的女子赠送给他一只螃蟹，却没有脚。并告诉他说："有脚的是虫，无脚的是蟹，它们都是您父亲几十年来培植福德所致的。"这年的乡试，李申耆先生果然高中解元，第二年春天紧接着考中进士，授翰林院庶吉士，后任职期满经考核合格后改任知县，担任安徽凤台县令，在当时被称为循良的官吏。后来遭遇父丧守孝期满后，李申耆先生无意再出仕为官，主讲江阴暨阳书院达二十年。弟子遍布大江南北，受到人们的一直称颂，享有崇高的声望。我的父亲在担任江苏布政使期间，常常与申耆先生来往，以文字相交，因此对他家祖先的德行了解得很详细。

5.1.6 颜母

连平颜中丞（希深），初刺山左平度州，因案留省。太夫人某氏极贤，时迎养在署。忽大雨七昼夜，山水骤涨，居民争登城避水，哭声震天。太夫人命速发仓谷赈饥，署内外皆坚持不可，曰："此须详明奏准。否则，擅动仓谷，处分綦严。且官不在署，谁敢任之？愿垂三思。"太夫人曰："此何时，犹拘泥文法乎？平度距省远，俟其详奏，数十万灾黎尽成饿殍。君等无恐，速发以救倒悬，吾子功名不必计较。即查封备抵，当罄吾家所有以偿。"于是尽出仓谷，并出簪珥易钱，运米城上发给。其有缘树登屋，不能为炊者，联筏载麻饼施之。州民赖以全活者甚众。

东抚某以擅发仓谷劾参，上曰："有如此贤母好官，实心实力，不加保荐，乃转列之弹章，何以示激劝？"立擢知府，母赏三品封衔。将去任，州民鸠钱争买补所赈谷，三日而满。明年，上奉皇太后南巡，召见太夫人于行在，优礼有加。颜引见，上询开仓赈济事，盛加称赏。不数年，巡抚黔中。

按，颜氏祖德，已详《续录》。今即论此发赈一事，其太夫人功德已不可及，宜以其督抚世其家也。

【译文】广东连平县的颜希深巡抚，当初在担任山东平度州知州期间，因办理案件停留在省城济南。颜公的母亲（何氏）太夫人极为贤惠，当时颜公把她接来任所一同生活。有一次忽然下起大雨，一连下了七天七夜，水位暴涨，居民们争相登上城墙躲避洪水，哭声震天。颜公的母亲命人急速打开官仓放出粮食赈济灾民，州衙内外的人都坚持认为不可，说："这件事必须向上级报告奏请批准之后才行。否则，擅自动用官仓里的粮食，将会受到极其严厉的处分。况且颜大人现在不在衙门，谁敢担此责任？希望您三思。"颜公的母亲说："这都什么时候了，还拘泥于文书上的形式吗？平度州距离省城遥远，等到他呈文奏报，几十万灾民都要被饿死了。你们不要怕，赶快开仓放粮解救灾民倒悬之急，我儿子的功名你们不用顾虑。即使上面追查下来责令抵偿，我不惜倾家荡产来补偿。"于是，命人搬出粮仓里所有的粮食，并拿出自己的首饰卖掉换钱，请人把米运到城墙上发放。对于那些顺着树爬到屋顶上无法做饭的灾民，乘着木筏施送麻饼给他们吃。州里的居民因此得以存活的有很多人。

山东巡抚某人以擅自动用官仓粮食的罪名弹劾颜公，皇上说："有这样的贤母和好官，实心实力地为百姓做事，不加以保荐，反而将其列入弹劾之列，如此怎么能起到激发鼓励的作用呢？"立即下旨提升颜公为知府，颜公的母亲封赏三品诰命夫人。颜公离任前，当地的百姓争相凑钱买米来补足官仓的存粮，三天时间粮仓就被重新装满了。第二年，皇上侍奉皇太后南巡，在行宫内召见了颜公的母亲，并给予她十分优厚的礼遇。颜公也受到皇上的召见，皇上询问他开仓赈济灾民的事，大加赞赏。没过几年，颜公升任为贵州巡抚。

说明，颜氏祖先的德行，已经在《续录》中有过详细叙述（见2.1.8）。现在就拿开仓放粮赈济灾民这一件事来说，颜公母亲太夫人的功德已经是难以企及，也难怪子孙几代都做到总督、巡抚这样的高官。

5.1.7 宝坻李翁

宝坻李翁，御车为业，人极醇谨。曾由王家营，载布客赴陕。客售货毕，欲回江南，察李朴诚，仍雇原车，载资二万以行。至中途，客暴疾死，李忘问其里居。无可奈何，乃厚殓之，志其地埋焉。自思穷人骤得多金不祥，忆来时山东大荒，人相食，迳赴朱仙镇出银买粟，运赴某所赈焉。仍操故业，而所至辄大获。数年后，益加营运，田连阡陌矣。长子年二十，在田操作，忽归思读书。翁笑曰："汝童年失学，今长成如许，读无益也。"固请许之。过目成诵，数年补博士弟子员，以廪贡入成均。生三子，两甲榜，一乡科。孙十余人，六成进士，余皆登科出仕。称巨族焉。

【译文】宝坻县（今属天津市）的李老先生，以驾车为业，为人极其淳厚谨慎。曾经从王家营驾车，载着一个做布匹生意的客商前往陕西。客商出售货物后，打算回江南，他觉得李老先生为人朴实忠诚，因此仍然雇用李老先生的车，载着两万两银子的货款，然后启程上路。走到半路，客商突发急病去世，李老先生忘了询问客商的住址。无可奈何之下，只得将他厚葬，并在埋葬之地做好标记。李老先生考虑穷人一下子得到大笔横财会带来不祥之事，他回想起来的时候经过山东，看到山东正发生大饥荒，甚至有人吃人的事情发生，便径直赶赴朱仙镇（在今河南开封市），用商人遗留的银子购买粮食，运到山东某地赈济饥民。李老先生回来后依然从事原来驾车的职业，而所到之处都会获得可观的收入。几年之后，李老先生用积蓄的收入作本钱扩大经营，又置办产业，家里的田产已经接连成片了。李老先生的大儿子二十岁时，有一天在田里劳作时，忽然说想要回家读书。李老先生笑着说：“你童年时就已失学，现在都这么大了，即使读书也没用了。”他的大儿子再三请求，李老先生答应了。他的大儿子过目成诵，只读了几年书就补为生员，后来又由廪生被选拔为贡生进入国子监学习。李老先生共生有三个儿子，两个考中进士，一个考中举人。有十多个孙子，六个成为进士，其余的也都因科举得中而出仕做官。李家被称为世家大族。

5.1.8 莫侍郎自述二则

莫宝斋（晋）侍郎，致仕后，掌绍兴蕺（jí）山书院，人品学问并为世所推重，晚年望子甚切。一日，妾有娠，将分娩，群盼其弄璋也。时侍郎在书院未归，家人来报曰：“产矣。”未及再言，侍郎亟问曰：“得非女乎？我早知我无子也。”

遂自述：“前为江苏学政，岁试时，遇某生文甚支离，因置四等。其人薄有文誉，被黜后，倔强不服，遍造蜚语，无非言主试者不明不公耳。我将其文加批发刻，遍示诸生以实之。某生本馆谷自给者，因兹文名大减，聘者无人。久之，无以糊口，抑郁无聊，遂自缢而死。我固在署，不知也。时我一子年已十九，女亦及笄（jī）。一日，子忽衣冠拜曰：‘儿不能常侍亲矣。’正骇问间，忽作某生语曰：‘考我四等，无足深恨。刻我文，适足致我死耳。汝福命大，我无如何，汝子我不能相容矣。’言毕，顷刻气绝而死。女逾日亦暴病而亡。噫，惨哉！因我一时任性之所致，不谓报应如是之酷也。”侍郎常以此事为恨，自后每举以警人云。

按，侍郎与家大人，乡榜同年，友谊甚笃。亦微闻其事，而未得其详。咸丰壬子十月，余权守东越，邀山阴高维城（肇墉）茂才襄理，茂才其乡人，言之缕缕如此。且云，侍郎并不自讳，实欲借己以戒人也。

侍郎又自述，某年更作一无心之过，其事大奇，而大可畏，言之亦足以警人也。盖侍郎于官京堂时，曾上章仁庙，大旨言国家用度支绌，务宜节俭，免致糜费云云。上召问之曰："汝言糜费，究指何事？"侍郎即以仓场之不整顿，剀（kǎi）切陈之。未几，仓场缺出，即以畀侍郎。侍郎固耿介自持，不谐流俗者。及莅任，力求整顿，尤以清白自矢，亟思于公有裨，因议将一切陋规裁革。一日，集众官吏于大堂，告之曰："我到此任，一心以国家经费为重。风闻上下均有例得规费，而我已自矢不取也。今将陈疏，书名焚达上苍，以质此心。倘有口是心非，依然私取者，维神鉴之。能从我者，即代列名。不能者听之，我自有区处也。"众官均曰："诺，惟大人命。"而众吏亦一一愿列名。侍郎固以为真也，遂书之疏，率众官吏，向天跪拜而焚焉。未逾月，官与吏暴死者甚众。其偶未死者，亦必病濒于危。而安然无故者，无几人也。侍郎告人曰："我固以为可信矣，而岂知其瞒心昧己之即以获罪哉？"

【译文】仓场侍郎莫晋（字锡三，一字裴舟，号宝斋，浙江会稽人，乾隆六十年榜眼），退休回乡后，主讲绍兴蕺山书院，人品和学问都受到世人的推崇敬重，晚年非常殷切地希望得到一个儿子。一天，他怀孕的妾，将要生产，家人都盼望她生个儿子。当时莫侍郎在书院还没回来，家人前来向他报告说：“孩子出生了。”还未来得及多说，莫侍郎就急切地询问：“莫非生的是女儿吗？我早知道我不会有儿子了。”

于是，莫侍郎自己讲述：“当初我任江苏学政时，有一年岁考，见到一名考生写的文章特别没有条理，便将其列为四等。该考生在当地小有文名，被淘汰后，倔强不服，到处编造谣言，无非是说主考官不明察、不公正而已。我在该考生的文章后面加注批语后刊印出来，并拿给众考生观看以证实我的判断。该考生本是依靠教书维持生计，因为此事而文名衰落，没有人再聘请他了。久而久之，他因无法糊口，抑郁无聊，于是自缢而死。那时我虽然在官署中，却并不知情。当时我的一个儿子已经十九岁了，女儿也已到适婚年龄。一天，儿子忽然穿戴整齐向我叩拜说：‘儿子不能常在父亲身边侍奉了。’我正惊骇地询问时，儿子忽然变成那名考生的语气说：‘把我列为第四等，我并不会特别怨恨。但是你把我的文章刻印公布，却足以置我于死地。你本人福大命大，我不能把你怎么样，但你的儿子我是不会饶恕的。’说完，顷刻之间我儿子便气绝而死。女儿在第二天也暴病而死。唉，太惨了！这都是因为我一时任性造成的，没想到报应如此残酷。”莫侍郎常常为此事感到悔恨，从此以后常常举此事为例使人引以为戒。

说明，莫侍郎与我父亲，同为乾隆五十九年（1794）甲寅科举人，交情非常深厚。我的父亲也曾对此事略有耳闻，只是不知道其中的详情。咸丰二年（1852）壬子十月，我署理温州知府，聘请山阴县（今绍兴市）的高维城秀才（名肇墉）协助我办理公务，高秀才是莫侍郎的同乡，这件事是他对我详细讲述的。高秀才还说，莫侍郎对此事并不隐讳，他确实是想借助自己的亲身经历来警戒世人。

又据莫侍郎自己述说，他在某一年还犯过一次无心之过，这件事特别奇怪，也特别令人害怕，说出来也足以起到警示世人的作用。事情是这样的，莫侍郎在担任京堂（清代对某些高级官员的称呼，如都察院、通政司、国子监等的长官）时，曾经向嘉庆皇帝上过一封奏章，主要内容是说国家的财政不够支配，应当崇尚节俭，避免浪费等等。嘉庆皇帝召莫侍郎前来并询问他说："你所说的浪费，究竟指的是什么事？"莫侍郎就针对仓场有待于整顿的情况，恳切地进行论述。不久，仓场侍郎的职位空缺出来，嘉庆皇帝便将该职位委任给了莫侍郎。莫侍郎原本就是正直不阿、廉洁自持、不随流俗的人。等到上任后，他一心一意地致力于整顿粮仓，更加坚定清白为官的决心，急切地想做出一些有利于国计民生的事，于是提议革除一切不正当的收费常规。一天，他召集众官吏到大堂集合，对他们说："我到此任职，一心以国家经费为重。我听说这里的大小官员按照惯例都能得到一定的费用，但是我自己已经发誓坚决不拿。今天我将要出具一篇疏文，写上自己的名字，然后将其焚烧，达于上天，以此表明自己的心志。倘若有人口是心非、表里不一，依然私自收取不正当费用，唯愿神明鉴察。愿意跟随我这样做的，我就替他把名字写在疏文上。不能跟随我这样做的，也听任其自便，我自有处置安排。"众官吏都说："好的，听从大人您的吩咐。"于是众官吏一一表示愿意在疏文上署名。莫侍郎原本以为他们都是真心实意地愿意这样做，于是把他们的名字全都写在了疏文上，然后率领众官吏，向天跪拜，并焚烧了疏文。还没过一个月，下属的官吏中就有不少人突然离奇地死亡了。其中个别没有死的，也必定是处于病危之中。至于安然无恙的，没有几个人。莫侍郎对人说："我原本以为他们的誓言都是可信的，但哪里知道他们其实是违背良心做做样子而已，却因此遭到如此严重的谴责呢？"

5.1.9 安徽罗氏

段镜湖廉访曰：吾邑隘口庄罗姓，富而好礼。澹邨观察，其亲房也。其先人每置田产，不甚与卖主较值，尝言曰："吾今日置业，使卖主多得若干钱，异日吾子孙卖业，或亦可多得若干钱也。"其子弟皆读书循理，毫无浮华气习。每应试，辄数十人赴省，而花街柳巷总不见有罗姓一人。忆家兄入泮时，认保即罗金镂先生。次年赴乡试，先君子与之同舟，因问曰："一家保暖千家怨，君家久富，而乡里无怨声，是必有道。"先生曰："然，吾先人有言，分外之财不可欲，分内之财不可足。"先君子曰："噫，宜君家之久享其富也。"夫分外之财，吾辈读书人，岂有欲之之理？而分内之财，亦知其不可足焉。是即布帛之有幅也，其保富不亦宜乎？

【译文】浙江按察使段镜湖先生（段光清，字明俊，号镜湖，安徽宿松人）说：我们安徽宿松县隘口庄的罗家，家境富有而崇尚礼义。罗澹邨道台（罗遵殿，字有光，号澹邨，官至浙江巡抚），是他家的近房族人。罗家的先人每次购置田产，都不怎么与卖主计较价钱，曾说："我今日购置产业，让卖主多得到一些钱，等到将来我的子孙售卖家业时，或许也能多得些钱。"罗家的子弟都读书守理，身上没有丝毫浮华的习气。每次赴省城参加考试，罗家都会有几十个人一同前去，但花街柳巷中从来看不到有罗家人的身影。记得我哥哥入学成为生员时，保人就是罗金镂先生。第二年，赴省城参加乡试时，我父亲与罗先生搭乘同一条船，趁机向他询问说：

"俗话说'一家保暖千家怨'，您家长期富贵，却在乡里听不到怨言，这必定有道理可循。"罗先生说："是的，我家的先人曾说，分外之财不可妄求，分内之财不可贪多。"我父亲说："哎，您家久享富贵是理所应当的啊。"分外之财，对于我们读书人而言，岂有想要妄求的道理？但分内之财，却也知道不可不知足。这就像布帛一样总是会有宽度（语出《左传·襄公二十八年》："且夫富如布帛之有幅焉，为之制度，使无迁也。"），如此看来罗家能长久地保持富贵不是理所应当的吗？

5.1.10 安徽李氏

安徽树林冲尚书李锡民（振祜）先生，其父木三先生，由传胪，而仕至方伯，且父子俱掌文衡。锡民先生之弟（振钧）海初，己丑殿撰也。其时已一门九进士矣。其先未发科第时，一门食饩者，居一邑之半。梁相国衡文安徽时，见李姓廪保之名，皆有"声"字，问曰："李姓廪生，皆属一家乎？"有廪生名声振者，前揖而对曰："俱至亲伯叔房兄弟。"相国赞之曰："好个人家！"

溯其封翁，家富而好行善举。翁恐在家善举，无以及人，以公门中好行方便，乃至省，买一院房书缺，遇事极力周全，阴受其惠者不少。偶遇乡里大荒，乃挟资出外，运粮以济。是年，适家有公山，堪舆家呼为虎形，族人议葬某穴，定价若干。而堪舆家所定为真穴，族人又不许翁家添葬。翁乃用一道士之言，适葬得真穴，当日堪舆家与族人所不用者也。此中盖有天授云。

【译文】刑部尚书李锡民先生(李振祜，原名裕，字锡民，嘉庆六年进士)，安徽太湖县树林冲(今城西乡)人，他的父亲李木三先生(李长森)，是乾隆四十九年(1784)甲辰科二甲第一名进士，后来官至布政使，并且父子二人都曾执掌考选文士、评定文章的权柄(出任乡试、会试考官)。李锡民先生的弟弟李海初先生(李振钧，字仲衡，号海初)，是道光九年(1829)己丑科状元，授翰林院修撰。当时李家一门已经出了九位进士了。最初，李家未由科举发迹时，家中子弟在县学读书的廪生，占了全县的一半之多。有一年，梁相国(梁诗正)主持安徽乡试时，见到李姓廪保(童生应试，按例须请廪生具保，称作廪保)的名字中都有一个"声"字，便询问道："这些李姓廪生，都是一家的吗？"有个名叫李声振的廪生，上前作揖回答说："都是家族中关系亲近的伯叔堂兄弟。"梁相国赞叹说："好个人家！"

追溯李木三先生的父亲李老先生(李声节，字怀序，号竹坞，邑庠生)的事迹，家境富裕而喜好做善事。李老先生恐怕只在家中做善事，无法惠及更多的人，他认为在衙门中更有机会做善事利益众人，于是前往省城，在巡抚衙门买了一个书吏的职位，遇到事情极力以善巧方便的方式给予周全保护，有很多人暗中受到他的恩惠。有一年，赶上乡里发生大饥荒，李老先生于是携带大笔资金到外地，然后运回粮食救济灾民。这一年，李家本来有一处坟地，风水先生认为该地有虎形，一个族人想要葬在其中的某个墓穴，出价若干买下来。而风水先生所定的墓穴其实是真穴，族人又不许李老先生家添葬在其中。李老先生于是听从了一位道士的建议改葬于别处，正好葬在真正的穴位中，正是当时风水先生和族人抛弃不用的地方。这其中大概有天意指引吧。

5.1.11 科名有定

李石梧宫保言：西蜀有张臻者，巴县人，陶云汀先生庚午典试所取士。戊辰年春间，张往田间闲步，遇一田夫迎谓之曰："相公今年高中矣。"张不信。田夫曰："吾夜梦见天榜，相公名在第十四。"张一笑置之。既而放榜，不售。又遇田夫，斥其诞。田夫曰："是有故。"张诘之，田夫曰："我又梦入一大庙，见文昌帝君坐而签榜，旁有一人唱名，自一名唱至十四，忽见一神参谒曰：'张某家现充社长，捐谷济贫，自认出谷六十四石，书于簿，并未捐出，应除名。'文昌再四踌躇曰：'其过尚小，可迟一科，仍中第十四名。'"张茫然不知。归家后，向其父述之。父大惊曰："我充社长，曾允捐谷六十四石，未经捐出。不料冥冥之中，已加谴责。"急取谷捐入社仓。张果于庚午仍中十四名。张为人诚笃，自是跬步必谨，不敢少肆。后宫保任四川廉访，张年已七十余，以广文来省验看。宫保留入署中，盘桓数日乃去。此事即其所自述也。即此可见，人之一举一动，鬼神时时默为监察，人自不觉耳。

【译文】李石梧宫保（李星沅）说：四川有个叫张臻的人，巴县（今重庆市巴南区）人，是陶云汀先生（陶澍）主持嘉庆十五年（1810）庚午科乡试时录取的士子。嘉庆十三年戊辰（1808）春天，张臻在田间散步，遇到一位农夫迎上前来对他说："相公您今年要高中了。"张臻不信。农夫说："我昨天夜里梦见天榜，相公的名字排在第十四名。"张臻对此一笑置之。等到放榜后，张臻并没有考中。某一天，张臻又遇到那个农夫，他斥责农夫说话荒诞。农夫说："这是有缘故的。" 张臻追问原因，农夫说："后来我又梦见自己进入了一座大庙，看见文昌帝君坐在桌前签写榜单，旁边有一个人点名，他从第一名一直点到第十四名，这时忽然有一个神人参拜说：'张某家现在充任社长（一社之长，古代以社为基层地方组织，选年老晓农事者任社长），有一次捐粮食接济穷人，他的父亲自愿捐粮六十四石，已经登记在册，但实际上并未捐出，应该将张某除名。'文昌帝君再三犹豫说：'这个过错尚小，可以罚他迟一次考中，仍然是以第十四名考中。'"张臻对此事茫然无知。回到家后，张臻把农夫的话转述给父亲听。张臻的父亲大吃一惊说："我充任社长，确实曾经允诺捐粮六十四石，而未真正捐出。不料冥冥之中，已经受到了谴责。"说完，急忙取出自家粮食捐入社仓。后来，张臻果然在嘉庆十五年（1810）庚午科乡试考中，仍然是第十四名。张臻为人诚实厚道，自此以后一举一动都更加谨慎，不敢有丝毫放肆。后来李石梧宫保出任四川按察使，当时张臻已经七十多岁了，他以儒学教官的身份前来省城接受验看（清代候补、候选人员，赴部引见，由点派的王公大臣或九卿科道接见，察视其年貌状态）。李宫保留他在官署住下，他停留了几天之后就离开了。这件事就是他亲口向李宫保所讲述的。由此可见，人的一举一动，都有鬼神时时刻刻在暗中监察，只是人感觉不到而已。

5.1.12 刘相国

湖南刘云房相国之祖，家贫，尝业农。人极循谨，佃种主人田，数年来从无挂欠。以好行善事而愈贫。逢母丧，贫无以觅葬地。知主人山最多，因往恳之。适主人与客为叶子戏，问何事，答以“母丧无力买地，求赐一山营葬”。主人有诺意。诸客从旁怂恿：“何不指一山与之？”主人问：“尔欲何处？”刘答以“欲求韩家坡”。因送鹅一只、酒一坛，以为山价。并乞主人给一字，免致将来口实。主人遂书一纸与之，曰：“韩家坡、韩家坡，给与刘公葬刘婆。子孙不得有异说，收得坛酒一只鹅。”葬后二子相继入翰林，即相国之伯父与太翁也。相国少年科第，官至大学士。其韩家坡葬地，对韩家湖，水退时露一块土，形方如印，左右青龙白虎，两沙拱起，真吉壤也。相国为于莲亭观察庚申座师，尝以此事述之观察，观察转述于余云。

【译文】湖南刘云房相国（刘权之，字德舆，号云房，湖南长沙人，乾隆二十五年进士，官至体仁阁大学士）的祖父刘老先生（刘彧），家境贫寒，曾以种地为业。其为人非常循善恭谨，租种东家的田地，多年来从不拖欠租税。因为他喜好做善事，而使得家中越来越贫穷。母亲逝世后，因家贫买不起墓地。知道东家有很多山地，于是前往东家家中恳求施舍一块地安葬母亲。恰巧东家正在与几个客人打叶子牌取乐，问他来此何事，他回答说：“母亲去世，无力购买墓地，恳请您恩赐一块山地用来安葬母亲。”东家有答应的意向。客人们也在一旁怂恿说：“何不让他指定一块山地送给他？”东家问：“你想要哪块地方？”刘老先生回答说：“想要韩家坡。”于是送给东家一只鹅、一坛酒，作为买地的价钱。并乞求东家写下一张字据，以免将来落下口实。于是东家写了一张纸条给他，写道：“韩家坡、韩家坡，给与刘公葬刘婆。子孙不得有异说，收得坛酒一只鹅。”刘老先生将母亲安葬在韩家坡后，他的两个儿子于雍正八年(1730)庚戌科同榜考中进士,进入翰林院,这二人就是刘相国的伯父(刘暐泽,一说应为叔父)和父亲(刘暐潭)。刘相国年纪轻轻就考中进士,后来官至大学士。他们家在韩家坡的墓地,面对韩家湖,湖水退去时露出小一块地方,形状方方正正如同官印,左青龙右白虎,两座山丘隆起,是一块真正的风水宝地。刘相国是于莲亭道台(于克襄)嘉庆五年(1800)庚申科乡试时的主考官,他曾把此事讲述给于道台,后来于道台又把此事转述给我。

5.1.13 仪征厉氏

仪征厉氏自顺治乙酉开科,烈士公(士贞)中式江南,踰二科成进士。公性恬淡,不乐仕进,筑室城东,为读书所,亲课子弟,虽家无儋石,晏如也。百年来多列胶庠,而未有接起者。

公之四世孙孚若封翁(朝容),邑诸生,生五子,家清贫。就馆邑西郊某氏,谆教子弟,化导村氓,排难解纷,里中有“义方”之目。一岁,于祀司命日放馆,将归营岁事,囊中仅二万钱。未至城三四里,小憩于素经村店。有以鬻粥为业者,生计淡泊,负城中毫钱万二千,经十月子息无归,责以岁暮为期。如负约,必以闺女为质,而女已受聘于前村某氏子,亦公所素识者。惟时鬻粥者,夫妇作愁叹声不绝,公异而问之,以实告,泣曰:“彼以我女为质者,将以占我之女也。届期,恐三人将有不能同活之势。”公闻之凄惋,因慨然曰:“尔所需者,不过万二千钱耳。他无能为力,此尚可为尔偿也。”爰解囊如数与之。夫妇泣谢曰:“公寒士,舌耕糊口,今以多半施我,公家仰望又何所敷用耶?”公笑应曰:“我城中亲友多殷实者,自往贷之。子毋为我虑也。”言讫而去。明春重过其处，夫妇与女欢迎于门曰：“得公所施，幸无事。一家皆赖公所救也。”留以酒食，亲送三里。至女之夫家告之，皆颂厚德，铭不敢忘。公得此名，而馆中就学者日增，一乡中皆以善人称之。

未几，公长子（长年）谓彭，乾隆甲午举于乡；次（长森），以武生官松江卫千总；次（长青、长松、长庚），皆入邑庠。谓彭公长子（杏芳），庠生；孙（恩官），庚子翰林，擢监察御史，今官兖沂曹道。长森公长子（同勋），以庚午副车，由兵部郎中，擢广东廉州知府；孙（云官），以庚子举人，官湖南衡州府清泉知县，今以劳绩陞直隶知州；次子（同治），以武生官江西卫千总。长松公长子（秀芳），以壬午举人，誊录议叙，官山东武城知县，在任六年，修理文庙，建立弦歌书院，捐廉置田助诸生膏火，创节孝总坊，重修《县志》，政绩循声，上游引重。因亲年七十，请养乞归，大府以贤能不予报，以增筑卫河堤工，漕行无滞，保荐加知州衔，代理首邑。而大令情深乌哺，固请，始予还。今子（寅官）已入邑庠。次子（信芳），亦官卫千总；（毓芳）庠生。（长青、长庚）两支，其子孙入胶庠者甚夥。簪缨继起，皆由乎若封翁一念不忍之心所致也。

因思阴骘（zhì）之事，不必多费金钱。当其时不过万二千钱，在富者视之，曾如一毛，而自公以寒士者出之，慷慨无吝色，为人计曾不为己计，是以为功尤大，其获报之厚且远者，又何疑哉？此仪征吴梅孙（铠）孝廉所述，梅孙与厉家比屋而居，其见闻故确也。

【译文】江苏仪征县（今仪征市，属扬州市）的厉氏家族，自从顺治二年乙酉（1645）清朝开科取士以来，厉烈士先生（厉士贞，字烈士）首先在江南乡试中考中举人，又经过两次考试后成为进士（康熙九年庚戌科）。烈士先生性情恬静淡泊，不喜欢做官，在城东构筑房舍，作为读书的场所，并亲自教育子弟们读书学习，即使家中没有余粮，也依旧安然自如。一百多年以来，厉家子孙很多都进入学校成为生员，却一直没有考中举人、进士的。

厉烈士先生的四世孙厉孚若先生（名朝容），是县学生员，生有五个儿子，家境清贫。他在县城西郊的某户人家设馆授徒，勤恳地教育子弟，教化开导村民，帮人排除危难、化解纠纷，被乡里人称赞为“教子有方”。有一年年底，在祭祀灶神的那天学馆放假，他准备回家料理过年的事宜，口袋中只有二万钱。他走到距县城三四里的地方，在平时经常路过的一家村店中坐下来稍作休息。有个以卖粥为业的人，生意惨淡，他曾向城中某土豪借贷了一万二千钱，谁知十个月来没挣到一点钱，债主限他在年底之前归还欠款。如果违约，必须以女儿作为抵押，可是女儿已经许配给了前村某家的儿子，这家的儿子也是孚若先生平素所认识的。当时卖粥的夫妻二人正在不停地唉声叹气，孚若公听到后感到奇怪，便询问原因，卖粥人把实情告诉了孚若先生，并哭着说：“他让我以女儿作为抵押，其实是想霸占我的女儿。到时，恐怕我的家庭势必要破散。”孚若先生听后心生哀伤，于是慷慨地说：“你所需要的，不过是一万二千钱。其他的我无能为力，这些钱我还有能力帮你偿还的。”于是打开口袋，取出一万二千钱送给了卖粥人。夫妇二人哭着道谢说：“您是清贫的读书人，以教书养家糊口，现在您把一大半的钱施舍给了我们，您的家人都要仰赖这些钱生活，那怎么够用呢？”孚若先生笑着回答说：“我家在城里有不少殷实富足的亲友，我可以自行去他们那里借贷。你不必为我担忧。”说完就离开了。第二年春天，孚若先生再次路过那家村店，卖粥的夫妇和女儿站在门前迎接，对孚若先生说：“去年承蒙先生您的施舍，幸得安然无事。我们全家还能团聚，全靠您能够伸出援助之手。”他们准备了酒饭款待孚若先生，并亲自送到三里之外。卖粥人的女儿出嫁后又把此事告诉了丈夫，丈夫一家也对孚若先生的厚德称颂不已，并铭记于心，不敢忘记。孚若先生的美名传扬开来，从而前来学馆跟他读书的学生日益增多，全乡之人都称他为“善人”。

不久后，厉孚若先生的大儿子厉长年（字谓彭），在乾隆三十九年（1774）甲午科乡试中考中举人。二儿子厉长森，以武举人的身份出任松江卫千总。其他的三个儿子厉长青、厉长松、厉长庚，都进入县学成为生员。谓彭公的大儿子厉杏芳，是县学生员；孙子厉恩官，道光二十年（1840）庚子科进士，进入翰林院，后升任监察御史，现在担任山东兖沂曹道。长森公的大儿子厉同勋，以嘉庆十五年（1810）庚午科副榜贡生，由兵部郎中，出任广东廉州知府；孙子厉云官，以道光二十年（1840）庚子科举人，出任湖南衡州府清泉县知县，如今因政绩卓著升任直隶州知州；长森公的二儿子厉同治，以武举人的身份出任江西卫千总。长松公的大儿子厉秀芳，是道光二年（1822）壬午科举人，担任誊录官期满后，因考绩优异被嘉奖授官，出任山东武城县知县。在任六年期间，修理孔子庙，建立弦歌书院，捐出自己的俸银购置田产，作为学生生活费的来源，创建节孝总坊，重修《县志》，政绩卓著，以循良著称，受到上级的推重。后来，他因为父母年近七十岁了，向朝廷请求辞官回家为父母养老，督抚因他贤能不予上报，并且还让他负责增修卫河堤坝的工程，完工后漕船得以畅行无阻，他因此受到保荐，加知州衔，代理首县（旧称省治或府治所在之县）知县。但他孝心深厚，坚决请求辞官回乡孝养父母，才得以批准。如今他的儿子厉寅官，已经进入县学成为生员。长松公的二儿子厉信芳，也担任卫千总。三儿子厉毓芳，县学生员。厉长青、厉长庚两支，其子孙进入学校读书的也有很多。厉氏一门人才辈出，高官显宦相继不断，都是由于孚若先生的一念不忍之心感召的福报。

由此我想到，积阴德，做善事，不一定要花费很多金钱。当时孚若先生不过拿出一万二千钱，在富贵者看来，这点钱不过九牛一毛，然而孚若先生作为一介寒士，能够慷慨解囊，毫无吝惜之色，只为他人着想而不考虑自己，因此其功德尤其浩大，那么能够获得丰厚而又长远的回报，又有什么可怀疑的呢？这是仪征县的吴梅孙举人（名铠）对我讲述的，吴举人和厉家是邻居，所以他的所见所闻是真实确切的。

5.1.14 孔人知

道光己酉，浙大水，杭州太守徐信轩（敬），得友人书，云：“前曾宦游武林，百姓见爱。今闻饥馑，已托胶州张刺史，购豆三千石，由海舶运乍浦，确交会垣绅董散放。不必言所自来。”讯其人姓名，则以“孔人知”三字答。因忆己酉之前年，豫省大饥，杭人好义者鸠资往赈，吴中潘功甫舍人实倡始。或者即豫省荐绅，以此为报欤！

按，此举系发之某绅，今某绅未数年已擢制府。为善不欲人知，今亦只得代为隐之。其实大可为劝，无容隐也。

【译文】道光二十九年己酉（1849），浙江发生水灾，杭州知府徐信轩（名敌），收到友人寄来的一封书信，信上说：“从前我曾在杭州为官，受到百姓爱戴。现在听说那里发生饥荒，我已经委托胶州的张知州，购买三千石大豆，用海船运往乍浦（今属浙江嘉兴市平湖市），妥善交给省城里的绅士和主事人员发放。不必说出这些大豆的来历。”徐知府询问捐赠者的姓名，送信人只以“孔人知”三字回答。于是，徐知府回想起前年河南省曾发生大饥荒，杭州城中一些急公好义的人们集资前往赈济，这件事实际上是由苏州的潘功甫舍人（潘曾沂）带头倡议的。或许就是河南省的某位官绅，以此作为对昔日杭州人帮助河南人的报答吧！

说明，这件捐豆之事确实是由河南的某位官绅发起的，如今这位官绅不过几年时间已经升任总督。做善事却不想被人知道，在此我也只得替他隐去姓名。其实此举完全可以用来劝勉世人，无须隐姓埋名。

5.1.15 讨债婿

会稽沈子璞（钟彦）广文，品端学粹，循谨不苟。余尝延课儿辈读，与余谈及因果，因举其童时随任庐陵一事。盖其太翁心斋太守（礼意），于嘉庆戊辰宰庐陵；司刑席者为杨六木（森林）茂才，品学兼优，在江西就聘卅余载，故眷属即寓江西省垣。有同乡吴姓为赘婿，亦在署，相随省幕。既而得病，调治两年不愈。

一日，吴姓忽作外省口音，谓杨茂才曰：“我与尔今虽翁婿，实是前愆。尔欠我金，偿我将如数矣。”杨申问之，吴曰：“前明崇祯时，我为贩木商人，尔女为关官之门上，尔为都司官。我报税时，关官之门上诬我短报偷漏，我以旧交求尔排解。尔始则谓武官不预文官事，继则与门公串合，诈我二千五百五十金，致我尽亏其本，无以为生。今阅百有余年，始得获偿。”言讫而逝。女以痛夫，不数日亦暴卒。杨统计邀婿由绍至江西入赘，备办奁具，并婿二年治病及丧费，两棺归葬绍兴，果符二千五百五十之数。杨茂才云：“事属前生，何必讳言？诸亲友为我传之，足为世戒。”此子璞在场亲见的确之事。当时，署中传为奇谈。惟以予所闻多系讨债儿，而此独为讨债婿。噫，亦异矣！

【译文】浙江会稽县（今绍兴市）的儒学教官沈子璞（名钟彦），品行端正，学问精深，循善守法，谨慎不苟。我曾聘请他教我的儿子们读书，有一天，他与我谈及因果报应之事，于是说起了他童年时随父亲到江西庐陵县（今吉安市）任职时的一件事。事情是这样的：他的父亲沈心斋知府（名礼意），在嘉庆戊辰年（1808）担任庐陵县知县；当时在县衙中担任刑名师爷的是杨六木（名森林）秀才。杨秀才品学兼优，受聘在江西做幕僚已经三十多年了，因此他的家眷也跟随他寄住在江西省城。同乡的吴某，是杨秀才所招的上门女婿，当时也在官署中，跟随他在江西做幕僚。不久，吴某得了病，调治了两年仍未痊愈。

一天，吴某忽然以外省口音说话，对杨秀才说：“我与你如今虽然是翁婿关系，可实在是因为前世的冤孽所致。前世你欠我的钱，眼看就要如数还清了。”杨秀才详细追问，吴某说：“前明崇祯年间，我是做木材生意的商人，你的女儿前世是税关衙门的差役，你前世是都指挥使司官员。我报税时，税关的差役诬陷我少报、偷漏税款，我因为和你是老朋友，请求你帮忙排解。你一开始说武官不能干预文官的事，后来又与税关的差役串通勾结，敲诈了我二千五百五十两银子，致使我亏掉全部本钱，无以为生。现在已经过去一百多年了，总算得到了你的偿还。”说罢就逝世了。杨秀才的女儿因丈夫的去世而伤心，没几天也突然死去了。杨秀才统计自邀请女婿从绍兴来江西入赘，为女儿置办嫁妆，以及女婿生病两年期间的治病费用和死后的丧葬费用，到最后两具棺材归葬绍兴，前后所花费的钱财果然符合二千五百五十两的数目。杨秀才说：“这本来就是前世的事，不必隐讳。各位亲友可以为我把这件事广为传播，足以作为对世人的警戒。”这是沈子璞在场亲眼所见的确切之事。当时，这件事在官署中被传为奇谈。只是我们常听说的大多都是讨债的儿子，而唯独这件事中是讨债的女婿。唉，也真是太奇异了！

5.1.16 两次报德

黎襄勤公（世序）之宰江西南昌令时，有李姓，控其子出就外傅，被师谋死者。集两造讯之，则老青衿，租土地祠，设帐授徒，李氏子与焉。每届年节，归省其家，率十日至馆。此次逾期，老衿使人问之，李姓以节后赴馆如常期，彼此相执，久觅不得，遂兴讼。黎公熟视，谓老衿性似迂执，然无害人之貌。详问李姓居址，与土地祠相隔里数，备志之。将老衿暂行发学，悬案以待。李姓者，先世操舟为业，及身为农家，小康，只此一子，颇聪颖，望其读书。既失去，痛之不已，屡以呈催。

一日，公赴乡勘丈，询所经地，则土地祠与李姓居，皆必由者。勘毕，将及李居，饬仪从先行，过土地祠里许以俟。公率一茶厮，便服偕行，过李姓门，将循径至祠。半途，有一尼庵在焉，遂入之，一老尼、数少尼，中有面黄腹膨者，茶厮问之，忸怩入室。老尼代答曰：“胀病也。”公复至土地祠，令守祠者指引李氏子读书处，徐视壁罅，得牟尼数粒，恍有所悟。归署，命所雇本地仆妇，饰为富家状，携银钱往，与面黄少尼款洽。既密迩，遂得其实。缘李氏子道过此庵，频见少尼而悦之，彼此目成，遂相昵就，竟以暴病，卒于庵。老尼以己之寿枋，殓埋后园，尼亦孕数月矣。传至公堂，一审而服。

公问幕宾曰：“此案应如何办？”幕曰：“有法在，何难处置？以尼发官媒，俟其分娩，凡奸生子女，例得归宗。此尼折赎杖罪，发官卖。”黎公曰：“法则然矣，而吾欲仿东坡法外意，参用人情。李姓四世单传，李某老年夫妇，得一子，十五岁而卒于尼庵。今尼有孕，苟得遗腹子，亦可延宗。即或生女，而尼克尽妇职，亦可养老。且此尼五岁入庵，今已十六，虽事涉溱洧（zhēn wěi），然伊愿守节于李氏，亦属从一而终者。”遂具文移学，开释老衿，以孕尼给李姓领归，完案。尼孕及期，果生男，其家呼公为恩官。

迨公升景德镇同知，进京，舟近鄱阳湖口，忽大风骤起，巨缆折断，颠簸中，一时不得入港。见遥岸两老人、一少年，执断缆牵入小港，乃得安。公与其仆马升，似梦非梦，见船首一少年，跪而言曰：“大人断案，情法两参，使我有守志之妻，又有延嗣之子，今是以报。执缆之两老人，一我曾祖，一我祖也。”及嘉庆二十年间，公已为南河总督，河溢不能合拢，公亲往督工，湍急无策，竟投水中。其仆马升入水，抱主而登，黎公得生。马升在水中，似亦有人扶掖之者，回视，即李氏子少年也。人咸以为冥中两次报德云。

按：余随任淮海时，黎公适督南河，先君常述其在南昌断案盛德一事，未得其详。今此节得之沈子璞，盖子璞之弟，即公之婿，常在其署读书，故传闻尤确而可据也。马升，亦沈家荐去之人，最诚实，依公几三十年，屡为子璞述其盛德如此。

【译文】黎襄勤公（黎世序）在担任江西南昌县县令期间，有个姓李的人，控告称他的儿子在外面上学时，被老师谋害而死。黎公召集原告和被告双方前来接受讯问，发现被告是一个老秀才，租借土地祠，设馆授徒，李家的儿子也在其中上学。李家儿子每到快过年时，就回家一趟看望父母，大约十天后再返回学馆。这一次，李家儿子过了很长时间都没有返回学馆，老秀才派人前去探问，李某说儿子过完年就像往常那样返回学堂了，双方争执不下，于是李某将老秀才告到县衙。黎公仔细观察老秀才，认为老秀才虽然看上去性格迂腐固执，但没有害人的样子。又详细询问李家的住址，以及与土地祠相隔的距离等，将这些信息记录下来。然后将老秀才暂行发交县学看管，暂时将此案搁置，以等待线索出现。李家的祖上以撑船为业，到了李某这一代则以务农为生，家境小康，只有这一个儿子，特别聪颖，李某希望儿子能够读书有成。现在儿子失踪了，悲痛不已，多次上书催促尽快破案。

一天，黎公到乡间勘测丈量土地，经向下属询问得知，所经过的那处地方，正是往来于土地祠和李家的必经之路。勘测完毕之后，黎公来到距离李家不远的地方，他命令侍从先行一步，在距离土地祠约一里远的地方等候自己。黎公带着一名端茶送水的小厮，身穿便服，二人同行，经过李家门前，打算沿路前往土地祠。半路上，看到路边有一座尼姑庵，于是就走了进去，庵中有一位年老的尼姑和几名年轻的尼姑，其中一名年轻的尼姑面色发黄、腹部膨胀，小厮上前询问那尼姑得的什么病，那尼姑害羞地走进了内室。老尼姑代她回答说："她得的是腹胀之病。"黎公又来到土地祠，命守祠之人指引李家儿子读书的地方，黎公缓缓地观察周边情况，在墙壁的缝隙中找到了几颗佛珠，黎公见此恍然有悟。回到县衙后，黎公命令所雇佣的一名本地仆妇，装扮成富家妇女的样子，携带银钱前往尼姑庵，与面黄的年轻尼姑有意接近。等二人关系密切后，仆妇慢慢得知了事情的真相。原来是李家儿子路过这座尼姑庵，频频遇见这个年轻的尼姑而心生爱慕之意，二人彼此眉目传情，于是相互亲昵，发生了男女关系，后来李家儿子突然生病，死于庵中。老尼姑就用给自己预备的棺材，将李家儿子装殓，埋葬在后园，那个年轻的尼姑也已经怀孕几个月了。黎公把那个年轻的尼姑传唤至公堂，只审讯了一次她就招供认罪了。

黎公问幕僚说："这件案子应该如何办理呢？"幕僚说："既然有国法在，有什么难办的呢？把尼姑交给官媒（官府中负责女犯看管、解送等事的女役；也指经官府批准以做媒为业的妇女，亦从事贩卖妇女等活动）看管起来，等她分娩后，凡因通奸所生的子女，按例可以认祖归宗，交由男方家抚养。至于这个尼姑以杖刑折抵赎罪，然后发交官媒卖掉。"黎公说："按照法律确实应当如此，但我想效仿苏东坡先生法外开恩的美意，既符合国法，又兼顾人情。李家四代单传，李某夫妇又已年老，只有这一个儿子，十五岁就死在尼姑庵中。如今这个尼姑有了身孕，如果能让她生下这个遗腹子，也可以为李家传宗接代。即使生的是女儿，尼姑也算尽到了媳妇的职责，也可以为李某夫妇养老。况且这个尼姑五岁进入庵中，现在已经十六岁了，虽然涉及男女私情，但她如果愿意为李家儿子守节，也算是从一而终的人。”于是，开具公文移交到县学，将老秀才释放，又把怀孕的尼姑交给李家领回去，到此结案。怀孕的尼姑到了产期，果然生下一个男孩，李氏一家称呼黎公为恩官。

等到黎公升任景德镇同知时，进京述职，他的船将要进入鄱阳湖口时，忽然刮起一阵大风，系船的缆绳折断，船上下颠簸得厉害，一时之间无法进入港口停泊。这时，他远远望见岸边有两位老人、一名少年，手持断缆把船拉入港口，黎公的船才得以安然无事。黎公与仆人马升，在似梦非梦之间，隐约看见船头有一名少年，跪着说道：“大人断案，兼顾国法人情，使我有了守节的妻子，又有了传宗接代的儿子，现在以此作为报答。手持缆绳的两位老人，一个是我的曾祖父，一个是我的祖父。”到了嘉庆二十年（1814），黎公已是江南河道总督，当时河水满溢，堤坝不能合拢，黎公亲自前往工地督工，见到湍急的河水，束手无策之际，黎公竟然跳入水中。他的仆人马升见状也随即跳入水中，抱着主人登上岸边，黎公才得以生还。马升在水中时，感到好像有人在扶助自己，回头一看，原来正是李家年轻的儿子。人们都认为这是李家儿子的鬼魂在冥冥之中两次前来报恩。

说明，我跟随父亲担任江苏淮海道时，黎公正担任江南河道总督，我父亲时常提起黎公在南昌断案的厚德之事，只是未能得知其中的详情。这里记录的情节是我听沈子璞（名钟彦）讲述的，因为沈子璞的弟弟就是黎公的女婿，常在黎公的官署中读书，因此这段传闻尤其真切有据。黎公的仆人马升，也是沈家推荐过去的，他为人极为诚实，跟随黎公近三十年，曾多次向沈子璞讲述黎公的盛德之事。

5.1.17 劫海回澜

悔斋氏曰：吁嗟乎！此何时，此何势耶？此时此势，而犹昏昏未醒耶？大地震动，生民涂炭。积骸如山，血流成川。闻之痛心，言之酸鼻。此何时，此何势耶？此正吾人忧勤惕励之日，而非醉饱嬉游之日也。乃吾尝窃观于今日之人情，而弥滋惧也。古人云：“前车之覆，后车之鉴。”其不知鉴者，必其人心如木石者也，必其人顽如童稚者也。在《易》之《震》：“君子以恐惧修省。”恐惧修省者，所以维人心于不死也；恐惧而不修省，君子犹谓之妄人，况并不知恐惧耶？

今日者，前车覆矣。燕巢幕上，鱼游釜中，不啻剥肤灾矣。我皇上方且减膳省舆、焦劳宵旰，诸将士亦且枕戈待旦、不避暑寒。吾侪小民，二百年来，食毛践土，无非我祖父之泽，即无非我列圣所诒（dài）。率土之滨，莫非王臣。君父恩深，难酬万一。有志者宜激发忠孝，毁家纾难可也。（明张献忠之乱四川，杀掠殆尽。惟梓潼县有神宣化，人人激发忠孝。有弃产助饷者，有省口粮助饷者。甚至妇女愿典衣饰，馆师愿节修脯，即在农工佣保，亦愿日省家用钱数十文，均以助饷。精诚所感，神威显佑，贼过境竟不敢犯，合邑皆免于难。事载《蜀难录》。甚矣，忠孝之获福庇者大也。）亦殚竭心力，保卫梓桑可也。（现闻江右有义民，尽捐家财，以半助饷，以半招募义勇，杀贼无数。贼望风而遁。与广东义士刘公廷英均为当今罕有。又常郡团练章程，家出一丁，立法最善。城乡多有义民独捐千金，联络十数图，互相保卫。他邑各乡，多有照办者，可以齐心杀贼矣。）即不能然，亦庶几洗心革面，斋戒祷求，父诏兄勉，相劝为善，犹不失乎恐惧修省之义也。

乃今日之人情果何如耶？纵欲忘反之习，最足以干天怒而召天殃。目前被难之民，未必不出乎此。（予前过其地，见其奢华暴殄，心窃忧之，今果然矣。）吾地现虽幸免，而反己自思，存心处事，果能不干天怒，而召天殃耶？奈何昏昏之辈，蹈常习故，恬不知改。一若吾地有福，贼不敢犯也者；一若吾素无过，灾必不及也者。酒肆茶坊，喧阗如故；书场曲局，戏乐依然。贪口腹者，仍恣杀夫生灵；好淫色者，仍耽觅于花柳。（古来惟淫邪杀生造孽最重，当此杀劫临头，尤宜立愿痛戒，庶可挽回。）受大恩而仍不知报，见小善而仍不能为。鄙吝者，犹第知牢守悭囊；奢侈者，犹未肯甘心齑（jī）粥。（金陵、维扬多有拥资，不肯慷慨助饷，城破时尽被贼掠去。地窖藏金，亦多搜尽，男女充当苦差，身家不保，懊悔莫及。）助军饷则多方推诿，完国课则一味迟延。鱼里观优，犹竞诲淫诲盗；（近日梨园，多半诲淫诲盗。如《水浒》《西厢》之类，伤风败俗，酿成大劫。若再不严禁，则世教更不可问。愿贤明当道，雷厉风行，须会同织造严饬各戏班，永禁诲淫诲盗诸剧，造福无量。）宦途如戏，犹多争利争名。笔锋如昨，写淫词则毒及千秋；（淫词小说，害世尤甚，实为倡乱之阶）舌剑犹存，谈人过则风生四座。甚至滩簧（即花鼓淫戏）为淫盗之媒，士女之狂奔更炽；字粒实天神所重，城乡之轻亵如前。挟私怨，则犹然结讼无休；逞奸刁，则依旧丧良不顾。

呜呼！此何时，此何势耶？此时此势，而犹昏昏如是。非特不知修省，亦并不知恐惧也。噫！人心死矣。虽小丑终归殄灭，而人祸恐难终免矣。

或曰：恐惧修省之说，既闻命矣，若斋戒祷求，毋乃迂甚？予应之曰：周公之植璧秉珪，成汤之桑林翦爪，古昔圣贤祈天永命，岂以祷求为迂耶？况考之功令，凡遇旸雨不时，例必晓谕军民断屠求祷。宪典煌煌，官民一体。虽似有急而求，然一念之诚，亦往往能获奇应。今此大灾，命悬呼吸，宜更迫于求雨求晴可也。且祷求亦非必入庙烧香之谓也。以戒杀留天地之生机，以斋肃启人心之善念。所以恐惧修省者在此，所以感召天和者亦在此。此人人所能自勉者。今人即不为国家计，独不为性命计耶？何愦愦也！

夫天之于人也，犹父师之于子弟也。子弟有过，父师虽甚爱怜，不得不施以楚挞。父师之怒，父师之苦心也。为子弟者，苟自知痛改，战栗求哀，则父师之颜自霁，父师之意自回矣。若父师之楚挞将施，而子弟之戏嬉如故，虽慈父师亦岂能为之再宽耶？当此之时，天怒极矣。征于色，发于声，至再至三，将不徒为楚挞之施，而即有雷霆斧钺之临矣。人苟能善承天怒，急急恐惧修省，亦安见不能感格者？（《蜀难录》又载，有川民王春元者，农家也。日则逢人劝善，夕则焚香吁天，家口十余，限每日啖粥，五日一饭，日省家用百余文，计一年得钱数十千。即以二分助饷，以一分抚恤难民。贼匪过境，见有大黄旗覆其屋，若有神佑者。至性高风，令人起敬，宜其独得免于难也。）终古无不可挽之天心，即终古无不可弭之人祸。乃赫赫者如此，而梦梦者如彼。是直不啻顽钝之徒，不顾父师之盛怒，而戏嬉如故也。天心虽仁，至是亦何能再为宽宥耶？

嗟乎！吾侪小民，二百年食毛践土，祖若父同享承平。当此君父有急，上之既不能激发忠孝，毁家纾难；次之又不能殚竭心力，保卫梓桑。只此区区恐惧修省之事，初非强其所难，尚不知竭一念之诚，以善承天怒。岂真吾地有福，贼不敢犯也；岂真吾素无过，灾必不及也？彼蚩蚩者，固不足责。独怪夫衣冠文物之徒，亦若随波逐流，以恬以嬉，若可自信其有命在天者，霹雳当空，游宴犹尔。是真心如木石者也，是真顽如童稚者也。更何异父母躬罹疾厄，而为子者痛痒无关也？是尚得为人子耶？是尚得谓有人心耶？

或又曰：事已至此，修省亦复何益？不如及时行乐，以待天之命也。不知时已至此，修省犹恐不及，况可再纵其欲，以益天之怒耶？老子曰："战胜当以丧礼处之。"战胜犹尔，为问处此时、处此势者，何如耶？孔子曰："罔之生也，幸而免。"安平之时，免犹曰幸。当此而犹求以幸免耶？

吁嗟乎！此何时，此何势耶？此时此势，而犹昏昏未醒若是耶？此吾所以窃观于今日之人情，而弥滋惧也。所愿与凡有血气者，垂涕而道也。明目张胆，大声疾呼。洵足以振聩发聋，弭灾化劫。言之无罪，闻之足戒。苦海慈航，无逾于此。若犹以为迂而忽之，则吾更不知其迁流何极矣！

【译文】悔斋氏说：哎呀！这都到了什么时候了，事情都发展到什么地步了？这种时势之下，仍然昏睡不醒吗？大地震动，生民涂炭。积尸如山，血流成河。听到了令人痛心，说起来令人酸鼻。这都到了什么时候了，事情都发展到什么地步了？这种时势之下，正是我们忧虑劳苦、警惕谨慎的时候，而不是醉酒饱食、嬉戏游乐的时候。可是我曾默默观察今天的世道人情，而心中的恐惧日益加深。古人说：“前面的车翻了，后面的车要引以为戒。”那些不懂得借鉴前人的经验教训的人，必定是心肠坚硬如同木石的人，必定是冥顽不灵如同孩童的人。《周易·震卦》中说：“（雷震之时）君子应当悟知恐惧警惕、修身反省。”恐惧警惕、修身反省，是维系人心不灭的方法。虽然恐惧警惕却不修身反省，君子仍把这样的人称作无知妄为的人，更何况是那些连恐惧警惕都做不到的人呢？

如今，前面的车已经翻了。燕子在帘幕上筑巢，鱼在汤锅里游泳，这无异于灾祸已经迫近其身。我们的皇上尚且缩减衣食车马之费，日夜焦虑烦劳，诸位将士也是枕戈待旦、不避严寒酷暑。我等小民百姓，二百年来，吃的食物和居住的土地，无不是我们祖辈父辈的遗泽，也无不是拜我朝历代圣君所恩赐。天下所有的人，无不是国君的臣子。君父的深恩厚德，连万分之一都难以报答。有志气的人应当激发忠孝之心，捐献全部家产，帮助国家减轻困难才行。（明朝时张献忠祸乱四川，烧杀抢掠殆尽。只有梓潼县在神人的宣传教化之下，人人都激发出忠孝之心，有的捐献家产资助军饷，有的节省口粮资助军饷。甚至妇女自愿典卖衣服首饰，私塾教师自愿节省薪酬，即使是农民、工人、佣人、雇工，也自愿每天缩减生活费数十文钱，用来资助军饷。受到人民群众的精诚之心所感，神明显示赫赫威灵，护佑一方平安，乱贼过境时，竟然秋毫无犯，全县都幸免于难。此事记载于《蜀难录》中。由此可见，忠孝之人所获得的福佑真是太大了。）也应当殚精竭虑，保卫家乡才行。（现在听说江西有位义民，捐出全部家财，一半用来资助军饷，一半用来招募义兵，歼灭贼匪不计其数。贼匪望风而逃。这位义民和广东的义士刘廷英先生都是当今世所罕见的人物。还听说常州府的团练章程规定，每家都要出一名壮丁，这样的立法最为合理。城乡之中有很多义民独自捐出十两银子，联络十几个乡村，互相保卫。其他县的各乡，也多照此办理，如此就可以齐心协力围剿贼匪了。）即使做不到这些，也应该洗心革面，斋戒祈祷，父子兄弟之间相互告诫劝勉，相互督促向善，如此也可算没有违背《周易》上所说的“戒慎恐惧、反省改过”的道理了。

可是如今的人情世道到底怎么样呢？纵欲无度、不知节制的习性，最能惹怒上天而招致上天降下灾祸。当前受难的人民，未必不是由于这种原因造成的。（我之前经过那个地方，见到那里的人骄奢淫逸、暴殄天物，心中暗自为他们担忧，今天果然发生了灾难。）我们这个地方现在虽然侥幸避免了灾难，但回过头来扪心自问，自己存心处事，果真就不会惹怒上天而招致上天降下灾祸吗？无奈那些浑浑噩噩的人，依旧随顺往常的习气，满不在乎，不知悔改。真就好像是认为我们这个地方是福地，贼匪不敢侵犯；真就好像是认为自己从来没有过错，灾祸一定不会降临到自己头上。酒店茶馆，还是像往常那样喧闹；书场戏院，还是像往常那样欢乐。贪图口腹之欲的人，仍然肆意杀害生灵；贪淫好色的人，仍然沉溺于花街柳巷。（自古以来，唯有邪淫、杀生造孽最重，在此杀劫临头之际，尤其应当立下誓愿，痛下戒心，这样或许才能挽回劫运。）受人大恩却仍不知回报，见到小的善事都不去做。吝啬的人，仍然只知道牢牢地捂住钱袋；奢侈的人，仍然不肯甘心于粗茶淡饭。（南京、扬州有很多拥有丰厚资产的人，不肯慷慨解囊捐助军饷，以至于城破之时全部被贼寇抢走。地窖中所藏的银子，也多被搜掠净尽，家中男女被贼匪掠去充当苦役，身家性命未能保全，只落得懊悔莫及。）捐助军饷时百般推脱，交纳国税时一味拖延。去鱼里（《左传》中记载的里名）观看优伶演戏，所表演的仍是教唆引诱世人奸盗邪淫的戏曲；（近年来戏班表演的戏曲，多半是教唆引诱世人奸盗邪淫的。像《水浒传》《西厢记》之类，伤风败俗，容易引发大的劫难。如果再不加以严禁，则世道人心更加不堪设想了。希望贤明的执政者，雷厉风行，务必会同织造局严厉地整顿各个戏班，永远禁止诲淫诲盗的各类戏剧上演，也是功德无量的事。）仕途如同戏剧，很多人还在争夺虚名和私利。笔锋依然如故，写出的淫词艳曲能流毒千年；（淫词小说，对世道人心的危害尤其巨大，实在是诱发祸乱的媒介）仍然巧舌如簧，议论他人的过错时往往谈笑风生、语惊四座。甚至滩簧戏（即花鼓淫戏）确实是诲淫诲盗的媒介，会诱发更多青年男女私奔的事件发生；字纸和粮食是天神最为重视的，可城乡之人依然不敬字纸、不惜粮食。怀有私怨，仍然结仇诉讼，无休无止；肆行奸刁，依旧丧尽天良，不管不顾。

哎呀！这都到了什么时候了，事情都发生到什么地步了？这种时势之下，有的人仍然如此浑浑噩噩。不但不知道修身反省，也不知道恐惧警惕。唉！人心泯灭了。虽然宵小丑类终归灭亡，但人祸恐怕终究难以幸免了。

有人说："恐惧警惕、修身反省"的道理，我已经知道了，至于斋戒祈祷，不是太迂腐了吗？我回答说：周公摆放玉璧手执玉圭以祭告先王，成汤剪短头发砍断手指在桑林中祈雨，古时候的圣贤尚且祈求上天永远授以王命，难道能说斋戒祈祷是迂腐的行为吗？况且查阅国家的法令，凡是遇到晴雨失调时，按例朝廷都要通知军民禁止屠宰，以此祈祷风调雨顺。法典所载昭彰醒目，官民应当同心协力。即使似乎是遇到危急时才祈祷，然而一念之诚心，也往往能获得神奇的感应。如今遇此大灾，性命悬于呼吸之间，应该有比求雨求晴更加急迫的心情才对。并且祈祷也不是说非得进庙烧香才行。以戒杀生灵保留天地的生机，以斋戒肃穆启发人心的善念。这便是恐惧警惕、修身反省的本义之所在，这便是感召天地和气的有效方法。这些都是每个人通过自我勉励就能够做到的。现在的人即使不为国家着想，难道就不为自己的身家性命着想吗？为何如此昏愦糊涂呢？

天与人的关系，就像父亲老师与儿子学生的关系。儿子学生有了过错，父亲老师虽然十分疼爱，也不得不施以鞭笞。父亲老师发怒，是因为对儿子学生的一片苦心。作为儿子、学生，如果能自知过错，痛改前非，恐惧战栗地哀求饶恕，父亲老师的神色自然就会缓和，父亲老师的怒气自然就会平复。如果父亲老师在将要施以鞭笞时，儿子学生依然嬉戏玩闹如故，即使是慈爱的父亲老师又岂能一而再再而三地宽恕他们呢？当今之时，上天的愤怒已经达到极点了。愤怒已经显现于脸色，流露于言辞，一而再再而三，到时将不仅是施予鞭笞，甚至还会有雷霆斧钺之刑降临到人们的头上。人们如果能悉心体察到上天的愤怒，赶快恐惧警惕、修身反省，又何以见得不能感动上天呢？（《蜀难录》中又记载，四川有个叫王春元的人，是个农民。他白天遇到人就劝人向善，晚上则焚香祷告上天，一家十多口人，规定每天只吃粥，每五天才吃一次米饭，这样每天节省出一百多文的家庭开支，一年累计下来共节省出十千文钱。他用省出的这些钱的三分之二捐助军饷，用三分之一抚恤难民。贼匪过境时，看见有一面巨大的黄色旗帜覆盖在他家屋顶上，好像有神灵在护佑着他家。他品性卓绝、操行高尚，令人肃然起敬，也难怪唯独他家能够幸免于难。）自古以来没有不可挽回的天意，自古以来也没有不可消除的人祸。上天的愤怒已经是如此显著昭彰，而人们依然是那样愚昧无知。这真是无异于冥顽不灵的家伙，不顾父亲老师的盛怒，而嬉戏玩闹如故。天心虽然仁慈，但人们到了这种地步又怎能再为之宽恕呢？

哎呀！我们小民百姓，二百年来衣食无忧、安居乐业，祖辈和父辈同享太平之世。值此国家遭遇危难之际，首先既不能激发忠孝之心，捐献家产，帮助国家减轻困难；其次又不能殚心竭力，保卫家乡。只是这么简单的恐惧警惕、修身反省之事，也并不是强人所难，竟然还是不知道拿出自己的一念诚心，以体察顺承上天的愤怒。难道真的以为我们这里是福地，贼匪不敢侵犯吗；难道真的是自己从来没有过错，灾祸不会降临到自己头上吗？那些愚昧的平民百姓，固然不值得责备。唯独令人奇怪的是那些文人士大夫们，也在随波逐流，满不在乎，嬉戏游乐，好像自以为有天命在身，空中已经雷电大作了，游戏宴乐依然如故。这真正是心肠如木石的人啊，真正是顽劣如孩童的人啊。更无异于父母正在遭受疾病灾厄，但做儿子的却无关痛痒、满不在乎。这样的人还能算作父母的儿子吗？还能说他是有良心的人吗？

有人又说：事情已经这样了，修身反省又有什么用处呢？不如及时行乐，等待上天的安排。殊不知到了这个时候，修身反省都恐怕难以挽回，更何况继续纵欲无度，以加重上天的愤怒呢？老子说："打了胜仗也要以丧礼的仪式对待战死的人。"打了胜仗尚且如此，试问处于当前的这种时势之下，又该怎么做呢？孔子说："不正直的人生存在世上，是侥幸避免了灾祸。"世道太平之日，避免灾祸尚且被认为属于"侥幸"。当此危难之际，难道还想着通过侥幸来避免灾祸吗？

哎呀！这都到了什么时候了，事情都发生到什么地步了？这种时势之下，还是这样昏睡不醒吗？这就是我默默观察今天的世道人情，而心中愈发滋生恐惧的原因。我愿意向凡是有血性的人，痛哭流涕地诉说我的衷肠。因此，我明目张胆地大声疾呼，希望此文真能引起振聩发聋、消灾化劫的作用。说话的人没有罪过，听闻的人足以引起警戒。如果有人想从苦海中解脱，没有比这更好的方法了。如果仍有人认为这些言论都是迂腐之谈而轻视忽略，那么我就不知道他最终会沉沦到何种地步了！

5.1.18 金烈妇

烈妇李氏，象山人。年十七，嫁慈溪城中捕鱼者金某，为继室，三年矣。夫为人赁渔，久出外。姑龚氏，素淫秽，与典肆汤姓者昵。汤艳烈妇色，许赂其姑番银百饼，嘱诱妇，弗从。固强之，妇乃断左手中指以示决。姑愤，裸其体，毒肆鞭挞，仍不屈。乃密置地窖，布以瓦砾，赤妇身，蹴足寝其中，上覆地蹋，仅露首，铁索系之。设破甑置饭于旁，使一手可攫食。日夕炽火煨铁钳，焠其身。当是时，痛彻肌骨，弗可忍。假使妇心稍折，向姑一诺，姑必立出而薰沐之、拊摩之、鲜衣美食之，视此活地狱而何如哉？而妇乃不以彼易此，以为身可糜不可污，甘忍死而不顾也。自五月至八月，箠楚炮烙之加，蚊蚋虫蚁之螯，身无完肤，终毅然不为动。盖自断指时，其志已自矢定矣。姑知其必不从也，谋蹙之死。中秋前一日，将以沸汤沃杀之，有乳妇觅佣羁其家，为哀求。会天阴欲雨，忽雷声隆隆作，因而止。姑既行秽，邻人鲜往来，故无闻者。而乳妇密以语其邻，邻人觇之，果实。虑事发且累己，伺其姑他适，集邻妪閧（hòng）而入，视妇已蛆生满身，奄然残喘矣。询之，尚能言其略。为涤而衣之，舁以板扇，诣县署鸣官，观者如堵。逾时，妇乃死。时咸丰三年八月二十日也。

邑主莅视，尸遍体火烙焦烂痕、鞭笞伤击痕、瓦砾破刺痕，非真铁石肺肝，莫能忍而至斯者。尝读望溪方先生书，有明左忠毅公逸事，公为魏奄刑毒狱中，无寸肤不糜烂。公卒凛凛不屈，完其志以终。今妇固一巾帼耳，非读圣贤书、知杀身成仁之义者，乃其事何以异哉？古忠臣与烈女并称，有以也。

【译文】烈妇李氏，浙江象山县人。十七岁时，嫁给慈溪城中捕鱼的金某为继妻，至今已经三年了。有一次，丈夫受人雇佣去捕鱼，长时间在外不回。婆婆龚氏，素来淫乱，与当铺里的汤某相好。汤某垂涎李氏的美色，送给龚氏一百枚外国银元，嘱托她引诱李氏和自己通奸，李氏不从。汤某多次想要强暴李氏，李氏咬断左手中指以表示绝不服从的决心。龚氏大怒，扒掉李氏的衣服，对他痛加鞭打，李氏仍不屈从。于是，龚氏把李氏秘密关在地窖中，铺满了砖头瓦块，让李氏赤身裸体，光着脚住在里面，地窖上覆盖一片地毯，只露出头部，并用铁索系住。又在地窖旁摆放一个破瓦盆，装上饭，使李氏伸手可以够到饭来吃。龚氏每天早晚用烧热的铁钳烫烙李氏的身体，当此之时，李氏痛彻骨髓，几乎不能忍受。倘若李氏稍有动摇，说句话答应龚氏的要求，龚氏必定立即放她出来，给她熏香沐浴、按摩身体、穿上华美的衣服、吃美味的食物，与她现在地狱一般的生活相比怎么样呢？可是李氏宁愿忍受苦难也不接受诱惑，她坚持认为即使粉身碎骨也绝不能受到污辱，宁愿惨死也绝不改变意志。从五月到八月，她不断地被施以鞭打炮烙等酷刑，受到无数蚊蝇虫蚁的叮咬，体无完肤，始终毅然决然不为所动。想必是自从咬断手指之时，她的这种志向就已经牢固确立了。龚氏也知道李氏一定不会屈从，于是图谋尽快将其置于死地。中秋节的前一天，龚氏正想用滚烫的热水将李氏烫死，当时正巧有个奶妈因求职暂留在金家，看到这种情形，便替李氏哀求龚氏不要这样做。当时天空阴云密布，将要下雨，忽然雷声隆隆作响，龚氏才罢手。龚氏肆行淫乱以来，邻居们很少和她往来，因此都不知道此事。等奶妈悄悄地把此事透露给邻居后，邻居暗中探察，发现事情果然如此。邻居担心事情被揭发后会连累自己，于是趁着龚氏外出的时候，集合邻家的老妇一哄而入，看到李氏已经全身生满蛆虫，奄奄一息、苟延残喘了。邻居们向李氏询问情况，李氏还能开口说话，讲述大致的情形。众人为李氏沐浴穿衣后，将她放到一块门板上，抬到县衙击鼓告官，当时在场围观的人不计其数。来到县衙没多久，李氏就气绝身亡了。那天是咸丰三年（1853）八月二十日。

县官到场勘验尸体，看见李氏全身布满了火烙焦烂、鞭打击伤、瓦砾刺破的伤痕，不是真正心肠如铁石一般坚硬的人，不会残忍恶毒害人到这种程度。我曾阅读方望溪先生（方苞，晚年号望溪，清代文学家）的书，书中有一篇《左忠毅公逸事》，文章中记载左忠毅公（左光斗）在狱中被宦官魏忠贤的党羽施以酷刑，被折磨到体无完肤。然而，左忠毅公始终凛然不屈，保全志节而死。这里记载的李氏虽然只是一介妇女，没有读过圣贤书，也未必知道杀身成仁的道理，可是她坚守节操的事迹与左忠毅公相比又有何区别呢？古人往往将忠臣与烈女相提并论，是有道理的。

第二卷

5.2.1 徐青天

徐惕庵太守，武进人，由部曹出守山东莱州府，刚毅不阿。到任时，所属平度州有蔑伦案。民人罗有良，与其姊夫张子布，素不睦。罗凶悍多诈，子布出外，密鬻其姊，子布归，索妇不得，閧(hòng)焉，母趋劝。有良殴子布仆地闷绝，惧杀人罪，蹴母腹毙之。大呼曰："布杀吾母。"邻人至而布苏，恍惚不能记忆。罗先赴州呈告，子布殴死其母。平度州某以殴死妻母论罪。

徐覆鞫曰："吾讯子布斗时，方跣足，而有良纳铁里鞋。今伊母腹有铁器伤，是有良蹴也。"以蔑伦覆详。徐素戆(zhuàng)直，官部曹时，中丞亦京秩，与徐有隙。谓其有意见长，故翻成案，大怒，仍照州详定案。而以徐固执已见，失入蔑伦重罪，特参革职拏问。

徐闻信，星夜赴州私访，实系有良踢死。州士子及罗、张左右邻，亦具切实甘结，保案无枉。不三日，委员摘印至，置徐济南狱。徐遣子培京控，而以州众切结附入。特差大司寇胡季堂、侍郎姜晟，赴东鞫治。抵省，中丞、臬司实告案诚如徐，第平反，通省承审官，皆须反坐。星使不得已，婉言于徐，许案结后，令诸君集资捐复原官。仍照原拟定谳，而有良出狱矣。

甫出时，方晴昼无纤云，忽空中雷声隐隐，有良仰视若有所见，回身欲入，门者阻之。有良曰："尚有所白。"于是入供杀母状，历历如绘。乃系罗释徐。既出，军民观者数万，遽呼曰"徐青天"，拥之去。

【译文】徐惕庵知府（徐大榕），江苏武进县（今常州市）人，由户部司官出任山东莱州知府，刚强坚毅，从不逢迎谄媚。到任时，治下的平度州发生了一件背弃人伦的案子。居民罗有良，与姐夫张子布，素来不和。罗有良凶悍多诡计，有一次趁着张子布外出，秘密地把自己的姐姐卖给了别人。张子布回家后，找不到妻子，便大声喧闹，这时罗有良的母亲急忙出来劝解。罗有良殴打张子布，致使其晕倒在地，他惧怕背负杀人的罪名，便（心生诡计）一脚踢在母亲的腹部，致使母亲毙命。罗有良大呼："张子布杀死了我的母亲。"邻居们纷纷赶来，这时张子布已经苏醒过来了，可他精神恍惚，全然不记得刚才发生的事了。罗有良先行来到州衙控告，说张子布殴打自己的母亲致死。平度州知州某人以殴打岳母致死的罪名对张子布定罪。

徐知府在复审案件时说："经过讯问得知，张子布争斗时，是光着脚的，而罗有良则穿着铁里鞋。现今罗有良母亲的腹部有被铁器所伤的伤痕，显然是罗有良踢死了自己的母亲。"于是，徐知府以逆伦弑母的结论禀报上级复核。徐知府为人一向忠厚耿直，在户部任职时，现任的江苏巡抚当时也是京官，与徐知府有嫌隙。巡抚说徐知府故意显示自己有水平，所以将已有定论的案子翻案，大怒，仍然按照平度知州的结论定案。并且以固执己见，误加人以弑母重罪的罪名，对徐知府进行参劾，等待革职拿问。

徐知府听到这个消息后，连夜赶赴平度州，暗中查访，得知确实是罗有良踢死了母亲。平度州的士子们以及罗有良、张子布的左邻右舍，都愿意联名出具保证书，以证明此案没有冤枉。没过三天，上级派员前来摘去了徐知府的官印，将他关入济南府的监狱中。徐知府派儿子徐子培进京上诉，并在诉状后附上平度州民众联名画押的保证书。不久后朝廷特派刑部尚书胡季堂、侍郎姜晟为使臣，赶赴山东调查审理此案。使臣到达山东省后，巡抚、按察使据实上报，说是案情确如徐知府所言，只是如果平反此案的话，全省与此案有关的官员，都会受到牵连获罪。无奈之下，使臣只得与徐知府婉言商量，承诺案子结束后，将令众官员集资为他捐复原官。于是仍旧依照最初的结论定案，而罗有良也被释放出狱了。

罗有良刚走出监狱门口，原本天气晴朗、万里无云，忽然空中雷声隆隆，罗有良抬头仰视天空，好像看见了什么，转身想要返回，但被看门人拦住了。罗有良说："我还有话要说。"于是返回监狱，把自己踢死母亲的情状，详细清楚地供述了出来。这样罗有良被重新拘押，而徐知府被释放了出来。徐知府出狱之时，前来观看的军民数以万计，他们一边高呼"徐青天"，一边簇拥着徐知府离去。

5.2.2 万荔门方伯

汤芷卿曰：万封翁（望），乾隆某科孝廉，尝偕其友陆孝廉（以宁），赴礼部试。道出山东，陆病不能行，止于旅舍。万亟为觅医药，既而陆病益不支，恐万久留误试，促之行，万不可。陆且死，泣曰："受君之惠，今生已矣，愿矢来世。"遂卒。

万货装为治棺衾，携其榇归，竟不赴试。时万夫人年已望五，忽有娠。临产，梦陆入室，而荔门方伯（贡珍）生。万以故人转生，不甚督责。而性绝慧，凡音律书画，以及弹棋六博，略试涉历，无不精妙。年十六七，颇好游荡。万心忧之，见于颜色。方伯心动，叩之夫人，夫人曰："皆由子不肯向学，故两大人深以为忧耳。"方伯遂诣父自投，由是闭门攻苦。明年补博士弟子员，连掇科第，入直枢府。守开封日，始奉讳归，时封翁及太夫人皆八十余矣。余游大梁时，举此事以问方伯，方伯笑而不言。陆二孙皆在署，仍论世交，呼方伯为世叔云。

【译文】汤芷卿（名用中）说：万望封翁（因子孙显贵而受封典的人），是乾隆某科乡试举人，有一次，他和朋友陆以宁举人一起，前往京城参加礼部会试。路过山东时，陆举人因为生病不能前行，二人只得投宿在旅馆中。万封翁急忙出去为陆举人寻医找药，后来陆举人病情愈发严重，他怕万封翁在此久留耽误了考试，便催促万封翁尽快出发，万封翁没有同意。陆举人临终前，哭着对万封翁说："我受到您的恩惠，今生只能这样了，我发誓来世一定报答您。"说完就去世了。

万封翁卖掉行李换钱为陆举人置办棺材、寿衣，护送陆举人的灵柩返回家乡，竟然不去考试。当时万夫人已经接近五十岁了，某天忽然有了身孕。临近生产时，万夫人梦见陆举人进入内室，于是生下了一个男孩，就是后来担任布政使的万荔门先生（名贡珍）。万封翁因为知道儿子是老朋友转世而来的，也就不太对他严加督责。但万荔门先生天性极其聪慧，凡是音乐书画以及弹棋、博戏，稍加涉猎练习，就无不很快精通。十六七岁时，万荔门先生特别喜欢四处游荡。万封翁见到儿子这样，便忧心忡忡，表现于脸色。万荔门先生心中有所触动，便询问母亲，母亲说："都是因为你不肯专心学习，因此我和你父亲才深深忧虑。"万荔门先生闻听此言，于是主动到父亲面前叩头谢罪，从此以后闭门苦读。第二年，就补为生员，后来又接连考中举人、进士，入直军机处。万荔门先生任开封知府时，因丁忧辞官回乡，当时他的父母都已经八十多岁了。有一次我去开封时，向万荔门先生询问此事，万先生只是笑而不答。陆以宁举人的两个孙子也都跟着万先生在官署中生活，两家仍以世交相论，他们称呼万荔门先生为世叔。

5.2.3 曲报

镇洋某公，弱冠游庠。忽一夜梦二青衣持柬叩床下，曰："冥王相召。"公曰："我岂数尽耶？"曰："非也，有案欲相质耳。"遂随往至一殿，王降阶迎揖，分宾主坐。王曰："公有宿冤，须作两种报。公前世致人死，今世偿之，此为直报。托生公家，破公之产，败公之名，冤尽乃解，此为曲报。公将何从？"公沉思曰："愿得曲报。"王即传呼令上，一女子浴血伏阶下，王谓公曰："细识之，他日相逢毋相拂也。"公遂醒。旋大魁，由文学侍从受封疆重寄，垂三十年。抚陕时，太夫人携一婢月儿至，即梦中人，遂纳之。宠专房，惟意所欲。时幕中罗致海内知名士，月儿招之款昵，公亦不问。后随某孝廉逸去，公悉发其衣饰，并私蓄资之，令去。人皆服公大度，而不知其有宿因也。

【译文】江苏镇洋县(今太仓市)某公,刚成年就进入县学成为生员。一天夜里,他忽然梦见两个穿着青衣的人拿着请柬在床下叩头,说:"冥王召请您前去。"他问:"难道是我的命数已经尽了吗?"青衣人回答说:"不是的,是有一件案子想请您到场对质。"于是,他跟随青衣人来到一座大殿,冥王走下台阶亲自迎接,作揖行礼后,分宾主落座。冥王说:"您有前世的冤孽,可分两种途径报偿。您前世致人死亡,今生偿还,这是直报。让冤家托生在您的家中,破耗您的家产,败坏您的名声,冤债还完之后事情才可化解,这是曲报。您将选择哪一种呢?"某公沉思了一会儿说:"我愿意选择曲报。"冥王立即传唤冤家上殿,只见是一名女子浑身是血地跪伏在台阶下,冥王对某公说:"您仔细看清了,他日相逢时不要不认识了。"某公于是一惊而醒。不久后,某公高中状元,由文学侍从荣膺封疆大吏之重任,长达三十年之久。某公在担任陕西巡抚时,有一天,他的母亲领着一个叫月儿的婢女前来,发现正是梦中的那名女子,于是纳为妾室。某公对此女特别宠爱,尽力满足其一切要求。当时他招揽了各地的知名人士前来幕府中任职,月儿招他们前来表示友好亲昵,某公见了也并不过问。后来,月儿打算跟随某举人私奔,某公把月儿的衣服、首饰全部赠给她,并拿出自己的私蓄资助二人,然后让他们离去。人们都佩服某公的宽宏大度,却不知道其中有前世的因缘。(译者注:此事或为乾隆二十五年状元毕沅之事迹。)

5.2.4 考阎罗

长白麟见亭(庆)河帅,因道光壬寅岁,河决桃工被议,发东河效力,随钟云亭河帅同驻工次。夜梦黄衣武士,持牌如校尉状，召赴试，即乘马随之。至一处，朱甍（méng）黄瓦，类帝王居。宫门外约集二十余人，有孙给谏，素所相识，相与屏息以俟。俄闻启扉唱名，以次而入。殿庑下列坐矮几，如廷试然。题为《毋自欺论》，各就席构思，论成缴卷，退出门外。一时许，闻鼓吹开门。一朱衣人擎榜出，所取三人，第一孙，次某部郎，次乃麟也。继而传呼雷动，数力士掖孙入，须臾出。某部郎次入。最后麟入，跪丹墀下，仰视上坐，赤面长髯者，为关壮缪；傍坐一人，丰颐伟干，须白如银，勉励数语，令暂归俟命。麟遂出。

既醒，异其梦，不知何征。及以京堂需次都中，偶忆前梦，往访孙，阍人以病对。登舆欲行，忽阍人急奔出曰："家主已知大人至，有要言请就卧内面谈。"麟入，见孙曰："颇忆同考事乎？我先赴召，君当继至。"麟叩摄何职，曰："七殿阎罗也。"问向所见白须者为何神，曰："明代孙白谷（传庭）先生也。"次日，孙讣至。不一年，某部郎卒。麟又越二年而逝。

【译文】满洲的江南河道总督麟见亭（麟庆，完颜氏，字伯余、振祥，号见亭，满洲镶黄旗人），因道光壬寅年（1842）黄河在桃北崔镇一带决口，而被处分，发派到东河河道效力，跟随东河河道总督钟云亭（钟祥）一同驻扎在工地上。有一天夜里，麟公梦见一位身穿黄衣的武士，手持令牌，样子好像校尉，召他前去应试，他就骑马跟随前往。来到一座建筑物，红脊黄瓦，好像帝王的居所。门外聚集了大约二十多人，其中有一位孙给谏（六科给事中的别称），和他平素认识，于是二人一同屏住呼吸静静等候。不一会儿，听到开门点名，众人依次进入。殿廊下成排摆放着矮桌和座位，好像举行殿试一般。考试的题目是《毋自欺论》，众人各自入座就位构思，写完后交卷，然后退出门外。过了一个时辰左右，他听见鼓乐吹打的声因，殿门打开。一位身穿红衣的人高举榜单走出来，一共录取了三个人，第一名是孙给谏，第二名是某位部郎，第三名就是麟公。接着听到了雷鸣般的传呼之声，有几名大力士扶掖着孙给谏进入殿中，不一会儿就出来了。然后是某部郎进去。最后是麟公，进入殿中后，跪在丹墀之下，仰视上面坐着的人，赤面长须的是关圣帝君；旁边还坐着一人，下巴丰满，身材魁梧，须白如银，对麟公说了几句勉励的话后，便让他暂时回去等候消息。于是，麟公从殿中出来。

麟公醒来后，感到梦境奇怪，但不知是何征兆。等到他被授予四品京堂之职，在京城候补职缺时，偶然回忆起前梦，便去拜访孙给谏，看门人说孙给谏病了不能见客。麟公正要上车离去时，忽然看门人急忙跑出来说："我家主人已经知道大人来了，他有要紧的话想对您说，请您到主人的卧室里面谈。"麟公进入孙府，见到了孙给谏，孙给谏说："您还记得我们一同考试的事吗？如今我将应召前往，不久您也会紧接着前来。"麟公询问孙给谏在冥府担任何职，孙给谏说："七殿阎罗。"又问上次梦中所见的白须人是哪位神明，孙给谏说："是明代的孙白谷先生（孙传庭，字伯雅，号白谷，山西代州人，万历四十七年进士，明朝末年大臣）。"第二天，麟公就收到了孙给谏去世的消息。不到一年，某部郎也去世了。又过了两年，麟公也逝世了。

5.2.5 占产

扬州吴某，运署库吏也，与沈莲叔都转之司阍孙某，为莫逆。孙有余资，将死，以其妻朱氏托之。未年余，吴力劝改适，连赘两夫，皆以反目去。吴谓朱曰："连赘而皆去，又无子女，异日奈何？"朱泣，乃徐曰："我以子嗣汝，何如？"朱大喜。子亦将顺，极得欢心。朱倾所有付之。子踪迹渐绝，吴亦白眼相加。渐至衣食不周，贷于吴亦不答。朱具呈控官。吴备疏朱秽事，榜之通衢。朱气愤自缢。吴子市薄棺葬之。遂占其宅。一日清晨，吴赴肆啖汤饼毕，下楼见孙夫妇立楼下，惊倒，舆归，暴卒。方殓，火自堂前发，棺与妻子烬焉。

【译文】扬州的吴某，是都转盐运使司衙门里一名管理仓库的小吏，他与都转盐运使沈莲叔（名拱辰）家的看门人孙某，是莫逆之交。孙某积有一些钱财，临死前，将妻子朱氏托付给吴某照管。没过一年多，吴某就极力劝说朱氏改嫁，先后嫁了两任丈夫，但都因夫妻不和而分手。吴某对朱氏说："你连嫁了两任丈夫都分手了，如今又没有儿女，将来该怎么办呢？"朱氏悲伤哭泣，吴某见状缓缓地说："我把我的儿子过继给你，怎么样？"朱氏大喜。吴某过继给朱氏的儿子对朱氏也十分孝顺，极得朱氏欢心。于是，朱氏便把全部家产交给了儿子。不料过继的儿子却渐渐不露面了，吴某对朱氏也是冷眼相待。朱氏逐渐陷入了衣食不继的境地，向吴某借贷，吴某也不作回应。于是，朱氏一纸诉状将吴某告上官府。吴某详细叙述朱氏的污秽之事，并张贴在大街上。朱氏气愤之下，自缢而死。吴某的儿子买了一口劣质棺材埋葬了朱氏。于是吴某又霸占了朱氏的家宅。一天清晨，吴某去饭店吃汤饼，吃完下楼时，看见孙某夫妇站在楼下，吴某被吓得跌倒在地，被人抬回家后，就气绝身亡了。吴某的家人在装殓吴某的尸体时，大火突然从堂前燃起，吴某的棺材和他的妻儿都被烧成了灰烬。

5.2.6 唐姓女

余姚朱九香先生（兰），告余曰：相传数十年前，吾乡有唐姓者，最信堪舆，凡名流无不延致。最后得一地师，则操诣甚高，眼力亦极准，一日告唐曰："遍阅无吉壤，惟屋后杨梅山有穴，名'天鹅抱卵'，佳城也。可置鸡卵埋于穴，周十二时验之，若产雏，即不谬。"其女窃闻之，夜私往掘，视卵已啄微孔，乃以他卵易焉。届期，父与地师往观，卵仍如故，置之。女缔邵氏姻，将嫁，告父曰："儿性嗜杨梅，屋后杨梅山，给抔土可乎？"父允之，听其自择。女即择地师所指者，归邵。载余，翁姑继逝，葬其地。夫服除，补弟子员，旋联捷成进士。甲科累世，但寿不永耳。岂先时掘视，泄气故与？或曰地本佳，既以葬翁姑，其夫自有必发之理，但夫不永寿，则欺父之故也。

【译文】浙江余姚的朱九香先生（朱兰，字九香，一作久香，道光九年进士，官至内阁学士）告诉我说：相传几十年前，我的家乡有一个姓唐的人，最相信风水，凡是风水名家他无不请到家中。最后他请到一位风水师，这位风水师的操行和造诣都很高明，眼力也很准。一天，这位风水师告诉唐某说："遍观各处都没发现好地方，只有您家屋后的杨梅山有处穴位，名为'天鹅抱卵'，是一处上好的墓地。您可以把鸡蛋埋在穴中，过十二个时辰之后前往验看，如果鸡蛋孵出小鸡，就说明我的话不错。"唐某的女儿偷偷听到了这话，趁夜间私自前往挖掘，她看到鸡蛋壳已经被啄开了一个小孔，便用另一个鸡蛋换掉了穴中的鸡蛋。到了日期，唐某与风水师前往验看，见鸡蛋依然如故，也就不再过问了。唐某的女儿和邵家的儿子缔结了婚约，出嫁之前，她对父亲说：“我生性爱吃杨梅，屋后的杨梅山可以分给我一块地吗？”唐某应允，任其随便挑选。唐某的女儿就选择了风水师所指定的那块地方，这块地即归邵家所有。一年多后，她的公公、婆婆相继逝世，就被安葬在了自己所选定的那块地上。她的丈夫守丧期满后，就补为生员，很快又接连考中举人、进士。子孙世代在科举中考取功名，但是寿命都不长。这难道是她当初提前挖开墓穴查看，导致地气泄露的缘故吗？有人说，那块墓地确实本是风水宝地，她既然将公公、婆婆埋葬在那里，她的丈夫自然必会发迹，但她的丈夫寿命不长，则是因为她欺骗了父亲的缘故。

5.2.7 刘孝妇

郧县刘氏，事姑孝，夫出，姑病噎，医药莫能疗。氏刲股和粥以进，姑食之愈。旬余，复发，氏仍丸股肉奉之，旋愈。但疾必间旬作，氏默祷愿以身代。医怜其诚，谓此非凡药所能治，若得人肝一片，根可除矣。刘氏信之，即以利刃刺肋下，肝长数寸许，垂于外，断之，遂晕仆。恍惚有老姥抚其体曰：“儿苦矣。”以丸药敷伤处，遂苏。烹以奉姑，疾顿疗。姑见刘氏举动，恒以掌护胁下，屡诘不答。薄而观之，创痕宛然。惶骇问故，乃具以告。姑恸曰：“子以我至此，我心何忍？”哄传远近，观者踵相接，刘氏深匿不出。族长呈于邑令李君（集），欲验视，刘氏不可，曰：“妾因姑病笃，故不惜余生，非希表扬，无烦过诘真伪也。”李肃然起敬，闻于大吏，请旌焉。乾隆己亥六月事。

【译文】湖北郧县（今十堰市郧阳区）的刘氏妇，侍奉婆婆极为孝顺，丈夫外出，婆婆患上了吞咽困难的疾病，医药治疗无效。刘氏从大腿上割下一块肉拌入米中做成粥进献给婆婆吃，婆婆吃了后病竟然痊愈了。过了十多天，婆婆的病再次发作，刘氏仍然割取大腿的肉做成药给婆婆服用，很快婆婆的病又好了。可是婆婆的病每隔十天左右必然发作一次，刘氏默默祷告愿意自己代替婆婆生病。医生对她的诚心表示同情，对她说婆婆的病不是一般的药物所能治好的，如果能用一片人肝入药，其病根就可以消除了。刘氏深信不疑，就私下里用一把锋利的刀刺入肋下，随即有数寸长的肝垂露于外，她用刀把肝割断，然后就晕倒在地了。恍惚之中，有位老妇抚摩着她的身体说：“孩子受苦了。”说完，老妇把一丸药涂抹在刘氏的伤口上，刘氏就苏醒了。刘氏将割下的肝烹制后呈给婆婆吃，婆婆吃完后病顿时痊愈了。婆婆看见刘氏举止有些异常，一直用手掌护着肋下，便再三问她怎么了，刘氏避而不答。婆婆靠近仔细一看，见她的肋下有一道清晰的伤痕。婆婆惊骇地询问缘故，刘氏只得把实情详细地告诉了婆婆。婆婆痛哭流涕说：“你为了我受到这样的痛苦，我于心何忍呢？”此事传扬开来，远近来观看的人络绎不绝，而刘氏深藏在房内不出来相见。族长将刘氏的孝顺事迹写成文书报告给县令李集先生，县令打算验视，但刘氏不同意，她说：“我因为婆婆病得厉害，这才不惜生命（割肝疗病），并非希望得到表扬，就不劳烦您质问真伪了。”李县令肃然起敬，把刘氏的事迹上报给省府大员，申请旌表。这是乾隆己亥年（1779）六月的事情。（译者注：本篇仅供作为文献研究之用，刘氏之行为，不予倡导，切勿模仿。）

5.2.8 剑术

武举纪人龙，善技击，慷慨任侠，常客游湖襄间。有潘姓者，家饶于财，亦以侠闻。四方技勇之士，多游其门。纪往访之，潘喜，款接甚至。宴会间，座客几二十人，皆铮铮士。三杯后，各述技击师承，谈论蜂起。惟末座一少年，敝衣露肘，短发鬅鬙（péng sēng），默不一语。纪问主人，此客来几时矣。潘曰："将半年。"问何能，曰："不闻所能，但随堂粥饭已耳。"众大笑，少年亦不语。

后数日复讌集，忽有款门通谒者，铁面短髯，装束甚武，拱手向主人曰："闻今日群英雅集，敬来观光。"乃遍睨座中人，至少年曰："汝亦在是乎？"少年但俯首不语。潘乃延客上座，饮啖兼人。既而曰："今日之会，良非偶然。诸君曷各奏尔能？余亦有薄技，当呈教也。"潘大喜，命移席射圃中，尽出其所用器械。诸人臂弓腰剑，无不诩诩自得。其人笑曰："诸君可云技矣，而未神也。"

乃于衣底出剑二口，盘旋腾跃，初如雪滚花翻，闪烁不定，以后但觉白光周身，旋转如月。众观时，少年立最远，既而众亦渐渐远避。方愕眙（yí）间，其人忽举剑直击少年。少年急走避，袖中砉（huā）然有声，亦出剑二口，疾如金蛇，左右腾击，与白光相激触，寒气森森。众皆却立十余步。良久，白光渐缩渐退，至土墙边，戛然长啸一声，向东南而逝。众惊就视，惟见少年背手立墙阴而已，急罗拜问故，少年曰：“吾辈皆习剑术者，彼实与我同师，以我技出彼上，不相能，狭路较击者七次矣。始我闻主人名，意门下必多奇能之士，倘彼来时，可以相助。岂谓皆碌碌不足数，子固皮相者，不足与言。吾亦从此逝矣。”一跃登屋，再跃不见。自是，潘任侠之心顿减，而诸人言技击者，亦四散而去。

【译文】武举人纪人龙，擅长搏击，为人豪爽有侠客之风，常游历于湖北襄阳一带。当地有个姓潘的人，家财富饶，也以行侠仗义而闻名。各地武艺高强、勇武有力的人士，很多都投在他的门下。纪举人也前去拜访，潘某十分高兴，非常周到地接待了他。宴会上，在座的客人差不多有二十人，都是铮铮铁骨的勇士。饮了三杯酒后，客人们各自讲述自己武艺的师承，谈论之声纷然并起。只有末座的一名少年，衣服破旧，露出手肘，短发散乱，坐在那里一言不发。纪举人询问潘某，这位客人来了多久了。潘某说：“快半年了。”纪举人又问此人有何本领，潘某说：“没听说他有什么本领，只看见他随着众人过堂吃饭喝粥而已。”众人闻听此言都哄然大笑，那名少年依然还是沉默不语。

几天后，众人再次聚会饮宴，忽然有人敲门求见，来人黑脸短须，看装束十分勇武，他向主人拱了拱手说：“听说今日群英雅集，我特来参观。”说完，他便斜着眼遍视在座的客人，当他看到那名少年时说：“你也在这里吗？”少年仍然只是低头不语。潘某于是请来客坐于上座，来客饭量倍于常人。过了一会儿，来客说：“今日的聚会，实非偶然。各位何不各自展示才能？我也有些微薄的技艺，想当面请各位指教。”潘某大喜，命人将筵席移置习射场中，并拿出自己所用的全部武器。众人有的弯弓、有的舞剑，无不洋洋自得。来客笑着说："各位可谓是技艺超群，但还达不到出神入化。"

于是，他从衣底抽出两口宝剑，舞动起来，盘旋腾跃，最初犹如雪花翻滚，闪烁不定，之后则只见他周身都被雪白的剑光笼罩，旋转如月。众人观看时，那名少年站立在最远处，很快众人也渐渐远避。当众人正在惊视之际，那人忽然举起剑径直刺向少年。少年急忙奔走躲避，只听少年的袖中发出响亮的一声，他也抽出两口宝剑，迅疾如金蛇，左右腾挪闪击，与对方的白色剑光猛烈触击，寒气森森。众人都退后十余步站立。过了许久，来客的剑光渐渐退缩，一直退到土墙边，这时只听见戛然一声长啸，朝东南方向消失而去。众人惊异地近前观看，只见少年背着手站立在墙脚而已，众人围上来向他施礼，然后询问缘故，少年说："我们二人都是练习剑术之人，他和我实际上同出一位师父门下，因为我的剑术在他之上，他不能容我，狭路相逢、较量剑术已经七次了。起初我听说主人的大名，料想门下必定有很多奇能之士，倘若他来找我比试，众人一定可以相助。但谁知都是碌碌无能、不值一提的人，都是一些只看外表不察内情、见识肤浅的人，没什么好说的。我现在也要走了。"说完，他纵身一跃，登上屋顶，再一跃，便不见了踪影。自此以后，潘某的任侠之心顿时减退，而他门下那些谈论武艺的人，也都四散而去了。

5.2.9 仁和赵氏

仁和赵鹿泉总宪（佑），五岁失怙。其母潘太夫人，长斋，以十指供蚤夜资，力兼教养。兄皋思公，年二十，以瘵疾亡。太夫人左目为之失明，益勉公力学。公甫弱冠，即名噪文坛，嗣蜚声翰苑，一生任衡文之职。纯皇帝归政礼成，睿皇帝御极，召见，垂询家世历任，有“为人正气，办事小心，学问不苟”之恩谕。著有《清献堂全集》《清献堂文稿》，海内几家弦户诵。天之怜悯苦节，成就孤儿者，诚不爽也。子介亭公（日照），以荫生任江南州县，有循吏才，蒙上特擢江西临江太守。孙（祖玉、锦）均官两淮。曾孙（效曾）领辛亥乡荐。其遗泽正未艾云。

【译文】籍贯浙江仁和县（今杭州市）的都察院左都御史赵鹿泉先生（赵佑，字启人，号鹿泉），五岁丧父。他的母亲潘太夫人，长年持斋茹素，靠做针线活赚钱维持生活，并且刻苦抚养教育儿子。鹿泉先生的哥哥皋思公，二十岁时，因患痨病而死。潘太夫人悲伤痛哭，左眼因此失明，更加勉励鹿泉先生努力学习。鹿泉先生刚二十岁时，就已在文坛上名声大振，后来又名闻于翰林苑，他一生多次担任主持考试、评选文章的职务。乾隆皇帝禅位之后，嘉庆皇帝登极，召见鹿泉先生，询问他的家世情况以及历任官职，对他有“为人正气，办事小心，学问不苟”的评价。赵鹿泉先生著有《清献堂全集》《清献堂文稿》等，流传全国各地，几乎家喻户晓。上天怜悯潘太夫人苦守志节，使丧父的孤儿功成名就，确实是没有差错啊。鹿泉先生的儿子介亭公（名日照），以荫生（因先世荫庇而入国子监读书的生员）出任江南的州县官，他为官奉公守法、清正廉明，有为政的才干，蒙皇上特旨升任为江西临江知府。鹿泉先生的孙子赵祖玉、赵锦都在两淮地区做官。曾孙赵效曾在咸丰元年（1851）辛亥科乡试中考中举人。潘太夫人和鹿泉先生母子遗留给后世的德泽正可谓无穷无尽。

5.2.10 安徽段氏

段镜湖廉访（光清）之祖，仅六岁，曾祖母抚之成立。其祖母朱姓，富家女也。然勤俭持家，常亲手缝纫，拾诸孙衣履之敝者，以水浣洗，补缀如新，冬日以偿乡里之贫乏者。尝劝人戒食牛肉，每谓佣工佃户曰：“耕牛，农家之命也。夏夜必以烟驱蚊蚋，冬夜必使圈中干净。”又自备一仓，所储粮食，名虽零卖，以备一己私用，实则阴济穷急。诸孙每应乡试回家，必问曰：“今年刊刷善书送人否？人有以善书送尔等否？”年八十四，无疾而逝。

廉访之父梦龄封翁，忠厚与人。尝有吴姓佃户，夫死而子幼，自料不能再佃段家之田。封翁嘱之曰：“尔但安心抚幼，仍归尔佃可耳。”其后，子亦成立，妇年至八旬以外，举家感之。封翁于道光辛卯正月初十日卯时，无疾端坐而逝。自云：“铜陵县有人来请，余往视事。”当时亦不知其何谓也。廉访于乙未年中式，闻报之前夕，梦铜陵署中差人至家报喜，云：“已中式第三十名。”其家犹疑与铜陵县素无往来。次日报至，中式名数适符。及廉访将至京会试，亲友至园中乩卜，乩仙判云：“梦龄公自铜陵寄诗来送廉访赴都，中有一联云：‘歌楼对客休呼酒，旅馆逢春莫看花。’”问之乩仙，始知封翁已为铜陵县城隍矣。然其家犹在疑信之间。

乙巳五月，廉访至皖城，领咨来浙。一日，在首府署中赴席，适有新委署铜陵县事王君在座，廉访即嘱其至县探访铜陵城隍果何神也。后王君有信来云："某年月日，铜陵人皆见新来一官，仪从甚都，至城隍庙内不见。"其年月日，即其封翁去世时也；其所遇新官形像，即封翁在日形像也。生英殁灵，接王君来函而益信。

封翁持身清俭，食不兼味，冬不重裘，夏不细葛。气甚和平，不与人校。常训子侄曰："尔等读书人，正气原不可无，暴气必不可有。每见尔等与人相接，气具胸中，稍不如意，非气形于言，即气形于色。是气之发，不以心为主也。吾愿尔等戒之。"其盛德如此，宜其殁而为神矣。

【译文】浙江按察使段镜湖先生（段光清，字明俊，号镜湖，安徽宿松人）的祖父，六岁时就失去了双亲，是他的祖母将他抚养成人的。他的祖母朱氏老太夫人，是富户家的女儿。然而她勤俭持家，经常亲手缝纫，并且还经常把孙子们穿破的衣鞋，用水洗涤，然后缝补如新，每逢冬天拿来赠送给乡里的贫困者。她曾劝人不要吃牛肉，常常对佣工佃户们说："耕牛，是农民赖以生存的东西。夏夜一定要用烟帮它们驱除蚊虻，冬夜一定要使牛圈中保持干净。"她又自设了一座粮仓，里面储藏的粮食，名义上说是零卖，以供作自己的开销，实际上则是暗中用来救济贫穷急难之人。她的孙子们每次考完乡试回家，她必定问他们说："今年有没有刊印善书赠送给人呢？别人有没有赠送善书给你们呢？"她在八十四岁时，无疾而终。

段镜湖先生的父亲段梦龄封翁（因子孙显贵而受封典的人），以忠厚待人。他家曾有一个姓吴的佃户，丈夫去世，儿子年幼，妻子料想不能再租种段家的田地了。梦龄封翁叮嘱她说："你只管安心抚养年幼的儿子，那块地仍然归你租种就行。”后来，吴佃户的儿子成家立业，妻子活到了八十多岁，全家对梦龄封翁感激不尽。梦龄封翁在道光十一年辛卯（1831）正月初十日卯时，端身正坐，无病而终。他在临终前说：“铜陵县有人来请我，我前去就职理事。”当时人们也不理解他的话是什么意思。段镜湖先生在道光十五年（1835）乙未科乡试考中举人，接到喜报的前一天晚上，他梦见铜陵县衙派人来家报喜，说：“您已经考中了第三十名。”镜湖先生把梦境告诉了家人，家人都疑惑与铜陵县素无往来。第二天，喜报送到，考中的名次与梦境相符。等到镜湖先生将要赴京参加会试时，亲友们在园中扶乩占卜，乩仙写下的判词是：“段梦龄公自铜陵县寄来一首诗来送镜湖先生赴京赶考，其中有一联说：‘歌楼对客休呼酒，旅馆逢春莫看花。’”众人询问乩仙，才知道梦龄封翁已经做了铜陵县的城隍神。然而段家人对此仍是半信半疑。

道光二十五年乙巳（1845）五月，镜湖先生来到安徽省城安庆，领取赴浙江任职的任命公文。一天，他在知府衙门中参加宴席，正巧有一位新任代理铜陵县县令的王君在座，镜湖先生便嘱托王君到任后探访铜陵县城隍神是哪一位。后来，王君写信给段先生说：“某年月日，铜陵人都看见新来了一位官员，仪仗侍从特别隆重，进入城隍庙后就不见了。”王君所说的某年月日，正是镜湖先生的父亲去世的时间；铜陵人所遇见的那位新任官员的形象，正是镜湖先生的父亲在世时的形象。段梦龄封翁生而为英，死而为灵，从王君的来信来看更加深信不疑。

段梦龄封翁以清廉俭朴要求自己，饮食不用两种菜肴，冬天不穿厚毛皮衣，夏天不穿精细葛衣。气度十分平和，不与人斤斤计较。他常常教训子侄们说：“你们作为读书人，正气固然不能没有，但暴戾之气绝不能有。我时常看见你们待人接物时，戾气充满于胸中，稍不如意，戾气不是流露于言语中，就是显现在神色上。这是由于气息的发动，不受心的主宰所导致的。我希望你们戒除这种习气。”段梦龄封翁拥有这样深厚的德行，死后成为神灵是当之无愧的。

5.2.11 金华程氏

程乔年（光椿），东阳夏塍里人，年十八登乡榜。母宜人孙氏，久病不痊。博习医书，聚集同胞九人商曰：“治病之道，分任则疏，易致误事；独任则专，可望见功。亲病惟我是问，汝等各事其事可也。”调理数十年不少衰，父母俱登上寿。子毓兰（大鲸）克承先志，家如悬磬，尝终日绝粒，怡然进膳，甘旨无缺。父母不知其绝粒也。里人称为色养。毓兰之子春岚（铨），嘉庆戊辰掇巍科。甲戌会试，场后梦神告曰：“汝已中第三名矣，盖汝祖父二代孝友之报也。”果成进士，由刑部郎中，官至藩臬，以内阁侍读学士终。今其子（茂冲），知山西祁县，亦颇有政声。

【译文】程乔年（名光椿），是浙江东阳县（今东阳市）夏塍里人，十八岁就在乡试中考中举人。他的母亲孙氏太宜人（五品命妇的封号），久病不愈。程乔年博览医书，召集九个同胞兄弟，商议说：“治病的方法，如果由多人来分担则收效甚微，容易导致误事；如果由一个人专门负责则容易集中精力，有希望获得成功。母亲的病由我一个人负责，你们各自去忙自己的事就行。”他为母亲调理了几十年，丝毫没有懈怠，他的父母都活到高寿。程乔年的儿子程毓兰（名大鲸）继承父亲的志愿，家中一贫如洗，宁愿自己一天吃不上饭，也会和颜悦色地供给父母膳食，少不了美味的食物。但他的父母对他断粮的事情并不知情。乡里人都称赞他是能够和颜悦色奉养父母的人。程毓兰的儿子程春岚（程铨，字衡山，号春岚），在嘉庆十三年（1808）戊辰科乡试中名列前茅。嘉庆十九年（1814）甲戌科会试时，他在考场中梦见一位神人告诉他说："你已经考中了第三名，这是你的祖父和父亲两代人孝顺父母、友爱兄弟带来的善报。"他果然在这一年成为进士，由刑部郎中，官至布政使、按察使，在内阁侍读学士任上逝世。如今他的儿子程茂冲，任山西祁县县令，也颇有政治声誉。

5.2.12 王观察

王叔兰茂才曰：乌程王平华（耀辰）观察，筮仕吾闽，凡十余载。仁心为质，妇孺皆知。每出门必挈钱于舆中，散给乞丐。凡有济急救难之事，靡不为焉。盖无日不以民物为怀也。调署福州府事，留别汀州士庶，有云："斯民抚字扪心愧，多士观摩拭目看。今日丽春门外过，重烦父老送江干。"丁亥兼护粮储道，秋九护理兴泉永道。其地滨海，械斗鸦片，习尚难返。有作云："锡民百福谓终命，戒尔三章在斗机。寄语东南诸父老，长官无日不依依。"贺耦庚方伯来闽，谆嘱航海运米，致诗有云："官清长此民生乐，食足都无市侩奸。报道连樯来海舶，定知喜色上眉间。"客座联："君子之交淡如水，大夫无故不杀羊。"厨房联："每朔望须茹素，非宾祭莫杀生。"尝言："天下坏事，皆贪人所造；天下好事，必廉者所为。"殁之日，万口齐声曰："活佛升天矣。"旧时兴化太守柴（贞知）自题堂联云："穷秀才做官，何必十分快意；活菩萨出世，只凭一点良心。"殆预为观察写照。其在闽任最久，闽人知之最悉。可劝之事，不必缕举，而即此已足以劝矣。

【译文】王叔兰秀才（王道徵，字叔兰，一作未兰、菽兰）说：浙江乌程县（今湖州市）的王平华道台（名耀辰），在我们福建做官，长达十多年。他心地仁慈，妇女儿童都知道他的为人。每次出门，他都会带一些钱放在轿子里，随时随地分散给乞丐。凡是有济急救难的事情，他没有不去做的。这大概是因为他无时无刻不将百姓的疾苦放在心上。后来平华先生调任署理福州知府，告别汀州百姓时留下一首诗，说道："斯民抚字扪心愧，多士观摩拭目看。今日丽春门外过，重烦父老送江干。"道光丁亥年（1827），他兼任代理福建粮储道；秋季九月，代理兴泉永道。当地位于海边，当地民众喜好械斗、抽鸦片，习以为常，积重难返。他作了一首诗告诫当地百姓说："锡民百福谓终命，戒尔三章在斗机。寄语东南诸父老，长官无日不依依。"贺耦庚先生（贺长龄）来到福建担任布政使，平华先生恳切嘱咐贺先生务必重视航海运米之事，并以诗相赠，说："官清长此民生乐，食足都无市侩奸。报道连樯来海舶，定知喜色上眉间。"他家的客厅中张贴的对联是："君子之交淡如水，大夫无故不杀羊。"厨房门上的对联是："每朔望须茹素，非宾祭莫杀生。"他曾说："天下坏事，皆贪人所造；天下好事，必廉者所为。"平华先生逝世的那天，百姓们万众齐声呼喊："活佛升天了。"从前兴化知府柴贞知先生为自家的厅堂题写的一副对联是这样说的："穷秀才做官，何必十分快意；活菩萨出世，只凭一点良心。"这简直就是预先为王平华先生所作的写照。王平华先生在福建任职最久，福建人对他的事迹知道得最为详细。他的身上有劝化意义的事迹，不必一一列举，前面所讲的这些事情也足以用来劝勉世人了。

5.2.13 洪太守

贵州洪云洲太守(玉珩)，自言生平处财不苟。筮仕吴中十余年，从无有以丝毫馈赂上官者，亦无妄得属员之贿。

尝述道光十八年，任华亭令时，遇一富室争产案，有以三千金进而嘱其定断者。洪力绝之。而再三推敲案情，求其惬心贵当，毫无可议。实即应如所请定断。彼时友人劝曰："处财之道，别其合义不合义耳。今得此财，无妨于义，何为似此拘执乎？"洪志弗为夺而犹恐艳之者暗中摸索。并于审断时，集两造明告之曰："此案准情酌理，的须如此断法。我毫无成见，汝等无得以私干。业经目下断定，万无游移。不得于事后更受人撞骗也。倘有前情，查出以行贿论罪。汝等其各凛之。"案结后，有嗤其愚者，寻亦置之不以为意。

后数日，有仆解钱粮回署销差，禀云："小的押饷鞘，行至黄浦江，时已二更，忽遇盗数十人，明火持杖登舟，自分待劫而已。又闻有喧譁声，适兵差船踵至，盗即逸去。幸保无事。主人之财气，小的之运气也。"洪颇自幸，计其夜适为定案日，其数亦正三千。向使贪得前之三千金，而此银必失于盗矣。足见财有分定，无可勉强。悖入悖出，得之分外者，难保不失之意外。冥冥中若有主之者耳。彼爱财者可不知有以善处之哉？

【译文】贵州的洪云洲知府（洪玉珩，字善甫，号云洲，贵州大方人，道光十三年进士，官至江苏粮储道），曾说自己生平在对待财物方面严谨认真、一丝不苟。他在江苏做官十多年，从来没有向上级官员馈赠贿赂过任何财物，也从来没有随意接受过下级官吏的贿赂。

他曾说道光十八年（1838），在担任华亭县（今上海市松江区）县令时，遇到一桩富户争夺财产的案件，有人拿三千两银子向他行贿，嘱托他按照自己的请求判决。洪知府极力拒绝。并且反复推敲案情，以求合情合理，毫无争议。实际上根据他得出的结论，也就应该按照那个行贿的人所请求的来判决。那时他的友人劝他说："对待财物的原则，无非是辨别其合乎道义还是不合乎道义。现在您收下这些钱，也并不会妨害道义，为何要这样拘泥固执呢？"洪知府没有受到这话的影响而有所动摇，并且恐怕衙门中有人惦记这笔钱而暗中舞弊勒索。于是他在审案时，召集原被告双方，明确告诉他们说："此案依据法律并酌量人情，的确应该这样断定。我丝毫没有成见，你们不得在私下里请托。此案已经当着你们双方的面断定，绝对没有摇摆不定之处。你们不要在事后受到他人伺机诈骗。倘若出现前面我所说的情况，一经查出，以行贿罪论处。希望你们各自遵照我的话执行。"结案后，有人嘲笑洪知府太愚蠢，洪知府对此也是置之不理，并不放在心上。

几天后，他的一个仆人押送钱粮回衙销差，仆人向洪知府禀报说："小的押送税款，走到黄浦江时，已经是二更天了，忽然遇到几十个强盗，点着火把拿着武器登上船来，我自料无力抵抗，只能束手待劫而已。这时，我又听到一阵喧哗之声，正巧有一艘兵差船紧接而至，强盗们见此随即逃走了。因此有幸得以安然无事。这可真是主人的财气、小人的运气啊。"洪知府闻听此言颇感庆幸，他计算了一下，仆人遇到强盗的那天夜里正是自己定案的时间，押送的税款数额也正好是三千两白银。假如他当时因贪心而收受了贿赂的那三千两银子，则仆人押送的这三千两必然被强盗抢去了。由此可见，财富的得失都有命运和定数，不可勉强。用不正当手段得来的财物也会以不正当的方式失去，分外得到的财物，难保不会意外地失去。冥冥之中好像有一种力量在主宰此事。那些爱财的人怎能不以合情合理的方式来对待和处理财物呢？

5.2.14 汉口火灾

嘉庆庚午四月二十日戌刻，四官殿左近之药肆，不戒於火，随风蔓延，上至朱文公祠。其中大小横街夹巷，二三十处，前后上下，围将八九里，悉被其灾。时风势不猛，而倏忽旋转，四方不定，黑焰迷天，火光五六处，相距或半里，或里许，亦不知其火从何处飞来。以致富户并商贾，眷徙贿迁。相传被灾者以万户计，无非奢淫之家。甚至转移数处，仍不获免者。二十二日侵晨始熄。此汉口之异灾也。

时汪稼门尚书，总督两湖，闻报急登黄鹤楼，瞭望彻夜。黎明即率兵弁飞楫渡江，止于后湖茶肆，指挥扑救。汉口素有奸民，乘火掠物者，遂手书“抢火者斩”四大字于粉牌，传示上下。奸民敛迹，且反从扑救矣。

次日辰刻，后湖黑烟亘漫，中露火光数处，屋墙崩裂，救扑喧呼，人声与火声拉杂。闻茶市之后，平野一片，逃难者纷纭扰攘。铺户货物，宅眷箱笼，堆储几遍，妇女老幼，各相坐守。忽见火然芦席一幅，风卷入云，自南而北，约半里之遥。竟堕于后湖纸坊所移纸堆上，霎时飞焰燎原，势不可遏，纸堆倏成灰烬，且累及左右迁移之货物者。吁！此殆欲幸逃而不得者，故既迁而置于旷野，犹不免于焚耳。

按，于莲亭又述：道光戊戌六月十九日午刻，汉阳江口失火。林少穆制府，护抚张澥山方伯，俱先登黄鹤楼；署臬杨至堂与余，亦闻信赶往。见隔江火红烛天，黑烟卷地而起，是时西北风大作，急命水龙前往扑救。至堂亦渡江，两院与余目击情形甚猛，无计可施。少穆、澥山率余同祷于孚佑帝君前，少刻风竟止。群见火焰下拂，似有自空中压之者，火顿熄。汉阳内街之得保无虞者，神之佑也。于此可见，天人感应之速。

【译文】嘉庆十五年（1810）庚午四月二十日戌时，汉口四官殿附近的药店失火，火势随风蔓延，一直烧到了朱文公祠。其间大大小小的横街夹巷共有二三十处，前后上下，方圆约八九里，都遭受了火灾。当时风势并不猛烈，而风向忽然旋转，四方不定，黑焰迷天，五六个地方都有火光，这几个地方有的相距半里，有的相距一里左右，也不知道这火是从哪里飞传过来的。以致周围的富户和商贾，都携带着家眷、财物迁移到了别处。相传这次受灾的人家有一万多户，无非是骄奢淫逸的家庭。有几家甚至转移了好几个地方，仍然没有逃过火灾。二十二日拂晓，大火方才熄灭。这是发生在汉口的一场奇异的灾祸。

当时汪稼门尚书（汪志伊），担任湖广总督，听到火灾警报后急忙登上黄鹤楼，通宵眺望。黎明时分，就率领士兵乘船飞速渡江，然后停驻于后湖的一家茶馆，指挥救火。汉口历来有一些奸刁的居民，趁着火灾抢掠财物，汪总督于是在白漆木牌上亲手书写

“抢火者斩”四个大字，向当地民众广泛宣传。奸民收敛行迹，并且反而加入了救火的行列。

第二天辰时，后湖黑烟弥漫，黑烟中露出了几处火光，屋墙崩裂，众人扑救喧闹，人声与火声混杂在一起。灾民们都听说茶市后面，有一片平坦的空地，逃难者乱纷纷地往那里聚集。店铺里的货物，家眷们的衣箱，几乎堆满，妇女老幼，各自坐在自家的物品旁看守。忽然，众人看见一张燃烧的芦席，被风卷入空中，自南向北，飘了约有半里之远。最后，那芦席竟然正巧落在后湖纸坊搬移出来的纸堆上，霎时之间，飞焰燎原，势不可挡，纸堆很快化成灰烬，并且波及了旁边迁移出来的货物。唉！这真是想要侥幸逃脱却也做不到，所以即使把财物迁移堆放在旷野，仍然免不了被火焚烧。

另外，于莲亭（于克襄）又说：道光十八年（1838）戊戌六月十九日午时，汉阳江口一带发生火灾。时任湖广总督林少穆（林则徐）、湖北布政使兼署巡抚张澥山（张岳崧），都先登上黄鹤楼；署理按察使杨至堂（杨以增）和我，听到消息后也迅速赶往。我们隔江而望，只见对岸红色的火焰照亮天空，黑烟卷地而起，这时西北风大作，急忙命令救火队员带着水龙前往扑救。杨至堂也跟随队伍渡江前往。总督、巡抚和我目睹火势如此猛烈，无计可施。林少穆、张澥山带着我一同到孚佑帝君神像前祷告，片刻之间大风竟然停息了。众人看见火焰向下拂动，好像有人在空中压制火势，大火顿时熄灭了。汉阳城内的街道得以平安无事，是由于神明的保佑。由此可见，天人感应竟然如此迅速。

5.2.15 好见长

绍兴马姓，河南老幕客也。嘉庆初，幕囊稍裕，辞馆将归，因待伴未即行，尚滞汴京旅舍。适某县大饥，乡民六七百人麇（qún）聚县衙，作发棠之请，而以生员二人进署陈说。县令某以仓谷不能擅动，欲请命于上台。二生云：“饥民待哺甚殷，此地离省又远，若俟具禀批回，将索诸枯鱼之肆，坚请便宜行事。”县令不从，二生无奈辞出。众乡民迎而问之，二生具以实告。众乡民曰：“是欲我等死耳，然则可若何？”二生云：“我力已竭，只可任尔等自为。”众乡民曰：“我等自为，有反而已。”二生不应。时人声鼎沸，不知喝反者为谁，众乡民即哄堂伤官，开仓恣抢。

事闻大府，发兵往捕，拿获百余名，提省委审。因首犯未得主名，不能定案。时合省官僚夙慕马名，造寓求教。马曰：“乡民之变，由于二生之一言，二生即首犯也，何疑为？”官幕恍然，即拘二生到案，讯明斩讫。马亦启行，归未匝月，两膝各生人面疮，作声曰：“我等虽不为无罪，然究未主使，若即坐以为首，则喝令哄堂塞署者又将何罪以加之？况汝既非承审此案之官，又非承办此案之幕，尽可缄默。乃当局并无杀我等之意，汝自炫才能，从旁饶舌，致我等于死，我等不汝雠，其将雠谁？”马大痛彻心，不日而毙。

【译文】浙江绍兴的马某，长期在河南担任幕僚。嘉庆初年，他做幕僚所得的收入小有积蓄，于是辞去幕职打算回家，因为等待同伴没有立即启程，还滞留在开封的一家旅馆中。当时正值某县发生饥荒，六七百个乡民聚集在县衙门口，请求开仓放粮、赈济饥民，并派出两名生员作为代表进入县衙述说诉求。县令某人因官仓粮食不能擅自动用，想要向上级请示。两名生员说：“饥民嗷嗷待哺，迫切需要救济，此地距离省城又很远，如果等您请示上级并收到批复的文书，饥民们就都已经成了店里的鱼干了，恳请您便宜行事。”县令不同意，无奈之下两名生员只得告辞而出。众乡民迎上前去询问，两名生员把实情详细告诉了他们。众乡民说：“这是想让我们去死，那么应该怎么办呢？”两名生员说：“我们已经尽力了，只能靠你们自己想办法了。”众乡民说：“如果我们自己想办法，只有造反了。”两名生员沉默不作回应。当时人声嘈杂、气势汹汹，不知是谁喊出了造反的口号，众乡民立即大闹着闯进县衙，杀死县令，打开官仓，肆意抢掠。

上级官府听闻此事，发兵前往抓捕，抓获一百多人，押到省城审理。因为无法确定首犯是谁，不能定案。当时河南全省的官僚平日里都仰慕马某的声望，便前往旅馆中向马某请教。马某说：“乡民造反，是因为听信了两名生员的一句话，那两名生员就是首犯，又有什么疑问呢？”官僚恍然大悟，立即拘拿两名生员到案，讯问明白后将他们判处斩首。马某也启程回家，回到家不到一个月，他的两个膝盖上就分别生出了人面形的毒疮，毒疮竟然发出人的声音说：“我们虽然不能说没有罪，但毕竟不是主使，如果把我们定为首犯，那么那个喊出造反口号、煽动乡民涌入县衙的人又该当何罪呢？况且你既不是负责审理此案的官员，也不是承办此案的幕僚，完全可以保持沉默。其实当局者并没有杀死我们的意思，都是因为你自炫才能，在旁多嘴，才置我们于死地，我们不找你报仇，找谁报仇呢？”马某痛彻心扉，没过几天就死了。

5.2.16 鳝报

高维城曰：嘉庆乙丑年，予家雇一工人，会稽县东关人也，年约五十余。以其姓徐，佥以“老徐”称之。性颇勤。一日，忽日高未起，怪而呼之，良久始启扉，两足蹒跚，若不胜痛楚者。诘其故，老徐颦蹙曰：“我廿岁时，在东关市开面店，面之名色不一，而鳝面独擅名阛阓（huán huì）间。每日杀鳝数十斤，如是三十年，积三千余金。后值柏油大贱，倾资囤积，以为居奇之计。不料购未数日，遽遭回禄，资本尽丧。不得已歇业为佣。昨夜梦鳝无数，内有二大鳝怒目直前，分啮左右膝，痛极而醒。比晓欲起，不能动履，以故迟迟。”视其膝红肿如痈。时予家制送“万灵丹”，治痈疽及蛇蝎伤皆验。取而敷之，肿渐消，痛亦渐止。以为妖梦不足凭，特两足适生疽耳。一日又闭户，坚卧如故。呼之不起，破窗入问，老徐泫然曰：“吾其死矣。夜梦两大鳝复至，各于旧处很啮。今大痛彻心，不能复生矣。”再用，治之不效。遂呼舟送还其家，旬余遣人往视，已溃烂见骨，又数日而死。

【译文】高维城说：嘉庆十年乙丑（1805），我家雇用了一名工人，是浙江会稽县（今绍兴市）东关人，大约五十多岁。因为他姓徐，所以大家都叫他“老徐”。老徐为人做事相当勤勉。一天，日头都老高了，老徐还没有起床，大家很奇怪就去叫他，老徐过了许久才开门，腿脚不稳、摇摇晃晃地走出来，好像疼痛难忍的样子。大家问他怎么了，老徐皱着眉头说：“我从二十岁起，就在东关的街市上开面店，各式各样的面都有，其中尤以鳝鱼面在市面上享有盛名。每天都要宰杀鳝鱼数十斤，这样过了三十年，积存了三千多两银子。后来正逢柏油降价，我倾尽资财囤积了大量的柏油，等待价格上涨时出售以牟利。不料桐油买回来没几天，就突然失火被烧光了，资本全部丧失。不得已，只好关门停业，出来做佣工。昨天夜里，我梦见无数条鳝鱼，其中有两条大鳝瞪着眼睛径直窜到我面前，分别咬住我的左右膝盖，我痛极而醒。等到天亮想要起床时，我竟然不能起身行动，因此才迟迟出门。”大家看到他的膝盖又红又肿，犹如生了脓疮一般。当时我家正在制作施送“万灵丹”，治疗毒疮和蛇蝎咬伤都很有效。家人便取来给他涂抹在患处，红肿渐消，疼痛也渐渐止住了。老徐以为这只是虚妄的乱梦，不足为信，只是碰巧两膝生出了毒疮而已。一天，老徐又紧闭房门，像上次那样卧床不起。大家叫了他几次，他还是没有起来，于是大家破窗而入，询问原因，老徐流着泪说：“我快死了。昨夜，我梦见那两条大鳝鱼又来了，它们各自又在我从前的伤口处用力撕咬。现在痛彻心扉，我这次活不成了。”再次用“万灵丹”给他涂抹，这次却没有效果。于是，我的家人叫了一条船送他回家，十多天后，派人前去探视，只见老徐的两膝已经溃烂露出骨头，又过了几天，老徐就死了。

5.2.17 不屈成神

福建汀漳龙道文秀，壬子年任浙之宁绍台道，以回避浙藩椿寿到闽。按部甫四月，廉正有声，郡县咸庆。癸丑四月初九日，海澄匪徒破城入，缚诸树，将杀之。骂贼不屈，力竭殉节。且曰：“任杀我一身，毋伤我百姓。鼠辈上干天怒，吾将为国家扫灭妖氛也。”陡然，府堂大樟树堕折一枝，压毙匪徒巨魁十余人。二日后，余匪有自戕者，有跌倒者，有自缚伏诛者，有血涌立绝者，皆曰：“文大人来矣，我辈不死何为？”既毙千余人，越十日，城中肃清。民人即以所折之枝，刻为公像，焚香迎神，供奉于三忠祠，表至敬也。比年，灵榇出郭，哭声轰轰。舆人诵之曰：“我汀漳龙，矫矫文公。日星正气，山海英风！”

【译文】福建汀漳龙道文秀（据《漳州府志》载，文秀，字莲溪，满洲正白旗人，或认为文秀原名惠征，即慈禧之父），咸丰二年壬子（1852）担任浙江宁绍台道，因回避浙江布政使椿寿被调到福建任职。到任才四个月，就以廉洁正直而闻名，所辖各府县的百姓对文大人交口称赞。咸丰三年癸丑（1853）四月初九日，海澄县（今漳州市龙海区）的匪徒攻破漳州城而入，将文秀绑在树上，将要杀掉他。文秀大声骂贼而不屈服，后因体力耗尽而以身殉职。临死时，文秀说：“随便你们杀掉我一个人，但不要伤害我的百姓。你们这些鼠辈触犯上天之怒，我死后也要为国家扫灭乱贼。”突然，官署大堂前的大樟树上一根树枝折断坠落，压死十多个匪徒头目。两天后，其余的匪徒有自杀的，有跌倒摔死的，有自己把自己绑起来主动投案的，有流血不止而立即死亡的，这些人临死前都说：“文大人来了，我们不死还干什么呢？”短短几天之内，就有一千多名匪徒死亡，十天后，城中的匪乱被彻底肃清。当地百姓就用那根折断的樟树枝，雕刻成文公的形象，焚香迎神，供奉在三忠祠中，表示崇高的敬意。第二年，众人护送文公的灵柩出城下葬，百姓们哭声震天。众人齐声称颂道：“我汀漳龙，矫矫文公。日星正气，山海英风！”

5.2.18 散财裕后

通州珠媚园主人王如曾，有子无孙，家资颇厚。见一丐将一钱放地口中，念云：“开眼求你来，闭眼带不去。”顷之丐忽不见。王因有悟，力行善事。嘉庆十八年，里中大饥，捐万金助赈。育婴堂婴孩失所，亦独捐万金，以全幼稚。不数年，生孙二人。功成名立，遂为通州望族。

【译文】江苏通州（今南通市通州区）的珠媚园主人王如曾先生，有儿子没有孙子，家中财产非常富厚。有一次，他看见一个乞丐将一枚铜钱放在他家门前的地洞中，并念诵说："开眼求你来，闭眼带不去。"顷刻之间，那个乞丐就消失不见了。王先生于是有所醒悟，开始尽心尽力多做善事。嘉庆十八年（1813），乡里发生饥荒，他捐出一万两银子帮助赈济饥民。育婴堂收养的婴孩失去生活来源，王先生也独自捐助一万两银子，来保全幼儿的生命。没过几年，他便有了两个孙子。后来，他的两个孙子都成家立业、功成名就，于是王家也成了通州的名门望族。

5.2.19 不食子孙饭

张曼生大令（同福）曰：谢春台刺史，官名时和，浙之余姚人，入直隶丰宁县籍。由乙科令关中，历任繁要，廉正有声。以丁艰归，起复后改发安徽，奏补凤阳令。地瘠民贫，清苦素著。而邑当九省通衢，供帐筹刍，赔累不资。莅此任者，向藉办赈以资补苴（jū），而上宪亦即以赈为调剂，盖已历有年矣。公曰："官为民之父母，岂有忍视子弟为饿殍，而自坐享温饱之理？吾不食赈，吾不食子孙饭也。"力挽颓风，亲历各乡，查勘户口，设厂赈济。比竣事，尚余数百金。即备文檄还藩库，分毫不染。同城文武，以印官认真办理，亦皆不能染指。有生员高大川者，素恃办赈为务，出而挠之。公即具详褫其名。他皆震慑，畏服不敢言。邑民实受其福，欢呼称颂，咸歌来暮。公又廉得渠魁王大维等十人，罗而置之法。地方由是肃清。久之，大吏察其贤，密以奏闻，升补无为州牧，调署宣城县令。时公已六十二矣。

一日，身偶不爽，聚家人环坐笑谈，忽而两鼻玉柱下垂，视之则已逝。有余姚邑绅周黼堂明府，任来安令，夜梦其邑通衢，驺从旗帜，人马喧阗，询问何事，曰："迎新任城隍谢某耳。"噫！神，聪明正直而壹者也。公之莅官，居心行事，彰彰如是，殁而为神，信不诬欤！

【译文】张曼生县令（名同福）说：谢春台知州，大名谢时和，浙江余姚人，入籍直隶丰宁县（今属河北承德市）。由举人在陕西担任县令，先后在政务繁重的地方任职，以清廉正直著称。因遭逢父母之丧回家丁忧，重新被起用后改派到安徽任职，担任凤阳县县令。凤阳地瘠民贫，在此地为官历来被认为特别清苦。而凤阳县城又地处联结九省的交通要道，每年为接待往来的官员公差，光是提供人员饮食、备办马匹草料一项，就耗资不菲，备受拖累。到此地任职的官员，向来都要借办理赈灾为名向朝廷申请款项以填补开支漏洞，而上级也便用赈灾款调节各地财政，这样做已经很多年了。谢公说："官员作为百姓的父母，哪有忍心坐视子弟被饿死，而自己袖手旁观、安享温饱的道理呢？我不会打赈灾款的主意，我不能吃子孙饭。"于是谢公极力扭转这种不良的风气，亲自走访各乡，勘查户口，设立粥厂赈济饥民。等赈灾工作结束后，还剩余几百两银子。谢公就出具文书，将剩余的钱全部缴还安徽布政使官库，不染指一分一毫。同城的文武官吏，因为主政的官员都认真办理赈务，也都不敢染指赈灾款。县里有个叫高大川的生员，倚仗着自己长期办理赈灾事务，出来阻挠谢公的做法。谢公随即呈文请示上级批准后，革除了高大川的功名。其他的人都受到震慑，畏惧敬服不敢多言。县民切实受到了谢公的恩惠，无不欢呼称颂，都说谢公来得太晚了。谢公又访察到匪徒首领王大维等十人的恶行，将他们一网打尽、绳之以法，地方上从此得以太平安宁。久而久之，上级大官察知谢公贤能，秘密地将其事迹上奏朝廷，谢公被升任为无为州（今无为市）知州，调任宣城县令。这时，谢公已经六十二岁了。

一天，谢公偶感身体不适，他召集家人，围坐谈笑，忽然他的鼻孔流下两条长长的鼻涕，家人上前查看发现谢公已经逝世了。余姚有一位叫周黼堂的乡绅，担任安徽来安县县令，一天夜里梦见来安县城的大街上，有仪仗队浩浩荡荡经过，旗帜招展，人马喧闹，他上前询问发生了什么事，有人回答说："迎接新到任的城隍谢大人。"哎！所谓神明，就是聪明正直而心志专一纯粹的人。谢公为官，存心行事，都是如此光明磊落，因此死后成为神灵，想必是不会错的！

5.2.20 茶毒孩童

世有拐子，拐得婴儿，拗折手足，刮烂肌肤，贴以犬羊之皮，令长合如生成。或将婴儿裹紧，不令身躯生长，变作奇形怪状。或瞽其目，或断其胫，或哑其声，或烂其面，虽其父母亦不之识。日置路旁乞钱，使其哀号动人怜悯。得钱多者，以些些之食延其命；得少且遭鞭挞，死即埋之。

数年前，苏城北寺破出巨案，为首关哑子、玉阿姐，并正法号令，而其为恶已不胜数矣。此实人世至惨至毒之事，是在贤明官长留心访察，拯莫告而破欺朦，正刑罚而除妖厉，积厚福于无穷也。

【译文】世上有拐骗人口的人，拐骗了婴儿后，将他们折断手足，刮烂肌肤，贴上狗皮、羊皮，使其长合，看起来就像自然生成的一般。或者将婴儿裹紧，不让其身体生长，变成奇形怪状。或者弄瞎他们的眼睛，或者截断他们的小腿，或者弄哑他们的嗓子，或者毁伤他们的面部，即使他们的父母遇见了也认不出。拐子每天把婴儿放置在路边，利用人们的善良之心乞讨钱财，让他们不断哀号以触动路人的怜悯之心。得钱多的，拐子给他们一点食物，让他们延续生命；得钱少的，则会遭到拐子的鞭挞，如果鞭挞致死，就被埋掉了之。

几年之前，苏州城北塔报恩寺附近破获了一桩拐骗婴儿的大案，为首的拐犯关哑子、玉阿姐，均被绳之以法、当众处决，但他们犯下的罪恶行径已经数不胜数了。这实在是人世间最为惨毒的事情，此事全要仰赖各地的贤明长官注意访察，拯救那些无处求救的被拐的婴儿并严厉打击拐骗婴儿、欺蒙路人的行为，将拐子明正典刑以扫除怪异凶险的现象，如此则可谓是积下了无穷无尽的深厚福德。

5.2.21 兄弟争产

道光八年，翰林院编修某，与六科给事中某，以兄弟争产，上控督辕。奉宫保总督部堂蒋批："鹏鸟呼雏，慈乌反哺，仁也。蜂见花而聚众，鹿见草而呼群，义也。鸣雁聚而成行，雎鸠挚而有别，礼也。蝼蚁闭塞而壅水，蜘蛛结网而罗食，智也。鸡非晨不鸣，燕非社不至，信也。彼夫毛虫蠢物，尚有五常；人为万物之灵，其无一得？尔兄弟名仁而不克成仁，名义而不知为义。以祖宗之小产，伤手足之天良。兄藏万卷，全无教弟之心；弟掌六科，竟有伤兄之意。古云：'同田是富，分贝为贫。'当羞析荆之田氏，宜学百忍之张公。过勿惮改，思之自明。如必不悛，按律治罪。"后兄弟竟得和好。

【译文】道光八年（1828），翰林院编修某人，与六科给事中（简称六科，掌侍从、规谏、补阙、拾遗，分察吏、户、礼、兵、刑、工六部之事，纠其弊误）某人，是同胞兄弟，二人为了争夺家产，控诉到总督衙门。加宫保衔总督部堂蒋大人作了如下的判词："鹏鸟呼唤雏鸟，乌鸦反哺其母，体现了仁的美德。蜜蜂看见鲜花就会召集群蜂同往，鹿发现草地就会呼叫群鹿同食，体现了义的美德。飞鸣的鸿雁聚集时排成行列，雎鸠的雌雄鸟之间感情真挚而又能保持距离，是守礼的表现。蝼蚁闭塞洞穴以避免受到水浸，蜘蛛结成罗网以捕食，是智慧的表现。雄鸡不到早晨不打鸣，燕子不到春社日不飞来（宋代晏殊《破阵子》词："燕子来时新社，梨花落后清明。"），是守信的表现。那些愚蠢的鸟兽昆虫，尚且具备仁、义、礼、智、信五种美德；人作为万物之灵，难道就没有受到一点启示吗？你们兄弟一个名字叫'仁'却不能做到仁爱，一个名字叫'义'却不知道礼义。因为祖宗留下的一点家产，而伤害了兄弟之间的天然手足之情。做兄长的身为翰林、博览群书，却全然没有教导弟弟、为弟弟做好榜样的心意；做弟弟的执掌六科、纠偏补弊，竟然存有伤害兄长的想法。古人说：‘同、田二字合起来是“富”字，分、贝二字合起来是“贫”字。’你们比起隋朝想要三分堂前紫荆树的田氏三兄弟更应该感到羞愧，应该向唐朝遇事百忍、九世同居的张公艺先生学习。有了过错不要害怕改正，仔细思量一下我所说的话自然就会明白。如果还是不知悔改，将按照法律对你们进行治罪。”后来，兄弟二人竟然和好了。

5.2.22 道光庚子永福雷

王叔兰转述其友石孺怀云：道光辛丑闰月，石买舟将赴潞河，同舟多永福人。述其邑村民黄某，少丧亲，先畴数亩，转质于人，以代芸为业。年及壮，久聘临村女未娶。与弱弟同居山中，穷不聊生。岁暮，窘益甚，惟相对饮泣而已。弟慰之曰：“盍卖弟于人，领得身价，既得赎田，兼可完娶，所全不已多乎？”黄闻言泪下，然迫于无如何，勉从其志。时弟年十二，值邑中富翁觅养子，昂其直，成券归。迎娶夕，辗转不安，以告妇。妇曰：“妾自幼纺织，至今私蓄三十金，现存箧内，好赎二郎归。薄田虽未足供食，妾苟勤事女红，尚堪相济。二郎岂犹夫人之弟哉？”黄喜极，破晓即叩富人扉，语其弟。而金忘携，往返三十里。及家则妇已扼死，启箧索金，无所得。将赴愬外家，又畏官事，遂藁葬焉。连日哭号，气仅存。

一日，忽雷殛一人，前跪葬所。谛视之，则右邻子也，散二十九金于地。坟地迸裂，尸尚微温，逾时竟醒。神定后泣诉被劫拒奸，因而扼杀情节。检金示之，原物也。富翁闻之，归其弟，不索直。事未经官，故外人罕得知者。此道光庚子二月事。

【译文】王叔兰（王道徵，字叔兰，一作卡兰、菽兰）转述他的朋友石孺怀先生的话说：道光二十一年辛丑（1841）闰三月，石孺怀雇船前往潞河，同船的多是永福县（今福建永泰县）人。据他们讲述说，他们县里有一个村民黄某，年少时就父母双亡，先人留下的几亩地，也抵押给了别人，黄某以代人耕作为业。黄某到三十岁时，早就与邻村女子订婚，却因家贫一直无力完婚。黄某与年幼的弟弟一同居住在山中，穷得几乎无法生存下去。临近年关，生活更加窘迫，二人只能相对哭泣而已。黄某的弟弟安慰哥哥说："何不把我卖掉，得到一笔钱，既能赎回田地，又能完婚，这样不是一举多得吗？"黄某闻听此言，不禁潸然泪下，然而迫于无可奈何，只得勉强听从弟弟的建议。当时弟弟十二岁，正巧县里的一个富翁正在寻觅养子，于是黄某就把弟弟以高价卖给了富翁，签订契约后回到家中。黄某娶妻的那天晚上，辗转反侧，心中不安，便把卖掉弟弟的事情告诉了妻子。妻子说："我自幼从事纺织，到现在积攒下三十两银子，现在就存放在箱子中，可以用这些钱把弟弟赎回来。家里的几亩薄田虽然不足以供给饮食，但如果我再做些针线活，也可以补贴家用。二郎难道不也是我的弟弟吗？"黄某十分高兴，天刚亮，他就前去富翁家敲门，把事情告诉了弟弟。但黄某忘了带银子，往返三十里回家取银。等回到家时，他发现妻子已经被人掐死了，打开箱子寻找银两，竟然一无所有。他想前往岳父家告知此事，但又害怕惹上官司，于是将妻子草草埋葬了。黄某没日没夜哀号痛哭，到了奄奄一息的地步。

一天，忽然有一个人被雷击毙，跪在妻子的坟前。黄某前去察看，发现竟然是右边邻居的儿子，地上散落着二十九两银子。坟墓已经迸裂，妻子的尸体露出来，还有体温，过了一会儿，妻子竟然苏醒了过来。妻子神志稳定后，哭诉自己被劫拒奸，因而被邻家子扼杀的情节。黄某从地上捡起散落的银子给妻子看，妻子说这就是她积蓄的银子原物。富翁听说此事后，将黄某的弟弟归还，并且没有索要价钱。此事未曾报官，因此外人很少知道。这是发生在道光庚子年（1840）二月的事情。

5.2.23 城隍延幕

莱州李公（毓昌），以进士即用知县，分发江苏。因查赈与知县不合，被毒而死。已见前录。后经告发，检验讯究，主谋之知县王伸汉，及家人包详等，俱已明正典刑，天下称快。仁宗睿皇帝，有“毒矣王伸汉，哀哉李毓昌”之句，传播宇内。李公为不死矣。

后闻莱州有金生，素与李为莫逆交。李殁后，金见仪从纷沓，以为是地方官也，趋避之。忽官停舆走出，视之乃李公也。向生曰：“我奉上帝命，为栖霞县城隍。事颇烦冗，乏人佐理。君吾好友，且算已尽，速归料理。三日后当相迓。”金大惊，不允。李升舆去，忽不见。金归家，越三日卒。

【译文】山东莱州的李毓昌先生，考中进士后即用为知县（清代铨选官员有“即用”之制，谓遇缺即可补用），被分派到江苏任职。他因审查赈务之事与山阳县知县发生冲突，被知县下毒谋害致死。此事在前书中已有记载（见1.3.15）。后来此案经李公亲属告发，又经官方检验尸体、严加审讯，主谋的山阳知县王伸汉，以及其家人包详等，都已明正典刑，天下人都为之拍手称快。嘉庆皇帝亲自为李公所作的《闵忠诗》里有“毒矣王伸汉，哀哉李毓昌”的句子，在全国各地广为传播。李公虽死也可以永垂不朽了。

后来，听说莱州有个姓金的书生，平日里与李公是莫逆之交。李公死后，金生看见一队仪仗浩浩荡荡经过，以为是某位地方官员，于是他急忙回避。忽然，官员停下轿子，从轿子中走出来，金生一看原来是李公。李公对金生说：“我奉天帝之命，担任山东栖霞县（今栖霞市）城隍。事务特别繁杂，协助处理的人手不够。你是我的好友，并且寿数已尽，现在你赶快回家料理后事。三天后，我来迎接你。”金生大为惊骇，不肯答应。李公上轿而去，忽然消失不见了。金生回到家中，过了三天果然就去世了。

5.2.24 干没被控

栗比部（烜），乃恭勤公河帅之子。其业师安阳沈孝廉，官直隶知县。比部随任河南时，有仆自山西来，抵卫辉，夜梦沈舆马而来。因问沈：“现官直隶，今何往？”曰：“我已故矣。有安阳王姓控我欠项，将往理之。”寻寤。及至汴，知已接沈讣在任病故。嗣闻沈前馆于安阳王姓家，王氏系孀妇，私蓄二千金，无子只一女，赘婿在家，托其为婿谋一官。沈至京干没之。妇既失金，又不能声张，抑郁数年而卒。盖于冥司讼之也。

【**译文**】刑部司官栗烜先生，是河道总督栗恭勤公（栗毓美）的儿子。他的授业老师是安阳县的沈举人，在直隶省某县担任知县。栗烜先生跟随父亲在河南任所时，他家中的一个仆人从山西赶来，抵达卫辉府时，夜里梦见沈举人乘坐马车而来。于是，仆人询问沈举人："您不是在直隶做官吗，现在要去哪里？"沈举人回答说："我已经不在人世了。安阳县的王某控告我欠钱不还，我将去处理此事。"仆人接着就醒了。等仆人到达开封时，知道主人已经接到了沈举人病逝于任上的消息。后来听说沈举人从前曾在安阳一户王姓人家设馆授徒，王家的主妇是个寡妇，有二千两银子的积蓄，她没有儿子，只有一个女儿，女婿也在她家生活，她出钱委托沈举人为女婿谋求一个官职。沈举人到达京城后，私吞了寡妇的银子。寡妇既损失了银子，又不能声张，在忧郁中度过了几年后就死了。大概是王某和寡妇夫妻二人在冥府控告沈某。

5.2.25 城隍果报

于莲亭曰：莱邑城西南乡有鲁姓，年六十余无子，纳妾，家颇饶。邻村有吴姓，曾向鲁借银百余两，届期送还。适有地保王某见之。吴某将银封拆开，一一点交鲁，仍为封好。旁有米囤，鲁即随手藏银其中。王恶念顿生，潜匿以伺。鲁送吴出门，适有婢自内呼，鲁随入内室。王乘间窃银而去。鲁与吴皆不知也。

数日后，鲁之工人李马儿山中开垦，于土中得银数锭，挟归交父。父云："得此可置田产，勿为人作佣矣。"因王某与主人素好，央其辞佣。王询其故，即以获银事告。王遂为转达，并告以拾银事。鲁忽忆及吴姓还银，随向米囤中极意搜罗，王在旁佯为不知而言曰："准辞与否，无甚关涉，何必踌躇？"鲁乃曰："前日吴某还我银百余两，当时纳米囤中，因家事分心，未及取出。今李马儿拾银，其窃我银乎？"王顿思嫁祸，遂云：

“我以为天下无此凑巧之事。子待伊不薄，何作此昧良事？然事已至此，何不指赃告官？”鲁曰：“我于书役中，并无相识，何敢鸣官？”王曰：“我愿代为谋之。”于是代立状词，挟鲁到城，央代书宋姓盖戳。代书因词内指名告赃，恐不的确，不肯盖戳。王乃醉代书以酒，窃戳盖之，逼鲁呈之。

邑侯郝公接阅后，火拘李马儿父子到案，严刑拷讯不承。邑侯交役严押追赃。王某恐有变，遂从旁劝李马儿之父云：“此案赃已满贯，尔父子均不得生。子若具求免累状，庶可无恙。”李本乡愚，信以为实，遂央王某代具免累状，并缴所拾银。邑侯固愦愦者，适因公出境，王即厚赂差役，断李马儿饮食，欲藉此灭口销案。侯既归，李马儿已死。检查银数锭件，均不相符，恐因追赃毙命，有碍官方，即据伊父免累呈词，罪坐李马儿，朦胧销案。王某自为得计。

未至一月后，宋代书身染伤寒，一日忽在床大呼曰：“城隍升堂矣！执帖者请郝公矣！郝公告坐矣！神示以案卷，郝公稽首矣！神色变，命押郝公出，献郝公首级矣！又执牌者入，神查奸恶簿，将王某叉入油锅矣！倏尔提差役某至，捆缚刀山矣！又唤鲁某，并李马儿，批示鲁某无嗣，罚李马儿为子，败坏门风。”又大声号呼之间，反复哀乞曰：“我酒醉不自小心，钤戳为王某窃印，重杖四十。命我广为传播，我病可以不死。”及苏，两臀青紫溃烂。

闻是日，邑侯陡患对口疽，一夜头将落而死。王某在西门外店中看烧鸡者，忽自投入油锅，观者扶之不得，既扶起，头已焦裂而毙。差役某忽患心痛，寻卒。鲁某于是日梦李马儿到舍，醒后即生子，数岁不语，或戏呼“李马儿”则应。及长，将家业荡尽，挟其妻赴海上为妓以终。城隍之报应，历历不爽，可不畏哉？

【译文】于莲亭（名克襄）说：山东莱州城西南乡有一个姓鲁的人，六十多岁了还没有儿子，纳了一个小妾，家境颇为富裕。邻村有个姓吴的人，曾向鲁某借过一百多两银子，约定到期归还。归还时恰巧被地保王某看到了。吴某将封好的银子拆开，一一清点后交给鲁某，鲁某仍将银子封好。旁边有个米仓，鲁某于是随手把银子藏在其中。王某见此顿生恶念，悄悄地藏匿起来伺机偷取。鲁某送吴某出门，这时正巧有一名婢女在房中呼叫鲁某，鲁某随即走入内室。王某趁机偷窃了银子而去。鲁某与吴某都对此并不知情。

几天后，鲁某家的工人李马儿在山中开垦土地时，从土中挖出了几锭银子，带回家交给了父亲。父亲说：“有了这些银子，我们就可以购置田产，你就不用再受雇给人做工了。”因王某与鲁某素来交好，李马儿便委托王某代为转达，打算辞工。王某询问其中的缘故，李马儿便把土中得银之事告诉了王某。王某向鲁某转达了李马儿辞工的请求，并将李马儿拾到银子的事告诉了鲁某。这时，鲁某忽然回想起吴某归还的银子，随即到米仓中极力搜寻，王某站在一旁假装不知地说道：“是否同意李马儿辞职，都无关紧要，您何必犹豫不决呢？”鲁某于是说：“前几天吴某还了我一百多两银子，当时我放在米仓中，因为家事分心，没有及时取出。现在李马儿拾到银子，莫非是他偷了我放在米仓中的银子吗？”王某顿时产生了趁机嫁祸的想法，于是说：“我也以为天下没有这么凑巧的事。您待他不薄，他怎么会做出这等昧良心的事呢？然而事已至此，您何不把李马儿拾到的银子指认为己物，控告到官府呢？”鲁某说：“官府的书吏中，我没有认识的人，怎敢告官？”王某说：“我愿意替您谋划。”于是，王某替鲁某写下诉状，拉着鲁某来到城中，并央求代书（州县衙门里代人写禀帖或诉状的人）在诉状上盖章确认。宋某因为诉状上写的是指名告赃之事，恐怕事情不属实，不肯盖章。于是王某将宋某灌醉，窃取其印章盖在诉状上，然后又逼迫鲁某将诉状呈递到官府。

县令郝公接阅诉状以后，火速派人拘捕李马儿父子到案，严刑拷问，李马儿父子拒不承认。县令将他们交给差役严加管束、追查赃物。王某恐怕事情有变，便从旁劝说李马儿的父亲道：“此案中的赃物价值已经超过最高限度，你们父子都将被处死。你如果出具申请免受牵累的词状，或许可以平安无事。”李马儿的父亲本是乡野愚昧之人，信以为真，于是央求王某替他出具免累状，并向官府交出了儿子拾到的银子。县令本是昏愦糊涂之人，又正巧因为公事离开了县境，王某趁机重金贿赂差役，叮嘱差役停止向李马儿供应饮食，打算借此杀人灭口，以尽快销案。县令回到县衙后，李马儿已死。县令检查银锭的数量和样式，发现与诉状上所说的均不相符，他恐怕因为追赃而致人死亡，有碍于官方的体面，于是就依据李马儿父亲所呈上的免累状，归罪于李马儿，模糊结案。王某自以为计谋得逞。

不到一个月后，代书宋某身染伤寒之病，一天忽然在床上大声喊叫说：“城隍升堂了！城隍派人拿着请帖去请郝公了！郝公告谢落座了！城隍把案卷拿给郝公看，郝公叩头请罪了！城隍神色大变，命差役将郝公押出去了，郝公的首级被献上来了！又有人手持令牌进来，城隍查阅善恶簿，将王某叉入油锅了！紧接着又将差役某人带到，捆绑之后压上刀山了！又传唤鲁某和李马儿，批示说鲁某无子，罚李马儿转生为鲁某的儿子，败坏鲁某的家风。”宋某又大声号叫了几声，然后反复哀求说："我因酒醉后自己不小心，印章被王某窃取偷盖在了诉状上，因此我被重打了四十大板。城隍命我广为传播此事，这样我就不会因生病而死。"等宋某苏醒后，他的臀部已经青紫溃烂。

听说在同一天，县令忽然患上了对口疮（生在脑后、部位跟口相对的疮），一夜之间头部脱落而死。王某在西门外的一家店铺中看人做烧鸡，忽然自己跳入油锅之中，在场的人来不及抢救，等把他拉起来，王某已经头脸焦裂而死了。那个收受王某贿赂的差役忽然患上心痛之病，很快就死了。当天，鲁某梦见李马儿来到家中，醒来后鲁某的小妾就生下了一个儿子，这孩子长到几岁还不会说话，但当有人开玩笑地叫他"李马儿"时，他就会答应。鲁某的儿子长大后，将家业败尽，后来带着妻子跑到上海，让妻子做妓女，如此过完一生。城隍施予报应，历历分明，丝毫不差，怎能不害怕呢？

5.2.26 惜福

汪龙庄曰：俭之为益，非仅省财而已，惜福必多。尝见富贵之家，子孙多不肖，或动与疾病相值；勤耕务织者，往往康强，后人亦知守分，暴殄与惜福之别也。昔吾浙有达官，宠妾占熊，属吏以珠补绣蟒为献，达官大悦。无识之吏，闻风竞起，凡献蟒袍二百余件，皆定制顾绣，其长不踰二尺。余曰："此儿必不育，否则必败其家。"闻者大诧，余曰："蟒袍非常服可比，计二十岁状元及第，三十岁作太平宰相，八十岁荣归，亦不能衣蟒至二百余件之多。今襁褓中遽受此数，恐福已消尽耳。"皆笑余迂阔。不数岁，达官贿败。此儿纳刑部狱，未几，病殇。反是以观，则惜福者延龄，古人岂欺我哉？

【译文】汪龙庄（名辉祖）说：节俭的好处，不只是省钱而已，更在于惜福。我曾看见富贵人家，子孙往往不成器，或者动不动就疾病缠身；勤于耕作和纺织的家庭，往往身体健康强壮，其后代也知道安分守己，这大概就是奢侈浪费与珍惜福报所带来的不同结果。从前，我们浙江有一个高官，宠妾生下了一个儿子，他手下的官吏献上一件缀有珍珠、绣有蟒纹的小官服，高官十分高兴。无知的官吏听到这个消息后争相效仿，一共向高官进献了二百多件这样的小蟒袍，都是定制的顾绣（江浙间刺绣名，因创始于明嘉靖年间顾名世家，故名），其长度不超过二尺。我说："他的这个儿子必定养不大，即使养大了，将来也必定败坏其家业。"听到我说这话的人都觉得十分诧异，我说："蟒袍不是寻常的衣服可比，就算他二十岁状元及第，三十岁成为太平宰相，八十岁退休荣归，也穿不了二百多件蟒袍。如今这孩子尚在襁褓之中就享用了这么多，恐怕他的福气已经被折损殆尽了。"众人都嘲笑我思想迂腐、不切实际。没过几年，高官因受贿事发而倒台。高官的这个儿子也被关进了刑部大牢，没过多久，就因病夭折了。由此反观，那么惜福的人往往寿命延长，古人怎么会欺骗我们呢？

5.2.27 勿以异姓乱宗

汪龙庄又曰：立继须择同宗之人，一派感通，方能格享。同姓不宗，已难续嗣，何况异姓？《意林》载《风俗通》称，周翁仲妻产女，会屠者产男，密以钱易之。后翁仲使见鬼周光，与儿同祭先茔，祭所但见屠儿持刀割肉，别有人带青绶，彷徨东厢不进。妻具陈其事，翁仲曰："凡有子者，欲承先祖，先祖不享何用？"遂送还屠家。近纪晓岚先生（昀）《槐西杂志》，有视鬼者曰："人家继子，凡异姓者，虽女之子、妻之侄，祭时皆所生来享，所后者弗来也。凡同族者，虽五服以外，祭时皆所后来享，所生者虽亦来，而配食于侧，弗敢先也。惟于某抱养张某子，祭时乃所后来享。而知其数世前，于氏妇怀孕嫁张生，是于之祖也。"

盖异姓之不享，古今一致。不幸无子，当以族子为后，慎勿为妇言所惑。子异姓之子，自斩其祀。倘服属之亲，无可择立，若必执继绝之说，强为序继，则怀利者纷起而争，亦甚无谓。夫承继专为承祭，但使烝尝有属，何庸似续旁求。礼有祔食于祖之文，以丧葬余资，祔为祖考祭产，俾有后者，轮年祔祭，鬼自永不忧馁。息争端而延久祀，莫善于此。

【译文】汪龙庄（名辉祖）又说：立继承人一定要选择同一家族的人，血脉相通，祭祀时才能感召祖先之灵前来享用。如果选择的是同姓但不同宗的人，已经很难有血脉上的渊源了，更何况是不同姓的人呢？《意林》转载《风俗通》中的事例说，周翁仲的妻子生了一个女儿，正巧邻居屠户生了一个儿子，于是周翁仲的妻子秘密送给屠户一些钱用自己的女儿将屠夫的儿子交换过来。后来周翁仲派能见鬼的主簿周光带着自己的儿子同去祭祀祖先的坟墓，周光在祭祀的现场只看到有屠夫在拿刀割肉，另外有身佩青色印带的人，在东厢徘徊不敢进。周翁仲听说后质问妻子，妻子如实陈述了以女换子的经过，周翁仲说："凡是有子孙的家庭，都是想要奉祀祖先，祖先不享用祭品，又有什么用？”于是，周翁仲把这个儿子送还给屠户家，换回自己的女儿。近代纪晓岚先生（名昀）所著的《阅微草堂笔记·槐西杂志》中记载，有个能看见鬼的人说：“人家被立为继承人的嗣子，凡是异姓之人的，即便是女儿的儿子、妻子的侄子，祭祀时，都是嗣子亲生父母的魂灵前来享用，而嗣父母不来。而凡是嗣子为同族之人的，即便已经出了五服，祭祀时，都是嗣父母的魂灵前来享用，亲生父母有时虽然也来，只能坐在一旁陪同食用，不敢抢先。只有于某抱养张某的儿子，祭祀时，仍然是于某来享用。后来得知几代以前，于家的一名妇女怀孕后嫁给了张生，因此这孩子其实是于家的祖先。”

由此可知，祖先不享用异姓子孙祭祀的道理，古今一致。如果不幸没有儿子，应当过继同族之人的儿子作为嗣子，千万不要被妇人的言语所迷惑。如果将异姓人家的儿子作为自己的儿子，相当于自己斩断了自家的祭祀。倘若五服以内的族人，没有可以立为继承人的，而如果一定要执着于继绝世（恢复已灭绝的宗祀，承续已断绝的后代）的说法，强行找个人来立为继承人，这样贪图家产的人就会纷起争夺，也很没意思。立继承人主要是为了有人祭祀祖先，只要能使祭祀不断绝，又何必过继异姓之人为后嗣呢？礼法中有关于受祭时和祖先共享祭品的内容，说把丧葬后剩余的钱，用作祭祀祖先的费用，使有后代的人，按年轮流主持祭祀，这样家族中无后之人的鬼魂自然也就永远没有饥饿之患了。既能平息争端，又能永久地延续祭祀，没有比这更好的办法了。

5.2.28 好生免厄

乾隆末年，重九日未晓，润州沙陷，人皆死于梦，浮沉如萍。前五夜，渔者见黑衣吏向江检一黑籍，问之，曰："杀报也，宜速好生。"投黑籍于江而隐。沙客皆曰："此地居人好杀，产女多溺之，日捕螺。稚子学持刀剖蛙蚌者，父母奖其能。"有孔媪者，戒杀，年七十犹鬻绩放生。于姑劝慈，于媳劝孝，见人则谆谆曰："扫螺救蚁，俱是阴德，勿以善小而不为也。"众皆怒。子死，一孙方龀（chèn），时忽瘧，携孙避瘧于尼庵，乃免。

【译文】乾隆末年，某年重阳节那天拂晓时分，润州（今江苏镇江市）发生沙陷，人们都死于睡梦之中，浮沉如浮萍。前五天的夜晚，一个捕鱼人看见一名身穿黑衣的官吏对着江面核对一本黑色封面的簿册，捕鱼人上前询问，黑衣官吏说："这场灾难是杀生的报应，应当尽快停止杀生、爱护生命。"黑衣官吏将名册投入江中后，就消失不见了。江边淘沙的客人都说："此地的居民嗜好杀生，如果生下女儿，多将其溺死，每天捕捉螺蛳。有的儿童学习拿着刀剖杀青蛙、河蚌，父母还夸奖他们有本领。"有一位孔老妇，坚持不杀生，七十多岁了还依靠纺线织布卖钱用来买物放生。她经常劝说做婆婆的要慈爱，劝说做媳妇的要孝顺，见到人她就恳切劝诫说："将爬上岸的螺蛳扫入河中，救护蚂蚁，都是阴德，不要因为是小的善事就不去做。"众人听到她这样说都很愤怒。她的儿子已经去世了，有一个七八岁的孙子，当时发生了疟疾，她带着孙子借住到尼姑庵中躲避疟疾，因此得以幸免于难。

5.2.29 文闱显报

咸丰壬子，浙江朱某入闱，三艺俱脱稿。俄见前所私女子搴帷问曰："君文得意否？今科中选矣。妾有诗奉赠，盍为我录之？"朱神色昏迷，展卷代录，其诗曰："记否花阴立月时，倚栏偷赋定情诗。者番亲试西风冷，冰透罗鞵（xié）君未知。黄土藂（cóng）深白骨眠，凄凉情绪渺秋烟。何须更作登科记，修到鸳鸯便是仙。"末书"吴门细娘题于浙闱鏁（suǒ）院"。录讫仓皇投卷出，卒于肩舆中。此事山阴金兰生（缨）茂才，所目击者，为余述之如此。

【译文】咸丰二年（1852）壬子科乡试，浙江的朱某入场参加考试，三篇文章都已经写好了。过了一会儿，他看见自己从前所私通的女子掀开帘子问他说："你对自己所写的文章满意吗？这次考试你要中榜了。我有一首诗相赠，你何不为我记录下来？"朱某神志昏迷，打开试卷为女子记录，她的诗是这样说的："记否花阴立月时，倚栏偷赋定情诗。这番亲试西风冷，冰透罗鞋君未知。黄土丛深白骨眠，凄凉情绪渺秋烟。何须更作登科记，修到鸳鸯便是仙。"末尾的落款写的是"吴门细娘题于浙江乡试考场"。记录完诗歌后，朱某匆忙交卷而出，死在轿子中。这件事是山阴县（今绍兴市）的金兰生（名缨）秀才亲眼所见，并对我讲述的。

5.2.30 桂籍降科

道光己亥十月望日，天台张振甲、袁昌霖，偕同人集来复园请鸾，遇仙室宗伯，王讳远知者，降笔云："余蒙玉帝命，随梓潼帝君校对两浙桂籍。见有生时注定厚禄，或因一事削去、一念罚科者，殊堪痛恨。故今年更易数四，于画押后，复因事屏斥，再检有德者以补其缺。数日之内，精神为之几惫。君等当知得失皆由于己，不由于文。张子、袁君夙根较厚，前已注定丁酉一科，同登乡魁，而张子则联捷春闱。嗣因己丑年在郡应试，与陈生某谈及闺阃。文帝照依败人名节例，罚降五科。又查此时实属无心之失，且素行拘谨，改降三科。又定于丙申冠其庠，丁酉选为士。以别于有心谑浪之罪。而袁君则因恃才骄傲，不能虚己下人，且孙氏讼事不能竭力排解，致使少年孀妇匍匐公堂，殊昧同室有斗之义，罚降三科。君等中尚有亏孝行、犯淫孽者，乃竟不知耻悔，屡在吾前求示科名，不知此等人，天曹已除其籍，以示大罚矣。盖天道无私，有过而降，有善则升。我今教君等修身之法，每晨持诵《感应篇》《阴骘文》《觉世经》等书，则善念自生，恶念自去。凡力所能为者，即慨然任之；力所不能逮者，亦不可退缩。功业一满，则所黜者亦可升；再损阴功，则已降者将复降。莫谓言之不早也。”后悉如所言。

【译文】道光十九年己亥（1839）十月十五日，天台县的张振甲、袁昌霖，同好友一起在来复园扶乩请仙，请到了署名为仙室宗伯的仙人王远知（据《旧唐书·卷一百九十二》：道士王远知，琅邪人也。其父昙选，陈扬州刺史。远知母尝昼寝，梦灵凤集其身，因而有娠，又闻腹中啼声，沙门宝志谓昙选曰：“生子当为神仙之宗伯也。”卒年一百二十六岁，卒时谓弟子潘师正曰：“吾见仙格，以吾小时误损一童子吻，不得白日升天。见署少室伯，将行在即。”谥升真先生，后改谥升玄先生。）降临，降笔乩示说：“我奉玉帝之命，跟随文昌梓潼帝君校对两浙地区科考中榜人员的名籍。看见有人出生时注定享受高官厚禄，却有时因一件错事而被削去，或因一时恶念而被推迟考中时间，特别令人痛惜。因此，今年的中榜名单调整了多次，甚至在签字画押后，又有考生因新近做了恶事而被摒弃除名，再挑选有德行的人补上空缺的名额。几天下来，使我精神几乎疲惫。你们要知道功名的得失全在于自己的德行，不在于文章的优劣。张振甲、袁昌霖二人善根深厚，起初已经注定要在道光十七年（1837）丁酉科乡试，同时考中解元，并且张振甲还会在第二年春天接连考中进士。后来，因为张振甲于道光九年（1829）己丑科在府城应试时，与一个姓陈的书生谈论人家闺门之事。文昌帝君按照败坏人家名节的条例予以处罚，罚他延迟五次考试后考中。又查知他当时确实是出于无心而犯下的过失，并且平时言行谨慎，改为让他延迟三次考试后考中。又定下让他在道光十六年丙申（1836）的县学考试中考中第一名，第二年丁酉年成为秀才。以此区别于那些故意戏谑放荡的罪过。而袁昌霖则因为恃才傲物，不能谦虚容人，并且不能尽力帮助孙氏排解诉讼案件，致使孙氏作为少年寡妇跪伏在公堂之上，实在有昧于'同室有斗'的道理（《孟子·离娄下》：'今有同室之人斗者，救之，虽被发缨冠而救之，可也。'），因此罚他延迟三次考试后考中。你们之中还有些人或孝行有亏、或犯下邪淫，而竟然不知羞耻悔改，反复在我面前恳求让我告知科举功名情况，殊不知这样的人，天庭早就削除了他们的禄籍，作为严厉的处罚。天道没有偏私，对有过错的人就削减他们的功名，对有善行的人就提升他们的功名。我现在教给你们修身的方法，每天早晨坚持诵读《太上感应篇》《文昌帝君阴骘文》《关圣帝君觉世经》等书，这样善念就会自然生长，恶念就会自然去除。凡是力所能及的善事，就毫不犹豫地去做；能力所达不到的善事，也不可退缩。功德一旦圆满，则注定功名被削除的也会得到提升；如果继续损伤阴德，那么已经被减损的功名会继续被减损。不要说我没有及早地告诉你们这些道理。”后来，众人各自的境遇果然都像乩仙所说的那样。

5.2.31 学容忍

蔡东轩（英）外翰戒子弟云：做人以居心宽厚、气度和平为主，读书限于资质，不可强能，而做人则人人可学、处处可学，学得气质，陶容变化。此是读书第一真实工夫，终身受用不尽。须将古人之平气大度底好样子，时时悬为榜的，则自能日有进益。此一路上，我自身经历过来，深知其中好处，非是以空言教人也。须学到他人无故犯我，而我能谈笑应之，此即我本领过人处，不是我不及人处。又凡市井粗鄙习气，切须用力除洗，洗去鄙俗一分，即胜俗人一分。能除他人之所不能除，能容他人之所不能容，能忍他人之所不能忍，方能到他人之所不能到，方能胜他人之所不能胜。自古大英雄、大豪杰，都有此种本事。上等之资，不学而能。中等之资，力学亦无不可其能。惟庸愚下流，只知与俗人争小意气，动辄出言争闹，挥拳相殴。此种道理，当与后生人，时常儆戒可也。

【译文】蔡东轩（名英）翰林告诫子弟们说：做人以居心宽厚、气度和平为主，读书由于资质所限，不可勉强，但是做人则是人人可学、处处可学，通过学做人，可以变化气质、陶冶性情。这是读书的第一真实工夫，终身受用不尽。必须把古人平心静气、宽厚大度的好样子，时时作为榜样和目标，这样自然能够每天有所进步。这种修身的方法，是我自己这一路上亲身经历过来的，深知其中的好处，并不是用空话来教人。必须学到他人无缘无故地侵犯我，而我能一笑了之、从容应对的程度，这就是自己的本领过人之处，不是不如别人之处。另外，凡是身上的市井粗鄙习气，一定要尽力除去、洗刷干净，除去一分鄙俗的习气，就胜过俗人一分。能戒除他人所不能戒除的习气，能包容他人所不能包容的事情，能忍受他人所不能忍受的处境，才能达到他人所无法达到的境界，才能战胜他人所不能战胜的困难。自古以来的大英雄、大豪杰们，都有这种本事。上等资质的人，不用学习就能做到。中等资质的人，努力学习也都能做到。只有平庸愚昧的资质下等之人，只知道与俗人争夺些小意气，动不动就出言争闹，挥拳相殴。这些道理，应当时常用来告诫后辈，让他们知所警惕才行。

5.2.32 勿早议婚

林学川（源）名宦云：议婚太早，昔人所戒。盖择妇重德性，择婿重才行。德性、才行，非幼小所可定也。世俗轻易议婚，或为眼前势利，或因亲知投契，年幼定亲，每贻后悔。

【译文】著名的官员林学川（名源）说：谈婚论嫁太早，是古人所极力避免的事情。因为选择妻子必须重视德行，选择女婿必须重视才行。人的德行、才行，在幼小的年龄还没有固定下来。世俗之人轻易地谈婚论嫁，或者是被眼前的势利所诱惑，或者是因双方家长是情意相投的亲戚好友，在子女年幼之时就定亲，往往留下后悔的事情。

5.2.33 祭品戒用冷物

林学川又云：祭席物味，必温乃有馨香。《诗》所谓“其香始升”也。祠堂离家远者，宜设厨灶于祭所之旁，蒸温乃祭，亦“如在”之意也。

【译文】林学川（名源）又说：祭祀祖先所用的供品，必须温热才有香味。这就是《诗经》中所说的“香气升腾充满厅堂”（语出《诗经·大雅·生民》：“卬盛于豆，于豆于登。其香始升，上帝居歆。”）。祖先祠堂离家远的，应当在祭祀场所的旁边设置厨灶，把供品蒸热以后再献祭，这也就是古人所说的“祭如在，祭神如神在”（语出《论语·八佾》）的意思。

第三卷

5.3.1 无辜拖毙

北平汤芷卿（用中）曰：刑狱至我朝，钦恤备至，无枉滥者。顾往往辗转驳诘，由县府而司院，定谳几经岁月，罪名仍无出入，而案外之拖累死者，已不知凡几。

丁酉冬，某太守摄开封，余为入幕宾，承询通省要务，有益百姓者，举三事以对。一、滥派夫马，须设法禁革，以杜州县官役分肥。（钦使大吏过境所需车马有数，而州县按里科派，折价入橐，胥役骚扰分肥。）二、积欠应豁免者，亟宜清釐，以宽小民敲朴。（时方严追积欠，河北三府州县有仰承意旨追征全完者，大吏以为能超擢之，而民之毙杖下、鬻田产者多矣。）三、暂系待质之平民，宜专员设局，经理其事，并宽为捐给口粮，以免无辜拖毙。太守于前二事，多见施行。惟暂系一条，谓两造皆官为养赡，是导之使讼，非息事安人之道。余默然。

适王澄川参军在座，阅其稿而善之，携去。后余来两淮，事阅十年，太守已归道山，前说久已忘之。今夏，闻太守之子，孝廉某，游淮安失足落河死。方痛良吏之后，不振如此，扼腕久之。

月前，太守之戚薛君，道出邗上，细询近状。薛愀然曰：“太守遗榇尚留大梁，长君眷口羁京邸，一家星散矣。”因述其夫人曾梦太守，自言生平居官清正，间有偏执，功过相抵。惟驳汤君所论，冥司责其：“见善不为，罪罚甚重。今王澄川已将此稿付梓，汝速印万卷流播人间，庶少救堕落也。”薛不知所论何事，举以问余。余检箧无存稿，邮书河南录得一通，附记于此，略曰：

国家以民命为重，几于“皋陶曰杀之三，尧曰宥之三”。有犯必惩，名律具在，而于平民暂系待质，未有专条。伏思臬司为通省刑名总汇，倘案情重大，司不亲提研鞫，无以昭公道而服人心。惟案经提省，则一案之干连人证，不能不与之俱来。此辈或情节牵涉，或挟雠诬攀，非皆有罪之人。其在本邑已被胥吏追呼、里保逼勒。迨至随同批解，冤苦填胸，羁管公所，既不能营趁自给，又无人为之送衣具食，所恃每日官捐之十数文。而此十数文之入腹与否，尚未可知。惟听典守者之恣情剋扣，非意凌虐。夏则人多秽积，疫疠薰蒸；冬则啼号切肤，饥冻交迫。有目不忍睹、耳不忍闻者。

试以游迹所到言之。于杭仁、钱二邑县门，不时有尸抬出，初以为狱囚，询之始悉其故，计一岁瘐死者，不下四五百人。至皖馆臬署，每过怀宁，横尸代验，或二或三，大约与浙上下。及入保定，则刑狱尤繁，岁毙且七八百。河南稍善，然亦不下二三百人。谁非赤子，乃令无罪而就死地，如是其众耶！

我朝祥刑普化，从无枉滥。惟此等死者，大吏不知，本官莫问。案内正犯，或且事雪生还，待质者则旅殡孤魂，长填黑狱。呜呼！冤惨极矣。国家每岁大辟，不过数百起。今以目睹情形，合各省计之，拖毙者奚止万人？其何以慰圣主如伤之隐乎？

按，罪囚入狱，例有衣粮，病则医药，死则殓埋，孕则停刑，令典昭然，有加无已。而此独听之地方官，捐办具文，坐令困阨至死，无冤可鸣，无伤可验。或尸亲领回，或就近瘗埋，从无告发之事。首府县及委审诸贤，亦遂习而忘之。

余以为其弊有四。一由于臬司审断不速结；一由于州县解犯不齐全；一由于捐办经费无正项开销；一由于司事官役无责成考核。盖审断不速，则压积必多；提解不齐，则重淹岁月；经费绌，势将敷衍刻剥，苟且塞责；稽核弛，甚且禁卒蠹役，高下任情。

果能案提到省，臬司随即审结，遇有牵连无关紧要之人，立时省释。即由臬司明定章程，凡解省人证，迟至一月不齐，作何参处。至于经费，宜从藩库拨款，酌定数目，按季支销。仍派委同一二员，专司其事，月具清册，详载旧管、新收、开除、实在。一有疾病，立即医药取保；猝有死亡，详院司。年终核计多寡，以定功过。督抚定议入奏，仍请通饬各直省，一体遵照。圣明在上，无不允行。事非难成，而生杀人之转移在是矣。

嗟乎！恻隐之心，人皆有之。士大夫抱己饥己溺之忱，居大有为之地，操能挽回之权，果能起而行之，造福不公而且普哉？

【译文】北平的汤芷卿（汤用中，字芷卿，原籍江苏武进，寄籍直隶宛平，早年入幕，道光十九年中举，后官两淮盐场大使）说：

我朝在刑罚方面，一向量刑慎重、体恤备至，没有枉法恣肆而使无辜者受害的情况。只是常常反复辩驳诘问，由县衙、府衙到按察使司、巡抚部院（清代各省巡抚多兼兵部侍郎和都察院右副都御史衔，故称巡抚为部院），定案往往要经年累月，罪名仍旧与最初判定的结果一样，没有出入，而与案件并无直接关系却被拖累致死的人，已经不知道有多少了。

道光十七年丁酉（1837）冬季，某知府代理开封府事，我在其官署中做幕僚，有一次，他向我询问全省最为紧要的事务，我举出了三件对老百姓有益的事情。一是随意摊派役夫、车马，必须设法禁止或革除，以杜绝州县里的官员、差役从中分取不正当的利益。（钦差大官过境所需要的车马有数量的限制，而州县长官按里摊派，折合成货币纳入私人口袋，胥吏差役们也趁机骚扰分利。）二是积累的欠税应当豁免的，应当立即清查，以免百姓受到惩罚鞭笞。（当时朝廷正在严厉地追缴欠税，河北三府州县的官员有的为了迎合上级意旨而全部追缴完成，地方大员认为他们能干而破格提拔，然而百姓因此死在棍棒之下、出卖田产的有很多。）三是对于暂时羁押等待对质的无辜人员，应当派遣专员、设立机构，专门处理其事，并尽可能多地给他们提供口粮，以免其无辜被拖累致死。知府对我所说的前两件事，基本上能付诸实施。只是对关于暂时羁押人员这一条，他认为如果诉讼双方都由官府供养，是在引导他们争讼，不是息事宁人的办法。我听后沉默不语。

当时正巧王澄川参军在座，他看到了我的建议稿觉得很好，便随身带走了。后来，我到两淮盐运使司任职，事情已经过去十年了，某知府也已经去世，之前提建议的事我早就忘记了。今年夏天，我听说知府的儿子，某举人，在淮安游玩时不小心失足落水而死。我正在痛惜好官的后代，竟然如此不振作，为此扼腕叹息不已。

一个月前，知府的亲戚薛先生，路过扬州，我向他详细询问知府家人的近况。薛先生神色忧愁地说道："知府的灵柩还滞留在开封，他的长子一家则寄居在京城，一家人已经分离四散了。"于是他又讲述说知府的夫人曾梦见知府，知府说自己生平为官清正，虽然有时做事偏执，但功过可以相抵。只有驳斥汤用中先生建议的事，被阴司责备说："见善不为，罪罚很重。现在王澄川已将汤先生的建议稿交付刻印，你快印刷一万册流传于世，这样或许能稍微弥补你的罪过，以免堕落恶道。"薛先生不知道建议稿议论的是什么事，于是特地向我询问。我查找书箱，没有找到底稿，就写信到河南索取，得到了一份，现在附录于此，建议稿的大致内容如下：

国家以人民的生命为重，审理案件几乎达到了"皋陶三次说当杀，尧帝却一连三次说应当宽恕"的程度。有人犯罪必须惩罚，国家法律都有明文规定，可是对于暂时羁押等待对质的无辜人员，却没专门的条款。我想提刑按察使司作为全省司法案件的主管部门，倘若案情重大，按察使司不亲自提审讯问，则不能彰显公道、使人信服。只是案件一经提审到省里，则与此案有关的人证，也不能不随之一同而来。这些人或是被案情牵涉，或是被挟仇报复、凭空牵扯诬告，不一定都是有罪的人。他们在当地已经受到差役的追赶呼喊、地保的逼迫勒索。等到他们随同被押解到省城，怀着满腔的冤屈苦闷，被羁押看管在公所，既不能自谋营生，又没有人为他们送衣送食，所赖以生存的只有每天官府供给的十几文钱。而这十几文钱是否真正能够用来给他们填饱肚子，还未可知。只能听凭看守的差役们任意克扣，恶意欺凌虐待。夏天，公所里人多秽积，疫病流行、臭气熏天；冬天，他们则啼哭哀号、切身痛苦，饥寒交迫。其中的惨状有时令人目不忍视、耳不忍闻。

姑且以我所到过的地方来举例说明。在杭州仁和县、钱塘县二县的县衙门前，时不时地有尸体被抬出，起初我以为他们都是狱中的囚犯，经过询问后我才得知其中的缘故，一年之中累计被折磨而死的暂时羁押人员，不下四五百人。当我在安徽按察使衙门做幕僚时，每次经过怀宁县，都会看见县衙门前躺着二、三具等待检验的尸体，算下来总数大约与浙江不相上下。等我到了保定时，发现当地的刑事案件更加繁多，每年拖累致死的羁押人员将近七八百人。河南稍微好些，但也不下二三百人。他们谁不是国家的人民，竟然使他们无辜被拖累致死，而且人数如此之多！

我大清朝慎用刑罚、广施化育，从来没有冤枉失实之处。只是这些因羁押而致死的无辜人员，地方大员们往往不知情，审案的官员也不管不问。案件内的正犯，有时尚且得以平反昭雪、死里逃生，而那些被羁押等待质询的人员却客死异乡，一缕孤魂，长期滞留在黑暗的牢狱里。哎呀！还有比这更加冤屈、悲惨的事情吗？国家每年判决死刑的案件，不过几百起。如今以我亲眼看到的情形来看，再合计全国各省的情况，被拖累致死的何止万人？这何以安慰我圣明的皇帝如同对待身上的伤痛一般体恤百姓疾苦的心意呢？

另外，罪犯入狱，按例官府应当为其供给衣服粮食，生病则为其医治，死去则为其殓葬，怀有身孕则暂时停止施刑，法典上都有明文规定，而且越来越完备。而唯独对于暂时羁押的人员，一概听凭地方官做主，所谓捐助衣粮只是徒有形式的空文，坐等被困厄至死，没有办法鸣冤叫屈，遗体也得不到勘验。或者让死者的亲属将尸体领回，或者将尸体就近掩埋，从来没有人告发这种事。首府、首县以及承办案件的诸位官员，也都习以为常而忽视了这方面的事。

我认为造成这种弊病的原因有四点：一是由于按察使司审理案件缓慢，不能尽快结案；二是由于州县押解到省的案犯不齐全；

三是由于为羁押人员提供衣食的经费没有正当理由报销；四是由于对管事的官员、差役，没有严格的考核制度。这样一来，审理不快，则案件越积越多；押解案犯不齐全，则迁延时日；经费不足，势必敷衍了事、侵夺剥削，草率应付、逃避责任；考核松弛，势必产生许多害民的差役牢头，随心所欲地处理事情。

如果能够在案件提审到省后，按察使司随即审理结案，遇到虽有牵连但无关紧要的人，立即释放。就由按察使司制定章程、明文规定，凡是押送到省的人证，延迟了一个月仍未全部到齐的，应该怎样处理。至于经费，应当从布政使库房拨款，斟酌情况确定数额，按季度支付核销。并且还要委派一、二名工作人员，专门负责此事，每月清理核对名册，详细记录旧有、新收、除名、现存等项目。一旦有羁押人员患上疾病，就立即为其请医抓药或由家人将其保释在外；如果有羁押人员突然死亡，就上报巡抚衙门和按察使司。年终时核算羁押人员的人数，以此作为评价官员功过的依据。经总督、巡抚议定后上奏朝廷，并请求朝廷通令各省，一例遵照实施。圣明的皇帝在上，一定会批准施行。想做成这件事并不难，是救人还是杀人，其转移之权就在于此了。

哎呀！同情之心，人人都有。士大夫抱有别人挨饿、落水就像自己挨饿、落水一样的赤诚情怀，居于大有作为的有利位置，掌握能够挽回生死的权力，如果真正能够行动起来、付诸实施，这难道不是一件广大而又普遍地造福于百姓的善事吗？

5.3.2 掩胔昌后

旗兵丰昇额，童时当逆闯既殄，随都统驻防西安。大难初平，战骨翳莽，丰心伤之。壮岁闲居，日以掩埋为事。数年，远近郊绝少暴露，未肯稍懈也。初丰负陕客银二十金，不能偿。时将裹粮入山，尽埋遗骨，适客来索负，且肆辱之。丰曰："勿轻视我，我纵贫，有四子在，勿忧也。"遂呼四子出拜。虽皆童稚，而魁梧奇伟，不类常童。客奇之，不索负，且劝令就塾，而助膏火焉。丰遂入山，遇胔骼辄瘗。掘土渐深，见一洞，以石封口，试举锸拨之，石随手落，黄白满中。运归，渐置田产。不数年，富甲秦中。四子以次入仕，皆成八座。丰年九十余，无疾而逝。今尚簪缨累叶，皆丰之积累所基也。

【译文】八旗兵丰昇额，童年时正值李自成起义军被剿灭的时候，他跟随都统驻防西安。当时大乱初平，尸横遍野，丰昇额看见后十分伤心。壮年时，他闲居在家，每天以掩埋尸骨为事。几年之后，远近的郊野已经很少见到暴露的尸骨了，虽然如此，他仍然不肯稍有松懈。此前，丰昇额欠了陕西的一位客商二十两银子，无力偿还。有一天，丰昇额正要带着粮食进入山中，埋葬剩余的遗骨，正巧那位客商来到他家索债，并且肆意地说出一些侮辱他的话。丰昇额说："你不要轻视我，我虽然贫穷，但有四个儿子，你不要担心我还不了钱。"于是，他叫自己的四个儿子出来，让他们拜见客人。四个儿子虽然都还年幼，但身材魁梧、相貌奇伟，不像寻常的儿童。客人大为惊奇，不再索债，并且劝他送儿子去私塾上学，而且资助了学费。丰昇额于是进山，遇到暴露的尸骨就进行掩埋。他挖土挖到深处时，发现了一个洞穴，洞口被用石头封住，他试着用铁锹撬起石板，石板应手而落，只见洞中满是黄金白银。于是将金银运回家中，慢慢购置田产。没过几年，他家已经成了陕西一带首屈一指的富户。后来，他的四个儿子也相继做官，都官至尚书。丰昇额活到九十多岁，无病而逝。如今他的子孙累世显贵，这都是丰昇额积累的功德所奠定的基础。

5.3.3 董文恭公遇孛星

董文恭公(诰)少时，读书富阳某寺。偶月下步归，远见一玉柱挺立田隅。逼视，则披发妇人，裸身赤立，长丈四尺，口衔利刃。见董至，背而东去。旋见白气冲霄而灭。董大惊。明日遍以询人，无知者。一道流曰："此孛星也，是日下降，遇之者必死，公得无恙，后必大贵。"公果入阁，秉政几二十年。

【译文】董文恭公(董诰)年少时，在富阳县(今杭州市)的某座寺庙里读书。一天夜晚，他趁着月色步行回家，远远地看见一根玉柱挺立在田间的一角。近前一看，原来是一个披头散发的妇女，赤裸站立，身高一丈四尺，口中衔着一把锋利的刀。妇女看见董公来了，背转过身，向东走去。紧接着看到有一道白气冲上天空，消失不见。董公大惊。第二天，他遍问众人，众人都不知道是什么。一位道士说："这是孛星，当天下降人间，凡是遇见的人必定死亡，而您能够安然无恙，说明将来必定大富大贵。"后来，董公果然进入内阁，执政近二十年。

5.3.4 梦中三世

蔡生甫先生(之定)，为杭州黑桥老妪转世，相传已久。曹岚樵给谏为生甫先生门生，乙巳年遇其孙于汴梁，寄先生《记梦草》一册，言之甚详，爰备录之。

华胥国以梦为真，以真为梦，闻者诞之。天下事何梦非真，何真非梦？梦即是真，真即是梦。我闻一时，如是如是。之定以梦而生，生平复多异梦。生之夕，母沈太安人，梦着冠帔，与诸女眷集华堂中，贽拜行礼，若庆寿然。腹痛而觉，是日生之定。乾隆己巳年十二月十二日子时也。

时先大父馆郡城，距家九十里，是夜大雪，解年馆泛舟旋里。忽梦锣声大作，询之则报捷者也，取报条阅姓名为“麒麟”。先大父有异禀，读书不过三遍，终身不忘。赋性纯笃，诚一不二。生平不多梦，梦辄有奇验。比至家，则得孙矣。向家人备述梦事，命之曰“麟”。（潘殿撰世恩之祖梦麒麟从天降，是夜生殿撰。之定适中其榜。室人稽氏，九岁梦一童子立中庭，头戴珠冠，着五色衣，手弄青色麒麟，状貌殊异凡儿。方骇愕间，腾空飞去。觉以语母，母曰：“汝当得一佳婿，秘之勿泄也。”三梦相符，更奇。）

诘朝有村氓踏雪而来，遍问邻居云：“昨夜有生子者否？”问何以知之，答曰：“吾家黑桥村中一妪，年八十余，持斋念佛，已数十年。昨夜半无疾而逝，良久复苏，见家人环伺，谓曰：‘吾将托生德清西门外蔡氏，门榜状元及第，大堂后有一巷，深且黝，最后一家是世家赤贫，然素积善，吾去矣。’言讫而瞑。今来一证其信否耳。”邻人奔告，家中急出，视其人已去。

先大父以梦，故笃爱之。尝负剑辟咡（èr）而诏之曰：“汝爱读书，我爱汝；汝不爱读书，我不爱汝矣。”年六岁而先大父捐馆。之定体羸，八岁始入塾，肄童子业。年十二，先君子贫不能自存。会故人朱某牧滦州，数千里往投之，寓之定母子于外家沈氏。无力从师，遂以废学。阅三载，先君子旋里，以之定失学故，自是不复作游计，授徒里中。

之定质鲁，齿且长，深用自愧，旦夕发愤。年二十，患怔忡（zhēng chōng）症。二十三，补弟子员。丁酉乡试后，疾大作，诸气奔豚，上攻心肺，蹶蹶不能自持。戊戌春，病弥剧，中气亏损，饮食不下，乃至不能言语，委顿床褥间，自度必无生理。忽于夏至日，梦至一处，有大宫殿，朱甍（méng）碧瓦，半护云霞。至门无门焉者，至庭无庭焉者。历门数重，直至中堂，栋宇扉壁，皆素地皎洁如银，遍画五采，作神佛山水像，飞走草木之类，无不毕具。堂前二巨柱，有两金龙旋绕九折而上之，而拏攫如生。中悬碧镂金榜，大书“麟宫”二字，字可径丈。四顾间，忽东耳厂有启门而出者，戴雨缨帽，着青布袍，状殊渺小，径前谓予曰：“汝不久人世矣。”余愕然，问：“汝何人？”自称宫卒。问其期，答曰：“七月二十八日。”审其音，类石门人。惊寤，幸死生已置度外，殊不为意。

将至秋前数日，夜将半，觉身重下坠，不能自主。转坠转冷，至发噤不可堪，大惧。忽忆白衣观音咒能救苦，一举念而坠止，亟诵之。随诵随起，顿超平地，上出屋瓦，红光一照，而身在床上矣。战汗周身，气竭不能作声。次日，体中轻快，渐能进饮食，不匝月而能履地。至七月二十八日，竟无他。赋二绝句以自嘲，有“麟宫宫卒顽皮甚，赚得生人怕死期”之句。半载后常觉心血枯竭，至今不堪用心。

己亥举于乡，庚子北上，舍横街之全浙馆。于时梦见三生，初世为男，自幼舍身寺中，师老僧为苾蒭（bì chú）。有一师兄，年略相当。寺在深山中，课经之暇，时与师兄出游。往清涧中取五色石子较胜负，以多备五色石者为胜，负者罚诵经一遍，或代执洒扫之役一次，以为乐。年十三四，己与师兄一时俱无病死，神明不散，仍似有知觉。己与师兄之尸，挺挺然而僵，寂寂然而化，莽莽然而骨。俄而老僧持杖前祝曰："汝二人尚有后缘，不得分葬。"遂殓二尸合瘗之。自是复托生为人。初觉历历如现在，至晓事不复记忆。

二世为贫家女，自幼适夫家，家窭甚，屋殊狭隘，一楼一底而已。其梯有横档无竖档，登降颇以为苦。犹记八九岁时，半梯而坠，头破大痛，啼不止，遭姑杖责，心殊不能平。既长而婚，且生子，抱负出汲，入即执炊，上下楼弥觉艰苦。自恨前生孽重，今世受诸苦恼。年四十，发愿修行，长斋持佛号不辍，生平尤护惜物命，虽蚊虱蜂虿之类，遣之而已，弗忍杀也。自是一岁复一岁，绵宵緪（gēng）昼，滞月淹时，既而老且死，则蘧然之定在卧榻上也。

三世一梦，百念俱灰。迟迟起坐，拍手告人，且重言之，曰："人生在世，要看破些子，要看破些子。我半夜作三世人矣。"闻鸡鸣，警然而觉，方知说梦尚在梦中。次日以告同寓，交相叹诧不已。自后咸谓之定神气怡然，迥异平素。是年，礼闱报罢，公车凡七上。至癸丑入闱，得"麟"字号，顿触前梦，未详何兆。得题后觉文思滂沛，下笔不能休。日未午，三艺已成。诗题为"繁林翳荟"，不知所出，如题敷衍，掩卷而卧。有顷，闻同号人相谓曰："此兰亭诗句也。"忽忆谢万诗似有此句，且岁在癸丑，又韵限"贤"字，殆无疑矣。亟起更之，领联云："修禊风怀古，流觞事记前。”晚饭毕，体倦就寝，忽先君见梦，之定以兰亭诗求教，读至首联，蹙额摇首曰：“不佳不佳，不如原稿。”醒而疑之，次日上卷，竟用初作。向使不得此梦，则大背题旨矣。

先是庚子会试出场后，闲步郊外，望见一楼甚精雅，旁人指示曰：“此楼有仙人居之，姓方，能知人终身事。”余平生不好术士家言，闻其为仙人也，不觉心动，遂诏旁人款门入室。室之东巍然有一梯，拾级而登，登未及半，已见仙人背窗北向坐，白皙美鬓，眉如画像中吕祖然。心知其异，亟叩曰：“余得中否？”曰：“得中。”又问：“作何官？”曰：“翰林学院而止。”遂不复问，私自沉吟曰：“读书人，得官翰林，掌文衡，于愿足矣，复何求哉？”大笑下楼，一蹶而苏，梦也。

乾隆五十九年，岁在甲寅，十一月十日，之定自记。又自注云：石庵师闻余生平多奇梦，特命潘殿撰召余说梦事，退而记此以呈。

于莲亭曰：余尝见生甫先生，形貌端严，语言诚朴，盖古君子也。先生酷嗜内典，好持斋，人多以“蔡老太婆”称之。今观其自记，倏忽之间，已历三生，此与黄粱南柯何以异？宜其早悟禅理，不染世尘也。先生享大年，至九十余乃终。非中有得者，能如是欤？

【译文】蔡生甫先生（蔡之定，字麟昭，号生甫，浙江德清人，乾隆五十八年进士，官至翰林院侍讲学士），是杭州黑桥的一位老妇人转世，这个说法已经流传很久了。六科给事中曹岚樵是蔡生甫先生的门生，道光乙巳年（1845）在开封遇到了蔡先生的孙子，寄给他一册蔡先生撰写的《记梦草》，其中对此事讲述得非常详细，于是详细记录于此。

黄帝梦游华胥氏之国，把梦境当作真实，又把真实当作梦境，听到这个故事的人都觉得荒诞。天下的事情有什么梦境不是真实的，又有什么真实不是梦境呢？梦境就是真实，真实就是梦境。佛法中就是这样说的。我蔡之定因梦而生，生平又有很多奇异的梦境。我出生的那天晚上，母亲沈太安人（六品命妇之封号），梦见自己身着凤冠霞帔，与家中的女眷们齐集于华丽的厅堂上，拿着礼物叩拜行礼，好像是在祝寿的样子。我母亲因腹痛而醒，当天就生下了我。当时是乾隆十四年己巳（1749）十二月十二日子时。

当时我的祖父正在湖州府城的一户人家里设馆教书，离家九十里，这天晚上天下大雪，祖父因为放年假乘船回家。他忽然梦到锣鼓之声大作，经过询问才知道是报捷的人，拿过报单看见上面写的姓名是“麒麟”。我的祖父天赋异禀，读书不过三遍，就能终身不忘。性情纯朴笃实，待人真诚，专一不二。生平很少做梦，只要一做梦就会神奇地应验。等他回家后，才知道添了个孙子。他向家人详细讲述了自己的梦境，给我取名为“麟”。（状元潘世恩的祖父梦见麒麟从天而降，当夜潘世恩出生。我蔡之定正好与潘世恩是同榜进士。我的妻子稽氏，九岁时梦见一个童子站立在中庭，头戴珠冠，身着五色衣，手中摆弄着一只青色麒麟，其状貌与寻常的儿童大不相同。她正在惊骇之际，那个童子忽然腾空飞去。她醒来后把梦境告诉了自己的母亲，她的母亲说：“你将来会得到一个称心的夫婿，你一定要保密，不要泄露给别人。”这三个梦可以相互印证，更加神奇。）第二天早晨，有个村民踏雪而来，挨家挨户向我家的邻居打听说：“昨天夜里是不是谁家生了孩子？”邻居问他是怎么知道的，他说：“我们黑桥村中有一个老妇人，八十多岁，持斋念佛，已经有几十年了。昨天夜半时分，她无病而逝，过了许久，又苏醒过来，看见家人围绕在她身边，对家人说：‘我将托生在德清县西门外的蔡家，他家的大门上悬挂着状元及第的匾额，大堂后面有一条幽深的巷子，巷子的最后一家是书香旧家，虽然一贫如洗，但是长期积德行善，现在我要去了。’说完后就瞑目而逝。我现在来，就是为了验证一下她说的话是否可信。”邻居跑到我家，把事情告知我的家人，家人急忙出去找那人，可是那人已经离开了。

我的祖父因为做过如此奇异的梦境，因此对我特别疼爱。有一次，他曾抱着我、低声耳语教诲我说：“你喜爱读书，我就喜爱你；你不喜爱读书，我就不喜爱你了。”在我六岁时，我的祖父去世了。我身体羸弱，八岁才进入学塾，启蒙读书。在我十二岁时，我父亲贫穷得几乎不能生存。正巧他的一个老朋友朱某担任滦州知州，他就跋涉数千里，前往投奔，而让我母亲带着我寄居在我的外公沈家。我无力拜师读书，于是辍学在家。三年后，我父亲回到家乡，因为我失学在家的缘故，他于是决定不再远出谋生，而是在乡里以教授学生为业。

我资质鲁钝，随着年龄增长，更是深觉惭愧，于是整日发愤读书。我二十岁那年，患上了一种心悸的疾病。二十三岁时，成为生员。乾隆四十二年（1777）丁酉科乡试后，我的病发作得很严重，胸腹之间有气如豚之奔突，上攻心肺，心中惊悸难以忍受。乾隆四十三年戊戌（1778）春天，我的病情加剧，中气亏损，饮食不下，甚至有时说不出话，精神萎靡，卧病在床，当时我料想自己这次活不成了。到了夏至这天，我忽然梦见自己到了一个地方，有一座大宫殿，朱脊碧瓦，掩映在云霞之中。走到大门没看到门前有人，走到庭院也没看到庭院中有人。我穿过几道宫门，径直来到中堂，只见房屋的门窗和墙壁，都是白色质地，皎洁如同白银，上面画满了五颜六色的神佛像、山水画以及飞禽走兽、草木虫鱼之类的图案，无不惟妙惟肖。堂前有两根巨大的柱子，上面雕刻着两条金龙，盘旋九折，环绕柱子而上，张牙舞爪，栩栩如生。大堂正中悬挂着一个绿底金字的匾额，上面写着“麟宫”两个大字，每个字有一丈见方。当我正在四下张望时，忽然东边侧门有人推门而出，这人头戴雨缨帽（清代的一种便礼帽，官员祈雨时或暑月戴用，因帽后亦拖帽缨，故称），身穿青布袍，身材极为矮小，他径直走上前来对我说：“你将不久于人世了。”我惊愕地问：“你是什么人？”他自称是宫殿里的士卒。我向他询问我的死期，他回答说：“七月二十八日。”听他说话的口音，好像是石门县（治今浙江桐乡市崇福镇）人。我一惊而醒，幸亏早已把生死置之度外，因此根本不在意此事。

将到立秋的前几天，半夜时分，我忽然觉得身体沉重、不断下坠，不受自己控制。越往下坠感到越冷，以至于牙齿打战、浑身发抖，冻得受不了，心中十分害怕。这时，我忽然想起白衣观音咒能拯救痛苦，这个念头一动，我就感到自己停止了下坠，于是急忙念诵咒语。我感到我的身体随着念诵咒语而不断上升，很快就上升到地平面，继续向上冲出屋顶，一片红光照射过来，我就感觉自己的身体又回到了床上。吓得出了一身冷汗，气息微弱说不出话。第二天，感到身体轻快了许多，渐渐能饮水进食，不到一个月就能下地行走了。到了七月二十八日这天，我竟然安然无事。于是，我作了两首诗来自嘲，其中有这样的句子：“麟宫宫卒顽皮甚，赚得生人怕死期。”半年以后，我常有心血枯竭的感觉，至今仍不敢过度用心。

我在乾隆四十四年（1779）己亥科乡试中，考中举人，第二年庚子（1780）我北上赴京参加会试，下榻在横街的浙江会馆。在那里居住期间，我竟然做梦梦见了自己的前三世，第一世是男子，从小寄身于寺庙之中，拜一位老僧为师，出家受具足戒。有一个师兄，年纪与我相当。寺庙在深山之中，诵读佛经之余，我时常与师兄一起出去游玩。去山间的清溪中寻找五色石子来较量胜负，谁找的五色石子多谁就获胜，输了的人要接受惩罚，或者背诵一遍经文，或者代替对方打扫卫生一次，以此为乐。在我十三四岁时，我与师兄同时都无病而死，灵魂不散，似乎仍有知觉。我和师兄的尸体，直挺挺地僵卧，寂寂然地腐化，茫茫然地变为白骨。过了一会儿，我的师父拿着禅杖上前祝祷说："你们二人还有后缘，不得分葬。"于是将我和师兄的尸体入殓并合葬在一起。自此以后又托生为人，刚开始还对前世的事情历历在目，等到长大懂事之后就不记得了。

第二世是贫家女子，自幼住到夫家为童养媳，家境非常贫穷，房屋特别狭小，只有一楼一底（二层楼，楼上楼下均为一间房）而已。楼梯台阶只有横踏板而没有竖挡板，上下楼特别不方便。还记得八九岁时，我从楼梯的半腰失足坠落于地，头被摔破，疼得一直哭，遭到婆婆杖责，心中十分不平。我长大后，与丈夫完婚，并生下了儿子，每天抱着儿子出去汲水，回来后又得立即生火做饭，上下楼时更加觉得艰苦。我自恨前世罪孽深重，故而今生承受诸多苦恼。我四十岁时，发愿修行，长期吃斋，每天念诵佛号不止，生平尤其注重爱护动物的生命，即使是蚊子、虱子、马蜂、蝎子之类，也只是把它们赶走而已，不忍心杀死它们。从此就这样度过了一年又一年，夜以继日，迁延岁月，虚度光阴，渐渐年老将死，然后猛然之间我蔡之定已经降生在床上了。

三世只在一梦之中，使我百念俱灰。我缓缓坐起，拍手召人前来，把梦境告诉了他们，并强调说："人生在世，要看破一些，要看破一些。我半夜已经经历了三世了。"这时，我忽然听见鸡鸣，警然而醒，才知道刚才对人说梦也还是在梦中。第二天，我把梦中之事告诉了同住的伙伴，大家都相互惊诧叹息不已。自此以后，他们都说我气定神闲，怡然自得，与平时大不相同。这年，我会试落榜，后来又先后七次参加会试。到乾隆五十八年（1793）癸丑科，我再次入场参加会试，坐在“麟”字号考舍，顿时使我心中有所触动，回想起之前的梦境，不知是何征兆。拿到考题后，感觉文思泉涌、滔滔不绝，下笔如有神助、一气呵成。当时天未到中午，三篇文章就已全部完成。试帖诗的题目是“繁林翳荟”，我不知道其出处，于是按照题目敷衍了几句，就掩卷而睡了。过了一会儿，我听见同考场的人相互讨论说：“这是《兰亭集》中的诗句。”我忽然想起谢万（字万石，东晋名士）的诗里好像有这一句，而且这次考试正是癸丑科，当年兰亭集会也是在癸丑年，又限“贤”字韵，因此更加确定无疑了。我急忙坐起来修改，把原诗的首联改为：“修禊风怀古，流觞事记前。”晚饭后，感到身体倦怠，便睡下了，忽然梦见父亲，我向父亲请教关于兰亭诗的事情，父亲刚读到第一句，就皱眉摇头说：“不好不好，不如原稿。”我醒后，疑惑不解，而第二天交卷的时候，我还是用的初稿。假如没做这个梦，我所作的诗就大大偏离题目的主旨了。

此前，我参加乾隆四十五年（1780）庚子科会试出场后，去郊外散步，望见一座非常精致典雅的小楼，旁边的人指着对我说：“这座楼里有仙人居住，仙人姓方，能预知人一生之事。”我平生不喜欢方术士之言，但听说他是仙人，不觉心有所动，于是请那人敲门，进入屋中。房间的东侧耸立着一座高大的楼梯，我逐级登阶而上，还未上到一半，已经看见仙人背窗向北而坐，皮肤白皙，鬓发美好，眉毛如同画像中的吕祖（吕洞宾）。我心中知道他肯定不是凡人，急忙向他请教说：“我能否考中呢？”他回答说：“能考中。”我又问：“我将来能做什么官？”他说：“最高做到翰林学士而已。”于是我不再发问，内心沉思低声自语道：“我作为读书人，能做到翰林学士，执掌考选文士、品评文章的职权，已经心满意足了，还奢求什么呢？”我大笑着走下楼，不小心跌了一跤，一惊而醒，这才发现我原来是在做梦。

乾隆五十九年（1794），岁在甲寅，十一月初十日，蔡之定自记。蔡先生又自己备注说：老师刘石庵先生（刘墉，字崇如，号石庵）听说我生平多有奇梦，特命翰林院修撰潘世恩先生召我前去讲述所梦之事，回来后我记录成此文，呈送给老师过目。

于莲亭（名克襄）说：我曾见过蔡生甫先生，他形貌端庄严肃，语言真诚朴实，有古君子之风。先生酷爱研读佛经，喜欢持斋茹素，人们大多称呼他为“蔡老太婆”。如今阅读他记述自身经历的文章，片刻之间，已然经历了三生，这与古人所说的“黄粱一梦”“南柯一梦”又有什么不同呢？难怪他能很早就悟得禅理，不沾染世俗的习气。先生享有高寿，活到九十多岁时才去世。如果不是修行得力、有所证悟，怎能如此呢？

5.3.5 《阴骘文》

仪征程伯华（光治）告余曰：吾家素奉《文昌帝君阴骘文》，甚有奇验。今举平生亲历灵著，为君言之。余年近四旬乏嗣，发愿诵《阴骘文》，寒暑无间。并重刊《阴骘文》善本，行于世。甫三载，连举二子，隔年又举一子，宗祧得以继续，一验也。

又余先伯父中之公，年八十有四，戊戌岁病痢垂危，延医罔效，已不治矣。虔祷帝君座下，愿施《阴骘文》千部，装订甫成，而勿药自愈。迨后身体康强，寿高九十，二验也。

尤可异者，壬寅秋，余修葺门衢，掘几丈，有石出于宅门阶下，端平完好。拂拭读之，乃康熙壬寅所镌《阴骘文》也，笔法圆灵秀逸，惜无姓字可考。历三甲子，阅百八十年，而重显人间，适为余所获。其或神灵呵护，待人显彰与？抑或以笃信肫诚，坚余恒久之念与？爰将所获石，敬嵌于帝君殿西壁，以垂永远，并镌《获石记》以志其缘起云。

按，伯华与余为世交，丙午年在邗上时相过从。见其持躬不苟，而和平有度，诚得力于《阴骘文》，而奉为圭臬者，宜其获报捷而遇合神也。

【译文】江苏仪征的程伯华（名光治）告诉我说：我家历来信受奉行《文昌帝君阴骘文》，多次获得神奇应验。现在列举平生亲身经历过的一些显著的灵验之事，向您讲述。我年近四十岁时仍没有儿子，发愿诵读《阴骘文》，不论严寒酷暑从不间断，并重新刊印了精良完善的《阴骘文》版本，流通于世。刚过了三年，我就接连有了两个儿子，第二年又生了一个儿子，宗嗣得以传承延续，这是第一桩灵验之事。

另外，我的伯父程中之先生，已经八十四岁了，道光戊戌年（1838）他患上了痢疾，生命垂危，请医生诊治，没有效果，眼看快不行了。他虔诚地在文昌帝君神像前祈祷，发愿刊印施送《阴骘文》一千部，刚把书装订好，他的病就不药而愈了。从此以后他的身体健康强壮，活到了九十岁高寿，这是第二桩灵验之事。

更加不可思议的是，道光壬寅年（1842）秋天，我修整门前的道路，掘地近一丈深，从宅门前的石阶下挖出了一块石碑，石碑平整完好。我擦拭掉泥土，阅读石碑上的文字，惊喜地发现碑文竟然是康熙壬寅年（1662）所刻的《阴骘文》，笔法圆融灵动、秀美洒脱，可惜没有留下姓名，已无法考证何人所书。经过三个甲子，历时一百八十年，这块石碑重现人间，正巧被我得到。其中或许有神灵呵护，等待着合适的人使其重现天日吧？又或者是因为我诚挚信奉《阴骘文》，神灵借此使我坚定信念、持之以恒吧？于是，我将发现的这块石碑，恭敬地镶嵌在文昌帝君殿的西侧墙壁，永久地传留后世，并镌刻了一篇《获石记》以记录其中的缘起。

说明，程伯华先生和我是世交，道光丙午年（1846）我在扬州期间和他常相往来。我见他持身严格、一丝不苟，而且心平气和、进退有度，确实是获益于《阴骘文》，并且将《阴骘文》奉为准则的人，也难怪他能如此迅速地获得善报并遭逢神奇的际遇。

5.3.6 问厨子

吾乡林梅甫州牧（靖光），官燕赵有声。每莅一任，虽多年成谳，必提卷牍，披阅再四。宰大兴，时有某村民人，夫妇年逾大衍，只一女及笄，颇有姿。邻某无赖子艳之，屡挑不从，而父母不知也。一日，女之叔死，父母往吊，留女家中。邻子侦知，乘间逾垣入。女惊呼，冀有外援。家固乏人，亦绝无闻之者。抵死拒，竟以力弱被污。邻子虑后患，扼其颃（háng）毙之，而遁。

女有中表兄某生，常往来其家。是日适来访，叩扉不应，询之近邻，知姑夫与姑均他出矣。然思妹在家何竟无应门者，复叩久之，卒不应，骇甚，撬门入，见妹毙于床，流丹浃席。大惊，奔告其父母，及至则邻人咸集。群谓因奸致命无疑，但室中无他人，遂疑及内侄。比到官，前令某固愦愦者，不暇详审，以刑迫供。三木之下，何求不得？遽诬服，遂申详论如律，铁案如山矣。某令旋以暴疾去任。

比林至，覆观其牍，疑有冤。于犴狴（àn bì）中持某出，谛视之，温文尔雅，无凶恶之状。细鞫之，某惟低头饮泣而已。林愈惑，即召女父母至，讯云："平时尚有何人往来尔家，曾有何人调戏尔女乎？"曰："无之。"

林计无所出，复不忍含糊了事，因襆被往城隍庙宿焉。漏三下，恍惚间中扉忽启，有皂衣人延之入。城隍神进之曰："君留心民瘼，为近今牧令所罕觏。"随示以"问厨子"三字，语毕送出。林梦觉，知此案，果有疑窦。然天下厨子多矣，岂能一一执而讯之？踌躇数日，仍无头绪。遂微服入内城，冀有所遇，中途雨至，憩某藩邸门首。有顷，内一人出，见林问曰："子候何人？"林以避雨对，其人因蹲檐下，与林闲话。林询其在藩邸执何役，曰："厨子。"林私念曰："得之矣。"因谈："从前大兴县某村，有某案甚奇，子闻之否？"厨子笑而不答。林再诘之，曰："嘻，某生诚冤耳。"语毕默然。林异其语，邀入酒肆，款洽备至。酒微醺，林又谈及前案，因缕述曰："此事非吾莫悉也。此人与吾至好，酒后曾以前事漏言于吾，以交好不之泄。其母乃邸中乳媪，彼闹此事后，即藏于内，足不出邸门已数月矣。一日，我向其借贷不应，且挥拳相向。吾素畏其凶狠，不敢较，心窃恨焉。微子问，吾亦不便言之。"既得实，是时官役均在门外候，即将厨子带归署，更衣冠造藩邸，指名索焉。某藩始犹左袒，不肯交，林抗声曰："现有厨子为证，何云诬？事关人命，王爷即不恤民命，独不虑上控乎？"索之坚，某藩无如何，付之。一鞫而服，置诸法。某生之冤白矣。

生家数世单传，变生意外，即父母亦谓其子之不肖也。迨是始知子冤，感激万状，肖林像祀焉。案结后，一时以为龙图复出，刊刻小说，名《问厨子》，远近传诵殆遍。后吾乡公车南旋，有镌其小本归者，读之即此案也。林后迁易州刺史，卒于官。大吏以其屡著治绩，闻于朝，得奉俞允，入祀名宦祠，春秋俎豆，洵不愧也。

按，林于宰定兴时，亦断一案，已载入《四录》中。前案系得力于杨忠愍（继盛），此则得力于城隍。要非林之勤政爱民，精诚感格，安能在在获神助哉？

【译文】我的同乡林梅甫知州（名靖光），在燕赵一带做官时，政声卓著。他每到一个地方任职，即使是已经审结多年的成案，也必定将案卷提取出来，反复审阅。他在大兴县任县令时，某村有个村民，夫妻二人年过五十，只有一个女儿，已到适婚年龄，颇有姿色。邻家的某无赖子贪图她的美色，多次调戏女子，都被她拒绝，她的父母对此并不知情。一天，女子的叔叔去世了，她的父母前去吊唁，只留她一个人在家。邻家的无赖子探知情况后，趁机翻墙而入。女子受惊大声喊叫，希望有人听到后前来援救。可是家中本来就没人，外面也没有人听到她的呼救。女子拼死抵抗，终究因力气弱小而被奸污。邻家子担心会有后患，便扼住她的脖颈将她掐死，随即就逃跑了。

女子有个表哥某生，经常往来于她家。这天，表哥正巧来访，敲门但无人回应，他询问女子家的近邻后，才得知姑父和姑母都因事外出了。然而他想着表妹既然在家为何不出来开门，就又去敲门，敲了许久始终无人回应，心中隐隐不安，撬门而入，只见表妹已经死在床上，血流满床。他大为惊骇，急忙跑去告诉女子的父母，等女子的父母回到家时，邻居们也都云集而来了。众人都说女子毫无疑问是因奸致死，但房中没有其他的人，于是怀疑到女子的表哥某生头上。某生被扭送到官府，前任某县令本就是个糊涂昏庸之人，未经详细审查，就对某生严刑逼供。酷刑之下，想要什么样的供词得不到呢？某生被屈打成招，无辜而服罪，县令于是出具报告，按律定罪，已经铁案如山了。不久，这个县令突然得病，离职而去。

等新任知县林梅甫到任后，他反复审阅案卷，怀疑其中有冤情。于是将女子的表哥某生从监狱中提出，仔细打量他，发现他举止温和儒雅，并没有凶恶之状。林公详细讯问他，某生只是低头抽泣而已。林公更加疑惑，于是召女子的父母前来，讯问说："平时还有什么人和你家常有来往，是否有人曾经调戏过你们的女儿？"女子的父母回答说："没有。"

林公无计可施，但又不忍心含糊了事，于是带着铺盖卷搬到城隍庙里住下。三更时分，恍惚之间中门忽然打开，有个穿着黑衣的差役请他进去。城隍神赞扬他说："先生留心民间疾苦，在近年来的州县官员中实属罕见。"随即指示给他"问厨子"三个字，说完后，便送他出来了。林公梦醒，知道此案，果然有可疑之处。可是天下的厨子太多了，怎么可能逐一提来审讯呢？反复思考了几天后，仍然毫无头绪。于是，林公身着便服进入城中，希望能发现一些线索，走到半路时，天忽然下起雨来，就躲在某王爷府邸的门口避雨休息。过了一会儿，门内走出一个人，那人见到林公，问说："你在这里等候何人？"林公回答说在这里避雨，那人便蹲在门檐下，与林公闲聊。林公询问他在王府中做什么工作，那人回答说："厨子。”林公心想：“这就是我要找的人了。”于是说起：“从前大兴县某村，有一桩奇案，你听说过吗？”厨子笑而不答。林公再三追问，厨子说：“唉，那女子的表哥实在太冤枉了。”说完便沉默不语。林公觉得厨子的话有些奇怪，便邀请他进入酒店，热情周到地款待他。饮酒到有些许醉意之时，林公又谈到前面所说的案子，厨子便详细地陈述说：“这件事只有我知道实情。那人与我交情很好，酒后他曾把这件事透露给我，我因为与他交好才没有对外人泄露。他的母亲是王府里的奶妈，他闹出此事后，就躲藏在王府里，已经有好几个月没有走出王府的大门了。一天，我向他借钱，他不但不答应，反而要挥拳打我。我素来惧怕他的凶狠，不敢与他计较，但心里却对他十分怨恨。现在要不是您再三询问，我也不方便说出来。”林公因此获知了案件的实情，当时县衙里的差役都在酒店门外等候，于是将厨子带回县衙，他自己则换上官服前往王府造访，指名索要罪犯。某王爷开始时还想袒护，不肯交出罪犯，林知县争辩说：“现在有厨子作证，怎么能说我诬陷他呢？事情关系到人命，王爷就算是不体恤民命，难道就不担心我会向朝廷控告吗？”林公坚持索要罪犯，王爷无可奈何，只得交出罪犯。只审讯了一次，罪犯就认罪服法，被依法处决。这样，某生的冤枉终于得到了洗雪。

某生家数代单传，没想到遭遇这样的变故，即使他的父母也认为儿子不成器。至此他们才知道儿子是被冤枉的，他们对林公万般感激，画了一幅林公的画像供奉在家中。结案之后，一时之间当地的百姓都将林公视作包公再世，有人把林公的事迹编成小说刊刻，名为《问厨子》，几乎传遍远近各地。后来，我同乡的士子在京城参加完会试后南归，有人把这本小说带回来一本，我阅读了一遍，小说中所写的就是这桩案件。林公后来升任易州知州，逝世于任上。上级大官因为林公政绩卓著、多有建树，上报朝廷，经皇帝批准，入祀名宦祠，以示崇敬，每年春秋二季接受祭祀，林公确实是当之无愧的。

说明，林公在定兴县任县令时，也曾断过一案，事情已经记载于《劝戒四录》（实际应为《续录》，参见2.6.24）中。林公在定兴县断的那件案子是得到了杨忠愍公（名继盛）的帮助，在大兴县断的这件案子则得力于城隍神的帮助。如果不是林公勤政爱民，精诚之心感动上天，又怎么能时时处处得到神灵的帮助呢？

5.3.7 名幕

萧山有名幕者汪龙庄（辉祖），尝撰《佐治药言》《学治臆说》诸书，一时卿大夫奉为圭臬，几于家置一编，心窃向往之。及余权守东越，龙庄之晚子（继壕）来谒，晋接之下，乃得悉其家世之详。

龙庄天性淳笃，事母至孝，幼秉两萱闱之训，守身如执玉，非礼勿蹈也。初因家贫，以读律为治生计。幕游几三十年，平反冤狱，不可胜数。馆平湖时，阅定狱中多可疑，遂嘱主人多方覆讯，内诬服者八人，得以昭雪，而正盗旋亦就获得。是科归应乡试，其母先感梦征，言其必售，果登贤书，旋成进士。出宰百里，继擢州牧，所至有循声。今其子若孙，皆以科第文学显矣。人率谓习申韩者多积孽，似此则获福无疆，实足为凡为幕者孽云乎哉？

【译文】浙江萧山县有位著名的幕僚，就是汪龙庄先生（名辉祖)，他所曾撰写的《佐治药言》《学治臆说》等书，一时之间被卿大夫们奉为准则，几乎家家户户都有一部，使我内心对先生充满仰慕之情。等到我署理温州知府时，汪龙庄先生的小儿子汪继壕前来拜访我，接触之下，于是得以详细知道了其家世情况。

汪龙庄先生天性质朴厚重，侍奉母亲极其孝顺，自幼遵守祖母、母亲的教诲，保持节操如同手捧玉器，言行举止符合礼法。起初因为家境贫困，以研习法律作为谋生的途径。他在外担任幕僚近三十年，平反的冤假错案，不计其数。他在平湖县做幕僚时，翻阅已经办结的案子的卷宗，发现其中多有可疑之处，于是叮嘱主人多方复审，果然其中有八人是无辜而服罪的，他们于是得以平反昭雪，而真正的盗犯不久后也被抓获归案。这年汪先生回家参加乡试，他的母亲因为之前曾做过奇异的梦而有预感，说他这次肯定会考中，这次考试汪先生果然考中了举人，又接连考中进士。出任县令，后来升任为知州，为官所到之处，都有清廉正直的名声。如今他的儿孙，都以科举功名和文学成就而名显于世。人们都说学习申韩之学(即刑名之学，因战国时申不害和韩非都是法家的代表，故称)的人往往造下无穷的恶孽，而像汪先生这样却获得了无量的福报，难道真可以说凡是做幕僚的人都会造下恶孽吗?

5.3.8 敬城隍神

汪龙庄曰：朝廷庙祀之神，无一不当敬礼，而城隍神尤为本境之主。余向就幕馆，次日必斋戒，诣庙焚香，将不能不治刑名，及恐有冤抑，不敢不洁己佐治之故，一一摅(shū)诚默祷。所馆之处，类皆宁谧。馆仁和则钱塘多狱，馆钱塘则仁和多狱，其后馆乌程、归安亦然。当事戏号余为“福幕”。自维庸人庸福，荷主人隆礼厚糈（xǔ），所以蒙神佑者大矣。窃禄宁远，亦以素心誓之于神。凡四年，祈祷必应。审理命案，多叨神庇。而刘开扬一事，尤众著者，谨略书于左，以著城隍神之有益吏治云。

刘开扬者，南乡土豪也，与同里成大鹏山址毗连。成之同族，私售其山于刘氏。大鹏讼于县，且令子弟先伐其木以耗其息。开扬虑讼负，会族弟刘开禄，病垂死。属刘长洪等负之上山，激成族斗争，则委使殴毙，为制胜之计。比至山而伐木者去。长洪等委开禄于地，开扬使其子闰喜击开禄额颅，立毙。而以成族殴死具控。余当诘开扬，辞色可疑，絷焉。已而大鹏词愬，辨未殴而已，终不知殴者主名。因并絷大鹏，同至城隍庙。余先拈香叩祷，祷毕命大鹏、开扬并叩首阶下。大鹏神气自若，而开扬四体战栗，色甚惧。余更疑凶手之不在成氏矣，然不敢有成见也。相验回，时已丙夜。复祷神鞫两造于内衙，讫未得实。忽大堂声嘈嘈起，询之，有醉者闯入，为门役所阻，故大譁。命之入，则闰喜也。开扬大愕，跪而前曰：“此子素不孝，请立予杖毙。”余令引开扬去，研鞫闰喜，遂将听从父命，击开禄至死颠末，一一吐实。质之开扬，信然。长洪等皆俯首画供，烛犹未跋也。次日，覆鞫闰喜投县之故，则垂泣对曰：“昨欲窜匿广西，正饮酒与妻决，有款扉者呼曰：‘速避去，县役至矣！’启扉出，一颀而黑者，导以前。迨至县门，若向后推拥者，是以譁。”夫闰喜下手正凶也，牍无名。而其父开扬方为尸亲，脱俟长洪等供吐拘提，已越境飏去，安能即成信谳？款扉之呼，其为鬼摄无疑也。

杀人者死，国法固然。懵昧如余，得不悬案滋疑，则神之所庇不信赫赫乎？到处有鬼神，洵然。

【译文】汪龙庄（名辉祖）说：朝廷立庙奉祀的神灵，无一不应当以礼尊敬，而城隍神作为一方之主更应当受到敬奉。从前我每当到一个地方就任幕职，第二天一定会斋戒后，前往城隍庙焚香礼拜，将不能不慎重办理刑事案件，以及担心存在冤情，不敢不严格要求自己、辅佐主官励精图治的缘故，一一竭诚默祷。我所就任幕职的地方，大多都安宁平静。我在仁和县做幕僚时则钱塘县多刑案，我在钱塘县做幕僚时则仁和县多刑案，后来在乌程、归安二县时也是这样。主官开玩笑地称呼我为“福幕”。我自认为自己作为一个平庸的人，能享受一些平庸的福气，都是承蒙主人以隆重的礼节和丰厚的报酬对待我，并且蒙受神灵格外的护佑。我忝任湖南宁远县知县时，也以虔诚之心向神灵发愿。我在宁远县任职四年期间，每次祈祷必有应验。审理命案时，也多次承蒙神灵的庇护。其中刘开扬一案，更是众所周知，于是我郑重地简要记述如下，以彰显城隍神确实对吏治大有裨益。

刘开扬，是宁远县南乡的土豪，他家的山地与同乡成大鹏家的山地相连。成大鹏的族人，私自把这处山地卖给了刘开扬。成大鹏向县衙提起诉讼，并且命令子弟提前砍伐掉了地上的树木以减少其卖价。刘开扬担心会败诉，正巧当时他的族弟刘开禄，病危将死。刘开扬嘱咐刘长洪等人背着刘开禄上山，挑起刘、成两个家族相互打斗，将刘开禄拖到现场，促使对方将其打死，以此作为要挟之计。等刘氏族人来到山上时，成家伐木的人已经离开了。刘长洪等人把刘开禄扔在地上，刘开扬指示他的儿子刘闰喜击打刘开禄的额头颅骨，刘开禄当场死亡。刘开扬等人以族人刘开禄被成大鹏的族人殴打致死为由，具状控诉。我当场质问刘开扬，见其言辞和神色都十分可疑，立即将他拘捕。接着成大鹏控诉冤情，他只是辩解说自己没有打人而已，但终究不知道真正的凶手是谁。于是一并拘捕了成大鹏，然后将他们二人一同带到城隍庙对质。我先上香叩拜祷告，祷告完之后，我命成大鹏、刘开扬二人一并在阶下叩头。成大鹏神态从容不迫，而刘开扬却四肢发抖，神色恐惧。见此，我更疑心凶手不是成家的人了，然而还是不敢存有先入为主的成见。验尸结束回到县衙时，已经是三更时分了。再次向神明祷告后，将原被告双方带到内衙审讯，可仍旧没有获得实情。这时，忽然大堂内传出一阵喧闹嘈杂之声，经询问得知，有一个醉汉闯入，被门卫阻拦，因此大声喧哗吵闹。我命人把醉汉带进来，一看原来是刘闰喜。刘开扬看见儿子到来，大为惊愕，他跪地上前说："我这个儿子向来不孝，请大人您将他立毙杖下。"我命人将刘开扬带离，仔细审问刘闰喜，于是刘闰喜把自己听从父亲的命令，击打刘开禄致死的经过，一五一十地吐露了出来。我又质问刘开扬，事情果然如此。刘长洪等人也都俯首认罪，签字画押，这时蜡烛尚未燃尽。第二天，复审刘闰喜，问他到县衙投案自首的缘故，他哭泣着回答说："昨天我本打算逃往广西躲藏起来，正在与妻子饮酒作别的时候，有人敲门大喊说：'赶快逃走，县衙的差役来了！'我开门出去查看，看见一个身材修长、肤色黝黑的人，他引领着我往前走。等来到县衙门前时，感觉好像有人向后面推我，因此我才大声喊叫。"刘闰喜是下手打死人的真凶，案卷上却没有他的名字。而他的父亲刘开扬又是死者的亲属，倘若等到刘长洪等人吐露实情后再予以拘捕，那时刘闰喜早已越境远逃了，怎么能这么快就办成证据确凿的铁案呢？那个敲门呼叫的人，必定是鬼使神差无疑。

杀人者应当被处死，国家法律本来就是这样规定的。像我这样愚昧的人，遇到疑难案件而没有悬而未决、疑窦丛生，神灵对我的庇护，难道不是赫赫显著吗？到处都有鬼神，确实是这样。

5.3.9 福孽之辨

汪龙庄又曰：州县一官，作孽易，造福亦易。天下治权，督抚而下，莫重于牧令，虽藩臬、道府皆弗若也。何者？其权专也，专则一，一则事事身亲。身亲则见之真，知之确，而势之缓急、情之重轻，皆思虑可以必周，力行可以不惑。求治之上官，非惟不挠其权，抑且重予以权。牧令之所是，上官不能意为非；牧令之所非，上官不能意为是。果尽心奉职，昭昭然造福于民，即冥冥中受福于天；反是则下民可虐，自作之孽矣。

余自二十三岁入幕，至五十七岁谒选，三十余年，所见所闻牧令多矣。其干阳谴阴祸，亲于其身，累及嗣子者，率皆获上朘民之能吏。约三十四五年间事也，其嗣子有罹辟者，或流落浙江中为农氓乞养，甚为富室司阍，人犹呼某少爷，以揶揄之，至遗榇不能归葬者不一。姓名尚在人口，余不忍书。而守拙安分，不能造福，亦不肯作孽者，间亦循格迁官。

其勤政爱民，异于常吏之为者，皆亲见其子之为太史、为侍御、为司道。即如检讨二，李公（调元、骥元），海宁令讳某子也。侍御一，戈公（涛、源），归安令讳（锦）子也。司道三，一故浙藩孙公（含中），秀水令讳（尔周）子也；一楚藩孙公（玉庭），钱塘令讳（扩图）子也，皆由翰林起家；一四川道刘公（清），吾邑令讳（复仁）子也。海宁、秀水、钱塘、萧山四公，余皆亲见其为治，至今民不能忘。归安公去官，余幕江南，未及身遇，已四十余年，颂遗爱者，与四公无异。天之报施，捷于影响如此。

【译文】汪龙庄（名辉祖）又说：州县官员，作孽容易，造福也容易。治理国家的权力，自总督、巡抚以下，没有比知州、县令更重要的了，即使布政使、按察使、道台、知府这些职位都比不上。这是为什么呢？因为权力集中，权力集中则由一人做主，一人做主则所有的事情必须亲力亲为。只有亲力亲为，才能看见真实的情况，知道确切的信息，这样对于情势的缓急轻重，才可以做到思虑周全、力行不惑。一心希望治理好地方的上级官吏，不但不能削减州县官员的权力、阻挠他们施政，反而要给予他们更重大的权力。知州、县令认为是对的事情，上级官员不能想当然地认为是错；知州、县令认为是错的事情，上级官员不能想当然地认为是对。如果真能做到尽心尽职，光明正大地造福于民，冥冥之中就会受到上天的福佑；反之，如果认为平民百姓可以虐待，则是自己给自己造下罪孽、种下祸因。

我从二十三岁担任幕僚，到五十七岁赴吏部应选，三十多年来，见过听过的知州、县令的事迹太多了。那些公开受到国法惩治或暗中受到鬼神降祸，损害自身，连累子孙后代的，大多都是剥削百姓以讨好上级的能干的官吏。这都是在三十四五年的时间内发生的事情，他们的子孙后代有的被判处死刑，有的流落浙江地区被农民收养，甚至沦落为富家的看门人，人们仍称呼他为“某少爷”，借此来戏弄他，至于死后棺材无法运送回家安葬的，更是不一而足。他们的名字尚在被群众口口相传，我不忍心书写出来。而那些谦退自守、安分守己，虽然不能造福，但也不肯作孽的人，有时也会按照程序迁升官职。

那些真正勤于政务、爱民如子，与寻常官吏迥然不同的官员，他们在有生之年都能亲眼看见自己的儿子成为翰林、御史或司道官员。比如我所知道的两位翰林院检讨李调元、李骥元，他们都是海宁县县令李公的儿子。还有一位御史戈涛，以及其弟戈源，他们都是归安县县令戈锦先生的儿子。还有三位司道官员，一位是已故的浙江布政使孙含中，他是秀水县县令孙尔周先生的儿子；一位是湖北布政使孙玉庭，他是钱塘县县令孙扩图先生的儿子，他们父子二人都是由翰林出身；一位是四川道员刘清，他是我家乡萧山县县令刘复仁先生的儿子。海宁县、秀水县、钱塘县、萧山县这四位县令，我都亲眼看到过他们治理地方的政绩，至今当地百姓还没有忘记他们的德政。归安县县令戈公离任时，我正在江南做幕僚，未能亲遇其人，至今已经过去四十多年了，当地百姓依然在颂扬他所遗留的惠政，与前面的四位县令一样。上天对人的报应，竟然如此迅捷，比影子和回声还快。

5.3.10 焦刑书

溧阳县焦某，刑书也。立心正直，排难解纷，为乡里所爱敬。邻子某少年，好勇斗很，焦常左右之，心甚德焦。一日，焦笼灯自外归，遇邻子于河边水，磨刀霍霍然。焦睹神色有异，问深夜磨刀何为，邻子曰："顷从友人饮酒归，不意吾妇与左邻某秀才共坐调奸，为我所执，已缚闭屋中，欲断两人头耳。"焦取刀视之，佯啨（jiè）曰："此何能杀人？设杀之不成，两人或逸其一，为祸非细。我有苗刀，系先世所遗，血人无算，以借子何如？”邻子喜，偕归。焦出酒，令少饮，以壮胆气，密使其妻入邻子家，解二人纵之。比邻子操刀入室，则寂然无人，知为焦所绐，盛气奔回。焦笑曰：“痴儿何为？共坐并未成奸，杀之且抵。即使幸获无罪，杀一妇，复娶一妇，所费几何？今汝妇行为如此，留之无益。视其稍有姿色，何不鬻之？既可得价为再娶资，且免辱门户。计亦良得。”邻子气稍平，纳其言。适有西贾，欲娶妾，见妇美，以二百金购之。邻子亦别娶。

事阅十余年，焦已忘之。后偕其戚，幕游陕西。适川楚教匪滋事，焦挟资南归，中途遇贼，劫掠一空。流转至晋境，经一巨镇，见佛寺方赛会。焦匍匐寺外，冀乞些少钱米救饥。忽有健奴数十骑，鲜衣怒马，高呼夫人至。群僧袈裟出迎。见钿（diàn）车至门，婢媪数十，簇拥一丽人入，闻号救声回眸谛视，觉甚熟。问系何人，曰：“溧阳焦某。”丽者惊而熟视曰：“胡为至此？”乃亟唤其苍头至，耳语嗫嚅不可闻。已而苍头掖焦至镇中一大宅，呼入客房，具汤沐，易衣履，进酒馔，款接甚丰。焦穷途，一旦至此，不解所以。夜分，两婢携红灯导丽者至，拜伏不起。焦错愕，亟跪请故。丽者曰：“妾即昔日所救刀下人也。当日与妾共坐者，乃前夫之伙。前夫好疑，非有他故也。妾改适夫姓霍，曾为京卿，拥资数百万无子，得妾连举两男，适嫡妻卒，扶为正室。今两男，长者十六，已成孝廉；少者十四，亦游庠矣。”遂呼二子出拜。阅日，夫归，妇诡焦为叔，云：“少失父母，赖叔抚养成人。”夫厚酬之，慨赠千金。焦喜出望外，捆载欲归。妇夜出，以二箱助装，洒泣而别。抵家发之，珍玩灿然，鬻之得值巨万。由此营运，遂为素封。

其子挟资游汉阳，醉后误推一客跌地，适触烛锥殒命。已以故杀拟抵，在狱中。廉访某公亲鞫之，审其语，操溧阳土音，细诘籍贯，及祖父名讳，遂以误杀定谳，得释归。即当年所纵之秀才也。

焦以无意活二命，卒两食其报。冥冥中岂真无皂白耶？

【译文】溧阳县的焦某，是分管刑事诉讼的书吏。存心正直，常常为人排除危难、调解纠纷，被乡里人所敬爱。他邻居家的儿子是个少年，喜爱逞强斗殴，焦某经常为其调解事端，为此邻居的儿子对焦某特别感激。一天，焦某打着灯笼从外面回家，遇见邻居家的儿子在河边的水洼旁磨刀霍霍。焦某看见他神色异常，问他深夜磨刀做什么，邻家子说："刚才我从朋友家饮酒回来，不料看到我的妻子与邻居某秀才坐在一起调情，被我抓住，已经绑起来关在屋中，我要把他们两人的头砍下来。"焦某拿起刀观看了一番，假装叹气说："这样的刀怎么能杀人呢？如果杀之不成，两人之中有一人逃走，将会带来很大的麻烦。我家有一把苗刀（一种双手持用的长刀，因其刀身修长如禾苗，故名），是祖上传下来的，曾杀人无数，我把它借给你怎么样？"邻家子十分高兴，跟随焦某一同回家。焦某拿出酒，让邻家子饮用少许，以壮胆气，而暗中派自己的妻子进入邻居儿子的家中，解开二人身上的绳索，将他们放走了。等邻家子拿着刀回到家中时，发现屋中寂静无人，知道自己被焦某欺骗了，就怒气冲冲地跑回焦某家中。焦某笑着说："傻孩子，你这是要干什么呢？他们坐在一起并未构成奸情，杀了他们你自己也要抵命。即使侥幸无罪，杀死自己的妻子，又要再娶一个，要花费多少钱？现在你的妻子既然是这样的行为，留着她也没多大的好处。我见她稍有姿色，你何不将她卖掉呢？这样你既可以得到一笔钱作为再娶之资，也能避免辱没了门户。这才是真正的好办法。”邻家子怒气稍平，接受了他的意见。正巧有一位来自山西的客商，想要娶妾，见邻家子的妻子貌美，便用二百两银子买了下来。邻家子也另外娶了妻子。

事情过了十多年，焦某早已忘记此事。后来，他和自己的亲戚，一起到陕西做幕僚。当时正值四川、湖北等地有教匪作乱，焦某带着钱返回南方，半路遇上强盗，财物被劫掠一空。他辗转流落到山西境内，路经一个大镇，看见佛寺里正举办迎神赛会。焦某趴在寺外，希望能讨得些许钱米救饥。这时，忽然有几十个骑着马的健壮奴仆，美服壮马，高声呼喊“夫人到了”。众僧整理袈裟出门迎接。只见一辆用金宝嵌饰的车子来到寺门前，几十个老少婢女，簇拥着一位美人进入寺中，美人听见有人呼号求救的声音，转过头来仔细审视，觉得乞讨之人十分面熟。便问焦某是哪里人，焦某说：“我是溧阳县的焦某。”美人大吃一惊，又仔细打量了焦某一番，说：“为何来到此地？”说完，急忙呼唤仆人前来，轻声耳语了几句话，听不清她说的是什么。不久，仆人搀扶着焦某来到镇里的一所大宅，请焦某进入客房，备好热水让他沐浴，拿出新的衣鞋让他换上，又进献丰盛的酒食款待他。焦某本就已经走投无路，忽然受到这般礼遇，不理解是怎么回事。半夜时分，两个婢女打着红灯笼引领着那个美人来到焦某房中，美人一见到焦某便跪拜不起。焦某感到惊愕，也急忙跪下还礼，并请问缘故。美人说：“我就是您从前所救的刀下之人啊。那天与我坐在一起的，是我前夫的伙伴。前夫疑心太重，其实并没有什么别的事情。我后来改嫁的丈夫姓霍，曾在京城担任高官，拥有数百万的资产，可是没有儿子，我嫁给他后，接连生了两个儿子，不久后他的原配夫人去世了，他于是将我扶为正妻。如今我的两个儿子，大的十六岁，已经考中举人；小的十四岁，也进入县学读书了。”于是，叫她的两个儿子出来拜见焦某。一天后，女子的丈夫回到家中，女子假称焦某是她的叔叔，说：“我年少时就已失去了父母，全靠叔叔把我抚养成人。”女子的丈夫重谢焦某，慷慨地赠给他一千两银子。焦某喜出望外，捆载好财物准备回家。夜里，女子出门为焦某送行，又赠给焦某两箱财物以助行装，于是相互洒泪告别。回到家后，焦某打开箱子，只见里面全是耀眼夺目的奇珍异宝，焦某将其卖掉，得到数以万计的价钱。从此之后，焦某用这笔钱开始经商，后来成为富裕堪比封君的富翁。

后来，焦某的儿子带着钱财游历于湖北汉阳，酒醉后不小心把一位客人推倒在地，正巧触到了烛台上的尖锥，因此而丧命。焦某的儿子即将以故意杀人罪被判处死刑，关押在狱中。湖北按察使某公亲自审理此案，细听焦某儿子说话，是溧阳口音，详细询问他的籍贯以及祖父、父亲的姓名，于是以误杀的结论定案。焦某的儿子得以被释放回家。原来这位按察使正是当年焦某命妻子放走的那位秀才。

焦某在无意中救活了两条人命，最终也得到了两次回报。冥冥之中难道真的没有是非黑白吗?

5.3.11 司阍

处州府温太守阍人顾某，忽抱病自批颊，骂曰：“负心人乃在此耶?”太守怒，亲至其房叱曰：“何物野鬼，敢入公署祟人?”顾即起立，向太守一膝，曰：“小的不敢，小的有下情上禀。”太守曰：“汝系何鬼,有何冤孽?”答曰：“小的徐忠，京师人，向与顾某相好，同跟江西瑞州吴老太爷。到任时，有陋规五百两，顾欲背主分润，小的力阻。渠乃携银呈主人曰：'徐某欲私分此项，经某夺回。' 主人借事，将小的撵逐。小的细细打听，方知为顾中伤，只得收拾回京。至浙江省，抱病两年，流落不能归。时顾适在藩署司阍，往寻之，拒不见。一日遇于途，渠昂然乘舆不顾。小的攀舆与语，即令从人痛殴，并将小的押起，小的受苦不过，遂投缳死。今始寻着，断不饶他。"诉毕，作叩头状。时刑名朱某，亦大病，呓语喃喃。朱倚父在抚幕，播弄是非，视贿重轻，定罪出入。久为合署切齿。太守因问鬼曰："现朱师爷病亦有鬼耶？"曰："朱师爷处，皆积案被刑怨魄也。"未几，顾死。数日后，朱碎嚼其舌，亦死。

【译文】浙江处州府（今丽水市）温知府的看门人顾某，一天忽然生病，他一边自己打自己的耳光，一边骂道："负心人原来在这里啊！"知府大怒，亲自到顾某的房中呵斥说："哪里来的野鬼，胆敢闯入官署祸害人？"顾某立即起身，向知府单膝跪地，说："小的不敢，小的有一些情况要向您禀报。"知府问："你是何鬼，有何冤孽？"附在顾某身上的鬼说："小的名叫徐忠，是京城人，向来与顾某交好，我们二人一同跟随江西瑞州的吴老太爷做事。吴老太爷到任时，有人送来五百两银子的陋规（不正当的收费常规），顾某打算背着主人把这笔钱和我分掉，我极力劝阻。没想到他竟然带着银子呈交给主人，说：'徐忠打算背着老爷您分掉这笔银子，被我夺回。'主人找了个借口，将我赶出来了。我后来细细打听，才知道是被顾某陷害了，只得收拾行装回京城去。走到浙江省时，生了两年的病，流落异乡，不能回家。当时顾某正好在浙江布政使衙门看门，我前去找他，他拒不接见。一天，我在路上遇到顾某，顾某高傲地坐在轿子里，连看都不看我一眼。我攀住轿子与他说话，他就命令随从把我痛打了一顿，并且将我关押了起来，我受苦不过，于是自缢而死。如今我好不容易才找到他，绝对不会饶了他。”控诉完之后，便做出下跪叩头的样子。当时刑名师爷朱某，也生了大病，不停地自言自语说胡话。朱某倚仗父亲在巡抚衙门做幕僚，到处挑拨是非，根据贿赂的多少，判定罪刑的轻重。长期以来，被整个府衙里的人所痛恨。知府便向冤鬼询问说：“现在朱师爷生病也是因为有鬼的缘故吗？”鬼说：“朱师爷那里，都是他多年来办案时被无辜受刑而死的冤魂。”不久后，顾某死亡。几天后，朱师爷咬断自己的舌头，也死了。

5.3.12 寿州文童报冤

寿州李翁，家颇小康。长子甲，贸贩濠泗间；次乙，读书，令赴郡就童子试。甲乙出门，翁嘱之：“汝等赴郡，乙留就试，甲往正阳关，向某行中，取银一千两。事毕，至郡，携弟归。”甲如教，回至临淮下船，弟觉船有异，欲另易之。兄恃有备，且密迩乡里，不之惧。夜半，舟子放船至人静处，踞船头大呼有盗，甲挺刃出，船妇举刀从后斫之，舟子自前入，砍乙。兄弟皆死。遂以巨石缚两尸，沉之淮流，泯然无跡。李翁待子久不归，入郡踪跡，遇其里人云：“某日甲乙偕行，亲遇于途。”翁遂寻至正阳关，行主曰：“甲已于某日，收银归矣。”翁正絮絮盘诘，行主之弟，忽顿足抱翁大哭曰：“儿等死得好惨！”翁细辨，乙也，亟问云何。鬼曰：“哥哥不听儿言，遂遭毒手。”细述被杀状，并盗姓名。翁悲愤不胜，即欲赴郡申理，鬼曰：“无益。郡县官皆非治盗才，可往宿州控之。”其时周敬修漕帅，方升宿州，到任未年余。翁如言往控，周以非辖境事，欲不准理。翁哀控不已，并述鬼言。乃遣健役，往拏盗夫妇，赃证并获。移交凤阳，置盗于法。

【译文】安徽凤阳府寿州（今寿县）的李老先生，家境颇为殷实。他的长子甲，在濠州、泗州一带做生意；次子乙，正在读书，奉父亲之命要赴府城参加童子试。甲、乙二人一同出门，李老先生嘱咐说：“你们到了府城后，老二留下参加考试，老大前往正阳关，到某商行中，取银一千两。办完事后，再回到府城，然后带着弟弟回家。”老大遵照父亲的命令行事，返程时二人在临淮（今泗洪县）乘船，老二觉得这艘船有异常，想另换一条船。老大自恃有所防备，而且觉得此地离家很近，并不害怕。半夜，船夫把船撑到一个僻静无人的地方，蹲在船头大呼有强盗来了，老大持刀走出船舱，船夫的妻子举刀从背后将老大砍死，船夫从前面进入船舱，又将老二砍死了。兄弟二人都遇害身亡了。于是，船夫将两具尸体绑上大石头，沉入淮河中，没有留下任何行凶杀人的痕迹。李老先生等了很久也不见儿子回家，于是前往府城寻找，遇见一个同乡对他说：“某天我还看到兄弟二人同行，我曾在路上亲自遇见过他们。”李老先生于是又去正阳关寻找，商行的主人说：“甲已经于某天取了银子回去了。”李老先生正在不停地盘问之际，商行主人的弟弟，忽然抱住李老先生跺着脚大哭着说：“儿子们死得好惨啊！”李老先生仔细倾听辨认，听出是老二的语气，急忙询问发生了什么事。老二的鬼魂说：“哥哥不听我的劝阻，因此惨遭毒手。”详细讲述了被杀害的经过和凶手的姓名。李老先生悲愤不已，立即想去府城申诉，鬼说：“没有用。本府本县的官员都不具备惩治盗贼的才干，父亲可前往宿州控告。”当时漕运总督周敬修（名天爵），刚升任宿州知州，到任不到一年多。李老先生按照儿子的鬼魂所说的前往宿州控告，周知州因为案件不是发生在自己辖境之内，起初不想受理。李老先生苦苦哀求哭诉不已，并把儿子的鬼魂所讲的话陈述了一番。于是，周知州派遣健壮的差役，前去缉拿船夫夫妇，人赃并获。周知州将此案移交凤阳府审理，凶手被依法处决。

5.3.13 安徽李氏子一案

怀远县李二臻，其父故无赖，为方姓兄弟三人殴死。其时臻尚稚，及长，思复父雠，练习枪矢，击无不中。一日，值三人于河干，臻击伯仲皆毙。季没入河，臻沿河视水纹蹑之，乍露顶，击之亦毙。

时抚军以事关重大，饬属急捕，不得。乃责成庐凤观察蔡友石先生，必生致之。蔡悬重赏，购募郝吉昌者，私枭大猾也，因同类忌之，遂附官效力自赎。一日，密白蔡曰：“臻藏定远朱家港李酉家，酉四子，皆强很，而名二荣者，尤刚猛多力，有李氏五虎之目。聚徒数千，动辄拒捕，非调兵不可。”蔡具禀抚军，抚军檄庐、凤二守，率民壮往擒。仍令就近各武营协拿。凤守朱恕斋先生，甫到任，即率民壮四百，并郝党五百人，星驰至港，以为唾手可得。李已筑垣拒守，施放抬枪，人不能近。自辰至午，丁壮等奔驰未食，各有饥色。

忽有老媪，稽首太守马前曰：“荣自知罪大，不敢出见。愿退一箭地，缚臻出献，敢乞指挥。”朱信之，方麾兵退，垣门发，突出千余人，枪箭并施。其党谢某又率匪徒数百，自左腋冲至，郝中枪倒地，众负之行。丁壮被枪者甚众，事闻，观察率乡勇千人，偕庐州刘守继至。抚军亦命中军以兵来会。荣知众寡不敌，遂踰垣遁，入寿州界。时已三鼓，仓皇无潜身处，遇班白叟，求借宿。甫就榻，有二人直前缚之，即昔日所杀之高有乾、有礼兄弟也。

初荣据朱家港，遇逃荒妇姑二人，妇少有姿色，劫之归，继又以妇配灶下佣。次年元夕，荣举家赴镇看灯，妇乘机逸出，至镇，皆不敢纳。有乾兄弟，亦一镇之武断者也，闻其事，倡言于众，而亲送妇还其姑。荣闻，率众至有乾家。有乾为鸟枪所毙。缚有礼至家，五毒备至。礼骂不绝口，荣恚甚，断礼数十段，杵骨碎之。荣至是竟为厉鬼所迷，捕者追至，见其赤身缚乱草中，就擒。讯臻，则去已数日矣。置荣于法，臻卒不获。或者为父报雠，鬼神特原恕之与？

【译文】安徽怀远县的李二臻，他的父亲原本是个无赖，被方姓兄弟三人殴打而死。当时，李二臻还年幼，等长大后，他想着为父报仇，为此练习枪法、箭术，百发百中。一天，李二臻在河边遇到了方姓兄弟三人，他将方老大、方老二全部击毙。方老三则潜入河中，李二臻沿着河岸一边观察水纹一边跟踪，等方老三一露头，也将其击毙。

当时巡抚因为此事干系重大，紧急命令属地官吏缉捕李二臻，但没有捕获。于是，责令庐凤道蔡友石先生（蔡世松），务必生擒李二臻。蔡道台重金悬赏，收买招募了一个叫郝吉昌的人，郝吉昌是个贩卖私盐的盐枭，因为被同行们忌恨，于是依附于官府效力以自赎其罪。一天，郝吉昌秘密告诉蔡道台说：“李二臻藏匿在定远县朱家港李酉的家中，李酉有四个儿子，都是强横凶狠之人，其中有个名叫李二荣的，尤其刚猛有力，李氏父子五人被人称作‘五虎’。他们聚集了徒众数千人，动不动就以武力拒捕，要对付他们非得调兵不行。”蔡道台将此情况汇报给巡抚，巡抚传令庐州、凤阳两府的知府，率领民兵、壮丁前往捉拿，并命令附近驻防的各军营派兵协助捉拿。当时凤阳府知府朱恕斋先生，刚到任不久，他接到命令后立即率领四百名民兵、壮丁和郝吉昌手下的五百名党羽，星夜奔赴朱家港，以为轻而易举地就可以抓住李二臻。到了朱家港时，李氏父子已经高筑院墙，坚守拒捕，施放抬枪（旧式火器，枪筒较粗，发射时枪筒放在一个人的肩上，由另一个人点导火线），众人都不敢靠近。从辰时到午时，民兵、壮丁们因为一路奔驰，还未吃饭，都面带饥饿之色。

这时，忽然有个老妇人，来到朱知府的马前叩头说：“李二荣自知罪大恶极，不敢出来相见。请您撤退一箭的距离，他将把李二臻绑来献给您，到时他也愿意听您指挥。”朱知府相信了老妇的话，刚刚下令士兵后退，李家院墙的大门就已打开，里面突然冲出一千多人，又是放枪又是射箭。这时，李二荣的党徒谢某又率领数百匪徒，从左侧冲来，郝吉昌中枪倒地，众人背着他逃跑了。民兵、壮丁中枪的有很多，蔡道台听闻此事后，率领乡勇一千人，会同庐州知府刘某随后赶到。巡抚也命令中军主将率兵前来会战。李二荣知道寡不敌众，于是翻墙逃跑了，进入寿州境内。当时已经是三更天了，李二荣惊惶无措，没有藏身之处，这时他遇见一位须发斑白的老人，请求借宿。李二荣刚刚躺下，就有两个人径直上前将他绑住了，这两个人就是他从前所杀的高有乾、高有礼兄弟二人。

当初李二荣盘踞在朱家港，遇到逃荒的婆媳二人，他见那媳妇略有姿色，便将其劫掠回家，不久又把那媳妇许配给家中做饭的佣人。第二年元宵节，李二荣全家去镇上看灯，那媳妇趁机逃出，逃到镇上，没有人敢收留她。高有乾、高有礼兄弟，也是镇上的一霸，听闻此事后，将情况公之于众，并亲自护送那媳妇回到婆婆身边。李二荣听到消息，率领众人来到高有乾家。高有乾被鸟枪击毙。李二荣将高有礼绑回家，施以各种酷刑。高有礼骂不绝口，李二荣非常愤怒，把高有礼砍为几十段，并将他的骨头用杵捣碎。至此，李二荣竟被高家兄弟的鬼魂迷住，追捕的人赶到，只见李二荣光着身子被捆绑在乱草之中，于是被擒住。讯问李二荣，问他李二臻在哪里，这才知道李二臻在几天前就已经逃走了。官府将李二荣绳之以法，但李二臻却始终也没有被抓获。或许李二臻是为父报仇，鬼神特地原谅宽恕了他吧！

5.3.14 二千钱救三命

嘉庆己卯，绍城大路口有丐船停泊河边，内老妪与子媳及孙儿女，共五人，皆登岸行乞。既而归舟，忽大哭，众集询之。老妪曰："余年老将死，恐无棺以殓，每日将所乞之钱强省一文，冀积资易榇。三年以来，蓄积千余文，用破袄包裹，密藏舱中。平日儿辈往乞，我留船看守，今天朗气清，偶尔偕往，不意被歹人窃去。今已矣，何以生为？"语毕投水，子媳救起，复奋身自投。子媳知不能救，亦投水中。众虽不忍，莫展一筹。

其地有施某者，贫且病，两子皆未成立，妇为人佣，是日力疾至主家，负工钱二千以归。见而恻然曰："起起，钱已返矣。"遂呼众先援老妪，次援其子媳，皆起，倾囊与之，曰："千钱不足买棺，今有钱二千，可以遂汝愿矣。"妪率属谢之，不顾而去。时久雨初霁，陋室多坍。是夜，施与两子共卧，至四鼓，睡正酣。有自门外疾呼其名者，施令幼子启视，忽两扉如铸，力竭不少动，长子往启亦然。施无奈自起，门既辟，与两子共出视之，阒无一人。方骇怪间，忽响声甚厉，住屋倾矣。施病旋疗。乃悟向之呼其名者，救人三命，鬼神亦救其三命也，报应不已捷哉？

【译文】嘉庆己卯年（1819），绍兴城大路口有一条乞丐船停泊在河边，船上有一个老妇和她的儿子、儿媳、孙子、孙女，共五口人，都上岸行乞。过了一会儿，一家人回到船上，忽然大哭起来，众人聚拢过来询问原因。老妇说："我年老将死，担心死后没有棺材装殓，每天把乞讨来的钱勉强省出一文，希望积攒下来买口棺材。三年以来，我积蓄了一千多文钱，用破袄包裹着，密藏在船舱中。平日里儿孙们出去乞讨时，我就留在船里看守，今日天气晴朗，我偶然同他们一起出去乞讨，不料钱被歹人偷去。现在全完了，我还活着干什么呢？"说完跳入水中，随即被她的儿子和儿媳救起，但她被救后又奋不顾身跳入水中。儿子和儿媳知道她一心求死，救也无用，也随之跳入水中。众人虽不忍心，却也无计可施。

当地有个姓施的人，家中贫穷，且有病在身，两个儿子都未成年，妻子在别人家里佣工，这天施某勉强支撑着病体到主人家，支取了二千文工钱背回来。施某见到老妇和她儿子、儿媳跳入水中，哀怜地说："起来，起来，钱已经找回来了。"于是，他叫众人先救起老妇，再救起她的儿子和儿媳，等三人都被救起后，他把自己的二千文钱全部给了老妇，并说："一千文钱不够买棺材，现在有二千文，可以满足你的愿望了。"老妇率领家人向施某表示感谢，施某头也不回地离开了。当时正值久雨初晴，当地许多简陋的房屋都倒塌了。这天晚上，施某与两个儿子同睡，到了四更天，三人正在熟睡。忽然听到门外有人急促地呼叫施某的名字，施某叫小儿子去开门察看，忽然发现两扇门就像被铸牢了一般，用尽全力也一点儿打不开，大儿子去开门也是如此。无奈之下，施某只得亲自起来去开门，他轻轻一推，门就开了，施某与两个儿子一同出门察看，门外寂静无人。三人正在感到惊骇疑惑之时，忽然一声巨响，他家的房屋轰然倒塌了。不久后，施某的病也好了。至此施某才醒悟那天夜里呼唤他名字的肯定是鬼神，是因为他自己曾经救了一家三条人命，因此鬼神也救了他们一家三人的性命，报应不是太迅捷了吗？

5.3.15 善举出自贫民

山阴县柯桥融光寺，殿宇壮丽，道光辛巳燬于火。未燬前数日，寺僧夜见赤面红须人，在寺相度，知为祝融。因大殿有前明汤太守（绍恩）所书匾额，相传太守系水神，凡越中有墨迹处，从无火厄。遂将匾移至山门，以为外火无从烧入，可保无虞矣。不意火从大殿起，延及各屋皆烬，只余山门而已。时寺旁民房悉成灰烬，惟小屋一间，岿然独存，乃打铁店某翁妪也。邻人云：“翁妪甚贫，生平亦无他善，惟地当孔道，行人辐辏，每夏常挑清水，煮茶饷人，数十年不倦。”夫柯桥富户多矣，巨商亦多矣，而善举独出自贫民，故卒食其报云。

【译文】浙江山阴县（今绍兴市）柯桥的融光寺，殿宇宏伟壮丽，在道光辛巳年（1821）被火焚毁。未被焚毁的前几天，寺里的僧人夜里看见一个赤面红须的人，在寺里观察度量，心中知道他就是火神祝融。因为寺院的大殿悬挂有明朝汤绍恩知府所写的匾额，相传汤知府死后成为水神，凡是浙江省内留有他的墨迹的地方，从来不会遭受火灾。于是，众僧将匾额移到寺院的大门，认为这样外面即使发生火灾也不会烧进寺内，可保寺院平安无事。不料大火竟从大殿烧起，蔓延至各屋都被焚毁，只剩大门而已。当时寺院旁的民房全都化为灰烬，只有一间小屋岿然独存，这间小屋里住着的是开打铁店的老两口。邻居们说："老夫妻二人非常贫穷，生平没有其他的善事，只是他们家位于大道旁，行人聚集，每年夏天他们经常挑来清水，煮好茶水免费提供给行人饮用，数十年不倦。"柯桥的富户太多了，大商人也有很多，而难得的是善行偏偏出自于这对贫民夫妇，所以他们最终获得了福报。

5.3.16 盗祟幕子

道光甲申，山左鹿明府，逸其名，在广东顺德县任内，缉获盗犯数名。时方奉功令，首先拿获迭劫盗首一名，准其引见迁官。会候补县冯某，因案降为巡检，正在顺德缉捕。刑幕诸某，与冯同乡，急欲为某复官。适首盗瘐毙，诸某请之居停，将他盗案二起，亦捏作该犯纠劫。归首获于冯，具文详办，奉准部覆。凡粤东盗犯行劫三次以上，例应请令斩枭者，虽病故亦需戮尸。经廉访委员至县，会同起尸斩讫，将首级悬竿示众。

时诸某仅一子，年十余岁，爱若掌珠。甫数日，其子忽患恶疽，即俗所称脱头疽也，初如粟粒，渐大渐溃。自言某盗为祟。后自颈溃至喉间，脱然而下，如刀截然。诸某悔恨欲死，而已无及矣。旋即舍幕而官，任蜀中府经历，未久，卒于官。

盖起意行劫一次，罪止斩决，既伏冥诛，即得保首领。今添捏纠劫二次，致奉斩枭，是该犯之戮尸，非其罪所应得，实诸某为之也。其不报之诸某，而报于诸某之子，谅以其命有官禄耳。萑苻（huán fú）之辈，罪不当辜，尚能为厉，况平民耶？吁！可畏也。

【译文】道光甲申年（1824），有一位鹿知县，是山东人，我不知道他的名字，他在担任广东顺德县知县期间，抓获了几名盗贼。当时朝廷刚颁布法令，首先抓获一名屡次抢劫的盗贼头目的官员，准许其由吏部引见皇帝后升迁官职。适逢候补知县冯某，因某件案子被降为巡检，正在顺德县缉捕盗贼。顺德县的刑名师爷诸某，与冯某是同乡，他急于想帮助冯某恢复官职。当时正逢一个盗贼头目病死在狱中，诸某向主人鹿知县建议，将其他的两起盗案，也捏造成是这个病死的盗犯所做的。并将捕获该盗犯的功劳归之于冯某，出具文书呈请办理，请求上级批复。按照当时的条例，凡是广东的盗贼抢劫三次以上的，应当向朝廷请命将其斩首示众，即使病亡也要将尸体枭首示众。不久，按察使派遣官员来到顺德县，会同当地官员将病死盗犯的尸体挖出，斩下首级，将首级挂在长竿上示众。

当时诸某只有一个儿子，刚十多岁，爱如掌上明珠。事情过去才几天，诸某的儿子忽然患上毒疮病，就是民间所说的"脱头疮"，起初如米粒般大小，然后逐渐变大溃烂。诸某的儿子自己说是某盗犯的鬼魂在作祟。后来，毒疮从颈部开始溃烂，一直溃烂到咽喉，随即他的头颅截然脱落而下，宛如被用刀割断的一样。诸某悔恨欲死，但已经来不及了。很快，诸某辞去幕僚的职务，出外做官，在四川担任某府经历（知府的属官，主管出纳文书等事），不久，便死在任上了。

我们说盗贼起意抢劫一次，论罪最高只是判处斩立决而已，既然那个盗犯已经受到冥府的谴责而病死，就应该保全他的首级。如今诸某将两件别的盗案捏造强加在他的身上，致使他的尸体被斩首示众，那么他死后尸体受辱，则并不是他所应受的罪刑，实在是诸某自己所为。报应不发生在诸某身上，而是发生在诸某儿子的身上，想必是他命中享有官禄。作为强盗之辈，无辜地被施加过当的刑罚，尚且能变为厉鬼索命，何况是良善的平民百姓呢？唉！真是太可怕了。

5.3.17 咸丰壬子山阴雷

山阴昌安门外某村，有某氏子者，素詈其母。咸丰壬子春，子染病甚剧。母日夜扶持，目不交睫，子感且愧，誓曰："我若再詈我母，当白日殛死。"厥后疾瘳（chōu），故态渐作。是年五月初十日，复辱詈其母，时天朗气清，忽赤日中起片云，震雷一声，摄某氏子于通衢，跪而殛毙。万目共睹，咸为咋舌云。

【译文】浙江山阴县（今绍兴市）昌安门外的某村，有一户人家的儿子，经常谩骂自己的母亲。咸丰壬子年（1852）春天，这个儿子忽然染上重病。他的母亲日夜看护，无暇闭眼睡觉，儿子感动且惭愧，发誓说："我如果再骂我的母亲，应当在大白天被雷劈死。"后来他的病痊愈了，可是老毛病渐渐又犯了。这年五月初十日，他又在谩骂自己的母亲，当时天气晴朗，忽然一片阴云挡住烈日，响起一声震雷，这个儿子被雷电提至大街上，跪地被雷击而死。这件事当时有很多人都曾亲眼看见，众人都惊骇得咬住舌头不敢说话。

5.3.18 雷殛暧昧

万藕舲（青藜）侍郎，于咸丰二年，视学浙江。余适权守东越，初次进谒，即极款洽，叙年谊甚笃。适侍郎丁艰，寓居杭城。余亦需次省垣，常相过从燕谈。侍郎曰："君所著《劝戒录》五集，谅又有稿本。余家居时曾闻的确一事，从知天人感召之理，断不诬也。"因为余述曰：

乡居有夫妇二人者，家道仅堪糊口。豢豕一口，待贾而售久矣。一日，夫他出，有二人来议价辗转，出钱八千，妇诺之。交钱后，二人即系豕去。妇入室匿钱于被。无何，豕忽绳断逸回，二人赶入，并呼妇助系。豕见其主，亦遂驯服，遂重牵之而去。比夫归，则妇告以原委。夫曰："价亦良得，恐其中小钱多矣。"妇曰："否，汝试观之。"及往取，则乌有矣。妇愕甚。夫曰："置他处而误记乎？"妇曰："无之。"遍觅不得。夫熟思良久，曰："是矣。此必汝系豕时，房中无人，被窃去也。"妇恚甚。夫曰："我亦不汝咎。失财，命也，夫何尤？"妇心终不自安。明日归宁，向父母告知其事。母曰："我家与汝比邻，今汝夫出而汝适鬻豕，安见非汝私于我而匿豕于我家乎？且安见非汝诡作被窃，而匿钱于我乎？婿其终于无疑乎？是殆不可知耳。"妇默然，比归家，反覆思之，愈不自安。夜竟投缳死。比夫觉，已无救。夫亟奔岳家白之，岳家固知妇之死由自取也，相助市棺殓埋而已。

未数日，夜大雷雨。夫睡中闻剥啄声，甚急，审听之，则妇音也。夫大惧，呼曰："汝自寻死，与我何干，而讎我乎？"闭门不纳。妇曰："汝以我为鬼乎？我并不死，亟开门纳我。"雷雨中叩门愈厉。夫战兢，终拒之。相持至天明，夫方启户，而妇竟仓皇闯入。夫即逸去，急叩岳家门，告之曰："汝女大为厉，来扰竟夜。今已入我家矣。"群随婿观之，则女果在焉。恃人多且天已大明，不之畏，并责以不宜如此相讎。女曰："儿并不死，儿于夜间为雷雨惊醒，而身却在野地，是以回家避雨。不解我夫以我为鬼，而不纳也。"众大异之，亟奔瘗尸处视之，则棺已震裂，有二人各负四千钱，跪地而死。背有字迹，则"买豕窃钱"云云。

夫为恶昭著者，未必遭雷。此阴恶而人不知者，故雷殛之。此道光十余年间事，的真而非诬者，惜忘其地址与姓名耳。

【译文】万藕舲侍郎（名青藜），在咸丰二年（1852），出任浙江学政。我当时正代理温州知府，第一次拜见万侍郎，就倍感亲切，彼此论同年之谊，建立了深厚的交情。当时万侍郎正在家乡丁忧，寓居于杭州城。我也在省城候补职缺，因此二人常相往来，见面交谈。万侍郎说："你所著的《劝戒录》第五集，想必又有了新的书稿。我在家居住时曾听说一件确信无疑的事，从中可以知晓天人感应的道理，绝对是真实不虚的。"于是万侍郎为我讲述说：

我家乡有一对夫妇，家境贫苦，仅能勉强维持生活。他们养了一头猪，早就在等待以合适的价钱出售了。一天，丈夫因事外出，有两个人前来买猪，经过一番讨价还价后，商定出钱八千买猪，妇人同意了。交钱后，那二人便捆猪而去。妇人进入屋内，把钱藏在被子下。过了一会儿，那头猪忽然挣断绳子逃了回来，买猪的二人急忙追赶而来，并叫妇人帮忙捆猪。那头猪见到主人，也就变得驯服了，买猪的二人重新牵着猪离去了。等丈夫回到家，妇人把事情的原委告诉了丈夫。丈夫说："价钱还算可以，只是担心他们给的钱里面有许多成色不足的钱币。"妇人说："不会的，你可以看看这些钱。"说罢，妇人便去屋内取钱，可是钱却不见了。妇人大为惊愕。丈夫说："你是不是把钱放在其他地方而记错了？"妇人说："没有记错。"找遍了家中各处也没有找到。丈夫仔细考虑了很久，说："我知道了。这些钱一定是在你帮忙捆猪时，房中无人，被偷走了。"妇人非常恼怒。丈夫说："我也不责怪你。丢失钱财，这就是命，还有什么可怨恨的呢？"妇人心里终究不安。第二天，妇人回到娘家，把事情告诉了自己的父母。她的母亲说："我家与你家是邻居，你恰好在丈夫外出时卖猪，怎么知道丈夫不会怀疑你偏向我而把猪藏到我家呢？并且又怎么证明不是你谎称被盗，而把钱藏在我家呢？你丈夫难道真的就一点儿也不怀疑吗？这就很难说了。"妇人沉默不语，回到家后，反复思量母亲的话，愈加觉得不安。当天夜里，妇人竟然自缢而死。等到被发觉后，她已经救不回来了。她的丈夫急忙跑到岳父家告知妻子的死讯，岳父母知道自己女儿的死是她咎由自取，也没说什么，只是帮助女婿买棺将妇人装殓埋葬而已。

没过几天，某夜雷雨大作。丈夫在睡梦中听见一阵敲门声，声音非常急促，细听之下，听出是妻子的声音。丈夫害怕极了，大声说："你自己寻死，与我有什么关系，为什么找我来寻仇呢？"拒不开门。妇人说："你以为我是鬼吗？我并没有死，快开门让我进来。"因为外面正打雷下雨，妇人敲门的声音更加急促。丈夫吓得瑟瑟发抖，始终拒不开门。就这样相持到天明，丈夫才敢开门，妇人急忙闯进屋内。丈夫立即逃走，急忙跑到岳父家敲开门，告诉岳父说：

“你的女儿已经变成厉鬼，昨晚来搅扰了一整夜。现今她已进入我家里了。”众人跟随女婿回家观看，发现女儿果然在家中。岳父母倚仗人多，并且天已大亮，并不害怕，一起责备妇人不应该如此寻仇报复。妇人说：“女儿我并没有死，女儿在夜间被雷雨惊醒，发现自己身处荒郊野地，因此回家避雨。不理解我丈夫为何认为我是厉鬼，不肯开门让我进来。”众人非常惊异，急忙跑到埋尸之处察看，只见棺材已被震裂，有两个人各自背着四千文钱，跪地而死。他们背上都留有“买猪偷钱”的字迹。

话说明目张胆作恶的，未必会遭到雷击。那两个买猪的人是暗中做坏事而不为人所知，因此遭到雷击。这是道光十几年间的事情，真实不虚，可惜忘记了当事人的住址和姓名了。

5.3.19 孝女

仁和胡书农学士（敬），继母丁太夫人，性至孝。其在室也，祖母以老病困顿床蓐，扶掖须人，家贫无婢媪，凡盥栉、漱濯、缝纫、抑搔，悉力任之者九年，嗣以寿终。而父聚源公，因治丧积劳，感疾濒殆。孝女昼则侍奉汤药，夜则焚香礼斗，冀延父命。一夕，忽痛哭昏绝，群趋救，逾时始苏，泫然曰：“适拜祷时，恍惚见祖父立我前语我曰：‘知汝心诚，但汝父寿数已终，毋徒自苦。’故不觉哀痛至陨耳。”

学士太翁葑唐公适断弦，闻其孝，遂纳币焉。既归，以孝于亲者事舅姑，以友于兄弟者和娣姒（dì sì）。复推孝友之谊，佐葑唐公，投缟赠佩、赒贫恤寡，历三十年如一日。而身则布衣蔬食，晏如也。寿至八十三龄。学士视学皖省时，板舆迎养，色笑亲承，诸孙绕膝者七人。任满复命，乞养归侍。犹眼见诸孙之登贤书、捷南宫、游泮水。获福之厚，亦纯孝之报也。

【译文】浙江仁和县（今杭州市）的胡书农学士（名敬）的继母丁太夫人，天性极为孝顺。她未出嫁时，祖母因老病长年卧床，须要有人在身边服侍，而家境贫穷，雇不起婢女，一切梳洗、洗涤、缝纫、按摩搔痒等事情，全都由丁太夫人一人承担，她服侍了祖母九年，直到祖母寿终。而她的父亲丁聚源先生，因为给母亲办理丧事，积劳成疾，病情危重。丁太夫人白天侍奉父亲服食汤药，夜晚则焚香礼拜祈祷北斗，希望延长父亲的寿命。一天晚上，丁太夫人忽然痛哭昏倒，众人急忙施救，过了一会儿，她苏醒过来，流着眼泪说："我刚才跪拜祷告的时候，恍惚之中看见祖父站在我的面前对我说：'上天知道你至诚的孝心，但你父亲的寿数已尽，不必再白白地让自己受苦了。'所以我这才哀痛得昏倒过去。"

当时胡学士的父亲胡葑唐先生刚刚丧妻，听说了丁太夫人孝顺的事迹，于是送去聘礼，与丁太夫人订婚了。丁太夫人嫁到胡家后，像孝顺自己的父母那样侍奉公婆，像友爱自己的兄弟那样和睦妯娌。此外，她还将孝顺友爱的美德推而广之，辅佐胡葑唐先生，帮助亲戚朋友，救济抚恤贫穷孤寡之人，三十年如一日。而她自己则衣着朴素、粗茶淡饭，安然自若。她活到八十三岁高寿。胡学士担任安徽学政时，将丁太夫人迎接到官署奉养，每天和颜悦色地侍奉母亲，有七个孙子承欢膝下。胡学士任职期满，回朝廷复命，请求辞官回家奉养母亲。丁太夫人还亲眼见到自己的孙子们考中举人、考中进士、入学成为生员。丁太夫人能够享有如此深厚的福气，也是她至真至纯的孝行所感召的善报吧。

5.3.20 调白

徽商汪某，在浙行盐，性素豪爽，虽服贾而无利欲心。一日，拥资归里，路经桐江。岸旁有呼搭船者，舟子以面生可疑，且防奸宄，未敢招致。而某商谓船舱甚宽，何妨便人，况舟子可获小利，诚一举两得焉。遂嘱舟子招搭，行里许，又一人呼搭船。舟子意为一客可搭，两客何碍，并招搭焉。后客上船，安顿行李，辄握算。前客曰："君毋算，已转来。"如是者再三。后客惶窘曰："我算我帐，与君何涉？"舟行数十里，忙呼舟子，此处须上岸，踉跄而去。某在舱中熟视之而不解。

次日，前客至其处上岸，临行时谓汪某曰："昨夜来者，调白也。我亦调白也。然彼须持算，我但轮指。我实有要事至此，蒙君惠然肯搭，诚感君。彼贪君之利，而施其术，我感君之恩，而破其术。彼所以神色仓皇，汲汲欲去也。君请检点行囊，谅无遗失。"汪始惊悟，随入舱视己资，安然无恙，握手言谢而别。此便人适以便己，忘利适以得利矣。

【译文】安徽商人汪某，在浙江做食盐生意，性格素来豪爽，虽然是经商却无贪图财利之心。一天，他携带赚来的钱回家，路经桐江。岸边有个人招呼要搭船，船夫觉得这个陌生人行动可疑，并且为了防备坏人，于是不敢让他上船。而汪某说船舱很宽敞，不妨给人行个方便，况且这样船夫也可以得到些小利，实在是一举两得的事情。汪某于是让船夫招呼那人上船，船行了一里左右，岸边又有一个人招呼搭船。船夫认为既然已经搭乘了一个客人，何妨再搭一个客人，于是便让这人也上了船。后面的客人上船后，安放好行李，便手持算盘计算。前面上船的客人说："你不用算了，我已经算出来了。"像这样反复多次。后面的客人惶恐窘迫地说："我算我的账，与你有什么关系？"船行数十里后，后面的客人急忙叫过船夫来，告诉船夫必须在此处上岸，说完他就跌跌撞撞地离去了。汪某在船舱中仔细观察着这个客人的举动，大惑不解。

第二天，前面上船的客人在某处上岸，临行时对汪某说："昨夜上船的人，是个调白（骗术的一种，调包，以假易真）。我也是个调白。但那人必须拿着算盘计算，而我只需要用手指计算就行。我实在是有要紧的事情必须在此上岸，承蒙您肯让我搭船，很是感激。那人贪图您的钱财，想施术调包，我感激您的恩情，而破了他的骗术，因此，他才神色慌张，急忙想要离去。请您查看行囊，想必应该没有丢失什么。"汪某这才恍然大悟，随即进入船舱清点自己的财物，安然无恙，于是向那人握手言谢，然后告别了。这正是与人方便则与己方便，不贪图财利反而得到了财利啊。

5.3.21 婢索命

杭州富商某，娶某氏，亦宦家女。性素酷，婢有过必加箠楚。一媪、一乳媪，迎合主意，助其残虐。或因婢窃取食物，播弄是非，以烙铁烧红炙其舌，挞至血流满地。先后致毙数婢。嗣氏每患病辄见诸婢缠绕。不数年，两媪相继而死，口称婢来索命。氏亦随亡。呜呼！罪不至死，而致之死。法网幸逃，阴诛难免。残刻待下者，当知所戒矣。

【译文】杭州某富商，娶妻某氏，也是官宦人家的女儿。某氏生性残酷，婢女如有过错，她必加以鞭打。有一个老婢和一个奶妈，迎合女主人的心意，帮助其残忍虐待婢女。有一次，因为一个婢女偷窃了食物，她们在女主人面前搬弄是非，让女主人用烧红的烙铁烫婢女的舌头，并鞭打到血流满地的程度。先后有多名婢女被这样虐待致死。后来某氏每次生病都会看见死去的婢女们围绕在她的身边。没过几年，那个老婢和奶妈先后死掉，她们临死前都自称有死去的婢女前来索命。不久后，某氏也随即去世。哎呀！婢女罪不至死，却鞭打她们致其死亡。即便能够侥幸逃脱国法的制裁，也难免冥冥之中的诛罚。残忍苛刻地对待下人的人，应当知道有所警戒了。

第四卷

5.4.1 坚壁清野

吾乡龚海峰先生（景瀚），循吏也。以乾隆间进士，仕至兰州知府。公初仕甘肃靖远县知县时，总督福康安于属吏尠（xiǎn）许可，独奖公，未抵任即委权中卫，判牍如流，见者不知其初仕也。县南乡七星渠，袤百三十余里，溉田十余万亩，久淤塞。公相形势，捐俸购石筑坝，併（bìng）力挑濬（jùn），露宿河干。数十日，渠流始通。逃亡复业，迄今县食其利焉。调平凉，修柳湖书院。暇则与诸生纵论经史，及诗古文词，文风丕振。权固原州，兼摄盐茶厅抚民同知。固原汉回杂处，嫌隙易搆。有于市中得匿名书，语多不法。公曰："此必与回民诸堡有隙，计图陷害耳。"果如所言。又捕获贼首马伏喜，境内肃焉。

嘉庆初元，三省教匪滋事，总督宜绵巡视边境，以公襄军事。既总督奉命回兰州，而西安又调满兵赴楚，马首东西，未有所决。公进曰："今楚贼蠢动，商州与楚接壤，虑逆党外应，且防窜入，请东行弹压。"总督从之，及抵关中，奉旨如所言。于是幕中大小事，悉令参决而后行。遂从大营攻勦郧西，贼平。叙功奏补庆阳知府。时四川东乡达州一带，教匪充斥。嘉庆二年，公又从总督入蜀，冒雪攀崖，从攻通天观、高家砦（zhài）、南井观三贼巢，破之。先是东乡失守，移治于大成砦。至是公请总督移营其上，议遣甘州兵赴杨柳坝，以断金莪寺贼匪要路。遣土官赴清泾口，遣延绥兵赴王家寨，为犄角之势。督抚悉从之。总督旋奉命兼四川军事，复总统三省，幕府文书皆以属公。公随营久，坐卧湿地，足疡项肿，然军务倥偬（kǒng zǒng），仍力疾据几治事，从不告劳也。公以劳师日久，因建坚壁清野之议。今节录之，以备后之治盗者，取法焉。其略曰：

邪匪滋事以来，蔓延四省，辗转两年。处处有贼，处处需兵。负固则经年累月不能克，奔窜则过都历邑不能御。议者惟以兵少为辞。于是调邻省、增新兵、募乡勇，但谓以多为贵，殊不知其无益而反有害也。何则？一调不已，而至再至三，备御空虚，奸民因而肆志。是无事之区，又将滋事。即如四川、湖北，皆以兵赴苗疆，邪教遂乘机起事。此调兵之害也。仓卒募兵，但取充数。非市井无赖之人，即穷苦无聊之辈。纪律不习，技艺不精，心志不齐，胆气不壮，遇贼惟有鸟兽散耳。此增兵之害也。乡勇守护乡里，易得其力。若以从征，则非所愿，无室家、妻子、田庐、坟墓之足系其心也。平居未受涓滴之恩，临难责以身命之报，于势既有所难能。而为之长者，素昔等夷，并无上下之分。与以虚名，强为钤制，于心又有所不服。故加恩则玩而骄，执法则忿而散。至于临阵，既未习乎纪律，战斗又各自为步趋。疑则易惊，纷则易乱。閧然而进，亦閧然而退耳。此乡勇之害也。

且兵勇多则粮饷广，粮饷广则转运难。文报有站，粮饷有台。军营之移徙，使节之往来，其夫马不能不资于民力。近地不足，调之远处。州县虽官为给价，而例案所销，岂能敷用。以视贼之因粮于民，无地非民，即无地非粮。其劳逸自不待辨而自明矣。况乎将领不能约束兵丁，所过甚于盗贼。乡勇从而效尤，激而生变。是所忧不独在邪匪也。然使有济于事，侥幸成万一之功可也。亦不必过为疑虑。

而自去年以来，其情形大概可见矣。然则计将奈何？曰为今之计，惟行坚壁清野之法。盖杀贼以安民也，然必先安民而后能杀贼。民志固，则贼势衰，使之无所裹胁。多一民，即少一贼矣。民居奠，则贼食绝，使之无所虏掠。民存一日之粮，即贼少一日之食矣。其法在责成有司，巡行乡邑，晓谕居民。团练壮丁，建立堡寨，使百姓自相保聚。併小村，移大村。移平处，就险处。深沟高垒，将百姓所有积聚，实于其中。贼未至，则力农贸易，各安其生。贼既至，则闭栅登陴，相与为守。民有所恃而无恐，自不至于逃亡。别选精锐之兵二三千，以牵制贼势，不与争锋。但尾其后，贼攻则救，贼退则追。使之进不得战，退无所食。不过旬余，非溃则死。此不战而屈人，策之上者也。

其要必先选择良吏，一省之中，贤而能者之道府，岂无数人？牧令岂无十余人？其奔走趋事、明白勤干之佐贰，岂无数十人？每处各派佐杂数人，分任其事。以一道府董事，其余道府分路经理，稽查之。次则相度形势。天成之险，随其所居。因山临水，为筑城堡，外挖深濠，务令高广。民居零星在外者，移入之。砖石木料匠役之费，皆给于官。惟丁夫取于民。有贫乏者，量给口粮，以代赈恤。择其身家殷实、品行端方、明白晓事者，或绅监，或耆民，举为寨长堡长，给以顶带，予以钤记。使总一寨一堡之事，其清查户口、董视工程、经营钱粮、稽查出入、训练丁壮、修饬守备。别择数人为之副，各就所长，分任其事，以专责成。其次则清釐保甲。十家联保，互出甘结，始准移居。其踪迹可疑者，毋使溷入，以滋后累。其余良民，悉使团聚。家有几人，大小几口，所操何业，田土若干，详注册内，以备稽核。其次则训练壮丁。每户抽壮丁一人，或二三人，编为队伍。鸟枪刀矛，各习一技。官为给价，制备器械。每一堡寨，择营中千、把，或外委一员，兵三四名，使之勤加训练。有事则登陴守御，自保邻里，毋令出征。惟本州县有警，或邻堡告急，许其以半救援。其次则积聚粮谷。堡寨之中，建仓数间。富家囤户有粮，难以尽移者，官给银悉为收买入仓。无者买于邻近各乡，官兵经过，即以此粮供支。贼至闭寨，壮丁守陴，按名给粮，毋令家食。其鳏寡孤独、贫乏残疾，及家稍充而实无粮者，准其照册分别赈借。其次则筹度经费。所有筑堡挖濠，建仓买粮，置备军械、一切守御器具，及搭棚盖屋之费，银皆官给，交堡寨长司其出入。惟仓粮之数主于官，赈借供支，官为报销。其余银自摊于堡寨。

如此者有十利焉。堡寨林立，声势联络，民居既安，民志自定。父母妻子，团聚一家，无流离死亡之忧，并不虑为贼逼胁，陷于邪党。可以保全良民，潜消贼势，其利一也。粮皆藏于堡寨之内，所余村落店馆，皆空屋耳。贼即千里焚掠，无所得食。若攻围堡寨，则丁壮自护身家，其守必力。又有邻堡之救援，官兵之策应，必难攻陷。十日无食，非溃而四散，则辗转于沟壑之内而已。可以制奔窜之贼，其利二也。据险之贼，不能不下山掠食。今民皆团聚，粮不露处。冬春之交，野无青草，附近已无所掠，远出则近山之堡寨，皆得邀而击之。坐困月余，积粮既竭，终亦归于死亡逃散而已。可以制负固之贼，其利三也。州县之有乡村，如树之有枝叶。枝叶伤则根本无所庇。乡村皆为贼所蹂躏，其城郭之不亡者仅矣。今四面皆有堡寨，障蔽拥护，贼必不敢径犯城郭。有急则环而救之，如手足之捍头目，贼将腹背受敌。况官兵又乘其后乎？可以保障州县，其利四也。堡寨远者相距数十里，近者或十余里。官兵经过，就近供支，粮台可以不设。官无转运之费，民无挽输之劳。至文报往来，尤关紧要，堡寨之在大路者，即安设夫马递送，无须兵勇护之。可以省台站之费，其利五也。每省挑选精兵三千，贼合亦合，贼分亦分，牵制其后，使之不得攻陷城堡，其余悉令归伍。兵少则差徭亦省，民受无穷之利，而营伍不致空虚，亦无虞更生他变。其利六也。守陴壮丁，惟贼至时数日给以口粮耳，无按月之盐粮，无安家之银两。其费较招募乡勇，所省何啻天渊。而爱护乡里，朝夕相见，犹有古者守望相助之意。不若乡勇从征日久，习于凶暴，怯公战而喜杀掠，酿为将来无穷之隐忧。其利七也。保伍时相纠察，而堡寨之长，又从而稽之，则奸宄无所容。其桀骜者可以渐化为良民。其利八也。邪教蔓延，为日既久；而未动者，正不乏人。今淑慝（tè）既分，居不相杂，其冥顽潜入贼党，可以一并歼除。其愧悔者必安居故业，可以保全身命，绝后患之萌，开自新之路。其利九也。规模既定，守而勿失。远近一体，上下同心。无事之时，按籍而稽，了如也。有事之时，画地而守，井如也。一劳永逸，数世赖之。其利十也。

然而愚民可与乐成，难于虑始。因循目下，畏难苟安。此议一出，必有阻之者矣。一曰骚扰恐以累民也。夫择利莫若重，择害莫若轻。民虽至愚，亦必明于利害。所全者大，即小有骚扰，犹当毅然为之。况保其身家，全其积聚，顺其情之所乐，何累之有？若谓举行不善，则官吏之过，当易其人，不当废此法。如战场失利，岂以偶无良将，而遂永不用兵乎？一曰迂缓不切于事也。夫欲速则不达，自去岁以来者，各省所行者，何一不速，何一有效？事固有不急于目前，而收功于异日者。及今为之，未为晚也。行之一县，可保一县；行之一府，可保一府。同时并举，不过三月，贼在网罗之内矣。是速莫速于此也。舍此而图，其果有旦夕奏效，操券而得之策乎？一则虑其费大也。夫成大事者不惜小费。今州县之大者，不过堡寨数十处，小者十余处。一省所办者，三四十州县耳。裒多益寡，合计每省不过用银百万两而已。较之养兵、养乡勇，每月需银百万者，其费何如？况惟买粮为费较巨，而粮分储于堡寨，何异储于州县之仓，今各州县岂能不采买乎？其余借项，分年带征归款，是不独省费，且并无所费矣。一则畏其繁难也。夫天下无难成之事，患无任事之人。今自道府下至堡寨之长，总理者有人，分任者有人。劳瘁不辞，纤悉俱举，何虑其繁难？且蹂躏之处，失业难民，岂能不为抚恤、清查户口、修理房屋、吊生恤死、赈乏周贫，其繁难何止十倍于此？与其补救于已然之后，何如预备于未事之先？

然则今日急务，莫有先于此者矣。安民即所以杀贼。民惧贼而逃，犹可言也。兵愈增则徭役愈重，师愈久则扰累愈多。数月之后，恐民之见贼，将不逃而合之矣。今不早为，后悔何及哉？

议上，当事者以为迂阔，中止。既而贼破大成砦，又渡蚊虫泾，总督乃欲从公策。又格于众议，卒不果行。三年春，奏调兰州府。时中外大臣多以坚壁清野之议进。四川总督勒保行于蜀，有效。总督松筠在汉中，复奉诏饬行其法，卒用荡平。十一年，续编《皇清文颖》，仁宗特出是议，付馆臣载之。论者谓公先几之明，上契庙算，非凡百贤能所及也。

公有四子，或为道府，或为牧令，均著有循声，多由科目起家者。现任陕西延榆绥道名（受谷）者，即其幼子也。其孙辈，或官粤东、湖南、陕西，西园先生（文龄），则以卿贰洊升侍郎；（衡龄）亦以甲榜出为百里侯。其曾孙（溶孙），亦以科目为部郎。元孙（易图），以妙年登乙卯乡荐。皆公之嫡派。吾闽似此家世之隆，不数觏也。

【译文】我的同乡龚海峰先生（名景瀚），是一位清廉正直的官吏。他作为乾隆年间进士，官至兰州知府。龚先生初入仕途担任甘肃靖远县知县时，总督福康安对手下的官吏很少认可，唯独对龚先生青睐有加，还未到任就委任他署理甘肃中卫县（今宁夏中卫市）知县，龚先生批阅公文极其迅速流畅，见到的人都很难相信他是初次为官。靖远县南乡的七星渠，长一百三十多里，灌溉农田十多万亩，但长期因泥沙沉积而水流不畅。龚先生观察地势，捐出自己的俸禄购买石料、修建堤坝，率众齐心协力清除淤塞、疏通河道，夜间就露宿在河岸上。几十天后，河渠疏通完毕，水流畅通无阻。流离在外的人们回家复业，至今县里的百姓仍然享受着龚先生留下的德泽。不久，龚先生调任平凉县知县，修建柳湖书院。闲暇时则与生员们无所顾忌地谈论经史，以及诗词、古文，由此当地的文风大振。后来龚先生署理固原州知州，兼署盐茶厅抚民同知（官名，负责造册登记户口田粮以及招抚流移、帮助百姓复业的事务）。固原州是汉民与回民杂居的地方，两族人民经常发生冲突。有人在集市中发现了一封匿名信，上面多有违法的言辞。龚先生说："这一定是当地的汉民与各堡的回民有仇，想设计陷害他们。"后经查访事情果然如龚先生所说的那样。龚先生又捕获了匪首马伏喜，境内的匪患得以平息。

嘉庆元年（1796），陕西、河南和湖北三个省份的白莲教教匪发动叛乱，时任陕甘总督宜绵（鄂济氏，原名尚安，满洲正白旗人）巡视边境，命龚先生佐理军务。不久，总督奉命调回兰州，而西安又调八旗兵前往湖北，大军究竟要向哪个方向进发，总督犹豫未决。龚先生进言说："现在湖北的教匪蠢蠢欲动，商州（今陕西商洛市商州区）与湖北接壤，我担心湖北的教匪会成为陕西教匪的外援，并且要防备湖北的教匪窜入陕西境内，因此请您派兵向东前往湖北镇压。"总督听从了龚先生的建议，等军队抵达关中时，朝廷也下旨命令总督派兵前往湖北镇压。于是，总督府中的大小事务，都令龚先生参谋决断，而后施行。龚先生于是随同大军征讨湖北郧西县，贼匪被平定。龚先生因功绩卓著，被朝廷授予甘肃庆阳府知府之职。当时四川东乡县、达州一带，教匪到处都是。嘉庆二年（1797），龚先生又跟随总督进入四川，冒着大雪攀登险山，随军队攻打通天观、高家寨、南井观三处贼匪的巢穴，大破贼兵。在此之前东乡县失守，治所被迁移到大成寨。到这时，龚先生建议总督移营大成寨，商议调遣甘州兵前往杨柳坝，以截断金莪寺贼匪的要道。又派遣当地少数民族官员前往清泾口，调遣延绥兵前往王家寨，形成犄角之势。总督和巡抚完全依从龚先生的建议施行。不久，总督奉命兼管四川军务，接着又统领三省军务，府中的文书全部交由龚先生处理。龚先生随军日久，经常坐卧于潮湿之地，脚上生出溃疡，脖颈肿大，然而军务繁忙，龚先生仍然勉强支撑着病体坐在桌旁处理事务，从不向人诉说自己的劳苦。龚先生因为长期参与军务，于是提出坚壁清野的建议。我在这里节录一部分，以备今后治理盗匪的人取法借鉴。大体内容如下：

自从邪教教匪闹事以来，蔓延到四个省份，反反复复已经有两年了。处处有贼匪，处处需要军队。有些教匪据守险要之地，经年累月不能被攻克；有些教匪四处流窜，所到之地官军难以抵抗。议论的人只是以兵力不足作为借口。于是或者调遣邻省的兵员，或者增添新兵，或者招募乡勇，一味地认为军队以人数多为贵，殊不知这些做法不但没有好处反而有害。为什么呢？调兵一次不算完，又再次、三次，致使兵被调走的地方防御空虚，奸民趁机作乱。这就使得本来无事的地方，又生出了许多事端。比如四川、湖北，都派兵前往苗人聚居地，于是邪教教匪趁机闹事。这就是调兵的危害。仓促招兵，只是为了充数而已。招到的兵不是市井无赖，就是穷苦无聊之人。这些人没有学习过军纪，技艺不精，心志不齐，胆气不壮，遇到贼兵只会像鸟兽一样四处奔逃。这是增添新兵的危害。乡勇守护乡里，容易发挥作用。如果让他们随军出征，则并不是他们所情愿的，因为没有家庭、妻子儿女、田产房屋、祖先坟墓等足以让他们挂心。他们平日里没有受过朝廷的丝毫恩惠，危难之际却要求他们为朝廷效命，这从情势上来说是很难办到的。再者说，他们的首领，平日里都与他们称兄道弟，相互之间并没有上下级之分。这时忽然给他一个虚的头衔，让他勉为其难地管制众人，从心理上来说难以得到众人的信服。因此对乡勇们如果施加恩惠，则会导致他们态度骄横、玩忽懈怠；如果严格执法，则会引起他们愤愤不平、军心涣散。等到上战场的时候，因为未曾学习过军纪，战斗时必然会各自进退、自行其是。心有疑虑就容易恐惧害怕，人员繁杂就容易乱了阵脚。一哄而上，也必然会一哄而退。这就是招募乡勇的危害。

并且兵勇人数多所需要的粮饷就多，粮饷多就转运困难。传递公文需要驿站，运送粮饷需要粮台（清代行军时沿途所设经理军粮的机构）。军营迁移，使节往来，其所需要的夫役、马匹不能不借助于平民之力。近处的不够，就得从远处调来。州县征用时虽然会出钱补偿，但按照旧例规定，所报销的费用怎么够用呢？以此反观贼兵的从百姓中获取粮食，没有地方没有百姓，也就没有地方没有粮食。两相对比，其艰苦和轻松的程度不用辨析就自然明了。况且将领如果不能约束士兵，所过之处容易发生抢掠的行为，其危害比盗贼还要严重。乡勇跟从效仿，常常激生民变。因此，忧患不仅仅是邪教教匪（还有不听约束的兵勇）。然而只要他们能发挥作用，侥幸成就万分之一的战功也就行了。也不必过分疑虑。

然而自去年以来，其情形大概已经显而易见了。那么究竟应该采取什么策略来应对呢？我认为，为今之计，只有实行坚壁清野的办法。虽然剿灭贼人是为了安定百姓，但必须先安定百姓而后才能剿灭贼人。百姓的意志坚定，那么贼人的势力就会衰落，这样就能使贼人无法胁迫百姓跟着他们作乱了。多一个良民，就少一个贼人。百姓安居，则贼人的粮饷就会断绝，使他们无法掳掠。百姓保存一天的粮食，贼人就会减少一天的食物了。其具体做法在于责令有关部门，巡察城乡，把道理明白地告诉百姓。团练民兵壮丁，建立堡垒营寨，使百姓聚集一处、互相保护。合并小村，迁移大村。将处在平地的村庄，搬迁到险要之地。挖掘深沟，搭建高墙，将百姓积蓄的所有财物，存放在其中。贼人未来的时候，则种地的种地、经商的经商，各自安居乐业。贼人来到的时候，就关闭栅栏门、登上堡寨，相互坚守。百姓有所依恃就不会恐惧，自然不至于逃亡。再另外挑选二三千精锐士兵，以牵制贼人的势头，不与贼人正面交锋。只尾随其后，见到贼人攻打某地时就上前救援，贼人撤退时就尾随追击。使贼人进不能战，退无所食。不过一旬有余，贼人定然非败即死。这就是兵书上所说的不用交战便能使敌方屈服，是最佳的策略。

此法的关键在于首先要选择有才干的好官，一省之中，道府一级的贤能官吏，难道还选不出几个人吗？州县一级的官吏难道还选不出十几个人吗？那些奔走办事、明白勤干的副官，难道还选不出几十个人吗？每个地方再各派几个助理官吏，分别担任此事。以某一道府作为主管，其余道府分别负责一个地方，时时检查。其次要观察地势。自然形成的险要之处，听任百姓居住。在靠山临水的地方，修筑城堡，外面挖掘深沟，一定要使城堡高大、壕沟宽阔。百姓散落在堡外居住的，将其迁移进堡内。砖石、木料、工匠、劳役的费用，皆由官府提供。只有守卫城堡的壮丁可以从百姓中挑选。贫穷的人，酌量发给口粮，以此代替赈济。选择家境殷实、品行方正、明白通晓事理的人，或者士绅、监生，或者年高有德之人，任命为寨长、堡长，给予顶戴，颁发盖有公章的凭证。使其总管一寨一堡的事务，比如清查户口、监督工程、经营钱粮、检查出入人员、训练壮丁、修整守备事务等。另外选择几个人作为他的副手，根据他们各自的特长，让他们分别担任其事，由专人负责某项事务，则容易见到成效。其次要清理户籍编制。十家相互作保，相互出具证明，才准许移居。有踪迹可疑的人，不能让他混入堡内，以酿成后患。其余的良民，使他们聚集而居。每家有几个人，大小有几口，从事何种职业，田地有多少，都要详细地记录在册，以备查验。其次要训练壮丁。每家抽调壮丁一名，或二三名，编成队伍。不论是鸟枪、刀剑、长矛，各自练习一项技能。由官府提供费用，制作购置武器装备。每一个堡寨，从军营中选出一名千总、把总，或从外面委派一名军官，以及三四名士兵，让他们对壮丁勤加训练。有战事时就让他们登城守卫，保护邻里，不要命令他们出战。只有本州县有战事，或相邻的寨堡告急时，才允许派出一半的壮丁前去救援。其次要积聚粮食。堡寨之中，建设数座粮仓。富户和囤粮大户有粮食而难以全部迁移的，由官府出钱将这些粮食全部收购、存入粮仓。当地没有粮食的就到邻近各乡去买，官兵经过时，就用这些粮食作为士兵口粮。贼人来到时关闭寨门，壮丁登城守卫，按名发给粮食，不要让他们回家吃饭。至于鳏寡孤独、贫穷残疾之人，以及家境稍为殷实但实际上并没有粮食的人，可以按照名册予以赈济或准许其借贷。其次要筹划经费。所有筑堡挖濠，建仓买粮，置备军械、一切守御器具，以及搭棚盖屋的费用，全部由官府提供，交给堡长、寨长负责该项费用的收入和支出。只是仓库中粮食的数量要由官府主管，其中的赈济、借贷、供给、支出等变动情况，都必须报请官府核对销账。其余的花费则由堡寨自己分摊。

这样做有十种好处。堡寨众多，彼此相互联络音信、壮大声势，百姓既然能安居乐业，民心也就自然安定。父母妻子，一家团聚，没有流离死亡之忧，也不用担心被贼人逼迫裹挟，陷入邪教。可以保全良民，暗中削弱贼人的势力，这是第一个好处。粮食都藏在堡寨之内，其余的村庄店馆，都是空屋。贼人即使焚烧抢掠千里，也得不到粮食。假如贼人围攻堡寨，则有壮丁自护身家，其守卫必然尽心尽力。此外，又有相邻堡寨的救援，官兵的策应，他们必然难以攻克。贼人十天没有食物，不是溃败得四处逃散，就必然饿死于山沟水渠之中而已。这样便可以制服四处流窜的贼人，这是第二个好处。据守于险要之地的贼人，不得不下山掠夺粮食。现今百姓们都团聚一处，粮食不露天放置。冬春之交，田野没有青草，附近也没有可以抢掠的东西，如果他们远出抢掠，则附近的堡寨，可以联合起来攻击他们的巢穴。他们被原地围困一个多月，积存的粮食吃完后，最终也只能死亡逃散而已。这样便可以制服据守险要之地的贼人，这是第三个好处。州县有乡村，犹如树木有枝叶。枝叶受到损伤，根干就得不到庇护。如果乡村全部被贼人践踏破坏，那么城市不败亡的寥寥无几。如今四面都有堡寨，像屏障一样遮挡护卫着城市，贼人一定不敢直接侵犯。如有告急，四面的堡寨都可以前来救援，如同手足护卫头部，贼人必将腹背受敌。何况还有官兵在后面追击他们呢？这样便可以保障州县，这是第四个好处。堡寨之间远的相距几十里，近的可能只有十多里。官兵经过时，可以由最近的堡寨供给粮饷，朝廷不必专门设置粮台。官府省却了转运粮饷的费用，百姓不必承担运输的劳役。至于公文信件的往来，尤其事关紧要，设在大路边的堡寨，可以专门安排人员和马匹传送，不需要士兵、乡勇护卫。这样便可以省去设置驿站、粮台的费用，这是第五个好处。每个省份挑选三千精兵，贼人会合时他们也会合，贼人分散时他们也分散，在后方牵制贼人，使贼人无法攻克城堡，其余的士兵全都让他们回归民间。士兵少了，赋税、徭役也就随之减少，百姓享受到无穷的利益，而军营也不至于空虚，更不用担心发生其他的事变。这是第六个好处。对于守卫寨堡的壮丁，只在贼人到来的那几天才发给他们口粮，既不必按月发给盐粮，也不必发给安家费。所需的花费与招募乡勇相比，所节省的钱何止天壤之别。而且他们爱护乡里，朝夕相见，有古人那种守望相助之意。而不会像乡勇那样跟随军队出征日久，养成凶恶残暴的习惯，在正式战斗中畏惧怯懦，却喜欢杀掠百姓，酿成将来无穷的隐患。这是第七个好处。民户之间相互监督，而堡长、寨长，又进一步时时核查，则奸恶之人没有容身之地。他们之中即使有桀骜不驯的人也可以渐渐转化为良民。这是第八个好处。邪教蔓延，时日已久；但未被蛊惑的百姓，也大有人在。如今善恶既已分明，奸民无法混杂于良民之中，那些愚昧顽固而暗入贼党的人，可以一并被歼灭消除。其中惭愧而悔悟的人必然能够安居本业，这样既可以让他们保全性命，也可以绝除后患的发生，为他们开辟一条自新之路。这是第九个好处。各种制度和章程既然已经定下，就要坚守勿失。远近一体，上下同心。没有战事的时候，按照户籍查验人口，清楚明了。有战事的时候，划分区域坚守，秩序井然。这样做可以一劳永逸，子孙世世代代赖此得以生存。这是第十个好处。

然而愚蠢的百姓只愿快乐地享受某种措施的成果，却不愿意从一开始就谋划怎么做成一件事情。他们沿袭旧制，只顾眼前，不思革新，畏惧困难，苟且偷安。我这个建议一旦提出来，必然会有阻挠之人。他们阻挠的理由，其一是恐怕会骚扰百姓、拖累人民。话说两利相权取其重，两害相权取其轻。百姓虽然非常愚蠢，但也必然能明辨利害。这种计策能保全大局，即使稍有骚扰，也应当坚决施行。况且能够保全百姓的身家性命和所积聚的财物，顺应民情，为他们乐于接受，哪里有什么拖累呢？如果在实施过程中出现问题，则是官吏的过错，应当更换人员，不应当废除此法。这就像在战场上战败，岂能因为偶尔没有良将，就永不用兵呢？其二是实施起来过于迟缓，不直截了当，不切合实际。话说一味性急图快，反而达不到目的。自去年以来，各省所施行的剿贼之策，哪一种不是行动迅速，可哪一种见到成效了呢？有些事情本来就不能在短时间内急于求成，但在将来必然会取得成效。当前施行此法，并不算晚。在一县施行，可以保全一县；在一府施行，可以保全一府。各地同时施行，不过三个月，贼人必定会被一网打尽。如果要快速取得成效，没有比这收效更快的了。不使用此法而希望通过别的办法取得成功，难道真有短时间内奏效，稳操胜券的其他策略吗？其三是担心花费太大。话说要想办成大事，就不能吝惜小费。如今大的州县，不过建设几十处堡寨即可，小的州县只需十多处。一个省份需要如此办理的，只有三四十个州县。经费有余的地方补贴经费不足的地方，合计每省不过花费一百万两银子而已。比较起养兵、养乡勇，每月就需要花费一百万两，这点花费又算什么呢？况且只有购买粮食的费用较为巨大，但买回的粮食分别储存在堡寨之内，这与储存在州县的粮仓内有什么区别呢，现今的各州县难道就不用购买粮食吗？其余的花费支出，按年征收赋税偿还，这样不但省钱，而且并不会花费多少钱了。其四是害怕事情复杂困难。天下没有做不成的事，只怕没有能做事的人。现今上自道府，下至堡长、寨长，总管此事的大有人在，分任此事的也大有人在。只要他们不辞劳苦，事无巨细地认真去做，何必忧虑事情的复杂困难呢？再说遭到贼人破坏践踏的地方，有许多失业的难民，难道就不用抚恤、清查户口、修理房屋、吊生恤死、周济贫困了嘛，这些事情的繁难程度比起建设堡寨来不是困难十倍吗？与其在事情发生之后补救，何如在事情未发生之前预备呢？

既然如此，现在的首要任务，没有比这更重要的了。使百姓安定也就相当于剿灭贼匪。百姓因为害怕贼人而逃亡，尚能说得过去。兵员越来越多则徭役就会越来越重，出兵时日越长则对百姓的扰害就越来越多。几个月后，恐怕百姓见到贼人，将不再逃亡而是与之合力对抗朝廷了。现在不早做打算，将来后悔又有什么用呢？

龚先生呈上自己的建议后，当事者认为不切实际，没有施行。不久贼人攻破大成寨，又渡过蚊虫泾，总督这才想采用龚先生的计策，但又被众人的议论所阻挠，最终没有施行。嘉庆三年（1798）春，龚先生被调到兰州府任职。当时朝廷内外的大臣多向皇上进献坚壁清野的计策。四川总督勒保首先在四川施行，有效。陕甘总督松筠在陕西，也奉朝廷之命施行此法，最终用此法荡平了贼人。嘉庆十一年（1806），朝廷续编《皇清文颖》，嘉庆皇帝专门提出龚先生的这份奏议，嘱咐馆臣载入其中。当时之人都议论说龚先生有先见之明，提出的建议能契合皇上的心意，不是朝廷百官所能及的。

龚先生有四个儿子，有的出任道台、知府，有的出任知州、县令，他们都享有清正廉明的名声，也大多是在科举中考取功名而步入仕途的。现任陕西延榆绥道的龚受谷，就是龚先生的小儿子。龚先生的孙子们，分别在广东、湖南、陕西等地做官，西园先生（龚文龄）则由卿贰（次于卿相的朝中大官）被荐举提升为侍郎；龚衡龄也以进士而出任县令。龚先生的曾孙龚溶孙也由科举出身而出任某部的郎官。龚先生的玄孙龚易图，年纪轻轻就在咸丰五年（1855）乙卯科乡试中考中了举人。他们都是龚先生的嫡系子孙。在我们福建，像龚家这样数代隆盛的家族，是不多见的。

5.4.2 黄玉琳

昌化贺生，其岳翁令蜀某邑，往赘焉。新妇固绝代姝也。经年，携归。至芜湖，泊巨舰旁。一少年科头，昂然坐船头，列侍武士十余人，意必贵官。妇偶隔窗探望，为少年所见。须臾解缆，甫达江心，巨舰扬帆追至。武士迳登舟，推贺堕江，掠女及所有资装去。贺附片板遇救得不死。欲鸣官，而去县治远，无资斧可达，拟觅死。有白发翁急止之，曰："子无然，吴楚千里江面，丑类皆鹾匪黄玉琳所辖。其法止准贩私，不许醸命劫掠。以故江湖游客多感颂之。黄镇江人，驻老虎颈，子亟往诉，盗可得。控官非计，轻生更非计也。"助以少资，贺如言往，痛哭陈诉。黄慰藉交至，扫榻款留。夜聚其徒曰："孰为暴者？絷之来。"翼日，其胞侄黄细狗自缚跪黄前。黄大怒，命戮之。其寡嫂哭而至，长跪乞命，黄谓嫂曰："属为众人所推者，公道服人耳。今立法而自坏之，何以令众？重以嫂故，可令全尸。"乃缚而投诸江。出新妇及所掠还贺，更具五百金为谢。吁！光天化日之下，而乃具此行为。虽属公道服人，其亦不善自全矣乎？后于道光七年，卒以私贩伏法。

【译文】浙江昌化县（治今杭州市临安区昌化镇）的贺生，他的岳父在四川某县担任县令，贺生前往入赘完婚。贺生的妻子是个绝代美人。一年后，贺生携带妻子返回家乡。行到芜湖时，贺生的船停泊在一艘大船旁边。一个不戴冠帽、裸露头髻的少年，傲然坐在船头，身边排列着十几个武士侍奉，贺生猜测这个少年必定是显贵的官员。贺生的妻子偶尔隔窗观望，被少年看见。过了一会儿，贺生的船解缆出发，刚行驶到江心，大船便扬帆追赶而来。大船上的武士径自登上贺生乘坐的船，把贺生推落到江中，并将贺生的妻子以及所有的财物和行李抢掠而去。贺生抓住一块木板得救，幸而不死。贺生打算报官，但此地距离县城遥远，自己已经没有路费可以前往，便要自寻短见。有一位白发老翁急忙阻止贺生，说：“你不要这样。在这吴楚一带长达千里的江面上，所有的强盗都归盐枭黄玉琳管辖。他定的规矩是只许贩卖私盐，不许劫财害命。因此江湖上往来的游客都感激称颂他的恩德。黄玉琳是镇江人，驻扎在老虎颈，你快去找他控诉此事，必能获得那些盗贼的消息。报官不是办法，轻生寻死更不是办法。”老翁送给贺生一些钱作为资助，贺生听从老翁的指示前往老虎颈，向黄玉琳哭诉此事。黄玉琳对贺生百般安慰，并以酒食款待，打扫床铺留他住下。当天晚上，黄玉琳召集手下说：“谁是行凶之人？把他给我绑来。”第二天，黄玉琳的亲侄子黄细狗自己捆绑着自己跪在黄玉琳面前谢罪。黄玉琳大怒，命人杀掉黄细狗。黄玉琳守寡的嫂嫂哭着来到黄玉琳面前，长跪不起，乞求饶命。黄玉琳对嫂嫂说：“我被众人推举为首领，是因为我能以公道服人。我所定下的规矩，如果从我这里破坏，今后我如何号令众人呢？看在嫂嫂的份上，可以留他一条全尸。”于是命人绑紧黄细狗，将其投入江中。黄玉琳领出贺生的妻子，并把黄细狗所抢的财物全部归还贺生，另外还拿出五百两银子作为谢罪之礼。唉！光天化日之下，竟然能发生这种事。黄玉琳虽然能以公道服人，可他终究不是善于保全自己的人啊！后来，在道光七年（1827），黄玉琳最终因贩卖私盐的罪名被绳之以法。

5.4.3 窃卖妻钱

有瞽者娶妻吴氏，有年，家赤贫，势难两存。乃鬻妻邻村士人，得卖身钱四十千。妻别时，置钱密室，殷勤嘱咐而后行，外无人知者。出门后频归视故夫，月必两至，为其栉沐。每入密室摩挲所置钱，尝以俭省为勖。其西邻书馆，有施名田者，行四，馆中称为四友。闻其钱藏密室，欺瞽不见，踰墙窃之，每日醉饱酒肉。一日，瞽市米，摸索青蚨，已尽飞去矣。疑妇携去，即至其家詈妇。妇泣且誓。天已晚，瞽者不能久留，妇送出门，婉慰之者再。瞽者至家，愤妻财两空，哽咽无诉，遂缢死。妇闻之，匍匐来省。未至，扼吭死道旁。或奔告士，士盼妇彷徨，比得耗，搥胸痛恨，曰："予孤寒舌耕，忧先人不祀，勉积修金而有室家。乃因此连丧二命，罪归予一人。"气塞而绝。馆中黄生振声，悯三人接踵而死，谓同学曰："钱只数十千耳，而死非命者三。天乎，天乎！盗钱者乃很戾若斯乎？"时四友有惭色，恐事泄露，计诘朝回家。是夕，大雷电，击死四友，其师伤雷火。黄无恙。方知盗钱者，即四友也。师不之察，故雷火惩之。瞽者家龙津，三邑接壤，或云临川人，又云崇仁与乐安，其师魏姓。时道光癸巳七月。

【译文】有一个盲人，娶妻吴氏，已经很多年了，家中一贫如洗，势必难以共同存活下去。盲人把妻子卖给了邻村的一个读书人，得到四十千的卖身钱。妻子临走时，把钱藏在密室，再三嘱咐丈夫后才出门，没有外人知道此事。妻子出门后，常常回来探视前夫，每月必定回去两次，服侍前夫梳洗。每次回来，她都要进入密室抚摸所藏的钱，并时常劝说丈夫要俭省着花。盲人的西邻是个书馆，书馆中有个叫施名田的学生，在家中排行第四，馆中之人都称呼他为"四友"。四友听说盲人的妻子把钱藏在密室中，欺负盲人看不见，翻墙窃取了密室中的钱，每天买酒肉大吃大喝。一天，盲人打算买米，去密室中摸索钱币，竟然发现所有的钱都不翼而飞了。盲人怀疑是被前妻拿走了，随即赶到妻子的新家，大骂妻子。妻子哭着发誓说不是自己拿的。当时天色已晚，盲人不能久留，妻子送他出门，再三婉言劝慰。盲人回到家，因妻财两空而十分恼恨，暗自抽泣，无处倾诉，于是自缢而死。妻子听闻此事，一路爬着前来探视前夫。还未到达，便因悲痛而气逆于喉，死在路旁。有人跑去告诉妇人的后夫，后夫正焦急地盼望妻子回来，听闻妻子死去的噩耗后，他捶胸顿足，痛苦悲愤地说："我贫寒孤苦，以教书谋生，担心祖先断绝了后嗣，这才省吃俭用，将教书的薪水积攒下来，总算娶了妻子，有了家室。谁料竟然因此连丧了两条人命，所有罪责都在我一人身上。"说完，气塞而亡。书馆里有个学生名叫黄振声，他怜惜三人相继而死，便对同学们说："不过是几十千钱而已，竟导致三人死于非命。天啊，天啊！偷钱的人难道竟是如此的狠毒乖戾吗？"当时四友听到这话，面带惭愧之色，他担心事情泄露，打算第二天一早就赶回家去。当天夜里，雷电大作，四友被雷击死，塾师被雷火烧伤。黄振声则安然无恙。这时，人们才知道偷钱的人就是四友。塾师对学生有失察之过，所以被雷火烧伤以示惩罚。盲人家住龙津镇（今属江西南昌市安义县），是三县交界的地方，有人说他是临川县（今抚州市临川区）人，也有人说他是崇仁县人或乐安县人。那个塾师姓魏。这件事发生在道光癸巳年（1833）七月。

5.4.4 阊门火灾

姑苏阊门，五方杂处，行路肩摩，作市大街，有巷口则别居冷静处，是谓浮店，亦曰寸金地焉。乾隆年回禄时，以人烟凑集，火一昼夜不息。有青莲室纸铺，五色名笺价颇贵。先一夕，主人已归，留人值宿，两僮住楼上，夜半未睡，闻屋瓦作声，疑为盗，从窗隙窥之，见朱衣人，导从甚严，手执丹笔，似巡察状，须臾冉冉往邻家屋上去。两僮骇甚，诘旦俟主人来，具以所见告。主人诃小子无妄言，心知有祝融灾。亟取铺中佳货，徙于家。至夜，火果发。青莲室燬焉。主人自以佳货具存，创不至巨。出金起造旧铺更新，取所徙纸綑启之，每綑中悉有烧痕如杯盏大，直透千层，一文不值矣。

又有潘凤梧者，盛泽镇人也。其父以贩绸为业，至苏郡投赵姓行。未几，得暴疾而殁。货千金，俱为行家中饱。凤梧年始弱冠，闻耗来迎父丧，棺在破寺中。访既实，乃索遗资于赵。赵不承，将告诸官，而苦无据，姑赁居破寺旁，更求良策焉。是夕火起，距破寺不远。急往探视，见势已燎原，扑救者人多于蚁，街坊水滑足不可停。忽见一女子，手捧木匣，仓皇而来，失足蹉跌。即有人欲攘夺其物，凤梧狂喊，其人遽奔。因扶女起，拥卫以走至所赁屋中，坐少许，喘息稍定。女子整衣言谢。谛视则芳容旖旎，艳可撩人。问其姓，答言姓许。凤梧乃烹茶煮粥，慰藉良殷。出户远眺，其焰益甚。幸所住荒僻，可免延烧。无可为计，仍阖户与女对坐细访家世，女又言幼失怙恃，依舅氏而居。诘其舅氏姓名，则赵某绸行，负生债者也。凤梧错愕良久，女子因转询其故，具以实告。女子曰：“舅氏性素贪，此事容或有之。今君拯妾于危，归家代诉舅氏，必当有以报命也。”生亦言谢。款语既深，两情弥洽。凤梧拂榻让女少眠，女不肯，曰：“妾惊魂未定，睡亦不稳。君切不可以妾故，致受宵寒。”推让久之，因复促膝共话。虽语无狎昵，而绸缪恳挚，尽露真心。天既明，引望则爇灼如故。凤梧炊黍作羹，与同饭讫。下午，火始灭。凤梧出外探听，知赵氏之居已烬，共传其亲属数口悉皆被焚，无一活者。盖人并不知女之尚存也。女闻之，不胜痛楚。凤梧曲慰之，女收泪而言曰："妾不逃必死，逃而不遇救亦死。今已茕茕（qióng qióng）无归，窃愿委身于君，婢媵无悔。"凤梧曰："吾固未聘妻，得娘子唱随，曷胜欣慰？家中惟有老仆妪，可免漏泄之虞。不如呼舟归去，再来迎父柩。"女诺之。更令问舅氏尸骸，则被焚之家，官已悉为殡殓矣。凤梧乃买棹，连夜返里。修饬房栊（lóng），安顿已毕，再至破寺扶柩回籍，窀穸事毕。然后诹吉成合卺礼焉。女出售匣中金珠，得财盈兆，家以丰裕。

再吴中旧例，凡失火后，每家以竹签表所居地址，五金之镕化者，各就其中披瓦砾求之，毋许越界争冒。有黄姓兄弟，共开糖行，分居虽久，而屋固毗连。兄为人极良善，诸事为弟所欺。客商投止者，弟悉邀去，以故弟日富，而兄日贫。是年火，两宅并焚。及插签搜括，兄于基址中掘得白金五千两，盖其弟积资小楼，楼塌适倒入其兄院内。弟以为己物，欲与争。众咸以为例不可破，卒归于兄。由是弟渐贫而兄渐富矣。

尝闻大街孙春阳店，其先世作室时，筑墙俱七八尺厚。或问之，对曰："吾家人手杂，虑有火灾，此间人居稠密，倘殃及邻家，吾不忍也。"嗣后每遇回禄，惟孙氏宅如鲁灵光殿，岿然独存。而生产亦隆隆日起。可知一念之善，堪保百年之家。而营营者剥人肥己，惟日不足，究之一炬之余，终归焦土，可哀也哉！

【译文】苏州城阊门一带，是各方人士杂居的地方，往来的行人摩肩接踵，在大街上形成集市，有家眷的店家则让家眷另外居住在清净的地方，人们把这样的店铺称作“浮店”，或叫作“寸金地”。乾隆年间发生火灾时，因为此地人烟聚集，大火烧了一昼夜还未熄灭。有一家名叫“青莲室”的纸铺，售卖的各色纸笺价格颇为昂贵。火灾发生的前一天晚上，店主已经回家，留人在店中值夜，两个小伙计住在楼上，半夜时还没睡着，听见屋瓦上有响声，怀疑是盗贼，便从窗缝间往外窥视，只见一位身穿红衣的人，仪仗侍从特别威严，手持红笔，像是在巡察的样子，不一会儿，那人又缓缓地往邻家屋顶上去了。两个伙计十分惊骇，等天亮主人回到店中时，他们便把见到的情形告诉了主人。主人表面上呵斥两个伙计，叫他们不要乱说，但心中知道将要发生火灾。于是急忙把店中的好货，搬移到家中。这天夜里，果然发生了火灾。青莲室被火焚毁。店主自以为店中的好货尚在，虽然有损失，但也应该不会太巨大。店主拿出资金重修店铺，使其焕然一新，然后将藏在家中的货物移回店中，打开成捆的纸张检查时，发现每捆纸张都有一个像杯盏大小的烧痕，烧痕直透千层，所有的货物都一钱不值了。

还有一个叫潘凤梧的人，是盛泽镇（今属苏州市吴江区）人。他的父亲以贩卖丝绸为业，来苏州时寄居在赵某的商行里。不久，潘凤梧的父亲突发疾病而去世。价值千金的货物，全被赵某私吞。当时潘凤梧才刚刚成年，听闻父亲去世的噩耗，前来迎接父亲的灵柩，他父亲的灵柩停放在一座破旧的寺庙之中。他探知实情后，向赵某索要父亲遗留的财物。赵某不承认，潘凤梧打算告官，但苦于没有证据，只得暂且租住在破庙旁，再另想办法。这晚火灾发生，发生火灾的地方距离破寺不远。他急忙前往探视，见火势已经蔓延开来，扑救的人多如蚂蚁，街道上都是水，地面湿滑站不住人。这时，他忽然看见一名女子，手捧木匣，匆忙跑来，不小心失足跌倒。立刻就有人上前想要抢夺她的财物，潘凤梧大喊，那人急忙逃走。潘凤梧将女子扶起，保护着她走到自己所租住的屋中，坐了片刻，急促的呼吸才稍稍平定下来。女子整理衣服起身道谢。潘凤梧仔细观察女子，只见女子容貌美丽，光艳动人。问她的姓氏，女子回答说姓许。于是，潘凤梧烹茶煮粥，殷勤地安慰女子。他出门远眺，见火焰更大。幸亏他所居住的地方荒凉偏僻，可以避免被火烧及。无计可施之下，便仍回到屋中，关上门与女子对坐，细细访问女子的家世，女子又说她自幼失去父母，依靠舅舅生活。潘凤梧询问她舅舅的姓名，原来正是开绸缎庄的赵某，欠潘凤梧财物而不还的人。潘凤梧惊愕了许久，女子见状，转而询问他为何惊愕，潘凤梧把实情全部告诉了女子。女子说："我舅舅素来贪婪，此事或许有之。今天您拯救我于危难之中，我回家后代您向舅舅说明情况，一定给您答复。"潘凤梧也向女子道谢。二人经过一番深入而亲切的交谈，更加情投意合。潘凤梧整理床榻让女子休息一会儿，女子不肯，说："我惊魂未定，即使睡也睡不踏实。您千万不可因为我的缘故，致使受到风寒。"二人相互推让了许久，便重新对坐共谈。二人的言语中虽然没有亲昵轻浮之辞，但情意殷切诚恳真挚，都相互袒露了真心。天亮后，二人远望火势，依然炙热逼人。潘凤梧炊米做粥，与女子一同吃了饭。下午，大火才熄灭。潘凤梧出外探听，知道赵某的房屋已经被烧成灰烬，众人都说赵某的几口亲属也都被烧死了，无一存活。大概人们并不知道赵某的这个外甥女还活着。女子听说了情况，悲痛不已。潘凤梧婉言安慰，女子停止了哭泣说："我不逃出来必死无疑，逃出来了而不遇救也会死。如今我已经孤身一人、无家可归，愿意将此身托付于您，即使做婢妾也无怨无悔。"潘凤梧说："我原本就没有聘娶妻子，能得娘子陪伴，不胜欣慰。我家中只有一个老仆妇，此事不必担心泄露。我们不如乘船回家，过一段时间再来迎接我父亲的灵柩。”女子答应，并再让潘凤梧打听舅舅的尸骨情况，经打听得知凡是被焚烧的人家，遇难的人已经全部由官府收殓殡葬了。于是潘凤梧雇船，连夜返回家乡。修整房屋，将女子安顿好后，潘凤梧再次前往破寺，把父亲的灵柩运回家，安葬完毕。然后选择吉日与女子成婚。女子拿出匣中的金银珠宝出售，得到大笔钱财，家境因此得以富裕。

另外，按照苏州当地的惯例，凡是失火后，每家用竹签标明所居地址，如有被熔化的金银，各在自家的范围内揿开瓦砾寻找，不许越界争抢冒认。有黄姓兄弟二人，合伙开了一家卖糖的商行，二人分家虽然已久，但居住的房屋本就相邻。哥哥为人极其善良，很多事情都被弟弟蒙骗。有客商来投宿的，都被弟弟邀请而去，因此弟弟家越来越富，而哥哥家越来越穷。这年发生火灾时，兄弟二人的房屋都被焚毁。等到插签搜寻财物时，哥哥在自家的宅基地中挖出五千两白银，原来是弟弟把钱存放在小楼上，楼房倒塌正好倒入哥哥家的院内。弟弟认为是自己的财物，想要与哥哥争夺。众人都认为惯例不可打破，因此财物最终归哥哥所有。由此以后，弟弟日渐贫穷而哥哥日渐富裕。

还曾听说大街上孙春阳的店铺，他家的祖先在建造房屋时，所筑的墙壁都有七八尺厚。有人问为什么建这么厚，孙春阳的祖先回答说：“我家人口杂多，担心发生火灾，这里房屋稠密，倘若殃及邻家，我不忍心。”以后每次遇到火灾，只有孙家的房屋像鲁国的灵光殿一样，岿然独存。而他家的生意也是蒸蒸日上。由此可知，一念善心，可以保全百年的家业。而那些钻营逐利的人损人肥己，每天不知道满足，最终一场大火过后，全部化为焦土，真是太可悲了!

5.4.5 同知显魂

浙江罗某,少时轻身走京师,依其戚某,帮办店务。引羊登陇,心计绝工,获利无算。遂设银肆崇文门外之肉市。一时,王公巨卿,多寄顿焉。某性喜挥霍,善结纳,高车驷马,仆从如云,往来大河南北,沿途设厨传奔走恐后。为其子纳资,以同知分发东河。历据要津,无敢出气者。无何,纵欲败度,挹注渐穷,遂诈为疯癫。初长白某公,以巨资托交营运,尽数干没。如此者不胜枚举。后其子在河工暴疾死。凶耗未至,魂附其母大哭曰:"儿死良苦,儿不过小有感冒,奴辈误投人参,以至胀满而死。今魂无所归,暂寄土地祠。"问何不回家,曰:"阿爷生平多作负心事,暴殄过甚,阴司震怒。此屋已付火部,有神守之,儿何敢居?指日勾票下,阿爷即同儿往地狱受苦矣。"不数日,罗无故以刀剖腹死。屋旋被焚,妻子至今流落。

【译文】浙江的罗某,年少时只身前往京城,投奔他的某个亲戚,帮助亲戚处理店中的事务。他惯于偷工减料、欺诈顾客,极其工于心计,以此获利无数。于是,他在崇文门外的肉市开了一家银店。一时之间,王公大臣,多将银子存放在他的店中。罗某喜好挥霍,善于结交,时常乘坐高大豪华的马车,带着众多的仆人侍从,往来于黄河南北,沿途供应过客食住和车马的馆舍都争先恐后地迎接招待他。罗某为他的儿子纳资捐官,他的儿子得到一个同知的官职,被分派到东河河道任职。后来,他的儿子多次官居要职,无人敢在背后有所议论。不久，罗某因放纵欲望而败坏了银店的规矩，挪用他人存款，周转资金渐渐耗尽，于是他假装疯癫以逃避债务。当初，满洲某公，将巨额资金托付给罗某代为经营生息，这些钱全都被罗某侵吞了。像这样的事情不胜枚举。后来，罗某的儿子在治河工地上突发疾病而死。死讯还未传到家里，罗某儿子的魂魄就附在母亲的身体上大哭着说："儿子我死得好苦，我不过稍微有点儿感冒，仆人在煎药时错放了人参，以致我胀满（中医病名）而死。现在我的魂魄无所归依，只得暂时借住在土地庙里。"母亲问他为什么不回家，罗某的儿子说："爹爹生平做了太多亏心事，挥霍过度，冥府震怒。这座房屋已经交付火神处理，有神把守，我怎敢回来居住？过不了几天，冥府就会发出勾摄魂魄的传票，随即我爹和我就要一同前往地狱受苦了。"没过几天，罗某就无缘无故地用刀剖腹自杀了。不久，罗某居住的房屋也被火烧毁，他的妻子至今流落在外。

5.4.6 万翁

万翁，忘其名，居吴郡之甪（lù）直镇，以营贩谋生，因运蹇多失利，家以渐贫。有子名福来者，年甫弱冠，已授室矣。万翁性最暴，常与妻反目，儿媳有过，詈与挞俱曾不少贷。既而衣食益窘，乃悉鬻家产，又从亲友告借，共得百五十金，令子出门作贾，临行嘱之曰："利不倍，无还家。"一去逾年，杳无音耗。翁诣卜者卜之，卜者曰："行人在外保无恙。惟翁数中不吉，家中恐有事，宜从慎。"翁闻言愕然。

时当岁事将阑，郁郁过除夕。元旦，各寺拈香，顺与亲友道贺。姻家留饮，薄暮始归。所居固在陋巷中，入里门，忽睹一红裳女子冉冉前行，翁方疑比邻无此人，急尾之。即已推扉入己室，促步相随，见妻与媳同在厨下作羹汤，遍觅红裳，了无踪兆。翁心愈疑，既乃翦烛进餐，翁妪共坐。忽阶下划然作声，则其媳所捧盘匜（yí），失足尽碎。媳素惧翁严，面色如土，翁绝不介意，命妪助之扫除，且令媳共席而食，故为欢笑，以安其心。媳觳觫（hú sù）不安，意仍惴惴。饭既毕，媳敛具入厨，又命妪携灯以送之。妪才返室，复闻厨下，划然有声。媳呜呜泣，趋视知涤器于釜，釜与器触手皆破。翁笑曰："此锅用已久，固当易新者。"极意慰媳，词色愈和。媳初不料得此于翁也，感泣涕零，奉侍倍谨。

越三日，翁又瞥见红裳人飘然启户去。追视之，则已入东邻薛氏家。翁惊诧不已。明旦遥闻哭声，则薛氏妇与夫口角，于五更自缢死矣。翁自是痛惩前性，面无遽色，口无疾言。未几，福来亦回。因所置货适逢价昂，获利无算。由是父子互为经营，家庭雍睦。不数载，富甲一乡。

【译文】有一位万老先生，我忘记了他的名字，万翁居住在苏州的角直镇，以做小生意为生，因命运不顺而赔了不少钱，家境渐渐贫穷。万翁有个儿子，名叫福来，刚刚成年，已经娶妻成家了。万翁性情十分暴躁，常常对妻子翻脸，儿媳有了过错，他不是责骂就是殴打，毫不宽恕。后来，万翁家中的衣食更加窘迫，于是他卖掉全部家产，又从亲友那里借了一些钱，凑了一百五十两银子，让儿子带着这些钱出门做生意，儿子临行时，万翁叮嘱他说："赚不到一倍的利润，不要回家。"万翁的儿子一去就是一年多，杳无音信。万翁找算命先生占卜，算命先生说："行人在外平安无恙。只是老先生你近来命数不吉，家中恐有事情发生，一定要言行谨慎。"万翁闻言感到惊愕。

当时一年将尽，万翁郁郁寡欢地度过了除夕。元旦，万翁去各个寺庙烧香，顺便向亲友拜年。万翁的亲家留他饮酒，傍晚时分才回家。万翁住的地方本来就是在一条简陋的小巷中，他走入里门时，忽然看见一个穿着红色衣服的女子缓缓前行，万翁正疑惑街坊四邻中并没有此人，于是急忙跟在女子身后。片刻后，万翁看到女子推门进入自己家中，快步跟随，看见妻子与儿媳一同在厨房里做羹汤，到处寻找红衣女子，可是了无踪迹。万翁心中更加疑惑，不久万翁与家人点烛进餐，老夫妻二人并坐。忽然阶下传来一阵清脆的响声，原来是儿媳不小心把手中所捧的盘子掉在地上摔碎了。儿媳素来惧怕万翁的严厉，吓得面如土色，而万翁这次竟然毫不在意，只是让妻子帮着儿媳扫除碎瓷片，并让儿媳坐下来一同吃饭，而且故作欢笑，使儿媳安心。儿媳吓得瑟瑟发抖，心中仍然惴惴不安。吃完饭，儿媳将餐具收进厨房，万翁又让妻子携着灯护送儿媳。万翁的妻子刚回到室内，就又听到厨房里传来了一阵清脆的响声。儿媳呜呜哭泣，万翁快步走到厨房察看，知道是儿媳在锅中洗餐具时，不小心失手把餐具和锅全都打破了。万翁笑着说："这口锅用了太久了，早就应该换新的了。"万翁极力安慰儿媳，语气和神色十分温和。儿媳从来没想到万翁会如此相待，感激落泪，侍奉公婆更加恭敬谨慎。

过了三天，万翁又看见那个红衣女子推门飘然而去。万翁追上观望，看到那个女子已经进入东邻薛家了。万翁惊诧不已。第二天一早，万翁就远远地听见哭声，原来是薛某的妻子因与丈夫发生口角，在五更天自缢而死了。自此以后，万翁彻底改掉从前的坏脾气，面无严厉之色，口无急躁之言。没过多久，儿子福来也回家了。因为他所置办的货物正赶上价格上涨，因此赚了一大笔钱。自此父子二人共同经营，家庭和睦。没过几年，万翁家便成了乡里首屈一指的富户。

5.4.7 推膳

咸丰元年七月望日，四明地方某姓，妯娌二人，议姑之膳，上下半月轮供。其日，小房当中元祭祀，其姑过去帮忙，至午，推姑往长房去膳。长媳以今日小房有事，便不留饭。姑饥极，复到小房，见孙儿辈食饭，即将菜蔬撮吃。孙大呼姑夺吾食，小媳往视之，果然，遂于大众之前，冲撞其姑。姑不胜愤懑，遂至后堂僻处，缢死。后至二十一日，堂中作篾场，篁匠闻臭，方寻见其姑，尸已将腐，当日成殓。至下午，天雷击死两媳妇暨次子于庭前。

【译文】咸丰元年（1851）七月十五日，浙江宁波某地的某姓，妯娌二人，商议赡养婆婆的办法，约定上下半月由两家轮流照顾。这天，老二家正值中元节祭祀，婆婆过去帮忙，到中午时，小儿媳妇让婆婆去老大家吃饭。而大儿媳妇因为婆婆今天在老二家帮忙做事，也就没有给婆婆留饭。婆婆非常饥饿，又回到老二家，看见孙子们正在吃饭，便将桌上的菜蔬抓起来吃。孙子大声叫喊，说奶奶抢夺他的食物，小儿媳妇过来一看，果然如此，于是当着众人的面，顶撞婆婆。婆婆气愤难忍，于是走到后堂的僻静之处，自缢而死了。过了几天，到了七月二十一日，老二家召集工匠在自家的堂中编制竹席，工匠闻到臭味，这才去寻找婆婆，发现了婆婆的尸体，尸体已将要腐烂了，当天被装棺入殓。到了下午，两个儿媳妇和小儿子被雷电击死在庭前。

5.4.8 二目珠

孙渊如观察（星衍）、洪稚存太史（亮吉），未遇时，同客陕抚毕秋帆先生幕中。适有长安县生员某，揭咸阳县生员某，伪造妖书，阴结徒党。捕至狱中，搜得妖书、名册。幕中刑友，怂恿奏办穷治之。二公闻有妖书，就请借观，则皆勦袭佛氏福利之说，以为诱胁敛钱计，并无悖逆字样。名册乃编造门牌底稿也。时方拥炉对饮，悉投诸火。次日白之中丞，中丞坦然。二公旋梦一神，赠以目珠二颗，醒而不解。后皆以第二人及第，始知为两榜眼之兆云。

【译文】孙渊如道台（孙星衍，乾隆五十二年榜眼）、洪稚存翰林（洪亮吉，乾隆五十五年榜眼），二人未发达时，一同在陕西巡抚毕秋帆先生（毕沅）的府中做幕僚。当时有个长安县的某生员，揭发咸阳县的某生员，伪造妖书，暗中聚集党徒。毕巡抚命人将咸阳县某生员逮捕到狱中，并搜出妖书、名册。巡抚衙门中的刑名师爷，怂恿毕巡抚上奏朝廷、彻底追究此事。孙先生和洪先生二人听说搜出了妖书，便请求借来观看，原来所谓的妖书上都是抄袭的佛家祸福报应之说，以此作为诱骗胁迫聚敛钱财的手段，并没有犯上作乱的字眼。至于名册则是编造门牌的底稿。当时二人正围坐在火炉边饮酒，随即把妖书和名册全都投入火中烧掉了。第二天，二人把事情告诉了毕巡抚，毕巡抚坦然自若，没有顾虑。二人很快就梦到一位神灵，神灵赠给他们每人一颗眼珠，二人醒后大惑不解。后来，二人都以一甲第二名的成绩高中进士，到此他们才恍然大悟，原来两颗眼珠预示着二人都将考中榜眼。

5.4.9 方元鹍述

嘉庆初，某制军督两广。民有结社滋事者，制军欲以逆案定罪，与刑名某商之，某以多杀无辜，力陈不可。制军意不怿。旁有主奏折者迎其意，曰："欲办此，亦无难。"即为草折呈进，制军称善，拟于明晨拜发矣。其人归家，方入卧室，忽仆地，口中吐血。家人往救始醒，曰："适见金甲神以鞭击吾背，不得活矣。速达主人，令毋进摺矣。"及至衙署，已二更，时内宅钥已下。候明往告，摺已行矣。其人越宿死。

【译文】嘉庆初年，某总督出任两广总督。民间有人结社滋事，总督打算以谋逆的罪名定罪，与某刑名师爷商议，刑名师爷认为这样会杀死许多无辜之人，极力劝阻总督不要这样做。总督意有不悦。旁边有个专门为总督写奏折的人，迎合总督的心意，说："想办此事，也不难。"说完，立即为总督草拟了一份奏折，总督看完奏折大加称赞，打算在第二天早晨向朝廷递送。那个草拟奏折的人回到家中，刚进入卧室，便忽然扑倒在地，口中吐血。家人前往救治后，他才醒过来，说："我刚才看见有个穿着黄金铠甲的神人用鞭子抽打我的后背，我活不成了。你们快快禀告总督大人，让他千万不要呈交奏折了。"等他的家人来到总督衙门时，已经是二更天了，当时总督府的内宅已经上了锁。他的家人一直等到天亮才得以进去禀告，然而那时奏折已经发出了。隔了一夜，那人就死去了。

5.4.10 水厄定数

乾隆五十九年，霸州苏家桥渡口，有小梨园一班，舣舟待渡。末一人携幼子附舟，忽惊哭不肯上。问故，云："船上坐一判官，赤须蓝面，见人登舟，即叱鬼卒系其颈。"舟人以为儿语，不之信也。未几，船至中流沉没。二十余人，无一脱者。

【译文】乾隆五十九年（1794），霸州苏家桥渡口，有一个小戏班，将要登上停泊在渡口的船只渡河而去。最后一个人携带着幼子即将登船，这孩子忽然惊哭不肯上船。父亲问他缘故，他说："船上坐着一位判官，红色胡须，蓝色皮肤，见到有人上船，就命令鬼差用绳子系在其脖子上。"船夫认为小孩胡说，不相信。很快，船行到河面的中心时沉没。船上二十多人，无一幸免。

5.4.11 贺氏子

保定贺氏子应童子试，场中以代倩事发被系。其父祷于乩神，乩言："尔子今岁合得一衿。因去年偕其母章家索债，咆哮助虐，口肆恶言，至章家妇几欲自尽。以此折除，并当受官刑也。"父问之，信然。夫一衿甚微，而阴曹且以此为黜陟，谁谓功名不从阴骘（zhì）中来哉？

【译文】保定府贺姓人家的儿子去参加童子试，因考场中替考的事情被揭发而受到牵连，被捕入狱。其父扶乩祈祷，乩仙批示说："你儿子今年本来应该考中秀才。因为去年他随母亲到章家要债，大声咆哮，帮助母亲蛮横无理，说了许多难听的话，导致章家的媳妇几乎想要自尽。因此除去他的功名，并让他承受官刑。"父亲询问儿子，果然如此。区区一个秀才的功名，但阴间以此作为奖惩，谁说功名不是从阴德中得到的呢？

5.4.12 曾三阳遇盗

潾水曾三阳少任侠，喜为人排难解纷。一日，赴成都乡试，道逢五六壮汉，围一少年，詈曰："此项银不偿，肯轻易听汝去耶？"咸拔刀欲斗，少年但笑而已。曾问所逋几何，曰："五十两。"曾曰："此易事，吾为代偿可也。"即解囊与五十金，少年喜曰："君邂逅能为我偿金，信侠士也。他日相会，当报君耳。"拱手遽去。曾亦置之。逾年复往成都，经故道，有盗六七人掠其行囊而去。舆夫走散，彷徨道左。适前少年策骑而来，问所以，曾具告之。少年曰："去未远乎？"曰："未远。"曰："吾为若取之。"即拔剑纵骑，曾亦徒步相从。前进里许，入一山僻，见行李具在，而六七人已相枕藉死岩下。少年从林中出曰："幸不辱命，速将行李去。吾当护汝行百里也。"晚投逆旅，曾问姓名，且曰："君何前怯而后勇耶？"少年笑而不答。翼日将别去，谓曾曰："实告君，吾亦盗也。少本良家子，以爱习拳击，逃塾而去，没入盗中十余年，向索逋者即盗伙也。以吾弃之去，故途次相仇耳。非不能杀彼，顾自伤其类，义不为也。前荷偿金，今亦足相报矣。”拱手策骑而去。

【译文】四川潾水县（今邻水县）的曾三阳年少时以侠义自任，乐于为人解除危难、调解纠纷。一天，他去成都参加乡试，路上遇到五六个壮汉，围住一个少年，骂道：“不偿还银子，岂肯轻易地放你走？”众壮汉拔刀欲斗，那个少年却只是微笑而已。曾三阳问少年欠多少银两，少年说：“五十两。”曾三阳说：“这事容易，我替你偿还就行。”随即解开行囊，递给少年五十两银子，少年高兴地说：“我们萍水相逢，您能为我偿还银子，真正是侠义之人。他日相遇，我定当报答您。”说罢拱手急去。曾三阳并没有把这事放在心上。一年后，曾三阳又前往成都，走的还是从前那条路，有六七个强盗抢夺了他的行囊而去。车夫走散，他独自在路边徘徊，不知所措。正巧他从前遇到的那名少年骑马而来，问他什么原因，他把事情详细告诉了少年。少年说：“强盗应该还没走远吧？”曾三阳说：“不远。”少年说：“我给你拿回财物。”随即，拔出宝剑，纵马而去，曾三阳也步行跟随。往前走了一里左右，进入一处荒僻的山坳，看见行李都在，而那六七个强盗则纵横交叠地死在岩石之下了。少年从树林中出来说：“幸好没有让你失望，您快把行李拿去吧。我会保护着你往前走一百里。”晚上，二人在客店投宿，曾三阳询问少年的姓名，并问：“您为什么上次怯懦而这次勇敢呢？”少年笑而不答。第二天，少年即将告别离去，对曾三阳说：“实话告诉您，我也是强盗。我年少时本是出身良家的子弟，因为喜爱学习拳击之术，逃学而去，混迹于强盗团伙中十多年，上次向我讨债的就是我的强盗同伙。他们因为我背弃他们而去，因此才在半路上向我寻仇。不是我不能杀掉他们，只是我怜惜他们是我的同伙，从道义上来说我不忍伤害他们。上次承蒙您为我偿还了欠银，如今我也算报答您了。”说完，拱手行礼，策马扬鞭而去。

5.4.13 曹孝子

曹孝子，名美谨。母孕时，父出游，十余年无音耗，母食贫抚养。年十四，见邻儿扫父墓，问母曰：“父安在？”母泣语以故，即流涕欲寻父。母怜其幼，阻之。孝子中夜呜咽而起，祝灶告祖，慰其母，拜而别。母持之哭，孝子跪曰：“儿或弗见父，岁必一归，慰母心。虽稚齿，独不苦步，年日长，力且日增，东西南北，皆天地也。母素食贫，儿无虑，儿之归必与父俱矣。”于是短褐芒履，肩薄装，徒步金陵，历吴越淮扬，夜则和衣涕泣。遇老叟，告以宜北行。乃渡黄河，过济南。资用久绝，日或得一餐，枵（xiāo）腹投逆旅，无容之者。暮行旷野，卧霜露中，夜则往北而拜焉，泪枯津涸，跣足无履。至河间府遇雨，叩土屋，有颁白叟聚徒教授，见孝子操土音，惊问。为言寻父至此，相问里居姓氏，则父也，相抱哭。见者感其孝，争助之赆。父年已五十余矣，将至家，孝子先报其母曰：“父归矣！”呜咽悲喜。后二十余年，父殁，孝子隐居不仕，年九十余无疾而终。

【译文】曹孝子，名美谨。母亲怀孕时，父亲在外游历，十多年音信全无，母亲过着贫苦的生活将其抚养成人。十四岁时，曹孝子看见邻居家的儿子去为父亲扫墓，问母亲说：“我的父亲在哪里？”母亲哭泣着告诉了他其中的缘故，随即他流下眼泪，打算出门寻找父亲。母亲怜惜他幼小，予以阻拦。曹孝子半夜悲泣而起，祭告灶神、祖先，又安慰了母亲一番，然后跪拜而别。母亲拉住他痛哭，曹孝子跪下说："儿即使寻不到父亲，每年也一定会回来一次，以慰藉母亲的思念。我虽然年幼，唯独不怕行路的苦楚，随着年龄增长，我的力气也与日俱增，东西南北，都是生活的一片天地。母亲平日里已习惯生活贫苦，儿不担心，（总有一天）儿会与父亲一同回来。"于是穿着短衣草鞋，肩负一点行李，徒步前往金陵，又经历吴越淮扬，晚上则和衣而睡，不断哭泣流泪。有一天，他遇到一个老人，告诉他应该向北行走。于是他渡过黄河，经过济南。当时他身上的盘缠早就用完了，每天有时只吃一顿饭，有时则饿着肚子去旅店投宿，没有一家旅店收容他。傍晚他行走在旷野上，夜里睡卧在霜露中，深夜则向北叩拜，泪尽眼枯，光脚无鞋。他走到河间府时，遇到下雨，他敲开一间土屋的门，里面有个头发斑白的老人正在给学生们授课，老人听曹孝子说话是自己家乡的口音，便惊奇地询问。曹孝子告诉老人，他是为了寻找父亲才来到此地的，曹孝子又询问老人的籍贯姓氏，这才知道原来老人就是他的父亲，父子二人相抱痛哭。见到这事的人都被曹孝子的孝行所感动，争相拿出钱财帮助二人回家。那时曹孝子的父亲已经五十多岁了，快到家的时候，曹孝子先行回到家中，报告母亲说："我父亲回来了！"母子二人悲喜交集地低声哭泣起来。二十多年后，曹孝子的父亲去世，曹孝子隐居未出仕做官，九十多岁时无疾而终。

5.4.14 程郎

乾隆末，有程郎者，少时负笼为业，往来布坊。人以其诚也，入柜无猜。柜有银三封，每封十金，忽失其一。司柜九人疑程，追之至，指柜曰："尔坐此，十金安在？"程默良久，愧谢曰："吾智短起意，借为母耳，顷已尽，请三日偿之。"市人皆讪。及三日，筹措偿如数。

一日整柜，有物落地，即前所失旧封识也。一市大惊，曰："陷程郎矣，陷程郎矣。"延程叩头谢，且咎曰："何不自明？"程曰："吾思之，尔辈皆重客，我白必有不白者，宁我不白，白诸公耳。"九人皆泣。程后大富，九十岁终，子成进士云。

【译文】乾隆末年，有个姓程的青年，年少时以给人背货为业，往来于布行。布行的人都觉得他诚实，（凡是他背来的货）都直接放入柜台，毫不猜疑。有一次，布行的柜台中本来有三封银子，每封十两，忽然丢失了一封。九个掌柜的都疑心是程某偷了去，将他追回来，指着柜台说："那天是你坐在这里，那十两银子哪里去了？"程某沉默了许久，羞愧地道歉说："我智虑短浅，见钱起意，借去给我的母亲买东西了，现在钱已花尽，请允许我三天后偿还。"（听完这话）布行的人都讥笑他。三天后，他筹措了十两银子，如数偿还。

一天，布行的人整理柜台，有个东西掉在地上，原来就是前几天所丢失的那封银子。这个人大惊着说："我们错怪程郎了，我们错怪程郎了。"立即把程郎请至店中，叩头道歉，并且略带责备地说："你为何不辩解说明呢？"程郎说："我想着，你们都是贵客，我即使辩白也必定辩白不清，我宁可不辩白，而是等着诸公为我辩白。"九个掌柜的都为之感泣。程郎后来大富，九十岁去世，儿子考中进士。

5.4.15 因雷改行

毛萭堂曰：浙东新渡北滕华村赵二，自幼顽劣，长更骄横，素不孝母，酒后更甚。一日，雷电大作，摄赵二至庭前，急求痛改前非，并乞其母代吁。母以后嗣惟此一子，对天哀告求免。雷轰一声，复将赵二掷入室中。从此坚信母之当孝，痛改前非矣。至今近乡之人，尚呼为“天打阿二”云。此道光五年六月十八日事。

【译文】毛葩堂说：温州新渡北滕华村的赵二，从小顽劣，长大后更是骄横，平日里对母亲不孝，酒醉后更是如此。一天，雷电大作，雷神将赵二摄提到庭前，赵二急忙请求宽恕，说自己会痛改前非，并乞求自己的母亲代自己向天求情。赵二的母亲因为自己只有这一个儿子作为后嗣，便对天哀告，祈求上天免除对儿子的惩罚。这时，轰然一声雷鸣，雷神又把赵二掷入室中。自此以后，赵二坚定信念，懂得了应当孝顺母亲，痛改前非了。至今，邻近乡里的人仍把这事叫作“天打阿二”。这是发生在道光五年（1825）六月十八日的事情。

5.4.16 不顾病母

回道人曰：吁，天下不孝何纷纷也！求其略，知顺亲者亦复寥寥。汝亦知今日扬州城，雷诛朱氏子乎？子三龄丧父，母寡抚孤，茹苦穷年。及长，业成衣，常忤母。母病笃，不惟不延医调治，反骂母曰：“尔只推病懒炊灶下耳。”詈不绝声而出。母伏枕望子，可怜举目无亲，思一勺汤水不可得，气愤而绝。子归，见母死，了无半点悲惨状。异哉，光天化日之下，竟有此子哉！时雷府天君，陡起霹雳，击逆子于门。世间不孝子见之，亦心悖否乎?吁!孰无父母,试问身从何来,竟不回头各想耶?人心愈迷,天心愈怒,吾不禁泪下千行矣。时道光己酉六月初五日。

【译文】回道人说:唉,天下不孝之人是多么的多啊!退一步说,知道顺从父母的也没有几个人。你也应该知道今天扬州城,雷神诛杀朱氏儿子的事情吧?朱氏子三岁丧父,母亲守寡抚养孤儿,终年含辛茹苦。朱氏子长大后,以裁缝为业,经常忤逆自己的母亲。母亲病重,他不但不请医生调治,反而责骂他的母亲说:"你只是装病不想去厨房做饭罢了。"说完骂不绝口地走出门去了。他的母亲趴在枕头上望着儿子不管不顾地走出门去,可怜自己举目无亲,想喝一勺热水都办不到,于是气愤而亡。儿子回到家,看见母亲死了,全无半点伤心悲痛的样子。奇怪啊,光天化日之下,竟然有这样的儿子啊!正当这时,雷府的天神忽然降下一道雷电,把这个逆子击死在门旁。世间的不孝子看见这件事,是否会心中惊恐呢?唉!谁没有父母,试问你的身体从何处而来,竟不回头各自想一想吗?人心越是执迷不悟,上天就越是愤怒,我不禁流出无数的眼泪。这件事情发生在道光己酉年(1849)六月初五日。

5.4.17 镇江城隍

乾隆丁亥,镇江修城隍庙,董其事者,有严、高、吕三生员,设簿劝化。一日早雨,有妇人肩舆来,袖中出银一封,交严曰:"此修庙银五十两,拜烦登簿。"严请姓氏府居,以便登记。妇曰:"些微小善,何必留名?烦记明银数便了。"语毕去。高、吕二人至,严商如何登写。吕笑曰:"登簿何为?无人知者,瓜分何害焉？”高曰：“善。”严以为非理止之。高、吕不听，瓜分之。

越八年乙未，高死；丙申，吕继亡。严未尝与人谈，戊戌春患疾，见二差持票谓严曰：“有一妇在城隍案下告君，我等奉差拘质。”问告何事，答曰：“不知。”遂同行，到庙，至二门，见一带枷囚叫曰：“严兄来耶！”视之，高生也，向严泣曰：“弟自辞世，迄今四载受苦，总皆阳世罪谴。眼前正在枷满，可以托生，不料又因侵蚀修庙银两一案拘此。”严曰：“此事已隔十数年，一旦发觉，想是彼妇告发耶？”高曰：“非也。彼妇今年二月寿终，凡鬼无论善恶，俱解城隍府过堂。彼时城隍谓之曰：‘尔一生好行善事，上年本府修署，尔独惜费，何耶？’妇曰：‘记得当年六月二十日，曾捐银五十两，系一严姓生员接去。自觉些微小善，册上不敢留名，故尊神有所未知。’神随命殚恶司细查原委，不觉和盘托出。因兄有劝阻之言，故拘兄对质耳。”严问吕兄安在，高叹曰：“渠生前罪重，在无间狱中，不止为分银一事也。”

语未必，忽二差至曰：“老爷升座矣。”严与高，随差立阶下。有二童持红彩旗引一妇上殿，又牵一枷犯，即吕也。城隍谓严曰：“善妇之银可交汝乎？”严一一从实诉明。城隍谓判官曰：“事关修理衙署，宜申详东岳大帝定案，可速备文书申送。”仍令二童送妇归。

二差押三人出庙过西去，一路见有男着女衣者，女着男服者，有头罩盐蒲包者，有披羊狗皮者，纷纷载道。耳闻人语曰：“乾隆三十六年，仪征火烧盐船一案，凡烧死溺死者，今日业满，可以转生。”二差谓严曰：“难得大帝坐殿，我们可速投文。”已而疾走呼曰：“文书已投，可各上前听点。”严等急趋，立未定，闻殿上判曰：“所解高某窃分善妇之银，其罪尚小，应照该城隍所拟枷责发落。吕某生前包揽词讼，坑害良民，照拟枷责外，应命火神焚毁其尸。严某，善士也，阳禄未终，宜速送还阳。”严听毕惊醒，则身卧在床，家人皆已挂孝，曰：“相公死已三日矣。因心头未冷，故而相守。”严将梦中事一一述之，家人不之信。后一年八月夜，吕家失火，柩果遭焚。

【译文】乾隆丁亥年（1767），镇江府整修城隍庙，总理其事的是严某、高某、吕某三名生员，设立名册，募集资金。某个下雨的早晨，有个妇人乘着一顶小轿而来，从袖中拿出一封银子，交给严某说：“这是我捐的五十两修庙的钱，烦请登记在名册上。”严某请问妇人的姓氏、居所，以便登记。妇人说：“区区小善，何必留名？烦请您只要记明捐银的数量就行了。”说罢而去。高某、吕某来到，严某与他们商议如何登记。吕某笑着说：“登记在名册上干什么？没有人知道这件事，我们瓜分了又有什么关系呢？”高某说：“好。”严某觉得这样做违背道理，劝阻二人。高某、吕某不听，二人于是瓜分了银两。

八年后的乾隆乙未年（1775），高某死亡；丙申年（1776），吕某相继死亡。严某从未与人谈起此事，戊戌年（1778）春天严某患病，看见两名差役拿着传票对他说：“有一个妇人在城隍神案前状告您，我们奉命拘提您前去对质。”严某问差役那妇人所告何事，差役回答说：“不知道。”于是严某跟随两个差役前行，来到城隍庙，走进第二道门，看见一个带枷的囚犯叫道：“严兄来了！”一看，囚犯原来是高某，高某对严某哭诉说："小弟我自从辞世以来，至今已经受了四年的苦了，这全是我在阳间的罪孽招致的。眼前我带枷的刑期将满，可以托生，不料又因为侵吞修庙银两一案被拘押在此地。"严某说："此事已经过去十多年，忽然被发觉，想必是那个妇人告发的吧？"高某说："不是。那个妇人今年二月寿终，凡是鬼不论善恶，都会被押解到城隍府过堂。当时城隍对妇人说：'你一生喜欢做善事，唯独前些年本府整修官署，你对此吝惜钱财，为什么呢？'妇人说：'记得当年六月二十日，我曾捐银五十两，是一个严姓生员接收的。我自觉得这是一点小善，不敢在名册上留名，因此尊神有所不知。'城隍神随即命令专管罚恶的部门细查原委，不觉将此事全盘托出。因为当时严兄曾说过劝阻的话，所以拘提您前来对质。"严某问吕某在哪里，高某叹息着说："他生前罪重，在无间地狱中，不只因为瓜分银两一事。"

话还未说完，忽然走出两名差役说："老爷升堂了。"严某和高某，跟随差役站在台阶下。有两个小童手持红色彩旗领着一个妇人走上殿堂，后面又有人牵拽着一个带枷的囚犯走来，就是吕某。城隍对严某说："这个妇人的善款是交给你的吗？"严某一一据实诉明。城隍对判官说："事情关系到修理衙署，应该将此案上报给东岳大帝定案，你可速速准备文书呈送。"

两个差役押着三人出了庙门向西走去，严某一路上看见有男人穿着女子衣服的，有女人穿着男子衣服的，有的头上罩着盐蒲包，有的披着羊狗皮，充满了道路。严某耳边听到有人说："乾隆三十六年（1771），仪征县火烧盐船一案，凡是烧死溺死的人，今天业报已经完结，可以转生。"两名差役对严某说："难得东岳大帝今天坐殿审案，我们可速速递交文书。"很快，严某就听见有人奔走着高呼说："文书已经递交，各人可以上前听候点名。"严某等人急忙上前听判，站立未定，就听到堂上宣判说：“你们所押送来的高某私下瓜分善妇的银两一案，其罪尚小，可以按照当地城隍所拟定的枷责之罪发落。吕某生前包揽词讼，坑害良民，除了按照城隍拟定的枷责之罪发落外，还应当命令火神焚毁他的尸体。严某是一位善人，阳寿未终，应当速速送他返回阳间。”听完此话，严某立即惊醒，发现自己躺在床上，家人都已经披麻戴孝，家人说：“相公已经死去三天了。因为心头未冷，所以在此守候。”严某将梦中之事一一向家人讲述，家人听后都不相信。第二年八月的某天夜里，吕家失火，吕某的灵柩果然被火烧毁。

5.4.18 睡和尚

嘉庆辛酉科，江南有李生者，应举不第。与其友王生叩于茅山睡和尚，和尚不知何方人，与之语辄睡，言人休咎皆中。而旬月闭目，问之不言。无人时，或自言曰：“可怜可怜，两生素负才，屡遭摈斥，将老矣。”登茅山大哭，跪和尚前，乞一言而后起，和尚开目徐顾李生曰：“子之妇三溺女而弗禁，寿且夭折，得男亦残疾不才，尚念富贵乎？”谓王生曰：“子刻于财、冒于色者也。”生自陈无之。和尚曰：“贷金于人，息乃加五。”生不承，和尚曰：“贫者特迟偿耳，併息于本，岁两易券，然乎？”王生自谓未尝犯淫。曰：“岂必身犯哉？窥之，目淫也；戏之，口淫也；咏之，笔淫也；思之，意淫也。特所犯小耳。”和尚遂闭目不复言。

【译文】嘉庆六年（1801）辛酉科，江南乡试考场有个姓李的考生，参加考试，但没有考中。李生与朋友王生前去拜访茅山的睡和尚，和尚不知是哪里人，有人和他谈话，他就睡觉，预言人的吉凶祸福每次都能说中。但是往往成年累月整日闭着眼睛，问他也不说话。没有人的时候，他有时自言自语地说："可怜可怜，两个书生都身负才华，但多次遭到除名，将要衰老了。"李生与王生登上茅山大哭，跪在和尚面前，乞求和尚指示他们一两句话才敢起身，和尚睁开眼，缓缓地注视着李生说："你的妻子三次溺死女儿，你不阻止，你的寿命将要减损，你所生的儿子也是残疾不成器，你还想得到富贵吗？"和尚又对王生说："你是个盘剥他人钱财、贪恋女色的人。"王生自称没有这回事。和尚说："你借给人钱，利息竟然加五成。"王生不承认，和尚说："穷人只是偿还得迟了一些，你就将利息并入本金中，一年之中改了两次借券，是这样吗？"王生说自己未曾触犯邪淫。和尚说："难道一定要以身触犯吗？偷窥女子，是以眼睛犯淫；调戏女子，是以语言犯淫；吟咏艳情，是以笔墨犯淫；思虑女子，是以思想犯淫。只是你所犯的邪淫程度比较小罢了。"和尚说完就闭上眼睛不再说话。

5.4.19 孝妇

乾隆丁酉七月十九日，大风雨，海沸，十余州皆没。海陵有跛媳卫氏，姑虐之，独负姑走避水，水及其胸，捧姑于背，倚槐饮泣而不仆。有榻浮至，乘之得不死。媳方受笞，血痕在背，未平也。姑有三媳，而宠其二，水至，号，二媳不顾而升于垣，垣崩，皆溺死。姑病将死，持跛媳之手，告诸妇人曰："为姑慎毋有偏也，救我者，乃在跛媳乎！"

【译文】乾隆丁酉年（1777）七月十九日，风雨大作，发生海啸，十多个州县都被淹没。江苏海陵县（今泰州市海陵区）有个跛脚的媳妇卫氏，婆婆虐待于她，她却独自背着婆婆奔跑避水，水到达她的胸口，她把婆婆举到背上，倚靠着一棵槐树悲伤痛哭，没有倒入水中。忽然有一个木床漂来，二人攀住木床，得以不死。当时卫氏刚受过婆婆的鞭笞，血痕在背，还未平复。她婆婆有三个儿媳，宠爱另外的两个，水来时，婆婆大呼，那两个儿媳都不顾婆婆的安危而爬上墙头，墙头崩塌，二人都被淹死在水中。婆婆生病将死时，握住跛脚儿媳的手，告诉前来看望她的妇女们说："做婆婆千万不要有所偏爱，从前救我性命的，就是我这个跛脚的儿媳啊！"

5.4.20 不认母

进贤东北乡某媪，有三子，俱纳妇，家渐饶。夫殁，再醮于邻村，子亦三。后夫复殁，生计萧索。婆媳常觅食近村，前子莫之顾问。一日，前长子他往，妇怜其生夫之母也，不忍以丐待，私与米一斗、钱百文。适子遇诸途，诘母钱何来，母佯曰："某叔贷我。"归问之叔，曰："无之。"问妻，曰："无之。"再三逼询，妻无以应，遂挞妻，复来追母。母见来状凶横，密置钱米，坐塘侧。子夺其钱米，詈母曰："汝岂吾母哉？父死时割心再嫁，不顾吾兄弟，今若此，吾亦难顾汝。"母搥胸流泪，跃塘死。时道光己酉三月。明日，子耘垄上，雷掣跪母尸前，大震一声，殛死。

徐白舫曰：母虽再适，总是尔生身之母，怒夺钱米时，陌路见之，亦复裂眥。

【译文】江西进贤县东北乡的某个老妇，有三个儿子，都已娶了妻子，家境渐渐富裕。老妇的丈夫死后，她改嫁给邻村的某人，也生下三个儿子。后夫死后，老妇的生活陷入贫困。婆媳经常去邻村觅食，老妇和前夫所生的儿子见到她不管不顾。一天，前夫的长子外出，长子媳妇可怜她是丈夫的生母，不忍心把她当乞丐对待，而是私下给了她一斗米、一百文钱。正巧长子在回来的路上遇到母亲，质问母亲钱是从哪里来的，母亲谎称说："是你的某个叔叔借给我的。"长子回去后询问叔叔，他的叔叔说："没有。"又询问妻子，妻子说："没有。"再三逼问，妻子无言以对，他便鞭打妻子，又去追赶母亲。母亲见他来势汹汹、态度蛮横，赶紧把钱、米藏起来，坐在池塘边休息。长子夺回钱米，对母亲骂道："你哪是我的母亲呢？我父亲死后你狠心再嫁，不顾我们兄弟，如今你落到这步田地，我也很难顾惜你了。"他的母亲捶胸流泪，跳入池塘自杀。当时是道光己酉年（1849）三月。第二天，长子在田间耕地时，雷电将他摄提跪倒在母亲的尸体前，大震一声，将其击毙。

徐白舫（名谦）说：母亲虽然改嫁，她总是你的生身母亲，儿子怒夺母亲的钱米时，即使被陌生人遇见，也会怒目而视。

5.4.21 辟瘟奇方

闽杨自谦曰：嘉庆庚辰，漳州大疫，病辄死，觅无奇方。余积虑成梦，见一黄衣老人告之曰："子欲觅辟瘟奇方，盍往圆山顶上求之？"梦觉，邻鸡三唱，徒步陟圆山，至顶，山光寂寂，树色苍苍。俯视下方，惟有牧竖樵夫，三五成群，人如豆大。兀坐至午，了无所见。正欲言归，忽见一老人，白发苍髯，即梦中所遇也。因趋而跪叩之，老人曰："子知瘟之所由起乎？世人不知阴骘（zhì），不信因果，以小善为无益，以积恶为无伤，罪犯既深，劫运难逭。与其辟瘟于既瘟之后，何如辟瘟于未瘟之先。自古瘟疫，不入积善之家。兹授尔一书，广布流传，真辟瘟奇方也。"言讫，乘风而逝。时夕阳欲暝，匆匆就道，意书中定系灵方。既归披阅，乃宋本《玉历钞传警世》三十六张，即释典中所载，宋时淡痴曾入阴司，赐传冥事者也。夫迁善改过，本吾人自尽之功，是书彰瘅惟严，毫厘不爽。老人其有心民瘼者乎？不然，何提撕之切也？人能推黄衣老人之心，信受奉行，将万福来求，又岂独辟瘟已哉？

【译文】福建的杨自谦说：嘉庆二十五年庚辰（1820），福建漳州发生大瘟疫，染病的人很快就会死去，到处寻找也找不到有奇效的方子。我因一直在考虑这件事情，而见之于梦境，梦见一位身着黄衣的老人告诉我说："你想要找到避免瘟疫的奇方，何不到圆山顶上去寻找呢？"梦醒后，邻居家的鸡已经叫了三次，于是徒步登上圆山，到了山顶，只见山色寂静，树木葱郁。向山下望去，只有牧童、樵夫，三五成群，看上去人如同豆子那么大。就这样干坐着一直到了午后，什么也没有见到。正想着要回去，忽然看见一位老人，须发皆白，就是梦中见到的那位老人。于是走上前去叩拜行礼，老人说："你知道瘟疫是因何而起吗？世人不知道积阴德，不信因果报应，认为做小的善事没有用处，做恶事没有后果，罪孽已经积累得很深重，劫运难以逃避。与其在瘟疫已经发生之后避免瘟疫，不如在瘟疫尚未发生之前避免瘟疫。自古以来，瘟疫发生的时候，不会进入积德行善的人家。现在传授给你一部书，希望能够广为流传，这才真正是避免瘟疫的奇方。”说完以后，就乘着风而消失不见了。当时夕阳西下，天色渐晚，匆匆忙忙赶路回家，想着书中一定是灵丹妙药的方子。回家以后翻看，原来是宋本《玉历钞传警世》（即世所传之《玉历宝钞》），共三十六张，就是佛教典籍中所记载的，宋朝时淡痴道人曾经进入阴司，阴司委托他将冥间的事情传述于阳世之人。改过向善，本来是我们每个人自己应尽的功夫，这部书表彰善行、斥责恶行，论述善恶果报，毫发不爽。那位老人真正是关心世道人心和人民疾苦的，不然为何如此至诚恳切地提点和警觉呢？人们如果能推广黄衣老人的一篇苦心，信受奉行《玉历宝钞》，将会得到深厚的福德，又不仅仅是避免瘟疫而已了。

5.4.22 玉历二则

山阴刘学潮，于乾隆丙申，挈眷赴京候选。途中，白昼见一绯衣妇人，言：“我在生，欲印《玉历》百卷，尔坚阻我无益。累我死后，阴律难逭。”刘骇视之，即旧时仆妇郑妈也。惊归卧病，屡见郑来缠渎。刘妻姜氏，祷许加倍代印分传。学潮作郑妈之声曰：“或仗佛力超拔，亦不可料。”姜氏即如数印订，分送寺院。半月之后，夫妇同梦郑妈拜谢曰：“藉此善书行世，幸有四人忏悔，已准仆妇往生。且将功德分归主母，在后好报无穷矣。”夫妇醒后，梦事相符。刘病遂愈。

江宁裘复初，父母在日，奉养甚孝。妻亡，独子大荣，亦颇孝顺。但不信有鬼神有地狱。乾隆壬子春日，往苏贸易，得《玉历》一本，与子同阅。复初言称荒唐，遂置高阁。大荣每捧诵，甚敬信，欲觅印传送。恐父责，中止。甲寅，复初病笃，向子叹曰:“睹面奇形异相之鬼,从集户庭作祟。今知鬼实有之,其地狱亦必有,悔不敬信《玉历》。”大荣闻父语,遂立愿印送三百册。复初闻鬼语云:“他虽将死,灶神在他额间,已写‘顺遵’两字。”又云:“玉旨即到,吾等可快散去,免受冥罚。”病果霍然。

【译文】浙江山阴县(今绍兴市)的刘学潮,在乾隆丙申年(1776),携带家眷前往京城等候选官。路上,他在大白天看见一个穿着红衣的妇人,妇人说:“我活着时,想印送一百本《玉历宝钞》,你坚决阻拦,说没有意义。连累我死后,不能逃脱阴间法律的制裁。”刘学潮惊看之下,原来是自己从前的女仆郑妈。刘学潮惊恐地返回家中,卧病在床,多次看见郑妈前来纠缠冒犯。刘学潮的妻子姜氏,祷告承诺替郑妈加倍印行分发。刘学潮以郑妈的声音说:“(如果你能这样做)我或许可以依仗佛力得以超脱苦厄,也是说不定的。”姜氏随即如数印刷装订了《玉历宝钞》,分送到寺院中。半个月后,刘学潮夫妇都梦见郑妈前来拜谢说:“凭借这部善书流通于世,幸而有四个人读过后生出忏悔之心,地府已准许我转生。并且地府将这桩功德分了一部分给主母,主母以后会获得无穷的福报。”刘学潮夫妇醒后,各自说出梦境,发现所梦之事正好相符。刘学潮的病也随即好了。

江宁县的裘复初,父母健在时,对父母奉养特别孝顺。他的妻子去世后,独生子裘大荣,对父亲也颇为孝顺。可是裘复初不相信有鬼神、地狱。乾隆壬子年(1732)春天,裘复初前往苏州经商,得到一本《玉历宝钞》,与儿子裘大荣一同翻阅。裘复初说这本书的内容很荒唐,于是便将其束之高阁。然而裘大荣却经常捧读,非常虔诚地信奉,并且还打算找人帮忙印刷一些分送别人。裘大荣担心受到父亲的责备,便没有去做这件事。甲寅年(1794),裘复初病重，对儿子叹息说："我看见有奇形怪状的鬼，聚集在门口和庭院中作祟。现在我知道鬼确实存在，地狱也一定确实存在，我后悔当初没有虔诚地信奉《玉历宝钞》。"裘大荣听到父亲说出这话，随即发愿印刷三百册《玉历宝钞》施送。不久，裘复初又听到鬼说："他虽然快要死了，但灶神已在他额头上写下'顺遵'二字。"不久，裘复初又听到鬼说："天帝的圣旨快要到了，我们一定要快快散去，以免受到冥府的惩罚。"没过多久，裘复初的病果然好了。

第五卷

5.5.1 罗将军

罗将军(思举),四川东乡人,少时任侠负气,以事拘禁。嘉庆初,川楚教匪窃发东乡,县侯张公(储阳),奉上官令招集义勇。张侯深悉将军忠勇有干才,乃出之于禁,并出将军所有案卷盈箧,悉举而焚之。嘱令办义勇勦贼。将军感涕受命,辄立奇功。十年间,位至总镇。及各军凯撤,张侯已故。将军思有所报,不可得。择日设筵,上供张侯位,牲牢酒醴毕具。将军洒泪祭奠,忽解佩刀割臂肉一大脔,就火炙熟,匍匐而荐之。血盈襟袖。侍者莫不震惊骇绝,泪汗交流。而将军从容成礼,若无所苦。

初将军为偏裨时,率乡勇百余人,逐贼于老林。穷追数日,贼窜无踪。山径纷歧,时已逼暮,视所裹粮又尽,相顾踌躇。遥望一峰,高插云汉,攀藤附葛,力竭才半途。喜得有茅庵,可免露宿。甫入,一古衣冠叟出迎,须眉皓白,状貌甚伟。罗前致敬,叟曰:“山中无盗贼虎狼,将军可暂宿此。”旋出包谷一筐,曰:“荒山无菽麦,聊以充饥。”命众分食,须臾立尽。将军食其一，腹亦竟果。及晓将行，叟谓之曰："将军不久建节，从此荷三十年封疆重寄，当为一代伟人。勉之。"因指示曰："由此出山，且得大捷。"叩姓字，曰："徐庶。"将军时尚未识字，即庵前插箭志之。下山遇贼，生擒渠魁，贼平，将军驻老林要隘，以缉余匪。觅土人导往旧宿处，则人庵俱杳，建庙祀之。

又闻将军为大理提督，爱恤士卒，衣食与同。尝与家将赌跳为戏。某地有两崖，对插云汉，一崖略见人迹，其一壁立万仞，无径可登。一日，将军令卒荷三百二十斤铁戟，视人迹所登，取路直达崖巅。少憩，将军即解袜出铁尺二，委之地，一手持戟，耸身至对崖，掘坎植戟，仍跳而过，率众下山焉。后将军调任别省，出己节缩廉费银六千，储藩库以备公用。虽古名将，不是过也。

【译文】罗思举将军，是四川东乡县（今宣汉县）人，年少时以侠义自认，喜好打抱不平，因为某件事情被拘禁。嘉庆初年，川楚一带的教匪在东乡闹事，县令张公（名储阳），奉上级的命令招募义勇。张县令深知罗将军忠勇有才干，于是将其从监狱中释放出来，并拿出满箱的有关罗将军的所有案卷，全部投入火中烧毁。张县令吩咐罗将军办理义勇讨贼。罗将军感激涕零地接受命令，多次立下大功。十年之间，官至总兵。等罗将军率领军队胜利凯旋时，张县令已经去世。罗将军想要报答张县令的恩情，可是找不到机会。于是，他选择了一个日子，摆下筵席，供上张县令的牌位，准备好祭祀用的牛羊、酒水。正当罗将军流着眼泪祭奠张县令的时候，他忽然抽出佩刀从胳膊上割下一块肉，放在火上烤熟，然后匍匐着把肉供奉在张县令的牌位前。鲜血染满罗将军的衣服。一旁的侍者无不十分震惊害怕，泪汗交流。可罗将军却从容地完成祭拜礼仪，好像没有一点痛苦。

当初，罗将军担任副将时，率领一百多名乡勇，在深山老林中追剿贼匪。连续追击了几天，贼匪已经逃窜得无影无踪。山路混乱，已近黄昏，将士们察看所带的粮食已经耗尽，众人相互对视犹豫不定。这时，罗将军忽然远远地望见一座山峰，山峰高耸入云，众人攀附着葛藤而上，才攀爬到一半就累得没了力气。幸亏半山腰上有座茅庵，可以借宿其中，不用露天而宿。众人才刚进入茅庵，就有一个穿戴着古式衣冠的老人出来迎接，老人须眉皓白，状貌甚伟。罗将军上前致敬，老人说："这座山里没有盗贼虎狼，将军可以在此暂时歇宿。"说完，立即拿出一筐玉米，说："荒山之中没有豆麦，你们姑且以此充饥吧。"罗将军命令众人分食，很快就吃完了所有的玉米。罗将军也吃了其中的一个，就觉得肚子吃饱了。等到天亮将行时，老人对罗将军说："不久之后，将军就会受到朝廷的任命，从此担当三十年守卫疆土的重任，必可成为一代伟人。望您多加努力。"于是指示说："由此出山，将会取得重大胜利。"罗将军询问老人的姓名，老人说："徐庶。"当时罗将军尚不识字，随即在茅庵前插了一支箭作为标志。下山后，遇到贼匪，将他们的首领活捉，于是这股贼匪得以平定，罗将军率人驻守在深山老林中的险要之处，又捉拿住了其余的贼匪。事后，罗将军找了一个当地的土著，让土著领着自己前往从前住宿的所在，（到了那里时）罗将军看见老人和茅庵都已经消失了，于是便在那里建了一座庙予以祭祀。

我又听说罗将军任大理提督时，爱护体恤士兵，与士兵同住同食。有一次，他与手下将士以跳跃的高低比赛胜负。某地有两座山崖，对立着直插云霄，其中一座可以略微见到有人攀登，另外一座则壁立万仞，没有路径可以攀登。一天，罗将军命令士兵扛着三百二十斤的铁戟，顺着人们攀登的路径，沿路一直爬到崖顶。稍微休息后，罗将军随即脱下袜子，抽出一条一尺二寸长的铁尺，扔在地上，然后另外一只手拿着铁戟，纵身跳到对面的山崖，挖了一个洞穴，把铁戟竖埋在洞穴中，接着仍然返跳回来，率领众人下山而去了。后来罗将军调任到别的省份任职，他拿出自己平时从俸禄中节省下来的六千两银子，储存在布政使库房中以备公用。即使是古代的名将，也不过如此。

5.5.2 冥中削禄

海昌徐孝廉，一日为某家招饮，欣然过从。席未终，忽神色顿改，昏愦不知。疑其痧发，急扶至厅侧炕上，睡去。少顷，失声大哭，众呼之，不应，人尽惊惶。半日后始苏，问其故，曰：“顷在席间，见一人自外至，状类公差，口称陈老爷持帖相邀。随同至一处，屋宇云连，墙垣山峙，望之俨然，心甚惴惴，若有不敢擅入者。逾时，传进中堂，见上悬一额，‘明察秋毫’四字。未几，显者出，侍从森严，当嘱吏取功过文卷，似稽生前善恶。闻上云：‘乃祖乃父，极大阴功，汝本有宰辅之职，但行止有亏，削尽尔禄，夫复何言？若能及早回头，从宽姑免。尔族有十龄童子，将来可应此职，以达尔祖父之功。’言讫而退。”其自述如此。徐后广刊善书印送，冀赎前愆，然尚乏子嗣。果报之说，岂非信而有征哉？盖道光庚戌年春间事也。

【译文】浙江海昌县（今海宁市）的徐举人，一天某人邀请他去饮酒，他欣然前往。酒席还未结束，徐举人忽然神色大变，昏迷过去，不省人事。主人以为他痧病（霍乱、中暑、肠炎等急性病）发作，急忙扶着他走到客厅一侧的炕上，让他躺下睡去。过了一会儿，徐举人失声大哭，众人高声叫他，他不作应答，众人都惊慌失措。半天后，徐举人才苏醒过来，众人问他为何突然昏迷，徐举人说："刚才在酒席上，我看见一个人从外面走进来，样子像官府的差役，他说陈老爷以请帖邀请我前去。我跟随他走到一个地方，房屋紧密相连，墙壁如高山般耸立，望之齐整有序，我心中恐惧不安，不敢擅自进入。片刻之后，我被传唤进中堂，看见中堂上悬挂着一块匾额，写着'明察秋毫'四字。又过了片刻，一个样貌显贵的人从里面出来，侍从森严，立即嘱咐下属取过记载功过的案卷，好像是要稽查我生前的善恶。我听见那人说：'你的祖父和父亲，积有非常大的阴德，你本来可以官居宰相之职，但你德行上有亏，如今你的官禄已被削尽，你还有什么话要说吗？你如果能及早悔过，我可以从宽处理，暂且只免去你的官职。你们家族中有个十岁的儿童，将来他可以担任此职，以实现你祖父、父亲的阴德。'说罢，那人就退出去了。"徐举人把刚才经历的事情这样讲述了一遍。此后，徐举人刊印了大量劝善之书广为施送，希望以赎前罪，但他还是一直没有子嗣。因果报应的道理，难道不是真实而有凭据的吗？这是发生在道光庚戌年（1850）春天的事情。

5.5.3 兰溪雷

道光二十九年秋，秀水陈星槎孝廉（皋言），为婺州秉铎。因公晋省，舟经兰溪，闻传有雷异一节，盖即数日事也，因志其详，云：城西有某家，兄弟两人早经分爨（cuàn）。长勤俭持家，渐臻富有，惟艰于子嗣。次无行，终岁游嬉，几至不能度日。一日，嫂怀孕将产，弟欲图兄之家资，重贿稳婆而谆嘱之曰："如男也，则死之。"临盆果得男，稳婆私将绣针刺其顶，甫经落地，啼声遽绝。而产妇不知也。未几，白日无云，风雷暴至，乃弟及稳婆俱震死。而小孩仍苏，其发际针已脱出，始知其故。

是时产家未免亵秽，雷神不克直达天表。于是洒扫屋宇，焚香送雷神于门前大树之巅，形如鹤非鹤，似鸡非鸡，观者如堵。喜食豆腐，远近皆来供献，虔诚礼拜。十余日后，杳不知所之矣。此天道之最近者。

【译文】道光二十九年（1849）秋天，浙江秀水县的陈星槎举人（名皋言），在金华担任教官。某天，陈举人因公事前往省城，他乘船经过兰溪县时，听说了一件奇异的雷击事件，这件事就发生在几天前，于是他详细地记录下此事，大致如下：城西有一户人家，兄弟两人早已分家过日子。哥哥勤俭持家，家境渐渐富有，只是没有子嗣。弟弟品行不端，终年游玩嬉戏，家中穷得几乎不能度日。一天，嫂子怀孕将产，弟弟想霸占哥哥家的财产，于是以重金贿赂产婆，再三叮嘱产婆说："如果生下的是男孩，你就暗中把孩子弄死。"分娩时，嫂子果然生下了男孩，产婆暗中将绣花针刺入孩子的头顶，孩子刚一落地，就突然没有了啼哭之声。产妇对此并不知情。过了一会儿，本来晴空万里，忽然暴风雷电大作，弟弟和产婆都被雷电震死了。那个孩子又苏醒过来，他头顶的绣花针也已经脱落了，至此众人才知道了其中的缘故。

当时哥哥的家中因有产妇生产，其秽物不免亵渎神灵，使雷神不能腾空而起、直升天界。于是哥哥洒扫房屋，焚香将雷神送到门前大树的树顶，雷神的形貌像鹤非鹤，似鸡非鸡，引来无数的人围观。雷神喜欢吃豆腐，远近之人都前来供献，虔诚地礼拜。十多天后，雷神离去，杳无踪影，没有人知道他去了哪里。这是最近发生的彰显天道的事例。

5.5.4 杀生报

嘉兴沈某，为四川泸州州牧，后洊升太守。其人素称慷慨，亲友尽受其惠。一生行止，似无亏缺，唯自奉太侈。在任所时，服御铺陈，靡不华丽。每日常餐，或鸭脑，或鱼唇，或鸡洛，或鹿脯，必须兼味。殊不知菜只一味，已杀生数十。日复一日，以数计之，生灵岂止万许。彼直习以为常也。归田后，购一大厦，莳花种竹，叠石疏池，随在精雅。别有一室，四壁围以玻璃，若水晶宫然。其奢侈如此。晚年，饮食烹调，尤较费于前十数年。后家景中落，遂成颠疾。凡物不论精洁污秽，尽欲入口。甚至烟壶茶杯，随手扑碎，即放口中乱嚼，以致伤命。此道光壬辰癸巳年事，殆亦好杀之报欤！

【译文】嘉兴县的沈某，任四川泸州知州，后被举荐升任太守。他为人素来以慷慨著称，亲友都曾受过他的恩惠。他一生的行为举止，似乎没有损德的地方，只是自身日常生活用度太过奢侈。他在任所时，衣服、车马、陈设等，没有不华丽的。每天一日三餐，或鸭脑，或鱼唇，或鸡胗，或鹿脯，这类菜品必须同时备办两道以上。殊不知这类菜品，一道菜就已杀死数十条生命。日复一日，计算下来，所杀的生灵何止上万。可是他却一直习以为常。辞官回乡后，他购买了一座大宅院，养花种竹，叠石疏池，处处精致幽雅。他还建造了一间特别的房屋，四面的墙壁用玻璃围成，好像水晶宫的样子。他的奢侈达到如此程度。晚年，他在饮食烹调上的花费，比十几年前还要多。后来，家道中落，他也患上了癫痫病。凡是物品不论洁净污秽，他都想要放入口中嚼食。甚至烟壶茶杯，他随手打碎后，就放入口中乱嚼，以致伤害了性命。这是发生在道光壬辰、癸巳年（1832、1833）之间的事，大概也是喜好残杀生灵的报应吧！

5.5.5 傅八

吴兴钱家潭傅某，行八，人以“傅八”称之，有名刀笔也。城中有某将青铜面盆入典质，票内误写“青金”，当时彼此均不之觉。数年后，取赎，见有“青金”字样，顿怀歹意，欲思图诈。典伙以为既经误写，咎实难辞，亦不动声色，答曰：“适经手人他往，日内可回。姑俟明日，票且暂留。”是夜，急往与傅议，傅曰：“若得厚赠，即可周全。”诺之。因嘱挖去票间“金”字，另补好，仍复填写“金”字。曰：“吾索重酬，即在此矣。”某次日至，两相争执。当鸣于官，立传两造，即将典票正反细看，似有挖补痕迹，图诈显然，欲从重究治。遂议和。

又有图诈人命一案。傍晚，某家门首自缢一人，其家惧累，亟与傅商。傅曰：“只将尸放下，仍吊起，事无碍矣。”某不解其意，曰：“颈下有两绳痕，系属移尸图诈。”后请检验，果符其言，因得无累。

就此二事而论，乃属排难解纷，似非唆讼者比。而其中之以曲为直、以是为非，谅复不少。一日，在新市镇步云桥上，路滑跌足，忽落右臂，而左手仍能举笔。现在两目失明，仅能面墙静坐而已。此可为弄刀笔者戒。

【译文】浙江吴兴县（今湖州市）钱家潭的傅某，在家族中排行第八，人们称呼他为“傅八”，他是县中有名的讼师。城中有个人把青铜洗脸盆抵押在当铺，当铺的伙计在写票据时误把“青铜”写成“青金”，当时双方都未察觉此事。几年以后，那人前来赎回物品，见票据上写的是“青金”字样，顿时心生恶念，企图讹诈。当铺里的另一个伙计认为既然是误写，难辞其咎，也不动声色，回答说：“正巧经手人出去办事了，今天可以回来。你姑且等到明天再来，票据暂时可以留在这里。”当天夜里，当铺主人急忙去找傅八商议，傅八说：“如果能得到重谢，我就可以为你周全此事。”当铺主人答应了。于是傅八嘱咐将票据上的“金”字挖去，另行补好，仍在填补好的地方写上“金”字。傅八说：“我向你索要重酬，就是因为我想到了这个办法。”第二天，那人来到当铺，双方争执不下。于是报官，县官传唤诉讼双方到堂后，随即拿起当票反复仔细察看，发现当票上似乎有挖补的痕迹，显然是那人企图讹诈，打算对其从重治罪。于是双方达成和解。

他还曾处理过一件企图借人命讹诈的案件。傍晚，有一个人在某家门前上吊自杀，这家人害怕受到牵累，急忙去找傅八商议。傅八说：“只要将尸体先放下来，然后再吊起来，这样就没有事了。”对方不解其意，傅八说：“脖颈下有两道绳子的勒痕，显然是有人移尸企图讹诈。”后来，这家人请人验尸，果然像傅八所说的那样，因此才没有受到牵累。

以这两件事而论，傅八的行为乃属于为人排难解纷，似乎不能将其与那些教唆人争讼的讼师相比。然而他所做过的以曲为直、以是为非的事情，想必也肯定不少。一天，在新市镇的步云桥上，因为路面太滑，傅八跌了一跤，一下子跌断了右臂，但他的左手仍然能够提笔写字。如今，傅八双目失明，仅能对墙静坐而已。这件事可以作为对舞文弄墨的人的警戒。

5.5.6 江西寿某

江西寿某，以申韩术糊口。自言夜则治冥狱。每梦青衣者导之登舆，去至一公廨，巍焕特甚。入大门徒步而进，案设厅事侧。有皂隶数人伺立，旁一老者陈册簿累累置案上，遂诣座执笔，判断如流，不假思索。或但以笔点名，自有所可否。醒而不自知其所为也。尝举以示人曰："果报历历不爽，惟负钱债一事，阳间以为细故，阴律则谴罚甚严。至有投生六畜以偿前逋者，所不解也。"又曰："梦中数见厅事两旁，悬挂楹帖一联，擘窠（bò kē）大字，记忆甚清。其联云：'百善孝为先，论心不论事，论事贫家少孝子；万恶淫为首，论事不论心，论心宇内无完人。'"

【译文】江西的寿某，以刑名之学养家糊口。他自称夜晚时前往冥府审理案件。他说他经常梦见一个穿着青衣的差役引导他登上轿子，去往一处官署，那官署建造得十分高大辉煌。他进入大门，徒步前行，看见一张办公的桌案设立在厅堂一侧。有几个衙役站立在桌案前伺候，旁边有一个老者把厚厚的簿册放在桌案上，于是他入座执笔，快速地判案，不假思索。有时他只要用笔点在人名上，脑中就会立即得出适当的判断。醒来后，他也想不起是怎么回事。他曾把自己进入阴间的经历告诉别人说:“因果报应,清晰分明,没有差错,唯有借钱不还一事,阳间认为是小事,阴间的法律却对此惩罚非常严厉。有些欠债不还的人死后甚至会转生为六畜以偿还前生所欠的债务,这事他们生前是不知道的。”他又说:“我在梦中多次看见厅堂的两旁,悬挂着一副楹联,字体硕大,我记忆得很清楚。那副楹联是这样说的:‘百善孝为先,论心不论事,论事贫家少孝子;万恶淫为首,论事不论心,论心宇内无完人。’”

5.5.7 负心报

乍浦某,治田产为生。冬月,雇乡人修补米袋。修袋某者善讴,某女闻而悦之。工毕去,女忽忽不乐,以致病。延医诊之,则曰:“病由凝想郁结所致。”父以诘女,女直告之,父复召修袋者至,女闻某唱,病顿已。女故未字,至是询之,某云亦未聘,遂许之。顾以某贫,不克成礼,因多与之银,俾修房屋,置彩币。选吉日,约某日来娶,逾期不至。访之,知某前已聘某氏女,购他宅迁居,于是日成婚矣。女知之遂自经。

冬月,主人复雇修袋者数人,昼执业,夜宿主人家。女托梦曰:“有修袋某者,若知之否?若为我导,我当酬之金。”醒以告同业者,望空祷曰:“我知某居处,果欲往,盍托我梦?”其夜,甫合睫,果如某梦,且言:“引我时,但呼‘姑娘’一声,过庙若桥,则焚金银纸,呼如前。引至某屋,进门则已。某处有银十两以为谢。”明旦果获银于某处,遂如其言引之。时某方饭,妻为切肉烹煮。某忽曰:“姑娘你如何竟来也?”言讫,遽夺妻所持刀，引刃向胸曰："汝心何太很耶？我寻汝一年矣。"妻知有祟，亟伏地叩头乞宥。某曰："与姊无涉，妹所恨者某耳。不能以姊之求，宥某也。"自剖其腹，手探心肺出。遽出门，沿街喊曰："好黑心肠，大家来看！"观者如堵。越两日乃死。

【译文】乍浦镇（今属浙江嘉兴）的某人，广有田产，以此为生。一年冬天，他雇请了一个同乡之人修补米袋。修补米袋的人擅长唱歌，他的女儿听见后便暗暗喜欢上了这个修袋之人。工事结束，修袋人离去，他的女儿忽然闷闷不乐起来，以致生病。他请医生前来诊治，医生说："你女儿的病是因为凝想郁结所致。"父亲盘问女儿原因，女儿直言相告，父亲于是又把那个修袋之人召回家中，他的女儿听到修袋人唱歌，病很快就好了。他的女儿本来就尚未许配，这种情况之下他又询问那个修袋人，修袋人说自己也未定亲，于是他就把女儿许配给了那个修袋之人。可是修袋人家境贫困，无钱举办婚礼，他便给了修袋人许多银两，让他修整房屋，置办彩礼。并选好良辰吉日，与修袋人约定在那天来迎娶，可是距定好的日子过去几天了，那个修袋人也没有前来。打听之下，他才知道，那个修袋人在与自己的女儿订婚之前就已聘定了别人家的女儿，修袋人在别处购买了住宅，已经迁居过去，在当天成婚了。他的女儿知道此事后就自缢而死了。

第二年冬天，他又雇请了几个修袋人，众人白天做工，夜晚则住在他家。他的女儿给其中一个修袋人托梦说："有个修袋人，姓某名某，您知道吗？您如果能带我找到他，我一定会送给您一些钱作为酬谢。"这个修袋人醒来后把梦中的事情告诉了同行，同行望着天空祷告说："我知道那个人的住处，你如果真要前去找他，何不给我托梦？"当天夜晚，他刚一合眼睡觉，就做了和同行一样的梦，梦中的女子还说："引导我时，只要呼唤一声'姑娘'就行，经过寺庙和桥时，就焚烧一些金箔纸、银箔纸，然后仍像从前一样呼唤'姑娘'。只要把我领到那人的住处，让我进了门就可以了。某处有十两银子，作为我给您的酬谢。"第二天，他果然在女子所说的地方得到了银子，于是他遵照女子的话引导着女子的魂魄前往那个修袋人的家中。当时，那个修袋人正在吃饭，妻子为他切肉烹煮。修袋人忽然说："姑娘你为何竟然来到此地？"说完，忽然夺过妻子手中的刀，持刀指向自己的胸口说："你的心怎么就这么狠呢？我找你有一年了。"修袋人的妻子知道有鬼作祟，急忙趴在地上叩头，乞求宽恕。修袋人说："此事与姐姐无关，小妹所恨的只是他一个人罢了。我不能因为姐姐的求情，就饶恕了他。"说完后，修袋人自剖其腹，并用手把自己的心肺挖了出来。突然走出门去，沿街大喊道："好一副黑心肠，大家快来看啊！"当时有很多人前来围观。过了两天，修袋人就死了。

5.5.8 刘广文

江西刘广文某，夫妇年逾六旬无子，积俸钱数百缗，将为归计。既就途，以雨阻久羁旅店，夜静闻邻居哭声甚哀，以询主人。主人曰："邻某者母、子、媳三人，子鬻食物以养母，妇佐以针黹（zhǐ），相依度日，恒苦不赡者也。兹迫岁暮，计偿逋须二十贯。乃逋固无偿，母且不得食。夫若妇计无所出，妇曰：'计惟鬻妾可以救夫之急，且活姑之命。'母子固不忍为此举，顾念不如此，则又无生理。已求媒说合于某家子，然终不忍相离也，故互相痛哭。"刘亟询知其身价，因与妻商曰："我与若均老，且无子，蓄财何为，盍如数与之，俾完聚如初。”妻颔之。即晚召邻某与之钱，事遂已。越日，雨霁就途，车过牌坊下，忽闻空中呼曰：“已免劫。”急下车过，而牌坊倒矣。刘夫妇咸感叹，自是力行善事。后妇忽经通，逾年生一子。夫妇寿登九秩，无疾而终。子为显官。今且子孙蕃衍矣。惜忘其里居名字。

【译文】江西有个姓刘的儒学教官，夫妇二人年过六十还没有儿子，他积攒了数百串俸钱，打算辞职回家。上路后，因为下雨，他和妻子长久滞留在旅店中，一天夜深人静时他听见隔壁邻居家传出十分哀伤的哭声，他向店主询问原因。店主说：“隔壁邻居家有母亲、儿子、媳妇三人，儿子以售卖食物奉养母亲，媳妇做些针线活添补家用，三人相依为命过日子，经常因为收入不足而苦恼。现在到了年底，他们要偿还二十贯的欠款。可是他们不但无法偿还欠款，而且连供养母亲吃饭的钱也没有。儿子和媳妇想不出办法，媳妇说：‘为今之计，只有卖掉我才能解救夫君的急难，并且让婆婆活下来。’母亲和儿子本来都不忍心做出这种事，但考虑到不这样做，又无法活下去。现在他们已经请媒人把媳妇介绍给了某家的儿子，可是最终还是不忍分离，因此他们这才相互痛哭。”刘先生急忙向店主询问那媳妇卖了多少钱，于是与妻子商量说：“我和你都老了，并且没有儿子，存钱何用，何不赠给他们二十贯钱，使他们一家团圆如初呢？”他的妻子点头同意。当天晚上，他就把邻居家的儿子召过来，把钱送给他，事情得以解决。第二天，雨止天晴，他与妻子上路启程，车子经过一座牌坊下时，忽然听到空中有人大声说：“已经免除你们的劫难。”他与妻子急忙下车躲避，而这时牌坊已经倒塌了。他们夫妇都感叹不已，自此以后力行善事。后来他的妻子忽然重新来了月经，一年后生下了一个儿子。他们夫妇都活到九十多岁，无疾而终。儿子成为高官。至今，他们的子孙仍然繁衍不息。可惜的是，我忘了刘先生的住址和名字。

5.5.9 杜有余

金华程广文(抒)告余曰：兰溪东溪民人杜有余者，与侄同居，欺侄弱，私其产。侄与理论不平，并控于县。侄路憩镇亭，见一蛇上树下拖数尺，旋坠于地。少顷，又上树坠地，如是数次，身束变为巨鳖，心讶之。比入城，叔随至，携一巨鳖，即镇亭所获也。固知其叔素嗜鳖，急阻其勿食，并告以所见。叔不信，侄遂偕至讼师家，将鳖尾钉于柱上，试之。半日，鳖身复长，陡变为蛇。叔惊感抚侄自责曰："我本欺汝，占汝田，不意汝不恨我，反肯救我。我何以对汝哉？"遂息讼而回，尽出田产还之。和好如初。

【译文】浙江金华的儒学教官程抒告诉我说：兰溪县东溪的居民杜有余，与侄子同住，欺负侄子弱小，霸占了侄子的家产。侄子找他理论是非，并且把他告到了县衙。去往县衙的途中，侄子在路边的一个亭子里歇息，看见一条蛇爬上树，身体下垂数尺，接着又坠落在地上。片刻后，蛇又爬上树，然后坠落在地上，这样反复几次后，蛇的身体蜷缩在一起变成一只大鳖，侄子见此心中十分惊讶。进入县城后，他的叔叔也随后赶到，手中提着一只大鳖，这只大鳖就是他叔叔在那座亭子旁捉获的。侄子本来就知道叔叔历来喜欢吃鳖肉，急忙阻止叔叔，让他不要吃，并把自己所见到的情况告诉了叔叔。叔叔不信，侄子便和叔叔一同来到讼师家，将鳖尾钉在柱子上，进行试验。半天后，鳖身重新伸长，忽然变成蛇。叔叔又惊奇又感动，并抚摸着侄子的肩膀自责说："我本来欺负了你，又霸占了你的家产，没想到你不但不记恨我，反而肯救我。这让我怎么对得起你啊！"于是二人停止争讼，返回家中，叔叔把全部家产归还侄子。二人和好如初。

5.5.10 巧报

山西贾客某，自维扬溯舟上汉口，路与舟妇通，啖水手以重利，推其夫于急流中。佯呼救不及，尸亦无获。竟纳舟妇为妾，甚嬖之。后贾以资捐纳知府，选楚省某郡，携眷涉江。风猝毁舟，被救均得生，而妻及子女溺焉。求其尸，惟妻尸不得，招魂设奠而去。先是舟人之坠水也，遇救不死，流落安庆，为人佣。久之，以捕鱼为业，操舟江上。一日，见一妇附板漂流，拯之，莫识为贾妻也。讯离毁舟处，已三百余里，遂留宿渔舟。久与相狎，若夫妇焉。盖贾妻恨其夫之溺爱于舟妇，故亦安居，不言其由来也。未几，贾以赇罢，籍其家，不得归，奴仆星散，仅存舟妇及小僮，流寓安庆。欲觅仆妪为役，舟夫贾妻往投，相见大惊，俱未明言。是夕，贾与舟妇悔恨同缢，舟夫贾妇亦于是夜遁矣。此嘉庆初年事。

【译文】来自山西的某客商，从扬州乘船前往汉口，路上与船夫的妻子私通，用重金贿赂水手，将船夫推入湍急的江流中。客商伪装出呼救不及的样子，船夫的尸体也没有找到。客商则把船夫的妻子纳为小妾，对其十分宠爱。后来商人出钱捐官，得了个知府的头衔，被选派到湖北省某府任职，携带家眷乘船渡江。突然遇到大风，所乘的船只被吹毁，船上的人被救，都得以生还，只有他的妻子和儿女溺水了。寻找他们的尸体，只有他妻子的尸体找不到，于是他招魂祭奠了一番便离去了。此前，船夫落水后，遇救得以不死，流落到安庆，给人佣工。很久以后，船夫以捕鱼为业，驾驶着渔船来往于江面。一天，他看见一个妇人攀附在木板上漂流，救下妇人，这时他还不知道这个妇人就是商人的妻子。经过询问得知妇人离开船只被毁的地方，已经有三百多里了，于是她便留在了渔船中过夜。妇人与船夫朝夕相处，形同夫妻。商人的妻子因为怨恨丈夫溺爱船夫的妻子，所以也心安理得地居住下来，不透露自己的来历。不久后，商人因贪污受贿而被罢职，家产被抄没，回不了家，奴仆也都纷纷散去，只有船夫的妻子和一个小童跟随着他，流落到安庆寄居。商人想雇佣奴仆和仆妇帮工，于是船夫和商人的妻子前往应聘，双方相见大惊，但都未明说各自的经历。这天晚上，商人与船夫的妻子因为悔恨而同时自缢而死，船夫和商人的妻子也在当天晚上趁机逃走了。这是发生在嘉庆初年的事情。

5.5.11 祝士撑

抚州贡生祝士撑，名天柱，戆直朴诚，无欺人语。日课《功过格》，历十年不少懈。一子名家珍，年十七，已游庠矣。笃实嗜学，每挑灯诵读至四更，就寝书舍。一日，士撑晨起，见内外门皆虚掩，惟子舍扃（jiōng）如故。疑夜招偷儿，检点器物，亦无所失。隔窗呼子，不应，推寝门入，失子所在，遍求不得。士撑恸甚，七日，家珍随其族叔某归。言畴昔之夜，坐窗前见一古衣冠叟，持小诗笺置几上，其诗曰：“星斗旌旗光炯炯，蛟宫龙户路悠悠。从今汝好骑鲸去，不食人间烟火愁。”吟咏一过，欣然随老人行。家中门户初无隔阂。既出大门，闻见皆洪涛巨浪，喷激如雷。正惶惧间，忽一金甲神向老人曰：“祝家珍来乎？”曰：“来矣。”曰：“适奉敕，此子阳禄已终，宜归水府。惟其父善人也，善人不可使无后，今且仍护之归。倘能修德，福寿可增也。”老人遂相引，复循旧路，至一所，示之曰：“此青岚湖也，西去七十里为进贤县，汝得问归途矣。”恍如梦醒，身卧水涯，衣履尽湿。时东方既白，因忆族叔曾客进贤县，遂附便舟之进贤投叔，叔故偕之归。

【译文】江西抚州的贡生祝士撑，名天柱，为人憨厚正直、朴实诚信，从未说过欺骗人的话。他每天坚持奉行《功过格》，历时十年，未曾懈怠。他有一个儿子，名叫祝家珍，十七岁，已经入学成为生员了。祝家珍诚实好学，每天夜晚在灯下诵读到四更天，然后就在书房中入睡。一天，祝士撑早晨起来，看见院门和屋门都虚掩着，只有儿子书房的门紧闭如故。祝士撑疑心昨夜曾有小偷来过，查点器物，也没有丢失什么。他隔着窗户呼唤儿子，屋里没有回应，他推门进入儿子的寝室，儿子却没有在里面，他找遍了家中，也没有发现儿子的踪迹。祝士撑十分伤心。七天后，祝家珍跟随着某个族叔回到家中。祝家珍说那天夜晚，他坐在窗前看见一个穿戴着古代衣冠的老人，把一张写有诗句的小纸条放在桌上，诗的内容为：“星斗旌旗光炯炯，蛟宫龙户路悠悠。从今汝好骑鲸去，不食人间烟火愁。”他吟咏一遍，欣然跟随着老人而行。家中的门户对他们毫无阻隔作用。走出大门后，他看见洪涛巨浪，喷激如雷。正在惶恐之间，忽然一位穿着金甲的神人对老人说："祝家珍来了吗？"老人说："来了。"金甲神说："刚才我接到命令，祝家珍这孩子阳寿已尽，应该回到水府。只是因为他的父亲是个善人，上天不能使善人没有后代，如今你仍旧护送他返回家中。他如果能行善积德，其福寿可以增加。"老人便领着他，重新沿着旧路而行，来到一个地方后，老人指示路径说："这里是青岚湖，向西走七十里就是进贤县，你就可以问路回家了。"他恍如梦醒，发现自己身卧在水边，衣服鞋子全湿了。这时，东方已露出鱼肚白，他想起有一个族叔客居在进贤县，便搭船前往进贤县投靠族叔，因此他的族叔这才与他一同返回家中。

5.5.12 李悔斋

李悔斋，名诚，丹徒人，初号竹虚，以晚年有所悔于心，而更号悔斋也。悔斋以申韩之学游云南，历左大邑刑名。性苛刻，凡治爰书，不肯少开生路，尝语人曰："生者漏网，死者含冤矣。如之何可轻纵？"盖其心必欲置人于法而后快。无何，三子夭其二。所存一子，年十九，甚聪慧，忽患目疾，遂以瞽废。悔斋叹曰："予何罪而至此？"

时有徐恕堂者，向与悔斋订兰谱，闻其言而规之曰："阁下手中一枝笔，最宜慎。此笔作孽易，种福亦易也。救生不救死之说，虽近于迂，然与杀不辜，宁失不经。古圣贤好生之德，岂不可法欤？'求其生而不得'数语，欧阳文忠公所以昌厥后者何如？阁下胡勿思之？"

悔斋大悟，痛自改过，易苛刻为仁慈，事事留意救人。越数年，移幕镇南州。主人破一盗案，先后获犯九人，讯供应拟死罪者四人。悔斋以内有二人可从末减，主人初不以为然，悔斋争之益力，卒从其言。二人得不死。是年瞽子生一孙。悔斋寿至六十八，殁时已得曾孙矣。善机一转，顿赎前愆，冥冥中固非不许人自新也。

【译文】李悔斋，名诚，江苏丹徒县人，初号竹虚，因晚年心中有所悔意，而改号悔斋。李悔斋以刑名之学游历于云南，多次在大的州县任刑名师爷。他性情苛刻，凡是处理刑案，绝不肯给别人留一条生路。他曾对人说："让罪犯漏网，就对不起含冤而死的人了。怎么可以轻易纵容罪犯呢？"大概他内心认为必须将人绳之以法才令人感到痛快。不久，他的三个儿子就夭折了两个。仅剩的那个儿子，十九岁，十分聪慧，某天忽然患上眼疾，于是因为双目失明而成了残疾人。李悔斋叹息着说："我有什么罪过而导致这种结果呢？"

当时有个叫徐恕堂的人，是李悔斋的结义兄弟，他闻听此言而规劝李悔斋说："阁下手中的一支笔，下笔时最应该谨慎。这支笔作孽容易，造福也容易。救生不救死的说法，虽然有迂腐之嫌，然而与其杀掉没有罪的人，不如按未经证实有罪而发落。古圣先贤的好生之德，难道不值得效法吗？欧阳文忠公（欧阳修）说的'想为他寻求生路却无能为力'（语出宋欧阳修《泷冈阡表》："求其生而不得，则死者与我皆无恨也；矧求而有得邪，以其有得，则知不求而死者有恨也。夫常求其生，犹失之死，而世常求其死也。"）这几句话，不正是使后代兴盛的方法吗？阁下何不仔细想一想呢？"

李悔斋恍然大悟，痛改前非，把苛刻的性格改为仁慈，事事都留心救人。数年后，他在云南镇南州（今南华县）做幕僚，主人破获了一桩盗窃案，先后抓获了九名犯人，经审讯之后其中有四名被拟定处以死刑。李悔斋认为其中有二人可以从轻论罪，最初主人不同意，李悔斋极力据理力争，最终主人听从了他的建议。最终使两个人得以不死。这一年，李悔斋的那个失明的儿子为他生下一个孙子。李悔斋活到六十八岁，逝世时他已经有曾孙了。由此可知，只要善念一转，顿时可以弥补从前的罪过，上天并不是不允许人改过自新。

5.5.13 赵氏兄弟

嘉庆戊午，顺天乡试首场，育字号有一生，初九夜半忽发狂疾，语言支离。同号群视之，知有鬼物凭焉，代为解劝。生作鬼语曰："谋占财产，尚可恕也。污蔑名节，是何肺肝？余得请于帝，以报此怨。诸君无多言。"巡绰官闻之，禀白监临。适已向晨开门，遂扶生出至寓，病数日死。先是三漏下，某号又一生将自缢，号军见而解救之。生即摊卷握笔，伪为作文状，遽以笔管挟右目，目出，复持小佩刀自刺其喉死。

后有知其事者，曰：二人为山西赵氏兄弟。死于号舍者，监生赵三；死于客寓者，贡生赵二。其长兄尝贾于汉口，嫂抚幼子，与两叔同居，薄有家资。两叔忽议分析，嫂云："俟兄归后未迟，何事汲汲？"两叔不听，意欲隐没美产，私分肥己。嫂已微知之，必欲俟夫归更议。赵三谓赵二曰："似此则谋不济矣。"赵二曰："然则奈何？"曰："吾自有以处之。"乃捏造嫂在家有暧昧不明事，与赵二联名，函达诸兄，兄信弟言，致书责妻，且言无颜归家矣。妻愤极投缳。迨赵大心知其诬，而又无如弟何，携幼子仍赴汉口，遂家焉。而赵二、赵三自矜得计。至此，主谋者刺死号舍，同谋者病死客寓。冤报分明，不爽毫末。

【译文】嘉庆三年（1798）戊午科，顺天府乡试的首场考试中，育字号有一名考生，初九日的半夜忽然发了疯病，胡言乱语。同场的考生都前往围观，知道他是被鬼附身了，众人都替他向鬼求情。这名考生以鬼的语气说：“他图谋霸占我的财产，尚可以饶恕。但他污蔑我的名节，是何种心肠啊？我已向天帝请示，以报此仇。各位不用多说了。”巡考官闻听此事，立即向监考官禀报。当时已是早晨，考院的大门已经打开，于是众人扶着那名考生回到寓所，那名考生病了几天后就死了。此事发生的那天夜里，三更天时，某个号舍里又有一名考生将要自缢，监考人员看到后，急忙将他解救下来。这名考生随即摊开试卷、提起毛笔，装作写文章的样子，忽然将笔管刺入右眼，挖出眼珠，然后拿出小佩刀刺入了自己的咽喉而死。

后来，有个知道事情原委的人说：二人是来自山西省的一对姓赵的兄弟。死在号房里的，是监生赵三；死在寓所里的，是贡生赵二。他们的大哥曾在汉口经商，嫂嫂抚育幼子，与两位叔叔同住，家中略有财产。某天，两位叔叔忽然提出分家，他们的嫂嫂说：“等你们的哥哥回来后也不迟，为何如此急切呢？”两位叔叔不听，企图吞没家中的良田美宅，将家产私分，据为己有。嫂嫂略微猜到了他们的意图，坚持要等到丈夫回家后再商议此事。赵三对赵二说：“如果这样，我们的计划就落空了。”赵二说：“那怎么办呢？”赵三说：“我自有办法处理此事。”于是便捏造嫂嫂在家与人有暧昧不明之事，与赵二联名，给哥哥写了一封信，哥哥相信了他们的话，写信责备妻子，并说自己没有脸面回家了。嫂嫂极其气愤之下，自缢而死。等赵大回到家后，知道妻子是被诬陷的，但又拿两个弟弟没有办法，于是便携带幼子返回汉口，在汉口定居下来。但赵二、赵三却因计谋得逞而扬扬得意。至此，主谋者赵三在号房中自己刺死了自己，同谋者赵二病死在寓所中。由此可知，冤报分明，不差分毫。

5.5.14 疗百鸟疡

余杭黄秀元，素精疡医，尝曰：数年前，有一人攒眉呼痛，袒而来，视之，疡生于背。中一大者如覆盎，数十小者环绕之，势已将溃。余曰："嘻！此百鸟朝凰也，疡其不可为也已。"问平日作何生理，曰："昼则火枪猎鸟，夜则毁巢取其宿者。十余年来，货此糊口。"余曰："残忍害生，宜得此报。嘻！疡其不可为也已。尔能对天自矢，从此改业，我姑为尔疗之。"其人唯唯如命，医治半月余，所患若失。后果不复蹈故辙，改业为卖菜佣，至今尚在。

【译文】浙江余杭县的黄秀元，素来善于医治疮伤，他曾说：几年前，有一个人皱眉呼痛、裸露着上身而来，我诊视后，发现那人的背上生满毒疮。中间的一个毒疮像倒扣的碗那么大，周围环绕着几十个小的毒疮，看情形已然将要溃烂。我说："嘻！这种病叫作百鸟朝凰，这毒疮已经没法医治了。"我问那人平日里以何谋生，那人说："我白天用火枪打鸟，夜里则捣毁鸟巢掏取住在巢里的鸟儿。十多年来，以此糊口。"我说："残忍地杀害生灵，自然应该得此报应。嘻！这毒疮已经没法医治了。你如果能对天发誓，从此改行，我姑且试着给你治疗一下。"那人恭敬地答应，我给他医治了半个多月，他背上的毒疮就几乎消失了。后来，他果然没有重犯过去的错误，而是改行为人佣工卖菜，至今那个人还活在世上。

5.5.15 唐沛苍

仁和唐沛苍公，讳林，以孝廉拣选湖北应城令，擢武昌司马，移广西桂林司马，摄郡守，历仕二十年，卒于官。囊橐（náng tuó）萧然，士庶助归葬，时乾隆丙寅也。有二子，长邵祖，次振祖。一孙曰伟，邵祖出也。

邵祖远馆四川，长媳郭在家病剧。适厨舍二仆角口谩骂，忽皆晕仆。房中病者遽起，坐谓其子伟曰："伟来前，余尔祖也。上帝念余居官清正，敕为武昌府城隍。今有公事之山左，归经故乡，暂回家。见汝母病势濒危，厨下仆犹肆争闹，使灶神不安。是何家规？"伟与叔振祖均知为祖来示灵矣，跪受训饬，并求救护病人。曰："斯妇勤俭，贤而好善。余固思挽回之，然亦不能徇私，姑商诸灶神。汝先至狮虎桥唤娄媪来。"病者遂静卧不言。

振祖招娄至，娄即杭俗所称活无常也。问："此病汝能禳解否？"曰："我奉冥司勾魂，时限已迫，何敢纵？今且俟城隍爷来如何言。"谨惟命。问："爷此时何在？"曰："方与灶神说话，即又往冥府去矣。"逾时，病者复起坐曰："冥中念斯妇生平无大过恶，见贫苦人辄施与不少吝，且持大士斋甚谨，已许延寿一纪。若勉为善，寿更可增。"因命娄去冥司销差。振祖跪请云："父既为神，应预知休咎。儿孙辈将来穷达如何？"公厉声曰："做好人，行好事，自有好日，何得预问？我去矣。"病者自是渐愈，厨下仆亦遂苏。后郭持斋益虔，好善益笃。寿臻七十三，乾隆丁未卒，距病时所增寿二纪有奇。

按，沛苍公为（廷纶）曾伯祖。余摄守绍兴时，（廷纶）为府教授，故得悉其详如此。

【译文】浙江仁和县（今杭州市）的唐沛苍先生，名林，以举人身份被选任为湖北应城县县令，不久升任武昌司马，又调任广西桂林司马，代理知府职务，为官二十年，死于任上。家财萧条，当地士绅、百姓助其归葬，当时是在乾隆丙寅年（1746）。唐先生有两个儿子，长子叫唐邵祖，次子叫唐振祖。有一个孙子叫唐伟，是唐邵祖所生的。

唐邵祖远在四川做幕僚，他的妻子郭氏在家生了重病。正巧厨房里有两个仆人吵架谩骂，二人忽然都晕倒在地。这时，房中的病人忽然坐起，对儿子唐伟说："伟儿过来，我是你的祖父。天帝认为我为官清正，命我担任武昌府城隍。现在我因公事前往山东，归来的途中路过故乡，暂时回家一趟。我看见你母亲病情危重，厨房里的仆人还在肆意争闹，使灶神不得安稳。这是什么样的规矩呢？"唐伟与叔叔唐振祖都知道这是祖父前来显灵了，急忙跪下接受训斥，并请求祖父救护病人。祖父说："这个儿媳妇为人勤俭，而且贤惠好善。我本来就想挽救她，但也不能徇私，姑且与灶神商量一下。你们先到狮虎桥把姓娄的老妇喊来。"说完，病人就安静躺下不再说话了。

唐振祖把娄姓老妇叫来，娄姓老妇就是杭州民间所说的"活无常"。唐振祖问老妇："我嫂嫂的病你能祈神解除吗？"老妇说："我奉阴间的命令前来勾魂，时限已经紧迫，怎敢纵容？现在暂且等城隍爷来了后怎么说。"唐振祖恭敬地答应。唐振祖问："城隍爷现在在哪里？”老妇说：“他刚才与灶神说话，随即又前往阴司去了。”过了片刻，病人又坐起来说：“阴司看在你的嫂嫂生平没有犯下大的过错，看见贫苦之人就慷慨施舍，毫不吝惜，并且奉持观音大士斋非常严格，已经准许延长她十二年的寿命。如果她能尽力做善事，寿命还会增加。”于是，命令娄姓老妇前往阴司销差。唐振祖跪着请示说：“父亲您既然已经成为神灵，应当可以预知福祸。您的儿孙们将来是穷困还是显达呢？”祖先严厉地说：“做好人，行好事，自然有好的时候，何必提前询问呢？我走了。”自此以后，病人渐渐康复，厨房里的那两个仆人也苏醒过来。后来，郭氏持斋更加虔诚，也更加虔诚地坚持做善事。她活到七十三岁，在乾隆丁未年（1787）去世，距离生病时所增加的寿命超过了二十四年。

说明，唐沛苍先生是唐廷纶的曾伯祖。我代理绍兴知府之职时，唐廷纶任府学教授，因此对此事知道得很详细。

5.5.16 遇合定数

某部郎性恬退，竟日伏案，以经史自娱。久之，并堂期亦不至署。一夕，梦其父谓曰：“明日应上衙门。”醒而异之，少顷又梦，声色俱厉。因告夫人，诧为奇事。夫人曰：“此不奇，君自奇耳。司官儤（bào）直，循分应然。君视到署若登天，真乃奇也。既阿翁谆谕，何妨破格一行乎？”从之，抵署，同官都已到齐。

时禄相国（康）管理本部，是日有公事将至。内一少年戏之曰：“君今日殆为中堂道喜来？”某问何喜，少年随口摭事以实之。相国至诸司谒毕，某独行贺礼。相国以面生，疑为别部司员，宜从谦抑，匆忙答礼。某慌遽谢不敢，不觉手曳相国素珠。珠绝，相国怒，问知为本部司官某姓名者，益怒曰：“俟入内，再与计论。”连呼某名者再，忿然去。群责少年，少年亦惶恐，转恳排解之策。浼（měi）相国较契之某，某带某至朝房，俟其出，为之关说。相国出，指某曰：“便宜他。”众不解所谓，环立悚然。相国哑然曰：“某省知府要缺请简放，上询我部郎中、员外，内有才具胜任者否。乃诸君姓名概不记忆，良久莫对，胸中只有彼姓名在，不觉即以某对。已奉旨补授矣。”某向相国叩谢，前嫌亦释。可见遇合有定数，奔竞营求，无益也。

【译文】某部郎（中央六部中的郎官）性情淡泊名利、安于退让，整天伏在桌案上，以阅读经史书籍为乐。久而久之，即使部里开会议事的日期，他也不去上班。一天晚上，他梦见父亲对他说：“明天你应该去衙门上班。”他醒后觉得很奇怪，过了片刻，他又梦见父亲声色俱厉地对他这样说。于是，他把梦中的事告诉了妻子，并惊诧地认为这是一件怪事。他的妻子说：“这不奇怪，是你自己觉得奇怪罢了。朗官在衙门值班，是分内的职责，理所当然。可你却把到衙门上班视作比登天还难，这才真是让人奇怪的事。既然公公已经恳切地指示了你，你何妨破例去一趟衙门呢？”部郎听从了妻子的话，他来到衙门，看见同僚们都已经到齐了。

当时禄相国（禄康，爱新觉罗氏，满洲正蓝旗人）管理这个部门，这天他因为公事将要前来。部里的一名少年对某部郎开玩笑说：“您今天大概是来为中堂道喜的吧？”某部郎询问中堂有何喜事，那名少年随口说了一件事以作搪塞。相国视察了各个部门，受到众人参见，只有某部郎在参见时向相国施礼表示祝贺。相国觉得他有些面生，以为他是别部的司员，觉得自己应该谦逊一些，于是匆忙还礼。某部郎急忙慌张地推说不敢，不觉之间手已拽到相国身上的朝珠。朝珠线断散落一地，相国愤怒，经过询问后得知他是本部的郎官，姓某名某，于是相国更加愤怒，说："等我上朝回来，再与他计较。"相国连续多次地念叨着他的名字，愤然离去。众人都责备那名少年不该乱开玩笑，少年也惊慌恐惧，转而寻求排解之策。少年央求一个与相国关系好的某人，请求那人把某部郎带到朝房，等相国出来时，为部郎说情。相国出来后，指着部郎说："便宜他了。"众人不理解相国说这话的意思，都肃然恭敬地环立在一旁。相国笑着说："某省有一个重要的知府职缺，请求朝廷选派官员，皇上询问我部的郎中、员外郎中有没有具有才干可以胜任此职的人。可是当时大家的姓名我一概没有记住，很久不能应答，心中只有那个部郎的姓名存在，不觉就把他的名字说了出来。皇上已经降下圣旨，授予他知府一职了。"部郎向相国叩谢，二人的嫌隙也得已消除。由此可见，彼此相遇投合是有定数的，奔走竞争，钻营谋求，是没有用的。

5.5.17 王贞妇

裕忠愍公（谦）曰：道光甲午，余奉命陈臬江苏，甫下车，即廉得贞妇王氏事，狱具，为之请旌于朝，既又立石墓所，以志颠末。贞妇丹徒人，嫁同邑赵维兴之子星彩。姑陆妪与道士潘致云私通，赵利其财，阴纵焉。致云见贞妇少艾，与妪谋，欲污之。妪以语贞妇，贞妇泣誓不从，妪怒，日肆虐。见贞妇志坚，乃假他故出妇。母怜其少，欲使改适，妇矢不二。年余，妪阳为好言谢贞妇，仍复归。一日，致云私匿妇床侧，俟其寝，突出犯之。贞妇大呼奋击，致云惧而走。妪益怒，刺以锥，掊击无算。贞妇度不免，乃乘间闭户，沐浴更衣，衣裳三袭皆缝纫，检维兴所蓄生鸦片吞之，立毙。妪佯以急病闻其家，妇族懦，虽鸣诸官，终莫能辨。会有调人遂罢。殓妇时，甲午八月十九日也。余既诇（xiòng）实，密遣干员捕得，鞫如律。

嗟乎！一乡里弱女子耳，非有礼义之训，渐渍于平日，而能皭（jiào）然于污泥之中，以自完其志节，可谓烈矣。余观贞妇所为，与归震川所载张贞女事相类。益以叹人心义礼，胥本于天理民彝之正，卓然自守者，甘受荼毒，至殒身而不悔，盖古今同一揆也。惟被死于群奸之手为稍异。然张贞女之死，众目昭著。而官吏反覆行赇舞文，久而后定。岂若兹贞妇之死，狱无异词也哉？抑臬司虽为刑名总汇，往往即郡县已成之狱，而为之详审定谳，鲜有独得其情者。贞妇覆盆立雪，余之能察，殆贞魂不泯，亦神灵有以默启之耶？因思天下穷陬僻壤，如贞妇之狱，恐或时有，必待访问而后知。则访问所未及者，将若之何？予用是滋惧，故特表而出之，以告世之听断者。

【译文】裕忠愍公（名谦）说：道光甲午年（1834），我奉命担任江苏按察使，刚上任，就查访得知了贞妇王氏的事迹，定案后，我为她向朝廷申请表彰，随后又在她的墓地刻石立碑，以记录事情的始末。王氏贞妇是丹徒县人，嫁给本县赵维兴的儿子赵星彩为妻。婆婆陆氏与道士潘致云私通，赵维兴贪图道士的钱财，暗中放纵二人。潘致云看见王氏年轻美丽，与陆氏共谋，企图奸污王氏。陆氏把潘致云的意图告诉了王氏，王氏哭泣着发誓坚决不答应，陆氏愤怒，每天恣意地虐待王氏。陆氏见王氏志向坚定，便以他事为借口休弃了王氏。王氏的母亲见王氏年少，想要让她改嫁，王氏发誓说自己不嫁二夫。过了一年多，陆氏假装以好话向王氏道歉，仍让王氏回到了赵家。一天，潘致云暗藏在王氏的床下，等她睡觉时，忽然出来侵犯王氏。王氏大声呼叫，奋力反抗，潘致云因害怕而逃走。陆氏更加愤怒，不但用锥子刺王氏，还鞭打了王氏无数下。王氏自忖难以逃脱潘致云的魔掌，便趁机关上门户，沐浴更衣，把身上的三层衣裳都缝合起来，找出赵维兴所藏的鸦片，吞了下去，立时毙命。陆氏谎称王氏得急病而死，把死讯告知了王家，王家一族懦弱，虽然报了官，但最终也没有查出王氏真正的死因。当时正逢有人出来调解，于是王家撤回了诉讼。王氏入殓的时间，是甲午年（1834）八月十九日。我侦知实情后，秘密派遣干练的差役将陆氏和潘致云抓获，审讯后，依法惩处。

唉！一个乡间的弱女子，没有接受过礼义的教训，只是平日里受到了一些熏陶，竟然能在污泥之中保持清白，保全了自己的志节，可谓是个烈女子了。我观察王氏的行为，与归震川先生（归有光）记载的张贞女的事迹相似。这让我更加感叹人们心中的义礼，全部源于天理人伦的正道，那些卓绝自守的人，甘愿忍受残害和虐待，甚至丧命，也绝不后悔，从古至今都是相同的道理。略有不同的，是有的人死于群奸之手，有的人死于一人之手。然而张贞女之死，事迹显著，众人皆知。但官吏却反复行贿、玩弄文字、曲解法律，很久方才定案。哪像王氏之死，定案时毫无异议呢！这大概由于按察使虽然是刑狱的主管官员，常常把府县官员已经判定的案子，直接做出结论定案，很少有能进一步探知实情的。王氏的冤屈能够昭雪，我能察访出实情，大概是由于王氏英灵不灭，再加上神灵冥冥之中的指引吧！于是我想到天下穷乡僻壤，像王氏这样的案子，恐怕时有发生，必须等访察后才能得知。然而那些无法访察到的案子，又该怎么办呢？我由此心生惶恐，所以特地公布此案，以警示世间的审案之人。

5.5.18 建义塾

田澹斋封翁，山阴人也。生平乐善好施，尝建义塾以惠桑梓，需费万金。年逾四旬，妻亡无子，祈梦于会稽之南镇庙，梦神授以红纸，空无一字。醒而恶之，谓子之空也。述诸友，其友解曰："是宜娶洪姓而后有子。"翁从之，连举四子。次吉生，名祥，登道光戊戌进士，现官户部主事；幼子寅生，名祚，中式甲辰乡试；长曼生、三曹亭，均以名诸生应试。今封翁年已八十余矣，孙曾绕膝，精神强健。而乐善好施，仍复不怠。

【译文】受到朝廷封赠的田澹斋老先生，是浙江山阴县（今绍兴市）人。他生平乐善好施，曾经出资建立了一所不收学费的私塾以惠及乡人，花费了一万两银子。他四十多岁了，妻子去世，没有儿子，有一次他去会稽县的南镇庙祈梦，梦见神人给了他一张红纸，纸上没写任何字。他醒来后感到厌恶，觉得自己得子无望。他把梦中之事告诉了自己的一个朋友，他的朋友为他解梦说："你应该娶一个姓洪的女子，而后可以得子。"田先生听从了朋友的话，接连有了四个儿子。他的二儿子田吉生，名祥，在道光十八年（1838）戊戌科考中进士，现任户部主事；他的小儿子田寅生，名祚，在道光二十四年（1844）甲辰科乡试中考中举人；他的大儿子田曼生、三儿子田曹亭，都因在校学习时品行卓著而被保举应试。现在田老先生已经八十多岁了，孙子、曾孙围绕膝下，精神依然强健。而他乐善好施的习惯，仍然不止。

5.5.19 不孝

萧邑东乡，有兄弟分居各炊，而轮养其母者。弟家贫，值膳期，供或不给。母就食于兄，兄方与妻子围坐大嚼，置之不问。其母见桌上有肉，手取而尝之。兄怒形于色，覆肉于地，呼犬食之。母饮泣去。兄家计饶裕，儿女盈膝，兼之少年入泮，颇有文名。人方疑天道之无知。道光十九年间，兄于傍晚赴友人招饮，溺死桥下，其子亦相继卒。

【译文】浙江萧山县东乡，有一对兄弟，分居各自生活，而轮流奉养母亲。次子家贫，有一次轮到他供养母亲，拿不出食物。母亲就去长子家吃饭，当时长子正与妻子围坐着大吃大喝，看见母亲也置之不理。母亲看见桌上有肉，伸手拿了一块来吃，长子怒形于色，把肉倒在地上，呼唤狗来吃。母亲含泪而去。长子家境富裕，儿女也多，再加上少年入学，以善于写文章而有名。人们都疑心天道不公。道光十九年（1839）某天，长子在傍晚前往友人家饮酒，溺死于桥下的水中，他的儿子也相继死亡。

5.5.20 张氏父子解元

嘉禾张叔未解元（廷济），阅《黄漳浦集》，知崇祯殉国者二十一人，浙居其七。因思西湖祀于孤山有六君子，必遗一人。历考之，得越中俞公（赞虞），乃言于会垣荐绅，俾祠中增祀栗主。时丙午科比士，嗣君庆荣，亦擢省元。揭晓谒房师吴星榆明府，言得卷之夕，坐而假寐，梦捉一金鱼，二跃而后入手。及寤，乃省元卷也。“鱼”与“俞”“虞”同音，其感应之先机欤？

【译文】浙江嘉兴的张叔未解元（张廷济，原名汝林，字顺安，号叔未），阅读《黄漳浦集》后，知道崇祯时期明朝灭亡时有二十一人殉国，其中七人是浙江人。于是，他想起在西湖孤山的祠庙里只供奉着六人，必定缺少了一人。他遍查典籍，知道（所少的那个人是）绍兴的俞赞虞先生，便把这事告诉了省城的官绅，让他们在祠庙中增设了俞先生的牌位。当时正逢道光二十六年（1846）丙午科乡试，他的儿子张庆荣，也考中了解元。揭榜后，张庆荣去参拜房师吴星榆县令，吴县令说阅卷的那天晚上，他坐着打盹，梦见捉到一条金鱼，金鱼跳跃了二次后才跳到他的手中。等他醒后，发现自己手中所拿竟然是解元的考卷。“鱼”与俞赞虞先生名字中的“俞”“虞”同音，这或许就是感应的先兆吧？

5.5.21 贪便宜反吃亏

吾乡有日家林某者，性鄙吝，无利不钻。见里中有隙地，则埋以木桶，以便人溺。满则售诸田家，每桶可得数十钱。此何如利也，而孜孜为之，其人可知矣。至是年已七十，家亦充裕，犹必清晨入市，虽鱼肉菜蔬，以及油盐酱醋，所值已属无多，常与人争及厘毫。无他，好便宜耳。

一日，至油肆市油，交钱后仍寄瓶于柜上，盖别有所购也。其瓶实盛油八两五钱，林某则谓此半斤瓶也，每给以半斤之价。肆主虽称之以秤，彼弗顾也。是日，肆主谓其伙曰："林某好便宜，吾思有以报之矣。"未几，林来取油，肆主故作皇皇之状，曰："吾伙适他出，柜有二瓶，不知谁寄者，请自认。"林某见一大者，油且满出矣，熟视之，曰："是此。"遂携而归。及倾诸釜，始知瓶底厚而油反少。邻里闻之，传为笑柄。

又一日，林闻门外有争殴声，开门问之，其长者曰："吾于地上检一纸钱票，彼欲瓜分吾有，其谁甘之？"其少者曰："吾先俯而拾之，力稍弱，为渠所夺。愿老丈为我调停。"林曰："钱票安在？"其长出以示之，乃钱一千文。且曰："吾二人皆不识丁，其载钱若干，乞以告我。"林欺其不识字也，乃诳之曰："钱实四百文。钱店去此尚远，吾先如数与汝二人。既免汝行，复释汝争。能听吾言，各得二百文，否则非吾所知也。"皆诺之。林遂收其票，出四百钱付之。各谢而去。方谓数语之顷，即可得钱六百，事之便宜，孰有过于此者。既而使其子持票支取，须臾其子气喘而归，久之始言曰："幸甚幸甚！某店谓我惯用假票，非得某友剖明，几为地保送县矣。"林某闻之，且愧且恨，未几染病不起。或曰即为前二事恚死耳。

【译文】我的家乡有个推算星命的术士林某，生性贪鄙吝啬，无利不钻。他见乡里有块空地，便埋上木桶，以便行人大小便。木桶满时，就卖给农户，每桶可得几十文钱。这是什么样的利益，他都孜孜不倦地贪求，其为人就可想而知了。到今年，他已经七十岁了，家境也还算富裕，可他每天清晨赶集时，不管鱼肉蔬菜，还是油盐酱醋，值不了多少钱的东西，他都常常与人毫厘必争、斤斤计较。没有其他原因，只是因为他贪图便宜罢了。

一天，他到油铺买油，付完钱后仍把油瓶寄放在柜台上，因为他还要买其他的东西。他的油瓶装满后实际是八两五钱，而林某却说他的油瓶只能装半斤，每次只付半斤的钱。店主虽然用秤称重，可他一点也不在乎。这天，店主对店里的伙计说：“林某好占便宜，我想修理他一下。”不久，林某前来取油，店主故意装出严肃的样子，说：“刚才我店中的伙计外出，柜台上有二个油瓶，不知谁寄放在这里的，请你自己认领吧。”林某看见其中有一个大的油瓶，里面的油快要溢出来了，他仔细观察后，说：“是这个油瓶。”于是携带回家。等把油倒在锅里时，才知道这个油瓶瓶底厚但装的油反而少。邻居们听闻此事，都传为笑柄。

又一天，林某听到门外有争吵打架的声音，开门询问，其中一个年纪大的人说：“我从地上捡到一张钱票，他想要瓜分我捡到的钱票，这谁能愿意呢？”一个年纪小的人说：“我先俯身拾到的这张钱票，只因我力量稍弱，被他夺了去，请老先生为我主持公道。”林某说：“钱票在哪里？”年纪大的人拿出钱票给他看，原来是一张面值一千文钱的钱票，并且说：“我二人都不识字，这张钱票面值多少钱，请您告诉我。”林某欺骗二人都不识字，便诓骗他们说：“这是张面值四百文的钱票。兑钱的店铺离此尚远，我先照数付给你们。这样你们既不用跑腿，也可以解除争端。你们能听我的话，就各得二百文钱，否则其后果如何我就管不了了。”二人都同意他的说法。于是林某收下钱票，拿出四百文钱付给他们。二人道谢离去。他才自言自语地说：“几句话的功夫就赚了六百文钱，便宜的事情，还有胜过于此的嘛？”过了片刻，林某让儿子拿着钱票前去支取，很快他的儿子气喘吁吁地跑回家，喘了很久才说：“太幸运了！太幸运了！钱庄的主人说我惯用假票，如果不是我的某个朋友为我辩解说明，我几乎被地保押送到县衙了。”林某闻此，既惭愧又悔恨，不久染病不起。有人说他就是被前面发生的这两件事给气死的。

5.5.22 刘梦金

刘梦金，上海人。其父名医也，与金姓者交最厚。一日，金遘疾，延刘医治。刘诊脉开方，备极详慎。晚归，细阅方书，觉药中有误。急叩门谕勿服，已无及矣。是夕，金卒。刘大懊恨，因详载病源，并原方一纸，夹入方书中，拟俟他日遇善医者质之。逾年，刘妻将孕，忽梦金来访，笑语如平时，将去，刘挽之，曰："毋庸，当久住君家也。"醒而报其妻诞子矣。刘悟其故，即名曰"梦金"。幼甚聪慧，授以方书，辄了了。未三十即成名医。既而其父病，延他医调治，皆弗效。心甚彷徨，偶检方书，得一故纸，并所载病源，皆与父同，遂用之。至夜半，父吻燥，问曰："适所服谁方耶？"曰："于方书中得之，固大人手迹也。"父曰："嘻！此吾向以误金某者也。"一笑而卒。

【译文】刘梦金，上海人。他的父亲刘某是一位名医，与一个姓金的人交情最为深厚。一天，金某生病，请刘某医治，刘某诊脉开方，十分认真谨慎。晚上回到家，刘某细阅医书，发觉自己所配的药中有误，急忙去敲金某家的门，告诉金某不要服用，可是已经来不及了。这天晚上，金某去世。刘某十分悔恨，于是详细记录病源，并把原先那张药方，夹在医书中，打算等他日遇到一个更好的医生时向他请教。过了一年，刘某的妻子将要生产，忽然梦见金某来访，谈笑如平时，临走时，刘某挽留，金某说："不用挽留，我会长久地住在你家里。”刘某醒来后，家人就向他报告他的妻子生了一个儿子。刘某悟到金某说那话的原因，随即给儿子取名为“梦金”。刘梦金幼年十分聪慧，教授他医书，他很快就能明白。未到三十岁，他就成了名医。不久，他的父亲生病，又请了其他的医生调治，都没有效果。他心中十分不安，有一次，他偶尔查阅医书，发现一张旧纸，纸上所载的病源，与他父亲的病情完全相同，于是他按方配药。到了半夜，他的父亲口干舌燥，问他说：“我刚才所服的药，是谁开的药方？”刘梦金说：“我是从医书中获得的，它原本是父亲大人您亲手写下的。”他的父亲说：“唉！这就是我从前给金某误开的那张药方。”说完一笑而死。

5.5.23 讼师恶报

洙泾盛某，以刀笔起家。阴险多机智，乡里咸畏之。时有徽商开木行于其地者，杯酒之欢，独不及盛。盛心衔之而不发也。一日，行破庙中，见一丐者，惊视曰：“若非吾家某耶？十余年出外，何至于此？”丐知其误，心念为此人眷计亦得，遂佯应之，与俱归。薰沐而冠履焉，呼之曰“弟”。吴淞俗，秋稻登场，凡运租船出，例烧神纸。

是年，盛命丐同往，舟中多携爆竹，沿木簰（pái）处乱放，竹缆皆焚。徽商知之，率众来击。家人故溺丐于水，以人命控官，商遂破产焉。乡人始知其修杯酒之怨也。又一日晨起，有开豆腐店者，跪于前曰：“吾妻昨夜与人奸，吾手刃妻，而奸夫已逸，奈何？”盛曰：“奸不捉双，事败矣。能以圈中二猪见赠，当为画策。”其人许之，曰：“归置妻于床，慎勿声扬。明日四更开店，赌坊中有来吃浆者即杀之。以二首呈官可也。”其人归，果如计杀之。熟视之，乃盛子头也。盖忘其日在赌坊耳。盛一恸而绝。天之报施恶人，亦酷矣哉。

【译文】上海洙泾镇的盛某，以做讼师起家。他为人阴险，机智多端，乡里人都惧怕他。当时有个安徽客商在当地开了一间木材行，邀请当地人饮酒，但唯独没有请过盛某。盛某怀恨在心却不表现出来。一天，盛某经过一座破庙，看见一个乞丐，他惊奇地注视着乞丐说：“你不是我家的某人吗？你十多年出门在外，怎么沦落到这种地步？”乞丐知道盛某认错了人，心想能成为此人的家眷也还不错，便假装承认了，跟随盛某一同回家。盛某让乞丐熏香沐浴换上新的衣鞋，称呼乞丐为“弟弟”。吴淞一带的风俗，秋稻收割完毕运到场上时，凡是装运租税的船只出发时，按照惯例都要烧纸祭神。

这年，盛某命乞丐与自己一同前往，携带了很多爆竹来到船上，沿着木筏四处乱放，（徽商船上的）竹篾绞成的缆绳全部被点燃。徽商知道后，率领众人前来殴打。盛某的家人故意把乞丐溺死于水中，以人命案件控告到官府，徽商于是破产。这时乡人们才知道盛某是在报徽商不请他饮酒的怨恨。又一天早晨起来，有个开豆腐店的人，跪在盛某面前说：“我的妻子昨夜与人通奸，我用刀杀死了妻子，但奸夫已经逃跑了，怎么办？”盛某说：“捉奸不捉双，无济于事。你如果能把圈中的二头猪赠我，我就为你筹划。”卖豆腐的人答应了，盛某说：“你回去后，把妻子的尸体放在床上，切勿张扬。明天四更时打开店门，如果赌坊中有来吃豆浆的，你就立即将其杀死，然后把二人的首级呈交给官府就行。”那人回去后，果然依照盛某的计策杀死了一个人。仔细观察之下，才发现砍下的竟然是盛某儿子的头。原来，盛某忘了自己的儿子每天都在赌坊中。盛某悲恸之下气绝而死。上天对恶人的回报，也算残酷的了。

5.5.24 教师女

某教师以拳击驰誉衡湘间，一女微有姿，尽以其技授之。女有约，必得技如己者而后嫁焉。父殁，遂以前约榜于门。远近至者不下数百，皆非女敌，惟一少林僧技出众上。女以其僧也，恶之。翼日，复交手，飞脚点其胸，履头故着铁，僧几毙命。去而恚曰："三年后当相报也。"后一江西武举，亦以技投，技不如僧，然武举美少年，女心属之，退避三舍，遂委禽焉。居三年，女常戚戚，谓其夫曰："曩以炫技之故，结怨一少林僧，彼云三年后当至，今其时矣。宜谨备之。"未几，而僧至，女命夫出见，而己为仆妇装。胸前裹一大镜，重衣袭之，捧茶出。僧熟视之，默然无语。女退，以膀靠柱。柱离磉（sǎng）尺许，以手正之，复如故。僧起立曰："技止此乎？吾不敢较矣。"随以指抵其胸，女色变少却，曰："三年所学，亦只平平。"僧竦然退。女急解衣，镜已碎矣，着指处如椎凿然。

【译文】某教师以拳术驰名衡山、湘水一带，他有一个女儿，略有姿色，教师把自己的拳术全部传授给了女儿。女儿发誓，必须是拳术与她旗鼓相当的人她才肯嫁。父亲死后，女子把自己的誓言张贴在门前。远近前来求婚的人不下数百，都不是女子的敌手，只有一个少林僧人技压众人。女子认为他是僧人，而心生厌恶。第二天，女子又与僧人交手，女子飞起一脚点在僧人的胸前，因为女子的鞋头装了铁片，僧人被踢得几乎毙命。僧人离去时，愤怒地说："三年后，我一定回来报仇。"后来，江西的一个武举人，也凭技艺前来向女子求婚，武举人技不如僧，但他是个美少年，女子心生爱慕，故意避让，于是女子就嫁给了武举人。过了三年，女子经常面带忧愁，对丈夫说："从前，我因为炫耀技艺，与一个少林僧人结下怨仇。他说三年后要回来报仇，现在快到时候了。我们应该慎重地准备一下才行。"过了不久，僧人来到女子家，女子命丈夫出来会见僧人，而她自己则穿上婢女的衣服，胸前裹着一面大镜子，外面套上重重衣衫，捧茶而出。僧人仔细观察着女子，默然无语。女子退后几步，臂膀靠在柱子上。柱子在石墩上移动了一尺有余，女子用手移正，使柱子恢复原貌。僧人站起来说："你就这么点技艺吗？我不敢与你比较了。"随后，僧人用手指点了一下女子的胸，女子大惊失色，略退几步，说："你三年中所学的技艺，也只是平常。"僧人惊恐地离去。女子急忙解下外衣，胸前的镜子已经碎了，被僧人手指点中的地方就像用椎子凿过一般。

5.5.25 雷击萤

乾隆五十九年，直隶大方伯郑公勘水，至滹沱河，彷徨昼夜。乘肩舆行水中，水浸舆几没膝。时剧风雨，雷声隆隆，轰击其左右。公自念生平无疚心事，岂其获天谴耶？乃急挥其舆夫、从人去，曰："毋徒俱毙也。"既而雷声渐微，雨势亦减。忽一物荧然起衣袂间，如萤火，须臾光长径尺，蜿蜒而逝。乃悟雷击者为此也。岂龙蛇之蛰，依公以逃劫耶？

【译文】乾隆五十九年（1794），直隶总督郑公勘查水利，来到滹沱河，徘徊了一昼夜。他乘坐轿子行走在水中，河水浸湿轿子，几乎没膝。这时风雨大作，雷声隆隆，轰然击打在郑公的旁边。郑公自念生平没有做过亏心事，怎么会受到上天的谴责呢？于是他急忙挥手，命令轿夫、侍从离去，说："不要白白地被雷击杀。"过了片刻，雷声渐小，雨势也减。忽然一个发光的动物从郑公的衣袖间窜出，亮如萤火，很快那道光变成径尺之长，蜿蜒而去。此时郑公才醒悟原来雷电击打他的左右是为了这个东西。这难道是蛰伏的龙蛇，依托郑公的衣袖以躲避劫难吗？

5.5.26 仁和武生

仁和武生某，少年美貌。有寡妇悦之，托其邻致意焉，遂与通。妇有夿资，倾囊以赠，且订终身之约。既而其邻向妇丐贷不遂，乃反间某曰："此妇所欢非一人，不可纳也。"某遂绝之。妇忿恨自经。明年值武闱，某方试马演武厅。俄见披发妇人横冲马道，马惊逸而堕，伤重舁归。晚向家人述负妇颠末，缕缕而卒。过数日，其邻即发狂，云："某妇已控阴司，前拘某去，今并拘我也。"亦死。时乾隆五十四年十月事也。

【译文】浙江仁和县某武生，年轻英俊。有个寡妇爱慕他，委托他的邻居向他致意，于是二人私通。寡妇有些财物，全部赠予武生，且约定了婚姻之事。不久后，邻居向寡妇借钱不成，便挑拨离间二人，对武生说："与这个寡妇相好的不只你一个，你千万不要与她结婚。"武生于是与寡妇断绝来往。寡妇愤恨地自缢而死。第二年，正逢武举人考试，这个武生在演武厅里应试马术。忽然看见那个寡妇披头散发地横冲入马道，马受惊逃窜，武生从马上坠落下来，伤重被抬回家中。晚上，武生对家人讲述了他辜负寡妇的经过，说完后缓缓而死。过了几天，他的邻居也随即发疯，说：“那个寡妇在阴间已经提出控告，前几天阴差捉拿了武生而去，如今又来捉拿我了。”说完也死去了。这件事发生在乾隆五十四年（1789）十月。

5.5.27 于莲亭观察述三则

于莲亭曰：阴贼很戾，必有恶报，况陷人于死，岂能甘心？如伯有为厉，窦婴索命，皆非虚语。予尝闻有巡抚某与总督某不协，巡抚暗行劾奏，总督不知也。后总督闻之忿极，吞鼻烟壶而死。巡抚不数年至大司寇。一日，中途拜客，喝令住轿，向空作揖，形甚仓惶，面色骤变。谓家人曰：“尔等不见某总督乎？”家人知系冤鬼相缠，急令舆夫回轿，比到家，业已昏迷，当夜即气绝。

又某廉访素严刻，每办案，俱率意为之。一日，在内衙忽呼人曰：“何县解来强盗七名，闯到我跟前。”合署人皆无所睹，少刻暴病而亡。盖数日前曾有窃案，中七人误以为盗，即行正法。故来索命云。

又某廉访与某官不合，因办一案，置之于死，实无死法也。未数日，忽见某官向前相击，随发背疽而死。虽稗官野史所载，亦有迟至数世，或一二世而始报者，然终不能不报也。怨毒之于人，甚矣哉！

【译文】于莲亭先生（名克襄）说：阴险残忍，凶恶歹毒，必然受到恶报，何况陷人于死地，死者岂能甘心？像伯有变成厉鬼、窦婴冤魂索命等事，都不是胡编乱造的。我曾听说一件事，某巡抚与某总督不合，巡抚暗中弹劾总督，总督全然不知。后来总督听闻此事，愤怒之极，吞下鼻烟壶而死。没过几年，巡抚官至刑部尚书。一天，拜客途中，巡抚忽然大声命令停下轿子，向天空作揖，样子十分恐慌，脸色骤然改变。巡抚对家人说："你们没有看见某总督吗？"家人知道是冤鬼纠缠，急忙令轿夫抬轿回家，刚一到家，巡抚就昏迷过去了，当天夜晚随即断气。

另有一件事，某按察使素来严厉苛刻，每次办案，都是轻率随意地处理。一天，他在内衙忽然对人大喊道："哪个县押来的七名强盗，闯到我的跟前。"整个官署的人都没有看到他所说的那七个人，过了片刻，他便突然得病死亡了。原来几天前曾有一件盗窃的案子，他把其中的七个人误判为盗贼，随即予以正法。因此，七人前来索命。

还有一件事，某按察使与某官不合，因为某官办错一件案子，于是将其处死，实际上按照法律某官罪不至死。没过几天，按察使就忽然看见某官向前相击，随后他就背疽发作而死了。这些虽然都是稗官野史的记载，也有推迟几世或一二世才受到报应的，可是最终不能不受到报应。残忍狠毒待人所带来的怨恨，真是太厉害了。

5.5.28 女子奇技

于莲亭曰：吾师李敬传夫子，言其伯父宝幢先生（汪度），于乾隆间视学楚南，师随棚看文。后因陆路赴站不及，借宿野店。师时年少，喜游览，见有一小室，中植铁叉。店主用酒浇叉上，怪而问之。店主曰："先生不厌烦，请为言之。"师叩其详，答曰："予少年作响马，颇事劫掠，生平善用铁叉。旋转如意，人不能敌。此间有一巨室，素称富饶。予垂涎久之。适其家娶新妇，妆奁陈设，耀人耳目。夜半率徒数人，各带器械，随予纵身踰垣，直抵新房外。因舌舐纸窗窥之，忽见新妇在床自言曰'有人'，遂坐起着鞋。予思一幼妇何足畏，遂以叉刺门而入。妇迎门出斗，疾如风。予以叉击之，但见妇左右跳跃，予竭尽平生之技，叉总不能着其体，徒数人均受伤逸去。予不觉心摇手颤，遂被妇踢腰倒地。正欲脱身，妇又飞一脚伤腹甚痛。盖妇所着，乃铁鞋也。时相斗良久，门外仆人渐集。妇脚蹋予背，挣不能起。呼人用绳捆缚。妇坐而问曰：'子欲官休乎？私休乎？'予问曰：'何为官休？'妇曰：'尔恃强打门入室，送官究治，以劫盗论，尔无命矣。'予问私休如何，妇曰：'我有随嫁丫环数人，诸般技艺皆备，惟叉无人传授。尔用叉颇熟，赐尔百金，留府教众婢演习。尔自后当痛改前非，如其不悛，擒汝易易耳。'予叩头应允。妇命释缚教众婢习叉，一月而成。予自此改悔，作小经纪，后渐裕。开此饭店，已十余年矣。此叉用久有灵，常自鸣，故用酒浇之。先生慎勿语人也。"予负笈时，师常述此事。可见天下技艺无穷，勇不可恃。俗语谓"强中更有强中手"，洵不诬也。

【译文】于莲亭先生（名克襄）说：我老师李敬传先生说，其伯父李宝幢先生（名汪度），在乾隆年间在湖南担任学政，他跟随伯父在考场中批阅试卷。后来回来时，走的陆路，错过了驿站，便在郊野的一家旅店中借宿。当时我的老师年少，喜欢游览，他看见有一间小屋，屋子中竖立着一杆铁叉。店主用酒浇在铁叉上，他奇怪地询问店主为何这样做。店主说："先生如果不厌烦，请听我为你讲一下。"李老师询问其详细原因，店主说："我少年时做强盗，多次从事抢劫，生平擅长使用铁叉，随心所欲地舞动铁叉，无人能敌。这里有一个大户人家，素来富裕，我垂涎已久。适逢他家娶媳妇，陈设的妆奁，耀人耳目。半夜，我率领数个同伙，他们各自携带器械，跟随我纵身越过院墙，一直抵达新人的房间外。于是我用舌头舔破窗纸，从纸缝间往里窥视，这时我看见新妇在床上自言自语地说了一声'有人'后，便坐起穿上了鞋子。我想一个少妇何足畏惧，便以铁叉刺门而入。新妇走出门来与我相斗，身手迅捷如风。我以铁叉击刺，只见新妇左右跳跃，我竭尽平生之技，铁叉总不能碰到她的身体，我的几个同伙都受伤逃走了。我不禁心摇手颤，于是被新妇踢中腰部而倒地。我正想逃跑，新妇又飞起一脚踢伤了我的腹部，我感觉十分疼痛。原来新妇所穿的是一双铁鞋。当时，我们相斗已久，门外渐渐聚集了许多仆人。新妇踏着我的背，我用力挣扎也无法起身。新妇叫人用绳子捆绑住我。新妇坐下后问我：'你想公了还是私了？'我问：'什么是公了？'新妇说：'你恃强破门入室，把你送到官府治罪，官府以劫盗罪论处，你就没命了。'我问什么是私了，新妇说：'我有几个随嫁的丫鬟，具备各种技艺，只是没有人传授她们使用铁叉的技艺。你使用铁叉的技艺颇为熟练，赐给你一百两银子，你可以留在我家教授我的婢女练习铁叉之技。自此以后，你必须痛改前非，如果不悔改，我擒拿你太容易了。'我叩头答应。新妇命人解开我身上的绳索，让我教授众婢练叉，一个月就教授完了。我自此悔改，转行做起了小本生意，后来逐渐富裕。我开这间饭店，已经十多年了。这杆铁叉因为被用得久了已有灵气，经常自己发出鸣声，因此我这才用酒浇之。先生千万不要把我告诉你的事告诉别人。”我求学时，李老师经常对我讲述此事。由此可见，天下的技艺无穷无尽，依仗勇武而欺负别人是绝对不行的。俗话说“强中更有强中手”，说的一点也不错。

5.5.29 掩骼

侯官杨谷堂茂才（锡善），诚朴而孝。出必告父，或父方寝，即友以急事相召，不敢遽出也。其至性纯悫如此。夏凊冬温，历三十年如一日。朋辈以其迂，多讪笑之。杨不顾，益自励。家贫甚，以馆谷供甘旨外，悉以行善，汲汲无倦意。道光甲辰，课蒙西关外某家。馆近义塚，年久而尸骸暴露，为风雨侵者比比，甚至为狗彘所食，寓目惨然，而卒无谋掩之者。杨奋然曰：“是吾责也。”每课余，辄持筐往，将暴骨检归，纳之灰桶，久久积至十余桶之多。继而某家多见鬼，知其所为，告杨弃之，不允。某家促之急，遂出修金买山瘗焉。时杨尚困童子军，越年应试，甫入场，倦甚，隐几而卧。题出久矣，未醒，忽有人抚其背曰：“时不早，尚恋恋黑甜乡耶？”遂惊觉，见题难，且非素长，大失意。乃一提笔，而文机涌发，疾书不已，若有神助者。心窃喜，出文示同志。见者诧之，疑其宿搆。杨因缕述场中情状，群谓积善所致，必售也。未几，果入泮。

【译文】福建侯官县的杨谷堂秀才（名锡善），诚朴孝顺。每次出门都要禀告父亲，如果父亲刚入睡，即使朋友有急事召唤他，他也不敢不告而出。其天性是如此的纯朴诚实。他夏天想尽办法使父亲凉爽，冬天想尽办法使父亲温暖，历三十年如一日。朋友认为他迂腐，往往讥笑他。杨秀才不顾，更加努力。杨秀才家境十分贫困，他用设馆教书得来的钱奉养父亲，其余的钱全部拿来做善事，勤勤勉勉，毫不倦怠。道光甲辰年（1844），他在西关外某家设馆授徒。学塾靠近一处收埋无主尸骨的坟场，时间长了，尸骨暴露在外，每每受到风雨的侵袭，甚至有些被狗猪所食，触目凄惨，可终究也没有人出来想办法掩埋尸骨。杨秀才愤激地说："这是我的责任。"每到课余时间，他就持筐前往义冢，将暴露的尸骨捡回，装进灰桶里，久而久之，已达十余桶之多。不久，某家说经常见到鬼，知道是杨秀才所做的事招致的，劝杨秀才扔掉那些尸骨，杨秀才不同意。某家再三催促，杨秀才便拿出自己的薪酬买了块山地埋葬尸骨。当时杨秀才多次应童子试而考不中，过了一年，他又去应试，刚进入考场，觉得十分疲倦，便趴在考桌小睡。考题已经公布很久了，他还没醒，这时忽然有人拍着他的背说："时辰不早了，你还留恋于梦乡吗？"他猛然惊醒，看见题目很难，并且不是平日里自己所擅长的，因此他大为失望。谁料他刚一提笔，就文思泉涌，迅速书写不止，好像有神灵在暗中帮助他。他心中暗喜，出来后把自己所写的文章拿给同学看。见到的人都非常惊诧，怀疑他是提前构思好的。于是杨秀才详细地说出自己在考场中的情况，众人都说这是他平日里积善所致，这次一定会考中。不久，他果然入学成为生员。

5.5.30 桂遗荆茂

金陵东花园侧，有地名五块砖，陈氏居焉，灌木拥翠，书声一楼。陈氏兄弟六人，伯兄克广，字容园，乾隆戊申举人，官江华知县。江华俗悍，乡民挟仇，聚众械斗。容园捕两家为首者，置于狱。太守讹闻以为叛，欲兴大狱，讽容园张大其事以为功。容园曰："两家相斗，谁为叛乎？"拒不听。太守怒，劾罢其官，然叛案竟不能定，仍以私斗结案。容园洒然归里，以教读自给。诸弟皆有文名。

次克明，嘉庆戊午举人，善事其兄，值会试之年，伯兄偶疾，不赴试，曰："《论语》引《书》云：'孝乎！惟孝友于兄弟。'圣人不逮事父母，其兄孟皮有疾，圣人之家政，莫大乎事兄，虽在鲁不欲仕，吾乃越二千余里而干禄乎？"

三克让、四克家，庠生。

五克序，嘉庆丙子科举人，以教谕陞国子监典籍，亦不赴。

六克顺，曰："诸兄俱老，吾最幼，宜习医，诸兄或有疾，谨汤药，昼夜不解带。"

容园年八十余，诸弟先后撰杖，白须朱履，望者以为洪崖、偓佺（wò quán）也。园中有紫荆六株，春风烂漫，又有丹桂三株，秋香纷郁。朱干臣中丞（桂桢）扁其楼曰"桂遗荆茂之楼"。

【译文】南京东花园旁边，有个地方名叫五块砖，陈氏一族在此居住，家中灌木拥翠，书楼中经常传出朗朗的读书声。陈家兄弟六人。长兄陈克广，字容园，乾隆五十三年（1788）戊申科举人，任湖南江华县知县。江华县民风彪悍，百姓常因仇怨，聚众械斗。陈克广逮捕两家的带头者，将他们关入监狱。知府误听传言，以为有人叛乱，想大肆株连、办成重案，劝陈克广夸大其事，以此作为功劳。陈克广说："两家相斗，谁是叛贼？"拒不听从知府的意见。知府动怒，向朝廷弹劾陈克广，陈克广因此被罢职，然而案子终究不能定为叛逆，仍以私斗结案。陈克广洒脱地回到家中，以教读养活自己。他的五个弟弟都以善写文章而著名。

老二陈克明，嘉庆三年（1798）戊午科举人，善于侍奉兄长，（有一年）正值会试之年，他的哥哥偶然生病，他便不去应试（而是留在家里照顾哥哥），他说："《论语》引用《尚书》里的话说：'孝啊！就是孝敬父母，友爱兄弟。'孔圣人没赶上侍奉父母，他的兄长孟皮有病（他悉心照料），圣人处理家政，以侍奉兄长作为最重要的事，他虽然在鲁国（有做官的机会），但他不去做官（而是留在家中侍奉哥哥），（既然这样）我又怎么能跋涉二千余里的路途去应试求官呢？"

老三陈克让、老四陈克家，都是县学生员。

老五陈克序，嘉庆二十一年（1816）丙子科举人，起初担任教谕，后升任国子监典籍，也没有赴任。

老六陈克顺，说："我的哥哥们都老了，只有我年纪最小，我要学习医术，如果哥哥们有疾病，我可以谨慎地侍奉汤药，昼夜不睡。"

陈克广八十多岁时，他的弟弟们都先后拄上了拐杖，而他一副白须，脚穿红鞋，望见他的人都以为他是洪崖、偓佺（皆古代传说中的仙人）那样的仙人。他家的园中有六株紫荆花，春风吹拂之下花朵烂漫，又有三株丹桂，秋天到来时香气浓烈。朱干臣巡抚（名桂桢）为他们家的书楼题写了一块"桂遗荆茂之楼"的匾额。

5.5.31 鹫峰设榻

金陵老学究以教养弟子为任者，曰吴绳天一、林旷青雷、庄元燮位中，皆有师范，子孙昌盛。

近有林润，字雪晴，以副贡生擅文名，尤精宋五子之书，教弟子以《少仪》《小学》为主，洒扫应对，彬彬有礼。凡子弟顽劣者，入林先生馆，皆循谨矣。有富室以重聘延致其家，先生却之，曰："礼闻来学，不闻往教。"故终身设帐鹫峰寺中，凡三十余年。置数十榻以待生徒，昼日讲授不倦，夜则数起秉烛遍视诸榻，恐有潜出游荡者也。生徒寄宿者，必问其父母年齿。其年衰者命五日一归，其未衰者十日一归。及复来，必问其定省起居甚悉，拱手立而听。每春秋佳日，或携弟子游赏，遇有时品，必曰："尔曾以此品养父母乎？"弟子穷乏者，不取束修，且馈给之，曰："持此以养若亲。"

有老儒孙铃，字佩鸾者，教读洞神宫，能默诵十三经，每旬日必写《尔雅》一部。林先生重其品，率弟子往见，弟子问孙先生曰："《尔雅》何篇最要？"孙先生曰："《释亲》最要。"林先生曰："何谓也？"孙先生曰："善事父母为孝，善事兄长为弟。凡九族之亲，皆由父兄推也。"林先生曰："敬闻命。"乃写《释亲》以教人。

弟子登科第、励名节者甚众。子端，字章甫，嘉庆丙子解元。

孙先生年三十余失偶，不复娶。子亦殁。女适樊，婿亦早陨，以守节旌门。孙先生及门亦多掇科第，得寿尤高。洞神宫羽士安鹤壁者，有道行，夜梦天上有霓旌导两仙人，将迎拜之。近视其人，乃孙、林两先生也。未几，林以无疾终。孙预知死期，曰：“吾于某日，访林先生矣。”

【译文】南京有几个以教养弟子为职任的老学究，他们是吴绳（字天一）、林旷（字青雷）、庄元燮（字位中），这几个人都是为人师表的模范，子孙昌盛。

近时的老学究中有个叫林润的，字雪晴，是副榜贡生，以擅长写文章而著名，他尤其精通宋代五子（即北宋周敦颐、邵雍、张载、程颐、程颢）之书，教授弟子以《礼记·少仪》《小学》为主，学习洒水扫地、酬答宾客，彬彬有礼。凡是顽劣的学生，在林先生开设的私塾中学习一段时间，都会变得循善恭谨。有个富户想以重金把林先生请到家中教学，林先生推辞说：“按照礼的要求，只有学生前来老师处学习，没有老师前去学生处教授的道理。”因此，林先生终身都在鹫峰寺中设塾教学，长达三十多年。他置备了几十张床榻等待学生前来学习，白天用心讲授、不知疲倦，晚上则数次起床拿着蜡烛遍察学生的床榻，担心有学生偷偷出去游荡。凡是寄宿在学塾里的学生，林先生一定会问清学生父母的年龄。父母年老的，林先生便命学生五天回家一次；父母未老的，则命学生十天回家一次。等学生回到学塾时，林先生一定会详细询问学生回到家后探望父母起居的情况，（对学生的回答）林先生也一定会拱手站立而听。每逢春秋佳日，林先生有时会带领弟子们出外游赏，遇见新鲜的食品，他一定会说：“你们可曾用这种食品孝敬父母吗？”对于家境穷困的学生，林先生不但不收取他们的学费，反而会赠给他们一些钱物，说：“把这些钱拿回去奉养你的父母吧。”

有个年老的儒生，名叫孙铃，字佩鸾，在洞神宫教读，他能默诵十三经，每隔十几天就要书写一遍《尔雅》。林先生看重孙先生的人品，率领弟子前往拜见孙先生，林先生的弟子问孙先生说："《尔雅》之中哪一篇最重要？"孙先生说："《释亲》这篇最重要。"林先生说："为什么这么说呢？"孙先生说："能恭敬地侍奉父母就是孝，能友爱地侍奉兄长就是悌。对族中其他亲人的尊敬友爱，都是从对自己父母兄弟的孝敬友爱推延过去的。"林先生说："恭敬地遵从您的教诲。"于是林先生书写出《释亲》一篇教导众人。

林先生门下的弟子很多都考中了进士、树立了名节。他的儿子林端，字章甫，是嘉庆二十一年（1816）丙子科的解元。

孙先生三十多岁时丧偶，没再娶妻。不久，他的儿子也去世了。他的女儿嫁给了一个樊姓青年，樊姓青年也很早去世，孙先生的女儿坚持守节，后来受到朝廷的表彰。孙先生门下的弟子也有很多人考中了进士，而他自己也十分长寿。洞神宫的道士安鹤壁，有道行，有一天夜晚安道士梦见天上有一队人手持灿烂的旌旗，引导着两位仙人前来，安道士上前跪拜迎接。等两位仙人靠近以后，安道士仔细一看，原来是孙、林两先生。不久后，林先生无疾而终。孙先生预知死期，说："我将在某天，去拜访林先生了。"

第六卷

5.6.1 劝弗点淫戏说

凡劝化之最足动人者，莫如演做好戏。王阳明先生曰："要民俗反朴还淳，宜取今之戏子，将妖淫词调俱去了，只取忠臣孝子故事，使愚俗百姓，人人易晓。无意中感激他良知起来，却于风化有益。"故点戏者，务要点忠孝节义等出，如《糟糠》《剪发》《寻亲》《泣杖》《芦林》《看画》《代杀》《别弟》《度蚁》《还带》《朱砂记》《雷霆报》之类。见之者，每多感泣，比寻常劝化之功，胜过百倍。

此真潜移默化，莫大阴功。万不可点淫秽小戏，败俗伤风，为害极酷。要知台上演戏，台下有无数年少男女聚观，其中暗受其害者，不胜言，抑亦不忍言。人亦何苦以一时意兴，造此无穷罪孽哉？至于花鼓淫戏，为害更酷。俗语云："滩簧小戏演十出，十个寡妇九改节。"

浙西某县某乡，于道光二十五年时，曾演此戏八台。一月内，本地寡妇再醮者六人。其中有守节十余年，子已长大，亦一旦改节，欲留不可者一人。又有一官家女儿，年已二十三岁，尚未许配，因此随跟班逃去，此害之显然者也。其他少年男女之因此受害者，盖指不胜屈。桑濮之风，从此大盛。思至此而犹以为不急之务乎？近见苏郡京口，皆有《劝弗点淫戏单》，传贴各庙宇，极为悚动，感化者甚众。操风化之权者，能奏请谕允，严禁教习演唱，违者科以重罪，并将淫秽传奇刻本，尽营销毁。庶人心风俗，可以还淳。其功当不在孟子下，千秋俎豆，岂不宜哉？

按，劝化以表彰幽潜为急。盖激浊扬清，鼓励廉耻，所以感人者最捷。晚近人心不古，无所触则不奋。故凡地方中，遇有孝子、悌弟、贞女、节妇，宜捐资代为请奖。（或请于朝，或请于县府及学宪处，或记以诗文传序，总以彰明伦理为斯人劝。）或总建坊，或立匾额，或于社庙祠宇之侧，设立孝子节妇公祠。（已经请旌者，皆可送主入祠，即未请旌者，可先立主以待旌表。）邀同人朔望拈香，春秋致祭。庶潜德幽光，不致终于埋没。观感之下，当必有人奋勉者。（李二曲先生于所居乡，建立节孝公祠。自此一方百十里间，无再醮者。）然必禁演淫戏，乃可保全。盖请旌以励节，不敌淫戏之诲淫。若不严禁，则朝廷旌扬大兴，败以二三优伶而有余也。风俗之害，真堪痛恨。有心者当知所务矣。

【译文】所有劝化人心的方法之中，最能感动人的，莫如演一出好戏。王阳明先生说："要使民俗复归于朴实淳正，应该让今天的戏子，将那些妖淫的词调全部删除，只保留忠臣孝子的故事，使愚俗百姓，人人都易看懂，无意中激发他的良知，这样才有益于风俗教化。"因此，点戏的人，一定要点忠孝节义等曲目，像《糟糠》《剪发》《寻亲》《泣杖》《芦林》《看画》《代杀》《别弟》《度蚁》

《还带》《朱砂记》《雷霆报》之类。观看这些曲目的人，常常因此感动流泪，与寻常的劝化方法相比，其功效胜过其他的方法百倍。

这真可谓是潜移默化，具有莫大的阴德。千万不可点淫秽的小戏，它们败俗伤风，危害极大。要知道台上演戏，台下有无数的年少男女围聚观看，其中暗受毒害的，不可胜言，并且也不忍言说。人们又何苦因为一时的兴趣，而造下无穷的罪孽呢？至于花鼓淫戏，危害更严重。俗话说："滩簧小戏演十出，十个寡妇九改节。"

浙西某县某乡，在道光二十五年（1845）时，曾演出过八台这样的花鼓淫戏。一月之内，当地的寡妇有六人改嫁。其中一个守节十多年，儿子已经长大，她一旦改嫁，所影响的不止一人。又有一个官宦人家的女儿，已经二十三岁了，尚未许配，（受淫戏影响）因此跟着跟班逃走，这都是明显受淫戏毒害的事例。其他的少年男女因此受害的，大概扳着指头也数不过来。偷情幽会的风气，从此大为盛行。想到此，难道还有人认为（禁演淫戏）不是当务之急吗？我近来见到苏州、镇江等地，都有《劝弗点淫戏单》，传贴在各个庙宇前，读后令人极为震动，因此感化了很多民众。执掌风化之权的人，如果能奏请朝廷批准，严禁教习演唱（淫戏），违反命令者处以重罪，并且将淫秽戏曲的刻本，全部销毁。这样的话人心风俗，大概就能复归醇正了。这种功德应当不会在孟子之下，受到千秋祭祀，难道不是理所应当的吗？

按，劝化风俗以表彰那些不为人所知的事迹最为急要。因为激浊扬清，鼓励廉耻，是最便捷的感动人的途径。近代人心不古，不受触激就不能奋发。所以，凡是各地，遇有孝顺父母的人、友爱兄弟的人、坚贞的女子、守节的妇人，都要捐钱表彰，代他们（或她们）向官府请求嘉奖。（或向朝廷请求，或向县官、府官和学政请求，或以诗文传序的形式记录，总之要劝勉此人以彰明伦理。）

或建立牌坊，或悬挂匾额，或在宗祠、庙宇旁设立孝子节妇公祠。（已经奏请表彰的，都可以把他的牌位送入祠中，即使还未奏请表彰的，也可以先在祠中立好牌位以待表彰。）邀请志同道合之人每逢初一、十五和春秋之时拈香祭拜。这样他们暗中具有的美德和节操，才不致最终被埋没。百姓观感之下，必当有人奋发自勉。（李二曲先生在自己的家乡，建立节孝公祠。自此周围之人，再无改嫁者。）然而必须要禁演淫戏，才能保全良好的风气。因为请求表彰以激励节操的影响，敌不过淫戏引诱人去干淫秽之事的影响。如果不予以严禁，那么朝廷大肆表扬节妇孝子的效果，就会因为二三个戏子大大败坏。淫戏对风俗的败坏，实在值得痛恨。有心于劝化风俗的人应当知道什么是当务之急了吧！

5.6.2 汪龙庄断案

萧山汪龙庄官道州时，有别县民匡学义者，本陈氏子，为匡诚乞养。迨诚生子学礼，授学义田八亩，令归宗。后学礼病不起，又赠学义田五亩，嘱以家事。学礼遗田二百亩，子胜时，妻李氏，勤俭持家，历十七年增置田百余亩，岁息日阜。一日，田主赎产，会学义他出，李氏令子检契，则载李氏与学义同买，各契皆然。询之学义，坚称产原公置，租亦公分，详记租籍。李氏愬县，不直；愬府，发零陵，亦以产契、租籍为凭；愬本道，发先生提讯。先生以学义为李氏治家，田皆学义交易，李氏执契而不识字，契载自不可凭。但舍契以断，不足关学义之口，且分租有籍，李氏不能以口舌争。因亦照契断为同买。李氏再三哀剖，先生麾之去，而奖学义善经理，学义忘先生为鞫事矣。

问其家产，曰："有田十三亩，岁入谷三十一石，得米十六石。"问其丁口，曰："一妻二子三女。"问其生业，曰："某代李氏当家，唯长子方能力田。"先生曰："据汝言，食尚不给。何外人皆言汝有钱耶？"曰："自苦自知耳。"先生拍案大怒，曰："然则汝与李氏同买田之资，必由窃盗来矣。"命吏检报窃旧案，曰："某盗赃银甚多，尚未就获，亦陈姓也，殆其汝乎？"学义大窘，叩首曰："某未尝为盗，价皆李氏，契实伪书同买。欲俟李氏物故，与其子胜时争产，故历年租入，并无分文欺隐。"汪呼李氏慰谕之，取契涂学义名，毁伪籍，产归李氏。李氏求究学义，先生曰："学义诚可恶，然汝夫颇知人。设所托不当，原产且废，安能续置？倘逐年干没租入，私运至家，汝亦无从跟追。唯其贪心甚炽，伪为同买契据，意图瓜分田产。卒至事败，而一无所获。天道恶贪，亦足惩奸矣。"乃免其罚，而勒令归宗。

【译文】萧山县的汪龙庄（名辉祖）在湖南道州做官时，有个别县的县民，名叫匡学义，本是陈家的儿子，被匡诚收养。等匡诚生下儿子匡学礼后，匡诚便给了匡学义八亩田地，让他回归本家。后来匡学礼患病不起，又赠给匡学义五亩田地，并以家事相托。匡学礼死后，留下二百亩田，他的儿子匡胜时，妻子李氏，都能勤俭持家，历时十七年又增置了一百亩田地，每年租息颇丰，日子渐渐富裕。一天，有个卖田的人前来赎回田产，当时匡学义因事外出，李氏让儿子查看地契，发现地契上记载的是李氏与匡学义同买，其他的地契也是这样。李氏质问匡学义，匡学义坚持说田产原本就是二人一同购置的，租息也应该平分，（匡学义还拿出）详细记录租买情况的文件（以作证明）。李氏将匡学义告上县衙，县官没有做出公正的裁决；李氏上诉到府衙，知府把案子交给零陵县审理，零陵县的官员也以地契、租籍为证（判决同前）；李氏又上诉到道台衙门，道台把此案交给汪先生审讯。汪先生认为匡学义替李氏管理家事，田地的租买都是匡学义负责交易，李氏虽然保存有地契，但她不识字，（因此）地契上的记载不能作为凭证。可是如果不凭地契断案，就不能止住匡学义的争诉，并且租买田地的情况文件上都有详细记载，李氏不能单凭口舌之争（而胜诉）。于是，汪先生也按照地契上的记载将田地断为二人同买。李氏再三哀求辨析，汪先生挥手让她退下公堂，而是夸奖匡学义善于打理家事，这时匡学义已然忘记汪先生是在审理案子了。汪先生询问匡学义的家产，匡学义说："我有十三亩田，每年收入三十一石谷、十六石米。"汪先生又询问匡学义家有哪些人，匡学义说："有一个妻子、二个儿子、三个女儿。"汪先生又询问匡学义以何业谋生，匡学义说："我替李氏当家，我的家中只有长子匡方能种田。"汪先生说："据你所言，你家中尚不能自给自足，为何外人都说你有钱呢？"匡学义说："自家的苦只有自己知道罢了。"汪先生拍案大怒，说："既然如此，你与李氏一同购买田地的钱，必定是盗窃来的。"汪先生命令官吏翻查上报从前发生的盗窃之案，汪先生说："某盗贼盗窃了很多钱财，尚未捕获，盗贼也姓陈，难道就是你吗？"匡学义十分紧张，叩头说："我从未做过盗贼，买地的钱都是李氏的，那些地契实际是我伪造而写上'同买'的。我原本想着等李氏亡故后，与她的儿子匡胜时争夺田产，因此每年的租税收入，我没有丝毫欺骗隐瞒于她。"汪先生唤李氏上堂，对其宽慰解释，然后取过地契涂掉匡学义的名字，毁掉伪造的租税文件，将田产全部归还李氏。李氏请求追究匡学义的罪责，汪先生说："匡学义确实可恶，然而你丈夫颇能知晓他的才干。如果所托非人，原来的田产可能都保不住，又怎么能添置这么多田地呢？倘若他每年把租税收入吞没一部分，私自运回家，你也无法追查。只是他过于贪心，伪造写有‘同买’的契据，意图瓜分田产。最终事情败露，而一无所获。上天忌恨贪婪之人，这也算是对奸人的惩治了。”于是，汪先生免除对匡学义的惩罚，勒令他返回旧家。

5.6.3 再生

汤芷卿曰：从叔湘南司马(景)，以游幕起家，生平侠肠古道，赴人之难，惟恐不及。次孙昆生，年十四忽出痘，危险异常。晕绝一昼夜而苏，云恍惚至一处，殿宇巍峨，雕槛碧瓦，类王者居。中一人据案坐，金冠绛服，白须赪颜，气象威猛。见昆生至，检案头簿籍曰："汝本应死于痘，念汝祖年来懿行甚多，特放回以为乐善者劝。汝果立心做好人、行好事，功名富贵，不汝靳也。"遂苏。苏后其魂往往自窍脱出，一日游行至巷口，遇朱衣幞头者，骇曰："汝何为至此？"捽之归，掷堂上。即往乃祖斋中，连呼不应，见方展《十六国春秋》第十七卷，默记之。及归寝，则见己白身卧，乃大惊，极力附之，始得合。遣人之斋中探视，则所阅果《十六国春秋》十七卷也。痘愈后，改字再生。亲为余言。

【译文】汤芷卿说：我的堂叔汤景，字湘南，担任同知，以在外给人做幕僚起家，生平热心好义，帮人解决困难，唯恐做不到。他的第二个孙子汤昆生，十四岁时忽然出痘，危险异常。昏迷了一昼夜后，汤昆生苏醒，说恍惚之间，到了一个地方，那里宫殿巍峨，雕栏碧瓦，仿佛帝王的居所。中间有一个人，坐在桌案旁，头戴饰金的礼帽，身穿大红的官服，胡须雪白，面色红润，气象威猛。那人看见汤昆生到来，翻阅着桌上的文书说：“你本应该出痘而死，只是念你祖父这些年来做了很多善事，特意放你回去，以勉励喜欢做善事的人。你如果能立志做好人、行善事，在功名富贵方面，自然不会对你吝啬。”于是苏醒了过来。醒来后，他的魂魄常常出窍，一天游行到巷口，遇见一个身穿红衣、头戴方巾的人，那人惊骇地说：“你怎么在这里？”说完，将其揪回家中，扔在堂上。那人立即前往汤昆生祖父的书斋中，接连呼唤了几声，汤昆生也不回应，那人见汤昆生面前摊放着《十六国春秋》的第十七卷，便默默记住了书页上的内容。等汤昆生的魂魄回来睡觉时，看见自己赤身而卧，于是大惊，尽力附回身体，这样魂魄和身体才又合在一起了。祖父派人到书斋中探视，发现汤昆生所读的正是《十六国春秋》的第十七卷。痘病好了后，汤昆生改字为再生。这件事是我的亲戚对我讲述的。

5.6.4 惜字报

仪征程榕门大令（宝名），中江南甲子科锁榜举人（时以末名中式为锁榜）。其父渥楚先生（堉），以诸生教授乡里，谆谆以惜字为心。每出必携一布袋，矩步留心，见字必拾储其中。有污秽者，以清水洗濯，曝而后焚之。灰积大瓮中，满时则载以小舟，倾于洪波。年或三四次，虽至老而无倦也。

大令于甲子科入场，因天气尚暖，食物致腹疾，数暴下。无暇构思三艺，皆以简短取便。此科主试官谓诸同考曰：“江南人文渊薮，极逞才华。空疏苟简之文毋荐也。”大令卷以十七日入某公房，嫌其简而置之。其夜梦一苍髯叟，手携一袋，谓之曰："公日中所阅短文，何不荐？"应之曰："文太短，主司不喜也。"叟曰："文虽短，字字皆金，但荐必中。"某公觉而异之，晨起复阅再四，欲荐辄止，仍置之案侧。其夕又梦叟来曰："文何不荐？"应之曰："究竟主司不喜。"叟曰："公加以佳批，特荐之，必中。此文字字皆金，不可弃也。"次晨某公果如言荐之，主试视其文甚短，不悦，曰："前所言者，君不闻乎？岂江南两省无佳文，而必取此乎？"某公以再次得梦告。主试曰："君取彼二场卷来。"某公急取以进，主试者曰："气充词沛，理解明通。此人宿学，非以简短文其固陋者，定榜时遂以为后劲。闱墨中刊其三艺焉。"大令闻报，赴金陵谒见某房，讯以有何阴骘，告以梦中叟状。大令闻之，曰："如公言，此正某之故父也。"某公钦其惜字之报，赞叹久之。大令子小顾（恺），中己卯副车；迪之（恂），邑诸生。孙兰陔（畹）亦补博士弟子员云。

【译文】仪征县的程榕门县令（名宝名），考中同治甲子科（1864）江南乡试锁榜举人（当时称以最后一名中榜者为锁榜）。程县令的父亲程渥楚先生（名堉），作为秀才在乡里教学，勤勤恳恳，心中常以敬惜字纸为念。每次出门，他一定会携带一个布袋，迈着方步，处处留意，看见带有文字的纸张必定拾起来储藏在布袋中。有污秽的，他便用清水洗涤，晒干后焚烧。纸灰积存在一口大瓮中，大瓮存满时，他便用小船载着大瓮，将纸灰倾倒在湖水中。他每年倾倒三四次，即使到了老年也毫不倦怠。

程县令在同治甲子年（1864）入场考试，因为当时天气尚暖，他吃坏了肚子，数次腹泻。他在考场中没有时间构思三艺（从《四书》里寻找三句话作为三道考题的考试)，全是随便地写了几篇简短的文章。这科的主考官对各个同考官说："江南是人文荟萃之地，很多士子都极富才华。内容空疏且草率简略的文章，不要推荐。"程县令的考卷在十七日那天被送入某公的阅卷房内，某公嫌其简略，而放置在一边。当天夜里，某公梦见一位白发老叟，手中拿着一个布袋，对他说："您白天所阅的短文，为何不向上推荐？"某公回答说："文章太短，主考官不喜欢这样的文章。"老叟说："文章虽短，字字皆金，只要你推荐，必然会被选中。"某公醒来，觉得梦境奇怪，早晨起床后便又反复地审阅了那篇文章，欲荐又止，仍将文章放在桌案一侧。这天夜里，他又梦见老叟前来对他说："你为何不推荐此文？"某公回答说："(我想)毕竟主考官不喜欢这样的文章。"老叟说："你加上几句好的批语，特别推荐，必然能被选中。这篇文章字字皆金，不可使其落选。"第二天早晨，某公果然遵照老叟的话推荐了此文，主考官看见文章很短，不高兴地说："我前面所讲的话，你没有听见吗？难道江南两省没有好的文章，而一定要选取此文吗？"某公把自己两次梦见老叟的事告诉了主考官，主考官说："你把他另外二场的考卷拿来。"某公急忙取来献上，主考官说："看他的文章气脉充足、词采丰沛，理解明通。这个人必定是个饱学之士，平素里绝对不是写这等简短粗陋文章的人。定榜时可以将其排在最后。考试后，可以将他的三艺文章编刻在闱墨(主考挑选试卷中文字符合程式的，编刻成书)中。"程县令看到喜报后，前往南京拜见某公，某公询问程县令曾经积有什么阴德，然后把自己梦见的老叟的形貌告诉了程县令。程县令听后，说："如您所言，那个老叟正是我已故的父亲。"某公钦佩程县令的父亲惜字的善报，赞叹不已。程县令的儿子程小顾(名恺)，考中光绪五年(1879)己卯科乡试的副榜；另一个儿子程迪之(名恂），是县学生员。孙子程兰陔（名畹），也已成为生员。

5.6.5 盘剥绝嗣

吴梅孙（铠）曰：吾乡有陈五者，本楚人，随江船至仪征。为人粗鄙，同乡皆恶之。故瞏瞏（qióng qióng）独立，惟以负荷为糊口计。一日，于道检得遗金十余两，遂易业谋利以生息焉。未十年，家致数千金，而贪黩无厌肆恶尤甚。其时，负债之人，有鬻子女抵货物，以偿其子母者，指不胜屈。乡人皆疾视之，而无如何。所娶妇亦悍甚。陈五犹有徇友情时，妇则更厉焉。有一子，极愚蠢，中年而死。陈五因有孙，而贪黩之心益急。未几，夫妇皆死。孙则草率其事。盖五一生甚俭朴，衣食不享华美，此孙遵遗命也。孙亦行五，乡人以“小陈五”呼之。祖死后，日与无赖子聚，未两年，而祖所积数千金尽偿淫赌而罄矣。祖素无德于人，又无懿戚可依，遂潜薙（tì）发为僧。所娶妇亦他适。五以不守清规，庵主逐之，为道殣焉。噫！天道好还，信不爽也。以五也刻致多金，而生平不受一日之享，徒以守钱虏终身。甫殁而孙即倾囊尽弃，卒以穷饿死。贪黩者，其鉴之。

【译文】吴梅孙（名铠）说：我的家乡有个叫陈五的人，本是湖北人，跟随江船来到仪征县。他为人粗鄙，同乡都厌恶他。因此他孤独无依，只能做些为人背负肩挑货物的工作维持生计。一天，他在路上捡到别人遗失的十多两银子，于是改行放贷以谋取利息。不到十年，家财就达到了数千两银子，可是他贪婪无厌作恶更甚。当时，向他借债的人，有的把儿女当作货物卖掉，以偿还其欠款，这样的事例扳着手指头也数不过来。乡里的人都仇视他，可也对他无可奈何。他所娶的媳妇也是十分凶悍的人。陈五还有顾及友情的时候，但他的妻子却一点情义也不讲。陈五有一个儿子，极其愚蠢，中年时就死掉了。陈五因为还有孙子，而贪婪之心更加急迫。不久，陈五夫妇全都死去。他的孙子只是草率地掩埋了他们。因为陈五一生十分俭朴，衣服饮食都不享受华美之物，他的孙子也遵守陈五的遗命。陈五的孙子也是排行老五，因此乡人以“小陈五”称呼他。祖父死后，他每天都与无赖之徒相聚，没过两年，其祖父所积累的数千两银子都被他拿来偿还淫赌之费而用光了。他的祖父素来对人无德，他又没有好的亲戚可以依赖，（无奈之下）他只能私自剃发为僧。他所娶的媳妇也改嫁别人了。小陈五因为不守清规，被寺主逐出寺庙，最后饿死在道路边了。唉！天道循环，善恶有报，确实一点也没有差错。以陈五为例，他待人刻薄，罗致了大量钱财，可他生平没有享受过一天，只是做了一辈子的守财奴而已。他才死不久，他的孙子就荡尽家产，最终穷饿而死。贪婪的人，应该以此为鉴。

5.6.6 敬三光

《感应篇》云：“唾流星，指虹霓。辄指三光，久视日月。”种种皆有罪恶。圣人风雷之变即此意，特常人忽之耳。仪征城为人烟聚集之所，廛（chán）市相连，比屋而居，毫无罅（xià）处。嘉庆十七年间，一日，不戒于火，延烧数百家。其中有一小铺，以市枕席绵线麻索等，本资不踰百千，其屋亦甚陋。内有以芦荻为隔间者，自前至后三进，岿然独存。火灭后，其家人尚在后园中团坐，以待火至，将启户出也。人皆异之。讯彼有何阴德，而感神如此。其铺主乃一叟，并妻子女五人，曰：“吾窭人，有何阴德？但吾家自祖以来，每倾净溺器，不敢向日光处。以及妇人小儿亵衣，洗濯后必于有风处晾干，亦不敢面日耳。”众人相谓曰：“止此一事，人所忽者，叟能谨之，其获此报也宜矣。”

余因思《丹桂籍》所载持伞叟求雨一事，某邑令因大旱祷雨不应，夜宿于城隍庙，梦神示之曰：“明旦西门有持伞叟入城，求之，可得雨。当挽之勿误也。”既晓，即命吏侦之，果有持伞叟贸然来。令邀请求雨，叟曰：“吾村氓也，焉能干此？”令以神梦告，叟欣然诺之。遂登坛张伞，须臾云集，而沛甘霖五寸矣。令异而讯之，曰：“吾自幼知敬天，凡遇便溺，必以伞蔽之。或在此乎？”噫！匹夫一念之诚敬，天神感之；况大忠大孝、大仁大义，有不能回天者欤？是可以劝矣。

【译文】《太上感应篇》说：“向流星吐口水，用手指虹霓，常用手指着太阳、月亮、星星，用眼睛久看日月。”这种种行为都有罪恶。圣人遇到迅雷和大风时，也会改变神色，以示对上天的敬畏（《论语·乡党》：“迅雷风烈必变。”）就是这个意思，只不过平常之人对此忽略漠视罢了。仪征县城是人烟聚集之地，商铺相连，房屋紧邻，中间毫无空隙。嘉庆十七年（1812）的一天，有一家失火，蔓延烧毁了数百家。其中有一个小商铺，售卖枕头、竹席、棉线、麻绳等，本钱不过百千，其房屋也很简陋。房屋内有用芦苇隔成的隔间，前后共三进，岿然独存。火灭后，这家人还围坐在后园中，等待火势波及时，才开门出去。人们对此都感到惊异。有人询问他家有何阴德，而能感动神灵，受到如此的保佑。店铺的主人是一个老者，与妻子、儿子、女儿共五人，老者说："我是个贫穷的人，哪有什么阴德？只是我家自祖父以来，每次倒完便器后，不敢放在向阳的地方。还有妇人、小孩的内衣，洗涤后必定在有风的地方晾干，也不敢放在面向日光的地方。"众人相互对看着说："只这一件事，是人们所往往忽略的，只有老者能谨慎奉行，其获此善报也是应该的。"

我于是想起《丹桂籍》里记载的持伞老翁求雨一事。某县令因大旱求雨没有效果，夜晚留宿于城隍庙，梦见神灵对他说："明天早晨，城西门有个持伞的老翁入城，你向他祷求，可以得雨。一定要挽留住他，不要错过。"天亮后，县令立即命差役在城西门侦察，果然有个持伞的老翁仓促地走过来。县令邀请老翁求雨，老翁说："我只是一个村野之人，哪里懂得求雨？"县令把梦中之事告诉了老翁，老翁欣然答应。随后老翁登上高台、张开雨伞，不过片刻，黑云聚集，降下五寸的甘霖。县令惊异地询问老翁（有何德行），老翁说："我从小就知道敬天，每遇便溺，必定用伞遮挡。或许与这个有关吧？"唉！平常之人只要存有一丝诚敬的念头，就会感动天神；何况那些大忠大孝、大仁大义的人，难道就不能挽回天意吗？这两件事都可以用来劝戒世人。

5.6.7 河中通判

汤芷卿曰：河南伊阳县鹾商，有阴事为某令所持。挽二尹富阳孙某居间，得万余金，孙从中干没三千，商愤自经死。孙以其资加捐通判，分发东河，未几补缺中河。故与归安许君心莲善，延司会计。一日，私谓许曰："余恐不久人世。"许骇其语不伦。孙曰："与君至好，事不必讳。余之捐项，实出商资。今某商已寻至，岂有生理乎？"许曰："何不延僧道忏之？"孙诺，遣人赴江浙大刹，遍建水陆道场，以期解释。半年余，孙又谓许曰："事关人命，仙佛不能挽回。鬼近日不离左右，惟君至，暂避户外。以此观之，君前程正未可量。"许勉为劝慰，孙曰："料量公件及棺衾诸事，入秋益剧，冀延至霜汛，得一加衔为身后荣。"泣恳于鬼，鬼不应，遂死。后许任山东汶上县佐，亲为余言。其伊阳县某令，又不识作何状也。

【译文】汤芷卿说：河南伊阳县某盐商，有把柄被县令所掌握。县令让县丞富阳人孙某作为中间人（敲诈勒索盐商），得到一万多两银子，孙某从中吞没了三千两，盐商愤恨地自缢而死。孙某用这些钱捐了个通判的官职，被分派到东河河道任职，不久又被分派到中河。孙某从前与归安县的许心莲先生友好，于是他聘请许先生担任会计。一天，孙某私下里对许先生说："我恐怕活不了多长时间了。"许先生觉得他这话不伦不类，十分骇异。孙某说："我与你关系极好，不必有所隐讳了。我捐官的钱，实际上是私吞的盐商的钱。如今盐商的鬼魂已经找到我了，我难道还能活下去吗？"许先生说："为什么不邀请僧人道士前来诵经拜忏来化解此事呢？"孙某答应，派人到江浙地区的大寺院里，到处启建水陆道场，期望借此解冤释结。过了半年多，孙某又对许先生说："事关人命，仙佛不能挽回。鬼近日不离左右，只有你来的时候，它才暂时到门外躲避。以此看来，你的前程不可限量。"许先生极力劝慰。孙某说："我手头需要处理的公务以及我的棺椁、寿衣等物，入秋后更加繁重，希望宽限延期到秋汛，我得到一个加衔后再死，这也是我身后的荣耀。”孙某哭泣着向鬼请求，鬼不同意，孙某于是死去了。后来，许先生出任山东汶上县的县佐，亲口为我讲述此事。至于那个伊阳县县令，我就不知道他后来是什么情况了。

5.6.8 变牛

安徽罗某，富而刻。尝有佃户向某借钱数千文，本息已还清矣；但其借券尚未检收，屡向索取，某故缓之。佃户以为券在田东家，必无妨也。后某竟执券强索。佃户故素畏某势，又因券在伊手，无可如何。不得已照券重还，但祝曰：“我若有心赖田东，来世必变牛犬相还。田东如有心赖我，天亦必有以报应。”后佃户在田中工作，遥望见罗某来，即辍工而尾其后。但见罗某直入其牛圈，心甚疑讶。入圈视之，则母牛产一犊。而罗某即以是日死矣。后其犊易长，佃户家戏以罗某之名呼之，则鸣奔至前；不呼罗某之名，不至也。罗某之妻与子知，乃以罗某向日赖还之钱买犊至家，冬则衣以棉被，夏则围以布帐云。

【译文】安徽的罗某，家富而刻薄。曾有一个佃户向罗某借了几千文钱，本钱利息都已经还清了；只是借券尚未验收，佃户多次向罗某索要，罗某故意拖延不给。佃户认为借券暂时放在田主家，必定无妨。后来，罗某竟然拿着借券再次向佃户强行索要。佃户平日里就惧怕罗某的势力，又因为借券在其手中，无可奈何，只得按照借券重还了一次本息，只是向上天祷告说：“我如果有意赖田主人的钱不还，来世我就变成牛犬相还。如果是田主有心赖我的钱，上天也必定会给他相同的报应。”后来有一天，佃户在田里干活，远远地望见罗某前来，佃户立即停工，尾随在罗某后面。只见罗某径直走入家中的牛圈，佃户心中十分疑惑惊讶。佃户走进牛圈察看，只见母牛产下了一头小牛。而罗某也随即在这天死去了。后来罗某的家人把这头小牛卖给了佃户，佃户的家人便以罗某的名字呼唤小牛，小牛就跑到人前；不呼唤罗某的名字时，小牛就不到人前。罗某的妻子和儿子知道了此事，就用罗某当初图赖的钱把小牛买回家中，冬天则给牛覆盖棉被，夏天则给牛围上布帐，诸如此类。

5.6.9 倡义获报

扬州会馆，在都门菜市口，创始乾隆初年。有歙人郑公某，入籍仪征，绩学能文，南闱不售，入成均就京兆试，将十科，年五旬矣。因慨然与同乡居京职者，议一会馆，愿捐金二千以为倡。乡人允诺，各有所捐，仍以公督其事，庀材鸠工，经五月余，粗有规模。公因以劳瘁致疾，遂卒于馆之苍屏楼。同乡代为含殓，未几与榇返南矣。馆既成，而乡人春秋试者，咸如归焉，无不叹公之义。未数年，而公之弟侄与孤，及同族中名棠、名槐、名士柏、名兆洛、名玉绳者，接踵而登科甲矣。近如名焕廷、名杰、名士达，亦登贤书。犹方兴未艾焉。或谓公之近支远族，皆由倡义一念所致。不但同乡者食其福也，信报之远哉！或曰，楼为公当日厝榇之所，今于乡会试，有乡人获隽者，公必有显异处。乡人亦以为祥，不以为怪云。

【译文】扬州会馆，在京城菜市口，创始于乾隆初年。有个安徽歙县的郑公某，入籍仪征县，博学能文，参加江南乡试屡试不中，于是他便进入国子监（以监生的身份）在京城参加顺天乡试，前后应考十次，年龄也五十多岁了。于是，他慷慨地与在京城做官的同乡，倡议修建一座会馆，自己愿意捐献二千两银子来带头。乡人同意，各自有所捐献，仍旧让他负责此事。他筹备材料，召集工匠，经过了五个多月，会馆已经粗具规模。可是他却因为操劳过度、患病不起，于是死于会馆的苍屏楼中。同乡为他装殓完毕，不久，他的灵柩就运回南方了。扬州会馆建成后，凡是春秋两季前来参加考试的同乡人，来到这里都感觉如同回家一样，众人无不感叹郑公的恩情。没过几年，郑公的弟弟、侄子、儿子，以及同族中的郑棠、郑槐、郑士柏、郑兆洛、郑玉绳等，都相继考中了举人、进士。近年来像族中的郑焕廷、郑杰、郑士达等，也都考中了举人。后起之秀方兴未艾。有人说郑公的远近族人如此兴盛，都是由于郑公当年倡导义举的一个善念所致，不仅他的同乡受其恩惠（他的族人也受到福报），确实是福报深远啊！也有人说，苍屏楼是当年放置郑公灵柩的地方，如今去京城参加乡试、会试，有应该考中的乡人，郑公必然有所显灵。乡人都认为这是吉祥之事，不觉得怪异。

5.6.10 两世缘

重庆祝春海孝廉，生而能言，八岁尽《十三经》，九岁游庠，十四举于乡。父母欲为论婚，坚辞不愿，固诘之，曰："儿前身实山左菏泽丁莳芗也。年十八，以刻苦力学呕血死。妻真氏，年十七，世家女，美而贤，临死誓来生仍为夫妇。今儿臂上朱痣，妻所志也。"父母骇曰："果尔，妻年倍于汝，且世家女岂肯改适？"祝曰："容俟计偕，便道访之。不谐再议。"父母未能强，试事毕，诣菏泽访丁。见家中人细诘往事，无不印合。真避不肯见，令婢持一椷（jiān）出问曰："试言之。"祝手书"愿矢来生，仍为夫妇"八字付之。果丁临终时手笔也。真乃大哭。祝倩冰人媒合，遂为夫妇如初。真年虽差长，望之犹似十七八女郎。有《两世缘传奇》行世。

【译文】重庆的祝春海举人，一生下来就会说话。他八岁就读完了《十三经》，九岁进入县学成为生员，十四岁乡试中举。父母想给他订一门亲事，他坚决不同意，父母再三质问，他说："儿子我前世实际是山东菏泽的丁莳芗。十八岁时，因刻苦力学，吐血而死。妻子真氏，十七岁，是世代显贵人家的女儿，美丽贤惠，我临死时发誓说来生仍要与她结为夫妇。如今我臂膀上的红痣，就是我妻子给我刻上的。"他的父母惊骇地说："如果真是这样，如今你妻子的年龄比你大一倍，并且她又是世代显贵人家的女儿，岂肯改嫁于你？"祝举人说："等我参加会试结束之后，顺道去拜访她。如果事情不成功，再另做计议。"父母不能勉强，祝举人考完试后，去菏泽拜访丁家的家人。他见到丁家之人，向他们详细询问往事，所说无不符合。真氏避不肯见，命婢女拿出一封信问他说："你说说信里写的是什么。"祝举人手写出"愿矢来生，仍为夫妇"八个字交给婢女。（真氏一看）果然是丁莳芗临终时的手笔，于是大哭起来。祝举人请媒人撮合，于是二人又像从前一样成为夫妻。真氏虽然比祝举人大了十几岁，可看起来仍像十七八岁的女郎。人们将二人的事迹写成《两世缘传奇》流传于世。

5.6.11 改行

真州有两刑胥，一赵某，年踰四十；一周某，年三十二。素相朋比。赵屡生子而不育，周之妇从未解怀。二人闲议："尔我所为，或有未合天理者，宜戒之。"从此遇事，不生非分之想。道光二十九年，邑大水，漂没田庐，难民甚多。因禀于令，为搭棚栖止之所。又见有漂流棺椋、枯骸无算，遂鸠集同志十余人，设普泽局，专为检拾抬埋之事。不惮辛勤，颇为诚笃。踰年，赵生一子，周亦生一子。今皆茁壮长，将入小学矣。天盖嘉其悔悟之速、好义之敏，故报之亦速且敏也。改过自新，圣人美之，有以哉！

【译文】仪征县有两个专办刑案的胥吏，一个姓赵，已经四十多岁了；一个姓周，三十二岁。二人素来交好。赵某多次生子，可生下的儿子都夭折了；周某的妻子从未怀孕。二人闲谈说："你我所做的事，或许有很多不合天理之处，今后应当避免。"从此以后，二人遇到刑案，不敢再生非分之想。道光二十九年（1849），县里发生水灾，淹没了田地、房屋，难民很多。二人于是向县令禀报，为难民搭建木棚作为临时居住的场所。他们又看见水中漂流着无数的棺椁、枯骸，于是召集了十多个志同道合之人，设立普泽局，专门办理检拾枯骸、抬埋棺椁之事。二人不怕辛劳，做事非常虔诚认真。过了一年，赵某生下一个儿子，周某也生下一个儿子。如今他们的儿子都茁壮成长，将要进入小学了。大概是上天为了嘉奖他们快速地悔悟、敏捷地见义勇为，所以也给予了他们快速敏捷的回报。改过自新，能得到圣人的称赞，是有原因的啊！

5.6.12 合村不食牛犬

有吴中贝某，自川中回，言川中某县某村有一女，年及笄，游于外。为魅摄至山寺塔顶上，家遍寻无获，半月后忽自归。家人诘其由。女曰："魅摄去时，迷闷不省。魅去，始知身在塔上，无门得出。继而魅以果饵酒浆饲我曰：'与汝有夙缘，不为汝害。'窥其意殊不恶，渐习，因亦不畏。前日魅去，我启塔扉散目，冀得见熟人呼救。见西村口为三叉路，来往人多，魅居其中，见舆人或挥其帽，或拘其裳，揶揄为乐，而人不见也。未几，有一叟携幼儿蹒跚而来。魅避至十数步墙隅下，复向幼儿四拜，俟过十数步乃敢出。俟其归，细诘其故。魅曰：'我所戏者，皆居心不良之人。彼老叟者，三代誓不食牛犬，神且敬之。我安敢犯？此小儿将来为大官，有政声，可不敬乎？'我闻言之下，遂私心默祝，自今誓不食牛犬，且劝合村同奉此戒。既而魅色变曰：'我无害汝，汝何变心？'我曰：'闻汝不食牛犬，神且敬之之言，特向佛誓此愿耳。'魅曰：'夙缘尽矣，欲送汝归，今不得近，汝可自返也。'指示塔门，一啸而去。我由是礼佛再誓，神志顿清。由塔而下，倩香火人送我至村也。"家人由是奉戒，此村竟无复有食牛犬者。

【译文】苏州有个姓贝的人，从四川回来后，说四川某县某村有一女子，十五岁时，出外游玩。被鬼魅摄取到山寺塔顶上，其家人到处寻找，也没有找到。半个月后，女子忽然自己回家。家人向她询问缘由。女子说："鬼魅把我摄去时，我昏迷不醒。鬼魅离开后，我才知道自己身在塔上，无门可出。不久，鬼魅拿来果饼酒浆给我吃，鬼魅说：'我与你有前世的缘分，不会害你的。'我看他对我确实没有恶意，渐渐习惯，于是也不再害怕。前天鬼魅离去，我打开塔上的窗户四处眺望，希望能看见熟人，向其呼救。我看见西村口的三岔路上，来往之人众多，鬼魅混迹在人群中，看见轿夫就拨弄轿夫的帽子，或牵拉轿夫的衣裳，以此戏弄取乐，而人们一点也看不见。不久，有个老翁领着一个小孩缓缓而来。（鬼魅见到老翁）立即躲到十几步外的墙角下，又向那个小孩拜了四拜，等老翁和小孩走过十几步后，鬼魅才敢出来。等鬼魅回到塔上时，我细问其缘故。鬼魅说：'我所戏弄的，都是居心不良之人。那个老翁，其家中三代都发誓不食牛犬，天神尚且敬重他，我又怎敢冒犯他呢？这个小孩将来会做大官，政绩卓著，难道不该尊敬吗？'我听完此言，便在心中默祷，发誓从今以后不食牛犬，并且也要规劝全村的人共同奉行这条戒律。过了片刻，鬼魅大惊失色地说：'我没有害你，你怎么变心了？'我说：'我听到你说不食牛犬，天神尚且敬重的话，就特意向神佛发誓，立下此愿。'鬼魅说：'我俩的夙缘结束了，我想送你回去，现在又不敢靠近你，你只能自己回去了。'鬼魅向我指示塔门后，长啸一声而去。于是我再次礼佛发誓，神志顿时清醒。从塔顶下来后，我请求前来上香的人把我送到村口。"从此以后，女子及其家人奉行此戒，（慢慢地）她所在的村中竟然也没有人再吃牛犬肉了。

5.6.13 贞女义男

乾隆五十七年，扬州辕门桥有歙人程姓者，开洋广货铺。

其同事汪生，年甫冠而文秀，性诚朴。一日，程将购货于粤，挈汪同往，至惠州境将市货，暂寓客邸。程诣各行顾视，汪独在邸。因散步于闲静处，未半里，至一树木亭榭之所，意谓必大户之园也，绕垣而行，后户开焉。窃窥之，见一少女美甚，光彩夺人，偕一媪游戏花下，忽见生，迤逦亭角而去，生怅怅迟留。须臾有老妇，携数婢出，笑迎之曰："贵官何处人，因何至此？"生告以乡贯姓名，并至此之由。妇曰："客旧家子，信不俗。我亦此间之绅官也，吾有息女，待字久矣。幸遇贵客，愿缔秦晋，不识可否？"生惶然久之，曰："吾乃异乡穷旅，安敢高攀？且吾有戚长同来，亦不敢自主。"妇曰："无虑，不须聘礼。闻得堂上人俱已仙逝，君之戚长，吾来日告之，咎不在君。"汪语塞。适已见其女之美，遂心动，默不置辩。老妇见其意允，大笑曰："此天缘也。"是夕即张灯彩，备酒馔，邀亲友而偕花烛焉。生窃喜得此奇遇，即赘老于伊家，亦所甘心耳。

客散后，入新室，女背灯坐，一老媪侍，见生不甚礼。媪殷勤奉茶请安息，反扣扉而去。生久之近女而悄语曰："夜已深，可卸妆矣。"三促之，女始转顾曰："闻君旧家子，父母已故，无他兄弟。如为宗祧计，君之家乡自可娶妇。如爱妾略有容色，天下多美妇人，何必贪一时之欢，而丧身数千里之外？为君计，不如早遁为是，然今日之举，妾已属君。三年后妾必死，愿君立一'某氏之神主'于先公姑之侧，感君不朽。"言讫泣下。生悚然不解所谓，一腔欣喜之心，焕然冰释。因究诘何以丧身、何以必死之由。女正色曰："君不知有'过癞'之语耶？惟吾惠州瘴气之毒尤甚，凡女子之犯癞疾者，无论大户小家，必先私与一人合，而后亲友闻其已经过癞，乃为之作伐议亲。其与私合之人，不踰年而毒发，始而身体作麻木，继而生疥癣，渐则生水，腥臭不可近。其卒也则满面湿癣，眉发脱落，虽不即死，无复人形，纵有名医名药，仅保残躯而已。岂非丧身，岂非必死哉？吾耻为此不贞之事，亦不忍害君，故历历直告耳。”生恐惧求策，女曰：“吾适已言之，妾身既已属君，誓不他适。惟有重赠于君而去可也。”既而曰：“屋隔数重，放君不易。待明旦见吾母时，君固请携眷回扬。吾母不许，再固请固争，必厚赠，君可坦然而去也。虽然，为君谋固善，而何以处妾。妾不过三年必死。君待妾三年后再娶，君之姓名住址，及铺之名号，亲书一简于妾，既为将来绝婚计，亦为异日寻君计也。”言讫呜咽。生抚之曰：“敢不如教。”遂写一简付女。女搜箧中出金钏一双，曰：“此重五两余，可携回稍助资本。”二人遂和衣而卧。明日生求去，母留之，生回请携眷回，母不可。遂厚赠而去。生还而程以老且病唤子来扬，命生辅之。未几，程没。子信任生，生亦出资协力，生计日饶。将三年，有友劝生曰：“君今当室，而旧约已偿，可谓无负此女矣。”生乃娶某氏，妇亦贤淑，且勤俭相助。

又踰年，突有一丐蓬首垢面，气味螫人，贸贸入铺。仰视久之，手出一简，问铺中老者：“此人可在否？”老者见简，诘所由来。适生自外入，老者指丐与简而示之。生视丐不辨为女，女已呼曰：“郎君幸在此，不枉我数千里辛苦也。”生始知为女，为之泣下，急导入内。内即生妻住室也。生先以告其妇，妇闻之即出，呼以姊，女赧然不及答。生告以三年之约，昨才纳妇耳。女唯唯，既而曰："妾今之来，只为身已属君，就君以栖残魄耳。此后无多累君，但求别一室，日两顿而已。"生体其意，使一老诚妪侍其起居，日为洗盥疏剔，渐复人形。女性嗜酒，晚飧必多置始快。铺自贯京江、绍兴与扬之土酒，积坛累累，每晚任老妪自取之，无禁也。室之角有一巨瓮，已开头，而加以覆。司酒者因前岁见一乌梢蛇蜿蜒而入，以酒多而不忍弃，而亦不以市于人，故特置闲处，妪不知也。每取酒乘便以供女，女饮而甘之，半月来无恙。忽一夜，觉浑身浮肿，面上痂厚处渐裂，犹涵水，而腥袭人。女惊泣，使妪呼生至，告以必死矣。生视之必悲啼，宽慰再三而去。自是日必屡至。

踰数日，女觉肿消痂干，额面裂处，逐手而堕。细视落处，宛然好肤。前之眉发，复生新茸矣。生闻来视，虽喜而不知其故。有告以日所饮者蛇酒也。生即命倾瓮以觇其异，则一乌梢蜷于中焉。未两月，女痂尽落，美发已复，犹然好女子也。生妇请择吉与生重行合卺礼，强而后可。妇事女甚敬，呼以姊，尤加礼焉。后女生一子一女，妇生二子，互乳无猜，极相和顺。而生铺亦日渐充裕，与程平析为两，各理其业。程子亦赖生辅佐，世业复兴焉。

同时，邗人有善填词者，谱为《凤栖亭》传奇，以劝世之贞女善男者。凤栖亭者，即生与女初晤面之处也。虽事经一甲子，词本或未遍传，故录其大略，以备劝诫云。

【译文】乾隆五十七年（1792），扬州辕门桥有个姓程的徽商，开了一间专卖洋货的杂货铺。其同事汪某，刚满二十岁，文雅俊秀，性格诚朴。一天，程某要去广东购货，带着汪生同往，二人来到惠州境内，将要选购货物，暂时居住在客店中。程某到各家商行观察选货，汪生独自留在客店中。汪生便去一处安静的地方散步，未行半里，就来到一处有树木亭榭的地方，心想这必定是大户人家的后花园，于是绕墙而行，看见园子的后门开着。汪生从后门往里窥视，看见一个少女，美丽异常，光彩夺人，与一个老婢一同在花下游玩，少女忽然看见汪生，缓行至亭角而去，汪生失意不快，在门口逗留徘徊。过了一会儿，有个老妇率领着几个婢女出来，笑着相迎说："贵客是哪里人，为何来到此地？"汪生把自己的籍贯姓名以及来此的缘由告诉了老妇。老妇说："客人是世家子弟，确实不俗。我家也是此地的官绅，我有一个亲生女儿，待嫁已久了。有幸遇到贵客，愿与您缔结姻缘，不知您同意吗？"汪生惊慌了很久，说："我是来自外地的一个贫穷旅客，怎敢高攀？并且我是与一个年长的亲戚同来的，我也不敢擅自做主。"老妇说："你不用担心，无须聘礼。我刚才听你说你的父母都已去世，至于你那位年长的亲戚，我改天再向他说明，这不是您的过错。"汪生一时说不出话。汪生刚才已目睹过女子的美丽，（听完老妇的话）于是有所心动，默然不语，不再辩解。老妇见汪生有答应的意思，大笑着说："这是上天安排的姻缘。"当天晚上，就张灯结彩，置备酒席，邀请亲戚朋友参加婚礼，于是汪生与女子便成亲了。汪生得此奇遇，暗自心喜，即使在这家做赘婿至老，也心甘情愿。

客人散去后，汪生进入新房，女子背灯而坐，一个老婢在旁服侍，老婢见到汪生只是略微行了个礼。老婢殷勤奉茶，请二人休息，然后反关上屋门出去了。汪生长时间坐在女子旁边，低声说："夜已经深了，你可以卸妆了。"再三催促之下，女子才转过脸来看着汪生说："听说你是世家子弟，父母已经亡故，也没有其他兄弟。

你如果是为了传宗接代，在家乡自可娶妻。你如果是爱恋我略有美貌，天下有那么多的美妇人，你何必贪图一时的欢乐，而丧身于数千里之外呢？为你着想，你不如早早逃走为好，然而今天事情已经发生，我已是你的妻子。三年后，我必会死去，（到那时）希望你能在已故的公公婆婆的牌位旁立一个‘某氏之神主’的牌位，我将永远地感激于你。”说完，女子哭泣着流下眼泪。汪生惶恐不安，不知女子话中的意思，一腔欣喜之情，顿时消散。于是汪生追问自己为何会丧命、女子为何会必死的缘由。女子脸色严肃地说：“你不知道有‘过癞’这种说法吗？只因我们惠州这里有十分厉害的瘴气之毒，凡是患上癞病的女子，无论大户小家，必先私下与一人交合，而后亲戚朋友听到她已经‘过癞’了，这才为她说媒议亲。与她私下交合的那人，不过一年就会毒发，开始时只是身体麻木，继而生出疥癣，渐渐流出脓水，腥臭之气令人不敢靠近。当他死的时候就会满脸湿癣，眉发脱落，虽然不会立即死亡，但也没有人样了，纵使有名医名药，也只能保住残躯而已。这难道不是必然丧命，难道不是必然会死吗？我耻于做出这种不贞之事，也不忍心加害于你，所以这才清清楚楚地以直言相告。”汪生恐惧，向女子求教脱身的办法，女子说：“我刚才已经说过了，我既然已经嫁给你，我就绝不改嫁。唯一的办法是让我母亲赠给你许多钱财，你然后离去。”过了一会儿，女子又说：“这里与大门隔着数重房屋，放你出去不太容易。等明天早晨拜见我母亲时，你坚决请求携带家眷返回扬州。我母亲不同意，你再反复地坚决请求、争取，她必定赠予你许多钱财（让你回去），那时你就可以坦然而去了。既然如此，我为你筹划了个好主意，那么我自己应该怎么办呢。我不过三年必死。你等我三年后再娶，你的姓名住址以及所在店铺的名号，亲笔写在一张纸上给我，既是为了将来离婚之用，也是为了日后我能寻找到你。”

说完，女子哽咽悲泣。汪生安慰她说：“我岂敢不遵从你的吩咐。”于是，把自己的个人信息写在纸上交给女子。女子搜寻箱笼，从中拿出一对金钏，说：“这对金钏有五两多重，你可以携带回家略助资本。”随后，二人和衣而卧。第二天，汪生请求离去，女子的母亲挽留，汪生又请求携带家眷而归，女子的母亲不同意，于是赠给汪生一大笔钱让他独自回去。汪生回到扬州，那时程某已然衰老生病，程某把儿子叫到扬州，命汪生辅佐他。不久，程某去世。程某的儿子信任汪生，汪生也拿出资金，与程某的儿子合力经营，生活渐渐富裕。将近三年后，有朋友劝汪生说：“你如今到了成婚的年龄，你从前与女子的约定也已经履行，可以说没有辜负这个女子了。”于是，汪生娶了某氏为妻，汪生的妻子也很贤淑，并且能够勤俭持家、帮助丈夫。

又过了一年，突然有个蓬头垢面、气味熏人的乞丐，贸然闯进店铺。乞丐仰视了很久，拿出一张信纸，问铺中的老者说：“这个人在吗？”老者见到信纸，问所由来。这时正巧汪生从外面进来，老者指着乞丐与信纸给汪生看。汪生看见乞丐，辨不出她是女子，女子已然大呼说：“幸亏郎君在此，没有白费我数千里辛苦地寻找。”这时汪生才知道这个乞丐就是从前的女子，为之感动流泪，急忙领着她进入内室。内室是汪生妻子的居室。汪先生很早以前就把自己的经历告诉了妻子，这时汪生的妻子听说那女子来了，立即出门相迎，称呼女子为“姐姐”，女子脸红地不知如何回应。汪生告诉女子三年之约已到，他是前几天才娶的妻子。女子恭敬地应答，过了片刻说：“我今日来此，只因为我已嫁给郎君，想在郎君这里栖息残躯罢了。（既然你已另有妻子）我此后也不会过多地牵累你，我只求你给我一间别室，每日再给我两顿饭吃就行了。”汪生明白她的意思，让一个诚实的老婢侍奉女子起居，老婢每日为女子梳洗，女子渐渐恢复人形。女子喜欢饮酒，晚饭时一定要多准备一些酒才感畅快。铺中自有从镇江、绍兴购来的美酒，也有扬州本地的美酒，酒坛累积，每晚任老婢随意拿取，从不阻拦。酒室的一角有一口大瓮，已经开封，后来只是略加覆盖。管酒的人因为前年曾看见一条乌梢蛇蜿蜒爬入酒瓮，他觉得瓮中之酒尚多，不忍抛弃，却也不肯卖与顾客，因此他特意把酒瓮放置在了一处偏僻的角落，可是老婢却不知道此事。为图方便，她每次都从其中取酒，供女子饮用，女子饮用后觉得酒味甜美，半月以来，竟然安然无恙。忽然一天夜里，女子觉得浑身浮肿，脸上痂厚的地方渐渐裂开，脓水遍流，腥气逼人。女子惊慌哭泣，让老婢叫来汪生，告诉汪生自己必然是要死了。汪生前来看望女子，女子悲伤哭泣，汪生再三安慰后离去。自此以后，汪生每天都要前来看望女子多次。

过了几天，女子觉得肿消痂干，脸颊和额头上开裂的地方，随手而落。女子仔细观察脱落之处，生出的宛然是完好的皮肤。从前眉毛、头发脱落的地方，也已经重新生出毛发了。汪生听闻此事，前来探望，虽然心中高兴，却不知道是何缘故。有人告诉汪生或许是女子每天饮用蛇酒所致。汪生立即命人倾斜酒瓮，以察其异，原来是一条乌梢蛇蜷伏在瓮中。没过两个月，女子身上的痂就全部脱落了，秀美的眉毛、头发也已生出，仍然像从前一样是一个美丽的女子。汪生的妻子请人挑选了一个良辰吉日，让女子与汪生重行婚礼，经过汪生妻子的再三强迫，女子才点头同意。汪生的妻子侍奉女子十分恭敬，称呼女子为“姐姐”，女子对汪生的妻子更是以礼相待。后来女子生下一个儿子、一个女儿，汪生的妻子生下两个儿子，二人相互给对方的子女哺乳，毫无猜忌，极其和顺。此时汪生所开的店铺也是日渐兴隆、资金充裕，汪生与程某的儿子把店铺平分为两份，各理其业。程某的儿子也借助汪生的辅佐，复兴了父亲留下的家业。

同时，江苏有个善于填词的人，将这个故事谱写成《凤栖亭》传奇，以勉励世上的贞女善男。凤栖亭，即汪生与女子初次会面的地方。虽然事情过去了六十多年，《凤栖亭》词本并没有传遍各地，所以我记录其大体内容，用来劝诫世人。

5.6.14 法贵准情

汪龙庄曰：乾隆年间，江苏有干吏张某，治尚严厉。县试一童子怀挟旧文，依法枷示。童之姻友环跽乞恩，称某童姻甫一日，请满月后补枷。张不允，新妇闻信自经。急脱枷，童子亦投水死。夫怀挟宜枷，法也。执法非过。独不闻律设大法，礼顺人情乎？满月补枷，通情而不曲法，何不可者？而必以此立威，忍矣。后张调令南汇，坐浮收漕粮，拟绞勾决。盖即其治怀挟一事，而其他惨刻可知。天道好还，捷如枹（fú）鼓。故法有一定，而情别千端。准情用法，庶不干造物之和。

【译文】汪龙庄（名辉祖）说：乾隆年间，江苏有一位干练的官员张某，为政崇尚严厉。县试时，一名童生夹带文章入场，依照法律应当处以带枷示众的刑罚。童生的姻亲、朋友环跪着为考生求情，说这个考生结婚才一天，请求满月之后再补行带枷示众之刑。张某不同意，新妇听到消息后自缢而死。张某急忙命人除去童生的枷锁，那名童生随即也投水而死了。夹带文章入场，应受枷刑，这是法律的规定。严格执法，没有过错。可是他难道就没有听说过制订刑律是为了维护国家体制，讲究礼仪应该顺应人之常情吗？满月后再补行带枷示众之刑，既符合情理也不违背法律，有何不可？而他一定要借此立威，太残忍了。后来张某调任南汇县县令，因额外征收漕运税粮的罪过，被判处绞刑，待皇上御批后处决。大概从他处理考生夹带文章入场的事情上来看，他在其他方面的凶狠刻毒程度就可想而知了。天道循环报应，快得就像用槌击鼓、立刻发出声音一般。因此法律虽有统一的规定，而人情却有千种的差别。以顺从人情的方式严格执法，或许才不会违背天地和谐之道吧。

5.6.15 妇女不可轻唤

又曰：提人不可不慎，固已。事涉妇女，尤宜详审。非万不得已，断断不宜轻传对簿。妇人犯罪，则坐男夫，具词则用报告，律意何等谨严，何等矜恤？盖幽娴之女，全其颜面，即以保其贞操；而妒悍之妇，存其廉耻，亦可杜其泼横。

吾师孙景溪先生（讳尔周），言令吴桥时所延刑名幕客叶某者，才士也。一夕，方饮酒，偃仆于地，涎沫横流，气不绝如缕。历二时而苏，次日斋沐闭户，书黄纸疏，亲赴城隍庙拜燬。回署后，眠食若平常。越六日，又如前偃仆，良久复起。则请迁居外寓，询其故，曰：“吾八年前馆山东馆陶，有士人告恶少子调其妇者，当核稿时，欲属居停专惩恶少子，不必提妇对质。友人谢某云：‘此妇当有姿首，盍寓目焉？’余以法合到官，遂唤之。已而妇投缳死。恶少子亦坐法死。今恶少子控于冥府，谓妇不死，则渠无死法。而妇之死，实由内幕之传唤。馆陶城隍关提质理，昨具疏申剖，谓妇被恶少子所调，法合到官。且唤妇之说，起于谢某。城隍神批准关覆。是以数日幸得无恙。

顷又奉提，谓妇被调之后，夫已告官，原无意于死，及官传质审，始忿激捐生。而传质之意在窥其色，非理其冤。念虽起于谢某，笔实主于叶某。谢已摄至，叶不容宽。余必不免矣。”遂为之移寓于外，越夕而陨。夫以法所应传之妇，起念不端，尚不能幸逃阴谴，况法之可以不传者乎？

【译文】汪龙庄（名辉祖）又说：提审犯人不可以不慎重，本该如此。案件涉及妇女，更应当详细审察。如果不是万不得已，千万不要轻易地将妇女传唤到公堂上来受审。妇人犯罪，应当对其丈夫治罪，她的供词应该称为“报告”，法律这样规定是多么得严谨，多么得体恤！因为对于文静娴雅的女子而言，保全了她的脸面，也就是保全了她的贞操；对于嫉妒凶悍的妇女，保全了她的羞耻之心，也可以杜绝她的撒泼耍横。

我的老师孙景溪先生（名尔周），说他在直隶吴桥县（今属河北沧州市）任县令时所聘请的刑名师爷叶某，是个有才干的人。一天夜里，叶某正在饮酒的时候，忽然倒地，涎沫横流，气息奄奄，呼气如线。过了两个时辰，叶某苏醒，第二天，他斋戒沐浴，关上房门，在房内写了一道黄纸疏，亲自前往城隍庙祭拜焚烧。回衙后，他饮食起居犹如平常。过了六天，他又像从前一样倒地，很久才苏醒起身。他请求迁出衙门到外面居住，孙老师询问缘故，叶某说：“我八年前在山东馆陶县做刑名师爷，有个读书人状告一个品行恶劣的青年调戏他的妻子，我审核诉状时，打算建议主人专门惩治那个恶少，不必将读书人的妻子传唤到公堂上来审讯对质。我的朋友谢某说：‘这个女子应该颇有姿色，何不让我们见一见呢？’我以为按照法律读书人的妻子也应该到堂受审，于是传唤她前来。不久后，这个妇人就自缢而死了。那个不良青年也因此犯法被处死。现在不良青年在阴间提起诉讼，他说如果那个妇女不死，按照法律他也不会被处死。然而妇女的死亡，实际是因刑名师爷将其传唤到堂导致的。馆陶县的城隍神发下文书让我对质辩解，前几天我已呈上疏文讲明经过，（我在疏文里）说妇女被不良青年调戏，按照法律应当到堂受审，并且把妇人传唤到公堂，是谢某出的主意。城隍神批准答复。因此，那几天我侥幸安然无恙。过了不久，我又奉命受到提审，城隍神说妇女被调戏后，她的丈夫已经报官，她原本没有死的想法，是你将其传唤到公堂受审后，她才因为愤怒激动而自杀的。况且你传唤妇人到堂的目的是一观她的美色，而不是为她审理冤情。这个主意虽然是谢某出的，但写下传票的却是你叶某。谢某已被逮捕到阴间，叶某也不容宽恕。我必定难逃一死了。”于是，孙老师允许叶某迁出衙门到外面居住。过了一夜，叶某就死了。传唤妇女到堂从法律上来说是应该的，可叶某一念之差，尚且不能逃脱阴间的制裁，何况按照法律没必要将妇人传唤到堂（而却把妇人传唤到堂的那些人）呢？

5.6.16 处横逆

汪龙庄《双节堂庸训》曰：凶很狂悖之徒，或事不干己无故侵凌，或受人唆使藉端扰诈，孟子所谓“横逆”也。此等人，廉耻不知，性命不惜，稍不耐性，构成衅端，同于金注，悔无及矣。须于最难忍处，勉强承受，则天下无不可处之境。曩馆长洲时，有丁氏无赖子负吴氏钱，虑其索也，会妇病剧，负以图赖。吴氏子斥其无良，吴氏妇好语慰之，出私囊赠丁妇。丁妇嘱夫急归，遂卒于家。耐性若吴氏妇，其知道乎？

【译文】汪龙庄（名辉祖）在所著的《双节堂庸训》里说：凶狠狂妄悖逆的人，有的虽然事不关己却无故侵犯欺凌他人，有的受人唆使借故侵扰勒诈别人，他们就是孟子所说的“横逆”。这种人，不知廉耻，不惜性命，一旦稍不忍耐，就挑起事端，就像以黄金做赌注一样，想后悔也来不及了。做人应该在最难忍受之处，勉强承受，这样天下就没有不可忍受的处境了。当初，我在长洲县（今苏州市）做幕僚时，有个无赖子丁某欠了吴某一些钱，担心吴某索要，当时正逢自己的妻子病重，于是把病妻背到吴某家，企图以此赖账不还。吴某斥责丁某品行恶劣，吴某的妻子却好言安慰，拿出自己的私房钱赠给丁某的妻子。丁某的妻子传信给丈夫，让其赶快把自己背回家，回到家后妻子便死于家中了。像吴某妻子这样性格忍耐的人，大概就是知晓我所说的这种道理的人吧！

5.6.17 勿破人机关

一切财利交关、婚姻撮合，至亲密友相商，自应各以实告。如事非切己，何必攻瑕讦隐，破人机关？昔有愿人，为盗诬引，屡质不脱，莫知所由。久之，身以刑伤，家以讼破。盗始曰：“吾今仇雪矣。某年除夕，吾鬻缸，已售，汝适路过，指缸有渗漏，售主不受，吾无以济用。因试为窃，后遂滑手为之，致有今日。非汝，吾缸得鬻，岂为盗哉？”呜呼！天下有结怨于人而己尚懵然者，大抵自口召之。金人之铭，可不终身诵欤？

【译文】一切财物交易、婚姻撮合，至亲密友之间商议事情，各方自然应当以实情相告。如果事情与己无关，何必攻击别人的短处或揭发别人的隐私，破坏事情的机关呢？从前有个在神佛面前立过愿的人，被盗贼诬陷攀引入罪，多次辩解也不能洗清，他也不知道自己为何会被盗贼诬陷攀引。很久以后，这人因受刑而身体伤残，家庭也因诉讼而破败。这时，盗贼才对他说出真相："我今天终于报仇了。某年除夕，我卖缸，已经卖出去了，你正巧路过，指着我的缸说它有渗漏，买家便不买了。我无钱度日，于是试着盗窃，后来便顺手做起了盗贼，以致才有今天。如果没有你，我的缸就能卖出去，我怎么会变成盗贼呢？"哎呀！天下那些与人结下怨仇而自己尚且茫然无知的人，大部分都是由于说话不慎而招致的。《金人铭》中关于谨慎言语的教诲，难道不应当终身铭记吗？（译者按：此亦汪龙庄《双节堂庸训》中之语，非梁氏自作。）

5.6.18 雷诛不孝

道光戊申四月，不记日期，温州府城内夜大雷雨。次日，闻人言有一贫民常詈其母，是夜忽雷穿其户，提不孝子至院中，刺其胁，衣尽焚。其母求神，得不死。次早，人见不孝子跪其母前，叩头不已，盖自是改悔矣。雷神殆怜其母之孤苦，而姑恕之耳。

【译文】道光戊申年（1848）四月，具体日期我忘记了，这天夜里温州府城内雷雨大作。第二天，我听到有人说一个贫民经常谩骂母亲，这天夜里雷电忽然穿过门户，将不孝子提到院中，击穿他的胁部，他的衣服全被烧毁。不孝子的母亲向神求情，他才没有被雷神击毙。第二天早晨，人们看见不孝子跪在母亲的面前，叩头不止，大概是认识到错误并加以改正了吧。雷神大概是可怜他的母亲孤苦，才姑且饶恕了他吧。

5.6.19 金银化水

程仲苏有本家，名宗，号广庭，道光戊申，官金陵南部通判。自言伊岳家杨氏寄居宿迁，素称富饶，其岳母杨太夫人有银十万两、黄金千两，均存地窖。上年因家计渐蹙，命家人掘窖，各缸金银，俱化为水。于是堆积院中。适有佣工求二缸腌菜，许之。佣往移缸颇重，因觅多人抬出，及出门，二缸水忽化为银。佣驰告主母，令家人复出观之，仍化为水。于是任佣取去，及到家，仍化为银。广庭之仆，仅得工银一锭于佣。

于莲亭曰：金银化水之说，予习闻之，然皆渺茫不足据。今观广庭所言，乃其目睹者，可见财物皆有定数。如其家当贫，则有者可化为无。人奈何终日营营，而不肯少休哉？观此可以憬然悟矣。

【译文】程仲苏有个同宗，名叫程宗，号广庭，道光戊申年（1848），担任南京南部通判之职。据他说，他的岳父杨氏寄居在宿迁，家中素以富饶著称，他的岳母杨太夫人拥有十万两银子、千两黄金，都存放在地窖中。去年，因为家境渐困，杨太夫人命家人掘开地窖，竟然发现各缸中的金银，都化成水了。于是，家人将缸堆积在院中。正巧有个在杨家佣工的工人（看见这些缸）请求主人给他两口缸腌菜，主人答应。工人搬动时，觉得缸太重，便找了几个人（其中一人是程广庭的仆人）帮他抬出去，才刚出门，二缸里的水就忽然化为银子了。工人跑来告诉杨太夫人，杨太夫人命家人出去察看，缸里的银子仍旧化作了水。于是，杨太夫人任凭工人把缸搬走，等工人回到家，缸里的水又化作银子了。程广庭的仆人，只从工人那里得到一锭银子的工钱。

于莲亭（名克襄）说：金银化水的传说，我经常有所耳闻，然而都事属渺茫，不足为信。今看程广庭所言之事，是他亲眼所见的，可见财物的归属都有定数。如果其家注定是要贫穷的，那么即使富有钱财也终究会一无所有。人们何必终日钻营，而不肯稍微休息一下呢？观此事例可以幡然醒悟了。

5.6.20 袁太守为城隍

于莲亭曰：黔省袁凤阶太史，尝主讲贵山书院。余官黔时，常相过从，相得甚欢。后太史由御史擢守甘肃平凉，不数年遽闻仙逝。黄印山来金陵，言其成神事甚详。印山尝受业于凤阶，言辛丑会试闱中，晤一平凉孝廉，述太守尝莅吾郡，居官廉谨，待士尤为肫挚。每月课，终日坐讲堂批阅不倦，两年来合郡士民无不感戴。”庚子年，护平凉道篆；冬初，无疾而逝。

卒之夜，同城都阃某，方就枕，即闻传呼摆对，送耒阳县城隍上任。都阃戎装领队出郭外，见仪仗严肃，都阃唱名叩送。举首见舆中即袁护道，私揣文武不相统辖，且凤阶太守，平素谦抑，何以若是之倨。正在疑讶，忽闻叩门声，惊醒，则传报袁道台仙逝，大为骇愕。由是喧传袁公殁而为神。不数日，夫人继卒。署中人咸梦珠旛宝盖迎夫人到任云。

【**译文**】于莲亭（名克襄）说：贵州省的袁凤阶太史（翰林的

别称)，曾担任贵山书院的主讲。我在贵州做官时，经常与他来往，二人相交甚欢。后来袁太史由御史升任甘肃平凉府知府，未过几年，我就忽然听说了袁太史逝世的消息。黄印山来南京时，详细说起了袁太史死后成为神灵的事情。黄印山曾经是袁太史的学生，他说在道光二十一年(1841)辛丑科会试的考场中，他遇见了一个来自平凉府的举人，这个举人讲述说袁知府曾莅任我们平凉府，为官谨慎，对待读书人尤其真挚诚恳。每月对学子课试时，袁知府都会终日坐在讲堂上批阅不倦，两年来全府的士民无不对他感恩戴德。道光庚子年(1840)，袁知府代理平凉道；冬初，无疾而逝。

袁公逝世的那天夜里，在同城驻扎的某个将帅，刚躺下睡觉，就听见成对排列的仪仗人员传呼着护送耒阳县城隍上任。将帅穿上军服领队走出城外，看见仪仗严肃，将帅高声报名，叩头相送。将帅抬头一望，看见坐在轿中的正是代理道台袁公，他暗想文官和武官不相统辖，况且袁凤阶知府，平日里为人谦逊，现在为何如此傲慢呢。正当他疑惑惊讶时，忽然听到敲门之声，惊醒后，便有人向他报告了袁道台逝世的消息，他非常惊骇。因此当地之人都盛传袁公死后成为神灵。没过几天，袁公的夫人也相继去世。官署中的人都梦见有一队人马举着饰珠的旗幡、华丽的伞盖迎接夫人到任。

5.6.21 鼠蛊

猺俗妇女多淫，客有主其家而与私者。临去，辄置蛊食中，预订来时年月。爽期则毒发必死。有江南客主某妇家，去之前数日即不食其食。一切餐具，必亲自检点，再三而始下口。

妇无隙可乘，因询来期，客云："一年内。"妇曰："可与我一纸为凭。"客乃索笔吮毫，书就而去。既而踰年不至，谓其已死也。又逾半年，客忽归。妇惊曰："子实中我毒而无恙，其遇异人乎？"曰："无之。""食异物乎？"曰："未也。"曰："试思之。"曰："曾记归途过渡，舟人淹死一猫，煮而食之。予闻其香，亦尝一脔。此外更无别物也。"妇曰："噫！是矣。当日写凭时，吾曾下蛊于笔端，乃鼠蛊也，故得解。"此嘉庆初年事。

【译文】猺族的风俗妇女往往淫荡，有客人来至家中，妇女便与客人私通。客人临走时，妇女就会在食物中下蛊，与客人预订好再来的时间，客人违期则一定会毒发身亡。有个江南的客人在某妇家做客，临走前数天就不再吃妇女置办的食物。一切餐具，他也一定要亲自反复检查过之后，才肯食用餐具里的食物。妇人找不到下蛊的机会，便询问客人下次什么时候来，客人说："一年之内。"妇人说："你可以给我写一张凭证。"于是，客人索笔吮毫，写完凭证而去。过了一年，客人没有来，妇人以为客人一定是死掉了。又过了半年，客人忽然到来。妇女惊奇地询问："你实际上中了我下的毒，然而却安然无恙，难道是遇到奇人异士了吗？"客人说："没有。"妇人问："你吃过什么特别的东西吗？"客人说："没有。"妇人说："你仔细想一想。"客人说："我曾记得回去的途中过河，船夫淹死了一只猫，他煮了猫肉食用。我闻见香味，也尝了一块猫肉。此外就没有吃什么特别的东西了。"妇人说："唉！就是这个原因。那天你写凭证时，我曾在毛笔的笔端下了蛊，是鼠蛊，（你吃过猫肉）所以蛊毒被解了。"这是发生在嘉庆初年的事情。

5.6.22 一点好心

江宁汪姓者，尝偕一山西人入城隍庙看剧。某人至神前似甚悚惧，连连叩头而出。问故，云："昔曾于此勾当阴役，与一鬼往某村提人。见少年村妇哺儿于怀，鬼思遽曳其儿，奈此妇神光甚长，不可逼近。适旁置一箩面，因掀翻其面。妇遽释儿往理，遂曳之出。妇见儿死大号，以头触柱，几不欲生。余恻然，与鬼商量还之。鬼曰：'如神责何？'余曰：'有事但推我，汝无与也。'遂掷儿还妇，而自投于神。神以余骫（wěi）法，责三十板。既又言，此系汝一点好心，非他卖法者比，特为延寿一纪，而勾免其役。予今后当多十二年活也。"

【译文】江宁（今南京市）有个姓汪的人，曾经与一个山西人一同去城隍庙看戏。山西人走到神像面前似乎十分害怕，连连叩头而出。有人问其缘故，山西人说："从前我曾在此做过阴间的差役，（有一次）我与一个鬼前往某村捉人。看见一个少年村妇正把孩子抱在怀中哺乳，鬼想急速地拖拽村妇的孩子，无奈这个村妇身上有一道很长的神光，不能靠近。正巧旁边放置着一箩面，于是鬼掀翻箩里的面，村妇急忙放下孩子前去收拾，鬼便趁机拖拽出村妇的孩子。村妇见到孩子死去，放声大哭，用头撞柱，一副不想再活的样子。我见此伤心，与鬼商量，请鬼放还村妇的孩子。鬼说：'如果城隍神责备怎么办？'我说：'如果有事，你只管推说是我做的，与你无关。'于是鬼把孩子扔还给了村妇，然后我自己向城隍神承认了过错。城隍神以枉法之罪，责打了我三十板。过了一会，城隍神又说，这是你的一点好心，与那些贪赃枉法的人不一样，特为你延长十二年的寿命，并且免除你在阴间的劳役。因此我今后还可以多活十二年。”

劝戒六录

《劝戒六录》自序

此录刊自癸卯，至庚申已得五录，计三十卷。惜原板毁于兵燹（xiǎn）。此后偶有见闻，无不随时记之，其事迹涉影响而未能征信者，亦概舍旃（zhān），犹前志也。庚申九月，在杭奉委催饷至闽，次年五月差竣，还至杭。七月又奉委催饷，漂洋至闽，中间奔波万余里，军务倥偬（kǒng zǒng），无暇及此。比即以催饷去官，家居多暇，因于课孙之余，编此六卷。而年来世景沧桑，人情变幻，愈趋愈下，其事亦愈出愈奇。堪怪世人犹昏昏长夜，而莫之觉也。兹录或亦暗室灯之一助云尔。

【译文】这部《劝戒录》初次刊行于道光二十三年癸卯（1843），到光绪十年庚申（1860）时已经完成五录，累计三十卷。可惜原来的刻板毁于战火，此后偶有见闻，无不随时记录，其中有些捕风捉影而不能考核证实的事情，也一概舍弃，仍旧沿袭从前的原则和体例。光绪十年庚申（1860）九月，我在杭州接到委派去福建催征军饷的任务，第二年五月差使完成，回到杭州。七月，我又奉命前去催饷，乘船过海，去往福建，中间奔波了一万多里，军务繁忙，无暇顾及撰书之事。不久，我就因催饷之事辞官，回家居住，闲暇时间较多，于是在教育孙子读书之余，编成这六卷书。这些年来世事沧桑，人情变幻，风俗日渐变坏，事件也是越出越奇。值得奇怪的是世人依然昏昏不醒、如处长夜，而没有知觉。这部《劝戒六录》或许可以作为暗室里的一盏明灯帮助世人尽早苏醒吧。

第一卷

6.1.1 董文恪公遗事

金陵董文恪公，其先德已详《五录》。当未第时，贫甚，应拔萃朝考入都，徒步襆被自负而往。至邗上，遇一舟，天时尚热，力惫，求附载。榜人为请于舱中客，许之。公坐舵旁，朝夕朗诵不辍。榜人私语舱中为巨绅某公子兄弟赴京应试者，勿扰之。公读如故。舱中客方以饮酒度曲为乐，果厌之，两少年出，呵问："尔何人？"公具述名姓，并言将应试。遽嗤之曰："尔寒乞如是，亦欲赴试求名耶？"狎客等从而和之。公怒其轻薄，不能堪，负气奔岸，又走数百里，勉赁小车抵都。

朝考列一等，授小京官，旋乡、会试联捷，中探花，授职编修。数年，京察，由监司洊升蜀中方伯。某公子兄，方以贰尹同官一省，忆及前事，不自安，谋引退。公闻之，召之入见，好言慰之，且询其弟，则已死。盖当日倨傲狎侮之状，弟为尤甚耳。公笑语之曰："韩信不仇胯下之辱，余岂不逮古人？勉为好官，勿以往事介怀也。"此事公为闽督时，尝自述以戒人，且云："当时以负重徒步远行，至今左膊逢阴雨时辄为酸痛。"

【译文】南京的董文恪公（董教增），其先人的德行已经详细记载在《劝戒五录》中（参见5.1.2）。董文恪公未登科时，家境非常贫困，后来他去京城参加拔萃科朝考（清制由各省学政选拔文行兼优的生员，贡入京师，称为拔贡生，简称拔贡，经朝考合格，入选者一等任七品京官，二等任知县，三等任教职），自己背着铺盖卷徒步前往。走到扬州时，遇见一条船，当时天气还很炎热，疲惫不堪，便请求船夫搭载他一段路程。船夫请示舱中的客人，客人同意了。董公坐在船舵旁，每天朗诵不停。船夫私下里告诉董公舱中的客人是某位大官家的两个公子，他们兄弟二人也是前往京城应试的，请他小声诵读，不要打扰到二人。董公依旧像从前一样朗声诵读。当时船舱中的客人正在以饮酒唱曲取乐，听见朗诵声，果然觉得厌烦，两名少年走出船舱，责问："你是什么人？"董公详细说出了自己的姓名，并说自己也是前往京城参加考试的。于是两少年嗤笑他说："你寒酸到这种程度，也想去应试求取功名吗？"那些陪同玩乐的人也在一旁高声附和。董公对他们轻薄的态度非常气愤，不能忍受，一气之下跑回岸上，又步行了几百里，勉强雇了一辆小车抵达京城。

朝考结束后，董公名列一等，被授予一个小京官的职位，很快他又接连考中乡试、会试，高中一甲第三名进士（探花），授予翰林院编修之职。几年后，经考核合格，由道员被荐举晋升为四川布政使。某大官家的大公子，也以县丞的身份在四川某县任职。这人回想起从前之事，自觉不安，想辞官回乡。董公听说后，召他入见，好言安慰，并询问他弟弟的情况，得知弟弟已经去世。（董公特意询问他的弟弟）是因为当时二人对他傲慢不恭、轻慢侮弄的情状，弟弟更加过分。董公笑着对他说："韩信不仇视使其遭受胯下之辱的人，我难道就不如古人吗？你要尽力做个好官，不要对从前的事耿耿于怀。”董公担任闽浙总督时，曾讲述此事以告诫他人，他还说：“当时我独自背着行李徒步远行，到现在我的左臂每逢阴雨天气还会酸痛。”

6.1.2 王文恪公

蒲城王文恪公（鼎），以大学士直军机十余年，遇事无所避。天性峭直而俭朴，虽贵为相国，犹是书生本色，不得以矫情干誉目之。道光二十二年，奉命督治南河，适被疾，闻命即驰往。时方隆冬，滴水成冰。公日坐河干监视堤工，已成八九。寒风凛冽，时雪方晴，河道及厅员以上无不丰貂，公一一睨之。大府河帅同在工次，见公仅披羊裘，各以貂裘致馈。公却之，曰：“彼河兵夫役非人乎？如此严寒，赤足立水中，辛勤畚锸（běn chā），夜以继日，工不敢缓。稍息，则鞭扑随之。余服重裘，双手缩袖中而犹寒乎？”盖已目睹貂裘者之多，而深恨工员之奢侈也。将晡，以燕窝进，勿食，曰：“余辞之屡矣，何必此珍物耶？”顾河壖（ruán）市面馍炊饼者，命取数枚食之。左右曰：“恐不堪下咽。”公曰：“天下之口相似，只需食之能饱，人可食，我何独不堪耶？”旁观皆太息。夫役亦踊跃用命，克期合龙，大功告成矣。既归复命，值海疆厌兵，上劳之，语及和议，公垂涕操秦音争之强。既退，抚案不食，龂龂（yín yín）辩枢府中，旁若无人，愤发或大骂，同列不悦。上亦若无闻。一夕，公暴卒，卒之前一日，公自为遗疏置袖中，多所指陈。或曰，此疏未及上，中外惜之。一日，灵案前奉乩，公至，家人泣叩求书，无一字，久之，则上下左右皆作二小撇，为十余“人”字；中作二大撇，为一“人”字。书毕，乩笔一挥，烛为之灭。观者悚然。

【译文】陕西蒲城县的王文恪公（王鼎），以大学士的身份在军机处当值十多年，遇到事情从不推脱逃避。他天性严峻刚正而又节俭朴实，虽然贵为相国，依然保持书生本色，不能将其视为故意违背常情以求取美誉的人。道光二十二年（1842），王公奉命督理治河工程，适逢他有病在身，而一接到命令立即飞速前往。当时正值隆冬时节，滴水成冰。王公坐在河岸上监视修堤工程，已经完成十之八九了。寒风凛冽，大雪过后刚刚放晴，河道及厅员以上的官员无不穿着厚厚的貂皮大衣，王公斜着眼睛将他们一一打量了一遍。当时巡抚和河道总督也在工地上，看见王公只穿着一件羊皮大衣，都各自拿貂皮大衣赠送给王公。王公推辞，说：“那些修堤的士兵、夫役难道就不是人吗？天气这样严寒，他们光着脚站在水中，辛勤地挖运泥土，夜以继日，工作不敢迟缓。稍有懈怠，就会受到鞭打。我穿着厚重的皮衣，双手缩在袖中，怎么还能说寒冷呢？”大概是因为他看到很多官员都穿着貂皮大衣，深恨这些河工官员生活奢侈。将吃晚饭时，下属进献燕窝，王公不肯吃，说：“我已经拒绝多次了，你们何必进献如此珍贵的食物呢？”回头看了看河边上一个卖馒头炊饼的人，王公命令侍从买几个来吃。侍从说：“恐怕难以下咽。”王公说：“天下人的嘴都是一样的，只要能吃饱，别人都能吃，我为什么偏偏不能下咽呢？”旁观的人都大声叹息。（在王公的感召下）修堤的夫役也欢欣鼓舞、踊跃效劳，大堤如期合龙，大功告成了。等王公回朝复命时，正逢沿海地区有厌战情绪，道光皇帝慰劳王公之后，与他谈起与外国议和的事，王公一边痛哭流涕一边操着陕西口音极力反对。退朝后，王公手按桌面吃不下饭，他在军机处中慷慨陈词、据理力争，旁若无人，时而义愤填膺，时而破口大骂，同僚都不高兴。皇上听见了也置若罔闻。一天晚上，王公突然去世，去世的前一天，他自己写好一封遗疏放在袖中，遗疏中对于时政多所针砭和阐述。有人说，这封遗疏还未来得及呈交给皇上，朝廷内外的人都对此感到惋惜。一天，王公的家人在他的灵位前扶乩，王公的英灵亲临，他的家人哭泣叩头，请求他留言，没有写出一个字，过了很久，乩笔上下左右都写了二小撇，共是十多个"人"字；中间写了二大撇，是一个"人"字。写完后，乩笔一挥，蜡烛熄灭。旁观的人都惶恐不已。

6.1.3 汤文端公

汤文端公，性俭朴，为三品京堂，不畜车，入朝则赁诸市，一仆跨辕而已。京官子弟多从阅文。一日，退食后，至某徒所，谈文稍久，为具小食。知公不喜丰，肉一柈（pán），胡饼数枚。公问曰："食肉乎？"曰："然。"问："几何？"曰："不过一斤。"公攒眉摇首曰："此胡可？未免费矣。"有缓急求助者，视亲疏量为应之。其权轻重之数，必浮一二星，曰："宁稍赢，勿绌也。"最恶装饰。来子庚观察入都，见其冠有饰，故问何物，答以宝石。公曰："宝当藏之于心，不在冠也。"以协揆致仕。咸丰甲寅，重赴鹿鸣。年九十余卒。

【译文】汤文端公（汤金钊），生性俭朴，任三品京堂（清代对某些高级官员的称呼，如都察院、通政司、国子监等的长官，一般为三品、四品）时，家中没有马车，每逢上朝就从集市上租赁一辆，只命一个仆人驾车而已。当时京官的子弟们很多都跟随汤公学习写文章。有一天，退朝后，来到一名弟子的家里，谈论文章时间稍长了些，弟子为汤公准备点心。弟子知道汤公不喜欢丰盛的食物，只准备了一盘肉和几个烧饼。汤公问："你吃肉吗？"学生说："吃。"汤公又问："你一天吃多少肉？"弟子说："不过一斤。"汤公皱眉摇头说："这怎么能行呢？未免太破费了。"凡是有人遇到危急之事向汤公求助时，汤公必定根据亲疏关系酌量给予帮助。他在支付财物给人称量轻重多少之时，必定会上浮一点，说："宁可让对方有所盈余，也不要不够。"汤公最厌恶浮华的装饰。来子庚（名锡蕃，一作锡藩）道台进京时，汤公见他帽冠上有装饰物，因此问他是什么东西，来子庚回答说是宝石。汤公说："真正的宝物应当藏在心中，不是用来装饰帽子的。"后来，汤公以协办大学士的身份退休。咸丰四年甲寅（1854），汤公作为乾隆五十九年（1794）甲寅科乡试解元，受邀重赴鹿鸣宴（清制，举人于乡试考中后满六十周年，与新科举人同赴鹿鸣筵宴）。汤公活到九十多岁高寿逝世。

6.1.4 某中丞

中丞某公，性溪刻，于属吏矜严操切，丝毫无假借，待同乡故谊尤远嫌。人皆忌惮之。仕宦者以不遭之为幸，故一生耿介，历仕华膴（wǔ），常禄外分毫不苟取。尤善催科，会计所到之处，仓库如有亏绌者，必设法清厘弥补。州县征解不如额，即日诣察之，轻装减从，疾如风雨，猝不及防。挪蚀者，立挂弹章。任方伯最久，库藏盈溢，则拓充旁屋以贮之，以此最荷主知。其自豫藩之迁皖抚也，将受代，吏捧册请曰："自公莅任，增多额外羡余三十万，未经报拨，敢请示。”黠吏盖以此餂（tiǎn）之也。公踌躇良久，默无一言。是夜，通夕不寐，天将曙，厉声拍案曰：“已矣，终不贪此败名也。”即案款备文移交后任。噫！临财之际，能强制坚忍如此，盖亦难矣。若再去其刻，岂非全材？

【译文】某巡抚，性情苛刻，对待下属严厉急躁，没有丝毫通融，对待同乡故友更是有意疏远，以避嫌疑。众人都畏惧他而不敢妄为。做官的人都以不和他共事为幸运，所以他一生正直，不同于流俗，多次担任显要的职位，在正常的俸禄之外一分一毫都不随便取得。他尤其善于催征赋税，会计所到之处，如果发现哪个地方的仓库有亏空，他必定会想尽办法清查弥补。各州县征收押送的赋税如果不足额，则即日前往核查，轻车简从，快如风雨，令地方官员措手不及。凡是发现挪用公款、侵占库银的官吏，立刻上奏章进行弹劾。他担任布政使的时间最久，任职期间，官库贮藏的钱粮充盈满溢，他就将旁边的房屋扩充为仓库来贮存，因此他极受皇帝的赏识。后来，他从河南布政使升迁至安徽巡抚，将要离任时，下属捧着文书向他请示说：“自从您上任以来，仓库中额外增加了三十万两的附加税银，这些银子尚未上报备案或拨作他用，敢问该如何处理呢？”这实际上是奸猾的属吏故意以此诱惑他贪污。他犹豫了很久，沉默不语。当天晚上，他通宵没睡，反复思索，天将亮时，他拍着桌子用严厉的语气说：“算了，我终究不会因贪图财利而败坏了一世清名。”随即将这笔款项登记备案，移交给继任的官员。哎！面对财利的诱惑之际，能够做到如此克制忍耐，也是很难得了。如果他能再去掉苛刻的缺点，不就是更完美的人才了吗？

6.1.5 叶健庵中丞

道光初，督抚中具经济略，而又公正廉明、谦和宽厚，则叶健庵中丞可屈一指。惜在位日浅，未得多见设施耳。中丞名世倬（zhuō），江苏上元县人，由乙榜大挑令跻开府。一生未尝挈眷。初分发浙江，补海盐令。丁忧，改发四川，洊升知府，推升来闽。自言由邑宰至握道篆，家丁限数，只用八人服役。日久，故八人皆颇有囊橐（tuó），不致意外希图摄利。合署除幕友外，上下十余人而已。自奉日二百文为率。黎明即起，二更屏息，门内清闲，一如学署。

其在蜀中多旧政，典郡龙安十年，民情朴茂，少盗贼命案。惟文风衰敝，国朝无列乡榜者，茂才只寥寥数十人，亦无书院。会邻省有苗警，一夜出巡，见陋巷破屋中，一灯荧然，三人共读。问之曰："生员也。"视其所读，则各守残缺《启悟集》一帙。索阅旧艺，则各呈数篇，皆短幅不及四百字，在可解不可解间。师所改削处，亦庸腐不堪。曰："此间有名老廪贡，某也。"明日，招之来，示以国初诸大家文，诧为未见。与之讲解，亦能稍领悟。为选二十篇，各手录一册，令舍其旧而读此，熟后再选。三月后，又招之来，文果读熟。命题试之，觉稍有进。于是，另选数十篇，嘱其朝夕潜心诵读，并将《五经》温习，不必旁骛他书。三人皆领命惟谨。越一年，乡试，三人中居然一人出房。由是彼此相招，时来请业。公事本不烦，得以不厌不倦。太守而兼作教官矣。更为之延名师，重兴书院，定考课、肄(yì)业章程。又越一年,则破天荒中式一人,荐者七人,内堂备一人。合城惊喜若狂,共相鼓舞,遂争向学。计十年中,得孝廉三人,副车三人。可见文风不振,皆地方官不能教育之也。中丞常向人述之,犹津津有喜色云。

【译文】道光初年,总督巡抚之中具有经世济民的才略而且又公正廉明、谦和宽厚的,叶健庵巡抚可谓首屈一指。可惜的是他在位时间短,没能看到他更多的政策付诸实施。叶巡抚,名世倬,字子云,号健庵,江苏上元县(今南京市)人,由举人经过大挑(清制挑选三科以上会试不中的举人,一等任知县,二等任教职)出任县令,后逐步跻身于封疆大吏之列。一生无论在何地为官都从未携带家眷赴任。起初,叶公被分发到浙江任职,补授海盐县县令之职。因遭遇父母之丧,回家守孝,后改派到四川,逐步升任为知府,任期未满就调升来福建任职。据他自己说他由县令直至署理道员,家中的仆役都限定了人数,只用八个人服役。时间长了,这八个人都颇有积蓄,不至于在正常的收入之外还企图攫取财利。整个官署上下,除了幕僚之外,只有十多个人而已。叶巡抚自己每天的生活费控制在二百文钱左右。每天黎明就起床,二更(晚上九点到十一点)睡觉,家门内清净闲适,犹如学政衙门一般。

叶公在四川为官时有很多利益长远的政策,担任龙安府(治今平武县)知府十年,当地民风淳朴敦厚,很少有盗贼和人命案件发生。只是文化风尚衰微凋敝,自清朝开国以来从来没有考中过一个举人,秀才也只有寥寥几十人,也没有书院。当时邻省有苗人叛乱的消息,一天夜晚,叶公外出巡视,看见一条狭窄小巷的破屋中,透出一束微弱的灯光,有三个人正围灯一起读书。叶公询问他们是何功名,三人说:"是生员。"又看他们所读的书,原来三人各自抱着一册残缺的《启悟集》在读。叶公又向他们索阅从前所作的八股文，三人各自拿出几篇，都篇幅短小不及四百字，文章的义理也在通与不通之间。文章上经老师所删改的地方，也是平庸陈腐不堪。叶公问是何人批改，三人说："这是本地的某位有名的老廪贡（以廪生的资格而被选拔为贡生者）批改的。"第二天，叶公便召三人前来，拿出清朝初年诸位大家的文章给他们看，三人都惊诧地说自己从未读过这样的文章。叶公给三人讲解了几篇，三人也比较能够领悟。然后为三人选出二十篇文章，让他们各自手抄一册，并让他们抛弃从前所读的而读这些文章，等读熟后再选其他的文章。三个月后，叶公又召三人前来，他们果然已经读熟了那些文章。叶公出题测试他们，觉得已稍有长进。于是，又为他们另选了几十篇，嘱咐三人早晚专心诵读，并温习《五经》（《诗经》《尚书》《礼记》《周易》《春秋》），不必先旁求其他书籍。三人都十分恭敬地遵命而行。过了一年，参加乡试，三人中居然有一人的文章得到房考官的推荐。于是，他们相互邀约，时常来向叶公请教。叶公公务本来就不繁忙，因此可以不厌其烦、不知疲倦地对士子们讲学。这样，叶公作为知府又同时兼做教官了。除此之外，叶中丞还为他们聘请名师，修复书院，制定考课、修业的章程。又过了一年，破天荒地竟有一个人考中了乡试，七个人的文章受到房考官的推荐，一个人的文章受到主考官的重视进入备选行列。全城的人都惊喜若狂，共相鼓舞，于是民众争相励志求学。十年之中，共计有三人考中举人，三人名列乡试副榜成为贡生。由此可见，一个地方文风不能振兴，都是由于地方官不能推行教育的缘故。叶公经常向人讲述此事，每次讲述时都兴致浓厚、面带喜色。

6.1.6 蒋相国

蒋励堂相国，历任封圻最久，待属吏恩威并用，举劾公明，尤善访察细事。任川督时，有大挑令数员需次，无事辄聚为叶子戏。客过访之，恒拒不见。一日，值常参，各员晋谒毕，相国独留诸人，令少坐，笑语曰："诸君无案牍劳，以叶子偶尔消遣，未尝不可。然频频为之，则伤财失业，作无益害有益，且因此疏慢朋友，来则拒之，似更不可。诸位行将握篆，与其为无益有损之事，曷不先将律例留心观览乎？今与诸位约俟（sì），一二月后余将问焉。能对者方委以民社，否则未敢以地方公事漫为尝试也。诸位以不佞之言为然否？"皆面色如土，唯唯而退，从此不敢叶戏矣。两月后，谒见，择一二端以问，能对者即委缺以去，其茫然者又谕之曰："必能详举数条，方予委署，否则终身不用也。"从此咸讲求例案，无敢嬉于博。此亦大府整饬吏治之一法也。

【译文】蒋励堂相国（蒋攸铦），长期担任封疆大吏，对待下属官吏恩威并用，荐举弹劾公正分明，尤其善于从细节上考察官吏。他在担任四川总督时，有几名经过大挑（清制挑选三科以上会试不中的举人，一等任知县，二等任教职）获授知县职衔的举人，正在等候补缺，无事时就聚在一起打叶子牌。有客人来拜访，他们总是拒绝不见。一天，正值属员谒见上官的日子，各人谒见完毕后，蒋公单独留下那几个人，命他们稍坐，笑着对他们说："你们没有公务之劳，偶尔打打叶子牌以作消遣，也未尝不可。然而沉迷于此，就会浪费钱财、荒废事业，以没有意义的事妨害了有意义的事，并且因此疏远怠慢了朋友，朋友来访而拒绝不见，似乎更加不应该。你们即将执掌官印，与其做这种有害无益之事，何不趁现在先把国家法律条例用心阅读一下呢？今天我与你们做个约定，一二个月后我将提问你们。能回答上来的才会委任为地方官，否则不敢将地方公事轻易交给他用来尝试。你们觉得我的意见怎么样呢？”那几个人都面如土色，恭敬地答应着退出去，从此不敢再打牌了。两个月后，众人又去谒见，蒋公选了一二条律例提问，能回答上来的就立即正式委任为县令前去上任；对茫然无知者，蒋公又指示他们说：“你们必须能详细列举几条律例，才能予以委任，否则终身不用。”从此，众人都悉心研究法律和案例，没有人敢再以赌博取乐了。这也是封疆大吏整顿吏治的一种方法。

6.1.7 窦提军

身先士卒，甘苦与共，自古名将罔不如是，故麾下无不用命。吾闽水师提督窦振彪，云南人，由行伍起家，颇有此风，故出师屡有功。在闽数年，洋盗屏迹，海面肃清，阃帅中未易材也。

道光壬辰，台湾张丙之乱，提军带兵会剿，抵台后，由某处至贼巢，小路三日可达，顾多乱石荆棘，素少人行；大路必六七日。提军亟欲进兵，令由小路往，众力阻，不从。入隘数里，一望，积石纵横，荆榛弥漫，果无寸步平坦。乃下马，结束短衣，提曳革履，手捧巨石，远投之一面。拔佩刀斩刈（yì）草莱，血流胫股，勿顾。随行弁兵遂争相举石除草，顷刻可容人骑，且令前军多放枪炮，声震崖谷，野兽毒物远遁。路稍平，约半日许出隘，三日果抵贼巢。贼惊以为天神，焚巢而遁，追斩无算。

【译文】身先士卒，与士兵同甘共苦，自古以来的名将无不如此，所以其部下无不拼死效命。我们福建水师提督窦振彪，云南人，由普通士兵出身，特别有此种风范，因此带兵出征多次建立功勋。窦提督在福建任职多年，海盗敛迹，海面肃清，实在是地方军事统帅中不可多得的人才。

道光十二年壬辰（1832），台湾张丙叛乱，窦提督带兵会同围剿，抵达台湾后，由某地前往叛贼的巢穴，如果走小路，三天可以到达，只是小路上充满了乱石荆棘，平日里很少有人行走；如果走大路，需要六七天才能到达。窦提督迫切地想要进兵，于是命令士兵从小路前往，众人极力劝阻，但窦提督不听从。窦提督走入山谷数里，纵目一望，积石纵横，荆榛遍布，果然没有一点平坦之处。于是飞身下马，束紧短衣，提紧皮靴，用手捧起巨石，远远地掷向对面。又拔出佩刀砍伐荒草，腿上被荆棘刺得鲜血直流，他也毫不在意。随行的官兵见此情形，都争相举石除草，顷刻之间已经开辟出一条可容人马通过的小路，窦提督又命令走在前列的军队多放枪炮，声震崖谷，毒虫野兽都纷纷逃往远处。再往前走，路稍微平坦了一些，用了半天左右的时间走出山谷，三天后果然抵达叛贼的巢穴。叛贼惊奇地以为是天神降临，焚毁巢穴而逃，窦提督率军追赶，斩杀敌军无数。

6.1.8 陆方伯

陆心兰方伯（言），为先伯父己未同年，又与先大人同时外宦，颇交好，故知之最悉。其为御史时，参劾本省巡抚学政科场舞弊。巡抚乃其座师，降编修，学政遣戍。由是直声震天下。出为运河道，以不谙河务，为河帅论劾，左迁知府，来守漳州。清廉耿介，不特僚属闻风而惧，上游亦加意检束，几如杨绾为相，在朝皆凛凛。及莅任，贽仪节寿并弗辞，远近哗然曰："陆心兰亦受陋规耶！"公闻之，谓人曰："余在长安本有夙逋，今又添长途资斧，且查本郡办公费不少，故暂取一年，明年即有受有不受矣。"甫一年，擢兖沂曹济道以去。

尝自言：终身守一"俭"字。作秀才时，景况甚苦，尔时教读馆金仅三十六千文，益之以三书院膏火，及遥从数子百零千，仰事俯育颇不乏。翰林俸优于秀才，然常形不足。自为外官，廉俸虽更优，而人事应酬纵不甚丰，亦不能不酌量从众。至里中亲友贫乏求助者，亦不能不应之，是以每思格外撙节。乃筹计一番，实无可减省，只有余晨起小食，日必百文，似觉过费，屡思稍减。而幼子童孙伺余食皆争来亲媚，或背诵书，或以小拳竞来搥腿背，余顾而乐，故仍未减也。

并言在漳不得已受陋规事，因曰：漳称优缺者，因多陋规也。若却之，只养廉二千余金，修脯、火食、船工、捐款、应酬皆出此，欲事无阙，非另有点金术不可。所言皆爽直率真，非不近人情者。

世俗事事皆取吉祥，元旦为一岁之首，仕宦者一物一事占验吉凶，尤多留意。然有不可凭者。公左迁漳州太守，时值元旦五鼓，朝衣朝冠自内出，将赴万寿宫庆贺。过办事处，室内向悬大玻璃灯一盏，制为莲式，花叶离披，焚膏重十数斤。公适过其下，绳断灯倾，碎为数段，衣冠被污，从者咸失色。公恬然不怪，向县令借衣易之。二月，报升兖沂曹济道，年余洊擢汴藩，则廉俸益厚。公于足用外，皆存贮为地方工役之需，及弥补州县之实在因公赔累者。通省皆称其公正廉明。

两年余，忽一日晨起，索衣冠甚急，声称城隍升任，余当代，亲来交印。望空作逊谢拜揖送迎状，无疾而终。守庙者于是夜闻驺从呵殿声，云迎新城隍莅任矣。

【译文】陆心兰布政使（陆言），与我的伯父（梁运昌）是嘉庆四年己未科同榜进士，又与我的父亲同时外放出任地方官，三人交情很好，因此我对他的事迹知道得最为详细。他在担任御史时，弹劾本省的巡抚、学政存在科场舞弊行为。巡抚是他的座师，被降职为翰林院编修，学政被流放到边地戍守。自此陆公正直的名声震动天下。后来他出任山东运河道，因不熟悉河务，被河道总督弹劾，降职为知府，前来漳州任职。他为人清廉正直，不仅同僚、下属听到他要来此地任职的消息而心生畏惧，即使上级也特别注意自我约束，几乎像唐代的杨绾任宰相时一样，在朝为官的人都对他十分敬畏。等上任后，他对别人送来的贺礼、节礼、寿礼等并不推辞，远近之人议论纷纷地说："原来陆心兰也接受陋规（不好的惯例，旧时多指不正当的收费常规）啊！"陆公听到后，对人说："我在京城为官时平日里本有长期未还的欠债，现今长途跋涉又花费了很多钱，并且查知本府的办公费用不少，所以暂时收取一年，明年我就要根据情况有的接受而有的不接受了。"才过了一年，陆公便升任山东兖沂曹济道离开了漳州。

陆公曾自己说：我终身奉行一个"俭"字。我还是秀才时，生活十分贫苦，那时我教书的酬金只有三十六千文，再加上三个书院发的津贴，以及我在外收的那些弟子给我的学费，奉养父母抚育子女颇不匮乏。翰林院编修的俸禄比秀才优厚，然而常常感到不够用。自从出任地方官后，俸禄虽然更加优厚，但人事应酬虽然不太多，也不能不酌情向众人看齐。至于乡里的贫穷亲友向我求助时，也不能不有所回应，因此我常常想着再格外节省一些。于是筹划了一番，实在无可减省，只有我早晨起来吃早饭时，每天花费一百文钱，似乎觉得过于破费，多次想要稍微减少一些。但我那些幼小的子孙趁着我吃饭时，都争相来亲近讨好我，或背诵书，或争相用小拳头给我捶腿捶背，我赏给他们食物以此取乐，因此仍未减省。

陆先生又说起自己在漳州时不得已接受陋规的事，他说：漳州的官员以待遇优厚著称，因为有很多陋规。如果一概推辞，只靠二千多两的养廉银，幕僚工资、伙食费、船工、捐款、应酬等费用都从这里面开销，如果想事事周全，除非有点石成金的法术不可。他所说的话都直爽率真，看得出他并不是不近人情的人。

民间风俗事事都要图个吉利，元旦是一年的第一天，做官的人认为这一天发生的一事一物往往预示着全年的吉凶，所以很多人都对此特别注意。但有些时候也不足为信。陆先生降职为漳州知府后，有一次正是元旦的五更天，他穿戴着官服官帽从内衙出来，将要去万寿宫庆贺。走过办事处时，房内向来悬挂着一盏大玻璃灯，莲花式样，花叶分散下垂，灯油重达十几斤。当时陆公正好从灯下走过，玻璃灯的挂绳忽然中断，灯身倾斜，碎为几段，陆公的衣冠被弄脏了，侍从们见此都大惊失色。而陆公却气定神闲、毫不在意，向县令借了一套衣服换上。二月份，他就接到升任兖沂曹济道的消息，一年多后又升任河南布政使，俸禄更加优厚了。陆公除了日常用度之外，把剩余的钱都存放在官库中作为地方工程的经费，以及弥补那些确实是因为公事而有所亏空的州县。全省之人都称赞陆公公正廉明。

两年多后，忽然有一天陆公早晨起来后，急切地索要衣冠，他声称当地的城隍升职离去，将由他来接任，前任城隍亲自来交接官印。随即望着天空做出谦让辞谢、礼拜作揖、迎来送往的样子，然后无疾而终。当天夜里，看守城隍庙的人听见一队车马侍从呵道的声音，说是迎接新城隍上任了。

6.1.9 理财用人

盐关、织造，向之美差也。近则商疲税减，多赔累，且新例亏短盐课关税，亦照地丁监追拟罪，向争之若鹜，今不可为也。

乾嘉之际，粤海、两淮、浒墅，其盈余皆号称数十万，劣者犹五六万。今商税盐纲纵不如前，使者应得减半已耳，亦何致亏负哉？要皆由于下人太多，侵蚀太甚也。一差出，虎视眈眈，目为利薮，随来者数十辈，皆以重赂纳王公大臣之门。知一年当更换，久者二三年，既耗其母，必求其子。且若辈衣服饮食，必极丰美，骄奢淫佚，挥金如土，从何而来？必然勾通吏胥役隶，百弊丛生，伙同吞噬。向犹明暗各半，今则献少而匿多，使者深居内厦，从何察知，以此上瘠而下肥也。至下肥有不亏负哉？

且非独盐关织造为然也。今之州县署，率数十人，人多则所得愈薄，若辈岂能安于淡泊哉？势必指官撞骗，作奸犯科，败坏声名，不知忌惮。其主于莅任时，不过干碍情面，收录多人。一旦弊生，反贻不能约束家人之谤，且稍不遂意，播散谣言，甚则挟持阴事，有不能去之之苦。与其贻患于后，何如慎之于初？善乎林文忠公之言曰：“今州县动辄亏累，皆于用人理财未得其当耳。”要之“用人理财”四字并重，不可不十分详慎，十分斟酌。须知有司乃亲临百姓之官，为第一要紧衙门，是是非非根脚皆从此启。用人而当则化大事为小事，化小事为无事；用人不当则非惟不能了事，且恐滋事矣。至于滋事，则未有不伤财者也。故用人理财，尤有息息相通之义，然知此者鲜矣。信乎居官大患第一在衙署人多，试思聚无数豺狼而饥饿之，安乎不安？圣人曰：“以约失之者鲜。”非独理财，即用人何莫不然？

【译文】盐务、税关、织造这些衙门，向来都是待遇优厚的美差。然而近年来商业不振，税收减少，这些衙门的官员往往因补偿亏损的款项，而使自己受累，并且按照新颁布的条例规定凡是亏欠盐税关税的官员，也按照亏欠土地税、人丁税那样收监追缴问罪，从前趋之若鹜的职位，现今却没有人愿意担任了。

乾隆嘉庆年间，广东粤海关、两淮盐运使、苏州浒墅关，他们的税收盈余都号称有几十万两，最差的也有五六万两。现今商人缴纳的税钱、成批运输食盐的组织纵使不如从前，负责盐务、关务、税务的使者至少也应该得到一半的税收，又何至于有所亏欠呢？总归都是由于下人太多，侵吞公款过于严重。一名官差被派出，众人都虎视眈眈，将其视作聚宝盆、摇钱树，随同而来的往往有几十个人，都用重金向王公大臣行贿。他们知道官差一年应当更换一次，久的二三年更换一次，他们既然耗费金钱行贿，必然通过侵吞税款来补偿。并且这些人的衣服饮食，一定会极尽丰美，他们骄奢淫逸，挥金如土，花费从哪里来呢？必然会勾结官府中的胥吏、仆役，通过各种徇私舞弊的手段，伙同吞噬税款。从前还能上缴一半、自留一半，现如今则上缴的少而私藏的多，主管的使者每天待在深衙大院之内，哪里能够察知这些情况呢？因此形成了主官收缴的税收微薄而下人通过不正当手段而致富的情形。既然收入都被下人捞取了，哪有不亏欠的道理呢？

而且不只是盐务、税关、织造是这样。如今各州县的官署里，胥吏仆役往往都有几十个人之多，人越多则每个人的收入就减少，这些人怎么可能会安心于清贫的生活呢？他们势必借着在官府的势力招摇撞骗，为非作歹，违法乱纪，败坏官府的名声，无所顾忌。他们的主人在上任时，不过碍于情面，收录了很多人。一旦生出弊端，反而遗留了不能约束家人的恶名，并且稍微不合他们的心意，他们就到处传播谣言，甚至以主人的隐私之事作为要挟，使主人因不能辞退他们而感到苦恼。与其遗留后患，何不在最初就谨慎地选择随从呢？林文忠公（林则徐）说得太好了，他说：“如今的州县动不动就会产生亏空，都是因为对用人理财处理不当造成的。”总而言之“用人理财”四字应当并重，不能不十分详察谨慎，认真推敲考量。要知道地方官是直接面对百姓的父母官，是第一要紧的衙门，是是非非的根本全都由此产生。用人得当则大事可以化为小事，小事可以化为无事；用人不当则不仅不能解决问题，并且恐怕还会滋生事端。一旦滋生出事端，则没有不破费钱财的。所以用人和理财这两个方面，尤其具有息息相关的道理，然而知晓这个道理的人太少了。更加确信，为官最为严重的忧患在于衙署里人员过多，试想聚集着无数饥饿的豺狼，是安稳还是不安稳呢？孔子说：“因为约束自己而犯错误，这样的事比较少。”（语出《论语·里仁》）不只是理财，对于用人来说又何尝不是这样呢？

6.1.10 宠爱儿女太过

某爵相总制两江，年已六旬，屡有丧明之戚，仰邀圣眷，垂问甚殷。后举一子，蒙恩赐名。八九岁时某属馈翎顶、貂冠、貂裘，一如其父服式。又备绿呢舆、小仪仗，舆夫及跟随马匹，亦皆选幼小为之，无不精美。爵相甚喜，每出游三山街，观者咸加赞美。新岁馈小龙灯，午节馈小龙舟，中秋则有游月宫戏剧，皆镂金刻玉，剪银饰翠，穷工极巧。乃其子至十三四岁，即殀。

又某制府，六旬无孙，以女孙为含饴之乐，饮食必与共，女孙贪眠，日午未起，忍饥以待之。制府不爱观剧，强拉之同观。阅操则必欲随往，不能禁。喜畜猫狗猿猴鸟雀，皆有诞日，设汤饼。又喜制泥木美人，皆以绸绫为衣、珠翠为饰，不佳则毁裂之。制府为其选婿，求全责备，无当意者。未几，祖父相继卒。年渐长，同里皆知其骄纵，无敢与之论婚。后适一士人，家世清贫，不免操作，艰苦备尝，伤感无及矣。

【译文】某位有爵位的相国在担任两江总督时，已经六十岁了，眼睛失明，时常为此苦恼，承蒙皇帝的眷顾，时常殷切地询问他的身体状况。后来，这位爵相生下一个儿子，蒙皇帝亲自赐名。八九岁时，某个下属定制了一套微型的花翎顶戴、貂帽、貂裘，送给他的儿子，完全仿照他父亲的官服官帽样式。又置备了绿呢小轿和小仪仗队，轿夫和跟随的马匹，都是选用的幼儿、小马，无不精美。爵相见此非常高兴，每次带儿子出游三山街（在今南京市秦淮区)，观看的人都加以赞美。新年时那个下属又馈赠给爵相的儿子小龙灯，端午节时又馈赠小龙舟，中秋节时则献上游月宫戏剧，都是镂金刻玉，剪银饰翠，极端精巧。然而爵相的儿子到十三四岁时，就夭折了。

又有某总督，六十多岁了没有孙子，他以抚养孙女作为晚年的天伦乐事，每次吃饭必定与孙女一起，有时他的孙女贪睡，中午还未起床，他就忍着饥饿等待孙女。总督不爱看戏，孙女强拉着他一起观看。总督去检阅士兵操练，他的孙女也一定要跟着去，总督不能禁止。总督的孙女喜欢蓄养猫狗、猿猴、鸟雀之类的宠物，都有生日，每逢宠物的生日，都会置办汤饼会给它们过生日。总督的孙女又喜欢制作泥木美人，都是用绫罗绸缎做成衣服，用珍珠翡翠作为装饰，制作得不好，就将其毁坏丢弃。总督为孙女选女婿，她要求完美无缺，没有中意的。不久后，她的祖父、父亲相继去世，她也年纪渐大，周围的人都知道她生性骄纵，没有人敢与她谈婚论嫁。后来，她嫁给了一个读书人，家境清贫，她不免操劳家务，受尽了艰难困苦，如今感到伤心悔恨，可是已经来不及了。

6.1.11 幕友获隽

上舍生某家贫，弃帖括，久入幕矣。就皖抚幕，颇自爱，尤好行方便。其年值乡试六七月间，梦父谓曰："儿今岁必中，宜回里秋试。"某无志已久，醒后自笑，胡有此奇梦，漠然置之而已。越数夕，复示梦曰："儿读书一场，竟甘为幕宾以终老耶？若不应试，今科无元矣。"某以两次入梦，心大异之。

俄中丞来议公事，谈毕，某笑述之，且谓："凡梦皆生于想，余于此事，绝意已久，乃不想而梦，何也？”中丞正色曰：“功名迟早得失，原有一定。君好行善事，今科想应高捷，故太翁有此梦示。且君年甫逾三十，原不应名心顿淡，既有此佳兆，不可失也。并引同年某某，亦因久困场屋，意念早灰，后为同年苦劝，勉强再踏槐黄，今已捷南宫，为部曹。可见科名一事，不由人计较，思之而不得，不思而反得者比比然也。君果愿应试，现在地方安谧，并无紧要案牍，请以两月为期，托某兼办可也。”某颇心动，既又沉吟曰：“稍为摒挡，驰归恐录遗不及，奈何？”中丞曰：“贵省学政为余同年至好，当为君函托补送可也。”

即日治装，赍（jī）中丞札，由徽河回浙，七里泷阻风五日，抵钱塘江日已八月初三矣。夜间又大风，不能解缆，忽闻邻舟有哭声，窥之，文士也，旁有书籍考具，疑而问之。答曰：“余衢州生员，馆于闽。因回浙秋试，沿途风阻，迨抵省，文宗考遗已毕，呈恳补考，胥吏索三十金。余以寒士远来，焉能措此，不得补录。旅费无多，又被窃，垂橐（tuó）而归。是以悲耳。”某因慰语之曰：“君勿忧，余亦应试者，当为君竭力一谋耳。”其人收泪函，问曰：“今又迟二日，恐更不能办。胥吏倘再多需索，余又何敢累君耶？已矣，君自为谋可也。”某笑曰：“君请放心，但得风止渡江，余自有妙法。”因将学使处函托密语，且曰：“函系未缮之稿，将君名添入，此方便事。余将来与中丞言之，亦无害也。”其人乃大喜。须臾风息，二人同舟渡江，日方午，遂同寓缮函投递，学使备文移监临，以两人续送。三场竣事，榜发，某仅中副车，衢州生员竟得元。始悟不赴试，省无元之说，鬼神已明明示之矣。

衢州生员感某甚，遂订生死交。未几，成进士，入词林。某后就职州别驾，某生员已登清要，某入仕后，颇得其力，擢至司马。此亦科场佳话，惜述者均忘其姓名。

【译文】某监生家贫，放弃科举考试，长期担任幕僚。他在安徽巡抚衙门做幕僚时，特别自爱，尤其喜好用善巧方便的方式做好事。这一年正值乡试之年，开考前的六七月份，他梦见自己的父亲对他说："你今年必定考中，应该回乡参加秋季的乡试。"他无意于科举考试已经很久了，醒来后自觉可笑，不知为何会做这样奇怪的梦，只是漠然置之不理而已。过了几天，他又梦见父亲说："儿子你读书一场，难道就甘心终生做幕僚吗？你如果不去应试，今科乡试就没有解元了。"他因为父亲两次托梦，心中大感惊异。

不久，巡抚前来与他商议公事，商议完后，某监生笑着讲述了父亲两次托梦的事，并且说："凡是做梦，大多都是因为日有所思、夜有所梦，我对科举的事情，早就断绝了念头，没有这种想法却做这种梦，这是为什么呢？"巡抚神色严肃地说："功名的迟早得失，原本就有定数。您好行善事，这次考试想必应该高中，因此您的父亲才给您示现这样的梦。况且您才刚过三十岁，原就不应该完全失去了求取功名之心，现在既然有这样好的预兆，不可错失机会。我的同年（科举考试同榜考中的人）某某，也因为长期科举不顺、屡试不中，早已心灰意冷，后来他接受同年的苦苦劝说，勉强再次踏入乡试考场，如今已经考中进士，担任六部司官。可见科举功名一事，并不完全由自己做主，想考中却考不中，不想应试反而考中的人比比皆是。您如果真的肯去应试，现在地方太平安定，并没有紧要的公务，我可以给您两个月的假期，并委托某人暂时代理您的职务就行。”闻听巡抚的话，他颇为心动，既而又迟疑不决地说：“我稍作收拾料理，赶回去恐怕来不及录遗（古代科考，凡生员参加科举、录科未取，或未参加科试、录科者，在乡试前再行补考一次，名为录遗），怎么办呢？”巡抚说：“您家乡所在省份的学政是我的同年至交好友，我可以帮您给他写封书信委托他将你补录即可。”

当天就置办行装，带着巡抚的信件，从安徽乘船沿着徽河返回浙江，走到富春江七里泷时被逆风所阻耽搁了五天，抵达钱塘江时已是八月初三了。这天夜里又遇到大风，船不能解缆启航，他忽然听到邻船有哭声传出，出舱察看，只见是一个读书人在哭，身边放着书箱和考试用具，他疑惑地询问对方为何哭泣。读书人说：“我是衢州的生员，在福建做幕僚。因为回浙江参加乡试，沿途被风所阻，等到抵达省城时，学政主持的录遗考试已经结束，我呈文申请补考，但学政衙门的差吏趁机向我索要三十两银子。我是远道而来的穷书生，哪里去筹措这么多钱，因此没能得到补录。我身上所带的路费本就不多，现在又被人偷走了，不得不空囊而归。所以在此悲泣。”于是，某监生安慰衢州生员说：“您不必忧虑，我也是参加乡试的人，我会尽力为您出谋划策。”衢州生员停止哭泣，问道：“现今又已迟延了两天，恐怕更不好办了。差吏倘若索要得更多，我又怎么敢拖累于您呢？算了，您还是自己顾及您自己就行了。”他笑着说：“您请放心，只要风停后能渡过江去，我自有好办法。”于是，他把自己身上带有给学政的信的事悄悄告诉了衢州生员，并且说：“信件是未经誊写的草稿，将您的名字添上，是很容易的事。我以后和巡抚说起来，也没有什么妨碍。”衢州生员于是大喜过望。过了一会儿，大风停息，二人同船渡江，才到中午，二人便一同找了一家旅店入住，将信件缮写完成，投递到学政衙门，学政出具了一份文书移交给监考官，将二人补录为考生。三场考完后，发榜，某监生仅考中副榜，而衢州生员竟然高中解元。这时他才恍然大悟父亲对他说的"如果不去应试，今科乡试就没有解元了"的话是什么意思，鬼神早已明明白白地预示了。

衢州生员对某监生十分感激，于是和他结为生死之交。不久，衢州生员又考中进士，进入翰林院。后来某监生在某地担任州别驾的职务，而这时那个衢州生员已经官居清高显要的职位了，某监生步入仕途后，得到衢州生员的大力帮助，很快升任同知。这也是科举考场中的一段佳话，可惜的是对我讲述此事的人忘记了二人的姓名。

6.1.12 续书方恪敏公事

方恪敏公逸事，前录已再及之。有续闻者，今补之。公未遇时，曾聘某太守女，贫不能娶，适太守寿，公往祝，见其褴褛，寒温数语而已。迨坐席，置末座，同席者问及，太守曰："此故人之子也。"公不终席而出。无何，在城隍山测字。

一日，大风雪，薄暮无所归，趋至一家门首，衣薄发寒颤。居者一老妇，闻敲门声急，启户则颓然而倒者，公也。老妇骇问曰："汝何人？"公曰："余测字城隍山，因雨雪所阻，愿暂住于此。"老妇怜之，商诸子，乃留公下榻。室湫隘，公安之。晓出暮归，习为常。适抚署某以公善测字，识公，荐诸上虞令，掌书启，修不过数十金，郁郁不得志。

署中有术士施姓者，善相，见公状貌，曰："君非久困者，他日必大贵，但宜北行，乃有机遇。"公曰："手无寸铁，何能行？"相者曰："无虑。"取所藏金百两以赠，"然须君一纸书。”公曰：“谓何？”曰：“君某年任经略，有武弁误差，法当斩，拯之即所以报也。”公以相妄言，姑妄听之，付以书，遂行。

至山左，一日，宿旅寓，天未暝，闻哭声甚哀，询之乃姑媳诀别者。其子久出无音耗，姑欠豪家钱，贫无以偿，豪奴逼索，不得已卖媳以解此厄。公罄囊代偿，事乃解。而公固囊无余钱，仍测字作路资，抵芦沟，大雪，饿僵雪中。有寺僧见火光烛天，急出户见公，扶救乃醒。

比公贵时，尚无子。所亲以多金为购一女，美而艳。晚，公入房，女羞涩避诸床后，公见几上竹箑（shà），开视之，上书为某某款。公异焉，乃呼女出，详询之，女曰：“箑上父书也。父殁，贫不能归，乃卖身为母作归计。”公曰：“某系汝父耶？乃余贫交也。余岂可辱尔，尔以余为父，当择婿嫁汝。”女泣谢之，乃移榻外舍。人咸叹服。后此女为择武弁嫁之，亦作一品夫人。公所聘某太守女，另嫁富豪，不数年中落，悔恨以死。任经略时，有武弁某罹法当斩，武弁执公当年所书纸以献，乃脱其死。任浙抚时，招老妇子，畀以数千金。其子改业营运，居然成富室矣。任直隶总督时，有事入都，过崇文门。门者拦舆索钱，官愈大，要钱愈多。公曰：“若干？”曰：“四十千。”公曰：“身边未带许多钱。”乃命从人向顺天借取，至则官役枷杖俱来，即命每人各责四十，并枷号示众。次日见上，并陈门役不法状。上曰：“打得好。”自是门者索诈之风稍息。

公之曾孙某，任上虞令，见公昔日为书启时下榻房，依然如昔，乃谨志封锁焉。嗟乎！公为一代伟人，世固企羡公遭遇之奇，亦知公存心之厚、行善之勤，有如此者！正可与前录所引大同小异，互相发明也。

【译文】方恪敏公（方观承）的逸事，前书中已经两次述及（见1.1.2、5.1.1）。后续又听到一些关于方公的事，现在补记于此。方公未显达时，曾经和某知府的女儿订婚，但因家中贫困无力完婚，有一次正逢太守的寿辰，方公前往祝寿，知府见他衣服破旧，只是寒暄了几句而已。等坐席时，知府让方公坐在末座，同席的客人指着方公询问这是谁，知府说："这是我老朋友的儿子。"方公不等宴席结束就离开了。不久，方公在城隍山给人测字占卜。

一天，风雪大作，傍晚时分方公流落在外，无家可归，来到一户人家门前，他衣服单薄，冻得瑟瑟发抖。这户人家住着一位老妇人，老妇人听到急促的敲门声，打开门，只见是一个人虚弱无力地倒卧在雪地中。老妇惊骇地询问说："你是何人？"方公说："我在城隍山测字，因被雨雪所阻不能回家，希望能在您这里借住几日。"老妇见他可怜，与儿子们商量后，便将方公留在家中住下。房间虽然低矮狭小，但方公安住其中，不以为苦。每天早出晚归，习以为常。正巧巡抚衙门的某人因方公善于测字，从而结识了方公，便把他推荐给上虞县县令，县令让他掌管文书工作，薪酬不过几十两银子，而且不能施展自己的才华抱负，从而忧愁苦闷。

县衙中有个姓施的术士，善于看相，他观察方公的相貌，说："您不是久处困境的人，他日必定大富大贵，只是应该去北方，才会有机遇。"方公说："我两手空空，怎么能去北方呢？"术士说："您不用担心。"拿出自己积蓄的一百两银子赠给方公，并说："但是需要您写下一张字据。"方公问："您指的是什么？"术士说："您某年将会担任经略使，有个武官误了差事，按法当被处斩，到时您如果能救他一命就算是对我最好的报答了。"方公认为术士的话是妄言，姑且随便这么一听，于是写下一张字据交给术士，然后启程北上。

走到山东时，一天，方公住在一家旅店里，天色未暗，听见隔壁有十分哀伤的哭声传出，经询问得知是婆媳二人正在诀别。原来这家人的儿子长期出门在外，一直没有音信，婆婆欠了豪强人家的钱，家贫无力偿还，豪强人家的奴仆逼迫她偿还，不得已才要卖掉儿媳来解决此次的困境。方公将自己口袋中的钱财全部拿出来替她们偿还了债务，事情才得以解决。这样的话，方公身上就没有余钱了，他仍以测字赚钱作为路费，抵达芦沟时，天降大雪，方公又冷又饿，僵卧雪中。有位寺僧见寺门外火光照天，急忙出门察看，发现是一个人倒在雪地中，就把他扶进寺院中救醒。

等方公显贵时，还没有儿子。他的亲信花费重金为他买了一名美艳的女子。晚上，方公入房歇息，那名女子羞涩地躲避在床后，方公看见桌上有一把竹扇，便打开来看，上面的落款署名为某某人。方公十分惊异，就叫女子出来，详细询问，女子说："竹扇上的字是我父亲写的。我父亲已经去世了，我和母亲因为贫穷不能护送父亲的灵柩回家，所以我才卖身换取路费让母亲能够回家。"方公说："某人就是你的父亲吗？他是我贫贱时的老朋友。我怎能辱没了你，你认我作义父，我为你选择一个好夫婿出嫁。"女子哭泣着拜谢，于是搬到外面的房间居住。人们都叹服方公的德行。后来方公作主将女子嫁给了一名武官，后来被诰封为一品夫人。方公当初聘定的某知府的女儿，已经另嫁给富豪，没几年家道中落，在悔恨中死去。方公担任经略使时，有个武官因触犯法律应当处斩，武官拿出方公当年所写的字据献上，于是方公赦免了武官的死罪。担任浙江巡抚时，方公将那位搭救过自己的老妇的儿子招来，馈赠给他几千两银子。老妇的儿子改行做生意，后来竟然成为富翁。任直隶总督时，方公因事进京，经过崇文门。守门的人拦住轿子索要钱财，官员级别越高，守门人索要的钱财越多。方公问：“你们要多少？”守门人说：“四十千。”方公说：“我身边没有带这么多钱。”于是命侍从前往顺天府衙门借取，回来时则官员带着衙役手持枷锁刑杖而来，方公随即命衙役对守门的每个人各自杖责四十下，并将他们戴上枷锁示众。第二天，方公面见皇上时，一并陈述了门役违法乱纪的情形。皇上说：“打得好。”自此以后，看门的人敲诈勒索的现象有所减少。

方公的某个曾孙，担任上虞县县令，看见曾祖父昔日做书吏时所住的房间，依然如故，于是郑重地封锁起来留作纪念。哎呀！方恪敏公作为一代伟人，世人固然羡慕他传奇的经历，却未必知道他存心之仁厚、行善之勤恳，竟然达到这种程度！这里记录的有关方恪敏公的事迹，与前录中所记载的情节大同小异，正好可以互相补充说明。

6.1.13 张解元

前录载《天赐孝子米》一条，为嘉兴张叔未先生佃人。不知又有失银一事，为先生哲嗣稚春（庆荣）发解之由，尤足记者。

稚春先食廪饩，与同里诸生陆某友善，各有文名。道光丙午场前之一月，偶偕陆某茶肆斗茗，忽见一人踉跄而来，稚春识之为己佃，询之则言父欠官项，拘县，多方乞贷，佐以典卖，得洋银二十一元，将入城完欠赎父，此手巾包中之银即是也。因与之茶，坐谈良久而去，遗手巾包于几，不知已为陆某所匿，而稚春未见也。未几，佃人返觅银不得，面色惨沮，陆某不承，索之肆伙，群曰：“已粘贴‘钱物自管，谨防扒手’字条矣。”佃人气沮而哭哀，稚春曰：“此系要事，将奈何？且过我家徐图打算。”因挈佃人同归，俾一饭，即出二元贷之，嗾令入城勾当，“我为汝婉探陆某。”盖亦心疑陆某，当时见其不承，未便道破隐情也。次日，诣陆缓颊，陆仍誓称无有，只得置之。

陆父忽于一夜，梦有朱衣神呵之曰：“汝子本科应发解，以二十元卖与张姓矣。”醒而大疑，正欲呼子告之，至厅事，见稚春与子适论茶肆失银事。即将梦事秘之，而责其子言：“汝果拾此银，不妨交出，此亦游戏之事。张兄，汝至好，必不绳汝短也。”陆终坚口不承。乃于送稚春出门后，严词责之，并告以梦，且曰：“看试后发榜，如两人俱落孙山，我不汝责；设汝黜而张隽，不汝贷也。”陆有悔心，而犹以梦事虚无置之。迨试后揭晓，张果第一，陆无名矣。其父恨极欲治之，赖亲朋劝止，至今为老诸生。

【译文】前书中所记载的《天赐孝子米》一条（见4.3.21），故事中的孝子是嘉兴张叔未先生（张廷济，原名汝林，字顺安，号叔未，嘉庆三年解元，清代学者）家的佃农。殊不知还有一桩关于遗失洋银的事情，正是张叔未先生的儿子张稚春（名庆荣）高中解元的缘由，尤其值得记录下来。

张稚春当初是一名廪膳生员，与同乡的秀才陆某交情很好，二人都以善于写文章而闻名。道光二十六年（1846）丙午科乡试开考前一个月，有一天，稚春和陆某一起在茶馆中斗茶，忽然看见一个人慌里慌张而来，稚春认识此人是自己家的佃农，经询问，佃农说自己的父亲亏欠了官府的款项，被拘押在县衙，自己多方借贷，并典卖了家中的东西，得到二十一元洋银，将进城偿清欠款赎回父亲，这块手巾包中的洋银就是。于是稚春让他坐下一起喝茶，佃农坐谈了许久方才离去，却不慎将手巾包遗忘在了桌子上，不知已被陆某藏匿，而稚春没有看见。不久，佃农返回来到处寻找，没有找到，脸色凄惨沮丧，陆某不承认是自己拿了，佃农便向茶馆中的伙计索要，伙计们说："店中已经张贴'钱物自管，谨防扒手'的字条了。"佃农很绝望，哭泣得很伤心，稚春说："这是要紧的事，怎么办呢？你暂且随我回家，然后慢慢想办法。"于是，带着佃农来到自己家中，给他吃饭，随即又拿出二元洋银先借给他，让他赶快进城办事，并说："我替你婉言试探陆某是不是他拿的。"因为他也疑心是陆某藏匿了洋银，只是当时见陆某不承认，不方便直接说破隐情罢了。第二天，他前往陆某家中，婉言询问，陆某仍然信誓旦旦地坚称没拿，稚春只得暂时作罢。

陆某的父亲忽然在一天晚上，梦见一个穿着红衣的神明呵斥他说："你儿子本来今科应该高中解元，但他已经以二十元的价格把解元卖给张某了。"陆某的父亲醒来后十分疑惑，正想叫儿子过来告诉他梦中的事情，他走到厅堂，恰好看见张稚春与自己的儿子正在谈论茶馆中失银的事情。就暂时将梦中的事情保密，并责备儿子说："你果真拾到这些银子，不妨交出来，全当是一场恶作剧。张兄是你的至交好友，必定不会抓住你的短处不放。"陆某最终仍是坚决不肯承认。等把稚春送出门后，陆某的父亲严厉地责备儿子，并把梦中的事情告诉了他，并且说："看考试后发榜再说，如果你们二人都名落孙山，我不责怪你；如果你落榜而小张考中，我绝对饶不了你。"陆某心有悔意，但仍认为梦中之事是虚妄的，并不在意。等考试后结果公布，张稚春果然是第一名，而陆某则落榜了。陆某的父亲愤恨至极，想要严厉惩治儿子，被亲朋劝止，至今陆某仍只是个老秀才。

6.1.14 义妇

桂丹盟观察云：嘉庆初年，幼时闻吾乡有村农周姓者，生四子二女。长女早嫁，以幼女许汪，汪挈子往浙种山，十余年音问不通。女已及笄（jī）。有陈监生子欲续弦，利其聘金许之，娶有日矣。

一日，周倚门而立，有少年乘小车来问其名云："我汪某之子，周某是我岳父，今携区区礼物来成亲事。"周愕然，拜见后出布帛聘金等陈之，周与诸子商谓："陈监生一乡之豪也，焉肯退婚？即肯退婚，又须还其多金，奈何？"父曰："我幸独居山中，汪来人未之知，饮以酒而醉杀之，乃可无事。"于是傍晚灌醉，送而卧诸前室。父子五人在后堂议，夜间如何杀、如何埋。其女窃闻之，自思本许汪姓，今致之死地，于心何忍。乃密往前室唤醒，云："现要杀尔，尚酣睡乎？"汪子惊问，告以故。汪子求救，女云："出山十里有我姊家，可暂避，与子同往可也。"时已四更，遂亟行。

周父子至夜深，持刀入室，不见人，寻女亦亡去，料女知情同逃。其父曰："女不知别路，与姊好，必到姊家，速往追之。"女偕汪子回顾见火，知已追及，云不可往姊家去矣。登山伏林中，女见父兄多人持灯急趋如狼虎状，与汪子并战栗失色。乃踰山背而遁，见山下三四里间有人家，遂趋之。迹似拐带，为更夫所获，缚而送之，即陈监生村也。群传一女一男，女本乡人，男异乡口音，显系刁拐。监生查问，知女即聘媳，解其缚并汪子，好言慰之，细思女已与人偕行，且其原夫，现在不便强娶，姑藏在家，以觇动静，周力农亦颇殷实，藉以索诈为得也。

周父子追至姊家，婿外出，女私一僧，在床叩门，迟迟不开，以为逃者果在此矣。僧甚肥大，无可避，强匿之柜，始启户。其父云："尔妹何在？其男子又何在？"曰："未来。"父命遍搜，无之，见大柜固锁，命开，不许，叩之则空，举之则重，曰："得之，皆在此矣。"因思见面翻多不便，乃命子扛回，大女哭拉不放。父拽开大女，四子扛之而去，至家启柜，则一死僧也。父子惶遽无措，长子献计云："二人此去，自不敢出头，不如买棺，连夜殡殓。诡言女死，可以覆陈，还延和尚忏礼为证。"父称善，讣至陈家，监生曰："女既受聘，是我家人，必我到方敛乃无话说。"遂带多人往，两家争执，陈固谓空棺，命开之，及揭视为死僧。陈姓人大骇，诵经和尚审视之，乃其师。

事闻于官，究出颠末，按律详办，父子拟绞。时朱文正公抚皖，提义妇赏之，并给文，一路护其夫妇回浙。向使周姓凭中调处，或请官断，以女归汪，以礼还陈，何致家破人亡。

【译文】桂丹盟按察使（桂超万，字丹盟，安徽贵池人，道光十二年进士，官至福建按察使）说：嘉庆初年，我年纪尚小，听说我们安徽有个村民周某，生有四个儿子、两个女儿。大女儿已经出嫁，小女儿已许配给汪某的儿子，汪某带着儿子前往浙江开山种田，十多年音信不通。周某的小女儿已到适婚年龄。当地有一位陈监生，他的儿子丧妻想要续弦，周某贪图陈家的聘金，于是答应将幼女许配给陈监生的儿子，不日即将迎娶了。

一天，周某站在门口，有个少年乘坐小车前来，提着周某的名字探问说："我是汪某的儿子，周某是我的岳父，今天我携带一些微薄的礼物前来成亲。"周某很吃惊，少年拜见周某后，拿出布帛聘金放在桌上，周某与几个儿子商议，儿子们说："陈监生是乡里的豪强，岂肯退婚？即使肯退婚，我们又须退还他许多聘金，怎么办？"周某说："我家幸亏独门独户居住山中，汪家儿子前来，没人知道，劝他喝酒，把他灌醉后杀掉他，方可无事。"于是在傍晚时将汪家儿子灌醉，送他到前面卧室睡下。父子五人在后堂商议，夜间如何杀、如何埋。周某的小女儿暗中听闻此事，自思："我本许配于汪家儿子，现今要将他置于死地，于心何忍？"于是悄悄地走进前面房间，把汪子唤醒，说："现在要杀你了，还在酣睡吗？"汪子大吃一惊，问是怎么回事，女子将实情告诉他。汪子求救，女子说："出山十里是我的姐姐家，可到那里暂避，我与你一同前往就行。"当时已是四更天了，于是二人急忙出发。

周家父子等到夜深，拿刀进入房间，没有看见汪子，寻找小女儿也不在，料想必定是女儿知道了内情与汪子一同逃跑了。周某说："女儿不知道别的路，她与姐姐交好，必定是逃往她姐姐家了，我们快去追寻。"女子和汪子一起回头看见后面的火把，知道父亲、兄弟已经在追赶过来，说不可到我姐姐家去了。于是二人登山埋伏在树林中，女子看见父亲、兄弟多人拿着灯笼、火把像凶恶的虎狼一样急促追赶，与汪子都吓得瑟瑟发抖、脸色大变。随后二人翻越山脊而逃，看见山下三四里处有户人家，于是急忙奔去。因二人的行迹很像是拐带人口，被巡夜的更夫抓获绑住，送往本村乡绅处，原来这里就是陈监生所在的村庄。村民们都传言抓住了一女一男，女子是本地人，男子是外地口音，显然是拐骗妇女。陈监生经过查问，得知这名女子就是自家聘定的儿媳妇，便给女子和汪子松绑，好言安慰，并仔细思量女子已然与人同行，并且就是她原配的夫婿，现在不便强行完娶，暂且藏在家中，来探察动静，周家虽然务农但家境也颇为殷实，借此机会正可敲诈勒索一番方为得计。

周家父子追到大女儿家，女婿外出，大女儿正与一个僧人私通，在床上听见敲门声，迟迟不敢开门，周家父子以为小女儿果然就藏在此处。僧人体型很是肥大，无可躲避，只得勉强把他藏在柜子里，大女儿这才去开门。周某问："你妹妹在哪里？那个男子又在哪里？"大女儿回答说："没来。"周某命令儿子们到处搜索，没有找到，看见大柜紧锁，命女儿打开，女儿不同意，周某敲击大柜发出空响，搬动大柜则觉得很重，周某说："是了，二人都在这里面。"但想着当场打开柜子反而多有不便，于是命令儿子们扛回大柜，大女儿哭着拉住不放。周某推开大女儿，他的四个儿子扛着大柜而去，回到家打开柜子一看，里面竟然是一个死了的僧人。周家父子惊慌失措，长子献计说："二人这一去，自是不敢露面，不如买一口棺材，连夜将死僧殡殓。并谎称女儿已死，这样可以向陈监生回话，还可以延请和尚前来诵经拜忏为证。"周某称赞此计很好，便派人前往陈家报丧，陈监生说："女子既已受聘，就是我的家人了，必须等我到场之后再装殓下葬，才无话可说。"于是率领多人前往周家，两家争执，陈监生坚持说是空棺，命人开棺，等打开棺材一看，里面躺着的竟然是个死僧。陈家人大为惊骇，诵经和尚仔细察看，棺材里的死僧竟然是自己的师父。

此事被报告到官府，官府彻查出其中的前因后果，按照法律呈请上级批准后严加治罪，拟定判处周某父子绞刑。当时正是朱文正公（朱珪）担任安徽巡抚，他将义妇从狱中释放出来，给予奖赏，并发给公文，命人一路护送着夫妇二人返回浙江。假如周某能够开诚布公地协调处理女儿的婚事，或请求官府裁断，将女儿嫁给汪家儿子，把聘礼退还给陈某，何至于家破人亡呢！

6.1.15 寿州赵翁

六安徐镜溪司马（启山）曰：寿州有诸生赵翁者，素好善。一日，在道旁见一客，卧地呻吟，问之不能语，至歇店询之，店言此人进店月余，房饭资罄，病已殆矣，恐有后累，令伙扛出。赵翁向店主言："孤客无亲可悯，烦即扛回，令伙调养，饮食等费我为代理可也。"旬余稍愈，能扶壁行。店主告客活命之由，客求店伙扶持诣谢，翁亦喜甚，问何许人。客言："家在口外，来谒包孝肃公，芜湖覆舟遇救，家人行李俱失，单身至此，病莫能兴，非翁无命矣。"翁留住，令家人伺应，客固壮年，不日全愈。翁好手谈，客亦喜弈，于是礼为上客，赠数十金以行，并遣人至庐求孝肃像与之，盖口外尊奉孝肃如内地尊奉关公，客此来并求像也。

越十余年，翁因报灾聚众闹署案有名，株连斥革充军，出关后不及站，无处觅宿。见有大门闾，解役即思在门外借宿，阍人出逐之，翁曰："我江南寿州人，无处栖息，求方便。"阍达主人，主人闻寿州人，令问姓名，翁告之。少顷，中门洞开，见少者蓝顶出迎肃入，老者宝石顶候于门内，揖让升堂，按翁上坐，少者伏拜于下，老者旋行宾主礼，极口称谢。翁仓皇失措，凝神谛视，其少者即前客也。款留宅内，致信将军，即算已到戍所，给文与解役销差。三年，赦回，赠五千金。时翁已中落，得此复振，子孙昌炽，有掇巍科者。报应之神，天作之合，奇矣！此亦桂丹盟为余述者。

【译文】安徽六安州（今六安市）的徐镜溪同知（徐启山）说：寿州（今寿县）有个秀才赵老先生，平素喜好行善。一天，在路边看见一个客人，卧在地上呻吟，问他话，他不能回答，赵老先生走进旅店询问，店主人说这人进店一个多月了，房钱饭钱全都用尽，现今他已病危，恐怕后面受到拖累，命令伙计将其扛出。赵老先生对店主说："他作为一个外地人，孤身一人，无亲无故，值得同情，烦请再将他扛回，让伙计细心照料调养，饮食等费用我来帮他出就行。"十多天后，客人病情稍有好转，已经能够扶着墙壁行走。店主告诉了客人他之所以能够活命的缘由，客人请求店中的伙计扶着他前去拜谢赵老先生，赵老先生也十分高兴，询问客人是哪里人。客人说："家在长城以北，前来拜谒包孝肃公（北宋名臣包拯）祠，走到芜湖时所乘的船倾覆，幸而得救，家人行李都已散失，我孤身一人来到此地，一病不起，如果不是遇到您老人家我早就没命了。"赵老先生留客人住下，命令家人服侍照应，客人本就处于壮年，没几天就痊愈了。赵老先生喜欢下棋，客人也喜欢下棋，于是将客人待为上宾、礼遇有加，赠送给客人几十两银子作为路费，并派人到庐州（今合肥市）请了一尊包孝肃公的神像赠给他，原来长城以北的人民尊奉包孝肃公就像内地尊奉关公一样，客人此次前来正是为了拜谒包孝肃公祠并求取神像的。

过了十多年，赵老先生因在一桩关于报灾聚众到衙门闹事案件中有名字，受到牵连，被革去秀才的功名，发配充军，走到关外时，还不到驿站，找不到住宿的地方。这时看到一座高大的门户，押解的差役就想在门外借宿，看门人出来驱逐他们，赵老先生说："我是江南寿州人，没有地方歇息，请求给予方便。"看门人报知主人，主人听到来人是寿州人，命令看门人询问姓名，赵老先生就如实相告。不一会儿，中门大开，赵老先生看见一个戴着蓝色顶戴的少年出来郑重地迎接，一位戴着宝石顶戴的老者等候在门内，老者向赵老先生作揖行礼，请他上堂，并坐在上座，少年跪拜于下，老者也随即向赵老先生施以宾主之礼，满口道谢。赵老先生惊慌失措，凝神细看，原来那个少年就是他曾经救过的客人。少年将赵老先生留在家中款待，写信给将军说，赵老先生到了此地就算到了戍守之地，并出具文书给到押解的差役回去销差。三年后，赵老先生遇到大赦被释放回家，少年赠给他五千两银子。此时赵老先生家道已然中落，得到这些钱后家业重振，子孙昌盛，子孙中有人高中科第。报应之神奇，上天之成全，太不可思议了！这件事也是桂丹盟（桂超万）对我讲述的。

6.1.16 拏刘第五案由

廖思芳一案所闻异词，前录中有舛错者，今特正之。此乃闻之老辈，当年在场目击者。据云，嘉庆癸酉九月十五日，逆首林清遣匪党入宫滋事，经官军歼除殆尽，逸犯祝显、刘第五等六人，画影图形查拏，久无获。甲戌秋，有常州庶常刘逢禄，偕四川向拔萃，同车出都。途中，偶问车夫：“此六犯多尔同乡，有认识否？”车夫言“不尽知，惟刘第五与我邻居，铁匠营生，一日能行七百里，是其长技。曾入教匪，到京闹事，背受重伤，逃回在家，伤早愈”等语。刘至清江言于百制军（龄），因将车夫带至扬州交廖都转，都转长子思芳先得保举捐道衔，勇力过人，曾在豫拏逆首刘志学者，奉制军札委同一候补县带车夫作线，往曲阜乡。时已入夜，廖令车夫叩门，云有客赶明早长行，求整车轮，其妻子答云："我夫已睡，今日跑数百里路辛苦，要歇息矣。"廖即排门进，刘固猛，猝不及防，遂拏住。候补县欲知会曲阜令，廖不许。径解江南制军，委周以勋、万承纪两干员随同廖讯办，供明入宫逃回，至滑接战受伤，回家养好属实。仵作验明刀伤确凿，此共见共闻者也。

自拏后，曲阜令闻之，遂下乡扬言曰："此地出了反叛，要合乡剿洗矣。"乡耆求救，乃曰："除非尔等出结，说他不是反叛。其结越多越好。我代尔详并往求公府可解也。"从之。抚军遂与衍圣公会奏，言此刘第五并非匪首之刘第五，廖为误拏云云。乃提归刑部审讯。初到部时，供如前，及军机会讯，亦未改供。一枢相问："尔是教匪，新棉袄裤从何处得来？"曰："廖少爷赏的。"曰："尔就上了衣服的当了。"再问仍认在教掌责而散。次日又问，则全翻矣。遂释回。盖枢相与东抚有儿女亲，为其所蒙也。适有星使先为他案，在清江奉命提廖讯其妄拏贿供之罪。枢相有成见，星使自早得信，先讯承讯周、万两员，各争之曰："背上的系刀伤，若云发背，疤痕断无一尺阔者。"星使不辨是非，但叱之退，专讯廖，廖请提刘第五对质。星使言："奉旨单取尔供，未奉旨提刘对质。"于是顶撞之下，加以刑讯。踏扛扛断，加链链断，盖真强有力者。拟以大辟，未勾，瘐死狱中。江淮人咸冤之。

初廖都转令叶县时，逆首刘志学带一从人到叶境，中途相诟谇。从人赴县密首，思芳随之往捕，厌以狗血乃获。都转由此超迁。两获巨犯，前得功而后得罪，讵得意不宜再往，实由邀功之心胜，不肯留他人地步也。向使得犯后知会地方官，与以协拏，则曲阜令必实此事，东抚无所用其顾忌，何致酿成此局？然释重犯而戮有功，亦不平甚矣。相传刘第五释回，东抚令人赐食，次日即毙。防后患而灭口也，未知是否。不久，东抚即褫罢，后人零落；曲阜令亦失官，潦倒而终。果报洵不爽矣。

【译文】关于廖思芳抓获刘第五一案，我又听到一些不同的说法，前书中对此事的记载有讹误之处（参见1.4.17、1.4.18），现在特地在此予以更正。这些我是听一位当年在场目击的老前辈说的。据这位老前辈说，嘉庆十八年癸酉（1813）九月十五日，天理教教匪首领林清派遣匪徒入宫滋事，被官军剿灭殆尽，对逃犯祝显、刘第五等六人，画影图形搜捕缉拿，很久都没有线索。嘉庆十九年甲戌（1814）秋天，常州籍的翰林院庶吉士刘逢禄，偕同四川籍的向贡生，同乘一车出京。途中，刘逢禄偶然向车夫问道："这六名逃犯大多都是你的同乡，你有认识的吗？"车夫说："不全都认识，只有刘第五与我是邻居，以铁匠营生，一天能行走七百里，这是他的一项特长。他曾加入教匪，到京闹事，背部受到重伤，逃回在家，伤早就好了。"等等这些话。刘逢禄走到江苏淮安清江浦时把车夫的话告诉了当时兼管河工的两江总督百龄（百龄，张氏，字菊溪，汉军正黄旗人），于是百总督将车夫带到扬州交给廖都转（廖寅），廖都转的长子廖思芳此前曾受到保举，捐了个道员的官衔，他勇力过人，曾在河南抓获教匪首领刘志学，现在奉总督的命令偕同一名候补知县，带着车夫作为眼线，前往曲阜乡下捉拿刘第五。当时已是夜间，廖思芳命车夫敲门，说有个客人明天一大早要赶长途，求刘第五修理车轮，刘第五的妻子回答说："我丈夫已经睡下了，今天他跑了几百里路，十分辛苦，要歇息了。"廖思芳随即推门而入，刘第五本来也很勇猛，但因猝不及防，于是被抓住。候补知县想通知曲阜县令，廖思芳不同意。于是径直将刘第五押解到江南河道总督衙门，百总督委派周以勋、万承纪两位干练的官员会同廖思芳一道审讯办理此案，刘第五供称他入宫逃回，到河南滑县时与官兵搏斗受伤，回家养好伤等情节，情况属实。仵作验明刀伤确凿，这是众目共见、众耳所闻的。

自从抓获刘第五后，曲阜县令听闻此事，于是下乡扬言说："这地方出了叛贼，全乡都要被官兵剿灭清洗了。"乡里德高望重的耆老出面求救，曲阜县令说："除非你们联名出具保证书，说他不是叛贼。签名的人越多越好。我代你们向上级申报，并前往衍圣公府（孔府）求情，事情或许可以化解。"众人表示听从。于是山东巡抚会同衍圣公上奏，说这个刘第五并不是教匪首领刘第五，廖思芳抓错了人。皇帝下令将刘第五提交刑部审讯。刚到刑部时，刘第五所供如前，等军机大臣会同审讯时，也未改供。一位军机大臣问："你是教匪，身上的新棉袄、新棉裤是从哪里得来的？"刘第五说："廖少爷赏的。"这位军机大臣说："你就是上了衣服的当了。"再问，刘第五仍旧承认自己在教会中担任首领，众人散去。第二天再讯问时，刘第五就全部翻供了。不久，刘第五被释放回家。原来这位军机大臣与山东巡抚是儿女亲家，被山东巡抚蒙蔽了。当时正巧有朝廷使者因为其他的案子，正在清江浦，于是奉命提审廖思芳，讯问其误抓犯人并贿嘱串供的罪行。这位军机大臣对廖思芳有成见，使者早有耳闻，他先讯问承办案件的周以勋、万承纪两位官员，二人都争辩说："刘第五背上的伤确实是刀伤，如果是背疽留下的疮疤，疤痕绝不可能有一尺之长。"使者不辨是非，只是叱喝二人，令他们退下，然后专门审讯廖思芳，廖思芳请求提审刘第五到场对质。使者说："我接到的圣旨只是专门录取你的口供，圣旨并没有说提审刘第五与你对质。”由于廖思芳顶撞，使者对他加以刑讯。踏杠（旧时的一种酷刑）杠断，加链链断，廖思芳真正是强壮有力的人。后来，廖思芳被判处死刑，还未经皇帝御批勾决时，廖思芳就病死在狱中了。江淮之人都认为廖思芳是被冤枉的。

当初，廖都转担任河南叶县县令时，教匪首领刘志学带着一名随从前往叶县，半路上刘志学和随从两人发生了争吵。随从一怒之下暗中赴县衙首告刘志学，廖都转的儿子廖思芳随同那名随从前往捉拿刘志学，用狗血魇镇，才将刘志学抓获。廖都转因此得以越级升迁。廖思芳两次抓获重犯，前一次获得功劳，后一次却因此获罪，不是说得意之后不应再去，实在是由于他邀功心切，不肯给别人留有余地所导致的。假使他抓获犯人后能通知地方官，与地方官协同捉拿，那么曲阜县令必定会坐实此事，山东巡抚也就不会有什么顾虑了，这样何至于酿成这种结局呢？然而释放重犯，杀戮有功之人，也是极其不公正的事。相传刘第五被释放回家后，山东巡抚命人赐给他食物，刘第五第二天就毙命了。人们都说这是山东巡抚为了防备后患而杀人灭口，不知是不是这样。不久，山东巡抚即遭革职，其后代也衰败不振；曲阜县令也被罢官，穷困潦倒而死。因果报应确实是没有差错啊！

6.1.17 武营滥杀

粤逆滋事以来，所遣奸细溷（hùn）迹民间者固多，然亦须细加考验，果有行迹可疑者，方准严拏。第一审其口音，察其面貌，挟持何物，贩鬻何物，果系真正奸细，必有一种慌张诡秘神情，一望可知，大约粤楚豫皖人居多。乃粗莽武夫，全然不解，甚至避乱之客确有印文路照以及行李箱箧等件，亦谓其由杀夺而来，不遵分说，捆缚刑拷，拏解大营，立时诛戮。叙功迁秩，杀其人而取其财，似此冤滥情事，所在多有。而统兵大员，全不为意，可哀也。

闽有金春荣贰尹（茂华）言，贼窜延津时，上洋盐馆绍兴某友乘竹篙（jiāo），并带箱笼，合他人所托，共九担，乡勇四人护之，由馆赴郡城避寇。遇千总，坚指为贼所遣侦探军情者。身藏邵武府县印文信函，俱以为抢掠所得。夺其九担之物，杀其护勇三人，其一偕担夫逃去。贰尹奉公适过其地，与某友会，有一面之识，槛车中呼号求救。贰尹亟为代辨，系同乡旧识，力保非贼。千总非但不听，且指为贼党，将并执之。幸一武弁至，贰尹曾与同舟，极力排解。某友乃得免于难，而三勇之命、九担之物，无从偿矣。或谓贰尹救人，几罹害，此莫大功德也。贰尹曰："明知其冤，乌得不救？"今贰尹以军功擢明府矣。

【译文】太平军滋事以来，确实派遣了很多奸细混迹在平民之中，但也必须仔细加以核验，果真有形迹可疑的人，才准许严加捉拿。第一要辨别他的口音，观察他的面貌，携带的是何物，贩卖的是何物，他如果真是奸细，必然会流露出一种慌张诡秘的神情，一看便知，大约以广东、湖北、河南、安徽等省的人居多。而有些粗鲁莽撞的武士，完全不懂得如何分辨，甚至看见一些携带行李箱箧等物的外地客人，哪怕确实有官方文书和通行证照，也说他们的东西是杀人抢夺而来的，不由分说，将其捆绑起来严刑拷打，押解到军营中，立即诛杀。武士竟然以此论功升职，杀害人命取其财物，像这样冤枉好人、滥杀无辜的事情，到处都有。然而统兵的大官，对此全不在意，实在令人痛心啊。

福建的金春荣县丞（名茂华）说，太平军流窜到延津时，上洋盐馆的一位绍兴籍的伙友乘坐竹轿，并携带箱笼和他人托带的东西，共九担财物，由四名乡勇护送，从盐馆前往府城避乱。路上遇到一名千总，坚持认定伙友是太平军派来刺探军情的奸细。他身上携带的邵武府以及属县颁发的公文信函，也都被该千总认为是抢掠得来的。于是该千总夺取了他的九担财物，杀死了护送他的三名乡勇，另外一名乡勇和挑夫一同逃走了。当时正巧金县丞因公事路过此地，那个伙友因为曾经与金县丞有过一面之缘，便在囚车中向他高声呼救。金县丞急忙替伙友分辨解释，说这人是自己的同乡，又是老朋友，极力证实他不是贼人。千总不但不听，还认为金县丞也是贼党，一并将其拿住。幸好这时有一名军官到场，军官曾与金县丞同乘一船，于是极力为之排解。那位伙友才得以幸免于难，可是被杀掉的那三名乡勇的性命和他的九担财物，却无法索偿了。有人说金县丞因为救人，几乎遇害，这是莫大的功德。金县丞说："明知道他是被冤枉的，我怎能不出手相救呢？"如今金县丞因为军功已经升任县令了。

6.1.18 王孝廉

王兰溪（维垣）孝廉，秀水县新塍镇人。本非士族，至其父，藉微资经纪而已，并无他善德，而独好尊师。延某课其子读，特加礼焉。通镇不乏富户，凡延师必计较束金之多寡，供膳亦薄。王每食丰洁无少懈，束修外别有佽（cì）助。一时为师者以不得馆王氏为恨。后兰溪中式嘉庆庚午举人，今其子小溪亦登咸丰间乡榜，居然世家。敬师之善，获报如此。

【译文】王兰溪举人（名维垣），浙江秀水县（今嘉兴市）新塍镇人。其家本非书香世家，到他父亲这辈，只是做点小本生意而已，并无其他突出的善行和美德，唯独特别尊敬老师。他父亲聘请了一位老师教儿子读书，对老师礼遇有加。全镇的富户不在少数，但每家在聘请老师时都会计较给老师的薪酬是多是少，供给老师的膳食也很淡薄。而王举人的父亲每次都供给老师十分丰盛洁净的饭食，从不懈怠，而且除了正常的薪酬之外还有额外的资助。一时之间，周边的老师都以不能在王家任教而感到遗憾。后来，王兰溪在嘉庆十五年（1810）庚午科乡试中考中举人，如今兰溪先生的儿子也在咸丰年间考中举人，于是王家居然成为世家。尊敬老师的善德，竟然会获得如此丰厚的回报。

6.1.19 道光乙酉泉州雷

道光乙酉，史望之宗伯督学闽中，按试泉州。天晴无云，忽闻震雷一声，疑有异。少顷，竞传雷击一妇于东门外。妇素不孝，此日午刻，方雷初起，隐隐有声，其姑向天呼曰：“天阿天阿，我自晨饿到此时，媳妇尚不与我饭。”言甫讫，雷即下击，腹中儿手穿妇腹而出。盖妇方娠未娩也。人有冤屈事，当雷动时泣诉，俗谓之“拦马告”，故其应最速。谢方斋（荣埭）时在试院襄理，亲闻其事。

【译文】道光五年乙酉（1825），礼部尚书史望之（史致俨）

当时担任提督福建学政，在泉州主持考试。当时天气晴朗，万里无云，忽然听到一声震雷，史公便觉得可能有异常情况发生。过了一会儿，泉州城内的百姓就相互传说在东门外有一名妇人被雷电击毙。妇人平日里就不孝顺，这天午时，雷声刚起，隐隐有声，妇人的婆婆向天大呼说："天啊天啊，我从早晨饿到现在，媳妇还是不给我饭吃。"话音刚落，雷电就从天击下，妇人腹中胎儿的手从肚皮穿出。原来妇人正怀有身孕还未生产。人如果有冤屈之事，在雷电大作的时候哭诉，民间称之为"拦马告"，所以感应最为迅速。当时谢方斋先生（名荣埭）正在试院协助史公办理考试事务，亲耳听闻此事。

6.1.20 姚京兆

秀水京兆姚思仁，一日患热病，五昼夜不苏。魂竟离体，任步而行，见城郭车马人物，一如人世，惟阴霾无光，气象惨淡。至一宫阙，前多罪人桎梏，遂闯入宫门，历阶而上，鬼卒列阶左右。姚上堂至殿，见是阎王，冕而上坐，长揖未拜，王举手拱之。姚因请为己校勘善恶，王命主者持簿示之。姚名下所注恶，即一念之动皆书。姚曰："此并未为，何书？"王曰："未为为过，已为即为罪，不可解矣。幸子生平醇谨无大过恶。"及阅善簿，其大者如题山左之水灾、中州之开矿奏疏一一具录；至某岁畿南大荒，姚上疏请三十万赈济列为大善。姚谓王曰："此疏仁仅具名，疏稿乃贺灿然笔也。善当归贺。"王曰："疏出君名，万一得罪，贺当之乎？归君为是。"姚索贺籍，王曰："贺无子，今与一子，足报之矣。"王即挥之使去，姚遂醒。次日起居如常，贺久无子，来岁果举一子。

【译文】明代应天府尹姚思仁先生（字善长，号罗浮，万历十一年进士，官至工部尚书），是浙江秀水县（今嘉兴市）人，一天患上热病，五天五夜没有苏醒。他的魂魄竟然离开身体，信步而行，看见一座城市，车水马龙、人来人往，犹如人世一般，只是天色朦胧无光，气象暗淡。来到一座宫殿，宫殿前有很多戴着枷锁的罪人，于是径直闯入宫门，沿着台阶向上走，鬼卒分列于台阶的左右。姚先生登堂入殿，看见阎王头戴冠冕端坐在堂上，他只是深深地作了个揖而没有跪拜，阎王拱手还礼。姚先生于是请阎王为他查看自己的善恶情况，阎王命主事者取来簿籍给他看。姚先生看到自己名字下标注的恶事，即便只是动了一个念头都被记录下来。姚先生说："这件事并没有去做，为什么也要记下呢？"阎王说："只是动念而没有行动属于过失，如果付诸行动那就是犯罪，就无可逃避谴责了。幸亏你生平淳厚谨慎，没有大的过恶。"等姚先生翻阅记载善事的簿籍时，见到其中比较大的事情，比如向朝廷呈奏山东水灾和河南开矿的奏疏，都一一抄录在案；至于某年直隶省南部地区发生大饥荒，姚先生上疏请求朝廷拨发库银三十万两赈济灾民则列为大善。姚先生对阎王说："这封奏疏我只是署名，疏稿则是贺灿然（字伯闇，号道星，浙江平湖人，万历二十三年进士，官至吏部员外郎）执笔起草的。这件善事应当归功于贺灿然。"阎王说："奏疏是以你的名义发出的，万一获罪，责任是由贺灿然来承担吗？因此此事归功于你才对。"姚先生索阅贺灿然的善恶簿，阎王说："贺灿然没有儿子，如今赐给他一个儿子，足以作为对他的报偿了。"阎王随即挥手命令姚先生退下，于是姚先生一惊而醒。第二天，姚先生的生活起居恢复正常，贺灿然一直以来没有儿子，第二年果然生了一个儿子。

第二卷

6.2.1 苕溪钮氏

苕溪钮氏先世多隐德，闻之未详，不敢妄述。第知其数代以来，忠厚传家而已。近日科甲迭起，谅不虚也。

松泉殿撰太夫人尤慈善。六十诞辰，诸子谋所以介寿者，太夫人闻之，笑问曰："闻尔等谋寿我，果以何物佑觞，博我一笑乎？"诸子嗫嚅未对，固诘之，则曰："已备二千金为祝嘏费。将往吴门召名优张乐开筵半月，遍飨捧觞寿客，顾郡中鲜佳肴，亦拟往虎林选觅，必内外宾客尽畅而后已。"太夫人曰："嘻！此我所以为之踌躇而不已也。夫费二千金以供耳目之娱，诚不为少矣。惟开筵半月，必戕物命，纵肥甘悦口，采色娱目，亦不过霎时过眼繁华而已，必不可。"诸子曰："然则往杭州灵隐、净慈、天竺诸名刹，各建水陆道场，饭僧十日可乎？"太夫人曰："饭缁流作佛事固善，然僧众亦未必急于得食，佞佛以邀福，尤惝怳（chǎng huǎng）难凭。孰若以二千金制棉衣，分授寒者，使有挟纩（jiā kuàng）之乐，不更善乎？"诸子谨受教。太夫人仅许以设悦目宴客一日夜，前后数日均托病不出。

诸子乃不敢多糜费。即此一事，亦可征母德矣。

又其家每于冬令日，以米五斛，凌晨炊粥以食丐者。夜中前后户待食者恒满，故从无穿窬之患。道光辛丑，英夷滋扰镇江、扬州，苕中震动，钮氏拟迁徙，匪徒百余人将乘机抢掠，赖丐者力保全之。事毕，酬以酒食钱物，欢声雷动而去。

【译文】浙江吴兴县（今湖州市）的钮氏家族，其先代多有阴德，我未曾详细听闻，所以不敢随便讲述。只是知道他们家几代以来，以忠厚传家而已。近来钮家子孙不断有人在科举考试中金榜题名，（其先人有阴德的说法）想必是真实不虚的。

钮松泉状元（钮福保，字右申，号松泉，道光十八年状元，授翰林院修撰）的母亲太夫人尤为慈爱善良。六十岁诞辰时，儿子们打算为她祝寿，太夫人听说后，笑着问说："我听说你们想要给我祝寿，你们到底准备了什么东西来助兴，博我一笑呢？"儿子们吞吞吐吐不答，她再三追问，儿子们才说："已经准备好二千两银子作为祝寿的费用。我们将前往苏州召请有名的戏子，张灯设乐、大开宴席半个月，款待前来祝寿的客人，但本府缺少珍美的食材，所以打算前往杭州虎林采选，一定要让内外的宾客们畅快尽兴才行。"太夫人说："嘻！这正是我之所以反复考虑、犹豫不决的原因。花费二千两银子以供视听之娱，实在不算少了。只是大开宴席半个月，必然伤害无数动物的生命，即使美味的食物满足口腹之欲，鲜艳的色彩让人一饱眼福，也不过片刻间的过眼繁华而已，千万不可这样做。"儿子们说："既然这样，那么我们去杭州灵隐寺、净慈寺、天竺寺等著名寺院，分别启建水陆道场，给僧人供斋十天可以吗？"太夫人说："斋僧做佛事固然是好事，可僧人们未必缺少这些食物，讨好佛祖以希求福报，更是渺茫不足为信。不如用这二千两银子制成棉衣，分送给贫寒之人，让他们受到抚慰而感到温暖之乐，不是更好吗？”儿子们恭敬地遵从教诲。太夫人只允许设乐宴客一天一夜，前后几天她都托病不出。儿子们见此，也就不敢多铺张浪费了。只是这一件事，就可以证明太夫人的德行了。

另外，钮家每逢冬季，就会拿出五斛米，在凌晨做好粥分给乞丐们吃。半夜，钮家的前后门外时常挤满了等待吃粥的乞丐，因此他家从不担心有盗贼闯入。道光二十一年辛丑（1841），英国人滋扰镇江、扬州，吴兴一带闻讯震惊，钮家打算迁往别处，这时有一百多个匪徒想趁机抢掠，幸赖乞丐们极力防备抵御，才保全了财物。事情过后，钮家拿出酒食钱物作为酬谢，乞丐们欢声雷动而去。

6.2.2 钻谋优缺

昆山王少尉，忘其名，心地诚实忠厚，本旧家子。少孤且贫，弃儒习绘事写真，不足供俯仰。表姊婿某，以县令需次保定。谋于戚，贷得数金，赁小车往依之。未至一月，前令已捐馆，眷属正谋归计。进退彷徨，神情失措。同乡某贰尹，本不识，方充总督巡抚捕，以梓谊故，怜其落魄无依，留之偶为写真，悬之厅事捕廨，同官往来甚众，咸称神似。于是广为游扬，润笔所入，衣履粗备。未几，贰尹权正定宰，重其诚朴不苟，俾司帐务，约两载，节缩馆谷，可数百金。

值捐纳例开，同人复资助之，得未入，掣签第八，旋选授粤东揭阳县尉。粤旧谚：“六大不及三阳，三阳首数一揭，一揭首数一典。”“六大”者，南海、番禺、顺德、东莞、香山、新会也；“三阳”者，海阳、潮阳、揭阳也。缘揭俗好讼，告期三八外，无日无之，极少亦三四十纸，每纸纳费二百文。县向委捕衙收呈汇缴，岁入恒数千金，佐杂鲜他用，故称优缺。少尉人既敦厚，同僚未免觊觎，巧为排挤。未三载，上台摭（zhí）他事黜之，钻得其缺者方扬扬得意，在任未两月，以要犯越狱去官，拟徒，死其地。少尉归家，亦小康，享林泉之乐二十余年，方卒。

【译文】江苏昆山的少尉王某，我忘了他的名字，他心地诚实忠厚，本是世家子弟。王某年少时孤苦贫穷，放弃科举而从事绘画写真，收入不足以供养家人。他的表姐夫某人，被授予县令一职，到保定等候补缺。他与亲戚商量，借到了几两银子，雇了一辆小车前往投奔表姐夫。到了没过一个月，他的表姐夫就已去世，眷属正打算回家。他进退两难，徘徊不定，神情失措。某县丞和王某是同乡，本来彼此不认识，这时县丞刚充任总督巡抚衙门的捕快，因为同乡的缘故，可怜王某落魄无依，留下他偶尔为自己画像，画完后挂在厅堂和巡捕房里，往来出入的同僚有很多，他们看到后都说画得惟妙惟肖。于是王某的名声广为传扬，很多人请他作画，润笔的收入，基本可供衣食。不久，县丞代理正定县县令，看重王某为人诚朴谨慎，让他管理账务，大约过了两年，他节衣缩食积攒下的薪水，约有几百两银子了。

当时正逢朝廷放开捐纳之例，他在朋友的资助下，捐得了一个不入流的小官，抽签抽到第八名，很快被选授为广东揭阳县县尉。从前广东有句谚语：“六大不及三阳，三阳首数一揭，一揭首数一典。”所谓“六大”，是指南海、番禺、顺德、东莞、香山、新会六个大县；所谓“三阳”，是指海阳、潮阳、揭阳三个县。因为揭阳县民间的风俗喜好诉讼，除了每月初八、十八、二十八这三天受理案件的日期之外，每天也都有诉讼，最少的时候也有三四十份诉状，每递交一份诉状要交纳二百文手续费。从前县里一向委派巡捕房收呈汇缴，每年的收入常有几千两银子，县衙里的杂役人员很少挪作他用，因此被称为肥缺。王少尉为人敦厚，同僚们不免存有非分之想，想方设法排挤他。没过三年，上级便找了个理由罢免了他，谋得这个职位的人扬扬得意，但上任不到两个月，就因为重要案犯越狱的事情被免官，被判处徒刑，死在了服劳役的地方。王少尉回家后，家境也算小康，享受了二十多年自在闲适的田园隐居生活，才去世。

6.2.3 天榜

咸丰戊午科，浙江乡试中式第九十七名举人王济泰，字湘舟，会稽县附生。先是，其佃户于本年夏夜，梦天日晴朗，空中悬黄纸一大幅，上多字迹，旁有人指示曰：“此今科浙江乡试天榜也。”佃故识字，见榜上多名，不知谁何。榜末一行大书“第九十九名举人王济泰，会稽县生员”，心甚喜。次日适有事入城，遂诣王豫贺，述其梦。湘舟大笑曰：“浙榜只九十四名，今有九十九之梦，是孙山外第五人矣。”叱其梦之妄，自叹今科又无望矣。讵知浙省因捐输踊跃，奏准加额五名，榜发，湘舟中九十七名，不知何故升前二名。必新有罪恶者，黜落二名，故提高二名也。

湘舟家计不甚宽裕，而好行善事，倡举惜字会，纠集十八人出赀，寒士居多，年约费一二百千，湘舟主其事。章程内刮磨磁器字迹最难，湘舟竭尽心力，为之不倦，今十八人已中六人矣。谓非惜字之功效哉?

【译文】咸丰八年(1858)戊午科,在浙江乡试中以第九十七名中榜的举人,名叫王济泰,字湘舟,是会稽县(今绍兴市)的附学生员。在此之前,他家的佃户在当年夏季的一天夜里,梦见天气晴朗、太阳高照,天空中悬挂着一大幅黄纸,上面有很多字迹,旁边有人指示说:“这是今年浙江乡试的天榜。”佃户原本也识字,看见榜上的许多名字,都不认识。当他看到榜末一行用大字写着“第九十九名举人王济泰,会稽县生员”之时,心中十分高兴。第二天,正巧佃户有事进城,于是顺便到王湘舟家提前祝贺,并讲述自己的梦境。王湘舟听后大笑着说:“浙江乡试榜只有九十四个名额,而今你梦见我是第九十九名,意味着我将是落榜考生中的第五人。”他呵斥佃户梦境的荒诞,自叹今年又没有希望考中了。没想到浙江省因为向国家捐献财物(以抵御太平军)积极踊跃,朝廷批准浙江乡试增加五个录取名额,发榜后,王湘舟考中第九十七名,不知为何又提前了二名。想必是有考生新近犯下罪恶,有两人被除名,所以他也就提高了二名。

王湘舟家境并不很宽裕,但喜好做善事,他发起倡议成立惜字会,召集了十八个人出资,其中以贫寒的士子居多,每年大约使用经费一二百千钱,由王湘舟主持会务。章程中规定的内容,以刮磨瓷器上的字迹这一条最为困难,王湘舟竭尽心力地去做,不知疲倦,如今参加惜字会的十八个人中已经有六人考中举人了。这难道不是敬惜字纸所带来的功效吗?

6.2.4 汪云鹏梦记

云鹏原名日章，衢州开邑人，幼弋县庠，以医自给。道光十三年，年五十四岁，是年四月十四日，染疫症不省人事，至二十一日，昏愦中梦见一吏，缨帽紬（chóu）衫，乘肩舆至，指所挟空舆向鹏云："请速去。"不得已登舆随行，顷刻间至一署，先见大门联云："阳间作恶，人尽道没有报应，我这里早定下远报、近报、顺报、逆报；暗室亏心，你且喜密无知觉，那时节已难瞒天知、地知、神知、鬼知。"鹏心甚疑，又见阶下两边松柏森然，乌鸦乱噪，阴寒之气，悚人毛发。因出头门四眺，见左右石狮分锁二犯，近前谛视，左为同邑十四都音川朱玑玑，右为玑玑店伙、徽人王树滋。惊问玑："尔何为？"玑对云："胞叔龙光与华埠盐仓黄凤莪，未经到案，所以不能完结。"

忽闻堂上喧闹，因回至仪门，向内窥视，见无数鬼役，獐头豹额，披发赤身，从地中起，各执叉棒，无一善状。心惊肉颤，魂魄尽失。忽又阒若无人，正恍惚间，前吏出，引鹏向大堂右厢进，堂悬匾额，联柱甚多，不及省记。径造宅门，上署"出入无时"，小额楹帖题云："元宰公侯，于今安在；妻财子禄，到此皆空。"心知已死，随吏进宅门，匍匐案下。微睨之，上坐者年约六十许，广额丰颐，白面长须，服本朝冠带。

呼跪案前，厉声大骂曰："惜哉，惜哉！汝自暴自弃，乃至此哉！汝前世是江南徽郡歙县篁墩医生程赞成，在生施舍膏丸，存心济世，轮回时注汝今生四子二女，中道光乙酉科四十三名举人，七十三岁寿终。讵汝今生无行，幸博一衿，恃才傲物，逞志欺人，不信因果，不敬字纸，贪冒于财，恣情逞欲，计淫过已犯七十二条。而且性多刻薄，口才便捷，每与朋辈谈论，讥诮流俗，夸己才能，发人阴私，所犯口过又不可胜数。更有大干阴德者，专习刀笔，包揽词讼，交结书差，鱼肉乡民，种种罪业，擢发难数。阴律云：'贪淫者，得绝嗣报、子孙淫佚报；贪财者，得穷乏报、灾祸报。'已将汝子嗣科名，尽行削去。特念尔祖，尚有余德，留尔一衿，仍将尔寿算，除去十年矣。"鹏尚欲强辨，上坐者大怒，命掌责，突见鬼役从地中起，手提皮掌，长约尺许，掌上细钉密簇，侧面受一掌，痛彻骨髓。右车牙，打落二个。因伏地不敢辨。

上坐者曰："此处不容强饰。"命将黑簿掷阅，见所犯淫过，逐条注明，勾奸某妇，何日起意，何日遂欲。所犯贪过，逐条注明，或借或骗，或索或吞，银钱米谷，一一备列。鹏自觉无颜细阅，将原簿呈还，上坐者喝云，可将所犯各款朗诵，总算大小罪过若干。鹏此时惊愧无地，承命读毕，总计贪过、淫过、口过，共三千五百八十五款。上坐者曰："罪至一千，即为贯盈。汝溢三千五百有余，罪不容诛。且汝更犯杀人重罪，汝知之乎？"鹏泣诉无之。

上坐者冷笑曰："汝习医三十余年，不肯济人缓急，一杀也；缓人收功，二杀也；医分贫富，三杀也；延汝入门即便危言恐吓以图利，活则居功，死则卸责，四杀也；避寒畏暑，不以救人为事，五杀也；药不见效，不使更延他医，耽误病家，六杀也；掯（kèn）人夫轿，累人重费，七杀也；自诩卢扁，诋毁他人，八杀也；方脉不明，以药试病，九杀也；真方假药，索财代制，十杀也。犯此十杀，罪与杀人取财者等，天下之杀人者，岂必持刀剚（zì）人之腹，然后为杀乎？”鹏叩首哀告曰：“生亦知医可救人，奈贫若何？”

上坐者笑曰：“财禄之有无，俱视人善恶而定。世上贪财之徒，视钱如命，百计营求，损人利己，至亲不顾，其后来之结果，究何如耶？且凡人罪咎，贪财之过居多，地狱中亦无非财色两种人。色犯于少年为甚，而财则无论老少，直贪至死。不知佛家以施舍为根本，仙家以清净为真修，能施舍则视财一空，能清净则见财不爱。人能于‘财’字看破，便可成佛成仙，大则利世济人，小则随缘施舍，父子兄弟不起争端，亲戚友朋互相赒恤。利心一动，则但利己，不肯利人，居官则贪赃枉法，富室则重利剥民，穷苦之子则忍心害理，昧己欺人，或明瞒暗骗，或诈死赖生，强取强求，毫无廉耻仁义，盗杀穿窬，无所不为，种种恶业皆从财字酿成者也。查该生三十年来，所取非义之财已累三千余金。如果非义之财，得有受用，该生应已作一小小富翁矣。因汝龌龌龊龊得来，仍叫汝干干净净送去。妻亡子丧，得不偿失。自作之孽，于人何尤？”言讫，命驱之狱。

鹏时惊惶无地，哀号乞命，曰：“罪生实因不知因果，自取罪戾，倘蒙赦宥，誓革前非。如再不悛，愿甘阴律。”言之又言，顿颡无数。良久，上坐者顾判吏曰：“查该生可有善行否？”吏捡出红柬呈上，上坐者阅讫，霁颜曰：“汝亦有善行五次。嘉庆十三年，蓬民廖一梅控杨世清霸女不还，嫌贫悔婚，汝从中劝息，助赀完娶，录汝善事一次。嘉庆二十年，张映川无后，婆媳双寡，汝为理谕其本家立继延嗣，录汝善事二次。嘉庆二十一年正月，以举火之钱一千文，助华田宝买棺，殓伊故弟华七宝，录汝善事三次。道光三年，募棺殓埋九里横堤倒毙挑夫余大生尸骸，保护担质，布帖招认，录汝善事四次。道光十三年，在七都孔山庄，倡捐置土，名八仙墓山，议立义冢，录汝善事五次。”因将红柬递鹏自阅，鹏曰：“前四事生偶行之，后置义冢，缘山主措难未成，焉得为功？”上坐者曰：“阴司定人善恶，在心术不在事迹。汝倡捐义冢，虽因山主措阻，然汝一点善心不可隐没，故亦录汝善事一次。如汝黑簿上所记罪过三千五百余条，岂尽事事为之？恶意一萌，阴司即为登记。汝今果知悔悟，暂放回阳，速将本司判语及汝半生罪过，毋许自文，遍告同学。遇愚顽者，广为劝说，俾知阴司报应，一丝不漏。从此诚心向善，便可消除旧恶，再能坚永修持，老来仍有一子一女。行之十年，原寿可复。如敢怙恶不悛，则不测之殃，近在眉睫矣。汝其勉旃。”鹏叩谢出。

复召鹏近前曰：“汝以我为何人？我乃汝业师遂安汝南郑琬锡也。”仔细一睇，须眉宛若生前。鹏转惊为喜，又以师生礼叩见，颇疑先生庚子副车，何能遽膺此秩。先生曰：“我家三代良善，我一生守己，外无二色，谨言慎行，惟以舌耕为业。上帝嘉余谨厚，命掌浙省都城隍。阴阳不得轻泄，念汝前生有善根，又有师生之谊，前奉东岳考校合省善恶行文，见汝列名，始知汝三十余年，未能修善，故特召汝来此诫勉。”鹏复求庇护，先生曰：“不能。此黑簿上罪款，是汝三尸神所奏。簿有三本：一本案存天曹，南北二斗是司，查人善恶，注人生死；一本案存地府，东西两岳所掌，考校善恶，分别治罪；一本案存余处，以便承办。三本黑薄，案均符合，无能易也。”

鹏犹哀求不已，先生曰：“汝苦求我，何不一求汝自己乎？”鹏遂请自求之法，先生曰：“汝可记当年课业时乎？余每日清晨盥手端坐，净心虔诵《文昌阴骘》《太上感应》等书，一举一动必时时检点身心，皆如鬼神在旁，不敢怠忽。自壮至老，始终如一。此余自求之法也。汝今还阳，须要一心向善边走，一切济人利物之事，力量能行的，即速行之，即力量不能行的，亦必殷勤恳至，婉转倡导，务使一团善意，圆满周足，切不可预设一不能心。凡有财物交关，宁人负我，勿我负人。此皆自求之法，汝能依此奉行，久久自获善庆。”

言讫，转指左吏曰：“此吏汝识否？”鹏未及对，先生曰：“此汝窗友刘起鹏字翔云者也。一生品行端方，少时出就外傅，即能坚拒女色。吾保举司吾左判，与子联床友谊，此会不易得也。”即命刘送鹏出，刘谓鹏曰：“兄今还阳，望转嘱次男在邦，令其早退县胥，回心守分，如若不听，灾难在即。勿谓父子无情也。”

出至头门，见十余鬼卒，钢叉铁链，带进鬼犯二名，后随一名，视之皆七都孔山人。一系余雄才，一为余世贵之弟媳徐氏，其后为余成，成无加链。惊问翔云曰：“此三人均系七都人，所犯何案？”翔云曰：“他人之事，君莫与焉。”促鹏上舆归。鹏霍然惊醒，见家人环聚床前，曰：“君昏愦不省已六日矣。”鹏初寤，便述所见。家人共深骇异。越五日扶坐堂上，历忆所梦不敢隐讳，据实以记，愿四方传观者以鹏为鉴，则鹏之大幸也。

鹏于是年八月造音川，与玑之堂兄字佩卿者，述此梦，大为骇汗。因言堂弟玑玑偕叔龙光，在杜征庄鬻油票，楬华镇盐仓黄凤峩桐油十石，尽被店伙王树滋侵渔。道光庚寅，玑催取票项，树滋以不能偿，雉经死。庄保叶某禀县，玑惧波及，亦骇死。二人拴锁石狮之梦合。次年正月十六，龙光病故，佩卿益信因果，修德不倦。此一验也。

由余梦中见拘余雄才数人，先与邻右及砚友徐丙阳言之，共相惊异。未几，雄才染病五日死。八月，世贵弟媳徐氏继亡。余成病数月不愈，久之霍然。此二验也。

又梦中晤刘翔云，嘱伊次男在邦速退县胥。于十月初三日诣在邦家婉劝，邦不之信。次年二月至音川，又以所梦告户房张瑞成，托伊转劝。邦复置若罔闻。八月，邦在户房缮写征册，若有人背后奋击，回寓呕血数斗，百药不效。至十五年正月十八日午刻，血涌而死。此三验也。

鹏梦受冥责，右车二牙并落，血流被面。续妻徐氏为言病愦时，扶至床上，见余口屡哆，以手探之，揠出大牙两个，右车疮溃，与梦受责时合，此四验也。

鹏梦中闻扣除道光乙酉科举人之言，嘉庆十九年，课蒙音川，二月间，续妻病故，自思家无内顾，欲重理举子业，未果。同友朱佩臣受业于杨涑川先生之门。五月初三日，涑川先生梦报马赍单，报门人汪日章中式道光乙酉科四十三名举人，醒时大为欣喜。次日，向余与朱佩卿兄谈及，因道光未经改元，逆意乡闱题目恐有“道”字、“光”字也。嘱鹏仍改日章原名。时以为先生噩梦，不敢深信。道光七年，佩卿兄忽向余曰：“道光乙酉于今验矣。”促余同束装应试，余以学业荒梗，讵敢以先生之梦为然，又不能不行。由今思前，先生之梦与己梦复合。此五验也。

【译文】汪云鹏原名汪日章，浙江衢州府开化县人，很小就成为县学生员，以医术为生。道光十三年（1833），汪云鹏五十四岁，当年四月十四日，他感染了疫病，不省人事，到二十一日，昏迷中梦见一名官吏，头戴缨帽，身穿绸衫，乘坐轿子而来，指着带来的一顶空轿子对汪云鹏说：“请上轿速去。”不得已，汪云鹏上轿，跟随官吏前行，顷刻间来到一座官署，首先看到官署的大门上有一副对联，写道：“阳间作恶，人尽道没有报应，我这里早定下远报、近报、顺报、逆报；暗室亏心，你且喜密无知觉，那时节已难瞒天知、地知、神知、鬼知。”汪云鹏心中非常疑惑，又看见台阶下两边松柏森森，乌鸦乱叫，阴寒之气，令人毛骨悚然。于是，走出大门四下张望，看见大门左右的石狮子旁边分别锁着两名犯人，他走近细看，只见左边锁着的是本县十四都音川的朱玑玑，右边锁着的是朱玑玑店中的伙计、安徽人王树滋。汪云鹏惊奇地询问朱玑玑说：“你为什么被锁在这里？”朱玑玑回答说：“我的胞叔朱龙光与华埠盐仓的黄凤莪，还未到案，所以不能结案。”

这时，汪云鹏忽然听到大堂上一阵喧闹，于是往回走到仪门，向里面窥视，看见无数鬼差，獐头豹额，披头散发，赤身裸体，从地中涌出，各自手持叉棒，没有丝毫和善的样子。汪云鹏吓得心惊肉跳，失魂落魄。忽然又变得一片寂静好像无人，正在恍惚之间，那个与他一同前来的官吏出来，引导汪云鹏从大堂的右侧进去，堂上悬挂着匾额，柱子上挂着很多楹联，来不及记住。径直来到了内宅门前，门上悬挂着“出入无时”的匾额，两旁的门额上有一副对联，写道：“元宰公侯，于今安在；妻财子禄，到此皆空。”汪云鹏心里知道自己已经死了，便跟随官吏走进宅门，跪伏在案下。他抬头斜视，看见上面端坐着一位六十来岁的人，额头宽广、面颊丰满，皮肤白皙、须发很长，穿戴着本朝衣冠。

坐在上面的那人呼叫汪云鹏跪到案前，厉声大骂说：“可惜啊，可惜啊！你自暴自弃，竟然到了这种地步！你前世是江南徽州府歙县篁墩的医生程赞成，生前施舍药物，存心济世救人，轮回时注定你今生应该有四个儿子、二个女儿，应考中道光五年（1825）乙酉科乡试第四十三名举人，七十三岁寿终。谁料你今生品行不端，侥幸博得一个秀才的功名，却自负有才而看不起人，只图自己快意而欺负别人，不相信因果报应，不敬惜字纸，贪图财利，恣情纵欲，累计已经犯有七十二条淫恶之罪。而且你性情刻薄，伶牙俐齿，能言善辩，每次与朋友谈论，往往冷言冷语地讥讽世俗习惯，夸耀自己的才能，揭发别人的隐私，所犯的口业之过也已不计其数。更有大损阴德的是，你专门代人写诉状，包揽诉讼案件，勾结官府的书吏，欺压剥削乡民，种种罪业，像头发丝一样数不胜数。按照阴间的法律规定：‘贪淫之人，应当受到断子绝孙、子孙淫佚的报应；贪财之人，应当受到贫穷困苦、多灾多祸的报应。’现在已经将你的子嗣、科举功名，全部削去。只是念在你的祖先，尚有遗留的阴德，所以暂时保留着你的秀才身份，但是仍然将你的寿命，减去十年了。”汪云鹏正要强辩，坐在上面的人大怒，命人予以掌责，突然看见鬼差从地中涌出，手提皮掌，长约一尺，皮掌上有细密的钉齿，汪云鹏的侧脸被打了一掌，痛彻骨髓。右边的槽牙，被打落两颗。于是，汪云鹏跪伏于地，不敢再辩解。

坐在上面的人说：“此地不容许你强辩矫饰。”说完，命人将一本黑色的簿册扔给汪云鹏阅读，汪云鹏看见簿册上将他所犯的淫罪，逐条注明，如勾奸某妇，何日生出念头，何日满足欲望等。所犯的贪罪，也是逐条注明，或是借贷或是骗取，或是勒索或是侵吞，是银钱还是米粮，一一详细列明。汪云鹏自觉没脸细看，将簿册交还，坐在上面的人呵斥说："你可将所犯的各项罪过朗诵一遍，最后算一算你所犯的大小罪过总共有多少。"汪云鹏此时又惊又愧，无地自容，遵命朗读完毕，总计所犯的贪罪、淫罪、口过，一共是三千五百八十五条。坐在上面的人说："罪过达到一千条，就算恶贯满盈。你所犯的罪过已经多达三千五百多条，罪不容诛。并且你更犯有杀人重罪，你知道吗？"汪云鹏哭诉说没有杀人。

坐在上面的人冷笑一声，说："你行医三十多年，不肯救人急难，这是第一条杀人之罪；你故意拖延时间治好病人以多收钱财，这是第二条杀人之罪；你给人治病要区分贫富贵贱，这是第三条杀人之罪；别人请你上门诊治，你就危言耸听，恐吓病人家属以贪图财利，治好病人则以功自居，治死病人则推卸责任，这是第四条杀人之罪；遇到严寒酷暑天气，则心生懈怠不肯出诊，不把救人当作急事，这是第五条杀人之罪；开的药方没有效果，你还不让人延请其他的医生，耽误了患者的病情，这是第六条杀人之罪；你每次出诊都要求乘坐轿子前往，连累病人家属额外花费许多钱，这是第七条杀人之罪；你自诩医术高明，如同扁鹊再世，诋毁他人，这是第八条杀人之罪；你诊脉不明，就胡乱开药试病，这是第九条杀人之罪；你开真方卖假药，索要钱财，代人炮制，这是第十条杀人之罪。你犯有这十条杀人之罪，罪过与谋财害命者等同。天下的杀人者，难道一定要持刀刺入人的腹中，然后才算杀人吗？"汪云鹏叩头哀告说："我也知道行医可以救人，但无奈我生活贫苦，怎么办呢？"

坐在上面的人笑着说："人在世间的财禄之有无多寡，全是根据人的善恶情况而定的。世上贪财之徒，视钱如命，千方百计地钻营谋求，损人利己，甚至不顾及亲情，他们后来的结果，究竟如何呢？况且世人所犯的罪过，以贪财之过居多，在地狱中受罚的也无非是贪财、贪色的这两种人。贪图色欲以少年人居多，而对于钱财，则无论老少，都会贪得无厌，一直到死。殊不知佛家以施舍为根本，道家以清净为真修，能够施舍则视钱财为虚空，能够清净则见到钱财不会贪爱。人如果能将'财'字看破，便可成佛成仙，大则利世济人，小则随缘施舍，父子兄弟不起争端，亲戚朋友互相周济。贪图财利之心一旦萌动，就会只想自私自利，不肯利益他人，为官则贪污受贿、徇私枉法，富人则唯利是图、剥削百姓，穷苦之人则心存残忍、伤天害理，昧着良心欺骗别人，或者捏造事实、说谎骗人，或者假借人命官司敲诈勒索、诬赖好人，用强迫威逼的手段获取财利，毫无廉耻仁义，杀人劫财、翻墙盗窃，什么坏事都做得出来，种种罪孽都是从这个'财'字上酿成的。经查，汪云鹏三十年来，通过不正当手段获取的钱财已达三千多两银子。如果获取的不义之财，可以享用的话，你早就应该是一个小小的富翁了。因为你的这些钱财是不干不净得来的，所以仍叫你干干净净地失去。并让你妻亡子丧，得不偿失。这都是你自己作孽，自己承受，和别人有什么关系呢？"说罢，命鬼差将其驱赶入狱中。

此时，汪云鹏惊惶失措，无地自容，哀号求救，说："罪人我实在是因为不懂因果，自招罪过，倘若承蒙赦免，我发誓一定会痛改前非。如果再不悔改，我甘愿接受阴间法律的制裁。"他反复哀求，叩头无数。过了许久，坐在上面的人回头对判官说："查一查他有没有善行？"判官翻出红色纸条呈上，坐在上面的人看完后，神色有所缓和，说："你也有五次善行。嘉庆十三年（1808），蓬山居民廖一梅控告杨世清霸占女儿不还，嫌贫悔婚，你从中劝解，平息了诉讼，又出钱帮助廖一梅完婚，这是记录的你做过的第一次善事。嘉庆二十年（1815），张映川没有后代，他的母亲和媳妇都成了寡妇，你出面以理劝说其本家过继一个儿子给张映川作为继承人，这是你的第二次善事。嘉庆二十一年（1816）正月，你用自己的一千文生活费，帮助华田宝购买棺木，收殓他已故的弟弟华七宝，这是你的第三次善事。道光三年（1823），你募集资金购买棺材，收殓埋葬倒毙在九里横堤上的挑夫余大生的尸骸，并保护担子中的货物，张贴告示让人认领，这是你的第四次善事。道光十三年（1833），在七都孔山庄，你倡议捐钱置土，名八仙墓山，议立义冢，这是你的第五次善事。”于是把红纸递给汪云鹏自己看，汪云鹏说：“前面四件事是我无意间做的，后面的设立义冢一事，因为山地主人的阻挠刁难而没有做成，怎么也能算功德呢？”坐在上面的人说：“冥府判定人的善恶，根据的是心术而不是事迹。你倡议捐钱，建立义冢，虽然因为山地主人阻挠而没有成功，但是你的一点善心不可隐没，因此也记录下来，作为你做过的一次善事。就像黑色簿书上记载的你的三千五百多条罪过，难道每件事都一定实际做过吗？恶念一旦萌生，阴司就立即登记在册。你现在如果知道悔悟，我暂且放你返回阳间，速速地将本官的判词和你半生的罪过，不许自我掩饰，普遍告知你的同学。遇到愚顽不灵之人，广为劝说，让他们知道阴司报应，毫无差错。从此以后，你只要诚心向善，便可消除往日的恶业，如果再能坚持不懈地持戒修行，老年后仍会有一子一女。坚持奉行十年，便可恢复原本的寿命。如果胆敢坚持作恶不肯悔改，那么不测之祸，眼下即将降临。希望你多加努力。”汪云鹏叩谢而出。

坐在上面的人又召唤汪云鹏近前，说：“你以为我是何人？我是你的授业老师遂安县汝南郑琬锡。”汪云鹏仔细一看，那人的须眉面貌果然和郑先生生前一模一样。汪云鹏转惊为喜，又以师生之礼拜见，非常疑惑郑先生作为庚子科乡试的副榜贡生，何以能突然荣任此职。郑先生说：“我家三代良善，我一生安分守己，未有邪色，谨言慎行，只以教书为业。上帝嘉奖我为人谨慎淳厚，命我担任浙江省都城隍之职。阴间之事不可在阳间随意泄露，念你前生有善根，你我又有师生之谊，我前不久奉东岳大帝之命考察全省的善恶文书，看见你名列其中，才知道你三十多年来，未能修善，因此特地召你来此加以告诫劝勉。”汪云鹏又请求老师设法庇护，郑先生说：“不可以。这黑色簿籍上记载的罪状条款，是你身上的三尸神（道教认为人体有上中下三个丹田，各有一神驻跸其内，每于庚申日向天帝呈奏人的过恶）所奏。簿籍共有三本：一本存放在天庭，分别由南斗和北斗掌管，考查人的善恶，注定人的生死；一本存放在地府，分别由东岳大帝和西岳大帝掌管，考校人的善恶，分别予以治罪；一本存放在我这里，以便遵命办理。这三本黑色的簿籍，所记载的罪案完全符合，不能更改。”

汪云鹏仍然哀求不止，郑先生说：“你苦苦求我，为何不求一下你自己呢？”汪云鹏于是向老师请教自求之法，郑先生说：“你还记得当年我教你读书时吗？我每天清晨洗手端坐，净心虔诚诵读《文昌帝君阴骘文》《太上感应篇》等书，一举一动必定时时刻刻检点身心，都如同鬼神在旁鉴察，不敢懈怠。从壮年到老年，始终如一。这就是我的自求之法。你今日返回阳间后，必须要一心一意向善的一边走，一切济人利物之事，力所能及的，就赶快去做；即使力所不及的，也一定要殷勤恳切地婉转倡导，务必让自己的一团善意，圆满周到，切不可预先存有做不到的心思。凡是与人产生财物往来时，宁可人负我，不可我负人。这都是自求之法，你如果能依此奉行，时间久了自会获得吉祥的感应。”

说罢，郑先生回头指着左边的判官说："这位判官你认识吗？"汪云鹏还未来得及回答，郑先生说："这就是你的同窗好友刘起鹏，字翔云。他一生品行端方，年少出外拜师求学时，就能坚定拒绝女色。我已保举他担任我的左判官，他与你有同学的友谊，此次相会实属难得。"随即命刘起鹏送汪云鹏出去，刘对汪说："兄台今天返回阳间后，希望您转告我的二儿子刘在邦，让他尽早辞去县衙胥吏的差事，回心转意，安分守己，他如果不听，灾祸即将临头。到时不要说我对他不讲父子之情。"

退出大堂来到正门，看到十多名鬼卒，手持钢叉铁链，带进两名鬼犯，后面跟着一人，一看都是七都孔山庄的人。其中一人是余雄才，另一人是余世贵的弟媳妇徐氏，后面跟着的人是余成，余成身上没有锁链。汪云鹏吃惊地询问刘翔云说："这三个人都是七都人，他们所犯何罪？"刘翔云说："他人的事，您不要管。"说完，便催促汪云鹏上轿返回。汪云鹏霍然惊醒，只见家人环聚在床前，家人说："你昏迷不醒已经六天了。"汪云鹏一醒过来，就讲述了自己在地府的所见所闻。他的家人听后都感到大为惊异。五天后，汪云鹏已能被人扶着坐在厅堂上，他一一回忆梦中之事，不敢隐讳，据实记录下来，希望四方传观之人能以汪云鹏为鉴，如此就是他莫大的幸事了。

当年八月，汪云鹏来到音川，向朱玑玑的堂兄朱佩卿，讲述此一梦境，朱佩卿听后大为惊骇，汗如雨下。佩卿于是说道，他的堂弟朱玑玑偕同叔叔朱龙光，在杜征庄卖油票，楊华镇盐仓黄凤峩存放在店里的十石桐油，都被店中的伙计王树滋侵吞。道光庚寅年（1830），朱玑玑催取票项，王树滋因为不能偿还，于是自缢而死。地保叶某把此事禀报到县衙，朱玑玑害怕受到牵连，也受惊而死。与汪云鹏梦中所见的二人被拴锁在石狮旁边的情景相吻合。第二年正月十六，朱龙光病故，朱佩卿更加相信因果报应之事，修德不倦。这是第一点征验。

不久后，汪云鹏又把梦中看见余雄才等几个人被拘押的事情，告诉了邻居和他的同学友徐丙阳，大家听到后都很惊异。不久，余雄才染病，五日后死去。八月，余世贵的弟媳徐氏也接着死亡。余成染病几个月都未痊愈，过了许久才突然好转。这是第二点征验。

另外，汪云鹏梦中曾见到刘翔云，刘翔云嘱托他转告自己的二儿子刘在邦尽早辞去县衙胥吏的差事。十月初三日，汪云鹏前往刘在邦家，婉言劝说，刘在邦不信。第二年二月汪云鹏前往音川，又把所梦之事告诉了县衙的户房吏张瑞成，并委托张瑞成劝说刘在邦。刘在邦仍是置若罔闻。八月，刘在邦在户房里填写征税名册时，突然感觉好像有人在背后对他猛击，他回到寓所就吐出鲜血数斗，百般治疗，也没有效果。到了道光十五年（1835）正月十八日午时，刘在邦血涌而死。这是第三点征验。

汪云鹏梦中曾受到冥府鬼差的责打，右边二颗槽牙同时被打掉，血流满脸。他的继妻徐氏说，汪云鹏病中昏迷时，将他扶到床上，见他嘴唇不停哆嗦，用手探其口中，掏出两颗大牙，右边的牙床已然生疮溃烂，此时正与汪云鹏梦中受责的时间吻合。这是第四点征验。

汪云鹏梦中曾听闻他道光乙酉科乡试举人的功名被扣除的说法，嘉庆十九年（1814），他在音川教授学童读书，二月间，他的继妻病故，他自念家中已无后顾之忧，打算重新温习功课参加科举考试，没有成功。他的同学好友朱佩臣在杨涑川先生门下学习，五月初三日，杨涑川先生梦见有人骑马持单前来报喜，说他的学生汪日章考中了道光乙酉科乡试第四十三名举人，醒来后杨先生十分高兴。第二天，杨先生对汪云鹏和朱佩卿谈及此事，因为当时还是嘉庆年间，尚未改元道光，猜测乡试的题目中可能有“道”字、“光”字。于是叮嘱汪云鹏改回原名汪日章。当时大家都认为杨先生做的是乱梦，不敢深信。道光七年（1827），朱佩卿对汪云鹏说：“道光乙酉年的说法如今应验了。”朱佩卿催促汪云鹏收拾行李与他一同前去应试，汪云鹏因为学业荒废已久，不敢相信杨先生所梦之事是真的，但又不能不去。如今回想前事，杨先生的梦与汪云鹏的梦又完全吻合。这是第五点征验。

6.2.5 戮婴

刑友某在两湖制军幕，道光中年，赵金龙之乱事平，逆党尽诛戮，遗婴孩四百，皆在襁抱中。一日，制军问某曰：“此皆叛逆子孙，照例应坐，然俟其岁后遣戍，难久待奈何？”某方与客为叶子戏，漫应之曰：“俟及岁遣戍，为时既太久，且叛逆之种，留之亦虑有他患。”令制军悉于较场扑杀之，呱呱者宛转号啼，目不忍睹。或谓其办理太过，某亦悔，亟止之，已无及矣。未几，接家言，独子年十九，已入泮，某月日暴卒。计其时，正诛戮叛婴之日也。后广置姬妾，卒无嗣。

【译文】某人在湖广总督府中担任刑名师爷，道光中期，赵金龙叛乱被平定，叛贼的党羽全部被诛杀，留下四百个婴孩，都还在襁褓中。一天，总督询问某师爷说：“这些都是叛贼的子孙，按律应当连坐，然而如果等他们长大后再予以遣戍，又难以等待这么久，怎么办呢？”当时某师爷正在和客人打叶子牌，随口应答说：“等他们长大后再遣戍，不但要等很长时间，而且他们都是叛贼的孽种，留着恐怕会有后患。”便让总督把这些婴孩全部在练兵场上扑杀，当时这些幼小的婴孩宛转哀号、呱呱啼哭，惨不忍睹。有人说这样处理太过残忍，某师爷也心生悔意，急忙阻止，但已经来不及了。不久，他接到家信说，他的十九岁的独生子，已经入学成为生员，某月某日突然死亡。计算时间，正是诛戮叛婴的那天。后天，某师爷纳了多个小妾，最终也没有再生下子嗣。

6.2.6 抛骨

道光甲申、乙酉，闽中鹾（cuó）纲大坏，南路某帮，亏课尤剧。商人斥革监追，无人愿接。某幕友方司泉郡刑席，积有砚租，加以称贷，姑违例合伙认充。因幕兼商，半藉声势，量裁各署规费，渐有起色。其盐斤向由泉郡运永春州，伙友又系永春州委员，多年需次，州牧一切委任。故两处岁省颇多，不数年，已获利至十余万。窥帮务将敝，乃设法辞退，各拥厚资归里，幕友之子，且登贤书，同人莫不艳羡。

方购邻壤，充拓旧居，掘土数尺，露白骨累累，不可胜计。或劝其掩埋，另觅隙地。某愤然作色曰：“余以重价购地，并非毁灭他人坟冢，何害焉？且多年朽骨，未必有灵。设再买仍然，余屋遂不筑耶？”尽弃诸野，版筑将兴。其妾方抱病，大作鬼语，音声嘈杂，詈其忍心害理，屋成必不容尔安居。某竟不以为意，体素健，自此精神日形憔悴，往往无故仆地。家中细弱，亦多啾唧不安，其子孝廉先卒，某亦旋归物故。屋虽落成，人口寥寥，鐍（jué）闭而不敢居矣。

【译文】道光甲申、乙酉（1824、1825）年间，福建盐纲（旧时成批运输食盐的组织）行情不好，南路的某盐帮，亏欠盐税尤其严重。盐商被开除了运盐的资格，收监追缴，没有人愿意承接这项差事。某幕僚正在泉州府衙担任刑名师爷，积累了些薪金，再加上借贷，姑且违例与人合伙认领了这项差事。以幕僚兼做盐商，部分凭借官府的声势，酌量裁减各个衙门的规费（按陈规所纳的费用贿赂），渐渐使盐务有所好转。所有的食盐向来都是由泉州府运往永春州，他的合伙人又是永春州的委员，多年等候补缺，知州也就把有关盐务的事情全都交给他负责。因此往返两地每年可以节省许多银子，不到几年时间，已经获利达十多万。后来二人观察到盐帮的业务将要衰败，于是设法辞去差事，各自携带着大量钱财返回家乡。某幕僚的儿子，而且考中了举人，朋友们无不羡慕。

不久，某幕僚购买了邻居家的土地，用来扩建旧宅，在挖土时，挖到几尺深的地方，露出层层堆积的白骨，不可胜数。有人劝他将白骨掩埋，另寻一块空地。他面带怒色地说："这是我花高价购买的土地，并非是我故意毁坏他人的坟冢，有什么妨碍呢？况且都是年代久远的朽骨，未必有什么灵性。如果再买一块地，仍然是这样，我的房子难道就不盖了吗？"于是将白骨全部丢弃在荒野，将要动工建造房屋。当时他的小妾正患有疾病，突然以鬼的语气在说话，声音嘈杂，骂他忍心害理，即使房屋建成，也一定不会让他安生。某幕僚竟然还是毫不在意，他的身体素来强健，自此以后却精神日渐憔悴，常常无缘无故地跌倒在地。家中的妻子儿女，也常常叫嚷吵闹、烦躁不安，先是他那考中举人的儿子死亡，他自己也很快就去世了。房屋虽然建成，可是家中人口稀少，冷冷清清，常年大门紧锁，不敢住在里面了。

6.2.7 赌案

嘉庆季年，杭城绅士，赌风颇盛。常聚某氏，某亦衰落宦裔也，藉抽头利，每月除供馔外，可余百金。日必聚二三十人，曾任部曹州县者居多，余亦举人进士，门前舆马，彻夜常满。时帅仙舟中丞抚浙，最锋厉，一夜密往掩捕，众皆由后户窜逸。获其簿据器具，拘主家严鞫之，逐名悉供吐，将惩治焉。众大惧。内有数人，为章文简公至戚，公方致仕在籍，求其一言缓颊，公初不允，妇女登门泣请，不得已为言于中丞。中丞曰："案内皆有禄之人，照例褫革，尚有余罪，且不准捐复。今姑从宽，照捐复之资示罚可也。"核之，需十数万金。复力恳宽减，适中丞因目疾引退，乃以四万金了其事。此款发商生息，拨充各书院膏火，士林德之。

【译文】嘉庆末年，在杭州城内的士绅中间，赌博的风气特别盛行。他们经常聚集在某姓家，某姓也是衰落官宦之家的后人，借此抽取提成，每月除了生活开销外，还可以剩余一百两银子。每天，某姓家中必定会有二三十人聚赌，其中以曾任六部司官、知州县令等职的人居多，其他的也都是举人进士，他家门前的车马，经常整夜爆满。当时帅仙舟中丞（帅承瀛）担任浙江巡抚，施政最为严厉，一天夜里秘密地带人前往抓捕，众人都从后门逃窜。查获了一批账簿、票据、赌具等物品，把开赌场的主家拘押起来，严加审讯，主家一一供出了参与赌博之人的名字，帅巡抚打算对这些人予以惩治。众人十分害怕。其中有几个人，是章文简公（章煦，字曜青，浙江钱塘人，官至东阁大学士）的近亲，当时章公正退休在家，这几个人便请求章公代为说情，起初章公没有答应，这几个人便派家里的女眷登门泣请，无奈之下章公只得替他们向帅巡抚求情。帅巡抚说：“案件内都是有官职的人，按照法律规定应当被革除官职，尚且不能完全抵罪，而且不得通过捐银恢复原官。如今姑且从宽处理，按照捐银复官的钱数缴纳罚款以示处分。”经过核算，总共需要缴纳十多万两银子。章公又极力替他们恳求宽减，当时正逢帅巡抚因眼疾辞官，于是便以四万两银子了结此事。帅巡抚把这些钱存在商行生息，产生的利息拨发给各书院充作学子们的生活补贴，士子们都称颂帅巡抚的恩德。

6.2.8 摇滩

赌博向惟民间为盛，近则大小衙门官亲幕友，暇即为之，不必新岁也。最尚者摇滩，聚集多人，上下混杂，官亦往往预局，相习成风，爱者甚众。以余所闻某署，终日狂赌，饷鞘过境，任其堆置二堂，无人经理。次日启行，点数，失一鞘，大索无获，暗为赔补，且受委员勒索，信所谓赌近盗也。又道光壬辰，台阳张丙之乱，某明府亲出御贼，被困，急遣人回署，添雇兵勇，其子赌方酣，恋恋场头，漫不为意，迨连次告急，方议雇募，而其父已被支解矣。

【译文】赌博从前只在民间盛行，而近来大小衙门官员的亲属、幕僚，一有闲暇也从事赌博，不必等到新年。最流行的是一种叫作摇摊（旧时赌博名目，庄家用骰子四颗藏在容器内摇动后摆定，赌者猜点数下注）的游戏，聚集多人，尊卑混杂，有些官员也往往参与其中，相习成风，有这种嗜好的人很多。据我所闻，某位官员终日狂赌，工作人员押解饷鞘（旧时地方政府装盛送缴中央政府的税收银两所用的木筒，遂以指缴纳的税款）经过他的辖区境内时，他听任其堆放在第二进厅堂，无人经办管理。第二天，押运人员启程，清点税银数目，发现丢失了一筒，四处搜索，最终没有找到，他只能暗中赔补，并且被朝廷委员趁机勒索，证明了所谓的“赌博与盗窃接近”的说法，确实是这样。还有一件事，道光壬辰年（1832），台湾发生张丙叛乱，某县令亲自出城抵御叛军，被围困，急忙派人返回县衙，添雇兵勇，当时县令的儿子赌兴正酣，沉迷于赌局，对父亲的命令毫不在意，等到连次告急时，他才召集众人商议招募兵勇之事，而此时他的父亲已经被叛军肢解殉难了。

6.2.9 留心用刑

桐乡蔡蛟门太守封，以名进士出宰丹徒，爱民重士，随处留心，尤不轻用刑。尝言：“刑者，有司讯奸民猾匪，不得已而用之也，可漫为尝试乎？”方扃（jiōng）试童子军，有幼童年甫十三四，善作文，毕，加面试，不爽，置之前茅。且决其必达。唱名时，阅三代册，白户也。惟父在，因记其名。一日，里胥呈欠粮册，请照例严比，父名在焉。诸玩户各量予杖毕，幼童父，独未杖。呼近案前，问曰：“幼童某，为尔子耶？”对曰：“然。”太守曰：“抗欠国课，久不完纳，本应杖，以尔子故免。其速将欠项交纳。倘尔被杖，将来尔子发达，轻薄者必曰，尔曾以欠粮故受杖，岂不大玷家声乎？”其人感泣叩头去。越一日，即将欠项全数交纳，太守复面谕之曰：“尔既有子，务勉为好人，毋作恶孽，殃及此子也。”其人唯诺连声，称不敢，再三叩谢而出。其子果于是年入泮，越五年乡会联捷，入词林。迨太守典郡正定，已洊升御史，执弟子礼甚恭。太守三子，长次皆官郡丞，季子以甲榜为郡守，人以为不轻用刑之报。

【译文】浙江桐乡县的蔡蛟门知府（蔡封，字桐封，号蛟门，乾隆二十六年进士，官至直隶正定府知府），作为有名的进士而出任江苏丹徒县县令，他爱民如子、礼贤下士，处处慎重，尤其不轻易动用刑罚。他曾说：“所谓刑罚，是官府审讯奸民猾匪，不得已才用的手段，怎能随便尝试呢？”有一次，蔡太守在封闭的考场内主持童生考试，有一名年方十三四岁的童生，善于作文，考完后，又当面进行测试，果然优秀，于是蔡县令将他的名字排在前列。并且认定他将来一定发达。点名时，蔡县令查阅该童生家中三代人的情况，都是平民百姓。如目前童生家中只有父亲尚在，于是蔡县令暗暗记住了童生父亲的名字。一天，里长呈报拖欠粮客民户的名册，请求按照条例严加追缴，童生父亲的名字也在其中。蔡县令对那些玩忽法令、拖欠粮课的民户都予以了杖责，唯独没有杖责童生的父亲。蔡县令将童生的父亲叫到案前，问道：“某童生，是你的儿子吗？”童生的父亲回答说：“是的。”蔡县令说：“你抵抗法令、拖欠国税，长期不缴纳，本应对你杖责，因为你儿子的缘故，暂且免刑。你速将所欠的税项交纳。倘若你被杖责，将来你的儿子发达，那些轻薄之徒必定会说，你曾经因为拖欠国税受到杖责，这难道不是大大玷污了家门的名声吗？”童生的父亲感动落泪，叩谢而去。第二天，童生的父亲就将所欠的税项全部如数交纳。蔡县令又当面训示他说：“你既然有这么优秀的儿子，就务必要努力做个好人，切勿造作恶孽，连累这个孩子。”童生的父亲连声答应，说以后再也不敢了，然后再三叩谢而出。他的儿子果然在这一年进入县学成为生员，五年后接连考中乡试、会试，进入翰林院。等蔡县令升任正定府知府时，该童生已升任御史，他非常恭敬地对蔡知府施以弟子之礼。蔡知府有三个儿子，长子和次子都官居府同知，小儿子（蔡銮扬）以进士出任知府，人们都认为这是蔡知府不轻易动用刑罚带来的善报。

6.2.10 梁学士受侮

吾宗梁学士同书，壮岁乞归，居乡五十余年，恂恂盛德，植品端方，远近皆重之。性尤一介不苟，忽遭意外之侮，亦事之不及豫防者也。槜（zuì）李某侍郎，有文名，学士同年至好，六旬后亦退归林下，每扁舟来杭，必过从。一日，忽以万金至，欲寄存学士质库。学士曰：“余虽有大小质库数处，幸皆可支，毋庸容本也。”侍郎曰：“亦知君无需，但某并非为权子母，因无可寄存，故以累君代为藏之，分毫不起息也。”盖侍郎有嫡庶二子，长子已荫授中书，孽子甫数龄，将以此金遗其母子，虑殁后长子不克敦友于，以学士可托故，欲强寄焉。学士固却之，不能，二人因亲笔互书存券、取券、合同各一纸，叙明不取子金，俟孽子成立，携券至则畀之。侍郎面兑缄封画押焉。学士即庋置书楼，侍郎再三订约而去。

未几，侍郎卒。又四五年，其孽子并母亦先后死。侍郎之殁，学士知之；而孽子母子之死，则未之知也。中书夫妇检庶母遗箧，得文木小匣，内外层层封锁，极严密。知为乃父私贻宠妾爱子宝物，启锦袱，见其父手书寄款密记小册，侍郎、学士亲笔存券、取券。

夫妇皆狂喜，即日买棹如杭，登学士之第，言庶母及弟皆死，庶母临终出先人手记，并年伯亲书收券并取银券，今携存项归逋负及营办丧葬各大事。学士未信，遣捷足探之，未一日回报，曰："然。"于是出其金，尘封满箧，标识凿然，启之皆原物。一面检侍郎手书存券，并携来取券，皆置诸几，嘱中书亲笔涂销。中书但略睨之，即投诸火，笑曰："先君与年伯如此交情，何需此？长者作事过于仔细矣。"随命仆携至舟中，濒行，忽曰："本既归矣，子金何日走领？"学士以其戏言，未答，某又正色言之。学士乃大愕，谓："未睹尔翁亲笔耶？"某曰："亲笔何在？竟未详阅。"始悟一见焚如之故。某又曰："金以某年借，子金岁五厘计，五年当四千四百，今让四百。天下有借本无息者耶？"学士气结不能言，某竟肆无赖，以头抵学士胸，谓："任尔殴责，四千金分毫不能少。"子弟辈强曳之出。

时阮文达公方抚浙，与两家均世好，力为学士解围，谓："彼此职官，事不白当入告。"某亦自知无理取闹，且以侍郎冷官，金何自来，乃曰年余后再来索取可也。闻侍郎屡掌文衡，视学大省，身后颇不满人意耳。

【译文】我的同宗翰林院侍讲学士梁同书（大学士梁诗正之子），壮年时即辞官回乡，在家乡居住五十多年，为人温和恭谨，德行高尚，以端方正直树立品格，远近之人都很敬重他。在财物的取舍方面尤为一丝不苟，却忽然遭遇意外的侮辱，也是事先没有预料到的事情。檇李(古地名,在今浙江嘉兴西南)的某侍郎,以善于写文章著称,是梁学士的同榜进士、至交好友,六十岁后也退休归隐山林,每次乘船来杭州,必定前去拜访梁学士。一天,某侍郎忽然携带一万两银子来到杭州,想把这些钱寄存在梁学士开设的当铺里。梁学士说:"我虽然开设有大小当铺多家,幸而都能周转,不需要再吸纳本钱了。"某侍郎说:"我也知道您不需要,只是我并非为了生息,只因为无处寄存,所以这才麻烦您代为贮藏,利息分毫不取。"原来某侍郎有两个儿子,分别为正妻和妾所生,嫡子已经荫授中书舍人,庶子才刚几岁,侍郎打算把这些钱留给庶子和庶子的母亲,但他又担心自己死后长子不能友爱弟弟,他觉得梁学士是值得托付的人,所以这才打算强行寄存到梁学士的当铺里。梁学士再三推辞,但推辞不掉,于是二人亲笔互相签写存券、取券、合同各一份,写明不取利息,等庶子长大成人,携券来取时,则原封不动归还。侍郎当着梁学士的面把银子密封好,贴上封条并画押。梁学士就把银子存放在书楼里,侍郎反复嘱咐而去。

不久后,某侍郎去世。又过了四五年,他的庶子和庶子的母亲也先后去世。某侍郎之死,梁学士是知道的;但侍郎的庶子和庶子的母亲之死,梁学士并不知情。侍郎的嫡子夫妻二人翻检庶母的遗物时,发现一个刻有花纹的小木匣,木匣内外层层封锁,极其严密。嫡子夫妇知道这是父亲私下留给宠妾爱子的宝物,打开织锦的封套,看见父亲亲手书写的秘密记录存款事宜的小册子,以及侍郎和梁学士亲笔签写的存券、取券。

嫡子夫妇欣喜若狂,当天就乘船来到杭州,直奔梁学士家中,说庶母和弟弟都已去世,庶母临终前拿出他父亲的笔记,以及梁学士亲笔书写的收券和取银券,如今他要取回存款带回家还债以及办理丧葬等大事。梁学士不信,暗中派出脚步飞快的差役前去打探，不到一天，差役回来报告说："情况属实。"于是梁学士取出存银，箱子上布满灰尘，标识确凿无误，打开箱子，里面的东西都是原封未动。梁学士核对侍郎手书的存券，以及嫡子带来的取券，都摆放在桌子上，交代嫡子亲笔涂销。嫡子只是略微瞥了一眼，就将存券和取券投入火中，笑着说："我父亲与年伯您交情如此深厚，何必多此一举呢？您做事过于仔细了。"随即命令仆人把银子搬到船上，临行前，嫡子忽然说："本金既然已经归还了，那么利息何时领取呢？"梁学士以为他在开玩笑，没有回答，嫡子又神色严肃地说了一遍。梁学士大为惊愕，说："你难道没有看到你父亲亲笔写下的存券上面写明不取利息吗？"嫡子问："我父亲亲笔所写的存券在哪里？我从来没有仔细看过。"这时梁学士才明白对方一看见存券、取券就一把火烧掉的原因。嫡子又说："银子是在某年借的，利息按照每年五厘计算，五年共计四千四百两，今天给您免去四百两的零头。天下哪有借贷本钱却没有利息的事情呢？"梁学士气得不能说话，嫡子竟然肆意耍无赖，用头顶撞梁学士的胸部，说："任你殴打，四千两银子一分一毫都不能少。"梁学士家的子弟强行将嫡子拉出门去。

当时阮文达公（阮元）正担任浙江巡抚，与两家均是世交，极力为梁学士解围，说："双方都是官宦之家，事情分辨不清可以告官。"嫡子也知道自己是无理取闹，并且侍郎是清冷的官职，这么多钱他父亲是从哪里得来的，于是嫡子说一年多后再来索取。我听说某侍郎曾多次出任考官，在一些大的省份提督学政，离任后人们对他的评价特别不好。

6.2.11 缪公祠

吾闽清查狱起，建宁七邑库款皆短绌，数在七八万左右，人人各办一死，束手无策。太守缪公，吴人也，平日操守廉洁，不名一钱。奉严檄饬查属库虚实，太守禀复丝毫无亏，幕友惶惑不解。省门将派员严查，造册批解。太守乃亟遣纪纲回吴，携八万金来闽，按数弥补。委员至，逐款提验，悉皆实贮无虚。故建郡独未罹祸。非家计丰厚而慷慨者，能行此善举，救人于死乎？七邑明府德之，共为建祠，至今庙貌巍然，俎豆馨香勿替也。

【译文】我们福建官库亏空案发，经过清查发现，建宁府七个县的库款都存在短缺的情况，缺额在七八万两左右，县官人人自知必有一死，束手无策。建宁知府缪公，是苏州人，平日操守廉洁，非分之财分毫不取。缪知府奉朝廷严令彻查下辖各县官库存银的虚实情况，他向上级回禀说不存在丝毫亏空，幕僚们都对此感到惶恐疑惑不解。省里即将派出官员严查，造册登记，并将涉案的地方官押解到省城审办。于是缪知府急忙派下属前往苏州，携带八万两银子回到福建，按照各地短缺的数额予以弥补。省里委派的专员来到建宁府，逐个查验各县的官库，发现存银都是足额无缺，因此这次清查后唯独建宁府的官员没有遭祸。如果不是家产丰厚而且慷慨大方的人，能做出如此重大的善举，让人死里逃生吗？七个县的县令都对缪知府感恩戴德，共同为缪知府建立祠堂，至今庙宇巍然，永远享受人们的供奉祭祀。

6.2.12 三命抵三命

浙人某以甲榜任江苏某邑，颇著循声。其封翁恋田园之乐，厌官署烦嚣，虽近便不愿就养。邻有供冥役者，俗谓之“走无常”，翁与交好无间，力恳其探查子禄。邻初不允，继念翁素缄默，勉许之，曰：“但册籍有主掌之吏，不易窃窥，请勿限时日。”

久之，得报，且贺曰：“昨浙江司册籍有所改除，吏他往未收，窃视贤嗣官阶甚大，五十后由广督晋冢宰，十年致仕。前一名即署中西席某，由鼎元累官大学士，幸秘焉。”翁唯唯。西席本名诸生，兼戚谊，翁由是函嘱其子，勉为好官，且嘱于西席，益加善视。

年余后，忽向翁称可惜，翁不解，叩之，戚戚然若有难言之状。翁顿微悟，笑曰：“得毋余将死耶？死生有命，人孰无死？且余已周甲，何讳之有？”邻曰：“否，否！寿正长，无虑也。”曰：“然则何谓？”邻欲言而止者再，翁固诘之。欷歔曰：“贤嗣今不妙矣。”语又止，翁大惊，再三问邻，终不言。翁不得已，长跪以请，邻扶起颦蹙而言曰：“曩以语君故，几获重咎。若再言，恐彼此皆不利。君必欲知其事，速往贤嗣任所，密查汪二命案可也。”

翁乃轻装微行，至子任所，不入署，就东门假寓细访之，诫家人勿使子知。密访数日，果有汪二者，一母一妻，货锡为业，恒担往县。前一日，因与西席之仆争价口角，仆故无赖，又恃官势，既毁其盈担之物，且自碎其衣，捏作伤痕，哭诉其主。

翁之子不察虚实，遽杖责汪二，押令偿衣。汪二以货锡博蝇头养母妻，犹不给，安能当此无妄之灾，情急赴水死；母妻不知所为，相继自缢，通邑咸代抱屈。翁之子声名由是顿损。翁既访确，潜回与邻晤商，欲觅高僧作佛事忏悔超度，邻曰："冤重，无益也。"于是亟为函，令子作退计。适有荐擢司马之信，恋栈未决。翁无可如何。

未几，西席之仆白昼为鬼索命自戕。翁子与西席皆知是前冤，忧悸悔恨，先后咸患心疾，不治而死。邻人亦不久遽卒，想终由漏泄所致。

噫！轻听肤受之愬（sù），卤莽折狱，以三命抵三命，诚为平允矣。而两一品亦并削除，邻之所以连称可惜也。

【译文】浙江人某以进士出任江苏某县县令，颇有循良的官声。他的父亲热爱田园生活的乐趣，厌恶官衙里的喧扰，虽然儿子任职的地方离家近便，但他不愿前往和儿子一起生活。邻居有个以生魂进入冥府当差的人，就是民间所说的"走无常"，老先生和邻居交情很好、亲密无间，极力恳求邻居帮忙探查儿子的官禄情况。邻居起初不同意，但转念一想老先生素来沉默寡言、守口如瓶，便勉强答应，说："只是册籍有官吏在掌管，不容易偷看到，请不要给我限定时间。"

过了很久，邻居向老翁回报，并且贺喜道："昨天浙江司的册籍有所改动，主管的官吏因为有事到别处去，没有及时收起册籍，我偷看了一眼，看到您儿子将来的官阶很高，五十岁后由两广总督晋升为吏部尚书，十年后退休。册籍上前面一人的名字就是衙门中的某幕僚，他由一甲前三名进士逐步升任至大学士，希望您能保守秘密。”老先生连声答应。该幕僚本是有名的秀才，并且与老先生有亲戚关系，于是老先生写信叮嘱儿子，鼓励儿子做个好官，并且叮嘱儿子对那位幕僚要好生看待。

一年多后，邻居忽然对老先生说“可惜”，老先生不理解，询问邻居何出此言，邻居神色忧伤，似乎有难言之隐。老翁顿时有所领悟，笑着说：“难道是我要死了吗？死生有命，人谁无死？况且我已经六十岁了，有什么可隐讳的呢？”邻居说：“不，不！您的寿命还长着呢，不必忧虑。”老先生问：“那您指的是什么呢？”邻居多次欲言又止，老先生再三追问。邻居长叹一口气，说：“您的儿子如今不妙了。”说到这里又不肯多说了，老先生大惊，再三询问邻居，但邻居最终不肯再说。老先生不得已，跪地请问，邻居扶起老翁，皱着眉头说：“从前我因为向您泄露了冥府的秘密，几乎受到重责。如果再次泄露，恐怕对你我都没有好处。您如果一定要知道其中的缘故，可以尽快前往您儿子的任所，秘密查访一下汪二的命案即可。”

于是老先生轻装上路，身着便服，来到儿子的任所，不进衙门，而是在东门附近租借了一处寓所住下，细细查访，并告诫家人不要让儿子知道这件事。老先生暗访了几天，果然得知有个叫汪二的人。汪二家里有母亲和妻子，他以贩卖锡条为业，常常挑着货物前往县城售卖。前一天，汪二因为与那个幕僚的仆人讨价还价，发生口角，那仆人本来就是个无赖，又倚仗主人在官府的势力，不但毁坏了汪二满担的货物，还自己扯碎自己的衣服，伪造成伤痕，向他的主人哭诉（说自己被汪二打伤）。老先生的儿子在没有查明实情的情况下，就将汪二进行杖责，并强令汪二赔偿仆人的衣服。汪二依靠贩卖锡条博取蝇头小利来供养母亲和妻子，尚且难以自给自足，又怎能承受这样的无妄之灾，于是情急之下，投水而死。汪二的母亲和妻子不知道发生了什么事，也相继自缢而死。因此全县的人都为汪二一家鸣冤叫屈。老先生儿子的官声因此大为受损。老先生查访到实情后，悄悄回家与邻居见面商议，打算寻请高僧作佛事忏悔超度汪二一家的冤魂，邻居说："冤孽太重，没有用处。"于是，老先生急忙写信给儿子，让儿子尽快辞官。当时正巧老先生的儿子听说了自己要被提升为府同知的消息，他因贪恋官位，犹豫不肯辞官。老先生也无可奈何。

不久，那个幕僚的仆人大白天被冤鬼索命而自杀。老翁的儿子和那个幕僚都知道这是汪二的冤魂前来索命，忧惧悔恨，先后都患上了心病，不治而死。老先生的邻居也在不久后去世了，想必是因为泄露了冥府的秘密所致的。

唉！轻易地听信了那个仆人浮泛不实的诬告，鲁莽断案，最终以三条人命抵偿了三条人命，确实很公平。然而两个一品官也一并被削除，这就是老先生的邻居连连称说"可惜"的原因。

6.2.13 母质讯

谢方斋侍御尊甫裕庵先生，在山西陵川令曾鞫一逆伦案。邑有白阿狗者，向富室某告贷，不允，遂起意嫁祸。一日，阿狗备美膳供母，母年七十余，异而询之，曰："求母到某处伪作缢状，只须绳索套在项上，富室即肯借银钱。"母不谓然。求之坚，勉从之。夜至富室门首，以绳付母，令自套项上。母不知其更欲何为。阿狗用力一勒，不觉气绝矣。竟将尸悬挂门外，为挟诈计。富室鸣官，阿狗已逃匿，以逆犯未获恐远飘，乃祷诸城隍神。至第三日，捕役见一人将出境，寻觅路途，辗转回顾，如有所恋状。察其可异，获焉。研审，坚不吐实。忽一日，审至夜半，烛光直上，绿焰寸余。而其母到矣。忽作老妇声，叙前情一一不讳，复使木棍一根、绳一条，令其作当日勒毙状。众目共睹如绘，烛光平复。阿狗又形狡狯，俾阅供状，乃俯首无词，置诸法。凡人或故杀人，其鬼每示灵显，况不孝之子，为罪大恶极，可幸免耶？

【译文】谢方斋御史（谢荣埭）的父亲谢裕庵先生，在担任山西陵川县令时，曾审讯过一桩违背人伦的案子。县中有个名叫白阿狗的人，向某富户借贷，富户没有同意，于是白阿狗产生了嫁祸于富户的动机。一天，白阿狗备下一桌丰美的食物给母亲吃，他的母亲七十多岁了，惊异地问他为何如此，他说："请求母亲到某个地方假装自缢，只需把绳索套在脖子上，富户就肯借银钱给我们了。"母亲不同意这样做。白阿狗反复请求，其母才勉强答应。夜间，母子二人来到富户门前，白阿狗把绳索交给母亲，让母亲自己套在脖子上。其母不知道儿子下一步还要做什么，这时白阿狗用力一勒，她的母亲不知不觉间就气绝身亡了。白阿狗竟然将母亲的尸体悬挂在富户门外，以此作为要挟企图敲诈勒索。富户报官，白阿狗已经逃跑躲藏了，因为没有抓获凶犯，又恐怕凶犯远逃外地，裕庵先生便向城隍神祷告（请求城隍神协助破案）。等到第三天，捕役看见一人将要出境，那人正在寻觅路途，反复转身回头，好像有些恋恋不舍。捕役察觉此人形迹可疑，便将他抓起来。审讯时，凶犯坚决不肯吐露实情。忽然有一天，审讯到半夜时，烛光向上直冲，出现一寸多的绿色火焰。原来是白阿狗母亲的鬼魂来了。这时凶犯忽然变作老妇的声音，毫不隐讳地把事情的经过一一陈述，并且还在其母的鬼魂的操控下，用一根木棍、一条绳索，做出那天勒死母亲时的样子。众人对此事有目共睹，历历如绘，很快烛光又恢复了原状。白阿狗又狡猾地拒不认罪，裕庵先生让他阅读自己的供词，白阿狗这才低头认罪，无话可说，然后被依法惩治。凡是有人故意杀人，死者的鬼魂往往显示灵应，何况白阿狗是个不孝之子，犯下了弑母的大罪，岂能侥幸逃脱法律的制裁呢？

6.2.14 阴谴

嘉庆丁丑，史望之先生督学豫省。时幕友有副举汤某，高才博学，倜傥不羁。一日，梦到阴司，见挂牌，己名下注“勾到”，其友孝廉名下注“腰斩”，醒而异之。数日，陈病能食而不能下，腰以上运动如常，腰以下如死者一般；未几，卒。汤某亦病，曰：“余殆不久也。”因述所梦，问其故，不言，旋亦卒。究不知其何孽也。时谢方斋同在幕中所目击，为余面述之者。

【译文】嘉庆二十二年丁丑（1817），史望之先生（史致俨）出任提督河南学政。当时学政衙门中有个幕僚汤某，是一名副榜举人，高才博学，洒脱豪放，不受拘束。一天，汤某梦到自己进入冥司，看见悬挂出告示牌，他自己的名下标注着“勾到”，他的朋友举人陈某的名下标注着“腰斩”，他醒来后感觉很奇异。几天后，陈某生病，虽能吃饭却咽不下，腰部以上运动如常，腰部以下却如死人一般失去知觉；不久后，陈某病逝。汤某也生了病，对周围的人说：“我大概不久于人世了。”随即讲述自己此前的梦境，众人问他是由于什么事情，他没有回答，很快也去世了。众人最终不知道他犯了什么罪孽。当时谢方斋（名荣埭）与汤某同在史先生的幕府中，这件事就是他亲眼所见并对我讲述的。

6.2.15 宋曾氏一案

民命至重，名节可贵。遇案苛求者，固非钦恤之心；若惑于救生不救死之说，死者含冤，生者幸脱，亦非持平之道。山西平遥县宋曾氏一案，尤可举为戒。

宋曾氏之夫宋鹤庆，其母舅王久忠，俱富室。宋鹤庆素行不端，屡被王久忠诉斥，心怀不甘，起意将其舅致死，以五百金雇一帮手。一日，王久忠赶集，路遇鹤庆，庆欲邀王至家。王许以赶集回再去。迨赶集回，以不得暇覆之。复遣帮手邀之，遇诸涂，两相口角。其帮手即持刀欲斫，王之仆即赶回家纠人来救。则王已斫死矣。比到官，宋初供王久忠欲与鸡奸，遂意谋杀。官以王年七十，宋年三十余，情节不符，又无确据，驳斥之。宋遂改供王久忠与伊妻有奸。前后供既不符，复思蔑妻减罪，情已显然。乃承审官郡守传宋曾氏到案，逼勒供奸，不认，则非刑熬审，盖为救生起见也。又曾传其父曾某，勒令指出其女与王某通奸情节，并斥其不能训女，痛责之。宋曾氏以凭空诬陷，受此非刑，又见其父被责，受屈无伸，即袖剃刀划喉自尽。其实情如此。

承审官竟以疑奸具详。晋抚某据情入奏，并言“山西妇女往往当堂自戕，为挟制官长地步”等语。时御史谢方斋阅邸抄，见此案情节支离，种种疑窦，因思嘉庆年间阎思虎一案，梁侍御曾具折伸冤。今乃云“挟制”，是将从前贞烈妇女一概抹杀，尤非所宜。因具折层层指驳，有云：“宋鹤庆改供，毫无确据，难保非避重就轻。宋曾氏与王久忠如果有奸，平时不知廉耻，岂肯临审轻生，且承认奸情亦罪不至死，何至当堂自戕？若实无奸情，该妇心知名节为重，因而愤激捐躯，安知非逼勒认供所致？如惑于救生不救死之说，凭该犯一面之词，恃宋曾氏已死，无可质证，卒以疑奸定案，是死者男女含冤，而复各污名节。贞邪出入，所系匪轻。而宋鹤庆因此得以轻纵，尤不足以昭信谳”等语。

上以原折付晋抚，令委升任臬司冯桂山（德馨）审讯，全行翻案，依原折审办。宋鹤庆置诸法，宋曾氏请旌，案乃定。夫该妇名节已为之表扬，贞魂可以稍慰矣。

后有从晋省入都者，向谢御史谈及此案，晋省大吏疑本处人走漏消息，不然何以御史所奏，洞见如此。不知当局者迷，旁观者清，都下奏驳距晋抚所奏不过十日，何由知消息也？又闻承审者前府某即御史同年。宋曾氏请旌后，署中尤示现鬼形，吵扰不安。太守一日暴亡，两子潦倒，无以自存。可见贞魂烈魄，其冤难雪，犹有余恨也。听讼者可不慎欤？

【译文】人民的生命至关重要，名声与节操最可宝贵。遇到案件苛刻研求的人，固然是不懂得心存矜恤、慎重量刑；如果被“救生不救死”的说法所迷惑，使死者含冤于地下，生者侥幸逃脱，也不是公平公正的做法。山西平遥县的宋曾氏一案，尤其值得作为案例，让人们引以为戒。

宋曾氏的丈夫宋鹤庆，宋鹤庆的舅舅王久忠，两家都是富户。宋鹤庆素来品行不端，多次被舅舅王久忠训斥，宋鹤庆心怀不满，产生了将他舅舅杀死的想法，于是他用五百两银子雇了一个帮手。一天，王久忠去赶集，路上遇到宋鹤庆，宋鹤庆想把王久忠邀请到自己家中。王久忠说赶集回来再去。等王久忠赶集回来时，派人回复宋鹤庆说没有空闲。宋鹤庆又派帮手前去邀请，路上遇到王久忠，两人发生口角。其帮手随即持刀要砍王久忠，王久忠的仆人立即赶回家中纠集众人前来营救。等众人来到时，王久忠已被砍死了。众人报官，宋鹤庆被拘捕到官府进行审讯，他一开始供称是王久忠想要鸡奸他，他于是才起意谋杀。审讯的官员认为王久忠七十岁，宋鹤庆三十岁，不符合鸡奸的情节，但又没有确凿的证据，便对宋鹤庆的说法予以了驳斥。于是宋鹤庆又改口供称王久忠与他的妻子有奸情。宋鹤庆的供词前后不符，他又想通过诬蔑妻子来减罪，案情已经十分显然。可是承审的官员某知府传唤宋曾氏到堂后，却逼迫勒令宋曾氏供出奸情，宋曾氏不肯承认，承审官对她施以酷刑、严刑逼供，实际上是为了保住罪犯的性命。承审官又传唤宋曾氏的父亲曾某到堂，勒令曾某指出他的女儿与王某通奸的情节，并训斥曾某不能教导女儿，严厉地责打了他一通。宋曾氏因为凭空被诬陷，受到如此的酷刑，又看见父亲被责打，觉得受到冤屈无从申雪，就从袖中拿出剃刀歌喉自尽。该案件的情节就是这样。

而审讯官竟然以怀疑有奸情的结论呈报上级。山西巡抚某据情入奏，并说“山西妇女往往在公堂上当场自杀，以此达到挟制官长的目的”等话。当时御史谢方斋（名荣埭）翻阅官报时，发现这件案子情节不合理，存在种种疑点，于是想起嘉庆年间发生在山西的阎思虎强奸民女赵二姑一案，梁御史（梁中靖）曾呈上奏折，为赵二姑申冤。现在官报上竟然说“挟制”，是把山西从前的贞烈妇女一概抹杀了，这样说更是不合适的。于是谢御史向皇帝呈交奏折，对山西巡抚的奏折抽丝剥茧地进行驳斥，其中写道：“宋鹤庆改口的供词，毫无确凿证据，难保不是避重就轻。宋曾氏与王久忠如果有奸情，平时不知廉耻，又岂肯在审讯现场轻生自杀；况且她如果承认有奸情，也罪不至死，何至于当堂自杀呢？如果确实没有奸情，宋曾氏心知名节为重，因而在激愤之下舍弃生命以自证清白，怎么知道这不是承审官刑讯逼供所导致的呢？如果被‘救生不救死’的说法所迷惑，只凭宋鹤庆的一面之词，倚仗宋曾氏已死，无可对证，就最终以疑奸的结论定案，这不但使死去的王久忠和宋曾氏蒙受冤屈，而且又玷污了他们的名节。贞烈女子被诬陷为淫邪，这是极其严重的错误。而如果宋鹤庆因此得以从轻发落，尤其不能昭示法律以事实为准绳的权威。”等等这些话。

皇上把谢御史的奏折转交给山西巡抚，下令委派升任按察使的冯桂山（名德馨）审讯，将以往的案情全部推翻，依据谢御史的奏折审办。将宋鹤庆绳之以法，为宋曾氏申请旌表，才终于定案。宋曾氏的名节已经得到朝廷的表扬，贞烈的魂魄可以稍微得到安慰了。

后来有个从山西进京的人，向谢御史谈及此案，山西巡抚怀疑是本省的官员走漏了消息，不然为何谢御史所奏的内容，能对案情洞察地如此清楚。殊不知当局者迷，旁观者清，谢御史在京城上奏驳斥此案，距离山西巡抚上奏不过十天，怎么可能这么快知道消息呢？又听说那个负责审讯的某知府是谢御史的同年（科举时代称同榜或同一年考中者）。宋曾氏得到朝廷的旌表后，她的鬼魂仍然在府衙内现身，吵闹不安。后来知府在某一天突然死亡，他两个儿子穷困潦倒，难以生存。由此可见，贞魂烈魄，其冤屈难以完全洗雪，即使平反了仍然留有余恨。审理案件的人能不慎重吗？

6.2.16 邪匪

各省官员遇事消弥，不以民命为重，非负气自是，即粉饰太平。积习相沿，虽贤员不免。岂知一省之大，地方辽阔，民间疾苦何能遍悉？即广询周咨、虚怀下问，尚多遗漏，况多方掩饰，希图好看，以为我所治地方何至被人指摘。迨事经败露，徒自形跼蹐而已。

道光乙巳，浙省有不法匪徒，假扮僧道、杂艺人等并妇女背卖故项杂物，于糕饼各食物中暗置毒药，残害男女幼孩，或暗置道路，或哄骗令食吞下，则舌麻身噤、声哑体酥而死。俟埋后，更偷剖心脑，事类采生折割，情殊叵测可恶。杭、绍两郡渐觉蔓延，富阳、山、会诸邑均被毒害。而萧山为尤甚，自河上店大桥一带，屡有剖棺事。瞿姓小孩被残，曾经官为传讯，佥知药死属实。东门外陈姓之子，食豆糕而死。仓池沿童姓母子二人分食王瓜一条而死。陆姓于小船上买得王瓜三条，而六岁女中毒死。此外，如食青梅、荸荠被毒者甚众。此皆未经控告者。

至于获匪送究，则史村有曹姓家扭送僧人一案，身边搜有心肺等物，悬挂贴胸包袱内藏有锤凿剪刀等语。井亭有徐姓、盛姓合送沈松春一案，因该匪用饼吓迫十一岁小孩吃食，遂激于公愤，合多人追赶该匪跳入江中，后于浅处被获，身边携有铁头粗烟袋一根，内贮丸药，摇之有声；又磁碗片一块，用小带作十字捆札；又小孩红绸袄一件，领下有血迹。长河泾地保禀送詹家达一案，身边携有干湿骨殖二包，并刀凿等语。此皆送官未经究办者。

其余行迹可疑之人，不一而足。凡市食物均须色色留神，长幼悉防受害，以致人心惶惑。窃思此等妖术，必有为而为，其始毒毙人命，置之不究。其后邪党蔓延，必致事机大坏，不可收拾。绍郡中绅宦之戚友被害不少，事皆确凿。谢方斋侍御据实入奏，请敕大吏，即饬地方官严拿，一面实行保甲，俾匪类无可托足。讵知浙抚某覆奏以人肺为獭肺，以人骨为鹿骨霜，各案均消化归乌有，反以言者为多事。迨邪匪延及江苏，行迹昭著，镇江太守某大张告示，他御史乃将告示一并封奏。乃将浙抚某严饬，责令实力查办，而流毒稍息。可见一经查办认真，自能敛迹，则始之掩饰者，何心也？天下事始于毫末，而其究为人力所不能施。粤匪其明验也。涓涓不息，将成江河，圣言岂欺我哉？

【译文】各省官员遇到事情往往刻意掩盖、急于息事宁人，不以人民生命为重，不是凭恃意气、自以为是，就是一味粉饰太平。长期形成的旧习惯递相沿袭，即使贤能的官员也难免如此。他们哪里知道，以一省之大，地方辽阔，对民间疾苦怎么可能完全知悉呢？即便广泛采访咨询、虚心向下面的人请问，尚且多有遗漏，何况千方百计刻意掩饰，只希求表面上好看，认为自己所管辖治理的地方不至于被人批评指责。等到事情败露，只是徒然地使自己陷入更加被动窘迫的境地而已。

道光乙巳年（1845），浙江省出现一些不法匪徒，假扮成僧道、杂耍卖艺人等混同妇女兜售古董杂物，而实际上是在糕饼各食物中暗置毒药，残害男女幼儿，或者暗中将有毒的食物放在路边，或者哄骗幼儿令其吞食，幼儿吞食后就会舌头发麻、身体发抖、声音嘶哑、体酥骨软而死。等幼儿的家人将孩子埋葬后，他们再偷偷地把幼儿的尸体挖出来，剖心挖脑，事情类似于采生折割（旧时捕杀生人，折割其肢体，取五官脏腑等用以合药敛财的罪恶行为；

或指歹徒拐卖儿童，通过利器切割或者拳打脚踢的方式致其残疾，以此为幌子博取世人的同情，达到骗取路人施舍大量钱财的罪恶目的)，情节特别残忍恶劣且难以防备。杭州、绍兴两府渐渐发觉有此事蔓延，富阳、山阴、会稽等各县均有幼童被毒害。尤其以萧山县情况最为严重，自河上店大桥一带，多次发生撬开棺材、偷剖心脑的事情。有个瞿姓小孩被残害，经官府传唤讯问调查，这时众人才知道毒死小孩之事确实存在。东门外一个陈姓人的儿子，食用豆糕后死亡。仓池沿一带的童姓母子二人分食一条黄瓜后死亡。一个姓陆的人在小船上买到三条黄瓜，他六岁的女儿吃后中毒而死。此外，像吃了青梅、荸荠之后中毒而死的人也有很多。这些都是未曾报官的事件。

至于抓获匪徒后送交官府治罪的情况，则有史村的一户曹姓人家扭送僧人一案，人们从僧人的身上搜出心肺等物，据传言僧人挂在脖子上的贴胸包袱内藏有锤凿剪刀等物。还有井亭村的徐姓、盛姓两家合力扭送沈松春一案，因为沈松春用饼吓唬强迫十一岁小孩吃下，于是激起公愤，两家召集多人追赶沈松春跳入江中，不久后沈松春在水浅的地方被抓获，他的身上携带有一根铁头粗烟袋，里面藏着药丸，摇动有声；又有一块瓷碗片，用小丝带以“十”字形捆扎；还有一件小孩的红绸袄，领子下有血迹。长河泾地保禀报扭送詹家达一案，据传詹家达身上携带有二包干湿尸骨，并且还有刀、凿等物。这都是已经扭送官府但还未经过追究查办的案件。

其他形迹可疑的人，更是不一而足。凡是购买食物都必须处处留神，男女老幼都要防备受害，以至于人心惶惶、疑惑不解。我认为这种妖术必定是歹徒为了某种不可告人的目的而实施的，起初他们毒害人命时，官府如果置之不理、不予深究。那么到后来歹徒的党羽不断扩散，必然导致事情的局面大坏，不可收拾。绍兴府中官绅的亲友有不少人被害，事实都很确凿。谢方斋御史（名荣埭）据实上奏，请求朝廷敕令地方大员，立即责成地方官严加缉拿，一方面实行保甲制度，使匪徒们没有立足之地。谁知浙江巡抚某人回奏说从嫌犯身上搜出的人肺其实是獭肺，人骨其实是鹿骨霜，这样所有的案件都成了子虚乌有之事，反而认为上书言事的人是无事生非。等到邪恶的匪徒蔓延到江苏，行迹日益明目张胆，镇江知府某广为张贴告示提醒百姓，其他的某位御史便将告示附录在奏折后面一并上奏。于是皇帝将浙江巡抚某人严厉训斥，责令其切实认真查办，这样毒害儿童的现象才稍微有所收敛。由此可见，遇到事情一经认真查办，匪徒自然就会收敛行迹，那么实在不理解那些当初极力掩饰真相的官员，他们到底是怎么想的呢？天下的大事都是发端于一些极其微小的迹象，而最终演变成为人力所不能解决的局面。太平天国之乱的事就是明证。涓涓细流如不止息，终将汇成大江大河，圣人的话怎么会欺骗我们呢？

6.2.17 不悦父母

谢明谷曰：余姻亲丁默耕，嘉庆十五年六月十五日未时病笃而死。初觉魂升于上，凌空中，有金甲神握其臂呼丁曰：“尔前生为河南人，姓王名勉乎，系一廪生，十九而死。孀妻二子现在，今已有孙矣。缘尔今世生父子振好善，刊布《感应篇》《达生编》诸书，功德颇大，故令尔为他儿。原注十九入泮，二十登贤书，寿八十五岁，因尔不悦父母，故尔削去科名，减阳寿五十年。今日三十五岁，是尔死期也。”丁恳神救拔，云有老母，奉事未终，决死不得。神曰："我安能救尔，且问尔有欲造文昌宫之意否？"丁曰："有之。"神曰："昨文帝上奏玉帝，有丁某欲造文昌宫之事。果有是心，尔便当迅速起造。吾力保奏，还尔五十年阳寿，并尔科名。"丁极力承任。神开手将丁一推，堕下空中，惊呼而醒，家人庆其再生。丁即择日鸠工庀（pǐ）材，不久庙貌巍焕。丁即援例纳粟，晋秩观察，今四十岁矣。丁与余素好，余在西江闻有是事，往叩之，为余详述如此。

【译文】谢明谷说：我的姻亲丁默耕，在嘉庆十五年（1810）六月十五日未时病重而死。刚断气时，他感觉自己的魂魄上升，悬浮于空中，有一位金甲神握住他的手臂大声对他说："你前世是河南人，姓王名勉乎，是一名廪膳生员，十九岁就死了。你的寡妻和两个儿子现在还健在，如今已经有孙子了。因为你今世的父亲丁子振喜好行善，刊印流布《太上感应篇》《达生编》等善书，功德很大，因此让你做他的儿子。原本注定你十九岁入学成为生员，二十岁考中举人，享寿八十五岁，因为你嫌弃父母，所以削去你的功名，削减阳寿五十年。今天你已三十五岁，是你的死期。"丁默耕恳求神灵救拔，他说家中还有老母亲，侍奉未终，绝对不能死。神人说："我怎能救得了你，我且问你，你是不是有建造文昌宫的想法？"丁默耕说："有的。"神人说："昨天文昌帝君向玉帝奏事，其中有丁某发愿建造文昌宫一事。你如果真有这种想法，就应当迅速着手建造。我会极力保奏，还给你五十年阳寿，以及你的功名。"丁默耕极力答应，愿意接受任务。神人松开手，将丁默耕一推，丁默耕即从空中落下，惊呼而醒，家人都庆贺他起死回生。丁默耕随即选择吉日，召集工人，购买材料，动工兴建，不久后一座高大辉煌的文昌宫拔地而起。后来丁默耕按例纳粟捐官,官至道台,如今已经四十岁了。丁默耕与我素来交好,我在江西听说有此事后,前去拜访请问,这件事就是他对我详细讲述的。

6.2.18 太湖命案

孙汝舟(济)以癸未庶常选授安徽太湖县,有循吏称。以湖邑四面沙滩逼河,每年黄梅雨发水涨入城,募筑一堤为障,邑人因名“孙公堤”。至今便之。道光八年,有邑民刘黎者,以其兄旺生被人杀死具控,不知凶手为谁。诣验则尸在一山竹林内,山系富民黄氏产,因拘黄氏兄弟集讯,茫无头绪。而刘黎催呈指为旺生偷竹被黄氏杀害为词。公未之信,再三研鞫,终无确据。因斋宿于城隍庙,讯必以夜,正集讯间,神座前琉璃灯绳断落地。公疑正凶即刘黎,或因黄富,自戕其兄,而思有以诬索也。然事关逆伦,无舍凶手而拷问尸亲之理,屡审终不得。

商且暂缓之,遂通禀缉凶,案乃阁。越岁余,刘黎忽作窃贼,为人捆送县中。公睹其姓名,知为某案尸亲,因示差役于二更后带讯。是夜,月蒙微雨而风特厉,公甫升座即问以作贼几次,供俱含糊,继之以刑。刘黎忽闭目直供曰:“太老爷,小的哥子是自己杀的。”公因神灯示兆,怀疑已久,至是招承,为满堂所共闻。因置窃案于不问,而令其一一诉说,遂得此案之情由。甚矣!城隍神之威灵显赫、报应昭彰,宜其享一方血食也。

缘刘黎者,业铜匠,兄旺生素痴呆,仰食于弟,有嫂某氏将出之。给兄赴黄氏山中偷砍竹,作担物用,己随其后,比至山,兄已将竹砍倒,削去枝叶。刘黎即谓兄发生虱,我为兄捉之。兄因伏怀中，引首向之。刘黎拾砍竹刀，连斫其头而毙，弃尸山中。又以黄氏殷富，意在索诈，遂向县中呈控。事隔两年，冤魂不散。因神明炯察，吐露真情。当其闭目直供时，安知非旺生阴魂被神摄到，故问以窃案，而供在命案也。公得其情，即释黄氏兄弟而酬神焉。

夫为民父母，伸冤理枉，本其职分，然非公一诚之感，斋宿神庙，则神亦未必遽行示兆。此案当禀报缉凶时，甘受无能之诮，而卒得水落石出，以慰冤魂。即谓郑重民命，不肯草率了事可也。或曰，刘黎之戕兄，实以与嫂有奸，则公亦闻之，特不欲节外生枝，再败一名节，而增一案犯。则其存心忠厚处也。今其长子吉门（兆枚）孝廉已中式辛亥顺天乡试，教习期满引见，以知县用；次子元枚、三子延枚，俱以读书世其家云。

【译文】孙济，字汝舟，是道光三年（1823）癸未科进士，任翰林院庶吉士期满后被选授为安徽太湖县知县，以为官循良著称。太湖县县城的四面都是靠近河水的沙滩，每年黄梅雨季节，河水就会上涨，涌入城中，孙公招募工人修筑了一座堤坝作为屏障，因此县里的人将这座堤坝命名为“孙公堤”。至今，人们仍享受着这座堤坝带来的便利。道光八年（1828），有个叫刘黎的县民，因为兄长刘旺生被人杀死，报官控诉，但不知道凶手是谁。孙公前去验尸，看见尸体在一座山上的竹林内，这座山是富民黄家的产业，于是孙公将黄家兄弟拘押，集中审讯，却仍是毫无头绪。这时，刘黎又上诉催促尽快破案，并指认说刘旺生因为偷竹子被黄家杀害。孙公不相信，反复勘问审讯，始终没有发现确凿的证据。于是，孙公斋戒沐浴后住宿在城隍庙中，每次审讯犯人必定安排在夜间，有一次正审讯时，神座前的琉璃灯因为绳子断了而掉落在地上。孙公怀疑真正的凶手就是刘黎，刘黎或许因为黄氏富有，自己谋害了兄长刘旺生，想借此诬陷勒索黄家。倘若果真如此的话，则属于违背伦常、性质恶劣的弑兄重案，而且没有舍弃凶手不问而拷问死者亲属的道理，因此经多次审讯，始终没有结果。

孙公与众人商议，暂缓审讯，于是以正在缉拿凶手为由禀告上级，暂时将案件搁置。过了一年多，刘黎忽然因为行窃，被人捆送到县衙中。孙公看到刘黎的姓名，知道他是某命案中死者的亲属，于是指示差役在二更后将刘黎带来接受审讯。当天夜里，月色朦胧，下着微微细雨，而风特别凌厉，孙公刚一升座就问刘黎做过几次盗窃之事，每次刘黎的供词都含糊不清，孙公便命人用刑。这时，刘黎忽然闭着眼睛直接承认说："县太爷，小的哥哥是我自己杀的。"孙公因为从前城隍神曾借琉璃灯显示征兆，怀疑已久，至此刘黎亲口招认，满堂的人都亲耳共闻。于是孙公将刘黎盗窃的事情放在一边不问，而是命刘黎一一诉说杀死哥哥的过程，由此掌握了该案的实情。城隍神真是太灵验了，祂威灵显赫，彰显报应，理所应当享受一方的祭祀啊。

原来，刘黎是个铜匠，他的兄长刘旺生素来痴呆，依靠弟弟生活，他的嫂嫂某氏即将被休弃。刘黎哄骗兄长到黄家的山中偷砍竹子，作为担物之用，刘黎则跟随在后面，等进入山中时，其兄已将竹子砍倒，削去枝叶。于是刘黎说："哥哥的头发里有虱子，我为哥哥捉虱子。"其兄便伏在刘黎的怀中，把头伸向刘黎。刘黎拾起砍竹刀，对着兄长的头连砍，其兄毙命，刘黎便将兄长的尸体抛弃在山中。又因黄家富有，刘黎企图以此敲诈勒索，于是向县衙控告。事隔两年，刘旺生冤魂不散。由于神明洞察明鉴，刘黎自己主动吐露了实情。当刘黎闭目交代时，怎知不是刘旺生的阴魂被神明摄到现场，所以当孙公审问盗窃案时，而刘黎却供出了命案的经过。孙公得知案情后，就释放了黄家兄弟，并且酬谢了城隍神。

作为百姓的父母官，为民主持公道、洗雪冤枉，本是其分内之事，然而如果不是孙公一念诚心之感应，斋宿于城隍庙中，城隍神也未必就会突然显示征兆。孙公将此案以正在缉拿凶手为由禀报上级时，实际上是甘愿忍受被认为无能的讥讽，但最终案情得以水落石出，使死者的冤魂得到告慰。这说明孙公是真正以极其慎重的态度对待民命的，绝不肯草率了事。有人说，刘黎杀兄，是因为与嫂有奸情，对此孙公也有所耳闻，但孙公之所以置之不问，是因为只是不想节外生枝，再败坏一名妇女的名节，而又增加一名案犯。这是他的存心忠厚之处。如今，孙公的长子孙吉门先生（名兆枚）已在咸丰元年（1851）辛亥科顺天乡试中考中举人，担任教官期满后，受到引见，被任用为知县；孙公的次子孙元枚、三子孙延枚，都能以读书传承其家业。

6.2.19 陈太守

陈春舫大溶，云间人，由供事选授彭县典史，洊升丞令，补松潘同知，以边瘴不乐居，捐升知府，分发福建。张丙案内，以军功归闽浙两省尽先补用，授台州知府。

生平靡善不为，尝创台州育婴堂，不得集事，出资雇乳媪，收弃孩，鞠于某绅家，所存活无算。尤兢兢于矜孤恤寡，施棉衣、医药，以济养济院之所不及。两权观察使，即乞病居杭城之太庙巷，寿至七十余卒。子家乐，任湖南道州州判。孙焕声大令，亦官浙。咸丰十年，发逆陷杭，焚杀甚惨，大令适署汤溪知县，挈眷任所，无一人及难者。

或谓公居方面，而煦煦为仁，非为政之大体。不知善之所在，视乎其心，心在善，斯所行无之非善矣。台之仙居县，有贼窃衙署一案，赃满贯，已拟死罪。公探知赃数不实，欲平反之，驳审改拟。而事主某广文不服，潜禀臬司及某太守，又以函嗾台谏入奏，调省数次，几蹈不测。幸大府知其底蕴，斡旋议结，以不应轻律，降级准抵。公处之怡然，曰："我欲求其生而不得也，我心尽矣，他奚恤焉？"呜呼，公之居心为何如哉！宜其克昌厥后也。

【译文】陈春舫，名大溶，云间（松江府的别称，今属上海市）人，由供事（清代宗人府、内阁等衙门设供事，略同书吏）选授四川彭县（今彭州市）典史，荐升县丞、县令，补授松潘府同知，因边地多瘴气，不愿居住在那里，于是又通过捐纳升任知府，分发到福建任职。在平定台湾张丙叛乱一案中，因立有军功在福建、浙江两省优先补缺任用，授台州知府。

陈知府生平无善不为，曾创建台州育婴堂，未能成事，便出资雇请乳母，收养被遗弃的婴孩，抚养于某士绅家中，挽救了无数生命。尤其致力于抚恤救助孤儿寡妇，以及布施棉衣、医药，以救助养济院照顾不到的人。他曾两次代理道台，随即告病辞官，居住在杭州城内的太庙巷，活到七十多岁逝世。他的儿子陈家乐，任湖南道州（今道县）州判。孙子陈焕声县令，也在浙江做官。咸丰十年（1860），太平军攻陷杭州，大肆烧杀抢掠，当时陈焕声正署理汤溪县（治今金华市汤溪镇）知县，家人跟随他在任所生活，没有一人遇难。

有人说陈公主政一方，却一味抱有妇人之仁，不是为政的大体。殊不知善行之所在，关键看他的发心，心中存有善念，则所行之事无不是善的。台州府的仙居县，曾发生过一起窃贼偷盗学署衙门财物的案件，赃物价值已达死刑标准，窃贼已被拟定死罪。陈公探知赃物的实际数额与案卷记载的不符，想为犯人平反，于是驳回重审改判。但是被盗的当事人某儒学教官对陈公的做法不服，便暗中禀告按察使和某知府，又写信唆使监察御史上奏弹劾，陈公被调查了多次，几乎遭遇不测之祸。幸亏总督、巡抚知道其中的内情，从中斡旋，审议结案，以不应轻处犯人为由，将陈公降级，以此抵罪。陈公心安理得地对待此事，说："我想给犯人一条活路却没有成功，我已经尽心尽力了，何必顾及其他的呢？"哎呀！陈公的心地是多么仁厚啊！其后代昌盛，也是理所应当的。

6.2.20 德州城隍

李倬（zhuō）者，福建人，乾隆末以贡生赴京乡试，路过仪征。有并舟行者，自称姓王，名经，河南洛阳人，赴试京师，求李挈带，许之。同舟言笑甚殷，出所作制义，亦颇古雅，惟篇幅稍短耳。与共食，必撒饭于地，每举盌，但嗅其气，无纳喉者。李疑之，王亦解其意，谢曰："某染膈证，致有此病，幸勿相恶。"既至京师，将入门，王长跪请曰："公勿畏，我非人也。乃河南洛阳生员，累列高等，当拔萃，为督学某受赃黜落，愤激而亡。今将报仇于京师，非公不能带往。诚恐城门有阻，需公低声三呼我名，庶无碍也。"其所称之督学某即李之座师。李大骇，有难色。鬼曰："公党师拒我，我只有与公为难耳。非我无良，不得已耳。”李无奈何，如其言。

入寓后即往座师其家，泣声达户外。座主出曰：“老夫有爱子，生年十九，颇聪而文秀，夜间忽得疯疾，特奇，持刀不杀他人，专杀老夫。莫名其病。年兄此来，少招呼耳。”李心知其故，请曰：“待门生入视郎君。”言未毕，其子在内笑曰：“恩人至矣，吾当谢之。然亦不能解我事也。”李入室，握郎君手，相得颇欢。旁人骇之。李言其故。于是举家求李代为关说。李向其子曰：“君过矣。君以被黜之故，忿激身死，毕竟非吾师杀君也。今若杀其郎君，绝其血脉，殊非以直报怨之道，况吾与君有香火情，独不为我地乎？”其子语塞，瞋目曰：“君言虽正，然贵师当日得赃三千，岂能安享？吾败之而去，足矣。”指某室有玉瓶，价值若干者，为我取来，至则掷之地。又呼取某箱有貂裘数领，至则索火焚之。事毕，大笑曰：“吾无恨矣。为君故，赦此老奴。”拱手作去状。其子病霍然矣。

李是年登第归，行至德州，见王君复来。则前驱巍峨，冠带尊严，告李曰：“上帝以我报仇甚直，命为德州城隍，尚有求于吾子者。德州城隍为妖所凭，篡位血食垂二十年。我此去，彼必抗拒。吾已请神兵三千，与之决战。公今夜闻刀枪声，切勿出视，恐有所伤。邪不胜正，彼自败去。但非公作一碑记，晓谕居民，恐未能示信耳。公将来爵禄，亦自非凡。与公诀矣。”言毕，即转瞬不见。

是夜，果闻争战声，五鼓始寂。李连夜作成碑记，诘朝往城隍庙焚香，其道士早已相待，云：“昨夜大王到任，托梦教相迓也。”李为镌石立碑，今犹存德州大东门外。

【译文】李倬，是福建人，乾隆末年以贡生的身份赴京参加顺天乡试，路过江苏仪征县（今仪征市）。有个与他并船而行的人，自称姓王，名经，河南洛阳人，也是赴京赶考的，求李倬带领同行，李倬答应了。二人同乘一船，谈笑愉快，情意渐厚，王经拿出自己所写的八股文给李倬看，李倬觉得王经的文章也很古雅，只是篇幅略微短了些。每当一起吃饭时，王经都要把饭撒在地上，每次端起碗来，只是闻一下气味，从来不会入口。李倬心生疑惑，王经也知道他的意思，道歉说："我患有膈症（膈间受病的噎膈、反胃类症状），以至于有这种不好的习惯，请您不要嫌弃。"等来到京城，将入城门时，王经跪地请求说："您不要害怕，我不是人。我本是河南洛阳的生员，考试多次名列高等，应当被选拔为贡生，因为某学政收受了贿赂，将我除名，我愤激而死。如今我将进京报仇，只得依靠您带我前往。唯恐在城门受到阻拦，需要您低声呼唤我的名字三次，我才能畅通无碍地进入。"王经所说的那个学政就是李倬的座师。李倬闻言，大为惊骇，面露为难的神色。鬼说："您如果为了维护座师而拒绝我的请求，那我只有和你为难了。不是我没有良心，实在是不得已罢了。"李倬无可奈何，就按王经所说的去做了。

在寓所住下后，李倬随即前往座师家中，还未进门他就听到有哭泣之声从座师家中传出。座师出来迎接，说："老夫有个心爱的儿子，今年十九岁了，非常聪明文秀，夜里忽然得了疯病，症状特别奇怪，他拿着刀不杀别人，专门追杀老夫。想不通为什么会得这样的病。年兄这次来，请恕招呼不周。"李倬心中知道其中的缘故，请求说："待我进去看望公子。"话音未落，座师的儿子就在房内笑着说："恩人来了，我应当致谢。可他也不能阻挠我的事情。"李倬走进房中，握着座师儿子的手，二人相见甚欢。旁人见此非常惊骇。李倬说出了缘故。于是座师全家都请求李倬代为说情。李倬对座师的儿子说："您过分了。您因为落榜的缘故，忿激身死，但毕竟不是我老师杀的您。现在如果杀死了我老师的儿子，让他断绝后代，实在违背了圣人所说的'以直报怨'的道理，况且我与您有香火之情，难道就不给我留些面子吗？"座师的儿子一时说不出话，瞪着眼睛说："您说的虽然是正理，然而您的老师当时贪污了三千两赃银，我怎能让他安然享用？我把他贪污的钱败坏完再走，就满足了。"座师的儿子指说某个房间内有个玉瓶，价值若干，叫人给他取来，他拿到玉瓶立即将其摔碎于地。接着又指说某箱内有几件貂裘，取来后他就一把火给烧掉了。做完这些事，座师的儿子大笑着说："我没有恨意了。看在您的面子上，我就赦免了这个老奴才。"说完，对李倬拱手，做出告别的样子。这时，座师儿子的病也突然好了。

李倬当年就考中了，在回家路上，走到山东德州时，看见王经又来了。只见他被隆重的仪仗队簇拥而来，衣冠尊贵整肃，他对李倬说："上帝因我以正直之道报仇，命我担任德州城隍，我还有一件事请求您帮助。德州城隍庙被妖怪占据，篡位享受祭祀将近二十年。我这次上任，妖怪一定会极力抗拒。我已经请来三千神兵，与其决战。您今夜听到刀枪声，千万不要出来观看，恐怕会伤到您。邪恶不可能战胜正义，妖怪必然会失败离去。只是如果不请您作一篇碑文，将此事向居民解释清楚，恐怕不能让百姓们相信。您将来的官禄，也必定非同一般。和您就此告别了。"说完，转瞬之间就消失不见了。

当天夜里，李倬果然听到争战之声，直到五更天方才安静下来。李倬连夜作成一篇碑文，第二天早晨前往城隍庙焚香，庙里的道士早已在那里等候，说："昨夜大王到任，托梦于我，让我迎接您。"李倬将碑文刻石立碑，那块碑至今尚存，立于德州大东门外。

第三卷

6.3.1 傅研泉回生记

乾隆丁酉八月初六日，予二十九岁，因泄疾猝死书馆。见鬼役执票摄至城隍司过点，有二青衣童子引至一峻阁，扁曰“文昌上宫”。堂上呼名，入跪阶下，帝君端坐，随闻呼傅研泉，责以平生如何做三样人。命童子以善恶簿进，善簿上注有“小具灵根”四字，恶簿上所载闺房衽席之言、动作细微之事，无一不备，视之惭汗交流。

帝君曰：“汝第一样人，自十岁起至二十岁止，罪恶深重，不可胜言。姑举大者论之，十六岁三月十三，母命换米，不去，母怒推汝，汝乃反手掌母面颊，注三千恶。十九岁十二月十六，母命将稻盖猪栏，汝不依命，反肆毁骂，更欲逃走他方。赖汝友邓国平劝止，注国平三百功，汝恶共注五千。至二十岁，汝妻黄氏悍恶，母怒捻其嘴，黄氏将汝母小指咬啮，汝虽未在家，然平日见妻无礼，默怒而不能教诲。今日之咬母，即是汝之喝令也。当时天雷已发，要击死汝夫妇，适速报司奏汝夫妇有悔罪心，故收回天雷，宽三年，容汝改恶自新。注汝二十三岁恶死于道，汝妻产厄而亡，死后化作畜类，永不超生。

“后缘汝又作第二样人，自二十岁后，得人所施《文昌孝经》及劝善诸书，读之翻然悔悟，立志遵行袁了凡《功过格》。又读《孝经》‘无故溺女，为大不孝’，作有《戒勿溺女歌》；又《孝经》云‘不惜物命，于孝有亏’，作有《戒勿杀生歌》；又作有《不听妇言歌》；又作有《感应辨论》。见诸善事者，母不欲举女，汝私救二妹，不陷亲于恶，比救他人女，其功加倍。又闻土中有婴儿声，与友国平同救起，后虽养至数岁而亡，于汝等好生之心无愧也。又汝不信命书八败铁扫帚碎破等邪说，救人女五命。又族邻闻而感化，因而不溺女者八命。虽非明救，却是暗援。及汝善簿上注救诸虫蚁颇多。庚寅四月二十日，汝母将火焚蚁，汝力为劝止，共救一千三百二十四命，不忍损亲之福，功不与寻常放生同论。又戒不食牛犬鳅鳝等物，每筵席上不食为五功。他如戒淫行、敬字纸、谨口过，虽多勉强，然亦修身为善之基。故注汝二十五岁入泮，以奖汝悔过自新之功。

“自入泮后，忽又变第三样人物。汝在亲朋处饮食，便破戒，食为我特杀之鸡已一十六只。此外注恶甚多，语淫口过已满三百条，病根总由不书《功过格》故。但此犹是减其福禄，独于某日晚饭时，父因索钱者急迫心焦，怒将请酒簿拆碎，言不请客，汝乃逼曰：“父不请酒，可发一誓。”父欲杖汝，汝避往书馆，明午犹未还。父大怒汝不孝，将所供《元天上帝训》及《阴骘文》经板劈破，焚于灶中。汝陷亲不义，即此一恶，便当横死，死后堕地狱受罪。但因汝减妻子口腹，使父母诸弟得以维持家计，此心略可以告天。又母病虚弱，服凉寒药不效。汝百计思索，告医云‘吾母口爱食热，恐是中寒’，医悟，换以温剂得愈。姑以此二事折赎，注汝今日虚脱而亡云云。”

予涕泣叩首，以家贫父母无依，求再还阳服事父母，以全子职。帝君不许。又固哀求，愿到阳间将此段公案告之众人，夫妇情愿到祠堂上受责，使世人咸知敬畏。久之，帝君乃谕曰：“凡属不孝之罪，本无可消，我姑开一悲悯门，放汝返阳。但有数事，苟能遵行，或可减罪。第一件，世人谬撰异书，诬大神降生及仙妃与下凡淫秽等事，兹降《雪秽行化章》，汝当熟视谨记，以便刻行晓谕。第二件，因世人藉设坛降笔，擅自删改圣经，如予《文昌孝经》‘化育万有’改作‘胞与万有’，‘自妊及字’改作‘自字及妊’，或将六章改作十八章，或将原韵改作艰深俗调，甚将全经宝咒删去。不知幽明感格，非诵此咒不可，汝下凡其恶知之？更有如《文昌本愿经》《应验经》首尾皆有宝咒，今竟删去，无一存者。岂知吾原统儒道释三教，汝等既有信善心，不宜又生疑贰心，何为颠倒错乱？此等罪恶非轻，各宜醒悟。又如《关帝心经》，本文是‘孔明竭忠尽智，天枢上相成神’，今闽省益智堂改刻‘孔明智巧太过，幽明不奉为神’，是毁圣与谤贤也。诸天帝君圣经，如《元天上帝劝世垂训》《东岳大帝圣训》《太上感应篇》《三官大帝经文》及予《太上勅降大洞经》《延嗣经》《救劫章》《阴骘文》俱有刻误，错落颠倒，难以枚举。上帝屡欲责罚此辈，但念善信施经人，稍宽一等，自后总宜依原本，字依正韵为是。又《文昌孝经》内有朱衣真君所演《慈孝钧天大罗妙乐》，见者多生羡慕，但此仙韵难以强学，汝苏后虔诵《本愿经》及《孝经》各一千遍，自能喉开五音、声中六律，不拘善男信女，皆可不学而能。惟真心皈依文昌教孝者，应验甚速。若疑信相参，虽日诵无益也。又汝入泮，三代册上有二不孝，一是亲脉曾祖傅文季有状告汝忘恩背本，一是汝取名有僭越犯分处，汝试思父名澄，子便可名研泉乎？又汝读书不尽心经史，惟有一篇《井田析疑论》颇议论明白。夫士子读圣贤书，当思圣贤所说何事，不徒在口头诵过，方是大人明心见性功夫，自不同腐儒计功责效小儿。何世人论善恶报应皆从眼下及外貌上较之？岂知积区区寸善，消已前罪过已难，尚敢望其速报！汝但将簿中功过事实刻传宣扬，自知其爽也。”

言毕，命青衣童子引予回阳，予遽苏，已夜半矣。观者数十人，莫不庆予再生。予亟归家，以安亲心。将所授《雪秽行化章》一一记之。俄而疑以为幽冥神鬼之事，恐涉幻杳，且隐恶亦有不肯对人言者，延至九月初一巳时，觉神昏体倦，见一金甲神将予摄去，死在归家路上。（后问诸观者，皆云足不在地，其疾如飞。）予见帝君升堂大怒，曰：“赦汝回阳，何为敢食言？”予叩首云：“恐人不信。”帝君曰：“汝未言，人谁信？且汝身历，犹疑梦幻，何怪人不汝信？我问汝，汝不孝忤逆，果为无罪乎？为善不终，果属虚事乎？畜生，汝怙恶不悛，当令阴雷击之。”倏见雷从屋角而下，头上痛楚异常，哀号乞命。帝君云：“汝恶恐人知，不肯宣扬，不由汝不肯言。再令三尸神打汝一百，方许返阳。汝三尸神在，已数罪打汝矣。”打毕，将予一推，忽惊起，醒来，但见父母哀悲，儿女号哭，头顶肿痛，首额叩碎。观者问所言罪过，所受杖责，迷昧不晓。予始痛悔食言之罪，始信帝君之威灵赫赫，诚非不孝者之所敢犯也。

爰急将此段公案，详加笔记，将帝君所授诸章广劝亲友，醵金刻施，以劝世。予虽不孝，见责于冥，犹望世之君子，鉴予之罪，毋蹈予之覆辙，则予之罪，庶稍减乎！光泽县十三都丰瑞坪傅研泉谨记。

谢恩焜曰：傅研泉与予同邵武人，予家建宁，每考棚必聚首，相视莫逆。自回阳至今，茹长斋，人如木鸡，无时不凛神鉴。稠人广众中，每出言必谨慎，不轻放，坐必端正，人咸敬之，以为盛德君子云。时道光二年元夕后三日，傅君已七十四岁也。

【译文】乾隆四十二年丁酉（1777）八月初六日，我二十九岁，因为泄病猝死在书馆中。我看见鬼差拿着签票将我带到城隍司点名，在两名青衣童子的引导下来到一座高大的楼阁，牌匾上写着“文昌上宫”。堂上呼叫我的名字，我进去跪在阶下，文昌帝君端坐在堂上，随即我听到帝君呼唤“傅研泉”，责备我平生怎么做三样人。帝君命童子呈上善恶簿，善簿上标注有“小具灵根”四字，恶簿上连闺房床席间所说的话和一举一动等细小之事，都无不详细完备，我看到后惭愧得汗流浃背。

帝君说：“你做第一种人，从十岁起到二十岁止，罪恶深重，一言难尽。姑且举几件大的事情来说。你十六岁那年的三月十三日，母亲命你去换米，你不去，母亲生气推了你一下，你竟然反手掌掴在母亲的面颊上，此事记录三千恶。你十九岁那年的十二月十六日，母亲命你用稻草搭建猪栏，你不听从，反而肆意毁骂，更想离家出走，逃往他地。幸亏你的朋友邓国平劝阻，此事记录邓国平三百功，记录你五千恶。你二十岁那年，你的妻子黄氏凶悍蛮横，你母亲一怒之下捻她的嘴，黄氏咬了你母亲的小指，当时你虽然不在家，但你平日里看见妻子无礼，只是默怒却不能教训她。此次黄氏咬你的母亲，就是你所喝令的。当时天雷已发，要击死你们夫妇，正巧速报司上奏说你们夫妇有悔罪之心，因此收回天雷，宽限三年，容你改恶自新。注定你二十三岁时横死于道路，你的妻子难产而亡，你们夫妇死后变作畜生类，永远不得超生。

“后来你又做第二种人，自二十岁后，你得到别人施送的《文昌孝经》以及其他各种劝善的书籍，读了之后幡然悔悟，立志遵行袁了凡先生（袁黄）的《功过格》。又读到《文昌孝经》中所说的‘无故溺死女婴，是大不孝的行为’，作了一篇《戒勿溺女歌》；又看到《文昌孝经》中说‘不爱惜动物的生命，有亏孝道’，作了一篇《戒勿杀生歌》；还作了《不听妇言歌》和《感应辨论》等。付诸行动的善事有，你的母亲不想养育女儿，你暗中救下两个妹妹，避免了母亲造下恶业，比拯救他人的女儿，功德加倍。还有一次，你听见土中有婴儿的啼哭声，与友人邓国平一同救出婴儿，后来虽然养到几岁孩子就死去了，但你们有好生之心，已经问心无愧了。还有，你不相信命书上所说的八败命、铁扫帚命、破碎命等歪理邪说，救了人家五名女婴的性命。还有，族人和邻居听说你的善行后受到感化，因而没有溺死女儿，挽救了八条性命。这虽然不是你直接救下的，却是无形中救下的。另外，善簿上还记录了你曾救助过很多虫蚁。乾隆庚寅年（1770）四月二十日，你的母亲将用火焚烧蚂蚁，你极力劝止，共救下一千三百二十四条生命，不忍心让母亲因此减损福寿，其功德与寻常的放生不可同日而语。此外，你能遵守戒律，不吃牛肉、狗肉、泥鳅、鳝鱼等物，每次在宴席上不食用记录五功。其他的比如戒除邪淫、敬惜字纸、谨慎说话避免口过，虽然多属勉强，但也是修身为善的基础。因此注定你在二十五岁入学成为生员，以奖励你的悔过自新之功。

“可是你自从入学以后，忽然又变成第三种人物。你在亲戚朋友处饮食，就开始破戒，所吃过的为你特意杀死的鸡已经有十六只。此外，恶簿上记录的你的恶行还有很多，比如谈论淫秽的口过已经达到三百条，病根总是由于不坚持填写《功过格》导致的。但这些仍只是减损你的福禄，只有某天晚饭时，你父亲因为债主要钱急迫而心焦，一气之下将请酒簿撕碎，声称不请客了，你竟然逼迫父亲说：‘父不请酒，可发一誓。’父亲要用棍子打你，你逃往书馆躲避，第二天中午仍不回家。父亲大怒，骂你不孝，将所供奉的《元天上帝训》和《阴骘文》的刻板劈毁，投入灶中烧毁。你陷父亲于不义，只此一种恶行，便应当受到横死的果报，死后堕入地狱受罪。但因为你减少妻子的饮食，供养父母、弟弟，得以维持家计，此种存心稍微可以面对天地。再有，你母亲生病，身体虚弱，服用寒凉药物没有效果。你反复思索，告诉医生说‘我的母亲爱吃热食，她的病恐怕是中寒引起的’，医生因此有所醒悟，换成温热的药物，你母亲服用后得以病愈。姑且用这两件善行折赎你的罪过，注定你在今天虚脱而亡。”

我痛哭流涕、叩头哀求，以家中贫困、父母无依无靠为由，请求再次返回阳间侍奉父母，以完成作为儿子的职责。帝君不同意。我又再三哀求，并说我愿意到阳间把这段公案告知众人，我和妻子情愿到祠堂上受责，使世人都知道敬畏。我哀求了很久，帝君才指示我说：“凡是不孝之罪，本来是无法消除的，我姑且打开一扇悲悯之门，放你返回阳间。但有几件事情，你如果能遵行，或许可以减罪。第一件，世人胡编乱造，撰写了许多荒谬妖异之书，诬蔑大神、仙女降生和下界的凡人淫秽等事，现在我授予你一篇《雪秽行化章》，你要熟读谨记，以便刊刻印行，晓谕世人。第二件，世人假借设坛降乩，擅自删改圣人的经书，比如将我的《文昌孝经》中的‘化育万有’改为‘胞与万有’，‘自妊及字’改为‘自字及妊’，或将六章改为十八章，或将原来的韵脚改作艰深的俗调，甚至将整部经书里的宝咒删去。殊不知凡人要想感通神灵，非诵此咒不可，你们下界的凡夫俗子又怎么能知道呢？更有像《文昌本愿经》《应验经》首尾都有宝咒，如今竟然都被删去，无一保留。你们哪里知道我原本就统领儒道释三教，你们既然有心向善，不应该又生出疑惑之心，为何做出如此颠倒错乱之事呢？这种罪过十分严重，你们应当醒悟。又如《关帝心经》，原文是‘孔明竭忠尽智，天枢上相成神’，现在福建益智堂改刻为‘孔明智巧太过，幽明不奉为神’，这属于是毁谤圣贤的行为。天上各位帝君的圣经，像《元天上帝劝世垂训》《东岳大帝圣训》《太上感应篇》《三官大帝经文》以及我的《太上敕降大洞经》《延嗣经》《救劫章》《阴骘文》等等都有刻印错误的版本，错落颠倒之处，不胜枚举。上帝多次想责罚这些人，但考虑到他们都是出于好意施送经书的善男信女，姑且从宽一等，自此以后，刻印经书总要依照原本，字依正韵才行。还有《文昌孝经》中有朱衣真君演绎的《慈孝钧天大罗妙乐》，看到的人往往心生羡慕，但是这种仙韵难以强学，你苏醒后虔诚念诵《本愿经》和《孝经》各一千遍，自然能够喉开五音（宫、商、角、徵、羽）、声中六律（黄钟、太簇、姑洗、蕤宾、夷则、无射），不论善男信女，都可以不用专门学习音律就能演唱。只有真心皈依《文昌孝经》的人，应验才十分迅速。如果半信半疑，即使每天念诵也没有用处。另外，你入学时，记载你家中三代情况的簿册上有两件不孝之事，一是你的曾祖父傅文季状告你忘恩背本，一是你取的名字有僭越犯分之处，你试想你的父亲名叫傅澄，你叫研泉合适吗？再有，你读书不在经史上下功夫，只有一篇《井田析疑论》，议论得还算明白。士子读圣贤书，要思考圣贤所说的是什么事，不能徒然地只在口头诵过，这才是君子明心见性的功夫，能这样做也就自然不同于急功近利、一味追求眼前效果的腐儒小儿。然而世人谈论善恶报应为何都从眼前和外表上计较呢？哪里知道积累一丁点善德，用来消除自己从前的罪过已属难事，还敢希望很快就得到回报吗？你只要将善恶簿上的功过事实刻印传扬，自然就知道他们的荒谬了。”

说完，命青衣童子带领我返回阳间，我忽然苏醒过来，当时已经是半夜了。围观的有几十人，无不庆贺我起死回生。我急忙回家，以使父母安心。我将文昌帝君所授的《雪秽行化章》一一记录。但很快我就心生疑虑，认为这是幽冥神鬼之事，恐怕事属虚幻，并且不肯对人说出我自己的隐恶，拖延到了九月初一的巳时，我感觉神志昏迷、身体疲倦，看见一位金甲神将我摄去，就死在回家的路上。（后来我曾询问围观之人，他们都说我当时脚不着地，疾行如飞。）我看见帝君坐在大堂上，大为震怒，对我说：“赦免你的罪行，让你返回阳间，你为何竟敢言而无信？”我叩头说：“恐怕世人不信。”帝君说：“你不说，怎么知道别人不信？并且这是你亲身经历的事，你尚且怀疑是梦幻，又怎能责怪世人不相信你呢？我问你，你为人不孝、忤逆父母，果真没有罪过吗？你做善事有始无终，果真事属虚幻吗？畜生，你坚持作恶，不肯改悔，应当令阴雷击杀你。”我忽然看见雷电从屋角击下来，头上痛楚异常，哀号着乞求饶命。帝君说：“你害怕人们知道你的恶行，不肯宣扬，但不由得你不肯说。我再命令三尸神打你一百下，才允许你返回阳间。你的三尸神也在，已经在数落你的罪行、责打于你了。”三尸神打完，将我一推，我忽然惊起醒来，只见父母哀悲，儿女号哭，我头顶肿痛，额头已被磕破了。围观之人询问我所犯的罪过，所受的杖责，我头脑迷糊，一时之间记不起来所发生的事。我这才开始痛切悔恨言而无信的罪过，才相信文昌帝君威灵赫赫，实在不是不孝之人所敢触犯的。

于是，我急忙把这段公案，用笔详细记录，将帝君所授的《雪移行化章》等内容广劝亲友，凑钱刻印施送，以劝世人。我虽然不孝，冥冥之中受到责罚，但仍希望世上的君子，以我的罪行为鉴，不要重蹈我的覆辙，这样我的罪行，或许就可以稍微减轻一些吧！福建光泽县十三都丰瑞坪傅研泉谨记。

谢恩焜说：傅研泉与我都是邵武府人，我家住在建宁县，每次考试都会和他在考场中见面，二人彼此视为莫逆之交。自从傅研泉返回阳间，一直到今天，他都长期吃斋茹素，表情呆若木鸡，无时无刻不凛然惧怕神灵的鉴察。在稠人广众之中，他每次说话都必定十分谨慎，不敢轻浮放纵，其坐姿也必定端正，人们都敬佩他，认为他是具有高尚品德的君子。当时是道光二年（1822）元宵节后三日，傅研泉已经七十四岁了。

6.3.2 六字经

山阴顾某，平日不信经卷。病危，目瞑而气未绝，复开目曰："顷到阴司，须用钱不少，我问某娘借钱。"呼某娘至，则其侄媳，素行善事者也。曰："我问汝借钱十五万。"某娘曰："余赤贫，从何办钱？"顾曰："汝钱在木匣中。"某娘知为"六字经"（南无阿弥陀佛），数之，适得十五万。盖其平时念佛所积也。允之，目乃瞑。

于此可见，念经之力。世人见吃素念佛、行善积德，鲜有信者，故其于为恶每不关心。不知人当将死之时，虽荣居极品，禄享千钟，家丰无价之珠，室贮倾城之美，悉皆抛下，非我有也。所有与之偕行者，平日所作恶孽而已。万般将不去，惟有孽随身，而世人终不悟，可哀也。

【译文】浙江山阴县（今绍兴市）的顾某，平日里不相信佛经善书。病危时，他已经闭上了眼，但还未断气，忽然又睁开眼说："刚才我到了冥府，需要用到不少钱，我回来向某娘子借钱。"家人将某娘子叫来，原来就是顾某的侄媳妇，平素喜好做善事。顾某说："我向你借十五万钱。"某娘子说："我一贫如洗，从哪里弄这么多钱呢？"顾某说："你的钱在木匣中。"某娘子知道顾某所说的是"六字经"（南无阿弥陀佛），数了一下，正好有十五万。这都是她平时念佛时所积存的。某娘子同意了，顾某这才闭目而逝。

由此可见，念佛诵经的效力。世人看见吃素念佛、行善积德之事，很少有相信的，因此对于自己的恶行往往满不在乎。他们不知道人在将死之时，即使官位极高，待遇优厚，家中存有许多无价宝珠，房内藏有美貌倾城的女子，一概都要抛下，不属于我自己。所有与之同行的，只有平日里所做的恶孽而已。万般带不走，只有孽随身，可世人始终不能醒悟，太悲哀了。

6.3.3 钱王祠

杭州钱王祠，后楼高厂，枕山面湖，夏日极凉爽。钱氏子弟读书其中。乾隆乙巳，高庙南巡，先一年，勘估兴修。时杭守，某巡抚私人也，贪鄙谄佞，工于逢迎，士民皆薄之。董工役来祠勘视，钱氏诸子凭楼窥望，窃骂且掷瓜皮于楼下。守知为绅宦子弟，且钱氏中外多显秩，姑忍怒勿较。禀于抚，以祠乃专祀钱王，应钱氏后裔出赀，自行兴修，毋庸动官帑。抚亦未稽成案，冒昧允准。守即备官檄，凡钱氏罗列无遗，首名即香树太傅，名上加朱点。时太傅方予告在籍，檄至禾中，太傅留之，即日至杭晤巡抚。抚为太傅年家子，笑问曰："酷热如此，何事远临？"太傅于怀中出其檄，颦蹙（pín cù）而言曰："余闭户养疴，不与官事，奉太守以修祠事，拘傅不敢不至。祠事原有旧章，太守如欲变更，亦乞早谕一言，以便遵办。天气甚炎，病躯难久候也。"抚大为惭怍不安，再三慰藉之。查旧案并非钱氏自修，召太守，大加训饬。并率其诣寓谢过，馈贻丰厚，嘱守令献千金，请即返棹回里。太傅不受，坚请再三，不得已乃散之合族寒士应本科乡闱者。祠工仍取给于公项焉。

【译文】杭州的钱王祠（纪念的是吴越武肃王钱镠等三世五王），后楼高大宽敞，背山面湖，夏日极为凉爽。钱氏子弟读书其中。乾隆五十年乙巳（1785），乾隆皇帝南巡，此前一年，勘估兴修（清制，凡有工程，经该处主管官题报或咨报后，需先派官员亲临其地查看是否确实需要兴工修建及修建量有多大，然后再估算所需工料用银及用款数目，分别处理）。当时杭州知府，是某巡抚的私交，贪鄙谄佞，善于逢迎，士民都鄙视他。他率领工人和差役前来钱王祠勘察，钱氏子弟站在楼上观望，一边暗骂，一边往楼下扔瓜皮。杭州知府知道他们都是士绅、官宦人家的子弟，并且钱氏一族中多有在京城和地方任职的高官，因此他暂且强忍怒气，不与他们计较。回去后，杭州知府向浙江巡抚禀报，认为钱王祠是专门祭祀钱王的祠庙，应该由钱氏后人出资，自行兴修，不用动用官库里的钱。巡抚也没有查阅以往的档案，便冒昧地批准了。杭州知府随即发出公文，凡是钱氏族人都无一遗漏地罗列在名册上，第一名就是钱香树太傅（钱陈群），并在太傅的名字旁边加上红点。当时太傅正告假在家，公文发到嘉兴，太傅收下了，当天就前往杭州，会晤浙江巡抚。浙江巡抚是太傅同年的儿子，他笑着问太傅说："天气如此酷热，您为了什么事远道而来？"太傅从怀中掏出公文，皱着眉头说："我在家闭门养病，不参与官事，今天接到杭州知府关于兴修钱王祠的命令，传唤我来此，我不敢不来。兴修钱王祠之事本来有现成的章程，知府如果想要变更，应该尽早告诉我一声，以便遵命而行。天气甚是炎热，我生病的身体难以久候。"巡抚深感惭愧不安，再三安慰香树太傅。随后，巡抚查阅旧日的档案，得知确实并非钱氏族人自行兴修，将杭州知府招来，大加教训诫勉。并带领杭州知府前往香树太傅的寓所道歉，赠以丰厚的礼物，又叮嘱杭州的知府、县令呈献千金，请太傅即刻返回家中。香树太傅不接受任何馈赠，巡抚再三请求，不得已之下将其分给族中将要参加当年乡试的贫寒士子。兴修钱王祠的工程费用仍由官府出资。

6.3.4 仕途躁进

仕途之中，心存躁进者，往往多失，佐杂为尤甚。畿南尝见一某贰尹，年未三十，当差勤奋而资格未深，自以久困下僚，才难展布，同寅中有得正印者，涎羡之，必欲一握县篆为快。适良乡缺出，极冲极瘠之地也。求于上官，初不允，盖恐其未能胜任，且赔累难支也。坚请再三，乃允之，县属京兆尹，移文咨商，委其代庖。到任十三日，有六百里急递至回疆，为驿卒醉误一时三刻，知下站必不收，乃毁弃夹板，捏报被盗，赴县击鼓。某讯得实情，带犯面禀京兆尹。时大司马某兼尹，与制府不相能，且回护属司，竟以讳盗殃民特参，近在辇下，加等问拟，褫职遣戍，十二载始回。年甫四旬，废弃终生，颓然如老衲，锐气全销矣。

又在闽见府经、县佐二人，皆竭力钻谋得县篆。一以失入逆伦未决，一以失察土娼赴夷船卖奸，俱参革戍边。其他获谴者尚多，未能悉纪。

【译文】仕途之中，热衷名利、急于进取的人，往往多有失利，佐杂（清代州县官署内助理官吏佐贰、首领、杂职三者的统称）尤其如此。南直隶地区曾有一名县丞某人，不到三十岁，当差勤奋，但资格不深。他觉得自己长期担任下属，才能难以施展，同僚中有人升了正职，他对此十分羡慕，也想着自己一定要主政一县才觉得快意。正巧良乡县（今北京市房山区）知县的职位空缺出来，但该县是交通往来频繁而又极其贫瘠的地方。他向上级请求出任良乡知县之职，最初上级不同意，大概是怕他不能胜任，并且会赔钱亏累，难以应付。他再三请求，上级才同意了，因为良乡县属顺天府尹管辖，于是向顺天府尹发函商请，委派某人代理良乡知县。某人到任后的第十三天，有一封六百里加急递送到新疆的公文函件，因为驿卒喝醉，耽误了一时三刻的时间，驿卒知道下一个驿站必然不肯接受，便将信匣毁弃，捏造谎报信函被盗，奔赴县衙击鼓报案。某人审讯出实情后，带着罪犯前去当面禀报顺天府尹。当时兵部尚书某大人兼任顺天府尹，与直隶总督不和睦，并且为了袒护下属，没有及时上报此事。直隶总督得知后大怒，竟以隐瞒盗案、祸及人民的罪名上疏弹劾良乡知县，因良乡县近在天子脚下，朝廷加重问罪，某人被判处革职遣戍，十二年后才得以返回。他刚四十岁，就终生被朝廷废弃不用，萎靡不振如老僧一般，锐气全然消失了。

又曾在福建见到有府经（知府的属官，主管出纳文书事）、县佐（县令辅佐官员）二人，都通过竭力钻营，谋得县令之职。后来，其中一个因为误判一件逆伦案件，一个因为对土娼赴夷船卖淫事件负有失察之责，都受到弹劾，被革职遣戍。其他获罪被遣戍的人还有很多，这里不再一一记述。

6.3.5 永定令追照

汀之永定，民情本朴厚，畏官长。历任邑宰，因其柔懦而鱼肉之。近则官民如水火矣。向届奏销不足，则以一箱纳质库，诸库集千金助之，封识严密。半年以来，数取归，无子金，后渐有逾期者矣，渐有短平、短色、半真、半伪者矣，渐有破敝不堪之物、不复取回者矣。今闻此事遂废。

某令善取民财，有捐职州同殁，其子惑于无知之言，谓捐职人员死，照不携之入冥，冥司弗信，仍以无职视之。又不知职员殁，照当缴官之例，遂以照入棺为殉。有素常说事过付者来报之令，大喜曰："此奇货可居也。"出差追照，其家无以应，大窘，以未殁时出门舟沉失去。诘其因何不先呈禀，语塞，乃使人关说，以此事干系甚大，须善为设法申详各宪代为切实具结，免致部驳费手，非万金不可。其家有难色，往来议价，允八千金。正在订期兑付，而省中已有风闻，委员密查，亦思从中染指，其欲不小。令弗能应，且待之不周，归家遂据实禀达，立即撤任，归入计典，去官，赃私分毫未得焉。

【译文】福建汀州府永定县（今龙岩市永定区），民情本来朴实淳厚，敬畏官长。历任县令，因为当地百姓柔懦可欺而大肆剥削。近年来则官府和民众已经势同水火不能相容了。历届县令将钱粮征收的实数报部奏闻而数额不够时，就将一个箱子存入当铺，各当铺凑集一千两银子相助，贴上封识，密封严实。半年以后，如数取回，没有利息，后来渐渐有逾期的了，渐渐有分量成色不足、半真半假的银子了，渐渐有破烂不堪之物而不再取回的了。如今，听说此事已经停废。

某县令惯于侵吞百姓的财物，有个通过捐纳得来的州同知去世，州同知的儿子被愚昧无知的说法所惑，认为捐职人员死后，证明官职身份的执照如果不能带入阴间，阴司不信，仍将其视为没有官职之人。他也不知道职员死后，按照惯例应当把执照交还官府，于是把执照放入棺材用来陪葬。有个平常借办事抽取中间费的人前来将此事向县令报告，县令大喜说："这件事可以趁机捞他一笔。"于是派出差役前去追缴执照，州同知的儿子拿不出来，非常窘迫，便以生前出门时船沉执照已经失去为由答复。县令追问其为何不先行禀报，州同知的家人一时无言以对，便托人说情，县令说此事关系重大，必须妥善地向各上级申请代为出具证明，以免被部门驳回费事，这样没有一万两银子是办不到的。州同知的家人有为难之情，反复讨价还价，县令同意以八千两银子为他办理此事。正当预订日期兑付银两之时，省里听到了消息，派出专员秘密调查，这个专员也想从中染指，并且胃口不小。县令不能满足专员的要求，又对其招待不周，专员回去后便据实向上禀报，县令被立即撤职，并被列入考核不合格名单，不久后被罢官，赃款分毫没有得到。

6.3.6 赏罚各异

绍兴太守满洲某公，一日出门，骤雨，见道左二人，赤足同行泥淖中，各肘挟新鞋。公驻舆呼一人，问何故赤足，对曰：“惜新鞋也。”又问买来抑自制，对曰：“老母手制，不敢不爱惜。污之又重烦老母矣。”公颔之，命侍舆侧。次问一人如前，对曰：“小人无母，鞋出妻手。”公不言，亦令俟之。随命跟役向钱肆借钱十缗，赏前一人，曰：“嘉尔孝也。”又命隶责后一人二十，曰：“尔不知爱重父母遗体，惟知怜惜尔妻，此不孝也，焉能贷责乎？”判毕，命驾而去。至今有人能道之者。观此，其他政可知矣。惜姓名湮没不传，或曰此嘉庆初年事。

【译文】绍兴知府某公，是满洲人，一天出门，突然下起大雨，看见路边有两个人，光着脚一同行走在泥泞中，每人用手肘夹着一双新鞋。某公停车呼唤其中一人前来，问他为何光脚走路，那人回答说：“爱惜新鞋子。”某公又问鞋子是买来的还是自己做的，那人回答说：“鞋子是老母亲亲手缝制的，不敢不爱惜。如果弄脏了，又得重新麻烦老母亲了。”某公点头，命那人在车旁等候。某公又把另一个人叫来询问，这人回答说：“小人没有母亲，鞋子是妻子亲手缝制的。”某公不说话，也让此人在车旁等候。接着，某公命随从的差役向钱店借了十串钱，赏给前面那个人，说：“嘉奖你的孝顺。”又命差役责打了后面的人二十下，说：“你不知道爱惜珍重父母留给你的身体，只知道怜惜你的妻子，这是不孝，哪能宽恕你的罪过呢？”判决完毕，上车而去。这件事至今还有人耳熟能详。

观察此事，也就可以推知这位知府在其他方面的政绩了。可惜他的姓名已经没人知道了，有人说这是嘉庆初年的事。

6.3.7 塾师拟戍

嘉庆四年，和珅拏问褫职，赐自尽。乡愚未阅邸抄者不知，第传为廷讯绞决而已。吴门某村庙空屋，塾师赁之，课蒙童七八人，年最长不及十岁。适师他出，诸童戏效和相得罪事，推一童高坐为天子，一童伏地作和相，余为宰相、校尉。高坐者唱问，伏地者吐供，均不知作何语。有时天子语塞，又来一童上坐为天子随，喝令掌嘴，校尉脱鞋责五下伏地者，骂喝令绞。校尉以腰带绕其颈，伏地者撑拒，喝令紧收。伏地者甫九岁，力弱，一时不能动，气绝，呼之不醒矣。于是天子、宰相、校尉慌急，互相埋怨，躲入钟楼。死童母携点心至，师亦自外回，但见小櫈纵横，诸童不见。一童死地下。母见为其子，伏而哭之哀，竭力解救，无效。师不知所为，遍呼诸童不应，寻至钟楼，蒙童等皆战战兢兢，藏伏一处，一一曳之下楼，询责再三，方知其致死之由。俄童子父亦赶至，年六十余，只此一子，大哭，欲与师拼命，众拉劝。愤极，赴县喊告，验明实系勒毙，欲罪下手，又有喝令者，欲罪喝令，又不一其人。诸童皆哭，赖庙僧五六人俱出外作佛事，旁无干证。童子父必欲抵偿，为之反复开导，以律例内戏杀本无拟抵之条，况童子无知，谁首谁从，均难办拟。惟有坐塾师以旷误馆务，不加约束，致酿人命，罪应遣戍，问拟完案。此可为儿戏者戒，亦可为塾师旷馆者戒。

【译文】嘉庆四年（1799），和珅被拿问革职，赐自尽。乡野百姓未曾阅读官报，不知道详情，只是传闻和珅经廷讯后被判处绞刑而死。苏州某村的一座寺庙有空房间，被一个塾师租赁下来，教授七八个童子开蒙读书，童子中年龄最大的不到十岁。一天，塾师外出，童子们做游戏，模仿和珅获罪之事，推举一名童子坐在高处扮演天子，另一名童子跪在地上扮作和珅，其他的童子则分别扮作宰相、校尉等。高坐的童子大声喝问，跪在地上的童子吐露罪状，都不知他们说了什么话。有时天子说不出话，又上来一名童子坐在高处扮演天子的随从，喝令掌嘴，校尉脱下鞋子责打了跪在地上的童子五下，随即大声责骂，喝令绞死。校尉用腰带缠住跪地童子的脖颈，跪地童子抗拒，天子喝令收紧。跪地童子年刚九岁，力气弱小，一时不能动弹，气绝而亡，呼叫他已经不醒了。于是天子、宰相、校尉惊慌失措，互相埋怨，躲进钟楼。死去童子的母亲携带点心而来，塾师也从外面回来，只见小凳横七竖八，学童们都不见了。一名童子躺在地上，已经死了。母亲见是自己的儿子，伏尸哀哭，竭力解救，没有效果。塾师不知道发生了什么事，到处呼叫学童，没有人答应，寻到钟楼，看见学童们都吓得哆哆嗦嗦，躲藏蜷缩在一处，塾师一一将他们拽下楼，再三责问，才知道那名童子死亡的原因。不一会儿，死去童子的父亲也赶到，那人六十多岁，只有这一个儿子，大哭，想要和塾师拼命，被众人拉住解劝。童子的父亲愤怒之极，前往县衙喊冤控告，县官验明童子确实是被勒死的，如果要惩罚下手的童子，但又有喝令者；如果要惩罚喝令的童子，又不止一人。众童子们都哭，但不巧当时庙里的五六个僧人都外出作佛事去了，因此没有旁证。死去童子的父亲要求必须找出凶手抵命，县官反复开导，说法律内原本没有因游戏误杀而判处死刑以偿命的条款，况且童子无知，谁是首犯谁是从犯，都难以确定。只有罪责塾师旷误教学，对学童不加约束，以致酿成人命，依法应当处以遣戍，县官审问定罪，以此结案。这件事可以作为对喜好游戏之人的警戒，也可以作为对经常旷课的塾师的警戒。

6.3.8 匿银报

廪生某，建州之翘楚也，工填词，妙解音律，容貌俊雅，谈吐绝俗，制义书法俱可观。咸以翰苑期之。家本旧族，裙屐翩翩，居然乌衣子弟。兄某为汴中令，族侄某因贫往依之，留司笔札，性谨俭，二三年积五百金，将归，忽病。某适赴汴省兄，侄病加剧，自知不起，闻某不久当归，垂危伏枕涕泣叩头，以积金求带回，为母妻养赡。某诺之，侄旋卒。迨抵家，匿其金，仅以衣物归之。其妻泣曰："夫未死一月前，信回云，有金五百求叔带归。今敝箧空空，金乌在？"某叱之曰："尔夫以笔墨依人，岁得砚租仅百余金，连年已陆续寄归，安得复有多金？且兄方负官项，纵有金亦官物也。"并詈其不知携带箧笥之劳，反肆诬赖。妇女懦弱无能，呜呜饮泣，其母随以冻馁终。会某以他事惩仆，仆乃自汴偕回者，恨之，泄其事。某大怒，送官责处，其事愈彰。年余后，某偕二三友游武夷，登仙掌峰，峰高数十仞，下视不测。某攀萝扪葛，欲穷其巅，同人止之，不听。自恃年壮，贾勇登临，方及半，失足蹈空，狂呼求救，同人奔往，已堕落深崖之下。明日绕道觅其尸，野兽食之过半矣。

【译文】某廪生，是福建建州（今建瓯市）出众的人才，工于填词，精通音律，容貌俊雅，谈吐不俗，八股文、书法都很可观。

人们都认为他将来有希望进入翰林院。其家本是昔日的世家大族，衣着时髦，风度翩翩，俨然是贵族子弟。他的兄长是开封府某县县令，某族侄因生活贫困前往投奔，他的兄长把族侄留在县衙中，从事文书工作，族侄性格谨慎俭朴，二三年下来积存了五百两银子，正要带着钱回家时，忽然生病。正巧某廪生前往开封看望兄长，族侄病情加剧，知道自己快不行了，听说廪生不久就要回家，便在病情垂危之际伏枕哭泣叩头，把自己积攒的银子委托廪生带回家中，用来赡养母亲、妻子。廪生答应了，族侄很快病逝。廪生回到家，私吞了族侄的银子，只将遗留的衣物送还其家。族侄的妻子哭泣着说："我丈夫未死前的一个月，写信回来说，有五百两银子请叔带回。现今破旧的箱子空空如也，银子在哪里呢？"廪生呵斥她说："你丈夫在人手下做些笔墨工作，每年的薪水不过一百多两，历年来都已经陆续寄回家了，哪里还有更多的钱？而且我兄长正亏欠官银，纵使有钱也是官府的钱。"并责骂她不知道一路上携带行李回来的劳苦，反而肆意诬赖。族侄的妻子懦弱无能，只能默默哭泣，不久族侄的母亲就因冻饿而死了。有一次廪生因为别的事惩罚了仆人，仆人是跟随他从开封回来的，仆人心生怨恨，便向人泄露了族侄委托廪生带钱回家的事情。廪生大怒，将仆人送到官府惩处，使得事情更加败露。一年多后，廪生与二三个朋友一起游览武夷山，登上仙掌峰，峰高数十仞（古代长度单位，周制八尺，汉制七尺），下面是望不见底的深渊。廪生攀附葛藤，想爬到山顶最高处，朋友们都加以劝阻，他不听。廪生倚仗自己年轻力壮，鼓足勇气向上攀登，才爬到一半，就失足踩空，狂呼求救，朋友们急忙跑过去营救，但他已经堕落于深崖之下了。第二天，朋友们绕道寻觅他的尸体，发现他的尸体已经被野兽吃掉一大半了。

6.3.9 小善致富

姚芙溪曰：杭人李二，诚实不苟，家贫，以肩负糊口。常携扁挑伺河干，候客舟，代担行李，得钱以养母妻。短衣蹀躞（dié xiè），不惮劳苦。妻以缝浣佐之，犹少得饱啖。顾性颇好善，尝自言夏日负重走村僻处，渴甚，求杯水不得。每届夏令，恒于门外施茶水，虽无役之日，饔飧（yōng sūn）不备，皇皇然汲水析薪弗辍也。岁以为常。

一日，鹄候河滨，有小舟就泊。一客呼担，行縢（téng）幞被之外，一箱而已。客言："予投城中某店，尔先行，俟我于武林城闉（yīn），余小食后即来也。"李不识客，客若甚习之者，故不问李姓名。李如言担往，俟之，日将夕，不至，城门欲下钥。不得已挑至家，次日晨起又往俟客，终不来。如是三日，复至城中某店问之，亦无有。又于河滨觅其原舟，将以问客之所自来，则已另载他往矣。又数日，无问者，来往城市亦无人言客失行李事。

又越十数日，姑启其箱，则白金五百外，血衣一件，刀一具。或曰，客乃偷儿也，甫登岸即被获，其银物或另案所得，故不敢自言。或又曰，客乃杀人逋逃者，以逻者侦缉严密故，不暇取物，而又他遁。是皆不可知也。李所居距予家不半里，有庆吊事，尝呼之执役，故知之甚详。此嘉庆甲戌间事。迨道光壬午，予回里，李已别治生业，以五百金营运获利，居然有万金之产，迁居他所，一子且入泮矣。

【译文】姚芙溪说：杭州人李二，为人诚实认真，家境贫困，以做挑夫糊口。他常常带着扁担在河边等候，有客船来，替乘客担运行李，以此赚钱供养母亲、妻子。总是身穿短衣，往返奔走，不怕劳苦。他的妻子以替人缝补洗涤衣服补贴家用，全家仍难以吃饱饭。只是李二生性喜好做善事，他曾说自己每当夏天负重行走在村野荒僻之处，十分口渴，求一杯水而不得。因此，每到夏季，他常在门外施舍茶水，即使没有活可做的日子，饭食还没有着落，他也匆匆忙忙地汲水劈柴，准备茶水，从不懈怠。他每年都是如此，已经习以为常。

一天，李二在河边等候生意，有一艘小船靠岸停泊。一个乘客呼叫挑夫，随身的物品除了用绑腿布绑着的铺盖卷之外，只有一个箱子而已。客人说："我要去城中某店，你挑着行李先走，在武林门外等我，我吃点东西后就来。"李二不认识客人，客人好像对他很熟悉，所以也没有问李二的姓名。李二按照客人的吩咐挑担前往约定的地点，一直等到傍晚，客人也没有来，这时城门将要上锁。不得已之下，李二只得先把行李挑回家中。第二天早晨起来，李二又前往武林门外等候客人，但客人还是没有来。如此三天，李二又到城中某店询问，也不见客人的踪影。李二又去河边寻觅客人来时乘坐的小船，想打听客人的来路，然而小船已经另载他人驶往别处了。又过了几天，始终没有人来过问行李的事，来往城市的人中也没有人说起曾有客人丢失行李之事。

又过了十多天，李二姑且打开箱子，只见是白银五百两，另外还有一件血衣、一把刀。有人说，客人是小偷，刚一登岸就被抓获，箱子里的银钱或许是他在作另一件案子时得到的，因此他自己不敢说出来。还有人说，客人是杀人逃亡者，因为巡逻的士兵侦缉严密的缘故，来不及回来取走物品，就又逃往别处去了。但这都只是猜测，没人知道究竟是怎么回事。李二的住处距离我家不过半里，我家有喜事丧事时，曾叫他来帮忙，因此对他的事迹知道得很详细。这是嘉庆十九年甲戌（1814）的事情。到了道光二年壬午（1822），我回到家乡，李二已经转行从事别的营生，他用那五百两银子做生意，获得利润，居然积累起数以万计的资产，搬迁到别处居住，如今他的一个儿子即将入学成为生员了。

6.3.10 奢侈败家

杭州某翁，由鹾（cuó）业起家，生四子。翁殁后，各授三十万金，伯仲季皆谨守。叔性豪侈，初入赀为员外，以不得乘舆改知府，又不屑手板随人，复就郎中，驾部需次数年，终以仕途拘束，弃之。遨游吴越胜地，纷华靡丽，随处流连。尝往来苏扬，寓青楼，与诸纨绔博，一掷千金，无吝色。胜则尽为校书辈夺去，一月率耗万金。又尝携美妾，泛舟西湖，榜人屡目之，为所见，某遽曰："尔爱彼耶？即与尔。"榜人觳觫（hú sù）大惭，某正色曰："余非戏言之。"嘱舣舟令其领去。榜人知其騃（ái）也，跪启曰："小人家徒四壁，区区微业，何以谋生？"某曰："彼珠翠满头，值千金，货之尚不足耶？"又解金条脱，并一洋表掷与之。其妾涕泣不愿去。某摇首闭目曰："缘尽矣，不能留也。"挥之去。妾愤愤登舆，观者如堵，人人骇诧。由是得疯子名。

值初度，置酒湖上圣因寺。寺故通行宫，撤其壁，移祝圣寿龙牌处演剧。为狎客密报有司，将治以大不敬，贿数万金，得无事。如是挥霍，赀产荡然，诸昆季乃各匀五万与之。巨金入手，侈态复萌。未数年，又费其半矣。

冬日至吴门游灵岩，骤遇雨雪，命一仆觅肩舆，一仆市饼饵，雪愈甚，皆不至，饥且寒，鸦片瘾又大作。倚石壁僵冻而死。

或曰，是人无大恶，胡乃至是。有知之者曰："是人最恶佛，入寺见礼佛者辄非笑谤毁，经忏道场，戏侮尤甚。云栖为莲池大师安禅胜地，戒律精严，荤酒禁绝，尝挟妓携酒肉往，谑浪宣淫，无所不至，以肉汁洒佛面，僧不能禁。去后内外熏洗三日。殆因触怒鬼神之故欤？"予则曰："某旷纵如是，虽不侮佛，亦断无好结果，况又污秽佛地乎！"

【译文】杭州某老先生，由盐业起家，生有四个儿子。老先生死后，遗留给四个儿子每人三十万两银子，老大、老二、老四都谨慎守护。老三生性豪放奢侈，起初捐官得了个员外郎的职位，因不能乘轿改任知府，又不屑于拿着名帖俯仰随人，又改为郎中，在兵部候补职缺多年，最终因为官场上过分约束不自在，弃官归乡。遨游于吴越一带的胜地，在繁华富丽的地方，随处游走，流连忘返。他曾往来于苏州、扬州之间，寄宿青楼，与纨绔子弟赌博，一掷千金，毫无吝色。即使赢了钱也都被歌伎们夺去，一个月下来要消耗上万两银子。他又曾携带美妾，泛舟西湖，船夫多次偷瞄他的美妾，被他看见，他忽然说："你喜欢她吗？就将她送给你吧。"船夫吓得瑟瑟发抖，惭愧无地自容，他神色严肃地说："我不是开玩笑的。"随即嘱咐停船靠岸让船夫领回去。船夫知道他痴呆放旷，跪下回答说："小人家徒四壁，一贫如洗，凭借这点小营生，怎么来养活她呢？"他说："她满头珠宝金玉，价值千金，把这些卖掉换钱还不够吗？"又解下金镯子和一块洋表扔给船夫。他的小妾哭泣，不愿离去。他摇头闭目说:“你我缘分已经尽了,不能继续留你在我身边。”挥手让小妾离去。小妾愤愤上车,当时围观的人众多,人人惊骇诧异。自此,他便得了个“疯子”的绰号。

有一天,正值他生日,他在西湖上的圣因寺摆酒宴客。圣因寺本来与皇帝出游时所住的行宫相连,他便打通墙壁,移开祝贺圣寿的龙牌,在那里搭台唱戏。此事被一名陪客秘密报告官府,官府将治他大不敬之罪,他贿赂了几万两银子,才得以平息此事。像这样不停挥霍,不久后资产荡尽,兄弟们便各拿出五万两送给他。巨款到手,他老毛病又犯,依然奢侈无度。没几年,又消耗掉了其中一半。

一年冬天,他到苏州游览灵岩山,忽然遇到雨雪,他命一个仆人去寻找挑夫,命另一个仆人去购买饼食,雪越下越大,那两个仆人都没有回来,他又饿又冷,鸦片烟瘾又发作得厉害。于是,他倚靠着石壁,被冻僵而死。

有人说,此人并无大的恶行,为何竟然沦落到这种地步呢。有知道内情的人说:“这个人最厌恶佛教,进入寺庙看见礼佛的人动不动讥笑毁谤,看见人做经忏道场,更是戏弄轻侮。云栖寺是明代莲池大师禅修的道场,戒律精严,严禁荤酒,他曾携带妓女、酒肉前往,戏谑放浪,大肆淫秽,无所不至,他还把肉汁洒在佛像的脸上,寺中僧人不能禁止。他离去后,僧人们将寺院内外熏香擦洗了三天。他大概是因为触怒鬼神才遭此报应的吧?”而我认为:“他如此放纵无度,即使不侮辱佛门,也肯定没有好结果,何况他又污秽佛门净地呢!”

6.3.11 豫章明府

姚芙溪曰:古人以酒为狂药,言其为害也。若今所嗜鸦片，其为害也，直当名曰毒药。父之于子，未有不深恶焉；妻之于夫，未有不力阻焉。是万不至引为同调矣。然亦竟有为恶习所移，久而效尤者，床第间最多。

曩客都门，豫章友人某，甫壮以名进士候铨邑宰，倜傥不群，丰姿玉立，诗词书法，各极精妙，皆以未入馆阁为屈。第不免烟火癖，其妻名家女，明慧端淑，尝苦谏之，不从。余辈有时过访不遇，妻必再三款坐，出晤时力恳规劝其夫，至于跪拜垂涕，情极可悯。莫逆者咸为尽心忠告，法语巽言，展转陈说，褎（yòu）如充耳，若罔闻知。有时先杜众口，势将数而致疏矣。琴瑟素调顺，以藁砧（gǎo zhēn）勿纳良言，抑郁不舒，抱病投缳者屡次。是断无濡染为患，随波而逐流者也。乃越二年，余再入都，则双管齐下，竟致倡随矣。问其何以前冰炭而后针芥也，则亦嗫嚅而含糊答之。噫！此一物也，有浸润坠其中而不自主者矣。

春阳佳日，莺啼花放，水碧山青，风景宜人，不知领略。炎蒸三伏，拳曲床头，一灯黯黯，十指玷污，如果食之可以延年，已觉抱闷束缚，乐少苦多；况又召病伤神，耗财误事，则亦何所取而乐此不疲耶？且文人墨士，嗜之者大半聪明居多，非不知靡费滋甚也，非不知废时失业也，非不知干犯功令、桎梏形骸也，乃竟甘之如饴，一日不可暂舍，不惧败家，不惧殒身，陷于坎窞（dàn），入而不出，此真亘古以来未有之毒药也。

予年逾七秩，侪（chái）辈闲谈，佥曰："可免服毒矣。"予悚然应之曰："未敢信也。设一旦不幸，遘奇疾，诸医咸束手，谓非此不救，万不得已，欲恋余生，则亦无可如何，吞声饮泣，僶（mǐn）然从之矣。”予故曰是殆有鬼物焉，若或使之，有不期然而然也。大约彼鬼物者，亦择人而祟之，奈九州四海之人，可祟者多。否则蠢彼远夷，亦乌知中国溥天之下，竟必不可少此一物，远涉数万里海洋，不惮劳苦，冒险输税，而竞试其狡狯伎俩耶？当知吾辈平日素未沾染，一旦不知自检，曲意趋时，则此物之为祟也，亦如影之随形矣。虽志意坚定，亦乌能逃哉？可畏也，可痛哭而流涕也。

【译文】姚芙溪说：古人把酒视作令人发狂之药，所说的是它的危害。像现在的人所嗜好的鸦片，它的危害，简直可以称其为毒药。父亲看见儿子抽鸦片，没有不深恶痛绝的；妻子看见丈夫抽鸦片，没有不竭力劝阻的。那么，正常人对于吸食鸦片的人，是不可能和他们同流合污的。然而竟然也有受恶习影响，久而久之被同化进而效仿的人，以夫妻之间为最多。

昔日我客居京城，有一位朋友某人，是江西南昌人，正值壮年，作为有名的进士，等候选授县令，他性情洒脱，卓尔不群，风度翩翩，诗词书法，都很精妙，众人都为他未能进入翰林院而感到屈才。只是不免沾染了吸食鸦片的癖好，他的妻子是大家闺秀，聪慧端庄，曾苦苦规劝他，他不听。我们有时前去他家中拜访，见不到他的人，他的妻子必定再三挽留款待，出来与我们见面时，必定极力恳求我们规劝她的丈夫，有时竟至于跪拜在地、痛哭流涕，情状极其可怜。交情密切的朋友都对他尽心忠告，用严正委婉的言辞，反复劝说，但他只是笑笑，当作耳旁风，置若罔闻。有时，他提前转移话题以避免别人提及此事，我们劝说了几次他不接受，关系也就渐渐疏远了。他们夫妻二人本来恩爱融洽，但妻子因为丈夫不听取良言，心情抑郁不畅，日久成病，多次想要自缢。这样看来，他的妻子是断然不会沾染恶习、随波逐流的人。谁知两年后，我再次进京，发现他们夫妻二人竟然同时在抽鸦片，到了夫唱妇随的地步了。我问他的妻子为何之前对丈夫的行为冰炭不能相容，但现在却如同磁石引针、琥珀拾芥一样相互投契了，其妻也只是吞吞吐吐，含糊应答。唉！鸦片这东西，竟然有人因渐渐受到浸润，从而不知不觉沉迷于其中了。

春暖花开，阳光明媚，莺歌燕舞，山清水秀，风景宜人，不知欣赏。酷热的三伏天，蜷曲在床头，一盏枯灯黯淡，十指玷污熏黑，如果吸食鸦片真的可以延年益寿，已然觉得心情郁闷，受到束缚，乐少苦多了；更何况又是感召疾病，损伤精神，消耗钱财，耽误正事，既然如此，那么又有什么可取之处从而乐此不疲呢？而且，文人墨客，嗜好抽鸦片的大半以聪明人居多，他们并非不知道耗费钱财越来越多，并非不知道浪费时间、荒废正业，并非不知道触犯法令、束缚形体，可他们竟然对此甘之如饴，一天也离不开它，不怕败家，不怕丧命，不怕陷入困境，进去就出不来，这真是自古以来未曾有过的毒药。

我已经年过七十，与同辈闲谈，同辈们都说："可以避免服毒了。"我惊恐地回应说："这话我不敢相信。假如我们一旦遭遇不幸，染上怪病，医生们束手无策，说非用鸦片不能救治，万不得已之下，因贪恋余生，则也无可奈何，只得默默悲泣，硬着头皮听从了。"我一直认为这里面大概是有鬼怪作祟，暗中指使，有人不知道怎么回事就沾染上了这种不良癖好。大概那些鬼怪，也会选人进行作祟，无奈四海九州之人，可以作祟的人太多。否则那些愚蠢的洋人，又怎么会知道中国普天之下，竟然必定少不了鸦片这种东西，从而远涉数万里海洋，不怕劳苦，冒险缴税，而竞相施展他们的狡猾伎俩呢？应当知道，我们这些人虽然平日里未曾沾染鸦片，可一旦不知检点自身，委屈自己以迎合潮流，此物的作祟，也会如影随形地在我们身上发生。即使意志坚定，又怎能逃脱呢？这真是太可怕了，真是太令人痛哭流涕的事情了。

6.3.12 狐报怨

北方多狐祟，然善遇之亦不害，虐之则为祸甚烈。会稽某，以读未成，入都依其舅为部胥者，谋考供事博微名。舅寓有小楼，狐居之，彼此相安有年矣。舅以某初至，恐不知而触犯也，预为谆戒，如见有如猫者，幸勿捉搦蹂躏。盖小狐常昼出游行，狐与人两不忌也。某漫应之。

一日，舅他出，某倦，倚于床头，有如猫者过其旁，两目睒睒（shǎn shǎn）然，四视某。因夜来床头窸窣（xī sū）有声，不能寐，疑即此物为扰，恨焉。某素残忍，适烟具在手，猛击之，碎其首而毙。舅回家，人白之，舅大加诃詈，即躬亲率诣楼下，令稽首谢过求宥。某虽不敢违，心益恨焉。舅嘱将小狐瘗埋，某潜剥其皮而投诸溷（hùn）。舅回，则以埋告。

越半月，舅往部，一叟造门，操绍音，云与舅同事，有事相访。问某何时来，入京何事，某具告之。叟颇致殷勤，且夸其少年诚谨，考就必善能当差。此时尚无传考消息，当为留意，另觅机会，以免守候无期。谈半日，方去。某俟舅回，述之，都门同类甚多，舅亦不甚在意。

越数日，舅又出，叟复来，谈次问某到京曾游览否，某答言无伴，不识路，故尚未出。叟言："皇都胜地，不可不游，异日就供事后，恐无暇。今日余无事，盍同一游？"某欣然，遂偕出历数次，并邀馆中小食。某辞，叟笑曰："将来游处正长，彼此同乡，勿客气。"力邀共食。又至一处，亭台壮丽，叟言此处最佳，登楼眺望尤妙，遂摄衣而上，恍惚叟不见，觉所登非楼，如履屋脊。又闻人声喧沸，某霎时昏迷，寸步不能行，但痴立。众以钩连枪拖曳而下，乃在阿哥所屋上也。严加讯鞫，语无伦次，忽啼忽笑，遂以疯癫突入宫禁，拟斩决。入狱后，醒时自言如是。舅知之惟骇痛涕泣，惧干连，未敢认。三日后正法，始知狐为报警。嘉庆十一年见邸抄。

【译文】北方多有狐狸作祟，然而只要善待它们则其也不会害人，如果虐待它们则会招致其严厉报复。浙江会稽县（今绍兴市）的某人，因读书未能考取功名，进京投靠在某部担任胥吏的舅舅，打算考取一个供事（清朝在京官署书吏的一种，约指内阁、翰林院等机构胥吏）的职位，博取微小的功名。他舅舅的寓所有一座小楼，有狐狸居住，彼此相安无事已经很多年了。舅舅因为外甥初来，恐怕他因为不知情而冒犯了狐狸，预先对他恳切告诫，告诉他如果看见有像猫的动物，千万不要捕捉欺害。因为小狐狸经常白天出来游玩，狐狸与人都不避忌。某人漫不经心地答应了。

一天，舅舅因事外出，某人疲倦，倚靠在床头，忽然看到有个像猫一样的动物从他身边经过，两只眼睛闪烁发光，与某人四目相对。因为昨夜听到床头有琐碎的声音，被吵得睡不着觉，这时他疑心就是这东西搅扰，心生愤恨。某人素来残忍，正巧手中拿着烟具，便猛地砸过去，那动物的头部被砸破而死。舅舅回家，有人将此事告诉了他，舅舅对他大加责骂，立即亲自带领外甥来到楼下，让他叩头道歉，请求宽赦。某人虽然不敢违命，但心中更加愤恨了。

舅舅叮嘱某人将小狐狸埋葬，某人背地里将小狐狸剥皮后扔到了厕所中。舅舅回家，某人对舅舅说已经把小狐狸埋葬了。

过了半个月，舅舅前往部里办事，一个老头登门，操着绍兴口音，说与舅舅是同事，有事来访。老头询问某人是什么时候来的，进京有什么事，某人一一回答。老头表现得特别殷勤，并且夸赞某人年纪虽轻却诚实谨慎，考中后必能妥善当差。并说此时还没有发布考试的消息，将会帮他留心，另找机会，以免白白等待很久。二人谈论了半天，老头才离去。等舅舅回来后，某人把老头来访的事告知舅舅，京城中与老头类似的同僚太多，舅舅也没怎么在意。

过了几天，舅舅再次外出，老头又来，谈话间询问某人来到京城后可曾外出游览，某人回答说没有同伴，不认识路，因此尚未出门游览。老头说："京城有很多名胜，不可不游赏一番，你将来做了供事后，恐怕就没有闲暇时间游览了。今天我没有事，何不同我一游呢？"某人欣然答应，于是和老头一起游玩了几个地方，老头还邀请某人到饭馆中吃饭。某人推辞，老头笑着说："将来一起游玩的时间还长着呢，你我是同乡，不必客气。"老头极力邀请某人一起吃饭。又来到一处地方，此地亭台楼阁宏伟壮丽，老头说此处最好，登楼眺望更妙，某便提着衣襟上楼，这时老头忽然消失不见了，某人觉得自己登上的不是阁楼，而像是行走在屋脊上。又听见人声嘈杂喧闹，某人顿时昏迷，寸步难行，只是呆呆地站在屋脊上。众人用钩连枪将其拖拽下来，原来他是在一位皇子所住的屋顶上。某人被严加审讯，语无伦次，一会哭一会笑，于是被以疯癫突然闯入宫禁的罪名，判处斩刑。入狱后，他清醒时向人讲述了自己的经历。舅舅知道后，只是悲痛哭泣而已，但因害怕受到牵连，不敢相认。三天后，某人被正法，这时他才知道是狐狸在报仇。这是嘉庆十一年（1806）的事情，记载于官报上。

6.3.13 官清民安

百姓至愚，极易感动，西北较东南朴直，尤易拊循。真为民父母者，廉明慈爱，视民如子，固皆感戴归心。即假仁假义，亦一时舆诵佥同，循声丕著。虽史载龚黄召杜，无以过之矣。

某刺史以赀郎仕，其未宦时，藉父余荫，任意挥霍，所作所为，纨绔之下流也。年二十余，任皖之宿州，近山左，风气椎鲁。刺史爱华侈，宫室、姬妾、衣服、饮食、舆马加人一等，而性偏饰诈狡黠，下乡相验勘工，布衣朴素，乘一马，鞍辔极陋，刑仵吏胥二三辈，傔（qiàn）从只一人，过田禾茂盛处，必下马牵使斜行，谆戒从者，毋许践踏。行馆馈馔食，婉言慰谢，惟食自带，不拘等物，或糜粥蔬食，严谕从者，毋私取一钱。父老旁观皆啧啧称叹。

听讼必坐堂皇，判事毕，谆谆劝谕，勉作好人，满口孝弟仁义，和颜霁色，一片肫诚。偶施扑作，十数而已。而犹颦蹙（pín cù）嗟叹，若大不安者，甚至泪随声下。百姓人人称颂仁慈。待文人尤加意培植，书院捐廉增添膏火，士农格外感戴。催科不事督切，输将踊跃恐后。

制府巡阅营伍过境，一路悬灯皆大书“官清民安”字样，询之，具述本官爱民德政，异口同声。制府大悦，飞章逾格保荐，疏中有：“捐纳出身而操守廉洁，英年作吏而政事精勤，堪以知府升用。”奉旨交军机处记名，不论繁简知府缺出，开列请放。未及升擢，而患色痨死矣。

【译文】百姓往往十分愚蠢，特别容易受到感动，西北的百姓比东南的百姓朴实率直，更加容易安抚。如果真正是百姓的父母官，廉明慈爱，视民如子，百姓固然都能感恩戴德、真心归附。即使假仁假义，一时之间也会受到舆论的一致称颂，循良的名声大为显著。即使史书上记载的汉代循吏龚遂、黄霸、召信臣、杜诗等，也不过如此。

某知州以出钱捐官步入仕途，在没有做官时，凭借父亲的庇荫，任意挥霍，所作所为，都是纨绔子弟的下流行径。他二十多岁时，出任安徽宿州知州，宿州靠近山东，民风愚钝。知州本来喜爱奢华的生活，房屋、姬妾、衣服、饮食、车马等都要优于别人一等，可他生性偏又狡猾诡诈，喜欢伪装，下乡勘验视察时，只穿朴素的布衣，骑着一匹马，鞍辔极其简陋，随行的仵作、差役只有二三人，侍从只有一人，经过田禾茂盛的地方，必定下马牵着，绕道侧身而行，并谆谆告诫随行之人，不许践踏禾苗。驿馆奉赠饭食时，他必会婉言谢绝，只吃自带的食物，不论什么食物，有时只是些稀粥蔬菜，他还严加告诫侍从，不能私自取用一钱。旁观的百姓都对他啧啧称赞。

他审理案件时，必定冠冕堂皇地坐在大堂上，判决完毕后，又恳切劝谕当事人，勉励做个好人，满口孝悌仁义，和颜悦色，一片诚挚。偶尔施以杖刑，也只是十几下而已。而且还皱着眉头不停地叹息，好像大为不安的样子，有时甚至声泪俱下。百姓人人都称颂他仁慈。他对待文人尤其用心栽培，他把自己的养廉银捐献给书院，来补贴士子的生活费，士子、农民对其格外感恩戴德。他催收赋税，从不严加督促，百姓们都争先恐后地踊跃缴纳。

总督检阅军队经过他所管辖的境内，看见一路上都悬挂着灯笼，灯笼上都写着“官清民安”的字样，总督向百姓询问，百姓们都一一述说本地长官爱民如子的种种德政，众人异口同声。总督十分高兴，立即上奏朝廷破格保荐，奏章中说：“他虽是捐纳出身却操守廉洁，壮年为官而政事精勤，完全可以升用为知府。”皇帝下旨交军机处记名，不论是政务繁重还是清简地方的知府，只要空缺出来，都可开列其名，由他出任。他还没来得及升迁，就患上痨病死了。

6.3.14 参军遇盗

天下有极难处之事，雠之则于心不安，德之又于理非顺。如某参军遇盗一案。参军任台阳经历，丁艰，挈家内渡。时巨盗蔡牵方横行海上，遇之，絷其舟，将肆劫掠。忽盗妻亦驶至，所谓蔡大嫂者是也。牵素惧内，遂不敢擅动。大嫂跃登参军之舟，知为台郡小官，素非与盗为难者。又见其男妇觳觫（hú sù）状，心怜之。参军有幼子，甫离襁褓，眉目姣好，大嫂爱之，举而加诸膝，抚摩噢咻（ō xiū），宛如所生。顾谓其母曰：“盍以此子畀我？”其父母强应之。大嫂察其有难色，又笑言曰：“与尔等戏耳。谅尔官家子肯与我耶？虽然我与儿有缘，既不可，姑留为我养，子仍归尔，善抚之。”为取小名，检箧中明珠一事，皆大如龙眼核，并金钱十枚亲系儿项，而言曰：“儿归，好读书，他日登第，勿忘今日邂逅之情。异日我死后，以麦饭一盂祭我于狂波巨浪间，可乎？”参军夫妇皆泣应之。言罢，依依不能舍，徐命放舟，财物一无所取，且拨大头目四人妥为护送至口。

参军既得脱，中怀忐忑，展转数回，顿萌恶念。时功令获洋盗三人，例得升擢。于是一路佯为感德之语，将达口，醉四盗以酒，固缚之，知会汛弁解省。即日并磔于市，枭示海口。蔡牵知之，忿恨切齿，榜示各海口，生致参军者，擢头目，赏银若干。参军未及服阕升官即死。其子亦夭亡。

夫盗固有可杀之道，然于参军不为无情，杀之是以怨报德也。第纵之近于通盗废法，亦不可。莫如于其遣送之时，婉言谢却，力陈不可之故，庶于情理为两得乎！

【译文】世上有一种极难处理的事情，待之如仇敌则于心不安，施之以恩德又不合乎情理。比如某参军遭遇海盗一案，就是这样。参军担任台湾府经历（官名，正八品，掌管府衙出纳、文移与内务等），家中遭遇丧事，他携带家眷渡海返回内地奔丧。当时江洋大盗蔡牵正在海上横行霸道，途中正好相遇，蔡牵扣住参军的船只，将要上船大肆劫掠。忽然蔡牵的妻子也驾船驶来，她就是所谓的蔡大嫂。蔡牵素来惧怕妻子，于是不敢擅自行动。蔡大嫂跳上参军的船，知道参军是台湾府的小官，素来不与海盗为难。蔡大嫂又见参军的妻子儿女吓得瑟瑟发抖的样子，心中可怜他们。参军有个幼小的儿子，刚离开襁褓，面容俊秀，蔡大嫂喜欢这个孩子，将他抱起来放在腿上，抚摩安慰，宛如自己亲生的一样。蔡大嫂转头对孩子的母亲说："何不把这个孩子给我？"孩子的父母勉强答应。蔡大嫂见他们有为难的神色，又笑着说："我只是和你们开玩笑而已。料想是官宦人家的儿子，你们岂肯给我呢？虽然我与这孩子有缘，你们既然不同意，姑且留给你们替我抚养，孩子仍归你们，希望你们好生抚养他。"蔡大嫂为孩子取了个小名，又从箱子中挑选出一串明珠，每颗珠子都像龙眼核一般大小，并拿出十枚金币，亲手系在孩子的脖颈上，然后说道："儿子回去后，好好读书，他日登第，不要忘了今日相遇之情。他日我死后，你用一盂麦饭洒在狂波巨浪间祭奠我一下，可以吗？"参军夫妇都哭泣着答应。说完后，蔡大嫂恋恋不舍，慢慢地命令众盗将参军的船只放行，没有劫掠任何财物，并且委派了四名大头目妥善地护送他们的船到港口。

参军既已脱身，心中忐忑不安，反复思量了多次，顿生恶念。按照当时的法令规定，捕获海盗三人，按例可以得到升迁。于是，参军一路上假装说些感恩戴德的话，在将要到达港口时，用酒将四名海盗灌醉，牢固地捆绑起来，通知驻防的官兵将四名海盗押解到省城。当天，四名海盗就一并被斩杀于街市，其首级被悬挂在海口示众。蔡牵知道此事后，愤恨得咬牙切齿，传令各个海口的海盗，有能活捉参军者，提升为头目，赏银若干。参军还未等到守丧期满除服升官就死了。不久后，参军的儿子也夭折了。

海盗按理确实该杀，但他们对待参军不能说无情，杀害他们是以怨报德的行为。但如果释放了他们，则属于私通盗贼，置法律于不顾，这样做似乎也不行。不如在蔡大嫂派人遣送之时，婉言谢绝，并极力陈述不能让人护送的原因，这样或许是既合情又合理的做法吧！

6.3.15 何太夫人

何寅士中丞，太夫人性慈善而勤俭。中丞任闽盐道时，太夫人年六十余，精神康健，服役仅一小婢、一老妪。喜与人话家常，大约皆戚党中父慈子孝、庭帏聚顺、康乐和谐可师可法佳话，从不作雌黄轻薄语。幕中有眷属者，三四月必往还一次，和蔼可亲，毫无骄贵之色。平时恒衣布，且亲自浣濯，或劝其节劳，笑答曰：“在家常纺绩，若食饱无事，四肢不运动，易生疾。余本寒素家风，操劳习惯，不以此为苦。且彼婢媪亦各有所事，不稍予以暇，稍代其劳，则衣敝履穿，将何时补缀耶？”闻者咸太息。嗜茗，几设一瓦瓯，躬自起斟，曰：“如此方有味耳。”鹾署厅事最宏厂，紫荆一树，花时烂漫满庭，时且久。中丞扶持出观，笑语欢恬，过诸幕眷，小语一刻而去。晬（suì）然和气，有他人所不及者。年七十终于广西廉使署，趺坐口宣佛号，无疾而终。

【译文】何寅士巡抚（何煊，初名何炳，嘉庆十四年进士，官至云南巡抚），他的母亲太夫人性情慈爱善良而又勤劳俭朴。何巡抚担任福建盐法道时，太夫人六十多岁，精神康健，身边服侍的人只有一个小婢、一个老妇。太夫人喜欢与人谈论家常，所说的大多都是亲戚中父慈子孝、家庭团结、康乐和谐等值得学习借鉴的美谈，从来不说乱发议论、轻浮浅薄的话。幕僚中有眷属的，每三四个月就会与她们来往一次，她和蔼可亲，毫无骄贵的神态。太夫人平时常穿粗布衣服，并且亲自洗涤，有人劝她不要过度劳累，她笑着回答说：“我在家经常纺线织布，如果吃饱了不做事，四肢不运动，容易生病。我家本来就具有清苦俭朴的家风，我操劳习惯了，做这些事不觉得辛苦。况且婢女、老妇她们也各自有事要做，如果不稍微给她们一些闲暇时间，稍微帮她们代劳一下，那么如果她们的衣服鞋子破了，将什么时候缝补呢？”听到这话的人都不禁叹息。太夫人嗜好喝茶，桌上摆放着一个瓦质的茶壶，每次她都是亲自起身斟茶，她说：“这样才有味道。”盐法道衙门的厅堂十分宽阔，厅堂前有一株紫荆树，开花时满庭烂漫，且花期很长。何巡抚时常扶持着母亲出来观看，欢声笑语，又去造访幕僚的眷属，与她们说一会儿话才离去。一团纯粹的和善之气，有许多他人所不及的地方。七十岁时，太夫人逝世于广西按察使衙门，临终时，盘腿端坐，口念佛号，无病而终。

6.3.16 桑明府

皖之望江县，滨大江，地冲而瘠。凡宰是邑，赔累辛劳，无一年者。嘉庆初年，黔中截取举人桑明府（金榜），选得此邑。父子二人幞被出都，在路自策蹇驴，子荷担相从，布袍草履，不知其为宰官也。抵皖后，先赴藩垣禀到缴凭。其子于小袱中出画布蟒衣补服，为父衣之，门役辈方知为邑宰。少顷，晋谒方伯，见其朴陋之状，不数语，令出。次日，方伯语中丞："望江冲地，差务繁多，新选桑令，恐不胜任。不若改官司铎，正所以成全之也。"中丞固读书世家，以贫寒出身者，曰："余正喜其悃愊（kǔn bì）无华，且令到任，果不相宜，改未晚也。"

于是遂莅任。延友二人，一司刑钱，一司书启征号等席。仆从只四五人。因揣其不能久，故愿往者甚少，合署不过十数人而已。钱漕本书吏包征包解，历任皆另派家人管理，明府独不派，曰："何必多此一番周折？"羡余若干，书吏亲自交进，各书喜无家人剥削，应交之数反不忍相欺。明府自立一簿，将逐日出入实数一一登载。每日自辰至戌，就公案披览案牍，遇有讼，小事则宛转开导，劝令和息；命案则轻车减从，即日诣验，立拏凶犯，审讯断结，毫不拖累。颇觉政简刑清。大吏过境，则父子躬至驿舍，亲为伺应，皆身服布素，往来奔驰。大吏见其克励如此，又闻其操守廉洁，不无格外体谅。虽供张不备，车马不敷，反戒谕从者，一切将就，不得滋扰好官。故大小差务，较他人节省甚多，居瘠地而能免亏累，实从来所未有。

在任三年，不求调剂，不言瘠苦。上台将保举调繁，明府力辞曰："予以寒士，一行作吏，于今三年，幸免陨越。今筋力渐衰，只堪向田园中寻讨生活，庶几还我穷秀才本面目。余家本小康，三年薄宦，少有所得。黔中尚俭，好度日也。"遽引疾而归。若明府者，亦可谓知足知止，急流勇退，善刀而藏者矣。以视恋位殉财者，奚啻（chì）霄壤！

【译文】安徽望江县，靠近大江，地处交通要道，却极其贫瘠。凡是在此县任县令的，不免因赔补亏空而使自己辛苦受累，没有一个人任满一年。嘉庆初年，贵州截取举人（清制，凡举人考中后经三科，由本省督抚给咨赴吏部候选，称截取）桑金榜先生，被选任为望江县县令。父子二人携带铺盖卷出京，在路上父亲骑着跛驴，儿子挑担跟随，布袍草鞋，路人都不知道他是县官。抵达安徽后，先去布政使衙门禀告报到，上缴凭证。他的儿子从小包袱中拿出画布蟒衣补服，给父亲穿上，守门的差役这时才知道他是县令。过了一会儿，桑县令拜见布政使，布政使见其朴陋寒酸的样子，没说几句话，就让他出来了。第二天，布政使对巡抚说："望江县是交通往来频繁之地，差务繁多，新选的桑县令，恐怕不能胜任。不如让他改任教官，正可以成全他。"巡抚本是读书世家，出身贫寒，说："我正喜爱他诚朴而不浮华，姑且让他到任，果真不合适的话，再让他改任也不晚。"

于是，桑县令正式到任。聘请了两名幕僚，一名掌管刑名、钱粮，一名掌管书启、征比、挂号等事务。仆人侍从只有四五个人。因为众人都揣测他做不了很久，所以很少有人愿意前去当差，整个县衙里不过十几个人而已。钱粮原本由书吏包征包解（明清时期征收和运输田赋的一种方法，州县官将本应亲自主导的征税一事不同程度地外包于书差，由书差负责向各户催征，完成州县应解之税额），历任县令都另派家人管理，唯独桑县令不派，说："何必多此一番周折？"羡余（清代州县在正赋外还增征附加额，除去实际耗费和归州县官吏支配的以外，其余的解送上司，名为羡余）银若干，书吏亲自交给桑县令，各书吏很高兴没有家人剥削，反而都如数上交，不忍心相欺。桑县令自己设立一本簿册，将每天支出、收入的实际数目一一登记。每天从辰时到戌时，桑县令就坐在桌案旁边批阅公文案卷，遇到有诉讼案件，如果是小事则委婉开导，劝令双方和解；如果是命案则轻车减从，当天到现场勘验，立即捉拿凶犯，审讯判决结案，毫不拖延。颇有政治清明、刑罚简省的气象。上级大官经过望江县境内，桑县令父子亲自前往驿馆，服侍照应，二人都身穿朴素的布衣，往来奔走。大官见他如此刻苦自励，又听说他操守廉洁，不能不格外体谅。即使供应不全、招待不周、车马不够，也不计较，反而告诫侍从们，一切将就，不能滋扰好官。所以大大小小的公务差事，与历任县令相比较节省下很多钱，在贫瘠之地为官而能免受亏欠赔累，实在是从来没有过的事情。

在任三年，桑县令从来不请求上级予以接济补贴，不抱怨贫瘠艰苦。上级将要保举他调任到政务繁重的地方任职，桑县令极力推辞说："我作为贫寒之士，一经出来做官，至今已经三年了，侥幸没有失职。如今我体力渐衰，只能向田园中寻讨生活，这样或许能让我回归穷秀才的本来面目。我家本是小康之家，我又做了三年小官，略有积蓄。贵州人崇尚简朴，这些钱足够用来过日子了。"随即告病辞官回乡。像桑县令这样的人，也可谓是知道满足、懂得适可而止，急流勇退，收敛其才而不显露的人了。与那些贪恋权位、为财殉命的人相比，何止是天壤之别！

6.3.17 某太史

某太史，性谨饬，家本寒素，木天清况，撙节处之。遇有同人宴集，座有优童，多托故婉辞，人亦不强也。某观察谒选都门，性豪侈，太史虽与往还，亦从未与日下观花之酌。会有视学滇南差，行有日矣。观察曰："君在长安久，菊部中，未物色一人，今远行，不可不略一赏鉴，拟在某郎处奉饯，可乎？"某郎者，一时翘楚，太史久慕其名，未识面，笑应曰："可。"翌日，偕往，座无他客。三人正酬酢间，突有执金吾府逻者数辈至，都门此会常有逻者，本不为太史等而来。缘金吾公子素与某郎狎昵，盗其父珍玩与之，内有金吾公最心爱物数件，必欲原璧归赵，故遣逻者索之某郎也。观察嫌其絮聒，令其去，逻者不听，詈之。逻者不服，语言顶撞。观察大怒，叱家人推之门外。逻者去未久，率多人汹涌而来，厉声曰："此岂职官饮酒地耶？"出锒铛并系之而去。以言激怒金吾，金吾性本忮（zhì）刻喜事，交刑部。太史、观察皆革职，某郎责递回籍，太史遣戍，旋遇覃恩赐还。一朝失足，遂废弃终身矣。

【译文】某翰林，为人小心谨慎，本就出身贫寒，翰林院又是清水衙门，生活清苦，只得处处节俭。每当同僚聚会饮宴，席间如果有年幼的优伶，他多会借故婉拒，同僚也不勉强他。某道台来京城准备赴吏部应选，他性情豪放奢侈，翰林虽与他有所交往，但从未随其参与有优伶戏子作陪取乐的宴会。正值翰林奉朝廷之命即将赴云南提督学政，不日就要启程了。道台说："您在京城待了这么久，梨园行中，未曾物色一人，如今就要远行，不可不粗略鉴赏一番，我打算在某戏子那里设宴为您饯行，可以吗？"某戏子是一时之间的名角，翰林长期仰慕其名，但未曾谋面，翰林笑着回答说："可以。"第二天，二人一同前往，席上没有其他的客人。三人正在相互敬酒时，突然有几名步军统领衙门（俗称九门提督）巡逻的士兵闯了进来，京城的这种场所时常会有巡逻者前来，巡逻者此次并不是专门为了翰林他们而来。原来步军统领的公子素来与某戏子亲近，他偷了父亲的珍玩赠给某戏子，里面有步军统领最心爱的几件东西，步军统领一定要原物返回，所以这才派巡逻者前来向某戏子索要。道台嫌巡逻者啰嗦，命他们离开，巡逻者不听，道台呵骂。巡逻者不服，出言顶撞。道台大怒，命仆人将他们推出门外。巡逻者离开不久，率领多人汹涌而来，用严厉的语气说："这难道是在职官员饮酒的地方吗？"拿出锁链将三人一并锁了去。道台因为言语激怒了步军统领，步军统领本就是褊狭刻薄、喜欢生事的人，便将三人交给刑部处理。翰林、道台都被革职，某戏子被遣送回原籍，翰林被遣戍，不久得遇恩赦被释放回家。一次不慎，导致终身被废弃不用了。

6.3.18 三库之弊

姚芙溪曰：嘉庆癸酉，余适在都，由南安会馆，移寓杨梅竹斜街桂埜（yě）堂周氏。主人为周景甫，由缎疋库经承，议叙府参军，需次江右。曾订车笠交，贤而好客，笃旧谊，款接甚殷。房舍幽洁，饮馔丰美，余叔侄久住不安，屡欲作归计。景甫曰:“草榻荒肴,余方内歉,何反客气见外?君等未见余家盛时留客光景耳。且言争名者必于朝,既来长安,当静待机遇。况余家本日备客馔,又非特设,何事汲汲思归耶?”因言:“经承未满时,座上客日常十余人,月恒演剧一两次。先人最恶赌博樗蒲(chū pú)之外,任余兄弟结客宴游,皆不禁。每节食馆开发需数千缗,至于家中绸绫缎绢,积满箱箧,喜事犒从者袍褂皆小卷双件,自用则大卷五件。”

余因问库中如何庋置,曰:“大屋九楹,楹列九架,架五层,不时上下层互易,以防蠹朽霉变。大小卷堆积如山,无从稽数,漏卮(zhī)所由起也。”

余曰:“三库自以银库为最优矣。”曰:“不然。颜料为上,缎疋次之,银为下。”余询其故,曰:“颜料最难稽查。假如宫殿一椽(chuán)一栱(gǒng),丹碧金彩,稍有剥陊(duò),不过二三尺宽广;营缮司司官带同工匠估验,泥金、朱砂、洋青、洋绿,必单开百余斤,管库堂官即再三撙节驳减,亦必实领数十斤。委笔帖式等官验视调化,皆有规费,亦属虚应故事。上下通同一气,无从认真细验,实用十之二三,余尽市之。银库、缎疋虽亦各有弊窦,其物简贵,不若颜料之烦多,是以勾稽较易。自嘉庆中叶后,各库少弊,经承亦多减色。”

余曰:“谅因科道时动弹章,积弊尽破之故。”曰:“亦不尽然。皆吾辈自不相容,以致时时败露,分肥不遂,因而挟嫌攻讦,所以日见消败,远不如老辈时景象矣。”余因太息者久之。

景甫昆弟四人,皆援例同知、知县,然俱不寿。惟景甫不愿外任,仍在缎疋库代办。迨道光壬午,访之,已下世。桂埜堂且易主矣。再问其后人，一子尚幼，养于外家，向日繁华，消磨殆尽。想天府之藏，不容盗取耶？

【译文】姚芙溪说：嘉庆癸酉年（1813），我当时正在京城，由南安会馆，迁居到杨梅竹斜街桂埜堂周氏宅中。东家是周景甫，由缎疋库经承，因期满考绩优异被任用为府参军，分派到江西任职，等候补缺。我曾与他结下了贫富不移的深厚友谊，他为人贤德而好客，笃重旧日情谊，十分殷勤地接纳款待我。周家房舍幽静整洁，饮食丰美，我们叔侄住得太久，于心不安，多次想返回家乡。周景甫说："床榻、饮食都很粗陋，我心中正感愧疚，你们为何反而客气见外呢？你们叔侄没有见过我家兴盛时款待客人的情景。并且俗话说争取名位要在朝廷上争，既然来到京城，就应当静待机遇。况且我家本来每天都要为客人准备饮食，又不是特意为你而设，为什么要这么急急忙忙地回家呢？"他于是又说："我担任缎疋库经承期限未满时，座上的客人每天都有十多人，每月必定演戏一两次。除了我父亲最厌恶的赌博掷骰子之外，任凭我们兄弟结客宴游，都不禁止。每到节日，都要拿出数千串钱支付给饭馆，至于家中的绫罗绸缎，更是积满箱子，遇有喜事犒赏仆从们的袍褂都是小卷双件，我们自己用的则是大卷五件。"

我于是问缎疋库中的货物如何存放，周景甫说："缎疋库有九间大屋，每间设有九个架子，每个架子有五层，日常须要将上下层的绸缎布匹互换位置，以防虫蛀腐朽霉变。大小布卷堆积如山，数目难以清点，弊端漏洞由此产生。"

我问："三库之中自然应当以银库最是美差。"周景甫说："不是的。颜料库最吃香，缎疋库次之，银库最差。"我问他原因，他说："颜料最难清查。比如宫殿的一根椽子、一根斗栱，上面的涂饰彩绘，稍有剥落，即便不过二三尺宽广；营缮司的司官带同工匠勘验估算，泥金、朱砂、洋青、洋绿等颜料，单子上必定开列一百多斤，即使管库的堂官再三节省核减，营缮司也必定要实际领用几十斤。另外，委派笔帖式（官名，清代于各衙署设置的低级文官）等官验视调化时，都有辛苦费，他们也只是照例应付、敷衍了事而已。上下串通一气，根本不可能认真仔细查验，实际不过用掉十分之二三，剩下的则全部卖掉。银库、缎疋库虽然也各有弊端漏洞，但其中的物资简单昂贵，不像颜料那样种类繁多，因此核查起来比较容易。自嘉庆中期以后，各库的弊端日益减少，管库的经承也不再那么吃香。”

我说：“想必是因为科道官员经常上书弹劾，使积弊全部消除的缘故吧。”周景甫说：“也不尽然。都是我们内部人员自己不能相容，以致时时败露，分肥不均，于是心怀怨恨相互攻讦，所以日渐消败，远不如老辈时的景象了。”闻听此言，我叹息了许久。

周景甫兄弟四人，皆按例捐官为同知、知县，然而都寿命不长。只有周景甫不愿出任地方官，仍在缎疋库担任代办。到了道光壬午年（1822），我再去拜访他时，他已经去世了。桂埜堂也变换了主人。我又询问他的后人的情况，一个儿子年纪尚幼，抚养于外公家，昔日的繁华，已经磨灭殆尽。想必是因为天子府库贮藏的东西，不容许人随意盗取吧！

第四卷

6.4.1 汪听舫

钱塘汪明府（润之），号听舫，秋畬先生之孙也。世有隐德，听舫复以孝闻。听舫夫人，山阴潘石舟刺史之女，孝姑敬夫，罕有其匹，长于诗，夫妇时相唱和，多勉戒语。家素贫，佐夫课子甚严。乾隆己酉，听舫发解北上，时夫人送以诗，有“胪唱须听第一人”之句。后其子患病，夫人寄外诗有“回思慈母老，何以报深恩”之句。又有“我因儿女累，君为利名难”之句。后入都，同夫、子守岁，诗有“须勤辛苦燃藜志，莫负艰难画荻慈”之句。潘夫人之孝敬慈和，于斯毕见。其他淑德见于行事者，尤多。其相夫成名，教子并贵，坤道如此，真史所称梁妻欧母者矣。

听舫于嘉庆辛酉恩科，成进士，入词林，官至詹事。厥后长子同怿、次子怀、三子炳恩，同榜中式于道光乙酉科顺天乡试；怀即于丙戌联捷，亦入词林；迨辛卯恩科，四子陛恩亦登贤书；五子承庆，现官河南经历。英贤俊乂（yì），荟萃一门，殆由先世之德、听舫之孝、夫人之贤，相积而成其盛尔。

【译文】浙江钱塘县（今杭州市）的汪润之县令，号听舫，是汪秋畬先生的孙子。其家世代施德于人而不为人所知，听舫先生又以孝顺而著称。听舫先生的夫人（潘素心）是潘石舟知州（潘汝炯）的女儿，孝顺婆婆，尊敬丈夫，少有人能及，擅长作诗，夫妇时常相互唱和，诗中多有勉励劝戒之语。汪家家境素来贫穷，夫人帮助丈夫持家，严格督促儿子读书。乾隆五十四年（1789）己酉恩科，汪听舫考中解元，然后北上赴京参加会试，当时他的夫人为他作诗送行，诗中有“胪唱须听第一人”的句子。后来他的儿子患病，夫人寄给丈夫的诗中有“回思慈母老，何以报深恩”之句，又有“我因儿女累，君为利名难”之句。其后，夫人来到京城，和丈夫、儿子一起除夕守岁，所作的诗中有“须勤辛苦燃藜志，莫负艰难画迪慈”之句。潘夫人孝敬父母、慈爱和睦的美德，从她所作的诗句中可见一斑。其他体现在为人处事中的种种美德，更是有很多。她致力于相夫教子，使丈夫成名、儿子显贵，这样的妻子母亲，真可谓是史书上所称的梁妻欧母（指梁鸿的妻子孟光和欧阳修的母亲郑氏，是古代贤妻良母的典型）了。

汪听舫先生在嘉庆六年（1801）辛酉恩科，考中进士，进入翰林院，官至詹事府少詹事。其后，他的长子汪同怿、次子汪怀、三子汪炳恩，在道光五年（1825）乙酉科顺天府乡试中同榜考中举人；汪怀随即在道光六年（1826）丙戌科联捷考中进士，也进入翰林院；到了道光十一年（1831）辛卯恩科乡试，四子汪陛恩也考中举人；五子汪承庆，现在河南担任经历之职。才德出众的英杰，集中出现于一家，这种盛况大概是由祖先的阴德、听舫先生的孝顺、潘夫人的贤惠，共同促成的吧。

6.4.2 吴举人

杭州有吴举人者，一日同数友憩盐桥蒋相公庙。同人翻阅《感应篇》，吴在旁揶揄曰："此等语仅可给愚夫妇耳，岂我辈所宜看？"语甫毕，旋仆地呕血碗许。询之，云见背后鬼判大喝一声，心胆俱碎。不三日，死。此张鼎玉所目击者。吁，可不戒哉！

【译文】杭州有个姓吴的举人，一天，他同几个朋友在盐桥的蒋相公庙里休息。他的朋友们翻阅《太上感应篇》，吴某在旁边嘲讽说："这种书只能骗骗愚夫愚妇，哪里是我们这些人应该看的呢？"话刚说完，吴某即刻倒地，吐出约有一碗的鲜血。朋友问他怎么了，他说看见鬼判在他背后大喝一声，吓得他心胆俱裂。没过三天，吴某就死了。这件事是张鼎玉亲眼看到的。

6.4.3 樊光寿

钱塘樊光寿，志《善恶果报图》后，曰：道光癸未秋，表弟朱福曾、曹守曾有刻惜五谷、惜字纸及旁载各地狱善恶果报，绘图劝世。予初以地狱渺茫不足信，继以惜字而刻字不免蹧蹋，多费钱钞，行之无益。嗣因予言不果行。

甲申春正月三日，予忽梦至文昌宫，传呼樊某进见，予匍匐阶下，见有鬼判厉声传命："樊某，尔既不信因果，何得阻人善愿？"予方剖辨，生平无此事，又厉声曰："尔忘《善恶果报》之事乎？况尔素不谨言，故采芹改迟十载，频遭丧偶，辄见窘迫。若再任性狂谬，汝年促矣。果能发愿刊行，劝得千人以上者，不特前愆尽宥，自有福报。”予即惊寤，冷汗浃身，然予尚以梦幻无凭，且以新年游戏征逐，不以为意。

一日，忽吐红三口。是夜，又梦前神怒饬曰：“尔悟过稍萌，后又迷误。尔病继之矣。”次早急告两表弟以故。予因发愿持斋七日，嘱图并敬谨贴说，而两表弟亦随展转劝助，竟得旬日圆成。伏望善男信女广为劝导，粘贴壁上，朝夕警戒，行之历久，自有报应。其不信者可即以我为鉴。是为劝。

【译文】浙江钱塘县（今杭州市）的樊光寿，在《善恶果报图》后题了一篇跋文，写道：道光三年癸未（1823）秋天，我的表弟朱福曾、曹守曾想要刻印有珍惜五谷、敬惜字纸以及旁载各种地狱善恶果报内容的绘图书籍，劝戒世人。起初我认为地狱的说法虚无缥缈不足为信，又认为为了劝人敬惜字纸而刻印文字，难免被人蹧蹋，而且浪费钱财，做这种事没有好处。后来，他们因为我的话就没有刻印。

道光四年甲申（1824）新春正月初三日，我忽然梦到自己来到文昌宫，听到传唤樊某进去参见，我进去后伏在阶下，看见一名鬼判官以严厉的语气传达命令说：“樊某，你既然不信因果，为何要阻挠他人发愿做善事呢？”我正要剖析辩解，说生平没有此事，又听见鬼判官厉声说道：“你忘了《善恶果报图》的事情了吗？况且你素来言语不谨慎，因此将你考中秀才的时间推迟十年，并让你多次遭遇丧偶之事，常常陷入困窘之境。你如果继续任性狂妄悖理，你的寿命也快到头了。你果真能发愿刊行《善恶果报图》，使得一千多人因受到劝化而醒悟的话，不但可以使你从前的罪过得到宽赦，而且自会获得福报。”我随即惊醒，出了一身冷汗，然而这时我还是认为只是梦境不足为信，并且因为新年期间忙于游戏应酬，也就没有把此事放在心上。

一天，我忽然吐了三口血。当天夜里，我又梦见那个鬼判官怒斥我说：“你萌生了一丝悔过之心，但随后还是执迷不悟。你的病还会继续。”第二天早晨，我急忙把事情的原委告诉了两个表弟。我于是发愿持斋七天，嘱托表弟刊刻《善恶果报图》，并恭敬严谨地附上文字说明，两位表弟也随即多方劝募资助，用了十天时间就圆满完成了刻印工作。希望善男信女广为劝导，将此图粘贴在墙壁上，朝夕观看用来警戒自己，长期坚持这样做，自会获得善报。那些不相信地狱之说的人可以就以我为鉴。这就是我对世人的劝告。

6.4.4 改过获福

浙江戊子孝廉某自述改过获福记曰：余自十五岁出考后，凡淫杀口过，无所不犯。至二十八岁，小试九黜。一日，于旧书中见《敬信录》一本，知善恶之报，懔然自思功名无望矣。及阅《感应篇》，见“有曾行恶事，后自改悔，久久必获吉庆”等句，于是穷而思反，誓改前愆。（时道光乙酉五月初三日）

是夜，又于灶前焚香立誓，由是孝父母、戒邪淫、寡口过、放生命。丙戌岁试，即侥幸。戊子乡试前，就于坟祈梦，竟夕不寐。俄闻座上呼名，余即起视，见一蓝袍者端坐，视余曰：“尔命本无功名，兼获罪已多，将以贫夭罚汝。因汝见《敬信录》即改过从善，上帝嘉之，倘能不倦，何须预问前程？”言毕，将袍袖一拂，余遂惊醒，乃知呼名起视已入梦中矣。是科，又侥幸获中。

故录此以告四方同志者，切勿以劝善诸书置若无睹，诚能随时展看，敬信力行，纵有前愆，可望科第，又况素无亏行者耶？

【译文】浙江戊子科举人某自述其改过获福的经历说：我自十五岁开始参加考试以来，凡是邪淫、杀生、口过等过恶，没有不触犯的。到了二十八岁，我先后九次参加秀才考试，都落榜了。一天，我在旧书中见到一本《敬信录》，知道了善恶果报的道理，惊惧地反省自己，认为自己没有希望考取功名了。等到阅读《感应篇》，看见其中有“有曾行恶事，后自改悔，久久必获吉庆”的句子，于是在穷困艰难的境地之中，力图改变现状，誓愿痛改前非。（当时是道光五年乙酉五月初三日）

当天晚上，我又在灶神前焚香立誓，从此之后我便致力于孝顺父母、戒除邪淫、减少口过、戒杀放生。道光六年（1826）丙戌，参加由学政主持的岁考，我就侥幸被录取了。道光八年（1828）戊子科乡试前，就在于谦墓前祈求示梦，通宵未睡。过了一会儿，听见座上有人呼唤我的名字，我随即起身观望，只见一位身穿蓝袍的人端坐在上面，看着我说：“你命中注定本无功名，并且所触犯的罪过已有很多，上天打算用贫穷、短命来惩罚你。因为你看到《敬信录》后随即改过从善，上帝嘉奖，你如果能坚持不懈，又何必提前过问前程呢？”说罢，那人将袍袖一甩，我于是一惊而醒，这才知道刚才听到呼名起身观望时已经是在梦中了。当年乡试，我又侥幸考中。

所以我将自己的经历记录下来，以劝告四方与我志同道合的人们，千万不要将劝善的各种书籍置若无睹，如果真能随时翻阅，虔诚信奉，身体力行，纵使从前犯有罪过，也有希望考取功名，更何况那些平素德行无亏的人呢？

6.4.5 李坤华

《灶君劝善文》，于嘉庆己卯夏五月二十日戌时，李坤华口述者也。坤华系江苏太仓州宝山县月浦镇人，父母早亡，入赘朱氏。是年三月十三日，忽见一鬼排闼而入，厉声一呼，霎时寻灭。是后屡屡缠绕，至五月十九，李独卧，鬼竟近床曰："江先生，吾寻尔久矣，特来索命。"李曰："尔错认了，吾姓李，非江，与汝何雠？"鬼曰："非今世，乃前世之雠也。吾徐州府沛县人，姓陆，名殿臣。尔前世邑庠生，为吾近邻，姓江名元之，曾私吾妻，事泄，吾妻投水死。吾畏尔势焰，不敢鸣官，但索葬费，尔竟置之不睬。吾恨极，回家抑郁而死。本即欲图报，缘尔事亲孝，广积阴功，乐行善事，未能下手。今禄籍已削，转生此地，特来报冤，不汝贷也。"李大惊，趋出闺帏，取刀望空乱斫。家人急去其刀，问其故。李将前事诉明，须臾又闷绝倒地。鬼借口曰："尔伤吾二命，怎肯休也？"或叩之曰："此事几何载矣？"曰："六十五年。"又问："尔妻何不自至？"曰："尚无替代，不能脱身。"李岳父朱永祺，具衣冠拜叩，许送冥赀一万，四时享祀，劝其宽宥。鬼不允。永祺又焚香祷于灶神，并诚意哀祈，李至天明方醒，醒时所述情由与昏迷时言语无异，且言冤鬼不久应投生去，今夜必来报雠。永祺即于是日虔诚祭祀，多化冥赀，至戌刻，李又昏倒，言曰："万恶淫为首。尔坏吾名节，伤吾两命。”言毕，舞蹈作斗殴状，按之不住。

久之，乃曰：“灶君传唤，速去速去。”顷刻，灶君亦即借口示鬼曰：“查李坤华前生曾作善事，转世应中进士，早登禄籍，官至侍郎。缘有因奸致死一案，上帝已夺其寿算，削其禄籍。并罚江氏子孙七世贫贱矣。曾经定案，今李氏惟此一子，不应绝嗣。尔不得仍此滋扰，着即具结回籍。”鬼爽然若失，欷歔长叹，曰：“吾不远千里跋涉至此，过一百七十三处衙门进见，费尽千辛万苦，今奉灶君押令回籍，冤不得报。但报冤有三，有当世报者，阴世报者，来世报者，直至七世方休。今兹不报，又待来世矣。”无可奈何，乃具结收绽，临行将李当胸一殴，大哭而去。

李闭目片刻，起索笔砚，或问何用，李曰：“灶君有《劝善文》，命我代书。”李遂将训文朗诵两遍，随诵随录，众观之，真宝训也。但愿世人遵依奉行，转相劝戒，勿负司命谆谆训谕，一片慈心。定然转祸为福矣。嘉庆二十四年六月朔日月浦李坤华记。

【译文】《灶君劝善文》这篇文章，是在嘉庆二十四年己卯(1819)夏五月二十日戌时，由李坤华口述的。李坤华是江苏太仓州宝山县月浦镇(今属上海市宝山区)人，早年父母双亡，入赘于朱家为婿。这年三月十三日，他忽然看见一个鬼推门而入，厉声一呼，瞬间又消失不见。自此以后，李坤华就频繁地被鬼纠缠搅扰，到了五月十九日，李坤华独自卧床，鬼竟然走近床前说：“江先生，我寻找你很久了，特来索命。”李坤华说：“你认错人了，我姓李，不姓江，与你有何冤仇？”鬼说：“不是今生，而是前世的冤仇。我是徐州府沛县人，姓陆，名殿臣。你前世是县学里的生员，是我的近邻，姓江，名元之，曾与我的妻子私通，事情败露，我的妻子投水而死。我惧怕你的势力和气焰，不敢报官，只向你索要丧葬费，你竟然置之不理。我愤恨至极，回家后抑郁而死。我本想立即报仇，因为你侍奉父母孝顺，广积阴德，喜欢做善事，所以未能下手。如今你已被从禄籍（旧时谓天上或冥府记录人福、禄、寿的簿册，也指为官食禄的簿籍）上除名，转生在此地，我特来报仇，不会宽恕于你。”李坤华大惊，跑出卧室，拿刀对着空中乱砍。家人急忙夺掉他手中的刀，问他为何如此。李坤华将前面的事讲述了一遍，很快又昏迷倒地。鬼凭借李坤华之口说：“你伤害了我家两条性命，我怎肯善罢甘休呢？”有人询问说：“这是多少年前的事？”鬼说：“是六十五年前的事。”又问：“你的妻子为何自己不来？”鬼说：“还没有找到替死之人，不能脱身。”李坤华的岳父朱永祺，整理衣冠叩拜，答应焚送一万冥钱，并一年四季按期祭祀，劝说冤鬼宽赦李坤华。冤鬼不同意。朱永祺又焚香向灶神祷告，并且诚心诚意地哀告祈求，李坤华直到天明才苏醒过来，他醒来时所讲述的情由与昏迷时所说的话一致，并且说不久后冤鬼就要投生而去，今夜必来报仇。朱永祺就在当天虔诚祭祀，焚烧了很多冥钱，到了戌时，李坤华再次昏倒，又以冤鬼的语气说：“万恶淫为首。你败坏我的名节，伤害了我家两条性命。”说罢，手舞足蹈做出打斗的姿态，家人按压不住。

过了许久，又说：“灶神传唤，快去快去。”不一会儿，灶神也随即借李坤华之口对冤鬼指示说：“查李坤华前生曾做善事，转世后应考中进士，早年为官享受俸禄，官至侍郎。因为前世曾有因奸致死一案，天帝已削减他的寿命，削除他的官禄，并罚江氏子孙七代贫贱了。此案早就已有定论，如今李家只有这一个儿子，不应该绝嗣。你不得仍然在此滋扰，命你立即出具保证书，然后返回原籍。”冤鬼仿佛茫无主见、无所适从的样子，欷歔长叹，说：“我不远千里，跋涉至此，进见过一百七十三处衙门，费尽千辛万苦，今日奉灶神的命令返回原籍，不能报仇。但是报仇的方式有三种，有当世报、阴世报和来世报，冤仇直到七世之后才算完全结束。现在不能报仇，又要等到来世了。”冤鬼无可奈何，于是出具保证书，收下冥钱，临走时对着李坤华胸口打了一拳，大哭而去。

李坤华闭目片刻，起身后索要笔砚，有人问他要笔砚何用，他说：“灶神有一篇《劝善文》，命我代为书写。”于是李坤华将训文朗诵了两遍，一边朗诵一边记录，众人观看，都认为确实是宝贵的训文。但愿世人遵照奉行，辗转相互劝戒，切勿辜负灶神的谆谆训导和一片慈心。长久奉行，定然可以转祸为福。嘉庆二十四年（1819）六月初一日月浦镇李坤华记。

6.4.6 放生

仁和陈（浦曾）新洛氏云：人物一理，生死同情，好生恶死，不独人为然，物亦然也。余惟记先府君秋裳老人素有肠红症，因无他苦，姑且不治。道光壬午冬，疾复作，适有人传一方，方用鳝鱼数条，活剖取血，以素米糕和丸，吞三次，无不愈者。老人闻之，欲觅鳝，时天寒不得逮。次年正月病增剧，神形委顿，诸药莫效，因急欲觅鳝试之。余偶立门首，忽有卖鱼者过，视担中，竟有巨鳝二尾。既买进，忽转念曰：“此巨鳝，实不忍死之，奈如老人之恙何？”因私祝曰：“尔有灵能佑我老人疾就痊，余即放尔。”姑畜厨下，次早问疾，乃曰：“不觉已减其半。”又次日，竟全愈。二鳝尚畜缸中。一日骤雨，二鳝跃出，无从寻觅。

越半月余，梦有人告曰："鳝已从窨中出，急须放于河，不然恐人见而杀之。不惟伤彼命，且食之害人也。"明日忘之，晚家仆蔡福患急痧，余诊其脉，六部俱伏，疑为毒中。旁一仆笑曰："彼不听我言，故至是。是将巨鳝烹而食之矣。"急取紫金锭及青果汁投之，仆病渐痊。余乃大悔，忘却前夕之梦，懊恨竟日。

是岁五月，余忽得奇疾，瘖痱（yīn fèi）并作，卧床如死，诸药莫疗，自揣无生也。一夜，又梦人告曰："前窨中尚有一鳝，不早救之，恐不免于杀。"及觉，亟觅得之，遂放于河。时癸未年之五月杪也。病不觉自此渐松。至甲申春，痱症竟愈，行步如常。惟瘖疾难疗，终日兀坐，心如死灰，眠食看书外，无一事也。

一日，偶检案头《龙舒云栖净业合编》，知念佛能起沉疴，一句弥陀可灭八十亿万生死重罪，遂猛勇一心念佛，日夜默诵无间。梦中每每念醒。日间除念佛外，翻阅《净业合编》中有《师子峰净业文》与《莲池大师戒杀放生》二文，默念无辍，并立愿将此三篇钞写多本编送同人，因名之曰《正助净因》。六月适予三十诞辰，即以此书散之亲友。

旋又患时症，病危急甚，老人已为余具后事矣。惟一息尚存，复往仙坛虔祷，蒙降乩云："急服诚应丸，即见其症之名。"其时已诸饮不受，惟此药则下咽三四钱。至次日，忽口中吐出一虫，如蛇状，口眼悉具，头圆尾尖。一时音出，便能言。又次日，复呕一虫如前，较小。由是，神气渐清，胸次开爽，瘖疾瘳（chōu），而外感又转为疟。更月余，新旧疾并痊。

噫！三年疾苦，一旦霍然，方知放生念佛，竟可起死回生。予若信心不坚，恐难望生矣。老人云："仙方内有雷丸一味，专治虫。"因是虫出而症愈云。

【译文】浙江仁和县（今杭州市）的陈浦曾（字新洛）说：人和动物遵循同样的道理，对生死具有相同的情感，贪爱生命、惧怕死亡，不只是人如此，动物也是这样。我还记得已故的父亲秋裳老人平素患有肠红症（大便出血），因为没有其他的痛苦，姑且没有医治。道光二年壬午（1822）冬天，病情复发，正巧有人传授了一个偏方，说是用几条鳝鱼，活剖取血，再用素米糕拌和制成药丸，吞服三次，无不立刻见效。我父亲听说之后，想要寻找鳝鱼，当时天寒地冻，捉不到鳝鱼。第二年正月，病情加剧，我父亲精神和形体萎靡不振，服用各种药物都没有效果，于是急于想要寻找鳝鱼试一试。有一天，我偶然站在门前，忽然有个卖鱼的经过，我看见他所挑的担子中，竟然有两条很大的鳝鱼。我将鳝鱼买下后，忽然转念一想："这么大的鳝鱼，我实在不忍心杀死它们，可是对老人的病情该怎么办呢？"于是我暗中祝祷说："你们如果有灵性，能保佑我的父亲病愈，我就放了你们。"我把鳝鱼暂且蓄养在厨房，第二天早晨询问父亲的病情，父亲说："不知不觉间病情已减轻了一半。"又过了一天，我父亲竟然痊愈了。那两条鳝鱼仍蓄养在缸中。一天突然下大雨，两条鳝鱼跳出来，没有找到它们的踪迹。

过了半个多月，我梦到有人告诉我说："鳝鱼已从地窖中出来，必须尽快将它们放生到河中，不然恐怕被人看见后会杀掉它们。这样不仅会伤害它们的生命，也会毒害了吃它们的人。"第二天我忘记了此事，晚上我家的仆人蔡福患上了急痧之症（指霍乱、中暑、肠炎一类的急性病），我为他把脉，发现六脉俱伏，怀疑他是中了毒。旁边的一个仆人笑着说："他不听我的话，所以导致这个结果。他将一条大鳝鱼烹煮吃掉了。"我赶快取紫金锭（中成药名）及青果汁给他服用，仆人的病渐渐痊愈了。我这才因忘记了前一天晚上梦中之事，而感到非常后悔，懊丧悔恨了一整天。

这年五月，我忽然得了怪病，舌头僵硬不能说话，四肢不能动弹，卧在床上就像死了一样，服用各种药物都没有效果，自料这次活不成了。一天晚上，我又梦到有人告诉我说："上次所说的地窖中还有一条鳝鱼，如果不及早营救，恐怕它也不免遭人杀害。"我醒来后，急忙寻觅，找到鳝鱼，将其放生到河里。当时是道光三年癸未（1823）五月底。自此，不知不觉间我的病情就渐渐好转了。到了道光四年甲申（1824）春天，四肢不能动弹的症状竟然痊愈了，迈步行走一如往常。只是舌头僵硬不能说话的症状还难以奏效，我终日枯坐，心如死灰，除了睡觉、吃饭、看书之外，没有其他的事可做。

一天，我偶然翻阅书桌上的《龙舒云栖净业合编》一书，知道念佛能对治久治不愈的疾病，一句"阿弥陀佛"佛号可以消灭八十亿劫生死重罪，于是我发勇猛心一心念佛，日夜默诵不停。梦中也常常念佛而醒。白天除念佛外，我翻阅《净业合编》一书，其中有《师子峰净业文》与《莲池大师戒杀文》《莲池大师放生文》，我默念不停，并且发愿将这三篇文章抄写多本编成小册子送给朋友，并将此册取名为《正助净因》。六月，正逢我的三十岁生日，我便将此书分发给亲友。

不久，我又患上时下流行的传染病，病情特别危急，我父亲已经在为我准备后事了。当时，我只有一口气还在，父亲又前往仙坛虔诚祈祷，蒙神乩示说："赶紧服用诚应丸，就能知道他患病的缘由了。"当时我已不能饮食，唯独对此药却能咽下三四钱。到了第二天，我忽然从口中吐出一条虫子，如同蛇状，口眼都有，头圆尾尖。顿时，我便能发出声音，也能说话了。又过了一天，我又像昨天一样吐出一条虫子，只是比较小而已。从此之后，我神气渐渐清爽，心胸舒畅，舌头僵硬不能说话的病症也完全好了，而感染的传染病也转为疟疾了。又过了一个多月，新旧疾病全都好了。

嗬！三年的病苦，一旦霍然痊愈，才知道放生念佛，竟然可以起死回生。我如果信心不坚，恐怕很难有活下去的希望了。我父亲说：“仙人开列的药方内有一味药是雷丸，专门消积杀虫。”因此，体内的寄生虫排出后，病就痊愈了。

6.4.7 侠虎

秦州黑林沟，万山环抱中，多虎患。有夫妇偕老母、幼女筑茅舍以居，种田为业。一日侵晨，邻妇来乞火，甫推门入，见其母仆地下，一斑白虎蹲其旁。邻妇失声疾走，两扇扉仍闭，盖门楣欹侧，故扇自阖也。归告家人，于是纠合乡人持械往擒。先穴窗窥之，见男妇并死东床上，其西床惟幼女腿，血污淋漓，知虎在室中，为所食也。顾扉闭，虎不得出，众亦无敢入，良久计无所出，遂报官。飞传猎户，鸟枪绳网相将驰至。乃取网蒙其户牖外，而以长竿刺其扉，扉辟，虎跃出，网亦陡落，虎在网中纠缠颠覆，四足陷入网目，愈肆咆哮，移时力尽而踣，乃缚之。得生擒焉。

然后入室检视，男妇皆啮吭死，幼女则虎所食余，惟其母了无伤痕，营救复苏。讯以原委，盖子与妇素忤，是夜虎入院，妇觉，恐食其猪，遂推其夫出视，夫已醉酒，不欲动，因趣其母视之，母病痢未及答，妇乃怒骂，幼女促其母出，母不得已，力疾启门，而虎已突入，以故惊倒，昏不知人，卒竟无损也。是时，观者数百人，佥曰：“卫母而杀不孝，此侠虎也。杀之不义。”官乃比照擅杀罪人例，杖虎八十，纵之深山。时乾隆四十八年八月十有五日事也。

【译文】甘肃秦州（今天水市秦州区）的黑林沟，地处万山环抱之中，多有老虎为祸。有一对夫妇和老母亲、年幼的女儿，构筑茅屋居住在此地，以种田为业。一天清晨，邻家妇人来借火，刚推门而入，就看见他的母亲倒在地上，一只斑白的老虎蹲在她旁边。邻妇吓得失声喊叫，急忙逃跑，两扇门仍然关闭，原来门框倾斜，所以门扇又自动关上了。邻妇回到家中，把此事告诉了家人，于是邻妇的家人纠集乡人拿着器械前往擒虎。众人先从窗缝往里窥视，看见夫妇二人一并死在东床上，西床上只有幼女的一条腿，鲜血淋漓，众人知道老虎在房中，幼女已被老虎吃掉了。但因为房门紧闭，老虎不能出来，众人也不敢进入。过了许久，众人想不出办法，于是报告官府。官府迅速召集猎户，猎户们拿着鸟枪绳网结伴赶来。猎户用网蒙在门、窗外，而用长竿戳捣房门，房门打开，老虎跃出，这时网也突然落下，老虎在网中挣扎动弹，四足陷入网眼，愈加放声咆哮，不多时，老虎力气耗尽趴在地上，猎户将其捆绑。就这样成功将老虎生擒了。

然后众人进入房中验看，只见夫妇二人都被老虎咬断喉咙而死，幼女被老虎吃掉后只剩下一条腿，只有其母全无伤痕，经急救苏醒过来。众人向其母询问事情的原委，原来儿子与媳妇素来对母亲忤逆不孝，这天夜里，老虎进入院中，妇人察觉，恐怕老虎吃掉家里的猪，便催促丈夫出去察看，丈夫已经醉酒，不想动弹，于是又催促老母亲出去察看，其母正患有痢疾，还未来得及答话，妇人就开始怒骂，幼女也催促奶奶出去察看，老母亲不得已，勉强支撑着病体打开房门，而此时老虎已经突然闯入，因此惊倒于地，昏迷不知人事，最终竟然毫发无伤。当时，前来围观的有数百人，众人都说："保卫老母亲而杀死不孝之人，这是一只侠虎。杀死它是不义的行为。"县官比照擅自杀死罪人的法律规定，将老虎杖责了八十下，然后释放回深山。这是发生在乾隆四十八年（1783）八月十五日的事情。

6.4.8 田邨堡某男子

蓟州田邨堡某姓男子，值高粱茂密时，在野调戏一十二岁挑菜女子，不从，强之，女痛而号詈。男子闻有謦欬（qǐng kài）往来之声，遂逸。行人寻至，见女倒地被污，失声泣叫状。喧言村中，女父母闻而领归，是夜，缢死。亟赴诉于官，官诘男子状貌、年齿，据所言，佥指为某家子。遂签役捕之其家，知子罪无可逭（huàn），计死之以免累。乃持子双足，逆投井中，砰然一声，料无生理矣。及捕役来，诡言不知所往。方于四乡搜索，瞥见井旁蹲踞一人，迫视之，则惛愦迷罔，沙泥满头，衣湿淋漓，盖即某子也。因逮之官，一讯而服，立置大辟。或问以投井何复出，自言毫无所知，众乃悚然于冥冥中鉴察莫爽，不容显戮之幸逃耳。事在乾隆戊申岁。

【译文】蓟州（今天津市蓟州区）田邨堡的某姓男子，趁高粱茂密时，在田野间调戏一名十二岁的挑菜女子，女子不从，男子便将其强奸，女子痛苦地呼喊叫骂。男子听见有往来的行人咳嗽谈笑之声，于是逃跑。行人寻找到女子，看见了女子倒在地上被奸污，失声哭喊的情形。事情传到村中，女子的父母听说后将她领回家中，当天夜里，女子自缢而死。女子的父母急忙前往县衙报官，县官询问作案男子的相貌、年龄，据他们所言，众人一致认为是某家的儿子。于是发签派出差役前往男子的家中抓捕，男子的父亲知道儿子罪无可逃，打算私自将儿子杀死以免受到牵累。于是，男子的父亲抓住儿子的双脚，将他头朝下投入井中，砰然一声，料想儿子肯定没命了。捕役到来后，男子的父亲谎称不知儿子去了哪里。捕役正在四处搜索时，瞧见井旁蹲着一个人，靠近细看，那人神志不清，泥沙满头，衣服湿透，正是某家的儿子。捕役将其逮捕到县衙，只审讯了一次他就认罪伏法了，立即被判处死刑。有人询问男子被父亲投入井中后为何还能出来，男子自言完全不知道怎么回事，众人也为此感到震惊恐惧，原来冥冥之中自有神灵鉴察，报应丝毫不差，不容罪犯侥幸逃脱国法制裁、明正典刑、斩首示众。这是发生在乾隆五十三年（1788）戊申岁的事情。

6.4.9 同治元年湖州防堵

总戎王之敬之亲军王炳炎，赴湖防局禀报其主，王之敬阵亡落水，尸骸至今无下落。东山贼已退去，督办湖防局道员赵景贤，饬令该山绅董郑言煊等，同王之敬之子守备衔王祖培，四处访查。

二月二十日清晨，王祖培寻至教场演武厅之西，见一犬卧于土堆之上，向其哀号不已，认系王之敬所畜之犬。王祖培异之，将土堆挖开，见有席裹尸身一具，虽身首异处，而面目如生。头颅、腰后、两眼、胸膛、小腹、臂等处，均受炮子伤。查看确系其父。郑言煊等询诸附近居民，云伊等于贼船退后，捞获掩埋，并指称尚有同时浮尸，附葬其侧。复经掘得二尸，验其腰牌，为炮船勇目黄通裕、俞春生，均受重伤。随与王之敬尸身，分别棺殓。

据赵景贤禀报上宪，查王之敬天性忠勇，由上海捕盗局勇目出身，洊升总戎，在长江带船剿贼，屡著战功。上年三月，太湖吃紧，奉檄始由水营调赴太湖任所，旋值苏、常沦陷，太湖三面皆贼。总戎孤军设守，屡挫贼锋，东、西两山，赖以安堵。嗣缘大股逆匪回扑东山，总戎兵少援绝，临阵捐躯。经杭州将军奏请，将王之敬追赠提督衔，勅部照提督阵亡例从优议恤，并于东、西两山建立专祠，以昭忠荩。炮船勇目黄通裕、俞春生二名，因之均得请议恤云。

【译文】江南福山镇总兵王之敬的亲兵王炳炎，奔赴湖防局（湖州负责团练防堵太平军的机构）禀报说他的主人王之敬阵亡落水，尸骸至今没有下落。东山（今江苏苏州市吴中区东山镇）的太平军已经退去，督办湖防局的道员赵景贤，责令东山的士绅郑言煊等人，会同王之敬的儿子、时有守备职衔的王祖培，四处访查。

二月二十日清晨，王祖培搜寻到教场演武厅的西边时，看见一只狗卧在土堆上，向他不停地哀号，他认识这是父亲王之敬所养的狗。王祖培大为惊异，将土堆挖开，看见一具用草席裹着的尸体，虽然身首异处，但是面目如生。头颅、腰后、两眼、胸膛、小腹、手臂等部位，均有枪炮子弹的伤痕。王祖培查看尸体，确实是自己的父亲。郑言煊等人询问附近的居民，居民们说这些尸体是他们在贼船退去后，从水中捞起并掩埋的，并称同时还捞起几具浮尸，附葬在旁边。经过挖掘，又发现两具尸体，查验尸体上的腰牌，分别是炮船勇目黄通裕和俞春生，均受重伤。众人随即将他们与王之敬的尸身，分别装棺入殓。

据赵景贤向上级禀报说，经查王之敬天性忠勇，由上海捕盗局勇目出身，逐步升任为总兵，在长江带领兵船剿贼，多次建立卓著的战功。去年三月，太湖战事紧张，王之敬奉命由长江水师调任太湖任所，（负责太湖地区防御太平军事宜，）不久适逢苏州、常州沦陷，太湖三面都被太平军包围。王总兵孤军布防，多次挫败太平军的嚣张气焰，东山和西山，赖此得以安然稳固。后来，因为大股太平军回扑东山，王总兵因手下士兵稀少且孤立无援，临阵捐躯。经杭州将军奏请，朝廷将王之敬追赠提督衔，又敕令兵部按照提督阵亡的条例从优抚恤，并在东山和西山建立专祠，以昭示其忠诚报国之心。炮船勇目黄通裕、俞春生二人，于是一并得到朝廷抚恤。

6.4.10 武帝显灵

咸丰丁巳，粤逆围攻建宁，号称二十万，真正发匪约二三万人，余则胁从者多。挖掘地道之外，入门爬城者无虚日。自四更至黎明，守城兵勇尤戒，倦卧城上。每门雉堞前皆供奉神像，惟圣帝、真武、天尊暨武帝为多，神前昼夜烧巨烛二枝。皋门近城中黄华山，地势高下不齐，最难堵守。贼列营寨，望楼亦最多。当城楼处尤为险要，每日夜守者二百余人，更番防范。

一夜风雨交作，五更犹奔走泥淖中，饥寒交迫，倦不可支，均熟睡神前香案左右。悍贼数十，架云梯爬登而上，皆身穿短油衣，手执利刃，已上者七人，梯半又数十人，城下接应者无数，皆竹盔雨衣，俟爬城者得手开城，即一哄而入。万分危急之际，众皆鼾沉未醒。忽武帝座前巨烛骤然倒地，爇兵勇面，痛极狂呼，众惊醒，见贼，大声齐叫杀贼，金鼓乱鸣。邻堞兵勇，半守半来救应，立杀三贼，四贼跳城而逃，梯上之贼及城下接应诸贼自乱。城上又以枪炮击毙数人，余遂退。

斯时若非武帝有灵，此烛何以不先不后，适于贼上之时倒地，若是之巧者哉？又闻活擒长毛讯供时，佥云夜攻各门，城上皆有长髯大将骑马往来驰骤，若指麾拒敌之状。故百计攻围，终不能破云云。然亦由建郡人心良善，免遭屠戮耳。

【译文】咸丰七年丁巳（1857），太平军围攻建宁府城（今建瓯市），号称二十万，其中真正的太平军约有二三万人，其余大多是被胁迫跟从的人。他们除了挖掘地道外，每天还派人不间断地攻门爬城。自四更到黎明，守城官兵还在严加警戒，困倦了就卧在城墙上睡一会儿。每座城门的雉堞（又称齿墙、垛墙、战墙，是有锯齿状垛墙的城墙，用于掩蔽守城者）前都供奉着神像，以圣帝、真武大帝、天尊和关圣帝君为最多，神像前昼夜燃烧着两枝巨大的蜡烛。皋门靠近城中的黄华山，地势高低不齐，最难防守。太平军在皋门前安营扎寨，并建立了很多望楼。正对城楼的地方更为险要，每日每夜都有二百多名官兵守卫，轮流交替防范。

一夜风雨交作，五更时守城的士兵仍奔走在泥泞中，饥寒交迫，身体疲惫，难以支撑，不久便都在神像前的香案左右睡着了。有几十个凶悍的贼兵，架起云梯，攀爬而上，他们都身穿短的油布雨衣，手执利刃，已经有七个人登上城墙了，还有几十个人正在攀爬云梯的过程中，城下接应的贼兵更是不计其数，都头戴竹盔，身穿雨衣，等爬城者偷袭成功，打开城门，他们就可一哄而入。在这万分危急之际，守城的士兵都还在酣睡未醒。忽然，关圣帝君神座前的大烛突然倒地，烫到了守城士兵的脸，痛极大喊大叫，众人被惊醒，看见贼兵已经攻上来了，大声齐叫杀贼，金鼓乱鸣。相邻城墙的兵勇，一半留守，一半前来救援，立刻杀死了三名贼兵，其余的四名贼兵跳城逃跑，云梯上的贼兵和城下接应的贼兵们顿时乱作一团。城上的官兵又用枪炮击毙多人，于是其余的贼兵都退去了。

当时如果不是关圣帝君显灵，此蜡烛为何不先不后，恰好在贼兵登上城墙时倒地，如此之巧合呢？我又听说，有被活捉的贼兵受审时，都说夜里攻打各个城门时，看到城上都有一位长髯大将骑着马往来奔驰，好像是在指挥作战的样子。所以他们想尽办法攻城，终究不能攻破等等。然而也是由于建宁府的百姓人心良善，才避免了遭到屠杀啊。

6.4.11 江中丞

江岷樵（忠源）中丞，湖南新宁人。道光二十七年，粤匪雷再浩煽乱，公率乡团数百人平之，宣宗嘉其功，赏戴蓝翎，以知县归部即铨，适浙抚请员，拣赴浙。至则浙中大水，檄公摄秀水事，办菑（zāi）政，为两浙最初。公之在京师也，侍郎曾公国藩深相器重，尝曰：“方今天下士，吾于沅湘间得二人，惟严君（正基）与江耳。”

及咸丰元年，粤氛益炽，天子命李公星沅督师剿之。时公丁父艰回里，严君任粤西粮台，以公才荐于粤抚邹公鸣鹤。而督师赛相国（赛尚阿）已先奏请公襄军事。是时，贼尚扰浔柳间，我兵环攻不利，而达都统（达洪阿）与乌都统（乌兰泰）不相得。公至乌营，以蔺廉事说之。乌意解，亲诣达营谢。乌遂留公参军事。是年八月，贼由武宣出，陷永安岛，提单师追及，屡战胜之。于是与向提军（荣）分统南北两军，大小凡百余战，未尝败衄。

越二年正月，永安久围不下。乌以正月四日谒督师大营，赛相不为礼，乌忿甚，将劾奏赛帅，公婉言解之，继之以泣。乌怒稍释，而公心疾骤发，辞归。二月，贼溃围出，乌追击二昼夜，乘胜进至大峒，道险士饥，疲不能军。贼迫山径为垒，绕出我军后。同时，四镇俱亡，溃卒自践踏，颠坠崖谷，死者无算。于是，贼遂长驱至桂林，乌复尾追，会城外之将军桥，为伏炮所伤，卒于军。议者皆叹悼，谓公若在军，乌必不至败，即败亦不至亡军若是之烈也。

贼既逼桂林城下，势张甚。公在里闻桂林被围，急倾家资，募死士七百驰赴援，列营城东，屡挫贼锋。未几，贼宵遁，窜入全州。公潜师设伏，又败之于蓑衣渡。后数月，贼由道州围长沙，及解围，公又以偏师击灭浏阳土匪。督抚交章上其功，由知府晋监司。

三年二月，简授湖北按察使。会朝廷敕公襄江南军务，行次九江，闻贼犯豫章，兼程进守南昌。贼穴城火攻甚急，蚁附乘城。公随机迎击，城濒陷者数矣。由此，公名震天下。旋简授安徽巡抚。是时，安徽会城已改迁庐州，贼氛压境，兵不满千人，势难坚守。公甫抵庐，贼即进营郭外，乃激厉士民登陴，简锐卒出击，相持月余日，外援不至，城乃陷，而公死矣。

事闻，上深悼惜，荫恤有加。公老母尚在。初无子，以四年元日，举遗腹子。今贼势蔓延，东南安得统兵者尽如公之忠勇哉？

【译文】江岷樵巡抚（江忠源，字常孺，号岷樵，晚清名将），湖南新宁人。道光二十七年（1847），瑶族首领雷再浩煽动叛乱，江公率领乡勇团练数百人将其平定，道光皇帝嘉奖他的功绩，赏戴蓝翎，以知县的身份参加吏部的铨选，正值浙江巡抚请求朝廷选派官员，吏部便选派江公前往浙江任职。到了浙江，正逢当地发大水，江公被任命代理秀水县知县，办理救灾事务，秀水县是两浙地区最先实施救灾的地方。江公在京城时，侍郎曾国藩对他非常器重，曾公曾说："方今天下之士，我在湖湘地区只发现了二人，就是严正基与江忠源。"

到了咸丰元年（1851），太平军的气焰更加嚣张，皇帝命令李星沅作为钦差大臣赴广西带兵围剿。当时江公因父亲去世回乡丁忧，严正基担任广西粮台，因江公有才干，便将其推荐给广东巡抚邹鸣鹤。然而在此之前，督师赛相国（赛尚阿）已经先行上奏朝廷请江公前去帮办军务。当时，太平军尚在浔州、柳州一带袭扰，官兵围攻不利，而达都统（达洪阿）与乌都统（乌兰泰）不和睦。江公来到乌都统的营中，用蔺相如、廉颇的事迹劝说。乌都统有所醒悟，亲自前往达都统的营中道歉。于是，乌都统留下江公，让他参谋军事。这年八月，太平军由武宣县出兵，攻陷了永安岛，江公率领孤军追击，多次战胜太平军。于是，江公与提督向荣分别统领南北两军，大小共百余战，从未失败。

两年后的正月，官兵包围永安州城(今广西蒙山县)，但久攻不下。乌兰泰都统于正月四日前往督师大营谒见，赛尚阿相国对他未加礼遇，乌都统非常愤恨，将要上疏弹劾赛督师，江公婉言劝解，到了痛哭流涕的程度。乌都统的怒气略消，而江公却心病突发，辞职归乡。二月，太平军突围而出，乌都统追击了两天两夜，乘胜进至大峒(在今广西岑溪县)，道路险窄，士兵饥饿，疲惫得不能作战。太平军迫近山路建立壁垒，绕到我军后方。同时，四位总兵(长瑞、长寿、董光甲、邵鹤龄)都已阵亡，官兵溃不成军，自相践踏，跌落崖谷，死者无数。于是，太平军长驱直入，攻打桂林，乌兰泰在后面追击，在城外的将军桥展开会战，被埋伏的大炮所伤，死在军中。议论的人都叹息哀悼，认为江公如果在军中，乌兰泰必然不至于战败，即使战败也不会士兵伤亡得如此惨烈。

太平军逼近桂林城下，气势更加嚣张。江公在家乡听说桂林被围，急忙倾尽家财，招募了七百名死士，火速奔赴广西救援，在城东安营扎寨，多次挫败太平军的势头。不久，太平军趁夜逃窜，窜入全州。江公暗中设下伏兵，又在蓑衣渡击败了太平军。几个月后，太平军从道州围攻长沙，长沙解围后，江公又率领小股军队剿灭浏阳的土匪(周国虞)。总督、巡抚交互上奏朝廷表彰江公的功勋，江公由知府晋升道员。

咸丰三年(1853)二月，朝廷任命江公为湖北按察使。后来朝廷敕命江公赴位于南京的江南大营帮办军务，走到江西九江时，听说太平军进犯南昌，随即星夜兼程奔赴防守南昌。太平军又是挖地道，又是用火攻，攻势猛烈，像群集的蚂蚁一样攀爬城墙。江公随时迎击，有好几次城池都濒临被攻陷的危险。从此之后，江公忠勇善战的威名震动全国。不久，朝廷任命江公为安徽巡抚。这时，安徽的省会已经由安庆改迁到庐州，太平军大兵压境，围困庐州，当时庐州的守军不满千人，势难坚守。江公刚一到达庐州，太平军就将营寨迁移到了城外驻扎，于是江公激励士民登城守卫，并挑选精锐的士兵出城迎战，双方相持了一个多月，援军未到，庐州城失陷，而江公也牺牲了。

江公牺牲的消息传到朝廷，皇上深为悼惜，给予隆重的褒扬和优厚的抚恤。当时江公的老母亲还健在。江公牺牲时还没有儿子，到了咸丰四年（1854）正月初一，他的夫人生下一个遗腹子（怀孕妇人于丈夫死后所生的孩子）。如今贼势蔓延，东南地区的统兵者是否都能像江公一样忠勇呢？

6.4.12 陈观察阖门殉难

咸丰三年二月，贼陷江南省城江宁，粮储道陈公克让，死之。君字问山，道光三年进士，由吏部外放。其先世为闽之晋江县人，今为奉天人。事闻，天子嘉悯，敕礼官议恤，入祀昭忠，建专祠奉天，以君配李恭人暨弟克诚、子松恩附祀。

贼之越皖而至也，在正月二十七日，金陵城周百里难守。兵溃后，余皆不任战，君方集士民泣谕，为战守计。而布政使祁公宿藻，递呕血死。将死，目复张君，抚背强语曰："今帑藏虽乏，藩漕两库尚十余万。可尽出以募士，不足则敛之民众谓善。"争于大府，不决。贼且至，君愤极，启将军劾奏，更募漕标水勇布城上。私语其仆周钧曰："吾办一死报国耳。"幕客风君以督粮出，可免。君怒，以为建康南北形胜，财赋倚之，乌可去？或曰："家属可避匿。"君顾恭人及幼子云："汝辈谓何？"皆泣，愿同死。

当是时，贼已大集，登城望见帆樯林立，而我兵登陴，寂无人。君日夜立汉西门，增置旗械。贼来攻，自城上燃大炮击之，时天日连阴晦雨，着衣如血。贼掘地道，攻破仪凤门。君与将军当城破处，力战，杀三十余人，贼少却。越日，贼复攻，城陷。君巷战，复刃数贼，众渐散。君肩受创，大呼曰："死而有知，当杀贼。"遂仆地。皆周钧所目击者，是为三年二月十一日，年五十五。君既遇害，仆周钧伺间匿其尸于短垣，并恭人及子若弟，皆瘗鼓楼南筹市口，以江宁道篆殉且识之。

恭人，处士李君广居长女。幼明敏，动合礼法，年二十一归君。后以疾请置侧室程氏，生松恩，抚若己出。金陵寇将至，有劝之去者。君弟克诚亦谓然。恭人曰："去为民倡，且取辱，不若死。"顾其子松恩曰："汝可从叔去。"松恩泣曰："儿奈何闻父死，舍而逃乎？"亦不去。先是，君持小石印与恭人约，见此自裁。至是，钧持石印至，家人哭，君弟亦哭，曰："吾何用生为？"出外舍，自经死。松恩幼，呼仆抱投缳。恭人出画一册，授仆曰："吾止一女，若得归，传语吾获死所，勿悲也。"乃起，整衣北向拜，始就义，年五十七。嗣子玉章，君异母弟惠吉出。

城破之夕，人声汹汹，火光数次，祥将军麾旗兵战殁，余官或死或匿。贼初入，散乱，钧乘间逸出，投大帅营，列旗角，书君全家死节状，旋浮海至辽。随君弟惠吉，持牒礼部，咨查江南。钧又哭诉御史台，卒得请如礼。

始钧至江南，赘毕翁女，婉丽善书画。贼围急，钧与诀，女曰："子死，主人心迹谁白者？妾当引决，以绝子累。"越日，遽仰药，不及敛，覆以衾。钧泣以告，君叹曰："贤哉女！汝妇死，则汝生，汝生则吾目可瞑矣。”果卒赖钧力得白。妇又烈，故附君志之。

【译文】咸丰三年（1853）二月，太平军攻陷江南省城江宁（今南京市），江安粮储道陈克让，壮烈牺牲。陈公，字问山，道光三年（1823）进士，由吏部外放到地方上任职。其祖上是福建晋江县人，现在是奉天（今辽宁）人。事情上报到朝廷，皇帝对陈公表示嘉奖和悼惜，命礼部官员评议其功绩并给予褒扬抚恤，入祀昭忠祠，在奉天建立专祠，并将陈公的夫人李恭人（四品命妇之封号）和弟弟陈克诚、儿子陈松恩一并入祠附祀。

太平军越过安徽而到达江宁，是在咸丰三年正月二十七日，南京城周围百里难以据守。官兵溃败后，其他官员都不善于作战，这时陈公站出来召集士民，流泪晓谕，谋划战守之计。当时江宁布政使祁宿藻，不停吐血而死。祁公临死前，紧闭的眼睛又张开，注视着陈公，抚摸着陈公的后背勉强说道：“如今官库的存银虽然已经不多，但布政使衙门仓库和漕运仓库中还有十多万两。你可以全部取出来招募兵勇，如果不够可以向百姓征收一部分，这是比较妥善的办法。”陈公向督抚极力争取，督抚犹豫不决。眼看太平军将至，陈公愤恨之极，禀告将军，请将军上疏弹劾督抚，并改变策略，招募负责漕运的水兵布防在城上。陈公私下对他的仆人周钧说：“我负责此事，拼一死以报国家而已。”幕僚风君建议陈公以督粮为借口出城躲避，可以免祸。陈公大怒，认为南京是连接南北方的军事重地，也是国家财税的重要来源之地，怎么可以一走了之、放弃不管呢？又有人劝陈公说：“您可以将家属送出城去躲避。”陈公看着夫人和幼子说：“你们认为应当怎么办？”家人都哭泣着说愿与陈公同死。

在这个时候，太平军已经大集于城下，陈公登上城楼望见太平军的兵船帆樯林立，而官兵登城发现，并没有多少人守城。陈公日夜站在汉西门门楼上，指挥增置旗帜、器械。太平军来攻，陈公在城上命令士兵点燃大炮回击，当时连日阴雨天气，雨水落在衣服上犹如血滴一般。太平军挖掘地道，攻破仪凤门。陈公与将军在城破之处拦截敌军，奋力战斗，杀死敌军三十多人，太平军稍稍退却。第二天，太平军再次进攻，南京城于是陷落。陈公展开巷战，又亲手杀死几名敌军，众人渐渐散去。陈公肩部受伤，大呼说："我如果死后有知，还会继续杀贼。"随即倒地而死。这都是周钧所亲眼目击的，当时是咸丰三年（1853）二月十一日，陈公时年五十五岁。陈公遇难后，仆人周钧趁机将陈公的遗体藏匿在短墙下，不久又将陈公及其夫人、儿子、弟弟的遗体，一并掩埋在鼓楼南筹市口，以江安粮储道官印殉葬，并做好标记。

陈公的夫人李恭人，是处士李广居先生的长女。幼年聪明敏慧，行为举止遵循礼法，二十一岁时嫁给陈公为妻。后来，李恭人因为自身多病请求陈公另纳妾室。陈公的妾室程氏生下儿子陈松恩，李恭人对他精心抚育，视如己出。太平军即将攻进南京城时，有人劝李恭人出城躲避。陈公的弟弟陈克诚也是这样认为的。李恭人说："我如果离开，是为百姓做不好的示范，并且是自取其辱的行为，不如一死。"李恭人又看着儿子陈松恩说："你可以跟随叔叔出城躲避。"陈松恩哭泣着说："儿怎么能听闻父亲的死讯后，舍家逃跑呢？"也没有离去。在此之前，陈公拿出一枚小石印章与夫人约定说，见到此印章就可自尽。此时，周钧拿着石印章回到家中，家人痛哭，陈公的弟弟也痛哭，说："我怎么能够苟且偷生呢？"说完，走到外屋，自缢而死。陈松恩年幼，呼叫仆人抱着他自缢。李恭人拿出一本画册，交给仆人说："我只有一个女儿（已出嫁)，她如果回来，你告诉她我死得其所，让她不要悲伤。”说完起身，整理衣服，向北叩拜，然后从容就义，时年五十七岁。立陈玉章为嗣子，他是陈公同父异母的弟弟陈惠吉所生的儿子。

南京城被攻破的那天晚上，人声喧沸，数次火光冲天，江宁将军祥厚(爱新觉罗氏，满洲镶红旗人)指挥八旗兵丁战斗而死，其余的官员有的牺牲、有的躲藏。太平军刚入城时，队伍散乱，周钧趁机逃出，投奔大帅营中，撕下一块旗角，在上面记下陈公全家死节的情状，然后乘船渡海前往辽宁。与陈公的弟弟陈惠吉一同到礼部呈文申请，呼吁查访江南军民牺牲事迹。周钧又到御史台哭诉，最终使得陈公全家获得了朝廷隆重的褒扬和抚恤。

周钧初到江南时，娶毕老先生的女儿为妻，妻子端庄秀美、擅长书画。太平军围攻南京城，情势危急时，周钧与妻子诀别，妻子说：“你如果死了，主人的心迹由谁来表明呢?我应当自尽，以免你受我牵累。”第二天，其妻就服毒自尽，周钧来不及置办棺椁装殓，只是将妻子的遗体用被子包裹掩埋。周钧把妻子的事情告诉了主人，陈公慨叹地说：“真是贤德的女子啊!你的妻子既然为你而死，你就应该活下去，你活着我就可以死而瞑目了。”后来，陈公及其家人的事迹果然依靠周钧才得以表明。周钧的妻子也是一位烈女，所以一并附记在此。

6.4.13 袁大令治盗

袁湛业，字琴池，兖州人。纳赀为吏，任粤之桂平县，时吏治久弛，诸有司皆讳言盗，故盗益横。又海南夷务军兴，散勇奸民日逋逃于西，相聚为盗。故浔梧诸郡，地邻于东者，尤称难治。桂平，浔属也，为水陆通衢，百贾云集，奸民出没无常。

官斯土者，类多罔利，饱私橐（tuó）而已，盗贼付之不问。

大令到官后，百废具举，治盗尤有声。桂平吏胥多为盗耳目，至是皆为官用。大令常于风雨晦冥之候，率数十人微服出，掩盗不备，辄有所获。尝于麻洞得二巨盗，其党谋欲篡夺，聚千余人围大令于白帝寺。从人皆股栗，莫知所为。大令笑曰：“何惧为？”使从人伏炮于门左右，大令当门立，贼畏缩相顾莫敢前。有以火器掷大令者，风反灼掷器者面。大令即燃炮，伤十余人。贼大奔，从役庆再生。大令曰：“盗必复来，吾即行，亦为所及。”乃断二巨盗首，悬于寺门，又设伏于贼来路，命之曰：“贼归乃击，毋妄动也。”计甫定，贼果来，至寺，捧首泣。伏发，又歼数十人，余皆惊走。是役也，大令以少击多，所杀颇多，又手刃渠魁，至是贼始畏官。

大黄江，浔之巨镇，旧有团练，岁费数千金，月取于市，土豪久据其利。大令思去之而未得也。适东匪千余人，与之争利，日相攻击，居民惊扰。大令会府协往剿，府协怯懦，日议所以调停者。大令奋然曰：“官为盗和，民焉用官？但坐观，我自击之。”战方合，大令立矢炮中，兵勇皆力战，贼败走。先是，大令命百余人出贼后伏于下流，曰：“此处滩险水急，渠顾舟不暇，不能战也。”至是，伏起，又击沉数舟。追逐至平南，贼皆舍舟逃。大黄江以是廓清。

大令莅任六载，治盗不遗余力，而盗痛恨之，思所以中之者。会粤南贡使过浔，被掠，部议罢官。大令即于是岁以忧愤死。

自功令严州县避擅杀罪，未有敢决盗者，而上官又恶闻盗。上下相蒙，盗贼滋多，吏治若是，欲无乱，不可得矣。大令死不十年，金田逆匪起于武宣、桂平之间，流毒海内。然后思如大令者，不可得也。书之，以为居官善治盗者劝。

【译文】袁湛业，字琴池，山东兖州人。出资捐纳为官，担任广西桂平县县令，当时吏治长期松弛，各部门官吏都因顾忌而回避谈论盗贼的话题，因此强盗更加横行肆虐。又因为广东地区兴兵防御外国军队侵扰，散兵游勇和奸民纷纷逃窜到广西，结成团伙从事强盗活动。因此浔州、梧州各府等邻近广东的地方，尤其以难以治理而著称。桂平县，隶属于浔州府，是水陆交通的枢纽，各地客商云集，奸民出没无常。在此地做官的人，多是为了谋取财利，中饱私囊而已，对于盗贼则置之不问。

袁县令到任后，许多被废置的事情都兴办起来，在治理盗贼方面尤其声名卓著。从前桂平县衙里的胥吏大多是盗贼的耳目，到现在他们都服从主官的调遣。袁县令常在风雨阴天的时候，带领几十个人微服出动，趁盗贼没有防备，往往有所收获。袁县令曾在麻洞抓获两名大盗，二人的同伙想要将二人夺回，聚集了一千多人将袁县令围困在白帝寺。袁县令的侍从都吓得瑟瑟发抖，不知道该怎么办。袁县令笑着说："有什么可怕的呢？"命令侍从在寺门左右两侧埋伏大炮，袁县令当门而立，众盗贼畏缩相视，都不敢上前。有盗贼把火器投向袁县令，风向反转，火器反而灼伤了投掷火器的人。袁县令随即下令燃放大炮，击伤了十多个盗贼。盗贼受惊狂奔，侍从们都庆贺死里逃生。袁县令说："盗贼一定还会再来，我们如果现在就走，也会被他们追上。"于是砍下两名大盗的首级，悬挂在寺门前，又在盗贼回来的路上设下埋伏，并下令说："等盗贼回来时再出击，不要轻举妄动。"刚刚布置妥当，盗贼果然就来了。盗贼来到寺前，捧着那两个大盗的首级哭泣。埋伏的士兵发动攻击，又歼灭了几十名盗贼，其余的盗贼全部受惊逃窜。这次战斗，袁县令以少击多，杀死很多的盗贼，又亲手杀掉了盗贼的首领，至此群盗才开始对官府有所忌惮。

大黄江（今广西桂平市江口镇），是浔州的大镇，从前办有团练，每年要花费数千两银子，这些钱都是每月从市民身上收取的，土豪长期从中渔利。袁县令想要剿灭这帮土豪，只是一直没有想出办法。正逢广东土匪一千多人，与土豪们争利，每天相互攻击，居民受到惊扰。袁县令会同浔州府协副将前往剿灭，府协副将为人怯懦，总想着如何来居中调停。袁县令愤激地说："官员如果为盗贼讲和，百姓还用官员干什么？你只管坐着观看就行，我亲自去攻打他们。"正在交战之际，袁县令站立在枪林弹雨之中，士兵们都奋勇作战，盗贼败退。在此之前，袁县令命令一百多人绕到盗贼后方并埋伏在浔江下游，他说："这个地方滩险水急，他们看顾船只还来不及，没有精力作战。"这时，伏兵出动，又击沉了盗贼的几条船。袁县令率兵追赶盗贼到平南，盗贼都舍弃船只逃窜。大黄江因此得以肃清。

袁县令在任六年，治理盗贼不遗余力，盗贼对他非常憎恨，想办法对他进行陷害中伤。正巧越南国进贡的使者经过浔州，被盗贼劫掠，袁县令因此受到吏部处分而被罢官。袁县令就在这年在忧愤中去世。

自从朝廷颁布律令严加处理州县长官的擅杀之罪后，州县长官为了避免处分，没有敢处决盗贼的，而上级官府又厌恶听闻关于盗贼的消息。于是，上下相互欺蒙，盗贼日益增多，吏治败坏到这种地步，想要没有乱象，也是不可能的。袁县令死后不到十年，金田的逆匪（太平军）就在武宣县、桂平县之间发动叛乱，致使大半个中国都遭受毒害。然后再想找像袁县令这样不遗余力地治理盗贼的官员，也找不到了。将袁县令的事迹记录在此，用来劝勉那些善于治理盗贼的官员。

6.4.14 妇女洁癖

海昌巨富孀妇某氏，有洁癖。尝驾舫赴邓尉元墓探梅，行数里，于船窗内见他舟倾不洁于河。己舟方汲水为炊，遂命返棹。婢媪力言已炊，乃自带雪水，已早熟。勿听，竟归。

父为刺史，罣误，啚（tú）复官需二万金，拟商诸妇。别多年，不远数百里诣之。阍人入报，四五辈喧传，亟请厅事少憩。氏已步至屏后，可知女之急欲见父也。逾刻，两婢以红氍毹（qú shū）展地。但闻环佩声，不见其出。俄两婢再加一重，而人仍不出。忽有婢云："夫人带病来矣。"少顷，复加绣毯，人终不出。父怪之，命仆私问于婢，婢言："地尘垢，夫人向畏伏地，必俟父命免拜，方出。"父乃传谕："去地衣，闻夫人病初愈，可勿拜，免劳乏。"语未毕，珊珊来前，作欲拜状。父亟止之，乃敛衽万福。父命坐，然后详叩起居，并途中劳顿否，延入内户。父述来意，氏即言："此细事，令弟辈或老辈来均可，何劳大人亲至？然数年不见颜色，藉获稍申定省，甚善。"又言："复官后安能即有缺，恐二万金不敷。启行时，兑四万金可也。"坚留十余日，洒泪送别。

闻氏平日饮食淡泊，一切腥腻从不沾唇，嫌其秽浊也。最怕稳婆，望而却走，去后必查其茶杯，弃之。所用物，或被妇女跨过，即弃不用，以其秽也。或以此物适加他物上，则又大声疾呼，谓以秽过秽也。其自苦如此。日惟啖莲实、山药及香稻米粥等物。晨起颒（huì）面，不用布，以绩时出妇人胯下，不可施之头，而以竹纸拭之。早寡，无子，精神腴健，寿至八十六，无疾而终。殆高行尼僧所托生欤？

【译文】浙江海昌县（今海宁市）一大富人家的寡妇某氏，有洁癖。她曾乘船去苏州邓尉山元墓探赏梅花，走了几里，从船窗中看见其他船上的人向河中倾倒不洁之物。某氏船上的人正在汲水做饭，她于是命令调转船头返回。婢女和老妇极力说已经做好饭了，用的是自家带来的雪水，饭早已经熟了。某氏不听，竟然回去了。

某氏的父亲是知州，因过失而受到处分，想要恢复官职需要二万两银子，打算同女儿商量。父女离别多年，父亲不远数百里前来女儿家。守门人进去禀报，四五个人传呼，急忙请某氏的父亲在厅堂稍事歇息。这时，某氏已走到屏风后面，可知她急于想要见到父亲。过了片刻，两名婢女把红地毯铺在地上。父亲只听见佩饰叮当作响的声音，不见女儿出来。不一会儿，两名婢女又铺上一层地毯，但某氏仍未出来。忽然有个婢女说："夫人带病来了。"过了一会儿，婢女又铺上一层刺绣的地毯，而女儿始终未出来。父亲感到奇怪，命仆人悄悄地向婢女询问是怎么回事，婢女说："地上灰尘污垢太多，夫人向来害怕跪地叩拜，必须等父亲下令免拜后，夫人才肯出来。"于是，父亲传话说："撤去地毯，我听说你们的夫人久病初愈，可不必叩拜，以免劳乏。"话未说完，女儿就步履轻盈地来前，做出想要叩拜的样子。父亲急忙阻拦，某氏便施以敛衽万福之礼。父亲命女儿坐下，某氏详细询问父亲的生活起居情况，以及途中是否鞍马劳顿，并请父亲进入内宅。父亲说出了来意，某氏随即说："这是小事，您派我的兄弟们或老辈前来就行，何必有劳父亲大人亲自前来呢？然而多年未见父亲的面貌，借此我也可以略表问候之情，太好了。"又说："您官复原职后哪能立即就遇到职缺正式上任呢，恐怕二万两银子不够用。您启程时，我给您兑付四万两就行。"在女儿的再三请求下，父亲留住了十多天，然后洒泪依依惜别。

听说某氏平日里饮食清淡，一切腥气油腻之物从不沾唇，嫌弃它们秽浊。她最怕接生婆，望见接生婆就退避，等接生婆离去后，她必定会命人查看产婆用过的茶杯，将其丢掉。她所用的东西，有时被妇女跨过，就丢弃不用，嫌弃它们污秽。有时婢女会把一件东西放在另一件东西上，某氏则又会大声疾呼，说这是秽上加秽。她竟然如此自寻烦恼。她每天只吃莲实、山药及香稻米粥之类的食物。早晨起来洗完脸后，她从不用布擦脸，认为布在纺织时出自妇人胯下，不能用之于头部，而用竹纸（以嫩竹为原料所制成的纸）擦脸。某氏早年即已守寡，没有儿子，精神健旺，活到八十六岁，无病而终。她大概是德行高洁的比丘尼转世而来的吧？

6.4.15 阅卷

郡县阅卷，弊窦丛生，腥膻易染，而闽中尤甚。尽有亲历辛苦者，一旦为利欲所动，冀其冰清玉洁，处脂膏而不润，亦戛戛乎其难之。

四明某秀才，与何寅士中丞，少共笔砚，工文极相得。中丞守福州，来觅馆，下榻郡斋。适兴安郡试，太守函索襄校，遂荐之。太守乃词林改邑宰，洊升郡伯，以诗酒自娱，不屑校阅童子军，文柄尽归之。襄校者遂勾通司阍为线索，以太守非门外汉，各邑前列卷悉由内传出，太守署翻阅之，尚佳，十名后多疵累，遂不搜落卷，悉依所定名次出案。某分润三千余金，以多金难于携带，欲易黄物。兴故小郡，不可得。归，路由涵江，巨镇也，留三日，易之。中丞颇有所闻，晤面时有微词。某觉之，遂托病。抵家半载，丧妻丧子，并遭回禄。以贱值盗买祭产，构讼，耗其大半，因气恼成病，几不治。六十后，仅得一第，旋卒。殆因此而削折如是欤！

【译文】府县考试批阅试卷的环节，弊端丛生，往往有人从中渔利，而福建省的情况尤其严重。尽管也有人一向甘愿吃苦、不贪图财利，而一旦被利欲所动，希望他能够冰清玉洁，见到肥厚的财利而不染指，也是很难做到的。

四明县的某秀才，与何寅士巡抚（何煊，初名何炳），年少时是同学，他善于写文章，二人相处极为融洽。何公担任福州知府时，某秀才前来寻觅幕僚职位，就在福州知府衙门落脚了。正值兴安府举行考试，兴安知府写信给何公请求派人协助阅卷，何公随即推荐了某秀才。兴安知府本由翰林出身外任县令，逐步升任为知府，平日里以诗酒自娱，不屑于校阅童生的试卷，便将阅卷取士的职责交由某秀才全权处理。某秀才于是同看门人串通一气，以其为眼线，又因为知府不是门外汉，各县排名靠前的试卷全都自内传出，知府略微翻阅了一下，看到文章还算好，只是十名以后的试卷多有瑕疵，于是也就不再翻检落选的试卷，全部依据某秀才所定的名次发榜公示。某秀才分得了三千多两的贿银，因为银子太多难以携带，秀才想兑换成黄金。因为兴安是小地方，没有那么多黄金可供兑换。秀才于是带着银子返回福州，路经涵江镇（今莆田市涵江区），涵江镇是个大镇，他在那里停留了三天，将白银兑换成黄金。何公对秀才的行为有所耳闻，见面时在言语之中对秀才暗含批评和不满。某秀才听出了何公话中的意思，便以生病为由辞职回家。秀才回家后半年，就丧妻丧子，并且遭遇了火灾。后来，他用低价盗买别人家的祭田，造成了诉讼，又消耗掉大半财产，于是气恼成病，几乎不治。六十岁后，他仅仅考中了一个举人，不久就死了。他大概是因为阅卷舞弊一事而被削减折损了福禄才落得这种后果的吧！

6.4.16 越狱

绍兴宋松云明经，性警悟，习度支。初入幕，应聘闽清，居停因要案偕刑友赴省。忽重囚五人同越狱，合署惊皇无措。松云急令悬赏购线，一面闭城，加意侦搜，且曰："五人发长，必不敢昼出，定匿近城僻处。"命将城隅茅草尽焚之。时方冬草枯，爇未半，五人果齐出。发已半薙（tì），盖以钱磨作刃也。典史愤甚，令各笞四百，松云力劝止之。居停归，大喜，酬百金。

时其继室方临蓐，产前一夕，梦神人，金冠绛服，捧一小儿授之曰："尔夫能救五人，上帝嘉之，故俾此子，当昌大门闾也。"越狱者，五日外就获，例应斩决，故神云然。果生子，甚聪俊。云殁后，仍习父业，已由乙榜得官。今甫逾三十，功名未可量也。

【译文】浙江绍兴的宋松云贡生，生性机警聪明，学习理财之术。初次出来做幕僚，应聘到福建闽清县就职，有一次，东家因为重要案件与刑名师爷一同前去省城了。期间，忽然有五名重刑犯一同越狱，整个县衙的人员都惊慌失措。宋松云急忙下令悬赏招募眼线，一面命人关闭城门，注意侦察搜索，并说：“这五个人头发都很长，必定不敢白天出来，一定藏匿在靠近城门的某个偏僻之处。”随即命人把城墙角落的茅草点火烧光，当时正值冬季，茅草干枯，烧掉还没一半，五名囚犯果然就一齐出现了。五人的头发已经剃掉了一半，他们大概是将铜钱磨成薄刃剃发的吧。典史（官名，知县下掌管缉捕、监狱的属官）非常愤怒，命人对囚犯各杖责四百下，宋松云极力劝止。主人回来后，非常高兴，送给他一百两银子作为酬谢。

当时宋松云的继妻怀孕将产，生产的前一天晚上，梦见一位神人，头戴金冠，身穿绛衣，手里捧着一个小婴儿送给她说：“你丈夫救下了五条人命，上帝嘉奖他，因此将这个孩子赐予你家，将来可以光大门庭。”按照法律规定，越狱的囚犯，如果是五天后才被抓获，应当被处以斩立决，而宋松云在当天就将他们抓获，所以神人才这样说。继妻果然生下一个儿子，非常聪明俊秀。宋松云死后，他的儿子仍然继承父业，学习理财之术，如今已经考中举人被授予官职了。他现在才刚过三十岁，将来的功名和前途不可限量。

6.4.17 王利南

嘉庆丁卯，王利南私雕假印、盗用库银一案，州县伏法二十余人。此畿南一大狱也。王利南者，藩库吏，贪而狡诈，作奸犯科，不一而足。历任方伯倚任之。骫（wěi）法营私，家资巨万。

与某令本嫖赌交，结为婚姻。令侵蚀官项三万，奉文提解，逾限即挂弹章，商于利南。利南为画策，先解五千金，再求展限，每月三限解五千金，每限一千六百余金。解时具两批两详，一批一详随银投交，一批一详盖用藩司假印带回附卷。其银数任意混填，以少作多，二三万金之数已足。其存司批详，于发房时，利南随时可以改换。其假印则利南西席吴人陶某所雕，陶素谨慎畏事。一日，利南向之长跪，问何事，曰："遗失要稿本，官索之急，惧干严谴，非先生莫救我。"即出怀中方砚一枚，故牍一纸，曰："照式雕之，畀（bì）我一用，可无事。"陶大骇，曰："此大辟罪也，胡可为？"利南曰："事出万不得已，且惟君与我知之，用后即毁。"恳不已，并出五千金为谢。陶贪利允之。刻就，坚嘱一用即毁。利南曰："当碎，面投诸井，勿系怀也。"利南初意原是为某令一人，而不肖州县闻而各思效尤，渐有定价，予利南五百金，可得千金批回。从此办者愈多，利南胆亦愈肆。未及数年，吞蚀正项地丁不下数十万矣。

有藩幕老友颇有所闻，且见利南家计日裕，开质库，放利贷，起华屋，娶美妾，子弟五六人皆援例。疑其一旦何以骤富如是，其如何舞弊之处则未深知也。适新方伯莅任，友仍蝉联。一日，宾主谈及胥吏之弊，方伯曰："库吏王利南，声名甚大。予甚疑之。"友亦以所闻具述。方伯在户曹久，精于会计，乃曰："其弊总在于批解钱粮，恐入库之数有不符耳。"于是吊取各县批回，与库收簿核对。数年中，批数多而收数少者，二十余州县。

严讯利南，弗吐实。适某县有仆被逐，来省控其主人如何与利南勾通作弊，侵吞地丁，尽情倾吐。监提利南，夹讯，水落石出，实共盗库银四十余万，籍没财产，犹不敷二十余万，数年中花消已过半矣。一面委员四出，提解州县。有某令知事发，数日前自缢者。此案州县存者，正法查抄；没者，子孙减等，问拟。历任失察之藩司，均罹严议。而雕印之陶某，事未发觉时已旋里门，提解赴直，卒于路。利南子弟均被罪，妻妾有流入青楼者。

【译文】嘉庆丁卯年（1807），王利南伪造官印、盗用库银一案，州县官员被处以死刑的有二十多人。这是南直隶地区的一件大案。王利南是直隶布政使衙门库房的一名书吏，贪婪狡诈，作奸犯科，不止一端。历任布政使都倚重信任于他，他通过枉法营私的手段，积累了数以万计的家财。

王利南与某县令本是因为嫖赌结下的交情，两家的子女结为婚姻。县令侵吞了三万两官银款项，不久接到上级公文命其押送款项赴省，超过期限就会受到弹劾，县令找王利南商议。王利南为他出谋划策，先押送五千两，再请求宽限时日，每月押送五千两，分三次押送，每次押送一千六百多两。押送时准备两份已批的公文，一份随同银子一并上交，一份盖上布政使的假印后带回存档。其交银的数目则随意填写，以少作多，这样二三万两的数目很快就交够了。其中交存布政使衙门的批文，在交给办事人员时，王利南随时可以改换。而伪造的官印则是王利南的家庭教师苏州人陶某所雕刻的，陶某素来谨慎怕事。一天，王利南向陶某长跪不起，陶某问王利南有何事，王利南说："我遗失了重要的稿本，上官索要急迫，我害怕受到严厉的谴责，除了先生之外没人能救我。"随即从怀中拿出一枚方形砚台和一张旧的公文，说："您按照这上面的印章雕刻，给我用一次，我就能平安无事了。"陶某大为惊骇，说："这是掉脑袋的罪过，怎么能这样做呢？”王利南说：“实在是万不得已的事，并且此事只有您和我知道，印章用完后就立即销毁。”王利南反复恳求，并拿出五千两银子作为酬谢。陶某贪图钱财，就答应了。印章刻好后，陶某一再叮嘱王利南用过一次后就立即将其销毁。王利南说：“我一定会将其弄碎，并当着您的面投入井中，您不必担忧。”王利南最初的想法本来是只帮某县令一人解决问题，但有些恶劣的州县官员听说此事后，都想效仿，渐渐有了定价，送给王利南五百两银子，就可拿到一千两的收据。从此请求王利南办事的官员越来越多，王利南的胆子也越来越大。不到几年时间，他就私吞了正项地丁税款不下数十万两。

布政使衙门里有位老幕僚，对王利南的劣迹有所耳闻，并且看见王利南家计日渐富裕，开当铺，放高利贷，建造豪华房屋，迎娶美妾，家里的五六个子弟也都按例捐了官。老幕僚疑惑王利南怎么一下子变得如此富裕，但对于他如何舞弊之处却知道得不深入。正值新任布政使上任，老幕僚仍然继续留任。一天，新任布政使与老幕僚谈起了胥吏的弊端，布政使说：“管理库房的胥吏王利南，名声很大。我对他非常怀疑。”老幕僚也把自己的所见所闻向布政使详细讲述。新任布政使曾长期在户部任职，精通会计，便说：“他舞弊的行为无非是在于批解钱粮方面，我担心实际入库的钱数与书面上的数字恐怕会有不相符的地方。”于是调取各县的批文回执，与库房的收入簿册相互比对。发现几年以来，批文上记录的数目多而实际入库的数目少的，有二十多个州县。

布政使严厉讯问王利南，王利南不肯承认。正巧某县衙门的一名仆役被县官驱逐，来到省城控告其主人如何与王利南串通作弊，侵吞赋税，将实情全部吐露出来。将王利南从监狱中提出，动用夹棍之刑严加拷问，事情终于水落石出，王利南实际一共侵吞了库银四十多万两，将其财产全部抄没，所得的还不到二十多万两，几年之内银子已经被王利南花掉过半了。同时，又派出专员，前往各地，将涉案的州县官员押解到省。与王利南交好的那个县令知道事情败露，在几天前已经畏罪自缢死亡了。与此案有关的州县官员，还活着的，依法查抄其家产进行赔补；已经死亡的，由子孙减等抵罪。历任失察的布政使，都受到严厉处分。雕刻假印的陶某，在事情尚未败露时已经辞职回乡，后被押送直隶，死在路上。王利南的子弟都获罪受到惩罚，妻妾有流落入青楼的。

6.4.18 冤鬼索命

某太守貌魁梧，年十八，以赀郎为鹾(cuó)尹，旋改捐邑宰，选某令，以能称，调首邑，擢司马，捐输太守花翎。年甫三旬，声华籍甚，司道唾手可得矣。先是堂兄某陷粤逆有年矣，贼颇信任，授伪职。太守原籍被贼攻破，眷属几被掳，赖兄多方护之，得无恙，且为卫送来闽。

又年余，兄脱身逃归，径投太守，希免叛逆之罪。太守骇甚，欲留之，虑有人知；欲拒之，亦难免疏纵之罚。会垣耳目既多，又好任系紧要之途，尤易漏泄。然竟大义灭亲，公然出首，扪心亦觉难安。展转筹思，毫无良策。而署中左右已有切切私语者。太守疑惧益甚，知此事断难两全，与其两皆有害也，不若先图脱己之害。于是以二百金与之，再三陈说不能容留之故，令其赶紧逃出闽境。一面密语首郡。首郡恐于失察之咎，立即遣人掩捕，于郊外弋获。讯实，随即正法。临刑，知为弟所卖，誓必报仇索命。

太守素肥健，食量过人，自其兄被戮，神貌沮丧，有异常时。未及一年，值除夕饮燕，忽称胸膈作痛，欲卧入户。大声叱仆，称其兄在此，何不送茶。仆入无所见，太守已神气昏乱，就枕即痰涌，医至而气已绝矣。以上所叙，据事直书，太守没时情形亦系传诸随侍之仆。

论者以太守此事，虽若忍情，然既身列仕途，即不能顾念族谊、报答私恩。此举亦属无可如何，鬼似不得而雠。余则以为太守之以他人之手以杀之，居心如此险作，人可欺，鬼可欺乎？鬼之怨毒实在于此。然亦几经审度事势，知己之罪无可逭，而太守之谋尚有一线可原，所以虽索其命，犹不致陵虐也。此咸丰七年事。

【译文】某知府身材魁梧，十八岁时，出钱捐官为鹾尹，不久又改捐知县，被选任为某县县令，以能干著称，调任首县，升为同知，捐资纳粟得到知府头衔。年刚三十，声誉显赫，司道之职眼看就能唾手而得了。在此之前，知府的堂兄某人陷落在太平军之中，已经有些年头了，太平军首领对他颇为信任，授予伪官职。知府的家乡被太平军攻破，家眷差点被掳掠而去，多亏其堂兄多方设法从中周旋保护，才得以安然无恙，并且其堂兄还派人将知府的家眷护送来到福建。

又过了一年多，知府的堂兄从太平军中脱身逃回，直接来投奔知府，希望知府替他向朝廷求情免除他的叛逆之罪。知府非常惊骇，想留下堂兄，但害怕被人知道；想拒绝他，又恐怕难免因放纵逆犯而获罪。省城有很多官府的眼线，并且此时正处在他将要升官的关键之时，尤其容易泄漏。但如果大义灭亲，公然揭发，又觉得于心不安。知府反复思量，毫无良策。而这时府衙中的人员已经有人在窃窃私语议论此事了。知府更加疑虑恐惧，知道此事断然难以两全其美，与其双方都受损害，不如先设法排除自身的危害。于是，拿出二百两银子赠送给堂兄，再三陈说不能容留的原因，令堂兄赶紧逃出福建境内。同时，知府把此事秘密透露给福州知府。福州知府恐怕因失察而获罪，立即派人乘其不备而追捕，在郊外捕获了知府的堂兄。审讯属实后，随即被正法。临刑前，知府的堂兄知道自己是被堂弟出卖的，发誓一定要找他报仇索命。

知府素来肥硕健壮，饭量过人，但自从他的堂兄被杀之后，精神面貌就变得颓废沮丧，和平时大不一样。不到一年，正值除夕饮宴，知府忽然说胸膈作痛，想要回房间休息。知府忽然大声叱责仆人，说他的堂兄在这里，为何不送上茶来。仆人进屋没看到有其他人，而这时知府已经神志昏乱，刚靠在枕头上就痰涌不止，医生来到时，知府已经气绝身亡了。以上所述的情节，都是根据实情秉笔直书。知府临死时的情形也是他的随侍仆人亲口讲述的。

评论的人认为太守此事，虽然看似是不顾及亲情，但既然身在官场，就不能因顾念同族之谊而报答私人恩情。他的这种做法也属于无可奈何，鬼似乎不应该向他寻仇。而我认为知府借他人之手来杀死堂兄，居心如此阴险狡诈，人可以被欺骗，鬼难道也能被欺骗吗？鬼的怨恨之心实际上是因为这一点。然而知府的堂兄也是反复经过审时度势的，他知道自己的罪行不能逃避惩罚，而知府的用心谋划尚有一线可以原谅之处，所以他虽然索取了知府的性命，却没有过多凌辱虐待。这是发生在咸丰七年（1857）的事情。

6.4.19 祭祀孤贫役食

姚芙溪曰：闽省州县春秋祭祀，以及按季发给孤贫口粮、俸工役食等项，每银一两皆折制钱八百文，准于征收地丁内支销库平纹银一两，归入奏销案内报部。盖因国初钱贵银贱，每两尚不及八百，以八百为准，稍加优厚之意也。迨银价渐昂，八百之数未闻有加，而一两之数报销如旧，其浮销甚矣。

夫曰祭祀，其义所以表尊崇；曰孤贫，其名所以示怜悯；曰役食，其意所以戒贪婪。乃犹染指于其中，似亦伤廉太甚矣。贤有司亦往往不免，且借口曰："此通例也。"夫例不可自我随时斟酌损益乎？即曰例不可破，恐后者有词，则莫若以祭祀之余，修葺祠庙；孤贫之余，先沾额外，或制给棉衣；役食之余，赏给有功，或添补缉捕经费。有余于此，而仍用之于此，一举而两得矣。向闻来子庚观察任州县时，以余项存充公用，此外概未之闻焉。有志作好官者，似亦当加之意也。

又余前在兴化郡幕，赴芝城接眷，道出南平，署令某司马邀予小饮，见司帐者持领收数纸，诧谓居停曰："此间麻疯、养济等院书差谓须发给口粮钱文，不亦奇乎？"司马曰："循照旧例可也。"司帐者曰："记得东翁前在各处，虽批照例发给，而并未给一钱，何此间书差哓哓渎请不已乎？前任管帐某尚未启程，回省当往问之，勿冒昧受给为他人所笑也。"余闻之骇然，乃知竟有一钱不给者，彼八百文犹贤乎已。噫！此等司帐者，但知一味谄奉东人，丧尽天良，刻薄存心，真所谓助纣为虐者矣。后司马补授淡水同知，旋丁忧，改发广西，防堵发逆，私逃，军前正法。司帐者鄞人，本无子，今则潦倒不堪矣。

【译文】姚芙溪说：福建省州县春秋祭祀的经费，以及按季发给孤贫之人的口粮、付给工役的工资饮食等款项，每一两银子都折合成八百文制钱，准许官员在征收的地丁税款内支取库平纹银（全称为“户部库平十足纹银”，是清朝法定银标准成色）一两，上报户部时纳入应予核销的部分。大概是因为本朝初年制钱贵、白银贱，每两银子还折合不到八百文制钱，以八百文作为标准，是为了表示朝廷对百姓的优待宽厚之意。等到白银的价格渐渐昂贵，八百文的标准没有增加，还是像原来那样报销一两银子，这样的话其中存在的浮冒虚耗就太多了。

我们说，设立春秋祭祀的经费，其宗旨在于表示尊崇圣贤神明；给孤贫之人发放口粮，其名义在于表示怜悯抚恤；给工役提供工资饮食，其本意在于惩戒贪婪。对这部分费用，有些官员竟然还从中侵蚀，似乎也太损伤廉洁之德了。即便是有些贤能的官员也往往不能避免这种陋习，并且借口说：“这是通例。”难道通例就不能随着时势的变化而自我斟酌调整吗？即使说通例不能破坏，恐怕继任者有意见，那么不如把祭祀后剩余的经费，用来修缮祠庙；发给孤贫之人后剩余的经费，除了分发口粮之外，也可以再制作棉衣发给他们；提供给工役的工资饮食之外剩余的经费，可以赏给有功之人，或添补作为缉捕罪犯的经费。从哪里剩余的，仍然用在哪个地方，可谓一举两得了。我从前听说来子庚道台（名锡蕃，一作锡藩）在担任州县官时，把剩余的款项存入官库充作公用，此外从未听说过还有哪位官员也这样做。有志向做个好官的，似乎对此应当有所留意。

还有一件事，我从前在兴化府（今福建莆田市）衙担任幕僚时，前往芝城（今福建建瓯市）迎接家眷，路过南平县，代理县令某同知邀请我喝杯酒，我看见管账人员拿着几张收据，惊诧地对主人说："这里的麻风病院、养济院等机构的书差说必须发给他们口粮工钱，不是太奇怪了吗？"某同知说："遵照旧例办理就行。"管账人员说："记得东家您从前在其他地方任职时，虽然批示照例发给，但实际上并未发给一文钱，为何这里的书差要喋喋不休、反复恳请呢？前任管账人员某人尚未启程离开，回到省城后应当问问他，不能冒昧地受骗被他人所讥笑。"我闻听此言，不禁大为惊骇，这才知道有的官员竟然一文钱也不发给，相比之下那些发给八百文钱的还算是贤明的了。唉！这种管账人员，只知道一味地谄媚奉承东家，丧尽天良，存心刻薄，真是所谓的助纣为虐的人了。后来，某司马补授台湾淡水厅同知，不久回家丁忧，期满后改派到广西任职，防备阻遏太平军，因私自逃回，在军前被正法。那个管账人是鄞县人，原本就没有儿子，如今更加潦倒不堪了。

6.4.20 无父无兄

道光初年，闽有两明府，通省皆称其"无父无兄"。

"无父"者，荆州驻防以大挑令来闽，署某邑。父以参领，年老乞休，携所爱娈童就养子舍。父每出门呼舆夫，阍人必先禀命于子，颔之方能驾舆而出，否则必罪阍人。一日，方鞠狱，父急欲答拜过客，阍人弗敢上堂禀白。父即命童往呼舆，少顷，父事毕。查问何以不先禀知，何人为呼舆。阍人以童对。大怒，立命执至，即讯囚所，叱责二十。父遣仆再三乞情，勿许，厉声命褫裤，杖将下，父情急，出而阻之。某拍案大喝曰："谁敢吵闹公堂？"令侍班者强扶之出。竟杖童二十。父大哭，带童出署，即归楚。合署喧传，上官亦知之。

"无兄"者，汴中乙榜候补令某，权某邑。其胞兄由原籍来，勿纳。兄囊无一钱，寓客店，襆被外，无长物。店主疑其诈伪，欲逐之。不得已，跪宅门，冀弟收留。某峻拒之。兄忿欲投缳，阍者白之，某亦不在意。诸仆纠钱十余千，始涕泣徒步而去。一时遍传，余以为告者过也。述此事者亦云，初闻人言亦不甚信，后过其幕友某，云确有此事。闻某未第时，曾受兄白眼，一朝得志，故报之耳。然此亦小人之为也。

未几，"无父无兄"者，皆因案罢归。"无父"者，中途溺水死；"无兄"者，坠车折臂，后成废人。

【译文】道光初年，福建有两个县令，全省的人都说他们是"无父无兄"之人。

被称为"无父"的县令，本是荆州驻防八旗子弟，通过大挑（清制，挑选三科以上会试不中的举人，一等任知县，二等任教职）被任用为县令，来福建任职，署理某县知县。他的父亲曾任参领，告老退休，携带所宠爱的娈童来到儿子的任所养老。其父每次出门呼唤轿夫，守门人都要先行禀告县令，县令点头后其父才能乘轿而出，否则县令一定会怪罪守门人。一天，县令正在审案，其父急匆匆地想去回访客人，守门人不敢上堂禀告。其父随即命娈童前去呼唤轿夫，不久，父亲访客回来。县令查问守门人为何不事先禀告，又问是何人为父亲呼唤的轿夫。守门人回答说是其父的娈童。县令大怒，立即命人将娈童捉拿而来，就在审讯囚犯的地方对其进行讯问，叱令责打二十大板。其父派仆人再三为娈童求情，县令不许，厉声命人脱下娈童的裤子，即将开始杖打。情急之下，父亲出来阻拦。县令拍着桌案大喝道："谁敢吵闹公堂？"命令当班的侍从强行将父亲扶出。最终还是责打了娈童二十大板。其父大哭，带着娈童离开县衙，随即返回湖北。整个县衙的人都纷纷传说，上司也知道了此事。

被称为"无兄"的县令，是河南开封人，以举人的身份候补某县县令，暂时代理某县知县。他的同胞兄长从家乡来，县令不予接纳。其兄囊中没有一文钱，寄住在客店中，除了铺盖卷之外，没有其他的东西。店主疑心他是骗子，想将他驱赶出去。不得已，其兄只得跪在县衙的宅门前，希望弟弟收留他。县令严肃拒绝。其兄愤恨地想要自缢，守门人将此事禀告了县令，县令也不在意。县衙的几名仆役凑了十多千钱相赠，县令的兄长才哭泣着徒步离去。此事一时之间在当地传扬开来，我听说后认为传言有夸张的成分。对我讲述此事的人也说，他最初听人说起此事也不太相信，后来他曾拜访县令的幕僚某，那个幕僚说确有此事。我听说该县令在未中举时，曾受到过兄长的冷遇，如今一旦得志，所以以此报复兄长。虽然如此，他这也是小人的行为。

不久，这两个"无父无兄"的县令，都因受案件牵连罢官回家。被称为"无父"的那个县令，在半路上溺水而死；被称为"无兄"的那个县令，从车子上掉下来摔断了手臂，后来成为残废的人。

6.4.21 见色能忍

蔡浣霞太守，名銮扬，颇自矜名节，守身如玉。平生所历，无事不谈。尝自言十六七时，翩翩少年，封翁正定郡伯蛟门先生故后，无力买屋，借居族叔园中。叔年老，买一妾，年甫十五六，有姿色，顾影自怜，对镜长叹，以少随老，心甚不甘。妾卧室距太守书斋近，小门可通。常来园中摘花，观斋中所悬字画，或有人至，回眸一笑，匆匆遂去，若有意若无意，然初不知觉也。

一夜，叔赴酌未回，自秉烛而出，面微带酒容，假问字名，近前百般引逗。不禁为之心动，一时把握不住，随之入室，已登其床。间不容发之际，猛思平日敬诵《阴骘文》及《远色编》等书何为，奈何一旦为冶容所诱，作此干名犯义之事。不觉毛骨悚然，邪心顿息，遂蹶然起，托言小遗，疾趋而出，急掩其门，且加筦（guǎn）钥。俄闻撼门声，乃伪睡，作鼾呼状，复闻恨恨悄骂而入。次日，禀太夫人，言猫夜捕鼠，由门隙至斋，倾翻灯檠，彻夜不安，门不可开，且须严杜其隙。乃呼匠重加扃钥焉。从此非叔在家不往，有时遇之，怒容切齿，似以薄幸为恨。叔捐馆后，妾遂窃赀归母家。

今思之，犹觉当日之可险也。或曰，太守非有此悬崖勒马手段，乌能少年黄甲哉？太守并历举同窗某某皆翰苑可期，乃少年不检，潦倒一衿，深为惜之。

【译文】蔡浣霞知府，名銮扬，特别爱惜名节，守身如玉。平生所经历的事情，毫不隐讳地对人谈起。他自己曾说，他十六七岁时，是个翩翩少年，他的父亲正定知府蔡蛟门先生去世后，他无力买房，借住在族叔的园中。其族叔年老，买了一个小妾，刚刚十五六岁，姿色姣好，小妾时常顾影自怜，对镜长叹，觉得自己作为少女跟随年老的男子，大不甘心。小妾的卧室距离蔡知府的书斋很近，有一道小门可通。小妾常来园中摘花，观看书斋中悬挂的字画，有时蔡知府突然来到，她便回眸一笑，匆匆离去，好像对蔡知府有意又好像无意，然而蔡知府起初并没有察觉。

一天晚上，族叔赴宴未回，小妾独自手持蜡烛走出，脸上微带酒色，假装询问蔡知府的名字，近前百般挑逗勾引。蔡知府不禁为之心动，一时把持不住，跟随小妾进入其房中，已经坐在她的床上了。在此情势危急之际，蔡知府猛然想起自己平日里虔诚诵读《文昌帝君阴骘文》《远色编》等书为的是什么，怎能一旦被美色诱惑，做出此等损害名节、违背礼义之事呢。想到这里，蔡知府不禁毛骨悚然，邪心顿息，于是突然起身，借口说自己要去小便，急忙跑出门去，回到自己房间关上房门，并反锁。过了一会儿，蔡知府听见推门声，于是假装睡熟，发出打鼾之声，很快又听见小妾恨恨地低声骂了几句便回她自己的房间去了。第二天，蔡知府禀告族叔的母亲说，夜里猫捉老鼠，从门缝里钻进书斋，打翻了灯架，使我彻夜不安，因此书斋门不可打开，并且必须严加防范、堵塞住门缝才行。于是，叫来工匠又加了一套锁钥。从此，如果族叔不在家，蔡知府就不去族叔家里，有时遇见那个小妾，小妾面带怒色、咬牙切齿，似乎对他的薄情感到愤恨。族叔去世后，那个小妾窃取了一些财物后回娘家去了。

如今回想起往事，还觉得当时的情势实在危险。有人说，蔡知府如果不是具有这种悬崖勒马的手段，怎能年纪轻轻就高中进士呢？蔡知府并且一一列举出同学某人和某人的事例，他们本来都有希望进入翰林院，却都因为少年时行为不检点，而潦倒终生，只是个秀才，令人深深惋惜。

6.4.22 铁钱通判

大挑令某，初署南靖，将交卸，捏称赔垫兵差，力求调剂。继委清流，堂弟暨胞姑之子欲同往，弗能却，乃议定一办征收、一司出纳。修皆至薄，且约法不得隐匿丝毫陋规，察出弗留。二人无奈应之。抵将乐，当舍舟而陆，不为二人发夫价。仆再三谏，乃曰："发夫价即不认。"中途饭后，二人均拂意归。某莅任两月，遽卒，无人运柩回籍。其妻仍恳堂弟来闽，弟初不允，因知某赴任时，方伯令其捐输司马，尚未汇奏。某既卒，可以划归己名，得县佐职，乃首肯。讵知已经奏出，不能如愿，因为清理书欠，得数百金，仍拟捐输为官，乃载其柩由清流至建州，拟暂寄柩于萧寺，自往省中谋干。抵建州，值发逆攻城，不及寄柩，顺流而下，抵省，正遇铁钱上兑，捐输极廉之时，数百金得通判。迨贼退，仍载柩由省北上，岂知半途遇劫，被贼一枪刺死。仆人将某柩运至浦城回杭。其弟棺木薄劣，只可就地暂瘗矣。夫某居心巧诈，刻薄寡恩，是以甫踰强仕而卒，其弟似尚不致惨死，然侵蚀官物，妄冀求荣，亦足以招殃取祸。灾害之来，造物断非无故也。

【译文】由大挑（清制挑选三科以上会试不中的举人，一等任知县，二等任教职）出任县令的某人，起初署理福建南靖县知县，即将卸任时，他捏造谎言声称自己因兵差（旧时地方上为军队提供劳役、供给等，谓之兵差）赔补垫付了许多钱，极力请求上级拨款对他进行补贴帮助。某县令随即被任命为清流县知县，他的堂弟和姑妈的儿子想要跟随他前往任所，县令不能推辞，于是与二人商定让他们一个掌管税赋征收，一个掌管财务出纳。薪酬都极其微薄，并且与他们约定不能隐匿丝毫陋规（不好的惯例，旧时多指不正当的收费常规），一经查出，即不再留任。二人无可奈何地答应了。抵达将乐县时，应当下船上岸改走陆路，某县令不肯给二人支付路费。仆人再三劝说，某县令于是说："他们的路费我就不承担。"中途吃过饭后，二人都因不满而回去了。某县令到任刚两个月，突然死亡，没有人运送他的灵柩返回原籍。县令的妻子仍然恳求他的堂弟来福建帮忙运送灵柩，其堂弟起初不同意，后来因为得知某县令赴任时，布政使曾让县令出资捐个同知的职位，还未上报。某县令既然去世，名额可以划归到自己名下，可以得个县佐的官职，于是点头同意到福建。谁知其堂弟来到后，捐官的事情已经上报，其堂弟的想法也就落空了。又因为为某县令清理账面上遗留的欠款，其堂弟得到几百两银子，仍然打算捐个官职。于是运送某县令的灵柩从清流县前往建州（今建瓯市），打算先将灵柩寄存在寺庙中，然后自己前往省城谋官。抵达建州时，正值太平军攻城，来不及寄存灵柩，于是顺流而下，抵达了省城，正赶上可以用铁钱交纳捐官的费用，而且价格极其便宜，于是只用了几百两银子就捐了个通判的官职。等到太平军退去后，其堂弟仍然运送县令的灵柩从省城北上，哪知半路上遭遇抢劫，被劫匪一枪刺死。仆人将县令的灵柩运送到浦城，然后回杭州。其堂弟的棺材薄劣，只能就地暂时掩埋了。话说某县令居心巧诈，刻薄少恩，因此刚过四十岁就死了，其堂弟似乎尚不至于惨死，然而他侵吞官府的财物，非分地希望谋求官职以期荣显，也足以招灾取祸。灾害的到来，绝对不是造物主无缘无故施予的。

第五卷

6.5.1 敬信《阴骘文》

钱塘陈岱，字鲁望，为诸生时，著《阴骘文句解》，以便童蒙诵习讲说。尝谓童子，未读《四子书》之前，必须先授此篇，则可使善性不失，善根易培。

陈于嘉庆辛酉科，中浙江解元，次年联捷进士，选授衢州府学教授。闻陈公未中之前，诣于忠肃公庙祈梦，以卜科名。乃梦人持一人头相示，两目直生，遂惊寤。及发解，方知为万人中之首，后选得衢州教授，系两目在其中，所梦悉验。

【译文】浙江钱塘县（今杭州市）的陈岱，字鲁望，为生员时，著有《阴骘文句解》，以便于童蒙诵读、学习、讲解。他曾对童子们说，在未读《四书》（《大学》《中庸》《论语》《孟子》）之前，必须先教授《文昌帝君阴骘文》这篇文章，这样才可以使其善良的本性不会丢失，善根易于培养。

陈岱在嘉庆六年（1801）辛酉科浙江乡试，高中解元，第二年又接连考中进士，选授为衢州府学教授。听说陈公在没有高中之前，曾到于忠肃公庙（祀明代于谦）拜谒祈梦，以占卜科举功名。然后他梦见有人拿着一个人头给他看，双目是竖直生长的，于是一惊而醒。等到考中解元，他才知道梦中的人头象征着是千万名考生中的头名，后来他被选授为衢州教授，"衢"字中有两个"目"字，梦中之事全部得到应验。

6.5.2 制军负心

桂丹盟言：闻诸金陵汪芝亭观察（焜）曰，乾隆末，杭省有某制军者，幼贫贱，鬻果饼以生。时至某翁塾，遇讲书辄窃听，西席怪问之，能述大旨，言于翁，留伴儿读，并出资养其母。不十年，蜚声庠序，联捷入词林。拜和相门下，挥霍逢迎悉出翁橐，计用数万金矣。

洊升广东巡抚。时翁已故，其子但博一衿，家道中落，诣署求助万金，义无可辞。居数月，将归，乃云："万金携在途中不便，恐招盗，不若向浙抚兑会为便。"其子曰："甚善。"写成兑票，当面看明，嘱典签固封付之，及携归，投谒浙抚，辞不见，传谕即代荐馆。其子诧云："我有万金兑票，如何以荐馆了之？"遂闹至宅门，抚军怒发县付学戒饬，乃知发封时已易函矣。其子愤甚，数至杭州城隍，告状三年，无应验，郁郁而终。

乃粤抚升两湖制军，晚驻舟鄱阳湖口。众官禀见，手版内有杭州城隍某申饬巡捕。次早上手版时已经留时检点，及送上时又复有此。于是请见，大舟旁有一小舟，竟有一官员出来，上制军船禀见，行礼坐定，制军问："杭州城隍到此何事？"云："有人控一案，被告姓名与大人同。"问所控何事，城隍备述之，问："此真否？"制军云："是真，如何办法？"城隍云："是真就要拿问。”登时制军七窍流血死。城隍亦不见矣。抑此制军气焰正当盛时，鬼不敢近，而城隍亲拿之，理或然也。

【译文】桂丹盟（名超万）说：听南京的汪芝亭道台（名焜）说，乾隆末年，杭州有某总督，幼时贫贱，以贩卖果饼为生。他时常到某翁家的私塾，遇到讲书时就从旁偷听，私塾先生惊奇地询问他，他能复述先生所讲的主要内容，私塾先生把此事告诉了某翁，某翁便留下他陪伴自己的儿子读书，并出钱供养他的母亲。不到十年，他就在学校中名声大噪，接连考中举人、进士，进入翰林院，拜在和珅门下，他所有挥霍、应酬的钱都是某翁所出，累计已经用掉几万两银子了。

后来，他逐步被荐举提升为广东巡抚。此时，某翁已经去世，老翁的儿子只考中一个秀才，家道中落，便到他的官署向他求助一万两银子，按理来说这是他义不容辞的。住了几个月，老翁的儿子将要回家，他对老翁的儿子说：“带着一万两银子在路上不方便，恐怕招来盗贼，不如带着银票回到浙江后再向浙江巡抚兑换成现银比较方便。”老翁的儿子说：“这样很好。”于是，他写成兑票，让老翁的儿子当面看明，嘱咐书吏密封好之后交给老翁的儿子，等老翁的儿子携带兑票返回杭州，去拜见浙江巡抚时，浙江巡抚却推辞不见，只是传出话来说可以帮助老翁的儿子推荐幕僚的职位。老翁的儿子诧异地说：“我有一万两银子的兑票，怎么只是以推荐我做幕僚了事呢？”于是到巡抚衙门的宅门前吵闹，巡抚愤怒地命人将其发回本县交由学官戒饬，这时老翁的儿子才知道自己拿到信封时里面的信件已经被换掉了。老翁的儿子非常愤怒，多次到杭州城隍庙告状，告了三年，不见应验，郁郁而终。

某人已经由广东巡抚升任为湖广总督，一天夜里他乘船驻扎在鄱阳湖口。众官启请拜见，递上的手版中有一个是杭州城隍某责令巡捕的手版。第二天早晨，书吏呈上手版时已经反复检查，等到送上时又看到杭州城隍的手版还在其中。于是，总督同意请城隍前来相见，他的大船旁有一只小船，小船中竟有一位官员出来，登上总督的船拜见，行礼后坐定，总督问："杭州城隍到这里有何事？"城隍说："有人向我控告了一件案子，被告的姓名与大人相同。"总督问所控何事，城隍把事情详细讲述了一遍，并问："这事是真的吗？"总督回答说："是真的，那应该如何处理呢？"城隍说："是真事就要拿问。"制军立刻七窍流血而死。城隍也消失不见了。大概当时总督气焰正盛，鬼卒不敢靠近，所以城隍亲自前来捉拿，照理来说确实如此吧！

6.5.3 卖番生还记略

近年尝闻有卖身外夷者，或以役使耳，不得其详。兹读谢再生记略，知仍以生人为鸦片。甚矣，恶类之毒也。因备述之。略云：

予自壬子岁，藉外科谋生厦门，病而窘，曾医疾于番。有通事陈定者，导予投夷，往开金山，三年满而回唐，必多蓄；或安于夷，任成家。予惑于利，越日，遂治装，偕上夷船，见夷目，以洋银十四员付陈，已微悟陈之卖我，尚不知其陷我也。及扬帆漳郡，计被卖者二百四十五人，俱钉入舱盖，穴二孔，日给人干饭二碗，饥渴不可忍，悔恨悲号，而死者相继。噫！一念贪利，竟受犬羊荼毒至此。到红毛，路径北教场，哭声震四野，见有夷鬼缚百余唐人，钉发顶倒沥血，或剖脑挖心，无人状。一南安人泣告曰："骗开金山，被卖来此，实取血髓为鸦片土。尔等，我之续矣。"予闻之心胆战摇，夷目且驱之行，入城见夷官点禁窖中，自叹死于陈之利饵而已。

忽一日，通使来给饭者云："夷主病背疽，愈即点验，汝辈若无几矣。"越日，又至。予问之，曰："危甚。"予遂悟而计曰："予素精医疗，而免死，可乎？"曰："果然且必重赏。"通使去而遽来，引入宫，见疽以误服冷剂，凶象频著，默祝天，治之效而获免死，当救被陷人。果三剂就痊，宠邀赐宴，并银物赀重，留作国医。予辞银物，欲赎乡人命，不许。退思豺狼不可与居，爰托危词以动夷主，曰："根不净，踰年如复发，不可治，奈何？唐山有草药，必广觅得以备之。"夷主令速往，命兵十人、银四千，监予行，限半年期。遂幸返厦，真虎口余生矣。乃假购药以取银，即置药数百斤于舟，令守之，以坚其心，曰："将入山，匝月可回程耳，毋疏虞致咎而不知。"予从此潜回家，不返矣。访陈定，知已自缢，惜不及惩以国法。老母妻孥相见，悲喜交集，以予得再生，爰改名再生。散所得银于贫乏，以赎余愆。

伏念天地有好生之德，岂徒佑予，正俾予昭示后之贸贸者，均全生也。敬述身受目睹情形，梓以广告。若恶毒如陈定者，世不乏人，惟不为利诱，自不致有意外虑耳。咸丰五年六月，安溪谢再生谨告。

【译文】近年来，曾听说有人被卖身到外洋，以为或许是供洋人役使，不知道详细情况。现在读到谢再生所记述的一篇事略，才知道洋人是用买去的活人制作鸦片。这些邪恶之徒实在是太歹毒了。于是详细记录在此。其经历大致如下：

我自从咸丰二年壬子（1852）以来，凭借外科医术在厦门谋生，生病困窘，曾经到外国治病。有个名叫陈定的翻译，引导我投奔外国，说是前往开掘金矿山，三年期满后返回中国，一定能赚很多钱；或者在外国定居，任凭成家立业。我受利益诱惑，第二天，就整理行装，随同陈定登上洋船，见到洋人头目，头目付给陈定十四元洋银，这时我已稍稍醒悟到陈定是把我出卖给了洋人，但还不知他是在陷害我。等洋船行驶到漳州时，船上已有二百四十五个被出卖的人，我们这些人都被关在底舱，上面钉有舱盖，舱盖留有两个小孔，每天洋人给我们两碗干饭，我们饥渴难耐，悔恨悲伤地号哭，而不断有人死亡。唉！一念贪图财利之心，竟然使我们沦落到这种被残害如同犬羊一般的境地。到了外洋之地，我们被押送径直来到北教场，哭声震动四野，看见有些洋鬼子捆绑着一百多个华人，把钉子钉在他们的头顶，将他们倒挂滴血，或者剖脑挖心，惨不忍睹，没有人样。一个越南人哭泣着告诉我们说："他们骗我们说是开采金山，把我们卖到这里，实际上是抽取血液和骨髓用来制作鸦片烟土。我之后，就轮到你们了。"我闻言胆战心惊，洋人的头目驱赶我们前行，进入城中看到洋人的官员在点名，然后将我们关入地窖中，我叹息自己因被陈定利诱而将死于此地了。

忽然有一天，有个来送饭的翻译说："洋人的首领患了病，背上生疮，他病愈后就会前来点验，你们活不了几天了。"第二天，翻译又来送饭。我询问他洋人主子的病情，他说："很严重。"我于是灵机一动，有了一个主意，说："我素来精通医疗，如果我治好了他的病，可以免去一死吗？"他说："果真能这样，你不但能够免死，还能受到重赏。"翻译去后不久，便匆匆返回，带着我进入洋人首领的宫中，我看见洋人首领背上生疮，因为误服寒凉之药，所以病情加重，凶险异常，我便默默地向天祷告，但愿治好洋人首领的病使我得以免去一死，我将会设法拯救其他被困的人。果然，洋人首领吃完我开的三服药后就痊愈了，对我宠信有加，邀请我参加酒宴，并赐给我很多财物，留下我作为国医。我推辞财物不受，想用这些财物赎回乡人的性命，洋人首领不同意。退出后，我思量豺狼不可与其同居，便以骇人之言说动洋人首领，我说："病根不除，一年后如果病情复发，就治不好了，怎么办？中国有草药，必须广为寻觅以备不时之需。"洋人首领命令我速速前往，并派兵十人带上四千银洋，一路监视我的行程，限我半年之内回来。于是，我侥幸返回厦门，真可谓虎口逃生了。我以购药为由取用银两，随即采买了几百斤草药放在船上，令洋兵守护，以强化他们对我的信任，我说："我将要入山采药，一个月内就可返回，你们不要因为守卫疏忽而获罪却还不知道。"我从此逃回家中，就不再返回了。我打听陈定的消息，知道他已经自缢而死了，可惜他还未受到国法的惩治就死了。我和老母亲、妻子、儿女相见，悲伤和惊喜的心情交织在一起，因我得以死里逃生，于是改名为"再生"。我把所得银两散发给贫穷之人，以抵赎我的罪过。

我退而自省，天地有好生之德，难道只是保佑我一人吗，上天正是借我之口来警示后来的那些贪图利益、轻率冒失之辈，以保全其性命。我把自己亲身经历、亲眼所见的情形郑重地记录下来，并刊刻印行，广而告之。像陈定这样恶毒的人，世上有很多，人们只要不被他们所利诱，自然不必担心会有意外之祸。咸丰五年（1855）六月，福建安溪县谢再生敬告。

6.5.4 浦城劫

闽之建宁郡，为上府精华。而建郡七邑中，以浦城为冲繁要地，曼衍数百里，田畴丰沃，素称产米之区，连界浙东。江右巨商大贾，诸路辐辏。居民勤俭，善积家资，至十余万者，不一而足。

发逆知为膏腴地，自壬癸滋扰江右，即思由广、饶一路窥伺来浦剽掠。浦人防范既严，浙东兵力亦劲，四面拦截，不能逞其所欲。丁巳复由汀邵来攻建州，倘被攻破，则水陆并进，直趋浦境。乃又失利，溃散而退。

此次余本带同浙兵来闽堵剿，比五月初，建郡解围，予始还浙，故知之最悉。乃戊午正月，贼渠又自统精锐数万，仍由豫章、汀郡分股而来。浦人狃于屡次却退，且恃团练之固，居城内者相戒迁移，各有轻易之心，比围城，无一兵足恃。复有奸民内应，以为贼可与和，遂于二月廿一日开门迎贼。原约不杀人、不纵火，而讵知受贼之绐也。比夜阖城火光如昼。邑主韩渌琴（湛）死于粤王台。百姓半被杀，而城中妇女投水死者以万余计。予则谓积年溺女之报也。

本任刘瞻五（芳云）甫自山东采硝，竣事旋闽，正月杪启程回任。抵浦时，贼氛正炽，奋不顾身，带勇数百，城外力战，寡不敌众，兵勇先逃，刘明府遂身受数创而死。浦绅李百川（学海），善士也，亦带勇力战，骂不绝口而死。刘之眷属，留浦者，仅逃出幼子一人及妾某氏，被难者十余人。韩长子以回籍乡试获免，一门殉难者二十余人。绅士中，则季育亭太守之母张太夫人，年九十，闻贼入城，率太守妾某氏、幼孙、男女婢仆等共二十余人，赴鱼池溺焉。又余姻詹捧之太守，年八十二，眷属三十余人，同时亦死于水。此外，则祝、周、徐、姚各家等，男妇死者几绝。城内居屋仅存十之一二，街路直如教场一般。甚至有数家无遗类者。其屋毁为平地，迄久无过问者，比比然也。

贼得城后，即将各要隘防守紧严，盘踞城中五六月，搜括城中富户金银物件启程，实有千余杠随行。惟米谷及书籍均弗取，以故余家楼上藏书尚有存者。制府驻延平剿贼，获到奸细，于身畔搜出伪表一道，内称“起事以来，破灭各处玉帛金银，以浦城为第一，他处均不能及”等语。或曰：“金陵、维扬皆最繁华之所，岂彼数次皆逊于浦城乎？”不知金陵、维扬，贼未至而富室迁徙一空，故所得者不过唾余；浦城则未经移动，故搜取独见丰盈。即闽中郡县，发逆滋扰十数次，亦惟浦城为最惨。忆嘉庆间，先大人尝主讲浦邑多年，风土人情向称纯厚，近则日行浇诈，强者陵弱，恶者攻善，奸宄（guǐ）百出，虽家人父子亦然。溺女之风，至今未熄。而尤可恨者，则锢婢、停葬二事。婢至老不遣嫁，听其奸孕生子，即以其乳饲己子，以为可免乳母之费。亲死则惑于风水之说，迁延不葬，其大家，房分愈多，则停之愈久。父停其祖，而子停父，孙又停子，年复一年，恬不为怪。苦劝不从，为之奈何？

丙辰冬，予正在浙；丁巳春，眷口大半赴浙，惟留长子一房。比城陷，长媳两次投水不死，后为一老妇带从大丛逸出，二孙为仆负出。惟头受一刃，则以长毛不喜其戴帽也。而予子及侄辈均不知所之，幸大房多人，先时避乡。二房于先一年亦经逃出大半。而浦人谓梁家早经迁移，具有先见，其实不期然而然耳。合计亲丁亡去六人，长物尽归乌有，居室三所，仅一存者，亦不幸中之万幸也。

【译文】福建建宁府，是一个人杰地灵的上等府城。而建宁府七个县（建安、瓯宁、建阳、崇安、浦城、政和、松溪）中，又以浦城县是地处交通要道、事务繁重的最为重要的地方，绵延数百里，田地肥沃，素来被称为产米之区，与浙江东部交界。江西的巨商大贾，从各地云集于此。浦城县的居民勤劳俭朴，善于积累家财，财产规模达到十多万的，不一而足。

太平军知道浦城县是个肥沃富饶的地方，自从咸丰壬子、癸丑年（1852、1853）滋扰江西以来，就想着沿广丰、上饶一路窥探机会来浦城抢劫掠夺。浦城人严加防范，再加上浙东地区兵力强劲，四面拦截，使太平军的企图无法得逞。咸丰丁巳年（1857），太平军又想沿汀州、邵武一带前来攻取建州（今建瓯市），倘若一旦被攻破，就会水陆并进，直趋浦城县境。太平军这次行动又失利了，溃散而退。

此次，我本来是带领浙江兵勇来福建防堵围剿太平军，等到五月初，建宁府解围，我才返回浙江，因此对这次战事知道得最为详细。不料到了咸丰戊午年（1858）正月，太平军首领又亲自统率数万精锐部队，仍由南昌、汀州分股而来。浦城人因已多次击退太平军而习以为常、麻痹大意，并且倚仗有团练的坚守，居住在城内的人都相互提醒说不必迁移，各有轻敌之心，等到贼人围城，城中无一兵可以倚仗。再加上有奸民作为内应，认为可以与太平军讲和，于是在二月二十一日开门迎接太平军入城。原本与太平军约定进城后不杀人、不纵火，谁知道受到了太平军的欺骗。到了夜间，全城火光四起，照亮夜空如同白昼。县令韩渌琴（名湛）死在粤王台。百姓有一半被杀，城中妇女投水而死的有一万多人。我认为这是此地长期以来溺死女婴所感召的报应。

原任的县令刘瞻五（名芳云）刚刚从山东采办硝磺，事毕返回福建，正月末启程回到任上。抵达浦城时，太平军气焰正盛，刘县令奋不顾身，带领数百兵勇，在城外奋力战斗，因寡不敌众，兵勇先行逃散，刘县令于是身上多处受伤而死。浦城的士绅李百川（名学海），是一位大善人，也带领兵勇力战，骂不绝口而死。刘瞻五县令的家眷，留在浦城的，逃出来的只有他的一个幼子和他的妾室某氏，遇难者有十多人。韩渌琴县令的长子因为回原籍参加乡试，幸免于难，韩县令一家殉难者有二十多人。士绅中，则有季育亭知府的母亲张太夫人，九十岁，听闻太平军入城，率领知府的妾室某氏、幼孙以及男女婢仆等共二十多人，跳入鱼池中自溺而死。还有我的姻亲詹捧之知府，八十二岁，家眷三十多人，也同时投水而死。此外，则有祝、周、徐、姚等各家，家中男子妇女几乎全部遇难。城中的房屋仅存十分之一二，街道简直就像操练场一般。甚至有几家家中人口全部遇难，没留下一个活口。房屋被毁为平地，长期无人过问的，比比皆是。

太平军占据县城后，就将各处紧要隘口严紧防守，盘踞城中五六个月，搜刮掠夺城中富户的金银财物后启程，用杠子抬着随行的财物共有一千多箱。他们只留下粮食和书籍不取，因此我家楼上的藏书还保存了一部分。总督驻扎在延平府围剿太平军，抓获一个奸细，从奸细的身上搜出一张伪表，其中有“起事以来，攻破各地，所得到的玉帛金银，以浦城为第一，在其他地方所得都比不上”等话。有人说：“南京、扬州都是最繁华的地方，难道他们多次劫掠的数量会少于浦城吗？”殊不知南京、扬州，在太平军未到的时候城中的富户就已迁徙一空，因此太平军所劫掠的不过是残存的部分；而浦城里的富户则未作迁移，因此太平军唯独在此地搜刮掠取的财物特别丰富可观。即使单说福建省的各府县，太平军滋扰十多次，也唯独以浦城遭到的破坏最为惨烈。记得嘉庆年间，我父亲曾主讲浦城南浦书院多年，当时浦城的风土人情一向被称为纯朴厚道，然而近年来，则是日渐浮薄诈伪，强者欺凌弱小，恶者攻击善人，违法作乱的事情层出不穷，即使家人父子之间也是这样。溺死女婴的风气，至今没有停息。尤其可恨的，则是禁锢婢女和停棺不葬二事。婢女年纪大了，主人也不许她出嫁，听任其与男子私通而怀孕生子，就用婢女的乳汁喂养自家的儿子，认为可以省去请乳母的费用。亲人逝世后，其家被风水的说法的所迷惑，拖延不葬，对于大户人家，子孙分房越多，则停棺越久。父亲不葬其祖父，儿子不葬其父亲，孙子又不葬自己的父亲，年复一年，安然处之，不以为怪，苦劝不听，对此实在没有什么办法。

咸丰丙辰年（1856）冬季，我正在浙江；丁巳年（1857）春季，我的家眷大部分已到浙江，只有长子一房还留在浦城。浦城陷落后，我的大儿媳妇两次投水没死，后来被一位老妇带领着从一处大树丛中逃出，我的两个孙子被仆人背着逃出。仆人只有头部受了一处刀伤，原因是太平军不喜欢他戴帽子。而我的儿子以及侄子们都不知道下落，幸亏长房中有很多人，已经预先逃往乡下躲避。二房在此前一年也已经逃出大半。浦城人都说梁家早就已经迁移，具有先见之明，其实也只是不期然而然罢了。在这次惨祸中，我们家共有六名亲属、家丁遇难而死，财物全部化为乌有，三所住房，只剩下一所，也是不幸中的万幸了。

6.5.5 艳产

扬州徐叟，家小康，二子一女，长子从母来归，从姓徐氏，次子及女皆自出。次子甫冠，好嬉游，父常切责之。道光乙酉春，父为女制嫁衣。三月朔旦，次子手击铜镜，口喃喃作诵经状。父恶其不祥，次子不遵教训，父以手夺镜，固持不释，两手相夺，误以镜触父额，益气恼骂詈。次子逃出，晡时方归，适其父方饭，见子来投箸，遂骂，并欲加以棰楚，子避杖投父怀求免，不意其父甫果腹，积有忿恚，登时痰涌气闭，逾时而死。

其兄素艳父产，乃贿其姑之夫，并饵其妹，许以增送奁资，共诬徐二杀父，状鸣于官。甘泉朱某勘验无伤，惟额有擦痕，研鞠再三，尸戚及女皆力证。次子本顽蠢，不能置辨，遂定谳。解省，某司发苏州府会审于沧浪亭，次子呼冤，朱令彷徨无措，乞于苏守，另日复审。仍唤其戚及女对质，皆矢口不移，乃以擦伤定案，凌迟处决矣。

未几，其戚归家暴病，见徐二来索命，旋死。其女既出嫁，不一月，亦见徐二来，惊悸成疾而殀。朱令旋卒于任所，而其役隶潘某促画供者亦同日暴亡。其兄及嫂皆以恶疮遍体、皮肉溃烂而死，所得家资早以讼事用罄。乡邻均知为徐二在阴，冤冤相报也。夫徐二之不遵父训，罪有应得，但以异父兄，希图占产，贿嘱干证，使罹重辟，心何能甘？故冥律亦在所不宥也。

【译文】扬州的徐老翁，家境小康，有二子一女，长子是跟随母亲改嫁来到徐家的，随徐翁姓徐，次子和女儿是徐翁亲生的孩子。徐翁的次子刚二十岁，游手好闲，徐翁经常严厉训斥他。道光乙酉年（1825）春天，徐翁为女儿制作嫁衣。三月初一日，徐翁的次子以手敲击铜镜，口中喃喃自语，好像是在诵经的样子。徐翁厌恶次子的行为，认为不祥，次子不听从父亲的教训，徐翁用手夺镜，次子紧握铜镜不放，正在父子二人僵持相互夺镜之际，误使镜子撞到了父亲的额头，徐翁更加气恼，大声责骂。次子逃出，傍晚时分才回来，当时徐翁正在吃饭，他看见次子回来，就扔下筷子破口大骂，并想用棍棒责打，次子为了躲避杖责，钻入父亲怀中求免，不料因为徐翁刚吃饱饭，又有愤怒之气充满心胸，立时痰涌气闭，不多时就死了。

长子素来贪图父亲的家产，于是向他的姑父行贿，并利诱他的妹妹，承诺送给其妹更多的嫁资，三人共同诬陷徐二杀死了父亲，向官府状告徐二。甘泉县县令朱某勘验徐翁的尸体，没有发现伤痕，只有额头有擦伤，再三审讯，死者的亲戚和女儿都极力证实是徐二杀死了父亲。徐二本就愚蠢顽劣，不能为自己辩白，于是定案。案件被解送到省里复审，按察使司某人将此案发交苏州府在沧浪亭会审，徐二喊冤，朱县令心中不安、不知所措，向苏州知府请求，改日重审。重审时仍然传唤死者的亲戚和女儿到场对质，三人都一口咬定是徐二杀死了父亲，最终以擦伤致死的结论定案，徐二被凌迟处死。

不久之后，那个亲戚回家突然生病，看见徐二来索命，很快就死了。徐翁的女儿出嫁后，不到一个月，也看见徐二来索命，受到惊吓，恐惧成病而死。紧接着，朱县令死于任所，其手下督促徐二画供的差役潘某也在同一天突然死亡。徐二的哥哥和嫂子都因恶疮遍体、皮肉溃烂而死，其所得的家产也早已因为打官司而用尽了。乡人和邻居都知道这是徐二在阴间索命，报冤雪恨。话说徐二不遵从父亲的教训，罪有应得，但徐家长子作为同母异父的兄长，企图霸占家产，以贿赂的手段买通证人作伪证，使弟弟遭受极刑，他岂能甘心？所以阴间的法律也绝对不会宽恕他们。

6.5.6 仆妪自焚

杭州邵氏，巨族也。有仆妇某氏，来佣工，其箱箧内多金银饰物，衣服亦新洁，不类贫苦小家妇。异之。一日，天气寒极，内外已卧，移时楼窗有烟熏气，主人惊起查检，至仆妇卧床，见妇已烧死，遍身黑如炭，两手若捆缚状。而床帐及衣褥皆无故，不知火之何自来也。急唤其家人来，并无异说，皆曰“该死”，赏以棺殓。

细询之，方知此妇曾为某家佣，主人作宦在外，家有主妇，积蓄颇厚，此妇阴以火焚其屋，主妇亦被烧死，乃窃其衣饰而去，人不知也。故未死前数日，常自语云：“冤家来了。”神盖疾其阴恶，藉寒夜重笼之火，以自焚而死云。

【译文】杭州的邵氏家族，是豪门大族。有个仆妇某氏，受雇前来做工，她的箱子内多有金银饰物，衣服也崭新整洁，不像是贫苦小户人家的妇女。一天，天气极其寒冷，内宅和外宅的家人都已入睡，不多时楼窗中有烟熏气飘出，主人惊起查看，来到仆妇某氏的床前，只见仆妇已经被烧死，全身焦黑如炭，两手像是被捆绑的样子。而床帐和衣褥都安然无恙，不知火是从何处而来的。主人急忙呼唤她的家人过来，她的家人也没有其他的说法，都说“该死”，主人赏给他们一些钱用来将仆妇装棺入殓。

经过仔细询问，才知道这个仆妇曾在某家做佣人，主人在外做官，家有主妇，积蓄的钱财颇为丰厚，这个仆妇暗中放火焚烧主人家的房屋，主妇也被烧死，于是她偷盗了主妇的衣服首饰而去，人们都不知道这事。因此她在未死前的几天，经常自言自语地说：“冤家来了。”大概是神灵痛恨她阴险恶毒，借寒夜里取暖用的火，使她自焚而死吧。

6.5.7 雷警

仪征汪近垣上舍，客汉镇，为汪福茂主鹾务。道光某年夏月，方与客博饮，忽阴云昼晦，大风雷电交至，举座皆惊。诸轿役正聚席而饭，忽一巨霆，有轿役蹲缩桌底，众以为惧雷之故，牵之出，昏迷不醒。见其半边有烟熏黑色，并有古篆数字，不可辨识，洗涤不去。人咸讶之。移时，复醒，但自悔责而已。后细察之，方知此役向不尽孝道。是日清晨，父以无米向索，役方与父争詈而出，故立时示警以惩之。又同时江中盐艘亦为雷击，木寸寸截，数万茎，皆光泽如刮磨者。只一霹雳，既示警于人，又示幻于物，天工神巧，殊不可测。此汪君在汉口目击者。

【译文】江苏仪征的汪近垣监生，客居在湖北汉口镇，为汪福茂经理盐务。道光某年夏季，他正与客人饮酒博戏，忽然阴云密布，天色昏暗，大风雷电交加，在座的人都很惊惧。当时几个轿夫正围坐在一张桌子上吃饭，忽然响起一声巨雷，有一个轿夫蹲缩在桌子底下，众人都以为他是害怕打雷，将他拉出来，而他已经昏迷不醒了。众人看见他的半边身子上好像被烟熏成黑色，并有几个古篆体字，辨认不出，也洗不掉。众人对此都很惊讶。过了一会儿，这个轿夫苏醒过来，只是自悔自责而已。后来经过仔细访问，才知道这个轿夫一向不尽孝道。这天清晨，父亲因为没米了向他索要，轿夫刚刚与父亲争吵，骂骂咧咧地出门，因此上天立刻对他予以警示以作惩戒。另外，同时江中的盐船也遭到雷击，木头一寸一寸截断，断成几万根，都光泽如新，像被刮磨过一样。只是一声霹雳，既示警于人，又示幻于物，天工神奇巧妙，实在难以猜测。这件事是汪近垣先生在汉口亲眼所见的。

6.5.8 金陵认子

江都钱大尹（国珍），号子奇，与予相识于京，人甚诚笃嗜学。辛亥，予至邗上访之，未晤。戊午，在浙相见，自述家中两次被难，甚悉其事。略云：

咸丰三年春，贼窜扬州，予父预令子媳避乡，自与陈太恭人守家，谕三四两弟云：“尔等读书有志，将来可为国家用。予老矣，虽无守土责，而世食旧德，且奉谕董团练事，无去理。吾将率众堵之。”两弟泣求同出，坚弗允。遂陷城内，贼屡胁以降，不从，迫以刃，不从，终投井殉难。余母并五弟相继殉焉。此咸丰三年事。

时予在都，应春官试。次年二月回籍，窀穸（zhūn xī）甫安，讵意廿九日贼复由仪征夺瓜州，三汊河等营官军溃。是日清明，予及三弟适出城扫墓，日晡易转，中伏贼起，城外贼匪乘势窜入城，大肆劫掠。初一日，贼入予家，刃伤予妇，几绝。予三弟妇杨氏被胁，骂贼，贼怒刺其喉，死焉。互易烈矣。四弟妇惧，匿床下，自经死。遂掳次子、两侄而去。予妇苏后，念及稚子被掳，无耗，以为无生还理，痴望祷于天，日诵《高王经》，将及三万遍矣。

久之，予由京分发浙江，六月过家门，余妇泪涔涔无干日。有瞽者至，呼入推算，备言年来应离母，目下难星满，不日可得佳音。以瞽者言置之。

忽于十八日，有人云予次子在金陵雨花台营中，疑不决，姑冒暑由栖霞道中徒步循钟山，至皋桥憩焉。入营探之，有王弁名仕裕，为湖北汉黄人，实救余子由镇江出者，惟是日予子鸿谟不在营中。越日午后，予在皋桥市，有解饷来者，随行甚众。或指谓予曰："此队中，跣足、穿短衣、戴竹笠者，识否？"予曰："未识。"或曰："此即汝子也，盍追之？"予惊疑间，急呼其乳名，三呼三应。予喜曰："果吾子也。"及觌面，语不能出，惟泪眼相视。子固识予，予几不识子矣。爰请诸王弁，王故豪爽少年，颇有侠气，慷慨许之。予方喜子之得归，而转悲夫侄也。询之鸿谟，云鸿宾侄早溺于水，鸿吉侄在镇江，犹两见，后不知何往矣。

夫以数龄稚子，陷锋镝中，展转流离，犹能于三年之后认之以归，固吾宗之幸，亦遇之至奇者已。非神默相，而能若是乎？

【译文】江苏江都县（今扬州市）的钱国珍县令，号子奇，与我相识于京城，为人特别真诚厚道，爱好学问。咸丰辛亥年（1851），我到扬州拜访他，没有见到。咸丰戊午年（1858），我和他在浙江相见，据他自述其家中曾两次遭难，他向我非常详细地讲述了此事。事情经过大致如下：

咸丰三年(1853)春季，太平军流窜到扬州，我父亲让儿子和儿媳提前到乡下避难，他自己则与我的母亲陈太恭人(四品命妇之封号)守家，并且告诉我的三弟、四弟两个弟弟说："你们读过书有志向，将来可以报效国家。我老了，虽然没有守护国土的责任，但我家世代享受祖先遗留的德泽，且奉命主管团练事务，没有离开的道理。我将率领众人围堵太平军。"两个弟弟都哭泣着请求父亲一同出城躲避，我父亲坚决不同意。扬州城陷落后，我父亲就被困在城内，太平军多次胁迫他投降，他坚决不从，贼匪拿刀逼迫，他仍是不从，最终投井殉难。我的母亲和五弟也相继殉难了。这是咸丰三年(1853)的事。

当时我在京城，参加礼部会试。第二年二月返回原籍，才将父母安葬完毕，不料二十九日太平军又由仪征攻占瓜州，驻扎在三汊河等地的清营官军溃败。这天是清明节，我与三弟正巧出城扫墓，傍晚未回，埋伏在城中的太平军起事，城外的太平军趁机窜入城中，大肆劫掠。初一日，一伙贼匪进入我家，用刀砍伤了我的妻子，她昏死过去。我三弟的妻子杨氏受到威胁，她大声骂贼，贼人一怒之下刺入她的喉咙，她当场死亡。真是太壮烈了！我四弟的妻子害怕地藏在床下，自勒而死。贼匪于是掳掠了我的次子和两个侄儿而去。我的妻子苏醒后，想到年幼的儿子被掳走，毫无音信，以为没有生还的希望了，痴痴地望着天空祈祷，每天念诵《高王经》，将达三万遍了。

许久之后，我由京城分发到浙江任职，六月路过家中，我的妻子每天泪流不止。有个算命的盲人从我家门前经过，我的妻子叫进他来推算，他详细地说近年来儿子命中注定要和母亲分离，眼下灾消难满，不久可以得到好消息。家人对盲人的话姑妄听之，也没太在意。

十八日，忽然有人说我的次子在南京雨花台的军营中，我半信半疑，姑且冒着炎热由栖霞道中徒步沿着钟山，来到皋桥歇息。我入营探问，有一名叫王仕裕的军官，是湖北汉黄人，就是他把我的儿子从镇江救出来的，只是当天我的次子钱鸿谟不在营中。第二天午后，我在皋桥的街市上，看到有一队士兵押解着军饷经过，随行之人众多。有人指着队伍里的一个人对我说："这队伍中，那个光着脚、穿短衣、戴竹笠的人，你认识吗？"我说："不认识。"那人说："他就是你的儿子，还不快去追赶？"我正在惊疑之间，急忙呼唤儿子的乳名，我呼唤了三次，队伍中那人答应了三次。我高兴地说："他果然是我的儿子。"等到与儿子见面，我激动地说不出话来，只是泪眼相视。我的儿子还认识我，而我几乎认不出儿子了。于是，我向王军官请求把儿子领回家，王武官本就是个豪爽少年，颇有侠义之气，慷慨地答应了。我正在为儿子的归来而高兴，转念又为两个侄子而悲伤。我询问鸿谟，据鸿谟说，鸿宾侄早已溺水而死，鸿吉侄在镇江，他们曾见过两面，后来就不知他的下落了。

话说几岁的孩子，身陷枪林弹雨之中，辗转流离，竟然还能在三年后找到他并带回家，这固然是我家的幸运，也是极为奇特的机缘。如果不是神灵在暗中相助，能够如此吗？

6.5.9 一生惜字

歙县程道平（垣），少习制举业，不售，去而学贾。生平最敬字纸，每行街市，辄注目四顾，恐有字纸弃地也。人以为痴，程乐此不疲。倡惜字会，雇人助拾，砌炉焚之，灰则附舟至江沉之。如是五十年，八十余岁，无疾而终。殁后旬日，托梦于其子曰："我前身乃文昌座下白骡也，宿根不昧，惜字成癖。今往浙江托生为士人，早掇科第，食其报矣。特使尔知此一段因果耳。"此乾隆五十九年事。

【译文】安徽歙县的程道平（名垣，一作坦），年少时学作八股文，屡试不中，便放弃科举，改学做生意。他生平最重视敬惜字纸，每当行走在街市上，都会注目四望，恐怕有字纸被丢弃在地上。人们都认为他呆傻，但程道平乐此不疲。他发起倡议建立惜字会，雇人帮助捡拾丢在地上的字纸，砌炉焚烧，纸灰则搭船运到江心沉入水中。他就这样坚持做了五十年，八十多岁时，无病而终。死后十天，他托梦给自己的儿子说："我前生乃是文昌帝君坐下的白骡，宿世的灵根不灭，所以此生惜字成癖。如今我将前往浙江托生为读书人，早年即可考取科第，享受惜字的福报了。特地让你知道这一段因果。"这是乾隆五十九年（1794）的事情。

6.5.10 魏封翁

魏健斋先生，赞卿太仆（襄）之父也，精岐黄术。为人治病，遇贫者，每赠药资。一日赴乡，治一大户子妇疾。枕边有金簪亡失，疑魏。次日魏至，家人迎问之。魏问是何式样、重若干，笑曰："实非取，因款色特佳，借去仿制，忘于告白耳。"归觅金，制如式付之。妇固知非己物，疑其故匿旧而献新耳。未几，妇病脱体，理床蓐，金簪宛然。大惭，入城还簪，并谢冒昧。

乾隆乙巳，岁大饥。封翁积谷不过百石，即门前平粜

（tiào），以数升为率，顷刻而尽，众哗然。封翁指囷（qūn）示之曰："此特行吾所安耳。"

一夕，有移尸悬其门，邻人谓此某所为。及官验，翁默然。事毕，翁语所亲曰："予与某无仇怨，累我特十数缗耳，又何必更累以移尸之罪，证佐之牵涉耶？"比邻不戒于火，翁居独无恙。子以乙丑成进士，得膺褒封，年八十四而卒。

【译文】魏健斋先生，是太仆寺卿魏赞卿（名襄）的父亲，精通医术。为人治病，遇到贫穷之人，常常赠以药费。一天，魏老先生前往乡间，为一个大户人家的儿媳妇治病，妇人的枕边有一枝金簪丢失了，妇人怀疑是魏老先生偷的。第二天，魏老先生又来到那户人家，其家人迎上前来询问。魏老先生问金簪是何式样、重量多少，然后笑着说："实在并非偷取，只是因金簪款式特别好，所以借去仿制，忘了告诉你们罢了。"魏老先生回到家后，找出一些金子，制作了一枚样式相似的金簪交给妇人。妇人知道这不是自己的金簪，怀疑魏老先生故意将旧簪藏匿起来而还了新簪给她。不久，妇人身体康复，整理床褥时，发现了金簪还在。妇人十分惭愧，进城还簪，并为自己的冒昧而道歉。

乾隆五十年乙巳（1785），当地发生大饥荒。魏老先生家中所藏的米不过百石，就在门前平价卖米，每个买主最多只能买几升，一百石米很快就卖光了，众人哗然。魏老先生指着粮仓对大家说："我这样做只是为了让自己安心而已。"

一天夜里，有人将一具尸体悬挂在他家门口，邻居说这事是某人干的。等县官前来验尸时，魏老先生沉默不语。事情过去后，魏老先生对身边的人说："我与某人无冤无仇，他不过是想讹诈我十几串钱罢了，又何必再把移尸之罪加在他身上，牵扯这么多人进来作证呢？”邻居家不小心失火，唯独魏老先生家安然无恙。魏老先生的儿子在嘉庆十年（1805）乙丑科考中进士，魏老先生也荣膺朝廷的褒奖诰封，八十四岁逝世。

6.5.11 石膏

嘉定张某，有名医之号，信之者多。惯用石膏，误杀一人，深以为悔。然亦不便语人，虽妻子无知之者。逾年，张亦患病，延徐某诊，定一方而去。临买药时，张自提笔加石膏一两，清晨服后再方视之，惊曰：“此石膏一两，何人加耶？”其子曰：“爷亲笔所书，何忘之乎？”曰：“顷所服药内竟有石膏乎？”曰：“然。”张叹曰：“吾知之矣，速备后事可也。”作偈语云：“石膏石膏，两命一刀。庸医杀人，因果难逃。”过午而卒。

【译文】嘉定县（今上海市嘉定区）的张某，号称名医，相信其医术的人有很多。张某惯用石膏入药，有一次曾误用石膏致人死亡，他感到特别悔恨。但他也不便把事情告诉给别人，即使他的妻子也不知道此事。一年后，张某也患病了，延请徐某诊治，徐某开了一张药方离去。临买药时，张某自己提笔在药方上加了石膏一两，清晨服药后，张某再次拿过药方来看，惊讶地说：“这石膏一两，是谁加上去的？”他的儿子说：“是爹爹您亲笔所写，怎么忘记了呢？”张某说：“刚才我所服的药中难道有石膏吗？”儿子说：“是的。”张某叹气说：“我知道了，你赶快为我准备后事就行了。”接着作了四句偈语说：“石膏石膏，两命一刀。庸医杀人，因果难逃。”刚过中午，张某就死了。

6.5.12 兰仪都司

邱都阃（广玉），兰仪人，即任其地都司，服官五六十年，寿至八十余岁，精神矍铄，从无疾病。短小精悍，声如洪钟，两眼如铃，灼灼然光射数尺。因豫河营只有都司一缺，故劳绩屡及其身，加游击升衔，赏戴花翎，实河壖（ruán）上之福人，亦奇人也。

惟祥符下汛之工，实缘伊一语误之。方串沟溃堤时，二十余沟已皆堵截，惟中间一道水，只及骭（gàn），去正河犹数百丈。步香楠观察（际桐），因其年老谙练，特引而询之，伊只答以“不咋”一语。“咋”者，“怎”之转音，“不咋”者，豫省土语，犹云不妨事、不怎么也。时香南初莅开归，正疑河工积习，辂多浮费，闻此一语，乃益将库款节简。众复因此语，遂多疏视，迁延两日，以致沟中淤陷溜归，全河倒泄，遂成数百丈口门。未两年，邱即病故。其子任仪睢协备，因公撤任，不一年亦死，家中财物被盗劫夺一空。是彼之“不咋”一语，不知有心与否，而百十万生灵究属因此一语致丧，即谓之显报亦可。事关重大，或强为晓事，或随口答应，均非也。出言顾可忽乎哉！

【译文】邱广玉都阃（统兵在外的将帅），河南兰仪县（今兰考县）人，他就在当地担任都司（清代绿营军官，武职正四品，位于参将、游击之下，守备之上），居官五六十年，寿至八十多岁，精神矍铄，从无疾病。邱都司身材短小精悍，声如洪钟，两眼如铃，闪闪发光，其光射出数尺之远。因为豫河营（河南地区负责河防的绿营兵）只有一个都司职位，所以他常常因功劳受赏，加升游击衔，赏戴花翎，实在是黄河边上的有福之人，也是一位奇人。

只有祥符县黄河下游防汛工程一事，确实是因他的一句话而被误导的。当串沟（河流滩地上因水流冲刷形成的沟槽）溃堤时，二十多条串沟均已被堵截，只有中间一道水，水深只到小腿，距离河道主流还有几百丈远。步香楠道台（名际桐），因邱都司年老经验丰富，特地以此事向他请教，他只回答了一句“不咋”。“咋”是“怎”的转音，“不咋”是河南的方言，意思是“不妨事、不怎么”。当时步香楠先生刚刚出任开归道不久，正疑心治河工程长期存在弊端，库银的开支多有浪费的情况，一听邱都司这句话，于是进一步将库款减省使用。众人也都因为邱都司这一句话，对防汛之事多有疏忽懈怠，拖延了两天，以至于串沟中淤泥沉积，河水回流，全河倒泄，将堤坝冲出数百丈宽的缺口。没过两年，邱都司就因病去世。他的儿子担任仪雎厅协办守备，因公事被撤职，没过一年也死了，家中财物被盗贼劫夺一空。邱都司的那一句“不咋”，不知是有心还是无心说出的，但百十万民众的生命终究是因为他的这一句话而导致丧命的，因此即便说这是明显的果报也未尝不可。当事关重大之时，或不懂装懂，或随口答应，都是错误的做法。说话怎能轻率随意呢！

6.5.13 拆闸

王值三茂才言：仲姓把总，管理高邮各闸时，陶文毅公初莅任，访求熟悉河道者。仲因言七闸口通江，宜以木易石，开闸导水入某河，可以达江。陶公信其说，遂拆七闸，闻闸工最坚固，相传为青田先生所筑。仲姓因以石易木，随时启闭，既潜卖石于人，而年年修建，可以获利。不一年，大水作，冲去民居无算。仲姓已于拆闸年犯邪自投于水，盖早已伏冥诛矣。

【译文】王值三秀才说：有个姓仲的把总（绿营兵低级军官，正七品，位次于千总），管理江苏高邮县各处水闸时，两江总督陶文毅公（陶澍）刚到任不久，访求熟悉河道事务的人。于是仲某建议说七闸口连通长江，应该将木闸换成石闸，开闸引水，流入某河，可以直达长江。陶公听信了仲某的说法，于是拆除七闸，拆除时听说该闸工程极为坚固，相传是刘青田先生（刘基，字伯温，浙江青田人，故称）主持修筑的。仲某因为用石闸换掉木闸，可以随时开闭，又可以暗中把石料卖给别人，而年年修建，他也就可以年年获利。不到一年，发了大水，冲毁无数民居。仲某已经在拆闸的当年中邪自投于水而死，大概早就已经受到冥府的惩治了。

6.5.14 门包

中丞某公，性傲岸矫异，不特遇同乡戚族有意远嫌，即骨肉间亦然。任皖抚时，其子以贰尹需次吴中，先致书抚藩：“不可因我子而袒庇之，使其多钱，习为奢侈，予不以为德也。”其子遂少优差，偶借咨追差赴皖，意欲稍助薪水，中丞以系奉公来，不令寓内署，其子遂不敢轻言求助事。候父出署，于母处乞得百金回吴。其严毅如此。

一生最重操守，矜名节，慕海忠介之为人。由监司至开府，所历各任，大堂有“不”字禁约八条，曰：不收门包，不受馈遗，不取平余，不通请托，不荐幕友、长随，不赴无名宴会，不呼梨园，不准署中人等私自出入。其关防慎密又如此。但人多以怪癖目之，予不以为然。以视近之贪婪辈，放诞自恣、奢侈无度者，相去霄壤。若中丞者，实可风矣。

门包之名，由来已久，各省皆有之。凡新莅任者，司阍及各项人等必索，甚至有双分者，或一明一暗者，合多处并计之，已数百金矣。未抵任而先有数百金之累，冰清玉洁，难言之矣。收此陋规者，皆以为散之仆从耳。夫瘠人以肥己，仁者不为；瘠人以肥若辈，智者岂为之乎？无怪乎此种不农不工、鲜衣美食、游手好闲、欺主殃民者之日见充塞也。

惟吾闽来子庚（锡蕃）观察，居官清廉，尤不肯出门包。先为石牛巡检，岁入不及百金，擢贰尹，代理将乐县篆，赴任，各署索门包，书四语示之，曰："石牛无毛可拔，将乐地皮未刮。所有各署门包，只可随后开发。"后竟不与，亦无如之何。在任年余，不名一钱，交卸日，乡民十数辈，各携米一石送之，欲勿受，乡民曰："今岁倍有秋，年来稍有积蓄，皆公赐也。"委诸舟中，欢笑而去。孰谓闽省之无好官者，孰谓闽省之不能做好官哉？

【译文】巡抚某公，性格高傲自负、不随流俗、有意立异，不只是遇到同乡、亲戚、族人有意疏远避嫌，即使至亲家人之间也是这样。他出任安徽巡抚时，他的儿子在苏州候补县丞的职缺，他提前写信给江苏巡抚、布政使说："不可因为他是我的儿子就袒护包庇，使他手中钱财过多，养成奢侈的习惯，我是不会感恩戴德的。"其子于是难以得到好的职位，偶有一次因出差来到安徽，想请父亲稍稍资助其生活所需，巡抚因为儿子是因公事而来，就不让他居住在内衙，其子于是不敢轻易提起求助之事。等父亲出署后，他才从母亲那里求得一百两银子返回苏州。某公就是这样严厉刚毅。

某公一生最重视操守，爱惜名节，仰慕海忠介公（明代清官海瑞）的为人。他从道员升至封疆大吏，为官所到之处，都在大堂上悬挂“不”字禁约八条，内容是：不收取门包，不接受馈赠，不取平余银（清代地方财政在上缴正项钱粮时额外提解给户部的银两），不接受请托，不推荐幕僚、长随，不参加没有名义的宴会，不叫戏班演戏，不准署中人等私自出入。他日常的防范也是如此谨慎严密。但是人们多将他的这些做法视作古怪的癖好，而我并不这样认为。将他与近来那些贪婪之徒，放纵不羁、恣意妄为、奢侈无度的人对比来看，简直有天壤之别。像巡抚这样的人，实在可为风范了。

门包的名目，由来已久，各省皆有此例。凡是新到任的官员，守门人及各项人等必定会向其索要门包，甚至有索要双份的，或有公开要一份、私下要一份的，一般来说其数额已经高达数百两银子了。还没上任就先有了几百两银子的拖累，想让官员在接下来的任职期间冰清玉洁，恐怕也很难说了。收取这种陋规（不好的惯例，多指不正当的收费常规）的人，都认为是把钱分散给了仆人、随从而已。损害别人的利益而使自己得到好处，这是仁德的君子所不屑于做的；损害别人的利益而使这些下人获利，有智慧的人难道会做这种事吗？也难怪这种不种地不做工、鲜衣美食、游手好闲、欺主害民的人日渐增多、到处都是了。

只有我们福建的来子庚（名锡蕃）道台，为官清廉，尤其不肯出钱给门包。起初他担任石牛巡检司巡检（位于今福建宁化县），每年的收入不到一百两银子，后来升任县丞，代理将乐县知县，到任时，各个衙门索要门包，他写了四句话给他们看，说：“石牛无毛可拔，将乐地皮未刮。所有各署门包，只可随后开发。”最后还是没给，他们也无可奈何。来先生在任一年多，没有分文的积蓄，卸任的那天，十几名乡民，各自带来一石米前来相送，来先生不想接受，乡民说："今年收成加倍，年来略有积蓄，这都是拜您所赐。"乡民将米扔进来先生乘坐的船中，欢笑而去。谁说福建没有好官，谁说在福建不能做好官呢？

6.5.15 强为善

某侍郎封翁，好施济，而工于博，博无不胜。虽势已大败，犹能以孤注，背城一战，反败为胜。局无大小，所往辄利，博徒见之，退避三舍。第博进之资，多散之戚友贫乏者。倘是日无博，又值囊空，则以衣服典质付之。犹不足，虽几席间衿褥益之，亦无吝色。此盖借博为周急，名则近利，而实以行善也。子以科第而跻二品，宜哉！

又会稽诸生孙翁，家贫好善，所交多寒士，藉馆谷为生者。翁但考其品学兼优，不肯误人子弟，则必为之多方延引，广为介绍，藉翁之力而仰事俯育有赖者不少。每岁秋冬之交，往来汲汲，不惮辛劳。咸丰戊午，其子念祖，捷南宫，以第二人入词林。此皆无力而能好善不倦，故食报尤厚也。

【译文】某侍郎的父亲，喜好施舍助人，而又精通赌博，每次赌博从无不胜。即使眼看着就要输了，他仍能孤注一掷，背水一战，反败为胜。赌局无论大小，他只要参加都会获胜得利，赌徒们见了他，都退避三舍。只是他靠赌博赢来的钱，大多都散发给亲戚朋友中的贫困者了。如果这天没有赌局，他又正好囊中无钱，他就把衣服典卖，将得来的钱散给他们。如果还不够，即使再把床上的被褥典卖掉以作添补，他也毫不吝惜。他这大概是借赌博得钱来周济急难之人，表面上是贪图财利，但实际上是借此行善。他的儿子在科举中考取功名，后官居二品，是理所当然的！

还有一件事，浙江会稽县（今绍兴市）的生员孙老先生，虽然家境贫寒，却乐善好施，所结交的大多是以教书为生的贫寒之士。孙老先生只要经过考察得知他品学兼优，不肯误人子弟，就必定会为其多方引荐，广为介绍；在孙老先生的引荐下，得以获得工作机会从而赖以侍奉父母、养育妻儿的士子不在少数。每年秋冬之交，孙老先生往来奔忙，不惧辛劳。咸丰八年戊午（实为咸丰九年己未科），孙老先生的儿子孙念祖，高中进士，以一甲第二名进士进入翰林院。这二人都是能力不大却能好善不倦的人，所以其获得的福报尤其丰厚。

6.5.16 畜变

姚蔗田曰：姻戚某，宦裔也，少孤，十一龄即育于岳家。岳，鹾商，巨富无子，爱如己出，为之延师课读。数载后，完娶，妻貌美而柔弱。某颐指气使，勿与较，醉则反目诋翁为铜臭。自以王谢家声，与商贾为婚，有松柏俯就茑（niǎo）萝之意，不以岳视之。岳转以望见颜色为幸。应童子试，不售，援例鹾尹，北上谒选。舟抵胥江，小遇风涛，舟微簸，即回帆留吴门，以千金纳妾，从此无出山之意。岳劝其早图宦达，以光门户，即与大忤，欲分炊自居。常日絮聒，留之不可，不得已为之购华屋以安妻孥，割盐舍以供薪水，计费五六万金。某殊不在意，惰于经营，出入悉付之伙友纪纲，不数年而耗败矣。时岳已故，某已生子及冠，亦不好读书。岳母又为捐纳藩参军，试用汴中，值滑县教匪之乱，惧而乞归。计某父母依岳家将三十年，为筹妆奁、功名、产业一切不下二十余万金，乃某父子皆不以为德，故岳之三党咸为不平。未几，某父子以任意挥霍，俱困穷，不永年而亡。

妻亦心灰，仍归母家，持斋以尽天年。一夕，忽梦其父母与某父子偕来，父谓之曰："某前世为富人，予代司出纳，干没二十余万金。冥王判令今世为翁婿，以偿之。尔与某子皆同党，助予朘（juān）削者，以故咸聚一处，耗予之财，为某之息，今已偿毕，可以销案。尔数月亦将寿终归冥，一生柔顺不妒，无过恶，转生自有好处，不敢预泄。惟予当日虽昧良吞蚀，未尝无礼于某，乃某为予婿，而侮慢詈骂如是，无半子情。冥王恶其狂悖，罚令变猪，产于某处某氏。"言次，某亦痛哭，谓其妻曰："某氏产猪九，内花白者即予，速往购之，以免将来屠戮之惨。"妻大哭而醒，急访之，果然。以钱千文买之，放生云栖禅院，年余而死。此道光元年事。某妻为嫂氏小姑，自言其梦暨前因后果，遂以遍传于人云。

【译文】姚蔗田说：我的姻亲某人，是官宦人家的后代，少年时父母双亡，十一岁就住在岳父家一起生活。他的岳父，是一位盐商，家中巨富但没有儿子，岳父对他就像对待亲生儿子一样疼爱，为他聘请老师，教他读书。几年后，完婚，他的妻子貌美，性情柔弱。某人常常颐指气使，岳父不与他计较，他醉酒后反而轻视诋毁岳父是唯利是图的人。某人觉得自己是官宦世家，与商人家的女儿结婚，好像是松柏放低了身价而依附于茑萝（又名寄生，一年生草本植物，茎细长，卷络他物而上升）一样，不把岳父放在眼里。其岳父反而以能时时看见女婿为幸。某人参加秀才考试，没有考中，按例捐了个鹾尹的官职，北上进京，赴吏部应选。船行至胥江时，遇到小的风浪，船有些颠簸，某人随即调转船头留在苏州，花了一千两银子纳妾，从此没有了出仕做官的想法。他的岳父劝他应当及早谋求官位显达，以光耀门庭，某人就大肆顶撞岳父，想分家独自居住。某人整天唠叨不停，其岳父知道势必留不住他，不得已为他购买豪华的房屋来安顿妻儿，又分给他一处盐店以供生活所需，共计花费了五六万两银子。某人毫不在意，懒于经营，支出收入等事全部交给伙计管理，没过几年，盐店就衰败倒闭了。当时其岳父已经去世，某人的儿子已经成年，也不喜欢读书。他的岳母又为他的儿子捐了个布政使司参军的官职，在开封试用，当时正值滑县教匪叛乱，他的儿子因为害怕而请求辞官回家。计算下来，某人一家依靠岳父家生活将近三十年，岳父为其筹办嫁妆、功名、产业，这一切花费不下二十多万两银子，但他们父子都不懂得感恩戴德，因此其岳父的亲戚族人都为之愤愤不平。不久，他们父子因为任意挥霍，都陷入穷困潦倒的境地，没活到高寿就死亡了。

某人的妻子也心灰意冷，仍然回到娘家，持斋度过晚年。一天夜晚，其妻忽然梦见她的父母与丈夫、儿子一同而来，父亲对她说："女婿前世是个富人，我当时为他管理财务出纳，贪污了二十多万两银子。阎王判令我今世与某结为岳父、女婿的关系，以作偿还。你与女婿的儿子在前世都是我的同伙，帮助我侵吞克扣，因此今世聚在一起，来消耗我的财产，偿还给女婿，如今债已经还完，可以销案。你几个月后也将寿终来到阴间，因为你一生柔顺不嫉妒，没有过错，转世之后自有好处，我不敢提前泄露秘密。只是我当时虽然昧着良心侵吞某人的钱，但未曾对他无礼，但是今世某人作为我的女婿，却对我如此侮辱谩骂，没有女婿的情分。阎王厌恶他的狂妄悖逆，罚令他投胎变猪，出生在某地某家。”说话之间，某人也痛哭流涕，对他的妻子说：“某家的母猪下了九只猪仔，其中花白的那只就是我，你快去买回来，以免将来遭受屠戮的惨苦。”其妻大哭而醒，急忙前去寻访，发现果然如此。其妻用一千文钱将那头花白小猪买下，放生在云栖禅院，一年多后就死了。这是道光元年（1821）的事情。某人的妻子是我嫂嫂的小姑，其所做之梦和这件事的前因后果都是她自己讲述的，我于是记录下来遍传于人。

6.5.17 《高王经》

蔗田又曰：《高王经》或云伪，未列藏经；或云真，内典未娴。姑勿深辨。予奉持二十余年，亲验者二。道光癸巳，长子冬儿出痘，危甚。一夕，交四鼓，大作鬼语，予就床头朗诵未三遍，儿大声曰：“勿击也，彼已逃矣。”后虽殇，命也。

越四年，丁酉，予挈眷由省赴芝城，春水涨甚，泝流而上，舟滞不前。过黯淡滩，浪高丈许，水悍急狂奔，舟用双股虾须缆，绕舵后，数十人挽之。行至滩半，缆一股突断，舟退如箭，巨石齿立水中，略触之，齑粉矣。舟子已呼救，家人面色如土，滩头匪类、河内小舟咸打号叫呼，揎衣攘臂，将乘机抢掠矣。予急诵《高王经》，妻孥辈亦齐声朗和。万分危急之际，忽巨木一枝横浮滩面，当石前阑定。舟倒驶至此，势遂缓，舟人左右可用篙撑至右旁舣定，丝毫无恙。重系缆，得过滩。木于扰攘之中，亦遂不见。既不知其何自来，亦不知其何所往。谓非经之力与？

又予三女，皆逾笄（jī）未字，每届诵经之期，予即虔诚默祷，愿早得相攸。祷未一年，皆许字得所，此尤《高王经》效验之至速者也。

间遇家人辈抱疾，祷之亦验。惟不可妄思求财，此则经之所不应也。又吾昔闻云栖致虚上人云：“一切经咒，虽极鄙俚，毫无文义者，持诵之人果其信心诚笃，无不应验如神。若将信将疑，浅尝辄止，非经咒不灵，乃信道不笃，虽诵之犹不诵也。”此说予颇然之。

【译文】姚蔗田又说：有人说《高王观世音经》是伪经，《大藏经》中没有收录此经；有人说此经确实是真经，说它是伪经是因为不精通佛法。是真是伪姑且不去深入辨析。我奉持《高王经》二十多年，亲身经历过的灵验之事有两次。道光癸巳年（1833），我的长子冬儿出痘，病情十分危急。一天夜晚，将近四更时，他大说鬼话，我在床头朗诵《高王经》不到三遍，儿子大声说：“不要打了，它已经逃跑了。”后来，儿子虽然还是夭折了，但这也是命吧。

四年后，道光丁酉年（1837），我携带家眷从省城前往芝城（今福建建瓯市），春季水势大涨，因溯流而上，所乘的船停滞不前。经过黯淡滩（在福建省南平市东，水流湍急，号称极险，为著名砚石产地）时，浪高约有一丈，水流湍急狂奔，将船用双股虾须缆，缠绕在舵后，由几十个人用力牵引前行。行驶到黯淡滩的中间时，一股缆绳突然断裂，船像射出的箭一样飞速后退，尖齿一般的巨石竖立在水中，船只要稍微触碰到，就会立刻被撞个粉碎。这时船夫已经在呼救，我的家人吓得面如土色，滩头的匪徒以及河内小船上的人都相互打着暗号呼叫，他们捋起衣袖，伸出胳膊，准备趁机抢掠财物。我急忙念诵《高王经》，我的妻子儿女也齐声朗诵应和。万分危急之际，忽然有一根大木头横浮在滩面，挡在石头前。船后退至此，速度就慢了下来，船夫站立在船的左右，可以用篙撑到右侧岸边停泊下来，丝毫无恙。船夫重新将缆绳系好，于是得以经过险滩。那根大木头在众人忙乱之际，也随即消失不见了。既不知它从何处而来，也不知道漂向何处去了。这难道不是《高王经》的神奇感应吗？

另外，我的三个女儿，都过了适婚年龄而尚未许配，每到诵经之时，我就虔诚默祷，希望她们早得佳婿。祈祷了不到一年，她们就都许配了好人家，这更是特别迅速的效验。

有时，遇到家人生病，以念诵《高王经》来祈祷也会灵验。只是不能妄想以此求财，这样的话《高王经》是不会应验的。另外，我从前听云栖寺的致虚上人说："一切经咒，即使非常粗浅俚俗、毫无文义，持诵之人果真能够坚定信心、虔诚奉持，则也无不应验如神。如果将信将疑，浅尝辄止，并非经咒不灵，而是因为信道不诚，即使念诵了，也和没有念诵过一样。"我非常赞同这种说法。

6.5.18 恶幕显报

道光初，闽省观察某有优待幕友之称，人多乐就之。惟性情豪侈，善挥霍，清俸入不敷出，研租多不给。或探伺其宽裕，时透支数月，颇亦不吝。第匮乏时多，有余时少，幕中遂不免有藉于包苴者。观察欲禁之不能，特诣城隍庙默祷，自言守土数载，小大之狱无丝毫苟且，倘幕友不守廉洁，或颠倒是非，徇私废法，枉纵命盗，有心出入，致负冤愆，则请殃及其身，官不受过也。

时刑友方抱病，祷之夕，即加剧，鬼语惊人，冤魂不一，自夜达旦，锒铛声彻屋上，闻者震悚，日将午而命殒矣。刑友子仍习父业，亦颇有罗致，一日，肩舆拜客，为道旁岩墙压毙，并及舆夫二人。此则不知其父之余殃未尽，抑子之自作恶业耶？

按，是时有钱谷某友，素有劣名，偕其徒二人，受聘龙岩州，主仆五人同舟夜泊，适村中防寇团练，演习乡兵，误以为盗，齐跳避入水，仅一仆得生。未几，另有刑友，已年逾八旬，悬车数载。一日，自煮豚蹄，火作，夫妇并怀孕媳俱焚死，故当时有一联云："就龙岩主仆五人同罹水厄；烧猪肉祖孙三代共被火灾。"或曰，刑友尝惑妻言而薄待后母，自殒其身，人皆不知，宜受此惨祸也。

【译文】道光初年，福建省某道台以优待幕僚而闻名，不少人乐意到他手下就职。只是他性情奢侈，惯于挥霍，俸禄入不敷出，时常不给幕僚发工资。有的幕僚趁其宽裕的时候，一次性透支几个月的工资，某也毫不吝惜。只是匮乏的时候多，有余的时候少，幕僚中不免有人借机收受贿赂。道台想要禁止却没有办法，特地到城隍庙默默祷告，自称在此地主政已有多年，不论大小案件都不敢草率从事，倘若幕僚中有人不守廉洁，或者颠倒是非，徇私废法，枉法放纵命犯盗贼，故意出入人罪，致使有人含冤受屈，则请殃及其本人，主官不应承担罪责。

当时刑名师爷正在生病，道台到城隍庙祷告的当天晚上，刑名师爷的病情随即加重，以鬼魂的语气在说话，令人惊骇，有很多冤魂前来索命，从夜晚到天明，锁链之声响彻屋上，听到的人都震惊惶恐，将近中午的时候，刑名师爷就死了。刑名师爷的儿子继承父业，也学习刑名之术，也搜罗了不少钱财。一天，他乘轿前去拜访客人，路旁的石墙倒塌，他和两个轿夫都被压死了。这就不知道是其父遗留的灾殃未尽，还是他自己作恶而受到惩罚呢？

另外，当时有个钱粮师爷某，向来名声恶劣，带着他的两个徒弟，受聘到龙岩州任职，主仆五人同乘一船，夜间靠岸停泊，正值当地村中为防御匪寇而办理团练，演习乡兵，乡兵误将他们当作盗贼，五人一起跳入水中躲避，只有一个仆人得以生还。不久后，另有一个刑名师爷，已经年过八十，退休在家已有数年。一天，他正在烹煮猪蹄时，发生火灾，老夫妻二人以及怀孕的儿媳都被烧死，所以当时流传有一副对联说："就龙岩主仆五人同罹水厄；烧猪肉祖孙三代共被火灾。"有人说，这个刑名师爷曾受妻子的言语蛊惑，薄待后母，致使后母自杀身亡，人们都不知道此事，难怪他遭受如此的惨祸了。

6.5.19 六十万

嘉庆年，某中丞抚陕，兼署督篆。时陕、甘两省大旱，赤地千里，颗粒无收。两方伯请奏拨银六百万，分给各郡县赈济，兼为籽种口粮。先商之部，部以议准暨报销费需一成，中丞亦欲如之，方准具折。兼圻大柄在其掌握，莫能抗违，于是陡有六十万金，余四百八十万又不知如何分肥。两省灾黎所沾实惠，恐无几矣。

中丞殁，子幼，家政操之二妾，本籍巡抚乃姻娅，为之料量遗橐（tuó），银七十余万，金万余两。乃二妾挥霍，不异泥沙，彼此争强好胜，如王恺、石崇斗富。创修寺院，合城大小神庙，朔望自制沉檀香、纯蜡烛，分送必遍。又铸金琢玉成佛像数十，皆缁流、黄冠、优婆夷等诱之也。如是未十年，金银皆尽，仅存第宅，及祠堂一区。吾不知仕籍中必欲以赈济之物充囊橐者，果何为也。噫！可不戒哉？

【译文】嘉庆年间，某中丞担任陕西巡抚，兼任署理陕甘总督之职。当时陕西、甘肃两省大旱，赤地千里，颗粒无收。两省的布政使请他上奏朝廷拨银六百万两，分发给各府县，以赈济灾民，并用来购买种子和作为口粮。中丞先与户部商议，户部初步同意，但需要抽取一成的手续费，中丞也想从中渔利，才准许具折上奏。陕甘两省的大权都在其掌握之中，无人敢于违抗，于是中丞又一下子从中扣留了六十万两，其余的四百八十万两又不知手下的人是如何分肥的。两省灾民真正所受到的实惠，恐怕没有多少了。

中丞死后，他的儿子年幼，家政被两个小妾把持，本地的巡抚是他家的姻亲，为他料理遗产，共有白银七十多万两，黄金一万多两。但两个小妾挥霍无度，视金钱如泥沙，彼此争强好胜，像西晋的王恺、石崇一样攀比斗富。二妾创修寺院，全城大小神庙，每逢初一、十五她们就会自制沉檀香、纯蜡烛，遍送各庙。又用黄金铸造、用玉石雕琢成数十尊佛像，这都是受了和尚、道士、尼姑或女居士等人的诱惑而这样做的。如此不到十年，中丞遗留的金银就全部耗尽了，只留下一处住宅和一座祠堂。我不知那些为官之人一定要将赈济灾民的财物中饱私囊，到底是为了什么。唉！怎能不引以为戒呢？

6.5.20 徐建策

解元徐建策，阴险鸷毒。为诸生，胁诈取财，无恶不作，人咸畏之。既领解，愈贪很，随地生波，不可测度。尝至衣肆，欲以贱值，强市贵物，肆人语稍侵之，恨焉。越数日，使其仆持番银百元，诣肆选衣，诡云："某主人欲购此，以足疾不能来，故押衣去，看定议价。"肆中以银有余也，付之。徐随将各衣领拆开，钤以名号图章，仍还之，云："尺寸未合，俟足愈亲来选也。"又数日，进一纸于县，报被窃，开列衣服数十事。县委捕衙勘验，装点宛然，候差缉。半月后，复呈县，云："赃物现悬某肆，验之已确，余衣俱有图章暗记，可拆视之。"县提验良是，遂坐衣肆通贼消赃。事虽白，而所费不赀矣。

又某戚，薄徐之为人，偶自言一生怀刑畏法，足迹不至官府。徐以其诮己也，思陷之。伪为钱券数纸，使其党伺戚入茶肆，与同桌饮，匆匆遗于地，戚果捡得之。则先至钱肆语之曰："某人作尔店伪券，将来取钱矣。"少顷，果来店，人遂执以鸣官，几受责，幸知好佥呈保辨得释。翌日，徐诮之曰："怀刑者，乃拾遗不还取殃耶？"戚始悟徐之所为。诸如此类，害人不可枚举。后以包讼斥革遣戍，死于戍所。

【译文】解元徐建策，阴险狠毒。为生员时，敲诈勒索钱财，无恶不作，人们都害怕他。他考中解元后，愈加贪婪狠毒，到处惹是生非，往往出人意料。他曾到卖衣服的商店，想用低价强行购买昂贵的衣物，店主言语之间对他稍有冒犯，他怀恨在心。过了几天，他让仆人拿着一百元番银，到那家衣店选购衣服，诈称："我家主人想买这些衣服，但是因为患有足疾不能前来，所以用番银作为抵押，先将衣服拿去，等主人看定后再商议价钱。"店主觉得抵押的银子远超衣服的价格，便同意仆人把衣服拿去。徐某拿到衣服后，随即将每件衣服的领子拆开，盖上自己的名号图章，然后又派仆人把衣服还回店中，并对店主说："尺寸不合，等主人足疾好了后他亲自来选。"又过了几天，徐某向县官呈递了一纸诉状，报称家中被盗，并开列出被盗的数十件衣服清单。县官委派捕役前往勘验，徐某伪造被盗现场，等候县官派人捉拿罪犯。半个月后，徐某又递交了一份报告，说："赃物现在就悬挂在某家店铺中，经过查验确实是我的东西，我的衣服上都盖有图章暗记，可以拆开衣服查看。"县官提取衣服查验，果然像徐某所说的那样，于是判定衣店主人通贼销赃之罪。后来，事情虽然真相大白，但店主却因为官司耗费了不少钱财。

还有一件事，徐某的一个亲戚，鄙视徐某的为人，偶有一次这个亲戚说自己一生畏刑守法，从未涉足官府。徐某觉得亲戚是在讥讽自己，便想着陷害他。徐某伪造了几张钱券，让他的同伙趁亲戚进入茶馆时，与其同桌喝茶，并故意将钱券匆匆忙忙遗落在地上，亲戚果然捡到了。在此之前，徐某已先行前往钱店对店主说："某人伪造了你店里的钱券，不久他就要来取钱了。"过了一会儿，其亲戚果然来到钱店，于是众人将这个亲戚抓住扭送到官府，亲戚差点儿受到杖责，幸亏亲戚的知交好友出具保证书，为其辩解，才得以释放。第二天，徐某讥诮亲戚说："畏刑守法的人，竟然也会因拾遗不还而自取祸殃吗？"亲戚这才恍然大悟原来他之前的遭遇都是徐某设计陷害的。诸如此类，徐某害人的行为不胜枚举。后来，徐某因包揽诉讼被革去功名，发配边疆戍守，死于戍所。

6.5.21 厦门厅署更夫

嘉庆初年，闽中厦门全盛洋行十三家，岁纳同知衙门陋规各二三万。署中幕丁所入亦丰，每日狂赌，内外恒七八局，注码丰饶，彻夜不止。更夫某奔走其间，献茶酒小食，博者以牙筹劳之，日可获数十或百千不等。积有数千金，初以微货附海舶出售外洋，二三年陡发数万金，渐能自整一舶，每出洋必满载而归。他人或不得利，某所往无不如志。舶日益多，从此附本多于他商，遂渐扩充，竟有洋艘十二三只矣。屋宇连楹，亭台广峻，亦值数万。惟田产无多，利薄不屑也。

少子晬（zuì）辰，正演剧宴客，忽家人与某耳语，微颔之。少顷，又一人来语，某神色怡然，继又五六辈耳语唧唧。某始仓皇变色，座客有窃听者，交头接耳，咸嗟呀叹息。盖初报一船遭风倾覆，次报二三船，俱不在意，因得回有半，获利即十数倍。后报十二三船，同日俱覆，则资本尽归乌有矣。向例附本者，遇不测，主人偿十之二三以杜捏报之弊。计算十数船之覆尽，以屋宇田产器物偿之，犹不敷。一旦变为穷人矣，即悉索掇凑思附于人亦不成数，从此气运乖舛，所为辄左。亲友亦厌弃之。

自叹一场春梦，欲为僧，以难安淡泊，无所恒业，仍充更夫旧役。一反复间，仅二十年耳。人有问其有所怨恨否，某因曰：“自我得之，自我失之，亦复何恨？”可谓达矣。后闻某当富裕时，率多败德，因富而作恶，以致既富而仍贫也。

【译文】嘉庆初年，福建厦门的十三家规模庞大的洋行，各自每年都要向厦门厅海防同知衙门缴纳二三万两的陋规（不正当的收费常规）。衙门里的幕僚、丁役收入也颇为丰厚，他们每天豪赌，内外常有七八场赌局，赌注筹码丰饶，通宵达旦。更夫某奔走其间，为他们献上茶酒点心，赌徒们赠给他一些筹码作为酬劳，更夫因此可以获得数十两或百千两不等的收益。就这样积累了数千两银子，起初他购置少量货物搭乘海船到外洋出售，二三年下来竟然获利数万两，渐渐地他也能自己置办一条海船，每次出洋必定满载而归。其他的人有时或许挣不到钱，而更夫所到之处无不获得满意的利润。他名下的船舶日益增多，从此不少人找他要求入股，股金多于其他商人，于是渐渐扩充规模，名下竟有十二三只出洋的海船了。更夫家中房屋华美，连绵成片，亭台高大，也价值数万。只是其家中田产不多，因为田产利润微薄，他不屑于置办。

一天，正值其幼子的一周岁生日，家中正在演戏宴客，忽然家人与更夫轻声耳语，更夫微微点头。过了一会儿，又一人来语，更夫神色怡然；接着又有五六个人向他耳语，并不停地叹息。更夫这才神色大变，惊慌失措，座客中有人偷听到了耳语的内容，便交头接耳，全都惊讶叹息。原来最初家人向更夫禀报说有一只船遭遇风浪倾覆，接着又说有二三只船倾覆，他都不在意，因为即使有半数的海船回来，也能获得十多倍的利润。后来报说十二三只船，在同一天之内全部倾覆，这样他的资本就全部化为乌有了。按照惯例，入股之人如果遭遇意外事故时，主人应当向其偿还十分之二三的金额，以杜绝主人捏报事故的弊端。如今十几只船尽数倾覆，计算需要偿还的金额，即使把家中的房屋、田产、器物全部变卖，也不够偿还。一天之间就变成穷人了，他即使再想东拼西凑筹集一些钱入股也凑不够数，从此他运气不顺，做事无一成功。亲友也厌恶嫌弃他了。

他自叹富贵犹如一场春梦，想出家为僧，但因难以安于淡泊，家中又无固定产业，于是仍旧做起了更夫的差事。他从贫到富，又由富返贫，整个过程只有二十年的时间而已。有人问他是否有所怨恨，他于是说："从我手中得到的东西，又在我手中失去，又有什么可怨恨的呢？"可谓是很豁达了。后来听说他在富裕之时，多有败德的行为，因富裕而作恶，以至于富裕后仍然归于贫穷了。

6.5.22 中翰戏妻

薛玉堂中翰，妻貌美，琴瑟甚调，第时加防范，有唐人李十郎之风。未第时，读书僧寺，寺距家不数武，一望可见，顿思密试其妻。一日，天将暮，妻方厨下治炊。中翰僧冠僧服，掩至厨，从背后抱持之求欢。妻大声喊拒。乃逃去，急回寺脱衣冠奔至家，怒目厉声曰："予出寺门，遥见一僧自予家趋出，亟执之，勿获。"痛詈其妻无耻。妻泣辨，乃曰："既无私，开门何为？查明必不汝容也。"语毕，悻悻然出门去。妻无以自明，愤极投缳。中翰回，急救之，气已绝，悔恨无及，哭而殓之。妻家本无人，事遂寝。

次年，乡试，三艺得意，方誊真，鬼妻突至，当号而立，欲毁其卷。中翰急，双手掩之，毫无惊惧，从容正色而言曰："前事诚予之过，至今追悔无已，卿宜来相仇。然夫妇戏谑，亦常事耳，倘予必欲致卿于死，死亦未迟。予不过一言恫喝而已，回时自能与卿调笑解释，亦帷房之一乐，奈何冒昧轻生若是？以旁人论，戏杀勿偿，况夫妇之间偶然相戏乎？卿且自思，予果获隽，将来卿亦得以封诰，光泉壤，营斋营奠亦当概加丰厚。予既以戏死卿，他日得志，亦终身不忍再娶，以志予过也。”鬼长叹一声，恨恨而去。是科果中式，后官中书，仅纳小星，不再娶。

由后论之，鬼固多情明理；由前论之，则未免性急。若中翰之疑人致死，目前虽得脱，然再世之因果，自不能免耳。

【译文】内阁中书薛玉堂先生（字又洲，号画水，江苏无锡人，乾隆六十年进士），他的妻子貌美，夫妻二人相处非常和谐，只是薛先生对妻子时时严加防范，有唐人李十郎（李益，字君虞，因多疑善妒，防闲妻妾过为苛酷，时人称为“妒痴尚书李十郎”）之风。薛先生未中举之前，在一座寺院里读书，寺院距离他家没几步远，一望可见，有一天他忽然想暗中试探一下妻子。一天，天色将晚，妻子正在厨房做饭。薛先生穿戴着僧冠僧服，悄悄走进厨房，从妻子背后搂抱住妻子求欢。其妻大声喊叫、极力抗拒。薛先生随即逃走，急忙回到寺院，脱去僧冠僧服，又奔跑回家，怒目厉声对妻子说：“我刚才走出寺门时，远远看见一个僧人从我们家跑出，我急忙追敢，没有抓到。”薛先生痛骂其妻无耻。其妻哭泣着辩解，薛先生说：“既然没有私情，为何开着大门？我查明后一定不会饶恕你。”说完，就怨恨失意地出门去了。其妻没有办法为自己辩白，愤恨之极，于是自缢而死。薛先生回家，急忙施救，但其妻已经气绝身亡，薛先生悔恨不迭，哭泣着将妻子殓葬了。妻子的娘家本来也没有什么人，事情便不了了之。

第二年，薛先生参加乡试，对自己所写的三篇文章非常满意，正在誊抄时，他妻子的鬼魂忽然来到，站立在号舍之前，想毁掉薛先生的考卷。薛先生急忙用双手掩护考卷，并无丝毫惊惧，从容不迫、神色严肃地对鬼妻说："之前的事确实是我的过错，我至今追悔莫及，你来找我报仇是应该的。然而夫妇之间开玩笑，也是常事，倘若我一定要置你于死地，我死也不迟。我不过是用一句话吓唬你一下而已，回头自会与你调笑解释，这也是我们夫妻间的一点乐趣，你为何如此冒昧轻生呢？对一般人来说，因游戏而误杀按律不用偿命，况且是夫妇之间的偶然相戏呢？你暂且试想，我如果真能考中，将来你也可以得到朝廷封诰，九泉之下也有光彩，我也会用丰厚的供品祭奠你，并设立斋醮为你超度。我既然因为开玩笑而致使你死去，他日得志后，也终身不忍心再娶妻，以表明我的过错。"鬼妻长叹一声，恨恨而去。薛先生这次考试果然考中，后来官至内阁中书，只纳了一个小妾，没有再娶妻。

从后面的事情来说，鬼妻确实可谓是多情明理；从前面的事情来说，薛先生的妻子未免性情急躁。至于薛先生，他因为多疑而致使妻子死亡，目前虽然侥幸逃脱，但来世的果报，自然是不能避免的。

6.5.23 金猫儿

金亚伯廉访，先世业鹾，颇富，后因亏课赔累，家中落。其封翁性好善，有告急者，即匮乏亦必典质称贷以应之，能偿与否弗计。或告以："某人近况颇裕，昔假与君，今久弗归，是有心相负也，盍索诸？"翁辄置之不之问，求者益多，无吝色，家愈贫。某岁除夕，至不能举火。畜一猫，向其妻嗷嗷求食，妻叹曰："人尚忍饥，焉能饲汝？"猫遂去，少顷，衔一钗来，珍珠累累，值数十金。邻有质库，翁曰："此必库中物，当藏以待询，不可以累守者。"搜索敝衣数件，质钱，勉强度岁。久之，竟无问者，邻库亦不闻有失钗事。乃货得五六十金，附其族人之业鹾者，小为营运。一年获息三倍，更于戚好中称贷，渐为扩充。未十年，竟复其旧。廉访已十余岁，聪颖善读，少年成进士、入词林，屡掌文衡，出为直隶臬司，乞病归。自此，衔钗之猫，日以鱼饲之，冬则以絮为茵，孳生不已，不肯与人，聚至数百，杭人称为"金猫儿"。

【译文】按察使金亚伯先生（金应麟，字亚伯，浙江钱塘人，道光六年进士，官至大理寺少卿），祖上经营盐业，家境颇为富厚，后因亏欠赋税赔累，家道中落。他的父亲为人乐善好施，只要有人向他告急请求援助，他即使家中匮乏也必定典卖或借贷来回应对方，至于对方能否偿还，则并不计较。有时有人告诉他说："某人近来手头颇为宽裕，从前他向您借的钱，到现在过去这么久了都不偿还，他这是故意欠钱不还，何不向他索要呢？"金老先生往往置之不问，于是向他求助的人越来越多，他总是毫不吝惜，家境愈加贫穷。某年除夕，家中竟然到了断炊的地步。金老先生养了一只猫，猫儿向老先生的妻子嗷嗷求食，妻子叹息说："人尚且忍饥挨饿，哪有食物喂养你呢？"猫儿于是离去，过了片刻，衔回来一只发钗，钗上镶嵌着众多珍珠，价值数十两银子。他家的邻居有一家当铺，老先生说："这一定是当铺库房里的东西，我们先暂时收藏起来，等当铺里的人前来询问，不能连累看守库房的人。"老先生搜索出几件破衣服，将其典卖换钱，勉强度过年关。过了许久，也没有人前来询问，隔壁当铺也没听说有丢失发钗之事。他这才将发钗卖掉，得到五六十两银子，拿出一部分交给经营盐业的族人入股，尝试着进行营运。一年下来，获得了三倍的利息，于是进一步向亲戚好友借贷了一些钱，渐渐扩充经营规模。不到十年，家境得以恢复从前的规模。此时，金亚伯先生已经十多岁了，聪明颖悟，善于读书，年纪轻轻就考中了进士，进入翰林院，多次执掌考选文士、评定文章的职权，后来出任直隶按察使司，告病辞官回乡。自此以后，那只衔来发钗的猫儿，家人每天用鱼来喂养它，冬季则用棉絮给它做垫褥，猫儿不停地繁殖，家人不愿将小猫送人，家里大大小小的猫儿累积有几百只，杭州人称为“金猫儿”。

6.5.24 犯色戒

芙溪老人曰：旧友某，少颖慧，工诗文，惟性爱色。自言读书某氏，其女，中表妹也，貌美知书。不避忌，两情相悦，目挑心许，愿定终身，只恨无隙可乘。一日，其母及兄嫂皆往扫墓，路远，必日暮方归。女托故不往，某即入内，遂初心焉。厨下老妪至，撼门不启，心知其故。母兄归，述之。母素爱女，勿声张，惟拒某勿许入门。女致书某，倩冰人来，请于母，母以其轻薄，勿许，另议婚他氏。女闻之，气愤成病，郁郁而卒。某不敢往吊，饮恨而已。此外，钻穴踰墙之事尚多，遇处女、寡妇尤所荡心。尝自述其少年佻达不讳。

与柏溪中丞素好，中丞精于五星风鉴，与史渔村尚书同年，胪唱时预指史为殿元者，故都下以神仙目之。某请中丞决其造，中丞批云：“位应观察，今仅可得广文，寿逾周甲，可归田矣。”因问：“好色而被谪欤？”曰：“自问自知耳。”后果由副车司铎青田，未一载引疾归。踰年，来主延平道南书院，下榻郡斋，与予无事不谈。故知其情事如此。又踰年，果卒。

【译文】芙溪老人说：我的某个老朋友，年少聪慧，善于写诗作文，只是生性好色。据他自己说，他曾在某氏家读书，某氏的女儿，是他的表妹，貌美且知书识字。二人不避嫌疑，两情相悦，眉目传情，心中暗暗相许，愿意私定终身，只恨没有找到私会的时机。一天，女子的母亲以及哥哥、嫂子都去扫墓，路途遥远，要到傍晚才能回来。女子借故不去，他随即进入女子的房间，于是二人得以称心如愿。厨房里的老妇正巧来到，推不开门，心知其故。女子的母亲和哥哥回来后，老妇对他们讲述了此事。母亲素来疼爱女儿，叮嘱老妇不要声张，只是不准某再入家门。女子写信给某，让他请媒人前来提亲，并请求母亲同意，母亲觉得某为人轻薄，不同意，打算将女儿另外许配人家。女子听说后，气愤成病，郁郁而死。某不敢前去吊唁，只是抱恨而已。此外，他所做过的偷情淫乱之事还有很多，在遇到处女、寡妇时，尤其心神摇荡。他曾经直言不讳地讲述其少年时的轻浮放荡行为。

他与柏溪中丞（杨頀，字迈功，别字柏溪）素来交好，中丞精通星相命理之术，与史渔村尚书（史致光，乾隆五十二年状元）是同年，胪唱（科举时代，进士殿试后，皇帝召见，按甲第唱名传呼，称胪唱）时中丞预测史渔村先生是新科状元，因此京城中人都将他视为神仙。某请中丞推算他的命造，中丞批算说：“你本来应该官至道台，如今却只能做个儒学教官，年过六十岁，就要离世了。”某于是询问说：“是因为好色而被贬的吗？”中丞说：“你扪心自问，自己应该知道原因。”后来，他果然以副榜贡生的身份出任青田县教官，不到一年，就告病辞官回乡了。第二年，他来到延平道南书院执掌教席，住在府衙中，与我无事不谈。所以我详细知道他的事情。又过了一年，他果然去世了。

6.5.25 仕宦好利

乾隆中叶，民物滋丰，仕宦亦多饶裕，一时遂包苴盛行。粤东潮州某郡守，善治盗，捕获著名剧盗不少，以荐举，擢秦中粮道。潮固优缺，陕道尤著名，行有日矣。修禀辞谢，制府函答云："大夫戴新恩而去，萑苻（huán fú）挟故智而来。回望珠江，能无眷恋乎？"幕客笑曰："有奏留之意矣。"郡守犹豫未决，首郡驰书风意，急诣省进五万金乃免。抚军知之亦有留意，亦如数馈之，始得脱。然而去后闻两大府皆以赃私败，其家资籍没。某观察未到任而卒。观其惯于行贿，是黩货无厌者。居官而黩货，其能久乎？

又江苏巡抚缺，忽奉旨放理藩院侍郎。其人已老，虽勋旧之后，未历外任，且冷落无名，众咸异之。入境，两司迎谒，即密语曰："某出都请训，蒙皇上怜念我老，曰：'好为之，地方公事，不知者与两司商之，有棺材本即唤汝回。'某初次外任，情形未熟，一切公事全望帮衬。"云云。两司疑系谦词，姑唯唯。及莅任，果诸事不置可否，俱交两司代办。虽奉到廷寄，应奏覆者亦然，某惟书"诺"而已。两司见其诚朴，反不忍相欺，凡事秉公悉心斟酌，颇觉有协恭和衷之雅性。又谦蔼和平，属员咸喜之，一应盐漕例规，无不格外从厚。年余，果内召。各属又厚贶之，归。在任岁稔人和，平安无事，咸称其有福云。

【译文】乾隆中期，人口滋生，物产丰饶，官员的收入大多也颇为丰厚，一时之间，于是行贿受贿的风气大为盛行。广东潮州某知府，擅长治理盗贼，捕获了不少著名的大盗，因此受到荐举，升任陕西粮道。潮州知府固然是美差，陕西粮道更是著名的美差，不日就要启程赴任了。知府写了一封禀帖向两广总督辞行，总督回信说："您受朝廷新恩离开潮州，强盗故技重施又会回来。您回望珠江，难道能没有眷恋吗？"知府的幕僚笑着对知府说："总督有想要奏请朝廷挽留您的意思了。"知府犹豫不决，首府也派人飞速寄来书信暗示总督的意图，知府于是急忙赶赴省城向总督馈赠了五万两银子，才没有被留下。巡抚知道此事后，也对知府表示出了挽留之意，知府也同样馈赠给了巡抚五万两银子，才得以脱身。等知府离去后，听说总督和巡抚就都因贪污营私而倒台，他们的家产也全部被抄没。某知府还未到任就死在半路上了。观察他惯于行贿的行为，可知他也是个贪污受贿而没有节制的人。为官而贪财，怎能长久呢？

还有一件事，江苏巡抚一职空缺出来，忽然朝廷下旨外放理藩院某侍郎出任江苏巡抚。这个人已经年老，虽然是有功勋的旧臣的后代，但从未外放地方任职，并且冷落无名，众人对此都感到诧异。侍郎进入江苏境内，布政使和按察使前来迎接参见，侍郎随即秘密地对二人说："我出京时请皇上训示，承蒙皇上怜念我年老，对我说：'好好做官，地方上的公事，不知道的可以与布政使、按察使商议，等有了养老钱后，就召你回来。'我第一次到地方任职，情况不熟，一切公事全望诸位大人帮衬。"等等。布政使和按察使都疑心他所说的是谦辞，姑且随口答应。等巡抚上任后，果然对一切事情都不表态，而是全部交由布政使、按察使代办。即使接到皇帝的谕旨，应当回奏时也是这样，他只是批示一个“诺”字而已。布政使、按察使见他为人真诚朴实，反而不忍心欺骗他，所有事情都秉公办理、尽心斟酌，特别令人感觉他具有勤谨合作、和睦同心的雅量和德行。他为人又谦逊和蔼、平易近人，下属官员都喜欢与之交往，按照惯例馈送的一切盐务、漕运规费，无不格外从厚。过了一年多，他果然被召回京城。临行时，各属员又赠给他丰厚的财物。他担任江苏巡抚时，年丰人和，平安无事，人们都称他为有福之官。

6.5.26 钓脚痧

蔗田言：道光壬午，各省疫气大行，有所谓“钓脚痧”者，起于粤之南雄，传至江右、浙江，延及皖江、金陵下江各郡，直至都门。病起时，先作痛足，筋随突起，不亟治，立毙。一家有伤至数人者。

余是年适偕居停入都，便道里门小住，亲族中染此病殁者，吊唁几无虚日。一日赴姻家祝寿，会食汤饼，座客二人仝时得病，不半日，先后俱殒。又一日，过客来访，乘舆答之，中途，前行舆夫腹骤痛蹲地，亟命易之，代者未来，死矣。邻有蒙馆，学徒七人三日死其四，惟师及三童无恙。以致人人自危，朝不保暮。

吴门疫盛时，忽来一丐者，胸悬小牌，书“急救钓脚痧”。其法以针刺两胫，知痛而血鲜赤色者，治；不痛而血色黯败者，不治。人初未之信，后有极贫者试之，立愈数人。于是一时传遍，家家竞邀丐者，乘飞舆，多人翼之。未到之家，遣健仆在要路阑截，昼夜无停趾，寝食皆在舆中。愈者厚酬之，不受，为易衣履，亦却之。固请，乃取帽履转给贫者。

杭人闻之，具飞桨邀请，苏人弗许。久之，疫稀乃来，所活亦不下百十人。其不受馈亦同。入冬，患止，丐者忽不见。或曰，此殆神明化身以垂救众生疾苦也。理或然欤！

【译文】姚蔗田说：道光二年壬午(1822)，各省瘟疫流行，有一种名叫“钓脚痧”(一般指霍乱转筋，即霍乱症状剧烈而有转筋者)的疫病，起源于广东南雄州，传播到江西、浙江，蔓延到安庆、南京等长江下游各府，直到京城。发病时，先是脚痛，随即筋脉突起，如不及时治疗，将立刻死亡。一家之中常有好几个人染病而死的。

这年，我正随同东家进京，顺道回家住了几天，亲戚族人中也有多人染上此病而死，吊唁之事几乎每天都有。一天，我去姻亲家祝寿，正在吃寿面时，席间的二位客人忽然同时得病，不到半天，二人就都先后死亡了。又一天，有个客人来拜访我，事后我乘轿回访，半路上，走在前面的轿夫忽然腹痛蹲地，我急忙命令找人来代替，代替的人还未到来，那个轿夫就死了。我的邻居有一间教学童读书的私塾，七名学童三天之内死了四人，只有塾师和另外三名学童安然无恙。瘟疫的流行致使人人自危，感到朝不保夕。

苏州瘟疫盛行时，城中忽然来了一个乞丐，胸前悬挂着一块小牌，写着“急救钓脚痧”。他的方法是用针刺扎两条小腿，患者如果知道疼痛并且流出的血是鲜红色的，就能治好；如果患者不知道疼痛并且流出的血是暗黑色的，就治不好了。起初人们不太相信，后来有极其贫穷而请不起医生的人，请乞丐试治了一下，那乞丐很快就治好了多人。于是一时传遍，家家户户竞相邀请乞丐治病，乞丐坐在飞快的轿子里，由多人拥护着前行。未及到家，就又有人派出健壮的仆人在要路拦截，乞丐昼夜不停步，睡觉吃饭都在轿子里。被治愈的患者想重金酬谢乞丐，被乞丐拒绝，想给乞丐更换一套新的衣帽鞋子，乞丐也推辞。再三请求之下，乞丐才接受了帽子和鞋子，但随即又转送给贫穷之人了。

杭州人听说了乞丐的医术，派快船前往邀请，苏州人不同意放乞丐去。过了很久，等苏州的疫情减轻之后，乞丐才来到杭州，也救活了不下百十人。他在杭州时同样不接受病愈者馈赠的财物。入冬之后，疫情结束，乞丐也忽然消失不见了。有人说，乞丐大概是神明的化身，来到世间拯救众生的疾苦。按理说应该是这样的吧！

6.5.27 某学政

某学政，性严毅清刻，视学江苏。有富某童，兼祧三房者，倩人顶替事发。学政照例严办，提调学官，再三求免，不允，疑其私贿也。荷校辕门，其妻耻之，怨怼其夫。夫无颜，撞枷而死。本生母以痛子故，自缢。妻悔恨，吞金死。三房遂绝嗣。学政只一子，年将冠，已入泮，遽卒。竟抱伯道之忧。顾可恃清而刻哉？

【译文】某学政，性格严厉刚毅、清严苛刻，担任江苏学政。有个富户家的某童生，同时作为一家兄弟三人的继承人，他请人代考的事情被揭发。学政照例严肃处理，地方上的学官，再三替童生请求赦免，学政不同意，怀疑学官私自收受了童生家的贿赂。童子被带上枷锁，在学政衙门前示众，其妻感到耻辱，埋怨丈夫。丈夫自感没脸见人，撞枷而死。童生的亲生母亲因为痛惜儿子的缘故，自缢而死。童子的妻子因埋怨丈夫而悔恨，吞金而死。于是，三家都断绝了后嗣。学政只有一个儿子，即将成年，已经入学成为生员，突然死去。学政从此竟像晋朝的邓伯道那样常为没有子嗣发愁。由此可知，官员怎么可以倚仗自己为官清廉就处事苛刻呢？

第六卷

6.6.1 慎试事

谢方斋曰：考试一事，有心之过固不可为，无心之过亦当自检。夫无心则已不能知，何由自检？亦惟于言与事慎之而已。前在泉郡试院，阅一童卷颇佳，拟取第四。时督学史宗伯依原拟取焉，及覆试，宗伯携卷怒曰："此卷系汝所取，文理与正卷不符。查此童曾于岁试时取进，因覆试不佳扣除，今科试暗中模索，复取之，可见此童尚肯用功，心甚喜，乃覆试又不符，必须又扣除也。汝于备卷中择一卷补之。"余思此童两次不符，必有故；又思进取两次皆扣除，若无弊，恐有性命之忧。因接卷详阅，则红勒帛纵横皆满。余曰："此硬伤也。题为'其心曰'，童为康安敦，此童上下文全然忘记，故所说皆不着题，但正场卷甚佳，姑请再试一次，以定去取，何如？"宗伯以余言为然，而疑终不释，即传询该学教谕，据云："该童系两代守节，上次扣除，其七旬孀母三日不食，该童曾发痴癫，今若扣除，不特本童丧命，其母亦必不能生。若谓枪替传递，必得有钱可办，该童一贫如洗，自上次扣除，无馆可就，不能谋朝夕，何能办枪替，可以力保其必无。”然则何以不符，曰：“该童覆试，下文不能记，心恐复扣，矜持过甚，文愈纠缠不清耳。”宗伯遂不另易，而该童从此得馆聘妻，俯仰有资，居然成家矣。向若扣除，一言之间，两命莫保，岂非无心之过耶？此亦默有鬼神佑之。

先是诸幕友到试院，谢独后，各住房已满，甚有两人共一房者。独剩一大房，谢即下榻其中，心窃疑此宽敞屋何以见遗。迨试毕，同事问曰：“住房安否？”谢曰：“甚安。”一友曰：“上次岁试，居此房者皆见纱帽、红袍、白须老人出现，故此次均不敢住。”谢曰：“余实不知，非胆壮也。十目十手，鬼神无乎不在，岂独此耶？”

【译文】谢方斋（名荣埭）说：考试一事，有心的过错固然不可以触犯，无心的过错也应当自我检点省察。有人问，无心犯错时自己往往意识不到，怎能自我检点省察呢？也只能在出言和行事方面慎之又慎而已。我从前在福建泉州府试院，批阅一名童生的试卷，文章颇佳，打算将其列为第四名。当时学政史宗伯依据我的推荐将他录取，等到复试时，史宗伯带着他的试卷来找我，生气地说：“这份试卷是你所录取的，文理与正场试卷不符。经查，该童生曾在岁考时被录取，因复试不佳被扣除，这科考试在糊名批阅的情况下，他又被录取，可见该童生还算是肯用功读书的，我心中大喜，没想到复试时，竟然又与正场考试时文理不符，因此必须又得将他扣除。你从备卷中选择一份试卷递补上来。”我想这名童生两次复试都与正场考试不符，必有缘故；又想他两次被推荐录取又都被扣除，如果不是作弊，恐怕将有性命之忧。于是，我接过试卷，详细审阅，见他的试卷上满是阅卷官用朱笔涂抹的痕迹。我说："这是硬伤。考题是'其心曰'（语出《孟子·公孙丑下》："其心曰'是何足与言仁义也'云尔，则不敬莫大乎是。"），童生名叫康安敦，这名童生全然忘记了上下文，因此他的论述都不合题意，但他正场考试时的答卷很好，姑且请您让他再考一次，以决定扣除还是录取，怎么样呢？"史宗伯认为我说的在理，但他始终有所疑虑，随即传唤童生所在学校的教官询问情况，据教官说："这名童生的祖母、母亲两代守寡，上次他被扣除后，他七十岁的寡母三天没吃饭，该童子也曾发痴癫，现在如果还是被扣除，不仅童生本人丧命，他的老母亲也必定活不下去了。如果说他请人代考或者传递试卷，必须得有钱才能办到，该童生一贫如洗，自上次被扣除后，无人请他教书，每天的生计尚且没有着落，哪有钱请人代考呢，我可以极力保证他绝无此事。"史宗伯又问为什么两次不符，教官说："该童生参加复试时，下文没有记住，心中恐怕又被扣除，因此太过紧张，以至于文章更加混乱不清了。"史宗伯于是不再另换他人，而这名童子从此谋得教书的工作，又聘娶了妻子，有能力来供养家人，居然得以成家立业了。之前如果将其扣除，一句话之间，两条人命不保，难道不是无心的过错吗？这也是冥冥中有鬼神在护佑他吧。

此前，幕僚们前往试院，谢方斋独行于后，各房间已经住满，甚至有两个人住一间房的。只剩下一间大房，谢方斋就住在其中，他心中暗自疑惑这么宽敞的房间为何没有人愿意住呢。等考试完毕，同事问他说："你住得还安稳吧？"谢方斋说："很安稳。"一个朋友说："上次岁考，住在这间房子里的人都看见有一位头戴纱帽、身穿红袍的白须老人出现，所以这次众人都不敢住在里面。"谢方斋说："我确实不知道有此事，并不是我胆子壮。十目所视，十手所指，鬼神无处不在，难道只在这间房子里吗？"

6.6.2 平湖张氏

秀水唐益庵曰：平湖张熙河（诚）孝廉，席素封之业，而专意诗书。登乡荐后，弃去帖括，放情诗酒，与诸名流游。性好佳山水，尝挟赀遍谒五岳，归而就家园中，迭石为五岳形，名“婴山小园”。生平放荡不羁，于钱财尤膜视之，游五岳时，道遇窘乏，倾囊助之，无少悋。居乡凡有施济，俱不令人知，谓人知之即有意市名也。

造“婴山小园”，有工匠某，时届岁暮，忧形于色，操作少懈。孝廉询之，则曰：“岁务迫人，安得三十千完债过年乎？”孝廉默然，潜出三十千一票，置匠人工作处。匠拾之喜甚，孝廉佯代称庆。其他如以洋银潜置暗处，故为人窃去者，不计其数。亲友咸目为痴云。

孝廉殁后，其子笠溪（湘任），先以南巡召试，蒙赏大缎，复中式嘉庆己卯科举人。孙五人，长海门（金镛），道光乙酉拔贡生，本科举人，辛丑进士，入词馆，升内阁侍读，视学湖南；次仲山（毓汾）；次葆甫（莱柱）；次鹿仙（炳堃），亦由甲科官翰林院编修；次某，由供事议叙县佐，不愿仕进，以医学拯世，其书法在两兄太史之上。咸丰己未，海门之子宪和，又登贤书。累世科第，方兴未艾。

呜呼！翁岂真痴耶？盖将以施于前者，获报于后也。余与张氏为旧交，故知之悉。其旁支之居官，多有善政，兹不具赘。乐述之以为发祥之非偶然乎！

【译文】浙江秀水县（今嘉兴市）的唐益庵先生（名壎）说：平湖县的张熙河（名诚）举人，凭借祖传的丰厚家业，而专心致志研读诗书。考中举人后，就放弃了科举学业，纵情诗酒，与当时的各位名流交游。他生性喜好风景优美的山水，曾携带旅费遍游五岳名山，归来后，就在自家的园子中，模拟五岳的形状垒石为假山，取名为“婴山小园”。他生平放荡不羁，对钱财尤其轻视，游访五岳时，半路上遇到贫困之人，就倾囊相助，毫不吝惜。他居家时，凡是有施舍救济之事，都不让人知道，他说如果让人知道了就是故意沽名钓誉。

建造“婴山小园”时，有个工匠，临近年底，面带忧虑的神色，工作稍显懈怠。张举人问工匠有什么心事，工匠说：“年关债务逼人，我从哪里筹到三十千钱还债过年呢？”张举人沉默不语，秘密地拿出一张三十千钱的钱票，暗中放在工匠工作的地方。工匠拾到钱票后非常高兴，张举人也假装向他表示祝贺。其他的比如把洋银秘密地放在暗处，故意让人拿去之类的事情，不计其数。亲友都将张举人视为痴傻之人。

张举人死后，他的儿子张湘任（字宗辂，号笠溪），先是在皇帝南巡时受召面试，蒙皇上赏赐大匹绸缎，后来又考中嘉庆二十四年（1819）己卯科举人。张举人有五个孙子：长孙张金镛（字良甫，号海门），是道光五年（1825）乙酉科拔贡生，同科举人，道光二十一年（1841）辛丑科进士，进入翰林院，升任内阁侍读学士，提督湖南学政；次孙张毓汾（字仲山）；三孙张莱柱（字葆甫）；四孙张炳堃（原名瀛皋，字鹤甫，号鹿仙）也由进士官翰林院编修；五孙某，由供事因考绩优异被授予县丞职衔，不愿做官，以医术救济世人，他的书法水平在两个做翰林的兄长之上。咸丰己未年（1859），张金镛的儿子张宪和，又考中举人。其家连续几代人都在科举中考取功名，家道方兴未艾。

哎呀！张熙河先生难道真是痴傻吗？他大概是想以前人的施舍救济，使后人获得绵延不绝的福报吧。我与张先生是老朋友，因此对他的事迹知道得很详细。他家旁支族人中做官的，也多有善政，在此就不一一赘述了。我很高兴地将这些事迹记述下来，用来证明张氏家族的发迹绝不是偶然的。

6.6.3 大鼋

益庵又曰：咸丰癸丑，台湾乱，余佐徐树人观察、裕子厚太守，操筹军务。迨首逆就擒，南北路以次奠定，余将理归棹时，小刀会匪倡乱于漳厦，舍弟升庵（均）以上杭知县随瑞仲文（璸）都转率兵平厦门，心颇忧之。

适有舆夫四人舁（yú）一巨鼋求售，先至经历厅，索价洋银四元，经历张君给半值，不允。舁至余寓，余适外出，内子给价如张。舆夫舁之走，而鼋泪落涔涔，其体忽重，似不欲去者，内子怜之，照原价留之。次日，雇小舟，选诚实仆人方姓者，赴海口放生。鼋似甚轻，两人舁之出门，因向鼋默祝云："汝固灵物耶？我弟在瑞都转军前，汝为我衔得一信来，庶无负我买汝放生之意。"时九月八日也。至海口，投之巨浪中，鼋回顾者再，似作谢而去。越一月，弟书至，则九月八日发也。

夫昂藏介物，虽系蠢类，而其形巨，则性亦灵。其始之下泪也，因惮死乞怜也；其继之体轻也，以得生就舁也。一纸家书，而时日适合，沿途无阻，安知非鼋之受我默祝而隐有以致之也。较之古人雁帛传书，不尤足异乎？述之为放生者劝。

【译文】唐益庵先生（名壎）又说：咸丰三年癸丑（1853），台湾有匪徒叛乱，我辅佐福建台湾道徐树人（名宗干）、台湾府知府裕子厚（裕铎），操持筹划军务。等到逆匪首领被抓获，南北路依次平定，我将整理行装、乘船归来时，小刀会匪在漳州、厦门一带发动叛乱，我的弟弟唐升庵（名均）以上杭县知县的身份跟随福建盐法道瑞仲文（名璸）率兵赴厦门平叛，我心中特别担忧。

正巧有四个轿夫抬着一只大鼋求售，先来到经历厅衙门，要价四元洋银，经历张君出半价购买，四人不同意。四人又把大鼋抬到我的寓所，当时我正好外出不在家，我的妻子也像张君一样愿意出半价购买。四人正要将大鼋抬走，而此时大鼋流泪如雨下，它的身体忽然变得沉重，似乎不愿离去，我妻子可怜它，于是按照原价将大鼋买下了。第二天，雇请小船，挑选了一位姓方的诚实的仆人，将大鼋运到海口放生。这时大鼋的身体似乎变得很轻，两个人抬着它出门去，于是向大鼋默默祷告说："你肯定是有灵性的神物吧！我弟弟在瑞大人军前效力，你如果能为我捎一封信来，或许才算不辜负我买你放生的心意。"当时是九月初八日。运到海口，将大鼋投入巨浪中，大鼋再三回头，似乎是在向我们表示谢意，然后它就离去了。过了一个月，我弟弟的书信来到，寄出的时间正是九月初八日。

身体庞大的甲壳动物，虽然是蠢类，但它体形越巨大，灵性也就越大。起初大鼋流泪，是因为惧怕死亡而乞求怜救；之后，它的身体又变轻，是因为得到了生路而方便我们搬抬。我弟弟的一纸家书到来，其发信的时日与我放生的时日正好相符，沿途没有阻碍，怎么知道不是大鼋接受了我的默祝而暗中促成的呢？这件事与古人的雁帛传书比较，不是更显神异吗？我把此事讲述出来，以劝勉更多的人放生。

6.6.4 蛇菌

蜀有乡人子，十二龄，家贫，砍柴赴城市卖之，中路见墙根有鲜菌一丛，割取之，售与一富室，得青蚨六十文而归。归见割菌之处复生菌矣，讶其生之速，再取之。姑拨开其土，则一赤练蛇盘绕其中，始悟沫之所化也。急入城告富室勿食，并还其值。而富室已付之釜鬵（zèng）矣。诘得其故，试以银器，色果黑，饲猫，猫毙。于是重赏乡人子，合家庆生全，而感之不去口。遂时来去其家。

逾年，富室病革，无子，族人无可继者。富室长叹曰："我命固乡人子保全也，田产广有，与其托付非人，曷思所以报乎？"召乡人子及其父至榻前，将簿据悉行交托，告以故。乡人父子固辞，不获，姑诺之。而富室遂奄逝。噫！向非恻隐一念，曷由易贫窭而骤享丰饶？其难在十余龄之童子，而能具此大知识也。此嘉庆年间事。孙启东（旭龄）明府常为人言。孙诚实人，令蜀二十余载，所见蜀事新奇者甚多，当非虚为此说也。

【译文】四川某乡人的儿子，十二岁，家境贫困，砍柴到城里的集市上出售，半路上看见墙根有一丛鲜蘑菇，割取后，卖给一家富户，获得六十文钱而回。回去的路上，看见割取蘑菇的地方又长出了新的蘑菇，他惊讶蘑菇生长如此迅速，又将其割取下来。他试着拨开泥土，竟然看见一条赤练蛇盘绕其中，这时他才醒悟到蘑菇是赤练蛇的唾沫化成的。他急忙返回城中，告诉富户不要吃那蘑菇，并退还了六十文钱。而这时富户已经将蘑菇放在锅中烹制了。富户经询问得知其中的缘由，用银器试验，银器颜色果然变黑，把蘑菇喂给猫吃，猫吃后立即毙命。于是富户重赏了乡人的儿子，全家都庆贺能够保全性命，并且对他再三表示感谢、赞不绝口。于是，乡人的儿子时常来往于富户家中。

过了一年，富户生病垂危，他没有儿子，族人中也没有人可以作为继承人。富户长叹说："我的命本来就是那个乡人的儿子保全的，我广有田产，与其托付给不可靠的人，何不借此报答他呢？"于是派人把乡人的儿子和他父亲请到床前，将家产账簿、票据全部交托给他们，并告诉了他们其中的缘故。乡人父子坚决推辞，富户不同意，乡人父子姑且答应。富户于是就去世了。哎呀！如果不是从前的一念恻隐之心，乡人的儿子怎么可能从贫穷的处境一下子享受丰饶的生活呢？十多岁的孩子，能具有这样广大的见识，实在太难得了。这是嘉庆年间的事情。孙启东（名旭龄）县令常对人讲述此事。孙县令是个诚实之人，在四川担任县令二十多年，其间遇见过很多新奇的事情，这件事应当不是虚假的。

6.6.5 纳贿联

某司马权兴化郡篆，工于取贿。纯庙忌辰，出门经某绅门，闻锣鼓声，乃小儿偶戏之也。即命驻舆取其二器而归，随签拘主人，将治以违制罪，馈二千四百金乃免。又探闻某绅祠堂砌地砖作鱼化龙式，谓其僭仿大内，将照律严治，馈三千金，释之。好事者撰联云："锣鼓喧天，花信风番廿四；鱼龙匝地，禹门浪击三千。"其他婪索尚多，交卸回省，赃金多被夫役盗取，未敢追究。

【译文】某同知代理兴化府知府之职，擅于收取贿赂。乾隆皇帝忌辰之日，他出门经过某士绅的门前，听见士绅家中有锣鼓之声，原来是儿童正在玩游戏。某同知立即命令停下轿子，将孩子的小锣鼓拿走了，随即发签拘捕士绅，将追究其违反制度之罪，士绅贿赂他二千四百两银子才得以免罪。还有一件事，他探听到某士绅祠堂里砌的地砖是鱼化龙的图案，就说他这是模仿皇宫里的式样，属于僭越，将按照法律严惩士绅，这个士绅赠送给他三千两银子，才得以被释放。为此，好事者撰写了一副对联说："锣鼓喧天，花信风番廿四；鱼龙匝地，禹门浪击三千。"他还有很多贪婪索贿的事情，后来在他卸任回省时，赃银多被差役盗取，他也不敢追究。

6.6.6 褚学士

吴门褚学士（筠心）居忧在籍。一日，肩舆答客，经阊门隘巷，止容一舆，对面一华舆突来，狠仆三四辈，高声喝令让道。褚舆夫不肯退，两舆遂对立，彼此互詈，舆中人大怒，嗾仆殴之。将褚舆击毁，曳之出，见无顶戴布素老人也，益肆拳脚，衣冠尽裂，须去其半。口中怒骂，扬长而去。问之，则抚署中人，时抚军乃褚小门生。褚愤极，径诣抚署，抚军出见之，大骇。褚告以故，抚军惶悚请罪，查问何人出署，则某司阍赴妓席未回，众不敢隐。抚军益愧怒，立出朱签锁系而至，传令巡捕即在厅前阶下痛杖，无庸计数，以无声息方止。未四十已毙杖下，旋即登门负荆，从此各署仆役相戒敛迹，无敢肆横矣。

按，是年吴门有四事：陈殿撰遇雷，沈尚书毁碑，汪观察沉舟，其一则褚学士拔须也。道光初年，尚有故老为余谈之者。

【译文】苏州的褚筠心学士在家丁忧。一天，他坐轿前去回拜客人，经过阊门的一条狭窄小巷，小巷只容许一顶轿子通过，对面有一顶豪华的轿子突然而来，轿子旁有三四个凶狠的仆人，高声喝令让道。褚学士的轿夫不肯退让，于是两顶轿子对立，双方的轿夫彼此互骂，对方轿子中的人大怒，唆使他的仆人殴打褚学士的轿夫。并将褚学士的轿子打坏，将轿中人拽出，对方见轿中人是一个没有顶戴并且穿着朴素布衣的老人，更加放纵拳脚，褚学士的衣冠都被撕破，胡须脱落一半。对方口中骂骂咧咧，扬长而去。经过询问，原来对方是巡抚衙门里的人，时任江苏巡抚是褚学士的小门生。褚学士愤怒至极，径直前往巡抚衙门，巡抚出来拜见，大为惊骇。褚学士向巡抚告知了他这次来的缘故，巡抚惶恐请罪，查问是何人出署，原来是巡抚衙门的某个看门人去妓院参加宴席未回，众人不敢隐瞒。巡抚更加惭愧愤怒，立即发出朱签将那人锁拿而来，随即传令巡捕就在厅前阶下对那人痛加杖责，不用计数，一直打到他没有声息时才停止。打了不到四十下，那人就已死于杖下，巡抚又随即前往褚学士家登门请罪，从此各衙门里的仆役都相互告诫，收敛了行迹，没有人敢再放肆横行了。

另外，这一年苏州共发生了四件奇事：陈状元遇雷，沈尚书毁碑，汪道台沉舟，另外一件就是褚学士拔须。道光初年，还有几位老前辈向我谈及此事。

6.6.7 上台不公

某明府，健吏也。初以府参军需次山右，屡获盗，为同僚分攘其功，赏薄，仅以劳绩著册。某积不能平。方伯一味徇私，升迁调补，尤欠公允。某于公廨时多讥刺，闻于方伯，益衔恨次骨，遇有棘手苦差，恒派委之。办妥销差，空言奖劳而已。适某县佐缺，本班无人，按章程、资格、劳绩，皆应得，私拟亦稳如操券，同僚咸豫贺。乃方伯竟用其私人，众皆错愕，某反无词。

越数日，方伯燕客，某直趋厅事，阍人不能阻，某面数其徇私各事，且言其得贿鬻缺，凿凿有据。座客再三劝慰，愤愤而出。方伯惭恨，思借端去之。某扬言："果将吾功名革去，必直揭部科，拚同赴新疆也。"方伯果中馁，首县为之筹划，许以捐升，某以非县令不可，晋省局面本阔，兼为方伯解围。鸠集立成，谒选得闽之某邑。方伯先驰函大府，极言某狡猾阴险，留之必贻后患。莅任岁余，伺其过不可得，且地方颇治，舆论翕然，去之实无可代者。会海疆要地乏人，械斗剽掠，无月无之，缺虽优，而著名难治，精明强干者不能终岁，必罢官而去。因以某量移其地，实欲借此陷之也，力辞不获。

下车未半月，闻某村择期聚众械斗，即单骑驰往，苦口劝谕，继之以泣，绅士馈食，力却之，惟啖自带糇（hóu）粮，虽仆从隶圉（yǔ），亦自给资。夜则借宿村庙，于地方丝毫无扰。于是一村人人感泣，环拜于地，誓不再斗，两造各将顽梗者缚献数人，且具悔罪切结，立刻解散其党。从此一村之民，得安耕凿，日渐富饶，有父母妻子之乐。邻村闻之，亦相率感化，居然有卖剑买牛、卖刀买犊之风矣。其水陆盗案，则用钩距之法，擒其渠魁，释而弗诛，令自相纠获。沿海奸民接济通盗者，访查的确，密捕十余人，枭示海口，赃物无路可销，悉皆远徙。商贾由是无畏途，士民感悦，催科亦大为踊跃，道府屡加保荐，而终不迁除，即卓异亦不可得。某叹曰："仕路无黑白，至此尚何恋哉？”引疾而去，绅民攀留之，不可。

大吏之屈抑人材，罔顾地方如此。此吏治之所以日坏也。

【译文】某县令，是一位能干的官员。起初以府参军的职衔在山西候补职缺，多次捕获盗贼，被同僚分夺了他的功劳，奖赏微薄，只是将功劳登记在册而已。某县令一直为此愤愤不平。布政使一味徇私，在下属职务升迁调动方面，尤其有失公允。某县令在官署时言语之中对布政使多有讥讽之意，被布政使听说，布政使对他更加怀恨入骨，遇到有棘手的苦差事，总是委派他去办理。他将差事办妥交差后，布政使只是口头上说要奖赏犒劳他，而从未兑现。正好某县县丞一职出缺，本衙没有合适的人选，按照章程、资格、劳绩等，这一职务都非他莫属，他自己也认为胜券在握，同僚们都提前向他表示祝贺。然而布政使最后竟然任用了自己的亲信担任此职，大家一时之间都感到惊愕，某人自己反而没什么话可说。

过了几天，布政使宴请宾客，某人径直进入厅堂，看门人阻挡不了，某人当面数落布政使徇私的各种事情，并且说他收受贿赂、出卖职缺，言之凿凿，有凭有据。在座的客人再三劝慰，某人愤愤而出。布政使又惭愧又愤怒，想着借故将他除去。某人扬言说：“如果真的将我的功名革除，我必定直接向部科揭发，豁出去一同发配新疆。”布政使果然气馁，由首县出面帮他代为筹划，答应为他出资捐升官职，某人要求一定要县令才行，因为首县在山西省的局面本就很宽广，同时也可以为布政使解围。召集众人，很快就筹够了钱，赴吏部应选，被授予福建某县县令。布政使预先急速去信给福建巡抚，夸大其词地说某县令为人狡猾阴险，留下他必定遗留后患。而某县令到任一年多，福建巡抚想挑他的毛病却找不到，而且地方被他治理得很好，舆论一致称颂，如果将他罢黜，则确实没有合适的人选来替代。适逢沿海的一处重要地方缺人，当地械斗、劫掠之类的事情，每个月都有，虽然待遇优厚，但是出了名地难以治理，即便是精明强干的官员，都干不满一年，必定罢官而去。福建巡抚于是将某县令调动到该地任职，实际上是想借此陷害他，某县令极力推辞，没有获得允许。

某县令上任不到半个月，就听说某村村民将择日聚众械斗，随即独自一人骑马前往，苦口婆心地劝勉晓谕，甚至痛哭流涕，当地绅士馈赠给他食物，他极力推却，只吃自己带的干粮，即使是随从、衙役、马夫，也都是花自己的钱。夜间就借住在村庙，对地方没有丝毫干扰。于是全村上下人人感佩流泪，围成一圈叩拜于地，发誓不再斗殴，双方各自将几个顽固分子绑起来献上，并且出具悔罪的保证书，立刻解散斗殴的同伙。从此全村的村民，得以安分守己，老老实实种地，家境也渐渐富裕，享受天伦之乐。相邻的村庄听说了之后，也都互相引导受到感化，居然有了放下武器、从事耕种的风气了。至于海上和陆地上的盗贼案件，则采用钩距（辗转推问，究得情实）的办法，先将他们的首领抓获，然后再释放却不诛杀，令他们自相怀疑、相互揭发。沿海的奸民如有接济私通盗贼的，经访察属实，秘密逮捕十多人，在海边斩首示众，使盗贼的赃物没有销路，从而逃往远处。往来的商人从此不用在路上担惊受怕，士民感佩，欢欣鼓舞，缴纳赋税也特别积极踊跃，道台、知府对他多次予以保荐，但始终未能得到升迁，连一个“卓异”的考绩结果都得不到。某县令叹息说：“仕途上根本是非不辨、黑白不分，现如今还有什么可留恋的呢？”于是他告病辞官而去，当地士绅、百姓极力挽留，他没有答应。

那位山西布政使作为封疆大吏，竟然压制人才、不顾地方到这种程度。这正是吏治之所以日益败坏的原因。

6.6.8 邪不胜正

浙人某，业儒，颇正直，欲为童蒙师不可得。父母蚤死，无伯叔兄弟，困甚，自念非出门无可谋生。有戚任黔中巡检，乃摒挡（bìng dàng）典鬻，徒步拮据往依之。至则一年前已罢官回里矣。某流落不得归，栖破庙，与一二残僧缚竹、盖茅、卖字，兼课二三村童，藉以存活。村有副贡，曾任训导者，邂逅遇之，喜其能官音，继知乃江浙人，兼赏其字体端好，恨相见晚，欣然邀作西席，按月修金八百文，约日赴馆。

黔俗重巫觋（xí），村近苗蛮，尤尚符咒。有道士某者，能祸福生死人，合村敬而畏之，有酒食必延为上客，座中咸加礼焉，慢之祸立至。某赴馆日，道士先在座，见客傲不为礼，神情岸异。及就席，首让道士，亦不辞，公然据上坐。某大不平，勉就次位。席间，主人盛夸道士法术高妙，坐客亦交相谀赞不去口。某益不服，斜睨而微哂之。道士有怒容，自言："某人因敬我故，使之生意顺遂；某人因忤我故，使之事业颠倒。"语未已，某不能耐，大声斥其左道惑众，天必不容。道士大怒，拂衣起，主人极意周旋。道士不顾，狠戾之状，见于颜面，大步而去。同席咸出追之，坚请还席。主人亦再三牵挽，道士且笑且骂，忿忿作色，扬长去不顾。

众皆嗟叹，主人则搓手跌足，愁叹不已，谓某曰："君不知此人手段利害。"历述其某村中某某等皆以触怒致祸，几濒于死，盛礼哀求，始蒙宽宥。"请速整治衣冠，我与君负荆踵门谢，或可挽回万一。否则，恐即有奇祸。”某固直，强笑曰：“死生有命，如欲余俯首乞怜于妖道，万万不可。”主人太息曰：“君刚愎如是，不听良言，诚所谓不知死活者。余不忍见君之亡也。请仍归寺，无累我。”且立嘱某亲笔作绝命家书，留为异日之据。某曰：“余孑然一身，家无亲丁，毋庸也。”主人遂亲送回寺，而寺僧已知其事，坚不肯留。主人不得已仍与之归，愁容可掬。某乃谓主人曰：“余数千里奔波至此，不幸获罪妖人以死，数也，亦命也。虽然，岂肯束手待毙？今夕，请君早归内室，不必管我。乞借米一斗，烛十数枚。”问曰：“何用？”笑曰：“彼自是邪术，有法御之。”主人喜曰：“君亦有法术耶？”答言：“无之。姑为备而已，恐未能效也。”主人入，以烛、米付之。

日既暮，乃以米就地，列为八卦，自坐其中，手《易经》，烧烛而俟。约二更，闻庭中簌簌作振翮（hé）声，窗顿辟，欻（xū）一巨鸟入，大倍于鹅，钩喙（huì）长距，直扑而前，近八卦不敢动。某高举《易经》向之，且朗诵不辍，三举三却，鸟遂去。少顷，又一物来，形若虎豹，毛青绿色，奋爪张牙，如将搏噬，近八卦亦却步。某如前法抵御，数拒数扑，物亦退。稍久，则一奇鬼闯入，长丈余，青面赤发，手执双雪刃，腰束豹皮，吼怒咆哮，状极可怖，势将近身。某急以《易经》投之，喃喃然高声朗诵，物触《易经》仆地而倒。烛之，则一纸人，长二尺余耳。某随手折置卷中，自此寂然，天亦就明，倦极伏几而卧。主人启户出，视某无恙，大喜。

正详问间，闻叩门声甚急，启视则一妇人痛哭而入，云道士乃其夫也，不合误犯先生，被击伤腰膂，跪求乞命。某乃出纸人，厉声叱之曰："尔夫以妖术害人取财，天道难容，假手于我，为地方除害。恶贯满盈，尚望活乎？"妇人急伸手夺之，某固拈不释，纸人齐腰断裂为二。妇人大哭，驰归，问其家人，则道士于榻上已狂吼一声，死矣。乃嘉庆初年事也。

【译文】浙江某生，以儒学为业，性格颇为正直，想做个教儿童读书的塾师，都没有机会。父母早死，他也没有伯叔兄弟，生活非常贫困，自思只有出门才能谋得一条生路。他有个亲戚在贵州任巡检，于是他东拼西凑再加上典卖，筹集了些钱，不辞劳苦步行前往投奔。他到了贵州，才知道那个亲戚一年前就已罢官回乡了。他流落在贵州，回不了家，借住在破庙中，与一二个穷和尚一起做竹编、盖茅草房、卖字，以及教授二三个村童读书，借以存活。村里有个副榜贡生，曾任县学训导，偶然与他相遇，喜爱他会说官话，接着又得知他是浙江人，并且赏识他的书法字体端好，相见恨晚，欣然邀请他来家担任家庭教师，每月支付给他薪酬八百文，约定日期来家开馆教读。

贵州民俗重视巫师，该村靠近苗族人聚居地，更是崇尚符咒之术。村中有个道士，能操控人的祸福生死，全村的人都敬畏他，有酒食必定邀请道士为上客，在座的人都对他礼遇有加，略有怠慢，立马灾祸临头。某生正式开馆教书的那天，道士先已在座，见到客人傲慢不施礼，一副自命不凡的神情。等就座时，众人都礼请道士坐在上首，道士也不推辞，大模大样地坐在了上座。某生大为不平，勉强在次位就座。席间，主人极口夸赞道士法术高妙，在座的客人也都交相奉承，赞不绝口。某生更加不服，斜视着道士并且微微冷笑。道士面有怒色，自称："某人因为礼敬我的缘故，我让他生意顺遂；某人因为触犯我的缘故，我让他事业颠倒。"话未说完，某生已不堪忍受，大声斥责道士以旁门左道蛊惑群众，必定为上天所不容。道士大怒，拂衣而起，主人极力周旋排解。道士不理会，凶狠暴戾的样子，显现在脸上，大步而去。同席之人都出门追赶，再三请求道士回到席上。主人也再三挽留，道士且笑且骂，面带愤恨之色，头也不回地扬长而去。

众人都长声叹息，主人则双手摩搓、双脚跺地，愁叹不已，对某生说："先生不知道此人手段的厉害。"于是一一讲述了某村中某某人等都因触怒道士而招致灾祸，几乎被折腾致死，后来以隆重之礼向道士哀求，才得到他的宽恕。说完，主人又对某说："请速速整理衣冠，我与先生登门负荆请罪，或许可以挽回万一。否则，恐怕很快会遭遇意想不到的灾祸。"某生素来性情正直，勉强笑着说："死生有命，如果想让我对妖道俯首乞怜，我万万做不到。"主人叹息说："您如此倔强固执，不听良言，实在是所谓不知死活的人。我不忍心见到先生死去，请您还是回到寺中去吧，不要连累我。"并立即嘱咐某生亲笔写下绝命家书，留作将来的凭据。某生说："我孤身一人，家无亲戚，用不着写。"于是主人亲自将他送回寺中，而寺僧也已知其事，坚决不肯再收留他。主人不得已仍与某生回到家中，愁容明显。某生于是对主人说："我不远数千里奔波到此，不幸得罪妖人而死，这是劫数，也是命中注定的事。虽然如此，我怎肯束手待毙呢？今天晚上，请您早回内室，不必管我。只求您借给我一斗米和十几支蜡烛。"主人问："做什么用？"某生笑着说："他使用的无非是邪术，我自然有办法抵御。"主人高兴地说："您也有法术吗？"某生回答说："没有。我姑且防备而已，恐怕不一定奏效。"主人进入房中，取来蜡烛和米交给某生。

到了傍晚，某生把米撒在地上，排列成八卦的图案，自己坐在其中，手持《易经》，点燃蜡烛等候。约二更时，听到庭院中有簌簌的振翅之声，窗户顿时被撞开，忽然有一只巨鸟闯入，体形比鹅还要大数倍，钩嘴长爪，径直扑上前来，靠近八卦而不敢动。某生对着巨鸟高举《易经》，并且朗诵不止，某生三次举起《易经》，巨鸟三次退却，于是巨鸟就飞走了。片刻后，又有一个怪物前来，形如虎豹，毛青绿色，张牙舞爪，一副将要搏击吞噬的样子，靠近八卦时也退步不前。某生用前面的方法抵御，多次抵抗，怪物多次扑倒，不久怪物也退去了。稍久，又有一个奇形怪状的鬼闯入，身长一丈多，青面赤发，手持两把明晃晃的快刀，腰间系着豹皮，怒吼咆哮，样子极为可怕，眼看将要近身。某生急忙将《易经》向其投掷，然后不停地高声朗诵，鬼被《易经》砸中，扑倒在地。某生拿着蜡烛一照，原来只是个纸人，长二尺多而已。某随手将纸人折叠，夹在书中，自此没有什么动静了，天也快亮了，某生极其疲倦，伏桌而睡。主人从内室出来，看见某生安然无恙，大为高兴。

正在详细询问之际，听到一阵急促的敲门声，打开门，只见是一个妇人痛哭而入，妇人说道士是她的丈夫，不应该冒犯先生，而被击伤腰背，跪地请求饶命。某生于是取出纸人，厉声呵斥妇人说："你丈夫用妖术害人谋财，天道难容，如今上天借我之手，为地方除害。你丈夫恶贯满盈，还希望活命吗？"妇人急忙伸手抢夺纸人，某生紧握不放，纸人齐腰断裂成两半。妇人大哭，跑回家中，询问家人，原来道士已在床榻上狂吼一声，死掉了。这是发生在嘉庆初年的事情。

6.6.9 金陵大劫

苏州潘太傅长子，功甫先生（曾沂），丙子孝廉，不乐仕进，一心向善。其所得者深也。

家大人任苏藩时，接见知之。余与其诸弟，同应春闱，常相过从，故知之最悉。潘公生长富贵，不喜繁华。道光间，每劝其父罢官。己尤积德惜福，戒杀放生靡不为。壬子春，知苏州将旱，早在各处开掘古井数十口。及秋，河涸，至是人受其福。群神之。且来去了然，自知死期，于壬子十二月二十日，沐浴坐化。

次年正月朔，托梦于其戚淡然生，说世人有大灾，急须改过立愿。淡然生亦善士，好施济者。梦中见有青衣人，引至一处，殿宇极高，两旁堆积册簿，办事者多人，上坐者，即潘公。绉眉曰："俗尚繁华，众生孽重，大灾将到，奈何？"淡然生问："可解救否？"潘公拱手曰："应当发愿，改过为善。"淡然生细思"应当发愿"四字，乃潘公二十九年查灾记略封面题签，系《弥陀经》中语。便问："当发何愿？"告以有力者出钱，无力者出言，如是而已。又言："今日之灾，天地震动，非比寻常。我皇上尚且日夜焦劳，凡食毛践土者，孰不当为国分忧？亟速立愿改过，或可免难。若仍是纵情放荡，任意欢娱，全不知摸摸心头，发个善愿，只说他人长短，不顾自己罪恶。日复一日，毫无儆悟，遇数难逃，真可悯也。"

正说间，见一官员捧册置几而去。潘公曰："已过者，不妨知之。此湖北省被难之册也，其数以十余万计，各有条款。除忠臣孝子，义夫烈妇，正气弥天，另用标签，死后成神，其余大抵罪孽所致。其忤父逆母者，为最重之恶。各凭因果，注定年月日时，各样死法。"淡然生更问江苏簿，潘公曰："看不得。此地不可久留，千万回去救世。"遂仍随青衣人而行，回头见两边有联云："地可弭灾，到此始知为善好；门开立愿，几人肯自把头回。"正中一扁，为"生死权衡"。青衣人拍肩曰："快走罢。"遂惊醒。知是一梦，甚怪。

因将所历，细忆录出，传告四方，云：当三年二月，合大江南北遭难者，不知几十万人。试思一样江苏百姓，一样有父母兄弟，一样有妻子儿孙，此数十万人，偏遭此大苦，并非地方风水不好，全是平日不知不觉，自造许多罪孽，良心不好，负义忘恩，不孝不忠，奸盗邪淫，奢华太过，不信因果，所以罹此灾殃。祸到临头，悔之晚矣。而其中竟能逃劫者，亦复不少。

孙先生一事为最著。孙先生者，名云际，居金陵聚宝门内，年五旬有三，一生忠厚正直。三年二月三日，饮戚家，倦而息于城隍庙前，但见庙内灯火辉煌，人迹不少。遇一老者向孙曰："来得正好。"遂挽入跪神前。神曰："日内造册甚急，烦来相助。"孙暗思："此间莫非阴司，何可来此？"神似已有所知者，着查孙母寿，即在本月，因其子至孝格天，为母求寿，已准延寿六年。又查孙寿，则上帝嘉其孝心，已敕南斗六司，增寿二纪，死期尚远。神曰："既如此，暂助我七日。待城未破前三日，送其一家秣陵关避难可也。此七日中，自有值日神护卫，断不有碍凡身耳。"忽然而醒，则身坐盘陀石边，所持灯烛依然，颇觉奇怪。忙到家，向老母禀知情由，分付家中，不必惊慌，七日还阳，神必不我欺也。

是夜睡去，果不醒，孙不自知，何时已入庙矣。但见册子高堆，已闻判官高声点名，令孙对册。因将册内之人细看，注明某地某人，为作何恶孽，应该遭劫，在某年某月某日某地，身死于某物。惟死于水火，并饿死者为多。中有已经查报注销免灾者，均用红笔圈去，写明现为何等善事善心免灾，云云。正在校对，忽报各方土地来启事。惟见各呈册于几，神一一亲视亲批，又再三询问而退，各神散。

城隍向孙曰：“此次大劫，不关国运，实为下民作孽太重，所以魔王大起刀兵以应，劫册早已造定。因东岳府总册房监察主者潘公接办，特恳上帝开一线生路，将目前劫运，减轻十分之三，行文各府查办。如有改过立愿之人，悉准注销。款目甚烦，请速校录。”孙曰：“潘公是否苏州人？”神曰：“不必问。”遂日夜不遑，按簿考校。其中相识人姓名甚多，难以遍记。

惟阅一城北土地禀内云，该境有陈三庆者，业烟店，不惜饭粒，不敬字纸，已注合门十二日同死于水。幸伊常以父母为念，想到时势不好，如何扶他逃难，每忧形于色，因此为神所觉。又闻得众人传扬潘公托梦免灾之说，遂合家斋戒。自今后如遇饭粒字纸，不敢轻亵。又以烟包字记，易于作践，邀集同业，在文昌宫劝约，惟大包用店号两字，小包约用花样。似此发心向善，兼有孝心，应请免灾。城隍已批准。即着土地神于二月初十日，托梦其家，嘱其到沧波门外避难。

又水西门土地禀中，言该境有张安斋者，向充府书吏，心地险恶，溺爱妻子。近日亦为潘公托梦所动，曾率子天福在关帝庙叩头立愿，印送《公门修行录》一千卷，并常行方便，永戒杀生。更劝其至戚两家，一同立愿。惟其妻林氏，素嗜肥鲜，不肯戒杀，常强其子同食蟹鳝，应如何发落。城隍已批定，张安斋父子二人，着巡察神化作老翁，于十三日引其出城，到栖霞逃难。听劝之二家，待该处土神禀到，再行发落。其妻怙恶不悛，着巡察神令其病走惮行，逡巡城中被杀。

孙看到此，一陈姓是亲戚，一张姓是朋友。心中代为暗喜，难得他两家早能省悟，免此大难，实为可幸。此外免劫之人尚多。至第四日，据各神先后禀报，城中已约有数十百家，城隍批准注销后，均着本地土神保护，或托梦，或引路，多使死里逃生。

后又看到一禀，乃清凉山下一蒙师，名高敬，字慎斋，在文昌宫邀集二十七人，同为蒙师者。孙本亦以教读糊口，因系同业，大半是相识者，因此格外留心。高为阅《训学良规》，倡言："近世蒙师，只知教两句呆板书，全不教以做人道理。至孝悌忠信等事，则自己懒讲，只说蒙童不懂，至其稍长，又谓其已知。日复一日，不加讲究，至入于下流，为非作恶，误其终身，是谁之过欤？而好出门旷工者，尤属贻误子弟。《功过格》云：'旷馆课一日，为五过。'此五过，但为不来馆者言之。若日日在馆，尸位素餐，其过不知更当何如。惟瞒心昧己，我辈尚不至有此，若旷馆课，恐均所不免。但以二十日计之，全年已得百过。诸君各自扪心可也。人以毫无知识之子弟付我，我以不甚轻重待之。我辈后人，亦想发达否乎？我辈无大钱，可作好事，又无大力，可助善举，曷不趁此时，修些不费钱不费力功德？"言未毕，同人均已觉悟，遂各跪神前立愿，如有怠惰，依旧误人子弟者，愿甘遭劫。土地禀报，现在文昌宫已经记名，不日即有札谕关照。城隍神批准，候文昌宫示谕饬遵，云云。孙看至此，自念我以后益当勤慎矣，喜而且叹。

又阅到城外土神巡察诸神各禀，乃专言瘟灾劫数。一为孙之外家，一为旧日东家，所以记之。外家在下关某村，素凶恶，无人理，齐心抗粮欠课。如有先还者，即先拆其房屋，已发阴司神，于七月大降瘟灾，罚各家破财。为首者全无天理良心，罚其合家瘟死。中有三人，不愿与名，一钱姓、一朱姓、一王姓，虽是种田人，却极讲道理。此次三人均云："人生在世，总要讲些理，我们不怕拆屋，断断不合伙。"城隍批三人存心，颇为难得，着土神于三家门首，各插一旗，上写"瘟司免进"。

其一在燕子矶地方，土神禀称，该境小民，多以屠牛打铳、掘鳝取龟为业，习为残忍。因逢世乱，多想乘风打劫，已着瘟司降瘟其地。中有蒋大法者，独安分耕种，常不以杀生之业为然，喜向人说好话，常向乱民劝谕。其迟迟未发者，亦即感动之故也。

又有女人周梅氏，劝其丈夫不可想发财，随人打枪，财之多少有无，自注定也。其夫周阿玉，为妻所感，自此有少年来引去闹事，总摇手曰"犯法事不可做"，转说多少好话劝人。此夫妇二人，本应在数，今如此存心，应请免劫。城隍批蒋大法，不做杀生之业，尤能说好话，劝散众人，准延寿四年；周梅氏，以女人能以好话劝夫，更为可嘉，着土神保佑，亦插青旗其家，并赐生五品之贵子；周阿玉肯听妻言，已赐有子。统归免劫可也。此外免灾者颇多，不能悉忆。

比及七日，孙念老母，是晚即向神告辞，神言："目前不可泄露一句，事过之后，方可传扬。"神又嘱曰："此间事本不宜泄，惟劫太重，不能不稍使人知也。君一返后，即将所历默记一番，并速作出城避难计，已备金甲神相护送矣。”此时但觉通身板重，微闻家中人声，不觉醒来。即高叫母亲，则家人早已环伺竟日，各相疑虑悲切，至此大喜。随即取笔将所历者，一一忆出，秘而藏之。不一日，即料理出城，竟到秣陵关亲戚家避难。直至金陵城陷之后，方举以示人云。此咸丰三年二月事。近有刻《潘公免灾宝卷》，与此大同小异耳。

【译文】苏州潘世恩太傅的长子潘曾沂先生，字功甫，是嘉庆二十一年（1816）丙子科举人。不热衷于仕途，而是一心向善，想必是因为他德行深厚、修持得力吧。

我的父亲（梁章钜）担任江苏布政使（驻苏州）的时候，曾经和潘公见过面。我和他的几个弟弟，同时参加礼部会试，常常相互往来，所以了解得最清楚。潘公虽生长于富贵之家，却不尚奢华。道光年间，经常劝说他的父亲辞去官职。自己尤其注重积德惜福，戒杀放生之类的善举，没有不积极去做的。咸丰二年壬子（1852），他预知苏州将发生旱灾，早已提前在各地开掘古井数十口。到了秋季，果不出所料，河水干涸，人们因此而蒙受潘公的恩泽，众人对他奉若神明。而且来去自如，自知死期，预知时至，于咸丰壬子年（1852）十二月二十日，沐浴坐化。

第二年（1853）正月初一日，托梦给他的亲戚淡然生，说世人将有大灾难，必须立即改过立愿。淡然生也是善人，乐善好施。梦中见有一位青衣人，带领他到一个地方，殿宇巍峨，极为高耸，两旁堆放着簿册案卷，有很多办事人员。上面坐着的，即是潘公，皱着眉说：“现在世间的风俗，崇尚奢华，众生罪孽很重，导致大灾难将要来临，该如何是好？”淡然生问，是否可以解救。潘公拱手说道："应当发愿改过为善。"淡然生仔细思索"应当发愿"四字，乃是潘公在道光二十九年（1849）所编著的《查灾记略》，封面的题词，是引用《弥陀经》中的经文。淡然生便问潘公应当发什么愿，潘公说："有力的出钱，无力的出言，如此而已。"又说："这次的灾难，天地震动，非比寻常。当今皇上尚且每天焦虑烦劳，每一个食毛践土（原意是吃的食物和居住的土地都是国君所有，用以表示感戴君主的恩德）的国民，谁不应当为国分忧呢？要尽快立愿改过，或许可以免脱灾难。如果仍旧是纵情放荡，肆意寻欢作乐，丝毫不知道摸摸心头，发个善愿。对别人品头论足、说长道短，而不反省自己身上的罪恶。就这样一天又一天，虚度光阴，毫无警醒悔悟。这样的话，遇到灾难，就在劫难逃。真是可悲又可怜啊。"

正说话间，只见一位官员捧着簿册放在桌上就离开了。潘公说："已经发生的事，知晓一下也无妨。这是湖北省遇难者的名册，人数以十多万计。每个人的名字后，都注明条款。除了忠臣孝子、义夫烈妇，浩然正气弥塞天地，单独用特殊的标签进行标注，死后升天成神之外，其他的大都是因罪孽而导致遭劫。那些忤逆父母的，是最重的恶孽。每个人都按照各自的因果，注定死去的年月日时，以及各种各样的死法。"淡然生进一步询问江苏省的名册，潘公说："看不得，此地不可久留。你千万要回去劝世救人。"于是仍旧跟随青衣人而走。回头看见大门两旁有一副对联："地可弭灾，到此始知为善好；门开立愿，几人肯自把头回。"正中间悬挂着一块匾额，上面写着"生死权衡"四个大字。青衣人拍着他的肩膀说："快走吧！"于是一惊而醒。知道原来是做了一个梦，感到非常神奇。

淡然生于是将梦中的经过，仔细回忆，记录下来，写成文章，传告四方。到了咸丰三年（1853）二月，太平军攻克南京城。大江南北因此而罹难的，合计不下有几十万人之多。试想，一样的江苏百姓，一样有父母兄弟，一样有妻子儿孙。这几十万人，偏偏遭受这样的苦难。并不是因为地方的风水不好，全都是因为平日里，不知不觉，自己造下了许多罪孽。良心不好，忘恩负义，不孝不忠，奸盗邪淫，奢华太过，不信因果报应，所以遭此灾殃。祸到临头，后悔也晚了。而在大劫之中，最终竟然能够逃脱灾劫、幸免于难的，也有不少。

其中，孙先生的一桩事例最为突出。孙先生，名叫云际，家住南京聚宝门内，年龄五十三岁，一生为人忠厚正直。咸丰三年（1853）二月初三日，到亲戚家饮酒，回家的路上，累了就在城隍庙前休息。只见城隍庙内，灯烛辉煌，有很多人走来走去。遇到一位老者，对孙先生说："你来得正好。"就挽着他的手进去在神明前跪下，神明说："这几天编造名册非常紧急，烦请前来相助。"孙先生暗想："这里莫非是阴曹地府吗？怎么会来到这里呢？"神明似乎已经知道他在想什么。就命令下属查阅簿册，发现孙先生的母亲，本来应在本月寿终，因为她的儿子为母亲祈求寿命，至诚孝心感动上天，准许延寿六年。又查阅孙先生的寿命，因为上帝嘉奖其孝心，已经敕命南斗六司，为他增寿二纪（二十四年），所以死期尚远。神明说："既然如此，暂时给我们帮忙七天。等到南京城尚未被攻破之前的三天，送他们一家到秣陵关避难即可。这七天之中，自会有值日功曹之神护卫，绝对不会对你的肉身造成什么妨碍。"忽然就醒过来了，发现自己的身体坐在盘陀石边上，所持的灯烛还在手中。感觉非常奇怪。急忙回到家，向老母亲讲述了事情的经过。并吩咐家人，不必惊慌，七天后还阳，神明一定不会欺骗于人的。

当天晚上，睡去之后，果然没有醒来。孙先生自己也不清楚，什么时候已经进入到城隍庙了。只见簿册堆积如山，这时已经听见判官在高声点名，命令孙先生核对名册。于是将名册内的记载仔细观看，都是详细注明，某地某人，因为作了何种恶孽，应该遭劫，在某年某月某日某地，身死于某物。其中以死于水火，以及饿死的人为最多。其中如有已经查明上报注销免于灾劫的，均用红色笔圈出，写明现在做了何种善事、发了何种善心而免灾，等等。正在校对的时候，忽然有人报告各地的土地神前来奏事，只见各自将簿册呈报，放在桌案上，城隍神亲自一一审阅批示，又再三仔细询问情况，才退下。土地神一一离开。

城隍神对孙先生说："这次的大劫，和国运无关，实在是因为下界人民作孽太重，所以魔王兴起刀兵以应劫。遭劫的名册早已经造定。因为东岳府总册房监察主者潘公接管办理此事，特地恳求上帝网开一面，给世人留一线生机。将目前的劫运，程度减轻十分之三。并下发文书通知各地城隍进行查核办理。如果有发愿改过向善之人，一律准予将他们的名字在劫册中注销。条款非常琐细繁杂，请尽快进行校核登记。"孙先生说："潘公是不是苏州人？"神明说："不用多问。"于是昼夜不停，按照名册进行考核校对。其中有很多认识的人的姓名，一时难以全部记住。

只记得曾经看到城北土地神呈上来的一份报告中写道，该地有个叫陈三庆的人，以开烟店为生，不爱惜饭粒，不敬惜字纸，已经注定全家在十二日一同死于水劫。所幸他心中时常挂念着父母，想到现在形势不好，不知道该如何带他们逃难，时常为此而忧心忡忡。因此被神明察觉。又听说众人纷纷在传扬潘公托梦免灾救劫的事情，于是全家斋戒，从今往后，如果遇到饭粒、字纸，不敢轻弃秽亵。又因为烟包上如果有字迹，最易被人作践。于是，邀请并召集同行，在文昌宫相互劝勉并约定，只在大包用店名两个字，小包均用花样来代替。像这样发心向善，同时又有孝心，应当请求免于遭受灾劫。城隍神已经批准了免灾的申请。即命令土地神在二月初十这天，托梦给他的家人，吩咐他们到沧波门外避难。

还有水西门土地神的报告中，说该地有个叫张安斋的人，一直在官府中充任书吏。为人心地险恶，溺爱妻子孩子。近日也是听说了潘公托梦的事情，而有所触动，曾经带着他的儿子张天福在关帝庙叩头立愿，印送《公门修行录》一千卷，并多行善事，永远戒除杀生。还劝说他的两个亲戚家，一同立愿。然而他的妻子林氏，一向贪图口腹之欲，爱吃大鱼大肉，不肯戒杀，还经常强迫她的儿子一同吃螃蟹、鳝鱼之类。应如何进行处理呢？城隍神已经批定，张安斋父子二人，安排巡察神变化成一位老翁，在十三日那天，引导他们出城，到栖霞逃难。听从劝说的两家，等到当地的土地神报告到了之后，再行处理。他的妻子怙恶不悛，不肯悔改，安排巡察神使其行走困难，不愿意走路，在城中徘徊不前，被杀死。

孙先生发现上面这两家，姓陈的这家是亲戚，姓张的这家是朋友，心中替他们暗自高兴。难得他们两家能够及时醒悟，免此大难，实在是幸运。除此之外，免劫的人还有很多。到了第四天，根据各处土地神的禀报，全城已经有数十百家。城隍神批准注销以后，均命令当地的土地神予以保护，或者提前托梦，或者引路带他们逃难，使他们都能够死里逃生。

后来又看到一份禀报，乃是清凉山下的一位蒙师（对学童进行启蒙教育的老师），名叫高敬，字慎斋，在文昌宫召集了二十七人，都是做蒙师的。孙先生本人也是以教学童读书为生，因为是同行，多半都认识，所以格外留意他们的情况。高敬给他们看《训学良规》，发言倡议说："现在的蒙师，往往只知道教两句呆板书，做人的道理一概不教。至于孝悌忠信等事，则是自己懒得讲，只说是学生不懂。等到年纪稍长，又说他们已经知道了。日复一日，不加讲究。致使学生逐渐入于下流，甚至为非作恶，误了他们的一生。这是谁的责任呢？而动不动就外出旷课的，更是误人子弟。《功过格》说，旷馆课一天，为五过。这五过，仅仅是针对不来学馆的说的。如果天天在馆，而尸位素餐，罪过又不知有多少？如果说违背良心干坏事，我们还不至于。如果说旷课，恐怕都在所难免。就算以二十天来计算，全年也有一百过。诸君可以各自扪心自问。人家以毫无知识的子弟托付给我们，我们却不认真对待。我们自己的子孙后代，也想发达吗？我们没有很多钱，用来做好事，也没有大的能力，可襄助善举。何不趁着这个机会，修一些不费钱、不费力的功德呢？”话还没说完，大家都已经有所觉悟。于是都跪在神前立愿，如果还是因循怠惰，依旧误人子弟的，甘愿遭受劫难。土地神禀报，现在文昌宫已经记录下他们的名字，很快就会有谕旨传来关照此事。城隍神批示，待文昌宫谕旨到来一体遵行，等等。孙先生看到这里，心想自己以后也要更加勤勉谨慎教书，既喜悦，又感叹。

又看到城外土地神和巡察诸神的禀报，乃是专门讲瘟疫灾劫的。一家是孙先生的外家（母亲或妻子的娘家），一家是以前的东家，所以记得清楚。外家住在下关某个村子，为人向来穷凶极恶，毫无人性，率众合伙抗粮不交、拖欠国税，如果谁家先交的，就拆谁家的房子。已经安排阴司神，在七月大降瘟疫之灾。又罚各家破财。为首的，全无天理良心，罚其全家遭受瘟疫而死。其中有三个人，不愿意参与进来。一人姓钱，一人姓朱，一人姓王，虽然是种地的农民，却特别讲道理。这次三人都说：“人生在世，总要讲些道理。我们不怕拆房子，断然不肯合伙抵抗国税。”城隍神批示三人存心，颇为难得，命令土地神在三家的门首，分别插上一面旗帜，上面写“瘟司免进”四个字。

另外一家在燕子矶地方，当地的土地神禀报说，该地的小民百姓，多数以杀牛、打鸟、捕鳝、捉龟为业，残忍杀生，习以为常，因逢世道混乱，很多人都想着趁火打劫，已经命令瘟疫司在当地降下瘟疫。其中有个叫蒋大法的人，自己老老实实种地，不认同以杀生为业，喜欢向人说好话，时常劝说作乱的灾民，迟迟未发生大的变故，也是因为受到感动的缘故。

还有一个叫周梅氏的妇女，劝说她的丈夫不要老想着发财，跟着别人一起打枪，财富的多少、有无，自是命中注定。她的丈夫周阿玉，被妻子所感化，从此以后遇到有年轻人拉他一起去闹事，总是摇手说："犯法的事情不能做。"反过来说很多好话来劝人。这夫妻二人，本应遭受劫数，现在如此存心，应当准予免劫。城隍批示说，蒋大法不从事杀生之业，又能说好话，劝散作乱之人，准予延寿四年；周梅氏，虽是女人之身，却能以好言劝化丈夫，更是难能可贵，值得褒奖。安排土地神予以保佑，在她家门上插上青色旗帜一面，并恩赐生下一个能做到五品官的贵子。周阿玉肯听从妻子的劝说，已经恩赐有儿子。统统免于遭劫就是了。除此之外，免受灾劫的还有很多，不能一一记住。

到了第七天，孙先生挂念老母亲，当晚就向城隍神告辞，神说："目前不可泄露一句，事情过去之后，才可以传扬。"又叮嘱说："这里的事情本来不应泄露，但是劫难太重，不能不稍微使人知道一些。你回去后，就将所经历的事情记录下来，并尽快做好出城避难的打算。已经安排金甲神到时候进行护送了。"这时只觉得身体很重，轻轻地听到家人的声音。不知不觉醒了过来。就高声呼唤母亲，家人们早就每天围绕在身边，都在疑虑，心情悲切，不知道该怎么办，这时都很高兴。随即拿出纸笔将所经历的事情，根据记忆一一记录下来，并珍藏起来。没过一天，就开始准备出城，最后到秣陵关的亲戚家避难。直到南京城被攻陷以后，才拿出来给人看。

这是咸丰三年（1853）二月的事情。近来坊间有刻印的《潘公免灾宝卷》流传，内容与此大同小异。

6.6.10 邵武司马

权邵武司马某，善胁取民财。嘉庆二十五年冬，国服期内，差役禀某乡富翁违例薙（tì）发。司马大喜，出签立拘，不至，添差，仍不来。介人婉恳，意若曰："入城则耳目多，若能便道就之，愿现二千金不少吝。"司马允之。翌日乡征之便，干役蜂拥而往，至则屋宇峻丽，铺设整齐。即罗列盛筵，另邀绅耆作陪。司马本嗜饮，劝酒殷勤，醇醲十数巨觥，不觉玉山倾倒。从者另室款待，亦尽入醉乡。乃扶持就寝，鼾呼大作，昏不知人。五更梦醒，发际微痒，以手抚之，头颅濯濯矣。急起，托言冒风，以帕蒙首而归。迁怒于仆，以为疏懈，皆斥遣之。欲通禀，难于措词；欲俟已发稍长发作，则彼发亦长，无从制胜。姑先会营以恐吓之，武营未遽应。逐仆至省，作新闻，四处传述。上宪闻之，乃撤任。

【译文】代理邵武府同知某人，惯于以胁迫的手段勒索百姓的财物。嘉庆二十五年（1820）冬，嘉庆帝驾崩，服国丧期间，差役向他禀报说某乡有个富翁违例剃发（清制国丧百日之内不得剃发）。某同知大喜，发出令签，立即派人前往拘提，没有提来，又添派差役前往，仍没有提来。富翁请人居中向同知委婉求情，其主要意思是说："富翁如果进城，则城中耳目众多，恐有不便之处。您如果能顺路前往富翁家中，他愿意献上二千两银子，绝不吝惜。"

同知答应了。第二天，同知趁着下乡征收赋税的机会，带着一帮干练的仆役蜂拥前往，到了富翁家，只见房屋高大华丽，铺设整齐。富翁随即摆设丰盛的宴席，另外邀请了乡里几位士绅和年老有声望的人作陪。同知本来就嗜好饮酒，在富翁的殷勤敬劝下，一连饮下十几大杯美酒，不觉酒醉欲倒。仆役们在另外的房间里接受款待，也都进入了醉乡。于是富翁扶持着同知前去就寝，同知鼾声大作，昏睡不知人事。五更时，同知醒来，觉得发际微痒，用手抚摸，发现头顶已经光秃秃了。急忙起床，托言受了风寒，用手帕蒙着头而回。回到官署，迁怒于仆役，认为仆役疏忽懈怠，于是将仆役们都斥责一番后辞退了。同知想把此事禀报上级，但又难以措辞；想等到自己的头发稍长再对富翁翻脸，找他的麻烦，但那时富翁的头发也长长了，没有把柄可以抓。姑且先会同驻防的营兵恐吓他一番，军营的长官没有立即回应。被赶走的仆役赶赴省城，把此事当作新闻，四处传讲。上司听闻此事后，于是将同知撤职。

6.6.11 王司阍

利为人之所趋，而害亦随之。谚云："瓦罐不离井上破。"王司阍一事，可鉴也。可知凡事宜急流勇退，不可恋恋，至殉身不顾也。

王司阍者，怀宁人，本著姓，役此者久矣。因家由是兴，仍恋恋不能舍。兄弟五人，某居长。其三弟为孝廉，任宁国教谕；四弟登进士，即太湖令孙汝舟（济）之同年，任江苏知县，洊升知府，有政声。孙汝舟选太湖令，王某由前任荐来，仍之，上下均不欲论年谊，惟另眼视之而已。其弟任知县时，亦再三函招，劝令勿恋栈下流，莫若手足相处，襄助为理，而某迄不能从。

安庆六属，某于怀宁、太湖漕务尤所熟悉，故历年俱综办二邑漕事，不于怀即于太也。道光庚寅，办太邑漕，有花户雷姓者，素强梗，其应完正米加耗等，已与某有成说。临斛米时，管廒者，为跟班赖贵，挑剔米色，雷不受，向某咆哮曰：“吾已与尔约定矣。尔同事何得勒措（kèn）于我？”而某恃弟与本官同年，赴廒厉声呵斥之，词色间，未免有太过之处。

赖耻而兼愤，熟思：“彼此俱忠于所事，某于广众辱我，我安能堪？”愈思愈怒，而磨刀霍霍矣。见者询之，曰：“我杀王某耳。”以为戏语，不之理。晡时，赖于二门伺之。适王从大堂外，扬扬入署。赖突出刺之，伤其大腿，复刺其腰眼，某不及挣扎，又刺其臀，凡三刀。某狼狈奔至宅门，但称“赖老二杀我”五字，已不能再语。急扶入房，至二更后，大小便俱下，遂殒命。赖贵者，于刺后转喜甚，遍告其同人，继又思逃，而衙内已呼拏人。赖于堂讯，一一不讳。

孙公叹曰：“汝以一时之忿，闹成人命，更奈我失察处分何？”赖不能答。遂囚赖，急请邻封相验。后得委员署潜山令陆安斋（襄），略改情节，避去本官处分，而仍以赖谋杀议抵。详上，大府臬司俱驳议，尸亲等俱不服。孙公据实回明，上宪始于秋审，入实，部复，准勾决，以偿其命云。

或曰：“某去岁于怀宁办漕，曾因十数千文，立迫一人于死，应有此报。”予谓，无论某之曾否作孽于前，两弟俱身佩簪缨，矧有函相招，何必赧颜再充贱役？古云：“利之所在，人必趋之。”乌知不为造物所忌，使潜夺其魄，乃以贯之盈而贾祸也？“利”从“刀”，“钱”从“戈”，得刀与戈，而即召杀身之祸。吁，可畏哉！

【译文】财利是人们所追求的，但其危害也往往随之而来。谚语说：“瓦罐不离井上破。”看门人王某一事，可以作为借鉴。由此可知，人在得意之时应当勇于及时抽身而退，不可贪恋不舍，以至于丢失身家性命而不顾惜。

看门人王某，是安徽怀宁县人，本是有声望的族姓，从事守门的差事已经很久了。因为他是凭借做这个差事而起家的，所以对此仍然恋恋不舍。他家兄弟五人，他是老大。他的三弟是举人，担任宁国县教谕；他的四弟是进士，是太湖县县令孙汝舟（名济）的同年，在江苏担任知县，荐升知府，颇有政治声誉。孙汝舟被选任为太湖县县令时，因王某是前任县令推荐来的，所以仍留他在县衙当差，孙县令对王某不想叙同年之谊，只是对他另眼相待而已。王某的四弟任知县时，也曾再三写信给王某请他前去，劝他不要贪恋下等差事，不如兄弟相处，协助弟弟料理事务，但王某始终没能听从弟弟的建议。

安庆府下属六县（怀宁、桐城、潜山、太湖、宿松、望江），王某对其中怀宁、太湖二县的漕务尤其熟悉，所以历年来都是由他总办二县的漕务，不是在怀宁就是在太湖。道光庚寅年（1830），王某办理太湖县的漕务，县里有个以卖花为业的雷某，素来骄横跋扈，其应当缴纳的税粮、加耗等，已预先与王某打好招呼。到用斛量米时，管理粮库的人员，是王某的跟班赖贵，赖贵挑剔米的成色，雷某不接受，向王某咆哮，说：“我已经与你约定好了。你的同事为何要刁难我呢？”王某依仗着其弟与本县县令是同年，赶到粮库对赖贵厉声呵斥，言语态度之间，不免有过分之处。

赖贵感到既羞耻又愤怒，细想："大家都是忠诚于自己的职责，王某当着众人的面羞辱我，我怎能承受？"赖贵越想越气愤，于是开始磨刀霍霍了。看见的人问他磨刀干什么，赖贵说："我要杀死王某。"人们认为他是在开玩笑，便不再理会。傍晚，赖贵在县衙的二门等候。正逢王某从大堂外，扬扬得意地进入内署。赖贵突然冲出，刺向王某，刺伤了其大腿，又刺向他的腰眼，王某来不及挣扎，赖贵又刺向其臀部，一共刺了三刀。王某狼狈跑到宅门，只说了"赖老二杀我"五个字，就已不能再说话了。家人急忙将王某扶入房中，到了二更后，王某大小便失禁，就死亡了。赖贵在刺死王某后，反而大喜，将此事遍告同事，接着又想逃跑，但这时县衙内已经在高声传呼抓人了。赖贵在堂上接受审讯，对前后的事实供认不讳。

孙公感叹说："你因一时的愤怒，闹成人命，而我也将因此面临失察的处分，该如何应对呢？"赖贵不能回答。孙公于是将赖贵囚禁，急忙请邻县的仵作前来验尸。后来经委员署理潜山县县令陆安斋（名襄），稍加改动情节，以避免对孙公的处分，仍然以故意谋杀的罪名判定赖贵抵罪偿命。案件呈报上级，巡抚和按察使都予以驳回重审，死者的亲属等人也都表示不服。孙公据实回禀，上司这才在秋审时，据实上奏，刑部回复，经御批后勾决，以偿死者之命。

有人说："王某去年在怀宁县办理漕务时，曾经因为十几千文钱，立时将一个人逼迫致死，因此王某应该有此报应。"我认为，不论王某之前曾经是否作孽，他的两个弟弟都身为朝廷命官，况且有信函召他前去，他何必腆着脸面继续充当这种卑贱的差役呢？古人说："只要是有利可图的地方，人人都会趋之若鹜。"又怎知他不是被造物主所憎恶，假手于人暗中夺取了他的魂魄，从而因恶贯满盈而招致灾祸呢？"利"字从"刀"，"钱"字从"戈"，贪图钱利者同时得到了“刀”与“戈”，从而立即招来杀身之祸。唉，真是太可怕了！

6.6.12 浇俗宜正

浮靡之风，到处皆是。不肖子孙，承祖宗齿积之业，正宜兢兢保守，反讥诮上代悭吝，不知享福。此种顽物，实堪发指。盖奢侈之害，所关匪细，温饱之家，踵事增华，不知撙节，未有不渐形消败者。

道光中，吾闽尚安俭朴，今则服食起居，大非其旧，服布素者，已不数覯。着自绫罗，无可加矣，必选鲜蒨（qiàn）颜色、新样花头，光耀离奇，自以为豪。其实可鄙孰甚。

本地酒席，向为八簋（guǐ）一点，极之十二簋而止，官场亦不过十余簋。今则动辄燕集，罗列奇珍，恣杀生物，漠不为意，止图目前之好看，不顾日后之难堪。如或从简，在主持中馈者，先自以为俭啬不可为训。一席之费，必十数金。此行彼效，口腹之欲，愈纵愈恣矣。

水烟昔所罕见，今则无家不有，妇女亦多染之。以水管纳入口中抽吮，汩汩有声，不自见其丑态耳。不知此物吸久，最生湿痰，毫无益人处。余家向不以此奉客，客知之，素亦自不怪。而地枰之灼痕斑斑，亦从此少矣。苟其禁之廿省，可复百十万亩腴田。更将各省数十万烟筒，酌其铜斤，官为收缴，其私匿者，严为惩罚，三月内可烟筒绝迹，而鸟枪不可胜用矣。奈何泄泄而不知所变计矣。

闽省家居，向能早起，不似苏杭之晏。近则不但人家起晏，即做生意者亦晏。天明后，土语曰“买菜时”，今则天明一时许，尚未买菜。以故起者愈晏，而夜间因赌而迟眠，或因鸦片而迟眠，此二项人，无不眠至午后。夜耗油烛，而晨耗柴，久久计之，费已不支。无论废时失业，其流弊更有不可胜言者。

至于婚嫁，竞效奢侈，其实不过夸耀于连江婆、三条簪辈。而转瞬之变卖妆奁，则未暇计。又有产仅中人，效颦富室，或称贷以备钗环，或变产以供糜费，正用少而浮用多。迨至事毕，向之繁文缛节，转眼皆空；今之典借花销，俱成实累。其以一婚嫁之故，务为周旋，而大伤元气者，不乏其人。

更可笑者，好做生日，苦费经营，极力铺张，以为体面。即非正寿亦然。而每托于小辈之孝意，不便却之，实则本人未尝不高兴耳。小辈之高兴，正可假公以济私耳。如谓孝意不可没，则买物放生，以延亲寿，诚足为孝。何必藉酒筵，恣杀生物，以为孝乎？自有做寿之说，而清晨即有好闲嗜食之辈，坚坐厅事而不去，谁实招之哉？

出门乘轿，向只有乡绅数乘，及医士数乘。妇女乘轿出门，本属寥寥。即官场中之轿，亦自有数可稽。自铁钱局开，无不顶戴而乡绅矣，无不大轿红伞而官矣。大街小巷，即女轿亦来往不绝。以故向之轿店，不及三间，今则开设十余间不止。即乘轿者之多，推之其他可知。

物力愈难，奢侈愈甚，而各恬不为怪。下而及于摇摊、鸦片与淫盗等，直责之不足责耳。推原其故，官场之得意者，则竞效苏杭；绅衿之无识者，则效官场；土户之有力者，则效绅衿；

乡居之狂妄者，则效城内。耳濡目染，相习成风，迄不知返，良可慨也。其知惩于奢侈，则又一味悭吝，舍财如命，见义不为，自谓永拥厚赀，可作富人矣。而造物之巧，又有盗贼、水火、官司、疾病诸事以消耗之。究之，奢则不智，吝则不仁，均非也。君子以中为法。

【译文】浮华奢靡的风气，到处都是。不成器的子孙，继承了祖宗一点一滴积累起来的家业，正应当小心谨慎地保全守护，反而讥诮上一代人吝啬，不知道享福。这种冥顽不灵的东西，实在令人愤慨。奢侈的危害，关系非轻，温饱之家，如果仿效别人家奢华的生活，而不知俭省节约，没有不渐渐走向败落的。

道光中期，我们福建的百姓尚能安于俭朴，如今则衣服、饮食、起居，与从前相比已大不一样，穿素色布衣的，已经不多见。已经穿上了绫罗绸缎，质地已不能更好时，必定要选择鲜艳的颜色、新样的花式，光耀离奇，自以为豪华。其实可鄙至极。

本地酒席，向来是八盘菜、一份点心，最多到十二盘菜为止，官场接待也不过十多盘菜而已。如今动不动就要聚会饮宴，罗列山珍海味，恣意杀害动物，对此漠不关心、满不在乎，只图眼前的好看，不顾将来的难堪。如果有人想要从简，而主办宴席的人，往往先入为主地把节俭当作吝啬，不可以效仿。一场宴席的花费，必定达到十多两银子。有人这样做了，其他的人也效仿，口腹之欲，也就越来越放纵恣肆了。

水烟在从前极为罕见，如今则家家户户都有，妇女也多有吸烟者。将水管放入口中抽吸，发出咕噜咕噜之声，样子十分丑陋，只是自己看不见自己的丑态罢了。殊不知这种东西吸得久了，最容易引生湿痰，对人毫无益处。我家从来不用这东西待客，客人知道我家的习惯，素来也不见怪。并且地板上的斑斑灼痕，也从此少了。倘若在全国二十多个省份全面禁烟，就可以恢复百十万亩良田。如果再把各省几十万支烟筒，酌量含铜的重量，由官府出资收缴，对私藏者，严加惩罚，三个月内可以使烟筒绝迹，那么火枪就会多得用不完了。无奈当事者因循懈怠而又不懂得变通的办法罢了。

福建省的百姓居家生活，向来能够早起，不像苏州、杭州的人起床较晚。近年来则不但平常人家晚起，即使做生意的人家也起得晚。天明后，土语说是“买菜时”，如今天明后约一个时辰了，还未买菜。因此起得越来越晚，而夜间因赌博而晚睡，或因吸食鸦片而晚睡，这二种人，无不睡到午后才起。夜间消耗灯油、蜡烛，早晨消耗柴禾，长期如此，累积下来，其费用已经支撑不起了。更不用说浪费时间、荒废事业学业，其中的流弊还有很多，不可胜言。

至于婚嫁，人们也是竞相攀比奢侈，其实不过是在媒婆、村妇这样的人面前夸耀一番而已。而转瞬之间，因办婚礼耗尽家财，不得不变卖嫁妆来维持生活，则来不及考虑。又有仅是中产之家，却盲目效仿富家，有的借钱置备嫁妆，有的变卖家产以供浪费，用在正事上的少而用在无意义的事上的多。等到婚嫁之事办完，从前的繁文缛节，转眼都成空；如今因典卖家产或借贷带来的花销，都成为实质的拖累。因为一次婚嫁的缘故，极力应酬，而大伤元气的家庭，不在少数。

更可笑的是，有人喜好过生日，辛苦费心经营，极力铺张，以此为体面。即使不是正寿也是这样。他们往往借口说是小辈的孝心，不便推辞，实际上他本人未必就不高兴。既然小辈高兴，他也就正好可以假借公心来满足私心了。如果说小辈的孝心不能埋没，那么买物放生，以此功德来延长亲人的寿命，才是真正的孝心。何必大摆宴席，恣意杀害动物生命，来体现孝心呢？自从有了做寿之说，而一大早就有一帮游手好闲、喜好吃喝的人，一直坐在厅堂中不肯离去，这是谁招来的呢？

出门乘轿，从前只有乡绅经常乘坐，以及医生经常乘坐。妇女乘轿出门，本来就寥寥无几。即使官场中的轿子，也自有数可查。自开设铁钱局后，很多人都通过捐官有了顶戴，成了乡绅，出门时乘坐大轿、打着红伞，俨然成了官员了。大街小巷，即使妇女所乘的轿子也是往来不绝。因此，从前的轿店不到三间，如今则开设至少十多间了。从乘轿之人渐渐增多，就可以推知人们在其他方面的奢侈程度了。

获取物质财富越是艰难，人们越是奢侈，而每个人对此都心安理得、不觉奇怪。至于更下流的赌博、吸食鸦片以及奸淫偷盗等事情，根本不值得谴责。推究其中的原因，官场得意之人，则竞相效仿苏州、杭州一带的风气；没有见识的士绅，则效仿官场中人；本地有财力的土豪，则效仿士绅；乡村的狂妄之人，则效仿城里人。耳濡目染，相互沿袭成为风气，最终积重难返，实在值得慨叹。那些懂得警惕奢侈之风的人，却又一味吝啬，舍财如舍命，见义不为，自认为只要永久拥有丰厚的财产，就能做富人了。可是造物主实在巧妙，又有盗贼、水火、官司、疾病诸事以消耗吝啬之人的财产。说到底，奢侈属于不智，吝啬属于不仁，都是错误的。君子应该以中庸之道作为准则。

6.6.13 戒无刻

一宦家子远游滇南，与中丞某公有旧，留居于署，款洽颇优。夏日苦暑，偶与诸友谈及鬼事，以销炎闷。正喧笑间，中丞适至，曰："诸君喜谈鬼乎，曾见鬼否？"曰："未也。"

中丞曰："吾曾见之。昔吾在粤西郡守任时，同乡同年某公，为邻郡司马，情致绸缪，音问不绝。未几，司马疾殁。我即解囊厚赠，遣仆送柩及其眷北归。方将两月，一日，阴云惨淡，时已申末，忽外投一刺，上书司马名。大惊，问之，司阍对曰：'某亦心骇，已自屏后窥见某，业立待于堂檐之下。'余思幽明迥隔，不能相见，今既遇之，必有因也。即开门请见，形神笑貌，恍如昨日。曰：'世上人在情在，兄则生死如一，使我骸骨眷属得各安故土，真有义也，特来拜谢。'余曰：'君已应修文之召，何由至此？'对曰：'上帝念我一生不欺，简为江右某郡城隍，兹由此去，感君特深，故不避嫌疑来见。'余曰：'聪明正直为神，阁下诚无愧。庸碌如我者，终当何如？'对曰：'兄居心行政，可质神明，将来寿逾七旬，功成万里，节钺之任，夫复何疑？但嗣后心无过细、用无过俭，以养中和，是弟所望于兄者。'余曰：'敢不终身佩之？'言次，茶至，嗅之而不饮，立身辞去，送之大堂，揖让上马，从者如云。行至仪门，大风陡起，转瞬不见。即专人赴江右某郡访问，知是府城隍庙大殿，见新开光未久，询之土人，云极灵显。嗣后无闻焉。余今七旬有二，屈指计之，已二十年。自忝擢封疆以来，恒思'心无过细、用无过俭'二语，实为居官良方。故勿论厅堂私居，以及旅传舟舍，必书此二语于座右。上下内外不议我为刻者，皆良友箴规之力也。"

中丞去后，一友曰："夙闻大贵之人，鬼神避之。今白昼鬼相周旋，岂中丞不得谓之贵乎？"宦家子曰："鬼神可概论哉？阴阳无二理，邪正分两途。使司马而为邪鬼，将避正之不暇，何敢分庭抗礼，相与话旧乎？如司马者，既以诚实得受正神之位；我中丞居心行事，不愧鬼神。阴阳虽隔，正直自同。故得此二语，即为终身之药石。是其来，即以报中丞之德也，又何疑焉？”次年冬，中丞以疾终于节署。宦家子为之清理公私，并送柩其家焉。

【译文】一个官宦人家的儿子远游于云南，因与巡抚某公曾有旧交，巡抚便留他居住在衙署中，对他款待颇为优厚。夏日酷暑难耐，他偶然与几位幕僚谈论鬼神之事，以排遣闷热。正在大声说笑间，巡抚正巧来到，说：“各位喜欢谈鬼吗，是否曾见过鬼呢？”众人说：“没有。”

巡抚说：“我曾经见到过。从前我在广西担任知府时，我的同乡某公，也是同年，担任邻府的同知，我们二人情意相投，互通音信不断。不久，同知病逝。我随即拿出一大笔钱相赠，派遣仆人护送他的灵柩和家眷返回北方。事情过去近两个月时，一天，阴云密布，天色暗淡，当时已近傍晚，忽然门外有人递来一张名帖，上面写着同知的名字。我大为惊骇，询问看门人，看门人回答说：‘我也心中惊骇，已从屏风后窥见他，他已经站在堂檐下等候了。’我想阴阳相隔，不能相见，今天既然遇到他，必然有原因。随即开门请他进来相见，只见其形神笑貌，宛如昨天刚刚见过。同知说：‘世上的人都是人在情在、人亡情灭，贤兄您则是生死如一，使我的骸骨得以回乡安葬，使我的家人得以回乡安居，真是有情有义啊，我特来拜谢。’我说：‘您已经离世了，为何会来到此地呢？’同知回答说：‘天帝念我一生为人诚实不欺骗人，选任我做江西某府的城隍神，现在由此前往赴任，因为特别感激您的恩德，所以我不避嫌疑，前来拜见。’我说：‘聪明正直为神，您确实是当之无愧的。像我这样庸碌的人，不知百年之后将会如何呢？’同知回答说：‘贤兄您不论是存心还是为政，都无愧于神明，经得起质问，将来年过七十，功成万里，手握重权，还有什么可疑虑的呢？只是从今以后心思不要过于细密，用度不要过于俭省，以培养中和之气，这是小弟我对贤兄您的一点期望。’我说：‘我怎敢不终身铭记在心呢？’说话间，仆人送上茶来，同知只是闻了一下，而没有喝下，随即起身告辞，我将其送到大堂，相互作揖行礼后，请他上马，他身边的侍从众多。走到仪门时，忽然刮起一阵大风，转眼之间，同知及其侍从就消失不见了。我随即专门派人前往江西某府访问，知道是在府城隍庙大殿，见刚刚开光不久，向当地人询问了一些情况，当地人都说城隍神极其灵验。从此以后，我就再也没有听到关于他的消息了。我今年七十二岁，屈指一算，事情已经过去二十年了。我自担任封疆大吏以来，常常思考‘心思不要过于细密，用度不要过于俭省’这两句话，确实是为官的良方。所以不论是在办公场所还是在私人住所，又或者是在旅店、驿馆、车船中，我必定都会把这两句话写在座右。我之所以没有被上下内外之人议论为是刻薄的人，都是由于我的那位好友对我劝戒规谏的作用。”

巡抚离开后，在座的一个幕僚说：“我素来听说大贵之人，鬼神见了都要躲避。如今鬼在大白天前来拜访，难道巡抚不能算作贵人吗？”官家子说：“鬼神怎能一概而论呢？阴间和阳间的道理并无二致，邪恶与正直迥然分开。假如同知是个邪恶的鬼，看见正直的大官将避之唯恐不及，怎敢与其平起平坐，互相畅叙旧情呢？像同知这样的人，因为为人诚实，死后得以被天帝授予正神之位；而我们的巡抚存心行事，无愧于鬼神。虽然阴阳两隔，但他们正直的品行是相同的。因此，巡抚在得到同知规劝他的两句话后，就将其作为医治自身缺点的药石而终身奉行不懈。同知的到来，正是为了报答巡抚的恩德，又有什么可以疑虑的呢？”第二年冬天，巡抚因病逝世于巡抚衙门中。宦家子为其清理公私财物，并将巡抚的灵柩运送回家。

6.6.14 乌烟劫

阳湖吏沈姓者，夜梦其友蒋某，亦吏之已故者，谓之曰：“乌烟局现造劫册，簿籍烦多，乏人誊写，我已荐君代充是役，君可随我至局办事。”遂偕行，至一公署，正殿琉璃瓦，高接云霄。殿上并坐五神，或古衣冠，或本朝服饰。正中一人，白须冕旒，俨然王者。阶下列巨缸千百，中贮黑汁，诸鬼纷纷入，辄令酌少许而去。沈私问：“缸贮何物？”曰：“迷膏也，即世称鸦片烟。凡应在劫，令饮少许，入世一闻此味，立即成瘾矣。冥中因国家列圣相承，政平人和，已二百年，地广物博，滋生日繁，恬熙相习，人心日趋浇薄。从古无久治不乱之理，若尽降以刀兵水火，恐伤好生之圣德，故藉此乌烟劫，以潜消阴阳疵疠（cī lì）之灾。使淫荡者促其生，骄侈者破其业，流毒数十年，剥极而复。生民经此恶劫，创巨痛深，自当洗心涤虑，重趋俭朴，而世道可冀一变。今劫运初开，名册浩繁，日集三万人书之，尚须三年而毕。”

因导沈历诸司，见数百屋，均满贮册籍。中有一楼，贮巨册，用红黄标签，曰：“此皆王公卿相入劫者，故另贮之。”沈欲抽看，蒋不可，曰：“子可速归，料理后事，某日当往奉邀。此事办完，可望得一优奖，授职地下，无苦也。”沈遂醒，急处分家事。一日，暴卒。

【译文】江苏阳湖县（今常州市）的书吏沈某，一天夜里梦见他的朋友蒋某，蒋某也是书吏，已经去世。蒋某对沈某说：“地府的乌烟局目前正在编制在劫人员的名册，簿册烦多，负责誊写工作的人手不够，我已推荐您充任这项差事，您可以随我到局里办事。”沈某于是跟随蒋某一同前往，来到一座官署，正殿上铺设有琉璃瓦，高接云霄。殿堂上并排坐着五位神灵，有的穿戴着古时的衣冠，有的穿戴着本朝的服饰。正中间的一个人，白色长须，头戴冕旒，俨然是位王者。阶下排列着成百上千的大缸，缸中贮满黑汁，诸鬼纷纷进来，王者于是命令每个鬼酌饮少许黑汁而去。沈某悄悄地询问蒋某：“缸中盛放的是什么东西？”蒋某说：“这是迷膏，也就是世间所称的鸦片烟。凡是应当在劫的鬼，就命其饮用少许，转世后一闻此味，立即就会成瘾。阴司因为我朝立国以来，在历代圣君的治理下，政平人和，已经有二百年，版图广大，物产丰饶，百姓繁衍生息，人口日渐增多，对安乐的生活习以为常，人心逐渐趋于浮薄。自古以来，没有久治不乱的道理，如果全都降以刀兵、水火之灾，恐怕有损于天地好生之德，所以借此乌烟劫，以暗中消除阴阳疫病之灾。使淫荡之人寿命减损，骄奢之人家业破败，流毒数十年，然后物极必反、否极泰来。民众经过此次恶劫，创伤巨大，痛苦深刻，自会洗心革面，彻底悔改，风气重新趋于俭朴，而世道也有希望为之一变。如今劫运刚刚开启，名册繁多，每天聚集三万人同时书写，尚且须要三年才能完成。”

蒋某于是带领沈某参观各个部门，只见数百间房屋之内，都满满地存放着册籍。其中有一座楼房，放置着一本巨大的簿册，用红黄标签，蒋某说：“这本簿册上记载的都是在劫的王侯公卿，所以另外存放。”沈某想要抽取翻看，蒋某阻止，说：“你可以速速返回阳间，料理后事，某日我会前往邀请你。这件事办完之后，有望得到一次优厚的奖励，被授予一个地府的官职，不要觉得苦。”于是沈某惊醒，急忙处理家事。一天，沈某果真突然去世了。

6.6.15 咸宁县令

毕所密，号衡塘，山东文登人。由孝廉出宰咸宁，清廉自矢，勤于听讼，以积劳成疾，殁于官。士民立祠祀之。

时某中丞梦见一人，自称姓段名德，咸宁南乡人，生前为保正，以居心公直，为本邑土地。中丞因问：“前任毕君，人争传其为本县城隍，果否？”段曰：“毕公清勤，关中首推，殁后为神，信然。大人既欲见之，小神前去迎接。”少顷，毕至，赋诗曰：“薄宦关中几十年，一朝回首了前缘。聪明正直吾深愧，果报阴阳理断然。保赤不分生与死，卫民兼赖鬼和仙。人言啧啧休穷问，保守声名劝后贤。”

中丞因问成神之事，毕云：“《易》有‘城复于隍’之句，城隍乃城池之神，到处有之。余居官多载，大事处之以慎，小事处之以勤，从不做欺人欺心事。殁后因民情向慕，天视民视，天听民听，故授为本邑城隍。兹蒙恩宪谆问，谨以实告。”

时公胞弟官泾阳尉，正在省，亦梦兄至，告以见梦中丞之事。有军需赔款一节，甚为轇轕（jiāo gé），弟叩之。公云：“此摊赔款总蒙大宪垂怜，不致贻累也。”是年公子以纬，及侄以绂，扶榇东旋，经营窀穸（zhūn xī），尚未回陕。公弟又叩此事，公云:“现在河南道中,阻水,五月中定有确音。吾宅吉,不须罣念。”又云:“弟将有他委,其实不如本来面目较为安逸,当小心办公,无负委任。吾去矣,迟则有恐悞公也。”

后二十余年,以纬以两淮鹾尹,解甘肃饷,殁于陕。公孙清昭,前往扶榇过咸宁,见公祠香火甚盛。民间询知清昭为神后裔,各出赀厚助焉。

按,毕曼年(承昭)方伯为予同年,在浙同官时,为予述之,大略亦如是。

【译文】毕所密,字退思,号衡塘(又号理轩),山东文登县人。由举人出任陕西咸宁县(今西安市长安区)县令,立志清廉为官,勤于审理诉讼案件,因积劳成疾,逝于任所。当地百姓建祠祭祀他。

当时某巡抚梦见一个人,那人自称姓段名德,是咸宁南乡人,生前担任保长,因存心公道正直,死后成为本县的土地神。巡抚于是问道:“前任县令毕先生 说:“薄宦关中几十年,一朝回首了前缘。聪明正直吾深愧,果报阴阳理断然。保赤不分生与死,卫民兼赖鬼和仙。人言啧啧休穷问,保守声名劝后贤。”

巡抚于是询问毕公成神之事,毕公说:“《易经·泰卦》中有‘城复于隍’的句子,城隍乃是城池之神,到处都有。我为官多年,以谨慎的态度处理大事,以勤恳的态度处理小事,从来不做欺人欺心之事。我死后,因为百姓的向往仰慕,上天遵从人民的意愿,所以任命我为本县的城隍。现在承蒙大人您恳切垂问,因此我恭敬地以实情相告。”

当时毕公的胞弟(毕所隽,字畏庭,号苇汀)担任陕西泾阳县县尉，正在省城，也梦见他的兄长来到，其兄把托梦给巡抚之事告诉了弟弟。其弟当时正遇到军需赔款一事，甚是纠缠不清，便向哥哥请教。毕公说：“这项摊派赔款最终承蒙总督大人垂怜，不至于受到拖累。”这年，毕公的儿子毕以纬，以及侄子毕以绂，护送毕公的灵柩返回山东，营建墓穴，尚未回到陕西。毕公的弟弟又向其询问此事，毕公说：“他们现在河南道中，因水灾受阻，五月中旬必定会有确切的音信。他们为我选的墓穴很吉利，你不必挂念。”又说：“弟弟你将会另有委任，其实不如目前的状态较为安逸，你一定要小心办理公务，不要辜负朝廷的委任。我走了，再晚恐怕会耽误公事。”

二十多年后，毕以纬在两淮鹾尹任上，押送粮饷前往甘肃，途中病逝于陕西。毕公的孙子毕清昭，前往陕西运送父亲的灵柩回家，路过咸宁县，看见毕公的祠庙香火非常旺盛。当地百姓经询问得知清昭是毕公的后人，各自出钱给予他丰厚的资助。

说明，浙江布政使毕曼年（名承昭，毕所密之孙）是我的同年，我们二人同在浙江为官时，他曾向我讲述这些事迹，大致情节也是如此。

6.6.16 关神断事

溧阳马孝廉（丰），未第时，馆于西村之李家。邻有王某，性凶悍，素捶其妻，每绝其饮食。妻饿莫忍，窃邻鸡烹食之。李告其夫，夫方被酒，大怒，持刀牵妻至门，得实将杀之。妻诬鸡为孝廉窃，争辨莫白。群曰：“关神庙素著灵异，同往掷珓卜之，卦阴者妇人窃，卦阳者男子窃。”如其言，三掷皆阳。王遂投刀，放归其妻，从此颇厚待之。而孝廉以窃鸡故，颇不理于人口，失馆数年。

他日有扶乩者，自称关神，孝廉记前事，大骂神之不灵。乩书灰盘曰："马孝廉，汝将来有临民之职，亦知事有缓急轻重耶？汝窃鸡，不过失馆；某妻窃鸡，立死刀下矣。我宁受不灵之名，以救生人之命。上帝念我能识政体，故超升三级。汝屈抱不韪，自有意外好事偿之。乃遽愤愤耶？"孝廉曰："关神封帝矣，何级之升？"乩曰："今四海九州关庙，以数千计，焉有许多关神，分享血食？凡所立关庙，皆以鬼之正直者，代司其事。真关神在帝左右，何能降凡耶？"再叩之，寂然矣。

自奉此乩后，群知孝廉仍不失为正人，且将来有官可做。不但馆无虚日，即凡所谋，无不如意。孝廉常语人曰："神明毕竟神明。"

【译文】江苏溧阳县（今溧阳市）的举人马丰，还未科举中第时，在西村的一户李姓人家设馆教书。李家的邻居王某，生性凶悍，动不动就责打他的妻子，常常不给妻子提供饮食。妻子饥饿难耐，偷取邻居家的一只鸡烹食了。李某把此事告诉了王某，当时王某正在醉酒，听后大怒，拿着刀将妻子拽到门前，一旦追究出实情就要将妻子杀死。其妻诬陷说鸡是马举人偷的，马举人极力争辩，但无法证明自己的清白。众人都说："关帝庙素来以灵验著称，可以同去那里掷珓占卜（掷珓，又称掷筊、卜筊、投珓等，南方一种占卜形式，用两枚占具问神），如果得到阴卦就是妇人偷的，如果得到阳卦就是男子偷的。"双方按照众人说的去做，掷珓三次，都得到了阳卦。王某于是扔下刀，放妻子回家，从此对妻子特别厚待。而马举人因为被误认为偷鸡的缘故，特别被人不齿，好几年都没有人请他教书。

后来有一天，有人扶乩，降乩者自称为关神，马举人回想起从前的事，大骂关神不灵。乩笔在灰盘上写道："马举人，你将来有治理人民的职责，也应该知道事情有缓急轻重吧？你偷鸡，不过是失去教书的工作；王某的妻子偷鸡，立刻就会死在刀下。我宁可背负不灵的名声，也要挽救生人的性命。天帝念我处事能够识大体、顾大局，所以将我连升三级。你含冤代人受过，自然会有意外的好事，作为对你的补偿。何必一直这样愤愤不平呢？"马举人说："关神已经被封为帝君了，还有什么级别要提升呢？"乩笔写道："如今四海九州的关帝庙数以千计，哪有那么多关神，分享祭品呢？凡是所立的关庙，都是由正直的鬼代理其事。真正的关神在天帝身边，哪能降临凡间呢？"马举人继续询问，而乩笔却寂然不动了。

自从这次扶乩之后，众人都知道马举人仍然不失为正人君子，并且将来有官可做。因此不断有人请他前去教书，并且凡是谋划的事情，结果无不称心如意。马举人常对人说："神明毕竟是神明。"

6.6.17 禄尽则夺算

嘉兴守某，乘舟赴任，夜泊河干，寻来一官舫，同泊水次。询之亦嘉守官衔，讶之，投刺造谒，有达官出谓曰："与君忝附同僚，但有幽明之别耳。"守心知其异，不敢穷诘而退，转瞬官舫已失所在。后常梦中来往，相得甚欢，凡有疑难，叩之立剖。

一夕，守见神有不豫色，问之不答，固请，则曰："太夫人于某月日，应遭雷劫，奈数定，不能为力何？"守大惧，泥首哀祈，神沉吟久之，曰："人生衣食禄，冥间咸有主者，禄尽则夺算。君可以倍奉之，俾得先期逝，厄或可免。"守母本八旬外，如神言，倍奉之，未几病殁。踰旬，忽雷电大作，震光旋绕柩旁，守计之，正届期，以身护柩不离，呼天泣血。少顷，电光向城隍庙去，殿宇焚圮矣。

【译文】嘉兴知府某人，乘船赴任，夜晚停靠在河岸，不久来了一条官船，也一同停泊在岸边。经过询问得知，对方船上的人也是嘉兴知府官衔，他心中惊讶，递上名帖拜访，有一位尊贵的官员走出船舱对他说："与先生忝为同僚，只是有阴阳之隔而已。"知府心知对方身份特殊，不敢继续追问就退出了，转眼之间，官船已经消失不见了。后来，知府经常在梦中梦见自己与那人来往，双方相处融洽愉快，凡是遇到疑难之事，向那人请教后会立刻得到清楚明白的答案。

一天夜里，知府在梦中见那位神人有不悦的神色，问他是什么原因也不回答，知府再三请问，神说："您的母亲在某月某日，应遭雷劫，无奈这是定数，我也无能为力啊。"知府大为惊惧，跪地叩头苦苦哀求，神人沉思了许久，说："人生在世，衣食福禄，阴间都有主宰者，福禄耗尽则夺取其寿命。您可以用加倍的东西奉养母亲，使她提前逝世，雷劫或许可以避免。"知府的母亲本来已经八十多岁了，知府按照神人的话，加倍奉养母亲。不久，其母病逝。过了十天左右，忽然雷电大作，闪电旋绕在棺旁，知府计算了一下，正是神人所说的日期，知府用身体护住母亲的灵柩，寸步不离。过了一会儿，电光向城隍庙而去，城隍庙的大殿被雷火焚烧而坍塌了。

全本全译

勸戒錄全集

（又名《北东园笔录》《池上草堂笔记》）

（五）

〔清〕梁恭辰 著
王继浩 点校
王继浩 谢敏奇 车其磊 译

團结出版社

图书在版编目（CIP）数据

劝戒录全集 /（清）梁恭辰著；王继浩等译. — 北京：
团结出版社，2023.8

ISBN 978-7-5234-0093-7

Ⅰ. ①劝… Ⅱ. ①梁… ②王… Ⅲ. ①笔记小说－小
说集－中国－清代 Ⅳ. ①I242.1

中国国家版本馆CIP数据核字（2023）第061341号

出版：团结出版社

（北京市东城区东皇城根南街84号 邮编：100006）

电话：（010）65228880　65244790　（传真）

网址：www.tjpress.com

Email：65244790@163.com

经销：全国新华书店

印刷：大厂回族自治县德诚印务有限公司

开本：145×210　1/32

印张：93.5

字数：2090千字

版次：2023年8月　第1版

印次：2023年8月　第1次印刷

书号：978-7-5234-0093-7

定价：328.00元（全五册）

第五册目录

劝戒八录

第六卷

8.6.1 赵景贤 / 2345

8.6.2 治霍乱时证神方 / 2348

8.6.3 治风火牙痛方 / 2349

8.6.4 世情险恶 / 2350

8.6.5 人心巧诈 / 2353

8.6.6 张荣春贩盐 / 2354

8.6.7 白鸽票 / 2355

8.6.8 浙苏大劫 / 2359

8.6.9 心相 / 2360

8.6.10 回教流派 / 2361

8.6.11 鬼文获售 / 2363

8.6.12 戕雀 / 2366

8.6.13 白拉 / 2366

8.6.14 酷吏显报 / 2368

8.6.15 新会张氏 / 2369

8.6.16 嫁婢 / 2371

8.6.17 陈孝廉 / 2372

8.6.18 许刺史断狱 / 2374

8.6.19 王孝廉作城隍 / 2375

8.6.20 二周 / 2376

8.6.21 假吃三官素 / 2378

8.6.22 猴报雠 / 2379

8.6.23 钱东平 / 2380

8.6.24 任役刳心 / 2382

8.6.25 李中梓 / 2382

8.6.26 女魂诉冤 / 2384

8.6.27 金氏妇 / 2385

8.6.28 张玉常观察 / 2388

8.6.29 雷击邵伯民 / 2392

8.6.30 张静山观察 / 2395

8.6.31 左生 / 2400

劝戒九录

《劝戒九录》自序 / 2407

第一卷

9.1.1 夏子松侍郎 / 2409
9.1.2 石状元 / 2410
9.1.3 元和石氏有后 / 2415
9.1.4 庞省三方伯 / 2418
9.1.5 萧状元 / 2419
9.1.6 陈侍郎 / 2420
9.1.7 张船山先生 / 2422
9.1.8 余镜湖太史 / 2427
9.1.9 吴解元得子 / 2429
9.1.10 河工难惜费 / 2430
9.1.11 张诚一 / 2432
9.1.12 雷发奸谋 / 2435
9.1.13 父勿过严 / 2437
9.1.14 雷警窃金 / 2439
9.1.15 生死一定 / 2440
9.1.16 办赈不险 / 2442
9.1.17 天道最近 / 2443
9.1.18 江都令速报 / 2445
9.1.19 伪孝 / 2447
9.1.20 上虞雷击一则 / 2450
9.1.21 嵊县雷 / 2452
9.1.22 黄观察 / 2454

第二卷

9.2.1 近年食牛报十二则 / 2457
9.2.2 物各有主 / 2462
9.2.3 牛戒勿开 / 2464
9.2.4 温州牛报 / 2465
9.2.5 误杀 / 2466
9.2.6 桓侯后身 / 2468
9.2.7 赵孝廉 / 2471
9.2.8 七和尚 / 2475
9.2.9 闱中果报 / 2477
9.2.10 大通佘翁 / 2480
9.2.11 子庄述二则 / 2482
9.2.12 人有转世 / 2484
9.2.13 不于其身必于其子孙 / 2486
9.2.14 误人自误 / 2490
9.2.15 一言滋祸 / 2491
9.2.16 盗卖茔地 / 2492
9.2.17 斩周东兴 / 2493
9.2.18 前定 / 2497
9.2.19 活佛可疑 / 2499
9.2.20 不孝夫妇烧死 / 2505

第三卷

9.3.1 甲乙至交 / 2507
9.3.2 富不易为 / 2510
9.3.3 放生获报 / 2512
9.3.4 钱无露 / 2514
9.3.5 掩埋有功 / 2516

9.3.6 子庄虚心 / 2519
9.3.7 遇盗不险 / 2522
9.3.8 弈艺 / 2526
9.3.9 人气 / 2530
9.3.10 奇女 / 2534
9.3.11 煤气灯 / 2536
9.3.12 王少枚遇害 / 2538
9.3.13 陈桂香 / 2539
9.3.14 张生 / 2543
9.3.15 疑事 / 2548
9.3.16 义犬报案 / 2550
9.3.17 土牢活埋 / 2552
9.3.18 汪熊臣 / 2554
9.3.19 方复庵 / 2556
9.3.20 王氏子 / 2557
9.3.21 天道近 / 2558
9.3.22 朱粟珊成神 / 2560

第四卷

9.4.1 劝人救急 / 2563
9.4.2 包巽权 / 2564
9.4.3 侯官郭氏 / 2567
9.4.4 钱塘沈氏 / 2569
9.4.5 李逢时 / 2569
9.4.6 守节善报 / 2570
9.4.7 天榜果有 / 2570
9.4.8 榜挂督署 / 2571
9.4.9 戊戌会场鬼 / 2573
9.4.10 孝友最重 / 2573
9.4.11 辛亥乡闱鬼 / 2575
9.4.12 救寒 / 2577
9.4.13 拒色 / 2577
9.4.14 仁和宋氏 / 2578
9.4.15 福建郑学使 / 2579
9.4.16 完节妇 / 2582
9.4.17 十二房合荐 / 2583
9.4.18 重顿君子 / 2585
9.4.19 盗改行 / 2586
9.4.20 宁郡某甲 / 2589
9.4.21 陈烈妇 / 2591
9.4.22 光绪庚辰雷 / 2592
9.4.23 居官勿太直 / 2594
9.4.24 有子而无子 / 2596
9.4.25 兴化事三则 / 2596
9.4.26 贪冒宜戒 / 2598
9.4.27 慎用刑 / 2600
9.4.28 心地 / 2604
9.4.29 学大度 / 2606
9.4.30 无情鬼 / 2607
9.4.31 老太堕落 / 2609
9.4.32 费宏国 / 2612
9.4.33 陈子庄述三事 / 2615
9.4.34 验女尸 / 2618
9.4.35 李老三 / 2619

9.4.36 坟亲窃宝 / 2622

第五卷

9.5.1 好心盗 / 2624
9.5.2 王旭初述三则 / 2627
9.5.3 韩履卿 / 2633
9.5.4 雷击天主堂 / 2634
9.5.5 好杀报 / 2634
9.5.6 遇难得脱 / 2636
9.5.7 数中人 / 2638
9.5.8 光绪庚辰《申报》 / 2639
9.5.9 江行最险 / 2640
9.5.10 风磨 / 2642
9.5.11 惩淫旌烈 / 2643
9.5.12 潘三松 / 2644
9.5.13 景州狱 / 2647
9.5.14 徐何辨症 / 2649
9.5.15 王苹华 / 2655
9.5.16 匿遗 / 2657
9.5.17 某方伯 / 2659

第六卷

9.6.1 沈文忠公 / 2663
9.6.2 林介弼 / 2665
9.6.3 扎拉芬夫妇 / 2666
9.6.4 好杀必报 / 2668
9.6.5 夙孽 / 2671
9.6.6 德清大狱 / 2674
9.6.7 石蝀感梦 / 2676
9.6.8 乡试考四场 / 2677
9.6.9 七子登科 / 2678
9.6.10 陈子庄述 / 2684
9.6.11 名医治症 / 2690
9.6.12 楼子述三则 / 2694
9.6.13 扬州借钱局济贫 / 2698
9.6.14 张益生员外 / 2706

劝戒十录

《劝戒十录》原序 / 2711

第一卷

10.1.1 江阴季封翁 / 2713
10.1.2 徐太夫人 / 2716
10.1.3 徐节妇 / 2717
10.1.4 饭肆获报 / 2720
10.1.5 高氏世德 / 2723
10.1.6 嘉兴李生 / 2725
10.1.7 光绪辛巳山阴雷 / 2728
10.1.8 光绪癸未山阴雷 / 2729
10.1.9 铁算盘 / 2731
10.1.10 某方伯 / 2734
10.1.11 扛米 / 2735

10.1.12 鬼灯 / 2736
10.1.13 遗米化珠 / 2737
10.1.14 瘗蚕 / 2738
10.1.15 臀痒 / 2739
10.1.16 善化令 / 2740
10.1.17 雷劈岩 / 2741
10.1.18 任烈女 / 2743
10.1.19 某令 / 2743
10.1.20 新堤妇 / 2745
10.1.21 油炸鬼 / 2746
10.1.22 刘氏女 / 2748
10.1.23 仆自杀 / 2749
10.1.24 善报 / 2751
10.1.25 巧报 / 2752

第二卷

10.2.1 贵筑高青书先生宦游纪 / 2754

第三卷

10.3.1 于蕊史 / 2783
10.3.2 掘藏 / 2786
10.3.3 神记善恶 / 2787
10.3.4 长乐郑氏 / 2790
10.3.5 光绪乙酉浙江大因果 / 2792
10.3.6 舒端甫太守述先德二则 / 2797
10.3.7 董茂才 / 2799
10.3.8 辞馆平反 / 2800
10.3.9 放生须择地 / 2802
10.3.10 蔡位三目睹二则 / 2804
10.3.11 袭军门 / 2809
10.3.12 淫报 / 2811
10.3.13 侍郎遇虎 / 2812
10.3.14 茅经魁晚发 / 2813

第四卷

10.4.1 龚方伯 / 2816
10.4.2 科名有定 / 2818
10.4.3 安头目 / 2820
10.4.4 食唾 / 2824
10.4.5 崇明讼师 / 2827
10.4.6 龚氏兄弟 / 2828
10.4.7 封翁感梦子孙为善 / 2830
10.4.8 光绪十一年报冤鬼 / 2831
10.4.9 有嗣绝嗣 / 2832
10.4.10 排解获报 / 2834
10.4.11 负友吞财 / 2835
10.4.12 节母休征 / 2836
10.4.13 盛德获报 / 2837
10.4.14 两败俱伤 / 2838
10.4.15 贪酷宜戒 / 2839
10.4.16 孝友速报 / 2840

10.4.17 绝嗣 / 2841
10.4.18 占产报 / 2842
10.4.19 以色易色 / 2844
10.4.20 悔逆 / 2845
10.4.21 盗犯口供 / 2846
10.4.22 孝女 / 2848
10.4.23 救女得儿 / 2848
10.4.24 丐救犬 / 2849
10.4.25 赈捐 / 2850
10.4.26 王佣 / 2851
10.4.27 光绪乙酉冬火灾 / 2851

第五卷

10.5.1 至诚感神 / 2854
10.5.2 否极泰来 / 2857
10.5.3 袁封翁 / 2860
10.5.4 黄耀图 / 2862
10.5.5 陈七 / 2863
10.5.6 袁明府断大风吹女子案 / 2865
10.5.7 烹鱼雅趣 / 2867
10.5.8 某统帅 / 2868
10.5.9 马元方 / 2869
10.5.10 某县令 / 2872
10.5.11 浙江某诸生 / 2876
10.5.12 胡五先生 / 2877

第六卷

10.6.1 徐清惠公 / 2881
10.6.2 黄氏世泽 / 2884
10.6.3 抱玉出火 / 2888
10.6.4 鼓钟于宫声闻于外 / 2890
10.6.5 主仆倒置 / 2892
10.6.6 噬脐孽报 / 2893
10.6.7 杀奸奇惨 / 2894
10.6.8 口孽焚死 / 2897
10.6.9 妾胠箧 / 2899
10.6.10 道光末奇闻 / 2900
10.6.11 让产可风 / 2906
10.6.12 江夏陈氏先德 / 2908

第六卷

8.6.1 赵景贤

赵景贤，浙江湖州人，故刑部侍郎赵炳言之子也。由举人选授宣平县教谕，改官内阁中书，未及供职。

咸丰三年，奉旨筹办本籍团练，遂专湖防之任。三解围城，每战辄数昼夜，杀贼不可数计，先后夺获贼船以千计。分兵四出，赴援杭州，协剿嘉兴，并克复安徽广德州，及浙江之长兴、德清、安吉、武康、孝丰等县，以功累擢至福建粮道。

咸丰十一年冬，杭省再陷，四面皆贼。湖郡势成孤注，赵誓以死守。贼既屡受创，衔恨入骨，觅掘其父之墓；而益纠大股合围困之，运道遂绝。犹时时开城出击，夺贼粮以济食。于是贼相戒不与战，移其粮，屯远处，而围攻益急。

同治元年，加布政使衔。三月以后，粮饷军火俱尽，民剥树皮、掘草根以食。尚能擒斩奸细，禁止掳掠，忍饥耐战。五月初三日，力竭城陷，距贼围攻已五月有余矣。城破后，遇贼，赵抽刀自砍，被谭贼夺阻，执之至苏。贼始则极肆凌辱，至批颊流血，欲摧折其盛气。已复谬为恭敬，百端诱胁。赵漠不为动。贼遣人多方看守之。赵作《绝命诗》四章，有云："乱刃交挥处，危冠独坐时。"又云："厚貌徒为尔，孤臣矢靡他。"

伪忠王李秀成，有遣之之意，致书以汉寿亭侯归汉为言。赵答书，以为拟不于伦，并有"归我者之知己，不如杀我者之尤为知己"云。后有播言赵勾结内应，将袭苏。伪王谭绍光，于二年三月十八日招饮，酒次诘曰："汝通妖兵耶？"答以："我本官兵，何得谓通？""汝献苏城耶？"答以："苏本清地，何得谓献？"又曰："汝今死期至矣。"赵仰天大笑曰："求之一年而不得者，今何幸也！"遂遇害。其长子深彦，年甫十二岁，闻耗服毒自尽。

事闻，谕照巡抚阵亡例议恤，并予谥，立专词，长子附祀。所有事迹，付国史馆立传。次子五人，滨彦、润彦、滋彦、溱（zhēn）彦、涞（lái）彦，均着俟及岁时，交吏部带领引见。

自军兴以来，大臣将帅殉者，众矣。兹所载不过就闻见所及，偶一登之，奚啻（chì）存什于千万也？然累朝培养之恩，士气民心，固已略见一斑矣。

【译文】赵景贤，浙江湖州人，是已故刑部侍郎赵炳言的儿子。由举人选授宣平县（治今浙江省金华市武义县）教谕，改任内阁中书，还未来得及赴任。

咸丰三年（1853），奉旨在家乡筹办团练，于是专门负责湖州防御的任务。三次化解了湖州城被包围的危机，每次战斗动辄连续几天几夜，剿灭的太平军不计其数，先后缴获太平军的船只数以千计。分出兵力向四个方向出动，救援杭州，协助嘉兴围剿太平军，并收复安徽广德州，以及浙江的长兴、德清、安吉、武康、孝丰等县，以军功逐步擢升至福建粮道。

咸丰十一年（1861）冬天，杭州城再次失陷，四面被太平军包围。湖州城处于孤立无援之境地，赵景贤立誓死守城市。太平军屡屡受挫，对他恨之入骨，找到并掘毁了他父亲的坟墓；而更是纠集了大股兵力合围使其受困，运输物资的通道被断绝。仍然时时开门出城，袭击太平军，夺取太平军的粮食来作为补给。于是太平军相互提醒不再正面与其交战，把粮食转移，囤积在远处，而围攻城市更加急迫。

同治元年（1862），加封赵景贤布政使职衔。三月以后，粮草、军饷、火药等全部耗尽，城中百姓剥树皮、挖草根来充饥。还能擒拿斩杀奸细，禁止抢劫掳掠，忍着饥饿奋力拼杀。五月初三日，力量用尽，城市被攻陷，距离太平军围攻已经五个多月了。城破后，遇到太平军，赵景贤抽刀准备自尽，被谭绍光阻止，将其押到苏州。太平军起初对他是百般凌辱，甚至打耳光到流血，想要摧毁打击他的意志力。然后又假装恭敬，百般引诱胁迫。赵景贤丝毫不为所动。太平军派人多方看守。赵景贤写下《绝命诗》四首，其中有这样的句子："乱刃交挥处，危冠独坐时。"又有："厚貌徒为尔，孤臣矢靡他。"

太平天国忠王李秀成，有想招降他的意思，写了一封信给他，其中举了汉寿亭侯关羽归汉的故事。赵景贤回信，认为所用的比喻并不恰当，并且说了"如果说招降我的人算是知己的话，那么不如杀我的人就更是知己了"这样的话。后来有传言说赵景贤勾结内应，将要袭击苏州。太平天国慕王谭绍光，于同治二年（1863）三月十八日招请景贤饮酒，席间质问景贤说："你私通妖兵（太平军对清军的蔑称）吗？"景贤回答说："我本来就是官兵，怎么能说是私通呢？""你是要献出苏州城吗？"回答说："苏州本是大清土地，怎么能说是献呢？”又说：“你今天死期到了。”赵景贤仰天大笑，说：“这正是我求之不得的，已经等了一年了，今天何其幸运！”于是被害。他的长子赵深彦，年仅十二岁，听闻父亲遇害的消息后服毒自尽。

事情上奏朝廷，下旨按照巡抚阵亡的标准给予抚恤，并赐谥号为“忠节”，在湖州建立专祠，长子祔祀。所有的事迹，宣付国史馆为其撰写专门传记。另外五个儿子，分别是赵滨彦、赵润彦、赵滋彦、赵溱彦、赵涞彦，均等他们到年龄时，通过吏部带领引见皇帝，量才授职。

自从军事行动开始以来，大臣、将帅以身殉国的，人数众多。这里所记载的不过是根据自己耳闻目见所及，偶尔做一下记录，还不到千千万万人之中的十个。但是也足以说明我朝历代以来，国家培养造就之恩，所养成的士气民心，已经可见一斑了。

8.6.2 治霍乱时证神方

霍香（贰钱），苍术（贰钱），柴胡（贰钱），羌活（贰钱），泽泻（壹钱），木通（壹钱），神曲（叁钱），陈茶叶（叁钱）。加生葱连根三条，口干加鲜荷叶一块，同水浓煎服。

凡病轻者一服，重者再服，即可全愈。此方得于四川吕祖庙内石碑刻就神方，治愈多人。凡得病上吐下泻，又有吐而不泻、泻而不吐；亦有吐泻不出者，名为干霍乱，治不得法，立死。此证无论冬夏，遇此病，断不可食以饭粥；并切戒食姜，姜一入口，不可救也。

【译文】霍香（二钱），苍术（二钱），柴胡（二钱），羌活（二钱），泽泻（一钱），木通（一钱），神曲（三钱），陈茶叶（三钱）。再加带根的生葱三条，如有口干的症状再加新鲜荷叶一块，一同加水煎成浓汤服用。

凡是病症轻微的服用一次，较重的服用两次，就可以痊愈。这个方子是从四川吕祖庙内的石碑所刻的神方中得到的，已经治愈过多人。凡是得病上吐下泻，还有吐而不泻、泻而不吐的；也有吐不出泻不出的，名叫“干霍乱”（中医学病症名，指霍乱之欲吐不吐、欲泻不泻、心腹绞痛者，俗称“绞肠痧”），如果治疗方法不当，短时间内即死亡。这种病症无论冬季还是夏季，遇到这种病，绝对不能进食饭粥；并且切记不能吃生姜，一旦吃了生姜，就无法救治了。

8.6.3 治风火牙痛方

每见人患风火牙痛，寝食俱废，百治无效。有友人传方云，只用没实子一粒，敲为两片。以一片入口，牙关外面，贴于痛处。久久则有流涎吊出，吐之。待含至一时后，其流涎渐少，仍含之而睡。即或将涎误咽，亦不妨。久之痛止。如痛如故，多含一二时，必止。屡试屡验。

【译文】时常见到有人患上风火牙痛（中医病名，牙齿剧烈疼痛，无法咀嚼，甚至伴有淋巴结肿大、脸肿、口苦、便秘等症状，区别并远远超过蛀牙或牙周炎引起的牙疼），都无法吃饭睡觉，用各种办法都不见效果。有友人提供了一个方子说，只需要用没实子（一作没食子，中药名，为没食子蜂科昆虫没食子蜂的幼虫寄生于壳斗科植物没食子树幼枝上所产生的虫瘿)一粒，敲开分成两片。用一片放入口中，牙关外侧，贴在疼痛的地方。时间一长渐渐会有唾液流出，吐出来。等待在口中含到约一个时辰之后，流出的唾液渐渐变少，仍然含着入睡。即便将唾液不慎咽下去，也不影响。慢慢疼痛即会停止。如果还是继续痛，则多含一二个时辰，必会停止。每次试验都有效果。

8.6.4 世情险恶

江南少年某，随官服役于西粤，获赀颇丰，悉供游博。未几，官殁，某以道远乏赀不能归，久则典质殆尽，蒙袂辑屦(méng mèi jí jù)，贸贸于途。偶遇一老翁，稍周之。逾数日，忍饥如故。翁复过而问曰："困顿如斯，意欲何为？"某顿首自悔，哀求拯援，愿为厮养以报。翁携之归，日供两餐，视如客。居数月，忽谓曰："观汝已悔艾，余有寡女，愿赘为婿，以侍老夫妇余年，汝意若何？"某惊喜逾望，搏颡(sǎng)以谢。遂倩邻老为媒，即日成礼。每使其婿到各店购物，颇诚笃，以故远近咸信。

越数月，翁以夫妇年老，拟豫制附棺物，付以数十金，令往某肆购绸绢。某照数买归，翁喜甚；次日付缝人量，各短数尺。大恚曰："相待不薄，仅此一事相烦，况为饰终之衣，何染指我价而少之耶？"与媪交詈不止。某无以辩，愧忿欲死。妻劝曰："如自问无欺，赴店理论，当不难取偿。"翁媪怒少解。次日黎明，即欲往理。翁止之曰："且早餐去，不得偿勿归也。"具食遣之。某至店计较，店中稽账，无所短，斥为图诈。某与忿争，踊跃呼叫，气厥仆地，扶之已死。店主将报官，翁即奔至，抱尸大恸，谓："止此一婿，将倚以终老。不图为店中所毙，几不欲生。"即日报官，店中浼（měi）人以千金贿和；翁赴官拦验，言病发自死。遂为完案。

越两年余，官调任邻封，复有一案与之相似，传讯尸亲，即翁也。名姓虽易，令固识其面，大疑。传视其女，无戚容。因加严鞫，始知女为青楼中人，与翁合谋，共分其赀；激婿往理，早餐先已置毒，忿跃时毒发，死后无大形迹耳。令廉得其实，照谋财害命例，悉置法。

嗟乎！世情险恶，愈出愈奇。始周之，继婿之，厚谊如此，即善疑者，亦不料其卖我。孰意戕其生，而因以为利哉！事终败露，益信天网恢恢，疏而不漏耳。

【译文】江南有一名少年某，跟随一位在广西做官的官员做事，获得的酬金很可观，全都用来游乐赌博了。不久后，官员去世，少年因为离家路途遥远，又缺少路费，无法回家乡，时间久了稍微值钱的东西都被拿去典当了，用袖子蒙着脸，脚上拖着鞋，十分穷困潦倒，失魂落魄、漫无目的地在路上走着。偶然遇到一位老翁，稍微给予了他一些帮助。几天后，继续忍饥挨饿。老翁又过来，问他说："穷困窘迫到这种程度，究竟要做什么呢？"少年叩首在地，痛自悔悟，哀求老翁予以拯救援助，愿意做下人以供差遣来回报恩德。老翁把他带回家，每天提供两餐饭，如同对待客人。住了几个月，忽然对他说："我看你已经悔改自新了，我有个独生女儿，愿意招赘你为女婿，陪伴我们老两口度过晚年，你觉得怎么样呢？"少年惊喜过望，叩头表示感谢。于是请邻居老人作为媒人，即日成礼完婚。经常派女婿到街市上各个店铺买东西，颇为诚实忠厚，因此得到了远近人们的信任。

几个月之后，老翁因为夫妇二人年老，打算提前准备好寿衣，交给他几十两银子，令他到某店铺购买绸、绢等布料。少年如数买回，老翁很高兴；第二天，交给裁缝一量长度，发现每一种都短了几尺。很生气地说："我们待你不薄，只有这一件事劳烦你，况且是饰终（谓人死时给予尊荣）的衣服，为何要染指我的价钱而短少尺寸呢？"和老伴一起对他不停地责骂。少年无法为自己辩白，既羞愧又愤愤不平，都不想活了。妻子劝他说："如果扪心自问，没有欺瞒，到店中和他们理论，应当不难得到赔偿。"老两口的怒气才稍微缓和下来。第二天天还没亮，就想要去店里理论。老翁阻止他说："索性吃过早饭再去，拿不到赔偿就不要回来了。"准备了早饭，吃完就走了。少年到店里交涉，店里核对账册，发现没有短少，指斥他是故意敲诈勒索。少年和他们愤怒争吵，急得又是跳脚又是喊叫，一时气昏倒地，扶起一看已经身亡。店主将要报官，这时老翁急奔而来，抱着少年的尸体大哭，说："我就这一个女婿，还指望他为我们养老送终。不曾想被店里的人害死，我也不想活了。"即日控告到官府，店主托人从中说情，答应出钱一千两银子私了；老翁就到官府提出停止验尸，说是因急病发作而死的。就这么结案了。

两年多后，县官调任到邻县，又遇到一桩案件和这个相似，传讯死者亲属，正是老翁。虽然改名换姓，但是县令本来就认识他的脸，大为疑惑。又传他的女儿到案，见她并没有哀伤的表情。于是对他们严厉审讯，才知道女子本是青楼中的妓女，和老翁合谋，共同分取所得赃款；激迫女婿前去理论，在早餐中预先下毒，愤怒跳跃的时候，毒性发作，死后没有明显的痕迹。县令考察到了其中的实情，按照谋财害命的法律条例，将他们绳之以法。

哎呀！世态人情险恶，越来越出乎人的想象之外。开始的时候接济他，后来又招为女婿，如此深情厚谊，即便多疑的人，也不会想到他是在出卖我。谁能想到其实是以戕害他的生命，来为自己谋取利益呢？事情最终败露，更加相信天道如同一张大网，虽然稀疏却无有漏失，作恶者最终无法逃脱上天的惩罚和制裁。

8.6.5 人心巧诈

嘉兴钱岱雨参军，官于蜀。嗣子某，为长安令，病剧。忽其曾祖附于身，即箨（tuò）石侍郎（载）也，言因公过此，视其病，有仙人偕行。令供净水一尊于厅事，代乞符箓，服之即瘳（chōu）。家人禀问何往，公言："江浙人心巧诈，有大劫，往稽册籍。"再询之，不答而去。此道光二十八年事也。

今江南、浙江为贼匪蹂躏，死亡无数。窃计册籍中人，当已蒐（sōu）罗殆尽。天心厌乱，其在此时乎！

【译文】浙江嘉兴的钱岱雨（即钱昌言，钱载之孙）参军，在四川做官；他的嗣子某，担任长安县令，患了重病。忽然其曾祖父的魂魄附在他身上，就是钱箨石侍郎（即钱载，字坤一，号箨石，官至礼部侍郎，工书画），说是因公务路过此地，特来探视曾孙的病情，有仙人与其同行。命令在厅堂之上供奉净水一盏，代为祈求符箓，服用之后就能好了。家人禀问到什么地方去，曾祖父说："江浙一带地区人心机巧诡诈，将有大劫难发生，我前去核对册籍。"再次询问，没有回答就走了。这是道光二十八年（1848）的事情。

现在江南、浙江一带，因太平天国战乱而遭到严重摧残毁坏，死亡的人不计其数。暗自料想所谓的“册籍”中的人，想必已经被搜集网罗几乎净尽。天意已经厌恶了战乱，应该就是现在这个时候吧！

8.6.6 张荣春贩盐

张二荣春，婺源西乡大坑人，少孤，继母抚养成立。年十四，习木业于泰州城北。咸丰十年，贩盐七船，过江泊句容茅山下。适发逆下山，逐童妇投河甚众。张见之，急命以船就之，救出投水妇女儿童二十七人。是夜饭难民饭，苦无薪，张命船户，劈船板以炊，当以新板偿。童妇德之。

次日船至乡镇，镇上局董某孝廉来查船，疑其为盗。指挥杀盐贩，焚其船，已缚张并船户，将就戮。有垂髫女，奔呼：“某舅爷，此张客人，与船户救我们投水者多人，断不可杀。”某孝廉闻呼声，知是甥女口音。问故，甥女急诉原委。孝廉因请张入局，款以酒食，颂盛德不置。并遣乡勇数名，持局护票，送出江。

是役也，盐获倍息，而船户男妇三十余人皆免害。若非一念之善，则次日焚船戮贩，何以得免？天之报施善人，何其如此之显且速也！噫，张年已五十有一，身健如壮年，一子三孙，家虽不丰，而天伦足乐，知其昌后之未艾也！

【译文】张荣春，排行第二，婺源西乡大坑人，少年时就成了孤儿，继母抚养他长大成人。十四岁的时候，在江苏泰州城北学做木柴生意。咸丰十年（1860），贩运七船食盐，要渡过长江，将船停泊在句容（今句容市，属镇江）茅山脚下。适逢太平天国军队下山，追逐妇人儿童，跳江的有很多人。荣春看到后，急忙命令船家靠前搭救，救出了投水的妇女儿童共计二十七人。当晚要给难民准备饭食，苦于没有柴火，荣春便令船家，劈船板来做饭，答应会用新的木板赔偿。妇人儿童们对他感恩戴德。

第二天，船开行到乡镇，镇上的团练局董事某举人来查验船只，怀疑荣春是盗贼。指挥工作人员杀掉盐贩，烧掉他的船，已经将荣春和船家捆绑起来，行将被杀戮。有一名小女孩，跑过来大喊："某舅爷，这位张客人，和船家一起救了我们投水的很多人，千万不能杀。"某举人听到喊话的声音，听出了是外甥女的口音。问她其中缘故，外甥女急忙讲述了事情的原委。举人于是邀请荣春进入局中，以酒食款待，对他的大恩大德感激并称颂不止。并且派遣几名民兵，手持团练局的护票，送他过江。

这一次行动下来，所贩运的食盐获得了成倍的利润，而船家一家男女三十多人都免于被害。如果不是一念的善心，则第二天船只被烧、盐贩被杀，怎么能够幸免呢？上天对善人的回报施与，是多么显赫而且迅速啊！哎，张荣春已经五十一岁了，身体健壮如同壮年，一个儿子，三个孙子，家庭虽然不算富裕，而足以享受天伦之乐，可以知道他的子孙后代也一定会兴旺发达、蒸蒸日上。

8.6.7 白鸽票

郭太守（志融），字藕船，广东清远人。道光甲午，少年登科，后出为太守。生平正直自励，莫能干以私。尝曰："读书万卷，不如先正一心。君子小人之分，只在公私之间而已。"

初，公之未遇也，在省城捐修虎门炮台，其时县差何孖

（孖读mā或zī）二等，在县之西门外濠基，开设白鸽票厂，日收票三十余万。白鸽票者，赌票也，胜者给票赴厂取银，扣折甚重，无敢与争者。有友谈赌风甚盛，公曰："我必禀究。"友曰："公何言之易也？彼等广通吏役，牢不可破，积习多年，骤难转移也。"公作色曰："此害人之尤者，较诸劫盗为甚。村愚无识，见利而趋，入其机中。若知风不可革而任之，是纵虎伤人矣。郭某平日读书，既知大义，今见风敝若是，何忍坐视乎！"当日通禀大宪，布政傅公，立拘何孖二等到案重办。县主梁某撤参，捕厅纪维钧革职，地方一时肃清。至今二十余年，未有敢开白鸽票者，公之力也。

公禁票厂后，甲辰年在省城捐办义仓。一日，往濠畔街，见相士李希贤。李曰："公阴骘（zhì）纹大见，前程必大显矣。"劝以作速计偕，时不可失。公自思无大善事，何至遽见阴骘纹；且义仓事未了，而时已腊月中旬，为期太促，意不果行。适有候选官叶基，愿接手承办，遂禀明大宪，批准给咨，作速就道。乙巳，果登进士。清远一邑，自顺治至今二百余年，未有发甲者。郭公之捷，洵有故焉。

后分发四川，补授大邑知县，大有政声；累荐升知府。去任之日，士民立清官亭志之。咸丰二年，官安庆知府。九年，任苏州知府。十年二月，卒，年已七十矣，闻者咸悼之。

夫设局聚赌，害人之阱也。贫者莫能偿，往往自尽。夫以资产偿赌债，妻孥无所赖，亦多自尽者。故诱赌之人，凶于劫盗。盖一县之中，未必数被盗；盗之行劫，未必遽死人。赌之日陷人于死，而人莫悟，故严惩之当首及者也。何孖二不遇郭公，地方官畏事者多，愈煽愈盛，后不知死几许人。郭公此举，功匪浅鲜，宜乎阴骘纹见于面也。

【译文】郭志融知府，字藕船，广东清远人。道光十四年（1834）甲午科，考中举人，当时还是少年；道光二十五年（1845年）乙巳科，考中进士。后出任四川潼川、安徽安庆、江苏扬州、苏州等地知府。生平以清廉正直的德行勉励自己，没有人能够为谋取私利而触犯他。曾说："读书万卷，不如先正一心。君子和小人的区别，就看是一心为公还是一心为私而已。"

起初，郭公还未发迹的时候，在省城广州倡捐整修虎门炮台，当时有县衙差役何孖二等人，在县城西门外的濠基，开设白鸽票厂（白鸽票，旧时一种赌博方式，亦为彩票的俗称），每天收取的票价多达三十多万。白鸽票，是一种赌票，获胜者凭票到厂里取银子，折扣很大，没有人敢和他们争辩。有一位朋友谈及赌博的风气很盛行，郭公说："我一定要向官府建议进行治理。"朋友说："您怎么说得这么容易呢？他们那些人广泛买通官府的吏卒差役，形成了牢不可破的势力网，多年以来形成的风俗习惯，恐怕短时间内难以转移。"郭公表情严肃地说："这是特别害人的东西，比抢劫盗窃的还要厉害。乡下愚民没有见识，贪图财利，堕入了他们设计的机关之中。如果风俗难以转化而听之任之，就和纵虎伤人没有区别了。我郭某人平日读圣贤书，既然知晓了大义，现在见到风俗败坏到这种程度，怎么忍心坐视不管呢？"当天便向上级禀报，布政使傅大人（名绳勋），立即拘捕何孖二等人到案严肃惩办。县令梁某被撤职参劾，捕厅（清代州县官署中的佐杂官，如吏目、典史等，因有缉捕之责，故称）纪维钧被革去职务，地方上一时弊绝风清。至今二十多年，没有人再敢开设白鸽票，这都是郭公的功劳。

郭公禁绝白鸽票厂以后，道光甲辰年（1844）在省城倡捐开办义仓。一天，去濠畔街（广州城区中部的一条街道，今属越秀区），见到了相士李希贤先生。李先生说：“您脸上出现了很明显的阴骘纹，前程必定远大显赫了。”劝他尽快进京参加会试，时机不可错过。郭公自己思索没有做过什么大的善事，还不至于突然出现阴骘纹；而且义仓的事情还未完成，而当时已经是十二月中旬，为时已经太急促，感觉有些来不及了。恰好有一位候选官员叶基，愿意接手承办义仓的事务，于是禀报上官，经批准发给凭证，尽快出发。第二年（1845）乙巳科，果然考中进士。清远一县，自从顺治年间至今二百多年，从未有进士及第的人。郭公能够金榜题名、功成名就，不是没有来由的。

后来分发到四川任职，补授为大足、成都等大县的知县，政声卓著；后提升为知府。离任的时候，当地绅士和百姓建立清官亭来纪念他。咸丰二年（1852），担任安徽安庆知府。咸丰九年（1859），担任江苏苏州知府。咸丰十年（1860）二月，逝世（于安徽兵备道任上），享年七十岁（此处有误，实际年仅五十岁）；人们听闻他的死讯，无不沉痛哀悼。

摆设赌局、聚众赌博，是害人的陷阱。贫穷的人一旦无力偿还赌债，往往自寻短见。即便是拥有一定资产的人，一旦用来偿还赌债，妻子儿女生活失去依靠，也有不少自寻短见的。所以诱骗别人赌博，甚至比抢劫偷盗还要恶劣。因为一县之地，不一定有很多人被盗；强盗劫财，也不一定会造成人命。赌博则每天都引诱人一步步陷于死地，而人们还不醒悟，所以要严惩那些带头的人。何孖二如果不是遇到郭公，地方官怕事的多，赌风越煽动越盛行，其后不知道要死多少人。郭公的这一举动，功德不浅，所以难怪阴骘纹出现在脸上。

8.6.8 浙苏大劫

仁和金参军某，尝入冥，岁或二三次；昏然睡去，数日始醒。家人习以为常，不之怪。冥中事，秘不肯宣。咸丰己未春，入冥，忽见一册，系兵劫簿，揭其首页“杭城遭劫者十四万余人”，次页“苏城遭劫者二十余万人”。方揭第三页，忽闻冥官传唤，匆促而去。醒后，向其戚张怿斋言之。怿斋以为怪诞，不之信也。

庚申二月廿七日，杭城失陷，七日而复。苏人往杭收尸，约计十四万余人。怿斋始以为异，且恐苏城之祸亦不能免。迨四月十三日，贼入苏垣，男妇老幼死无算，则二十万人之说，亦信。

【译文】浙江仁和县（今杭州市）金参军某，曾经以生魂进入阴曹地府，每年或有二三次；每次都是昏睡过去，几天才醒过来。家人也都习以为常，不觉得奇怪。冥府中的事情，一直严格保密不肯对人说。咸丰九年（1859）己未春天，再次进入冥府，忽然看见一本簿册，是兵劫簿，打开第一页，上面写着“杭州城遭兵劫遇难者十四万多人”，第二页写着“苏州城遭兵劫遇难者二十多万人”。正要打开第三页，忽然听到冥官传唤他，便匆匆忙忙走去。醒来后，向他的亲戚张怿斋讲述了所见的情形。张怿斋认为他说的荒诞离奇，不相信。

咸丰十年庚申二月二十七日（公历1860年3月19日），杭州城被太平天国军队攻陷，七天之后克复。苏州人前往杭州收殓尸体，经统计大约十四万多人。张怿斋这才感到不可思议，情况不妙，而且恐怕苏州城的灾祸也难以避免了。到四月十三日（公历6月2日），太平军攻入苏州城，男女老幼死难者不计其数，那么二十多万人的说法，也应验了。

8.6.9 心相

程镜涛，尝为制阃尹文端公（继善）幕客，宾主甚契。初，尹公下车江南，为微服循行郡邑，至嘉定城隍庙灵苑中。时方春游，士女杂沓。公踞坐磐（pán）石，冷眼闲观。镜涛适至，遇妇女，则侧身避之。有遗钗者，镜涛拾得，亟访其夫还之。其夫感谢，且叩姓氏，不以告，拱手遥去。

尹公追而揽其袪（qū）曰："先生一举有三善焉：不目色，一也；不拾遗，二也；不徼（yāo）名，三也。观子于微，知非矫饰所致。某阅人多矣，未有高谊如先生者。"遂与订交，已而延之幕府。尹公总督两江，贤声大著，章奏悉出其手，圣眷特隆。后以大学士，建节两江。十余年间，礼遇有加。惟尹公能以心相，故邂逅中，遂见器重如此。

【译文】程镜涛先生，曾经在总督尹文端公（尹继善）衙门中做幕僚，宾主二人相处十分融洽。起初，尹大人刚到江南上任，身着便服到各府县城乡视察，来到嘉定县（今上海市嘉定区）城隍庙灵苑中。当时正值春游时节，游玩的男女有很多。尹大人蹲坐在一块大石头上，冷眼旁观。程镜涛先生这时正好来了，遇到妇女，就侧身回避。有妇女丢失了发钗，镜涛捡到了，急忙找到她的丈夫归还。她丈夫表示感谢，并且叩问先生姓氏，没有告诉他，拱了拱手就潇洒而去。

尹大人急忙追上镜涛并拉住他的衣袖，说道：“先生这一种举动就体现了三种美德：眼睛不视美色，此其一；拾物不昧，此其二；不邀取好名声，此其三。我是在暗中观察你的，知道你不是刻意造作所致。我打过交道的人不计其数，从未见过像先生这样有如此崇高品行的。”于是和他结为朋友，后来又邀请他进入自己的幕府。尹大人担任两江总督，以贤能著称，受到广泛好评，上奏朝廷的奏章，都是出自镜涛先生之手，受到皇帝隆重的礼遇和宠信。后来，尹大人以文华殿大学士的职衔，镇守两江地区（清初把江南、江西两省合称为两江，康熙后江南省析为江苏、安徽二省，但统辖江苏、安徽、江西三省的总督仍称两江总督，为财赋重地和人文荟萃之区）。十多年间，尹大人对镜涛先生始终以优厚之礼相待。正是因为尹大人善于观察和感知一个人的心地，所以一经相遇，就获得了如此的器重。

8.6.10 回教流派

大成人张祥，梁上君子也，流寓保定。一日，行窃至一家，颇有月光，伏屋上以待。旋见一伟男子，背缚包裹，自外入门，无容手拨，一指即开；历数重门，悉如之。张知有异，因屋上迹之，俛（fǔ）伺以瞻其变。至内寝，见北壁系青纱帐，一少妇酣卧其中。男子拔腰间剑，向帐前数划，口隐隐不知作何语。少女即起，亦不言，向男子裸跪，男子以剑剖其腹，出胎；复剖胎出婴儿，取心；解背上包，出一空瓶，置心于内，缚包竟出。张于暗处，伺之甚悉。待其及门，以铁尺痛击，中其腰髁（huái）

而踣（bó）。张遂喧呼四邻，邻人至，告以故，使罗守之。

张乃自首于官，官厚赏之，置行窃于不问焉。立拘男子至，搜其包裹，得婴儿心凡四十一具、空瓶八枚，严加拷掠，卒无一词。再讯之，则曰："大丹将成，堕于一旦，夫复何言？"以其惨伤多命，不更推勘，立斩诸市。其亦近今窃取人心目之派也。

尝见医家，惯用人牙人骨，以疗诸疾。在彼以为异方，在余犹为残忍。矧（shěn）刳（kū）孕妇之腹，剖赤子之心，尚曰"大丹将成"，其为文成之党无疑矣。独是张祥，行窃而激于义愤，不避秽名，亦甚足以嘉矣。

【译文】大城县（今属河北省廊坊市，古称大成）有个叫张祥的人，是一名窃贼，流落在保定。一天，进入一户人家行窃，当时月光明亮，潜伏在房顶上等待时机。不多时，只见一名身材高大的男子，背上绑着一个包裹，从外面进门，不需要用手拨开门闩，指了一下就打开了；穿过几重院落，都是如此。张祥心知有异常情况，就从房顶上悄悄跟踪观察，趴在那里等候来观察其中的变故。到了里面的卧室，只见北侧墙壁挂着青色纱帐，一名少妇在里面熟睡。男子拔出腰间的短剑，对着纱帐比画了几下，口中念念有词，不知道说的什么。少女就起来，也不说话，面向男子裸身而跪，男子用剑剖开女子腹部，取出胎囊；又剖开胎囊取出胎儿，又取出胎儿的心脏；解开背上的包裹，拿出一个空瓶，将心脏放在里面，背着包裹出去了。张祥在暗处，观察得清清楚楚。等那名男子走到门口，急忙用铁尺朝着他猛击过去，击中了他的腰部而倒地。张祥于是大声呼叫四周邻居，邻居们来了之后，将其中情形告诉了他们，让他们环绕守护好。

张祥于是向官府自首，官府重重赏赐了他，对他行窃的事情也不再追究。立即将那名男子拘捕到案，搜查他的包裹，发现婴儿心脏四十一枚、空瓶八个，对其进行严刑拷打，始终没有招供一句话。反复讯问，只是说："大丹将要成功，现在毁于一旦，还有什么可说的呢？"因其残忍伤害多条人命，不再继续推究，立即当街斩首示众。这应该也是近年来专门窃取人的心脏和眼珠的流派。

曾经见过有医生，习惯用人的牙齿和人的骨头，用于治疗各种疾病。在他看来认为是特殊的药方，在我看来已经是相当残忍。更何况是剖开孕妇的肚子，取出胎儿的心脏，还说什么"大丹将成"，这就是专门习练邪术的文成之党，是毫无疑问的。只是张祥，虽然是个窃贼，却能出于义愤，见义勇为，不逃避窃贼的名声，也是特别值得赞扬的。

8.6.11 鬼文获售

仪克中，番禺人。道光壬辰科，场前有友邀饮妓馆，俗所谓润笔也。座中四友，而妓仅三人，少顷来一少妇，云是今日新至者，傍公座，甚羞涩，与他妓殊。酒阑就寝，妇掩袖泣，公问之，答曰："妾命薄，若亡夫在，亦结队润笔矣。"公愕然，问："为谁？"答云："亦秀才，作文呕血而故。身后家贫、母老、子幼，负债难偿，不得已到此耳。"公即趋出，呼友重酌。

至天明，命轿送归，而阴随其后，至文明门外某巷。妇甫入门，姑曰："汝回来得好，是呱呱者，待汝久矣。"公入，语其姑曰："吾与汝子友善，奈何令其妻沦落乎？"姑具述债迫苦累。公问："所需几何？"曰："百十金可矣。"又问："有亲串在此否？”曰：“桥脚卖槟榔者，我侄也。”公呼至为证，脱臂上金镯质银；复与友借贷，以足其数。召各债主至，群感公义，愿减收了结。公临去，谓姑曰：“汝侄亦在此，此妇合立券卖与我。”姑错愕，公曰：“吾非取汝妇。吾虑其复失节，既卖与我，则无他故矣。”姑感其周旋备至，写券与之。

及入闱，寒热交作，昏昏沉睡，自分递白卷矣。夜半，忽有卷帘入者，自称邻号生，与茶一瓯，公饮之，病稍减；复授以文诗而去，公昏迷中誊之。次日觅谢，遍问号军无此人。场后偶与友谈及，有友曰：“得非此妇亡夫阴报乎？”公往其家，询子状貌。姑曰：“我子混名孖（mā或zī）指，谁人不识？”公恍然悟，盖其人以稿交付时，见其枝指也。榜发，果登高第。

夫花柳场中，临崖勒马，勇也；全人之节，委曲捐金，仁也；恐再失身，要其写券，智也。三者而一事兼得之。公自作文，亦必中式；鬼以文与，不过尽报之之心耳。

【译文】仪克中先生，是广东番禺（今广州市番禺区）人（祖籍山西）。道光十二年（1832）壬辰科乡试，进考场前有朋友邀请他到妓院饮酒取乐，这就是世俗所谓的润笔。席间客人有四位，而陪酒的妓女仅有三位，过了一会儿来了一名少妇，说是今天新来的，就在仪先生旁边坐下，神情很羞涩，和其他的妓女不同。饮宴结束后，上床入睡，女子用袖子掩面而哭，仪先生问她原因，回答说：“小女子命苦，如果我那亡故的丈夫还在，现在也是和朋友结伴润笔了。”仪先生一愣，问：“你丈夫是谁？”女子回答说：“也是秀才，因为写文章吐血而死。死后家中贫穷，母亲年老，孩子幼小，欠债难以偿还，不得已才到这里。”仪先生就小步疾行退出去，呼叫朋友继续饮酒。

天亮之后，叫了一顶轿子把女子送回家，而自己悄悄地跟在后面，一直到文明门外一个小巷子。女子刚进门，婆婆说："你回来得正好，这孩子，哭着等你很久了。"仪先生也跟着进来，对婆婆说："我和你儿子是好朋友，怎么让他的妻子沦落风尘呢？"婆婆述说了被欠债逼迫拖累的事情。仪先生问说："需要多少钱？"回答说："一百一十两就可以了。"又问："有亲戚在这里吗？"回答说："桥下卖槟榔的，就是我侄子。"仪先生叫他过来作证，取下手腕上的金手镯拿去典当了一笔银子；又向朋友借贷，来凑够数额。召各债主前来，大家感佩于先生的公义，愿意减免收取完账。仪先生临走前，对婆婆说："你侄子也在这里，这名女子应当书立契约卖给我。"婆婆疑惑不解，仪先生说："我并不是要你的媳妇。我担心她再度失节，既然卖给我，也就不会有别的变故了。"婆婆感激他做事周到备至，便写下字据给他。

等到进入考场，身体时而寒冷、时而发热，昏昏欲睡，心想这下子肯定要交白卷了。半夜里，忽然有人掀开门帘进来，自称是隔壁号舍的考生，递给他一杯茶，先生喝了，病症稍微好转了一些；又传授给他文章、诗句之后就离开了。先生在迷迷糊糊之中，誊抄了下来。第二天，想找那人表示感谢，向监考的兵士询问了个遍，都说没有这个人。考完后，偶然和朋友谈起这件事，朋友说："莫不是那名女子亡故的丈夫的阴魂来报恩吧？"仪先生到女子家，向婆婆询问儿子的长相。婆婆说："我儿子绰号孖指，谁不认识呢？"仪先生恍然大悟，回想起那人将文稿递给他的时候，见他确实是枝指（拇指或小指旁多生的手指）。发榜后，果然以很高的名次中举。

花柳场所中，能够悬崖勒马，这是勇；保全人的节操，多方筹钱代为还债，这是仁；恐怕女子再度失身，要求写下字据，这是智。这一件事情，具备了智、仁、勇三种美德。仪先生如果自己写文章，也一定能考中；鬼将文章送给他，不过是为了尽其报恩的心意。

8.6.12 戕雀

常州府城外，地名横林，有苇塘数顷，瓦雀栖焉。村中王姓者，作大网布置苇间，放鹰殴之；雀群入网中，即收网而归。用大石压毙，售之市中。擅其业者数年。其人甚悍，有触损其网者，即毒詈竟日，以是人皆恶之。后得一疾，遍体疼痛，医治不效。延数日，将舌嚼尽，七窍流血而殁。

【译文】常州府城外，一个叫横林镇（今属常州市武进区）的地方，有一片面积几顷（一百亩为一顷）的芦苇塘，有不少瓦雀（麻雀的别名）栖息在其中。村里有个姓王的人，制作大网布置在芦苇丛中，同时放出老鹰来惊吓麻雀；不少麻雀受惊飞起，落入网中，就收网回去。然后用大石头压死，拿到集市上去卖。这样做了几年。那人非常凶悍，如果有人不慎碰到或损坏他的网子，便要一整天破口毒骂，因此人们都很讨厌他。后来，他得了一种疾病，全身疼痛，医生治疗也不见效。撑了几天，把自己的舌头嚼碎，七窍流血而死。

8.6.13 白拉

苏州白拉，为害最巨。觉罗长公抚吴时，微行过市，见酒肆中一人，投一文钱，则以一大瓯饮之。公心异焉。俟其人去，亦以一文钱酤酒，仅得半勺。公佯怒，责其不公。肆中人云：

“汝欲学此人耶？此白拉中之最横者，今日我肆中大利市，饮毕便去；不然酒后撒泼，即偿以数十倍钱，犹弗能安静也。”更缕述其扰害事。公阴识姓名，归署遣役捕得之，以巨枷枷其颈，卒瘐（yǔ）死。自是逻卒四出，拘系无数。某甲至，则曰：“汝何婪诈某处？”某乙至，则曰：“汝何栽陷某人？”数其罪状如素知者，咸弗能遁，人颂公之神。不知皆从微行中侦得也。白拉乃不敢肆，且有他徙以避者。

【译文】苏州有一种泼皮无赖之徒，俗称为“白拉”，最是害人。宗室长麟大人（爱新觉罗氏，字牧庵，满洲正蓝旗人，官至刑部尚书、协办大学士）在担任江苏巡抚时，身着便服走在街市上，看见酒馆中有一个人，只投了一文钱，就喝了一大杯酒。长大人感到奇怪。等那人走了，自己也拿一文钱买酒，只给了半勺。长大人假装愤怒，指责店家买卖不公平。酒馆的人说：“你要学这个人吗？这是白拉之中最蛮横的，今天我店里生意很好，喝完就打发他走；不然酒后撒泼，就算赔给他几十倍的钱，还是不得安宁。”又一一讲述了他们这些人扰害的事情。长大人默默记住了他的姓名，回到衙门就派遣差役将其抓来，用巨大的木枷锁住他的脖子，最后病死在狱中。从此以后，巡逻的士卒四面出动，抓捕了无数白拉。某甲抓到，长大人就问：“你为何在某地敲诈勒索？”某乙抓到，又问：“你为何栽赃陷害某人？”一一列举他们的罪状，就好像一直就知道的，白拉都无法隐瞒，人们都称颂长大人英明过人。殊不知都是在微服私访的过程中探察而知的。从此以后，白拉再也不敢放肆，并且有逃往外地躲避的。

8.6.14 酷吏显报

永康应邦潮，素业攻木。同治六年正月七日，县衙签饬官作，潮不赴。是时，县令王景彝，因公上省，委捕厅胡宗仁理其事。胡听县差唆弄，实时捕邦潮至，笞之无数，手足捞拷三日，鹄面鸠形，见者莫不凄恻；越月余而毙。告官不理；其妻上诉，又不得直。乃阴控于邑城隍神，不数日，而捕厅暴死；差役王某亦暴病，且发谵语云："今受城隍重谴，无可抵赖。但痛楚难受，早死为幸。"逾日亦死。县人为之一快。

观于此，孰谓阴律之无稽哉！永康应敏斋方伯云："帮潮，予族人也。"余闻而述之于人，为世之为官、为役者鉴。

【译文】浙江永康的应邦潮，平日以做木工为业。同治六年（1867）正月初七日，县衙发签命令帮助官府完成一项工作，邦潮没有报到。当时，县令王景彝，因为公务前往省城，委托捕厅（清代州县官署中的佐杂官，如吏目、典史等，因有缉捕之责，故称）胡宗仁负责处理这件事。胡某听信县衙差役怂恿拨弄，立即将邦潮抓来，责打了无数次，手脚戴上镣铐三天，蓬头垢面，面黄肌瘦，看到的人无不悲伤可怜；一个多月之后就身亡了。控告到官府，官府不理会；他妻子到上级控诉，冤屈还是没有得到申雪。于是悄悄地到县城隍庙在神前控诉，没过几天，捕厅暴病而死；差役王某也突发急病，而且说胡话，说："今天被城隍神重重责罚，无法抵赖。只是痛苦难忍，希望早点死。"第二天也死了。县里人拍手称快。

由此可见，谁说阴间法律是无稽之谈呢？永康的应敏斋（名宝时）布政使说："邦潮，是我同族的人。"我听说了这件事后，向别人讲述，作为对那些当官或者做吏卒差役的人的鉴戒。

8.6.15 新会张氏

张耿堂，新会人，孝友乐施。岁饥，出粟赈济，乡闾多赖以存活。告贷必应，甚至变产以救人之难，志不求偿，远近皆以义称之。生子伟仁，中康熙癸卯举人，能承父志，慷慨疏财。

初，雷州有黄三者，携家眷往别邑，经新会，妻女为贼抢去，索金许赎。黄三无以应，知先生仗义，踵门求借。后以伪金偿之，先生不知也；久而觉之，亦不复问。或曰："君待以义，而彼以诈负之，能忍此乎？"先生笑而不答。某年，土匪啸聚，结党成群，恣行劫掠。乡民畏其锋，咸彷徨无措，而贼更无忌惮。先生忿然起曰："鼠辈何敢尔！"即集乡老，呈请督宪剿捕，地方得以安居，先生之力也。

先生最慈，而气最壮，遇贫难则救之，遇凶暴则锄之。尝谓及门曰："吾人幸列四民之首，又得为乡绅，当思所以自待者何如？半生中不做三两件好事以济人，终日咿唔（yī wú），亦属无为。平时读书，乡里望吾成名，无非冀其有用耳。若既得志，犹是庸庸作自了汉，不负朝廷拔擢意乎？"其自励如此。

生子成遇、显遇，同登康熙己卯科举人；成遇，联捷进士，入翰林；显遇，由中书任英山县，不贪财贿，革一切陋规，迁修学宫，创三城楼，贤声卓著。成遇之子天民，邑庠生。孙大福，中乾隆科亚魁，为河间知县。其后嗣人之继起者：灵源，中道光甲辰科举人；炳星，中同治丁卯科举人；梓材、栋梁、廷光、国光、国群等，俱中道光间举人；翼鹏，同治戊辰武进士。

【译文】张耿堂先生，广东新会（今江门市新会区）人，孝顺父母，友爱兄弟，乐善好施。有一年遇到饥荒，捐出粮食赈济灾民，乡里有很多人都仰赖他得以存活。有人来借贷，一定会答应，甚至变卖家产来救济别人的急难，而且不强求偿还，远近之人都称赞他见义勇为。儿子张伟仁先生，考中康熙二年（1663）癸卯科举人，能够继承父亲的志愿，慷慨乐施，仗义疏财。

起初，雷州有个叫黄三的人，带着家人前往外地去，路经新会，妻子女儿被歹徒抢走，勒索重金才许赎回。黄三没有办法应对，知道伟仁先生仗义疏财，登门请求借贷。后来用假银来偿还，先生不知道；时间长了慢慢发觉，也不再过问。有人说："您对他以恩义相待，而他却以欺诈来辜负您的好意，这都能忍吗？"先生只是笑笑，也不回答。某年，土匪呼啸聚集，结成团伙，大肆进行劫掠。乡民畏惧他们的锋芒，都惊恐不安、不知所措，而土匪更加肆无忌惮。先生愤愤不平，拍案而起，说："鼠辈怎敢如此！"就集结乡里耆老，呈请总督衙门围剿追捕，地方上得以安居乐业，这都是先生的功劳。

张伟仁先生心地最仁慈，而胆气又最雄壮，遇到贫困急难之人就进行救助，遇到凶悍暴虐之徒就设法铲除。曾经对门生说："我们这些人有幸列为士、农、工、商四民之首，又得以成为乡绅，要思考怎么样做才能对得起自己的身份？半生中如果不做两三件对人有所帮助的好事，即便整天咿咿呀呀诵读，也没有什么意义。平时读书，乡里期望自己能够功成名就，无非是希望能够发挥作用。如果得志以后，仍然庸庸碌碌只顾自己，不就辜负了朝廷提拔栽培的本意吗？”他总是这样自我勉励。

张伟仁先生有两个儿子，张成遇和张显遇，同时考中康熙三十八年（1699）己卯科举人。张成遇，第二年联捷成进士，进入翰林院；张显遇，由内阁中书，出任湖北英山县知县，不贪图财利，不接受贿赂，革除一切陈规陋习，搬迁整修学宫，创建三城楼，贤能的声誉远近闻名。张成遇的儿子张天民，县学生员。孙子张大福，考中乾隆某科第二名举人，担任河北河间县知县。他的子孙后代中相继崛起的有：张灵源，考中道光二十四年（1844）甲辰科举人；张炳星，考中同治六年（1867）丁卯科举人；张梓材、张栋梁、张廷光、张国光、张国群等，均考中道光年间举人；张翼鹏，考中同治七年（1868）戊辰科武进士。

8.6.16 嫁婢

番禺刘封翁，古朴厚重，事亲极孝，贩米起家。乾隆丙午，岁大饥，翁有谷数十石，俱贱价卖与贫者。同乡某，欲纳翁婢为妾，已出百金；而乡中有佣工者，闻婢善，欲娶为妻，止得二十金，难与翁言，托婢之父母言之。翁慨然许诺。或笑之，翁曰：“多此数十金，不过随手用去。今此婢得为人妻，又与父母相聚，岂不较胜为人妾耶？”有房屋租与所亲，租银久欠；翁偶问及，所亲反以恶言相诋，翁不校而去。后生二子，一子入泮；一子中嘉庆丙子科举人，登进士，官显秩。

【译文】广东番禺的刘老先生，是一位封翁（因子孙显贵而受封典的人），他为人有古风，朴实厚道稳重，侍奉父母极为孝顺，靠做粮食生意兴家立业。乾隆五十一年(1786)丙午,这一年发生大饥荒,刘老先生有粮食几十石(十斗为一石),都以极低的价格卖给了贫穷的人。同乡某人,想要纳娶老先生的婢女为妾,已经出价一百两银子;而乡里有一名受雇为人做工的人,听说婢女善良,想要迎娶为妻,只能拿出二十两银子,很难向老先生开口,于是委托婢女的父母将这个意思转达给老先生。老先生很爽快地答应了。有人笑话他,老先生说:“多得这几十两银子,不过是随手花掉了。现在这位婢女能够成为人家妻子,又和父母相聚,难道不远远胜过给人做妾吗?”有一所房屋租给亲戚居住,租金已经拖欠很久了;老先生有一次偶然问起来,亲戚反而恶言相向,老先生也不计较就离开了。后来,生了两个儿子,一个儿子入县学读书;另一个儿子考中嘉庆二十一年(1816)丙子科举人,后来进士及第,做到很高的官位。

8.6.17 陈孝廉

陈元实孝廉,直隶清苑县人,任青县学博。初其父某翁,年五十无子;买妾入门,泣不止。细诘之,乃知已字他人,因母家与婿皆窘甚,商而转卖之也。翁大怒,遂送女于母室,黎明呼其父母及婿及媒责之。皆以实对,且曰:“事出无奈。公不受,亦将卖诸他人耳。”翁曰:“吾不要若偿银,即粗具妆而完婚,不亦可乎?”父母及婿皆泣谢,挈其女而归。次年,翁夫人生孝廉。孝廉生子友棻(fēn),亦以选拔任学博。同年清苑王冶峰述之。

冶峰又曰:孝廉即殁,庚子乡试届期,吾侄德溥,诸生也,梦孝廉来，问所自，曰：“奉文昌帝君命，查诸生善恶。”且曰：“幽明一理也。”寻有红帽人至，与孝廉问答，则门斗状也。侄以科名自问，曰：“不必说，君家须添丁进喜。”醒而异之。时家有孕妇，侄曰：“必男也。”已而果然。

【译文】陈元实举人，直隶清苑县（今保定市清苑区）人，担任青县（今属河北省沧州市）学官。当初，他的父亲某老先生，五十岁还没有子嗣；花钱纳了一个妾，进门时，哭泣不止。仔细询问，才知道她已经被许配给他人，因为母家和夫家都很困窘，商量了之后将她转卖来的。老先生大怒，于是把女子送回母家，天不亮就把她的父母、未婚夫和媒人叫来，严肃批评了他们。他们也都承认了，还说：“事情也是出于无奈。您如果不接受，也要卖给他人了。”老先生说：“我不要你们偿还银两，就用这个钱简单备办一些嫁妆为女儿完婚，不就行了吗？”父母和未婚夫都哭着表示感谢，带着女子回去了。第二年，老先生的夫人就生下了陈元实举人。陈元实举人所生的儿子陈友菜，也通过选拔担任学官。这是同年友清苑县的王冶峰讲述的。

王冶峰又说：陈元实举人去世后，道光二十年（1840）庚子科乡试临近，我的侄子王德溥，是一名秀才，梦到陈举人来了，问他从哪里来，回答说：“奉文昌帝君的命令，核查生员们的善恶情况。”还说：“鬼神和人间是同样的道理。”然后有一名头戴红帽的人过来，和陈举人一问一答，则像是门斗（旧日学官的仆役）的装束。侄子向他请问自己科举功名的情况，回答说：“不用说，你家会添丁进喜。”醒后感觉奇异。当时家中有孕妇，侄子说：“一定是男孩。”出生之后果然是的。

8.6.18 许刺史断狱

许榕皋（乃大），直刺史缘仲之胞伯。令上海时，颇著循声，治狱尤神。有黄浦江船户呈报其兄及姊夫聟（xù，同“婿”），在舟被杀。词列夙仇十余人，皆邑中殷富。公往勘验，尸伤各止一二处。公以既杀一家二命，其仇必深，何以尸伤均少，且尸亲无哀痛状，心疑之。摘提所控数人到案，略一诘质，齐声呼冤。公亦知其罔，因集讯于邑庙，夜讯，令各役作魗魗（rú rú）声；灯烛易以火酒，色皆惨绿。先得尸弟及其姊严鞫，冀神褫（chǐ）其魄也。更深时，果阴气袭人，则真冤魂欲语者。二人股栗，不觉尽吐其实。盖姊与人奸，甚密，贿属弟，使杀本夫。适兄与其夫，易榻卧。弟施刃后，烛之，始知其误，因再杀其姊夫耳。诘以凶刀，已弃于水，泅取之，验与伤合。遂拘奸夫并置之法。合邑称神明焉。

【译文】许榕皋（名乃大），是直刺史许缘仲（名道身）的伯父。在上海做县令时，以循良著称，审理司法案件尤其英明如神。有黄浦江上的船户，控告称他的哥哥和姐夫，在船上被杀。诉状上列举了素来有怨仇的十多人，都是县里的富户。许公前去查验，尸体上的伤口各只有一二处。许公认为既然杀死一家两条人命，其中必定是深仇大恨，为什么尸体上的伤口都这么少，而且死者亲属并无悲伤哀戚的神情，心中疑惑。又将被告的十几个人拘提到案，稍加讯问和对质，一齐连声喊冤。许公也知道他们是被冤枉的，于是在县城隍庙集中审讯，夜间审讯时，令衙役们做出鬼叫的声音；将蜡烛换成火酒（酒精的别名），火焰呈绿色。首先对死者弟弟和他姐姐严厉讯问，希望在鬼神的威吓之下使其胆魄尽失。夜深时，果然阴森之气逼人，如同真正是冤魂在控诉。二人吓得瑟瑟发抖，不知不觉全部吐出了实情。原来姐姐和他人有奸情，做得很秘密，拿钱买通弟弟，叫他杀掉自己的丈夫。恰巧哥哥和姐夫，那一天换床睡觉。弟弟拿刀下手后，用灯一照，发现杀错了，于是又杀了他姐夫。讯问他杀人用的刀呢，说已经丢到水中了，派人潜水捞取出来，经验证与伤口吻合。于是一并将奸夫拘捕，将他们全都绳之以法。全县百姓称赞他断案如神明。

8.6.19 王孝廉作城隍

山东福山王大辂（lù）孝廉，会试殁于都门；同人以七品服殓，其家未之知也。一日，妻与子方聚食，有缨帽布鞾（xuē）一人来，问："此王老爷住宅否？"未及应，孝廉入，蟒袍补服，直至书房，坐平日读书处。妻子以其官也，笑问之，不应亦不语。方骇怪，都中讣音至，并将衣物及诗文寄回。家中人急返问，循觅不见；先来之一人，亦不知所之。未数日，黄县城隍庙庙祝告曰："孝廉已到任。梦中属问各物有无错讹，仍有字帖一本，存同乡某人处。"后讯之果然。闻孝廉人本朴诚，事亲极孝，宜其殁而为神也。

【译文】山东福山县（今烟台市福山区）王大辂举人，在京城参加会试期间去世；一同参加考试的学友们将他以七品官服收殓，家里人还不知道。一天，妻子和儿子正在聚餐，有一个头戴缨帽、脚穿布靴的人来了，问："这是王老爷家的住宅吗？"还没来得及回应，只见举人进入，身穿蟒袍官服，径直进入书房，坐在平日读书的地方。妻子以为他做官了，笑着问他，不回应也不说话。正在感到骇异奇怪的时候，他逝世的讣告也从京城寄到了，同时寄回来的还有衣物和诗文。家里人急忙转头去问，到处找也找不到；先来的那个人，也不知道去哪了。没过几天，黄县（今龙口市）城隍庙的庙祝（寺庙里管香火的人）报告说："王举人已经到任，梦中叮嘱询问寄回来的各种物品有没有错漏的，还有一本字帖，寄存在同乡某人那里。"后来去询问，果然不错。听说王举人为人素来纯朴诚实，侍奉父母极为孝顺，所以他死后成为神明也是理所应当的。

8.6.20 二周

周自立，山左之莱芜人也，颇忠厚。尝负贩至沈阳界，遂家焉。生子二，大周性狡猾，娶妻杜氏，以悍名。自立夫妇相继殁，二周尚襁褓。大周遂袭父业，作小经纪以自存，置二周于不问焉。邻人悯二周无依，抱而养之；既长，瘖（yīn）不能言。会邻人远去，二周无以为计，将行乞。大周欲收之，而迫于阃命，终不能决。或招至家，与以饮食，辄遭妇怒，摈斥二周于门外，百端诟詈。大周亦无如何。自是，兄弟竟成陌路焉。

然二周虽瘖，心黠甚，苦不能诉于人。而每见大周之御己无状，常衔之。会冬夜大雪，二周冻馁甚，欲怀刃而杀其兄。已登屋脊，将踰垣，忽怃然曰："兄虽不仁，骨肉也。骨肉相残，不祥孰甚？况兄以不仁御我，我今弑兄，是我之不仁，较兄滋甚。"幡然自悔。而又恨无口劝兄，蹲而痛哭。踰时，缘墙而下，觉喉际奇痒，有物突然，大吐而出，脆骨如钱。试语言，觉刀匕之新出于硎（xíng），无此爽利也，大喜。款门呼兄，兄问：“何人？”及见面，乃其弟，备告以故。兄嫂惊喜，皆愧不自容，惟向壁饮泣。翼日，遍招乡邻，兄愿以父产悉归弟；弟不受，愿以归兄。乡邻乃代为析之。

昔以瘖而不娶，后乃为弟纳妇，同居伙爨（cuàn）。自是，弟有事必商之兄，兄有事必谋之弟。弟一日无兄不欢，兄一日无弟不乐。娣姒并号贤淑，兄弟称友于焉。

【译文】周自立，是山东莱芜（今济南市莱芜区）人，为人很忠厚。曾经贩运货物到沈阳地界，就安家在这里。生了两个儿子，大周性情狡猾，娶妻杜氏，以凶悍闻名。自立夫妇相继离世，二周尚在襁褓之中。大周于是继承了父亲的事业，靠做小生意来维持生计，对二周不管不顾。邻居可怜二周孤苦无依，把他抱养过去；长大成人后，发现是哑巴，不能说话。适逢邻居搬到外地居住，二周没有办法，准备去乞讨。大周想要收留他，而迫于妻子的命令，始终不能决定。有时招呼他来家，给他吃的喝的，就遭到妻子怒斥，将二周赶出门外，百般辱骂。大周也不知道怎么办才好。从此以后，兄弟竟然形同陌生路人。

但是二周虽然是哑巴，但是心思聪慧机敏，只是苦于不能对人诉说。而每见大周对待自己太不像话，心中不免怨恨。一年冬天，夜里下大雪，二周又冷又饿，想要拿着刀去杀死哥哥。已经登上房顶，将要翻墙，忽然怅然若失地心说：“哥哥虽然不仁，但毕竟是亲骨肉。骨肉相残，还有比这更不吉祥的事情吗？况且哥哥对我不仁，假如我今天杀了哥哥，则我的不仁，比哥哥更严重。”于是幡然悔悟。而又恨自己不能开口说话劝谏哥哥，蹲在那里痛哭。不多时，顺着墙爬下来，只觉喉咙中奇痒难耐，有个东西突出来，用力吐出，是一块脆骨，像铜钱一般大小。试着说话，感觉刚从磨刀石上磨过的刀刃，都没有这么爽利，格外高兴。敲门呼唤哥哥，哥哥问："是谁？"开门一看，原来是弟弟，将情形详细讲给他。哥哥和嫂子又惊又喜，都惭愧得无地自容，只是面对墙壁抽泣。第二天，把周边乡邻都请来作证，哥哥愿意把父亲的产业全部交给弟弟；弟弟不肯接受，愿意归哥哥。乡邻就替他们分割。

从前因为是哑巴而不能娶妻，后来帮弟弟娶妻，兄弟住在一起，搭伙做饭。从此以后，弟弟有事情一定和哥哥商量，哥哥有事情也一定听取弟弟的意见。兄弟一天不见面就感到不快乐。妯娌之间以贤淑闻名，兄弟之间以友爱著称。（原文中的"友于"，语出《尚书·君陈》："惟孝友于兄弟。"后割裂用典，以"友于"代"兄弟"，指兄弟相处弥笃。）

8.6.21 假吃三官素

梁溪乡人，忘其姓氏。远道访亲戚，戚家议杀鸡以待。某知之，急谓主人曰："我食三官素，无烦杀生。"主人待以素餐而返。河干过渡，已登船，岸上有白发老翁呼曰："船上有假吃三官素者，勿渡之。"众互相诘问，某自言："我并不吃三官素者，为亲家要杀鸡待我，我故托言吃三官素耳。"众推之上岸，毋许同舟。某上岸，觅白发翁不见；回视船，中流遇风覆矣。佥（qiān）谓救一鸡命，得脱水厄。盖好生心切，所在皆是，岂沾沾一鸡乎哉！

【译文】梁溪乡(今江苏省无锡市梁溪区)有一个人某,忘记他姓什么了。走了很远的路到亲戚家做客,亲戚家商量杀鸡来款待他。某知道了,急忙对主人说:“我吃三官素(上元、中元、下元日,分别为天官、地官、水官诞辰,俗以正、七、十月朔至望日食素者,谓之“三官素”),不用烦劳杀生了。”主人用素餐招待了他,然后返回。回去的路上,需要渡河,已经上了船,岸边上有一位白发老翁呼喊说:“船上有个假吃三官素的人,不要渡他过河。”船上的人相互诘问,某自己说:“我并不是吃三官素的,只是因为亲戚家要杀鸡招待我,所以我故意借口说吃三官素。”众人共同推他上岸,不许他同船。某上岸,寻找那位白发老翁,已经不见了;回头再一看船,已经在水中央遇到风浪翻掉了。人们都说他救了鸡一命,得以避免了水难。大概是因为他爱护生命的心很诚恳,所以时时处处会留意护生,难道仅仅是一只鸡的原因吗!

8.6.22 猴报雠

无锡有蓄猴者,其妻与人私,恶其夫居家,不得畅所欲。因与奸夫同谋杀夫,埋尸于园。其杀夫情状,猴独见之。猴遁去,到官衙,见官坐堂,猴哭诉之。官谓猴曰:“汝有冤乎?”猴点首再三。官发签掷地,猴衔之前奔,差役从之至妇家。猴指妇,以手式,令差上链,旋引差至埋尸处,指示之;差掘地得尸。又引差出门至奸夫家,伸臂攫奸夫衣;差遂并系之。人犯到堂,猴手舞足蹈,学奸夫淫妇杀夫埋尸状。官严讯得实,按律诛之。余谓猴固灵敏,或亦冤魂附之欤!

【译文】无锡有个养猴的人，他的妻子和别人私通，厌恶丈夫一直在家，不能痛快地和奸夫厮混。于是和奸夫共同谋划，将丈夫杀害，尸体埋在园中。他们杀害亲夫的情景，唯独猴子看到了。猴子逃去，跑到官衙，见官员坐在堂上，猴子对着官员哭诉。官员对猴子说："你有冤情吗？"猴子再三点头。官员发出一支令签，扔在地上，猴子用嘴衔起来在前面奔跑，差役在后面跟随，直到妇人家中。猴子指着妇人，比画着令差役用铁链将她锁起来，接着引导差役到埋尸体的地方，指示给他们；差役挖开地面发现了尸体。又引导差役出门，到了奸夫家，伸出上臂抓住奸夫的衣服；差役一并将其锁拿。两名人犯被抓获到堂，猴子手舞足蹈，模仿奸夫淫妇杀害亲夫的情状。官员经过严刑审讯，得到实情，按律将他们处死。我以为猴子固然机灵敏捷，或许也是冤魂附在其身上吧！

8.6.23 钱东平

钱东平，豪放不羁，挥金如土，有侠客风。作《讨夷逆檄文》，颇著名。曾起粤东义民，烧鬼子馆，真大快事。恨所遇非人，矜才使气，口不慎言，卒至取祸，死于雷公以諴（藿郊）之营。

钱与雷在万福桥营中，本相得；后论事不合，辄忌之。一日，邀钱饮，命张小虎刺杀之。张乃虎头之子，亦钱引荐入营者。钱冤未伸，雷旋革职。当时同侪中，竟无一人救之，奇哉！

然自西寇犯江南，我军无兵无饷，东平首为厘捐招勇之策，驻防万福桥，保障里下河十余县地，皆其功也。及至克复金陵，吴越皆赖厘捐助饷之力以成功。由此观之，东平亦有功于国矣，而竟以无事刺死，此中必有因果耳。或曰，即首创厘捐之策，已造业不小，其取死也，又何疑哉！其言亦有见。

【译文】钱东平（钱江，字东平，浙江归安人，晚清著名游士），为人豪放不羁，挥金如土，有侠客的风范。曾起草《讨夷逆檄文》（即《全粤义士义民公檄》，系广东人民为反对英国侵略而发布的揭帖，由钱江、何大庚等起草），十分著名。曾发动广东的义民，焚烧英国人的烟馆，真是大快人心的事。遗憾的是他遇到的人不对，因为恃才傲物，任性使气，言语不谨慎，最终招致大祸，因触怒雷以諴（xián，号鹤郊），被在军营中杀害。

起初，钱东平与雷以諴在位于扬州万福桥的江北大营之中，本来相处得很好；后来因讨论事情有分歧，所以开始怨愤于他。一天，邀请钱江饮宴，命令张小虎将其刺杀。张小虎是钱东平已故好友安徽人张某的儿子，也是经他引荐进入营中的，在雷部为都司。钱东平的冤屈还未申雪，雷以諴不久后被革职。当时的同僚中，竟然没有一人求情相救，真是奇怪啊！

然而自从太平天国军队侵犯江南，官军缺少士兵和粮饷，东平首次提出了厘捐招勇的计策（厘捐，又称厘金，是清政府为筹措军饷镇压太平天国而设立的一种税收制度，对通过水陆要道的货物征收捐税），招募兵勇驻防在万福桥，保障了里下河地区（江苏省江北里运河与下河之间的地区，是江苏省长江与淮河之间最低洼的地区）十几个县的安全，都是他的功劳。等到克复南京，江浙地区全部依靠厘捐助饷的力量得以成功。由此看来，钱东平对国家是有功劳的，而竟然无故被刺死，其中必定有因果。有人说，即便是首创厘捐之法，已经造业不小，因此而取死，又有什么疑问呢！这种说法也有见地。

8.6.24 任役刳心

常州阳湖东洲村，任兆敬者，为县役。年三十余，赋闲家居。咸丰二年，忽发羊癫风病三日，见女鬼索命，云是前身骗伊银八百两，并负丝罗结好之约。谓之曰：“汝真负心人，取汝心以雪我恨。”刳(kū)心而死。庚申之变，众人在任金宝家，闻其口述如此。兆敬即其从兄也。

【译文】江苏常州府阳湖县东洲村（今属常州市武进区横山桥镇），有一个叫任兆敬的人，在县衙里做差役。三十多岁时，赋闲在家。咸丰二年（1852），忽然发作羊癫疯（即癫痫）三天，恍惚之中见到有一女鬼向他索命，说是前生骗了他八百两银子，并且背弃了结为夫妻的约定。对他说：“你真是个负心人，取出你的心来血洗我的怨恨。”自己挖出心脏而死。咸丰十年（1860）庚申之变（指太平天国袭取江南地区）时，众人在任金宝家中，听他亲口这样讲述的。任兆敬就是任金宝的堂兄。

8.6.25 李中梓

李中梓，字士材，邑诸生也，有文名，并精医理，名重一时。时金坛王肯堂（宇泰），亦精岐黄术，年八十，患脾泄。群医咸以年高体衰，辄投滋补，病愈剧。乃延李诊视，诊毕，语王曰：“公体肥多痰，愈补则愈滞，当用迅利药荡涤之，能勿疑乎？”王曰：“当世知医，惟我二人。君定方，我服药，又何疑？”遂用巴豆霜，下痰涎数升，疾顿愈。

鲁藩某病寒，时方盛暑，寝门重闭，床施毡帷，悬貂帐，身覆貂被三重，而犹呼冷。李往诊之，曰：“此伏热也。古有冷水灌顶法，今姑通变用之。”乃以石膏三斤，浓煎作三次服。一服去貂被；再服去貂帐；三服而尽去外围，体蒸蒸流汗，遂呼进粥，病若失矣。其医之神效，类如此。特素自矜贵，非富贵不能致也。余谓非见之甚真不可，否则岂非以人命为尝试乎！

【译文】李中梓先生，字士材，明末华亭（今上海市）人，是县里的秀才，写文章很有名，并且精通医理，一时之间名声很大，备受推重。当时金坛（今江苏常州市金坛区）的王肯堂先生（字宇泰），也精通医术，八十岁时，患了脾泄病（中医学病名，由于脾脏关系所致的腹泻）。众位医生都认为年高体衰，总是投以滋补类的药物，病情越来越严重。于是请李先生诊治，诊看后，对王先生说：“老先生您身体肥硕，多有痰湿，越是滋补就越是凝滞不通，应当用迅猛通利的药来荡涤，您能相信吗？”王先生说：“当今最有名的医生，只有你我二人。您开方，我服药，又有什么可疑虑的呢？”于是采用巴豆霜，下出痰液和唾液几升之多，疾病很快就好了。

明代宗藩一位鲁王，得了畏寒的病症，当时正值酷暑，房门紧闭，床上围着毛毡帷幔，挂着貂皮帐子，身上盖着三重貂皮被子，还一直喊冷。李先生前往诊治，说：“这是伏热。古时有冷水灌顶的方法，现在姑且变通使用。”于是用石膏三斤，煎成浓汤，分三次服用。服下一次后，去掉了貂皮被子；服下第二次，去掉了貂皮帐子；服下第三次，则外围的东西全部去掉了，全身直冒汗，于是提出要喝粥，病症好像完全消失了。李先生医术的神效，大多都是类似于这样。只是素来以贵重自居，不是富贵之人很难请到他。我以为必须要有确切的见地和把握才可以，否则岂不是拿人命作为尝试吗？

8.6.26 女魂诉冤

安庆某氏女，年十五，颇有姿色，父亡母守。有乡勇某，以军功保举至二品者，见女爱之，娶为妻。越数月，又纳二妓为妾。入门后，便使妻为婢，服事二妓，少不如意，三人挞之，身无完肤。割舌钉头，无刑不施；妻尚未死，再以火铁条通其阴，遂毙。

时鲍将军过安徽省城，夜梦一少妇，浑身血污，跪诉冤。鲍寤，访查并无此案。里人谓其母曰："安庆省城大吏，皆与汝婿通声气，告状无益。今有鲍将军过境，速去诉冤。"母从其言，马头告状。鲍即亲往验其伤，惨不可言。定谳（yàn），立斩其夫。二妓逃遁，追而斩之。时同治七年五月二十七日事也。

吾友余泽夫，携眷过安庆，泊船适见此事，与余言其颠末如此，惜未知其姓名也。

【译文】安徽安庆某氏女子，十五岁，颇有姿色，父亲亡故，母亲守寡。有一名乡勇某人，以军功保举至二品官衔，见到女子，表示爱慕，娶她为妻。几个月后，又纳了两个妓女做妾。进门后，便役使妻子如同婢女一般，服侍两个妓女，稍有不满意的地方，三个人便对她毒打，体无完肤。割舌头，用钉子钉头，施以各种残酷的刑罚；妻子还未死去，再用烧红的铁条通入其阴部，于是就这样惨死。

当时鲍将军（应指鲍超，字春霆，晚清湘军名将）率部经过安徽省城(清代以安庆为安徽省会),夜间梦到一名少妇,全身血污,跪在地上控诉冤情。鲍将军醒来,经过访查,并未查到此案。乡里人对女子的母亲说:“安庆省城的大官们,都和你女婿串通一气,告状没什么用。现在有一位鲍将军过境,赶快前去诉冤。”母亲听从了他的话,拦住鲍将军的马告状。鲍将军亲自去勘验尸体,其残酷之状不忍用言语描述。案件很快被审结,女子丈夫被判处斩立决。两个妓女逃跑,将她们追捕一并斩杀。这是同治七年(1868)五月二十七日的事情。

我的朋友余泽夫,带着家人路过安庆,停船时恰巧碰见这件事,对我这样讲述了事情的情节,可惜不知道当事人的姓名。

8.6.27 金氏妇

岭南多盗,而沿海诸郡县,其薮(sǒu)泽也。始则劫财,他物弃掷不取;渐而衣服器具,劫掠无遗;近则遇男妇之少壮者,亦掠去。男子胁之入伙,或令驾船,不从者杀之;妇女则囚系,俟其父母与夫,备赀取赎,视貌之妍媸,定赀之多寡焉。

海阳有金姓者,饶于财。妻王氏,被掳;有幼子方离乳,昼夜啼不止。因挈子挟赀赴盗舟求赎,匍匐而前,盗魁曰:“汝妻颇艾,留供驱使,无饶舌以取祸。”金涕泪如绠縻(gěng mí),而其子之啼号更惨。盗亦为之恻然,谓曰:“念汝子幼,姑许赎,然须三十金;不如数,汝亦无望生旋。”金解囊以献。因引赴邻舟,其妇方与群盗斗叶子戏,喧笑声达于外。盗魁曰:“汝夫汝子,觅汝来矣,贺汝完聚骨肉,其速归。”妇若罔闻,斗叶子如故也。盗促之再四,不顾,因引其夫与子入舱。

金见妇，泣而呼；子则疾趋至膝，持其裾而泣。群盗之与座者，均泪下。妇愠曰："家中犹存姑与嫂，乃专赖予一人抚子乎？脱予死，将奈何？"盗魁曰："汝归否？宜一言决，毋令呱呱者烦聒也。"妇𧮳(chǎn)然曰："此间乐，不思归矣。"盗因呼金抱子出，还其金，且倍其数，曰："累汝远涉此，六十金，娶妇有余矣。"金不受，抱子长跪乞哀。盗怒，令群盗挟其父子登岸。入谓妇曰："汝夫与子已逐去，汝无牵挂，洵足乐也。顾汝夫妇结褵(lí)数载，而子实汝所出，揆诸情理，宜出送，谆属数语，略尽夫妻、母子情。"妇因出至舟首，未开言，而盗自后断其颈，投尸于海，曰："此等不义妇，恐鼋鼍(yuán tuó)不食其余也。"时盗舟林列，齐声欢呼，海波欲沸。

噫，盗岂无道也哉？昔晋怀宗后羊氏，为石勒所得，宠之专房，丑诋其夫，闻者莫不恶羊后之无耻无义。然怀宗被掳遇害，国破家亡，势难完聚；而勒方崛起，兵强势大，不得不逢迎以固宠。所语未必由中也。若其时怀宗不死，国犹可为，羊后未必便委身胡羯，出此无耻无义之言。彼金氏妇者，儿夫当前，顷刻间骨肉可重聚。顾乃忍弃其夫与子，而曰："此间乐，不思归。"盗乃声其罪而诛之，殊快人意。噫，盗尚有道哉！

【译文】岭南地区多有海盗出没，而沿海的各个府县，就是他们聚集的窟穴。起初只是劫掠钱财，其他的东西一概抛弃不要；渐渐连衣服、器具等，都劫掠一空；近来则是遇到男子妇女年轻力壮的，也掠走。如果是男子则胁迫他们入伙，或者令其驾船，不顺从的就杀掉；妇女则拘禁起来，等待家里的父母或丈夫，准备好钱财来赎回，根据容貌的美丑，来定赎价的多少。

广东海阳县（今潮州市潮安区）有个姓金的人，财富丰饶。妻子王氏，被海盗掠去；有个幼小的孩子刚刚断奶，日夜啼哭不停。于是抱着孩子、带着钱，到海盗船上请求把妻子赎回，俯身上前，海盗头目说："你妻子很美，留下来供我们差遣，不要多啰唆，自取其祸。"金某涕泪横流、连绵不止，而他的孩子啼哭号叫得更令人心疼。海盗也为他们感到可怜，对他说："看在你孩子还幼小的份上，姑且准许你赎回，但是必须要三十两银子；不足这个数，你也不要指望活着回去了。"金某解开口袋，拿出银子献上。于是带他登上相邻的一条船，妻子正在和海盗们斗叶子戏（旧时的一种纸牌博戏），喧哗嬉笑的声音在外面都能听到。海盗头目说："你丈夫和你孩子，找你来了，祝贺你骨肉团聚，快回去吧。"妇人好像没听见，依然忙着斗牌。海盗反复催促她，依然不闻不问，于是引导丈夫和孩子进入船舱中。

金某一见妻子，就哭着呼叫她；孩子则跑上去靠紧妈妈的膝盖，拉着她的裙摆啼哭。在座的盗贼们，目睹此情此景，无不感动落泪。妇人埋怨地说："家里还有婆婆和嫂子，为什么专门靠我一个人抚养孩子呢？假如我死了，那又怎么办呢？"海盗头目说："你到底回不回？要一句话决定，省的让孩子一直啼哭吵闹。"妇人笑着说："这里快乐，不想回去了。"海盗于是叫金某抱着孩子出来，把银子还给他，而且金额增加一倍，说："连累你走了这么远的路到这里，六十两银子，娶妻绰绰有余了。"金某不肯接受，抱着孩子跪在地上哀求。海盗头目大怒，命令其他海盗把父子二人送上岸边。又进到船舱对妇人说："你丈夫和儿子已经被赶走了，你已经无牵无挂，可以尽情取乐了。只是你们夫妻结婚这么多年，而孩子也是你亲生的，于情于理，你都应该出去送送，叮嘱几句话，稍微尽一下夫妻、母子的情分。"妇人于是出舱到船头，还没开口说话，而海盗从身后一刀砍断她的脖子，把尸体扔到海里，说："这种无情无义的妇人，恐怕鱼鳖都不愿意吃她的肉。"当时海盗船排成行列，一众海盗齐声欢呼，海波汹涌如同沸腾。

哎呀，海盗难道真的就不讲道义吗？当初晋怀宗（即晋惠帝司马衷）的皇后羊氏，被石勒俘获，被宠幸为专房，肆意丑化诋毁她原来的丈夫，听到的人无不厌恶羊氏皇后的无耻无义。然而晋怀宗被掳掠遇害，国破家亡，情势上难以完聚；而且石勒正在崛起，兵强马壮，势力强大，不得不逢迎来邀取宠幸。所说的话未必是肺腑之言。如果当时晋怀宗不死，国家还有希望，羊皇后未必会委身于胡人，说出这种无耻无义的话。而那个金氏妇人，孩子和丈夫就在眼前，顷刻之间骨肉可以重聚。却竟然忍心抛弃丈夫和孩子，还说什么："这里快乐，不想回去。"海盗于是昭示她的罪行并将其诛杀，大快人心。哎呀，真是盗亦有道啊！

8.6.28 张玉常观察

许叔平云：吾乡张玉常观察曾扬，大学士文端公曾孙，少司空讳廷瑑（zhuàn）之孙也。未达时，赴金陵秋试。舟次牛渚，见上流一女尸，赤体浮水面。观察恻然，亟命榜人援置岸上，以红氍毹（qú shū）裹之。又出钱市棺，殡瘗（yì）义山，树碣（jié）识之而去。

是科，房官某公，与典试官在闱；每夜阅卷毕，就寝甫交睫，即见一红衣女子立帐外，口诵"且士林有气节，而后朝廷有功名"二句。及阅观察卷，开讲恰此二语，首题乃："宪问耻。子曰：'邦有道，谷也。'"房官、典试官，俱窃异之。阅其文，通幅称是，意是名手，且系盛德君子。故一经呈荐，即拔冠多士。既揭晓，房官、典试官，话及前梦，彼此相符，叹为奇事。及观察谒见，俱以所梦询之。观察沉思良久，意是葬女一事，因具以告。惟似此等善事，所谓易如折枝，人人能为。

张南耕大令言：先是有怀宁县宿儒赵汝谐者，前科落第；以来岁有庆榜，决意不归，僦（jiù）居兰若，下帷待试。除夕，梦至佛殿，闻数人聚语，姑伏暗陬（zōu）侦之。闻一人言："明秋江南乡试，名数定否？"一人答曰："定矣。"曰："十八魁何人？"曰："第一名解元桐城县张曾扬。"后历数至十八名；其第九名，则系赵名，心窃喜之。又闻问曰："闱艺何人所拟？"答曰："拟者系方望溪先生，及某某诸公。"曰："颇识之否？"曰："颇能识之。首艺题'宪问耻，子曰：邦有道，谷。'"乃历将所拟十八魁文，一一朗诵毕。赵澄心定神，一一默识。忽闻寺中钟鼓声，惊觉，见东方已白，诧为奇梦。亟披衣起，濡书第一名文，却一字不复记忆，惟记得第九名一篇，姑录藏之。

及入闱，果是此题。赵大喜，爰走笔录就。时号门未开，不能交卷，偶至第几号，见其人正缮首艺，以后二比，有出无对，思索殊苦。赵觇（chān）卷面籍贯、姓名，恰是桐城张某；又窥其文，前幅果即梦中所闻第一名之作，以有所触，后幅遂复忆得。因抚其人肩曰："公何思之苦耶？"其人怒曰："我自苦思，干卿甚事？"赵笑曰："此文小子仿佛识之。"索笔挥就，张读之愕然，曰："公真知我心也，顷构思正复如是，但苦又忘耳。"赵附耳密以梦告，并戒勿泄，张亦窃喜，揭晓果然。由此观之，足征科名自有定数，岂人力所能强耶！

【译文】许叔平（名奉恩）先生说：我们安徽桐城的张曾扬观察，字玉常（一作誉长），是大学士张文端公（张英）的曾孙，工部侍郎张廷瑑的孙子。还未发迹之前，到南京参加秋季乡试。船停泊在牛渚（即今安徽马鞍山采石矶），看见上游漂浮着一具女尸，裸身浮在水面上。张观察心生怜悯，急忙命令船夫捞救上岸，用红色毡毯包裹。又出钱购买棺木，殡葬在公墓，立了一块石碑作为标识，然后就离开了。

这一科考试结束后，本房阅卷官，和主考官在考场中；每天晚上批阅试卷完毕，上床休息，刚一闭上眼睛，就看见一位红衣女子站在帐外，口中反复吟诵着“且士林有气节，而后朝廷有功名”这两句话。等批阅到张观察的试卷，起讲（八股文中的第三段，是议论开始的部分）就是这两句；第一道题目是：“宪问耻。子曰：‘邦有道，谷也。’”（出自《论语·宪问》）阅卷官和主考官，都暗自感到奇异。阅读他的文章，全篇都很好，料定必是文章名家，而且是道德高尚的君子。所以一经向上推荐，就名列榜首，成为此科解元。考试结果公布后，阅卷官和主考官，谈及上次做的梦，彼此都相符合，感叹真是不可思议的奇事。等到张观察拜见考官的时候，都以梦境中出现的情况来询问他。观察沉思了好久，猜想应该是埋葬女尸的事情，就告诉给他们。只是像这样的善事，所谓就像折下树枝一般容易，每个人都能做。

张南耕（名光甲）县令说：之前，有安徽怀宁县的一位老成博学的儒生，名叫赵汝谐，上一次科举考试落榜；因为明年有恩科，决定先不回家，借住在寺院中，闭门苦读，等待下一次考试。除夕之夜，梦到进入佛殿，听到有几个人在聚谈，姑且躲在角落探听。听到其中一个人说：“明年秋季江南乡试，名次定了吗？”另一个人回答说：“定了。”又问：“前十八名是谁？”回答说：“第一名解元是桐城县的张曾扬。"然后一一列数到第十八名；其中的第九名，就是自己的名字，心中窃喜。又听到问说："考试题目是谁拟定的？"回答说："出题的人是方望溪（方苞）先生，以及某、某等诸位先生。"又问："能记住吗？"回答说："记得很清楚。第一道题目就是'宪问耻。子曰：邦有道，谷。'"于是将所拟写的前十八名的文章，一一朗诵了一遍。赵汝谐定心凝神，一一默默背诵了下来。忽然听到寺院钟鼓声响起，一惊而醒，只见东方已经发白，不禁惊诧，真是不可思议的梦境。急忙披上衣服起来，润笔准备写下第一名的文章，却一个字也记不起来了，只记得第九名的一篇文字，姑且记录下来收藏好。

进入考场后，发现果然是这道题目。赵汝谐格外高兴，奋笔疾书，很快就写好了。当时号舍门还没打开，不能交卷，偶然信步走到第几号号舍，见那人正在誊写第一篇文章，因为最后的部分，只有上句，还没有想出下句，苦思冥想。赵汝谐瞄了一眼他卷面上写的籍贯、姓名，恰好是桐城的张曾扬；又浏览了一下他的文章，前半部分果然就是梦中听到的第一名的文章，因为记忆被触动，后半部分也恍然记起来了。于是抚摩着那人的肩膀说："先生为何思考得这么辛苦呢？"那人生气地说："我自己苦思，关您什么事？"赵汝谐笑着说："这篇文章我仿佛记得。"取笔一挥而就，张曾扬读了不禁一愣，说："先生真是知道我心里想什么，刚才构思的就是这些内容，只是苦于又忘记了。"赵汝谐低声耳语将梦境中的事情告诉了他，并提醒他不要泄露，张曾扬也窃喜，发榜后果真如此。由此看来，足以证明科第功名都是有定数的，怎是人力所能强求的呢？

8.6.29 雷击邵伯民

邵伯民有伯仲，析炊而同居者。伯素朴愿，病瘵（zhài）濒死，召仲泣谓曰："我病殆将不起矣，先人遗产，不忧饿殍，奈无子息何？顾汝嫂，贤弟所知也，今将产。男也，佐嫂善抚之成人，必教之读书；女也，亦善视之，为择一快婿，不使失所。汝后日子多，当分嗣我，佐汝嫂守节，吾目瞑矣。弟如重骨肉情，须识之忽忘。"仲慰之曰："兄第安心调摄，当不至若是。万一不幸，敢不如命！"伯点首再，不日寻卒。仲为治丧殊草草；嫂虽不慊（qiàn），犹以奢不如从俭，曲谅其无他也。

是夜，嫂分娩，视呱呱者，俨然男也，心大快慰。仲亦庆兄有后。儿状甚英伟，但苦善啼，乳之不哺，百方呵抚之不止；延医谛视指纹，佥谓无病，而哭则未尝一刻辍也。嫂甚忧之。甫次日，竟以不乳殇。嫂抱尸恸泣，几不欲生。戚党再三劝慰，乃啜泣。召仲谓曰："亡人寄托之言，历历在耳。嫂所以忍死须臾者，恋恋此一块肉耳。今已矣，复何望哉！汝如重骨肉情，必厚其衣衾棺椁，待此藐诸孤以成人之礼。俟殡殓毕，吾亦将从汝兄地下，所有赀产，壹以付汝。汝如不违我意，我夫妇九泉亦必默佑也。汝意云何？"仲不得已，允之，爰市美材殓儿，权厝兄墓之侧。嫂复延僧唪诵经咒，所费不赀。仲心怏怏而不敢言。

事毕，嫂遂绝食，粒米勺水不入口。终日嚎啕恸哭，血泪俱枯。邻里闻之，无不寒心。时方冬月，朔风怒号，黑云四合，气象愁惨。忽霹雳一声，天顿晴霁。人言伯与儿棺，均为雷击开，有二人跽（jì）墓侧，不知何故。嫂闻，亟力疾趋视，见伯与儿俱生；而跽者则仲与邻村某妪也。急令人舁（yú）伯，自抱儿从与俱归，进食进乳，居然各庆再生矣。

先是，仲以伯既死，虑生儿不能并其产，以某妪素为人接生，重贿之，曰："女也，则已；男也，则为计戕之。愿以五十金为谢。"妪初不肯，请倍之；妪利其贿，乃诺之。为嫂接生时，悄以花针纳儿脐中，而他人不知也。自是仲与妪被击，各手持元宝一枚；脐针则拔插妪额，其半入骨，血缕缕犹未绝也。

噫，谁谓彼苍者愦愦哉！众议以伯与儿棺殓，仲妪即同葬其穴。后伯夫妇寿至八十，生四子；怜仲无子，以一嗣焉；后举孝廉。此咸丰二年事。

【译文】邵伯镇（今属江苏扬州市江都区）上有一户人家，兄弟二人，分伙做饭，但是还住在一起。哥哥平日为人朴实忠厚，患上了痨病将死，叫弟弟到跟前对他说："我病得很重，快不行了，先人留有遗产，不担心家人挨饿，只是遗憾的是没有子嗣。你嫂子，贤弟你也知道，现在快生产了。如果生男孩，你帮助嫂子善加抚养成人，一定要教他读书；如果是女孩，也善加守护，将来为她选择一门好的亲事，让她有个好的归宿。你将来如果儿子多，可以过继一个给我为嗣，帮助你嫂子守节，我就死也瞑目了。弟弟如果看重骨肉亲情，须要记在心上不要忘了。"弟弟安慰他说："哥哥只管安心调养，应当不至于如此。万一有个三长两短，怎敢不遵命！"哥哥再三点头，没过几天就去世了。弟弟为他办理丧事特别简单潦草；嫂子虽然不太满意，不过还是认为奢侈不如一切从俭，也都能谅解，没有出现别的事端。

当天夜里，嫂子分娩，生下的是个男孩，心中大为快慰。弟弟也庆贺哥哥有了后人。婴儿状貌非常英伟，只是一直啼哭不止，喂奶也不肯吃，不论怎么逗哄安抚，还是一直哭个不停；请医生仔细观察指纹，都说没病，而啼哭始终一刻不停。嫂子非常担心。到第二天，竟因为不吃奶夭折了。嫂子抱着孩子的尸体痛哭，几乎自己都不想活了。亲戚们都再三劝慰，才低声抽泣。把弟弟叫来对他说："你哥哥临终嘱托的话，仿佛还在耳边。嫂子之所以这会还苟活在世上，无非是恋恋不舍这仅存的一点骨血。现在这孩子已经没了，还有什么指望呢！你如果还重视骨肉亲情，一定要用上好的衣服、被褥和棺椁，用对待成人的礼节来厚葬这个孤儿。等到殡葬完毕，我也将跟随你哥哥到地下，所有的财产，全部交给你。你如果不违背我的心愿，我们夫妇在九泉之下也会默默保佑你的。你觉得怎么样呢？"弟弟没办法，只好应允，就购买了精美的棺木将孩子收殓，暂时停放在哥哥坟墓的旁边。嫂子又请了僧人读诵经咒，花费钱财不少。弟弟怏怏不乐，但是也不敢说什么。

后事料理完毕之后，嫂子就开始绝食，一粒米、一勺水都不入口。整日号啕大哭，血泪都流干了。邻居们听到了，无不伤感。当时正值寒冬季节，北风怒号，乌云从四面涌来，气氛悲凉凄惨。忽然霹雳一声震雷，天气顿时放晴。有人报告说哥哥和孩子的棺木，都被雷击开，有两个人长跪在坟墓旁边，不知道是什么原因。嫂子闻讯，急忙拖着病弱的身体前去察看，只见哥哥和儿子都活过来了；而长跪着的则是弟弟和邻村的某老妇。急忙令人抬着丈夫，自己抱着儿子一起回家，吃饭喂奶，一家人互相庆祝居然能够起死回生。

先是，弟弟因为哥哥已经死了，恐怕如果生男孩就不能吞并他家的财产了，知道某老妇平日为人接生，便出重金买通老妇，说："如果是女孩，也就罢了；如果是男孩，就想办法除掉。愿意出五十两银子作为酬谢。"老妇刚开始也不肯，请求加倍；老妇贪图财利，也就答应了。为嫂子接生的时候，偷偷地将绣花针插入孩子肚脐中，而别人不知道。至此，弟弟和老妇同时被雷击毙，各手持元宝一枚；插入肚脐的那根针则飞出插在了老妇的额头上，一半已经插入头骨中，一直有血源源不断地顺着针孔流出来。

哎呀，谁说苍天昏愦无知呢！众人提议就用哥哥和儿子的棺木将弟弟和老妇收殓，葬在哥哥原来的墓穴中。后来哥哥夫妇二人都活到八十多岁高寿，生了四个儿子；可怜弟弟没有儿子，过继一个儿子给弟弟为嗣；后来考中举人。这是咸丰二年（1852）的事情。

8.6.30 张静山观察

滇南张公静山观察其仁，由进士为蜀中令。所至舆诵洋溢，计典屡膺上考。道光乙巳夏，以蓬州牧，特擢新安太守。甫下车，有两姓争坟互控者；稽核旧牍，自嘉庆甲戌年兴讼，至是已三十余年矣。公诧问书吏："何迟久不能判断？"书吏对谓："此案每新太守莅任，例来互控。缘两姓俱无契据，无从剖决，只合置之不理。"公叱曰："天下岂有三十余年不结之案？"立命传谕两姓，五日后登山验看，听候判断。

翼日，公沐浴斋戒，祈祷城隍，夜宿庙中，求神示梦。五日后，亲自登山讯断。两姓俱至，一姓系望族，其人纳赀以郡丞候选，衣冠华美，容止甚都；一姓系老诸生，年已七十许，貌甚寒俭。公大声谕之曰："汝两姓为祖兴讼，历久不懈，孝思可嘉。惟闻自经具控，彼此阻祭。为汝祖者，毋乃馁而实甚，汝心安乎？”两姓皆伏地稽颡（qǐ sǎng），唯唯请罪。

公笑曰：“吾稽旧牍，见汝两姓各执一说，皆近情理；所恨两无契据耳。既思天下事，有一是，必有一非；有一真，必有一伪。非求神示梦，究不能决。昨特沐浴斋戒，祷宿城隍庙中，果见神传冢中人至，自称为某某之祖，被某某诬控，求我判断，我已许之矣。顾一经明白宣示，真伪既分，是非立决。此后，是其子孙，方准登山展祭；非其子孙，即不准过问。吾怜汝两姓，皆系孝思，劳苦多年，孰真孰伪，孰是孰非，皆当别祖，过此以往，不能并至此陇矣。汝两人以为如何？”两人皆稽颡对曰：“谨从尊命。”

于是阄拈，老诸生居先，郡丞次之。老诸生乃勉整敝冠，次且走伏墓前，草草三叩首毕，起身干哭，颜色忸怩，口中喃喃不解所谓。公笑谓郡丞曰：“渠已别墓，次当轮至汝矣。”郡丞闻言，涕泪泫然，乃侧身伏拜墓前，大声泣曰：“子孙为祖宗兴讼多年，不辞劳苦。今郡伯祷神得梦，一言判断，究不知真伪是非，可否不谬；倘所梦不实，为子孙者，此后不能与祭矣，兴念及此，能勿悲乎！”言毕，痛哭卧地，晕不能兴。

斯时，观者如堵，见之无不恻然太息。公笑谓众曰：“观两人别墓情形，真伪是非，汝众人当共喻之，尚待吾明白宣示乎？”众人等罗拜对曰：“微公言，小人等皆喻之矣。”因共赞郡丞为真孝子，而不直老诸生。公命众扶郡丞起，拳拳奖慰。老诸生惶愧俯首，默无一语。公谓老诸生：“汝别墓情形，众目共见。抚心自问，尚有何说？”老诸生汗流满面，自称知罪。公笑曰：“汝既知罪，吾亦不汝咎。但自今以后，凭众剖断，山归郡丞，毋得再讼。汝心甘乎？”老诸生唯唯听命，誓无反复。公乃亲笔书判，令两姓画押。三十余年难了葛藤，一日斩绝，众口称快。

盖此山本郡丞祖墓，老诸生侦知其久失契据，意图骗占。初与郡丞之祖兴讼，至郡丞已历三世。历任大意，皆意郡丞家为望族，未免欺老诸生式微，咸有矜怜左袒之心。而孰知腐儒叵测，以朴陋文其奸诈！向非公巧以神道设教，黑白何由昭晰耶！

是年秋，公举行郡试，延予襄校试卷。公固善饮，酒酣尝为予述之，颇自得意。予叩公祈梦城隍，究竟果得梦兆否。公笑曰：“此姑妄言之耳。吾思两姓既无契据，只合令其别墓，以察其情形。果系真子孙，自有缠绵难舍之状；否则出于勉强，仓猝间难以掩著矣。大抵人即无良，于稠人广众之前，断未有甘心厚颜而真忍以他人之祖为祖者。天良未尽牿（gù）亡，只在此刻，人之所以异于禽兽也。吾悬揣此情，姑托言神梦以微察之，不谓果以此而竟决是非真伪也。”合座闻之，无不叹服。予特笔而识之，凡留心折狱者，遇疑难事，亦可以此为法。而神而明之，存乎其人，是又未可泥而不化也。

【译文】云南的张其仁观察，字静山，道光六年（1826）丙戌科进士，出任四川某县县令。所到之处备受当地百姓好评，在每三年一次的考绩中多次被评为优等。道光二十五年（1845）乙巳夏天，在蓬州（今四川蓬安县）知州任上，被特地提升为新安府知府。刚刚上任，就有两姓家族因为争夺坟地而互相控告的；查阅旧时的案卷，发现他们自从嘉庆十九年甲戌（1814）就开始打官司，到现在已经三十多年过去了。张公惊诧地问书吏：“为什么这么久都没能做出裁决？”书吏回答说：“这件案子每次新任知府一上任，他们就来互相控告。因为两家都没有地契等白纸黑字的真凭实据，没有办法剖析裁决，只好置之不理。”张公叱问说：“天下哪有三十多年还结不了的案子？”立刻命令通知两家，五天后登上坟山现场勘验察看，听候裁决。

第二天，张公沐浴斋戒，去城隍庙祈祷，夜间就住宿在庙里，祈求神明示以梦兆。五天后，亲自登上坟山审讯裁决。两家人都到场了，其中一家是望族，那人通过捐纳得了个郡丞的职衔，正在候选职缺，衣冠华美，仪容举止颇为儒雅；另一家是老秀才，年已七十岁左右，容貌装束看上去颇为寒素俭朴。张公大声指示他们说：“你们两家为了祖先而提起诉讼，这么久都坚持不懈，孝心可嘉。只是听说自从呈控以来，彼此阻拦对方祭祖。那么你们的祖先在地下，不免忍饥挨饿，你们心里过得去吗？”两家人都跪地磕头，连声请罪。

张公笑着说：“我查阅从前的案卷，看到你们两家各执一词，也都合情合理；可惜的是两家都没有凭据。然而我想天下之事，有一个是对的，必定有一个是错的；有一方是真的，必定有一方是假的。如果不祈求神明示梦，终究不能裁决。昨天专门沐浴斋戒，夜宿城隍庙中祈祷，果然见到城隍神传讯坟墓中的人前来，自称是某某的祖先，被某某诬告，求我裁决，我已经准许了。只是一旦经过明明白白宣布公示，真假很快分明，是非立刻决定。自此以后，确实属于其子孙，才准许登山祭祖；不是其子孙，则不准许过问。我可怜你们两家，都属于有孝心，辛苦奔波多年，无论谁真谁假、谁是谁非，都应当向祖先祭祀告别一番，从此以后，不能同时到这个地方来了。你们两家人认为怎么样呢？”两人都磕头回答说：“谨遵大人之命。”

于是抓阄，老秀才抓到了“先”，郡丞抓到了“后”。老秀才于是勉强整了整破旧的帽子，然后走过去跪在坟前，草草地磕了三个头，起身干哭，神色举止羞涩不自然，口中喃喃自语，不知道说的什么。张公笑着对郡丞说："他已经行了别墓之礼，接着就轮到你了。"郡丞闻言，不禁泫然流泪垂涕，于是侧身跪拜墓前，一边号哭一边大声说："子孙为祖宗打官司多年，不辞劳苦。现在知府大人祷告神明示梦，一句话做出裁决，但终究不知道真伪是非，是否确切；倘若所做的梦是虚妄不实的，做子孙的，今后不能再来祭祀了，一想到这个，能不悲伤吗！"说完，又痛哭得躺在地上，神智昏乱不能站立。

这个时候，围观的人挤得水泄不通，见此情景无不同情叹息。张公笑着对众人说："观看两人别墓的情形，真假是非，你们大家应当一目了然、不言而喻了，还需要我明明白白宣布公示吗？"大家都一边行礼一边回答说："不需要大人明言，小人们都知道了。"于是共同称赞郡丞是真孝子，而批评老秀才不讲道理。张公命令众人将郡丞扶起来，殷切地夸奖安慰。老秀才惶恐羞愧，低着头不说一句话。张公对老秀才说："你别墓的情形，大家都有目共睹。你扪心自问，还有什么话可说？"老秀才汗流满面，自称知罪。张公笑着说："你既然知罪，我也不追究你。但是从今以后，根据大家的剖析判断，坟山归郡丞所有，你不得再次诉讼。你愿意吗？"老秀才连连称是，服从裁决，发誓再也不会反复。张公于是亲笔书写判词，令两家签字画押。三十多年纠缠不清的案件，一天之内得到干脆利落地决断，大家纷纷拍手称快。

原来这一处坟山本来是郡丞家的祖墓，老秀才探知他丢失了地契凭据很久了，意图诈骗贪占。最初是和郡丞的祖父打官司，到郡丞这里已经三代了。历任官员，大概都认为郡丞家本是望族，不免欺负老秀才势单力薄，都因可怜老秀才而产生偏袒之心。而谁知道这个酸腐的儒生居心叵测，伪装成朴实愚陋的样子来掩饰他内心的奸诈呢！倘若不是张公以神道设教（利用鬼神之道进行教化），是非黑白怎能如此清晰明了呢？

当年秋天，张公主持举行府学考试，请我帮忙批改试卷。张公本来能喝酒，喝到兴头上为我讲述了这件事，自己也很得意。我叩问张公向城隍祈求示梦，究竟是否真的得到了梦兆呢？张公笑着说：“这其实是姑且这么一说。我想两家既然没有真凭实据，只好让他们别墓，来观察其中的情形。如果是真正的子孙，自然会有缠绵不舍的状态；否则如果出于勉强，仓促之间就难以掩饰了。大概人即便再没有良心，在大庭广众当着那么多人的面，也断然不会心甘情愿、厚着脸皮，真正忍心认别人家的祖宗为自己的祖宗。天性中的良知还未丧尽，也就在这时候体现出来了，这也是人之所以和禽兽不同的原因。我暗自揣摩这种情节，姑且假托神明示梦来留心观察，没想到果然因为这个而竟然决断出了是非真假。”在座的人听了，没有不叹服的。我特地记录下来，凡是留心审理诉讼案件的，遇到疑难问题，也可以学习借鉴。而能否做到英明烛照、断案如神，也是因人而异的，不可以拘泥不化，而要根据具体情况，灵活变通运用。

8.6.31 左生

许叔平曰：邑诸生左泰，年少才貌双俊，而苦无行。邻翁某，走无常，性方正，喜规人过。尝谓生曰：“昨至阴司，窃觇（chān）吾邑士人禄籍。君贵居极品，寿享期颐，子孙昌盛，以曾挑某寡妇，致失节；又与某处女有私，干怒冥王，已镌禄秩二级，减寿二纪矣。君宜自爱，后福尚未可量也。”生闻而骇惧，迹为少敛。

未几，故态复萌，荡检益甚。翁见之愠曰：“前老夫为郎君言，将以为妄耶？又见君籍，不但浮恶甚多，且又唆某甲健讼，某翁倾家，兼毙多命。冥王大怒，镌君五级，寿仅花甲矣。不速悔而痛改之，不可挽也。”

无何，又遇翁于途，责之曰：“君不听吾言。冥王以积恶多端，罚仅以布衣终，子孙亦不能显达，是真不可以救药矣。”生俱漫应之。

既而又遇翁，直唾生面曰：“孺子真不可教，今死期至矣，可若何？”生始大恐，跽叩其由。翁曰：“昨见冥王稽君籍，令鬼吏权衡功过。吏检君恶籍，每恶以寸纸书之，纸片累累，堆积如山。冥王立叱勾摄君魂，削君寿禄，且斩嗣续。吏称左某尚有善籍可抵，王颔之，命稽善籍。须臾，吏呈寸纸，大声唱曰：‘左某生平奉事继母至孝，仅此一善。’王令试权其轻重，见吏持一天平至，将恶籍纸片数百张，堆置于左；复置善籍寸纸于右，权之，轻重相埒（liè）。王色顿霁曰：‘孝之为德，如此其盛乎！’旋命吏但削君禄寿，于某年月日时，勾摄结案。姑念事继母孝，留一子以延宗祧。”生闻，赧汗如雨，自言：“愿痛自改过，尚可挽回否？”翁曰：“悔已晚矣。”掉头不顾而去。后生果如期而卒，三子仅存一焉。

【译文】许叔平（名奉恩）先生说：本县（安徽桐城）的秀才左泰，少年时期，既才华横溢，又仪表堂堂，可谓才貌双全，却品行不端。邻居老先生某，是走无常（以生魂受召为冥府服役做事的人），为人端方正直，喜欢规劝人的过失。曾经对左生说："昨天到阴司，偷偷地看到了记载我们县读书人功名官禄的册籍。先生本来官位做到极品，享一百岁高寿，子孙昌盛；因为曾经调戏某寡妇，导致她失节；又和某处女私通，触怒了冥王，已经削减官禄二级，减寿二纪（一纪为十二年）了。先生今后要洁身自爱，后福依然还是不可限量。"左生闻听此言，惊骇恐惧不已，行为稍微有所收敛。

不久后，老毛病又犯了，而且放荡轻浮的行为更加严重。老先生见到他生气地说："上次老夫给你说的话，以为是胡说八道吗？近日又看到了你的册籍，不但各种小的恶行很多，而且又教唆某甲争讼打官司，导致某老翁倾家荡产，同时害及多条人命。冥王大怒，将你降官五级，寿命也只能到六十岁了。如果还不赶紧悔悟，痛改前非，将无法挽救了。"

不久，又在路上遇到老先生，责备他说："你不听我的话。冥王因你积累的恶行太多，罚你仅仅以平民终身，子孙也不能显贵发达，真是不可救药了！"左生只是随便回应一下。

后来他又遇到老先生，直接将口水吐在他脸上，说："你小子真是不可救药，现在死期到了，可怎么办呢？"左生这才开始害怕了，长跪叩问其中的缘由。老先生说："昨天见到冥王查阅你的簿籍，命令鬼吏称量功过。小吏检出记载你恶行的簿籍，每件恶行都用一张纸条记录，纸片一打一打，堆积如山。冥王立刻叱令勾摄你的魂魄，削去你的寿命、福禄，同时斩绝后嗣。小吏报称左某还有善籍可以抵偿，冥王点头，命令查阅记录善行的簿籍。不一会儿，小吏呈上一张纸条，大声念出来，说：'左某生平事奉继母非常孝顺，仅有这一种善行。'冥王命令试着称量一下轻重，只见小吏拿过来一架天平，将恶籍的纸片几百张，堆放在左侧；又把唯一的一张善籍堆积在右侧，一称重量，两端轻重差不多。冥王的神色顿时缓和了下来，说：‘孝顺作为最重要的德行，竟如此厚重伟大！’接着命令小吏仅仅削减你的福禄和寿命，到某年某月某日某时，勾摄你的魂魄结案。姑且念在事奉继母至孝，留下一个儿子来延续宗嗣。”左生闻言，羞惭得脸通红，汗如雨下，自己说：“愿意诚恳地痛改前非，还能挽回吗？”老先生说：“后悔已经晚了。”然后转过头去不再说话，径直离开了。后来左生果然在预定的日期死去，三个儿子只有一个存活下来。

劝戒九录

《劝戒九录》自序

随时纪实之书，即寓劝惩焉。说者以为喜谈因果，非也。天道福善祸淫，理有断然不爽者。阅书者其亦深长思耶！今累四十余年，已刻成四十八卷，至《八录》。索书者接踵来，已不胫而走。如是足见发聋震聩，君子以坚其为善之心，小人亦化其为恶之隐。于世道人心，岂曰无裨？本拟统刻大板，而绍郡好善者，每刻小板辅之。兹因其刻成索序，为叙缘起如此。

光绪十年初冬敬叔老人记。

【译文】随时将身边见闻的事情记录下来，汇编成书，其中便蕴含着劝善惩恶的意味。有评论者认为是喜欢谈论因果报应，其实并不是这样。宇宙的规律便是为善的人得福、作恶的人得祸，这是真实不虚的道理，不会有丝毫差错。也请读者深刻而长久地思考一下。这部书从开始着手写到现在，已经四十多年了，已经刻印了四十八卷，出到了《八录》。向我要书的人源源不断，已经流传很广了。由此也充分证明，这部书足以起到振聋发聩的作用，君子读这部书之后更加坚定了为善的信心，小人也在潜移默化中避免了潜在的恶行。对于社会的风气、教化及人心的趋向，怎么能说没有起到积极的作用呢？本来打算统一刻成大开本的版本，而绍兴乐善好施的人们，每集都刻印成了小本作为补充。现在借着他们书版刻成请我撰写序文的机会，把其中的缘起记录在这里。

光绪十年（1884）初冬，敬叔老人梁恭辰谨识。

第一卷

9.1.1 夏子松侍郎

夏子松少宰，名同善，丙辰翰林，仁和人。立朝有风概，性纯笃，推诚示人，周人之急，惟恐不及，坐此常不自给，时议多之。其直毓庆宫侍今上读，诱掖奖劝，不以严厉为能。庚辰，殁于江苏学政任所。

其仆张某，愤然言曰："主人一生厚德，不获享大年，何必做好人行好事耶？"是夜仆梦少宰来言："尔旦昼之说大错，我三十九岁时，病几殆。惟其做好人，延寿一纪。"语未竟，张仆同房之一仆，忽狂呼。张仆惊醒，问之，其仆云："适见主人进房，不觉惊悸而呼。"两人各述所见同。张仆每举以告人，足以坚人为善之心矣。

此金少伯员外所闻于人者，后少伯质此事于其子某。某曰："此事诚然。次日蚤起，即闻两仆所述如此。"某又曰："张仆者，来未十年；其一仆则又后来者。"

【译文】吏部侍郎夏同善，字舜乐，号子松，咸丰六年（1856）

丙辰科进士，授翰林院庶吉士，浙江仁和（今杭州市）人。在朝为官有风骨和气概，为人纯朴笃实，对人推诚相待，帮助别人的急难，唯恐做得不到位，因此常常连自己生活都无法满足，当时有很多人对他议论纷纷。后来，与内阁学士翁同龢一起任直毓庆宫授读，侍奉当今皇上（光绪皇帝）读书，注重引导扶持、鼓励劝勉，不以严厉激烈的手段为能事。光绪庚辰年（1880），在江苏学政任上病逝。

他的仆人张某，愤愤不平地说："主人一生德行深厚，却不能长寿，所以何必要做好人、做好事呢？"当天夜里，仆人梦见夏同善先生来对他说："你白天说的话大错特错，我三十九岁的时候，生病都快不行了。就是因为做好人，才延寿了一纪（十二年）。"话还未说完，和张某住在同一个房间的另一个仆人，忽然大喊大叫。张某一惊而醒，就问他怎么回事，那位仆人说："刚才看见主人进到房间来，不知不觉间因为害怕才大叫起来。"两个人各自讲述了所见到的情形，是相同的。张某时常把这件事讲给别人听，足以用来让人坚定做善事的信心。

这是金少伯员外听人说的，后来少伯曾经拿这件事向夏同善先生的儿子求证。他儿子说："这件事确实是有的。第二天早起，就亲耳听到两个仆人这样说的。"又说："仆人张某，来了不到十年；另外一个仆人，是后面来的。"

9.1.2 石状元

嘉庆十二年五月，刑部星使，奉命至山东治狱，非贿不成。按察使为石公（韫玉），风骨素峻。守令请丰其供帐，公不许。星使衔之。

先是，济南府张鹏升命案，误勘平人致死，公详请参劾，解任质审。其狱尚未结，适星使至，张乘隙以栖霞县民柳开生控案，搆于星使。（柳案附后）贿嘱柳赴都呈控，交星使查讯。星使因劾公自恃江南才子，好逞笔机，故出入罪，奉旨交部严议革职。仁庙念公在蜀平白莲教匪有功，仍赏给编修。会明年大考，公久任外吏，不复能作小楷，遂引疾归。

初星使在山东示意于济南守金湘，将集赀于诸有司，因公严禁弗行。迨公去，乃计狱责贿。济宁有李氏兄弟争产，贿七万金。次年，张文敏公（百龄）为布政使，得星使亲笔手札，尽发其奸，原书呈上。仁庙震怒，忽传星使廷讯，将其原书掷下，呼之曰："尔要这多钱何用？"呼用火烙足。时星使不能堪，上泪下，遂自退座。此仁庙之所以为仁也。后照例置诸法。

而公当日被诬之事赖以雪。都门相知自枢府以下，纷纷招公赴官，公未决；次年，文敏总督两广，有书招公。遇老僧某，精相术，谓："公复出，将相皆操左券，而不得善终；居则二十年林泉清福，子孙当更有兴者。"僧本某科翰林，亦公旧交。公信之，遂不赴，优游林下适二十年。如相者之言。

附柳开生控案：

柳开生，栖霞县民，控言：有妹，年十七，未嫁，黑夜为匪人抢去，越两日而归。女称被人挟至山洞，奸宿二宵，而送之还。县令据其词详报公，饬县缉犯究报。此嘉庆十一年六月初二日事也。

至九月间，县中缉获一形迹可疑之人，曰王三，疑为此案凶犯；刑讯之，王三诬服定罪。至府翻供，府委蓬莱县覆讯，王三坚不承认。令传柳氏赴县辨识，氏即夕自缢死。此九月十三日事。

柳氏有族叔，名儒诸生也，至司控称女为官逼死。公呼其叔告之曰：“尔不得咎县官，凡讼在官者，奸案传本妇质问，此照例办理，何谓逼也？”因批其词曰：“尔侄女柳氏，被人抢去，奸宿连宵，岂有不识其面之理？今该县获犯，到案止须一认，即可辨其真伪，有何畏惧而遽短见轻生，且不死于被抢被奸之时，而死于奸夫获案之后？其中难保无和诱同逃，今见事将败露，羞愧自尽。姑候饬府审详察夺。”此生俯首无词而去。此十一年九月十八日事也。

其后，公提王三到案，委济南守金湘详讯。据供，上年六月初二日，在蓬莱地方行窃，查有事主失赃，其地距柳家二里之遥，则奸犯非王三可知矣。

【译文】嘉庆十二年（1807）五月，刑部派出使者，根据朝廷的命令到山东督办案件，接受了贿赂以后才肯认真办案。当时的山东按察使是石韫玉先生，为人素来有风骨，刚正不阿。地方的知府、县令请求要丰盛地接待使者，石公不同意。使者怀恨在心。

之前，济南府原知府张鹏升审理一桩人命官司，在审讯过程中误将无辜的人致死，石公将此情况写成公文向朝廷报告，参劾张鹏升，其职务被解除，等候质对审讯。案子还没了结，这时刑部使者来了，张鹏升乘机把栖霞县民柳开生控告的案件，向使者报告，以此来诬陷石公。（柳开生一案详情附在后面）张鹏升花钱买通柳开生，到京城控告，朝廷就将此案交给使者查办。使者于是弹劾石公倚仗自己是江南有名的才子，喜欢舞文弄墨，故意给人免罪、定罪，奉朝廷旨意送交吏部严肃处理，被革除了职务。嘉庆皇帝念在石公在平定白莲教起义期间所立下的功劳，仍然赏给翰林院编修的职务。正好赶上第二年大考（古代考查官吏的制度，每三年一次），石公因为长期在地方上做官，已经写不了小楷字体了，于是称病辞官回乡。

起初，使者在山东授意给济南知府金湘，准备聚敛钱财向有关部门行贿，因为石公的严厉禁止没能成功。等到石公去职之后，他们在办理案件的过程中，根据案件情况，索取贿赂。济宁有李家兄弟争夺家产一案，索取了七万两银子的贿赂。第二年，张文敏公（张百龄，字菊溪，汉军正黄旗人，官至协办大学士）担任布政使，得到了使者亲笔写的信件，贪污受贿的罪行暴露出来，信件被呈交给了皇上。嘉庆皇帝大为震怒，立即传使者过来当庭审讯，把他写的信扔到他面前，呵斥他说："你要这么多钱有什么用？"命令用火来烙他的脚。当时使者不堪忍受，皇上流下眼泪，就自己从座位上退下去了。这也就是仁宗（嘉庆皇帝庙号仁宗）之所以被称为"仁"的原因。后来，使者按照法律规定被依法处置。

同时，石韫玉先生当时被诬陷的事情也得以平反昭雪。京城的知交好友们，上至军机处的官员，纷纷招请石公回京城任职，石公犹豫未决；第二年，张百龄担任两广总督，专程写信邀请石公出山。遇到一位老和尚，精通面相之术，对他说："先生如果再次出山，将帅、宰相的地位都能很有把握得到，却不能得到善终；如果居家不出，则能够享受二十年山水田园的清福，子孙之中也会有继续崛起的人。"老和尚本来是某科的翰林，也是石公的老朋友。石公相信他说的话，于是不再去做官，享受归隐田园轻松闲适的生活，正好二十年。恰好符合老和尚说的话。

附录柳开生控告案件的详情：

柳开生，是山东栖霞县居民，据他控诉称：自己有个妹妹，十七岁，还没有嫁人，在一天夜里被歹徒抢走，两天后回来了。女子自称被人带到一个山洞里，奸宿了两天两夜，然后送她回来。县令根据他们的控词写了一份公文呈报给石公，即命令县官缉拿凶犯，调查实情上报。这是嘉庆十一年（1806）六月初二日的事情。

到了九月份，栖霞县抓获一名形迹可疑的人，名叫王三，怀疑就是此案的凶犯；经过用刑审讯，王三被屈打成招，定了罪。案子移交到登州府的时候，王三推翻了原来的供词，登州府委派蓬莱县重审，王三坚决不肯承认。县令传柳氏到县衙来辨认凶犯相貌，柳氏当天晚上就自缢而死。这是九月十三日的事情。

柳氏本家族的一位叔叔，是有名的儒生、秀才，到山东按察使司控告，称侄女被官员逼死。石公将她叔叔叫过来，对他说："你不可以怪罪县官，凡是官员在办理诉讼案件的时候，涉及奸情的案件，传当事女子对质询问，这是按照规定办理，怎么能说是逼迫呢？"然后在他的状词后面批示说："你的侄女柳氏，被歹徒抢去，奸宿了两天两夜，难道会有不认识歹徒相貌的道理？现在该县抓获凶犯，只需要到现场一辨认，立即可以辨别凶犯真假，这有什么可怕的，就要自寻短见、自杀而死；而且是不在被抢走、被奸污的当时，而是死于奸夫被抓获到案之后呢？其中很难说没有迷惑引诱、一同出逃等情节，现在眼看事情将要败露，羞愧自尽。暂时等待经过登州府审讯办理汇报之后，再进行考察定夺。"那位秀才低着头没有说什么话就走了。这是嘉庆十一年（1806）九月十八日的事情。

后来，石公提王三到案，委派济南府知府金湘仔细审讯。据王三供称，去年六月初二日，在蓬莱县地方盗窃，查到有当事主人丢失财物，而失主家距离柳家有二里之远，那么奸犯肯定不是王三，这是很明显的。

9.1.3 元和石氏有后

元和石兰士广文，竹堂殿撰之第五孙也。幼随父敦夫太守，历官浙皖，夙秉庭训，乐善不倦。咸丰三年，发逆陷金陵，苏常震恐，迁徙靡止。适川沙厅窦蔗泉刺史，与广文有旧，延致幕中。遂携家川沙之赵家村居焉。

时红巾贼小境芝，方据沪城，势焰其炽。有赵某者，亦赵村同族，素游荡不正，至此入红巾之党。未几，小境芝灭，官捕余党甚急。

先是，某姓与赵氏，积不相能，竟以合村谋叛，闻于大府，以属窦公。窦公密商于广文，广文力白其诬，请以实情上达。窦难之，谓："案关叛逆，即不必尽法穷治，亦应将单内为首数人塞责。"广文乃索名单阅之，佯为大意，举手剪烛，引烛花堕纸，竟焚其单。窦公骇愕甚，又未便复请于上，其事遂寝。而赵村终不知。广文亦即迁去。

广文有子四人，皆能读书。庚申间，江南大乱。长子在都候京兆试；次、三、四皆避难至松江，掳入贼中。妹一、女五，蹩躠（bié xiè）野田丰草间，苦不可支，乃各解系带接结为一，各缚左臂，投江以殉，欲尸身不散失也。入水未久，有近乡富豪张秋汀家佃户经过，见而援之。甫救一人，五人即随之俱出，力劝勿死。舁至张家，张固仗义，又饶于财。询系世家女，另舍舍之，遣婢媪服役。时张倡办团练，悉出己赀，邻近乡民，俱乐为之用，故颇有声势。贼竟未至其地。不数日，被掳之兄弟，先后逃出二人，寻至张处，贺再生之庆。其第四子，年甫十六，随贼之豫、之皖，两年后，转徙至淮徐间，脱后亦得官同知，卒于皖省。

次子鲸，以盐经历仕浙；三子祖芬，以县丞需次东瓯。自述其家在苏城殉难者，自伯父岳生孝廉（峻华）以次，男女十余人。独广文一支，屡濒于危，而幸保全，未伤一人。谓非阴德之报耶！

【译文】江苏元和县（今苏州市）的石兰士广文（明清时对教授、教官的别称），是翰林院修撰石韫玉先生［字执如，号琢堂，一作竹堂，乾隆五十五年（1790）状元，授翰林院修撰］的第五个孙子。幼年时期跟随父亲石敦夫知府，在浙江、安徽地方做官，一直坚守父亲对他的教诲，乐善好施，孜孜不倦。咸丰三年（1853年），太平天国军队攻陷了南京城，苏州、常州的百姓十分震惊和恐慌，纷纷迁移躲避。正好时任川沙厅同知［清嘉庆十年（1805），分上海、南汇二县地置，治今上海市浦东新区川沙镇］的窦塾（号蔗泉）刺史大人，和石广文有旧交，聘请他到衙门中做幕僚。于是带着家人搬到川沙的赵家村居住。

当时红巾起义军（即清代上海小刀会起义）头目小境芝，正占据在上海，势头正盛。有一个赵某，也是赵家村的同族之人，素来游手好闲、不务正业，这时候也加入了红巾军。不久后，小境芝被剿灭，官府在火速抓捕其余的同伙。

之前，某姓宗族和赵氏族人，历来不和睦，竟然以全村谋反的罪名，将赵家村全村人举报到上级官府那里，上级委托窦大人办理。窦塾大人和石兰士广文秘密商议此事该如何办理，石广文极力辩白他们是被诬陷的，请求把真实情况报告上去。窦大人很为难，说："此案涉嫌谋反，关系重大，即使不一定要将他们全村人统统治罪，也应该将名单中几个带头的人处置，来抵罪交差。"石广文向窦大人把名单要过来看，假装不小心，抬手剪烛芯的时候，故意将剪断的烛芯掉落在纸上，名单竟然被焚毁。窦大人大为惊骇，又不便再请示上级，事情就这样不了了之了。而赵家村的人始终还不知道。石广文也很快就搬走了。

石兰士广文有四个儿子，都能读书。咸丰庚申年间(1860)，江南一带，因太平天国侵扰，战乱不堪。长子在京城等待参加顺天府乡试；二子、三子、四子都到松江府避难，被裹挟到太平军之中。一个妹妹、五个女儿，跌跌撞撞地行走在荒野蔓草中间，困苦万状，不堪忍受，于是各自解下衣带结成一根绳子，各自系在左胳膊上，跳入江中自尽，想要使每个人的尸身不会散失。跳入水中不久，有本地富豪张秋汀家的一名佃户从这里路过，看到之后救她们上来。刚刚救出一人，另外的五个人也就都随之而出，极力劝说她们不要寻死。抬到张家，张先生本来就是仗义之人，而且又家财富饶。经过询问，知道是官宦人家的女子，就专门腾出房间给她们居住，并派遣婢女、仆妇服侍照顾。当时，张某在当地倡议办理团练，拿出全部的家财，邻近的乡民，都乐意听从他调遣，所以声势颇为浩大。太平军竟然始终没有侵扰他所在的地界。几天后，被掠去的兄弟三人，三儿子和四儿子先后逃出来，寻找到张先生所在的地方，相互庆贺死里逃生。第四个儿子，刚刚十六岁，跟随太平军辗转到了河南、安徽等地，两年之后，转移到淮安、徐州一带，逃脱后也获得了同知的官职，后在安徽去世。

二儿子石鲸，在浙江担任盐运使司经历的官职；三儿子石祖芬，在浙江温州候补县丞的职位。据他们讲述，他们家在苏州因太平军战乱遇难而死的，自伯父石峻华（字岳生）以下，男女十多人。唯独石兰士广文这一支，多次濒临危难，而能够得以幸免于难而活下来，没有伤到一人。难道说不是设法保全人的性命、积累了阴德的善报吗？

9.1.4 庞省三方伯

湖北大冶令林大令（佐），亏短库项巨万，业经撤任，正在查办追问。庞省三方伯（际云），由鄂臬擢湖藩，甫交替柏篆，行将去矣。而与林君向无瓜葛，悯其决裂，身家可虞，国帑仍归无着，首先佽助白金两竿。似此勇于为善，不多睹也。同寅闻风踊跃，为集腋之举；竟获瓦全，诚莫大阴功也。

传闻鄂省江行，每遇神沙涌塞，船必忽沉。若舟子能预防其害，用大板压下，或可无妨。庞方伯携眷赴任，坐船至江心，忽为神沙所困，危在呼吸。适林君追送赶到，请方伯乔梓过林舟，而方伯坐船旋即沉没。鄂省向设救生红船，惟相距已数十里之遥，缓不救急。倘方伯无此善事，林君公私交迫之际，未必追送；江水滔滔，情形尚堪设想耶！彼苍报施之巧且速，未有过于此者，真可为行善之劝云。

【译文】湖北大冶县（今大冶市，属黄石市）知县林佐，亏空了官库的钱项金额达到数万两银子，已经被撤销了职务，正在查办追问。庞际云先生，字省三，从湖北按察使任上，升任至湖南布政使，刚刚交接了印信，马上就要离开湖北去湖南上任了。而他和林县令向来没有打过交道，因同情他的遭遇，身家性命已然堪忧，填补国库亏空的钱还没有着落，便首先资助给他二万两白银。像这样勇于为善，真是不多见了。同僚们听说了之后，纷纷踊跃捐款，积少成多；成功填补了亏空，使林县令保全了性命，这真是莫大的阴德啊！

传闻湖北省境内，在江上行船的时候，时常会遇到奇怪的沙子从水底涌出，阻塞河道，船只碰上一定会沉没。如果船家能够提前做好防备，用大板压住，或许可以避免受害。庞大人带着家人一同赴任，坐船到江水中央的时候，忽然被怪沙所困住，就要沉没，情势急迫，危险就在呼吸之间。这时正好林县令追着来送行，刚刚赶到，就邀请庞大人父子和家人转移到林县令的船上，而庞大人所坐的船接着就沉没了。湖北省向来设有救生的红船（旧时长江一带的救生船），只是相距已有几十里之远，无法解救眼前的危急。倘若庞大人没有做过这件善事，林县令在公事和私事繁乱忙碌的时候，不一定会追上来送行；面对波涛汹涌的江水，情况将是不堪设想。上天的报应，既巧妙又迅速，没有比这个更显赫的，真正可以用来劝勉人们努力为善，必有善报。

9.1.5 萧状元

茶陵萧殿撰锦忠，未达时，尝于除夜梦登天门，入一宫第。案置一册，历书天下士子姓名；首册第一行，上书“萧锦忠”三字，下书“某科状元”；后有字折角不可窥测，旁一吏揭以示之，乃“死于火”三字。大惊而寤。

萧初名某，以梦兆，改曰锦忠，果于某科以第一人及第。素嗜酒，饮少辄醉。曾冬日有亲故招饮，夜阑留宿，酷冷炽炭于室。萧闭门拥炉独坐，倦甚，垂头睡熟，足踏炭上，醉酣竟不自觉，果焚死。可知天下事，有前定矣。

【译文】湖南茶陵县的萧锦忠先生，是道光二十五年（1845）乙巳科状元，授翰林院修撰。他在还未功成名就的时候，曾经有一年的除夕夜，梦到自己登上了天门，进入一座宫殿。桌案上放着一本册子，一行一行清楚地写着天下读书人的姓名；第一册的第一行，上面写着"萧锦忠"三个字，下面写着"某科状元"；后面也有字，因折角而无法看到，旁边一名小吏打开给他看，竟然是"死于火"三个字。一惊而醒。

萧锦忠原名萧衡，因为梦境中的先兆，就改名为萧锦忠，果然在道光二十五年乙巳科以一甲第一名状元，进士及第。平时爱好喝酒，喝很少就醉了。曾有一年冬天，亲戚故旧邀请他喝酒，天晚了就留下来过夜，天气严寒，在房间里烧炭取暖。萧锦忠关上门独自一人围着火炉坐着，很疲倦，然后倒头就睡着了，脚踩在炭火上，因为醉酒竟然没有感觉到，果然被烧死。由此可见，天下之事，都是提前注定的。

9.1.6 陈侍郎

陈子庄曰："塞翁失马，焉知非福？"此语诚然。道光二年，先大父为安徽太平府通判，例应押运北上；庐州府通判董某，以歧路得之。押运，优差也，人皆代为不平，先大父不以介意。董至北，会旗丁行贿事发，累及运官，发刑部讯。董身关三木，几濒于死。先大父时知滁州，闻之叹曰："此咎应属我得，董乃以捷足代之乎？”

嘉庆十年，先大夫与杭州陈荔峰阁学嵩庆，同以誊录，议叙盐库大使；在京候铨，阁学打第一。一夕，与伊墨卿太守、张船山侍御，夜饮极懽（huān）；次日，应赴部投供，醉甚不能往。适河南库大使一缺，因不到扣选，阁学大失意，同人亦为之惜。然未几连捷，遂入翰林，官至内阁学士、礼部侍郎。壬午，阁学主福建试。先大夫方由石码场大使，升同安知县，相见于锁院。阁学谓：“尔日使不以醉误事，则今日亦不过中州一令耳。”可知凡事当由天定也。

【译文】陈子庄（名其元）先生说：古人说：“塞翁丢失了一匹马，看似暂时受到损失，又怎么知道不是福气呢？”这话一点不假。道光二年（1822），我的祖父担任安徽省太平府（今马鞍山市）通判的官职，按照惯例应当负责押运粮食到京城；而庐州府（今合肥市）通判董某，通过托关系、走后门得到了这个差事。押运粮食，是美差，人们都替祖父感到愤愤不平，祖父并不在意。董某到了京城，正好因旗丁（漕运的兵丁）行贿的事情败露，牵连到押运的官员，被送交刑部审讯。董某身上被戴上了枷锁、镣铐，严刑拷打，几乎要死掉。祖父当时已被调任到滁州做知府，听说了以后，感叹说：“这个处分本来应该由我得到，董某竟然捷足先登，抢着代替我吗？”

嘉庆十年（1805），我的父亲和杭州的内阁学士陈嵩庆（号荔峰），同时充任国史馆誊录，议叙（清代官吏有功而交吏部核议奖励；由保举而任用之官员亦称议叙）出任为盐库大使的职务；在京城候选，陈嵩庆学士排在第一名。一天晚上，陈学士和伊秉绶（号墨卿）知府、张问陶（号船山）御史，连夜饮宴，十分尽兴。第二天，本来应该要去吏部投呈履历，因醉得厉害，就没有去。恰好河南省盐库大使的职位出缺，因为人没到场而被取消了候选资格，陈学士大为失落，同僚们也替他感到可惜。但是，不久后即会试连捷，进士及第，入翰林院，后来官至内阁学士、礼部侍郎。道光壬午年（1822），陈学士主持福建乡试。我父亲当时正由石码场大使，升任至福建同安县知县，在考场中见面。陈学士说："那时候假如不是因为醉酒误事的话，那么现在也不过是河南一个县令而已。"可见凡事都是由上天注定的。

9.1.7 张船山先生

遂宁张船山先生（问陶），以翰林出守莱州，恃才傲上。上官以先生才望素著，皆优容之。会长白某公，巡抚山东；先生来谒，公谓其倨，心甚嗛之。语方伯曰："莱州张守，书生结习未除。太守为一郡表率，渠能胜任耶？"方伯固与先生齐年契好，为之说曰："张守虽系书生，尚并不误民事。"时有剧盗，桀骜狙诈，屡断屡翻，承讯官皆莫可如何。公冷笑，谓方伯曰："君谓张守不误民事，如某盗，渠能定谳，当即令其旋任；否则予将登诸白简，莫怪老夫无情也。"

方伯出语先生，问："能定此谳否？"先生笑曰："有何不能？"方伯大喜，商诸廉访，即延先生之臬署讯盗。佥问先生："计几日可以了结？"先生笑曰："此细事耳，三日足矣。"又问："需用何刑？"先生笑曰："刑具俟用时再议。所最要者，金华极精干脯一大盘，绍兴佳酿一大瓮。藉此聊助舌锋，断不可少。"佥笑曰："诺。"

翌晨，先生至臬署客厅，箕坐炕上；几置金华干脯一大盘，阶下置绍兴佳酿一大瓮；一僮扇炉煖酒，一僮执壶侍侧，一书吏在傍录供。呼盗跽膝前，先生左手把杯，右手翻阅案牍，而问盗曰："汝郏城人耶？"盗对曰："然。""汝年几何？"曰："三十七。""汝居乡乎？"曰："居乡。""汝有父母乎？"曰："父母俱亡。""汝有兄弟乎？"曰："兄弟三人，小人其长也。""汝有妻子乎？"曰："小人有二子，长年十八，能猎矣；幼年十三。""汝家何业也？"曰："无所事也。"斯时方伯与廉访诸公，俱在屏后窃听。以先生素工言语，必能摘奸发覆；不料所问皆琐琐细事，殊与原案无涉，佥相视匿笑。又恐不能了结，无以覆某公之命，深以为虑。

越日，先生至臬署，又问盗曰："汝郏城人。"盗对曰："然。""汝年几何？"曰："小人年三十有九，明年且四十矣。""汝居城乎？"曰："居乡。""汝有父母乎？"曰："小人父早亡。""汝有兄弟乎？"曰："兄弟三人，小人其次也。""汝有妻子乎？"曰："小人有一子一女，皆幼提也。""汝家何业？"曰："薄田数亩，务农为业也。"诸公俱复窃听，以先生所问，与昨无异，益复吃吃匿笑矣。

至第三日，先生至臬署，方伯与廉访问曰："君言三日了结，今三日矣，果能了结耶？"先生曰："下官向不打诳语。今日下午，当可了结，公等请无虑也。"因传谕皂役人等，预备刑具，听候结案。先生至客厅，依旧箕坐炕上，以干脯下酒。呼盗跽膝前，问曰："汝郏城人耶？"盗曰："然。""汝年几何？"曰："去年四十，今又添一岁。""汝居乡乎，居城乎？"曰："时而居城，时而居乡。”“汝有父母乎？”曰：“有母，年逾七十。”“汝有兄弟乎？”曰：“有两兄，皆亡矣。”“汝有妻子乎？”曰：“有子，尚呱呱在抱也。”“汝家何业也？”曰：“无田可耕，或渔而或樵也。”诸公窃听，益复相视匿笑，谓：“先生所问，如老妪絮语，何能定谳？”

至日晡后，先生乃命僮取巨觥（gōng）来，连满饮三巨觥，命将酒脯撤去。传集皂隶，准备刑具听用。先生正色危坐，而语盗曰：“今当问及正案矣。我观案牍，前承讯各官，所谳一一属实。汝何屡断屡翻也？”盗叩首曰：“小人实系负冤，尚求矜察。”先生拍案叱曰：“汝休矣。人谓汝桀骜狙诈，实属不谬。我与汝絮语三日，皆家常琐事；汝三日所答，前后迥不相符。琐事尚如此反覆，虽严刑处死，亦不为过。汝须自忖，毋自讨苦吃也。”盗犹欲强辩，先生叱左右：“严为用刑，毙命勿论。”盗急叩头，情愿吐实，誓不再翻。先生立命画供，其案遂结。方伯与廉舫诸公，在屏后闻之，叹服不置。比复命某公，公叹曰：“名下固无虚士，不谓张守有才如此，今而后不敢轻量士矣。”

【译文】四川遂宁的张问陶先生，号船山，以翰林院检讨出任山东莱州府知府，为人恃才傲物，常常轻慢上官。上官因为先生的才学和名望素来显著，也都对他很宽容。当时，是满洲的某大人（同兴，满洲镶黄旗人，官至太子少保），担任山东巡抚；张问陶先生来拜见，巡抚因为他态度傲慢，心里对他很不满。巡抚对布政使说：“莱州的张知府，书生习气还没有改掉。知府作为一个州郡的表率，他能胜任吗？”布政使本来就和张先生年龄相仿，交情也很好，就替他开解辩护说：“张知府虽然是一介书生，但还并不至于耽误政事。”当时抓获一个凶悍的盗贼，桀骜不驯，狡猾诡诈，多次审讯，多次推翻前面的供词，负责审讯的官员都不知道该怎么办。巡抚冷笑一声，对布政使说：“你说张知府不会耽误政事，像这个盗贼，他如果能定案，立即让他回到任上；否则，我就要写奏章弹劾他，到时就不要怪老夫我无情了。”

布政使出来对张先生说了这件事，问：“能办好这个案子吗？”张先生笑着说：“这有什么不能的？”布政使很高兴，经过与按察使商议，决定就请先生到按察使衙门审讯盗贼。大家都问先生：“需要几天可以了结此案？”先生笑着说：“这是小事，三天足够了。”又问：“需要使用什么刑罚？”先生笑着说：“刑具等需要用的时候再说。最要紧的是，金华产的精美猪肉干一大盘，绍兴产的好酒一大坛。要用这个帮助我说话更加犀利，绝对不能少。”大家都笑着说：“没问题！”

第二天早晨，张先生来到按察使衙门客厅，张开两腿坐在炕上；茶几上放着金华肉干一大盘，台阶下放着绍兴美酒一大坛；一名小童扇着炉火温酒，另一名小童拿着酒壶在身旁侍候，一名书吏在旁边记录口供。把盗贼叫过来跪在前面，先生左手端着酒杯，右手翻阅案卷，然后问盗贼说：“你是郯城人？”盗贼回答说：“是的。”“多大年龄？”回答说：“三十七岁。”“你是住在乡下吗？”回答说：“是住在乡下。”“你有父母吗？”回答说：“父母都死了。”“你有兄弟吗？”回答说：“兄弟三人，我是老大。”“你有妻子儿女吗？”回答说：“我有两个儿子，大的十八岁，能打猎了；小的十三岁。”“你家从事什么产业？”回答说：“没有什么产业。”当时布政使和按察使几位大人，都在屏风后面偷听。以为先生一向能言善辩，一定能够揭示出真相和隐情；没想到所问的问题都是生活琐事，和原来的案情没有什么关系，大家都相视窃笑。又恐怕不能顺利结案，没有办法向巡抚大人交差，深深地感到忧虑。

第二天，张先生来到按察使衙门，又问盗贼说："你是郯城人。"盗贼回答说："是的。""你多大年龄？"回答说："小人我三十九了，明年就四十了。""你是住在城里吗？"回答说："住在乡下。""你有父母吗？"回答说："我父亲早就死了。""你有兄弟吗？"回答说："兄弟三人，我是老二。""你有妻子儿女吗？"回答说："我有一个儿子一个女儿，都还幼小。""你们家从事什么产业？"回答说："家里有几亩薄田，以务农为业。"几位大人都还是悄悄偷听，因为先生所问的问题，和昨天的一模一样，还是偷偷地窃笑。

到第三天，张先生来到按察使衙门，布政使和按察使二位大人询问说："您说三天就能结案，今天已经是第三天了，果真能了结吗？"先生说："下官向来不说假话。今天下午，就可以了结，各位大人请不必担心。"于是命令衙役们，提前准备好刑具，听候结案。先生来到客厅，依然是两腿叉开坐在炕上，用肉干来下酒。把盗贼叫过来跪在前面，问说："你是郯城人吗？"盗贼回答说："是的。""你多大年龄？"回答说："去年四十，今年又长了一岁。""你是住在乡下，还是住在城里？"回答说："有时候住在城里，有时候住在乡下。""你有父母吗？"回答说："家有老母亲，已经七十多岁了。""你有兄弟吗？"回答说："有两个哥哥，都死了。""你有妻子儿女吗？"回答说："有个儿子，还抱在怀里吃奶呢。""你们家从事什么产业？"回答说："没有田地可以耕种，或者捕鱼，或者打柴。"几位大人听了，还是相视窃笑，说："先生所问的问题，如同老太婆絮絮叨叨的话，怎么能结案呢？"

到了黄昏时分，张先生命令童仆拿大酒杯来，连续满饮了三大杯，然后命令他们将酒和肉干撤下去。命令衙役们集合，准备好刑具听候使用。先生表情严肃，正襟端坐，对盗贼说："现在我要问到正经案情了。我看了案卷，前面负责审讯的各位官员，所审问出的结果都是实情。你为什么要多次断案，又每次都翻供呢？"盗贼磕头说："小人实在是被冤枉的，还请大人明察。"先生拍着桌子叱责他说："你算了吧。人都说你桀骜不驯、狡猾诡诈，确实不假。我和你絮絮叨叨交谈了三天，都是日常生活琐事；你三天的回答，每天都不一样。生活琐事尚且如此反复不定，即使是判处你死刑，都不算过分。你要自己好好思量，不要自讨苦吃。"盗贼还想强行辩解，先生命令左右的衙役，说："严厉用刑，死掉也没关系。"盗贼急忙叩头，情愿说出实情，发誓再也不翻供了。先生立刻命令他画押，案子就这么办结了。布政使和按察使几位大人，在屏风后面听到，自然是赞叹、佩服不止。等将办案情况汇报给巡抚的时候，巡抚感叹说："果然是名不虚传，没想到张知府这么有才干，从今以后再也不敢轻易评价读书人了。"

9.1.8 余镜湖太史

咸丰己未秋，粤寇尚窃据金陵，暂借浙闱，举行江南乡试。婺源余镜湖太史（鉴），时为诸生，寄居如皋，资斧无措，几不能应试；赖各友醵（jù）助，始克束装就道。将至浙省，停车河畔待渡，见前舟渡人甚多，半是赴试者；中流大风骤起，溜疾舟重，遂致覆溺。太史恻然，亟以手指车大声呼曰："我带路贽甚丰，有人拯一人上岸者，酬白金百镒。"濒河居民，多习泅水；时方秋获，农人贪财，咸辍业从田中趋至，争脱衣下河，将所溺之人，尽拯置岸，俱庆再生。

众向太史索酬，太史又笑指曰："我赀俱在车上，尔曹自取可也。"众展其襆被，惟铜钱十余千文；又启视箱中，则旧衣数袭，破书数本而已。众索然失望。问曰："君赀何在？"曰："我赀具在此，不敢欺也。"曰："然则一人百金之说何谓也？"太史笑曰："我姑妄言之耳。尔曹如谓我食言，所拯诸人具在，生死惟君，既援之上岸，再推之下水何如？"众哗然，曰："君颠也耶？天下只有救命，那有戕命之理？"太史笑曰："若然，尔曹即当行一善事，请不必再较锱铢（zī zhū）矣。"遂取钱十千给众曰："戋戋薄敬，聊以塞责。"众相视，无可如何，瓜分其钱而去。是科，太史登贤书第一名。

【译文】咸丰己未年（1859）秋季，太平天国军队还盘踞在南京城，就暂时借用浙江的考场，举行江南乡试。安徽婺源县的余鉴太史（明清称翰林为太史），号镜湖，当时还是一名秀才，寄居在江苏如皋，路费无从筹措，几乎无法去参加考试；有赖于朋友们凑集资金相助，才得以整理行装动身出发。快到浙江省的时候，停车在河边，等待摆渡过河，看见前面一条渡船，乘坐了很多人，一半都是去赶考的；船到河水中央的时候，突然起了大风，使船顺流疾驶，又因为船身极重，导致船体倾覆沉没。余太史心生怜悯，急忙用手指着自己的车大声呼喊，说："我带的路费很丰厚，如果有人能救一个人上岸的，奖励白银二千两。"沿河的居民，大多善于游泳；当时正值秋收农忙季节，农民因为贪图赏金，都放下手中的活从田里赶来，争先恐后地脱衣服下河，将那些在水中挣扎的人，全部救上了岸，人们都相互庆贺死里逃生。

众人向余太史索要酬金，太史又笑着指着自己的车说：“我的钱都在车上，你们自己去取就可以了。”众人打开他的铺盖卷，只有铜钱十千文；又打开行李箱，只有几件旧衣服、几本破书而已。众人顿时失去了兴致，大失所望。问说：“您的钱在哪呢？”太史说：“我的钱都在这里，不敢欺骗。”众人说：“这样的话，救起一人赏银百镒（古代重量单位，二十两或二十四两为一镒）是怎么个说法？”太史笑着说：“我就姑且这么一说。你们如果说我说话不算数，救上来的人都在，是死是活由各位做主，既然把他们救上了岸，再把他们推下水去怎么样呢？”大家顿时议论纷纷，说：“你疯了吗？天下只有救命，哪有害命的道理？”余太史笑着说：“既然是这样，你们大家都当作是做了一件好事，就请不必再计较钱多钱少了。”于是取出十千文铜钱给了众人，说：“这一点钱，不成敬意，大家拿去，聊表感谢和补偿。”众人面面相觑，也没什么办法，把钱各自分掉就走了。这一科乡试，余太史以第一名解元的成绩高中举人。

9.1.9 吴解元得子

江浦吴解元（家楣），有女年十八，于归有日。忽下体肿痛，卧不能兴；翌晨自以手扪之，忽然变为伟男也。庸通和尚，飞锡沪渎，曾亲见之。时年已及壮，且娶妻生子多年矣。并言其两耳尚有钏孔，两足以纤瘦不能纳履，终年但着吉莫鞾（xuē），中实以絮，大不过五寸许耳。予闻而异之，谓非作大善事，不能致此。后闻解元家因临江，行人来往，恒苦无渡；乃倡捐，于两岸各制舟楫，创设义渡。永占利涉，万口交颂。时解元齿已垂老，殊苦无子，一旦化雌为雄。足见天报善人，为不爽也。

【译文】江苏省江浦县（今南京市浦口区）的吴家楣先生，是道光十五年（1835）乙未恩科江南乡试的解元。他有个女儿，十八岁，正准备出嫁。有一天，忽然下体肿痛，卧床不能起来；第二天早晨，自己用手抚摸，竟然长出了男性生殖器，变成了男子身。庸通和尚，云游在江南一带，曾经亲眼见过他。当时已经是壮年，而且娶妻生子很多年了。并且说他两个耳垂还有耳钉孔，两只脚因为纤细无法穿男式鞋子，一年到头都穿着吉莫靴（用吉莫皮制成的靴子），中间塞上棉花，长不过五寸左右。我听说之后感到很神奇，认为如果不是曾经做过大善事，不会这样。后来听说吴解元因为家住在长江边上，行人往来，一直苦于渡江困难；于是发出倡议，号召大家捐款，在长江两岸各自制造渡船，创设免费的渡口。永久性地方便行人渡江，万民交口称颂。当时吴解元已经步入老年，一直苦于没有儿子，女儿竟然一夜之间变化成了男儿。由此足以证明，上天回报善人，绝不会有差错。

9.1.10 河工难惜费

道光辛丑年，祥工于七月筹堵，王定九相国亲驻工次，力求撙节，积弊顿除。初议正月五日合龙，先二日放引河，正溜未能掣动。又金门下埽（sào）时，跑土复缓，掌坝者为王岑阶司马（渼），请速发钱十万贯，给牌桶价，期以两昼夜，压土闭气。而当事谓龙已合矣，安用此？靳不与。

午后，土夫渐散，埽身旋蛰。司马独坐绳床于埽上，泪如雨，誓必死。戌刻，金门陷，竟以身殉。口门复宽二十余丈，相国闻报痛哭，专摺自劾。续请项四十万，限匝月完工。寝食俱废，日进炊饼二枚。夜则焚香祝天，衣不解带。鸠工无稍息。择二月初九日合龙，正月二十八日引河报竣，严饬如式封固。二月初四日大风夜作，黎明愈狂。忽报引河刷动，正溜直逼河头。咸谓引河未启，口必被扯。而巳刻续报，大溜全进引河，金门挂淤。不数刻，兰仪、杞县水报皆至。阖工欢声如雷，不待吉期，并力下埽。初七日告成矣。

盖自决口至合龙，为期二百三十日，田庐人畜淹没者以千万计，费水部金四百余万两。实误于某观察报险时，不发款抢险，时减夫值耳。又桥从事幕府，有《釜底余生记》，述之甚详。闻咸丰癸丑，南河丰工，两次堵筑，颇与相同。总之抢险一事，勿惜费也。

【译文】道光二十一年（1821）岁次辛丑六月，黄河在河南祥符县（今开封市祥符区）一带决口，祥符河工于七月开始动工，堵筑决口，抢险治水。相国王鼎（字定九）亲自长住在工地，极力争取节省经费，清除了一直以来的种种弊端。初定第二年正月初五日合龙，提前两天开启引河（人力所开的河川支流，用以导引河水）放水，主流没有能够引动。而且在金门投下埽（治河时用来护堤堵口的器材，用树枝、秫秸、石头等捆扎而成）的时候，跑土又缓慢，负责堤坝看护的是王渼（字岑阶）司马，请求火速拨发经费十万贯，购买木板、木桶等工具，争取在两天两夜之内，将土压实，排除空气。而上级认为已经合龙了，还用得着这个吗？就没有批准同意。

下午，护堤的土面渐渐松散，埽身很快就被淹没掉了。王司马独自一人坐在埽的绳床上，泪如雨下，立誓与大堤共存亡。戌时（晚上七时至九时），金门塌陷，王司马竟以身殉职。决口的地方还有二十多丈宽，王相国听取汇报之后，痛哭不已，专门上奏折请罪。又再次申请经费四十万两，限期一个月完工。废寝忘食，每天只吃两个炊饼。到晚上则焚香向上天祷告，睡觉不脱衣服。加快工程进度，没有丝毫懈怠。原定于二月初九日合龙，正月二十八日引河完工，严厉命令按照程序封土加固。二月初四日夜里，起了大风，到黎明时分，风更大了。忽然报告说引河冲刷堤坝，主流直逼河岸。都说引河还未开启，开口处一定会被撕扯。而到了巳时（上午九时至十一时），又接到报告说，主流全部进入引河，金门淤泥堆积。没过几个时辰，兰仪县（今兰考县）、杞县都报告说水头已经到了。整个工地欢声雷动，不用等待选定吉日，就在这时立即下埽。初七日工程即告完成。

从决口到大堤合龙，经过了二百三十天，田地、房屋、居民、牲畜被淹没、冲走的数以千万计，花费了水部经费四百多万两。实在是因为某观察在报告险情时，不拨发资金进行抢险，时常克扣工人工资而导致的。又桥当时在河工从事文书工作，写了一篇《釜底余生记》，对其中的经过记载得很详细。听说咸丰癸丑年（1853）间，黄河在丰北厅（今江苏丰县）决口，江南河道在抢险的时候，两次堵筑决口，所用的方法都与这次类似。总之，抢险救灾这件事情，不能吝惜钱财。

9.1.11 张诚一

太仓张诚一，以贩卖骨董为业。初至南翔，知交颇寡，僦

（jiù）居森罗殿。一日忽发寒热，汪少府燕石（梦伯）往视之，张卧乱柴中，旁立狞鬼迫视，盖泥塑者。汪为之悄然，以数语慰藉而去。张瞑眩中，见曹官南面坐，貌颇白皙，卒役尽如常人，无一丑形者。

曹官谓张曰：冥间官吏，悉阳之正直者为之，貌与生人无异。自宋玉造为地狱变相，于是貌必极其险恶，刑必极其惨酷，冥中竟成桀纣世界。其实地府境虽幽暗，理却明决。更有塑为牛头马面之形，恐牛马而衿裾（jīn jū）者，惟阳世有之也。我辈之上，尚有冥王。僧道家窃取地数十之义，造为十殿。孔子云："天无二日，土无二王。"土之上无二王，土之下有十王耶？今阳世一县一宰，佐者一二人，故事权统一。设以二人为之，议论必多龃龉（jǔ yǔ），行事亦复掣肘；况更十人，有其理乎？惟两京十七省，及海外诸国，每处设曹官数人。此冥官，非冥王也，分司水火、瘟疫、穷饿、残疾、官刑、绝嗣诸报。迟或在后人，或在转世，从无漏网者。此即地狱也。更有施报司，专司大恩大怨之事，虽数转轮回，报复不爽者。至若轮回一事，气尽则死，气聚复生；亦犹冬日草枯，至春则萌芽复发。其来世之荣瘁，悉视今生之培植何如耳。世人所传转轮殿向上，则成人道；向下，则成畜道。须知人人方寸间，有个转轮在，何须冥中特设哉？予乃江南省疾病曹官，汝后尚有财运，今日之疾，可勿药耳。

张自此渐愈。后以燕石力，至吴门，积赀饶裕。报燕石颇不薄，曰："无俟冥间施报司注帐也。"

【译文】江苏太仓的张诚一，以做古董生意为业。刚到南翔镇（今属上海市嘉定区）的时候，认识的人很少，暂时借住在寺庙森罗殿。一天，忽然发了寒热，县尉汪梦伯（号燕石）先生前去看望他，只见张诚一躺在杂乱的柴草中，旁边立着面目狰狞的鬼卒，直盯着他，原来是泥塑的像。汪先生为他感到忧虑，安慰了几句话就走了。张某在头晕目眩之中，见到冥府曹官（属官）面南而坐，面貌很是白净，吏卒、差役都和平常人一样，没有一个相貌丑陋的。

曹官对张诚一说：阴曹地府的官吏，都是阳间聪明正直的人担任的，相貌和活着的人没有两样。自从战国时楚国诗人宋玉作《招魂》诗，后世逐步演绎为"地狱变相图"（明顾炎武《日知录·卷三十》："地狱之说，本于宋玉《招魂》之篇。长人土伯，则夜叉罗刹之伦也；烂土雷渊，则刀山剑树之地也。虽文人之寓言，而意已近之矣。于是魏晋以下之人，遂演其说，而附之释氏之书。昔宋胡寅谓阎立本写'地狱变相'，而周兴、来俊臣得之，以济其酷，又孰知宋玉之文实为之祖。"）；从此以后，于是人们认为，冥府官吏的相貌必定极为凶恶丑陋的，刑罚必定是极其凄惨酷烈的，冥府竟然成了夏桀、商纣这样的暴君掌管的世界。其实地府的环境虽然幽深阴暗，但是道理却是明白果决的。更有塑造出牛头马面（传说地狱中的两个鬼卒，一个长着牛头，一个长着马头）的形状，恐怕牛马穿上衣服而变成衣冠禽兽，只有阳间才有。我们的上面，还有冥王。佛家、道家窃取了地数为十的意义，演绎出十殿阎王。孔子说："天上没有两个太阳，人间没有两个君王。"（语出《礼记·坊记》："天无二日，土无二王，家无二主，尊无二上。"）人间尚且没有两个君王，难道阴间有十个阎王吗？现在阳间一个县只有一个县令管理，辅佐的不过一二人，所以职责和权力能够统一。假设有两个人同时管理，那么商议事情必定产生很多分歧，做事情也会受到各种干扰和阻挠；更何况是十个人，有这种道理吗？只有在两个京城［明代两京为北京顺天府、南京应天府；清代两京为北京顺天府、盛京奉天府（今沈阳）］和十七个行省，以及海外各国，每处地方设置曹官数名。这是冥府官员，不是冥王。分别掌管水火、瘟疫、穷饿、残疾、官刑、绝嗣等各种报应的施行。果报虽然有时来得迟，或者报在后代，或者报在来世，但从来不会有侥幸逃脱的。这就是地狱。还有“施报司”，专门掌管大的恩德或大的冤屈方面的事情，即使轮回多世，而报应从无差错。至于说轮回转世这件事，人的气息消耗已尽就会死，气息再次聚合便会重生；也好比是冬天野草枯萎，到了春天便会萌芽重新生长。来世是荣华富贵长寿，还是贫贱困苦病夭，全都是要按照今生培德植福的情况来定的。世人所传说的转轮殿上设置有一个大转轮，转轮向上，就投胎做人；转轮向下，就变成畜生。要知道人人心中，自有一个转轮在，哪里需要冥府中专门设置一个呢？我是江南省负责疾病的曹官，你今后还会有财运，现在的疾病，不用医药就会好的。

张诚一的病从此逐渐痊愈了。后来依靠汪燕石先生的帮忙，到苏州做生意，积累下了丰厚的财富。并十分隆重地回报了燕石先生，说：“不要等冥府的施报司给我记上一笔账。”

9.1.12 雷发奸谋

嘉定民有叔侄分田而耕者，其中适间他姓田二亩，叔侄皆欲得之。或谓其叔曰：“某姓田四十金可得。”叔许之。又谓其侄：“某姓田汝叔已许四十金矣。”侄许以六十金。则又谓其叔：“某姓田汝侄已许六十金争买矣。”叔又许以八十金。展转至百余金，卒售于叔，其侄衔之。

适宝山获海盗，侄贿盗诬扳其叔。正怀金出户，众莫知也。天忽作欲雨色，霹雳一声，击其足。亲戚咸探视之，谓："何罪遭此天谴？"某但连称活佛。其姊婿某谓之曰："凡雷击者，有亏心事辄对众宣告，则不死。"乃自吐其实。

今其人尚在，右足已断，扶杖而行。其姊婿之子，则舟子也。程文学默轩自城归，得之目睹者。此咸丰元年五月事。

【译文】嘉定县（今上海市嘉定区）居民有一对叔侄，分田耕种，其中他们的田地中间正好夹着某外姓人家的田地二亩，叔侄二人都想得到这块地。有人对他叔叔说："某姓家的二亩地用四十两银子就可以获得。"叔叔答应了。那人又对侄子说："某姓人家的田地你叔叔已经答应花四十两银子买下了。"侄子答应给到六十两。那人又对叔叔说："某姓人家的田地你侄子已经答应花六十两银子争着买下了。"叔叔又答应提高到八十两。就这样反反复复，一直加到一百多两，最后还是卖给了叔叔，侄子怀恨在心。

当时恰好宝山县（今上海市宝山区）抓获了海盗，侄子买通海盗诬陷牵连叔叔。正准备揣着银子出门，没有人知道。天气忽然变了，像是要下雨的样子，突然霹雳一声，雷电击中了他的脚。亲戚们都来探视，说："犯了什么罪，竟然遭到天谴？"侄子只是嘴里连称活佛。他的姐夫对他说："凡是遭到雷击的人，如果做过亏心事，当着众人的面讲出来，就能免于一死。"于是自己承认了实情。

到现在那个人还在世，右脚已经断了，只能拄着拐杖走路。他姐夫的儿子，是开船的船夫，亲眼看到这件事。程默轩（字文学）从城里回来的路上，听船夫讲的。这是咸丰元年（1851）五月的事情。

9.1.13 父勿过严

世间父兄教子弟，必寓严于宽，使子弟无一事无不禀商，庶可就此针砭。若驭之太严，适长其欺，一至溃败，不可收拾。是诚洞达人情之论。

扬州王翁，其一证也。翁止一子，愚而荡，家颇殷实，拘之极严。偶有急需，不敢白诸父，私向邻人吕七、袁大贷银二百两。吕、袁挟其短，立券后，另书券二百金，如愆期，以此为息。王竟受其愚。踰数月，以情告母，措银送还，即索券。吕谓其妻归宁，券在笥中，他日检完可也。王欲携银归，吕叱曰："吾以二百金相假，汝一纸不相信耶？"王不敢争，与之。后屡索券不还，不敢言诸父也。

一日，吕、袁二人，持券诣其父索四百金。父召询焉，子备述颠末。吕、袁怒曰："汝儿非孩提，岂肯加倍书券？又岂肯还银而不还券者？"翁知子被愚。因曰："生子不肖，尚复何言？但此中有疑虑，请诅神明，银券互易可乎？"二人曰："谨如教。"因订翌日同诣郡庙焚香致祝。吕、袁设誓曰："如有欺诳，即得急病死。"翁遂如数付之，而焚其券。甫旬日，吕七无疾骤亡，袁始惧。一日方午餐，忽停箸曰："七哥来耶！"遂毙。此道光二十六年事。

余在邗（hán）上，扬人常述以为戒。苏明允之论《易》曰："岂圣人务为新奇祕怪，以夸后世耶？盖无死生之说，以神天下人之耳目；则我虞尔诈之风，将更有不堪问者矣。"

【译文】世上的父兄在教育子弟的时候，一定要严宽结合，使子弟没有一件事情不向父兄禀告商议，这样就可以借着具体的事情进行引导和规劝。如果对子弟管得太严，反而助长了他的欺瞒之心，到最后一败涂地，而不可收拾。这真是通达人情世故的议论。

扬州的王老先生，就是一个典型的例子。老先生只有一个儿子，愚蠢而且放荡，家境颇为殷实，对儿子管控得非常严格。儿子偶尔需要用钱，不敢跟父亲说，私下里向邻居吕七、袁大借了二百两银子。吕、袁二人抓住他的弱点，写好借据之后，另外写了一张二百两的借条，说如果到期还不上，就用这个作为利息。王家儿子竟然接受了他们的愚弄。过了几个月，把实情告诉了母亲，筹措银子送还，当场索要借据。吕七说他妻子回娘家了，借据被锁在箱子里了，改天找到送过来就行了。王家儿子想要带着银子回去，吕七叱责说："我拿二百两银子借给你，你连一张纸都不相信我吗？"王家儿子不敢争论，就把银子还给他了。后来，多次索要借据都不肯还，也不敢跟父亲说。

一天，吕七、袁大二人，拿着借据找王老先生索要四百两银子。父亲叫儿子过来询问，儿子就讲述了事情的经过。吕、袁二人故作愤怒地说："你儿子不是小孩了，怎么肯加倍写借条？又怎么肯还了银子不要回借据呢？"老先生知道儿子被愚弄了。就说："生了一个不成器的儿子，还能说什么呢？但是这其中有些疑虑，请在神像面前发誓，一手还银、一手还券，怎么样呢？"吕、袁二人说："没问题，就按你说的办。"于是约定第二天一同到扬州府城隍庙焚香祷告。吕、袁二人发誓说："如果有欺骗，就得急病而死。"老先生就如数把银子给了他们，然后烧掉了借据。不到十天，吕七无疾暴死，袁大开始害怕了。一天，正在吃午饭，忽然放下筷子说："七哥来了！"就死掉了。这是道光二十六年（1846）的事情。

我在扬州的时候，扬州当地人常常讲述这件事来相互劝戒。宋朝的苏洵（字明允）曾著有《易论》来阐述《易经》的道理，他说："难道圣人专门搞出一些新鲜奇特、神秘怪诞的理论，来向后人夸耀吗？如果不探究生死的原理，来让天下人在耳濡目染中提升敬畏之心；那么，尔虞我诈的风气，将更加不堪设想。"

9.1.14 雷警窃金

光绪六年五月，胥门内某姓，鳏居无子；止生一女，年已及笄（jī）。月初为之择婿过柬，所受聘礼，悉交女收藏；未及信宿，失去礼物两事，皆金饰也。翁以女室既无穿窬（yú）踪迹，亦无女伴往来，凭空遗失，非其女怀他志，即系女有外私。故盘诘未已，继以扑责。女含羞怀忿，无可置辨，乘间方欲自缢，忽风雨骤至，雷电交加，同室某氏媪，自室中趋跪庭心，手持金饰，自言："金由我盗，今原物尚存，愿即交还，勿枉死人家性命也。"言毕，媪则如梦初觉。翁与女俱得完璧，亦即不更深究。惟当时见者，以为天威咫尺，毫发不爽云。

【译文】光绪六年（1880）五月，苏州胥门内有一某姓人，妻子已去世，独自一人生活，没有儿子，只有一个女儿，已到适婚年龄。本月的月初，为她择偶订婚，所收到的夫家送的聘礼，全都交给女儿收藏保管；还没过两天，就丢失了其中的两样东西，都是金首饰。她父亲因为女儿房间既没有穿墙打洞的痕迹，也没有女伴进出，凭空丢失，不是女儿心里有别的相好的人，就是女儿在外面有私情。所以不停地盘问，又进行责打。女儿既难过又羞愤，没有办法为自己辩白，趁机想要自缢，忽然风雨大作，雷电交加，同一个房间的某氏老妇人，从房里小跑出去跪在庭院中央，手里拿着金首饰，自己说道："金饰是我偷的，现在原来的东西还在，愿意立即交还，不要枉害了人家性命。"说完之后，老妇人才如梦方醒。看来是女儿和财物都完好无损，老天也就没有再深究。只是当时亲眼看到的人，都认为上天的威严近在咫尺，丝毫不差。

9.1.15 生死一定

万篪（chí）轩方伯，家多质库。咸丰初，以连年发逆滋扰，在江浙为官日多，即告病，后亦寄居武林。尝闻其自述一节，可知人之生死有定也。

据言，当逆匪大乱时，其质库每遭抢毁，当其时无暇顾也。有一吴姓，为其管总，其时闻警逃去者比比，而吴姓者不以为然，自言："能守则守，如贼至，惟有以死殉，方足以对人。若贼不来先去者，何以对主人也？"无何，贼至，勒取金银，恣其所为，不足则以刑迫，并以烟熏，屡晕绝。一日濒死，贼从墙头弃而抛出，外正当积尸处，久不能动。比暝，忽闻有官来尸间点名，即有按名应者，而吴独未应。官命再叫，旁有人云："此吴某，可不点，不在其中也。又阳寿未绝，水府中人也。"久之寂然，吴闻之甚审。天明，从尸堆爬出，既而贼退，其地蹂躏不堪。去之而备述诸主人，主人留之同居，未久欲归，听之。

年余均不出门，凡有水处必留意。相去其女里许，久未见，偶往其家；女以父来留饭，忽欲归。时当六月，雷雨大作，只得稍停。饭毕，云收雨止，即乘小车归，女遣一粗工送去。车过田塍（chéng），跌下水壑，扶起则已逝矣。其时所过之地，均为焦土。特时雨一阵，遂成水壑。若迟迟过此，则水涸矣。人顾能违天哉！

【译文】万启琛先生，字篪轩，江西人，曾任江苏布政使，家中开了不少当铺。咸丰初年，因为太平天国军队连年侵扰，在江浙一带做官时间已经很长了，就告病辞官回乡，后来也曾寄居在杭州。曾经听他讲述过一桩事情，可以知道人的生死确实是有定数的。

据万启琛先生说，当太平军大肆骚乱的时候，他家的当铺时常遭到劫掠、破坏，当时也没有精力顾及。有一个姓吴的人，受聘总管当铺的生意，当时听到警报逃走的人比比皆是，而吴总管不以为然，他说："能守住就守，如果贼寇真的来了，只有以身殉职，才能对得起主人。如果贼寇还没来就先逃走了，怎么和主人交代呢？"不久后，贼寇果然来了，向他勒索金银，肆意妄为，不满足就用刑罚来逼迫，又用烟雾熏烤，多次晕过去。一天，眼看快死了，贼寇把他从墙头上扔到外面去，墙外正是堆积尸体的地方，很长时间都动不了。等苏醒过来，忽然听到有官员来到尸体中间点名，就有人听到名字后答应，而吴总管没有应声。官员命令再次叫他，旁边有人说："这是吴某，可以不用点名，不在这次死亡名单中。而且阳寿还没有结束，以后将是水府中的人。"过了一会儿之后，安静无声了，吴总管听得很真切。天亮之后，从尸体堆中爬出来；后来贼寇退去，当地被糟蹋破坏得不成样子。回去之后把自己的经历详细讲述给主人们听，主人留他一起同住，不久后想要辞职回家，主人也就同意了。

吴某一年多都不敢出门，凡是有水的地方都特别注意小心。他家和女儿家相距一里多路，因为好久都没见面了，就去了女儿家；

女儿因为父亲来了，留他吃饭，忽然想要回去。当时正是六月份，忽然雷雨大作，只能暂时留下来等待。吃过饭后，云收雨停，就乘坐小车回去，女儿派了一名工人护送他。车子经过田埂的时候，跌落下去掉进了水沟里，连忙扶起来，人已经断气了。当时所经过的地方，都是干燥的地面。只下了一阵雨，就形成了水沟。如果再晚一会儿经过，水就干了。由此看来，人怎么可能违抗天意呢？

9.1.16 办赈不险

秦暐（wěi）斋茂才，向以教读为业。去冬，沪上诸君，措资邀同江北办赈，茂才乐与偕行。半载以来，实心实力。旋复往山左赈济。于五月初五日，由沭阳起身，同伴十有一人，共三套大车三辆、双手车十余辆、轿车二辆。秦君坐三套大车上，装银九千两，并有行囊食物等件；车上坐共三人，约重千有余斤。行抵阴平地界，秦君未谙乘车，正行间，即顾下车小便。未及停车，率行跳下，为边骡索绊倾倒，车轮从背至肩而过。在车诸人，无不惊骇，面如土色；车夫亦毫无主见。众人意谓九死一生，赶即停车下视，而秦君竟安然无恙。

据云倒地时，轮由背过，仿佛有人将车抬起，是以毫不知重，身上亦绝无损痕。岂非神明默佑乎？足见赈济之事，不独为国家所最重，而冥冥中亦默有神佑也。乐善者，盍鉴诸？此光绪三年间事。

【译文】秦暐斋秀才，平素以教学子读书为业。去年冬天，上海的几位先生，筹集资金邀请他一同到江北地区赈灾，秦先生很乐意和他们一起前去。半年以来，做事尽心尽力。接着又去山东赈济灾民。在五月初五日这一天，从沭阳县动身出发，同行的有十一人，随行的车辆共有三套大车（用三匹骡马拉的车）三辆、双手车十多辆、轿车二辆。秦先生坐在三套大车上，装载着白银九千两，同时还有行李、食物等物资；车上一共坐着三个人，整车重达一千多斤。在走到阴平镇（今属山东省枣庄市驿城区）的时候，秦先生因乘车没经验，正在行进的时候，就顾着下车小便。车子还没停下，就轻率地跳下车，被边上的骡马的缰绳绊到而摔倒，车轮从背部到肩部碾过。车上的人，都被吓坏了，面如土色；车夫也没有什么主意。众人都认为这次真的危险了，连忙停下车来下去看，而秦先生竟然安然无恙。

据他说，自己倒地的时候，车轮从背上碾过，仿佛有人将车子抬起来，所以丝毫没感觉到重量，身上也没有一丝伤痕。这难道不是神明在冥冥之中护佑吗？由此可见，赈济灾民这件事情，不单是被国家所特别重视，而且冥冥之中也有神明默默保佑。乐善好施的人们，可以将此事作为借鉴。这是光绪三年（1877）间的事情。

9.1.17 天道最近

同治癸亥，我军攻绍兴，诸将屡奏捷。每俘贼至，辄发善后局委员讯之。果属老贼，即行正法；如实系被掳被胁者，每给照令回籍。杀者不知凡几，释者亦不知凡几矣。

一日者，讯贼，有人喋喋自陈，确系被掳，涕泗交下，情景逼真。问者恻然，已欲生之矣。忽肆中童子送汤丸入署，见之骤呼曰：“此贼是杀我一家者。”官惊问之，则童之父，向设肆于绍城中，亦卖汤丸。城破时，此贼杀其父兄，而系童子去，为之服役，贼中所谓“小把戏”者也。童子乘间逃出，乞食至宁，遇父之同业收留之。今则适遇之耳。相质之下，贼俯首无词，当即驱出斩首。向使童子是日不入署，则此贼遂幸逃显戮矣。天网恢恢，疏而不漏。斯言信然！

【译文】同治癸亥年（1863），官方的军队攻打绍兴，围剿太平军，将士们接连报捷。每当俘获贼寇成员过来，就交付善后局（清代后期，在有军事的省份设立的处理特殊事务的机构）委员进行审讯处理。如果是长期作乱的老贼，就当场予以正法；如果确实属于被掳掠或被裹胁的，通常发给凭证遣送回原籍。被杀的不知道有多少人，被释放的也不知道有多少人。

一天，正在审讯贼寇，有一个人喋喋不休，反复陈述说自己确实是被掳掠的，痛哭流涕，情景十分逼真。办案人员心生怜悯，已经准备释放他了。这时忽然有一名小童进来，是店铺的伙计，正好送汤丸到官署里来，见到他突然喊叫说：“这个贼就是杀害我一家的。”官员很惊奇，就问他怎么回事，原来小童的父亲，平时在绍兴城里开一家小店，也是卖汤丸的。绍兴城被太平军攻破时，这名贼人杀害了他的父亲和哥哥，然后把小童掳掠而去，为他们干活，也就是充当他们军中所说的“小把戏”的角色。小童找机会逃了出来，一路要饭到南京，遇到和父亲一同做过生意的人，收留了他。今天正好在这里遇到这名贼人。双方对质之下，贼人低头无话可说，当即推出去斩首。假如小童这一天不到官署，那么这名贼人就要侥幸逃脱诛戮了。天网恢恢，疏而不漏。这话是真实不虚的。

9.1.18 江都令速报

余以书局事，癸酉赴邗（hán）上。闻喧传江都令暴亡一事，知鬼神之显赫，无处而不彰彰也。据云：

镇民某，聘烈女，未娶而卒。烈女矢靡他，父母劝不从，遂如其意，俾过门守节。某家业染，固素封也。烈女入门后，恪守姆训，无间言。某之侄女，年长未嫁，与染工王姓者通，颇为烈女觉，时规之。女患之，与王谋，并通之以缄口。而烈女寒心铁面，知不可犯，意用强。

一日，王先伏房，夜深就之，大呼不从；女入助，拒益力。遂以被蒙杀之，而以魇（yǎn）死讣其家。父母控之官，官为杭州某君。验时有血迹，心颇疑之而未能决。比回署，辗转间。其子受重赂，以游词多方说某，竟以病死定案。人多不平。

越日，江宁省城隍庙卜者，梦城隍神升座，有江都县女鬼呼冤，神大怒，佥（qiān）差提人。俄顷囚至，则江都令也。卜者惊醒。次日告人，人莫之信。未几，江都县报病故之文至。于是喧传省中。

后任官复提全案研鞫，事遂白。女与王，并拟斩决。而烈女请旌焉。某君人亦恂恂长者，为恶子所误，遂陨其生。又言某卒之次日，其子亦暴病死，想地下无漏网也。惟卜者云梦中询神姓名，则曰是宋丞相文天祥。此同治十一年事。

【译文】我因为书局的事情，曾经在同治癸酉年（1873）去过扬州。当时，江都县令暴亡的事情在当地传得沸沸扬扬，可知鬼神报应显赫，时时处处灵感昭彰。事情据说是这样的：

一个镇上的居民某人，和一名女子订婚，还没成婚就死了。女子发誓不再改嫁，父母劝说也不听从，于是也就顺从她的意愿，让她过门守节。某家以开染坊为业，本来就很富裕。女子进门后，严格遵守姆训（女师传授妇道于女子），从来没有什么闲话。某人的侄女，年龄不小了还没有出嫁，和一名染坊工人王某私通，渐渐被女子发觉，时常规劝侄女不要这么做。侄女感到很厌烦，就和王某商议，一并去勾引女子来让她闭嘴。而女子心如止水、面如铁石，坚贞不移，知道不可冒犯，准备使用强制的手段。

一天，王某预先潜伏在房间里，半夜里起来准备强暴女子，女子大喊大叫，坚决不从；侄女这时也进来帮忙，更加奋力抵抗。于是用被子蒙住女子的头，窒息而死，而通知女子父母家说是因魇寐而死。女子父母控告到官府，县官是杭州的某先生。验尸的时候发现有血迹，心中颇为疑虑，但是未能做出决断。等回到县衙，反复思索，不得要领。县令的儿子接受了巨额贿赂，用浮夸的言辞反复说服父亲，最后竟然以病死定案。人们大都愤愤不平。

第二天，位于南京的江苏省城隍庙，一位占卦算命的人，梦见城隍神升座，有江都县的女鬼喊冤，城隍神大为震怒，立刻下令派遣差役捉拿人犯。不一会儿，囚犯被带到，一看原来是江都县令。算命先生一惊而醒。第二天，把这件事告诉别人，人们都不相信。不久，江都县报告县令病故的文书送到。于是，这件事在省城哄传。

新任的官员，将整个案子提出来重新审理，事情于是得以真相大白。侄女和王某，一并被判处斩首。而女子被评为烈女，得到了朝廷的褒奖和旌表。某县令为人也是小心谨慎的忠厚长者，只是被心术不正的儿子所误导，而丢了性命。又听说，某县令死去的第二天，他儿子也暴病身亡，想来在地府是不会侥幸逃脱罪责的。算命先生还说梦里曾经询问过城隍神的姓名，说是南宋丞相文天祥。这是同治十一年（1872）的事情。

9.1.19 伪孝

金陵某生，弱冠游庠，文名甚著。父早没，家贫笔耕糊口，事母至孝。有富室某，爱其才，以女妻之。言明女有废疾，嫁资故极丰厚。完娶后，事姑亦孝谨，伉俪尚谐。尽妆奁以备旨甘之奉；生亦美食锦衣，任意挥霍。未几，衣物皆空，遂失和睦。母固不仁，本嫌媳丑，后竟虐待之。女虽不堪，惟有忍受。

一日，夫妇反目，欲出女而诬其不贞。女无以自白，遂自缢死。母多方为子续婚，而悍声久播，乡里无与为耦。母子相依，穷苦万状。无何，贼陷金陵，生奉母奔邻邑，立锥无地。寄母于亲串家，自投军营为书记。得受知于督师，屡膺荐牍，保至县令，分发直隶。迎奉板舆，母悍缪（miù）日甚。北地饮食起居，多不如意，尤嫌茶不解渴，以鸡蛋汤代之，日杀无算。生初入仕途，薪水微薄，奉侍惟谨，无不承命。同僚咸称其孝。日久闻之大宪，与之优差，并奏补大缺。不数年，获资十数万，母愈骄，某生亦顾盼自雄，孝行顿改矣。母怒以色，生则怒以声。于是人方知其为伪君子。前以孝动人者，为进身阶耳。

生既挟重赀，欲求佳耦。在友人处瞥见帘内垂髫女甚美，询为某幕友女，邀媒往聘，卜吉迎娶。及入门，貌更丑于前妇，始知曩见者，乃幕友之侄女也。母子交忿，均不理之。新妇每至前，笑啼皆罪。女郁郁成疾，年余而死。

一日生与母怒，适邑中有送忤逆者，立即升堂，重笞其父，其人无颜，遂缢死于署门。邑绅不忿，据情上控，生知不可为，重贿当道，得调首邑。起行之前一夕，忽得暴疾，似欲缢状。自云："有女鬼二、男鬼一，前来索命，已告于神，将往听审。"母知为两妇，为之求免，卒不可。狂呼一日而死。生所有赀重，已先一日命仆从押之先行，车辆络绎于道。及闻生死，各人皆卷之而逃，纷纷如鸟兽散。其母年七十余，运柩南归，依旧寄食于串，孑然一身，还其本来面目矣。此为同治九年事。

【译文】南京的某生，二十岁入学成为生员，写文章很有名气。父亲早年去世，家境贫寒，以做笔墨工作来养家糊口，对母亲很孝顺。有一富家某人，喜爱他的才华，就把女儿嫁给他。提前讲明女儿身体有残疾，所以嫁妆极为丰厚。完婚后，对待婆婆也很孝顺谨慎，夫妻二人还算和谐。所有的嫁妆也都用来供给婆婆的生活；某生也是吃好的、穿好的，任意挥霍。不久后，衣物都空了，于是失去了和睦。婆婆本来就不是善良的人，本来就嫌弃媳妇貌丑，后来竟然虐待媳妇。女子虽然受不了，但是也只好忍受。

一天，夫妻二人翻脸，想要休掉女子而诬陷她有不贞洁的行为。女子没有办法为自己辩白，自缢而死。母亲想方设法为儿子续娶，而她凶悍的名声远近闻名，乡里没有人愿意和她家结亲。母子二人相依为命，万般穷苦的情状。不久后，太平天国军队攻陷南京城，某生带着母亲奔逃到邻县，没有立足之地。就先让母亲寄住在亲戚家，自己投身军营做文书工作。得到了大帅的赏识，多次被推荐，保举至县令，分配到直隶省任职。把母亲接到任职的衙门奉养，母亲的凶悍和荒唐一天比一天厉害。在北方的饮食起居，各方面都不习惯，尤其嫌茶水不解渴，就用鸡蛋汤来代替，每天消耗的鸡蛋不计其数。某生刚刚出来做官，薪水微薄，但侍奉母亲恭敬谨慎，母亲命令的事情没有不努力办到的。同僚们都称赞他的孝顺。时间久了，他的孝行被上级官员听说了，委派给他美差，并向朝廷奏请任命他重要职务。不过几年时间，积累了十多万两的财富，母亲更加骄横，某生也左顾右盼，自以为了不起，得意忘形，一改往日的孝行。母亲表现出生气的神色，某生就说生气的话顶撞母亲。从此，人们才知道他是个伪君子。前面表现出孝行来给人看，只是作为进身的途径而已。

某生在拥有了巨额财富以后，便想要寻求一名好女子为配偶。在朋友那里瞧见帘子里面一名年轻姑娘，长得很美，经询问是某幕友的女儿，就请媒人前去下聘，选择吉日迎娶。进门以后，比前面那名女子更加丑陋，才知道上次见到的，其实是幕友的侄女。母子二人相互埋怨，都不理睬新妇。新妇每到跟前，无论是哭是笑都不对。女子忧郁成病，一年多后就去世了。

一天，某生和母亲生气，这时正好县里有人扭送忤逆不孝的儿子来衙门，某生立即升堂问案，却重重地责打了不孝子的父亲，那人觉得很丢脸，于是吊死在县衙门前。县里的绅士愤愤不平，把情况报告到上级官府，某生知道事情很糟糕，出重金贿赂当权者，得以调到京城做官。动身出发之前一天晚上，忽然患上急病，做出好像要自缢的样子。自己说："有两个女鬼、一个男鬼，都来索命，已经向神灵控告了，我将前往接受审问。"母亲知道是两个媳妇，就替儿子向她们求情，最终没有得到同意。某生大喊大叫了一整天而死。某生所有的财物、行李，已经提前一天派遣仆人押送先行出发了，车辆一辆接着一辆在路上。等听说某生已经死了，仆人们都各自将财物席卷一空，纷纷逃窜，作鸟兽散。他母亲已经七十多岁了，运送儿子的灵柩回到南方；依旧是寄住在亲戚家，孤身一人，一无所有，又回归到本来面目了。

9.1.20 上虞雷击一则

媪夫，力农者也。某年六月十八日，偕其乡人，力于田。天忽阴雨，霹雳一声，从空飞下，骇而伏。雷止，起视，一人长跪泥中，知已为雷击毙，则村人施其方也。散发突睛，舌拖出数寸，面目黝黑可畏，背为雷火焚焦，隐约有磺字两行，不之识。其妻闻信，奔来审视，哭而诉曰："尔死固已晚矣。"

先是，去岁有陈某者，年四十余，家綦（qí）贫。尽将衣饰鬻（yù）于市，籴（dí）米粟以归；余资将作小经纪，为养赡计。途遇施，见其荷担独行，知可以力夺也。诡曰："老者负戴不易，盍代劳？"陈对曰："素乏相知之雅，子胡为者？"强之坚，不肯与。施怒，出刀猝刺之毙，尽掳所有，弃其尸于乱冈中。

陈某食指四人：妻母某氏，养于婿者也；妻某氏，为继室，年尚轻；子、女各一，皆幼。候陈归举火，日晡未至，颇惊疑。且饿甚，贷米以炊。明日，妻忽作寒噤，则愈惊。夜梦陈归，浑身血污，哭诉被劫至死状。倏（shū）醒，梦益甚。又明日，倩人遍觅得其尸。审视致命处，刀死显然。顾无力鸣官，只得乞棺艸艸（cǎo cǎo）殡葬。而家无生计，朝夕不给于供，妻母痛甚，急不择步，踬（zhì）于道，不数日死。女字于人为童媳。其妻悲恸过情，私念此呱呱者，何恃以生，取剪刺喉死。子无乳字，旋僵。连毙四命，惨不可言。

其方初尚远飏（yáng），继闻其家已无人，莫予毒也，安然回里。归后鬼附其身，病大作。谵（zhān）语时，历数不法事。妻闻之，窃计盘所携归之物，与之符。恨其不良，时相怨詈。其方怒，饱以老拳者屡矣。今被雷击死，妻虽不肯明言，而事已传于外。葬后，雷复击开其冢，棺前和脱于地，尸骸竟为狗食，零肢碎骨，抛弃道旁。妻未终丧，即再醮去。

【译文】一对老夫妻，以务农为生。某年六月十八日，老夫妇和乡里人一起，在田里干活。忽然天气转阴，下起雨来，霹雳一声，雷电从空中下击，吓得趴在地上。雷声停止，起来一看，一个人长跪在泥地中，知道他已经被雷击毙了，原来是村里人施其方。披头散发，眼睛突出，舌头拖出口外有几寸长，面目漆黑，看上去很可怕，背上被雷火烧焦，隐隐约约现出用硫黄写的两行字，不认识写的什么。他的妻子听到消息，跑过来看，哭着说道："你现在死本来就已经晚了。"

之前，去年有一个姓陈的人，四十多岁，家中极为贫穷。把家里的衣服首饰都拿到集市上卖了换钱，买了些米粮回来；剩下的钱准备做点小生意，用来养家糊口。回来的路上遇到了施其方，施某见他挑着担子独自一人行走，知道可以强行用力抢夺。上前假惺惺地说："老先生挑这么重的东西不容易，我来帮你吧？"陈某回答说："我和你又不认识，你是做什么的？"施某强行要把东西抢过来，陈某不肯给他。施某大怒，拿出刀来突然刺向陈某，陈某当场死亡，施某掠走了他所有的东西，把他的尸体丢弃在乱山冈之中。

陈某家中有四个人需要养活：岳母某氏，目前依靠女婿养活；

妻子某氏，是续娶的，年纪还很轻；一个儿子、一个女儿，都还年幼。都在等着陈某回来开火做饭，天色已晚还不见回来，不免感到担心和疑虑。而且很饥饿，就借了一些米做饭。第二天，妻子忽然打了个冷战，则愈加感到惊恐不安。夜里梦到陈某回来，全身血污，哭诉被抢劫到被害死的情形。一惊而醒，梦境很清晰，历历在目。又第二天，请人到处寻找，发现了他的尸体。仔细观察致命的地方，很明显是被刀刺死的。只是暂时没有办法报告官府，只能乞求棺木草草埋葬。而家人失去了生计，吃了上顿没下顿，岳母很伤心，荒乱之中没有看清路，跌倒在路上，没过几天就死了。女儿出嫁给别人家做童养媳。妻子悲伤过度，心中暗想怀里这个嗷嗷待哺的婴儿，靠什么来养活呢，拿剪刀刺入自己的咽喉而死。儿子没有奶吃，也死了。连伤四条人命，凄惨的情形不忍心用言语描述。

施其方起初还准备往远处逃跑，后来听说他们家已经没人了，不会被找麻烦，就大模大样地回家。回到家后，冤魂附在他身上，生了大病。神志不清、胡言乱语的时候，一条一条地说出自己所做的恶行。妻子听说了之后，私下里盘点他带回来的东西，全都符合。怨恨他居心不良，时常对他埋怨谩骂。施其方大怒，多次殴打妻子。现在施其方被雷击死，妻子虽然不肯明说，而事情已经在外哄传。施某被埋葬以后，雷电又击开他的坟墓，棺木前面的挡板脱落在地，尸骨竟然被狗抢食，零碎的尸体、骨头，散落在路边。丧事还没办完，妻子就改嫁了。

9.1.21 嵊县雷

嵊（shèng）县李某，家有一妻，一弟已娶妇，一幼子。赭（zhě）寇之乱，尽室远避。寇退，相率先归。入己室，则巨酋曾馆于是，所余银物尚多，从此拥资称富有矣。

村中张、陈、吴、虞四姓之无赖者，知其家人无多，咸觊觎（jì yú）之。纠党十六人，突于晚间涂面持械破扉入，兄弟大声呼救，皆被刺死。幼孩惊而啼，亦刺毙。两妇觳觫（hú sù）乞哀，皆以物窒其口，缚而淫之。倾筐倒箧，尽掳财物，分藏身畔而去。

出门不数武，雨倾盆大作，霹雳声甚厉，电光左右相迫逐，连击三人毙于道。一人躲于树腹中，雷电随入，击之毙。道旁有陂塘，水颇深。此十二人皆善泅水，奔伏水底以避之。少间雷止，天亦晴霁。悉登岸，探死者身畔，皆空无所有，藏者麦秆灰也；回探各人身畔，亦然。群相震骇。谋曰："天怒至此，我等恐不得生，不如速奔。"言未毕，雷又大作，悉数击死，无一活者。所奇者，李宅盗去后，两妇遇救得释。检视财物，则已合浦珠还，如未被劫者然。

乱后，乡曲之虎而冠者，往往恃劫杀为生。官法有所未及，横行无忌。自此以往，匪类稍稍敛戢，行称坦途焉。雷之显灵如此。

【译文】浙江嵊县的李某，家中有一个妻子，一个弟弟已经结婚，还有一个幼小的儿子。太平天国军队作乱的时候，全家逃到远地。太平军退去后，又一起先回来了。回到自己家，发现太平军的某个不小的头目曾住在这里，留下的钱物还很多，从此之后坐拥丰厚的财富，可称得上是富有之家了。

村里的张、陈、吴、虞四姓家族的无赖之徒，知道他家人口不多，都对他家的财产有所企图。纠集了一伙歹徒，有十六人，突然在一天夜里蒙面手持器械破门而入，李某兄弟大声呼救，都被杀死。

小孩子受到惊吓而啼哭，也被刺死。两名妇女吓得瑟瑟发抖，乞求饶命，歹徒拿东西堵住她们的嘴，绑起来将她们奸污。翻箱倒柜，将财物席卷一空，分别藏在各自身边逃走。

出门没走几步，大雨倾盆而下，雷声隆隆，很是猛烈，电光忽左忽右围着他们追赶，连续击毙三个人，倒在路上。一个人躲在树洞里，雷电随之而入，将其击毙。路边有个池塘，水很深。这十二个人都善于游泳，潜到水底来躲避雷电。过了一会儿，雷声停止，天也放晴了。十二个人全部上岸，搜索死者身边，竟然什么东西都没有，身上藏的都是麦秆灰；回过头来摸索自己身上，也是什么都没有了。一群人大为惊骇。商议说："老天震怒到这种程度，我们恐怕活不成了，不如快快逃走。"话还未说完，雷声又大作，十二个人全部被击毙，没有一个活的。神奇的是，李家在歹徒离开后，两名妇女遇到有人相救得以释放。检查财物，则已经失而复得、物归原主，如同未曾遭遇抢劫一般。

战乱以来，乡村之间那些虽穿戴衣冠而残暴如虎狼的人，往往靠抢劫杀人、谋财害命为生。官府未必能全部将他们绳之以法，从而横行霸道、肆无忌惮。这件事发生以后，匪徒们稍稍有所收敛，行路的人得以安全。雷电显灵，感应竟然如此昭彰。

9.1.22 黄观察

黄仲鸾观察，封翁名（某生）者，幼服贾。公正宽厚，为乡里所推；地方有大兴举，必谘访之。咸丰丁巳，创办厘捐，延为绅董，从事十余年，不告劳，不言禄。当事廉其为人，亦不以薪水屈之。生平尤纯孝性成，终身孺慕，蒸尝祀事不辍。与家人言先世，辄泣下数行，数十年如一日。

壬戌夏，腰患巨痈，俗呼为“腰搭”，十分危险。姊翁谢芗如，良医也，延之诊视。私诫曰：“不可为也。患生软肋之上，消之则毒深，攻之则膜破，不可为也。”阖室跪求疗，则谬以当缓缓移至硬处，然后治之可也。明日复诊，甫开视，即拍案大叫曰：“是何神也！昨乃设词相慰耳，今果移矣。痈在硬处，较从前部位差数指许，色甚红，计日可愈。非有大阴骘（zhì）不至此，当明以告我。”公曰：“无他，夜梦先人罗列，遍身抚摩耳。”医作贺曰：“此君之孝思所感也，愈矣。”不数日，果愈。阅六载，以寿终。

又其夫人勤俭持家，克尽妇职，事舅姑并得欢心。举一女，后不再索。观察患休息痢，缠绵不愈。夫人尽心服役，祷天愿以身代，亲验粪色，以为轻重之候，朝夕无间。乙亥冬，因侍疾过劳，感病甚殆，群医束手。昏瞶中，忽语其夫曰：“我当至阎君处求寿二年，得见女嫁，事毕矣。”以其为谵语也，置之。未几，病倏愈。丁丑夏来浙，途中复以侍疾故，旧病复发，延至十一月谢世。果符二年之期，去女嫁三十六日也。

【译文】黄仲鸾（名彬）观察，他的父亲名叫黄某生，从小就学做生意。黄老先生为人公道正派、宽容厚道，被乡里人所推重；地方上每当要举行大事，一定会征求他的意见。咸丰丁巳年（1857），地方上创办厘捐局（旧时在内地交通要道对过往货物征税的机关，清咸丰年间为镇压太平天国起义筹措军费而设），请他管理局中的事务，工作了十多年，任劳任怨，不计报酬。主事者了解他的为人，当然也不会在薪水方面亏待了他。平生对父母的孝顺出于天性、发于自然、成为习惯，终身依恋父母，祭祀祖先的事情都是亲力亲为。每当和家人谈起祖先的美德事迹，都会流泪，几十年如一日。

壬戌年（1862）夏天，腰间生了一个大的毒疮，民间称为“腰搭”，十分危险。姐姐的公公谢芗如先生，是一位高明的医生，请他前来看病。悄悄地告诉他说：“情况很糟，治不了了。毒疮生在软骨之上，用消毒的方法则毒气深入，用攻毒的方法则皮膜破损，没有办法治了。”全家跪求医生再想想办法，医生姑且假装说要等毒疮慢慢转移到硬的地方，然后就可以治了。第二天来复诊，刚一打开看，就拍着桌子惊奇地说：“竟然如此神奇！昨天其实只是托词表示一下安慰而已，今天果然转移了。疮口现在在硬的地方，距离原来所在的部位相差几指左右，颜色发红，用不了几天就能痊愈。如果不是做过大阴德的善事，不会这样，请明明白白地告诉我。”黄老先生说：“也没什么特别的，夜里梦见先人们排成一队围着我，给我全身按摩了一遍。”医生祝贺说：“这是先生孝心的感应，很快就好了。”没过几天，果然痊愈了。六年以后，寿终正寝。

另外，黄观察的夫人很贤惠，勤俭持家，克尽妇道，用心孝顺公婆，能够得到他们的欢心。生育了一个女儿，其后就没有再生育。黄观察患了休息痢的疾病，反复发作，迁延不愈。夫人尽心尽力服侍，甚至向天祷告愿意自己代替生病，亲自验视粪便的颜色，用来观察病情的轻重，早晚不间断。光绪元年乙亥（1875）冬天，因为服侍病人劳累过度，自己也生了严重的病，非常危急，医生们都束手无策。昏迷之中，忽然对丈夫说：“我要到阎王那里祈求延寿两年，得以见到女儿出嫁，也就心满意足了。”家人以为他在说胡话，也就没在意。不久后，疾病忽然好了。丁丑年（1877）夏天，来浙江，路上又因为照顾病人，旧病复发，直到十一月份离世。果然符合两年的期限，距离女儿出嫁过了三十六天。

第二卷

9.2.1 近年食牛报十二则

《四香笔记》云：吾邑桃溪某，常屠牛。道光元年四月初十日正午，忽阴云蔽空，蜚电着人，雷火绕身，面焦肉卷，号痛垂绝。火灼处，蛆动肉中。自抓其肉，片片啖之，大声曰："牛肉好吃否？"肉尽声嘶。远近奔视，数月乃毙。此杀牛雷焚其身之报。

吾邑五都叶某，业宰牛。暴病死，越日复甦，臀肤青肿，大呼痛甚。蹶然而起，将出户，妻女止之不听。至村市，刺刺向人曰："阎君命我苦劝世人，切莫作恶似我。冥府酷刑，不比阳世。"语未终，呜咽泪下。沿门告毕，蹒跚而返。其女候于户，远见之，呼母曰："来来，爹归矣。何牛首而人身也？"母呵其谰语。趋视之，某已踵户，首仍人也，登床复死。此道光初年事。

吴锡蕙云：嘉庆二十五年，上高县大旱，祷雨城隍庙。有请沙鸾者，神示云："天降旱灾，由溉田用牛骨烧灰，故旱继以蝗。若能禁止，可回天怒。"众于是勒石永禁，甘澍立沛。此烧牛骨灰旱蝗叠灾之报。

刘大昌述云：嘉庆十四年十一月，广丰巷村刘姓二人，见人郊外埋自毙老牛，掘而烹食之。突患恶疔，满身肿溃，前后狂叫而死。

徐莲麓述云：丰邑四十八都农家徐璋儿，强有力，半生不知汤药，能肩谷三石而行，了不见重。一日饱啖牛肉，腹胀死。时嘉庆十三年八月。

王念莪述云：道光十五年，丰邑浯溪某，酷爱牛肉。适里人约拜灵山李真君祠，甫出门外，见水滨牛肠一具，拾而烹食之，乃逐众去。行未半，患缴肠痧毙于路。

《戒牛录》云：宣城庾本淑，祖父不食牛，自嘉庆历有年矣。一日，庾婴疾，医以牛脑合药。向有馈牛肉者，则以给仆，自谓无罪。梦冕服绯衣神叱曰："汝岂食牛者耶，何腥闻若是？"庾以未食对。神命从官检簿，曰："汝虽未食牛，然藉病破戒，且以啖童仆，当夺寿。念汝有悔心，能劝百家不食牛，当还汝算。"庾默念："世人信戒者少，设有饷牛者，奈何？"神微哂曰："瘗之土可也。只恐念不坚，何忧行不广？"庾寤，笔其事而劝世。此破祖父戒夺算之报。

《玉历钞传》"崔梦麟记"云：枣强县人杨彩招，嘉庆十四年三月中旬，患寒疾。恍至东狱府，府主命鬼役导观阴曹刑法，剖膛炙背，哀号震耳。见一人身骑牛背，鞭牛人即喊痛，自道生前酷嗜牛肉之报。

《因果实录》云：归德医生尹某，延请之家，非牛肉不下箸。暴卒，入冥府。遇有同里杀牛者跪堂下，见尹来，指曰："他不吃，我不杀。"尹跪对曰："他不杀，我不吃。"争辨不已。冥王拍案大怒曰："牛竭力耕田以养汝，汝忍杀之食之，究竟食牛之罪，与杀牛等。汝亦知多吃则多杀，少吃则少杀，不吃则不杀。杀牛者着即打落地狱。汝在阳世好食牛肉，且误用方药，医死十一人，罚汝为牛，十一轮回，偿药死十一人命。"孝感林嗣麒还阳述之。此嘉庆末年事。

陈半痴述云：道光二十年，婺源某，随众朝九华山，见殿壁黏《戒食耕牛图》，哑然笑曰："我却不能不食牛肉。"言未了，仆地流涎不止。众知干神怒也，祷地藏王座前。顷稍甦，然已神痴矣，四顾狂触。众置舆中，过天宝村，憩其族人馆中。馆师适归，因键其扉。其夜脱絷，室中书几藁榻，狼藉遍地，似角觝蹄蹴状。比抵人家，家人斋醮，齐戒不食牛肉。许每岁七月晦日神诞，虔拜九华。逾旬，神渐复。憷然起曰："我苦矣，我犁田十余日矣。"盖神摄魂附牛体，距谒庙时恰半月也。

【译文】《四香笔记》中说：我们县的桃溪地方某人，经常屠宰耕牛。道光元年（1821）四月初十日这一天的正午，忽然阴云蔽空，飞驰的闪电击中他，雷火环绕他的身体，面部焦黑，身上的皮肉绽开，大声号叫喊痛，几乎要死了，被雷火灼伤的地方有蛆虫在肉中蠕动。自己用手抓自己的肉，一片一片吃掉，大声说："牛肉好吃吗？"皮肉都被吃尽，声音嘶哑，远近的人都跑过来看，几个月才死掉。这是因为杀牛，遭到雷火焚烧其身的果报。

我们县的五都地方，有个姓叶的人，以宰牛为业，一天突然暴病而死。第二天，又苏醒了过来，臀部的皮肤又青又肿，大声叫苦，忽然就起来了。将要出门去，妻子女儿阻拦他，不听。到了街市上，接连不断地向人说："阎王爷命我苦苦劝告世人，千万不要像我这样作恶。冥府的酷刑，与阳世的可不一样。”话还没说完，痛哭流涕，挨家挨户劝告完了，踉踉跄跄回家。他的女儿等在门口，远远望见他，叫母亲说：“来，来，爹回来了。为什么是牛的头、人的身体呢?”母亲呵斥她乱说，过来看，叶某已经到门口了，仍是人的头。躺到床上以后又死了。这是道光初年的事情。

吴锡蕙说：嘉庆二十五年（1820），江西上高县大旱，在城隍庙祈雨，有请沙盘扶乩的，神明降示说：“上天降下旱灾，是由于浇灌农田用牛骨烧灰做肥料，所以旱灾之后紧接着是蝗灾。如果能禁止，可以挽回天意。”众人于是刻石立碑永禁烧牛骨灰，随即甘霖普降。这是烧牛骨灰，导致旱灾、蝗灾交替发生的果报。

刘大昌讲述说：嘉庆十四年（1809）十一月，江西广丰县的巷村，有两个姓刘的人，看见有人在郊外埋葬自然死亡的老牛，挖出来烹吃了，突然患上恶疮，满身肿胀溃烂，相继狂叫着死了。

徐莲麓讲述说：丰邑的四十八都，有个农户叫徐璋儿，强壮有力，半生没服用过汤药，能肩扛三石粮食行走，一点儿都不觉得重。一天，饱食了很多牛肉，腹胀而死。当时是嘉庆十三年（1808）八月。

王念莪讲述说：道光十五年（1835），丰邑浯溪的某人，酷爱吃牛肉。当时正逢乡人相约一起去朝拜灵山的李真君祠，刚出门外，看见水边有牛肠一副，就拾起来烹吃了，然后跟随众人去了。走了还没一半路，突然患上了绞肠痧的病症，死在路上。

《戒牛录》记载：安徽宣城的庾本淑，祖辈、父辈都不吃牛肉，到嘉庆时候已经有很多年了。一天，庾本淑得了病，医生用牛脑来配药。以往有送给他牛肉的，自己不吃，就把牛肉给了仆人，自认为没有罪过。一天，梦见头戴冠冕、身穿红色袍服的神明，叱责他说：“你难道是吃牛肉的吗?为何这么腥气?”庾本淑回答说不吃牛肉。神明命令下属检阅簿册，说：“你虽然没吃牛肉，但是借生病破戒，而且把牛肉给童仆吃，应当削减你的寿命。念在你有忏悔之心，如果能劝说一百家人家不吃牛肉，就能还给你寿算。”庚本淑心想世人相信戒食牛肉的很少，如果有馈送牛肉的，该怎么办？神明微微一笑，说：“埋到土里就可以了。只恐信念不坚定，还怕善行不广大？”庚本淑醒了，把这件事记录下来用来劝世。这是破坏祖辈父辈的戒律而遭到夺去寿算的果报。

《玉历钞传》中“崔梦麟地狱见闻”一则中记载说：杨彩招，是河北枣强县人，嘉庆十四年（1809）三月中旬，患了寒热疾病，恍惚之间到了东岳府，东岳大帝命令鬼差，引导他观看阴曹的刑法，开膛破肚，火烤脊背，哀号之声震耳欲聋，看见有一个人身体骑在牛背上，用鞭子抽牛，人就喊痛，那人自己说是生前酷爱吃牛肉的报应。

《因果实录》说：河南归德府（今商丘市）的医生尹某，凡有人家请他去治病的，一定要吃牛肉，没有牛肉就不下筷子。一天，突然暴毙，进入冥府，遇到同乡一个杀牛的跪在堂下，看见尹某过来，指着他说：“他不吃，我不杀。”尹某跪着回答说：“他不杀，我不吃。”二人争辩不已。阎王拍案大怒，说：“牛竭尽全力耕田来养活你们，你们怎么忍心杀牛吃牛肉呢？总而言之，吃牛肉的罪过与杀牛相等。你也知道多吃就多杀，少吃就少杀，不吃就不杀。杀牛的，着令立即打入地狱。你在阳世，好吃牛肉，而且误用方药，治死了十一人，罚你变成牛，轮回十一次，以抵偿被你治死的十一个人的性命。”这是湖北孝感的林嗣麒还阳之后讲述的。是嘉庆末年的事情。

陈半痴讲述说：道光二十年（1840），婺源的某人，跟随众人朝拜九华山，看见大殿墙上贴着一张劝人的《戒食耕牛图》，哑然失笑，说："我却不能不吃牛肉。"话还没说完，就倒在地上，流口水不止。众人知道这是干犯了护法神的愤怒。就在地藏王菩萨座前祷告，过了一会儿，稍微苏醒过来，但是神情已经痴呆了。四处乱撞，众人把他绑到车里，经过天宝村，在一个同族的人开办的书馆中休息，书馆的老师正好回家了，就把他关在里面。夜里挣脱开捆绑，房间中的书籍、桌案、床铺，被弄得一片狼藉，好像用角触、蹄子踏的样子。等到回到家里，家人举办斋醮，全家发愿戒食牛肉，许愿每年的七月三十日，地藏王菩萨圣诞日，虔诚朝拜九华山。又过了十天，意识逐渐恢复，很害怕地起来说："我受苦了！我已经耕田十多天了。"原来是神摄取他的魂魄附在牛的身体上，距离拜庙的时候恰好半个月。

9.2.2 物各有主

仁和高氏，旧于萧山之高坞，有负郭田百亩。置屋三楹，俾催租者得栖止焉。粤寇乱至，居人星散，荆榛蓬藋，充塞道路，狡兔野雀，藏匿其间，以为常。岁甲子，绍郡肃清，田夫野老，始稍稍归。有业簟(diàn)匠者五六人，瞰其中无人，因扫除芜秽而下榻焉。始无其异，数日后，衣履杂物，每自迁徙。室中夜寐，晓辄白身卧床下。因共设牲牢祈之，梁上大声曰："此高氏屋也。尔何人，擅敢居此？不速去，吾将祟尔，其无悔。"于是益惕惕然惧，集众哀之，诉以别无栖迟之所。须臾梁上乃言曰："姑恕尔，然楼三楹，吾欲居，不得阑入。"自后乃稍安。

秋熟，高氏将往征租息，众匠谋以楼处之，而观其异。夜半，忽闻楼头戢戢聚语曰："明日居停主人来，我辈当避去。"

已而催租人至，了无所睹。自后岁以为常，高坞人共异之。

嗟乎！乡里儇（xuān）薄子，以青蚨数千，赁屋三四廛（chán），视若固有。而租金辄故不偿，即偿亦不足。至有烦有司之敲扑者。人鬼异路，独守礼若此。是可以愧世之居屋而欠租，顽钝而无耻者。

【译文】浙江仁和（今杭州市）的高家，从前在萧山县的高坞，有近郊良田一百亩。盖了三间房屋，以供催收田租的人能够临时休息之用。后来，当地遭到太平天国军队侵扰，居住的人四散奔逃，荆棘荒草丛生，充满阻塞了道路；野兔野鸟，躲藏在屋子里，这样过了许久。同治甲子年（1864），绍兴一带的匪乱被肃清，乡间农夫、山野父老，开始慢慢回来。有五六个以竹编为业的工匠，观察到屋子里没人住，就将杂草清除，把屋子打扫整理干净，住在里面。起初没有什么异常，几天后，发现衣服、鞋子、杂物等，常常自己移动。晚上睡觉，早晨竟然发现自己光着身子躺在床底下。于是共同准备了酒肉祭品来祭祀祈祷，听到房梁上大声说话："这是高家的房屋。你们是什么人，竟敢擅自住在这里？如果还不赶快离开，我就要扰乱你们，不要后悔。"于是几个人更加感到惶恐惊惧，召集众人一同哀求，告诉说暂时找不到其他托身的地方。过了一会儿，梁上又有声音说："姑且饶恕你们，但是楼上的三间，我要住，你们不得随便进入。"从此以后才稍稍安宁。

秋收季节，高家人要来征收田租，工匠们打算让收租的人住在楼上三间，同时观察动静。半夜里，忽然听到楼上小声聚谈说："明天东家要来，我们还是避开吧。"然后收租的人来了，没有看到什么异常情况。从此以后，每年如此，习以为常，高坞人都觉得奇怪。

哎呀！乡里的轻薄子，拿几千文铜钱，租赁三四间房屋，往往视为理所应当。租金动不动找借口不交，就算交也只交一部分。甚至有时需要惊动官方来强制催要。人鬼殊途，而他们却能够如此遵守礼节。这真的可以使世上那些租住房子而故意拖欠房租、愚昧而又无耻的人，感到羞愧了。

9.2.3 牛戒勿开

《造福录》云：乐至县罗某，幼即戒食牛。痰火症，药饵罔效；医者劝戒食牛肉，持朔望斋。罗曰："牛肉已戒二十余年矣。"医复授以《大士救苦经》，罗信心持诵，病寻愈。一日，众约往寺拜佛。中有劝食黄牛者，谓："牛补脾。吾侪只戒黑牛，黄者是祭祀肉。况寺中马王会，年年例杀黄牛。汝不闻上山斋，下山开乎？"罗从之。寺旁有牛屠，专杀牛，不辨黄黑。拜佛者回家必市肉，罗亦市归食之。是夜疾大作，复延前医备述之。医叹曰："疾不可为矣。常人戒牛后，且不可再犯。况拜佛持经者乎？罪尤难逭（huàn），速忏或可少延。"此道光十九年冬月事。次年春，罗作牛吼死。

【译文】《造福录》中说：四川乐至县的罗某，从幼年时就戒食牛肉。一次，他患上了痰火症（一种似哮喘，口干唇燥，胸痛烦热，而痰块很难咯出的病症），服用药物没有效果；医生建议他不要吃牛肉，每月初一、十五吃素。罗某说："牛肉已经戒了二十多年了。"医生又传授给他一部《大士救苦经》，罗某怀着虔诚的心坚持读诵，病很快就好了。一天，众人邀请他一起到寺庙拜佛。其中有人劝他吃黄牛肉，说：“牛肉可以补脾。我们只需要戒食黑牛肉就可以了，黄牛肉是祭祀用的。况且寺庙里举办马王会（马王，即水草马明王，为马夫、车夫及骡商的行神），年年按照惯例要宰杀黄牛祭祀。你难道没听说过上山吃斋，下山开斋吗？”罗某听从了。寺庙附近有牛肉店，专门杀牛，不分辨黄牛还是黑牛。拜佛的人往往买一些牛肉回家，罗某也买了一些牛肉回去吃了。当天夜里，疾病发作，情况很严重，又邀请前面那位医生来看病，并详细诉说了自己的经历。医生叹息说：“疾病治不了了。一般人戒食牛肉以后，尚且不能再犯。何况是拜佛念经的人呢？罪过更难以逃避，赶快忏悔，或许可以稍稍弥补。”这是道光十九年（1839）十一月的事情。第二年春天，罗某做出牛叫的声音而死。

9.2.4 温州牛报

道光二年五月间，有住郡城附郭上河乡之牛贩，忘其姓名。牵一水牛，路过小南门外双莲桥下。牛忽怒目而视，贩遂逃避，牛尾追之，势甚猛。追至虞师巷下岸南畔小巷内邱姓家，牛用角触贩，遂腹破肠出，人已倒地。牛遂从该巷东畔车桥下而去，忽走回，复至贩被触处，见贩尚有气息，用角再触数下而去。乃牛恐贩触未死，去而复来耳。

牛虽蠢，然亦有知也。嗣闻土民将牛送养于仙岩寺，寺僧嫌其老而无用，售于大罗山，被贼窃宰分食之。寺僧病时，日喊牛来索命，两脚烂断而死。此当日温郡绅耆所共睹，城乡百姓所共闻者也。一时传为奇谈，至今温州老辈能道之。余于光绪丙子禁杀牛，人为述如此。

【译文】道光二年（1822）五月间，有一名牛贩，住在温州府城近郊的上河乡，他的姓名记不清了。他牵着一头水牛，从小南门外双莲桥下路过。水牛忽然对牛贩怒目而视，牛贩于是逃跑躲避，水牛跟在后面追赶，气势凶猛。追到虞师巷下岸南边的小巷子里一户姓邱的人家，水牛用角顶撞牛贩，肚子被顶破，肠子都露出来了，人已经倒地不起了。水牛于是从巷子东边的车桥下走开了，忽然又转回来，又到牛贩被顶撞的地方，见牛贩还有气息，用角又顶了几下离开了。原来是水牛恐怕牛贩没被顶死，走了之后又回来。

牛虽然蠢笨，但是也通人性。还听说本地人曾经将一头牛送到仙岩寺饲养；后来，寺院里的僧人嫌牛年老不中用了，卖到大罗山，被盗贼宰杀分吃了。僧人患病期间，每天喊叫着牛来索命了，两只脚溃烂断掉而死。这是当时温州的绅士耆老们共同亲眼所见，城市乡村的百姓共同听闻的。一时之间，传为奇谈，到现在温州的老人们还常常谈起。我于光绪丙子年（1876）在温州任职的时候，出台了禁止屠宰耕牛的政策，人们向我讲述了这两件事。

9.2.5 误杀

咸丰五六年，河南陈州一带，盗势蔓延。乡间各自保卫，小村各立寨，大村则隔里许必有一寨，专为盘诘奸细。其有形迹可疑，而搜出印布不法各物，实时缳首。

某大村称巨富者，家有三房寡妇，而共此一子，年十六。偶至远村，即被他寨所获，疑为奸细，不容分辩遽杀之。时有卖黄油者，知为某大村之子，无可如何，置之不理。无何，某大村向他寨搆讼，告至府县，并至省垣。各大宪且有委员来查。某大村固强有力者，于府县两处，花费不少。而误杀人者，亦集赀贿官，坚言的系奸细。郡伯听信幕丁进言，与县中伙同一气，委员亦饱得所欲，同口一词，遂以奸细定案。

未数日，委员死于中途；府县两署，死者不少。均云见鬼来捉。郡伯当未死时，每言“有人告我”。时正夏令，自去其裤，令人敲扑，无敢应之；言之不已，姑以葵扇扑之，未数下，而臀肉坟然青肿。或云郡守并未得钱，想系在阴间审之也。而凡在两署预此案者，大半死亡，更无论中途之委员。郡守虽不得钱，而迄不能代为伸冤，故同受罚也。

【译文】咸丰五六年（1855、1856）间，河南陈州府（府治在今周口市淮阳区）一带，盗贼势力猖獗，并不断向四周扩展延伸。乡村之间各自做好本地的防卫工作，小村庄各自单独设立寨子（防御盗匪的栅栏），大的村庄则每隔一里多路就设立一处寨子，专门用来盘问过往的奸细。如果有形迹可疑的人，而又搜出印信、传单等非法物品，当场处以绞刑。

某个大的村庄，有一户大富之家，家里有三兄弟，都已娶妻，但丈夫都去世了，只剩下妯娌三人，都成了寡妇，而三房只有一个儿子，十六岁。偶有一次要去一个远处的村子，路上被别的村寨抓获，被怀疑是奸细，不容分说将其杀掉。当时有个卖黄油的人，知道是某大村大户之家的儿子，但也没有什么办法，也就没有过问这件事。不久后，某大村向误杀孩子的村寨讨要说法，控告到府衙、县衙，一直告到省城。省里的大官派遣委员下来调查。某大村本来就势力雄厚，在府衙、县衙那里，都使了不少钱财。而误杀人的村寨，也凑集资金贿赂官员，一直坚持孩子确实属于奸细的说法。知府听信了幕僚的建议，和县衙的人串通一气，省里下来的委员也收获颇丰，心满意足，省、府、县的官吏同口一词，最终认定孩子为奸细，而以此结案。

没过几天，省里的委员死在半路上；府衙和县衙，死掉的人也有不少。死前都说见到有鬼来抓他们。知府在临死前，总是说“有人告我”。当时正值夏季，自己脱去自己的裤子，叫人来打他，没有人敢答应；一直不停地说，姑且用蒲扇拍打，还没几下，臀部的肉已经像个坟包一样鼓起来，又青又肿。有人说知府并未得到钱财，想必是他的魂魄被摄到阴曹地府接受审讯。而凡是在府衙、县衙中参与到这个案件中的人，大半都死掉了，更不用说死在半路上的省里的委员。知府虽然没有得到钱财，但是终究没有能够为被误杀的孩子申冤，所以一并受到惩罚。

9.2.6 桓侯后身

武林张朗斋军门曜，由军功起家，保至道员，复改武职。在豫省转战数千里，丰功伟绩，彪炳一时。旋随左爵相出关，叠复坚城，威望颇著。并办新疆善后事宜，井井有条，百废毕举，军民交口颂之。昨有友人自关旋，述军门威名，数千里内闻之，无不股栗。俄人与回党，畏之尤甚。

忆军门于十数年前，曾经回杭，居下城之贺衙巷汪宅。日与乡父老闲谈，恂恂然有儒者气象。杭人相传，军门为汉时张桓侯后身，尚未足深信。惟近日杭垣众安桥下，重修岳武穆祠。

有入而瞻眺者，见神座前，有原任浙江臬宪蒯（kuǎi）士芗廉访楹联并跋语，读之不禁瞿然。夫蒯廉访，硕德耆年，官居风宪，当必不肯作妄语，况形诸笔墨间，而悬诸神明之侧乎！

爰将其联语并跋录之。句云："光汝荷神庥，七十日固守岩疆，几经戎马关河，飙（biāo）驰电扫，溯自贤豪梦锡，保卫中原，臣节凛春秋，亘古丹心悬日月；湖山新庙貌，数千里荡平巨寇，共赖精忠伟烈，浪静锋销，迄今旧址重寻，敬瞻遗像，宋宫埋草露，独留正气满乾坤。"

跋云："谨按《忠武记》，王志在《春秋》，服膺圣帝，固始终得懔纯臣之节。忆自咸丰岁间，荪丁外艰，奉命墨绖（dié）赴光州任时，逆氛方炽。过汤阴及朱仙镇，谒王祠。夜梦王延入后殿，高坐者为张桓侯。王指谓荪曰：'汝内侄曜，乃桓侯后身，畀以助汝。'是时贼围固始七十余日，力战解围，曜有功焉。先后在豫二十年，转战数千里，皆曜当先。信阳剧贼，望风尽降，生全者二十余万。凡曜所过都邑，皆王昔日力争之地。夫以王之誓清中原，固无在不昭其灵爽，况在南都受命之区乎！荪于辛未年，陈臬是邦，署即王兔园故址也。近于王家庙初地，复建忠显庙以祀王，落成，谨志遭遇之奇，志在生民，俾奏肤功者，皆神赐也。蒯贺荪谨识。"

观于此，则军门实为桓侯后身。廉访之梦，正神欲示以端倪耳。

【译文】浙江武林（杭州市）的张曜军门，字朗斋，由军功起家，荐升至道员，又改为武职。在河南省转战数千里，丰功伟绩，彪炳一时。后来就跟随左爵相（左宗棠）到塞外，接连收复失地，威望颇为显著。并办理新疆善后事宜，井井有条，百废皆兴，军民交口称颂。昨天有友人自关外回来，讲述起张军门的威名，数千里内闻听，无不瑟瑟发抖。俄国人和回回党，尤其畏惧于他的威名。

回忆起张军门，在十几年前，曾经回杭州，居住在下城的贺衙巷汪宅，每日与乡亲父老闲谈，温良恭谨，颇有儒将的气象。杭州人相传，张军门为汉朝张桓侯（张飞）的后身，尚不足以深信。不过，近日杭州众安桥下，重修岳武穆（岳飞）祠，有进入瞻仰的，见神座前，悬挂有原任浙江按察使蒯贺荪（字士芗）廉访题写的楹联和跋语，读后不禁令人惊奇。蒯廉访，年高德劭，负责风纪法度的重任，必当不肯作妄语，更何况形之于笔墨、悬挂在神明之前呢？

故此，将其联语和跋语辑录在这里。楹联是这样写的："光汝荷神庥，七十日固守岩疆，几经戎马关河，飙驰电扫，溯自贤豪梦锡，保卫中原，臣节凛春秋，亘古丹心悬日月；湖山新庙貌，数千里荡平巨寇，共赖精忠伟烈，浪静锋消，迄今旧地重临，敬瞻遗像，宋宫埋草露，独留正气满乾坤。"

跋语说："谨按《忠武记》，岳武穆王志在《春秋》，佩服敬仰关圣帝君，所以始终得以秉持忠君爱国、坚定笃实的气节。回忆起自咸丰年间，我因父亲逝世，戴孝赴河南光州之任，当时太平军、捻军逆匪气势猖獗。经过汤阴到朱仙镇，拜谒岳王祠。夜里梦见岳王召我到后殿，高坐着的是张桓侯（张飞），岳王指着对我说：你的内侄张曜，乃是桓侯后身，把他交给你来辅助你。当时捻军正在包围固始县城，七十多天，奋力拼杀，得以成功解围，张曜立下了大功。先后在河南二十年，转战数千里，都是张曜一马当先。信阳的捻军，望风而降，全活二十多万人。凡是张曜转战经过的都市城镇，都是岳王当时所力争之地。由此看来，岳王收复中原之誓愿，无处不在昭示其灵感。况且南都杭州又是其受命之地。我于同治辛未年(1871)来杭州任浙江按察使,衙署即是岳王的兔园旧址。近日在岳王的家庙初地,又建忠显庙来奉祀岳王。落成以后,谨将奇特的遭遇,记录于此。我立志为生民造福,假如能够取得些许的功劳,都是仰赖神明冥冥之中的保佑。蒯贺荪谨识。”

由此可知,张曜军门实为张飞后身,蒯贺荪廉访的梦,正是神明想要给世人显示一些端倪。

9.2.7 赵孝廉

许叔平曰:合肥赵梧冈孝廉(凤举),住西乡大潜山,与吾友王谦斋善。谦斋尝过访,赵小极,见之喜曰:“君来大好,我正有要言相告。”谦斋叩之,曰:“在阴曹,至一公廨,一吏捧册请画诺。谓目下公务旁午,冥王已派予司事,恐不能久与诸君相聚矣。”

谦斋慰之曰:“小极何遽若是呓语?”曰:“非呓语也。并见公廨东西,各列公案数十;每案皆有一官稽册,册堆积如山。尊公东序西向坐,见予略一点首。予就问起居,尊公举足示予,谓:‘鞾(xuē)敝,烦寄语家人,急为更制。且事太烦剧,须某来为我分劳。’予叩某是何人,尊公笑曰:‘此五儿乳名,君不知耶?五儿乃谦斋也。’予惊曰:‘自公去世,谦斋仔肩綦重,何能至此?’尊公沉吟久之,曰:‘无已,七儿来亦可。’恐君之七弟,亦不能久存矣。”

时谦斋之尊甫,育泉征君,下世已二年。谦斋乳名,固无人知,闻之毛发森立。又强慰赵曰:“君言固尔,安知非妖梦之幻，何遽认真？”赵笑曰：“我亦岂愿认真？如五日内，胡二水无恙，便是幻梦。君试识之。”胡二水与赵同里，相距里许，五日内，忽无疾而逝。众益称异。

谦斋乃谋于众曰：“据此，赵君之禄已尽。我辈不忍坐视，试联名具疏，焚诸司命。各请减寿以延其算，或可禳解。”佥曰：“诺。”联名具疏者凡十人，谦斋之七弟预焉。就灶焚之，不以告赵。越日，赵谓谦斋曰：“诸君雅谊假年，情殊可感。如能过某日某时，或可无虑。然七弟大名，固可不列，尊公相需甚殷，已定命其某日前往矣。”众闻之益惊。

至某日某时，同往视赵。赵晨兴，谈笑自若。及至其时，忽起立别众曰：“时已至矣，请与诸君永诀。”便命家人为具冠服，拜别太夫人，谓：“儿不孝，不能事奉以终天年，善自颐养，毋以儿为念。”又谓其继室曰：“结褵（lí）多年，尚称静好。惟未得子女，未免抱歉。此后尚烦为我奉母课子，吾目瞑矣。”母与妻，相持恸哭，赵强笑而慰劝之。又命其子当善事大母，无违母教。又遍托诸人，言讫，拱手端坐榻上。众试探其鼻，已无息矣。迨至某日，谦斋之七弟果卒。此谦斋为予言者。

按，咸丰纪元，吾皖合肥王丈育泉、赵君云持、庐江吴丈兰轩，举孝廉方正，赴省同寓馆舍。赵系故人，时相过从，因识王、吴两征君。既粤寇起，吴以团练殉节，功在桑梓；王、赵亦相继徂谢。今王丈已膺冥秩；吴丈与赵君，当俱执事天曹。聪明正直谓之神，亶（dǎn）其然乎！

【**译文**】许叔平（名奉恩）先生说：安徽合肥有一名举人，名叫赵凤举，字梧冈，家住西乡大潜山，和我的朋友王谦斋交情很好。谦斋有一次去拜访赵举人，举人当时生了小病、身体困倦，见到他非常欢喜地说："看到你来真是太好了，我正有要紧的事情要告诉你。"谦斋问他是什么事，举人说："昨晚我在阴曹地府，到了一处官署，有一名吏员捧着一本册子让我签字画押。说目前公务繁忙，冥王已经委派我去主事，恐怕我不能再与各位先生长久相聚了。"

谦斋说："只是生小病，为什么突然胡言乱语起来了？"举人说："并非胡言乱语。我当时还看到，官署的东西两侧，各摆放了几十张桌子；每张桌子旁都有一位官员在核查档案，案卷堆积如山。你的父亲就坐在东侧，面向西方，见到我略微点了一下头。我上前问候请安，你父亲把脚抬起给我看，并说道：'靴子破了，麻烦你转告我的家人，赶快给我做一双新的。而且这里的公务实在是太繁忙了，需要某某人来为我分担一些工作才行。'我于是问所说的某某是谁，你父亲笑着说道：'这是我家五儿子的小名，你不知道吗？五儿子就是谦斋啊。'我大惊道：'自从您去世以来，谦斋便肩负起非常重大的责任，怎么能到这里来呢？'你父亲沉思了许久后，说道：'好吧，那让七儿子来也可以。'恐怕你的七弟，也不能久活于世了。"

当时王谦斋的父亲王育泉征君（即征士，古人称赞学行并高，而不出仕的隐士），去世已经两年了。谦斋的小名，本来是没有人知道的，因此听了这一番话后毛发都竖起来了。又勉强镇定地安慰赵举人说："话虽然如此说，但又怎么知道这不是梦境或者幻觉，何必要如此当真呢？"赵举人笑着说："我也不希望这是真的。如果五日之内，胡二水安然无恙，那便是梦幻。你也一同做个见证。"胡二水和赵举人是同乡，两家相距一里多路，五天内，忽然无疾而死。大家于是更加觉得赵举人的话很不可思议。

谦斋同大家商议说："如此看来，赵举人恐怕是不久于人世了。我们怎能忍心坐视不管呢？不如联名写一篇疏文，在灶神前焚化。请求减损我们各自的寿命，来给举人延寿，如此或许可以化解。"众人都表示同意。联名上疏的一共有十人，谦斋的七弟也在其中。疏文写好后，便在灶神前焚化，此事没有让赵举人知道。第二天，赵举人跟谦斋说："承蒙诸位的深情厚谊，要把寿命借给我，实在令我感动。如果我能撑过某日某时，或许就没事了。但是你七弟的名字，本来是不能写上去的，你父亲急切地需要他过去，已经定好了让他某日前去了。"众人听了更加惊奇。

到了某日某时，大家一同来看望赵举人。赵举人早晨起来，谈笑自如。等到了约定的时刻，忽然站起来向大家告别，说："时间已经到了，就要和各位永别了。"便命令家人为他准备好衣冠，拜别母亲，说："儿子不孝，不能再为您养老送终了，希望母亲善加保养，不要为我担心。"又对他续娶的夫人说："结婚这么多年以来，生活还算安稳和美。只是没有生育子女，不免感到遗憾。今后还烦请替我奉养母亲、培养儿子，我也就死而瞑目，没有遗憾了。"母亲和妻子，相抱痛哭，赵举人勉强面带微笑劝慰她们。又命令他的儿子要好好地侍奉祖母，不要违背母亲的教导。又向大家各自嘱托了一遍，说完之后，拱手端坐在床上。大家伸手靠近他的鼻子试探了一下，已经没有气息了。到了某天，谦斋的七弟果然也去世了。这是谦斋对我讲述的。

按，咸丰年间，我们安徽合肥的王育泉先生、赵云持先生，和庐江的吴兰轩先生，举孝廉方正（清代荐拔人才科目之一，由地方官特别推选保举，送礼部考试后任用），赴省城同住在旅馆中。赵先生是老朋友，常常相往来，于是认识了王、吴两位先生。太平天国骚乱以来，吴先生因办理团练而殉难，为家乡建立了功勋；王先生、赵先生也相继离世。现在王育泉先生已经荣膺了神职；吴先生和赵先生，想必也都在天庭担任了神职。聪明正直的君子，死后成神，确实是如此啊！

9.2.8 七和尚

七和尚者，绍郡一无赖子，横行里闬（hàn），无恶不作。独于女色，则毅然不敢犯。咸丰初年，忽投大善寺削发为僧；以所积资，交主僧为衣食计。不诵经，不礼忏。日则坐茶坊，谈人秽亵事；夜则趺（fū）坐禅床，习静而已。人谓之曰："汝已出家，出家人不作妄语，何可谈人闺阃（guī kǔn）事乎？"曰："余所戒在色，谈人正所以戒人；或闻吾言，翻然改悔，是亦佛家回向之意。"

数年后，积资渐罄，主僧命自食其力。从此闭户静坐，日诵经卷，若素习然。他僧惊问之，曰："我入定时，有佛来传教也。"而远近善男信女，争向七和尚买经。因以所积，除衣食外，概施乞丐。

辛酉秋，绍郡被陷，大善寺燬于火；七和尚不知所向。同治纪元，复绍地。七和尚偕一老道工，住戒珠寺。琳宫梵宇，半已凋残。爰翦荆榛，禅关静守。医友孔有翔，来投止宿。七和尚夜坐观音阁，有翔从旁窥视，见其坐处，空中有二明灯高照。因谓之曰："我师慧光，已出泥丸，不久当证佛果。"应曰："汝能见我慧光，亦非凡人。"自是不饮不食，周十四日，天色黎明，老道工闻异香扑鼻，登阁则幡幢围绕，七和尚鼻垂双柱，圆寂坐化。转瞬间，幡幢升空，七和尚趺坐莲台，冉冉入云而灭。无何，孔有翔死，老道工亦死。

此说得之周君缉香，曾与七和尚讲道者也。第七和尚以一无赖子，改悔为僧，居然得成正果。殆所谓放下屠刀，立地成佛者耶？噫，异矣！

【译文】七和尚，本是绍兴城中的一个无赖之徒，横行乡里，无恶不作。唯独对于女色方面，则始终是意志坚定，不敢触犯。咸丰初年，忽然投身到大善寺削发为僧；把自己积攒的钱财，交给寺院主持僧，作为日常衣食用度所需。他既不诵经，也不礼忏。每天白天就是坐在茶馆里，谈论人家污秽琐屑的事情；晚上则是在禅床上结跏趺坐（佛教徒坐禅法，即交迭左右足背于左右股上而坐），参禅入定而已。有人对他说："你已经出家了，出家人不打妄语（指随便乱说或荒唐无稽的话），怎么可以随便谈论人家妇女的事情呢？"他回答说："我最重视的就是戒色，我谈论人家男女之事，正是用来劝导别人戒除邪淫；有人听了我的话，能够幡然改悔，这也体现了佛家回心向善的宗旨。"

几年后，积累的资金逐渐用尽，主持僧命他靠自己的力量来养活自己。从此以后闭门静坐，每天念诵经卷，好像平时就熟练学习过一样。其他的僧人很惊奇地问他，他说："我入定的时候，看到有佛来传授给我。"而远近的善男信女，争相请七和尚代为诵经祈福。于是把善男信女供养的钱财，除了供自己衣食以外，一概布施给乞丐。

咸丰辛酉年（1861）秋天，绍兴城被太平军攻陷，大善寺毁于战火；七和尚也不知道下落。同治年间，官军克复绍兴。七和尚与一名老庙工，住在戒珠寺。原来雕梁画栋的佛殿，现在大半已经毁坏残破。于是清除掉丛生的荒草荆棘，闭关参禅，安静修行。一位做医生的朋友孔有翔，一次来寺院借宿。七和尚晚上坐在观音阁，有翔从旁边窥视，见到他所坐的地方，空中有两盏明灯高悬。于是对他说："师父您的智慧的光芒，已经放射出泥丸宫（道教谓"泥丸九真皆有房"，脑神名精根，字泥丸，其神所居之处为泥丸宫），不久之后必定证得佛果。"七和尚说："你能看到我的慧光，也不是凡夫俗子。"从此以后不吃不喝，经过十四天，黎明时分，老庙工闻到奇异的香气扑鼻而来，登上观音阁，只见幢幡围绕，七和尚鼻孔垂下两条鼻涕，已经圆寂坐化了。转瞬之见，幢幡腾空而起，七和尚在莲花台上结跏趺坐，冉冉升入云端而消失不见。不久后，孔有翔死了，老庙工也死了。

这些事情是我听周缉香先生说的，他曾经与七和尚一起谈禅论道。只是七和尚作为一个无赖之徒，幡然改悔，出家为僧，最后居然修成正果。这大概就是所谓的"放下屠刀，立地成佛"吧？哎呀，真是太不可思议了！

9.2.9 闱中果报

余与包松溪直牧，交垂三十年。每至邗上，必住其家。回忆道光年，先中丞公居南河下，与松溪比邻，常承送给酒食。余两子亦时常过从。甲戌夏，挈长孙以公务至邗，复相聚。四代交期，人所难也。其长子小溪，主持家务；次子小松，文笔颇超。庚午、癸酉两科，均得而复失。然以小松之造诣，来科必有可望者。与余同舟赴金陵，缕言闱中异闻，多关果报。

据云，庚午科，有某者，交其卷于邻舍看守，自云："我去即返。"旋有一人来索卷，自言："我乃某之兄。"邻舍诘三代，其人对悉符，遂与之。后某归，向邻舍索卷，则以令兄携取告之。某大诧异，谓并无兄，大索不获。后闻邻号喧传，则厕中检得一卷，已破烂不堪矣。其为鬼之报怨无疑。

又镇江绸铺，延师严姓，荐一店友。年余亏空十余千文，实以家计不足之故耳。时严欲赴乡闱，东人向师曰："君所荐友，颇有所空，奈何？"严曰："此人不可用矣，当索其亏项而绝之。"友即摒挡（bìng dàng）以还。又以辞出无可赡家，愈加惭愤，遂于八月十一投江身死。十五即入闱，向严索命。严出闱之日，亦即病故。此皆庚午，小松所亲睹者。

又癸酉科，闻得邻号某者，素长于文，脱稿颇得意。于卷后题诗云："一二三四五，明远楼上鼓。姊在家里眠，我在场中苦。"遍示同人，众目共睹，遂喧传于外。非鬼为祟而何？

更有安徽某士子，以十六岁入泮。其时父死，尚未终丧。先经其庶母劝其缓应小试，不听。后与其生母，共谋杀之。比闱，则即于十二日自刎而亡。此亦癸酉闱中，小松所目睹者。谁谓文闱之无果报哉？

【译文】我和包松溪知州（包良训，字立庭，号松溪，江苏丹徒人，历任两淮盐运司同知、候补直隶知州等，晚年居扬州棣园），交往了近三十年。我每次去扬州，都会住在他家里。回想道光年间，我父亲居住在南河下街，和松溪先生是邻居，常常承蒙赠送给酒食。我的两个儿子也时常往来。同治甲戌年（1873）夏天，我带着长孙因为公务到扬州，再次相聚。四代人保持交往，真是极为难能可贵的。他的大儿子包小溪，主持家中事务；二儿子包小松，才华横溢，文笔高超。同治九年（1870）庚午科、同治十二年（1873）癸酉科两次参加科举考试，小松的文章均得以被推荐上去，但是最后都没有录取。但是以小松的学术水平，下一科必定有希望。他和我乘坐同一条船去南京，路上细细讲述了江南乡试考场中发生的奇闻怪事，很多都体现了因果业报的道理。

据小松说，同治九年（1870）庚午科，有一名考生某人，将他的试卷暂时交给隔壁号舍的考生代为看守，一边自己说着："我去去就来。"接着有一个人过来索要试卷，他自己说："我是某考生的哥哥。"隔壁考生诘问他祖宗三代的姓名（科举试卷之首，写明曾祖、祖、父三代姓名及本人籍贯、年龄等），那人的回答全都符合，于是就把试卷给了他。然后，某考生回来了，向隔壁考生索要试卷，回答说已经被他哥哥取走了。某考生大为诧异，说自己并没有哥哥，到处找也找不到。后来听到其他号舍的考生哄传，原来是在厕所中捡到一张试卷，已经破烂不堪了。显然他是被冤鬼报复了，这是毫无疑问的。

还有镇江的一家卖绸缎的店铺，请了一位姓严的教书先生，严先生向东家店里推荐了一名伙计。一年多时间，产生了十多千文的亏空，实在是因为家计不足的缘故。当时严先生想要去南京参加乡试，东家对他说："先生所推荐的伙计，亏空了不少钱，怎么办呢？"严先生说："这个人不能用了，可以索回亏欠的款项然后辞掉他。"伙计经过筹措还上了。伙计又因为被辞退，没有办法养家糊口，更加羞惭愤恨，于是在八月十一日这天投江而死。十五日，他的神识进入考场，向严某索命。严某出考场的那天，也就生病死了。这都是庚午科考场中，小松亲眼所见的事情。

还有同治十二年（1873）癸酉科，听说相邻号舍的某考生，素来擅长写文章，文章完成后自己感觉很满意。却在试卷后面题写了一首诗："一二三四五，明远楼上鼓。姊在家里眠，我在场中苦。"拿给考生们看了一遍，大家有目共睹，事情在外面哄传。这不是冤鬼讨报又是什么呢？

更有安徽省的某士子，在十六岁入学读书。当时他的父亲去世了，丧事还没有料理完毕。他的庶母（旧时嫡出的子女称父亲的妾）建议他不着急参加小试（旧时太学生、童生应贡举及学政、府县之考试），不肯听从。后来和他的亲生母亲，共同将庶母谋杀。等到进入考场，就在十二日自刎而死。这也是癸酉科考场中，小松亲眼所见的。谁说科举考场中没有因果报应呢？

9.2.10 大通佘翁

铜陵大通镇，前滨大江，商贾云集。镇佘姓，巨族也。有佘翁设旗亭于江浒，过客就而啜茗，日繁有徒。一日，客散后，翁于座上，拾一布橐（tuó），内贮白金三百两。知客所遗，姑藏待之。少顷，一客遑遽而来，东西寻觅。翁问客："胡为者？得勿有所失乎？"客曰："然。顷遗一布橐，内有白金若干两，翁见之否？"翁以其言既符，笑曰："君言不谬，幸是老夫拾得，理合奉还。"遂携橐出，并请验封识件数，而后归之。客曰："翁真长者，愿分半相酬。"翁坚辞不受。客感激拜谢称叹而去。

将渡江，适遇大风，见中流一舟，簸荡欹（qī）侧，势甚危急。客恻然心动，以失金幸返，不如舍此傥来物，作一善事。乃手持白金，大声呼曰："有能救来舟之急者，当重犒之。"岸舣渔舟甚多，贪利争破浪往。将来舟众人，扶登渔舟；来舟载轻，得以无恙。既达岸，客出金分犒，舟人同声称谢。内一少年，挈客袂（mèi）曰：“小人危急，脱不遇君子，断无生理。请至舍间，当使合家拜德，稍伸谢忱。”客再三辞之不得。及至其家，少年亟呼父出见客；其父非他，即佘翁也。翁年六旬，仅此一子。向非还金，则已葬鱼腹矣。还金而救子厄，天道亦巧矣哉！

【译文】安徽铜陵大通镇，前方濒临长江，各地的客商云集于此。镇上的佘姓，是大家族。有一位佘老先生，在江边开设了一家酒馆，过往的客商进来喝茶的，每天络绎不绝。一天，客人散去后，老先生在座位上，捡到一个布袋子，里面装有白银三百两。知道肯定是客人遗忘的，姑且暂时收好等待失主回来寻找。过了一会儿，一名客人慌慌张张地来了，东找找，西看看。老先生询问客人：“做什么的？是不是丢了什么东西？”客人说：“正是。刚才遗忘了一个布袋子在这里，里面有白银若干两，老先生看见了吗？”老先生因他所说的话都相符，笑着说：“你说得不错，幸亏是老夫捡到了，理应奉还。”于是取出布袋子，并请客人查验物品数量，然后还给了他。客人说：“老先生真是忠厚长者，愿意分给您一半表示感谢。”老先生坚持拒绝，不肯接受。客人感激不已，礼拜致谢，然后感叹和称赞了一番就离开了。

将要渡江，正赶上刮大风，见江水中央有一艘船，剧烈摇晃，东倒西歪，情势非常危急。客人心中怜悯，很想帮助这艘船上的人，因丢失了银子又幸运地找回，心想不如舍掉这侥幸得来的东西，做一件善事。于是手持白银举起来，大声向众人呼喊说：“有人能够救助对向来船之急难的，我当重金犒赏！”岸边停泊的渔船有很多，渔民贪图财利争先恐后开船前往搭救。把来船上的人们，搀扶着登上渔船；来船载重顿时减轻，得以平安无恙。靠岸以后，客人拿出银子分赏给渔民，来船上获救的众人异口同声表示感谢。其中有一名少年，拉着客人的衣袖说："小人身陷危急的境地，假如没有遇到您这位君子，断然无法生还。请您到我家里来，要让全家人拜谢您的恩德，稍微表示一下谢意。"客人再三推辞，都没有推掉。等来到少年家中，少年急忙叫父亲出来见客人；他父亲不是别人，正是佘老先生。老先生六十岁，只有这一个儿子。假如不是拾金不昧，儿子已经葬身鱼腹了。拾金归还失主，而失主解救了儿子的危难，天道报施、因果循环真是太巧妙了！

9.2.11 子庄述二则

桐乡沈茂亭司马（宝樾），早岁乏嗣，而好施不倦；晚年得二子，人称作善之报。尝为人言：伊叔晓沧先生（炳垣），作令时，因公赴省。会发审局有盗案未承，太守命往鞫之。盗一见先生，即呼曰："公非曾任新阳县之沈青天乎？"曰："然。"则哭曰："吾家门首堆积稻草，不知何时，人以摺匣藏吾堆中。今官以抢劫摺差，指匣为凭，入吾死罪。夫吾果为盗，抢得摺匣，当藏之家中；即不然，亦且燬以灭迹。安有置之门外草中，示人共见之理？"先生研讯再四，知为被诬；即白之太守，请为昭雪。太守以原问官张某持之坚，不肯置力，第曰："子能平反斯狱，甚善；然嗣后不得真盗，当惟君是问。"先生遂谢去，不复再审。越一年，先生在苏，适当午饭，有仆人自外至曰："今日市中决囚，抢摺差之盗犯，已正法矣。"先生闻言，不觉吐饭满地。次日，乃知是日张某，亦当午饭，忽无故立起，大呼仆地死。

茂亭又言：渠乡富人，精于榷算。有乡人某，借钱十二千，已还而忘，未取约，遂重索之。某不得已，即再还之。越十余年，富人死。而某家生一猪，甚肥腯（tú），将宰而货其肉。是夕，屠人某，梦富人哀诉云："我不合重收某家钱十二千，冥谪为猪偿其债，明日请君往杀之。猪白质而黑章者，即我也。乞君勿杀，而告我家往赎之，感且不朽。"次日，某果邀屠杀猪。屠至，验其猪之毛色，果信，遂不肯杀。某触前事，忿且喜，即牵猪呼其名而诮之。猪人立而啼，某大惊仆地，病月余始愈。传闻远近。富人子，遂备价赎之归。

【译文】浙江桐乡的沈宝樾司马，字茂亭（一作茂庭），早年没有生育子嗣，而乐善好施，孜孜不倦；晚年得到两个儿子，人们都认为是他行善积德的善报。他曾经对人说：他的叔叔沈炳垣先生，字晓沧，在做县令的时候，有一次因公务赴省城。适逢发审局（清后期，各省州、县官所不能处理的重要诉讼案件，由督、抚委派候补官审讯，为非正式审讯机关）有一桩盗抢案件，还未招供，知府命令他前往审讯。盗犯一见到沈先生，就大声叫喊说："大人您不是曾经做过新阳县（今江苏省昆山市）知县的沈青天吗？"回答说："是的。"盗犯哭着说："我家门口堆积着稻草，不知道什么时候，有人把盛放奏折的木匣藏在稻草堆中。现在官府指控我抢劫递送奏折的差役，以木匣作为证据，要判我死罪。我如果真是强盗，抢到奏折木匣，肯定要藏在家里；再不然，也要烧掉毁灭证据。怎么可能有放在门外的稻草堆里，给所有人看到的道理呢？"沈先生反复推究审讯，知道是被诬陷的；随即向知府汇报，请求为他平反昭雪。知府因为原来的主审官张某坚持原来的意见，不肯出力，只是说："你要是能平反这个案件，那当然是很好的；但是今后如果不能将真正的盗犯抓获归案，要唯你是问。"先生于是告辞而去，不再审问。一年之后，沈先生在苏州，正在吃午饭的时候，有个仆人从外面回来说："今天街市上处决囚犯，抢劫递送奏折差役的盗犯，已经被正法了。"先生闻听这话，不觉将饭粒吐出，满地都是。第二天，才知道这天张某，也正在吃午饭，忽然无缘无故地站起来，大喊大叫倒地而死。

沈茂亭先生又说：他们乡有一位富人，精于算计。有个乡人某，向富人借了十二千文钱，已经归还，后来就忘了，也没有取回借据，于是富人重新向他索要。某人没有办法，只好重新归还。十多年后，富人死了。而某家产下一只小猪仔，长得很肥实，准备宰杀了卖肉。这天夜里，屠夫某人，梦见富人向他哀求诉苦说："我不该向某家重复收取十二千钱，冥府惩罚我变猪偿还他家的债，明天他家会请您前去杀猪。猪白底而有黑花的，就是我。请求您不要杀，同时转告我的家人前去赎回，对您的恩情将感激不忘。"第二天，某乡人果然邀请屠夫去杀猪。屠夫来到他家，观察了一下猪的毛色，果然符合，于是不肯杀。乡人回想起过去的事，既愤恨又好笑，就牵着猪呼叫富人的名字来讥讽他。猪像人一样直立起来哭叫，乡人受到惊吓摔倒在地，病了一个多月才好。这件事远近传闻。富人的儿子，于是拿钱把猪赎回去了。

9.2.12 人有转世

郑谱香（兰）都转，新自山左告养而归，向金少伯述云：近山左有一新闻，君喜谈因果，为君述之。因言山左某司马者，向与胜克斋大帅（胜保）交好。胜在时，内眷常有往来。司马今年生一女，其家中咸谓胜克斋转生。盖胜在生时，右颐下有黑肉一块，此女亦有之。而面貌神气，亦绝肖无二。少伯曰："胜生时好色，今谪降为女身，以示报应，此最显者也，又何疑哉？"

又余于同治甲子，诞生一男。未周年，肉色白洁，人喜抱之。而是年，内子与左夫人正相识。左夫人者，袁观察（绩懋）之室，与余为同年友。观察筮仕吾闽，早经殉难也。夫人固能文善书，允为才女，内子尝乞其所书楹联挂壁。一日，内子适抱此子背壁而坐，此子呱然；以小儿好啼，不足怪也。数日，余适抱之，则又大声而啼，群谓吾不善抱儿之故。比次日，余亲又抱之，则又啼。盖抱者必背壁坐，而小儿则正对联之下款，是睹此款字而啼也。后历数日，仍复抱之对联，虽未啼之有声，而目泪盈眶。再试再然。群曰："此必袁观察转生。"或曰："为左夫人之至亲。"然则转生一事，或不诬耶？比周岁能言后，示以此联，则不以为意矣。

【译文】山东都转盐运使郑兰先生，字谱香，最近刚从山东告老退休回乡，向金少伯先生讲述说：最近，山东有一则新闻，先生喜爱谈论因果，向先生讲述一下。于是说道，山东的某司马（清代府同知俗称"司马"），向来与胜保大帅（字克斋，苏完瓜尔佳氏，满洲镶白旗人，清末将领）交情很好。胜保在世的时候，两家的女眷常常有来往。司马今年生下一个女儿，家人们都说她是胜保转世来的。原来胜保在世的时候，右腮下面有一块黑肉，这个女孩也有。而且面貌长相、神态举止，也是酷似，简直一模一样。少伯说："胜保平生贪爱女色，现在被贬谪为女身，用来彰显报应，这是最显然的因果，又有什么疑问呢？”

还有我在同治甲子年（1864），生下了一个儿子。不到一周岁，肤色洁白，人们都喜欢抱他。而这一年，妻子和左夫人正相识。左夫人（左锡璇，字芙江，阳湖人，大理寺丞左昂女，为有名的才女），就是袁绩懋观察的继室，袁观察和我是同年中榜的好友。袁观察在我们福建做官的时候，早年因太平天国之乱而殉难。左夫人本就能够写诗作文，擅长书画，确实是一位才女，妻子曾经向她求得一副所书写的对联，悬挂在墙壁上。一天，妻子正好抱着这个孩子背对墙壁而坐，孩子大哭起来；因为小孩子好哭很正常，也就没觉得奇怪。几天后，我抱着孩子，则又大声哭了起来，大家都以为是我不太会抱孩子的缘故。到第二天，我亲戚又抱着他，则又哭起来。大概抱的时候一定是背对墙壁坐着，而小孩子则正对着对联下联的落款，是因为看到了落款的字而啼哭。接下来的几天，仍然抱着他面向对联，虽然没有哭出声来，但是眼泪汪汪。每次试验都是如此。大家都说：“这孩子一定是袁观察转世来的。”也有人说：“是左夫人的亲人转世来的。”如此看来，转世轮回这件事，或许是真实存在的。等到一周岁会说话之后，再给他看这副对联，就不在意了。

9.2.13 不于其身必于其子孙

余生育北方，直至十九岁，始返闽应乡试。颇留心人物，并及官场。闻有最肯吃亏者，江大令锡谦，浙人，任南平。年壮才明，立志为好官，毫无习气，而精力又足以副之。生平不畏难，不取巧，在任甚得民心，诵如父母。南平为延郡首邑，地当孔道，差使过境者，络绎。郡城高居山脊，春夏间，常有上游大水骤至。故行舟有时每系于雉堞（zhì dié），行人可跨而过城也。

道光十三年，大水。大令本为程梓庭制军所重，知其必能胜兹烦剧。至此大水为灾，大令振刷精神，一面禀陈大吏办灾，并请发帑施济。城上饥民，留宿者已满，日夜闻叫号声。飘流之尸，触目皆是。而妇孺嗷嗷待哺者，已数万余。日将舟渡饼饵以救济，苦不足，且勿论各转沟壑（hè），行将抢夺，酿成大变矣。大令目击心恻，不事趋避，未候大府批准，竟开仓发赈，救活民命不少；费至一万余金。

事后，大吏皆不以为功，诘何以不候批示，擅动仓谷。虽不即加参劾，而官若不与闻其事，令其自行弥补。噫，冤极矣！此时尚赖有此实缺官，可以筹划巨款。未几，新任方伯郑公（祖琛）至，则大令为其妻舅，例应回避。方伯固引嫌者，一派官话，谓："不候批示，总是你错，我无可为力也。只有认赔一事，我代从旁赞助。"则一面张罗，一面交卸。大令交情颇广，多方借贷，竟得勉强赔补，而家计已中落矣。

时有粮道托墨山（托浑布），交情最深，代赔千金。大令奉部改掣广东，幸以实任回避，尚得以官糊口。惟大吏遇此等官，不能代为设法，令其得以便宜行事。而腼然人上，竟使好官终于赔累。勿怪巧宦之善于趋避，而泄泄从事之比比是也。

后其子清骥，善读书，文笔敏赡，精篆隶。克承先志，以名孝廉官江南观察，署廉访，办军务，管粮台。得花翎，晋二品衔，并军机记名。而观察孝思性成，以养亲告退。可谓不恋利禄，而独行其志者。长孙历任直隶州县；次孙出守山东，克振家声。不于其身，必于其子孙，江氏福报，正未有艾也。安见非南平之赈事吃亏，而受此美报哉？

【译文】我出生并成长在北方，直到十九岁，才开始返回福建参加乡试。比较注意留心观察周边的人物，以及官场上的事情。听说有一位特别肯吃亏的人，就是江锡谦县令，浙江人，在南平县任职。年富力强，才智明敏，立志做个好官，丝毫没有官场上的陋习，而且精力足以胜任。生平不怕困难，不投机取巧，在任期间很能得民心，受到百姓像对父母那样拥护爱戴。南平县是延平府的首县，地处交通要道，往来经过此地的公差、使者，络绎不绝。延平府城坐落在山脊之上，春夏之间，常常有上游的大水忽然而至。所以过往的船只有时往往系在雉堞（城上的短墙）上，行人可以一跨而越过城墙。

道光十三年（1833），南平县又发大水。江县令本来受到时任闽浙总督程梓庭（名祖洛）的赏识，认为他一定能够胜任这个公务繁重的地方。现在又发了大水，江县令提振精神，一方面向上级官员禀报救灾，同时申请拨发库银赈济灾民。城墙上满是避难的灾民，夜晚就露宿在城墙上，日夜听到因饥饿而号叫的声音。水上漂流的尸体，一眼望去比比皆是。而嗷嗷待哺的妇女、儿童，已经有几万人之多。每天用小船装载一些食物去救济灾民，但是远远不够，且不说老弱病残的死者填满沟壑，那些年轻力壮的人已经准备要抢夺财物，眼看要酿成严重的民变了。江县令目睹这种情景，心生怜悯，将祸福置之度外，不等上级大官批准，命令开仓放粮，赈济灾民，挽救了无数老百姓的生命；花费了一万多两银子。

事后，上级大官都不认为他这是功劳，诘问江县令为什么不等待批准，擅自动用官仓存粮。虽然没有立即将他参劾，而上官都好像没听说过这回事，令他自己想办法弥补。唉！真是太冤枉了。这个时候还能依靠这个有实际职务的官位，可以筹措巨额款项。不久，新任的福建布政使郑祖琛到任，江县令正是他的妻舅（妻子的弟兄），按照规定应该回避。布政使本来就是个喜欢避嫌的人，打了一通官腔，说："不等上级批示，总是你的不是，我也无能为力。只有甘愿赔偿这件事，我还能从旁边帮助你一把。"只好一边筹措资金，一边交卸官职。江县令交情还是很广泛的，找了很多人借贷，总算得以将亏空的钱粮勉强赔补上了，而自己的家计已经衰败了。

当时有一位福建督粮道托浑布大人（字安敦，号墨山，一作爱山，清蒙古正蓝旗人，博尔济吉特氏，官至山东巡抚），与江县令交情最为深厚，替他赔偿了一千两银子。江县令根据吏部任命调动到广东省任职，幸亏是以实际职务回避，还能以官职的俸禄维持生计，养家糊口。只是上级大官遇到了这样的好官，不但不能替他想想办法，让他能够便宜行事。反而觍着脸，厚颜无耻、心安理得地占据高位，竟然使这样的好官因赔补而遭受这么大的困难和连累。这也难怪，一些狡猾奸巧的官员，善于趋利避害，一味只追求自己的安稳舒坦快乐，不管人民死活，这样的人比比皆是。

后来，江锡谦先生的儿子江清骥（字小云，号颐园）观察，善于读书，文笔敏捷丰富，精通篆书、隶书等字体。能够继承先人的志向，以举人出身，官江南常镇道，署理按察使，办理军务，督管粮台（清代行军时沿途所设经理军粮的机构）。因功赏戴花翎，晋升二品官衔，并在军机处记名。而清骥观察，孝心出自于天性，因为要为父母养老而告请辞官回乡。可以说是不贪恋功名利禄，能够独自践行自己的志愿的人。长孙历任直隶省各州县地方官；次孙出任山东某地知府，能够振兴家族声望。不报在自身，一定报在子孙，江氏一门的福报，正是方兴未艾，蒸蒸日上。这难道不是江锡谦先生在南平赈灾，宁愿自己吃亏，而获得的善报吗？

9.2.14 误人自误

福州南台某洋行，某姓买办之子甲，人颇聪敏，年约三旬。喜作狭邪游，曾与某妓有噬臂盟。数年前，甲以大妇性妒，慢作归计，绐（dài）妓。妓信以为善，杜门绝客。一日，闻甲已纳宠，妓即仰阿芙蓉膏而逝。知者无不叹惜。

未及半年，甲偶被其父面斥一事，心常怏怏不乐。每告友人云："某妓常侍其侧，意欲寻仇。"人亦不之信。无何，神魂昏瞀（mào）。竟暗携烟膏，登城隅，吞而毕命。人咸谓某妓之死，固为情痴；而甲之失信于妓，不及一女子远矣。天道巧于报应，固如是乎！此光绪七年十一月事。

【译文】福州南台（今仓山区）有一家洋行，其中有一个某姓买办（外国资本家在本国设立行店所雇用为交易媒介的代理人），他的儿子某甲，人很聪明机灵，年纪三十岁左右。喜欢出入于烟花柳巷之地游玩，曾经和一名妓女订立盟誓，私定婚事。几年前，某甲借口说大媳妇嫉妒成性，以后再慢慢想办法迎娶进门，其实是在欺骗妓女。妓女信以为真，闭门谢客。一天，听说某甲已经纳妾，妓女就吞食鸦片而死。知道的人无不叹息。

不到半年，某甲有一次因为一件事情被父亲当面训斥，心中时常闷闷不乐。他常常对友人说："某妓女一直跟在我身边，想要报仇。"人们也都不相信。不久后，神志不清，精神错乱。后来悄悄地带着鸦片烟膏，登上城墙角，吞服鸦片而死。人们都说某妓女的死，固然是因为痴情；而某甲失信于妓女，其品行远远不如一个女子。天道巧于报应，大概就是这样吧！这是光绪七年（1881）十一月的事情。

9.2.15 一言滋祸

杭之武林门外米市巷口某甲，开小杂货店，兼售油烛。无如店本无多，货常不备。日前，有近处元宝店某乙，来购十二两烛一对。某甲答以："巨烛只有一支，可分用否？"盖该店十二两烛，只余一对，聊以备数；而又因藏久未售，近复为鼠啮去一支。其所云仅有一支者，盖实语也。不料乙因言大怒，以为甲之戏侮己也。遂即抢步入店，大声喝曰："我正要汝这一支。"即将甲发辫揪定，饱以老拳。甲分辨不遑，只得亦以毒手从事。两人扭结莫解。甲遽起左足一踢，不料适中乙之阴囊，乙遂呼痛倒地。嗣经旁人劝散，扶归尚无大害，讵卧至夜半，竟以伤重殒命。

次日，钱塘邑尊，带同刑书、仵作（wǔ zuò）人等亲验尸身，并无他伤，只肾囊青肿，的系足踢致命。当即收殓。而某甲早已闻风远逃。邑尊命将家属押交，一面饬差严拿在案。

夫以一言之细，致成命案，已属仅闻。而兹则误会一言，遂致伤命，是殆夙世冤孽耶？亦可知人之不可轻于斗也，戒之哉！

【译文】杭州的武林门外米市巷口，有个某甲，开了一间小杂货店，兼卖蜡烛。不过是小本生意，货物常常供不应求。前不久，有附近一家元宝店的某乙，来买十二两重的蜡烛一对。某甲回答说：“大蜡烛只剩一支了，能不能分成两半使用呢？”原来是该店中十二两重的蜡烛，只剩下一对，姑且作为备用；而又因为存放久了没有卖出，最近又被老鼠咬坏一支。所以某甲所说的仅剩一支了，是实话实说。没想到某乙听了某甲的话，大怒，以为某甲在戏弄自己。于是随即快步进入店中，大声呵斥说：“我就要你这一支。”然后突然将某甲的发辫揪住，用拳头殴打了一通。某甲来不及为自己辩解，也只好狠狠地回击。两人扭打在一起，难分难解。某甲突然挥起左脚一踢，不料正好踢中了某乙的阴囊，某乙痛得倒在地上。后来经旁边的人劝开，某乙被搀扶回家，起初还没见有多么严重，怎料躺到半夜，竟然因为伤势过重而死亡。

第二天，钱塘县县令，带领负责刑狱的书吏、验尸的仵作等人员，亲自检验尸身，并没有其他伤痕，只有肾囊青肿，确实属于被用脚踢伤致命。当即将遗体收殓安葬。而某甲听到风声之后早就远远地逃跑了。县令命令将其家属暂时扣押，另一方面命令差役将其捉拿归案。

因为一句话的小事，最终酿成命案，已经属于极为少见的事情。而这件事则是因为一句误会的话，而导致丢了性命，这难道是宿世的冤孽吗？也可以知道人不能轻易打斗，要引以为戒啊！

9.2.16 盗卖茔地

金少伯云：钱塘西乡葛某，平日务农，有两子。其乡近地有项氏墓，久无后人。葛某私卖与朱氏为茔地；朱氏不知，竟葬焉。时为光绪五年。

未及半载，葛某两子故。七年春，葛某亦亡。地价仅五十番耳，而葛氏坐此溘（kè）尽，朱氏无恙。足见有心之恶，天必罪之；朱氏无心之失，故得免祸也。

【译文】金少伯先生说：钱塘县（今杭州市）西乡的葛某，平时以务农为业，有两个儿子。他所在的乡村附近有项家的墓地，很久没有后人来过问了。葛某私自将这块地卖给朱家作为墓地；朱家不知情，族人死后即埋葬于此。当时是光绪五年（1879）。

不到半年时间，葛某的两个儿子相继死去。光绪七年（1881）春天，葛某也死了。卖地所得价格仅仅五十块银元，而葛家因此突遭灭门之祸，朱家安然无恙。可见明知是恶事而故意去做，上天必定责罚；朱家不知情，是无心之过，所以能够免祸。

9.2.17 斩周东兴

《申报》曰：生平观杀人多矣，有哀矜者，亦不免有喜者、怒者；而惊且恐，则唯同治庚午冬，平凉观斩周东兴乎！东兴者，以军功洊擢总兵，发甘肃差遣委用者也。方是时，大军捣金积逆巢未下，呼庚孔棘。左恪靖檄赴中卫，设局采食。中卫密迩宁灵，以孤城墨守，历年未陷。四境蹂躏孑遗（róu lìn jié yí），生气奄奄矣。东兴至，则按户派买谷石，给以半价。民不愿，则令返价而献橐（tuó）金，如所给，命之曰“赔头钱”；是可忍也，他可知矣。既得钱，穷极奢欲，靡恶不为，有非思议所及者。久之，民困甚，相率走平凉控督辕。檄执对簿，婪赃盈万不诬。事闻，奉旨着军前正法。

先是，东兴系平凉狱，不知当死，间出与亲故谈谑。迨旨下，恪靖盛陈仪卫，高坐虎帐中，召东兴跪墀（chí）下，谕以罪当死。东兴始号哭，求戍新疆效力赎罪。恪靖曰："正法之旨下矣，尚何效力赎罪之有？"叱左右引出。东兴号哭，攀柱不肯行。左右强拉之，不得已乃起而出。

方是时，壁门外北向设案，爇（ruò）炉香，袅袅然，煌煌烧巨烛。监斩官左右肃拱立。百姓观者数千人，森森拥肩背。案西三丈许，铺红氍毹（qú shū）。壮士纠纠，执欧刀，光粲粲耀目。东兴既起，炮轰轰震天者三。军士观者，一时纷纷登壁上。东兴踽踽（jǔ jǔ）独出，足蹇蹇不得前，头数数左右顾，盖冀有亲故至，托身后事也。既出壁门，乃握监斩者手，泣且托，语蝉联不得断。监斩者促其望阙谢恩。东兴不得已，逡巡叩首讫，起立，再向监斩者泣语不休。监斩促之，始不得已徐徐就氍毹跪。壮士持刀一挥，头砉（xū）然落矣。"赔头"二字，乃验于此，顾不奇哉！

夫东兴罪贯盈矣，无所可哀矜者。君命其死，民喜其死，吾辈何喜何怒之有？唯是反躬自思，生平所为，或不必如东兴之甚；然得毋有万一近似者乎？脱一旦至此，何以见祖先于地下？纵反躬万万无虑，然而智不足以知人，德不足以化人，威不足以慑人，罔人及此，吾心安乎？否乎？以是知在下位难，在上位尤不易。历今已十年，每一思之，惊惧犹昔。爰为记以自警，并示子弟，俾怀刑贱货焉。

当中卫民之控东兴也，东兴迫之也。然亦有怂恿（sǒng yǒng）而攻发之者，则东兴僚友，县丞刘蔼如是。蔼如之恶，亚于东兴。其攻发之也，非能秉公持正也；以分赃不均，而妒奸故也。东兴既诛，蔼如骤患心疾，日夜作呓语，呼东兴不休。不一月，呕血死。夫东兴死，当矣。然而以蔼如讦之，是谓以燕伐燕，虽死不服。东兴为厉，亦宜欤！阳谴如彼，阴祸如此。吁，可畏已！汇记之，以为凡为官者戒。

【译文】上海《申报》记载：生平观看杀人已有多次了，有心生哀怜的，也不免有欣喜或者愤怒的；而感到既惊奇又恐惧，则唯有同治九年（1870）庚午冬天，在甘肃平凉观看周东兴被处斩的过程吧！周东兴，因军功被一步步提拔为总兵，发往甘肃差遣委用。当时，官军大部队攻打叛匪在金积堡（治所在今宁夏吴忠市西南金积镇，清同治间回民马化隆、白彦虎据此反清）的巢穴，没有攻下，索要粮食非常急迫。左恪靖侯（左宗棠）向中卫县（今宁夏中卫市沙坡头区）发出檄文，命令设置机关，采办粮食。中卫县靠近宁灵厅（清同治十一年置，治金积堡），作为一座孤城严防死守，多年以来未被叛匪攻陷。四方周边地区被摧残毁坏得不成样子，人员残存无几，已经毫无生机了。周东兴来了之后，向农户强买粮食，按户摊派，只付给半价。老百姓不愿意，就让他们按照原价返还，另外还要上缴一笔费用，称之为"赔头钱"；如果这种事情都忍心去做，其他的方面可想而知了。东兴得到钱以后，贪图享受，穷奢极欲，什么坏事都干，甚至有的行为超出人们的想象。久而久之，老百姓被折腾得穷困不堪，纷纷到驻扎在平凉的陕甘总督衙门控告。下发公文命令将周东兴控制接受调查，经审讯发现，其贪赃上万两白银，情节属实。案件上奏朝廷，奉圣旨决定即在军前正法。

起初，周东兴被关押在平凉的监狱中，不知道自己会被处死，偶尔出来和亲戚朋友聚谈。等到朝廷圣旨下来，左宗棠大人摆出隆重的仪仗，高坐军帐中，叫周东兴跪在台阶下面，宣布论罪当死。东兴才开始放声大哭，请求把自己遣戍到新疆军中效力，立功赎罪。左大人说："正法的圣旨已经下来了，还谈什么效力赎罪的事情？"命令左右的侍从人员将他带出。东兴大哭大叫，抱住柱子不肯走。侍从人员强行拉他，不得已才起来往外走。

这个时候，军营大门外向北摆设了香案，燃起炉香，香烟袅袅，点起巨大的蜡烛，光明赫赫。监斩官一左一右严肃拱手而立。围观的群众有几千人，人山人海，肩并肩，背靠背。香案西侧三丈远左右，铺着红色地毯。身强力壮的刽子手，雄赳赳，气昂昂，手持刑刀，粲粲寒光夺目。东兴起来后，只听鸣炮三声，轰隆隆震天动地。围观的士兵们，一时之间纷纷登上墙头。东兴失魂落魄地独自走出来，双腿沉重好像走不动路，抬头左看看、右看看，大概是希望有亲戚朋友过来，能够嘱托身后之事。走出军营大门之后，就握住监斩官的手，一边哭泣，一边嘱托，连续不断地在讲话。监斩官提醒他面对朝廷所在的方向谢恩。东兴不得已，徘徊不定地跪在地上叩首完毕，站起来，又向监斩官一边哭泣一边说个不停。监斩官催促他，这才极不情愿地慢慢在红地毯上跪下。这时，刽子手举刀一挥，东兴的人头瞬间落地。"赔头"两个字，竟然验证在这里，难道不是很神奇吗！

周东兴固然是恶贯满盈，不值得可怜。国君命令他死，老百姓乐见其死，我们这些人又有什么喜悦或者愤怒之情呢？唯有回过头自我反省，生平的所作所为，或许不一定有东兴那么过分，然而是否有万分之一类似的地方呢？假如有一天落到这种地步，有什么面目见祖先于地下？纵然经过反省自身，没有什么可以忧虑的，但是自己的智慧不足以了解别人，德行不足以感化别人，威严不足以慑服别人，耽误别人到这种程度，我们扪心自问，真的会心安理得吗？还是不会呢？因此可知，居于低下的地位做事情很难，而居于高位更加不容易。到现在已经十年过去了，每一想到当时的情景，仍然历历在目，令人惊惧不已。所以把这件事记录下来，用来自我警示，同时训示子弟，使他们能够敬畏法律、轻视财货。

当时中卫县的百姓控告周东兴，其实是被东兴逼迫而不得不这样做的。但是也有人从旁边鼓动去揭发的，就是东兴的同僚，县丞刘蔼如。刘蔼如的恶劣，自然比不上周东兴。但是他之所以鼓动揭发，并不是出于秉公持正，而是因为分赃不均，产生嫉妒心理而存心报复。东兴被诛杀之后，蔼如突然患上了心病，整天说胡话，不停地叫东兴的名字。不到一个月，就吐血而死。东兴被处死，是应当的。但是，被刘蔼如揭发检举，可以说是以燕伐燕（指一个和燕国同样黑暗无道的齐国去攻打燕国），虽然死了也不服气。东兴找他报仇索命，也是可以理解的。一个遭到朝廷公开惩处，一个遭到阴魂暗地降祸。哎呀，真是可怕啊！一并记录在这里，用来作为对为官之人的劝戒。

9.2.18 前定

海盐徐小云鸿胪（用仪），初官户部主事，困于场屋。咸丰己未乡试，与钱子密吏部（应溥）同寓。场事毕，钱索阅其文。小云以屡次被落，心志甚灰，不复默出，固索固弗予。一日，钱笑谓之曰：“子文靳不与吾阅，今吾乃熟诵子之文矣。”因默背其起讲提比，无一字误。小云大惊，固询，勿告；索盛宴，允之。

乃言曰：“吾前夕梦至一处，宫阙巍峨。大殿上设公座五，气象森严，吾不敢登。其对面一殿，亦有公座三，座上人皆绛衣纱帽，前朝服色，若阅卷然。吾因历阶而升，潜从其后窥之。见中座者，手取一卷，卷面则君之姓名也。阅者执卷吟哦，吾亦将君文强记之。阅竟，见取笔圈点讫，乃反其卷面，上批曰‘第八名’。忽回顾见吾，询曰：‘尔何人？’答曰：‘亦乡试者。’则曰：‘尔不中。’指门外一处曰：‘尔之卷在彼。’吾因下阶至其处，见卷皆以红纸束之。方欲取卷，突有数人叱曰：‘尔安得窃视？’吾因指殿上者曰：‘是伊等命我来。’其人曰：‘尔不必阅，将来自当送与尔阅也。’遽挥吾出，遂醒，醒而君文历历在目，君必售矣。”

比榜发，小云果中第八。卷中校勘圈点，与钱梦中所见者无异。钱则挑取誊录，其卷由礼部咨送吏部，果是送来阅者，亦奇矣哉！子密梦事，其侄伯声太守，历为人述如是。

【译文】鸿胪寺卿徐用仪先生，字吉甫，号小云（一作筱云），浙江海盐县人，早前担任户部主事，一直没有考取功名。参加咸丰九年（1859）己未科顺天乡试，和吏部官员钱应溥先生（字子密，浙江嘉兴人，官至工部尚书）同住一间公寓。考试结束以后，钱先生向他索要考场中所作的文章来看。小云先生因为多次被淘汰，早就心灰意冷，文章已经记不住了，所以索要了几次都没给。一天，钱先生笑着对他说：“你吝惜文章不给我看，现在我都能熟练地把你的文章背出来了。”于是轻声地背诵出文章的起讲（八股文的第三股）、提比（即起股，八股文的第五股）部分，竟然一字不差。小云大为惊奇，反复询问其中缘由，钱先生不肯说；答应请他吃饭，这才肯说。

钱应溥先生说："我前天晚上梦见到了一个地方，宫殿高大雄伟。大殿上设有五张办公桌，气氛整齐严肃，我不敢登上去。对面还有一座宫殿，也有三张办公桌，坐着的人都是身穿深红色衣服，头戴乌纱帽，类似于前朝（明朝）的装束，好像是在批阅试卷。我沿着台阶登上去，悄悄地从后面窥视。看见坐在中间的人，随手拿起一份试卷，卷面上写的是你的姓名。阅卷的人拿着你的试卷吟诵，我也将你的文章勉强记住了。那人读完之后，只见他拿笔圈圈点点，然后把卷子翻过来，上面批示说'第八名'。那人忽然回头看到了我，问我说：'你是什么人？'我回答说：'也是参加乡试的。'那人说：'你考不中。'指着门外一个地方说：'你的试卷在那里。'我于是走下台阶到了那个地方，只见试卷都用红纸包着。我正要伸手去拿卷子，突然有几个人呵斥我说：'你怎么能偷看呢？'我于是指着殿上的人说：'是他们让我来的。'那人说：'你不用看，将来自会送给你看的。'于是把我赶了出来，然后就醒了，醒来之后你的文章还历历在目，所以你这次一定会考中的。"

等到放榜以后，小云果然考中了第八名。试卷中校勘、圈点的地方，也和钱应溥梦中所见的没有两样。钱应溥则是被挑选誊录，他的试卷由礼部被商请送交吏部审阅，果然是送过来看的，也真是神奇啊！钱应溥做梦的事情，是他的侄子钱伯声太守，像这样详细给人讲述的。

9.2.19 活佛可疑

江南某生客游，舣舟江浒，登岸独自游览。信步至一兰若，阒（qù）其无人。见内殿壁板所画山水人物甚工，以手摩挲，不觉巧触其机。壁上门忽洞开，内有妇女数辈，正与髡（kūn）奴掷倒为戏。瞥见生，叱问："何人？"生大骇，急趋而出。僧徒三五人，蹑迹驰追，将生挽回。生泣哀求曰："乞师慈悲，恕我无知，誓不饶舌。"僧众叱曰："汝自寻死，尚望生耶？"一僧曰："缢之便。"一僧曰："缢之不如烹之，较易灭迹。"生闻而觳觫（hú sù），料不能脱，再三哀之，曰："小生冒犯，自知无再生理。求师慈悲，赐全要领，其功德胜于浮屠合尖矣。"一僧曰："我佛慈悲，姑念无知，其言也哀，将来送活佛生天可耳。"佥曰："善。"

遂将生发剃净，幽诸密室，饮以瘖（yīn）药，日给淡食，不入粒盐。百日，肌肤肥白如瓠（hù），且腰脚柔软不能行立。乃于郊外架木为高台，谓某日活佛肉身趺坐台上涅槃（niè pán）示寂，藉火化以生天。举国男妇闻之，扶老携幼，不远而来，皆香花顶礼，瞻拜祈祷。一唱百和，舞蹈若狂。

郊外距邑城密迩，邑令某公，健吏也，耳其事，率干役数人，微服自往询察。见台高丈余，一僧戴毗卢帽，面白皙如满月，身披五色袈裟，趺足坐榻上，闭目，泪涔涔（cén cén）下如雨。台下僧众百数十人，各执鱼钹、鼓磬、笙箫、琴阮、旌旛、羽盖，喃喃唪经礼忏。众男女从其后，同宣佛号，一体膜拜。台前后左右，置薪刍，间杂旃檀纸帛，高等邱陵。待时至，举火，送活佛生天。公疑活佛生天，复何流泪？岂尚有尘缘难割耶？初固疑其妄，睹此益信。亟遣干役驰白主僧："邑侯闻活佛生天，欢喜无量，亲来拈香。"谕众暂缓举火。僧众素知公威严，不敢有违，皆答曰："邑主肯赐降临，为我佛之光。僧等曷胜荣幸，理合敬候。”

公亟反署，盛设仪仗而至。僧众合掌前迎。公问：“活佛何在？”主僧笑指台上，谓：“趺坐者即是活佛。”并详述其平日清修高行。公啧啧称叹，谓：“今日天刑，活佛生天，恐未能遽登极乐之界，暂请改期，何如？”主僧答称：“此活佛自订日期，未便擅改。”公笑曰：“活佛未曾留意宪书。下官忝主一邑，合为致正。明日天赦日，生天最吉。请活佛在邑署暂住一夜，藉使署中细弱，得遂瞻拜。”主僧答称：“活佛功行圆满，即绝口不言。又肉体尊重，不便行动，碍难进署。”公笑称：“我自有法。”乃不由分说，命健儿数人，将活佛舁至署中。僧众不敢阻止，又莫测公喜怒，殊切疑虑。

活佛既至署中，公命安置内记室，夜半潜自研诘。见其涕泪交并，言动俱绝，心知有异。因问：“能作字否？”似点首。命将笔砚至，活佛胖软，臂不能举，惟以指蘸墨书纸上，约叙颠末。公阅之，大怒，命活佛安心药食调治。俟差愈，牒送回籍。翌旦，谕寺僧齐集台下，毋许擅离。又密牒骑尉，督营卒多人，乘僧等出后，围寺穷搜，果获妇女多人，所藏金珠衣物颇多。僧众齐至，公笑曰：“活佛有命，请主僧替代生天。”主僧大惧，跽(jì)称知罪。公叱左右，将主僧缚掷台上；又指主谋助虐数人，谓当追配，亦命缚掷台上。叱令举火，一转瞬俱成灰烬。僧众环视，面如死灰。观者闻知其事，同声称快。公命将余僧笞责，谕令蓄发归农，其妇女各归亲属。乃将寺改为义塾，即变易其金珠衣物，以资膏火云。

按，浙人信佛，余官杭州三十九年，似此得道成仙者，不下数起。亦有被官知之，饬拏而逃者，大约皆此类也。可哀也已！惟我辈入寺，若径情闯入，须防不测。此种事，在在有之，可不戒哉！

【译文】江南的某生，游历在外地，停船在江边，登上岸独自游览。漫无目的地随便走走，不觉来到一座寺庙，寂静空旷，不见人影。看见内殿壁板上所画的山水人物非常工整，一边欣赏，一边用手抚摩，不曾想正巧触碰了机关。墙壁上的暗门忽然打开，里面有几名妇女，正在和僧人们翻筋斗打闹作乐。瞧见了某生，连忙叱问："什么人？"某生吓坏了，急忙小跑逃出。三五个僧徒，沿着足迹追赶，将某生追了回来。某生哭着哀求说："请求师父慈悲开恩，原谅我无知，发誓绝对不往外说。"僧人们叱责他说："这是你自己找死，还想活命吗？"一个僧人说："把他缢死算了。"另一名僧人说："缢死不如煮了，比较容易灭迹。"某生听了之后，吓得瑟瑟发抖，料想这次逃不脱了，只好反复苦苦哀求，说："小生不小心冒犯，自己知道这次活不成了。请求师父慈悲，赐我一个全尸，其中的功德胜过建造佛塔的大功德。"一名僧人说："我佛慈悲，姑且看在他无知，说的话也可怜，将来送他活佛生天就可以了。"僧人们都说好。

于是将某生的头发剃干净，关在密室中，给他饮用哑药，每天吃清淡的饭食，不放一粒盐。一百天之后，肌肉与皮肤变得白白胖胖，而且腰腿柔软，无法站立和行走。僧众在郊外空地用木头搭起高台，宣说定于某日活佛将肉身趺坐台上涅槃（佛教修行者的终极理想，意译为灭、灭度、寂灭，也泛指出家人去世），示现圆寂，凭借火化来往生天国。全城的男女听说了之后，带着老人和孩子，成群结队，不怕路途遥远而来，都手持香花顶礼，瞻仰礼拜祈祷。众人一呼百应，手舞足蹈，欣喜若狂。

郊外距离县城很近，县令某大人，是精明强干的官吏，听说了这件事，就率领几名精干的衙役，身穿便服亲自前往探听察看情况。只见一座一丈多高的高台，一名僧人头戴毗卢帽，面部白皙如同满月，身披五色袈裟，双腿结跏趺坐，端坐在木榻上，闭着眼睛，而泪如雨下。台下有一百几十名僧人，各自手执木鱼、铜钹、鼓磬、笙箫、琴阮、旌旛、伞盖等等，口中喃喃自语，诵经礼忏。一众男女跟随其后，一同念诵佛号，整齐地顶礼膜拜。高台前后左右，四面都堆放着木柴，夹杂着香烛纸帛，堆积如山。等待时间一到，点火，送活佛生天。县令大人疑惑既然是活佛生天，为何还会流泪呢？难道还有俗缘难以割舍吗？起初就怀疑这件事的荒诞虚妄，现在看了之后更加确信。急忙派遣精干的差役前去对主僧说："知县大人听说活佛生天，欢喜无量，准备亲自前来焚香礼拜。"命令众僧暂时不要点火。僧众素来知道县令的威严，不敢违抗，都回答说："知县大人愿意亲自莅临，是我佛门的光彩。我等僧众不胜荣幸，理应恭敬迎候。"

县令大人急忙返回县衙，隆重陈设仪仗，在队伍的簇拥下迎面而来。僧众合掌上前迎接。大人问："活佛在哪里？"主僧笑着用手指着台上，说："结跏趺坐的就是活佛。"并且详细讲述了他平日清净高妙的修行。大人连声表示赞叹，说："今天是天刑日，活佛生天，恐怕不能立刻往生西方极乐世界，暂时请求改期举行，怎么样呢？"主僧回答说："这是活佛自己选订的日期，不便擅自改动。"大人笑着说："活佛未曾留心查阅历书。下官很荣幸作为一县之主，应当予以改正。明天是天赦日，生天最为吉利。请活佛在县衙暂时住宿一晚，趁此机会让县衙里的妻子儿女，都得以瞻仰礼拜。"主僧回答说："活佛功德圆满之后，就闭口不再说话。同时肉体尊贵沉重，不方便行动，想必难以进入衙门。”大人笑着说：“我自有办法。”于是不由分说，命令几名健儿，将活佛抬到衙门中。僧众不敢阻拦，又无法猜测县令大人的真实想法，心中特别疑虑。

活佛被抬到县衙中，大人命令安置在里面的书房，半夜里悄悄地亲自推究询问。只见他涕泪交流，不能说话也不能活动，心知其中必有异常情况。于是问他：“能写字吗？”好像在点头。命令下人取笔墨纸砚来，活佛身体肥胖柔软，手臂无法抬起，只能用手指蘸墨汁在纸上写字，大致叙述了其中的过程。大人看了之后，大为震怒，让活佛安心休养，命令下人用药物、食物对他进行医治调养。等到差不多恢复之后，再开出凭证送回原籍。第二天早上，命令寺僧全部在台下集合，不许擅自离开。又秘密通知当地驻军骑尉官，派出营兵多人，趁僧众出寺后，将寺庙包围，仔细搜查，果然搜得妇女多人，所藏的金银珠宝、衣物有很多。僧众到齐后，县令大人笑着说：“活佛有命令，请主僧替代生天。”主僧吓坏了，跪地自称知罪了。大人叱令左右侍从人员，将主僧捆绑起来扔到台上；又指着主谋者和参与助恶的几个人，说应当陪同生天，也命令将他们绑起来扔到台上。下令点火，转眼之间，都化成灰烬了。其他的僧众环顾四周，吓得面色惨白。围观的人了解到事情的真相，纷纷拍手称快。县令大人命令将其他的僧人杖责，命令他们蓄发还俗，回家务农，妇女也各自送归亲属。于是将寺庙改为义塾，将金银珠宝和衣物变卖，作为学子读书的补助。

按，浙江人普遍信仰佛教，我在杭州做官三十九年，像这样号称得道成仙的，不下好几起。也有被官府知道，下令捉拿而逃跑的，大概都是这种情况。真是可悲、可怜啊！只是我们每当进入寺庙，如果径直闯入，必须提防意外的事件发生。这种事情，到处都是，不能不引以为戒。

9.2.20 不孝夫妇烧死

某甲，嵊(shèng)县人，迁居余杭。夫妇二人，仅生女二。以农为业，种田六十亩。一夜，居庐失慎，四壁本多藉草，迨醒，已无可救。甲将二女曳出，而身已被火。又返曳其妻，妻曰："我早欲逃，不能转动，谁将我缚之？翁姑亦在此，谕不许去。"勉拖至院，而火随之。甲无可如何，遂逃，而妻焚如。甲体已多火伤，两臂焦黑，痛苦万状，惟未死耳。宣言曰："人谓我向无错；惟不孝，人多不知。父母固衰迈，我听其力役而不之恤，率以宿食进，犹不能饱。父母之财，抓不留余地，尝以贴补用尽。此尤我二人大罪。我妻不但不谏，且加甚焉。今我二人，罪定烧死。神明以不孝之罪，世人多不留意，命我连日喊言不孝种种，令人知之，俾各改悔，以轻减我罪。我初不信，我多喊则人多闻知，身痛顿减；不喊则益痛。"呼号五日夜而死。

其女，大者亦死；一女十二岁，为其父之甥收养，乃向帮工做田者。光绪六年十一月，江小云观察，向其买米三十石；甲与其甥送至，留下。至其家被焚情事，其甥达于小云。小云责以不应言舅氏恶，其甥泣然曰："我舅氏遗命如此，云若不转言，其死后之罪尚无已时也。"小云为之悚然，因转告于余云。

【译文】某甲，本来是浙江嵊县人，后来迁居到余杭县(今杭州市余杭区)。夫妻二人，仅生育了两个女儿。以务农为业，种了六十亩田。一天夜里，所住的茅草屋不慎失火，四面墙壁本来就有很多草垫，等醒来后，已经没有办法扑救了。某甲将两个女儿拉出来，而自己身上已经被火烧着了。又返回去拉他的妻子，妻子说："我早就想逃出去了，只是没有办法活动，谁把我绑住了？公婆也在这里，指示我不许出去。"勉强将她拖到院子里，而火也跟着追上来。某甲没有办法，于是逃出来，而妻子已经被烧死。某甲身体已有多处被火烧伤，两只手臂焦黑，痛苦万分，只是还没有死。向众人宣说："人们都说我一向没有做过错事；只是对父母不孝，人们大多不知道。父母本来年老体衰，我任由他们出力干活却不能体恤，经常给他们吃隔夜剩饭，还吃不饱。父母的钱财，都弄到手，没有给他们留下一丁点，曾经因为贴补而用光。这个尤其是我们二人的大罪。我妻子不但不劝谏我，反而变本加厉。今天我们二人，被上天定罪烧死。神明因为不孝的罪孽，世人往往忽视，命我连日大声说出种种不孝的行为，令世人知道，让大家各自悔改，来减轻我的罪孽。我起初也不相信，我说得多则听到的人也多，身体上的痛苦顿时减轻；如果不说出来，则更加疼痛。"呼喊号叫了五天五夜才死去。

他的女儿，大的也死了；小女儿十二岁，被他父亲的外甥收养，是原来帮助他家种田做工的。光绪六年（1880）十一月，江小云（名清骥）观察，曾经向他家买米三十石；某甲和他外甥一起送来，就留下了。至于他家被烧的情况，是他外甥转告给小云的。小云批评他说外甥不应该宣扬舅舅的过恶，外甥哭着说："这是我舅舅临终的遗嘱，说如果不辗转相告，他死后所受的罪苦将没有停止的时候。"小云因此而惊惧不已，于是又转告给了我。

第三卷

9.3.1 甲乙至交

甲与乙为善友，甲贫而乙富。甲将远出贸易，托家室于乙，乙诺之。甲去匝月，妻以食用不给，遣子往乙求助，酌给之；逾时又往，少给之。未久，又往，则乙冷笑曰："曩与而父言特戏耳。若眷口多人，将仰给于我，来日方长，若坐享之，铜山亦易崩也，请别为计。"子闻言觖（jué）望，不得已又哀恳之，乙拒益力。子怏怏归，返命于母。甲妻叹曰："今天下所谓金兰友者，类如此矣。"米罄薪绝，举室愁对，计无所之。

忽乙之老仆来，妻数其主人之非，仆亦义形于色，且曰："人情反覆如此，焉用友？夫人第请息怒，老奴自有妙策。老奴闻夫人一家，皆精女红（gōng），曷不以针黹（zhǐ）生活乎？"甲妻曰："汝言固善，奈无赀何？"仆曰："果尔，老奴常为会计，各店颇蒙取信，可以取物，俟鬻（yù）物偿赀可也。"甲妻大喜，遂央仆贷得针线、布帛等类。日督妾、女、子、妇诸人刺绣，不肯少休。每成一物，仆即携去代鬻。而乙家赏其精巧，不吝厚价。甲一家赖以不乏。久之，渐有赢余。举家甚德老仆，而益不道乙。乙自甲去后，亦绝少过问。

甲出门三年，客囊充裕。既归，见家室无恙，衣食丰腴，意是乙所赒恤。而妻唾曰："君休矣。君若徒恃金兰之友，则一家之骨，不填沟壑也几希。"乃痛数乙所为，并颂仆德，备述觑（luó）缕，甲不胜诧异。乙见甲归，大喜，执手叙阔，情谊殷拳。甲忿不能遏，作色曰："别后以家室相累，今幸不致饿莩，今无须君惠矣。"乙笑曰："君恨我耶？然我之代君家经营者，皆暗中筹划者也，一切问老仆自知。鄙意如夫人暨诸弱息，皆在妙龄。君既远出，举家无主；若使坐食偷安，反恐逸荡生事。故藉针黹使之作苦，闲束身心。不有以难之，则有所恃而业不专；又高其值而利诱之，则更有所贪而忘倦。我之为君谋者，忠矣；岂空需绣饰，藏为玩好者耶？"乃使左右舁（yú）一箱至，见频年所购各物，堆积其中，灿然如新。顾谓甲曰："我留此实无所用，请仍携归，俟女公子迨吉，小助妆奁可也。"甲至此，始知乙用心之深、用情之挚，把臂痛哭，再拜谢过。归述于妻妾、子女，始各恍然，无不感激涕零。

嗟乎！如乙之于甲，谓不愧为友矣。安得今天下，真谓金兰之友者，尽如是耶！或曰，此道光初年事。

【译文】甲和乙是好朋友，甲贫穷而乙富裕。甲将要出远门做生意，嘱托乙帮忙照顾一家老小，乙答应了。甲走后一个月，妻子因为衣食用度不足，派儿子向乙求助，乙酌情给了一些；过了不多时又去求助，稍微给了一些。不久，再去求助，则乙冷笑了一声，说："原来和你父亲说的话只是开玩笑而已。你们家那么多口人，都靠我来养活，未来的日子还长，如果坐享其成，就算我有一座铜山也要被挖空了，请你们另想别的办法吧。”甲的儿子闻听此言，心中既失望又怨恨，没办法只好再次向乙哀求，乙更加坚决地拒绝了他。儿子闷闷不乐地回家，把情况回报给母亲。甲的妻子叹息说：“现在天下所谓的金兰之交的朋友，基本都是这样的。”家中已经没米没柴，一家人对坐发愁，没有什么办法。

忽然乙的老仆人来了，甲的妻子数落他主人的不是，仆人也是义愤填膺，为他们感到不平，并且说道：“人情如此反复无常，要朋友做什么？还请夫人不必生气，老奴自有好主意。老奴听说夫人一家，都精于女红（女子所做的针线、纺织、刺绣、缝纫等工作），为什么不以做针线活来维持生计呢？”甲的妻子说：“你说的办法固然很好，但是没有本钱怎么办呢？”仆人说：“如果是这样，老奴平时一直做会计工作，颇能受到各家店铺的信任，可以先借用工具和材料，等东西做好之后再卖掉还钱就可以了。”甲的妻子很高兴，于是请求仆人借来针线、布料等物品。每天督促小妾、女儿、儿子、媳妇等，做刺绣的手工活，不愿意稍微休息片刻工夫。每做好一件成品，仆人就拿去代售。而乙家格外欣赏物品的精巧，不吝惜出高价。甲一家人依靠这个得以维持生活。久而久之，甚至慢慢还有所盈余。全家人非常感激老仆人，而更加不理会乙了。乙自从甲走后，也很少过问甲家的事情。

甲出门在外三年，赚了不少钱。回家后，只见家人平安无事，衣食丰足，料想一定是全靠乙的接济和帮助。而妻子一边唾弃，一边说：“您得了吧。您如果只是依赖所谓的金兰之友，那么一家人这把骨头，不被扔到水沟里也是很难。”于是痛恨地数落了乙的所作所为，并称赞了老仆人的恩德，仔细讲述了事情的原委，甲听后感到极为诧异。乙见甲回来了，非常高兴，握着手叙说阔别之情，情谊殷勤恳切。甲愤怒之情不能抑制，面露不悦的神色，说：“分别以后让一家人拖累了你，现在所幸不至于沦为饿殍，现在不需要您的关心了。”乙笑着说：“您是在埋怨我吗？然而我为您家经营谋划，都是在暗中筹划的，一切问一问老仆就知道了。我的意思，您的如夫人（妾）和儿女们，正处在青春年少。您出远门以后，家中没有做主的人；如果让她们坐吃山空、贪图安逸，反而恐怕因放逸游荡而惹出事端。所以借针线活让她们辛苦工作，收束身心。不提高一些难度，则有所依仗而工作必定不专心；又提高价格而用财利诱导，则更加有动力而不知疲倦。我为您家所谋划的，可谓是用心良苦啊；哪里需要这么多刺绣饰品，收藏起来爱好把玩呢？”于是命左右的仆从抬过来一个大箱子，见历年来所买下的各种物品，都堆积在其中，色彩鲜艳亮丽，如同新的一样。回头对甲说：“我留着这些东西也没什么用，请还是带回去，等女公子出嫁的时候，丰富一下嫁妆就可以了。”甲到这时候，才知道了乙深刻的用意和真挚的情义，互相握住手臂痛哭流涕，连连礼拜表示感谢和歉意。回去之后，讲给妻妾、子女们听，大家才各自恍然大悟，无不对乙感激涕零。

哎呀！像乙对待甲这样，可以说不愧为真正的朋友相处之道。但愿当今天下，所谓金兰之交的朋友，都能够做到这样啊！有人说，这是道光初年的事情。

9.3.2 富不易为

新市李翁，没后，其子某，年少慕风雅，倩人绘《跨马出郊》行看子。绘者以其貌清癯（qú），绘为英国衣冠，传神酷肖，喜付装池。

次日喧传，有人訾其装束违时者。某君惧滋事，令人索还。则又有人以黄涂其缰，谓其踰制。匪类数人，居为奇货，非徒手所能取矣。方议赎以钱，则新市巡司突遣役数人至，谓已有人首之官，不可以私息矣。比巡司处托人关说，许以多金，方允免究。则县役又至，谓此事业经县中访问，刻日提讯，非巡司所能了结矣。仅一小照，而公私需索，费至数千金，始得无事。吁！孰谓富翁易为哉？

【译文】新市镇（今属浙江湖州市德清县）的李老先生，去世后，他的儿子某，正处青春年少，爱慕风雅，请人画一幅题为《跨马出郊》的行看子（行看子，为画卷之别称，即行乐图）。画家因为他相貌清瘦，便画成英国人的衣冠装束，特别传神，酷似本人，惟妙惟肖，很高兴地拿去装裱。

第二天，这件事在外面哄传开来，有人指摘他的装束违背当前的形势。李氏子害怕惹事，派人去把画索要回来。而又有人把马的缰绳涂成黄色，说他违反规定，有僭越之嫌。有几个地痞，把他的画弄到手，认为奇货可居，这时候已经很难空手拿回来了。正在商议拿钱来赎回，而新市镇巡检司（职掌地方治安的机关）突然派遣了几名差役过来，说已经有人举报到官府，不可以再私了了。等到巡检司那里托人说情，答应支付一笔赎金，才准许免于追究。而县衙的差役又来了，说这件事已经县里调查访问，即日将要提审讯问，不是巡检司所能了结的了。仅仅一小幅画像，而被公家、私人多方讹诈勒索，竟然花费达到几千两银子之多，才将此事摆平。哎！谁说富翁容易做呢？

9.3.3 放生获报

同治初年，苏城葑（fēng）门外同里镇，有医生严姓，字惕庵，素喜放生。每见龟鳖之属，不惜杖头钱，悉数买放之。

一日，邻村邀往看脉。舟行甫半，风雨狂至，泊船以避。凭窗眺瞩，偶见菱荡内一龟，浮于菱叶之上。菱叶滋蔓固结，忽如刀划，四面散开，浮龟泅入深处。严医悟其理，必系龟溺（niào）菱叶，因是消散。忆及凡食菱角伤，医经不载，并无专治之药。虽大黄、芒硝、枳实、槟榔，亦不能尅化。因目所击，默而识之。

相隔数月，邻镇有富室女病，延诸名医，皆莫识其何疾。投以消导之剂，剧转甚。访得严医，出重赀，鼓棹（zhào）相迓。临诊，六脉无病；遂于四字诀中，专求“问”之一字，盘诘左右，得之于小婢。缘此女喜食菱角，不论生熟，非大饱不止。一日饱食后，倦而假寐，醒觉饱胀异常，便饮食不思，恹恹一病至此。其父母初不经意，以为女常食之物，疑有他病。医询得其故，触悟前见，索龟取溺，加以豆蔻、砂仁末，令病者一吸而尽。夜未央，腹疼大泻，力不继，进之以参。天明，痛定泻止，稍为调理，其病若失。由是医名大噪。虽谓医有十年运，然亦未始非放生之报也。

【译文】同治初年，苏州城葑门外的同里镇，有一位姓严的医生，字惕庵，素来喜爱放生。每当遇见乌龟、甲鱼之类，不吝惜买酒的钱，全数买下来放回水中。

一天，邻村有人邀请他前往看病。船行刚过一半的路程，狂风暴雨突然来临，就停船躲避风雨。坐在窗边向外眺望，只见长满菱角的湖荡中，有一只乌龟，浮在菱叶之上。菱叶本来蔓延生长，盘结在一起，忽然像是被用刀划开一样，整整齐齐中断，向四面分散开，浮在水面的乌龟也潜入深水中。严医生领悟到其中的原理，一定是乌龟尿在了菱叶上，因此消散开来。回想到凡是吃菱角过多而受伤，医书上没有记载，并没有专门治疗的药物。即便是大黄、芒硝、枳实、槟榔这样比较猛烈的药，也不能消化。因为亲眼看到这种情形，便默默地记住。

几个月后，邻镇上有一富家女生病，请了很多名医，都没能诊断出是什么疾病。采用帮助消化导引的药物，反而症状加剧。打听到了严医生，愿意出重金，专门开船过来请他去看病。经过诊脉，发现六脉（六个中医切脉的部位，人的左右手各有寸、关、尺三脉，据以观察病的顺逆）都没有异常；于是在“望闻问切”四字要诀中，专门推究一个“问”字，反复盘问，并向左右的婢仆询问，从一名小婢女的口中了解到一些情况。原来这名女子喜欢吃菱角，不论生的熟的，一定要吃个饱才算完。一天吃了很多菱角以后，累了就躺下小睡一会儿，醒来只觉肚子异常鼓胀，便不思饮食，一直病病殃殃直到现在。她的父母开始也没在意，以为菱角是女儿经常吃的，怀疑是其他的病症。严医生经询问了解到了其中的原因，因上次目击乌龟的情形而有所触动和领悟，找来一只乌龟，取龟尿，再加上豆蔻、砂仁末，让患者一饮而尽。还没到半夜，肚子疼，腹泻得厉害，体力不支，又给她服用人参。天亮后，肚子不疼了，腹泻也停止了，稍微帮她调理了一下，病症仿佛消失了。从此以后，严医生名声大噪。虽说医生都有十年的好运，但是也未尝不是放生带来的善报。

9.3.4 钱无露

无锡某，学贸易于质库中。丁酉五月，假质库名，向钱肆中借番银百，即唤船往苏州寻其兄。一熟船索值昂，雇未定。旁一舟遽谓之曰："客就吾船，吾减半足矣。"喜而从之。比下船，开包取番银一，上岸，而以其余置舱中。迨回船，则已少其十之三，知为舟人所窃。念一诘问，必至事发，为质库所知，乃隐忍不言。然知舟人非善类，即藏其番银于怀，并以值予舟人曰："吾不往苏矣。"舟人曰："客不往苏，雇吾舟奚为？无多言，吾请送客至苏州。"即疾呼其篙工开船。某欲止之，则已在中流矣。不得已，听之行十余里。至某处，天已晚，舟人竟劫其资，杀而投其尸于水，捩（liè）舵而回。未晓，仍泊无锡。邻舟讶其回之疾，不能无疑，诘之，语支吾。前一舟尤衔之，乃潜往告知质库；适质库已知某窃资而逃，觅之其家不得，将遣人至苏问其兄。至此并知中途有变，遂讼其所雇之舟人于县。然其杀人与否，尚无左证也。

次晓，忽有一物逆流而上，至其舟边而止。审视之，即某之尸也。县乃取舟人严鞫之，而犹坚不肯承。已而鞫其篙师，篙师叹曰："是不可逃矣。尸在某处，离此十余里，乃能逆流而至，谓非冤魂不散乎？"遂历历言之不讳，且言："吾佐舟人操舟久，其杀人行劫，已非一次。今兹败露，殆其恶贯满盈也。"舟人遂亦不复狡赖，案乃定。

呜乎！无锡至苏，九十里耳，乃有此等事。信乎江湖之险，不仅风波也。然观某尸之逆流而上，止于其舟之旁，则作恶之无不报，抑又显然矣。

【译文】江苏无锡的某人，在一家当铺中学做生意。（道光）丁酉年（1837）五月，他假借当铺的名义，向钱店中借贷了洋银一百元，然后就叫船到苏州寻找他的哥哥。一条熟悉的船要价很高，犹豫不定是否要雇请。旁边一条船就对他说："客人坐我的船，我只要一半的价钱就行了。"很高兴地成交了。等上了船，打开行李包取出洋银一枚，又上岸，而把其余的放在船舱中。等回到船上，则已经少掉十分之三了，知道是被船家窃取了。考虑到一经盘问，必然导致事情败露，被当铺知道，于是也就隐忍不说。但是知道了船家并不是什么好人，就把其余的洋银藏在怀里，并且把价钱付给船家，说："我不去苏州了。"船家说："客人不去苏州，雇我的船做什么？不必多言，我请送客人到苏州。"就急忙命令掌篙的船工开船。某想要制止他，而船已经到水中央了。没办法，只好任由他开了十多里。到了一个地方，天色已晚，船家竟然抢劫了他的财物，将他杀害并抛尸于水中，转舵调头返回。天还没亮，船仍然停泊在无锡。相邻的船奇怪他为什么回来得这么快，不能没有疑惑，盘问他原因，回答支支吾吾。前面的一条船更是对他怀恨在心，就悄悄地前去告知当铺；正好当铺也已经知道某卷款而逃的事情，到他家里去找没找到，准备派人到苏州询问他哥哥。这时候，大家都猜测到某肯定是在半路上遭遇了变故，于是把所雇的船家控告到了官府。但是他是否杀人，还没有确切的证据。

第二天早晨，忽然有一个物体逆流而上，漂到船边上停下来。仔细一看，发现就是某的尸体。县衙于是逮捕船家，严刑审讯，仍然坚持不肯招认。然后把他的船工拘捕来，船工叹息说："这次无法逃脱了。尸体在某处，离这里有十多里，竟然能够逆流而上，难道不是冤魂不散吗？"于是将所见的情形一五一十讲了出来，毫不隐瞒，而且说："我帮助船家开船很久了，他杀人劫财，已经不是一次了。现在事情败露，大概也是他恶贯满盈了。"船家于是也不再狡辩抵赖，案子才了结。

哎呀！无锡到苏州，不过九十里路程，竟然也会发生这样的恶性事件。更加相信江湖的险恶，不只是大风急浪。然而看某人的尸体竟能逆流而上，停在船的旁边，可知作恶没有不遭报应的，这是显而易见的。

9.3.5 掩埋有功

山阴安昌镇，易君之濬（jùn），治岐黄家言。曾述有中表沈景福，邑之霅（zhà）川人，从岳家居马鞍，向在唐栖吴姓染坊生理。东人素奉乩仙，一乡称善士。贼退时，积尸盈野，纠赀掩埋，命景福董之。福竭尽心力，至触秽患痢，痢后转泻，泻久转胀，时发时止。如是者数年。

至丁戊而益剧，不得已，回里养病。腹坚如石，骨瘦如柴，满腹青筋，饮食不下，卧床半年，仅存一息。九月间，濬往视疾，自言："已无生理，且家无儋石（dàn shí），尚存祖遗屋数椽，已变卖成契。价洋百七十六元，十六元为埋葬费；三十元交族弟存息，代理父母祭扫；三十元与妻，嫁守听便；百元拟作晋豫赈捐。"初意病中呓语，但劝以静养而已。

至冬至日，竟翩然惠顾曰："别后自问必死，由局将百洋寄上海捐局。越二三日，梦中有人语曰：'尔疾可治，只须乌鱼一尾，由腮中扯去肠杂，纳大蒜数片、陈茶一撮，不去鳞；外用酒坛泥，和醋包裹；以桑枝烧炭，用炭煨熟；食时嫌淡，用醋蘸之。愈后宜永戒乌鱼，量力放生。'初不为意，次夜复然。遂如法制食，胃口稍动。至五鼓，大泻数次，遂觉神爽。连服二尾，饮食渐进。不及二月，竟能行动矣。同时同患者，依此方获愈，不计其数。"

按，乌鱼健脾去风湿，黄泥运脾，得醋能软坚平肝，肝平，脾自健运。又妙在用桑炭。盖桑得箕星之精，去风通络。内外兼治，洵为神方。

又沈君自病愈后，人服其笃善，竞争聘之。昔则为一小伙，今则当手矣。家业之兴，正未有艾。天之报应，岂爽也耶？

【译文】浙江山阴县安昌镇（今属绍兴市柯桥区），易之濬先生，精通中医理论。他曾经讲述，有一位表亲，名叫沈景福，是霅川人，跟随岳父家居住在马鞍镇，一直在唐（塘）栖镇吴老板开办的染坊里做活。东家素来信奉乩仙，被乡人称为善人。太平天国军队撤退时，堆积的尸体遍满田野，吴老板筹措资金进行掩埋，命景福负责其事。景福尽心尽力去做，甚至因接触秽气而患上痢疾，痢疾之后转成腹泻，腹泻久了又开始腹胀，时而发作，时而停止。像这样过了好几年。

到光绪丁丑、戊寅（1877、1878）年间，病情加剧，不得已，只好回家养病。肚子坚硬如石，骨瘦如柴，整个肚子上青筋暴露，饮食不下，躺在床上半年，奄奄一息。九月间，易之濬先生前去给他看病，自己说："我恐怕不行了，而且家中没有一丁点粮食，还有祖上遗留下来的几间屋子，已经变卖，写好了契约。价格是银洋一百七十六元，其中的十六元作为埋葬的费用；三十元交给族弟存起来生息，请他代为祭扫父母的坟墓；三十元给妻子，是改嫁还是守寡听其自便；一百元打算用作山西、河南等地赈灾捐款。”起初以为是他病中说胡话，只是劝他安静休养而已。

到了冬至这一天，景福竟然精神焕发地登门来做客，他说：“和你分别以后，自认为必死无疑，就通过赈灾局将一百元银洋寄到上海捐局。二三天后，梦到有人告诉说：‘你的病可以治，只需要用乌鱼一条，从鱼鳃中清理掉内脏肠杂等，塞入大蒜几片、陈茶少许，不用去鳞；外面用封裹酒坛的黄泥，拌上一些醋包裹起来；然后用桑树枝烧成木炭，用木炭烤熟；吃的时候如果嫌淡，可以用醋蘸着吃。好了以后要永远戒食乌鱼，并根据自己的能力放生。’起初还没在意，第二天晚上又做了同样的梦。于是如法制作食用，稍微有了一些胃口。到五更天，大泻了几次，顿时感觉神清气爽。连续吃了两条，饮食渐渐增加。不到两个月，竟然能下地活动了。同时患同样的病的，按照这个方子获得痊愈的，不计其数。”

按，乌鱼可以健脾、去除风湿，黄泥可以运脾，加上醋能够软化坚结、平息肝火，肝火平息，则脾胃自然健运。更妙的是采用桑树烧炭。桑树能够吸取箕星（二十八宿之一）之精华，可以去风通络。内外同时发挥功效，确实是神方。

又沈景福先生自从病愈后，人们佩服他至诚行善，争相聘请他。当初只是一个小伙计，现在则是掌柜的了。家业兴旺，正是方兴未艾，蒸蒸日上。上天的报应，难道会有差错吗？

9.3.6 子庄虚心

陈子庄曰：同治六年，余初任南汇县时，厉精图治。遇民间讼事，一经控诉，立即提讯，随到随审，随审随结。三月之间，除寻常自理之案外，审结历任积案，三百八十余起。案牍一清，民间颇著颂声。丁雨生中丞，奏予奖叙，余私心亦未尝不自当也。洎(jì)调青浦，仍不肯少怠。拦舆喊禀，无不立为了结。甚至南汇旧部，民讼狱者，有不之本县，而来青浦，求余判断。心益喜，自负。

至九年，丁中丞以所刊《牧令书》，颁发各县。内有南丰刘廉舫先生(衡)《庸吏庸言》一册，余受而读之，不禁怅然自失，通身汗下。自是不欲自诩精明，轻受民词矣。先生之言曰："寻常案件，定于三、八当堂收呈；此外各日，切勿滥收。夫小民钱债、田土、口角，一切细故，一时负气，旁有匪人耸之，遂尔贸贸来城，忿欲兴讼。实则事不要紧，所欲讼者，非亲即友。时过气平，往往悔之。官若随时收呈，则虽有亲邻，不及劝阻，而讼成矣。一经官为讯断，曲直分明，胜者所值无多，负者顿失颜面，蓄忿渐深，其害有不可胜言者。且官即清廉，结案即极神速；讼者来自田间，人地生疏，不能一无所费。此官长任事太勇之过也。若官非三八日，断不收呈，则讼者欲告之日，未必适逢放告之期。此数日中，有关爱之亲戚邻里，为之劝解；则状词未投，欲告者旧情未断，为所欲告者，颜面无伤，不难杯酒释憾矣。夫如是，则讼端渐少，和气所蒸，可以兆丰年而酿厚俗，又不仅惜民之财已也。此爱民者，所宜体谅及之者也。倘自诩聪强，收呈不以其时，能则能矣，毋亦不恤民隐乎？况更有藉此巧取者，吾乌乎知之？至如命盗、斗伤、抢亲等案，则应就地方情形，择其尤要者，酌定十条，或八九条，刊刻宣示。准其随时喊禀，则又不必具呈矣。”云云。

此真阅历有得，蔼然仁者之言。嗣余宰上海，即遵其言行之。上海五方杂处，华夷交涉，事件尤多，听讼不胜其烦。尝有拦舆控会项不还者，余阅其呈曰：“尔理可准，然细故，可于明日告期上来。”明日其人不至。又尝于鞫狱时，有呼冤入者，询其故，则被人霸占房屋不还之故。亦令其俟告期来，到期亦不至。盖俱有人相为调息矣。此等事，不一而足。不特民免讼累，即官亦省听断之烦。仁人之言，其利溥哉！特记之，以志吾过，并谂（shěn）后之有志恤民者。

【译文】陈子庄（名其元）先生说：同治六年（1867），我刚到南汇县（今上海市浦东新区）上任时，发愤图强，力求有所作为。遇到民间有诉讼案件，一经控告，立刻将当事人提来进行审讯，提到即刻审讯，审讯完就结案。三个月时间，除了日常亲手处办的案件之外，将历任县官积压的案件也审完了，多达三百八十多件。积压的案件得以清理一空，受到了当地百姓的称颂。时任江苏巡抚丁雨生（名日昌）大人，上奏朝廷对我予以嘉奖，我个人认为也没有什么不妥当的。等到调任到青浦县（今上海市青浦区），仍然不愿意稍有懈怠。如有百姓拦轿喊冤告状的，无不立刻为他们处理解决。甚至以前在南汇县任职期间，旧日所辖的民众，有诉讼案件的，有的不到本县县衙，而来青浦县控告，请求我来判决。心中很是得意，自以为很了不起。

到同治九年(1870),丁日昌巡抚将他主持刊印的《牧令书》(清代徐栋编著)一书,颁发给各个州县官员学习。其中有江西南丰县的刘廉舫先生(名衡)所著的《庸吏庸言》一册,我恭敬拜读之后,不禁怅然若失,全身汗如雨下。从此以后不敢再夸耀自己精明强干,轻易接受民间的词讼了。刘先生是这样说的:"日常案件,定于每旬三、八日(即每月三、八、十三、十八、二十三、二十八日)当堂受理诉状;除此以外的各日,切记不要随便受理。普通百姓因为钱财、债务、田地、口角等等,一系列琐屑的事情,一时赌气,再加上旁边有不怀好意的人怂恿教唆,于是冒冒失失地进城,一怒之下便要告状打官司。实际上根本没有什么要紧的事,所要告的人,往往不是亲戚就是朋友。待时间一过,心气平复下来,往往后悔不已。官员如果随时受理诉状,那么即便有亲戚邻居,来不及劝阻,则官司就形成了。一经官员为之审讯裁决,是非曲直顿时清清楚楚、明明白白,而胜诉者所得也值不了几个钱,败诉者则颜面扫地,蓄积的怨愤逐渐加深,所带来的危害往往用语言无法完全形容。而且即便官员清正廉洁,即便结案极其神速;告状的人从乡下过来,人生地不熟,不可能不耗费人力、财力、物力。这便是官长做事太过急躁、鲁莽所导致的过错。如果官员在除了三、八日以外的时间,坚决不受理诉状,则告状的人想告的那天,不一定正好赶上受理的日期。在等候的这几天之中,如有关心爱护他的亲戚邻居,帮他劝解;那么这个时候诉状还未递上去,想告的人顾及往日的情谊,为了照顾被告一方的脸面,不难通过一杯酒化解怨恨了。如果能够这样做,则诉讼的争端日渐减少,和平之气所感召,可以兆示丰收的年成,渐渐形成善良厚道的风俗,又不仅仅是节省民财而已。这是爱护百姓的官员,所应当深刻认识到的方面。倘若自以为聪明强干,随时随地受理案件，能干是很能干，难道也不体恤民众难言的痛苦吗？况且更有借打官司敲诈勒索、巧取豪夺的，我又怎么能知道呢？至于像人命、盗抢、斗伤、抢亲等恶性案件，则应当根据地方上的实际情况，选择重要的类别，酌情制定十条，或者八九条规章制度，刊印出来，向民众宣传。准许他们随时禀告，则又不一定需要呈递诉状了。”等等。

这确实是拥有丰富阅历之后才能领悟到的道理，是和善而有仁德的长者才能说出的话。后来我调到上海县任职，就遵照他说的方法去做。上海居民复杂，各个地方来的都有，中国人和外国人相互往来，各种事件特别多，受理案件不胜其烦。曾经有人拦轿控告会钱不还，我看了他的诉状，说：“你的诉讼可以受理，但是属于小事情，可以等明天受理日期再呈上来。”第二天那个人没有来。又曾在审理案件时，有人进来喊冤，问他原因，说是被人霸占了房屋不还。也让他等到受理日期再来，到期也没有来。原来都是已经有人帮助他们调解，平息了争端。这样的事情，还有很多。不只是百姓免于被官司拖累，即便是官员也省了不少听讼裁决的烦恼。仁人君子的言论，真是利益广大啊！特此记录在这里，来表明我的过错，并用来劝勉今后有志于体恤民情的官长。

9.3.7 遇盗不险

有九江公子者，自其父长沙太守任归。夫妇二人，俱二十余岁；一子尚在襁褓（qiǎng bǎo）中。启行之日，服御鲜华，舆从赫奕。有盗十余辈，见而心动，驾一小舟随其后，将至中途行劫。而公子老成特甚，天明始开，未晚即泊，泊必于人烟稠密之区。离九江仅数日程，盗探知前无可下手处，议欲回。一盗曰："公子长途辛苦，归必倦，伺其倦而劫之。是吾失之于途，而取偿于家也。且数千里相随，顾乃徒手反乎？"群盗以为然，乃复随之。

公子既归数日，盗见其门庭寂静，意谓防范已疏。乃于人静时，各怀器械踰垣（yú yuán）进，历屋数重，直抵公子卧室。见左边屋内，一灯荧然，光透户外。俯听之，则公子夫妇，方弄其儿以为乐。凡盗入人家，必先探主人之勇怯，以为进退。一盗乃振其手中叉作声，以观室中张皇与否。而室中闻之，即吹灭其灯，寂无声息，一似未尝闻者。然盗心疑，不欲下。少顷，忽见中室扉豁然开，公子与其妻先后出。公子黑布裹头，身被一短袄，袄与裤相属之际，束以黑绫，左手执炬，右手操两斧。其妻妆束略同，惟裙则曳起两前幅拴腰际，以红绫束之，左手执炬，右手持双剑。既出，公子置其炬于左，执两斧面东立；妻置其炬于右，分执双剑面西立。背与背相抵。立既定，公子乃以斧指屋上曰："下！"盗大骇，然计无所避，乃推一能者先下。妻闻其堕地声，回顾公子曰："雏耳，君一人足了之，无俟我为矣。"即收其手中剑，携炬入。

公子正立，俟群盗次第下，乃哂曰："汝辈伎俩如此，诚不足膏我斧。今且问，来此奚为？"盗魁觳觫（hú sù）前对，曰："公子之能如此，更何奢望？惟念数千里从公子来，欲归无资，倘赐以小资斧，俾不至流落他乡，幸矣。"公子曰："此细事，吾当给汝。然须静俟庭中，无稍动，动则吾不汝宥也。"乃亦收其双斧，携炬入。少间，手千金，自室内遥掷庭中，曰："汝辈得此可归矣。虽然，出宜小心，毋惊吾下人也。”言已，阖扉进。

初群盗空手来，故能踰垣，今手携千金，势不能不由扉。犹幸臧获辈，俱酣睡，无有觉者。迤逦（yǐ lǐ）而达最外一重门。突闻旁屋内有人诘问为谁，盗念出此，即天空任飞矣，复何惧？且听其声，年亦甚少，乃不之顾，而争前拔关。而其人已手一梃启户出，见群盗汹汹，即持梃奋击。须臾，连扑数盗于地，呻吟不绝；余盗震慑，罗拜乞哀，兼述公子言。其人笑曰：“此门吾所司。既公子意若此，姑不留汝。虽然，尔翁连日缺杖头资，手中物可留下，勿将去也。”盗唯唯从命，乃俟其启门，扶起扑地者，鼠窜去。此道光初年事。（按此条，倘公子而不娴武术，势必大遭抢劫，岂千金所能了事？倘司阍而不精技击，则千金又岂能再留？是技之有益于人，诚非浅鲜。祐卿识。）

【译文】江西九江有一位公子，从他父亲做长沙知府的任所回来。夫妻二人，都是二十多岁；一个儿子还在襁褓之中。动身起程的那天，衣服车船光鲜豪华，随从队伍显赫盛大。有一伙强盗，十几个人，看见之后动了心思，驾一条小船跟在他们后面，准备在半路上行劫。而公子特别老练成熟，天亮之后才开船，不到晚上就停靠，而且必定停泊在人烟稠密的地方。距离九江还有几天的路程，强盗探知前面没有可以下手的地方，商量着准备回去。其中一名强盗说：“公子长途跋涉辛苦，回到家一定疲倦了，趁他疲倦的时候行劫。这样的话我们在路上没能得手，就在他家中补偿。而且一路跟随了几千里，难道就这么空手回去吗？”强盗们都表示认同，就继续跟随。

公子回来几天之后，强盗见他们家门庭寂静，以为已经疏于防范了。就在夜深人静的时候，各自身怀器械翻墙而进，经过几重屋子，直达公子的卧室。只见左边的房间内，点着一盏灯，亮光直达户外。俯下身体静静地窃听，则是公子夫妻，正在逗弄小孩子取乐。凡是盗贼进入人家家里，必定首先探试主人是勇敢还是怯懦，然后再根据情况决定是前进还是后退。一名盗贼于是晃动他手中的铁叉，发出声响，来观察房间里的人是否惊慌。而房间里听到声音，就把灯吹灭，悄无声息，似乎是根本没听到动静。但是盗贼心中不免疑虑，不敢轻易下手。不一会儿，忽然只见中堂大门豁然敞开，公子和妻子先后出来。公子用黑布蒙头，身披一件短袄，上衣和裤子交接的地方，用黑色绫布束腰，左手举着火炬，右手持两把斧头。他的妻子装束基本相同，只是裙摆撩起前面两幅拴在腰间，用红色绫布束起，左手举着火炬，右手持两把剑。出来后，公子把火炬放在左侧，手执两把斧头面向东方而立；妻子把火炬放在右侧，双手各持一把剑面向西方而立。背靠着背。二人立定后，公子用斧头指着屋顶上说："下来！"盗贼吓坏了，但是一看这下逃避不了了，只好推出一个厉害的先下。妻子听到盗贼落地的声音，回头对公子说："新手而已，你一个人足以对付，不需要我来帮忙了。"就收起手中的剑，带着火炬回房了。

公子端身正立，等待一众盗贼一个个下来，就冷笑着说："你们就这点本事，实在还不足以给我擦一擦板斧的。我现在问你们，来这里干什么？"盗贼头目瑟瑟发抖地近前答话，说："公子有这么大的本领，我们还有什么指望呢？只是念在跟随公子几千里而来，想要回去也没有路费，倘若承蒙您赏赐一点路费，使我们不至于流落他乡，将是格外荣幸的。"公子说："这是小事，我会给你们的。但是必须在院子中静静等候，一步也不许动，动一动我就不能饶恕你们。"于是收起两把斧头，带着火炬回房了。不一会儿，拿着一千两银子，从房里远远扔到院子中，说："你们拿着这个可以回去了。虽然如此，出去也要小心，不要惊动了我家的下人。"说完，关上门进去了。

起初，盗贼们空手而来，所以能翻墙，现在手里拿着千两白银，看样子不能不从大门出去。所幸仆人们都在熟睡，没有人发觉。静悄悄地一步步慢慢来到最外面一重大门。突然听到旁边屋子里有人质问是谁，盗贼们心想出了这个门，就自由自在、远走高飞了，还怕什么呢？而且听说话的声音，年纪很轻，也就不理会，争相上前拔开门闩。而那人已经手持一根木棒开门出来，见盗贼们气势汹汹，便手持木棒奋力痛击。不一会儿，连续将几名盗贼打倒在地，呻吟不停；其余的盗贼吓坏了，跪倒在地乞求饶命，同时转述了公子的话。那人笑着说："这座大门是我在掌管。既然是公子的意思，姑且不留你们了。虽然如此，你爷爷我最近缺买酒的钱，手里的东西可以留下，不能带走。"盗贼连声答应，就等他一开门，就扶起倒在地上的人，抱头鼠窜而去。这是道光初年的事情。（根据这一则公案，假如公子不精通武术，势必大肆遭到抢劫，又怎能一千两银子就能了事呢？倘若看门的人不精通格斗之术，则一千两银子又怎能失而复得呢？所以技艺对于人的益处，确实是很大的。程祜卿附记。）

9.3.8 弈艺

乾嘉间，朝贵盛行弈艺。以此，四方弈士，咸集京师，而以海宁范西屏（世勋）为巨擘（bò）。有先范得名者黄某，久游公卿间，称国手，年亦倍长于范。及范入都，黄与角艺，卒死范手。于是慕范者，未尝不惜黄。而不知其中自有天焉。

先是富春韩生，馆某部郎家。韩本善弈，而人莫知。一日部郎邀黄弈，韩生壁上观。局竟，谓部郎曰："黄君弈，虽名盛一时。自我观之，其于攻守之法，犹未尽然。谁谓无可敌者？"部郎乃复邀黄与韩对弈，黄见韩年少，意轻之。及布局，觉有异，即极力防拒，而辄为所窘。黄或乘间出奇，韩则信手以应。不费思索，竟三局，黄三北焉。遂推枰起曰："今余适发隐疾，越日当与君决胜负耳。"嗣是黄名稍逊，而韩技闻矣。

有某王好弈，颇精，闻韩名，召与弈。自辰至日中，连和二枰。末局，韩负半子。盖应召时，使者以王好胜为嘱。韩欲博王欢，而又不堕己名，故于进退间，分毫不失如此，其苦心则过常局数倍矣。时黄已侦知其故，韩出即要于途曰："今日愿与君毕其所长。"韩辞以异日，不可，乃勉与弈。及争一角，韩反复凝思，卒不能应。黄以冷语迫之，韩神色顿异，遽喷血数升，次日死。

越后二十余年，而黄为范乘，若报复焉。相传范甫垂髫（tiáo），已精"十诀"，名闻江左。入都时，黄犹在。诸巨公设彩邀二人争胜。局未分，亦以一角决上下。范见黄握子不落，曰："先生殆不欲战乎？"黄忽色变，曰："孽耶！天夺我矣，又何争为？"遽涌血死。有知前事者，谓韩死而范生，约计岁月既符；所争局，又与前无异。天夺之语，信非无自尔。后范名愈盛，无与争者，惟同里施襄夏称亚。

嘉庆初，范曾来沪。时倪克让弈品居第一，次如富嘉禄等数人，皆精其技。惟倪不屑屑与人弈，富等则恒设局豫园，招四方弈客以逐利。范初至局观弈，见一客将负，为指隙处。众艴（fú）然曰："此系博彩者，岂容多语？君既若此，何不一角胜负？"范曰："诺。"众请出注，范于怀中出镪，曰："以此作彩可乎？"众艳其金，争来就。范曰："余弈不禁人言，君等尽可熟商耳。"枰过半，而众无所措手，乃急报富。富入局，请以三先让；局竟，富负；请再让，又负。众遂走告倪，倪至，乱其枰，曰："此范先生也，何与敌？"少顷，事遍传。邑富室延范下榻西桥潘宅，而请与倪弈，范让倪三子。

【译文】乾隆、嘉庆年间，朝廷中王公大臣盛行下围棋。因此，各地的围棋高手，云集于京城，而其中以浙江海宁的范西屏先生（名世勋）为首屈一指的棋坛国手。在范先生成名之前，以黄某最为著名，长期游历于公卿之间，被称为国手，年龄也比范先生长一倍。等到范先生进入京城，黄某和他较量棋艺，最终败于范先生手下。于是仰慕范先生的，也未尝不为黄某感到可惜。却不知道其中自有天意。

先是浙江富春县（今杭州市富阳区）的韩生，在一位某部侍郎家中做家庭教师。韩生本来善于下棋，而人们都不知道。一天，侍郎邀请黄某下棋，韩生在旁边观战。下完后，韩生对侍郎说："黄先生的棋艺，虽然名盛一时。在我看来，他对于攻守的技术，还不能完全处理好。谁说无人可敌呢？"侍郎于是又邀请黄某与韩生对弈，黄某见韩生年轻，不免有些轻视。等开始布局，觉得不一般，便极力防守，而动不动被他难住。黄某有时趁机出奇招，韩某都能信手回应。不假思索，三局结束，黄某三次败北。于是推开棋盘站起来，说："今天我正好身体不舒服，改日当再和先生一决胜负。"从此以后，黄某的名气有所下降，而韩生的棋艺已经名声在外了。

有一位王爷爱好下棋，棋艺颇为精湛，听闻了韩某的名声，召请他前来对弈。自辰时（上午7时至9时）到中午，连续两局和棋。最后一局，韩某输掉半子。原来韩某应邀的时候，使者叮嘱他王爷好胜。韩某想要博得王爷欢心，而又不损害自己的名声，所以进退之间，没有分毫失误的地方，而他的良苦用心则远远超出寻常棋局好多倍了。当时黄某已经探听到其中的情节，韩某一出来就在路上邀请他，说："今天愿意和先生各自拿出最好的水平。"韩某推辞说改天，黄某不许，于是勉强和他对弈。等到争夺一个角的时候，韩某反复凝神思索，最终不能应对。黄某冷言激迫他，韩某神色顿时大变，突然吐血几升，第二天不治身亡。

此后二十多年，而黄某被范某超越，好像是在报复。相传范先生童年时期，就已经精通"围棋十诀"，名闻江东。进入京城的时候，黄某还在。诸位王公大臣下注邀请二人对弈，一决胜负。一局还未结束，也是因为争夺一个角可以决定胜负。范先生见黄某手握棋子一直不落下，说："先生难道不想再战了吗？"黄某忽然神色大变，说："造孽啊！上天要夺我性命，还争什么呢？"突然吐血而死。有知道从前事情的，说韩某死去而范某出生，算起来时间上基本是相符的；所争夺的局面，也和从前没有两样。上天夺命的说法，可见不是没有来由的。后来范先生的名气越来越大，没有人与之匹敌，只有同样来自浙江海宁的施襄夏（名绍暗）仅次于范先生。

嘉庆初年，范先生曾经来上海。当时倪克让（名世式）的棋艺排名第一，其次就是像富嘉禄等几个人，都精于棋技。只是倪先生不屑于和人下棋，富先生则时常在豫园中摆设棋局，招揽各地棋手来博取财利。范先生初次到场观棋，见一客人快输了，为他指了指空隙的地方。众人愤怒地说："这是要下赌注的，怎能多说话？您既然这样，为什么不一决胜负呢？”范先生说：“好吧。”众人请他下注，范先生从怀里掏出元宝，说：“用这个作赌注可以吗？”众人艳羡他的银子，争相来跟注。范先生说：“我下棋不禁止人说话，你们可以尽管商量讨论。”一局过半，而众人已经无从着手，于是急忙报知富先生。富先生到场，请求让三子；一局结束，富先生败；请求再让，又败了。众人于是跑去告诉倪先生，倪先生来了，推乱棋盘，说：“这就是大名鼎鼎的范西屏先生，你们怎么能抗衡？”不一会儿，事情在外面哄传。县里的富户邀请范先生入住西桥潘宅，而请他和倪先生对弈，范先生让倪先生三子。

9.3.9 人气

山塘桥汪姓者，本世家子。少习举业，天分过人，咸目为伟器。庚申，避难申江，忽得五日一死之病。初亦茫茫然也，后渐能言死后事。言气绝时，但见一条白路，黑衣人引之行，至一官署。见一贵者中坐，引之使一揖，戒以毋拜跪，毋言语。揖毕，引至旁室，二三楹，设十八座，若六部司员之座状。引之坐第七座，案上庋（guǐ）官封数百套。一面曰“人部大堂封”，一面曰“同治某年某月日时封发某县令某开拆”。嘱其按封标硃；标毕，导之归。如是者数次，心窃讶之。一日，试启其封，黑衣侍其侧，急止之。又一日，欲与邻座通姓字，侍者又急止之。

后与侍者渐稔，始告以所判者为投生人世之公文，并言此间惟勾魂，及标投生之封，均须生人为之，藉其阳气也。叩其轮回之说，曰：“生人有十分外人气者，便成圣贤仙佛。有十分、九分者，来生皆大富贵。八分、七分者，死则为神，期满之后，留任、投生，听其自主矣；投生亦不失为有印之官。六分、五分者，来生皆不失男身。四分者，来生尚不失人身。惟从童生、和尚、道士出身者，虽无一分人气，来生总不失男身。其有功也，富贵寿考；其有罪也，转生即死。然后按罪孽之多寡，定轮回之高下。若三教之外，别从一教者，以齐民视之。惟四分以上之人，总使其转世，先为三教中贱人，或为三教之奴，人气有限，使其皈依正道，自赎迷途。再按其人气之多寡，分别使为之。至投生江浙者，较之投生边省之人，人气已加出一分矣。故各省之城隍，江浙人最多。以其前生之人气，必较他省人为多也。阴司诸事，与人世相仿佛，惟治罪与人世迥异。阳世论迹，阴司论心。刑罚则阳世杀一人，与十人者无二致。阴司则按次以抵，故有十八层地狱也。”

汪姓正居上海，即举一他国人询之，曰：“此西牛贺洲，十分外人气之人。故得流寓江浙，犹中国十分外人气者。来生得为圣贤仙佛也。”醒后，好以炫人，遂成疯疾，五日一死如故也。询之侍者，曰：“不能使子之不言，故使子有此疾，以使人不信子言也。”汪生回苏后，疯癫益甚，逢人说：“你不过几分人气，弗要希奇哉！”或戏引一方正之人，见之即五体投地，曰：“十分人气之人也。”一似有真知灼见者。

余闻，窃异之。拉其亲串往见之，并询之曰：“吾有几分人气？”便正容端语，曰：“好好能去做人末哉！做到几分，就像几分。做十分外，亦弗难；做得一分无得，亦容易个。随便你去做末哉，白白能问我？”退而思其言，痴者不能言之，不痴者又必不肯言之。其痴耶，其不痴耶？吾不得而知之矣。以上系苏省不妄语人来述。余按汪生之事，虽寓言八九，未必实有其人。而其劝善惩恶之心，要不可没，故亟录之，借以警世，聊作暮鼓晨钟耳。

【译文】苏州山塘桥一个姓汪的人，本是世代为官人家的子弟。少年时致力于科举学业，有过人的天赋，人们都认为他将来必成大器。咸丰庚申年（1860），到上海避难，忽然得了一种怪病，每五天要昏死过去一次。起初也是迷迷糊糊什么都不知道，后来逐渐能说出一些死后的事情。他说昏厥过去之后，只见一条白路，有身穿黑衣的人引导他前行，到一座官署。看见一位贵官坐在中间，引导他作了一个揖，提醒不要跪拜，也不要说话。作揖完毕，引导他到旁边的房间，有两三开间大小，设有十八个座位，类似于六部司员的办公桌模样。引导他坐在第七个座位，桌案上摆放着带有官印封条的密封文件几百套。一面写着“人部大堂封”，另一面写着“同治某年某日时封发某县令某开拆”。叮嘱他按封用朱笔标红；标完之后，引导他回来。这样有好几次，心中暗自惊奇。一天，想要试着开启密封的文件来看，黑衣侍者站在旁边，急忙制止了他。还有一天，想要和邻桌的人互通姓名，侍者又急忙制止。

后来，和侍者渐渐熟悉，才开始告诉他所办理的是投生人世的公文，还说这里只能勾魂，如果标注投生公文的封条，都需要阳人来从事，是为了凭借其阳气。向他叩问轮回转世的说法，侍者回答说：“阳世的生人有十分以上人气的，便成为圣贤仙佛。有十分、九分人气的，来生都能大富大贵。有八分、七分人气的，死后成神，期满之后，是继续留任还是投生人世，听凭其自主选择；即使投生人世也不失为掌握权力的官员。有六分、五分人气的，来生都不失男子之身。有四分人气的，来生还能不失人身。只是从儒生、和尚、道士出身的人，即使没有一分人气，来生总是不失男子之身。如果是有功德的，来生便能享受富贵寿考；如果是有罪孽的，一出生就死去。然后按照罪孽的多少，来判定轮回的高下。如果是儒、释、道三教之外，信奉其他种类宗教的，按照平民来对待。只是四分以上人气的人，总归要令其转世，先充当三教之中的卑贱之人，或者做三教之中的奴仆，人气有限，令其皈依正道，迷途知返，自我救赎。再按照他人气的多少，分别处理对待。至于投生到江浙地区的人，相比较于投生到边境省份的人，人气已经超出一分了。所以各省的城隍神，以江浙人担任的为最多。因为他前生的人气，相较于其他省份的人为多。阴曹地府的各种事情，和阳世类似，只是对罪行的惩治标准和人世迥然不同。阳世根据形迹，阴司则根据心地。刑罚标准上，阳世杀死一人，与杀死十人的，定罪没有区别。阴司则是按照次数抵偿，所以有十八层地狱之说。”

汪某当时正住在上海，就举了一个外国人为例来询问，侍者回答说：“这个人是西牛贺洲（又译西牛货洲，为佛教传说中四大部洲之一，另包括东胜神洲、南赡部洲、北俱芦洲）有十分以上人气的人。所以他能够来到江浙定居，犹如中国十分以上人气的人。来生能够成为圣贤仙佛。”醒来之后，逢人便把这些话向人炫耀，所以变得疯疯癫癫，只是依然像原来那样每五天死过去一回。询问侍者，回答说：“不能限制你不说话，所以让你得了这个疯癫病，来让人不相信你说的话。”汪生回到苏州后，疯癫得更严重，逢人便说：“你不过有几分人气，有什么稀奇的！”有人试着引导一位品行方正之人到他面前，汪生一见就五体投地，说：“这位是十分人气之人。”好像确实是有真知灼见的人。

我听说之后，心中暗自感到奇异。拉着亲戚去拜访他，并且询问他说：“您看我有几分人气？”他便表情严肃地说：“你只管好好去做人就是了！做到几分，就像几分人气之人。做十分以上之人，也不难；做到一分人气都没有，也是容易的。随便你去做就是了，还问我做什么？”退出后仔细回想他说的话，真正疯癫的人是说不出来的，不疯癫的又必定不肯说。他是真疯癫，还是假装疯癫呢？我就不得而知了。以上是江苏的自称不妄语人来讲述的。我以为汪生的事情，虽然寓言的成分占十之八九，不一定确有其人。而其劝善惩恶的志趣，不能埋没，所以记录在这里，姑且作为暮鼓晨钟，用来作为警醒世人之一助。

9.3.10 奇女

相传山左，恒见一叟，以独轮御少女，往来齐鲁间。人或问之，叟曰：“余家黔中，徒以身老病废，家无儋（dàn）石，偕弱息觅食四方耳。”或与之食则食，不与亦不索；与之钱，受之不辞。如是数年。不知其居何所，并其姓氏生理也。而女与叟，宛如父女，亦未见女之足履地、手持物也。

一日，值泰山庙进香，叟御女往。是日游人甚夥，中一人乘白额马，杂稠人中。叟熟视良久曰：“是也。”遂舍车不交一语，互相搏击。某度势不敌，弃马登屋。女曰：“难袖手矣。”即下车，出双刀，白如练，纵身登屋，迅走如猿。及之，某跃登檐脊，女从之，屋瓦尽碎。某不得脱，复与女斗。女乘间以刀挥某足，足伤而坠。女跃下，与叟共缚之，御车牵马，并诣邑宰。始知女父隶黔中捕籍，某以大盗逋逃，悬案数载，女父母悉罹罪。女奋然访捕，至是始获，叟其眼线也。后宰以文递送之黔。

奇哉，女也！不奇于女之孝，而奇于女之志；不奇于女之善斗，而奇于女之善匿身。怀绝技往来天下数年，卒托病废，而人莫之知。方古贤豪之怀才抱德、晦迹韬光者，何异哉！观其立意捕亡，卒成大志，救父全名，虽木兰不是过也。

夫士君子每惧德之不修、名之不立，深山穷谷中，如女之身藏绝技者不乏人。或以其暴之愈亟，而人之疾之者愈甚。倘亦如女之善匿，则及锋一试，未必无扬名天下时也。老子曰："良贾深藏若虚；君子盛德，容貌若愚。"于女益信。

【译文】相传在山东，时常见到一个老头，用独轮车载着一名少女，往来于齐鲁之间。有人问起来，老头说："我家在贵州，只是因为年纪大了，身体老迈又有病，家中一石粮食都没有，带着孩子漂泊四方，找一口饭吃。"有人给他食物就吃，不给也不索要；给他钱，也收下，不拒绝。像这样过了几年。不知道他们住在什么地方，也不知道他们的姓名，从事什么职业。而女子和老头，如同父女，也没看到过女子下地走路、手中拿什么东西。

一天，正值泰山庙进香，老头也载着女儿前往。这一天，游人有很多，其中有一人骑着白额马，混杂在人群中。老头仔细观察了很久，说："就是他。"于是放下车子，一句话也没说，和那人互相搏击。那人料想情势上难以抵抗，下马登上屋顶。女子说："现在不能袖手旁观了。"就从车上下来，手出双刀，雪白如练，纵身跳上房顶，快步疾走，身手敏捷如同猿猴。追上前去，那人一跳登上屋脊，女子跟上去，屋瓦都被踩碎了。那人无法逃脱，又和女子打斗。女子趁机挥刀砍向那人的脚，脚受伤坠地。女子一跃而下，和老头一起将那人绑起来，然后推着车、牵着马，一同前往县衙。才知道女子的父亲本来是贵州的捕快，那人是一名大盗，长期逃亡在外，多年未被抓获归案，女子父母因此而获罪。女子发奋一定要将逃犯抓到，经过多年寻访，到现在终于成功将其抓获，老头是她的眼线。后来，当地县令发公文将逃犯递送到贵州。

真是一位奇女子！不稀奇于女子的孝心，而稀奇于女子坚定的志向；不稀奇于女子能打善斗，而稀奇于女子善于隐藏自己。多年来，身怀绝技往来于天下各地，始终伪装成残疾人，而人们都不知道。相比古时候那些怀抱才德却隐藏踪迹、收敛光彩的贤士豪杰，有什么区别呢！看她下定决心搜捕逃犯，最终成就大志，拯救了父亲，保全了名节，与代父从军的巾帼英雄花木兰相比，也毫不逊色。

读书人每每惧怕自己才德不能发挥、功名不能成就，荒远偏僻的山野之中，像女子这样身怀绝技的人不在少数。有时候越是急于表现自己，而越受到别人的妒忌和排挤。倘若也能够像女子那样善于隐藏自己，等时机成熟，一试身手，未必没有扬名于天下的时候。老子说："经验丰富的商人，总是把财货隐藏得很深，好像一无所有；君子怀有高尚的道德，外表看上去却好像很愚蠢笨拙。"从女子的经历来看，这真是确切的道理。

9.3.11 煤气灯

煤气灯，西人之地火也。其法掘地深二尺许，用铁管长丈余、围五六寸埋之，断处以铅镕贯，上仍掩土。南北东西，绵亘数里。虽隔河小巷，曲折上下皆可达。总处掘大窟，以铁围之，广亩许，高与楼齐。外以铁柱为架，内设机法，一如轮船中。有烟柜，大如十石，缸高十丈有奇，傍造屋数间，积以硫黄等物。

内有火门，通火窟，以煤烧之，开动风轮，逼烟透入诸铁管内。其需火处，咸立一中空铁柱，柱眼即出火苗为灯。至晚，一触即燃，彻夜不息。有一家多至数十盏者，照耀如昼。

最奇者，以小铁管暗嵌堂壁，火可回环，从管而出。或以铁管由地嵌出，或达几上，则随处有火苗如灯然。其法不过如孩童戏耍之诸葛灯，俗名烟里火者。盖藉硝磺之气，聚以发焰，至五更后则火气渐微，而焰熄矣。大约其地近者，则铁管可短而价亦廉，实远胜中国之以油烛为光耳。

【译文】煤气灯，就是西洋人的地火。方法是，挖开地面到约二尺深，用一丈多长、周长五六寸粗的铁管埋入，接缝处用铅镕融焊接，上面仍用土掩埋。南北东西，绵延分布，长达数里。即使是隔河小巷，曲折上下都能到达。总部开挖一个大坑，用铁板围起来，面积一亩左右，高度和楼房平齐。外面用铁柱做成架子，内设机械装置，好像轮船的总机。有烟柜，约有十石（十斗为一石）大小，气罐高达十丈多，旁边建造房屋几间，将硫黄等物贮存在其中。里面有火门，与火窟连通，用煤燃烧，开动风轮机，将烟气吹入各个铁管之中。需要用火的地方，只需立一根中空的铁柱，柱眼就冒出火苗，可以用来照明。到晚上，一点即可燃烧，整夜不熄灭。有一家多达几十盏的，照耀如白昼。

最奇特的是，用小铁管镶嵌在房屋墙壁上，火可以循环，从管中冒出。或者用铁管嵌入地下从地面伸出，或者通到茶几上，则随处都可以冒出火苗，如同点灯。方法不过就像儿童玩耍的诸葛灯，俗称“烟里火”的。大概是借着硝磺的火气，聚集产生火焰，到五更（凌晨3点至5点）之后火气逐渐微弱，而火焰就熄灭了。大体上距离越近的，所用的铁管也较短，而价格也越低廉，确实远远胜过中国用蜡烛照明。

9.3.12 王少枚遇害

齐子治曰：宜兴王少枚明经，善古文，宗姚惜抱（姚鼐）。早年好为刀笔；年近四十，始忏悔前愆。生二子，皆能读书作文；有二女。著有文集百余篇行世。世居钟溪桥。

余于咸丰三年，避地宜兴和丰桥芙蓉园。因马小梧孝廉，始识少枚。少枚曾为先大夫作墓表，刊在先大夫集中；又曾为余作诗序。庚申之变，宜兴失守。贼掳少枚，命为乡官，令敛钱收税，乡人恨之。俟贼目归城，便聚众黑夜到少枚家，先杀其妻与二子，继杀少枚。辛酉人日，余从阳湖东洲村，买小舟回宜兴，探弟妹消息。舟过钟溪泊岸，访问少枚踪迹，土人言其遇害如此。有文无行，或好为讼师之报云。

【译文】齐子治先生说：江苏宜兴的王少枚明经（明清对贡生的尊称），精通古文（先秦两汉的文体，相对于骈文而言），师法姚鼐先生（字姬传，一字梦谷，号惜抱，安徽桐城人，清代著名散文家）。早年曾做讼师，惯于舞文弄墨；年近四十岁时，开始忏悔从前的过失。有两个儿子，都能读书写文章；还有两个女儿。著有文集一百多篇，流传于世。世代居住在钟溪桥。

我在咸丰三年（1853），因避乱而寄居于宜兴和丰桥芙蓉园。通过马小梧举人，认识了少枚。少枚曾经为我父亲写作墓表（刻于墓碑，用以表述死者生前行谊的文章），收录在父亲的文集中；还曾经为我的诗集作序文。咸丰庚申年(1860),太平天国之乱时,宜兴被太平军攻陷。太平军把少枚掳掠而去,任命他做乡官,令其帮助征收钱粮赋税,乡里人都很憎恨他。等到太平军的头目回城,乡民便聚众趁着黑夜跑到少枚家,先将他的妻子和两个儿子杀死,然后杀死了少枚。辛酉年(1861)正月初七日,我从阳湖县(今属常州市武进区)东洲村,乘坐小船回宜兴,探听弟妹的消息。船经过钟溪村(今属宜兴市和桥镇)停泊靠岸,访问少枚的踪迹,当地人讲述了他如此遇害的情况。有文才,却不修品行,或许是做讼师舞文弄墨的果报。

9.3.13 陈桂香

陈桂香,湖南湘潭人,哥匪也。咸丰间,从戎,保举至游击。同治五年,随楚军入陕。中路右营管带官刘镇甫田,曾与同营,遂收充亲兵,视为腹心。香亦貌为诚实,故凡慎重事辄遣之。同治七年春间,中路驻陕北一带,右营分驻宜君之边桥。有近村李姓者,家资颇裕。陈游村间,与之晤识,意气颇相投。称与同庚,遂结为兄弟,酒肉往来,愈久愈密。

是年六月,回逆窜中部。中路统领周军门(绍濂),出队截剿(jiǎo),大获。时乡村自回逆蹂躏,牲畜存无几。陈以公务至中部,归营后晤李,艳称中营此役,所夺牛驴之多。李质直,固不疑陈之别有肺肠也。嘱曰:“弟家种地,苦无代力,盍为弟一谋之?”陈曰:“易易耳。”越日,诡谓李曰:“昨至中部,已为兄定买驴十余头矣,均健物也。但须贰百余金,偕往交兑。”李曰:“果如所云,价亦廉,行将与子偕往。”翼日,李袖银至营促之。陈曰："间有公事，不暇去。此距中部二三十里，今晚乘月可也。"李出营，行里许。陈诡云："适一事几忘之，尚须回营。尔先行，前途俟我可也。"不意陈已于中途，先伏匪党，李至，即要而杀之，尸弃路侧岩下。陈至，检其怀，仅携银三十两。归营后，亦颇懊悔。

翼晨，营主委账房三原领饷，又派陈随往，于是陈遂出差。去时，陕省哥匪横肆，兼回逆游马，出没无常。途次杀人，视为恒事，无过而问者。

两日后，尸父来营喊禀，据称伊子李某，前日来营未返。昨晚三更，该魂归舍，附媳某氏，向父母哭云："前晚被陈诱谋杀死，现在弃尸某处。其同下手者，则营外肉摊陈华堂；同场者，某哨之费某也。明日速禀营官，并儿尸归葬，无须禀县。凶犯终难逃命。"等语。顷赴某处查看属实，特此禀求伸冤。

营官刘镇，颇机警，闻禀知有异。惟陈已出差，若词色稍露，凶党必逸。乃漫应之曰："命案自有地方官。且尔子之死，并无证据。无论陈已多时差遣，即在营，鬼语不足为凭。禀且留，尔姑去。"尸父亦无奈而去。刘随遣伺察，则费已先期逸去。陈华堂探知营官不究，果留在营外，如常稳住也。未几，领饷者归，独不见陈。刘急问账房曰："陈桂香何在？"答曰："陈昨随返，中途冒暑，已乞假留耀州养病。"刘即于是晚，密派两弁（biàn），乘快马连夜赴耀；并派亲兵，迅拏陈华堂到营看守。越日，陈桂香亦拏至。即传尸父及邻保对质。二犯一讯而服，立斩以徇，地方大快。

临决，同棚有问二人胡不逃者，陈华堂则曰："拟俟收债后去耳，而不料其发之速也。”陈桂香则曰：“在耀州曾逃两次，东去则茫不识途，傍晚仍返耀州。惟转而西北，则归营之路昭然在前，是以就获。”获之时，驻军中部。此在中路文幕所目击者也。

【译文】陈桂香，湖南湘潭人，本来是哥老会（清末帮会的一种，成员多是城乡游民，在长江流域活动）成员。咸丰年间，从军入伍，因功被保举至游击（清代武官名，从三品，次于参将一级）。同治五年（1866），跟随左宗棠领导的楚军进入陕西（镇压西北回民起义）。中路右营管带官刘甫田总兵，曾经和他在一个营中，于是将陈某收留在身边，充作贴身侍卫，视为心腹。陈某也故意表现出诚恳老实的样子，所以凡是干系重大、需要谨慎处理的事情，都派他去办。同治七年（1868）春天，中路军队驻扎在陕北一带，右营分驻在宜君县（今属陕西省铜川市）的边桥。附近村庄有一个姓李的人，家财颇为丰裕。陈某在村中闲游，和李某相识，性格志趣颇为投合。又正好是同岁，于是结拜为兄弟，以饮酒食肉常相往来，越来越亲密。

这一年六月，回民叛军流窜到中部地区。中路统领周绍濂军门（清代对提督的尊称），率部出兵阻截围剿，大获全胜。当时乡村自从遭到回民叛军摧残破坏以来，所剩的牲畜寥寥无几。陈桂香因公务曾到中部，回营后和李某见面，羡慕地说中营这场战役，所俘获的牛马等牲畜非常多。李某性格直率，本来就不怀疑陈桂香别有用心。嘱托他说：“小弟我家是种地的，一直苦于没有牲畜代为劳作，何不帮我想想办法？”陈某说：“这个容易。”第二天，欺骗李某说：“昨天到中部，已经帮助兄长定购了十多头驴子，都很健壮有力。只是须要二百两银子，一起前往兑付。”李某说：“果真如你所说，价格还算便宜，这就和你一起前往。”第二天，李某带着银子到营中催促。陈某说：“正好有公事要处理，现在没时间去。这里距离中部二三十里路程，今天晚上乘着月光去也可以。”李某出营，走了一里多路。陈某谎称：“正好有一件事差点忘了，还须要回营一趟。你先走，在前面等我就行。”没想到陈桂香已经在半道上，提前埋伏了一伙哥老会的匪徒，李某一到，就将他拦截并杀害了，尸体抛弃在路边的岩石下。陈某到了，搜检他的怀中，只带了三十两银子。回营之后，自己也颇为懊悔。

第二天早晨，营中主将委派账房到三原县领取饷银，又派陈桂香随同前往，于是陈某就出差了。走的时候，当时陕西省哥老会匪徒横行肆虐，再加上回民叛军骑马四处游荡，行踪不定，出没无常。半路上有人被杀，是常有的事，没有人过问。

两天后，死者父亲来营中喊冤，据称他的儿子李某，前天来营中后一直没回去。昨天夜里三更（即子时，23点至次日凌晨1点）时分，儿子的魂魄回到家里，附在媳妇某氏的身上，向父母哭诉说：“昨天晚上被陈某诱骗，谋财害命，现在尸体被抛弃在某个地方。一同下手的，还有营外卖肉的摊贩陈华堂；一同在场的，还有某岗哨的费某。明天赶快去向营官禀报，并找回儿子的尸体安葬，不需要禀告县衙。凶犯最终难以逃命。”等等这些话。刚才到那个地方查看，事情属实，特此禀告请求申冤。

营官刘甫田总兵，颇为机智，反应敏捷，闻听禀报，知道有特殊情况。只是陈某已经出差，如果言语神色上稍微有所表露，凶犯团伙必定逃跑。于是姑且随便回应说：“人命案件自有地方官员管辖。况且你儿子的死，并没有证据。不要说陈某已经长时间出差在外，就算是在营中，鬼话也不足以证明什么。状纸暂且留下，你先回去吧。”死者父亲没有办法，只好先回去。刘总兵于是派人侦察，则费某已经早就逃跑了。陈华堂打听到营官不想追究，果然还是留在营外，照常安稳居住。不久，领取粮饷的人回来了，唯独没有看到陈某。刘总兵急忙问账房说："陈桂香到哪去了？"回答说："陈某昨天和我一起返回，半路上中暑了，已经请假留在耀州养病。"刘总兵就在当天夜里，秘密派遣两名武官，骑快马连夜赶到耀州；同时派遣亲兵，迅速捉拿陈华堂到营看管起来。第二天，陈桂香也被抓到。然后传讯死者父亲和邻居、地保等人前来对质。二名凶犯一经审讯就招认了，立即将他们斩首偿命，地方百姓为之拍手称快。

临行刑前，有被关在一起的人问二人为什么不逃走，陈华堂说："打算等收完债之后再走，没想到事情这么快被揭露出来。"陈桂香则说："在耀州的时候曾经逃跑过两次，向东走则茫茫然不知道路，傍晚又返回了耀州。唯独转向西北走，则回营的路清楚地出现在眼前，所以被抓获。"抓获的时候，军队驻扎在中部。这是在中路营中从事文书工作的幕友亲眼所见的事情。

9.3.14 张生

张生，行六，忘其名，湖南宁乡人，在巡院充书吏。有戚在宁邑四都，每年公事之暇，辄探之。咸丰二年，粤逆正窜湖南，省城戒严。逆党遣探分布，有弋获者，讯供贼探均有暗记，或刺字，或刺圆圈，或刺花纹；无论手足肩背，有此者，皆暗记也。大令如是悬赏，有获奸细者，赏银若干。役贪赏，分头踩缉图索。近省乡俗，凡少年嫖荡赌博，及吸食洋烟，经父兄严责，挽保悔过者，辄于皮肤间，自刺"存心痛戒"等字以儆之。乡愚往往有无罪死者。

五月间，张适探亲回省，将及河，抵鱼翁市。舆夫息肩店中，一席数人痛饮。有素业草屦（jù）之老汉，锁縶（zhí）店外树间。时有虫蚀松叶坠下，沿遍顶踵，见张下舆，大呼曰：“六老爷救我！”张故识老汉，问曰：“尔因何事拘系？”答曰：“某少挑脚，患肩疽，医者以针蘸墨，周围刺之，愈后墨迹不灭。顷赤膊作活，差役见之，以为贼探，縶之。若带入城，则皂白难分，有死无生矣。”张知老汉颇有资蓄，差盖为诈索起见，遂呼差与语曰：“我张某，现充巡院某科书吏。经过此地二十余年，习见此老，终日搥芒织屦，足不出户。果有奸细，尔辈禀覆，有我承之。”差询明店主，知张非诳，遂唯唯听命。

已而诏差曰：“我与尔辈，均公门中人。苦差难办，今日尔辈之酒，我作东可也。”乃出行箧青蚨两串以遣之。复谓老汉曰：“我知尔有蓄。此地舆马络绎，幸遇我，为尔遣去。若不速迁，恐垂涎者正不止此也。”

是年七月间，贼骤至，直扑南门。城外男女，纷纷逃命。张之家眷，适居城外碧湘街。张与长子均在城，家惟妻与一媳、一女，及小孩二。仓忙间，计无所出，携带幼小，前赴河边，相约有船则渡水以逃。否则贼至，即同投水，誓不受辱。及抵水滨，船俱满载，遥见一舟拢岸，张妻即大呼相救。驾长者曰：“此刻生死须臾，宜多给船钱。”张妻许之，俟过对岸厚酬。及舟至江心，驾长问：“尔等何处人，往何处去？”答：“系宁乡窑提街。夫张某，在城未出。我辈妇女，仓猝出逃，前路茫茫，过岸尚乞指示。”驾长乃大喜曰：“尔乃六奶奶耶？六老爷，我恩人也。当竭力救之。”遂备述鱼翁市一节，“后再有风波，遂改业渔船度日。今早因贼至，人多舟少，船户有一朝发富者，我亦谓乘机可多得钱耳。不意得逢恩人家眷，正天使报恩之日也。”渡过对岸，安置粗就，以贼警，陆行防有疏虞，因换船顺水送至靖江。进口泝流而上，抵陀市。又闻小河水浅，且上流梗塞，未欲前行。闲踱岸间，观见有巨宅，询为萧姓，固素封也。老汉谒其家，诉避难之由，并商借傍舍两间，作暂栖计。萧颔之。遂舍舟就焉。

翼日，张妻率女媳入谒房东内眷，谈次极相洽。萧见张女幽娴贞静，尤爱之。彼此恨相见之晚，由是朝夕过从无间。一日谓张曰：“余有子，年十七矣，现在颇聪慧，论婚多不就。询悉令爱尚在待字，倘蒙不弃，能结姻否？”张亦曾见萧子，人材倜傥（tì tǎng），遂许之。订盟后，迎入内室。月余，即择吉成婚。

先是，张某在城，闻贼踞城南，缒（zhuì）城由间道以归。及抵家，则门户萧寥，惟向之守房者在焉，而家眷则杳无消息。时以行人路绝，无处查访，终宵悲忿不欲生。幸族党更番守劝，得不死。迨冬月，闻贼已下窜，方欲仍返省垣。忽一日，船户来报，知家口无恙，且得佳婿，不胜惊喜。即日接归，并留养老汉以酬之。始知向之救此老者，适以自救也。而天道报施，何如是之巧而且速也！

【译文】张生，排行第六，忘记他的名字了，是湖南宁乡县（今宁乡市，属长沙市辖）人，在巡抚衙门充任书吏。有亲戚在宁乡县四都（“都”为明清时基层行政区划），每年公务空余时间，有时去探望。咸丰二年（1852），太平天国军队正流窜到湖南，省城长沙戒严。太平军派出密探四处侦察，有被抓获的，经过审讯，据供述称太平军的密探身上都刺有暗记，有的刺字，有的刺圆圈，有的刺花纹；无论在手上、脚上、肩部、背部，只要有这种记号的，都是暗记。县令就以此发出悬赏，有抓获太平军奸细的，赏银若干。差役贪图赏钱，分头出去搜索追捕。近年来，省城周边乡村有一种风俗，凡是少年有游手好闲、吃喝嫖赌，以及吸食鸦片烟的，经过父兄严厉责备之后，愿意保证悔过的，就在皮肤上，自己刺上“存心痛戒”等字样来作为警示。因此，乡间愚民往往有无罪却被当作奸细抓起来处死的。

五月份，张生一次在探亲后返回省城，快要走到河边，到达一个卖鱼的集市。轿夫到店里歇肩，几个人坐在一桌痛快喝酒。有一位平时以编织草鞋为业的老汉，被戴上锁链拘禁在店外树旁。当时树上的松叶因被虫子蛀食不断掉落下来，老汉从头到脚全身都落满了，见到张生从轿子上下来，大声呼救说：“六老爷救我！”张生本来就认识老汉，问说：“你因为什么事被拘禁？”回答说：“我年轻时候做挑运货物的工人，肩上生了毒疮，医生用针蘸墨，围着毒疮刺了一圈，疮好了之后墨迹一直还在。刚才我光着膀子干活，差役看见了，以为我是太平军奸细，把我拘禁起来。如果带到城里，就黑白难辨、讲不清楚了，就活不成了。”张生知道老汉有不少积蓄，差役大概是起意要敲诈勒索他的钱财；于是叫差役过来，对他们说：“我是张某，现在巡抚衙门某科充任书吏。二十多年来一直路过这个地方，经常见到这个老汉，整日锤打芒草、编织草鞋，待在家里，没出过门。如果说真是奸细，你们回禀上级，责任有我承担。”差役又向店主询问，知道张某说的情况属实，于是恭恭敬敬地听从。

然后又对差役说：“我和你们大家，都是公门中人。苦差事不好办，今天你们这顿酒，就由我来请吧！”于是从行李箱里拿出两串铜钱打发他们走了。又对老汉说：“我知道你有积蓄。这地方过往的车马络绎不绝，幸亏遇到我，帮你把他们打发走了。如果还不赶快搬到别处去，恐怕盯上你的还不止这些人。”

当年七月份，太平军突然打进长沙，直奔南门。城外的男女，纷纷逃命。张生的家人，当时居住在城外的碧湘街，张某和大儿子均在城中，家中只有妻子和一个儿媳、一个女儿，以及两个小孩。仓促匆忙之间，没有什么好办法，只好带着孩子们，赶到河边，约定如果有船就渡过河去逃命。否则太平军如果来了，就一同投河自尽，誓愿不能遭受侮辱。等到达水边，船都坐满了，远远望见一只船正在靠岸，张生的妻子便大声呼救。船夫说：“这时候生死就在片刻之间，应该多给船钱。”张妻同意，等过河到了对岸一定重金酬谢。等船开到中流，船夫问：“你们是哪里人，要到哪里去？”回答说：“本是宁乡窑提街人。丈夫张某，在城中没出来。我们妇女孩子，仓促之间外出逃命，前路茫茫，到对岸后还请指示。”船夫于是大喜过望地说：“你就是六奶奶吗？六老爷，是我的恩人。我会竭尽全力救你们的。”于是详细讲述了当时在卖鱼集市上发生的事情，“后来又出现了风波，于是改业靠开渔船过日子。今天早上因为太平军打进来，过河的人很多而船少，有的船家今天一天就发了大财，我也认为趁机可以多挣一些钱。没想到能够遇到恩人的家人，这正是上天安排让我报恩的时候。”渡河到了对岸，粗略安顿停当，又听到太平军即将来到的警报，走陆路恐怕会有疏漏，于是换乘船只，一路顺水送到江苏靖江。进入港口逆水流而上，抵达陀市。又听说小河水浅，而且上流阻塞，便不想再往前走。漫步于岸边，只见有一座大宅院，经打听是姓萧的人家，也是大户人家。老汉到他们家中造访，诉说避难的情形，并商请借用两间偏房，暂时栖身。主人萧某同意了。于是下船住下来。

第二天，张某妻子率领女儿、媳妇进去拜见东家的女眷，谈话之间颇为融洽。萧夫人见张家女儿举止文雅、端庄娴静，特别喜爱。彼此感叹相见恨晚，从此之后每天不间断来往。一天，对张妻说："我有个儿子，十七岁了，现在身边，人很聪慧，谈了多门亲事都没成。知道您家女儿还没许配人家，如若承蒙不嫌弃，不知能否结为婚姻？"张妻也曾经见过萧家儿子，人才出众，于是答应了。订婚后，迎入内室居住。一个月后，就挑选吉日成婚。

先是，张某在城中，听说太平军盘踞在城南，从城墙上垂下绳子攀爬下来走小路回家。等到家后，则门户萧瑟寂静，只有原来看门的人在，而家人都不见踪影，也没有任何音讯。当时因为路上几乎看不到行人，无处打听，整日伤心难过，都不想活了。幸亏族人反复守在身边劝说，才不再寻死。到了冬月，听说太平军已经逃窜了，正准备返回省城。忽然有一天，船家来报告，知道家人都安然无恙，而且得到了好女婿，不禁大喜过望。即日把家人接回家，并收留了老汉在家，为他养老，作为报答。才知道正是因为上次救了这个老汉，才让自己和家人得救。由此可见，天道报应，循环施与，竟然如此巧妙而且迅速啊！

9.3.15 疑事

湖南某孝廉曰：塔军门齐布，文武兼全，勋猷彪炳。积劳力战，为国捐躯，朝野悼惜，实莫知其死之由。余久在某提督湘乡人军营，总司文案。一日在账房某友处闲谈，随手取其帐簿翻阅，内有"塔军门哎哟一声已死报，命赏某童银百两"一条，不敢询问，恐触忌讳。旋将账簿安放复原而出。

差官某，人亦颇机警，与余同乡，素称莫逆。无意中向其探听，得悉大略。先数日，各营台送军门“三军司命”匾额一方，炮声震天。曾文正问：“外间何事喧嚷？”某提督告以故。文正徐言曰：“渠何以能得军心若此？”言之者再。某提督竟以小人之腹，度君子之心。适军门带病力战，经一日夜，大挫贼锋，头颅为炮子中伤，力竭精疲，昏迷睡去。军门平日，军令甚严，无论营哨等官，非令传不许擅入。生平惟喜一童，得以常侍左右。某提督遂商其童，乘其睡熟，仍从头颅原伤刺杀，故得浑然无迹。旋赏百金，令该童远飏（yáng），毫无觉者。某提督殷勤入告，实欲藉此以结长官之欢。不料文正长叹一声，绝无半语。账房某，向来拘谨，只计其帐之宜详，不知其事之当讳。

某孝廉素负侠气，迫于冤难无伸，即以疾辞矣。噫！以塔公之公忠，犹有疑忌之者，而卒见杀于群小焉。名望之归，恶可不加意防闲也哉！

【译文】湖南某举人说：塔齐布军门（字智亭，陶佳氏，满洲镶黄旗人，晚清湘军名将），文武双全，功勋卓著。因奋力拼战而劳累过度，逝世于军中，为国捐躯，朝野哀悼惋惜，其实都不知道他致死的原因。我长期在来自湘乡的某提督军营中，负责文案工作。一天，在担任账房的某朋友那里闲谈，随手拿起他的账簿翻阅，其中有关于“塔齐布军门哎哟一声已死报告，命令奖赏某童子白银一百两”的一条记录，也不敢询问，恐怕触犯忌讳。于是将账簿放回原处恢复原状，然后就出去了。

差官某人，人也是非常机敏警觉，和我是同乡，素来可以说是莫逆之交。无意之间向他探听了此事，得知了大概的情形。先前的几天，各个营台向塔齐布军门赠送了一块“三军司命”的匾额，礼炮响声震天动地。曾文正公（曾国藩）问：“外面何事吵闹？”某提督告诉他原因。曾公慢慢说道：“他为什么能如此得到士兵的拥戴？”说了两遍。而某提督竟然以小人卑鄙狭隘的心思，揣度君子光明磊落的胸襟。适逢塔军门带病拼力作战，经过一天一夜的战斗，大幅挫败了敌军的势头，头部被炮弹击中受伤，精疲力竭，就睡着了。塔军门平时，军令极其严肃，无论是营中还是哨岗的官兵，不经过传令不许擅自闯入营帐。生平唯独喜爱一名小童，可以随时陪侍在身边。某提督于是和小童商量，趁着他睡熟，仍然从头部受伤的地方刺入将其杀死，所以没有露出任何痕迹和破绽。于是赏赐白银一百两，让小童远远逃走，没有人发觉。某提督殷勤地进去报告长官，其实是想要借着此事讨得上官的欢心。不料曾公只是长叹了一声，没有说半句话。账房某人，向来做事拘泥谨慎，只记录账目的详细情况，不知道这件事有什么忌讳。

某举人向来具有侠义之气，因塔军门被冤杀，却得不到伸张，而愤愤不平，就以生病的名义辞职了。哎！以塔军门的尽忠为公，都有人猜疑和嫉妒他，而最终被卑鄙小人杀害。当一个人获得名望，受到众人爱戴拥护之时，怎能不留心防范小人从背后使坏呢？

9.3.16 义犬报案

彭小峰孝廉（裔云），湖南人，任甘肃礼县，兼摄秦州篆。时初一日，赴庙行香。犬蹲其轿傍，叱之不去。祀毕登舆，犬向前衔其衣，向外拖曳。差役扑之，彭急止，且随之行。走里许，见一饭店，犬奔立于门前，若跪迎者。彭进店，犬入卧房，以足伏地抓土，若指示内有冤枉者。呼役掘土，二尺许，得一男尸，年约三十余，七窍皆血迹。讯知为店主母与奸夫，谋毙其夫，深夜埋藏灭迹。仍与奸夫伙开饭店，并欺邻里，以夫奉调入营，倩其内弟帮同照拂，故邻里无有知者。一鞫成招，照律拟办。临刑之日，犬亦先到法场。若某妇者，真犬之不如矣。此道光二十八年四月间事。

【译文】彭小峰举人（名裔云），湖南人，担任甘肃礼县知县，同时代理秦州知州。当时是初一日，彭县令到庙里进香。有一只狗蹲在他的轿子旁边，挥斥驱赶它也不走。进香完毕，登上轿子，狗上前衔住他的衣角，向外拉扯。差役想要扑打它，彭县令急忙制止，而且跟着它走。走了一里多路，看见一家饭店，狗急忙跑过去直立在门前，好像在跪拜迎接的样子。彭县令进到店里，狗径直进入卧室，用脚趴在地上抓土，好像在指示其中有冤情。县令命令差役挖开地面，挖到二尺深左右，发现一具男性尸体，年纪约三十多岁，七窍有流出的血迹。经讯问得知，是店主妻子和奸夫，一同谋害了丈夫，趁深夜掩埋尸体灭迹。仍旧和奸夫合伙开饭店，并且欺骗邻里说，丈夫接到命令被调入军营，请妻子的弟弟帮忙一同照管生意，所以邻里没有人知道其中的实情。讯问了一次就招认了，被依法惩办。临刑的那天，狗也提前来到刑场。像店主的妻子，这样的妇人真是狗都不如啊！这是道光二十八年（1848）四月的事情。

9.3.17 土牢活埋

杨国棻（fēn），四川人。由大挑知县，分发湖南，署黔阳县，官声甚劣。发妻早逝；妾周氏，贤而勤，知书达理，生二子一女；又娶骆氏，本某剃头之女。店中有一小伙，骆与通奸，嗣依杨为官亲，即其弟也，人以“舅爷”呼之。杨奉委他邑会审，骆与其弟在公馆演花鼓戏；周以倘被上司风闻不雅相劝，骆不理之。一日，骆与奸夫调戏，周适撞见。骆强拉周，共坐谈心；周正色斥奸夫而返。由是积恨愈深。

适有老仆，母死未殓，泣向周求帮。周念其为两代老奴，不忍却之；虽火食尚质衣以供，不得已，取手中金钏借给。杨归，骆先以周与老仆通奸，并金钏亦给之为言。杨不分皂白，辄呼其舅，令石匠砌成土牢，将周活埋其中。久始停棺城外。

教读某，见二子含有泪容，向其盘诘，深得实情，作檄（xí）文遍省城传贴。徐廉访（泽醇），闻其事，传杨进署，以词挑之。杨词色甚厉，结“请开棺相验，有伤愿甘坐罪，无伤决不干休，还请大人慎之”等语。徐固忠厚长者，闻语未免犹疑。迨送客转身，适见大蛇绕其堂上，头下垂，若呼冤者。徐遂私祝曰：“如果周氏冤魂，头即向上，我为伸理。”蛇头随即上向。是夜复梦城隍神，带一女鬼前来递词，开棺之意始决。

次日，回明陆中丞（费瑔），一面派员将杨看守，押往城外尸场。是日，天气阴霾，愁云四起，棺材本薄，斧落旋开，观者无不潸然涕下。徐廉访指杨曰：“手握石灰，裹脚踢散，鼻孔流血，眼不闭睛。此非活埋而何？”旁有一小女尸，杨答曰：“周婢也。”盖日日哭泣其主，亦被骆殴死者。大宪皆厉声向杨曰：“忍心害理如此，尚有何辞？”比即差提骆氏，适已先期自缢。内舅乘隙潜逃，卒为冤魂缠住，行至湘潭被获。杨拟褫职，骆定缳首。周氏奉旨旌表。嗣二子，闻俱发迹；教读某，登贤书。杨归家，未数年，穷苦无聊，抑郁以卒。

【译文】杨国棻，四川人。通过大挑（清制，挑选三科以上会试不中的举人，一等任知县，二等任教职，称为“大挑”），被授予知县的官职，分发到湖南，署理黔阳县知县，政声颇为恶劣。结发妻子早年逝世；妾周氏，贤惠而且勤劳，知书达理，生了二个儿子、一个女儿。又娶了骆氏，本来是某剃头匠的女儿。店里有一个小伙计，骆氏和他通奸，假借是杨知县亲戚的名义，冒充她弟弟，人们都称呼他“舅爷”。杨知县奉命被委派到别的县会审案件，骆氏和他弟弟在官署表演花鼓戏；周氏劝说他们倘若被上司传闻得知，影响不好，骆氏并不理会。一天，骆氏和奸夫调笑，恰好被周氏撞见。骆氏强拉周氏，一起坐下来聊天；周氏严肃地批评了奸夫然后就回去了。从此积怨越来越深。

这时，适逢有一名老仆人，母亲去世后无力殡葬，哭着向周氏请求帮助。周氏看在他是两代老奴，不忍心拒绝；但是自己的日常伙食都是靠典卖衣饰来勉强维持的，没有办法，就把手上的金镯子借给了他。杨县令回来后，骆氏就报告他说周氏和老仆通奸，连金镯子都给了他。杨某不分青红皂白，就把小舅子叫过来，找石匠砌成土牢，将周氏活埋在里面。很长时间后才将棺木停放在城外。

教孩子读书的某教师，见二个孩子脸上有泪痕，向他们盘问，得知了实情，便写了一篇声讨的檄文在省城到处张贴流传。按察使徐泽醇，了解到了这件事，传唤杨某来衙门，用言语来激他。杨某言语神色都很蛮横，写下保证书，有“请开棺验尸，如果有伤甘愿接受处罚，没有伤痕决不善罢甘休，还请大人慎重”这样的话。徐大人本来就是忠厚长者，听到这些话未免心中疑虑。等到送走客人转身回头，正好看到一条大蛇盘绕在堂上，蛇头下垂，好像是在鸣冤。徐大人于是默默祝祷说：“如果是周氏的冤魂，头就向上，我为你申冤。”蛇头随即向上。当天夜里又梦到城隍神，带着一名女鬼前来呈递诉状，于是下定决心开棺验尸。

第二天，一方面向时任湖南巡抚陆费瑔（quán）大人禀报此事，一方面派人员将杨某看守起来，并押到城外停尸的地方。这一天，天气阴沉晦暗，阴云从四面涌起，棺材本来就很薄，用斧头轻轻一砍就开了，围观的人无不潸然泪下。按察使徐大人指着对杨某说：“手中握着石灰，裹脚布都被踢散，鼻孔流血，眼睛没有闭上。这不是活埋是什么？”旁边有一位小女尸，杨某回答说：“是周氏的婢女。”原来是每天哭泣主人，也是被骆氏殴打而死。在场官员们都用极其严厉的语气对杨某说：“你心存残忍、伤天害理到这种程度，还有什么话说？”随即派遣差役前去拘提骆氏，这时她已经提前自缢而死了。小舅子（剃头伙计）趁机逃跑了，终于因为被冤魂缠住，走到湘潭被抓获。杨某被革职，伙计被绞死。周氏奉朝廷旨意予以旌表。所生的二个儿子，听说后来都发达了；某教师，考中举人。杨某回家，不到几年，穷困无所依靠，忧郁而死。

9.3.18 汪熊臣

杭州汪渭，字熊臣，幼跛一足，非杖不行。庚申，粤寇围杭，奉母避难绍兴。苦无肉食，家蓄四鸡，欲烹之。母素奉佛，戒勿杀，不听。适逢母斋期，以乱离尚何斋戒，窃笑母愚，背母啖鸡，意甚自得。四鸡尚未飨尽，贼猝至，被执，刃伤其颈者四，恰符鸡数。贼以为已死，委之而去。瞰贼去远，乃匍匐归，取帛裹创处。以避乱无处觅医药，检所携钞方，谓："龙眼核，去外黑衣，研极细末，敷刀伤，可止痛。"试之果然，诚仙方也。

又言，方被执时，心甚了了。贼所斫四刀，惟先一刀，若然有声，力最猛；后三刀较轻，亦不甚痛楚。素诵《高王经》，创时尝梦一老妪谓之曰："汝欲创愈，必虔诵《太上感应篇》方可，徒诵《高王经》，无益也。"爰加诵《感应篇》，创渐愈。遂自号曰"再生子"。后逢母斋期，一遵母教惟谨。予游燕台，与熊臣订交滦州署中，亲为予历历言之如此。

【译文】杭州的汪渭先生，字熊臣，幼年时瘸了一条腿，必须拄着拐杖行走。咸丰庚申年（1860），太平天国军队围攻杭州，带着母亲到绍兴避难。苦于没有肉食，家中养了四只鸡，想要宰杀烹煮。母亲素来信奉佛教，告诫他不要杀鸡，他不听。适逢母亲持斋的日期，他认为兵荒马乱还持什么斋戒，暗中讥笑母亲愚昧，背着母亲吃鸡，很是得意。四只鸡还未享用完，太平军突然而至，他被抓到，脖子上被砍了四刀，恰好符合鸡的数目。太平军以为他已经死了，把他扔在一边不管，就走了。等太平军走远，就爬着回家，用布包裹伤口处。因为在避难期间，没有地方寻找医药，检阅所带的抄写的偏方，里面说："用龙眼（即桂圆）核，去掉外层的黑衣，研成极细粉末，敷刀伤，可以止痛。"试验了一下，果然有效，真可以说是仙方。

他又说，在被抓的时候，心中很清醒。太平军所砍的四刀，只有第一刀，好像有声音，力道最猛；后面三刀比较轻微，也不很痛苦。平时诵读《高王经》，受伤时曾梦到一位老妇人对他说：“你想要刀伤尽快好，必须虔诚诵读《太上感应篇》，只是念诵《高王经》，没有用处。”于是加诵《太上感应篇》，创伤渐渐痊愈。于是给自己取了一个号，叫“再生子”。后来每逢母亲持斋的日期，就毕恭毕敬地完全遵守母亲的教导。我游历于京城的时候，和熊臣在滦州衙门中建立了交情，这件事是他亲口为我详细讲述的。

9.3.19 方复庵

吾邑方复庵封翁，孝友刚直，乐善不倦。四十无子，父命助篴（zào）。秋试金陵，在媒媪家，见一妇人，举止娴静，频蹙而泪，异之。研诘媒媪，乃知此妇欲质身殓姑，无赀赎身，故时陨泪。封翁嘉其志，为出赀赎归其夫。越岁生子，即麟轩太守也。梦神告曰：“汝救江宁孝妇，今赐汝子，他日当为江宁宰。”至道光己酉，太守果宰江宁。

封翁年已八十，家居寇至，以刃胁从。厉声叱曰：“我家世受国恩，岂降贼耶？”以杖击贼。贼怒，虐报之，骂益烈。贼魁叹为强项，义而释之。既而太守擢太仓牧，迎养任所，以寿终。初太守宰江宁时，会封翁病剧，以身祈祷，梦神赏其赈灾有功，增父寿一纪，恰符其数。生平忠义大节，为里党所称。大府上于朝廷，建坊旌之。太守名锡庆，曾知松江府事。

【译文】我们本地的方复庵老先生，孝顺父母，友爱兄弟，为人刚正不阿，乐善好施，孜孜不倦。四十岁时还没有子嗣，父亲命他纳妾。秋季到南京应试，在媒婆家，见到一位妇人，行为举止优雅文静，皱着眉头流下眼泪，感到很诧异。询问媒婆，才得知这名妇人想要卖身安葬婆婆，却没有钱赎身，所以伤心落泪。方老先生佩服她的志向，替她出钱赎身，回到丈夫身边。第二年，方老先生就生下一个儿子，就是方麟轩（名锡庆）太守。梦到有神人告诉他说："你救了江宁的孝妇，现在赐你贵子，将来要做江宁县知县。"到道光己酉年（1849），方锡庆果然做了江宁知县。

方老先生年纪已有八十岁，居家的时候，太平军来了，拿着刀胁迫他屈服。老先生严厉地叱责他说："我们家世代蒙受国恩，怎么能投降贼寇呢？"用拐杖来击打太平军。太平军大怒，虐待报复他，老先生骂地更厉害了。太平军头目感叹他的刚直，佩服他有义气，释放了他。不久后，方锡庆太守升任太仓州知州，迎接父亲到衙门养老，后来高寿善终。锡庆太守在刚刚担任江宁知县的时候，适逢父亲病重，太守祷告上天，愿意自己代替父亲生病，梦到神人赞赏他赈灾有功，增加父亲寿命一纪（十二年），恰好符合这个岁数。方老先生一生忠义，有气节，被邻里乡党称赞。上级官府上奏到朝廷，下旨建立牌坊予以旌表纪念。太守名叫方锡庆，曾任松江知府。

9.3.20 王氏子

滦州榛子镇，有王叟者，以鬻果为业。子名马头，年十九，素极不孝，所为多不法事。父母偶尔劝戒，不惟不听，甚则反遭殴骂。故事果藏地窖，每夜分别生熟之等差，最熟者先售，最生者从缓，为可暂蓄不致坏烂也。

同治甲子二月十七夜漏二下，叟与子入窨选果。甫出，陡见火起，黑烟充塞窨中，急同下扑灭，皆为烟熏，昏仆于地。邻舍趋救，将父子先后舁出。须臾，父甦，而子竟殭矣。是盖天之罚不孝也。

葛少莪司马所目睹，因函寄予，笔之以为不孝者劝。

【译文】河北滦州的榛子镇，有一位姓王的老汉，以卖水果为业。儿子名叫王马头，十九岁，一向极为不孝，所做的很多都是违法的事情。父母偶尔劝戒他，不但不听，甚至反而遭到他的殴打谩骂。按照惯例，水果存放在地窖中，每天晚上按照生熟的程度分类，最熟的先卖，最生的晚一些卖，因为可以暂时存放不至于腐烂。

同治甲子（1864）二月十七日夜里，二更时分（晚9点到11点），王老汉和儿子一起进入地窖挑选水果。刚出来，突然看到起火了，黑烟充满地窖中，急忙一同下去扑灭，都被烟熏到，昏迷倒地。邻居们跑来搭救，将父子二人先后拖出来。不一会儿，父亲苏醒，而儿子竟然没气了。这大概是上天对他不孝的惩罚。

这件事是葛少莪同知亲眼所目睹的，于是用信函寄给我，记录在这里作为对那些不孝子的劝戒。

9.3.21 天道近

苏州某氏女，卖为一巨室妾。暇日，其妹往省之，见其姊妆奁旁，有元宝一枚，乘无人时，窃以归，而告其母。母恐累及其姊，促令还之。其嫂从旁止之，曰："是不可还，还则自承为窃矣。"乃已。巨室索银不得，疑其仆妇。仆妇无以自明，遂投缳而死。不数日，雷电交作，震死其妹，并断其嫂之一臂，而事乃白。此丙申夏间事，恺卿言之。

又言：徽州有人，贸易在外，家中一母、一妻、一子。每冬底，寄银还家，必另有所寄于母。乙未冬，其子甫十龄，伺开函时窃取之，而其母不知，以为姑已携去。迨卒岁不敷，向其姑索之。姑以未有告，则疑其吝，反唇相稽。至新岁，犹勃谿未已。姑无以自明，愤欲捐生。初五夜，忽雷声殷殷，撼妇之窗棂不止，妇惧；并闻外间屋，似有人喃喃语，急起瞻之。则见此十岁儿，方伴其祖母睡，不知何时长跪灶前，谓："爷实寄佛番一枚来，是吾窃以买爆竹，今用尚未尽也。"妇骇，走告于姑。姑亦悔，为之代祷于天。而雷始不作下击之势，天亦渐霁。夫此事虽细，然不为之别白，必至酿成大故。古称天道远，人道迩。由此等事观之，亦未可谓远也。

【译文】苏州某户人家的女儿，被卖给一个大户人家做妾。空闲时间，她妹妹来探望，见到姐姐梳妆盒的旁边，有一枚银元宝，趁着没人的时候，偷拿回家，并告诉了母亲。母亲恐怕连累到姐姐，督促她赶快还回去。嫂子在边上阻止，说："这个不能还，还了就是自己承认偷窃了。"于是作罢。大户人家寻找元宝，找不到，怀疑是仆妇偷的。仆妇没有办法表明自己的清白，于是自缢而死。没过几天，雷电大作，震死了她妹妹，并震断了嫂子的一只手臂，事情于是真相大白。这是丙申年夏天的事情，恺卿讲述的。

又说：徽州有一个人，在外做生意，家中有母亲、妻子和一个儿子。每年年底，寄银子回家，同时一定要单独寄一些给母亲。乙未年冬天，他的儿子刚十岁，趁着打开信函的时候偷拿了银子，而母亲不知道，以为是婆婆拿走了。等到过年钱不够用的时候，向婆婆索要。婆婆说没拿，妻子怀疑她吝啬，就回嘴讥讽她。到了新年，仍然吵闹不休。婆婆没有办法为自己辩白，愤恨不已，想要寻短见。初五晚上，忽然雷声隆隆，媳妇房间的窗棂震动不止，非常害怕；同时听到外间屋，好像有人在喃喃自语，急忙起来察看。只见这个十岁的儿子，正在陪着奶奶睡觉，不知道什么时候已经长跪在灶台前，说："爹爹确实寄回来一枚洋银元，是我偷了拿来买爆竹，现在还没用完。"媳妇惊骇，急忙告诉婆婆。婆婆也后悔，替孙子向上天祈祷。而这时雷电才停止了下击的势头，天也渐渐放晴。这件事虽然是小事，但是如果不为她表白，一定会酿成大祸。古人说天道远，人道近。从这些事情看来，也不能说天道一定远。

9.3.22 朱粟珊成神

嘉兴朱粟珊先生，品端学粹，今古诗文，无一不工，而尤精于小学。由名孝廉，官谕训二十余载。

道光季年，任景宁时，金华府城隍庙，有老道士潜真修养，道行颇高。其徒忽梦神召谕曰："吾将上升天曹。继吾职者，景宁朱老师。可告汝师，速带匠人，前往绘图塑像。"并言履新吉期。醒而告师，师以妖梦置之。复梦如前，仍置之。三梦则赫然震怒，杖臀以百。云："如汝师再不奉行，当以责汝者责之。"既觉，满臀青紫，卧不能起。师始畏惧，急延画工塑像偕往。至则学署正张筵谯，寅僚绅耆，示离别意。阍人禀告，公即命进见。曰："吾已奉上帝诰敕，升授金华郡城隍司，本即履任，因吾子远在海盐，已谕令兼程驰来，料理后事。更申请上天展限一月。”云云。于是摹形团像，毕肖如生而去。令嗣簪香茂才，得谕驰至。

届期，公衣冠谢阙，群不为意。无何，气绝。是夜，金郡庙内喧闹。两邑士民，哄传殆遍。寇乱时，郡城告警，一绅梦公语曰：“大劫将临，在数难逃。寇氛甚恶，吾将避之。汝等舁吾像至西乡，置复壁中可免。”卒如其言。

盖公聪明正直，殁而为神，灵爽昭然，固其宜也。惟簪香四旬不禄，未及显扬先志耳。而其孙丙寿太守，登甲乙榜，分授铨曹，由主事陟郎中，外放广州府遗缺知府，补授潮州知府。政声卓著，有“召父杜母”之称；勋业功名，蒸蒸日上。非公之厚泽所贻，曷克臻此？按此节，海盐陈康斋广文，以余乐言因果，转以语余。据云，乃咸丰初年的真极确事，并非涉影响缥缈者。谁谓世间无鬼神耶？

【译文】浙江嘉兴的朱栗珊先生，品德端正，学问纯粹，近代和古代的诗文，无一不精通，而尤其精通小学（研究文字字形、字义及字音的学问）。以举人的功名，担任教谕、训导等学官二十多年。

道光末年，在浙江景宁县（今景宁畲族自治县，属丽水市）任职的时候，金华府城隍庙，有一位老道士，潜心修行，道行很高。他的徒弟梦到城隍神召他过去，指示说：“我即将上升天曹。接替我职位的，是景宁的朱老师。可以告诉你师父，尽快带领工匠，前往绘画图形、雕塑神像。”并且说明了上任的日期。醒了之后告诉师父，师父认为是妖妄的梦境，没有当回事。又做了同样的梦，仍然没在意。第三次做梦则神明很威严地震怒，杖责了一百下。说：“如果你师父再不执行，就要用同样的方法责打他。”醒来后，臀部青一块紫一块，只能趴在床上起不来。师父才开始害怕起来，急忙请了画工和雕塑工人一起前往。到了学署，只见正在摆设宴席，同事和绅士耆老们，正在表示离别之意。看门的人禀告，朱先生就命他们进来见面。说："我已经奉上帝的敕命，升授金华府城隍司，本来就要上任，因为我儿子还远在海盐县，已经通知他星夜兼程赶回来，料理后事。向上天申请延期一个月。"等等。于是根据朱先生的样子描摹了画像而去，画得惟妙惟肖，和本人一模一样。他的儿子朱簪香秀才，得到消息后很快赶了回来。

到了约定的那天，朱先生穿戴衣冠整齐，朝着皇宫的方向叩拜，大家都不以为意。不多时，就断气了。当天夜里，金华府城隍庙内喧哗热闹。两个地方的百姓，传得沸沸扬扬。太平天国攻打进来之前，金华府城告警，一名绅士梦到朱公对他说："大劫就要降临，在劫难逃。骚乱将会很严重，我准备躲避一下。你们把我的塑像抬到西乡，安置在夹墙中可以避免。"后来，他说的话得到验证。

大概朱公聪明正直，死后成为神明，威灵显赫昭彰，是可以理解的。只是儿子朱簪香年过四十岁还没有取得功名，未来得及显扬先人的遗志。而他的孙子朱丙寿太守，进士及第，在户部任职，从主事升任郎中，外放广州府遗缺知府，补授潮州知府。政绩卓著，被誉为"召父杜母"（召父，指西汉召信臣；杜母，指东汉杜诗。二人先后为南阳太守，博得百姓爱戴，后用以称扬地方长官的政绩。）。功勋事业功名，蒸蒸日上。如果不是朱公遗留的深厚德泽，怎么会实现这样的盛况呢？这一桩事情，是海盐的陈康斋教官，因为我喜欢谈论因果，转述给我的。据说，这是咸丰初年发生的确确实实真实的事，并不是虚无缥缈的。谁说世间没有鬼神呢？

第四卷

9.4.1 劝人救急

邑有疡医某，技甚精，远近争就之。一日有老媪，挈其子到门求治，危症也。某出视之，曰："事急矣。"索青蚨千，始肯授药。媪曰："我窭人，仓卒岂能办此？倘荷矜怜，俟子愈，令其为佣以偿。否则先予我药，我归设措，决不敢负。"再四哀求。某坚不与，乃涕泗去。多方乞贷，如其数复来求治，则已不可为矣。谢而遣之。未几，死。媪既痛子死，复自悲年老无依，敛子毕，亦自触柱死。

后数日，某方为人治病，忽雷声隐隐起空中。俄而辟历一声，烟气满屋。惊视之，则已震死于座上矣。夫医而索直，原不为过。近今之世，求如柳州所书之宋清，何可多得？然如某者，则太忍矣，惨报固宜。

【译文】本县有一名外科医生某，医术精湛，远近的人争相来找他看病。一天，有位老妇人，带着他的儿子上门请他治病，症状很危急。某医生出来看了一下，说："事情已经很紧急了。"向老妇人索要一千枚铜钱，才肯给药。老妇人说："我是穷人，仓促之间哪能办到这些钱呢？倘若承蒙矜恤怜悯，等儿子痊愈，让他来给您帮工来偿还。要么先给我药，我回去之后想办法筹措，绝不敢亏欠。"反复哀求。某医生坚决不肯给，老妇人哭着走了。想方设法求借，凑够了钱再次来看病，这时已经无法救治了。谢绝之后把他们赶走了。不久之后，儿子死了。老妇人既因儿子的死而悲痛，又恨自己年老无依无靠，安葬好儿子之后，自己也以头撞柱而死。

几天后，某医生正在给人治病，忽然隐隐约约听到雷声在空中响起。过了一会儿，只听霹雳一声，屋子里充满了烟气。人们很惊骇地一看，只见某医生已经被震死在座椅上了。医生索取酬劳，本来是理所应当的。近代以来以及当今之世，要找一位像柳宗元在文章里所写的宋清那样的医生，是非常难得的。然而像某医生这样的，则实在太过于残忍，遭受惨烈的果报也是应该的。

9.4.2 包巽权

汪道鼎曰：包丈巽权，予内姻。少隶诸生籍，后弃去。挟申韩术，游豫章者十余载。二月杏花八月桂，久度外置之。

道光丁亥，客赣州县幕。有盗数人，为前令捕役所诬，将贳(shì)其罪，营汛规脱处分，沮令。令将为所惑，包引义力争，竟昭雪之。

明年戊子正初，忽梦观天榜，有己名，以春梦置之。越两月，复梦见前榜，旁有人曰："天榜已定，宜速归。"醒仍置之。越日，令忽来，促之赴试。包讶曰："君与巽权交有年。巽权之弃举业，君宜谂之，何忽为此言？"令笑曰："余非不知先生之抱高尚。然畴昔之夜，余梦若至文昌行香者。有吏导余入庑下，见墙头张榜，人名甚众，而各分省会。吏告余曰：'此本科秋榜也。'余谛视所立处，上书浙江省第一名马姓，而先生名在三十余。余亦念先生向不赴试，安得中榜？吏曰：'是因上年办释盗，天特报以一科。'余瞿然而醒，故敬来劝驾。"包闻所言名数，与己梦合，意不能无动，而犹狐疑。令素精六壬，复为之卜，得吉兆，曰："此占必中。先生往返川资，及半年脩脯，余请独任之，何如？"包不得已，遂束装返。

然荒疏久，不复能为八股。闱中三艺，皆散行。房官已弃不荐，忽主试者，以所荐无散行，必欲取以备格，遍觅得包卷。主试以为音节入古，竟取中，名数与梦同。而解元为马昱中。包后大挑一等，官闽中某县。

【译文】汪道鼎先生说：包巽权先生，是我妻子面上的亲戚。少年时成为秀才，后来放弃科举，以刑名之学，游幕于江西，已经十多年了。秋季的乡试和春季的会试，早就不放在心上了。

道光七年丁亥(1827)，在江西赣县做幕僚。有几个被判定为盗贼的人，前任县令已经把他们判处死刑，包先生阅读了案由之后感到有疑问，告诉县令重新审讯。发现果然是良民，被捕盗的差役诬告。戍防军队为了规避处分，阻止县令复审，都快被他们所蛊惑了。包先生申明大义，据理力争，终于洗雪了那几个人的冤枉。

第二年戊子年(1828)正月初一，忽然梦见自己在观看天榜，有自己的名字，认为是乱梦，没有在意。两个月后，又梦见前次的天榜，旁边有人说："天榜已经拟定了，快回去。"醒后，仍然没当回事。第二天，忽然县令来催促他去参加考试。包先生惊讶地说：

"大人您和我交往多年，我早就放弃科举了，您是知道的，为什么现在说出这话？"县令笑着说："我并不是不知道先生一向志节高尚，淡泊功名利禄，但是昨天晚上，我梦见好像是到文昌宫进香，有吏员引导我进入廊下，看到墙头上挂着一幅长长的榜，上面有很多人的名字，而按照省会进行了区分。吏员告诉我说：'这是本科秋季各省乡试的榜。'我仔细看了一下自己所站立的地方，上面写着浙江省第一名是姓马的人，而先生的名字在三十多名。我也想到先生向来不参加考试，怎么会中榜呢？吏员说：'这是因为去年办理释放盗贼的案子，上天特此回报给他一科的功名。'我然后就惊醒了，所以现在专门来劝请先生去参加考试。"包先生听了县令所说的话，名次和自己的梦相符，不免有些动心，但是仍然犹豫不决。县令素来精通六壬占卜之术，又帮他卜卦，得到的结果是吉兆，说："根据卜卦结果，先生这次一定考中。先生往返的路费和半年的薪水，就包在我身上，怎么样呢？"包先生不得已，就整理行装出发回浙江了。

但是荒废学业很久，已经写不出八股文了，考场中所作的三篇文章，都写成了散体文，不对仗，阅卷的考官已经放弃，不作为备选推荐。忽然主考官因为所推荐的文章中没有散体文，一定要选取一篇以备推究。将试卷找了个遍，发现了包先生的试卷，主考官认为音节有古意，竟然将他录取，名次和梦中的相符，而解元果然是姓马的人，名叫马昱中（字蔚霞，永嘉人）。包先生后来大挑（清制，挑选三科以上会试不中的举人，一等任知县，二等任教职，称为"大挑"）一等，现在福建某县做县令。

9.4.3 侯官郭氏

王旭初曰：侯官郭远堂师，名柏荫，累世长厚，福州称积善家。太老夫子讳阶三，嘉庆丙子举人。太师母亦躭深经术，能为诗词文章，平日以批点笺注代女红（gōng）。师兄弟五人，读书皆太师母亲自课督，后皆登科第。师性淡品高，好诱掖后进。道光甲辰，掌教清源书院，主讲五年；日课诗文，详加评点。待肄业诸生，情意深切，于寒士尤爱惜之，加意培植。泉郡人士，多被其教泽。至今咸心香敬祝焉。

师尝言，道光戊子应乡试，初入之夕，梦分题纸，见题为“宪章文武”，梦中亦不悟，《中庸》句为次题也；诗题仅记有一“好”字。寤后已五鼓，同号者皆起矣。因遍觅题纸不得，始悟为梦。正与邻号言之，而号口喧传题纸至。师情急，亲至号口索一纸，甫到手，即见“宪章文武”四字；其诗题系“月色随处好”，因题纸横折，亦但见一“好”字。是科师遂中第五名经魁，旋登壬辰进士。由编修擢给谏，出为甘凉道。

师又尝言，其兄辛卯乡试，于黄昏后，见有人持灯挂其号前，心喜为吉兆。旋闻又有人曰：“子误矣，此是后科者。”是科果不售，次年壬辰乃中式。信科分之有定也。

今师之子谷斋世大兄，名式昌，已登咸丰己未正榜，与余为同年矣。

【译文】王旭初说：侯官县（今福建福州）的郭柏荫老师，字远堂，世代恭谨宽厚，在福州被称为积善之家。老师的父亲名叫郭阶三，是嘉庆二十一年（1816）丙子科举人。老师的母亲也深入研究经学，有很深的造诣，能够写作诗词文章，平日里以批点、注释典籍，来代替女子所做的针线、纺织、刺绣、缝纫等工作。老师兄弟五人（郭柏心、郭柏荫、郭柏蔚、郭柏苍、郭柏芗），读书都是母亲亲自教授督导的，后来都登科及第。老师性情淡泊，品德高尚，喜欢鼓励和提携后辈。道光甲辰年（1844），主持泉州清源书院，主讲五年；对学生每天的作业诗文，仔细进行点评。对待修习学业的生员们，情深意切，对于贫寒的学子更加爱护怜惜，用心培养。泉州的读书人和百姓，很多都蒙受过他的教诲。到现在都在心中虔诚地尊敬和祝福他。

老师曾说，参加道光八年（1828）戊子科乡试，进入考场的第一天夜里，梦见分发试卷，见题目是"宪章文武"（语出《礼记·中庸》："仲尼祖述尧舜，宪章文武。"），梦中也不太理解，出自《中庸》的句子，其实是第二道题；诗题只记得其中有一个"好"字。醒来后已经是五更（凌晨3点至5点）时分，同考场的人都已经起来了。于是到处找试卷也找不到，才发觉原来是梦境。正在和相邻号舍的考生说话，而考场门口喧传说试卷到了。老师情急之下，亲自到门口索要了一份试卷，刚拿到手，就看见"宪章文武"四个字；诗题是"月色随处好"，因为题纸折叠，也只看见一个"好"字。这一科考试，老师考中了第五名经魁（明清科举考试分五经取士，每科乡试及会试的前五名即分别于五经中各取其第一名，称为经魁）。后来，由翰林院编修擢升为给事中，后出任甘肃甘凉道。

老师还曾说，他的兄长（郭柏心）参加道光十一年（1831）辛卯科乡试，在黄昏后，看见有人拿着灯笼挂在他所在的号舍前面，心中暗喜，认为是金榜题名的吉兆。很快又听到有人说："你错了，这是后一科的。”这一科果然没考中，第二年壬辰恩科才考中。由此更加相信科举功名都是有定数的。

现在老师的儿子郭谷斋世兄，名式昌，已经考中咸丰九年(1859)己未科正榜举人，和我同一年考中。

9.4.4 钱塘沈氏

钱塘沈兆霖，应道光辛卯乡试。卷在武康令阮公房，阅视不甚惬意，忽于房中有所见，亟呈荐主司。遂中第二。后谒房师，备悉前事，归告其母。母曰：“汝祖母一生苦节，汝父为官，治狱多阴德，今报在汝矣。”后兆霖登丙申进士，入翰苑。

【译文】浙江钱塘县(今杭州市)的沈兆霖，参加道光十一年(1831)辛卯科乡试。试卷被分发到武康县令阮大人的房内批阅，批阅之后感觉不是很满意，忽然在房中见到一些情景，急忙推荐给主考官。于是以第二名的成绩考中。后来拜见房师，知道了其中的原委，回家后告诉母亲。母亲说：“你祖母一生辛苦守节，你父亲做官，办理诉讼案件，积了不少阴德，现在回报在你的身上了。”后来，沈兆霖于道光十六年(1836)丙申科进士及第，入翰林院。

9.4.5 李逢时

晋江李孝廉逢时，道光庚寅，其家有一婢，病甚笃。为延医调治，躬为熬汤药，使他婢手以进。婢病累月，始终无倦也。及殁，厚殓之，择地以葬。越年辛卯，李入闱，屡见婢侍左右。

榜发，中式。

【译文】福建晋江的李逢时举人，道光十年庚寅（1830），他家中有一名婢女，生了病，十分危急。李举人为她请了医生调理治疗，亲自为她熬汤药，令其他的婢女端给她喝。婢女一病就是几个月，始终没有厌倦。去世之后，精心予以收殓，选择吉地进行安葬。第二年辛卯，李举人入场参加考试，多次见到婢女在左右服侍。发榜后，果然考中。

9.4.6 守节善报

余姚叶母徐氏，青年守节，抚孤成立。孙重午，于道光甲午场前，梦赴考点名，在八十一名，卷面写“钦旌节孝徐太夫人”八字。揭晓后，中式果如其梦中点名之数。

【译文】浙江余姚的叶家母亲徐氏太夫人，自青年起就守寡，抚养孤儿长大成人、成家立业。孙子叶重午，在参加道光十四年（1834）甲午科乡试之前，梦见到考场点名，自己在第八十一名，卷面上写着“钦旌节孝徐太夫人”八个字。结果公布后，果然考中，名次符合梦中出现的数字。

9.4.7 天榜果有

晋江南乡丁姓，有贩蛏（chēng）为生者。于道光甲午四月十五日，挑蛏至南安学口。忽见天门悬榜，字凡尺余，大书“第一名林廷祺，第二名吴文”，下一字，渠不识。归即遍告其乡人。丁不甚识字，故不能详述。及秋闱榜发，果解元福州林廷祺，第二名南安吴君文璧也。天榜之说，信有征哉！

【译文】福建晋江南乡有一个姓丁的人，以贩卖蛏子为生。在道光十四年(1834)甲午四月十五日这一天，挑着蛏子到南安县学门口。忽然看见天门悬挂着一张榜文，每个字有一尺多宽，大字写着“第一名林廷祺，第二名吴文”，下面一个字，他不认识。回来后就告诉乡里人。丁某不怎么识字，所以无法详细描述。等到秋季乡试发榜，果然第一名解元是福州的林廷祺，第二名是南安县的吴文璧先生。天榜的说法，相信也不是没有来历的。

9.4.8 榜挂督署

南安李葵南谊伯，名峥嵘，嘉庆庚午孝廉，官云南同知。道光丁酉，分校滇闱。阅一卷，不惬意，已批“少切实发挥”。时夜已四鼓，神疲就寝，胸中跳跃不止。因念此卷，或有屈抑，起书“明日再阅”四字，粘于卷上，遂得安寝。越早覆校，觉词旨明畅，风度端凝。亟换批条，荐之。中式后来谒，为昆明邹泽，询其有何阴德。答云祖籍江西，祖父来滇贸易，少有积蓄。见人有急难，或死葬事，倾囊相助，以此罄其所有。

初，邹尝梦至督署前看榜，名列其中。然向来乡试榜皆挂抚署前，即督兼署抚为监临，榜亦仍挂抚辕。是科伊文敏公里布，兼署抚篆，忽命挂榜督辕。邹恰中式，与梦相符。谊伯和文敏公《闱中即事》，有诗云："更阑不寐搜罗遍，迷目场中有鬼神。"盖语此也。

【译文】南安县的李葵南谊伯（契父之兄），名峥嵘，嘉庆十五年（1810）庚午科举人，担任云南同知的官职。道光丁酉年（1837），被分派担任云南乡试阅卷官。批阅一份试卷，觉得不太满意，已经写了"少切实发挥"的批语。当时已经是半夜四更（凌晨1点至3点）时分，因为困倦上床入睡，感觉心脏跳动得厉害。于是心想这份试卷，可能存在被枉屈压抑的情况，起来写上"明日再阅"四个字，贴在卷子上，这才得以安然入睡。第二天早晨，重新进行批阅，只觉得文笔流畅、主旨明确、风度端正庄重。急忙改换了批条，推荐了上去，结果考中了。发榜后，考生来拜见，原来是昆明的邹泽，询问他有什么阴德。回答说自己祖籍江西，祖父来云南做生意，稍微有些积蓄。见别人有急难之事，或者人死无力安葬的，便不惜拿出所有的钱来帮忙，因此花光了所有的积蓄。

起初，邹泽曾经梦见到云贵总督衙门前看榜，自己也名列其中。然而一直以来，乡试的榜都挂在巡抚衙门之前，即便总督兼任巡抚做主考官，榜也是仍然挂在巡抚衙门前面。这一科，时任云贵总督伊文敏公（爱新觉罗·伊里布，字莘农，满洲镶黄旗人，清朝宗室、大臣），兼任云南巡抚，忽然命令将榜挂在总督衙门前。邹泽恰好考中，和梦境相符。葵南谊伯在应和伊里布大人《闱中即事》诗的时候，其中有这样的句子："更阑不寐搜罗遍，迷目场中有鬼神。"就是指的这件事。

9.4.9 戊戌会场鬼

直隶孝廉某，道光乙未，大挑教谕。其生平专包官事，教唆词讼。良善之家，受害不少。戊戌会试，三场封号后，忽中邪。两腿直伸，口不能言，时以手指心。放场抬出，越日死。

【译文】直隶省的某举人，道光乙未年（1825），通过大挑（清制，挑选三科以上会试不中的举人，一等任知县，二等任教职，称为“大挑”）得到了一个教谕的职位。他生平专门包揽官府诉讼案件，教唆别人打官司。良善的人家，被他诬害的有不少。道光十八年（1838）戊戌科会试，三场考完封闭考场后，忽然中邪。两腿伸得直直的，口中不能讲话，时时用手指着自己心脏的位置。散场后抬出，第二天就死了。

9.4.10 孝友最重

王旭初曰：余友陈璧岩孝廉，名锺锜。其父心田太翁，天性纯笃，内行克敦。生平以训诂（gǔ）授徒，勤于教督。璧岩少承庭训，遵循维谨，事亲以孝闻。道光己亥，璧岩与余同赴省试，闻其述梦云：

本年七月朔，夜梦在试院考试。堂上坐数十人；东西两廊，各坐百余人；渠号在东廊。闻人语曰：“坐堂者是已取定，坐廊者尚在可去可取之间也。”正欲开卷作文，见弥封甚固。

有巡绰（chuò）官至曰："卷不可开。今日是不考文章，评语已在卷后矣。"翻卷阅之，果见评云："孝友传家，尚有玷行。"邻号亦晋江同庠士，所素识者，见其卷评云："屡次受罚，口过未改。"不觉悚然惊悟。当璧岩述梦之时，亦自谓所梦评语，先扬后抑，难望获隽。及入场，文章亦不惬意，而榜发竟中式。尤可知孝友大节，冥中最重，故虽有玷行，亦不苛责也。

【译文】王旭初先生说：我的朋友陈璧岩举人，名锺锜。他的父亲陈心田老先生，天性纯朴笃实，平日私居时的操行敦厚。生平教授生徒训诂之学（解释古代典籍中字词意义的学问），勤加教学和督促。璧岩少年时接受父亲的教导，毕恭毕敬地遵守父亲的教诲，侍奉父母很有孝心，远近闻名。道光十九年（1839）己亥科，璧岩和我同时赴省城参加乡试，听他讲述了一个梦境，说：

当年七月初一，夜里梦到在考场参加考试。堂上坐着几十个人；东西两侧的走廊，各坐着一百多个人；他自己的号舍在东侧走廊。听到有人说："坐在堂上的是已经确定要录取的，坐在走廊的是还在可录取、可不录取之间的。"正要打开试卷开始写文章，见封条很结实。有一位巡视考场的官员过来说："试卷不可以打开。今天是不考文章，评语已经在试卷后面了。"把试卷翻过来一看，果然看到有评语说："孝友传家，还有污点行为。"相邻号舍也是晋江同校的考生，平时也认识，见他试卷后面的评语是："多次受罚，口过尚未改正。"不禁感到害怕，一惊而醒。当璧岩在讲述梦境的时候，也自认为所梦到的评语，先表扬后批评，很难有希望考中。等到入场考试，写的文章也不太满意，而发榜后竟然考中了。更加可以知道孝顺父母、友爱兄弟，是人最重要的德行，也是冥府最为重视的，所以虽然有一些其他方面的污点，也不过分苛责。

9.4.11 辛亥乡闱鬼

周愧山曰：咸丰辛亥，吾闽乡试二场，有闽县某生患痰病，昏迷不省人事，不能完卷。比出场，至龙门边，问巡绰官曰："我家在水部门外，姓某名某，曾诱某室女，为侍婢侦见，我踢杀二人，汝知之否？"巡绰官骇愕，逐之出，遂登蓝榜。

王旭初曰：许少山同年，名祖醇，世居晋江万厚里，积德相承，科名亦相继。有讳谦吉者，以举人为江华令，有惠政。孙世模，亦登贤书，即少山高祖也。少山之祖，讳继元，复以名孝廉，树乡党望，事节母以孝闻；开馆授徒，喜成就后进。其子为莱山年伯，讳邦光，自少聪颖过人；年十四，为诸生，文名大噪；由嘉庆辛未翰林，官至光禄寺卿；人品学问，并为世所推重。年伯母龚夫人，极敬神明，年费香火之资，以数百金计。少山同年，亦年十四游庠，旋登道光己酉拔贡，考授刑部小京官。咸丰辛亥，应本省乡试。初八夜，在号舍中，梦天榜，其名在第六；陈同年隅庭，名亦列其中；最后逆数第二，有与其名同一"醇"字者；余不能记忆。少山初出场，即遍告同乡诸友。及榜发，少山果中第六；陈同年亦中式；最后逆数第二，乃范君希淳也。梦之奇验如此。

【译文】周愧山先生说：咸丰元年（1851）辛亥科，我们福建省乡试的第二场，有一名来自闽县（今福州市）的某考生，得了精神病，昏迷不省人事，无法完成试卷。等到从考场出来，走到龙门（科举试场的正门）边上，忽然问巡视的官员说："我家在水部门外，姓某名某，曾经诱奸了某家的女儿，被服侍的婢女看见，我踢死了二人，你知道吗？"巡视官大为惊愕，把他赶了出去，于是将他的名字记入蓝榜（清制，凡考生试卷内有违式者，如空行空页、越幅曳白、题目错写、涂改过多、抬写错误、行文不避讳、诗多韵少韵、字数不符等，均将试卷提出，并将考生名字贴出，谓之"蓝榜"，凡上蓝榜者，即被取消录取资格）。

王旭初先生说：我的同年友（科举时代称同榜或同一年考中者）许少山，名祖醇，世代居住在福建晋江万厚里，以积德行善传家，子孙中获得科第功名的也是接连不断。祖上有一位叫许谦吉的老先生，以举人的功名出任湖南江华县令，多有造福百姓的善政。孙子许世模，也考中举人，就是许少山的高祖父。许少山的祖父，名叫许继元，也是有名的举人，在邻里乡党中间很有威望，事奉守寡的母亲十分孝顺，远近闻名；开设书馆教授生徒，喜欢栽培成就后辈。他的儿子就是莱山年伯，名叫许邦光，自幼聪慧过人；十四岁，成为秀才，因文章写得好而越来越有名气；嘉庆十六年（1811）辛未科，考中进士，入翰林院，官至光禄寺卿；他的人品和学问，都被世人所推重。年伯母龚太夫人，极其敬奉神明，每年所花费的香火钱，就有几百两银子。许少山同年，也是十四岁成为秀才，后来于道光二十九年（1849）入选为拔贡生（一种清代选拔人才的制度，由学政选拔秀才中文行兼优的人，贡入京师），经过考试，授予刑部小京官。咸丰元年（1851）辛亥科，参加本省乡试。初八日夜里，在号舍中，梦见天榜，他的名字排在第六；同年陈隅庭，名字也列在其中；倒数第二个名字，名字中也有一个与自己名字中一样的"醇"字；其他的都记不住了。少山刚刚出场，就把梦境告诉给了同乡的朋友们。等到发榜，少山果然考中第六名；陈隅庭也考中了；倒数第二名，是范希淳先生。梦竟然如此灵验不可思议。

9.4.12 救寒

吴县吴惠崇，字柳溪，以居积起家，而诚于为善。尝隆冬遇一人，侧卧雪中，扪之半僵矣。遂解裘衣之，扶归救甦。是夜，梦神曰："汝虔心救一人命，当付汝两贵子。"后生长子俊，乾隆壬辰进士，山东布政；次子树萱，庚子进士，四川道。孙慈鹤，嘉庆己巳进士，官侍读。

【译文】江苏吴县（今苏州市）的吴惠崇，字柳溪，以做生意发家致富，而诚心做善事。曾在一年的隆冬季节，遇到一个人，侧躺在雪地里，抚摩发现已经奄奄一息了。于是解下自己的皮衣给他穿上，搀扶回家救醒。当天夜里，梦到神明说："你诚心拯救了一条人命，应当给你两个贵子。"后来，生下长子吴俊，考中乾隆三十七年（1772）壬辰科进士，官至山东布政使；次子吴树萱，考中乾隆四十五年（1780）庚子科进士，历官礼部郎中、四川学政。孙子吴慈鹤，考中嘉庆十四年（1809）己巳科进士，官至翰林院侍讲学士。

9.4.13 拒色

晋江杨雨庵先生，讳滨海，秉性恬退，内行纯笃。嘉庆甲子，赴秋闱，寓省邸。漏下三鼓，有人叩门，视之一女子也，自称邻女，直入卧室。先生峻拒之。越早，移寓他所。夜梦神告之曰:“汝有善行,宜登科第。”是科中式。戊辰,成进士。子庆修,道光乙酉拔贡,丁酉举人。孙炳铭,亦已游庠。

【译文】福建晋江的杨雨庵先生,名滨海,为人淡泊名利、谦逊退让,平居操守纯朴笃实。嘉庆九年(1804)甲子科,参加本省乡试,住在省城公寓。半夜三更时分,有人敲门,开门一看是一名女子,自称是邻居家的女儿,径直进入卧室。杨先生严厉拒绝。第二天早晨,搬到别的地方居住。夜里梦到神明告诉他说:“你有善行,应该登科及第。”这一科,果然考中,成为举人。嘉庆十三年(1808)戊辰科,考中进士。儿子杨庆修,道光乙酉年(1825)拔贡,丁酉年(1837)举人。孙子杨炳铭,也已经成为秀才。

9.4.14 仁和宋氏

仁和宋小茗,名咸熙。其尊人茗香先生,名大樽,乐善好施,救难济急、矜孤恤穷诸事,无求弗应。至产落境贫,怡如也。乡荐后,官国子监助教。后小茗于丁卯乡试,梦其尊人送考,云:“速去速去,将封门,恐不及进场矣。”又于二场内,梦曰:“全凭阴骘,不在文章。”是科果中式。小茗为桐乡教谕数十年,奖诱后进,体恤清寒,承先志也。

【译文】浙江仁和县(今杭州市)的宋小茗先生,名咸熙。他的父亲茗香先生,名大樽,乐善好施,当别人遇到急难之事需要救济,或者孤寡、无依无靠的人需要抚恤,只要来请求他给予帮助,没有不答应的。以至于家业中落,陷入贫困境地,也不放在心上。

乾隆三十九年(1774)乡试中举后，担任国子监助教。后来，小茗先生参加嘉庆十二年(1807)丁卯科乡试，梦到父亲送他参加考试，说："快去快去，考场就要封门了，恐怕来不及进场了。"又在考第二场的时候，梦到父亲说："功名全靠阴德，不在文章。"这一科果然中举。小茗先生担任桐乡县教谕几十年，鼓励栽培后辈，关心照顾贫寒之士，能够继承先人的遗志。

9.4.15 福建郑学使

潮州上水门，有郑秀才，岁试拔列前茅。散步至市，见衣铺系一线绉(zhòu)袍，蓝色鲜妍，爱而鬻之。值学使簪花，着以应名。出至校士馆，身重急归寓所，脱袍置诸帐内。至更深人定，忽闻窗窸窣(xī sū)之声，问之莫应，遂就寝。正在朦胧间，听户外吟诗，问其姓名，答曰："姓吴，名新，广西人也。幼业儒，幸列胶庠。家贫亲老，弃举业而习经营，往来洋面已五载矣。行抵台湾，被盗劫财毙命。孤魂无寄，聊附蓝袍。君今收买，祈推同类之情，送至箪瓢之室。朽骨虽沉渤海汪洋之境，残魂得依祖宗邱墓之乡矣。"郑半睡半醒，似梦非梦，因思："此冤魂也，不与寄归，则魂终附此袍矣。广西不远，所费无几。吾当决此一行，以副所托。"

翌日出省，访至其家。只一老母，因子久客不归，积忧成疾，常亲床褥。邻里有持汤药以进者，日一过之而已。郑将蓝袍托邻付其母，并赠以银。是夜，梦吴谓曰："蒙君带某魂归家，并承厚惠。君本大器，来科当中高魁，会试连捷，授职编修。阅二年，放福建学使时，有黄蕴奇，持刺来谒，即毙予之盗，请君留意。”

郑乡试中式第五名，后会试亦高魁。阅两载，果放福建学使。按临三日，适巨商黄蕴奇来谒。郑以并非科甲乡绅，敢来谒见，将欲严饬。因忆黄蕴奇之名，乃数年前吴君所告者，传之使见。郑正色危坐，黄进跪，叩曰：“尔作何业？”曰：“当商。”曰：“几年矣？”曰：“四年矣。”又问：“由何业而起家？”曰：“作水客。”郑厉声曰：“汝即在台湾劫财毙命之黄蕴奇乎？我已知之久矣。认则作自首免罪而办，不认即送法司榜拶（zǎn）研求。”黄听言：“事皆有因。”知难隐讳，即伏地叩头，一一承认。郑即咨中丞，拏送按办，并一一面叙买袍附魂、梦中诉冤情事。中丞将黄蕴奇，依律正法，籍没家赀入官。念吴新母老无依，赏给银五百两。咨粤西中丞，饬领完案。

【译文】广东潮州上水门附近，有一位郑秀才，岁考名列前茅。在街市上散步，看见衣铺挂着一领线绉（一种织出皱纹的丝织品，以浙江杭州所产的为最佳）袍子，是鲜艳的蓝色，非常喜欢，就买了下来。正值学政大人要为学子们簪花（插花于冠的仪式），就穿着去参加。出来走到校士馆，感到身体不适，就赶快回到住所，脱下袍子放在帐子里。到夜深人静之时，忽然听到窗外有断断续续微弱的声音，问了一下没有回应，然后就入睡了。正在朦胧之间，听到窗外有吟诗的声音，问他姓名，回答说：“姓吴，名新，是广西人。自幼读书，有幸名列学校。家中贫穷，父母年老，于是放弃科举而改学做生意，往来于海洋之上已经五年了。在抵达台湾的时候，被强盗抢劫了财物并杀害。孤魂无依无靠，姑且附在蓝布袍子上。

先生现在买下了袍子，祈求您看在同是读书人的份上，送回我的家乡。尸骨虽然已经沉没于汪洋大海之中，而残余的魂魄得以依托于祖宗的坟墓了。”郑秀才正处于半睡半醒之间，像是在做梦又不像是梦，于是心想：“这是冤魂，如果不帮他寄回去，则魂魄将一直附在这件袍子上。广西离这里也不远，花费不了多少钱。我应当下定决心走一趟，来实现他的托付。”

第二天出发到广西，打听到他家。只有一位老母亲，因为儿子长期在外地没回来，忧郁成病，时常卧床不起。有邻居来照顾她服用汤药，也不过每天来一次而已。郑秀才将蓝布袍子委托邻居转交给他的母亲，并且另外赠送了银两。当天夜里，梦到吴某对他说：“承蒙先生带我的魂魄回家，并给予丰厚的馈赠。先生将来是大人物，下一科考试当以很高的名次考中，会试连捷，授予翰林院编修的职位。二年之后，外放出任福建学政的时候，有个叫黄蕴奇的人，拿着名帖来拜见，就是杀害我的盗贼，请先生到时候留意。”

郑先生参加乡试，以第五名的名次高中，后来会试也以很高的名次进士及第。两年后，果然外放出任福建学政。上任的第三天，适逢有一名叫黄蕴奇的富商来拜见。郑大人因为他并不是有科第功名的乡绅，贸然来拜见，将要严厉斥责。于是回想起黄蕴奇的名字，正是几年之前吴某要控告的，传他来见。郑大人神色严肃，正襟危坐，黄某进来跪下，问他说：“你从事什么职业？”回答说：“经商。”又问：“几年了？”回答说：“四年了。”又问：“做什么行业发家的？”回答说：“做水客（旧指贩运货物的行商）。”郑大人严厉呵斥说：“你就是在台湾谋财害命的黄蕴奇吗？我知道你很久了。承认的话则按照自首，免罪处理；不承认的话，就扭送到司法机关严刑拷问。”黄某一听，说：“事情都是有原因的。”知道已经难以再隐瞒，就跪地叩头，一一承认了。郑大人即向巡抚汇报，移交司法机关按律处治，并一一当面叙述了买袍附魂、梦中诉冤等事情的经过。巡抚将黄蕴奇，依法处决，没收家产充入官库。考虑到吴新的母亲年老没有依靠，赏给白银五百两。并将案件详情知会广西巡抚，督促领取赏银结案。

9.4.16 完节妇

霍生恒康，南海人。嘉庆庚午科，闱前越月，偶过青楼，闻女子哭声凄痛，入诘其故。女云："夫已病没，亲老家贫，朝夕不给，不得已鬻身养姑。孽海茫茫，不如死耳。非堂有老姑，早从亡夫地下。"生询鸨母，妇之来此地才二日，悲啼不食。生愤然曰："天下安得有此志节妇人哉？"问身价，曰："六十金。"生如数交妇自偿。妇感泣而还。

是科，房官阅生卷，更阑欲寐。甫登榻，腰间觉有物碍，命仆烛之，无有也；及寐复然，如是者三。考官疑此卷必有阴德，许以荐。复寝，悄然。次日，荐其卷，果获中式。

【译文】有位书生，名叫霍恒康，是广东南海人。嘉庆十五年（1810）庚午科乡试，入场前一个月，一次路过青楼，听到里面有女子哭得非常凄切伤心，便进去询问原因。女子说："丈夫已经病逝，婆婆年老，家中贫困，朝不保夕，没有办法，只好卖身养活婆婆。苦难深重，一眼望不到头，不如一死了之。如果不是堂上有老婆婆需要照顾，早就跟随亡故的丈夫于地下了。"霍生询问鸨母，女子来到这里才两天，一直伤心哭泣，不吃东西。霍生愤怒地说："天下哪里还能有如此有志气和节操的女子呢？"询问身价，回答说："六十两银子。”霍生如数交给妇人自己赎身出来。妇人感激不已，哭着回去了。

这一科考试，阅卷官批阅霍生的试卷，已是深夜，准备入睡。刚一上床，就感觉腰间有东西碍事，命仆人拿灯照看，没发现有什么东西；再次上床又是这样，反复好几次。考官怀疑这份试卷的考生一定有阴德，答应推荐上去。再次入睡，就安然没有动静了。第二天，将试卷推荐了上去，果然被录取。

9.4.17 十二房合荐

陈孝廉国栋，字楚材，晋江人。与其友某，为莫逆交，友无兄弟妻子。嘉庆庚午，友病累月，楚材为延医调治，汤药皆亲奉之，始终无倦色。友临终时，以首叩枕，谓楚材曰：“感君大恩，死后当为结草衔环之报。”及殁，楚材又为经理丧葬。

是秋省试，房师阅楚材之卷不惬意，弃去之，后以篇幅太短，为闱中所罕见者，因姑荐之。而三场策卷，误入他房。房师以前场卷，本不甚取，遂不检索。迨各房卷荐毕，有某房师，端谨人也，以其房中多一卷，遍询诸同事。楚材之房师乃曰：“此乃我所失，因首次场所已荐，主司不调取后场卷，知必见黜，故不为意。”某房考曰：“功名攸关，何得如此玩忽？正惟前场既荐，则此卷不能不荐也。”房师谓：“迟之久矣，不敢往荐。”某房考为邀各房偕往，主司见十二房齐到，合荐一卷，意必有因。检首场卷覆校，已批驳矣，既而疑此卷，或有关节；即使央各房师代求情，亦彼该中也，乃勉强换批取中焉。报未至，楚材之母与妻，皆梦友来贺喜。及楚材晋谒房师，知取中之由，益信其友之阴为力者。后楚材每自述之以告人云。

【译文】陈国栋举人，字楚材，是福建晋江人。和他的朋友某，是莫逆之交，朋友没有兄弟、妻子、子女。嘉庆十五年（1810），朋友一连几个月卧病不起，楚材为他请医生调理治疗，汤药都是亲自侍奉，始终没有厌烦的神色。朋友临终前，用头磕在枕头上，对楚材说："感激您的大恩大德，死了以后就是结草衔环（比喻生前受恩死后图报。结草，指魏颗救父妾，而获老人结草御敌；衔环，指杨宝救一只黄雀，后得黄衣童子以四枚白环相报。）也要报答。"去世之后，楚材又为他料理丧事。

当年秋天，参加本省乡试，房师（明清乡、会试中式者对分房阅卷的房官的尊称）批阅楚材的试卷，不是很满意，准备淘汰掉，后来因为篇幅太短，是考场中所罕见的，于是姑且向上推荐。而第三场策论的试卷，不慎被分发到了其他房间。房师认为前场的试卷，本来就不打算录取，于是就不再查找。等到各房试卷推荐完毕，有另一位房师，是正派谨慎的人，因为他房里多了一份试卷，到处询问各位同事。楚材的房师这才说："这是我的失误，因为第一场的试卷已经推荐上去，主考官没有要求调取后场的试卷，知道肯定会被淘汰，所以也就没在意。"那位房师说："关系到考生的功名前途，怎么能如此不严肃认真呢？正是因为前场的试卷已经推荐，则后场试卷不能不推荐。"房师说："已经太迟了，不敢去推荐。"那位房师就邀请各房一同前往，主考官见十二房阅卷官一齐来到，共同推荐一份试卷，猜测其中必有缘故。检出第一场的试卷重新批阅，已经被批驳了，然后又觉得这份试卷，或许有关节；即使是请托各房阅卷官代为求情，也是该他考中，于是勉强改换了批语，将其录取。中榜的喜报还未送到的时候，楚材的母亲和妻子，都梦到那位朋友来贺喜。等到楚材拜见房师的时候，知道了取中的缘由，更加相信是朋友在暗中帮忙。后来，楚材常常对人讲述这件事。

9.4.18 重顿君子

同安周解元，滨海而居。尝延堪舆家择一穴，将葬其父。及掘地，先有旧葬棺在焉。或劝移之别处，周曰："地理还须凭天理，不仁之事，吾不为也。"仍以土掩之。既又念是穴，佥言甚吉，安必无贪其吉而迁之者。遂为修筑立碑曰："周氏故人之墓。"并历年为祭扫焉。

嘉庆癸酉，闱题"君子以义为质"一节。周在号舍，梦一丈夫告之曰："是题宜重顿君子。"周意中以为题之首，本是君子，重顿君子，但恐局易松散。寻思良苦，及晚未成一字，不觉神倦。复梦其人曰："我周氏故人也，感君盛德，特来相告。今科抡元，必须首顿君子，主司有成见矣。"周醒后，知其来报德，欣然从之。援笔立成三艺，不加点，若有神助。榜发，果领解。

【译文】福建同安县（今厦门市同安区）的周解元，居住在海边。曾经请风水先生选择了一处风水宝地，准备将父亲安葬在这里。等到把地面挖开的时候，已经先有人家以前下葬的一具棺木在里面了。有人建议他把人家的棺木迁移到别的地方，周先生说："讲求地理，更要凭借天理；不厚道的事情，我不会去做。"仍然用土掩埋上了。然后又想到，这处墓穴，都说是风水宝地，怎么能保证今后没有人贪图其吉利而迁葬于此的？于是为其修筑了一座墓碑，上面题写:“周氏故人之墓。”以防止被人破坏。并且每年祭扫。

嘉庆十八年(1813)癸酉科乡试,考试题目是“君子以义为质”(语出《论语·卫灵公》)一段话。周先生在考场号舍中,梦到一名男子告诉他说:“这一题应当重点论述‘君子’。”周先生心中以为题目的前两个字,本来就是“君子”,如果重点论述“君子”,只恐怕文章结构容易松散。苦思冥想,到晚上都没写出一个字,不觉精神困倦。又梦到那个人说:“我就是周氏故人,感激于您的深恩厚德,特地来告诉您。这一科要想获得第一名,必须重点论述‘君子’,主考官的心中已经有先入为主、固定不变的想法了。”周先生醒来后,知道是墓主人来报答恩德,很高兴地听从了。提笔很快完成了三篇文章,文不加点,一气呵成,如有神助。发榜后,果然高中榜首,成为头名解元。

9.4.19 盗改行

怀庆郭君迪(世谟)之祖,自某处贸易回,行李不多,腰缠颇富。雇小车一,即俗所谓二把手也。第二日,属俟黎明行。而未五更,即促之起,既就道。荒僻特甚,数十里无人烟,天又昏黑不可辨,且疑且惧。舆夫似已觉之者,笑而慰之曰:“客何必尔耶?客囊中所有,一望而知。设将行不利于客,则青天白日,岂无僻静处,何必昏夜?特吾辈近来已不为此,幸勿以夜行为疑也。”听其言,知旧为绿林豪,益惧;然无如之何,姑听之。

行数日,非特无恶意,且甚殷勤,乃沽酒劳之。从容叩其改行之故,则笑曰:“吾两人,向者自恃勇力,匹马纵横燕赵之郊,非一日矣。某年间,纠伴七人,将至某处行劫。行至一处,天已晚。见山前茅屋数椽（chuán），四无居邻。屋傍一女，年可二十余，偕其夫转辘轳汲井以灌地，姿色甚媚。同伴中一人，扬鞭言曰：'今夜宿此何如？'众会意，杂然应曰：'诺。'遂共赴之，解鞍憩息，以待日落。凡吾辈见色而起淫心，谓之采花，犯此未有不败者。以故人定后，五人者往，而吾两人留林中以待。已而念一纤弱女子，骤遭此强暴，不知其作何状。乃潜登其屋后山，静听之。则五人者，早已排闼入，而室内略无声息，方疑讶间，忽闻女子语云：'汝竟高卧不起，亦太懒矣。'男答之曰：'汝一人有何不了事耶？'少间，男者又问：'共得几人？'女以五人对。男曰：'明明七人，何乃五也？是必尚匿其二于林中，吾当起与汝往，共了之。'遂见联袂去。吾两人大骇，俟其去远，潜至室中侦之，则血流满地；五人者，俱身首异处矣。乃知此夫妇乃剑侠者流。吾两人之得保首领者，幸也。于是弃行李马匹，趁其未回，越山遁。从此洗心向善，不复萌往念云。"

【译文】河南怀庆府（治今沁阳市）郭世谟（字君迪）的祖父，从某个地方做生意回来，带的行李不多，而钱财颇为丰厚。雇请了一辆小车，就是俗称的"二把手"。第二天，郭先生叮嘱车夫到黎明开始出发。而不到五更天（凌晨3点到5点），就催促他们起床，立即上路了。特别荒凉偏僻，几十里空无人烟，天色又昏暗漆黑，看不清路，又疑虑又害怕。车夫似乎已经觉察到了郭先生的疑虑，笑着安慰他说："客官何必如此呢？客观行囊中装的东西，一看就知道是什么。假如有不良的企图，那么即使是大白天，难道没有僻静无人的地方，又何必趁着黑夜？只是我们近来已经不做这样的事了，还请不要因为是走夜路而感到疑虑。"听他的语气，知道原来曾经是打家劫舍的绿林豪杰，心中更加恐惧；然而也没有办法，姑且顺其自然。

走了几天，发现二位车夫不但没有恶意，而且做事很勤快周到，于是买酒犒劳他们。慢慢地询问他一改往日行为的缘故，笑着回答说："我们两人，先前依仗自己勇武有力，骑马纵横于燕赵一带地区的荒郊野外，已经不是一天了。某一年间，纠集了同伙七人，准备到某个地方实施劫掠。走到一处地方，天色已晚。看见山前有几间茅屋，四周没有邻居。茅屋旁边有一名女子，大约二十多岁模样，正在和她丈夫一起转动辘轳，汲取井水来浇灌田地，姿色颇为妩媚。同伙中有一个人，扬起马鞭说道：'今晚借宿在这里怎么样？'其他人都领会了他的意图，连声回答说：'好！'于是一起走过去，解下马鞍休息，等待太阳落山。我们这些人凡是见到美色而生起淫心，叫作'采花'，一旦触犯这种行为，没有不败落的。于是，等到夜深人静之时，五个人前往茅屋，而我们两人留在林中等待。后来转念一想，这样的一名弱女子，突然遭遇如此强暴，不知道会是什么情形。于是悄悄地登上茅屋后的山岭，静静探听。这时五个人，早就已经推门进屋了，而屋子里没有什么动静，正在疑惑惊讶之间，忽然听到女子说：'你竟然呼呼大睡、高枕无忧，也太懒了。'男子回答说：'你一个人还有什么解决不了的事情吗？'过了一会儿，男的又问：'一共有几人？'女子回答说是五人。男子说：'明明是七人，为什么只有五个？这一定是还藏有两个人在林中，我要和你一起前往，一并解决掉他们。'于是只见他们携手并肩而出。我们两人很害怕，等他们走远，悄悄地潜入屋子里侦察，只见血流满地；那五个人，都已经身首异处了。才知道这对夫妻是剑侠一类的人。我们两人得以保全首领，真是万幸。于是抛弃了行李和马匹，趁着他们还没回来，翻过山岭逃走。从此以后，洗心革面，改恶向善，不再产生往日的想法了。”

9.4.20 宁郡某甲

发逆时，有宁郡某甲，忘其姓名，亡命乡间。夜伏积尸中，忽闻呵道声，窃睨之。有古衣冠人，随数吏，逐尸点数，以次至某，皆诧曰：“此江边徐七麻子手中货，胡在此？”言已不见。某自知名在劫数中矣，意欲他适，然不过江，则他处皆贼窟，且数定难逃，不如就死为得。

因趋至江边，天气尚早。先有男女数口，望洋号哭，询之，云：“我们一家，欲雇渡回乡，川资告竭，而舟子居奇，将喂虎口，是以悲耳。”时某橐（tuó）中尚有三十余金，自念死在顷刻，与其充贼囊，何如救人命，遂举以赠之。其一家急呼舟近岸，敦促某同往，某再三辞。俄四面尘起，请之愈急。某仍不顾，不得已告以姓名居址，扬帆自去。

某静俟河干，日晡，大队麇（qún）集。贼首一人，身壮伟而面黑麻，执戟先驱。某甲以为即此是矣。因大呼曰：“徐七麻子，我待汝久矣，何迟也？”贼若勿闻也者。又连呼之，贼回顾微笑，探怀中掷一手巾包与之，纵马竟去。俟贼过后，检视之，内有包金钏一副，并英洋十余枚。遂买棹过江。寻至前一家，家故巨族，留与同居，赘之以女。至今以贩运成富室矣。

此事系鲍太史寅初先生（存晓），为沈太史筱嵋先生（成烈）言之如此。此人以一念之善，转祸为福，可知人生斯世，何地不可为善，亦何劫不可消释哉？惜彼横卧道旁者，不及知此耳。

【译文】太平天国战乱时期，江宁府（今南京市）有个某甲，他的姓名忘记了，在乡间逃命。夜里埋伏在尸体堆中，忽然听到有鸣锣开道的声音，悄悄地从一旁观看。只见有一位穿戴古时衣冠的人，后面跟着几名差吏，对尸体逐个进行清点，清点到某甲，都惊讶地说："这人是江边徐七麻子手中的货，怎么在这里？"说完就消失不见了。某甲知道自己的名字也在劫数中了，想要逃到别处，但是不过江，则其他地方都是太平军的巢穴，而且天数已经注定，难逃一死，不如就死在这里得了。

于是摸索到江边，天色还早。先是有几名男女，面对大江号叫哭泣，询问他们怎么回事，回答说："我们一家人，想要雇请渡船过江回家乡，因为路费已经用尽，而船夫趁机抬高价格，眼看就要死于贼匪之手，因此而悲伤。"当时某甲口袋里还有三十多两银子，心想自己顷刻之间就要死了，这些钱与其填充贼匪的口袋，不如用来拯救人命，于是全部拿出来送给他们。他们一家急忙呼叫渡船靠岸，并促请某甲一同前往，某甲再三推辞。不一会儿，四方扬起尘土，更加急迫地邀请他。某甲仍旧不理会，那家人不得已，将姓名住址告诉给他，然后扬帆而去。

某甲静静地等候在河边，天将暮时，太平军大队人马蜂拥而至。其中有一名头目，身体高大强壮，而脸色黝黑、有麻子，手中持戟，在前面开路。某甲认为这一定就是徐七麻子了。于是大声呼喊说："徐七麻子，我等你很久了，为什么现在才来？"头目好像没听到。又连声呼喊，头目回头朝他微笑了一下，从怀中取出一个手巾包扔给他，策马飞奔而去。等太平军经过之后，打开手巾包一看，里面包着金镯子一副，以及外国银元十多枚。于是雇船摆渡过江。找到前面那家人，他们家本来就是大户人家，留他一同居住，并将女儿许配给他。到现在已经通过做生意成为富翁了。

这件事是翰林鲍存晓先生（字寅初），对翰林沈成烈先生（字尹言，号筱嵋，一作啸梅）这样讲述的。这个人因为一念的善心，转祸为福，由此可知人生在世，随时随地都可以做善事，又哪里有不能消除和化解的劫难呢？可惜那些躺倒在路边的人，来不及知道这个道理。

9.4.21 陈烈妇

烈妇姓陈，萧山闻镇人，幼失怙。年十七，适本村王氏，踰年生一子。甫周岁，而夫卒。烈妇矢志守孤，事姑以孝。夫有弟，故无赖，以烈妇为奇货，百般挑唆其母，欲使改适。姑惑焉，再三谕嫁。烈妇以死自誓。知不可夺，遂与乡曲群小谋，夜半乘烈妇睡熟，以被裹烈妇，纳之舆中。烈妇惊觉，喊救无应者。至半路，拚命破舆出。幸有不与谋之夫兄出救，送烈妇归母家。烈妇愤不食，以惊吓伤悲交集，染疾不起，子亦旋夭。烈妇之嫁，在同治年间，其卒在光绪初年，计其年仅二十有一。非其冰霜之操，出于天授与！

【译文】烈妇姓陈，浙江萧山县闻堰镇人，幼年时就失去了父亲。十七岁时，嫁给本村的王家儿子，第二年生下一个儿子。孩子刚满周岁，丈夫就去世了。烈妇坚定志向守节，抚养孤儿，事奉婆婆很孝顺。丈夫有个弟弟，本来就是个无赖之徒，把烈妇当作谋利的工具，千方百计挑唆母亲，想要让烈妇改嫁。婆婆受到小叔子的蛊惑，反复劝说他改嫁。烈妇发誓死也不改嫁。知道她的心志不可动摇，于是和乡里一帮小混混谋划，半夜趁烈妇睡熟，用被子包裹烈妇，塞到轿子里。烈妇惊醒，大声喊救，没有人回应。走到半路，拼命撞破轿子出来。幸亏遇到了丈夫的哥哥，未曾参与谋划改嫁之事，出手相救，将烈妇送回了娘家。烈妇悲愤不吃东西，因为惊吓、悲伤交集，染病不起，儿子也夭折了。烈妇出嫁，在同治年间，她逝世在光绪初年，年仅二十一岁。她如同冰霜的节操，难道不是出自天生的吗！

9.4.22 光绪庚辰雷

绍兴山阴县属余渚乡，有盛翁者，以力田起家，颇温饱。生二子，授室矣。妯娌甚和，然皆凶悍无人理，辄以厉色对翁姑。姑临没时，怼曰："汝二人将来必同死落棺材，且定遭雷击。"

后翁有族侄某丧妇，棺费无所出。翁为代赊一具，约其侄以秋收后归还。而二逆妇不以为然，日诟谇之。翁以语子，亦屡次禁止。然子皆业农，朝出暮归，二逆妇是以无惮。翁偶夜渴思茶，进以盐卤，翁积不能堪，日日欲短见。二逆妇不惟不惧，且骂詈日甚。忽一日，翁命其孙驾舟赴柯镇，买生鸦片数钱，就茶肆中吞之。归家，孙以语母，母尚未发言，其婶直前呵之曰："童子何知？再言当死棒下。"孙故童稚，噤不敢声。不逾时，而翁遂毒发矣。子故在田，呼之归，以为中暑，号泣棺殓而已。

又旬余，天忽大雨，霹雳二逆妇死。其子尚谓二人素无大恶，是必惊死，非击死，姑俟其醒，不为移动。讵知夜未二鼓，雷又大作，复将二逆妇烧为焦炭。其长媳则锥自顶穿至喉而出，其次媳则锥自脑后穿至耳根而出。群视大骇，细诘来由，其孙遂将始末，一一道之。二子亦恚甚，欲将妇尸焚弃，经众劝阻。然以溺爱故，恐其冥中受苦，为延僧道诵经忏罪。诵至夜静，忽起微风，继且大作，烛灭风定；坛中法物，一无所损，惟不见二逆妇木主及接魂幡。

此事在庚辰年四月朔日。翁服毒日，距其侄媳死才二七；二逆妇被击日，距翁死亦适二七。造物若刻其期以相报者，深可畏哉！

【译文】浙江绍兴府山阴县所属的余渚乡，有一位盛老先生，以辛勤种田起家，过着温饱的生活。生有两个儿子，都已娶妻成家。两个媳妇之间相处和睦，但是都凶狠蛮横得不像话，动不动就以严厉的神色对待公婆。婆婆临终时，怨恨地说："你们二人将来一定同时死掉落棺材，而且一定遭到雷击。"

后来，盛老先生家族中有一位侄子某的妻子去世，没有钱买棺材。老先生代他赊了一具，约定侄子在秋收后偿还。而两名忤逆的媳妇不同意这样做，每天诟骂公公。老先生对儿子说，儿子也多次制止她们。但是两个儿子都以务农为业，每天早出晚归，两个媳妇因此更加肆无忌惮。老先生有一天夜里口渴想喝茶，媳妇拿盐卤给他喝，老先生实在不堪忍受，每天想着自寻短见。两个媳妇不但不害怕，而且谩骂一天比一天严重。忽然有一天，老先生命令孙子驾船到柯桥镇，买了几钱生鸦片，就在茶馆中吞食了。回到家中，孙子对母亲说了，母亲还没开口，他婶婶直接上前呵斥他说："小孩子知道什么？再说就用棒子打死你。"孙子本来只是个孩子，吓得也不敢再说话。不到一个时辰功夫，老先生吞食的鸦片毒性发作。儿子本来在田间干活，叫他们回来，以为父亲是中暑了，也只能一边号哭，一边用棺材装殓父亲的遗体而已。

又过了十几天，天忽然下大雨，两个忤逆的媳妇被雷电击死。儿子还认为她们二人并没有做过什么伤天害理的事，一定是被惊吓而死的，而不是被击死的，姑且等她们苏醒过来，先不移动她们的身体。谁料夜里不到二更时分，雷电再次大作，又将两个媳妇的身体烧成焦炭。大儿媳妇则有雷锥从头顶穿入，从喉咙里穿出；二儿媳妇则有雷锥从后脑勺穿入，从耳根穿出。很多人来围观，大为惊骇，仔细询问事情的来由，孙子于是将事情的经过，一五一十讲述了一遍。两个儿子也很生气，想要将两个媳妇的尸体焚烧丢弃，经大家劝说，才没有这么做。但是又因为溺爱的缘故，恐怕她们在阴间受苦，为她们延请僧道诵经忏悔罪孽。诵经到夜深人静时，忽然刮起微风，接着狂风大作，蜡烛被吹灭，然后风停了；道场中的法物，没有受到丝毫损伤，只是两个媳妇的牌位和接魂幡都消失不见了。

这件事发生在光绪庚辰年（1880）四月初一日。老先生服毒身亡的那天，距离他侄媳妇去世才二七十四天；而两个媳妇被雷击的那天，距离老先生服毒身亡也正好是二七十四天。造物者好像是刻意安排好特定日期来实施报应，真是太可怕了！

9.4.23 居官勿太直

毘陵吴见楼中丞（光悦），直枢廷时，曾派往两湖审案。时总督某，势张甚，同列逡巡，先生独直前折之。某督气夺，乃服罪。后先生放安徽知府，某督复起，督两江，相见犹以钦差礼，盖衔之也。未几，卒以事中伤之。先生虽蹶而复起，亦可见宦途之险，居官之不可太直矣。

因忆乾隆初，吾乡章容谷先生（有大），生平不习官话，释褐以知县分福建，口操土音。抚军满洲某，匆善也。先生即移疾归。旋入赀为郎，不数年，简放福建主考；引见，又易副而正。而抚军犹在闽也。撤棘，例有公宴，乃故作土音，牵其裾，竟日不休。抚军亦无如何。两事并观，可发一笑。

【译文】常州的吴光悦（字星乙，又字星一，号见楼）巡抚，在入直内廷期间，曾经被派到湖北、湖南二省审理案件。当时的湖广总督某大人，气势汹汹，同僚们都因为有顾虑而徘徊不前，唯独吴先生直接上前当面批评他。这位总督顿时丧失了锐气，于是服罪。后来先生外放出任安徽宁国府知府，某总督官复原职，担任两江总督，见面时仍旧施以接待钦差的礼节，大概是还在记恨他。不久后，总算找了个由头陷害他。吴先生虽然遭遇挫折之后，官复原职，也可见仕途的艰险，做官不可太过于耿直了。

于是回想起乾隆初年，我们当地的章有大先生（字容谷），生平不会说官话，初入仕途时，被分配到福建做知县，操着一口方言。当时的福建巡抚是满洲某大人，不是什么良善之人，对他不满意。章先生就称病辞官回乡了。后来又出资捐纳了一个某部郎官，不到几年时间，外放出任福建乡试主考官；经过皇帝召见，又由副主考升为正主考。而这时，某巡抚大人还在福建。考试结束以后，按照惯例举行宴会，而故意用方言讲话，拉着他的衣襟，一整天都不停止。巡抚也无可奈何。两件事情放在一起来看，可以引人一笑。

9.4.24 有子而无子

友人薛环泉少尉述：会垣某甲，宦裔也，家素裕。少娶某氏，中年艰于似续。佣妇某氏，黠而有姿，甲私而昵之，恣所欲，至为豢其眷属。戚友劝纳妾，已有身；佣妇故谮之，谓妾有私遇。甲不察，赠妾于邻右某，及期而诞，男也，貌酷肖甲。识者咸知为甲儿。甲深悔之，索诸邻，不与。岁余，家人借儿观之，笑貌声音，与甲莫辨；然已谓他人父矣。甲后复置妾，卒不得男，业亦渐替，可为淫佚者鉴。

【译文】朋友薛环泉少尉讲述说：省城的某甲，是官宦的后代，家境素来富裕。少年时娶妻某氏，直到中年仍然没有子嗣。女仆某氏，聪明而且有姿色，某甲和她私通，对她宠爱有加，满足她的各种要求，甚至出钱供养她的家人。亲戚朋友劝他纳妾，妾已有身孕；女仆故意挑拨离间，说妾有外遇。某甲不明就里，将妾赠送给邻居某人，孕期过后产下一名男婴，长得酷似某甲。认识的人都知道这是某甲的儿子。某甲很后悔，向邻居索要，不同意。一年多后，家人抱孩子观察，神态、相貌和声音，和某甲一模一样；但是已经是别人家的孩子了。某甲后来又纳了妾，始终没有得到儿子，家业也渐渐衰败，可以作为对淫乱放荡之人的警示。

9.4.25 兴化事三则

锺笠云曰：家仆周仁，仙游人，尝言其乡事三，因代录之。

兴泰乡董姓，业屠牛，娶妻举三子矣。人劝改业，彼以乡中业此者仅一户，善获利，忍而弗舍。未几，董卒，家遂贫，妻至行乞。二子相继殂。妻携其少子改适，后竟无耗。乡人以为戒，迄今无敢业屠牛者。

乡有农黄姓，家畜一牝豕（pìn shǐ）有年，屡生豚，获利者夥矣。后以豕老不育，宰而啖之，遂病。豕附黄身作人言，谓："偿债已讫，至老何不少怜？乃必戕吾生而饱吾肉，是忍人也，吾得而报之。"黄乃辗转床蓐，坐以不起。

乡又有董某，以善捕田鸡起家。连举二子，皆不育，妻亦继殁。家业渐落。后从人言改业，存心行事，悉从长厚。继娶，又得男，复成家焉。

【译文】锺笠云（名大钧）先生说：家中的仆人周仁，是福建兴化府仙游县人。他曾经讲述过他们当地发生的三件事情，于是记录在这里。

兴泰乡有个姓董的人，以宰牛为业，已经娶妻成家，生了三个儿子。人们劝说他改业，他认为乡里以此为业的只有他一家，获利颇为可观，虽然也觉得残忍，但是不舍得放弃。不久后，董某死了，家中变得贫困，妻子甚至到了讨饭吃的地步。两个儿子相继死去。妻子带着小儿子改嫁，后来就没有音讯了。乡民们引以为戒，至今没有人敢从事宰牛的生意。

该乡有一姓黄的农户，家中养了一头母猪，已经有很多年了，多次产下小猪仔，获得了可观的收益。后来，因为母猪年老，不能再产仔，就宰杀吃掉了，然后就生病了。母猪的魂魄附在黄某身上，像人一样说话，说："还债已经完毕，到老为什么不稍微予以怜恤？

而一定要杀害我的生命，饱食我的肉，这是残忍之人，我要报复他。”黄某自此以后卧病不起，痛苦不已，慢慢死掉了。

该乡还有一个姓董的人，以善于捕捉青蛙发了家。先后生下两个儿子，都没能养活，然后妻子也去世了。家业渐渐败落。后来听从别人的建议，改做其他行业，不论存心还是做事，都努力做到恭谨宽厚。后来续娶了一房妻子，又生下了儿子，恢复了家业。

9.4.26 贪冒宜戒

陈子庄曰：荡寇营水师参将戴兆熊，字梦璜，湖南人。辛酉，余于富阳江上识之。兆熊为人质直勇壮，屡督炮船与贼战，未尝败北。嗣杭城陷，军溃散走，为贼执，不屈被杀。

兆熊尝为余言，伊戚赵副将，因病入冥，见大厦一区，列坐者数十人，皆僚友之阵亡者也。询其何以群居于此，众答言：“凡力战死绥者，忠勇之报，大率为神。我等虽得神道，而以平时侵用勇粮，故须听勘校，羁滞之苦，所不胜言。”赵苏后，每举以告戒统领等官。兆熊缘此，故与士卒同甘苦，不敢有所私云。

先大夫尝训余辈，谓：“农夫服田力穑（sè），沾体涂足，终岁勤动，所积不过锱铢（zī zhū）之赢。独士大夫，居则高堂大厦，出则结驷连骑，衣锦绣，食粱肉，与若辈苦乐奚啻（chì）天渊？即令尽心民事，不敢怠荒，已恐折福。况复骄奢淫佚，贪饕（tāo）无厌，广积金帛，谓可遗之子孙，昭昭在上，决无是理。”观戴兆熊所谓战死沙场者，冥司尚勘校其侵冒。则安富尊荣而贪赃亏格之人，恐未必能逃阎罗老子之一算。

【译文】陈子庄（名其元）说：荡寇营水师参将戴兆熊，字梦璜，是湖南人。咸丰辛酉年（1861），我在富阳江上和他相识。兆熊为人耿直勇敢，多次带领火炮、舰船与太平军作战，从没有失败过。后来，杭州城陷落，军队溃散败走，兆熊被太平军抓捕，宁死不屈，被杀害。

兆熊曾经对我说，他的亲戚赵副将，因为生病，恍惚之中进入冥间，见到一座大厦，有几十个人依次而坐，都是同僚之中阵亡的。询问他们为何都聚集在这里，众人回答说："凡是奋力作战、战死沙场、以身殉国的将士，因其忠诚勇敢，牺牲后大多成神，作为报偿。我们虽然被授予神职，但是因为平时侵占挪用士兵的粮饷，所以须要等候审查复核，因羁押滞留而产生的苦恼，说也说不尽。"赵副将苏醒后，常常拿这件事来告戒带兵的各级军官。兆熊由于这个缘故，所以和士兵同甘共苦，不敢有私心。

我父亲曾经教导我们，说："农民努力从事农业生产，身体沾湿，足涂污泥，一年到头辛勤劳动，所获得的收入极其微薄。唯独士大夫们，在家居住的是高堂大厦，出门乘坐的是高车骏马，穿的是绫罗绸缎，吃的是细粮精肉，和劳动人民相比，其中的苦与乐何止是天壤之别？即使是能够尽心尽力为人民服务，不敢怠惰放荡，已经恐怕折损福报。更何况是骄奢淫逸，贪得无厌，广积金银财宝，认为可以传给子孙，明察秋毫的苍天在上，绝对没有这种道理。"我们看戴兆熊所说的战死沙场的将士，冥司尚且要调查核实他们侵占冒用粮饷的行为。那么，那些安逸富足、尊贵荣耀，却又贪赃枉法、有亏人格的人，恐怕未必能够逃脱阎王爷的清算。

9.4.27 慎用刑

甚矣，折狱之难也！必求遇案了结，而不留一事；遇讼速断，而不刑一人，岂非难之又难哉！故圣人亦不能使世无讼，而但责人之听讼；并不能使世刑措，而但责人以慎刑。岂非上理不可求，而仅望中人以下之治哉？孔子有言："片言可以折狱。"夫折狱仅须片言，其不用刑可知也。曾子曰："如得其情，哀矜勿喜。"谓宜哀矜勿喜于已得情之后；岂可妄用刑求于未得情之先乎？古人有言："严刑之下，何求不得？"可知讯案用刑，即令得情，尚恐不实，何况不得？

明吕叔简，编县令所著各书，而于用刑一事，谆谆告诫。其所最为留意，不肯轻于用刑者，职员也，年老也，妇女也。有职之员，公言之，则刑不上大夫；私言之，则伤其类。年老之人，公言之，则当体恤；私言之，则恐难当。妇女之辈，公言之，则遇事不应提；私言之，则宜养其廉耻。故三者，有犯杖笞之刑，例准收赎，所以施法外之仁也。是以有职之员，仅可详革，不轻刑讯；年老之人，宁宽无严；妇女之辈，若非淫悍，不必加刑。非故示慈，以免祸也。今之为民上者，非不知此；其所以知之而复蹈之者，大半为下所顶撞耳。

昨阅邸钞，广夏二公，奏结成都守令刑责绅士龙云一案。龙云幼丧父母，全赖胞兄廷献教养成人。乃云既登进士，为县令，筑室买田；而其兄廷献失业，向求佽助。云既不尤，遂控府县。官断云给兄养赡，云又不从，以致再控。夫以云为绅士，赖兄成立，乃竟忘恩负义。府县据实详参，云岂有不畏之理？乃逞怒一时，县既责其手心，府复加以掌嘴，反致云子京控，各得部议，岂非咎由自取乎？

又阅近日京控各案，往往有妄刑年老之人，以致气忿身死，地方官因之得咎者。又有友人，昔为浙江县令，醉后尝至滥刑。一日，有嫂叔互控家产者；适在醉中，怒其嫂之言忤，掌嘴二十。嫂曰："吾守节二十年，未遭此辱。今无故被责，心实不甘。我死之后，必有以报太爷。"回家遂自缢。官有二子，颇聪慧，一岁之中，相继而死，卒竟无后。此咸丰末年事。由此观之，而刑顾可轻用耶！

大抵世之急于用刑者，不过欲案能速结耳。不知严刑之下，何求不得，其畏刑而诬服者多矣。尝见老吏断狱，于命盗各案，亦尝熬审数昼夜，不轻加一刑。及定案之后，招供至院，从不翻供，因无刑逼可以借口也。故愿世之执法者，勿轻用刑，不但免祸，且可求福也。岂徒有职、年老、妇女三者宜戒哉？

【译文】审判案件真是太难了！一定要争取遇到案子能够尽快了结，而不积压一件事情；遇到诉讼能够快速作出判断，而不用刑罚一人，难道不是难上加难吗！所以圣人也不能让世上没有诉讼，而只是要求人能够公正地审理诉讼案件；并且不能让世上完全放弃刑罚而不用，而只是要求人要慎用刑罚。这难道不是不苛求人们都能做到上等的道理，而只是希望实现中等层次以下之人的治理水平吗？孔子曾经说过："只言片语就能判断案件双方的是非。”判断诉讼案件只需要只言片语，所以可见不一定要使用刑罚。曾子说：“如果得知了案件实情，应当心存怜悯，而不要自鸣得意。”说的是在得到案件实情之后，都应该心存怜悯，而不要自鸣得意；难道在得到案件实情之前，就可以轻易使用刑罚来逼迫口供吗？古人曾说过：“严酷的刑罚之下，想要什么样的供词得不到呢？”由此可见，审讯案件使用刑罚，即使得到了案情，还恐怕不真实，更何况得不到呢？

明代的吕坤先生，字叔简，他在编辑整理县令所著的各种书籍时，对于用刑这件事情，恳切告诫。他所最为留意的，不可以轻易采用刑罚的对象是，有职务的官吏、老年人和妇女这三类人。对于有职务的官吏，于公而言，则刑罚不加之于士大夫身上；于私而言，则是要怜悯和自己同类的人。对于老年人，于公而言，则应当关心照顾；于私而言，则恐怕其身体衰老，难以承受。对于妇人女子，于公而言，则遇到事情不应该轻易拘提；于私而言，则应当保护她们的名节和廉耻。所以这三类人，如果触犯了应受杖笞之刑的律法，按照惯例准许收赎（旧时法律凡老幼、废疾、笃疾、妇人犯徒流等刑者，准其以银赎罪，谓之收赎），这体现的是法外施恩的仁爱之心。因此，有职务的官吏，只可以报请上级部门革除功名职务，不应轻易刑讯；老年人，宁肯从宽，不可从严；妇人女子，如果不是淫乱凶悍的，不必加以刑罚。并不是要刻意做出宽仁慈爱的姿态，来避免灾祸。现在掌握权力、治理百姓的人，并不是不知道这些道理；之所以明明知道却又一直犯和以前同样的错误，大多都是因为被下面的人顶撞。

昨天阅读官府发行的报章，广夏二位大人，奏报审结成都守令刑责绅士龙云一案。龙云自幼父母双亡，全靠亲哥哥龙廷献抚养教育，长大成人。而龙云考中进士，做了县令，构筑房屋，购置田产；哥哥廷献失业，向弟弟龙云请求帮助。龙云不同意，于是控告到府衙、县衙。府县官员判决龙云负责赡养哥哥，他又不执行，以至于再次控告。龙云作为有功名的绅士，依靠哥哥抚养成人，而竟然忘恩负义。府县官员如果根据实情报请上级对他进行参劾，龙云哪有不怕的道理？而逞一时之怒，先是县官责打他的手心，然后知府对他进行掌嘴，反而致使龙云的儿子到京城控告，牵涉的官员都受到了相应的处分，难道不是咎由自取吗？

又阅览近日以来赴京控告的各个案件，往往有随意对年老之人施以刑罚，以至于因气愤而死亡，地方官员因此而受到处分的。还有一位朋友，当初在浙江做县令，醉酒后曾滥用刑罚。一天，有嫂子、小叔子二人互相控告争夺家产的；当时正在醉酒之中，因为嫂子言语冒犯而愤怒，对她掌嘴二十下。嫂子说："我守寡二十年，未曾遭到这样的侮辱。今天无缘无故被责打，实在不甘心。我死之后，必定要找大人报仇。"回家后就自缢而死了。县官有两个儿子，都很聪明，一年之中，相继死去，最后竟然绝了后。这是咸丰末年的事情。由此来看，刑罚难道能够轻易使用吗！

大概世上那些急于使用刑罚的官员，不过是想要案子尽快了结而已。殊不知严刑拷打之下，什么样的供词得不到呢！那些因为畏惧刑罚而屈打成招、无辜而服罪的太多了。曾经见过资历很老的吏员审理案件，对于人命、强盗这样的重案，也曾连夜审问几个昼夜，未曾轻易加以一次刑罚。等定案之后，将供词呈报到上级官府，从来没有翻供，因为犯人没有受到过刑讯逼供，所以找不到借口。所以，希望世上执法的人，不要轻易使用刑罚，不但可以避免灾祸，还能修积福德。又难道只是有职务的官吏、老年人、妇人女子这三类人需要戒免吗？

9.4.28 心地

杜小舫曰：人具五官百骸，独心则称地、称田，盖心即毕生之境界也。坦白则所历皆夷途，险诐（bì）则所历皆仄径。佛谓“种瓜得瓜，种豆得豆”，正发明此旨耳。

道光丙戌冬，余甫十二龄。自浙奉母之楚，次武昌，青山水浅泊中流。舟子以家近，各归省，留老弱二人守之。五更向尽，北风肆虐，并泊三舟，击撞簸扬，殆不可堪。余舟存大铁锚，浼（měi）邻舟齐举坠之，期得共保。而邻舟利在巧避，各以斧斫缆飏（yáng）去，风力猛甚，二舟竟被石碰碎。余舟亦缆断漂去，才两箭许，有大盐艘二，泊江心，相离二丈余，适入其隙，顷刻而安。

又辛亥三月，携家之官两淮，泊芜湖江口浮图下；口内并泊二炭舟。夜半闻呼救声，则一炭舟火发，人皆惊逸。邻舟亦以斧斫缆，逐流口外。下游桅樯（wéi qiáng）林立，余舟在焉，同时惊扰，惧延烧。乃火舟曲折而下，一无所绊，旋即燬尽。昏墨中，闻斫缆之舟，悲号惨切，渐渐声灭，度已覆溺矣。此皆余所目击者。无援人之心，顷刻各罹其祸，此二事可为心地、心田之证。

【译文】杜小舫（名文澜）先生说：人的身体有很多脏器，唯独心脏被称为心地、心田，大概一个人的内心就象征着一生的境界。内心率直纯正，则所经历的都是平坦大道；内心阴险邪僻，则所经历的都是狭窄小路。佛陀所说的"种瓜得瓜，种豆得豆"（语本《涅槃经》："种瓜得瓜，种李得李。"比喻种什么因就得什么果。），讲的就是这个道理。

道光丙戌年（1826）冬天，我刚刚十二岁。从浙江迎接母亲到湖北，抵达武昌，两岸青山耸立，将船停泊在水浅的中流。船夫因为离家近，各自回家探望，留下年老体弱的两个人来看守。五更天即将过去，突然北风肆虐，并排停泊着的三条船，被吹得相互撞击颠簸，眼看就快顶不住了。我的船上存放着大铁锚，请邻船上的人一齐抬着投入水中，以期能够相互撑持保护。而邻船只为了图自身安全，取巧躲避，各自用斧头砍断缆绳疾驶而去，风力异常猛烈，两条船竟然被石头撞碎。我所在的船缆绳也断了被漂走，经过大约两箭（箭能射到的距离）的距离，有两艘大型盐船，停泊在江心，相距二丈多远，恰好驶入两艘大船之间的空隙，顷刻之间转危为安。

咸丰元年辛亥（1851）三月，我带着家眷到两淮地区上任，船停泊在芜湖长江港口的佛塔脚下；港口内并排停泊着两艘运煤炭的船。半夜里听到有人呼救的声音，原来是一艘煤船起火，人们都惊慌逃避。邻船也用斧头砍断缆绳，顺水漂流到港口外。下游桅杆林立，船只众多，我的船也在其中，人们都惊动扰乱，害怕被火烧到。而着火的船弯曲回转，顺流而下，并没有受到任何牵绊，很快就被焚毁殆尽。夜色昏黑之中，听到砍断缆绳逃走的船，船上的人号叫哭泣，声音悲惨凄切，渐渐声音消失了，猜测已经倾覆沉溺了。这都是我亲眼看见的事情。不愿意帮助拯救别人，只图自己安全，结果顷刻之间遭遇祸患，这两件事情可以作为心地、心田的一种验证。

9.4.29 学大度

新市镇李翁，饶于资，将嫁女于屠家坝胡氏。出赤金数斤，召匠人制妆奁中物。制毕权之，几少其十之二，举室大哗，谓匠人之窃金也，议欲褫（chǐ）其衣而搜之。匠人初亦哓哓（xiāo xiāo）置辩，已而面赤不复发一言。适翁自外至，笑曰："金既就镕，岂无消耗？汝辈亦太无理取闹矣。"以好言慰匠人，遣之。匠人归，其夕即死。盖匠实窃金，每夕必携少许归。是夕，亦藏少许于身边，闻将搜之，亟纳之于口。而不图争时，误吞之也。设非置而不校，则匠必死于翁家，其家且执以兴讼矣。人生处世，大度又曷可少哉！

【译文】浙江德清县新市镇的李老先生，家财丰饶，准备将女儿出嫁给屠家坝的胡姓人家。拿出几斤纯正的黄金，请工匠来家制作首饰作为嫁妆。做好之后称重，差不多减少了十分之二的重量，全家人哗然，议论纷纷，都说工匠偷窃了金子，商量着要脱掉他的衣服搜身。工匠起初也是喋喋不休地争辩，后来脸通红，不再说一句话。正好老先生从外面回来，笑着说："黄金熔化以后，怎么能没有消耗呢？你们也太无理取闹了。"然后用好话安慰工匠，就让他走了。工匠回去后，当天晚上就死了。原来工匠确实偷了金子，每天晚上都带一点儿回去。当天晚上，也藏了一些在身上，听说要搜他的身，急忙放到嘴里。而没想到，在争辩的时候，不小心吞了下去。假如不是不去理会、计较，则工匠必定死在老先生家里，工匠的家人必定不会善罢甘休，要打官司了。人生在世，开阔的胸怀、宽大的度量又怎么能少得了呢?

9.4.30 无情鬼

黄槐森,字植庭,香山人,丰姿韶秀,赋性聪明。家贫,以授徒为业。咸丰十一年六月,县内有一学堂,延乩请仙。问:"秋闱在即,今科中式何人?"仙云:"香山中得无情鬼。"此语喧传远近,莫解缘由,不知所谓。公之馆僮闻之,而知公之必登第也。

初公设馆于某处,时邻有少妇,知公英年美貌,心甚悦之。私问馆僮:"尔师爱食何物?"答以爱柑。次日,以柑托僮馈公。公以事起无因,讶其唐突,辞不受。妇继馈,公亦却之。妇乃剥去柑皮,装饰郑重,浼(měi)僮殷勤献之。公令僮至其家语少妇曰:"女重贞节,士重廉隅。汝与我师无亲,何为频频来献?我师非无赖之徒,汝若再来,彼此无颜矣。"少妇羞惭无地,皱眉咬齿曰:"无情鬼,无情鬼!"其后不复馈柑。感公严正,遂从此矢志改行矣。

是科辛酉,入闱赴考,英气勃勃,榜发果中。次年壬戌,登进士,入翰林,授编修。然后知"无情鬼"三字,出于少妇私忿之言;而天地鬼神,共闻其语矣。

世人惑于情之一字,以为男女私合,彼此缠绵,谓之有情。不知此是浮情、风情、柔情、私情,而非圣人所谓真情、深情也。人有至性,然后有情。淫乱之污,失其性矣,情安在哉?今曰"无情鬼",此妇怨恨之词也,谓"吾殷勤致意,买柑奉汝，而汝再四推辞，无情甚矣”。惟此少妇也，同枕有夫，食夫之禄，住夫之家，用夫之财，享夫之福。忽见他人美貌，而起邪心，厚待私夫，必背本夫矣。待私夫情切，对本夫何以为情？是天下之最薄情，最无情者，此少妇也，尚责人之无情哉？余则谓人孰无情，惟其用之当耳。

【译文】黄槐森先生，字植庭，广东香山县人，仪表堂堂，风度翩翩，天性聪明。家境贫困，以教授学童读书为业。咸丰十一年（1861）六月，县里有一间学堂，扶乩请仙。问：“秋季乡试在即，今科谁能考中？”乩仙回答说：“香山中得无情鬼。”这句话传播很广，人们都不理解其中的缘由，也不知道是什么意思。而黄先生学馆中的书童听说了之后，知道黄先生这次必定金榜题名。

起初，黄先生在某地设馆授徒，当时邻居家有一名少妇，知道先生年轻英俊，心中十分爱慕。悄悄地问书童说：“你老师喜欢吃什么？”回答说喜欢吃柑橘。第二天，买了柑橘委托书童赠送给先生。先生因为事出突然，无缘无故送自己东西，觉得很唐突，推辞不肯接受。女子继续赠送，先生又拒绝了。女子就把柑橘的皮剥掉，郑重其事地包装好，请书童诚心诚意地献上。先生命令书童到她家对女子说：“女子最重要的是贞节，男子最重要的是端正。你和我老师无亲无故，为何频繁地来送礼？我老师不是无赖之徒，你要是再来，彼此都没有脸面了。”女子羞惭，无地自容，皱着眉头咬牙切齿说：“无情鬼，无情鬼！”后来没有再赠送柑橘。感佩于先生的严肃端正，于是从此立志改变轻浮的行为了。

这一年辛酉科乡试，黄先生入场参加考试，精力旺盛，胸有成竹，超常发挥，发榜后果然考中。第二年壬戌科会试，进士及第，入翰林院，授翰林院编修。然后才知道“无情鬼”这三个字，原来是出自于少妇因一时怨愤而说出的话；而天地鬼神，都听到了这个话。

世人往往被“情”这个字所迷惑，认为男女私会，彼此恋恋不舍，这样叫作有情。不知道这种只是浮情、风情、柔情、私情，而不是圣人所说的真情、深情。人有纯正的天性，才有真诚的感情。淫乱是污秽的行为，违背纯正的天性，感情在哪里呢？现在说的“无情鬼”，这是少妇因一时怨恨而说出的话，她的意思大概是“我诚恳地表达爱慕之意，买柑橘送给你，而你反复推辞拒绝，真是太无情了”。单说这名少妇，有丈夫同床共枕，吃的是丈夫的俸禄，住的是丈夫的房屋，用的是丈夫的钱财，享受的是丈夫的福分。忽然见到他人美貌，而起了邪淫之心，厚待私通之夫，必然背叛本来的丈夫；对待私通之夫情真意切，那对待本来的丈夫又应当用什么样的情感呢？可以说天下最薄情，最无情的，就是这名少妇了，还责备别人无情吗？我则认为人谁能无情，只是要用情得当而已。

9.4.31 老太堕落

浙东乡，某氏媪，巾帼中之杰出者。嫡出子明府某，以拔萃生，官江苏知县，颇有政声。庚申，发逆陷某县，明府殉于任，得优恤。媪以子贵，亦加级请夫人封。邑之缙绅先生，皆重其子，以及其母焉。

某氏宅适当邑孔道，媪巧于营利，因构精舍数椽（chuán），便行旅栖止。又广置青衣，冶容妖饰，以饵过客。往来巨商达官，皆乐就之。有婢丹桂，艳名噪一时，媪居为奇货，借以作钱树子。不意桂花貌冰心，雅不愿遂媪所欲。媪日加箠楚，桂不能堪，竟仰药死。群婢见桂玉碎珠沉，莫不惴惴焉，承顺恐后。媪由是结大贾，联贵介，声称益盛。会邑令又属年家子，里中构讼者，乞媪一言，驰书于令，便可如意。数年间，拥资巨万，结纳衣冠。且贩夫走卒，皆以媪言为重。远近数十里，无不知有某老太者。当郡城未复时，媪已雄霸一方。凡妇女逸自贼中者，邻里必送归媪处，听媪所命。媪曰："某妇售某家，某女嫁某子。"莫敢有违。然有父兄先白媪，欲领归，而媪果诺之。虽经强暴迫取，媪亦能保使完璧。此其偶示义侠，有足多焉。

一日者，媪夜由外归，忽见数人牵曳之。入门即跪拜曰："爷毋动手，便随去，勿苦我。"又号哭曰："丹桂，尔亦敢虐我耶？如此縶缚，我实不禁，乞爷少宽。"家人见其声泪俱下，知其异，即扶使登榻，终夜呻吟，喧呶（náo）呼痛，乞哀不绝。如是十余日，始就死。

半载后，嫡之仲子，忽梦媪泣谓曰："我福泽本厚，且当生一贵子，以乐暮年，因恶迹俱削去。冥律科以油镬刀山诸苦恼，必身历一过，再付畜道，转轮三次，方得消愆。幸生前尚有完人名节数事可抵，更赖汝兄，力求冥王，始减去二世为畜。今罚生某村某家为猪，有白带系腰足间者，即我也。子速持回，免再受屠戮苦，感子孝念矣。"子寤而异之，试往某村，觇（chān）其信否。则某家豕栏中，果于是夕产猪六，内一头，四足及腰有白毛一缕如环，见子至，即伏足下不去。子遂以重价购之归，朝夕饲之，今已成庞然大物。邻妇偶遇，戏呼曰"某老太太"，犹哼哼摇尾作踯躅（zhí zhú）状，似人之相问讯者。此同治初年事。

【译文】绍兴某乡，有一位某氏老妇人，可以说是妇女当中的佼佼者。嫡出的大儿子是某县令，以拔贡生，在江苏担任知县，政声卓著。咸丰庚申年（1860），太平军攻陷了任职的某县，县令以身殉职，得到朝廷优待抚恤。老妇人母以子贵，也加升品级，被赐封为诰命夫人。县里的缙绅和读书人，都推重她儿子，也因此特别尊重他母亲。

某家的住宅正好处在出入县城的必经之路，老妇人巧于经营，于是构筑了几间精舍，以便于行人和旅客住宿休息。又找了很多年轻婢女，打扮得很妖艳，以此吸引和招揽顾客。往来的富商大贾和达官显贵，都乐意光顾。有一名婢女名叫丹桂，美艳的名声一时之间引起轰动；老妇把她视为奇货，当作摇钱树。没想到丹桂虽然貌美如花，心却冷若冰霜，不愿意听任老妇的摆布。老妇每天对她进行责打，丹桂受不了，后来竟然服毒而死。婢女们见丹桂香消玉殒，都惶恐不安，争先恐后地对老妇百般奉承。老妇从此结交富商大贾，联系达官显贵，声势日益壮大。正好县令也属于年家子（科举时代称有年谊者的晚辈），乡里的人有打官司的，只要请求老妇从中说一句话，给县令写封信，事情没有办不成的。几年之间，坐拥资产数万两，结交官员和绅士。而且贩夫走卒，都很服气老妇说的话。远近方圆几十里，没有不知道有个某老太的。当府城还未克复的时候，老妇已经以雄厚的实力称霸一方。凡是有妇女从太平军中逃出来的，邻里乡人一定先送到老妇这里，听凭她处理安排。老妇说："某妇女卖给谁家做妾，某女子嫁给谁家儿子。"没有人敢违背。然而如果有父兄提前跟老妇打了招呼，说要领回去，而老妇确实也会答应。即使有人要通过强制手段索要，老妇也能保证她身体完好无损。这是她偶尔表现出来的侠义之气，是值得肯定的地方。

一天，老妇夜里从外面回来，忽然看见有几个人要牵着她走。进门就跪拜说："各位爷不要动手，我跟你们走就是，不要为难我。"又号叫哭泣说："丹桂，你也敢虐待我吗？这样捆绑，我实在受不了，乞求各位爷稍微宽松一些。"家人见她边说边哭，知道有异常，就把她扶到床上，整夜呻吟，吵闹着喊疼痛，不停地哀求。像这样过了十多天，才死去。

半年后，嫡出的二儿子，忽然梦到老妇哭着对她说："我本来福泽深厚，而且会生一个贵子，晚年享受天伦之乐，因为恶劣的行为全都被削除。按照冥府的法律，我被定罪处罚，下油锅、上刀山等各种苦恼，必须要亲身经历一遍，然后投胎畜生道，轮回三次，才可以消除罪孽。幸亏生前还曾有保全人名节的几件事，可以抵偿，更有赖于你哥哥，极力恳求冥王，才减少做畜生两次。今天罚我投生到某村某家做猪，有一条白带在腰腿间的，就是我。你尽快买回来，以免再受屠戮之苦，则感激于你的孝心了。"儿子醒后感到诧异，试着前往某村，探察是否属实。则某家的猪圈中，果然在当天晚上产下六只猪仔，其中一头，四条腿和腰间有一缕白毛，就像环状的带子，见儿子来了，就趴在脚下不动。儿子于是花高价钱买回来，早晚饲养，现在已经长成了庞然大物。邻居妇女偶尔遇见，开玩笑地对着猪叫"某老太太"，还哼哼地摇着尾巴表现出徘徊不前的状态，如同人们相互打招呼的样子。这是同治初年的事情。

9.4.32 费宏国

费宏国，行三，余杭东乡后杨桥屯上人。隶军籍，管运杭三帮漕粮。时以领款支绌（chù），父辈竭力承运，家计中落；

宏国接办，善于营谋，渐觉生色。行年四十，管运北上，道出山东。因事赶前，另雇小划，独坐舱中。觉坐下有物碍股，取视乃一帐包，中有济宁京钱票一千串，意必前雇船者所遗，急往该庄照票，如数取回。孰知遗票，系济宁绅富伙友，沿途跟追，寻获前船。问得后雇船者，确是费姓，竟造杭三帮指询，宏国直承不讳。再四情恳，愿分其半。宏国曰："失票则运蹇，得票则运亨。我亨君蹇，亦数定也，何分为？"伙友畏势，不敢置辩，悻悻而归。东主数责，惭恨交集，抑郁而亡。宏国得此意外之财，营运倍广，亦倍获，杭三帮称巨擘（bò）焉。

而满极惧盈，日久悔生，每每于神前喃喃呓语忏悔。无何，妻孕临产，夫若妻，各梦操山东口音者，请作东道主。醒即诞儿，名曰阿五。自幼小以及成人，娇弱多疾，父母爱如拱璧，百般依顺，不遂其欲不已。年至十六，为其婚娶，延师训读，冀其跨灶。忽一日，先生解馆，阿五在书房以发辫绕椅自缢死。费嗣遂绝。及今河运虽停，杭三帮中遗老，犹举此以为戒云。

《太上感应篇》曰："祸福无门，惟人自召。"当伙友向宏国索票之时，慨然如数给还。一念转移，造福无量，及身不食其报，子孙必得厚荫。乃见利忘义，徒以巧言取祸。后虽自悔，亦无及矣。身殒嗣斩，岂非孽由自作哉！

【译文】费宏国，排行老三，浙江余杭县（今杭州市余杭区）东乡后杨桥屯上人。隶属于军籍，管理经营杭三帮（清代浙江的漕运水手行帮）运输漕粮事务。当时因为朝廷拨付的款项不够分配，父辈克服困难、竭尽全力完成漕运任务，因此而家道中落；宏国接管以后，善于经营谋划，渐渐感觉有了起色。四十岁时，办理漕运北上，经过山东。因为有事需要提前走，另外雇请了小船，独自坐在船舱中。感觉座位下有东西碍事，取出一看原来是一个收账用的包，里面有济宁某钱庄的京钱票一千串，猜想一定是前面雇船的人所遗失的，急忙到该钱庄核实钱票的真伪，然后如数全部取出。谁知遗失钱票的，是济宁一家富绅的伙计，沿路追赶，找到了前次乘坐的船。经询问得知在他后面雇船的，确实是姓费的人，就直接到杭三帮查证询问，宏国直接承认确实是自己捡到的，毫不隐瞒。失主反复恳求，情愿分给一半。宏国说："丢失钱票则是时运不济，捡到钱票则是时运亨通。我亨通，你不顺，也是定数，为什么要分呢？"伙计畏惧于他的势力，不敢争辩，愤恨失落地回去了。东家多次责备他，既惭愧又悔恨，抑郁而死。宏国得到了这笔意外之财，经营规模更加扩大，所获的利润也翻倍，杭三帮的实力自此可以说是首屈一指。

而水满则溢，月盈则亏，兴盛到极点恐怕也就要衰落了，时间一长心生悔恨，时常在神前不停地自言自语忏悔。不久，妻子怀孕临产，夫妻二人，都梦到一个操着山东口音的人，说要来家作客。醒后即生下儿子，名叫阿五。从小时候到长大成人，都是体弱多病，父母爱如珍宝，对他百依百顺，不满足他的要求不算完。长到十六岁，为他完婚娶妻，并请老师教他读书，希望将来能够青出于蓝而胜于蓝，超越父亲的成就。忽然有一天，老师休假回家，阿五在书房用发辫绕在椅子上自缢而死。费家于是绝嗣了。到现在漕运虽然已经停办，杭三帮中的老伙计，仍然时常举这件事为例来相互劝戒。

《太上感应篇》说："祸福没有什么门路，都是人自己感召而来的。"当伙计向宏国索回钱票的时候，假如慷慨地如数归还，则念头一转，瞬间可以造下无量的福德，即使自身不享受福报，子孙后代必定得到深厚的遗泽。而居然见利忘义，徒然说一些投机取巧的话来诡辩，最终招致灾祸。后来虽然自己悔悟，但是已经来不及了。家破人亡、子嗣绝灭，难道不是咎由自取吗！

9.4.33 陈子庄述三事

嘉庆戊寅，福建乡试。闻蓝樵先生充同考官，题为“既庶矣”一节。主司阅文，合意者少。至十八日，犹未定元。蓝桥适得一卷，荐之，主司大喜，以为独得骊珠矣。传集诸房考示之，合座传观，咸啧啧赞赏。内中一人独曰：“文甚好，记从何处见之。”主司骇曰：“是必钞刻，不可中矣。然此文君究从何处见来？”某凝思良久，无以应。闻乃前谓之曰：“每科必有解元，我房中即不得解元，亦必房元。然君无确据，而以莫须有一言，误人功名，未免不可耳。”某大惭，因向主司力白，谓：“其文剧佳，读之有上句，即有下句，故似曾经见过。实则并未见过也。”主司又令各房官，于刻文中，每加搜索，竟无所得。遂定解元。比发榜后，某公于落卷内，随手翻得一卷，即已前所见者，与解元文，一字不讹，共相惊叹，此君必有阴德。继乃知其母抚孤守节三十余年，子又甚孝，其解元固天之所以报节孝也。

又云：新昌俞君焕模，贫士也。道光己亥科乡试，俞欲往而窘于资。因忆及往年曾为某村息讼事，姑往谒之。至则村人欢迎，争为设馔，赠以二十余金，且作投辖之留。俞无事闲游村市，见破屋停十余棺，已将朽腐，询之皆无主者。俞恻然，尽举所赠为掩葬焉，亲视畚（běn）筑，至暮而归。归途于小肆中，见钞本文十余篇，以数文钱购得之。橐（tuó）装既罄，踉跄赴杭，寄食友人处。比入试，闱题为“季康子问仲由”一章，适钞本内所有。因稍加改削，录入，竟得解元。最奇者，文系如题三比。原本每比末句曰：“此官才之一法也。”俞以“官才”字音类棺材，改作“官人”，而不知即是掩葬棺材之应。自来作善获报，未有若斯之灵速者。陈琴斋是科中式第三，与俞同年，俞告之甚详。琴斋又与余兄弟已亥同年，在杭尝相过从，转以相告如此。

又云：前浙江学使，吴和甫先生（存义），同治丁卯考优。阅至仁和姚槱（yǒu）卷，忽假寐，见群鸭飞鸣座前，似若乞恩者然。醒而异之，疑此君必有因果，遂拔取之。榜后来谒，询其所因，云：“已三世不食鸭矣。”杭人哄传为“鸭儿优贡”云。戒杀茹素，近于佛教，然未始非君子爱惜物命之仁心。如此一端，姚君已食其报。至癸酉又举孝廉。

【译文】嘉庆二十三年（1818）戊寅恩科，福建省乡试。闻蓝樵先生充任阅卷官，考试题目是“既庶矣，又何加焉”（出自《论语·子路》）一段话。主考官阅览考生的文章，特别中意的少。到了十八日，仍然未确定第一名解元的人选。蓝樵先生正好看到一份试卷，推荐了上去，主考官大喜过望，认为唯独这份试卷切中了题目的要旨。召集各房的阅卷官给他们看，在座的人相互传阅，都不停地赞赏。其中唯独有一人说：“文章确实很好，只是记得好像从哪看见过。”主考官惊骇地说：“这一定是抄的书上的，不能取中了。但是这篇文章先生究竟是从哪里见过呢？”这位阅卷官思索了好久，也没有想起来。闻蓝樵先生于是上前对他说：“每一科考试都会有解元，我房中即使未能中得解元，也必定是本房第一名。然而先生在没有确切证据的情况下，以莫须有的一句话，耽误了人的功名，未免不太妥当吧。”这位阅卷官大为惭愧，于是向主考官极力澄清，说：“正是因为这位考生的文章太好了，读了上句，就自动有下句，所以似乎曾经见过。其实并没有见过。”主考官又令各房阅卷官，在坊间刻印的文集中，留心搜索查找，始终没有发现相同的文章。于是将这名考生确定为解元（即叶大章）。等发榜后，某先生在落榜的试卷中，随手翻出来一份试卷，就是自己前面所见的，和解元的文章，一字不差，大家共相惊奇感叹，这名考生必定有阴德。后来才知道这名考生的母亲守寡三十多年，抚养孤儿长大成人，儿子又很孝顺，他能阴差阳错考中解元，正是上天对贞节母亲和孝顺儿子的回报。

又说：浙江新昌县的俞焕模先生，是一名贫寒的读书人。道光十九年（1839）己亥科浙江省乡试，俞先生想要去参加却苦于缺少路费。于是回想起前些年曾经帮助某村平息争讼的事情，姑且前往拜访。到了之后则村民都表示欢迎，争相设宴款待，赠送给他二十多两银子，并且殷勤挽留他住下。俞先生闲来无事，在村里街市上散步，见到一处破旧房屋中停放着十多具棺材，已经快腐烂朽坏了，经询问得知都是无人认领的。俞先生心生怜悯，把村民们赠送的钱全部拿出来，雇人将这些棺木妥善埋葬，亲自监督挖土、夯筑等工作，到晚上才回来。回来的路上，在小店中，见到一本抄录的文集十多篇，就花了几文钱买下来。口袋里的钱已经用光了，跌跌撞撞地赶到杭州，借住在朋友家中。等到进入考场，考试题目是“季康子问，仲由可使从政也与”（出自《论语·雍也》）一段话，恰好是文集中有的。于是稍微加以修改，誊录在试卷上，最后竟然中得解元。最神奇的是，文章按照题目要求要写三比。原文每比的最后一句话都是："此官才之一法也。"俞先生认为"官才"二字的谐音类似于棺材，便改成了"官人"，而没想到这正是埋葬棺材的感应。从来做善事得善报，没有像这样灵应迅速的。陈琴斋（名其泰）先生这一科考中第三名，和俞先生成为同年友，俞先生详细地对他讲述了这件事的经过。琴斋先生又和我们兄弟是己亥科的同年友，在杭州时曾经相互往来，又把这件事转告给我们。

又说：前任浙江学政吴和甫先生（名存义），同治六年丁卯（1866）主持考试，选拔优贡生（清制每三年各省学政于府、州、县在学生员中选拔文行俱优者，与督抚会考核定数名，贡入京师国子监，称为优贡生）。批阅到仁和县生员姚槱的试卷时，忽然闭目小睡，恍惚之间见到有一群鸭子飞到案前，似乎好像是在求情的样子。醒来后感到很惊异，怀疑这名考生必定有特殊因果，于是将其选拔录取。发榜后考生来拜见，询问他其中的因缘，回答说："已经三代不吃鸭子了。"杭州人纷纷盛传这件事，称他为"鸭儿优贡"。戒杀吃素，接近于佛教的做法，但是未尝不是君子爱惜动物生命的仁爱之心。只此一个方面，姚先生便享受了带来的善报。到癸酉年（1873），又考中了举人。

9.4.34 验女尸

同治甲戌，湖州荒于旱。嘉兴某，卖其女与富家为妾；女不愿，缢而死。父母心悔之，然不以之尤富家也。已而学中忽有数劣衿，讼于县，谓此女之死，由富家强逼之。父母慑于势，不敢言。县信之，遂亲至女家验之，并询其父母，则涕泣自陈不得已之故。案遂结。

不数月，一劣衿病，此女忽附之而言曰：“富家因无子故而娶妾，吾父母因无食故而卖女，俱无可恨。吾恨吾命薄，遂自投缳耳，何与汝事？乃因索诈不遂，而令我出丑于公堂乎？我衔恨次骨，行且尽索汝辈命矣。”阅数日死。可知相验到女尸，得已则已耳。

【译文】同治十三年甲戌（1874），湖州因干旱发生饥荒。嘉兴的某人，准备将女儿卖给一富家做妾；女儿不愿意，于是自缢而死。父母心中十分悔恨，但是也并不怪罪富家。后来县学中有几名好事的生员，到县衙提起诉讼，说这名女子的死，是由于富家强逼导致的。父母畏惧于势力，不敢多说话。县官相信了，于是亲自到女子家中验尸，并询问她的父母，则涕泪交流地陈述自己迫不得已的缘故。案子于是了结。

没过几个月，其中一名生员生病，这名女子的魂魄忽然附在他身上说话：“富家因为没有子嗣而娶妾，我父母因为吃不上饭而卖女，都没有什么可恨的。我只恨我命薄，于是自寻短见，关你什么事？而因为敲诈勒索不成，让我在公堂上当众出丑吗？我怀恨入骨，准备索取所有你们这些人的性命。”几天后就死了。由此可见，如果勘验到女尸，能避免就避免。

9.4.35 李老三

李老三，浙某幕友弟，工楷书。寓相国寺左，寺僧倩其手书《妙法莲华经》七卷，并嘱代烧香者写疏。有某茂才之妻及女，诣寺祈愿。女貌姣好，老三为疏，熟识之，私焉，两情浃洽，矢志靡他。无何，女孕，父觉，欲置之死。母以家丑不可外扬，且议酬其私愿，父颔之。未几，生有子矣。嗣某友为乃弟论婚于大姓，亲迎有日，女父侦知，怒坠奸计，逼令女死。母大不忍，意李有约必践，令女抱子登门自白。女至，适彩舆初到，宾客盈门。兄因问弟，而弟不承，驱之门外。女无以自明，投河死。

逾月，新妇循俗礼回门。老三在家，忽遇天雨，雷电交作，恍若绕身，心虚甚。思饮酒以壮其胆，挈壶行沽，忘却其盖。沽回，见女鬼抱子尾追入门，以壶拒之，鬼忽跳匿壶中，携至内室，知不可饮。而雷声轰击，心慌愈无所主。遽以巨碗倾酒，一饮而尽。胸腹大痛，手足抽厥。鬼作人言，数责负心。半夜毙。

同居顾姓，大盐商也。有老女仆，长斋持佛，夜梦老三跪求超生。醒而复梦，如是者三。问曰："我一贫妇，何能超汝之生？"曰："我现投老姆为豕也。"曰："豕有十余，何者是汝？"曰："我因写《莲华经》，前两足得佛力，尚人手也。"老妇惊觉，起告主人。回家行至清波门口，遇其子携豕进城，述梦相符，谛视果两手未化。同回顾宅，长幼争观。同学呼以"老三"，豕似无地自容，跼蹐（jú jí）不安。爰拟放生，集资二十千文，交云栖僧喂养。豕因失乳，不数日死。老妇犹日诵《心经》以超度之云。

【译文】李老三，是浙江某幕僚的弟弟，擅长写楷书。住在相国寺旁边，寺里的僧人请他书写《妙法莲华经》七卷，并委托他代替烧香的人写疏文。有某秀才的妻子和女儿，来到寺里祈福求愿。

女子容貌姣好，老三帮她写疏文的时候，和她认识并熟悉，发生了关系，二人感情融洽，立志不会再和别人相好。不久后，女子有了身孕，父亲发觉，想要置她于死地。母亲以为家丑不可外扬，建议索性满足她的愿望，父亲点头同意。后来，生下一个儿子。其后某幕僚为他弟弟与一家名门望族谈论婚事，不日即将迎娶，女子的父亲探听到此事，因为被诱骗而愤怒，逼迫女儿去死。母亲大不忍心，料想李某既然有约在先必定会履行，就令女儿抱着儿子登门讨要说法。女子到了，适逢花轿刚到，宾客满门。哥哥就向弟弟问起此事，而弟弟不肯承认，把女子赶出门外。女子没有办法为自己表白，投河而死。

一个月后，新媳妇按照风俗礼仪回门（女子出嫁后首次回娘家探亲）。老三在家，忽然赶上天下大雨，雷电交加，仿佛在自己头顶上盘旋，自己知道做了亏心事而惶恐不安。想着靠喝酒来壮胆，带着酒壶去打酒，忘了拿盖子。打酒回来，只见一名女鬼抱着孩子尾随进门，就用酒壶来回击，女鬼忽然跳入酒壶中，拿到里面房间，知道酒不能喝了。而这时雷声隆隆，心中慌乱不能自主。就把酒倒在大碗里，一饮而尽。胸部和腹部剧烈疼痛，手脚抽搐。女鬼像人一样说话，数落斥责他背弃情义。半夜就死了。

邻居姓顾的人，是大盐商。有一位老女仆，长期持斋奉佛，夜里梦到李老三跪求她超度。醒来后又梦到，三次做了同样的梦。梦中问他："我是一个贫穷的妇人，怎么能超度你呢？"回答说："我现在投胎在老姆您家做猪了。"问说："猪有十多头，哪个是你呢？"回答说："我因为书写《妙法莲华经》，前面两条腿依仗佛力，还是人手。"老妇一惊而醒，起来告诉了主人。回家走到清波门（杭州古城门之一）附近，遇到他儿子带着猪进城，讲述梦境都相符合，仔细一看果然两只手没有变化。一同回到顾家，一家老小争相观看。有同学叫它“老三”，猪好像无地自容的样子，惶恐不安。于是决定放生，凑集了二十千文钱，交给云栖寺的僧人代为喂养。猪因为没有奶吃，没过几天就死了。老妇仍然每天诵读《心经》来超度。

9.4.36 坟亲窃宝

徽州富商某，为父母营葬，挈其婿寓坟亲家。老翁有事回城，以匙交婿，嘱曰：“各匠领银，开箱取与。”少顷，婿因家病，须回延医，以匙付坟亲，俟翁回转交。坟亲私开箱锁，见箱中元宝有四，私窃其一藏之。迨翁婿复来，翁启箱失一宝，婿故贫，意必婿窃，蓄疑不发。事毕回，告其女，并嘱勿宣。女不自安，告婿，婿因是郁郁，无以自明，日祷于龙神庙。忽一日雷雨大作，龙垂云下露一足，攫坟亲箱掷于路旁，箱中元宝滚出。喧传至城，乃翁方知其宝，乃某人所窃。而其婿之冤，始白。此同治年间事也。

【译文】安徽徽州（今黄山市）的某位富商，为他的父母双亲营造墓地，带着女婿借住在坟亲（专门给人营造坟墓、看守坟墓、管理坟山事务的人）家中。老先生有事回城，把钥匙交给女婿，叮嘱说：“如果工匠们领取工钱，就打开箱子取出给他们。”不久，女婿又因为家人生病，须要回家请医生，就把钥匙交给坟亲，等岳父回来转交给他。坟亲私自打开箱子的锁，见箱中有元宝四枚，就私自偷拿了一枚藏起来。等到老先生和女婿二人回来，老先生打开箱子一看，少了一枚元宝，女婿本来贫穷，猜想一定是女婿偷了，心中不免积蓄疑虑，只是没有说出来。坟地的事情结束回城，老先生把丢失元宝的事情告诉给女儿，并叮嘱她不要外传。女儿心中不安，就告诉了女婿，女婿因此而郁郁不乐，没有办法澄清自己的清白，每天到龙王庙祷告。忽然有一天，雷雨大作，龙神从云中向下伸出一只脚，抓起坟亲的箱子扔在路边，箱子里的元宝滚了出来。事情哄传到城里，老先生才知道他的元宝，是被某坟亲所偷的。而女婿的冤枉，自此得以清白。这是同治年间的事情。

第五卷

9.5.1 好心盗

观城李胡子者，绿林豪也，膂力过人。出没青莱间，垂四十年，无人知者。一日至登州，憩古寺中。闻殿后猜枚声，迹之，见伟丈夫八人，席地饮。李识为同道，与之拱手。八人者，起而揖之坐，各述其姓名居址。酒数行，上坐者曰："吾观公，亦行道者，今将何之？"李曰："敬步后尘耳。"曰："今临淄某尚书嫁女，奁资丰腆。而尚书供职都中，第公子偕其妹归，仆从无多也。公能助我一臂乎？"曰："可。"

于是，刻期抵临淄。居数日，始悉其门径。乘夜踰垣入，公子闻盗启户出，呼群仆，为一盗所絷，将剚(zì)刃焉。李曰："吾利其物耳，何戕其人为？"乃释之。女公子美姿色，群盗欲淫之。李呼曰："我李胡子纵横数十年，所以得保首领者，惟不采花尔。诸公听我言，请从此逝。否则血我刃，毋谓我无香火情也。"群盗畏其猛，一哄而散。

诘旦诉之宰，遣捕出缉，半载无踪。诸捕悉被重责，计无可施，乃绐(dài)宰曰："某某者，邑之名捕也。今虽老，犹矍铄，请召而遣之。”其实二捕并无过人技，且衰朽已甚，退役久矣。宰召之，并与白金五十两，限一个月破案。二捕出，乃谋曰：“死期至矣，奈何？”其一曰：“不如逃之。”遂携银去。

行经观城，一白发老者，携壶酒独酌柳树下。二捕乞就席少憩，诺之。问其行止，二捕缕述尚书家被盗事，今奉命出缉，未可获也。曰：“可获乎？”曰：“不可。”“然则二公何往也？”曰：“逃死耳。”老者掀髯笑曰：“盗非他，即我是也。今既相遇，曷敢以此累公？第我为此事，虽家中人不知，幸勿声张，惊吾邻里。”遂自述姓名，并延至其家，命子出拜，曰：“某吾老友，邀我作临淄游，诘旦当束装也。”遂偕去抵临淄。宰大喜，即报知尚书家。是时女公子已出阁，适归母家。恍惚忆群盗入室时，保全其节者，为李胡子。告知公子。公子亦忆被执时，长髯者，呵止群盗，得免于死。急谒宰，述其事，属勿加刑。宰亦高其义，第按名捕八人者，骈戮于市。而李得释。公子感其保全之德，赠以归焉。

【译文】山东观城县（古县名，治今聊城市莘县）的李胡子，是一位绿林好汉，体力过人。出没于青州、莱州之间，近四十年，没有人知道。一天，到登州，借住在古寺中。听到佛殿后面有猜拳行令的声音，顺着声音追踪，只见八名身材魁梧的彪形大汉，席地而坐，围在一起喝酒。李胡子知道他们是同行，就和他们拱手行礼。八个人，起身作揖回礼，请他一起入座，各自分别介绍了姓名、住址。酒过数巡之后，坐在上首的大汉说：“我看先生，也是替天行道、劫富济贫的人，现在要去什么地方？”李胡子说：“愿意追随各位。”大汉说：“现在临淄县（今淄博市临淄区）的某尚书，出嫁女儿，嫁妆很丰厚。而尚书在京城供职，只有公子陪他妹妹一起回来，仆人和随从不多。先生能助我们一臂之力吗？”李胡子说：“可以。”

于是，在预定的期限内抵达临淄。住了几天，才熟悉了门路。趁夜间翻墙进入，公子听到有盗贼的声音开门出来，呼叫仆从，被一名盗贼抓住，准备将他刺死。李胡子说：“我们只是为了他家的财物，为什么要害死他的人命呢？”就释放了。尚书的女儿姿色很美，一众盗贼想要奸污她。李胡子制止他们说：“我李胡子纵横江湖几十年，之所以能够保全首领，就是因为不侵犯女色。各位好汉如果听我一言，请现在就离开。否则动起手来，不要怪我不讲兄弟情面。”一众盗贼畏惧于他的勇猛，一哄而散。

第二天早晨，尚书家人向县衙举报，县令派出捕快四处搜捕缉拿，半年时间都没有任何踪迹。各位捕快都被严厉斥责，在实在没有办法的情况下，就欺骗县令说：“某和某二人，是县里有名的捕快。现在虽然老了，仍然精神矍铄，可以召请他们前来，派他们去缉捕。”其实这两名捕快并没有什么过人的技能，而且年迈无用，早就退役很久了。县令召他们来，并给他们白银五十两，限期一个月破案。两名捕快出去，商量说：“我们死期到了，怎么办呢？”另外一人说：“不如逃走吧。”于是带着银子逃走了。

路经观城县的时候，看到一位白发老者，带着酒壶坐在柳树下独自饮酒。两名捕快请求入座稍事休息，老者答应了。问他们是做什么的，两名捕快详细讲述了尚书家被盗的事情，现在奉命外出缉捕，还没有抓获。问：“能抓获吗？”回答说：“不能。”又问：“那么二位要到哪里去呢？”回答说：“逃命而已。”老者捋着胡须笑着说：“盗贼不是别人，就是我。今天既然相遇，怎敢因为此事连累二位呢？只是我做这件事，就是家人也都不知道，希望不要声张，惊动我的邻里乡人。”于是自己介绍姓名，并请他们到家里，命令儿子出来拜见，说：“这两位是我的老朋友，邀请我去临淄一游，明天一早就要整装出发。”于是一同前往抵达临淄。县令很高兴，当即通知尚书家。当时，尚书家的女儿已经出嫁，正好回娘家。恍惚回想起一伙盗贼进入房间的时候，保全她贞节的人，好像就是李胡子。又告知公子。公子也回想起来被抓住的时候，是一个长胡子的人，呵斥制止了其他的盗贼，才得以免于一死。急忙拜见县令，讲述其中的情由，叮嘱不要对他施以刑罚。县令也赞赏他的义气，只是按名搜捕到八名盗贼，一并被当街斩首示众。而李胡子获得释放。公子感激他保全自己性命和妹妹贞节的恩德，赠给他一笔财物，然后送他回去了。

9.5.2 王旭初述三则

康生方礼，顺德人，慷慨好义。弱冠时，游妓肆，招妓饮酒。一妓相对默然，康曰：“卿已在此，何必作此无情面目？”妓潸然。康曰：“尔有隐情，不妨直说，予非登徒子流也。”妓曰：“妾本良家，夫亡子幼，翁姑老，不能度活。被奸人勾引来此，正恐一坠尘缘，不知流落何许，是以悲耳。”康曰：“卿所需几何？”妓曰：“妾得二十金，可以度日。以数金为薪米资，十数金放息。妾工针黹（zhǐ），得余息凑合，可以无饥矣。”康曰：“果如是，吾不汝污。”遂以二十金与之。妓泣谢曰：“相公何姓名，令妾知之。异日高中，当遣儿子为仆，以报大恩。”

嘉庆癸酉元旦，康梦有人谓：“尔中五十四名，当由书院进身。”其叔得梦亦同。后来康遂赴考粤秀书院，以图科举。八月初八日，头场号舍中，复梦鬼跪告曰："吾以报恩，特送喜信，相公今中五十四名。"康曰："吾何恩于尔，而言若是？"鬼曰："全吾妻子志节，九泉不敢忘也。"康亦不知所谓。榜发，果中式如梦。

吾郡某生，其族强大。生把持武断，多行不义。纵其乡人截途抢劫，而生坐地分赃。嘉庆戊寅入闱，与余母舅陈礼畊先生同号舍。礼畊母舅，为号军所侮。某生为不平，挟盛气持铜烟筒奋击之，适中号军额上，血流不止，昏仆于地。号军火伴禀监临，因召生至堂上，谕之曰："尔是读书人，吾不刁难你。号军如不死，吾亦不究，若死则命须尔坐也。"仍令归号作文。后号军竟不死。是科某适中有名。填榜时，拆弥封。监临见是某生，谓主司曰："此人若中式，必多事也。"遂抽起，以他卷补之。闻者咸谓天道不爽焉。后屡试不中，复缘事褫（chǐ）革衣顶，不能开复而卒。

李坤华，江苏宝山县人，父母早亡，入赘朱氏。于嘉庆己卯年三月十三日，见一鬼排闼而入，霎时寻灭。至五月十九日，坤独睡时，忽出闺闱，取刀望空乱斫。家人急去其刀，问其故，坤言见一鬼，自称："吾徐州府沛县人，姓陆名殿臣。尔前生与吾邻居，姓江名元之，邑庠生。曾私吾妻，事泄，妻投水死。吾畏尔时势焰，不敢鸣官，但索葬费，尔竟闻之不理。抱恨回家，抑郁陨命。即欲图报，缘尔生前事亲尽孝，敬惜字纸，募建文昌宫，及同仁堂、积善堂，广积阴功，乐行善事，其时未便下手。今禄籍已削，转生此地，特来报冤云云。"

须臾闷绝，倒地作鬼声曰："尔伤吾二命，怎肯干休也？"

或诘之曰："此事几何载矣？"答曰："六十五年。"坤岳父永祺，拜叩许送冥锭一万，四时享祀。鬼殊不允。又焚香祷于灶神。坤至天明方醒，言："冤鬼明日要投生去矣，今夜必须报仇。"永祺即于是日，虔诚祭享，焚化冥资。至戌刻，坤又昏倒，言曰："万恶淫为首。尔坏吾名节，伤吾两命，怎肯干休？"言毕，作斗殴状。

既而又曰："灶君传唤，速去速去。"又作灶君示鬼声曰："查李坤华，前生曾作善事，转世应中进士，早登禄籍，官至侍郎。缘伊因奸致死一案，上帝已减其寿算，削其禄籍；并罚江氏子孙，七世贫贱。曾经定案。今李氏惟此之一子，不应绝嗣，尔不得仍滋扰。"又作鬼声曰："吾不远千里，跋涉至此，过一百七十三处衙门，处处进见。费尽千辛万苦，一计不遂。今奉灶君神令回籍，冤不能报。但报冤有三，当世报者，阴世报者，来世报者，直至七世方休。今兹不报，又待来世矣。"忽当胸一殴，大哭数声而寂。逾片刻，坤遂醒，令索笔砚。或问何用，答曰："灶君有《劝善文》，命某代书之。"遂将训文，朗诵两遍。随诵随录，与众观之。

庚子江南闱中，颇不平静，死者数人。一人于临终时，大声呼曰："奈何四人殴我一人？"验之遍身青肿，则意其有夙冤也。登蓝榜者，亦复不少。一海州人，于卷面大书集唐一绝云："小廊回合曲栏斜，遥指红楼是妾家。燕子不来春欲去，潇潇风雨隔墙花。"是必于温柔乡失足者矣。并纪之，以为文人无行者戒。

【译文】有一位书生，名叫康方礼，广东顺德人，慷慨助人，急公好义。二十岁的时候，到妓院游玩，招妓女陪同喝酒。一名妓女面对他表现出很冷漠的样子，康生说："你既然已经在这里了，为什么要表现出这种无情的面目呢？"妓女潸然泪下。康生说："你如果有不方便告人的隐情，不妨直接跟我说，我不是轻薄之徒。"妓女说："我本是良家妇女，丈夫去世，儿子年幼，公婆年老，难以度日。被坏人诱骗到这里，正恐怕一旦落入风尘，不知道流落到什么地步，因此而伤心。"康生说："你需要多少钱？"妓女说："我如果能有二十两银子，就能生活下去了。用几两银子来作为日常柴米油盐的花销，另外十多两来出借收取利息。同时，我再做些针线活，得到一些钱凑在一起，就可以让一家人不用挨饿了。"康生说："果真如此的话，我不会玷污你。"于是拿出二十两银子给她。妓女哭着感谢说："相公尊姓大名，请告诉我。他日高中，我当派儿子给您做仆人，来报答您的恩德。"

嘉庆十八年癸酉（1813）正月初一，康生梦到有人对他说："你以第五十四名的成绩考中，将由书院进身。"他的叔叔也得到了相同的梦境。后来，康生于是到粤秀书院读书备考，以求取功名。八月初八日，乡试第一场，在号舍中，又梦到有鬼跪在地上对他说："我是来报恩的，特来报送喜信，相公今科考中第五十四名。"康生说："我对你有什么恩德，而这样说呢？"鬼说："保全我妻子的志节，九泉之下不敢忘怀。"康生也不理解他说的是什么意思。发榜后，果然考中，符合梦中所说的名次。

我们当地的某生，他们家族势力强大。某生揽权专断、横行霸道，做了很多恶事。放纵同乡的人拦路抢劫，而某生坐地分赃。嘉庆二十三年（1818）戊寅科乡试，某生进入考场，和我的舅舅陈礼畊先生坐在同一号舍。礼畊先生，被监考的士兵侮辱。某生为他感到愤愤不平，一怒之下拿铜烟袋用力砸向士兵，正好砸中士兵的额头，血流不止，昏倒在地。士兵的伙伴急忙禀报监考官，于是传某生到堂上，训示他说："你是读书人，我不刁难你。士兵如果不死，我也不追究，如果死了则你必须偿命。"仍然令他回考场继续写文章。后来士兵没有死。这一科，某生正好进入了录取的名单。正式填榜的时候，拆开试卷密封条。监考官见是某生的名字，对主考官说："这个人如果考中，必定生出很多事端。"于是将他的试卷抽出来，用其他的试卷替补上去。听说的人都说天道报应没有差错。后来，多次参加考试都没考中，又因事被剥夺了衣顶（清代标志功名等级的衣服和顶戴，借指功名），革去了功名，无法恢复身份，郁郁而死。

李坤华，江苏宝山县（今上海市宝山区）人，早年父母双亡，入赘于朱家。在嘉庆二十四年己卯（1819）三月十三日，见到有一个鬼推门进来，片刻之间又消失不见了。到五月十九日，坤华独自睡觉时，忽然走出卧室，拿刀对着空中乱砍。家人急忙夺去他手中的刀，问他怎么回事，坤华说看见一个鬼，自称："我是徐州府沛县人，姓陆，名殿臣。你前世和我是邻居，姓江，名元之，县学生员。曾经和我的妻子私通，事情败露，妻子投水而死。我畏惧于你当时的势力和气焰，不敢报官，只是向你索要丧葬费用，你竟然听了之后不予理会。我带着怨恨回家，抑郁而死。死后本来想立即找你报仇，因为你生前事奉双亲尽到孝道，敬惜字纸，募款建造文昌宫，以及同仁堂、积善堂等善堂，广泛积累种种阴德，乐于做善事，当时不方便下手。现在禄籍（旧时谓天上或冥府记录人福、禄、寿的簿册，为官食禄的簿籍）已经被削除，转生到这个地方，这次专门来抱冤，等等。"

过了一会儿晕了过去，倒在地上以鬼的语气说话："你害了我们两条人命，怎能善罢甘休？”有人质问他说：“这是多少年前的事情了？”回答说：“六十五年。”坤华的岳父朱永琪，叩拜答应焚送冥钱一万，一年四季定期祭祀。鬼就是不同意。又焚香向灶神祷告。坤华到天亮才醒过来，说：“冤鬼明天就要投胎去了，今天夜里必须报仇。”朱永琪就在这天，虔诚祭祀，焚化冥钱。到了戌时（晚上7点到9点），坤华又昏倒了，说：“万恶淫为首。你败坏我们的名节，伤害我们两条人命，怎么肯善罢甘休？”说完，做出打斗的样子。

然后又说：“灶神传唤，快去快去。”又以灶神向鬼训话的语气说：“经查，李坤华过去世曾经做过不少善事，转世应该中进士，早年即可做官享受俸禄，官至侍郎。由于他一桩因奸情致人死亡的案子，上帝已经削减了他的寿命，剥夺了他的官禄；并且罚江家的子孙，七代贫贱。已经定案。现在李家只有这一个儿子，不应该绝嗣，你不得仍旧滋扰。”又以冤鬼的语气说：“我不远千里，跋涉到此，经过了一百七十三处衙门，处处都要拜见。费尽了千辛万苦，一件事都没做成。现在奉灶神的命令返回原籍，不能继续报冤了。但是抱冤有三种，有当世报的，有到阴间报的，有来世报的，直到轮回七世才算完全结束。现在报不了，又要等待来世了。”忽然对着胸口打了一拳，大哭了几声就平静了下来。片刻之后，坤华醒过来，叫家人取笔墨纸砚来。有人问他做什么用，回答说：“灶神有一篇《劝善文》，命我代为书写。”于是将灶神的训文，朗诵了两遍。一边朗诵一边记录，写好后给大家观看。

庚子年江南乡试考场中，格外不平静，死了好几个人。一名考生在临死前，大声喊叫说：“为什么四个人殴打我一个人？”经勘验，他全身青肿，猜测他大概是有过去世的冤鬼报仇。名登蓝榜的考生，也有不少。一名来自海州（今江苏连云港市海州区）的考生，在卷面上用大字写了一首唐代集句诗：“小廊回合曲栏斜，遥指红楼是妾家。燕子不来春欲去，潇潇风雨隔墙花。”这一定是因为在男女关系方面犯了错误。一并记录在这里，作为对那些品行不端的读书人的劝戒。

9.5.3 韩履卿

吴县韩履卿（崇），桂舲先生之少子也。余于道光末，曾与往还，每以书画相质，蔼然可亲。家大人在苏藩任，常与其太翁，有诗酒缘，叙纪群之交甚笃。闻庚申之变，四月十二夜四更时分，长发贼已入城。费阿玉闯至韩室，从床上曳出水关逃难，过江北，寓居海门茶店内，逾年疾终。费阿玉者，“枪船”之头目也。初费得罪，坐法当斩，韩力救之，得免于死。临危之际，费亦救韩而出难。知恩报恩中有天焉。韩之家属，存亡则不得而知矣。

【译文】江苏吴县（今苏州市）的韩崇先生，字元芝，号履卿，韩是升先生的小儿子，韩崶（字禹三，号桂舲，官至刑部尚书兼兵部尚书）先生的弟弟。我在道光末年的时候，曾经和他有来往，时常以书画相切磋，他为人和蔼可亲。我父亲担任江苏布政使的时候，曾经和他的父亲，以诗酒相交，建立了世代友好的情谊。听说咸丰庚申（1860）年事变时，四月十二日夜里四更时分，太平天国军队已攻入苏州城。费阿玉闯进韩崇先生的家里，从床上把他拉起来，从水关跑出去逃难，渡过长江北上，寄居在海门（今南通市海门区）的茶店里，第二天因病去世。费阿玉，本是“枪船”（清代活跃在太湖流域的一股水上匪盗）的头目。当初费阿玉获罪，按照法律要被处斩，韩崇先生极力营救他，得以免于一死。临危之际，费阿玉也营救韩先生逃脱劫难。费阿玉知恩报恩，值得敬佩，同时也有天道在其中。韩先生的家属，生死下落则不得而知了。

9.5.4 雷击天主堂

同治十一年三月初六日，上海夷场棋盘街，法国天主堂，铁十字架尊耶稣，是日申时，被雷轰击，粉碎无存。亦一奇也。

邪说横行，逢天之怒，遣雷击灭，以警痴迷。故特书之，以示世之信入天主教者。

【译文】同治十一年（1872）三月初六日，上海租界棋盘街，法国天主教堂，一尊铁制的十字架耶稣像，这一天的申时（下午3点到5点），被雷电轰击，粉碎无存。也是一件奇事。

歪理邪说肆意传播，触怒上天，派遣雷神将其轰击灭除，来警醒世间痴迷之人。因此专门记录在这里，来警示世上那些皈信天主教的人。

9.5.5 好杀报

成得者，京师中厨役也。于睿皇帝驾幸圆明园时，行刺，当即被擒。上命诸王大臣、六部九卿会讯，默无一言。但云：“若事成，则公等所坐之处，即我坐处也。”上宽仁，不欲穷诘兴大狱，遂命凌迟处死。其处死时，先立一木桩，将得绑于桩上。其面前又植二木桩，乃牵其二子至，一年十六岁，一年十四岁，貌皆韶秀，盖尚在塾中读书也。至则促令向得叩首讫，先就刑。得瞑目不视。已乃割耳鼻及乳，从左臂鱼鳞碎割，再割右臂，以及胸背。初尚随刀见血，继则血尽，只黄水而已。割上体竣，忽言曰："快些。"言甫毕，上走下一官，谓之曰："皇上有旨，令尔多受些罪。"得遂瞑目不言，脔割至尽乃死。究之不知何人所指使。

傥非上之圣慈，则株连而死者，且不止数百人矣。或曰，得为厨多年，凡牲禽每生取其肉以烹调，故较各厨烹调为得味，猪羊鸡鸭皆然。此其惨报也。

【译文】成得，是京城的一名厨师。在嘉庆皇帝驾临圆明园的时候，行刺皇帝，当场被抓住。皇上命各位王公大臣、六部九卿一同会审，成得都是沉默不说一句话。只是说："如果事情成功，则你们所坐的地方，就是我坐的地方了。"皇上宽厚仁慈，不想穷究到底，兴起大案，于是命令将他凌迟处死。行刑的时候，先树立一根木桩，将成得绑在木桩上。在他面前另外树立两根木桩，然后带他的两个儿子到场，一个十六岁，一个十四岁，长得都很清秀俊美，大概还在学堂中读书。到了之后令他们向成得叩头之后，先接受刑罚。成得闭上眼睛不看。然后割去他的耳朵、鼻子和乳头，从左手臂像鱼鳞一样一片片切割，再割右手臂，以及胸部、背部。起初还随刀看见有血流出，然后血液流尽，只是流黄水而已。上身割完之后，忽然说："快些。"刚说完，从上面走下来一位官员，对他说："皇上有旨，令你多受些罪。"成得于是闭上眼睛不再说话，碎割完毕之后才死去。终究不知道是受什么人指使的。

倘若不是皇上圣明仁慈，则因此案受到牵连而死的，可能不止几百人了。也有人说，成得做厨师多年，凡是畜禽之类，经常活着割取它们的肉来烹调菜肴，所以比其他厨师做的菜更加美味，不论猪羊鸡鸭都是如此。所以遭受了这样惨烈的果报。

9.5.6 遇难得脱

富阳王君子和（鋆），今之高士也，世席簪缨。性淡泊，不乐仕进。少年时，随祖若父，宦游四方，行路万里，横览山川之胜。遂善作画，笔墨既妙，设色更神，铅朱丹碧。千崖万壑，沉雄奇秀，兼而有之。尤工花鸟，见者惊叹，名重一时。因以画自给，笔墨外，不妄受一钱，人皆敬之。

咸丰辛酉，贼陷富阳，子和避难乡间，日三四徙。一日者，天阴雨雪，忽闻贼至，急起奔走。仓皇中，乃撞入贼队，遂被缚去。贼酋见其文弱，目又短视，驱行泥淖中，屡起屡仆，怜而释之，谓曰："速行。遇他队，不汝活也。"

子和既得脱，不暇择路，窜身荆棘，屦（jù）穿袜破。天既昏黑，仍不敢息，望前疾趋。于雪光中，忽睹一屋，遂奋身入。入其门，阒其无人；窥其室，则似有声响。乃诉以被难之苦，乞为容留。良久，有妇人应曰："我等麇（qún）聚室中，子其入焉。"入则黑暗不能辨人，遽踣于地。既冻且馁，身僵足痛，喘息逾时。乃问妇之姓氏，则对曰："我某之妻也。"某与子和，本系远戚，闻之稍慰。再与语，则不答。惫极，亦不能复诘，垂头稍睡。一时许，忽闻妇呼曰："天将明，贼且至，子可行矣。"

子和遂扪户而出，走未数里，天果明。遇乡人，得脱于难。又悔不挈妇同行，恐其亦罹于难也。久之事定，归遇某戚，告以故，且谢其妻。其人骇曰：“吾妻死已三年矣。”乃知遇鬼。

子和以为奇。今年因谭往事，举以告余。余曰：“丧乱之际，天道尤近，善人终得保全。子忠信笃敬，自当有鬼神呵护，遇难得脱，亦常理耳。何奇之有？”

【译文】浙江富阳县（今杭州市富阳区）的王銮先生，字子和，是当今的名士，出身于官宦世家、书香门第。性情淡泊，无意于追求仕途功名。少年时，跟随祖父和父亲，外出做官，游遍四方，辗转万里，遍览了各地的名山大川、风景名胜。因此绘画技艺得到大幅提升，不但笔墨精妙，而且设色传神，尤其擅长使用朱红、丹青。所画的山水画，千岩万壑，既有深沉雄健，又有奇特秀美。尤其擅长工笔花鸟画，见到的人无不惊叹，他的名气一时之间备受推重。于是依靠画画来养活自己，除了笔墨费以外，不随便接受一文钱，人们都很敬重他。

咸丰辛酉年（1861），太平天国军队攻陷富阳，王子和先生逃到乡下避难，每天都要转移三四次。一天，天阴下雪，忽然听说太平军要来，急忙起来往远处跑。匆忙慌乱之中，跌跌撞撞闯入了太平军队伍中，于是被绑去。太平军头目见他文弱，眼睛又近视，强行驱赶他行走在泥泞之中，爬起来又跌倒，就可怜他把他释放了，对他说：“快走吧。要是遇到其他的队伍，你就活不成了。”

子和先生逃脱之后，来不及选择路线，迷失在荆棘丛中，鞋袜都破了。天色已经昏黑，仍然不敢休息，望着前方抓紧赶路。映着雪光，忽然看到一座房屋，于是拼力进入。进门一看，寂静无人；

再窥探内室，则好像有动静。就诉说自己所遭遇的险难和困苦，请求收留。过了好一会儿，有一位妇人回答说："我们都聚集在屋里，你进来吧。"进来则是漆黑一片，看不清人，就跌倒在地上。又冷又饿，身体僵硬，腿脚酸痛，喘息了半天。然后问妇人的姓氏，回答说："我是某人的妻子。"某人与子和先生，本是远房亲戚，听到这话之后心中安慰了许多。再和她说话，则不再回答。疲惫至极，也没有气力再追问，倒头便睡。约一个时辰之后，忽然听到妇人叫他说："天快亮了，贼兵将至，你可以走了。"子和先生于是摸门而出，走了不到几里路，天就亮了。遇到一位同乡的人，得以脱离险难。又后悔没有带着妇人一起走，恐怕她也要遇难了。许久以后，战乱平息，回家的路上遇到某亲戚，告诉他自己的经历，并且感谢他的妻子。那人惊骇地说："我妻子死了已经三年了。"才知道遇到的是鬼。

子和先生认为这真是奇事。今年在一起谈论往事的时候，他将这件事讲给我听。我说："时局动乱之际，天道更加得以彰显，善人终究得以保全。您为人处世忠实诚信、笃厚敬慎，自当有鬼神呵护保佑，遇到险难得以逃脱，也是自然之理。又有什么奇怪的呢？"

9.5.7 数中人

苏城葑门内，地名照山场，有高姓者，为杭守司阍。倚势招摇，颇有积蓄。其眷在苏。庚申二月，杭城失守。高弃主乘间出城，至武林门外，天色昏黑，尸骸满地，无路可行。忽见灯笼无数，自远而至，而寂无人声。高疑是贼至，卧积尸中，伏不敢动。瞬息间，灯火已至。有人云："某某到否？"又一人云："已到。”如是数次。忽云：“高某亦在数中，何尚未到？”旁一持灯者，以灯竿击高背曰：“在此矣。”即散去。高起视，寂无人焉。顿觉背痛异常。至天明，得遇熟船，附伴回苏。到家后，背痛愈甚，红肿如盘。妻子欲延医治之。高云：“劫数已定，终不能免。不遭贼杀，已是大幸。何服药为？”呻吟数日而殁。

【译文】苏州城葑门内，一个叫作照山场的地方，有个姓高的人，在杭州知府衙门做看门人。倚仗势力招摇撞骗，收敛积蓄了不少钱财。他的家人都在苏州。咸丰庚申年（1860）二月，杭州城被太平军攻陷。高某抛弃主人趁机逃出城，到武林门外，天色昏黑，遍地都是尸骸，无路可走。忽然看到有数不清的灯笼，从远处而至，却寂静没有人的声音。高某怀疑是贼兵来了，伏卧在尸体堆中，趴着不敢动。转瞬之间，灯火已经来到眼前。有人问：“某某人到了吗？”另外一个人回答说：“已经到了。”像这样好几次。忽然问：“高某也在劫数中，为什么还没到？”旁边一位手持灯笼的人，用灯竿敲着高某的后背说：“在这里了。”然后就散去了。高某起身观看，已经寂静无人了。顿时感觉背部疼痛异常。等到天亮，得以遇到熟人开的船，搭船结伴回苏州。到家后，后背疼痛得更加严重了，又红又肿像个盘子。妻子想要请医生前来治疗。高某说：“劫数已经确定，最终不能侥幸避免。不遭到贼匪杀害，已经是极大的幸运了。还吃药干什么？”呻吟了几天后就死了。

9.5.8 光绪庚辰《申报》

京口劫余生云：平生碌碌，无所短长。惟戒杀放生，垂数十寒暑，今已五十岁矣。前月初旬，夜间忽觉腹痛，不得已起而如厕。乃甫出户外，而床后砖墙即倒。因思此中，有若或使之者。爰即凑聚百金，交直赈公所，以赡饥民，亦行其心之所安而已。

【译文】一位署名“京口劫余生”的作者，发表在《申报》上的文章中写道：平生庸庸碌碌，无所作为，没有什么特别的缺点和长处。只有戒杀放生这件事，坚持了几十年，现在已经五十岁了。上个月初旬，夜里忽然感觉肚子疼痛，受不了只好起来上厕所。而刚走出门外，床后的砖墙就轰然倒塌。因此心想这真是鬼使神差，冥冥中似乎有一种力量在指引。于是就凑集了一百两银子，交给办理赈灾的公所，用来救济和赡养饥饿的灾民，这样做也是为了让我更加心安。

9.5.9 江行最险

湖州有父子两人，挈其眷而幕游于蜀者。以家中尚有人，数年遣其子及妇还。挟资颇厚，妇又微有姿色；舟人见而心动，于中途谋杀之，压以磨而沉之江。拥其资，妻其妇，然操舟之业未改也。

其家待久不至，驰书问其父。父令人沿江侦探，并无消息。以为长江风涛不测，必夫妇尽葬鱼腹中，而初不疑有他故。阅五年，舟人泊舟安庆城外。妇探知府经历，为长兴钱某，密令其婢上岸，击鼓伸冤。钱以同乡故，即禀知安庆府，捕舟人严讯，尽得其实，置之重典。而送妇回苕（tiáo）。此嘉庆末年事也。

时虽重妇能为夫复仇，然以其失身于舟人，闺中诸宛若，咸鄙薄之。妇郁郁不自得，不数年死。此亦蓉塘言之。并言："此妇复仇后，即宜毕命长江，报其夫于地下。顾乃不自引决，偷活数年，易泰山为鸿毛，大是可惜。"余谓妇诚可惜，然其失身为复仇计，要自可原。至责以复仇后之苟活，则"千古艰难惟一死，伤心岂独息夫人？"世之一钱不值者多矣，何况女流？君子善善从长，谅其心而哀其遇可也。

【译文】浙江湖州有父子两人，带着家人在四川某地的衙门做幕僚。因为家中还有人，几年后派遣他的儿子和媳妇回家。携带的资财颇为丰厚，媳妇又有几分姿色；船夫一见，心生歹意，在半路上将他谋杀，尸体绑上石磨沉入江中。得到了他的资财，霸占了他的妻子，但是开船的职业一直没有改换。

他的家人等了很久都没到，就写信询问他父亲。父亲派人沿江侦察打探，并没有消息。以为是长江上天气多变，风大浪急的情况往往意想不到，必定是夫妻二人已经葬身鱼腹之中，而起初没有怀疑有其他的缘故。五年之后，船夫把船停泊在安庆城外。媳妇打听到安庆府经历（知府的属官，主管出纳文书等事），是来自长兴县的钱大人，秘密地派婢女上岸，到府衙击鼓鸣冤。钱大人因为是同乡，立即禀报安庆知府，将船夫逮捕，严加审讯，得到了全部实情，依法从重处理。而将妇人送回湖州。这是嘉庆末年的事情。

当时虽然人们都很敬佩妇人能够为丈夫报仇，但是因为她失身于船夫，家中的妯娌们，都对她有所鄙视菲薄。妇人闷闷不乐，心中不安，没过几年就死了。这件事也是蓉塘先生对我讲的。还说："这位妇人报仇后，就应当投江自尽，追随她丈夫于地下。而竟然不自行了断，苟活几年，使自己的死从重于泰山变成轻于鸿毛，实在是可惜。"在我看来，这位妇人确实可惜，但是她的失身是为了报仇起见，所以自然是情有可原的。至于苛责她报仇之后依然苟活于世，那么，"千古以来最难面对的事莫过于死亡，人世间伤心哀痛的又岂止一个息夫人呢？"世上一钱不值的人多了，何况是女流之辈？君子评价人要择取他的长处，理解她的内心，同时可怜她的遭遇就可以了。

9.5.10 风磨

西人以机汲水，引使自达，分布街巷，遍及民用。墙垣中均设铁管，挹注不竭，且可以防火患。中国江海之水，涨落不时。储此者，旱涝无患。西北高原，种殖每虞灌溉。讲水利者，尤以此为亟。傥得因利乘便，仿而行之，亦经世之一助也。其法或用帆，状类风车；或以木板设竖轴，下立机关，皆能趁风旋转。其舂谷、碾油、锯木亦多用之，名曰风磨，可代人力也。

【译文】西方人用机器取水，通过管道引导自动输送，分布在大街小巷，遍及千家万户。墙壁中都铺设有铁管，灌注不竭，而且可以防备火灾。中国江河湖海中的水，涨落没有定时。用这种方法来储备水资源，不管干旱还是洪涝都可以确保万无一失。西北高原地带缺水，种植庄稼往往担心灌溉的问题。讲求水利的人，尤其应当将这件事作为当务之急。倘若能够借着有利的条件，效仿施行，也是国计民生的一个重要方面。方法是或者用帆，形状类似风车；

或者用木板设立竖轴，下设机关，都能在风力推动下旋转。舂米、压油、锯木等也常常使用这种设施，名叫风磨，可以代替人力。

9.5.11 惩淫旌烈

直隶保定府，有村居某氏妇者，生一子一女而寡。家饶于资，而性淫甚。佣工数人，无弗与通。数年后，为子娶媳。媳贞静不妄言笑，妇恶之。又恐窥己阴事，遂思并污之以灭其口。一夕，其子他处，密令一佣人往。而媳已先为之备，闻撼扉声，即起大呼。妇怒，乃自往，与佣工共缢杀之，以病死告其母家。母家故孱弱，兼以贫富不敌，第索身后一切事从厚。妇许之，延僧资冥福。出殡之日，搭台演剧，观者如云，盖亦北俗然也。时邻近诸村，非不憎妇之淫，哀媳之烈，而母家既曲为隐忍，旁人亦徒抱不平尔。

直督那绎堂先生太夫人，迎养在署。一仆妇，即其村中人，先数日以事回家，久而返，太夫人怒其迟延。仆妇曰："吾在村观闹热耳。"遂备举以告。盖仆妇以此为新闻，且解迟延之故也。太夫人闻之怒，召那督入，责之曰："汝总督直隶全省，乃境有烈妇，而令衔冤地下乎？"那督询得其故，出即令保定府，及清苑县，驰至其村，缚某氏妇及佣人偕来，一讯咸伏。由是生者按律定罪，死者驰摺请旌。

【译文】直隶省保定府，有一名居住在乡村的某氏妇人，生育一个儿子、一个女儿之后就守寡了。家中资财富饶，而秉性特别淫乱。家里雇用了几名工人，没有不和她私通的。几年后，为儿子娶了媳妇。儿媳贞洁文静，不随便说笑，妇人很厌恶她。又恐怕她窥探到自己不可告人的事，就想着一并将她玷污，让她闭嘴。一天晚上，儿子到别处去，秘密令一名佣工前往其房间。而媳妇已经提前有所防备，听到推门的声音，就起来大声呼喊。妇人大怒，就亲自前往，和佣工一起将她勒死了，然后以病死的名义告知她娘家。娘家人本来就势单力薄，再加上家贫难以抗衡，只是要求身后一切事务必优厚。妇人答应了，请僧人诵经超度，增长冥福。出殡的那天，搭台演戏，围观的人云集，也是北方的风俗。当时邻近的各个村子，没有人不憎恶妇人的淫乱，可怜儿媳的节烈，而娘家既然委曲隐忍不发，旁人也只好徒然为其愤愤不平而已。

直隶总督那彦成先生（章佳氏，字韶九，一字东甫，号绎堂，满洲正白旗人，清朝大臣）的母亲太夫人，在总督署中养老。一名仆妇，就是某氏妇人同村的人，前几天因为有事回家，过了很久才回来，太夫人因为她回来得晚而不高兴。仆妇说："我在村里看热闹呢。"于是将妇人家的事情讲了一遍。大概仆妇是把这件事当作新闻，并且为自己迟到找个理由。太夫人听说了之后大怒，叫那总督进来，责备他说："你总督直隶全省，竟然境内有这样的烈女，却让她含冤于地下吗？"那总督经询问得知了其中的缘故，出来就命令保定知府，以及清苑县令，火速赶往某村，将某氏妇人和佣工一起绑来，一经审讯就低头认罪了。自此，活着的人被按照法律定罪，含冤而死的女子奏请朝廷予以旌表。

9.5.12 潘三松

齐子治曰：吴门潘三松先生（奕隽），字榕皋，诗古文词、真草隶篆，卓然大家，久传于世。与先大夫为忘年交，诗篇往来，盖亦有年。先大夫宰金匮时，先生来游惠山，曾入衙斋，观书画。裘年十一，初得见先生于梁溪。先大夫署督粮分府，又得见先生于吴门。先生与人谈天，双眸紧闭；观书画题跋，开眼静观，许久振笔一挥而就。年逾八十，颜尚如童，真地行仙也。见裘诗画，谬加评目，许以近古。自今思之，光风霁月，如在目前。

曾闻先大夫言，先生殿试后，邀友游西山。先生失去状元，其友失探花。先生笑曰："状元三年一个，失何足惜？游山之兴，一发断不可遏也。"时人以为美谈。其空阔之怀，概可知矣。五十，辞官归里，手种三松于堂下。松长龙鳞，犹及见之，自号三松居士。

先生之子理斋，探花。侄芝轩，状元、宰相。孙顺之，翰林。侄孙功甫，中书；星斋，侍郎；绂庭，侍读；玉泉，方伯。再侄孙祖同，翰林；祖荫，探花、尚书。李中堂鸿章，题其门曰："状元宰辅，祖孙父子；伯侄兄弟，翰林之家。"其先世积德累仁，善事不可枚举，故其子孙科第绵绵。先生之品行文章，富贵寿考，光前裕后，一代伟人，尤足令人仰为泰山北斗。《易》曰："积善之家，必有余庆。"此之谓与！故特书之，为世之积善者劝。

【译文】齐子冶（名承裘）说：苏州的潘奕隽先生，字榕皋，号三松，精通诗古文词，工于书法，擅长楷书、草书、隶书、篆书等各种字体，成为卓越的大家，作品久已流传于世。和我父亲成为忘年之交，以诗篇相往来，已经有些年头了。我父亲在担任金匮县（古县名，今江苏无锡市）县令时，潘先生前来游览惠山，曾经进入县衙书房，观赏书画。我十一岁的时候，在梁溪第一次得见先生。我父亲署理苏州督粮分府期间，我又在苏州和潘先生见面。潘先生和人聊天的时候，双眼紧闭；观赏书画之后需要题跋的时候，睁大眼睛静静观看，许久之后提笔一挥而就。年过八十岁，容颜如儿童一般润泽，真是神仙中人。见到我的诗词和绘画，错蒙先生过奖，认为有古意。现在回想起来，他那种坦荡的胸怀和高洁的品格，宛如还在眼前。

曾听我父亲说，潘先生在参加完殿试后，邀请朋友一起游览西山（即西洞庭山，位于江苏苏州西南，为太湖中最大岛屿）。先生与状元失之交臂，他的朋友错失了探花。先生笑着说："状元三年一个，失去了有什么可惜的？而游山玩水的雅兴，则一发断然不可收。"当时的人以此传为美谈。先生宽阔广大的胸怀，由此便可以想见了。五十岁时，辞官回乡，亲手种植了三棵松树于堂下。松树皮长到像斑驳的龙鳞一般时，先生还赶上亲眼见到，因此给自己取号为"三松居士"。

潘奕隽先生的儿子潘世璜，字黼堂，号理斋，乾隆六十年（1795）乙卯恩科探花。侄子潘世恩，字槐堂，号芝轩，乾隆五十八年（1793）癸丑科状元，官至武英殿大学士、太子太保，加太傅。孙子潘顺之，翰林。侄孙潘曾沂，字功甫，内阁中书；潘曾莹，字星斋，吏部侍郎；潘曾绶，字绂庭，内阁侍读学士；潘曾玮，字玉泉（一字季玉），布政使。曾侄孙潘祖同，翰林；潘祖荫，咸丰二年（1852）壬子科探花，工部尚书。李鸿章中堂大人，为他们家题写了一副对联悬挂在门前："状元宰辅，祖孙父子；伯侄兄弟，翰林之家。"他们家族的祖先世代累积功德与仁义，所做的善事不胜枚举，所以他们家的子孙后代科第功名连绵不绝。先生品行高尚，文章出众，身享富贵，长寿善终，光大祖先事业，惠泽子孙后代，堪称是一代伟人，如同泰山北斗，足以令人景仰。《易经》中说："积善之家，必有余庆。"潘先生可谓是当之无愧！所以特地记录在这里，用来劝勉世上积德行善的人。

9.5.13 景州狱

山左某乙，贸易京中，积蓄得百余金。岁暮旋里，日既西，将宿留智庙。见前途七人，且谈且走。初经跋涉，未识道途颠险，因与攀谈，约之同宿。众见乙囊橐充牣(rèn)，心动焉。各作隐语，乙亦不察。迨将投宿旅店，七人则隐其一，乙补之，仍符七人之数以入。盖北地旅店，遇负囊客旅，当入店出店时，察人数若干，不悉问其姓字也。饭后，甲等六人，互相出入，先隐之一人，遂混入焉，灭烛竟睡。而店中人，莫之知也。

其东壁有一卖卜瞽，与一铁匠，同住一屋。瞽夜不成寐，闻邻屋窸窣(xī sū)声，似有人呼号，而絮塞其口者。因以足踹铁匠，铁匠亦闻之甚悉，各作耳语。瞽曰："是不可以不白主人。然我辈突然出告，恐致他虞。莫若伪为争闹，求直主人，即以情告。庶出入无痕，而事可济。"铁匠曰："善。"遂与纷争，相扭至柜房。值主人会计，算未竟。二人拉主人于僻处，即以所闻详告之。主人一面密遣人知会营汛，并劝二人息怒，佯为不知。执灯送二人入房，又解劝良久始去。

及漏四下，甲等俱欲出店，主人以天早路险为辞。甲等声色并厉，主人曰："若然，祈将行李一开，前路倘有闪失，即与我店无干。”甲等执不肯。主人目视店伙多人，共夺行李。营兵掩入，七人就执，搜其衣包，各有残尸数断、银十余两。又于灶坑得人头一枚、脏腑一具。及天明送官，一鞫而服，置诸法。主人与瞽者、铁匠，赏赉（lài）有加焉。

【译文】山东的某乙，在京城做生意，积蓄了一百多两银子。年底回家，天色将晚，准备晚上住在景州留智庙镇（今属河北衡水市景县）。望见前方路上有七个人，一边谈话一边走路。初次出远门，不知道路途艰险，于是上去和他们攀谈，相约同住。那几个人见某乙口袋鼓鼓囊囊的，动了歹念。相互之间用暗语交流，某乙也没发觉有异。等到将要到旅店投宿，七个人忽然少了一个人，就让某乙替补，仍然符合七人的数目，进去住下。因为北方的旅店，遇到背着行李的旅客，在进店出店的时候，观察人数有多少，而不一一细问他们的姓名了。饭后，某甲等六人，互相出入往来，预先少去的一个人，就混进去了，吹灭灯烛便睡下了。而店里的人，都不知道。

东隔壁有一个占卦算命的盲人，和一个铁匠，同住一个房间。盲人夜里睡不着觉，听到隔壁房间有断断续续的动静，似乎是有人在喊叫，而被用棉絮塞住了嘴。于是用脚踢了踢铁匠，铁匠也听得很清楚，相互之间用低声耳语说话。盲人说：“这个情况不能不告诉店主人。但是如果我们突然出去说，恐怕导致其他变故。不如假装争执吵闹，请求店主人评理，然后把情况告诉他。这样出来进去都可以不露痕迹，事情才能办成。”铁匠说：“好！”于是假装纷争吵闹，相互扭送到柜台房间。正值主人在算账，还没算完。二人拉店主人到僻静的地方，就把他们听到的情况告诉店主人。店主人一面悄悄地派人到驻防在当地的军营报告，同时劝说二人息怒，假装不知道。拿着灯送二人回房间，又解劝了许久才离开。

四更时分，某甲等都想要出店，主人推辞说现在天色还早，路上会遇到危险。某甲等声音和神色都很严厉，主人说：“如果是这样，请求把行李打开一看，前面路上如果有什么闪失的话，就和我店没有关系了。”某甲等坚持不肯。主人给店里几名伙计使了个眼色，共同将行李夺过来。这时，营兵一拥而入，七个人被抓住，搜查他们的行李包，各有残碎的肢体几段、银子十多两。又从灶膛找到人头一枚、人体内脏一具。天亮之后送交官府，一经审讯即全部服罪，依法严惩。店主人和盲人、铁匠，也受到了官府的表扬和赏赐。

9.5.14 徐何辨症

苏城徐秉南、青浦何书田，皆精轩歧术，名重一时。时金阊刘氏，饶于财。仅一子，春患伤寒，势已危，群医束手。遂以重金延二人。徐至，诊久之，曰：“伤寒为百病长，死生系于数日内。苟识病不真，用药不当，则变症立至。古有七日不服药之说，非谓伤寒不可服药，谓药之不可轻试也。若见之未审，宁不用药。故医家必辨六经之形症，切其脉理，察其病情，究其病所在，而后医治。如太阳、阳明表症也，宜汗之；少阳则半表半里，宜和解之；太阴邪入于里；少阴入里尤深。均宜下之。若手足厥冷，自汗亡阳者，又宜温之。至厥阴病，则寒邪固结，非投大热之剂不能除。此等症势虽危，但能对症用药，始终无误，不难治也。今诊少君病，为两感伤寒。两感者，如太阳受之，即与少阴俱病。以一脏一腑，同受其邪；表症里症，一齐举发。两邪相迫，阴阳皆病。救表则里益炽，救里则表益急。譬之外寇方张，而生内乱，未有不覆其国者。察其形症，变在旦夕。虽和、缓复生，能措手乎？”言未已，阍人报何先生至，徐避之。

何入诊曰：“冬伤于寒，而春病温，盖寒必从热化。今身反不热，而脉形潜伏，此热邪深陷，热将内闭矣。顷按脉时，曾于沉伏中求之，左手尺寸得弦，右则微缓。见症耳聋、胁痛，寒热若有若无；兼之中满囊缩，或身冷如冰。夫脉弦而耳聋胁痛者，病在少阳，盖脉循于胁，络于耳也。中满囊缩，右脉微缓者，病在厥阴，盖脉循阴器，而络于肝也。邪入阴分既深，故身冷如冰耳。辨其形症，是少阳、厥阴俱病也。古人治少阳症，谓用承气下之，反陷太阳之邪；麻黄汗之，更助里热之势。故立大柴胡汤一方，解表攻里，两得其宜。今齿枯舌短，阴液已竭。若以柴胡承气解表竣下之剂，则更劫其阴，是速其殆也。若以厥阴论治，而进桂附等回阳之品，是抱薪救火耳。若用石膏、黄连苦寒之药，非惟不能拨动其邪，正助其冰渊之势。然医家必于绝处求生。方切脉时，两手虽奄奄欲绝，而阳明胃脉，一线尚存。因思得一线之脉，或有一线之机。反覆研求，惟有轻可去实一法，以轻清之品，或可宣其肺气。冀得津液来复，神志略清，可再图别策。勉拟一方，亟服之，夜有微汗，则可望生机矣。”

徐索方观之，乃笑曰：“是方即能愈耶？果然，则将我招牌挈去。”言为何仆闻，达于主。何谓刘曰：“徐先生亦在此，甚善。今日忙甚，不及相见。明日立方，必与共，千万为我留。”何去，徐亦欲辞，刘留之。服药后，至四鼓，果得汗，形色略安。天未明，何至，复诊，喜形于色曰：“尺脉已起，可望生矣。

但必留徐先生，合为郎君疗此病。”刘唯唯。徐悉病有转机，无以自容，颇自悔，急欲辞归。刘曰：“何曾有言，先生去，彼必不留。儿命悬于先生，惟先生怜之，虽日费千金不吝。”徐默然无语。

不数日，病者已起坐进粥。何乃谓刘曰：“今病已愈，我将返棹。徐先生已屈留多日，谅亦欲归。但前有招牌一说，或余便道往取，或彼自行送来，乞代一询。”徐遂丐刘周旋，设席相劝，至为屈膝，始得解。

适侄某亦患伤寒病剧，举家皇皇。其寡嫂只此一子，年七旬矣，垂涕道之，将以命殉焉。何诊之，形症与刘同，曰：“易尔。”遂以前法进，一剂不应；再进而气绝矣。何爽然曰：“今日始知死生有命，非药之功、医之能也。”因函致徐，自陈其事而请罪焉。由是闭门谢客，不言医者数年。

余谓何术固精，特亦刘子命不应绝，故有功。惟其后有招牌一说，未免自满；即以自满而死其侄，故尤抱歉。人顾可自满哉！

【译文】苏州城的徐秉南先生和青浦县（今上海市青浦区）的何书田先生，都精于医术，名重一时。当时，金阊的刘某，家财富饶。仅有一个儿子，春季患了伤寒病，病情危重，请的医生都是束手无策。于是花费重金请徐、何二位先生前来。徐先生来到，诊断了许久，说：“伤寒是百病之长，是死是活就取决于这几天之内。如果诊断病因不确切，用药不当，那么并发症将随之而来。古人有七天不服药的说法，不是说伤寒不可以服用药物，而是说药物不可以轻易尝试。如果认识不充分，宁可不用药。所以有经验的医家必然辨别六经（中医指三阳经和三阴经的合称，指太阳、少阳、阳明、太阴、少阴、厥阴六经络）的情形和状态，诊查脉象，观察病情，发掘病因之所在，然后再进行医治。如果是太阳、阳明表症，则应当发汗；如果是少阳症，则病气在半表半里之间，应当用平和之药化解；如果是太阴症，则病邪之气已进入体内；如果是少阴症，则病邪之气已进入体内很深了。都应当采用下法（中医八法之一，即汗、吐、下、和、温、清、消、补八种方法）。如果手足冰冷，自动出汗，阳气亡失，又应当采用温法。至于厥阴症，则寒邪之气固结于体内，非投以大热的药剂不能消除。这几种情况，病势虽然危急，但是只要能够对症用药，始终没有失误，就不难治疗。现在诊断小公子的病情，属于两感伤寒。所谓两感，比如太阳受感，则和少阴同时得病。因为一脏、一腑（心、肝、脾、肺、肾为五脏，胃、胆、三焦、膀胱、大肠、小肠为六腑），同时受到邪气攻击；表症、里症，一齐发作。两种邪气相互逼迫，阴阳经络都感生病症。救治表症则里症更加炽盛，救治里症则表症更加危急。好比是外面的贼寇势力正盛，而朝廷内部产生内乱，没有不亡国的。观察其中的情形和状态，变故即将在短时间内降临。即使是神医和、缓（医和、医缓二人，均系春秋时期秦国的医官）再生，又有什么办法应对呢？”话还没说完，看门人禀报何先生到了，徐先生即回避。

何先生进门经过诊断之后说：“冬季因寒冷而受伤，而春季以温热而起病，因为寒气必须要靠热气化解。现在身体反而不发热，而脉象潜伏很深，这说明热邪之气已经陷入体内深处，热气将要被封闭在体内了。刚才诊脉的时候，曾在潜伏于深处的脉象中仔细探求，左手尺脉、寸脉（寸、关、尺为中医切脉三部部位名，桡骨茎突处为关，关前为寸，关后为尺）处得到弦脉（《脉经》24种脉象之一。《脉经》载，浮、芤、洪、滑、数、促、弦、紧、沉、伏、革、实、微、涩、细、软、弱、虚、散、缓、迟、结、代、动等二十四种脉象，称为二十四脉；后世增入濡、短、长、牢、疾五脉并减去软脉，称为二十八脉。）的迹象，右手则有微脉、缓脉的迹象。表现出的症状是耳聋、胁痛，寒热若有若无；再加上腹部胀满、阴囊收缩，或者身体冰冷。脉象为弦脉而耳聋、胁痛的话，则病气在少阳经，经脉循于胁，络于耳。腹部胀满、阴囊收缩，右手脉象为微脉、缓脉的话，则说明病气在厥阴，经脉循于生殖器，而络于肝脏。邪气进入阴分已经很深，所以身体冰冷。分析其中的情形和症状，说明少阳、厥阴都生病了。古人治疗少阳之症，说要用承气汤下泻，反而使太阳的邪气内陷；如果用麻黄发汗，则反而更加助长了内热的势力。所以开立一剂大柴胡汤的方子，解表攻里，两个方面同时起作用。现在牙齿干枯、舌头变短，说明体内阴液已经枯竭。如果使用柴胡汤、承气汤、解表、竣下之类的方剂，则更加消耗其阴液，这是加速其死亡。如果从厥阴之症来分析施治，而采用肉桂、附子等回阳的药品，等于是抱着干柴救火。如果采用石膏、黄连等苦寒的药物，不但不能拨动体内的邪气，反倒恰恰助长了其危险的处境。然而医家一定要在绝处求得生机。刚才切脉的时候，两只手虽然奄奄无力，而阳明胃脉，尚有一线之脉象。于是心想既然有一线的脉象，则或许有一线的生机。反复研判推究，只有'轻可去实'（中医治法之一，指用轻清疏解的药物，可以解除外感表实证）这种方法，或许可以宣舒其肺气。以使得津液恢复生成，等神志稍微清醒，可以再想别的办法。试着拟定一个方子，赶快服下，夜里如果有微微出汗的情况，就可以有生机和希望了。"

徐先生索要药方观看，笑着说："这方子能治好病吗？如果真能治好，就将我的招牌拿去。"这话被何先生的仆人听到，转告给主人。何先生对刘某说："徐先生也在这里，很好。今天太忙了，来不及相见。明天开立药方，一定要和他一起，千万替我将他留下。”何先生离开了，徐先生也准备告辞，刘某留他住下。给孩子服药以后，到四更时分，果然出汗了，神色稍微稳定了一些。天还没亮，何先生就来了，复诊，喜悦之情流露在脸上，说：“尺脉已经起来了，有希望救活了。但是必须留下徐先生，一起为小公子治疗此病。”刘某连声答应。徐先生知道病情有转机，无地自容，很是后悔，想要赶快告辞回去。刘某说：“何先生曾说过，先生如果走了，他也一定不会留下。小儿的性命全系在先生手上，希望先生怜悯，即使每天花费千金也在所不惜。”徐先生默不作声。

没过几天，病人已经可以起身坐着吃粥。何先生对刘某说：“现在病已经痊愈，我要回去了。徐先生已经屈尊停留多天了，想必也要回去。只是前次有关于招牌的说法，或者我顺道去取，或者他自行送来，请求代为询问。”徐先生于是请求刘某从中说情，并设宴劝说，甚至到了下跪赔罪的程度，才得以和解。

适逢侄子某也患了伤寒病，病情严重，全家都焦急不安。他的嫂子守寡，只有这一个儿子，寡嫂已经七十岁了，流着泪说，如果儿子没命自己也不想活了。何先生经过诊断，情形和症状和刘公子相同，说：“这个容易治。”于是就按照上次的方法用药，服用了一剂没有效果；又服用了一剂，就断气了。何先生失落地说：“今天才知道死生自有命数，并不是药物的功效、医生的能耐。”于是写信给徐先生，自述这件事并请罪。从此以后闭门谢客，几年都没有谈论医术。

在我看来，何先生的医术固然精妙，也不过是因为刘某的儿子命不该绝，所以治疗有效。只是后来他关于招牌的做法，不免太过骄傲自满了；而就因为骄傲自满而导致侄子死亡，所以更加心中不安。所以，人怎么能骄傲自满呢！

9.5.15 王苹华

王苹华先生(耀辰),由翰林出为福建盐法道;道光初年,屡署臬篆。有邵武府光邑女德姑者,年及笄(jī),将嫁。其继母与伯父通,恶其窥见阴私,共杀之以灭口。女之叔父贵潢,讼于官。邑令张君(梦兰),系初任,验讯详报,以伤供参差,为大宪所驳。苹华揆度情形,即决其非自刎。邑绅高雨农中翰,时因修志在省,访之,更得其实,于是密禀大宪,提省审办。已而卸臬篆,首府暨委审各官,竟以自尽定谳(yàn)。劾张令相验不实,落职。张恚甚,于府堂自刎,幸即救甦。

苹华先生,恐沉冤从此莫雪,复具禀论其事,前后凡十数上。得檄,会各司,提棺开检。时阅数月,兼值炎天,而德姑面色如生。比会审,突有五采蝶,光艳殊常,飞绕庭际。其妹大呼曰:“吾姊来矣。”诸凶悚然,悉吐实。谳乃定。张令亦得开复。吁,蝶其女之魂欤!不然胡堂上见为蝶,堂下见为女也?奇矣!此吾闽喧传事。

又长兴张小轩阁学(辚),与苹华先生,垂髫交。视学闽中时,过从甚密。一日,学使署忽有旧仆诣其前,伏地不起。问何故,仆嗫嚅不能语。固诘之,则曰:“昨望见署臬宪王大人,心颇战栗。恐再来,必不我宥,是以求援耳。”咸以为此颠狂语。越日,苹华先生往学署,仆竟援刀自刎。后察知其人,素有隐慝(tè)。鬼蜮之不敢见正人,殆有先摄其魄者。后相传苹华先生,为吾闽城隍。余及见其人。

【译文】王苹华先生，名耀辰，由翰林外放出任福建盐法道；道光初年，多次署理按察使司。邵武府光泽县有一名女子，名叫德姑，已经成年，即将出嫁。他的继母和伯父通奸，憎恶她窥见了自己不可告人的丑事，一起将她杀害以灭口。女子的叔叔贵潢，控告到官府。县令张梦兰先生，属于初任，经过勘验、审讯后，写成报告汇报上去，由于认为验伤、口供情况参差不齐、支离破碎，被上级官员驳回。苹华先生揣测考量其中的情形，就非常肯定地说不是自刎。县里的绅士原内阁中书高雨农先生，当时因为编修方志，正好在省城，就前去拜访，得到了更多的实情，于是秘密禀报总督、巡抚，将案子提到省里来审办。没过多久就卸任了代理按察使职务，福州知府以及其他被委派审案的各位官员，最后竟然以自尽定案。而且弹劾张县令勘验不实，被革除了职务。张县令极为愤恨，在县衙大堂自刎，幸亏被及时救醒。

苹华先生，恐怕沉冤从此无法昭雪，又写报告反复分析论证这件案子，前后汇报了十几次。得到上级批复，命令会同各衙门，开棺验尸。当时已经隔了几个月，再加上正值炎热的夏天，而德姑的面容如同活着时一般。等到会审的时候，突然有五彩的蝴蝶，非常鲜艳美丽，飞绕在庭前。妹妹大叫说："我姐姐来了！"凶犯瑟瑟发抖，全部承认了实情。这桩案件才算真正有了结果。张县令也官复原职。哎呀，蝴蝶就是女子的魂魄所化的吗？不然为什么在堂上看到的是蝴蝶，而在堂下看到的是女子呢？太神奇了！这件事在我们福建传得沸沸扬扬。

内阁学士张鳞先生，字掌夫，号小轩，长兴县人，与苹华先生，自幼交好。在担任福建学政时，二位先生往来频繁。一天，学政衙门忽然有一名以前的仆人前来，跪地不起。问他怎么回事，仆人吞吞吐吐说不出话。反复追问，才回答说："昨天望见署理按察使王大人，心中害怕，瑟瑟发抖。恐怕再来，一定不会饶了我，所以前来请求救援。”都认为他在说胡话。第二天，芊华先生来到学政衙门，仆人竟然挥刀自刎。后来经过考察才知道，那人向来有不可告人的罪恶。阴险的小人不敢面对正人君子，大概是被鬼神勾摄了他的魂魄。后来，相传芊华先生死后，成为我们福建的城隍神。我曾经还见过他本人。

9.5.16 匿遗

戴蓉塘言：寿星桥有夫妇二人，年俱五十外，平日持斋奉佛，颇有善名。忽于某年六月，同时震死，人咸疑之。右文馆旁，有七十余岁之老人，一夕于街上纳凉。少年数辈，谈及此事，咸谓天道无凭。

老人曰：“汝无以此疑天道也。其人少时贫甚，曾于此开点心店，与我比邻而居。一日，我犹未起。闻其人诧曰：‘若何匆忙至此，乃遗物我店中而不知也，当俟其来还之。’旋闻其妇曰：‘若所遗何物？’已而唾其夫曰：‘此天富我也，奈何还之？’遂细步上楼去。迨日将午，忽有人狂奔而至曰：‘吾清晨误遗腰缠于此，中有佛番五十枚，君检得否？’其人已为妇言所惑，对以无之。失银者曰：‘吾措此不易，且有急用。是时店中尚无他人，君如检得，乞即付还。此莫大阴功也，吾必有以相报。’恳之不已。其妇在楼上大呼曰：‘汝食毕即去，即有所遗，吾店中来千去万，安知不为人带去，顾乃以此诬我乎？’失银者，初犹哀恳，已乃惘惘去。后其人移居他处，渐以小康。今乃遭此劫。则其致富，安知不藉所匿之银以为营运？而彼失银者之于去后，又安知其不有愤恨轻生之事乎？”老人之言如此。

始知此人后来之向善，亦非无因。特一念之差，已入大恶。区区小善，固有不足自赎者耳。

【译文】戴蓉塘说：湖州寿星桥附近有一对老夫妻，年纪都五十多岁了，平日持斋奉佛，颇有善人的名声。忽然在某年六月，同时遭到雷击被震死，人们都大惑不解。右文馆（科举试场，原名弘文馆）附近，有一位七十多岁的老人，一天晚上在街上纳凉。有几名少年，谈到这件事情，都认为天道不足为凭。

老人说：“你们不要因为这个怀疑天道有差错。那人少年时很贫穷，曾经在这里开了一间点心店，和我是邻居。一天，我还没起床。听到他惊讶地说：‘怎么会匆匆忙忙到这种程度，居然遗忘了东西在我店里却不知道，应当等他回来还给他。’接着听到他妻子说：‘他遗忘的是什么东西？’然后唾骂丈夫说：‘这是上天让我们富贵，为什么要还呢？’于是小碎步登上楼去了。到快中午的时候，忽然有一个人急急慌慌奔跑而来，说：‘我早晨的时候不小心将腰包遗忘在这里，其中有银洋五十枚，先生可曾捡到？’那人已经被妻子的话所迷惑，回答说没看见。丢失银洋的人说：‘我筹措这些钱很不容易，而且有急用。当时店里还没有其他人，先生如果捡到，请求您归还。这是莫大的阴德，我一定会想办法报答。’反复恳求。他妻子在楼上大喊说：‘你吃完就走了，即便遗失了东西，我店里人来人往，怎么知道不是被人拿走了，而却在这里诬赖我们呢？’失主开始的时候还不停哀求，然后就失落地走了。后来那人迁移到别处居住，家业渐渐变成小康。现在竟然遭遇这样的灾劫。那么，他之所以致富，怎么知道不是凭借藏匿的银子作为经营的资本？而那位失主在离去之后，又怎么知道他没有愤恨轻生等事情呢？”老人说的话就是这样的。

才知道这个人后来一心向善，也不是没有来由的。只是一念之差，已经铸成大恶。区区微小的善行，本来就不足以弥补自己的罪孽。

9.5.17 某方伯

余于道光丁未，摄篆温郡。其时温处观察某，道府署相去数武，内眷亦偶往来。府署司阍于淦者，杭人，最善趋承，观察甚喜之。求荐于观察，未之许也。余以忧去任，观察署都转，一再不已，至于三署，不久升廉访。予虽起复，而官运蹭蹬（cèng dèng）。比咸丰丁巳，某已升方伯。于淦求内子，荐于方伯之夫人，甚信任之。于淦本开钱铺，遂与其同行中，开阜康胡姓者，出入藩署，向方伯领出银三万生息。方伯用度本奢，随时取用，按月不下二三千金。数年后，于淦钱店不能支持，又私向方伯之夫人处，挪出以应，约有二万余金之多，而方伯不知也。后夫人屡向于淦索之，久无以应。历年余，方伯忽奉召入都，合署仓皇失措。当时有卖花婆孙姓者，交易首饰玉器等件。至是孙姓者，逼取欠钱。而方伯之夫人，于次日吞烟身死。遂喧传方伯太太，被一卖花婆逼死，而不知其中更有他故也。

先是在温处署，有婢秋菊，被责无以自明，吞烟几死，气息仅存。夫人曰：“此最可恶，不可救他。”其实一灌得吐可活也，久之迳死。夫人亦颇自悔。至是日吞烟，群闻呼秋菊声不绝，岂竟来索命乎？

夫人故后，方伯丧沮就途。逾半年，更授西安方伯，又调中州，皆优缺也。未久，与某藩司揭参而去。复又授江西方伯。未数年，病故。总计廿余年外宦，所入颇丰，大半败于挥霍。至今其家潦倒，无以自存。

予卅年前，已知其必至此地也。今年甲戌冬，余仍需次道缺。忽阍人来报曰："某大人之姨太太来拜。"盖曾素识面者，以女流业经登门，只得见之。絮谈及去任情状，则知方伯于浙藩将行时，向夫人云："我们此次入都，费用不赀。所存银均归尔，究竟共存若干？"夫人言语支吾。比开橱，则仅存八百金。又问其余，则诡答以每箱四百，此数十箱皆是也。而不知已为于淦陆续骗去。此夜已服烟，次早救之，气已绝矣。其事合署无人敢言。而于淦竟得置身事外。此戊午冬事。

至庚申春，于淦以钱店倒闭，亦吞烟而死。则某夫人之为厉也明甚。其姨太太之来，则为谋窀穸（zhūn xī）之故。据云，当时受恩者不乏人，凑集若干，即可回京。不知事过境迁，况已历数十年大劫之后，其旧好几如晨星零落。即有其人，而世态炎凉，转眼不顾，良可慨也。录之可为居官好奢者戒。有二子，均劣，一为郡守，现均身故。后嗣之不振，不待言矣。

【译文】我于道光丁未年（1847），署理温州知府。当时温处道是某大人，道台衙门和知府衙门相距不过几步远，家中女眷也偶尔互相往来。知府衙门有一个看门人，名叫于淦，杭州人，最善于迎合奉承，某大人非常喜欢他。于淦请求我向某大人推荐，我没有答应。我因为丁忧离任，某大人署理都转运使职务，不是一次两次，而是前后达到了三次，不久之后升任按察使。后来我虽然官复原职，但是官运不顺利。到咸丰丁巳年（1857），某大人已经升任布政使。于淦又请求我夫人，将他向布政使的夫人推荐，获得了信任。于淦本来是开钱店的，于是和他的同行中，开阜康钱庄的胡某（即胡雪岩）一起，出入布政使司衙门，向布政使大人领出三万两银子产生利息。布政使日常生活用度本来就很奢侈，随时取用，每月至少有二三千两银子。几年之后，于淦的钱店难以为继，又私自向布政使的夫人那里，挪出钱款用来填补应付，大约有二万多两银子之多，而布政使并不知情。后来，夫人多次向于淦索要，一直没有得到回应。一年多后，布政使忽然接到通知进京，整个衙门上下惊慌失措。当时有一个卖花婆孙某，贩卖首饰玉器之类的东西。这时孙某，强逼索要所欠的钱款。而布政使的夫人，就在第二天吞食鸦片而死亡。于是外面纷纷传说布政使的太太，被一个卖花婆逼死，而不知道其中另有原因。

先是在温处道衙门中，有一位婢女名叫秋菊，被无端责怪，无法为自己辩白，吞食了鸦片差点死去，奄奄一息。夫人说："这个最可恶，不要救她。"其实只需要灌洗肠胃，呕吐出来就能活下来了，一段时间以后还是死了。夫人自己也很后悔。到这天夫人自己吞食鸦片的时候，大家都听到夫人口中不停地在叫"秋菊"的声音，难道果真是秋菊来索命了吗？

夫人亡故后，布政使在灰心失望的心情中上路了。半年之后，又被调任为西安布政使，然后又调任河南布政使，都是待遇优厚的职缺。不久后，与另外一位布政使一道被弹劾去职。后来官复原职，又被任命为江西布政使。没过几年，就因病去世。总计在外做官二十多年，所得的收入颇为丰厚，而大半都被挥霍掉了。到现在他们家穷困潦倒，生存都很困难。

我在三十年前，已经知道他一定会走到这个地步。今年甲戌（1874）冬天，我仍然到省城候补道员职缺。忽然看门人来禀报说："某大人的姨太太前来拜见。"原来曾经见过面的，因为是妇女一经登门，只好会见。谈论到离任时的情形，才知道某大人在浙江布政使任上行将离开的时候，对夫人说："我们这次进京，需要花费的费用不是小数目。以往所存的银两都归你保管，究竟一共存了多少？"夫人言语支支吾吾。等打开橱柜一看，则只存了八百两。又问她其余的钱哪去了，则谎称是每箱四百两，这几十箱都是的。而不知道已经被于淦陆续骗去。这天晚上就吞服了鸦片，第二天一早抢救时，已经断气了。这件事整个衙门没人敢说。而于淦竟能得以置身事外。这是戊午年（1858）冬天的事情。

到庚申年（1860）春天，于淦因为钱店倒闭，也吞食鸦片而死。则是某夫人在报仇索命是很显然的。这次姨太太过来，主要是为了营求墓地的事情。据她说，当时受到恩惠的人不在少数，如果能凑集若干金额，就能回京。不知道事情过去了，环境也已改变，况且又经过了几十年战乱的摧残之后，以往的亲故好友几乎寥若晨星。即使还有人在，而世态炎凉，一旦失势，即转头不闻不问，真是令人慨叹啊！将这件事记录在这里，可以用来劝戒居官奢侈的人。有两个儿子，都品行恶劣，其中一个做过知府，现在都亡故了。子孙后代的衰落，自然是不必以言辞表达就已清楚明白。

第六卷

9.6.1 沈文忠公

钱塘沈文忠公，名兆霖。道光辛卯乡试，卷入县令疏筤（láng）房。疏为甘肃人，阅其卷不甚惬意，未拟呈荐，遂阅他卷。而此卷复列在前，仍即弃去。移时又得是卷。漏及三下，灯火黯然，隐隐有男妇数辈，环侍案下。意其有阴德，随草一荐条。主司何文安公，得卷，奇赏之，列第二名。揭晓后，进谒，垂询前状，谓非无因。文忠懵然不能答。疏令旋因公褫职，病殁浙中。

庚子冬，文忠视学陕甘，试及兰州将竣。心念师门，继起何人，问之郡中，无知者。道里辽阔，势难亲往。正踌躇间，有递衔名请谒者，乃即疏公哲嗣也，大喜，延见，留宿道旧。疏君备述当年扶榇归后，家产尽绝，课蒙糊口，是以两世未葬，无可为计。文忠为之恻然，分千金与之，属以早营窀穸（zhūn xī），并置屋毕婚。疏君泣谢以去。始悟闱中所见，疏氏先灵，冥中早觉。而文忠高谊，尤薄俗所宜效法云。

【译文】浙江钱塘县（今杭州市）的沈文忠公，名兆霖。道光十一年（1831）辛卯科乡试，他的试卷被分发到县令疏筤（安徽桐城人，道光进士，曾任浙江寿昌、永嘉、武康、余姚等地知县）的阅卷房中。疏县令祖籍甘肃，批阅他的试卷感觉不是很满意，不准备推荐上去，于是继续批阅其他的试卷。而这份试卷又出现在前面，仍然放在一边。不多时又看到这份试卷。三更时分，灯火黯淡，隐隐约约有男女多人，环绕在桌案下。揣测这名考生一定是有阴德，随即草草地写了一张推荐的批条。主考官是何文安公（何凌汉），拿到这份试卷，大为赞赏，列为第二名。考试结果公布之后，拜见阅卷官时，问及前面的情形，说其中肯定有特别的原因。沈兆霖先生茫然不知道该如何回答。疏县令不久后因事被革职，病逝于浙中。

庚子年（1840）冬天，沈兆霖先生赴陕西、甘肃视察学校，考量学业，考试兰州的学子即将结束。心想恩师门下，不知有哪些后起之秀，询问兰州府当地人，没有知道的。地面辽阔，路途遥远，情势上难以亲自前往。正在犹豫不决之时，有人呈递名帖请求拜见，原来正是疏县令的公子，大喜过望，请他进来，留他住下来，畅叙旧时情谊。疏公子详细讲述了当年护送父亲灵柩回家乡后，家产耗尽，只能靠教学童读书来养家糊口，因此两代人的灵柩都尚未得以安葬，没有什么办法。沈先生为此十分怜悯，赠送了一千两银子给他，叮嘱他早日营造墓地，并购置房屋完婚。疏公子哭着拜谢而去。才恍然大悟，考场中所见到的情景，其实是疏家先人之灵，冥冥中早就觉知沈先生将有恩于疏家。而沈兆霖先生的深厚情谊，更是在这浇薄的风俗中所应效法的。

9.6.2 林介弼

江南壬午科，解元林介弼，榜发后，谒座师许星叔少司寇。言是年元旦，其叔某梦至一所，殿宇深邃。复又登楼，见案上有名册一本，询之旁人，则曰：“此本科乡榜也。”其叔亦诸生，因谛视之，并无自己之名，第一名为林介弼。复问旁人：“何以此三字独大？”答曰：“此即本科解元也。”又问旁人：“何以我名独无？”答曰：“尊名在对门庙中，可自阅之。”下楼出门，果见一庙。庙内墙上挂一榜，内有林某之名，下注“某县人，年五十余岁”。忽然惊醒。

次日，告其侄曰：“汝今科中解元矣。我虽终身无望，然尚有十余年可活，亦足以欢。”林君亦不甚信之。至七月间，林君患疟甚剧，拟不赴试。其叔复梦登楼，名册仍在，案头第一名，上蒙有薄纸。问旁人何故，答曰：“此人近因患病，欲不赴考，尚须斟酌耳。”醒即走告其侄曰：“汝病必无害。”促其登程，及抵金陵，病果大愈。是科竟中解元。可见功名得失，冥冥之中，早已预定，丝毫不能勉强也。

【译文】光绪八年（1882）壬午科江南乡试，第一名解元是林介弼先生，在放榜后，拜见主考官刑部侍郎许庚身先生（字星叔）。他讲述说，当年正月初一，他叔叔某梦见到了一处地方，殿堂宏伟幽深。然后又登楼，见桌案上有名册一本，询问旁边的人，回答说：“这是本科乡试中榜名单。”他叔叔也是秀才，于是仔细查看，发现并没有自己的名字，第一名是林介弼。又问旁边的人："为什么这三个字特别大？"回答说："这就是本科的解元。"又问旁边的人："为什么唯独没有我的名字？"回答说："您的大名在对门的庙中，可以自行查阅。"下楼出门，果然看到一座庙。庙里的墙上挂着一张榜，其中有林某的名字，下面标注有"某县人，年五十余岁"的字样。忽然一惊而醒。

第二天，告诉侄子说："你今科要中解元了。我虽然终身功名没有什么希望，但是还有十多年寿命可以活，也足以值得欣慰了。"林介弼先生也不是很相信。到七月间，林先生患了疟疾，非常严重，打算不去参加考试。他叔叔又梦到登楼，名册还在，案头的第一名，上面蒙着一层薄纸。问旁边的人什么原因，回答说："这个人最近因为患病，想不去参加考试，所以还需要斟酌。"醒来后就急忙告诉侄子说："你的病一定不会有大碍。"催促他动身出发，等抵达南京，病果然痊愈了。这一科竟然考中第一名解元。可见功名的得失，冥冥之中，早就已经提前注定好了，丝毫不能勉强。

9.6.3 扎拉芬夫妇

扎拉芬者，汉军百文敏公之冢嗣也。随地授官，成童取妻某氏，年齿相若，伉俪綦笃。文敏薨后，公子荫袭秩，跻卿贰。十九岁甫生子，贺客阗闾，汤饼溢座。诘旦，公子忽起颒(huì)漱，具冠服向北九拜毕。令左右请太夫人至，延诸上座。自伏地稽颡(qǐ sǎng)曰："昨夜先公命之矣，儿本上界星官。今既有子，合归旧班，不得久恋人世。但儿不能奉母终天年，且以此呱呱者一块肉，累老母教育，儿罪实甚。此子骨相，是富贵中人，异日定能代儿尽孝，此皆天意。母亦毋庸戚恸伤怀。”又起坐，遍谕侮甬人等：“善事太夫人，共抚孺子，好理家政。我去矣。”言讫，瞑目含笑而逝。

初公子以妻新娩，戒家人勿遽以凶耗告。太夫人痛子爱妇，恐伤厥心，遂如戒，秘治丧事。及妻审公子，佥托入直为辞。三问三如之，乃不复问。儿既弥月，妻忽晨兴，命婢具汤沐，秾妆结束，珠冠霞帔，向北九拜毕。令左右请太夫人至，延诸上坐，自伏地裣衽（liǎn rèn）曰：“曩夕公子命之矣，妾本上界女星，夙与公子有缘。今既有子，合与公子各归旧班，不得久恋人世。但妾不能奉姑终天年，且以呱呱者一块肉，累老人教育，妾罪实甚。此子骨相，是富贵中人，异日定能代妾夫妇尽孝，凡此皆天意。姑亦毋庸戚恸伤怀。”又起坐，遍论侮甬人等：“善事太夫人，共抚孺子，好理家政。我去矣。”言讫，瞑目含笑而逝。

【译文】扎拉芬，是汉军百文敏公（百龄，清汉军正黄旗人，张氏，字菊溪，官至协办大学士，封三等男爵）的嫡长子。一出生就被授予官职，十五岁时娶妻某氏，年龄相当，夫妻恩爱，感情融洽。百文敏公逝世后，公子继承了父亲的爵位，跻身卿贰（次于卿相的朝中大官，即二品、三品的京官）。十九岁时，刚刚生子，贺客满门，汤饼会座无虚席。第二天早晨，公子忽然起来洗漱后，穿戴整齐面向北方三跪九叩行礼完毕。命令左右侍从请太夫人前来，请她坐到上座。自己则跪在地上叩头说：“昨天夜里先父有命，儿子我本是天界的星官。现在既然有了儿子，应当返回旧班，不能长久留恋人世。但是儿子无法事奉母亲终老天年，而且以这个啼哭的婴儿，劳累老母亲抚养教育，儿子的罪过实在太大。这孩子的骨相，是富贵中人，他日定能代替儿子尽孝，这都是天意。母亲也不用悲痛伤心。”又起身端坐，分别叮嘱奴仆、婢女们等说：“好好侍奉太夫人，大家共同帮忙抚养这个孩子，好好料理家事。我走了！”说完之后，就闭上眼睛、面带笑容而逝。

起初，公子因为妻子刚刚分娩，提醒家人不要立即把自己的死讯告诉她。太夫人痛惜儿子、疼爱媳妇，恐怕使其伤心，于是按照儿子说的，秘密料理丧事。等妻子问起公子，家人都托词说是到朝廷值班去了。问了三次都是这样说，也就不再问了。儿子满月后，妻子忽然早晨起来，命令婢女准备热水沐浴，梳妆打扮完毕，身着凤冠霞帔，面向北方三跪九叩行礼完毕。命令左右侍从请太夫人前来，请她坐到上座。自己则跪在地上行万福礼说：“昨天夜里公子有命，媳妇我本是天界的女星官，前世与公子有缘。现在既然有了儿子，应当和公子各自返回旧班，不能长久留恋人世。但是媳妇无法事奉婆婆终老天年，而且以这个啼哭的婴儿，劳累您老人家抚养教育，媳妇的罪过实在太大。这孩子的骨相，是富贵中人，他日定能代替我们夫妻尽孝，这些都是天意。婆婆也不用悲痛伤心。”又起身端坐，分别叮嘱奴仆、婢女们等说：“好好侍奉太夫人，大家共同帮忙抚养这个孩子，好好料理家事。我走了！”说完之后，就闭上眼睛、面带笑容而逝。

9.6.4 好杀必报

陈子庄曰：咸丰中，以粤贼肆扰，举办团练，各省均设团练大臣，以巨绅主之。苏则庞公钟潞，浙则邵公灿、王公履谦。后浙事败，王公获遣戍之罪。然团练大臣，特有其名目，不能节制诸郡县也。每县各有练局，委员绅董主其事，第认真举行者少。故贼所到之处，势如破竹，不能支吾。

金华府属办团练者，推金、兰二县。金绅则朱驾部允成，生员方滋、李璠，贼至，皆与之角战，久乃败散。兰则诸葛一村拔贡某，优贡寿焘，为之主，各村皆附和之。其初声势联络，甚为贼惮。后则村董内良莠不齐，于是施家滩等处，藉盘查奸细为名，杀人夺货，行旅视为畏途。诸葛二君，亦不能禁止。王壮愍中丞（有龄），委段臬使光清，亲往查办，竟不能戢。大营兵勇，非数十人连樯而行，即不得免。甚至本地差委各官过之，均遭掳掠，示以冠服，曰“伪也”；以印文，亦曰“伪也”，几至无理可喻。

余初以为传闻之过，嗣因严州粮台公事，舟经其地。即有数人登舟，口称盘查，搬动箱笼什物。见余顶帽，则哗曰：“此官伪也。”一时聚集百许人，各持刀仗，势已汹汹。适有一武生郑姓者来见之，叱曰：“此金华陈老师也，若等不可无礼。”乃皆散去。郑君来前慰藉，谓：“此辈业已豺狼成性，攘夺戕杀，将来必致大祸。某行且避去矣。”未几，张帅自金华败退，溃兵过此，愤其从前之阻梗，登岸焚杀。两岸十余里，靡有孑遗，此亦好还之报。第未知郑君，已先避去，得免于难否？然兰溪之团练遂散矣。

夫团练而至于为暴，此亦何异于作贼？是盖由前邑令某公，遇逃散兵勇过境者，不问是非，概行杀戮。皆视杀为固然，遂致尾大不掉，后来莫可如何。同治元年，李爵相在上海军中，与余言及某公杀勇事，深以为非。盖爵相尔时过兰溪，寓唐副宪壬森家，习闻其事。

【译文】陈子庄（名其元）先生说：咸丰年间，由于太平天国军队四处侵扰，朝廷号召各地举办团练，各省都设立团练大臣，以当地的大官来担任。江苏则是庞钟璐先生，浙江则是邵灿先生、王履谦先生。后来，浙江镇压太平天国兵败，王履谦先生因此获罪，被罢职、发配新疆。然而团练大臣，只是有这个名目，却没有权力指挥管辖各个府县。每个县各自有团练局，由委员、绅董负责其事，只是认真举办的少。所以贼兵所到之处，势如破竹，难以抵抗。

金华府属下各地办理团练比较有成效的，首推金华、兰溪两个县。金华县的绅董则有兵部车驾清吏司员外郎朱允成，以及生员方滋、李璠等人，贼兵到来，都与他们奋力角逐战斗，抵挡了很久才败散。兰溪县则是诸葛村的拔贡生某，和优贡生诸葛寿焘（字上新，号榴生，道光二十三年癸卯科优贡）等人，主持团练事务，各村都纷纷响应。刚开始时声势浩大，相互联络，使贼兵很是忌惮。后来则村中各董事人员素质参差不齐，于是在施家滩等地，有人借着盘查奸细的名义，实施杀人夺货的勾当，以至于行人和旅客都把该地视作危险的道路。诸葛村的二位先生，也无力禁止。浙江巡抚王壮愍公（王有龄），委派按察使段光清，亲自前往查办，竟然始终没能平息此事。即使是大营的官兵，如果没有几十人一起结伴而行，也不能幸免。甚至本地奉命办理公差的官吏从该地经过，都会遭到抢掠，给他们出示顶戴、官服，则说是假的；出示官印、文件，也说是假的，几乎到了没有道理可讲的程度。

我起初以为坊间传闻有些过头，后来因为严州粮台的公务，乘船经过该地。确实就有几个人登上船，口中自称盘查，搬动箱笼行李等物品。见我戴着官帽，则叫嚷说："这个官是假的。"一时之间聚集了一百多人，各自手持刀杖，气势汹汹。正好有一名武生郑某过来，看到这阵势，叱责说："这是金华的陈老师，你们不可无礼。"才都散去了。郑先生上前来安慰了我一番，说："这些人已经像豺狼一样残暴成性，抢夺杀人，将来必遭大祸。我就要躲避离开了。"不久后，张大帅从金华败退，余部残兵经过此地，因为他们从前的作梗而愤恨，上岸放火杀戮。两岸十多里的范围，没有剩下活口，这也是他们的报应，所谓天道好还。只是不知道郑先生，是否已经提前避开，幸免于难了？从此，兰溪县的团练也就宣告解散了。

办理团练却到了暴虐成性的地步，这和作强盗有什么区别呢？这大概是由于前任县令某大人，遇到逃散的兵勇过境，不问青红皂白，一概杀戮。都将杀人当作正常的事情，于是导致下面的人越来越不受控制，后来不知道该怎么办才好。同治元年（1862），中堂大人李鸿章在上海军中，和我说起某县令滥杀兵勇的事情，也认为是特别不对的。原来李中堂当时经过兰溪县的时候，借住在都察院左副都御史唐壬森家中，曾经听说过这桩事情。

9.6.5 夙孽

上虞某村妇，将临蓐。夫自外归，晚闻二女鬼，倚树问答。一曰："尔何之？"曰："将往荐桥索某妇。"曰："索之云何？"曰："是与我有夙孽。将以九月八日产，先是其家斋醮禳我，我于初三入候之。"曰："尔藏何处？"曰："妇房中有大橱可藏，橱中有绵可垫坐。"曰："冤可解乎？"曰："寻之三年始获，冤深不可解。惟尚需半月耳，时甫中秋也。”还相问，曰：“尔何之？”曰：“即在此地托生，将往矣。”语毕各散。

夫毛戴急归，甫入门，闻呱呱声，则妇方产一男，甚安健。深喜己之无恙，而忧某姓之不祥也。距里许，时往觇（chān）之。事闻于某姓，防之甚。九月三日，某妇将往烹茶，忽仆于地。姑掖之起，手中茶具不动，妇面已变色，头痛若劈。急扶入房卧，妇旋解衣，袒于床。姑诫曰：“天甚冷，尔将产，保重，速着衣。”妇忽瞠目直视曰：“谁要你多事？”姑曰：“我姑也，尔何敢然？”复厉声曰：“尔是谁？谁是尔家妇？我乃冤家也。”继尽弛下衣露体立。信其遇冤鬼，咸忧之，求神建醮，日夕提防。

晚间，窗外台阶上，鬼窃窃语。夫某，凝神谛听，乃历数：“前生产妇为小姑，身为嫂，谗构万端，怂恿其姑，异常陵虐，遍体鳞伤。故后姑勒之，小姑从而加功，将绳数放，良久始毙其命。冤痛至深，图报久矣。遍寻始获，愿得而甘心焉。岂祈祷所能为力耶？”

妇自是终日昏狂，举止大异。初七，腹大痛，神气少清；至晚，痛忽止，则笑不可仰。明日，产一男，胞衣随下，产毕归床，乞姑于大厨取粗纸作垫，益狂笑，旋作呵欠声，曼然以长。如是者三。翁闻之，疾入视，则已僵矣。少间腹中作响，啃啭不绝声。半晌，划然而裂，血液如注。盖棺后，臭闻于外，四邻为之掩鼻云。

【译文】浙江上虞某村有一名孕妇，即将临产。丈夫从外面回来，晚上听到有两个女鬼，倚靠在树上一问一答说话。其中一个问说:“你要去哪里?”另一个回答说:“将要去荐桥找某妇人索命。”又问:“为什么要索她的命?”回答说:“这个人和我有前世的冤孽。她将在九月初八日生产,起初她家会举行斋醮(请僧道设坛祈福)驱除我,我将在初三日进去等候。”又问:“你准备藏在什么地方?”回答说:“妇人房间里有一个大衣橱可以藏身,衣橱中有丝绵可以垫坐。”又问:“冤孽可以化解吗?”回答说:“找了她三年才找到,冤仇深重不能化解。只是还需要半个月时间,到时正是中秋。”反过来问另一个说:“你要去哪里?”回答说:“就在这个地方投胎,即将前往。”说完就各自散去了。

丈夫吓得汗毛直竖,急忙回家,刚进门,就听到婴儿啼哭声,原来妻子刚产下一名男婴,平安健康。很庆幸自己家安然无恙,而担心某姓一家会遭遇不祥的事情。相距一里左右,不时前往窥探。某姓家也听说了这件事,格外注意防范。九月初三日,某妇正准备煮茶,忽然倒地。婆婆扶她起来,手中的茶具不动,而妇人面色大变,头痛如刀劈。急忙扶她回房间躺下,妇人就解开衣服,袒露在床上。婆婆提醒她说:“天很冷,你又快临产了,保重身体,快穿上衣服。”妇人忽然瞪大眼睛直直地盯着婆婆说:“谁要你多事?”婆婆说:“我是婆婆,你怎么敢这样?”又用严厉的语气说:“你是谁?谁是你家媳妇?我乃是冤家。”然后把下身的衣服都脱掉,裸露身体站立。知道她肯定是遇到冤鬼了,都很担忧焦虑,求神拜佛,建立斋醮,每天小心防备。

晚间,听到窗外的台阶上,有鬼窃窃私语。丈夫某人,集中精力仔细倾听,原来是在一一数落:“前世产妇是小姑,我是嫂子,她对我百般谗害诬陷,怂恿婆婆,对我非比寻常地欺辱虐待,把我打得遍体鳞伤。最后,婆婆要用绳子勒死我,小姑在边上帮忙,把绳子多绕了几圈,好久才毙命。如此深仇大恨,已经设想报仇很久了。到处寻找才找到，这次绝不会善罢甘休。徒然求神拜佛又有什么用呢？”

产妇从此整日迷乱疯狂，行为举止大为异常。初七日，肚子很痛，神气稍微清醒；到晚上，疼痛忽然停止，而狂笑不止。第二天，产下一名男婴，胎盘随之而下，生完孩子回到床上，叫婆婆从大衣橱中取粗纸垫在床上，狂笑得更厉害，然后又做出打哈欠的声音，每次都持续很长时间。这样反复三次。公公听到声音，急忙进来看，则已经断气了。过了一会儿腹中发出声响，咕噜咕噜一直不停。半晌之后，齐齐整整地裂开，血流如注。盖棺之后，臭气散发于外，四周邻居都捂住鼻子。

9.6.6 德清大狱

钟笠云转述同年李季玉（勋煌）司马云：德清夙有大狱。一富室之妾，与其族侄某通。某亦一衿，有妻室，家贫，夫妇皆食于其叔。妻供叔妾之针黹（zhǐ），稍不当意，辄受叔妾詈。尝遇其私情，屡劝夫，谓读书人不宜尔。不听。一日，夫外出，复被詈，愤甚，反唇顶撞。叔妾衔之，乘其睡，与小婢共勒毙之。以暴疾告，乃殡。

妇兄弟疑而讼之官，弗得理。令受富室贿，相验时，辞以疾，请邻邑令某代验，为刑仵所蔽，以自缢详。案将定谳矣。然更数任，其兄弟仍讼不释。

兄有为京员者，控之京，讼久未结。适新简廉访某陛辞时，上欲访此案，谕谓：“此案要认真，本要派人，今即由尔妥办。”嗣某廉访之任，廉得之，欲即平反，抚藩皆不欲。乃借福建刑仵，开验日，旧承审者咸在。启棺后，新仵方云："勒与自缢，应若何辨？"诸员不答，即皆变色，群起目之。某廉访知难平反，饬暂停不验。急白中丞，乃大受诟斥。无如之何，归，愤极自缢，而遗书致胞兄某。兄时任闽粮道，呈信于制军。制军夹原信奏，复派钦使查办，卒白其冤。诸人论如法，承审者多罣误。亦可见谳狱者，不容不慎云。

【译文】钟笠云转述同年李季玉（名勋煌）司马所说：浙江德清县以前有一桩大案。一位富人的妾，和他的族侄某通奸。族侄某也是一名秀才，有家室，家中贫穷，夫妻都依靠族叔生活。妻子为族叔的妾做针线活，稍有不满意，就要受到叔妾的谩骂。曾经撞见他们的私情，多次劝说丈夫，说读书人不应该这样。丈夫不听。一天，丈夫外出，又被叔妾谩骂，很愤怒，便回嘴顶撞她。叔妾怀恨在心，趁侄媳妇睡着，和小婢女一起将她勒死。并对外宣称是暴病而死，就收殓埋葬了。

侄媳妇兄弟心中疑惑，控诉到官府，没有得到理会。县令接受了富人的贿赂，验尸的时候，推辞说生病，请邻县某县令代为勘验，被仵作所蒙蔽，以自缢出具报告，即将要以此结论定案了。然而，更换了几任县官，他们兄弟仍然坚持不懈控诉。

兄弟中有在京城做官的，控告到京城，案子很久都没了结。适逢新选任的浙江按察使某大人面见皇帝辞别时，皇上想要调查此案，就指示他说："这桩案子要认真，本来正要派人去，现在就由你妥善办理。"后来，某按察使到任，访察到实情，想要进行平反，而巡抚等衙门都不想平反。于是借来福建的仵作，开棺验尸那天，原来负责审理此案的官员都在场。开棺后，仵作才说："勒死和自缢，应当如何分辨？”诸位官员不回答，都脸色大变，一起给他使眼色。某按察使知道难以平反，命令暂停不验。急忙禀告巡抚，受到了严厉的批评斥责。无可奈何之下，只好回去，愤怒至极，自缢而死，而留下一封书信给同胞兄长某。兄长当时担任福建粮道，把书信呈报给总督大人阅读。总督将书信附在后面奏报朝廷，又委派钦差查办，最后终于洗雪了冤屈，使真相大白于天下。杀人凶手被依法惩处，前面负责审理的官员大多受到了处分。也由此可见办理案件的人，不能不慎之又慎啊！

9.6.7 石蝀感梦

钟笠云又闻之葛植初司马云：其祖母年七十余，性甚仁慈，喜放生。一夕，梦小孩六，皆着花衣戏于庭。忽皆登堂，跪乞饶命。不解其故，诘之，彼但言惟乞与生命而已。姑笑诺之。乃复戏如故。晨兴，谈诸家人，众亦莫解。有云昨亲眷某有馈石蝀（dōng）来者（与田鸡相似），姑数之，通六个。相与讶异，悉放之去。向闻石蝀善遁，且善化蛇。其能感梦乞命者，则尤异矣。

【译文】钟笠云又听葛植初司马讲述说：他的祖母七十多岁，性格非常仁慈，喜好放生。一天晚上，梦到六个小孩，都穿着花衣服在庭院嬉戏。忽然都进到厅堂来，跪求饶命。不理解其中的缘故，追问他们，只是说只求给他们留一条命而已。姑且笑着答应了。然后继续嬉戏。早晨起来，和家人们谈起昨晚的梦境，也都不理解。有人说昨天有某亲戚馈送石蝀来的（石蝀，即棘胸蛙，又名石蛙、石鳞、石鸡、棘蛙、石蛤等，一种野生蛙类，主要分布于中国南方），试着数了一下，果然总共是六个。大家相互感到惊讶和神奇，全都放生了。向来听说石蛈善于隐身，而且可以变化成蛇。而能在梦中现身求命的，就更加奇异了。

9.6.8 乡试考四场

杨熙伯明府之胞叔，名光坫（diàn），号焕如，由附生议叙中书。咸丰辛亥科，二场试卷为誊录不慎烧燬。头场业已呈荐，复经冯中丞德馨，督同提调监试，藩臬两司点名，传入至公堂默补。兼备酒席，开闭龙门，均升三炮，一如前仪。是时官善化县尹者，为王观察葆生，传述中丞之谕："某肯补，则誊录生命可成全，官亦免究，否必立毙杖下。"是以亟为补交。嗣因卷面，初系学书包填，此系自己临时补写。笔迹不符，碍难中式。可见卷面之不可假人代填也。

【译文】杨熙伯县令的叔叔，名叫杨光坫，号焕如，由附生保举任用为内阁中书的职务。咸丰元年（1851）辛亥科湖南乡试，第二场的试卷被誊抄试卷的工作人员不小心烧毁。第一场试卷已经呈报推荐上去了，又经过巡抚大人冯德馨（字桂山，山东济宁人，道光间进士），会同提调官、监试官，以及布政使、按察使两司共同点名，传入公堂默诵补写试卷。同时准备了酒席，开关龙门（科举试场的正门）时，均鸣炮三声，和正式考试的仪式完全一致。当时担任善化县令的，是王葆生道台，传达巡抚大人的指示："你们如果愿意补写，则誊抄人员的性命可以保全，官员也免于追究处分，否则必定立毙杖下。”因此赶快补写交上。后来因为卷面，起初是请学习书法的人代笔填写，这次是自己临时补写的。笔迹不符，想必很难考中。也可见卷面不可以假手他人代填。

9.6.9 七子登科

予耳许星台名久矣，知其家世之隆、科名之盛，为海内冠。顾以各仕一方，未得聚晤。今春赴吴门，一见莫逆，遂订交焉。次日即蒙移樽饮之，并赐书籍多种，情意拳拳，迥异恒泛。讌谈之下，并悉其祖德之厚。

盖其祖拜庭公（*赓飏*）者，为颖园公第三子，黄太夫人所出。夫人寿八十三，亲见元孙炳焘生，五代同堂，七世同居，一门男女丁七百余人。蒙恩赏“七叶衍祥”匾额、银缎，人荣之。

拜庭公，生而卓越，少时才器异众。析产时，黄太夫人谓公曰：“我知汝能自立，何必分产？”公仰承亲意，悉让各房。勤俭维谨，家渐小康。他房乏者，公必资助，如未析爨（cuàn）。又数年，而家益起。

会海盗张甚，公慨然曰：“上系朝廷南顾，下为井里忧者，其海盗乎！夫兵贵随宜，今水滨之民，老于海，视营卒，其生熟相万。海艘之利于涉，视战舰，其精锐又相万。所以久无成功者，官兵、官船不得力耳。”制府百文敏公，知公能，进公问策。公意在多集红单船，广募水勇。文敏命其主事。其年败贼于大洋，未久盗自缚献者千百数，海氛遂平。

无何，洋米不来，米价腾贵。而洋米不来，由洋舶少至。故事洋船载米入关者不税，然其去也，亦无利。以故洋人相戒无贩米者。公白于大府，请蠲（juān）其税，而仍听其货之出，永著为令。由是数十年来，洋米大至，而粤无饥祲（jìn），公之德也。

道光十三年，山水暴涨，北门不没者三版。凡居者避阁上，摇荡如舟。一日中，推墙倒瓦声，与哀号呼救声不断。公急募船救渡，从窗棂引出千数百人，庙廊为满。公曰："此正可行善矣。"日炊米十余石，全活无算。此功匪小。

公庞眉广颊，有道之貌，见者肃然。与朋友交，有面诤，无私毁也。允以至诚待物，用人不疑，无拘小节。鹾（cuó）务仓场，用人数百，岁纳课饷数万，而公种花养鱼，庶务井然。惟笃爱菊，缀菊为屏，编作"香分三径，色占九秋"八大篆，集诸名流，赋"菊花字屏"诗。公逌（yōu）然笑曰："陶隐士，何尝无富贵象耶？"

有子十一人。次子祥光，嘉庆己卯举人，道光壬辰进士；至光绪己卯，父子周甲登科，七子登科，广西盐法道，升广西按察使。子禋（yīn）光，咸丰壬子举人，广东徐闻县教谕。

孙二十八人。长孙应騋，道光己酉，兄弟同科举人，刑部郎中。三孙应鑅，道光癸卯举人，癸丑进士，江西赣南道，现任江苏按察使。六孙应骙，道光己酉，兄弟同科举人，庚戌联捷进士，历充福建浙江正考官、甘肃学政、庚辰科会试总裁，现任吏部右侍郎。九孙应锵，同治甲子举人，湖北知县，候选知府。十孙应銮，同治丁卯，兄弟叔侄三举人同科。十三孙应鏦，同治庚午，叔侄同科举人。十六孙应锴，光绪己卯，同怀兄弟，同科举人。十八孙应镕，光绪己卯，同怀兄弟，同科举人。

曾孙四十四人。炳焘，咸丰辛酉补行戊午科，叔侄同科举人，兵部郎中，江西候补知府。炳暐，同治丁卯，兄弟叔侄三举人同科，户部郎中。炳杰，光绪乙亥科举人，工部郎中。炳章，光绪丙子科举人，内阁中书。

元孙二十一人，业儒。来孙四人。一门男女丁口七百余人，七代同居。此诚海内无两者。

星台廉访，与夫人同庚。膝前子女及孙男女、曾孙男女、外曾孙男女，共七十人。时正周甲初度，俞荫甫同年，贺以联云："聚儿孙内外得七十人，登堂共拜生辰，昔日汾阳无此盛；合夫妇唱随成百廿岁，转瞬再周花甲，今年吴会是初筵。"

星台之夫人，于十七岁，举长男，后连举二女，又得一男，又连举二女。自此，三、四、五、六，四男，皆一男二女，相间而生。得男六人、女十二人。其如夫人二人，各生男女四人。共得男十人、女十六人。荫甫撰此联寿之，云："奇偶合阴阳，算一男二女相间而生，得十有八人，每岁必添丁，其余兰梦分占，各弄四回璋瓦；富贵亦寿考，从六旬初度递推而上，到百又廿载，大年再周甲，长此华堂聚顺，坐看七代云礽。"附记于此。后当统入联话中。

【译文】我听说过许星台（许应鑅，原名应麟，字昌言，号星台，广东番禺人，祖籍汕头）先生的大名已经很久了，知道了他们家家世的昌隆、科第功名的兴盛，在国内可以说是首屈一指。只是因为分布在各地做官，难以聚会见面。今年春天曾到苏州，和星台先生一见面就意气相投，于是建立了交情。第二天就承蒙先生邀请饮宴，并赠送书籍多种，情意真诚恳切，与泛泛之交迥然不同。席间畅谈之下，充分了解到他们家祖先积累功德的深厚。

星台的祖父许拜庭先生（许赓飏，字美瑞，号拜庭，清代广州著名盐商），为颖园公（许永名）的第三子，黄太夫人所生。夫人活到八十三岁高寿，亲眼见到玄孙许炳焘出生，五代同堂，七世同居，一大家子男女老少总共七百多口人。蒙朝廷赏赐“七叶衍祥”的匾额以及银子、绸缎等，人们以此为荣。

许拜庭先生，一出生就天赋异禀，少年时才华和器识就异于常人。兄弟分家的时候，母亲黄太夫人对他说：“我知道你能靠自己成家立业，何必分得家产呢？”先生按照母亲的意思，全部让给了各房兄弟。勤勉节俭，做事谨慎，家境渐渐达到小康水平。他房兄弟有贫乏的，先生必定给予资助，如同没有分家之时。又过了几年，家业更加蒸蒸日上。

当时，海盗很猖獗，拜庭先生慷慨激昂地说：“上关系到朝廷在南方的忧虑，下成为乡里的祸患的，就是海盗了吧！用兵贵在随机应变，现在海边的居民，一辈子生活在海边，相比于营兵，对水性和海况的熟悉程度有天壤之别。海船有利于涉水，相比于军舰，其战斗力的精锐程度又有天壤之别。之所以长期无法取得成功，就是因为官兵、官船不得力。”两广总督百文敏公（百龄，清汉军正黄旗人，张氏，字菊溪，官至协办大学士），了解先生的才能，请他到衙门来征求对策。先生的建议是，大量征集红单船（广东商船，清代多用于作战），广泛招募水勇（水上民兵）。百文敏公命他主持此事。当年，就在大海上击败了海盗，不久之后海盗自动投降的就有几百上千人，海上的骚乱于是得以平息。

不久，洋米进不来，米价飞涨。而洋米进不来，是由于洋船很少来。按照以往的惯例洋船载运大米入关的，不收取关税，但是回去的时候，也没有利润。因此洋人相互告诫不要贩运大米。拜庭先生向督抚报告，建议免除其中的税收，而仍然听凭其货物出关，永远定为规章制度。从此以后的几十年来，洋米大量进口，而广东省再无饥荒的灾难发生，这都是拜庭先生的功劳。

道光十三年（1833），广州流花湖、西村一带山洪暴发，北门地区六尺以下地带全部被淹没。居民都爬到楼阁等高处避难，房屋像小船一样摇摇晃晃。一天之中，墙壁倒塌、屋瓦掉落的声音，与哀号呼救的声音此起彼伏。拜庭先生急忙招募船只救渡被困灾民，从窗格子中接引出一千几百人，寺庙的走廊都坐满了人。先生说："这正是行善的时候。"每天煮米十多石，分发给灾民食用，救活了无数人命。此举功德浩大。

拜庭先生眉毛黑白相间、面颊宽广，仙风道骨，老成持重，见到的人都肃然起敬。与朋友交往，有过错则当面劝谏，绝不背后诋毁。始终以至诚之心待人接物，用人则给予充分信任，不拘泥于小节。经营盐业，规模庞大，仓场雇佣几百名工人，每年缴纳税银数万两，而先生每天种花养鱼，各项事务井井有条。尤其酷爱菊花，用菊花点缀镶嵌成彩屏，组合成"香分三径，色占九秋"八个篆体大字，召集有名的文人墨客，以"菊花字屏"为主题赋诗。先生悠然自得地说："陶渊明虽然是归隐田园的隐士，但又何尝没有富贵的气象呢？"

拜庭先生有十一个儿子。次子许祥光，字宾衢，嘉庆二十四年（1819）己卯科举人，道光十二年（1832）壬辰科进士；到光绪五年（1879）己卯科，相隔整一个甲子后，儿子也登科，七个儿子登科，历官广西盐法道，升任广西按察使。儿子许祹光，咸丰二年（1852）壬子科举人，官广东徐闻县教谕。

有孙子二十八人。长孙许应騋，道光二十九年（1849）己酉科，（与应骙）兄弟同科举人，官刑部郎中。三孙许应鑅，道光二十三年(1843)癸卯科举人,咸丰三年(1853)癸丑科进士,历官江西赣南道,现任江苏按察使。六孙许应骙,道光二十九年(1849)己酉科,(与许应騋)兄弟同科举人,道光三十年(1850)庚戌科联捷成进士,历任福建、浙江正考官、甘肃学政、庚辰科会试总裁等,现任吏部右侍郎。九孙许应锵,同治三年(1864)甲子科举人,官湖北知县,候选知府。十孙许应銮,同治六年(1867)丁卯科,(与应鏞、炳暲)兄弟叔侄三人同科举人。十三孙许应鋐,同治九年(1870)庚午科,叔侄同科举人。十六孙许应锴,光绪五年(1879)己卯科,与同胞兄弟应镕同科举人。十八孙许应镕,光绪五年(1879)己卯科,与同胞兄弟应锴同科举人。

曾孙四十四人。许炳焘,咸丰十一年(1861)辛酉补行戊午科,(与应铿)叔侄同科举人,历官兵部郎中、江西候补知府。许炳暲(原名许炳材),(与应銮、应鏞)兄弟叔侄三人同科举人,官户部郎中。许炳杰,光绪元年(1875)乙亥科举人,官工部郎中。许炳章,光绪二年(1876)丙子科举人,官内阁中书。

玄孙二十一人,以儒学为业。来孙(玄孙之子,从自身算起的第六代)四人。一大家子男女老少总共七百多口人,七代同居。这种盛况确实是四海之内找不出第二家。

星台先生(许应鑅),现任江苏按察使,与其夫人同岁。膝下的子女、孙子女、曾孙子女、外曾孙子女等,共有七十口人。当时正逢第一个六十岁寿诞,同年俞荫甫先生(俞樾,字荫甫,清代著名学者),赠送了一幅贺寿对联,写道:“聚儿孙内外得七十人,登堂共拜生辰,昔日汾阳无此盛;合夫妇唱随成百廿岁,转瞬再周花甲,今年吴会是初筵。”

星台先生的夫人,于十七岁时,生下长子,然后连续生下两个女儿;又生下次子,又连续生下两个女儿。从此以后,三子、四子、五子、六子，四个儿子，都是一个男孩、二个女孩，相间出生。得到六个儿子、十二个女儿。他的妾室二人，各自生了男女四人。总共有十个儿子、十六个女儿。俞荫甫先生又因此写了这样一副贺寿对联，写道："奇偶合阴阳，算一男二女相间而生，得十有八人，每岁必添丁，其余兰梦分占，各弄四回璋瓦；富贵亦寿考，从六旬初度递推而上，到百又廿载，大年再周甲，长此华堂聚顺，坐看七代云礽。"附录在此。以后可以统一编入《联话》书中（作者梁恭辰还曾著有《楹联四话》一书）。

9.6.10 陈子庄述

吴少村中丞（昌寿），少负奇气，踔（chuō）厉风发，魁硕类武夫。与余居，相距不里许，晨夕过从。相与角艺论文，间有不合，必反覆争辩，时或攘臂大呼，惊动邻里；遇契合相赏处，又复为之叫绝。当鸳湖书院课时，每与沈西卿、笔山昆季，及余醵钱数百文，至酒肆饮啖。杯盘狼籍，必罄尽以为乐。如是者有年。

道光甲辰，余铨金华校官，少村亦成进士，以知县分发广东，自是不相见矣。有人自粤中来者，传其政声卓然，有"吴青天"之号。比擢抚河南时，百姓号哭罢市，制万民伞相送，至千有余柄，即乞丐亦为制伞，好官之名满天下。然余懒于作书，二十余年，不甚通音问。

同治丁卯，余以州牧，提调淞沪厘局；适少村奉广西巡抚之命来上海，附轮舟赴粤。是日，余在寓中，僮仆皆他出。忽闻庖人于门外，若与人龂龂（yín yín）然，呼之问故，则曰："有一类武官者，欲求见，向索手本名帖，又复无有。但言与官是多年前好朋友。”余急令延入。庖出曰：“官唤汝。”遂引之从侧门入，则少村也，相见大喜。少村谓余曰：“足有风疾，请长揖不拜可乎？”余戏之曰：“岂有令中丞叩首之礼？”少村笑曰：“呼之入，走角门，岂有不行叩首之礼者？”遂彼此大笑，曰：“本欲即行登舟，因知君在此，故特走访。带来三仆，方打叠行李，不令随行。而忘持拜帖，乃致此窘。”又笑曰：“即携拜帖，而广西巡抚手本，亦未具也。”遂纵谭良久。余问其在广东，何以得民如此？曰：“无他伎俩，惟实心任事不要钱耳。”别去之际，相订年逾六十，即归里，同作洛社之会。乃抵粤未半载，遽尔骑箕。国家失此宝臣，朝野惜之。

相传少村殁后，其幕友绍兴俞君，方家居。正欲午餐，忽舍箸起立，若为接物者，继又作拆信之状，戚然曰：“吴中丞书也。中丞以任所，公事殷烦，仍邀我前往襄理。然昔在南方，帆樯甚便，今非我所习，奈何？”其家人曰：“中丞殁矣，安得来请？”曰：“中丞今已为冥官。”家人曰：“何不辞之？”曰：“不能也。”曰：“盍祷于城隍神，请其代辞乎？”曰：“渠官甚尊，非城隍所能企及。然我往，必得某厨侍我耳。”是夕，俞君卒。次日，某厨亦无疾卒。呜呼！如少村之为人，倘所谓“生为上柱国，死作阎罗王”者，非耶！

又云：钱慎庵，名德承，浙之山阴人。居心仁恕，律身廉谨，胸中肫（zhūn）然，粹然不设城府。以簿尉起家，历官州县，所至有惠政。同治二年，今相国李肃毅伯，方抚吴中，以循良荐举，特旨擢知府。数年间，署松江、常州、苏州、江宁、镇江府事，贤声噪一时。辛未三月，由镇江得代来苏，卧病邸舍。时余自新阳调摄上海，以邑太繁剧，意不欲往。慎庵顾以大义相劝。盖慎庵之季女，乃余长子妇也。五月，余将赴上海任，慎庵以病剧归里。六月，慎庵卒。七月，儿子至绍吊丧还，缕述其临殁情形，余为之惊叹不已。

初慎庵以疾甚归，归后疾日以平，第精神疲乏，未能出户耳。六月初旬，晨起，谓眷属曰："帝命我作总管神。有差官四人，来迎赴任，可速具筵款之。"家人闻之，疑信者半。乃设羹饭祀之大门外。大门距内室远，慎庵室中忽怒曰："四人皆官，远来接我，奈何待以野鬼之礼？"促向中堂设席以享乃可，众惧，从之。祭讫，屈指计曰："二十日太促，二十二日辰时可矣。"越一日，又言山、会二县城隍神，为之饯行，待以上官之礼，辞之不得云云。自是十余日，举动如常，亦无病状。

至二十二日向辰，呼诸子，令催合家眷口，齐至榻前诀别。诸子惶遽，以为疾作，将呼医。则怒曰："我且死，岂医者所能活乎？"比家人齐集，举目周视一过，泊然而逝。与半月前所克之期，丝毫不爽。于是苏人曰："钱公作我郡城隍矣。"常人亦曰："钱公作我郡城隍矣。"今松江、常州二府，思其旧德，皆呈请祠名宦焉。先大夫尝言，闽中同官，言可樵司马朝镳（biāo），临殁自书一联云："始笑生前，徒自苦耳；既知去处，亦复陶然。"以为去来自如。呜呼！若慎庵之自定死日，可不谓之去来自如耶！

【译文】原广西巡抚吴少村先生（吴昌寿，字仁甫，号少村，浙江嘉兴人），少年时就有非凡的志气和抱负，精神昂扬，意气风发，身材魁梧壮硕，如同武夫。和我住的地方，相距不过一里多路，早晚常相往来。相互切磋和谈论诗文，偶有观点上的分歧，必定会反复争辩，有时甚至是捋起衣袖，激动地大喊大叫，惊动街坊四邻；遇到观点契合、相互欣赏的地方，又不禁为之击节叹赏、拍案叫绝。当一同在鸳湖书院读书时，时常与沈西卿、沈笔山兄弟，和我一起凑钱几百文，到酒店聚饮。杯盘狼藉，每次都喝到尽兴，以此为乐。像这样过了很多年。

道光二十四年（1844）甲辰，我被选任为金华校官（旧时掌管学校的官员），少村也考中进士，分配到广东省担任知县，从此就难得再见面了。有人从广东那边过来，传说他政绩卓著、名声斐然，被当地百姓誉为“吴青天”。等升任为河南巡抚时，百姓失声痛哭，商贩停止营业，纷纷挽留，依依不舍，制作“万民伞”（旧时绅民为颂扬地方官的德政而赠送的伞）赠送，多达一千多把，即使是乞丐也为他制作“万民伞”，好官的名声传遍天下。然而我一向懒于写信，二十多年来，没怎么互通音讯。

同治六年（1867）丁卯，我以知州的身份，提调淞沪厘捐总局任职；恰逢少村奉广西巡抚的命令来上海出差，然后搭乘轮船返回广西。这一天，我在寓所中，仆人们都外出了。忽然听到厨师在门外，好像在和人争辩，叫他过来问是怎么回事，回答说：“有一个类似于武官的人，想要求见，向他索要手本或者名帖，又都没有。只说和大人您是多年前的好朋友。”我急忙命他请进来。厨师出门说：“大人叫你进来。”于是引导他从侧门进来，原来正是吴少村，见面很高兴。少村对我说：“腿脚有风湿病，只作揖不跪拜可以吗？”我笑着说：“岂有让巡抚大人叩头的道理？”少村笑着说：“叫我进来，走的又是角门，哪有不行跪拜之礼的？”于是彼此大笑一番，说："本来打算即将上船，因为知道您在这里，所以专门前来拜访。随身带来的三名仆人，正在打包行李，所以没让他们跟着我来。而忘了带上名帖，才造成这次的尴尬。"又笑着说："即使带了名帖，而广西巡抚的手本，也没有准备。"于是畅谈了许久。我问他在广东时，为什么能够受到百姓的拥戴到这种程度？他说："也没有别的本事，只是真心实意地做事，不贪图财利而已。"临别的时候，相互约定年过六十岁，就告老辞官回乡，归隐田园，以诗酒相会。而不料返回广西不到半年，突然驾鹤西去。国家失去了一位难得的好官，朝野惋惜。

相传吴少村先生逝世后，他的幕僚绍兴的俞先生，正在家居。正准备吃午饭，忽然放下筷子站起来，好像在从别人手里接过东西，然后又做出拆信的样子，忧伤地说："是巡抚吴大人的来信。吴大人因为任职的地方，公务繁杂，仍然邀请我前往帮助处理。然而当初是在南方，舟船很便利，现在则不是我所熟悉的，怎么办呢？"他的家人说："吴大人已经去世了，怎么会来请呢？"回答说："吴大人现在已经做了冥府官员。"家人说："为什么不推辞呢？"回答说："不能推辞。"家人又问："何不向城隍神祷告，请神代为推辞呢？"回答说："他的官位非常尊贵，不是城隍所能企及的。但是我如果要去的话，必须要某厨师随我一同前去。"当天夜里，俞先生就去世了。第二天，某厨师也无疾而终。哎呀！像吴昌寿先生这样的为人，或许就是所谓的"生为上柱国（官名，武官勋爵中的最高级），死作阎罗王"的人，不是吗？

又说：钱德承先生，字慎庵，浙江山阴县（今绍兴市）人。存心仁厚宽恕，以清廉谨慎要求自己，心胸之中一片真诚、纯粹，毫无城府。以主簿、县尉等佐官步入仕途，历任州县官员，所到之处，都有善政惠及当地人民。同治二年（1863），现在的相国李肃毅伯

（李鸿章），当时正在担任江苏巡抚，因为慎庵先生为官善良守法，向朝廷保举，特地下旨擢升为知府。几年之间，先后署理松江、常州、苏州、江宁、镇江等府知府，贤能的名声一时之间引起轰动。同治十年（1871）辛未三月，从镇江知府任上期满，来到苏州，在官舍内卧病在床。当时我从新阳县（今昆山市）调任上海县，因为该县事务繁杂，不太想去。慎庵先生从大局出发，讲了一番道理来劝我。慎庵的小女儿，就是我大儿子的妻子。当年五月，我即将到上海赴任，慎庵因为病情加剧返回家乡。六月，慎庵先生就去世了。七月，儿子到绍兴吊丧回来，生动地讲述了慎庵先生临终时的情形，我为之惊叹不已。

起初，慎庵先生因病势加重返回家乡，回家后疾病日渐平复，只是精神疲乏，不能出门。六月上旬的一天，早晨起来，对家人说："上帝命我作总管神。有四名差官，来迎接我赴任，可以赶快准备酒宴款待他们。"家人闻听此言，半信半疑。于是姑且在大门外摆设汤饭祭祀。大门距离内室有一段距离，慎庵先生在内室忽然生气地说："四人都是官员，远道而来迎接我，为什么要用祭祀野鬼的礼仪来招待？"催促家人在中堂摆设宴席来祭享才可以，大家很害怕，就听从了。祭祀完毕，慎庵先生掐指计算，说："二十日太急促，二十二日辰时就可以了。"第二天，又说山阴、会稽两县的城隍神，为他饯别送行，以对待上级官员的礼节招待，无法推辞等等。从此之后十多天时间，行为举止和平时一样，也没有生病的状态。

到六月二十二日辰时之前，叫儿子们来，命他们催促全家人，一齐到床前诀别。儿子们惊慌失措，以为是疾病发作，准备叫医生。慎庵先生生气地说："我就要死了，岂是医生能做主让我继续活下来的？"等家人到齐，放眼挨个看了一遍，便悠然而逝。和半个月前所约定的日期，分毫不差。于是苏州人都说："钱先生做我们苏州府的城隍了。”常州人也说：“钱先生做我们常州府的城隍了。”现在松江府和常州府，都感念他的恩德，呈请上级批准入祀名宦祠。我父亲曾说，福建的同僚，言可樵司马，名朝镳，临终前曾亲自书写一副对联：“始笑生前，徒自苦耳；既知去处，亦复陶然。”认为已经到了生死自在、来去自如的境界。哎呀！像钱德承先生这样，自己预定去世日期，不更是生死自在、来去自如吗？

9.6.11 名医治症

夫阴阳寒暑，过时为灾。使调摄未得其宜，非针灸莫奏其效。三吴都会各大宪，设立医局，延致医生。俾无力之家，便于送诊。并刊示良方，损资施药，亦庶几使民无夭札之虞矣。顾今之称善医者，粗知药性，徒泥古方，一遇疑难之症，皆束手无策。妄投药剂，贻害实甚。迩来西人著有医书，于人身经络脏腑，无不根究其所以受病之由。遇有沉疴废疾，即知某处受伤。或挖肉断骨，确有起死回生之功。华陀妙术，不过是也。

江西有曾某，为当时名医，已著医书行世。所载医案，类多妙旨，诚有非药力所能及者。一为某达官之女，年正及笄（jī）。适于夏月夜深，移步后园，方伸手探折花枝，忽觉麻木，手不下垂。即请医调治，皆不见效。后访知曾某，延请至署。曾详审其致病之由，逾三日，请于某官曰：“已得治之之法，但不识令爱能见从否？”某官曰：“试言之。”曾曰：“须择一内室，将窗户谨闭，用纸糊裱，使无穴隙。只容令爱与某，共处一室，袒裼（tǎn xī）相对。别有良策，未可预言。”某官固知其女不能从，而夫人屡劝之，请先拜曾为父。女曰：“无论义父，即亲生父母，亦安能袒裼坐对耶？”数日，女手患如故。某官计无所出，复苦劝之。其女只得勉从父命，但不容曾某近身耳。曾复属某官，静候户外，闻喊叫声，可推门入矣。曾与女注目凝视，女则满面赤红，羞急无地，怒气勃发，若不可奈。曾某出其不意，忽逼近女，若欲动手者，女狂叫一声，以手自卫，而手已下垂矣。某官入户，见女手展动自如，喜不自胜。因问曾某曰：“病已见愈，但未审何故。抑殆有神术耶？”曾曰：“此亦究其原耳。令爱生长深闺，尝月夜深坐，纯阴凝结，致有斯疾。四肢属肝，非激肝气，不能见效。此非草木之性、针灸之方，所得而施之也。”某官佩服不已。

又某令因妻妾致怒，两目失明。医者谓怒气过甚，瞳人反背。亦屡治不效。延请曾至，详询始末。因与某令之弟曰：“此症医治见效，当索厚谢。但须先请中证，俾不致爽约。”即嘱其弟与兄言约，以某日请署中幕友及同寅至，时饮酒甚欢，某令之弟请曰：“先生所言谢金，当何如？”曾某曰：“试与令兄言，病果见愈，当以宠姬见赠。”缘曾某访知某令妻妾五人，惟四姬最为宠爱，因失夫人欢，致生嫉忌。某令闻言，沉思久之，许曰：“吾愿以第五姬相酬。”曾曰：“非得君四姬不可。”某令色变大怒，奋步疾趋出，大言曰：“先生何相戏之甚，竟欲夺我爱姬耶？”怒气直冲，不顾宾客在坐，大声疾喊。曾俟其怒甚，徐徐言曰：“请君息怒，吾岂真欲君以姬妾见酬？但非此言，无以医君病耳。”某令不觉失笑，眼已复明矣。此与前事相类。

语曰：“医者，意也。”曾之于医，其殆神明其道也与！录之为行医者取法焉。然此又非师心自用者，所得而意揣也。习是道者，务使业有专精，心无泛用，守古人之成法，而深探其意焉。庶不至为庸医之误人也欤!

【译文】阴阳寒暑，失去常态则会产生灾害。假如调理不得当，只有针灸才会有效果。三吴地区（一般指吴郡、吴兴郡和会稽郡，即今苏州、湖州、绍兴一带地区）的诸位大官，设立医药局，聘请医生。让那些请不起医生的人家，便于及时送诊。并且刊印宣传有效的药方，捐款施舍药品，也希望使人民没有因遭疫病而早死的忧虑。但是现在有的所谓医术高明的人，只是粗略知道药材的性质，一味拘泥于古方，一旦遇到疑难杂症，就都束手无策。胡乱配方用药，带来的危害实在严重。近来，西洋人所著的医书，对于人身体中的经络、脏腑、器官等，都是从根本上寻求其之所以导致疾病的原因。每当遇到有久治不愈的疾病，就知道是身体某个部位受伤。或者采取手术，甚至挖开肌肉、切割骨骼等等，的确有起死回生的功效。神医华佗的神妙医术，也不过如此。

江西有一位曾某，是当时的名医，已经著有医书流传于世。所记载的案例，大多都蕴含着神妙的意旨，确实有单凭药物难以达到的境界。其中有一则案例，是某达官显贵的女儿，刚刚成年。在夏季的一天深夜，到后花园漫步，正要伸手攀折花枝，忽然感到一阵麻木，手臂不能下垂。就请医生调治，都不见效。后来打听到曾某，请他来到衙门。曾某详细询问并分析她致病的缘由，三天之后，和某官员商议说："已经有了治疗的方法，只是不知道令爱能同意吗?"某官员说："不妨说说看。"曾某说："需要选择一间内室，将窗户紧闭，用纸把缝隙糊上。只让令爱和我，共处一室，脱去外衣，只穿内衣，相对而坐。另有好办法，不可提前说。"某官本就知道他女儿肯定不会同意，而夫人反复劝说，请先拜曾医生为义父。

女儿说：“不要说义父，就是亲生父母，又怎么能裸露身体相对而坐呢？”几天后，女儿手臂的毛病依然如故。某官实在没有别的办法了，反复苦苦劝说女儿。女儿只好勉强听从父亲的命令，但是不允许曾某近身。曾某又叮嘱某官，静静地等候在门外，听到喊叫的声音，就可以推门进来了。曾某和女子四目相对，目不转睛地注视，女子满面通红，又羞又急，感到无地自容，怒气勃发，似乎无法忍受。曾某出其不意，忽然逼近女子，好像要动手的样子，女子狂叫一声，用手阻挡，保护自己，而手臂已经下垂了。父亲进门，见女儿的手臂已经伸展活动自如，高兴地不得了。于是问曾某说：“病已经见好，但不知道是什么原理。或者大概有神术吧？”曾某说：“这也是从根本上着手的。令爱生长于深闺之中，曾在夏夜月下久坐，纯阴之气凝结，导致有这种疾病。四肢属肝，不激发肝气，不能见效。这种不是借助草木之性制成的药物、针灸的方法，所能起作用的。”某官佩服不已。

还有一位某县令，因为妻妾的事情而发怒，导致双目失明。医生说是怒气过重，瞳孔（眼珠）翻转。也是反复治疗都不见效。邀请曾某前来诊治，详细询问了致病的经过。于是和某县令的弟弟说：“这个病如果医治见效，当索取重谢。但是必须先请你从中作证，以使不会爽约。”就嘱托弟弟和他哥哥讲明约定，定于某天请衙门中的幕友和同僚们前来，当时大家在一起畅快饮酒，县令的弟弟请问曾某说：“先生所说的谢礼，指的是什么？”曾某说：“不妨和尊兄说，病果真见好的话，请将爱姬赠送给我。”原来曾某打听到某县令有妻妾五人，而最为宠爱的是第四个姬妾，因为不得夫人欢心，导致心生嫉妒。某县令闻听此言，沉思了许久，答应说：“我愿意以第五个姬妾相赠。”曾某说：“非得到您的第四个姬妾不可。”某县令闻言脸色大变，怒不可遏，快步疾走出门，大声说：

“先生为何开这样过分的玩笑，竟然想要争夺我的爱姬吗？”怒气冲天，不顾在座的宾客，大声呼喊。曾某等他怒气起来，慢慢说道：“请大人息怒，我难道真的要您把姬妾送给我吗？但是不这样说，没有办法医治您的疾病。”某县令不觉转怒为笑，而眼睛已经复明了。这件事和前面的案例类似。

古语说：“医者，意也。”曾某对于医术，大概已经领悟了其中的神奇奥妙了吧！记录在这里以供行医之人借鉴。然而这又不是刚愎任性、自以为是的人，所能揣测和领会的。研习医道的人，一定要专心致志，制心一处，不要滥用心思，在遵守古人成法的基础上，深刻探究其中蕴含的意旨。才不至于成为误人性命的庸医。

9.6.12 楼子述三则

杭州樊介轩宫允（恭煦），微时，值赭寇陷杭城。介轩奉祖，仓皇奔避。途遇悍贼，将以刃加其祖。介轩跪而哀告曰：“愿杀己，莫杀祖。”贼若不闻，即举刃斫。介轩以身障祖。贼怒，连斫其颈，深寸余；又以刃划其鼻。而介轩抱祖益力。贼去时，介轩已昏良久。比醒，视祖无恙，喜甚。裹创而行，若不知痛楚。或其中得神佑者。明年壬戌，毅庙登极开科，介轩即举京兆，辛未成进士，入翰林，出督陕西学政，今已擢左中允。介轩之子，于癸未入泮。谁谓纯孝无美报哉？按，介轩之太夫人，与先慈为中表姊妹；介轩又与伯兄子通，乡会同榜。余曾亲见其颈、鼻，伤痕宛然。

又曰：夏子松少宰（同善），弱冠通籍，未强仕即跻卿贰。今上登极，奉懿旨在毓庆宫授读。清德硕望，海内仰之。事继母以孝闻。官翰詹时，太夫人迎养在京。长安居，素不易，而少宰独能先意承志。太夫人好施与，虽当极窘迫，必多方摒挡（bìng dàng）以应。无何，太夫人病卒，少宰哀毁骨立，怨痛之情，有非寻常所可及者。其督顺天学政时，值杭城乍复，贫民半多失业。故乡戚友，无家可归，多往投依者。少宰尽力资助，有病死者，则葬其柩、恤其孤。夫少宰以半生清苦，甫得学差，不为身家计，而为穷乏筹养葬，宜其身享隆名，荫垂后嗣。今其长子庚复，以己卯、庚辰联捷成进士，授户部主事。次子敦复，以荫生，授刑部主事，少宰卒后，复蒙恩赏举人。幼子偕复，奉旨俟及岁时，带领引见。书香簪笏，正方兴未艾云。

又曰：自来兴大狱者，虽为朝廷整饬纪纲，实则大伤天地之和。其人必终身坎坷，甚则己亦不得其死。以余所闻，咸丰戊午科场案，上自宰辅，下逮优伶，骈首者若而人，窜逐者若而人，褫（chǐ）革镌级者若而人，诚为数十年来一巨案。当时首发其事者，为御史孟传金。先是，榜发后，孟赴宴文昌会馆，闻众人谈闹事。次日即具摺入告，事下，廷臣集讯。尚书肃顺，又从而锻炼之，狱遂以成。正考官某相国，素与肃不协；肃有意多方周内（nà），某相竟拟斩。弃市之日，肃扬扬得意曰："今日杀人了。"后三年，肃以跋扈谋逆伏诛。孟旋以他事，撤回原衙门行走，抑郁告归。晚年复出，浮沉礼部十余年。年近七旬，以事牵连被劾褫职，交刑部待讯，竟以蹭蹬（cèng dèng）终其身。未始非兴大狱之报也。按，此已见前。

【译文】杭州的樊恭煦先生，字觉生，号介轩，官詹事府左中允。他在微贱时，正逢太平军攻陷杭州城。介轩先生带着祖父，仓促慌忙之间奔逃避难。路上遇到了凶悍的贼兵，眼看就要举刀砍向他的祖父。介轩跪下哀求说："情愿你们杀我，不要杀害祖父。"贼兵好像没听到，举刀便砍。介轩用身体挡住祖父。贼兵大怒，连续砍他的脖子，伤口深一寸多；又用刀划伤了他的鼻子。而介轩更加紧紧地抱住祖父。贼兵退去时，介轩已经昏迷了很久。苏醒后，看到祖父安然无恙，非常高兴。简单包扎了一下伤口，继续走路，好像没有感觉到疼痛。或许其中有神灵护佑。第二年壬戌（1862），同治皇帝登基，开行恩科取士，介轩参加顺天府乡试即中举，同治十年（1871）辛未科成进士，入翰林院，后出任陕西学政，现在已调任为詹事府左中允。介轩的儿子，于光绪九年（1883）癸未入学成为生员。谁说至诚的孝心没有好报呢？按，介轩先生的母亲太夫人，和我的母亲是表姐妹；介轩又和堂兄楼子通，是乡试、会试同榜举人、进士。我曾经亲眼见过他的脖子、鼻子，伤痕很明显。

又说：吏部侍郎夏同善先生，字舜乐，号子松，浙江仁和（今杭州市）人。二十岁步入仕途，不到四十岁就跻身卿贰（次于卿相的朝中大官）。当今皇上（光绪）登基，奉慈禧太后懿旨在毓庆宫教授皇帝读书。其高洁的品德、隆重的名望，受到海内外景仰。事奉继母萧氏太夫人很孝顺，远近闻名。担任翰林院翰林、詹事府詹事期间，迎接太夫人在京城生活。生活在京城，素来非常不容易，而侍郎特别能够顺承母亲的心志。太夫人喜好施舍，如遇有人求助，即使自家生活极为窘迫之时，也必定多方筹措来给予回应。不久后，太夫人病逝，侍郎居丧过于悲伤哀痛，以致身体消瘦，哀伤悲痛的心情，不是一般人所能想象的。他在出任顺天学政期间，正值杭州城刚刚克复，贫民大半失业。故乡的亲戚朋友，无家可归，不少人前来投奔。侍郎尽力资助，有病死的，就帮助其安葬，抚养其孤儿。侍郎半辈子生活清寒贫苦，刚刚得到一个学官的职位，便不计较自己的身家，而极力帮助贫穷匮乏之人料理生养死葬等事，也无怪他能够及身享有隆重的名望，德泽荫及子孙后代。现在他的长子夏庚复，光绪五年（1879）己卯科举人，光绪六年（1880）庚辰科联捷成进士，授予户部主事。次子夏敦复，以荫生（因先世有功勋，而得入国子监读书的人）出身，授予刑部主事，侍郎逝世后，又蒙皇帝钦赐恩赏举人身份。幼子夏偕复，奉旨等成年时，由吏部带领引见皇帝。以书香传家，世代为官，家业正在蒸蒸日上，无有止境。

又说：从来发动大型案件的人，虽然初衷或许是为朝廷整肃纲纪，其实却严重损伤了天地的和气。这样的人必定终身命运坎坷，甚至自己也不得善终。就拿我所了解的来说，咸丰八年（1858）戊午科顺天乡试科场舞弊案，上至宰相（指文渊阁大学士柏葰），下至优伶（指中举者平龄，本为京剧演员），被斩首的有若干人，被流放的有若干人，被革职降级的有若干人，确实是几十年以来的第一大案。当时首先揭发此事的，是御史孟传金。先是，放榜后，孟传金到文昌会馆赴宴，席间听到众人谈论考场中的事情。第二天，就写折子上奏给咸丰皇帝，事发后，皇帝下令大臣会同审讯。尚书肃顺，又趁机公报私仇、故意加罪于人，逐步演变成大案。正主考官某相国（即柏葰），一向和肃顺不和睦；肃顺故意多方罗织罪名，某相国最后竟被判处斩首。行刑的那天，肃顺扬扬得意地说："今天杀人了。"三年之后，肃顺也以跋扈谋逆的罪名被诛杀。孟传金很快因为别的事情，被撤回原所在衙门行走（清代把不设专官的机构或非专任的官职称为行走），心情抑郁，告病回家。晚年复出做官，在礼部起起伏伏十多年。年近七十岁时，因为事情牵连被弹劾革职，交刑部等候审讯，最后在失势、不得意中死去。这未尝不是发动大案的果报。按，此事已见于前文。

9.6.13 扬州借钱局济贫

从来为善，莫要于拯贫；拯贫，必期于遍及。然而博施济众，自古为难；推食解衣，常忧不继。听之不忍，助之不能。则于无可筹办之中，酌一变通之法，诚莫若借钱局之善矣。是局之设，其法与印子钱相仿，其意与印子钱迥殊，总期便于贫民而已。凡贫民以小业为生，苦无资本者，果系勤俭安分，无吸烟、游荡气习，局中访察的确，酌量借与资本。自数百文起，至数千文止，每钱壹千文，按日收回拾文，五日一缴，以百日为满。但将原本收回，不取利息。在富者还珠合浦，不须多资；在贫者借水行舟，已能度日。法良意美，惠及无穷；出钱出力，均有功德。

计自开局以来，将及三载。凡来借者，大半鹑衣百结，褴褛不堪，乃皆如约归偿，从无迁延短少等事。且为暗访舆情，颇为称便。是所借无多，竟有得之则生，弗得则死之意。世道艰难，可为浩叹。当创立之始，同人凑集一千串，先行试办，现已愈推愈广。借出四千余串，而实本仅增至二千串，盖以每日收回之钱，循环流转故也。以现在借户计之，共有二千四百余户，每户作三口，约计七千余口。其所费者，不过每年局用四百余千文。以四百余千之费，养活七千余人，真可谓惠而不费矣。尤奇者，今正有意停借数月，略试其心。及收至三月，除病故两户少去七百五十文外，余皆如数归还不少。足征贫民具有天良，可无借而不还之虑。

兹特将一切章程刊布，或由一邑而推之四方，或由暂行而传之永久。远近举行，庶贫民各安生业，不至流为匪类。而地方宵小，亦可渐化为善良。不独为周急之阴功也。

并附禀稿云：为设法济贫，禀请立案事。窃以小业贫民，本资无措，不得已以重利借贷，俗名“印子钱”，往往困于盘剥。更有肩挑手业，贫苦不堪者，虽出重利，告贷无门。强者流为匪类，弱者毙于饥寒，尤堪悯恻。职等目击心伤，济施无力，爰聚合同人凑集制钱壹千串，设立借钱局。其法与印子钱相仿，其意与印子钱迥殊，总期便于贫民而已。凡贫民以小业为生，每苦无资本，果系安分，无吸烟、赌博、游荡气习，局中访查的确，酌量借与资本。自八百文起，至五千文止。每钱壹千文，按日收回拾文，令其自行送局；五日一送，以百日为满。但将原本收回，不取分文息钱。议立章程，权行试办。倘有窒碍难行之处，亦可停止。诚恐无业游民，恃强硬借，以及有借无还等情；当即指交地保，赴辕禀办。为此钞章，公请出示。严禁滋扰，并饬差常行弹压，以全善举，深为德便。上禀。

附录局规十三条：

一、公同凑出钱壹千串，权行试办，谨以此数轮转。倘有窒碍难行，即止。

一、此举专为小本营生而设，不取利息。借壹千文者，每日还本十文，五日一送，以百日为期，收清为止。不准延期拖欠，拖欠者止。

一、借钱之数目，自数百文起，至数千文止。看其生业之大小，需本之多寡，酌量借与。

一、借钱之人，须要有家有的保，或有居住一处者，连环互保互借。均可先行到局挂号，将姓名、住址、生业，及保人姓名、住址、生业，说明注簿。司事详细往查的确，实系在本地向做小本生意者，方准借与。初次做生意者不借，防其以不甚爱惜之钱，姑为尝试也。若兵勇丁役，及游荡、赌博、吸食洋烟、抵债、不习正务等人，概不准借；无家室者不借；无保又不能连还互保者不借；限地之外者不借；僧尼、道士不借；屠户不借；瓦木石匠不借；剃头修足不借（如开店者，须要妥保；若在浴堂，须要开堂者保，似可借与）；日日饮酒者不借；吸水烟者不借；著名不孝亲者不借；局中有三人同不谓然者不借。

一、按日送收本钱，加收字戳记，收入帐簿。并立摺，亦加收字戳记，交借户收执，以免讹错。

一、司事薪水，每月以二三千文为度，每于初二、十六两次分支。

一、诸君有事出外，必注明帐簿几次，以便查核也。如晚间不回局住，须注明，免得守候。每日定于辰开，戌闭。

一、总理者，最难其人，须要不徇私情，不辞劳怨，逐日整齐严肃，督率诸人，认真办理。使穷人均沾实惠，庶不愧总理之职也。

一、管帐者，帐目逐日逐清，早间将上日所缴之钱，复行串串过目。

一、查户者，逐日将所查之户，良莠虚实，是否应借，及钱数多寡，注明号簿，以备稽考。凡开张小店，来借三五千文者必须考较妥保，访查的当，方可借与。若借数百文至千文者，无庸十分拘执，示体恤之意；然亦必须看其为人习正不习正耳。

一、总催者，将上日过期之户，逐日催清，不得漏催一户。如过期之户，设因疾病阴雨等故，情有可原者，即将号簿上，加一有故之戳。一则以备满期再借，便于查核；二则亦可从缓催取，不得私自徇情袒护。

一、收钱者，须将送来之钱，逐日收清，串头封好，不得多少分文。簿摺号头姓名，均须逐一写清勿错，免得司内帐者掣肘。

一、百日满期，还清再借之户，如未有过期迁延等事，则前借一二千文者，准其酌量加借数百文。设有过期迁延等事，亦须看簿中，有无故戳，或有故戳，仍照借与，不得加增。如无故戳，再看迁延日期多寡，有无不端等事，或减数借与不借，均宜细心酌核。总之，毋滥毋苛。

附借字格式：

（　　字第　　号）

，家住　　　，向系　　　　为业。今因无本，恳借局中制钱　文。自借之后，遵照局规，每天还本钱　文，五日一缴。凭此簿加印收字戳，仅一百天还清，不敢延期拖欠。倘有此情，甘愿送官究治无辞。

光绪　年　月　日

立借帖人

凭保人　　家住

【译文】从来做善事，最重要的莫过于救济贫困；救济贫困，一定希望让更多的人普遍受益。然而广泛施舍、救助众人，自古以来都不容易；将衣食赠送给人，常常担忧力量难以为继、不能持续。听到人们哀告呼救的声音，心中不忍，却又没有能力给予帮助。那么在没有办法、束手无策之时，酌情采取一种灵活变通的办法，确实没有比开办借钱局更好的了。借钱局的设立，其办法与印子钱（旧时放高利贷的俗称，加算利息，分期偿还，每还一期，则在折子上盖以印记，故称）类似，但是宗旨却与印子钱迥然不同，始终是为贫民提供便利而已。凡是贫民以做小生意为生，苦于没有本钱的，果真属于勤俭安分之人，没有吸食大烟、吃喝嫖赌等不良嗜好的，局里经调查核实确切，酌量借给本钱。额度从几百文起，到几千文为止，每一千文钱，按天收回十文，五天偿还一次，以一百天为期限。只将原来的本金收回，不收取利息。对于富裕的人来说，所出的资金原封不动返还，不需要出更多的钱；对于贫穷的人来说，如同借水行船，借助他人的力量办成事情，至少能够生存下去。方法良善，用意美好，能够惠及无数人；不论出钱还是出力，都有功德。

自从借钱局开设以来，至今快三年了。凡是来借钱的，大半都是衣服破旧，破烂不堪，而都能按照约定归还，从来没有延期、拖欠、短缺之类的事情。而且暗中在民间访察舆情，老百姓纷纷表示很便利。而且所借的钱虽然不多，但是有的时候竟然有这些钱就能活下去，没有这些钱可能就活不成。世道艰难，真是令人感慨深长而大声叹息。起初创立的时候，志同道合的同仁们凑集了一千串钱，先进行试办，现在已经越推越广。借出去四千多串钱，而实际的本钱只增加到二千串，这是因为每天收回的钱，可以循环周转。以现在的借户来计算，共有二千四百多户，每户以三口人来算，大约共计七千多人受益。所花费的钱，不过是每年局里办公所用四百多千文。以四百多千文的费用，养活七千多口人，真可以说是实惠而不浪费了。更令人称奇的是，现在正有意暂停出借几个月，略微试探一下他们的心思。等回收到三个月，除了病故的两户少去七百五十文之外，其他的都是如数归还，一文不少。足以证明贫民都有良心，不用担心他们借而不还。

这里特地将所有的章程公布，或者由一个地方推广到四方，或者由暂时试行而长期持续下去。远近的地方如果都能举行，或许可以让贫民各自都能安居乐业，不至于沦落为匪类。而地方上的品行不端的坏人，也能渐渐受到感化，变为良善之人。不只是有周济急难这一种阴德。

附录禀报官府请示立案的文稿：为了设法救济贫困，禀报请求批准立案。我们看到，那些从事小本生意的贫民，无处筹措本钱，不得已去借高利贷，俗称“印子钱”，往往因被盘算剥削重利，而陷入恶性循环，不得解脱。更有那些挑担的力役、做手工的工人等，贫苦不堪，即使肯出重利，也无处借贷。强悍的沦落为匪类，软弱的因饥寒而毙命，尤其值得怜悯同情。卑职等目睹这样的情景，不禁痛心疾首，却又没有能力救济施舍，于是号召志同道合的同仁凑集制钱一千串，设立借钱局。办法与印子钱类似，但是宗旨与印子钱迥然不同，始终是希望为贫民提供便利而已。凡是贫民以做小本生意为生的，往往苦于没有本钱，如果确实属于安分守己之人，而且没有吸食大烟、赌博、游荡等不良习气，经局里调查核实确切，酌量借给本钱。金额从八百文起，至五千文为止。每一千文钱，按天收回十文，令其自行送交局中；每五天送交一次，以一百天为期限。只将原来的本金收回，不收取一分一文的利息。研究制定章程，酌情灵活变通试行举办。倘若有所阻碍，难以进行，也可以停止。唯恐出现有无业游民，依仗凶狠蛮横强行硬借，以及有借无还等情况；应当立即移交给地保，到衙门禀报予以惩办。为此抄录章程，建议向群众出示公布。严禁滋事扰乱，并委派差吏时常进行监督，以成全善举，深切期望惠予方便。特此禀报。

附录借钱局规程十三条：

一、共同凑集资金一千串钱，酌情灵活变通试行开办，以此作为周转的基金。倘若有所阻碍，难以进行，即告停止。

二、此举专门为经营小本生意的人而设立，不收取利息。每借钱一千文的，每天偿还本金十文，五天送还一次，以一百天为期限，还清为止。不准延期拖欠，拖欠的即停止借给。

三、借钱的金额，从数百文起，到数千文为止。要看他生意的大小，需要本钱的多少，酌情借给。

四、借钱的人，必须要有家庭以及确实可靠的保证人，或者有居住在一个地方的人，连环互相作保、互相出借。都可以先行到局里挂号，将自己的姓名、住址、职业，以及保证人的姓名、住址、职业，详细说明，登记在册。工作人员前往现场仔细调查核实确切，确实属于在本地向来做小本生意的人，才准许借给。初次做生意的人不借给，防止其以轻易得来而不很爱惜的钱财，姑且尝试。如果是兵勇、家丁、衙役等，以及游荡、赌博、吸食洋烟、抵债、不务正业等人，一概不准借给；没有家室的人不借给；没有保证人又不能连环互相作保的人不借给；本地以外的人不借给；僧尼、道士不借给；屠户不借给；瓦木石匠不借给；剃头修脚的人不借给（如果要开店的，须要有妥当的保人；如果是在澡堂的，须要开澡堂的人作保，似乎可以借给）；每天喝酒的人不借给；吸水烟的人不借给；有名的不孝顺父母的人不借给；局里有三个人及以上不同意的人不借给。

五、按天送收本金，加盖“收”字样的戳记，记入账簿。并且开立折子，也加盖“收”字戳记，交给借户收执，以免错漏。

六、工作人员的工资，每月以二三千文为限，每月于初二、十六日两次支付。

七、工作人员有事外出，必须在账簿上注明几次，以便于查核。如果晚间不回局里住宿，须要注明，以免等候。每天定于辰时开门，戌时关门。

八、总理之人，最难找到合适的人，须要不徇私情，不辞劳苦，不怕埋怨，每天整齐严肃，井井有条，督促率领众人，认真办理。使广大穷人普遍受到实惠，才不辜负总理的职责。

九、管理帐目的人员，帐目每天清算清楚，早晨将昨天所收缴的钱，每一串再清点一遍过目。

十、调查核实借户的人员，每天将所调查核实的借户，品行好坏，情况虚实，是否应该借给，以及钱数的多少等等情况，登记在编号的簿册上，以备查考。凡是开张小店，来借三五千文的必须仔细考察，有妥善的保证人，查访属实，才能借给。如果借几百文到一千文之内的，不用十分拘泥固执，以表示体恤的意思；但是也要看他为人正派不正派。

十一、负责催收的人员，将昨天已经过期未还的借户，逐日催促一过，不得漏催一户。如果过期未还的借户，果真由于疾病、阴雨天气等原因，情有可原的，即在编号的簿册上，加盖一个“有故”字样的戳记。其一是以备期满之后再借，便于查核；其二是也可以暂缓催取，不得私自徇情袒护。

十二、收钱的人员，须要将送来的钱，每天点收清楚，用绳子串成串封好，不得多出或者少收分文。各种簿册、折子、封条的姓名，都须要逐一写清，不能有差错，以免管理帐目的人相互推卸责任。

十三、一百天期满，还清之后再借的借户，如果没有过期拖欠等情况，则前次借一二千文的，准许其酌情增加几百文的额度。如果有过期拖欠等情况，也需要看簿册中，是否有“无故”的戳记，或者“有故”的戳记，仍然参照借给，但是不得增加额度。如果有“无故”的戳记，再看其拖欠时间的长短，有没有不端的行为，或者减少额度借给，或者不借给，都应当细心核实，酌情定夺。总之，既不能泛滥没有原则，又不能苛刻不加体恤。

附借字格式：（略）

9.6.14 张益生员外

张益生，临川人，家寒微，以力田为业。十余龄，从族人某学钱号生意，勤谨笃诚，某甚爱之。某年老，有二子，俱业儒，生意无人经理，遂付益生开设。而年必赢余，以为某合家事畜之费。某二子读书，亦赖以成矣。不数年，钱号益起色，久之获厚资归里。广行善事，本支而外，贫老孤寡，无不赒恤，合村受惠。遇戚友告急，无吝色。他如造桥修路、立庙葺城、助义学、增考棚，有来劝者，必出赀。又育婴会，系李松麓司马倡首，赖益生累年助捐经费，得垂久远。计十年中，养活幼孩约三千数百余人，渐而及于省会。凡助宾兴之盛典，给士子之卷资，及一切善举，俱慷慨从事。又如直隶、山西暨各处荒赈，或捐数百金，或捐数千金，每隐其名。闻益生常立愿云：“每年倘获万金之利，必以大半行善。”目下家号素封，并不置产。又信各种善书，必身体而立行之。

同治某年间，曾合伙贩油三十六船，赴湘贸易。一日过洞庭湖，遇风，舟尽覆，惟益生油船数只无恙，大得其利。殆冥冥中有佑之者。益生从此行善益力，信心益坚。现年七十有余，授员外职，步履不啻少年。生子五，长子以郡守发福建；四子以员外中北闱壬午举人。此外读书者，不乏人。孙曾蕃衍，后起绵延。

录此以见修德者，不必求报，而获报必厚云。此由蒋干臣观察寄示者，据云此的确不虚事，亟应载之《九录》中以为劝。

【译文】张益生，江西临川（今抚州市临川区）人，家世寒微，以种田为业。十多岁时，跟随某族人学习钱店生意，勤勉谨慎、忠厚诚实，某族人非常喜欢他。族人年老，有两个儿子，都以儒学为业，钱店生意无人打理，于是交给益生负责经营。而每年都有赢利，用来作为全家日常生活用度的费用。族人的两个儿子读书，也赖此得以成就。没过几年，钱店的生意越来越有起色，多年来获得丰厚的资本，回到家乡。广泛地做各种善事，除了家族本支以外，凡是贫困、年老、孤儿、寡妇等人，也无不给予周济救助，全村人都受到他的恩惠。每当遇到亲戚朋友有急难之事来求助，都是慷慨解囊相助，没有吝惜和为难的神色。其他的比如造桥修路、建庙修城、帮助义学、增修考棚等等，有人来劝募，必然出资捐助。还有育婴会，是李松麓司马首先倡导发起的，有赖于益生历年来捐助经费，得以长期持续。算下来十年之中，养活的婴幼儿约有三千几百多人，并渐渐推广普及到省城。凡是举行宾兴（科举时代，地方官设宴招待应举之士）的典礼，提供学子试卷的经费，以及一切善行义举，都慷慨解囊，积极参与。还有比如直隶、山西以及其他地方发生饥荒时，赈济灾民，或者捐几百两，或者捐几千两，而且往往不留姓名。听说益生常常发愿说：“每年倘若获得一万两的利润，必定会拿出一大半来行善。”眼下家中号称素封（无官爵封邑，而资财丰厚的富人），而并不购置房屋田产。还信奉各种劝善书，必定用心领悟并亲自躬行实践。

同治某年间，曾经与人合伙贩运油料三十六船，赴湖南销售。一天，经过洞庭湖，遇到大风，湖面的船只都倾覆了，只有益生的几艘油船安然无恙，获得了丰厚的利润。大概冥冥之中有神灵在护佑他。益生从此以后行善更加努力，信心更加坚定。现在七十多岁，被授予员外郎的职衔，步伐矫健，如同少年。生育了五个儿子，长子在福建担任知府；四子以员外郎参加光绪八年（1882）壬午科顺天乡试，考中举人。其他能读书的子孙，不在少数。子孙繁衍，后起之秀绵延不绝。

将张益生的事迹记录在此，可见修德行善的人，不需要追求善报，而将来所获得的善报必定是格外丰厚的。这则事迹是蒋干臣（名国桢）道台寄来给我看的，据他说这是真实不虚的事情，因此载入《九录》以作为劝戒。

劝戒十录

《劝戒十录》原序

梁敬叔先生《劝戒录》，吾乡诸君子刊至第九录而止，其第十录编次初就，未及厘订，而先生卒于会垣行馆。疾革时，谆谆以是录未刊，属其友人钱塘江小云观察（清骥），为竟其事，久未有以践其诺。武康应敏斋廉访（宝时），敬叔先生姻旧也，自会垣来居郡城。今年春，观察来游，遑遑焉深以不克应故人垂没之言为憾，廉访慨然出多金，以观厥成，而以予董其役。谨就先生文孙所藏初稿，重校一过，观察亦审订再三，乃依前录版式，别缮清本为六卷，授之梓。俞星樵广文（庆恒），又为正其刊误。昔人有言曰："一死一生，乃见交情。"盖不以今昔存亡，移其平素之笃厚，此道谊交也。之二公者，固夙与先生为道谊交，而是举乃足增友朋之重。呜呼，可以风矣！刻既成，梓人索序言，因谨识其缘起如此。

光绪十三年冬十二月，旧属部民山阴姚振宗。

【译文】梁恭辰（字敬叔）先生所著的《劝戒录》一书，我们绍兴的诸位乐善君子刊印到第九录为止，其中第十录初步对篇目编订了次序，还未来得及整理校订，而梁先生即仙逝于省城杭州的行馆。病情危急时，恳切地叮嘱第十录尚未刊行，嘱托他的朋友钱塘的江小云观察（名清骥），帮助他完成这件事，长期都没能履行承诺。武康的应敏斋（名宝时）按察使，是敬叔先生的姻亲，从省城杭州来到绍兴府城。今年春天，江小云观察来游访，惶恐不安地一直因为没能实现老朋友临终的遗愿而感到遗憾，按察使应敏斋先生慷慨解囊，捐出很多钱，来促成这件事，而令我负责其中的事务。郑重地根据先生的孙子所收藏的初稿，重新校对一过，江小云观察也反复进行了审订，于是依照前录的版式，另外缮写样本，编为六卷，交付刊印。教官俞星樵先生（名庆恒），又代为校正了刊刻过程中出现的错误，这真是以道谊相交的朋友。这两位先生，本就素来和梁先生是道谊之交，而这次的善行义举更是足以让朋友之间的友谊更加厚重。哎呀！可以成为世人效法的榜样了！书版刊刻完成后，刻工向我索求一篇序言，于是郑重记录其中的缘起于此。

光绪十三年（1887年）冬十二月，旧属部民山阴（今浙江绍兴）姚振宗谨序。

第一卷

10.1.1 江阴季封翁

季佑申运副之曾祖晴郊公，以乾隆甲寅举人，与家大人同年相识。三届都中会试，常相过从。公于嘉庆辛酉，大挑分发直隶。己巳，补钜鹿令。

时有奸民煽众敛财粟，地方传教匪滋事。督臣飞章入告，及诏命重臣查办。公已将要匪按名捕获，解讯，途逢上游所遣吏，遂授之。当获犯时，搜得名册二本，细为体访，不过以鬼神祸福恐吓愚民，为敛钱计，并无谋叛实迹，不得以青莲、白莲等邪教比。阅名册，共三千数百户，而绅富居半。

公至郡，见太守曰："此等人实非教匪，多系良民；一时无知，惑于祸福之说，互相往还。册上即列其名也。星使到时，若将名册上呈，势必按户拿问，纵得原情释放，而三千数百家破矣。意欲焚其名册，只办为首者数人。"太守曰："此举甚善，然子必获大咎，不止褫（chǐ）职，盍再思之？"公曰："某思之已熟，一己获罪，而能保全数千户，何惮而不为？"太守颔之。

公还，即举名册投之火。星使至，索名册，公遽对曰："某查明册列者俱良民，留之多株累，已焚之矣。”星使怒，而当日上游所遣之员，复自以获犯为功，而不为公列名，遂被诬劾。坐本官不与名同捕，褫公职，戍乌鲁木齐数年。公竟卒戍所。呜图壁巡检马君曾裕，集资属松江徐某护榇以还。

后公子文敏公，以道光壬辰会试一甲三名及第，累官闽浙总督。孙亦早岁入翰林。至今科第克继，簪缨不绝。《易》云：“积善余庆。”信然！公于赴闽督任，路过武林，叙及世谊，予叩此事，不诬也。按，此与吾乡廖太翁焚洋盗册相仿，而天各报以鼎甲，两相映也。

【译文】两浙盐运副使季佑申（名纶全）的曾祖父晴郊公（季麟），考中乾隆五十九年（1794）甲寅科举人，和我父亲在当年相识。三次到京城参加会试，常相往来。晴郊公在嘉庆六年（1801）辛酉，通过大挑（清制，挑选三科以上会试不中的举人，一等任知县，二等任教职，称为“大挑”）被分配到直隶省做官。嘉庆十四年（1809）己巳，补授为钜鹿县令。

当时该县有奸刁的人煽惑民众聚敛钱财、粮食，地方哄传有教匪滋生事端。总督上奏章报告朝廷，朝廷命令重臣调查办理此事。晴郊公已经将重要匪徒按照名字一一抓获，在押赴审讯的路上，遇到了上级派遣的官吏，于是交给他。在抓获罪犯时，搜到了两本名册，经过仔细察访，不过是以鬼神祸福等迷信恐吓愚民，为了聚敛钱财，并没有谋反的迹象，不能与青莲、白莲等邪教相比。翻阅这两本名册，共计三千几百户，而约有一半是乡绅、富户。

晴郊公到府城，见到知府大人说：“这些人确实不是教匪，大多数都是良民；只是因一时无知，被祸福的说法蛊惑，互相有来往。名册上就是列举的他们的名字。使臣来到的时候，如果将名册呈上去，势必要按照名册挨家挨户捉拿审问，纵然了解到实情后被释放，而这三千几百多户人家就破败了。我想还是把名册烧掉，只惩办带头的几个人即可。”知府说：“这样做很好，但是你必定会承担很大的责任，不只是被革职，何不再考虑一下？”晴郊公说：“我已经考虑清楚了，一个人获罪，却能保全几千户人家，害怕什么而不去做呢？”知府点头表示同意。

晴郊公回去之后，就把名册一把火烧掉了。使臣来到之后，索要名册，晴郊公就回答说：“我查明名册上列举的都是良民，留着不免会有很多株连牵累，所以已经烧掉了。”使臣大怒，而当时上级所派遣的官吏，又将抓获罪犯的功劳据为己有，而没有提到晴郊公的名字，于是被诬告弹劾。因为本官没有参与抓捕罪犯的罪名，被革去职务，遣戍到乌鲁木齐几年。后来在遣戍的地方去世。鸣图壁巡检马曾裕先生，筹集资金并委托松江府的徐某护送晴郊公灵柩回乡。

后来，晴郊公的儿子季文敏公（季芝昌，字仙九），道光十二年（1832）壬辰科一甲三名进士（探花）及第，官至闽浙总督。孙子（季念诒）也早年中进士，入翰林院。到现在科第功名持续不断，入仕做官的人绵延不绝。《易经》中说：“积善之家，必有余庆。”确实是真实不虚的。文敏公在赴闽浙总督任上时，路过杭州，谈到了世代相交的友谊，我叩问这件事，确实是这样的。按，这件事和我们当地廖太翁烧毁海盗名册的事迹类似，而上天都以子孙鼎甲（科举制度中状元、榜眼、探花之总称，以鼎有三足，一甲共三名，故称）作为回报，两件事可以说是交相辉映。

10.1.2 徐太夫人

山阴徐封翁（阶），家贫甚。由吏员出为县尉，日视狱囚问疾苦，戒狱卒等勿虐使之。遇贫不能食者，出廉俸相济。躬自节俭，居官三十年，公服外无绸。翁殁，夫人汪氏一秉翁训，勤苦持家，日事纺绩。性好施，虽饔飧（yōng sūn）不继，而救贫无吝色。严冬偶制棉膝裤，着未终日，适一丐妇至，见其跣足，竟解而与之。曰："若行风雪中，宜此御寒。吾辈终在居室也。"其他善事多类此。

厥后，幼孙秉钤，由县令洊升知府（曾任晋江县令，今范志神曲纸包上犹载出示等语），历任山西平阳、潞安等府。夫人迭膺封诰，恭遇覃恩，晋封二品夫人，寿至一百一岁，无疾而终；奉旨建百岁坊，钦赐"贞寿之门"额。曾孙青照，以嘉庆己卯举人、道光壬午会魁，由司马州牧，升任太守（任广东琼州、安徽徽州、江苏松江、江宁、镇江等知府），简放庐凤颍道；光照，亦己卯举人，出为湖北司马；大勋、久照，俱以县令州牧，晋秩太守。后代簪缨不绝，食饩廪（xì lǐn）、列庠序者甚夥，称书香世守焉。

【译文】浙江山阴县（今绍兴市）的徐阶老先生，是一位封翁（因子孙显贵而受封典的人），家境很贫困。由吏员开始做起，后来出任县尉，每天都去探视狱中囚犯，询问疾苦，告诫狱卒等人员不要虐待苛责他们。遇到贫穷吃不上饭的，捐出自己微薄的俸禄来接济他们。而自己生活很节俭，做官三十年，除了官服之外从来没有穿过绸缎衣服。老先生去世后，夫人汪氏继续按照老先生的教导，勤苦持家，每天从事纺织。为人乐善好施，即便是生活贫困，吃了上顿没下顿，而接济更加贫穷的人毫不吝惜。一年的冬天，天气严寒，偶然做了一条棉膝裤（遮蔽腿部的服饰），穿了还没一天，恰好一名乞讨的妇女来了，见她光着脚，就解下来给她了。说："你行走在风雪中，应该穿这个御寒。我们整天待在屋里。"

其后，小孙子徐秉铃，由县令逐步擢升为知府（曾任福建晋江县令，现在"范志神曲"的外包装上还印有当时发布的告示等字样），历任山西平阳、潞安等地知府。夫人多次荣膺封诰，蒙受朝廷恩赏，晋封为二品诰命夫人，活到一百零一岁高寿，无病而终；奉朝廷恩旨建立"百岁坊"，钦赐"贞寿之门"的匾额。曾孙徐青照，是嘉庆二十四年（1819）己卯科举人，道光二年（1822）壬午科会元，由同知、知州，升任为知府（历任广东琼州、安徽徽州、江苏松江、江宁、镇江等地知府），经铨叙派任为安徽庐凤颍道；徐光照，也是嘉庆二十四年（1819）己卯科举人，出任为湖北同知；徐大勋、徐久照，都由县令、知州，晋升为知府。子孙后代出仕做官的人接连不断，成为廪生（明清两代由公家发给银两、粮食的生员）、府县学生员的有很多，被称为世代相传的书香门第。

10.1.3 徐节妇

徐节妇，仪征鹾（cuó）商李汉西封翁之少女也。年十六，适山阴徐子瑜太学。时太学英年富学，文章器识，咸以远到期之。嗣因祖墓风水，为人觊觎（jì yú），盗葬两年中，本支丁口，凡贤而多才，与幼而岐嶷者，伤三十余人，太学与焉。

节妇时年二十，哭而誓曰："翁老子幼，一死不足以塞责，殉夫易，抚孤难。予当为其难者。"寓居皖南之宣城县，值粤逆攻围，移乡避难。逾年，翁以暮景流离，惊郁致疾。节妇日夜侍奉，祷天愿以身代。未几，翁殁，虽患难中，丧殡如礼。以他乡无亲族可靠，遂携子女徒步回浙，中途屡过贼营，而贼若弗见也者。是亦奇矣！

所尤异者，咸丰壬戌三月二十一日，贼队至钱清之东塘，肆行劫掠（俗谓之"打先风"）。节妇令子从族人先避，己仍挈女而行，半里许，贼前锋踵至，不及远逃，遂于路侧藁葬坟内窜伏（俗谓之"草搧坟"）。少顷，四面皆贼，无路可行，念墓侧亦非乐土，终必不免。因掣所佩绣剪，跪而祝曰："我命合休，则请以此毕命；若犹得抚孤儿成立也，则天速降大雨，以阻贼巡逻之行。"时午日当中，天无纤翳，祝毕，阴云四合，掣电轰雷，大雨倾盆，自午至酉无少间，既夜天晴。贼果以泥泞不出，天初明，竟拔营去。其子与族人永明踪迹至，闻草坟内窸窣（xī sū）有声，寻而视之，得相遇焉。

甲申岁，余延其子蓉生茂才为西席，见其心性诚笃，气概昂藏，决其非长贫者。知天之所以报节妇，正未有艾。亲为余述其太夫人事如此，故亟录之。

【译文】徐节妇，本是江苏仪征（今仪征市，属扬州）李汉西老先生的小女儿。十六岁时，嫁给浙江山阴县（今绍兴市）的徐子瑜太学（即监生，明清两代在国子监读书或取得入国子监读书资格的人）。当时徐监生，本是年富力强，学识渊博，不论文章还是气度才识都很出众，人们都认为他将来必定前程远大。后来因为祖坟的风水好，被人有所企图，偷葬两年之中，本宗族的人口，凡是贤能而有才，以及幼年就表现出才智出众的，先后夭亡三十多人，徐监生也在其中。

徐节妇当时二十岁，哭着立誓说："公公年老，儿子幼小，如果一死了之没有任何意义，殉夫容易，抚养孤儿长大成人困难。我要选择困难的去做。"客居在安徽南部的宣城县，正值太平天国军队围攻，转移到乡下避难。第二年，公公因为年纪大又漂泊流离不定，惊吓忧郁成病。节妇日夜在身边侍奉照顾，祷告上天愿意自己替代公公生病。不久，公公去世了，虽然身处患难之中，办理丧事，殡殓安葬都遵守礼仪。因为身在异地他乡，没有可以依靠的亲戚朋友，于是带着子女徒步回浙江，半路上多次经过太平军的军营，而太平军好像都没看到她们一样。这也是很神奇啊！

更加不可思议的是，咸丰壬戌年（1862）三月二十一日，太平军的队伍来到钱清镇（今属绍兴市柯桥区）的东塘，肆意抢劫掳掠（俗称"打先风"）。徐节妇让儿子跟随族人提前躲避，自己带着女儿走，走了半里路左右，太平军的先锋就接踵而来，来不及远逃，于是在路边的乱葬岗中躲起来（俗称"草掮坟"）。过了一会儿，四面都是太平军，无路可走，考虑到坟地也不是什么安全地方，最终免不了一死。于是取出身上带的刺绣用的剪刀，跪着祷告说："假如我命该绝，就请用这个结束性命；假如仍然能够抚养孤儿长大成人，则上天立刻降落大雨，来阻挡太平军巡逻到此。"当时正是中午，太阳高照，天上没有一片云彩，祷告完毕之后，忽然阴云从四面涌来，电闪雷鸣，大雨倾盆而下，从午时一直下到酉时（下午5点到7点），一刻没停，入夜后天气放晴。太平军果然因为道路泥泞没有出来，天刚刚亮，就拔营而去。她儿子和族人徐永明摸索着找来，听到坟地草丛中断断续续有声音，近前去看，因此而得以相遇。

光绪甲申年（1884），我邀请徐节妇的儿子徐蓉生秀才做家庭教师，教孩子读书，见他心性忠诚厚道，气宇轩昂，断定他不会长久居于人下。知道上天对节妇的回报，正是没有尽头。亲口对我讲述了他母亲太夫人的这些事迹，所以记录在这里。

10.1.4 饭肆获报

浙人某生，性极仁厚。娶妻，伉俪尤笃。当红巾陷城，其妻被掳，生亦逃避。贼退，探访无踪，归家独处，誓必寻得，不再娶。闻邻邑贼遗妇女甚多，急往查探，遍行村落，仍无有也。寓于逆旅，朝出暮归，资斧告罄，店主人甚敬爱之，劝作徐图。店前向设饭肆，遂留其经理，生姑安之。实主人有女及笄（jī），欲妻生而未出口也。

一日，有乡人入肆饭毕，匆匆去，遗一囊于几上。生见累累，重若有物，代收之。少顷，其人复至，意甚仓皇。生审知为失物者，呼而与之。乡人感谢不尽，谓生曰："实告君，前村有妇女数人，任人买赎。某无妻，已看定一妇，价五十金，约定今日交银，不意在此遗失，幸蒙见还，此妇即君之赐也。明日合卺之吉，姑借喜筵，聊酬大德。"并邀店主人同来。生许之。

次日，偕店主人往贺，新人尚未入门，云已驾舟往迓矣。无何，一舟抵岸，妇女数辈扶新人登陆。生在傍窥视，即其妻也，一痛而晕。新人亦泣倒于地。众皆愕然，灌救，移时始苏。询之，以实告，莫不欷歔（xī xū）。有劝乡人出资令生另娶者，有劝生归还聘资携妇归者，众论纷然。生于邑莫能对，店主人出谓乡人曰：“子之金既失，为某先生所得，以某先生之金，赎某先生之妇，天赐也。惟酒筵等费欲取偿于某先生，实亦力有未逮，且使子人财两空，殊难为情。予有一善处之法，未知可行否？”众人曰：“愿闻其说。”店主人曰：“予有女，年及笄矣，貌亦不恶。今以新人归某先生，以弱息代新人，仍不误今日之吉期，何如？”众俱称善，乡人大喜，遂驾舟与店主人同往，妆女而至，行交拜之礼焉。另馆生于他室。

越日，同归，以感店主人恩，生妻拜为寄女，不时归宁，侍奉过于所生。往来乡人家，如姻娅。店主人年逾八十，精神日健，三子均能读书，入泮食饩（xì）。孙多人，现已有出应童子试者。家业蒸蒸日上，天报善人洵不爽也。

【译文】浙江人某生，性情极为仁善忠厚。娶妻，夫妻之间恩爱忠诚。当太平军攻陷城市的时候，他的妻子被掳掠而去，某生也逃出避难。太平军退去后，到处打听妻子的下落，都没有踪迹，回家后一人独居，发誓一定要找到妻子，不再另娶。听说邻县太平军遗留下来的妇女很多，急忙前往查探，走遍了各个村落，还是没有找到。住在旅店里，早出晚归，旅费也用尽了，店主人对他非常尊敬、喜爱，劝他慢慢再想办法。旅店前一直开设有饭店，于是请他留下来经营管理，某生姑且稳定下来。实际上店主人有个女儿，已经到了适婚年龄，想要把女儿嫁给他，只是没有说出口。

一天，有一个乡人到饭店吃完饭，匆匆忙忙离开，遗忘了一个袋子在桌上。某生见袋子鼓鼓囊囊，很有分量，好像有东西，就代为收好。过了一会儿，那人又来了，神色慌慌张张。某生确定他就是丢东西的人，叫他来，把东西还给了他。乡人感谢不尽，对某生说："实话告诉您，前面村子里有几名妇女，任人出钱买赎。我没有妻子，已经看中了一名妇人，价格五十两银子，约定今天交付银两，没想到在这里遗失了，幸亏承蒙您归还，这名妇人就是您的恩赐。明天结婚大喜之日，姑且借着喜酒，来答谢您的大恩大德。"并且邀请店主人一同前来。某生答应了。

第二天，和店主人一起前往贺喜，新人还未进门，说已经开船去迎接了。不多时，一艘船靠岸，几名妇女扶着新人上岸。某生在旁边窥视，发现就是他的妻子，因一时伤心而晕过去了。新人也哭倒在地。众人都大为惊愕，连忙灌药急救，过了一会儿就苏醒过来。询问他怎么回事，某生就把事情告诉了大家，所有的人无不感动落泪。有劝乡人出钱让某生另外娶妻的，有劝某生归还聘资带妇人回去的，大家议论纷纷。某生一时心绪烦乱无法回答，店主人出来对乡人说："你的钱本来是丢失的，被某先生所得，那就属于某先生所有；以某先生的钱，赎回某先生的妻子，这是天意的成全。只是酒席的费用如果要向某先生取偿，也确实一时无力偿还，而且让你人财两空，特别难为情。我有一个好办法，不知道是否可行？"众人说："愿闻其详。"店主人说："我有个女儿，已经到了嫁人的年龄，长相也不差。现在将新人归还给某先生，让我女儿代替新人，也不耽误今天的大喜之日，怎么样呢？"大家都说好，乡人也很高兴，于是驾船和店主人一同回家，将女儿梳妆打扮好接过来，举行了拜天地的礼仪。又另外帮某生夫妻找了住处。

第二天，一同回家，因为感激店主人的恩情，某生的妻子拜为干女儿，时常回来看望，如同亲生父亲一样侍奉。也和乡人家一直保持来往，如同连襟。店主人年过八十岁，精神日益健旺，三个儿子都能读书，入县学读书成为廪生。孙子多人，现在已经有出外参加秀才考试的了。家业蒸蒸日上，上天对善人的回报确实是没有疏漏的。

10.1.5 高氏世德

仁和高梅溪封翁（士桢），其先世居越中，至翁家渐中落，弃儒而贾。至杭州双陈衙，止焉。邻有无赖子，以其非土著也，遇之多无状；翁辄不与校。人呼为“高佛儿”。数年，积资巨万，年八十而卒。

长君伯阳明经，性尤乐善。先是，省垣故无善堂，鳏寡孤独之无告者，流离载道。明经尽捐其资产，为邑人倡，于城北购隙地数十亩，缔造屋宇，俾老疾妇稚得所教养。大吏嘉之，上其事于朝，钦赐匾额，名曰“普济堂”，今武林门内双狮狰然者是也。是年，封翁长孙凤照，登贤书。

次孙月槎中翰（凤台）、芝检征君（凤墀），皆慷慨好施，有祖父风。征君阴德尤夥，家人多不及知。其最著者，则为置义地数百亩，掩骼埋胔，至四万余具，名曰“存仁场”。学使万公（青藜），为作记，美其事。杭人呼为“高善人”。

庚申，粤扉寇浙，征君已殁。子古民观察（锡恩），先期奉母避越中，得无恙。城陷后，有导匪往高氏者，匪问：“谁氏？”曰：“高善人家也。”匪曰：“人以善名，犯之不祥。”卒不往。乱平，四邻皆成焦土，惟高氏屋独存。人咸以为积善之报。

至今，其家子弟服御朴素，语言木讷，毕生不识樗蒲（chū pú）具为何物，烟霞癖为何事。其兴正未有艾也。

【译文】浙江仁和县（今杭州市）的高士桢老先生（字廷三，号梅溪道人，世称梅溪公），其先祖居于山阴梅里，到梅溪公这一代，家道渐渐中落，于是放弃科举而从事商业。来到杭州双陈衖，便定居在这里。邻居有个无赖子，因为他不是本地人，对待他一直很无礼；梅溪公也不和他计较。人们称呼他为“高佛儿”。几年后，积累资产上万，八十岁去世了。

梅溪公的长子高崇元（字伯阳），是一名贡生，性情尤其乐善好施。起初，省城杭州过去没有善堂，鳏寡孤独、无依无靠的人，流离失所，路上到处都是。崇元先生捐出全部的家产，并向当地人倡议，在城北购置了几十亩空地，建造房舍屋宇，使那些衰老、残疾、妇女、儿童等无依无靠的人，得以生活下去。上级大官大为赞许褒奖，将他的事迹上奏朝廷，朝廷亲自颁赐匾额，取名为“普济堂”，现在武林门外门前有两座石狮子的地方就是。这一年，梅溪公的长孙高凤照，考中举人。

次孙高凤台（字月槎，一作越槎）中翰（内阁中书）、高凤墀（字芝检）征君（即征士，学行并高而不出仕的隐士），都是慷慨大度、乐善好施，有祖父的遗风。高凤墀先生所做的善事尤其多，阴德浩大，家人很多都不知道。其中最为显著的，则是购置了义地几百亩，专门掩埋无人收殓的遗体、骨骼，多达四万多具，取名叫“存仁场”。学政万青藜先生，作了一篇文章，刻在石碑上，来称赞表扬这件事。杭州人称他为“高善人”。

咸丰庚申年（1860），太平天国军队攻打浙江，当时，高凤墀先生已经去世。儿子高学淳（字锡恩）观察，已经预先带着母亲逃到绍兴避难，得以安然无恙。城市被攻陷后，有人引导太平军到高家住宅，太平军问说：“谁家？”回答说：“是高善人家。”太平军说：“以善人相称，冒犯善人家不吉利。”最后就没有去。战乱平息以后，四周邻居的房屋都化为一片焦土，只有高家的房屋巍然独存。人们都认为这是积德行善的善报。

到现在，高家的子弟依然衣食用度极为朴素，说话质朴木讷，一生不知道赌博用具是什么东西，鸦片烟是怎么回事。高家的兴盛正是蒸蒸日上，没有尽头。

10.1.6 嘉兴李生

道光辛卯，浙江乡试，头场陶字十七号，嘉兴李生某，三艺脱稿后，挑灯朗诵，意兴方酣。忽冷风骤至，灯暗如豆。一少妇，淡妆缟袂（gǎo mèi），搴（qiān）帘而入，向生谛视，曰：“吾寻汝久矣。”生不觉失声曰：“丽卿饶我。”既而扬尘舞蹈，口中哓哓（xiāo xiāo）不可辨，细审是中州口音。比晓，监军往禀号官。号官至，见其两手作格斗状，指尖皆赤若涂硃，旋大噱（xué）曰：“尔其奈何我？”号官取其卷视之，嗟惋不已。遂唤青衣二人扶生出，甫至头门，生直前向人丛夺取一眼镜，抛而碎之，拍手大笑，曰：“好了，好了！”众询知其病狂也，姑勿与校。而生则殊已了了，向其同寓接考者，相劳如故。

归寓，众环集询状，生曰：“始见女入，殊昧平生。但见女教余取佩刀自刺，又教余解带自经，皆为余祖夺去，谓余曰：‘此案殊未了，汝记取，明日卯初，关圣行香过此，汝即出号求救，或有济也。’次日，天既曙，忽闻空中细乐嘹喨，呼殿杂然，遥望果见帝君御舆而来。余即出，伏地哀求，帝君左顾一吏，命检旧案。吏于箧中取黄册，反覆良久，跪奏曰：‘此三世以前事也。’帝君索册阅毕，复命取善恶簿阅之，谓曰：‘此事彼自理直，且沉冤可悯。余亦无可究诘，但事已隔世，汝今生既无罪恶，全汝一命可也。以后遇春秋祭祀，必诚必敬，即此一念可以劝孝。’取硃笔遍涂指尖，嘱曰：‘汝归号，可以此麾之使去矣；然彼愤固未泄，须记出场时，头门外向人抢一眼镜抛之，可免。’嘱毕，命驾而去。余归号，见女正在寻觅，瞥见余，柳眉斜竖，直前相扑。余格以手，女逡巡却立，切齿曰：‘负心汉，汝依此神通，余遂舍汝耶！’恨恨而去。余出至头门，有青面狰狞、被发持械者数十人，分布两行，举刃乱刺。余急取眼镜掷之，则霹雳一声，群魔俱杳矣。于是命人往市牲帛，至照胆台酬祀而归。”是后，某生亦不复再赴科场云。

【译文】道光十一年辛卯（1831），浙江省乡试，第一场“陶”字十七号，是来自嘉兴的考生李某，三篇文章完成后，点灯朗诵，正在兴致盎然之时。忽然一阵冷风吹来，灯光变得昏暗如豆。一名少妇，略施脂粉，身着白衣，撩起帘子进来，盯着李生直看，说：“我找你很久了。”李生不觉失口说出：“丽卿饶我！”接着，就是手舞足蹈，尘土飞扬，口中念念有词，好像是在不停地争辩，不知道在说什么，仔细听好像是河南口音。天快亮时，监考的士兵将此情况向监考官禀报。监考官来到，只见他两手做出格斗的姿势，手指尖都变成红色，好像涂了朱砂，然后大笑着说：“你能把我怎么样？”监考官拿起他的试卷看了看，慨叹惋惜不已。于是命令二名差役扶着李生出来，刚到大门，李生径直向前从人群中抢夺了一个眼镜，扔在地上摔碎，拍手大笑，说：“好了，好了！”众人经询问得知他发了疯病，姑且不和他计较。而李生则已经清醒了，看到同住接考的人，像原来那样打招呼。

回到所住的公寓，大家围起来询问他刚才发生的事，李生说：“刚开始见女子进来，从来不认识。只见女子教我取佩刀刺自己，又教我解下衣带自缢，都被我祖父夺去，对我说：‘这个案子还没有了结，你记住，明天卯时（早晨5点至7点）初刻，关圣帝君出巡行香经过此地，你立即出考场求救，或许有救。’第二天，天刚放亮，忽然听到空中美妙的音乐清澈响亮，杂以鸣锣开道的声音，远远望去果然是关圣帝君乘坐车驾而来。我立即出来，跪在地上哀求，关圣帝君指示左侧的一名小吏，命令检阅旧时的案卷。小吏在箱子里翻出一本黄色封面簿册，反复翻看了很久，跪着奏报说：‘这是三世以前的事情了。’帝君取簿册来看，又命令取李生的善恶簿检阅，对我说：‘这件事她确实理直气壮，而且长期的沉冤未得伸张。我也没有办法深究追问，但是事情已经隔了多世，你这一生既然没有什么罪过，可以保全你一条性命。以后遇到春季、秋季祭祀，一定要至诚恭敬，只此一念孝心，便可以劝世人行孝。’然后取红笔把每个手指尖涂了一遍，叮嘱说：‘你回到号舍，可以用这个挥斥她走开，但是她的愤恨还未发泄，所以须要记得在出考场时，在大门外向人抢一个眼镜扔过去，可以避免。’叮嘱完毕，帝君的队伍就离开了。我回到号舍，只见女子正在寻觅，瞧见我，柳眉斜竖，发怒地朝我扑过来。我用手阻挡，女子徘徊退却站在一边，咬牙切齿地说：‘负心汉，你仗着有这个神通，我就能放过你吗？’恨恨地离去了。我走出考场到大门，有青面狰狞、披头散发、手持器械的几十个人，分列两行，举刀乱刺。我急忙拿眼镜扔过去，只听霹雳一声，一众魔鬼都消失不见了。”于是，命人到集市上买了酒肉香烛等祭品，到照胆台祭祀酬谢神明而回。从此以后，李生再也没有参加科举考试。

10.1.7 光绪辛巳山阴雷

某翁，山阴余渚人，年六十余，性谨愿。生二子，皆娶妇。向负富家银洋三十元，以贫故，久莫偿；又以其息太重，思另贷以准之。适有友作贸易得利，向述其故，友慨然借之。翁立券，持洋归。为两媳所窥，疑翁私蓄，乃窃而瓜分焉。次日，翁与富家约期交洋销券，富家诺之。及期，翁取洋，遍搜不得，恐以富家受绐，必为所窘；又念一款未清，复增一债，负累日重，无以为生，因服卤而死。次日，将殓，天忽大雨，轰雷一声，两媳同时殛死。须臾，次媳甦，述偷洋事致翁自尽云云。言讫，复毙。此光绪辛巳四月间事。

【译文】某老先生，浙江山阴（今绍兴市）余渚人，年纪六十多岁，为人谨慎诚实。有两个儿子，都已娶妻。原来欠了富家银洋三十元，因为贫穷，长期未能偿还；又因为利息太高，考虑另外借贷一笔钱来周转。正好有朋友做生意获得了可观的利润，便向其述说其中的缘故，朋友慷慨地借给了他。老先生写好借据，拿着钱回家了。被两个儿媳瞧见，怀疑是老先生储蓄的私房钱，就偷来瓜分掉了。第二天，老先生和富家约定时间交还银洋并销毁借据，富家答应了。到了约定的时间，老先生拿钱，到处找也找不到，恐怕被富家认为自己存心欺骗，到时一定会被侮辱和刁难；又想到一笔贷款还未还清，又新增了一笔欠款，负累一天比一天重，难以生活下去，于是喝下盐卤（制盐时剩下的黑色汁液，味苦有毒）而死。第二天，将要殡殓，天忽然下大雨，只听震雷一声，两个媳妇同时被击死。过了一会儿，小儿媳妇苏醒过来，讲述了偷盗银洋而导致公公自尽的事情。说完之后，又死了。这是光绪七年辛巳(1881)四月的事情。

10.1.8 光绪癸未山阴雷

王氏妇，年二十余。夫业农，性颇刚直，伉俪虽笃，而不以妇言是用。生一子，甫九月余。妇屡欲归宁，而夫不许。一日早起，夫谓妇曰："我今日出门，归当晚，好看门户，勿他往也。"妇诺，阴念得间，心中甚喜。早餐毕，抱儿出门，反扃其户，托邻右曰："夫或早归，勿言归宁，言在邻家磨麦可也。"遂行，相去五六里，少顷抵家，入门起居，言笑甚欢，絮谈良久。辞归，母为市瓜果一筐、香糕一包与之。

妇乃抱子挈筐，盛暑趱(zǎn)行，颇形累赘。中途得树阴少憩(qì)，顾筐中香糕已失，私计路无行人，或有可觅。乃置儿于地，返身寻觅，数十武外，见有车水溉田者，其母家邻人也。因问："曾见我香糕包否？"曰："未也。"问："此路另有行人否？"曰："无之。"妇复前行，至半里许，讫不可得。念儿在树下，且惧夫归，乃复回至树下，儿已失所在；四顾呼寻，杳无声息。既悲丧子，益虑夫责，中心彷徨，计无所出，遂自溺。须臾，尸抱儿而浮。盖树去水不远，儿以呼母不得，匍匐而入于河也。

俄焉，雷声隆隆，电光四掣，霹雳一声，其车水之邻人已背剪而长跪于地。一时观者如堵，见其未死，争问之，邻人曰："妇香糕落地时，我见之而未与言。妇回问时，我已食之。使我早告以为人拾去，而绝其望，儿犹不致落水。今则是我置两人于死也。”言讫，昏不知人，夜半而毙。吁！香糕特数十文事耳，而一念之贪，杀人而亦自杀，可畏矣哉！

【译文】有一名妇人王氏，年龄二十多岁。丈夫从事农业，为人颇为刚直，夫妻虽然恩爱忠诚，却从来不听从妻子说的话。生了一个儿子，刚刚九个多月。妇人多次想回娘家，而丈夫不同意。一天早起，丈夫对妻子说：“我今天出门，回来得晚，好好看家，不要到别处去。”妇人答应了，暗想这次终于得空了，心里非常高兴。吃完早饭，抱着孩子出门，反锁门户，委托邻居说：“丈夫如果早回来，不要说我回娘家了，就说我在邻居家磨麦子就行了。”于是走了，相距不过五六里远，不一会儿就到家了，进门相互问候起居，很高兴地说说笑笑，说了很久的话。然后就告别准备回去，母亲给她买了一篮子瓜果、一包香糕带着。

妇人于是抱着孩子、提着篮子，冒着酷暑往前赶路，很是拖累麻烦。半路上找到一棵树，在树荫下稍微休息，再回头一看，篮子里的香糕已经不见了，心想路上没有什么行人，或许还能找到。于是先把孩子放在地上，转身去寻找，几十步之外，看见有用水车在浇灌田地的，是她娘家的邻居。于是问说：“可曾见到我的香糕包吗？”回答说：“没看见。”又问：“这条路上还有其他行人吗？”回答说：“没有。”妇人继续往前走，走了半里多路，还是没找到。想到孩子还在树下，而且害怕丈夫回来，于是又回到树下，孩子已经不见了；四处呼叫寻找，都没有踪影。既因丧子而悲痛自责，又害怕被丈夫责备，心中惶恐不安，无计可施，于是投水自溺。不多时，妇人的尸体抱着孩子浮出水面。原来树离水不远，孩子因为叫母亲一直不来，爬到河里去了。

过了一会儿，雷声隆隆，电光四射，只听霹雳一声，那名浇地的邻居已经双手反剪，长跪在地上。一时之间，围观的人来了很多，见他还没死，争相问他怎么回事，邻居说："妇人的香糕掉落在地上时，我看见了却没和她说。妇人回来问的时候，我已经吃了。假如我早点告诉她被人捡去了，从而打消了她的念想，孩子还不至于落水。今天则是由于我的原因，导致害死两条人命。"说完之后，昏迷过去不省人事，半夜里死掉了。哎呀！香糕不过几十文钱的事情，而因一念的贪心，害了别人也害了自己，真是可怕啊！

10.1.9 铁算盘

江右李某，以贸迁世其家，往来苏杭间，非一次，盖老于江湖者。当红巾煽焰，京口既失，豫章告危，急脱货为还乡计。风餐水宿，沿路戒严，行至常山，途遇少年，鹑衣求载。同舟者咸拒之，李以其孤客无依，独任其无他，诸客遂安焉。

及抵玉山，将易舟而陆，少年顾诸客曰："某承李先生一言，得遂同舟谊。行将分手，少有所学，愿一献技为小治具，饱诸君可乎？"并问所欲，咸曰："是地有某馆，其馒首最嘉，得此足矣。"时去某馆已离数里，盖嗤其罔而难之也。少年曰："可。"向所卧舱口，喃喃数语毕，覆被而卧，似无事者。众促之，曰："诸君何亟亟如是？某馆方起馊裹馅，须待其蒸熟，始得饱啖耳。"不顾而卧。俄觉被底气蒸而出，众有疑者，或曰："此渴睡汉鼻息耳。"李亦疑而抚之，少年起谓曰："我已为君作东道主人。"发衾顾客，则所谓"公子彭生红楼肉，将军铁杖白莲肤"者，已累累可饱众矣。李与诸客咸异之，而叩其术。

少年曰："幸不辱命，奚多问为？"匆匆别去。

独约李会以三里外，及李至，少年已先在，出数纸为赠，曰："持此君可高枕而归。"李审视之，则玉山至李之乡里一路雇唤舟车票也。李谢而诘其异，曰："明语君，某系铁算盘、胠箧（qū qiè）之流也，能以术咒人财。不惊橐籥（tuó yuè），无异探囊取物。初登舟，思不利于君，既而诸客见却，独蒙君款留，知君长者，我不敢欺。客之资，某已各分其半，君归途预定舟车之费，实出于此，毋多逊也。"李既惊且感，因问："一路行票各有数十程，何子能片时致之？"曰："我辈取千里物，可以立致，况区区者乎？"并告李曰："君此后转运银物，可杂置五谷，及公家印花，则可辟此术。否则，我辈散处江湖者，正复不少也。"遂别而去。李沿途就行出票，应付各皆合契。归语人曰："盗亦有道，若铁算盘者，无愧也。"

【译文】江西的李某，他们家世代以做生意为业，往来于苏州、杭州之间，已经不止一次，可以说是老江湖了。当太平军骚乱、势力正盛的时候，镇江已经被攻陷，南昌城告急，急忙把货物处理掉，准备返回家乡。一路上风餐露宿，沿路到处都在戒严，走到浙江常山县的时候，路上遇到一名少年，身上穿着破烂的衣服，请求搭船。同船的人都拒绝，李某看他孤身一人、无依无靠，向大家保证不会有事，假如有事愿意独自承担，其他客人才安心下来。

等到达江西玉山县的时候，将要换船走陆路，少年回头对客人们说："我承蒙李先生一句话，得以有缘同乘一条船。现在就要分手，从小学了一些手艺，愿意向大家露一手，备办一席酒食，让大家一饱口福，可以吗？"并问大家想要吃什么，都说："这地方有一家店，他家的馒头最好，能吃上这个就知足了。”当时离开那家店已经好几里远了，实际上是讥笑他的荒唐而故意为难他。少年说：“可以。”对着自己所卧的舱口，自言自语了一番，口中念念有词，然后盖上被子躺下了，好像没事的样子。大家催促他，他说：“各位为什么这么着急呢？他们店里刚刚起来擀面皮、包馅，必须要等蒸熟，才能饱餐一顿。”满不在乎地又睡下了。过了一会儿，感觉从被子底下往外冒热气，大家很疑惑，有人说：“这是瞌睡汉的呼吸而已。”李某也很疑惑，伸手去抚摸，少年起身对他说：“我已经替您作了东道主人。”然后打开被子给客人们看，只见所谓的“公子彭生红楼肉，将军铁杖白莲肤”（语出南宋·岳珂《馒头》诗），已经摆放成排，可以让大家饱餐一顿了。李某和客人们都很惊异，叩问他这是什么技术。少年说：“侥幸不辱使命，还问那么多干什么？”然后匆匆告别而去。

单独与李先生约定，在三里外见面，李某到达的时候，少年已经先在了，拿出几张纸赠送给他，说：“拿着这个，先生回去的路上可以高枕无忧了。”李某一看，原来是从玉山县到自己家乡一路上雇船的船票和乘车的车票。李某表示感谢并询问其中的奥妙，少年说：“实话告诉先生，我就是从事铁算盘、胠箧（开箱偷东西，泛指盗窃）之类的人，能够用咒术取人的财物。神不知，鬼不觉，就像伸手到袋子里取东西一般容易。刚上船的时候，想着对先生您下手，而后其他客人都拒绝我上船，唯独先生您肯接纳挽留，知道先生是一位忠厚长者，我不敢欺害。客人的钱财，我已经各自取了他们每个人的一半，先生返程途中所需要预定车船的费用，就靠这些钱了，不用过多谦让。”李某既惊骇又感动，于是问说：“一路上车船需要换乘十几次，你为何能够在片刻之间一次性取来？”回答说：“我们取千里之外的东西，可以立刻到面前，何况这小小的东西？”并且告诉李某说：“先生今后转运财物，可以在里面混杂一些五谷粮食，以及官府的印花，就可以辟除这种咒术。否则，我们这些人分散在江湖各地的，也不在少数。”于是告别而去。李某沿路拿出车票、船票，应付的金额也都相符。回来对人说：“盗贼也讲道义，像这位铁算盘，也是当之无愧的。”

10.1.10 某方伯

方伯某公，文学优长，微时曾幕游。各官衙之积习，及胥吏之弊窦，均入睹记之中，自命为有用才。后登科第，由邑令起家，所至剔奸厘弊，卓有政声，为各大僚所钦许。不数年，即陈臬开藩。盖素喜摘私发隐，以迎合当道之意为能，然其性日近于刻矣。

当其在臬任时，与方伯不洽，凡方伯有所为，无不暗访而默记之。未几，方伯升迁，某即升授是任，多方考察，务得实迹。适学使之幕友，有卖关节者，学使不及察，亦为某所知。遂密通消息于当路，谓前方伯任用私人，朋侵巨款，尚多隐微难明之事；学使与幕友通同舞弊，声名狼藉，弹章立上。前方伯及学使均获罪，牵连多人，苛求无已。案甫结而某即暴病死，其年正当强仕也。共见其才长年富，指顾封圻（qí），前路正未可限量，而竟天夺其年，同深悼惜。是人有隐恶，固为天所不容；而讦发人之私隐，不留余地者，亦大干造物所忌也。

【译文】布政使某大人，很有才华，学问优异，还未显贵的时候，曾经做幕僚。各个官府衙门长期积累的陋习，以及胥吏的弊端，都是亲眼所见、亲耳所闻，并记在心里，自认为是有用之才。后来，登科及第，从县令开始做起，所到之处剔除奸邪、整治弊端，政声卓著，得到上级各官员的赞许和认可。不过几年时间，就升任某省按察使、布政使。大概是一向喜欢指摘和揭发别人的隐私，来迎合当权者的意图，但是他的为人越来越趋向于刻薄。

当他在担任按察使的时候，和布政使不和睦，凡是布政使所做的事情，无不暗地里查访并且默默记录下来。不久后，布政使升迁，某就升任为这个职务，多方考察，一定要掌握确切的把柄。适逢学政的幕僚，有人接受贿赂给人好处，学政没有及时发觉，也被某知道了。于是秘密地向当权者透露消息，说前任布政使任用有关系的人，勾结在一起侵吞巨额公款，还有很多私密隐瞒难以发觉的事情；学政和幕僚串通舞弊，造成极为恶劣的影响，立即向上呈递了弹劾的奏章。前任布政使以及学政都因此获罪，牵连了很多人，各种苛刻的要求层出不穷。案子刚刚了结，而某大人就暴病而死，不过四十岁左右。大家都认为他本来年富力强，眼看就要出任封疆大吏，主政一方，前途正是不可限量，而上天竟然夺去了他的寿命，都感到很可惜。可见人有隐微的恶行，固然是上天所不容许的；但是攻讦揭发别人的隐私，不留余地，也是触犯了造物者的忌讳。

10.1.11 扛米

松江某相国之孙，贫乏不能自存。其故仆有雄于财者，爰往诣之，适舂米，令佣负之以随。佣不能胜，息于衢，某问佣曰："何无力至此？"佣叹息曰："吾非佣工者，先祖为某学士。"某曰："如此则亲戚矣。"遂为之相抱而泣，市人聚观，嗤之。一老者与以竹梢，共畀而归。盖两人祖皆崇祯间权相也。时人为之语曰：“五斗米，两公子，扛不起，枉读诗书怨劬劳，乃祖贻谋岂料此？”

【译文】松江府某相国的孙子某人，贫穷匮乏几乎不能生存。他家以前的一位仆人现在财力雄厚，就去前往拜访求助，仆人家正在捣米，就命令舂米的雇工背着米送他回来。雇工走着走着背不动了，在街边休息，某人问雇工说：“怎么力气这么小？”雇工叹息说：“我本来不是雇工，先祖是朝中某大学士。”某人说：“这么说来，我们还是亲戚。”于是二人抱在一起哭泣，街上的人围观，对他们指指点点。一位老人送给他们一根竹竿，一起抬着米回来。原来两人的祖上都是明代崇祯年间的权臣。当时的人们有这样的议论，说：“区区五斗米，两位公子都抬不动，读了那么多圣贤书又能怎么样，徒然抱怨劳苦也没什么用，祖上在为子孙谋划时怎么料到沦落到这种地步？”

10.1.12 鬼灯

桐乡徐小山，家住三家村。尝自郡中归，舟至永兴堰，已薄暮。忽浓云四布，风雨交作，天黑如漆，不辨东西。舟子大怖，进退失措，徬徨间，倏睹林薄中燐火一点，光巨于灯，渐移近岸，闪影晶莹，照水如白昼，舟行则燐亦行，如为导引者。直至村中大虹桥，光始不见，计水程已三十余里矣。小山素习青乌术，为人卜兆，每竭心力，一洗江湖恶习。又喜收葬残胔败骨，人咸以为鬼之报德云。

【译文】浙江嘉兴府桐乡县的徐小山，家住三家村。曾经从府城中回来，行船到永兴堰时，已近黄昏时分。忽然乌云密布，风雨大作，天色昏暗漆黑，看不清东西。船夫非常害怕，不知是应该前进还是后退，不知所措，正在徘徊不定之间，忽然看见丛生的草木之间，有一点磷火（磷化氢燃烧时的火焰，人和动物的尸体腐烂时分解出的磷化氢在空气中易燃，所以常见于墓地，又称“鬼火”），比一盏灯还要明亮，渐渐靠近岸边，闪烁辉映、晶莹剔透，照在水面上如同白昼，船开动，磷火也跟着动，就好像是在引路。直到村里的大虹桥，光点才消失不见，估计已经走了三十多里水路了。徐小山平素学习风水术，为人占卜吉凶，都是尽心尽力，完全没有江湖术士的恶习。还喜欢收殓埋葬被遗弃散落的尸骸，人们都认为这是鬼在报答他的恩德。

10.1.13 遗米化珠

相传潘芝轩相国，悬弧之日，庭前忽产一芝，鲜润可爱，后相国因以自号。道光三年夏，公以大司徒，忤旨，家居。适江浙大水，饥民乞食载道，公首倡蠲（juān）赈。每日自辰至午，至者人给一升，过午则止不给。一日，已交未初，饥民皆散去，忽有白发老妪，携青布囊，龙钟而至。阍者拒之，妪号泣不肯去。阍者不得已，走告公，公恻然，命呼之入，视其囊可盛升许，中有一孔，量与之，至斗余不足。妪止之，曰：“足矣！公乐施如此，天必锡福。”遂携囊而去，案上遗米数合，公呼仆拾取，则粒粒皆明珠也，其大者圆湛如戎菽。或疑此妪为菩萨化身云。

【译文】相传潘芝轩相国（潘世恩，字槐堂，号芝轩，江苏苏州府吴县人，清代状元、大臣，官至武英殿大学士、太子太保，加太傅），出生的那天，庭院前忽然长出一棵灵芝，鲜艳润泽，惹人喜爱，后来潘相国即因此为自己取号叫“芝轩”。道光三年（1823）夏天，潘公当时担任户部尚书，因事违逆了皇帝的意旨，被降职，居住在家乡。当时江浙地区发大水，受灾的饥民流落乞讨，充塞道路，潘公带头倡议捐款赈济灾民。每天从辰时（上午7点到9点）到午时（上午11点到下午1点），来的人都发给一升米，过了午时就停止不再发放。一天，已经是未时（下午1点到3点）初刻，饥民们都已散去，忽然有一位白发苍苍的老妇人，带着一个青色布袋，老态龙钟地来了。看门的人拒绝，老妇号哭不肯离去。看门的人不得已，跑来报告潘公，潘公心生怜悯，命令叫她进来，看她的袋子可以盛一升米左右，中间有一个小孔，就称量给她，装了一斗米都还没满。老妇阻止，说：“够了！先生如此乐善好施，上天必定赐予福报。”于是带着青布袋子走了，桌案上遗留下几合（容量单位，十合为一升）米，潘公叫仆人们收起来，只见都是一粒粒的珍珠，大的圆润光泽如同蚕豆。有人认为这位老妇就是菩萨的化身。

10.1.14 瘗蚕

嘉、湖两府，以蚕丝为大宗，缫车之声，比户皆是。而蚕多叶少，每有弃其蚕者。有村农，以其年桑叶昂贵，命子尽瘗（yì）其蚕。而其子归，乃私藏其蚕数筐。农故有桑地数亩，叶尚在也。其子以无所得叶，乘夜窃往采之。农适在其处巡守，误为他贼，梃枪刺之，立死。既而知为己子也，悲恚自缢死。而其妻及妇，号哭至晓，亦就缢。一门斩焉。夫蚕，微物也，戕其多命，天之报施尚如此之巧，岂不可畏之甚哉！

【译文】嘉兴、湖州两府，以蚕丝为重要产业，缫车（缫丝所用的器具，有轮旋转以收丝）运转的声音，家家户户都是。而养蚕的多，桑叶很少，时常有人把养的蚕丢弃掉。有一位村民，因为当年桑叶价格昂贵，命令儿子把蚕全部埋掉。而他儿子回来，私自藏匿了几筐蚕。农民本来有几亩桑地，叶子还在。他儿子因为无法获得桑叶，趁夜间去偷采桑叶。农民正好在那个地方巡视守护，误以为是其他的贼人，用枪来刺，当场死亡。然后知道是自己的儿子，伤心悔恨，自缢而死。而他的妻子和媳妇，一直号哭到天明，也都自缢而死。一门灭绝。蚕，是微小的生命，然而戕害无数生命，上天的报应尚且如此巧妙，难道不应该对生命格外敬畏吗？

10.1.15 臀痒

姚庄顾文虎，习享丰郁。忽一日，促家人持竹篦，解裈（kūn）受杖二十，后习为常。家人厌之，杖稍轻，辄加呵责，或反以杖杖之，必重下，始呼快。如是数年，渐觉疼痛而止。有医者闻之，曰：“过嗜辛辣发物，故热毒内攻，因成奇痒，幸打散，不至上攻，不然疽发背死矣。”或曰：“顾饕餮（tāo tiè）于滋味，饱食终日，无所用心，故无以泄其气，以致热毒下注，作痒难忍。非关过嗜辛辣也。”然则今之坐享膏粱，如圈牢之豢物者，皆当以此杖予之。

【译文】姚庄镇(今属浙江省嘉兴市嘉善县)的顾文虎,日常衣食享用丰厚奢侈。忽然有一天,催促家人拿竹篦(用竹片扎成,一头劈开成细条的刑具),自己解开裤子,打他二十下,后来习以为常。家人很厌恶,杖打的时候用力稍微轻一些,就要被他呵斥责备,甚至反而被他杖打,必定要重重杖打自己,才觉得畅快。这样过了几年,渐渐感觉到疼痛才停止。有医生听说后,说:“过度嗜好食用辛辣的发物,所以形成热毒,从体内向外发散,于是形成奇痒,幸亏被打散,不至于向上攻击,不然就要背上生出毒疮而死了。”有人说:“顾某贪图口腹之欲,大吃大喝,享受滋味,整天吃得饱饱的,什么事也不想,什么事也不做,所以气机无处发泄,以至于热毒向下流泻,形成难耐的奇痒。和嗜好食用辛辣食物没关系。”如此看来现在那些坐享肥美食物,如同被圈养的动物一样的人,都应该受到这样的杖打。

10.1.16 善化令

同治年,善化令某,湖北人。一日,上院归,有武弁拦舆,控友匿其妻妾者。讯之,则弁寄孥于友,而从军江南,久无音耗,意其战殁,遂据其室也。令见弁褴褛,而谂友丰裕,疑其讹诈,斥去之。三控皆不为理。弁愤甚,曰:“官不为理,吾不欲生矣。”乃夜入其家,骈戮之,投官自首;以连毙一家五命,论斩决。正法之日,弁曰:“吾愤泄,死无憾。然使某令受吾诉,乌至此?是不能忘也。”令后以明干,调补益阳。到任之日,方据公座,忽案下有黑气一团,直冲令身,即中恶,中夜遂卒。或曰,某弁之报也。

【译文】同治年间，湖南善化县县令某，是湖北人。一天，从上级部门办事回来，有一名武官拦住轿子，控告朋友藏匿了自己的妻妾。经讯问，原来是武官将妻妾子女托付给朋友照看，而自己到江南从军，长期没有音信，朋友以为他已经战死，于是占据了他的家室。县令见武官衣服破烂，而知道朋友丰厚富裕，怀疑他是讹诈，呵斥他离开。控告了三次都不予受理。武官十分气愤，说："官府不替我做主，我不想活了。"于是趁夜潜入朋友的家里，将全家人杀害，然后到官府投案自首；因为连伤一家五口的性命，被处以斩立决。受刑的那天，武官说："我已经泄愤，死而无憾。但是假如某县令当时接受了我的诉讼，怎么会到现在这个地步？这是不能忘记的。"县令后来因为做事明快果干，被调任到益阳。到任的那天，正坐在案前办公，忽然桌案下面有一团黑气，直冲到县令身上，就中了邪，半夜就死了。有人说，这是某武官在报复。

10.1.17 雷劈岩

湖北施南山中，岩谷深峻，两山相望，一语可通之地，或行半日，始得达。天雨溪涨，每至阻绝人行。咸丰间，有陈秀才赴省秋试，行至此岩，正值溪泛，十仞之隔，无梁可渡。沿溪踪迹，得一小舟，从而问渡，每人索钱二千，两舆一排，费八千焉。秀才誓曰："此行获隽，必修桥以利行人。"舟子曰："倘不修桥，再来须倍酬也。"

而秀才果中，乃罄家庀（pǐ）材，兼平道涂，竭力经营，不辞劳苦。期年而家资告匮，且凿绝壁，而遇危崖，工弗能施。秀才无计，乃焚香祝曰："臣力竭矣。弗竟之功，请俟来世。"

夜来大雷雨，岩拆有声。明日视之，雷击巨石化为坦途，于是行人感叹，竞相资助，桥工亦成。后秀才所作必成，家乃更富。至今，行旅过此，必呼而相告曰："此雷劈岩也。"

【译文】湖北施南府的大山中，有一处地方，岩壁高峻，山谷深邃，两座山峰互相对望，彼此可以对话的距离，可能要走半天，绕行很多路，才能到达。每当天下大雨，溪水上涨，往往阻断了行人通行。咸丰年间，有一位陈秀才赴省城参加秋季乡试，走到这座岩谷，正值溪水泛滥，虽然两岸只不过十仞（八尺为一仞）的距离，却没有桥梁可以渡过。沿着溪水岸边往前探寻，发现一艘小船，就过去询问，摆渡到对岸每人需要八千钱，再加上两顶轿子、一辆排子车，需要花费八千钱。陈秀才发誓说："这次赶考如果能考中，一定要修桥来造福行人。"船夫说："如果不修桥，再次来摆渡的话需要加倍取酬。"

而陈秀才这次考试果然得中了，于是倾尽家财，购买材料，招募工匠，同时平整道路，尽心尽力经营谋划，不辞辛苦。一年时间，家财用尽了，还在开凿和打通崖壁，遇到了危险的巨石，无法继续施工。陈秀才没有办法，于是焚香祝祷说："我已经竭尽全力了。未能完成的功劳，请等待来生继续完成。"夜里，突然雷雨大作，听到岩石崩裂的声音。第二天去看，雷电已经将巨石劈开，变成了平坦大道，于是行人纷纷感叹这种奇迹，争相资助工程，修桥的工程也告成了。后来，陈秀才无论做什么事业都能成功，家业也越来越富裕。到现在，行人和旅客每当经过此地，都会激动地相告说："这就是雷劈岩。"

10.1.18 任烈女

同治七年，湖北蒲圻县安丰团，有郭氏女，适任氏子。任子有吐血疾，女给奉备至。未一年，任子死，女恸甚。以家贫无资，质簪珥以为殓，翁姑以女年少，议醮之。女曰："烈妇不事二夫，媳愿竭力孝养二老，望勿见弃也。"翁姑虽面诺之，而仍窃议醮女事。女知不可解，乃夜缝衣裤，使无脱离，投村外塘水死。邑绅但观察湘良，呈县请旌其闾，修其墓，使与夫合葬焉。

【译文】同治七年（1868），湖北蒲圻县安丰团（今赤壁市中伙铺镇安丰村），有一位郭氏女，嫁给任家的儿子。任家儿子患有吐血的病症，女子供养侍奉周到备至。不到一年，任家儿子去世，女子悲痛欲绝。因为家中贫困没钱，典当了首饰换一些钱，来料理丧事，公婆认为女子还年轻，商量让她改嫁。女子说："烈女不嫁给两个丈夫，媳妇我愿意尽心竭力孝养二老，希望不要嫌弃我。"公婆虽然面上答应，但是仍然在私底下商议让媳妇改嫁的事情。女子知道没有办法改变他们的意图，就在夜里把衣裤缝上，使得无法从身上脱离，投入村外池塘中而死。当地乡绅但湘良（字少村，官至湖南布政使）观察，向县衙申请，旌表其家门，整修她的坟墓，将她的遗体与丈夫合葬在一起。

10.1.19 某令

光绪八年六月，湖南衡州某，为湖北某邑令，将之官。上官见之，曰："汝面色有异，可迟迟赴任也。"某令不听，刻日雇两大船，分载家属、幕友，连樯溯流而上。未三十里，天清月朗，江中忽起怪风，括两船飞驶，舟人皆惊扰无措。其幕客船，直吹上岸；某令船，覆于江，遇大筏拯救，妻子则皆溺死矣。其时船只满江行走，皆无恙。

见此异事，惊为果报。徐乃知某令在籍办团，颇作威福，地方匪徒，一切得便宜行事，疑不免有冤滥。而人所知者，则其在京谒选时，有节妇托请旌表，以与其子有隙，斥之曰："须俟盖棺论定，覆议可耳。"节妇闻之，郁郁以死。临死，呼其子曰："我名不可毁，某令会有报也。"已而果然。

【译文】光绪八年（1882）六月，湖南衡州的某人，被任命为湖北某县县令，将要去上任。上级官员见到他，说："你脸色有异常，可以晚点去上任。"某县令不听，即日雇请了两条大船，分别搭载家属、幕僚，浩浩荡荡扬帆出发，逆流而上。船行不到三十里，天气晴朗，月光明亮，江中忽然刮起怪风，吹得两条船飞速行驶，船上的人都惊慌失措。幕僚所乘坐的船，直接被吹到岸上；而某县令所乘坐的船，在江中翻掉了，遇到有人驾着竹筏来搭救，而妻子、孩子都溺水而死了。当时整个江面上满是往来的船只，都安然无恙。

见到这种奇异的事件，人们惊叹真是果报。后来慢慢知道，某县令在家乡办理团练的时候，很是作威作福，地方上如有匪徒，在任何情况下都可以无须请示上级，而自行采取措施来处理，因此不免存在有人被冤枉或滥杀无辜的情况。而人们都知道的事情是，他在京城赴吏部候选官职期间，有一位节妇委托他代为向朝廷申请旌表，因为和她儿子有过节，呵斥她说："要等到死后盖棺论定，再商议此事就行了。”节妇听到这话，忧郁而死。临死前，对她儿子说：“我的名节不可毁坏，某县令会有报应的。”后来，果然遭受了果报。

10.1.20 新堤妇

咸丰十一年夏日，湖北新堤，有民妇在地耨（nòu）草。倏大雷雨，雷击一妇，跪地死，肩背一孔如钱大，流黑血焉。其家举尸不可动。三日，观者数百人。其母自对江来，扶之始起。问母何知，则：“亦在地种蓺（yì），归而门挂人脏一副。佥言雷所置者，阖家骇绝。闻此间有雷击妇人事，故来视之，不意即吾女也。”盖此妇颇勃溪，屡忤其姑，而盗资以肥其母家。雷击之日，姑思肉食，妇诟之曰：“家贫那得肉？惟有杀人肉以食汝耳。”姑不敢言，不意其报之速也。

【译文】咸丰十一年（1861）夏天，湖北新堤镇（今属荆州市），有一名农妇在田间锄草。忽然，雷雨大作，农妇被雷电击中，跪地而死，肩背部有一个像铜钱大小的孔洞，在往外流出黑血。她的家人想要收尸，却搬不动。三天之内，有几百人前来观看。她母亲从江对岸过来，这才能扶起来。问母亲是怎么知道的，她说：“也在田间耕种，回家只见门上挂着人的内脏一副。都说是雷神放置的，全家被吓个半死。听说这里有雷击妇人的事情，所以来观看，没想到就是我女儿啊。”原来这名农妇一直争斗吵闹，多次顶撞婆婆，而且偷钱补贴给娘家。被雷击的那天，婆婆想要吃肉，妇人骂她说：“家里这么贫穷，哪里来的肉？只有杀人肉来给你吃。”

婆婆不敢再说话，没想到果报来得这么快。

10.1.21 油炸鬼

油炸鬼者，四川巴县武生也。恃衿横行，鱼肉乡里，讹诈健讼，无所不为。一日，与人讼胜，其党邀饮，醉饱而归。途遇皂隶二人，出铁索絷其项，某怒曰：“我秀才也，鼠子何敢擅锁？”隶曰：“便是王侯，亦有上锁时，何况于汝？”某曰：“我出入衙门十数年，尔岂未之闻见耶？”隶曰：“正为此事发觉也。”悍不容辩，拉至一大衙署，见上坐王者，凭案决狱。油鼎火床，列于堂下。某始悟其已死，詟(zhé)不敢复言。未几，稽簿曰：“某罪恶甚多，当锉碎其身，罚使分化鰌(qiū)鳝，受汤镬之苦。”某大惧，泣言知悔，不听；忽念其母一生苦节，已死则绝后矣，不禁大恸。王者言：“汝此一念，尚有孝心，此即可生之机也。然过恶太多，不可不略示惩警。”乃令鬼卒以叉叉入油鼎中，炸之。某觉一身糜烂，痛苦不可言。约一时许，乃释之，曰：“念汝父祖皆善人，姑放汝还。宜洗心改过，并转劝人，令为恶者惧而改行，则免汝罪；如改过者多，并纪汝功。”以戒尺击桌，一惊而醒。则死一昼夜矣，而周身生紫泡，俨如火灼之形。自此改行，一乡称善人。所患亦旋愈，想冥司赦其罪矣。

【译文】所谓油炸鬼，本是四川巴县（今重庆市巴南区）的某武生员。依仗自己有功名，横行霸道，鱼肉乡里，敲诈勒索，喜欢打官司，什么坏事都干。一天，和别人打官司获胜，他的同伙邀请他饮酒，酒足饭饱而回。路上遇到两名皂隶，拿出铁链锁住他的脖子，某人愤怒地说：“我是秀才，你们这些鼠辈怎敢擅自锁我？”皂隶说：“即便是王侯，也有上锁的时候，何况是你呢？”某人说：“我出入衙门十多年，你们难道没听过、没见过吗？”皂隶说：“正是因为这件事被发觉。”皂隶气势汹汹，根本不容他分辩，把他拉到一座高大的衙署，看见堂上坐着一位王者模样的人，在桌案旁审理案件。油锅火床，摆在堂下。某人这才醒悟自己已经死了，顿时心惊胆战，不敢再说话。不一会儿，冥王查阅他的善恶簿之后，说：“你罪恶太多，应当将你粉身碎骨，再罚你转世变成泥鳅、鳝鱼之类，受水煮油煎之苦。”某人大为惊惧，哭着说知道悔改了，冥王不听；忽然转念想到母亲一生辛苦守寡，自己死了就绝后了，不禁格外伤心。冥王说：“凭你这一个念头，还算有孝心，这就是可以放你一条生路的转机。但是过恶太多，不能不稍加惩戒作为警示。”于是命令鬼卒把他用叉子叉到油锅里，炸他。某人感觉全身糜烂，其中的痛苦无法用语言描述。大约一个时辰左右，就把他释放了，说：“看在你的祖父、父亲都是善人，姑且放你回去。要洗心革面，改过向善，并且辗转劝化别人，让那些作恶的人知所敬畏而改恶从善，这样才能减免你的罪行；如果改过向善的人有很多，还能给你记录功劳。”用戒尺拍打桌子，一惊而醒。原来已经死了一天一夜了，而全身皮肤生出紫色水泡，好像是被火灼烧过一样。从此以后一改往日的行为，被乡里称为善人。所患的疾病也很快就好了，想必是冥司已经赦免他的罪行了。

10.1.22 刘氏女

湖北潜江县，刘氏女，宿慧能文。长适某氏，结褵（lí）之夕，见新郎之貌，顿悟前生。谓伴媪曰："孽报矣。"诘之，不言其故。已而有娠，而夫妇殊不洽。婚一月，夫他出不归，其家欲觅之。女曰："恐不返矣。"

细询之，初尚嗫嚅（niè rú），继而曰："此前世事，言之亦可为戒。儿前世某省孝廉，公车入都，在途患病，就尼庵借宿。尼尚少俊，一见相悦，病愈遂有婚姻之约。既试不第，遂他途归，不复通问。尼久候不至，忧郁发病死。今转世为郎，相聚亦匝一月，此去恐不返矣。"其家不之信，而遍觅其子，殊无踪兆，亦姑置之。

女承事翁姑，克尽妇道，分理家政，亦井井有条；持身接物，人无闲言。未几，生子，离襁褓，自教之读。儿亦聪慧，而苦恋其母，跬步不离，母密言儿前生是庵中长生鹤也。髫年入学，补廪生。学使屡称其文，惟惜其稍带脂粉气。问之，皆出母教。此康熙末年间事。予闻之彭慎修，盖其邻里也。即此论因果，亦必合前后世观之耳。

【译文】湖北潜江县，有一位刘氏女，天生聪慧，能写诗作文。长大后嫁给某家儿子，结婚的那天，一见到新郎的相貌，顿时感悟到了前生的因缘。对伴嫁的女仆说："孽报来了。"询问她是什么原因，也不回答。后来，有了身孕，而夫妻之间相处不和睦。结婚一个月，丈夫就离家出走不回来，他们家人到处找。女子说："恐怕不会回来了。"

反复询问她，起初还吞吞吐吐，后来说："这是前世的事情，说出来也可以作为劝戒。我前世是某省的举人，赴京城赶考，在路上生了病，借住在尼姑庵中。尼姑年轻貌美，一见面就互有好感，病好了之后便有了婚姻之约。考试没有得中，于是从别的路回去，不再通音讯。尼姑等待举人很久，都没来，忧郁成病而死。现在转世为我的丈夫，相聚也只有一个月，这一去恐怕不会再回来了。"他们家人不太相信，到处找儿子，都没有任何踪迹和消息，也就姑且随他去吧。

刘氏女侍奉公婆，克尽妇道，料理家事，也是井井有条；为人处事，待人接物，人们没有什么闲话。不久，生下儿子，刚离开襁褓，就亲自教他读书。儿子也很聪慧，而对母亲特别依赖，寸步不离母亲身边，母亲曾悄悄地说儿子前生是尼姑庵里的长生鹤。童年就入学成为生员，后来补为廪生。学政大人多次称赞他的文章，只是可惜稍带脂粉气。问他，说文章都是出自母亲的教导。这是康熙末年的事情。我是从彭慎修那里听说的，彭慎修和她家曾经是邻居。由此可见，谈论因缘果报，也一定要结合前生后世来看，正所谓三世因果。

10.1.23 仆自杀

咸丰初，粤贼之难，几遍天下。经制之兵，莫敢撄其锋。湘乡曾文正公，奉诏团练，始以乡勇杀贼，刊平大乱。虎熊之士，固不乏人；而桀骜残忍之流，亦或错杂其间。故渠寇虽平，而兵戈余毒，十余年犹未尽洗也。

光绪辛巳，成都棉花街某店，有湖南保举县丞某，挈仆自陕甘来川觅事。以此间领兵者，多楚产也。县丞日出拜客，留仆守家。一日早归，呼仆不至，就其室窥之，则僵卧血泊中。惊呼店主人，撬门入视。其人身被数伤，傍有小刀，则其主物也。喉之气犹未绝，且有履血之迹，出于户外。

正怪异间，尸忽起坐，曰："君等勿讶，此我所杀也。"问："尔何人？"则历述本末甚悉，云："亦楚人，有亲串在陕甘军营，欲往投之。行至龙驹寨，遇此人，称其兄现在陕甘带勇，如欲觅事，只问乃兄，无不谐者。遂为之服役焉。讵此人见其橐（tuó）金早行，挤颠绝壑，魂随至甘，则乃兄以先战死。因卷资寄柩而归。一路淫赌囊尽，乃投主至此。早欲报仇，途中恐为君累。今泄吾忿矣。"旋以手自掇其喉，救之已绝。惜谈者忘其姓名。

【译文】咸丰初年，太平天国造成的战乱，几乎影响到全国各地。训练有素的官兵，都不敢正面和他们交锋。湖南湘乡的曾文正公（曾国藩），奉旨办理团练，首创以乡勇剿灭太平军，最终平定了大乱。英雄豪杰之士，不在少数；而暴戾残忍的人，也混杂在里面。所以，太平军虽然被平定，而战乱带来的流毒，十多年还未全部清除干净。

光绪七年（1881）辛巳，成都棉花街有一家客店，湖南保举县丞某先生住在里面，带着仆人从陕甘一带来四川找事情做。因为这个地方带兵的人，大多都是来自湖南、湖北地区。县丞每天出门拜会客人，留仆人看家。一天，回来得早，呼叫仆人，没有回应，就在他房间外窥视，只见他直挺挺躺在血泊之中。大为惊惧，急忙呼叫店主人，撬开门进去。仆人身上有多处伤口，旁边有一把小刀，则是主人的东西。喉咙的气息还未完全断绝，而且有带血的鞋印，一直延伸到门外。

正感到怪异之间，尸体忽然坐了起来，说："各位不要惊讶，这是我所杀的。"问："你是什么人？"就一一讲述了其中的原委，非常详尽，他说："我也是湖南人，有亲戚在陕甘军营中，想要去投奔。走到龙驹寨（今属陕西商洛市丹凤县）的时候，遇到这个人，自称他的哥哥现在陕甘带兵，如果想要找事情做，只要问他哥哥，没有办不到的。于是就跟随在他身边服侍。谁料这个人见我身上带着银子，把我挤下悬崖，我的魂魄跟着他到了陕甘军中，才知道他哥哥早就战死了。他于是将财物席卷，把哥哥的灵柩托运回家，一路上吃喝嫖赌，银子被花光，才投奔主人您来到这里。我早就想报仇了，半路上怕连累了先生。现在我终于泄愤了。"然后用手自己扼住喉咙，要救的时候已经断气了。可惜讲述这件事的人忘记了当事人的姓名。

10.1.24 善报

姚北胡君咸球，好善，运米为业。每至年终，遇贫者，多与之。壬戌，寿终，未殓，适贼入境，家眷弃尸逃奔。贼询知善人，命众成殓，停棺于厕。今家颇丰，长孙补廪。

又其族侄某，素代质朴好施。贼退时，该处尽焚，惟某家屋顶插一黄旗，无故。现其子业医，名振四方。然积德之家，而受此美报也。

【译文】浙江余姚姚北的胡咸球先生，乐善好施，以贩运米粮为业。每到年底，遇到贫困的人，便会多给他们一些。同治元年（1862）壬戌，胡先生逝世，还未来得及殓葬，太平军进攻余姚，家人们只好弃尸外出逃难。太平军打听到他是善人，命令士兵将他的遗体收殓，灵柩停放在侧房。现在家道颇为兴旺，长孙补为廪生。

还有他同族的某侄子，他家世代朴实厚道、乐善好施。太平军退去的时候，当地全部被焚毁，只有这位侄子家的屋顶上插着一面黄旗，安然无恙。现在他的儿子做医生，远近闻名。因为是积德行善的人家，所以获得这样的善报。

10.1.25 巧报

姚邑胡某，素善眼科。有同族某，喜伤鼠目。于光绪乙酉，造笼囚鼠，失手钻入己目，甚痛。至历求黄君医治，费十余金，半月后目光尽失。丁亥，其女被剪刀伤瞳，赤肿疼痛，睹物不见，请胡君看治，旬日复原。想伤鼠究与女无涉，或有遗累，故受此患。非黄君之失治，亦非胡某之专治也，实天道之巧报，岂不畏哉？

【译文】余姚的胡先生，向来善于治疗眼科疾病。同族之中有一个人，喜欢伤害老鼠眼睛。在光绪十一年（1885）乙酉，制作笼子来捕捉老鼠，不小心铁丝插入自己的眼睛里，非常疼痛。到历山镇请求黄先生治疗，花费十多两银子，半个月后双目完全失明。丁亥年（1887），他的女儿不小心被剪刀伤到了眼睛，红肿疼痛，看不清东西，请胡先生治疗，十天就康复了。想必伤害老鼠毕竟和女儿没关系，或许因为受到父亲的贻害，而遭受这种痛苦。并不是黄先生治疗失误，也不是胡先生医术专精，实在是天道报应巧妙，怎能不知所敬畏呢？

第二卷

10.2.1 贵筑高青书先生宦游纪

纪云：余在庐州府通判任，仅七日耳，有三事焉。到任之次日，府县司铎来见，佥称府学生员某，为其子求拜门墙，愿送贽仪三百两。余曰："我是来做官，不是来教学也。伊有三百金，尽可请一名师，何用余为？其意不过欲结官长，为出入衙门地步。收此三百金，将来听其父子使唤，伊于胡底？"辞焉。后访此生，极健讼，官长与往来者，多为所累；稍不慎，即堕其术中。

一日，管门家人持一呈进，禀称有人在途拾得二百金钱票一纸，求存案。余曰："得遗失物，应赴县呈明，何来此？"家人曰："伊有话面回。"余见之，其人恳将票至钱店取钱，留以充公；伊则听凭赏赐。余曰："失票人必至钱店挂失票，何不将此票至钱店，俟其来，将票还之？伊必以尔为盛德人，或酬尔一二十千，未可知也。若我取来，与尔瓜分，是我为窝家，与尔同伙做贼矣。官可做贼乎？"将其呈发还。

通判衙门书役，不过二十余人。一日，书差联名同禀，攻讦皂班某为子纳监。余收呈时，众书役面禀，该皂役名在卯簿，每月雇人代顶红黑帽，伊做稻谷生意，由三河镇水路发往苏州。三十年中，金至二三十万。合肥县对面大封火瓦房，即其住宅也。家人某又密回曰："老爷现要接取家眷，苦无盘费，此事可得四五千金。"余笑曰："诺。"立传皂役父子问话。皂役七十余岁，子年近四十，未顶戴。父子伏地叩头，恐惧不能言。余曰："尔为子纳监乎？"皂役碰头曰："死罪，死罪。"问其子曰："今日来见我，何不顶戴？"曰："不敢。"余曰："尔父子有志向上，碍于成例耳。尔若为盗为娼，有玷本衙门体面，我必不容；若为子捐监，是巴结做好人，何不可之有？尔父子起来，将顶戴上。"伊子即于荷包内取出戴之，趋至公案前叩谢。堂上书差，相顾骇然。余即请印至，唤书办取皂班卯簿，将该皂役名除去，另换一页钤印。父子叩谢而去。余谕众书差曰："尔等何见之小也？见伊略有好处，即心存妒忌。在我之意，欲使尔众书差家家能如伊之发达也。"

维时太守为福建张曲园先生，合肥令为阳湖左杏庄，后官至湖南中丞。杏庄闻之，告曲园曰："新来通守，举动出人意表，有见识，有操守，非常人比也。"因言此三事。曲园为人素傲慢，即日过署拜候，礼貌有加；杏庄亦从此为知己。余谓家人某曰："尔随我不相宜，尔乃京中某所荐，给尔盘费，回京投旧主可也。"由此三事观之，做闲曹官，稍不自爱，而又有若辈指使之，寡廉鲜耻无所不至矣，可畏也夫！

又云：初莅六安，阅管押簿，共一百二十九人，日煮粥食之。属刑友取管押各卷细查，事关紧要者，仍留候；其情节轻，或保候，或责释，不可管押。一面示期某日，传地保、乡约、头人，齐集点卯。三日后，刑友于各卷上票一签，此可责释，此可保候，类多窃人衣物、竹木、鸡狗之件；其情节稍重不可释者，十三人而已。余于是日点卯，谕地保等不必散，提出各犯，鸠形鹄面，颜色惨然；或打十板，或打五板，即甚瘦瘠者，亦打三板。某村之人，即交该村地保管约。如再犯，从重治罪。放至十数人，拥挤一堂，绅士哄嚷："某人是窃生员衣物，某人是窃监生猪只。"嘈杂不休，皆言："若释放了，岂不是纵贼殃民？"余谕之曰："此辈小窃贼，多系初犯。前任俱未报案，若押死了，在那笔帐下开销？若要追赃，伊等何时能缴？今日本署州教诲之，责处之，交地保乡约管束，再犯从重治罪。尔等读书明理，圣人许人改过，律例亦有悔过自新之条。若辈罪不至死，非不可宥也。有上控纵贼殃民者，亦听其便。"尽释之，鄙衷为之一快。

又云：嘉庆某年某月，安徽各宪忽接寿春镇、徐州镇暨宿州文武，赍（jī）到怀远匪徒倡会啸聚多人、谋为不轨之报。适某抚军调署湖北巡抚，方伯护理抚篆，檄余先赴滋事一带查得实情飞报，即统兵勦办。余兼程疾驰，于途次得悉，道府亲率兵役，已擒获四百余众。因思匪徒聚会，如果逆形已露，岂即束手待缚？非细加侦察，泾渭莫分。距怀远城二里遥，即屏去仆从，不动声色，诣一训徒乡塾，晤其师。托言武孝廉，北上，道出过谒，坐谈之下，杀鸡为黍，颇尽款洽。问询以四乡风俗，其师遽云："有一大冤枉事。近因查办教匪，竟将'轿头'作'教头'，连逮数百人，恐遭枉杀者多矣。"诘其故，云："俗呼轿店夫头作'轿头'，凡婚礼备舆，丧葬备挽绋，悉倩轿头经理。离此不远，有赵贡生，亲丧将出殡，循俗例通知曾经唁吊各亲朋，尅期会葬。按门簿开单，凡一百七十余人。即嘱王姓轿头，前往各处挨户通知。王轿头将单转付雇工李自平代其事，讵李自平夜宿城隍庙，被营兵盘获，交都司衙门，搜出身带名单，见名数众多；又因供是轿头着伊前往通知之言，误会‘轿头’作‘教头’，由此推敲，竟指单内本属附城居民，为河南会友。武营详请搜缉，竟成莫须有之狱矣。”

余复委婉穷诘，称有唁吊门簿可对，似有根据。随怀出宪檄，慰以好言，谕其导往赵贡生家，果获门簿。急抵县署，将檄粘原报会匪姓名一百七十余人，逐细查对，只字无讹。即夜将所访情形据实飞禀，一面赶赴省垣，护抚以关系甚钜，尚犹豫。适抚军由湖北回任，余详细禀述，抚军以军机等处来函，均风闻其事，宜思有以靖之。余谓：“事果真实，即无传闻，亦当竭力惩办；若事属虚无，岂可以人言，遽兴此大狱？设官所以庇民也，民纵无良，犹思矜恤，况影响俱无者乎？”剖陈再四，中丞乃为之怃然，如余所禀，止提王轿头、李自平、赵贡生三人到省，委员讯质，与所访无异。被系四百余人，一旦省释。是役也，始则告警叠至，闾里哄传。邻近居民，闻风生怖，惊扰之状，不可言喻；继乃不戮一人，涣然冰释。藉非乡塾私询，恐一发难收。此叠累无辜者，几何不覆盆莫诉哉？

又云：霍邱县陈之揆，解县民某被劫一案，盗首胡选连绵被二件到省，委余会同首府审讯。赃经主认，胡选供同伙八人，伊为首，八人内有壬二子名。首府曰：“此案我昨日复问，竟是诬良为盗。”余曰：“何以言之？”首府曰：“赃不确。”是日提盗复审，首府将事主掌责二十，事主不敢认赃。次日，同见柏台，首府谓胡选为良民，赃被不确。柏台信之，余曰："此案办监候待质为妥。万一同伙者，他处拿获，又供胡选在内，将若之何？胡选不可释也。"柏台不从，余曰："胡选果释放，某不敢办此案。"遂改委员某刺史、某别驾同讯焉。时陈令已陞寿州，参奏革审捕役五人治罪，胡选释放矣。嗣接河南来咨，某县获盗壬大、壬二，供出曾在霍邱县抢劫某家，首犯胡选纠约去的。幸胡选犹未走远，仍拿回收禁。制宪提犯至下江正法。柏台镌二级；首府及承讯诸公，皆镌五级；陈寿州开复；捕役释放。使余略为瞻徇，亦罣误其中矣。

又云：嘉庆十四年，有宁国县民某等，赴京具控柳姓捐监系其世仆一案。抚军董观桥先生，委余会同安庆府姚鸣歧审讯。先令原告将卖身人文契呈验，答称隔年久远，遗失无存。再询其人服役出户年分，亦茫无可指，惟以葬山、佃田、住屋为世仆之据。及提被告查讯，据称伊等远祖从前是否投靠，抑系卖身，后来如何出户另业，已数百余年，伊等不知详细；况自祖父以来，各安耕凿，只因某等见伊家计稍丰，每向讹诈不遂，是以捏词诬陷等语。质之某等，坚执柳姓远祖，自前明宣德年间，葬伊山上，定例葬主之山、佃主之田、住主之屋，皆为世仆，坚不输服。余与首府细商，世仆名目由来已久，而徽宁等府尤多。如果其人投靠卖身，经本主后裔报有文契，并无放赎等情；或因世代久远，虽无身契，而其子孙尚在主处服役，又仍与主家奴仆互联婚姻者，是其名分犹存，自当世世子孙永供役使。若均无指实，但藉曾经葬山、佃田、住屋，即抑勒其子孙作为世仆，遇有捐考等事，辄以分别良贱为词，叠行讦控。而被控之人，户族蕃衍，未必尽系当日为奴者之嫡系，不肯悉甘污贱，为所欺凌。由此案牍烦滋，互相仇憾。若不核实办理，必致流弊无穷，当经悉心妥议。详请大宪，奏明：嗣后世仆名分，总以现有身契，是否服役为断。如现有身契在主家服役者，应俟放出三代后，所生子孙方准报捐应试。若未有身契，并非现在服役豢养，及不与奴仆为婚者，虽曾葬主之山、佃主之田、住主之屋，均一体开豁为良等因，奉旨允准，定为成例。从此讼风永杜，莫萌挟诈之心；污秽顿除，悉与良民之例。此案首府姚君同余力恳抚军者再四，一时开豁数万人。余与姚君为之一快。

又云：余蒙制军蒋励堂先生，奏留广东委署潮州府事，寻蒙圣恩，简放肇庆府。自潮卸事回省，将赴新任。某方伯面谕："东省州县缺分好者，岁有赢余。现已回明两院，于广、潮、肇、琼州府中每年共捐银六万两，名曰筹备将来州县有亏缺者，以此补之，到任酌量派提。"予早思之良久，因对曰："酌盈剂虚，诚一视同仁至意，但事之不便者甚多。州县选补一官，幸而廉俸稍丰，偶有赢余，亦属斯人遭际。若虑他州县有亏缺，而预筹提银两，留为弥补地步。派提之人，未必甘心听命。此一不便也。各苦缺州县，果能量入为出，何至挪空公项？有此筹备一项，必有恃不恐，任意挪移，专望筹备银两弥补。此县之亏缺补之，彼县之亏缺不能不补也。甚至派捐之员，故作亏空，仅提伊银一千，伊则做亏空二千。问其何以敢亏空？则曰，有筹备银也。问筹备银岂应为尔补亏空？则曰，我之银可以提补人，则他人之银亦可以提补我。是开门揖盗。此二不便也。缺分较优之州县，每年奉派捐解款目甚多。设使力有不足，而又不能不极力巴结，势必挪移本邑之仓库，以解奉派之筹备。日积月累，转成己身亏空。此三不便也。当提解之时，必由府行文州县，捐解到府，又必给发实收备案，是州县均有实收可凭。设有不肖之员，于去任之日，明知此等名目不能参办，势必执实收以索银，藉端挟制，不成事体。况此项银两，批解到司库，收簿注载甚明，以此等派捐之款，贮存藩库，大人指日荣陞，倘后任拘执不肯通融，据实参奏，是倒持太阿，授人以柄也。广西藩库，存银十万两，未经奏明，后任参出，各前任受处分不轻。不可不虑。”方伯不从。

余至肇庆未议，迨调补首郡，潮、琼二府及首府前任，业已议定；肇庆后亦议定。首府所属派捐银二万两，州县竟有遵批解者，亦有缓而不解者。余因此事关系甚重，随将各州县未解之银停止摧提，并于方伯前委婉谏止。始则执见不允，继则声色俱厉。一日，询及前事，余答云：“此事必欲办，日后偾（fèn）事，知府难辞逢迎勒派之咎。苟不计利害，大人尽可径提司库，不必知府经手。”大干宪怒。次日，两首县以言过直，请余认错。余笑谓曰：“我辈事上，以敬以诚，委办之事，可行则行，不可行则劝止之。若不论事之轻重，阿谀取容，只顾目前，不虑后患，吾不为也。诸公指日即做知府，无错而自认错，甘心屈辱，欺罔上官，不可为也。”

是日回明方伯，将不可办缘由，通禀各宪注销。越日，禀见方伯。方伯曰：“昨日竟发通禀，真霹雳手、辣手，须防人不堪。”余曰：“所禀公事，并非攻发人之阴私，何谓辣手？事不可行，禀求注销，以免后患，何谓霹雳？”方伯不待言毕，遽离座，大声疾呼，几有相殴之势，拍余背曰：“我不配做藩司，吾兄年高有德，历任三省，铮铮有声，高我十倍。”各官为之变色。余笑曰：“大人何至如此？令人笑话。某备员首郡，惟有谨慎小心，如果有错，小则申饬，大则揭参。若不论理之是非、事之可否，以属员不能仰体宪意，于众人属目之所攘臂喧呼，肆行詈骂，似觉有乖体制。某与大人均系读书人，如能兼容，自当恪供职守；如不能容，即告辞自退。”方伯怒稍霁。制军闻之大笑，谓廉使韩三桥先生曰：“君子与君子争，殊伤雅道，须解释之。”廉使袖原禀至府署道意，并云方伯何尝不知此行乖谬，只是不肯认错耳。余曰：“此事断不可行，如将原禀发还，是欲通禀二次也。”廉使仍将禀携去。先是，余通禀时，制宪曰：“此举无名，不如已也。”抚宪曰：“此事奏不得，如何做得？”方伯闻之益怒。后数日，方伯自行禀销，原禀发还，各州县所解之银，均以应解公项划清。前事遂寝。

又曰：罗定在省西南七百里，处处与西粤相通。每有外来贼匪，勾结土棍，肆行劫掠。迨官司掩捕，则潜逃隔省，莫可追擒，实盗薮也。道光三年，州牧详报民某被盗，访知盗首黄瓜四，窝藏广西岑溪县黎维祺家。经文武前往查拿，被窝主夺犯拒伤兵役。大府移檄西省，将窝主黎维祺等二十余人擒获，解东，札委首府审讯，经年不决。西省布按致书东省两司，谓西抚面谓此案虚实，当令臬司细鞫，俾无枉纵。桂林府同知，因公来粤，制宪委其会审。

八月，余捧檄重来，藩臬请于督抚，即以此案委审。余查核全卷，情节支离，意此中殆有冤乎？然犹不敢预存成见，必讯之而后定。于是至首郡公廨，先提州役，次提兵丁，又提往捕之把总胡成韬，及证佐人等，分为五处，隔别研讯。先提兵二名，问曰："尔等拿黄瓜四，是何时候？谁在前，谁在后？在黎家门外拿获的，家中拿获的？"兵某曰："是日辰刻时候，兵役们在先，胡老爷在后。在黎家厅房内拿的。"复提二兵问之，则曰："时已五鼓，天未明，黄瓜四尚未起来，兵役们是在卧床上拿的。"又提兵问之，则曰："在槽门外拿的。"提州役三人问之，则以为是州差拿的。录供，一一画押，使其不能翻异。余复问把总曰："盗首黄瓜四果在黎家拿获乎？"胡把总曰："已拿获，被黎维祺兄弟纠约数十人，把犯人夺去，把总同兵役俱身被重伤。"余大笑曰："尔等果然拿获黄瓜四，是厅房拿，则众供均是厅房。何以或供厅房，或供卧房，或供门外？又或供辰刻，或供五鼓天尚未明也？何以兵则供是兵拿获，州役则供是州役拿获？此案黎家并未窝藏盗首，尔等亦未见黄瓜四之面，分别五起问供，供词俱异，其为诬捏陷害可知。尔等口供均已画押，岂能翻异？"立将胡把总顶戴摘去，即严讯兵役，始供："黎家实未窝藏，因磕诈伊钱四十千不给，与胡把总商议，以夺犯殴官打伤兵役重罪害之。"录供，又命其一一画押。兵役则仓皇失色，把总则免冠叩头。余怒曰："纵盗抗官，罪干大辟。尔既捏报诬良，应即以其罪罪之。"

旋言于督抚二司，请以此案平反，佥称不可。余曰："假令盗在其家，是为窝盗；官兵往捕，不行缚送，反敢纵逸殴打，是为抗拒。今讯明并未藏盗在家，则兵役并空捏诬，倾陷二十余人，安得谓之拒捕哉？若意存周纳，枉杀人命，何忍为此？”大府闻余言动色，提犯复讯，与前案无异。奏请将把总、兵役分别流徒枷杖，州牧请交部议，嗣获黄瓜四讯之，果未至岑溪黎家。益信平反之不诬也。岑溪人回语于众，共庆生还。以余曾官西省，咸曰：“是吾平乐美髯太守公活尔命耶？”岑溪人曰：“然。”众曰：“在平乐任内，平反诬告拜会数案，活人多矣。今复来东省耶，真到处活人也。”

又曰：道光四年二月，东莞匪徒林狗尾，聚众结拜，藉图抄抢；远近兵民惊恐，赴县呈首，请兵围捕。县令以莞邑民情，向多陈诉不实，须访确再行捕治。林狗尾知官兵不来，且恶其讦告，遂挟嫌肆抢十余家。连日乌合愈众，声势颇猖獗。村民益加忧惧，纷纷迁避，并就近赴惠州军门告急。提督飞咨督抚，委官带兵前往。阮节府接阅文移，与中丞会商，以贼锋甚利，非特委明干大员，厚集兵力，不能迅速蒇（chǎn）事。佥议派余带兵，星夜驰往。节府发令箭三枝，亲自交执，且谕曰：“如需添用兵勇，无论行抵何处，随时便宜调遣。”

余应命，驰抵该处，县令先已会营带领兵役分头搜捕，所获百余人，无一真贼，悉被胁之众，及无辜良民耳。随带委员二人，谓余曰：“匪徒复兴天地会，煽惑愚民，肆行劫掠。非严加创治，奏请重办，不足以快人心而彰国法。”余曰：“唯。”次日细加访察，始知林狗尾者，村落屠户耳。其人略有资本，假义任侠，匪类聚饮赌博，常在其家，遂得众无赖之心。不论年齿，推作头人，订期结拜，呼为阿大，借以滋扰。村民畏其凶横，率多敛钱致送，数日之间，传言遍播，林狗尾势不能已，遂肆鸱（chī）张。余访得实情，按兵不动，惟催促县令悬赏购线，严拿著名各犯而已。随带委员复谓余曰：“风闻林狗尾与朱毛俚无异，请无轻办。”余谓曰：“林狗尾罪恶应诛，何可轻纵？然此乃结拜，非天地会，尤非朱毛俚可比。且吾等偕来，道旁焚香跪接者，皆村野愚民，君等未之见耶？各贼知官兵聚集，早闻风而远飏，何肯跧伏待缚？如君等言，必是欲按户搜捉矣。村民原畏林贼荼毒，故求救于有司。有司反加以诬拿，是不死于贼匪，而死于非法也。水深火热，乌乎可？君等勿多言。”

因即亲书示谕，言：“此来专为地方除害，歼厥渠魁，胁从罔治。倘有匪徒混迹其间，尔等须合力擒送，切勿任其兔脱。”村民大喜。一面将实在情形，及无须兵力，只应责成地方官，悬立重赏，严拿首从各犯，务获究治，并请撤兵缘由，具禀以通报。而各宪均以为节费息民，颇得大体，所见甚是。余得报可之文，即日撤兵回营，自赴县城，先将无辜省释，督拿著名各犯九十余人。讯系甘心结拜，录叙切实供词，回省销差，缴还令箭。不数日间，林狗尾亦即就擒，解省审办，分别予以应得之罪。无干概不株连，莞民遂得安堵。

又云：城隍庙司祝，广州府履任，无论实任、署事，例送陋规六七千元，相沿已久。余于嘉庆二十一年六月，调任首郡，知而不问。同寅有言及者，余笑曰：“堂堂太守，而与庙祝争磕头钱乎？”次年五月，在大堂收呈词，有庙祝役满呈退。余问曰：“尔役满乎？”庙祝曰：“五年之限已满，故辞退。”余曰：“我到任时，应送陋规，丝毫不要，尔知乎？”庙祝曰：“感恩。”余曰：“准尔接充，愿乎？”叩头曰：“愿。”余曰：“陋规仍然不要。现在养济院老民甚苦，尔能每年缴花银一千二百元，转缴道台衙门，赏给老民，当为尔通详立案，准尔从此接充，永远不换。”司祝叩头曰：“愿缴。”遂为之详明各宪，命其递呈四季分缴。道光四年，余重守广州，仍是从前旧庙祝也。查此八年中，按季缴花银三百元，从无短缺。

又云：余在广州府任，曲江县盗案首伙十四人解省，经司院提审无异，牌示次日恭请王命正法。昏暮时，忽阳山县周家俊解犯到省，并接禀云，拿获盗某审出曲江县解省劫案，系某为首。缘闻此案先经解省，必发府审办，需时，故遣家人解犯来省，并禀一切情由。余将解来之犯，另置一处，一面于司监提出曲江全案人犯，复加细讯，而假首犯仍供实为盗首。复隔别研讯，内一犯供语参差，因究得挟仇诬陷实情。余曰：“一犯挟仇，他犯亦皆挟仇乎？”据供同伙之仇，其本人已经认，故不复与辩。复讯首犯，仍矢口不移。余谓众犯曰：“现在首犯不确，真犯尔等认得乎？”众犯曰：“伊为首纠约为盗，如何认不得？”时已四鼓矣。旋提阳山新解到者与十三人质认，同指曰：“此为盗首也。”前认盗首者不禁放声大哭，问以何肯自诬，诉云：“畏刑不敢翻供，今得再生矣。”盖曲江令曾用重刑故也。天曙即赴臬署，呼门禀见，备达前由，自认审错处分。其为首者，今日断不可请王命。臬宪明（名山，现任刑部尚书）曰：“我与同咎。”旋同请见抚宪董（名教增，谥文恪），抚宪曰：“二公不必着急，我亦有错，当即知会督宪。”越日，复审定案，释假者而诛真盗焉。此禀迟到一日，假首犯已正法矣，虽悔何追？周令之功伟哉！余服官二十余载，从无乞求上司事，因此案周公办事识大体，为乞院司各宪，皆应许之。迄阅十年，而周令犹困于封川小县也，噫！

【译文】贵州贵筑县（今贵阳市）高廷瑶先生（字青书）在其所著的《宦游纪略》一书中记载：我在担任安徽庐州府（今合肥市）通判的时候，上任刚刚七天，就遇到了三件奇特的事情。到任的第二天，府县的教官前来求见，都称府学生员某，替他的儿子请求拜我为师，愿意赠送三百两银子作为见面礼。我说："我是来做官的，不是来教学的。他有三百两银子，完全可以请一位名师，哪里用得着我来教？他的意图不过是想要结交官长，为今后出入衙门作铺垫。如果收下这三百两银子，将来听任他们父子使唤和摆布，不知道要落到何种地步为止？"就拒绝了。后来经过打听，知道这名生员极其喜好打官司，官长和他有来往的，很多都被他连累；稍有不慎，就落入了他布设的圈套。

一天，看门的家人拿着一张呈文进来，禀报说有人在路上拾到了二百两银子的钱票一张，请求备案。我说："拾到别人遗失的财物，应当到县衙报告，为什么要来这里呢？"家人说："他有话要当面讲。"我便同意他来见，那人恳求将钱票拿到钱店把钱取出来，留下充作公款；他则听凭赏赐。我说："丢失钱票的人一定会到钱店挂失，为什么不拿着这张钱票到钱店，等失主前来，将票还给他呢？他一定会认为你是品德高尚的人，或许会拿出一二十千钱给你作为酬谢，也是说不定的。如果我去取来，和你瓜分，这样我就成了窝主，和你合起伙来做贼了。官员可以做贼吗？"便将他的呈文发还。

通判衙门里从事文书工作的差役，不过二十多人。一天，书差联名一齐禀报，攻击和揭发皂班（旧时州县衙役三班中的一班，其职掌站堂行刑，亦泛指差役）某人出资为儿子捐纳监生（旧时皂隶等人被视为“贱民”，其自身和子孙均不允许参加科举考试）。我接收呈文时，书役们当面禀告说，该皂役名字列在卯簿（旧时官署中的名册，点卯时用之，故称），每个月雇人代替头戴红黑帽（旧时衙役所戴的帽子，分红黑二色）站班，他自己则去做稻谷生意，从三河镇（今属安徽省合肥市肥西县）走水路发往苏州。三十年来，积累的财富达二三十万两白银。合肥县衙对面的封火山墙大瓦房，就是他家的住宅。家人某又悄悄地告诉我说：“老爷现在要迎接家眷来衙门生活，正苦于没有路费，这件事如果追究起来，可以获得四五千两银子。”我笑着说：“好吧。”然后立即传唤皂役父子前来问话。皂役七十多岁，儿子年近四十岁，没有戴顶戴（清代官员头戴的帽顶，以区别官员等级，取得功名的进士、举人、贡生、生员、监生等即有资格佩戴）。父子二人跪地叩头，吓得说不出话来。我说：“是你为儿子捐纳监生吗？”皂役磕头触地说：“死罪，死罪。”问他儿子说：“今天来见我，为什么不戴上顶戴呢？”回答说：“不敢。”我说：“你们父子有志气，好学上进，只是碍于现有的规定而已。你要是做盗贼、做娼妓，玷污了本衙门的体面，我一定不会宽容；如果是为儿子捐纳监生，这是努力做好人，哪里有什么不可以的呢？你们父子起来，将顶戴戴上。”他儿子就从荷包内取出顶戴戴上，急忙走近公案前叩头表示感谢。堂上的书差，互相对视，惊骇不已。我就取出官印，叫书役把皂班的名册拿来，将该皂役的名字从名单中除去，重新换了一页，加盖印章。父子二人叩谢而去。我指示书差们说：“你们为什么见识如此狭隘呢？见他稍微有些好处，就心存妒忌。在我看来，要是让你们这帮书差家家都能像他们这样发达就好了。”

当时，庐州知府是福建的张曲园先生，合肥县令是江苏阳湖县

（今常州市武进区）的左杏庄（名辅）先生，后来官至湖南巡抚。杏庄听说之后，对曲园说："新来的通判，处理事情往往出人意料，有见识，有操守，不是一般人能比的。"于是向他讲述了这三件事情。曲园为人本来一直很傲慢，当天就来通判衙门拜访问候，对我礼貌有加；和杏庄也从此成为知己好友。我对家人某说："你跟随我不合适，你是京城某大人所推荐来的，现在给你一些路费，你回京城投奔原来的主人就可以了。"从这三件事看来，做闲散的官职，如果稍微不爱惜自己的名誉，而又有这些人在旁边挑唆指使，不知廉耻、没有操守的事情，什么都做得出来，难道不是很可怕吗？

又说：刚到六安州上任的时候，查阅被临时拘押人员的名册，共计一百二十九人，每天煮粥给他们吃。我叮嘱负责刑狱的幕僚，取出临时拘押人员的案卷仔细查阅，事关紧要案件的人员，仍然留下等候处理；那些情节轻微，或者取保候审，或者批评教育后释放，不可继续拘押。同时，约定某一天日期，通知全州的地保、乡约、头人等地方上基层人员，全部前来集合点名。三天后，负责刑狱的幕僚在每一份案卷上张贴一张批条，这个可以批评教育后释放，这个可以取保候审，大多都是偷窃人家的衣物、竹木、鸡狗之类的小事；其中情节稍微严重不可以释放的，只有十三人而已。我就在当天点名，指示地保等人不要散去，将临时拘押的犯人从牢里提出来，只见他们佝偻着身体，蓬头垢面，神色凄惨；有的打十板子，有的打五板子，即使是很瘦弱的，也打三板子。是哪个村的人，就交给哪个村的地保进行看管约束。如果再犯，从重治罪。这样释放到十多个人时，人们拥挤一堂，有绅士起哄喧嚷，说："某人是偷窃生员的衣物，某人是偷窃监生家的猪。"七嘴八舌吵闹不停，都说："如果释放了，难道不是放纵盗贼殃害人民吗？"我告诉他们说："这些小窃贼，大多都属于初犯。前任官员都没有正式立案，如果因拘押而死，赔偿金在哪笔账下开销？如果要追赃，他们什么时候能交上？今天本代理知州对他们进行批评教育，或者杖责处分，交给当地的地保、乡约带回去严加管束，如有再犯，从重治罪。你们读圣贤书，明白道理，圣人容许人们改过，国家法律也有关于悔过自新的规定。他们罪不至死，不是不能宽恕的。如果有人要向上级部门控告我放纵盗贼殃害人民，也随你们的便。”全部释放，我心中为之畅快无比。

又说：嘉庆某年某月，安徽省的各官员，忽然接到寿春镇、徐州镇以及宿州营的文武官员（“镇、营”均为明清时期军队编制单位），送到的关于怀远县有匪徒煽动聚集多人、图谋不轨的报告。当时适逢安徽巡抚某大人调任代理湖北巡抚，由布政使代理巡抚职务，委派我先到滋事的地方查明真实情况后快速汇报，然后立即率兵围剿治理。我星夜兼程火速赶往现场，在路上得知，所属的道府官员亲自率领士兵和衙役，已经抓获了四百多人。于是心想匪徒集会，如果叛逆的迹象已经被发觉，难道肯坐等着束手就擒吗？如果不能认真仔细地进行侦察，其中的是非无法分辨清楚。在走到距离怀远县城二里远的地方，就先将随从人员支开，不动声色，径直造访一个教儿童读书的私塾，和里面的教书先生见面。假装自己是一名武举人，要北上赴京赶考，路过此地，特来拜访；二人坐下来尽情畅谈，教书先生置办酒菜款待我，相处格外融洽。我向他询问本地的风土人情，教书先生立刻说：“有一桩极大的冤枉事。最近因为查办教匪，竟然将‘轿头’误作‘教头’，连续逮捕了几百人，恐怕要有不少人被无辜冤杀了。”追问其中的缘故，教书先生说：“本地风俗把轿店里轿夫的班头叫作‘轿头’，凡是有人家办婚礼准备花轿，办丧事准备挽绋（下葬时引柩入穴的绳索）等，都请轿头代为办理。离此不远的地方，有一位赵贡生，为亲人办理丧事，即将出殡，按照风俗惯例通知曾经前来吊唁的亲戚朋友，择定日期聚集众人前往送葬。按照来客登记簿，开列名单，共计一百七十多人。就委托一名姓王的轿头，前往各地挨家挨户通知。王轿头将名单转交给雇工李自平代为办理这件事情，不料李自平夜里借住在城隍庙期间，被驻防军营的士兵盘查时抓获，移交给都指挥使司衙门，搜出身上携带的名单，见人名数量众多；又因为供述时说是轿头派他前往通知的话，'轿头'被误听成是'教头'，由此推断，竟然将名单内本地城郊居民，当成是河南的教会成员。驻防军营发出公文呈请上级部门搜查缉拿，竟然演变成了一桩莫须有的案子。"

我继续委曲婉转地反复追问，他说有当时来参加吊唁的来客登记簿可以查对，似乎是有根据的。随即从怀中取出上级的文件，以好话相安慰，劝请他引导我前往赵贡生家，果然得到了来客登记簿。急忙到县衙，将文件后面附录的原先上报的会匪姓名一百七十多人，逐一进行仔细核对，发现一字不差。当即连夜一边将所访查到的情形据实汇报上去，一边赶赴省城，代理巡抚因为此事关系重大，还犹豫不定。这时恰好巡抚大人从湖北调回，我详细汇报，巡抚认为军机处等部门来函询问情况，都听说了这件事，应当考虑如何来平息。我说："如果事情的确属实，即使没有传闻，也应当竭力惩治查办；如果事情属于子虚乌有，怎么能因为别人的风言风语，就要发动这样的大案呢？国家设置官员就是为了保护人民的，百姓之中纵然有不好的人，仍然要考虑加以怜悯抚恤，更何况是无辜的人呢？"反复剖析论述，巡抚也慢慢醒悟过来，按照我的建议，只拘提王轿头、李自平、赵贡生三人来到省城，委派官员讯问对质，与所访查到的情形完全符合。被拘押的四百多人，一天之内全部释放。这桩案件，开始的时候各种警报相继而来，城乡之间哄传其事。附近的居民，听到风声之后惊恐不安，惊动扰乱的情形，无法用语言描述；后来竟在没有杀戮一人的情况下，事情烟消云散，化解于无形之中。如果不是到乡下的私塾寻访打听，恐怕事情将一发不可收拾。层出不穷的这么多无辜的人，又何尝不会沉冤莫白、申诉无门呢？

又说：霍邱县令陈之搽，解送到县民某人被抢劫一案，盗贼头目胡选连同赃物棉被二件被押解到省城，委派我会同安庆知府共同审讯。赃物经过被害事主确认，胡选供认说同伙共计八人，他是头目，八人之中有姓壬的二人的名字。知府说："这个案子我昨天重新审问过，结果竟然是诬告良民为盗贼。"我说："这话怎么说？"知府说："赃证不确切。"当天拘提盗犯重新审问，知府将事主掌嘴二十下，事主不敢认领赃物。第二天，一同会见按察使大人，知府说胡选是良民，把棉被当作赃物没有确切证据。按察使相信了，我说："这件案子办成暂时收监等候对质较为妥当。万一同伙的人，从其他地方被抓获，又供认胡选也在其中，该怎么办呢？胡选不能释放。"按察使不听，我说："如果真的要释放胡选，那么我不敢办理此案。"于是改派某刺史、某别驾一同审讯。当时陈县令已经升任寿州知州，向上级参奏革除负责审讯、逮捕的吏役五人治罪，而胡选被释放了。紧接着，收到了河南发来的咨文，在某县抓获盗犯壬大、壬二，供出曾经在霍邱县抢劫某家，是头目胡选纠集同伙一起去的。幸亏胡选还未逃走很远，仍然将其抓回来收监。两江总督大人命令押解犯人到江苏处斩。按察使降职两级；知府以及负责审讯的各官，都降职五级；陈县令后来在寿州官复原职；负责抓捕盗犯的吏役被释放。假如我稍有徇顾私情，也要被牵连在其中了。

又说：嘉庆十四年（1809），有宁国县居民某人等，到京城控告捐纳监生的柳姓人是他们家世世代代的奴仆一案。安徽巡抚董观桥（名教增）先生，委派我会同安庆知府姚鸣歧审讯。首先命令原告将卖身人的文书、契约等凭证呈交上来查验，回答说时间很久远，遗失找不到了。再询问那人服役以及出户的年份，也是茫茫然一无所知，只是将埋葬的坟山、租种的田地、所住的房屋作为世代奴仆的证据。等到拘提被告到案讯问对质，据供述称他们家的远祖从前是不是投靠，或者是卖身，后来怎么样出户独自成家立业，已经好几百年，他们不知道详细情况；况且自祖辈、父辈以来，各自安居乐业，只因为某人等见他家家业稍微丰裕了些，多次想要讹诈他们而没有成功，所以捏造借口诬陷等等这些话。再来和某等对质，坚持称柳家的远祖，自从明朝宣德年间，埋葬在他们家的坟山上，按照规定和惯例，埋葬在主人的坟山、租种主人的田地、住在主人的房屋，都是世代的奴仆，坚决不肯屈服退让。我和知府认真仔细地商议推敲，世代奴仆的名目由来已久，而以徽州府、江宁府等地尤其居多。如果其人确实属于投靠卖身，经过主家子孙后代拿得出有关文书、契约为证，并且没有听凭取赎等情况；或者因为世代久远，虽然没有卖身契等凭证，而其子孙还在主家服役，而且仍然和主家的其他奴仆互相联姻、通婚的，说明他们主仆的名分依然存在，自然应当世世代代的子孙永远供其役使。如果都拿不出什么真凭实据，仅仅凭借曾经埋葬坟山、租种田地、住宿房屋，就强行勒索其子孙作为世代奴仆，遇到有捐纳功名、参加科举考试等事情，就以辨别良民、贱民为借口，反复检举揭发控告。而被控告的人家，子孙繁衍，不一定都是当初做奴仆之人的嫡传子孙，不肯心甘情愿地被污蔑为贱民，被他们肆意欺压凌辱。从此以后，这类案件层出不穷，日益烦扰积压，案件当事人双方互相仇恨不满。如果不认真核实办理，必然导致弊端丛生、贻害无穷，应当经过悉心妥善地研究处理。将此情况写成报告，请示上级官府，并奏请朝廷，建议：自今以后世代奴仆的名分，始终要以现有的卖身契，以及是否仍在服役作为判断依据。如果现在有卖身契且仍在主家服役的，应当等到外放出户三代之后，所生的子孙后代才准许捐纳功名、参加科举考试。如果没有卖身契，并且目前不在服役或被供养，以及不和其他奴仆通婚的，虽然曾经埋葬在主人的坟山、租种主人的田地、住在主人的房屋，都应当一律赦免为良民等等情况，得到朝廷旨意允准通过，并定为常规办法。从此以后，诉讼的风气永远杜绝，不敢再产生要挟讹诈的心思；被污蔑为贱民的名头顿时去除，全部纳入良民的行列。这桩案件，安庆知府姚大人和我，经过反复极力恳求巡抚大人，一次性赦免了几万人。我和姚大人为此感到畅快无比。

又说：我承蒙两广总督蒋励堂（名攸铦）先生，奏请留任广东被委任代理潮州府知府，很快承蒙皇上恩典，经过铨选外放担任肇庆府知府。从潮州交接公务后回到省城，即将赶赴肇庆上任新职务。某布政使当面指示我："广东省的各州县，财政充裕，职缺待遇优厚的，每年都会有盈余。现在已经请示总督、巡抚两衙门，在广州、潮州、肇庆、琼州等府官库中每年总共捐输白银六万两，名义上是用来预备将来哪个州县有亏空的，就用这笔钱弥补，希望到任后根据实际情况摊派提取。"我早就提前对这个问题思考很久了，于是建议说："酌量调剂盈余来弥补亏空，确实体现了一视同仁的良苦用心，但是事情在操作层面会带来很多不便的地方。国家选授一名官员到州县任职，如果有幸获得较为丰裕的俸禄，或者有时财政有盈余，也属于这个人所遭逢的际遇。如果考虑到其他州县有亏空，而预先准备提取银两，留作用来弥补的余地。那么被摊派提取的人，不一定心甘情愿地服从命令。这是第一种不便之处。各个清苦的州县，如果能够量入为出，何至于将公款挪用一空呢？一旦有了这种预先筹备的款项，必定更加有恃无恐，任意挪用转移，专门期望用筹备的银两来弥补。这个县的亏空补上了，那个县的亏空不能不补。甚至被摊派捐输的官员，故意制造亏空，只提取了他的银子一千，他就制造亏空二千。问他为什么敢亏空？他一定会说，因为有筹备的银子。问他筹备银难道应该给你弥补亏空吗？他一定会说，我的银子可以提取出来弥补他人，那么他人的银子也可以提取出来弥补我。这就等于打开门引强盗进来，自找麻烦。这是第二种不便之处。职缺待遇较为优厚的州县，每年奉命被摊派捐输解送的款项名目非常多。假如财力不足、难以为继，而又不能不极力巴结，势必要挪用本州县仓库中的存银，来解送被摊派的筹备银。这样日积月累，反而导致自身产生亏空。这是第三种不便之处。当提取解送的时候，必定由府衙发公文到州县；捐输解送到府衙后，又必定发给实收的凭据备案，这样的话州县均有实收凭据为证。假如有心术不正的官员，在离任的时候，明知道这种名目无法弹劾惩处，势必拿着实收凭据来索回银两，借机要挟上级，不成体统。况且这项银两，经过审批解送到布政使司库，账簿上记载收存情况十分清楚，将这种摊派捐输的款项，储存在布政使藩库中，日后大人您高升，倘若后任布政使拘泥固执，不肯通融，根据实际情况上奏朝廷，这好比是倒持宝剑，将剑把交给别人，等于是授人以柄，自己反受其害。广西省布政使藩库，储存有十万两银子，未曾向上级汇报清楚，被后任布政使揭发弹劾，各位前任的布政使都受到不轻的处分。不能不深思熟虑、慎重而行啊。”布政使不听从。

我到肇庆上任的时候还没有议定此事，等到调任为广州知府，潮州、琼州二府以及前任广州知府，已经议定；肇庆后来也议定。广州府所属各州县被摊派捐输银子二万两，州县竟然有遵命批准解送的，也有暂缓而不解送的。我因为这件事关系重大，随即将各个州县尚未解送的银两停止催促提取，并在布政使面前委婉劝谏叫停这种做法。起初则是固执己见不同意，然后则是表现出严厉的语气和神色。一天，布政使提起此事，我回答说："这件事情一定要办的话，日后如果坏事，知府难以推脱为逢迎上级而强行向下级摊派的罪过。如果真的不考虑个人的利害得失，大人完全可以直接提取到布政使藩库，不需要知府经手。"我的话严重触怒了上级。第二天，两位首县（旧称省治或府治所在之县）知县认为我说的话过于耿直，请我向上级认错。我笑着对他们说："我们对待上级，在于恭敬和真诚，上级命令办理的事情，可行则执行，不可行则劝阻。如果不论事情的轻重，一味阿谀奉承，取悦上级，只顾眼前，不考虑今后的祸患，我是不屑于做这样的事情的。各位大人很快就要做知府，没有过错而自认过错，甘心屈服受辱，欺骗蒙蔽上级官员，这样的事情不能做。"

这一天，向布政使汇报，将不可办理的原因，通知禀报上级各衙门取消这种做法。第二天，布政使看到了禀报的公文。布政使说："昨天竟然发了通禀，真是霹雳手、辣手，不过也要考虑一下别人是否能承受。"我说："下官所禀报的公事，并不是攻击揭发别人的隐私，怎么能说是辣手呢？事情不可行，禀报请示上级取消，以避免今后的麻烦，怎么能说是霹雳手呢？"布政使不等我说完，就起身离开座位，大声而急促地喊叫，几乎是有想要殴打我的架势，拍着我的背说："我不配做布政使，大哥你资历深、德行高，历任三省，铁骨铮铮，正直的名声，比我高出十倍。"在座的各位官员脸色为之大变。我笑着说："大人怎么会说出这样的话？让人笑话。下官充任广州知府，唯有谨慎小心做事，才能不负朝廷所托，如果有错误之处，小则批评告诫，大则揭发弹劾。如果不论道理是对是错、事情是否可行，就因为下属官吏不能迎合上级的意图，在大庭广众、众目睽睽的地方，摆出捋起袖子、伸出胳膊的架势，大声叫嚷，肆意辱骂，似乎感觉不成体统。我和大人都是读书人，如果能够相互理解和包容，自然理当尽职尽责；如果不能相容，即刻告辞自动退出。”布政使的怒气稍有缓和。总督大人听说之后大笑，对按察使韩三桥先生说：“这是君子和君子之间的争论，只是有损于雅驯之道，应当帮他们化解。”按察使带着上次通禀的文书来到府衙传达总督大人的意思，并说布政使又何尝不知道这种做法的荒谬，只是不愿意承认错误而已。我说：“这件事绝对行不通，如果将上次的禀报发还，这是想让我再次通禀。”按察使仍然将禀报带回去。当时，我在通禀的时候，总督大人说：“这种做法没有依据，不如停止。”巡抚大人说：“这件事既然不能向朝廷奏报，又怎么能做呢？”布政使听说了之后更加愤怒。几天之后，布政使自动禀报上级取消此事，上次的通禀发还，各州县所解送的银两，均作为常规应缴的款项进行抵扣销账。前面的事情就这样停止了。

又说：广东罗定州位于省城西南七百里的地方，和广西交界。时常有外来的贼匪，勾结当地的无赖恶棍，大肆抢劫掳掠。等到官府各衙门派人乘其不备而抓捕的时候，贼匪就潜逃到邻省，没有办法再追捕，成为强盗土匪的窟穴。道光三年（1823），罗定知州呈文报告说州民某家被盗，经访查得知盗贼头目黄瓜四，窝藏在广西岑溪县黎维祺家中。经文武官吏前往搜查捉拿，被窝藏盗犯的人在争抢犯人过程中抗拒，导致兵役受伤。督抚向广西省发出檄文，将窝藏盗贼之人黎维祺等二十多人抓获，押解到广东，委派广州知府审讯，一年多都没有结案。广西的布政使司和按察使司致函到广东省的该两司，说广西巡抚当面指示这桩案子的虚实，应当令按察使司仔细审问，以免冤枉无辜或放纵有罪者。桂林府同知，因公事来广东，总督委派他一同参与会审此案。

八月，我奉命再次来到广州任职，布政使、按察使请示总督、巡抚，就将这件案子委派给我负责审讯。我查阅核实了整本案卷，发现情节支离破碎，猜测这里面难道有冤情吗？但还是不敢有先入为主的成见，一定要经过讯问才能确定。于是到广州知府衙门的公堂，首先提审州衙的差役，然后提审兵丁，再提审前往抓捕的把总（武官名，职位次于千总）胡成韬，以及目击证人等等，分别在五个地方，隔离审讯。先带上来两名士兵，问他们说："你们捉拿黄瓜四的时候，是在什么时间段？谁在前，谁在后？在黎家门外抓获的，还是在家中抓获的？"某士兵说："当天辰时，兵役们在前，胡大人在后。在黎家厅堂内抓获的。"又带上两名士兵讯问，则说："当时已经五更，天还没亮，黄瓜四还没起来，兵役们是在卧室床上抓获的。"又带其他士兵讯问，则说："在槽门外抓获的。"带州衙的三名差役上来讯问，则以为是州衙差役抓获的。将他们的口供记录下来，分别画押，使他们不能翻供。我又问胡把总说："盗贼头目黄瓜四果真是在黎家抓获的吗？"胡把总说："已经抓获，被黎维祺兄弟纠集约有几十个人，把犯人抢去，把总和兵役都身受重伤。"我大笑着说："你们如果确实抓获了黄瓜四的话，是在厅堂抓获的，那么众人供述都应当是在厅堂。为什么士兵供称是士兵抓获的，州衙差役供称是州衙差役抓获的？这个案子黎家其实并未窝藏盗贼头目，你们也没有见过黄瓜四的面，分别在五个地方审问，供词都不一样，由此可知一定是在捏造事实、诬告陷害。你们的口供都已经画押，怎能推翻？"立即将胡把总的顶戴摘掉，于是严厉审讯兵役，这才承认："黎家其实并未窝藏盗贼，因为敲诈他四十千钱不给，就和胡把总商量，以抢夺犯人、殴打官员、打伤兵役的重罪陷害他。”记录口供，又命令他们一一画押。这时，兵役则是惊慌失措、脸色大变，胡把总则是摘了帽子不停磕头。我愤怒地说：“放纵盗贼抗拒官府，触犯的是死罪。你们既然捏造谎报，诬害良民，那么就应当以相应的刑罚来处罚你们。”

然后就将审讯的情况向总督、巡抚以及布政使司、按察使司汇报，请求将此案平反，上官都说不可。我说：“假如盗贼在他家中，这是窝藏盗贼；官兵前往抓捕，不自行交出，反而胆敢放走盗贼、殴打官兵，这是抗拒官府。现在经讯问得知并没有窝藏盗贼在他家中，而是兵役凭空捏造诬陷，牵连陷害无辜的二十多人，怎能说是拒捕呢？如果为了息事宁人，强加罪名，枉害人命，怎么忍心做这样的事呢？”督抚听了我说的话有所触动，提到犯人再次审讯，和我前面审讯的情况一致。经奏请朝廷，将胡把总、兵役等按照情节严重程度，分别判处流放、徒刑、枷号、杖责等刑罚，提请将罗定知州交吏部给予处分。后来抓获了黄瓜四进行审讯，果然没有到过岑溪县黎维祺家。更加相信平反的决定是正确的。岑溪县人回去后向众人讲述了事情的经过，大家一起庆祝生还。因为我曾经在广西做官，都说：“是我们平乐知府美髯公大人救了你们的命吗？”岑溪人说：“是的。”众人说：“在平乐知府任内，曾经平反过有人被诬陷结拜集会谋反的几个案子，救活了很多人。现在又来广东了吗，真是到处救人啊！”

又说：道光四年（1824）二月，东莞的匪徒林狗尾，纠集众人结拜为团伙，借此企图抢劫掠夺；远近的兵民惊慌害怕，到县衙举报，请求官府派兵围捕。县令认为以东莞的民风，一直以来所控诉的事情多半不符合事实，所以必须经过查访属实后再进行抓捕治办。林狗尾知道官兵不会来，而且憎恨他们揭发控告，于是因为怀恨而肆意抢劫了十多户人家。连日来纠集聚合的人数越来越多，声势颇为狂妄放肆。村民们更加担忧和害怕，纷纷迁移躲避，并就近到惠州提督军营请求紧急救援。提督发公函通报总督、巡抚，委派官员带兵前往。总督阮大人（阮元），接阅公文，和巡抚一起商议，因为贼匪的势头非常锐利，如果不能专门委派明智干练、能担当大任的官员，集结雄厚的兵力，不能在短时间内平息事端。都提议派我带兵，星夜兼程疾驰前往。总督大人发出三枝令箭，亲自交到我手中，而且指示说："如果需要再增添使用兵勇，无论行军抵达什么地方，随时可以根据实际情况调遣。"

我根据命令，疾驰抵达该地，县令先前已经会同惠州提督军营，带领兵役分头搜查逮捕，所抓获的一百多人，没有一个是真正的贼匪，都是被裹挟的群众，以及无辜的良民而已。随带的两名委员，对我说："匪徒复兴天地会（清代民间秘密结社之一，以"拜天为父、拜地为母"得名，以"反清复明"为宗旨），煽动蛊惑愚民，肆行抢劫掳掠。如果不严加惩治，奏请朝廷批准从重处理，则不足以大快人心、彰显国法。"我说："好的。"第二天仔细加以侦察，才知道所说的林狗尾，本来是村落里的屠户。此人稍微拥有一些资本，假借劫富济贫、锄强扶弱的名义，一帮品行不端的人常常在他家聚集，饮酒赌博，于是获得了一帮无赖之徒的支持和拥戴。不论年龄，推举他为头目，择定日期结拜，称呼他为大哥，借势滋扰地方百姓。村民畏惧于他们的凶悍蛮横，大多都敛钱送给他们，几天之间，关于他们聚众谋反的传闻传播得沸沸扬扬，林狗尾看情势已经不受自己控制，于是索性更加肆无忌惮。我访查了解到实际情况之后，先按兵不动，只是催促县令悬赏购买眼线，严厉捉拿有名的几名凶犯而已。随带的委员又对我说："民间传闻林狗尾和朱毛俚（嘉庆年间白莲教起义军首领）没有两样，请不要轻饶了他们。"我对他们说："以林狗尾的罪恶，理当被诛戮，怎么能轻易放过呢？但是这种只是结拜兄弟，不是天地会，更不能与朱毛俚相比。而且我们一同前来的时候，路边焚香跪地迎接的，都是乡村愚民，你们难道没看见吗？贼匪成员知道官兵集结而来，早就听到风声，远远逃走了，怎么肯趴在那里束手就擒呢？按照各位所说的，一定是想要挨家挨户搜查抓捕了。村民本就是因为畏惧于林贼的残害，所以才向官府求救。官府如果反而加以陷害捉拿，这是不死于贼匪，而死于官府的乱作为。陷百姓于水深火热之中，怎么可以呢？各位不必多言。”

于是亲自书写了一份告示，说道：“此次前来专门为地方除害，歼灭匪徒头目，被迫相从者不予追究。倘若有匪徒混杂在其中，你们要共同出力将其擒拿送交官府，千万不能任凭他们逃脱。”村民们很高兴。一边将实际的情形，以及不需要动用兵力，只需责成地方官，重金悬赏，严格缉拿带头的首犯和几名从犯，务必抓获追究惩治，并申请撤兵的种种缘由，详细写成报告向上级汇报。而上级各部门官员都认为既能节省军费，又让老百姓得以休养生息，比较能够从大局考量，见解非常正确。我收到批准的文件之后，当天就撤兵回营，亲自赶赴县城，首先将无辜之人释放，督促缉拿有名的凶犯九十多人。经讯问属于心甘情愿结拜，采集记录了实实在在的供词，回省城交差，缴还令箭。没过几天，林狗尾也被抓到，押解到省城审理，分别处以相应的罪刑。没有干系的人一概不牵连进来，东莞的民众于是得以安居如常。

又说：城隍庙的司祝（庙宇中管香火的人），每当新任广州知府上任，无论正式任命还是代理职务，按照惯例要送上一笔六七千元的陋规（不好的惯例，多指不正当的收费常规），已经延续很久了。我在嘉庆二十一年（1816）六月，调任广州知府，知道有这件事却不过问。同僚有说起的，我笑着说：“堂堂知府，竟然要和庙祝争磕头香火钱吗？”第二年五月，在大堂收到呈文，说有庙祝服役期满申请辞退。我问他说：“你服役期满了吗？”庙祝说：“五年的期限已经满了，所以辞退。”我说：“我到任的时候，按照惯例应当送一笔陋规，而我丝毫都不要，你知道吗？”庙祝说：“感恩大人。”我说：“准许你继续充任，你愿意吗？”庙祝叩头说：“愿意。”我说：“陋规我还是不要。现在养济院的老人生活很苦，如果你能每年缴纳纯银一千二百元，转交给道台衙门，赏给老人，我会为你出具一份文件并禀报上级备案，批准你从此继续充任，永远不换。”庙祝叩头说：“愿意缴纳。”于是为他出具公文通报各部门，命他按照季节分别缴纳。道光四年（1824），我再次出任广州知府，庙祝还是从前那个人。经核查，这八年之中，确实是按照季节每次缴纳纯银三百元，从来没有短缺过。

又说：我在担任广州知府期间，曲江县发生盗案，首犯和从犯共十四人被押解到省城，经按察使司等部门提审，案情没有异议，出牌公示第二天恭请皇帝圣旨批准后即行正法。黄昏时分，忽然阳山县县令周家俊也押解犯人到省城，并接到报告说，抓获盗贼某人，经审讯得知曲江县押解到省的盗案，某人才是真正的首犯。因为听说这件案子已经解送到省，肯定会发到广州府审理，尚需时日，所以派遣家丁押解犯人来省，并且详细汇报了一切的情由。我将解送来的犯人，另外安置在一个地方，一边将曲江县整个案子的所有人犯，从按察使司监狱提出来，重新进行仔细审讯，而假冒的首犯仍然供述自己确实是盗贼首领。又将每一名犯人，隔离分别审讯，其中有一名犯人供词模棱两可，于是深入追究，得到了挟仇诬陷等真实情况。我说：“一名犯人挟仇，难道其他的犯人也都是挟仇吗？”据他供称，同伙的仇，首犯本人已经承认了，所以不再辩解。再次讯问首犯，仍然一口咬定，没有改变。我对从犯们说：

“现在首犯还未确定，真正的首犯你们认得吗？”从犯说：“他带头纠集我们相约做盗贼，怎么会不认得呢？”当时已经四更天了。接着将阳山县新解送到的某犯提来现场，与十三名从犯对质辨认，同时指出：“这个就是盗首。”前面自认的盗首不禁放声大哭，问他为什么愿意诬陷自己，哭诉说：“因为畏惧刑罚，不敢翻供，现在获得重生了。”原来曲江县令曾经使用重刑逼供。天刚亮就赶赴按察使司衙门，叫门面见按察使大人，详细汇报了前面的情由，自己承认办案错误，请求处分。那名假冒首犯，今天绝对不能再恭请圣旨批准正法。按察使大人明山（现任刑部尚书）说：“我也犯了同样的错误。”然后请见巡抚大人董教增（谥文恪），巡抚说：“二位大人不必着急，我也有错，应当立即通报总督大人知晓。”第二天，重新进行审理后定案，将假冒的盗首释放，而诛戮了真正的盗首。如果禀报晚到一天，假的首犯已经被正法了，即使后悔也来不及了。周家俊县令的功劳真是太伟大了！我居官二十多年，从未有过请求上级的事情，因为这桩案子周县令办案有见地、顾大局，替他向各上级部门请求提拔重用，都表示同意。到现在已经十年过去了，而周县令仍然困在封川一个小县城，唉！

第三卷

10.3.1 于蕊史

襄阳于蕊史，巨族也，太夫人锺氏，贤而有德。甲辰秋，楚北大饥，人相食。蕊史晨省其母，凄然有不乐色，跽（jì）请其故。母曰：“我家积粟红朽，而临境之民不能谋一饘（zhān）粥，坐视而不为之所，岂仁者之用心哉？”蕊史曰：“愿如母教。”即出仓谷，遍赈灾黎，全活无算。又空其所蓄，告籴（dí）于别省。是岁也，饥而不害。而邑宰反征租税于民，敲比之声，惨闻衢路。于慨然曰：“奈何以此苦我民也？”自诣邑，请代输其赋。于是家中落，所存者仅广厦百余楹而已。

邻有李孝廉者，欲鬻生宅以扩其居，倩客往说，生不允。再三言之，拒益力。李怒，与客谋自匿其仆，诬生以杀仆罪。生果陷于狱。时府尊杨公，素识生，廉得其冤，提狱往鞫。路经万山，逢一女子，袖出一简，授生曰：“可上呈杨郡侯，自能无事也。”生既至，以简上白，视之，乃密示李仆所藏处。生枉遂雪，李论反坐律褫革。生归，心甚德山中女子，惜未知其姓名也。

一日，忽有客排闼入，阔颡隆准，短髭绕颊。生问之，曰：

“君请无疑，前所遇山中女子，即舍妹也。以昔时受君家大德，故愿以身报君。今夜吉期，彩舆行将至矣。”俄闻门外车马喧杂，仆从鼓乐皆备。入门，侍婢以茵氍（qú）贴地，扶新人下舆，生既骇且喜，不知所为。客代冠带视成礼毕，遂辞去。生琴瑟甚相得，顾时以贫为忧，形于颜色。新妇慰之，生曰：“贫者士之宜，所痛者先人遗业，至我一败涂地耳。”新妇曰：“妾来君家，当有以为报，但君时尚未至也。”生询何时，女笑不答，遂置不言。

逾年，生举于乡，女引生至北堂暗陬（zōu）曰：“今日当令君作石季伦也。”启其砖，藏镪得百余万，由是富甲一郡，子孙科甲不绝。人皆以为行善之报。生享年八十余，而没葬之夕，女不知所之。

【译文】湖北襄阳的于蕊史，是大家族，太夫人锺氏，贤惠而有德行。甲辰年秋天，湖北北部地区发生大饥荒，人相食。蕊史早晨起来向母亲问安，母亲神色悲凄、闷闷不乐，蕊史长跪叩问其中的缘故。母亲说：“我家蓄积的粮食都发红腐烂了，而周边的百姓连一顿粥都吃不上，如果坐视不管，不帮他们想想办法，这怎是仁者的用心呢？”蕊史说：“愿意遵循母亲的教诲。”立即取出仓库中的粮食，广泛赈济灾民，救活了无数的人命。又拿出所有的积蓄，向别的省份买米。这一年，虽然发生饥荒，却并没有造成太严重的后果。而县令反而向百姓强征租税，走在路上到处都能听到，百姓被胥吏杖打威逼的凄惨声音。于蕊史慨然叹息说：“为什么要因为这个让我们的百姓受苦呢？”亲自到县衙，请求代缴他们的赋税。于是家道中落，所存的仅有一百多间宽广高大的房屋。

邻居有一位李举人，想要买下于生家的住宅来扩大自己家的住宅，派中间人前往游说，于生不同意。反复说这件事，于生更加拒绝。李某大怒，和中间人合谋把仆人藏匿起来，以杀死仆人的罪名诬告于生。于生果然陷入了官司。当时知府杨大人，一直认识于生，访查到了他的冤枉，将这件案子提上来亲自审问。在押解的路上，经过万山的时候，遇到一名女子，从袖中取出一封书信，交给于生，说："可以把这封信呈交给杨知府，自能平安无事。"于生到了府衙，把书信交给知府，打开一看，原来上面秘密地写着李家仆人藏匿的地方。于生的冤枉于是得以昭雪，李某按照反坐的法律规定被革除了功名。于生回来，心里对山中遇到的女子非常感激，可惜不知道她的姓名。

一天，忽然有一位客人推门而进，宽额高鼻，络腮短胡须。于生问他是谁，回答说："先生请不用疑虑，前次所遇到的山中女子，就是我妹妹。因为当初曾经受到您家的大恩大德，所以愿意以身相许来报答。今天晚上就是吉时，花轿很快就到了。"过了一会儿就听到门外车马喧闹的声音，仆从、鼓乐都已经齐备。进门后，侍婢用地毯铺地，扶着新娘子下轿，于生既惊骇又高兴，一时不知道该怎么办。客人帮他穿戴整齐，主持完成婚礼，然后就告辞而去了。于生夫妻二人非常恩爱，感情融洽，只是时常因为贫困而感到忧虑，表现在神色上。新婚妻子对他说："我来到夫君家，就是来报恩的，只是夫君的时运还没到。"于生询问什么时候会有时运，女子笑而不答，于是也就不再多问。

第二年，于生参加乡试，考中举人，女子引导于生到北堂一个阴暗的角落，说："今天要让夫君做石季伦（晋石崇，字季伦，以生活豪奢著称）了。"打开地砖，所藏的银元宝多达一百多万两，从此以后富甲一方，子孙后代科第功名连绵不断。人们都认为是他家行善的回报。于生享年八十多岁，而安葬的那天晚上，女子不见了踪影。

10.3.2 掘藏

汪氏者，苏州之巨阀也，蓄资饶裕，吴人皆呼为“汪百万”。其族中有一家，仅属小康，而性好博施，里中善举知无不为。当发逆窜陷，仓皇出遁，室中无一物可携，惟将祖传古铜鼎彝诸器，瘗（yì）于室后菜圃中。贼退，归家见所居无恙，喜甚。顾手埋铜器之仆已死，家中人无有知其处者。

越一年春杪（miǎo），汪某偶督佣人至圃锄地播种，忽觉锄下甚坚，有石板为阻，以告汪某。汪某欢跃曰：“此吾所瘗古器也，觅之不得，今在是矣。”因命佣人垦土发石，则首一层皆系杯爵壶碟，镂刻精细，持之甚重；磨去污迹，灿然黄金也。不觉惊喜过望。复检阅第二层，累累黄白物也，陈之几上，约有十数万金。第三层乃已之鼎彝古器，点之皆在，未失一物。于是厚赏佣人。

然汪某虽暴得巨金而不解其所自来，或扰攘之际，富人避乱其居，即以所携之物瘗之欤？或发逆中渠魁所埋欤？皆不可知。而天之报施，为不爽矣！今诸汪自经乱后，稍逊于前，而此族将首数及之。所谓盛衰无常，而财有一定者，此也。

【译文】汪氏家族，是苏州的名门望族，积蓄的资产丰饶富裕，被苏州当地人称作“汪百万”。他们族中有一户人家，仅属于小康水平，而乐善好施，乡里有善举，只要知道没有不去做的。当太平天国军队四处流窜，攻陷苏州时，慌乱之中匆忙出逃，家中没有一样东西可以带的，只将祖传的铜鼎彝（古代宗庙中的祭器，上面多刻有表彰有功人物的文字）等古董，埋在屋后的菜园中。贼兵退去后，回到家见所住的地方安然无恙，非常高兴。只是亲手掩埋铜器的仆人已经死了，家里没有人知道所埋的位置。

一年后的春末，汪某有一次督促佣人到菜园锄地播种，忽然觉得锄头下面很硬，有石板阻隔，就向汪某报告。汪某欢呼雀跃地说："这就是所埋的古董，到处找都找不到，原来在这里。"于是命令佣人继续挖土，发掘石板，发现第一层都是杯爵壶碟等酒器或餐具，精雕细刻，用手拿上去很有分量；清除表面的污迹，都是闪闪发光的黄金制作的。不禁大喜过望。又检看第二层，则是不计其数的黄金、白银，摆放在桌子上，大约有十几万两。第三层才是自己所埋的鼎彝古董，清点了一下都还在，没有丢失一件东西。于是重重赏赐了佣人。

然而汪某虽然一下子得到巨额金银，却不知道是从哪来的，难道是纷乱之际，有富人在他家的房屋避难，就把携带的东西埋在这里了吗？或者是太平军的头领所埋的吗？都不知道。而上天对善人的回报，确实是丝毫不差。现在汪氏家族各支自从经过战乱以来，实力都比以前有所下降，而汪某这一家将数第一了。所谓兴盛和衰败都没有一定，永远处于变化之中，而钱财的归属自有定数，就是这个道理。

10.3.3 神记善恶

士人某，少时细行不谨，常多疾病。一日，病势增重，沉迷中至一官署，门署一联云："地狱即在眼前，莫到犯了罪时，始知悔悟；菩萨岂隔天上，只要放得过去，也发慈悲入门。"见一官，具五品服，坐堂上。方怀疑间，有人告之曰："此城隍神也。"始悟已入冥司，正欲避出，已为神所睹，招至案前，出一簿示之。展视，行列参差，红黑相间，但红少黑多，如世之历本状，模糊莫能辨识。神谓之曰："此即记汝生平所为善恶簿也。凡人一举一动，神必记之，善则用硃，恶则用墨，三年一核。除相抵外，善多则予以顺境，恶多则予以小灾。至十二年一大比较，以定赏罚。如有大善大恶，当即报施。汝寿未终，字迹故莫能辨识。但见红少于黑，已可知恶多于善矣。"

某闻言，心旌摇摇，莫知可对。但闻寿尚未终，胆又稍壮，勉应云："生平实未敢居心为恶，惟年少无知，或有失于检点，此后誓当改过为善，并立一簿，按日记之，月终焚于神前，借以警惕。"神有霁色，温谕曰："汝此愿可嘉，但世间立日记簿、功过格者不乏，惟善则任意铺张，过则多方文饰。是记如不记也。汝自勉，当亦勉人。毋待积恶多端，寿终对簿时，悔无及矣。"言毕，命左右导出，方及阶，一踣（bó）而悟。病渐就痊。事无巨细，悉用一簿记之，月终焚于城隍神前。遍告于人，力行善事，终身不懈云。

【译文】本地人某，少年时在一些细微的行为上不检点，身体时常生病。一天，病势加重，沉迷之中到了一座官署，门前挂着一副对联，写道："地狱即在眼前，莫到犯了罪时，始知悔悟；菩萨岂隔天上，只要放得过去，也发慈悲入门。"见到一位官员，身着五品官服，坐在堂上。正在心生疑虑之间，有人告诉他说："这是城隍神。"这才明白过来已经进入了阴曹地府，正要逃出去，已经被神看到，招呼他来到案前，拿出一本簿册给他看。打开一看，行列的文字参差不齐，红色、黑色字迹相间，但是红字少、黑字多，就像世间的历书的模样，模糊不清，难以辨认。神对他说："这就是记录你生平所作所为的善恶簿。凡是人的一举一动，神明都会记录下来，善行则用红色，恶行则用黑色，每三年考核一次。除了善恶相抵的之外，善行多的则赐予顺利的境遇，恶行多的则赐予小型的灾祸。到十二年进行一次大的考校，来拟定赏罚。如果有大善大恶，当即施与回报。你的寿命还未终结，所以字迹难以辨认。只见红字少于黑字，从这就可以知道恶行多于善行了。"

某人闻听此言，内心起伏不定，不知道该怎么回答。当他听到寿命还未终结时，胆子又稍微壮大了些，勉强应对说："生平实在不敢存心作恶，只是年少时因为无知，或许有失于检点，今后发誓要改过为善，并且订立一本簿册，按天记录，每月底在神前焚化，借此来警示和提醒自己。"神的表情有所缓和，用柔和的语气对他说："你这个愿望值得嘉许，但是世间记录日记簿、功过格的人有不少，只是有善行则任意铺陈夸张，过恶则多方掩饰隐瞒。这样的话，记还不如不记。你要自我勉励，也要劝勉鼓励他人。不要等到积累了多种多样的过恶，寿命终结取出善恶簿进行对质的时候，到时后悔也来不及了。"说完之后，命令左右侍从引导他出来，刚走到台阶，跌了一跤就一惊而醒。疾病也渐渐痊愈。平时无论大事小事，都用一本簿子记录下来，月底在城隍神前焚化。他将这件事到处讲给人听，努力做善事，终身不懈怠。

10.3.4 长乐郑氏

郑氏与吾家同邑，而皆省居，历有年谊。其昆仲锡侯（元璧）、醒侯（梦简），皆相悉。其最谨厚者，桐侯（廷珪），以即用与予同官，尤熟，现更申之以婚姻矣。邱莲峰为其谊女，爱同自生。

据莲峰云：谊父本早年极寒，性极孝，至甲午始中式举人，彼时亲友鸠集川费，助其计偕北上。因谊祖母正患偏风之恙，不舍其子远出，并云："尔的进士总有，候我百年之后再去。"因母一言，直延至乙巳，候安人归天之后方去，而一至中矣。在浙作官十载，告老回乡，发贼不遇，此非为孝之报欤！

又言：谊母林安人，亦极贤孝。当早年桐侯窘迫之时，极能耐贫，相助为理，井井有条。每日煮饭，必先扣存米一小杯，积至年终，竟有石余米度岁。历年不懈，亦可称贤内助者矣。寿至八十一岁，身受诰命而善终。

邱莲峰又云：甲申秋，吾乡南台有寒士，夫妻两口。其夫在外教读，是晚回家，至半路，闻两人途中云："今到某家祟某人妻。"闻即妻名姓，只闻声，并不见人，心中忐忑不安。一到家，晤妻，神气亦不对，所问非所答。即嘱煮饭，爨（cuàn）破；掬水，缸破；饭又焦矣。其夫疑有异，不言。是夜，夫与之同床，均不睡。至次早，适其妻裹脚，其夫问渠昨晚何故生气，"我并未说尔一句，如是情状，若有说尔，又如何？"彼时其妻手中挪一脚带，即对项中一比，口中尚云："若骂我，即如此。"话声未完，已经脱气。可见死生一定，鬼信有之也。

莲峰与吾家亦兼亲，有孝名，绝不妄言；性最灵慧，亦大得翁姑欢，能诗，有丈夫气；而蚤寡，得继一子。丙子年，吾乡大水灾，莲峰家故低陷，已落水而气绝。群闻有鬼呼云："此孝妇也，已延一纪矣。"遂甦。理必然欤！

【译文】郑家和我家都是长乐县人，而都住在省城福州，一直以来有同年之谊。他们兄弟中，郑元璧（字用苍，号锡侯）、郑梦简（字醒侯），都和我熟悉。其中最为谨慎忠厚的，是郑廷珪（字用桐，号桐侯），因为中进士后即用（清代铨选官员之制，谓遇缺即可补用）的官职和我相同，尤其熟识，现在更是结为儿女亲家了。邱莲峰是廷珪的干女儿，廷珪对她像亲女儿一般疼爱。

据莲峰说：干爹本来早年极为贫寒，但是事亲至孝，到道光甲午年（1834）才考中举人，当时亲戚朋友凑集路费，帮助他进京参加会试。因为干奶奶正患有半身不遂的疾病，不舍得儿子出远门，并且说："你的进士总会有的，等我百年之后再去。"因为母亲一句话，一直推迟到乙巳年（1845），等母亲离世之后才去，而一考就中了。在浙江做官十年，告老回乡，没有遇上太平天国侵扰，这难道不是孝顺的善报吗！

又说：干娘林夫人，也极为贤惠孝顺。在早年廷珪窘迫的时候，特别能忍耐贫寒的生活，帮助丈夫料理家事，井井有条。每天煮饭，必定先扣存一小杯米，积攒到年底，竟然可以有一石多米可以过年。每年坚持不懈，也可以称为贤内助了。活到八十一岁高寿，亲身接受朝廷诰封为安人，得到善终。

邱莲峰又说：甲申年秋天，我们家乡南台岛（今属福州市仓山区）有一名贫寒的读书人，夫妻二人。丈夫在外教书，当天晚上回家，走到半路，听到有两个人在路上说话："今天到某人家去扰害他的妻子。"听到就是说的自己和妻子的姓名，只听到声音，不见人影，心中忐忑不安。一到家，见到妻子，就感觉神色举止不太对，说话都是答非所问。叮嘱她煮饭，锅灶破了；舀水，水缸破了；煮的饭又焦枯了。丈夫怀疑事情不正常，只是不说。当晚，夫妻同床，但是都没睡。到第二天早晨，正好妻子在裹脚，丈夫问她昨天晚上为什么生气，说："我并没有说你一句，像这样的情形，如果说你，又会怎样呢？"当时他妻子手中拿起一根裹脚带，就对着脖子一比画，嘴里还说着："如果骂我，就是这样。"话还没说完，就已经断气了。可见生死自有定数，鬼也确实是有的。

莲峰和我家也有亲戚关系，有孝顺的名声，绝对不说谎话；赋性格外机灵聪慧，也特别能得到公婆的欢心，能够写诗，有男子气概；而早年守寡，得以过继了一个儿子。丙子年，我们家乡发生大水灾，莲峰家本来就地势低洼，已经落水，失去呼吸了。不少人都听到有鬼在呼喊："这是孝妇，已经延寿一纪（十二年）了。"很快就苏醒过来。按照道理这也是必然的。

10.3.5 光绪乙酉浙江大因果

胡雪岩者，浙之巨贾也。道光廿六年，仅二十龄，每月二千文工资，为阜康铺学徒，凡送银洋、司奔走，其职也。予于丙午来浙，需次省垣，即向其铺交易。胡往来予寓，遇雨时荷笠着屐，坐门房而已。未几，阜康闭歇，胡自主之。适王壮愍公（有龄），官杭守，喜其干练，命各县纳粮，及各捐项皆归其店，而生意自此称盛。壮愍由司道历开府，廉俸所积二万，交其主持，颇能不负所托。官绅遂多信之，以钱存者数万、数千不等。胡自是拥资巨万，俨然殷富。

红巾贼乱，胡又善于营运，就上海开设洋行，幸免于贼。会有英商扬帆至，货值百余万，抵岸即运交胡处。未及算账，而家书踵至，英商匆匆归国。越数年，其子来归，询之始知英商已死。胡以簿籍，计获利市倍之，缴还其子，以示不欺。其子茫然不知，取本而去。胡笃诚之名出矣。后受知于左文襄，使督后路粮饷。历保道员，二品衔，三代俱锡一品封典，赏黄马褂。积资以千万计。

平日亦知为善，凡义渡、义塾，以及施茶、施药、施衣、施粥等事，靡不为之。由是中外无不知胡雪岩者矣。迹其致富之术，则固有出人意料者。每年向蓄蚕种数百斤，某年蚕种缺乏，更向他处广为搜罗，买归焚之，戕生数千万计，价昂数倍，遂得独专其利，而杀生无计，不恤也。似此身拥重资，倘能一味行善，以遗其后，何善不可为？数代富贵，可预卜也。乃终身以“奢淫”二字，大丧其德。后益顾盼自雄，恣其所欲。池亭台榭，奇技淫巧，极人世之大观。一食万钱，犹无下箸处。姬妾以千计，江、浙、闽、皖、楚、豫，所在有之，其间寡妇实居半。

穷奢极欲，乐尽悲来。癸未冬，忽奉旨查封。始知其亏挪京外公帑，至数百万之多。即以各业抵折，田房屋地悉归诸公，而官绅之存项，则从此休矣。有某员，老实谨愿，以多年在浙实任，积资万余金，付其店。癸未秋，以急用欲取，店伙讥之，谓：“似此区区数，店中实用不着，请尽数取回罢。”语涉不逊。

某宦怒，谓其出言刻薄，即日取回。未两旬，而胡事败矣。此亦某宦一生厚道，故冥冥中若有使之者。至若本省寓公，不一其人，数在巨万，折抵为幸，皆秘而不宣，恐人知耳。需次人员被倒者，亦不乏，或以数千计，或以千百计。其人甚苦，万不能赖者，则皆折抵，或以物抵。

予于丙子署温处回省，积得二千元，欲付其店，则谓此区区数不愿纳，大有不屑意。只得移商他处，故不为所累。惟前年粤东邱姓亲，寄来帮项四十金，向由胡处兑取。比持信取银，则报以盈千累万，均不能理也，惟作罢论。予早与相识，特以手无余资，非独有先见也。

乙酉冬，其两弟死于杭。又数日，而胡亦暴亡。然考其二十余年所为善举，固不乏，而奢侈之折福，且不待言。即其淫之一字，其败宜矣。向使我辈为其一次，必得速报，况彼之稔恶久而不悛耶？有长子尚好，已入学而蚤亡；现存二子，皆不向善；妾多改适。今存一老母，亦可悲矣！回计其极盛造屋入屋时，约二十年，人皆知其必败，而不谓似此之速，谁谓天道远哉！

【译文】胡雪岩，本名光墉，是浙江著名的大商人。道光二十六年丙午（1846），年仅二十岁，以每月二千文的工资，在杭州阜康钱庄当学徒，凡是送银洋、跑腿办事等，就是他的职责。我在丙午年（1846）来浙江，在省城候补职缺，就曾和他的钱庄有过交易。胡雪岩往来我的寓所，每当下雨时头戴斗笠、脚踏木屐，坐在门房里而已。不久，阜康钱庄关门歇业，胡雪岩亲自主持，重新开张经营。当时王壮愍公（王有龄），担任杭州知府，喜爱他的干练，命令各县缴纳税粮，以及各种捐税项目都由他的钱庄经手代理，而生意从此之后日渐兴隆。王有龄大人一路自道台升任巡抚，积累的俸禄和养廉银二万两，都交给他存管，确实能够不负所托。官员、富绅等大多对他都很信任，纷纷把钱存到他的钱庄，几万两、几千两不等。胡雪岩自此以后坐拥数以万计的资产，俨然成为富豪。

太平天国作乱，胡雪岩又善于经营运作，在上海开设洋行，有幸躲过太平军的滋扰。当时有英国商人开船而来，货物价值一百多万，靠岸后就运交胡雪岩的洋行。还未来得及算账，英国商人接到家书，匆匆回国。几年后，英国商人的儿子回来，经询问才知道英国商人已经去世。胡雪岩拿出账簿，计算了一下所获得的利润，连本带利偿还给他儿子，以表示诚信不欺，他儿子一头雾水，茫然无知，只是取了本钱而去。胡雪岩笃实诚信的名声自此响亮在外。后来获得了左文襄公（左宗棠）的赏识和信任，委托他督办后方军队的粮饷。先后被保举为江西候补道，赐封二品官衔，祖宗三代都赐予一品封典，赏穿黄马褂。积累的资产数以千万计。

平日也知道做善事，凡是义渡、义塾，以及施茶、施药、施衣、施粥等善事，没有不积极去做的。从此以后，全国各地没有人不知道胡雪岩的了。观察他发财致富的途径，则确实是有出人意料的地方。每年向来储存蚕种几百斤，某一年蚕种缺乏，更是从别的地方广为搜罗采购，买回来烧掉，戕害生命数以千万计，蚕种的价格顿时翻了几倍，于是得以独占其中的利润，而杀生不计其数，并不在意。像这样坐拥雄厚的资产，倘若能够专心一志做善事，修积福德，遗泽子孙，那么什么样的善事办不到呢？世世代代长享富贵荣华，是可以未卜先知的。却终身因为“奢淫”二字，严重败坏了福德。后来更是左顾右盼，自视不凡，得意忘形，放纵自己的欲望。建造亭台楼阁，极尽奢华和奇技淫巧，成为人间少有的盛大壮观。一顿饭耗费万钱，还觉得没有可以下筷子的菜。姬妾数以千计，江苏、浙江、福建、安徽、湖北、河南等各省，到处都有，其中有一半是寡妇。

穷奢极欲，乐尽悲来。光绪癸未年（1883）冬天，忽然奉旨查封。才知道他亏空挪用京城以外的公款，达几百万两之多。就以他各地的产业抵偿，田产、房屋全部没收归公，而官员、富绅所存的款项，也从此化为乌有了。有一位官员，为人老实忠厚，因为多年来在浙江省担任实际职务，积攒下俸禄一万多两，存到他的店里。癸未年（1883）秋天，因为有事急用钱想要取出来，店里的伙计讥讽他，说："这么点小钱，店里实在用不着，请全部取回吧。"言语之间傲慢无礼。这位官员很愤怒，认为他说话刻薄，当天全部取回。不到二十天后，而胡雪岩就事情败露了。这也是因为这位官员一生为人厚道，所以冥冥之中好像有一种力量在指引。至于客居在本省的官员，不止一人，存银都是数以万计，获得折价抵偿还算是幸运的，都秘而不宣，恐怕被人知道。候补职缺的人员被套牢受损失的，也不在少数，或者数以千计，或者数以百计。其本人生活非常困苦，万万不能抵赖的，则都折价赔偿，或者用物品抵偿。

我于光绪丙子年（1876）在代理温处道任上回省城，积攒的二千元银元，想要存到他店里，则说这么少的金额不愿意接收，表现出很不屑的样子。只能存到别处，所以没有遭到连累。只是前年广东的邱姓亲戚，寄来帮项的四十两银子，向来从胡雪岩那里兑取。等拿着信件去取银，则回应说就是成千上万的金额，都无法处理，只好作罢。我早就和他相识，只是因为手中没有多余的钱，并不是我特别有先见之明。

乙酉年（1885）冬天，他的两个弟弟死于杭州。又过了几天，胡雪岩暴病而死。然而观察他二十多年来所做的善事，也有不少，而骄奢淫逸对福报的折损，自然也是不用多说的。就拿"淫"这个字来说，他的败落也是迟早的。假如我们这样的人犯过一次淫恶，必定很快得到恶报，更何况是他积恶已久而且不知悔改呢！他的大儿子还算成器，已经上学读书却夭亡了；现存的两个儿子，都不学好；姬妾大多改嫁了。现在只有一位老母亲还在，也真是可悲啊！回过头来看，从他极盛之时建造豪宅入住到现在，大约二十年，人们都知道他会败落，而没想到这么快，谁说天道遥远呢！

10.3.6 舒端甫太守述先德二则

舒端甫曰：先父讳瑞清，号乳泉，世居江西德兴。性行敦实，好施与，而于笃亲之谊，尤加意焉。咸丰四年，粤逆窜入县境。念我高祖以下，族众贫多，无资避乱，设贼久踞此邦，一家人远适异地，何堪设想？先将家财分别散给宗党，始得逃生。不一日，而贼果至，凶恶异常，兼旬未退，去来络绎不绝，被掳被杀者不知其数。而本支宗族男妇，不下三百余丁，卒无一遇害者。五年秋，贼复至，子大章带领乡团出仗，以众寡不敌，登山退避。众贼无不目指，旋被围困，急不暇择；又无深林密箐（qìng），即伏处草莽中，浅而易见，任贼百计搜求，自问必死。其时上下四旁，幸赖有黄蜂数千百万，作声环绕，而贼竟不敢前。真是虎口余生，人咸谓我先君笃亲之报也。

又曰：德兴僻处山隅，不通舟楫，每遇荒时，粮食无从贩负。乳泉府君常为桑梓忧。咸丰七年，捐出早晚田一千七百余亩，计租谷三千余石；每年于青黄不接时，散给本族、本都贫户，按丁计口约数千人，不取价值，不索外费。又捐出早晚田二百六十余亩，计租谷四百余石，加给本支宗族，以示区别。至本邑书院生童膏火、院府县试卷资，均捐有田产，为久远计。光绪七年，已蒙江西抚宪李中丞（文敏），汇案奏请，饬部立案矣。奉行至今，地方人士尤称颂不已。追忆咸丰八年春正月病笃时，仿佛见有仪仗满前，正襟拱手而逝。里巷人悉闻异香，亦奇事也。儿孙辈男女百十人送终，见者咸谓天之福善，宜其然尔。

【译文】温州知府舒端甫（名大章）说：我的父亲舒瑞清，号乳泉，世代居住在江西德兴县。为人处事敦厚诚实，乐善好施，而对于团结爱护亲族方面，更加用心。咸丰四年（1854），太平军流窜进入德兴县境内。考虑到自我的高祖父以下，宗族成员贫困的居多，没有资金逃难，假如贼兵长期占据此地，一家人远在外地，后果将不堪设想。提前将自家的钱财分别散给宗族乡党，才得以逃生。没过一天，而贼兵果然到来，凶悍蛮横异常，二十天都没退去，来来去去络绎不绝，本地居民被掳掠被杀害的不计其数。而本支宗族的男女老幼，不少于三百多口人，最终没有一个人遇害的。咸丰五年（1855）秋天，太平军又来了，儿子舒大章带领地方团练出战，因为寡不敌众，登山退避。贼兵相互之间都用眼神示意指点，很快就被围困，急促之间来不及择路；又没有茂密的树林或竹林遮挡，就潜伏在草莽之中，草丛很浅，容易被发现，只能任凭贼兵百般搜求，心想这次死定了。当时上下四周，幸亏有成千上万的黄蜂忽然飞来，嗡嗡作声，环绕在周边，而贼兵竟然不敢近前。真是虎口余生，大难不死，人们都说这是我父亲爱护亲族的善报。

又说：德清县地处偏僻的山脚，不通船只，每当遇到灾荒之年，粮食无法贩运进来。父亲乳泉府君（子孙对已故者的敬称）时常为父老乡亲感到忧虑。咸丰七年（1857），捐出春季、秋季粮田一千七百多亩，可收的租米共计三千多石；每年在青黄不接的时期，分散给本宗族、本乡村的贫困户，按照人口计算约有几千人，分文不取，也不索取额外费用。又捐出春季、秋季粮田二百六十多亩，可收的租米共计四百多石，增加给本支宗族，以示区别。至于本县书院中生员、学童的生活补贴，院府县试卷的经费等，都捐有田产，可以作为长久之计。光绪七年（1881），已经蒙江西巡抚李文敏大人，将情况具文奏报朝廷，交部立为定案了。一直施行到现在，地方人士仍然不停称颂。回忆咸丰八年（1858）正月，父亲病危时，仿佛看见有仪仗队排列在眼前，端坐拱手而逝。四周邻居都闻到奇异的香味，也是奇事。子孙男女一百一十多人送终，见到的人都说上天赐福于善人，所以才会如此。

10.3.7 董茂才

董缉庭茂才（文熙），江西平县人，乃古心孝廉第五子也。学问渊深，见事宏远。彼俗强悍，乐于战斗。一日，同族两房为争田水，排解不开，辄持刀布阵，无异疆场对垒。族邻绅耆，遮道跪求，不允，势必交锋。缉庭一人挺身阵前，不顾死生，委婉开导，凶焰始息。自此族不伤和，而保全性命不少。事在光绪壬午年，其子乙酉科得拔贡，殆亦食报之渐也。

【译文】董文熙秀才，字缉庭，江西平县人，是董古心举人的第五个儿子。学问渊博，功底深厚，对事情的见地宏大深远。当地的民风强悍，喜好争斗。一天，同族的两房为了争抢灌溉田地的水，排解不开，已经手持刀枪，摆好了阵势，如同战场对阵。族人、邻居、乡绅、耆老等，纷纷拦路跪求，不同意，势必要较量一番。缉庭独自一人挺身而出，站在阵前，不顾生死，委婉劝说开导，汹汹的气焰才得以平息下来。从此以后，族人之间不再伤和气，无形之中保全了不少人的性命。事情发生在光绪壬午年（1882），他的儿子即在第二年乙酉科被录取为拔贡生（清制由学政选拔秀才中文行兼优的人，贡入京师，称为拔贡生），这大概也是享受福报的征兆。

10.3.8 辞馆平反

江小云云：先大父资政公，嘉庆中，尝就金华严少峰太守刑席。太守固名官也，所定案牍从无失出失入事，尝云："大小之狱必以情，此极持平之论也。"宾主极相得。

一日，某县以强奸已成案，招解到府。太守过堂，即将照详转申臬署矣。先大父云："此案，奸夫年未弱冠，且面带羞惭，决有冤枉，必如是办，罪名迳庭。"争之再，犹不可。先大父曰："如此余惟有辞馆耳。"太守复侦悉奸夫家小康，强奸系在县落地，初供所认，无疑义。于是宾主见大左，即辞别回武林。

太守本立志为好官者，不自安，乃平心推鞫案供，颇有歧异，急切难以招解。一夕，熬讯至深夜，奸夫知己罪非小，痛哭失声，向奸妇云："我与尔情分本好，尔竟欲以一次欢娱，了我命。我即死，亦不与尔干休。"太守诧闻此语，姑不言，以观其变。时堂上下皆寂然，良久奸妇亦忘其所以，忽厉声曰："你记明只一次耶？某月某日在某处一次，某日、某日又在某某处各一次，你淫恶滔天，尚以一次遮人耳目耶？”太守拍案大怒曰：“你父母直系纵女卖奸，胆敢以和奸装点报强。”喝令动刑，带原告，一鞫而服。

盖奸夫本与此女有密约，不能禁绝。迨踰垣数次，猝为其父母所目睹，捆缚以图厚贿，而奸夫之父吝弗与，迫而送官，畏刑诬服。至痴儿女漏夜昏迷，真情毕露矣。太守即专函请罪，遣其公子亲至省垣，坚请先大父回金华。照续讯实情，挈某县令随同平反完案。太守名福，公子名良训，入翰林，官至河南方伯。

【译文】江小云（名清骥）说：我的祖父资政公，于嘉庆年间，曾经在金华知府严少峰（严荣，字瑞唐，号少峰，江苏苏州人，曾任浙江金华知府、杭州知府等）衙门中做负责刑狱的幕僚。严知府本来就是有名的好官，所审定的案件从来没有重罪轻判或应判刑而未判刑、轻罪重判或不当判刑而判刑等情况；他曾说：“大大小小的案件，一定要合乎情理，这是极为客观公允的见解。”宾主二人相处极为融洽。

一天，某县以一桩强奸已遂的案件，把已招供的人犯解送府衙复审。知府将人犯当堂审讯之后，即将出具报告转呈按察使衙门了。祖父说：“这桩案子，奸夫年龄不到二十岁，而且面带羞惭之色，其中绝对有冤枉，如果一定要这样办理，罪名将大相径庭。”反复力争，知府仍然不同意。祖父说：“这样的话我只有辞去幕职了。”知府又经过侦察得知奸夫家境属于小康水平，强奸是在县城经审讯确认的，初次供述就招认了，没有可疑之处。于是宾主二人的意见产生分歧，祖父就辞职回到了杭州家中。

严知府本来就是立志做好官的人，心中不自安，于是平心静气地审讯并推究案卷供词，确实有不少有歧义的地方，急切之间难以上报复审。一天晚上，连夜审讯，直到深夜，奸夫知道自己的罪过不小，不禁失声痛哭，向被奸污的女子说："我和你情分本来很要好，你竟然想因一次的欢娱，要了我的命。我就是死了，也不会和你善罢甘休。"知府闻听此语，很是诧异，暂且不说话，静观其变。当时公堂上下都寂静无声，过了许久，女子也忘乎所以，忽然用严厉的语气质问说："你记得只有一次吗？某月某日在某地方一次，某日、某日又在某地、某地各一次，你淫恶滔天，还想说只有一次来掩人耳目吗？"知府拍案大怒说："你父母简直是属于放纵女儿卖淫，却胆敢将和奸（经由男女双方同意而成奸）渲染夸张，报成是强奸！"喝令衙役动用刑罚，并带原告上堂，审讯了一次就招认了。

原来是奸夫本来和这名女子有秘密的约定，势必无法断绝。等到私会偷情多次，最后被女子的父母亲眼看见，将小伙子捆绑起来，并向他家长勒索重金，而小伙子的父亲吝啬不肯给，只好将他扭送到官府，因为畏惧刑罚而招认了。到现在，一对痴儿呆女在深夜神志迷乱之下，真情全部流露出来了。知府就专门写了一封信给祖父，表示请罪，并派遣他的公子亲自到省城，坚持邀请祖父回金华府。按照复审的实际情况，会同某县令一起平反结案。严知府名叫严荣（此处原文有误，严福实为严荣之父），公子名叫严良训，入翰林院，官至河南布政使。

10.3.9 放生须择地

庚午年，予权金衢严道时，内子患泻甚剧，许放生百万。

故离城数里名浮石渡，多放水族之物，鳖尤不少，并立禁民间钓网。无何交卸，将及百万而未足也。冬月回省，诸事猬集，且迫近年事。至辛未二月，次媳杨氏说及百万之数未了，促补足之。

三月，内子即买生物若干，嘱姜仆出城，放之大江，并嘱以城河不可放。次媳亦买鳅鱼少许，搭其同往。乃姜仆懒于出城，即在城内近河放之，诳言覆命，其事人不知也。次媳素弱，症为劳损，均知其不起。死之前一日，忽自言曰："我要用姜仆伺候我，伊亦不能不同去也。"旁人以其疾重言乱，置之不问。次媳于六月廿五，死矣。

死后，至七月初八，姜仆忽病，言房中无数鳅螺等对伊哭诉，并云："我不应欺主人，而置城内河耳。"二日，姜仆死矣。此事前后不及十余日，而符合如是。倘姜仆效校人之举，而报尤不止此。物类之微，尚能显异，人顾可昧良哉！惟姜仆一壮盛人，不谓遽罹此厄，亦其善心太少，故自促其天年耳。

【译文】同治九年（1870）庚午，我署理金衢严道（驻衢州府，领金华、衢州、严州三府）的时候，妻子患了严重的泻病，许愿放生物命一百万。原来距离衢州城几里之外有个叫浮石渡的地方，人们在这里放生很多水族物命，鳖更是不少，并立碑禁止民间垂钓或用网捕鱼。不久之后卸任，放生快要完成百万的数量却还没满。十一月回到省城杭州，各种事情纷繁芜杂，而且接近年关。到第二年辛未（1871）二月，二儿媳妇杨氏说到放生百万的数量还没完成，催促尽快补上。

三月，妻子就买了若干物命，嘱托仆人姜某出城，放生到大江里，并叮嘱说不能放到城内的河流。二儿媳妇也买了一些泥鳅、鱼类等，委托他一起带去放生。而姜某懒得出城，就放到了城内近处的河里，回去交差时谎称是放到城外了，当时别人并不知道此事。二儿媳妇素来体弱，症状属于因疲劳过度而受损，都知道她快不行了。临死前一天，忽然自言自语说道："我要用姜仆来伺候我，他也不能不和我一同去。"旁边的人以为他病重说胡话，也就没再过问。二儿媳妇于六月二十五日，去世了。

死后，到七月初八，姜某忽然生病，说房里有无数的泥鳅、螺蛳之类对他哭诉，并自言自语说："我不应该欺瞒主人，而放到城内河里。"两天后，姜某死了。这件事前后不到十多天，而相互印证，如此符合。倘若姜某效仿春秋时管理池沼的校人欺骗子产（典出《孟子·万章上》："昔者有馈生鱼于郑子产，子产使校人畜之池；校人烹之。"），将鱼烹食的话，恐怕果报还不止于此。物命虽然微小，尚且能够显现灵异，所以人怎么能够昧良心呢！只是姜某作为一个身强体壮的人，没想到就遭到这样的厄难，大概也是他善心太少，所以使自己的寿命变得更加短促吧。

10.3.10 蔡位三目睹二则

浦城蔡位三明府（锡侯）曰：吾近邻有老翁者，巨族也，家富，继娶某氏，生少子。长子嫡出，未及冠，不务正业，好宾客，多聚赌日，翁常忧之，屡训不听。某氏从旁诉曰："有此孽种，吾家破可立待矣。"翁曰："无虑，渠若不改，吾当挖其目，使盲而不走。"常使人谕知之，冀其能改。重阳节，长子登高，与同类友多日留宿不返。其母复谓翁曰："汝谓其能改，今何尝改已乎？无宁子存母亡耳，无奈呱呱在抱者何？"翁闻之忿，倩人觅得其子，执缚诸柱，用三寸许竹筒套在眼眶，筒口外用木一击，眼珠带血射入筒。彼时父心虽憾，见此形像，亦胆寒手颤。族戚邻友，闻声到，予亦至，见乃翁手托眼珠在掌，其母闯前将眼珠掷地踹破。众人面相觑，皆知其中情节，无可如何。及延医敷治，渐渐痊可。后劝乃翁分其产、完其姻，生子女各一。未几，与父皆亡。少子亦长，勤于家事。其侄十余岁，入泮宫，与叔不睦。稔知前事，有替父报仇之意，结讼于官，呈伊所得家财不及叔三分之一。两造花费不资，屡结屡翻。一日，叔在书斋，两目忽痛，医药罔效，竟亦失明。母尚在，知为前事之报。嘱儿再分产，与侄讼遂结，而家资蔑如矣。查其失明之月日，与兄遇害之月日正同，此最奇也。

子之不肖，父母置之死地，亦理所应。或谓：天之报应错耶？曰：非也。既去其目而废之，虽极不肖，亦不能败其业，何必踹破眼珠？无论是否已出，均属太忍。太忍者，其心不可测，故神明恶之耳。此咸丰年间事，余在场目击而为之咋舌。

位三又曰：庚午，浦邑南乡临江吴匪滋事一节，官欲拿办者久，吴其著名渠魁也。先为李、叶二人经理村内社租，以供团练。口角起衅，遂不相下。李富而强，叶即求助于吴匪。吴本系逃回军犯，声势颇张，一向多行不法。夜间，遂助叶往攻李家。李挈眷逃亡，家财被掳，据实诉官。会营围拿，吴匪窜，官悬赏购缉。盖吴向为不靖，故官必欲拿得。叶亦罗有名，叶惧，问计于素识卖菰（gū）者江某。江曰："余屋后有一空洞，仅可容身，居此无虑官捕矣。但当重谢我耳。”叶诺，以为永可避匿。不数日，官军寻获，付诸典刑。其实，江某见官悬赏重于私谢，遂不措意，故暗通消息而昧良也。叶母孀居二十余载，仅得此子，闻耗日夜悲伤。尝向空呼曰：“我儿误投匪类，被戮身亡。可恨江某，丧尽天良，暗通消息，岂地下无知，不报耶？”如是喊者不计数日。一日江某登山，夜守田场，与工人扫地作榻。三更后，工人觉主人脚颤声嘶，起烛之，见渠口中一青蛇蜿蜒欲入，仅入其首寸余，急用钳拔之，同人助之不能出。抬归，次日气绝。此即叶之为厉，借于蛇也。

按，叶某本无他罪，误投匪人，复托足于小人，一误再误，死亦自取。可怜伊母，清守多载，一旦斩嗣，谁为侍奉？蛇之入江口，乃天使之显报，稍纾节母之悲耳。同人共见蛇身不及筯身之大，何以突入人口，又何以竟拔不出？蛇之入口，乃啮其心，心不可问，焉得不受蛇啮耶？此同治庚午秋的确事，哄传一乡，妇孺周知者。

【译文】浦城的蔡锡侯先生（字位三，曾任浙江义乌、会稽等地知县）说：我家近邻有一位老先生，是大家族，家中富有，正妻已去世，续娶某氏，生下小儿子。大儿子是正妻所生，不到二十岁，不务正业，喜欢结交酒肉朋友，整日聚在一起赌博，老先生时常为此感到忧虑，多次教训他都不听。某氏从旁边挑拨说：“有这样的孽种，我们家破败指日可待。”老先生说：“不用担心，他如果不改，我就把他的眼睛挖下来，让他眼瞎就不会乱跑了。”常常让人拿这个话来劝导儿子，希望他能改正。一年的重阳节，大儿子去登高，和一帮狐朋狗友鬼混，在外面住了很多天都不回来。他继母又对老先生说："你说他能改，现在你看他改了吗？宁可儿子活着而我去死，只是这个还抱在怀里啼哭的孩子怎么办呢？"老先生听了这话，怒不可遏，派人把儿子找回来，绑在柱子上，用一根长约三寸的竹筒套在眼眶上，在筒口外用木槌一敲击，眼珠带着血喷射到竹筒中。当时父亲心中虽然怨恨，但是目睹这种情景，也不免胆战心惊、双手颤抖。族人、亲戚、邻居、朋友等，听到动静纷纷赶来，我也到场，只见他父亲用手托着眼珠在掌心，他继母闯上前去将眼珠扔在地上用脚踹破。众人面面相觑，都知道其中的情节，但是也无可奈何。然后请医生调治，渐渐痊愈。后来劝说他父亲分一部分家产给大儿子，并为他娶妻完婚，生下一个儿子、一个女儿。不久后，大儿子和父亲都去世了。小儿子也长大成人，料理家事很勤勉。他侄子十多岁，入学成为生员，和叔叔不和睦。深知以前的事情，有替父亲报仇的意图，向官府控诉，称他家所分得的财产不到叔叔分得的三分之一。原告被告双方花费不少钱，多次结案又多次翻供。一天，叔叔在书房，双眼忽然疼痛，医药无效，后来竟然也失明了。母亲还在，知道是以前的事情的果报。叮嘱儿子重新分配家产，和侄子的官司就此了结，而家中财产已经所剩无几了。算了一下小儿子失明的日期，和哥哥眼珠被挖的日期，正好相同，这是最神奇的。

儿子品行不良，父母对其采取一定的惩罚和制裁措施，也是理所应当的。有人问：难道上天的报应有错吗？我说：不是的。既然已经挖去了他的眼珠，变成了残疾人，即便再不成器，也不可能再败坏家业，为什么一定要踹破眼珠呢？无论是否自己亲生的，都属于太过残忍。太残忍的人，其心术必然是刚硬狠毒、阴险不可测，所以神明对其格外憎恶。这是咸丰年间的事情，我在现场亲眼看见，惊吓得说不出话来。

位三先生又说：同治九年（1870）庚午，浦城南乡临江一带有吴匪滋事生乱，官府早就想要将其拿获惩治，吴某是著名的匪首。先是有李某、叶某二人经理村里的社租，以供办理团练，守护地方安全。二人因为口角产生了冲突，于是互不相让。李某富裕而且强横，叶某就求助于吴匪。吴匪本来是私自逃回的军犯，声势颇为浩大，一向从事违法犯罪的勾当。夜里，于是帮助叶某攻击李家。李某带着家人逃跑，家财被抢劫，将实情控告到官府。会同营兵围剿抓捕，吴匪逃窜，官府悬赏缉拿。因为吴匪一向扰乱地方而不得安宁，所以官府一定要将其拿获。叶某也被列入通缉的名单，叶某很害怕，就去找熟识的卖茭白的江某征询对策。江某说："我家屋后有一个空洞，只可以容得下一人躲藏，你藏在里面就不用担心被官府抓到了。但是要重金感谢我。"叶某答应了，以为可以长期躲避在此。没过几天，官军便将其找到并抓获，被执行死刑。其实，江某见官府的悬赏远远超过叶某给他的酬谢，于是趁其不注意，故意昧着良心，暗地里向官府通风报信。叶某母亲寡居二十多年，只有这一个儿子，听到噩耗日夜悲伤。曾经对着天空呼喊："我儿错投匪类，被诛戮身亡。可恨江某，丧尽天良，暗地里通风报信，难道在地下对此不知情，而不报仇吗？"一直这样呼喊了很多天。一天，江某登山，夜间看守田场，和工人清扫地面，打地铺睡觉。三更之后，工人感觉主人双脚颤抖，声音嘶哑，起来拿灯烛一照，只见他口中一条青蛇正扭动着身体往里钻，只有蛇头钻进去约一寸多，急忙用铁钳往外拔，其他工人一起帮忙也拔不出。抬回去，第二天就断气了。这大概就是叶某的鬼魂在报仇，借助于蛇。

按，叶某本来没有其他的罪过，错投匪人，又托身于小人，一错再错，也是自取其死。只是可怜他的母亲，清苦守寡多年，一旦没了儿子，晚年谁来照顾？蛇钻入江某的口中，乃是上天促成的显明的报应，使寡母的悲伤之情稍稍得到一些安慰。当时边上的人都看见蛇的身体还不如筷子粗，为什么突然钻入人口中，又为什么始终拔不出来？蛇钻入他的口中，是要咬他的心，心术阴险狠毒，又怎么会不被蛇咬呢？这是同治九年（1870）庚午秋天真真切切发生的事情，在当地传得沸沸扬扬，连妇人儿童都知道。

10.3.11 裘军门

绍郡裘阿大，少时失业。乡人以其力大，故“阿大”名之。勇同贲（bēn）育，而家类相如。躯大而常枵（xiāo）腹，亲族亦无托，每饭不饱。不得已，随土木匠头以谋食。人以裘勤而能任重，故凡兴工，必招致之，不靳厚值。而裘亦自此稍增声价，每岁以力作余资届冬。暇晷（guǐ）率二三知己，到处修补孤坟、破椁（guǒ）及道路塌败者，十数载，不少懈。恒居常谓友曰：“我辈不能以钱济世，藉天地父母生成气力，随时方便，亦不枉世上空做人耳。”裘之业贱而心向善也如此。

一日，忽有富绅陈姓者，家造屋，因上竖灶石，众工有难色。见裘一人举石不难为力，异而诘其姓氏，且云：“具此膂力，何不习武？”答称：“无机缘。”陈某慨然曰：“嗣后无须帮工，伴我二子习弓马，应试赴考，以图上达。”议定次日，往拜武举郑某为师。而郑某是夜梦许多男女鬼跪求提拔，见掌中各献一“裘”字。醒后亦不介意。将午，陈某率二子及裘投刺拜师，郑见裘器宇不俗，恍悟恰符梦中语。询其故，知积有隐德，一力裁成之。逾年，夺解，联捷。数年间，官至提督。而陈某二子，一登乡榜，一任城守，亦不负慷慨待人之报。至今犹啧啧人口云。按，此亦蔡位三所述，咸丰年事，惜忘提督之名。

谨按：此裘总兵事也。裘名安邦，字古愚，会稽县人，嘉、道时由侍卫历徐州镇总兵，卒于官。

【译文】浙江绍兴府的裘阿大，少年时无业。乡人因为他力气大，所以都叫他“阿大”。勇武如同古时的勇士孟贲和夏育，而贫寒如同司马相如。身躯硕大而常常忍饥挨饿，亲戚族人也没有可以托身的，每次都吃不饱饭。不得已，跟随泥瓦工匠来求一口饭吃。人们因为裘某勤快而能能干重活，所以凡是兴建工程，必定招他前去，不吝惜丰厚的报酬。而裘某从此以后声价也有所增长，每年依靠干活的余钱过冬。空闲时间则带领二三好友，到处修补无人祭扫的坟墓、破旧的棺椁以及坍塌破损的道路等等，十多年来，从未懈怠。平时常常对朋友们说：“我们不能用钱财来济世助人，凭借天地父母生成赐予的这把子力气，随时随地做一些便利于人的好事，也不枉来到世上做一回人。”裘阿大虽然从事微贱的职业，但是竟有如此向善之心，实在难能可贵。

一天，忽然有一位富绅陈某，家中建造房屋，因为要上竖灶石，众工匠都感到为难。见到裘阿大一人就能举起灶石，并不费力，感到很惊奇就询问他的姓名，而且说：“有这样的体力，为什么不习武呢？”回答说：“没有机缘。”陈某爽快地说：“从今以后你不用帮工了，陪伴我的两个儿子练习骑马射箭，准备参加武举考试，以求上进。”说好第二天，前往拜武举人郑某为师。而郑某当天夜里梦到许多的男鬼女鬼跪求栽培提拔，看见他们掌心中都献出一个“裘”字。醒来后也没在意。快中午时，陈某率领两个儿子和裘阿大投递名帖来求见拜师，郑某见裘阿大器宇不凡，恍然大悟恰好符合梦中的话。询问其中的缘故，知道他积有阴德，所以极力栽培成就他。第二年，夺得头名解元，联捷成进士。几年之间，官至提督。而陈某的两个儿子，一个乡试中举，一个担任守备，也没有辜负慷慨助人成就的善报。至今仍然传为佳话。按，这也是蔡位三先生（名锡侯）所讲述的，咸丰年间的事情，可惜忘了提督的姓名。

谨按：这是裘总兵的事迹。裘总兵，名安邦（又名陈绍龙），字古愚，浙江会稽县（今绍兴市）人，嘉庆、道光年间由御前侍卫逐步升任徐州镇总兵，逝于任上。

10.3.12 淫报

绍郡有许某者，家素丰，戚族有告贷，一介不与。鄙吝之声，遍于乡里。性淫，家蓄婢媪，无不指染。有寡媳家，随嫁针绣女仆，情词恳切。女仆知终不免，心生一计，佯允之，密约今夜潜步竟入床底恭候，失时不从，切勿自误。不知女仆，先有定见，暗与其媳饰词，对调其榻，而许未之知也。半夜潜往，及上床莫辨其人，而欲火已炽，不分皂白而去。此虽女仆之计毒，而亦天道之报惨耳。后闻媳家涉讼，而许去赀颇巨。此光绪十一年事。

【译文】浙江绍兴府有个许某，家中素来富裕，亲戚族人有来告借的，一分一毫都不肯借给。吝啬的名声，传遍乡里。其性好淫，家中蓄养的婢女、仆妇等，没有不被他染指的。寡居的儿媳家，有一名陪嫁过来的做针线活、刺绣的女仆，他假装情词恳切地去勾引。女仆知道最终免不了被他侵犯，心生一计，假装应允，秘密约定今天夜里潜入藏在床底下等候，过时不从，切勿误了时机。却不知道女仆，提前有了主意，暗地里和他儿媳找了一些托词，对调了床榻，而许某不知道。许某半夜偷偷潜入房中，等上床之后也不分辨是什么人，而欲火已经炽盛，不分青红皂白发泄兽欲而去。这虽然是女仆用计毒辣，但也是天道的报应惨烈。后来听说儿媳家发起官司，而许某花费掉巨额资产。这是光绪十一年（1885）的事情。

10.3.13 侍郎遇虎

王吉云太史（履谦），少贫困，设帐于东浦沈宅。沈其姑也，家豪富，族亦繁衍。太史适馆年余，才名噪甚。沈族有新寡者，貌称绝代，慕太史名，未知“十年前已薄相如”也。遂于深夜私奔，太史方剪灯作赋，闻剥啄声，细叩来由，峻绝之。次日辞馆归，太夫人诘责之，以为：“吾家寒，赖姑恩延汝教读，今无故解馆，从何处糊口耶？”

太史不得已，游都门，意欲充笔帖式。行资只青蚨十千，居年余，入大宛学，旋膺乡荐，入南宫，提督福建学政。道经仙霞，有虎负伤而奔，将近肩舆，驺从惊散。太史安坐，忽闻空中呼“王侍郎不可犯”者，虎遂跃而去。太史无恙。后太夫人病革，又询辞馆之由，姑述其概，不言人氏。居忧数年，粤匪寇越，太史督办民团，劳瘁而卒。

【译文】王履谦太史（明清时翰林的别称），字吉云，少年时贫困，在东浦镇沈姓人家设馆教学。沈家是他姑妈家，家境豪富，家族人丁也兴旺。太史在馆一年多，才华的名声轰动一时。沈氏族中有一名刚刚死了丈夫的寡妇，容貌冠绝当时，爱慕太史的才名，却不知他“十年前已薄相如”（语出明代陆容诗：“风清月白夜窗虚，有女来窥笑读书。欲把琴心通一语，十年前已薄相如。”表达洁身自好、清心寡欲之意。）。于是在深夜私奔王太史，太史正在灯下写文章，听到敲门声，仔细叩问深夜前来的原因，严厉拒绝了她。第二天辞去馆职回家，母亲追问并责备他说：“我们家贫寒，仰赖姑姑的恩情，请你教书，现在无缘无故辞馆回来，该怎么维持生活呢？”

太史没有办法，到京城游历，打算充任笔帖式（清代低级文官，掌理翻译满汉章奏文书等）。所带的旅费仅有铜钱十千文，住了一年多，进入大兴、宛平县学读书，接着乡试中举，后进入礼部任职，提督福建学政。路经仙霞时，有一只老虎因受伤而奔跑，即将靠近轿子，随从们受到惊吓四散奔逃。王太史安坐轿子中，忽然听到空中呼喊“王侍郎不可冒犯”的声音，老虎于是跳跃而去。太史安然无恙。后来，母亲病势危重，又问起当时辞馆的原因，姑且大致说了一下，不说女子的姓名。在家丁忧居丧期间，太平军侵犯浙江，王太史主持办理团练，因劳累过度而逝世。

10.3.14 茅经魁晚发

光绪甲申秋，越郡文昌坛，设于卧龙山之阴。山阴沈文溪董厥成，其姻茅孟渊孝廉（立仁）首倡，捐资五十元。茅素俭朴，人见其慷慨，遂相率赴捐，且多踵其数者。

本年乙酉乡试，茅以作辍日久，群嗤其老赴广寒，致姮娥问以三十年前所读何书，意中止。然二公子均当入闱，必有送考之行，遂同儿子入棘门。比出闱，人有索观场作者，茅曰：“吾向自谓生平文字可恃，兹观小儿辈诸作，已胜予，安论他人？”仓卒回绍，携次子赴余杭收租。

发榜日，谓次子曰：“汝兄弟文颇佳，余杭僻处乡间，汝等即获隽，从何得知？子曷赴城探询乎？”次子去片刻，疾趋归，茅问曰：“若何？”次子跪贺曰：“父中第三名举人矣。”茅笑曰：“二十余岁人尚如许儿戏，设吾无镇静功，几被汝诳矣。”次子固言非诬，茅终不信。逾时，家中人至，始知其真。时茅已五十也。人咸谓其首倡捐资，见义必为，有天佑云。

【译文】光绪十年（1884）甲申秋天，绍兴府的文昌坛，设立于卧龙山北麓。山阴县的沈文溪先生主持工程的进行，他的亲家茅孟渊举人（名立仁）首先发起倡议，带头捐资银元五十元。茅先生为人素来节俭朴素，人们见他慷慨解囊，于是相互引导，积极捐款，而且有很多人都跟随他的金额。

第二年（1885）乙酉科乡试，茅先生因为已经荒废学业很久了，人们都讥笑他年老赴广寒宫，导致嫦娥询问他三十年前读的是什么书，便不太想去参加了。但是两个儿子都要入场考试，总归要走一趟去送考，于是和儿子一起进入考场。等到出场，有人向他索要考场中所作的文章，茅先生说：“我一向自认为生平的文章还是很可靠的，这次看到小儿们的作品，已经超过我了，更何况是其他人？”匆匆忙忙回到绍兴，带着二儿子到余杭县去收田租。

放榜的那天，对二儿子说：“你们兄弟文章很不错，余杭地处偏僻的乡下，你们就算考中，又怎么能知道消息呢？你何不去城里探问一下？”二儿子离开片刻，然后又急忙回来了，茅先生问说：“怎么样？”二儿子跪拜祝贺说：“父亲考中第三名举人了。”茅先生笑着说：“二十多岁的人了，还这样开玩笑，假如我没有沉着冷静的功夫，几乎被你骗到了。”二儿子说的话本来不假，茅先生始终不相信。过了一会儿，家中有人来报信，才知道是真的。当时茅先生已经五十岁了。人们都说他首先带头倡导捐款，见义勇为，自有天佑。

第四卷

10.4.1 龚方伯

道光中年，龚莲舫先生，任晋臬时，值赵城教匪滋事，戕官据城。虽旋即荡平，而各上官均获咎，抚藩皆镌秩去，惟龚独荷恩旨降留。未几，擢任湘藩，人皆羡眷遇之隆，而不知其有由来也。

初晋省解京饷，系实缺州县轮充。其不欲自往者，即派出运脚费，交代解之员领运，本人再贴给之。有即用某令，补缺甚苦，适值轮充饷差，欲托人代往，而贴费无出，遂自行抵都，谒其座主某巨公。问曰："山西解饷，向系候补人员，汝何以自来？"对曰："托人代解须帮贴之，且须结纳上台，方能斡旋，门生无钱，故自来耳。"某巨公曰："然则晋省上司皆要钱乎？"对曰："亦有不要钱者，如龚臬司是也。"曰："如此彼宜代汝斡旋。"对曰："饷差非臬司专主，彼无能为力耳。"巨公后宣言于外，竟以上达宸聪。而某令差旋，曾未为龚述之也。

迨龚以湘藩入觐，往谒某巨公，某公笑谓之曰："子知失察教匪处分独得改轻，并旋即升官之故乎？"龚曰："不知也。”某公始为缕述之，且曰：“上司保举属员，常也。今子乃为属员所保，岂非官场佳话？”龚尝举是事勖人。家大人与同官，尝闻其梗概如此。作清官者可以劝矣。

【译文】道光年间中期，龚莲舫（名绶）先生，担任山西按察使时，正值赵城县（今洪洞县赵城镇）教匪滋生事端（指道光年间由曹顺领导的先天教农民起义），杀死官员，占据城池。虽然很快就被平定，而各上级官员都受到了处分，巡抚、布政使都被降级调走，唯独龚先生承蒙朝廷恩旨继续留任。不久后，升任为湖南布政使，人们都羡慕他获得的隆重待遇，却不知道其中的由来。

以往山西省解送饷银到京城，都是由担任实职的州县官员轮流负责。如果有不想自己去的，就支付运脚费用，交给代为解送的人员领用，本人再补贴一部分费用。有一位即用（清代铨选官员有“即用”之制，谓遇缺即可补用）的某县令，所补授的职缺很清苦，适值被轮到负责解送饷银的差事，本想委托别人代为前往，而补贴费用出不起，于是自行前往京城，拜见座主（科举时代中试者称主考官为“座主”）某大人。某大人问说：“山西省解送饷银，原来都是由候补人员办理，你怎么亲自来了？”县令回答说：“委托他人代为解送需要给予一定补贴，而且需要结交上级，才能从中周旋，门生我没有钱，所以就自己来了。”某大人说：“这么说山西省的上司都要钱吗？”回答说：“也有不要钱的，比如按察使龚大人。”回答说：“这样的话，他应当代替你周旋。”回答说：“解送饷银的差事不是属于按察使司专门负责，他也无能为力。”大人后来将这一情节宣传在外，后来竟然传到皇帝的耳朵里。而某县令出差回来，并未曾对龚大人讲起过。

等到龚大人以湖南布政使的身份赴京觐见皇帝，前往拜访某大人，某大人笑着对他说："你知道唯独你失察教匪的处分得以从轻，并且很快就升官的原因吗？"龚大人说："不知道。"某大人才向他详细讲述了其中的经过，而且说："上司保举属下官吏，是常见的事。现在你竟然被属下官员所保举，难道不是官场的佳话吗？"龚大人曾经拿这件事为例来勉励人。我父亲曾经和他是同僚，曾经听他这样大致讲过这件事。此事可以用来作为对有志于做清官的人的勉励。

10.4.2 科名有定

万藕舲尚书，自言：某科会试充总裁，题为"孝慈则忠"两句。得一卷，仅五百字，文分两大比，开比言"事君使众效可立见"（批云"得'则'字神"），对比言"嘉善矜不能功可递推"（批云"得'而'字神"），余均老当，以为必宿学者，遂批中焉。及揭晓，始知年甫弱冠，再阅其文，毫无精义，心中为之不惬。数日，本生来谒，问以："年力富强，何以作文不满格，竟短篇草草若是？"生良久答曰："门生非敢草率，去秋逐队乡闱，不过为观光起见，不意即幸获。今春入都，移小寓后，梦亡父以题相示，恍惚得题为'孝者所以事君'二句，又一题为'嘉善而矜不能'一句，命先为拟作，醒时以梦境置之。次夜，复梦如初，遂构思成篇。入闱适患小恙，平时功夫本浅，故用两大股立格，股末即用梦题句敷衍成之。今真感恩于意外也。"余以其人诚笃，笑而颔之。向余以善阅文自信，今则知当场无把握也。

己卯科，倚儿赴试北闱，抵都日，即往谒尚书。尚书为津津道之，归述诸余。余曰："斯人也，真可中矣。既移小寓，尚肯作文，其勤也；遵父命，其孝也。朱衣点头，重其品，非重其文也。"录之为懒于笔墨者劝，且以知科名前定，不可强也。

【译文】万藕舲（名青藜，字文甫）尚书，曾亲自讲述：某科会试，出任大总裁，考试题目是"孝慈则忠"两句（出自《论语·为政》："季康子问：'使民敬、忠以劝，如之何？'子曰：'临之以庄，则敬；孝慈，则忠；举善而教不能，则劝。'"）看到一份试卷，仅有五百字，文章分为两大部分，开头部分论述的是"事君使众效可立见"（阅卷官批语说"如果再加上一个'则'字就更加神妙了"），对偶部分论述的是"嘉善矜不能功可递推"（批语说"如果再加上一个'而'字就更加神妙了"），文章其余部分都老练稳妥，以为必定是饱学之士，于是批准录取。等到结果公布之后，才知道这名考生刚刚二十岁，回头再阅读他的文章，发现毫无精辟的义理，心中感到有些不满意。几天后，考生本人前来拜见，问他说："你年富力强，为什么作文不写满格，竟然草草地写这么短？"考生想了好一会儿，回答说："门生我不敢草率，去年秋天跟着别人一起参加乡试，不过是为了观光游玩起见，没想到就侥幸考中。今年春天来京城参加会试，搬到小公寓居住后，梦到已故的父亲拿考试题目给我看，恍惚之间看到题目是'孝者所以事君也，弟者所以事长也'二句（出自《礼记·大学》），另外一个题目是'嘉善而矜不能'一句（出自《论语·子张》），命令我提前构思写好，醒来后认为是梦境也就没在意。第二天夜里，又做了相同的梦，于是构思成篇。进入考场后，正好身体有点不舒服，平时的功夫本来就薄弱，所以用两大部分填格，每一部分结尾就用梦中出现的题目的句子引申发挥而成。没想到能考中，现在真是感恩不尽。”我因为这名考生为人诚实真挚，笑着点了点头。以往我对自己善于批阅文章很自信，自此以后也知道其实当场未必有把握。

光绪五年（1879）己卯科，倚儿（梁倚年）赴京参加顺天乡试，抵达京城的当天，就去拜见万尚书。尚书饶有兴致地对他谈起此事，回来转述给我。我说：“这个人，确实应该考中。搬到小客店居住，依然肯写文章，说明他勤奋；遵守父亲的命令，说明他孝顺。朱衣点头（相传宋欧阳修主持贡院举试，每批阅试卷，觉身后有朱衣人点头示意，凡点头认可的，都是合格的文章；后比喻考试中式，科场及第），是看重他的人品，而不是看重他的文章。”记录在这里，作为对懒于动笔写文章的人的劝戒，并且知道科第功名都有定数，不可强求。

10.4.3 安头目

安生，名舆，桐梓人，貌黑肥，似近境蛮酋，而姓又适同，故人皆以“安头目”呼之。安恃才而忌，胜彼者多为所陷，不如者动为所愚。众憾之，具状帝君前讼其罪，帝君现梦，拘安，问其何故被讼，安曰：“缘弟子能文，若辈愧而见妒耳。”时适闱后，因就帝君前朗诵己墨，帝蹙然。安醒，闻已发榜，落名矣。安诡言于众曰：“余昨梦帝君慰云：‘汝应中榜首，缘注籍时误脱汝名，下科定不汝屈也。’”言已忽踣（bó），作帝君言曰：“安贼子，汝以隐罪削名，而顾委咎于我？”时众中有张生、王生者，素遵帝训，因指谓曰：“此两人不中，乃科分未至。然张戊寅、王己卯，获报亦不远矣。”安醒，知张、王已为帝君所许，衔之。

戊寅入闱，适与张同号，伺张寐，窃焚其卷。张竟被贴。至填榜前二日，卷忽皆被焚，止留发刻本，监临请仍前题补试。张以是复获终场，而安以病归不与。揭晓后，全榜皆与前符，惟第五名张生乃易安而中者。安闻而泣曰："我焚人未中之卷，而人中；天焚我已中之卷，而我不中，自贻伊戚矣。"帝君善其言，复示梦，令补过。安问："补过后即许中否？"帝曰："汝来科之文，可嘉可贺。可嘉者，在下截；可贺者，在上截。十五删韵押得好，榜先登矣。"喜极而醒，止忆登榜之兆，遂忘补过之言。

次年入场，又与王生同号，题为"加我数年"一章。王因就安论题，安欺其学浅，绐（dài）之曰："题窍在'加'字、'五十'字，文须处处提醒，乃入解。"王诺，午后视其文，果如所言。安窃喜，遂觉"假"字、"卒"字本义为独得之秘，刻志不忘，致誊卷时题字亦写假卒字，违令被贴。始悟"嘉贺从截、十五从删"，皆此时谶（chèn）应，且明明告以蓝榜之先登也。王竟以被绐之言入彀（gòu），名亦第五，归功于安而往拜之，谈次误触其混名"头目"二字。安怒曰："孺子得志便忘我耶？汝能就古人中举一姓名，恰好与'安头目'属对，便舍汝。"王辞以勿能，曰："君才大无匹，仆何能娇举以对？"安喜其谀，纵之。

至夕，安梦为帝君召去，即以所出之对令自属。安曰："可对者不乏，求其音义确当者惟'孔距心'。"帝曰："是诚确对，但汝非距心匹也。"安曰："距心一碌碌齐人耳，安见弟子不足比哉？"帝怒曰："距心之胜汝者，能知罪也；汝负重罪而不知，尚敢妄薄古人耶？”着门吏解赴冥曹，结案。大怖而醒，为家人述之，知必不免。后神志若失，啼笑无常，终以颠病坠楼而卒。

噫！安四梦帝君而皆免于重罚，是殆帝君之笃于爱才也。终不自爱，然后本其应得之罪罪之。于此见圣人仁之至、义之尽处。

【译文】有一名书生，名叫安舆，贵州桐梓县人，皮肤黝黑，身体肥胖，就像周边少数民族的部落首领，而姓氏又正好相同，因此朋友们都叫他“安头目”。安生为人恃才傲物，而且好妒忌，胜过他的人大多被他所倾轧陷害，不如他的人动不动被他所愚弄。众人都怨恨他，写了一篇疏文在文昌帝君神像前焚化呈送，控诉安生的罪行，帝君示现在梦境中，拘提安生前来，问他是什么原因被控告，安生说：“因为弟子善于写文章，那些人羞愧而嫉妒我而已。”当时正值考试刚刚结束，于是就在帝君面前朗诵自己在考场中所做的文章，帝君为之皱起眉头。安生醒来，听说已经放榜，而自己落榜了。安生向众人谎称说：“我昨天梦到帝君安慰我说：‘你本来应该高中榜首，因为登记名册时不慎遗漏了你的名字，下科一定不会委屈你。’”说完后忽然跌倒在地，以帝君的语气说完：“安贼子，你因为隐秘的罪行被削除功名，反而竟怪罪到我头上吗？”当时众人中有两位学子张生和王生，一直以来遵守帝君圣训，于是指着对他说：“这两人没有考中，是因为科举中式的年份还未到。但是张生到戊寅年、王生到己卯年，很快就要获得好报了。”安生醒来，知道张生和王生已经被帝君所许可，便对他们怀恨在心。

戊寅年再次进入考场，恰好和张生同号舍，趁张生睡着，偷偷地烧掉了他的试卷。张生最后被贴出（科举考试时，凡有夹带、冒名顶替及试卷违式者被摈斥场外，不准考试，并将考生名字贴出，谓之“蓝榜”）。到填榜的前两天，试卷原卷忽然都被烧毁，只存留下交付刻印的版本，监考官请示仍然按照原来的题目补考。张生因此重新得以圆满完成考试，而安生因为生病回家没有参加。结果公布后，全榜名单和名次都和前次相符，只有第五名张生是替换掉安生而得中的。安生知道了之后，哭着说：“我烧毁人家还未考中的试卷，而人家得中；上天烧毁我已经得中的试卷，而我最后没中，这是自己给自己招致的祸患。”帝君认可他说的话，又示现在梦中，令他改邪归正，弥补过失。安生问：“改过之后就准许我考中吗？”帝君说：“你下一科的文章，可嘉可贺。可嘉者，在下截；可贺者，在上截。十五删韵押得好，榜先登了。”非常高兴，笑着醒来，只想起登榜的预兆，而忘了改过的承诺。

第二年再次进入考场，又和王生同号舍，题目是“加我数年”一章（出自《论语·述尔》：“子曰：加我数年，五十以学《易》，可以无大过矣。”其中，“加”通“假”，给予义；“五十”竖写时与“卒”字接近，朱熹在《论语集注》中认为可能是“卒”字之讹，表示最终、完毕义。）王生于是找安生讨论题目，安生欺负他学问浅薄，哄骗他说：“这道题目的窍门在于‘加’字和‘五十’二字，文章中须要处处提醒，才能高中解元。”王生表示同意，午后观看了一下他的文章，果然是按照自己所说的来写的。安生心中暗自高兴，于是认为“假”字和“卒”字的本义才是独到的秘密，一门心思、念念不忘，以至于正式誊写试卷时，标题中也写成了“假”字和“卒”字，违反了规定被贴出。这才恍然大悟帝君所说的“嘉贺从截、十五从删”的话，都是谶语，现在应验了（“嘉”字的下半部分、“贺”字的上半部分都是“加”字；“十五”为“五十”倒过来）；而且帝君明明白白告诉自己是先登蓝榜。王生最后竟以安生骗他的话通过了考试，名次也是第五名，归功于安生并前往拜谢，谈话之间无意之中提到了他的绰号“头目”二字。安生愤怒地说：“你小子一得志就把我忘了吗？你如果能在古人之中举出一个人的姓名，恰好与‘安头目’对仗，便放过你。”王生推辞说不会，说：“您是大才，无人可比，我怎能勉强对得上呢？”安生因他奉承的话而高兴，就放他走了。

到了晚上，安生梦到被帝君召去，就以他所出的对子命他自己对。安生说：“可以成对的不少，要说读音、字义都最为确切、合适的只有‘孔距心’。”（孔距心，战国齐国平陆的邑宰。孟子曾经和齐国五个县邑之长谈话，经过孟子开导，能够认识自己罪责的，只有孔距心一人。见《孟子·公孙丑下》。）帝君说：“这个确实是工整的对子，但是你却无法和孔距心相比。”安生说：“孔距心只是一个庸庸碌碌的齐国人而已，何以见得弟子比不上呢？”帝君大怒说：“孔距心之所以胜过你，是因为能认识到自己的罪过；你身负重罪而不自知，还敢随意菲薄古人吗？”命令门吏将他解送冥府，审理结案。大为害怕，一惊而醒，将梦境讲述给家人，知道这次一定逃避不掉了。后来，神志好像失常了，一会儿哭一会儿笑，最后因为发癫狂从楼上坠落而死。

唉！安生四次梦到帝君都免于被重罚，这大概是帝君衷心爱惜人才。而他始终不自爱，然后就以他应得的惩罚来惩罚他。由此可见圣人都是尽最大的努力来规劝和帮助人，以使人觉悟。

10.4.4 食唾

定番城外有民妇，美而寡，遗腹生一子，名孝祖，又名继志。盖妇孝事舅姑，欲使子孝祖而继其志也。时有唐生馆其邻，送孝祖受业焉。唐素闻妇美，欲通之。谓其子曰：“我为若父何如？”子不答。再问之，以告于母，母笑咄（duō）之曰：“设先生再问汝，可述《孟子》中‘夫子教我以正，夫子未出于正’两语讽之。”子果如言以应，唐乃不复问。

会七夕佳节，孝祖家置席招饮。唐暗喜，以为有可乘之缘。筵终，固请见妇，妇不获已，就室内侧身远立。唐趋进曰：“文君、文君，汝识司马来意否？”妇恐室隘受偪（bī），抢步登楼而去。唐始悄然而出。时妇方病瘵（zhài）未愈，喘急而嗽，痰块自楼窗堕，唐仰首笑曰：“美哉唾乎，诚九天之珠玉也。”坐客笑语唐曰：“先生知唾味乎，何美之甚也？”唐曰：“某得而食之不厌。”客以为醉语，哄笑而散。

翁媪固聋聩者，初不知纷论何语，见唐尚呶呶（náo náo）独坐，意其醉不能归，命孝祖扶入客舍就寝。唐以恋妇故，不欲遄（chuán）返，就榻少憩。忽梦一绯衣人唤曰：“我来引汝食唾去。”唐喜，从入，见妇侧眠以睡，倍益娇好，方欲就淫，忽被缚跪床前，强使张吻以纳妇唾，纳至数口，觉腥气窜满胸膈，恶逆不可复耐，大呕而醒，口腾腾犹涌宿臭也。自是遂患瘵，日渐尪羸（wāng léi），回家月余而死。

妇梦神告曰：“汝疾已脱与他人，可不药而愈矣。”唐死而妇疾顿愈，后享其子富贵，寿八十余。

【译文】定番州（今贵州惠水县）城外有一位民家妇女，貌美而守寡，丈夫去世时有孕在身，后来遗腹子出生，取名为孝祖，又名继志。大概是因为妇人事奉公婆很孝顺，所以想要让儿子孝顺祖父母并且继承他们的志业。当时有一名书生唐某在邻居家设馆授徒，便送孝祖去拜师读书。唐某素来听说妇人貌美，想要和她私通。对她儿子说："我来做你的父亲怎么样？"儿子不回答。唐某又问他，回家告诉了母亲，母亲笑着呵斥他说："如果先生再问你，可以引述《孟子》中的'夫子教我以正，夫子未出于正'这两句话来讽谏他。"儿子果然按照母亲的话来回应，唐某才没有再问。

适逢七夕佳节，孝祖家摆设了酒席邀请客人饮宴。唐某心中窃喜，以为这次有了可乘的机缘。宴会结束，唐某强烈要求见到妇人，妇人不得已，只好在房间侧着身体远远站着。唐某小步疾行上前，说："文君、文君，你知道司马相如的来意了吗？"（此语借用了汉代卓文君与司马相如的爱情故事之典故。）妇人恐怕房间狭隘受到逼迫，抢步登上楼去。唐某才悄悄地出去了。当时妇人正患有痨病还未痊愈，因呼吸急促而咳嗽，吐出的痰块从楼上的窗户落下，唐某仰头笑着说："好美的痰唾啊！真是九天的珠玉。"在座的客人笑着对唐某说："先生难道知道痰唾的味道吗，为什么觉得这么美呢？"唐某说："我如果能得到，一直吃都不会厌烦。"客人们以为他喝醉了说胡话，哄笑着散去了。

公婆本来都是耳朵不太灵敏的人，起初不知道大家纷纷扰扰在说什么话，只见唐某还独自坐在那里喋喋不休地说个不停，以为他是喝醉了没办法回去，就命孝祖搀扶他去客店睡觉。唐某因为对妇人恋恋不舍，不想这么快就回去，就躺在床上稍微休息一会儿。忽然梦到一位身穿深红色衣服的人叫他说："我来领你吃唾液去。"唐某很高兴，跟着他进来，只见妇人正在侧身睡觉，更加感觉姣好，正要上前行淫，忽然被捆绑起来跪在床前，又被强迫张开嘴吞食妇人的唾液，吞了几口，觉得腥臭之气窜满胸腹，恶心反胃难以忍受，大口呕吐而醒，嘴里还腾腾地往外冒出臭气。从这以后就患上了痨病，日渐瘦弱，回到家一个多月就死了。

妇人梦到神明告诉她说："你的疾病已经转移到别人身上了，可以不用服药就能痊愈了。"唐某病死而妇人的疾病一下子就好了，后来享受到儿子带来的富贵，活到八十多岁高寿。

10.4.5 崇明讼师

讼师杨某，崇明人，阴谋诡计，刀笔自雄。寄居吴门，凡民间讼事，他人不能胜者，惟杨操胜算。后私囊充足，回里作山林终老之计。

同里有某甲者，小经纪也；妻某氏，徐娘半老，风韵犹存，与某乙有私。一夕，甲醉归，见门外阒无一人，及至卧室，则妻与乙方赴阳台，淫声亵语，殆不可听。怒甚，亟取菜刀将杀之，乙先觉，夺门而出，甲遂杀妻，既而悔曰："捉奸捉双，今奸夫未获，奈何？"诣杨求计，杨曰："尔速归，取银一锭置案头，有来窃取者，杀之作奸夫用。"甲如言，静候之。崇明风俗，凡人行路因困乏，所过人家，无论是否相识，俱可入内稍息。三鼓后，有人携灯而至，入室自坐。甲喜极，突出杀之，请杨来议此事，杨见尸不禁大恸，始知所杀者即杨之子也。噫，巧矣！光绪乙酉，俦儿有金陵之行，道出申江，闻友人姚蓉卿所述，且云是目睹者。

【译文】杨某，是一名讼师（旧时代写状子、助人争讼的人），是江苏崇明县（今上海市崇明区）人，一贯耍弄各种阴谋诡计，凭借舞文弄墨的功夫，写得一手好状子，自以为了不起。寄居在苏州，凡是民间的各种官司，他人打不赢的，只有杨某能够稳操胜算。后来，渐渐积蓄了丰厚的钱财，回家隐居养老。

乡里有一个某甲，做小生意；妻子某氏，徐娘半老，风韵犹存，和某乙有奸情。一天夜里，某甲酒醉而回，见门外寂静无人，等来到卧室，则见妻子和某乙正在交欢，淫荡的声音、秽亵的言语，简直不堪入耳。某甲大怒，急忙去取菜刀要将他们杀掉，某乙提前发觉，夺门逃出，某甲于是杀掉妻子，然后又后悔地说："捉奸捉双，现在奸夫未能抓到，怎么办呢？"去找杨某请他帮忙想办法，杨某说："你快回去，拿一锭银子放在桌上，如果有人来偷，杀掉他当作奸夫。"某甲听从了他的说法，静静等候。崇明县当地的风俗，凡是行人赶路由于劳累疲倦，所经过的人家，无论是否认识，都可以进去稍事休息。三更后，有一个路人打着灯笼来了，进门自行坐下。某甲大喜，突然冲出来将他杀掉，请杨某来商议此事，杨某一见尸体不禁大声痛哭，才知道所杀的路人就是杨某的儿子。哎呀，这真是太巧了！光绪十一年（1885）乙酉，倚儿（梁倚年）因事要赴南京，路经上海，听朋友姚蓉卿讲述的这件事，而且说是有人亲眼看见的。

10.4.6 龚氏兄弟

龚蔼人方伯家，与予累世有亲，稔知其祖功宗德最厚。其曾祖辈以"穀"字行，有官天门令者，予姑父也。其祖是笃先生，人极忠厚，精歧黄术，道光中年官湘南通判，予与最习，延其诊视，月必十数晤交，由是益密。子文波封翁，辛丑路过长沙，又与是笃，盘桓两日，人亦谨愿，有乃父风，即方伯之父也。

一日，封翁病笃，梦关帝谕之曰："汝祖父有积德，汝一生老实，不为欺人事，食报未艾。未即死也，抱十二孙后寿将尽矣。"醒见诸子在侧侍病，遂呼蔼人、仲人述之，病果渐瘳（chōu）。其时并无一孙也。未几，各房陆续添孙，十数年竟至十二人，嫌于梦谶（chèn）之验，以十二孙呼作十一，而次年封翁竟以无病终。

蔼人食祖父之报，蒸蒸日上；仲人亦继起为观察，可知为善足凭。彼世之刁诈营谋，徒自造孽，亦何益哉！按，蔼人现为蜚语去官，而予谓其累代厚道，当即光复其官；目前小蹶（jué），不足介意耳，且拭目待之。

【译文】龚易图先生，字蔼人（一作蔼仁），福建闽县人，历任广东、湖南等地布政使，和我家世代有亲戚关系，熟知他们家祖上积累的功德极为深厚。他的曾祖父一辈，名字是"榖"字辈，其中有一位曾做过湖北天门县令的，是我的姑父。他的祖父龚是笃先生，为人极为忠厚，精通医术，道光年间曾任湖南南部某地通判，我和他交情很好，请他看病，每个月必定见面十多回，从此交往越来越密切。其子龚文波封翁（因子孙显贵而受封典的人），于道光二十一年（1841）辛丑路过长沙，又在是笃先生那里，停留了两天，为人也是谨慎诚实，有他父亲的风范，这就是蔼人先生的父亲。

一天，文波封翁病势沉重，梦见关圣帝君指示他说："你祖辈父辈都积有阴德，你也一生老实，不做欺骗人的事，所享受的福报还未终了。现在不会就死，抱上第十二个孙子之后才会寿终。"醒来后见儿子们都侍奉在身边，于是叫儿子龚蔼人、龚仲人近前，向他们讲述了刚才的梦境，病果然渐渐痊愈。当时其实并没有一个孙子。不久后，儿子们各房陆续生下孙子，十几年竟然多达十二人，忌讳梦中的预言会应验，便将第十二个孙子叫作第十一个，而第二年封翁果然无病而终。

龚蔼人先生享受祖辈、父辈积德带来的福报，家业蒸蒸日上；弟弟龚仲人也继续兴起，做了道台，可知积德行善才是最有保证的。世上那些狡猾奸诈、耍弄阴谋诡计的人，徒然给自己造孽，又有什么用呢！按，蔼人先生现在因为一些流言蜚语被弹劾去职，而我认为他们家世代为人厚道，应当很快会官复原职；目前的小挫折，算不了什么，暂且拭目以待。（龚易图于光绪十一年（1885），调任湖南布政使，被劾奏，奉旨革职；后因献款捐制棉衣三万套赈济顺直灾民，奉旨赏还原衔。作者的预言得到验证。）

10.4.7 封翁感梦子孙为善

龚蔼人，在广东藩司任内，卸任有期。忽梦其封翁来，属曰："且缓交卸，现有五十垅事未办，速为料理，子孙当更望显达也。"梦中不知"垅"字所谓，更请明示，封翁以杖击其臂，曰："谨记之，后当自知也。"梦醒，细索不知所谓。明早以告南海令，令固久仕粤者，禀曰："广东圩（wéi）名曰垅，以防水也，诚恐其朽。此老大人在天有灵矣。日来适四处报大水，老大人莫非欲安堵，为此乡之民备水患乎？"蔼人立即筹款七千元，与郑镇军合力而坚筑之。数日，而大水果至，荡析离居不知凡几，计所堵圩垅，未被水者，四乡报到恰有五十之数。是一奇也。在封翁固垂念后人之为好官，而方伯竟信梦而勇于为善，尤可嘉矣！

【译文】龚蔼人先生（名易图），在广东布政使任内，即将卸任。忽然梦见他已故的父亲来了，叮嘱说："暂缓交卸，现在有五十垅的事情还没办，尽快去处理，子孙将更加有希望显耀通达。"梦中不理解"垅"字是什么意思，继续追问父亲请解释明白，父亲用拐杖敲打他的手臂，说："你好好记住就行了，后面自己就知道了。"梦醒后，仔细思索也不知道说的是什么。第二天早上，将梦境讲述给了南海县令，县令毕竟是长期在广东省做官的，回禀说："广东人管圩堤叫作'垅'，是地势低洼地区用来防水的，最怕朽坏坍塌。这是老大人在天有灵啊！近来正值全省各地报告发大水，老大人莫非是要修筑圩堤，来为本地的乡民防备水灾吗？"蔼人先生立即筹集款项七千元，与郑总兵一起齐心协力将圩堤修筑牢固。几天后，而大水果然来临，因水灾而流离失所的人不计其数，估计了一下所修堵的圩垅，因此而未遭受水灾的，根据四周各地回报上来的信息，恰好是五十的数量。真是一桩神奇的事迹。在蔼人先生的父亲来说，固然是期许关照后人努力做个好官，而蔼人先生竟然对梦境深信不疑，然后毫不犹豫地奋勇去做善事，尤其值得赞许！

10.4.8 光绪十一年报冤鬼

光绪乙酉，浙闱乡试，提调为丰云鹏（绅泰）观察。十七撤闱，予适与遇，云鹏告予曰："君喜言因果，予竟目睹矣。今科三场中虽有因病而扶出者，尚无他闻见。惟十五日扶出一生，为永嘉士子，自将鸦片一盒吞腹，满口鬼语，曰：'我寻汝已久，一家十八口死在你手，今日尚想活么？’余言甚含混。或曰，此讼师也，询之果然。未出头门而死。可知报冤之事，信有之矣。”

【译文】光绪十一年（1885）乙酉科，浙江省秋季乡试，担任总提调官的是丰绅泰（字云鹏，蒙古正蓝旗人）观察。八月十七日从考场出来，我正好和他相遇，云鹏告诉我说：“您喜欢谈论因果，我竟然也亲眼看见了。今科考试三场期间虽然有因病而被搀扶出场的，还没有听说或看到其他特别的事情。只是十五日那天搀扶出来一名考生，是永嘉县的生员，自己将一盒鸦片吞入肚子里，满口鬼话，说：‘我找你很久了，一家十八口人都死在你的手上，今天还想活命么？’其他的话就含糊不清了。有人说，这名考生是一名讼师（旧时代写状子、助人争讼的人），询问了一下果然是。还没被搀扶出正门就死了。可见冤鬼报仇索命的事，确实是有的。”

10.4.9 有嗣绝嗣

富翁某，心计甚工，初仅中人之产，后居积渐盈，蓄赀巨万。亲友中欲贷其一钱尺帛者，必以白眼相加，甚或以冷语刺之。自奉亦甚约，其忍寒耐暑，必非常人可及。顾艰于子息，中年后始育一子，爱护倍至。有术者谓曰：“翁命中不应有子，若以雌养之，方可长成。”遂取名璇姐，貌颇韶秀，课之读辄能成诵，稍长试笔为诗文，亦斐然可观。翁益珍视之。人咸谓天道不可知矣。惟弱而善病。

翁惑于术者之言，恐其难长，竟为之穿耳，并令仆妇为之缠足。璇性本娴静，亦颇安之。读书作文之外，旁及女红，亦极精妙。表兄某与之同学，以非真女，不甚避嫌，后两人有染。翁闻之，恚甚，向璇薄责，璇即与表兄约背父而逃。翁顿失其子，惊恨交加，寻搆（gòu）病而卒。遗产以无人勾稽，遂为经手者所侵蚀云。此光绪九年事也。

【译文】某富翁，颇能工于心计，起初只有中等人家的财产，后来通过囤积货物渐渐盈利，积蓄的资产数以万计。亲戚朋友中如有想借他一文钱、一尺布的，必定以白眼相加，甚至冷嘲热讽。自己的日常生活用度也很俭约，他对严寒酷暑的忍耐，往往不是常人所能及的。只是一直艰于子嗣，中年之后才生育一个儿子，爱护备至。有位算命先生对他说："老先生命中不应该有儿子，如果当成女孩来养，才能长大成人。"于是取名为璇姐，长相颇为俊美清秀，教他读书很快就能背诵下来，稍微长大之后尝试下笔写作诗文，也很有文采，像模像样。富翁对他更加珍惜疼爱。人们都说天道是不可理解的。只是身体弱而且好生病。

富翁被算命先生的话所迷惑，恐怕他难以长大成人，竟然为他穿耳洞，并且令女仆为他裹脚。璇姐性格本来就很文静，也习以为常了。除了读书写文章之外，还学着做女红（女子所做的针线、纺织、刺绣、缝纫等工作），也格外精美巧妙。表哥某和他一起上学，因为并不是真正的女孩，也就没有什么忌讳，后来两个人有染。富翁听说后，非常气愤，对璇姐稍加责备，璇姐就和表哥相约背着父亲私自离家出走。富翁顿时失去了儿子，又惊讶又悔恨，很快导致生病而死去。遗产因为没有人继承和打理，于是被经手的人所侵占吞蚀。这是光绪九年（1883）的事情。

10.4.10 排解获报

何登高，万县廪贡生，世居高梁铺，为人慷慨好义，勇于为善。凡里党有不平之事，经其劝息，无不悦服。邑有向武举，与张廪生缠讼不休，几成大狱。一日，何集二姓并戚友至公所，晓以“讼则终凶”，不惜舌敝唇焦，苦苦劝止。二姓感其诚，释怨息讼，成全甚大。其他修桥梁、设义学、建社仓，经手公款巨万，以公正称。年七十四卒。长子永馨，邑廪生；次子永卓，甲子举人，庚辰进士，即用知县，分浙江。

【译文】何登高，是四川万县（今重庆市万州区）的廪贡生（以廪生的资格而被选拔为贡生者），世代居住在高梁铺，为人慷慨乐施、急公好义，勇于做善事。凡是邻里乡党之中有不公平的事，经他从中主持公道，劝说排解，双方没有不心悦诚服的。本县有一名武举人向某，和廪生张某一直打官司，纠缠不休，没完没了，几乎要酿成大案。一天，何登高召集向、张两家人以及各自的亲戚朋友来到公所，给他们反复论述“打官司到最后必定是两败俱伤”的道理，不惜费尽口舌，苦苦劝说排解。两家人感动于他的诚恳，消除怨愤，停止诉讼，维护了大局的安定，无形中保护了很多人。其他诸如修建桥梁、设立义学、建立社仓等善行义举，所经手的公款数以万计，都能做到公道正派。七十四岁去世。长子何永馨，县学廪生；次子何永卓，同治三年（1864）甲子科举人，光绪六年（1880）庚辰科进士，以即用知县（清代铨选官员有“即用”之制，谓遇缺即可补用），被分发到浙江任职。

10.4.11 负友吞财

周式者，万县大泾口人也，因案坐徙永川县。与某徒囚善，合开小押铺，积资三千余金。而某病殁，临死执周手曰："某有妻子，离此路远，难以招致。愿将此银分作三股，君取其二，以其一寄吾子，嘱其扶榇归葬，予目瞑矣，千金所以酬也。"周泣而允之。既殁，乃忽萌异念，草草棺敛，浅葬荒郊，卷资逃归。又善居积，置腴产万金，称富翁矣。

先是周无子，归家后其妻遂孕，未几忽梦某囚入室，而报妻产子。周心知其索债来也。幼骄养任性，视同掌珠，年十二而周亡。比长，日以嫖赌为事，挥金如土，以千金娶一歌姬，旋被卷逃。又买二妾，亦不克终。以患恶疮亡，时方廿六岁。卒无嗣。

【译文】有个叫周式的人，是四川万县（今重庆市万州区）大泾口人，因为被一桩案件牵连，而被发配到永川县。与某囚徒交好，合伙开了一家小当铺，积累了三千多两银子的资产。而某囚徒因病而死，临死前握着周式的手说："我有妻子和孩子，离这里路途遥远，所以难以接过来。愿意把这些银子分成三份，你拿两份，以其中一份寄给我儿子，叮嘱他将我的棺材运送回乡安葬，我就死而瞑目了，另外的一千两作为酬谢。"周式哭着答应了。某囚徒死后，周式却忽然产生了异心，草草地棺殓，浅浅地埋葬在荒郊野外，捐款逃回。又善于囤积货物，置办下丰厚的产业，规模多达万两，号称是富翁了。

起初周式没有儿子，回家后他的妻子就怀孕了，不久后忽然梦到某囚徒进入房间，然后就得到了妻子产子的消息。周式内心知道他是来索债的。幼年时娇惯任性，父母疼爱如同掌上明珠，十二岁时周式死去。长大后，整天沉溺于吃喝嫖赌，挥金如土，花费一千两银子娶了一名歌姬，不久后就卷款逃跑。又买了两个妾，也都没有结果。后来患上恶疮而死，年仅二十六岁。周式最终还是没有子嗣。

10.4.12 节母休征

雅安县王明府，名绍庭，号继堂，以选拔用知县，签分浙江。历署七缺，极著循声。人但知其吏才之美，而不知其母节子孝有由来也。

太夫人朱氏，年十八孀居，仅有附郭田八亩，勤俭持家，躬亲操作。将以继堂弃儒习贾，而继堂甫成童，有大志，请于母，愿苦读。性颖悟好学，年舞勺，游泮食饩，才名噪甚，为诸侯座上客。旋即出宰繁剧，板舆迎养，母为怡然。今已古稀有五，耳目聪强。天之报施节孝，定卜期颐之寿也。

【译文】四川雅安县的王县令，名绍庭，号继堂，通过选拔被任用为知县，经过抽签分到浙江任职。先后担任七个职务，极有循良的名声。人们只知道他为政的才干很优秀，却不知道其中的来历，很大程度上来自于他母亲的守节和自己的孝顺。

母亲太夫人朱氏，十八岁开始守寡，家中只有近郊农田八亩，勤俭持家，亲手操持家务。打算让继堂放弃科举而改学做生意，而继堂刚刚成童（年龄稍大的儿童，或谓八岁以上，或谓十五岁以上)，就有大志，请示母亲，愿意刻苦读书。天赋聪明有悟性，好学上进，十三岁时，就进入县学成为廪生，才名轰动一时，成为当地官员的座上宾。后来很快出任事务繁重地方的县官，迎接母亲到做官的地方养老，母亲心情很愉悦。现在已经七十五岁了，耳聪目明，身体强健。上天对节妇孝子赐予好报，一定能够活到一百岁高寿。

10.4.13 盛德获报

绵州孙西堂先生，观察贵州粮储时，教匪叛逆蔓延三省。黔抚常公，委总军需，本无浮冒，因常以事忤柏督，奏请拏问。常抚与孙俱下狱，祸且不测。孙曰："大丈夫死则死耳，肯累他人哉？"于是独诬服，罪拟大辟，而常出狱。适孙之季弟晓峰，知兴国县，素笃孝友，营救备至，冤乃白。时常已督蜀矣，岁奉千金，延西堂入幕。晓峰暮年生子，聪颖力学，成名进士，入词林。出为湖南桃源县，牧郴守永，所至向化，以循良冠一时。

【译文】四川绵州的孙西堂先生，在担任贵州粮储道期间，有教匪叛乱，波及三个省份。贵州巡抚常大人（常明，佟佳氏，满洲镶红旗人，清朝将领），委任孙先生总管军需事务，本来并没有虚报冒领等情况，而由于常大人因事得罪了云贵总督柏大人（柏麟，一作伯麟，字玉亭，瑚锡哈哩氏，满洲正黄旗人，清朝大臣），奏请朝廷逮捕审问。常巡抚和孙先生都被关入监牢，眼看要大祸临头。孙先生说："大丈夫死就死了，怎么能连累他人呢？"于是独自承担了罪名，被拟定处以死刑，而常大人被释放了。正好孙先生的弟弟孙晓峰，担任江西兴国县知县，素来真诚地孝顺父母、友爱兄弟，千方百计营救哥哥，冤屈得以洗雪。当时常大人已经出任四川总督了，每年拿出一千两的薪酬，邀请酉堂先生担任幕僚。晓峰先生晚年生下一子，聪慧颖悟，努力学习，考取了进士功名，进入翰林院。后来出任湖南桃源县知县，又升任郴州知州、永州知府等，所到之处，人心向化，循良的政声冠绝一时。

10.4.14 两败俱伤

州县必有丞尉，古制也，位则堂属，情同手足。联之以恩，事之以敬，各尽其职，断不可隔膜视。咸丰七年，湖南某大令，缺苦而年衰，其尉缺更苦，几至断炊。令既不能懔戒得之训，尉有所求，百不一应，势成仇寇。

尉莫奈何，乘令称觞之日，坐马札于宅门外，凡送寿礼者至，尉起谢曰："大令素清正，不受民间一钱，此礼何为者？谨代璧还。"司阍幕友，出劝不听。某令愤极，与尉互詈，继而用武，令以头撞尉，遂倒地不起。其子扭尉赴省，审革戍新疆，妻子流落湘中。细思之，一死一戍，皆自取也。

【译文】州县都设有县丞、县尉的职务，这是自古以来的制度，论职位属于州县官的下属，论关系则情同兄弟。要用恩义来团结他们，用恭敬的态度来对待他们，使他们都能够各自尽职尽责，绝对不可以冷落他们，或者产生隔阂。咸丰七年（1857）丁巳，湖南某县的县令，职位清苦而且年老，他的县尉职位更加清苦，几乎到了断炊的程度。县令自身已然不能严格遵守圣人"戒之在得"的教诲，有贪污受贿的情况，而县尉请求他给予接济，从来没有答应过一次，导致县尉视他如同仇敌。

县尉没有办法，趁县令贺寿的那天，拿一个马扎坐在大门外，凡是有人来馈送寿礼，县尉便起身谢绝，说："知县大人素来清正廉洁，从不接受民间一文钱，送这个礼是做什么呢？我谨代表大人原封不动归还。"看门人和其他的幕友，出来劝他不要这么做，也不肯听。某县令气愤至极，和县尉互相谩骂，接着又开始动手，县令用头撞向县尉，不慎倒地身亡。他的儿子将县尉扭送到省城，经审理被革职流放到新疆，妻子流落在湖南。仔细想想，一个死掉、一个流放，都是自取其祸。

10.4.15 贪酷宜戒

陆某，萧山人，以通判发蜀，署万县事。书画篆刻、诗古文词，靡不精。士子蒙其奖诱者，皆成美材。惟性苛刻，日坐堂皇，多闻敲朴声，尤好用非刑。邑本好讼，陆则无控不准，准则酌其肥瘠而试尝之，名为坐堂费。每日审十案，每案万钱，即以坐堂费而论，日可得十万钱。其他或罚或贿，更不能以数计。摄篆年余，囊橐（tuó）充牣（rèn）。

卸篆后，暂寓客邸。有陈姓被赃数千金，率多人思报复之，势甚汹汹。陆逸去，眷属夜遁，旋委收盐税，至夔（kuí）关。其妻夜见冤鬼索命，在城隍庙建醮忏悔。岂知官运衰、冤魂至，阖家日夜扰攘，灾病牵连，陆竟双瞽。其子补某县尉，迎养至署，以忧卒。近至萧山访之，家已式微。天道固昭昭不爽。其贪酷事甚夥，不尽书，存厚道也。

【译文】陆某，是浙江萧山县人，以通判的职衔被分配到四川任职，署理万县知县。书画篆刻、诗古文词，没有不精通的。年轻的学子只要受到他的栽培和提携，都能成为优秀的人才。只是性情苛刻，每天坐在大堂上，总是听到鞭打的声音，尤其喜好使用酷刑。当地县民本来就喜欢打官司，陆某则只要有控告没有不准许立案的，立案之后则根据当事人的贫富程度而试探性地索取费用，名为坐堂费。假如每天审理十件案子，每件案子一万钱，就以坐堂费来算，每天就能得到十万钱。其他的或者罚款，或者受贿，更是不计其数。代理县令一年多，钱袋子就装得满满当当了。

卸任后，暂时寄居在客店。有个姓陈的人因为曾被他索取几千两银子的贿赂，率领多人想要报复他，气势汹汹。陆某逃走，家人趁夜间也逃走躲避，接着被委任征收盐税，来到夔关。他的妻子夜里见到有冤鬼索命，在城隍庙建立斋醮忏悔。怎知官运衰微，冤魂来讨报，全家整天扰乱不宁，灾祸疾病连连，陆某后来竟然双目失明。他的儿子补授某县县尉的职务，迎接他到衙门养老，忧郁而死。近来曾到萧山县打听过，家道已经衰微。天道报应本来就是明白显著、丝毫不差的。他贪求钱财、虐害百姓的事情还有很多，就不一一记述了，也是为了表示厚道。

10.4.16 孝友速报

孔安人，适郭氏，少寡，家中落。生二子，长祚煌，次祚灿，均幼。赖安人躬亲操作，佐以针黹（zhǐ），送入义塾读书。祚煌有智计，弱冠遂弃儒习贾，与弟祚灿极和睦，事母以孝，家庭内怡怡如也。

舅氏孙丕谟先生，嘉其母节而弟兄友爱，极力勉励而扶持之。旋设钱肆于城内，祚煌兄弟善居积，不数年，田连阡陌，称富翁矣。于是捐职衔，为母请旌如例。今闻诸孙各立门户，大振家声。人皆以为孝友之报为最速。

【译文】孔安人（明清时六品命妇封安人），嫁给郭家，年轻时守寡，家道中落。生有两个儿子，长子郭祚煌，次子郭祚灿，都还年幼。仰赖于安人亲自操持家务，并做针线活补贴家用，送到善人开办的免费学堂读书。祚煌聪明有智谋，二十岁左右时放弃科举学习做生意，和弟弟祚灿极为友爱和睦，事奉母亲很孝顺，家庭内一团和乐。

舅舅孙丕谟先生，敬佩他们母亲守节而且兄弟之间友爱，极力勉励并扶持他们。不久后在城内开设钱店，祚煌兄弟善于经营，没过几年，所拥有的田产已经十分广阔，蔚为可观，可以称得上是富翁了。于是出资捐纳职衔，并按照制度为母亲申请旌表。现在听说几个孙子辈也各自成家立业，家庭的声望大大提高，人们都认为孝顺父母、友爱兄弟所感召的福报是最为迅速的。

10.4.17 绝嗣

常州白家桥，有钱钧者，贸易致富；生一子，令读书。同里郑某，赀产相埒（liè），二子俱能文，试辄前列，钱子不如也。庚申之乱，避兵江北。迨甲子城复后，寇乱初平，田畴尽废，饿莩属于道。钱闻之恻然，适郑先归里，因集得数百缗，托郑携归赈抚。郑许之，囊金而归，自新其庐，置灾黎于不问。钱侦知其事，亦无可如何。明年，钱子入庠；郑长子被黜，因愧愤自投水死。又数年，钱子登乡魁；郑次子以细故仰药毙，嗣遂绝。郑亦旋卒。而钱之子若孙，方兴未艾也。此同治年事。

【译文】江苏常州白家桥，有个叫钱钧的人，靠做生意发家致富；生有一个儿子，令他读书。同里的郑某，家业资产规模与钱钧差不多，有两个儿子，都善于写文章，每次考试都是名列前茅，钱家的儿子比不上。咸丰庚申年（1860），太平天国侵扰之时，为躲避战乱而逃到江北。等到同治甲子年（1864），常州城克复之后，战乱刚刚平息，田地都荒废了，饿死的人充满道路。钱钧听说之后，心中怜悯，正好郑某先回家，于是凑集了几百缗（十串铜钱为一缗，一般每串一千文）钱，委托郑某带回去赈济抚恤饥民。郑某答应了，拿着钱回家，却把钱用来整修自己的房屋，对灾民不闻不问。钱某打听知道了此事，也没有办法。第二年，钱钧的儿子入学成为生员；而郑家的长子被淘汰，因羞愧愤恨自己投水而死。又过了几年，钱钧的儿子乡试高中头名解元；郑家的次子因为一点小事服毒自尽，子嗣于是断绝了。不久后，郑某也死了。而钱家的子孙后代，正在兴起，蒸蒸日上，没有止境。这是同治年间的事。

10.4.18 占产报

常州东乡大树村，村民王二馥，粗涉文史，武断一乡，蚩蚩（chī chī）者任其鱼肉。村多江北民，列屋垦荒，王尤凌虐之。或假细故兴大狱，必重贿之始已。王之橐（tuó）日丰，气日甚，复结蠹（dù）吏为声势，客民苦之，争鬻田返里。王又抑其价，贱值得之，意甚得也。

村俗新置产者，人必赴贺。是日，贺客数十人，咸具豚酒以进。王方命庖人治鼎俎，忽厨舍火起，延烧其庐至尽。王以入火运物，头额焦烂，越日遂毙。子名顺保，喜博，虽衰麻在身，而樗蒲（chū pú）不去手。未三十年，田产复为人有，渐为人佣，不就，则为丐而为窃矣。

呜呼！当江北民吞声咽泪，弃产而去之时，正王扬扬得意时也。不转眼而天之惨报随之，且百倍于吞声咽泪之民。世之如王者可以鉴矣。此同治辛未三月间事。

【译文】江苏常州东乡大树村，村民王二馥，粗略通晓文史，凭借势力在乡里横行霸道，老实软弱的村民往往任凭他宰割。村里有不少从江北来的居民，修造房舍，开垦荒地，王某对他们尤其欺压虐待。有时借一点小事情打官司，兴起大案，必定要重金贿赂他才肯罢休。王某的钱袋子日益丰满，气势也日益壮盛，又勾结官府中的贪官污吏，为自己提高声势，外地来的居民苦不堪言，争相卖掉田地返回家乡。王某又故意压低地价，以很便宜的价格买到，得意扬扬。

村里的风俗，新购置田产的，人们都上门祝贺。这一天，前来祝贺的客人有几十人，都准备了酒肉献上。王某正在命令厨工备办宴席，忽然厨房起火，火势蔓延，他家的整座房屋几乎被烧干净了。王某因为进入火中抢救财物，被烧得焦头烂额，第二天就死了。儿子名叫王顺保，喜好赌博，虽然身上还在披麻戴孝，而骰子不离手。不到三十年，田产又被人家占有了，渐渐为人佣工，后来也不肯去，就做了乞丐、窃贼了。

哎呀！当江北来的村民忍气吞声、饮泪悲泣，抛弃田产逃离之时，正是王某扬扬得意的时候。一转眼间，上天降下的惨烈报应随之而来，而且严重程度是忍气吞声的村民的一百倍不止。世上那些像王某这样的人可以引以为戒了。这是同治十年（1871）辛未三月间的事情。

10.4.19 以色易色

常州王某，喜渔色，性狡诡。村妇微有姿者，辄百计诱之，虽贞妇不能自保。一夕，时已二鼓，忽忆邻村某妇，貌颇娇好，知其夫入城未归，因诳妻曰："我将赴厕，斯须即归也。"虚掩其门而去。夜半，某妇之夫自城赌负归，历王门，思行窃以偿所负。推门潜入，王之妻已倦而就卧，梦中闻门响，意是夫归，呼曰："来乎？"某知其误，诡应之，即登床与妇媾（gòu），而妇弗知也。事竟，启箱笥席卷而去。抵家，闻室中狎媾声，破扉掩入，王不及遁，遂胁王书借券百缗，否则将呼邻右首诸官。王惧而允之，始得释，匆匆逃归。见室中被窃，大惊呼妻，妻始知为贼所诳，欲自缢。王廉知其情，转慰解之，而究未知贼即某也，惟捶胸叹气而已。明日，某复结无赖，登门索债，王无奈，货产偿之。此同治癸酉七月望日事。

【译文】江苏常州的王某，喜好渔猎美色，性情狡猾诡诈。村中妇女稍微有些姿色的，都千方百计去勾引，即使是贞节妇女也往往失身。一天夜里，当时已经是二更天（晚上9点至11点），忽然想到邻村的某妇女，容貌颇为姣好，知道她丈夫进城还没回来，于是哄骗他的妻子说："我去上个厕所，一会儿就回来。"虚掩其门就去了。半夜，某妇的丈夫从城里赌博输了钱回来，经过王某家门前，想着要行窃来偿还所欠的赌债。推门悄悄进入，王某的妻子已经因疲倦而睡下，梦中听到开门的声音，以为是丈夫回来了，喊说："回来了？"邻村人知道她搞错了，假装答应，就上床和王某妻子交合，而王妻未发觉。完事后，翻箱倒柜将贵重财物席卷而去。回到家后，听到房间里有狎亵交欢的声音，破门而入，王某来不及逃走，于是胁迫王某写下为数一百缗（十串铜钱为一缗，一般每串一千文）钱的借据，否则就要叫左邻右舍过来把他扭送到官府。王某很害怕，就答应了，才被释放，急匆匆逃回家。见到家里被盗，大惊，叫醒妻子，妻子才知道是被窃贼欺骗了，想要自缢。王某察知了事情的经过，转相劝慰，而始终不知道窃贼就是邻村某妇的丈夫，只能捶胸顿足、唉声叹气而已。第二天，邻村人又召集了一帮无赖之徒，上门讨债，王某没办法，只好变卖家产来偿还。这是同治十二年（1873）癸酉七月十五日的事情。

10.4.20 悔逆

常州大树村，有阿林者，酒博无赖，与邻妇通。母患之，弗能禁，讽其夫使迁去。阿林怒母之离己也，日夕叫骂，母置之不问。一日，忽卧床诳母曰："我已吞阿芙蓉矣，行将死。"母号哭救之，或言饮桐油即解，母持油使饮，阿林瞋目闭齿，故作憾憾声曰："吾宁死，不愿生也。"母强灌之，阿林格以手，母仆地，益惶急无策，泣祷于天，复跪而劝之，终弗顾。

时天正晴明，忽然冥晦，雷隆隆震屋瓦，电火穿牖（yǒu）

绕床。阿林始大惧，起掖母曰："儿实未吞烟，母勿虑。今雷击我，儿知悔矣，求母护之。"母携阿林出跪户外，泣诉不孝状，且对天自誓，愿痛改。天亦旋霁。此同治癸酉八月十九日也。时陶郅声茂才镕馆于武林，目击其事，为余道之。

【译文】江苏常州的大树村，有个叫阿林的，喝酒赌博，无所事事，和邻居妇女私通。母亲很厌恶，又没办法阻止他，便委婉地向邻妇的丈夫建议，让他们搬走。阿林因为母亲坏了自己好事，非常生气，一天到晚叫骂，母亲也不去管他。一天，忽然躺在床上哄骗母亲说："我已经吞吃了鸦片了，很快就要死了。"母亲号哭着抢救，有人说喝桐油就能解毒，母亲找来桐油让他喝下，阿林瞪着眼睛、咬牙切齿，故意做出恨恨的语气，说："我宁愿死，也不愿意活了。"母亲强行灌下，阿林用手阻挡，母亲倒地，更加惶恐急迫，束手无策，哭泣着祷告上天，甚至跪下来求儿子，始终不屑一顾。

当时天气正晴朗，忽然昏暗下来，雷声隆隆，震动屋瓦，雷电的火光穿过窗户盘绕在床边。阿林这才大为恐惧，起身搀扶起母亲说："儿子其实并没有吞烟，母亲不必担心。现在雷电要击我，儿子知道错了，请求母亲保护。"母亲带着阿林出来跪在门外，哭诉不孝的种种情形，并且对天发誓，愿意痛改前非。天气也很快放晴了。这是同治十二年（1873）癸酉八月十九日的事情。当时陶郅声秀才（名镕）在杭州做幕僚，曾经亲眼看见这件事，对我讲述的。

10.4.21 盗犯口供

光绪辛巳，江浦县奸拐戕命一案，盗认供而不吐姓氏。问官详讯曰："听尔所供名姓不真，尔可直言。"犯云："犯法是人，与姓名无涉。今已定罪，何必根究姓名？"又婉讯之再三，犯云："为人总要积德，为官尤甚。官宦丧德，必有强盗子孙；强盗积德，亦可有官宦子孙。故显官印累绶若，预当顾及后人；盗犯延颈待刑，不必缕述家世。休矣，谁家无督抚司道，何必言？言时恐公有所为难也，公但能常记某言，幸矣。"问官便不再问，赏其酒食。问其人年，才二十余，状貌魁梧，言语透达，曾有劳绩功名，不肯自述。奈情罪重大，难从末减，见者惜之。

【译文】光绪七年（1881）辛巳，江苏江浦县（今南京市浦口区）发生一桩因诱奸拐骗而伤害人命的刑事案件，凶犯供认不讳却始终不肯吐露姓名。审讯的官员详细讯问说："听你所供述的姓名不真实，你要直说。"犯人说："犯法的是人，和姓名没有关系。现在既然已经定罪，何必要追究姓名到底？"又反复婉转讯问了多次，犯人说："做人总是要积德，做官的尤其应该如此。官宦败丧德行，一定会有做强盗的子孙；强盗能积德，也可以有做官的子孙。所以地位尊贵的高官身兼数职、官运亨通、权势显赫之时，应当预先考虑到子孙后代；盗犯伸长脖子等待行刑之时，不需要详细叙述家世。算了吧，谁家没有总督、巡抚、使司、道台，又何必说出来呢？说出来的时候恐怕大人有所为难，大人只要能够时常记住我的话，那就是万幸了！"审问的官员也就不再追问，赏给他酒食。问那人的年龄，才二十多岁，体貌魁梧，说话通透清晰，也曾有功绩和功名，不愿意说出来。奈何案情和罪行重大，难以从宽减免，见到的人都感到可惜。

10.4.22 孝女

四川仁寿县，某孝女，年方及笄，有孀母，相依为命。一日，母病笃，医巫俱穷其术，女于佛前誓愿以身代，而仍不效，濒危者再。女遂以舌刺血书《金刚经》一部，又以发绣大士像一幅，及绣像成，其母病亦愈。人咸以为孝思感格云。

【译文】四川省仁寿县，有一位孝女，刚刚成年，有守寡的母亲，相依为命。一天，母亲病势沉重，请的医生和巫师想尽了办法，都没有见效，女子在佛前发愿自己代替母亲生病，而仍然没有效果，有几次都眼看不行了。女子于是以舌头刺血书写《金刚经》一部，又用头发丝刺绣了观世音菩萨圣像一幅，等到绣像完成，母亲的病也痊愈了。人们都认为是孝心的感应。

10.4.23 救女得儿

苏州胥门外一村落曰钱庄，有朱姓翁，年五十始生一子，爱逾掌珍。甫二岁，痘毒发内陷，势且不治。适其邻有生女而欲溺者，或以告翁，劝留养之，翁曰："吾子未知生死，遑恤人女？"既而曰："吾愿吾子生，岂忍视邻女之死？"命抱之入，女方呱呱而啼，子忽哑哑相应。启衾视之，则痘浆重灌，圆绽如珠。医至，贺曰："生矣，生矣！"噫！善机甫动，危症立回，人皆叹报应之速云。

【译文】苏州胥门外有一个叫作钱庄的村落，有一位朱老先生，五十岁时才生下一个儿子，爱如掌上明珠。刚两岁时，生了痘疹，但是因为没有发透，而痘毒内陷，看样子很难治好了。当时适逢有邻居生了女儿却想要溺死的，有人急忙告诉老先生，劝他收留养育，老先生说："我的儿子还不知死活，哪有心思管别人家的女儿？"转念一想，又说："我希望我的儿子活，怎么忍心坐视邻居家女儿死呢？"命人抱进来，女孩正在呱呱啼哭，儿子也哑哑回应。打开被子一看，则痘浆重新灌满，饱满如珠。医生来了，祝贺说："能活了！能活了！"哎呀！善心刚刚萌动，而危重的病症立刻好转，人们都惊叹感应如此迅速。

10.4.24 丐救犬

杨某，苏人，丐者也。一日过翁家堰，见群丐牵一犬，将屠之。见杨摇尾哀嗥，若乞命者。杨不忍，出钱买之，牵以归。路经杨家坟，犬不行，就土堆竭力爬搔，泥土之中露出缗角。杨从而掘之，得洋钱两封。杨自此遂作小经纪，不复吹吴市之箫矣。犬固灵性，而丐之好生，立获报矣。予谓犬非灵，有神使之耳。

【译文】杨某，苏州人，是一名乞丐。一天，路过翁家堰，看见一群乞丐牵着一只狗，准备屠宰。狗见到杨某，摇着尾巴放声哀号，好像是在请求救命。杨某不忍心，出钱买下来，牵着狗回来。路经杨家坟的时候，狗不肯走，在一个土堆边用力抓刨，泥土之中漏出串钱的绳子的一角。杨某继续挖掘，得到洋钱两封。杨某从此就做些小生意，不再流浪街头要饭了。狗本来就通人性，而乞丐杨某因为爱护生命，立刻获得善报。我认为狗不一定那么有灵性，可能有神明从中加持。

10.4.25 赈捐

光绪戊寅、己卯间，晋豫大荒，江浙筹饷百万，以救苍黎。苏州谢氏，桃花坞主其事，设有筹赈捐局。金匮杨重光昆弟五人，因母病笃，焚香祷天，许愿助赈，捐得英洋五十元，寄局领回捐票，焚化灶前。是夜，母病渐轻，后竟全愈。邻里咸以为异。同人经办赈捐者，目击先后情事，并非设言炫众也。

以上九则皆庄司马淦言之。据云确见亲闻，毫不虚也。

【译文】光绪四年（1878）戊寅、五年（1879）己卯年间，山西、河南等地发生大饥荒，江苏、浙江的人士筹集善款上百万两，来赈济灾民，拯救苍生。苏州的谢家，在桃花坞主持其中的事务，设立有筹集赈灾款的捐输局。金匮县（今无锡市）的杨重光兄弟五人，因为母亲病势沉重，焚香祷告上天，许愿捐款帮助赈灾，共捐款英洋五十元，寄到局里并领回捐款票据，将票据在灶神前焚化。当天夜里，母亲的病情渐渐有所减轻，不久后就痊愈了。邻里都认为不可思议。有参与经办赈灾捐款事务的同仁，目睹了事情的前后经过，并不是编造言论、炫惑众人。

以上九则故事，都是庄淦同知讲述的。据他说都是确实见到、亲耳听到的，丝毫不虚。

10.4.26 王佣

庄司马淦云：余有佣妇王姓，江西上饶人，右臂有疾不能举。及己未，先大夫二次赴上饶任，复见之，则臂能举矣。询之，妇曰："曩者粤逆来，夫在浙江未归，我与姑在城，城破，姑病不能兴，我负之出城，走风雨中五日夜，饥寒交迫，与姑得免于难。初亦酸痛，久而不觉，遂运动如常。"孝诚足贵耳。此咸丰元年事。

【译文】庄淦同知说：我家曾有一名女佣人，姓王，江西上饶县人，右手臂有疾病举不起来。到咸丰九年己未年(1859)，我父亲第二次到上饶县任职，又见到她，则右手臂能举起来了。询问她是什么原因，妇人说："当时太平天国军队打来的时候，丈夫正在浙江没回来，我和婆婆在城里，县城被攻破，婆婆卧病起不来，我背着她出城，走在风雨中五天五夜，饥寒交迫，和婆婆都幸免于难。刚开始也感觉酸痛，时间长了就不觉得了，于是手臂就运动如常了。"孝行确实是最为可贵的。这是咸丰元年(1851)的事情。

10.4.27 光绪乙酉冬火灾

杭城行宫前，周公井地方，于十二月廿六夜失火，烧去十余间小房屋，并焚死十三人。时在二更，人并未睡，甚可逃避。或云乃衙内起火，且均为小户，各无后门，而衙内人多塞住不行矣。

予次早偕众往观之，见一小户，火场一尸，跪于灶前烧死，仅存肩下一段黑身，两手作拱拜状，而首无矣。问之邻人，则曰：“此人车姓，业篦匠为生，素尖尅非凡，如损人利己、明瞒暗骗之事，不一而足。火起时，知其叩求于灶前，众拉之去，坚跪不去。”谅恶贯满盈，故焚其身，又去其首，以示警于人，理或然欤！

又周公井即在城隍山下，土例烧年纸，每用爆竹，一上一下者，连作两声。当火发时，正二更初，多人在山脚观下，见爆竹一声冲上，群目及之；及一声下至屋瓦，则此屋火起。而在山脚观者，喊声群作，知为天火也。杭城向多火患，人皆知之，然则此种爆竹最易引火，实属无益有害，不尤当禁欤！

【译文】杭州城行宫前，一个叫周公井的地方，于光绪十一年（1885）乙酉十二月二十六日夜间发生火灾，烧毁十多间小房屋，并烧死十三人。当时是在二更天（晚上9点至11点），人们大多都还没睡，完全来得及逃生。有人说是在胡同内起火，而且都是小门小户，都没有后门，而胡同内一下子涌出很多人，拥挤走不动了。

我第二天早晨与众人一起前往察看，见到一小户人家，现场有一具尸体，跪在灶台前被烧死，只剩下肩部以下的一段焦黑的身体，两手做出拱手跪拜的姿势，而头已经没了。向邻居询问，则说：“这个人姓车，以制作篦子为生，为人一向异常尖酸刻薄，比如损人利己、明瞒暗骗之类的事情，不是一次两次。火起的时候，知道他在灶神前叩头祈祷，大家拉他走，坚持跪着不肯走。”想必是恶贯满盈，所以焚烧他的身体，又去掉他的头，来警示世人，或许是这个道理吧！

还有周公井就在城隍山下，本地风俗每年年底烧年纸时，往往要燃放爆竹，一上一下，连响两声。当时火灾发生时，正是二更初刻，有很多人在山脚向下观看，只见爆竹一声冲上，众人都看到了；等另外一声响起，落到屋瓦，而这座屋子就起火了。而在山脚观看的人，大家齐声呼喊，知道是从天而降的火。杭州城向来火灾多发，人们都知道，但是这种爆竹最容易引起火灾，实在属于有害无益的东西，不是尤其应当禁止的吗！

第五卷

10.5.1 至诚感神

溧阳宋雪帆少司农晋，中道光己亥乡榜，未及应礼部试，即奉其尊人乡贤公之讳。同时有石君绳干，是科副车。石君能详冥中事，俗所谓“走无常”者也。谓少司农曰：“君知本科之所以中乎？”少司农瞿然谢不知。石君笑曰：“此余让君也。”少司农益不解所以。石曰：“令尊生平所行阴德事甚多，冥吏纪录积厚寸许，君宜昌大门闾，本定癸卯、甲辰联捷，而令尊当在亥年逢厄。冥中以令尊之不及见也，乃以余名移至下科，俾君于本年获隽。”司农泫然泣曰：“先君于榜前已撄疾卧床，迨报至，犹然扶杖一观。不数日，即弃养。先君内行肫（zhūn）挚，固知宜邀冥鉴，孰意上苍默佑，巧于安排若此耶？”

石君因叩其实，侍郎曰：“难更仆数也，请道其略。家本寒素，先大父殁时，先君仅六龄，先大母抚之，刻意勤学。祖遗败屋数椽，炊烟恒数日不举，大母以纺织自给。寒夜一灯，风飕飕自墙隙入，先君摊书于旁，诵声机声相答也。及长，从亲故畅园彭先生学，先生为诸侯上客，先君依之，爰取刑法、食货诸书遍读之，三年尽得其要领。一时如济宁孙相国、卢敏肃制府、祁竹轩抚部、邓嶰筠制府、林文忠皆负重望，慕先君名，争相招致，四方羔雁之投，门庭恒满。馆谷所入，悉以奉大母，若有所需必谨告所以，非得命不敢取也。先君历佐诸巨公，多所建议。道光间，两江遇水灾，先君以荒政古无善策，日夜筹思，全活甚多。先君煦然意下，遇物若惟恐伤之，及至当大事、临大节，虽自谓贲（bēn）育不能过也。馆两江时，有以万金关说者，力却之。此其荦荦（luò luò）大者也。”石君曰：“是固宜有符策之祥矣。”

侍郎后果中甲辰孙毓溎榜，历阶卿贰，声望卓然，为时名臣。石君亦于癸卯中式，官内阁中书。

【译文】宋晋先生，字锡蕃，号雪帆，江苏溧阳人，官至户部侍郎，道光十九年（1839）己亥科乡试中举，还未来得及参加礼部会试，就因父亲乡贤公逝世，回家居丧。当时有一位石绳干先生（安徽宿松人），考中本科的副榜（旧时乡会试因名额限制，未能列于正榜而文字优良者，于发榜时别取若干名，列其姓名于正榜之后，称为“副榜”）。石先生能够知晓冥间的事情，即是俗称的所谓“走无常”（传说活人的生魂到阴间当差，事讫放还）。他对宋侍郎说：“您知道本科之所以能够考中的原因吗？”侍郎惊骇地推谢说不知道。石先生笑着说：“这是我让给您的。”侍郎更加不明白所以然。石先生说：“令尊大人生平做了很多善事，积累了很多阴德，冥府官吏所做的记录有一寸多厚，福泽庇荫您应当光大门庭，本来注定将于道光二十三年（1843）癸卯科乡试中举，第二年（1844）甲辰科会试联捷成进士，而令尊大人应该在己亥年（1839）遭遇不幸。

冥府认为这样的话令尊大人来不及亲眼见到您中举，就把我的名字转移到下一科，而让您在今年乡试得中。”侍郎流下眼泪，哭着说：“先父在放榜前已经生病卧床不起，等考中的捷报送上门的时候，还拄着拐杖观看。没过几天，就撒手而去了。先父为人真挚诚恳，本来就知道应当承蒙神明鉴察，谁能想到上天在冥冥中保佑，安排得这样巧妙呢？”

石先生于是向侍郎叩问其父的事迹，侍郎说：“有很多，数不胜数，只说个大概吧。我家本来家世清贫低微，我祖父去世时，父亲只有六岁，在祖母的艰辛抚养下，努力刻苦勤学。祖上遗留下几间破败的房屋，时常连续几天都不能生火做饭，祖母靠纺织来维持生活。寒冷的夜晚，一盏孤灯，冷风飕飕从墙缝钻入，父亲在旁边摊开书本诵读，读书声、织机声相互应答。稍稍长大后，跟随亲戚彭畅园先生读书求学，彭先生是各地官员的幕宾，父亲跟随他，广泛阅读涉猎了刑法、财政经济等方面的书籍，三年之后全部掌握了其中的要领。一时之间，比如济宁的孙玉庭相国（字佳树，号寄圃，官至协办大学士兼两江总督）、总督卢敏肃公（卢坤）、祁竹轩巡抚（祁贡）、邓嶰筠总督（邓廷桢）、林文忠公（林则徐）等各位大人都身负众望，仰慕父亲的名声，争相聘请，各地赠送来的礼品，经常堆满庭院。每年担任幕僚所得的收入，全部交给祖母，如果需要用钱必先恭敬地请示，告知用途，不经过同意不敢取用。父亲先后辅佐多位朝廷大员，提出了很多建设性的建议和对策。道光年间，两江地区（清代江南省和江西省的合称，地辖今江苏、安徽、江西三省）遭遇水灾，父亲因为救荒一事自古以来没有很好的对策，日夜苦思冥想、出谋划策，全活了众多的灾民。父亲温和慈惠，平易近人，与人交往唯恐伤害到别人，而一旦面对处理大事、面临大是大非问题，则正义凛然、毫不含糊，堪比古代的勇士孟贲和夏育。在两江总督衙门做幕僚时，有人贿赂一万两银子来请求从中说好话，他严厉拒绝。这些事迹是比较显著的大的方面。”石先生说：“这样也就能理解之所以会在符命简策方面获得吉祥和福报的原因了。”

宋晋先生后来果然于道光二十四年（1844）甲辰科考中进士（当年的头名状元是孙毓溎），历官光禄寺卿、工部侍郎、户部侍郎等职，声望卓著，成为当时的名臣。石绳干先生也于道光二十三年（1843）癸卯科中举，官至内阁中书。

10.5.2 否极泰来

余生，山阴人，世家子也。幼岐嶷（qí nì），读书过目不忘。家赀数十万，以粤寇之乱，荡废罄尽。母陶氏，早寡，有呃逆胃痛疾，每月两作，呻吟床席间，不胜其苦，以贫故，未能疗治。病已起操纺织，得赀供生读。生事之尽孝，由是力学勉励，年十三入邑庠，才名噪甚。世族富家争婚之，生以告母，母曰：“富家女不惯操作，我家非所宜也。”乃为择吴氏女聘之，亦旧家而中落者。成婚后，新妇雅善针黹（zhǐ），遂以刺绣货钱佐夫读，事姑极尽承欢。伦常之乐，噪著一时，见之者多美之羡之。决其不十年当必光大门闾矣。

讵意运途乖舛，所遭不偶。秋闱五战，未夺一标。生子五，家口累重，舌耕之赀，不足以给事畜。啼饥号寒之况，在所不免。由是始之美之者，毁之；羡之者，憎之。生亦觉坐立人前，自惭形秽，不复与戚友常往来，竟至失馆，无可谋生。

会年终无以卒岁，母谓之曰：“亲友中岂无一仁厚者，盍往称贷？明岁得馆，偿其子母，未必无援手人，汝自倨傲不愿往耳。”生曰：“人情纸薄，谁是雪中送炭者？儿非倨傲不往，恐徒劳步履，惹人憎笑也。”母强之行，遂去，往返三日，无一应者。归告于母，母子、夫妻相持而哭。生恐母过悲疾发，乃慰之曰：“儿忘之矣，某友家赀甚豪，性不甚吝，明日当往投之，或有济也。”悲乃稍释。生侍母寝后归房，妻曰：“君固昧昧，既有良友，胡不早去，而空令数日之疲于行乎？”生曰：“卿乌知此，予为是言，以解母忧，岂真有鲍叔牙哉？”妻曰：“然则明日又何以慰？”生默然，坐久困倦，和衣而卧。甫交睫，忽闻扣门声，生起开门，一红袍纱帽者入，生怪其不类时装，因叩姓氏，红袍者曰：“予鲍叔牙也，闻君有终窭之叹，特来分金耳。”言毕，袖出百金掷地而去。生惊寤，始知是梦，叹曰：“人贫则鬼亦揶揄（yé yú）矣。”

及晓，起视掷金处，地砖坟裂，异之，取铲刨之，未及尺许，白镪（qiǎng）累累，大喜，呼妻共掘。妻曰：“岁将阑矣，先解目前急需，一二锭足矣，其余以待来年可也。”生然之，取一锭易钱度岁，仍掩其余。次年春，发其处，黄金相半，权之得百余万，遂成巨家。

【译文】有一位姓余的书生，浙江山阴县（今绍兴市）人，本是官宦之家的子弟。幼年时才智出众、聪慧特异，读书过目不忘。家中财产多达数十万，由于太平天国战乱，被败坏干净了。母亲陶氏，早年守寡，患有打嗝、胃痛的疾病，每月两次发作，在床上翻来覆去，痛苦呻吟，非常难受，而因为家贫，一直没能得到治疗。病情好转一些就起来亲手纺纱织布，得到一些钱用来供余生读书。余生事奉母亲极为孝顺，从此以后自我勉励、刻苦读书，十三岁时进入县学成为生员，才名轰动一时。官宦、富裕之家争相要把女儿许配给他，余生回家告诉母亲，母亲说："富家女不习惯劳作，对我家来说恐怕不合适。"于是为他选择了吴氏女订婚，也是官宦之家而家道中落的。成婚后，新媳妇很会做针线活，于是做刺绣来卖钱帮助丈夫读书，事奉婆婆也十分能顺从心意、博得欢心。天伦之乐，轰动一时，见到的人纷纷赞美羡慕不已。断定他不出十年一定能够光大门庭。

谁料命途不顺，时运不佳，遇不上好的机会。先后参加五次乡试，都没有考中。生了五个儿子，家中人口繁多，生活压力大，靠教书赚到的钱，不足以养活一家老小。家中饥寒交迫的境况，在所不免。从此以后当时赞美他的人，开始诋毁他；羡慕他的人，开始憎恶他。余生也觉得在人们面前，坐立不安，自惭形秽，不再和亲戚朋友往来，到最后连教书的工作都失去了，没有谋生的途径。

适逢年底，没有钱过年，母亲对他说："亲戚朋友中难道就没有一两个仁爱厚道的人，何不试着去告借？明年找到教书的工作之后，连本带利偿还，不一定没有人伸出援手，是你自己傲慢无礼不愿意前去而已。"余生说："人情像纸一样淡薄，谁肯做雪中送炭的人？儿子我不是傲慢不肯前往，只恐又是白跑一趟，惹人嫌弃讥笑。"母亲硬要催促他，就去了，来回三天，没有一个答应的。回来告诉母亲，母子、夫妻相抱痛哭。余生恐怕母亲过度悲伤而疾病发作，于是劝慰说："儿子差点忘了，我有一位朋友家境颇为豪富，为人也不很吝啬，明天我就前去求助，或许有用。"悲伤之情才稍微得以缓解。余生侍奉母亲睡下后回到自己房里，妻子说："你真糊涂，既然有这么好的朋友，为什么不早点去，而白白地在外面奔走几天呢？”余生说：“你哪里知道，我说这话，只是为了排解母亲的忧虑，哪里真的有鲍叔牙（春秋齐郭大夫，少与管仲友善，知管仲贤而贫，分财多与，后荐管仲于桓公，佐桓公成霸业；世多称其知人而笃于友谊）呢？”妻子说：“那明天又怎么安慰母亲呢？”余生默不作声，坐久了困倦，没脱衣服就睡着了。刚刚闭上眼睛，忽然听到敲门声，余生起来开门，一个身着红袍、头戴纱帽的人进来，余生因为他的穿戴不像当时的服装而感到奇怪，于是叩问他姓氏，穿红袍的人说：“我就是鲍叔牙，听说先生为境遇艰难而感叹，特来分送钱财给您。”说完后，从衣袖中掏出一百两银子扔在地上就走了。余生一惊而醒，才知道是梦，叹息说：“人贫穷连鬼都来捉弄。”

天亮以后，起来查看扔银子的地方，地砖裂开，并鼓起一个包，感到惊奇，拿铲子刨开地面，向下挖了还不到一尺左右，白花花的银元宝堆成一堆，大喜过望，叫妻子来一起挖掘。妻子说：“年底了，可以先解决目前的急需，只要一两枚银锭就足够了，其余的等待来年再挖掘就可以了。”余生表示同意，取出一枚银锭换成铜钱来过年，仍然把其余的掩埋上了。第二年春天，发掘那个地方，发现混杂有一半的黄金，称量了一下足有一百多万两，于是成为大富之家。

10.5.3 袁封翁

袁封翁钊，字万镒，粤之花县人。昆季凡三，翁其仲也。其伯兄持家政，不事事，家日窘。翁出脯资济之，无所私。其季弟夫妇皆殁，遗一子，娶未几亦殁；翁分产给其孤孀，并为立嗣，孀安焉。家稍裕，即留意修路造桥、拯贫恤寡诸事，公私祭田，必手经理，有余以赡其族。外出授徒，课程严密，视子姓无异也。

翁少聪颖，过目成诵，自二十五岁游泮，慨然谓功名可立致，乃十一年而食廪饩（lǐn xì），又二十年以恩贡入成均，凡十战皆北，遂无进取志。中岁尝拒奔女，有隐德，叹曰："吾虽不遇，吾后其昌乎！"

未几，子曾惠、体乾，先后举于乡。体乾子桂，亦以弱冠补诸生。翁皆见之。体乾之捷，距翁卒才十余日。曾惠官于朝，遇覃恩褒其所出，云章纶诰，显焯焜燿。然后知翁之阨于其身，而昌于其后者，其来有自已。

【译文】有一位封翁（因子孙显贵而受封典的人），名叫袁钊，字万镒，广东花县（今广州市花都区）人。兄弟三人，袁翁排行第二。起初，他的大哥主持家政，因不善经营，家境日益窘迫。袁翁拿出自己的生活费来接济，毫不吝惜。他的三弟和弟媳都去世了，留下一个儿子，娶妻不久后也死了；袁翁分财产给守寡的侄媳妇，并为她过继子嗣，使侄媳的生活得以安稳。家境稍稍宽裕之后，就留心积极参与修路造桥、接济贫困、抚恤孤寡等各类善行义举，不论集体还是个人的祭田（旧时族田中用于祭祀的土地），必定亲自经营管理，如有节余的钱粮都用来赡养族人。外出教学童读书，授课严肃认真，对待学生如同自家的孩子。

袁翁少年时聪明颖悟，过目成诵，自从二十五岁时成为秀才，慷慨激昂地以为取得功名指日可待，而竟然十一年后才成为廪生（由公家发给银两、粮食的生员），又过了二十年才作为恩贡（明清时每年由府、州、县选送廪生入京都国子监肄业，称为岁贡；凡遇皇帝登极或其他庆典而颁布恩诏之年，除岁贡外再加选一次，称为“恩贡”）进入国子监，先后十次参加乡试都落榜了，于是不再有求取功名的志愿。中年时曾经拒绝私奔的女子，积有阴德，感叹说：“我虽然不得志，我的子孙后代应该会发达吧！”

不久后，儿子袁曾惠、袁体乾，先后参加乡试中举。袁体乾的儿子袁桂，也在刚成年时补为秀才。袁翁都来得及亲眼见到。袁体乾金榜题名，是在袁翁逝世之前十多天。袁曾惠在朝廷做官，蒙受朝廷恩赏褒扬家门，朝廷颁发的诰命诏书灿烂锦绣、光明耀眼。然后才知道袁翁自己终身不得志，而子孙后代兴旺发达，确实是有来历的。

10.5.4 黄耀图

番禺黄耀图（南），少失怙恃，受读于伯父，长益聪敏。顾家既殖，伯叔早世，遂弃书为门户计，奉身俭约，而急于济人。乡中贫而娶、死而殡、病饿而药粥者，日踵门告，与之无吝色。尝买婢，既予金矣，徐知其母为偿负改适计，即还其券，而母遂不嫁。又有婢将嫁，其母以养老乞，亦即归之，不介介也。以是或笑其愚。

耀图不及事父母，而事其生母金及庶母梁，尤尽礼。曾援例得赠祖父，并封二母。深以家庙为亟，所居名化龙乡，故巨村，炊烟亘数里，富室错处，每宅券出，即出重资购去。耀图铢积寸累，卒得地以建，闬闳（hàn hóng）轮奂。洎落成，奉颁诰命，即于是日下。戚里咸称其孝感云。

【译文】广东番禺的黄耀图先生（名南），少年时就失去了父母，跟随伯父读书，长大后更加聪慧敏捷。只是家境刚刚有起色，伯父和叔父也早早下世去了，于是放弃读书，开始主持门户，自己的生活用度非常俭约，而积极地接济他人。乡里凡是贫穷而无力嫁娶、死丧而无力殡葬、生病需要治疗、饥饿需要食物的，每天登门求助，都慷慨地给予帮助，没有吝惜的神色。曾经买了一名婢女，已经付钱了，慢慢知道她的母亲是为了偿还欠债而改嫁，才卖掉女儿，于是将卖身契归还，而她的母亲也就没有改嫁。还有一名婢女，准备将她出嫁，她母亲因为年老需要让女儿到身边照顾，也就当即归还其母，毫不介意。因此有人讥笑他愚蠢。

耀图没有来得及侍奉父母，而侍奉他的生母金氏（此处原文或有误，父母既已双亡，则何谈事奉生母？抑或逝世的是嫡母？）和庶母梁氏（旧时嫡出的子女称父亲的妾为庶母），尤其克尽孝道和礼仪。曾经按照制度为祖父和父亲申请朝廷封典，并诰封二位母亲。一直以来都以修建家庙为迫切的心愿，所居住的地方名叫化龙乡，本来是很大的村庄，炊烟绵延几里，富家交错杂处，每当有富家要出售住宅，便出重金买下来。耀图就这样一点一点积少成多，终于得到一块比较大的地方来修建家庙，大门雄伟壮观、美轮美奂。到了落成的那天，朝廷颁发的诰命，就在当天收到了。亲戚邻里都称赞他孝心的感应。

10.5.5 陈七

道光丙午、丁未间，清苑王晓林侍郎，巡抚安徽。有门丁陈七，小有才干，侍郎信任之。不肖文武员弁，多仰其鼻息。

定远方调臣广文，官东流，因事赴池郡，郡守仇公恩荣招饮，都司某亦在座。仇公问曰："足下在省城，何耽搁许久？"某曰："我本欲早回，缘王抚台生少爷，须随同禀贺。而抚台门公陈七爷，亦生一子，既贺抚台，不得不贺陈七爷，故回署稍迟耳。"仇公正色曰："抚台生子，贺宜也；抚台门丁生子，汝贺之，不畏人骂乎？"某唯唯，尚欲解说。仇谓方曰："且食蛤蜊（gé lí）。"仇官池州十年不调，后引疾归曲沃原籍，殉贼乱。观公所云，可以知公之刚直焉。

侍郎莅皖久，陈七所入甚厚。咸丰初，混迹京都，冒捐官职。癸丑正月，王笑山侍郎（发桂），赴同乡某宅庆贺，见有一人与同席，蓝顶貂挂，亟询之，旁有告者曰："此陈小山，不识耶？"盖陈七自号小山，俨然以官宦自居矣。次日，有御史某奏参，奉旨交刑部审讯，旋按律惩办。如陈七者，多见其不知量也。

【译文】道光丙午（1846）、丁未（1847）年间，清苑县（今河北保定市清苑区）的王晓林（名植）侍郎，当时担任安徽巡抚。有一名门丁名叫陈七，小有才干，侍郎对他十分信任。一些品行不端的文武官吏，往往迎合他的意图。

定远县的方调臣先生（名士鼐），官东流县教谕，因事到池州府，池州知府仇恩荣先生邀请饮宴，都指挥使司某大人也在座。仇公问说："足下您在省城，为什么耽搁了这么久？"某大人说："我本来想早点回来，因为巡抚王大人的小公子出生，须要随同道贺。而巡抚衙门的门公陈七爷，也生了一个儿子，既然向巡抚贺喜，也不得不向陈七爷贺喜，所以返回衙门稍微迟了些。"仇公神色严肃地说："巡抚生子，应当贺喜；巡抚的门丁生子，你去贺喜，不怕被人笑话吗？”某大人连连应声，还要为自己辩解。仇公没有理会，转头对方先生说：“请吃蛤蜊。”仇公在池州做官十年没有调动，后来称病告辞回到山西曲沃县原籍，殉难于贼乱。看仇公所说的话，可以知道他为人的刚正不阿。

王侍郎在安徽任职时间很长，陈七所获得的收入很丰厚。咸丰初年，混迹于京城，假冒身份出钱捐纳官职。咸丰三年（1853）癸丑，王笑山侍郎（名发桂，清苑人），到同乡某人家祝贺，见到有一个人和他同坐一桌，头戴蓝色顶戴，身穿貂皮上衣，急忙询问这是谁，旁边有人告诉他说：“这就是陈小山，不认识吗？”原来陈七给自己取号为小山，俨然以官宦自居了。第二天，有某御史上奏朝廷，参劾陈七，奉圣旨交刑部审讯，然后依照法律惩治处理。像陈七这样的人，往往都是不自量力的。

10.5.6 袁明府断大风吹女子案

乾隆乙丑，袁简斋先生宰江宁。五月十日，天大风，白日晦冥。城中女子韩姓者，年十八，被风吹至铜井村，离城九十里，其村氓问明姓氏，送其还家。女婚东城李秀才子，李疑风无吹女子至九十里之理，必有奸约，控官退婚。先生曰：“古有风吹女子至六千里者，汝知之乎？”李不信。先生取元郝文忠《陵川集》示之，其诗云：“黑风当筵灭红烛，一朵仙桃落天外。梁家有子是新郎，芊氏负从锺建背。争看灯下来鬼物，云鬟欹斜倒冠佩。”又云：“自说吴门六千里，恍惚不知来此地。甘心肯作梁家妇，诏起高门榜天赐。几年夫婿作相公，满眼儿孙尽朝贵。”李无以应。先生复晓之曰：“郝文忠一代忠臣，岂肯诳语？但当年风吹吴门女，竟嫁宰相，恐此女无此福耳。”李大喜，两家婚配如初。

制府尹文端公闻之，曰：“可谓宰相必用读书人矣。”按，先生在江宁，善政极多，即此一事，非先生之明敏博物，引古为证，则此女既遭退婚之辱，又被污秽之名，几何不迫之于死乎？然则先生之所成全者大矣！

【译文】乾隆十年（1875）乙丑，袁枚先生（字子才，号简斋）担任江宁县（今南京市）知县。五月十日，大风天气，白昼天色昏暗。城中有一名姓韩的女子，十八岁，被大风吹到铜井村，距离县城约有九十里，该村的村民问清楚姓氏，将她送回家。女子已经和东城李秀才家的儿子订婚，李某怀疑哪有风吹女子到九十里之外地方的道理，想必是有奸情，控告到官府要求退婚。袁先生说：“古时候有风吹女子到六千里之外的事情，你知道吗？”李某表示不相信。袁先生取出元代郝文忠公（郝经）的《陵川集》给他看，其中有一首诗说：“黑风当筵灭红烛，一朵仙桃落天外。梁家有子是新郎，芊氏负从钟建背。争看灯下来鬼物，云鬓欹斜倒冠佩。”又说：“自说吴门六千里，恍惚不知来此地。甘心肯作梁家妇，诏起高门榜天赐。几年夫婿作相公，满眼儿孙尽朝贵。”李某无话可说。袁先生又晓谕他说：“郝文忠公一代忠臣，怎么会说谎话骗人呢？然而当年被大风吹来的吴门女子，所嫁的人后来竟然成了宰相，恐怕这名韩家女子没有这个福气。”李某大喜，两家按照原来的约定完婚。

总督尹文端公（尹继善）听说后，说：“可以说宰相一定要用读书人来做。”按，袁先生在江宁做官，良善的政绩非常多，就举这件事来说，如果不是先生聪明机敏、博学多识，引用古时的案例为证，则这名女子既要遭到退婚的羞辱，又背负上有奸情的恶名，谁能保证她不会被逼寻死呢？这样看来先生所成全的真是太大了！

10.5.7 烹鱼雅趣

邵闇谷太守夫人，善烹鲟鳇（xún huáng）鱼。张瘦铜中翰与赵云松观察，半夜买鱼，排闼喧呼。太守夫妇已寝，闻声出视，不得已起而治庖命酒，东方明矣。三人为之笑乐。中翰有句云："昔年邵七同街住，夜半打门索煮鱼。"想见前辈，趣不伤雅。

道光间，徐稼生庶子，与张星白侍郎，同年至好。一日，庶子饮侍郎斋中，大醉，迳趋内室，适侍郎夫人在玻璃窗下倦绣，庶子隔窗戏谑，夫人大怒，呼舆至庶子宅，立将庶子姬人携归，且告徐曰："此非汝妾，乃张星白之妾矣。"迨夜深，仍不放归。徐姬人眼雨首蓬，几至构衅，同人力为排解乃罢。凡戏无益，此则不如闇谷夫人烹鱼雅趣也。

【译文】杭州知府邵闇谷先生（名齐然）的夫人，善于烹饪鲟鳇鱼。张瘦铜（名埙）内阁中书与赵云松（名翼）道台，半夜买鱼，推门喧嚷。当时邵知府夫妇已经入睡，听到声音出来看，不得已起来烹鱼置酒，一直饮酒到东方发白。三个人谈笑为乐。张中翰曾有诗句说："昔年邵七同街住，夜半打门索煮鱼。"说的就是这件事。想见几位前辈，既有情趣又无伤大雅。

道光年间，徐稼生（名士谷）庶子（官名），与张星白侍郎，是同榜进士、至交好友。一天，徐庶子在张侍郎家中饮酒，喝得大醉，直接跑到内室，适逢侍郎夫人在玻璃窗下因困倦倚靠于绣床，徐庶子隔着窗户调笑，夫人大怒，叫了一顶轿子，立刻到徐庶子家中，将庶子的姬妾带回来，并且对徐庶子说："这不是你的妾，现在是张星白的妾了。"直到夜深，仍然不肯放回。徐庶子的姬妾眼泪汪汪、头发蓬乱，几乎要引起冲突，边上的人极力为之排解才罢休。凡是开玩笑都没有好处，这就不如邵闇谷夫人烹鱼的雅趣。

10.5.8 某统帅

满洲某统帅，以举人擢至内阁学士。显庙御极初年，上疏论南北形势颇切，上嘉之，迭加拔擢，任以军务。丰县之役，战绩甚伟。迨至督兵数省，渐跋扈。

在皖北时，招抚逆捻，张瀸瀸妻有姿首，出入辕门，毫无顾忌，用是丑声达内外。四眼狗就擒后，余孽不多。某不肯遏击，安坐颍州，遂至入关肆掠，而陈得才南山之祸烈焉。苗沛霖骚扰江淮，逞其枭獍（xiāo jìng）之心，罪无可逭，某则一意纵容，保护其间。劣绅某某，及臬司张某、总兵博某等，幸灾乐祸，甘为苗逆爪牙，风承痔舐（shì），靡恶不为。厥后凶焰日张，虽受苗胁制，听苗指挥者，不仅一人；而生灵荼毒，推原祸始，皆某之养痈贻患也。

某由皖而豫而秦，凡用兵处，贪污欺饰，不可悉数。同治初元，奉旨拿问。某供词狡辩，案未定。给事中赵公，复严饬之，疏入，上为动容，旋赐某自尽，天下快之。

【译文】满洲某统帅（胜保，字克斋，苏完瓜尔佳氏，满洲镶白旗人)，以举人出身逐步升任为内阁学士。咸丰皇帝继位初年，他曾上疏议论南方、北方的时政形势，颇能切中要害；皇上对他很赞许，不断加以提拔擢升，并委任以军务。丰县的战役，战功非常巨大。等到督办各省军务，逐渐变得骄纵跋扈。

在安徽北部时，招降捻军，捻军首领张瀣瀣(一作张龙，或张元龙)妻子(刘氏)有姿色，频繁出入某统帅军营，毫无顾忌，于是污秽的名声传播于军营内外。四眼狗(陈玉成)被逮捕后，残余的党羽不多。某统帅不肯出兵阻击，安坐在颍州，于是导致残部入关肆意劫掠，酿成了陈得才(陈玉成堂叔，太平天国扶王)突出南山，攻陷渭南，直逼长安的祸患。军阀苗沛霖骚扰江淮地区，并放纵其阴险狡诈的心性，反复无常，罪无可恕，某统帅则一味纵容，从中予以保护。劣绅某某，以及按察使司张某、总兵博某等，幸灾乐祸，甘愿充当逆贼苗沛霖的爪牙，逢迎谄媚，无恶不作。其后凶恶的气焰日益猖獗，虽然受到苗沛霖的挟制，听从苗指挥的，也不止一人；而致使生灵涂炭，推究其祸患的起因，都是某统帅一味姑息养奸带来的后患。

某统帅从安徽到河南到陕西，凡是用兵的地方，贪污腐败、欺瞒朝廷的行径，数不胜数。同治初年，奉圣旨逮捕审问。某统帅不肯如实招供，一味狡辩，案子一直没结。后来，给事中赵公，又严厉饬责，历数其罪行，奏疏呈上，皇上为之动容，紧接着赐某统帅自尽，天下人为之一快。

10.5.9 马元方

马元方，淮右人，太史介庵公之犹子也。介庵病笃，元方为祷于神。既返，遇一急足隶，貌颇狞恶，逆而语之曰：“郎君勿旋返，奉公命来相召，请急同行。”元方茫然，疑其季父所使，遂从之去。出城东门，至一处，绝类邮亭，官役百数，见元方皆声诺曰：“公子来。”隶导之，见一紫衣吏，貌亦奇伟，谓元方曰：“尊大人相俟已久，亟从余入。”时元方之父，犹在堂，为邑庠生，名位俱未显，心甚讶之。从者数十人，皆披绣铠，或衣锦袍，捧文书分列阶下。堂上巍然高坐者，果其父也。元方顿悟父已卒，哭拜于地。

父语之曰：“儿勿悲，帝命汝叔为济南府城隍，巨任也。天符已下，因其典试楚中，有颠倒优劣一事，为文昌所劾。查我生平，不履公门，不谈隐恶，颇为上帝所器，因以我代之。仓猝起行，未皇与汝别，故召汝来一面。功名皆身外物，阴德勿或缺，勉之慎之。归语尔母尔妻，我此行甚乐，毋须悲伤。”元方闻父言，大恸，伏地不起。父命人扶之出，且曰：“尔告叔好改革，相见有日矣。”元方作儿啼，霍然顿觉，则身卧神祠内，大惊而起。

甫出祠门，家人已竭蹶（jué）来报，则其父果殁。颠蹶而归，尸犹未冷。嗣闻母妻言其父晨起犹扶杖游小园，身体毫无疴（kē）痒，既往视厥弟，及返，语家人曰：“速觅元方来，天帝有命，以我代阿定之任矣。”盖即太史小字也。有顷，又曰：“候送者多，我不能待，盍行乎？”言讫，索衣更毕而殁。元方亦述其所梦，往视介庵，则已汗出如蒸，不旬日而疾愈。

【译文】马元方，淮西人，是翰林介庵先生的侄子。介庵先生病势沉重，元方为他去向神明祷告。返回时，遇到一名疾行送信的差役，相貌颇为狰狞凶恶，回头对他说："郎君不要这么快就回去，奉上官之命特来召请，请快随我同行。"元方一头雾水，怀疑是叔父派来的，于是跟着他走。走出城东门，到了一个地方，和邮亭特别类似，官吏和差役总共有一百多人，见到元方都打招呼说："公子来了。"差役引导他，见到一位身穿紫衣的吏员，体貌也很魁梧，对元方说："令尊大人等候已久，快跟我进来吧。"当时元方的父亲，还健在，是县学生员，功名地位都不显赫，心中感到很奇怪。随从几十人，都身披刺绣的铠甲，或者身穿锦缎的衣袍，手捧文书分别排列在阶下。堂上高高在上端身正坐着的，果然是他的父亲。元方顿时意识到父亲已经离世，哭泣着跪倒在地。

父亲对他说："我儿不必悲伤，上帝本来任命你叔叔出任济南府城隍，这是重任。天庭的符命已经下来，因为他在主持湖北乡试时，出现颠倒优劣的事情，被文昌帝君弹劾。上帝考察我生平，不涉足公门，不谈论人的隐恶，颇为受到上帝所赞许和器重，于是让我来代替。仓促之间动身出发，没来得及和你告别，所以找你过来见一面。功名都是身外之物，而阴德是不能缺少的，要勉励并慎重。回去告诉你母亲和妻子，我这一行非常愉快，不必悲伤。"元方听闻父亲说的话，十分伤心，跪地不起。父亲命人搀扶他出去，并且说："你告诉叔父好好改善，不日即可相见。"元方做出小儿啼哭的声音，一下子醒过来，发现自己身卧神庙之内，大为惊奇，起身出来。

刚走出庙门，家人已经跌跌撞撞地来报信了，得知父亲果然已经去世。又踉踉跄跄地匆忙赶回家，父亲的遗体还未完全变冷。后来听母亲和妻子说，他父亲早晨起来还拄着拐杖在小园中散步，身体毫无痛痒，然后就去看望弟弟，等回来，对家人说："快去把元方找来，天帝有命令，由我来代替阿定的职务了。"阿定就是介庵先生的小名。过了一会儿，又说："等候为我送行的人有很多，我不能再等了，现在就要走了。"说完后，索取衣服更换完毕就去世了。元方也讲述自己的梦境，去看望叔父，则已经出了一身大汗，不到十天疾病就痊愈了。

10.5.10 某县令

某县令，浙江举人，世家子也。官广东新兴县，性极贪鄙，理词讼，率以贿之多寡，定其曲直。邑有富者，辄多方吹求其过，为索贿地。时富户首推顾姓，某乃诬以他事，下之狱。顾姓谂(shěn)其贪，乃以千金献，某不可，曰："尔一邑之首富也，既获罪，岂千金所能了耶？"又使人讽之曰："若不速自计，明日杖杀矣。"顾惧，益之以数千金，狱始解。某在任三四年，其行为多类此。

寻以俸满迁京秩，去之日，顾姓号于众曰："吾辈困于贪官久矣，今日正雪愤之日也。"粤省向多顽民，多有殴官事，而贪官每有遇之。此次纠集数百人，伺某出，各以粪秽投掷。舆夫不堪其臭，委之而去，仆从亦星散。众拖某出，掷之地，以粪实其口，复浇其身，历数其平日贪酷状而斥之曰："汝亦有今日乎？"

新令尹闻其事，急派兵役往救，至则众已散，兵役遂卫之登舟。既至省，兵役告辞，微露求赏意，某吝不与；求给路费，又不与。兵役无如何，衔恨而去。途遇匪徒数辈，固素识也。告以故，匪徒曰："彼不与吾侪(chái)，独不能自取乎？吾侪在邑被虐久矣，计惟劫其财以雪愤耳。"乃相约半夜至某寓，各涂面，持械斩关入。某见利刃纵横，不知所措，听其搜括而已。制军刘公坤一，固向识某者也，一闻警，单骑至，见某觳觫(hú sù)状，怜之，谕首县捕盗，三日不获则撤任。

明日，某往谒制君，刘公询所失，某出失单，首载光洋钱三千块，又金银首饰器皿等约值万金。刘公大怒曰："若亏国帑万余金，我以汝为贫，故缓汝限期，不加催迫。今汝寓中所存已如此，其各处寄存者，当更数倍，乃任意延欠正款，致招盗劫，此天之所以罚汝也。"叱之出。某惧，急将各店寄存之银，另寄与戚友及小店铺之无字号者。

而刘公已饬藩司委杂职二员，日就某寓勒缴所亏帑，某卒不缴，惟伪为贫也者，日称贷于同官故旧中。未几，各小店倒闭者半，戚友挟赀遁者亦半。某仰天叹曰："辛苦六七年，以为可作富翁，今若此，胡天厄我之甚也？"然悉不敢追究。众欺其不敢追究也，故倒闭者、遁者益多。某乃收拾余赀，遁归本籍，将以市田产。

一日，行过邑城隍庙，忽觉精神恍惚，入跪阶下，叩头无算，口中喃喃若有所辨白，从人将扶之归，则已仆地气绝矣。乃为之草草具棺殓，各窃其资遁。讣至粤，妻子不敢发丧，即日遁归，始获成服。其家一贫如洗，即饘(zhān)粥亦不得饱。

后刘公去任，代之者为张公树声，闻某所为，即日登诸白简，追削其职，并移文本籍，械其家属，籍没其财产以抵所亏。噫！如某令者，谓非天理昭彰哉！

【译文】某县令，是浙江人，举人出身，本是官宦之家子弟。

担任广东新兴县知县，性格极为贪婪鄙吝，审理诉讼案件，大多以贿赂的多少，来判定是非曲直。县中有富人，就千方百计吹毛求疵捏造他的罪名，目的是为了索取贿赂。当时的富户首推顾家，某县令以别的事情来诬陷他，将他关入监狱。顾某知道他的贪婪，就表示愿意拿一千两银子献上，某县令不同意，说："你是一县的首富，既然已经获罪，怎能是一千两银子就能了结的？"又派人从旁激劝他说："如果不赶快想办法，明天就要立毙杖下了。"顾某害怕了，增加到几千两，案子才得以化解。某县令在任三四年，他的所作所为大多类似于此。

然后因任期已满调动到京城任职，离任的那天，顾某向众人喊话说："我们被贪官欺压折磨太久了，今天正是洗雪冤恨的时候。"广东省本来就民风刁悍，往往有殴打官吏的事情发生，而遭遇这种事的往往是贪官。这次纠集了几百人，趁着某县令出来，各自拿大粪等秽物朝他的轿子扔过来。轿夫受不了臭秽，扔下他不管就走了，仆从也各自散去。众人将某县令拖出来，扔到地上，拿大粪塞入他嘴里，又浇在他身上，历数他平日贪婪酷虐的行为并指斥他说："你也有今天吗？"

新任县令听说了此事，急忙派兵役过来营救，到了现场则众人都散去了，兵役于是护卫着他上船。到达省城后，兵役告辞准备回去，稍微表露出请求打赏的意思，某县令吝啬不给；请求他给一些路费，又不给。兵役没办法，带着怨恨回去了。途中遇到了几名匪徒，原本就认识。告诉他们其中的缘故，匪徒说："他不给我们，难道不能自取吗？我们在县里被他虐待太久了，想必只有劫取他的财产来洗雪怨恨了。"于是相约半夜到某县令所住的寓所，各自将脸涂黑，手持器械砍断门闩而入。某县令只见锋利的刀剑纵横交错，不知道该怎么办，只好听任他们翻箱倒柜地搜索财物而已。时任两广总督刘坤一大人，原本也认识某县令，一听到消息，独自骑马而来，只见某县令因害怕而瑟瑟发抖的样子，很可怜，指示首县（旧称省会或府治所在的县）县官捉拿盗贼，三天之内抓不到就要撤职。

第二天，某县令前往拜见总督，刘大人询问他所丢失的财物，某县令列出清单，首先写的就是光洋钱三千块，还有金银、首饰、器皿等合计大约价值一万两银子。刘大人大怒，说："你亏空了库银一万多两，我本来以为你贫穷，所以宽限你补缴的期限，不加以催迫。现在你住所中所存的钱财已经有这么多，其他地方寄存的，可能还要多几倍，却任意拖延欠款，导致招来盗贼抢劫，这是上天在惩罚你。"叱令他出去。某县令害怕了，急忙将寄存在各店的银子，另外寄给亲友以及没有字号的小店铺存放。

而刘大人已经命令布政使委派两名工作人员，每天到某县令所在的寓所催促他补缴所亏欠的官银，某县令始终不肯缴，只是假装贫穷，每天向同僚和故交告贷。不久后，各个小店倒闭的有一半，亲友带着钱逃跑的也有一半。某县令仰天叹息说："辛苦六七年，以为可以当富翁了，现在像这样，为什么上天要这么为难我呢？"但是也都不敢去追究。众人倚仗他不敢追究，所以倒闭的、卷款而逃的越来越多。某县令这才收拾剩下的钱，逃回原籍，打算用来购置田产。

一天，路过本县的城隍庙，忽然感觉精神恍惚，进入庙里跪在阶下，磕了无数的头，口中喃喃自语，好像是在为自己辩白，随从的人正要扶他回去，而已经倒地断气了。于是为他草草地棺殓，各自窃取了他的钱逃走。死讯传到广东，妻子孩子不敢公开发丧，即日悄悄逃回，才得以办理丧事。他家已经一贫如洗，连粥都不够吃的了。

后来，刘坤一大人离任，继任两广总督的是张树声大人，听说某县令的所作所为，立即将其列入弹劾的奏章，追夺他的职务，并发公函到他的原籍，将家属控制起来，抄没其家的财产来抵偿所亏空的官银。唉！像某县令这样的，难道不是天理昭彰吗！

10.5.11 浙江某诸生

仁和某诸生，少孤，依其叔以居。自幼至壮，叔为之授经书，缔婚姻，无微不至。家素小康，遭兵燹（xiǎn）后，渐中落，赖其叔多方经营，稍稍复故业。

叔固鳏（guān）居无子女，晚年苦扶持无人，纳一妾，生不能容，生妻尤悍，辄有意凌虐之，始而诟詈，继而殴辱。生夫妇自奉甚厚，叔与妾共食，每畀以残羹冷炙。遇叔外出，则役其妾若婢，稍不遂意，即鞭挞随之，恒不与食。无何，叔以愤卒。未半载，妾亦抑郁死。

先是，生有一婢，偶以微过，生腾一足踢之，中小腹，狂叫而死。自是妾与婢时现形。一日，生忽呼小腹痛，言婢来索命；继又作妾语曰："我为尔等凌逼死，我已控尔于地下，尔尚不速去耶？"言毕，气绝。生尚无子，殁后惟余寡妻弱女而已。人皆谓其负叔之报也。

【译文】浙江仁和县（今杭州市）某秀才，少年时就成了孤儿，依靠他叔叔生活。从幼年到壮年，叔叔教他读书，为他完婚娶妻，无微不至地照顾。家境本来小康，自从遭遇战乱破坏以来，渐渐中落，靠叔叔想办法竭力经营，稍稍恢复了些过去的家业。

叔叔本来因丧妻一直独居，也没有子女，恐怕晚年身边没人照顾，就纳了一个妾，某生不能相容，某生的妻子尤其凶悍，动不动故意凌辱虐待她，起初是谩骂，后来直接殴打。某生夫妻生活用度非常丰厚，而叔叔和妾一同吃饭，常常给他们吃残羹剩饭。每当叔叔外出时，就役使叔叔的妾，如同对待奴婢，稍有不顺从他们的心意，鞭打就随之而来，经常不给饭吃。不久后，叔叔因为愤恨不平而死。不到半年后，妾也抑郁而死。

之前，某生有一名婢女，有一次因为微小的过错，某生飞起一脚踢她，踢中了小腹，婢女狂叫而死。从此之后，叔叔的妾和这名婢女的鬼魂时常现形。一天，某生忽然喊叫说小腹疼痛，说婢女来索命；接着又以妾的语气说："我被你们欺凌逼迫而死，我已经在地府控告你了，你还不赶快去吗？"说完后，就气绝身亡了。某生还没有儿子，死后家中只剩下守寡的妻子和幼小的女儿而已。人们都说他这是对叔叔忘恩负义的果报。

10.5.12 胡五先生

邬梅仙云：扶鸾，或曰扶乩，"乩"乃后出之字，当从《说文》作"卟"，卜以问疑，从"卜"从"口"。《尚书》"稽疑"古作"卟疑"，《说文》"卟"下，许君曾引之。此"卟"字，见于经为最古，其大较无异卜筮者流。

纪文达公谓，扶鸾之戏，大都灵鬼狐仙，托名仙佛。信然！然未有自道为狐鬼者；有之，自胡五先生始。先生降乩于邬氏驻云堂下坛，诗云："碧翁拥絮琉璃冻，太虚亦有真空洞。但使能存无我心，排云方许青鸾控。"自序为元时狐，少好弄幻，为美少年，祟某氏女。其家祷于吕祖，遣雷将追殛几殆，得佛祖南屏道济禅师缓颊，许自修省，因随禅师学道，二百余年。至明正德时，始得证果。

言修仙之道，不藉丹石吐纳，论功最重惜命，论过最重犯淫，盖惜命则生机日畅，犯淫则真气日漓。覆辙早戒，固不待言；二百年来惟以惜命为事，虽一草一木，有生意者，均不忍攀折。初不期于仙，而底于仙者，守此训耳。

并言飞鸾虽创自文帝，而习此者恒败其家，无他，一则始勤终懈，几同游戏；一则飞符宣召，亵渎神明。坐此二病，安望大其门闾？果能以利济为怀，始终如一，亦未有不获神佑者。虽然，世难其人。故与其行而获罪，不若不行之为愈也。叩休咎多不言，喜评诗及古事。如言宸濠胁有肉鳞，阳明体颀而黑，皆足补史之阙。

或叩先生何不以狐为讳，先生曰："某由狐而仙，譬如白屋出公卿，方为涂山氏光，何讳为？且忘记本来面目，岂是神仙种子？"噫！扶乩虽类卜筮，若胡先生者，亦可传矣。

【译文】邬梅仙说：扶鸾，或者叫扶乩，"乩"字为后世所造的字，其实根据《说文解字》应当写作"卟"，通过占卜请问神明解答疑惑，所以从"卜"、从"口"。《尚书·洪范》中的"明用稽疑"，古时写作"卟疑"，《说文解字》"卟"字条目之下，许慎先生曾经引用这一说法。这个"卟"字，出现在经典中是最早的，大体上类似于卜筮者一类。

纪文达公（纪昀，字晓岚）说，扶鸾的游戏，大多是灵鬼狐仙，假托仙佛的名义。确实是这样的！但是没有自称是狐仙或鬼的；如果有的话，是从胡五先生开始的。这位胡五先生降乩于郇家驻云堂下坛，留下一首诗说：“碧翁拥絮琉璃冻，太虚亦有真空洞。但使能存无我心，排云方许青鸾控。”在序言中自称是元代的狐仙，少年时喜欢耍弄幻术，幻化成美少年，作祟于某家的女儿。她家向吕祖（吕洞宾）祈祷，派遣雷神追击我，差点被击死，承蒙佛祖南屏道济禅师从中说情，准许我自我修炼反省，于是跟随道济禅师学道，二百多年。到明代正德年间，才证得正果。

据胡五先生说，修仙之道，不必凭借炼丹服药、吐纳导引，论功德最重大的是爱惜生命，论过恶最重大的是触犯邪淫，因为爱惜生命则生机日益畅通，触犯邪淫则真气日渐浅薄。邪淫方面作为前车之鉴，为避免重蹈覆辙，早就戒除了；二百年来一直将爱惜生命作为最重要的事，即使是一草一木，只要有生机，都不忍心攀折。起初并不追求成仙，而终于成仙了，就是因为始终坚守这一训戒。

并且说，飞鸾虽然创始于文昌帝君，而从事这个的往往使家道败落，没有别的原因，其一则是刚开始勤勉谨慎，到后来日益懈怠草率，几乎视同游戏；其二则是随意祭起符箓召请神明，有亵渎神明之嫌。有这两种问题，怎么会有光大门庭的希望呢？如果真正能够以利人济物作为自己的情怀，自始至终都不改变，也没有不获得神明佑护的。即使如此，世上这样的人也很难得。所以与其做了容易获罪，不如直接不做来得更好。叩问吉凶大多不回答，喜欢评论诗词以及古代的故事。比如曾说明代宁王朱宸濠胁部长有肉鳞，王阳明先生身材修长而肤色较黑，都可以作为对史料的补充。

有人叩问胡五先生为什么不忌讳自己狐仙的身份，先生说：“我从狐狸修成神仙，好比是贫穷的寒门出了三公九卿这样的高官，正是涂山氏（大禹之妻，传说为九尾狐的化身，借指狐狸一族）的荣耀，有什么可忌讳的？而且忘记了自己的本来面目，怎么是神仙种子呢？”哎呀！扶乩虽然类似于卜筮，像胡五先生这样的，也可以传为美谈，并作为对世人的一种劝化了。

第六卷

10.6.1 徐清惠公

通州徐树人（宗干），以庚辰进士，即用山左，任泰安县。为家大人齐臬兼藩篆时举荐士。数十年来，于予家执弟子礼甚笃。后由邑令，升至台湾道，久于其任，振振有声，上游多器重之。而中间功名，亦复蹭蹬（cèng dèng），盖滞于府道者久；遇一二不知己者，亦间遭其白眼也。尝对炭盆自吟诗云："一味黑来还有骨，十分红处已成灰。"实有所指，而微形诸笔墨间耳。

久久擢至浙臬，予已需次道员十余年，尝就予询知地方情形，诸见整顿。臬署历任多病人，无何，于九月患疟颇剧，其眷口未至，群言不起。予就内室视之，呼曰："敬叔，我与尔要永诀了。"随以吉语慰之，后病渐瘳（chōu）。而坐升薇垣，益有展布，其清勤不待言耳。

一日，附予耳言曰："近我得日下信，知枢廷有记名闽省抚藩之事。"予甚代为喜，并为梓乡庆。讵料事出突来，以甘饷解款迟延，部议降调。此历来浙藩所未虑及者，盖误于幕之不经意也。否则，以数月之藩，奚至罹此愆哉？次日，顶戴已换水晶，降为同知。神色惨沮，对予挥泪，名心本热，而又以无辜失官，几有不欲生之势，各处均不辞行，亦不出门。予辈就其署饯之，吁嗟慨叹不绝，同人噤口无可慰者。后于城内万安桥登舟，再三嘱不许到城外走送也。此为己未年杪事。

乃未及三月，忽传发匪将至浙，皆不深信。比二月十九，则贼已迫城。是夜，城门已闭，而往天竺者不得入城，从此城中大乱。及二十七卯时，而杭城失守，中丞、方伯以下均殉难，地方官死者十居其九。运司河下，尸积水面。上城被难男女二十余万，下城地方多有未至，始知乃浙省一大劫。而公之去官，乃出劫外者。公在通州闻知，乃益信祸为福所倚，以手加额，而恍然觉也。

家居未十月，即于是年冬，奉命抚闽。逾三月，庆督内用，兼署督篆。又以耆九峰先生病故，并署将军。后又以学使某出缺，照例兼署学政。闽中所最艳者，此四八座，而遍为之，亦极一时之荣也。可知数有前定，当时之遭逢，浅见岂能料哉？

【译文】江苏通州（今南通市）的徐宗干先生，字树人，以嘉庆二十五年（1820）庚辰科进士，即用（清代铨选官员有“即用”之制，谓遇缺即可补用）山东知县，被任命为泰安县知县。是我父亲在担任山东按察使兼署理布政使期间所举荐的人才。几十年来，对我家一直恭敬诚恳地以弟子的礼仪相待。后来，由县令逐步擢升至福建台湾道，并在这个职位上做了很久，政声卓著，上级大多对他很器重。而期间的功名仕途，也有坎坷不顺，主要是由于长期停滞于府道级别的职位；遇到个别不了解自己的人，也偶尔会遭到他们的白眼。他曾经以炭盆为主题吟诗说：“一味黑来还有骨，十分红处已成灰。”大概也是有所针对，而稍微显露于笔墨文字中。

多年以后，擢升至浙江按察使，我当时已经在杭州候补道员的职缺十多年了，徐先生曾经向我询问了解地方上的情况，很多方面都得到了整顿。历任按察使大多都患上疾病，不久后，他也在九月患上了疟疾，病情严重，他的家属不在身边，大家都说这次恐怕不行了。我到内室去看望他，对我说：“敬叔，我与你要永别了。”我就以好话来安慰他，后来病情渐渐好转。后又升迁至布政使，更是有所施展发挥，他的清廉、勤勉自然是不用多说。

一天，他在我耳边轻声地说：“近来我得到京城的消息，知道朝廷有意向任命我做福建巡抚。”我很为他感到高兴，并替家乡人民表示荣幸。谁料事出突然，由于解送到甘肃的军饷迟延，遭到弹劾，吏部议处降级调职。这是历来的浙江布政使所始料未及的，实际上是被不用心的幕僚所延误的。否则的话，只担任了短短几个月的布政使，怎么会至于遭到这样的处分呢？第二天，顶戴已经换成水晶的了（清制五品官朝冠饰水晶顶），职级降为同知。神色忧伤沮丧，在我面前流泪，求取功名的心情本来就非常热切，而又因为没有罪过却丢了官职，几乎都不想活了，不到各个衙门去辞行，也不出门。我们一行人就在布政使衙门为他设宴送行，席间他一直不停地唉声叹气，在座的人都默不作声，不知道该怎么安慰他。后来在城内的万安桥上船，反复叮嘱说不许到城外送行。这是咸丰九年（1859）己未年底的事情。

而不到三个月之后，忽然有传言说太平天国军队即将进攻浙江，人们都不太相信。到二月十九日，太平军已经迫近杭州城。当天夜里，城门已经关闭，而往天竺山方向去的人，不允许入城，从此之后城中开始大乱。到二十七日卯时，而杭州城被太平军攻陷，巡抚、布政使及以下的官员都殉难了，地方官员死难的约有百分之九十。运司河上，水面上满是漂浮的尸体。上城遇难的男女有二十多万人，下城有不少地方没有被波及，才知道这真是浙江省的一次重大劫难。而徐先生因丢官而离开杭州，恰好逃过一劫。先生在通州听说这个消息，更加相信祸福并没有一定，而是相互转化，往往祸中有福、福中有祸，不禁以手加额庆幸自己能够因祸得福，因而恍然大悟，一下子想通了。

徐先生在老家居住了不到十个月，就在这一年冬天，被任命为福建巡抚。三个月后，闽浙总督庆端（富察氏，字午岩，满洲镶黄旗人）回京城任职，即兼任署理闽浙总督之职。又因为福州将军耆龄（伊尔根觉罗氏，字九峰，满洲正黄旗人）病逝，并代理福州将军。后来又因为福建学政某大人去世而职位空缺出来，就按照惯例兼任学政。福建省最令人艳羡的，就是这四个重要职位，先生一人都做了个遍，身兼四职，一时之间，荣耀至极。由此可知，凡事自有定数，一时之间的遭遇，目光短浅的人怎能预料到将来发生的事情呢？

10.6.2 黄氏世泽

黄公士进，江苏丹徒县人，家贫无恒产。居城之东门，赁屋数椽，外设米肆，内栖眷属。生子三，长不事家业，恒终岁不归；次服贾在外；幼素有痰疾。夫妇七十余，躬贸易亲操作，境颇寂寥。然存心慈厚，专以济人为念，自恨力不足，遇邻里炊烟偶断者，皆贷之不责偿。同里咸目为善人。

夏间疫大作，日毙无算。邑人谋诸耆老，迎疫神于东郊可解，然首事者必当其厄。卒无应者。公奋然愿作领袖，邀一二父老，执香徒步，祷于东郊。归数日，竟无疾而终。妇亦耄耋（mào dié），抚尸悲悼，一痛而绝。时公长、次子均未归，幼子废疾，天甚暑，邻人遂将肆中货物摒挡（bìng dàng）一切，代为棺殓。由是疫骤减，邑人称公之德不衰焉。公之殁也，葬城东门外。

次子恕先（思忠），恨二亲之终，不得视含殓，不复远贾。于东门设油酒小肆，借以不时省墓。继公好善之志，夏施茶，冬施酒，乡人感之。十数年间，酱园油号，分设十数处，为是业中首屈一指。年三十六，始娶同里蒋氏。生六子，均入庠。年八十余，寿终，亲见孙曾数十人。当恕先崛起时，谋为先人移葬，起棺时有紫藤数株、白鼠数双，地师见之，讶曰："此燕子钻天穴也，惜哉此移！"然皆以为善人之报云。

恕先次子小山（之桂），士进公次孙也。早岁游庠，工孙过庭《书谱》，叠应房荐，皆以额满未售，力学弥笃。娶张氏，生二子，年四十而鳏。有友人作撮合山，代置一妾，公终不可，拒之。年六十卒，终身不二色。其方正如此。

小山次子兰叔（应奎），士进公曾孙也。郡增生。赈捐出力，奖保县丞，亦工《书谱》。娶纪氏，生一子。忠厚存心，克绳祖武，凡亲族有急，无不佽（cì）助，虽典质一空，澹如也。以教读终焉。

子玉章（宝璋），邑增生，屡荐未售，捐职浙江。玉章本予姪僖年，癸酉、己卯江南闱中所得士。玉章子少玉（虎臣），又为予门生，黄漱兰督学江南所得士，与予有两重世谊，皆士进公之嫡元孙、耳孙也。玉章仕于浙，昕夕过从，自述其家事若此。予闻而嘉之，亟为登录，以为作善者劝。

【译文】黄士进先生，江苏丹徒县（今镇江市丹徒区）人，家境贫困，没有固定产业。居住在县城的东门，租赁了几间房子，外面开设米店，内间家人居住。生育三个儿子，大儿子不关心家事，长年不回家；二儿子在外地做生意；小儿子素来患有肺部疾病。老夫妻二人七十多岁，亲自经营生意、操持家务，景况颇为冷清寂寞。然而存心仁慈厚道，专门以救助别人为心思，只恨自己能力不够，每当有邻里偶尔断炊的，都借给他们米，不要求偿还。同里之人都称他为善人。

夏季之间，当地暴发瘟疫，每天染病而死的人不计其数。县民向德高望重的士绅请示商议，在东郊举行祭祀，迎接掌管瘟疫的神灵降临，可以化解，但是带头的人会遭到灾厄。始终没有人敢于应承。黄老先生自告奋勇愿意担任领袖，邀请一二名父老，手捧香火徒步出城，在东郊虔诚地祈祷。回来几天后，竟然无病而终。老伴也已经年迈，抚摸着丈夫的遗体哀伤地悼念，因伤心过度而死。当时，老先生的大儿子和二儿子都没回来，小儿子又有病，天气炎热，邻居们于是将店里的货物妥善料理，筹措资金，为他们进行棺殓。从此之后，疫情果然忽然减轻，当地百姓对黄老先生的恩德称颂不已。老先生逝世后，葬于县城东门外。

二儿子黄思忠，字恕先，很遗憾双亲去世之时自己没能亲视含殓，不再出远门做生意。就在东门外开设了一间卖油卖酒的小店，借此可以随时祭扫坟墓。能够继承父亲乐善好施的遗志，夏季施舍茶水，冬季施舍米酒，乡里人对他感激不尽。十几年之间，酱园、油铺，设立了十几处分号，成为当地这个行业中首屈一指的一家。三十六岁时才结婚，迎娶了当地蒋家的女儿为妻。生育了六个儿子，都进入县学读书。八十多岁时，寿终正寝，亲眼看到孙辈、曾孙辈共有几十人。恕先发达起来之后，打算为先人迁葬，起棺的时候发现墓穴中有几株紫藤、几对白鼠，风水先生一见，就惊讶地说："这是燕子钻天穴，是风水宝地，迁走太可惜了！"但是大家都认为是善人感召的善报。

黄思忠的次子黄之桂先生，字小山，是黄士进先生的次孙。早年入学读书，精通唐代书法家孙过庭的《书谱》；参加乡试多次得到本房阅卷官的推荐，都因为名额已满而未录取，更加刻苦攻读。娶妻张氏，生育二个儿子，四十岁时丧妻。有朋友愿意做媒人，帮他纳个妾，先生始终不肯，拒绝了。六十岁时去世，终身对婚姻专一。他为人端方正直达到这种程度。

黄之桂的次子黄应奎先生，字兰叔，是黄士进先生的曾孙。府学增广生员。因赈灾踊跃捐款出力，被保举为县丞作为奖励，也精通孙过庭《书谱》。娶妻纪氏，生育一个儿子。存心真诚厚道，能够继承祖先的功业，凡是亲戚族人遇到急难之事，没有不资助的，即使是把家里的东西典当一空，也不放在心上。终身做教书先生。

黄应奎先生的儿子黄宝璋，字玉章，县学增广生员，参加乡试多次获得房官推荐而未被录取，捐纳了一个浙江的职位。玉章本来是我的侄子梁信年于同治十二年（1873）癸酉科、光绪五年（1879）己卯科江南乡试考场中所发现的人才。玉章的儿子黄虎臣，字少玉，又是我的门生，是黄体芳先生（字漱兰）在担任江苏学政期间所发现的士子，因此与我家有两方面的交情，他们分别是黄士进先生的嫡玄孙、耳孙（曾孙之子为玄孙，玄孙之子为耳孙）。玉章在浙江做官，早晚经常往来，这些家族事迹都是他给我讲述的。我听闻之后表示赞赏，即记录在这里，作为对行善之人的劝勉。

10.6.3 抱玉出火

道光乙未、丙申间，太湖滨吕祖阁就倾圮。有王姓者，欲葺新之，而资无出。因借屋扶乩，以求神助。时郑梦白中丞，由闽藩乞养，奉母家居，拟疏浚湖溇，适至。彼都人士，以乩笔喜吟咏，罕与匹敌，坚请中丞诣坛唱和，以张吾军。是夕到坛，诗八律，仅记“百岁光阴才过半，千重尘障太磨人”一句。又索笔砚纸墨，迅笔大书一联，云：“一枕消磨闲岁月，半瓢俯仰古山川。”款署“岩客”。群知为吕仙至，而不敢渎有所请。有求治父母尊长病者，乩亦遍应之，无吝意。乩忽震动，大书云：“尔等欲新一阁，易事耳，何迟疑乃尔？只需与抱玉出火人商之，必有济。”乩即不动，再求亦不成一字。群以中丞名“祖琛”，名旁有“玉”，或可出巨资。然亦未达此意，均各散去。

中丞归，述异于母徐太夫人。太夫人泫然曰：“抱玉出火者，我也。此五十年前事，人无知者，不图于乩笔宣之。”中丞请道其详，乃曰：“我与娣姒(dì sì)方太夫人最亲睦，弥留时，以子祖玉托孤于我。一日，不戒于火，尔父客清淮，尔幼，祖玉长数龄，我仓卒计无所出，度三人不得兼全，因弃尔而抱祖玉出于火，尔亦牵吾裾，竟出，均无恙。当出火时，我闻路旁人喧嚷曰：‘尔傎(diān)耶，何孩提弗顾而反抱成童者耶？’我不知所云，但思祖玉无父无母，可存不可亡。尔脱不幸，我犹有尔两兄，不致无后耳。”语毕，闻者无不陨涕。遂许愿鸠工庀(pǐ)材，独任阁费。嗟乎！恻怛(cè dá)之至，通于神明，可念哉！

【译文】道光十五年（1835）乙未、十六年（1836）丙申年间，太湖边上的吕祖阁眼看就要坍塌。有一位姓王的人，想要整修翻新，而苦于没有资金。于是借一间屋子来扶乩，来请求神明指示。当时郑梦白（名祖琛）巡抚，在福建布政使任上请假回家，正在家照顾母亲，打算疏通湖溇河，恰好也来湖边勘察地形。当地的人士，因为知道乩仙喜欢吟诗作词，很少有人能比得上，强烈邀请郑巡抚到坛唱和，来壮大我方的力量。这天晚上来到乩坛，乩仙留下八句诗，只记得其中有"百岁光阴才过半，千重尘障太磨人"这一句。又索要笔墨纸砚，奋笔疾书用大字写下一副对联："一枕消磨闲岁月，半瓢俯仰古山川。"落款署名为"岩客"。众人都知道是吕仙（吕洞宾）到了，就不敢再随便问问题，恐怕亵渎神明。如果有请求为父母尊长治疗疾病的，乩仙也全都回应，没有为难的意思。乩笔忽然震动，用大字书写："你们想要翻修吕祖阁，此事容易，为何如此迟疑不定？只需要与抱玉出火的人商议，一定有用。"乩笔就不再动了，再次请求也不再写一个字。大家因为郑巡抚的名字叫"祖琛"，名字偏旁有个"玉"字，或许可以捐出巨资。但是也感觉比较牵强，不太符合其中的含义，然后大家各自散去了。

郑巡抚回去之后，将这件奇异的事情讲述给母亲徐太夫人。太夫人流下了眼泪，说："抱玉出火的人，就是我。这是五十年前的事情，没有人知道，没想到从乩仙口中宣说出来。"巡抚请母亲详细讲述，母亲说："我和妯娌方太夫人最为亲近和爱，她在弥留之际，将儿子祖玉托孤给我。一天，不慎失火，你父亲正客居在清淮（今江苏淮安市），你年幼，祖玉大你几岁，我在仓促之间无计可施，揣测三个人无法兼顾周全，于是丢下你而抱着祖玉逃出火场，你也牵着我的衣服，竟然成功逃出，都安然无恙。当逃出来的时候，听到路边有人吵嚷着说：'你疯了吗，为什么放下幼小的孩子不管却反而抱八九岁的孩子呢？’我不知道该怎么回答，只是想到祖玉父母双亡，必须活下来不能死。你假如遭遇不幸，我还有你两个哥哥，不至于没有后人。”说完之后，听到的人无不落泪。于是许愿召集工匠，筹措材料，独自承担翻修吕祖阁的费用。哎呀！至诚的恻隐之心到了极点，可以感通神明，真是值得思考的！

10.6.4 鼓钟于宫声闻于外

浙之长安镇，米市也。有米商某甲，家富心狡，身羸无子。一日，伪为偕伙出门收帐者，去已远，忽惊谓伙曰：“几误大事，忘带紧要底帐本，在余卧室厨内，非子去不可。”伙到甲家，甲妻犹未起，遂勾伙以求子，事谐矣。而甲手寒泉一瓯，挟利刃，排闼入，曰：“尔行得好事，为我速饮此觥（gōng），否则汗吾刃耳。”伙不敢辨，立饮尽，但觉心寒入骨，骇汗顿收。出就寝，不得睡，肠胃急痛，遂以疾辞去。

未几，妇有娠且生子，甲慰甚。明年，伙幞被复来，无去意。甲曰：“尔来何为？”曰：“来抱子耳。”甲怒甚，伙曰：“曩者我为汝所窘，误饮寒泉，几濒于死。遇良医，服姜桂，教我负重担，狂走武林，得大汗，病良已，今我无恙。前一索得男，固我子也，云何不认？且闻和奸罪笞耳，我与尔当官认子，加等治罪，不悔也。”甲惧甚，倩人关说，赠多金，始解散。伙临去，回顾曰：“垂棘之璧，屈产之乘，虞不腊，行见还耳。好为之，毋令人笑汝拙也。”

【译文】浙江海宁的长安镇，是贩卖米粮的市场。有位米商某甲，家境富裕而心性狡诈，身体羸弱，没有儿子。一天，假装和伙计一起出门收账，已经走出很远，忽然惊讶地对伙计说："几乎误了大事，忘记带重要的账本，在我卧室的橱柜里，只能你去跑一趟了。"伙计到某甲家，甲的妻子还没起床，于是勾引伙计来求子，事情已经成了。而某甲手捧一瓶冰冷的泉水，带着锋利的刀，推门进来，说："你做的好事，给我喝了这一杯，否则试试我的刀。"伙计不敢争辩，一饮而尽，只觉得冰冷沁入骨髓，因惊吓而出的汗都没有了。出去睡觉，睡不着，很快感觉肠胃剧痛，于是告病辞去。

不久后，某甲的妻子怀孕然后生子，某甲很欣慰。第二年，伙计带着铺盖卷又来了，没有要走的意思。某甲说："你来做什么？"回答说："来抱孩子。"某甲很愤怒，伙计说："从前我被你为难，误饮了冰冷的泉水，差点死掉。幸亏遇到一位良医，服用生姜和肉桂，又教我背负重担，一路奔跑到杭州，出了一身大汗，病情大为好转，现在我安然无恙。上次第一胎所生的男孩，本来就是我的孩子，我为什么不来相认？而且听说和奸仅仅会被处以杖刑，我和你到官府当堂认子，就算是加重治我的罪，也不后悔。"某甲很害怕他将此事抖露出来，请人从中说情，并且送给他很多钱，才得以化解。伙计临走之前，回头说："你狡猾地利用我来求子，却又要置我于死地，将来不会有什么好结果，等家业败落的时候，还是把孩子还给我。（此处借用假途灭虢之典，出自《左传·僖公二年》："晋荀息请以屈产之乘，与垂棘之璧，假道于虞以伐虢。"晋灭虢之后，回师途中，亦灭虞国。后以假途灭虢代指以向对方借路为名，而行灭亡对方之实的计谋。屈产之乘，屈地所产的良马；垂棘之璧，垂棘所产的美玉。虞不腊，意为虞国等不到年终祭祀就要灭亡了。）你好自为之，不要被人们笑话你的拙劣。"

10.6.5 主仆倒置

北直佃户，卑于奴仆，服役固不待言。若主人亲来催租，或以非礼加于佃之妻女，亦往往受之。津门有巨绅，恋一佃人妇，恒数日不归家。有雏姬纳凉庭院，北直房多平顶，如月台然，仆夜击柝（tuò）巡行房上，以为常，主不在房，姬与约缘墙下。久之，丑声四播，主不知也。

未几，姬与佃妇两有子。比长，姬子暴戾恣睢（suī），奴仆鲜当意者，独喜佃子；然偶怫（fú）意，即鞭挞无算。过客见之，曰："何刻虐至此？岂苍苍者无报应耶？"一老仆流涕答之曰："即此是报，何云无报也？"客问所以，仆不肯言。涂间饮马井白发叟为客言，跻仆为主、沦主于仆之由如此。噫，造物亦巧矣哉！

【译文】北直隶（今河北省）一带的佃户，地位低于奴仆，少不了要帮主人家干活。如果主人亲自来催要佃租，可能会以非礼的行为强行施加给佃户的妻女，也往往只能无奈忍受。天津有一名大地主，爱恋一佃户家的妻子，经常几天都不回家。有一名小妾在庭院乘凉，北直隶的房屋大多是平顶，如同月台一般，仆人夜间沿着房顶敲梆子巡行，是很平常的事，主人不在家，小妾和仆人在墙下约会偷情。久而久之，污秽的名声在外面传扬，只有主人不知道。

不久后，小妾和佃户妻子都怀孕生子。长大后，小妾的儿子（实为仆人之子）性情凶恶蛮横，奴仆很少有能让他满意的，唯独喜欢佃户的儿子（实为主人之子）；但是只要稍微让他不顺心，就鞭打无数次。有来拜访的客人见此情景，说：“为什么苛刻残虐到这种程度？难道上天没有报应吗？”有一位老仆人流泪回答说：“这其实就是报应了，怎么能说没有报应呢？”客人询问其中的所以然，老仆不肯明说。在回去路过饮马井时，一位白发老叟这样对客人讲述了，其中仆人之子跻身主人，而主人之子沦为仆人的来龙去脉。哎呀！造物主的安排也真是太巧妙了！

10.6.6 噬脐孽报

唐子实侍读言：诸生某，文名藉甚。有断袖癖，幼仆皆不得免。仆父有恨之刺骨者，值生纵言及此，即以生所求不得者为饵，云：“凡事须投其所好，则易从。”生问彼有何好，答云：“彼贫家子，颇想得一大八件表。若得此，事无不谐。”生即解以赠，命仆父作曹邱。数日，报曰：“事谐矣。但渠羞怯，先醉以酒，灭灯，始肯来。天未明，即引去。”一日薄暮，仆期以今夕必来，生就书室先卧以待，深夜果来，赠表犹系抹胸上。及就抱，虽撑拒而沉醉，即酣睡。东方既白，仆竟不来引去，展衾视之，即生子也。大惊，起问仆父子，已于昨夜遁去。

【译文】侍读学士唐子实说：某秀才，颇有文才，小有名气。有断袖之癖（癖好男色），年幼的仆人都不免被他染指。有一小仆人的父亲对他恨之入骨，趁他谈论到这事的时候，就顺着他的话往下说，告诉他如何才能取得一直求之不得的小仆人的欢心，以此来引诱他，说：“凡事必须投其所好，才容易使其顺从。”某生问他有什么爱好，回答说：“他是贫家子弟，很想得到一块大八件怀表。

如果能得到这个，事情没有不成的。”某生就解下怀表相赠，命小仆人的父亲做介绍人。几天后，回报说：“事情成了。只是他很羞涩，必须先喝醉酒，熄灭灯烛，才肯来。天不亮，就带他离开。”一天傍晚，仆人约定今晚一定来，某生就在书房提前卧床等待，到深夜果然来了，所赠的怀表还挂在抹胸上。等上前拥抱，虽然极力抗拒而因醉酒，就沉沉睡去了。黎明时分，仆人竟然不来带他走，掀开被子一看，其实正是某生的儿子。大为惊骇，起来询问仆人父子在哪，原来已经在昨天夜里逃走了。

10.6.7 杀奸奇惨

商某家临街楼居，惟一妻一老妪。妻住前楼，妪住后门，中为厨灶。商经年在外贸易，其妻不甘独宿，遂有外遇。商归，邻人每匿笑之。继稍稍闻丑声，而不得奸者主名。一夕，忽告其妻云：“我明日又须远游，今夕之爱非同往昔。”就寝，觉伟悍过于常时。妻固诘所以然，商笑曰：“不过数钱灵药耳。”次日，竟整理行囊，珍重再三而别。

是夕，所欢即至，问妇曰：“郎君与我孰胜？”妇曰：“郎君胜，尔弗如远甚。”所欢怒，欲去。妇挽之曰：“夫与尔等耳。适云胜，彼床笫（zǐ）间有怀挟，无他技也。”遂以灵药告之。“郎去后，枕边遗红丸尚多，我秘藏以待尔。今夕试之，即成伟男，可立待也。”所欢喜，即索观，色绛香烈，误认为春方，骤进十余丸，乃就寝。

商某者，心计人也，抵家时，见妇形色异。即于隔壁另置空屋一间，扃（jiōng）其外，曰：“将来欲开小肆，两屋尚未开通。”别后至日暮，商已潜归，空屋穴隙，静以观变。初闻叩门声、欢笑声，继闻登榻声、呻吟声，复大声呼痛甚，见妇起，力为抚摩，禁勿声，旋震动跌撞，妇急甚，力不能制，猝以巨剪断其喉，立毙。妇坐床沿寻思良久，乃以絮被铺楼板上，加以席，负尸置席上，出刀锯碎割之，盛以桶，锯骨作段，头颅亦锯而剖之，携至厨下，烹煮糜烂，饲猪；骨煅枯磨成炭。老妪问为谁，妇云：“我睡不着自操作耳，尔安睡，勿劳尔助。明日尔起，我安睡，毋觉我也。”厨中事毕，复登楼揩洗，床上席上，血迹净尽。倾水沟渠时，已五鼓，妇犹遍照卧房内外，细加拂拭。归坐床沿，嘤嘤啜泣久之，方脱衣寝。

商俟天明，出空屋，键其扃，登舟酣睡。午后起，雇肩舆归，挝门甚急。妇问为谁，商云：“我昨夜泊城外岳家门首，知岳父病甚重，亟思尔归，冀得一面，迟恐弗及。”妇草草登舆，至母家，双亲固无恙也。咎其夫诳语，商曰：“我归家日浅，未至岳家。今与尔远别，借此间畅叙一番，亦甚乐。”遂开樽畅饮，岳父母叙寒暄毕，问：“婿久客在外，有可惊可喜之事，足广见闻否？”商曰：“有。”即举空屋所闻所见，一一罄吐，女色变，渐不能支，即遁去，至母房自缢死。商云：“令媛何久不至？”母频呼不应，觅之，见其死状甚异。商云：“顷一席所谈，皆令媛昨宵所为事实，宜其死也。后事只得相累，婿亦无意人间，即披发入山去。”后不知所终。

【译文】某商人家住沿街的一座楼房，家中只有妻子和一名老妇。妻子住在前楼，老妇住在后门，中间是厨灶。商人长年在外做生意，他的妻子耐不住独居，于是有了外遇。商人回来，邻居们往往暗中偷笑他。后来慢慢听到一些污秽的风声，只是不知道奸夫的名字。一天晚上，忽然告诉妻子说："我明天又要出远门，今晚的亲热不同于往常。"睡觉时，只觉得丈夫雄伟强悍超过平时。妻子执意问他是什么原因，商人笑着说："只不过是几钱灵药而已。"第二天，即收拾行李，相互叮嘱保重之后就离别了。

当天夜里，奸夫就来了，问妇人说："你丈夫和我谁更厉害？"妇人说："丈夫厉害，你远远不如他。"奸夫愤怒，想要走。妇人挽留她说："丈夫和你差不多而已。刚才说胜过你，是因为他在行房中之事时使用了一些东西，没有其他特别的技术。"于是告诉他服用了灵药。她说："丈夫走后，枕头边剩余的红丸还有很多，我偷偷地藏了一些来等你。今天晚上试试，就变成雄伟的男子，很快就见效。"奸夫很高兴，就索要药丸来看，颜色绛红、香味浓烈，误认为是春药，马上吃了十多粒，然后睡下。

某商人，是有心计的人，回到家时，观察妻子的神色有些异常。就在隔壁另外布置了一间空房，在外面锁上，说："将来准备开一家小店，两间屋子还没打通。"离别后到傍晚时分，商人已经悄悄地回来了，躲在空房间，通过缝隙，静悄悄地观望事情的变化。刚开始听到敲门声、欢笑声，接着听到上床声、呻吟声，又大声喊疼痛，只见妇人起身，用力帮奸夫按摩，提醒他不要出声，然后身体颤动、跌跌撞撞，妇人情急之下，没有力气制止，突然拿一把大剪刀剪断他的喉咙，奸夫当场死亡。妇人坐在床边寻思了好久，就将棉被铺在楼板上，上面再铺上席子，将尸体放在席子上，找出刀锯切割成零零碎碎的，盛放在桶里，又把骨头锯成一段一段的，头颅也锯开分剖，带到厨灶下，烹煮成烂烂的，肉拿来喂猪；骨头煅烧成焦枯的，磨成碎末。老妇问是谁，妇人说："我睡不着亲自劳作而已，你好好睡觉，不麻烦你帮忙。明天你起来，我安静地睡一觉，不要打扰我。”厨灶间的事情完毕，又上楼擦洗，床上、席上，血迹都被擦洗干净。将脏水倒入沟渠的时候，已经五更天了，妇人还把卧室里里外外拿灯照了个遍，仔细地进行擦拭。回到床边坐下，低声抽泣了许久，才脱衣服入睡。

商人等到天亮，走出空房间，锁上门，到船上熟睡。午后起来，雇了一顶轿子回家，急迫地敲门。妇人问是谁，商人说：“我昨天晚上船停泊在城外岳父家门口，知道岳父病情很重，想要叫你赶快回去，希望见上一面，晚了恐怕来不及了。”妇人急匆匆地上轿，到娘家，父母本来就安然无恙。责怪丈夫说谎，商人说：“我回家时间短，没有到岳父家。现在即将和你远别，在这里畅谈一番，也很愉快。”于是取酒畅饮，岳父母相互问候完毕，问道：“女婿长期在外地做生意，有没有什么令人惊奇或者高兴的事情，让我们长长见识？”商人说：“有。”就将自己在空房间所闻所见的整个事情经过，详细讲述了一遍，女子神色大变，慢慢无法支撑，就跑出去，到母亲房间自缢而死。商人说：“您女儿为什么这么久还不回来？”母亲叫了好几次都没答应，就去寻找，只见她已经死了，惊骇不已。商人说：“刚才我讲述的一席话，都是您女儿昨天夜里的真实所为，难怪她寻死。后事只好麻烦你们了，女婿我也不留恋于人世间，即将披头散发入山隐居去了。”后来不知所终。

10.6.8 口孽焚死

张福，杭人，唱南词为业。召之者须数日前订定，历年游食富贵家，无虚日，家资渐裕。余于道光季年，亲串家屡遇之。

口齿弦索，了不异人，初不解争趋之故。惟其摹绘贫士之寒酸、老人之迂拙、妇人之琐屑，及人阴私等事，一经烘托，都成笑柄。世风浇薄，群怂恿之，以为谐臣诨官，能怡吾颜也。

咸丰辛亥，余自粤入都，道经乡里，时羊市街于前夜遭回禄，有烬余半柩横卧地上，赫然一尸，如缚豕然，火荧荧犹煅炼。问柩何人，旁观谓："即唱书之张福也。"余悚然曰："口过之罚，漏于生前，不能逃于身后，有如是乎？况甚于口过者乎？"

【译文】张福，杭州人，以唱南词（流行于南方的弹词一类说唱故事）为职业。聘请他演唱的需要提前好几天预定，多年来游走于富贵之家挣钱，没有闲下来过，家资渐渐充裕。我在道光末年的时候，曾经在亲戚家多次遇见他。口头表达和器乐演奏的水平，也没有什么特别之处，起初不理解人们都争相聘请他的缘故。只是他模仿贫穷士子的寒酸、老人的迂腐笨拙、妇人的唠叨啰唆，以及人们的隐私等方面的事情，惟妙惟肖，再经过夸张渲染，都成为笑柄。社会风气轻浮浅薄，听众从旁起哄鼓动，将他当作是宫廷里的弄臣乐工，能够取悦自己。

咸丰元年（1851）辛亥，我从广东赴京城，路经家乡，当时羊市街在前天夜里发生火灾，有被烧毁的半具棺材横放在地上，露出一具尸体，就像一头被捆绑着的猪，火苗闪烁，还在燃烧，如同遭到酷刑。问棺材中是什么人，旁边围观的人说："就是唱书的张福。"我惊恐地说："对口过的惩罚，即使在生前遗漏，也无法在死后逃脱，竟有这样的事吗？更何况是比口过还严重的呢？"

10.6.9 妾肱箧

道光间，南河盛时，岁修三百万，另案险工，再奏请加拨。道厅服食起居之侈，过于公侯。某公子援例运判，分两淮，挥霍尤阔绰。不数月，即以巨金购名妓为妾。未几，谓老仆不能给事，皆遣去，而妾党骤进。公子日以调脂弄粉、错采镂金为乐，且深于烟霞癖，无暇计量薪数米事。

俄公子眷属来，性柔顺，视公子所为弗善也，而无如何。稍拂(fú)公子意，即占反目。家人悉禀命于妾，为鬼为蜮(yù)。公子且不得闻，其妻更无论矣。妻愤懑不称意，即归宁母家，久不至。

一日，公子晏起，呼仆妪，无一至者，强出视，一榻之外无长物矣。彳亍(chì chù)街头，问其邻，皆云："侵早闻公乔迁得优差，午前已开船去矣，讵公尚在此间耶！"相与太息。

【译文】道光年间，江南河工极盛之时，每年朝廷下拨的修防经费高达三百万两，遇到专门的险要的工程，再奏请朝廷加拨经费。江南河道衙门的官员，衣服饮食等生活用度的奢侈程度，甚至超过王公贵族。某河道官员公子按照制度捐纳了一个转运判官的职位，分配到两淮都转盐运使司任职，挥霍钱财尤其奢侈无度。没过几个月，就花费重金购买了有名的妓女为妾。不久后，认为仆人年老不中用，全部赶走，而小妾的亲族一下子进来管事。公子每天以吟诵写作辞藻香艳华丽的诗文为乐趣，而且有吸食鸦片烟的嗜好，没有工夫考虑柴米油盐的家务事。

不久后公子的妻子来了，性情柔顺，看到公子的所作所为不像话，也没有什么办法。稍微不顺从公子的心意，就被他说翻脸就翻脸。家人全都听命于小妾，暗中使用阴谋诡计干坏事。公子尚且听不到他们在谋划什么，他妻子更加不要说了。妻子愤恨不平，感到很不顺心，就回娘家去了，很久都没有回来。

一天，公子起得晚，呼叫仆人和老妈子，没有一个人来，起身出门一看，除了一张床以外，什么东西都没了。在街头徘徊，向邻居询问，都说："天刚亮时，听说大人您升迁得到一个好差事，中午之前已经开船走了，谁曾想大人竟然还在这里呀！"相互叹息不已。

10.6.10 道光末奇闻

某方伯受制于妾，胠箧（qū qiè）一空，比前事尤惨酷。其同乡告者言之綦详，而隐其名氏云。浙江巨绅子，美丰裁，弱冠举于乡，取妇巨室，而伉俪不甚亲睦。尝见妇之婶母，艳丽无比，善谐笑，喜作叶子戏，时以酒肴佐清谈，绅子昵之。遂日至甥馆，深夜方归。妇劝之当避嫌，不从，且反目焉。故恒流连甥馆不止，妇劝之益力，遂与妇绝，而向其婶，情好日密。婶誓与夫绝，又为其夫置妾，居别馆，绅子送入洞房，且言曰："此事非我之力不及此。"夫德之，而不知其暗渡银河也。于是籓篱尽撤，墙茨兴歌矣。

未几，绅子以知县起家，妇与其婶亦先后卒，遂移情于船妓某，有啮臂盟。将之官，指有省，行有日矣，而艰于资斧，与妓谋偕遁。先以妓之素蓄，悉运入行箧，密遣腹心先载以出关，而谋于某处园中，大排筵宴，群花缭绕，某妓与焉。正酒酣耳热际，绅子与某妓已学范少伯载西子游五湖去矣。而幕吏及众差役早已安顿妥贴，皆素受其重贿，愿为爪牙。翌日，鸨知之，诉呈上县，批："某氏自愿从良，某得受身价银三百两，身契呈县在案，数月矣，何得架词渎诉？"众差役从而恐吓之，不得直，事遂已。

绅子到省，颇有吏才，应对若悬河，听断尤明敏。历宰大县，迭膺保荐，洊升府道，每得一缺、进一阶，必尽其所有以资馈献，广交都人士。如别敬、棚敬、炭敬，岁无阙。不数年，陈臬开藩，居然一大方伯矣，恣肆日加。府州县缺，各有差等定数，立奉委即实缺，亦必岁有所献，始得久任，否则调省察看；其赃私不用过付，皆于上条陈时，面递金银票券，如响斯应。始犹秘密，继渐以为故常。实则以票取资，必有风声。已则谓人不知耳。

久之，西台交章参奏，督抚继之，遂褫（chǐ）职，仍勒捐数十万充军饷，祸遂纾。迨无人过问，遂遁邻省，变姓名为贸易中人，俨如陶朱公故事，其富尤自若也。恒终日持筹握算，至夜分不得休，夜即憩息账房。其妾已生子娶媳，而尤不惯独眠，尝语曰："君以权子母计赢亏，筦（guǎn）算诚不容已。然内室终夜不闭门，灯火不息，亦非持家之道。嗣后以一更尽不归，则请严扃（jiōng）钥，妾之分也。"方伯韪（wěi）之，至是则授意所欢，常为入幕之宾矣。

幕友或在家，或在馆，向无定章。方伯但闻内室已扃，即专意盘查出入帐目，有盈余，复存银号，权子母，而以折据使妾掌之，以为郭家金穴、邓氏铜山，不是过也。乃妾日与幕友枕边私语，直如水银泻地，无孔不入，始交付摺据，继金珠锦绣，至夜半即开后门，转运一空，所存无几。

忽早起，妾妆甫竟，请主人入，妾对幕友云：“还不谢赏么？”友即叩首，高声曰：“谢大人赏！”方伯愕然，问曰：“尔等痴耶？”答云：“不痴。我本朝秦暮楚之流，虽享荣华富贵，亦我将本求利所自致。若不改图，则以后一日不如一日矣。今嫁伊已久，与君别耳，计较已定，别无他说。”即遣肩舆进内。方伯拍案大怒，斥拏，左右无一应者。妾云：“何用拏我？正欲与尔上督抚衙门，将尔一生秽迹，呈请入奏。此友亦前后在事者，可以为证。妾早不愿伴尔混此一生也。”方伯面无人色，不出一语。其子与媳跪留，不使行，妾抚之，云：“尔虽我出，亦不记得谁人所生，看破些罢了。尔父所存银，当可养汝天年，吾去矣。”方伯竟听其所之，无可如何，后竟抑郁而终。

按，绅子与予家年谊往来，道光廿八年夏，予以东瓯守任晋省，于六月十八为友人邀游夜湖，有从邻舟来者，则绅子也。知其舟中宴客，某妓在焉。与各友遂过其舟，灯光之下，得睹仪容，实仅见之尤物也。所请巨幕二三辈，并仁和明府王、钱塘明府甘，随后思之，则即借为声势者。迨是年杪，即闻已挈之而逃。盖二次又从江口抬至湖舫，将轿夫辞去，后又有轿夫来抬，则其密友为之布置，从此无踪矣。座客固知绅子未去，而妓先辞，亦属常事，不为怪耳。方伯狡恶似此，予谓徒自增其罪案，倘能归正，具此才力，未必不由方伯而上之。若今之结局，后世更必有报也。

【译文】某布政使被小妾挟制，家中财产被偷盗一空，比前一则中的事情更加惨重。他的一位同乡对我详细地讲述了其中的情节，而隐去他的名字。他本是浙江某大官的儿子，形容俊美，风度翩翩，二十岁时参加乡试中举，迎娶大户人家的女儿为妻，而夫妻之间相处不太和睦。曾见到妻子的婶婶，长得十分艳丽，善于嬉笑逗乐，喜欢打叶子牌，时常一边饮酒一边闲谈，公子渐渐和她亲近。于是婶婶每天都来侄女婿这里，到深夜才回去。妻子劝他要避嫌，不但不听，还翻脸。所以婶婶一直留恋在侄女婿这里不愿意回去，妻子反复劝说，公子于是与妻子绝交，而直接去找婶婶，感情日益亲密。婶婶也发誓和丈夫绝交，又帮助她的丈夫纳妾，另外安排别墅居住，由公子送入洞房，而且说："这件事如果不是靠我的力量是办不到的。"婶婶的丈夫对他很感激，而不知道他和自己的妻子私通。从此以后，摆脱了一切束缚，明目张胆地淫乱。

不久后，公子入仕做官，从知县开始做起，妻子和她婶婶也先后去世，于是又和某船妓发生了恋情，并私订了婚约。准备去上任，已经指定任职的省份（清代行捐纳制，士民捐资取得官员资格后，再出一笔费用，指定到自己希望的省份去候补，叫"指省"），不日即将动身出发了，而路费不足，和船妓谋划一起私奔。先将船妓向来的积蓄，全都运入行李箱，秘密派遣心腹之人提前运送出关，而安排在某处园子中，大摆宴席，眼花缭乱，某船妓也在其中。正喝得兴致正浓之时，公子和某船妓已经效仿范蠡载西施泛舟五湖去了。而当地官府的幕吏和一众差役早已经提前打好招呼，都是一直接受过公子的贿赂，甘愿充当爪牙。第二天，老鸨知道了，控告到县衙，县官批示说："某氏自愿从良，你已得到赎身银三百两，赎身契已经呈报县衙备案，已有几个月了，为何又要捏造词状随意诉讼？"一众差役又在旁边跟着进行威吓，老鸨不得已，事情也就不了了之了。

公子到达任职的省份，表现出了一定的为政才能，言语应对口若悬河，审理诉讼案件尤其明快果决。先后历任重要县城的知县，多次获得保举推荐，逐步升迁至知府、道员，每次得到一个职位、晋升一个品级，必定拿出所有的钱来到处送礼，广泛结交京城的人士。比如别敬、棚敬、炭敬等各类名目，每年都不缺少。不过几年，就荣升按察使、布政使，俨然成为一位大方伯，越来越骄纵无所顾忌。各府州县的职缺，分别按照等级设定不同的数额，即便是受朝廷委任的实际职缺，也必须每年有所敬献，才能够做得时间长一些，否则就要被调动或降级处分。他收受贿赂时，不需要通过中间人经手，都是在下属汇报工作时，当面呈递金票、银票等票据，有求必应。起初还比较秘密，后来渐渐习以为常。实际上拿金银票据去取钱的时候，必定会被人知道。只是自己认为别人不知道而已。

久而久之，御史台官员陆续有人向朝廷上奏章弹劾公子，总督、巡抚也紧随其后，于是被革职，还被迫捐纳几十万两银子充作军饷，危机才得以化解。趁无人过问之时，就逃到邻省，隐姓埋名变身为生意人的身份，宛如陶朱公范蠡的故事，富裕的程度依然如故。经常整天拿着算盘，精打细算，到半夜都不休息，夜间就睡在账房。他的妾已经生子娶妻，还不习惯独睡，曾对公子说："您因为放贷需要计算利润盈亏，经营盘算确实停不下来。但是内室整夜不关门，灯火不熄，也不是管理家务的道理。今后如果一更天之后还不回来，建议还是严格关门上锁，这也是妾应该做的。"公子表示同意，从此之后，妾授意情夫，以幕友的名义，成为家中的常客。

幕友有时在家，有时在办公室，一向没有固定的章法。公子只要听说内室已经关闭，就专心致志盘查支出、收入的帐目，如果有盈余，就继续存放在银号，或者放贷生息，然后把存折、凭据都交给妾掌管，自认为汉代郭况家的金穴、邓通家的铜山，也不过如此。而妾每天和幕友在枕边窃窃私语，真是如同水银倾倒在地上，有空子就钻，起初只是存折、凭据，后来连金银珠宝、织锦刺绣都交给他，到了半夜就打开后门，将财物转运一空，所剩无几。

忽然有一天早早起来，妾梳妆打扮好，请主人进来，妾对幕友说："还不快感谢赏赐吗？"幕友就叩头，大声说："谢大人恩赏！"公子惊愕，不知所以然，问说："你们傻了吗？"妾回答说："不傻。我本来就是朝三暮四、反复无常的人，虽然享受荣华富贵，也是我拿本钱谋求利润所得来的。如果不改变计划，则以后的境况将一天不如一天了。现在我已经改嫁给他很久了，即将与您辞别，都已经安排妥当，别的也没什么可说的了。"就派遣轿子入内。公子拍案大怒，喝令左右抓人，而左右没有一个人回应。妾说："哪里用得着抓我呢？正想和你到总督、巡抚衙门，把你一生的劣迹，呈请总督、巡抚大人上奏朝廷。这位幕友也是始终参与的，可以作证。妾早就不愿意陪你胡乱混过这一生了。"公子脸色大变，说不出一句话。她的儿子和媳妇跪请挽留，不让她走，妾安慰他们说："你虽然是我亲生的，也不记得到底亲生父亲是谁了，看开一些就行了。你父亲所存的银子，应当足够养活你这一辈子了，我走了。"公子竟然只能任由她去哪里，没有什么办法，最后抑郁而死。

按，公子和我家有年谊（由于同年登科而形成的关系）的交往，道光二十八年（1848）戊申，我作为温州知府赴省城拜访，在六月十八日这一天受朋友的邀请夜游西湖，有人从邻船过来，就是公子。知道他们的船上在举行宴会，某妓也在其中。于是和朋友们一起到他们船上拜访，灯光之下，得以目睹她的容貌，确实是难得一见的尤物。所请的有名的幕友二三人，以及仁和县王县令、钱塘县甘县令，随后回想起来，其实就是借助他们来壮大声势的。等到当年年底，就听说已经一起逃走了。原来是第二次又将财物从江口抬到湖面上的画舫，然后将轿夫辞去，后又换请新的轿夫来抬，其实就是幕友帮她安排的，从此之后就无影无踪了。在座的客人认为公子还没走，而妓女先告辞，也属于正常的事，不认为有什么奇怪的。公子狡诈凶恶到这种程度，我认为只是徒然增加他的罪状，倘若能够改邪归正，以他所具有的才干和能力，未必不会从布政使再向上晋升。像现在这样的结局，来世一定还会有果报。

10.6.11 让产可风

京江严氏，巨族也，先世有字楚玉者，多隐德，子孙科第之盛，甲于他支，丁犹繁衍。其裔孙树滋（致尧），业鹾（cuó）江右，积赀数千金，回里立业。亲友以君笃实宽恕，托生息者倍之。

不数年，粤匪乱起，先是其胞叔五人，已久析居，而婚丧一切皆厚佽（cì）助，贫乏者津贴之。及是，分赠川资旅费，劝速迁。君娶邹氏，前淮扬观察公眉季女，避乱乡间。君夫妇议曰："业虽亏折，尽数还人，尚可存二千余元，节省度日。当兹流离转徙，动辄需钱，盍早本利全归，我不遗累，人可济急，若何？"禀于堂上，其尊人固长者，亟称善，且曰："汝辛苦有年，今遭乱耗折，仅存此，犹可暂温饱。吾诸弟姪，殊不堪设想。"

君体堂上意，将仅存复析为六，邀诸叔来付之，有感激泣下者。独其灼斋、景刘两叔曰："彼非挟重赀，何肯以是卑我？可取不尽，用不竭也。"渔色恣啖，数月用罄，举室偕来，灼斋子厚庵，本无赖，势尤汹汹。君鬻卖衣饰与之。灼斋卒，其子不顾，君仍为经理其丧。

君只一子，优增生，名良翰，有声庠序。孙三，皆成立。而其势汹汹者，后充洋关书办，月数十金，包一土娼，十余年积蓄，悉为所有。凡旧有恩者，反颜若不相识，已殄（tiǎn）嗣焉。

【译文】江苏镇江的严家，是大家族，祖上有一位名字为楚玉的，积累了很多阴德，其子孙后代科第功名的兴盛程度，超过本族其他支派，而且人丁繁衍兴旺。其中有一名后裔，名叫严致尧，字树滋，在江西从事食盐生意，积累下几千两的资产，回乡成家立业。亲戚朋友因为他为人诚实宽厚，把钱财交给他经营生息的有很多人。

没过几年，发生太平天国之乱，之前他的五个同胞叔叔，早就已经分家，而凡是有婚丧嫁娶的事情都必定给予丰厚的资助，贫穷而生活用度不足的则给予接济补贴。到这时候，分别赠送给他们盘缠路费，劝他们尽快迁移避难。致尧先生娶妻邹氏，是原任淮扬道邹公眉先生（名锡淳）的小女儿，在乡下避难。先生夫妇二人商议说："产业虽然亏损了本钱，但是将欠款全部还清，还可以剩下二千多元，节省度日。当此四处流离迁移之际，随时都需要用钱，为什么不连本带利都还给人家，我们自己也免受拖累，别人也可以缓解燃眉之急，怎么样呢？"又向老父亲请示，老父亲本来就是忠厚长者，连连说好，而且说："你们辛苦经营这么多年，现在因遭遇战乱而损耗，虽然只剩下这些，还可以暂时保证温饱。我的弟弟和侄子们，情况就不堪设想了。"

致尧先生深深理解父亲的心意，将仅存的钱又分成六份，邀请几个叔叔过来，送给他们，有因感激而流泪的。只有严灼斋、严景刘两个叔叔说："他如果不是仗着有很多钱，怎么肯拿这个来侮辱我们？可以取之不尽、用之不竭了。"大肆地吃喝嫖赌，几个月钱就花光了，全家又一起过来索取，灼斋的儿子严厚庵，本就是个无赖之徒，更是气势汹汹。先生典卖衣物首饰之后给他们。灼斋死去，他的儿子不管不问，还是先生帮他料理丧事。

致尧先生只有一个儿子，是一名优增生（官学定额之内录取者曰"廪生"，扩招者曰"增广生"，简称"增生"，三年成绩优异者曰"优增生"），名叫严良翰，在学校中很有名气。有三个孙子，都已成家立业。而那位气势汹汹的堂兄弟严厚庵，后来充当洋关（鸦片战争后，清政府在通商口岸设立的海关，后被外国人控制，故称"洋关"）管办文书的属吏，每个月有几十两薪水，后来包养一名私妓，十多年的积蓄，都被妓女占有。凡是以往曾经帮助过的人，都翻脸好像不认识，现在已经绝嗣了。

10.6.12 江夏陈氏先德

安徽宣城陈令受培，湖北江夏人，在任病故。后任以亏空十七万揭报，大府骇异，并以该管知府，近在同城，毫无觉察，即欲具摺参奏。檄贵筑高青书太守往，高固立志为好官者，因言曰："虽据后任禀揭，但实在亏数未查，与其先参后查，莫若先查后参。"大府允之，高即驰诣宁郡，连夜会同太守钟公英，密赴县署。见二堂旁屋喜联，询知系新婿入赘，高谓："此甥馆也，勿波及。"随入上房查点，除亲属男女等衣服外，查封入册者，估计五百金。该故令子，年仅十五，匍伏泣请援命，为之惋悼。调齐卷簿，彻底清查，除可报销请领者，实亏银四万两。又在家丁及经管书吏名下，可追缴银九千两，余则均系因公挪移。采之舆论，官太仁慈心，好施济，凡亲友贫苦来求助者，多周之，惟恐不当其意，实则自用并不奢华，待人过厚，乃一好官也。惟数逾三万，实难弥缝，且连及本府，同干例议。

高因谓太守曰："属员亏空，知府例赔六分。公既未能查察于前，又不据实揭报于后。人亡事败，处分固所不免，而勒限分赔更例所应然。宜乘此未经参奏，先同赴省分赔乎？夫同一赔也，而一则严干部议，一则通盘商量。非为陈令计，实为君计耳。"太守唯唯。洎（jì）将寝，又促之曰："省中濡笔以待，明日行矣，请决于此夕。"诘旦，太守出曰："细味君言，良是，请即偕行。"高思公事既有成议，或可仰邀宪恩，惟寡妇孤儿，如何归里？自愧宦囊羞涩，不得不慷他人之慨也。佯谓太守曰："委员奉差，地主当为尽情，必得见赠库纹三百金。"及反，太守如数送出，即令开封检兑无差，高徐曰："某虽系穷员，断非出差而收人馈送者也。公既肯全其一家性命，又何惜数百两，而不令其家属扶榇归里耶？此阴德事，我为公种之。"用太守名帖送入，旋即同行晋省，婉为乞请而止。

比嘉庆戊寅，于广州任内，引疾还黔，家居数载。道光三年，高北上，途次直隶之柏乡县。适与新选广东增城县明公（名达，亦湖北人）望衡对宇，知高曾守广东，怀刺请见，述及伊即陈令婿，先年查办亏空时，伊适在署，其就姻者，乃小姨婿也，深知垂怜矜恤之恩。陈氏举家，至今衔感。询以当时出见之弱稚，答云："舍舅名銮，已中探花。去秋典试浙江，现在词馆供职。”高云：“陈公有子，公不死矣。”抵都甫二日，店伙报陈翰林拜谒，出见而探花公已长跪厅前，高扶之起，告以途遇明公云云。探花公云：“身遭颠沛，若非保全终始，业已全家沟壑。今日之幸叨寸进者，皆出自仁人之赐也。”未久，而探花公亦已一麾出守矣。

予按，芝楣先生，于道光丁亥，外放松郡。时家大人在江苏护抚任，又奏调苏郡，称门弟子甚虔。能医，每剂必用柴胡，谓此物乃药中上品，最能散结纾肝。予正抱恙，经其屡诊，故知之悉。其先德亏空事，亦有所闻，而实本官滥作好人，不善经理；微高公，不早决裂哉！人谓陈公有后，吾谓高公尤宜大昌厥后也。

【译文】安徽宣城县县令陈受培，字北鲲（又字因之），湖北江夏（今武汉市江夏区）人，病故于任上。继任的县官揭发检举他亏空官银十七万两，总督、巡抚大为惊骇，并且认为主管的宁国府知府，虽然近在同城（宣城县为宁国府治所在地），但却丝毫没有觉察，正要写折子上奏朝廷。发公文命令贵州贵筑县的高青书（名廷瑶）知府前往调查，高大人本来就是立志做好官的人，于是就说：“虽然有后任知县的揭发报告，但是实际亏空的数额还未核查，与其先参奏再核查，不如先核查再参奏。”总督、巡抚表示同意，高大人即赶赴宁国府，连夜会同宁国知府钟英，秘密前往县衙。看见二堂（官府中大堂后面办公之处）旁边房间门上悬挂着喜联，经询问得知是新女婿入赘，高大人说：“这是女婿的房间，不要波及。”于是进入上房查点，除了亲属儿女等家人衣服之外，查封登记入册的财物，经估算约折合五百两银子。陈县令的公子，年仅十五岁，跪在地上哭泣请求救援，不禁为之安慰悼念一番。将相关的案卷、簿册全部调取过来，彻底清算核查，除了可以报销申请领取的，实际还亏空库银四万两。又从家丁以及管事的书吏名下，可以追缴九千两，其余的均属于因公挪用。经过采访舆论得知，陈县令存心太过仁慈，乐善好施，凡是贫苦的亲友有来求助的，必定多方周济，唯恐不能令他们满意，实际上自己的生活用度并不奢华，待人特别宽厚，确实是一位好官。只是亏空的数额已超过三万两，实在难以弥补，而且连累了知府，将要一同受到处分。

高大人对钟知府说："属下官员出现亏空，知府照例应代为赔补百分之六十的数额。您既未能在事前察觉，又没有在事后据实报告。人已经死了，事情已经败露，处分本来就是在所难免的，而强制限期代赔也是按照惯例应当如此的。为什么不趁现在还未经过参奏，先一同到省里代赔一部分呢？同样是赔补，而一个是遭受严厉处分，一个则是可以全面商量。不是为陈县令考虑，实在是为大人您考虑啊。"钟知府连连答应。到快入睡的时候，又督促他说："省里的官员已经拿笔蘸好了墨，准备写奏章，明天就要发出去了，请在今晚做出决定。"第二天一早，钟知府出来说："反复琢磨您说的话，确实如此，我们现在就一起去吧。"高大人心想陈县令的事情已经有了比较明确的说法，或许能够承蒙朝廷格外开恩也说不定，只是他死后，留下的寡妇孤儿一家人，该怎么样回家乡呢？只恨自己囊中羞涩，不得不慷他人之慨。假装对钟知府说："委员接受任务出差，当地的主人应当尽地主之谊，希望能够以三百两纹银相赠。"回来的时候，钟知府已经如数送来，就令他当场开封点验清楚，高大人慢慢地又说："我高某人虽然是穷官，但是绝对不是出差还要接受别人馈送的人。钟大人您既然愿意保全陈县令他们一家人的性命，又何必吝惜几百两，而不让他的家人护送灵柩回乡呢？这是积阴德的事情，我替您成全了这个种福的机会。”就以钟知府的名义把钱送进去，然后就一同出发到省城，婉转求情才停止参奏。

等到嘉庆二十三年（1818）戊寅，高廷瑶先生在广州任内，告病回到贵州，家居几年。道光三年（1823），高先生赴京城，途中停留在直隶的柏乡县。恰好与新选任的广东增城知县明达（也是湖北人）住在对面，他知道高先生曾经在广东做知府，便带着名帖求见，说到他就是陈县令的女婿，早年查办亏空案件时，他恰好也在县衙中，当时刚结婚的，是他的小姨妹夫（连襟），深知高大人对他们家怜悯抚恤的恩德。陈家全家人，到现在还感激不已。向他询问当时出来见面的小孩子是谁，回答说：“是我的妻弟，名叫陈銮（字仲和，亦字玉生、芝楣，嘉庆二十五年（1820）一甲三名进士，官至江苏巡抚，署理两江总督兼江南河道总督），已经探花及第了。去年秋天，担任浙江乡试主考官，现在翰林院供职。”高大人说：“陈县令有这样的儿子，可以说是后继有人、永垂不朽了。”抵达京城刚刚两天，旅店的伙计禀报说陈翰林前来拜见，出门一看，只见探花郎已经长跪在厅前，高大人扶他起来，告诉他路上遇到明大人的事情。探花郎说：“自己遭遇颠沛流离，如果不是大人一直从中设法保全，全家早就已经死于沟壑了。今天侥幸取得一点进步，全都仰赖您这位仁人君子的恩赐。”不久后，而探花郎也已经出任知府、主政一方了。

作者按，陈芝楣先生，于道光七年（1827）丁亥，外放出任松江知府。当时我父亲正在担任江苏巡抚，后来芝楣先生调任江宁知府，自称门生弟子，非常恭敬。他精通医术，每次开药必定要用到柴胡，认为这味药是药材中的上品，最能活血化瘀、疏肝理气。我当时正身体不适，经过他多次诊断，所以知道得最详细。他父亲亏空的事情，也有所耳闻，而其实是由于其本人做官时滥做好人，不善于经营管理财务；如果不是高廷瑶先生从中设法周全，不是早就家破人亡了吗！人们说陈县令后继有人，而我说高先生更加应该子孙昌盛发达。

谦德国学文库丛书

（已出书目）

弟子规·感应篇·十善业道经
三字经·百家姓·千字文·德育启蒙
千家诗
幼学琼林
龙文鞭影
女四书
了凡四训
孝经·女孝经
增广贤文
格言联璧
大学·中庸
论语
孟子
周易
礼记
左传
尚书
诗经
史记
汉书
后汉书
三国志
道德经
庄子
世说新语
墨子
荀子
韩非子
鬼谷子
山海经
孙子兵法·三十六计
素书·黄帝阴符经
近思录
传习录
洗冤集录
颜氏家训
列子
心经·金刚经
六祖坛经

茶经·续茶经
唐诗三百首
宋词三百首
元曲三百首
小窗幽记
菜根谭
围炉夜话
呻吟语
人间词话
古文观止
黄帝内经
五种遗规
一梦漫言
楚辞
说文解字
资治通鉴
智囊全集
酉阳杂俎
商君书
读书录
战国策
吕氏春秋
淮南子
营造法式
韩诗外传
长短经

虞初新志
迪吉录
浮生六记
文心雕龙
幽梦影
东京梦华录
阅微草堂笔记
说苑
竹窗随笔
国语
日知录
帝京景物略
子不语
水经注
徐霞客游记
聊斋志异
清代三大尺牍：小仓山房尺牍
清代三大尺牍：秋水轩尺牍
清代三大尺牍：雪鸿轩尺牍
孔子家语
贤母录
张岱文集：陶庵梦忆
张岱文集：西湖梦寻
张岱文集：快园道古
群书类编故事
管子

安士全书

感应篇汇编

天工开物

梦溪笔谈

古今谭概

劝戒录全集

曾国藩家书